COLEÇÃO RECONQUISTA DO BRASIL (2ª Série)

165. **QUANDO MUDAM AS CAPITAIS** - J. A. Meira Penna
166. **CORRESPONDÊNCIA ENTRE MARIA GRAHAM E A IMPERATRIZ DONA LEOPOLDINA** - Américo Jacobina Lacombe
167. **HEITOR VILLA-LOBOS** - Vasco Mariz
168. **DICIONÁRIO BRASILEIRO DE PLANTAS MEDICINAIS** - J. A. Meira Penna
169. **A AMAZÔNIA QUE EU VI** - Gastão Cruls
170. **HILÉIA AMAZÔNICA** - Gastão Cruls
171. **AS MINAS GERAIS** - Miran de Barros Latif
172. **O BARÃO DE LAVRADIO E A HIGIENE NO RIO DE JANEIRO IMPERIAL** - Lourival Ribeiro
173. **NARRATIVAS POPULARES** - Oswaldo Elias Xidieh
174. **O PSD MINEIRO** - Plínio de Abreu Ramos
175. **O ANEL E A PEDRA** - Pe. Hélio Abranches Viotti
176. **AS IDÉIAS FILOSÓFICAS E POLÍTICAS DE TANCREDO NEVES** - J. M. de Carvalho
177/78. **FORMAÇÃO DA LITERATURA BRASILEIRA** – 2vols. - Antônio Cândido
179. **HISTÓRIA DO CAFÉ NO BRASIL E NO MUNDO** - José Teixeira de Oliveira
180. **CAMINHOS DA MORAL MODERNA; A EXPERIÊNCIA LUSO-BRASILEIRA** - J. M. Carvalho
181. **DICIONÁRIO HISTÓRICO-GEOGRÁFICO DE MINAS GERAIS** - W. de Almeida Barbosa
182. **A REVOLUÇÃO DE 1817 E A HISTÓRIA DO BRASIL** - Um estudo de história diplomática - Gonçalo de Barros Carvalho e Mello Mourão
183. **HELENA ANTIPOFF** - Sua Vida/Sua Obra -Daniel I. Antipoff
184. **HISTÓRIA DA INCONFIDÊNCIA DE MINAS GERAIS** - Augusto de Lima Júnior
185/86. **A GRANDE FARMACOPÉIA BRASILEIRA**- 2 vols. - Pedro Luiz Napoleão Chernoviz
187. **O AMOR INFELIZ DE MARÍLIA E DIRCEU** - Augusto de Lima Júnior
188. **HISTÓRIA ANTIGA DE MINAS GERAIS** - Diogo de Vasconcelos
189. **HISTÓRIA MÉDIA DE MINAS GERAIS** - Diogo de Vasconcelos
190/191. **HISTÓRIA DE MINAS** - Waldemar de Almeida Barbosa
193. **ANTOLOGIA DO FOLCLORE BRASILEIRO** - Luis da Camara Cascudo
192. **INTRODUÇÃO À HISTORIA SOCIAL ECONÔMICA PRE-CAPITALISTA NO BRASIL** - Oliveira Vianna
194. **OS SERMÕES** - Padre Antônio Vieira
195. **ALIMENTAÇÃO INSTINTO E CULTURA** - A. Silva Melo
196. **CINCO LIVROS DO POVO** - Luis da Camara Cascudo
197. **JANGADA E REDE DE DORMIR** - Luis da Camara Cascudo
198. **A CONQUISTA DO DESERTO OCIDENTAL** - Craveiro Costa
199. **GEOGRAFIA DO BRASIL HOLANDÊS** - Luis da Camara Cascudo
200. **OS SERTÕES, Campanha de Canudos** - Euclides da Cunha
201/210. **HISTÓRIA DA COMPANHIA DE JESUS NO BRASIL** - Serafim Leite. S. I. - 10 Vols
211. **CARTAS DO BRASIL E MAIS ESCRITOS** - P. Manuel da Nobrega
212. **OBRAS DE CASIMIRO DE ABREU** - (Apuração e revisão do texto, escorço biográfico, notas e índices)
213. **UTOPIAS E REALIDADES DA REPÚBLICA** (Da Proclamação de Deodoro à Ditadura de Floriano) Hildon Rocha
214. **O RIO DE JANEIRO NO TEMPO DOS VICE-REIS** - Luiz Edmundo
215. **TIPOS E ASPECTOS DO BRASIL** - Diversos Autores
216. **O VALE DO AMAZONAS** - A.C. Tavares Bastos
217. **EXPEDIÇÃO ÀS REGIÕES CENTRAIS DA AMÉRICA DO SUL** - Francis Castelnau
218. **MULHERES E COSTUMES DO BRASIL** - Charles Expilley
219. **POESIAS COMPLETAS** - Padre José de Anchieta
220. **DESCOBRIMENTO E A COLONIZAÇÃO PORTUGUESA NO BRASIL** - Miguel Augusto Gonçalves de Souza
221. **TRATADO DESCRITIVO DO BRASIL EM 1587** - Gabriel Soares de Sousa
222. **HISTÓRIA DO BRASIL** - João Ribeiro
223. **A PROVÍNCIA** - A.C. Tavares Bastos
224. **À MARGEM DA HISTÓRIA DA REPÚBLICA** - Org. por Vicente Licinio Cardoso
225. **O MENINO DA MATA** - Crônica de Uma Comunidade Mineira - Vivaldi Moreira
226. **MÚSICA DE FEITIÇARIA NO BRASIL** (Folclore) - Mário de Andrade
227. **DANÇAS DRAMÁTICAS DO BRASIL** (Folclore) - Mário de Andrade
228. **OS COCOS** (Folclore) - Mário de Andrade
229. **AS MELODIAS DO BOI E OUTRAS PEÇAS** (Folclore) - Mário de Andrade
230. **ANTÔNIO FRANCISCO LISBOA - O ALEIJADINHO** - Rodrigo José Ferreira Bretas
231. **ALEIJADINHO (PASSOS E PROFETAS)** - Myriam Andrade Ribeiro de Oliveira
232. **ROTEIRO DE MINAS** - Bueno Rivera
233. **CICLO DO CARRO DE BOIS NO BRASIL** - Bernardino José de Souza
234. **DICIONÁRIO DA TERRA E DA GENTE DO BRASIL** - Bernardino José de Souza
235. **DA AVENTURA PIONEIRA AO DESTEMOR À TRAVESSIA** (Santa Luzia do Carangola) - Paulo Mercadante
236. **NOTAS DE UM BOTÂNICO NA AMAZÔNIA** - Richard Spruce

HISTÓRIA
DA
COMPANHIA DE JESUS
NO
BRASIL

TOMO V

TOMO VI

RECONQUISTA DO BRASIL (2ª Série)
Dirigida por Antonio Paim, Roque Spencer Maciel de Barros
e Ruy Afonso da Costa Nunes. Diretor até o volume 92,
Mário Guimarães Ferri (1918-1985)

VOL. 205 e 206

Capa
CLÁUDIO MARTINS

EDITORA ITATIAIA
BELO HORIZONTE
Rua São Geraldo, 53 — Floresta — Cep. 30150-070
Tel.: 3212-4600 — Fax: 3224-5151
e-mail: vilaricaeditora@uol.com.br
www.villarica.com.br

SERAFIM LEITE S. I.

HISTÓRIA DA COMPANHIA DE JESUS NO BRASIL

TOMO V
(Século XVII-XVIII — DA BAÍA AO NORDESTE —
ESTABELECIMENTOS E ASSUNTOS LOCAIS)

TOMO VI
(Século XVII-XVIII — DO RIO DE JANEIRO AO PRATA E GUAPORÉ —
ESTABELECIMENTOS E ASSUNTOS LOCAIS)

Edição Fac-Símile

*A Mancha desta edição foi ampliada
por processo mecânico*

EDITORA ITATIAIA
Belo Horizonte

2006

Direitos de Propriedade Literária adquiridos pela
EDITORA ITATIAIA
Belo Horizonte

Impresso no Brasil
Printed in Brazil

SERAFIM LEITE S. I.

HISTÓRIA DA COMPANHIA DE JESUS NO BRASIL

TOMO V

(Século XVII-XVIII — DA BAÍA AO NORDESTE — ESTABELECIMENTOS E ASSUNTOS LOCAIS)

EDITORA ITATIAIA
Belo Horizonte

Como se disse na abertura do III Tômo, também êste V e o VI, continuação da matéria dos Séculos XVII—XVIII, se publicam pela diligência e bons ofícios do Instituto Nacional do Livro, do Ministério da Educação e Saúde.

Os Cativos do Brasil em Holanda (1624)

1. Diogo de Mendonça Furtado, Governador Geral do Brasil
2. António de Mendonça Furtado, filho do Governador
a. P. Domingos Coelho, Provincial da Companhia de Jesus no Brasil
b. P. João de Oliva [de Ilhéus, acabava de ser Reitor do Colégio do Rio]
c. Francisco de Almeida, Sargento-mor
d. Pedro Casqueiro, Desembargador-Ouvidor
e. Pedro da Cunha, Negociante
f. P. Manuel Tenreiro [afamado Prof. de Filosofia]
g. Ir. Manuel Martins [coadjutor]
h. Ir. António Rodrigues [depois Padre, e Reitor do Colégio do Rio]
i. P. António de Matos [Provincial e autor do *De Prima Institutione Flum. Ianuarii*]
k. P. Gaspar Ferreira [Missionário das Aldeias de Índios]
l. Ir. Agostinho Coelho [depois Padre, enviou para a Bélgica o *Sermão* de Anchieta de 1567]
m. Ir. Agostinho Luiz [da Baía, depois Padre]

(Gravura de Claes Jansz Visscher, Amesterdão, 1624, na BNRJ, secção de gravuras. O original holandês traz errado o nome do Provincial, a quem chama «Coinia», estropiados outros, e ainda trocados entre si os nomes do Sargento-mor e do Desembargador. Restabelecemos a identidade pela narrativa do P. Domingos Coelho (p. 39; cf. 48-49) e damos entre chavetas, alguma nota individuante dos nove Jesuítas portugueses cativos, dois dos quais, como se vê, são filhos do Brasil).

HISTÓRIA
DA
COMPANHIA DE JESUS
NO
BRASIL

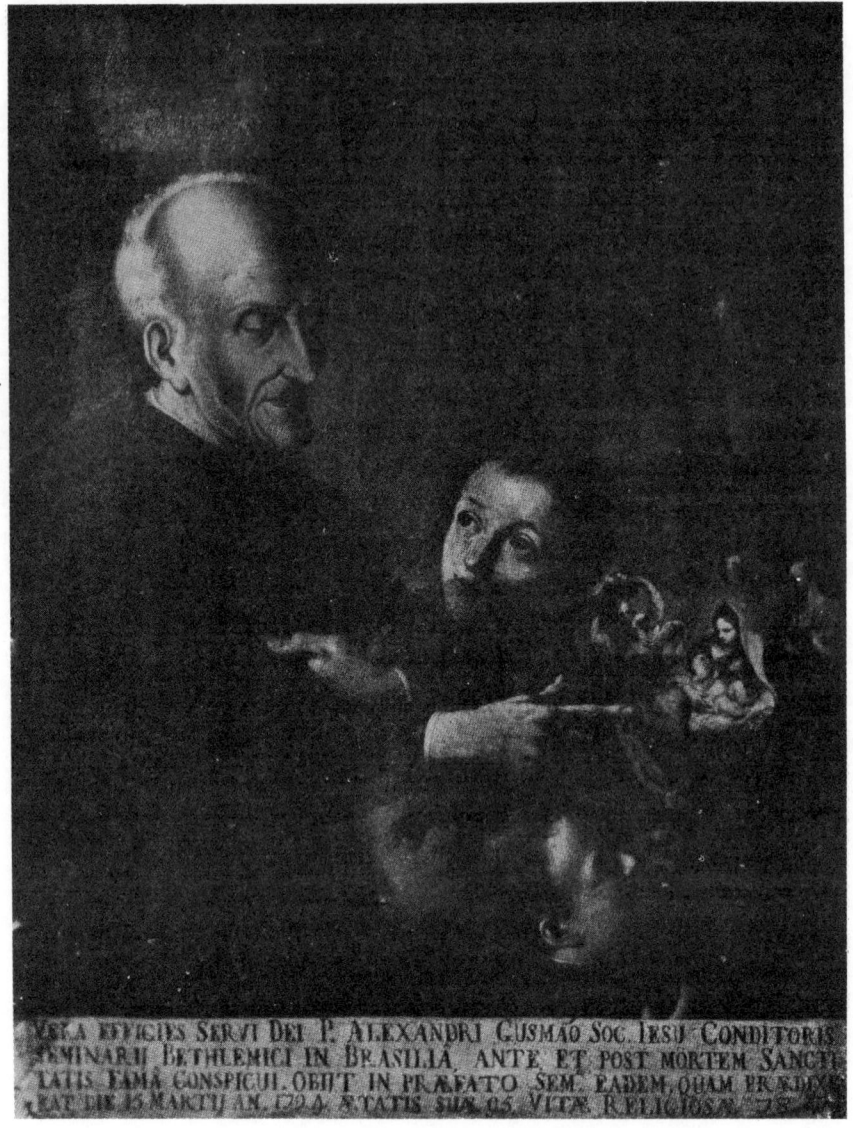

P. Alexandre de Gusmão

Fundador do Seminário de Belém da Cachoeira, um dos grandes pedagogos da Companhia de Jesus, o maior do Brasil nos tempos coloniais. Administrador e escritor.

* Lisboa, 14 de Agôsto de 1629
† Belém da Cachoeira, 15 de Março de 1724

(*Quadro antigo feito pelos anos de 1733*)

SERAFIM LEITE, S. I.

HISTÓRIA
DA
COMPANHIA DE JESUS
NO
BRASIL

TÔMO V
DA BAÍA AO NORDESTE
Estabelecimentos e assuntos locais
SÉCULOS XVII-XVIII

1945

INSTITUTO NACIONAL DO LIVRO
AV. RIO BRANCO
RIO DE JANEIRO

LIVRARIA PORTUGÁLIA
RUA DO CARMO, 75
LISBOA

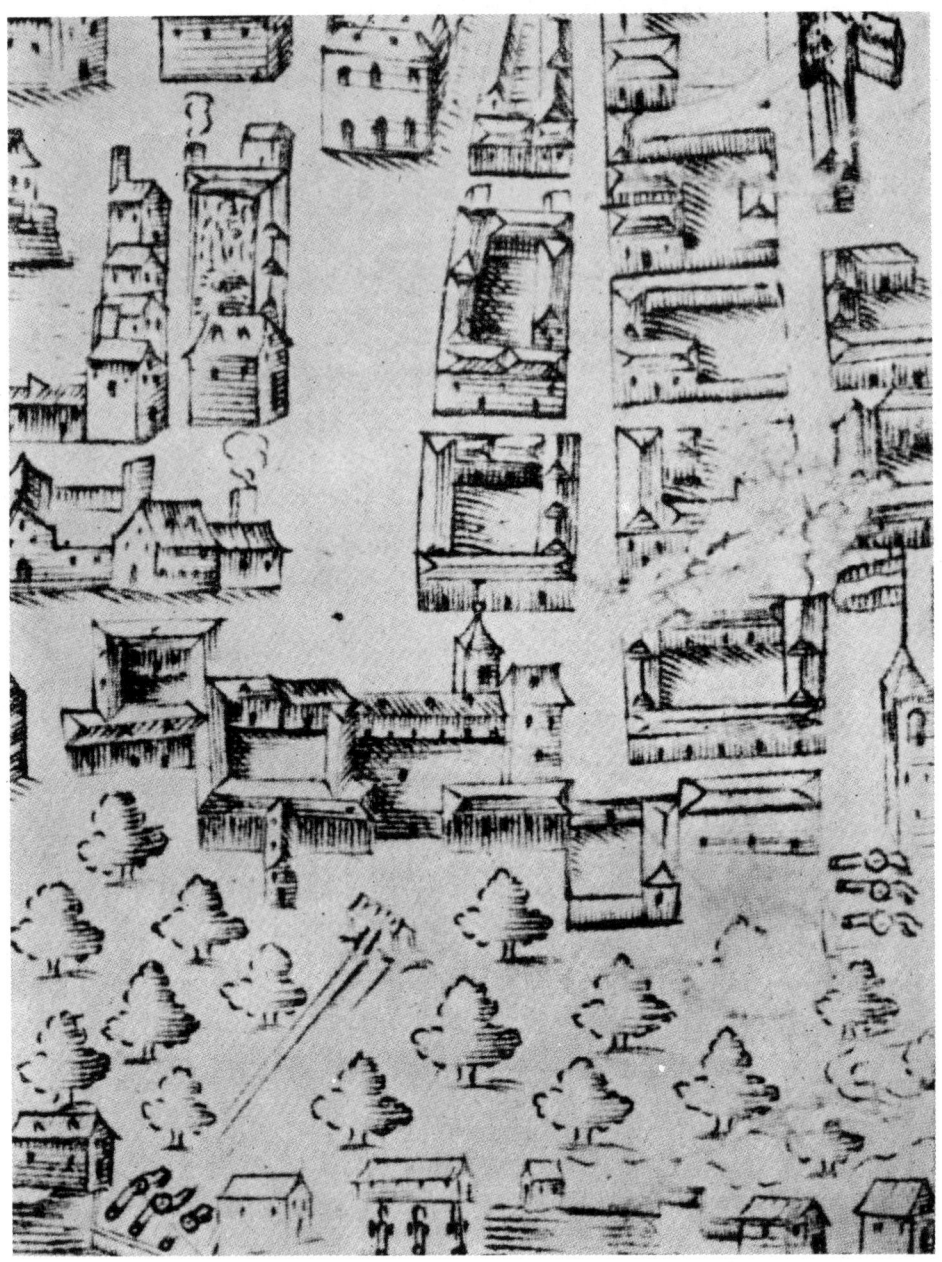

O Colégio da Baía e a Igreja de Mem de Sá em 1625

Pormenor ampliado do Mapa da «Recuperação da Cidade do Salvador» da *Iornada dos Vassalos*, do P. Bartolomeu Guerreiro, impressa em Lisboa em 1625. Documento português de primeira ordem até na data. Vê-se também a tôrre da Sé, ainda com a bandeira inimiga, junto à ala extrema do Colégio, onde antes estava a Igreja da Companhia, a qual, dizia Nóbrega, era «tão pegada com a Sé, que por manso que falem, se ouve em uma o que se faz em outra»

(Cf. supra, *História*, I, 25; ib., 32/33, o *solar* do Colégio).

A OLIVEIRA LIMA, *bonae memoriae:*

Notável historiador e diplomata intelectual do Brasil, a quem a Casa de Escritores, dos Jesuítas Portugueses, deve a colecção da «Revista do Instituto Histórico e Geográfico Brasileiro», oferecida como instrumento de trabalho ao que dentre êles assumisse a tarefa, que é a presente *História*.

SACRISTIA DA IGREJA DO COLÉGIO DA BAÍA

O mais belo conjunto artístico do «Século XVII», existente no Brasil.

PREFÁCIO

> «Na colonização e evangelização do Brasil, os Missionários Jesuítas foram inesquecíveis auxiliares da Coroa. Êles catequizaram os Índios selvagens, defenderam a justiça e a caridade cristã da cúpida ambição dos colonos, e instilaram na alma das populações aquêle ardente patriotismo com que elas, quási a sós com os seus parcos recursos, se defenderam da invasão e conquista de estrangeiros. Sem a influência pacífica, mas profunda, dos Jesuítas, os Brasileiros não teriam herdado dos seus maiores em 1822, o império opulento, que é o seu orgulho e a glória de Portugal. Isto reconhecendo, os eruditos brasileiros, que em 1914 celebraram o Congresso de História Nacional, do Rio de Janeiro, lembrando-se do restabelecimento da Companhia por Pio VII um século antes, aprovaram por unanimidade e na presença do Govêrno e do Presidente da República Hermes da Fonseca, um voto de calorosa gratidão». — FIDELINO DE FIGUEIREDO, no jornal «O Dia» (Lisboa), 4 de Abril de 1922, ano do primeiro Centenário da Independência do Brasil.

O Tômo V da História da Companhia de Jesus da Assistência de Portugal, no que toca ao Brasil, como parte integrante desta Assistência *durante 224 anos (1549-1773), abrange o período que se segue a 1600. É a continuação imediata dos Tomos I e II, que trataram apenas do Brasil quinhentista, tal como ficou lindado entre o Rio dos Patos ao Sul, e o Rio Grande do Norte. Para completar o Brasil nas fronteiras, que se alargaram no século XVII, publicaram-se os Tomos III e IV (Do Ceará ao Amazonas). Na seqüência lógica e regular da História, retoma-se o Brasil dos fins do século XVI e estuda-se o seu desenvolvimento até ao ano em que os Jesuítas saíram do Brasil (1760), matéria extremamente vasta pelo tempo e territórios que preenche.*

No método adoptado, consagramos, em cada período, um Tômo à terra e estabelecimento (sentido geográfico), outro à obra e assuntos gerais (sentido ideográfico): no século XVI, o I Tômo ao estabelecimento, o II à obra. Mantiveram a mesma distribuição os Tomos III e IV, do Norte. Agora, como o exige a harmonia do conjunto, também uma parte se dedica à terra, *outra à* obra. *Mas o estabelecimento da Companhia de Jesus nas Cidades, Vilas, Aldeias, Engenhos e Fazendas, com os assuntos locais respectivos, neste período de mais de século e meio (1600-1760), na amplidão do Brasil, que de contínuo aumenta, desde o Rio Grande do Norte até ao Rio da Prata, é objecto, que não cabe num só e ocupa os tomos V e VI, reservando-se a parte dos assuntos gerais para o seguinte, um, ou mais, que o dirá a seu tempo o volume dos documentos.*

Dêstes assuntos gerais há-os que já foram aludidos, há-os que ainda não; mas uns e outros só então poderão ser redigidos com o adequado desenvolvimento que requer o estado da questão de cada qual. Porque esta é uma grande História, maior do que as nossas pobres fôrças; mas se o não fôsse, como teria razão Capistrano de Abreu e outros insignes historiadores brasileiros sôbre a importância e necessidade prévia da história da Companhia de Jesus para uma perfeita História do Brasil?

Não recuamos diante do documento, que utilizamos largamente, nem tememos entrar em minúcias de datas e factos, quando o assunto o pedia, isto é, procuramos tratá-lo històricamente, *não apenas* cronològicamente, *ou* filosòficamente.

A Cronologia é a ciência das divisões do tempo e das datas históricas; a Filosofia a ciência dos sêres e das causas e efeitos; a História a narrativa dos acontecimentos dignos de registo, de que a Cronologia é subsídio e a Filosofia interpretação; mas as interpretações fundam-se em teorias, que variam ao sabor dos tempos e mais ainda dos dados inéditos, que modificam as premissas, sôbre as quais a chamada Filosofia da História vai mudando sucessivamente os marcos das suas posições, nem sempre em linha recta ou conquista definitiva da verdade. As interpretações da Filosofia levam em geral o sêlo da precariedade inerente à própria teoria que as informa, facto da experiência quotidiana para os que andam familiarizados com a história e o movimento das idéias. Quanta literatura fácil, que desdenha a custosa e diligente inquirição dos acontecimentos, não tem apresentado como efeito, o que històricamente existiu antes da causa que lhe atribui! E, por evidente contraste, são os dados novos, històricamente adquiridos, que uma vez adquiridos, permanecem com o seu valor próprio, independente de teorias e tendências, que os podem depois interpretar no sentido A ou no sentido B, mas só êles, os dados, permanecem em si mesmos. E basta, não raro, um acontecimento, bem averiguado, para arruïnar uma frase, e às vezes com tal eficácia, que por si só decide competições internacionais ou prioridades nas manifestações da ciência ou da cultura. Vem isto a significar que enquanto não fôr suficientemente conhecido o conteúdo dos Arquivos, é ainda o método nas pesquisas, com base na minúcia e no documento, que tem o principal condão de aumentar o depósito das noções certas, tendendo assim a completá-las e a incorporá-las ao conhecimento humano permanente.

O amor da minúcia e do documento histórico foi o estilo do Barão do Rio Branco. Foi também o de outros. Recordamo-lo pela circunstância de ser o seu centenário; e porque na realidade a êste método se deve em grande parte o êxito de memoráveis campanhas diplomáticas em questões histórico-geográficas, com que o Brasil, em nossos dias, de grande se fêz maior.

O período, em que se situa êste Tômo V, além do desenvolvimento progressivo dos Colégios, vindos já do século XVI, contém a fundação do Seminário ou Colégio-Internato de Belém da Cachoeira, onde estudaram cêrca de 1500 meninos brasileiros, que continuaram depois a obra dos seus mestres ou enveredaram pelas carreiras eclesiásticas, liberais e militares, aprendidas no Brasil ou na Universidade de Coimbra; a fundação do Colégio do Recife, iniciado antes da invasão holandesa; a Casa-Colégio da Paraíba; as preocupações sociais das Congregações de homens nobres e oficiais mecânicos na Baía e em Pernambuco; as guerras de campanário na nova sociedade que se formava; e, entre outras manifestações da Companhia, notícias etnográficas sôbre os Quiriris e Índios do Rio de S. Francisco, algumas conhecidas, outras ainda inéditas, observadas por quem conviveu tôda a vida com Índios, diferentes das de alguns sábios modernos (não todos, é bem de ver) que foram praticar os Índios com bilhete de torna-viagem a curto prazo. São também inéditos outros documentos sôbre os mais variados aspectos, que os Capítulos dirão, e seria impraticável assinalar aqui. É a famosa «emprêsa» de Nóbrega, que continua, pensamento não de exclusão a que outros participassem da mesma emprêsa, mas de preferência ou defesa do Brasil contra a fascinação das terras do Oriente Português: Para esta do Brasil, a «nossa emprêsa», venham operários! e os pedimos e tornamos a pedir — repetia o P. Nóbrega e os seus companheiros. E vieram. Vieram muitos. Não tantos quantos seriam necessários. E outros, a meio caminho, missionários, professôres, canteiros, entalhadores e pintores, surpreendidos pelos piratas e hereges, ficaram sepultados nas águas do Atlântico e constituem duas páginas célebres, uma do Martirológio da Igreja, outra da história trágico-marítima dos Portugueses. Mas a fi-

eira, se flectiu um instante, não se interrompeu, e os que chegaram e os que se lhes juntaram, filhos da terra, não desdisseram das aspirações de Nóbrega e realizaram a obra iniciada por êle e classificada de «sem exemplo na história», que o não seria sem os continuadores dos séculos XVII e XVIII a cimentarem, nesta longa continuidade, o renome histórico da Companhia e da sua obra no Brasil.

Da obra dos Jesuítas costumam pôr-se em mais relêvo os aspectos da defesa e catequese dos Índios e do ensino público. Os autores modernos começam já a ver outros sectores como o da engenharia hidráulica, que depois do Aqueduto do Rio de Janeiro, em que aliás também intervieram os Jesuítas, foi a mais importante dos tempos coloniais, sobretudo na Baixada Fluminense, e o veremos no Tômo VI; pontes em S. Paulo e outras regiões, guindastes, construção de grandes edifícios, cais e navios; a laboração dos engenhos, a iniciação de culturas, como entre outras a canela e o cacau; e o aproveitamento mais científico da terra ou beneficiamento dos produtos dela.

Como homens cultos sabiam os Padres que a riqueza material vem da terra, e, depois dela, do trabalho; e que há maior riqueza onde a terra é melhor nos seus elementos de atmosfera, solo e sub-solo; e, em igualdade de terras, onde o homem trabalha mais e sabe trabalhar melhor. Quer dizer: sabendo que a produção económica está em relação directa com o valor da terra, e da capacidade de trabalho e do método com que se trabalha, introduziram a disciplina do trabalho nas suas fazendas, não com castigos e violências, mas pela simples fôrça do exemplo e da autoridade respeitada e amada; e enquanto os colonos usavam métodos antiquados, a Companhia de Jesus era invocada pelos Governadores e dada aos demais por modêlo estimulante do progresso, como expressamente o faz Luiz Vaía Monteiro que invocava o canal de Macaé, para abrir outros no Rio de Janeiro, e o Vice-Rei Conde de Atouguia, que encarecia os processos hidráulicos de descasca do arroz, usados na Fazenda de Ilhéus, enquanto os Colonos continuavam ainda com o velho processo do pilão manual que fatigava o operário e estragava o grão.

Com ser progresso material, todavia é uma conseqüência ainda da catequese ou progresso espiritual, alargado aos habitantes das vilas e cidades, mas primitivamente em função dos Índios do Brasil, que continuamos a achar, ainda e sempre, no percurso desta História.

Porque é que assim se confiavam tanto os Índios dos Padres da Companhia? Por verem nêles quem lhes queria fazer bem e os podia de-

fender. Que queriam fazer-lhes bem é a lição dos factos. Podiam? Nem sempre. A autoridade dos Jesuítas manteve-se contudo a grande altura, excepto uma ou outra intermitência local, transitória. Os Índios do Brasil acolhiam-se como por instinto ao seu amparo, e recebiam, com a fé cristã, a protecção necessária contra os que envolviam a sua superioridade de cultura ou de política, num conceito económico. Conceito necessário, aliás, como elemento fecundo de colonização. O ser à custa alheia é que nem sempre o tornava justo. Mas por ser necessário, dadas as condições da terra, aceitaram-no resolutamente os Jesuítas, e trataram, quanto possível, de o realizar bem. No Brasil não bastava evangelizar, fazendo os Índios simplesmente cristãos; era mister que o missionário se interessasse pela sua sorte económica e social. Um pouco como Cristo, que multiplicou os pães para alimentar, no descampado, os homens do povo que o seguiram e se esqueceram de se prevenir com o próprio sustento. Com os Índios, esquecidos habitualmente do dia de amanhã, os Jesuítas tinham de cuidar e de os prover de tudo: para a alma, a catequese; para o corpo a subsistência. Insistimos neste ponto como produto já desta História, e porque, sem êle, a actividade da Companhia não se poderá compreender em tôda a sua integridade.

Destas condições, próprias da terra, provieram sobretudo as leis sôbre a liberdade dos Índios, os Aldeamentos, e a seguir o estabelecimento de Fazendas e Engenhos. Uma espécie de economia dirigida, diferente do que hoje se entende por esta expressão, mas enfim, dirigida, em que os Padres ultrapassaram as idéias do seu tempo. Sem os Missionários, os Índios submergiam-se na escravidão em proveito de colonos poderosos, que assim criavam as suas riquezas individuais. Com os Jesuítas prevalecia o colectivo sobre o individual. Beneficiaria com isso a Companhia de Jesus? Sim, se se desliga a Companhia da sua própria obra. Cremos, porém, modestamente, que não se pode separar. Em primeiro lugar, porque a obra da Companhia, pela vastidão que reveste, seria êrro dizer-se que é um bem particular, sendo como é parte da Igreja universal; em segundo lugar, no nosso caso concreto, porque no Brasil os Jesuítas estavam ao serviço da catequese e dos Índios. Reciprocidade, portanto, de serviços. Do trabalho dos Índios, dirigido pelos Padres, viviam os mesmos Índios, a quem os Padres ministravam a catequese. Os Jesuítas tinham, para o seu estrito sustento pessoal, a dotação régia. Não bastava para obras de vulto, fora do sustento dos indivíduos. Se os Índios concorriam também com uma quota parte do seu trabalho para a erecção de Colégios e Igrejas (com outros insignes ben-

feitores, como nas da Baía, Recife e S. Paulo), era, em rigor de justiça, uma compensação de serviços, e em todo caso uma conseqüência colectiva de evidente utilidade colonial, ou como se diria hoje, nacional.

Daqui a importância que damos, também, nestas páginas, aos assuntos económicos, parte integrante da História da Companhia, insuficientemente considerada até agora, repartida a atenção mais pela catequese, ensino e moralização do ambiente colonial, no seu aspecto geral, olhando-se a Companhia, com olhos mais «postos no céu» do que na terra. Mas o olhar tem que ser mais amplo, e ir mais longe, quero dizer, mais perto. Importa vê-la também com os olhos «postos na terra», como dizia o P. Vieira a El-Rei, depois da redução dos Nheengaíbas, considerando, a par da catequese, as utilidades temporais e políticas dos factos [1].

A atitude do genial escritor custou-lhe a apreciação arcaica do autor das «Cartas de Eco e Narciso», para quem Vieira, até quando falava do céu, tinha os olhos na terra; outros, porém, criticam a Vieira, a Companhia, e em geral as Ordens e outras actividades Religiosas, como se elas descurassem o progresso da terra, para só cuidarem de «povoar o céu»... Contradições, diga-se de passo, que é bom que existam! Se Jesus disse de si mesmo que estava no mundo como signum contradictionis, *não serão essas apreciações contraditórias bom sinal de que não desdiz do Divino Mestre, a Companhia do seu nome?*

Na verdade, os Jesuítas tinham os olhos no céu e tinham os olhos na terra, segundo o sentido profundo da realidade, que os caracteriza, e conforme a natureza das coisas: no céu, quando evangelizavam ou ensinavam a Religião Cristã (se não tivessem os olhos no céu, destino sobrenatural do homem, a Religião deixaria de o ser (por definição), para se reduzir a um dos mil sistemas naturais, precários e sucessivos, que confundem os homens); e tinham os olhos na terra, quando colonizavam, que no continente novo da América uma actividade não podia ir sem a outra. Tal movimento colonizador acentuou-se no século XVII, sobretudo com o estabelecimento de grandes Fazendas de gado e Engenhos de açúcar. Contribuição altamente valiosa para o progresso material do Brasil; subsídio também, sem dúvida, ao progresso espiritual, em primeiro plano, da catequese e dos grandes Colégios. Mas um e outro. Porque se completam [2].

---

1. Cf. supra, *História*, III, 245-246.
2. Por outras e mais sugestivas palavras: «Êsse dualismo, de Marta e Maria, que está nas Escrituras, onde Jesus — que não era dêste mundo — declara preferir

Pertencem ainda a êste período, e a êste Tômo, alguns sucessos consideráveis na história do Brasil. Um dêles, a violenta e pérfida pretensão dos holandeses a se apoderarem de uma terra já em plena floração civilizada (o que êles encontraram por civilizar, como a Gùiana, e onde ficaram, ainda hoje é simples colónia). Felizmente triunfou a linha que manteve ao Brasil a fisionomia e personalidade que o distingue hoje, segundo o germe inicial de sua vida histórica.

Debelado o perigo do desmembramento do Brasil, combatido com denodo pelos Jesuítas, que nêle estavam e o tinham ajudado a formar, seguiu-se o movimento de expansão e posse efectiva do Rio de S. Francisco e do Nordeste, enquanto se desenvolvia paralelamente, nas cidades, o ensino, e surgia para as Letras a Escola Baïana, *e para as Artes uma actividade notável, de que a Sacristia do Colégio da Baía, obra do século XVII, é o mais perfeito exemplar.*

Rio de Janeiro, 8 de Maio de 1945.

Maria, a que escolhera a melhor parte, põe-se sempre a nós, que somos dêste mundo... Sim, a contemplação, a aspiração, o céu, muito bem... mas a acção, a realização, o terra-a-terra, pois que temos de viver aqui, não sejam abandonadas. Declaro que Marta me agrada muito, porque só ela permite Maria... » — Afrânio Peixoto, *Breviário da Bahia*, 289.

Introdução bibliográfica

A) FONTES MANUSCRITAS

As fontes manuscritas dêste Tômo acham-se sobretudo nos seguintes Arquivos:

Archivum Societatis Iesu Romanum............	[Arch. S. I. Roman.]
Archivio Vaticano..........................	[Vaticano]
Arquivo Histórico Colonial, Lisboa............	[AHC]
Arquivo do Instituto Histórico e Geográfico Brasileiro, Rio.............................	[Arq. do Inst. Hist. Bras.]
Arquivo do Instituto Geográfico e Histórico da Baía.....................................	[Arq. do Inst. Hist. da Baía]
Arquivo Municipal da Baía...................	[Arq. Municipal da Baía]
Arquivo Nacional da Tôrre do Tombo, Lisboa..	[Tôrre do Tombo]
Arquivo da Província Portuguesa S.I., Lisboa...	[Arq. da Prov. Port.]
Arquivo Público da Baía.....................	[Arq. Publ. da Baía]
Biblioteca Nacional de Lisboa................	[BNL]
Biblioteca Nacional do Rio de Janeiro.........	[BNRJ]
Biblioteca Nazionale Vittorio Emanuele, Roma..	[Bibl. Vitt. Em.]
Biblioteca da Propaganda Fidei, Roma........	[Bibl. da Propag. Fidei]
Biblioteca Pública de Évora..................	[Bibl. de Évora]
Bibliothèque Royale, de Bruxelas.............	[Bibl. Royale de Bruxelas]
Fondo Gesuitico, Piazza del Gesù, 45, Roma....	[Gesù]

I — Archivum Societatis Iesu Romanum

Como sempre, é a fonte mais valiosa, pela variedade de sua documentação autêntica e inédita. No Tômo I (*Introdução Bibliográfica*, XXI), demos o conspecto geral dos códices brasileiros dêste

Arquivo Geral, com as datas-limites, que constam nos próprios códices. Nos que têm relação directa com o período em que se situa êste Tômo (1600-1760), as fotocópias, que possuímos, dão aos documentos âmbito maior do que o indicado por alguns dêsses códices. Para cada qual é, exactamente:

Brasilia 3(1)	— Epistolae Brasilienses,	1550-1660	[*Bras.* 3(1)]
» 3(2)	— » »	1661-1695	[*Bras.* 3(2)]
» 4	— » »	1696-1737	[*Bras.* 4]
» 5-6	— Catalogi Breves et Triennales 1558-1757.................		[*Bras.* 5, 6]
» 8	— Historia, 1574-1647............		[*Bras.* 8]
» 9	— Historia, 1640-1701............		[*Bras.* 9]
» 10	— Historia, 1700-1759............		[*Bras.* 10]
» 11	— Fundationes, 1564-1725........		[*Bras.* 11]
» 13-14	— Menologium (I-II).............		[*Bras.* 13, 14]
» 15	— Historia, 1549-1699............		[*Bras.* 15]

Outros códices utilizados neste Tômo:

Congregationes............................... [*Congr.*]
Historia Societatis........................... [*Hist. Soc.*]
Lusitania.................................... [*Lus.*]

II — **Archivio del Gesù**

Uma das melhores fontes da História da Companhia, como Arquivo que era do Procurador Geral da mesma Companhia. Enquanto estêve em poder do Estado, extraviaram-se alguns códices. Os incluídos no título *Informationes* eram 252, colecção já hoje incompleta. Existem porém índices de todos. Têm particular interêsse os Códices sôbre Missões (*Missiones*), sôbre a Assistência de Portugal (*Assistentiae*), e os Colégios (*Collegia*), mais de 200 cadernos in-fº.
Estudamo-los, antes do seu novo Inventário, feito em 1934 por Pio Pecchiai, durante a administração do P. Tacchi Venturi; e, depois dêle, em 1938-1939. Utilizamos, pois, na elaboração dêste livro, cotas de um e outro, mùtuamente redutíveis, pois o Arquivo Público conserva a equivalência delas à disposição do consulente.

No novo Inventário, o Título XVIII, *Collegia*, contém 305 volumes entre os números 1349 e 1656. Interessam ao Brasil:

Baía...	Caixa (theca)	1369
Belém..	» »	1373
Maranhão...	» »	1465
Mariana...	» »	1466
Olinda...	» »	1477
Pernambuco.......................................	» »	1487
Recife..	» »	1569
Rio de Janeiro....................................	» »	1587
São Paulo..	» »	1588
Santos...	» »	1589

Ao contrário do que sucede no Arquivo Geral da Companhia (*Arch. S. I. Romanum*), em que todos os códices já se encontram paginados, os do Gesù nem todos ainda o estavam quando os vimos, pela incúria em que jazeram nas mãos do Estado, antes de ser entregue o Arquivo modernamente à administração da Companhia de Jesus. Nos documentos avulsos, além da cota damos às vezes outro número (Gesù, *Missiones*, 721 [339]), que se não refere, [o que está entre chavetas], à paginação do códice, pois a não tinha ainda definitiva, mas à ordem com que tiramos as fotocópias em série seguida, por exigência de catalogação metódica no nosso arquivo particular e para facilidade de verbetação e consulta durante a redação destas páginas — e a todo o tempo.

III — Outros Arquivos Europeus

a) *Portugal*. — Dentre os Arquivos Portugueses, o de maior contribuição para o Tômo presente é o Arquivo Histórico Colonial de Lisboa. O de Évora, importantíssimo para os III e IV Tomos, é de menos consideração para êste, assim como a Tôrre do Tombo, a Biblioteca Nacional de Lisboa e a Biblioteca Pública do Pôrto, onde no entanto há documentos de valia, para assuntos económicos, como os referentes à herança de Mem de Sá na Tôrre do Tombo. Na Biblioteca Nacional de Lisboa, na do Pôrto, e na Biblioteca da Ajuda, existem diversos papéis não tanto sôbre a parte construtiva da Companhia de Jesus, como sôbre os debates dos meados do século XVIII, e grande parte são cópias de coisas repetidas, e muitas delas já impressas dispersivamente, quer em Portugal quer no Brasil, em revistas e colectâneas. De todos os depósitos portugueses, o que maior soma de documentos inéditos contém sôbre o Brasil e para êste Tômo. no período em que estamos, é, dissemos, o *Arquivo Histórico Colonial*, Os seus papéis (na denominação anterior, de *Arquivo de Marinha e Ultramar*) foram inventariados por Eduardo de Castro e Almeida e publicados nos *Anais da Biblioteca Nacional do Rio de Janeiro*. A numeração dos *Anais* mantém-se na reorganização moderna do Arquivo. São porém inúmeros os documentos, não incluídos no Inventário daquele Arquivista; e, à proporção que se destrinçam uns dos outros, se agrupam cronològicamente em Caixas, distribuídas pelas denominações das antigas Capitanias do Brasil. Muitos os pudemos já estudar e utilizar. Outros esperamos ainda fazê-lo antes de escrever a página final desta obra.

b) Dos outros Arquivos da Europa, conservam alguma documentação interessante para êste período, em *Roma*, a Biblioteca Vittorio Emanuele, a da Propaganda Fidei e a Casanatense. Os de *Espanha* contêm excelente documentação referente às invasões holandesas e às perturbações provocadas pela execução violenta do Tratado de *Permuta* de 1750 a respeito da Colónia do Sacramento e Sete Povos das Missões. Êste último assunto diz respeito aos Jesuítas da Província do Paraguai e não entra directamente nos nossos estudos da Província do Brasil; e os documentos sôbre os Holandeses parte é já conhecida, e parte sai também fora do âmbito preciso da história da Companhia. Entre êsses documentos, vários são assinados por Jesuítas quer de Portugal, quer do Brasil, como entre outros o P. Domingos Coelho «sôbre a vitória em 1638 na Baía contra Nassau».

Os da Biblioteca Nacional de *Paris* e os do Museu Britânico de *Londres* são de somenos significação para êste v o l u m e; e ou já andam impressos ou são cópias de outros de diversos Arquivos, como o que têm sôbre o P. António Vieira. E a *Informação* do Poeta Santa Rita Durão (n.º 454 da Biblioteca Egertoniana do Museu Britânico) já anda publicada em português por Artur Viegas. Prestou-nos mais serviços a *Biblioteca Real de Bruxelas*, pelo facto dalguns Jesuítas do Brasil serem da Província Galo-Belga e nesta Biblioteca se guardarem, quer em originais, quer em traslados, algumas cartas, escritas por êles do Brasil aos seus conterrâneos europeus:

IV — Arquivos Brasileiros

Além dos Arquivos do Rio de Janeiro, a Biblioteca Nacional e o Instituto Histórico, contêm alguma documentação, sôbre êste Tômo, os de Pernambuco e da Baía.

Tínhamos estudado os de *Pernambuco* em 1934, com a boa assistência do Dr. José Maria de Albuquerque, director então da Biblioteca Pública do Estado. Voltamos a rever um ou outro documento êste ano de 1945.

São de muito maior significação os existentes na *Baía*, ulteriores às invasões holandesas, e conservam-se sobretudo no Arquivo Público do Estado, na Câmara Municipal, e no Instituto Histórico. Em todos achamos a maior facilidade, e no Arquivo Municipal, além da facilidade, agradecemos a graciosa e eficaz cooperação de Osvaldo Valente, seu idóneo director.

Vimos também, em 1934, mais dois Arquivos da Baía, o da Misericórdia e o da Cúria Metropolitana. Êste último, útil para as notas individuais e de filiação de quantos se ordenaram na antiga capital do Brasil como se vê dos assentos que, a propósito da naturalidade do P. António Vieira, publicou D. Romualdo António de Seixas na *Rev. do Instituto Histórico e Geográfico Brasileiro*, XIX, 28-31.

Muitos papéis, que pertenceram outrora à Baía, acham-se hoje no original ou em cópia na Biblioteca Nacional do Rio de Janeiro. Entre os livros, que o valioso José António Caldas conheceu (*Notícia Geral*, 145) está o *Livro I do Tombo do Colégio da Baía*, que acaba de publicar Rodolfo Garcia, em *Documentos Históricos*, com o *Tombo das Terras de S. Antão de Lisboa* (vols. LXII-LXIV), mais um bom serviço prestado às letras históricas pelo benemérito Director da Biblioteca Nacional, que nos apraz registrar nesta secção de bibliografia especial sôbre a história da Companhia; e não só sôbre ela, como explica o mesmo Rodolfo Garcia, porque são também «de importância histórica e topográfica para a região a que dizem respeito», que é a boa fortuna dos documentos dêste género.

A citação aqui de Rodolfo Garcia, fonte viva e inesgotável de referências bibliográficas sôbre a História do Brasil, proporciona-nos uma vez mais o *bis repetita placent*, lembrando o grande nome de Afrânio Peixoto, unido com vínculo permanente a esta *História* desde a primeira página dela, e antes e depois, como incomparável ani-

mador dos Estudos Jesuíticos sôbre a América Portuguesa, com
a edição ou reedição das primeiras *Cartas* de Nóbrega e dos seus
companheiros e discípulos, de *Cantos* de Anchieta, *Sermões* de Vieira, *Geórgicas Brasileiras* e *De Exilio*, marcos histórico-literários, que assinalam o velho ciclo jesuítico do Brasil. E também
os nomes de outros ilustres escritores, que pelas suas funções públicas e pela sua alta cultura, é grato dever mencionar como ligados, a títulos diversos, à publicação desta obra: o Ministro Gustavo
Capanema, titular da pasta da Educação, que deu n o t á v e l
impulso aos estudos artísticos, históricos e bibliográficos do Brasil;
o Dr. Augusto Meyer, Director do Instituto Nacional do Livro,
por onde êste tão elegantemente se edita; o Dr. Rodrigo M. F.
de Andrade, Director do Serviço do Património Histórico e Artístico Nacional, que repetida e decididamente o pôs à disposição dêste
livro, tanto no Rio, como na Baía e Pernambuco; o Dr. Eugénio Vilhena de Morais, Director do Arquivo Nacional; o Embaixador José
Carlos de Macedo Soares, que nos facilitou a consulta obsequiosa
dalguns manuscritos do Instituto Histórico, de que é insigne Presidente; o Dr. Brito Pereira, que deu à execução gráfica desta obra,
na Imprensa Nacional, uma assistência de que é testemunho o
próprio livro.

Com o maior prazer inscreveríamos aqui ainda outros ilustres
nomes portugueses, brasileiros, argentinos, norte-americanos, e de
outras nações, que o Autor não pode também separar da boa correspondência, que lhes é devida. Concretize-se porém nestes uma enumeração, que se fará talvez um dia, impossível neste lugar, sobretudo
no que toca a referências de «Compêndios escolares de História do
Brasil» e a apreciações de escritores dos mais diversos matizes
ideológicos, um dos quais o Dr. Gilberto Freire. Sem embargo das
antinomias do seu espírito, incluíu a *História da Companhia de Jesus
no Brasil* entre os «15 livros do Brasil», definindo-a como «livro-síntese que é também livro-fonte». Definição ou conclusão, que seria o
galardão de uma vida, se não sentíssemos que a obra está longe
de corresponder aos nossos próprios desejos de que realmente assim
fôsse.

A publicação desta *História*, escalonada em diversos anos, coincide com dois assuntos, ainda flutuantes sob alguns aspectos, o
da *topografia* e o da *ortografia*.

Sôbre os nomes topográficos do Brasil, alguns recentemente mudados, e possíveis identificações com nomes antigos, são útil subsídio os mapas municipais, de todo o Brasil, ainda inéditos, executados de acôrdo com o Decreto Lei 311, e se conservam na rica Mapoteca do Conselho Nacional de Geografia, que consultamos, por amável deferência do Embaixador José Carlos de Macedo Soares e Engenheiro Cristóvão Leite de Castro, e com a ilustrada assistência do Chefe dessa secção, Paulo Alves. Qualquer alteração, ulterior à publicação dos Tomos precedentes, será fácil reduzi-la, no futuro, ao nome que definitivamente ficar. Como também, se algum dia se reeditar ou transcrever alguma página desta obra, quem o fizer prescindirá das flutuações ortográficas presentes, não obstante a necessidade de manter quanto possível a uniformidade, dentro dos diversos Tomos desta obra, e usará, como nós o praticamos para os escritos *impressos* do passado, a ortografia, que vier a ser a *definitiva* para a língua de Gil Vicente e Santa Rita Durão, Camões e Castro Alves, P. António Vieira e Joaquim Nabuco. Citamos êste entre os modernos, porque, com ser já falecido e grande entre os maiores, dá a doutrina isenta e segura nesta matéria, de *língua comum* e *literaturas diferentes*, no famoso discurso-programa da Academia Brasileira de Letras, no acto solene da sua inauguração, em 1897.

V — Alguns Manuscritos

a) *Algumas advertências para a Província do Brasil.* Documento não assinado, em duas partes. A primeira, escrita à volta de 1610, parece ser do P. Jáccme Monteiro, secretário do Visitador Geral Manuel de Lima; a segunda parece do P. Domingos Coelho, que consta (*Bras. 8*, 100v) ter enviado a Roma, na mesma ocasião, uma *Informação* sôbre os Engenhos do Camamu e Passé, de que realmente trata a 2.ª parte de *Algumas advertências*. Em Roma, na Bibl. Vitt. Em., fondo gesuitico, 1255, n.º 38. [*Algumas Advertências...*]

b) *Catálogo dos Defuntos da Província do Brasil desde 1553 a 1769.* Organizado com dados de Catálogos, Cartas Ânuas e «Livros de óbitos do Rio de Janeiro, e S. Paulo, que escaparam». Com outras indicações sôbre Jesuítas do Brasil, professos, mártires, etc. Roma, Bibl. Vitt. Em., fondo gesuitico, 3492/1363, n.º 6. [Bibl. Vitt. Em., f. gess. 3492/1363, n.º 6 (catál.)]

c) *Relationes Episcopales* ou *Relationes Diocesanae* ou *Lettere dei Vescovi.* — Relações ou Visitas *ad Limina* de vários Prelados do Brasil, no Archivio Segreto del Vaticano, em diferentes códices, com a indicação da Cidade episcopal, Bispo e ano. [Vaticano, *Relationes Episcopales*... com a nota individuante de cada qual].

d) *Sexennium Litterarum Brasilicarum ab anno 1651 usque ad 1657* pelo P. António Pinto, *Bras.* 9, 13-25v. Bela e minuciosa narrativa dos factos mais importantes dêste período (Guerra de Pernambuco, Rio de S. Francisco, S. Paulo etc.). António Pinto, do Pôrto, Mestre de Humanidades, em Pernambuco e na Baía, faleceu nesta última cidade em 1664 com apenas 32 anos de idade. [*Sexennium Litterarum*, do P. António Pinto...]

e) Silveira, Francisco da. — *Pars Secunda Provinciae Brasiliensis sive Brevis Narratio eorum quae ab Archiepiscopo Reformatore nec non Prorege ac Regiis Ministris de mandato Lusitani Regis peracta sunt in Dioecesi Bahiensi*. Auctore P. Francisco da Silveira. *Ms.* da Bibl. Real de Bruxelas, cód. 20126; *Ms.* da Universidade Gregoriana, cód. 138 (mais completo). [Silveira, *Narratio*...]

f) *Spese per sepoltura dei P.P. G.G. Portoghesi*, no Arch. del Gesù, Título VI, *Miscellanea*, caixa 690. Trata de Padres de tôda a Assistência de Portugal, portanto também do Brasil. [Gesù, *Spese per sepoltura*...]

B) BIBLIOGRAFIA IMPRESSA

Não se averbam aqui tôdas as referências bibliográficas utilizadas nos diversos Capítulos, como em cada qual se verá, ao pé da página. Mas *ùnicamente* as de citação freqüente, *abreviada*, e que aqui se dá, *completa*. Entre cancelos, o modo de citação.

ABREU E LIMA, José Inácio de. — *Synopsis ou Dedução Chronologica dos factos mais notaveis da Historia do Brasil*, Rio, 1845. [Abreu e Lima, Synopsis...]
ACCIOLI DE CERQUEIRA E SILVA, Inácio. — *Memorias Historicas e Politicas da Provincia da Bahia*, 6 Tomos, Baía, 1835-1852. [Accioli, *Memórias Históricas*, I, II...]. Na edição de Brás do Amaral, Baía, 1919-1940. [Amaral-Accioli, *Memórias Históricas*, I, II...]
AFRÂNIO. — Vd. PEIXOTO, Afrânio.
AIRES DE CASAL, Manuel. — *Corografia Brasílica*, 2 vols., S. Paulo, 1943. [Aires de Casal, *Corografia*, I, II...]
ALENCASTRE, José Martins Pereira de. — *Memoria Chronologica, Historica e Chorographica da Provincia do Piauhy*, na *Rev. do Inst. Hist. Bras.*, XX, 5ss. [Alencastre, Memoria Chronologica...]
AMARAL, Brás do. — *Resenha Histórica da Bahia*, Baía, 1941. [Brás do Amaral, *Resenha Histórica da Bahia*...]
Anais da Biblioteca e Arquivo Público do Pará, 10 vols., 1902-1926. [Anais do Pará, I, II...]
Anais da Biblioteca Nacional do Rio de Janeiro, 61 vols., 1876-1944. Em curso de publicação. [Anais da BNRJ, I, II...]
Anais do Arquivo Público e Museu do Estado da Bahia. Em curso de publicação. [Anais da Baía, I, II...]

ANDRADE E SILVA, J. J. de. — *Collecção Chronologica da Legislação Portuguesa*, 10 vols., Lisboa, 1854-1859. [Andrade e Silva, *Collecção Chronologica*, I...]

ANTONIL, André João. — *Cultura e Opulência do Brasil por suas drogas e Minas*, Macau, 1898; S. Paulo, 1923. [Antonil, *Cultura e opulência do Brasil*... citando a respectiva edição naquilo em que divergem]

Apêndice ao Catálogo Português de 1903: «Patres ac Fratres ex Provinciis Ultramarinis antiquae Assistentiae Lusitanae Soc. Jesu, qui sub Pombalio, post dura quaeque perpessa, in exilium deportari maluerunt quam Societatem Jesu derelinquere», compilação do P. António Vaz Serra, Lisboa, 1903. [*Apêndice ao Cat. Port. de 1903*]

Archivo do Districto Federal, 4 vols., Rio, 1894-1897. [*Arch. do Distr. Federal*, I, II...]

Archivum Historicum Societatis Iesu, Periodicum Semestre ab Instituto Historico S. I., in Urbe editum, Roma, 1932 e segs. Em curso de publicação. [*AHSI*, I, II...]

Atas da Camara da Bahia. — Vd. *Documentos Históricos do Arquivo Municipal da Bahia*.

BAERS, João. — *Olinda Conquistada*, trad. do holandês por Alfredo de Carvalho, Recife, 1898. [Baers, *Olinda Conquistada*...]

BARBOSA MACHADO, Diogo. — *Biblioteca Lusitana*, 4 vols., 2.ª ed., Lisboa, 1930-1935. [Barbosa Machado, *Bibl. Lus.*, I, II...]

BARROS, André de. — *Vida do Apostolico Padre Antonio Vieyra da Companhia de Jesus chamado por antonomasia o Grande*, Lisboa, 1746. [Barros, *Vida do P. Vieira*...]

BETTENDORFF, João Filipe. — *Chronica da Missão dos Padres da Companhia de Jesus no Estado do Maranhão* na *Rev. do Inst. Hist. Bras.*, LXXII, 1.ª Parte (1910). [Bett., *Crónica*...]

Boletim Geográfico (*Informações, Notícias, Bibliografia, Legislação*). Do Conselho Nacional de Geografia, Rio. Em curso de publicação. [*Boletim Geográfico*, I, II...]

BONANNI, Filipe. — *Musaeum Kircherianum sive Musaeum a P. Athanasio Kirchero in Collegio Romano Societatis Iesu jam pridem incoeptum nuper restitutum, auctum, descriptum & iconibus illustratum*, Roma, 1709. [Bonanni, *Musaeum Kircherianum*...]

BORGES DA FONSECA, António José Vitoriano. — *Nobiliarchia Pernambucana*, nos *Anais da BNRJ*, XLVII (1.º volume), XLVIII (2.º volume), Rio, 1935. [Borges da Fonseca, *Nobiliarchia Pernambucana*, I, II...]

Brasilia. Publicação do Instituto de Estudos Brasileiros da Faculdade de Letras da Universidade de Coimbra, Coimbra, 1942 e segs. Em curso de publicação. [*Brasilia*, I, II...] Não confundir com a cota *Bras.* (*Brasilia*) usada desde 1938 nos diversos tomos desta *História*.

CADENA DE VILHASANTI, Pedro. — *Relação Diária do Cêrco da Baía de 1638*, Prefácio de Serafim Leite, *Notas* de Manuel Múrias, Lisboa, 1941. [Cadena, *Relação Diária*...]

CAEIRO, José. — *De Exilio Provinciarum Transmarinarum Assistentiae Lusitanae Societatis Iesu*, com a tradução portuguesa de Manuel Narciso Martins, *Introdução* de Luiz Gonzaga Cabral e *Nota Preliminar* de Afrânio Peixoto, Baía, 1936. [Caeiro, *De Exilio*...]

CALDAS, José António. — *Noticia Geral de toda esta Capitania da Bahia desde o seu descobrimento até o presente anno de 1759*, na Rev. do Inst. da Baía, vol. 57(1931)1-445. [Caldas, *Notícia Geral*...]

CALMON, Pedro. — *História do Brasil*, S. Paulo, I-III, 1941-1944. [Pedro Calmon, *História do Brasil*, I, II...]

— *História da Casa da Tôrre*, Rio, 1939. [Pedro Calmon, *História da Casa da Tôrre*...]

CAPISTRANO DE ABREU, J. — *Capítulos de História Colonial* (1500-1800), Rio, 1928. [Capistrano de Abreu, *Capítulos de História Colonial*...]

CARAYON, Augusto. — *Documents inédits concernant la Compagnie de Jésus*, 23 vols., Poitiers, 1863-1886. [Carayon, *Doc. Inédits*, I, II...]

CARDOSO, Jorge. — *Agiologio Lusitano dos Sanctos e Varões illustres em virtude do Reino de Portugal e suas Conquistas*, 3 Tomos, Lisboa, 1652-1666. Tômo IV, por D. António Caetano de Sousa, Lisboa, 1744. [Jorge Cardoso, *Agiológio Lusitano*, I, II...]

Cartas de Vieira. — Vd. VIEIRA, António.

Cartas de Vilhena. — Vd. VILHENA, Luiz dos Santos.

CARVALHO, Miguel de. — *Dezcripção do certao do Peauhy remetida ao Illmº. e Rmº. S.ᵒʳ Frei Francisco de Lima Bispo de Pernambuco* [1697], publicada por Ernesto Enes em *As Guerras nos Palmares*, I, S. Paulo, 1938. [Miguel de Carvalho, *Descripção do Sertão do Piauí*...]

CASTRO, José de. — *Portugal em Roma*, 2 vols., Lisboa, 1939. [Castro, *Portugal em Roma*, I, II...]

CIDADE, Hernani. — *Padre António Vieira*, 4 vols., Lisboa, 1940. [Hernani Cidade, *Padre António Vieira*, I, II...]

CORDARA, Júlio César. — *Historia Societatis Iesu Pars sexta complectens res gestas sub Mutio Vitelleschio*, I, Roma, 1750; II, Roma, 1859. [Cordara, *Hist. Soc.*, VI, 1.º... 2.º...]

COSTA, Lúcio. — *A Arquitetura dos Jesuítas no Brasil*, na Revista do Serviço do Património Histórico e Artístico Nacional, V, Rio, 1941, 9-100. [Lúcio Costa, *A Arquitetura dos Jesuítas no Brasil*...]

CUNHA BARBOSA, António da. — *Aspecto da Arte Brasileira Colonial*, na Rev. do Inst. Hist. Bras., LXI, 1.ª P. (1898)95-154. [Cunha Barbosa, *Aspecto da Arte Brasileira Colonial*...]

CUNHA RIVARA, Joaquim Heliodoro. — *Catálogo dos Manuscritos da Biblioteca Eborense*, 4 vols., Lisboa, 1850-1871. [Cunha Rivara, *Catálogo*, I...]

Diccionario Historico, Geographico e Ethnographico do Brasil, 2 vols., Rio, 1922. [*Dic. Hist. Geogr. e Ethnogr. do Brasil*, I, II...]

Documentos Históricos. Publicação da Bibl. Nacional do Rio de Janeiro, I-LXVI. Em curso de publicação. [*Doc. Hist.*, I, II...]

Documentos Históricos do Arquivo Municipal [da Baía] — *Atas da Câmara 1625-1641*, I volume, Baía, 1944. [*Atas da Camara da Bahia*, I...]

ECKART, Anselmo. — *O Diário do P. Eckart ou as suas prisões em Portugal desde 1755 a 1777*. Traduzido do vol. X da Colecção *Les Martyres* de H. Leclercq, e publicado por Mgr. Marinho no livro *Galeria de Tyrannos*, Pôrto, 1917. [*Diário do P. Eckart*...]

Estudos Brasileiros. Publicação do Inst. de Estudos Brasileiros, Rio. Em curso de publicação. [*Estudos Brasileiros*, I, II...]

Faria, Manuel Severim de. — *Historia Portugueza e de outras Provincias do Occidente desde o anno de 1610 até o de 1640*, publicada e anotada pelo Barão de Studart, Fortaleza, 1903. [Faria, *Hist. Port...*]

Fernandes Gama, José Bernardo. — *Memórias Históricas da Província de Pernambuco*, I, Pernambuco, 1844. [Fernandes Gama, *Memórias Históricas*, I...]

Foulquier, José. — *Jesuítas no Norte*, Baía, 1940. [Foulquier, *Jesuítas no Norte*...]

Franco, António. — *Imagem da Virtude em o Noviciado da Companhia de Jesus do Real Collegio do Espirito Santo de Evora do Reyno de Portugal*, Lisboa, 1714. [Franco, *Imagem de Évora*...]

— *Imagem da Virtude em o Noviciado da Companhia de Jesus na Corte de Lisboa*, Coimbra, 1717. [Franco, *Imagem de Lisboa*...]

— *Imagem da Virtude em o Noviciado da Companhia de Jesus no Real Colegio de Coimbra*, I, Évora, 1719; II, Coimbra, 1719. [*Imagem de Coimbra*, I, II...]

— *Synopsis Annalium Societatis Iesu in Lusitania*, Augsburgo, 1726. [Franco, *Synopsis*...]

— *Ano Santo da Companhia de Jesus em Portugal*, Pôrto, 1931. [Franco, *Ano Santo*,...]

Galanti, Rafael M. — *História do Brasil*, 2.ª ed., S. Paulo, 1911. [Galanti, *H. do B.*, I, II...]

Galvão, Sebastião de Vasconcelos. — *Diccionario Chorographico, Historico e Estatistico de Pernambuco*, 2 vols., Rio, 1908-1910. [Galvão, *Diccionario*, I, II...]

Garcia, Rodolfo. — *Notas à História Geral do Brasil*, de Pôrto Seguro. Cf. Pôrto Seguro. [Garcia em *HG*, I, II...]

Gardner, Jorge. — *Viagens no Brasil*, tr. de Albertino Pinheiro, S. Paulo, 1942. [Gardner, *Viagens no Brasil*...]

Greve, Aristides. — *Subsídios para a Historia da Restauração da Companhia de Jesus no Brasil*, S. Paulo, 1942. [Greve, *Subsídios*...]

Guerreiro, Bartolomeu. — *Iornada dos Vassalos da Coroa de Portugal pera se recuperar a Cidade do Salvador, tomada pelos Olandeses, a 8 de Mayo de 1624, e recuperada ao primeiro de Mayo de 1625*, Lisboa, 1625. [Guerreiro, *Iornada*...]

Guilhermy, Élesban de. — *Ménologe de la Compagnie de Jésus — Assistance de Portugal*, 2 vols., Poitiers, 1867-1868. [Guilhermy, *Ménologe de l'Assistance de Portugal*...]

Gusmão, Alexandre de. — *Rosa de Nazareth nas Montanhas do Hebron, a Virgem N. Senhora na Companhia de Jesus*, Lisboa, 1715. [Alexandre de Gusmão, *Rosa de Nazareth*...]

Inocêncio Francisco da Silva. — *Diccionario Bibliographico Portuguez*, continuado por Brito Aranha e Gomes de Brito. 22 vols., Lisboa, 1858-1923. [Inocêncio, *Dicionário Bibliográfico*, I, II...]

Lamego, Alberto. — *A Terra Goytacá*, 5 vols., Bruxelas-Niteroi, 1923-1942. [Lamego, *A Terra Goytacá*, I, II...]

Leite, Serafim. — *Páginas de História do Brasil*, S. Paulo, 1937. [S.L., *Páginas*...]

— *Novas Cartas Jesuíticas — De Nóbrega a Vieira*, S. Paulo, 1940. (S.L., *Novas Cartas*...]

— *Luiz Figueira* — *A sua vida heróica e a sua obra literária*, Lisboa, 1940. [S.L., *Luiz Figueira*...]

Lettere Annue d'Etiopia, Malabar, Brazil e Goa, Roma, 1627. [*Lettere Annue d'Etiopia*...]

LORETO COUTO, Domingos do. — *Desagravos do Brasil e Glórias de Pernambuco* em *Anais da BNRJ*, XXIV-XXV. [Loreto Couto, *Desagravos do Brasil*, XXIV, XXV...]

LÚCIO DE AZEVEDO, J. — *Os Jesuítas no Grão-Pará — Suas Missões e a Colonização*, 2.ª ed., Coimbra, 1930. [Lúcio de Azevedo, *Os Jesuítas no Grão Pará*...]

— *História de António Vieira*, 2.ª ed., 2 vols., Lisboa, 1931. [Lúcio de Azevedo, *Hist. de A. V.*, I, II...]

MAIA DA GAMA, João da. — *Diário da Viagem de regresso para o Reino, de João da Maia da Gama e de inspecção das Barras dos Rios do Maranhão e das Capitanias do Norte em 1728*, publicado por F. A. Oliveira Martins, *Um herói esquecido — João da Maia da Gama*, Lisboa, Agência Geral das Colonias, 1944, 2 vols. O Diário ocupa o 2.º volume. [Maia da Gama, *Diário da Viagem*...]

MARQUES, César. — *Diccionario Historico, Geographico e Estatistico da Provincia do Maranhão*, Maranhão, 1864. [César Marques, *Dic. do Maranhão*...]

MARTIUS, Carl Friedr. Phil. von. — *Glossaria Linguarum Brasiliensium*, Erlangen, 1863. [Martius, *Glossaria*...] — Vd. Spix.

MAXIMILIANO, Príncipe de Wied Neuwied. — *Viagem ao Brasil* (1815-1817). Tr. de Edgar Sussekind de Mendonça e Flávio Poppe de Figueiredo. Refundida e anotada por Olivério Pinto, S. Paulo, 1940. [Maximiliano, *Viagem ao Brasil*...]

MELO MORAIS, A. J. de. — *Corographia Historica, Chronographica, Genealogica, Nobiliaria e Politica do Imperio do Brasil*, 5 vols., Rio, 1859-1863. [Melo Morais, *Corografia*, I...]

Memórias e Comunicações ao Congresso Luso-Brasileiro de História. Em *Publicações do Congresso do Mundo Português*, vols. IX e X, Lisboa, 1940. [*Memórias do Congresso*, IX, X...]

MONIZ, Jerónimo. — *Vita P. Stanislai de Campos e Societate Iesu in Brasiliensi Provincia Sacerdos*, Rio, 1889. [Moniz, *Vita P. Stanislai de Campos*...]

MORAIS, José de. — *História da Companhia de Jesus na Vice-Província do Maranhão e Pará*, publicada por Mendes de Almeida (Cândido), em *Memórias para a História do Extinto Estado do Maranhão*, 2 vols., Rio, 1860-1874. [Morais, *História*...]

MURY, Paulo. — *História de Gabriel Malagrida da Companhia de Jesus*, trasladada a português e prefaciada por Camilo Castelo Branco, Lisboa, 1875. [Mury, *História de Malagrida*...]

NANTES, Martin de. — *Relation succinte et sincere de la Mission du Pere Martin de Nantes, Prédicateur Capucin, Missionaire Apostolique dans le Brezil parmy les Indiens appellés Cariris*, 1.ª ed., Quimper, s/d. [Martin de Nantes, *Relation succinte*...]

NORTON, Luiz. — *A Dinastia dos Sás no Brasil*, Lisboa, 1943. [Norton, *A Dinastia dos Sás no Brasil*...]

OLIVEIRA MARTINS, F. A. — *Um herói esquecido — João da Maia da Gama*, 2 vols., Lisboa, 1944. — Vd. MAIA DA GAMA, João da.

PEIXOTO, Afrânio. — *História do Brasil*, 2.ª ed., S. Paulo, 1944. [Afrânio Peixoto, *História do Brasil*...]

— *Breviário da Bahia*, Rio, 1945. [Afrânio Peixoto, *Breviário da Bahia*...]

— *Martim Soares Moreno*, «fundador do Seará, iniciador do Maranhão e do Pará, herói da restauração do Brasil contra franceses e holandeses», Lisboa, 1940. [Afrânio Peixoto, *Martim Soares Moreno*...]

PEREIRA, Estêvão. — *Descrizão da fazenda que o Collegio de Santo Antão tem no Brazil e de seus rendimentos*, publicada por Afonso de E. Taunay nos *Anais do Museu Paulista*, IV, 773-794. [Estêvão Pereira, *Descrição*...]

PIRAJÁ DA SILVA E PAULO WOLF. — *Através da Bahia* — Excerptos de *Reisen in Brasilien* de von Spix e von Martius, 3.ª ed., S. Paulo, 1938. [Pirajá da Silva, *Através da Baía*...]

PIZARRO E ARAÚJO, José de Sousa de Azevedo. — *Memórias históricas da Província do Rio de Janeiro*, 6 vols., Rio, 1820-1822. [Pizarro, *Memórias*, I, II...]

PÔRTO SEGURO, Visconde de (Francisco Adolfo Varnhagen). — *História Geral do Brasil*. Notas de J. Capistrano de Abreu e Rodolfo Garcia, 5 vols., 3.ª ed. (Tomo I, 4.ª), S. Paulo, s/d. [Pôrto Seguro, *HG*, I, II...]

REBÊLO, Domingos José António. — *Corographia ou Abreviada Historia Geographica do Imperio do Brasil*, 2.ª ed., Baía, 1929, na *Rev. do Inst. Geogr. e Hist. da Baía*, LV. [Rebêlo, *Corografia*...]

Revista de História, direcção de Fidelino de Figueiredo, Lisboa, 1912 e segs. [*Revista de História*, I, II...]

Revista do Instituto Arqueológico, Histórico e Geográfico Pernambucano, Recife. Em curso de publicação. [*Rev. do Inst. Pernamb.*, I, II...]

Revista do Instituto do Ceará. Em curso de publicação. [*Rev. do Inst. do Ceará*, I, II...]

Revista do Instituto Geográfico e Histórico da Baía. Em curso de publicação. [*Rev. do Inst. Hist. da Baía*, I, II...]

Revista do Instituto Histórico e Geográfico Brasileiro, Rio, 1838-1945. Em curso de publicação. Cf. supra, *História*, III, *Introdução*, XXXI. [*Rev. do Inst. Hist. Bras.*, I, II...]

Revista do Instituto Histórico e Geográfico Paraíbano, Paraíba, 1918 e segs. [*Rev. do Inst. da Paraíba*, I, II...]

Revista do Instituto Histórico e Geográfico do Rio Grande do Norte, Natal. Em curso de publicação. [*Rev. do Inst. do Rio Grande do Norte*, I, II...]

Revista do Serviço do Património Histórico e Artístico Nacional, 7 vols., Rio, 1937 e segs. Em curso de publicação. [*Revista do SPHAN*, I, II...]

ROCHA PITA, Sebastião da. — *História da América Portuguesa*, 2.ª ed., Lisboa, 1880. [Rocha Pita, *América Portuguesa*...]

ROCHA POMBO, José Francisco. — *História do Brasil*, 10 vols., Rio, s/d. [Rocha Pombo, *H. do B.*, I, II...]

RODRIGUES, Francisco — *História da Companhia de Jesus na Assistência de Portugal*. Em curso de publicação. Tomos I-III, Pôrto, 1931-1944. [Rodrigues, *História*, I, II...]

— *A Formação Intellectual do Jesuita*, Pôrto, 1917. [Rodrigues, *A Formação*...]
— *A Companhia de Jesus em Portugal e nas Missões*, 2.ª ed., Pôrto, 1935. [Rodrigues, *A Companhia*...]
RODRIGUES DE MELO, José. — *Vita P. Emmanuelis Correae*, Fano S. Martini, 1789. Possuímos a fotocópia do *ms.*, pelo qual fazemos as citações. [José Rodrigues de Melo, *Vita P. Emmanuelis Correae*... (*ms*)]
SANTA MARIA, Agostinho de. — *Santuário Mariano e História das Imagens milagrosas de Nossa Senhora*, Lisboa, 1707-1723. [*Santuário Mariano*, I, II...]
SANTIAGO, Diogo Lopes de. — *História da Guerra de Pernambuco e feitos memoráveis do Mestre de Campo João Fernandes Vieira*, Recife, 1943. [Santiago, *História da Guerra de Pernambuco*...]
Santuário Mariano. — Vd. SANTA MARIA, Agostinho de.
SOMMERVOGEL, Carlos. — *Bibliothèque de la Compagnie de Jésus*, Bruxelas, 1890-1909. [Sommervogel, *Bibl.*, I, II...]
SOUTHEY, Roberto. — *História do Brazil*, 6 vols., Rio, 1862. [Southey, *H. do B.*, I, II...]
SPIX, J. B. von e C. P. von MARTIUS, *Viagem pelo Brasil*, tr. de Lúcia Furquim Lahmeyer, rev. de B. F. Ramiz Galvão e Basílio de Magalhães, 4 vols., Rio, 1938. [Von Spix e von Martius, *Viagem pelo Brasil*, I, II...]
— *Reise in Brasilien* — *Através da Bahia*, trad. e notas de Pirajá da Silva e Paulo Wolf, 3.ª ed., S. Paulo, 1938. [Von Spix e von Martius, *Através da Bahia*...]
STUDART, Barão de. — *Datas e factos para a História do Ceará*, I — *Ceará-Colónia*, Fortaleza, 1896. [Studart, *Datas e Factos*, I...]
— *Documentos para a história do Brasil e especialmente a do Ceará*, 4 vols., Fortaleza, 1904-1921. [Studart, *Documentos*, I, II...]
TAUNAY, Afonso de E. — *História Geral das Bandeiras Paulistas*, 7 Tomos, S. Paulo, 1924-1936. [Taunay, *Hist. Geral das Bandeiras Paulistas*, I, II...]
VARNHAGEN. — Vd. PÔRTO SEGURO.
VASCONCELOS, Simão de. — *Chronica da Companhia de Jesu do Estado do Brasil e do que obraram seus filhos nesta parte do Novo Mundo*, 2 vols., Lisboa, 1865. [Vasc., *Crónica*...]
Vida do P. Joaõ d'Almeida da Companhia de Jesu da Provincia do Brasil, Lisboa, 1658. [Vasc., *Almeida*...]
— *Vida do Veneravel P. Joseph de Anchieta*, Lisboa, 1672. [Vasc., *Anchieta*...]
VIANA, Francisco Vicente. — *Memória sobre o Estado da Bahia*, Baía, 1893. [Viana, *Memória*...]
VIEIRA, António. — *Sermões*, 15 tomos, Lisboa, 1854-1858. [Vieira, *Sermões*, I, II...]
— *Obras Inéditas*, 3 tomos, Lisboa, 1856-1857. [Vieira, *Obras inéditas*, I, II...]
— *Obras várias*, 2 tomos, Lisboa, 1856-1857. [Vieira, *Obras várias*, I, II...]
— *Cartas do Padre António Vieira*, coordenadas e anotadas por J. Lúcio de Azevedo, 3 tomos, Coimbra, 1925-1928. [*Cartas de Vieira*, I, II...]
VILHENA, Luiz dos Santos. — *Notícias Soteropolitanas e Brasílicas* anotadas por Brás do Amaral com o título principal de *Cartas de Vilhena*, 2 vols., Baía, 1922. [*Cartas de Vilhena*, I, II...]
WANDERLEY DE ARAÚJO PINHO, José. — *Testamento de Men de Sá*, Separata do III vol. dos «Anais» do Terceiro Congresso de História Nacional, Rio, 1941. [Wanderley Pinho, *Testamento de Mem de Sá*...]

OS JESUÍTAS NA BAÍA E SEU RECÔNCAVO

"História da Companhia de Jesus no Brasil" Tômo V

BAÍA (Salvador) 1549-1760
- Colégio Máximo
- Noviciado da Giquitaia
- Seminário Maior da Conceição
- Casa de Exercícios Espirituais
- Quinta do Tanque (S. Cristóvão)

    Em nenhuma terra americana trabalharam tão longamente os Jesuítas da Assistência de Portugal como na Baía. Coincidiu a sua chegada com a fundação da Cidade do Salvador (1549); e, acompanhando o desenvolvimento da Capital colonial brasileira até o seu apogeu, concentraram nela as grandes Casas de formação e o *Colégio Máximo* da Província do Brasil, com os *Estudos Gerais*, que além dos Cursos de *Primeiras Letras* e *Letras Humanas*, incluíam, em 1757, as Faculdades de *Teologia Dogmática* e *Moral*, *Filosofia* e *Matemática*. Universidade sem o nome, que aliás também se tratou de obter.

    Não anotamos, no Recôncavo, senão os principais estabelecimentos, quer Fazendas e Engenhos, quer Aldeias, pela impossibilidade de reproduzir, num só esbôço local, quantos se mantiveram ou absorveram noutros, durante o espaço de mais de dois séculos. A 1.ª Aldeia dos Jesuítas, na Baía e em tôda a América (1549), foi no Monte Calvário, onde hoje é o Carmo; outra, onde hoje é S. Bento; outra, onde hoje é a Piedade; e outra sôbre a Gamboa, tôdas dentro do perímetro da Cidade do Salvador. E, dentro do actual Estado da Baía, ainda outras, muitas das quais são hoje Vilas e Cidades.

LIVRO PRIMEIRO

BAÍA

LIVRARIA DO COLÉGIO DA BAÍA
Em cima: Pintura do tecto.
Em baixo: Um dos painéis de azulejo do vestíbulo.
O magnífico salão é hoje Museu de Arte Sacra e algum objecto dêle aparece na gravura. O biombo da esquerda, que oculta o camarim do altar-mor da Igreja, estava outrora ornado em concordância com o salão, despojado também das suas estantes e milhares de livros.

CAPÍTULO I

A Baía ao começar o Século XVII

1 — A liberdade dos Índios; 2 — A Lei de 30 de Julho de 1609 e o motim que provocou; 3 — A Confraria dos Oficiais Mecânicos (1614); 4 — Outros ministérios na cidade; 5 — Os piratas e o naufrágio de Baltasar de Aragão; 6 — Caminhos ásperos das Aldeias dos Índios; 7 — As Aldeias e o bem comum; 8 — D. Diogo de Meneses, Gaspar de Sousa e Alexandre de Moura; 9 — Continuam os Padres nas Aldeias.

1. — Um dos actos finais do século XVI vimos nos dois primeiros Tomos, que foi a Lei da Liberdade dos Índios de 26 de Julho de 1596. As suas consequências e reacções entram pelo século XVII e são a manifestação ou preocupação mais visível dos Jesuítas do Brasil antes das invasões holandesas. O facto da Baía ser então a Capital fêz que a crise da liberdade dos Índios precedesse nela as demais terras, que já se iam povoando ao Sul e ao Norte. Mas também por ser aí mais coeso o sentimento da autoridade, não obstante um ou outro sinal de tibieza, a solução foi diversa da que teve nas extremas do Brasil, sem se chegar aos excessos que assinalaram S. Paulo e sobretudo o Maranhão. Não faltou porém o seu motim, que se vinha incubando desde o govêrno de Diogo Botelho, homem que manifestou tendências opostas às do grande D. Francisco de Sousa, e que pretendia fàtuamente ocupar nas Igrejas lugar acima do Bispo (como se o Bispo exigisse a recíproca de ocupar, nos palácios de govêrno, lugar acima do Governador), e com o mesmo espírito alvitrava que as Aldeias da catequese se entregassem a capitães postos por êle. Os aspirantes a estas capitanias é natural que estivessem do seu parecer. Respondeu El-Rei, a 30 de Abril de 1604, pedindo informações sôbre as Aldeias; e que nas Igrejas tivesse precedência, pois era o seu lugar, o Bispo [1].

---

1. Andrade e Silva, *Collecção Chronologica*, 76.

Diogo Botelho, que fôra primeiramente partidário de D. António Prior do Crato, aderiu depois a Castela e com tal zêlo que pretendeu, nada menos, introduzir na América Portuguesa, o regime das *Encomiendas*, usado na América Espanhola. A 19 de Março de 1605, respondeu-lhe El-Rei:

«O que me dizeis (que devo mandar ordenar o govêrno dêsse gentio na forma que se usa nas Índias de Castela), pôsto que não recebi o regimento das ditas Índias, que dizeis me enviáveis, tenho mandado ver êste negócio, e vos responderei a resolução que nêle houver de tomar»[1].

2. — A resolução não foi a que seduzia o Governador Diogo Botelho. As Provisões de 5 de Junho de 1605 e 4 de Março de 1608, favoráveis à catequese, prepararam o caminho para a grande lei de 30 de Julho de 1609, em que El-Rei simplesmente abolia a escravidão dos Índios do Brasil: «Declaro todos os gentios daquelas partes do Brasil por livres, conforme a direito e seu nascimento natural, assim os que já foram baptizados e reduzidos à nossa Santa Fé Católica, como os que ainda servirem como gentios, conforme a seus ritos e cerimónias, os quais todos serão tratados e havidos como pessoas livres como são».

Desta declaração de princípios, fundamental, se seguiram corolários que a lei determina, quanto ao *trabalho* (não poderia ser forçado), quanto ao *salário* (se lhes pagaria como a tôdas as demais pessoas livres).

Contudo a lei põe uma limitação à liberdade dos Índios, que vem a ser o pressuposto de tôda a recta legislação sôbre os Índios, a sua menoridade social, colocando-os, na linha tradicional brasileira, sob a Protecção dos Padres da Companhia, «para os domesticarem, e segurarem em sua liberdade e os encaminharem no que convém ao mesmo gentio, assim nas coisas da sua salvação como na vivenda comum e comércio com os moradores daquelas partes».

A lei regulava a vida judicial e penal interna das Aldeias e concluía com esta cláusula, justa, mas de difícil execução:

«E porque sou informado, que em tempo dalguns Governadores passados, se cativaram muitos gentios contra forma das leis

---

[1]. Correspondência de Diogo Botelho na *Rev. do Inst. Hist. Bras.*, LXXIII, 1.ª P., 5.

de El-Rei, meu senhor e pai, e do senhor Rei Dom Sebastião, meu primo, que Deus tem, e principalmente nas terras de Jaguaribe, hei por bem e mando que todos sejam postos em sua liberdade e que se tirem logo do poder de quaisquer pessoas em cujo poder estiverem e os mandem para suas terras, sem embargo que os que dêles estiverem de posse dizerem que os compraram, e que por cativos lhes foram julgados por sentença, as quais vendas e sentenças declaro por nulas, por serem contra direito, ficando resguardado aos compradores o que pretenderem contra os que lhos venderam» [1].

Ordem sem dúvida generosa e admirável para o tempo, mas que o tempo ainda não comportava, e que veio a ser sementeira das alterações que surgiram. Ao terem conhecimento da Lei, os moradores da Baía seguiram o caminho do motim, resolução que mais tarde haviam de seguir também os de S. Paulo e do Maranhão. Na Baía, porém, a solução foi diferente, porque apesar da tal ou qual ambiguidade do novo Governador D. Diogo de Meneses, o ser capital do Brasil fêz que afinal se impusesse a autoridade dos Padres, e se evitassem as vias de facto, que se assinalaram naqueles pontos do sul e do norte.

O que se passou narra-o o P. Provincial Henrique Gomes em carta de 5 de Julho de 1610 ao P. Geral:

«Nesta darei conta a Vossa Paternidade do sucesso que teve a nova Lei, que Sua Majestade passou em 30 de Julho de 609, em favor dos Índios dêste Estado, julgando-os e declarando-os a todos por livres, a qual foi tão mal recebida do povo e câmara desta Baía, que contra ela e contra nós, que têm somos os que a procuramos e alcançamos, alevantaram o maior motim, que vi depois que estou no Brasil; ao qual deram princípio os juízes e vereadores com uns repiques a som de guerra, com que a 28 de Junho à tarde convocaram o povo à câmara, onde sendo todos juntos, tratando-se a matéria, houve vários pareceres e entre êles alguns que nos embar-

---

1. A lei foi registada em tôdas as Capitanias do Brasil. Temos presente o registo de Pernambuco: «Cumprasse e registesse, *Francisco de Moura*. Vai registada por mim escrivão da faz.ᵈᵃ desta Capitania de Pernambuco no livro 10 dos registos desta provedoria anno 1609, *M.ᵉˡ Mendes de Vasconcelos*», Arq. da Prov. Portuguesa, *Avulsos*. Na íntegra, em *Boletim do Conselho Ultramarino, Legislação Antiga*, I(Lisboa 1867)204-206; Andrade e Silva, *Collecção Chronologica* (1603-1612) 271-273; cf. Vasconcelos, *Crónica*, Livro III, n.º 44.

cassem a todos para Portugal, por inimigos do bem comum e da república, trazendo em confirmação o exemplo de Veneza, de que afirmavam que por tais fôramos lançados. Em resolução, depois de vários debates, se assentou que todos juntos em um corpo fôssem reclamar a Lei de Sua Majestade diante do Governador Geral e do Chançarel-mor, o que efectuaram, entrando dentro de suas casas só a câmara, e ficando de fora o povo todo, bradando a grandes vozes que não queriam nem aceitavam tal lei, excitando-os Gaspar Gonçalves, procurador do conselho, que sob capa de zêlo da república foi a mor causa dêste motim e alevantamento, persuadindo ao povo, com grandes vozes, que lhes queríamos tirar todo seu remédio e a sustentação, que os Índios seus pescadores lhes grangeavam, apelidando até os meninos mais pequenos, com que o povo se assanhou de modo que largavam pesadas palavras contra os da Companhia, dizendo uns que nos embarcassem, outros que nos entaipassem o Colégio; e foi tal o motim do povo, que o Procurador dos Índios correu risco de ser morto, só por dizer nesta ocasião que se informassem da verdade e achariam que os Padres não tinham culpa alguma.

Com esta fúria e motim se vieram todos também a êste Colégio, e por acharem a porta dêle fechada, deu nela alguns couces o procurador do conselho; e por ventura fôra mais àvante se o porteiro não acudira com diligência e abrira a dois juízes e um vereador; os quais dentro me disseram cortezmente, lhes perdoasse, porque êles só vinham ali a fim de aquietarem o povo que doutra maneira não puderam aquietar. Agradeci-lhes o cumprimento, mas bem entendemos, depois, que a vinda fôra de propósito, por lhes parecer que fazia mais a seu caso, como êles mesmos disseram antes ao Governador, e o mesmo Governador contou depois a dois Padres dêste Colégio; mas desculpe-se cada um como quiser, que se o povo passara àvante com sua fúria, e entrando por êste Colégio nos fizera outro qualquer mor desacato, não sei eu que desculpa dera a câmara, nem menos o Governador Geral, pois em nome de sua Majestade assiste com poder e fôrça de soldados para atalhar semelhantes motins e alevantamentos.

Ao dia seguinte, me veio Jorge Lopes da Costa, vereador do número, pedir da parte da câmara uma certidão em que certificasse como a nova Lei de Sua Majestade era em notável desserviço de Deus e de Sua Majestade, e prejudicial a todo êste Estado, significando-me com palavras claras, que, se a não desse, determinava a câmara convocar os moradores todos dêste Recôncavo, para de mão comua nos embarcarem ou fazerem outro semelhante agravo. Confesso fiquei sobressaltado, e comecei a imaginar onde estava: se em cidade livre de Sua Majestade ou em alguma de inimigos, pois com tal fôrça me queriam obrigar a fazer o que em nenhum modo podia, salva consciência; mas reprimindo o sentimento, lhe respondi com palavras brandas, a fim de os aplacar, que em tudo o que eu pudesse os serviria; não lhe dei contudo a certidão, que pediam, senão outra, em forma que nos pareceu a todos lícita, a qual vai enxerida nos embargos, que puseram a esta nova Lei, em os quais pretendem três coisas:

1.ª — que por esta nova lei se lhes não tirem os Índios legítima e verdadeiramente cativos conforme as leis e provisões dos reis passados;

2.ª — que se lhes não tirem os Índios livres, que em suas casas e fazendas têm, a que chamam de administração;

3.ª — dão a entender que sob capa desta lei lhes queremos chupar os Índios de suas casas para nossas aldeias.

As quais três coisas lhes assegurei em duas certidões, que passei, certificando nelas que nos parecia bem a todos não se tirarem os Índios legìtimamente escravos aos senhores, que com justo título os possuem, nem menos os livres de casa dos moradores, concorrendo três condições: que lhes paguem seu serviço, e os tratem como livres, e os mesmos Índios sejam contentes; porque faltando qualquer destas condições e principalmente a terceira, não vemos como fiquem livres mais que só de nome, pois ficam constrangidos a estar contra a sua vontade perpètuamente reteúdos êles e os seus descendentes, sem se poderem afastar das ditas fazendas, com as quais juntamente os vendem por mais altos preços, como se na realidade os ditos Índios fôssem legìtimamente escravos. E para de todo os desimaginar que não queríamos por essa via tirar-lhes êstes Índios de suas casas para nossas fazendas e Aldeias, lhes passei outra certidão, como daria ordem em tôda esta Província para que nem em nossas fazendas nem em nossas Aldeias se consentisse índio algum escravo ou livre dos que nas casas e fazendas dos moradores dêste Estado residem.

Tôda esta satisfação demos por vezes aos da Câmara desta cidade, acrescentando que nós não éramos partes nem o queríamos ser aos embargos que pretendiam pôr à nova Lei de Sua Majestade, que veio dirigida à Relação desta Cidade, e nela foi registrada, sem nós a apresentarmos nem sabermos parte dela; e não bastou esta satisfação para deixar de se alevantar contra nós êste motim, que tememos seja princípio de outros maiores, em caso que a dita Lei venha confirmada de Sua Majestade, e os de seu Conselho não estranharem ao Governador dêste Estado a dissimulação com que nêle se houve, e não castigar os que nêle foram culpados e particularmente o procurador do conselho, porque entendemos que, quanto é de cá, não se lhes dará remédio, salvo se nós mesmos lho aplicarmos, largando as Aldeias de nossa doutrina, para que se repartam pelos moradores, com que êles ficarão tão quietos e nossos amigos, que, como êles mesmos confessam, nos venerarão a todos por santos, o que fizéramos com facilidade, se respeitáramos só a nossa quietação particular; mas esta encontra o bem temporal dos Índios que em breve se consumirão, com notável detrimento de todo o Estado, como na verdade se consumiram já muitas outras Aldeias da administração dos Portugueses.

E muito mais esta encontra o bem espiritual dos próprios Índios, e a palavra que lhes demos no sertão, quando de lá os descemos, que estariam todos juntos em Aldeias, e nós com êles, doutrinando-os e sacramentando-os, como fazemos.

Isto se me ofereceu nesta matéria para escrever a Vossa Paternidade, a fim que saiba inteiramente o que cá passa e nos avise do que é bem façamos em semelhantes ocasiões, em cuja santa bênção e santos sacrifícios muito me encomendo. Dêste Colégio da Baía, 5 de Julho de 610, *Anrique Gomes*»[1].

O resultado foi o atenuamento da lei, voltando-se, com a nova de 10 de Setembro de 1611, à de 1570, de D. Sebastião. Confirmava-se a liberdade dos Índios, mas admitiam-se os cativos em «guerra justa» ou resgatados de morte. Proïbia-se a guerra aos Índios, mas permitia-se, sendo atacados por êles [2].

Neste perpétuo debate sôbre a escravidão dos Índios, tanto El-Rei como os Jesuítas representavam o que hoje se chama *oposição*. Na realidade a opinião pública do tempo queria e exigia a escravidão dos Índios. Contra quem defendesse a liberdade, vinham

---

1. *Bras. 8*, 114-115.
2. *Boletim do Conselho Ultramarino, Legislação Antiga*, I, 206-210; Andrade e Silva, *Collecção Chronologica*, 309-312; Vasconcelos, *Crónica*, loc. cit., dá-lhe a data de 10 de Setembro de 1610.

os embargos, e, se fôsse preciso, a violência e a insurreição. Naturalmente, os Padres poderiam abandonar os Índios à mercê dos mais fortes e seriam logo «amigos e venerados por santos», por êsses mais poderosos, mas a sua vocação e consciência eram vínculos mais fortes que êles. E procederam, como em geral o faziam, cedendo sem conceder de todo, sob a pressão do momento, aguardando nova e melhor oportunidade; e também, porque não eram os Índios a única actividade dos Jesuítas. Se êles nada mais fizessem que defender os Índios, os Jesuítas do Brasil tinham nisso a sua glória, não realizariam porém todo o seu papel histórico. À proporção que o Brasil se ia formando, surgiam novos problemas e actividades no ensino, direcção das almas, interêsses gerais e desbravamento colonial, que lhes impunham uma como que obrigação de permanência, que a rigidez, sem contemporização, frente a frente com os escravagistas irremediàvelmente prejudicaria. Inflexíveis no terreno dos princípios da liberdade, contemporizavam no terreno prático, para que, não podendo realizar tudo, fizessem o que era possível, até poderem voltar ao ponto de partida, ou pelo menos, defenderem, ora num caso ora noutro, os que eram sempre os mais sacrificados, por se poderem defender menos bem, como a história ensina dos Índios do Brasil.

É o que se infere da nova carta do mesmo P. Henrique Gomes, em 1614. Volta êle, no fim dela, a falar dos Índios, e do motim de 1610, e da situação criada por estas leis sucessivas. O motim fôra sobretudo quanto ao *passado*, a devolução ou libertação dos Índios cativos, e logo foi papelada para o Reino; a continuação da querela era quanto ao *futuro*, a ordem, que essas leis continham, de que se pusessem capitães seculares nas Aldeias. O P. Provincial, depois de dar sucinta idéia da actividade catequética e ministerial da Companhia, no momento em que escrevia, conclui por explicar a situação a que se chegou e a reviravolta do povo, que já não queria que os Padres largassem as Aldeias. Carta notável, não só sob o aspecto noticioso, histórico e social, mas também por alguns passos de beleza literária objectiva e directa, de quem descreve com arte o que primeiro viu e padeceu.

Henrique Gomes dirige-se ao Assistente em Roma, P. António de Mascarenhas:

3. — «Consola-nos Vossa Reverência com o fruto, que se colhe das doutrinas novamente introduzidas nessa Cidade e dis-

ciplinas da quaresma, etc. Não me atrevo a igualar a Baía com Roma, nem a seara pode responder com igual novidade, onde é tão desigual a quantidade do grão que se semeia; mas darei em esta a Vossa Reverência satisfação em parte, à justa queixa que há desta Província, em ser tão escassa de comunicar por cartas as mercês que o Senhor tão liberalmente lhe faz, dando-lhes ocasiões de tanto maior serviço e glória sua, quanto são menores os lustres exteriores de quem lhas veste, no que julgo ser tanto mais digno de estima, e conseguintemente de não ficar em silêncio seu trabalho, quanto é mais estéril a terra, em que se empregam, e mais sêca a cruz, árvore donde colhe tão copiosos frutos, e tão agradáveis ao céu. Mas é mal seu, tão antigo como ela, nem para o desculpar acho desculpa mais que descuido, salvo uma pequena de pusilanimidade, nascida de não poderem aparecer lá suas coisas com os faustos, que o primor da Índia, Japão, China e outras partes, dá às suas; mas, como disse, por isso *são mais nossas estas nossas* [1]. E no que em mim fôr, farei por emendarmos o passado, e sem tomar à *Ânua* o seu, apontarei brevemente algumas coisas das que achei na última visita, que fiz em o Colégio de Pernambuco e neste da Baía, porque ao do Rio e suas Residências mandei em meu lugar o P. António de Matos, e ainda não tenho resposta da visita, que em o serviço do Senhor tenho será igual à virtude do mesmo Padre.

E começando pela nova *Confraria dos Oficiais Mecânicos*, que há pouco se instituíu em êste Colégio e no de Pernambuco, em ambos teve bons princípios e vai com igual aumento, ainda que o Diabo parece começou logo a prever ou sentir já o bem de tal obra, e, por meio de gente pouco considerada, a quis encontrar, desautorizando-a com título de confraria de vilãos ruins; porém saíu-lhe ao revés sua pretensão, que isso mesmo excitou a muitos a a aceitarem e virem pedir com instância, antes não faltaram, dos mais honrados, alguns que fizessem muita por serem admitidos, e vendo se lhes fechavam as portas com dizer era confraria sòmente

---

1. «Esta terra é nossa emprêsa»... Henrique Gomes dá aqui a glossa e o sentido exacto da frase generosa e célebre de Nóbrega. Os Jesuítas defendiam, perante os poderes civis e religiosos (Lisboa e Roma), a evangelização e colonização do Brasil, *contra* a fascinação do Oriente, que atraía então mais os olhares de todos.

de oficiais, replicaram que também o eram, alegando por si serem Senhores de Engenhos, título que em outras ocasiões alegam para se enobrecerem, como em efeito os tais são, pela maior parte, os grandes do Brasil. A de Pernambuco, me escreveram agora, ir mui florente e passarem os confrades já de cento; aqui, são mais de 80. Logo fizeram suas mesas, opas, e pretendem fazer cruzes, mandar vir imagens de Nossa Senhora e o mais necessário para uma lustrosa confraria, e da primeira vez que aqui tiraram esmola entre si, para êsse efeito, ajuntaram 50$000 réis. E enfim em estas mostras têm já mais necessidade de freio que de esporas, mas como não está de todo assentada, imos de vagar e sòmente tiram seus Santos, confessam-se e comungam todos juntos cada mês, a uma missa, que lhes diz o P. Jerónimo Peixoto, mestre seu, e com quem correm em suas coisas».

4. — «Não é menos o fervor que se enxerga em as doutrinas, as quais se fazem todos os domingos à tarde na nossa Igreja, depois de o Padre, que as tem a cargo, ir pelas ruas com os mestres e estudantes, ajuntando quantos podem; e, assim com isso, como com boas músicas, que sempre há, descantes, órgãos, e às vezes frautas e charamelas, há de ordinário grande concurso, e se enche a Igreja como para qualquer prègação. Na mesma forma correm em Pernambuco, salvo o variarem-se por diversas Igrejas, por estar a povoação da vila mais espalhada que a desta cidade. Aos pretos escravos se ensina em os mesmos dias, primeiro em a nossa Igreja acabada a primeira missa a que concorrem tantos, que não há caberem; à tarde vão dois Irmãos pelas ruas da cidade, e em tôdas as partes que os acham os ajuntam, e aí mesmo os ensinam; e faz-se assim com mais fruto, porque nestes lugares são certos, e levados à Igreja, como por vezes se tem intentado, é dificultoso a êste tempo, que é o em que aliviam o trabalho da semana. Afora êstes e outros santos exercícios, que tem êste Colégio, não faltaram, depois que aqui estou (e assim foi no mais tempo) aos que nêle residem, ocasiões em que se ocupar com fruto do próximo e serviço grande de Nosso Senhor, porque havendo por duas vezes graves diferenças entre os principais do govêrno eclesiástico e secular, de que se temiam grandes inconvenientes e perturbações, tanto mais danosas quanto eram mais públicas e eminentes as pessoas, e menos se queria ceder de parte a parte, por ser em matéria de jurisdição, que como outras vezes temos visto, sempre se veio a parar em no-

tável detrimento do bem espiritual do povo, que não sabia se havia de obedecer às censuras, se às penas, que por isso se lhe punham; foi contudo o Senhor servido que, metendo-se os nossos de permeio, tudo se quietou com satisfação e paz de ambas as partes.

Além disto têm os prègadores bem que fazer em acudir às muitas prègações, que se nos pedem, não só para dentro da Cidade e ainda dos conventos em suas festas principais, senão também para fora, porque as mais das que se fazem em todo o Recôncavo da Baía a nós se pedem. Viu-se particularmente esta freqüência êste ano, tempo em que o Senhor nos visitou com um castigo ou castigos, que deu a esta terra.

Primeiro, com uma sêca mui extraordinária, por cujo respeito além dos gados que nela morreram e outras perdas de momento, houve uma maior que tôdas em se não lograrem as novidades, cuja falta hoje a vai pondo em fome e carência da abundância, que pudera haver de açúcares. Para se atalhar êste mal e desviar o golpe da divina justiça, se aplicaram muitos meios de orações, missas, comunhões, e outras pias obras, e entre as mais, muitas procissões de notável concurso de gente, e grande número de penitentes, que certo é para ver a facilidade com que nesta terra os homens se disciplinam, não só por tôda a quaresma com disciplinas de sangue, mas ainda sêcas em a nossa Igreja, em os dois dias da semana que para isso se lhes abre, passando de ordinário o número de cento e cinqüenta, cento e sessenta pessoas; e destas, a maior parte toma duas disciplinas, a primeira comum e a segunda com os cantores, que à primeira cantaram o *Miserere*; e todos assistem às práticas, que se lhes fazem às sextas-feiras. Mas tornando às nossas Procissões, foi entre as mais muito para ver, assim em concurso de gente com suas tochas e velas nas mãos, como em bom número de penitentes, que passariam de 60, a que fizeram os estudantes confrades da *Confraria de Nossa Senhora*, ou, como lá lhe chamam, das *11.000 Virgens, Padroeiras desta cidade*. Coube aos nossos grande parte de tudo quanto se fêz, não menos em penitências e outras devoções, que em as prègações e particulares outras amoestações, com que a todos excitavam e principalmente a que tirassem a causa do mal, que eram pecados, de que se não colheu pouco fruto. E ùltimamente, querendo a Cidade, à imitação do cabido, que sua Procissão se terminasse com o Santíssimo Sacramento desencerrado, escolheram para isso a nossa Igreja, havendo (como alguns disseram) que quando o Senhor os não ouvisse por seus pecados, os ouviria pelo lugar em que o buscavam, e merecimentos dos que ali o tinham e guardavam. Vieram para êsse efeito os da Câmara propôr sua pretensão a êste Colégio; fêz-se como pediram, mas diferiu-se contudo o despacho da nossa e sua petição, ou porque assim o mereciam nossas culpas, ou por querer o Senhor mostrar-nos quanto devíamos estimar a protecção e amparo, que tem esta cidade, em suas Padroeiras, as 11.000 Virgens, em a véspera de cujo dia e festa, que a confraria lhes faz, foi servido começar a levantar o castigo, com boa cópia de água, e ainda que esta não durou mais que dois ou três dias foi mui grande alívio para tôda a terra. Aqui era para ver a santa competência de a quem se devia atribuir a mercê; porém os mais dos votos tiveram por si os meninos de nossa *Escola*, que levados de uma santa inveja, não contentes de se acharem em tôdas as mais quiseram também por si fazer sua Procissão. Para isto se prepararam uns com suas velas metidas em lanternas de papel, postas em paus a modo de tochas, outros com cruzes, e outras insígnias de penitentes, e todos descalços; juntos mais de 150, nesta forma, começaram a entoar dois as Ladainhas à porta da nossa Igreja, da banda de fora, e respondendo os mais, se foram pelas ruas principais da Cidade com edificação mui notável de quantos os viam, não sabendo se se espantasse mais da ordem e concêrto com que iam, se da devoção que mostravam, e em especial um que no couce da procissão levava um crucifixo em as mãos, coberto com um véu, e acompanhado de duas tochas, representava a mais devota e bem composta figura, que com muitos ensaios se pudera pintar. Começou o acto com meninos, mas como se continuou, e voltaram por adonde saíram, podia-se ver o acompanhamento de gente que traziam após si, trocada já a música de cantochão em a de órgão, que alguns músicos bons cantavam movidos da devoção, que a todos fêz aquela vista, como lhe chamavam, de anjos. Nesta forma continuaram por muitos dias, indo umas vezes a uma Igreja, outras a outra; e nas dos conventos, ainda que de noite, os receberam com as portas das Igrejas abertas, e mostras do muito que estimavam tanta piedade em tão tenras idades, e de uma das vezes se lhes fêz no mosteiro dos Padres Bentos, uma breve exortação, e por ser fora da cidade e se terem já acabado as velas a alguns, os mesmos Padres os proveram».

5. — «O segundo castigo foi que, havendo aqui recado, andavam em a barra alguns navios de ladrões, se aprestou Baltasar de Aragão, homem honrado, aqui morador e capitão-mor, que então era nas coisas da guerra, em lugar do Governador Gaspar de Sousa, que ainda está em Pernambuco, dando ordem à entrada e conquista do Maranhão, e em breve se fêz à vela em um galeão seu, forte e bem apetrechado, com mais 7 embarcações pequenas. Ao dia seguinte, que foi o de S. Matias [1], amanheceu perto de terra a vista de cinco navios franceses, dois dos quais viu em poucas horas rendidos pelos nossos, continuando com os que ficaram ao tempo em que o galeão quis voltar sôbre a capitaina inimiga, junto à qual já estava, se virou o galeão de improviso, com um pé de vento mais rijo, e se foi ao fundo, escapando sòmente a nado pouco mais de 50 homens, de duzentos que levava; nêle se afogou também o Capitão-mor com sentimento geral de tôda a terra, pela perda de um patrício, além de experimentado capitão nesta e na conquista de Angola, tão zeloso do bem comum, que pelo defender deu a vida e com ela perto de 30.000 cruzados, que em tanto se põem a perda da nau, açúcares e mais fazendas de que ia meia carregada; fundida a nossa capitaina, ganharam os inimigos, *alioquin* já meios rendidos, o campo, e os nossos perderam totalmente o ânimo, e deixando seus companheiros lutando com as ondas, à disposição livre de seus inimigos, se recolheram à mor pressa, para serem, como ficam, presos e depostos, os que os tinham, de seus cargos, esperando recado de Sua Majestade. Com os franceses, que trouxeram prisioneiros, imos exercitando nossos ministérios, socorrendo-os como podemos assim em o temporal, como principalmente em o espiritual, de que estavam bem necessitados, e o mesmo se guarda com os mais presos, por meio de um Padre, que com igual edificação e fruto, os visita amiúde e ajuda no que é nosso. Dos franceses se acharam dois que são hereges, nem até agora se pôde acabar com êles bem algum, como nem com outros flamengos, ou ingleses, que foram tomados de uma nau, que sem licença vinha carregar pau brasil e estão na mesma prisão, confessando-se fàcilmente os mais juntamente com os Portugueses, em um dia ou dois que para isso se destinaram, em que o Padre Reitor com os mais dos Padres dêste Colégio os

---

1. 24 de Fevereiro.

foram desobrigar pela Páscoa; em a última hora, que, segundo se pratica, terão cedo, pelo menos os franceses, veremos se os podemos reduzir.

E já que estamos na cadeia, tocarei um caso, que dela saíu nesta conjunção, indício grande de ser merecido por pecados êste castigo, pois o vimos às claras executado em parte dos que o mereceram. Houve nesta cidade um homem *olim* desembargador, honrado e rico. Tinha êste um sobrinho afazendado e atrevido, o qual, por vários crimes e alguns dêles graves, foi prêso, e ao tempo que se lhe esperava a morte saíu pela Relação dêste Estado sôlto e livre, passeando não só diante do Ouvidor Geral, a quem na resistência da prisão houvera de matar, mas ainda da própria parte, que não só ficou sem mulher, por esta lhe ser tresmontada para Portugal, mas também sem honra, por lhe não ser possível provar em juízo o roubo que, fora dêle, a todos era notório. Aprestou-se nesta conjunção a armada, que disse acima. Embarca-se o delinquente livre com o Capitão-mor, pede ao Tio um filho único, que tinha, para nêle fazer um morgado de uns poucos de mil cruzados de renda, sobrinho do mesmo Capitão-mor, e levam consigo a ficarem ambos afogados e serem causa ao pai de em breves dias acabar a vida de puro nôjo, conhecendo bem (como disse a um nosso antes de morrer) ser justo juízo de Deus sua morte por estas palavras: *Padre, Deus me castiga, em querer que eu morra agora, e meu sobrinho me cause a morte, pois tanto costa-arriba o livrei da que por seus pecados merecia, e os muitos mil cruzados que a isso ofereci; permitiu o Senhor se não quisessem aceitar a meu filho, que por alcançar a vida os oferecia a seus inimigos.* E foi o caso que perpassando uma nau dos ladrões pelos que do galeão se botaram a nado, foi alanceando a quantos chegou, e por mais dinheiro que êste mancebo nadando prometia, por si, se o salvassem, não lhe valeu para deixar de ficar lá. Ficou o inimigo com a perda da nossa nau, e retirada dos mais, mui vitorioso, e assim andou por algum tempo depois sôbre a barra, sem ser achado doutra 2.ª armada, que lhe saíu, em que foram dois nossos Padres, pedidos com muita instância pelos soldados e capitães, arrependidos de na primeira os não levarem, achando êle no mesmo tempo dois ou três navios portugueses, que roubou».

6. — «E eu por mercê divina lhe escapei das mãos, porque tendo-o já por ido, me embarquei a visitar os Ilhéus, e passando

pelo lugar do desastre passado, paragem onde ainda andavam, e donde largaram uma das embarcações roubadas, que encontramos pouco antes de lá chegarmos, foi o Senhor servido que nem nós dêles, nem êles de nós tivessem vista, dando-a êles de si no mesmo dia ao Camamu, aonde aportamos assim por fugir dêles, como por visitar também aquela Fazenda. Aí me chegou também pouco depois aviso do Padre Reitor, em como os ladrões não eram idos, antes estavam de vagar pela notícia que houve dos roubados, que largaram, por cujo respeito deixei de continuar a viagem dos Ilhéus por mar, aventurando-me antes aos riscos da terra, que o ano atrás tinha passado com bem de trabalho e com sair dêles com uma perna erisipelada e chagada; desta vez me foi melhor, seja o Senhor louvado, mas alternou-se o mal com o P. Manuel Fernandes, meu companheiro, que trouxe em um pé uma chaga, de que mais de mês e meio estêve e andou achacoso; é a causa dêstes sucessos a dificuldade do mau caminho, assim em ser em umas partes mal seguido por entre matos mui fechados, como fragoso em outras, e de ladeiras tão íngremes, que não há senão caminhar com pés e mãos, como quem sobe para o céu, ou desce dêle, e por êste respeito incapaz de cavalgadura ou coisa igual; nem as estalagens, que por ali se acham para descansar de noite do trabalho do dia, ou cobrir das chuvas que são contínuas, são outras mais que fôlhas das árvores, a cuja sombra, como dizem e eu experimentei nestas e outras jornadas, se molha homem duas vezes. Sobretudo o em que ali mais se padece, e nós mais arriscados fomos, são as passagens dos rios, por que alguns são mui grandes, e mui impetuosos, e os barcos da passagem, que nêles há são 3 ou 4 paus, que quem caminha leva consigo, de grossura de menos de um palmo de diâmetro, atados entre si com umas varas torcidas, que correspondem a vimes; e pôsto que êstes são muito leves, isso mesmo os faz mais doidos do que sofre o pêso de quem os não costuma, e o mêdo dos que ou não sabem nadar ou têm sôbre si o impedimento de nossas roupetas.

Parece-me ouço dizer a Vossa Reverência que, quando estas são as comodidades e caminhos, por onde anda o Provincial, quais serão os de aquêles que vão mais adiante, onde êle os manda e não chega? Respondo que assim o tenho considerado muitas vezes, e que só quem as experimenta sabe o que por estas e semelhantes jornadas se padece.

Vencidos todos êstes contrastes, chegamos aos Ilhéus, e certo me aliviou grandemente do trabalho dêles a muita aceitação que naquela Capitania achei, e juntamente agradecimento por nossa assistência nela. Foi disto bom argumento a grande instância que a Câmara e muitos outros me fizeram para que desse licença, visto estarem nossas Casas e Igreja muito arruïnadas, e ser necessário refazerem-se, que tudo se fizesse de novo, oferecendo para isso outro sítio muito mais acomodado e suas esmolas para os gastos. Foi para mim esta vontade tanto mais digna de estima quanto são menos as posses com que a antiga guerra dos Guaimorés os deixou; por êste respeito me pareceu dilatar-lhes a licença com título de que a houvessem primeiro dos Padres Bentos, que dali despovoaram para o sítio, que prometiam. Ficaram satisfeitos; e nós muito mais com sua devoção e bom zêlo, que mostraram, e de presente mostram, aos que lá residem. Não é inferior a sujeição e amor que os Índios de uma Aldeia, que nessa Capitania há, têm aos Padres não só para os sustentarem, quanto lhes é possível, com suas esmolas, mas também para lhes obedecerem, como se disso tiveram feito profissão.

Com esta matalotagem tornamos pelo mesmo caminho ao Camamu, e daí outra vez para esta Baía por mar, aonde nos estava esperando outro perigo, afora o dos ladrões, tanto maior que os passados, quanto mais longe nos ficava a terra, e mais perto os montes e serras de ondas tão bravas e encapeladas, que já as ladeiras da terra nos pareciam campinas, e os rochedos bosques frescos. Por uma parte se cobriu o céu de uma cerração tão escura que parecia noite, por outra bramia o vento, e em breve espaço nos rompeu as velas e quebrou os mastros, ficando a barca jogando de mar em través por muitas horas, exposta mais à ventura que a remédio que nós lhe pudéssemos dar. Confesso que com não ser muito medroso em o mar, aqui o não fui pouco, e os mais comigo, pedindo todos favor ao céu, pois cá o não tínhamos. Foi o Senhor servido dar-no-lo, com aplacarem os ventos e mares, em modo que com um pequeno bolso pudemos ir saindo para entrarmos em poucas horas, ainda que, como dizem, com as mãos nos cabelos, pela barra da Baía, e chegarmos a êste Colégio, aonde nos esperavam não menos cansados do perigo da tempestade, que receosos do dos ladrões.

Na visita das mais Aldeias, sujeitas a êste Colégio, donde há pouco cheguei, tive menos perigos, ainda que em caminho de 15 léguas, achei doze rios, e os mais de monte a monte, por causa das invernadas, mas em todos tivemos mais cómoda passagem, ora em os paus que acima disse, ora por árvores que junto aos mesmos rios crescem, a tanta altura, que cortadas sôbre êles os atravessam, e em dois nos serviram de pontes. Porém quando o rio é mais largo que o comprimento das árvores, usa-se doutro artifício qual achamos em o maior e mais dificultoso rio, que passamos, meia légua antes da primeira Aldeia. Põem-se, pela largura do rio, em paragem donde menos corre, muitos paus compridos fincados em baixo como estacas, e em cima atravessados em cruz a modo de aspas, por cujas forquilhas, que assim ficam fazendo, se lançam outros mais grossos, que vão fazendo o lastro da ponte ainda que estreito, e mais roliço que quadrado. Para os mainéis, em que homem se apega, se estendem outros, que vão atados pelos lados em as pontas das aspas. Não deixa às vezes de fugir o lume dos olhos a quem se vê no meio de um pego com tão estreito lugar para o passeio, e êsse tão pouco firme e seguro, que todo se abala com qualquer pessoa que passe, mas o costume nos faz já destros em passar, e menos receosos de semelhantes passos. Êste, de que falo, achei feito ou concertado de novo, e nêle muitos Índios da Aldeia vizinha, com um terno de charamelas em corpo, todos para nos passarem, e com seus arcos nas mãos, postos em ordem de guerra para nos acompanharem como fizeram no restante do caminho, suprindo à porfia com seus ombros em uma rede a falta de uma cavalgadura, que a um dos companheiros, fraco e convalescente ainda de uma doença, tinha fugido. Perto já da Aldeia estava outra esquadra com tambor e bandeira; mais adiante nos esperavam os *meninos e mancebos solteiros, a que chamam moços da escola, por todos aprenderem nela até serem casados* [1]. Êstes costumam, em os recebimentos dos Provinciais e Visitadores, ir diante com danças por baixo de arcos triunfais, cobertos de ramos frescos até os meterem na Igreja, a qual achamos tão cheia de gente como em o mais solene dia de festa, e tal parecia êste com a boa música do *Te Deum Laudamus*, som das charamelas, frautas, etc. Fêz-se-lhes, como se costuma, uma prática em que nós lhes dávamos as boas estadas em geral,

---

1. Tal é o genuíno espírito da Companhia de Jesus e da Igreja; outro espírito, que procurava intrometer-se nas Aldeias para a utilização económica imediata dos seus braços, veio prejudicar êste movimento civilizador, tão notável em tôdas as Aldeias do primeiro período. Se não se manifestou depois à mesma altura, a

em agradecimento das boas vindas, que nos tinham dado; e porque êste é o ordinário modo com que nos recebem, e agora o fizeram em quantas Aldeias visitei, nesta e na Capitania de Pernambuco, só êste aponto para por êles se tirarem os mais que em nada ficaram àquém, antes alguns avantajados.

E tornando aos Índios desta Aldeia, se muito me consolaram com as mostras grandes do amor com que nos recebiam, muito mais o fizeram com as que depois deram da estima do que se lhes ensina de nossa fé, virtude e piedade cristã, porque sendo isto em conjunção da festa do *Espírito Santo*, orago da mesma *Aldeia*, foi para ver o fervor que em todos houve, e nenhum ficar sem que se confessasse, e comungassem os que a isso se admitem; e por não poderem os confessores acudir a todos como êles desejavam, ainda bem não era manhã já nos estavam em casa fazendo instância grande aos Padres línguas, não fôssem à Igreja sem que primeiro êles se confessassem, porque como concorriam muitos Portugueses, arreceavam-se lhes tomassem o lugar mais próprio seu por então (como alegavam) por ser festa sua; e com esta primeira fôrça continuaram pela manhã e à tarde, dois dias antes da festa e dois depois, até que finalmente não ficou nenhum sem alcançar o que queria, continuando pelas oitavas com visitarem a Igreja e assistirem nela por bom espaço, tempo, que segundo seu natural, houveram de gastar em brindes e folias de pouco serviço de Deus. A festa se fêz com várias e bem ensaiadas danças de moços e meninos, com seus ditos em louvor do dia, duas prègações, uma em português, outra na língua brasil, vésperas e missa a dois coros, também cantada, tudo com seu baixão, sacabuxa, frautas e charamelas, que dentro na cidade não sei se se fizera melhor».

7. — «Sucedeu assistirem a tudo isto certos Portugueses do govêrno da Cidade e que sôbre a execução da nova Lei de Sua Majestade tinham dado seus pareceres, e ouvido os mais, que sôbre isto se deram; e depois se soube que saindo da Igreja para fora, foram bramindo contra quem fôsse de parecer que os Índios se tirassem aos Padres, alegando para isso não só as razões gerais do

---

história responsabiliza dêsse facto as investidas permanentes dos colonos, desde S. Paulo ao Pará, para desagregar a vida interna das Aldeias do Brasil, e fazer dos Índios apenas escravos ou serventes de brancos e mestiços, sem mais preocupações de educação e instrução.

bem comum, e conservação da terra, mas mui em especial o fruto e bem espiritual dos Índios, que ali tinham visto com tantas mostras de piedade, zêlo do culto divino, e destreza em celebrar o que nêles cabe, que muitos Portugueses lhes ficam muito àquém; o que tudo imaginavam se acabaria em breve sem nós, executando-se a lei. Cuja promulgação (já que aqui chegamos) foi uma ocasião das mais acomodadas que esta Província teve há anos ou pudera ter, assim para se ver o muito que os Índios estimam nossa assistência com êles pelo bem temporal e espiritual, que disso colhem, como também para desenganar a invejosos serem puras suspeitas as imaginações, que tinham e apregoavam, de nós tirarmos muito proveito da tal assistência; e juntamente para contar melhor a Sua Majestade o quanto assim a êle como a Deus serve a Companhia nesta emprêsa, sem outro galardão mais que enfadamentos de ingratidões e irracionáveis queixumes; salvo o que esperamos do céu. Quando, pois, esta lei veio a primeira vez, se persuadiram muitos, visto quanto acudimos pela liberdade dos Índios injustamente cativos, assim nos púlpitos em geral como em particular nos confessionários e pareceres que se nos pedem, fôra impetração nossa o haverem-se-lhes êles de tirar de casa e porem-se por Aldeias, como estão os de nossa Administração, havendo que os queríamos ajuntar com os nossos, e ter cuidado de todos. Passou tanto àvante nêles esta imaginação, que em um motim, que houve do povo sôbre a lei se não haver de executar, nos quiseram também fazer partes, vindo com sino tangido à portaria do nosso Colégio, aclamando contra a execução da lei e contra nós, assim e da maneira que o tinham feito às portas do Governador Dom Diogo de Meneses e do Chançarel-mor dêste Estado, a quem a lei vinha remetida, com mais dois adjuntos; porém do parecer de que então os não puderam tirar de todo nossas razões e desenganos, que com tôda a brandura e paz lhes fomos dar a alguns que metemos para dentro da portaria, os desimaginou esta segunda promulgação da mesma lei, acrescentada, pela qual nós também vínhamos excluídos da administração das Aldeias. Aqui foi para ver a diversidade de pareceres e juízos tão diferentes em todos, quanto o era em cada um o sabor do humor que o predominava, verificando-se bem nêles aquêle *scinditur incertus studia in contraria vulgus.* Porque os amigos, imaginando-os com isso muito sentidos e magoados, o estavam também; outros, que olhavam mais o bem de todos que o apetite particular de falsas imaginações de cada um, nenhuma coisa mais encareciam em consultas e fora delas que o mal que daí se seguiria. Eram êstes dos melhores, mais antigos e interessados na terra, e por verem o Governador inclinado mais a que se nos tirassem, começam com protestos e papeladas ao Reino, em contrário por ventura de algumas que lá estariam contra nós neste particular; e dêstes houve muitos; mas não fáltavam outros, que levados da esperança de algum proveito que daí lhes podia vir ou com as capitanias das mesmas Aldeias ou com outros meios fantásticos, que se lhes representavam, fechando os olhos a quantos inconvenientes se propunham, metiam velas e remos, que a lei se executasse, senão em todo, pelo menos no que tocava a se nos tirarem as Aldeias, e para êste fim ajuntavam quantas queixas tinham havido *ab initio* de os Padres das Aldeias não socorrerem com Índios aos Portugueses, que os pediam, sem apontarem as causas disso; e como por êstes pelejava o interêsse com aparências proveitosas e honrosas, como de capitanias para criados, etc., foi mui grande balanço para os Governadores, além de isto mesmo lhes ser bem encomendado no Conselho de Portugal, e por essa mesma causa o aprovaram os mais dos Desembargadores, em cuja notícia andava tirarmos nós das Aldeias cada ano mais de 30.000 alqueires de farinha, que ao mais barato são 15.000 patacas; porém eram castelos, levantados sem fundamento, e como tais por si arruïnaram, nem foi mais necessário para com a luz da verdade se desfazerem todos êstes nevoeiros, que verem nossa isenção e procedimento nesse particular, sem por nós ou por outrem nos darmos por achados, ou falarmos nisso, pondo em as mãos de Deus tudo, já que sem escrúpulo não podíamos encampar-lhes, primeiro que fôssemos notificados, o que víamos tanto desejavam tirar-nos, e para descanso nosso nos estava bem largar-lhes isto».

8. — «Mais que nenhuma coisa teve suspenso o Góvernador Dom Diogo de Meneses, aliás desejoso, ao que por palavras e obras mostrava, de fazer o que Sua Majestade lhe ordenava [1]; e assim disse por vezes que nada mais ao princípio o espantara e depois desenganara, que o ver quão pouco nós nos mostrávamos partes

---

1. Esta disposição do Governador D. Diogo de Meneses contra os Padres e os Índios, é patente não só de sua atitude passiva durante o motim, mas também de sua correspondência existente na Tôrre Tombo, Corpo Cronológico, Parte 1.ª,

em coisa em que tantos nos faziam não sòmente partes, mas partes mais interessadas do proveito do que êles o estavam do desejo; ajuntando que além de estar já bem inteirado de nós não tirarmos das Aldeias outro ganho mais que o de muitos serviços de Nosso Senhor e esperança do prêmio dêles, julgava seria notável risco, em que se poria o Estado se de pancada se quisesse executar a lei neste particular, nem êle se atrevera ainda que tivera mais tempo de govêrno, a o intentar senão pouco a pouco e muito a tento, mas que como estava no cabo de seu tempo, se não meteria a provar essa ventura senão que a deixava ao Governador Gaspar de Sousa, sucessor seu; do qual neste tempo tinha já carta em que se lhe queixava de êle lhe deixar esta execução, alegando ser já velho, mas que contudo ainda se atrevia a vir lutar com os Padres da Companhia. Virá êle, disse o Dom Diogo, e eu fico que mui cedo mude o parecer. Nem se enganou, porque pouco tempo depois de chegar, escreveu a Sua Majestade não convinha a seu serviço e bem dêste Estado largarem os Padres as Aldeias.

    A mor parte desta mudança entendemos se deve ao Capitão-mor de Pernambuco Alexandre de Moura, amicíssimo da Companhia, e o tem bem mostrado há muitos anos em muitas ocasiões. Entre outras é notável a familiaridade com que nos trata, em tanto que quando vêm ou vão Padres dêste Colégio para aquêle, se êle está em tempo é o primeiro que os vai embarcar ou desembarcar, e os acompanha e leva até à Vila, que dista do pôrto, por mar e por terra, uma légua; e desta última vez que fui visitar aquêle Colégio, nos veio buscar ao caminho e nos acompanhou com uma bandeira de homens de cavalo, sem haver rogos ou fôrça que o tirem de nos fazer estas honras em mostras do que nos quer. Tem êste fidalgo, por largas experiências, alcançado bem o humor dos Índios e favorece-os estranhamente, acudindo ao mais pequeno aceno que se lhe faz a os desagravar, e nisto tem feito proezas, por onde entendemos as faria em o negócio em que a êles tanto lhes ia, alegando por êles muitas razões que outras vezes tem alegado, uma das quais, e mui forçosa neste encontro, é estarem os mesmos Índios tão escaldados do trato dos Portugueses, com injustos cativeiros e outras vexações, que o mesmo se julgava seria

---

Maço 15, e na Parte 2.ª, Maço 19, publicada nos *Anais de BNRJ*, LVII, pedindo a El-Rei que repreendesse os Padres, e beijando-lhe a mão pela lei desfavorável aos Índios, pp. 68, 74, 80.

recolhermo-nos nós para os Colégios que êles para os matos, ou para onde bem lhes estivesse, e ficarem os escravos de Guiné, cujo grande açamo e freio são, senhores dos matos, e conseguintemente dos mesmos senhores. E mostras grandes deram os Índios de serem bem fundados em nós êstes arreceios, porque só o rumor que houve de nós os havermos de deixar os trouxe mui abalançados e arriscados a motins e levantamentos, nem deu pouco trabalho aos Padres aquietá-los; e querendo eu, por julgar ser assim melhor, aceitar os capitães portugueses nas Aldeias da *Capitania do Espírito Santo* nunca o pudera acabar com os Índios, se não fôra pôr-lhes diante lhes tiraria os Padres se os não aceitavam. A mesma dificuldade houve em Pernambuco, e alguns os não aceitaram contudo, e os que os têm fazem tão pouco caso dêles que tudo fica no mesmo estado que dantes. Para com clérigos seculares têm a mesma e maior repugnância, e a experiência de um, que por escrúpulo de não se poder acudir à visita de uma Aldeia, como era bem, pedi ao Bispo pusesse nela, tem mostrado os inconvenientes que houvera em as mais se do mesmo modo foram providas; e assim no aceitar êste, como no rejeitar os mais, têm em tôda a costa mostrado bem o muito que nos amam, e o quanto sentem nossa ausência. E certo que por uma parte me consolava em Pernambuco ver as invejas, que há, nos que nos não têm consigo, daqueles com quem residimos; e por outra me lastimava não poder remediar as queixas que sôbre isso lhes ouvia, nem acudir à fôrça, que me faziam, em que lhes desse Padres que os doutrinassem e estivessem com êles, até se porem de joelhos diante de mim os Principais, que os não quisesse deixar assim desconsolados; e em especial da *Capitania do Rio Grande* me vieram esperar à de Pernambuco, que são 40 léguas, uns não sei quantos Principais, a me pedirem lhes mandasse lá Padres a os consolar, e ensinar, quando menos em missão, dando suas palavras que êles os levariam e trariam, como fizeram e se verá de uma dos mesmos Padres que com esta vai [1].

Não despreze Vossa Reverência estas miüdezas, que esta terra não dá outras grandezas, e por esta razão se aplicam tão poucos a

---

1. Cf. Carta do P. Pero de Castilho, adiante no Terceiro Livro dêste Tômo, Capítulo consagrado à Fundação do Rio Grande do Norte.

escrever. Na bênção e Santos Sacrifícios de Vossa Reverência muito me encomendo. Dêste Colégio da Baía, e de Junho 16 de 614, *Anrique Gomes*» [1].

9. — O P. Henrique Gomes dá já a solução desta pendência, a informação do Governador Gaspar de Sousa a El-Rei, que não convinha a seu serviço nem ao bem do Estado do Brasil largarem os Padres as Aldeias. Cordara resume: Tinham os colonos inculcado, na sua papelada à Côrte, que o fisco receberia grandes lucros, se as Aldeias não fôssem administradas pelos Padres da Companhia. Alcançaram o que pretendiam, com as leis que davam capitães às Aldeias. Mas logo se verificou que não havia lucros, e que da papelada à realidade era grande a distância. O novo Governador Gaspar de Sousa, verificando por si mesmo a situação, e que não era nada do que prometiam, informou El-Rei, e os Padres continuaram como antes nas Aldeias da sua administração [2]. E a Câmara era a primeira a propor que El-Rei desse poderes aos Jesuítas para descerem Índios para as Aldeias. As invasões holandesas, porém, viriam em breve perturbá-las, em tôda a extensão do Brasil, desde a Baía ao Rio Grande do Norte e mais além.

---

1. *Bras. 8*, 169-174.
2. Cordara, *Hist. Soc.*, Pars VI, 1.º, 82-83.

CAPÍTULO II

Tomada da Baía pelos Holandeses em 1624

1 — A tomada da cidade e a narrativa do P. António Vieira; 2 — Os Padres do Colégio e as notícias do P. Manuel Fernandes; 3 — Cativeiro do Provincial Domingos Coelho com outros Padres, destêrro de Holanda e «Relação» do mesmo Provincial; 4 — D. Marcos Teixeira, «Religioso e Militar Pontífice».

1. — A união das duas monarquias portuguesa e hespanhola, na pessoa de um único soberano, ainda que ficaram inseparáveis as Coroas, trouxe a Portugal e ao seu império a vantagem de afrouxar a linha divisória de ambas as Américas, o que permitiu o alargamento do Brasil, com o arranco transversal e fundamental da jornada de Pedro Teixeira a Quito, e outras jornadas, entradas e bandeiras para o interior do Continente; mas ao mesmo tempo trouxe as armas, inimigas de Espanha, a tôdas as costas da Monarquia Portuguesa, desde a América à África e à Ásia.

Ao período heróico do Descobrimento e Conquista, com intuito não exclusivo mas preponderantemente religioso, o «serviço de Deus», de D. João I e Camões [1], seguiu-se a reacção dos países do Norte da Europa contra a grande emprêsa Luso-Espanhola.

O *Mare Liberum* de Grócio deu asas à pirataria. E surgiu o período do *Mercantilismo* de que foram primeiros actores os Holandeses, desbancados logo pelos Ingleses [2].

---

1. Serafim Leite, *Camões, Poeta da Expansão da Fé* (Rio 1943) 24-29.

2. Adolf Rein, *Die europäische Ausbreitung über die Erde* (Postdam 1931), Cap. *Mercantilismo*. Esta doutrina do *Mare liberum* é uma das grandes ficções jurídicas da história. Reclamavam a liberdade dos mares os que não tinham tomado parte na tragédia marítima do Descobrimento; e reclamavam-na até terem poder bastante para coarctar essa liberdade aos outros. Continuou, pois, e continua hoje como dantes, passando apenas o bastão de umas nações para outras. Resta saber se foi sempre com progresso da civilização verdadeira.

No Brasil, às tentativas do século XVI, de saque transitório, ia suceder o período de guerras de conquista, aguçada pela riqueza crescente do açúcar. Foi a «Guerra dos Trinta Anos», brasileira, de 1624 a 1654.

Depois da Companhia das Índias Orientais, que se tinha formado na Holanda, sancionou o govêrno neerlandês, a 3 de Junho de 1621, a constituïção de outra, agora uma Companhia das Índias Ocidentais, «à qual cedeu por vinte e quatro anos o direito exclusivo do tráfico e navegação, nas costas e países da África, situados entre o trópico de Câncer e o Cabo de Boa Esperança; e com os países e ilhas da América, desde a ponta meridional da Terra Nova, pelo estreito de Magalhães até o estreito de Béring. Foi dada à Companhia a faculdade de nomear e demitir governadores e empregados, fazer tratados de aliança e comércio com os indígenas, declarar e fazer guerra, levantar fortalezas e estabelecer colónias. A nova emprêsa constituíu-se com grande capital.

Desde o princípio voltou a Companhia as suas atenções para o Brasil, procurando lucros de preferência no despôjo de navios apresados e no saque de cidades assaltadas e vencidas. Era como se fôsse uma companhia de salteadores, com os olhos postos nos domínios portugueses [1].

---

1. Esta é a posição portuguesa ou luso-brasileira: a invasão holandesa foi um acto de cobiça de piratas estrangeiros, sôbre terras, não ainda desocupadas, a descobrir e colonizar, mas sôbre terras já colonizadas e com dono. E o dono não era a coroa de Espanha senão a de Portugal. O Brasil, quer como nome, quer como todo orgânico, não era o efeito de uma conquista *sôbre* nação política e organizada, mas parte integrante já da Monarquia Portuguesa, e produto de uma *formação* colonial, laboriosa, de um século. É esta idéia fundamental que está na base da propaganda para desalojar e expulsar do Brasil os invasores, quando se organizou a reconquista da Baía e o levante de Pernambuco. De envolta com esta idéia política, existia o sentimento religioso contra o invasor de religião diferente e inimiga. Invocaram-se motivos de política espanhola e êsses intervieram realmente, mas para colorir o que na origem foi agressão de uma *companhia*, um *bando*, um *trust*, para alcançar dinheiro onde êle existisse mal defendido, cf. J. A. Moerbeeck, *Motivos porque a Companhia das Índias Ocidentais deve tentar tirar ao Rei da Espanha a terra do Brasil*, Amesterdão, 1624, tradução do R. P. Fr. Agostinho Keijers, e José Honório Rodrigues. Prefácio, notas e bibliografia de José Honório Rodrigues (Rio 1942)129-48. O título de Moerbeeck é intencionalmente equívoco. O Brasil nunca pertenceu ao Rei de *Espanha*, mas ao de *Portugal*, sem confusão de Domínios. A *pessoa* do rei de Espanha, Filipe IV, era também a do rei de Portugal (Filipe III), mas o Brasil ficou sempre no govêrno, na língua (só uma, a portuguesa) e na sua legislação, unido ùnicamente à Coroa de

Dois anos depois, em 1623, organizou a Companhia das Índias Ocidentais, com aprovação do seu govêrno, o plano de ir tomar a Baía, para nela constituir base de operações a realizar no interior, até o Peru, e noutras Capitanias do Brasil. Nos fins de Dezembro de 1623 e princípios de 1624, largou dos portos da Holanda uma poderosa esquadra encarregada de cometer a emprêsa. Compunha-se de vinte e seis navios com quinhentas bôcas de fogo, sob o comando de Jacob Willekens; era vice-almirante Pieter Heyn. Levava a esquadra três mil e trezentos homens, dos quais eram mil e setecentos de desembarque, às ordens do coronel Johan Van Dorth, que ficaria governador da Cidade»[1].

Êste sucesso da tomada da Baía pelos Holandeses anda narrado em tôdas as histórias de Portugal e do Brasil, e em parte de Holanda e de Espanha. Faz parte também desta nossa, pela intervenção que nela tiveram os Jesuítas. Um dêles, o mais ilustre dêsse tempo, então na cidade, a começar como noviço a sua vida religiosa, fêz dêsse sucesso ponto de partida, também, da sua carreira literária. Escreve António Vieira na *Ânua da Província do Brasil* datada de 1626:

«Abre esta costa do Brasil, em treze graus da parte do sul, uma bôca ou barra de três léguas, a qual, alargando-se proporcionalmente para dentro, faz uma baía tão formosa, larga e capaz, que por ser tal, deu o nome à cidade, chamada por antonomásia — Baía. Começa da parte direita em uma ponta, a qual, por razão de uma Igreja e fortaleza, dedicada a Santo António, tem o nome

---

Portugal. E neste mesmo caso, Bartolomeu Guerreiro encima a estampa da recuperação da Baía com êstes dizeres: «Felicidade e glória a Filipe, augusto rei de Portugal, da África, Etiópia, Arábia, Pérsia, Índia e Brasil». *Monarquia Portuguesa*, nada mais!—Para a parte espanhola, cf. Tomás Tamayo de Vargas, *A Restauração da Bahia*, publicada em 1628, traduzida por Inácio Accioli de Cerqueira e Silva, na *Rev. do Inst. da Baía*, n.º 56, 37ss, o § 4: «Desígnios dos Holandeses sôbre a ocupação do Brasil ». Mas a bibliografia é incomparàvelmente mais vasta. Sem interêsse imediato para a História da Companhia de Jesus no Brasil, baste-nos esta idéia necessária, inicial, para dar o sentido da reacção luso-brasileira, a parte útil das invasões, criando no Brasil o sentido nacional da sua formação portuguesa para a prolongar, depois, já brasileira, no uso da mesma língua, religião, costumes, e amor da independência.

1. Fortunato de Almeida, *História de Portugal*, IV (Coimbra 1926) 99-100 cf. Queiroz Veloso, *O Brasil durante os 60 anos de Administração filipina*, em *Memórias do Congresso*, IX, 159-160; Rodrigues Cavalheiro, *A colaboração da Metrópole na reconquista do Brasil*, em *Memórias do Congresso*, IX, 292.

do mesmo santo; e, correndo em meia lua espaço de duas léguas, se remata em uma língua de terra, a que deu o nome de Nossa Senhora de Monserrate, uma ermida consagrada à mesma Senhora. No meio desta enseada, com igual distância de ponta a ponta, está situada a cidade no alto de um monte, íngreme e alcantilado pela parte do mar, mas por cima chão e espaçoso; rodeiam-na por terra três montes de igual altura, por onde estende seus arrabaldes, dos quais o que fica ao sul tem por remate o mosteiro de S. Bento, e no que lhe responde ao norte está situado o de Nossa Senhora do Carmo; o terceiro está ao leste e menos povoado. É a Praia da cidade em baixo estreita, e defendem-na três fortes, dois em terra e um no mar, avantajado aos mais por razão do sítio e fortaleza.

Alguns dias antes da chegada dos inimigos, estando no côro em oração dois dos nossos Padres, viu um dêles a Cristo Senhor Nosso, com uma espada desembainhada contra a cidade da Baía, como quem a ameaçava. Ao outro dia apareceu o mesmo Senhor com três lanças, com que parecia atirava para o corpo da Igreja. Bem entenderam os que isto viram que prognosticava algum castigo grande; mas de qual houvesse de ser estavam incertos, quando, em dia da Aparição de S. Miguel, que foi a 8 de Maio de 1624, apareceram de fora, na costa, sôbre esta Baía, 24 velas holandesas de alto bordo, com algumas lanchas de gávea, as quais fizeram crer aos cidadãos, costumados a viver em paz, o que lhes não persuadiram de todo os avisos que dois anos antes mandara Sua Majestade, nem a nau capitaina desta mesma armada, que quási todo o mês passado tinha andado na barra, e roubado um navio, que de Angola vinha carregado com negros para o serviço e maneio desta Capitania.

Mandou logo o Senhor Governador Diogo de Mendonça Furtado dar rebate; ajuntou-se a gente, que foram pouco mais ou menos três mil homens, e armados cada um como pôde, se repartiram em companhias, deram cargos e assinaram estâncias. Na mesma tarde saíu o senhor Bispo D. Marcos Teixeira, com uma companhia de eclesiásticos, armados, não só para animar a gente, mas para com a espada na mão se defender, e ofender, se fôsse necessário, ao inimigo; e, correndo tôdas as estâncias, exortava a todos, como verdadeiro prelado e pastor, a pelejarem até à morte por sua fé e rei, e que, vencendo ou morrendo, por esta causa sempre venceriam. Saíram com a mesma pressa os nossos Padres pelas ruas, casas e fortalezas, a animar e confessar os soldados e o mesmo fizeram muitos dos outros Religiosos. Prepararam-se com não menor cuidado as almas para a morte que os corpos para a guerra. Aqui tiveram fim ódios muito antigos, descobriram-se pecados encobertos com o silêncio de muitos anos, e, na verdade, foi tal a mudança presente, que, só por razão dela, pareceu a muitos conveniente dar Deus êste castigo.

Com a luz do dia seguinte apareceu a armada inimiga, que repartida em esquadras vinha entrando. Tocavam-se em tôdas as naus trombetas bastardas a som de guerra, que com o vermelho dos paveses vinham ao longe publicando sangue. Divisavam-se as bandeiras holandesas, flámulas e estandartes, que, ondeando as antenas e mastaréus mais altos, desciam até varrer o mar com tanta majestade e graça que, a quem se não temera, podia fazer uma alegre e formosa vista. Nesta ordem se vieram chegando muito a seu salvo sem lho impedirem os fortes, porque, como o pôrto é largo, tinham lugar para se livrar dos tiros.

Tanto que emparelhou com a cidade a almiranta, a salvou sem bala, e despediu um batel com bandeira de paz. Mas à salva e à embaixada, antes de a ouvirem, responderam os nossos com pelouros, o que vendo os inimigos se puseram todos a ponto de guerra. Viraram logo as naus enfiadas sôbre a terra, e, por onde iam passando, descarregavam os costados na cidade, forte e navios, que estavam abicados na praia, o que continuaram segunda e terceira vez, até que, depois do meio dia, puseram todos a proa em terra, e as três dianteiras em determinação de abalroarem a fortaleza, mas impedidas dos baixos, lançaram ferro, e em árvores sêcas, como se foram tôdas de fogo e ferro, começaram a desfazer tanto nêle que parecia pelejava nelas o inferno. E foi tal a tempestade de fogo e ferro, tal o estrondo e confusão, que a muitos, principalmente aos poucos experimentados, causou perturbação e espanto, porque, por uma parte os muitos relâmpagos fuzilando feriam os olhos, e com a nuvem espêssa do fumo não havia quem se visse; por outra o contínuo trovão da artilharia tolhia o uso das línguas e orelhas, e tudo junto, de mistura com as trombetas e mais instrumentos bélicos, era terror a muitos e confusão a todos» [1].

---

1. *Cartas de Vieira*, I, 12-15.

2. — A narrativa de Vieira conhecida, estudada e glosada por todos os historiadores dêste episódio da história do Brasil, continua a descrever o que se passou. Mas a 29 de Maio, entrava prisioneiro na Baía, o Provincial da Companhia, P. Domingos Coelho, e aí ficou até 25 de Julho, dia em que foi levado para a Holanda. E nesse dia o P. Manuel Fernandes, que tinha sido Reitor do Colégio, antes de Fernão Cardim, que o era neste momento, e que já estava nomeado para lhe suceder, e seria mais tarde Provincial e tomaria parte activa nas Campanhas da Restauração, transmite, já da Aldeia de S. João, as primeiras notícias da catástrofe. É anterior à narrativa de Vieira, de que foi fonte. Històricamente preferível, porque foi um dos próprios actores dos factos que narra. Depois de dizer que havia mais de um ano avisara Sua Majestade que nas Ilhas de Holanda e Zelândia se aprestava uma poderosa armada contra o Brasil, e que o Governador Diogo de Mendonça Furtado procurou organizar a defesa, e que a 8 de Maio apareceram junto à Barra «25 ou mais velas holandesas, com muitos lanchões à vela», e que entraram no dia 9 pela manhã, continua assim o P. Manuel Fernandes:

«Nestes dois dias, tanto que elas apareceram e entraram, não fizeram outra coisa os Padres do Colégio, por ordem do Padre Reitor, que confessar e animar a gente, e parece-me, conforme aos que confessei, que todos ou quási todos se confessaram e muitos comungaram. Na verdade estavam então todos mui animados, ao que parecia, mas sempre se receavam de tantas velas. Tanto que os inimigos entraram, além das naus, que no pôrto deram a bataria, e renderam os navios, dos quais alguns se queimaram, por se não entregar, foram outras uma légua da Cidade deitar gente em terra, a qual veio marchando aquêle dia sem impedimento algum e se apossaram de uma ermida de S. Pedro; e depois, mais adiante do mosteiro dos Padres de S. Bento, que fica defronte de uma porta da Cidade pouco mais que um tiro de mosquete, ali estiveram aquela noite. O Padre Reitor se foi naquela mesma noite para o Tanque, quinta do Colégio, onde estava a prata, ornamentos, e outro fato para o fazer pôr em salvo; deixou-me em seu lugar no Colégio, e mandou-me, que entrando os inimigos, fizesse ir todos para o Tanque, e me fôsse com êles. Depois do Padre Reitor ido, naquela mesma noite, da meia para uma hora, me vieram alguns seculares à portaria desanimados. Animei-os quanto pude. Senão quando daí a pouco tempo me entra pela portaria o Senhor Bispo D. Marcos Teixeira, e com êle muitos eclesiásticos e seculares, determinados já a se pôr em côbro, querendo ir connosco para o Tanque; juntamento vieram os Padres Gaspar da Silva e Simão de Soto-Maior (os quais acompanhavam ao Senhor Governador) e disseram como já tinham dito ao Senhor Bispo que tudo estava acabado, que todos eram fugidos e os inimigos vinham entrando sem ninguém os impedir. O mesmo certificou o Padre Jerónimo Peixoto, que lá andava animando e vendo o que passava [1]. Eu, na verdade, ouvindo isto me afligi e disse ao Senhor Bispo que todos haviam de desamparar a cidade de todo, se tinham notícia que Sua Senhoria se ia; e que não parecia haveria perigo em esperarmos até pela manhã. Algum abalo lhe fizeram estas palavras a querer tornar ou esperar, porque é Prelado mui animoso; porém respondeu-me que êle, só, não podia defender a cidade. Eu lhe não instei mais, porque, sucedendo-lhe alguma desgraça, nô-la não imputasse a nós. E o encaminhei para o Tanque. Fiquei-me no Colégio a dar ordem que fôssem todos e assim despejamos o Colégio naquela madrugada. A verdade é que tôda a gente de guerra (que seriam perto de quatro mil homens) fugiu naquela noite da Cidade, e o Senhor Governador ficou só com alguns homens muito poucos dos mais graves, porém os inimigos não entraram na cidade, senão às oito para as 9 horas daquele mesmo dia, dez de Maio, dia de S. Gordiano e Epímaco, mártires.

No Tanque estavam já o dia dantes os doentes, velhos, noviços, e alguns mais medrosos. A mim me mandava o Padre Reitor, por ser mestre dos noviços, fôsse com êles, mas pareceu-me que por dois dias em que, quando muito, o negócio se havia de averiguar, bastava para êles o Padre meu companheiro, e eu com os da cidade podia fazer alguma coisa para os animar.

Chegados que fomos ao Tanque, o Senhor Bispo se partiu logo para a Aldeia do Espírito Santo, com o Padre Reitor. Outros Padres e eu os acompanhamos todos a pé, porque não vieram cavalos por mais que se buscaram. Depois de chegarmos à Aldeia, daí a três ou quatro dias, se abriram vias de El-Rei (porque o Senhor Gover-

---

1. Escreve Pedro Calmon, resumindo outras fontes, que à vista do inimigo «os arcabuzeiros, apesar das admoestações de Francisco de Barros, e do P. Jerónimo Peixoto, que correra a cavalo para detê-los, se escaparam pelos matos», *História do Brasil*, II, 67,

nador como ficou na cidade foi prêso pelos inimigos com seu filho e alguns que o acompanhavam), e na primeira nomeação saíu por Governador Geral dêste Estado, Matias de Albuquerque, capitão actual de Pernambuco. Logo mandou a Sua Senhoria recado o Senhor Bispo e fêz com que elegesse a Câmara um Capitão por entretanto, o qual com a gente que pudesse e com alguns índios, andasse dando assaltos nos inimigos, que saíssem fora da cidade em particular, porque sabiam já que eram os inimigos menos do que cuidávamos, a saber mil e quinhentos homens de guerra afora marinheiros, e por todos seriam três mil pouco mais ou menos. O negócio dos assaltos teve tão pouco êxito que o Senhor Bispo por si mesmo se pôs a ajuntar a gente e se deu tão boa manha que dia de S. António determinou dar na Cidade e torná-la a tomar; e sem dúvida o fizera, se os mais dos Capitães lho não impediram. E houve sinais do céu em favor do parecer do Senhor Bispo, porque além de outros que se não averiguaram, o Senhor Bispo diz que viu naquele tempo no ar uma bandeira com um Cristo de uma parte e um S. António da outra. Nos assaltos, contudo, que se fizeram, mataram os nossos Índios particularmente alguns dos inimigos em especial um seu coronel de grande estima entre êles [1].

Da Aldeia do Espírito Santo mandou o Padre Reitor com os noviços para esta de S. João, distante uma légua da mesma, onde está o Padre Reitor. Há mais de dois meses que aqui estamos 20 religiosos, entre noviços e do Colégio, com assaz incomodidades e faltos do necessário, mas sempre Deus acode com a sustentação precisamente necessária para a natureza viver [2]. Foram outros para Sergipe de El-Rei com o Padre Simão Pinheiro, outros para o Camamu, e ainda por aqui estamos perto de quarenta.

Já isto nos parecia pouco, esperando que Nosso Senhor nos livrasse o navio com o Padre Provincial e mais companheiros, que haviam de vir do Rio. Fizeram-se algumas diligências para serem avisados, — nem faltaram missas e orações. Nada bastou. Foi o navio tomado a 2.ª oitava do Espírito Santo, antes de entrar pela barra. Grandíssimo foi o sentimento que com êste golpe tivemos todos, e mais, com depois de os terem presos perto de dois meses,

---

1. Note-se *nossos Indios*: adiante (p. 45) se voltará a falar da morte dêste Coronel Von Dorth.

2. Vieira, um dos noviços, relata como viveram na Aldeia de S. João em «clausura religiosa acomodada ao tempo», *Cartas de Vieira*, 47.

os levarem, como levam todos para Flandres, em 4 naus, que para lá mandaram. Vai o Padre Provincial, o Padre António de Matos, o P. João de Oliva, o P. Manuel Tenreiro e o P. Gaspar Ferreira; os Irmãos Agostinho Coelho e Agostinho Luiz, que já acabaram o curso, António Rodrigues, humanista; Pedro da Cunha e Manuel Martins, coadjutores.

Eis aqui o sucesso lastimoso da Cidade e Colégio da Baía. Quis Deus castigar meus pecados e de todo êste povo que são grandíssimos; queira o mesmo Senhor tirar daqui o verdadeiro fruto da emenda dêles, e que o Colégio da Baía fique renovado no espírito da pobreza e perfeição, que quanto ao temporal, que perdeu e foram muitos mil cruzados, é o menos. Salvou-se quási tôda a prata e os ornamentos e as relíquias e se houvera de salvar quási tudo se houvera os carros que o Colégio dantes costumava ter [1].

O Padre Provincial, estando prêso dos inimigos no pôrto da Baía, escreveu ao Padre Reitor duas cartas: na primeira lhe fazia saber que eram tomados; na segunda se despedia, indo para Flandres, e dizia que em minha mão deixara um papel (como deixou) no qual estavam patentes de Vossa Paternidade para Provincial e Reitor da Baía acabado o triénio; e que quanto a Vice-Provincial (pois o P. António de Matos ia também para Flandres, o qual lhe houvera de suceder pela patente) deixava sua nomeação à disposição do direito *de Rectore Maximi Collegii*[2]; e assim depois dos Padres idos se nomeou o P. Fernão Cardim, Reitor dêste Colégio, por Vice-

---

1. A prata da Igreja da Baía estêve em perigo de ser tomada pelos invasores: «Os primeiros que começaram a sentir o nosso ferro foram quarenta holandeses, que saindo pelo Carmo, com guia da terra, cinco dias depois da desgraça, para roubarem as alâmpadas e cálices que os Padres da Companhia tinham recolhido em uma *Quinta* sua, uma légua da Cidade, deram os Índios dos Padres nêles e ficaram no campo três mortos, fugidos todos, feridos muitos, que das setas venenosas morreram na cidade,», Bartolomeu Guerreiro, *Iornada*, 36v. Não pôde ser salvo tudo. Entre as relíquias da Baía, havia um rosário de S. Francisco Xavier. Levaram-no os invasores para Holanda. Resgatou-o a rainha de França Maria de Medicis e venera-se hoje em Colónia, cf. G. Schurhammer, *Der hl. Franz Xaver und das heilige Köln*, em *Die Katholischen Missionen*, vol. 46, n.º 3 (Dezembro de 1917) 53. Com a gravura do rosário no seu relicário artístico.

2. O Colégio Máximo da Província do Brasil era o da Baía, e, segundo as Constituïções da Companhia, no caso de faltar o Provincial, sem indicação de sucessor, o Reitor do Colégio Máximo assumiria essas funções até ser nomeado novo Provincial.

Provincial, e tem em sua mão as duas patentes; da do Provincial se sabe, e a do Reitor está em segrêdo.

Assim andaremos por êstes matos, acudindo do modo que pudermos a esta pobre gente para que se não meta com os hereges, coisa que já fizeram e fazem alguns mais descuidados em suas consciências, até que Deus seja servido de nos socorrer por sua misericórdia. E certo que tivera eu por menos penoso morrer na cidade às pelouradas em graça de Deus, porém antes que ver as misérias que vejo nos nossos, nos pobres, nas viúvas, mulheres, e crianças, que andam por êstes matos quási ao desamparo. O Senhor Bispo faz quanto pode com suas esmolas e o Padre Reitor também, mas nem isso basta. Eu só padeço menos que todos, em mim, mas muito em ver o que vejo, e ouvir os sacrilégios grandes que os hereges fazem nas Igrejas e imagens. Vossa Paternidade ponha os olhos de sua piedade paternal nesta pobre Província (que por isso cuido é mais amada de Deus, só meus pecados me parece que lhe fazem mal), e a console. Acuda-lhe também com alguns Padres para o govêrno, se os que vão presos não voltarem depressa. Algumas doenças nos dão por aqui já trabalho. E o Padre Reitor como tão velho padece muito e fica agora de um catarro mui maltratado; e o Padre Procurador estêve mui mal, mas já está melhorado. A Vossa Paternidade dê Nosso Senhor a saúde e vida, que lhe desejamos todos para nossa consolação. Em a bênção e santos sacrifícios de Vossa Paternidade, etc. Desta Aldeia de S. João, 25 de Julho de 624. Indigníssimo em Cristo filho de Vossa Paternidade, — *Manuel Fernandes*»[1].

3. — No mesmo dia, desta Carta, a 25 de Julho, saíam a barra da Baía para a Holanda os 10 Padres e Irmãos cativos. E de lá, já no dia 24 de Outubro de 1624, conta o Provincial Domingos Coelho, o que soube ou viu pessoalmente. O seu forçado ócio a bordo proporcionou-lhe ocasião de fixar mais factos e pormenores do que a anterior. Dada a sua autoridade, parece útil conservá-la na íntegra, como fonte que é, inédita, dêste episódio histórico. Dirige-se ao P. Geral:

«Pena sinto e muito grande em dar, nesta, conta a Vossa Paternidade, de coisas de tão pouco gôsto, como são a tomada da

---

1. *Bras. 3(1)*, 205-206.

cidade da Baía, cabeça do Estado do Brasil, e do Colégio, que nela tínhamos, e do cativeiro, meu e de meus companheiros, mas pois Deus foi servido que tudo isso acontecesse em meu tempo em pena de minhas culpas graves e deméritos, faço-o por me caber precisa obrigação, e para pedir a Vossa Paternidade que vendo as misérias e males, em que todos ficamos, nos encomende e faça encomendar a Deus Nosso Senhor, para que alevante a vara de sua divina justiça, que tão estendida tem sôbre aquêle Estado e Província.

Depois de ter visitado o Rio de Janeiro e tôdas suas residências, me parti em o nosso navio, da Capitania do Espírito Santo, para a Baía, em 23 de Maio passado [dêste ano de 1624], trazendo comigo os Padres António de Matos, Manuel Tenreiro, João de Oliva, Gaspar Ferreira e os Irmãos Agostinho Coelho, Agostinho Luiz, António Rodrigues, Manuel Martins e Pero da Cunha, com mais quatro Religiosos de São Bento e dois de São Francisco [1]. Caminhando todos com próspero vento, aos 28 do mesmo, que foi a segunda oitava do Espírito Santo, junto ao Morro de São Paulo, que dista da Baía para o sul 12 léguas, encontramos uma nau holandesa grande, bem artilhada, com duas lanchas, das quais com muita brevidade e facilidade fomos tomados, por não trazermos em o nosso navio defensão nenhuma, e pôsto que esperávamos nesta ocasião alguma boa sorte [2], contudo não na merecemos a Deus, porque os Holandeses, que nos tomaram, nos trataram a todos com respeito [3]. E para nos consolarem nos disseram logo como a Baía estava já tomada por êles e o Governador Diogo de Mendonça

---

1. Dos dois Franciscanos, que iam na Fragata dos Jesuítas, um era Fr. Vicente do Salvador, conta-o êle próprio na sua *História do Brasil*, ed. de Capistrano (Rio 1918) 531.

2. «Boa sorte», i. é, o martírio.

3. Os piratas holandeses despojaram os Padres de tudo o que levavam: capturaram a fragata, e os 10 marinheiros que levava, e a carregação que conduzia, além do dinheiro em prata e oiro, uns 10.000 cruzados. O que mais sentiu o P. António de Matos, que dá esta notícia, foi terem-lhe levado também os seus *Comentários*. Mas êstes furtos de carácter económico e literário, sentia-os só até certo ponto, porque lhe não poderiam nunca roubar o seu tesouro: «Sed *dives* sim et *sciens*, dummodo *mihi* Dominus maneat Dominus *noster*» (Carta do P. António de Matos do Cárcere de Dordrecht, 25 de Dezembro de 1624, *Bras.* 3(1), 207v). Esta espoliação dos livros e manuscritos, confirma-nos na suposição aventada sôbre o «*Vocabulário na língua Brasílica*», cf. *Leonardo do Vale, autor do primeiro Vocabulário na língua Brasílica*» (1591) em *Verbum*, I (Rio 1944) 22, que poderia ser de uso do Ir. António Rodrigues também então cativo e espoliado.

Furtado, com seu filho António de Mendonça, e outras pessoas, prêsas e reteúdas em seus navios. Nova que por extremo sentimos, pôsto que de todo lhe não demos logo crédito, duvidando se seria isto invenção para nos intimidar mais; mas ao dia seguinte, 29 do mês de Maio, entrando na Baía, achamos ser tudo verdade; e, depois de me informar muito devagar assim dos mesmos Holandeses como de Portugueses de muito crédito, que se acharam presentes, achei que o caso sucedera na forma seguinte:

Aos 15 de Abril, dia de Nossa Senhora dos Prazeres, teve o Governador Diogo de Mendonça Furtado, por via do Morro de São Paulo, recado como naquela paragem desde sexta-feira antecedente, que foram 10 de abril, aparecia uma nau muito grande; pouco depois dêste primeiro recado entrou na Baía uma nau roubada, da qual soube o Governador como a nau que aparecia era holandesa, e trazia 24 peças de artilharia, afora as de pôpa e proa, com 250 soldados, e que esta a roubara e depois largara. Com êste fundamento e por a dita nau fazer farol, se resolvera o Governador em que devia de esperar por outras companheiras, e se começou logo a aprestar, escrevendo a todos os Capitães do Recôncavo acudissem à Cidade com suas companhias, com que em breve nesta ajuntou perto de 1.200 homens brancos, provendo-os a todos de mosquetes, arcabuzes, munições e pólvora; e porque alguns dêstes, forçados da necessidade, se queriam tornar para suas casas, mandou deitar pregão o Governador que todo o homem que tivesse necessidade fôsse ter com certa pessoa que tinha ordem para lhe dar à sua custa três vintens para cada dia, em quanto se não averiguava o intento da nau que aparecia; e para o averiguar com mor brevidade, aprestou dois patachos e mandou em um dêles a seu filho António de Mendonça com ordem que procurasse reconhecer a dita nau, a ver se lhe podia tomar alguma lancha, e se fôsse pôr em altura de 13 gráus e meio, que é o que naquele tempo vem demandar os navios, para os avisar do perigo que corriam e acompanhar até à Baía, o que êle fêz com muita pontualidade, arribando duas ou três vezes com fôrça do tempo, o qual também forçou a nau holandesa a se fazer tanto na volta do mar, que nunca dela teve vista António de Mendonça, por mais que a pretendeu; e entrando no Morro de São Paulo, e correndo aquela ribeira até o Rio das Contas, que dista da Baía para a banda do Sul 22 ou 23 léguas, e no cabo de tôdas estas diligências, com fôrça de tempo, se recolheu à Baía, aos 7 de Maio, já bem de noite. Logo, aos 8 pela manhã, amanheceram na barra da Baía, 26 naus holandesas com 10 lanchas. E sem ancorarem se fizeram outra vez na volta do mar, onde andaram todo aquêle dia à vista da terra, consultando, segundo se depois soube, o modo que teriam em entrar. E tomado assento na matéria, aos 9 pela manhã, entrou esta armada tôda pela Baía, deixando só cinco naus grandes com suas lanchas e batéis na barra, as quais surgiram de fronte do Forte de Santo António, que na barra está, e se puseram com êle às bombardas; o restante da frota caminhou para o Forte de Tapagipe, que da barra para a banda do Norte dista duas léguas, como que pretendiam desembarcar lá sua gente, pretendendo só com êste artifício divertir aos nossos para que acudissem a muitas partes, como em breve mostraram, virando as proas para a Cidade, que está no meio do Forte de Santo António e Tapagipe.

Entendendo o Governador seu desejo, acudiu logo à praia, que os inimigos cometiam, fortificando-a com muitas bandeiras de soldados, provendo-os de pólvora e munições, fortificando os Fortes, que nela há, e principalmente o Forte novo, que com estar só principiado foi de muito efeito, e destroçou muito algumas das naus inimigas, matando-lhes muita gente como êles mesmos e o próprio holandês almirante confessou. Nem com acudir à Praia se descuidou o Governador, do Forte de Santo António, que as cinco naus ficaram combatendo, mandando duzentos soldados Portugueses e perto de 100 Índios, com seus capitães, para guardarem a Praia, que junto ao Forte está, em que se suspeitava êles podiam desembarcar, encarregando a superintendência de tôda esta gente a Francisco de Barros, homem velho, mas mui esforçado, de quem teve carta que Sua Senhoria se podia descuidar daquele pôsto, por estar mui bem guarnecido e lhe não faltar coisa alguma para sua defensa.

Estando a coisa neste estado, continuando os inimigos com o combate da Praia, com tôda a fúria, largou a nossa gente do mar com mêdo suas naus, que passavam de 20, e porque entre elas havia algumas carregadas de açúcar e outras de fôrça, que podiam servir ao próprio inimigo, lhes mandou o governador pôr o fogo, para que se não pudessem delas aproveitar. Sucedeu logo outro sobressalto maior, e foi que às três ou quatro horas da tarde do mesmo dia vieram novas ao Governador que os inimigos, na praia de Santo

António, junto ao Forte da Barra, tinham lançado em terra 1.500 ou 1.800 soldados, com intento de marcharem por terra e virem a entrar a Cidade pela parte de São Bento, e que todos os soldados assim Portugueses como Índios, que em defesa daquela estância estavam, a tinham largado, e se vinham retirando para a Cidade. Grande foi o sobressalto que estas novas em todos causaram, por verem que se não podia largar o combate da Praia, para acudirem com a gente que a defendia, e impedir a vinda dos soldados, que marchavam por terra, sem evidente risco de logo a Praia ser tomada e após ela a mesma Cidade, pelo que, querendo o Governador acudir em pessoa para remediar êste dano com alguma gente, lho impediram todos, representando-lhe o perigo evidente em que ficavam, e assim foi forçado a mandar, com um capitão, os Índios que dela tinham fugido, para que com algumas ciladas no caminho, que é cercado de árvores, ficassem com suas frechas à retaguarda do inimigo, afim de os desordenar; e mandou juntamente aos capitães, que se tinham retirado, esperassem no mesmo caminho e fizessem rosto à sua vanguarda; mas o mêdo foi tal, que em todos houve, que nem os Índios nem os brancos foram de algum efeito, procurando cada um pôr-se em côbro, sem pelejar, com que a seu salvo vieram os holandeses, marchando com sua ordenança, trazendo juntamente alguns tiros de bater; e à bôca da noite chegaram a São Bento, que da Cidade dista pouco mais de um tiro de mosquete, onde se fizeram fortes, com que atemorizaram tanto aos nossos, que na Cidade estavam, que ajudando-se da sombra da noite, que é boa capa do mêdo, os mais dêles desampararam seus pôstos e secretamente se começaram a sair da Cidade, sem serem bastantes os contínuos rogos e palavras brandas do Governador para os fazer reter, o qual correndo amiúde as estâncias lhes dizia:

— *Senhores, filho, irmãos, defendamos nossa Pátria, nossas Igrejas, não há que temer, que os inimigos não são tantos, e êsses poucos de pouco valor em vendo que lhes mostramos o rosto nos mostrarão logo as costas. Amigos, Senhores, por amor de mim, por amor de Deus, que pelejemos, e nos defendamos valorosamente!*

Mas o efeito de tôdas estas amorosas palavras era que em se apartando dêles o Governador, se partiam êles logo, e desemparavam suas estâncias, fugindo para fora da Cidade, o que puderam fazer com facilidade, pela Cidade não ter muros e estar aberta por tôdas as partes e foi isto em tanta maneira, que querendo o Governador acudir à porta da Cidade, que vai para São Bento, por virem os inimigos marchando para ela com as mechas caladas, depois da meia noite, às duas horas do dia seguinte, que foi uma sexta-feira, 10 de Maio, não pôde ajuntar nem levar consigo mais que até 70 ou 80 soldados, que sós achou, e êstes sós bastaram com alguns mosquetes, que dispararam, para fazer voltar o inimigo outra vez para São Bento; e sem dúvida que se os nossos esperaram, nunca êles entraram na Cidade. Mas foi a desgraça tal e o mêdo tamanho, que quando amanheceu, se achou o Governador só com 40 soldados pouco mais ou menos. Pelo que, vendo que com êstes não podia resistir aos inimigos, que já vinham cometer a Cidade, tratou de se fortificar na praça com êles e meter ùltimamente nas casas de El-Rei, em que pousava, que pareciam a propósito para se poderem defender por algum espaço de tempo. Mas quando o fêz, por virem já os inimigos chegando à praça, se achou só com quinze ou dezesseis homens, em que entraram António de Mendonça seu filho, o desembargador Pedro Casqueiro, o Sargento-mor Francisco de Almeida, Lourenço de Brito, e alguns outros, que pôsto que viram o perigo em que se punham de perder as vidas e puderam fugir com facilidade como os demais, as quiseram antes arriscar, tão evidentemente, que faltarem em alguma coisa ao Governador Geral e a suas pessoas.

Chegados que foram os inimigos à praça, que segundo se diz chegavam a mil homens, todos com suas armas de fogo e com algumas peças de campo, cercaram a casa do Governador, e tomaram tôdas as bôcas das ruas que desembocam na praça, e por verem que o Governador e seus poucos companheiros estavam resolutos de morrer antes que entregarem-se, e que tratavam de pôr fogo à pólvora, que estava no armazém, que nas mesmas casas tinha, e pelo conseguinte que o não poderiam render sem mortes dos seus, lhe ofereceu o Sargento-mor holandês, que capitaneava tôda esta gente, se entregasse que lhe dariam liberdade para se sair com os seus, com suas armas, bandeira, e caixa, e irem para onde quisessem, que o Governador aceitou, a rôgo dos presentes. Mas cumpriram-lhe tão mal esta palavra, que no mesmo dia, no meio de uma companhia de soldados, os levaram a todos como cativos e embarcaram em diversos navios seus. E pôsto que ao Governador e a seu filho tiveram algum respeito, ao desembargador Pedro Casqueiro, Sargento-mor, e Lourenço de Brito, levaram com as mãos atadas de trás.

E com isto, sem contradição alguma, ficaram os holandeses senhores da Baía, que nenhum tempo parece estêve mais para se poder defender que no presente, por ter em si perto de mil e quatrocentos homens entre brancos e Índios, que bastavam para fazerem rosto a outro maior exército, se o extraordinário mêdo os não fizera fugir [1]. Estava mais a Cidade cheia de munições, porque além de muitos mosquetes e pólvora, que Sua Majestade em diversas ocasiões tinha mandado, o mesmo Governador a tinha fornecida à sua custa com quatrocentos mosquetes e quinhentos e cinqüenta arcabuzes, com muitos quintais de pólvora, parte da qual trouxe logo consigo, quando veio a êste Estado, e o restante mandou vir depois, prevendo a necessidade que ao diante [poderia haver].

Não lhe faltavam também trincheiras, porque o Governador tinha entrincheirado mais que fortemente esta banda de terra, gastando nestas trincheiras e alguns baluartes que nelas fêz, por traça do arquitecto Francisco de Frias, muitos meses, o que eu posso afirmar, como testemunha de vista, pelo ver muitas vezes ocupado nesta obra de muita curiosidade. Tinha mais em a ribeira, dentro do mar, principiado um forte de mais importância que todos os outros, que na mesma ribeira outros Governadores tinham feito, como mostrou bem nesta ocasião a experiência e os mesmos inimigos, com dano seu, confessaram. A tudo isto se ajuntou a muita diligência do Governador na ocasião, não faltando em coisa alguma à obrigação de bom capitão, porque com destreza repartiu a gente pelos postos mais perigosos, nas praias, por seis companhias de soldados: duzentos soldados brancos e duzentos Índios na praia de Santo António, para impedirem a desembarcação aos inimigos que na barra ficaram, combatendo o mesmo Forte; uma bandeira de soldados na porta, que vai para São Bento; outra na porta, que vai para o Carmo; proveu mais de soldados e munições todos os Fortes. Finalmente de tal maneira se houve que o próprio almirante holandês me disse por vezes, falando nesta matéria, que o Governador se houvera valorosamente e cumprira muito bem com

---

1. O P. Manuel Fernandes disse, na sua carta, que eram perto de 4.000 homens de guerra; o P. Domingos Coelho, que perto de 1.400. Prevalece a informação do P. Fernandes, como testemunha ocular e metido directamente na luta. Mas talvez êle se refira a *todos* os homens capazes de combater; e o P. Coelho *apenas* aos «brancos e Índios» providos de «mosquetes, arcabuzes, munições e pólvora», como indica no começo da carta.

sua obrigação, que assim o testemunharia se fôsse necessário, e que se alguém dissesse o contrário seria para corar o mêdo com que fugira e desamparara a Cidade. E tanto mais crédito se deve a êste seu dito quanto êle mais encontrado estava com o Governador por outra ocasião e palavras que entre êles houve, que me disse o mesmo almirante sofrera ao Governador só por ser prisioneiro. Mas *nisi Dominus custodierit civitatem frustra vigilat qui custodit eam*; e assim foram em balde tôdas estas prevenções e diligências do Governador, por nos faltar a guarda de Deus, que por estar irado contra os pecados e insultos do Brasil, o quis com êste tão rigoroso açoite castigar [1].

Tomada que foi a Cidade, empossados dela os holandeses, publicaram logo que todos os moradores que quisessem tornar à Cidade o podiam fazer seguramente, com que reconhecessem ao Conde Maurício por senhor e lhe acudissem com os dízimos e tributos que davam ao Rei da Espanha, mas não sei que pessoa alguma de consideração com isto tornasse à Cidade. Publicaram que os Religiosos de São Bento e de São Francisco e do Carmo podiam seguramente tornar a seus mosteiros até certo número, e celebrarem nêles às portas fechadas seus ofícios, o que êles não aceitaram, e assim nenhum dêles tornou para seus mosteiros; nem algum Religioso da Companhia para o Colégio, porque do sobredito favor exceptuaram logo a todos os Jesuítas, pelo entranhável ódio que lhes têm, o qual mostrou bem um seu prègador principal, dizendo por vezes, antes de nós sermos tomados, ao Desembargador Pedro Casqueiro: *Dá-nos tu um só Jesuíta, e vos largaremos a todos*. O mesmo me mostrou a mim um mercador principal, que por vezes vinha a praticar comigo em latim, dizendo-me algumas vezes: *si veritatem loqui debeo, hic vester Ordo prae caeteris nobis est odiosus, nam ad reliquos bene affecti sumus*. E preguntando-lhe eu a razão, respondeu: *que sabíamos muito, escrevíamos muitos livros, e que excitávamos e persuadíamos aos Príncipes Cristãos a lhes fazerem guerra e todo o mal que pudessem*.

---

1. O Governador Diogo de Mendonça Furtado, como se vê da narrativa de Domingos Coelho, não foi obedecido. Di-lo também Faria, *História Portuguesa*, 24-28. E Studart comenta: «A figura de Diogo de Mendonça diante dos invasores impõe-se ao respeito e à admiração. Não foi êle o responsável pelo desastre, apesar dos maus comentários que mereceu a Varnhagen», *ib.*, 28.

E por mais que pretendi tirá-lo dêste conceito, afirmando-lhe que tínhamos um decreto que sob graves penas nos proïbia fazermos semelhantes coisas, que pertencem à razão de Estado, nunca o pude persuadir, que por ser êste conceito comum entre todos êles e o beberem com o leite e explicarem com vários geroglíficos, um dos quais puseram em a Capela dos noviços da Baía, pondo nela um painel, em que estava pintado o Duque de Alva, com um diabo sôbre o sombreiro, mandando justiçar muitos flamengos, e um Jesuíta com uns foles na mão, assoprando com êles nas orelhas do mesmo Duque, significando que tôdas aquelas justiças fazia o Duque persuadido dos Jesuítas. Dêste ódio, pois, nasceu não nos darem licença a nós para podermos ir pousar no nosso Colégio, oferecendo-a a todos os mais Religiosos, da qual como tenho dito, nenhum quis usar por bons respeitos e razões que deviam ter.

Desenganados os holandeses que nem os seculares nem os religiosos queriam tornar a habitar com êles na Cidade, profanaram ìmpiamente todos seus templos, quebrando todos os altares, retábulos, imagens, usando depois dêles em usos profanos. De Nossa Senhora da Ajuda fizeram seu armazém em que recolheram sua pólvora com guarda bastante para a assegurarem; na Igreja de São Francisco fizeram uma atafona em que moíam trigo, e no próprio mosteiro pousa um capitão com vários soldados; e a Sé, depois de quebrados os altares e retábulos e destruídas as imagens, reservaram para templo seu, em que se ajuntam a fazer seus ofícios e ouvir as prègações que freqüentemente lhes faz um prègador em flamengo e francês. Da Igreja do nosso Colégio fizeram adega em que recolheram muitas das pipas de vinho, que na Cidade acharam; no Noviciado se agasalhou a seu prègador, onde em lugar de noviços tem dois filhos seus por ser casado e ter doze, o qual come na capela dos noviços, que lhe serve de refeitório; e do santuário, em que os noviços tinham suas relíquias, fêz frasqueira, pondo os frascos no próprio lugar em que dantes estavam as relíquias; em lugar de devotíssimas imagens, com que dantes estava ornada, puseram, em quadros, a do Conde Maurício, de sua irmã e outras semelhantes. No restante do Colégio se agasalharam os mercadores principais de tôda a armada, que no mesmo Colégio meteram, assim a fazenda, que trouxeram de Flandres, como muita parte da que tomaram na Cidade, de modo que o Colégio, que dantes servia de casa de oração, está feito uma pública lójia e oficina de contratação, pelo que com muita razão lhe podemos dizer o que Cristo Senhor Nosso em semelhante ocasião disse aos Judeus: *Domus mea domus orationis est; vos autem fecistis eam speluncam latronum.*

Nem faltou aqui o *quasi flagellum*, que Cristo fêz de cordéis com que os açoutou e lhes estranhou aquêle sacrilégio, porque muitas noites sentiram no Colégio grandes estrondos como de gente que os acometia, de que ficaram os mercadores tão atemorizados, que pediram ao Coronel, que era o Governador da Cidade, lhes pusesse no Colégio uma esquadra de soldados com seu capitão que os guardassem, como em efeito pôs. O que tudo eu soube por mo contar por vezes um mercador, que morava no mesmo Colégio e o próprio almirante, em cuja nau eu estava, que por vezes me perguntou, se se costumavam dantes ouvir no Colégio aquêles estrondos e assombramentos. Respondendo-lhe eu que não, me replicava que devíamos de ter escondido no Colégio algum tesouro, e que por isso se sentiam semelhantes assombramentos, por dizerem em sua terra que êstes há de ordinário nas casas e lugares em que se escondem riquezas. Disse-me mais o mercador holandês, de que acima falo, que estando dois em um cubículo do Colégio, de noite lhes aparecera por vezes uma mulher vestida de branco, que desaparecia logo, tanto que êles queriam chegar a ela; e um dêstes dois, a quem isto aconteceu, o contou também ao Governador, que depois mo referiu. Êste é o fundamento que tenho para contar isto; e se assim foi, deviam de ser alguns dos muitos santos Padres e Irmãos, que naquele Colégio faleceram, que com êstes estrondos e assombramentos mostravam o muito que lhes descontentava o receberem-se tais hóspedes em celas e cubículos costumados a agasalhar a tantos servos de Cristo. Mas como tudo isto foi um só como açoite, *quasi flagellum*, não sentiram êles o golpe, e assim podem temer com muita razão venha sôbre êles o verdadeiro açoite que os prive da vida temporal e entregue à morte eterna.

Enquanto isto passava na Cidade, ajuntou Dom Marcos Teixeira, Bispo do Brasil, que servira de Capitão-mor, perto de mil soldados, entre Portugueses e Índios, com intento de a entrar e recuperar, e escolheu para o assalto o dia de Santo António, às duas horas depois da meia noite, e foi a conjunção mui a propósito por estar então fora da Cidade com perto de quatrocentos soldados o Coronel, que a governava, e ser Santo António, Português, padroeiro da mesma Cidade, e costumado a destruir semelhantes inimigos de nossa Santa Fé, como se experimentou na mesma Baía os anos passados, em que uma armada francesa tomou o Castelo de Arguim, e achando neste uma imagem de vulto de Santo António lhe deram muitas cutiladas e fizeram outras muitas injúrias, e para maior escárnio e desacato o trouxeram em uma das naus, em que o vestiram em um chiote velho, embraçando-lhe na mão esquerda um escudo, e pondo-lhe uma espada na direita, para que se defendesse de um alão que lhe açulavam; mas em breve se vingou o Santo, e êles pagaram êstes atrevidos sacrilégios, porque se alevantou uma mui fera tempestade e destroçou algumas naus e outras vieram à costa do Brasil, onde a capitaina, que era um galeão, foi tomada, e presos os principais da armada; e sendo êstes levados, de Sergipe de El-Rei, que da Baía para o Norte dista 40 léguas, onde foram tomados, para a Baía, 18 léguas antes dela, encontraram na praia a mesma imagem de Santo António, que no tempo da tempestade tinham lançado ao mar, e posta na praia em pé e virada com o rosto para a parte, donde êles vinham, de que ficaram os Franceses mui atemorizados, e os Portugueses, cidadãos da Baía, mui certificados que o Santo, em pena de seus sacrilégios, lhes causara todo êste dano e livrara a Baía e tôda costa, do mal que nela pretendiam fazer. Pelo que Dom Francisco de Sousa, Governador que então era do Brasil, com parecer do Bispo, Câmara, e mais povo, ordenou uma Confraria em o mosteiro de São Francisco, de que os Governadores são juízes, e os da Câmara oficiais, com obrigação de fazerem todos os anos na 4.ª dominga do Advento, uma solene procissão pela Cidade *in gratiarum actionem*, reconhecendo nela a Santo António, por padroeiro e defensor da mesma Cidade [1].

Por êste respeito e pela muita devoção que o Bispo Dom Marcos Teixeira tem a êste Santo, escolheu para o assalto da cidade seu dia; mas sem embargo de nêle concorrerem tôdas estas circunstâncias, que prometiam próspero sucesso, contudo ou por nossos pecados o não merecerem ou por não ser ainda chegada a hora, o sucesso foi mui fraco, e todo se resolveu em umas descompostas gritas e clamores, que junto às portas da Cidade, que vão para o Carmo e São Bento, os nossos deram, que só serviram de os inimigos nos terem em tão pouca conta, que daí por diante com pouco resguardo

---

1. Cf. supra, *História*, II, 136.

saíam da Cidade e se afastavam por largo espaço dela, com muita segurança como homens que nenhum mêdo tinham dos nossos. E o mesmo Coronel, tornando pouco depois dêste sucesso à Cidade, se saíu dela a cavalo quási por espaço de um têrço de légua, só com dois ou três que o acompanhavam, mas pagou com a morte êste atrevimento, porque de repente arrebentou do mato uma cilada de Índios, que às frechadas o mataram, e acudindo com presteza o despojaram de seus vestidos, e fizeram nêle mais crueldades e natomias do que pediam as leis da guerra e da humanidade, de que os seus ficaram com tão grande sentimento e o mostraram com tão ferozes palavras e ameaças, que os que estávamos cativos e presos em suas naus tememos quisessem vingar sua morte com as nossas [1]. E confesso a Vossa Paternidade que eu totalmente fiquei persuadido que com esta ocasião havíamos ali de acabar, e todos nos confessamos logo, assim religiosos como seculares, e nos aparelhamos, como homens que em breve podíamos acabar a vida. E não foi êste nosso temor sem fundamento, porque o almirante, em cuja nau estávamos, falando comigo nesta matéria, daí a alguns dias, me afirmou que não faltaram no seu conselho pareceres que alguns dos nossos nesta ocasião fôssem mortos. E pôsto que êste sobressalto foi tão urgente, confesso a V. Paternidade que eu me sentia mui quieto interiormente e mui consolado, tendo esta morte, ainda que não era direitamente pela fé, por muito melhor que a que pudera ter morrendo pacìficamente em qualquer dos Colégios. Mas nem esta mereci, e assim em breve saímos dêste sobressalto, porque passado aquêle primeiro ímpeto e considerada bem a matéria, se aquietaram os holandeses, atribuindo tôda a culpa ao demasiado atrevimento do Coronel, que foi enterrado ao som de grandes salvas de arcabuzaria na Sé, sem mais outro ofício de defuntos.

Logo no mesmo dia, nomearam por Coronel, em lugar do morto, ao sargento-mor, que na armada traziam, que como mais prudente, escarmentado em cabeça alheia, proïbiu rigorosamente a

---

1. Trata-se da morte do Coronel Van Dorth, Governador da Cidade, o mesmo facto narrado antes pelo P. Manuel Fernandes, que estava em terra, e diz ter sido morto pelos nossos *Índios*. Por ser tal a personagem, o facto anda também em tôdas as histórias e variam muito os pormenores. Um ano mais tarde a versão era que Francisco Padilha acorrera em auxílio dos Índios e houve «briga à espada que em breve se resolveu com o Padilha cortar a cabeça ao Dort», Bartolomeu Guerreiro, *Iornada*, 37. Cf. supra, p. 32.

todos os soldados não saíssem mais fora da Cidade, e êle se ocupou todo em a fortificar.

Para êste efeito, aproveitando-se de um grande vale, que a Cidade tem da parte do Leste, de uma água que por êle corria, a represou de modo que a fêz subir tão alto, que alagou as cêrcas de São Francisco e de São Bento, que daquela parte estão, com serem seus muros mui altos, e destruíu algumas casas que por aí estavam. A parte do mar, que cai ao Ocidente, fortificou com algumas trincheiras, que de novo fêz, e o mesmo benefício fêz também às duas portas da cidade do Carmo e São Bento, que estão ao Norte e Sul, e as segurou com fortes peças de artilharia. E para que esta ficasse mais livre, e pudesse jogar mais a seu salvo, mandou queimar as casas que para São Bento e Carmo estavam fora da Cidade, que cercou quási tôda em contôrno, com muitas e mui formosas peças de bronze, que me afirmaram passavam de cinqüenta, com que dizem fica tão forte que será dificultoso tomar-se.

Êste é o estado em que deixamos a Baía, ao tempo que dela saímos, que foi aos vinte e cinco de Julho, depois de estarmos reteúdos e presos em suas naus, do dia que nela entramos, que foi em vinte e nove de Maio. Imos repartidos em quatro urcas todos os Religiosos, tirando os de São Francisco, que deixaram na Baía com intento de os trocarem com alguns seus, que os nossos tinham tomados; e com o mesmo intento dizem nos levam, para em Flandres nos trocarem com alguns prisioneiros seus, que têm em poder da senhora Infanta [1]. Outros querem que nos levam para lá nos resgatarem, cuidando que lhes podemos dar por nós alguma grande soma de dinheiro, com que possam refazer parte dos muitos gastos que fizeram em aprestar sua armada. E se êste é seu intento estão enganados, porque a Província do Brasil nada pode dar por nós, por estar ao presente no mais miserável estado que nunca teve, e quási com a candeia na mão para expirar de todo, com detrimento de muitos milhares de almas que estão a nosso cargo e doutrina, porque o Colégio da Baía, que é o principal, fica de todo destruído, por dever no Reino perto de 25.000 cruzados, de que pagava câmbios, que de nenhuma maneira se pode libertar, por lhe faltar tôda a renda que tinha, assim de dote Real, que se lhe pagava nos dízimos, que cessam de presente e cessarão enquanto a Baía estiver

---

1. A Infanta Isabel Clara, que realmente foi dois anos depois o instrumento mais directo da libertação dos Padres.

tomada; falta-lhe também a renda, que tinha, de muitas casas, que tôdas estão em poder dos Holandeses. E assim não lhe fica possibilidade para poder sustentar perto de 100 Religiosos que sustentava, os quais ficam espalhados pelos matos em extrema necessidade, e nem sei se terão hóstias nem vinho para poderem celebrar; e por perderem, com o Colégio, todo o seu móvel, nem pano de lã nem de linho têm para se poderem cobrir.

Nem também nos pode socorrer o Colégio de Pernambuco, que quási fica com igual necessidade, por dever em Lisboa 6.500 cruzados, de que também paga câmbios, e a respeito do pouco que tem é grande soma, e ficar arriscado a padecer os mesmos danos que o da Baía, por ser prática mui constante entre os Holandeses, que em Holanda se ficava aprestando outra armada muito maior, para tomar Pernambuco, por que esperam por horas; e dado que esta não venha, só com quatro ou cinco urcas artilhadas, que andem balraventeando ao mar, de fronte da barra de Pernambuco, impedirão totalmente, que nem de dentro saia embarcação alguma para o Reino, em que os moradores possam mandar seus açúcares, nem do Reino possam entrar as embarcações que lhe costumavam levar as mercadorias e mais coisas necessárias para a vida humana; e assim nem os Padres nem os moradores se poderão conservar.

E êste mesmo mal abrange ao Colégio do Rio, que no Reino deve 12.500 cruzados e tôda sua renda tem consignada em Pernambuco, de que se não poderá aproveitar, pelo que acima fica dito. E assim, estando tôda a Província tão necessitada, que se não pode conservar sem particularíssima providência do céu, mal poderá dar coisa alguma para nosso resgate. E sem êle nos não hão-de largar, lá acabaremos todos a vida encarcerados em Holanda, donde em tôdas as ocasiões avisarei do que for sucedendo, a Vossa Paternidade, em cuja bênção e santos sacrifícios me encomendo. Feita em altura de 23 graus da banda do Norte, *Domingos Coelho*».

Segue-se um *post-scriptum*:

«Depois de feita a sobredita carta, chegamos a Amesterdão a 17 de Outubro, onde foi logo o Governador com seu filho metido em uma casa com mais clausura do que esperava e desejava. Ao dia seguinte os Padres Manuel Tenreiro, João de Oliva, eu, e os Irmãos Pero da Cunha, Manuel Martins e António Rodrigues, fomos metidos com alguns Portugueses em um cárcere, que antigamente foi mosteiro de Santa Clara, onde estamos tão fechados que de nenhuma maneira podemos falar com pessoa alguma de fora. No mesmo apêrto devem de estar os Padres António de Matos, Gaspar Ferreira com os Irmãos Agostinho Coelho e Agostinho Luiz, que foram para Roterdão, e os Padres Gaspar da Silva e Simão de Soto-Maior que dizem de certo estão em Pichilinga, os quais depois de tomada a Baía e (não sei com que ordem) se foram embarcar a Pernambuco para o Reino e no caminho foram tomados. Até agora nos não têm falado a feito, nem manifestado o que querem de nós. Como o fizerem, avisarei a Vossa Paternidade, em cuja bênção e Santos Sacrifícios me encomendo. Dêste cárcere, 24 de Outubro de 624. — *Domingos Coelho*»[1].

Os dois Padres Gaspar da Silva e Simão de Soto-Maior, que acompanhavam o Governador Diogo de Mendonça Furtado, foram mandados por êle, antes de ser prêso, a Pernambuco e dali pelo novo Governador Matias de Albuquerque, em delegação oficial, a pedir socorro a El-Rei: Foram tomados quando vinham «requerer, *por parte do Estado*, a Sua Majestade conveniente socorro pera expulsão dos rebeldes»[2].

Os Padres prisioneiros ficaram repartidos nos dois grupos indicados pelo P. Domingos Coelho. Mas o grupo de Roterdão ficou realmente em Dordrecht, de cujo cárcere, no dia de Natal, escreve o P. António de Matos ao P. Assistente Nuno de Mascarenhas, a quem, e ao P. Geral, constituíam procuradores da sua liberdade. «Pela qual, diz êle, já escrevemos aos nossos Padres da Província do Brabante, que é a mais vizinha, e a alguns amigos; e em especial escrevi ao Embaixador do Rei Cristianíssimo de França, por se dar a oportunidade, e por residir na Côrte do Príncipe Maurício, e sei que trata com todo o empenho, que pode, dêste negócio».

Constava-lhe que o P. Domingos Coelho estava gravemente doente em Amesterdão, mas já ia melhorando, ainda que nem êle nem os seus companheiros nem êle próprio estavam fora de perigo, por andar a peste por aquelas cidades. O P. Gaspar da Silva está com o P. Simão de Soto-Maior em «Midelburgo» na Zelândia [3].

---

1. *Bras. 8*, 352-355.
2. Bartolomeu Guerreiro, *Iornada*, 31.
3. Carta autógr. do P. António de Matos, Ex Carcere Dordrach, 25 decembris, *Bras. 3(1)*, 208. Os holandeses, vaidosos de terem em seu poder um grupo de prisioneiros desta qualidade, fizeram versos e uma gravura (datada de Ames-

Se os Holandeses pensaram em negociar mercantilmente com o cativeiro dos Padres, as suas esperanças foram iludidas. E talvez por isso, apesar de restaurada a Baía em 1625, os cativos ficaram ainda mais um ano nas prisões até saírem delas em 1626, por intervenção da Infanta Isabel Clara. Ao serem libertados foram recebidos como mereciam os seus trabalhos, com grande caridade pelos Padres da Companhia dos Países Baixos e por muitos Prelados e Fidalgos [1].

A 10 de Janeiro de 1627 escreveu a Sereníssima Infanta Isabel Clara ao Papa a recomendar-lhe o P. Domingos Coelho, Provincial da Companhia de Jesus no Brasil, o qual desejava do Santo Padre algumas graças para serviço e consolação daquele Reino longínquo (o Brasil); e acrescentava que o Padre era pessoa de valor e merecimento, digno de tais graças [2]. Talvez a carta da Infanta fôsse levada a Roma pelo P. João de Oliva, ou êste fôsse com o P. Domingos Coelho, pois consta que também o P. Oliva foi então a Roma e nessa Côrte deixou a melhor impressão.

---

terdão 1624). Aparecem, no primeiro plano, o Governador Diogo de Mendonça Furtado e o Provincial P. Domingos Coelho (erradamente escrito «Domingo Coinia»); em segundo plano, do lado do Governador os oficiais militares; e do lado do Provincial, os Padres e Irmãos, todos com os respectivos nomes, alguns estropiados (Rodolfo Garcia, em *HG*, II, 260, reproduz e corrige os nomes). Documento interessante, já publicado, e que também reproduzimos por ser o retrato autêntico do Provincial, com a indumentária dos Padres da Companhia no século XVII. Digno de nota é sobretudo o *Barrete*, usado no Brasil, de que levou um o P. António Maria Bonucci e ficou no Museu de Colégio Romano e descreve Bonanni: «Biretum illud est, quo Sacerdotes utuntur colore nigro forma rotundum est, ultra palmarem altitudinem elevatum, cui fere simile adhibetur in Lusitania», *Musaeum Kircherianum*, 234.

1. «Le Pere Dominique Coello Provincial conduisant dix de nos Pères du College de Ianvier à la Baïe tomba avec eux tous entre les mains des Holandois car ils ne sçavoient pas encore qu'ils eussent surpris cette ville. Ils furent bien aises de cette proie qu'ils menerent en Hollande, ou ils furent retenus deux ans prisioniers; iusques à ce que l'Infante Isabelle Claire Eugene les deliura. Nos Peres du Pais-Bas les reçurent le plus charitablement qu'il leur fut possible, comme firent pareillement beaucoup de Prelats et de Seigneurs», Jaques Damien, *Tableau Racourci de ce qui c'est fait par la Compagnie de Jésus durant son premier siècle* (Tournai 1642) 482.

2. Carta autógrafa da Infanta Isabel, Roma, *Propaganda Fidei*, «Lettere de Francia, Fiandra, Spagna, India, Inghilterra e Ibernia», 1627, cód. 129, f. 21.

Os Padres e Irmãos voltaram ao Brasil na expedição saída de Lisboa em Junho de 1628 [1].

4. — Tanto a carta do Padre Manuel Fernandes como a de Domingos Coelho dão notícias até 25 de Julho, em que o Bispo D. Marcos Teixeira, «servia de Capitão-mor», em vez do Desembargador Antão de Mesquita [2]. Enquanto os Holandeses fortificavam a cidade, o Bispo com os capitães, soldados e Índios, cercou-a, cortando-lhe tôda a comunicação com a terra, deixando-lhes apenas o caminho do mar, num assédio que se revelou eficaz. O Prelado em pessoa percorria as estâncias, acompanhado de algum Padre Jesuíta.

Um dêles, Miguel Rodrigues, escreve da Aldeia do Espírito Santo, a 18 de Junho de 1624:

«O Bispo ajuntou gente para cometer a cidade, mas tornou-se a recolher a esta Aldeia, sem cometer, porque não houve quem se atrevesse [3]. Agora tornou com os Índios e alguns filhos da terra, que se lhe ajuntam, para andar aos assaltos, impedindo a saída dos inimigos e entrada e comércio dos nossos com êles, e leva-me por companheiro, por não haver aqui outro que se atrevesse. E eu vou de muito boa vontade, porque entendo que há-de ser isso coisa de muito serviço de Deus e de Sua Majestade em prol do bem comum

---

1. Voltaram todos, menos o Ir. Pedro da Cunha, que ficou procurador em Lisboa, e o P. Gaspar Ferreira, cujo fio se perde no cárcere de Dordrecht, em 1624, já sexagenário. Era de Camarate (Lisboa), *Bras.* 5, 69. O Padre António de Matos escrevia *Dordrach*.

2. Bartolomeu Guerreiro, *Iornada*, 35. A maneira, natural e simples como o Bispo se transformou em Capitão-mor, viu-se narrada pelo P. Manuel Fernandes, presente aos sucessos. Outros contam-na de diferente modo, talvez com menor conhecimento de causa. Varnhagen deixa cair de sua pena palavras duras, positivas e absolutas, contra o Bispo, esquecido de que iniciara a narrativa com um «segundo parece» dubitativo, que não permite, em boa ética, aquelas palavras positivas e absolutas, *História das lutas com os Holandeses no Brasil* (Viena de Áustria 1871) 15. É o seu complexo de inferioridade, quando trata de pessoas eclesiásticas e de Índios do Brasil, que sistemàticamente detrai, ou suprime simplesmente, como fêz nesta sua narrativa com os serviços dos Índios, esquecido ainda uma vez do que dêles diz Vieira, que Varnhagen também cita, e aduz como «testemunha presencial, cujo conceito não é dado pôr em dúvida».

3. Testemunho autorizado e independente. Confirmado pelo testemunho do P. Manuel Fernandes de que o Bispo tentou tomar a cidade, e sem dúvida o faria «se os mais dos capitães lho não impediram»...

e honra da Companhia, porque não é bem que nos acolhamos todos para os matos sem haver quem em tal tempo console, anime e conserve na fé os cristãos, principalmente andando o Prelado em campo com as armas na mão»[1].

Além de Miguel Rodrigues, outros acompanharam o Bispo-Capitão: «Em tôdas estas coisas acudiram os nossos Padres a Sua Senhoria, com todos os Índios das Aldeias, assistiram-lhe em conselho, acompanharam-no em todos os caminhos e até o P. Reitor, que era Fernão Cardim, sendo tão velho e fraco, o fêz algumas vezes, e o serviram em tudo com muita vontade, como tínhamos obrigação e tão honrado Prelado nos merecia»[2].

Por infelicidade, o Prelado, «mais de cansaço e trabalho que de doença», caíu de cama, gravemente; e o Governador Geral Matias de Albuquerque enviou de Pernambuco, onde residia, novo Capitão-mor, homem de guerra, Francisco Nunes Marinho. Chegou a tempo. Oito dias depois, falecia o Bispo, sem dúvida de nobre e gloriosa memória[3]. Vieira dá mais notícias de sua actuação e valentia, e de como o estimavam os Índios, que choraram a sua morte. A coragem e heroicidade, de que deu provas depois da tomada da Baía, põe-no em foco e há quem estranhe não ter êle dado mostras da mesma heroicidade no momento do pânico geral. Havia então na cidade um Governador Geral, que aliás também foi herói. Não o foram porém os que, pela profissão militar, o deviam ser, e não foram. A sua resposta ao P. Manuel Fernandes, que o incitava a não se retirar: — «Eu, só, não posso defender a Cidade», tem explicação na fuga quási geral dos capitães e soldados. Mas foi êle, depois, a alma forte e viril, que os reüniu a todos[4].

---

1. Carta do P. Miguel Rodrigues ao P. Geral, da Aldeia do Espírito Santo, 18 de Junho de 624, *Bras* 3(1), 203v. Miguel Rodrigues, natural de Vila Nova da Ribeira, Diocese de Lisboa, ainda vivia no Rio em 1631, com 60 anos de idade, *Bras.* 5, 131v.

2. *Cartas de Vieira*, I, 27.

3. Cf. *Cartas de Vieira*, I, 32-34.

4. D. Marcos Teixeira zelou com vigor as prerrogativas do seu múnus eclesiástico. Não se tratava de o Bispo concorrer em precedência com leigos, dentro dos *Palácios de Govêrno*, mas em que os leigos se não intrometessem, dentro das *Igrejas*, ou em funções religiosas, debaixo do *pálio*, ou fizessem as obras civis e militares à custa do orçamento da Sé, cerceando-o. O Prelado achava justo que as obras se fizessem, não porém à custa das suas próprias, e de que êle por ofício, era guardião e promotor. Os pormenores destas questiúnculas, próprias do tempo (hoje, se não há essas, há outras equivalentes, sem menor ou maior im-

D. Marcos Teixeira tinha um irmão na Companhia, P. Damião Botelho, que ou êle quis levar consigo ou que queria ir com êle para o Brasil. Escreve o Bispo ao P. Geral:

«Como súbdito de V. Revma. Paternidade e tão afeiçoado e obrigado à Companhia, não posso deixar de dar o devido parabém a V.ª R.ª Paternidade, por no tempo do seu felicíssimo govêrno, se haver concluído o que há tanto se deseja e espera, na canonização do fundador e patriarca dela, o glorioso Santo Inácio, e em a daquela grande tocha da Igreja e verdadeiro Apóstolo da do Oriente, S. Francisco. E agora, que Sua Santidade se sérviu de fazer publicar à Igreja a santidade dos pais, devemos esperar que se descubra a de tantos filhos seus, que nela tanto procuram parecer-se com êles, e que crescerá cada dia mais a dos que vivem com o mui santo exemplo e felicíssimo govêrno de V. R. Paternidade.

Com as dilações que de ordinário há nas respostas dos ministros de S. Majestade, se dilata a minha jornada, o que em parte estimei por esperar que neste tempo me fará V. R. P. mercê de dar licença para que a possa fazer em companhia do P. Damião Botelho, meu irmão, que também em aquelas partes poderá bem servir a N. S. em a Companhia, como eu, em qualquer que estiver, o farei com a maior satisfação, que me fôr possível. Nosso Senhor, etc. De Lisboa, em 20 de Abril de 1622, — *D. M. Bispo de Brasil*»[1].

O P. Geral Múcio Vitelleschi achou que Damião Botelho não tinha os requisitos indispensáveis para o Brasil, e entendeu negar a licença, comunicando o facto ao Provincial do Brasil, para des-

---

portância), não cabem nesta nota; podem-se ver na monografia de Wanderley Pinho, *D. Marcos Teixeira, Quinto Bispo do Brasil* (Lisboa 1940) 22 ss. Varnhagen confundiu D. Marcos Teixeira, com outro de igual nome, Arcediago de Évora, arrastando muitos na sua confusão. Lúcio de Azevedo já faz a distinção necessária em *Cartas de Vieira*, I, 592. E António Baião, com documentação adequada, deslindou cabalmente o caso em *O Bispo D. Marcos Teixeira — Solução de dúvidas a seu respeito que vêm desde Varnhagen*, em *Memórias do Congresso*, IX, 251-259.

1. *Bras. 8*, 308. Aquelas dilações versavam sôbre os emolumentos canónicos das *Bulas de Bispo do Brasil*, se haviam de ser pagos ou não por El-Rei, como administrador do Mestrado da Ordem de Cristo. Talvez as dilações fôssem também sôbre a administração eclesiástica da Capitania de Pernambuco, que se tratava de conservar sob a jurisdição do Bispo do Brasil. Cf. Faria, *História Portuguesa*, 23. Parece que a carta régia de 19 de Março de 1622 tinha urgido a sua ida para o Brasil. Cf. Cândido Mendes de Almeida, *Direito Civil e Ecclesiastico Brasileiro*, I (Rio 1864) 531.

fazer qualquer ressentimento que o Prelado porventura tivesse. O Provincial respondeu a 14 de Janeiro de 1623:

«O Bispo D. Marcos Teixeira chegou a esta cidade a 6 de Dezembro passado; ordenou logo a seu irmão Simão Teixeira de ordens sacras, e com êle a muitos religiosos de tôdas as Ordens e proveu logo ao irmão em Tesoureiro-mor desta Sé. Dêle e do irmão entendi virem sentidos por não trazerem consigo ao P. Damião Botelho, seu irmão, mas até agora não redundou êste sentimento em mostras algumas de pouca benevolência, antes as tem dado, mui grandes, de bom Prelado e amigo de todos os Religiosos. E amanhã, que são 15 dêste Janeiro, se vem recolher neste Colégio a tomar os Exercícios Espirituais, para com êles se preparar para a visita que determina fazer nesta Cidade e Recôncavo. Deus o ajude, e leve avante tão bons princípios e desejos» [1].

D. Marcos Teixeira faleceu a 8 de Outubro de 1624, escreve Vieira, que traça dêle um dos mais belos retratos que se podem ter de um homem e um Bispo: ninguém falava senão da sua virtude e das suas palavras e do seu exemplo, «enternecendo-se agora mais do que quando o viam pelos matos sem comer, nem beber, vestido de burel, com a barba crescida e com as armas às costas, diziam, levados dos grandes sentimentos, que mais os castigara Deus com a morte do seu Prelado que com a tomada da Cidade. E com muita razão, pois esta se restauraria, como restaurou, e aquela não poderia jamais ter remédio.

Os Índios das nossas Aldeias, em particular, choravam mais sua morte, porque de todos êles era pai, defensor e protector. Nós os da Companhia tivemos razão de a sentir, como sentimos mais que todos, pois na paz e na guerra se ajudou de nós amorosamente, com benévola e íntima afeição, e nós o servimos e acompanhamos ate à morte, como tínhamos de obrigação» [2].

---

1. Carta do P. Domingos Coelho, dêste Colégio da Baía, 14 de Janeiro de 623, *Bras. 8*, 325. O P. Damião Botelho foi dois anos depois na Armada que restaurou a Baía e voltou a Portugal; e algum tempo mais tarde, com licença do mesmo Geral, passou à Religião de S. Jerónimo, e veio a falecer em Lisboa no Mosteiro de Belém. Botelho, apelido de pai, Teixeira de mãe, explicam os apelidos de um e outro, cf. Barbosa Machado, *Bibl. Lus.*, I, 598. A Ânua de 1621-1623 refere-se ainda à chegada de D. Marcos Teixeira, depois de um quadriénio de *Sede Vacante*; e como fêz, no Colégio, com edificação, os *Exercícios Espirituais* de Santo Inácio (*Bras. 8*, 328v).

2. *Cartas de Vieira*, I, 34.

Prudêncio do Amaral dá-lhe o título de «Religioso e militar Pontífice», e escreveu-lhe o epitáfio póstumo, que condiz com a sua breve carreira de Bispo do Brasil:

Me vigilem sentit Pastorem Brasila Tellus
Urbs haec custodem, Militiaeque ducem[1].

---

1. Prudêncio do Amaral, *Catálogo dos Bispos que teve o Brasil*: «Quinto Bispo do Brasil», p. 15, edição do Colégio das Artes, Coimbra, 1729, no Apêndice às *Constituições Primeiras do Arcebispado da Bahia*, de D. Sebastião Monteiro da Vide, e com paginação independente.

CAPÍTULO III

Derrota dos Holandeses na Baía

1 — A recuperação da Baía em 1625; 2 — Os Jesuítas durante o cêrco e derrota de Maurício de Nassau em 1638; 3 — No último bloqueio de 1647; 4 — A pena e a palavra do P. António Vieira contra as armas de Holanda.

1. — O grande empenho de D. Marcos Teixeira, como Capitão-mor, e dos que sucederam no cargo, Francisco Nunes Marinho e D. Francisco de Moura, com a cooperação de todos, foi o de fechar a terra aos invasores, deixando-lhes aberto apenas o caminho do mar, porta por onde êles poderiam abandonar a cidade ou entrar a libertação dela. Enquanto esta não veio, continuou a guerra de escaramuças em terra, procurando os holandeses alargar por água o seu raio de acção, todavia sem grande êxito, nos Engenhos do Recôncavo, na Ilha de Itaparica e no Camamu. Ao Camamu foram com uma nau, um patacho e algumas lanchas e no Engenho do Colégio tomaram algum gado. «Mas, comenta Vieira, não tornaram muito mercadores, porque saindo quatro índios a um batel seu, por sete bois, que levaram, mataram sete holandeses»[1].

Os Índios da Baía mereceram menção honrosa de Vieira, pela sua destreza e fidelidade. Eram êles o inimigo, de que mais se temiam os Holandeses. Porque enquanto os Holandeses «preparavam um arcabuz ou mosquete, já tinham no corpo despedidas do arco, duas frechas, sem outro remédio senão o que davam os pés, virando as costas». E ainda que «muitos negros de Guiné e alguns brancos se meteram com os Holandeses nenhum índio houve, que travasse amizade com êles, o que foi muito particular e especial mercê de Deus, e indústria também dos nossos Padres, os quais sempre, e agora mais que nunca, os instruíram na fé, intimando-lhes o amor

---

1. *Cartas de Vieira*, I, 36.

que deviam ter a Cristo e lealdade a Sua Majestade: grande bem espiritual e não menor material para os moradores dêste Brasil, porque sem Índios não podem viver nem conservar-se como todos confessam» [1].

Não tinha passado um ano desde a tomada da Baía, quando ao primeiro de Abril, Páscoa da Ressurreição, *amanheceu* dentro dela, a armada Luso-Espanhola, de recuperação, comandada por D. Fradique de Toledo. Armada composta de várias. A de Portugal comandava-a D. Manuel de Meneses. E como os Holandeses só tinham a cidade e não a terra dos arredores, logo nesta desembarcou gente à vontade, com o que em breve ficou a cidade cercada por mar e terra. A resistência dos invasores não podia ser longa. Entre os tratos prévios da capitulação estava a libertação dos cativos, isto é, «que mandariam a Espanha o Governador, que levaram, e os Padres da Companhia» [2]. Responderam os Holandeses que achando-se os prisioneiros em Holanda em poder do seu príncipe e Estados, êles não tinham poderes para lhes prescreverem leis. Resposta que demonstrava serem os invasores agentes de uma *emprêsa mercantil*, não de uma *nação*, mas que a nação e os Estados se serviam dos actos de pirataria dessa emprêsa, para seus fins políticos, e realmente conservaram presos ainda mais de um ano ao Governador e aos Padres do Brasil.

Parece aliás que Dom Fradique de Toledo atendeu mais, nas capitulações, a sentimentos de prosápia castelhana do que a considerações positivas à Coroa de Portugal. Vislumbra-se isso na ordem da entrada na cidade em que os Portugueses tiveram o último lugar. Comenta o P. Bartolomeu Guerreiro: «Não fique por dizer neste lugar, pois é tanto seu, que no trabalho e perigo do cêrco da Baía, e nos mais perigos tiveram os Portugueses a vanguarda; e a retaguarda e a guarda das portas na entrada da cidade. E se esta confiança dos Capitães da Coroa de Castela foi fundada em desejo de proveito, razão era que alcançasse êste quem tanto alcançou o tra-

---

1. *Cartas de Vieira*, I, 41. A Assistência dos Índios e Padres tornou-se mais intensa durante o assédio, e dá testemunho disso, a El-Rei, D. Fradique de Toledo Ossório, em documento firmado na Baía, 30 de Julho de 1625, que era da Colecção de Barbosa Machado, em Melo Morais, *Corografia*, IV, 42.

2. Cf. *Relação verdadeira de todo o sucedido na restauração da Bahia de Todos os Santos*, datada da Baía, 15 de Maio de 1625, na *Rev. do Inst. Hist. Bras.*, V, 485.

balho. Mas o certo foi que a milícia portuguesa se não deu por achada de outros interêsses que do serviço de S. Majestade, honra e reputação da Coroa de Portugal». Frase vindicadora, em que já ressoam os primeiros sintomas da futura Restauração, concluindo essa união de Coroas, que tinha sido o pretexto ou a ocasião destas invasões holandesas no Brasil.

A entrada na Cidade recuperada foi a 1 de Maio, dia de S. Filipe e S. Tiago, com festas solenes de congratulações e desagravo ao Santíssimo Sacramento, que se descerrou na Sé e no Colégio [1].

A narração da reconquista, com os seus pormenores, é conhecida e longa. Do que se refere à Companhia de Jesus, o cronista é Vieira:

«Depois de chegada a nossa armada, e sitiada por ela a cidade e pôrto da Baía, como era muita a gente, eram necessários muitos Padres, e assim se vieram, das Aldeias do Espírito Santo e S. João, o Padre Reitor com onze sacerdotes de nossa Companhia, a uma *Quinta* dêste Colégio, meia légua da cidade, donde se dividiram e andaram no cêrco os Padres, repartidos pelas estâncias, exercitando muitas obras de piedade, administrando os Sacramentos de confessar, dizer missa e comungar, para ganharem o jubileu, que Sua Santidade concedeu a todos os que se achassem neste cêrco; a tudo acudiam com grande fervor e trabalho, e não menor perigo de vida, por serem as balas muitas e os reparos poucos. Muitas vezes escaparam milagrosamente dos pelouros grandes e pequenos que, ora zenindo-lhe pelas orelhas, ora caindo-lhe aos pés e nos lugares onde havia pouco tinham estado, mostravam bem a particular protecção com que Deus os guardava.

Os que ficaram nas Aldeias não deixaram também de ajudar, trabalhando por terem o céu propício, com orações diante do Santíssimo Sacramento, que nesta ocasião tiveram lá desencerrado. Em especial nos edificaram muito os quatro Padres portugueses, que vieram na armada de Portugal, e dois espanhóis, que vieram na de Castela, porque não só não faltaram um ponto de obrigação,

---

1. Em sessão de 17 de Abril de 1627 resolveu a Câmara da Baía fazer anualmente uma Procissão solene de Acção de Graças, em honra dos Apóstolos S. Filipe e S. Tiago, no dia 1.º de Maio, «pela mercê que Deus Nosso Senhor fêz a esta cidade, pela recuperação dela e a aliviar dos hereges holandeses que a tinham tomado». A Procissão saía da Sé, e manteve-se até 1828, cf. João da Silva Campos, *Procissões Tradicionais da Bahia* (Baía 1941) 112-113.

que tinham de verdadeiros filhos e obreiros da Companhia, mas trabalharam tanto, que só o trabalho, com as incomodidades corporais e falta do necessário, bastara para lhes acabar a vida, se durara mais o cêrco.

Bem prova isto, que digo, a morte gloriosa do nosso Padre António de Sousa, o qual (como nos escreveram) teve tão grande caridade para os muitos enfermos da sua nau que, de puro cansaço em lhes acudir e servir, expirou para gozar no céu, da coroa, que cá e lá tão valorosamente mereceu [1].

Ao cêrco da cidade vieram também, mandados pelos Padres, todos os Índios das nossas Aldeias, e trabalharam sempre mui bem, assim como o fizeram em todo o tempo antecedente nos assaltos e no arraial. Mas como todos eram e são poucos, e não passam muito de trezentos, não chegam a quatrocentos, entre a muita gente da armada, que cuidavam haviam de ter milhares dêles para trabalharem no desembarcar o fato e puxar a artilharia, não apareciam nem avultavam muito. Até os escravos do Colégio, que por estarem muito desbaratados, eram bem poucos e êsses necessários para o serviço e sustentação dos Padres, trabalharam no que puderam,

---

1. Dos quatro Jesuítas, que vieram na Armada Portuguesa, além do P. António de Sousa, menciona Bartolomeu Guerreiro mais dois, Damião Botelho e João Nunes (*Jornada*, 71-72). O P. Damião Botelho era, como vimos, irmão do Bispo D. Marcos Teixeira. Dos outros dois faz menção António Franco.

O P. António de Sousa, de Amarante, que faleceu na nau junto à Ilha do Faial, é o autor da «famosíssima tragédia», que se representou no Colégio de S. Antão em Lisboa no ano de 1619, e na qual aparece o *Brasil*, e há um trecho de língua *tupi*, o célebre *Chorus Brasilicus* (cf. Sommervogel, *Bibl.*, IV, 1862; Barbosa Machado, *Bibl. Lus.*, II, 688; Plínio Airosa, *Apontamentos para a Bibliografia da língua tupi-guarani* (S. Paulo 1943)84, neste ainda sem identificação do autor). Cf. Franco, *Ano Santo*, 522; Rodrigues, *História*, III - 1.º, 108.

O P. João Nunes, de Meãs, Bispado de Coimbra, foi aportar a Cádis na volta da armada. A nau, em que ia, entrou no pôrto por entre uma armada inglesa, chovendo sôbre ela as balas, sem nenhum dano. Voltou a Portugal e pediu a missão da Índia, mas em vez dela mandaram-no para Prepósito da Casa Professa de Vila Viçosa, onde o conheceram e estimaram os Duques de Bragança, D. João e D. Luísa. Mais tarde, sendo já rainha, D. Luísa escolheu-o para confessor. Tinha fama de santo. « Seu entêrro foi soleníssimo, não a título de ser confessor da rainha, mas de ser santo. O marquês de Nisa, o conde de Santa Cruz, o conde de Figueiró, o conde camareiro-mor, o conde de Vila-Verde, e o conde de Vidigueira, levaram o esquife, aos quais ajudavam o conde de Vimioso, o conde de Cantanhede, o conde de Castro e outros», Franco, *Ano Santo*, 765-769; Rodrigues, *História*, III - 1.º, 505.

no que tivemos assaz de fadiga e opressão. Esta foi muito maior depois de entrados no Colégio, porque, como estava inficionado dos hereges, adoeceram os Padres e Irmãos quási todos, e, com as enfermidades e falta de bons comeres, padeciam tanto que aos sãos cortavam as entranhas; até de quem os servisse havia falta, e, de puro cansaço em os servir e lhes acudir, adoeceu o enfermeiro e morreu, como fica dito [1].

Também os nossos capitães e oficiais da Fazenda Real, que no Colégio se achavam depois dos holandeses, nos deram bem enfadamento, por nos tomarem a metade do Colégio e nos meterem, aonde nós morávamos, guardas, com grande tumulto e inquietação. Mas fêz-nos Deus mercê que, por bom modo, os fomos arrumando todos para uma parte do Colégio e, com paus de madeira postos nos corredores, nos separámos, de maneira que ficamos com quietação e clausura religiosa acomodada ao tempo» [2].

Um feito de armas como êste da recuperação da Baía provocou extraordinária bibliografia, coeva, tanto portuguesa como espanhola e holandesa, e outra mais moderna, quer de monografias particulares, quer de histórias gerais [3].

Para a actividade da Companhia de Jesus, a narrativa fundamental é esta de Vieira, como testemunha presencial. Mas ocuparam-se desta acção gloriosa outros autores Jesuítas. O primeiro, antes do próprio Vieira (que é de 30 de Setembro de 1626), foi Bar-

---

1. O Ir. António Fernandes, da Ilha da Madeira, que assistiu na Aldeia do Espírito Santo, não só aos doentes da casa, como aos portugueses retirados da cidade e aos índios — e faleceu no dia 13 de Junho de 1625, *Cartas de Vieira*, I, 7-11.

2. *Cartas de Vieira*, I, 47-49. A *Ânua da Província do Brasil* foi escrita em latim em 1626, original que se conserva no Archivum S. I. Romanum, e cuja fotocópia temos presente. Mais tarde traduziu-a o próprio Vieira para português, circunstância que explica a beleza e segurança de estilo com que está redigida. Em parte é ampliação do primitivo original como verificamos no caso do capelão da Armada P. António de Sousa, que consta na Ânua portuguesa, não ainda na carta latina. Como se trata de um facto sucedido na volta da Armada à Europa, êle só teria conhecimento dêle mais tarde, e o nota em parênteses («como nos escreveram»).

3. Cf. Garcia, *HG*, II, 266, e Pedro Calmon, *H. do B.*, II, 77. Sôbre os socorros enviados à Baía, para esta recuperação, e para diversos portos do Brasil neste e noutros períodos, cf. a série de 410 documentos, que juntou Durval Pires de Lima, *A defesa do Brasil de 1603 a 1661* em *Memórias do Congresso*, IX, 171-230.

tolomeu Guerreiro, logo no ano de 1625, obra colocada no plano geral militar, em estilo puro e directo, que a torna uma das mais valiosas narrativas da recuperação baiana [1].

2. — Os negociantes holandeses tinham postos os olhos cobiçosos no Brasil. Se perderam esta primeira cartada, tentaram outras, quer de simples correrias marítimas de saques e depredações, quer de nova tentativa de posse, como em 1630, desta vez em Pernambuco, como se verá. Mas entre as aspirações permanentes da Holanda, estava a de se apoderar da capital da Colónia, sem cuja posse se não dava como segura a conquista do Brasil, nem sequer a parte de Pernambuco, onde conseguira firmar pé temporàriamente. A Baía porém estava prevenida. E a derrota de Maurício de Nassau, que veio comandar o assalto de 1638, transformou-se com o tempo, em derrota e expulsão dos Holandeses da América Portuguesa.

A armada inimiga, de 14 navios, entrou na Baía no dia 16 de Abril de 1638, e «desapareceu desta costa» a 29 de Maio. Muitos assaltos e escaramuças, com uma grande batalha na noite de 18 para 19 de Maio, e a derrota do Conde de Nassau. Defendia a cidade o Conde de Banholo, por nomeação do Governador D. Pedro da Silva. Estavam na praça grandes nomes das Campanhas holandesas, e enchem as páginas da *Relação Diária* de Pedro Cadena, Provedor-mor do Brasil [2].

---

1. «*Iornada dos Vassallos da Coroa de Portugal*, pera se recuperar a Cidade do Salvador, na Baya de todos os Santos, tomada pollos Olandezes, a 8 de Mayo de 1624, e recuperada no primeiro de Mayo de 1625. Feita pollo Padre Bartolomeu Guerreiro da Companhia de Iesv. Em Lisboa». Por Matheus Pinheiro. Anno 1625. Impressa à custa de Francisco Álvares livreiro. Vende-se em sua casa, defronte da Misericordia, 4.º ff. 75. Com uma planta da cidade da Baía: *Benedictus Mealius Lusitanus faciebat*, documento topográfico da mais alta importância. Bartolomeu Guerreiro, irmão de outro escritor da Companhia, Fernão Guerreiro, deixou outras obras. E dêle diz Inocêncio: «Tôdas as obras dêste escritor gozam de merecida estimação» (*Dic. Bibl.*, I, 332). Também, datada de Coimbra, 29 de Novembro de 1626, escreveu em latim elegante, o Padre da Companhia, Francisco de Macedo (mais tarde conhecido por Fr. Francisco de S. Agostinho de Macedo), *Historia Expeditionis Brasilicae ad Bahiam recuperandam*, na Bibl. da Academia de la Historia (Madrid), *Jesuítas*, cód. 4, ff. 229-247; Cordara, *Hist. Soc.*, VI — 1.º, 544ss.

2. Cf. S. L., *Derrota de Maurício de Nassau no cêrco da Baía — Relação Diária*, inédita, em *Páginas, 229-239.*

Dos Padres da Companhia assinalaram-se:
«O P. *Manuel Fernandes*, Provincial, que ora é, pessoa mui conhecida, de muitas letras e grande virtude;
o P. *Domingos Coelho*, Provincial, que então o era, que foi lente mui letrado e mui virtuoso e bem entendido[1];
o P. *João de Oliva*, Reitor do mesmo Colégio, e prègador de muita autoridade;
o P. *Francisco Gonçalves*, mestre de noviços, que nesta ocasião, com êles e notável exemplo para todos, carregou às costas, quartas de água aos nossos no exército, e por esta cidade andou muitas vezes a pedir ovos e panos para os feridos de guerra;
o P. *Francisco Pires*, bom letrado e prègador;
o P. *Simão de Soto-Maior*, religioso de grande consideração;
o P. *Baltasar de Sequeira*, o P. *Mateus Dias*, o P. *Francisco de Avelar*, o P. *Fulgêncio de Lemos*, o P. *António Vieira*, prègadores todos; e o P. *Manuel Nunes*, mestre de Filosofia»[2].

A Ânua, que narra o assédio, diz que o Conde de Nassau, não contente com o que tinha em Pernambuco, quis tomar a Baía «a mais célebre cidade do Brasil», e que desembarcou, mas foi repelido pelos moradores que defenderam com valor a sua fé e a sua pátria. Durante o cêrco, os Padres acudiam com os ministérios religiosos próprios da Companhia, levando os sacramentos por entre os pelouros, tomaram à sua conta uma trincheira dentro da cêrca do Colégio, por onde os inimigos podiam entrar; abasteceram a cidade de carne; organizaram a primeira *Companhia de Estudantes*, que aparece, com o nome expresso, na história do Brasil, e fizeram do Colégio, hospital de sangue. Neste hospital de sangue se recolheu a maior parte dos feridos, quer soldados quer moradores, tratados com exímia caridade pelo Ir. Lourenço Álvares, famoso enfermeiro e boticário do Colégio da Baía e o foi por mais de 40 anos, e nesta emergência, com a sua actividade insuperável, extraía o sangue

---

1. Do P. Domingos Coelho, Provincial, existe uma carta ao P. Múcio Vitelleschi, da Baía, 30 de Maio de 1638, dando conta da vitória contra os holandeses, *ms*. em 2 fólios na Bibl. de la Acad. de la Historia, *Jesuítas*, t. 119, f. 246.

2. Testemunho de D. Pedro da Silva, Baía, 25 de Janeiro de 1639, Arq. da Prov. Port. Por sua vez consta a própria actividade do Prelado, com os actos do culto, procissões e ladainhas e assistência pessoal de sacramentos, da sua Relação *ad limina*, Vaticano, *Relationes Episcopales*, D. Pedro da Silva, an. 1642.

corruto das feridas, as lavava, fazia os pensos, curava e tratava com solicitude. Um dos que se recolheram ao Colégio, mortalmente ferido, e nêle tratado e assistido até o último instante, foi o glorioso herói Sebastião do Souto, passado de lado a lado, «na ditosa noite de 18 de Maio em que Deus foi servido dar-nos a insigne vitória contra o inimigo» [1].

Com a chancela das autoridades locais, conservam-se diferentes relações ou certificados, em que cada qual assume o que mais lhe pareceu sôbre a cooperação dos Jesuítas.

O Mestre de Campo Luiz Barbalho nota a actividade, assim temporal na cura dos feridos, na generosidade com que puseram à disposição dos soldados as suas roças, como espiritual com sacrifícios e orações, «que foram os que nos alcançaram vitória» [2].

Duarte de Albuquerque Coelho, Capitão e Governador perpétuo de Pernambuco, atende mais aos serviços de assistência dos Padres, levar água aos combatentes, tratar dos feridos e enterrar os mortos; e «ainda da paga que os moradores daquela cidade deram aos soldados de Pernambuco, pelo bem que os viam proceder na defensa dela, os ditos Padres deram 100$000, oferecendo-os sem que lhos pedissem» [3].

O Governador Pedro da Silva, Conde de S. Lourenço, atesta o zêlo dos Padres no serviço de El-Rei e bem comum dos seus vassalos, sempre durante o seu govêrno, mas particularmente durante o cêrco da Baía, com a sua fazenda, dando como os que mais deram, e «igualaram-se aos soldados que mais se assinalaram»; e com a sua assistência espiritual e temporal e exemplo, «se lhes ficou a dever parte do bom sucesso que houve nesta ocasião» [4].

De tôdas as Relações, feitas sôbre a actividade dos Jesuítas, a do Provedor-mor, Pedro Cadena, talvez por motivo do seu ofício, fixa a atenção com minudências que outros não advertiram:

---

1. *Bras. 8*, 209; *Bras. 8*,518v–519.
2. Testemunho de Luiz Barbalho, Baía, 25 de Junho de 1639, Arq. Prov. Port., *Pasta 188*.
3. Testemunho de Duarte de Albuquerque Coelho, Madrid, 22 de Maio de 1639, Arq. da Prov. Port., *Pasta 188*.
4. Testemunho do Conde de S. Lourenço, Baía, 20 de Janeiro de 1639, em Melo Morais, *Corografia*, IV, 46, com outras relações. Cf. também E. Ugarte de Ercilla, *Glorioso triunfo de las armas hispano-portuguesas* (Lucha contra los holandeses, en la Bahia de Todos os Santos, em 1638), *Razón y Fe*, LX (Madrid 1921) 460-472.

«Vindo o Conde de Nassau, pôr sítio a esta Cidade da Baía êste ano de seiscentos e trinta e oito, em dezasseis de Abril, com intento de entrar a dita Cidade e se fazer senhor dela, os Religiosos da Companhia de Jesus, além do cuidado e zêlo com que acudiram a tôdas as fortificações, animando e confessando a gente de guerra, sem excepção de tempo, nem de perigo, com particular demonstração me assistiram sempre, assim na Casa dos Contos, como nas mais partes, a que era necessário acudir, oferecendo liberalmente os escravos e serventes do Colégio. E sem embargo de se haver dispendido grande parte do seu gado e criações, para sustento do Exército de Pernambuco, na retirada que fêz daquela Capitania, havendo sabido de mim a falta que se padecia de carnes no tempo do cêrco, e a impossibilidade para se poder trazer de partes mais remotas, mandaram entregar grande quantidade de vacas, com que se ajudou a aliviar a opressão que nesta parte sentiam os cercados. E sendo assim mesmo necessário, para se fabricarem e repararem as fortificações, ferramentas, muitas madeiras e esportas, ofereceram e deram liberalmente todos êstes géneros, de que me vali com grande utilidade do serviço de Sua Majestade, em ocasião de tanto apêrto; na qual também deram de sua fazenda um subsídio de dinheiro, de que constará dos livros da Câmara desta Cidade, para ajuda de sustentar os soldados [1]; e largaram livremente grande quantidade de farinhas e plantas dela, para que os soldados e gente do povo tivessem remédio de sustento, como na verdade foi grande remédio, por terem muitos mantimentos sazonados, e não poder esta cidade ser socorrida de mantimentos de fora, donde o costumava ser, por causa do cêrco em que estava. E com suas próprias pessoas levantaram um grande lanço de trincheira, no lugar que lhe foi sinalado, trabalhando nelas os mais graves, e os mais doutos sem excepção de pessoa, acudindo a tôdas as partes com muito cuidado de noite e de dia, estando desde o princípio do cêrco destinados os que haviam de acudir a uma e outra parte, conforme a necessidade pedia. O que serviu de muito grande alívio e ânimo aos soldados,

---

1. Cf. *Atas da Câmara da Bahia*, I, 359. O assento da Câmara é de 23 de Abril de 1638, com a «lista das quantias»: «Os Padres da Companhia derão cem mil reis de sua vontade sem pesoa alguma lhes pedir». A Companhia de Jesus é a única Ordem ou entidade religiosa que figura na lista. Só mais quatro atingem esta quantia, e não há nenhum donativo mais elevado. Outros, mais elevados, são *empréstimos*, não simples *donativos*.

porque chegaram (em tempo de grande calma e estando os soldados fatigados) a lhes levar pessoalmente muita água, para se refrigerarem da sêde que padeciam, e com muito maior fervor e cuidado, em vinte um de Abril e dezoito de Maio, em que intentou o inimigo assaltar nossas trincheiras, com todo o poder que trazia, correndo todo o risco que corriam os soldados e os que entre a gente de guerra mais se assinalaram. E dos que ficaram feridos nestas ocasiões os pediram, e levaram para seu Colégio muitos, que curaram e curam ainda, à sua custa, não se esquecendo dos outros que por várias partes da Cidade se curaram, acudindo-lhes com as consolações espirituais e corporais, com grande piedade, sendo a todos de exemplo de zêlo e caridade, que nêles se achou para tudo o que o tempo pedia, em serviço de Deus, e de Sua Majestade. E parecendo-me que seria de utilidade formar uma *Companhia dos Estudantes*, dos que nesta Cidade estão a cargo dos ditos Religiosos, o representei ao Padre Provincial, que com todo o cuidado a mandou logo formar de todos os que podiam tomar armas, e nas ocasiões que se ofereceram se houveram com valor, pelejando com o inimigo fora das trincheiras, como os mais destros e experimentados» [1].

3. — Se os holandeses foram derrotados na Baía, vitória talvez decisiva, mas a longo prazo, até às últimas de Pernambuco, nem por isso deixaram de fazer a guerra no Rio Real, no Camamu e outros pontos. E não obstante a trégua com Portugal, apoderaram-

---

1. Testemunho de Pedro Cadena de Vilhasanti, Baía, 16 de Setembro de 1638, *Relação Diária*, 196-198. De Pedro Cadena, além desta *Relação Diária*, que achamos, perdida ou esquecida, no AHC, há uma *Descrição da América Portuguesa*, publicada por Lessing: «Beschreibung des portugiesischen *Amerika vom Cudena*. Ein spanisches Manuscript in der Wolfenbüttelschen Bibliothek, herausgegeben vom Herrn Hofrath Lessing». Mit Anmerkungen und Zusätzen begleitet von Christian Leiste. Braunschweig, in der Buchhandlung des Fürstl. Waysenhauses, 1780, in-8.º de 160 pp.

O prefácio de Cadena é assinado em Madrid, 20 de Setembro de 1634: «Y lo que he visto y experimentado en la costa del Brasil»: «Descripcion de mil y treinta y ocho leguas de tierra del Est°. de Brasil, conquista del Marañon y Gran Para per sus verdaderos rumbos y de setenta leguas que tienne de boca el Rio de las Amazonas, que esta en la linea Equinocial y de quarenta y seis leguas que tienne de boca el Rio de la Plata que esta en treinta y seis grados de la banda del sur de la dicha linea Equinocial, como todo se muestra a baxo». À publicação de Lessing e Leiste respondeu logo o P. Anselmo Eckart: «Des Herrn

se do Maranhão e Angola. Ao Rio Real foram com o General Francisco de Moura, os Padres Francisco Pais e João Luiz; e de Angola se acolheram no Colégio da Baía os Padres e Irmãos desterrados de lá pelos holandeses [1]. Mas a actividade dêste período enquadra-se tôda à roda de Pernambuco ocupado. Não se iludia porém o inimigo em considerar a Baía como centro de organização secreta da resistência e contra-ofensiva, de que foi alma o governador António Teles da Silva. Para a castigar, uma esquadra holandesa comandada pelo General Sigismundo Van Schkoppe apoderou-se da Ilha de Itaparica, em Fevereiro de 1647, pondo novo cêrco marítimo à Baía. Os holandeses devastaram a Ilha e assolaram os Engenhos. Diz a Ânua respectiva que êles queimaram 21 engenhos do Recôncavo, gravíssimo prejuízo geral, que atingiu a todos, incluindo os Padres da Companhia, pois os plantadores de cana prejudicados denunciaram os contratos, que tinham com o Colégio da Baía. Em seu socorro veio o Colégio do Rio, não só durante o cêrco, mas depois dêle [2]. Enviou um navio carregado de mantimentos, e com um Padre da Companhia experimentado. E apesar do sítio, o navio entrou a salvamento. Saído do Rio a 11 de Maio, chegou à Baía a 7 de Junho, entregou-se ao Governador António Teles da Silva; e os provimentos, que trazia, aos soldados da guarnição e aos Padres do Colégio [3].

Apenas os holandeses se apoderaram de Itaparica, partira para Lisboa o P. Filipe Franco a informar El-Rei e pedir socorro. O que

---

P. Anselm Eckart, ehemaligen Glaubenspredigers der Gessellschaft Jesu in der Capitania von Para in Brasilien, Zusätze zu Pedro Cadena's Beschreibung der Länder von Brasilien und zu Herrn Rectors Christian Leiste Anmerkungen im sechsten Lessingischen Beytrage zur Geschichte der Litteratur, aus den Schätzen der Herzoglichen Bibliothek zu Wolfenbüttel». Braunschweig, 1781, gr. 8.º (Sommervogel, *Bibl.*, III, 33). Sôbre esta controvérsia publicou Ernesto Féder, *Uma viagem desconhecida pelo Brasil — Lessing, Pedro Cadena e os Jesuítas*, em *Cultura Política*, Ano V, n.º 49 (Rio, Fevereiro de 1945)113-128. À vasta bibliografia do P. Eckart, dada em Sommervogel, deve juntar-se esta interessante notícia e também o *Diário do P. Eckart*, traduzido em português e publicado no Pôrto em 1917.

1. Ânua de 1641-1644, *Bras. 8*, 520.
2. *Bras. 3 (1)*, 273. Sôbre as relações entre os plantadores de *cana* (partidos) e os Senhores de Engenho, nos tempo coloniais, cf. Barbosa Lima Sobrinho, *Problemas económicos e sociais* (Rio 1941) 5-7. Cita o Regimento de Tomé de Sousa, Antonil e Vilhena.
3. Vasc., *Almeida*, 244.

se passou em Lisboa à sua chegada e como D. João IV mandou chamar o P. António Vieira, à Quinta de Carcavelos, onde êle se achava, é página célebre, e já a vimos no decorrer desta *História* [1]. Com os 300.000 cruzados, que angariou o P. Vieira, organizou-se a esquadra libertadora. O holandês, avisado de Pernambuco, não esperou porém a chegada dela: a 15 de Dezembro de 1647 retirou-se de Itaparica, último acto da guerra holandesa na Baía [2].

4. — Vieira, que assim tomou parte no sucesso feliz dêste último acto achou-se unido directamente a todos três, em que a Baía viveu o drama da invasão estrangeira. No primeiro aparece como noviço, no segundo como prègador, no terceiro como conselheiro de El-Rei. Como noviço pouco poderia fazer, além das suas orações e alguma assistência nos trabalhos gerais de defesa e ofensiva, mas logo aparou a pena para os narrar; como conselheiro de El-Rei e negociador, fêz muito; todavia, a sua memória anda mais indissolùvelmente unida à sua pena e à sua palavra.

Vieira revelara-se prègador já desde 1633. Durante o cêrco de 1638, a prègação seria mais de obras que de palavras. Mas logo a seguir Vieira celebra as alegrias da vitória, com discursos, que soavam de modo novo em tribunas sacras, não só de terras portuguesas, mas do mundo. E vibra com os novos perigos das armas da Holanda. E sendo, como era, tribuno humano e compreensivo, no meio do triunfo glorioso da Baía, não se esqueceu de uma parte do Brasil, que ainda padecia o jugo estrangeiro. As últimas palavras do sermão gratulatório, do dia de S. António (13 de Junho de 1638), são de esperança para Pernambuco:

«Os que lançaram as coroas aos pés do trono de Deus, eram os anciãos, em que mais particularmente são significados os veteranos, cabos e soldados da milícia pernambucana, cujas valorosas acções nesta guerra assim como as admiraram os olhos dos presentes,

---

1. Cf. supra, *História*, IV, 25.
2. Ainda há vestígios de tornarem a vir piratas holandeses, à costa da Baía e do Sul, não já com o mesmo carácter *nacional* holandês, mas com o de pirataria como tal, em bando *internacional*, como os que tomaram os Jesuítas do Maranhão e vieram apresar, entre o Rio e Santos, o Provincial Alexandre de Gusmão, roubando a fragata, com o que levava, e exigindo o pesado resgate de 2.750 escudos, cf. Bett., *Crónica*, 384; Bras. 3 (2), 194, 202; *Cartas de Vieira*, III, 543.

assim serão perpétuas nas línguas da fama; e nas letras e estampas dos anais as lerá imortalmente a memória dos vindouros. No meio porém desta mesma alegria universal, não posso deixar de considerar nêles algum remorso de dor. À vista dos bens alheios cresce o sentimento dos males próprios. E tais podem ser as memórias dos desterrados de Pernambuco (como as lembranças de Sião sôbre os rios de Babilónia), vendo a Baía defendida, e a sua pátria, pela qual trabalharam muito mais, em poder do mesmo inimigo. Assim o permitiu e ordenou Deus, mas como podemos esperar de sua providência e bondade, para maior glória e consolação de todos. Serviu Jacó por Raquel sete anos, e ao cabo dêles, em vez de lhe darem Raquel, achou-se com Lia. Queixou-se desta diferença, tão sentido como o pedia a razão e o amor, e respondeu-lhe Labão: — Filho, o que fiz não é porque te não queira dar a Raquel, mas porque te quis também dar a Lia, e esta primeiro, porque é a irmã mais velha. O mesmo digo eu agora. Serviram os filhos de Pernambuco pela sua formosa Raquel, pela sua Olinda, outros sete anos, ao cabo dos quais não só a não recuperaram, mas a perderam de todo. Argumento grande de seu valor, que houvessem mister os holandeses sete anos para conquistar Pernambuco, quando bastaram outros sete anos aos moiros para conquistar Espanha. Mas se, ao cabo de tantos trabalhos e serviços, não concedeu Deus aos Pernambucanos a sua Raquel, não foi por lha negar, senão por lhe querer dar também a Lia. Quis-lhe dar primeiro a Baía, como irmã mais velha e cabeça do Estado. E depois de levarem esta glória, de que ela sempre lhe deve ser agradecida, então lhe cumprirá seus tão justos desejos, e com dobrado e universal triunfo os meterá de posse da sua tão amada pátria, como digna de ser amada. Assim o confiamos da bondade de Deus e o esperamos da poderosa intercessão do nosso David, não menos interessado naquela perda, nem menos milagrosa a sua virtude para recuperar a Baía, que Pernambuco. Lembrai-vos, glorioso Santo, dos muitos templos e altares, em que éreis venerado e servido naquelas cidades, naquelas vilas, e em qualquer povoação, por pequena que fôsse, e que nos campos e montes onde não havia casa, só vós a tínheis. Lembrai-vos dos empenhos e grandiosas festas com que era celebrado o vosso dia, e sobretudo, da devoção e confiança com que a vós recorriam todos em suas perdas particulares, e do prontíssimo favor e remédio, com que acudíeis a todos. O mesmo sois, e não menos poderoso para o muito que para o pouco.

Apertai com êsse Senhor, que tendes nos braços, e apertai-o de maneira, que assim como nos concedeu esta vitória, nos conceda a última e total de nossos inimigos» [1].

Está aqui em germe aquêle outro sermão pelo «Bom sucesso das Armas de Portugal contra as da Holanda», em que o grande tribuno ia directamente «apertar» com Deus para a restauração do Brasil, e se constitui uma das mais altas peças oratórias jamais saídas de lábios humanos. As «propagandas» oficiais modernas, em tempo de guerra, para sustentar vigilante o espírito público, poderão ter meios mais variados. Poderão ter igual eficácia, dificilmente alcançam igual beleza e altitude. Baste-nos esta sugestão, que não é lícito aqui desenvolver mais, filão de estudos já entrevisto, não ainda esgotado, pelos autores que se têm ocupado dêste período histórico. Um dêles diz de Vieira: «Ninguém — é sabido — mais fundamente viveu o drama colectivo de Portugal restaurado ou do Brasil invadido» [2].

---

1. *Sermão de Santo António*, «prègado na Igreja e dia do mesmo santo, havendo os holandeses levantado o sítio que tinham pôsto à Baía, assentando os seus quartéis e baterias em frente da mesma Igreja», Vieira, *Sermões*, VIII, 320-322.

2. Hernani Cidade, *Padre António Vieira*, II, *Prefácio*, IX; cf. D. Francisco de Aquino Corrêa, «*O Padre António Vieira*, Elo simbólico da cultura entre Portugal e o Brasil da Restauração». Discurso no Liceu Literário Português, em 1940, em comemoração dos Centenários de Portugal (Rio 1940) 26; Rodrigues, *História*, III-1.º, 425ss, todo o capítulo IV, *António Vieira e a sua acção política*.

CAPÍTULO IV

Real Colégio das Artes

1 — Estudos Superiores (Teologia, Filosofia e Matemática) e Estudos Inferiores (Letras Humanas e Escola de Meninos); 2 — Os mestiços e mulatos nas Escolas Superiores; 3 — Reitores; 4 — A Botica ou Farmácia do Colégio; 5 — O aparecimento do «mal da bicha» (febre amarela) e a Festa de S. Francisco Xavier, padroeiro da Cidade; 6 — A Livraria do Colégio; 7 — Últimas obras artísticas do Colégio (arquitectura e pintura); 8 — Casa de Hóspedes, personalidades ilustres que passam pelo Colégio e cerimónia da transmissão de poderes dos Vice-Reis; 9 — Derradeiros dias do Colégio (1759-1760) e provas admiráveis de solidariedade e sentimento dos Baianos.

1. — Ao terminar o século XVI, florescia o Colégio da Baía com os Cursos de Primeiras Letras, Humanidades, Filosofia e Teologia, e com as suas festas académicas e graus universitários [1]. Desenvolveu-se no século XVII, e nêle se fundou, no século XVIII, a Faculdade de Matemática. Foi constante a progressão de alunos, até 1755, ano em que se declarou a má vontade de um ministro que terminou pelo acto violento de 1759, com o encerramento do Colégio, o seu sequestro, exílio e encarceramento de grande parte dos seus mestres, constituindo essa forma de proceder, como hoje se conhece, uma das nódoas da história colonial, não imputável aliás à nação, mas aos homens que nesse momento governavam. Pelo Pátio do Colégio e Terreiro de Jesus tinham passado gerações sucessivas de estudantes, milhares e milhares, que seguiram tôdas as carreiras do período colonial, eclesiástica, militar e civil, e que dão a êsse Terreiro, ainda existente, a mais nobre e alta tradição escolar do Brasil. E com ser centro de estudo, de piedade, e de folguedo, foi também escola de patriotismo, pois no Pátio da Baía se organizou em 1638, contra os Holandeses, a primeira Companhia

---

1. Cf. Supra, *História*, I, 73-107.

de Estudantes, que aparece na história do Brasil com carácter oficial.

O glorioso Colégio podia ter acabado simplesmente como acabam tantas outras coisas dêste mundo. O Govêrno poderia ter mandado fundar outro, como lhe parecesse, retirando ao Colégio de Jesus o subsídio régio. E êste trataria de fazer o que mais lhe conviesse, fechar, ou adaptar-se, buscando alguma fórmula dentro da eqüidade e do direito. Não se fêz assim e seguiu-se o caminho da violência. Pelo que toca aos estudos o funcionário encarregado da comissão, dá no ano seguinte a relação dêles, como os viu, com a dúbia segurança que dos têrmos dela se infere:

«Os Pátios desta Cidade, ao presente, contavam seis classes, a saber, Teologia, Filosofia, Primeira, Segunda, Terceira, e Escola de Ler e Escrever. O estado de cada uma abaixo se dirá:

Teologia. Tinha 3 Mestres, um de Prima, outro de Véspera, e o último de Moral. O de Prima deitava três quartos de hora pela manhã, das 9 horas por diante. O de Véspera outros três quartos de hora de tarde, principiando às 3 horas. O de Moral outros três quartos que começavam das 4 horas [1]. Dava cada um dos ditos Mestres mais um quarto de hora no fim da lição, em que esperavam fora da classe, para responderem às dúvidas dos ouvintes. Êstes faziam pequeno número, menos no tempo imediato ao fim dos Cursos de Filosofia, em que concorriam em maior número e ao presente duvido que chegassem a 6 os que a freqüentavam.

Filosofia. Tinha um só Mestre, que ensinava 2 horas pela manhã, das 8 até às 10, e outras tantas pela tarde, das 3 até às 5. Dava-se porém mais meia hora em cada lição, na qual o Mestre, fora da cadeira, persistia no Pátio para explicar ou resolver alguma dúvida, se fôsse consultado pelos discípulos. O número dos estudantes, no princípio dos Cursos, costuma ser grande e depois se ia excessivamente diminuindo. No Curso próximo entraram mais de 100 estudantes, e no fim do segundo ano mal se achavam 30 e tantos para os exames, segundo a lembrança que tenho.

Primeira. Tinha um Mestre que ensinava de manhã 2 horas e meia, entrando neste tempo meia hora, logo no princípio para os estudantes conferirem a lição, e meia hora no fim da classe para

---

1. O documento, transcrito por Eduardo de Castro e Almeida, traz aqui também *Véspera*, equívoco seu ou do informante, porque uma das duas classes da tarde era de *Moral*.

fazerem os temas. Era classe de Construção e Composição, assim em prosa, como em verso. O número dos discípulos era diminuto ao presente e me parece mal chegariam a 30.

Segunda. Tinha um Mestre que ensinava Sintaxe, Sílaba, e Figuras, e dava ao mesmo tempo alguma noção da medida dos versos. O tempo da Classe era o mesmo que o da primeira. O número dos discípulos ainda menor, pois se me não engano apenas chegariam os estudantes a 20 com pouca diferença.

Terceira. Tinha um Mestre que ensinava Nominativos, Linguagem, Rudimentos, Géneros e Pretéritos, gastando nisto o mesmo tempo que os dois acima imediatamente declarados. O número dos discípulos também seria de 20 pouco mais ou menos.

Escola. Tinha um Mestre, que ensinava a ler, escrever, contar, e a Doutrina Cristã, gastando 2 horas e meia de manhã e outras tantas de tarde. O número de Meninos era grande e me parece pela multidão que ao ôlho observava, chegariam os meninos a 100 se não passavam, como na realidade me pareceu passavam de 100» [1].

Esta relação, feita depois do exílio dos Padres, nos próprios têrmos dela, «ao presente duvido», «segundo a lembrança que tenho», «se me não engano»... denota pouca certeza dos números que dá e, pela última frase, tendência a reduzi-los. Reflete além disto a rarefacção, que se produziria, com os pródromos da perseguição, já desencadeada contra a Companhia de Jesus, o que se verifica nas duas classes inferiores (*Segunda* e *Terceira*), menos numerosas que a mais alta (*Primeira*), a menor sempre em tempos normais, quer pela selecção, que se operava nas classes inferiores, quer pela desistência de alunos, como é geral costume, em todos cursos, em que os começam sempre mais do que os acabam. Não menciona a *Faculdade de Matemática* e tendia a lisongear o espírito e a necessidade do maravilhoso método, que se apregoava para a renovação dos estudos. E houve de-facto, nesse primeiro momento uma aparência de renovação, para acalmar a ânsia das famílias, que não queriam ver os filhos privados da instrução, que lhes ministravam os Padres da Companhia. Promessas enganadoras! Sucedeu na Baía o mesmo que em Pernambuco, no Pará, em S. Paulo, e noutros Colégios do Brasil, porque os estudos caíram em breve no mais completo descaso.

---

1. AHC, *Baía*, 4888.

A 2 de Junho de 1777, à morte de D. José I, o Arcebispo da Baía, pedia à Rainha D. Maria I, lhe fôsse cedida a livraria do Seminário dos Jesuítas, «já arruïnada por falta de cuidado do depositário». Pedia-a em benefício do Seminário, que êle pretendia restabelecer, Seminário, não só para estudos eclesiásticos, mas para preparatórios de «naturais da terra que depois quisessem ir a Portugal freqüentar os estudos maiores». «Tudo a fim de renovar o amor das letras, quási extinto nesta cidade, por falta de estudos *públicos*, há quási 20 anos» [1].

Vinte anos antes era o de 1757, precisamente o do último catálogo, que se vai transcrever, com os estudos *públicos* do Colégio da Baía.

No fim do século XVIII e começos do século XIX não era auspicioso o resultado do novo método. Luiz dos Santos Vilhena, que veio como professor de Grego em 1787, não é amável para com a memória dos Jesuítas, que representavam o método que viera substituir. O seu depoïmento tem significação particular. Depois de notar os rios de dinheiro, que agora se gastavam, ao tesouro público, escreve: «Como é pois de acreditar que sendo tal a despesa, que a Real Fazenda tem com as duas cadeiras régias de Filosofia e Língua Grega, sejam ùnicamente freqüentadas por cinco estudantes, que saem de uma e vão entrar na outra? Que a de Retórica traga ùnicamente quatro, tendo desertado dois, com receio de serem nela presos; que pela mesma razão uma de Gramática Latina, em que andavam 35 estudantes, ficasse com dezoito; que ficasse com 10 uma em que havia 30; que a Terceira ficasse com 6; e a Quarta com um único; de modo que são 43 todos os estudantes que freqüentam estas aulas, e isto muito interpoladamente, porque logo que há notícia de fazer reclutas só ficam nela os meninos, que não passam de 10 ou 11 anos de idade» [2].

Tal foi a decadência dos Estudos Públicos, na Baía com a clausura violenta do Colégio em 1759, e o exílio dos Professores da Companhia.

O Professorado da Companhia no Real Colégio da Baía, em 1757, era constituído com um grupo de homens notáveis [3]. Notáveis,

---

1. AHC, *Baía*, 9475.
2. *Cartas de Vilhena*, I, 288.
3. *Bras.* 6, 395v.

não todos os das classes de Humanidades, pois por elas começavam a sua carreira os novos mestres, mas os dos Estudos Superiores:

ESTUDOS SUPERIORES:

P. *José de Andrade*, Prefeito Máximo dos *Estudos Superiores* [1].

P. *Francisco de Faria*, Professor de *Teologia Especulativa* (Prima) [2].

P. *Manuel Xavier*, Professor de *Teologia Especulativa* (Véspera) [3].

P. *Manuel Correia*, Professor de *Teologia Moral* [4].

P. *João de Brewer*, Professor da *Faculdade de Matemática* [5].

P. *Jerónimo Moniz*, Professor da *Faculdade de Filosofia* [6].

P. *Roberto da Costa*, Professor Substituto de *Filosofia* [7].

1. De Lisboa, onde nasceu a 10 de Novembro de 1697. *Bras.* 6, 138v.

2. De Goiana, Pernambuco, onde nasceu a 12 de Setembro de 1708 (*Bras.* 6, 138v). Exilado para o Reino em 1760 (Caeiro, *De Exilio*, 124). Cf. Biografia e obras em Loreto Couto, *Desagravos do Brasil*, XXV, 17-18. Dá para o nascimento 1 de Setembro, mas aquêle é o dos Catálogos da Companhia.

3. Do Recife, onde nasceu em 1713, em datas diversamente assinaladas. Homem de virtude e talento. Exilado em 1760 para o Reino e para a Itália. Biografia, enquanto estêve no Brasil, em Loreto Couto, *op. cit.*, 34; Borges da Fonseca, *Nobiliarquia Pernambucana*, I, 176.

4. De Santarém, onde nasceu a 13 de Dezembro de 1711. Faleceu em Roma a 21 de Fevereiro de 1761, como se lê na *Vida*, que dêle escreveu, e anda impressa, José Rodrigues de Melo, um dos autores das *Geórgicas Brasileiras*. Trata também da vida dêste egrégio Jesuíta, Guilhermy, *Ménologe de la Assistance de Portugal*, na efeméride de 21 de Fevereiro.

5. De Colónia, onde nasceu a 25 de Junho de 1718, e na qual também veio a falecer a 13 de Agôsto de 1789, depois de padecer os duros cárceres de Azeitão e S. Julião da Barra, do qual saiu em 1777, no advento de D. Maria I, a Libertadora. Conservam-se dêle várias cartas e uns «Apontamento dalguns sucessos que sucederam aos Religiosos da Companhia no Brasil e em Portugal desde 1758 a 1777, como os padeceu ou ouviu a outros que nêles intervieram». Em latim êstes e outros escritos, alguns publicados, e se enumeram em Sommervogel, *Bibl.*, II, 148. Dêle se ocuparam Stocklein, Murr, e Guilherme Studart, *Datas e Factos*, I, 220.

6. Natural de S. Francisco, na Baía, onde nasceu a 3 de Junho de 1723 (*Bras.* 6, 260v). No exílio de Itália exerceu singular actividade como escritor. Entre as suas obras deixou *Vita P. Stanislai de Campos*, publicada, como de autor anónimo, em latim, e, com erradíssima tradução de Alencar Araripe, no ano de 1889 (cf. supra, *História*, I, 537; Sommervogel, *Bibl.*, V, 1217)

7. De Lisboa, nascido a 23 de Junho de 1726 (*Bras.* 6, 346v). Ainda vivia em Pésaro em 1788 (cf. Castro, *Portugal em Roma*, II, 375).

ESTUDOS INFERIORES:

P. *Manuel dos Santos*, Prefeito das *Classes Inferiores* [1].
P. *João Nogueira*, Mestre de *Retórica* e *Gramática* (dos Irmãos internos) [2].
P. *José de Paiva*, Mestre da *1.ª Classe de Gramática* [3].
Ir. *Diogo de Araújo*, Mestre da *2.ª Classe de Gramática* [4].
Ir. *Faustino Antunes*, Mestre da *3.ª Classe de Gramática* [5].
P. *António Régis*, Mestre da *Escola Elementar* de Meninos [6].

No apogeu dos estudos, o Colégio da Baía sem o nome de Universidade, era-o pràticamente, com quatro Faculdades superiores; e com graus académicos e festas escolares brilhantes.

Nos cursos inferiores, a nomenclatura é diversa através dos Catálogos, no longo período de dois séculos.

A *Escola* de ler, escrever e contar chamava-se às vezes, *Gramática Portuguesa*, e era, mais simplificada, o que chamaríamos hoje, por analogia, Instrução Primária ou Admissão, preliminar ao ingresso no Curso de Humanidades.

O *Curso de Humanidades* ora se chamava simplesmente *Gramática* (com as suas classes, *Primeira*, *Segunda*, *Terceira*, como em 1757, e às vezes *Quarta*, que se confundia com a *Elementar*); ora se desdobrava nos seus componentes sucessivos de *Gramática*, *Humanidades*, *Retórica*, com todos os corolários de línguas clássicas (Latim, Grego e Hebreu, História e Geografia).

A *Ciência dos números*, teve a sua progressão, como a ia tendo o próprio Brasil: *Escola de Algarismos* ou de *Aritmética*, para se elevar, por fim, a *Faculdade de Matemática*.

Vinha a seguir o *Curso de Artes* ou de *Filosofia*, com as Ciências, que essa Faculdade comportava. E por fim as Ciências

---

1. Da Ilha Terceira, entrou na Companhia com 17 anos a 8 de Junho de 1729. Bom humanista. Escreveu a Ânua de 1748 (*Bras. 10*, 425-427v). Exilado em 1760 faleceu nesse mesmo ano, em Roma, a 2 de Dezembro (Apêndice ao Cat. Port. de 1903).

2. De Iguape, Baía, nascido a 29 de Janeiro de 1724. Estava em Pésaro em 1788 e faleceu a 15 de Fevereiro de 1791 (cf. Castro, *Portugal em Roma*, II, 374).

3. Da Baía, e nela ficou em 1760.
4. De Braga, ficou na Baía em 1760.
5. De Loures, ficou na Baía em 1760.
6. De Valbom, Pôrto, onde nasceu a 6 de Agôsto de 1722. Faleceu na Itália.

Sacras: *Teologia Moral, Teologia Especulativa* ou *Dogmática, Sagrada Escritura* e *Direito*.

O desenvolvimento dos estudos, os seus livros de textos, e as produções dos Mestres, alguns famosos no Brasil e na Europa, pelo seu mesmo volume e por que alguns pertencem a outros Colégios, o deixamos para o Livro sôbre as *Ciências, Letras e Artes*, que ainda incluïremos nesta História, antes de lhe pormos o último remate, como complemento do que ficou no I Tômo (*Brasil do século XVI*) e no IV (*séculos XVII e XVIII — Norte*), para assim ficar completa esta importante matéria nos três séculos, em todo o Brasil, até 1760. Com a legislação, usos, trajes, (a insígnia do grau que os estudantes levavam no barrete), as festas académicas, actos públicos, desportos, e outras particularidades, inclusive as tentativas para ser Universidade formal, é estudo que dará o sentido geral da Instrução Pública até à saída dos Jesuítas, a cujo cargo estêve oficialmente confiada, no período decisivo da formação do Brasil.

2. — A freqüência das escolas superiores era franqueada a todos, mas a dos moços pardos e mulatos produziu no século XVII um conflito de carácter social, com a particularidade de se achar a favor dêles a Europa e contra êles a América. A questão manifestou-se por volta de 1680. Os mulatos e moços pardos, por motivos invocados, de falta de perseverança e maus costumes, não eram tolerados pelos pais dos moços brancos, e deixaram de ser admitidos ao Sacerdócio, tanto no Clero secular, como no regular, em tôdas as Ordens, então existentes no Brasil, Beneditinos, Carmelitas, Franciscanos e Jesuítas. *Deixaram de ser*, porque antes se admitiam. E mais tarde tornaram-se a admitir. Neste momento, não; e o caso repercutiu-se logo nas escolas *públicas*, tanto preparatórias como superiores de Filosofia e Teologia.

Até então os moços pardos e mulatos freqüentaram sempre as escolas *públicas*. Públicas quer dizer as da Companhia, que não havia então outras com êsse carácter. E assim, no tempo do Provincial P. António de Oliveira, natural da Baía (1681-1684), foram excluídos das escolas desta cidade. Os excluídos apelaram para El-Rei e para o P. Geral e ambos responderam com documentos que honram os dois governos, o de Portugal e o da Companhia de Jesus.

Os moços pardos e mulatos eram provenientes de sangue africano; não se trata directamente de mamelucos, isto é, de sangue *americano* (índio). E ainda que a expressão mestiços (*mixti sanguinis*) se pode aplicar também a êstes, e se aplicou às vezes, em todo o caso, o presente facto era com «*pardos*» e «*mulatos*», nomes expressamente citados na sua forma portuguesa.

Diz o Geral que lhe escreveram «vários mestiços que tendo cursado antes as Escolas foram recusados desde o tempo em que governou a Província o P. Oliveira». O Geral estranha a ocorrência e não vê porque não se hão-de admitir «até aos graus» (Artes ou Teologia), só por serem mestiços, sobretudo porque nas mais célebres escolas da Companhia em Portugal, os estudos estão patentes a tais homens [1].

El-Rei D. Pedro responde nos mesmos têrmos, e nomeia as grandes escolas da Companhia, de Évora e Coimbra, em que êles se admitiam. A Carta Régia é de 20 de Novembro de 1686, ao Marquês das Minas: «Por parte dos moços [mossos] pardos dessa cidade, se me propôs aqui, que estando de posse há muitos anos de estudarem nas Escolas públicas do Colégio dos Religiosos da Companhia, novamente os excluíram e não querem admitir, sendo que nas Escolas de Évora e Coimbra eram admitidos, sem que a côr de pardo lhes servisse de impedimento, pedindo-me mandasse que os tais Religiosos os admitissem nas suas escolas dêsse Estado, como o são nas outras do Reino. E parece-me ordenar-vos (como por esta o faço) que, ouvindo aos Padres da Companhia, vos informeis se são obrigados a ensinar nas escolas dêsse Estado, e constando-vos que assim é, os obrigueis a que não excluam a êstes moços geralmente, só pela qualidade de pardos, porque as escolas de ciências devem ser comuns a todo o género de pessoas sem excepção alguma» [2].

De ambas as cartas, a do Padre Geral e a de El-Rei, se infere que o *espírito* e *norma* da Companhia, consistia em não fazer distinção de côres e em aceitar os moços pardos nas suas escolas de Évora e Coimbra; e também nas do Brasil até então. A exclusão agora das da Baía provocava o inquérito do Geral e de El-Rei. A resposta que o Governador deu a El-Rei foi a mesma que se deu ao Geral. Os mulatos e moços pardos:

---

[1]. *Ordinationes*, Bibl. de Évora, cód. CXVI/2-2, f. 45.
[2]. Já aludimos a esta carta, supra, *História*, I, 92.

1. Foram excluídos pelas rixas que provocavam constantemente com os filhos dos brancos;

2. Porque os filhos dos brancos não queriam estar onde êles estivessem;

3. Porque não sendo admitidos ao Sacerdócio, e tendo, por outro lado, letras, não se davam a ofícios úteis e transformavam-se em «vadios» [1];

4. Mas a exclusão só se devia manter nas escolas superiores. Nas elementares de ler, escrever, contar e doutrina, se admitiam sempre, e deviam sempre admitir-se [2].

A 27 de Julho de 1688, em carta assinada pelo P. António Vieira, e escrita pelo seu secretário P. João António Andreoni, lê-se esta última informação:

«Perguntava também Vossa Paternidade, em carta de 7 de Fevereiro de 1688, a razão por que os moços mestiços (vulgo *mulatos*) se tinham excluído das nossas escolas, se o foram por ordem de algum Padre Geral, ou de alguma lei ou estatuto. Isto mesmo perguntou o Sereníssimo Rei ao Governador da Baía na sua última carta; e a resposta que lhe demos, a mesma damos agora a Vossa Paternidade, a saber: nunca nenhum moço honesto de bons costumes foi por nós excluído, apesar de não sermos obrigados a admitir nenhum estudante por fôrça de *fundação*, mas só de *caridade* [3]. Mas êstes foram excluídos geralmente pelo P. António de Oliveira, então Provincial, quando voltou de Roma. Estando na Côrte Portuguesa pediu, para a Baía, os Privilégios da Universidade, e ouviu da bôca do Ministro, em menosprêzo dêstes estudos, que lhe constava que os mais graves moradores de maneira alguma toleravam que nas classes literárias se misturassem os seus filhos com aquêles

---

1. Sôbre o papel dos «vadios» no Brasil, cf. Caio Prado Júnior, *Formação do Brasil Contemporaneo — Colónia* (São Paulo 1942) 281; e observação de Loreto Couto, *Desagravos do Brasil*, nos *Anais da BNRJ*, XXIV, 227, sôbre os brancos, pardos e pretos do seu tempo (1757).

2. Gesù, *Assistentiae*, n.º 627.

3. Quer dizer, a *fundação* régia do Colégio da Baía, isto é, os emolumentos régios da sua dotação, dados pelos Dízimos da Ordem de Cristo, eram para formar os *próprios* Jesuítas, que haviam de ser missionários, não para ensinar a alunos *externos*: não havia portanto nenhuma obrigação *jurídica* de ensino, pois não eram funcionários públicos com êste encargo; mas os Padres ensinavam *pública* e gratuitamente a todos, por zêlo do bem comum, que é motivo de *caridade*.

mestiços, a maior parte dos quais são de vil e obscura origem, de costumes corrompidos, viviam corrompendo os outros, e com audaciosa soberba eram pouco respeitosos para com os Professores e em geral intoleráveis aos estudantes. São quási todos malcriados, o que experimentaram os Clérigos, os Religiosos, e os homens nobres do Govêrno. Por isso, nesta Costa do Brasil, já lhes está totalmente fechado o ingresso ao Sacerdócio e aos Claustros Religiosos e a qualquer função governativa. Se estas razões e outras mais políticas, de que se deve fazer caso, e o Governador apresenta agora ao Sereníssimo Rei, forem aprovadas, parece eqüitativo que também Vossa Paternidade as aprove. Se êle mandar que se admitam de novo, se abrirá a porta a todos. Foi o que a êles mesmos [aos moços pardos] se respondeu, quando mostraram ao Provincial a Carta de Vossa Paternidade, para que êles não cuidem que somos nós que teimamos em os excluir, e para que, ouvidas as razões, aguardem o decreto de El-Rei» [1].

Nada mais vimos sôbre esta matéria. O facto de ficar incluída nas *Ordinationes* do Brasil, a carta do P. Geral de 7 de Fevereiro de 1688, em que estranhava não serem admitidos até aos «graus superiores» os homens de côr, supõe que essa ficou sendo a lei geral tendo-se em conta não a *côr*, senão a *idoneidade moral* do estudante [2].

Regra social justa, que é a norma actual dos países de verdadeira civilização cristã.

Não temos conhecimento de nenhum estudo metódico sôbre a legislação colonial nesta matéria. Mas do moço pardo Domingos de Sá e Silva, natural de Recife, que foi aluno do Colégio dos Jesuítas, estudante de S. Antão (Lisboa) e de Coimbra, advogado em Lisboa e capitão-mor do Rio Grande, diz Loreto Couto, que «El-Rei D. Pedro o dispensou para se poder opor aos lugares de letras, graça de que não quis usar a sua grande modéstia» [3]. Resta averiguar se a dispensa era por lhe faltarem graus académicos (Loreto Couto não é explícito), se pelo «acidente da côr».

Quanto às escolas dos Jesuítas, assim como se admitiam em Portugal, também na *América Portuguesa*, continuaram a ser

---

1. *Bras.* 3, 258.
2. *Ordinationes*, Bibl. de Évora, cód. CXVI/2-2, f. 45.
3. *Desagravos do Brasil*, XXV, 33.

admitidos os moços pardos, e já o vimos no Colégio do Maranhão, por ocasião dos distúrbios de 1706, em que a maior parte dos alunos eram pardos e mestiços [1].

O episódio dos moços pardos da Baía é instrutivo, nesse momento histórico. Dá idéia do seu aspecto *moral* (costumes públicos); do seu aspecto *social* (os brancos do Brasil, contra os moços pardos do Brasil); do aspecto *universitário* (impedimento para a elevação do Colégio da Baía a Universidade); do aspecto *jurídico* (a não obrigação de o Colégio da Companhia ensinar a externos); do aspecto *político* do Govêrno português (defendendo o moço pardo brasileiro); do aspecto *escolar* (só com Jesuítas, porque nem o Clero secular nem nenhuma Ordem Religiosa tinham escolas públicas, mas tinham o Sacerdócio, e tinham os seus Claustros, cujas portas fechavam aos moços pardos, quer fôssem Beneditinos, quer Carmelitas, quer Franciscanos); do aspecto *particular* da Companhia de Jesus, não só defendendo, pelo seu Govêrno Geral, os moços pardos brasileiros, mas admitindo-os nas suas escolas de Portugal, que êsse é o espírito e o cristianismo fraternal dos Jesuítas, perturbado momentâneamente no Brasil, por outro espírito, que não era nem jesuítico nem português: não era português, porque em Portugal não existia; não era jesuítico, porque nunca deixaram de ser admitidos nas escolas dos *Jesuítas* de Coimbra e Évora, onde se ensinavam os moços pardos sem oposição dos pais dos moços brancos. Era talvez uma reacção americana, porque a insensata «discrimination» ainda existe hoje nalguma parte da América. Prevaleceu onde não domina a Religião Católica, mas o espírito puritano, intransigente e racista dos povos do Norte. É certo que na história portuguesa houve também um momento em que um ministro, vindo das regiões anglo-germânicas (onde viveu nas margens do Tamisa e nas margens do Danúbio) pretendeu implantar no Brasil êsse espírito, dando como desairoso o casamento com *negras*. Não fôra porém impunemente que o Brasil se educara durante mais de dois séculos dentro da linha tradicional católica. O atentado pombalino, com a ruptura violenta dessa linha gloriosa, sanou-se depois e ficou sem conseqüências.

Os rebates sociais da natureza dêste, que denotam o choque recíproco de raças, muito mitigado aliás no Brasil, não foram con-

---

1. Cf. supra, *História*, IV, 267.

tudo inteiramente inúteis. Reagiram contra o ambiente moral, deficitário sob o aspecto da boa educação familiar. E davam autoridade aos Professores dos Colégios para manterem íntegra a condição geral da admissão, da carta de Vieira: «*nunca nenhum moço, honesto e de bons costumes, foi por nós excluído*».

3. — O Real Colégio da Baía, teve como Reitores quási todos os homens de maiores dotes de govêrno, dada a situação do Colégio, que foi não só a primeira casa dos Jesuítas em tôda a América, mas no Brasil a principal, por ser o *Colégio Máximo* da Província. Muitos Reitores foram também Provinciais. Das suas personalidades se dirá, pois, no capítulo que ainda se fará sôbre o Govêrno da Província.

A presente lista organizou-se pelos catálogos existentes, tendo-se perdido alguns com as vicissitudes das guerras e piratarias dos séculos XVII e XVIII. É possível que falte um ou outro nome, que porventura não viesse ao nosso conhecimento. As datas, se para algum significam início de govêrno, outras representam simplesmente que nesse ano governavam o Colégio. Basta para os colocar a todos na ordem cronológica essencial. No Tômo I já ficou a lista dos Superiores e Reitores, desde Nóbrega, o fundador (1549), até Fernão de Oliveira (1603) [1]. Segue, nos séculos XVII e XVIII:

P. *Manuel de Oliveira* (1605) [2].
P. *Pedro de Toledo* (1610). Provincial.
P. *Domingos Coelho* (1613). Provincial.
P. *Simão Pinheiro* (1617). Provincial.
P. *Manuel Fernandes* (1619). Provincial.
P. *Fernão Cardim*, 2.ª vez (1621).
P. *Manuel Fernandes*, 2.ª vez (1624).
P. *Miguel Rodrigues* (?). Vice-Reitor algum tempo, antes de 1631. Talvez no período em que o Colégio estêve na Aldeia do Espírito Santo, onde Miguel Rodrigues prestou bons serviços contra os invasores holandeses [3].

---

1. Cf. supra, *História*, I, 57-59.
2. De Portel, Alentejo. Escreveu a Ânua latina de Pernambuco, de 1596, *Bras. 15*, 422-432v. Tinha sido Vice-Reitor do Colégio do Rio.
3. *Bras. 5*, 131v.

P. *Sebastião Vaz* (?). Vice-Reitor algum tempo, antes de 1631 [1].

P. *Domingos Coelho*, 2.ª vez (1631).

P. *Sebastião Vaz* (?). Vice-Reitor segunda vez, durante um ano.

P. *João de Oliva* (1638). Natural de Ilhéus (Baía). No cêrco da Baía, êle e os Padres do Colégio trabalharam com coragem contra os invasores. O P. João de Oliva já tinha sido cativo em 1624. Depois da libertação dos prisioneiros, passou de Holanda a Roma a tratar dos assuntos do Brasil e deixou na Cidade Eterna a mais grata impressão. Mestre de Noviços e prègador. Do tempo em que foi Reitor do Colégio do Rio (1621), ficou o seu nome gravado no bronze de um sino, que o perpetua actualmente na tôrre da Catedral do Rio. Homem de virtude sólida e afável. Faleceu na Baía, com 80 anos de idade e 62 de Companhia, a 13 de Janeiro de 1652 [2].

P. *Baltasar de Sequeira* (1641). Provincial.

P. *Simão de Vasconcelos* (1645). Provincial.

P. *João de Oliva*, 2.ª vez (1646).

P. *Belchior Pires* (1654). Provincial.

P. *Simão de Vasconcelos*, 2.ª vez (1654). Vice-Reitor.

P. *José da Costa* (1655). Vice-Reitor. Provincial.

P. *Sebastião Vaz* (1657). Reitor, que já por *duas* vezes tinha governado o Colégio na qualidade de Vice-Reitor, como se diz no seu *necrológio*. Era natural da Ilha de S. Maria, e parente «por consangüinidade» do P. Francisco Pinto, escreve êle próprio a 8 de Agôsto de 1659, durante êste seu Reitorado em carta que anda impressa [3]. Deixou ainda inédita a *Ânua de 1614*. Entrou na Companhia, na Baía em 1599. Ainda vivia na mesma cidade em 1671, com 88 anos de idade [4].

P. *Francisco Ribeiro* (1660). Vice-Reitor. Como procurador em Lisboa defendera os interêsses da Baía na Herança de Mem de Sá. Estêve, sendo Ir. Estudante, na guerra de Pernambuco, e veio a falecer Reitor de S. Paulo, sua terra natal.

P. *Manuel da Costa* (1662). Professor de Teologia Especulativa e Mestre de Noviços.

---

1. *Bras. 5*, 130v.
2. *Bras. 5*, 199v; *Hist. Soc. 48*, 40.
3. P. José de Morais, *História*, 48-49.
4. *Bras.* 5(2), 36v.

P. *Luiz Nogueira* (1663). Secretário do Visitador Jacinto de Magistris. Voltou com êle a Portugal, e foi Reitor do Seminário de S. Patrício de Lisboa. Célebre professor, cujas obras se imprimiram em Colónia, Antuérpia e Veneza [1].

P. *Jacinto de Carvalhais* (1663). Superior de Santos em 1640 e cronista dos distúrbios dêsse ano.

P. *João de Paiva* (1665). Vice-Reitor. Um dos Padres, que deixaram no Brasil a mais alta opinião de santidade. Tinha sido notável missionário em Angola e Congo, onde promovera a instrução. Expulso pelos holandeses, quando ocuparam Angola, voltou a Portugal, passando pelo Brasil [2]. Durante a sua estada no Reino, foi Vice-Reitor do Colégio do Pôrto. Voltou ao Brasil em 1655. Já está no catálogo de 1657, e em 1659 era Procurador dos Pobres do Colégio da Baía [3].

Durante êste seu govêrno, escreveu à Câmara, em resposta a uma Carta dela de 14 de Julho de 1665. Nessa carta, faz o P. Paiva a demonstração dos cargos de govêrno e de cátedra, desempenhados por Padres da Companhia, filhos do Brasil [4]. Depois recusou-se êle próprio a qualquer govêrno, por falta de saúde. Fizera a profissão de 3 votos em Angola em 1639; e no Brasil queriam que morresse professo de 4 votos, pelas suas virtudes. O Visitador José de Seixas, em 1677, diz dêle: «Todo espírito, sombra de corpo. Assíduo na mortificação e na oração, de dia e de noite. Enquanto teve fôrças, o seu cuidado foi a caridade com o próximo, humilde em tôdas as ocasiões». «Amante e zeloso do Instituto e honra da Companhia. Todos o chamam santo» [5]. De Lisboa. Faleceu na Baía com 84 anos de idade, a 29 de Maio de 1681 [6]. Do P. João de Paiva escreve o Arcebispo D. Sebastião Monteiro da Vide, que era «religioso da Companhia de Jesus, bem conhecido nesta América por suas

---

1. Cf. Barbosa Machado, *Bibl. Lus.*, III, 121; Franco, *Imagem da Virtude em o Noviciado de Coimbra*, II, 622.

2. Cf. «Relação da viagem q. fez o governador Frc°. de Sotto Mayor, mandado por S. M. do Rio de Jan°., onde estava governando, ao Gov°. e Conquista do Reyno de Angola: escrita pello Irmão Antonio Pires da Companhia de Jesus que com elle foy», na *Revista de História*, XII (Lisboa 1923) 22.

3. *Bras.* 5, 221.

4. *Gesù, Collegia*, n.° 1369; *Bras.* 9, 11-12v.

5. *Bras.* 3(2), 139.

6. *Hist. Soc.* 49, 128v.

excelentes virtudes»[1]; e António Franco traça a sua biografia, sobretudo no que se refere a Angola[2]. A fama de homem de Deus, que deixou, persistiu no Brasil: «P. Joannes de Paiva virtutibus et sanctitate vir plane conspicuus» (1719)[3].

P. *Francisco de Avelar* (1667). Provincial.

P. *António Forti* (1669). Aceita as pazes oferecidas pela Casa da Tôrre na questão das Aldeias da Jacobina. Passou depois ao Paraguai e já estava em Buenos Aires em Maio de 1671[4]. Sabia a língua brasílica. Natural de Caltanisetta (Sicília).

P. *Jacinto de Carvalhais*, 2.ª vez (1673).

P. *João Pereira* (1675). Da cidade da Baía, onde nasceu em 1614. Foi Vice-Reitor de Pernambuco e professor notável de Filosofia e Teologia, e censor de livros, entre os quais o III Tômo dos *Sermões* de Vieira (censura favorável de 20 de Julho de 1682). Em 1662 tinha ido à Ilha de S. Miguel, Açores, a um morgado. Daí passou ao Reino donde voltou ao Brasil em 1663. Faleceu na Baía, a 23 de Maio de 1691[5].

P. *Cristóvão Colaço* (1679). «O P. Cristóvão Colaço num corpo gasto e pequenino leva um grande espírito de humildade, obediência, mortificação, oração e zêlo da disciplina regular», escreve o Visitador José de Seixas, em 21 de Agôsto de 1677[6]. Homem de grande piedade e devoção e, desprezador de si próprio, no comer, vestir, e falar, e sentir de si, e era-lhe intolerável o obséquio que os seus irmãos lhe queriam fazer e até os serviços dos escravos remitia, nos últimos 4 meses de vida, durante a sua doença. O P. Andreoni, reitor do Colégio, ao falecer Cristóvão Colaço, acrescenta estas breves linhas que são a própria biografia resumida do Padre: «Desde que chegou de Portugal ao Brasil não cedeu a ninguém em recobrar, conservar e defender as fazendas do Colégio da Baía; em aumentar as suas rendas; durante dez anos sendo homem letrado, morou nas

---

1. *Historia da Vida e Morte da Madre Soror Victoria da Encarnação professa do convento de Santa Clara do Desterro da Cidade da Bahia*, publicada em Roma em 1720, pelo P. Luiz Carvalho, quando lá foi como Procurador da Província do Brasil, *Bras*. 6, 105v.

2. *Imagem da Virtude em o Noviciado de Coimbra*, I, 733; *Ano Santo*, 763; cf. *ib*., 648.

3. *Bras*. 10, 212.

4. *Bras*. 3(2), 112.

5. *Hist. Soc*. 49, 148v.

6. *Bras*. 3(2), 139.

fazendas mais distantes, como se fôsse vaqueiro; e depois mais anos ainda assumiu o cargo de Procurador no fôro, e com diligência reconhecida por todos, com adequada e não vulgar notícia do Direito Português, e com a consideração dos Juízes, defendeu as nossas causas e as causas dos Pobres, a quem não recusou favorecer com tôda a alma [1]. Duas vezes Reitor do Colégio Máximo, promoveu com diligência e fortaleza a disciplina regular, não menos com o exemplo do que com palavras. Concluído o govêrno continuou sempre a propugnar a observância religiosa, o costumeiro da Província e a exactidão no cumprimento das Regras e Ordenações, nas Consultas e fora delas. Até que, consumido por uma longa ética, deixou de bom grado a vida no dia que tinha predito, depois de ouvir missa de manhã na Capela do Colégio, e rezar parte das orações litúrgicas, munido com os sacramentos da Igreja, que recebeu sentado no seu quarto, por dificuldades de respiração o não deixarem ficar no leito. Nasceu em Gragajal de Lamego em 1626; entrou na Companhia em Portugal a 21 de Novembro de 1640; faleceu na Baía a 13 de Outubro de 1698. Professo de 4 votos desde o dia 2 de Fevereiro de 1662» [2].

P. *Alexandre de Gusmão* (1683). Provincial.

P. *Diogo Machado* (1687). Provincial.

P. *Cristóvão Colaço*, 2.ª vez (1688). Nomeado êste ano pelo P. Vieira por ordem do P. Geral como reparação a informes não isentos de emulação dados por terceiros.

P. *Barnabé Soares* (1692). Natural da Baía. O Catálogo de 1694 traz ainda o P. Barnabé Soares como Reitor. Vivia também aí o P. Valentim Estancel, não porém como Reitor, nota esta para corrigir um lapso de Sommervogel, quando diz de Estancel: «il gouvernait encore le Collège de Bahia en 1694» [3]. Sôbre «Barnabé

---

1. Conserva-se uma carta sua, de 10 de Julho de 1690, ao P. Geral para que António Navarro fôsse admitido no Seminário dos Ibérnios (Irlandeses) de Lisboa. Trata-se de um sobrinho do Desembargador da Relação da Baía, João de Sousa (*Bras. 3(2)*, 289), assunto sôbre o qual o P. António Vieira escreveu também dois dias antes, documento que inserimos em *Novas Cartas Jesuíticas*, 327.

2. «Annuae Litterae ex Provincia Brasilica ad Admodum Rev.^{mum} Patrem Nostrum datae anno 1699», por ordem do Provincial João António Andreoni, *Bras.* 9, 440-440v. «Gragajal de Lamego» vem noutros catálogos «Garajal», *Bras.* 5(2), 79.

3. *Bibl.*, VII, 1482.

Soares, autor das Cartas de Claro Sílvio» demos já breve notícia biográfica [1].

P. *Francisco de Sousa* (1695).
P. *João António Andreoni* (1698). Provincial.
P. *Francisco de Matos* (1702). Provincial.
P. *Estanislau de Campos* (1705). Provincial.
P. *João António Andreoni*, 2.ª vez (1709).
P. *Filipe Coelho* (1713). Natural da Baía, onde entrou na Companhia, com 15 anos de idade, a 28 de Fevereiro de 1665. Era de família numerosa. Diz-se em 1688, que tinha cinco irmãs, a quem êle, com licença dos Superiores socorria com subsídios que angariava [2]. Foi professor dos cursos superiores e Reitor dos três maiores Colégios da Província (Baía, Rio, Olinda). Redigiu a Carta Decenal de 1670-1679 [3]. Faleceu na sua terra natal com 87 anos de idade e 72 de Companhia, a 8 de Abril de 1732 [4].
P. *Mateus de Moura* (1716). Provincial.
P. *José Bernardino* (1719). Vice-Provincial.
P. *Mateus de Moura*, 2.ª vez (1721).
P. *Rafael Machado* (1722). Nasceu em Lousal, Évora, e com 16 anos de idade entrou na Companhia em 1686. Homem penitente, que não deixou as disciplinas desde o noviciado até à morte. Reitor também dos Colégios do Espírito Santo, Santos, e S. Paulo. Promoveu a observância Religiosa. Entendido em assuntos jurídicos e forenses. Procurador da «Capela Afonsina» (a de Domingos Afonso Sertão) e sumamente estimado pelos Vice-Reis. O Conde de Sabugosa convidou-o a fazer, na Academia Brasílica dos Esquecidos, a 7.ª conferência (tema: *nihil sub sole novum*) [5]. O Conde das Galveias, à morte do P. Rafael Machado, na Baía, a 7 de Julho de 1747, declarou que para a Província do Brasil, era detrimento que se não podia compensar [6].
P. *António do Vale* (1725). Estudante de Filosofia quando entrou na Companhia em Lisboa, com 18 anos de idade, a 2 de Fevereiro de 1692. De saúde precária. Dotado de qualidades de administração,

---

1. Cf. *Verbum*, I (Rio 1944) 167-170.
2. *Bras*. 3(2), 260v.
3. *Bras*. 9, 237-249.
4. *Bras*. 6, 162; *Bras*. 10(2), 341.
5. Cf. Brás do Amaral, em Accioli, *Memórias Históricas*. II. 374.
6. *Bras*. 6, 387v; *Bras*. 10(2), 425v.

governou vários Colégios, incluindo o de Nova Colónia do Sacramento. Notável pela piedade e serenidade com que dissolvia as pequenas dissidências internas, quando as havia, entre os componentes das comunidades que governava. De Évora. Faleceu na Baía a 4 de Agôsto de 1755 [1].

P. *Marcos Coelho* (1728). Vice-Provincial.
P. *Gaspar de Faria* (1730). Provincial.
P. *Miguel da Costa* (1731). Provincial.
P. *Marcos Coelho*, 2.ª vez (1733).
P. *António de Guisenrode* (1733). A passagem na Baía, de S. João de Brito inflamou alguns jovens estudantes a pedirem a Missão da Índia. A notícia do martírio em 1693 arrastou outros, um dos quais António de Guisenrode, natural da Baía, que entrou na Companhia em 1686, e já tinha 24 anos quando em 1696 lhe foi concedida a licença [2]. Na Índia governou o Colégio de Goa. Foi a Roma como procurador da Índia. Pensava-se em fazê-lo Provincial do Brasil em 1729, o que se não efectuou pela desinteligência então reinante entre a Côrte de D. João V e a Santa Sé. Voltou ao Brasil em 1732 [3]. Bem recebido pelo Vice-Rei Conde de Sabugosa e pelo Arcebispo da Baía, D. Luiz Álvares de Figueiredo, para o qual em 1734, durante êste seu reitorado, pediu ao P. Geral houvesse por bem enviar-lhe «Carta de Irmandade». O seu zêlo estendia-se também à observância regular, a que estava obrigado como Reitor, e constando-lhe que um Padre tinha decaído do seu fervor, não o quis despedir, senão depois de o avisar e urgir a emenda; não lhe parecendo esta firme, vigiou-o de dia e de noite até o surpreender em falta, castigando-o e despedindo-o então, como cumpria. António de Guisenrode, religioso austero que sabia ser afável, carinhoso e vigilante com os doentes e necessitados, faleceu um mês depois de concluir o reitorado, a 9 de Abril de 1737 [4].

P. *Plácido Nunes* (1737). Um dos homens mais cultos do seu tempo, admirador de Vieira, e como êle, homem de bibliotecas. Escreveu as Ânuas de 1716 e 1717 [5]. Na primeira, para significar a actividade do Colégio, tem esta referência à Baía: «A cidade au-

---

1. Bras. 6, 39v; Bras. 4, 313; Bras.10 (2), 495v.
2. Bras. 4, 13, 17-17v; Bras. 5(2), 106.
3. Bras. 26, 270.
4. Bras. 4, 388-389v, 400-401; Bras. 10(2), 381; Bras. 6, 202v.
5. Bras. 10, 113-119, 130-135v.

menta dia a dia, as famílias e as casas. Em todo o Império Português, é sem controvérsia a segunda, depois de Lisboa pelos seus habitantes e pelo seu comércio» [1]. Ainda se conservam outras cartas suas no Arquivo Geral. Durante o seu govêrno respondeu a uma consulta do Vice-Rei Conde das Galveias, defesa notável dos Índios do Brasil, digna de Vieira, nela nominalmente invocado [2]. De Lisboa. Entrou na Companhia, com 16 anos, a 30 de Julho de 1699; faleceu na Baía no dia 2 de Março de 1724 [3].

P. *João Pereira* (1740). Provincial.
P. *Simão Marques* (1744). Provincial.
P. *Manuel de Sequeira* (1746). Provincial.
P. *Simão Marques*, 2.ª vez (1750).
P. *Tomás Lynch* (1753). Provincial.

P. *António de Morais* (1756). Último Reitor do Colégio da Baía. Nasceu em Guimarães e entrou na Companhia com 16 anos de idade a 7 de Setembro de 1698 [4]. Tinha já 78 anos de idade quando o colheu a tormenta no exercício do seu cargo. Exilado para o Reino e para a Itália em 1760 faleceu em Civitavecchia, pouco depois de aí chegar, a 13 de Agôsto dêsse ano [5].

4. — O Colégio da Baía foi renovado no século XVII. Pelos próprios passos da construção da Igreja e alusão a corredores, já feitos de novo, se inferem alguns dessa renovação.

Antes da fundação da Giquitaia, o Noviciado era no Colégio da Baía, em dois corredores distintos dos outros, para haver a indispensável separação. Tinha capacidade para 30 noviços. Dispunha de capela privativa, formosa, com obras de pintura e tartaruga. Possuía livraria própria e casa de recreação, com vistas para o oceano e colinas da terra, e um belo e pequeno jardim para os noviços tomarem ar [6].

Isto em 1694, ano em que também se descreve a Farmácia (*Pharmacopolium*) elegante e provida de tôda a espécie de remédios.

---

1. *Bras* 10, 117v.
2. Carta de 5 de Outubro de 1738, publicada por Luiz Viana Filho, em *Estudos Brasileiros*, vol. V (Rio — Julho-Outubro de 1940) 283-290.
3. *Bras.* 6, 39v; *Bras.* 10(2), 495.
4. *Bras.* 6, 39v.
5. Apêndice ao Cat. Port. de 1903.
6. *Bras.* 5 (2), 138.

Ficava então dentro do edifício, e como era sumamente buscada de pobres e ricos, tal freqüência de estranhos perturbava a observância religiosa. Tratou de se evitar o inconveniente e já se andava a construir outra nova e grande em 1728, fora do Colégio, junto à portaria no Terreiro de Jesus[1]. Estava concluída em 1731, em forma de quadra, e procedia-se à obra de pintura que se anunciava digna de se ver[2]. No ano seguinte já a Farmácia se encontrava aberta ao público e «com pintura excelente («egregie») e, em tudo completa»[3].

Além da *Farmácia*, ou *Botica*, segundo a linguagem do tempo, e ainda hoje popular em muitas partes, havia a *Enfermaria*, dependência obrigatória de todos os Colégios, como era a Casa de Hóspedes, ou Refeitório. Enfermaria com a sua capela privativa, sempre a houve desde os primeiros dias da Baía, mas foi-se renovando ou ampliando, conforme o movimento crescente dos moradores, e no fim do século XVII pensava-se em fazer outra nova, e para essas obras se reservavam os lucros dos medicamentos da Botica, vendidos aos ricos, porque aos pobres davam-se de graça[4]. Mais de um século se deram gratuitamente a todos os que os pediam (ricos e pobres), até que o aumento da população veio impor a distinção entre pobres e abastados, que era justo ajudassem êstes àqueles e ao bem comum. Ainda em 1664 se não fazia tal distinção, pois inclui-se entre as obras de misericórdia do Colégio: jantar aos pobres na portaria; comida aos pobres envergonhados; comida aos doentes (tudo isto diàriamente); um grande jantar solene anual aos presos da cadeia; *remédios a todos os doentes, que os pedem*; visitas às cadeias, visitas aos hospitais[5]. No ano de 1694, feita já a distinção, o rendimento da Botica (das vendas feitas aos ricos ou outras Boticas) era de 400 escudos romanos, e nenhuma outra Botica da Companhia se menciona nesse ano, com verba separada. Em 1701, baixou para 300, enquanto a do Rio, já mencionada, neste ano, rendia 800, e era neste período a mais famosa do Brasil. Em 1722 mencionam-se a da Baía (1.200 escudos), a do (Rio (600) e a de Olinda (300), proporção que se mantém por muitos anos, e mostra que a Farmácia

---

1. *Bras. 10*(2), 307.
2. *Bras. 10* (2), 327.
3. *Bras. 10* (2), 341v.
4. *Bras. 5* (2), 137.
5. *Bras. 9*, 161v.

da Baía se tornara a de maior movimento. Ainda assim a distinção entre ricos e pobres só se mantinha em tempos normais, porque nos anos de epidemias, os remédios davam-se também aos abastados, que nestes anos de crise se irmanavam com os indigentes. A nova Enfermaria que se anunciava em 1694 talvez se não construísse logo e se lhe reservasse por então alguma sala ou salas do Colégio. Talvez, porque em 1756 diz-se que estava em construção «anexa ao Colégio uma Enfermaria grande e necessária, e há muito tempo desejada»[1].

Assim como a *Botica* estava a serviço dos Pobres, também em ocasião de guerra a *Enfermaria* do Colégio se transformava em hospital de sangue, como em 1638, no cêrco dos holandeses. Num dos seus leitos faleceu o herói Sebastião do Souto, com o corpo trespassado pelo inimigo holandês.

5. — A história da assistência hospitalar e moral do Colégio da Baía, a pobres envergonhados, órfãos, encarcerados e condenados à morte, é capítulo de larga benemerência até 1760. Entre todos os actos desta natureza, ficou célebre por si mesmo, e por ter sido ocasião de se constituir a S. Francisco Xavier padroeiro da Cidade da Baía, conseqüência ainda hoje perdurável na liturgia baiana, a epidemia da febre amarela conhecida no começo por *mal da bicha* ou «mal comum» como lhe chama o P. Alexandre de Gusmão no título do *Elogio Fúnebre* de D. Fr. João da Madre de Deus[2]. O mal surgiu primeiro em Pernambuco. Aqui, na Baía, chegou meses depois, em Abril de 1686. A 8 de Julho dá o P. Reitor Diogo Machado esta notícia objectiva: «No começo de Abril do corrente ano começou a grassar nesta Cidade da Baía um contágio mortal pela corrupção do ar, não conhecido antes. Tôda a cidade, aterrada de repente pelo mal, não deixou de implorar a misericórdia divina, preparando-se com confissões gerais em que os nossos se empregavam com todo o fervor até os que dantes eram menos assíduos a êsse ministério. A Cidade recorreu a S. Francisco Xavier, a quem fêz devotíssima procissão, a que assistiram os nossos, a Câmara da Baía, que em nome

---

1. *Bras. 10* (2), 498v.
2. «Sermão na Cathedral da Bahia de Todos os Santos nas exequias do Illustrissimo Senhor D. Fr. João da Madre de Deos primeiro Arcebispo da Bahia, que falleceo do *mal commum* que nella houve neste anno de 1686». Lisboa, 1686, Sommervogel, *Bibl.*, III, 1961; Barbosa Machado, *Bibl. Lus.*, I, 95.

de todo o povo fêz voto solene de o tomar como Padroeiro da Cidade. Nem por isso cessou o mal, antes cresceu e se espalhou e em poucos dias levou a muitos. Fecharam-se as Escolas Públicas, os Estudos, o Comércio, os Tribunais, e ninguém tinha outra preocupação mais que o horror da morte e a salvação das almas. Os Nossos não faltaram com admirável ardor em ajudar os próximos, segundo o seu ofício e Instituto; parte dêles assistia aos moribundos, de qualquer condição que fôssem; parte ia pelas casas socorrer a pobreza dos miseráveis; e se mostraram todos, ministros de Deus e filhos da Companhia. Hoje todos os baïanos atestam que em tão grande calamidade o Colégio foi o refúgio de todos. Mas daqui veio que também o Colégio foi o lugar mais atingido pela peste, em tôda a Cidade. Todos os nossos de algum modo foram contagiados, e o que dava mais trabalho foi que a maior parte caíu ao mesmo tempo e os poucos restantes não bastavam para tratar dos de casa e dos de fora. Damos contudo graças a Deus porque só quatro sucumbiram: o P. António de Gouveia, fundador do Colégio de Recife; o P. Mateus Pereira, teólogo de não pequena esperança; o Ir. António Saraiva; e o P. António de Oliveira, homem invulgar que a Província perdeu. Agora já abrandou o contágio e se reabriram os estudos tanto para os nossos escolares como para os de fora [1].

Entre os mortos da terrível peste conta-se o Arcebispo D. Fr. João da Madre de Deus e alguns Desembargadores, a que se refere o P. António Vieira (Carta de 14 de Julho) e acrescenta que da Companhia, no Colégio, mais de cento, só quatro ficaram indemnes, e entre êles o mesmo Vieira e o seu companheiro P. José Soares, ambos moradores na Quinta do Tanque [2].

O *mal da bicha* pertence à história trágica da Baía, unida também à história religiosa e social dela. Em 1693 um religioso publicou um *Laus perenne* ou adoração perpétua, logo confirmado

---

1. Carta da Baía, 8 de Julho de 1686, de Diogo Machado, *Bras.* 3, 222; cf. Carta do P. Alexandre de Gusmão, de 20 de Julho de 1686. A peste em Pernambuco e na Baía já tinha matado quási 2.000 pessoas entre as quais 12 da Companhia. E nela tinham trabalhado os Padres com grande caridade, *Bras.* 26, 135. Segundo Bonucci morreram do *mal da bicha* em Pernambuco, 9 da Companhia, como se verá. Seriam portanto 13. Na conta dos 12 talvez se não incluísse o P. Gonçalo de Veras, que pertencia à Missão do Maranhão.

2. *Cartas de Vieira*, III, 532, 535. Nas Cartas de Vieira há outras referências ao *mal da bicha* nos anos ulteriores.

por dois Breves de Inocêncio XII, num dos quais concedeu um altar privilegiado, «que é o do Santo Cristo na Igreja do Colégio»¹.

Era Governador Geral o Marquês das Minas que escapou. E êle e os vereadores trataram de dar cumprimento ao voto da Câmara, feito a 10 de Maio de 1686². A petição da Câmara a El-Rei não tardou, e tem a data de 20 de Julho: «Assentamos, com o parecer do Governador e Capitão General Marquês das Minas, cuja piedade, zêlo e liberalidade resplandeceram nesta ocasião com grande lustre, e dos cidadãos e povo, que foi chamado, tomarmos por protector e padroeiro da Cidade ao glorioso Apóstolo do Oriente S. Francisco Xavier, para que nesta Cidade, em outras ocasiões, que se podem oferecer, alcançasse de Deus, para ela e seus moradores, aquêles favores e mercês, que em outras partes em semelhantes casos impetrou» (Assinam-no João Peixoto Viegas, Nicolau Álvares Figueira, João Pereira do Lago, Francisco de Araújo e Aragão, e Baltasar Gomes dos Reis).

A aprovação régia é de 3 de Março de 1687; a da Sagrada Congregação dos Ritos, de 13 de Março de 1688; e a do Arcebispo D. Fr. Manuel da Ressurreição, de 16 de Abril de 1689. E assim ficou, ao lado do principal tutelar da *Arquidiocese*, o Salvador do Mundo, também S. Francisco Xavier, como padroeiro da *Cidade*, com festa segundo as prerrogativas próprias dos «principais padroeiros das cidades»³. A festa da Câmara celebrava-se no dia 10 de Maio e manteve-se até 1828⁴. A primeira festa litúrgica foi

---

1. Cf. D. Sebastião Monteiro da Vide, *História da Vida e Morte da Madre Soror Victoria da Encarnação* (Roma 1720) 40-41.
2. Rocha Pita, *América Portuguesa*, 216-217.
3. Accioli, *Memórias Históricas*, IV, 27-31, publica na íntegra todos êstes documentos, que se conservam com mais alguns referentes à peste, no Registo de Cartas da Câmara da Baía (Cartas ao Eclesiástico) em via de publicação.
4. Accioli, *ib.*, I, 132, que em nota acrescenta: «As chamadas economias modernas têm extinguido essa festividade e outras mais, instituídas por motivos, que fazendo honra à Baía, deviam subsistir eternamente, ao menos para avivar o exemplo e prática das acções virtuosas». O «Regimento do auditório Eclesiástico do Arcebispado da Baía», de D. Sebastião Monteiro da Vide, traz entre os feriados na Relação e auditório da Baía, o dia *10 de Maio*: «A festa do Voto e a Procissão real a S. Francisco Xavier». A procissão tinha fases solenes e esmorecimentos; e despertava sempre por ocasião de calamidades públicas, cf. João da Silva Campos, *Procissões tradicionais da Bahia* (Baía 1941) 210-216. Sôbre esta matéria, cf. ainda «Rito Ecclesiastico que ao Apostolo do Oriente S. Francisco Xavier he

em 1689 «com sermões e práticas e exposição do Santíssimo, e novena a S. Francisco Xavier»[1]. Alguns dos sermões do *10 de Maio* andam impressos e constituem preciosidade bibliográfica rara[2].

S. Francisco Xavier continua a ser ainda hoje o Padroeiro da Baía, celebrando-se porém a sua festa no dia próprio do Santo, a 3 de Dezembro.

Até 1759 o *10 de Maio* era feriado escolar, com outros dias de carácter cívico (o 1 de Dezembro, Aclamação de D. João IV, os dias onomásticos dos soberanos, e aniversários locais, como o da libertação da Baía). E além dêstes, outros dias de festas religiosas, quer de carácter universal, quer restrito, em particular os patronos das Congregações Colegiais, em que cada classe celebrava o seu próprio Padroeiro, com demonstrações de piedade e academias literárias.

6. — A Livraria do Colégio da Baía era, no seu tempo, a mais importante do Brasil. Começou-se a organizar em 1549 com os livros, que trouxe Nóbrega[3]. Poucos a princípio, mas o seu aumento não parou nunca. E apesar de ser desfalcada na invasão e ocupação da Baía pelos holandeses em 1624, refez-se depois e na reconstrução do Colégio e Igreja destinou-se e decorou-se para ela um dos mais belos e suntuosos salões do Brasil, cujo tecto, ainda existente, é uma das joias da pintura brasileira. Em 1694 a grande biblioteca

---

devido na Cidade de S. Salvador Bahia de Todos os Santos como a seu Protector e Principal Patrono», Lisboa, 1756.

1. *Bras*. 9, 375v.
2. Um dêles pelo P. Francisco de Almeida, de Belém da Cachoeira (cf. supra, *História*, I, 536), autor do *Orphaeus Brasilicus*: «Sermão de São Francisco Xavier, Protector da Cidade da Bahia, na solemnidade anniversaria com que o festeja o nobilissimo Senado da Camera pelo beneficio que fez a todo o Estado do Brasil livrando-o da peste chamada vulgarmente a *bicha*», Lisboa 1743, cf. Barbosa Machado, *Bibl. Lus*., II, 92; cf. Afrânio Peixoto, *Noções de História da Literatura Brasileira* (Rio 1931) 123. Mais tarde em 1855 quando apareceu a peste da cólera na Baía, recorreu o povo ao seu padroeiro, repetindo o gesto antigo, levando S. Francisco Xavier da Igreja do Colégio (Catedral) para a da Piedade.

>   Saindo Francisco
>   De sua morada
>   A tirana peste
>   Logo foi cessada. Id., *Breviário da Bahia*, 214.

3. Cf. supra, *História*, II, 541.

possuía à roda de 3.000 livros «de todo o género de escritores que se podem desejar, e se renova e guarda por um diligente e hábil livreiro»[1].

O Colégio teve sempre bons bibliotecários. Um dêles, o próprio P. António Vieira, segundo as suas palavras, de que fôra sempre bibliotecário «em todos os Colégios»[2]. Quando êle escrevia isto, já havia passado pelos da Baía, Maranhão, Pará, Lisboa, Pôrto e Coimbra. E para a livraria de Coimbra mandara fazer, «à sua custa», estantes novas[3].

Quando na Companhia de Jesus se suscitou a idéia de inventariar a sua extraordinária obra literária e científica, em todo o mundo, com a organização de uma *Biblioteca dos Escritores da Companhia de Jesus*, deu-se ordem a todos os Provincias, que cada qual organizasse o arquivo da respectiva Província, visse quais os seus escritores, e enviasse à Cúria Generalícia uma notícia completa. O Provincial do Brasil, Manuel Dias, encarregou essa tarefa, em 1724, ao P. Plácido Nunes, homem de letras notável, e também bibliófilo: «não havia quem fôsse mais amigo da biblioteca e dos livros»[4]. As ocupações de Plácido Nunes não lhe permitiram realizar o desejo do P. Geral, e o cometimento confiou-se ao P. Manuel Ribeiro, que escreveu e mandou a Roma *«O Catálogo dos Escritores da Província do Brasil»*[5].

Por fortuna, achou-se um excelente bibliotecário no Ir. António da Costa, que entrou na Companhia, na Baía, a 23 de Julho de 1677, com 33 anos, e faleceu na mesma cidade a 17 de Outubro de 1722[6]. É o bibliotecário a que se refere a informação de 1694, «diligente e hábil». Natural de Lião de França, um dos maiores centros livreiros daquele tempo, bibliotecário, encadernador e tipógrafo (*bibliopegus et typographus*). António da Costa sabia latim,

---

1. *Bras.* 5(2), 137.
2. Vieira, *Obras Inéditas*, I (Lisboa 1856) 44.
3. Barros, *Vida do P. Vieira*, 625.
4. *Bras.* 4, 277.
5. Cf. Carta do P. Manuel Ribeiro ao P. André de Barros. O P. Ribeiro fala do P. António Vieira e repete o que «já tinha escrito a Roma, [no *Catálogo dos escritores desta Província*, que fiz por ordem do nosso M. R. P. Miguel Ângelo Tamborino», Barros, *Vida*, 660. O P. Geral Tamburini faleceu em 1730.
6. *Bras.* 6, 40v; *Hist. Soc.* 51, 33.

e organizou com perfeição o Índice da Biblioteca, por matérias e autores [1], documento sem dúvida importante, submerso talvez ainda na papelada dos Arquivos. Conhecemos o valor de 5.499$050 réis, em que foram avaliados os livros, ao fechar-se o Colégio. Com as livrarias das outras casas da Baía, somavam 5.976$690 réis, «preços acomodados». A do Rio, avaliada, no ano de 1775, em 1.152$590 constava nessa data de 5.434 livros. Admitindo as quebras e desvios, que a êsse tempo já padecera a Biblioteca do Rio (andavam «livros por fora»...), fica a proporção de um por cinco. Baixando-se ainda de 1 para 3, os livros da Biblioteca do Colégio da Baía deveriam andar por 15.000. Algumas Ordens Religiosas pretendiam comprar os melhores jogos. O Chanceler da Relação manifestou-se porém de opinião contrária [2]. Nomeou-se um depositário, e ao entrar na sua Arquidiocese o Arcebispo D. Joaquim Borges de Figueiroa, pediu-os para reatar os estudos. Mas sem resultado, porque os tempos não iam favoráveis, depois da saída dos Padres, à cultura das letras. Luiz dos Santos Vilhena achou a livraria no maior abandono. Diz que os livros eram bons, mas «muitos têm sido furtados e outros vendidos, por quem os furtara, por vilíssimos preços, a Boticários e Tendeiros, para embrulhar adubos e ungüentos, podendo ter-se com módica despesa conservado, ainda que fôra para nela se consultar muitos, porque aqui não aparecem livros; outros, porém, consta terem saído para ornar estantes *particulares*, sem que hoje exista nada dêles» [3].

Com a contribuição de estantes *particulares* veio a constituir-se mais tarde o fundo da Biblioteca Pública da Baía, aberta a 13 de Maio de 1811 no Palácio do Govêrno, e que só tinha 7.000 volumes, quando a visitou o Príncipe Maximiliano em 1816, já reinstalada no seu primitivo e suntuoso salão do Colégio. E acrescenta «que grande perda resultou de se não ter tido bastante cuidado com os papéis dessa Ordem Religiosa: foram na sua maior parte dispersados» [4].

Em 1829, segundo Domingos Rebêlo, a Biblioteca Pública da Baía era de 6.600 volumes e continuava *por cima da sacristia*,

---

1. *Bras. 10(2)*, 263.
2. AHC, *Baía*, 4913.
3. *Cartas de Vilhena*, I, 62.
4. Maximiliano, *Viagem ao Brasil*, 448.

isto é, no mesmo lugar da antiga Biblioteca dos Jesuítas [1]. Hoje a Biblioteca Pública da Baía tem edifício próprio, e o salão da Livraria do Colégio é Museu de Arte Sacra. Deve ser do tempo em que a Biblioteca estava nêle, que pessoas ignaras picaram os notáveis azulejos da escadaria, que lhe dá acesso e representam as *Ciências e Letras*. Nos azulejos, feitos expressamente pelos Padres para ornar a escadaria da sua Biblioteca, pois a acompanham na subida, entre outras inscrições, lê-se, escrito meio à francesa, meio à portuguesa, o título da Comédia de Molière, *L'escole das femmes* (escrito *fennes* pelo ceramista de Lisboa).

7. — São dignas de menção ainda algumas dependências e obras do Colégio. Por volta de 1740 o P. Reitor João Pereira procedeu à restauração geral do madeiramento e retelhamento do Colégio, por estarem gastos. Restaurou também a Capela interior, como se dirá ao tratar da Igreja; os seus cuidados foram em particular para o que ainda faltava ornar, a sala do *Refeitório*, «cujo pavimento ladrilhou de novo e cujo tecto renovou com talha artística». Nas paredes do Refeitório, bem emoldurados, colocou 16 quadros, representando um a Ceia do Senhor, e os outros as efígies dalguns santos da Companhia e homens ilustres da Província do Brasil, «pintados por um nosso Irmão Coadjutor, de tal modo que não parecia apenas casa de Religiosos, mas também obra de reis» [2]. Aquêle «nosso Irmão Coadjutor», era o pintor *Francisco Coelho*. Dos seus quadros diz a Ânua correspondente: «Accurata quidem manu ac penicillo tabellis efformavit unus e Nostratibus» [3]. Entalhadores: Irmãos *António Nunes*, de Lisboa, e *João Gonçalves*, de Barcelos, cada qual com a notação de «bonus faber» [4].

As salas de aulas eram seis, em 1694, capazes, e recentemente construídas, para os Estudantes, junto ao Pátio do Colégio renovado. Ainda então se viam desprovidas de arcada que defendesse os estudantes da chuva e do sol. Havia também o Salão das Disputas Públicas e Actos Literários, que se utilizava, a seus tempos, para os

---

1. Pirajá da Silva, *Atravez da Baía*, 100-101.
2. *Bras. 10(2)*, 407.
3. *Bras. 10(2)*, 423v.
4. *Bras. 6*, 228-228v.

Retiros dos moradores da Cidade, Membros das Congregações do Colégio [1].

Em 1701 já a arcada, à roda do Pátio dos Estudos, estava concluída [2]. E no salão de Actos se colocou uma formosa cátedra, dourada, com figuras de relêvo (*auro et emblematibus figurata*).

Havia aulas para alunos internos e aulas para externos. As Escolas dos alunos externos ficavam fora do Colégio pròpriamente dito, entre êle e a Sé. Assim era em 1575 [3]; assim era em 1655, ano em que se descreve o «Pátio dos Estudos, *bem distante* do Colégio», na «Resão do Acôrdo sôbre o sítio da Igreja nova». Depois da remodelação, as *Aulas dos Gerais* situaram-se ao lado direito da Igreja nova, olhando do mar, com uma rua entre ela e os mesmos Gerais; assim era ainda em 1758 no «Prospecto» de José António Caldas; e é ainda o que se vê em 1801, no «Prospecto que pela parte do mar faz a cidade da Baía» com esta menção: «Aulas, onde estavam os *Gerais*, hoje destruídas» [4].

8. — Outra dependência do Colégio era a *Casa de Hóspedes*, também remodelada através dos tempos, mas que sempre existiu desde a primeira hora e teve a honra de hospedar muitas personalidades ilustres.

O primeiro hóspede do Colégio da Baía foi Mem de Sá, no edifício do Terreiro de Jesus, em que morou alguns dias, enquanto fêz os Exercícios de Santo Inácio. Outro Governador ilustre, o Vice-Rei, Marquês de Montalvão, habitou algum tempo o Colégio, a seguir à sua deposição em 1641, caso célebre êste, que importa rever nos seus dados históricos, e em particular nos de uma carta inédita, escrita à raiz dos próprios acontecimentos.

No dia 15 de Fevereiro de 1641 aportava à Baía uma caravela com a notícia da Restauração de Portugal ao 1.º de dezembro do

---

1. *Bras.* 5(2), 137.
2. *Bras.* 6, 27.
3. Cf. supra, *História*, I, 152, alínea 2.
4. O «Prospecto» de Caldas reproduzimo-lo neste Tômo em gravura; o de 1801 acha-se em *Cartas de Vilhena*, I; também diz que pouco antes de o Colégio se destinar a Hospital Militar, se tinha demolido o *Mirante* do Colégio, *ib.*, I, 63. Outras remodelações se efectuaram para as diversas aplicações que teve o Colégio da Baía. Em 1829 era Hospital Nacional Militar, Biblioteca Pública e Botica (Rebêlo, *Corografia*, 150). Hoje é a Faculdade de Medicina.

ano precedente. O Mestre do navio entregou em segrêdo uma carta de D. João IV ao Vice-Rei D. Jorge de Mascarenhas, Marquês de Montalvão, que recebeu com agrado a notícia e procedeu com circunspecção e fidelidade [1]. Recolhidos em segrêdo os votos de tôdas e cada uma das personalidades importantes da cidade, tratou logo no Palácio do Govêrno da aclamação de João IV, coroada com um *Te-Deum* na Sé e festas na cidade. Depois enviou três embaixadas: uma a Lisboa, prestar homenagem a El-Rei, na qual além do seu próprio filho, foram o P. Simão de Vasconcelos, futuro autor da *Crónica da Companhia de Jesus do Estado do Brasil*, e o P. António Vieira que iria ser o João das Regras de El-Rei D. João IV, como lhe chama Oliveira Martins [2]; outra ao Rio de Janeiro, o Provincial P. Manuel Fernandes, para pedir a cooperação do Governador Salvador Correia de Sá e Benevides; e uma terceira a Pernambuco, comunicando oficialmente ao Conde de Nassau a Restauração de Portugal e que esperava que entre Portugal e a Holanda se fizessem as pazes.

Infelizmente, pouco depois de sair de Lisboa a caravela, que lhe levou a notícia da aclamação de D. João IV, soube-se que dois filhos do Marquês fugiram para Espanha, declarando-se contra a Restauração, e sua mulher manifestou-se duvidosa, sendo prêsa no Castelo de Arraiolos. Vendo D. João IV estas deserções, temeu pela lealdade do Vice-Rei. E chamando o P. Francisco de Vilhena, herói da guerra de Pernambuco, encarregou-o de ir à Baía, com uma carta à Câmara, para que ela, no caso de serem fundadas as suspeitas, procedesse à eleição de uma Junta de Govêrno, composta do Bispo D. Pedro da Silva de Sampaio, do Mestre de Campo, Luiz Barbalho e do Provedor-mor Lourenço de Brito Correia, conforme as provisões que lhes remetia:

«*Meus Juízes, vereadores e mais Oficiais da Câmara da Cidade da Baía*: Eu El-Rei vos envio muito saudar. De minha restituïção à Coroa dêstes reinos mandei-vos avisar nesse Estado, *logo que ela se efectuou*, por não dilatar a tão bons vassalos a certeza de terem rei natural; e posto que creio que a nova seria recebida com as demonstrações devidas, e que estarei aclamado e obedecido por rei,

---

1. Gregório de Almeida (P. João de Vasconcelos), [*Restauração de Portugal Prodigiosa* (Lisboa 1643) 329.
2. Cf. supra, *História*, IV, 8; Miguel de Oliveira, *História Eclesiástica de Portugal* (Lisboa 1940) 278.

com efeito, me pareceu mandá-la duplicar por esta via, e nomear para Governadores dêsse Estado, ao Bispo dêle, ao Mestre de Campo Luiz Barbalho Bezerra, e Lourenço de Brito Correia, na forma das Provisões que se lhes remetem, e fazendo-o saber por esta carta, para que o tenhais entendido, e concorrais, com os Governadores ou qualquer dêles, de modo que tudo se disponha como convém, estando certos que vo-lo hei-de agradecer, conforme a importância do serviço, que espero receber de vós, fazendo-vos em tudo particular mercê e favor. Lisboa, 4 de Março de 1641, — *Rei*».

Francisco de Vilhena desembarcou em Itapuã, a duas léguas da cidade, despediu a caravela para o mar e passou em segrêdo ao Colégio. Apresentou à Câmara a Carta Régia, que era essa a sua missão, cabendo à Câmara, proceder ou não proceder à constituïção daquela Junta, guardando-se nisso a devida reserva. Mas a notícia da traição dos filhos do Vice-Rei, que se tornou pública, excitou os ânimos e aproveitou-se essa excitação para a constituïção do novo govêrno. António Vieira, coevo dos factos, e, pela sua posição de embaixador em Lisboa do próprio Vice-Rei, no conhecimento dêles, escreve mais tarde ao Bispo do Japão: «Todos os que governavam praças de Portugal nas conquistas foram deteúdos, ou detidos nelas, porque os conservou El-Rei nos mesmos postos: só o Marquês de Montalvão *mandou Sua Majestade tirar,* por ocasião da fugida dos filhos e do ânimo da Marquesa» [1].

«*Mandou Sua Majestade tirar*»... Mas a ordem à Câmara deveria entender-se condicional, e deveria ter-se procedido com discrição, dada a atitude leal do Vice-Rei, discrição que não houve, complicando a situação uma carta que chegou da Marquesa de Montalvão a induzir o marido à desobediência. Destas circunstâncias se aproveitaram os êmulos do Vice-Rei para o depor, acto que desaprovaram os Jesuítas, recebendo no seu Colégio ao Vice-Rei deposto.

Narrando os actos de benemerência do Colégio da Baía, ao tratar dos praticados com gente humilde, diz a *Carta Quadrienal do Brasil* de 1641-1644, que também se praticaram com «pessoas de mais porte. Tal foi a que se usou com D. Jorge de Mascarenhas, Marquês de Monte-Alvão, Viso-Rei dêste Estado, o qual depois de aclamar fiel e generosamente, ao felicíssimo Rei D. João o Quarto de Portugal, perseguido àsperamente de alguns êmulos seus, ou por

---

1. *Cartas de Vieira*, I, 494.

mal fundadas suspeitas ou por menos considerado zêlo, se recolheu a êste Colégio, onde por muitos dias, foi agasalhado e servido em seus trabalhos, com a vontade que seu amor à Companhia nos merecia, tratando sempre os Padres de compor suas coisas de modo que se tivesse o devido respeito a personagem tão grande e tão benemérita dêste Estado, do qual se mostra o nobre fidalgo hoje em suas prosperidades tão agradecido que tem por alvitre grande solicitar negócios desta Província»[1].

Em matéria de Governadores e Vice-Reis do Brasil, o Colégio da Baía teve por muito tempo a prerrogativa de ser a primeira residência dêles antes de tomarem posse oficial do cargo. O Vice-Rei, Marquês de Angeja, escreve: «O cerimonial desta terra é ir o Governador buscar o seu sucessor a bordo e levá-lo para o Colégio dos Padres da Companhia, donde, passados os dias (que sempre são três ou quatro), se faz a entrada e entrega; e a cerimónia é vir o Senado da Câmara e todos os cidadãos com varas vermelhas a buscá-lo ao Colégio, donde, debaixo do pálio, cujas varas levam os vereadores e cidadãos, vão ambos os Governadores à Sé, aonde está o Arcebispo», e onde se conclui a cerimónia[2].

O Vice-Rei achava o cerimonial demasiado simples, em contraste com a pompa oriental. Esquecera-se de que a Índia é na Ásia e o Brasil na América.

No Colégio, guardavam-se as «vias de sucessão», para na hipótese de falecer ou ficar impedido o Governador ou Vice-Rei, se saber quem lhe sucedia. Quando os Holandeses tomaram a Baía em 1624 e o Governador ficou prisioneiro, abriram-se as «vias de sucessão

---

1. *Bras. 8*, 528v-529. Documento inédito, coevo, desinteressado, íntimo, sem intuito de publicidade. Mais tarde virá dizer Manuel Calado, inimigo pessoal do P. Francisco de Vilhena, pelas suas atitudes opostas a respeito dos holandeses (Vilhena manifestara-se contra os moradores que aceitavam e comerciavam com o invasor; Calado panegirista de um dos que pactuaram e se associaram aos invasores) virá dizer que Vilhena procedera *primeiro* à aclamação feita pelo Vice-Rei e trazendo segunda via, procedeu *depois* à nomeação da Junta, *Valeroso Lucideno*, 111-112. Outros repetiram a asserção, sem reparar que são factos diversos e em diversos tempos, e que portanto os motivos dados para um acto inexistente não têm mais objectividade que êle. Basta confrontar as datas: a chegada, à Baía, da primeira caravela foi a *15 de Fevereiro de 1641*; a carta de El-Rei D. João IV, que trouxe depois Francisco de Vilhena, é datada de Lisboa a *4 de Março de 1641*.

2. Carta do Marquês de Angeja, da Baía, 18 de Julho de 1714, a Diogo de Mendonça Côrte Real, em Accioli, *Memórias Históricas*, I, 155.

do Govêrno, que existiam em poder dos Jesuítas». Sucessor, indicado, Matias de Albuquerque [1]. Caso igual, quando faleceu, em 1718, D. Sancho de Faro e Sousa [2]. Mais tarde, em 1754, para guardar as vias de sucessão, mandou El-Rei se fizesse um cofre com três chaves, uma nas mãos do Arcebispo, outra nas do Chanceler da Relação, outra nas do Reitor do Colégio, ao qual se remetia a via de sucessão do Conde Vice-Rei [3].

Por ser então a Capital do Brasil, a Baía era muito freqüentada pelos navios da carreira da Índia. No Colégio se hospedaram personalidades ilustres, que iam e vinham do Oriente. Morava nêle, em Abril de 1644, chegado numa nau da Índia, «D. Luiz de Sousa, rei das *Doze mil Ilhas Maldívias.* Ia a Portugal saüdar El-Rei e pedir a ajuda portuguesa para recuperar o seu Estado» [4].

Com os reis do Oriente, também os Vice-Reis da Índia. «Neste Colégio, diz o P. António Vieira, tivemos hóspede ao Conde de Alvor, Vice-Rei da Índia, desde quinze de Março até o último de Maio [de 1687], morando em uma cela, e acudindo a tôdas as obrigações da comunidade, como o mais pontual religioso, e nesta forma, afirmam todos, perseverou os cinco anos que estêve na Índia, donde veio tão endividado, como outros ricos» [5].

A estada no Colégio, de Jesuítas em trânsito para a Índia, China e África, repetia-se muito, notando-se apenas o facto, quando desempenhavam funções oficiais. Às vezes o número de hóspedes era avultado, e o tempo, largo, como em Agôsto de 1717, em que eram 10, a caminho da Índia para Portugal, e ainda ficariam no Colégio 4 ou 5 meses, antes de poderem seguir viagem, por falta de monção [6]. Entretanto, ocupavam-se na Cidade e Recôncavo,

---

1. Accioli, *Memórias Históricas*, I, 80.
2. *Ib.*, I, 156; Mirales, *História Militar do Brasil,* nos *Anais da BNRJ,* XXII, 167, que conta a cerimónia, em presença dos Prelados, do Colégio «magnífico», e «outras pessoas dignas de assistir naquele acto». As vias indicavam o Arcebispo, o Chanceler da Relação e o Mestre de Campo mais antigo. O Arcebispo era D. Sebastião Monteiro da Vide; o Mestre de Campo, João de Araújo e Azevedo; e o Desembargador, Caetano de Brito de Figueiredo.
3. AHC, *Baía,* 1211. A abertura dos Alvarás fazia-se com grande aparato militar, cf. Mirales, *História Militar do Brasil,* 176.
4. Ânua de 1641-1644, *Bras.* 8, 520.
5. *Cartas de Vieira,* III, 542; *Bras.* 3(2), 274; Franco, *Imagem da Virtude em o Noviciado de Lisboa,* 808.
6. *Bras.* 4, 196.

com grande fruto do povo, que os buscava, pelo velho hábito de se esperarem sempre maiores milagres de santos de fora que de casa.

A 2 de Agôsto de 1708, o Bispo Francisco Laines, também de passagem na Baía para o Oriente, foi saüdado no Colégio, pelo Vice-Rei da Índia, então na cidade do Salvador, pelo Governador Geral do Brasil, e pelo Arcebispo da Baía [1].

Em 1722 hospedaram-se no Colégio vários Padres a caminho da Angola; e da China, a caminho de Lisboa, o P. António de Magalhães, embaixador do Imperador da China ao Rei de Portugal [2]; três anos depois, da Índia para Lisboa, o Patriarca de Goa, que fêz no Colégio numerosa ordenação de estudantes da Companhia [3].

Na Baía, cidade da América, cruzavam-se, como se vê, a Europa, a África e a Ásia. Era ainda então uma das capitais do Império, sendo o Colégio um dos baluartes da *Fé*, daquela *Fé e Império* de Camões, reminiscência literária esta, para dizer que se não estêve na Baía o maior poeta da nossa língua, viveu nela o maior prosador, Vieira, e outro que lhe pede meças, D. Francisco Manuel de Melo. Efectivamente, no dia 28 de Julho de 1657, compareceu no Colégio o «Tácito Português», degredado no Brasil, a depor como testemunha, em assunto de terceira pessoa, sendo interrogado por Manuel de Moura, presentes o Reitor e os Padres Francisco dos Reis e Manuel da Costa. «E ida a testemunha para fora, preguntados os ditos Reverendos Padres Sacerdotes, se lhes parecia que falava verdade e merecia crédito no que dizia, por êles foi dito, com juramento, que lhes parecia falava verdade, e merecia crédito; e tornaram a assinar com o dito R. P. Reitor e eu Manuel de Moura, que o só escrevi» [4].

D. Francisco Manuel de Melo, antigo aluno dos Jesuítas, merecia-lhes crédito, e a Biblioteca do Colégio foi o refúgio intelectual do grande e aventuroso escritor, o que explica em parte a abundante bibliografia do seu famoso *Hospital das Letras*.

---

1. *Bras. 4*, 142. O Bispo P. Francisco Laines, de Lisboa, já tinha estado antes no Brasil, em 1705, na sua passagem da Índia para a Europa, e no Brasil, enquanto a frota se punha corrente para prosseguir viagem, redigiu um *Tratado*, que se imprimiu em Roma, sôbre os negócios que o traziam à Europa, Franco, *Imagem da Virtude em o Noviciado de Coimbra*, II, 744, 746.

2. *Bras.* 6, 115.

3. *Bras.* 10(2), 282.

4. Caderno 47.º do Promotor da Inquisição de Lisboa, f. 532v. Publicado por Edgard Prestage no *Arquivo Histórico Português*, VII (1909) 98-99.

Hóspede sem dúvida ilustre entre os mais ilustres do Colégio foi um que veio da Índia por ocasião daquela passagem pela Baía de D. Francisco de Távora, Conde de Alvor, em 1687, e que ia à Europa como Procurador da Província do Malabar, outrora pagem e companheiro do Infante, e depois Regente e Rei, D. Pedro II. João de Brito, filho do Governador do Rio de Janeiro, Salvador de Brito Pereira, voltaria à Índia onde padeceria o martírio em 1693. Dêle, há muito já nos altares, concluíu-se a causa da canonização em 1941. Espera-se apenas que a guerra actual deixe Roma em paz, para as festas solenes dêsse acto, com o concurso de grandes peregrinações da Índia, de Portugal e da França. Da Índia, onde foi mártir; de Portugal, donde é filho; da França, porque o B. João de Brito é Padroeiro do Maduré, missão hoje francesa, católica.

Não sabemos se já pisou terras do Brasil algum Santo canonizado. Bemaventurados sim, Inácio de Azevedo, que estêve na Baía, Rio de Janeiro e S. Paulo, e os B. B. Mártires da Companhia que padeceram o martírio em terras que são hoje do Brasil e no Colégio da Baía se hospedaram e foram abundantemente providos dois dêles, Padres Afonso Rodrigues e João del Castillo [1].

Não foi pequena honra do Colégio e Cidade da Baía, ter ao P. João de Brito por hóspede. Alguns dos jovens estudantes, que o ouviram contar as suas primeiras prisões e padecimentos na Índia, desejaram seguir-lhe os passos. Um dêles, de 22 anos, Agostinho Correia, escreve ao P. Geral, na véspera de sair a frota, uma carta abrasada do amor das missões do Oriente: «E tudo quanto a carta poderia dizer, o dirá eficazmente o mesmo P. Procurador, e meu Procurador também, amantíssimo Capitão de Missionários» [2].

Agostinho Correia, depois Padre, que assim pedia as missões da Índia Oriental, veio a ter a sua Índia, no próprio Brasil, nas difíceis Missões de Rodelas, do Rio de S. Francisco, donde também padeceu o exílio por Cristo, na «Aldeia de Curumambá» com menos glória, pois não foi perseguido por tiranos coroados e pagãos, senão pelos curraleiros da Casa da Tôrre, e, não pela catequese de Indus do

---

1. Cf. Luiz Gonzaga Jaeger, *Os mártires do Caaró e Pirapó* (Pôrto Alegre 1940) 208-209, 217.
2. Carta do Ir. Agostinho Correia, da Baía, 30 de Maio de 1687, *Bras. 3*, 233.

Maduré na Índia, senão por defender e catequizar Índios Cariris, no Brasil.

Virá um dia, em que se colocará, na actual Catedral da Baía, uma lápide comemorativa, onde se poderão gravar êstes ou outros dizeres:

NESTA IGREJA E COLÉGIO VIVEU ALGUM TEMPO, S. JOÃO DE BRITO, HERÓI QUE NÃO PERTENCE AO NÚMERO DOS QUE O SÃO POR MATAREM OU MANDAREM MATAR MUITOS HOMENS, SEUS IRMÃOS, MAS AO NÚMERO DOS QUE SE DEIXARAM MATAR PELO TRIUNFO E VERDADE DA CIVILIZAÇÃO CRISTÃ.

9. — Numa hora de crise da civilização cristã fechou-se o Real Colégio da Baía, com um acto de violência por motivos alheios à sua própria vida. Durante mais de dois séculos de existência haviam-no freqüentado inúmeras gerações de estudantes, que ocuparam depois todos os cargos da vida pública brasileira, ou foram grandes nomes nas letras desde o P. António Vieira e tôda a legião de escritores da Companhia, até Bento Teixeira, os Irmãos Eusébio e Gregório de Matos, e Tomás António Gonzaga, que o freqüentava em 1759, quando o Colégio foi cercado militarmente a 26 de Dezembro dêsse ano. Em Janeiro, os Padres e Irmãos foram conduzidos para o Noviciado da Giquitaia, onde ainda os veremos, no dia do exílio e da formosa despedida de 19 de abril de 1760.

Nesta dramática emergência, a atitude da Baía é título honroso para ela. O funcionalismo oficial, dependente da política perseguidora do momento, cumpria as ordens que se lhe mandavam sob pena de repreensão ou castigo. Mas só depois de se ter escusado e raro foi o que se associou ao espírito da perseguição; a maior parte dos funcionários portou-se com dignidade e bondade. E alguns mostraram-se opostos, arrostando as iras do tirano. O Conselheiro José de Mascarenhas, que perseguira outrora os Jesuítas no Pôrto, ao chegar ao Brasil e ver por seus próprios olhos o que era a actividade da Companhia de Jesus, fêz-se apologista das Aldeias dos Índios e dos Padres em geral, e foi por sua vez perseguido [1].

---

1. Cf. Laranjo Coelho, *Um episódio misterioso da história luso-brasileira* (*A prisão do Conselheiro José Mascarenhas Pereira Pacheco Coelho de Melo*) em *Memórias do Congresso*, X, 487ss. No Cap. VII diz assim: «A missão e os principais motivos da prisão de Mascarenhas, reconstituídos à face de documentos, foram os que se lêem na fidedigna *História* do Padre José Caeiro S. J., 516-526».

O grande Arcebispo, D. José Botelho de Matos, teve a coragem de sustentar os seus Religiosos, e foi obrigado a resignar por ordem de El-Rei — sacristão e do seu acólito, leigos, que pela mentalidade tartufa da época se intrometiam a pontificar nos assuntos de hierarquia eclesiástica, que lhes não competia na Igreja de Deus, por aquilo de que a «César o que de César e a Deus o que é de Deus»...

Acompanhou o seu Prelado, nas demonstrações de pesar, quási tôda a Cidade, com as suas fôrças vivas e organizações religiosas.

Escreve Francisco da Silveira: «Quando se começou a divulgar a notícia do sequestro, logo quási tôdas as Ordens Religiosas foram ter com o Reitor do Colégio e cada uma ofereceu quanto fôsse mister para sustentar a comunidade: Os Carmelitas não só as suas rendas anuais mas os seus bens próprios; os Beneditinos não só dinheiro de contado, mas todos os remédios da sua Botica para os Jesuítas doentes, declaração feita pelo seu procurador geral, o P. Francisco Inácio Pinto, e tanto para o Colégio como para o Seminário urbano; os Franciscanos dispuseram-se a procurar os bens temporais necessários para sustentar os Padres e o mais que fôsse preciso.

As Religiosas de Santa Clara do Convento de Nossa Senhora do Destêrro e as Ursulinas de Nossa Senhora das Mercês, fizeram orações a Deus e penitências e prometeram donativos se as circunstâncias o exigissem; as Religiosas de Nossa Senhora da Conceição praticaram jejuns e penitências; e as *Malagridas* (assim chamadas pelo povo, do seu fundador P. Gabriel Malagrida, e que muito deviam aos Jesuítas) imploraram o socorro celeste ainda com mais fervor; e com igual afecto oraram as Damas Claustrais do Bom Jesus dos Perdões. Tôdas estas religiosas se lamentavam de que as iam privar de confessores e prègadores. Os mais ricos comerciantes da Baía, nomeadamente Joaquim Inácio da Cruz, Tomás da Silva Ferraz e Luiz Coelho Ferreira, fizeram entre si o pacto de os sustentar à sua custa se o Fisco se apoderasse dos bens dos Jesuítas, e os deixasse sem meios de subsistência»[1].

Tal era o ambiente da cidade da Baía ao dar-se o destêrro dos Jesuítas, ligados, com Nóbrega e os seus companheiros, à própria fundação da cidade. Parecia o triunfo definitivo da violência. No entanto, passaram-se os anos. A Companhia de Jesus, atingida mo-

---

1. Silveira, *Narratio*, 77-78; cf. Caeiro, *De Exilio*, 72. Segundo Caldas, *Notícia Geral*, 317, êstes três «homens de negócios» faziam o comércio da Baía «para o Reino e geralmente».

mentâneamente, sobreviveu à perseguição e ao exílio, e voltou a cumprir a sua missão, quer na paz quer na guerra, com que se esmalta alternadamente a história da Companhia de Jesus. Ao dar-se nova violência contra a liberdade religiosa e do pensamento, a seguir aos acontecimentos de Outubro de 1910, em que se renovaram leis obsoletas do século XVIII, sem compreender o verdadeiro espírito de liberdade, os Jesuítas Portugueses, atingidos por novo exílio, voltaram à Baía. Um escritor brasileiro interpretou assim o facto, como eco ainda do Quarto Centenário da Companhia de Jesus, celebrado no Brasil, em todo êle, com festas memoráveis em 1940: «Lucramos com essa incompreensão. Porque muitos dos banidos trouxeram para os climas tropicais a sua sabedoria a pedir asilo, a sua caridade a procurar refúgio, a sua ânsia de paz a esmolar trabalho, a sua vocação pedagógica a solicitar discípulos. Com êsses materiais de uma destruïção, foi que se construíu a Vice-Província do Brasil Setentrional dos mesmos Professores de roupeta que voltaram, comovidos, agasalhados com amor, às terras que seus irmãos de ministério tinham deixado em 1759. A maldade despótica do absolutismo os retirara do Brasil e no-los restituíu a maldade filosófica de um partido liberal. São os paradoxos da História. Não maldiremos os Republicanos da Rotunda: pagaram um tributo copioso às idéias do tempo. Hoje Portugal não se lembra de incendiar conventos; e lá voltaram os Jesuítas para ensinar meninos. Registamos os ritmos da evolução dos povos. Graças aos tumultos de além-mar tornamos a possuir o privilégio — contemporâneo da fundação da nacionalidade — dêsse ensino que em tôdas regiões do Universo produziu homens de génio, gerações virtuosas e cultura intensiva» [1].

---

1. Artigo não assinado, transcrito em *Ecos do Norte do Brasil*, vol. III, Ano V, n.º 2 (Abril-Junho de 1943) 57. O Real Colégio da Baía, fechado em 1759, continuou a sua tradição de cultura, e veio a ser Hospital Militar, Botica e Faculdade de Medicina, que ainda é hoje, mantendo assim o Terreiro de Jesus a mais antiga tradição escolar do Brasil (Afrânio Peixoto, *Breviário da Bahia*, 39). O novo e actual estabelecimento dos Jesuítas na Baía, vasto edifício de construção moderna, devido à grandiosidade de espírito dos Padres António Pinto e Luiz Gonzaga Cabral, retomou a tarefa antiga e adoptou, como arras e galardão, um nome glorioso, — «Colégio António Vieira».

CAPÍTULO V

A Igreja do Colégio (hoje Catedral primaz do Brasil)

1 — Os planos da nova Igreja; 2 — O P. Simão de Vasconcelos e o grupo de benfeitores da família de Francisco Gil de Araújo, fundador da Capela-mor; 3 — As condições; 4 — O sítio da Igreja velha de Mem de Sá; 5 — Lançamento solene da primeira pedra da Igreja nova, a actual, em 1657, e efemérides da sua construção, obras de arte e Irmãos entalhadores, escultores, pintores e arquitectos; 6 — Os retratos do tecto da Sacristia.

1. — O pensamento de se fundar Igreja nova vinha do século anterior. E foi a causa imediata de se admitirem Engenhos de Açúcar na Companhia. Em 1604 tratou o P. Fernão Cardim de construir o Engenho da Assunção no Rio da Trindade, com o fim expresso de angariar os indispensáveis meios económicos para a Igreja *nova*[1]. Os debates, que se seguiram, sôbre o Colégio ter ou não ter engenho, fizeram que se sobrestivesse na construção da Igreja e não se adiantassem as obras, já principiadas. Recomeçaram por volta de 1616, como se verá, pelas «Razões do Acôrdo», que a seguir publicamos.

Entretanto, sobreveio a invasão holandesa e a ocupação da Baía em 1624. Os invasores estabeleceram-se no Colégio e profanaram a Igreja. Fizeram dela depósito ou «adega em que recolheram muitas das pipas de vinho que na cidade acharam», diz o P. Domingos Coelho, e deixaram-na quási em ruína. Expulsos os Holandeses, retomou-se a Igreja e preparou-se sumàriamente para o restabelecimento do culto, até que depois da Restauração de Portugal e da paz com Holanda em 1641, se pensou em a reparar mais de propósito.

Tratando-se em 1643 da possível venda das terras do Camamu, o P. Belchior Pires, manifestando-se contra a venda, dava como

---

1. *Bras. 8*, 102v.

argumento que das suas matas saíram as madeiras das casas da Baía e haviam de sair ainda «para a Igreja *nova*, que se há-de fazer»¹.

Enquanto se não fêz, renovaram-se, nesse ano, com a ajuda dos moradores da cidade, as obras do Colégio e da Igreja, «que a diabólica ousadia dos hereges holandeses há vinte anos desfez, destruíu e assolou»².

Logo após a total expulsão dos Holandeses do Brasil, reüniram-se os Padres da Baía em 1654, e trataram de estudar os projectos da Igreja nova.

Do P. Simão de Vasconcelos, verdadeiro fundador da Igreja, conservam-se dois escritos importantes. O primeiro informa sôbre os projectos da Igreja nova e o sítio da Igreja velha com outras notícias; o segundo trata do seu financiamento e dos principais benfeitores:

«*Razões do acôrdo que se tomou no ano de 1654 sôbre o sítio da Igreja nova*: — Antes que se apontem as razões e acôrdo que se deve supor como há mais de 56 anos que os superiores que foram dêste Colégio da Baía, começaram fazer Igreja nova, como se deixa ver nos alicerces, que estão junto à Capela-mor da Igreja, que hoje é, e já naquele tempo ameaçava ruína. A qual obra se atalhou pelo Governador e povo desta cidade por tomar parte do Terreiro dela, em que se havia de fazer.

Depois, andando o tempo, que haverá perto de 38 anos, o Padre Visitador Geral Henrique Gomes tratou de a fazer no corredor, que vai para a portaria, o qual para êsse efeito se havia de derrubar, como se vê da planta que com esta vai, ficando a Igreja, que se havia de fazer, formando a quadra do Colégio da parte do Sul, a qual obra se impediu com a tomada da Baía pelo Holandês e dívidas que no Reino se achou dever êste Colégio, feitas pelo Padre Procurador Mateus Tavares.

Até que agora, no ano de 1654, a nobreza desta Cidade, vendo a muita necessidade que o Colégio dela tem de Igreja nova, ofereceram suas esmolas para a fábrica, e, tratando-se do sítio em que ficaria melhor, assentaram se fizesse de tal sorte que a porta principal ficasse fronteira ao meio do Terreiro, que é a principal praça desta Cidade, com que além de ficar a fábrica muito lustrosa, ficaria o Colégio com lugar para se poder melhorar no edifício e recolhimento dos Religiosos dêle, fazendo-se a Igreja no meio do pátio da claustra

---
1. *Bras.* 3(*1*), 232.
2. Ânua de 1641 a 1644, *Bras. 8*, 533-533v.

principal; e o corredor da portaria, que assim para a outra traça, como para esta se havia de desmanchar, se fizesse outra vez pela parte do Sul, com que ficaria o Colégio com dois pátios e com capacidade para se lhe acrescentarem muitos cubículos em lugar das duas salas, que ocupam agora o corredor, uma das quais serve de *Livraria*, ainda que pequena para isso, e outra de *Casa de Hóspedes*; os baixos servem de *Procuratura* e de cubículo do companheiro do procurador, com bem de incomodidades por serem muito úmidas, escuras, e sobterradas, e por isso nocivas à saúde.

Pôs-se em consulta esta petição dos devotos e amigos da Companhia, na qual assistiram os Padres Provincial, Reitor, Consultores e mais Padres (excepto o Padre Belchior Pires, que foi de contrário parecer) se fizesse a Igreja no sítio, que pediam os nobres da Cidade, que para isto ofereciam suas esmolas, as quais se estenderiam também à fábrica da reformação do corredor, que se havia de tornar a reedificar. As razões, que para isso se apontaram, entre outras, são as seguintes:

1.ª — Satisfazer a tão justa petição como é a de tão nobres pessoas e tão devotas da Companhia, que com tanto gôsto oferecem tão grossas esmolas para fazer a dita Igreja e corredor.

2.ª — Porque no tal lugar fica mais acomodada assim para o meneio dos Religiosos que a ela vão confessar, dizer missa, e visitar o Senhor, por ficar no meio do Colégio, como também para a proporção e formosura de todo o edifício; porque se se fizesse onde antigamente estava determinado, ficava no cabo dêle e encantoada em um canto do Terreiro, e por isso menos decente e vistosa.

3.ª — Porque neste sítio, por ser igual e seguro com as duas paredes do corredor e cubículos, que lhe ficam nas costas da Capela-mor, ficasse poupando muita fazenda por serem necessários menos alicerces neste sítio que no antigo onde o terreno é mais precipitado.

4.ª — Porque, fazendo-se no dito sítio, fica o Colégio com quadra perfeita de quatro corredores, abraçando no meio a Igreja o corredor da parte do Leste, que é fronteiro à Praça do Terreiro, com que ficará todo o edifício não só mais vistoso, mas muito mais capaz para recolher maior número de religiosos, que necessàriamente se hão-de juntar pelo tempo adiante neste Colégio, por ser a cabeça da Província e o principal seminário de criação dos sujeitos para ela e para os mais Colégios, que vão crescendo em número com as novas fundações e missão do Maranhão.

E é tão necessário acrescentar-se o Colégio que algumas vezes estão de três em três os Religiosos em um só cubículo, como na verdade ao presente estão em alguns, e havendo êste apêrto, estando ainda em pé o corredor, que de todo se há-de desfazer, para se fazer a Igreja segundo a traça antiga, para se não tornar a fazer, bem se deixa ver quão apertado ficará o Colégio se se fizer a Igreja no tal sítio. Porém fazendo-se a Igreja no meio do Pátio, como agora se intenta, há lugar de se estender mais o Colégio para a parte do Sul, formando novo pátio entre a Igreja e o corredor, que depois se há-de fazer, para recolher no meio a dita Igreja; no qual corredor se podem fazer 20 ou mais cubículos, assim em cima como por baixo, com alguns mais, da parte do mar, no que se lhe acrescentar, para fazer a quadra perfeita, como tudo se vê da planta que com esta vai.

E nas duas partes do corredor, que abraçam a Igreja, fronteiro ao Terreiro, que é agora a Igreja velha, se podia fazer, da parte direita da Igreja, uma formosa livraria, que é bem necessária, e outra sala pequena para o livreiro ou o que fôr necessário, e nos baixos uma Capela para se fazerem as práticas e tirar santos aos Congregados, que por não haver outra comodidade se vão fazer ao Pátio dos Estudos, bem distante do Colégio; e na outra parte esquerda da dita Igreja, *por baixo* a portaria, e logo a procuratura, e *por cima* Casa de Hóspedes e Capela dos Irmãos, onde agora está a Capela e sacristia da Igreja velha, com que fica o Colégio muito mais capaz e a serventia muito mais fácil, por ficar desta parte a mor parte da gente do Colégio com as oficinas, refeitório, cozinha, dispensa; e por cima, rouparia e Noviciado, como agora estão, em que se não há-de bulir por tudo estar já feito».

[Simão de Vasconcelos ajunta uma 5.ª razão. Não é assunto literário selecto. Mas importante, porque denota preocupações essenciais de higiene. E sobretudo explica a origem das famosas galerias subterrâneas existentes em todos os Colégios situados à beira mar, como também no do Rio de Janeiro, e que depois da saída dos Padres, sobretudo nos século XIX, e até neste século XX, tantas fantasias, não inofensivas, sugeriram a alguns escritores, a quem teria sem dúvida sido útil um pouco mais de bom senso histórico]:

«5.ª — Que ficando a Igreja no lugar sobredito no meio do pátio, se fica atalhando um inconveniente (e não é o menor), o qual se não pode atalhar se se fizer no fim do pátio, que é o lugar onde estava antigamente determinado, de que imos falando, e é a vizinhança das necessárias que caem àquela parte, para a banda do Oeste, contíguas ao corredor que se há-de desmanchar, cujo mau cheiro é fôrça se sinta na Capela-mor e mais corpo da Igreja, o que aqui se atalha por ficar mais desviada e os ventos ordinários que são nortes, nordestes e lestes desviarão o mau cheiro para a parte do Sul.

E encarece mais êste inconveniente o não haver em todo o Colégio outro lugar em que se possam mudar as ditas necessárias, assim por rezão dos ditos ventos, que necessàriamente meterão no Colégio o dito mau cheiro, como por rezão de cano e cabouco delas, que se não há-de fazer com três ou quatro mil cruzados, pela dificuldade de se poder abrir até o mar, como agora chega, o cano de despejo, o qual se não pode fazer de novo sem atravessar ruas e abrir e escalar casas, de uma e outra parte, para chegar ao mar; o qual cano se se fêz antigamente como agora está, foi porque não havia então casa alguma em tôda aquela parte do mar, que é a de Oeste, fronteira ao Colégio, por onde é a terra alcantilada, que pela parte do sul, leste e nordeste, é impossível, por ser tudo plaino e povoado das casas da cidade.

Por estas conveniências e outras, que se não apontam por brevidade, pareceu aos Padres Provincial, Reitor e todos mais Padres do Colégio, fazer a Igreja no pátio, de sorte que fique a porta principal no meio do Terreiro como está dito, visto não ser em dano senão em grande aumento do edifício e recolhimento do Colégio, como está mostrado.

Os inconvenientes que moveram, no Padre Belchior Pires, a se não conformar com o parecer de todos os mais Padres, quando se fêz a dita consulta, na capela dos Irmãos, e procurar depois trazer outros a seu parecer, são:

1.ª — Estar já assim assentado pelos antigos, como mostrava a planta. É o Padre muito amador da antiguidade, ainda que esta às vezes não pareça tão acertada.

2.ª — Ficarem os que morarem da parte direita da Igreja mais longe das oficinas, do que agora estão, todo o espaço que há-de ocupar a largura da Igreja fazendo-se no meio, que ao mais virá a ser 50 ou 60 palmos, que o mais recolhe ela para dentro do Colégio, que para gente moça, que pode morar comumente daquela parte, que são mestres e estudantes, e ficar àquela banda o pátio do estudo, não será grande trabalho.

3.ª — O gasto que se há-de fazer em se tornar a reedificar o dito corredor, que na sua traça se havia de derrubar também, porém não reedificar. A isto se respondeu que se compensava êste gasto com o das necessárias novas, que necessàriamente se haviam de mudar, além de que os homens o tomavam também à sua conta. Quanto mais que o gasto viria a ser mui pouco, porque se aproveitava tudo, assim pedra, como cantaria, e mais coisas, para se tornarem a assentar no mesmo corredor, além de que os sobejos dos materiais da Igreja, os escravos que já então ficavam oficiais o fariam, sem serem necessários oficiais de fora, mais que, quando muito, um mestre branco a quem se pagasse.

Acrescentou-se para prova de que fica a Igreja melhorada, metendo-se no pátio grande, o fabricar-se agora comumente em Portugal, nesta forma, tôda a fábrica suntuosa como é a de Santo Antão, Coimbra, São Bento de Lisboa, e outras muitas, que se fazem à moderna. E nem com a Igreja se meter no meio do corredor fronteiro ao Terreiro acresce mais a obra, porque êste corredor necessàriamente se há-de fazer no sítio da Igreja velha, e só se divide em duas partes, para recolher a Igreja nova no meio, o comprimento que tem a Igreja velha, e assim só se vem a fazer por partes o que se havia de fazer em um todo, — *Simão de Vasconcelos*» [1].

À opinião do P. Belchior Pires, Reitor do Colégio quando se tratou do primeiro plano, juntaram-se outros pareceres. O P. Sebastião Vaz, que iria ser Reitor em 1657, exactamente ao começar-se a construção da Igreja, diz que Simão de Vasconcelos a queria ao centro do Terreiro, por ostentação, e que não convinha derrubar o corredor [2]. E o P. José da Costa, consultor, dizia que ficar a Igreja ao meio, não valia a perda que trazia [3]. Também um arquitecto, consultado sôbre a matéria e gastos, era de parecer que o corredor, que se perdia, se não reconstruïria depois senão com muitos mil cruzados.

2. — A resposta de Simão de Vasconcelos a estas opiniões foi a de enviar ao P. Geral as «Razões do Acôrdo», que vimos, e

---

1. *Bras.* 3(*1*), 302-303v.
2. *Bras.* 3(*1*), 282.
3. *Bras.* 3(*1*), 283.

com elas os planos. E também uma carta, com a lista dos benfeitores, carta fundamental na história da Igreja da Baía:

«Vindo do Rio de Janeiro para êste Colégio entrando nêle por Vice-Reitor o ano passado de 654, tratei logo de pôr em ordem preparações para a Igreja nova dêste Colégio, tantos anos desejada nesta Província, encomendada tantas vezes pelos Reverendos Padres Gerais antecessores de Vossa Paternidade. E como a obra há-de ser formosa e de grande custo e as posses dêste Colégio não estão em estado para as tais despesas, tratei principalmente êste negócio e suas dificuldades com um homem principal e fidalgo, que há nesta Cidade, chamado António da Silva Pimentel, o qual por meio de outros homens nobres de sua família, que são os principais da terra (e êle dispôs para o efeito) tomaram todos à sua conta, ajudando nesta santa emprêsa com tôdas suas fôrças, e desde logo um dêstes, por nome o Capitão Francisco Gil de Araújo, quis tomar à sua conta a capela-mor da Igreja, com título de fundador dela, dando para isto trinta mil cruzados, pagos em dez anos, a três mil cruzados por ano, com promessa que se as safras de suas copiosas fazendas forem florentes, nesses anos em que o forem, dobrará os três mil cruzados pagando seis, do que não duvidamos desta e de outras maiores liberalidades com que há-de ajudar, e começa já a ajudar a dita Igreja, porque é homem mui liberal, mui pio, e afeiçoado a nossas coisas; e com efeito dá, desde logo, no primeiro ano para passarmos a Lisboa, nesta presente frota, donde parte da cantaria há-de vir lavrada, quarenta caixas de açúcar branco, que importam mais dos três mil cruzados.

Outro varão da mesma família sobredita, cabeça dela e o primeiro autor desta obra, como já disse, é António da Silva Pimentel. Êste tem dado para dita obra oito caixas de açúcar branco, puramente de esmola, e tem prometido dar em cada ano cem arrôbas de açúcar branco; porém o que mais vale e é digno de estima neste homem é o grande ânimo e amor com que trata tôdas as coisas dêste Colégio e em particular o com que agencia e anima êste negócio, não reparando em custos e trabalhos grandes, com que discorreu pelo Recôncavo desta Cidade a tirar dos moradores dela as esmolas de que abaixo farei menção.

Pedro Garcia, e o terceiro da sobredita família, prometeu desde logo, por pura esmola, dois mil cruzados, e tem tratado comigo deveras, que quer tomar uma das capelas da Igreja (que será junto à de seu irmão Francisco Gil de Araújo, fundador da Capela-mor). E a esta quer avincular grande quantidade de seus bens, que são muitos, e segundo êle é pio e liberal, esperamos que seja em grande prol da nossa Igreja; a forma em que cá conviermos irá a seu tempo a Vossa Paternidade [1].

O quarto varão desta família é outro terceiro irmão dos dois já ditos, chamado Baltasar de Aragão de Araújo; êste prometeu, de pura esmola, mil cruzados por entretanto, dos quais deu logo cem mil réis em dinheiro, e pretende tomar outra capela, que determino, se puder ser, dentro do cruzeiro; e foi homem antes de pouco trato com os nossos, mas hoje é perdido pela Companhia e conspira nesta obra com grande vontade.

O quinto é o Capitão Diogo de Aragão Pereira, o qual logo, de pura esmola, prometeu mil cruzados, e dá desde logo cem mil réis. Ajuda e conspira na obra com grande fervor e ajudou a tirar parte das esmolas que abaixo direi. É grande amigo da Companhia.

O sexto varão da dita família, genro de António da Silva Pimentel sobredito, é o Capitão Filipe de Moura de Albuquerque, homem fidalgo, sobrinho de D. Francisco de Moura, que aqui foi Governador Geral dêste Estado. Êste prometeu por entretanto mil cruzados, de pura esmola; ajudou a tirar as demais esmolas, que abaixo diremos, e é amicíssimo da Companhia, e não deixa de haver suspeitas de entrar nela.

Por meio dos desta família, e principalmente de António da Silva Pimentel, se tiraram, assim na Cidade, como em parte do

---

1. Por êste documento, de quem tratava pessoalmente com os próprios, Pedro Garcia é *irmão* de Francisco Gil de Araújo. Borges da Fonseca, depois de enumerar os filhos, que D. Maria de Araújo teve do seu primeiro marido o Capitão-mor de Angola, Baltasar de Aragão, que pelejando com os piratas em 1614 pereceu por se lhe virar a nau, e foram Francisco de Araújo de Aragão, Baltasar de Araújo, D. Isabel de Aragão (mulher de Diogo de Aragão Pereira) e outra D. Maria de Araújo (mulher de Domingos Garcia de Melo), diz que aquela primeira D. Maria de Araújo teve do seu segundo marido, Pedro Garcia, «mercador muito rico e que corria com o fornecimento do Engenho do Conde neste tempo», três filhos: Pedro Pereira de Araújo, Francisco Gil de Araújo (Donatário da Capitania do Espírito Santo) e D. Joana de Araújo (mulher de António da Silva Pimentel), *Nobiliarchia Pernambucana*, II, 314. Êste Pedro Pereira de Araújo é o mesmo Pedro Garcia ou ainda Pedro Garcia de Araújo, nome exacto e completo, como nesta mesma carta se verá do irmão de Francisco Gil de Araújo.

Recôncavo, aonde até agora se tem ido, as esmolas seguintes: o Capitão Francisco Fernandes da Silva prometeu por entretanto dois mil cruzados e logo entregou duzentos mil réis em dinheiro; Duarte Álvares Ribeiro por entretanto prometeu mil cruzados, com promessa que pelo tempo adiante dará mais; e desde logo dá todos os mil cruzados em açúcares para que vão na presente frota para ajuda da cantaria, que no Reino se há-de lavrar em parte, por atender à brevidade que todos desejam na obra; Diogo Lopes Franco mil cruzados, por pura esmola.

Daqui para baixo prometeram os outros a duzentos mil réis, a cento e cincoenta mil réis, a cem mil réis, a sessenta mil réis, a quarenta mil, e daí para baixo [1]; e finalmente soma a esmola assim prometida, já em parte tirada, trinta para trinta e cinco mil cruzados, que com os trinta mil cruzados da capela-mor somam sessenta até sessenta e cinco mil cruzados; fora o dinheiro dos que concorrem para as capelas, que sempre deve montar vinte até trinta mil cruzados; e quando esta soma não baste, prometem todos novas esmolas com as *condições seguintes*, principalmente do fundador da capela-mor e dos que tomam as demais capelas, e dos que dão as esmolas mais grossas»:

3. — «Primeira, que esta Igreja se ponha em execução e acabe em breve tempo, quanto fôr possível, porque desejam aquêles que dispendem com tanta liberalidade seu dinheiro ver e gozar em sua vida da obra, e querem ver com seus olhos acabados os jazigos e capelas aonde hão-de enterrar seus corpos, e para isto assentaram todos connosco que a principal da *cantaria*, como *arcos*, *portadas*, *tribunas*, etc., viesse lavrada do Reino, aonde há muitos oficiais, que brevemente o podem fazer, e vir por lastro dos galeões, que cada ano vêm a esta Baía.

A segunda condição era que a Igreja se assentasse bem no meio do nosso Terreiro de JESUS por razões muito particulares, que para isso deram e foram propostas na capela dêste Colégio a todos os Padres dela, pelo Padre Francisco Gonçalves, meu antecessor, e aprovadas por todos os presentes, *uno excepto* o P. Belchior Pires,

---

1. «*Daí para baixo*»... Foi o que hoje se chama subscrição pública. E sob o patrocínio das autoridades, diz o *Sexennium Litterarum* do P. António Pinto, *Bras.* 9, 18v.

e assim ficou assentado que se fizesse, e se lhes deu resposta disto aos sobreditos homens de fora pela pedirem; e tudo tem escrito o Padre meu antecessor a Vossa Paternidade, pôsto que até agora não vimos resposta para o que se assentou na dita junta e com os mesmos votos sobreditos, que para o efeito da dita traça se derrubasse um pedaço de corredor, que contém sòmente por cima a livraria e uma casa de hóspedes, e por baixo a procuratura; nem obsta o haver-se de gastar algum dinheiro no desfazer e fazer noutra parte mais adiante o dito pedaço de corredor, pois os homens o tomam sôbre si, e são contentes que se desfaça e torne a fazer à sua própria custa; além das razões eficazes que nesta matéria se apontaram e o que mais é que consultados os arquitectos e a boa razão, temos por certo há-de custar menos o templo feito dentro da quadra, e no meio dela, e desfeito o dito pedaço de corredor, do que há-de custar se fôr fundado no lugar aonde alguns *antigamente* pretendiam, fora da dita quadra, não derrubando o dito pedaço de corredor, por respeito do diverso terreno e outras muitas razões, que ali se ponderaram e aqui não posso explicar agora por me não dar o tempo lugar.

A terceira condição, que puseram, é dos favores que Vossa Paternidade lhes há-de fazer e conceder aos fundadores das capelas, e é que Vossa Paternidade seja servido conceder ao fundador da capela-mor, o Capitão Francisco Gil de Araújo, como a tão grande benfeitor da Companhia, porque além da fundação presente dos trinta mil cruzados, tem feito a êste Colégio grandes obras de caridade e amor, como foi a data de certas terras para canas e lenhas, junto às do nosso Engenho, e avaliadas em boa quantidade de dinheiro, dadas de amor em graça, e outras obras que tem feito de benfeitor insigne, primeiramente as três missas em vida e as três na morte, que se costumam dar a outros benfeitores somenos; e que, na sua capela, possa ter carneiro, e suas armas, inscrições e tudo mais que é costume dar-se aos fundadores das capelas e benfeitores tão insignes; e para que os demais nesta Província se animem a semelhantes obras; e para os fundadores das demais capelas, seja servido Vossa Paternidade mandar licença para que nelas tenham seus carneiros e sepulturas com suas armas e letreiros, e os demais favores, se outros há, que se costumam dar aos fundadores de capelas particulares, supondo que todos êstes, a quem as havemos de dar, as hão-de ornar e aparamentar, e dotar com grande liberalidade.

Peço mais a Vossa Paternidade seja servido mandar cartas de irmandade para alguns dos mais benfeitores desta Igreja e Colégio, a saber: para Pedro Garcia de Araújo, acima referido, pelas razões de benfeitor acima apontadas; para o Capitão Baltasar de Aragão de Araújo e sua mulher Catarina de Barros; para o Capitão Diogo de Aragão Pereira; para o Capitão Filipe de Moura de Albuquerque; para o Capitão Francisco Fernandes da Ilha; para Duarte Álvares Ribeiro e sua mulher Dona Luísa Correia; os quais todos, além de suas grossas esmolas para a Igreja, são grandes amigos e benfeitores dêste Colégio. E sobretudo peço muito a Vossa Paternidade seja servido mandar fazer algumas cartas, para os homens que acima nomeio, em que Vossa Paternidade lhe mande agradecer o bem que fazem com êste Colégio. Na santa bênção de Vossa Paternidade me encomendo, Baía, 9 de Outubro 655.

— Além de todos os senhores acima ditos, é também especial benfeitor dêste Colégio Rui Carvalho, homem nobre desta Cidade, e cunhado do Padre António Vieira, de nossa Companhia. E juntamente seu cunhado Bernardo Vieira Ravasco, Secretário dêste Estado, irmão do sobredito Padre António Vieira. O primeiro é protector ordinàriamente de muitas nossas festas, em que dispende grande quantidade de dinheiro, e para a Igreja nova sobredita em particular, deu de esmola duzentos mil réis. O segundo deu de esmola outros duzentos mil réis, e também tem sido protector de algumas nossas festas, e em seu ofício de Secretário faz ofício de benfeitor da Companhia, com muito proveito dêste Colégio. E são dignos ambos de serem agradecidos de Vossa Paternidade com carta sua para êles e todos os sobreditos reconheçam o agradecimento da Companhia e se animem a semelhantes obras de caridade. Peço a bênção e Santos Sacrifícios de Vossa Paternidade, 9 de Outubro 655. O primeiro dêstes dois últimos benfeitores tem já carta de irmandade de Vossa Paternidade. Servo de Vossa Paternidade. — *Simão de Vasconcelos*» [1].

Estava dado o passo essencial, que era assegurar o financiamento da nova Igreja, pela piedade, generosidade e até brio dos Baïanos. E já nesse ano de 1655, o P. António Vaz se incumbiria em Lisboa de enviar a *cantaria* lavrada para a nova Igreja [2].

---

1. *Bras.* 3(*1*), 293-294v.
2. *Bras.* 26, 5.

Entretanto, esperava-se resposta de Roma sôbre as condições propostas por Francisco Gil de Araújo, que eram que cada Padre lhe dissesse três missas em vida, e três por sua morte; e cada irmão, três coroas por essas mesmas duas vezes. Além disto, sepultura perpétua para si e para todos os seus descendentes, e com o direito a ter pedra tumular com letreiro e armas. O Padre Geral agradece a fundação e diz o que era costume da Companhia. Não era costume aquelas missas em vida; por sua morte, sim. Também não era costume conceder sepultura dentro da Igreja aos benfeitores e a *todos* os seus descendentes. Concedia-lhe até à terceira geração, isto é, para êle, sua mulher, seus filhos e seus netos. Com os netos caducava o privilégio, que para os bisnetos se renovaria, se o pedissem. Podia ter letreiro e armas.

A 18 de Abril de 1657, insta o P. Simão de Vasconcelos sôbre se tirar a restrição da descendência. Se não fôr possível, que o P. Geral escreva directamente a Francisco Gil de Araújo a dizer que não se usa, e êle dar-se-á por satisfeito [1]. A resposta deve ter sido afirmativa, porque na inscrição tumular de Francisco Gil de Araújo se insculpiram as palavras «seus descendentes» (*Posteris suis*) sem limitação alguma.

Ao benfeitor maior, Francisco Gil de Araújo, quis o P. Simão de Vasconcelos, agora Provincial, associar na gratidão e nas honras, o seu cunhado António da Silva Pimentel, «homem nobre e mui aparentado nesta terra, insigne benfeitor nosso». Propôs ao Geral, com o parecer de todos os consultores, que se lhe oferecesse, gratis, uma das capelas laterais, para jazigo seu [2].

4. — A esta data já se havia lançado a primeira pedra (antes de 29 de Julho de 1657); e todos êstes passos eram como combinações e debates preparatórios. Resta, ainda, como elucidação prévia,

---

1. *Bras.* 3(1), 306-307. A êste pedido de Simão de Vasconcelos se associavam o Reitor do Colégio, P. Sebastião Vaz e os Consultores, Padres Belchior Pires, José da Costa e Jacinto de Carvalhais. Assinaturas autógrafas de todos cinco. Um dêstes sinatários, P. José da Costa, 3 meses depois, a 22 de Julho de 1657, ainda volta a informar o P. Geral sôbre o sítio da nova Igreja, e que ela implica o derrubar-se «um corredor inteiro e parte de outro». E que os benfeitores não prometiam refazê-lo, mas só a Igreja, e Deus queira que cumpram as suas promessas (*Bras.* 3(1), 310).

2. Carta do P. Simão de Vasconcelos, da Baía, 6 de Agôsto de 1657, *Bras.* 3(1), 311.

antes de entrar no processo da construção da Igreja nova, determinar um ponto, que deixamos em aberto no Tômo I, consagrado apenas ao século XVI. Comentando o facto de se colocar, na Igreja actual, uma lápide em que se dizia que Anchieta celebrara nela a primeira missa, distinguimos entre ela e a Igreja de Mem de Sá [1]. E dizíamos que esta bem poderia ser a sacristia daquela, sem mais averiguações de rumos respectivos, e do *avanço* ou *recuo* das plantas na reconstrução dos edifícios, pois nos faltava ainda o segundo têrmo de comparação, o estudo directo da Igreja actual, objecto dos séculos XVII e XVIII, e dêste Capítulo.

O livro da «Rezão do Estado do Brasil», na planta, que já publicamos [2], mostra todo o desenvolvimento do solar do Colégio, vasto terreno, que ia do lado do Carmo (Norte) até à praça da Sé (Sul); e no documento de 1575, também inserto no I Tômo desta *História* [3], consta o que então ficava dentro dêsse perímetro, incluindo diversas moradas, entre o Colégio e a Sé. (Sé velha, hoje demolida). A Igreja de Nóbrega tinha sido erguida no extremo sul dêsse perímetro, tão pegada com a Sé, «que por manso que falem se ouve numa Igreja o que se faz na outra» [4]. Para obstar a êste inconveniente, a Igreja de Mem de Sá, como queria Nóbrega, ergueu-se mais longe da Sé, e foi ocupar, no novo Colégio, o «quarto da parte de Leste», que é o do Terreiro de Jesus, e viu e descreve o P. Fernão Cardim [5]. Quarenta anos mais tarde, na planta da Cidade da Baía, publicada pelo P. Bartolomeu Guerreiro (1625), e que leva a assinatura de *Benedictus Mealius lusitanus faciebat*, a Igreja de Mem de Sá aparece no local indicado por Fernão Cardim, bem visível, com a tôrre no extremo do lanço do Leste, a fazer esquina com o lanço do Sul, que fechava a quadra por êsse lado. No antigo lugar da Igreja de Nóbrega, ou perto dêle, devia de ficar o Pátio dos Estudos, que em 1654 o P. Simão de Vasconcelos des-

---

1. Cf. supra, *História*, I, 29.
2. Cf. supra, *História*, I, 32/33.
3. Cf. ib., 152.
4. Cf. ib., 25.
5. Cf. *Informação para Nosso Padre*, incluída nas *Obras* de Anchieta, mas que nos Arquivos da Companhia traz o original assinado pelo Visitador Cristóvão de Gouveia, e foi escrita pelo seu secretário o P. Fernão Cardim, a quem competia o encargo de escrever a correspondência do Visitador, e é de-facto o estilo de Cardim, como dissemos, supra, *História*, I, 570-580.

creve «bem distante do Colégio». No extremo oposto a êste Pátio dos Estudos, ficava do lado do Carmo, o Pátio dos Irmãos e Noviços, a que se seguia outro Pátio, entre o dos Irmãos e o que correspondia à Igreja de Mem de Sá, descrita por Fernão Cardim, mas já aberto do lado da Sé em 1625.

Ora, sendo a Igreja de Mem de Sá, ao longo do Terreiro, e ficando a tôrre na esquina do Sul, correspondente à porta de entrada, a sacristia, pegada à Capela-mor, vinha a cair com pouca diferença no corredor, ao centro do Terreiro actual, talvez com outro alinhamento, previsto já em 1575 [1]. No plano do P. Simão de Vasconcelos, a nova Igreja ocuparia, na sua *largura*, todo o *comprimento* da Igreja velha; no lugar da sacristia e capela-mor se faria um corredor com dois pavimentos; no de baixo, a portaria e a procuratura; e no de cima a Casa de Hóspedes e a Capela dos Irmãos. Na Capela-mor da Igreja de Mem de Sá, tinha sido sepultado o Bispo D. António Barreiros, em 1600, e a sua lápide ainda se via, «escassamente» aliás, em 1707, como o atesta Prudêncio do Amaral [2]. E Caldas, que escrevia em 1758, tem estas palavras: «A sua sepultura, onde jaz, escassamente se nos faz patente, na capela-mor da Igreja velha do Colégio da Companhia de Jesus [3]. Repete as palavras de Prudêncio do Amaral, quási materialmente: mas fala como de coisa ainda existente e visível em 1758. Onde seria, exactamente? Será difícil dizê-lo com segurança. A Igreja nova não corresponde, como propunha Simão de Vasconcelos, ao centro do Terreiro, como êste existe hoje. Mas então não era assim. A planta do livro de Bartolomeu Guerreiro (1625) mostra o Terreiro a desenvolver-se em dois sentidos: um em comprimento, outro em largura, acompanhando todo o Colégio que se estendia então para o Sul (lado da Sé), mais além do que a Igreja actual. No extremo dêste braço, hoje desaparecido, é que a planta de 1625 mostra a tôrre da Igreja velha. E tanto em frente dela, como em todo o Colégio, houve remodelações posteriores. Em frente da velha Igreja ocupou-se o Terreiro com casas, e assim aparece no livro da «Rezão do Estado». E na planta

---

1. Cf. supra, *História*, I, 152. E havia com a Câmara combinações e contratos. Um dos planos enviados para Roma em 1655, leva esta nota: «Tem a Câmara nos Corredores mais 20 palmos ou 15». O que supõe que houve depois ou compensação à Câmara ou alargamento fronteiro.

2. Catálogo dos Bispos da Baía.
3. *Notícia Geral*, 23.

de Belchior Pires, que publicamos neste Tômo, já não se vêem os pátios de 1625; e só mais tarde se tornaram a fazer obras no local do antigo Pátio dos Irmãos ainda visível nessa planta, com frente para o Terreiro, formando ângulo recto com o corredor que prolonga, na mesma linha, a fachada da Igreja actual. Pelo confronto desta com o projecto de Simão de Vasconcelos (no Tômo I, 64/65), e com o que se fêz, e actualmente existe, conclui-se que não prevaleceu o plano do P. Simão de Vasconcelos, e que a livraria que êle sugeria se fizesse na fachada do Terreiro (Leste), veio a ficar na fachada (Oeste) do lado do mar, por cima da sacristia da Igreja nova, e talvez com vantagem. Para os inconvenientes de ordem sanitária, apontados pelo mesmo Simão de Vasconcelos, deve-se ter achado solução adequada, abrindo-se alguma galeria transversal subterrânea, comunicando-se com a galeria antiga que ia sair ao mar.

Recapitulando: A Igreja actual é a *quarta* do Colégio da Baía. A *primeira*, de Nóbrega, de taipa, durou até 1553. Nesse ano começou-se outra, da qual diz o mesmo Nóbrega que já tinha 3 ou 4 anos em 1557. Esta *segunda* Igreja em 1564 já estava a arruinar-se. Entretanto, começara-se a *terceira* em 1561, a de Mem de Sá, inaugurada a 23 de Maio de 1572 [1].

A *quarta* começou-se por três vezes. Não foram avante as duas primeiras tentativas, até que se lançou a primeira pedra, definitiva, em 1657.

5. — Dadas estas noções preliminares e de alcance puramente histórico sôbre a Igreja velha e o solar primitivo do Colégio, principia a construção da Igreja nova. Pela importância artística das obras, seguimos a referência cronológica delas. Aqui e além, entre chavetas, alguma apreciação crítica de escritores, em aproximação que se nos depare e porventura se relacione com elas:

1657: — Lançamento da 1.ª pedra da Igreja nova, a que existe hoje, e é Catedral. Cerimónia litúrgica brilhante, na presença do Governador Geral Conde de Atouguia, Comandantes militares, Prelados das Religiões, Desembargadores da Relação, Vereadores da Câmara, e grande concurso do povo. Sermão do Provincial, P. Simão de Vasconcelos, em acção de graças: primeiro a Deus, depois à gente da Nobreza, e enfim ao Povo [2].

Diz-se do Ir. André Barbosa, falecido neste biénio, que no fim da vida era Administrador das obras e pagava aos oficiais de fora («solutionibus fabrorum novum templum extruentium praefuit») [3].

1659: — Trabalha no Colégio da Baía, o *Ir. João Correia*, do Pôrto, óptimo entalhador («faber lignarius optimus»), e estatuário («*imaginariam* exercet *artem*») [4].

1662: — Está-se a construir o novo templo, «por causa da arruinada vetustez do outro». O P. Visitador [Jacinto de Magistris], que se preparava a ir da Europa à Baía, levava recomendação do Geral para que os subsídios dados para a nova Igreja, não se empregassem noutra coisa; e que o Colégio da Baía aplicasse logo à Igreja o que, segundo o P. Simão de Vasconcelos, o Colégio a isso tinha destinado. E se visse que os subsídios não davam para

---

1. Cf. supra, *História*, I, 25-26.
2. Cf. *Sexennium Litterarum* (1651-1657) de António Pinto, Baía, 29 de Julho de 1657, *Bras.* 9, 18v.
3. *Bras.* 9, 124v.
4. *Bras.* 5(2), 14, 21v.

tudo, que o Reitor não se metesse em novas obras antes de pagar as dívidas [1].

1663: — «Assiste à construção da nova Igreja o Ir. Gaspar da Costa» [2].

1664: — Trabalha-se assìduamente nas obras da Igreja [3].

1665-1670: — Continuam as obras com entusiasmo e vão a caminho do têrmo. Na capela-mor sustenta-se o santuário por 18 (octodecim) colunas primorosamente lavradas [4]. Para estas obras de madeira e entalhe, os artistas eram da Companhia:

Ir. João Correia, de que já se fêz menção em 1659: «Faber lignarius *insignis* et sculptor in nova Ecclesia» [5].

Ir. Luiz Manuel, de Matozinhos: «Laborat in nova Ecclesia et est *egregius* faber lignarius» [6].

Ir. Domingos Rodrigues, de Tôrres Novas: «*Pictor*, insistit sculpturis deaurandis ad ornatum novae Ecclesiae» ou «insistit *caelaturae colorati auri* ad ornatum novae Ecclesiae» [7].

Ir. Domingos Trigueiros, discípulo dos Irmãos escultores, entrado com 19 anos, na Baía, e do qual depois se dirá «scriniarius *egregius*» et «sculptor» [8].

P. Eusébio de Matos, da Baía, ainda que não irmão coadjutor, diz dêle Barbosa Machado que «era pintor engenhoso do qual se conservam com particular estimação, muitos dibuxos» [9].

---

1. Gesù, Assist. n.º 627 [207].
2. *Bras.* 5(2), 8v.
3. *Bras.* 9, 161v.
4. *Ânua de 1665-1670, Bras.* 9, 208v. A conta de 18 colunas supõe remodelação ulterior para a acertar com as que existem hoje.
5. *Bras.* 5(2), 36v.
6. *Bras.* 5(2), 36v.
7. *Bras.* 5(2), 33v, 36v.
8. *Bras.* 5(2), 67.
9. Barbosa Machado, *Bibl. Lus.*, 2.ª ed., I, 745; Argeu Guimarães, *Notícia histórica das Belas Artes*, no *Dic. Hist. Geogr. e Etnogr. do Brasil*, I, 1594; Manuel Raymundo Querino, *Artistas Bahianos*, 2.ª ed. (Baía 1911)45. Querino chega-lhe a atribuir a autoria dos quadrinhos da Sacristia pintados a óleo sôbre cobre que êle supunha ser «arte flamenga». Acácio França já o achou impossível (cf. Carlos Rúbens, *Pequena História das artes plásticas no Brasil* (S. Paulo 1941)297). Deixamos nas páginas precedentes a prova autêntica e oficial da origem romana dêsses quadrinhos. Todavia não se pode duvidar que Eusébio de Matos fôsse pintor, dado o testemunho de Barbosa Machado, particularmente autorizado nessa matéria, como coleccionador que era, e entendido. O P. Eusébio de Matos estava na Baía

1670: — Administrador das obras da nova Igreja, P. Inácio de Azevedo, de Pernambuco, onde tinha sido alferes [1].

1672: — Conclusão da Igreja [2].

Levara 15 anos a construir. Daqui em diante as obras vão consistir em trabalhos de remodelação ou ornamentação interior, excepto o frontispício que logo se renovaria em 1679.

1672, 8 de Setembro: — Neste dia coloca-se na sua Capela «a milagrosa imagem de Nossa Senhora da Paz do Colégio da Companhia». Segundo o *Santuário Mariano*, foi feita em Lisboa e «muito formosa e tem sete palmos de estatura: é de escultura de madeira e ricamente estofada» [3].

Estava na Baía o Ir. João Correia, escultor e estatuário. Donde se infere que num mesmo período há imagens esculpidas, umas no Brasil, outras em Portugal.

1679: — Entre as fontes de receita do Colégio da Baía, depara-se-nos esta verba: «de casas alugadas e aplicadas à fábrica da Igreja, 1.500 cruzados [4]. Dá-se melhor forma à parte superior do altar-mor, por assim parecer aos Padres e ao Provincial José de Seixas. Abriu-se na parede, para o interior da casa, um camarim, lavrado com grande arte, para majestade do lugar, no qual o Augustíssimo Sacramento se expõe à adoração nos dias dos Jubileus [5]. Para não se ver no

---

em 1657, ainda estudante de Teologia com 28 anos. Vinte anos mais tarde, em 1677, saíu da Companhia de Jesus, *não por se desgostar dela*, mas porque *não podia continuar nela*, ainda que quisesse. A frase, atribuída a Vieira, de que «Deus se apostara em o fazer em tudo grande, e não o fôra maior *por não querer*», a ser exacta, tem significação *moral*. O P. Eusébio de Matos ao sair da Companhia tinha 48 anos, idade em que os homens já estão formados em ciências, letras e artes; quer dizer, que se era pintor, o teria sido ou começado a ser antes, e talvez portanto alguma parte lhe caiba nas obras da Igreja do Colégio, no período de 1657 a 1677, que viveu na Baía, excepto algum tempo em que estêve na Capitania do Espírito Santo e no Rio de Janeiro.

1. *Bras.* 5(2), 33, 36.
2. *Bras.* 5(2), 137.
3. *Santuário Mariano*, IX, 40.
4. *Bras.* 5(2), 56.
5. Era em homenagem ao culto eucarístico então em pleno esplendor, consideração que prevaleceu a tôdas as mais. Abriu-se para a sala interior que era a Livraria, e cujo tecto se ornou depois, com admirável pintura. Hoje o trono eucarístico acha-se oculto por um inestético tapume, grosseiramente pintado. No tempo dos Jesuítas aí deveria estar, como nas demais livrarias, a imagem da *Sedes Sapientiae*, ou outra, que presidisse, convenientemente ornada, em concordância com a magnificência do conjunto, do belíssimo salão.

resto do ano, pintaram-se nas duas portas exteriores do camarim, duas grandes e elegantes imagens dos Nossos Santos, Inácio e Francisco Xavier».

«Também se ornou o frontispício da Igreja e deitaram-se abaixo umas paredes, ficando o frontispício do Terreiro mais amplo e capaz» [1].

Estava no Colégio neste ano de 1679 o Ir. Pintor Domingos Rodrigues [2]. «Les peintures du maitre-autel, représentant Ignace de Loyola ainsi que Saint François-Xavier, sont peut-être les seules oeuvres d'art remarquables qu'on trouve aujourd'hui à Bahia» [3].

1681, 2 de Agôsto : Morre, na Baía, o fundador da Capela de S. Francisco de Borja. Jaz sepultado nela: «Sepultura de Manuel Pereira Pin/to Cavalleiro do habito de XPº. cuja/he esta capela e benfeitor deste / Coll.º Fallesceo a 2 de Agosto de 1681» [4].

1683: — Fazem-se as obras de casco de tartaruga, da Sacristia, durante o Reitorado do P. Alexandre de Gusmão, que acabou o mandato em 1684. Trabalharam nelas os Irmãos da Companhia, ajudados por alguns moços de habilidade. Eram *marceneiros e entalhadores* do Colégio, neste ano, todos com menção especial [5]:

Ir. *Luiz Manuel*, de Matozinhos, com 55 anos («egregius»).

Ir. *Mateus da Costa*, de Lisboa, com 28 anos («optimus»).

Ir. *Domingos Xavier*, de Tomar, com 25 anos («egregius»).

Ir. *Cristóvão de Aguiar*, do Rio, com 21 anos («insignis»).

Ir. *Manuel de Sousa*, da Baía, com 21 anos, êste, artífice dourador.

Era Mestre o *Ir. Luiz Manuel*. Entre os rapazes de fora, que aprendiam, havia um chamado Francisco, que foi depois para o Maranhão, já quási marceneiro, e a quem o Superior daquela Missão João Felipe Bettendorff protegeu, e lhe meteu a pena na mão para aprender a debuxar, por ter reconhecido nêle bom talento. Bettendorff viu pessoalmente o trabalho destas obras, quando estêve na Baía em 1684, e escreve a propósito de Francisco, seu protegido, que

---

1. *Bras.* 9, 239 (Ânua de 1679).
2. *Bras.* 5(2), 42.
3. Ferdinand Denis, *Brésil* (Paris 1839)235. Aos peritos compete averiguar se não teria havido nesse quadro algum trabalho ulterior de restauração, como há sinais de se ter feito nalgumas pinturas da Igreja.
4. Cf. *Estudos Brasileiros*, V(Julho-Dezembro de 1940)7. Ver abaixo a efeméride de 1696, 4 de Dezembro.
5. *Bras.* 5(2), 60, 61, 72v, 74.

o P. Alexandre de Gusmão, o empregara nas «belas obras de casco de tartaruga, que fêz em a incomparável sacristia do Colégio da Baía»[1]. Obras, que *fêz* como *Reitor*, ou como *artífice*? O primeiro diz-se em geral de todos os Reitores, que *fizeram* obras nos Colégios, isto é, que as ordenaram em razão de seu cargo; o segundo diz-se expressamente do P. Alexandre de Gusmão que fêz «por suas mãos» algumas obras de Belém da Cachoeira[2].

1685, 21 de Dezembro: — Falece o Capitão Francisco Gil de Araújo e sepulta-se na capela-mor da Igreja. Passados cêrca de dois séculos, uma comissão de eruditos investigou o local e identificou na cripta o seu mausoléu com uma inscrição latina, em que se declarava que êle fôra o «fundador» e o patrono da Capela-mor, consagrada ao Santíssimo Nome de Jesus, com sepultura perpétua para si e seus descendentes, por onde se vê que conseguira os seus desejos, para êstes, sem limitação:

«Hic jacet/Francisco Gil de Araujo/Praefecturae Sptũs Sancti/ Dominus et Gubernator/Conditor magnificus et Patronus singularis/Hujus Majoris Sacelli/Quod/Sanctissimo Jesus Nomini erexit in monumentum/Sibique ac Posteris suis posuit in sepulchrum/Obiit/ Anno Domini MDCLXXXV Decembri XXI»[3].

Gil de Araújo foi homem valente, herói da guerra dos Holandeses e depois donatário da Capitania do Espírito Santo, que comprou ao anterior donatário por 40.000 cruzados. Grande amigo dos Jesuítas em particular de Simão de Vasconcelos, de quem foi Mecenas, correndo com os gastos da impressão da *Vida de Anchieta*[4]. Francisco Gil de Araújo era dotado de espírito empreendedor e magnificente nas suas liberalidades. Na gratidão dos Jesuítas do

---

1. Bett., *Crónica*, 506; e cf. *ib.*, 454.
2. Rocha Pita, *América Portuguesa*, Livro VII, § 68. Rocha Pita é historiador autorizado, porque estava na Baía, e o refere ao concluir a sua história, que chega ao ano de 1724, que é também o ano em que faleceu o P. Alexandre de Gusmão.
3. Transcrito directamente da fotocópia da pedra tumular pelo SPHAN. Concorda com o documento avulso da Secção Histórica do Arquivo Nacional, publicado em *Estudos Brasileiros*, V (Rio, Julho-Outubro de 1940)7. Aquela referida comissão, em vez de XXI leu XX, cf. *Rev. do Inst. Hist. da Bahia*, IX, 290, 300; cf. Inocêncio Góis, *Francisco Gil de Araújo*, *ib.*, VI, 604; e na *Rev. do Inst. Hist. Bras.*, XXIV, 231, diz-se que faleceu a 24 de Dezembro, o que não se compagina com aquela fotocópia.
4. *Bras.* 3(2), 76.

Brasil o seu nome une-se aos de El-Rei D. Sebastião e Mem de Sá, como insignes benfeitores, e todos três foram assunto de elegantes elogios latinos [1].

1691: — «Tivemos nau da Índia, *carregada de pedra*, que se trocou com setecentas caixas de açúcar», — diz Vieira [2].

1692, 21 de Julho: — Ao mesmo tempo que a Igreja, construía-se também a nova *Capela Interior* e dirigia as obras um *Irmão da Companhia*, «artis valde peritus». Mas o novo Provincial, contra a vontade de Vieira e do Irmão construtor, deitou abaixo uma parede para a fazer de outra maneira [3]. Pela coincidência do elogio coevo, de «scriniarius et sculptor egregius», dado ao Ir. Luiz da Costa, deve ser êle o seu director artístico. «Concluíu-se, há pouco, diz-se em 1694, a nova Capela, em forma de grande salão (*Maioris Aulae*) com insignes molduras e artezoados, e, ornada com a vida do B. Estanislau em pintura romana». Além desta *Capela interior* havia então, no Colégio, mais três capelas interiores: a da *Enfermaria*, simples, a dos *Irmãos Humanistas*, pequena, mas bela, e a dos *Irmãos Noviços*, esta com um altar, de admiráveis lavores de marfim e casco de tartaruga [4]. Portanto, além da Igreja pública, havia no Colégio da Baía, por êste tempo, mais quatro capelas dentro dêle.

1693: — Deram à Igreja da Baía, um cálice de oiro e um diadema, também de oiro, para a imagem de S. Francisco Xavier [5].

1694, 13 de Junho: — Fala-se num legado deixado por Lourenço Teixeira para a Sacristia da Baía [6].

1694: — Primeira descrição, oficial, da *Igreja e Sacristia*:

«A Igreja, grande e formosa, feita há 22 anos, parte com esmolas recolhidas, parte com dinheiro, coberta com tecto forte, mas ainda nu, carece ainda de tecto pintado, com artezões e molduras.

As paredes são revestidas de mármore de Itália. Também são de mármore as duas tôrres e o alto e nobre frontispício, com três

---

1. Cf. supra, *História*, II, 153.
2. *Cartas de Vieira*, III, 615. Cf. *ib.*, 616.
3. *Bras. 3(2)*, 318.
4. *Bras. 5(2)*, 137v; *Bras. 6*, 27.
5. *Bras. 9*, 385.
6. *Bras. 3(2)*, 334v.

portas para o Terreiro, que é o maior da cidade, próprio para exercícios militares e para espectáculos públicos. Já tem sete capelas concluídas, doiradas e ornadas; o ornato de uma acabou-se agora; as restantes estão à espera do seu *altar* e ornato.

A *Sacristia* é iluminada a oiro e ornada de pinturas. Abundantemente provida de objectos de culto, sobretudo vasos de prata, cálices, castiçais, píxides, e lâmpadas, que tudo pesa mais de 350 libras. E acaba de receber o donativo de um cálice de oiro, grande, lavrado a primor. Também recebeu um diadema de oiro, para S. Francisco Xavier, e igualmente de oiro um relicário, pendente do peito de S. Inácio, digno de ser visto, não tanto pelo oiro, como pela arte elegante e pela insigne relíquia do mesmo Nosso Padre.

Na *Sacristia*, um arcaz de magníficas gavetas, notáveis pelos lavores de casco de tartaruga e marfim e auricalco doirado. O recôsto da parede está revestido de lâminas, pintadas em Roma, da Vida de Nossa Senhora, debaixo de cristal. É muito capaz e vêem-se para ornato dela, três altares. Coroam a parte superior das paredes, feitos ilustres do Antigo Testamento, com pintura nada para desdenhar; e pintado também e doirado o tecto contíguo» [1].

Só se diz que eram de Roma, as lâminas do recôsto; e um daqueles altares da Sacristia, diz-se em 1701, que era de mármore [2].

1696, 21 de Junho: — Hoje dia de Corpo de Deus, os oficiais dum navio francês, comandado pelo Capitão de Gennes, depois de assistir à Procissão do Santíssimo Sacramento, foram ouvir missa na Igreja do Colégio. Um passageiro dêste navio, le Sieur Froger, *Ingenieur Volontaire*, achou o *Colégio* «muito grande»; a *Igreja* «grande e bem ornada»; e a *Sacristia* descreve-a como «uma das mais magníficas do mundo», «belas» as suas lâminas ou «miniaturas», e «muito belas» as «pinturas do tecto» [3].

---

1. Do Cat. III(1694), *Bras.* 5(2), 137-137v, assinado por Alexandre de Gusmão, Provincial. Da Sacristia, diz Domingos Rebêlo em 1829: «Magnífica sacristia com muitos painéis todos de moldura de tartaruga, obra prima», *Corografia*, 150.

2. *Bras.* 6, 27.

3. Froger, *Relation d'un voyage de la mer du Sud, Detroit de Magellan, Brésil, Cayenne et les Isles Antilles* (Amesterdão 1715) 144-145. Eduardo Prado, *Collectâneas*, I (S. Paulo 1904) 16, cita a edição de Paris, 1700. Lemos na edição de Amesterdão de 1715, depois da procissão que êle descreve: «Nos Messieurs furent entendre la Messe chez les Révérends Pères Jesuites, où ils furent reçus

1696, 29 de Junho: — O P. Reitor, Francisco de Sousa, dá conta ao Geral da solicitude em comprar e preparar as coisas necessárias para o tecto apainelado da Igreja, o qual se deve à sua iniciativa e diligência [1]. Lê-se no seu Necrológio: «Templi nostri lacunar, opus sane ingens, et quod a molitione sui caeteris deterreret inchoavit, monendoque ac instando perfecit» [2].

1696, 4 de Dezembro: — Para a Capela lateral de S. Francisco de Borja, da Igreja da Baía, Manuel Pereira Pinto, vianês, e sua mulher Antónia de Góis, tinham doado a Fazenda de Iguape, com certa obrigação de missas e de dar cada ano a cinco mulheres pobres as roupas de vestir. Doação equivalente a 50.000 cruzados [3]. Concluída a Capela de S. Francisco de Borja, restavam algumas dívidas. Propõe-se, nesta data, a venda daquela Fazenda para se pagarem [4].

1697, 18 de Julho: — Morre o P. António Vieira. Levado para a Capela interior, «se ordenou ficasse em pintura o seu retrato» [5]. Ainda vivia o pintor Domingos Rodrigues.

[«O convento da Graça, no Rio Vermelho, contém muitos primores artísticos, devendo-se notar principalmente, o retrato do famoso

---

par quelques Pères Français, que leur confirmèrent la perte de Namur et une espérance de paix avec la Savoye», *Relation d'un voyage,* 36. Alguns anos mais tarde em 1713 passou pela Baía outro viajante francês, Frezier, *Relation du voyage de la Mer du Sud,* II (Amesterdão 1717)535, citado pelo mesmo Eduardo Prado, *Collectâneas,* I (S. Paulo 1904)16, que acha a Sacristia «fort belle»,mas dissente de Froger: «il ne faut pas avec Froger, appeller belles peintures celles du plafond, qui ne meritent pas l'attention d'un connaisseur; les autres Eglises et Couvents n'on rien de remarquable», reproduzido também, com estas referências dos viajantes franceses, em Maria de Lourdes Pontual, *A sacristia da Catedral da Baía e a posição da Igreja primitiva* na Rev. do SPHAN, IV,197. O que Frezier diz das outras Igrejas e conventos da Baía talvez diminua o valor da sua opinião. E para a *história da Arte no Brasil,* os retratos pintados do tecto da Sacristia dos Jesuítas, com mais alguns quadros feitos *no Brasil,* nos séculos XVI, XVII e XVIII, ainda existentes na Igreja do Colégio, têm incomparàvelmente mais importância do que os demais quadros que não tenham sido pintados *no Brasil.*

1. *Bras. 4,* 16.
2. *Bras. 10,* 175v-176.
3. *Bras. 4,* 82-83.
4. *Bras. 11,* 368-369v. Ver acima a efeméride de 2 de Agôsto de 1681, data da morte de Manuel Pereira Pinto.
5. A. de Barros, *Vida,* 495.

P. António Vieira, tão perfeito e tão bem executado, que dir-se-ia ter saído do pincel de Van Dyck»] [1]. O P. Vieira sepultou-se na Igreja do Colégio. Outros Padres, todos os que faleceram no Colégio, centenares, e alguns de grande nome, Prelados, Governadores e pessoas célebres, tiveram também nela a derradeira morada [2].

---

1. Cunha Barbosa, *Aspecto da Arte Brasileira Colonial*, 121.
2. A perseguição de 1759 perdeu ou dispersou muitos dos documentos que seriam úteis ou necessários para a sua identificação, como a seguinte: a 19 de Setembro de 1727, o Médico do Colégio, Manuel Nunes Leal, comunica ao Geral a confirmação da licença, que tem, para se sepultar na Igreja do Colégio, e que já reservara o n.º 31, do lado esquerdo, junto da capela de S. José; e pedia-lhe fôsse ampliada a graça para sua mulher e para os seus filhos (*Bras.* 4, 373). A 20 de Setembro de 1748 faleceu no Colégio e sepultou-se na Igreja o Ir. Francisco de Oliveira Pôrto, que entrara, na Companhia, pouco antes, benfeitor insigne, homem recto e letrado. Formado em Direito Canónico pela Universidade de Coimbra. Ao voltar ao Brasil achou o pai endividado e renunciou à herança. Foi advogado nas Minas. Tornou rico, e à volta pagou tôdas as dívidas que o pai deixara. Socorreu os órfãos e as viúvas e os pobres. Deixou um legado para se dar cada ano um jantar abundante aos presos da cadeia. E ao Colégio umas terras na Comarca de Sento Sé, *Bras.* 10(2), 429. Também se sepultou com suntuosa pompa na Igreja do Colégio em 1701 o antigo Governador do Brasil, Luiz Gonçalves da Câmara Coutinho, depois de ser Vice-Rei da Índia, e quando regressava de lá para Portugal, fazendo volta pela Baía, já gravemente doente (Rocha Pita, *América Portuguesa*, 252). E com igual ou maior pompa, em 1711, Domingos Afonso Sertão, o «descobridor» do Piauí. O primeiro secular, que se sepultou na Igreja do Colégio, foi o famoso *Caramuru*, falecido em 5 de Abril de 1557, cf. *Cartas de Vilhena*, I, 27, e Sílio Boccanera Júnior, *Bahia Epigráphica e Iconographica* (Baía 1928)429, fundados numa velha certidão de óbito. O *Caramuru* deixou ao Colégio a parte disponível dos seus bens, «a metade da sua têrça», como escreve o P. Manuel da Nóbrega, à raiz da morte de «Diogo Álvares Caramelu, o mais nomeado homem desta terra, o qual por nos ter muito crédito e amor nos deixou a metade de sua têrça», *Apontamento de algumas coisas do Brasil*, da Baía, 8 de Maio de 1558, cf. supra, *História*, I, 151; *Novas Cartas*, 84. Depois do *Caramuru* a fieira é longa, e constituiria por si só, interessante Capítulo da história citadina da velha e nobre capital. Sílio Boccanera (*loc. cit.*, 335, 336, 420) insere algumas epígrafes sepulcrais da Igreja da Baía (não tôdas: o inventário completo está ainda por fazer), e também algumas lápides comemorativas, duas das quais referentes ao P. António Vieira, uma na frontaria dela, colocada pelo Instituto Geográfico e Histórico da Baía no 2.º Centenário de Vieira (1897); e outra no púlpito da Igreja da Ajuda, pôsto no dia 2 de Julho de 1923 pela Academia de Letras da Baía. Fora da mesma Igreja da Ajuda, há esta lápide colocada aí pelo Govêrno da Cidade: *Para com o Padre Nobrega / e seus / abnegados companheiros / na catechese e / civilização do Brasil. / A Bahia cumprirá aqui o seu dever. / 6-7-1923.*

1700: — «Acabaram-se as molduras do tecto da nossa Igreja, digno de se ver pelos óptimos lavôres. Já está doirado metade e se acabará êste ano» [1]. Entre os «óptimos lavôres», os símbolos esculpidos e alados dos 4 Evangelistas: o Homem, o Touro, o Leão e a Águia.

1701: — «A Igreja, revestida de mármore, por dentro e por fora, grande e magnífica, tornou-se mais digna de se ver e louvar, com o tecto artezoado, ùltimamente feito pelo seu próprio autor, artìsticamente trabalhado e doirado. Neste triénio acrescentou-se o tesoiro da Igreja com cálices de prata, e ornamentos de damasco e oiro, e também com *sete imagens da Paixão do Senhor,* que se mostram num estrado doirado; e também se fizeram gavetas com embutidos de tartaruga e marfim» [2].

As sete imagens da Paixão serviam na Quaresma e Semana Santa. Ocultava aquêle estrado ou armação cénica, uma cortina. Era às *sextas-feiras* e havia sermão. Descerrava-se a cortina, durante o sermão, e aparecia a imagem de Cristo:

Na 1.ª Semana, *Cristo orando no Horto;*
Na 2.ª Semana, *Cristo atado com cordas;*
Na 3.ª Semana, *Cristo flagelado na coluna;*
Na 4.ª Semana, *Cristo coroado de espinhos;*
Na 5.ª Semana, *Cristo condenado à morte;*
Na 6.ª Semana, *Cristo com a cruz às costas;*
Na 7.ª Semana, *Cristo crucificado.*

— E era grande o pranto do povo ! [3]

Ampliação do antiquíssimo uso das práticas da sexta-feira, em que se mostrava o *Ecce-Homo,* nalgum daqueles passos, e onde prègavam os Padres de maiores dotes oratórios. Um dos que prègaram nestas Sextas-feiras, foi Eusébio de Matos, enquanto era da Companhia de Jesus: «*Ecce-Homo — Praticas pregadas no Collegio da Bahia nas sextas-feiras de Quaresma à noite, mostrando-se em todas o Ecce-Homo*», Lisboa, 1677.

1706: — «La maison des Jésuites est superbe et magnifique; je n'en sache point en France qui puisse lui être comparée. Mais on admire surtout leur sacristie; elle a au moins cent pieds de long

---

1. *Bras. 4,* 79v.
2. Do Cat. III (1701), *Bras. 6,* 27, assinado pelo Provincial Francisco de Matos, que publicamos adiante no *Apêndice E.*
3. *Bras. 4,* 171.

et trente de large. Les murs en sont lambrisés de bois de jacaranda (je suis fort trompé, si nest le même qui celui qu'on appelle en France bois de violette, tant il lui ressemble) depuis le parquet, qui en est aussi, jusqu'au plafond, dont la peinture est esquise. Du coté où les Prêtres s'habillent, il y a un grand nombre de tableaux qu'ils m'ont dit être des meilleurs maîtres d'Italie. De l'autre, entre les croisées, ce sont quantité de belles armoires du même bois que le lambris, toutes uniformes et bien travaillées. Toute belle et toute grande que soit cette sacristie, elle a un air de simplicité et de propreté qui m'a plû plus que tout le reste» [1].

1707: — Concluíu-se o pavimento enxadrezado da sacristia, de mármores diversos [2].

— E com isto está concluída a construção da Igreja e Sacristia nos seus elementos principais, e se fecha um ciclo artístico. Antes de entrar no seguinte, detenhamo-nos um instante a ver quem foram os artistas dos últimos 15 anos, alguns novos, outros vindos já do período anterior:

Ir. Luiz da Costa, de Lisboa, entrou na Baía em 1688. Diz-se dêle em 1694, quando tinha a idade de 27 anos: «Scriniarius et sculptor egregius» [3]. Faleceu em Olinda, a 25 de Julho de 1739 [4].

Ir. Domingos Xavier, de Coimbra, na Baía em 1694, «Scriniarius et sculptor» [5].

Ir. Domingos Monteiro, do Pôrto, «dourador», em 1692 [6].

Ir. Mateus da Costa, de Lisboa, «sculptor» (1692); «sculptor et scriniarius» (1694); «bonus sculptor» (1701) [7].

Ir. Francisco Martins, de Braga, «bonus sculptor» (1701) [8].

Ir. João Silveira, do Pôrto, «sculptor»» (1701) [9].

---

1. *Journal d'un voyageur sur les côtes d'Afrique,* etc. (Amesterdão 1723) 238-248. Relação anónima escrita por um Passageiro de *l'Aigle,* fragata do Rei, capitão Le Roux, citado por Eduardo Prado, *Collectaneas,* I (S. Paulo 1904) 17-18. Cf. *ib.,* 16, testemunho de Frezier.
2. «Stratumque in Sacristia marmoreum pavimentum vario lapide distinctum», *Bras.* 6, 62v.
3. *Bras.* 5(2), 114.
4. *Hist. Soc.* 52, 234.
5. *Bras.* 5(2), 85v.
6. *Bras.* 5(2), 85.
7. *Bras.* 5(2), 85; *Bras.* 6, 22.
8. *Bras.* 6, 7v, 22v.
9. *Bras.* 6, 8, 23.

Ir. Domingos Trigueiros, de Ponte de Lima, «sculptor» (1701) [1].

As datas, que aqui se dão, têm apenas carácter de referência dos *Catálogos* dêsses anos, correspondentes ao período da construção da Igreja e da Sacristia e das suas obras de arte. O Catálogo de 1701, de «aptidões», não indica o local em que cada um residia nesse ano.

O segundo ciclo das obras da Igreja versa mais sôbre obras ornamentais internas. Não teria havido solução de continuïdade nelas. Mas houve-a nos Catálogos. O que se segue a 1707 é de dez anos depois.

1717: — Na Igreja fêz-se êste ano a capela (altar) de S. Francisco de Régis e na *Capela Doméstica* (interior) colocou-se a imagem de Cristo deitado no sepulcro [2].

1719: — Faz-se a obra de entalhe e doira-se a capela (altar) do Santo Cristo: «Sacellum Christi Domini de Cruce pendentis caelatum fuit ac deauratum» [3]. João de Sousa Câmara oferece a Nossa Senhora da Paz uma coroa de oiro [4]. A êle se deve também o sol de oiro, que tem na mão direita S. Francisco Xavier [5].

1722: — A Igreja enriqueceu-se com a estátua de S. Inácio, com um diadema de oiro, com pedras preciosas, formosíssima, parte à custa da Igreja parte com donativos recebidos, e veio a ficar por 515 escudos romanos [6]. Também se começou a forrar o tecto da Capela, *consagrada a Nossa Senhora da Conceição*, «omni artis industria ab optimo artifice inciso», que será, depois, doirado [7].

Ir. Domingos Trigueiros, entalhador; e o *Ir. Carlos Belville*, francês de Ruão, pintor, estatuário e arquitecto, segundo os Catálogos, estavam na Baía de 1717 a 1722; e já também aparece, no começo da sua carreira de Pintor, o *Ir. Francisco Coelho*, do Pôrto, que veio a falecer em 1759.

1723: — Doirou-se a Capela de Nossa Senhora da Conceição, e ornou-se com a imagem de Nossa Senhora, bem feita, («affabre elaborata»). E colocou-se a *imagem de S. Francisco de Régis* no seu altar.

---

1. *Bras.* 6, 7v, 22.
2. *Bras.* 10, 176v.
3. *Bras.* 10, 221.
4. *Ib.*, 221.
5. Por êstes e outros serviços prestados à Igreja, ornar ricamente o Altar das Onze Mil Virgens, e ofertar paramentos e uma cortina entretecida de oiro, etc., pedia o Vice-Provincial José Bernardino, ao P. Geral houvesse por bem dar-lhe carta de confraternidade (*Bras.* 4, 246).
6. *Bras.* 6, 127.
7. *Bras.* 10(1), 259.

Fala-se em «*reedificação* de altares» e em «*nova construção* de altares» neste período ¹.

1724: — Chegou licença para se dedicar uma Capela a Nossa Senhora dos 40 Mártires (a chamada Nossa Senhora de S. Lucas) ². Ainda não estava feita em 1727 ³.

1732: — «Comprou-se um *órgão* de tamanho nada exíguo, que nas festas acompanha maravilhosamente (*mirifice*) o canto dos músicos. Custou 350 escudos romanos». Notável pelos seus doirados e pinturas ⁴.

Comprou-se um diadema de oiro, com um brilhante ao centro, para Cristo Crucificado. Preço 728 escudos ⁵. [Escudos romanos, porque era comunicação feita a Roma. O escudo romano equivalia de 1$000 a 1$200 réis daquele tempo].

1733: — Fêz-se o *altar de Santa Ana*, capela até então de paredes nuas. Altar artìsticamente lavrado e já quási todo doirado sem se olhar a despesas ⁶. Tem a mesma data de 1733, nessa capela de Santa Ana, a pedra tumular de D. Isabel Maria Guedes de Brito, viúva de António da Silva Pimentel (2.º de nome). Sôbre esta família, capela e tempo, é o sermão do P. Manuel Ribeiro: «Sermão da gloriosa S. Anna Mãy da Mãy de Deos pregado na ação votiva que na Igreja do Real Collegio da Companhia de Jesus da Cidade da Bahia dedicou à mesma Santa a Senhora D. Joanna da Silva Guedes de Brito», Lisboa, 1735 ⁷.

1736: — Retábulo de cedro dos Mártires do Brasil, na *Capela Interior*: ao centro, Nossa Senhora; de um lado os 40 Mártires,

---

1. *Bras.* 10(2), 264-264v.Esta «reedificação» é a chave que explica a diversidade de factura dêste e do altar que lhe fica em frente, onde há, na composição arquitectónica actual, a marca evidente dos séculos XVI, XVII e XVIII, como o nota e discute Lúcio Costa, *A Arquitetura dos Jesuítas no Brasil*, 67-69.

2. *Bras. 4*, 262.
3. *Ib.*, 345.
4. *Bras. 10* (2), 341.
5. *Bras.* 6, 188v.
6. *Bras. 10* (2), 347.
7. Cf. Barbosa Machado, *Bibl. Lus.*, III, 346. D. Joana era filha única de D. Isabel e casou com Manuel de Saldanha da Gama, cf. Pedro Calmon, *História do Brasil*, III, 27.

39 no mesmo plano e o B. Inácio de Azevedo em plano superior; e do outro lado o Patriarca S. Inácio, «opus quidem magnificum» [1].

1737: — Coloca-se na Igreja «um grande e bem acertado relógio, que custou 3.000 cruzados» [2].

1740: — Diadema para Nossa Senhora da Conceição; e um sol de oiro para S. Francisco Xavier ter na mão, ambos de oiro, artísticos, e de grande valor [3].

1741: — Restauração e ampliação da Capela Interior, com donativos recebidos, e para a levar à última perfeição: além das molduras de cedro, pintados de oiro bom, restauraram-se as pinturas romanas «de egrégio pincel», e se revestirá de novos e belos azulejos que hão-de vir de Lisboa [4]. Os azulejos já estavam postos na parede um ano depois, e se iam restaurando os quadros, cuja pintura o tempo tinha apagado: «Nec secus facta est splendoris accessio *Interiori Sacello*, utpote cui tabellis nuperrime incrustato, tabellae instaurarentur hinc et inde appensae eaeque diuturniori jam penicillo abolitae» [5]. O pintor de «accurata manu», era o Ir. Francisco Coelho, que concluíra pouco antes os painéis do refeitório [6].

1746: — «Fêz-se nova imagem, de admirável arte, do *Salvador*, com que ficou mais conspícuo o titular da nossa Igreja» [7]. *Salvador*, isto é, *Jesus*: Igreja de *Jesus*, Terreiro de *Jesus*...

— E ao mesmo tempo colocaram-se nos três nichos da frontaria, destinados a isso desde a sua construção, três estátuas de mármore de S. Inácio, S. Francisco Xavier e S. Francisco de Borja [8]. Motivo ornamental e de piedade, verificado também na Igreja do Colégio do Pará.

1754: — «Acrescentou-se com um novo «monumentum», para sepultura mais decente dos Nossos, com duas capelas de madeira de talha doirada, dedicadas uma a Nosso Padre S. Inácio e a outra

---

1. *Bras. 10(2)*, 379.
2. *Bras. 10(2)*, 382v.
3. *Bras. 10(2)*, 395.
4. *Bras. 10(2)*, 407v. São também dignos de menção os azulejos da Igreja, cujo exame técnico poderá indicar a época a que pertencem, pois não há referência documental do ano em que se colocaram.
5. Ânua de 1741-1742, *Bras. 10(2)*, 413v.
6. *Bras. 10(2)*, 407v, 413v.
7. *Bras. 10(2)*, 421. Estátua monumental, que domina todo o corpo da Igreja, no seu nicho central, acima do arco da capela-mor.
8. *Bras. 10(2)*, 421.

a S. Francisco Xavier»[1], em obediência a uma ordem geral para todos os grandes Colégios do Brasil[2]. Daquele «monumentum» ou «cemitério», com os seus túmulos rasos e jazigos murais, feito ao mesmo tempo que o do Noviciado da Giquitaia, há vestígios ainda hoje. «A cripta dos Jesuítas ainda existe na Baía. Está situada no ângulo do edifício do Colégio, no pavimento térreo, de modo que no alto do *Plano Inclinado*, que ali há agora, passa junto dela quem transita por aquêle lugar actualmente muito freqüentado. Ainda se vêem os sítios em que deviam ser colocados os corpos, e no tecto restam alguns traços da pintura que noutro tempo ornava aquêle lugar de tanto respeito e veneração»[3].

1760, 2 e 5 de Março: — «Instrumento do Inventário dos ornamentos, oiro, prata, e mais alfaias, pertencentes à Igreja do Colégio da Companhia denominada de Jesus, da Cidade da Baía, de que tomou entrega o Cabido da mesma Cidade por ordem de S. Majestade, que Deus guarde, com os têrmos assim da conferência e concórdia respectiva dos ditos bens, como da entrega dêles»[4].

1765, 26 de Outubro: — Carta Régia, mandando que a Igreja do Colégio sirva de Catedral[5].

1820: — «É actualmente, pelas suas condições arquitectónicas, o templo mais digno e suntuoso de todo o Brasil»[6].

1923, 16 de Janeiro: — Elevado à dignidade de Basílica[7].

---

1. *Bras.* 6, 436v.
2. *Bras.* 10(2), 495.
3. Brás do Amaral, *Resenha Histórica da Bahia*, 184. Outra cripta, debaixo do altar mor, tem hoje infelizmente vedado o acesso, por se haver fechado, a pedra e cal, em nossos dias, a porta por onde a cripta externa, visível, comunicava com essa interna, agora invisível.
4. AHC, *Baía*, 4893.
5. Accioli, *Memórias Históricas*, IV, 66-67; Abreu e Lima, *Synopsis*, 233.
6. Von Spix e von Martius, *Viagem pelo Brasil*, II, 286.
7. Cf. Breve do Papa Pio XI, em Cristiano Müller, *Memória Histórica sôbre a Religião na Bahia* (Baía 1923)285. Depois da demolição da Sé, transferiram-se para a Igreja do Colégio, algumas imagens, como o Crucifixo que se acha na Capela, ao lado do alta-rmor (do lado da Epístola), e N.ª Senhora da Fé, no Altar de S. Inácio. Informação, que nos deu pessoalmente quem pessoalmente as colocou nesse lugar, o Cónego Odilon Moreira de Freitas, director do Museu de Arte Sacra, existente no Salão da antiga Livraria do Colégio. Informação que vem a significar que a disposição actual das imagens nos altares nem sempre corresponde à do tempo dos Jesuítas. Também no magnífico tesouro de prata da Basílica se vêem peças, que eram da Igreja do Colégio, e peças que eram da velha Sé demolida. No Museu de

Tal foi o início, evolução, construção, acabamento, ornamentação e destino, da Igreja do Colégio dos Jesuítas, que depois de ter sido o centro religioso dos estudantes da Baía, é hoje, Basílica do Salvador, Sé Primaz do Brasil.

Demos desenvolvimento cronológico à construção da famosa Igreja e das obras de arte do mesmo período (sacristia e capela interior) pela importância, que têm para a história da Arte. Na verdade, é uma autêntica e valiosa galeria de Arte no Brasil. E recordando o que deixamos dito no século XVI, sôbre os *Painéis da Paixão*, da Capela dos Irmãos, e os quadros que fêz o Ir. Pintor Belchior Paulo, na Baía e outros Colégios, antes da invasão holandesa; recordando sobretudo que o Colégio ainda conserva a *Senhora de S. Lucas*, chegada à Baía em 1575 [1], é exacta a frase de que «no Colégio da Baía existiu a mais antiga pinacoteca brasileira» [2]. Existiu e ainda existe, felizmente. Com os quadros, tanto da Igreja como da Sacristia, não só os vindos de Roma, como os feitos na Baía, em particular os retratos do tecto da mesma Sacristia, está a pedir estudo mais atento dos críticos da arte brasileira. Já atraíu a atenção do Serviço do Património Histórico e Artístico Nacional, bom augúrio de que enfim se tornarão conhecidas e estudadas mais a fundo estas obras de arte dos nossos maiores.

6. — Pelos documentos aduzidos, se vê que a sacristia tem pinturas vindas de Roma (os pequeninos quadros do encôsto do arcaz) e *pinturas feitas na Baía*, além de estátuas e obras de arte decorativa, como o arcaz, e os lavores de tartaruga, no seu esplêndido recorte arquitectónico de salão sacro e nobre.

Sob o aspecto biográfico e histórico, o tecto da sacristia contém os retratos de 21 Padres e Irmãos da Companhia de Jesus. A figura central é S. Inácio, fundador da Companhia, tendo a seu lado, da parte da Igreja, a S. Francisco de Borja, da parte da rua, a S. Francisco Xavier.

Arte Sacra, entre outras imagens, está a de Nossa Senhora das Maravilhas, unida pela tradição à vida do P. António Vieira.

1. Cf. supra, *História*, I, 595.
2. Argeu Guimarães, *Notícia histórica das Belas Artes*, no *Dic. Hist. Geogr. e Etnogr. do Brasil*, I, 1594.

O *grupo central* dos três Santos divide a galeria em duas partes: *do lado do Colégio*, com êstes nove retratos: P. João Baptista [Machado], B. Luiz Gonzaga, P. José de Anchieta, P. Bento de Castro, P. Pedro Dias, P. Edmundo Campião, P. Francisco Pinto, Ir. João de Sousa, Ir. Pedro Correia; *do lado da rua*, outros nove: P. Inácio de Azevedo, B. Estanislau de Kostka, P. João de Almeida, P. Francisco Pacheco, P. Marcelo Mastrilli, P. Carlos Spínola, S. Paulo Miki, S. Jacobo Kisai, S. João de Goto. Seis Santos, dois Beatos, onze Mártires e dois Confessores da Fé. Tirando S. Inácio, S. Francisco de Borja, B. Luiz Gonzaga (hoje santo), B. Estanislau de Kostka (hoje Santo) e Edmundo Campião, todos os mais pertencem à Assistência de Portugal, incluindo os três Santos Japoneses. Dos que aparecem ainda apenas com a menção de Padre, seis já foram beatificados: Inácio de Azevedo e Bento de Castro (ambos da Província do Brasil), João Baptista Machado, Francisco Pacheco, Carlos Spínola e Edmundo Campião.

Por países de origem são: 8 Portugueses, 4 Espanhóis, 3 Italianos, 3 Japoneses, 2 Ingleses e 1 Polaco ou, como se diz no Brasil, Polonês:

B. Inácio de Azevedo	S. Luiz Gonzaga
B. Bento de Castro	B. Carlos Spínola
B. Francisco Pacheco	P. Francisco Mastrilli
B. João Baptista Machado	
P. Pedro Dias	S. Jacobo Kisai
P. Francisco Pinto	S. João de Goto
Ir. Pedro Correia	S. Paulo Miki
Ir. João de Sousa	
	B. Edmundo Campião
S. Inácio de Loiola	P. João de Almeida
S. Francisco Xavier	
S. Francisco de Borja	S. Estanislau de Kostka
P. José de Anchieta	

Os Jesuítas do Brasil, representados nesta galeria, são ou os que derramaram o seu sangue (Inácio de Azevedo, Pedro Dias, Bento de Castro, Pedro Correia, João de Sousa, Francisco Pinto) ou cuja causa canónica se tratava então de introduzir, José de Anchieta e João de Almeida.

Não estão os dois martirizados no Cabo do Norte (António Pereira, do Maranhão, e Bernardo Gomes, de Pernambuco, e talvez ainda não pudessem estar, pois o martírio é contemporâneo da pintura); nem o P. António Bellavia, morto pelos holandeses, nem o P. Luiz Figueira, morto na bôca do Rio do Pará, nem o P. Manuel da Nóbrega, fundador do próprio Colégio da Baía e da Província do Brasil, cuja causa canónica se não introduziu. Não é difícil vislumbrar a preponderância de critério dalguns Padres estrangeiros, então no Colégio, na escolha de determinados nomes de preferência a outros, que poderiam figurar no tecto da Sacristia da Baía, com títulos mais fortes, por exemplo, que os do P. Mastrilli.

Os modelos dêstes retratos seriam as estampas, já então divulgadas, da maior parte dêles. Dalguns, sobretudo de S. Inácio e S. Francisco Xavier, é vasta a iconografia, e dos mais nobres pincéis, desde Francisco Sanches Coelho, o *Ticiano Lusitano*, a Rúbens e Van Dyck [1].

Alguns retratos são supositícios, como os que publica Matias Tanner (1675) de Inácio de Azevedo, Pedro Correia, João de Sousa e Francisco Pinto, já reproduzidos os três primeiros nesta *História*, e o último, em *Luiz Figueira*. De Anchieta e João de Almeida os modelos seriam os dos livros de Simão de Vasconcelos. Só o confronto detido com os diversos modelos poderá indicar a dependência ou liberdade do pintor do tecto da Sacristia. O nome dêste pintor não aparece explìcitamente mencionado como tal, e dissemos que será difícil a sua identificação absoluta; mas os indícios agrupam-se à roda do Ir. Domingos Rodrigues, o pintor do Colégio, neste período. Domingos Rodrigues também foi escultor e doirador e havia outros *doiradores* e *escultores*. Mas enquanto aos outros doiradores não se dá o título de *pintor*, dá-se a êle e logo desde

---

[1]. Além dos quadros já clássicos e conhecidos, Redig de Campos deu há pouco notícia de dois de Van Dyck: um de S. Francisco Xavier, em que o pintor sofreu a influência de Rúbens, e outro de S. Inácio em que sofreu a de Ticiano. Cf. Redig de Campos, *Intorno a due quadri d'altare del Van Dyck per il Gesù di Roma ritrovati in Vaticano*, em *Bolletino d'arte*, 30 (Roma 1936-1937) 150-165, com 12 ilustrações no texto. Sôbre a iconografia de S. Inácio, cf. *Études* (Paris 20 de Fev. de 1930)446, artigo do P. Paulo Dudon a propósito do livro de Tacchi Venturi, *Saint Ignace de Loyola dans l'Art du XVII° et du XVIII° siècle*.

o princípio da sua carreira em 1660, com a menção de «habet talentum ad picturam»[1].

Não cabe neste capítulo o inventário pormenorizado dos quadros da Igreja da Baía, constituído quer por tábuas de motivo singular, quer por tábuas ou pinturas de carácter biográfico, em série, nas respectivas capelas, como os da Vida de Cristo (18 quadros na Capela-mor), os de S. Inácio (9 quadros), os de S. Francisco Xavier (9 quadros), os de S. Pedro (4 quadros), os de S. Francisco de Borja (4 quadros), os de Nossa Senhora (4 quadros de cenas históricas marianas), os de S. José (4 quadros); e ainda outros, sem contar os puramente ornamentais, como grandes jarras de flores, no interior dos retábulos das relíquias nos altares do Santo Cristo e de S. Francisco de Régis.

Pelo desenvolvimento sucessivo dos documentos observa-se que, além de muitos escultores e entalhadores, e do que ficou dito do Maranhão e Pará, houve sempre no Brasil algum Irmão Pintor em exercício. Belchior Paulo (1587-1619), Inácio Lagott (1619- ?), Domingos Rodrigues (1657-1706), Carlos Belville (1708-1730), Francisco Coelho (1720-1759), que são os marcos e chefes de oficina, entre outros, que aparecem aqui e além, e aos quais se agregavam moços da terra. Entre o próprio pessoal do Colégio da Baía, e da sua servidão, antes de terminar o século XVII, já havia todo o género de artífices, pedreiros, serralheiros, marceneiros, torneiros, que são os correlativos a estas obras. Para as obras miúdas de torneiro, os Índios revelaram sempre dotes particulares, que ainda hoje persistem nas obras de tartaruga, que os caboclos do Nordeste vendem a bordo dos navios costeiros. Também entrou na Companhia algum ourives (*aurifex*) e prateiro (*argentarius*) e escultor de «obras de cera» e «obras de sola». Pelos catálogos seria possível organizarem-se os dados biográficos sumários, mas essenciais, dos Irmãos artistas, trabalho longo que não caberia aqui. Sòmente a especialização histórico-artística dos peritos poderá, estudando as diversas obras, indicar qual o grupo que procede da mesma técnica e portanto do mesmo pincel ou buril, conjugando isto com os nomes dos artistas e das datas em que trabalharam no Brasil. No estado actual dos nossos conhecimentos nesta matéria, que apenas se inicia, seria di-

---

1. O Ir. pintor Domingos Rodrigues faleceu na Baía, a 23 de Agôsto de 1706, *Hist. Soc. 51*, 74.

fícil e, por enquanto menos prudente, atribuir a cada um o que é obra sua, individual. Pertencem em geral ao que Joaquim Nabuco (recordando que o Brasil deve «à grande Companhia o tributo da devoção filial que as sociedades devem aos delineadores do seu traço perpétuo») chama «calendário da Companhia de Jesus, cujas biografias são tôdas as mesmas, cujo tom dominante é o da Vida Interior, que se não vê, calendário por assim dizer anónimo, em oposição ao da glória, que êsse, sim, é todo pessoal» [1].

Em conjunto, é plêiade notável de artistas, e, pelas datas, mais notável ainda. Com as obras de outras Igrejas coevas, da Companhia de Jesus, e com a facilidade de aprendizagem centralizada na Baía, será temerário falar, dentro das correntes do tempo, em escola luso-jesuítica de arte no Brasil, sobretudo no século XVII? Desde já se pode classificar em cinco grupos: escultura, pintura, arquitectura, mobiliário e decoração. Dizemos luso-jesuítica, por predominarem Irmãos Portugueses. Não se exclui, é evidente, algum elemento estrangeiro; e nalguns altares há elementos ornamentais da terra, como entre outros o abacaxi ou ananás e o cajú, e talvez o cacau e o índio do Brasil, com manifesta reciprocidade, portanto, e também, do meio ambiente brasileiro.

---

1. Joaquim Nabuco, *A significação nacional do Centenário Anchietano*, em *III Centenário*, 325-326; Luiz Gonzaga Cabral, *Jesuítas no Brasil* (S. Paulo s/d)43.

CAPÍTULO VI

Noviciado da Anunciada na Giquitaia

1 — Fundado por Domingos Afonso Sertão, famoso «descobridor» do Piauí; 2 — A primeira pedra (1709) e a inauguração (1728); 3 — As obras da Igreja; 4 — Meios de subsistência; 5 — Reitores; 6 — A despedida no dia 19 de Abril de 1760.

1. — Ainda que se admitiram alguns noviços noutras casas, em particular no Rio de Janeiro, a Baía foi o grande centro de formação da Província do Brasil. Mas o próprio aumento dos estudos e classes do Colégio de Jesus, e a sua freqüência por alunos externos, exigia que se descongestionasse a casa, e quanto possível se operasse a formação em ambiente mais recolhido do que o estrépito dos Pátios e *Estudos Gerais*. Pelos fins do século XVII pensou-se mais de propósito em solução adequada [1] e iam-se *organizando* os fundos necessários para a obra futura. E assim como Francisco Gil de Araújo quis ser o fundador da capela-mor da Igreja da Baía, outro piedoso e ilustre sertanista, um dos três ou quatro grandes nomes da ocupação do Nordeste, Domingos Afonso Sertão, tomou a si o encargo de fundar o Noviciado. A 23 de Novembro de 1704 lavrou a escritura de doação de 64.000 cruzados [2].

Tratou-se logo de obter o beneplácito do P. Geral e de El-Rei. A fundação foi aceita a 21 de Novembro de 1705 pelo P. Geral, cuja licença se requeria para impetrar a régia, necessária também segundo as leis vigentes, e não era fácil, como sucedeu na de Paranaguá. Felizmente o Conde de Alvor, Presidente do Conselho Ul-

---

1. Quanto ao século XVI, cf. supra, *História*, II, 393ss.
2. Cf. «Escritura de esmola, dote e doação que faz o Cap.ᵃᵐ Domingos Affonso Sertam fundador da Caza do Noviciado invocação de N. Snr.ᵃ da Incarnação aos R. R. Pᵉˢ da Comp.ᵃ de JESU desta Cidᵉ. de 64 mil cruzados, na forma que abaixo largam.ᵗᵉ se declara», *Bras. 11 (1)*, 160-162, cf. *Apêndice B*, no fim dêste Tômo.

tramarino, era de opinião favorável, e a 15 de Novembro de 1706, a licença já tinha chegado à Baía: «*Luiz César de Meneses, amigo*: Eu El-Rei vos envio muito saudar. Viu-se a vossa carta de 16 de Janeiro dêste ano em que me dais conta da oferta, que Domingos Afonso Sertão tem feito aos Padres da Companhia, para lhes fundar à sua custa uma [casa de Noviciado] de tanto préstimo para o serviço de Deus nesse Estado. E parece-me dizer-vos que considerando o grande proveito que se seguirá dêste Noviciado, houve por bem que se pudesse erigir e fundar-se. Escrita em Lisboa, a 9 de Setembro de 1706. — *Rei*» [1].

Convém ter presente esta licença «régia» para corrigir os sequestradores de 1759 quando disserem que não havia as indispensáveis licenças «régias», uma das muitas falsidades a que aludiremos na nota final dêste Capítulo.

Chegadas ambas as licenças, a do P. Geral e a de El-Rei, o Capitão Domingos Afonso prontificou-se a dar, nesse mesmo dia, 32.000 cruzados para início das obras, deixando a outra metade, em mãos de pessoa de confiança, para a continuação delas [2].

Concluído o primeiro período dos preliminares legais, começam os estudos, planos e debates, sôbre a escolha do local. Os primitivos planos da casa e Igreja remodelou-os um artista da Companhia, «arquitecto egrégio», chegado havia pouco da China ao Brasil, Ir. Carlos Belville. A 9 de Março de 1709, lançou-se a primeira pedra do Noviciado na Praia da Giquitaia, extramuros da cidade, a caminho de Itapagipe.

Além dos Padres da Companhia, assistiram o Arcebispo D. Sebastião Monteiro da Vide, o Governador Geral do Brasil, D. Luiz César de Meneses, os Prelados de tôdas as Ordens Religiosas, as pessoas gradas da Cidade e o fundador Domingos Afonso Sertão. Ficou a dirigir a construção o P. José Aires, coadjuvado pelo Ir. Carlos Belville [3].

---

1. Baía, Arquivo Públ., Livro 8, Ord. Regia, transcrita por Brás do Amaral, em Accioli, *Memórias Históricas*, II, 313.

2. *Bras. 4*, 120, 127; *Bras. 6*, 62v.

3. Carta do P. João António Andreoni, Provincial, da Baía, 10 de Março de 1709, *Bras. 4*, 153, 173-175. O Ir. Carlos Belville, francês, voltava da China à Europa com o P. António Bovilher (sic); ficou na Baía, gravemente doente, chegando às portas da morte; e escapou também do naufrágio que o esperava e onde parece que pereceu o P. Bovilher. O Ir. Carlos dizia ao começo que ficaria dois anos no Brasil, se o seu Provincial (o da Aquitânia, a que pertencia), e o P. Geral o con-

A 18 de Junho de 1711 faleceu o fundador. Já tinha dado para a construção do edifício 44.000 cruzados. Faltavam 20.000 que êle estava pronto a dar em vida, se fôsse preciso. Não foi, e deixou-os no Testamento, feito a 12 de Maio dêsse ano, testamento célebre e bem conhecido [1].

Não tendo herdeiros, Domingos Afonso Sertão instituíu herdeira a sua alma, fórmula com que então se faziam grandes obras de misericórdia ao próximo, quer no sentido estrito da caridade imediata de misericórdia temporal, quer de misericórdia espiritual, sustentando instituïções de ensino e formação de jovens, que iriam depois, já formados, exercitar de uma e outra maneira a caridade para com o próximo. O melhor dos seus bens deixou-os ao Noviciado que fundara; deixou também alguns ao Colégio da Baía; e inúmeros legados a seus servidores, amigos, irmãs, sobrinhos e confrarias; alforriou a diversos escravos seus, dotou moças pobres e honestas; não esqueceu o Padre «Procurador do Próximo» (pobres e presos da cadeia); e instituíu encargos pios de missas, que deveriam ser ditas perpètuamente (ajuda indirecta à Igreja), para os quais deixou rendimentos adequados.

Nomeou em primeiro lugar executor do Testamento e administrador de todos os seus bens, o Reitor do Colégio da Baía, o que o fôsse no momento, e os que lhe sucedessem. Era na ocasião o P. João António Andreoni. Aceitou o encargo e oito dias depois escreve ao Geral, resumindo as disposições testamentárias e o que fêz na primeira semana, que se seguiu ao falecimento do fundador:

«Acharam-se no cofre de Domingos Afonso 20.000 cruzados em dinheiro e mais 60.000, que êle tinha a render; e alguns com hipoteca; as mercadorias em depósito iam a 20.000 cruzados. Oiro e prata lavrada até 5.600. Muitos currais com escravos, grande casa na cidade e outras menores. E há já quem se prepare a demandar em juízo sôbre parte dos seus bens imóveis. Ver-se-á com

---

sentissem. Agora, que experimentou a caridade dos Padres e Irmãos, não se oporia a ficar no Brasil, até à morte, se o P. Geral aprovasse a resolução. E seria muito grato à Província do Brasil, ficasse na Baía ao menos até se concluir a edificação do Noviciado. Isto informa Andreoni na mesma carta. Belville, de-facto ficou no Brasil, onde ainda viveu muito anos, até falecer em 1730. Além de arquitecto, era pintor e estatuário.

1. Cf. *Testamento de Domingos Afonso Sertão, descobridor do Piauí*, na *Rev. do Inst. Hist. Bras.*, XX(1857)140-150.

que fundamento. Não se atreveram, enquanto êle foi vivo [1]. Colige-se do Testamento que há um prazo de 4 anos para a liquidação das suas disposições. Por isso fêz-se Inventário judicial. Nomeei como Procurador desta Administração o P. Filipe Coelho, que com o Procurador do Colégio administra bem as coisas. Guardar-se-á em cofre à parte, com o respectivo livro de gastos e despesas, o que se receber. Cada mês ambos os Procuradores darão conta ao Reitor; e cada ano ao Provincial. Trata-se de bens de que somos *administradores* e não *donos*. Por isso devemos pagar dízimos a El-Rei, como os pagava o testador. Isto afastará de nós, ao menos em parte, a inveja alheia. Aliás, vendo todos como cumprimos as cláusulas do testamento; e como no funeral se incorporaram tôdas as Irmandades, os Padres Carmelitas e o Cabido, e música *de requiem*; como se pagaram muitos legados pios e se distribuíram meias patacas a mais de 300 pobres, que assistiram ao funeral; como se deu a liberdade a 12 escravos, e se vestiram as moças, que se indicavam no Testamento, e que não havendo passado mais de uma semana, se deram estipêndios de 1.300 missas para se celebrarem nas Igrejas desta cidade: vendo tudo isto, mereceu louvores gerais a nossa fidelidade» [2].

O efeito principal do Testamento de Domingos Afonso Sertão foi instituir um *morgado* ou *capela*, de seus bens, com condições de inalienabilidade, do qual saíria a satisfação de todos os encargos, não pequenos, e perpétuos [3]. O remanescente dêsses encargos repartir-se-ia em três partes, duas das quais se aplicariam ao sustento do Noviciado e obras dêle; a terceira ao Colégio da Baía no caso ed

---

1. Houve, de-facto, a demanda anunciada. E metade dos seus bens, por sentença do juiz, foi aplicada à parte contrária, como diz uma carta do P. Provincial Manuel Dias, de 1725, *Bras. 4*, 294.
2. Carta ao P. Geral, em latim, do P. João António Andreoni, da Baía, 26 de Junho de 1711, *Bras. 4*, 163-164.
3. João António Andreoni, que tinha estudado não só Direito Canónico, mas também Civil na Universidade de Perusa (*Bras. 5*(2), 94), adverte que, no Brasil, «o mesmo são bens de *Capela* que bens de *Morgado*; e portanto não são bens eclesiásticos, ainda que se chamam bens de Capela». — Carta de 13 de Junho de 1694, *Bras. 3*(2), 335. Não caíam dentro desta definição outros bens, que o Colégio possuísse ou viesse a possuir, independentes desta *Capela* ou *Morgado*.

o Reitor aceitar esta administração e era uma espécie de subsídio como conseqüência dessa mesma aceitação, e sem isso a não daria [1].

2. — Assegurada assim, a parte económica da fundação, prosseguiram as obras. Foi porém construção demorada. Tendo-se lançado a primeira pedra a 9 de Março de 1709, só em 1728 se inaugurou oficialmente. Todavia, já aí moravam Religiosos da Companhia desde 1716 [2]. Estava nesse ano o Ir. Domingos Dantas, administrador dos trabalhos da construção; e pouco depois veio morar também na Casa o P. Estanislau de Campos, que aí vivia em 1719 [3].

Empregou-se no edifício pedra do Reino, ao menos em parte [4]. E neste mesmo ano de 1719 comprou-se uma quinta anexa para desafôgo dos futuros noviços [5].

Trataram os Padres de buscar água e, quando tiravam pedra dum monte vizinho, descobriram grande mina dela, que canalizaram para a casa, roda, tanque, e demais oficinas [6]. As comunicações entre o Colégio de Jesus e a Giquitaia eram difíceis por terra. Construíu-se uma grande barca, onde por água se conduziam não só os Padres, mas sobretudo os trabalhadores do Colégio, evitando-lhes

---

1. Como o testamento dava só a proporção (1/3), sem discriminar as respectivas partes, procuraram determiná-las depois o Colégio da Baía e a Casa do Noviciado. Consultando-se primeiro os homens capazes de dar o seu parecer, decidiu o caso o Padre Geral em 1715, *Bras. 11*, 149, 153-159, 164-167; «Cartas» de Mateus de Moura e «Pareceres» dos moralistas e canonistas sôbre o Testamento de Domingos Afonso Sertão, em *Bras. 4*, 167-175v. Era assim geralmente que se decidiam estas questões puramente internas. O facto da Herança Mem de Sá ir parar a tribunais civis, proveio de haver nela, como herdeira directa uma entidade estranha à Companhia, a Misericórdia da Baía. Nisto divergiram em parte os dois célebres legados. Em parte, apenas, porque também no Testamento de Domingos Afonso Sertão, houve legados estranhos à Companhia, mas com verbas avulsas, que não atingiam a parte *imóvel* da herança.
2. *Bras. 6*, 70.
3. *Bras. 6*, 102.
4. *Bras. 4*, 351.
5. Era de Valentim Coelho Barradas: «uma sorte de terra sita em Itapagipe na Vargem de Giquitaia». «Começa a correr de sima do oiteiro, pellas vertentes abaixo athe entestar com o caminho que esta na mesma vargea direito a Serra». — Escritura de 14 de Outubro de 1719, treslado autêntico com as minudências de terras e possuidores limítrofes, Gesù, *Colleg.*, 1369 [256ss].
6. *Bras. 10(2)*, 275v.

as moléstias da longa caminhada [1]. Em 1722 já estavam concluídos três corredores [2]. E em 1724 andava-se a concluir a capela do Noviciado e a pintura do tecto, de cor azul e branca. Descreve-o Rocha Pita neste mesmo ano de 1724, em que «pôs fim» à sua *História da América Portuguesa*, e conheceu pessoalmente as obras:

«Alcançada licença de Sua Majestade e do Reverendíssimo Padre Geral da Companhia, se fêz exame de vários sítios mais e menos apartados; e escolhido por melhor ao que chamam Giquitaia (formosa praia na enseada da Baía, meia légua distante da cidade), se fundou esta suntuosa Casa, com capacidade e cómodo para setenta Religiosos. Consta de uma dilatada quadra, que recolhe em si três pátios; dois que servem de lados à Igreja, e o terceiro, incomparàvelmente maior, que fica dentro do edifício, cuja máquina, em tôdas estas obras, tem de fundo quinhentos palmos e trezentos e cincoenta de largo. A cêrca é grandíssima, com cristalinas águas, muita largueza e comodidade para arvoredos, hortas, tôdas as plantas e flores» [3].

Terminado enfim o edifício, começou-se a pensar em 1727 na mudança dos Noviços e deram-se os passos prévios, indispensáveis, entre os quais a segurança das subsistências [4].

Inaugurou-se a nova casa no dia de Todos os Santos, 1.º de Novembro de 1728. Vieram festivamente os Noviços do Colégio do Terreiro de Jesus. O Arcebispo D. Luiz Álvares de Figueiredo celebrou o primeiro pontifical do Noviciado, e deu a comunhão a tôda a comunidade. Visitou a casa e houve festa literária. O Provincial P. Gaspar de Faria evitou sàbiamente que estivessem juntos, na mesma cerimónia, o Arcebispo e o Vice-Rei, para se não dividirem as homenagens. O Vice-Rei reservou para si um dos dias seguintes. Vasco Fernandes César de Meneses, que no ano seguinte receberia o título de Conde de Sabugosa, aceito com não menor

---

1. *Bras. 10*, 221.
2. *Bras. 6*, 127.
3. *Bras. 10(2)*, 275. Rocha Pita, *América Portuguesa* (Lisboa 1880) 326.
4. «Orçamento do que é necessário para sustentar os noviços na sua nova Casa do Noviciado», *Bras. 4*, 349-351; cf. *Bras. 4*, 354, 357. Os gastos, no período de 1707 a 1727, foram 47.802$343. Receberam-se nesse mesmo período, da «fundação» do Capitão Domingos Afonso, 47.012$493. O déficit era, portanto, de 789$850 réis. Demonstração de factos, com uma parcela global para cada ano, *Bras. 4*, 349-351.

acatamento, festa e regozijo, ficou tão impressionado que se declarou protector da nova casa.

Mas a nova casa era de provação. E por uma, imprevista, principiou a vida dos recém-chegados, pagando tributo ao clima. Ao começarem os calores dêsse verão, sobrevieram as sezões periódicas, terçãs e quartãs. Duraram todo o verão. Já declinavam, a 10 de Junho de 1729, data desta carta, que assim narra os primeiros dias do Noviciado da Giquitaia [1]. Outro flagelo do lugar eram as formigas. O Ir. Noviço Manuel Correia, vindo de Portugal, viu invadido o seu leito por elas, na primeira noite que passou na Giquitaia [2].

Nesta Casa se concluía também a formação Religiosa, fazendo nela os Padres, ao fim dos estudos, a *Terceira Provação*, e assim o fizeram em diversos períodos.

3. — Além da Casa e Capela do Noviciado, requeria-se ainda Igreja pública, reclamava-a a piedade do povo e para ela generosamente concorria. Em 1732 ergueu-se o quarto corredor, de paredes meias com a nova Igreja [3]. Em 1736 davam-se por acabadas as paredes dela, e já coberta a capela-mor e o côro [4]. Em breve se rematou a construção e se executou o ornato interior. Trabalharam nas obras do madeiramento e entalhe os Irmãos Domingos Xavier (1722), António de Faria (1735-1738), João Gonçalves (1738-1741), António Nunes (1741), Lourenço Chaves (1741), Clemente Martins (1746-1748). Florescia na Baía em todo o período da construção da Igreja da Giquitaia, o Ir. Francisco Coelho, «bom pintor». Ao mesmo tempo renovaram-se o frontispício e as tôrres, com mais elegante forma. Já estavam findas em 1759, e também já acabado o paredão com que se impediu que as ondas galgassem o terreiro, e ameaçassem a estabilidade da Igreja. Tinha-se também feito há pouco a capela mortuária destinada a receber os restos mortais dos Padres e Irmãos [5]. «Arquitecto» neste ano, era o Ir. Jácome António Barca [6].

---

1. Carta do Provincial Gaspar de Faria, 10 de Junho de 1729, *Bras. 4*, 384·
2. Cf. José Rodrigues, *Vita P. Em. Correae*, 12 (ms.).
3. *Bras. 6*, 188v; *Bras.10(2)*, 356.
4. *Bras. 6*, 230v.
5. *Bras. 6*, 442.
6. Da diocese de Como, Itália, onde nasceu a 6 de Maio de 1728. Entrou

4. — Viviam nesta Casa de Formação em 1757, 29 Padres e Irmãos (os noviços eram 21).

Dispunham para se sustentar, e ao mais pessoal do serviço e obras, do seguinte:

Fundação, renda média..........	800	escudos romanos
Contribuïção dos Colégios........	600	» »
Casas alugadas.................	200	» »
Açúcar........................	300	» »

As rendas, deixadas pelo fundador Domingos Sertão, nada tinham de fixo, pois eram de Fazendas que dependiam dos pastos e das sêcas, mas aquela média era mais ou menos certa. Todos os Colégios concorriam com a sua quota parte para a formação dos Noviços da Província, excepto o do Rio, que começava a ter também Noviciado, em vista à erecção de futura Província. Algumas Casas mais pobres não podiam dar nada. Possuía uma pequena Fazenda de Mandioca no Camamu, que durante muito tempo não produziu farinha suficiente para o consumo da Casa. Agora já dava e sobrava. Tinha um canavial, junto ao Engenho de Pitanga, com 13 escravos, que às vezes produzia 6 caixas de açúcar. E, com isto, duas Fazendas de Gado: uma no Piauí, outra junto à Aldeia de Canabrava, de que cuidavam 3 escravos e teriam 300 cabeças de gado. Situação económica boa: Recebeu em 1756, ao todo, 4.790 escudos romanos; dispendeu 2.890 [1].

5. — Inútil repetir o que significam para uma instituïção religiosa as Casas de Formação, e como em todos os países civilizados e livres, se cultivam e amparam. Sem noviços não há Padres, nem Colégios, nem Universidades, nem Missões, nem Companhia. E da sua solidez e virtude depende tudo o mais. Além do Padre Mestre, encarregado especialmente da boa criação dos noviços, havia outro, que governava a casa, com o nome de Reitor, desde a sua inauguração em 1728:

P. *Tomás Lynch* (1728)
P. *Gaspar de Faria* (1731)

---

na Companhia a 14 de Outubro de 1753 (*Bras.* 6, 414v), e veio a falecer em Azeitão, a 27 de Julho de 1762 (Carayon, *Doc. Inédits*, IX, 235).

1. *Bras.* 6, 442.

P. António de Guisenrode, (1732?)
P. José Bernardino (1733)
P. João Pereira (1735)
P. António do Vale (1737)
P. Francisco Xavier (1737)
P. Manuel de Siqueira (1739)
P. Luiz dos Reis (1740)
P. José de Mendoça (1741) [1]
P. António de Morais (1746)
P. João Honorato (1749)
P. José de Mendoça, 2.ª vez (1752)
P. José Geraldes (1753)
P. Félix Xavier (1753)
P. Luiz dos Reis, 2.ª vez (1754)
P. Manuel Ferraz (1755)
P. Inácio Pestana (1759)

Inácio Pestana, último Reitor da Giquitaia, tinha nascido na Baía no dia 11 de Julho de 1705, e entrou na Companhia no dia 23 de Maio de 1720 [2]. Continuou a ser Superior, em Roma, no Palácio de Sora, dos Jesuítas do Brasil, aí residentes, e aí faleceu no dia 19 de Fevereiro de 1765. Inácio Pestana, escritor elegante, deixou, manuscritas, a *Vida do Venerável P. Inácio de Azevedo e companheiros Mártires* e a *Vida do P. Alexandre de Gusmão*. Em Português [3].

6. — No *Noviciado da Anunciada* (invocação oficial: Anunciada e N.ª S.ª da Encarnação são títulos equivalentes), se concentraram a 7 de Janeiro de 1760 todos os Padres e Irmãos da Baía, ao todo, 124, e daqui seguiram o rumo do exílio para Lisboa e Itália. No dia do embarque, 19 de Abril, celebrou-se a última missa de comunidade, dos Jesuítas da Baía, na mesma cidade, onde Manuel da Nóbrega celebrou 220 anos antes a primeira dos Jesuítas na América. E depois, antes de consumir a derradeira partícula consagrada, o Celebrante deu a última bênção do Santíssimo e com ela o último

---

1. Acabado o seu govêrno foi nomeado Reitor 2.ª vez o P. António do Vale. Não tomou posse, por doença, continuando o P. Mendoça.
2. Bras. 6, 122.
3. Cf. supra, *História*, I, 535-536.

adeus à terra que deixavam, não ingrata, porque a culpa era do espírito do século que então reinava, e julgava reinar para sempre, que é o eterno engano da iniquidade. Os Jesuítas, êsses, sabiam que só Deus triunfa definitivamente. E tiveram consciência disto e alguns chegaram à Companhia restaurada, passada a tormenta [1]. Em vez de se sentirem abatidos, juntos todos na Capela do Noviciado, entoaram o cântico ambrosiano, de graças e louvores, por serem julgados dignos de padecer pelo nome de Cristo. Alguma lágrima sem dúvida brilharia nos olhos dos que partiam da terra e da gente que amavam. Todavia o que lhes brotou dos lábios não foram queixumes, senão o *Te-Deum*:

Te Deum laudamus: Te Dominum confitemur[2]...

---

1. Entre êles, dois Irmãos, um estudante Bernardo Soares, depois Padre, outro, coadjutor, José Valente, que com mais cinco do Brasil, segundo o P. António de Meneses (*As Relíquias do Naufrágio*), sobreviveram ao cativeiro de Babilónia, e faleceram ambos depois da restauração oficial da Companhia de Jesus, o primeiro em 1815, o segundo em 1820.

2. José Rodrigues, *Vita P. Em. Correae*, 67-68 (*ms.*). Visitamos no dia 24 de Julho de 1934 o Noviciado da Anunciada, hoje Recolhimento de S. Joaquim. Passou por transformações ou restaurações, que parece lhe não aboliram a antiga arquitectura, no essencial das paredes. Ao ser convertido mais tarde em Casa Pia e Colégio de Órfãos, diz Rebêlo, *Corografia*, 142, que «foi de todo reedificado pois *existiam* tão sòmente as *paredes* arruínadas». Deve tratar-se do Noviciado, pròpriamente dito. A Igreja e capela mortuária, embora com modificações internas, devem ser as primitivas. E nas dependências do Colégio, o olhar atento descobre ainda arcos e vestígios de obras antigas. Sôbre a saída dos Jesuítas de Giquitaia, cf. AHC, *Baía*, 4167-4172, 4960, 5008-5010, 5013-5016, papéis, em que há uma parte de verdade, naquilo de que são documento: não se compaginam com a verdade histórica, nem as *interpretações* regalistas e jansenistas, de que estão eivados, nem as alegações de *factos*, a que o absolutismo, então implantado, não permitiu defesa nem contra-prova.

CAPÍTULO VII

Instituições e Casas urbanas

1 — Seminário Maior de Nossa Senhora da Conceição (1743); 2 — Casa de Exercícios. Espirituais; 3 — Convento ou Colégio Feminino da Soledade; 4 — Quinta do Tanque; 5 — Outras casas e prédios urbanos.

1. — O Seminário da Baía, obra em que se pensou desde o tempo de Nóbrega e do Prelado D. Pedro Leitão, ficou durante quási dois séculos a ser substituído pràticamente pelo Colégio da Companhia de Jesus, na Baía, e depois também noutras cidades e vilas, onde se formou quási todo o clero secular do Brasil durante 2 séculos [1]. A educação dos meninos e meninas índias também tinha sido objecto de estudo e preocupação desde os primeiros tempos. A experiência porém mostrara que a generosa iniciativa não era apoiada ainda pelo ambiente da educação familiar indígena para assegurar a eficácia dos estudos. Mas de vez em quando, quer os Jesuítas, quer os Prelados, quer os Governadores Gerais seus amigos, propunham a criação dêsses estabelecimentos, como fêz, ao começar o século XVIII, D. João de Lencastro, lembrando a El-Rei a erecção de um Seminário para meninos índios (*Colomins*) e para meninas índias (*Cunhantãins*). A 12 de Março de 1701, El-Rei louva o zêlo, mas diz que a essa iniciativa obstam motivos de ordem prática; e «que, entretanto, se fôssem catequizando nas Aldeias» [2].

Não se tratava, neste caso, de Seminário para a formação do Clero, mas para facilitar e resguardar a educação cristã. A idéia do Seminário, pròpriamente dito, andava adiada, não suprimida como tão importante à vida da Igreja, na sua função ministerial

---

1. Cf. supra, *História*, III, 223, e neste presente Tômo, infra, o que se refere ao Colégio de Olinda.
2. Accioli, *Memórias Históricas*, I, 141.

e educativa. E parece que pensou em o fundar o grande Prelado D. Marcos Teixeira. Na «Cópia de um papel de D. Luiz de Sousa», de Março de 1622, se diz que se gastaram da fazenda de El-Rei nas obras da «Relação» e «Seminário» mais de vinte mil cruzados [1]. Não se dão neste documento mais explicações sôbre tal Seminário [2]. Talvez as perturbações holandesas viessem destruir a obra incipiente.

Parece que a idéia dos Seminários, para a juventude masculina, andava sempre acompanhada no Brasil da idéia correlata de Recolhimento para a juventude feminina. Foi a propósito de um Recolhimento dêste género, o da Soledade, como veremos, por ocasião da vinda à Baía do P. Gabriel Malagrida, em 1736, que se retomou a emprêsa e se deram passos desta vez mais eficazes para a sua realização. Passos invariàvelmente os mesmos, de carácter burocrático e financeiro: as licenças legais e os fundos económicos, e também as regalias que fôssem chamariz e estímulo à obra das vocações brasileiras. A idéia tomou vulto e entrou no campo positivo com o grande Arcebispo D. José Botelho de Matos, chegado à Baía a 3 de Maio de 1741.

Começou a obra pelo que devia começar, a garantia económica dos futuros seminaristas. Angariaram-se donativos e comprou-se, a 9 de Abril de 1743, ao Sargento-mor António Lobato de Jesus por 1.400$000 réis uma grande roça, a *Roça de Nossa Senhora da Saúde* (Sítio da Saúde) [3].

O Seminário, confiado pelo Prelado aos Padres da Companhia, principiou-se numas antigas casas junto à Sé, que em 1581 o Colégio vendera a Helena Borges, mãe do P. Domingos Monteiro, e que voltaram à posse do Colégio em 1620, por testamento daquela Senhora, que as deixara ao filho, religioso da Companhia [4]. Já funcionava em 1747, ou nalguma dependência do

---

1. AHC, *Baía*, ano de 1622 (Apensos).
2. Já em 1606 se falava dêste Seminário, no compromisso de um morador da Baía para não devassar da sua casa assobradada, o «eirado do Colégio e o Noviciado Velho». A casa do morador estava entre «casas do Seminário» e «casas do Colégio», cf. Tombo do Colégio da Baía, *Doc. Hist.*, LXIII, 364. Tratava dêste assunto o P. Manuel Nunes, que foi mais tarde vigário de S. Paulo.
3. Accioli, *Memórias Históricas*, IV, 721.
4. Cf. Tombo do Colégio da Baía, *Doc. Hist.*, LXIII, 357-363. O título geral do Tombo, referente ao ano de 1745, diz: «Venda que fêz o Colégio de umas casas a Helena Borges, onde agora está começado o Seminário, as quais casas

próprio Colégio ou nalguma das casas dos Jesuítas, esparsas pela Cidade. Buscar-se-ia casa mais apta quando se firmassem melhor as coisas, o que não tardou: «Por decreto de S. M. Fidelíssima, de 23 de Julho de 1750 e Alvará de 2 de Março de 1751, alcançado a instâncias de Gabriel Malagrida, lhe foi concedida a ordinária de 300$000 réis em cada um ano, aplicada para sustentação dos seminaristas do Seminário da Baía, e principiou o seu vencimento em 3 de Agôsto de 1752»[1].

Indo a Roma, como Procurador do Brasil, o P. João Honorato alcançou da Santa Sé que os alunos dos Seminários da Companhia tivessem a mesma isenção dos Religiosos, como os próprios Religiosos, enquanto vivessem em clausura, debaixo da obediência dos Reitores da Companhia. Antes de voltar ao Brasil, em 1754, apresentou o Breve Pontifício ao Secretário de Estado, Pedro da Mota, que o declarou corrente[2].

Faltava edifício próprio. Achou-se uma grande casa, com bom quintal, «na Rua do Maciel». Para as necessárias obras de adaptação tomaram conta dela dois Padres e alguns artífices da Companhia. A mudança dos estudantes fêz-se em Março de 1756. Intitulou-se *Seminário de Nossa Senhora da Conceição*[3]. Desde 24 de Feve-

---

houve o Colégio dos Oficiais de El-Rei em pagamento do seu dote real». Seguem-se outros documentos da volta destas casas à posse do Colégio.

1. *Relação das quantias annualmente abonadas aos Padres da Companhia de Jesus pela Fazenda Real e que voltaram para a Coroa por direito de reversão»*, AHC, Baía, 5583; cf. Carta Régia de 24 de Setembro de 1752 sôbre o Alvará concedido ao P. Gabriel Malagrida para edificar Seminários na América, Arq. Públ. da Baía, *Cartas Régias* (ano 1752) s/p.

2. Cf. Carta do P. João Honorato a Tomé Joaquim da Costa Côrte Real, da Baía, 13 de Setembro de 1757, AHC, *Baía*, 2871. Também foi referendado pelo Secretário da Marinha e Ultramar, Diogo de Mendonça Côrte Real, cf. Silveira, *Narratio*, 71.

3. «Epistolae coronis adsit Moderatoris Provinciae in rei Litterariae augmentum egregie animati stabile monumentum. Huius operâ et industria desumpta sunt ex Bahiae aedificiis non pigendae magnitudinis aedes amplae pomario et irriguis areolis venustatae opportuno in situ, unde studiosi juvenes *Theologicas Facultates*, et illas quas *Artes* vocant, in nostris scholis possint audire, et commodius, quae acceperint retinere. In possessionem domicilii missi sunt Sacerdotes duo, praeter rei fabrilis artifices aliquot ex nostris hominibus, qui novam sedem in claustrales usus aptare insudant. Facta migrationis dies ineunte Martio, et a *Sacrosancto Conceptionis Mysterio* nuncupatum fuit recens *Seminarium*», Carta de Simão Álvares, da Baía, 30 de Dezembro de 1756, *Bras. 10(2)*, 498v.

reiro, estava à frente dêle o seu primeiro Vice-Reitor, que ficou até 1758 [1].

O *quadro docente* do Seminário, em 1757, era assim constituído:
P. António Nunes, Vice-Reitor;
P. João de Almeida, Ministro;
P. Manuel Maciel, Presidente dos círculos de estudo («Disputationum»).

Os *Irmãos artistas* das obras do edifício eram:
Ir. João Mazzi, «faber murarius»;
Ir. João Rubiati, «faber lignarius»;
Ir. Francisco do Rêgo, «architectus» [2].

Os alunos moravam e estudavam, no Seminário, dirigidos por aquêles Padres; mas as aulas eram nas Escolas Gerais do Colégio. Era *Seminário Maior* (não Menor, ou de Preparatórios). «O Seminário da Baía, já há muito inaugurado, para a educação da juventude estudiosa que se destina a seguir o Curso de Filosofia e Teologia, chegou ao seu desejado têrmo neste ano de 1757, e começou a ser freqüentado com a entrada de nobres adolescentes. Logo iniciaram o Curso de Filosofia nas Escolas Gerais do nosso Colégio, com o maior aplauso de tôda a cidade, e esperança de futuro progresso. A Casa, onde moram, é grande e dotada dos necessários aposentos e repartições. E circundada por um muro externo, dentro do qual fica uma quinta ameníssima para recreio com a sua fonte de água nativa» [3].

Para o sustento do Seminário, do seu pessoal assalariado e das suas obras, havia aquêle subsídio régio de 300$000 réis; a pensão

---

1. Bibl. Vitt. Em., f. gess., 3492/1363, n.º 6.
2. *Bras.* 6, 396v. Além dêstes três Irmãos artistas, que moravam no Seminário, vivia no Colégio o Ir. Pintor Pedro Mazzi, romano como João Mazzi, entrados na Companhia em 1753 e talvez trazidos da Itália pelo P. João Honorato.
3. *Bras.* 6, 441v. Dentro da Quinta, do lado oposto ao vale, tinham os Jesuítas erigido um «riquíssimo presépio», cujo acesso se fazia por uma ponte para a qual, «enterraram vigas de 40 palmos de comprimento. Na Sala dos Estudos havia pintada a óleo e sôbre pano, cobrindo as paredes, tôda a história da *Guerra Holandesa na Baía*, desde a invasão, a 8 de Maio de 1624 até o 1.º de Maio de 1625, quando foi restaurada a cidade». E Manuel Querino acrescenta, que muitos anos depois da saída dos Jesuítas, houve aí uma casa de educação, cujo director mandou arrancar aquelas pinturas venerandas e substituí-las por «papel pintado», Manuel Querino, *Teatros da Baía* na *Rev. do Inst. Hist. da Baía*, XVI, 125-126.

dos estudantes, 80$000 réis por ano; duas Fazendas no Rio Real (sertão baïano), que ainda em 1759 não rendiam nada, por estarem a começar. Tinha uma fazenda suburbana de boa terra, vizinha do Seminário; e duas correntezas de casas na Baía, cujos alugueres rendiam 290$000 réis por ano [1]. A «fundação» apresentava-se pois com seriedade e solidez.

Como todos os Seminários, também êste dispunha da sua Capela interior e de livraria própria. E as obras da casa progrediam. E procedia-se a um plano de ampliação sob a direcção do Reitor, o P. João Honorato, que entrara em 1758 a governar o Seminário de que foi principal organizador [2]. E tudo prosperava quando a tormenta chegou também a esta casa. No dia 29 de Dezembro de 1759 os Padres do Seminário (era já Reitor neste ano o P. José de Lima) são conduzidos para o Colégio da Baía. Três dias antes, os soldados cercaram o Seminário e expulsaram dêle os alunos, não sem os seus protestos [3].

Quem mais sofreu o golpe insensato desta desorganização do Seminário diocesano foi o magnânimo Arcebispo D. José Botelho de Matos. Bem compreendia que a Igreja da Baía e do Brasil ia ficar privada de casa para a formação do clero nacional brasileiro. Ia passar meio século sem ter Seminário Diocesano com grave detrimento da cultura eclesiástica, de que tanto depende em todos os países cristãos, a própria cultura do povo [4].

2. — A prática dos *Exercícios Espirituais* na Baía, ao Clero e a Seculares, que remonta a Mem de Sá, continuou para pessoas isoladas, como aliás em todos os Colégios do Brasil. Fê-los, de 8 dias, no Colégio da Baía, o Bispo D. Marcos Teixeira, ao assumir

---

1. *Bras.* 6, 441v.
2. Bibl. Vitt. Em., f. gess., 3492/1363, n.º6.
3. Bibl. Vitt. Em., f. gess., 3492/1363, n.º 6; Apênd. ao Cat. Port., ano 1906.
4. Sôbre a papelada burocrática referente ao sequestro do Seminário, cf. AHC, 4167-4172, 4533-4536. Teixeira de Barros, *Epigrafia da Cidade do Salvador* na *Rev. do Inst. da Baía,* LI, 66, identifica o Seminário de N.ª S.ª da Conceição com o Palácio ou Solar Ferrão. E diz: «Era propósito dos Jesuítas prolongar a edificação até à actual ladeira de S. Miguel, de modo que a porta principal ocuparia o centro do grandioso edifício». Edgar de Cerqueira Falcão, *Relíquias da Bahia* (S. Paulo 1940) 335, traz a fotogravura dêste portal magnífico, onde se lê a data de 1710, anterior à fundação do Seminário.

a sua vasta Diocese¹. O Arcebispo D. Fr. Manuel da Ressurreição ia em viagem para Belém da Cachoeira, igualmente com êsse fim, quando faleceu².

Tratou-se, depois, de se darem em grupos, costume já no Recife, desde 1686. O movimento na Baía foi mais tardio, e só com diligência e constância se introduziu a sua prática. A gente de fora não compreendeu logo o alcance dos Exercícios Espirituais para a renovação da piedade cristã, e achavam-se pouco inclinados, ao começo, o clero, a nobreza, e os mercadores. Ao menos com o Clero, o Arcebispo D. Sebastião Monteiro da Vide estava disposto a não permitir que ninguém se ordenasse sem primeiro os ter feito³.

Propondo-se em 1717 que os fizesse um Convento de Religiosas, da Baía, repondeu a Superiora que não tinham sustento. O Reitor do Colégio (Mateus de Moura) disse que era dificuldade sem importância e que o Colégio proveria ao sustento das Religiosas durante os Exercícios. Deu-os o P. Domingos Ramos. Ao cabo dêles as Religiosas acharam que a dificuldade havia desaparecido e não se utilizaram da oferta⁴.

Exemplo que denuncia o ambiente espiritual. Mas a pouco e pouco se renovou. Em 1719 fá-los no Colégio, durante 8 dias, com admirável edificação, um desembargador⁵. E em 1726, o Arcebispo D. Luiz Álvares de Figueiredo, que tinha feito durante 8 dias os Exercícios Espirituais, segundo o método de S. Inácio, e dizia que só os Padres da Companhia os davam como convinha, queria que houvesse casa própria para êles⁶. Enquanto não foi possível, estabeleceu-se dentro do Colégio, uma secção separada onde o Clero Secular fazia os Exercícios Espirituais de 8 dias⁷. Mas tomando cada vez mais incremento entre a gente de piedade sólida, não só Clero, mas tôdas as classes de pessoas, não ficou de lado a idéia de edifício próprio.

Enfim, em 1757, um benfeitor tomou isso à sua conta e doou à Companhia uma casa com obrigação de os Jesuítas «dirigirem os

---

1. *Bras. 8*, 328v.
2. *Cartas de Vieira*, III, 607, 614.
3. *Bras. 10*, 96v-97.
4. *Bras. 4*, 197v.
5. *Bras. 10*, 212.
6. *Bras. 4*, 337v.
7. *Bras. 4*, 345-345v.

Exercícios de Santo Inácio, a todos os Católicos, que os quisessem tomar».

Diz o Catálogo de 1757: «Esta casa erigiu-se no decurso dêste ano de 1757, pelos cuidados do P. Provincial. As casas, oferecera-as um piedoso Benfeitor, grandes, e de dois andares. O Provincial mandou dar-lhes a forma conveniente de claustro, dividiu-as em aposentos separados, fêz as repartições indispensáveis, dotou-a com elegante capela, e ornou os corredores com belas pinturas («optime»), que moviam à piedade e à penitência. Já está quási concluída e por todo o mês corrente de Dezembro será freqüentada por muitos exercitantes que pedem para aí se darem à oração e à contemplação das coisas celestes, por espaço de oito dias. Obra na verdade muito louvada por todos os homens principais da Baía, sobretudo pelo Arcebispo, que decretou não ordenar a nenhum clérigo sem ter feito nela os Exercícios Espirituais. Trata-se de estabelecer o modo da sua subsistência, e já, por solicitude do Provincial, há 400$000 a juros, e espera-se que com a ajuda de Deus não faltarão os recursos necessários» [1].

Nesta Casa de Exercícios da Baía residiam alguns Padres, quando sobreveio o exílio [2]; e os Padres do Piauí, que só chegaram a 20 de Maio de 1760, depois do embarque dos demais Padres da Baía, ficaram algum tempo nesta Casa, até seguir o mesmo glorioso destino [3]. Hoje estas Casas de Exercícios, há-as em tôdas as partes cultas do mundo. No Brasil, quatro. E em grande número nos Estados Unidos e no Canadá, para só falar nos países da América. A Casa de Exercícios de 1760 é conhecida hoje, na Baía, com o nome de «Antiga Casa de Oração dos Jesuítas» [4].

3. — Outra Instituição, que se deve aos Jesuítas, é o Convento ou Colégio Feminino da Soledade.

O P. Gabriel Malagrida chegou à Baía em fins de 1736. Um ano depois a *Ânua de 1737* diz o que fizera nesse lapso de tempo:

«O P. Gabriel Malagrida, com outro Padre do Colégio da Baía, que os Superiores lhe deram como companheiro, igual na peregri-

---

1. *Bras.* 6, 442.
2. AHC, *Baía*, 4913.
3. AHC, *Baía*, 5076.
4. Sôbre o que ao mesmo tempo se praticava no norte do Brasil, cf. supra, *História*, IV, 252ss.

nação, trabalho e fruto, ainda não interrompeu as missões ao povo mais rude, ora num, ora noutro dos lugares e freguesias designadas.

Além disto, no subúrbio desta cidade da Baía há uma colina ao norte dela, lugar, tanto pela sua situação como pela afluência do povo e moradores, muito célebre, mais ainda pela religião e votos dos que lá vão. Aí, por indústria do Missionário e grande generosidade dos homens mais piedosos, nobres a maior parte, já vemos uma casa, em quadra, quási pronta até o madeiramento. Ao lado direito de tão grande obra, constroi-se uma Igreja, rica na forma e no ornato, por ser dedicada à Senhora da Soledade, que dá o nome ao monte. E para que não demore a licença pedida ao Rei de Portugal, trabalha-se por levar a obra ao último remate, para que fique pronta o mais depressa possível e seja asilo à honestidade das mulheres expostas a perigo (*periclitantium foeminarum honestati praesidium*)» [1].

Os que se referem a esta fundação falam de Recolhimento para moças, em particular moças «erradas». E a vista de tantas infelizes, como então havia, deve ter sugerido a obra. Mas o pensamento evoluíu ràpidamente do «depois» para o «antes», e que antes de cuidar das «erradas» era melhor educar as outras para que não viessem a «errar». Está aqui o problema de juventude, que é um dos fins expressos do Instituto da Companhia de Jesus (Obras de misericórdia *espiritual*), ficando a segunda modalidade (Obras de misericórdia *corporal*) a outros Institutos da Igreja, que assim completam mùtuamente a sua função de assistência. Era essa a opinião do Arcebispo D. José Fialho, e parece ter sido também a do P. Geral [2].

A resposta do P. Geral foi todavia mais além: recomendou discrição ao P. Malagrida. E que nestas missões poderia excitar a caridade dos fiéis para fins tão úteis, mas que os donativos os dessem depois de concluída a missão, para que ficasse bem visível a todos o desinterêsse da Companhia; e quanto a obras femininas, que se lembrasse da atitude e reserva de S. Inácio e cometesse o assunto ao Prelado [3].

---

1. Ânua de 1737 escrita pelo P. Cornélio Pacheco, por ordem do P. Provincial João Pereira, da Baía, 8 de Janeiro de 1738, *Bras.* 10(2), 381.
2. Mury, *Hist. do P. Malagrida*, 74.
3. *Bras.* 25, 86.

O Prelado, chegado à Baía, já depois da obra adiantada, tomou-a efectivamente como sua. Deu-lhe todo o apoio; não prescindiu porém do concurso dos Jesuítas.

A inauguração da Casa foi a 28 de Outubro de 1739, e, pelo modo de falar de Mury, logo com a forma de Casa Religiosa: «Mais de vinte donzelas das principais famílias da Baía disputaram ao mesmo tempo a distinção de consagrar-se ao Senhor no mosteiro novo. No dia em que tomaram posse da sua santa morada foi dia festejado em tôda a cidade. As mesmas distintas pessoas acompanharam-as até aos umbrais do Convento; e aí Malagrida lhes falou algumas frases calorosas, felicitando-as por sua boa sorte. E depois cerraram-se as gradarias das novas espôsas de Jesus Cristo. Deu-lhes Malagrida as regras das Ursulinas; e para logo o aroma de suas virtudes rescendeu por tôda a cidade e todos bendiziam o apóstolo e suas obras»[1].

D. João V aprovou a fundação, pela Provisão de 25 de Fevereiro de 1741, e Bento XIV com o Breve de 2 de Agôsto do mesmo ano de 1741[2].

A ermida da Soledade, que ali havia antes, era regida por uma Irmandade, que cedeu o terreno à nova fundação com algumas obrigações perpétuas: «uma ladainha todos os sábados, um ofício nos oitavários pelos irmãos vivos e defuntos, o asseio e tratamento da roupa branca destinada ao uso do altar, e finalmente o pagamento de 600$000 réis, feito ao pedreiro Manuel Gomes de Oliveira do restante da obra que a Irmandade ainda lhe devia». A posse foi confirmada em Provisão de 11 de Março de 1746 e recomendada na de 1749[3].

Que se tinha fundado? Na realidade uma Casa Religiosa e um Colégio para a educação de Meninas como existem hoje em tôdas as grandes cidades do mundo civilizado. Estava a terminar o período da antiga Companhia, e concluía com o que tinha sido uma aspiração de Nóbrega. Mas parece que ainda então era ousadia. Os debates, que originou, demonstram precisamente a sua clarividência e necessidade. No Alvará Régio de 2 de Março de 1751 em que se conferia ao P. Malagrida a faculdade oficial de fundar Seminários na América Portuguesa, de acôrdo aliás com as autoridades

---

1. Mury, *op. cit.*, 74; Rebêlo, *Corografia*, 160.
2. AHC, *Baía*, 6555.
3. Accioli, *Memórias Históricas*, IV, 223.

diocesanas, lê-se esta cláusula: «Também sou servido [El-Rei] se execute o Breve de Sua Santidade para ser convento de Religiosas Professas, o Recolhimento das Ursulinas do Coração de Jesus na Cidade da Baía», de acôrdo com as formas de direito examinadas pelo Prelado e comunicadas ao Vice-Rei [1].

A primeira dificuldade veio da Irmandade, que neste ano de 1751 fêz as reclamações, que enxameiam na história de tôdas Irmandades do regime antigo. Dada a sua escritura de cessão, confirmada em 1746, não aparece como pudesse ser legítima depois a sua ingerência na organização ou evolução interna da nova instituição, desde que se fazia por ordem superior, de El-Rei e do Sumo Pontífice, e ela cumprisse as cláusulas religiosas a que se obrigara.

A nova Superiora do Recolhimento, Sóror Beatriz Maria de Jesus, requereu a 5 de Agôsto de 1751 que o Recolhimento fôsse reconhecido como Instituto Ursulino conforme ao Alvará Régio de 2 de Março dêsse ano [2].

Acompanhou-a uma informação do Arcebispo da Baía, de 20 de Julho, que contém a definição do Instituto e um parecer que aparentando o contrário é a sua melhor justificação:

Definição: «É o Convento ou Colégio em tudo o mesmo que o dos Padres da Companhia sem mais diferença que o ensinarem e doutrinarem êles o sexo masculino e aquelas o feminino. Tanto assim que na notícia preliminar da sua regra, se está lendo que na confirmação da regra dos Padres da Companhia se achava a das Ursulinas confirmada».

Parecer: «E sendo como é a obrigação de ensino no Colégio das Ursulinas, a principal e essencial, não cabe nem tem lugar nesta terra, por se conservar o mulherio dela, sem embargo dos contínuos clamores dos Prelados, Missionários, Confessores e Prègadores, com tal reclusão, que parece impossível o conseguir que os pais e parentes consintam que suas filhas e mais obrigações saiam da casa à missa, nem a outra alguma função, o que geralmente se pratica não só para com as donzelas brancas, mas ainda com as pardas e pretas, chamadas crioulas» [3].

---

1. Cf. César Marques, *Dic. do Maranhão*, 475, onde vem na íntegra o Alvará de 1751.
2. AHC, *Baía*, 130.
3. AHC, *Baía*, 128.

O parecer do Bispo não era contra o Colégio, pois êle se apresentava na linha dos clamores dos Prelados, Missionários, Confessores e Prègadores contra a reclusão do mulherio em casa; era a verificação da impossibilidade de um tal Colégio, num meio assim constituído. Mas é evidente, por isso mesmo, que o Colégio significava uma salutar reacção contra a estreiteza de vista familiar e representava não só um elemento de cultura como de desempoeiramento da vida social. A reacção teve pelo menos princípio de execução, porque já em 1753 existia uma «Lista de tôdas as Recolhidas, *educandas*, servas e escravas, do *Recolhimento de N.ª S.ª da Soledade e Coração de Jesus na Baía*»[1].

Com êste título, que pertence também à história da devoção do Coração de Jesus no Brasil, se encerra o que toca à própria história da Companhia; e também com o título de *Malagridas*, com que o povo denominava, com simpatia, as moradoras do convento, do nome do fundador. A Igreja da Soledade ainda existe e é um dos bons monumentos da capital baïana.

4. — A Casa de Campo do Colégio da Baía, cujos princípios, com o nome de *Quinta do Tanque*, data do século XVI[2], manteve nos séculos XVII e XVIII a sua função específica de mansão de repouso ou de férias dos estudantes, tanto semanais, como anuais, as Férias Grandes; desdobrou-se depois noutro, a que chamaríamos hoje de *experimentação agrícola*. O seu nome oficial, para o fim, nos Catálogos da Companhia, provindo do seu orago, foi *Casa suburbana de S. Cristóvão*. Provia de legumes e frutas o Colégio e aí se cultivavam plantas da América, da Europa e da Ásia.

E tornou-se famosa por nela se iniciar a cultura da canela de Ceilão no Brasil[3]. Também se aclimatou, nela, com grande êxito a pimenta do Malabar[4].

---

1. AHC, *Baía*, 500. Aproxime-se, em concordância com esta mesma reacção contra o embiocamento feminino, o que dirá das suas «patrícias», em Carta de 18 de Outubro de 1781, José da Silva Lisboa (depois Visconde de Cairu), *ib.*, *Baía*, 10.907.

2. Cf. supra, *História*, I, 96.

3. Cf. supra, *História*, IV, 157. «Le Canelier est de la hauter d'un petit Ceresier; la feuille en est longue, pointüe, & d'un verd clair. Les Jésuites en ont les premiers fait apporter de Ceylan», Froger, *Relation du voyage de la mer du Sud* (Amesterdão 1715)146.

4. Aires de Casal, *Corografia*, II, 91.

E depois o cacau, quando por intervenção dos Jesuítas, passou do Maranhão à Baía.

Vieira, enquanto foi Visitador (1688-1691), remodelou a Quinta, tanto nela como no edifício, que aumentou. Em 1694 descreve-se: «Hoje tem 18 cubículos, além da arcada que rodeia todo o edifício, corredores e duas galerias ou cobertos, para jogos de movimento («geminum xystum trudiculorum ludo destinatum»). Possui Capela, fonte de água sempre nascente, um lago e aléias de árvores ferazes de pomos de oiro («malorum aurantiorum», laranjeiras) que ajudam a repousar honestamente o espírito. E todo o género de legumes para o Colégio, e mandioca selecta para comer»[1]. Em 1701, além das galerias para jogos, explica-se que havia também campo de jogos de bola[2].

Vieira teve predilecção por esta Quinta recolhida, própria para a concentração do estudo e que êle conheceu em período bem diverso, de alvorôço e guerra, em 1625, quando os Jesuítas aí se reüniram para assistir aos combatentes contra os holandeses na fase final do cêrco; e 71 anos mais tarde, sentindo-se gravemente enfermo, nonagenário, ao passar daí para o Colégio, escrevendo ao seu amigo P. Baltasar Duarte, a 3 de Julho de 1696, uma das últimas cartas, deixou uma palavra de saüdade, à *Quinta dos Padres*, onde vivera quási 17 anos, no meio dos seus papéis, e onde tantas páginas redigira da sua obra: «Enfim me resolvo a deixar êste deserto e ir para o Colégio, ou para sarar como homem com os remédios da medicina, ou morrer como religioso entre as orações e braços de meus Padres e Irmãos. *Adeus, Tanque*, não vou buscar saúde, nem vida, senão um género de morte mais sossegado e quieto, que é o memorial mais freqüente que de muitos anos a esta parte trago diante dos olhos»[3].

Esta era a *Quinta* pròpriamente dita (a *Quinta do Tanque*), «sita ao diante do Forte do Barbalho», distinta da *Fazenda de S. Cristóvão*, anexa, mais adiante, «no alto do monte». Ambas ocupavam pouco mais ou menos um quarto de légua em quadra.

A *Quinta* constava em 1760 de Residência para os Padres, Casa de Recreação para os estudantes, oratório próprio, árvores e

---

1. *Bras.* 5(2), 138.
2. *Bras.* 6, 27.
3. *Cartas de Vieira*, III, 687; «Ad septendecim fere annos» — «cêrca de 17 anos» viveu Vieira na Quinta do Tanque, diz Andreoni, carta de 20 de Julho de 1697, em *Anais da BNRJ*, XIX, 154.

uma «fonte de água nativa corrente, muito bem obrada»; a *Fazenda de S. Cristóvão* tinha também a sua Capela, com retábulo. Tudo de pedra e cal.

Como a sua homónima do Rio de Janeiro, a *Quinta de S. Cristóvão*, também esta, quer pela bondade das suas terras, quer, sobretudo, pela abundância das suas águas, teve um destino benéfico de assistência, transformada, depois da saída dos Jesuitas, em «Hospital Público de S. Cristóvão dos Lázaros»[1].

5. — Possuíu o Colégio ainda outras muitas Casas na Baía, umas térreas, outras de sobrado, tanto na Cidade alta, como na Praia. No breve inventário de 1575 menciona-se já, «ao longo do mar uma casa nova de pedra, com seu cais para desembarcar a barca e se recolher nela o que logo se não pode trazer arriba, e as coisas necessárias à mesma barca»[2].

Era depósito ou armazém, mais tarde ampliado, como o pedia o movimento crescente do Colégio, sobretudo depois que se construíu o guindaste, conhecido na história citadina com o nome de *Guindaste dos Padres*, no mesmo sítio em que se estabeleceu modernamente o «Plano Inclinado Gonçalves».

Em 1596 diz-se que os Padres tinham na Praia, «casas de sobrado»[3]. Talvez fôssem já outras. No fim do século XVI, quando se tratou de construir Igreja e Colégio novo, buscaram-se também meios económicos para isso, surgindo a construção de casas na cidade como um dos mais seguros e adequados. A esta intenção de capitalização de fundos para as obras da Igreja, juntou-se outra, a saber, que essas casas, de renda certa, poderiam ajudar a equilibrar o orçamento do Colégio, que apresentava *deficit*, e neste sentido o Visitador P. Manuel de Lima deixou ordenado em 1610: «Façam-se logo as casas da Praia, pois são notável proveito do Colégio e poderão ajudar a pagar as dívidas»[4].

As casas construíram-se em diversos tempos, casas térreas e casas de sobrado, e os autores modernos falam em correnteza de

---

1. Rebêlo, *Corografia*, 160; «Arrematação da Quinta dos Padres, onde agora é o Hospício dos Lázaros», em *Anais do Arq. do Estado da Baía*, XXII, 157ss.
2. Cf. supra, *História*, I, 152.
3. Cf. *Doc. Hist.*, LXIV, 33.
4. Roma, Vitt. Em., f. gess., 1255, 14[7v].

sobrados, com arcadas, nos pavimentos térreos, conhecidos por *Cobertos Grandes* e *Cobertos Pequenos*, junto ao Guindaste, donde o dizer-se que construíram a *Rua do Guindaste dos Padres* e a *Rua dos Droguistas* [1].

Na Cidade Alta possuíram também grande número de moradas, umas construídas pelo Colégio, outras herdadas, doadas ou compradas; e também no decorrer dos tempos se venderam casas a terceiros, como em 1621, que se concede faculdade para se venderem umas ao Licenciado Jorge Lopes da Costa, advogado do mesmo Colégio [2].

As Casas do Colégio da Baía eram muitas, como não podia deixar de ser, dada a grandeza da obra que sustentavam; e constam do *Apendice C*, no fim dêste Tômo.

Tentaram alguns autores modernos identificar estas casas antigas com casas ainda existentes, como por exemplo a da actual Rua Carlos Gomes, n.º 57, que tem sôbre a porta a data de 1675, e um escudo com a inscriçãp *Volabo et requiescam* [3]. Não nos pronunciamos em matéria que requere o tríplice conhecimento da topografia citadina, da nomenclatura das suas ruas, variada através dos tempos, e dos documentos de posse. Os dados certos podem-se colher sobretudo no Livro do Tombo publicado em «Documentos Históricos» [4], e no «Têrmo de avaliação» dos prédios da Companhia de Jesus na Baía em 1759, existente no Arquivo Histórico

---

1. Cf. Brás do Amaral em *Cartas de Vilhena*, I, 119; J. Teixeira de Barros, *Anais do Arq. Públ. da Baía*, III, 271-283.

2. Gesù, I-147, f. 18v. Jorge Lopes da Costa já exercia a advocacia na Baía em 1599, cf. *Doc. Hist.*, LXIV, 3. No *Tombo do Colégio da Baía*, publicado em *Doc. Hist.*, LXIII, se encontram diversos instrumentos jurídicos de *compra*, *venda* e *troca* de casas, *passim*. Também no *Livro de Têrmos de Vistorias e alinhamentos* (1724-1746) há vários têrmos atinentes a *arruações* feitas ao edificarem-se casas do Colégio. Cf. Arquivo Municipal da Baía, cód. 62A-26, fs. 47, 102, 114, 164, 229, 262, 276, 278, 292v.

3. Teixeira de Barros, *Epigrafia da Cidade do Salvador*, na *Rev. do Inst. da Baía*, LI, 65-68.

4. *Doc. Hist.*, LXII-LXIV (1943-1944). Já se refere a casas do *Tombo dos Jesuítas da Baía* e a estas pesquisas sôbre construções urbanas, Wanderley Pinho no minucioso *Prefácio* ao *Livro Velho do Tombo do Mosteiro de São Bento da Cidade do Salvador*, publicado por Dom Plácido Staeb (Baía 1944) XXVI.

Colonial de Lisboa [1]. Estudo, incluindo nêle, o do Colégio, com os seus salões e Livraria, as Igrejas, com as suas sacristias, a Quinta do Tanque, o Noviciado e o Seminário e outros, sem dúvida importante, se fôr feito com a devida competência; nem talvez haja nenhum mais fecundo em todo o Brasil no período decisivo da sua formação, durante 210 anos (1549-1759), para o conhecimento da evolução das artes não só religiosas e suntuárias, mas também urbanas e civis. E aquêle *talvez* transforma-se em *certeza*, se nesse estudo se englobarem as demais obras históricas de procedência diversa, religiosa, civil e militar, que fazem da Baía a cidade-tipo do Brasil, com as suas antiguidades cidadãs, desde Caramuru, Tomé de Sousa e Nóbrega, até ao esplendor do século XVII e ao urbanismo e palácios dos nossos dias.

---

1. «Termo das informações e avaliações que fizeram os avaliadores e mestres d'obras dos bens de raiz sequestrados aos Padres Jesuitas do Collegio da Bahia, compreendendo especialmente o grande numero de predios que estes possuiam nesta cidade indicando as respectivas confrontações, valor, rendimento, nomes dos inquilinos», etc., datado de 26 de Julho de 1759. Valor total dos predios avaliados, 190.886$900 réis; seu rendimento, 11.451$000 réis, AHC, *Baía*, 4952, anexo ao n.º 4927. Os gastos gerais do Colégio da Baia, em 1757, segundo o Catálogo dêsse ano, último existente, subiam a 15.840$000 réis (*Bras.* 6, 436v).

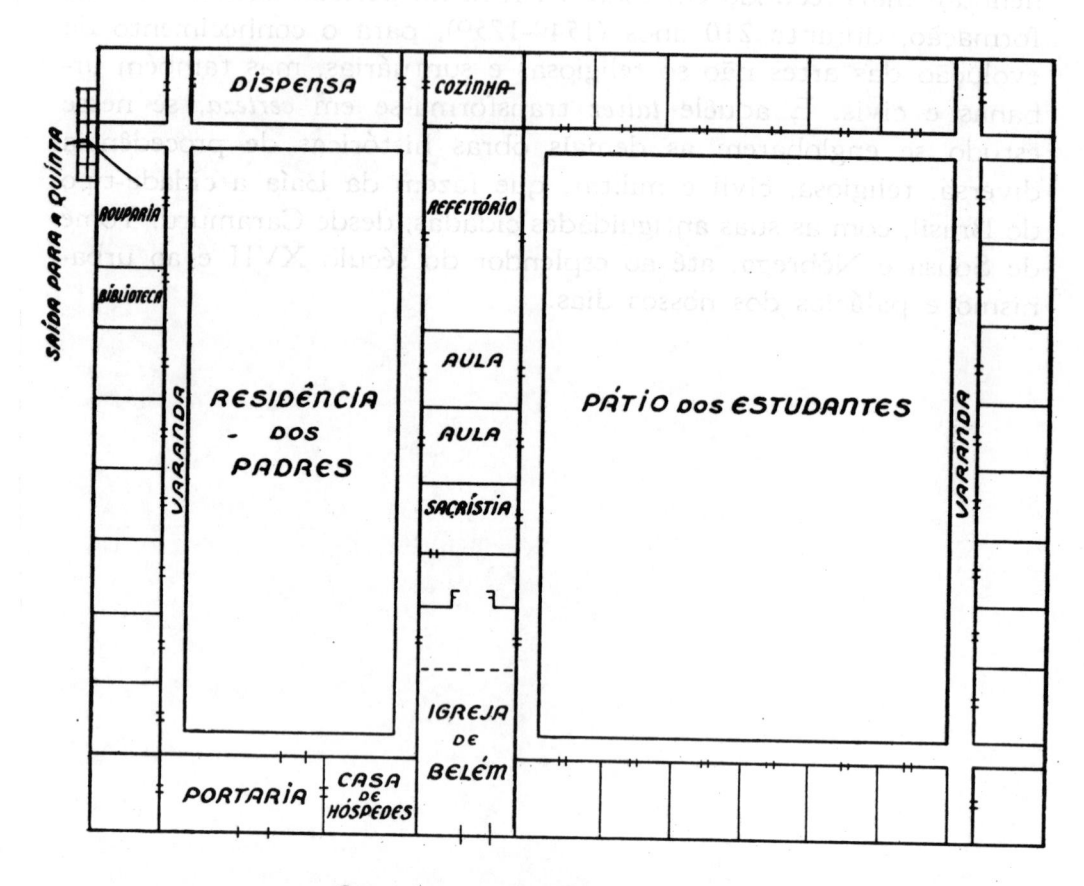

```
                    DISPENSA    COZINHA

SAÍDA PARA A QUINTA
    ROUPARIA                    REFEITÓRIO

    BIBLIOTECA

                              AULA
        RESIDÊNCIA
           DOS                            PÁTIO DOS ESTUDANTES
         PADRES    VARANDA   AULA                              VARANDA

                              SACRISTIA


                              IGREJA
                                DE
                              BELÉM
              CASA
    PORTARIA   DE
             HÓSPEDES
```

SEMINÁRIO DE BELÉM DA CACHOEIRA

Planta, por justaposição, da que se guarda no Arquivo Geral da Companhia, com dizeres latinos, que traduzimos, para compreensão de todos. Concebe-se a sua grandeza, confrontando-se com a Igreja de Belém (ao centro) ainda hoje existente, e reproduzida em gravura neste Tômo. (Planta original em *Bras. 3*, 236).

CAPÍTULO VIII

Seminário de Belém da Cachoeira

1 — Seminário-Internato fundado pelo P. Alexandre de Gusmão; suas bases económicas e declaração régia de utilidade pública; 2 — Benfeitores, dotações e bens apurados; 3 — Freqüência de alunos; 4 — Organização interna e Regulamento escolar; 5 — Reitores; 6 — Os primeiros alicerces do Seminário em 1687; 7 — Igreja e influência da arte oriental (Macau e China).

1. — O Seminário de Belém da Cachoeira, no Recôncavo da Baía, nasceu como demonstração prática do que o P. Alexandre de Gusmão, seu fundador, explanara antes em duas obras escritas. Em 1678 tinha saído em Évora, da Oficina Académica, o seu primeiro livro, *Escola de Belém, Jesus nascido no Presépio*; e sete anos depois, a *Arte de Criar bem os filhos na idade da puerícia. Dedicado ao Menino de Belém, Jesu Nazareno* (Lisboa 1685). No intervalo dêstes livros publicara o P. Alexandre de Gusmão a *História do Predestinado Peregrino e seu Irmão Precito* (Lisboa 1682), romance alegórico-moral, a primeira novela escrita no Brasil [1].

A *Escola de Belém*, de 1678, e a *Arte de Criar bem os filhos*, reunidas num pensamento único, fizeram nascer a Escola ou Seminário, a que se pôs o mesmo nome de *Belém*, que ficou na topografia local e na história pedagógica do Brasil.

A idéia do Seminário apresentou-se ao começo com carácter popular, para nêle se criarem os filhos dos moradores, sobretudo os *pobres*, que viviam no sertão, e poderem estudar não só os primeiros elementos de ler e escrever, mas também latim e música. Impunha-se a ajuda oficial e particular para iniciativa de tal natureza e magnitude. Alexandre de Gusmão requereu-a à Coroa. El-Rei mandou pedir informes ao Governador Geral, manifestando o seu apoio à idéia e estabele-

---

1. Cf. Fidelino de Figueiredo, *Literatura Portuguesa* (Rio 1941) 185.

cendo a colaboração privada no ensino. Dizia El-Rei ao Governador o que o Governador repete na resposta, como era praxe na correspondência oficial: «procurasse persuadir aos moradores de maior possibilidade concorressem para êle com algumas esmolas certas, para se sustentarem os filhos dos que são pobres, pois era razão que tendo êles maior fruto das terras, se movessem à caridade para com os necessitados; principalmente quando as rendas da fazenda de Vossa Majestade não fôssem bastantes para os encargos públicos para a conservação de todo o Estado; e ainda no caso de nela poder caber alguma côngrua para êste Seminário, sempre convinha que se aumentasse um maior número, para que, por meio da doutrina, que adquirissem os pobres, que nêles se recolhiam, pudessem ter os que são ricos, Missionários naturais para as Aldeias, Mestres para os seus filhos, e Religiosos para o serviço de Deus, enriquecendo a todos do bem espiritual das almas, sem o que não podia haver riqueza, que aproveitasse, nem duração alguma dos bens temporais, que hoje se logram».

Contém a Carta Régia a própria exposição de motivos dada pelo Jesuíta. El-Rei assume-os como seus, e declara o Estabelecimento de «utilidade pública» e excita os particulares a que o subsidiem.

Agora, a resposta do Governador: «Informando-me, como Vossa Majestade me manda, achei que o Seminário se fizera havia uns poucos de anos, e que está nêle o número de perto de cinqüenta, mas êstes nem todos são de homens pobres, e os mais dêles são de homens ricos, que ajudam a sustentar aquêle Seminário, e que lhe dão para isso algumas esmolas. No que toca a persuadir aos moradores a que concorram com as ditas esmolas, será trabalho sem fruto; porque só as dependências ou as vanglórias são os que fazem dar aos moradores do Brasil; mas eu farei tôda a diligência que puder».

Informa a seguir que a fazenda real estava tão gravada e todos os pagamentos tão atrasados, que lhe parecia mais conveniente pagar o antigo do que fazer esmolas de novo [1].

Apesar da informação, El-Rei insiste em amparar a obra, para que fôsse adiante, e mandava dar-lhe 100$000 réis, por uma vez sòmente [2]. Se demonstrava boa vontade, pràticamente era nada. O P. Alexandre de Gusmão apelou para possíveis benfeitores. Tinha-

---

1. Carta de António Luiz Gonçalves da Câmara Coutinho a El-Rei, da Baía, 9 de Julho de 1692, *Doc. Hist.*, XXXIV, 71-72; Rocha Pombo, *História do Brasil*, V, 277.

2. *Doc. Hist.*, XXXIV, 180.

lhe recomendado o P. António Vieira, ao tomar posse do cargo de Visitador em 1688, que buscasse êsse auxílio, mas com prudência, não confiando demasiado em promessas, que poderiam desfolhar-se antes do fruto, e suceder que, fundadas nessas esperanças, se principiassem obras que depois necessitariam, para se concluir, alguma coisa de mais positivo que simples esperanças [1].

A situação, tal como se apresentava, não favorecia, nem consentia que se mantivesse na sua integridade a idéia primitiva de ser Seminário sem recursos certos. E surgiu a necessidade de se buscarem nos próprios alunos, êsses recursos certos, e a idéia evolucionou para filhos de «pais honrados e nobres», pagando cada qual uma pensão, aliás módica, segundo se verá. E ao mesmo tempo tratar-se-ia de buscar outro rendimento certo, que garantisse a admissão de alguns alunos pobres, que a não pagassem. Data desta época a organização dos Estatutos ou Regulamento.

2. — Por êle se vê que o Seminário de Belém se apresentava com feição diferente das demais casas da Companhia do Brasil. Revivescência daqueles primeiros *Colégios dos Meninos de Jesus*, fundados por Nóbrega em 1550, e que então se verificou não serem ainda possíveis, nem então perfeitamente adaptados à mente da Companhia de Jesus, como Colégios internos, por conta de *confrarias* ou administrações externas, cuja influência e intromissão poderia ser funesta ao exercício livre da educação da juventude. Agora a administração ficaria inteiramente aos Superiores. Tentativa já de europeização de casas, Pensionatos internos, cuja criação é anterior à fundação da Companhia de Jesus, nem a Companhia fomentou, nem também recusou, quando alguma razão de bem público os aconselhava. Que foi sem dúvida o caso do Brasil, a favor dos filhos de fazendeiros, funcionários ou moradores dispersos pela vastidão da terra, longe dos centros populosos, onde existiam Colégios. Como nos Pensionatos ou Colégios internos europeus, as despesas individuais seriam cobertas pelas pensões dos próprios alunos. O mais, construção do edifício do Colégio, Igreja, ornato e sustento dos mestres e todo o pessoal indispensável, proviria da generosidade dos fiéis e pessoas amigas e devotadas à instrução. A generosidade foi de facto exímia, generosi-

---

1. Carta do P. António Vieira, da Baía, 27 de Julho de 1688 (latim). *Bras.* 3(2), 258.

dade em grande parte anónima que ergueu, remodelou e enriqueceu a Igreja, pequena mas notável.

A história deixou alguns nomes de grandes benfeitores do Seminário de Belém: Bento Maciel, P. Inácio Pereira e a família Aragão.

Bento Maciel foi o primeiro homem secular, que se interessou pela fundação, oferecendo para ela os seus bens, que em 1693 se dizia serem 25.000 cruzados, e a sua aspiração seria ter na hora da morte os votos da Companhia e desde logo a carta de irmandade [1].

Eram bens, ao parecer, não desembaraçados de negócios. Em 1703 tinha entrado com pouco mais de 6.000. Deixou os negócios e fêz um convénio com o P. Alexandre de Gusmão, para viver no Seminário, na saúde e na doença, enquanto lhe durasse a vida [2]. E viveu, com edificação até à morte, sucedida a 18 de Janeiro de 1709. Alcançou também o que pedia, morrendo com a roupeta e como Irmão da Companhia, com os sufrágios que como tal lhe competiam. A sua ajuda ao Seminário, foi, metendo tudo, 18.000 cruzados, parte em dinheiro, parte em objectos de culto, de prata e oiro, parte em casas de aluguel na cidade da Baía. Promoveu a Festa das *40 Horas* [3].

O segundo benfeitor foi o P. Inácio Pereira, baïano, que antes de fazer a profissão no Colégio de S. Paulo, no dia 2 de Fevereiro de 1701, dispôs que os seus bens, 6.000 cruzados, se aplicassem ao Seminário de Belém da Cachoeira. A 20 de Junho de 1709 explica ao Geral que os doou com a condição expressa de ser para sustento dos Padres que nêle assistissem. E pedia os sufrágios que era costume concederem-se aos benfeitores da Companhia. Efectivamente, disseram-se por sua intenção, ainda em sua vida, algumas das missas reservadas aos fundadores [4]. O benfeitor do Seminário de Belém tinha entrado na Companhia, com 15 anos, a 17 de Dezembro de 1681 [5]. Mais tarde, já velho, andava ainda em missões pelas Aldeias. Sentindo-se doente, vinha para Belém, falecendo no caminho.

---

1. *Bras.* 3(2), 329.
2. Gesù, *Colleg.,* 1373.
3. *Bras.* 4, 150; *Hist. Soc. 51,* 40; *Bras.* 6, 65. «Compendium publicae scripturae conventionalis factae per Tabellionem, Bahiae, 2.ª Martii Anni 1709, inter Executorem Testamenti D. Benedicti Massielis et P.em Provincialem suo et Rectoris Seminarii nomine agentem. Bahiae, 26 Martii 1709. (a) *Joannes Antonius Andreonus*». Gesù, *Coll.*, n.º 13 (Belém).
4. *Bras.* 4, 167, 190v; Gesù, *Coll.,* 1373.
5. *Bras.* 5(2) 81v.

O corpo foi conduzido e sepultado na Igreja de Belém, em Janeiro de 1736 [1].

A família Aragão foi a maior benfeitora, sobretudo António de Aragão de Meneses. Mas a boa disposição dessa ilustre família começou logo no Coronel Manuel de Araújo de Aragão, de quem é esta carta dos começos da fundação em 1687:

«*Muito Reverendíssimo Padre Geral da Companhia de Jesus*: Ocupo ao presente o cargo de Coronel dêste Distrito, que, pela grandiosa obra que nêle se faz do *Seminário*, se chama de *Belém*, e por essa causa me corre obrigação dar a V. Reverendíssima Paternidade as graças em nome de todo êste povo, por tão singular benefício de tanta utilidade para o bem de nossas almas e boa criação de nossos filhos, pedindo a V. Paternidade Reverendíssima nos leve adiante esta grande obra com seu favor, que se Deus nos não castigara êstes anos com tantas mortes de escravos e falta de água, já a obra estivera em outra altura. Mas espero em Deus que com o melhoramento dos tempos não hemos de faltar à nossa obrigação e ao que tanto nos importa, dos grandes serviços a Deus, que já de presente se fazem, e podia eu muito bem testemunhar, se não constassem já a V. Reverendíssima Paternidade, que Nosso Senhor guarde por muitos anos para bem de sua Companhia. Baía, distrito de Belém, quatro de Julho da era 1687 anos. Muito servo de Vossa Reverendíssima Paternidade, *Manuel de Araújo de Aragão*» [2].

A carta denota o empenho e quási orgulho bairrista em que a obra, que dava o nome à povoação, se estabelecesse em terras da sua jurisdição e posse.

Vinte e um anos depois, outro membro desta família dá notícias mais concretas, em carta em que se misturam afectos e conceitos diversos, parte administrativos, parte de petição, e em tôda ela, certamente, de amizade e confiança:

«*Reverendíssimo P. Provincial, meu Senhor*: — Já constará a Vossa Paternidade Reverendíssima a veneração e respeito que tôda nossa família dos Aragões teve sempre à Companhia, como também

---

1. A 20 dêste mês, *Bras. 10*(2), 377, ou a 29, *Bras. 6*, 197.

2. *Bras. 3*, 237. Manuel de Araújo de Aragão comprou a João Amaro [João Amaro Maciel Parente], filho do paulista Estêvão Ribeiro Baião Parente, a *sesmaria* onde se fundou a Vila de S. António da Conquista, mais conhecida por *João Amaro*. Comprou-a quando João Amaro se retirou para a sua terra, São Paulo (Viana, *Memória Histórica*, 608).

o amor especial que todos mostramos na ocasião do Seminário, concorrendo todos a uma obra tão pia e do serviço de Deus, com oferecimento de tôda a terra que os Reverendos Padres quisessem, sem as mais esmolas, que espontâneamente vamos oferecendo.

Agora o muito Reverendo Padre Mestre Alexandre Perier nos representou que para a perpetuação do dito Seminário era necessário uma renda estável de quatrocentos mil réis cada ano, para o sustento de seis religiosos e assim também outra de cem mil réis cada ano para porção de dois seminaristas, cuja nomeação pertencerá ao fundador e seus herdeiros, dando êle logo de contado vinte mil cruzados em dinheiro, cujo juro, conforme a lei, rende quinhentos mil réis cada ano. Ouvimos ao sobredito Padre Mestre e, como os seus conselhos foram sempre para nós os mais acertados, conhecemos, além de grande lucro que gozará a alma do fundador, fica também a nossa família muito mais honrada, com aceitar Vossa Paternidade Reverendíssima esta fundação.

Isto suposto, eu sou o primeiro que com tôda ânsia desejo fundar Belém, e por êste efeito estou esperando a dispensação, que há-de mandar o Reverendo Padre Mamiani, de eu casar com minha sobrinha e já o dinheiro está remetido ao dito Padre, com os papéis que pediu Sua Santidade, autenticados por êste Arcebispo, no tocante ao privilégio antigo de nossa família. E dado caso que a dita dispensação não viesse, minha irmã D. Isabel de Aragão de Meneses, casada com meu tio José Gracia de Araújo, é a fundadora; e ainda que José Gracia, seu marido, também quer, ela fundará só, com parte de sua têrça, quando não seja eu por falta da dispensa, que sem dúvida estou esperando nos primeiros navios [1].

E assim, além dos vinte mil cruzados, que se pagarão logo que Vossa Reverendíssima puser o *como placet*, à nossa petição, se Bento Maciel por qualquer sucesso retroceder das esmolas, que deu e pro-

---

1. Conserva-se na Igreja, em frente ao altar de S. Joaquim, a lápide funerária de um filho dêstes benfeitores, segundo a notícia que se transcreveu, na qual notamos que em vez de José Garcia de Araújo, está Aragão: «Aqui jaz sepultado o Seminarista Joseph Garsia de Aragão, filho de Joseph Garsia de Aragão e de D. Isabel de Aragão de Meneses bemfeitores insignes deste Seminario. Faleceu em Fevereiro de 1722», cf. Pedro Celestino da Silva, «Excerpto das *Contribuições* para o estudo chorographico do districto de Belem no Municipio da Cachoeira (Estado da Bahia), inseridas nos *Anais* do V Congresso Brasileiro de Geografia» (Baía 1925)8. Segundo êste interessante estudo, Belém fica a 230 m. acima do nível do mar, à beira do Rio Pitanga, afluente do Paraguaçu (p. 14).

mete dar como benfeitor, os seis castiçais de prata e os três resplandores de oiro, que estão na Igreja, pagar-se-lhe-á o dinheiro, que custaram ou se lhe mandará fazer outros, de maior valor, para que o altar-mor da Senhora não fique sem o lustre destas peças.

Bem sei que esta fundação é limitada a respeito de outras, mas além de haver exemplos de aceitarem-se semelhantes, poderão servir de merecimento, e sinal de nosso amor, as terras e outras esmolas que espontâneamente temos dado; e quem, por amor à Companhia, obra sempre desta sorte, prendado com o título de fundador, obrará muito mais e passará um poder sucessivo a todos os Reitores de poder expulsar qualquer morador que faltar ao mínimo respeito aos Padres ou não fôr de todo o agrado aos Superiores do Seminário [1].

Peço a Vossa Paternidade Reverendíssima que console a minha irmã e a tôda a nossa família, que todos estamos de um mesmo parecer; e como de minha parte quero que esta minha carta tenha o mesmo vigor que uma escritura, assim da parte de Vossa Reverendíssima espero o seu consenso para que com a maior brevidade siga o efeito. Eu e todos os meus parentes beijamos os pés de Vossa Reverendíssima, e rogamos a Deus lhe dê muita vida e saúde para continuar no seu serviço com tanto espírito e zêlo. Baía, de Março 6, de 1708. De vossa Reverendíssima sempre amante servidor e obrigado, *António de Aragão de Meneses*» [2].

O título de «fundador», que pleiteava António de Aragão de Meneses, ainda não tinha sido atribuído, porque Bento Maciel nunca pensara em tal título, bastava-lhe o galardão de vestir a roupeta e morrer dentro da Companhia. As dispensas matrimoniais para casamento entre tio e sobrinha (coisa que hoje se pede e obtém,

---

1. A promessa deve ter sido sugerida pelo caso sucedido alguns anos antes em 1700. Tinham os Padres uma lagoa, que servia de viveiro de peixe para sustento dos alunos e da casa. Um morador vizinho achou que a lagoa tomara algumas braças do seu terreno e mandou arrasá-la. Na noite seguinte um ratinho meteu-se-lhe nas fôlhas de tabaco, arrastando uma torcida acesa da candeia que lho queimou todo; e pouco depois se lhe estropiou um ginete de estimação. A gente atribuíu o caso a castigo por êsse morador se ter metido com o sustento dos alunos e da Casa de Nossa Senhora (*Bras. 9*, 448). Mas os Padres, para se não repetirem desgostos desta natureza, em vez de apelar para novos milagres, acharam melhor uma solução positiva de quem a podia dar em justiça, que era o senhor das terras. Também com isto se obviava a fixar-se ali algum vizinho de moral duvidosa, prejudicial à boa educação ou bom nome de um Estabelecimento de Ensino.

2. *Bras. 4*, 131.

quando se dá a ocasião) alcançaram-se. E o P. Geral permitiu que se aplicassem a título de fundador mil missas, que se repartiram, pela intenção do fundador e de sua mulher, reservando-se algumas, como se disse, para o P. Inácio Pereira [1].

A escritura de «fundação e dote» lavrou-se a 18 de Dezembro de 1711, legalizando jurìdicamente o que se havia prometido: o Coronel de Cavalaria António de Aragão de Meneses e sua mulher D. Maria de Meneses davam, para dotação de Seminário de Belém, 20.000 cruzados, para sustento dos Religiosos, que nela habitam. Dos juros desta importância separar-se-iam 100$000 réis para sustento de dois Seminaristas, cuja apresentação ficava aos dotadores, podendo ser da família dêles ou não, como lhes parecesse. E se porventura algum morador das terras dos doadores se tornasse vizinhança molesta ao Seminário, em matéria de maus costumes ou outra qualquer razão, o Reitor ficava com poderes para o mandar retirar dessas terras. O P. Mateus de Moura, Provincial da Companhia de Jesus, «que presente estava», disse que assim o aceitava em nome do R. P. Miguel Ângelo Tamburini, Geral da Companhia de Jesus, e que êles ficavam reconhecidos «fundadores» do Seminário [2].

António de Aragão de Meneses conservou-se amigo e em relações epistolares com diversos Padres da Companhia, incluindo o Geral, em Roma, a quem escrevia, e quási sempre para algum pedido em nome de terceira pessoa, como em 1722, em que pede se interesse pela confirmação e estabilidade do «Hospital novamente erigido no Recôncavo desta cidade da Baía, chamado Paraüaçu» [3];

---

1. *Bras. 4*, 190v.
2. A escritura lavrou-se no *Engenho da Embiara*, têrmo da Vila de Nossa Senhora do Rosário do pôrto da Cachoeira, nas pousadas de José Garcia de Araújo, pelo tabelião Teodósio de Mesquita. Além de D. Maria de Meneses, António de Aragão de Meneses e o P. Mateus de Moura, assinam como testemunhas o Coronel Francisco Barreto de Aragão, o P. Bartolomeu de Barros e Luiz António Falcão, caixeiro do Engenho da Embiara. — «Fundação e dote que fizeram o Coronel de Cavalaria António de Aragão de Meneses e sua mulher ao Seminário de Belém», *Gesù, Colleg.*, 1373.
3. A Carta é dirigida ao P. Geral, dentro da correspondência dos Padres da Baía. No princípio diz *Meu Senhor*, mas depois trata-os no plural, incluindo o assistente de Portugal em Roma, e os Padres António de Guisenrode, baiano, mas Procurador Geral da Índia Oriental Portuguesa, onde fôra missionário, e Alexandre Perier, italiano, de Turim, que havia sido missionário do Brasil:

e como em 1726, em que pedia ao Geral dos Jesuítas alcançasse licença do Geral dos Franciscanos, para Fr. Gaspar de S. João, religioso capucho, poder ir tratar-se nas Caldas de Lisboa, onde «se entende que só achará remédio»[1]; ou a favor de Fr. Manuel de S. José, Religioso Carmelita, antigo aluno do Seminário de Belém, o qual tinha prègado um sermão nas exéquias do P. Alexandre de Gusmão, de quem fôra discípulo: e pedia o que constava de um *memorial* que Aragão de Meneses remetera ao Geral da Companhia. Pedia a bênção, «e em nome de tôda a família, pois nos reconhecemos todos filhos da Companhia»[2].

Os Jesuítas colocaram o retrato de António de Aragão de Meneses, «um painel grande com suas molduras de azul e oiro», logo ao cimo da escada que subia da portaria, lugar de honra, praxe da

---

«Meu Senhor: A essa Cúria Romana vay hũa petição remetida ao P.º P.dor Geral Ant.º de Guizenrroda por via do Col.º desta B.ª feita a Sua Santid.º p.ª confirmação, extabelid.º e privilegio de hũ Hospital novam.te erigido no Reconcavo desta Cidade da B.ª chamado Parauassu, e ccmo do d.º Hospital sou eu o mais empenhado defensor, e Protetor, dez.º, da sua Perpetuid.º busco estes meios de alcansar, e como p.ª asim mo soseder tenho a V. Rev.mas como escudo deste meu intento nesa Corte e Curia Romana, assim com a dignissima pesoa de V. Rev.mas como com os continuos favores que tenho experimentado, e com dezejos demostrativos de Pay, de em tudo me dar g.to não terey eu pequeno se no empenho de V. Rev.mas experimentar eu as facilidades em ser o meu intento despachado, como desejo.

Ao Rm.º P.º M.º Alexandre Perier escrevo eu sobre esta mat.ª com noticias mais miudas que q.do V. Rev.mas as queira nele as podera achar, como tão bem no R. P.dor Geral dito Ant. de Guizenrroda a quem com extenção vai remetido com meudeza o fim da minha petição que seguro a V. Rev.mas he m.to do servisso de Deus e por não penalizar a leitura a V. Rev.mas a escuso aqui como não necessaria, e porque digo ao R. P.º M.º Alexandre Perier informe a V. Rev.mas do que ja de ca sabe disto, e novam.te lhe aviso, e como tenho serto o favor de V. Rev.mas fico m.º socegado neste meu emp.º; oferecendo novam.te a vontade ao serviço de V. Rev.mas como obediente filho; e fiel criado. O nosso Sem.º vay contenuando com m.ta aceitação, e servisso de Deus, e da Virgem de Belem, ela guarde a V. Rev.mas como dez.º p.ª nosso emparo. B.ª 8 de Fever.º de 1722. De V. Reverendissima filho mui am.to obrig.º criado, *Antonio de Aragão de Meneses*» (*Bras. 4,* 223).

1. Carta de António de Aragão de Meneses ao P. Geral, da Baía, 10 de Agôsto de 1726, *Bras. 4*, 330.

2. Carta de António de Aragão de Meneses ao P. Geral, de Iguape (Baía), 10 de Dezembro de 1727, *Bras. 4,* 360.

boa correspondência entre homens bem formados, de que amor com amor se paga [1].

A «fundação e dote» realizou-se da seguinte forma: deu 8.000 escudos romanos, e do mais pagava juros. Depois da sua morte, o dote ficou em cinco Fazendas no Sertão da Baía, que tinham em 1757, o número de 2175 cabeças de gado vacum e 25 de gado cavalar. Não possuía mais bens o Seminário, senão a fazenda contígua ao mesmo Seminário, de duas léguas, que subministrava lenha, farinha, legumes e frutos, para uso da casa. Trabalhavam nela 20 servos e nas Fazendas 23 [2].

A discriminação parcelar dos sítios e bens de raiz do Seminário de Belém era, em 1760:

1) uma porção de terra, em que se acha a *Fonte*;

2) duas fazendas de gado, no sertão do *Itapicuru*, chamadas *Picaraca* e *Tapera*;

3) sítio *Pé da Serra*, no sertão do Tucano;

4) três sítios desertos no sertão do *Itapicuru*;

5) um sítio em *Jaguípe*, têrmo da vila da Cachoeira, à beira do Rio *Paraguaçu*;

6) terras do *Rosário*, no distrito de *Belém*, entre as estradas de *Iguape* e vila da *Cachoeira*, que foram do Coronel Leandro Barbosa de Araújo;

7) um pedaço de terra de 22 braças e 5 palmos e meio, na vila da *Cachoeira*, que foram de João Rodrigues Adôrno, com sua casa que serve de armazém;

8) quatro moradas de casas na *Cidade da Baía*, na Praia e na calçada da Preguiça;

9) e uma sorte de terra no lugar da *Pingela*, têrmo da Vila da *Cachoeira* [3].

---

1. Na Igreja de Belém, numa pedra tumular encimada por um brasão, há êstes dizeres: «Sepultura do Coronel de Cavalaria António de Aragão de Meneses, Moço Fidalgo de Sua Majestade, e de sua Mulher D. Maria de Meneses, fundadores dêste Seminário de Belém».

2. *Bras*. 6, 441.

3. Cf. AHC, *Baía*, 4925-4931: «Vila de Nossa Senhora do Rosário do pôrto da Cachoeira, 5 e 7 de Setembro de 1760; e a Passagem da Gameleira, têrmo da Vila de Nossa Senhora da Nazaré, de Itapicuru de Cima, 10 de Outubro de 1760 — «Contém os têrmos dos Juramentos dos avaliadores e os autos de avaliação dos bens situados na Vila da Cachoeira, nos subúrbios de Belém, nas margens do Rio Paraguaçu, Passagem da Gameleira, etc.». No n.º 4501 dão-se os nomes

Era a realização concreta da Carta Régia de 1692 ao Governador Geral para êste persuadir aos moradores do Brasil a ajudar, com seus donativos certos, o Seminário de Belém, de utilidade pública. A experiência mostrou que no Brasil de então só havia firmeza no que mergulhava a raiz na terra. Os donativos dos três principais benfeitores, Bento Maciel, Inácio Pereira e António de Aragão de Meneses, somados, dão 44.000 cruzados. Só na construção da Igreja até 1701 tinham-se dispendido já mais de 100.000. E mais do que isso se iria gastar depois, nas remodelações e aumentos. O mesmo ou mais nas obras do Colégio. Os poderes públicos mostraram boa vontade. Contudo, se mais alguma coisa deram, além daqueles 100$000 réis (250 cruzados), não seria muito. E assim, por iniciativa particular se fundou e viveu uma instituição escolar, o primeiro Internato do Brasil, onde por espaço de 72 anos receberam a primeira educação e ensino cêrca de 1.500 estudantes, filhos do Brasil, que ilustraram depois as mais diversas carreiras.

3. — O Seminário abriu com 8 alunos, um dos quais Jerónimo Martins, baïano, entrou na Companhia [1]. Mas logo Alexandre de Gusmão pede ao Geral que não haja limitações: tantos quantos pedirem e couberem [2]. Em 1690, os alunos são 37. E mais seriam se o edifício estivesse concluído [3]. Em 1693, são 50. Todos pagam uma pensão moderada [4]. Mais tarde haverá sempre algum que a não pague, assegurado o seu sustento por subsídios a isso destinados. De tôdas as partes do Brasil, do Norte ao Sul, surgem pedidos de admissão. Em 1695 saem de Belém da Cachoeira, com os estudos de Humanidades concluídos, muitos alunos: uns embarcam para Portugal, a matricular-se na Universidade de Coimbra; outros entram em diversas Ordens Religiosas; outros são admitidos na Companhia de Jesus [5].

---

explícitos dos sítios mencionados no texto; e no n.º 4500, o valor de tudo, 2.170$000 réis, e avaliam-se os seus rendimentos, «estando *tudo* alugado», em 136$000 réis.
1. *Bras.* 10(2), 497.
2. *Bras.* 3(2), 285.
3. *Bras.* 9, 376v.
4. *Bras.* 3(2), 326.
5. *Bras.* 9, 411-411v.

Aumentando o edifício, aumentam os alunos. Em 1696, são 80 [1]. No ano seguinte, perto de 100. Dos que concluíram o curso passam uns para a Faculdade de Filosofia da Baía, seguem outros para Coimbra, adverte-se de-novo [2]. E a fieira, assim iniciada, nunca mais cessou.

Em 1707 concluído o Colégio, dá-se uma das suas maiores lotações, 114 alunos [3]. O número porém flutua. Em 1732, talvez, por não serem admitidos no período anterior de reconstrução, eram 60 [4]. Mas logo em 1739 eram 115, a maior lotação conhecida [5]. Pode-se estabelecer a média geral de 80. Até 1715 (data de *Rosa de Nazareth*) já tinham passado pelo Seminário de Belém mais de 500 alunos [6]. E continuavam a diversificar-se os caminhos da vida, seguindo cada qual a própria vocação e carreira escolhida, Padres seculares, Religiosos de diversas Ordens, e homens do mundo [7]. De vez em quando há notícias, nos historiadores brasileiros, de pessoas notáveis, que foram alunos dêste Colégio-Seminário. Entre outros, Bartolomeu Lourenço de Gusmão, o «voador» [8].

---

1. *Bras. 4*, 11.
2. *Bras. 9*, 437-437v.
3. *Bras. 6*, 65.
4. *Bras. 6*, 190.
5. *Bras. 6*, 280v.
6. Cf. Alexandre de Gusmão, *Rosa de Nazareth*, 365, cujo capítulo 4.º da IV parte (p. 361-365) é consagrado ao Seminário de Belém da Cachoeira, e todo o livro trata dos benefícios que a Senhora tem feito à Companhia.
7. Do Seminário de Belém «têm já saído muitos e virtuosos sujeitos para o hábito de S. Pedro e para os das outras Ordens Claustrais, e até para o século perfeitos varões», Rocha Pita, *América Portuguesa*, Livro VII, § 69.
8. Pertenceu aos primeiros cursos do Seminário. Ao concluir o seu, entrou na Companhia de Jesus, como estudante. Verificando-se que não era essa a sua vocação (foi-o de outros irmãos seus), saíu em 1701: «Bartholomaeus Laurentius, nov. schol., ex oppido Sanctorum an. 1701 — Catalogus Dimissorum e Societate in Província Brasílica ab anno 1681 usque ad annum 1707» (*Bras. 6*, 66). A entrada na Companhia conta-se do dia em que se começa o noviciado. Desde êsse momento fêz parte da Companhia de Jesus. Seis anos depois, requereu Bartolomeu Lourenço ao Conselho Ultramarino, patente e privilégio para um invento seu, experimentado no Seminário de Belém. Entre as provas justificativas, que apresentou ao Conselho, e êste examinou em Lisboa, a 18 de Novembro de 1706, está a seguinte certidão autenticada:

«Certifico eu, P. Alexandre de Gusmão, da Companhia de Jesus, Reitor do Seminário de Belém, como é verdade que Bartolomeu Lourenço, seminarista que foi do dito Seminário, fêz com sua indústria subir a água de um brejo do dito

4. — O Seminário de Belém, com a sua forma peculiar de Internato, destinado a receber alunos de tôdas as partes do Brasil, para serem instruídos no curso de Humanidades e serem educados na piedade cristã sólida e profunda, ficou a princípio sob a direcção directa do P. Alexandre de Gusmão, um pouco dependente da sua própria pessoa. Convinha, porém, que tivesse um Regulamento, que permanecesse fixo, independente das pessoas que poderiam suceder-se. O Provincial Manuel Correia deu em 1692 algumas normas ao P. Reitor Alexandre de Gusmão, e indicou que se organizassem quanto antes os Estatutos [1]. Aquelas primeiras normas foram examinadas, estudadas, revistas e acrescentadas, e, por fim, ordenadas e aprovadas pelo Padre Geral [2].

O Regulamento do Seminário de Belém consta de 3 partes, com 44 parágrafos ao todo. A primeira contém o fim da instituição, género de estudos, regime económico e financeiro, e normas gerais (24 § §). A segunda diz mais respeito aos mestres (5 § §). A terceira trata do horário, estudos, devoções, recreios, e disciplina escolar (10 § §).

O Nome de Seminário tem hoje duplo sentido: ou casa para formação eclesiástica ou grupo de investigações científicas, das grandes Universidades. O Seminário de Belém não era nem uma coisa nem outra. Era um Colégio interno, secundário, para os alunos saírem

---

Seminário, que fica sôbre um monte, por um cano de quatrocentos e sessenta palmos de altura, obra de grande admiração e utilidade para o dito Seminário; a qual eu vi correr e todos os mais do dito Seminário, assim Religiosos como Seminaristas. E por passar assim na verdade, e me ser pedida esta, a fiz, por mim assinada e selada com o sêlo de meu ofício. No mesmo Seminário de Belém, aos 18 de Janeiro de 1706, *Alexandre de Gusmão*», cf. Afonso de E. Taunay, *Bartholomeu de Gusmão e a sua prioridade aerostática* (S. Paulo 1938)542. As relações entre o P. Alexandre de Gusmão e o «Voador» colocam-se geralmente no terreno de *protector e mestre;* e para o seu irmão Alexandre de Gusmão, escrivão da puridade de D. João V, além de protector, *padrinho* (Cf. Inocêncio, *Dicionário Bibl.*, I, 33). Não haveria, além, disto, parentesco? Francisco Rodrigues, geralmente bem informado, escreveu que era «tio» dos dois (A *Formação*, 254, nota 2). Caso a averiguar. O P. Alexandre de Gusmão teve no Brasil um sobrinho nascido no Rio de Janeiro, também do mesmo nome, Alexandre de Gusmão, que foi Padre da Companhia e Reitor de S. Paulo, e não era irmão daqueles dois. Portanto, *três* Alexandres de Gusmão: o 1.º, fundador de Belém da Cachoeira; o 2.º, secretário e inspirador do Tratado de Limites de 1750; o 3.º, reitor do Colégio de S. Paulo, como se verá a seu tempo.

1. *Bras. 3(2),322-323v.*
2. *Bras. 3(2), 326-328.*

«bons cristãos». Pressuposto para tôdas as demais carreiras, que, ao sair dêle, com essa base de Humanidades, cada qual escolheria. Algumas das disposições dêste Regulamento tiveram a adaptação que a evolução do tempo e a experiência ensinava, sobretudo o que se referia ao valor aquisitivo da moeda, passando a pensão de 35$000 para 50$000 por ano, fixando-se finalmente nesta soma, que era sem dúvida inferior em 1750, aos gastos anuais de um jovem estudante, favorecendo-se assim os mais pobres.

Por ser o primeiro Colégio interno do Brasil é documento interessante sob vários aspectos, em particular para a história da Pedagogia Brasileira [1].

REGULAMENTO DO SEMINÁRIO DE BELÉM

«1. O fim dêste Seminário é criar os meninos em santos e honestos costumes, principalmente no temor de Deus, e inclinação às coisas espirituais, afim de saírem ao diante bons cristãos. Além disto, hão-de aprender a ler, escrever, contar, gramática e Humanidades, e não se lerá Curso de Filosofia; e nas doutrinas, que se fazem aos Domingos, se há-de procurar que aprendam os mistérios da fé com inteligência, e por isso não se estenda o Padre, que faz a doutrina, demasiado, nas exortações ao Povo; porque essas se podem fazer àparte nas festas do ano, e a obrigação de fazer a doutrina é maior [2].

2. Para que o cuidado dos Nossos se empregue todo na boa criação dos Meninos, não há-de ter o Seminário fazendas de cana, roças, ou currais de gado que hajam de administrar os Nossos, e por isso se não hão-de aceitar, por ser assim ordem do Nosso Re-

---

1. «*Ordens para o seminário de Belém conforme ao que mandou Nosso Reverendo Padre em uma sua de 28 de Janeiro de 1696, e em outra antecedente de 16 de Janeiro de 1694 ao Padre Provincial*», Gesù, Colleg., 15.

2. Este § 1 mostra com clareza o *âmbito dos estudos*: Tudo, desde os primeiros rudimentos até concluir-se o curso de Humanidades, ou seja o Curso de preparação geral comum a tôdas as carreiras; mostra também o fim e natureza do estabelecimento. Não era um *Seminário*, no sentido eclesiástico moderno, de preparação exclusiva para o estado sacerdotal. Distinguia-se dos mais Colégios, em ser *internato*. E, pelos resultados práticos, pode-se considerar também «um precursor das Escolas Apostólicas, *strictu sensu*, que mais tarde fundou em França o P. de Foresta em 1865». Cf. Cândido Mendes, *O Seminário do P. Alexandre de Gusmão em Belém da Cachoeira (Baía). Sua importância na formação do clero nativo*, em *Memórias do Congresso*, IX, 467.

verendo Padre, por carta de 21 de Janeiro de 1690. Poderá sòmente ter a horta, e pomar, a que se estender a terra do Seminário [1].

3. Se alguém deixar algum legado de fazenda de raiz se aceitará com condição de se vender, ou arrendar a outrém, e do procedido se aplicar ao sustento de alguns meninos pobres, de sorte que a administração dêstes bens não esteja a cuidado dos Nossos, mais que para o cobrar e dispender. Poderão contudo ter algumas moradas de casas, ou foros, cujas réditos não distraem o cuidado do Padre Reitor.

4. Se alguém deixar alguns legados para se sustentarem meninos pobres, seja sempre à eleição ou ao menos à aprovação do Padre Provincial, ouvidos os consultores, e o Padre Reitor do Seminário, e, em ausência do Padre Provincial, pertencerá a mesma eleição, ou aprovação, do modo que está dito, ao Padre Reitor do Colégio da Baía, e se, depois da obra feita, sobejar algum dinheiro das contribuïções, se aplicará ao sustento de algum menino pobre, deduzindo primeiro, de tôdas as contribuïções e legados, o que fôr necessário para o sustento dos Religiosos, que assistem no Seminário, e dos servos necessários para o meneio dêle.

5. O ordenado da porção para o sustento, e mais móvel da Casa, são trinta e cinco mil réis, pagos em dinheiro de contado, por dois quartéis; e, respeitando ao tempo e falta [de] dinheiro, se poderá aceitar algum açúcar, pôsto nos trapiches da Cidade; do qual se man-

---

1. «A ordem 2.ª de não ter o Seminário Currais de gado e lavoura não parece praticável para os vindouros. Porque, ainda que agora pode escusar êsses bens de raiz, por ter o P. Alexandre de Gusmão grandiosas esmolas, com as quais supre as faltas do Seminário, os que vierem depois dêle não poderão sustentar o Seminário, com a simples porção dos Seminaristas, havendo de alimentar seis ou sete dos Nossos e quarenta ou cinqüenta escravos. E dêste parecer são muitos da Província. Nem a razão, que se dá para excluir êsses bens de raiz, é subsistente, a saber, de não divertir os Nossos do cuidado dos meninos, como se pode considerar nos Seminários de Roma, que têm bens de raiz sem descuidar a criação dos Seminaristas. Além disso, os Currais de gado e as lavouras não prejudicam a êsse cuidado. Porque os Currais são governados pelos seculares vaqueiros, e as lavouras não requerem senão um feitor secular, e alguma visita de um Irmão Coadjutor dos dois que vivem no Seminário. Sòmente para os canaviais pode haver essa dificuldade, por necessitarem de mais assistência e ser lavoura de maior lida. Além de tudo isso, acabadas as obras, em que se hão-de empregar quarenta escravos que tem, senão fôr em lavouras?» — *Parecer do Provincial Manuel Correia*, anexo ao parágrafo 2.º, que mostra exacto conhecimento das coisas do Brasil, e os «vindouros» realmente executaram.

dará ao Reino, para o provimento necessário, o que parecer bastante; do outro se poderão fazer os pagamentos, ou vender, como parecer melhor. E se alguns Pais quiserem pagar em farinha ou carne, pelo preço que correr, se poderá aceitar da sorte que parecer ao Padre Reitor. Mas seja sempre de modo que dentro do ano se façam antecipadamente os pagamentos, e se faltarem aos ditos pagamentos depois de seis meses, com consentimento do Padre Provincial e em sua ausência, a juízo do Padre Reitor da Baía e dos Padres consultores, com parecer também do Padre Reitor do Seminário, poderão ser mandados os tais seminaristas para suas casas.

6. O número dos seminaristas, que se hão-de admitir, ficará à disposição do Padre Provincial, depois de ouvir os seus consultores e o Padre Reitor do Seminário.

7. Os que pedem ser admitidos, comumente não hão-de passar os doze ou treze anos de idade, nem estarão no Seminário mais de cinco ou seis anos; salvo se em algum caso especial, por razão de boa índole e costumes louváveis, ou por outras circunstâncias, parecer ao Padre Provincial, ou êle ausente ao Padre Reitor do Colégio da Baía, com parecer dos consultores e do Padre Reitor do Seminário, que se poderá dispensar, sem prejuízo dos outros seminaristas.

8. Dos que pretendem entrar no Seminário, se hão-de tirar as informações (ainda que não com aquela exacção, que se costuma, quando se trata de admitir alguém na Companhia), acêrca dos costumes, e da pureza do sangue: excluindo totalmente os que têm qualquer mácula de sangue judeu, e até o 3.º grau inclusive os que têm alguma mistura de sangue da terra, a saber, de índios ou de negros mulatos ou mestiços [1].

9. Não se admitam, nem se expulsem do Seminário os seminaristas, senão com licença do Padre Reitor do Colégio da Baía com parecer dos consultores.

10. Também não se admitirão os nascidos na Cidade da Baía, nem os que estudam nos Pátios do Colégio da dita Cidade, porque êste Seminário foi fundado para os meninos de fora: salvo se seus Pais forem moradores assistentes fora da mesma Cidade [2].

---

1. Era então lei geral esta «inquirição *de genere*» para a admissão a Ordens Sacras e a que se deviam submeter os Bispos e as Casas de tôdas as Ordens Religiosas. Mas destas informações, escreve o Provincial Manuel Correia, não se importava o Reitor, por as julgar desnecessárias, *Bras. 3(2)*, 327v.

2. «O Seminário foi fundado principalmente para meninos do sertão e

11. Aos Pais dos seminaristas, quando se agasalharem como hóspedes no Seminário, não se dê de jantar no refeitório do Seminário, mas em cubículo àparte para isso sinalado.

12. Mestre da música seja um secular, e de nenhuma maneira os Nossos ensinem solfa nem toquem instrumentos, nem cantem e muito menos na Igreja e no côro.

13. Os que se despedirem do Seminário, como qualquer outro moço de fora, não se admitam, nem ainda para ouvir sòmente aos Mestres nas classes do dito Seminário, nas quais sòmente os seminaristas hão-de ser ensinados.

14. Qualquer escândalo grave em matéria de castidade, como também a contumácia de quem não quiser obedecer, e o ferir deliberadamente ou afrontar a outrem não puerilmente, mas para injuriar, será castigado com pena de expulsão do Seminário, com consentimento do Padre Provincial, ou, êle ausente, do Padre Reitor do Colégio da Baía, precedente a consulta.

15. O Seminário não terá obrigação de dar aos seminaristas o que fôr necessário para o estudo, a saber: livros, papel, etc.

16. O vestido dos seminaristas há-de ser roupeta de estamenha parda, ou coisa equivalente (nem se permita cauda, que arraste), beca e barrete preto, que usarão nos públicos, com breve volta branca sem renda, nem se permita sêda ou sendais de retrós, senão uma correia, ou coisa semelhante, nem saltos demasiados, nem gadelhas, nem cabeleiras, para que se costumem a fugir à vaidade, com que alguns Pais criam a seus filhos, e quanto fôr possível, andem todos uniformes no hábito, assim como o são na mesa e habitação.

17. Não se permita que os meninos tragam moleques para os servirem, porque é mui necessário para a sua boa criação que êles se sirvam a si, e uns aos outros quando estão doentes; e para se costumarem a ter cuidado das coisas, êles serão os sacristães, porteiros, etc., e varrerão seus cubículos, farão suas camas, etc. [1].

---

partes remotas e desamparadas de doutrina e criação, ainda que das cidades se admitam alguns», diz Alexandre de Gusmão, *Rosa de Nazareth*, Cap. cit.

 1. «Non decet saeculares nobiles», nota posta pelo P. Geral. Era o parecer do P. Provincial Manuel Correia: Esta ordem, «de fazerem os Seminaristas alguns ofícios mais baixos como varrerem os cubículos, etc., é digna de reparo, especialmente no Brasil, aonde nem o mínimo oficial Branco exercita tais ofícios, próprios dos escravos, nem se achará um homem Branco que tal faça. A que se

18. Haverá uma casa que sirva de Rouparia, em que se guarde e reparta a roupa branca de cada um, com seus números; nem se permita que alguém tenha lavandeira particular: salvo quando os Pais, dos que moram perto, quiserem por sua conveniência tomar êsse cuidado, com parecer do Padre Reitor e quanto puder ser, seja tudo comum. E para isso haverá um livro, em que se assente a roupa de cada um, para que não suceda darem-na êles, e perderem-na.

19. Ainda que por conta dos Pais corre o provimento do calçado, contudo como muitos moram longe e não podem ser providos como convém, será conveniente conservar em casa um sapateiro escravo; e do calçado, que se fizer, se lançará no livro pelo preço ordinário, para que seus pais satisfaçam. E para isso será conveniente mandar vir de Portugal provimento de peles, e desta sorte se evitarão as amiúdadas idas dos meninos às casas dos oficiais de fora.

20. A Congregação das Flores, como meio muito eficaz para conservar a devoção da Virgem Santíssima, e os meninos no amor às coisas de piedade, se conserve e esteja o cuidado dela a um dos Mestres, que ao Padre Reitor parecer.

21. As férias se repartirão em duas partes: as primeiras começarão da véspera do Natal até os quinze de Janeiro; as segundas, do dia do Espírito Santo até dia do Corpo do Senhor. Nelas poderão ir às suas casas, aonde se poderão deter três dias, e não mais; ao que não voltar para o Seminário dentro dêste limite, não tornará nas férias seguintes a sua casa, quer seja por sua culpa, quer não [1]. Nem os Padres Reitores fàcilmente dispensem nisto. No qual se guardarão duas coisas: a primeira que nenhum irá sem escrito ou recado conhecido, de pai ou tio; a 2.ª que de nenhuma sorte no Oitavário do Natal estejam fora do Seminário.

22. Haverá um livro, em que se façam os assentos dos dias e era, em que entram no Seminário, e do que se recebe de cada um, fazendo sempre o encerramento do ano, que acaba, e do ano que começa, para não haver confusão. E por isso são escusados outros livros de Receitas; porque bastará pôr àparte em um caderno os gastos, para que o Provincial e Visitador vejam se se gastou fielmente o que se recebeu.

---

ajunta serem os Seminaristas, filhos de Pais honrados e nobres, que não folgarão disso, muito mais havendo tantos escravos no Seminário que o poderão fazer».

1. Nota ao lado, outra letra: «Videtur rigidum».

23. Haverá mais outro Livro, em que se lancem as esmolas e legados, que se recebem, com clareza de quem as der, e destas tomarão conta os Provinciais, como de coisas pertencentes à casa.

24. Haverá duas classes de *Latim*, além da classe da *Solfa*, e em uma se ensinará a *Arte* e na outra a mais *Latinidade* e *Retórica*, conforme a capacidade dos ouvintes, segundo a ordem das classes da Companhia.

25. Não se permita, que os que saírem do Seminário para os Estudos da Cidade, morem ou passem os dias das férias no Seminário, nem se detenham nêle mais que de passagem, segundo pedir a urbanidade e caridade; salvo forem de tão pouca idade, e confiança que se presuma não poderão ser de escândalo aos de casa, e quanto puder ser, se evite a comunicação de gente de fora com os seminaristas.

26. Suposta a graça que nos fazem os senhores da terra, não se permita fazer casa a morador algum, da Estrada Real para a nossa casa. E quando alguém tenha licença dos senhores da terra para fazer casa em Belém, se lance mão da benevolência, que connosco usam, de ser a contento dos Padres, para que se não cheguem muito ao Seminário.

27. Quando estiver a obra com cêrca bastante, não se permita entrar mulheres na nossa horta, nem ainda as nossas escravas. Nem se permitam homens de fora para os cubículos, e quando houverem de falar com os seminaristas, seja na portaria ou varanda, conforme a qualidade das pessoas. Assim mesmo não se admita no côro chusma de gente, porque é reservado para os da casa, ou a pessoas de particular respeito, nem fora das portas da clausura saírão os seminaristas sem licença, e quando com licença saírem, sejam acompanhados.

28. Também indo à Cidade, se lhes encomende muito o irem acompanhados, e quando saírem ou se despedirem do Seminário, não se lhes consinta passarem pela Cidade em traje de seminaristas, como alguns o fizeram por vezes, e se fôr necessário se obriguem a isso por ordem do Governador.

29. Quando houver alguma dúvida, sôbre tudo o que está dito, recorrerá o Padre Reitor ao Padre Provincial, como a Superior de tôda a Província, que como tal deve visitar, castigar e emendar o errado, sem mudar, nem inovar coisa alguma da sobredita direcção por ser vista, aprovada, e confirmada nesta forma, pelo Nosso Re-

verendo Padre Geral, o que não tira que o P. Provincial possa nas visitas ordenar e acrescentar o que lhe parecer, para maior bem e aumento do Seminário, que não encontre ao que está dito.

O mesmo Padre Geral ordenou que enquanto fôr Reitor do Seminário o Padre Alexandre de Gusmão se remeta ao seu juízo sòmente, assim o admitir como o despedir os seminaristas que julgar, precedendo porém, para serem admitidos, as informações, que se hão-de tirar ao modo acima ordenado.

E para os Nossos que assistirem no Seminário aprovou as ordens seguintes:

1. Aos Nossos, que assistirem no Seminário, se encomenda o exacto cuidado na boa criação dos meninos, entendendo ser êste não só o espírito próprio da Companhia, mas o principal, e que nosso Santo Padre tinha primeiro que tudo, diante dos olhos. Hajam-se de modo os que tiverem cuidado do Seminário que os de pouca idade entendam que, se lhes falta o bafo das Mães, não lhes falta o favor dos Mestres. Finalmente, se hajam de sorte que os pequenos estejam no Seminário contentes, e os grandes não estejam violentos.

2. Para o que importa observar quatro coisas: a primeira, que os castigos sejam amiüdados mas moderados; os já crescidos não sejam fàcilmente açoitados por erros da classe se não é em caso que assim o peça a prudência; e se a falta fôr secreta, o Padre Reitor no seu cubículo o castigue, de sorte que se não saiba a falta e se emende o culpado. A segunda, que o Irmão, que tem cuidado da dispensa, tenha alguma licença do Padre Reitor para lhes dar às vezes a merenda, com a moderação que pede a caridade; a qual quanto fôr possível não deve faltar nos dias de sueto. A terceira, que se tenha cuidado que não faltem os jogos a seu tempo, e algumas [vezes] permitir-lhes os que êles trazem decorados nos seus anais. A quarta, que nas suas doenças e achaques sejam curados com cuidado e amor, de sorte que não sintam a falta das Mães.

3. Ainda que a principal atenção dos Nossos no Seminário há-de ser o cuidado da criação dos meninos, contudo quando a esta se não falte, podemos acudir aos mais de fora, segundo o nosso Instituto, com os ministérios da Companhia, que são administrar sacramentos, prègar, e exortar o Povo, e ainda acudir às confissões de fora, procurando ir sempre acompanhados de um seminarista dos mais sisudos e modestos. E na administração dos sacramentos

se faça de modo que nunca se permita que a nossa Igreja sirva de Freguesia.

4. E para que o cuidado dos meninos seja qual se requere, importa muito que se evitem visitas a casas de seculares, que não forem precisamente necessárias. Por isso, quando o Padre Reitor vir que algum Nosso é demasiado ou se entremete em negócios que estorvam o cuidado dos meninos, avise ao Padre Provincial, e sem causa muito justificada não dará o Padre Reitor licença de ir ao Colégio salvo para tomar Exercícios, como nosso Reverendo Padre ordena, proïbindo terem-se no Seminário.

5. Não se multiplicará o número dos Nossos, que hão-de assistir no Seminário, sem antes examinar o Padre Provincial, se o que sobeja da limitada contribuição dos 35 mil réis basta para sustento dos tais Religiosos, visto não terem ainda donde lhe possa vir de outra parte o necessário, para se vestirem e alimentarem.

ORDEM QUE SE DEVE GUARDAR NO SEMINÁRIO DE BELÉM

1. Ao romper do dia se tocará a campa, e o que tiver cuidado de espertar baterá pelos cubículos, de sorte que ouçam todos os que dormem, e bastará dar-lhes oito horas para dormirem.

2. Ao sinal da campa acudirão todos compostos e em silêncio, à Igreja, e rezarão as preces matutinas; e elas acabadas assistirão à Missa. Depois da Missa se recolherão aos seus lugares a estudar e a fazer as obrigações da classe, até o almôço, que será pouco antes das oito horas. Às oito, irão à classe, aonde se guardará o estilo das nossas classes, assim na ordem das lições, como nos castigos; saindo da classe, poderão falar até irem à mesa, e comerão em comunidade, com lição e silêncio. Acabada a mesa, terão uma hora de repouso, todos juntos, no lugar assinalado, e neste tempo se não permita estarem fora do lugar comum; e quando algum estiver doente o Padre Reitor ou o Padre Mestre assinalará os que hão-de ter repouso com o doente.

3. Acabado o repouso, irão fazer breve oração ao Senhor ou à Senhora; recolher-se-ão a seus lugares, a estudar as obrigações da classe, até às três horas, e serão castigados os que neste tempo falarem. Às três horas irão à classe; acabada ela poderão falar até à lição da solfa, à qual assistirão todos, e terão suas lições, e serão

castigados os que faltarem. Acabada ela poderão espairecer até às Avè-Marias, conforme a permissão do Padre Reitor.

4. Depois das Avè-Marias rezarão o têrço da Virgem Nossa Senhora, em coros alternadamente, em voz baixa, pausada e devota, com ânimo de agradar e louvar a Senhora. No fim se dirá a Ladainha, e acabada irão cear. Depois da ceia terão repouso no lugar costumado; e êle acabado ouvirão lição espiritual, visitarão o Senhor e a Senhora na Igreja, aonde farão brevemente exame de consciência, rezarão as preces noturnas e se irão deitar: nem poderão andar fora dos cubículos, nem falar depois do exame.

5. Aos Domingos e Dias Santos, estudarão das oito horas até tocar o ofício da Congregação, o qual acabado assistirão à Doutrina, que se faz na Igreja [1]. Nos suetos das quartas ou quintas-feiras, terão prática às oito horas, e depois dela estudarão uma hora.

6. Nos Dias Santos e suetos à tarde, depois de estudarem uma hora, terão o mais tempo de recreação, e poderão jogar os jogos costumados e merendar, e procurar de aproveitar o tempo, recordando o atrasado, fazendo suas composições, provando os tonilhos, e aprendendo a tocar os instrumentos, conforme a ordem que tiver dado o Padre Reitor.

7. Tôdas as festas de Cristo e da Senhora comungarão, e os mais dias que ao Padre Reitor parecer, o que não tira que algum possa freqüentar a sagrada comunhão muitas vezes com parecer de seu confessor.

8. Guardem-se todos de brincos de mãos, e outras travessuras, que não servem mais que de discórdias; mas tratem-se com tôda a modéstia e cortesia uns aos outros, e principalmente aos mais antigos, e saibam que hão-de ser rigorosamente castigados os que nisto faltarem.

9. Tenham suas camas concertadas, e sua roupa arrumada com os números que lhes estão assinalados, e quando tiverem rou-

---

[1]. Congregação das Flores. Flores *espirituais*, explica o P. Alexandre de Gusmão no Cap. IV da Parte IV da *Rosa de Nazareth*, e consistiam em obséquios ou actos de virtude que os meninos ofereciam à Senhora na roda do ano, e se contavam, no dia da eleição para os cargos directores das Congregações. Soma avultada, anualmente, de 10 a 12 mil *flores*, acrescenta o mesmo fundador do Seminário.

peta rota ou sapatos, avisarão ao Padre Reitor, e sem sua licença não dêem coisa alguma das que trouxeram de fora.

10. O que riscar livro ou parede será castigado; tratem os livros com asseio, como convém a meninos bem criados. Não entrem nos cubículos uns dos outros, sem licença do Padre Reitor ou do Padre Mestre, pois não serve mais que de estorvar aos que estudam. Não falem na Igreja com mulher alguma ainda que seja parenta, sem licença do Padre Reitor, e quando alguém de fora buscar algum seminarista, o porteiro dará aviso ao Padre Reitor».

5. — Do Seminário, assim organizado, o primeiro superior foi o próprio fundador, que era então Provincial. Deixando o cargo de Provincial foi nomeado Reitor. Pelos Catálogos existentes é esta a ordem dêles, Reitores ou Vice-Reitores, completando-se com outras fontes:

P. Alexandre de Gusmão (1690)
P. Manuel dos Santos (1693)
P. Manuel Saraiva (Sénior) (1694)
P. José Coelho (1696)
P. Alexandre de Gusmão, 2.ª vez (1698)
P. Manuel Martins (?) [1]
P. José Bernardino (1709)
P. Inácio Pereira (?) [2]
P. Alexandre de Gusmão, 3.ª vez (1715)
P. António Cardoso (1716)
P. José Coelho, 2.ª vez (1717)
P. João de Mariz (1718)
P. António do Vale (1721)
P. António de Morais (1725)
P. José Bernardino, 2.ª vez (1728)
P. João Pereira (1732)
P. Manuel de Sequeira (1735)
P. José de Mendoça (1739)
P. Vicente Gomes (1740)
P. Miguel da Silva (1741)
P. Félix Xavier (1744)

---

1. Foi algum tempo Reitor, em data que se não precisa, Bras. 4, 190.
2. Foi algum tempo Vice-Reitor, em data que se não precisa, Bras. 10 (2), 377v.

P. *Francisco de Toledo* (1748)
P. *Francisco do Lago* (1752)
P. *Félix Xavier*, 2.ª vez (1752)
P. *Inácio Correia* (1753)
P. *Francisco do Lago*, 2.ª vez (1756). Último Reitor.

No dia 28 de Dezembro de 1759, fechou a Casa e expulsou os alunos o funcionário público encarregado dessa incumbência. E tratou-os com uma desumanidade, que em geral não usaram os mais encarregados de proceder a igual e tormentosa tarefa, noutras casas da Companhia [1]. O Reitor e os mais conduziram-se à Baía e dali partiram, exilados, para a Europa. Francisco do Lago poucos meses sobreviveu ao exílio, falecendo em Roma no dia 11 de Novembro de 1760 [2].

6. — A casa, que assim se fechou, tinha começado a construir-se em 1687. Mas os edifícios, tanto do Colégio como da Igreja, levaram anos a rematar, lançando-se os primeiros alicerces em 13 de Abril de 1687 [3]. O Seminário pròpriamente dito foi-se fabricando por lanços. A 4 de Junho de 1687, o P. Gusmão pedia ao Geral a licença indispensável e enviava a *planta*, que publicamos neste Tômo, dois pátios em quadra, fechados, um de cada lado da Igreja, que era o elemento central do conjunto. A esta altura já tinha 50 meninos, que morariam em alojamentos provisórios [4].

Em 1693, o Provincial Manuel Correia informa o P. Geral do estado das obras, e dá notícias interessantes sôbre as preocupações e experiências dos Jesuítas a respeito dos materiais empregados, que explicam as sucessivas reconstruções da Igreja, que ao diante se verão:

«O edifício do Seminário, bem traçado, não está ainda concluído. Duvido que esteja firme; mas a espessura das paredes e a qualidade da sua terra e areia parecem compensar a fraqueza dos

---

1. Silveira, *Narratio*, 98; Caeiro, *De Exilio*, 98.
2. Apêndice ao Cat. Port. de 1903. Era da Baía. Entrara na Companhia a 20 de Janeiro de 1713, com 14 anos de idade, *Bras.* 6, 408.
3. «Decima tertia Aprilis anni 1687 jacit prima fundamenta Seminario Bethlemico», *Bras.* 10(2), 273.
4. *Bras.* 3(2), 234-236. Carta traduzida e publicada pelo P. Cândido Mendes, *op. cit.*, 471.

adobes¹, que alguns [ao princípio temiam; e se se cosessem, a fôrça do fogo os esfarelaria, como se descobriu, fazendo-se a experiência; tirados porém da massa, e comprimidos, endurecem como pedra. A Igreja, bastante grande, mas pequena para a multidão de povo que a ela aflui, é de pedra e areia, e já está concluída. Está-se forrando o tecto. Falta o Refeitório, a Dispensa e a Cozinha; e na parte que dá para o quintal, a cêrca, de paus, se fará de novo, mais segura, de pedra ou tijolo»². Em 1698 o edifício do Seminário estava quási concluído. Mas ainda em 1701 se dizia que ia aumentando, e só em 1707 se dá por findo de todo³.

Isto quanto à obra geral. Em 1717 calçaram-se de tijolos os corredores e os aposentos. E o quintal, que antes estava exposto ao assalto dos animais e dos ladrões, rodeou-se de um valado⁴.

O Seminário era dotado de tôdas as acomodações necessárias a um Colégio-Internato, tanto para moradia e passadio dos alunos como dos Padres, e as salas para as aulas, e a «Casa para Hóspedes e peregrinos autorizados». Distinguia-se a Livraria, em constante aumento⁵, e a Capela interior da Comunidade, que era também a da Congregação dos Estudantes, com o seu altar, de cinco nichos. No triénio anterior a 1732 tinham-se decorado as paredes e o tecto com belas pinturas⁶. Dentro da cêrca havia tanque e fonte. E a água corria também da parede fronteira ao Refeitório, em dois esguichos, para lavatório das mãos⁷.

7. — No frontão da Igreja lê-se a data de 1686, e é a que dá o próprio P. Alexandre de Gusmão para a fundação do Seminário⁸, que significa a idéia inicial do Seminário de Belém, cuja primeira

---

1. «Lateri non cocti», à letra, «tijolos não cozidos».
2. Carta do P. Manuel Correia, em latim, da Baía, 13 de Junho de 1693, *Bras. 5*, 326.
3. *Bras. 9*, 443; *Bras. 10*, 88; *Bras. 6*, 65.
4. *Bras. 10*, 222.
5. Em 1735, entraram 40 volumes, *Bras. 10(2)*, 363v.
6. *Bras. 6*, 190v.
7. AHC, *Baía*, 4894.
8. «Foy fundado na era de 1686. Não teve outro Fundador, nem fundação, mais que a providencia da Senhora debayxo de cujo nome de N. Senhora de Belem foy fundado. A Casa he a mayor, mais fermosa do Brasil, capaz de receber duzentos meninos; a Igreja e Sacristia a mais linda de ricas pessas, que o Brasil tem», Alexandre de Gusmão, *Rosa de Nazareth*, 362.

pedra, como vimos, se lançou no dia 13 de Abril do ano seguinte; não indica a idade da Igreja actual, aberta ao culto em 1695. Entretanto, havia outra Igreja provisória, indispensável à vida do Seminário já em actividade.

Todavia, naquele ano de 1695 estavam já prontas as paredes da Igreja actual, e também já coberta, e com o ornato suficiente e digno de se inaugurar, consagrar e colocar nela o Santíssimo Sacramento, como de facto se fêz nesse ano, com extraordinário luzimento e pompa [1]. E logo se transformou em grande centro de piedade da região [2]. O povo acorria também de longe [3] a assistir às cerimónias da Semana Santa, e às encantadoras festas do Natal, que era o próprio mistério que lembrava o nome de *Belém* [4]. E as romarias assim iniciadas mantiveram-se através dos séculos até hoje, predominando nesta devoção as mães de família, que invocam a Nossa Senhora de Belém para a hora difícil da maternidade humana, tomando por intercessor o venerável Padre fundador daquela Casa da Mãe do Homem-Deus. Brilhantes e piedosas eram também as festas da Congregação de Nossa Senhora das Flores, dos estudantes [5].

Em 1701, diz o P. Alexandre de Gusmão que estava enfim concluída a Igreja, e excepto a do Colégio da Baía, era a melhor da Companhia de Jesus no Brasil. A melhor, nessa época, e êle como Provincial já as tinha visto tôdas. Custara até então 100.000 cruzados, tudo generosidade de pessoas cristãs e beneméritas [6].

A nota de 1707 é a respeito do ornato, feito na Igreja e na sacristia. E usa-se o advérbio *mirifice* [7].

Em 1719, púlpitos ornados de-novo com óptimos relevos; um trono esculpido para a Sagrada Eucaristia; comprou-se um pluvial bordado a oiro; ornou-se a Igreja com belas imagens e um novo e aparatoso pórtico [8]. Averba-se em 1722, abrangendo o quadriénio

---

1. *Bras. 9*, 411.
2. *Bras. 4*, 11.
3. *Bras. 10*, 97v.
4. *Bras. 9*, 437-437v. Relatam-se graças alcançadas por intercessão de Nossa Senhora de Belém.
5. *Bras. 9*, 443.
6. *Bras. 10*, 88.
7. *Bras. 6*, 65.
8. *Bras. 10*, 222.

precedente, que tinham entrado entre outros objectos de culto, alguns castiçais, turíbulo e naveta, cálice, tudo de prata, êste último dourado [1].

As imagens eram de madeira e uma delas, feita em Lisboa, *Nossa Senhora de Belém*: «A sua estatura é de uma perfeitíssima mulher. Está de joelhos com as mãos levantadas e os olhos postos no Santíssimo Filho Menino, que está reclinado em um berço, ou como presépio. E com tão grande afecto se mostra com o soberano Filho, a quem adora, que arrebata os corações». Obra muitas maravilhas [2].

Em 1725 anuncia-se a próxima entrada de um pálio, tecido, êle e a sua franja, de fio de oiro; e o artista «estava a fazer» 6 varas de prata para o sustentar nas Procissões, quando saísse o Santíssimo Sacramento da Eucaristia.

Também se ofereceu à imagem de Nossa Senhora um colar de oiro e à de S. José um báculo de prata. Ficava sem o seu adôrno a Senhora Santa Ana. Comunica-se em 1734 que a ela, para trazer ao pescoço, se lhe ofereceu uma cruz de oiro e pedras preciosas [3].

A Sacristia ilustrou-se com admiráveis e diversas pinturas, obra já concluída em 1725 [4]. Em 1734 enriqueceu-se a Igreja com um órgão e no ano seguinte com dois candelabros de belíssima cinzeladura [5].

Outros objectos de arte sacra entravam constantemente na Igreja, de menor ou maior valia. A devoção da gente do Recôncavo era grande, e mesmo de fora do Recôncavo, porque o estabelecimento de ensino de Belém da Cachoeira tinha feição nacional e com êle o seu Santuário.

---

1. *Bras.* 6, 130.
2. O *Santuário Mariano*, X, 226, conta algumas dessas maravilhas, seguindo nisto a *Rosa de Nazareth*. De Nossa Senhora de Belém dizia o P. Alexandre de Gusmão, com a sua fé viva, mas ingénua: «He a Imagem de N.Senhora de Belem das mais fermosas & veneráveis que se tem visto: foy tirada pela da Madre de Deos em Lisboa que fizerão os Anjos», *Rosa de Nazareth*, 365. Quando os Jesuítas tornaram a Belém da Cachoeira, a 11 de Agôsto de 1912, acharam que a «imagem de Nossa Senhora de Belém, estava na Cachoeira, a uns sete quilómetros de Belém, para onde havia sido levada havia cinco anos, em um Convento de Carmelitas, para ser encarnada», Foulquier, *Jesuítas no Norte*, 72.
3. *Bras.* 10(2), 356.
4. *Bras.* 6, 157v.
5. *Bras.* 10(2), 363v.

Entretanto, verificava-se que os materiais primitivos se dissolviam com a umidade. E o frontispício e as duas tôrres inclinaram-se, uma delas, dois palmos, ameaçando ruir e destruir o Colégio. A reconstrução iniciou-se em 1726 [1]. Pesquisas cuidadosas haviam revelado a existência de pedra nas redondezas, que se utilizou nas novas construções e reparações. Começou-se pelo pórtico da Igreja. À data desta notícia (8 de Agôsto de 1726) andavam a lavrar-se as pedras para o Pórtico; e ainda que hajam de ser maiores as despesas, dizia-se, ficará obra estável, sem perigo de se arruinar. Em 1732 já estavam reconstruídos de novo, e desde os alicerces, o frontispício e as duas tôrres [2].

Poucos anos depois, em 1739, há ainda uma notícia, inesperada, a derradeira dos Catálogos, que demonstra a precariedade do material: «A Igreja ameaça ruína e pensa-se na nova construção dela para a qual já há muitos materiais» [3]. Deviam ser materiais mais nobres agora, pois a Igreja ainda existe, e já la vão dois séculos.

O Catálogo seguinte de 1743 já não fala em obras, nem nenhum outro daí em diante, senão em 1757, na construção do carneiro anexo, e que ainda achou inacabado o *Inventário* de 1760, que descreve assim a Igreja, já com uma só tôrre, como a vemos hoje:

«Um Templo dedicado a Nossa Senhora de Belém, com o frontispício para a parte do nascente, e a porta principal de almofadas e duas janelas, com suas grades e seu adro, que ocupa todo o lugar do mesmo Templo, e com uma tôrre com quatro sineiras. Tem o altar-mor com duas credências de madeira, pintadas de branco, com seus frisos de oiro, dois presbitérios e uma escada de quatro degraus de pedra grossa, um Sacrário, dois nichos no meio, que o mais superior serve de trono, e quatro mais, dois em cada lado; e em cada um dêstes [lados] quatro janelas, duas com suas sacadas e sanefas, com seus remates de talha, pintadas de branco

---

1. *Bras. 10*(2), 297; *Bras. 6*, 190.
2. *Bras. 4*, 336; *Bras. 10*(2), 297. Gastaram-se mais de 8 mil escudos romanos (cêrca de 9.600$000 réis) «in erigendo a fundamentis cum *duabus turribus* Ecclesiae frontispicio, quod simul ac turres demoliri necesse fuit, ob imminentem ruinam, quam praesertim una ex turribus extra perpendiculi leges duobus palmis inclinata, minitabatur non solum Ecclesiae sed etiam totius Domus aedificio», *Bras. 9*, 190.
3. «Cum Ecclesia ruinam minetur cogitatur de nova Ecclesiae structura ad quam in promptu sunt plura materialia», *Bras. 6*, 280v.

e oiro, e duas acima destas com suas vidraças, que fazem clara a mesma Capela [mor], cujo fôrro é à imitação da abóbada, pintado de várias côres, e o altar, de tartaruga e em parte fingida, com duas portas com suas sanefas na forma sobredita, que têm saída para a Sacristia, e com suas grades de jacarandá, torneadas, no arco, que servem na Sagrada Comunhão.

Tem mais dois altares colaterais da mesma tartaruga, um da parte do Evangelho da Senhora Santa Ana e um da parte da Epístola do Senhor São Joaquim; e, abaixo de cada um dêstes, uma porta com sua sanefa de talha na forma das antecedentes; e no Cruzeiro da Igreja umas grades torneadas e velhas. O fôrro, apainelado. As tribunas de cada uma parte com cinco janelas, com suas grades torneadas, e entre as mesmas, outros tantos painéis. Dois púlpitos, com suas cúpulas, que lhes servem de remate, cobertos de tartaruga e seu côro com grades torneadas, com duas colunas, com seus pedestais de pedra que o seguram. E, abaixo dêste, oito bancos grandes de cada parte»[1].

A tôrre ainda conserva actualmente a ornamentação famosa dos seus pratos de porcelana reluzente de Macau. Do lado oposto ergue-se a fazer-lhe simetria o corpo da antiga tôrre, mas arremata à altura da cornija da Igreja, num telhado de ligeiro declive ao longo da Igreja e Sacristia, ao lado da qual se localizava a casa destinada ao repouso eterno dos Padres[2].

A Igreja do Seminário de Belém da Cachoeira é um dos monumentos Jesuíticos do passado. O ano de 1686, que se lê no alto do frontão, indica a primeira idéia da fundação do Seminário, como dissemos, não a do próprio frontão, renovado, mas onde se conservaram alguns elementos da frontaria primitiva[3].

É exemplo impressionante da antiga unidade do império português, com mútuas repercussões dos seus componentes, uns sôbre os outros. Aqui, é a arte oriental, chinesa, que se manifesta so-

---

1. AHC, *Baía*, 4894. Algumas peças de arte da Igreja teriam sido feitas pelo próprio P. Alexandre de Gusmão: «Fêz os excelentes artefactos do retábulo, fabricado de fina e manchada tartaruga, e de várias peças da sacristia e muitos presépios de diferentes matérias, *pelas suas mãos*», Rocha Pita, *América Portuguesa*, Livro VII, § 68.

2. Cf. AHC, *Baía*, 4894.

3. «Frontão caprichoso e bem lançado», Lúcio Costa, *A Arquitetura dos Jesuítas no Brasil*, 41.

bretudo na tôrre, nos púlpitos e no tecto da sacristia. É visível a intervenção do Ir. Carlos Belville que ao voltar do Oriente Português, Macau e China, para a França, sua Pátria, arribou à Baía, e o retiveram os Padres do Brasil. Intervenção sua e de outros, porque a comunicação do Brasil com o Oriente, pela passagem das naus da Índia, era constante.

O tecto da Sacristia é o mais característico: «Em nenhum exemplar da arte portuguesa no Brasil vemos como ali a influência exacta, nítida, inconfundível, da beleza oriental. Parece que os pintores estavam possuídos do segrêdo de tôdas as chinesices e queriam transmitir-nos, não a floração movimentada e ciclópica, que nos é peculiar, mas o apaziguante de uma iluminura quási irreal, tocada do sentimento da miragem universal das coisas Nos oito quadros similares dêsse tecto de madeira decorada, não avultam os motivos tropicais, luxuriosos, nem figuras humanas de Beatos ou Filósofos; simplesmente flores delicadas e exóticas. Círculos de oiro ao centro. Círculos de céu, depois. Outros círculos de oiro. E então, prisioneiros dêstes últimos, as dálias, os crisântemos, os hibiscos, as camélias, multidão que mal conhecemos, grandes umas, minúsculas outras, e tôdas de perturbador colorido, flamas correndo, com tons perfeitos, do vivo ao esmaiado, às mais variadas ondulações cromáticas» [1].

A situação de Belém da Cachoeira, retirada de povoado, a sua amenidade, e o seu destino de Casa de oração e de instrução, assemelha-a aos mosteiros da Idade-Média, isolados nas solidões europeias, e era visitada por Arcebispos e Governadores e até por escritores e poetas. Um dêles, Nuno Marques Pereira, no *Peregrino da América*, manifesta a impressão que lhe causou, exaltando a natureza florida, fragrante e chilreante, como se os cantores da floresta fizessem eco aos meninos da *Escola de Belém*. Em muitas quadrinhas, de rima toante, introduz nessa orquestra de passarinhos, o sabiá, o canário mocambinho, o corió, o sanhaçu, a encarnada tapiranga, a linda guarinhatã, o papa-arroz, o periquito, o papagaio, a juriti, a araponga, e outros, sem esquecer o beija-flor. E também descreve a Igreja e faz o elogio do P. Alexandre de Gusmão [2].

---

1. Godofredo Filho, *Seminário de Belém da Cachoeira*, na *Revista do 'SPHAN*, II, 106; cf. Pedro Calmon, *Belém*, artigo na *Tarde*, Baía, 25 de Março de 1937.
2. Nuno Marques Pereira, *Compêndio Narrativo do Peregrino da América* (Lisboa 1665) 46-50. O *Peregrino da América*, edição integral em 2 tomos, foi

O fundador do Seminário de Belém faleceu nêle a 15 de Março de 1724. Uma pedra tumular na Igreja mostra o lugar da que foi sua jazida: *«Hic jacet Venerabilis P. Alexander de Gusmão hujus Seminarii institutor. Obiit 15 Martii anni 1724».*

Não tardaram os seus discípulos em promover a causa canónica da sua beatificação. O Procurador dela, P. João Honorato, entre outras medidas para a fomentar, mandou fazer, diz êle em 1733, um cofre artístico com incrustação de prata, oferta de um jovem, a quem o mesmo P. Honorato ensinara Filosofia e o P. Alexandre de Gusmão baptizara; e mandou «pintar a vera efígie do Servo de Deus», e a enviou para na Europa se gravarem muitas estampas e se distribuírem depois no Brasil. Uma destas estampas gravou-a Gotlieb Heüss na Alemanha, em Augsburgo, e é magnífica. O pintor do Colégio da Baía era em 1733 o Ir. Francisco Coelho [1].

Alexandre de Gusmão foi escritor asceta, administrador e pedagogo. O apostolado do ensino foi a maior preocupação de sua vida. «Talvez o mais notável» entre quantos, na Companhia de Jesus, em todo o mundo, se consagraram ao ensino da juventude [2]. A isso dedicou 60 anos, não obstante os seus cargos de govêrno. A

---

publicado pela Academia Brasileira de Letras em 1939 com introdução e notas de Afrânio Peixoto, Rodolfo Garcia, Pedro Calmon e José Leite de Vasconcelos.

1. Carta do P. João Honorato do Seminário de Belém, 15 de Novembro de 1733, *Bras. 4,* 394. A primeira efígie, protótipo das mais, a ser reproduzida exactamente («ad unguem»), diz o P. Honorato, deve ser do Ir. Pintor Francisco Coelho, do Pôrto, «bom pintor», então na Baía, e que ainda conhecera em vida o retratado (*Bras. 6,* 170, 186). Por ela se fizeram outras, conhecidas. Sôbre o cofre ou urna funerária do P. Alexandre de Gusmão há esta indicação moderna, dada em 1916 por Alberto Rabelo: «Temos o prazer de registar aqui o achado, fazem 15 anos [portanto em 1901] de uma caixa que lá deixamos, em uma das velhas arcas da Igreja, munida de três claros orais, com uma disposição para colocação de vidros, tendo acima dêles, a seguinte inscrição em letras claras de um dourado antigo: EM QVE ESTÃO AS RELIQVIAS DO V. P. ALEXANDRE DE GVSMÃO», Alberto Rabelo, *O Seminário de Belem, da Bahia, e o Padre Bartholomeu Lourenço, o «Voador», erradamente chamado de Gusmão* (Bahia 1916)11-12, com a gravura, muito reduzida, da histórica urna, que hoje se conserva no Instituto Geográfico e Histórico da Baía. A principal relíquia, o crânio do Venerável Padre confiou-se aos Padres da Companhia de Jesus e guarda-se na cripta da Igreja de S. Inácio do Rio de Janeiro.

2. Guillermo Furlong Cardiff, *Los Jesuítas* (Buenos Aires 1942)104.

cátedra mais amada do seu magistério foi o Seminário de Belém. Tôdas as estampas o representam rodeado dos livros que escreveu, num grupo de alunos, apontando para o Presépio. Uma delas mostra a fachada da Igreja do Seminário, porque, na verdade, Belém foi a sua insígnia, e o Seminário o seu monumento [1].

---

1. A generosa idéia dos Jesuítas foi retomada mais tarde, ao menos como tentativa, porque no Seminário, diz Rebêlo, *Corografia*, 175, existia em 1829, a «Casa Pia e Colégio para Meninos Orfãos». — Rebêlo, na descrição que faz de Belém, apresenta-a como «alegre povoação», local «muito aprazível e sadio». Belém da Cachoeira veio a ser modernamente, durante algum tempo, Residência dos Jesuítas Portugueses, a seguir à perseguição e exílio da Pátria em 1910. Lê-se no Necrológio do P. Francisco dos Reis: «Na dispersão coube-lhe Santa Bárbara de Califórnia, onde os Portugueses se demoraram pouco tempo. Em 1911 já estava o P. Reis na Baía, onde exerceu o cargo de Ministro e Professor por pouco tempo. Demorou-se mais em Belém da Cachoeira, como operário e superior, até 1916». Cf. *Ecos do Norte do Brasil*, Ano III, Julho a Setembro de 1941, n.º 3, p. 62. Sôbre as ruínas antigas e a nova e breve Residência de quatro anos, que durou a estada dos Padres Portugueses em Belém da Cachoeira, cf. Foulquier, *Jesuítas no Norte*, 69-75.

CAPÍTULO IX

Camamu

1 — Engenho no Rio da Trindade e Aldeia de Nossa Senhora da Assunção (Camamu); 2 — Aldeia de Santo André e S. Miguel de Serinhaém (Santarém); 3 — Aldeia de Boipeba; 4 — Cairu e S. Francisco Xavier no Morro do Galeão; 5 — Aldeia de Nossa Senhora das Candeias de Maraú (Barcelos); 6 — Fazendas de Santa Inês e Santa Ana; 7 — O Rio das Contas (1657).

1. — Ao começar o século XVII, o Camamu doado por Mem de Sá em 1563 ao Colégio da Baía, achava-se invadido pelos Aimorés inimigos [1]. Feitas as pazes com êles, tratou o P. Fernão Cardim de utilizar as terras e promover o seu povoamento. Consultados os Padres graves e entendidos, tomou-se a resolução de se fazer Engenho no Camamu e de arrendar as terras «em enfiteuse» ou «em vidas». Já em 1604 o Engenho andava em plena construção, no Rio da Trindade («Residência da Assunção do Rio da Trindade»), com o P. Francisco de Lemos por superior, e com quatro Irmãos da Companhia, oficiais mecânicos, na direcção das obras: Amaro Lopes, oleiro; Pedro Tinoco e Francisco de Escalante, carpinteiros; e Luiz Fernandes, pedreiro. Além dêstes, o P. Baltasar Fernandes, e o Ir. est. João de Azevedo, que aprendia a língua brasílica, ao todo sete da Companhia, número que indica a importância que assumia a construção do Engenho [2]. O próprio Fernão Cardim foi pessoalmente escolher o sítio, em Setembro de 1604. E informa que «será meneado por pessoas de fora»; e que no Camamu «temos pelo menos passante de 8 águas para engenhos, de ribeiras caudalosas, mui formosas, com outras grandes comodidades» [3].

---

1. Carta do P. Tolosa, *Bras.* 3(1), 191. Sôbre a doação de Mem de Sá ao Colégio da Baía, e escrituras, cf. supra, *História*, I, 154-155.

2. *Bras.* 5, 58.

3. *Bras.* 5, 55v; *Bras.* 8, 102v. O Rio da Trindade, no mapa de João Teixeira do «Livro que da Rezão do Estado do Brasil» (exemplar do *Instituto Histórico*

O fim expresso do Engenho era angariar fundos para as obras do Colégio e da nova Igreja da Baía, que se projectava [1]. Em 1606 continuavam as obras e veio para o Engenho o P. Domingos Rodrigues, que além da língua tupi, sabia a aimorética para ter mão e afeiçoar os Aimorés. Ficou Superior da Residência. Em 1607 chegava ao Brasil o Visitador Manuel de Lima. Uma das suas incumbências era examinar a conveniência ou desvantagem do Engenho do Camamu. E êle com o seu secretário, P. Jácome Monteiro, manifestaram-se contrários. Monteiro, sobretudo. Era de opinião que apesar de já se terem dispendido no Engenho 20.000 cruzados, se vendesse até com prejuízo de 3.000, convencido de que seria depois maior o dano [2].

Da Visita do P. Manuel de Lima resultaram as seguintes ordens: o Engenho tenha um feitor externo e não residam nêle os Padres, e dalguma Aldeia ou Residência vizinha poderá ser administrado, *de visita*; plante-se tôda a cana que fôr possível para melhorar o Engenho. *E logo que estiver vendível*, venda-se [3].

Marcam-se pois duas correntes entre os Padres da Baía: uma de opinião que não só o Engenho, mas as terras do Camamu se vendessem; outra, oposta à venda das *terras*, e, na hipótese de as terras se revelarem boas para canas, oposta igualmente à venda do *Engenho*. Posição que se estuda em diversos *Pareceres*, cheios de indicações concretas para o conhecimento da indústria açucareira e das condições do trabalho nesse período [4].

Brasileiro) vem assinalado ao Sul de Ilhéus, e do Engenho de Santa Ana, fora portanto do Camamu, onde ficava a Residência da Assunção. Dois anos depois esta mesma Residência traz o nome expresso de «Residência do Camamu» com os seguintes Jesuítas: «P. Francisco de Lemos, superior, prègador, sabe o brasil; P. Baltasar Fernandes, prègador, sabe o brasil; Francisco de Escalante, carpinteiro; Amaro Lopes, oleiro; Pedro Tinoco, carpinteiro; Simão Vieira, coadjutor; P. Domingos Rodrigues, confessor, sabe o brasil e o aimoré», Bras. 5, 61. Sôbre as consultas preliminares para o aproveitamento do Camamu, cf. «Pareceres dos Padres sôbre as terras e águas do Camamu», sem data, mas antes de 1604, ano em que faleceu o P. Rodrigo de Freitas, um dos que tomaram parte na consulta, Cf. *Goa, 10*(2), 456-457v, onde, fora de lugar, se encontra o documento.

1. Carta do P. Inácio de Tolosa, da Baía, 29 de Setembro de 1604, *Bras. 8*, 102.
2. *Bras. 8*, 177-180.
3. Roma, Bibl. Vitt. Em., f. gess. 1255, 14, 7v.
4. «*Pareceres dos Padres sôbre as terras e agoas do Camamu*», *Goa 10*(2), 456-457v; *Algumas advertências*, 2.ª parte.

Prevaleceu afinal o parecer de se não venderem as terras do Camamu, mas de se darem em enfiteuse, deliberação que não se podia efectuar sem faculdades do P. Geral, que as concedeu a 7 de Outubro de 1614 [1].

Um dos alvitres, para o caso de se verificar não ser remunerador ou por qualquer motivo não poder subsistir com vantagem o Engenho do Camamu, era que se transportassem os cobres e fôrmas de madeira lavrada, os bois e pessoal, em balsas ou em barcas, e se levasse tudo ao Passé e se construísse o Engenho, aí, onde dantes se começava. O Engenho do Camamu ainda existia em 1640, quando foi queimado pelos Holandeses, e não se reconstituíu para evitar novo atentado dos piratas.

Entretanto haviam-se dado as terras do Camamu a muitos povoadores em enfiteuse ou arrendamento, cujas condições começaram a violar os filhos e netos dos beneficiados, com as inevitáveis tricas dêsse género de contratos. Hoje compreende-se a custo o que eram êstes casos naquele tempo. Sirva de exemplo o seguinte. O Colégio da Baía *aforou* em 1615 a um João de Ozeda, meia légua de terra, por uma de sertão, que corria do Rio Jequié para o Camamu. O fôro era de 1% dos frutos da terra. Por sua morte João de Ozeda deixou metade a sua mulher D. Leonor Portocarrero e metade a seu irmão Rodrigo de Ozeda. Êste, sem dar contas ao Colégio, vendeu o seu quarto de légua (750 braças) a Marcos de Araújo, o qual considerou a terra como absolutamente sua, sem pagar o fôro estipulado de 1%. O caso sanou-se em 1637, reconhecendo o comprador os direitos do Colégio, fazendo-se novo contrato em enfiteuse, com o fôro de 3$000 réis e uma galinha por ano. Mas para isto foi já preciso passar pelos tribunais [2]. Demandas semelhantes multiplicavam-se irremediàvelmente. Até que em 1723, o P. João de Araújo, Procurador do Colégio, tratando como lhe cumpria de regularizar e urgir o cumprimento das obrigações dos arrendatários, êstes, pouco dispostos a cumpri-las, acoimaram o Procurador de os tratar incivilmente. E fizeram várias representações em que davam a entender que as terras não eram do Colégio. A uma delas, respondeu assim Vasco Fernandes César de Meneses, a 18 de Março de 1723: ou as terras são do Colégio, ou dos moradores; se são dos

---

1. *Bras. 8*, 177-180.
2. Cf. Livro do Tombo do Colégio da Baía, *Doc. Hist.*, LXIII, 250-251.

moradores, que apresentem os documentos de posse; se são do Colégio, porque estranham que o seu Procurador administre o que lhe pertence [1]? Já 80 anos antes, João de Andrade tentara intrometer-se subreptìciamente nessas terras, transformando a Aldeia do Camamu, em Vila, com o nome de Andrade, aliciando para isso o favor de um Capitão-mor de Ilhéus; e saíra por sentença em 16 de Agôsto de 1644 que os Capitães das Donatarias «não inquietassem ou perturbassem o Colégio» [2]. Aliás os arrendamentos eram «quási por nada» e ainda os arrendatários, fora dos têrmos dos seus contratos, cortavam madeiras de lei para tábuas de navios [3].

Afim de obstar às invasões das terras, pensaram alguns Padres em as vender, em particular o P. Simão de Vasconcelos. Opuseram-se outros Padres, e entre êles o P. Belchior Pires, que com diversas razões aceitáveis, aduz êste testemunho da experiência: «O Ir. João de Oliva, de 70 anos de idade e 50 de Companhia, e de muitos anos ter cuidado da Fazenda do Camamu, vendo como êstes Padres tratam de venda, disse-me estas palavras: «Padre, é doidice, é doidice, tratar de vender terras do Camamu, por ter o Colégio necessidade delas, assim para suas mandiocas, como para as muitas madeiras, de que tem necessidade para as muitas casas que tem, que tôdas se fundam em madeiras, e para a Igreja nova, que se há-de fazer, e para muitas outras obras quotidianas. E as madeiras, que estão no sertão, não nos servem pela dificuldade de as tirar» [4].

As madeiras eram a principal riqueza do Camamu, dizia, por sua vez, no mesmo ano de 1643 o P. Francisco Pais, que fôra

---

1. *Doc. Hist.*, XLV (1939)59, 63.
2. Viana, *Memória*, 434.
3. *Bras. 11*, 72v. Para a solução destas questões, propôs-se em 1728 que se nomeasse um Juiz privativo, independente dos Juízes Ordinários do Camamu; e sôbre isto passou D. João V a Provisão de 21 de Fevereiro de 1731, ao Chanceler da Relação da Baía, Luiz Machado de Barros, pedindo informações, *Doc. Hist.*, LXIV (1944)58-60. E verificou-se depois da saída dos Padres em 1760, que o regime seguinte foi muito menos liberal que o da administração dos Jesuítas, como em 1782 o nota o Ouvidor Geral da Comarca de Ilhéus ao Marquês de Valença, cf. supra, *História*, I, 185; AHC, *Baía*, 11074.
4. Carta do P. Belchior Pires, da Baía, 12 de Setembro de 1643, *Bras. 3(1)*, 232v.

superior oito anos do Camamu, Boipeba e Rio das Contas: terras fracas para cultivo, mas cheias de arvoredo, boas madeiras e bons portos [1]. Em 1701 fazia-se abundante extracção de madeiras, tanto para obra fina de entalhe e marcenaria, na Baía e em Portugal, como para construções urbanas e para construções navais. Em 1727 dá-se a notícia de que o Colégio da Baía estabelecera uma serra hidráulica (não há êste termo, mas diz-se que era movida a água: *in praecipite fluvio*) e se esperava que rendesse 15.000 cruzados por ano no corte de madeira [2]. Não se nomeia o sítio em que seria, mas é de supor que fôsse aqui, lugar sempre mencionado ao tratar-se de madeiras. Afim de as transportar, e com elas outros géneros agrícolas, havia três pequenos navios do Colégio da Baía, que asseguravam o contacto entre êle e as suas fazendas, não apenas a do Camamu [3]. Possuía também em 1701 roças de farinha, um forno de cal, e abundantes pescarias [4].

Além das Aldeias, situadas no território do Camamu, Assunção, que depois foi Vila e hoje é cidade, Santo André e S. Miguel, e Nossa Senhora das Candeias e pequenos campos de cultura, organizaram os Jesuítas uma Fazenda (a de Santa Inês), e um grande centro piscatório, com residência e aparelhagem adequada [5]. E, entre outras espécies de cultura, introduziram no Camamu a árvore da Canela e o Cacaueiro. A sua proximidade da Baía fêz que se associasse à própria vida da Baía, prestando os serviços de que era capaz com os socorros que lhe enviava de víveres por ocasião dos assédios dos Holandeses, pelos quais também foi assolado em 1640. Os seus Índios de guerra foram requisitados com freqüência pelos Governadores Gerais para as guerras e serviços de carácter público. No Camamu estiveram personalidades ilustres da Companhia, e em 1666 era Superior da Aldeia, o célebre orador P. António de Sá, que propôs ao Conde de Óbidos a nomeação de António Taveira para capitão dos Índios do Camamu, por assim convir ao serviço de El-Rei [6]. O mesmo António Taveira foi em 1671 nomeado capitão e cabo dos Índios do mesmo Camamu, para irem com os da

---

1. *Bras.* 3(1), 230.
2. *Bras.* 10(2), 295.
3. *Bras.* 6, 26v.
4. *Bras.* 5(2), 137.
5. *Bras.* 5(2), 61-61v.
6. *Doc. Hist.*, VII (1929)275.

Aldeia do Espírito Santo (Abrantes), à «conquista dos Bárbaros» [1].

Camamu, rodeado de matas espêssas e de difícil acesso, teve que se defender sempre de Índios, que viviam dentro delas, remissos à catequese e civilização. O último ataque, no período jesuítico, foi em 1750, em que os Índios, numa noite de Junho, atacaram de improviso as Aldeias, cometendo os habituais desmandos. Os moradores foram ao seu encontro, acharam-nos a duas léguas da vila, e repeliram-nos [2].

A actividade pròpriamente religiosa, caridosa, catequética e social dos Jesuítas no Camamu, com Brancos e Índios, infere-se do longo período que aí estiveram, e do prestígio da sua posição de fundadores. Coisas semelhantes a muitas outras. Há uma, no entanto, que se afasta da generalidade, e foi a estada na Vila do Camamu em Novembro de 1698 do Arcebispo da Baía, D. João Franco de Oliveira. O P. João de Azevedo, notável prègador jesuíta, que o acompanhava, conta em *Carta Relatória*, que se crismaram «mais de mil e quinhentas» pessoas e outras tantas se confessaram, e receberam as mais delas a sagrada comunhão. «Tão numeroso concurso, que fora da Cidade da Baía o não vi maior, nem me lembra que em parte alguma se fizesse tão proveitosa missão»! Com esta admiração indica-se não apenas a piedade da terra, mas também a sua importância, observação feita aliás pelo mesmo João de Azevedo, ao seguir para Boipeba, deixando Camamu, «depois de colhido êstes e outros muitos frutos, nesta *grande vila*» [3].

---

1. *Doc. Hist.*, 150. Sôbre outras requisições de Índios da Aldeia do Camamu, ora 30 ora 40, cf. *ib.*, III, 228, 268, 295.
2. Accioli, *Memórias Históricas*, I, 184.
3. «Carta Relatória do que se obrou na missão que fez hum subdito deste Collegio da Baía acompanhando ao Ill.mo S.or Arcebispo do Estado do Brasil Dom. João Franco de Oliveira por occasião da visita que o dito Senhor fez no anno de 1698 entrando pello de 99. Para o P. Francisco de Matos da Companhia de JESU Provincial da Provincia do Brasil», *Bras. 15*, 463-466. Também oito anos antes, em idêntica visita pastoral, D. Fr. Manuel da Ressurreição se demorou mais tempo no Camamu, «pelo maior concurso de gente», nota Nuno Marques Pereira, *O Peregrino da América*, ed. da Academia, I(Rio 1939)68; cf. Pedro Calmon, *H. do B.*, II, 428. Em nota a von Spix e von Martius, cita Pirajá da Silva, a *Pequena Geografia da Comarca do Camamu*, de Alfredo Martins (1893), que entre

2. — Em 1679 nomeia-se apenas uma Aldeia no Camamu; em 1683, duas, com a indicação de ser uma de «Brasis», outra de «Païaïás». Esta última é *Serinhaém*, e estava então em obras, pois residiam nela, José de Tôrres e Bento da Cruz, carpinteiros ocupados também em preparar madeira para as construções do Colégio e mais casas da Baía. Superior, o P. Gaspar Gonçalves.

A Aldeia chamou-se de S. Miguel e Santo André, por ter sido constituída talvez por núcleos de Índios da antiga Aldeia de S. Miguel do Taperaguá [1]; e por Índios da Aldeia de S. André, em frente de S. Cruz, na Capitania de Pôrto-Seguro, cujo remanescente se transferiu pelos anos de 1692 [2]. Mas o Catálogo de 1683 já a intitula «Aldeia de Santo André e S. Miguel em Serinhaém» [3].

O elemento característico da Aldeia de Serinhaém foram todavia os Índios *Païaïás*, catequizados e reduzidos pelo P. António de Oliveira. Os Índios Païaïás, do sertão da Baía, deram que falar, e a 4 de Março de 1669 fêz-se assento das suas agressões, desde 1612 até essa data, mandado redigir pelo Governador Alexandre de Sousa Freire, metendo porém na relação, para justificar as represálias, que projectava, actos cuja responsabilidade pertence a Índios de outras denominações [4].

Do P. António de Oliveira, Apóstolo dos Païaïás, diz-se em 1679, quando era Reitor de Olinda, com referência a trabalhos seus anteriores, que «foi quem primeiro reduziu os Païaïás e seu missionário 3 anos» [5]. António de Oliveira havia estabelecido, no sertão, a *Aldeia dos Païaïás*, à roda de 1675. Tratava de a mudar para o Camamu, para evitar as oposições dos grandes sesmeiros. João Peixoto Viegas não só se opunha, mas pretendia mudá-los para mais longe, como fronteiros contra outros Índios levantados. Êle, António Guedes e ainda outros «poderosos» dêste território tratavam

---

outras notícias diz: «A freguesia, criada por Carta Régia de El-Rei D. Sebastião em 1576, foi elevada a vila, com a criação de Município a 22 de Maio de 1693, por Carta Régia de D. Pedro II de Portugal, e elevada a cidade por acto do Governador Dr. José da Silva Gonçalves, a 22 de Junho de 1891. A freguesia foi propriedade dos Jesuítas, que fundaram a povoação. Em 1893 possuía o município 13.028 almas», *Através da Baía*, 219.

1. Cf. supra, *História*, II, 58.
2. Cf. *Doc. Hist.*, XXXII, 298-299.
3. *Bras. 5*, 61v, 78.
4. Cf. *Doc. Hist.*, V, 207-216; Accioli, *Memórias Históricas*, I, 115-119.
5. *Bras. 5*, 43v.

com o Governador Afonso Furtado de Castro do Rio de Mendonça, pouco favorável às missões, de que não fôssem confiados os Índios Païaïás à administração dos Padres [1]. Prevaleceu porém o partido favorável aos Índios. Os Païaïás passaram para Serinhaém para serem catequizados em liberdade. E foram as únicas relíquias dêsses Índios, que se salvaram, e existiam ainda um século mais tarde.

Em 1757 era Superior da Aldeia de Serinhaém o P. Estêvão de Oliveira, natural de Paranaguá. Acompanhava-o o Ir. Lourenço de Sousa, de Lisboa, e ambos foram terminar seus dias na Itália. Tanto os Índios como os moradores abstiveram-se de demonstrações, quando os Jesuítas deixaram a Aldeia. Ficou algum tempo sem pároco, até que veio Francisco Xavier de Araújo Lassos, sacerdote secular, que ao cabo de algum tempo achou intolerável o trabalho. Escreveu aos Jesuítas, a manifestar-lhes os seus desgostos, e a confessar-lhes que só a paciência dêles e o dom especial da Companhia para governar Índios seria capaz de amansar tal gente, e, depois de mansa, a conservar no recto caminho. Ao mesmo tempo pedia-lhes houvessem por bem enviar-lhe uma instrução, por escrito, do modo que tinha a Companhia para dirigir as Aldeias, instrução que os Padres se abstiveram de mandar, temendo que se êle aplicasse mal o método, atribuísse depois a culpa não à má *aplicação* dêle, mas ao próprio *método*.

Ao ser elevada a Vila, em 1758, a Aldeia de S. André de Serinhaém recebeu o nome, com eufonia parecida, de Santarém, cidade portuguesa, e tinha então 116 Índios [2]. Situada em lugar «eminente, ameno e aprazível» [3].

3. — Na *Aldeia de Boipeba*, a «19 léguas» da Baía, na Ilha do mesmo nome em terras da Companhia, havia Residência já desde o século XVI [4].

Tomou maior incremento no fim do mesmo século, quando os Padres deixaram o Camamu infestado de Aimorés, e se concen-

---

1. *Bras.* 26, 34v.
2. Silveira, *Narratio*, 52, e no Cód. da Gregoriana, 138, f. 256; Caeiro, *De Exilio*, 52.
3. «Planta da Vila de Santarém pertencente à Comarca de Ilhéus», AHC, Baía, 15795, referente ao ano de 1793. O «Director» era indigno, diz a relação anexa, «como de comum, acrescenta, são todos os que têm sido e são nomeados», cf. *Anais da BNRJ*, XXXIV, 328.
4. Cf. supra, *História*, II, 157.

traram em Boipeba. Aí passou os últimos dias de Dezembro de 1599, o P. António de Araújo, o do *Catecismo*. Fôra para confessar a gente, pelo temor que havia de que os «framengos imigos, que então estavam dentro nesta Baía, dando bataria à cidade, fôssem fazer aguada» a Boipeba. E queriam estar dispostos para a resistência e a luta [1].

Em 1608 Boipeba era grande Residência [2], mas as pazes com os Aimorés, e o renascimento do Camamu, com o facto de êste ser mais defensável do que a Ilha, fêz que a Residência voltasse para ali. Boipeba ficou Aldeia de visita, e as suas terras entregaram-se a moradores e arrendatários. Não deixaram porém os Padres de ir com freqüência, a Boipeba, a ministérios e missões. E na Ilha criou-se a Vila do Espírito Santo de Boipeba, que em 1811 Baltasar da Silva Lisboa transferiu para o continente, *Boipeba a Nova*, que assim se chamou para se diferenciar da que deixavam, *Boipeba a Velha* [3].

4. — Tanto a *Ilha de Tinharé*, como a *Vila de Cairu* foram campo assíduo da actividade dos Jesuítas. Na Vila do Cairu já em 1644 existia a Igreja de S. Inácio, e a Ânua de 1641 a 1644 narra a fundação da Igreja de S. Francisco Xavier, no Outeiro ou Morro do Galeão 18 anos antes. Junto dessa Igreja construíram os Padres uma Residência.

A Ânua, porém, dá notícias que transcendem o simples facto da erecção, nem falta, para amenizar a narrativa de sabor literário, a repetição da pesca miraculosa do Evangelho. Contém notícias sôbre a construção de naus nessa ribeira, de interêsse para a história da indústria naval no Brasil:

«Fronteiro à fortaleza e Morro de S. Paulo, que dista desta Cidade 12 léguas, em treze graus e meio para a parte do Sul, no distrito da Vila do Cairu, se levanta graciosamente junto à praia, um bem engraçado monte, cercado em grande parte de talhadas rochas e ásperos penedos, agradável, porém, no sítio, e aprazível na vista, porque dêle se descobre grande parte do rio, que por suas fraldas passa e a estendida costa do mar alto, fazendas dos moradores, e os espaçosos bosques daquele inculto sertão. Neste outeiro chamado o *Galeão*, por ao pé dêle se fazer antigamente o primeiro

---

1. *Bras*. 3(1), 187-187v; cf. supra, *História*, II, 138.
2. Cf. supra, *História*, II, 580.
3. Cf. Viana, *Memória*, 485.

galeão, que nesta Província se fêz, fabricou um devoto português chamado Sebastião Antunes, homem de vida exemplar, natural e morador da mesma terra, a primeira Igreja que sabemos haver-se dedicado ao grande apóstolo da Índia S. Francisco Xavier, não sòmente nesta Província do Brasil, mas ainda em tôda a Coroa e Reinos de Portugal, movido para esta tão acertada emprêsa por um misterioso sonho, que teve, em tempo que andava grandemente cuidadoso a quem dedicaria e consagraria a Igreja, que muito desejava fazer; e, ainda que, tanto por assim lho aconselharem como pela devoção que tinha ao glorioso mártir S. Sebastião, santo do seu nome, lha determinava oferecer, contudo aquela noite seguinte, parecendo-lhe em sonhos que via a Santo Inácio e S. Francisco Xavier, se resolveu que a S. Francisco Xavier queria Deus oferecesse o empenho de seus desejos, como com efeito o fêz, favorecendo-o para isso muito um nosso, a quem êle descobrira seus intentos, mandando-lhe fazer o formoso vulto do Santo, e em um braço uma sua preciosa relíquia. Declarou o santo ser-lhe aceito êste serviço com mercês tão singulares, que sem nota de impiedade não se negará serem sobrenaturais, como no discurso desta história veremos. Tinha êste devoto morador, agora ermitão do nosso santo, abertos os alicerces da Igreja e gastado nêles a pedra, que com grande trabalho ajuntara, quando no melhor lhe faltou, molestando-o os oficiais que ou lhes desse que fazer ou advertisse que lhes havia de pagar por encheio o tempo que sem culpa sua folgavam. Uma outra coisa afligia ao pobre homem, mas muito mais o haver de ir quebrar a pedra ao pé do monte, e daí carregá-la com grande trabalho ao cume dêle. Mas não quis o Santo que quem tão deveras o servia, penasse por muito tempo, porque logo ao outro dia pela manhã, fora de tôda a humana esperança, se descobriu no cabeço do mesmo monte quatro braças junto dos alicerces um vieiro desta pedra, que parecia cantaria, cortada quási à medida da parede, e tão fácil de tirar, como se fôra ali para êste efeito arrumada, e não nascida naquela pedreira, a qual liberalmente deu tôda a pedra necessária para a Igreja e ainda sobejou para o alpendre que depois se fabricou.

Trabalhando-se com grão calor nas obras desta Igreja, havia grande falta de pescado, no que tinha o seu devoto ermitão grande trabalho em buscar sustento dos oficiais pedreiros, carpinteiros, e da demais gente, que ordinàriamente eram de 15 pessoas para cima. Pegam todos com o santo, que já que tanto podia com Deus e tanto se compadecia das necessidades humanas, como seus grandes milagres na Índia o publicavam, se lembrasse também dêles e lhes remediasse aquela, que padeciam, com a falta de pescado. Coisa maravilhosa e digna daquelas amorosas e compassivas entranhas de Xavier! Veio logo a conjunção de águas mortas, e com elas, junto ao pôrto do Santo, uma tão numerosa arribação de grandes e brancas pescadas do alto, que com andarem a elas 20 e às vezes 30 canoas, todos as pescavam em tanta quantidade que se vendiam por baixíssimo preço. Durou esta fartura de peixe enquanto duraram as obras, que parece o tinha ali o Santo em viveiro, para regalo de seus devotos trabalhadores. Acabada a Igreja, se acabou também a pesca, e nunca mais até hoje se tomou ali, nem dantes se tomava, tal espécie de pescado.

Passados depois disto alguns tempos, fazendo-se junto à mesma Igreja uma casa para agasalho dos Padres, que ali vão em missão, lembrado o oficial da maravilha atrás referida, que tinha ouvido contar, disse a Sebastião Antunes: *bem pudera agora o Santo mandar outra arribação de pescadas com que por uma vez matássemos a fome, que temos de peixe*. Ao que êle respondeu que tivesse bom ânimo que o Santo teria cuidado de acudir a seu tempo. Não tardou muito o desempenho da promessa, ao cumprimento dos desejos, porque ao mesmo pôsto em que se tinham tomado as pescadas, vieram grandes cardumes de peixes galos, com que experimentaram segunda vez o regalado favor do glorioso apóstolo, e acabaram as obras com grande festa e alegria, acabando-se também com elas aquela peregrina abundância de peixe.

E, já que estamos tão vizinhos a êste pôrto do Santo, não será bem que dêle nos apartemos sem referir primeiro um caso nêle acontecido, que por ventura será na avaliação de muitos o mais espantoso desta história. Era tão grande o lôdo, que neste pôrto havia, que sem grande detrimento se não podia nêle desembarcar, senão estando a maré cheia, sob pena de se atolar até à cintura com grande trabalho e risco. Dava isto muito mau trato aos romeiros, e muito em que cuidar a Sebastião Antunes de que modo, e com que traça, poderia fazer ali uma ponte de pedra e cal para melhor serventia daquela Igreja. Mas de todos êstes cuidados se viu livre em breve tempo, porque chovendo logo 3 dias a eito com suas noites, se rompeu uma grande e comprida cava ao sopé do oiteiro, e trazendo a impetuosa corrente de enxurrada a terra que nela havia ao pôrto, o entulhou em uma noite, de sorte que hoje de baixa mar se desembarca nêle fàcilmente. Ficou para eterna memória aberta a cava, de que correu o entulho, dando testemunho dêste espantoso sucesso, o qual não se deixará de ter por milagroso sem grande injúria da natureza, que em tantas centenas de anos se mostrou tão descuidada em remediar aquela falta, de que Índios, Negros e Brancos, com tanta razão se queixavam.

Nem só em matérias grandiosas e que nos olhos do mundo avultam, mas em outras de muito menor importância, quis o Santo mostrar o singular patrocínio que tem de todos os que de coração a êle se encomendam. Um pobre homem, morador daquela vila, saíu uma noite a pescar meia légua pouco mais ou menos de fronte da casa do Santo; e preparando uma grande e grossa linha a botou ao mar e êle vencido do profundo sono se lançou também a dormir, até que acordando achou que o peixe lha levara, sem que êle o sentisse. Vinda a manhã e fitos os olhos na casa do Santo, lhe pediu que lhe deparasse a sua linha, prometendo-lhe em reconhecimento da mercê uma competente esmola. Não se dedignou o Santo de mostrar sua grandeza em coisa de tão pouca entidade, se bem da parte do pobre pescador não era pequena a falta que o perdido lhe causava. Gastou até quási ao meio dia em buscar de uma em outra parte a linha, até que vindo-se já recolhendo com bem pouca esperança, triste, sem pesca e sem linha, a achou entre umas pedras, que estão junto ao pôrto do santo, com um grande peixe morto, que ali, ao que parece, por mandado superior, veio restituir o furtado e pagar com seu próprio corpo a perda que havia dado. Alegre o pescador, por achar mais do que buscava, pagou pontualmente o que tinha prometido, publicando como agradecido a mercê que o Santo lhe fizera.

Mas já parece será bem nos afastemos da praia, e com maior ousadia sigamos ao nosso glorioso apóstolo tão costumado a ostentar seu poder sôbre as salgadas ondas do mar, como bem se deixa ver no caso que logo referirei. Fêz-se no ano de 626 uma nau defronte da casa do santo, a quem por respeito de tal vizinho, chamaram «S. Francisco Xavier». A esta, qual a outra de Diogo Pereira, na Índia, quis o Santo avincular sua particular protecção, guardando-a por muitos anos, em que entre os vários perigos do mar e inumeráveis cossairos, que infestavam esta carreira do Brasil para Portugal, fêz muitas e mui prósperas viagens, começando êstes favores logo no estaleiro, em que se fêz. Porque querendo-a botar ao mar, pegou no meio da carreira, de tal sorte que parecia se não poderia mover dali sem grande trabalho e perigo. Mas pondo-se na proa dela um sacerdote, com um braço em que estava a relíquia do Santo que atrás dissemos, arrancou daquele lugar com tal fúria e tanta facilidade, que em breve recuperou seu dono as esperanças, que já de todo tinha perdido, de tão feliz sucesso, prometendo-se dali em diante outros maiores debaixo de tal Patrão. E para penhorar o Santo com prendas de seu agradecimento deu logo para ornato de sua Igreja trezentos e cincoenta reales de prata e com promessa de em tôdas as viagens, que fizesse a esta Baía, oferecer sua esmola ao Santo, como sempre fêz.

Indo esta nau daqui para a Cidade do Pôrto, carregada, a primeira vez, foi acossada dos cossairos na costa de Portugal, e forçada a entrar no Rio de Mondego; e demandando a nau duas braças mais do que era a altura e fundo do rio, se foi roçando a quilha pela areia, invocando todos os que nela iam o favor e patrocínio de S. Francisco Xavier, o qual lhe acudiu tão pontual, que sem dano algum da nau escaparam daquele perigo e chegaram ao pôrto desejado, oferecendo depois ao Santo um frontal para esta sua Igreja. Passados depois alguns anos, vinha a mesma nau da Cidade do Pôrto acabar de carregar à Ilha do Faial, uma dos Açores, para dali fazer sua viagem ao Brasil. Eis que cento e setenta léguas antes de chegar à Ilha a acometeu um temporal tão forte, com tão desfeita tormenta e tal descompostura do mar, que o menor risco em que a pôs foi arrancar-lhe o leme e levar-lho sem que ninguém o sentisse, acossados os mareantes de maiores males com êste ser assaz grande. Quieta a tempestade e quebrada a fúria dos ventos, e a braveza do mar, por favor do glorioso Santo, a quem todos com lastimosos brados chamavam com a devoção e fervor, que tão arriscado apêrto excita, valeram-se logo os destros marinheiros dos remédios que sua arte em semelhantes ocasiões lhes ensina; e navegando assim sem leme chegaram em breve a salvamento ao Faial, onde tratando de fazer um leme novo lhes disse um morador da terra que ali perto saíra à praia um leme, que por ventura lhes serviria. Foram logo os da nau a vê-lo, e com admiração de todos acharam que era o que tinham perdido; e que, com então correrem as águas em contrário, andara mais aquêle pesado tronco, sem velas e sem piloto, que a nau com todo o pano. Pelo que, em reconhecimento daquela tão notória maravilha, o levaram em procissão «por honra do nosso Santo e Patrão da sua nau»[1].

A esta página da *Legenda Dourada* dos Jesuítas de Cairu, demarcada e repetida pelas suas viagens freqüentes à Vila e Ilha, une-se a vida catequética dos Índios. Em 1720, num recrutamento geral de Índios de guerra para irem castigar o gentio, que no Distrito de Juquiriçá havia matado doze ou treze pessoas, além das Aldeias de Serinhaém, Camamu e Maraú, inclui-se também a Aldeia de Cairu, tôdas quatro dos Jesuítas, a quem se dão instruções para enviarem os Índios disponíveis[2].

Não constando depois nos Catálogos nenhuma Aldeia com o nome de Cairu, os seus Índios devem ter sido concentrados e incorporados nas outras vizinhas.

O mesmo deve ter sucedido à Aldeia, de que mais tarde se originou Valença, dada como procedente de uma Aldeia de Índios da Companhia[3]. Não era Aldeia de residência em 1759, mas Valença fica em zona, onde durante largo período foram os Jesuítas os únicos missionários, e bem poderia ter sido administrado por êles ao menos o seu núcleo primitivo.

5. — Ao sul, entre o Camamu e o Rio das Contas, está a baía de *Maraú*, que foi de Mem de Sá e depois dos Jesuítas. O Catálogo de 1654 faz menção da «Aldeia da Virgem da Purificação junto a Camamu»[4]. Por êste tempo já se tinham arrendado muitas terras a particulares, e, por isso se fundou a freguesia de Maraú em 1718[5].

A Aldeia dos Índios, mais ao norte, em lugar «sumamente alegre», continuou sob a mesma invocação de Nossa Senhora da

---

1. Quadrienal de 1641-1644, *Bras. 8*, 530v-533. A Igreja de S. Francisco Xavier ficou célebre na história da devoção local. Em 1757 dá-se a posição topográfica desta Igreja, a meia distância entre o Presídio de S. Paulo do Morro ou Morro de S. Paulo e a Vila de Cairu. A distância era como de légua e meia, e a meio caminho ficam S. Francisco Xavier, no Outeiro do Galeão, AHC, *Baía*, 2683.
2. Carta de 22 de Outubro de 1720 ao Provincial da Companhia de Jesus por ordem do Governador, *Doc. Hist.*, XLII (1939)348-349.
3. Cf. von Spix e von Martius, *Viagem pelo Brasil*, II, 329.
4. *Bras. 5*, 186.
5. Viana, *Memória*, 522.

Purificação ou das Candeias, de que era superior em 1741 o P. Manuel dos Reis [1]; e em 1743 aí estava o futuro superior da Missão de Mato Grosso, P. Estêvão de Castro. E outros estiveram em *Maraú* até ser erecta em vila em 1758 com o nome de Barcelos. Tinha então 86 casais, num total de 200 Índios Tupinaquins [2].

6. — Nesta região ficava a *Fazenda de S. Inês*, onde se concentrara com o tempo a actividade agrícola dos Jesuítas no Camamu. Produzia tôda a espécie de legumes, arroz, milho e sobretudo farinha. Dispunha de Olaria e abastecia o Colégio da Baía de lenha para o fogo, e de boas madeiras de construção, de que era abundante. A Fazenda de Santa Inês, como as demais da Companhia, incorporou-se à Fazenda Real em fins de 1759, seguindo para a Baía, os quatro Jesuítas nela residentes. Os moradores da vizinhança comentaram o acontecimento cada qual à sua maneira e ao sabor dos seus interêsses. Os servos da Fazenda, êsses, todos lamentaram a saída dos Padres [3].

Além do *Engenho* de Santa Ana, do Colégio de S. Antão, de Lisboa, existia a *Fazenda* de Santa Ana, pertencente ao Noviciado da Giquitaia, e destinada à produção de mandioca. Tanto em *Santa Ana* como em *Santa Inês*, havia boas Igrejas e Residências de pedra e cal, assoalhadas e assobradadas, e com as oficinas próprias de grandes e bem organizadas Fazendas [4].

7. — Nas terras do Camamu incluía-se também o *Rio das Contas*, num tracto junto à foz. «Rio das Contas, diz Baltasar da Silva Lisboa, era uma Aldeia de Índios, com alguns portugueses foreiros do Colégio dos Jesuítas» [5]. A acção dos Padres, concentrada nos Ilhéus e Camamu, de mais fácil acesso, nem por isso descurou os Índios dos arredores; e tentou a emprêsa do Rio das

---

1. *Bras.* 6, 322.
2. Silveira, *Narratio*, cód. da Gregoriana, 138, f. 256; Caldas, *Notícia Geral*, 30. O «templo respeitoso» estava em vias de se arruïnar em 1799, diz Baltasar da Silva Lisboa, AHC., *Baía*, 19209, cf. *Anais da BNRJ*, XXXVI, 113.
3. Silveira, *Narratio*, 109; Caeiro, *De Exilio*, 102; F. Freire, *História Territorial do Brasil* (Rio 1906) 177.
4. AHC, *Baía*, 19209, ofício de Baltasar da Silva Lisboa (1799), em *Anais da BNRJ*, XXXVI, 104.
5. *Ib.*, p. 111.

Contas, para a sua possível utilização civilizadora e económica. Pelo tempo que levaram na entrada, ultrapassaram a região da actual cidade de Jequié.

Dizia-se que no sertão do Rio das Contas havia grande cópia de Índios «Brasis», isto é, «tupis». Em 1657 subiram o rio um Padre e um Irmão, perito na língua dêstes Índios:

«O caminho é extremamente dificultoso pelo espessor do mato que quási fecha o acesso dos que o penetram. Acharam-se árvores, que se mediram, e, pela idade e grossura, tinham 90 pés no diâmetro da circunferência, de ramos tão imbrincados, que interceptavam a água da chuva, e abrigavam quem passasse debaixo delas. Havia montes tão altos e a pino, que a raiz do que descia pegava logo com a do outro que subia; e entre êles corriam rios e ribeiras perigosas que se contaram até 50, e os montes até 40. Gastos já dois meses por êste sertão sem caminhos, sem achar nenhum vestígio nem de homens nem de feras, começaram os Índios com os trabalhos da viagem, a adoecer tão gravemente, e os mantimentos a faltar, que pareceu impossível refazer o caminho por terra. Dirigiram-se pois para o Rio das Contas na intenção de o descer, e assim, em menor tempo, retroceder à costa do mar. O que se fêz com manifesto perigo de vida. A corrente deslizava tão rápida entre pedras, que precipitou as canoas para cima dos rochedos, e do evidente perigo se livraram todos a nado até alcançar a margem. Acabaram, por terra, o espaço que faltava para chegar à Aldeia, de onde tinham partido» [1].

Ainda que não se descobriram Índios, reconheceu-se o caminho, efeito sempre útil para futuras entradas. Foi sem dúvida uma antecipação da emprêsa dos Maracás, tentada depois por outras vias. A doação de Mem de Sá começava na Barra do Rio das Contas [2]. Dois séculos mais tarde, ao saírem os Padres, D. Marcos de Noronha fêz uma relação dos bens dos Jesuítas, entre êles, «a doação do Camamu, de doze léguas dadas por Mendo de Sá, que terminam no Tacaré (Itacaré), cinqüenta braças ao sul do boqueirão de um riacho que sai à praia chamada Oricuritiba» [3].

---

1. *Bras.* 9, 18.
2. Cf. supra, *História*, I, 158.
3. Accioli, *Memórias Históricas*, IV, 67. Cf. infra, *Apêndice C*.

O boqueirão ficava «duas léguas ao sul do Rio das Contas», conforme o auto de posse dos arrematantes em 5 de Maio de 1763 [1]. Estas duas léguas devem ter provindo de medições e rectificações, trocas, ou compensações legais, posteriores a 1612, relacionadas com as doações quer de Mem de Sá, ao Colégio da Baía, quer de sua filha Filipa de Sá, ao Colégio de Santo Antão (o Engenho de Santa Ana), assunto concluído por um compromisso entre êste Colégio e o da Baía, como se dirá ao tratar do Engenho de Sergipe do Conde.

No vasto Território do Camamu, que vai do Rio das Contas ao Rio Jequié, que foi de Mem de Sá e dos Jesuítas, que nêle mantiveram actividade de dois séculos, permanente e variada, desabrocharam muitas povoações e vilas, algumas das quais hoje florescentes cidades.

---

1. Cf. Augusto Silvestre de Faria, *Os fundos das doze léguas* (Baía 1927)12.

CAPÍTULO X

Ilhéus

1 — Casa-Colégio de Nossa Senhora da Assunção; 2 — Engenho de Santa Ana do Colégio de Santo Antão de Lisboa; 3 — Aldeia dos Índios Socós; 4 — Aldeia de Nossa Senhora da Escada (Olivença); 5 — Aldeia dos Índios Grens (Almada).

1. — O século XVII achou a Capitania de Ilhéus molestada pelos assaltos dos Aimorés, e fêz pazes com um «garfo» ou grupo dêstes Índios, o Ir. Domingos Rodrigues [1].

Apesar dos esforços destas e outras pazes, alguns dêsses «garfos», com a mesma denominação de «Aimorés», ou outra, como «Grens», dispondo da mata difícil, para esconderijo seu, e dado o seu estilo de vida, nómada e arisca, refractária a aldeamentos fixos, sempre perturbaram Ilhéus ou os seus confins.

Em 1604, residiam quatro da Companhia na Vila de Ilhéus. E observa-se que os seus moradores, outrora ricos, para fugir àqueles assaltos dos Aimorés, se tinham na maior parte retirado da vila [2].

Entretanto, os Padres cuidaram de aprender a língua aimorética. E aqui e além se diz que a sabiam alguns, além da brasílica, naturalmente. Um dos mestres de tupi, P. Cristóvão Valente, vivia na Casa de Ilhéus em 1607, como aliás outros por aí passaram, célebres nas letras ou na catequese e entradas ao sertão [3].

A proximidade da Baía e das terras do Camamu, como ponto de apoio, fêz que a Residência de Ilhéus, sobrepondo-se às vicissitudes da terra, jamais se fechasse. E os Padres, como se diz em 1614, eram a consolação e amparo dos moradores. Neste ano, o Provincial

---

1. Cf. supra, *História*, II, 127. Sôbre os Jesuítas em Ilhéus no século XVII, cf. *ib.*, I, 189ss.
2. *Bras. 8*, 49v.
3. *Bras. 5*, 68v.

Henrique Gomes, por ocasião do ataque à Baía dos piratas franceses e do famoso desastre, em que se virou o galeão de Baltasar de Aragão, foi visitar Ilhéus para reorganizar mais sòlidamente a Residência e fortalecer a permanência dos Padres. Levou o P. Manuel Fernandes, passando grandes trabalhos, que conta e constam de sua carta, publicada na íntegra, no Capítulo I dêste Tômo; e acharam a Casa e Igreja arruínadas. A Câmara e muitos outros moradores ofereceram-lhe sítio novo, diferente [1].

Não dispomos de elementos sôbre o prosseguimento desta oferta, nem se a Residência se remodelou no sítio em que estava ou se ergueu noutro novo. A Igreja que existia, quando os Padres deixaram Ilhéus em 1760, com o Colégio, o mais importante conjunto arquitectónico da Vila, de tijolo e pedra calcárea, parece ter sido erecta em 1723 [2]. Mas o Colégio pròpriamente dito ameaçava ruína em 1736, refazendo-se de novo desde os alicerces antes de 1757, a expensas do Colégio do Rio de Janeiro [3].

Na relação dos bens dos Jesuítas da Comarca de Ilhéus [4], tirando a grande doação do Camamu, que pertencia ao Colégio da Baía, e o Engenho de Santa Ana, adstrito à construção da grande Igreja do Colégio de Santo Antão de Lisboa, tudo o mais são pequenos tractos de terra, excepto um maior, no Rio Una, destinado sobretudo a garantir subsistências e trabalho aos Índios livres, da Aldeia de Nossa Senhora da Escada (Olivença).

Com ser de tão parcas rendas, que foi mister durante longos anos ser ajudada pelo Colégio da Baía, a Casa de Ilhéus manteve sempre escola de ler e escrever e contar, e já em 1760 estava desdobrada em aula de *Humanidades*, que depois definitivamente se firmou na segunda década do século XVIII [5].

Das suas Escolas saíram alguns homens ilustres, e não é sem dúvida dos menores, o P. João de Oliva, que depois de ter sido Mestre de Noviços e Secretário do Provincial, foi cativo dos ho-

---

1. *Bras. 8*, 171; cf. supra, pág. 17.
2. Maximiliano, *Viagem ao Brasil*, 325; Von Spix e von Martius, *Através da Baía*, 169. O Colégio estava então vazio (1816-1820) e prestes a arruinar-se: «Pode-se contar, diz Maximiliano, entre os monumentos dos Jesuítas, um belo poço sòlidamente construído e coberto por um alpendre».
3. *Bras. 6*, 232v, 442v.
4. Publicada por Accioli, *Memórias Históricas*, IV, 67; cf. *Apêndice C*.
5. *Bras. 6*, 70v.

landeses em 1624, e encerrado com outros no cárcere público de Amesterdão. Dali passou a Roma e ao Brasil, para ocupar os altos cargos de Reitor da Baía e do Rio de Janeiro. Um elegante dístico, gravado no bronze de um sino, recorda ainda hoje o seu nome na tôrre da Catedral do Rio.

Com o ensino concorriam os ministérios espirituais, próprios da Companhia em tôdas as cidades e vilas, e, com êles, as obras de misericórdia, por ocasião de calamidades públicas, como a da varíola em 1618 e de modo particular a grave epidemia, que afligiu Ilhéus, em 1657-1658, e em que se manifestou com notável bem do povo a assistência e caridade dos Jesuítas [1].

Entre as missões, dadas em Ilhéus, «na nossa Igreja de N.ª S.ª da Assunção», foi a de Outubro de 1698, por ocasião da visita do Arcebispo da Baía, D. João Franco de Oliveira, acompanhado do P. João de Azevedo. Tiveram trabalhosa viagem por mar. Escreve João de Azevedo: «Chegados finalmente aos Ilhéus, com melhor sucesso do que prognosticavam os princípios da viagem, nos levaram os nossos Padres para a casa, em que ali residem onde assistimos quinze dias, com aquêle agasalho e grandeza, que a caridade do P. Superior Mateus Pacheco e a qualidade de tão grande hóspede, pedia». Prègações, confissões, reconciliações e ódios extintos. Isto na Vila, com os moradores. Mas os Índios não foram esquecidos. Também se fêz a missão no Engenho de Santa Ana e na Aldeia de Nossa Senhora da Escada, «onde ficou sumamente edificado o Senhor Arcebispo de ver tão bem doutrinados os Índios, tendo o gôsto de os crismar, com especialíssimo amor, e agradecendo sumamente ao Superior a grande consolação, que lhe dera, em o levar a ver gente tão bem domesticada e que na notícia dos mistérios da nossa Santa Fé excedia muito a muita gente branca» [2].

Os Superiores da Casa de Ilhéus foram:

P. *Leonardo Nunes* (1549). Êle com o Irmão, depois P. Diogo Jácome, foram os primeiros Jesuítas de Ilhéus. Outros a seguir aí estiveram a ministérios, com demora mais ou menos longa, até se estabelecerem melhor as coisas.

P. *Luiz Rodrigues* (1563)

P. *Francisco Pires* (1565)

---

1. *Bras. 8*, 230-231; *Bras. 9*, 59v.
2. *Bras. 15*, 463.

P. Seastião de Pina (1574)
P. Arónio da Rocha (1584)
P. João Batista Beagel (1598)
P. Mocos da Costa (1600)
P. Domingos Monteiro (1604)
P. Mauel Gomes (1610)
P. Ináio de Sequeira (1614)
P. Miguel Rodrigues (1621)
P. Baltsar Fernandes (1625)
P. Simò da Costa (1631)
P. Luizde Sequeira (1641)
P. Simã da Costa, 2.ª vez (1646)
P. Luiz le Góis (1654) [1]
P. Agostinho Luiz (1657)
P. João la Costa (1662)
P. Manul Álvares (1667)
P. Mateu. Pinto (1670)
P. Pedro Ferreira (1679)
P. Manuel Côrtes (1683)
P. João Smões (1692)
P. Duarte Morais (1694)
P. Mateus Pacheco (1698)
P. Agostinho Álvares (1698)
P. José Aires (1700)
P. António Aranha (1703)
P. José Coeho (1705) [2]
P. João Sinões, 2.ª vez (1711)
P. João de Araújo (1714)
P. António Gonçalves Júnior (1717)
P. Francisco Machado (1721)
P. João dos Reis (1725)
P. António Leitão (1725)
P. João de Araújo, 2.ª vez (1727)
P. Francisco de Abreu (1732)

---

1. Chamava-se antes António de Araújo. Por haver outro de igual nome ficou a chamar-se Luiz de Góis. Talvez o seu nome completo fôsse António Luiz e lhe pertencessem ambos os apelidos.

2. «Só na Província dos Ilhéus converteu à Fé Católica uma nação inteira», Loreto Couto, *Desagravos do Brasil*, XXIV, 281.

P. Jerónimo Martins (1734)
P. António de Figueiredo (1738)
P. Manuel de Magalhães (1746)
P. José da Cunha (1747)
P. Francisco Buitrago (1751)
P. Valentim Mendes (1753)
P. António Pereira (1755)
P. Domingos Viana (1759)

A Companhia de Jesus deixou o Colégio de Nossa Senhora da Assunção de Ilhéus, no dia 17 de Janeiro de 1760. Além do P. Domingos Viana, último superior, havia mais os Padres José de Oliveira e João de Almeida. Sentiu-o extremamente o povo todo. Manifestou-o às claras o Presbítero Inácio Soares de Azevdo; e, diante do escândalo que se tinha feito correr à conta dos esuítas, cuja presença a perseguição acoimava de contrária à salvação das almas, um mercador de Ilhéus, André de Oliva, retorquiu com esta frase gráfica e expressiva com que rebateu o aleive: «Se con os Jesuítas se perdem cem almas, saindo êles se perderão cem mil».

2. — Na Capitania de Ilhéus possuía o Goverrador do Brasil, Mem de Sá, um Engenho com légua e meia de terre, que sua filha, a Condessa de Linhares deixou com outros bens ao Colégio de Santo Antão, de Lisboa, para custear as despesas da nova e magnífica Igreja daquele Colégio, que mandou erigir. Grande Engenho, que no tempo de Mem de Sá chegou a dar safras de 12 a 14 mil arrôbas de açúcar [2].

O Procurador de Santo Antão, P. Estêvão Pereira, verificou o estado de desmantêlo em que se achava desde o tempo em que os Aimorés infestaram os Ilhéus. Os lavradores andavam desanimados. Tal era o abandono que êle repetiu aquilo de Virgílio *campus ubi Troya fuit*... Tratava de o restaurar, quando as invasões holan-

---

1. Silveira, *Narratio*, 105. «N.ª Senhora da Assunção» é o nome que traz Silveira. Nos documentos administrativos civis da época aparece «Casa da Residência de «N.ª S.ª do Socorro», dos Religiosos da Companhia de Jesus da Vila de S. Jorge, Capitania de Ilhéus (AHC, *Baía*, 4932). Quanto ao «Inventário de todas as Alfayas, ornamentos, ouro, prata, imagens, e o mais que pertenceu à Igreja e Collegio dos Jesuitas da Villa de S. Jorge» (1760), cf. *ib.*, 5095.

2. Vd. a posição topográfica dêste «Engenho de Santa Anna» na «Descrição de tôda a costa», códice *ms.* da Ajuda, *supra*, *História*, I, 144/145.

desas aonselharam a que se sobrestivesse na emprêsa, não fôssem lá êles cstruí-lo e queimá-lo. Em todo o caso, em 1633 o P. Estêvão Pereira rgueu nova Casa de Purgar, e outros Padres, o Provincial do Brasi, e Francisco Ferreira, o visitaram e se interessaram pela restauraço do Engenho. Assim estavam as coisas em 1635, à data em que Istêvão Pereira redigiu a sua breve *Descrição*.

A cahoeira de água doce, que moía o grande Engenho, dava para dois as terras eram próprias para canaviais, as madeiras e lenhas en grande quantidade, circunstâncias favoráveis que poderiam tcnar êste Engenho igual ou superior ao de Sergipe do Conde.

Todavia, o *Engenho de Santa Ana*, à beira do Rio do mesmo nome, estava parado em 1650 por falta de canas. Belchior Pires, Provincial lo Brasil, sugeriu ao Procurador da Igreja nova de Santo Antão, nesa época, o P. Simão de Sotomaior, que se plantassem canaviais ese pusesse a laborar o Engenho com proveito certo para as obras dc grande templo [1].

O Engenho só se deve ter reconstituído definitivamente depois de concluíd a pendência suscitada pela herança de Mem de Sá, em que na verdade não estava em causa o Engenho de Santa Ana, mas que nãc deixou de se unir a tôda a questão, finda em 1663. A reorganizaçãc do Engenho operou-se depois dêsse ano e antes de 1667. Não aiida na primeira, já porém na segunda data, residia em Ilhéus, à frente do Engenho de Santa Ana, o P. Filipe Franco, procurador do Colégio de Santo Antão. E se não antes, ao menos desde então, nunca deixou de haver um Padre acompanhado de um Irmão daquele Colégio, como administrador do Engenho de Santa Ana, com residência distinta da Casa de Ilhéus. O Engenho não tardou a recuperar o antigo prestígio com os aperfeiçoamentos que nêle se introduziram. Ao lado do açúcar, beneficiava algodão, cacau e arroz com melhoramentos que representavam iniciativas de carácter industrial. E o Vice-Rei, Conde de Atouguia, propunha aos mais fazendeiros do Brasil o método moderno dos Padres na descasca do arroz, não pelo velho sistema de pilão, mas por engenho novo ou de água, «como se usava na fazenda de Ilhéus» [2]. Era superior do

---

1. Carta de 11 de Fevereiro de 1650, *Bras.* 3(1), 277-277v.
2. Cf. supra, *História*, IV, 156.

Engenho de Santa Ana, o P. Manuel Lossada, quando m 1759 passou para o fisco¹.

3. — A actividade dos Padres de Ilhéus com os Índios ião pôde alargar-se muito fora da vila de S. Jorge, pelo perigo dos Aimorés. Mas a «Descrição de toda a costa» mostra, do outro lad(da Vila de S. Jorge, a «Aldeia dos Índios dos Padres», e com represntação gráfica superior à da própria vila ².

Parte dêstes Índios se situou nas proximidades do Engenho de Santa Ana, parte ficou mais ao sul, dando origem à *Aldeia de N.ª S.ª da Escada*, a que se agregou também depois a *Aldeia dos Índios Socós*.

Apareceram êstes Índios na segunda metade do séulo XVII nos confins de Ilhéus. Não se fixavam em lugar algum e com êles tivera entrada um indivíduo de alcunha o «Xorte», que is dominou e dificultava o seu aldeamento e catequese. Vieira refere-se a êste episódio, mas houve leitura errónea de quem transcreveu ou publicou a carta, onde em vez de Socós aparece a palavra *Sovos*, e em lugar de o *Xorte*, os «Chertes» (pai e filho) ³. Tratava-se da redução dêles, ainda não concluída, à data desta carta de Vieira a El-rei, de 1 de Junho de 1691.

Os Socós eram Índios que não falavam a língua geral. Foi reduzi-los o P. Gonçalo do Couto, acompanhado de outro religioso novo, êste com o fim expresso de aprender a língua. O Arcebispo da Baía, depois de esgotados os meios suasórios, tinha declarado o «Xorte», incurso na pena canónica da excomunhão; e enfim se reduziram os «Socós», por intervenção mais eficaz do Governador Câmara Coutinho, que o conta a El-Rei em 1692:

«Êste ano passado soube que na Vila dos Ilhéus havia uma Aldeia pouco afastada dela, em que viviam aquêles Índios gentílica-

---

1. Cf. «Inventário e avaliação do Engenho de Santa Ana, 1759», AHC, Baía, 4948. O Engenho de Santa Ana veio a ser de particulares. Conhece-se o Inventário de 1810, quando passou ao poder do Brigadeiro Felisberto Caldeira Brant Pontes, futuro Marechal e Marquês de Barbacena. Publicado por Wanderley Pinho, *Testamento de Mem de Sá*, 145-159. Informa Ramiro Berbert de Castro que ainda hoje, «no local conhecido por Engenho de Santana existe uma capela multi-secular, consagrada à devoção da Senhora Santana», *Hulha Branca* (Rio 1944) 203.

2. Cf. supra, *História*, I, 144/145, fotogravura dêsse trecho da «Descripção de toda a Costa».

3. *Cartas de Vieira*, III, 607.

mente, nela andaria o diabo visìvelmente, que assim mo afirmou o Arcebispo D. Frei Manuel da Ressurreição, que tinha ido a visitar, e de tuço me tinha avisado por sua carta. Mandei logo o Padre Gonçalo do Couto, da Companhia de Jesus, que então era Visitador, Religioso de grande autoridade, fôsse ver aquela Aldeia do gentio; e que deminha parte lhe dissesse que desejava muito falar com os seus maiurais; porque Vossa Majestade era um Rei mui poderoso, que lhes iavia de fazer muita mercê, e que eu em nome de Vossa Majestade os havia de tratar com muito amor. Foi tão bem sucedido êste iegócio, como era tanto do serviço de Deus, e de Vossa Majestadeque, com o Padre, vieram todos os maiorais falar comigo, e os mandei vestir todos, e levantar-lhes logo Igreja, mudando-os para parte mais acomodada, e dei ao dito Padre Gonçalo do Couto todos os ornamentos para a Igreja, como cális, vestimenta, frontais, alvas e tudo o mais que foi necessário para administração dos Sacramentos à minha custa, com que hoje ficam com um Padre da Companhia que os administra, sendo mais de oitocentos casais todos baptizados, e catequizados, vivendo com muita quietação e contentíssimos» [1].

4. — A *Aldeia de Nossa Senhora da Escada*, a 3 léguas ao sul de Ilhéus, já existia há muito, mas, reorganizada e com Residência fixa, data da penúltima década do século XVII. Perto dela se situaram os referidos *Socós* em 1691, e dela ainda se iam visitar nos anos seguintes, até serem absorvidos, ao menos os catequizados, na Aldeia da Escada, a única mencionada em 1702, com 900 Índios [2]. Todavia, ainda existiam ambas as Aldeias em 1757: «Aldeia dos Socós e Aldeia de Nossa Senhora da Escada, dos Reverendos Padres da Companhia» [3].

A historia da Aldeia da Escada decorreu, com a sua vida organizada e civilizadora, sem nenhum incidente, a não ser por volta de 1717, em que se alvorotaram os Índios por maus

---

1. Carta de António Luiz Gonçalves da Câmara Coutinho, da Baía, 4 de Julho de 1692, *Doc. Hist.*, XXXIV (1936) 63-64; *Bras. 9, 376, 381*. O P. Gonçalo do Couto nasceu em Lisboa em 1641 e faleceu na Baía, no dia 28 de Abril de 1704, *Bras. 5(2), 79v; Hist. Soc. 51, 122*.

2. *Bras. 10, 25*.

3. Relação do Vigário da Freguesia de Santa Cruz da Vila de Ilhéus, AHC *Baía, 2676*.

conselhos de brancos. O Reitor do Colégio da Baía, P. Mateus de Moura, coadjuvado pelo Marquês de Angeja e pelo Provincial da Companhia, sustentou o regime legal, da dupla jurisdição e tudo voltou à vida pacífica de assistência e catequese [1].

A Igreja, boa e magnífica, e a Residência emergiam da muralha de verdura que circundava a Aldeia; e na promoção das Aldeias a Vilas, decretada em 1758, recebeu o nome de *Olivença*, prazìvelmente situada sôbre colinas elevadas, rodeada de bosque. «Excelente Igreja, de 38 ½ palmos de largura, com um só altar» [2].

Em 1816 uma das indústrias da terra ainda era a fabricação de rosários, com coquinhos de piaçaba, e «tartaruga de pente» [3].

Nas cercanias de Olivença viviam os *Pataxós*, que em 1763 os novos directores, depois da saída dos Padres, procuravam cativar, dando como pretexto insultos, que parece «mais procedem, diz um aviso régio, da incúria das Câmaras e capitães-mores do que do poder do dito gentio» [4].

5. — Viviam há muito, na Capitania de Ilhéus, sem terem domicílio certo, e cometiam periòdicamente alguns excessos nas povoações e Fazendas, os Índios *Grens* do grupo Aimoré. Tentaram primeiro a sua redução os Padres da Companhia, mas eram Índios que se recusavam a viver em Aldeias. Por volta de 1725, com a anuência dos Jesuítas de Ilhéus, tentou o P. Fr. José de Jesus Maria aldeá-los com o favor do Vice-Rei, Conde de Sabugosa. Cederam os Jesuítas uma légua de terra em quadra de combinação com o mesmo Vice-Rei. Mas em 1729 comunica ainda o Vice-Rei, aliás com elogio

---

1. *Bras. 4*, 107v. Cf. Doc. administrativo e oficial, *Doc. Hist.*, XLII (1938) 321-322; XLIII (1939) 49-51, 343.

2. Baltasar da Silva Lisboa, *Anais da BNRJ*, XXXVI, 109, que descreve a situação de abandono em que se achava Olivença em 1799.

3. Cf. Maximiliano, *Viagem ao Brasil*, 321, 322; Rebêlo, *Corografia*, 207. Segundo Caldas, *Notícia Geral*, 30, era constituída por Índios Tabajaras e Tupinaquins, 130 casais, que Silveira individualiza em 600 Índios, *Narratio*, Gregoriana, cód. 138, f. 256.

4. Cf. Brás do Amaral em Accioli, *Memórias Históricas*, II, 448. Tanto os *Pataxós* como os *Anaxós*, aparecidos nas redondezas já muitos anos antes, vieram corridos do poder das minas, a «acoitar-se nesta grota do mato», informa em 1756 o vigário de Poxim (AHC, *Baía*, 2677).

para o zeloso missionário, que êste depois de ter estabelecido «uma Aldeia de Índios Grens», embarcou para a Europa [1].

Parece tratar-se da Aldeia de Nossa Senhora dos Remédios, no têrmo da Vila de S. José do Rio das Contas, já extinta em 1757, e sôbre a qual dão uma informação os Missionários Capuchinhos italianos [2] Já existia porém, a esta data, a Aldeia de Nossa Senhora da Conceição dos Índios Grens, fundada algum tempo antes noutro lugar pelo P. Agostinho Mendes, de que se conserva uma *Relação*, cuja súmula é a seguinte:

Havia muitos anos que os Índios Grens pediam Missionários por morrerem muitos entre pais e filhos, sem baptismo. Eram Índios que não se sujeitavam a viver aldeados, nem a ter casas, morando ora aqui ora além, dormindo no chão, e desnudos. Andando o P. Agostinho Mendes da Companhia em missão pelo território da Baía, passando pelo Engenho de S. Ana, informou-se com o Superior, P. Manuel Lossada, o que se poderia fazer; e, com o seu apoio e o do Coronel da Vila de Ilhéus, Pascoal de Figueiredo, tentou mais uma vez a emprêsa de aldear êsses Índios. Meteram as canoas pelos Rios Fundão e Itaípe, e ao cabo de oito léguas avistaram-se com os Índios, que os receberam com a costumada algazarra e suma alegria. Traziam furado o lábio inferior com um batoque de madeira e o corpo riscado de várias côres, em sinal de fôrça e das guerras em que tinham andado [3].

Ofereceram ao Missionário caça, peixe e outros dons. Era a primeira dominga de Outubro, consagrada a Nossa Senhora do Rosário. O Padre celebrou a primeira missa nesse local, assistindo o Coronel e os seus escravos e um grupo de Grens. No fim, o Padre retribuíu os presentes recebidos, distribuindo por sua vez, comestíveis, licores e mel. Servia de intérprete um negro fugido ao seu patrão, que vivia

---

1. Documentos publicados por Brás do Amaral, em Accioli, *Memórias Históricas*, II, 339-341.
2. AHC, *Baía*, 2678, 4000.
3. Tal característica dá a classificação dêstes índios: — «Botucudos», «Botucudos oder Aimores», escreve Martius ao tratar da língua da «Gentis Cren v. Guerén», *Glossaria*, 177. Cf. Von Spix e von Martius, *Através da Baía*, 170-171. Adverte Maximiliano (*Viagem ao Brasil*, 310) que se pronunciava então *Guerens*. E acrescenta que êstes Índios estavam quási extintos em 1816 e que já existiam apenas um velho, o «capitão» Manuel, e duas ou três velhas, *ib*., 330. Os Padres da Companhia de 60 anos antes, na maior fôrça dêsses Índios, e que os catequizaram, escreviam *Grens*.

entre êles, e foi de grande ajuda no apostólico ofício da catequese. Retirou-se o P. Lossada para o Engenho. Ficou o P. Mendes com o Coronel a procurar estabelecer a Aldeia num alto.

O Padre edificou a Igreja e começou o trabalho incríve. Faltava tudo para o ornato dela e até o indispensável à preparação da farinha de mandioca, tornando-se insustentável a vida.

Agostinho Mendes foi à Baía pessoalmente entender-se com o Vice-Rei D. Marcos de Noronha, Conde dos Arcos. Deixando tudo o que era seu na Aldeia, como penhor da volta, partiu só com o breviário. Alcançou o que queria. E depois da sua volta, a catequese progredia e era amado de todos, baptizados e gentios. Assim estava a Aldeia em 1759, quando a deixou, em conseqüência das novas leis. Ficou a tomar conta da Aldeia, um Padre, saído da Companhia, alguns anos antes, Estêvão de Sousa; e foi grande a dor dos novos cristãos, quando o P. Agostinho Mendes se retirou [1].

A *Aldeia de Nossa Senhora da Conceição dos Grens* (era êste o seu orago) tinha 70 Índios recentemente baptizados e ficava em lugar vistoso e aprazível. Os casais eram 86, ao todo, e chamou-se *Nova Almada* [2].

Martius achou decadente tôda esta região de Ilhéus e atribui tal estado à saída dos Jesuítas, de cuja influência educadora ficou privada [3].

Ilhéus é hoje região florescente. Elemento preponderante da sua riqueza: o cacau, ligado, pela sua primeira cultura industrial no Brasil, aos Padres Jesuítas.

---

[1]. *Bras.* 10(2), 455-457. O Catálogo de 1757 mostra o P. Agostinho Mendes «in nova conversione Indorum occupatus».

[2]. Silveira, *Narratio*, cód. da Gregoriana, 138, f. 256; Rebêlo, *Corografia*, 207; Caldas, *Notícia Geral*, 30.

[3]. Von Spix e von Martius, *Viagem pelo Brasil*, II, 329.

CAPÍTULO XI

Pôrto Seguro

1 — Voltam os Jesuítas a pedido do povo; 2 — Fundação da Casa do Salvador no Natal de 1622; 3 — Ministérios e Escolas de primeiras letras e Humanidades; 4 — Superiores; 5 — Aldeias do Espírito Santo da Patatiba (Vale-Verde) e S. João Baptista (Trancoso); 6 — Caravelas; 7 — As despedidas de 1760.

1. — A situação topográfica de Pôrto Seguro, sem campanha larga a apoiar a costa, impedido o acesso ao interior pela Serra dos Aimorés, habitada pelos Índios bravos desta denominação, não lhe consentiu desenvolver-se de acôrdo com as promessas de Pero Vaz de Caminha em 1500, e as esperanças com que nela iniciaram os Jesuítas os seus ministérios em 1549, o próprio ano da sua chegada ao Brasil, em que tudo ainda eram tenteios, sem a experiência que depois se impôs a favor de outros portos da costa, mais favorecidos [1].

Com meio século de actividade, cheia e trabalhosa, tornou-se insustentável a Residência, de fruto precário, empregando Padres, cujos serviços eram instantemente reclamados nos extremos do Brasil, na ocupação, a que se procedia então do Rio Grande do Norte, e nas expedições que se intentavam aos Carijós do Sul, para onde de facto foram pouco depois.

Os Jesuítas diziam, em 1602, que Pôrto Seguro se despovoaria, segundo as coisas iam, se não se lhe acudisse, e êles próprios, que não perderam o contacto com essa Capitania, concorreram para a defesa dela, no grave assédio que lhe puseram os Aimorés a 16 de Abril de 1610 [2]. O Catálogo dêste ano menciona em Pôrto Seguro os Padres

---

1. Cf. supra, *História*, I, 197ss.
2. *Bras. 8*, 105.

Domingos Sequeira, natural de Ilhéus, e Domingos Rodrigues, de Penedono, Lamego, que dominava a língua aimorética [1].

Em 1614 nova missão em Pôrto Seguro, e em 1616, e em 1620. Nesta última, os Padres Mateus de Aguiar e Fábio Moio chegaram a 15 de Março de 1620, em plena quaresma e ficaram perto de meio ano [2].

O povo de Pôrto Seguro não se contentava porém com missões periódicas. Ansiava por ver restabelecida a antiga Residência. Reüniu-se a Câmara no dia 20 de Julho de 1620. E em união com o Vigário da Vara e o Procurador do Povo, escreveu ao P. Geral:

«Nós, o Padre Vigário e Ouvidor da Vara Francisco Borges de Oliveira, o Capitão-mor Manuel de Miranda Barbosa, o Ouvidor Pedro Neto de Pina, o Procurador da Fazenda Frutuoso Cerveira, e os mais oficiais da Câmara desta Vila, o Procurador do povo, e todos juntos, em conformidade, visto o grande desamparo que temos de quem nos ensine a nossos filhos a doutrina cristã e nos pregue o Evangelho Sagrado pelo discurso do ano, e juntamente aos Índios desta Capitania por falta de Religiosos, que nela não assistem, ainda que antigamente os houve, por certos inconvenientes despejaram, os quais inconvenientes há perto de dezoito anos cessaram, e agora ao presente não há nenhum, por onde não possam deixar de vir de assento a socorrer estas pobres almas tão desamparadas dêste auxílio do céu, sem embargo de muitas vezes têrmos feito esta petição a Vossa Paternidade, e só nos ser concedido virem os Padres da Companhia por missão a esta terra consolar-nos, como vieram por três vezes, e nelas se ver o grande fruto que fazem com suas prègações e doutrinas, assim nos moradores como nos Índios das Aldeias, apaziguando aos discordes, fazendo amizades, compondo as partes, e finalmente pondo a terra tôda em grande paz e quietação, cessando com sua doutrina e presença muitos males, que podiam haver.

Pelo que todos pedimos a Vossa Paternidade, de todo o coração, por amor de Nosso Senhor e sua Mãe Santíssima, nos queira conceder virem os Reverendos Padres da Companhia de Jesus a esta

---

1. *Bras. 5*, 81-81v.
2. Cf. Relatione d'una missione fatta nel Brasile dalli PP. Matteo d'Aguiar et Fabio Moio nella Capitania de Porto Sicuro per ordine del P. Provinciale Simone Pignero alli 15 del mese di Marzo del 1620 [sem assinatura]. Narra factos edificantes. E como conclusão: confissões 650, gerais 20, comunhões 300, baptismos, 3, *Bras. 8*, 302-305v.

Vila de Pôrto Seguro, de assento, e nós nos obrigamos por esta a lhes fazer Casa e Igreja, onde pousem muito a seu gôsto, em o sítio que êles escolherem, dando para isso nossas esmolas, conforme a possibilidade de cada um, e os sustentaremos com nossas esmolas o melhor que pudermos; e, no que nos tocar também e pudermos, aos ditos Padres, a administração das antigas Aldeias dos Índios desta Capitania, para os ensinarem e governarem no espiritual assim como fazem em tôdas as demais partes do Brasil. E, para que não haja dúvida nem falta de nossa parte, nos assinamos todos os que actualmente governamos esta Vila, assim no espiritual como no temporal e em nome do dito povo. E temos mandado ao Padre Provincial o rol da esmola que logo de presente tiramos para princípio das ditas casas e Igrejas» [1].

A petição foi ouvida, porque a chegada de Padres do Reino o permitia, e também como prémio à boa vontade dos moradores de Pôrto Seguro e esperança de renovação da catequese dos seus inumeráveis Índios. Foram incumbidos de reabrir a casa os Padres Mateus de Aguiar e Gabriel de Miranda. Mateus de Aguiar deixou breve informação do facto, com notícias curiosas de diverso carácter, dirigida ao P. Provincial Domingos Coelho:

«Por ordem de Vossa Reverência, partimos do Colégio da Baía, dia de São Tomé Apóstolo, aos 21 de Dezembro de 1621, o Padre Gabriel de Miranda e eu, do modo que Vossa Reverência deixou ordenado ao Padre Reitor Fernão Cardim, o qual pela muita sua experiência e caridade, nos aviou de tudo o que podíamos ter necessidade em terra tão pobre e falta do remédio e necessário para passar a vida humana. E, como sempre trouxemos o vento pelo ôlho, foi-nos forçado

---

1. Conclui: «E, como ficamos confiados, pedimos a Vossa Paternidade ser encomendados em seus santos sacrifícios. Feita em Câmara, a vinte de Julho de seiscentos e vinte. O Padre *Vigário Francisco Borges de Oliveira, Manuel de Miranda Barbosa, Pedro Neto de Pina*, Provedor *Frutuoso Cerveira, Valério Fernandes, Simão Barbosa, António da Costa e Martim* [apelido ilegível], Bras. 8, 309-309v. A publicação dêste e doutros documentos, que se acham esparsos nas páginas da *História da Companhia de Jesus no Brasil*, com serem parte integrante da obra da Companhia, serve, como o aventou a intuição histórica de Capistrano para esclarecer outros pontos obscuros da história geral, aos investigadores das coisas antigas, segundo as predilecções de cada qual. A informação do *Jesuíta anónimo*, inédita, e de cêrca de 1578, sôbre a primeira localização de Santa Cruz (cf. supra, *História*, I, 209-211), prestou esclarecimentos úteis a Jaime Cortesão na sua monografia, *Cabral e as Origens do Brasil* (Rio 1944)22-24.

tocarmos os Ilhéus, aonde estaríamos perto de cinco horas e fomos agasalhados com a caridade costumada da Companhia, pelo Padre Superior Miguel Rodrigues, e tanto que o vento alargou mais, nos chamaram que nos viéssemos embarcar. E assim o fizemos com esperanças de vir dizer as três missas do Natal ao Pôrto Seguro. Mas não foi Nosso Senhor servido, por acharmos no mar o vento outra vez contrário, e assim chegamos, dia de Natal às duas horas depois do meio dia, ao pôrto desta *Vila de Pôrto Seguro*, que por outro nome se intitula *Vila de Nossa Senhora da Pena*.

E tanto que a gente enxergou de cima, que vinham Padres, tôda desceu abaixo acompanhada do Capitão da terra, Manuel de Miranda e do Padre Francisco Borges de Oliveira, Vigário e Ouvidor da Vara desta Vila, e assim se encheu em breve a praia de gente branca, de índios, e pretos de Guiné, e de uma nuvem de moços e meninos, que vinham saltando e brincando pela praia, dando mostras do que tanto desejavam.

E depois de desembarcados e feitas as saüdações comuas com suma alegria de todos, tiveram a nossa chegada e a receberam pela maior festa e aleluias que lhes podiam dar, e, por ser em dia tão assinalado, por grande presságio e prodígio de muito bem para a terra e assim o permitira Nosso Senhor. E assim fomos com êste acompanhamento a dar as graças ao Santíssimo Sacramento, que estava em a Igreja matriz. E em chegando à Igreja fomos recebidos com muitos e estendidos repiques. Aqui me alembrei do *Benedictus, qui venit in nomine Domini*, e pedi graças para levar alegremente o *crucifige, crucifige eos*...

Depois disto nos agasalharam em umas casas, que já tinham preparadas e bem caiadas e aparamentadas com seu quintal, junto às nossas ruínas antigas, as quais estavam já roçadas, com o mais sítio e ruas limpas, como quem esperava já por nós. E começaram a acudir com suas esmolas e caridades, as quais até agora não faltaram, e o mesmo fizeram os Índios das Aldeias e vão continuando com a mesma devoção. Neste mesmo dia nos convidou o Capitão e Vigário e mais oficiais da Câmara para irmos a Nossa Senhora da Ajuda (que dista da Vila uma boa meia légua) a os ajudar a festejar uma festa de Nossa Senhora, a qual se faz a primeira oitava do Natal, por quanto um dia como êste, por ordem dos administradores passados se restituíu a Virgem da Ajuda à sua Igreja, depois do alevantamento dos Guaimorés. A qual imagem faltou um dia em o altar, que foi em o que se deu a batalha, e, tornando outra vez sôbre a tarde uma mulher que da Igreja tinha cuidado, achou a imagem de vulto em o altar tôda suada, e com um lenço lhe alimpou o suor do rosto e juntamente tinha as abas do vestido tomadas, como que vinha de fora e cansada do caminho, e buscando o Menino que tinha a Senhora nos braços lho não acharam. E fazendo-se mais diligências o acharam escondido em um canto do altar. Dizem todos que a Senhora o escondera debaixo do altar, enquanto foi socorrer aos moradores de Santa Cruz, que dista quatro léguas da Casa da Virgem, a qual é, nesta terra, de muita romagem e consolação de tôda ela.

Enfim, ainda que cansados, lhes demos o sim, mas que só disséssemos missa, por não vir nem aparelhado para poder prègar em festa nova para mim, nem por estar para isso. Ao dia seguinte veio o Capitão em pessoa com duas redes armadas e moços para elas e nos levaram lá, e no caminho tanto apertaram comigo que me determinei a lhes prègar de repente como fiz. E me ajudou Nosso Senhor, ainda que foi sem sobrepeliz, e se festejou bem a festa, com sua missa cantada e prègação, confissões e comunhões. E sôbre a tarde nos viemos para as nossas casas.

E depois de descansarmos aquêle oitavário e cumprirmos com as visitas que nos fizeram todos, estando tôda a Câmara, Capitão, Vigário, e outros muitos presentes, lhes propus a prática de como Vossa Reverência nos mandava, e em que forma, a saber, que vínhamos por modo de missão e em caso que suas mercês cumprissem o rol das esmolas que mandaram a Vossa Reverência e o prometeram ao nosso Reverendo Padre Geral, que em tal caso ficaríamos na terra, já que suas mercês se ofereciam a nos fazer Casa e Igreja e sustentar com suas esmolas, conforme a possibilidade da terra; e quando não, que, acabada a missão, nos tornaríamos, como das outras vezes o fizemos. Mostraram-se algum tanto agravados, dizendo que já que Nosso Senhor lhes dera tão boas festas com a nossa vinda e virmos em dia tão assinalado à terra, e em véspera da restauração da Virgem à sua Igreja, e a fomos festejar, que tudo eram sinais e presságios de se restaurar a terra. E tudo, com a nossa vinda e coisa, que tantos anos desejavam e pediam com tanta instância, que suposto que eram pobres e não tinham as riquezas de Roma, Veneza, nem a pedraria das Índias, para nos fazerem as Casas, Igreja de oiro e prata, contudo no-las fariam conforme suas fôrças e possibilidade abrangessem, e como já nos conheciam, que nos conformaríamos com suas pobrezas; e assim logo, entre os que estavam presentes, se fizeram 80$000, para irem na barca para vir parte do necessário, e que iriam todos contribuindo conforme pudessem, e assim não havia para que se falasse em missão, nem em nos tornarmos, porque o seu prometimento sempre estaria em pé».

2. — «Vendo eu e o Padre meu companheiro o que passava, lhes demos o sim de ficarmos na terra e de logo nos começarmos a preparar, para fazermos algum modo de agasalhado de cubículos, Igreja e mais oficinas, para religiosamente podermos estar, ainda que tudo fôsse de palha por entretanto. E ficando nós nesta conformidade, mandamos chamar alguns Índios e vieram de muito boa vontade; e, com outras ajudas dos moradores, em duas semanas e meia fizemos a Igreja, capaz quási da mais gente da Vila, com sua sacristia, portaria e mais oficinas necessárias, e tudo de telha, prego e ripa e paredes de taipa de mão, com tanta diligência dos que a faziam que aos 23 de Janeiro de 622 anos, dia da septuagéssima, cantamos missa na nossa Igreja, a qual se armou muito arrezoadamente para isso. E pasmava a gente de como em tão breve tempo se fizera tanto. E eu mesmo me admirava, porque tudo parece crescia e nada faltava e cada um oferecia o que tinha: êste a telha; aquêle os pregos; uns a ferramenta; outros as portas; e todos, com igual ânimo e porfia, andavam buscando o que faltava, que bem parecia ser obra de Deus e aceita a sua divina Majestade, pois que com tanta suavidade foi dispondo as coisas, que hoje, que são 5 de Fevereiro, estamos fechados, como em qualquer das outras casas da Capitania, com nossa portaria, cêrca e mais oficinas, que só nos faltam os outros dois companheiros pelos quais esperamos na torna-viagem da barca, porquanto os mando pedir ao Padre Reitor, porque sem êles não podemos acudir às necessidades das Aldeias, e a aviar os materiais para as obras novas sem a casa ficar só e haver modo de detrimento e à nossa pobreza de casa. Nem se pode pôr objecção à petição, porque das casas que nos deram fizemos 4 cubículos para serem capazes dêles, e serem de telha e terreais. E foi a nossa Igreja estreada com muitas confissões e comunhões, que sempre chegaram a perto de 80; e algumas gerais de tôda a vida e também a véspera se fizeram algumas amizades de importância, entre homens que havia muito tempo se não falavam nem se saúdavam, e saíram da portaria, passeando pelas ruas a par, com não pouca admiração de quem os

via, por serem dos principais da terra e cabeças da terra, e diziam — Vedes, já aquilo é fruto dos Padres da Companhia! Não sei quem poderia acabar aquilo com aquêles homens senão os Padres. Bendita seja a hora em que êles chegaram à terra! *Debetur soli gloria vera Deo!*

E aos 4 de Fevereiro abrimos escola aos moços e já chegaram a trinta e quatro. E o Padre Gabriel de Miranda os ensina por sua caridade.

E não deixarei de dizer que quando andávamos fazendo a Igreja e mais oficinas, vendo os homens de como nós pegávamos nos paus e dávamos ordem aos oficiais, êles também punham as capas e tomavam as enxós e os machados e a linha e mais instrumentos, e alinhavam, cortavam e cada um fazia seu pouco, e mostrando as varas que traziam em as mãos. E de um vereador em especial, quando se andava dando ordem para se armar o altar e confessionários, porque largou a vara de almotacel, que na mão trazia, e começou a trabalhar com tanto fervor que cuidando o Padre que êle era já ido, tornando à Igreja, o achou ainda tão embebido na obra, que sendo já bem tarde e passar do meio dia, não dava fé das horas, e se o Padre o não mandara que fôsse jantar, que era tarde, ainda agora trabalhava.

E foi tanto o desejo dêstes homens em nos ajudar, que tendo nós necessidade de quem nos telhasse a Igreja, sacristia, portaria, etc., com algum pejo falamos a alguns homens e mancebos. Logo vieram e se ofereceram a o fazer tôdas as vezes que os chamassem como fizeram, e neste meio tempo como se andava consertando a Misericórdia, quando foi ao telhar, mandou-os um vereador e provedor da Misericórdia chamar. Êles se escusaram que só aos Padres faziam aquilo e não quiseram vir. E se veio o homem benzendo, a fazer queixume a nós, dizendo que só os Padres da Companhia tinham condão para tudo se lhes baquear, e achavam graça em todos para tudo, contando o caso, e fazendo queixume aos homens.

E para que as mulheres não fiquem sem o seu louvor, também a mulher do Capitão se me ofereceu, que quando quisesse mandar branquear a Igreja, que ela e mais certas devotas a queriam vir caiar com suas próprias mãos. E por mais que as afastei disso estão no seu propósito firmes e que o hão-de fazer.

E tanto que se acabou de fazer a Igreja e tudo o demais, aos 2 de Fevereiro, dia de Nossa Senhora das Candeias, depois de jantar, se deu princípio às obras novas, armando o primeiro taipal. E para o solenizar, se arvorou um formoso mastro com sua bandeira branca, de vinte palmos em quadra, ao som de um tambor, e de muitas arcabuzadas e mosquetadas, que com muita destreza disparavam os mancebos da terra, entressachando sua música e descante e repiques de sinos e um *Te Deum Laudamus* do Padre Vigário, com todos os músicos de sua capela. Tudo o qual fazia suave e deleitosa harmonia, e diziam os homens que já com tais mostras de alegria estavam firmes do bem que tanto desejavam e nem faltaram, em seus intervalos, algumas danças de mancebos que o faziam mui destramente.

E quando foi ao alevantar do taipal, os mais graves da terra foram lançar os seus cestos de terra e todos êles, postas as capas, o armaram com muito fervor. E o que mais se assinalou foi o Padre Vigário, que cavava com a enxada e martelava, e outros com o prumo nas mãos. Ao som das arcabuzadas, e mais harmonia, com muita alegria e geral aplauso de todos se pisou o taipal.

E estando no melhor da festa nos armou o diabo duas armadilhas, cuidando pudesse com elas estorvar o que se fazia, mas desarmou em vão, porque tudo se converteu e melhorou em mor bem.

E foram elas que, depois do mastro estar arvorado, se embrulhou a ponta da bandeira na hástia com tal nó, e fêz um bolso, e, com o vento que ventava, arreceamos que quebrasse a hástia, e desse pelos telhados e nos quebrasse as telhas do telhado, de maneira que nos foi forçado abater outra vez o mastro para se consertar a bandeira. E feita esta diligência, andando todos ocupados em o taipal e começando os mosquetes de novo a disparar, levou um rapaz um alguidar em que estava a pólvora fora da portaria, sendo assim que se lhe tinha ordenado o contrário. E disparando um arcabuz, pelo poder do diabo lançou o arcabuz pela escorva uma faísca, e deu dentro do alguidar da pólvora, e tomou fogo, e alevantou tão grande labareda, que pôs fogo a um pouco de sapé, que estava na portaria, por falta de telha por entretanto. E como fazia grande sol e ventava, começou a se atear o fogo pelas ripas e caibros das casas, em que pousávamos, de sorte que com ser muita a gente, se se não trabalhara bem com muita água, que de fora veio e mandavam as mulheres, realmente ardera a casa. Mas a Virgem, em cujo dia se começava o novo edifício, atalhou ali de maneira que ardeu quási nada; porém o sapé todo se consumiu; e como andávamos os mais acudindo à casa, a portaria o pagou, porque ardeu tôda, mas ao dia seguinte anoiteceu feita de boa madeira nova e tôda de telha com ripa e prego, que todos deram, porque uns deram a telha, outros os pregos, êstes a madeira, aquêles a ripa e o mais necessário, e assim ficou a portaria mais airosa e alegre do que estava. E no mesmo dia, depois de nos dar êste trabalho, vai à casa de uns dos homens principais desta terra e o que mais pilou com o capitão no taipal e lhe revolveu o quintal com tão grande pé de vento que cuidava o homem que lhe caíam as casas e se lhe arrancavam as árvores do quintal, sendo assim que estava o dia claro e sereno e com brando vento. Bem se pode por aqui coligir o quão pouco o diabo gosta destas coisas. Mas êle ficou como quem é, e tudo melhorado em mor bem.

Também é de notar que 2 meses e meio antes que viéssemos a esta terra, que foram aos 3 de Outubro de 621, vindo Vicente Pais de fazer pau do Rio Grande, achou em a praia desta Vila, 10 léguas antes de chegar a ela, uma imagem do Apóstolo S. Tiago de três palmos e meio, muito devota, em pé, em a praia, debaixo de um *tujupar* de palha, que se presume lhe fizeram os Tapuias e com umas frutas na mão, a qual imagem trouxeram a esta Vila, e a pintaram muito bem, e está em o altar-mor da matriz. E dizem os contemplativos que foi um sinal mui evidente de tornarem os Padres a esta Vila de assento, e assim sempre tiveram a nossa vinda por mui certa, pois que o Santo Apóstolo veio diante abrir o caminho a seus apóstolos. E temos boas esperanças de o trazermos para a nossa Igreja, pois tanto nos pertence.

Também acham que há mistério em chegarmos dia do Natal e véspera do dia em que a Virgem da Conceição foi restituída a sua Casa, depois da guerra passada, e nos acharmos nela, e ajudarmos a festejar com missa e prègação, dizendo que tem Deus os olhos postos nesta terra, pois no mesmo dia lhes torna a restituir os Padres nela. E realmente parece que não vão fora de caminho. E como chegamos em dia de tão grande nome, ainda que eu tinha tratado com Vossa Reverência de o pôr a esta residência, «Residência da Conceição de Nossa Senhora», parece que o filho a quer tomar para si, pois nos trouxe em seu dia a ela, e assim parecendo bem a Vossa Reverência, lhe pomos o nome e chamamos «Residência do Salvador», *«siquidem tali die apparuit benignitas et humanitas Salvatoris nostri Dei huic Villae»* (Ad Titum, 3).

E a primeira missa, que dissemos em nossa Igreja, foi a segunda missa do Natal, aonde estão em a epístola de S. Paulo, escrevendo a Tito as palavras acimas citadas: *apparuit benignitas et humanitas Salvatoris nostri Dei*. Em os Santos Sacrifícios e bênção de Vossa

Reverência me encomendo, hoje, 6 de Fevereiro de 1622 anos. Filho indigno de Vossa Reverência, — *Mateus de Aguiar*» [1].

3. — Para esta volta dos Padres influíu também directamente o Duque de Aveiro, Donatário da Capitania de Pôrto Seguro, e esta era uma das ajudas à terra, que se requeriam e instavam [2].

A Residência do Salvador era de grande movimento. Os Padres tiveram muitas vezes de fazer o ofício de Vigário [3]; e a sua actividade em 1643 repartia-se por «uma vila de Portugueses e dois lugares» (também de Portugueses), e «3 Aldeias de Índios Brasis e uma de Bárbaros Tapuias, os quais por mercê de Deus estão já tão outros que servem àquêle Povo» [4].

O povo e a Câmara de Pôrto Seguro afeiçoou-se aos Padres e durante todo o longo tempo, que ainda aí estiveram, não temos notícia de desinteligências graves entre uns e outros. E quando em 1645 um Capitão-mor se pôs contra a Câmara, bastou aos Padres a ameaça de se retirarem para os Vereadores escreverem a El-Rei contra as opressões do Capitão-mor, e pedindo providências para os Padres da Companhia se manterem na terra, «por não terem ali outro bem senão os ditos Religiosos». El-Rei tomou as providências, que o caso requeria, mandando devassar dos procedimentos do Capitão-mor [5].

Não obstante ser povo de admirável generosidade, as posses dos moradores de Pôrto Seguro estavam aquém dela, e das necessidades e desenvolvimento da Companhia. Para a manutenção

---

1. «Relação da nova Residência que se fes em Porto Seguro por ordem do Padre Provincial Domingos Coelho aos 25 de Dezembro de 1621 annos», *Bras. 8*, 317-319; cf. *ib.* 329-329v; Cordara, *Hist. Soc.* VI, 1.º, 473-474; *Lettere Annue d'Etiopia*, 127.

O P. Mateus de Aguiar, natural da Baía, faleceu no Rio de Janeiro, a 19 de Setembro de 1656, *Bras. 9*, 60v; Bibl. Vitt. Em., f. gess., 3492/1363, n.º 6 (catál.); *Bras. 5*, 218.

O P. Gabriel de Miranda, de Viana do Castelo, entrou na Companhia, na Baía, com 17 anos, a 23 de Setembro de 1606 (*Bras. 5*, 66). Em 1659 estava na Aldeia dos Reis Magos (*Bras. 5*, 224v). Inclui-se o seu nome entre os mortos do triénio 1657-1660 (*Bras. 5*, 248v). Vasconcelos, *Anchieta*, 364, cita-o a propósito de uma graça atribuída ao P. Anchieta.

2. Gesù, *Colleg.*, 1569, f. 20.
3. *Bras. 8*, 521-522.
4. Carta do P. Superior Francisco Pais ao P. Geral, da Baía, onde fôra «assistir à Junta Provincial», 10 de Novembro de 1643, *Bras. 3(I)*, 230.
5. Cf. Carta Régia de 8 de Janeiro de 1647, *Doc. Hist.*, LXV, 328.

da sua Igreja e esplendor do culto, Residência, pessoal e obras, alcançou o P. Luiz Cardoso, uma Sesmaria de duas léguas de terra, no Rio Grande»[1]. Com o seu cultivo e outros recursos ia-se equilibrando. O estado económico em 1739 era assim: «Possui esta casa 37 servos, que trabalham numa pequena Fazenda, que produz farinha e hortaliça; e com esta e com o que rende o peixe, que se pesca, e uma oficina de ferreiro, únicamente se sustenta. Receita do ano anterior: 314 escudos romanos; despesa 407. Deve, de dinheiro que pediu emprestado, 90 escudos»[2].

Situação deficitária, que se tratou de remediar. Adquiriram-se mais algumas terras até 1757. Neste ano a situação apresentava-se mais desafogada:

«Nesta Casa residem dois, ou quando muito três, dos Nossos, que se ocupam nos habituais ministérios de ensinar e prègar. Sustentam-se com o cultivo dos campos. O melhor é a *Fazenda de S. Ana*, onde trabalham 50 servos, que produz farinha bastante para o próprio sustento e ainda para se vender. Tem um pequeno curral com uma Fazenda anexa, onde há 100 cabeças de gado, e uma oficina de ferreiro, que dá anualmente não pequeno rendimento. Recebeu do ano anterior: 800 escudos; gastou 700»[3]. Em menos de 20 anos uma severa administração equilibrara as finanças da Casa e pudera reservar alguma coisa para despesas emergentes.

A Casa de Pôrto Seguro tinha-se admitido, no começo da colonização, com a esperança de ser um dia Colégio. «Domus in Porto Securo, in spem futuri Collegii olim admissa»[4]. Com esta esperança, ia juntando os bens indispensáveis para a «fundação». Mas o melhor conhecimento do Brasil mostrou que era inexeqüível a idéia, nem haveria alunos bastantes para o freqüentar. Alguns filhos de Pôrto Seguro aprenderam as *Primeiras Letras* e alguns *Humanidades*, mas depois, ou para entrar na Companhia ou seguir outras carreiras, iam continuar os estudos na Baía ou outro grande Colégio. No entanto, tentaram-se os estudos de Humanidades,

---

1. *Anais da Baía*, XXII, 17. «Divide as duas dioceses do Rio de Janeiro e da Baía, o *Rio* por antonomásia *Grande*». Também «se denomina êste mesmo rio, Jequitinhonha», *Descrição da Freguesia de Poxim*, pelo Vigário Roberto de Brito Gramacho, AHC, *Baía*, 2677.
2. *Bras.* 6, 281.
3. *Bras.* 6, 442v.
4. *Bras.* 5(2), 144.

logo no próprio ano da reabertura, iniciando-se com 34 alunos e mais de um século os manteve. Era Professor de Gramática em 1716, José de Moura, que veio a ser, depois, Superior de Pôrto Seguro e Reitor do Colégio de S. Paulo [1]. Apesar dêste esfôrço no campo do ensino, a terra não comportava maior desenvolvimento; e, na realidade, a acção dos Jesuítas em Pôrto Seguro manifestou-se sobretudo na administração dos sacramentos e culto da piedade cristã, e catequese dos Índios, de que foi grande centro. Daí asseguravam a vida das Aldeias, quando por qualquer motivo nelas não residiam os missionários. E de Pôrto Seguro iam também em missões, algumas de simples catequese, outras como em 1696, ao sertão em busca dos Índios afugentados pelos Paulistas. Foram o P. Amaro Rodrigues e o P. Gabriel da Costa. Caindo doente êste último, substituíu-o o P. João Simões [2].

4. — Governaram a Casa do Salvador, os seguintes Padres, pela ordem que nos dão os Catálogos dos anos respectivos e outras fontes:

P. *Manuel da Nóbrega* (1549). Estêve em Pôrto Seguro, para conhecer a terra e ver se seria possível fundar Casa nela. Aí passou o Natal, o seu primeiro Natal, em terras do Brasil.

P. *Francisco Pires* (1550)

P. *João de Azpilcueta Navarro* (1551). Funda a primeira escola da Capitania.

P. *Brás Lourenço* (1566)

P. *João de Melo* (1574)

P. *Baltasar Fernandes* (1584). Eram então cinco Padres residentes na Capitania, e, entre êles, Francisco Pinto.

P. *Manuel do Couto*, «o velho» (1586)

P. *Manuel Fernandes* (1589)

P. *Pedro Soares* (1598)

P. *Domingos Ferreira* (1600)

---

1. *Bras.* 6, 70v.
2. *Bras.* 4, 9. Relaciona-se com o assunto a carta do Governador Câmara Coutinho, de 15 de Julho de 1692, a Sua Majestade, «sôbre o levantamento dos negros no Camamu, e Paulistas em Pôrto Seguro», *Doc. Hist.*, XXXIII, 450-452. A resposta de El-Rei, é de 17 de Novembro de 1692, em Accioli, *Memórias Históricas*, I, 142; cf. Brás do Amaral, *ib.*, II, 339.

P. *Mateus de Aguiar* (1621). Restaurador da Casa de Pôrto Seguro, a que deu o nome de *Residência do Salvador*.
P. *António Rodrigues* (1631). Ainda, ou de novo, em 1641.
P. *Francisco Pais* (1643) [1]
P. *Gonçalo de Abreu* (1646)
P. *Tomás ou Tomé Pereira* (1654). Ainda em 1659.
P. *António Luiz* (1660)
P. *Pedro Dias* (1662). Ainda em 1667.
P. *Manuel Álvares* (1671)
P. *Álvaro Pereira* (1679)
P. *Manuel Freire* (1683)
P. *Manuel dos Santos* (1692)
P. *Luiz Cardoso* (1694)
P. *João Simões* (1697)
P. *Mateus Pacheco* (1700)
P. *Marcos de Azeredo* (1705)
P. *Gabriel da Costa* (1708)
P. *Francisco Machado* (1711)
P. *Manuel Furtado* (1716)
P. *António de Morais* (1719)
P. *Luiz dos Reis* (1721)
P. *José de Moura* (1725)
P. *José Vitorino* (1728)
P. *António de Morais*, 2.ª vez (1732)
P. *José de Lima* (1735)
P. *José de Viveiros* (1737)
P. *José da Cunha* (1740)
P. *António das Neves* (1743)
P. *José da Cunha*, 2.ª vez (1745)
P. *Manuel Alvarenga* (1747)
P. *João Rebouça* (1753)
P. *Luiz Álvares* (1757)
P. *António de Andrade* (1759). Último Superior [2].

---

1. *Bras.* 3(1), 230.
2. Nasceu em Lagarto, Sergipe, em 22 de Janeiro de 1716. Entrou na Companhia a 7 de Maio de 1737. Fêz a Profissão solene em Pôrto Seguro, recebendo-a o P. Gaspar Ferreira, em 1754, *Lus. 17*, 133. Morava em Pésaro, Itália, em 1788 e faleceu a 8 de Fevereiro de 1792 (Cf. Castro, *Portugal em Roma*, II, 373). Bom Poeta. Deixou muitas composições latinas, dignas de se imprimirem,

5. — As Aldeias da jurisdição dos Jesuítas no século XVI eram nove. Sabemos o nome de duas, *S. André*, em frente de Santa Cruz, e *S. Mateus* ao sul de Pôrto Seguro, a cinco léguas de distância, a mesma distância a que ficava S. André, do lado do Norte [1]. Depois do grande assalto dos Aimorés e da volta dos Jesuítas a Pôrto Seguro, as Aldeias em 1643, estavam reduzidas a quatro: três de Índios Brasis, isto é, de língua tupi, e uma de «Bárbaros Tapuias», isto é, de língua diferente [2]. Não se dizem os nomes delas. Mas três aparecem nos documentos, S. André, Espírito Santo e S. João Baptista. E em 1650 os Padres falam de «uma nova Cristandade de Tapuias» com os quais trabalhavam [3]. Os Jesuítas procuraram agrupar estas Aldeias com mira às três condições de *defesa, catequese* e *subsistência*, facilitada pela proximidade de terras dos Padres que assegurava a estabilidade da cultura [4]. Neste reagrupamento, a Aldeia do Espírito Santo passou para a de S. João, por volta de 1684, e alguns Índios da Aldeia de S. André, que não tinham quem os catequizasse, passaram para a Aldeia dos Ilhéus, em 1692 [5].

Reconstituíu-se a Aldeia do Espírito Santo, no Rio Patatiba, que é o próprio Rio que banha Pôrto Seguro, e se chama hoje *Buranhém*. E em 1693 estava já definitivamente estabelecido o triângulo com a casa do Salvador na Vila de Pôrto Seguro, a Aldeia, da Patatiba, no interior, e a Aldeia de S. João Baptista, na costa ao sul [6].

6. — Mais ao sul ainda ficava o *Rio das Caravelas*, visitado com freqüência pelos Padres de Pôrto Seguro e às vezes directa-

---

diz Sommervogel, entre as quais o *Poema de S. Úrsula*, em versos hexâmetros (*Bibl.*, I, 332). Não confundir com outro P. António de Andrade, do Rio, mestre do Colégio da Baía, autor de um *Tratado de Filosofia*.

1. Cf. supra, *História*, I, 211.
2. *Bras. 3(1)*, 230.
3. *Bras. 3(1)*, 281.
4. No AHC, *Baía*, 4934-4937, há os documentos da sua incorporação ao Estado em 1760 (cf. também 4245-4246, 4915). Cf. *Bens do Colégio da Baía em 1760*, no fim dêste Tômo, *Apêndice C*, onde se discriminam as terras de Pôrto Seguro, tanto ao norte da Vila, como no Rio Patatiba, e outras até Caravelas.
5. *Doc. Hist.*, XI, 108-109; XXXII, 298-299.
6. *Bras. 9*, 379.

mente da Baía. Empenhou-se o Governador Geral do Brasil, António Luiz Gonçalves da Câmara Coutinho, em que os Jesuítas tivessem ali uma Aldeia de Índios bravos, e sôbre isso escreveu a El-Rei duas cartas:

«No Rio das Caravelas, Capitania do Pôrto Seguro, tenho notícia de outra Aldeia de gentio Bravo [falara antes do Rio Grande do Norte]. Estou esperando monção do Norte para os mandar catequizar, para o que estou já concertando com os Padres da Companhia. Dizem-me que passam de mil e quinhentas almas»[1].

O «mal da bicha» que lavrou na Baía, de que foram vítimas nove da Companhia, incluindo o P. Provincial, Manuel Correia, impediu que se efectuassem os seus desejos, por falta de Padres[2]. Mas de Pôrto Seguro se assegurava quanto possível a assistência aos Índios. E até à Vila, como em 1704, em que os Índios bravos assaltaram a Vila do Rio das Caravelas e se organizou uma expedição contra êles, ou para os domar ou para os afugentar, e em que tomaram parte os Índios mansos das Aldeias de Pôrto Seguro[3]; e em 1717, em que o gentio assaltou de novo uma fazenda de Caravelas, de que se aprisionou um índio, e entre as Aldeias de Pôrto Seguro, se buscava alguém que soubesse a língua dêsse gentio e servisse de intérprete[4]. Das Missões, realizadas pelos Jesuítas em Caravelas, sirva de documento a que deram em 1754 dois Padres idos directamente da Baía. Foram recebidos com o maior gôsto pela população (*comiter et officiose admodum excepti sunt*). De Caravelas, quer por terra, quer em pequenas canoas, percorreram 17 povoações com extraordinário fruto das almas. (Dão-se números: comunhões, 9.000; confissões gerais 3.000, 82 matrimónios revalidados). Fizeram-se pazes entre pessoas desavindas, retractaram-se falsos testemunhos, queimaram-se objectos supersticiosos e de feitiçaria (*artis magicae*), desterrando-se as superstições do povo. E promoveu-se a pureza do culto e a sua maior freqüência[5].

---

1. Carta de 4 de Julho de 1692, *Doc. Hist.*, XXXIV, 65.
2. Carta de Câmara Coutinho, a El-Rei, da Baía, 16 de Julho de 1693, *ib.*, 176.
3. Cf. *Doc. Hist.*, XL, 158-159.
4. Carta do Marquês de Angeja ao Sargento-mor do Rio das Caravelas, 22 de Julho de 1717, *ib.*, XLIII, 66.
5. *Bras. 10(2)*, 445-445v. Sôbre a primeira estada dos Jesuítas em Caravelas, no século XVI, cf. supra, *História*, I, 212.

7. — A *Aldeia de Patatiba*, com Igreja da invocação do Espírito Santo, tinha 400 Índios, quando a deixaram os Jesuítas. Elevou-se a vila com o nome de *Vila Verde a Nova* [1], mudado modernamente para o de *Vale Verde*.

A *Aldeia de S. João Baptista* tinha 500 Índios, e a sua Igreja erguia-se numa eminência de ampla vista oceânica. Recebeu o nome de Vila de *Trancoso* [2].

No dia 7 de Janeiro de 1760 chegou a Pôrto Seguro o Desembargador João Pedro Henrique da Silva, e subiu a rampa que dava à parte alta da vila, cuja Igreja e Colégio dos Jesuítas, grande e maciço, se descortinava de muito longe no mar. Era amigo afeiçoado da Companhia. Ao fazer o *Inventário* da Igreja, teve horror em começar pelas cinco imagens de Cristo Crucificado, que nela havia.

Chamados os Missionários das duas Aldeias, que ainda regiam (porque o Bispo do Rio de Janeiro, que devia mandar outros Padres, ainda os não mandara), a 25 de Janeiro de 1760 deixaram os Jesuítas Pôrto Seguro, a caminho da Baía, por mar, sendo tratados na viagem com o maior respeito. Os moradores de Pôrto Seguro despediram-se em pranto [3].

---

1. Silveira, *Narratio*, ms. 138 da Univers. Gregoriana, f. 260; cf. Pizarro, *Memórias*, V, 124.

2. Silveira, *loc. cit.*; Viana, *Memória*, 556. O mesmo Viana, *ib.*, 537, fala da Vila do Prado, «antiga Aldeia de Índios». Esta e outras vilas e cidades desta região tiveram seu primeiro princípio nalguma Aldeia de Índios das «nove», do primeiro período jesuítico de Pôrto Seguro.

3. «Portus Securi oppidani quidnam de Jesuitaram remotione sentirent, lacrymis expresserunt», Silveira, *Narratio*, 100; cf. Caeiro, *De Exilio*, 100. Tanto a Igreja de Pôrto Seguro como as das Aldeias de S. João e Patatiba ainda serviam ao culto em 1816, cf. Maximiliano, *Viagem ao Brasil*, 216-220.

CAPÍTULO XII

Engenhos do Recôncavo da Baía

1 — A herança de Mem de Sá;   2 — O Engenho de Sergipe do Conde;   3 — O Engenho de Pitinga;   4 — O Engenho da Pitanga;   5 — O Engenho de Cotegipe.

1. — Entre as terras do Governador do Brasil, Mem de Sá, incluía-se o Engenho de Sergipe, no Recôncavo da Baía. No seu Testamento há duas cláusulas que se referem a êle. A primeira é que se os seus filhos, Francisco de Sá e D. Filipa de Sá, viessem a morrer sem filhos ou netos, a sua têrça, na qual incluía o Engenho de Sergipe, se repartisse em três partes: uma para a Misericórdia da cidade do Salvador da Baía; a segunda para o Colégio de Jesus da mesma cidade; e a terceira se entregaria ao Provincial dos Jesuítas para os Pobres e para se casarem algumas órfãs desamparadas.

A disposição testamentária é de 28 de Julho de 1569. A 6 de Setembro do mesmo ano acrescentou-lhe Mem de Sá: «Digo que nas terras de Sergipe e Ilhas, se dispuser alguma coisa delas em vida ou em parte delas, que valerá o que em vida fizer»[1].

Outra das disposições de Mem de Sá era que «em podendo» levassem os herdeiros a sua ossada para Lisboa, e se sepultasse com a de sua mulher D. Guiomar de Faria. Tratou D. Filipa de Sá com o maior empenho e piedade filial de cumprir a vontade paterna. Seu marido, o Conde de Linhares, pediu ao P. Geral, a 2 de Janeiro de 1578, lhe concedesse uma capela na Igreja de S. Roque para

---

1. Cf. Testamento de Mem de Sá, publicado por Garcia em *HG*, I, 447, 451; Sousa Viterbo, *Estudos sôbre Sá de Miranda* (Coimbra 1896) 26-33, primeira publicação dêsse Testamento; cf. Rodrigues, *História*, II-1.º (1938) 187-188. Wanderley Pinho, *Testamento de Mem de Sá*, reproduz também o Testamento, objecto e título da sua interessante monografia (81-92).

nela depositar os despojos de Mem de Sá seu sogro. Dizia D. Fernando de Noronha: «Tôda a mercê que neste negócio se fizer, a faz a quem foi e será sempre devotíssimo desta Santa Companhia». Ainda sôbre o mesmo assunto escreveu ao P. Pedro da Fonseca, o célebre autor da «Ciência Média», nesse tempo Assistente em Roma [1].

Apesar dêstes passos e do empenho demonstrado pela filha e genro, dir-se-ia que o Brasil retinha a Mem de Sá, e o queria no sagrado da Igreja, que fundara na Baía, digno panteão de um dos maiores administradores que jamais teve o Brasil.

Mem de Sá faleceu na Baía a 2 de Março de 1572 [2], e seu filho Francisco de Sá, oito meses depois, a 19 de Dezembro de 1572, em Lisboa, com testamento em que constituía universal herdeira a sua irmã D. Filipa de Sá. Esta senhora casou no ano seguinte com D. Fernando de Noronha, primogénito dos Condes de Linhares, Conde de Linhares êle próprio. Com a morte de seu irmão Francisco, passou o Engenho de Sergipe à posse de D. Filipa, e, por seu marido começou o Engenho a ser denominado Engenho do *Conde* ou de *Sergipe do Conde*, para se contradistinguir de Sergipe de El-Rei. Algumas vezes, mais tarde, aparece também *Engenho da Condessa*.

Ora desde 1593 tinham os Jesuítas de Lisboa o grande Colégio de Santo Antão, que ainda em 1612 não possuía Igreja proporcionada à sua grandeza. D. Filipa de Sá, já a êsse tempo viúva do Conde de Linhares, movida pela leitura da vida de S. Inácio, escrita pelo P. Ribadeneira, resolveu fundar a Igreja. Seu confessor era o P. António de Albuquerque, não da Companhia de Jesus, mas Prior do Lumiar, que ou lhe lembrou ou aprovou essa idéia de piedade e magnificência.

Como fundadora, pois, e com as condições e encargos próprios de tal prerrogativa, lavrou-se a escritura, ainda aquêle ano; e no 1.º de Janeiro de 1613 lançou-se a primeira pedra com extraordinário concurso de povo, festa e aplauso da capital do Reino [3].

---

1. Carta autógrafa de D. Fernando de Noronha, *Lus.* 68, 26, e cita Rodrigues, *História* (1938), II-1.º, 188.
2. Cf. supra, *História*, I, 152.
3. Um dos encargos era que se lhe erigisse, na Igreja, uma «formosa» sepultura; outro eram os sufrágios quer perpétuos quer imediatos ao seu falecimento, ocorrido a 2 de Setembro de 1618. Para êstes ordenou o P. Geral, no dia 27 de Outubro de 1618, que, em tôda a Companhia, cada Sacerdote oferecesse 6 missas

Iniciaram-se as obras. Para lhes assegurar a conclusão, a fundadora deixou herdeira a sua alma e sua Igreja de Santo Antão. O primeiro testamento fê-lo a 20 de Julho de 1618, o segundo no mesmo ano a 31 de Agôsto. No segundo diz expressamente: «Declaro que o meu Engenho de Sergipe, que com os mais bens deixo à minha alma e Igreja, é para fábrica da minha Igreja, até ela se acabar e cumprirem as mais obrigações do contrato, que aqui aprovo e ratifico; declaro que o dito Engenho herdei de meu irmão Francisco de Sá, e assim não devo nada à têrça, que meu Pai deixou em seu testamento se repartisse do modo que nêle se contém, e a herança de meu irmão não deve entrar na dita têrça de meu Pai» [1].

A cláusula do testamento da Condessa de Linhares foi intencional e teve a sua origem em requerimentos feitos na Baía, onde se não esquecia o Testamento de Mem de Sá, e que, dada a idade avançada da Condessa, se preparava para beneficiar das disposições legatárias dêle [2]. *No Memorial do P. Provincial Pedro de Toledo, de que o P. Procurador Anrique Gomes há-de tratar em Roma com o N. P. Geral, Agôsto de 617*, lê-se: «Veja sua Paternidade bem a justiça que tem êste Colégio da Baía, Misericórdia e Pobres, no Engenho e terras da Senhora Condessa de Linhares para que dê ordem aos Padres de Portugal do que devem fazer». A resposta do Geral foi: «Faça-se com diligência o que se pede» [3].

Recordado pois em Lisboa o testamento de Mem de Sá, ainda em vida da Condessa, ela incluíu aquela disposição no próprio testamento para mais firmeza da sua resolução. Teria fundamento jurídico para em boa consciência incluir tal cláusula no testamento? Parece que sim. Porque ainda que o Engenho foi cons-

---

e cada Irmão seis coroas: «Toti Societati indictae sunt sex missae et totidem coronae pro Ill[a]. D. Comitissa de Linhares defuncta ob eis reditibus auctam fundationem Collegii Olyssiponensis», *Hist. Soc.* 43, 246.

1. Tôrre do Tombo, *Cartório dos Jesuítas*, maço 5. Informa Rodrigues, *História*, II-1.º, 189, que algumas cópias do testamento trazem 1616 em vez de 1618, e que com essa data de 1616 o estampa Vítor Ribeiro, *A Fundadora da Egreja do Collegio de Santo Antão*, Separata das *Memórias da Academia das Ciências*, Tômo XIV, n.º 1 (Coimbra 1911) 46-48.

2. «Arrezoado do P. Manuel Tenreiro sobre o direito que tem o Coll.º da Baya, Misericórdia e órfãos nas terras de Sirigipe do Conde pelo testamt.º do Sr. Men de Sá» — Neste nosso Collegio da Bahia em 2 de Janeiro de 1617. Tôrre do Tombo, *Cartório dos Jesuítas*, maço 88.

3. *Congr.* 55, 260.

truído por Mem de Sá, e Engenho e terras englobados no seu testamento, é certo que as terras pertenciam originalmente a Francisco de Sá, por doação que lhe fêz Fernão Rodrigues de Castelo Branco, confirmada por El-Rei [1]. E quando se soube na Baía que a Condessa legara o Engenho de Sergipe à Igreja de Santo Antão, a Misericórdia levou a questão ao tribunal, tendo sentença contrária (1622).

No ano seguinte, na Consulta Sexenal da Baía, os Padres Consultores dirigiram-se ao Geral pedindo remédio, e para que se salvaguardassem também os interêsses da Santa Casa da Misericórdia. Assina o postulado o P. Francisco Carneiro, Secretário da Consulta Provincial, Julho de 1623 [2]. Posta assim a questão nos Tribunais, e estando envolvidas nela entidades alheias à Companhia, o Padre Geral interveio e impôs que se estudasse a fundo a questão e se fizesse o que fôsse justiça. Estudaram-se os documentos do Cartório da Condessa, as quitações de dívidas e as doações feitas ainda em vida de Mem de Sá. O P. Simão de Soto-Maior, delegado do Colégio de S. Antão para os examinar, escreveu um *Memorial para o Nosso muito Reverendo P. Geral sôbre a fazenda da Senhora Condessa de Linhares, que a dita Senhora deixou no Brasil à Igreja do Colégio de Santo Antão de Lisboa*. Nêle faz um resumo dos bens deixados por Mem de Sá e da sua doação ao Colégio da Baía das terras do Camamu, e escreve: «Depois de ter feito a doação acima aos Padres, do Camamu, fêz seu testamento, em que dizia que de tôda a fazenda, que se achasse sua no Brasil, morrendo seus filhos sem herdeiros, deixava sua têrça à Misericórdia da Baía, Colégio e Pobres, e tomava na sua têrça as terras de Sergipe. E depois de muitos meses fêz uma declaração no testamento, que dizia: *Declaro se em minha vida dispuser das terras de Sergipe, em parte ou em todo, isso valerá*. E daí a alguns meses fêz uma doação com reservação de *usu e frutos* das terras de Sergipe e Engenho a seu filho Francisco de Sá, sem encargo de morgado nem de coisa alguma, com que desfez seu testamento nesta parte. E assim seu filho Francisco de Sá viveu depois da morte de seu Pai Mem de Sá,

---

1. Cf. «Doação de Fernão Rodrigues de Castelo Branco feita a Francisco de Saa filho do Governador Mendo de Saa», *Anais da BNRJ*, XXVII, 275-280.
2. *Congr.* 58, 241-242.

oito meses. E morrendo sem filhos, deixou a Senhora Condessa tôda sua fazenda a Lisboa como a ela pertencia».

Simão de Soto-Maior refere-se também já a duas sentenças judiciais pronunciadas contra as pretensões da Misericórdia da Baía, e conclui que ao Colégio de Santo Antão pertenciam as terras e Engenho de Sergipe [1].

Não obstante o «Memorial» de Simão de Soto-Maior, o caso não pareceu assim tão fácil nem tão simples ao Colégio da Baía. Recordemos, mais uma vez, que na Companhia de Jesus cada Colégio tem as suas obras próprias, mantidas com bens próprios; e sendo entidades administrativas autónomas, tanto entre si como com quaisquer entidades estranhas, regem-se pelas leis gerais da justiça; e desta atitude do Colégio da Baía, na reivindicação do Testamento de Mem de Sá, vieram a beneficiar, depois de terem a causa perdida, a Misericórdia e os Pobres da mesma cidade, solidários no legado, pois a causa de um legatário triunfante seria, como foi no presente litígio, a causa comum de todos três [2].

O Colégio da Baía impugnou a validade daquela doação *inter vivos;* e realmente ignoramos se se teria apresentado documento com valor em juízo desta doação de Mem de Sá a seu filho Francisco de Sá; mas parece igualmente que se não apresentou documento

---

1. *Bras.* 11(1), 379-379v. O Catálogo de 1633 diz do P. Simão de Soto-Maior: «de Lisboa, 48 annos; 30 de Companhia; estudou casos; fez algumas missões; foi procurador e ministro na Ilha da Madeira 3 annos e em Evora hum anno. Procurador, ministro 2 annos e meio, em Braga, e 2 annos Vice-Reitor. Foi Procurador da Igreja nova em S. Antam 3 annos. Procurador da mesma Igreja no Brasil 3. Ministro do Collegio de S. Antão hum anno e actualmente o he desta casa de S. Roque e formado ha 12 annos» (*Lus. 44,* 483). O P. Simão de Soto-Maior estava na Baía, quando a tomaram os Holandeses em 1624, retirando-se da cidade, não sendo então cativo. Mas embarcando em Pernambuco para Lisboa com o P. Gaspar da Silva, a informar El-Rei e pedir socorro, foram cativos dos Holandeses e levados para a Holanda, e encarcerados. Já lá estavam a 24 de Outubro de 1624 (*Bras. 8,* 359). Soto-Maior voltou ao Brasil e prestou bons serviços na defesa da Baía contra os holandeses, que a tentaram retomar em 1638, «Testemunho do Bispo D. Pedro da Silva, na Baía, 25 de Janeiro de 1639», Arq. Prov. Port., Pasta 188(10).

2. Já desde 1623 os Padres do Colégio da Baía defendiam perante o P. Geral, os interêsses da Santa Casa, no Postulado da Consulta Provincial, reûnida na Baía em Julho dêsse ano, cf. *Congr. 58,* 241-243.

jurídico da doação igualmente *inter vivos*, anterior, de Francisco de Sá a Mem de Sá, de filho a pai, e ao filho pertenciam as terras [1].

Tais deficiências e lacunas, cujas conseqüências não previu o testador, são base suficiente para a acção judicial e para que cada uma das partes defendesse com segurança de consciência os seus possíveis direitos.

Mas também com semelhantes dúvidas e lacunas, a causa veio a prolongar-se tanto, que os seus últimos ecos chegaram a 1670, quási um século depois da morte de Mem de Sá [2].

A primeira, a mais laboriosa e decisiva fase dela, venceu-se no dia 29 de Abril de 1655, com uma «Escritura de Transacção e amigável composição e obrigação, feita entre o Colégio da Baía e o de Santo Antão de Lisboa». Mantendo-se duvidosa em juízo, no Tribunal das Apelações Cíveis, resolveu-se o caso com uma composição, em que ambas as partes ficariam com «posse e domínio igual e indivisível» das terras e Engenho de Sergipe. E, dado que o Colégio da Baía tinha feito grandes benfeitorias no Engenho, o Colégio de Santo Antão desistia a favor do Colégio da Baía de 5.000 cruzados de açúcares, postos já em Lisboa, e o compensaria com mais 25.000 cruzados, pagáveis em dez anos. Com a Misericórdia e Pobres far-se-ia também composição amigável, e se lhes entregaria o que se combinasse e fôsse justo. Assinaram o P. Bento de Sequeira, Provincial da Província do Alentejo, a que pertencia o Colégio de Santo Antão, e o Reitor do mesmo, P. Inácio de Mas-

---

[1]. Cf. Doação de Fernão Rodrigues de Castelo Branco feita a Francisco de Sá filho do Governador Mem de Saa, *Anais da BNRJ*, XXVII, 275-280; *Doc. Hist.*, XLIII (1944) 29ss. Neste mesmo vol. de *Doc. Hist.*, se lê no testamento do Conde de Linhares: «O Engenho de Sergipe se queimou todo, e eu o mandei reedificar de novo à minha custa»; «El-Rei D. Sebastião, que está em glória *me* fêz mercê, por *meus* serviços de *me* confirmar as doações das terras, onde está o Engenho de Sergipe, e que *me* fazia mercê delas, sendo necessário: esta mercê assim e da maneira que Sua Alteza fêz deixo a minha mulher para ela e para quem ela quiser, pelo melhor modo que posso», *ib.*, 19, 20. A *confirmação régia*, a D. Fernando de Noronha e a seus herdeiros, é de 27 de Fevereiro de 1576, *ib.*, 93-94.

[2]. Sôbre assuntos de Sergipe do Conde achamos ainda 4 certidões, passadas a 23 de Outubro de 1670, Gesù, *Coll.* 20; e já se davam pareceres *sôbre Sergipe*, a 20 de Outubro de 1614, S. Roque (Lisboa), cf. Tôrre do Tombo, *Cartório dos Jesuítas*, Maço 88.

carenhas; da parte do Brasil, o P. Francisco Ribeiro, Procurador da Província do Brasil e do Colégio da Baía [1].

Da parte do Brasil foram também procuradores o P. António Vieira e Francisco Gonçalves, por procuração do Provincial do Brasil P. Belchior Pires, de 9 de Junho de 1651. Mas arrastando-se a causa e indo Vieira para o Maranhão e Francisco Gonçalves para o Brasil, ficou Francisco Ribeiro com plenos poderes, e à sua prudência, zêlo e constância, tece Vieira o mais rasgado louvor [2]. A resolução do acôrdo ficara assente a 20 de Abril de 1655, dia «bene ominata», por imposição directa do P. Geral, Gosvínio Nickel, como o diz e escreve o P. Bento de Sequeira ao mesmo Geral, agradecendo a intervenção que concluíu, num dia, o que muitos apenas tinham começado em 30 anos («suis litteris una die absolvit quod multi per triginta annos vix inchoarunt») [3].

Restava fazer composição com a Misericórdia e Pobres. Propôs-se, em 1659, se lhes dessem 60.000 cruzados a ambos, 30.000 a cada parte, e o Provincial do Brasil alvitrara até, que se vendessem o Engenho e terras para se acabarem de uma vez tantas inquietações [4].

Além do P. Baltasar de Sequeira (Provincial), assinam os consultores da Província e do Colégio da Baía, com o respectivo Reitor, Padres Simão de Vasconcelos, José da Costa, Paulo da Costa, Manuel da Costa, João Pereira, Jacinto de Carvalhais, Francisco Ribeiro e Sebastião Vaz. Interveio também o General Salvador Correia de Sá e Benevides, vindo de Lisboa para o Rio, de passagem na Baía, com instruções do Colégio de Santo Antão.

Não se venderam as terras nem o Engenho, e realizaram-se aquelas composições. A dos Pobres em 1663. Antes dela, a da Misericórdia, e tem a data de Outubro de 1659: «Escritura de concêrto e composição entre a Santa Casa de Misericórdia, Colégio

---

1. Conservam-se muitas cópias desta escritura, uma delas publicada nos *Anais da BNRJ*, XXVII (1905)269-274; outras nos *Doc. Hist.*, LXII, 141-149; LXIII, 159ss.
2. *Cartas de Vieira*, I, 290.
3. Carta do P. Bento de Sequeira, de Lisboa, 21 de Abril de 1655, *Bras. 3 (I)*, 284. A escritura pública lavrou-se nove dias depois.
4. A venda far-se-ia por 160.000 cruzados, Carta da Baía, 30 de Setembro de 1659, *Bras. 3(I)*, 317.

desta Cidade da Baía e de Santo Antão de Lisboa»[1]. A esta data já a Misericórdia havia recebido 15.000 cruzados. Dos restantes 15.000 deveria receber 1.500 cruzados a família de Gregório de Matos (pai), por direitos que a isso tinha perante a Misericórdia. Em 1655 representara a seu pai, Gregório de Matos e sua mãe Maria Guerra, na manifestação dêsses direitos, o P. Eusébio de Matos, da Companhia [2].

Para o bom aproveitamento do Engenho e terras, deu-se o último passo a 3 de Fevereiro de 1663. Reüniram-se em Lisboa, dia 27 de Janeiro de 1663, no Colégio de Santo Antão, o P. Baltasar Teles, conhecido pelos seus livros de Filosofia e História, e então Vice-Reitor do mesmo Colégio, o P. Procurador Geral de Portugal Manuel Mourão, e mais alguns Padres consultores de Lisboa; da parte do Brasil o P. Jacinto de Magistris Visitador Geral do Brasil e do Maranhão, e o P. Simão de Vasconcelos, que tinha sido Provincial e com poderes bastantes. Dividiu-se tudo em dois quinhões: de um lado, o «casco do Engenho» e dois partidos de terras vizinhas; do outro, as mais terras. O primeiro quinhão avaliado em 60.000 cruzados; o segundo em 40.000. Quem tomasse o primeiro compensaria o segundo. Os representantes do Colégio da Baía deram aos representantes do Colégio de Santo Antão a preferência, que escolheram o Engenho [3].

No convénio incluíu-se a proposta dos dois representantes do Colégio da Baía, a saber, a satisfação da parte que tocava aos Pobres, que se lhes pagasse de «mão comua» e o mais cedo possível, «porquanto os Procuradores dos Pobres apertam». Os «Procuradores dos Pobres», que assim apertavam, eram Jesuítas, pois o testamento de Mem de Sá comissionara êsse encargo ao Provincial da Companhia. E como se sabe, em cada Colégio havia um Padre, «Pro-

---

1. Tôrre do Tombo, *Cartório dos Jesuítas*, maço 12; Rodrigues, *História*, II-1.°, 191, *Doc. Hist.*, LXII(1943)159-186. Em Outubro, com diversas datas 2, 10, 13, 14; Ernesto de Sousa Campos, *Santa Casa da Misericórdia da Baía — Origem e aspectos do seu funcionamento*, na *Rev. do Inst. da Baía*, LXIX(1943) 221.

2. Cf. *Doc. Hist.*, LXII, 161.

3. O *Partido* de terras, que ficou ao Colégio da Baía, aplicou-se à cultura de canas, que em 1722 produziu 20 caixas de açúcar, produção que tendia a diminuir, por ficarem isoladas do Engenho e sem administração directa dos Padres do Colégio da Baía, cujo Engenho se estabeleceu no Passé (Pitanga).

curador dos Pobres e Encarcerados», encarregados de promover a sua defesa e de lhes angariar socorros [1].

Baltasar Teles participou o acôrdo ao P. Provincial do Alentejo, Francisco Manso, e ficou definitivamente aprovado a 3 de Fevereiro de 1663 [2].

Algumas dúvidas, mais de carácter prático interno, resolveram-se nos anos seguintes, e enfim em 1669, estava concluído o assunto. E aponta o Procurador do Brasil em Lisboa nesse ano, P. João Pimenta, que para o remate amistoso e definitivo fôra intermediário eficaz o P. António Vieira [3].

---

1. Ocupava êste caridoso ofício em 1667 o P. Domingos Barbosa; e em 1694, o P. Manuel Nunes com a menção: «Pauperum et Vinctorum Procurator» (*Bras.* 5(2), 91v).

2. *Lus.* 75, 64-65v. O documento traz as assinaturas autógrafas de Baltasar Teles, Simão de Vasconcelos, Jacinto de Magistris, Francisco Manso. Há cópia na Tôrre do Tombo, *Cartório dos Jesuítas*, maço 16. Baltasar Teles, ao narrar na sua *Crónica*, alguns anos antes, a actividade do Real Colégio de S. Antão, com os seus estudos, entre os quais sobressaía a «Aula da Esfera», e Matemáticas, assim remata o capítulo: «E esperamos em Deus que cedo se acabará o seu famoso templo, fundado pela ilustríssima senhora Condessa de Linhares Dona Filipa de Sá, que poderá competir com as basílicas mais celebradas em Espanha tôda; e se a obra do Colégio se acabar conforme agora vai continuando, será um dos mais grandiosos edifícios da Europa», *Chronica da Companhia de Jesu da Provincia de Portugal*, II (Lisboa 1647)25.

3. *Bras.* 3(2), 84. A documentação existente sôbre esta demanda em diversos Arquivos daria por si só um livro volumoso, como tôdas as grandes causas litigiosas. Examinamo-la na *Tôrre do Tombo* e possuímos outros elementos novos e, também numerosos, do *Arquivo Geral da Companhia*, e até do *Arquivo Histórico Colonial*. O facto de se acharem dois Colégios da Companhia em tribunais civis explica-se por intervirem na causa entidades alheias à Companhia de Jesus, como a Misericórdia da Baía. Posta a questão nos tribunais, teve cada Colégio de adaptar-se, embora com desprazer, à situação *de facto*. Trataram de se aconselhar com letrados e advogados para a questão *de jure*, e tudo seguiu os trâmites legais das causas dessa natureza. A intervenção civil foi a razão da longa duração do processo. Sem ela, como tantas vezes sucedeu em pontos duvidosos entre diversas casas da Companhia, uma arbitragem de carácter interno teria logo decidido o caso, segundo o que fôsse razoável e justo. E foi êste afinal, como se viu, o recurso supremo num debate, que se causou dissabores aos seus protagonistas, é hoje precioso para a história económica e social do Brasil dos primeiros tempos, com a discriminação, inventários e descrições, movimento e pessoal, vendas e arrendamentos, produção de engenhos e fazendas, utensílios, sítios e lugares, documentos que sobreviveram, e subsistem como fecundo manancial, não ainda esgotado pelos historiadores do Brasil em muitos dos seus aspectos.

2. — As terras de Sergipe do Conde em 1635, antes de se fazer a partilha, descrevia-as o P. Estêvão Pereira:

Das terras de Sergipe, capazes de cana, «venderam os Condes em vida, como as três partes, ficando uma só por vender, que é a que hoje possui a fazenda». Esta quarta parte foi a deixada ao Colégio de Santo Antão, terra de sesmaria, «que contém três léguas e meia de largo por costa, e quatro para o sertão». E ainda dentro dos limites e demarcação desta terra meteram-se «manhosa e furtivamente» muitas pessoas, sem contradição por parte dos Condes, e agora valem-se da prescrição.

Da terra do Colégio de Santo Antão, pode estar plantada de canaviais, «tanto como légua e meia em quadra, que é a que está junto ao mar ou rios navegáveis. Esta é a capaz de cana. O mais são matos, para roças e mantimentos e currais de gado vacum». Estêvão Pereira dá a seguir notícia dos «partidos», sobejos, matas, madeiras, arrendamentos e demonstração de contas, com particularidades não apenas de carácter económico, mas também social [1]. Muitas daquelas vendas impunham uma obrigação «de fôro» para sempre, «ao Conde e seus herdeiros», de «duas galinhas», pagas «por dia de S. Lourenço, em cada um ano» — tal foi a condição aceita por Diogo de Noronha [2].

O gado, a que se refere Estêvão Pereira, tinha-o estabelecido êle próprio em 1630, no lugar «onde chamam o Acucu», começando com 10 vacas [3]. Seria a renovação de outro gado, que já aí existira no século XVI; não foi porém nunca particularidade desta Fazenda, que já era e se tornou ainda mais famosa na produção de açúcar, «quási rei dos engenhos reais», diz em 1711 Antonil, que aí tinha passado 8 ou 10 dias, e o tomou como protótipo de engenhos, cuja

---

[1]. «Descrezão da Fazenda que o Collegio de Santo Antão tem no Brazil e de seus rendimentos». Em Coimbra, 23 de Agôsto de 635, *Estêvão Pereira*, Arquivo Nacional do Rio, Tribunal de Contas, Papéis dos Jesuítas, maço 13. Publicado nos *Anais do Museu Paulista*, IV, 777-794. Afonso de E. Taunay acompanha-o de uma nota, e, entre outras coisas, diz: «Para a historia económica do Brasil tem a mais elevada relevância. Não só a ancianidade, superior de setenta anos ao estudo de Andreoni, lhe confere singular relêvo, como em seu género jamais se divulgou relato que pela riqueza de informações sôbre os nossos primitivos engenhos açucareiros lhe leve vantagem».

[2]. Cf. *Doc. Hist.*, LXII, 328.

[3]. *Descrição*, 781.

vida e actividade constitui tôda a primeira parte do seu livro «Cultura e Opulência do Brasil».

Sergipe do Conde era administrado por um Padre do Colégio de Santo Antão, acompanhado de um Irmão do mesmo Colégio, que se iam revezando, de tempos a tempos. Durante a administração do P. Luiz Veloso sucedeu um episódio fora do comum, e que portanto consignam os documentos. Em 1717 «assaltaram» os pretos do Engenho o barco do capitão de «assaltos» João Dornelas de Vasconcelos e o mataram. O Marquês de Angeja mandou uma companhia de soldados, que ocuparam o Engenho até à prisão dos pretos responsáveis. Acto reprovável o dos pretos, também aquela ocupação parece que ultrapassou a medida do justo e necessário [1]. Em 1720 foi a Lisboa Luiz Veloso, a chamado de El-Rei [2], não sabemos se para se justificar se para informar El-Rei [3]. Ou não teria embarcado logo, ou o navio ter-se-ia detido nos Açores. De qualquer maneira voltou; e já se achava à frente, como Superior, do mesmo Engenho de Sergipe, em 1732 [4].

O Engenho de Sergipe, com a sua levada, com as suas casas, com os seus utensílios, com os seus canaviais na Grande Patatiba, Acupe e Sergipe, com o seu alambique de aguardente, pessoal e organização, era «melhor que qualquer outro Engenho da Baía em tudo», dizia Estêvão Pereira. Isto em 1635. Renovou-se sem dúvida, construíram-se e reconstruíram-se casas, e até a sua Igreja, primitivamente de N.ª S.ª da Purificação, se deve ter refeito, mudando de orago, como era hábito comum, canónico, ao erigir-se alguma Igreja ou Capela nova. E dava-se geralmente a invocação que a piedade popular no momento mais distinguia. Em 1757 a Capela do Engenho do Sergipe do Conde era da invocação de Santa Quitéria. A razão desta mudança foi também por ter ficado a matriz da freguesia de Santo Amaro com o orago de N.ª S.ª da Purificação,

---

1. Cf. *Doc. Hist.*, LIV(1941)284-286, 310-316.
2. *Bras.* 6, 31v.
3. No Catálogo de 1720, está que «navega para Lisboa»; por alturas da Ilha Terceira, assistiu à morte do irmão de Alexandre e Bartolomeu de Gusmão, o P. Simão Álvares, falecido no dia 6 de Julho de 1721. *Bras.* 10(I), 252v.
4. *Bras.* 6, 163. O P. Luiz Veloso faleceu na Baía, a 16 de Abril de 1740, *Bras.* 6, 313v.

que era o do Engenho, cuja capela por algum tempo servira, ela própria, de matriz [1].

3. — Não longe do Engenho do Conde, em terras outrora pertencentes à herança de Mem de Sá, mas já então em poder de estranhos, e recuperadas pelo Engenho, estabeleceu o Colégio de Santo Antão, outro Engenho por volta de 1744, o *Engenho de Pitinga*, pertencente ao mesmo regime hidráulico, um grande tanque de paredões de pedra e cal, de cuja levada, de meia légua de comprido para o Engenho do Conde, se desprendia um anel de água que ia moer o Engenho de Pitinga [2].

Além das casas e oficinas comuns a todos os Engenhos, o de Pitinga possuía também capela consagrada a Nossa Senhora da Aurora [3].

Segundo a «Relação dos Engenhos e o registo dos açúcares no Contrato Real dos Dízimos» os dois Engenhos do Colégio de S. Antão produziam, em 1757: o maior, 2.008 arrôbas de açúcar branco e 611 de mascavado; o menor, 780 arrôbas e 670 das mesmas qualidades [4].

Tanto o Engenho de Pitinga, como o de Sergipe passaram ao Estado em 1759. Era superior de ambos o P. Manuel Carrilho, assistido por dois Irmãos coadjutores, todos três do Colégio de

---

1. «Relação da Freguesia de Nossa Senhora da Purificação de Santo Amaro do Recôncavo da Baía», pelo Vigário José Nogueira da Silva, AHC, *Baía*, 2691: cf. Wanderley Pinho, *O Testamento de Mem de Sá*, 42-44, que discute as diversas invocações de que falam outros documentos. Entre êles, o *Santuário Mariano*, que se refere a uma Igreja de *Santo Inácio* do tempo de Mem de Sá. Se houve tal invocação na primeira Igreja do Engenho, seria de Santo Inácio, *mártir*, homenagem ao Santo onomástico do fundador da Companhia. Deu-se realmente êsse caso na Igreja de Santo Inácio, *martir*, da Aldeia dos Reis Magos, no Espírito Santo. Em 1602 intitulava-se «Engenho de Nossa Senhora da Purificação», sito em Sergipe do Conde, cf. «Escritura da venda que fêz Francisco de Negreiros procurador bastante dos Condes de Linhares», *Doc. Hist.*, LXII, 341, 372.

2. O Catálogo de 1745 chama-lhe, em latim, «Petingacense» e diz «Mola saccharea nuper empta». Superior, neste ano, era o P. Luiz da Rocha, *Bras.* 6, 376. Ainda não consta do Catálogo de 1743. *Petinga*, mas prevaleceu *Pitinga*.

3. Cf. AHC, *Baía*, 2691. Nesta relação, há notícias sôbre povoações, algumas já extintas, outras ainda existentes, nesta região incluída no Testamento de Mem de Sá, em terras que se foram desmembrando da sesmaria primitiva.

4. Caldas, *Notícia Geral*, 222.

Santo Antão. Como homenagem a D. Filipa de Sá, a benemérita doadora, o Engenho de Sergipe era então mais conhecido com a denominação de Engenho da *Condessa* [1].

No ano seguinte fêz-se inventário, fechando-se assim a história jesuítica do famoso Engenho do Sergipe, do Recôncavo da Baía, que por tanto tempo tinha sido «rei dos engenhos reais» [2].

4. — Também o Colégio da Baía possuíu engenhos no Recôncavo. Tomou o primeiro partido de canas em 1601 e pouco depois iniciou, nas suas terras do Passé, a fundação de um Engenho [3]. Estavam porém vivas ainda as controvérsias de carácter interno sôbre o Colégio ter ou não ter Engenho. Prevalecendo então a posição contrária, desfez-se. Poucos anos depois, retomou-se a idéia, e desta vez pensou-se no Camamu. Mas houve sempre partidários de haver Engenho no Passé, ficando a sua realização apenas adiada para quando fôssem favoráveis as circunstâncias. Depois da derrota de Maurício de Nassau no cêrco da Baía, a idéia ganhou vulto, e já em 1642 se diz que na *Fazenda do Mamô* era «onde agora, temos o Engenho, e onde temos a nossa largueza e proveito, com fácil serventia» [4].

---

1. Caeiro, *De Exilio*, 103.
2. O «Inventário e avaliação de todos os bens de raiz pertencentes aos Engenhos do Conde e de Petinga» tem a data de 31 de Março de 1760, AHC, *Baía*, 4946. Êste inventário, com os documentos anteriores conhecidos, desde o Inventário de Mem de Sá, às descrições de Estêvão Pereira e Antonil, «constituem juntos uma rara colecção de documentos sôbre um mesmo Engenho — o de Sergipe do Conde, cheia de conclusões apreciáveis para a história do trabalho agrícola e da fabricação do açúcar nos três séculos», diz Wanderley Pinho, *op. cit.*, 46, e já êle próprio, com os dados de que pôde dispor, tirou algumas dessas conclusões.
3. *Bras. 5*, 65v.
4. *Bras. 3(1)*, 232. Sôbre esta Fazenda do Mamô, nas terras do Passé, uma légua de terra até o Rio Jacuípe, houve mais tarde as inevitáveis demandas, cuja documentação está na Tôrre do Tombo, *Cartório dos Jesuítas*, Maço 88: «Contrariedade aos embargos com que vierão o Cap.nm. Francisco Correa como autor de seos netos sua molher e outros a Sentença que o Coll.º alcançou contra Domingos da Silva Morro & C.ª. Acham-se as declarações autógrafas de João António Andreoni e Estanislau de Campos, datadas de 30 de Novembro de 1705. Silva Morro, para se acabar a demanda, propusera nova medição das terras. Mas quando viu que o Colégio aceitou a proposta, e a comunicou ao Governador Luiz César, Silva Morro voltou atrás e recusou o que tinha proposto. Nestas condições o P. Jorge Bêncio foi a Lisboa para que El-Rei ordenasse a medição e se acabasse» litígio. Conta isto o próprio Bêncio, em carta de 22 de Agôsto de 1706, *Bras. 4*, 124.

Sucedeu que particulares tinham feito Engenho, com uma ermida de Nossa Senhora das Candeias, em terras de Pitanga, no Passé, que ao fazerem-se as medições jurídicas e ao aviventarem-se os velhos marcos se viu caíam dentro das terras do Colégio. Para evitar gastos e demandas, fêz-se composição, pagando o Colégio o valor do engenho («sete mil cruzados, que são dois contos e oitocentos mil réis»), lavrando-se a escritura a 1 de Junho de 1643.

O Engenho da Pitanga alargou-se nos anos seguintes com várias terras e fazendas vizinhas adquiridas por trespasse ou compra, que o transformaram em grande Engenho [1].

Belchior Pires, sendo Provincial, promoveu o seu aumento, e na safra de 1650, que acabava em Abril, se esperavam 5.000 cruzados livres e forros: era açúcar, êsse ano, «do melhor da Baía», e diziam alguns que «o melhor» [2].

Para se sustentar o Engenho, o Provincial Francisco Gonçalves celebrou com Salvador Correia de Sá e Benevides um contrato sôbre as meias da cana do Engenho da Pitanga», diz o P. Simão de Vasconcelos, que a 19 de Abril de 1657 pede ao Geral confirmação dêsse contrato [3].

Êste *Engenho de Pitanga*, explica-se mais em 1662, ficava em terras havidas e adquiridas pelo P. Luiz da Grã, com lenhas e caxaria próprias [4].

Nem todos tinham o mesmo gôsto ou zêlo na conservação dos Engenhos, e alguns anos depois andava êste entregue a feitores estranhos, rendia menos e pensava-se em o vender. Indo-o examinar pessoalmente o P. Cristóvão Colaço, em 1685, achou que se pretendia vender por 16.000 cruzados o que valia 60.000. Não se vendeu [5].

---

1. Tombo do Colégio da Baía, *Doc. Hist.*, LXIII, 268-328, com as escrituras de tôdas estas transacções.
2. *Bras. 3(1)*, 277.
3. *Bras. 3(1)*, 307-308.
4. Cf. supra, *História*, I, 151-152, onde se discriminam as primeiras terras do Passé, pertencentes ao Colégio da Baía, quási um século antes, em 1563-1566, e de que se conservam as datas ou escrituras autênticas.
5. *Bras 3(2)*, 197v. Mas achamos amiúdados pedidos e licenças para se venderem terras na Pitanga nos fins do século XVII e começos do século XVIII, além daquela diferença com Domingos da Silva Morro.

Uma das propostas de venda fêz-se em 1689, com razões que mostram as dificuldades características destas fazendas: «Propõe-se que daquelas quatro léguas de terras, que possui o Colégio da Baía, na *Pitanga*, se devem vender algumas partes, a que está além do Rio de Joane e outra parte que anda ocupada sem direito por dois Portugueses, com dois Engenhos e muitos canaviais. As razões principais da venda são:

1.ª, porque são sítios para nós inúteis por ficarem muito longe;

2.ª, porque estão expostas a furtos daqueles que ou iniquamente as ocupam, ou devastam as suas madeiras de preço;

3.ª, porque os Nossos as não podem defender: não com muro, o que é impossível; não com armas, como fazem os seculares, porque não é próprio de nós, e uma vez que já isso se tentou, houve manifesto perigo de escândalo; não por sentença do Juiz, porque não basta, até depois de canseiras intoleráveis, e de gastos feitos nessas demandas»[1].

Com serem razões de pêso, outros Padres do Colégio eram opostos à alienação de terras e davam a solução de que se aproveitassem melhor. E foi o que sucedeu com o Engenho da Pitanga. Posta definitivamente de lado a venda, o Engenho entrou numa fase de aproveitamento decidido e intenso. Em 1692 o P. Barnabé Soares redigiu e estabeleceu o seu *Regimento interno*, datado de 27 de Dezembro de 1692, com 55 parágrafos, onde regula pormenorizadamente a vida do Engenho em base de alta moralidade e administração, tendente a conservar tanto ilibada a fama e prestígio dos Padres nêle residentes, como a vida social, civil, religiosa, e disciplinar do pessoal, servos e assalariados.

O orago do Engenho da Pitanga era, como vimos, Nossa Senhora da Purificação, ou, na sua equivalência popular, Nossa Senhora das Candeias[2].

---

1. «Proponit P. Procurator Brasiliensis [P. António Rangel] aliqua quae vel a P. Visitatore [P. António Vieira] vel ab aliis ex senioribus Provinciae sibi sunt commissa, ut ea proponat Reverendo Patri Nostro Generali», Gesù, *Assist.*, n.º 627 [194]. Do confronto sucessivo das doações do tempo de Mem de Sá, e do que se inventaria em 1760 se poderia demonstrar o movimento destas terras e quais moradores e engenhos que nelas se fundaram nas primitivas terras dos Jesuítas, minúcias porém que não cabem já nesta *História*.

2. «Adiante mais, distância de meia légua, está o lugar da Pitanga, em que têm seu Engenho os Reverendos Padres da Companhia de Jesus, e uma Capela da Senhora das Candeias», cf. «Relação da Freguesia de Nossa Senhora da Encar-

Além da festa da Padroeira, celebravam-se, com solenidade, a de Nossa Senhora do Rosário e a de S. Benedito, e multiplicavam-se outras festas religiosas com que se favoreciam os trabalhadores, pois cessava o trabalho; e o Regulamento impunha o que hoje chamamos fim de semana, cessando o trabalho nas vésperas dessas festas e aos sábados ao meio dia, nem podia recomeçar senão passado o domingo, depois da meia noite. Cirurgião do Engenho era em 1692 o Ir. Pedro Gonçalves, que entrara já formado na Companhia, com 46 anos de idade. Para evitar ferimentos e homicídios entre os trabalhadores, nenhum pertencente ao Engenho podia usar punhal. Em caso de crimes comuns, alguns açoites, que nunca poderiam passar de 24 (e ùnicamente «no lugar a isso destinado»...). Em caso de crime de pena maior, havia a cadeia até ser remetido ao Reitor do Colégio, para intervenção da justiça pública. Provia-se à instrução religiosa quotidiana, ao vestuário, e cada servo tinha o seu quinhão de terras para cultivo pessoal e para o qual se marcavam tempos. Ressumbra destas instruções, com o respeito à vida familiar, que os Jesuítas não podendo suprimir a escravatura, nem prescindir da única forma de trabalho então existente, fizeram o menos ou o mais que podiam fazer então, e de que hoje tanto se fala como reivindicação social: reconheceram e defenderam nos seus escravos a pessoa humana [1].

Nos começos do século XVIII reformou-se o Engenho da Pitanga, com edifícios amplos. Chama-se-lhe «novo». Novo no sítio, diferente do anterior, um *velho* e um *novo* (1701). E fizeram importantes obras para que êste último fôsse, como foi daí em diante (1710), engenho de água, obra a que anda ligado o nome do P. Estanislau de Campos, quando nesse período foi Superior do Engenho [2]. Neste se concentrou a produção de açúcar, falando-se depois só nêle: *Engenho da Pitanga*.

---

nação do Passé e dos seus sítios e lugares» (1757) pelo Vigário António da Costa Pereira, AHC, Baía, 2702.

1. *Instructio, ab iis qui officinam sacchaream administrant, servanda*, data a P. Barnaba Soares, 27 Dez. 1692; «Ordinationes P.is Correae in Visitatione», 12 Jan. 1693; «Adnotationes eiusdem P. Barnabae», *Bras. 11*, 132-135v. Tanto esta «Instrução», inédita ainda, como tantos outros documentos, serviram de fonte a Antonil, para alguns dos capítulos da *Cultura e Opulência do Brasil*.

2. Moniz, *Vita P. Stanislai de Campos*, 21; *Bras.6*, 62.

A receita que então quási se equilibrava com a despesa, melhorou, dependendo apenas da clemência ou inclemência do tempo, e também um pouco da maior ou menor diligência dos administradores.

A produção anual do Engenho da Pitanga descreve uma curva cuja máxima foi em 1722, com 150 caixas de açúcar (caixas de mil libras cada uma, anota o próprio catálogo dessa data), e a mínima em 1739, ano extremamente deficitário, com 50 caixas. Em 1757 foi de 100.

O açúcar mandava-se para Portugal, e com êle se pagavam as coisas que de lá vinham, indispensáveis à vida, tanto dos Padres do Colégio, como dos trabalhadores, objectos de vestuário, alimentação, remédios e utensílios necessários à própria renovação e manutenção de um grande Engenho [1].

Viviam na Pitanga o P. Padre Manuel Monteiro, superior, o P. Marcos de Távora e o Ir. António de Oliveira, quando passou para o Fisco em Janeiro de 1760 [2].

5. — Passou igualmente para o Estado o *Engenho de Cotegipe*, que em 1755 deixara ao Colégio da Baía o ilustre baiano, Coronel António Álvares da Silva, falecido no dia 21 de Janeiro dêsse ano. Fizeram-se-lhe funerais com a pompa que merecia a sua benemerência, de que participara não apenas a Companhia, mas outros, associando-se o Clero secular e regular da cidade, em particular os Presbíteros do Sodalício de S. Pedro. A Companhia de Jesus, além dos sufrágios de benfeitor, concedeu-lhe os votos, pelo que a *Ânua de 1755* inclui, entre os da Companhia que nesse ano morreram, o nome do Ir. António Álvares da Silva. Ao conservar-lhe o nome, acrescenta-lhe estas palavras, que ampliam e explicam a sua benemerência: *amável com os iguais, bom com os humildes, e misericordioso para com os pobres* [3].

---

1. *Bras.* 6, 230. A marca do Engenho da Pitanga era um P, como a de Sergipe do Conde um S. Além desta marca, a dos Colégios da Companhia de Jesus «que era uma cruz dentro de um círculo desta figura ⊕ »; cf. Antonil, *Cultura e Opulência do Brasil* (Macau 1898)58. A edição de S. Paulo, 1923, no lugar correspondente, p. 166, omitiu esta figura ou desenho.

2. Cf. Caeiro, *De Exilio*, 100.

3. *Bras.* 10(2), 495. O Coronel António Álvares da Silva era irmão de outro benfeitor insigne do Colégio, o Dr. Francisco de Oliveira Pôrto.

O Engenho de Cotegipe produziu 60 caixas de açúcar em 1757 [1]. Dois anos depois, residiam nêle, o P. António dos Reis e o Ir. Carlos Correia, que o deixaram com grande sentimento do povo, tanto aqui como na Pitanga. Os negros estavam dispostos a amotinar-se na expectativa de serem incluídos no sequestro e obrigados a servir a senhores menos benévolos e caridosos. Dissuadiram-nos os Padres e consolaram-nos como puderam. Os moradores brancos da vizinhança (portugueses e filhos da terra) contristaram-se tanto, que alguns perderam a saúde [2]. O P. Francisco da Silveira nomeia, em particular, a Manuel Martins e sua família, que demonstraram a sua dor com os mais veementes protestos, e a Félix Barbosa, homem de nobre índole e consciência, que adoeceu gravemente. Em Cotegipe, um Padre Secular, um Carmelita, e a família do Capitão-mor (Praefecti maximi) Luiz Carneiro, deram mostras visíveis do seu desgôsto. E o próprio Desembargador Sebastião Francisco Manuel, encarregado de levar os Padres, mostrou com lágrimas o desprazer da incumbência a que o obrigava o seu ofício [3].

---

1. *Bras.* 6, 436v.
2. Caeiro, *De Exilio*, 100.
3. Silveira, *Narratio*, 100; cf. Caeiro, *De Exilio*, 100-102.

CAPÍTULO XIII

Aldeias do distrito da Baía

1 — Aldeia do Espírito Santo (Abrantes); 2 — Aldeia e Fazenda de Capivari; 3 — As duas Aldeias de S. João; 4 — Ilha de Itaparica; 5 — Aldeia de de S. António em Jaguaripe; 6 — As duas Aldeias de S. Sebastião.

1. — O período intensivo das Aldeias da Baía foi no século XVI a seguir ao alvorecer da civilização cristã nestas paragens, mas não findou de todo nesse século.

A *Aldeia do Espírito Santo*, fundada em 1558, manteve-se por dois séculos. A proximidade da Baía envolveu-a nos sucessos dela, e também os seus Índios, de mais fácil chamada, eram os primeiros a ser requisitados em ocasiões de guerra [1]; e teve papel histórico preponderante durante a tomada da Baía pelos Holandeses em 1624. D. Marcos Teixeira, com os Padres da Companhia e principais da cidade, retiraram-se, durante a noite de 10 para 11 de Maio e fortificaram-se nesta Aldeia, que se tornou o centro de resistência, impedindo aos invasores o acesso à campanha e desbaratando-os quando saíam da cidade até serem expulsos dela [2]. Convertida a Aldeia em acampamento militar, os Padres e Irmãos do Colégio da Baía foram alojar-se na Antiga Aldeia de S. João nas terras da Pitanga, onde ficou a sede religiosa da Aldeia do Espírito Santo durante alguns anos. Entre os Índios da Aldeia de S. João e a do Espírito Santo, havia rivalidades, que os Padres não conseguiram aplanar inteiramente. Fundados nelas, alguns Índios do Espírito Santo requereram à Câmara da Baía, que não desejavam ir para S. João. O assunto era da alçada do Governador Geral, que se

---

1. Cf. *Doc. Hist.*, III, 252(1654); XII, 150 (1671); VIII, 357(1673), 191(1674); XLIII, 70(1717), etc.
2. Faria, *História Portuguesa*, 28.

esperava em breve [1]. A solução não deve ter sido favorável aos Índios do Espírito Santo, porque em 1631 os Catálogos ainda trazem só a Aldeia de S. João [2]. Mas a Aldeia do Espírito Santo reconstituíu-se depois, e já surge de novo em 1641 [3]. Em 1635, provenientes da retirada de Pernambuco, vindos com os Padres e Matias de Albuquerque, se estabeleceram, mais para o interior «nos matos», a 15 ou 16 léguas da cidade da Baía, duas Aldeias de Índios, a que o Colégio assistia com caridade e grande incómodo; e às vezes os Padres nem farinha tinham para comer [4].

O P. João de Oliva, reitor do Colégio, pediu e alcançou do Governador Diogo Luiz de Oliveira, nesse mesmo ano de 1635, umas terras de sobejos, junto às que lavravam os Índios. Eram terras para o Colégio «na largura e comprimento do Rio de Joane até o de Jaguari, onde acaba o Conde da Castanheira» [5]. Aquelas terras dos Índios eram uma sesmaria de três léguas em quadra, que lhes dera Mem de Sá (Carta de Sesmaria de 7 de Setembro de 1562), e que em 1653, varrido o perigo holandês, se tornara a registar pelos escrivães das sesmarias da Baía [6].

Depois de reconstituída, a Aldeia do Espírito Santo tem história pacífica, excepto em 1646 em que os Índios se inquietaram, movidos por uns mestiços, inquietação a que pôs remédio o Governador Geral António Teles da Silva [7].

A Aldeia, como tôdas as de administração, tinha o seu Capitãomor, um índio de mais respeito, como era em 1668 Matias de Araújo, cuja patente diz haver servido muitos anos a S. Majestade, e ajudado os Jesuítas no govêrno dos Índios, de quem era venerado [8].

---

1. Cf. *Atas da Câmara da Bahia*, I, 21,43.
2. *Bras.* 5, 129v.
3. *Bras.* 5, 146v.
4. *Bras.* 8, 530.
5. Cf. Tombo do Colégio da Baía, *Doc.Hist.*, LXIII, 329-337, com o requerimento do P. João de Oliva, a data da sesmaria, 14 de Abril de 1635, e o Regimento de El-Rei, que fundamentava a mesma data e a cedência, amigável e compensada, da pretensão de um sesmeiro a parte dessas terras.
6. *Ib.*, 339-342.
7. *Bras.* 3(1), 250bis.
8. *Doc. Hist.*, XI (1924)422.

Remodelou-se vinte anos depois, em 1689 [1]. Era de Índios Tupis com mescla de alguns outros, sobretudo Potiguares, e passou a vila em 1758 com o nome de *Abrantes*.

Desdobrou-se então a administração, separando-se a eclesiástica da civil. Desta encarregaram-se Índios, nomeados, segundo se lhes dizia, por El-Rei, para os cargos camarários locais, mera ficção, que a realidade veio desvendar. Para a administração eclesiástica ofereceu-se o Padre secular António Ferreira, cognominado o «Jacaracanga». Êle próprio, na representação com que pleiteara o ofício, escrevera que os Jesuítas auferiam da Aldeia 4.000 cruzados, e êle se contentaria com a metade. Entramos nestes pormenores, porque dão a fisionomia do momento e explicam as conseqüências. Não se tinha passado um ano e o novo pároco abandonou a freguesia, não obstante os emolumentos, que de novo se introduziram de ter os paroquianos de pagar todos os actos essenciais religiosos, registos de baptismo, casamento e funeral. Também se tinha feito correr que havia Sacerdotes para substituir os Jesuítas. Quando o novo pároco abandonou a Aldeia não houve durante muito tempo quem o substituísse. Entretanto, adoeceu mortalmente uma índia. Os Índios do Espírito Santo levaram-na à vizinha Fazenda de Capivari, onde os Jesuítas lhe deram a absolvição. Faleceu a Índia. E os Jesuítas, dada a condição menos digna do Pároco, receando que êle depois os acusasse de «usurparem» (era o têrmo da moda) os seus direitos funerais, deixaram que a índia fôsse levada à sua Aldeia, e nela se enterrou, sem assistência religiosa, por o Pároco a ter já abandonado.

Um velho Índio não se conteve e gritou para os mais novos: «Aqui está de que nos servem tantas honras de El-Rei! Quem tratará de nós nas nossas necessidades, quem nos curará nas doenças, quem ensinará os nossos filhos, quem proverá nas calamidades, vestirá as meninas, cuidará dos órfãos, e nos nossos desmandos nos corrigirá com brandura»? [2]

---

1. *Bras.* 3(2), 267.
2. Silveira, *Narratio*, 50; cf. Caeiro, *De Exilio*, 50. Cf. em AHC, *Baía*, 3745, a representação do P. António Rodrigues Nogueira, em que começa «Sou natural desta diocese, do lugar chamado *Jacaracanga*», datada da Vila Nova de Abrantes do Espírito Santo, 11 de Dezembro de 1758, representação que dá a medida do seu carácter e disposições.

A Igreja dos Jesuítas, espaçoso templo, ficou matriz; a residência anexa, Paço municipal de Abrantes [1].

2. — A *Fazenda de Capivari* ou das Capivaras, ficava a uma légua da Aldeia do Espírito Santo, na qual se fundara grande Residência com sua Igreja. Verificou-se, em 1725, que não oferecia suficientes garantias quer de ordem espiritual quer de ordem temporal para a sua permanência [2]. A proximidade da Aldeia do Espírito Santo assegurava a sua indispensável assistência religiosa, e era urgente abrir residência em Muribeca e faltavam Padres. Ficou pois simples Fazenda, aplicada à criação de gado, até ser incorporada ao fisco em 1759. Nela faleceu a 1 de Março de 1723 o P. Francisco Maciel, e sepultou-se na Igreja de Nossa Senhora, que êle construíra, Igreja «pulquérrima», diz a Ânua correspondente [3].

3. — A primeira Aldeia de S. João, nas Ribeiras de Pirajá, tinha como orago *S. João Evangelista* (festa a 27 de Dezembro) e no seu Engenho (Engenho de S. João) prègou Vieira em 1633 o seu primeiro sermão público, quando tinha apenas 25 anos e ainda não sacerdote, sermão que é a favor dos escravos negros, um brado veemente de abolicionismo antecipado, não total, impossível naquele tempo, mas nobre e generoso [4].

Dispersa em 1560 a Aldeia de S. João no Pirajá, reconstituíram-na os Padres com o nome de *S. João ante portam latinam* (festa a 6 de Maio) [5].

---

1. A Aldeia do Espírito Santo, com as outras três primeiras Aldeias da Baía, S. Paulo, S. João e S. Tiago, que constituem as primícias da catequese jesuítica no Brasil, são lembradas no poema épico, *Mem de Sá*, de Anchieta, cf. Armando Cardoso, *Um poema inédito de Anchieta* em *Verbum*, vol. I (Rio 1944) 291.

2. *Bras.* 4, 312.

3. *Brasil*, 10(2), 263v.

4. Cf. Vieira, *Sermões*, Sermão 14 da Série «Rosa Mística», XIV(1857) 413-444; Lúcio de Azevedo, *Hist. de A. V.*, II, 282; Hernani Cidade, *Padre António Vieira*, III, 441; Pedro Calmon, *O primeiro abolicionista* (Vieira), artigo no *Correio do Povo*, Pôrto Alegre, 26 de Outubro de 1944.

5. Cf. supra, *História*, II, 52, onde se descreve a fundação das duas Aldeias de S. João. A identificação de *Plataforma*, dada por Teodoro Sampaio, deve entender-se da primeira Aldeia de S. João.

O Visitador Manuel de Lima sugeriu que se reünissem os seus Índios aos da Aldeia do Espírito Santo [1]. Mas ainda em 1614 praticavam os Índios desta Aldeia uma façanha precursora dos futuros Palmares. Diz a Ânua: «No sertão, a cêrca de 50 léguas da Aldeia de S. João, os negros, fugidos dos Portugueses, fundaram uma espécie de município, donde assaltavam de emboscada muitas vezes os que por ali passavam e até os seus próprios senhores, com dano dos Portugueses». Os Índios da Aldeia de S. João resolveram ir desfazer aquêle covil, encomendando-se primeiro ao seu Padroeiro e fazendo promessas. Pela calada da noite, com o seu horrendo barulho a que chamam «corro», repetido pelos bosques em tôdas as direcções, surpreenderam o mocambo e só poucos negros fugiram. Trouxeram os mais. O Padre verificou logo quão grande era a sua ignorância religiosa. Catequizou alguns nos mistérios da fé e baptizou-os solenemente, entre os quais o filho do capitão dos negros [2].

António Vieira, noviço, estêve nesta Aldeia de S. João, «que do sítio em que *então* estava se passou e confundiu com a do Espírito Santo, cujo título prevaleceu», diz André de Barros [3]. Prevaleceu o título quanto à denominação da Aldeia de Índios, não quanto àquele tracto de terra, que não é outra a origem do actual nome da *Mata de S. João*.

Tôdas estas Aldeias, Espírito Santo, S. João e S. António, do têrmo da Baía, possuíam terras, pelas Cartas de Sesmarias das suas fundações primitivas. Todavia já em 1582 representavam os Índios a El-Rei que «ia crescendo o número de Portugueses que vão viver às ditas partes, vão tomando as terras com que os suplicantes sempre viveram, e não cometeram culpa por onde as perdessem, e por lhas tomarem e carecerem das pescarias com que se sustentam, e com enfermidades e guerras os que vão com os Portugueses, e por os ocuparem muitos em seus serviços, se vão consumindo, de maneira que sendo dantes sete povoações e Igrejas com muita gente, já não há mais de três com muito pouca». Os Índios pediam a restituïção das terras de sesmaria para fazerem

---

1. *Algumas advertências*, 10v.
2. *Bras. 8*, 159v. Não já sòzinhos, mas em conjunto com outros Índios e Brancos foram os Índios dos Jesuítas a outras jornadas aos Mocambos, como em 1636, cf. *Atas da Camara da Bahia*, I, 335, 447.
3. A. de Barros, *Vida*, 11.

seus mantimentos, êles e os que descessem do sertão. A representação dos Índios foi apresentada em Lisboa pelo procurador do Colégio de S. Antão em nome dos Índios, e El-Rei, a 4 de Novembro de 1582, escreveu ao Governador Geral do Brasil, que fizesse como fôsse justiça, segundo as cartas de Sesmaria. Mas nem a intromissão dos moradores nem as guerras holandesas favoreceram o desenvolvimento aglutinante destas Aldeias. Depois da Restauração e quando os invasores estavam prestes a serem expulsos do Brasil, o P. Francisco dos Reis, insigne Professor de Moral no Colégio da Baía, mandou tirar a pública forma dêstes documentos, a 2 de Março de 1652 [1].

A Aldeia do Espírito Santo, a única destas Aldeias que se manteve até 1758, tinha muitas terras próprias, sinal de que, se não logo, ao menos com o tempo, se fêz a restituição ou compensação devida.

4. — Em distância equivalente à do Espírito Santo, mas do lado oposto ao Colégio, fica a *Ilha de Itaparica*: Nela tinham fundado os Jesuítas a *Aldeia de Santa Cruz* em 1561 [2], e nunca perderam o contacto com a Ilha em missões freqüentes. Em 1689 entraram na administração da Capela de Nossa Senhora da Penha de França. A 22 de Julho dêsse ano, no Colégio da Baía, de que era Reitor Cristóvão Colaço, «o P. José de Andrade e Sá, sacerdote do hábito de S. Pedro», doou ao Colégio a fazenda, que tinha «na Ilha de Itaparica, Mar Grande, e Costa de Nossa Senhora da Penha de França, as quais fazendas partem pela banda do Sul com fazendas, que foram de Francisco Gil de Araújo e pela banda do Norte com o Capitão Luiz Carneiro da Rocha». Não era doação simples, mas com encargos pios e culto da Capela de N.ª S.ª da Penha, festa a 8 de Setembro. Na doação incluíam-se várias dívidas a receber (uma era de 56$000 réis, que lhe devia o «Coronel Gonçalo Ravasco Cavalgante e Albuquerque»); e outras dívidas a pagar.

O Reitor obrigava-se a construir a nova Capela de Nossa Senhora da Penha para a qual já havia a pedra de cantaria [3]. A Fa-

---

1. Cf. *Doc. Hist.*, LXIV, 96-99.
2. Cf. supra, *História*, II, 58.
3. A escritura abrangia mais 28 escravos, cujos nomes e ofícios se dizem, um barco e algum gado. Cf. «Escritura de doação inter vivos valedora que fez

zenda ficou pois vinculada à Capela e é isto efectivamente o que se lê na «Relação da freguesia de Santa Vera Cruz da Ilha de Itaparica» (1757), pelo Vigário Cristóvão dos Santos; vão-se descrevendo as terras, e a certa altura: «em pequena distância fica a capela de N.ª S.ª da Penha de França, com uma fazenda bastantemente grande, que pertence à dita Capela»[1]. Encorporada aos bens da Coroa em 1759[2].

A derradeira missão dos Padres na Ilha de Itaparica foi em 1751, em que dois trabalharam com zêlo e caridade com os moradores, então ocupados sobretudo na pesca da baleia[3].

5. — Defronte da parte sul da Ilha de Itaparica desemboca o Rio Jaguaripe. Houve uma primeira *Aldeia de Santo António*, fundada em 1560 ao norte da Cidade da Baía, que se menciona ainda na última década do século XVI[4]. Parte dos seus índios, mantendo-se a mesma denominação, foi constituir outra Aldeia no Jaguaripe nos fins do século XVI ou começos do século XVII. Por volta de 1610, enumerando-se as Aldeias ao Norte da Baía, diz-se, depois de se mencionarem as de S. João e o Espírito Santo: «as outras duas estão no Recôncavo, S. António em Jaguaripe e S. Sebastião em Capanema. Puseram-se poucos anos há estas duas Aldeias nesta paragem, por serem fronteiras aos Aimorés, que iam destruindo a Baía»[5].

Eram Aldeias que ocupavam muitos Missionários. Feitas as pazes com os Aimorés e passado o perigo escusava-se tanta dispersão de Padres[6]. O Visitador P. Manuel de Lima encarregou o Provincial de as mudar ou fundir numa só Residência, sugerindo que fôsse preferida Capanema.

A Residência de S. António de Jaguaripe ainda existia em 1613, com os Padres Domingos de Sequeira e Jerónimo Soares[7].

o R^do. P^o. Joseph de Andrade e Saâ aos m.^to R^dos P^es da Companhia de JESV deste Coll.º da B.ª de todos os seus bens», Gesù, *Colleg.*, 1369 (253-255).

1. AHC, *Baía*, 2686.
2. Cf. Ubaldo Osório, *A Ilha de Itaparica* (Baía 1942)124.
3. *Bras.* 10(2), 441v.
4. Cf. supra, *História*, II, 55.
5. *Algumas advertências*, 13v.
6. Bibl. Vitt. Em., f. gess. 1255, f. 10v.
7. *Bras.* 5, 99.

A Residência fechou-se, neste ano, indo Sequeira para o Colégio da Baía, e Soares para a de S. Sebastião em Capanema [1].

6. — A *Aldeia de S. Sebastião* em Capanema coexistiu com outra Aldeia da mesma invocação, vinda do século XVI [2]. Em 1607 traz o Catálogo duas Aldeias de S. Sebastião, ambas com Residência e duma delas anota: Residência de «S. Sebastião onde está o Engenho» e desta era Superior, vindo do Camamu, o P. Francisco de Lemos, acompanhado do P. Jerónimo Veloso e Simão Vieira [3].

Uma destas Aldeias deixou de ter Residência, pouco depois. A que permaneceu intitula-se em 1621, «Aldeia de S. Sebastião em Sirigipe» [4]. E deve-se identificar com S. Sebastião em Capanema, nome que se lê ainda hoje nos mapas à margem do Rio Acupe, na região de Sergipe do Conde. Dez anos depois em 1631 ainda consta dos Catálogos a Aldeia de S. Sebastião e nela prègou o P. António Vieira, um dos seus primeiros sermões, ainda antes de se ordenar de Sacerdote, o «Sermão de S. Sebastião, prègado na Igreja do mesmo Santo de Acupe, têrmo da Baía, no ano de 1634» [5]. E êste mesmo sermão demonstra que acabava o período da catequese no distrito da Cidade, iniciado pelos homens de Nóbrega em 1549, quando pela primeira vez à beira dos caminhos e veredas do Recôncavo se ouviu aquela cristianíssima saüdação, que iluminou os sertões:

— *Louvado seja Nosso Senhor Jesus Cristo!* Ou *Jesus, Irmão!* Ou simplesmente: *Jesus Cristo!*...

---

1. O P. Jerónimo Soares, da Diocese de Lisboa, veio a falecer em Reritiba, 13 ou 14 anos mais tarde, *Bras. 9*, 385; Bibl. Vitt. Em., f. gess. 3492/1363, n.º 6. O P. Domingos de Sequeira, de Ilhéus, faleceu na Baía, a 15 de Maio de 1621, com 57 anos de idade e 40 de Companhia. Professo de 4 votos e bom prègador, preferiu consagrar a sua vida «in questo fatiche Indiani», *Lettere annue d'Etiopia*, 124, onde se diz que é da Diocese de Beja, confusão com Baía, Bahya, ou Baya, como também se escrevia outrora. A Aldeia de S. António em Jaguaripe, depois de saírem os Padres, manteve-se ou reconstituíu-se depois, pelo que se infere de uma ordem do Governador Geral, Conde de Vimieiro de 7 de Março de 1719, sôbre uns distúrbios havidos nessa Aldeia, *Doc. Hist.*, LV(1942)206.

2. Cf. supra, *História*, II, 50.

3. *Bras. 5*, 65v.

4. *Bras. 5*, 123v.

5. Vieira, *Sermões*, IX(1856)220.

Passados três séculos, indo um Padre, o afamado escritor Sena Freitas, de passagem na Baía, dar uma das suas missões no Recôncavo, ouviu ainda a mesmo saüdação antiga: — *Xu Quisto!* — corruptela, mas persistência da primeira catequese do nome sagrado e essencial, de *Jesus Cristo!* [1]

Das primitivas Aldeias e núcleos, povoados, fazendas e engenhos, começaram a surgir, nos séculos XVI e XVII, freguesias dirigidas pelos neo-sacerdotes, que se iam formando no Colégio. E os Jesuítas, mantendo apenas a Aldeia do Espírito Santo, perto da Cidade, desdobraram a sua actividade em missões rurais discurrentes, percorrendo de vez em quando os Engenhos, freguesias e vilas em ministérios e prègações. Os trabalhos pròpriamente catequéticos alargaram-se para os confins da civilização, com Índios mais remotos, ao norte e ao sul do Brasil; e, no sertão baïano, além de Camamu, Ilhéus e Pôrto Seguro, para as Jacobinas, Quiriris e Rio de S. Francisco.

---

1. Sena Freitas, *No Presbitério e no Templo* (Pôrto 1874) 305.

CAPÍTULO XIV

Sertões da Baía

1 — Entrada à Serra do Arabó; 2 — Entrada aos Sapoiás e Païaïás, seus usos e costumes e os dos Moritises; 3 — Aldeia dos Païaïás; 4 — Aldeia de S. Francisco Xavier na Jacobina; 5 — Aldeias dos Boimés, Caimbés e Mongurus; 6 — As Aldeias dos Quiriris: Natuba (Soure); 7 — Canabrava (Pombal); 8 — Saco dos Morcegos (Mirandela).

1. — As entradas ao sertão da Baía, iniciadas no século XVI, continuaram nas primeiras décadas do seguinte, mais rarefeitas, porque o pensamento andava pelos dois extremos do Brasil, sul e norte, a-fim-de assegurar a posse da costa contra as investidas do estrangeiro. Assegurada a costa, a pouco e pouco se desbravaria o interior. O inimigo mais tenaz, ao norte, foi o Francês; e em dado momento, veio o Holandês mais perigosamente, para cuja expulsão se concentraram os recursos e esforços gerais. Durante o perigo holandês, as entradas quási se sustaram de todo.

Na Baía, o campo mais visado para as entradas foi durante muito tempo o Arabó, já conhecido dos Jesuítas. Em Abril de 1619 chegaram à Baía os Padres António de Araújo e João de Mendonça. A entrada era não apenas aos Índios, mas também a «desfazer um *couto* ou *mocambo* (como lhe na terra chamam) que os escravos fugitivos tinham feito naquele sítio». Baixaram 200 pessoas que se colocaram na Aldeia do Espírito Santo [1].

Depois da expulsão dos Holandeses, assegurada a integridade do Brasil, recomeçaram as entradas, num duplo movimento de missionários e curraleiros, divergente nos fins e nos métodos, nuns de captação e catequese pacífica, noutros de posse violenta. O Rio de S. Francisco era o ímã de atracção; o sertão intermédio, campo de

---

1. Faria, *História Portuguesa*, 21; Cordara, *Hist. Soc.*, Pars VI, 2.º, 223.

exploração progressiva, para o melhor conhecimento dos seus indígenas, e também de competições.

2. — A 11 de Janeiro de 1656 anuncia o P. Simão de Vasconcelos que no ano anterior se tinham descoberto os *Amoipiras*, «um quási reino de Índios mansos, dóceis, e da mesma nação e língua, que hoje temos nas Aldeias». Preparava-se uma expedição missionária, com a ajuda do Conde de Atouguia, Governador Geral. Iria o P. Rafael Cardoso, vindo do Maranhão [1]. A expedição devia partir ainda nesse mês de Janeiro de 1656. Com Rafael Cardoso foi outro Padre. Visitaram as *Jacobinas*, os *Tocós*, os *Sapoiás* e os *Païaiás*. Não chegaram aos *Amoipiras*, pelos motivos que constam da relação latina, que António Pinto nos deixou dessa entrada.

Em 1655, diz êle, fêz-se uma entrada com o fim de descer os *Amoipiras*, género de brasis, com quem já tinham tratado os primeiros Padres e descido algumas Aldeias dêles para a costa do mar do seu «sertão para além das cabeceiras do Rio S. Francisco», «o mais célebre entre os outros rios do Brasil» [2].

Os dois Padres, ambos grandes línguas, levaram consigo 110 Índios das nossas Aldeias. Caminho difícil de atravessar, por vastíssimos sertões, cortados de rios, onde o sustento era pouco.

Dirigiam-se aos montes das «Jacuabinas», que se estendem ao norte por 40 léguas, notáveis pelo número dos seus Tapuias em número de 80 Aldeias. Ao chegar às Jacobinas, vieram muitos Índios ao seu encontro para os saüdar sem darem mostras de receio, antes com satisfação. Falavam língua diversa, que sabia um negro que os Padres levavam consigo [3].

Êstes Tapuias têm mostrado pouca disposição para a fé e doutrina cristã, por serem de natureza versátil, inconstantes e ferozes, dos que comem carne humana. Andam nus pelos matos e chavascais, muito dados a furtos. Assaltam com freqüência as Fazendas dos Portugueses e se os apanham desprevenidos os matam e roubam. Por isso se lhes fêz guerra e se cativaram muitos e se lhes queimaram as Aldeias.

1. *Bras. 3(1)*, 300.
2. Sôbre as primeiras expedições aos Amoipiras, cf. supra, *História*, II, 185ss.
3. Parece que um grupo dêstes Índios eram os «Tocós», de quem diz António Guedes de Brito que andavam rebelados, e a êles tinha feito missão um Padre da Companhia de Jesus, *Rev. do Inst. da Baía*, XXIII (1916) 72.

Conservam ainda boa lembrança dos Padres da Companhia, que por ali andaram noutro tempo, e tentaram em vão reduzi-los, e na sua língua lhes chamam *Abarés*, e pela barba rapada os distinguem dos mais que não são Religiosos.

«Acha-se entre êles o conhecimento de Deus, ainda que confuso, e suspeito o tenham recebido dos seus antepassados, que ouviram as prègações dos Nossos».

[A Ânua descreve aqui, como êles contavam a formação da terra e do homem, tudo à maneira do *Génesis*, mas grosseiramente mutilado. E segue]:

«Ainda que todos êstes Bárbaros não sejam diferentes entre si em costumes e ritos, e por isso todos são os mesmos e se chamam Tapuias, contudo tanto pelas suas Aldeias em que moram, como pelos principais a quem obedecem, distinguem-se por apelidos (*Cognominibus*).

Os primeiros, que vieram ao encontro dos Padres chamam-se *Sapoïases*. Feitas as saùdações, disseram-lhes os Nossos pelo intérprete, que queriam ir às suas Aldeias. Anuíram de boa vontade e voltaram contentes a avisar os seus e preparar alojamento. Ia à frente um dos Padres com a cruz alçada, seguido dos Índios cristãos, e depois o Padre Superior destas entradas, revestido de alva de linho branco e estola. E assim em forma de procissão entraram na Aldeia; e no largo terreiro, de joelhos, se cantou a Ladainha de Nossa Senhora, atraindo os bárbaros, homens, mulheres e crianças, que logo se chegaram apressurados e admirados, porque se deixam impressionar mais a fundo quanto mais leve é o aspecto das coisas.

Celebrou-se missa no dia seguinte com espanto dos bárbaros, que mostravam por acenos e gestos o seu regozijo, pondo os joelhos em terra, imitando as acções santas dos Cristãos, batendo no peito, etc. Acabada a missa, preguntou-lhes o intérprete o caminho para os *Amoipiras* (*ad Amoepiÿres*).

Responderam que se devia preguntar ao seu principal *Jaguarari*, que não estava longe, na Aldeia maior. Os Padres mandaram-lhe um mensageiro a anunciar-lhe a chegada, e que viesse ter com êles. Veio sem demora. Quando chegou abraçou com alegria a cada um dos Padres, deitando antes por terra as armas que trazia. Era de estatura elevada, membrudo, e trazia barba basta e decente, como os brasis não costumam ter, de ânimo forte e audaz, conhecedor de todos os caminhos do sertão, hábil no salteá-los, e, além disso, não vulgar pagé (*veneficus*). Por isso causava grande temor e mêdo aos Tapuias [1].

Perguntaram-lhe o caminho para os *Amoipiras* e deram-lhe presentes. Não quis ser guia e começou a hesitar, sem dar resposta alguma. O principal da Aldeia em que estavam, instou que não recuasse, nem hesitasse, porque os Padres «têm a Deus nas mãos». Respondeu que em coisa tão importante queria pensar primeiro.

É costume dêstes Bárbaros, em coisas de maior monta, não responder sem consultar os pagés mais velhos. O que êles resolvem é falta não se cumprir. No dia seguinte tornou-se a chamar *Jaguarari*, com novos presentes; e falou assim: Antes de ir aos Amoipiras é preciso ir às *Aldeias dos Païaïases* e fazer amizade com êles [2]. Como são inimigos dos Portugueses, por causa das guerras passadas, seria perigoso deixar para trás êsse inimigo, que ao saber da ida dos Padres aos *Amoipiras*, sem dúvida os atacariam de emboscada. Feitas as pazes, êles fàcilmente ensinariam o caminho dos *Amoipiras*. Aceitaram os Padres. Levando guias, seguiram para os *Païaïases*, cujas Aldeias ficavam além da Serra das Jacobinas, misturados com outras diversas nações.

Os *Païaïases* são muito submissos aos seus pagés a que chamam *Visamus*. Não têm ídolos, nem divindades, se exceptuarmos uma semelhança de idolatria, no que chamam seu deus Eraquizã [Erachisam], cujo dia festivo, anual, se celebra assim: Fazem uma pequena cabana não muito distante da Aldeia. Juntam-se nela os pagés mais velhos. Vestem ao Tapuia o seu vestido, tecido de fôlhas de palma, de 15 (*quindecim*) pés de comprido, todo de pregas e franjas, as quais caem um pouco acima dos joelhos. Na cabeça até os ombros tem o diadema, que termina para o alto em ponta. Na mão direita uma frecha afiada. Antes que entre na cabana sagrada (a narrativa latina diz aqui *templo*) do deus Eraquizã, fazem os pagés ingente alarido, e fogem todos os outros Tapuias para dentro das casas.

Logo sai o *Eraquizã*, de horrendo e disforme aspecto. Dá volta a tôda a Aldeia, e se encontra alguém mata-o com a seta aguda, que

---

1. Não é inverossímil ver neste principal *Sapoiás*, barbado, sangue branco, nascido de alguma índia ao abandono no sertão.

2. *Ad Sedes Payayasium*, escreve António Pinto, dando, com esta forma gráfica, a pronúncia distinta dos dois primeiros i i, reforçados no original com um ponto sôbre os ipsílones, diérese que anotamos com tremas, indispensáveis à manutenção etimológica da palavra nos seus componentes primitivos.

leva na mão direita, para o castigar da sua irreverência, que se atreveu a encontrar-se com tão grande deus [1].

Feito o reconhecimento, pára diante das casas, toca a flauta (tíbia) diante delas, signal para as oferendas de comer, e vai sentar-se no meio do terreiro, esperando-as. Saindo então cada um de casa, leva-lhe com grande respeito as oblatas e presentes. Concluída a cerimónia recolhem-se de novo às casas para que não os ache o *Eraquidzã*, que se levanta e dá outra volta ao redor da Aldeia, e dirige-se à cabana sagrada, donde saem a correr os pagés, apanham as oblatas e presentes e voltam à cabana a banquetear-se.

Quando algum está doente, leva-se aos pagés para o curarem. Colocam-se em roda. O Pagé principal põe-se algum tempo, como a ladrar ao modo de um cão. Acabando êle, começam os outros com iguais latidos. Entretanto o enfêrmo anda de rastos à roda do círculo dos pagés, dando muitas voltas, enchendo a terra de lágrimas, e o céu de clamores, sem lhe aproveitar o tratamento e cuidado dos médicos, vítima como antes da doença. Se esta é mortal não o ocultam ao doente; e os pais e parentes com paus, instrumentos, ou o que acerta de terem nas mãos, batem à porfia no miserável e lhe aceleram a morte. Cortam o cadáver em pedacinhos e os repartem a todos e a cada um, para o comer, o que fazem com regalo. Se o defunto é casado, o coração e o fígado pertencem ao cônjuge sobrevivente. Dos ossos mais acomodados a isso, fazem flautas; e do crânio, trompas, que tocam na guerra.

Os *Païaïases* não estão sujeitos a lei ou rei. As moças, enquanto se não casam, andam nuas. Depois de casadas aplicam a si um vestido pouco formoso, de fôlhas de árvores; e arrancam as sobrancelhas, as pestanas e a unha do dedo polegar. Os seus cuidados não são mais que petiscar a miúdo, e beber, e gastar o tempo em divertimentos. E assim levam vida tranqüila e risonha.

Quando estavam já perto da primeira Aldeia dos *Païaïases*, mandaram os Padres ao Tapuia que fôsse anunciar a sua vinda, que não era a buscar a guerra senão a paz. Os Índios já tinham conhecimento da vinda, pelos seus espias, só duvidavam qual a razão dela

---

1. No capítulo seguinte, na mesma Festa de *Eraquidzã* ou *Varaquidrã* (há as duas formas escritas), celebrada pelos Quiriris, descreve-se o que passa dentro da cabana. E Varaquidrã, que aqui se personifica no Pagé-mor, lá é o próprio ídolo em forma de cabaça.

e estavam vigilantes, armados e postos à beira dos caminhos por onde haviam de passar. Vencido o pouco espaço que faltava, apareceram os Padres diante dos Bárbaros. Ao saberem o motivo da vinda, perderam o mêdo e depuseram as armas. O principal aproximou-se a saüdar e abraçar os Padres com sinais de alegria. Deram idênticas demonstrações os outros Bárbaros, pintados de várias côres, luzindo as suas penas variegadas e brilhantes, com danças e cantos à sua maneira. São bárbaros, grandes de corpo, e de rosto não tão truculento e feroz como outros, de cabelo comprido, e inclinados à guerra.

As mulheres, excepto as virgens, andam tôdas com vestido conveniente. Embelezam assim o rosto: com o dente fino de um rato riscam as faces, dando-lhes o ornato que mais lhes apraz; quando começa a borbulhar sangue, juntam as cinzas de um pau, a que chamam *carendiciba*, misturadas com o sumo do *genipapo*, e com essa espécie de tinta, lavam as feridas, que depois de sêcas, ficam feitas riscas de azul marinho, que nunca mais se apagam.

São dotados de maravilhosa agilidade de pés. A arte que mais ensinam aos adolescentes é esta: colocam aos ombros grande pêso, e logo se põem a correr, indo outro atrás dêles, e com um feixe de ortigas lhes fustiga sem cessar as espáduas nuas; obrigados pela dor, correm acima das suas fôrças, sem deixar rastro. Assim se tornam insignes corredores, e muitas vezes vencem os mais velozes animais, e a correr os caçam. Quando fazem guerra às outras nações, os mancebos ficam na dianteira, para que, se caírem feridos ou mortos, os pais se excitem à guerra, com ímpeto mais feroz; e, com o desejo de vingança, busquem os que os mataram, e os vençam.

Souberam os Padres, por um Tapuia, que o principal tinha cativa uma Índia *Tupim*, que tomara em guerra com os pais dela. A êstes, segundo o seu nefando costume, já os tinham devorado; a menina, como ainda não era desmamada, criavam-na no cevadouro, para a seu tempo, que já não estava longe, a comerem. Ao cabo de grandes rogos, dando-se-lhes resgates, alcançaram do Bárbaro que lha dessem para a trazerem, e depois da necessária instrução no catecismo, se baptizou. [A narrativa é de um ano depois do facto: e vê-se, por esta catequese que apesar de ainda não ser desmamada, já tinha idade para aprender].

Estava um menino a morrer, e pediu o pai algum remédio aos Padres. Indo um à casa onde morava o menino, achou que estava a expirar, e com o consentimento do pai, o baptizou.

Feitas as pazes com os *Païaïás* em nome dos Portugueses, trataram com êles sôbre o caminho aos *Amoipiras*, e se lhes davam ajuda e guias. Disseram que não sabiam bem a direcção nem o fim do caminho. Ouviram dizer dos seus antigos, que a região dos *Amoipiras* era muito longe, e que havia de permeio um grande sertão de muita fome e sêde, donde se não podia tornar. Ouvindo esta resposta, os Índios cristãos, que acompanhavam os Padres e já tinham vindo até ali contrafeitos, perderam de todo o ânimo. E vendo que os Padres estavam firmes no propósito de ir avante maquinaram secretamente fugir. Descobertos os seus intentos, trataram os Padres de os persuadir com arte e indústria, com rogos e ameaças, sem efeito, que esta gente é de condição e natureza que não se rege por motivos de razão, mas de sentimento. Viram-se os Padres obrigados a ceder à sua rude obstinação e a voltar pelo mesmo caminho. Trouxeram contudo trinta principais *Païaïás*, para constar com certeza ao Governador o que se pactuara com êstes Bárbaros, muito útil aos moradores da Baía. Várias Aldeias dêles mudaram a residência para perto da costa, para tratar com os Portugueses mais de perto. Não deixaram de o apreciar o Governador e outros homens, que sem temor de serem assaltados pelos Bárbaros, poderiam cuidar com mais segurança das suas fazendas.—«Enfim, esta gente não parece tão bárbara e indócil, que se não possa reduzir ao redil de Cristo, se os Nossos, aprendendo a sua língua, quiserem tentar a sua conversão. A messe parece madura para a colher o Evangelho»[1].

Alguns anos mais tarde a *Ânua de 1693* descreve os usos dos *Moritises* e verifica-se que intitulavam os seus Pagés com o mesmo nome de «*Visamus*», com que os chamavam os *Païaïás*. Os *Moritises* aldeiaram-se nas Aldeias de Juru, Canabrava, Natuba e Saco dos Morcegos, sobretudo nesta última, facto que os identifica ou aproxima dos Quiriris. Os Moritises, embora dessem aos seus Pagés o nome comum de *Visamus*, diferiam dos *Païaïás* nalguns usos entre os quais um essencial, sôbre o culto dos mortos. Assinalam-se também dois elementos astronómicos, a colocação dos heróis da tribo em *Orion*, e a contagem dos anos, pela constelação das *Plêiades*. A Relação de António Pinto (1657), que descreve os *Païaïás*, e a de Manuel Correia (1693), que descreve os *Moritises* tratam de assunto em parte divergente, em parte comum:

---

1. *Sexennium Litterarum*, 1651-1657, do P.António Pinto, *Bras.* 9, 16v-18.

«Os *Moritises* (em latim *Moritizii*), outro género de Tapuias, colocavam também nos seus Pagés, que chamam *Bisamuses*, tôda a sua esperança, e os chamavam logo que estavam doentes. A cura constava de cantilenas desentoadas, fumigação e aspiração, e com gestos descompostos, atribuíam enganosamente a causa das dores do padecente, ou a êles ou aos seus parentes do lado paterno para que julgassem que morriam por feitiço e deixassem como em testamento aos filhos, o desejo de vingança. Desta maneira quási todos cuidavam que morriam por causa dos seus inimigos, e assim, cada morte se tornava sementeira de outras. E não poucos, por êstes crimes alheios, eram queimados, por insinuação dos feiticeiros, sem temerem castigo entre os Bárbaros êstes semeadores de discórdias e autores do mau conselho.

Começavam a contar os anos pelo nascimento das *Plêiades*. Metiam-se no rio, nessa ocasião, para colherem muitos mantimentos. No dia da Festa tomavam certa bebida para terem muitos filhos; e os filhos acabados de nascer lavavam-nos na água em que tinham cozido caça para que saíssem bons caçadores. Metiam os cadáveres dos seus mortos dentro de um pote e o enterravam, para que depois, não tendo quem lho desse, não sentissem a falta de vasilha para cozinhar a comida. Era seu costume quando morria algum na Aldeia, espalharem cinza à roda das casas para que o génio mau não levasse da casa do que morreu para as outras, a febre ou outra doença, e que êles cuidavam o impedia a cinza. Também quando morria a mulher de algum, o viúvo corria logo para o mato, e cortava o cabelo no cimo da cabeça e aí ficava algum tempo escondido. Quando voltava à Aldeia era a vez de fugirem todos dêle e de se esconderem no mato. Estavam persuadidos que o primeiro que se achasse com o triste homem, contraïria a doença mortal, e não duraria muito.

Quando iam caçar diziam que se não levassem tabaco não achariam caça: se o levassem nada tinham que temer dos contrários, e que com a presença dêle se acalmavam os ânimos perturbados e se dissipavam as iras das bebidas.

Os homens e as mulheres andavam habitualmente desnudos. De *Araquizã* (sic) e *Poditã* (sic), dois irmãos, da raça dos Tapuias, que habitavam a *Constelação de Orion*, lhes vinha a chuva e os alimentos e a vitória certa contra os inimigos. Nenhuma outra idéia tinham de Deus Imortal, que não afirmavam nem negavam existisse. Conheciam o nome do mau Demónio. Mas não sabiam quem fôsse ou donde lhe viesse a arte de fazer mal. Tudo o que os velhos sonhavam durante a noite, era oráculo para os novos.

Depois do primeiro parto da mulher, o marido abstinha-se de muitos alimentos mais que religiosamente, e o tinham como necessário para a saúde do filho; espalhavam cinza nas encruzilhadas dos caminhos para que saindo da barraca não fôssem para o mato mais próximo, e os que se enganavam no caminho não pudessem tornar aos seus. Fugiam da doença e da morte à maneira de animais silvestres. No tempo da varíola, que para êles é peste, retiravam-se para o mato mais longínquo, observando com cuidado o caminho, não seguindo vereda direita mas em espiral e apagando na terra os vestígios da passagem, para que a morte não visse o caminho batido, nem a febre os fôsse descobrir nos seus esconderijos»[1].

3. — A messe parecia madura para a catequese dos Paĩaĩás, dizia em 1657, o P. António Pinto. Mas ia defrontar-se com o grave obstáculo assinalado em tôda a história dos sertões baïanos: o concederem-se grandes sesmarias a particulares, dentro das quais ficavam homens não civilizados, que não compreendiam, nem podiam compreender ainda, a razão por que outros homens invadiam as suas terras, e colocavam nelas currais, dificultando-lhes a própria subsistência. Desta incompreensão nasciam assaltos. Aos donos das terras agradavam as missões, se elas se prestassem a serem instrumentos da submissão dêsses índios aos seus interêsses pecuários; mas se as missões tratassem êsses índios como «pessoas humanas», a que era preciso instruir e educar e mesmo defender contra uma escravização, positiva ou disfarçada, os curraleiros insurgiam-se contra os missionários, recusavam-lhes os meios, intrigavam os Índios entre si, e influíam com os Governadores para impedir as missões.

E assim verificamos que não se seguiu a esta entrada pacífica de 1656, a organização «defendida» das missões, senão a preparação de uma entrada de guerra.

É de 5 de Setembro de 1658 o «Regimento, que levou o Capitão-mor Domingos Barbosa Calheiros na jornada do Sertão da Jacobina»[2].

O insucesso desta jornada foi clamoroso e é conhecido. Até que em 1669 o Governador Alexandre de Sousa Freire resolveu levar a guerra, a ferro e fogo, degolar os que resistissem, cativar os que se

---

1. Carta do P. Manuel Correia, da Baía, 1 de Junho de 1693, *Bras.* 9, 383.
2. *Doc. Hist.*, V (1938) 321-327.

aprisionassem, e assolar tôdas as Aldeias dos sertões dos Païaïases, mandando fazer um assento em que se averbam tôdas as tropelias dêstes Tapuias, misturando com elas a de outros índios, que não eram Païaïases, e recuando no tempo a época anterior ao aparecimento dêles nos sertões baianos.

Tal determinação de extermínio não vem, felizmente, assinada por nenhum Jesuíta, nem membro nenhum de qualquer outra Ordem Religiosa [1]. E apesar da atmosfera hostil, o P. António de Oliveira, conseguiu fundar em pleno sertão, a *Aldeia dos Païaïases*, e com ela assistiu três anos, e também algum tempo o P. Francisco de Avelar. Mas em 1675 João Peixoto Viegas pretendeu remover a Aldeia para mais longe, para que os Índios servissem de defesa das suas terras na fronteira contra outros Índios, e alcançou o favor do Governador Rio de Mendonça [2]. Os Padres porém combatiam a nova dispersão dos Índios, que se projectava. E, se favorecia os Jesuítas o Proyedor-mor António Lopes de Ulhoa, desajudou-os a Junta Governativa, que sucedeu a Rio de Mendonça, falecido em 26 de Novembro de 1675 [3], e de que fazia parte António Guedes de Brito (1676), partidário de João Peixoto Viegas, e que, servindo-se de seu cargo, procurou vingar-se do Provedor. Um dos ardis da Junta Governativa contra os Índios era exigir dos Padres a apresentação das Provisões «originais ou impressas» no tocante aos Índios [4]. Não lhe bastavam as públicas formas. Sabiam bem os Padres o que isso significava, a perda, demora ou empate das medidas em curso. E recusaram o que conheciam de ante-mão lhes não era exigido de boa fé. Esperaram até à chegada em 1678, do novo Governador, Roque da Costa Barreto, homem íntegro, que se colocou no plano superior, próprio de Governador, em cujo *Regimento*, § 4, de novo insistia El-Rei na «principal causa» do povoamento do Brasil, a catequese católica dos Índios,

---

1. Cf. *Doc. Hist.*, V. 207-216. A êstes sucessos e às suas consequências contra os Tapuias, se refere o P. António Vieira em carta a Duarte Ribeiro de Macedo, datada de Roma, 8 de Agôsto de 1673. Falara antes de uns ajustes quaisquer feitos pelos Portugueses na Índia e na Pérsia: «E destas proezas como de outra dos Paulistas, feita no Sertão da Baía contra os Tapuias, se mandou extracto ao nosso Residente [em Roma] pela Secretaria, como se houvéssemos ganhado Constantinopla; e do que importa não se fala nem se cuida», *Cartas de Vieira*, II, 630.
2. *Bras.* 26, 34.
3. Caldas, *Notícia Geral*, 137.
4. *Doc. Hist.*, VIII, 263.

cujos privilégios mandava cumprir, e que se lhes repartissem terras conforme as leis da sua liberdade [1].

Vieira elogia sem reservas, no novo Governador, a «inteireza, desinterêsse e exemplo de vida e constância até o fim» [2].

Outro dos ardis dos curraleiros, feitos capitães de entradas, era pedirem e exigirem índios das Aldeias dos Padres e reterem-nos depois como se fôssem escravos seus. Daí nova luta e recurso à Coroa para que fôssem restituídos à liberdade das suas Aldeias: «Ordeno que os duzentos e trinta índios, que João Peixoto Viegas mandou ao interior do sertão, se restituam aos Padres da Companhia», diz El-Rei em 1680 [3].

Desta permanente luta e firmeza dos Padres se salvou o único vestígio dos *Païaïases*, existente um século depois, os que se conseguiram levar e situar, em sua liberdade, na *Aldeia de Serinhaém*, no Camamu.

Da lista de 20 de Dezembro de 1758, com «tôdas» as «Aldeias de Gentio manso» é Serinhaém (depois Santarém), entre as Aldeias de tôdas as Ordens Religiosas, a única onde aparece o índio «Païaïá» [4]. O apóstolo dos *Païaïás*, P. António de Oliveira, ocupava o ofício de Reitor do Colégio de Olinda em 1679. Entre os cargos, que já tinha desempenhado, está êste: «*Missionário dos Païaïás, que foi o primeiro a reduzir, durante três anos*» [5].

4. — Esta Aldeia dos Païaïás, no sertão, e que se não pôde manter, obedecia a um movimento geral missionário, secundado e animado pelo P. Geral. O 5.º ponto das *Instruções* da Visita do P. Jacinto de Magistris (1662) era que no Brasil se retomasse o espírito das Missões e da Catequese dos Índios e Negros [6]. As guerras holandesas e as perturbações dalguns paulistas tinham sido os principais obstáculos a êsse espírito. Pôs-se em questão se seria mais vantajoso para a catequese, descer os Índios e situá-los em Aldeias

---

1. Cf. Regimento de 23 de Janeiro de 1677 a Roque da Costa Barreto, na *Rev. do Inst. Hist. Bras.*, VIII, 289.
2. *Cartas de Vieira*, III, 454.
3. Carta Régia de 26 de Agôsto de 1680, *Arq. do Dist. Federal*, IV, 253.
4. Caldas, *Notícia Geral*, 30.
5. *Bras.* 5(2), 43v.
6. *Gesù, Assistentiae*, n.º 627.

próximas, ou ir às Aldeias dêles e aí mesmo os catequizar. O que então se tentava nos grandes Rios Amazonas e Prata, estabelecendo os Jesuítas Aldeias nas suas margens, não estaria a mostrar o caminho, também, no Rio de S. Francisco? Os Padres do Colégio da Baía, parte eram de um parecer, parte de outro, porque na realidade ambos ofereciam vantagens e tinham também inconvenientes. A mais grave dificuldade era que, ao contrário do que ainda então se não praticava no Rio Amazonas e no Rio Uruguai, as terras do sertão da Baía e do Rio de S. Francisco, por serem mais próximas, já tinham sido dadas em sesmarias ou se tratava disso, por as cobiçarem muitos, e os senhores delas dissimulavam o equívoco de suporem que com elas se tornavam também senhores da liberdade dos homens que as habitavam. Quando chegou a hora da catequese dêsses Índios, trataram os missionários de fazer a distinção essencial; e, para destruir o equívoco, recorreram à Coroa, que assinasse a êsses Índios terras em que pudessem subsistir por si mesmos. Era uma espécie de regressão das terras aos seus habitantes primitivos, ou então um género de expropriação legal a favor do bem público, no caso, a catequese e liberdade dêsses homens. Tornavam-se inevitáveis os conflitos. E êste era o fundamento principal de alguns Padres para recusarem essas missões. Contudo, para que não parecesse que se recusavam por falta de valor e generosidade em assumir lutas e trabalhos, permitiu o Comissário P. Antão Gonçalves que as tentassem alguns mais animados à emprêsa.

Na primeira metade do ano de 1666 o P. Jacobo Rolando e o Ir. Teólogo João de Barros, depois Padre, e que veio a ser o grande apóstolo dos Quiriris, puseram-se a caminho, da Baía, para o sertão, demorando-se em missões pelo trajecto [1].

O primeiro ponto onde estacionaram foi S. Pedro de Saguípe, que faz lembrar a Aldeia de S. Pedro de Saboig, fundada em 1561, a 22 léguas da Baía, pelos Padres Luiz da Grã, António Rodrigues e Gaspar Lourenço [2].

Acorreram todos os moradores dos arredores, que se alegraram e beneficiaram com a missão dada na Igreja de S. Pedro pelos dois missionários. Ao cabo de «alguns dias de caminho», pararam noutra

---

1. Tem a data de 27 de Maio de 1666 a portaria que manda dar ao P. Jacobo Rolando, que vai à Missão de Jacobina, 30$000 réis para «resgates», isto é, para os utensílios e objectos que era de uso dar aos Índios, *Doc. Hist.*, VII (1924)248.

2. Cf. supra, *História*, II, 56.

terra quatro dias. Seguiram daí a outra povoação, onde havia uma Igreja de Nossa Senhora de Nazaré (N.ª S.ª de Nazaré de Itapicuru). Missão também frutuosa, com os Portugueses dispersos por essa região.

A Dominga da Santíssima Trindade passaram-na mais adiante, na «*Aldeia de Maraçacará*». Era grande a sêca: até as fontes se exauriram. Depois da missão em Maraçacará tomaram o rumo da Jacobina. Saíram-lhe ao caminho os Tapuias, *Sequakirinhens* ou por outra grafia, na mesma relação *Cecachequirinhens*; mais adiante os *Sapoyás*. Nesta *Aldeia dos Sapoiás* fizeram Igreja e nela veneraram a imagem de *S. Francisco Xavier*. Houve catequese. Fizeram-se baptismos. Como Padrinhos convidaram-se alguns Portugueses.

Para promover estas missões voltou à Baía o P. Rolando, ficando na Aldeia João de Barros. Eram Índios de línguas diferentes, e uns agricultores (pequena cultura), outros caçadores, e outros viviam errantes à maneira de feras. Indicações proveitosas sob o aspecto etnográfico [1].

Entretanto que os debates prosseguiam, João de Barros trabalhava sem estrondo. A 11 de Setembro de 1667, da «*Aldeia de S. Francisco Xavier de Jacobina*», relatava ao P. Antão Gonçalves os frutos e as esperanças. Jacobina era um território que às vezes se nomeia no plural *As Jacobinas*. Houve duas povoações com êste nome Jacobina Velha, nos arredores da actual cidade de Bonfim, e Jacobina Nova, a que conservou o nome e é hoje cidade de Jacobina [2]. Estas primeiras Missões dos Jesuítas eram na Jacobina Velha, e abrangiam no seu âmbito o Rio do Salitre, em cujas margens habitavam alguns dos Índios de corso, a que o Padre João de Barros se vai referir, como os *Secaquerinhens*.

Os Tapuias por amor de nós, diz êle, vão deixando «coisas que pareciam inexeqüíveis; como são o beber vinhos azedos com que se embebedam, e não condescender com alguma mulher má que os incita:

«Saberá Vossa R.ª que há muita gente aptíssima para a Fé, e, a exemplo dêstes, se comporão os que chamam de corso, como

---

1. Carta Quinquenal de 1665-1671, do Ir. Manuel Barreto, natural de Santos, por mandado do P. Francisco de Avelar, da Baía, 1 de Janeiro de 1671. *Bras.* 9, 205v-208v.

2. Afonso Costa, *200 anos depois — A então Vila de Jacobina*, na *Rev. do Inst. da Baía*, XLVII, 278.

já o vão fazendo os *Separenhenupãs* e *Borcás*, que algum dia foram tais, e hoje estão connosco nesta Aldeia dos *Sapoiás*, de assento; os *Secaquerinhens*, que foram também andejos, hoje são grandes cristãos e admiram-se os Brancos de sua devoção. Os *Cuparans* querem ser como êles; e assim mesmo outra Aldeia de *Sapoiás* e outra de *Païaiás*. Não falo dos que deixamos por êsse caminho, por onde passamos, que nos importunavam para os bautizar, dos quais há muitas Aldeias. E será uma formosura ver êste Sertão, daqui a poucos anos, todo de cristãos, se as missões se fizerem» [1].

A variedade dos nomes dificulta a identificação. Na nova fase destas Aldeias, com o nome de Aldeias dos Quiriris, ainda os moradores de Jacobina, a 5 de Abril de 1674, dizem: «ora se tem reduzido à Fé Católica e baptizado uma Aldeia de nação *Sapoiá*, para onde se enviou um Missionário religioso da Companhia de Jesus» [2].

5. — Entre os Índios, que ficavam «nesse caminho», uns eram os *Boimés*. Outros moravam acima de Maraçacará, os *Mongurus*. Estudou-se, entretanto, o melhor sítio para as Aldeias, e agregaram-se novos Índios. Um dêstes sítios, e nova Aldeia, foi Santa Teresa de Canabrava. Além de *Canabrava*, havia em 1669 as seguintes:

Aldeia dos Boimés, no Itapicuru;
Aldeia dos Caimbés, em Maraçacará;
Aldeia dos Mongurus, em Jurumuabo.

Conservam-se três cartas do P. Jacobo Rolando, datadas de três Aldeias diferentes, *S. Francisco Xavier*, *Santo Inácio*, *Santa Cruz*, oragos delas, sem indicação do local respectivo; e tôdas em terras de Garcia de Ávila, excepto *Santa Teresa de Canabrava*, facto que a fêz sobreviver à agressão que iam padecer as outras.

O P. Jacobo Rolando, para estabelecer as Missões em bases de povoado, pedia ao Geral missionários que se parecessem com os grandes missionários do Brasil, das Índias e do Japão; e que a Missão das Jacobinas ficasse dependente não do Provincial do Brasil, mas imediatamente do Geral, e que o Superior fôsse o P. Simão de Vasconcelos. Porque, acrescenta, só êle com o P. Comissário

---

1. *Bras.* 3, 51.
2. *Doc. Hist.*, XII, 306.

Antão Gonçalves, e João de Paiva, e Manuel da Costa, eram favoráveis à Missão [1].

Ao mesmo tempo dava os passos para El-Rei assinar terras com que os Índios se pudessem fixar nas novas povoações. Os mais Padres não se achavam inclinados a tal Missão, pela razão que demos de preverem contendas com os curraleiros de Garcia de Ávila, dado o equívoco em que esta Casa laborava de se crer, pelo facto de ter as terras de sesmaria, que também era senhora dos Índios que a habitavam, como se fôssem servos da gleba. Não consentindo que êles descessem para as Aldeias de catequese, nem permitindo que os Missionários se estabelecessem e organizassem Aldeias nas suas terras, vinham a dispor pràticamente dos Índios, como se fôssem seus escravos. Os Missionários procuraram desfazer o equívoco, e apelavam para as autoridades civis, favoráveis. Assim estava o assunto, quando no mês de Março de 1669 Garcia de Ávila destruíu as duas Residências e Igrejas de *Itapicuru* e *Jurumuabo*, e a Igreja dos *Caimbés* [2].

O P. António da Fonseca, a 15 de Outubro de 1669, informa que a destruição se deve à Casa da Tôrre, por ter ouvido dizer que o P. Jacobo Rolando ia pedir terras a El-Rei para os Índios. Três léguas para cada Aldeia, diz o P. António Forti [3].

Os Padres, que tinham ajudado a estabelecer as Missões de Jacobina, quiseram levar a questão para o Tribunal, por meio do Conservador Eclesiástico, por se tratar de destruição de Igrejas. Todavia, o P. António Pereira, da Casa da Tôrre, tio de Garcia de Ávila, apressou-se a pedir misericórdia ao Reitor do Colégio da Baía, P. António Forti, de quem na realidade dependiam tôdas as Missões do distrito da Baía. O Reitor aceitou as satisfações dadas pelo P. António Pereira. E respondeu: «Li, com os Padres, a de V.ª R.ª e nos resolvemos a desistir de Conservador e mais estrondos e estrépitos judiciais, para que v. mercê não tenha a mínima moléstia; e esperamos que avistando-se v. mercê com dois Religiosos, que mando à Aldeia do Espírito Santo sôbre negócios, se concertará e comporá a coisa de maneira que nem nós fiquemos preju-

---

1. *Bras.* 3(2), 60-62v.
2. Cf. Testemunho de João de Barros, de 7 de Setembro de 1669, *Bras.* 3(2), 90; id. de "Jacobus Rolandus", *Bras.* 3(2), 91.
3. *Bras.* 3(2), 104; *Bras.* 3(2), 94.

dicados, e v. m. fique com a razão do seu sentimento e desconfiança alhanada, e será sempre tudo a gôsto de v. m.» [1].

A medida conciliatória do P. Reitor foi tida pelo P. Rolando e seus amigos como menos firme na defesa dos privilégios da Companhia e protecção aos Índios. O Reitor examinou o caso em 13 parágrafos, sob o ponto de vista do direito civil e canónico, e concluíu ao seguinte quesito:

«Pregunta-se se é bem perdoarmos e não irmos por diante por via de Conservador, perdoando ao que derribou as Igrejas dos missionários, pedindo misericórdia e oferecendo satisfação bastante, da maneira que aponto no n.º 13, sem proceder contra êles, mandando-os chamar por via do Conservador? — Respondo que sim».

O n.º 13, invocado, dizia: «A satisfação no nosso caso é: 1.º a carta em que pede misericórdia; 2.º que dará a satisfação que o Colégio quiser; 3.º que conste por acto público que fêz mal e que não cometerá outra vez o delito que cometeu, derribando as Igrejas e que as tornará a edificar, prometendo isto por escritura pública, e que as levantará à ordem do Missionário, como seu procurador na forma em que estavam» [2].

Assim terminou a primeira fase destas missões. Dos três Padres, que tomaram parte preponderante na sua erecção e na solução do conflito, dois deixaram o Brasil. O P. António Forti, já com 49 anos de vida útil e cheia de serviços no Brasil, passou ao Colégio de Buenos Aires, da Província do Paraguai [3]. O P. Jacobo Rolando ainda ficou no Brasil alguns anos. Excelente missionário, mas *«eius ardor fraeno indiget et monitore quem non libenter audit»* — informação que dêle dava em 1677, o visitador P. José de Seixas, e que parece exprimir com exactidão o seu carácter [4]. Rolando, em 1684,

---

1. *Bras.* 3(2), 89.
2. O parecer do P. António Forti é datado de «hoje, 2.ª feira, 19 de Agôsto de 1669 — *António Forte*». Rolando mandou-o para o P. Geral, dando-lhe o título de «Arrazoado do P. António Forte contra os Missionários», denominação que mostra, naquele *contra*, a sua própria disposição, manifestada também nas glossas que escreveu ao lado dalguns parágrafos, *Bras.* 3(2), 94-94v. Cf. ainda as Cartas, tôdas dêste ano de 1669 e mês de Setembro: de Jacobo Rolando, *Bras.* 3(2), 89, outra, *ib.*, 91; de João de Barros, *ib.*, 90; de Simão de Vasconcelos, *ib.*, 92.
3. «P. Antonius Fortis pervenit incolumis ad Collegium de Buenos Aires ubi est in praesentiarum» (9 de Maio de 1671), *Bras.* 3(2), 112, 113.
4. *Bras.* 3(2), 139. Se agora tomara partido a favor dos Índios contra a Casa da Tôrre, mais tarde na querela paulista, tomará parte a favor dos Paulistas,

a rogos do Bispo de S. Tomé, passou àquela Ilha pertencente à África Portuguesa, onde faleceu em Dezembro dêsse mesmo ano [1].

O P. João de Barros, de quem o mesmo Visitador José de Seixas escrevia, «in primis modestus, pius, zelo salutis Indorum fervens et disciplinae domesticae observans», pedia nesta data as Missões do Maranhão e Pará, por serem consideradas mais difíceis [2].

Não foi. E ve-lo-emos nas novas e gloriosas missões dos Quiriris e Rodelas [3].

6. — Uma destas Aldeias dos Quiriris era a de Nossa Senhora da Conceição de *Natuba*. Formou-se ao mesmo tempo que se organizaram as Missões de Jacobina de 1666 em diante [4].

O P. João Mateus Falleto escreve dela, a 15 de Abril de 1682, que eram 500 os Índios confiados à sua administração temporal e espiritual. Os homens e velhos pouco dados à catequese; os meninos e jovens, mais. Todos rudes e nada dóceis. Mas quási nenhum falecia sem baptismo; e todos com indícios de salvação. Com os Portugueses da vizinhança trabalhava muito na prègação e administração dos sacramentos. Raro era o que não vinha à Igreja aos Domingos e Dias Santos e algum tinha que andar um ou dois dias de caminho. Iam também em visitas por suas casas, e neste ano, de 1682, esparsas quási tôdas num raio de acção de 20 léguas. Por ordem do P. Provincial instituíu-se na Igreja a Indulgência Plenária nos primeiros domingos de cada mês (ordem geral que se deve entender de tôdas as Aldeias).

Igreja para a pobreza da terra, magnífica, diz êle. Principiara-a o P. Jacobo Rolando e êle a concluíu com donativos dos Portugueses. Entre todos mostrou-se benfeitor insigne Matias Perdigão, que

---

escrevendo um parecer que o P. Geral mandou queimar (*Cartas de Vieira*, III, 667).

1. *Hist. Soc.* 49, 136.
2. *Bras.* 3(2), 139.
3. Depois que saíram da catequese dos Jesuítas, os *Mongurus* de Geremoabo fizeram guerra aos *Cariacás* em 1679. O Governador D. João de Lencastro adverte o principal dos Mongurus que faça as pazes com o principal dos Cariacás sob pena «de o mandar degolar a êle e a todos os Índios da sua Aldeia». E que fiquem quietos. Cf. Brás do Amaral, *Limites do Estado da Bahia*, I, Bahia — Sergipe (Baía 1916) 264.
4. *Bras.* 9, 275v.

ofereceu tôda a madeira e tijolos, uma custódia de prata para o Santíssimo Sacramento e outros objectos. E assim se aumentou a pompa exterior, muito do agrado dos Índios. Todos os benfeitores deviam de ser lembrados e participantes dos méritos da Companhia [1]. Não foi, no entanto, Igreja definitiva. Construíu outra o P. António de Andrade, depois Procurador do Brasil em Lisboa, que na Côrte não esquecia a sua Aldeia. A 11 de Janeiro de 1717 fêz uma representação a El-Rei, expondo-lhe a situação de Natuba, com 800 Índios; constava de 5 Aldeias, que ali se reüniram, quando ainda não havia moradores. Não se lhes assinando então terras, não dispunham de um palmo dela e estavam rodeados de curraleiros. O Procurador pedia a El-Rei que ordenasse se lhes demarcassem terras, conforme a lei de 23 de Novembro de 1700, e «metesse de posse aos ditos Índios dela».

Não se cumpriu a Provisão régia, por má vontade do dono das terras Gaspar Carvalho da Cunha, aliciando ao seu partido o índio capitão-mor da Aldeia. Voltando à Aldeia o P. António de Andrade, representou a El-Rei a situação: Por um lado Gaspar Carvalho da Cunha, «senhor de seis sítios com muito gado e Capitão de Ordenanças, trata ao dito índio capitão-mor e aos mais Índios como escravos dos seus escravos, mandando prender a êstes por qualquer coisa e trazê-los à sua presença amarrados, permitindo que lhes tomem os seus trajos, e os maltratem com pancadas e feridas». E quando os Índios esperavam de Sua Majestade «os defendesse e não permitisse tirarem-lhes as terras, sangue e vida», eis que as casas do dito senhorio e as de sua escravaria e as suas lavouras, de que colhe muito milho e legumes, estão bem à vista desta Missão, com pouco mais de distância que um tiro de espingarda; e o trato e comércio de seus escravos e escravas com êstes Índios «passava já de abominável».

O que eram, entretanto, as terras dos Índios de Natuba explica-o o Padre directamente a El-Rei:

«Diz o P. António de Andrade, da Companhia de Jesus, que V. Majestade foi servido deixar a dita missão sem mais terra que o lôdo de uns brejos, aonde só se planta no verão e ainda então sòmente pouca terra, e com grande risco de levarem tudo as enchentes do

---

1. Bahyae, ex Missione Immac. Conceptionis V. M., 15 apr. 1682, *Bras.* 3(2), 152.

rio, quando naquele tempo são grandes e muitas as trovoadas, como costumam ser; por cuja razão nesse tempo e em todo o inverno precisam os Índios ir plantar daí cinco e mais léguas em umas terras suas que chamam *Bendos*». Com isso se desorganiza a missão e o fim dela, pois nem êles nem as suas mulheres e filhos podem vir à missa, nem os filhos à catequese e instrução da manhã e da tarde. El-Rei respondeu com a provisão de 21 de Junho de 1730, ao Conde de Sabugosa em que ordena se execute a Provisão de 1717, e vá demarcar a terra dos Índios de Natuba o Ouvidor Geral da Comarca da Baía à custa da fazenda real [1].

O P. António de Andrade, o mais célebre missionário desta Aldeia, que falava com elegância a língua quiriri e construíu a Igreja de Nossa Senhora da Conceição, faleceu em Natuba a 13 de Janeiro de 1732. Já estava na sua Missão a 4 de Agôsto de 1722, dia em que lhe escreveu Vasco Fernandes César de Meneses, futuro Conde de Sabugosa, protector dela [2]. O P. António de Andrade foi Professor de Teologia e Filosofia no Colégio da Baía, e deixou inédito um *Curso de Filosofia* [3].

Em Natuba vivera já antes outro fecundo escritor da Companhia, o P. António Maria Bonucci, que nela (di-lo êle próprio) redigiu a *Segunda* e a *Terceira* Parte das suas *Ephemerides Eucharisticae*, livro em quatro volumes impresso depois em Roma [4].

Natuba recebeu o nome de Vila de *Soure* pela lei de 1758 e contava 780 Índios. A maior parte dêles lastimou a ausência dos Jesuítas. Dos Brancos, dois deram sinais de contentamento, um dêles Bernardo Carvalho da Cunha, com os mesmos apelidos do que trinta anos antes perturbara a Aldeia; dez mostraram ostensivamente o seu desgôsto. Esta nota do P. Francisco da Silveira é uma como demonstração ou homenagem a seus nomes e famílias. O contentamento dos dois oponentes, explica êle, fundava-se na

---

1. Cf. Representações do P. António de Andrade e Provisões régias ao Marquês de Angeja e Conde de Sabugosa, *Doc. Hist.*, LXIV, 62-71.

2. *Doc. Hist.*, XLIV (1939) 327.

3. Cf. *Bras. 10(2)*, 340v; *Bras. 6*, 162v; cf. supra, *História*, I, 534. Relação de escritores, do Gesù, e no Cat. da Vitt. Em., f. gess. 3492/1363, n.º 6, vem que faleceu a 24 de Junho; mas as fontes originais devem prevalecer. Era natural do Rio de Janeiro e entrara na Companhia a 3 de Julho de 1677, com 17 anos de idade, *Bras. 5(2)*, 81.

4. *Bras. 4*, 80; Sommervogel, *Bibl.*, I, 1764.

esperança de virem a aproveitar-se das terras dos Índios. Os amigos, que prantearam a saída dos Jesuítas, foram: P. António Monteiro Freire de S. Francisco, Pedro da Costa de Abreu, António de Sá Portugal, Simão Rodrigues Pôrto, Paulo Rodrigues de Macedo, três membros da família Dias Oliva (Lourenço, Inácio e Manuel), João da Costa Monea (Moniz?), Baltasar dos Reis e Agostinho Correia, aos quais, com morarem alguns a 9 léguas, a nenhum faltavam os Padres com a assistência dos sacramentos, indiscriminadamente, e sem interêsse próprio, diziam êles, com lágrimas, na despedida [1].

7. — A *Aldeia de Santa Teresa dos Quiriris em Canabrava*, fundada também em 1667 pelos Padres João de Barros e Jacobo Rolando, recomeçou a vida missionária com o P. Jacques Cocle, que já nela estava em 1672, e ainda achou a Igreja fundada por aquêles, e não fôra derrubada, talvez, explica êle, por ser de outro senhor, diferente da Casa da Tôrre. Urgia, porém, a construção de nova Igreja. Descreve o apêgo dos Quiriris ao culto do «Uariquidzã» e a catequese e modo de levar êstes Índios. Três anos depois, a 16 de Janeiro de 1675, anuncia-se que Francisco Dias de Ávila, vindo a melhor conselho, prometeu ajuda para as Missões dos Quiriris nas suas terras [2]. Atitude benévola que facilitou o restabelecimento das Aldeias nesta região e também, preparou, a distância, as da margem do Rio de S. Francisco.

Canabrava progredia. E tendo-se feito guerra aos Quiriris, e sido injustamente cativos muitos Índios, o chefe da expedição foi obrigado pelo Governador a restituir a liberdade aos Índios, que se colocaram, para serem doutrinados, nesta Aldeia de Canabrava [3].

---

1. Silveira, *Narratio*, 53-54; id., cód. 138 da Gregoriana, 256. Enumerando-se em 1698 as Aldeias dos Jesuítas, no chamado «Caminho do Meio» da Baía para o Rio de S. Francisco, escreveram cinco, Geru (Sergipe), Canabrava, Saco dos Morcegos, Natuba, e *Manguinho*, AHC, *Baía*, 344. Esta última, a Aldeia de *Manguinho* não consta em documentos da Companhia, como Aldeia de *Residência*. Seria alguma casa ou fazenda, depois transferida ou englobada noutra.

2. *Bras.* 26, 34.

3. Martin de Nantes, *Relation Succinte*, 121-124. A êste ou outro sucesso dêste tempo, se deve referir uma informação de 1678. Os Índios Quiriris frecharam um branco. Fêz-se-lhes guerra por autoridade pública. Muitos foram mortos, muitos cativos e levados à Baía. Excepto dois, que ficaram com o seu senhor,

Em 1690 eram 900 almas [1], número que se não manteve, porque os Quiriris de carácter andejo a custo se fixavam à terra, e nas ocasiões de sêca, se dispersavam muitos, e nem todos depois voltavam. Pela Aldeia de Canabrava passaram missionários de renome, além daqueles primeiros. Nela estava como Superior em 1692, o P. José Coelho que depois no Seminário de Belém da Cachoeira, a 8 de Junho de 1697, ao aprovar a *Gramática* do P. Mamiani, diz que estivera entre os Quiriris 19 anos [2].

Canabrava, no caminho do Rio de S. Francisco, ela e as outras Aldeias dêste trajecto ficaram famosas como hospedaria e repouso dos viandantes, de que dão testemunho os que escreveram, como Martin de Nantes, ou outros, que o manifestaram por escrito, como um Religioso Franciscano, a quem a exímia caridade do P. José de Araújo hospedou e socorreu depois de ter passado fome e sêde no sertão. José de Araújo sabia a língua Quiriri com perfeição e faleceu em Canabrava no dia 26 de Abril de 1719 [3].

Anexas à Aldeia possuía o Colégio da Baía, já antes de 1736, algumas fazendas de gado, e onde também se cultivava mandioca, milho, outros cereais, e legumes. Santa Teresa de Canabrava, situada no vasto taboleiro, à esquerda do Rio Itapicuru e a 5 léguas dêle, recebeu o nome de Vila Nova de Pombal, ao deixarem-na os Jesuítas, em 1758. E tanto os Índios Quiriris, que eram 470, como os Brancos, mostraram o seu sentimento. Distinguiram-se as famílias de Pedro da Costa de Abreu, já nomeada em Natuba, Francisco Ferreira Dinor (Diniz?) e António Cardoso de Figueiredo [4].

8. — A *Aldeia do Saco dos Morcegos* era a mais septentrional dêste grupo de Quiriris junto a Maraçacará, e portanto com origem nos Aldeamentos de que foi agente principal o P. João de Barros [5].

Colocada em sítio agreste, tratou-se de a mudar em 1691. Mas a Junta das Missões manifestou-se contrária, sendo o P. An-

---

todos os mais por intervenção dos Padres foram restituídos à liberdade e aldeados em Canabrava, *Bras.* 3(2), 145.

1. *Bras.* 9, 275.
2. Cf. Luiz Vincêncio Mamiami, *Arte de Grammatica da Lingua Brasilica da naçam Kiriri* (Lisboa 1699)8.
3. *Bras.* 10(2), 210v.
4. Silveira, *Narratio*, 54; no cód. 138 da Univ. Greg., f. 256. Em 1829, a Matriz conservava o nome de Santa Teresa, cf. Rebêlo, *Corografia*, 167.
5. *Bras.* 9, 275v.

tónio Vieira o único voto favorável à transferência. E explica: «A necessidade da mudança se fundava em que os Tapuias do Saco, por falta de água e mantimentos, só assistiam naquele sítio seis meses do ano, e nos outros seis se metiam pelos bosques a sustentar-se de caça e frutos agrestes, morrendo lá as crianças e catecúmenos sem baptismo, e os baptizados tornando tão gentios como antes». Dado o voto da Junta contrário ao P. Vieira e aos dos Padres de tôdas as Aldeias, que também eram pela mudança, ordenou-lhes Vieira, então Visitador Geral, que não falassem mais em tal; e «para remédio da fome da Aldeia lhe mandei um bom socorro de dinheiro, não do Colégio, que não pode acudir a tanto, mas do trabalho dos três dedos com que escrevo esta, e do lucro das impressões que aplico quási todo a êste comércio, lembrado que S. Paulo aos companheiros que o ajudavam, sustentava com o trabalho de suas mãos, e que a nós nos é necessário estendê-lo à miséria dos mesmos que doutrinamos» [1].

Não se mudou a Aldeia. E esta descrevia-se em 1757: Não corre nela rio. «Bebem de vários olhos de água, ténues, que apertando qualquer sêca de todo secam, e desertam os Índios e buscam as praias da comarca de Sergipe de El-Rei» [2].

Assim ficaram os Padres nesta Aldeia, mal situada, porque não tiveram liberdade de buscar outra posição mais apta, como era sua prática geral quando estava em suas mãos. E aceitaram corajosamente a missão e até reagiram contra a aridez da terra, mandando o P. Francisco de Matos, dez anos depois construir uma Igreja tão grande, que dir-se-ia a de um mediano Colégio. E formosíssima (*aedes visu pulcherrimae*) [3]. Era a Igreja da Ascensão do Senhor. E a Aldeia, com ser áspera a terra, manteve-se populosa. Constava de 960 Índios quando os Padres a deixaram em 1758. Sentiram a

---

1. *Cartas de Vieira*, III, 605, 607.
2. AHC, *Baía*, 2717. Esta circunstância explica a frase de um dos seus Missionários P. João Moreira (era superior em 1722), em que classificava os Quiriris como os mais «fujões dos Índios», *Bras. 10*(2), 317v. E ela esclarece vários mandados, que se lêem nos *Documentos Históricos*, em que se ordena a restituição às Aldeias respectivas, dos Índios, que andavam fora delas, quer fôssem da administração da Companhia, quer de outras administrações, fenómeno que sucedia em tôdas, ora das da Companhia para as outras, ora das outras para as da Companhia.
3. *Bras. 10*, 219v.

saída dos Padres tanto os Índios como os Brancos. Silveira nomeia António Ferreira de Oliva, Francisco Barreto de Vasconcelos, assim como José Lopes de Almada e Manuel Álvares Barbuda, que vaticinava o abandono dos Índios e a ruína da fé. Com efeito, não se tinham passado três meses, e já o pároco, que sucedeu aos Jesuítas, se retirava da Aldeia que êle julgava rendosa e verificou ser pobre [1]. A *Aldeia da Ascensão do Saco dos Morcegos* recebeu o nome de *Mirandela* [2].

Êste grupo de Aldeias, escalonadas no caminho do sertão, além da catequese dos seus próprios Índios, prestava serviços de carácter público, sendo requisitados com freqüência os Índios delas para as expedições que se organizavam oficialmente [3]. Ajudavam também, mediante salário, as boiadas que vinham das Fazendas do Rio de S. Francisco e do Piauí [4]. E eram, como vimos da Aldeia de Canabrava, verdadeiras estalagens de repouso a quantos por elas passavam em busca do Rio de S. Francisco, ou dali vinham para a cidade da Baía. Hospedarias numa das terras mais agrestes e ingratas, que os Missionários não recusaram, para defender dos grandes sesmeiros os destroços dos Índios, que puderam escapar com vida e liberdade das guerras e escravidão.

---

1. «Pobríssimas» esta e as demais dos Quiriris, tinha sido o informe dado por José Mascarenhas Pacheco Pereira de Melo (AHC, *Baía*, 3942).

2. Silveira, *Narratio*, cód. 138 da Univ. Gregoriana, 256; Caeiro, *De Exilio*, 52.

3. Cf. *Doc. Hist.*, XLII, 254; XLIV, 139, etc.

4. Numa destas idas ao Piauí dos Índios de Natuba, Canabrava e Saco dos Morcegos, tentaram molestá-los e impedí-los na passagem do Joazeiro, os vaqueiros de Garcia de Ávila, a quem em 1732 pede contas o Conde de Sabugosa, *Anais da Baía*, IV-V, 109.

CAPÍTULO XV

Rio de S. Francisco

1 — O P. João de Barros apóstolo dos Quiriris; 2 — A Festa de Varaquidrã e as Aldeias de Rodelas, Zorobabé, Acará e Curumambá; 3 — Atentado dos curraleiros em 1696 contra os Missionários, com o pretexto de serem senhores das terras; 4 — El-Rei manda dar terras às Aldeias dos Índios; 5 — Aldeias do Curral dos Bois e dos Carurus e outras Aldeias e Fazendas no Rio de S. Francisco; 6 — A Etnografia dos Quiriris e a lição dos Sertões.

1. — Entre a saída dos Padres de Jacobina em 1669 e a volta a ela em 1673 com a reconstituição da Aldeia de S. Teresa de Canabrava, vai um período de quatro anos, tempo bastante para se acalmarem os debates e recomeçar a emprêsa. Êste grupo de Aldeias de Quiriris, agora restaurado, ficou firme até 1758. Encaixou-se porém uma actividade desdobrada para o Norte na margem do Rio de S. Francisco, conhecida pelo nome de Missões de Rodelas, com destino semelhante ao das primeiras Missões de Jacobina, revivescência do mesmo problema relativo à posse da terra. O fundador das Missões de Rodelas, da Companhia, foi o P. João de Barros, que já desde 1669 fala da *Aldeia de Sorobeba* com a qual estava em contacto [1].

---

1. *Bras.* 3, 85. Sorobeba, Zorobebé, ou Sorobebé, vê-se hoje à margem esquerda do Rio de S. Francisco, no Estado de Pernambuco. Já em 1639 se fala num Índio Rodela, amigo dos Portugueses, e que com os seus índios matara 80 holandeses, segundo a informação dada na Baía por dois soldados que tinham ido de Alagoas e Rio de S. Francisco: O inimigo «já desamparou as Alagoas e o Rio de S. Francisco, segundo disseram dois soldados que tinham vindo de lá, procedido de um índio principal que chamam o Rodela, que tinha muito gentio naquele rio, que lhe matara agora 80 holandeses dos que ali estavam, favorecendo um Português que se lhe acolheu para o sertão» (Cadena, *Relação Diária*, 185). Sôbre o primeiro contacto dos Jesuítas com o Rio de S. Francisco, cf. supra, *História*, I, 450, onde demos o ano de 1574, com notícia formal *expressa*. Mas as tentativas

João de Barros, depois de voltar às Missões dos Quiriris, tinha ido ser Professor de Teologia Moral no Colégio de Olinda, e era seu Vice-Reitor em 1681, quando deixou o cargo por ordem do Provincial, para tornar mais uma vez às Missões dos Quiriris. Era Superior da Aldeia de Santa Teresa (Canabrava) em 1683, e amiúdava então as relações com os Índios do Rio de S. Francisco, fundando uma após outra, as Aldeias dos *Acarás* e *Procás*. O Provincial Alexandre de Gusmão diz, em 1687, que fundou, isto é, mandou fundar, duas Aldeias de Quiriris, uma de *Acarás*, e começar outra de *Carurus*, que com as fundadas nos provincialatos anteriores perfaziam ao todo seis missões de Tapuias [1]. E dando conta ao Geral, da distribuição dos Padres pelas Aldeias, e da falta dêles, depois de falar das Missões dos *Quiriris* no sertão, o P. António Vieira, Visitador, escreve em 1689: a distância dobrada, isto é, a 120 léguas, fica a missão de outros Tapuias, ainda de língua mais difícil, chamada *Acarás* [2]. Aqui o P. João de Barros, peritíssimo na sua língua, com os contínuos trabalhos em os buscar e trazer ao aprisco da Igreja, de ensinar a sua rudeza e padecer a sua dureza, adoeceu de modo quási incurável, e tendo-se chamado por necessidade o seu companheiro, ficou só. Não foi possível mandar logo ajuda senão de dois Irmãos. Esquecido dos seus próprios males, instruíu-os o Padre quanto pôde, no *Catecismo* e *Língua dos Tapuias*, e mandou-os pelas Aldeias, não sem fruto, sobretudo dos meninos. Enviado enfim um Padre, gastou cinco meses em chegar, pelas dificuldades do caminho, e achou o P. Barros quási tirado das fauces da morte. Repartindo os Irmãos, ficou cada Padre com o seu companheiro [3].

---

deveriam ser anteriores, desde o grande movimento do P. Luiz da Grã, no aldeamento geral dos Índios da Baía, em 1561.

1. Carta do P. Alexandre de Gusmão, da Baía, 4 de Junho de 1687, *Bras.* 3, 234.

2. Escreveu em latim, *Accarâz*, o que fixa, com a duplicação dos cc, a pronúncia dêstes Índios: *Acarás*, não *Axarás*.

3. Carta latina do P. António Vieira, da Baía, 27 de Junho de 1689, *Bras.* 3(2), 267; cf. Carta de Jacobo Cócleo, de 30 de Junho de 1689, que fala do P. João de Barros, a 120 léguas da Baía, entre os «Índios Accarenses, indefessus Evangelii minister», *Bras.* 3(2), 269. Refere Martin de Nantes que em 1685 dois Padres das Missões dos Quiriris foram trabalhar durante 3 meses em Rodelas, com grande fruto dos Índios: «L'un d'eux, qui se nommoit le Pere Joan de Barros Portugais sçavoit perfaitement la langue des Cariris pour avoir demeuré longtemps avec

Pela informação de Vieira tira-se que a saúde do P. João de Barros estava gravemente combalida. A Ânua de 1690-1691 narra já a sua morte e o estado das cinco missões, que fundou, no «Sertão alto do Rio de S. Francisco»:

«Ao presente são 3.900 almas, divididas em duas Aldeias maiores e três menores. Os Padres assistiram até agora em uma principal e visitavam as outras. Agora assistirão em duas, ainda que uns sejam *Acarases* e outros *Procases*, diferentes na língua para dobrar o merecimento e trabalho.

O fruto destas missões consiste em fazê-los de bárbaros, homens; e de homens, cristãos; e de cristãos, perseverantes na fé; e isto procuram e procurarão aquêles missionários, acomodando-se a viver com êles, e a fazer ofício de cura, pai, médico, enfermeiro, tutor e ainda mestre, para ensinar-lhes a roçar e plantar seus mantimentos, porque tais são que antes haviam de ir caçando pelo mato e buscando alguma fruta silvestre do que acomodar-se a trabalhar e plantar.

Morreu neste ano o P. João de Barros, natural de Lisboa, a quem se deve a fundação destas cinco missões do Rio de S. Francisco e a maior parte das de *Canabrava*, *Saco dos Morcegos*, e *Natuba* [1]. Sendo hábil para qualquer ocupação e ministério da Religião, se sacrificou a Deus nos matos, e assistiu quási 22 anos a vários Tapuias, vencendo as dificuldades grandíssimas que no princípio

---

eux, à Canabrava et à la Jacobina, l'autre était Italien de Nation de grande vertu et de grande qualité». Os dois Padres louvaram depois na Baía esta Missão de «Ouracappa» ao Arcebispo, ao Governador Marquês das Minas, e ao Provincial da Companhia, e a todos os principais e até diante de El-Rei que nela falou ao P. Martin de Nantes, quando voltou a Lisboa. — Martin de Nantes, *Relation Succinte*, Ed. de Quimper (1.ª)41-43. Desta ida próxima se originou logo o estabelecimento dos Jesuítas nas terras de Rodelas. Sôbre o início da actividade dos Capuchinhos Franceses, em Rodelas, cf. P. Fr. Modesto Resende de Taubaté — P. Fr. Fidélis Mota Primério, *Os Missionários Capuchinhos no Brasil* (S. Paulo 1930)440. Referem-no ao ano de 1671, todavia com a frase ampla de *por êste tempo*.

1. João de Barros faleceu na Baía no dia 14 de Abril de 1691 (XVII Kal. Maii) diz o seu Necrológio com os dados biográficos e o mais alto louvor: «A êle se deve referir tudo o que se fêz sôbre a língua dos *Quiriris*, *Oacases*, *Procases*», *Bras.* 9, 380-380v. Nasceu em 1639. Entrou na Baía, no dia 8 de Janeiro de 1654 (*Bras.* 5, 199). Dão-se outras datas, mas esta consta na lista feita em 1654, à raiz da sua entrada. Estava no Colégio de S. Paulo em 1659, onde estudava Latinidade (*Bras.* 5, 224). Fêz a profissão solene na Aldeia de Santa Teresa de Canabrava, a 15 de Agôsto de 1675. (Presente o P. Jacobo Cócleo, *Lus.* 9, 158).

se encontravam, aprendendo com grande estudo as línguas e fazendo *Artes, Catecismo e Prosódias* para os vindouros, e logo passando da fundação de uma missão para outra, de diferente língua, que era tornar a principiar o trabalho, quando era tempo de se gozar o fruto esperado [1]. As incomodidades, que padeceu nas viagens, a falta dos mantimentos, e muitas vezes do necessário para a vida humana, os desgostos que tragou, nas oposições que faziam alguns brancos aos seus santos intentos, e as doenças que padeceu, são dignas de se contarem da vida de qualquer varão apostólico. O seu procedimento foi sempre tão religioso que mais parecia angélico que humano. Todos os companheiros, que teve, sempre o veneraram por santo, inimigo do seu corpo, desapegado dos afectos terrenos, e só unido com Deus».

Tal foi o «*Apóstolo dos Quiriris*».

Daqueles dois Irmãos, pouco antes chegados às Missões de Rodelas, faleceu um. Prossegue a *Ânua*: «O último de seus companheiros, mais imitador de sua virtude, e por confissão do mesmo Padre dotado de todos os talentos, que podem formar um bom Missionário, morreu na flor de sua idade, um mês depois de morrer o Padre, tendo-se oferecido ao mesmo Padre para ser seu companheiro também nesta Missão para o céu. Era êste moço, natural de Guimarães, por nome Paulo Salgado, e ainda não sacerdote, e pela pureza da vida, prudência e zêlo das almas, juntamente com um natural áureo, dócil e afável, digno de se contar entre os missionários de melhor fama e de chorar o seu falecimento, de quem deseja o verdadeiro bem dos Tapuias» [2].

2. — A Missão de Rodelas teve apenas meia dúzia de anos de vida pacífica, com repetidas intervenções da Casa da Tôrre, a mostrar a inanidade das suas garantias de 1669. Seis meses antes de falecer, o Coronel Francisco Dias de Ávila concitou os Índios, dando-lhes presentes, e aliciando-os a que não aceitassem Padres

---

1. Já constava no Catálogo de 1679: «Tenet linguam brasilicam, e deinde linguam Quiririorum, quorum *Vocabularium* et *Cathechismum* composuit», Bras. 5(2), 43.
2. *Relação das Missões do Brasil para El-Rei*, pelo Provincial Diogo Machado, sendo Visitador o P. António Vieira, Bras. 9, 375v.

da Companhia. O caso por então solucionou-se na Baía com uma composição judicial, amigável [1].

O Catálogo de 1692 ainda traz só uma «Residência no Rio de S. Francisco», de que era Superior o P. Agostinho Correia, e companheiro o P. Francisco Inácio, e ambos visitavam outras Aldeias.

A Ânua de 1693 fala já de 5 Aldeias nas «Ilhas e sertão do Rio de S. Francisco» e depois descreve os usos dos seus Índios, sem nomear a sua raça, passando a descrever depois os *Moritises*, que incluímos no capítulo anterior, aproximando-os dos *Païaïás* pelo título comum, que uns e outros davam aos seus pagés, *Visamus*.

Tanto os *Païaïás*, como os *Moritises*, como os *Quiriris*, tinham o mesmo culto de *Varaquidrã* (*Varakidrã*). O lugar onde se celebrava com mais fama era no Juru, hoje Geru em território de Sergipe. O facto de vir referida às Aldeias do sertão e Rio de S. Francisco une-a a êste lugar, como complemento etnográfico dos Índios dêste sertão. Ao tratar dos *Moritises*, vimos que êles começavam a contar os anos pelo aparecimento das *Plêiades*, referência astral importante. Viu-se também outra alusão ao mito astral de *Orion*. E tôda esta matéria é sem dúvida, confrontando-se com o que se disse dos *Païaïás* e *Moritises*, contribuïção útil para o conhecimento mais positivo da Etnografia dos primitivos habitantes do sertão da Baía [2]:

---

1. Martin de Nantes, *Relation Succinte*, 207-217. O autor conta a sua intervenção. E como se retirou do Brasil em 1688, infere-se que foi êste primeiro sucesso antes desta data. Cf. Barão de Studart, *O P. Martin de Nantes e o Coronel Dias d'Avila*, Separata da «Revista da Academia Cearense» (Fortaleza 1902)5-7, 15, 17. Francisco Dias de Ávila teve importância decisiva no desbravamento territorial do sertão. Mas, com os Índios, que o povoavam, a sua atitude divergia da dos missionários nesta simples frase do seu historiador Pedro Calmon: «Cada missionário era um curador de bárbaros, e Francisco Dias trucidava-os», *História da Casa da Tôrre*, 86. João da Maia da Gama, ao passar pelo Piauí em 1728, foi testemunha das ambições da Casa da Tôrre nessa região e discorre largamente sôbre elas, defendendo os moradores particulares das suas violências; e sôbre seu chefe Garcia de Ávila, tem êste desabafo, dirigido a El-Rei: «Confesso sinceramente a V. Majestade que tendo eu corrido todos os Domínios de V. Majestade em Portugal, Índia e Brasil, me parece que não achei parte alguma aonde os vassalos de V. Majestade experimentassem de outro vassalo mais violências, nem matéria mais digna da real atenção de V. Majestade; e para poder falar nesta matéria, confesso e tomo a Deus por testemunha, que nem uma vaca, nem uma vitela, nem oiro, nem prata, nem cavalo, nem sela, aceitei», cf. João da Maia da Gama, *Diário da Viagem*, 28.

2. Cf. supra, Capítulo anterior, § 2. Sabe-se a atenção que merecem os *Mitos Astrais*, aos mais recentes estudos da Etnografia sul-americana, com

«Costumavam na Aldeia do Juru, antes do estabelecimento dos Padres, quando ali se acolhiam os Índios vindos do mato, celebrar a festa de *Varakidran* (sic), a que acorriam não só o gentio de outras aldeias, mas muitos outros que andam pelos matos, e até muitos Índios cristãos, que já estavam nas Aldeias dos Padres e ali iam às escondidas, e era preciso impedir com palavras, ameaças e castigos para se absterem dessas superstições.

O rito da festa do «Varakidran» era assim, e talvez ainda seja algures, entre os gentios, e é o único que os Índios veneram.

Ergue-se em terreno largo e aberto, uma cabana maior do que as outras, cercada por todos os lados com muitos paus e palha, das quais pendiam muitas esteiras tecidas de folhagem nova. No centro da cabana colocava-se uma cabaça ôca e sêca e com vários orifícios, que êles, notadamente rudes, tinham por uma cabeça humana. Debaixo dela acendiam fogo com lenha verde. O fumo subia pela cabaça e saía pelos orifícios em direcções diversas. Os mais velhos da Aldeia punham-se à roda dela, e entre êles o Pagé principal, a quem os Varakidrenses chamam Pai. Todos êles chupam o fumo de tabaco, de tubos ou cachimbos de barro (*e fistulis figlinis*), que guardam com diligência para êste dia; ao mesmo tempo abrem a bôca e sorvem o fumo que sai daquela cabaça furada, ou *Ídolo*. Até que ficam como tontos e embriagados.

Enquanto isto se passa dentro da Cabana, no terreiro os moços mais robustos, todos emplumados de várias côres, e com riscas negras no corpo, andam à roda das esteiras, que fecham a cabana, em danças desordenadas e gritaria desentoada. Os chefes da dança e do côro, trazem cabaças vazias e furadas diante do rosto, e usam flautas de osso de certas aves, mais para sibilar do que tocar, cujos ossos têm em grande estima, e guardam com grande veneração, durante o ano. Desta maneira se estende a festa por três ou quatro dias, até que saem da cabana os velhos ébrios do fumo e concluem a festa com os seus vaticínios. Voltam-se para a gente que está á roda, e começam a predizer o futuro, com mentiras que os ouvintes têm por mais verdadeiras do que a própria verdade: se o ano há-de ser de sêca ou de abundância; se hão-de apanhar muita caça ou pouca;

---

material ainda bem escasso aliás, estudados por Nordenskiöld, Lehmann-Nitsche, e outros. A Roquette-Pinto afigurou-se-lhe ver uma alusão às Três Marias, de Orion, em uma dança dos Índios Tagnanis, a que assistira, *Rondônia*, 4.ª ed. (S. Paulo 1938) 254-255.

se os ares hão-de ser salubres ou mortíferos para o corpo; se hão-de morrer velhos ou novos; e outros oráculos como êstes, que ninguém dos que os ouvem põe em dúvida» [1].

À data destas informações, já os Índios Quiriris se iam habituando à catequese, à vida regular de povoações estáveis; e aquela «Residência do Rio de S. Francisco» de 1692, dois anos depois aparece desdobrada em duas:

Aldeia de Rodelas, com o P. Agostinho Correia, Superior e o P. Filipe Bourel, sócio.

Aldeia de Oacarás, com o P. Francisco Inácio, Superior, e o Ir. Gabriel da Costa, que aprendia a língua dêstes Índios [2].

3. — As missões desenvolviam-se ràpidamente. O Governador Geral do Brasil D. João de Lencastro ordenou, segundo a legislação vigente, se dessem ao pé de cada Aldeia terras necessárias ao sustento dos Índios. O Superior das Missões «de Rodela», já então Filipe Bourel, mandou cravar as cruzes, que demarcavam as terras de cada uma das Aldeias, de Zorobabé, Oacará e Curumambá, operação realizada a 19 de Julho de 1696, em Rodelas; a 21, em Acará; a 23 em Curumambá; e a 24 na Ilha de Zorobabé, Aldeia de Índios Carurus. Mas estava prestes a desabar tormenta grossa sôbre estas Aldeias e o primeiro rebate fôra com esta Aldeia de Carurus, obrigada a mudar-se pela razão apontada pelo Provincial Alexandre de Gusmão, em carta de 5 de Maio de 1696:

«No Rio de S. Francisco foram vexados os Padres Missionários e os Índios da Aldeia de Caruru pelos curraleiros vizinhos, por os Padres se recusarem a administrar os sacramentos aos que viviam impunemente em pecado público. Obrigados a buscar sítio diferente para a Aldeia, onde pudessem tranqüilamente servir a Deus e à salvação dos Índios, que lhes incumbia converter, andaram em vão mais de 200 léguas, entre idas e vindas, para pedir socorro aos senhores das terras, contra os inimigos que confiavam na audácia sem se guiar pela razão» [3].

---

1. Carta do P. Manuel Correia, da Baía, 1 de Junho de 1693, *Bras.* 9, 382.
2. *Bras.* 5(2), 148v. Neste ano de 1694, de Rodelas e Oacarás se visitavam mais 3 Aldeias: «Ab his Patribus alii *tres* Pagi Tapuyarum visitantur», *ib.*, 144.
3. O Padre Alexandre de Gusmão dizia em 1687 que se tinham principiado as Aldeias dos *Carurus e Acarás*, *Bras.* 4, 9v.

Mas os senhores das terras, esquecidos de que as tinham de sesmaria, com a condição de nelas se reservarem terras bastantes para sustento dos Índios que as habitavam, em vez do auxílio que se impunha, fomentavam e moviam secretamente os seus dependentes e feitores contra as missões, com as quais afinal se meteram. O sucesso mais grave ia dar-se já depois da morte de Francisco Dias de Ávila, nos primeiros tempos que se seguiram a ela, e em que os feitores e procuradores de Garcia de Ávila Pereira, filho de Francisco Dias, ainda menor, exageraram por zêlo do ofício, o que talvez também estivesse no ânimo das «Senhoras da Tôrre», D. Catarina Fogaça e D. Leonor Pereira Marinho [1].

Alexandre de Gusmão, Provincial do Brasil, ordenou ao Superior da Missão de Rodelas que fizesse uma Relação a ser enviada ao P. Geral. E escreveu também a El-Rei [2]. Diz assim a *Relação* autêntica, sem preocupações literárias, apenas com as de exactidão e clareza, como instrumento jurídico:

«Depois de chegar ao Padre Filipe Bourel, Superior das Missões de Rodela no Rio de S. Francisco, uma ordem do Reverendo Padre Provincial para pôr em execução uma outra ordem do Senhor General, em que mandava dar as terras necessárias para o sustento dos Índios da administração dos Padres da Companhia de Jesus, foi o dito Padre aos 19 de Julho pôr uma cruz meia légua acima da *Aldeia do Acará*, para tomar posse das terras assinadas para a dita Aldeia; o mesmo fêz aos 21 do mesmo mês na *Aldeia do Curumambá*, e aos 23 uma légua abaixo da Aldeia, e aos 24 pôs outra cruz légua e meia abaixo da *Aldeia do Zorobabé*.

Aos 22 de Julho passou o Capitão Fernandinho da Aldeia dos Índios da Varge, que são da administração dos Padres Borbónios, com outros soldados seus, por junto do pôrto defronte da Aldeia do Acará, e mandando o Padre Francisco Inácio da Companhia de Jesus, missionário no dito Acará, a perguntar por um Índio da sua Aldeia a que negócio vinham, responderam que iam levar uma ordem ao Padre Superior para que despejasse daí até para fora das terras da Casa da Tôrre.

---

1. D. Catarina Fogaça, irmã de Francisco Dias de Ávila e mãe de D. Leonor Marinho Pereira. Desta Leonor Marinho Pereira, casada com o tio Francisco Dias de Ávila, nasceu Garcia de Ávila Pereira.

2. *Bras. 4*, 23-25.

Aos 23, tornou a passar por ali, para cima, dizendo que ia para sua casa, e que aos 24 havia de ir para casa do sargento maior António Gomes de Sá, Procurador da Casa da Tôrre, aonde estavam todos os brancos curraleiros da Casa da Tôrre, para aos 25 do mês vir junto com êles abaixo a botar, nos 26, aos Padres fora.

Aos 25 de Julho, vindo o Padre Filipe Bourel da Aldeia do Curumambá, umas oito léguas abaixo a certo negócio, topou com Francisco Bezerra, morador no Piaguí, seu conhecido, o qual referiu que vindo então da Vila do Penedo, tinha ouvido e se falava comumente no caminho que já os brancos curraleiros da Casa da Tôrre nada queriam mais com derrubamentos de cruzes, como tinham feito até então, mas que por uma vez haviam de botar os Padres da Companhia para fora do sertão. A êsse intento faz o dito de um Padre Agostinho, Franciscano, o qual assistindo em casa do sargento maior António Gomes de Sá, Procurador da Casa da Tôrre, falou com outros brancos em como era bom e acertado botar fora aos Padres da Companhia, e, perguntando outros de que sorte se poderia executar aquilo, respondeu estas palavras: *ferverá bordoada*, como consta por aviso secreto de um amigo fiel que estava presente.

Aos 26, na festa de Santa Ana, tocou o P. Francisco Inácio, missionário na Aldeia do Acará, de manhã, o sino, como costumava, e chegando os Índios, a seu costume, depois da doutrina, disse missa; acabada a missa, apareceu o Capitão Fernandinho da Varge, com pouco mais ou menos de 150 Índios, de outra administração, que costumam estar ao mando do dito Sargento maior, Procurador da Casa da Tôrre, empenados e pintados, tocando suas frautas em som de guerra; e acometendo ao dito Padre com catanas e carabinas (armas que comumente não são próprias dos Índios senão dos brancos), paus de jocar, etc. pegaram nêle, e levaram-no ao rio para uma canoa. E dizendo-lhes o Padre: *para que me levais daqui para mais longe? Se me quereis matar, matai-me logo aqui!* Responderam que não traziam ordem para o matar, sòmente para botá-lo fora das terras da Casa da Tôrre. E assim meteram ao Padre na canoa, sem lhe consentir de tirar alguma coisa da sua casa, sem barrete, chapéu, roupão, breviário, o que por compaixão depois lhe trouxeram os seus próprios Índios.

Daí veio o Padre Francisco Inácio na canoa para baixo, e os Índios, depois de roubada a roça do Padre, em que tinha seu sustento para mais de um ano, vieram por terra, achando, nas três fazendas da Casa da Tôrre, que há do Acará até Curumambá, já as vacas mortas pelos vaqueiros para matalotagem dos Índios. Às três horas, da tarde, apareceram os mesmos Índios no Curumambá. E vindo adiante o Capitão da Aldeia do Acará, por nome Ventura da Cruz, entrou em casa dos Padres, dizendo ao Padre Agostinho Correia, da Companhia de Jesus, missionário na dita Aldeia do Curumambá, que os brancos lhes ameaçavam a morte por amor das terras que tomavam, senão botassem aos Padres fora, e, sendo isso assim, que melhor era despejassem os Padres. A isto saíu o Padre da porta para fora, para ver o que havia; e falando ao Capitão da Varge, disse: *Assim me pagais a caridade que vos fiz, quando passáveis por aqui?* Mas êle, não querendo ouvir, gritou logo com os demais: *Para fora Padre, para fora!* atravessando diante da porta uns paus de jocar para o Padre não entrar mais. Entretanto, acudiu o sargento-maior da dita Aldeia, por nome Francisco Pereira Rodela, Índio, o qual duas vezes se ofereceu aos Padres, querendo puxar pela catana para defendê-los, mas os Padres socegaram-o para evitar maiores males. Assim vieram-se os dois Padres de lá embora, até um tiro de espingarda abaixo da Aldeia, mandando pelos seus Índios, que os acompanhavam com muito sentimento, buscar os chapéus e barretes, dormindo todos nessa noite debaixo de uma árvore.

Aos 27 de Julho disse o Padre João Guincel da Companhia de Jesus, missionário dos Caruruses, na ilha do Zorobabé, de madrugada, missa aos seus Índios, sem saber do sucesso das outras Aldeias; acabada a missa e reza costumada, chegou-se o capitão da nação Tacuruba, que estava na mesma ilha, por nome Antonico, ao Padre dizendo: *Padre, há-de ir para fora, porque os brancos hão-de vir a derruba-la casa*, e, oferecendo-se a passar as coisas do Padre à terra firme, despejou o dito Padre. Mas, por falta de combóio, deixou tôdas as suas coisas na beira do rio, em quanto os Índios diziam que lhes estava proíbido, sob pena de passar pelo cutelo, se acompanhassem aos Padres.

Estava, muitos meses havia, um branco, por nome Manuel da Silva, com os Padres na Aldeia de Curumambá, o qual saindo os Padres, não se quis apartar dêles, mas vir-se com êles embora. A êsse mandaram nessa mesma noite dois recados por um preto, do sargento maior António Gomes de Sá, Procurador da Casa da Tôrre, por nome João, que fôsse falar com os brancos que estavam juntos acima da Aldeia na Casa da Fazenda; mas êle respondeu que não lhe convinha sair do lugar em que estava; no outro dia, aos 27 de Julho, tornaram a mandar o mesmo recado, e como êle nem assim se quis apartar dos Padres, mandaram aos Índios que à fôrça o arrebatassem do meio dos Padres; e, depois dêle dizer que o matassem aí, responderam que não traziam ordem senão para tirá-lo daí, para não acompanhar aos Padres. Tornou o dito Manuel da Silva daí a pouco, com muito seu sentimento, despedindo-se de nós e acompanhando-nos até légua e meia. Indústria dos brancos, para que não tivessem os Padres testemunha do que passava [1]. Daí meteram-se os Índios a derrubar a Igreja, casa e tudo quanto pertencia à morada dos Padres, os quais, entretanto, se vieram embora, sem matalotagem e combóio, deixando na *Aldeia do Acará* e na do *Curumambá* as pedras da ara, Santos Óleos, e ornamentos sagrados, na mão e furor dos Índios, com tudo quanto tinham de livros, vestidos, roupas e todo o mais fato, trazendo apenas uma camisa para mudar no caminho, que era de 170 léguas, e alguns dêles a pé, parte por falta, parte por cansaço dos cavalos. Por ser isso assim verdade, mandou o Padre Provincial fazer esta *Relação*, e assinar-se os ditos Padres cada um por sua Aldeia. Baía, aos 20 de Outubro de 1696 anos.

O Padre Filipe Bourel, da Companhia de Jesus, *Superior das Missões da Rodela no Rio de S. Francisco.*

O Padre João Guincel, da Companhia de Jesus, *Missionário na Aldeia de Zorobabé.*

O Padre Francisco Inácio, da Companhia de Jesus, *Missionário na Aldeia do Acará.*

O Padre Agostinho Correia, da Companhia de Jesus, *Missionário da Aldeia de Curumambá.*

O Irmão António Ferreira, da Companhia de Jesus, *Companheiro do Padre Missionário da Aldeia de Curumambá.*

O Irmão Manuel Ramos, da Companhia de Jesus, *Companheiro do Padre Missionário da Missão do Zorobabé.*

Esta sincera informação feita, por minha ordem, pelo Padre Filipe Bourel, vai verdadeiramente assinada pelo dito Padre e pelos

---

1. Cf. supra, *História*, II, 61-62.

outros seus companheiros, cujas firmas conheço. Baía, aos 19 de Novembro de 1696, — *Alexandre de Gusmão*» [1].

Grupo notável, êste, de dois irmãos estudantes e quatro Padres. Tirando o Irmão Manuel Ramos, de Portalegre, que não perseverou, todos os mais deixaram importante fôlha de serviços. O Ir. António Ferreira, de Eiras (Coimbra), ordenou-se depois, e veio a falecer na Baía a 10 de Setembro de 1756 [2]. O P. Francisco Inácio, de Monsão, faleceu no Camamu, a 6 de Dezembro de 1735 [3]; o P. Agostinho Correia, de Braga, que ao falar com S. João de Brito, na Baía em 1687, pedira as missões da Índia Oriental, veio a falecer no Ceará, a 27 de Junho de 1728 [4]. No Ceará morreu também o P. João Guincel ou Guedes, de Olmutz, no Hospício de Aquiraz, que fundara, e de cuja actividade ficaram pormenores no tômo III. O P. Filipe Bourel, de Colónia, Alemanha, fundará a Aldeia do Apodi, no Rio Grande do Norte, e aí se darão as notícias principais da sua vida, uma das quais, a de que fôra professor na Universidade de Coimbra. O Brasil era muito grande; nem faltou campo onde os Padres da Companhia exercessem a sua actividade; mas o Rio de S. Francisco e os sertões da Baía não lucraram, sob o aspecto de protecção aos Índios, e até sob o aspecto de cultura geral, com a atitude hostil dos vaqueiros da Tôrre.

4. — O novo atentado dos curraleiros não podia desta vez resolver-se só entre os Padres e a Casa da Tôrre. A experiência de 1669 era contra as soluções aleatórias. Além da *Relação*, escreveu-se do Colégio da Baía, a El-Rei, para êle dar remédio e ver os vexames que os Missionários padeciam pela liberdade dos Índios [5]. Porque os Padres estavam nas Aldeias não a seu bel-prazer, mas por autoridade de El-Rei que em 1691 ordenava que não houvesse administradores seculares nas Aldeias, e onde os houvesse, se tirassem [6]. El-Rei ordenou que se restituíssem os Padres às Aldeias

---

1. «Relação da maneira com que se botarão os PP^es da Comp.ª de JESVS fora das suas missões no Rio de S. Francisco», Arq. Prov. Portuguesa, *Pasta 188*, 17; *Bras. 4*, 24v-25.
2. Bibl. Vitt. Em., f. gess., 3492/1363, n.º 6; *Bras. 10(2)*, 497v.
3. *Bras. 6*, 197.
4. *Hist. Soc. 52*, 6.
5. *Bras. 9*, 435v.
6. Cf. *Doc. Hist.*, XXXIII, 404. A Carta Régia é de 13 de Março de 1691,

e se inquirissem e castigassem os culpados, que levaram as suas tropelias até às faldas da Serra de Ibiapaba [1]. Mandou também instaurar processo crime, causa esta em que os Padres não quiseram ser partes. Escreve El-Rei, a 20 de Janeiro de 1698:

«Por me ser presente que no Rio de S. Francisco em umas Aldeias, que estão em terras de Leonor Pereira Marinho e Catarina Fogaça sucedera levantarem-se os Índios contra os Religiosos da Companhia de Jesus que lhes assistiam como missionários e que à força de armas os fizeram ausentar das ditas Aldeias expulsando-os delas com violência e desacato, acompanhados dos procuradores e vaqueiros destas mulheres e pelas circunstâncias e ousadia com que foi cometido êste caso e pelas conseqüências que de semelhante atrevimento podem resultar contra o serviço de Deus e meu, se fêz digno de um exemplar castigo: se ordena ao Ouvidor da Comarca de Sergipe de El-Rei tire uma exacta devassa desta expulsão e que tirada a remeta à Relação desta Cidade, adonde hei por bem que nela seja juiz o Chanceler com cinco Desembargadores mais da mesma Relação da melhor nota que nela houver e que neste negócio se proceda com tôda a justiça contra os culpados, conforme merece a qualidade dêle; e vos recomendo tenhais uma tal atenção nesta matéria, que se dê a sua execução tudo o que se sentenciar contra os agressores dêste crime; e primeiro que tudo vos ordeno façais com que sejam logo restituídos os mesmos Religiosos às Aldeias e terras de que foram [violentamente expulsos, sem ser ne]cessário que se espere pela última conclusão da sentença que sôbre a posse destas terras corria, pois se cometeu um atentado para os privarem delas, sem ser por aquêles meios que dispõe a Lei, passando-se ao excesso de tão ignominiosamente os tirarem e sem aquêle respeito que se devia ao seu estado e às suas pessoas, e a uns Missionários que com tanto fervor exercitavam as suas obrigações no pasto espiritual daqueles Índios. E de tudo o que se obrar neste particular me dareis conta para me ser presente o procedimento que se há tido nêle. Escrita em Lisboa, a 20 de Janeiro de 1698. Rei. Conde de Alvor» [2].

---

e a resposta do Governador Câmara Coutinho de 19 de Junho de 1691, respondendo que «nesta matéria tem pôsto todo o cuidado e vigilância».

1. *Bras. 4*, 50-51; *Bras. 15*, 461; cf. supra, *História*, III, 62.
2. Carta Régia ao Governador Geral do Brasil, de 20 de Janeiro de 1698, Livro 6.º das Ordens Régias (1698-1699) f. 31 (a lápis) no Arq. Públ. da Baía,

Logo depois ordenava El-Rei a D. João de Lencastro que, sendo o sertão de Rodelas da jurisdição da Baía, para impedir os crimes atrozes que ali se cometiam, se nomeassem juízes ordinários, de 5 em 5 léguas para tomarem conhecimento dêsses crimes e enviar os treslados ao Ouvidor da Baía [1].

Dada a atitude firme da Côrte, os advogados das Senhoras da Tôrre tentaram desviar a questão para insinuações de ordem diferente, sem recuar nem mesmo diante das de honestidade. D. Leonor Pereira Marinho, viúva do Coronel Francisco Dias de Ávila, dirigiu-se pessoalmente ao Geral da Companhia ao qual deu informações, que não estavam de acôrdo com os factos. O Geral, antes de responder, ouviu como lhe cumpria, os Padres do Brasil; e o Provincial respondeu-lhe que essa Senhora, mal aconselhada, o tentara simplesmente enganar, com pouco escrúpulo de consciência [2]. E como se recorria a tais processos, o melhor era recusar missões onde faltavam tôdas as garantias materiais e morais, e assim o propuseram a El-Rei, que a 11 de Fevereiro de 1700 ordena que, embora os Padres não queiram ser partes nesta causa, contudo como se considera delito, na forma e modo, prossiga o processo para se castigarem os culpados como merecerem as suas culpas. «E aos Padres da Companhia se devem haver por escusos destas missões, pelas razões que representaram, em que se houveram com louvável prudência e zêlo» [3].

O caso das Aldeias de Rodelas, com ser assim tão desagradável para os Padres, que nelas estavam, foi útil para os Índios, e veio pôr a descoberto a situação perigosa dos latifúndios demasiado grandes. Ainda que os sesmeiros deviam dar terras para os Índios, a indeterminação da lei colocava pràticamente na mão dêles, tôda a vida religiosa e civil, impedindo a colonização progressiva e a criação de Aldeias e povoados. E se se criavam, ficavam êsses novos povoados em situação de arbitrária dependência, incompatível com a isenção e autoridade necessária para repreenderem os crimes contra a liberdade humana e moralidade pública, cometidos pelos senhores das terras e seus empregados e dependentes.

3-1-5. Publicada, com graves incorrecções, em *Anais do Arq. do Estado da Bahia*, VI-VII, 330-331.
   1. *Ib.*, f. 64.
   2. *Ib.*, Livro 7.º (1700-1701), doc. 30.
   3. *Bras. 4*, 50-51v; *Bras. 9*, 443.

A 23 de Novembro de 1700 passou El-Rei um Alvará, em forma de lei, em que diz «que por ser justo se dê tôda a providência necessária à sustentação para os Índios e Missionários, que assistem nos dilatados sertões dêste Estado do Brasil, sôbre que se têm passado repetidas ordens, e se não executam por repugnância dos donatários e sesmeiros, que possuem as ditas terras dos mesmos sertões, hei por bem e mando que a cada missão se dê uma légua de terra em quadra para sustentação dos Índios e Missionários». Determina El-Rei que cada Aldeia tenha ao menos cem casais. Aumentando a população se poderiam constituir novas Aldeias de cem casais, e «sempre a cada uma se dará a légua de terra». As Aldeias se situariam onde os Índios quisessem, ouvida a Junta das Missões, e não a arbítrio dos donatários e sesmeiros. E tem esta cláusula importante: «advertindo-se que para cada Aldeia, e não para o Missionário, mando dar estas terras, porque pertencem aos Índios e não a êles, e porque tendo-as os Índios, as ficam logrando os Missionários no que lhes fôr necessário para ajudar o seu sustento e para o ornato e custeio das Igrejas»[1]. Cláusula importante, porque dá a *posse* aos Índios, mas o *usufruto*, «no que fôr necessário», ao Missionário e à Igreja. Resposta antecipada aos Ministros de 1759 que tacharam de abuso o que era determinação legal, régia. Nestas reivindicações a favor dos Índios e das Missões, interveio também o Prelado para a criação de freguesias que se impunham, nesses vastos territórios. E resultou dêsse movimento, a lei de 4 de Junho de 1703, que confirma a de 1700 e cria adros e passais: a cada Aldeia de Índios se dará uma légua de terra em quadra, para seus mantimentos; espaço para Igreja e adro; terras para casa e passal do Pároco; côngrua aos Párocos, esta pela Fazenda Real[2].

---

1. *Doc. Hist.*, LXIV, 67-68.
2. Abreu e Lima, *Synopsis*, 161. A Provisão Régia, de 19 de Janeiro de 1691, considerando que os Padres da Companhia, nas suas Aldeias, «são verdadeiramente Párocos», mandaram dar 10$000 sôbre os dízimos reais, a cada um, quando as Aldeias ficassem a 50 léguas das Cidades, e povoações maiores. Conservam-se vários recibos de 1692 a 1694, para oito que realizavam a condição. O pagamento dessa côngrua, a 9 de Julho de 1692, foi feito pelo Tesoureiro Geral, Capitão Domingos Afonso Sertão, *Doc. Hist.*, XXX(1935)201-204; cf. Carta Régia de 12 de Maio de 1691 ao Governador António Luiz Gonçalves da Câmara Coutinho, anunciando as instruções contra os que tomarem terras que pertencem às sesmarias dos Índios, *Anais da Baía*, XXII, 25. E tendo El-Rei escrito ao mesmo Governador que os «donos das sesmarias» se não façam senhores das Aldeias dos Índios, «nem

Interviera também o Governador do Brasil, D. João de Lencastro, que procurou desenvolver em bases cristãs o desbravamento dos sertões. Acompanharam-no na sua visita às Minas de Salitre, na Jacobina, dois da Companhia, um dos quais o P. António Correia, com cujo conselho se evitara o derramamento de sangue, que sem dúvida se teria derramado, sem o seu conselho, escreve Andreoni [1]. O Governador pediu, em 1696, dez Padres da Companhia para se estabelecerem nas Aldeias da Jacobina. Não foi possível aceder, não só por não haver tantos, como porque a experiência demonstrava que a sua assistência, isolados, uns dos outros, era cheia de dificuldades e perigos. E sugeriu-se que as Aldeias pequenas e dispersas se concentrassem em poucas, mas grandes, para ser profícua a assistência dos Padres, com suficientes garantias morais e materiais [2]. E foi o que veio a realizar-se com as Aldeias dos Quiriris, Natuba, Canabrava, Saco dos Morcegos e Geru.

5. — Parece também que os Padres da Companhia retomaram as Aldeias do Rio de S. Francisco ao menos algum tempo. Dois anos depois dos sucessos de Rodelas, a 18 de Dezembro de 1698, examinou-se no Conselho Ultramarino uma descrição das Aldeias do Rio de S. Francisco, e se mencionam Aldeias dos Jesuítas nesse rio. A primeira a 11 léguas, acima da Cachoeira de Paulo Afonso. Aqui entra «o rio das Rodelas, que vai transversalmente cortando um grande sertão, muito povoado; e neste distrito há uma casa de Missão em Aldeia de Índios da Sagrada Companhia de Jesus». Depois relata as missões dos Capuchinhos Franceses, e uma dos Franciscanos, nova. E por último, duas casas de Missão, «também novas, em Aldeias de Índios, chamadas *Curral dos Bois* e *Os Carurus*, a cuidado de Padres da Sagrada Companhia». Estas últimas ficavam já a 100 léguas acima da Cachoeira de Paulo Afonso [3].

---

das terras que têm para seu sustento», responde que, por enquanto, não há essa queixa, mas, «havendo-a, serão repostos em sua liberdade e ficarão senhores das terras que lhes foram assinadas», *Doc. Hist.*, XXXIII, 340.

1. *Bras.* 9, 439. Os lugares, que percorreu D. João de Lencastro, menciona-os Rocha Pita, *América Portuguesa*, 280-284, onde também diz que estas minas se revelaram «mais permanentes que abundantes», o que não dava aso a uma exploração industrial remuneradora.

2. *Bras.* 4, 9v-10.

3. AHC, *Baía*, 344. O Atlas de Homem de Melo traz uma Serra de Jacuru ao norte de Urubu, e a Serra de S. Inácio ao norte de Chique-Chique, que pelas

Nestes lugares extremos, se localizou de facto, daí em diante a actividade dos Jesuítas neste famoso Rio. A do Rio das Rodelas, parte ficou no rio Caraíbas; parte desceu para alturas da Cachoeira de Paulo Afonso, na Missão e Fazenda de Urubumiri, e S. Brás, em territórios actuais de Alagoas, no âmbito de Pernambuco; parte nas Fazendas de Jaboatão, Sergipe, no âmbito da Baía. E a actividade da Aldeia de *Carurus* (mudada) e a do *Curral dos Bois* ficou em conexão com as Fazendas do Piauí, cuja perspectiva então se abria, com as doações de Domingos Afonso Sertão.

Ainda em relação com estas Fazendas do Piauí, a caminho delas, veio a ter mais tarde o Colégio da Baía, no «Sertão de Sento Sé», terras doadas pelo Coronel António Álvares da Silva, o doador do Engenho de Cotegipe, e seu irmão o Dr. Francisco de Oliveira Pôrto, insignes benfeitores, que faleceram ambos como Irmãos da Companhia, e se sepultaram na Igreja do Colégio [1].

Também António Guedes de Brito havia oferecido terras e gado no valor de 5 ou 6 mil cruzados para fundar uma Residência no Sertão, para 6 ou 8 da Companhia. Consta do 4.º Postulado, apresentado em Roma, à roda de 1689, pelo Procurador P. António Rangel, para que o P. Geral aprovasse a aceitação [2]. Terras que se doavam, não aos Índios, mas ao Colégio da Baía. Por isso a necessidade da aprovação canónica. A António Guedes de Brito se lhe deu sepultura dentro da Igreja do Colégio da Baía, sepultura conjunta com a de sua filha D. Maria Isabel, ao pé do altar de Santa Ana, e se vê ainda hoje, com elegante pedra tumular [3].

Mas, se nalguma boa hora, os grandes sesmeiros se mostravam humanos, havia horas más em que procediam ao contrário, como o mesmo António Guedes de Brito, que contrariou os Padres na catequese dos Païaïás; e ainda a atitude avarenta da Casa da Tôrre; e também já à presença de soldados, vindos de S. Paulo, se deve o haver-se malogrado a catequese dos *Orises Procases*, que em 1696-1697 procuravam aldear os Padres Manuel Ribeiro e João Guincel,

---

distâncias, se devem relacionar com aquelas Aldeias. *S. Inácio* é hoje sede de Município, cf. Ramiro Berbert de Castro, *Hulha Branca* (Rio 1945) 366.

1. Cf. José de Mirales, *História Militar do Brasil*, nos Anais da BNRJ, XXII, 179; cf. AHC, *Baía*, 4915; cf. supra, neste mesmo Tômo, Capítulo V, p. 129.

2. Gesù, *Missiones*, 627.

3. Cf. Pedro Calmon, *H. do B.*, III, 27; Id., *História da Casa da Tôrre*, 74; Sílio Boccanera Junior, *Bahia Epigraphica e Iconographica* (Baía 1928) 424.

recusando-se os Índios a serem aldeados, com receio de que os Brancos depois, achando-os aldeados, deitassem fora os Padres e ficassem com êles como escravos [1].

Em suma, a acção, conjugada ou divergente, de sertanistas e missionários, foi considerável na formação da terra, gente e espírito, daquele bloco central do Brasil, e na unificação étnica interna, do norte com o sul, tendo por veículo o Rio de S. Francisco. Alude a ela Euclides da Cunha, e «às abusivas concessões de sesmarias», que subordinaram aquelas terras «à posse de uma só família, a de Garcia de Ávila», e alude também às missões desta vasta região do S. Francisco. E escreve que elas «não tiveram um historiador». Desta falta se ressente o próprio Euclides. Facto natural, pois tôda a interpretação supõe, sob pena de ser construção aérea, o conhecimento exacto dos factos que interpreta. Conhecimento que só o dá a história, ainda não feita à data de *Os Sertões*. É a frase de Euclides. Uma das suas confusões é precisamente acêrca dêste Afonso Domingos Sertão, que êle parece confundir com Domingos Jorge Velho [2].

Entretanto, cerrado o episódio de Rodelas, os Jesuítas concentraram-se em obra estável e duradoira, em plenos sertões, a meia distância, entre a Cidade da Baía e o Rio de S. Francisco, nas Aldeias dos Quiriris, já então existentes, e donde partira o surto para estas de Rodelas no S. Francisco [3].

---

1. *Bras.* 9, 435. Alude a êsse facto, José Freire de Monterroyo Mascarenhas, *Os Orizes conquistados* ou *noticia da conversam dos indomitos Orizes Procazes*, publicado em Lisboa em 1716 e reimpresso na *Rev. do Inst. Hist.*, VIII, 515, sem nomes dos Padres, que primeiro tentaram essa conversão, nem o ano dela, esclarecidos agora por êste documento da Companhia.

2. «Provindos de mais diversos pontos e origens, ou fôssem os *paulistas* de *Domingos Sertão* ou os baïanos de Garcia de Ávila, ou os Pernambucanos de Francisco Caldas, com os seus pequenos exércitos de Tabajaras aliados ou mesmo os Portugueses de Manuel Nunes Viana». Diz ainda: «Na segunda metade do século XVII surgiu no Sertão de Rodelas a vanguarda das *bandeiras do Sul*. Domingos Sertão centralizou, na sua fazenda do Sobrado, o círculo animado da vida sertaneja». *Domingos Afonso Sertão*, que se fixou no *Sobrado*, não comandou bandeiras do sul, como o diz a história e se verá do Capítulo consagrado ao Piauí, de que êle foi o «descobridor». Cf. *Os Sertões*, 16.ª ed. (Rio 1942) 92, 96, 103.

3. Sôbre a *Ilha de S. Pedro Dias*, ainda no Rio de S. Francisco (Sergipe), como complemento à informação, prestada ao autor pelo P. Cândido Mendes, Vice-Provincial da Companhia de Jesus no Norte do Brasil, e arquivada supra,

6. — Se não foi mais duradoura, e se nisso há culpa, esta parece recair sôbre homens e factos alheios à história da Companhia. Há uma circunstância que o esclarece. Assim como António Pinto deixou descritos os usos e costumes dos *Sapoiás* e *Païaïás*, também os Padres Jacobo Cócleo e Gonçalo Pereira observaram os dos Índios *Quiriris*. Vinte anos mais tarde, descrevem-se de novo, na carta do P. Provincial Manuel Correia, e já vimos as suas informações. São de interêsse etnográfico as notícias que nos transmitiram e constam de *Relações* latinas inéditas [1]. Documentos, que encerram também uma lição não só da psicologia dos homens do sertão, como também da compreensão, que houve ou não houve, dessa psicologia, em casos semelhantes com diferença de dois séculos.

A vida económica dos sertões dos *Quiriris* ainda hoje é rude e agreste. Junto de sua Residência e Igreja de Santa Teresa na Aldeia de Canabrava, enquanto ensinavam os Índios confiados à sua vigilância, os Padres estudavam o carácter dêles e as condições de vida, que podiam ajudar ou dificultar a aprendizagem e introdução do Cristianismo nestas paragens.

Os *Quiriris* revelaram, sob o aspecto da organização da família, sentimentos elevados. Tinham da pudicícia mais nobre idéia que outros Índios. E os que eram casados, amavam-se até aos zelos. Os *Quiriris* procuravam ter também paz entre si, uns com os outros, dentro do mesmo grupo, nada propensos a brigas.

Ao mesmo tempo eram individualistas e melindrosos. Não se podia castigar nenhum por faltas pequenas ou grandes, que o não

---

História, II, 266, pediu o mesmo benemérito Provincial ao P. António Lamego, houvesse por bem verificar no próprio local o fundamento que teria. O resultado inseriu-se nos *Ecos* daquela Vice-Província, 1942, págs. 105-108, e não confirma a hipótese de se tratar do V. P. Pedro Dias. Trata-se de S. Pedro Apóstolo. A explicação do título, se não é o de algum obscuro *lugar* português, dado na mudança geral de nomes em 1758, pode ser esta, ou outra semelhante, com que se desvanece a lenda, que já se ia formando: na *Ilha de Pedro Dias*, ergueu-se uma capela a S. Pedro. E ficou *Ilha de S. Pedro Dias*.

1. Carta de Jacobo Cócleo, «Ex Oppido S. Teresae (sic) in agro Bahyensi», 20 de Novembro de 1673, *Bras. 26*, 32-33; *Annuae Litterae Provinciae Brasiliensis ab anno 1670 usque ad annum 1679*, a mandado do Provincial José de Seixas, por Filipe Coelho, *Bras. 9*, 240-242; cf. *Sexennium Litterarum* 1651-1657 do P. António Pinto, *Bras. 9*, 16v-18.

levasse a mal, fugindo. A qualquer ameaça de «castigo», respondiam com ameaças recíprocas, obstáculo que os Padres procuraram vencer e rodear com longanimidade, para os enquadrar nos actos colectivos de disciplina social e obediência às leis da comunidade nascente. De vez em quando surgiam revivescências graves.

O exame do estádio religioso dos *Quiriris*, revelado nestas Cartas Jesuíticas, sem ter ainda a sistematização moderna (estava-se em 1657 e 1672), já se aproxima dela.

Atendeu-se, pelo menos, a quatro elementos de classificação:

a) *exterioridade* do culto;
b) *invariabilidade* ritual;
c) *oração e objecto dela*;
d) *periodicidade* das cerimónias cultuais.

Na Cosmogonia dos *Quiriris*, tal como a recolheram os Padres de 1672 da bôca de um índio velho e respeitável, nota-se evidente influxo cristão, ulterior à chegada dos Portugueses.

Meneruru, Deus único, que subsistia no ar (1657). Abaixo dêle havia os seres inferiores ou santos, muitos, a que chamavam *Ngigos. Meneruru* criou o homem *Cemacuré*, cuja mulher (a Eva dessa Cosmogonia) só com *Cemacuré* lhe tocar com uma varinha, teve um filho sendo ela virgem. Êste filho, *Crumnimni*, é o pai de todos os brancos.

Brancos é têrmo de correlação, inverossímil antes do Descobrimento do Brasil. É ainda manifestação da «santidade», que dominou os sertões baianos, e de que se fizeram eco diversas cartas do século XVI e logo as primeiras, como a dos Meninos Órfãos, e em que se amalgamaram ritos e noções de diversa procedência [1]. Se fôsse reminiscência de alguma versão primitiva, *Crumnimni* em vez de pai de todos os *brancos*, seria pai de todos os *homens*.

Meneruru teve dois filhos: *Quenbabaré* (Ken Ba Baré) e *Uariquidzã* (Ua Rikidzam). A êste segundo se refere o culto que se descreve dos *Quiriris* dêste sertão, e vimos ser comum aos Païaïás e Moritizes. [Em 1693 já se não faz menção de *Meneruru*, Deus

---

1. Cf. S. L., *Novas Cartas*, 143.

Único. O culto gira à roda de *Varaquidrã* (Variquidzã), e o seu irmão tinha o nome de *Potidã*, e ambos o seu assento em *Orion*] [1].

Culto externo: Os Quiriris, nestas festas, ou se mascaravam ou pintavam o corpo nu. Tomavam parte nas danças rituais as virgens também nuas. (Com a chegada dos Padres, e por ordem dêles, começaram a vestir-se).

Ritos invariáveis: Os instrumentos rituais, flautas, penachos, fios tecidos, oferendas etc., guardavam-se em lugar limpo e decente. A cerimónia central era numa *cabana sagrada* («aediculum», que é o têrmo da descrição latina). Procediam às cerimónias sempre na *mesma ordem*, e eram tenazes em não alterar essa ordem. No fim das festas do *Uariquidzam*, os que presidiam a elas (no grupo especìficamente Quiriri) saíam da cabana sagrada, como frenéticos, e fustigavam com violência quantos achavam fora, que logo sem esperar os golpes se refugiavam nas casas próximas, ou atrás das árvores ou no mato circunjacente, e aí se demoravam até passar o frenezim. Nas festas havia cantilenas, músicas, danças, fumigações, e bebidas fermentadas, com os desmandos finais que o excesso do fumo e as bebidas naturalmente produziam.

Oração: Pediam-se, por ocasião destas cerimónias, bom tempo (sol ou chuva), muita caça, fartura de mantimentos e a saúde.

Periodicidade: Celebravam-se em períodos certos, numas partes, de ano em ano; noutras, duas vezes por ano, e durante uma semana. Para os Moritises, a principal festa era no comêço do ano, que se contava desde o nascimento ou aparição das *Plèiades*.

Com o advento da civilização cristã, proïbiram-se as festas *rituais*. Os *Quiriris* abstiveram-se delas durante oito meses seguidos. Depois reconstruíram a cabana e recomeçaram as cerimónias gentílicas. Os Padres queimaram a Cabana. (A Ânua de 1693 refere esta destruïção da Cabana aos *Moritises*, donde se infere que seriam um ramo dos *Quiriris*).

Os Índios Quiriris mais velhos vieram ter com o Superior da Aldeia. O Padre disse-lhes:

— Ou não acreditais nessa cabana ou acreditais. Se não acreditais para que vos afligis, por ter queimado um pouco de palha? Se acreditais, para que estamos nós aqui e nos dizeis que quereis ser cristãos e vos fazeis cristãos?

---

1. Cf. supra, capítulo precedente, págs. 276-277.

O Principal respondeu:

— Queremos ser cristãos, mas queremos também conservar os costumes dos nossos antepassados.

Explicou-lhes o Padre que poderiam continuar com todos os *costumes*, que o fôssem simplesmente, e não práticas opostas à *fé cristã*, em que muitos já viviam *baptizados*. E com a inalterável e nunca desmentida tolerância dos Jesuítas, permitiu-lhes as danças, cantos, bebidas, com tanto que em tudo houvesse o moderado resguardo, próprio de sêres humanos dotados de razão. Aquietaram-se todos, excepto uns poucos, que se afastaram para o mato a duas léguas da Aldeia. Ergueram aí duas ou três casas e entre elas a cabana sagrada. Tendo ouvido aos Padres que Roma era o centro de tôdas as Igrejas da terra, deram ao sítio o nome de Roma. E nela continuaram as festas do *Uariquidzam*, interrompidas na Aldeia.

Na noite silenciosa, as cantilenas e músicas encheram a floresta, e os ecos chegaram à Aldeia. Concluídas as festas gentias, voltaram à Aldeia Cristã. Ao celebrar-se a missa, os Padres impediram-lhes a entrada na Igreja, até êles confessarem que não tinham procedido bem. Foi a única represália dos Jesuítas. Os *Quiriris*, com tôda a rudeza da sua inteligência ainda inculta, compreenderam a linguagem da brandura e da persuasão. Acederam. E recomeçou a catequese [1].

Será lícito ao historiador de um determinado período histórico lançar a vista ao futuro e fazer uma aproximação de factos?

Quási um século depois da fundação das primeiras Aldeias dos Quiriris, os Jesuítas foram afastados dos sertões brasileiros. A obra da catequese parou, pelo menos em parte, e os sertões recuaram. Passou-se outro século. E surgiu nova dissidência naquela mesma terra, onde «a uma ameaça de castigo se respondia com ameaça recíproca», dissidência semelhante àquela primeira de 1673, de apêgo a coisas do passado. O «culto do Uariquidzam» chamava-se

---

1. E em 1704, ao narrar o trabalho que custara a catequese dos Quiriris, e como tinham sido úteis e eficazes os esforços dos Missionários, e eram já quási todos cristãos, o analista (*Bras. 9*, 397v) recorda êste adágio da experiência (tirado de Horácio, *Epist.*, I, 1, 39) sôbre os efeitos da educação e cultura:

Nemo adeo ferus est qui non mitescere possit,
Si modo culturae patientem accomodet aurem.

agora, em 1897, «culto do Imperador». Como os tempos tinham mudado, a solução dada à «cabana sagrada», de Canudos, não foi a psicológica, longânime e suave, dos Jesuítas, senão a acção directa e violenta das armas de fogo.

O conhecimento do sertão é ainda incompleto em Euclides da Cunha, não só pelo que ainda históricamente dêle se ignorava (Euclides nota-o e reconhece-o), como também no que encerra de interpretação submissa a precárias teorias, então em moda, mortas hoje ou ultrapassadas, como tantas que surgiram um momento, e se foram, e vão, devorando umas às outras.

Acima porém de teorias sucessivas e transitórias, há os métodos. A diferença de métodos, — o da persuasão ou o dos canhões, — viu-a bem o estilista, noutros escritos seus. E a vislumbrou e classificou, nas «duas linhas», cruéis, vingativas, com que remata, cerce, a paisagem de «Os Sertões».

CAPÍTULO XVI

Sergipe de El-Rei

1 — Tentativa da Câmara para fundar Colégio na Cidade de Sergipe; 2 — Missão no Rio Real; 3 — Fazenda de Aracaju; 4 — Fazenda de Tejupeba; 5 — Fazenda de Jaboatão; 6 — Aldeia de Geru.

1. — A colonização de Sergipe, iniciada pelos Jesuítas em 1575 com o P. Gaspar Lourenço, teve vida agitada no século XVI [1]. Nos começos do século XVII falou-se em que havia minas em Sergipe. O Governador D. Luiz de Sousa foi lá em pessoa, em Julho de 1620, averiguar que fundamento haveria. As minas ficaram em nada. Com D. Luiz de Sousa foi também o P. Manuel do Couto, seu confessor, êste com a incumbência de examinar se seria possível abrir Residência para atender aos moradores e ao pessoal das fazendas. A falta de gente não o consentiu. Encarregou-se, entretanto o cuidado espiritual ao Vigário da Cidade; e o temporal das Fazendas e escravos a um homem branco [2]. E visitavam-se em missão duas vezes por ano. Iam dois ou três da Companhia de cada vez. E nesse mesmo ano de 1620 se informa de três, que lá estiveram com fruto [3].

Enfim em 1631 diz-se que já se tinha começado a Residência fixa e estavam nela o P. Sebastião Vaz, Superior, com o Ir. Gaspar de Almeida [4]. Mas era Residência precária, não tanto por si mesma, como pelas perturbações da invasão holandesa que se aproximava do Rio de S. Francisco e não deixaria em paz a própria Capitania de Sergipe e o Rio Real. E assim só mais tarde se retomaria, além

---

1. Cf. supra, *História*, I, 439 ss.
2. *Bras. 8*, 310v.
3. *Bras. 8*, 277.
4. *Bras. 5*, 130v.

das Casas das Fazendas, a idéia de Residência na Cidade. E com a nota de que os Sergipanos queriam não apenas Residência, mas Colégio. A idéia surgiu por volta de 1681, ano em que entrou na Companhia de Jesus, o P. Ângelo dos Reis, nascido no Rio Real [1]. A 4 de Julho de 1684 a Câmara da Cidade do Sergipe escreve a El-Rei, e pede-lhe auxílio, para concluir a matriz, e a renda de 2.000 cruzados para fundar um Colégio. Acordou-se no Conselho Ultramarino que não se poderia deferir, enquanto não constasse que El-Rei era obrigado a dotá-lo [2].

Quem estava empenhada era a Câmara. Não desistia das suas pretensões, sôbre as quais informara o Marquês das Minas. A Câmara, entre outras medidas, tomou a de escrever directamente ao Geral da Companhia:

«Anos há que andamos na pretensão de que esta Cidade de Sergipe de El-Rei participe da doutrina e bom ensino dos Religiosos da Companhia de Jesus, de que tanto necessitam nossos filhos e netos, para se fazerem aptos para o serviço de Deus. E como nunca tivesse efeito êste nosso desejo, nos resolvemos, em Câmara plena, escrever a Sua Majestade quisesse ser servido dotar de Sua Real Fazenda certo número de Religiosos da Companhia para doutrinarem e ensinarem nossos filhos na forma em que costumam fazer, e juntamente para andarem em missão pelo distrito desta Capitania, que por ser mui falto de doutrina cristã, necessita muito de obreiros verdadeiramente evangélicos, que, pelo bem espiritual de mais de vinte mil almas, possam correr os dilatados campos, por onde habitam. E como esperamos que Sua Majestade defira a petição, tão justa e santa, êste nobre senado da Câmara, e, com todo êle, a mais nobreza e povo, pedimos a Vossa Reverendíssima queira favorecer esta nossa pretensão com nos mandar dar Religiosos que fundem casa, competente a seus Ministérios, dando El-Rei dote para isso. E como esta nossa petição é para glória de Deus e bem das almas, ficamos certos no despacho de Vossa Reverendíssima. O Senhor guarde a pessoa de Vossa Reverendíssima. Feita em Câmara, aos 7 dias do mês de novembro de 1685 anos» [3].

---

1. *Bras.* 5(2), 81v.
2. AHC, *Sergipe*, 1684.
3. *Bras.* 3, 217. Carta da Câmara de Sergipe ao R. P. Geral da Companhia de Jesus, em Roma. Assinaturas autógrafas de *Luiz de Andrade Pacheco, Sebastião de Carvalho, Manuel Reis Crasto, João de Oliveira, Manuel da Fonseca Cabral.*

A informação do Marquês das Minas, Governador Geral, a El-Rei foi : «Quanto aos dois mil cruzados de renda efectiva para a fundação do Colégio da Companhia, nem à Câmara pertence êsse requerimento, que só toca a seus Religiosos, nem êles deviam de tratar da fundação (em que ainda hoje se não fala) sem autoridade real e licença expressa de Vossa Majestade, nem pela mesma Câmara havia de correr a renda». O seu parecer era que se El-Rei quisesse fundar o Colégio, a renda saísse dos dízimos, como para os mais Colégios. O Conselho assumira o parecer do Marquês das Minas, e que se não tratasse disso, sem expressa ordem de El-Rei [1].

2. — Posta de lado a idéia de Colégio, permaneceram de pé as modalidades da actividade da Companhia, missões urbanas e rurais, quer na Cidade de Sergipe, quer pelas povoações do interior, que não dependiam de pareceres alheios. Das Missões dão os documentos uma vez ou outra referências concretas com as dificuldades e resultados, como em 1689, missão frutuosíssima [2], e em 1701, em que passam a Semana Santa, na Cidade de Sergipe, os Padres José Bernardino e Domingos de Araújo [3], — resultados comuns a êste género de ministérios: sacramentos, pazes, obras pias.

Numa dessas missões, em Dezembro de 1643, narra-se porém um caso ou visão curiosa, diferente das habituais.

Talvez não passe de alucinação dos sentidos de carácter colectivo. De qualquer maneira foi pretexto para exercício de piedade; e o narrador soube apreender bem a suspensão da vida local ambiente, causado pelo fenómeno que descreve, e certo, com brilho literário, próprio da época vieirense:

«Entre outras vezes que êstes anos foram dêste Colégio em missão ao Rio Real, distante desta Cidade pouco mais de 40 léguas, nos confins de Pernambuco, partiram para a mesma paragem em Dezembro de 643 dois Religiosos nossos, assim para visitar as fazendas e currais, que ali tem a Companhia, como principalmente para satisfazer a uma súplica pia daqueles remontados moradores, em que pediam lhes mandassem quem lhes prègasse e administrasse os sacramentos, *praècipue* da confissão, por haver naqueles *Campos*

---

1. AHC, *Sergipe*, 1685, 1697.
2. *Bras.* 9, 376v.
3. *Bras.* 9, 452.

falta de Sacerdotes que o pudessem fazer. Fizeram os missionários naquela emprêsa o que em semelhantes costumam os filhos da Companhia, não só no sofrimento das incomodidades de tão deserto e trabalhoso caminho, mas também no ensino e fruto dos que os chamaram, que deixo por brevidade e por referir mais de espaço um caso admirável, que naquele lugar lhes sucedeu desta sorte. Em um largo e espaçoso campo, em que sòmente havia os pastôres e currais pertencentes a êste Colégio, estavam os dois missionários entre as 8 e nove horas da noite, quando a grandes e repetidas vozes clamaram os negros que saíssem a ver o fogo da outra vida, que dêste modo costumam êles chamar a semelhantes visões. Saídos os Padres ao Campo, divisaram bem de perto, pelo escuro da noite, um vulto como de um homem agigantado sôbre um grande cavalo, mas a escuridade da noite e a ligeireza com que se movia não davam lugar a notar que corpo era nem de que modo trajava, sòmente se enxergava como que tinha na mão umas aparências de caveira, de cujos olhos e bôca saíam chamejando três flamantes rosas de abrasado fogo, tão vivo sempre e uniforme em seu ser, que nem se diminuía ou fazia em si mudança com as muitas voltas que dava o cavaleiro, nem com o arrebatado movimento se alterava, lançando de si faíscas como ordinàriamente costuma. No princípio, começou alguns caracóis em forma de escaramuça, mas logo por espaço de um quarto de hora deu em passar à carreira, do comprimento de um tiro de espingarda, ao través dos que o viam, e isto com tão grande velocidade em chegar de têrmo a têrmo, que nem para arrancar se parava nem no voltar se detinha, antes sem nenhum género de demora no virar, continuava aquêle grande corpo dois movimentos entre si totalmente encontrados, indo sempre o fogo virado para a parte de onde estava a gente, sem que nunca para êste efeito o vissem mudar de uma mão para outra, bem que no meio da carreira sem interrupção, contudo da ligeireza com que corria, ora o abatia à terra, ora o levantava mais alto. Mas o que aqui há muito para se notar é que estando os Padres e tôda a outra gente tão perto do lugar em que corria, não ouviam contudo nem o tropel do cavalo, nem outro algum estrondo, mais que um tinir de cadeias e correntes, e sendo que outras vezes, em semelhante tempo, pela calada da noite, se ouviam comumente, por aqueles espaçosos campos, ou o berrar dos bezerros, ou o mugido das vacas, ou o ladrar dos cachorros, então estava tudo tão mudo que parecia ficara pasmado e atónito de tal visão, acrescentando com esta falta de vozes o mêdo dos que a viam, e a suspeita de que não era invenção humana, mas coisa da outra vida, a que tanto silêncio causava fora do curso ordinário naqueles campos e brutos. E ainda que com certeza não se podia afirmar se era bom ou mau espírito, contudo por algumas circunstâncias vieram a conjecturar que seria alguma alma do Purgatório, que falta de algum socorro espiritual, viera por dispensação da Divina Providência, buscá-lo em tal paragem; porque tanto que o Padre se resolveu em lhe dizer duas Missas, como depois com efeito o cumpriu, logo desapareceu, e acabado o fogo, se abaixaram todos os que estavam presentes, e quanto o permitia o pouco claro da noite viram no mesmo Campo caminhar para mais longe um meio corpo espadaúdo, feio e negro. E, ainda que 8 dias antes de chegarem ali os Padres, tinham certas pessoas no próprio lugar visto aquela visão, não sempre da mesma sorte, mas com diversas figuras, contudo depois da promessa das missas não apareceu ali mais. Do que se deixa bem ver, que sortira nelas o efeito que seu destêrro merecia» [1].

3. — A outra modalidade dos esforços dos Padres em Sergipe consistiu na cultura e aproveitamento das fazendas, que aí possuíam desde o tempo da Conquista nas margens dos Rios Real, Piauí e Vasa-Barris. Agruparam-se depois tôdas em dois grandes núcleos, que os Catálogos mencionam, com os nomes, primeiro de *Fazenda de Aracaju*, e logo de *Tujupeba* (ou *Tejupeba*), e *Jaboatão*.

A *Fazenda de Aracaju* foi algum tempo residência fixa. Em 1704 vivia nela um Padre da Companhia, ao qual molestou o Capitão Manuel Pessoa de Albuquerque, a quem o Governador Geral D. Rodrigo da Costa manda estranhar, por o «não ter tratado com tôda a cortesia e veneração»: e ordena-lhe que mostre todo o respeito aos Padres da Companhia, «porque eu os estimo muito e Sua Majestade que Deus guarde faz o mesmo, pela sua grande suficiência e zêlo, com que servem a Nosso Senhor» [2].

Já desde 11 de Fevereiro de 1659 tinham os Jesuítas Provisão do Governador Geral Francisco Barreto, que renovava a que se perdera em 1624 na tomada da Baía pelos Holandeses, para que os

---

1. Carta Quadrienal de 1641-1644, *Bras. 8*, 529v. Não vem assinada, mas está com a mesma letra da Quadrienal anterior, latina (1638-1641), e esta, diz-se no Arquivo que é de António Coelho, natural de Coimbra.
2. *Doc. Hist.*, XL (1938) 112.

Capitães mores e ministros da Capitania de Sergipe não entendessem com os Índios dos Padres nessa Capitania [1].

4. — Aracaju pertencia ao grupo de Fazendas, que aparece no Catálogo de 1692, sob o título de «*Residência de Sergipe no Tujupeba*», distinta já de outro grupo de fazendas, cujo centro se diz dois anos depois «Residência de Jaboatão no Rio de S. Francisco» [2]. Viviam então em Tejupeba, o P. João Nogueira, «procurador das Fazendas de Sergipe», o Ir. José de Tôrres, construtor de barcos, e o Ir. Francisco Simões, carpinteiro, o que denota período activo de edificações.

Ficava próximo, ou em terras da Fazenda, uma Aldeia de Índios, porque o Governador Vasco Fernandes César de Meneses, a 10 de Dezembro de 1721, escreve ao Provincial sôbre os Índios da *Aldeia de Ptejupeba*, para remediar alguma inquietação que nela houve [3].

A Fazenda de Tejupeba tornou-se a mais numerosa Residência de quantas pertenciam ao Colégio da Baía, com três Padres e dois Irmãos em 1757: P. Inácio Teixeira, Superior, P. Francisco Barbosa, P. Inácio de Carvalho, e Irmãos Honorato Martins e Matias Piller.

Tejupeba passou ao Fisco em 1760. A 5 de Fevereiro apresentou-se nela o funcionário encarregado da comissão. O Padre Inácio Teixeira, que aí residia, saiu a 8 e no dia 23 chegou à Baía. Rara

---

1. *Anais da Baía*, XXI, 195.
2. *Bras.* 5(2), 85.
3. *Doc. Hist.*, XLIV, 176. Esta diversidade, *Ptejupeba, Tujupeba, Tejupeba*, poderia significar evolução da palavra: é provável que represente hesitações de copista. Nos documentos da Companhia há apenas *Tujupeba* e *Tejupeba*. No Livro da «Rezão do Estado do Brasil» (1613), lê-se que os Padres tinham muitas terras e fazendas em Sergipe e a seu cargo a maior fôrça dos Índios daquele distrito, «assy donde chamam *Cotigipeba* como em outros lugares». No mapa correspondente da *Rezão*, a fazenda dos Padres da Companhia marca-se à margem direita de Vasa-Barris, em frente da «povoação nova a que chamam *Cidade de S. Cristóvão*», e apelidava-se então «O Saco». No mapa do Barão Homem de Melo lemos, no lugar correspondente a essa posição topográfica, o nome de «Colégio». Na toponímia novíssima de Sergipe conserva-se a denominação de «Colégio», à antiga *Fazenda* de Tejupeba; e o nome de Tejupeba ao *Rio*, que a banha, e vai desaguar na margem direita do Rio Vasa-Barris. Os bens dos Jesuítas no actual Estado de Sergipe, património do Colégio da Baía, eram, em 1759, os seguintes: «Seis moradas de casas e chãos e foros na Cidade de S. Cristóvão de Sergipe de El-Rei; a Fazenda de Jaboatão e de Tejupeba e suas *anexas*, com casas de moradas, currais, gados e escravaturas no distrito da Comarca de Sergipe de El-Rei», cf. infra, *Apêndice C*.

vez se viu manifestação de pesar como a de que deram provas não só os servos e trabalhadores da Fazenda, que ficaram chorando inconsoláveis, mas os de todos os lugares por onde passara. E também os da Cidade de Sergipe [1] apresentavam ao Padre o seu sentimento, exaltando a Companhia cuja ausência lastimavam.

Quando a escolta de 8 soldados, comandados por um homem, de que as crónicas não falam bem, no meio dos quais ia o Padre, chegou à Baía, cidade natal do mesmo Padre, foi tal o escândalo, a dor e o espanto do povo, que um sacerdote secular de grande reputação, caridade e virtude, P. Filipe, esclamou : — *Vi, já vi com os meus olhos, a Cristo prêso pelos Judeus e levado pelas praças e ruas entre soldados e fariseus.*

Ajoelhou-se no Terreiro de Jesus, e com assombro de tôda gente rezou em alta voz ao Patriarca S. Inácio, e deu graças a Deus [2].

5. — A *Fazenda de Jaboatão* surge, organizada, já com residência estável, em 1694, com o nome de «*Residência de Jaboatão no Rio de S. Francisco*»; e nela o mesmo P. João Nogueira, e o Ir. Carpinteiro Francisco Simões, que dois anos antes presidiam às obras da *Fazenda de Tejupeba*. Em 1720 denominava-se «Residência de Jaboatão e Urubu» [3].

Urubu talvez esteja em conexão com outro Urubu, no Rio de S. Francisco, pertencente ao Colégio do Recife, e de que nesse capítulo tratamos, *Urubumirim*, em terras de Alagoas. Mas Urubu é nome comuníssimo e dentro de Sergipe houve, e ainda há, mais de um lugar com essa denominação. Um ficava perto da Lagoa de Propriá, que desagua em frente à grande fazenda, já em Alagoas, conhecida hoje pelo nome de Cidade de Pôrto Real do Colégio, ou simplesmente Cidade do Colégio. O facto destas Fazendas do Rio de S. Francisco

---

1. *Sergipenses cives* (Silveira); *Sergipensis civitas* (Caeiro).
2. Silveira, *Narratio*, 107-108; Caeiro, *De Exilio*, 104. O P. Inácio Teixeira nasceu na Baía a 12 de Setembro de 1705. Entrou na Companhia a 6 de Março de 1724. Exilado com os mais, veio a ser Superior dos Jesuítas do Brasil, no Palácio de Sora (Roma) em 1765 (Bibl. Vitt. Em., f. gess. 3492/1363, n.º 6) e faleceu em Castel Gandolfo a 7 de Novembro de 1768 (Apêndice ao Cat. Port. de 1903; *Lettere Edif. della Prov. Romana* (Roma 1909) 389). Tanto o *Apêndice* como as *Lettere* dão o seu nascimento a 15 de Agôsto de 1705, mas devem prevalecer os catálogos de 1725 e 1732, primeiras fontes, com a data de 12 de Setembro de 1705, *Bras. 6*, 138v, 168, etc.
3. *Bras. 6*, 108.

pertencerem parte aos Jesuítas de Pernambuco, parte aos da Baía, e terem nomes iguais ou semelhantes (*Urubu, Urubumirim*), origina dúvidas e problemas de discriminação já demasiado locais para se deter com elas a história geral.

A Fazenda de *Jaboatão* ou Fazenda do *Colégio* também se veio a chamar, por este facto, *Colégio de Japaratuba* [1]; e o primeiro passo para a sua organização foi a compra de dois lotes de terras a Pedro de Abreu de Lima, genro de D. Guiomar de Melo, um no *Urubu*, outro em *Jaguaripe*. A escritura é de 6 de Dezembro de 1649, com as seguintes confrontações:

Urubu: A terra «começa de um cajueiro que está em um alto, chamado o sítio do Bacalhão, e do dito cajueiro, correndo o rumo à barra do Rio das Tabocas, que entra em uma Lagoa chamada Boaçucuípe, correndo pela dita ribeira das Tabocas até o seu nascimento, e daí irá correndo o rumo Leste-Oeste até chegar ao regato que chamam da Cruz, e pelo dito regato acima até entestar com as terras da dita D. Guiomar de Melo, e tornando ao dito cajueiro, irá correndo dêle ao rumo Oesnoroeste, até o outeiro fronteiro, que faz águas vertentes para o dito cajueiro; e do dito outeiro correrá o rumo a Sudoeste até entestar com as terras de D. Guiomar de Melo, e que êste pedaço, assim confrontado, será pouco mais ou menos de comprido quatro léguas, e de largo em parte légua e meia, e em outras partes mais e em outras menos».

Jaguaripe. A terra corre «da barra do Rio Jaguaripe para a banda do mar, correndo ao redor do Rio S. Francisco, rumo direito meia légua, e da barra para cima, tôda a terra que houver até entestar com a Serra da Tabanga onde chegar a sesmaria, e para o sertão tôda a terra, que houver, até entestar com as terras de D. Guiomar de Melo».

Preço: 9.250 cruzados, pagos parte à vista, parte a prazo [2].

Desenvolveu-se muito esta Fazenda e sempre nela havia pelo menos dois Religiosos da Companhia, ocupados não só na adminis-

---

1. Cf. Informação da Câmara de Vila Nova Real de El-Rei, de 9 de Fevereiro de 1757, *Rev. do Inst. Hist. Bras.*, Tômo Especial, I Parte (1915) 966.
2. Cf. Tombo do Colégio da Baía, *Doc. Hist.*, LXIII, 346-357. Dá informação destas terras o P. João Luiz, quando por ali passou com o Camarão e Henrique Dias, razão para se incluir a notícia, mais adiante, neste Tômo, Livro consagrado a *Pernambuco*, Capítulo II, *Os Jesuítas contra a invasão holandesa*; cf. *Rev. do Inst. Hist. Bras.*, 183(1944)209.

tração das fazendas, mas também nos ministérios religiosos com os trabalhadores dela e moradores da vizinhança. No dia 1.º de Março de 1760 foi ocupada militarmente, passando para o Estado [1].

Jaboatão era fazenda modêlo, que se descrevia em 1757, «com sua Igreja de N.ª S.ª do Destêrro, bem exornada e aprazível, além do mesmo Hospício e morada dos Religiosos ser muito claro e vistoso e saudável, com as casas de seus escravos arruadas, e tudo com muita direcção» [2].

Jaboatão, hoje cidade de Japoatã, é sede de município [3].

6. — Além das primeiras Aldeias de Sergipe, erectas em 1575, e das de Aracaju e Tejupeba, anexas às fazendas dos mesmos nomes, começaram os Jesuítas a administrar ainda no século XVII a *Aldeia de Geru* [4].

Geru pertence ao grupo das Aldeias dos *Quiriris* do sertão de Jacobina (Jacobina a Velha) e Rio de S. Francisco, principiados a aldear em 1666. Com todos os contrastes, que teve com a gente da Tôrre, só vinte anos mais tarde foi possível, por imposição régia, o aldeamento estável da Aldeia. Ainda não consta do Catálogo de 1683, mas já se andaria a organizar, pelo facto de se tratar de assegurar as suas subsistências e de se comprar neste ano aos Religiosos do Carmo da Baía, um sítio para criação de gado, chamado a *Ilha*, limítrofe a outras terras já da Companhia e dos Carmelitas e também de Pedro Homem da Costa. O sítio da Ilha começava a demarcação «da passagem real do Rio Piaguí correndo para baixo, e pelas mais partes com quem bem e verdadeiramente deva e haja de partir, e tem seus pastos de gados, matos e águas e é livre, fôrro e isento de tôda a pensão ou tributo algum, sòmente dízimo a Deus». Os primeiros

---

1. Silveira, *Narratio*, 108.
2. Relação do Vigário de Santo António de Vila Nova Real, Joaquim Marques de Oliveira, AHC, *Baía*, 2708. No mesmo AHC, *Baía*, 2709, há um mapa desta região, cuja cota, de letra C, é «Igreja da Fazenda do Jaboatão dos Padres da Companhia de Jesus». Na Colecção especial de Mapas e Plantas tem o n.º 220.
3. Parece que depois de saírem os Jesuítas de Sergipe e se arrematarem os seus bens, houve irregularidade de que falam denúncias e documentos. Cf. AHC, *Baía*, 5921; Bibl. da Univ. de Coimbra, *ms.* 466, f. 235.
4. Cf. supra, *História*, I, 440ss.

passos desta compra são ainda do ano de 1682. A escritura lavrou-se a 16 de Janeiro de 1683 [1].

O Catálogo seguinte de 1692 já traz a Aldeia constituída, e assistentes nela os Padres Luiz Mamiani e João Baptista Beagel e o Ir. Manuel de Sampaio, estudante da língua Quiriri [2].

Dois anos depois, em 1694, os Índios da Aldeia, excepto 20, ainda pagãos, eram já todos católicos [3].

A Aldeia ficava entre o Itamirim e o Rio Real, por onde começara e noutro seu braço principal, o Rio Piauí, a catequese dos Jesuítas, e onde se fundou no século XVI, a primeira escola que houve no actual Estado de Sergipe [4].

Aparece no Catálogo de 1692 com o nome de *Juru*, tupi, que significa bôca, entrada. Depois passou a ser *Geru* e também, ela ou outro sítio vizinho, *Geruaçu*, como consta da fórmula dos votos do P. João Vieira que aí os fêz no dia 8 de Setembro de 1714 [5].

A vida da Aldeia de Geru decorre no trabalho simples e pacífico da catequese, e também numa das suas obrigações coloniais, que era ministrar Índios de guerra, conforme as requisições dos Governadores a diversas expedições, uma das quais contra os *Mocambos* em 1721 [6].

Geru tinha-se constituído o maior centro da região. Às vezes os capitães-mores queriam utilizar o terreno dela para passar revista ou «mostra» à gente da vizinhança. Assim em 1723. Mas o ajuntamento dos soldados e o toque de caixas inquietava os Índios, e o Governador Vasco Fernandes César de Meneses ordenou que tais diligências se não fizessem nessa Missão, mas em Itabaiana (Ita-

---

1. Reitor do Colégio da Baía, era o P. Alexandre de Gusmão, e Procurador do mesmo Colégio, o P. Paulo Carneiro. Da parte do Carmo intervieram vários religiosos, cujos nomes se citam na escritura (*Doc. Hist.*, LXIV, 104-112).

Também, por escritura de 8 de Fevereiro de 1623, tinha comprado o Colégio da Baía, meia légua de terra em quadra no Rio Piauí, a começar no cabo de Campo Grande até o Rio Piauí, por onde corria outra meia légua, cf. «Tombo do Colégio da Baía», *Doc. Hist.*, LXIII, 342-345.

2. *Bras.* 5(2), 86.
3. *Bras.* 9, 397.
4. Cf. supra, *História*, 1, 440.
5. *Lus.* 24, 60. *Geru*, lagarto; *Geruaçu*, lagarto grande.
6. Cf. *Doc. Hist.*, XLII, 254; XLIV, 139-140.

baianinha?) ou Japão, ou em outra parte, onde «se não seguissem tão notórios prejuízos»[1].

Os Padres deixaram a Aldeia, que recebeu, no dia 11 de Setembro de 1758, o nome de Távora e depois o de Tomar[2].

Quando se esboçou a perseguição, fêz-se um libelo contra o Missionário da Aldeia. O Vice-Rei, feita exacta inquirição judicial, verificou que a verdade aparente do libelo era falsidade real. Contra o Missionário secular Inácio Rodrigues Peixoto, que sucedeu aos Jesuítas, fêz-se novo libelo, cujo resultado não era do conhecimento de Francisco da Silveira ao escrever a sua *Narração*. Sabe-se no entanto que os Vigários das três paróquias mais próximas de Geru levaram a mal a saída dos Jesuítas, pois o seu trabalho e zêlo aliviava o dos Vigários.

A Aldeia de Geru era afamada na região como centro intenso de vida religiosa. Na sua magnífica Igreja, de Nossa Senhora do Socorro, instituíu-se a Congregação ou Confraria da mesma Invocação, de que faziam parte os mais importantes moradores das terras vizinhas, que concorriam para o seu ornato. A Igreja, levantada pelo P. Luiz Mamiani della Rovere, era a mais ornada e bela de tôdas as Igrejas missionárias fora da cidade da Baía. Voltando a Roma, o Padre Mamiani não a esqueceu. Alcançou para ela a Confraria do Socorro, e êle e os seus parentes, da maior nobreza romana, mandaram para a Igreja e missão do Geru, importantes donativos[3].

A esta Aldeia andam unidas a *Gramática* e o *Catecismo Kiriri*, feitos pelo P. João de Barros, mas que nesta Aldeia estudou e preparou para a imprensa o P. Mamiani, sob cujo nome correm mundo. A aprovação, dada à Arte, pelo P. João Mateus Falleto, é datada também desta «Missão de Nossa Senhora do Socorro», a 27 de Maio de 1697[4]. E do mesmo P. Falleto é datado ainda desta Aldeia o seu livro *De Regno Christi in terris consummato*[5]. Em 1757 vivia no Geru o P. Domingos de Matos, que ainda ficou algum

---

1. *Doc. Hist.*, XLV(1939)52.
2. Marcos António de Sousa, *Memoria sobre a Capitania de Serzipe*, 2.ª ed. (Aracaju 1944)27.
3. Silveira, *Narratio*, 55-56.
4. Cf. Luiz Vincêncio Mamiani, *Arte de Grammatica da Lingua Brasilica da naçam Kiriri* (Lisboa 1699)7.
5. Cúria Generalícia, Arch. de Postulazione Generale, Sez. IV, Varia, n.º 28, Scafale D. Em *O P. António Vieira e as Ciências Sacras no Brasil — A famosa*

tempo em casa dos seus parentes. Em Maio ou Junho de 1760 seguiu para a Baía, de onde, com os Padres do Piauí, embarcou para o exílio [1].

Os Índios Quiriris da Aldeia do Geru em 1700 passavam de 400 [2]. Ao elevar-se a vila, os Quiriris eram 100 famílias [3].

A Aldeia mantém hoje o nome primitivo de Geru (Vila de Geru) e a Igreja, com a sua obra de talha, é património nacional, «exemplar belíssimo de transição», «obra mestiça e vigorosa», dos fins do século XVII [4].

«*Clavis Prophetarum*» *e seus satélites*, na Rev. *Verbum*, I (Rio, Dezembro de 1944) 263-264, publicamos o *Prefatio ad Lectorem*, do livro do P. Falleto, escrito na «*Missione Deiparae Virginis Auxiliatricis*».

1. O P. Domingos de Matos nasceu na Diocese da Baía, a 26 de Outubro de 1694. Entrou na Companhia a 20 de Junho de 1713. Fêz a profissão solene a 8 de Setembro de 1731 e faleceu a 18 de Abril de 1767 em Roma, no Palácio de Sora, *Bras*. 6, 98, 408; *Gesú*, 690, *Speze per Sepoltura*. No Apêndice ao Cat. Port. de 1903, está que era de Limeira, Baía, mas as datas que se apontam não conferem com as dos Catálogos, excepto a do falecimento. As que damos são as certas.

2. *Bras*. 10, 25v.

3. Silveira, *Narratio*, cód. da Univ. Gregoriana, 138, f. 256. Em Caldas, *Notic. Geral*, 30, vem apenas o número de 60 casais.

4. Cf. Lúcio Costa, *A Arquitetura dos Jesuítas no Brasil*, 65.

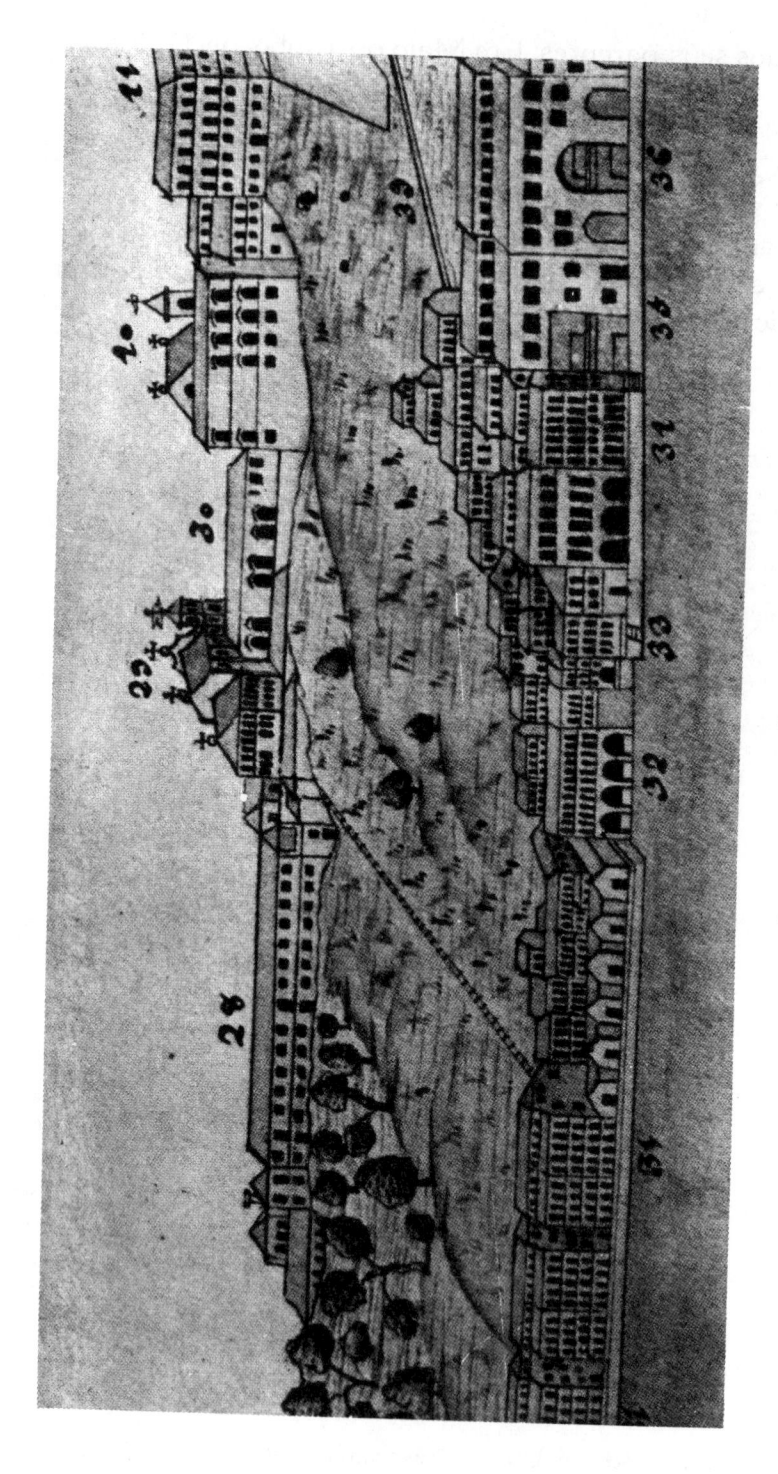

O Colégio da Baía em 1758

28 — «Casa Professa dos Religiosos Jesuítas».
29 — «Igreja do Salvador dos mesmos Religiosos».
30 — «Estudos Gerais da mesma Companhia».

Vê-se também o histórico e famoso «Guindaste dos Padres»; o «Cais dos Padres da Companhia» não aparece na gravura e ficava à esquerda, com o n.º 24. (Secção do «Prospecto pela marinha da Cidade do Salvador Bahia de Todos os Santos, Metrópole do Brasil», feito por José António Caldas, em 1758, com que ilustra a sua *Notícia Geral*, e se guarda manuscrito no Arquivo Municipal da Baía).

LIVRO SEGUNDO

PERNAMBUCO

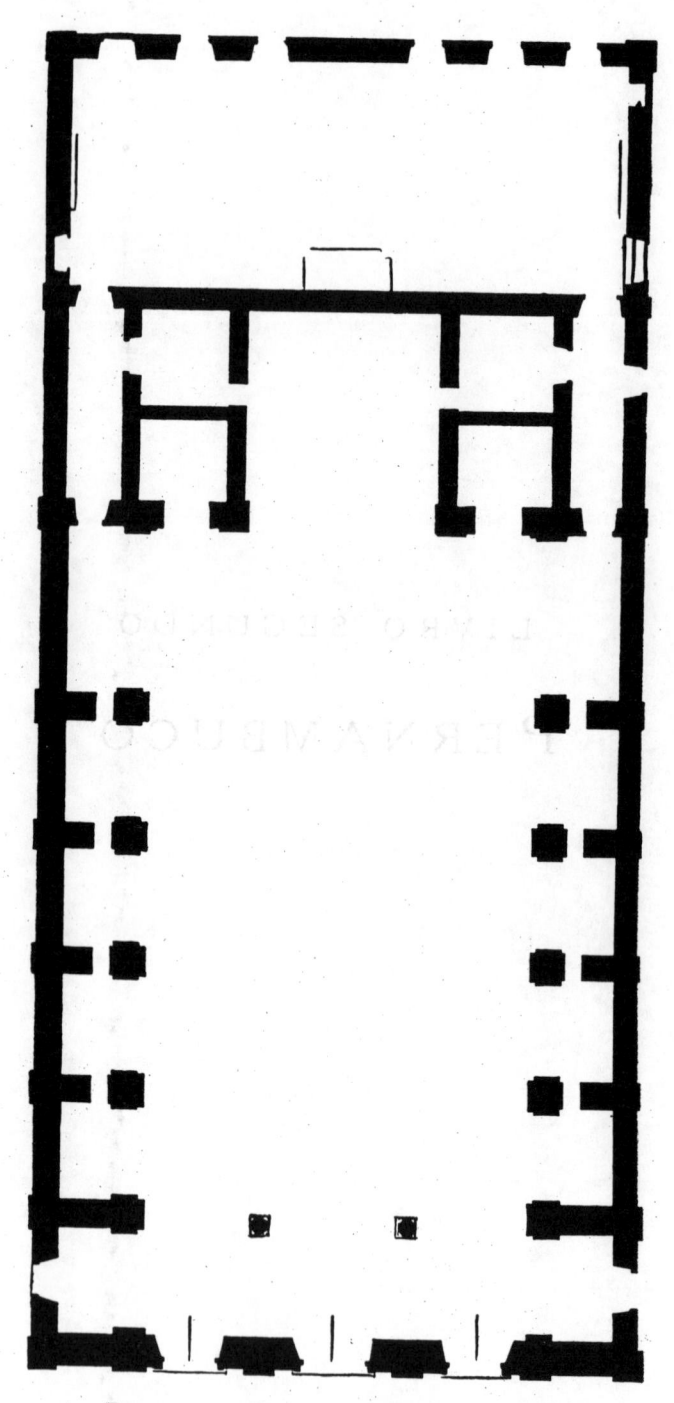

PLANTA DA IGREJA DO COLÉGIO DA BAÍA
(HOJE BASÍLICA DO SALVADOR, SÉ PRIMAZ DO BRASIL)

Lançamento da 1.ª pedra: 1657
Conclusão do edifício: 1672

CAPÍTULO I

Aldeias de Pernambuco

1 — Pernambuco ao abrir o século XVII;   2 — Aldeias do Colégio de Olinda;   3 — S. Miguel de Muçuí;   4 — Seus serviços na Paraíba contra os holandeses;   5 — Aldeias da Assunção e S. Miguel de Urutaguí;   6 — S. André de Goiana;   7 — S. João Baptista de Itaimbé;   8 — S. André de Itapicirica;   9 — Nossa Senhora da Escada, Caeté e Ipojuca;   10 — S. Miguel de Una.

1. — O estado da Companhia em Pernambuco, ao abrir o século XVII, é resumido nesta breve informação, com que se retoma o fio da sua *História* [1]:

«No Colégio de Pernambuco há 42 sujeitos; 21 são sacerdotes e 21 que o não são, os quais se ocupam na maneira seguinte.

O ano de 615, em 5 de Outubro, se enviaram em missão ao Maranhão dois sacerdotes em companhia de Alexandre de Moura, a petição do Governador dêste Estado Gaspar de Sousa, os quais exercitaram na dita missão os ministérios da Companhia com os Portugueses e Índios daquelas partes e com outros que levaram desta Capitania em socorro. E ainda não são vindos os ditos Religiosos.

Outros dois Sacerdotes continuam com a Missão do Rio Grande, fazendo o mesmo ofício com Índios e Portugueses.

Com 7 ou 8.000 Índios, repartidos em 5 Aldeias, nesta Capitania e na de Itamaracá, se ocupam 12 Religiosos, 6 sacerdotes e 6 que o não são. Sua ocupação nelas é de cura de almas, administrando-lhes os Sacramentos do Baptismo, Penitência, Comunhão, Matrimónio e Extrema-Unção, e ensinando-lhes a todos a doutrina, todos os dias, duas vezes: e aos filhos ler e escrever, canto de órgão, charamelas, frautas e outras coisas a que êles se afeiçoam. E finalmente os conservam na paz e amizade dos Portugueses, governando-os também

---

1. Cf. supra, *História*, I, 451ss.

no temporal, em que sentem muito descanso os Capitães e os que governam estas repúblicas. De todos êstes Índios não recebem os Padres por sua sustentação mais que os mantimentos da terra que êles lavram; e o que toca à carne e pescado, os mesmos Padres têm suas indústrias sem nenhum pêso dos mesmos Índios. O mais se lhes dá do Colégio plenàriamente: vestido, calçado, vinho, azeite e vinagre e farinha para hóstias; e de comer, quási sempre, aos Índios que vêm buscar êste provimento ao Colégio.

Dos 28, que residem no Colégio, os 7 estão aposentados por muita sua idade, e por outros achaques; e assim não ajudam, antes são ajudados dos outros. Dos 21, os 9 são sacerdotes, dos quais se tira o Reitor e o Ministro, que têm bem que fazer no govêrno da Casa; 4 são prègadores, prefeitos dos estudantes, das Confrarias da Paz e das Virgens, e visitador das Aldeias, e confessam quando é necessário; 3 são confessores ordinários e acodem aos presos, hospital, e pobres e enfermos. E finalmente uns e outros se ocupam como os mais da Companhia em Europa. Fazem missões pelo contôrno da Capitania e socorrem os das Aldeias quando é necessário.

Dos 12, que não são sacerdotes, um serve de procurador, dois de mestres de latim e de ler e contar, cinco estudam Humanidade e a língua do Brasil, para a seu tempo ajudarem nos mesmos ministérios. Os mais são coadjutores temporais e fazem os ofícios de casa e acompanham aos Sacerdotes quando vão fora. Também se ensina a doutrina aos escravos, na Igreja e pela vila, e aos meninos estudantes.

E eis aqui em que se ocupam os da Companhia em Pernambuco e cada vez serão necessários mais, segundo vai crescendo o Estado e Capitanias» [1].

Os elementos resumidos e concentrados nesta breve, mas clara informação, vão-se desenvolver na sua evolução natural durante os séculos XVII e XVIII. Comecemos, desta vez, pelo Capítulo das Aldeias, como pressuposto útil à boa inteligência do que se refere à invasão holandesa de 1630.

2. — O âmbito das Aldeias, administradas pelos Jesuítas de Pernambuco, é de extrema elasticidade, desde o Rio de S. Francisco

---

1. Informação do Colégio de Pernambuco, sem data, mas suficientemente indicada pela referência à Conquista do Maranhão (1615), dois ou três anos depois dela, *Bras. 5*, 113.

ao Rio Paraguaçu ou Parnaíba, vasta região que se divide hoje em cinco Estados, Alagoas, Pernambuco, Paraíba, Rio Grande do Norte e Ceará.

O Aldeamento seguiu-se logo à catequese dos Índios pelos primeiros Jesuítas. Datam de 1561 os esforços iniciais para os Aldeamentos, com a primeira *Aldeia de S. Francisco*, com Igreja, construída pelo P. Gonçalo de Oliveira [1]. Não se pôde por então sustentar residência nela, por falta de missionários, e porque a fundação do Colégio absorvia como obra mais urgente as energias dos poucos Padres de Pernambuco. As Aldeias continuavam apenas a ser visitadas, mas ao mesmo tempo faziam-se excursões distantes e desciam-se Índios que importava colocar não longe do Colégio para serem assistidos com facilidade, até ao momento de se escalonarem por elas, residências fixas, aqui e além, em Aldeias centrais, donde se pudessem visitar as que existissem mais perto de cada qual. Assim nasceu, à roda de 1586, a Aldeia de S. Miguel, a mais famosa de tôdas as Aldeias de Pernambuco.

Meia dúzia de anos depois, em 1592, as Aldeias dos Jesuítas de Olinda eram 8, uma na Paraíba e sete nas Capitanias de Pernambuco e Itamaracá de que se nomeiam expressamente, S. Miguel, Nossa Senhora da Escada e «Gueena», por serem residências fixas. A posição respectiva destas Aldeias marca uma linha interna que ia desde o Rio Una, ao Sul da Capitania, até Itambé e Taquara ao Norte. Em 1610 a disposição era a seguinte: ao Sul, a 10 ou 12 léguas de Olinda, a Aldeia da Escada; daí, seguindo para o Norte, a 7 léguas, S. Miguel. Depois, uma, de três em três léguas, até Santo André de Goiana e S. João Baptista de Itaimbé ou Itambé. Fazia parte dêste grupo a Aldeia de Nossa Senhora da Assunção.

Escada, Itambé, S. Miguel, mantêm-se sempre até à invasão holandesa, com Residência, e mais 3 aldeias anexas, que, por não terem residência fixa, não são nomeadas nos Catálogos. Mas destas três anexas, para intensificação da sua catequese, dão-se os nomes em 1610, indicação de alto valor histórico: «Três Aldeias há em Pernambuco de *Potiguares*, a saber, *Santo André* ou *Ibatatã*, *Aldeia de Nossa Senhora*, por outro nome *do Castelhano*, e a de *S. Francisco* ou *Beiju Guaçu* [2]. Os Índios destas duas postreiras sabem muito pouco das

---

1. Cf. supra, *História*, I, 496.
2. *Sic*, materialmente *Beyu Guaçu*. A Aldeia «Ybatatã», vem assinalada na Capitania de Itamaracá, na cópia dos mapas de João Teixeira, que ilustram

coisas de Deus. E indo eu a elas não achei um que se soubesse benzer, do que avisei ao P. Manuel de Lima. E a causa é porque como sejam Aldeias novas e os Nossos não residam nelas, o que lhes ensinam em 4 dias, quando lá tornam, daí a muitos, já lhes esqueceu o que tinham aprendido» [1].

A Aldeia *Beiju Guaçu*, da administração dos Jesuítas, tinha em 1621 alguns 4 milhares de arcos. E enquanto se atendia a estas em Pernambuco, assinalam-se outras, dependentes também de Pernambuco, na Paraíba e no Rio Grande. Em 1589, uma na Paraíba, populosa; em 1601 outra no Rio Grande do Norte; em 1605 e 1606, a *Aldeia de Antónia*, de Índios Potiguares. Antónia, já cristã, era quem governava esta Aldeia do Rio Grande. Ao mesmo tempo trabalhava-se com outro grupo de Potiguares, diferente dêste do Rio Grande, e ainda com outro género de Tapuias, não muito distinto dos Potiguares nos costumes, mas inteiramente diferentes na língua [2].

Em 1612 havia a *Aldeia do Camarão*, também no Rio Grande do Norte. A de *Tambuçurama*, também nomeada, era, indo de Pernambuco, «a 1.ª no distrito do Rio Grande». Em 1621 encontra-se ainda o nome indígena de *Itapicirica*, como Aldeia da Companhia (e com êste nome há várias).

Em 1627 são 4 as Aldeias de Residência da Capitania de Pernambuco e Itamaracá: *Escada, Itaimbé, Una e S. Miguel*; e ao sobrevir a invasão holandesa, cinco: *S. Miguel de Muçuí, Assunção, S. André, Escada, S. Miguel de Una*.

---

o Livro da rezão do Estado do Brasil, existente no Instituto Histórico Brasileiro (Rio). Na Legenda com as letras, que deveriam corresponder no mapa, e que o copista se esqueceu de transcrever, lê-se: « a Aldea de Índios que governão os padres da Cõpanhia». *Ybatatã* é a única aí indicada. *Beiju-Guaçu*, principal da Aldeia de S. Francisco, era um famoso índio potiguar, discípulo dos Jesuítas, e em particular do P. Pero de Castilho, que escreve *Mejuguaçu*. *Beyu* ou *Mbeïu* (na notação de António Ruiz de Montoya, *Vocabulario y Tesoro de la lengua Guarani ó mas bien Tupi*), ed. de Viena da Áustria (1876, 213v) é bôlo ou filhó de farinha de mandioca, e já entrou no vocabulário português. *Beiju-Grande* dispunha de larga influência sôbre os Índios Potiguares ao norte da Paraíba e dêle fala Pero de Castilho na carta de 1614, que transcreveremos mais adiante, no seu lugar próprio, o Capítulo consagrado à fundação do Rio Grande do Norte.

1. *Algumas advertências para a Província do Brasil*, ms. da Bibl. Vitt. Em., f. gess. 1255, n.º 38. Manuel de Lima era Visitador Geral do Brasil. Esta *Advertência* sugeria que as Aldeias se tornassem residências fixas para maior eficácia da instrução e catequese.

2. *Annuae Litterae* (1605-1606) de Fernão Cardim, *Bras. 8*, 62.

Quando se deu a retirada em 1635 citam-se as Aldeias seguintes dos Jesuítas: *Una, Pojuca, Escada, Muçuí, Carecé, Itapicirica, Tabuçurama*. No ano seguinte (1636) fundam os Jesuítas a de *S. Miguel em Piracinunga* (fronteira de Alagoas), cerrando-se assim o primeiro grande ciclo dos Aldeamentos de Pernambuco.

Seguiu-se o hiato da invasão holandesa.

Depois da Restauração, recomeçaram os Aldeamentos, mas a barra foi atirada ao longe, para partes mais difíceis e ásperas. Ao pé, já quási tinha passado o ciclo missionário; já começava a distinção entre «índios» e «caboclos»; já vivia e prosperava a vida paroquial, em freguesias que se iam organizando, e, com ela, outras Ordens e Congregações Religiosas asseguravam a assistência aos Índios da Comarca. As Aldeias do Colégio de Olinda, neste segundo período, arrancam da fronteira setentrional da Capitania de Itamaracá, S. André de Itapecirica, para o norte, até ao Rio Grande e o Ceará, fora já portanto dos limites do actual Estado de Pernambuco, não porém do âmbito do Colégio de Olinda, a cujo quadro pertenciam os missionários de tôdas estas Aldeias. No Colégio de Pernambuco vinham repercutir os sucessos do Rio Grande do Norte e Ceará. Um dêstes, pelo que toca às Aldeias, é o assunto do govêrno delas, govêrno espiritual e *civil*, ou como então se dizia *temporal*, com a luta que tal govêrno produzia em caso de interêsses divergentes entre Índios e Brancos, supondo êstes que a justiça devia quebrar sempre pelo lado do mais fraco, ou seja pelo lado dos Índios. E quando os Padres os sustentavam, as queixas iam até à Côrte e algumas vezes prevaleciam, como em 1693, em que por ordem de 8 de Março dêsse ano se tirou ao Colégio de Olinda a administração temporal dos Índios. Com os resultados, invariàvelmente obtidos em tôda a parte, logo as Aldeias se desagregavam. Volta a Côrte a querer entregar ao Colégio de Olinda as Aldeias, mas os Padres tiveram o cuidado, para autorizar a sua função de defesa, dentro da legislação vigente, que a Provisão de 27 de Março de 1721, com que El-Rei lhe restituía êsse govêrno, declarasse expressamente que não é govêrno *jurisdicional*, mas «poder, como de *curadores* dos miseráveis índios» [1].

3. — De tôdas as Aldeias do Distrito de Pernambuco, fundadas ou administradas pelos Padres, desde o seu estabelecimento, a pri-

---

1. Bibl. de Évora, Cód. CXV/2-12, f. 125. Sôbre a palavra *miserável*, como têrmo jurídico, vd. supra, *História*, II, 61.

meira cronològicamente foi a de S. Francisco, mas a primeira que teve Residência estável foi a de *S. Miguel*. Cumpre notar que houve diferentes Aldeias com a mesma invocação de S. Miguel. Esta primeira, ao fundar-se pelos Jesuítas, ficava a 7 léguas ao norte de Nossa Senhora da Escada. Em 1589, tinha 800 almas, e era seu Superior o P. Francisco Pinto, futuro mártir de Ibiapaba, e seu companheiro Gaspar Freire, estudante e língua [1]. Em 1598 estavam aqui os Padres Afonso Gonçalves e João Vicente Yate [2]; e em 1601, outra vez superior dela, o P. Francisco Pinto. Em 1613, residia nela um Padre famoso nos anais da fundação do Rio de Janeiro, Gonçalo de Oliveira, superior do Ir. José de Anchieta, dando-se a coincidência de ser agora nesta Aldeia, Superior seu, um conterrâneo de Anchieta, aquêle P. Gaspar Freire de 1589, e com êles mais dois irmãos [3].

A Residência dos Padres, na pululação de Aldeias de Pernambuco, que então se organizavam até à fronteira da Paraíba e no Rio Grande, fàcilmente se transferia de uma para outra, quando nisso houvesse utilidade, ou para condescender com emulações indígenas que queriam ter os Padres na sua Aldeia, ficando entretanto a ser «de visita» a Aldeia, cuja Residência se deixava provisòriamente. Encarregava-se dela algum Índio de mais piedade e confiança.

Em 1621 o Catálogo dá esta indicação singular: «*Aldeia de S. Miguel e Tabuçurama*». Singular, porque a Aldeia de «Tabuçurama» era «primeira do distrito do Rio Grande do Norte», escreve o P. Pero de Castilho, quando por ela passou em 1613 [4]. *Tambuçurama*, que também assim se escrevia, situava-se a 5 dias de caminho ao norte de Itambé; e nesta Aldeia de S. Miguel e Tabuçurama, e naquele ano de 1621, residiam o P. Diogo Calvo, Superior, o P. João Baptista e os Irmãos estudantes Bernardo de Sequeira e Francisco Carneiro, que veio depois a ser Provincial, em tempo que pôde favorecer e recomendar o P. Manuel de Morais, último superior da Aldeia de *S. Miguel de Muçuí*, pois o era ao dar-se a invasão holandesa [5].

4. — Tem, de certo, conexão com aquela mudança dos Padres de S. Miguel para Tabuerama, a Ânua de Vieira de 1626. Tendo

---

1. *Bras. 5*, 33.
2. *Bras. 5*, 41v.
3. *Bras. 5*, 103v.
4. *Bras. 8*, 181.
5. *Bras. 5*, 126.

dito como os Índios da Aldeia de Una pediam Padres da Companhia, continua:

«Não foram só êstes, os que movidos da caridade dos Padres, e zêlo de se aproveitarem dêles, os pediram; também os da Aldeia de Nossa Senhora da Conceição, em Tabuerama, tanto que souberam serem chegados alguns Nossos, dos que a fúria holandesa lançara da Baía, parecendo-lhes esta ocasião boa para alcançar o que tanto havia que desejavam, foram-se logo ao Colégio e, pedindo-os, lhos concederam com muita consolação sua. Porém, assim como fàcilmente os tiveram, assim fàcilmente os perderam, porque recuperada outra vez a cidade, se tornaram outra vez à sua estância. Foi tanto o sentimento que os Índios tiveram com a sua ausência, tantos os rogos com que os tornaram a pedir, que foi necessário, para sua consolação, condescender com êles, mudando os da *Aldeia de S. Miguel* para a de *Nossa Senhora de Mecugé*, ao menos por algum tempo [1]. Imaginaram os de S. Miguel que os deixavam para sempre, e acudiram ao Colégio mui queixosos, por várias vezes, alegando sua justiça com tanta instância que, como possuïdores, foram restituídos à antiga posse, e se lhes concedeu com grande alegria, residência dos Nossos como dantes, e ficaram os outros de Nossa Senhora, de visita, como sempre estiveram, ainda que assaz sentidos e maguados de não terem sempre consigo os Padres, que tanto amam. Êste amor mostraram êles bem, agora, na revolta dos holandeses. Tanto que em Holanda souberam que tinham por sua a Baía, logo trataram de socorro e mandaram com a maior pressa que puderam, trinta e tantas velas, mas a nossa armada foi Deus servido que andasse e chegasse mais depressa, e assim, quando os holandeses chegaram ao pôrto, acharam outro maior poder, pelo que, virando na volta do norte, desesperados já da do Salvador de Todos os Santos, surgiram na baía da Traição para aguada, tendo primeiro intentado entrar na cidade da Paraíba, mas sem efeito, por andar o tempo verde, os mares grossos, e a barra ser infestada de baixos pouco sabidos, nos quais, ainda que navios pequenos nadem, as naus grandes, como eram as dos inimigos, não podiam deixar de tocar. A esta baía acudiram os nossos que puderam e se entrincheiraram em parte, para impedir o passo ao inimigo,

---

1. Cremos tratar-se de Macujé. — «Macujé, engenho no município de Jaboatão», Galvão, *Diccionário*, I, 373.

que já tinha gente em terra, e tanto que desembarcaram, procuraram logo em primeiro lugar a amizade dos Índios, e a alcançaram de algumas Aldeias, mas nenhuma delas estava a nosso cargo, nem dos da nossa Companhia, porque nos fêz Deus particular mercê que todos os Índios da nossa doutrina fôssem fidelíssimos [1].

Desembarcados que foram os Holandeses, com os Índios, amigos, todos juntos, formando esquadrão, começaram a marchar com o desejo de tomar algum refrêsco de carnes, mas saíu-lhes muito ao contrário, porque, rebatidos dos nossos, foram obrigados a se recolher com perda de alguns dos seus. Tanto que disto teve notícia o senhor Governador veio com tôda a diligência a êste Colégio pedir os Índios e Religiosos, para socorrer esta necessidade por terra, enquanto mandava o Governador do Maranhão por mar.

Ordenou logo o P. Reitor a dois Padres [Manuel de Morais e Lopo do Couto], e um dêles mais exercitado na língua, que se partissem a tôda a pressa em companhia dos Índios, os quais se convidaram uns aos outros, para irem pelejar por nossa Santa Fé em companhia de seus Padres e padecer os mesmos trabalhos que êles padecessem; e não foram êstes poucos, por ser no coração do inverno. Chegaram com quatrocentos frecheiros ao nosso arraial, mas nunca se ofereceu ocasião de provar as fôrças com os holandeses, porque daí a poucos dias levantaram ferro e deram à vela.

Porém, receando-se que o gentio rebelde, tornando-se para a sua terra do Copaoba, fizesse algum dano, pareceu bem castigar sua deslealdade. Arremeteram os nossos com os rebeldes às frechadas; resistiram êles ao princípio com igual valor, mas, como as nossas frechas iam guiadas pela razão, sempre acertaram mais e fizeram grande estrago nos inimigos, não obstante serem êstes e os nossos da mesma nação, e muitos de estreito parentesco, porque o capitão da *Aldeia de S. Miguel*, de três tios, que tinha da parte contrária, deixou dois mortos. Tanto estimaram a fidelidade que a antepuseram ao próprio sangue.

Notável foi também o ânimo que mostrou outro índio capitão, em um caso extremado de três índios rebeldes, os quais amotinavam os das nossas Aldeias. Vinham êles, ao que parecia, man-

---

1. Assim era e foi ainda por 10 anos. Depois da Conquista da Paraíba pelos invasores, alguns índios fraquejaram. Mas, só depois que os holandeses aprisionaram os Padres, enviando-os para a Holanda (Vaticano, *Relationes Episcopales*, Relação de D. Pedro da Silva (Baía), an. 1642).

dados de propósito, espalhando a fama que a Baía, Pernambuco e Paraíba estavam destruídos, e com êste engano procuravam persuadir os nossos que se rebelassem. Ouviu-os o índio, *capitão de uma nossa Aldeia*, e, vendo-se só, dissimulou, tendo-os de ôlho, e depois que se viu acompanhado dos seus, prende logo a todos três, entrega dois ao capitão português da Fortaleza do Rio Grande, e manda enforcar o terceiro — parece que lhe achou mais culpa — para que com a morte pagasse o alvitre de semelhantes novas, mostrando no efeito a lealdade devida ao seu Deus e rei, e *a boa doutrina que dos Padres aprendera*» [1].

Vieira descreve aqui, antecipadamente, a António Filipe Camarão. E bem podia ser que esta Aldeia, cujo nome Vieira não aponta, fôsse *Meritibi*, onde o P. Manuel de Morais encontrou ao Camarão, numa das suas excursões missionárias pela Paraíba e pelo Rio Grande do Norte [2], e donde em 1629 veio a tomar conta da Aldeia de S. Miguel, de que era Superior, ao dar-se a invasão holandesa, acorrendo à sua defesa com os seus Índios, entre os quais se enfileirou o próprio Camarão. Foi também nos arredores de Muçuí, em Aratangi, que o mesmo Manuel de Morais se estabeleceu à sua volta da Holanda [3]. Morais cita diferentes vezes, nos seus depoimentos, a *Aldeia de S. Miguel de Moçuígue*, a «cinco léguas do embarcadouro» [4].

---

1. *Cartas de Vieira*, I, 68-71. Os nomes dos Padres Lopo do Couto e Manuel de Morais dá-os Matias de Albuquerque, no Testemunho de 1 de Abril de 1631, Pedro Cadena, *Relação Diária*, 190. — O P. Lopo do Couto iria ser mais tarde o promotor da restauração do Maranhão contra a ocupação holandesa, cf. supra, *História*, III, 112.

2. *Lus.* 39, 104-106v.

3. *Processo de Manuel de Morais*, Tôrre do Tombo, *Inquisição de Lisboa*, n.º 4847, publicado na *Rev. do Inst. Hist. Bras.*, LXX, 57. Citamos esta publicação.

4. *Ib.*, 58. A grafia nas diversas lições dos copistas, varia muito: *Munsui, Monçui, Mocuipe, Moçuig, Mossuri, Mocuigue, Muçuí*. No *Processo*, 36, lê-se que Gregório Caldas devia a Manuel de Morais 50 quintais de pau brasil e lho havia de deixar postos «na Aldeia de S. Miguel de Mossury, 5 léguas do embarcadouro»; e repetindo-se o mesmo depoïmento (*Processo*, 53), lê-se que Gregório Caldas lhe devia 50 quintais de pau brasil e lho havia de deixar postos na «Aldeia de S. Miguel de *Mocuipe*», que é o o mesmo facto e portanto a mesma Aldeia com leitura diferente. Adoptamos a forma *Muçuí*, por a vermos escrita em documento autêntico e autógrafo de 1635, *Muçuy*, *Bras. 8*, 485. No Mapa das Capitanias de Pernambuco e Itamaracá, publicado em Barlaeus, vêem-se distintamente, três denominações topográficas vizinhas e contíguas, *S. Miguel*, outra *S. Miguel*, e Rio *Muçuí*.

A Aldeia de S. Miguel, por ser próxima do Arraial do Bom Jesus, teve grande importância durante os anos da defesa heróica do Arraial, e aí se reüniram muitos índios, «vindos do sertão do Ceará», em socorro dos «seus parentes». E nela instalaram os Padres um grande hospital de sangue (*latum Xenedochium*) para curar os feridos de guerra [1].

5. — Com o nome de *Aldeia da Assunção*, talvez já a «Augustíssima», que aparece com a da «Escada», e diferente dela, no século XVI, traz o Catálogo de 1610 uma Aldeia com grande Residência estável, e nela o P. Domingos Monteiro, superior, o P. António Antunes, o Ir. Manuel Tristão, enfermeiro, e o Ir. Manuel Sanches, estudante, que aprendia a língua tupi [2]. Manteve-se até à invasão. Não se dá o toponímico indígena. Ficava porém na região de Goiana, e vemos que mais tarde administraram os Padres Oratorianos em 1746 uma Aldeia de Nossa Senhora da *Assunção de Arataguí*, na Freguesia de Taquara, local que corresponde ao último em que tiveram os Jesuítas no ano de 1693 a Aldeia de «Urutaguí».

A Aldeia de *Uraitagi, Uratauí, Urutuaguí, Urutaguí*, ou ainda *Arataguí*, nomes com que aparece, deixada na invasão holandesa, voltou aos Jesuítas por volta de 1679, quando El-Rei encarregou o Governador e o Bispo de Pernambuco de os convidar a retomar algumas Aldeias da Diocese de Pernambuco, e o P. Visitador José de Seixas no ano anterior prometera missionários [3]. A *Aldeia de Urutaguí*, assim retomada, ficava «a 15 léguas do Colégio de Olinda», do lado do Norte. Já viviam nela em 1683 os Padres Gaspar da Silva e Rafael Ribeiro [4]. Dez anos depois em 1693, segundo o Bispo D. Matias de Figueiredo e Melo, ficava «perto de Goiana»; e em 1701 segundo D. Francisco de Lima, ficava na «Paróquia de Taquara» [5]. E em ambas estas datas sob a administração dos Jesuítas.

---

1. «Hoc in Pago magnopere excelluit nostrorum charitas, tam erga Indos qui e Castris vulnerati redibant, quam erga eos qui ex mediterraneo, vulgo *Ciará*, venerant consanguineorum qui apud nos sunt, rerum gestarum fama commoti, ut et in factis se illis aequarent quibus minime robore cedebant». «*Annuae Litterae ab anno 1629 ad 1631*», do P. Salvador da Silva [Júnior], *Bras. 8*, 418v.
2. *Bras. 5*, 86.
3. *Bras. 3(2)*, 142v.
4. *Bras. 5(2)*, 65v.
5. Vaticano, *Relationes Episcopales de Olinda* (D. Matias) 1693; *ib.*, (Lima) 1701.

Tinha-se tratado em 1694 da venda de uma fazenda em Taquara, do Colégio de Olinda, que embora fôsse pobre, poderia ser o sustentáculo da Aldeia. Mas talvez, mesmo com ela, não fôsse bastante o sustento; pouco depois buscavam-se para a Aldeia terras mais adequadas. A notícia dá-a o P. João António Andreoni em 1703: «A Aldeia de Urutaguí, na Diocese de Pernambuco, mudada *para melhor lugar*, não sem grande trabalho, pelo P. Francisco Gonçalves, concluíu-se finalmente, vencidas as não pequenas dificuldades que se opunham à restituïção da terra aos Índios. Entretanto, os Padres habitam numa cabana, como companheiros de Cristo no Presépio, imitando a sua pobreza na casa e comer de cada dia» [1]. A Aldeia não deve ter prosperado ou recomeçaram as dificuldades. Ainda se menciona em 1707, última referência dos Catálogos da Companhia [2]. *Urutaguí* está nos mapas antigos no lugar primitivo; «*Taquara*» ainda nos modernos. E ambas em terras, hoje, do Estado da Paraíba, como fica ainda neste Estado o segundo lugar de Urutaguí ou Arataguí, que recebeu o nome de Alhandra [3]. Foi a última Aldeia ou Missão dos Jesuítas dentro das Capitanias de Pernambuco e Itamaracá [4].

---

1. Carta do P. Andreoni, «Ex commissione Patris Provincialis», da Baía, 28 de Novembro de 1703, *Bras. 10*, 41.
2. *Bras. 6*, 65v.
3. Cf. João Roiz Coriolano de Medeiros, *Estado da Paraíba*, no *Dic. Hist. Geogr. e Etnogr. do Brasil*, II, 683: «Alhandra chamou-se no início *Arataguí* e foi aldeamento de indígenas fundado por Jesuítas».
4. Depois de 1707 passou à administração de outros Religiosos. E parece-nos estar em conexão com o desdobramento da Aldeia de Urutaguí de Goiana, com os seus dois oragos, Assunção e S. Miguel, a referência que dá 39 anos mais tarde a *Descrição de Pernambuco*, de 1746, em que se mencionam duas Aldeias no têrmo da mesma Vila de Goiana: «*Aldeia de Arataguí*, sita na *Freguesia de Taquara*: orago N.ª S.ª da Assunção. Caboclos de Língua Geral. Missionário da Congregação do Oratório; *Aldeia do Siri*, orago *S. Miguel*, junto ao Rio Siri, sita na Freguesia de S. Lourenço de Tijucopapo. Caboclos de Língua Geral, Missionário Carmelita (*Rev. do Inst. Pern.*, XI, 176). A esta Aldeia de S. Miguel, que em 1707 era administrada pelos Jesuítas, e em 1746 pelos Carmelitas, se refere Jaboatão (*Novo Orbe Seráfico*, I (Lisboa 1858) 368-369), dando-lhe determinada genealogia, com muitos elos intermédios, mas na qual há um que êle «não pôde averiguar», afirmação que honra o Cronista, sem reparar nela alguns escritores, a propósito da naturalidade de António Filipe Camarão.

6. — *Goiana* aparece pela primeira vez nos Catálogos da Companhia de Jesus, em 1592, com o nome de «Aldeia de «Gueena»[1]. Em 1606, com o de «Gayana», e era já Residência estável com dois Padres, Diogo Nunes, Superior, e o P. André de Soveral, ambos grandes línguas[2]. No ano seguinte, com o nome de *«Residência de S. André de Goaïana»*, está à sua frente o P. Cristóvão Valente, poeta da língua tupi, e o P. António Antunes, igualmente língua, e os Irmãos Coadjutores Manuel Tristão e Gaspar de Sousa[3]. Era então grande centro catequético. S. André de Goiana mantém a sua preponderância alguns anos. Em 1610 era Superior o P. Gaspar de Semperes, arquitecto, e o Ir. Afonso Luiz, carpinteiro, em exercício actual da sua arte, o que denota que se faziam construções[4]. Em 1612 começou a prevalecer a Residência de S. João Baptista de «Itaimbé» até 1627, ano em que reaparece a invocação de Aldeia de S. André ao dar-se a invasão holandesa (1630).

Em 1706 pensava-se em fundar Seminário em Goiana, que gozava então do predicamento de vila. Um benfeitor oferecia para a «fundação» e sustento dessa casa de educação, um Engenho de açúcar com canaviais, currais e matas. Era um Vigário octogenário e cego, e em vez de alugar o Engenho, destinando parte para o seu sustento e parte para a erecção do edifício, queria que os Padres da Companhia assumissem a administração do Engenho, como seus procuradores particulares. Feita a oferta com semelhante encargo, a fundação não se apresentava livre de trabalhos administrativos, que já os Padres tinham demais, nem também havia a indispensável certeza da sua erecção, pois os bens continuavam vinculados à *pessoa* do Vigário, não ao *Seminário*[5]. Não se tornou a falar em documentos da Companhia em tal fundação. À Goiana sempre foram os Jesuítas em missões e prègações em diversas épocas,

---

1. «Gueena, que é Aldeia que está entre Paraíba e Pernambuco e nós por missão conservamos», Carta de Francisco Pinto, de 17 de Janeiro de 600, *Bras.* 3(*1*), 179-179v. E para ela tinham descido Índios Potiguares do Rio Grande do Norte.
2. *Bras.* 5, 62.
3. *Bras.* 5, 66.
4. *Bras.* 5, 86v.
5. *Bras.* 4, 105, 120.

com grande aceitação e fruto das almas. E algum filho dela entrou na Companhia de Jesus [1].

7. — *Itaimbé* (sic) era «grande empório de Índios», missionados pelos Padres da Companhia em 1612. Dois anos depois nomeia-se o seu orago «S. João Baptista de *Itambé*» (sic). Superior, o P. Pero de Castilho, e com êle os Padres Diogo Nunes e Gaspar de Semperes, e o Ir. Domingos Pires. No ano seguinte estava o Ir. Afonso Luiz, carpinteiro para as obras que então se efectuavam na Residência e Igreja. Em 1617 vivia na Residência de Itambé, o Ir. Manuel de Morais, «humanista e língua», antes de estudar Filosofia. E o P. Pero de Castilho, outro grande sertanista, e o P. Diogo Calvo [2].

Em 1621 andavam reünidas as «Aldeias de Itapecirica e Itaembé», com o seguinte grupo de Jesuítas que atendiam a ambas: P. António Antunes, Superior; P. Semperes, Ir. António Caminha, que «estuda a língua», e, depois, já Padre, se iria assinalar na guerra holandesa, e o Ir. Domingos Pires [3]. *Itaimbé ou Itambé*, com diversas vicissitudes, posteriores ao período jesuítico, é hoje cidade.

8. — Tôdas estas Aldeias do Norte, incluindo *Carecé*, nome também então existente como Aldeia, ficaram isoladas pelos Holandeses depois da conquista da Paraíba e da tomada do Arraial de Bom Jesus em 1635 [4]. Os Padres, que nelas estavam, foram cativos e exilados. E os Índios, sem a sua protecção, começaram a padecer as investidas dos «predicantes»; e, como tantas outras vezes sucedeu, seguiram o partido do mais forte da ocasião, e favoreceram os interêsses do inimigo. Depois da derrota dêste,

---

1. Um dos Jesuítas que deram missões em Goiana foi Malagrida, e contam-se na sua vida os factos principais que assinalaram a sua presença ali, Mury, *História do P. Malagrida*, 99.

2. *Bras. 5*, 103v; *ib.*, 112, 118. Houve várias Aldeias de S. João, uma delas anexa ao Colégio da Baía, e onde supusemos, em informação dada em 1934, que estava o P. Pero de Castilho, pois o achamos na Baía em 1621. Como se vê agora, ao estudarmos directamente êste assunto das Aldeias, a de S. João Baptista, em que residia Pero de Castilho em 1617, não era a da Baía, mas esta de Itambé, anexa ao Colégio de Olinda.

3. *Bras. 5*, 126v.

4. *Carecé*, hoje *Caricé*, no município de Itambé, a 20 quil. desta Cidade, diz Galvão, *Diccionário*, 160.

muitos Índios se retiraram para as brenhas longínquas do Ceará e lá os foi encontrar o P. António Vieira e descreve em narrativa célebre os estragos mentais que nêles fizeram os invasores [1].

Mas ainda no «distrito de Goiana», achamos em 1679, com o mesmo orago da antiga Aldeia de Goiana, *S. André*, a «Aldeia de S. André de Itapicirica». Era então superior o P. Manuel Freire. E era benfeitor dela o Vigário secular de Goiana [2]. É a última referência desta Aldeia, sob a administração da Companhia, indício de que a tentou reconstituir depois da invasão holandesa. O nome de «Itapicirica» aparece então pelo menos em três lugares diversos, nas Capitanias de Pernambuco, Itamaracá e Paraíba.

9. — A Aldeia da *Apresentação* de Nossa Senhora, cujo nome popular é Nossa Senhora da *Escada*, fundou-se logo depois de 1589 e, no Catálogo seguinte de 1598 (não há outro intermédio), tem como Superior da sua Residência o P. Diogo Nunes, e o P. Gaspar Ferreira como companheiro [3]. Desenvolveu-se normal e extraordinàriamente até à invasão. Governaram-na alguns Padres célebres: em 1606 o P. Francisco Pinto [4], pouco antes de partir para Ibiapaba; em 1613, Simão Pinheiro, depois Provincial [5]; em 1619, Luiz Figueira, sendo seus companheiros o P. Salvador da Silva e os Irmãos estudantes, que aprendiam a língua tupi, Manuel de Araújo e António Caminha [6].

Em 1621, em vez de *Escada* aparece a denominação indígena, «*Aldeia de Caaeté*», com o P. Belchior Pires como superior, o P. José da Costa e os dois Irmãos estudantes Agostinho Luiz e Manuel de Oliveira, que «aprendem a língua» [7].

Escada ficava nas margens do Ipojuca. Ao dar-se a invasão holandesa era seu Superior o P. António Ferraz. Nesta região de Escada e Ipojuca reüniram-se muitos Índios, como apoio à fortaleza de Nazaré, a que prestaram assinalados serviços. Depois de a tomar o inimigo, procedeu-se à retirada dos Índios «da

---

1. Cf. supra, *História*, III, 18.
2. *Bras.* 3(2), 144.
3. *Bras.* 5, 42.
4. *Bras.* 5, 62.
5. *Bras.* 5, 103.
6. *Bras.* 5, 121.
7. *Bras.* 5, 126.

Pojuca», sob a direcção do P. Diogo Calvo. Os Jesuítas tiveram terras na «Pojuca» dos pais do P. Álvaro Pereira. Nelas, se já as tinham então, ou noutras, se concentraram os Índios de guerra. Assim se explica a denominação de *Aldeia da Pojuca*, que lhe dá em Março de 1635 o Vice-Reitor do Colégio de Olinda, P. Francisco Ferreira, que nela ficou com alguns irmãos velhos, que dali passaram à *Quinta da Madalena*, onde viriam a ser cativos do inimigo e desterrados para Holanda. Tal foi o último acto da história jesuítica da *Aldeia da Escada* e suas dependências, não restando nada da Residência e Igreja dêsse tempo. A Aldeia estava em lugar sadio. Hoje é cidade [1].

10. — O P. António Vieira conta assim o começo da administração dos Jesuítas na *Aldeia de Una*: «Como o bem dos Índios da terra é o principal fim da nossa Companhia nesta Província, se procurava mui deveras ajudá-los no corporal e no espiritual, que de ambos êstes meios são igualmente necessitados. Daqui nasceu que os da Aldeia de Una, os quais estavam encarregados a um sacerdote secular, que os não ajudava como êles desejavam, vieram tomar o senhor Governador por terceiro para com o P. Reitor, que lhes desse Padres para residir na sua Aldeia. Alcançaram de Sua Senhoria que fôssem lá dois nossos em missão, e ficaram tão cativos do seu bom trato e conversação que logo despediram o clérigo, e tornaram segunda vez a pedir residência de Padres; mas, como o segundo despacho fôsse como ao primeiro, replicaram, e repetiram a mesma petição tantas vezes, que finalmente visto seu fervor e perseverança e o serviço grande que nêle esperávamos fazer a Deus se lhes concedeu a residência que pediam. O que efectuou, e concluíu de todo êste negócio foi a resolução com que todos protestaram de se tornar para o sertão, se ficavam frustrados do seu in-

---

[1]. Galvão, *Diccionário*, I, 220, ignora que N.ª S.ª da *Apresentação* e N.ª S.ª da *Escada* são sinónimos, e por isso dá outra origem desnecessária e sem fundamento, para a palavra *Escada*, supondo que fôsse *uma*, de degraus materiais, que ali existisse. Quási tôdas as Aldeias de N.ª S.ª da *Apresentação*, e houve muitas no Brasil, são conhecidas por Aldeias da *Escada*. É tradição que N.ª S.ª ainda na infância, ao ser apresentada no Templo, como era a Lei, deixou os braços maternos, e subiu sòzinha a *escada* que a êle conduzia: Rafael pintou a cena graciosa num quadro célebre que se tornou popular. *Nossa Senhora da Escada* é a simples equivalência da invocação litúrgica da *Apresentação de Nossa Senhora no Templo*.

tento. Assaz, enquanto não tinham o despacho, tristes e pensativos andavam os pobres, mas, tanto que o tiveram, se desfizeram em festas e alegrias, e, vendo os nossos, saíu em procissão a Aldeia tôda, com música e danças a seu modo, a recebê-los como triunfando da vitória que tiveram em os alcançar» [1].

Vieira narra factos entre 1624 e 1626. A encorporação da Aldeia de Una à administração da Companhia de Jesus, quando já os Holandeses rondavam o Brasil, não lhe garantiria muitos anos de vida a esta administração. Mas chegou a tempo de fazer que os Índios não ficassem ao serviço do inimigo. Os Padres, diz o General Matias de Albuquerque, «de novo acudiram a tomar a Residência dos Índios de Una, que estavam perdidos, e por servirem a Sua Majestade os ajuntaram e conservaram» [2]. A conservação dos Índios consistia na Retirada dêles. No ano seguinte voltaram os Padres à proximidade do *Rio Una*, guardando a invocação de S. Miguel para a Igreja que erigiam nas margens do *Piracinunga*, onde ao 1.º de Maio de 1636 estavam entre outros o P. António Caminha e o P. Manuel Fernandes, que tinha sido Vice-Reitor de Olinda; e com êles Camarão e Henrique Dias. Era a linha da frente militar do Una, que se tentava reconstituir, e donde arrancaram D. António Camarão e Henrique Dias até Goiana, onde através de terreno já inimigo praticaram proezas e voltaram com muitos moradores que preferiram o exílio a aceitar o jugo estrangeiro [3].

---

1. *Cartas de Vieira*, I, 67-68; Cordara, *Hist. Soc.*, VI, 1.º 547.
2. Testemunho de Matias de Albuquerque, de 25 de Novembro de 1635, Arq. Prov. Port., Pasta 188(3).
3. A *Cidade de Barreiros* (S. Miguel de Barreiros) parece ter alguma relação com o antigo Aldeamento dos índios, distinguindo-se Barreiros *Velhos* (o antigo aldeamento) e Barreiros *Novos*, que é a actual cidade de *Barreiros* (cf. Galvão, *Diccionário*, 46).

CAPÍTULO II

Contra a invasão holandesa

1 — Tomada de Olinda e Recife; 2 — Vida e últimos dias do Arraial do Bom Jesus; 3 — O exílio das Antilhas; 4 — Primeira retirada salvadora para Alagoas; 5 — A vida incoerente do P. Manuel de Morais; 6 — A vida coerente do P. Francisco de Vilhena; 7 — O destêrro de Holanda; 8 — Segunda retirada gloriosa de Luiz Barbalho; 9 — Jesuítas em Pernambuco ao dar-se a invasão holandesa.

1. — Repelidos da Baía os Holandeses em 1625, era de esperar que voltassem. E, depois de uma tentativa frustrada na Baía em 1627, Pernambuco foi escolhido como porta de entrada. O Governador Matias de Albuquerque viera já da Europa, com a perspectiva da invasão, e teve aviso a 9 de Fevereiro de 1630 de que se dirigia para o Brasil uma grande armada, e, como em todo o resto do Brasil, também em Pernambuco se fizeram preparativos para a defesa.

A armada inimiga, sob o comando do almirante Lonck, avistou-se de Olinda a 14 de Fevereiro, a 15 foi seu desembarque na Enseada do Pau Amarelo; a 16 tomou Olinda, e algum tempo depois o Recife. E os Holandeses ficaram, aí e noutros lugares, até que, depois de sorte vária, a 26 de Janeiro de 1654, capitularam, entrando o General Português Francisco Barreto, no Recife, para receber as chaves da cidade. Desvanecera-se definitivamente o perigo do desmembramento do Brasil [1].

---

1. Edmond Lamalle, Jesuíta belga, a propósito do volume de *Sermões de Vieira, Por Brasil e Portugal*, publicados e comentados por Pedro Calmon (S. Paulo 1938), adverte que se não devem tomar por sinónimos os vocábulos Belga, Flamengo, Holandês, *Archivum Historicum Societatis Iesu*, VIII (1939)371. São de facto distintos e nesta conformidade usamos a palavra *holandês*, a mais comum nos documentos que tratam desta invasão. No entanto, também as outras duas formas se encontram usadas indiscriminadamente, em documentos da épo-

Ao dar-se a invasão, o principal edifício de Olinda era o Colégio da Companhia de Jesus [1]. Na iminência do perigo licenciaram-se os alunos, empunhando as armas os que tinham idade para elas. E os Jesuítas do Colégio, 21, trataram de pôr a salvo os objectos do culto mais dignos disso, e que depois lhes foram tomados. O Reitor, Leonardo Mercúrio, colocou-se à disposição de Matias de Albuquerque e deu facilidades para que os demais Padres e Irmãos servissem nesta emergência. «Tratando eu, diz Matias de Albuquerque, da fortificação desta praça, os ditos Padres me ajudaram com suas pessoas, escravos, e índios de suas doutrinas, o pouco tempo que houve até o inimigo vir com uma Armada de 70 naus e 13.000 homens sôbre esta Capitania, a que logo acudiram todos os Padres do Colégio, animando, confessando e exortando a que todos fizessem o que deviam na defesa desta Praça» [2].

O Colégio, visado directamente no ataque inimigo, foi defendido por pequena guarnição de soldados, comandados pelo Capitão Salvador de Azevedo, que se bateu com coragem. Rocha Pita diz que se lhe agregaram, e ao Capitão André Pereira, também morto em combate, «muitos brasileiros paisanos de juvenil idade». Cremos que está aqui, neste grupo de «juvenil idade», o primeiro esbôço das companhias de estudantes, que depois se organizariam em 1638, na Baía, e se celebrizariam heròicamente no Rio de Janeiro. Quási todos os defensores do Colégio de Olinda foram mortos ou feridos [3].

---

ca. Netscher escreve que o seu livro «Holandeses no Brasil» teria título mais exacto se fôsse «Neerlandeses», que abrangeria todos os habitantes dos Países Baixos e não apenas uma parte, os Holandeses. Deu-o, por ter êste prevalecido mais no estrangeiro, P. M. Netscher, *Os Holandeses no Brasil* (S. Paulo 1942)9.

1. Baers, *Olinda Conquistada*, 41. Veja-se a admirável posição do Colégio, na perspectiva de Olinda, do «Livro que dá rezão do Estado do Brasil feito em 1612», copiado do Cosmógrafo João Teixeira, códice do Inst. Histórico Brasileiro, cf. supra, *História*, I, 586. Reproduz-se neste Tômo.

2. Matias de Albuquerque, *Testemunho de 25 de Novembro de 1635*. Êstes testemunhos são, ou eram, documentos do Arquivo particular do Dr. Alberto Lamego, de que, por amável deferência sua, possui fotocópias o Arquivo da Província Portuguesa. Êstes testemunhos serviram de base a uma representação à Coroa, ainda antes da Restauração de 1640, com o título de «Servicios que los Religiosos de la Compañia de Jesus hizieron a S. Mag. en el Brasil», transcritos da Colecção de Barbosa Machado, por Melo Morais, *Corografia*, IV, 41ss.

3. Rocha Pita, *América Portuguesa*, 121; Rocha Pombo, *História do Brasil*, IV, 197; Fernandes Gama, *Memórias Históricas*, I, 200; Baers, *Olinda Conquistada*, 45-46; Santiago, *História da guerra de Pernambuco*, 33-34; João José de

Tomada a vila, a soldadesca holandesa entregou-se ao saque das casas e Igrejas, e à embriaguês, com desdoiro seu, mas com utilidade dos moradores, que tiveram assim tempo de se retirar com os seus haveres. Os holandeses, ocupados no saque, não se lembraram de os perseguir [1]. O Coronel Diederik Van Waerdenburch instalou-se no Colégio e rodeou-o de sentinelas, «como um palácio real» [2].

Neste primeiro contacto com o inimigo assinalaram-se vários Padres e, entre êles Manuel de Morais, que acudiu a tomar pôsto com os Índios em Santo Amaro que foi a primeira estância [3], e continuou a prestar relevantes serviços por muito tempo, fazendo guerra aos Holandeses, governando os Índios, entre os quais se achava António Filipe Camarão [4].

Assinalou-se talvez mais que todos o P. Francisco de Vilhena, que assistia nas primeiras estâncias ou com Matias de Albuquerque, na vanguarda, e ambos se ligaram, desde então, por grande, ininterrupta amizade e mútua dedicação.

2. — Ocupada Olinda e o Recife pelos invasores, a maior parte dos Padres do Colégio retirou-se para as Aldeias desde Pernambuco à Paraíba e Rio Grande do Norte, para aliciarem os Índios e terem mão nêles, que não tergiversassem ou passassem ao inimigo, com pretexto de agravos anteriores dos brancos.

A outra parte ficou na campanha de Pernambuco. O General Matias de Albuquerque reüniu os soldados e Índios, e instalou-se a 4 de Março de 1630 no flanco do inimigo em Parnamirim, para lhe cortar as subsistências do interior e o molestar com a guerra de

---

Santa Teresa, *Istoria delle guerre*, II, 151; P. M. Netscher, *Os Holandeses no Brasil*, 100. Segundo Netscher, a valorosa resistência do Colégio só cessou «depois de as portas serem postas abaixo a tiros de canhão».

1. Southey, *História do Brasil*, II, 200.
2. Baers, *Olinda Conquistada*, 32.
3. Testemunho de Matias de Albuquerque, Alagoas, 25 de Novembro de 1635.
4. *Processo de Manuel de Morais*, 120; *Relação Verdadeira e breve da tomada da Vila de Olinda e lugar do Recife* (Lisboa 1630), em *Anais da BNRJ*, XX, 130-131. Relação anónima, todavia, pelo espírito e pelo relêvo que dá às actividades dos Índios e do P. Manuel de Morais, é da pena de algum Padre da Companhia. Publicada pelo mesmo impressor Matias Rodrigues, que imprimiu no ano seguinte, também anónima, a *Relação de Vários Sucessos*, do P. Luiz Figueira.

emboscadas¹. Dentro do Arraial, por ordem do P. Manuel Fernandes, Visitador, ergueu-se uma «Capelinha» consagrada ao *Bom Jesus*, que deu nome glorioso ao *Arraial* ². Sempre no Arraial estacionavam alguns Padres e Irmãos não só para a assistência religiosa a soldados e Índios e para as obras de caridade no hospital de sangue, como também para acompanhar os combatentes nos assaltos com risco da própria vida.

No começo estêve algum tempo Manuel de Morais, a instância e pedido de Matias de Albuquerque. Era Capitão Geral dos Índios, situação militar que não convinha à sua qualidade de Religioso, tratando os Superiores de que êsse ofício se passasse a um secular. O ofício de Capitão dos Índios, deu-se àquele índio da catequese dos Jesuítas, António Filipe Camarão, que já se tinha assinalado pela sua piedade religiosa, dedicação, prudência e valentia, e durante dois anos servira com o P. Manuel de Morais ³.

---

1. A táctica era excelente. Lê-se no *Memorial* de João Cardoso que os Portugueses retirados no mato não poderiam ser vencidos pelos Holandeses, porque se tornavam invisíveis. E os Holandeses não se poderiam sustentar sem o mato, donde lhes vinha o mantimento. Estando fechado o mato, tudo teria de vir de Holanda, o que era para êles caro, incerto, e insustentável, «Memorial de João Cardoso cidadão de Lxa p.a o Sõr Gouernador dom Diogo de Crasto mandar ver em rezão de Pernãobuco», em Roma, na Bibl. Casanatense, ms. 2681, f. 3-3v. Êste códice da Casanatense contém outros documentos sôbre a invasão holandesa no Brasil, com pareceres do que convinha fazer quer no Brasil quer em Portugal. Entre êles, o seguinte: «Dom Jorge deu para a restauração de Pernambuco estes Alvitres: que assi como se dá nas freguesias, quando caem as Igrejas, a decima do rendimento das casas para se tornar a reedificar, se dê outro tanto para a restauração da Fé e do Estado Brasil emquanto durar a guerra nelle. Que se faça estanque nos fornos por conta de Sua Mgde., que as sizas que andam encabeçadas se arrendem, que se ponha em cada canada de azeite e em cada arretem de sabão quatro reis. O Alvitre de se não pagar o primeiro quartel dos iuros, tenças e ordenados não tem autor certo». — *Estes são os Alvitres que se deram do anno de 618 até 634*. Ib., f. 236.

2. Os Padres da Companhia fizeram «Casa e oratório publico dentro no Arraial». — Testemunho de Matias de Albuquerque, de Alagoa do Sul, 20 de Novembro de 1635, em Cadena, *Relação Diária*, 193.

3. Antes da fundação do Arraial, Diogo Lopes de Santiago menciona a disposição dos postos, e diz que num estava Matias de Albuquerque, noutro «o P. Manuel de Morais, com Índios e o Camarão», loc. cit., 48. «Os Índios de António Filipe Camarão fizeram o mesmo [1 de Março de 1630] com o P. Manuel de Morais, a quem obedeciam», Duarte de Albuquerque Coelho, *Memórias Diárias da Guerra do Brasil* (Recife 1944) 33.

Na *Relaçam Verdadeira*, datada de 18 de Abril de 1630, não aparece ainda o nome do Camarão, mas o «P. Manuel de Morais com os seus deliberados e valen-

A Ânua de 1631 do P. Salvador da Silva narra a actividade dos Jesuítas dentro do Arraial. Primeiro, *assistência espiritual*: Desterram-se ódios antigos, pessoais, dos moradores entre si, para que a união fortificasse a resistência; catequizam-se e baptizam-se os Índios do sertão do «Ceará», vindos em auxílio dos seus parentes; doutrinam-se alguns holandeses fugitivos acolhidos ao Arraial ou por necessidade ou por desejo de serem católicos; refreia-se a licença militar, que usam soldados em tôda a parte; administram-se os sacramentos aos que estavam em perigo de vida.

A *ajuda corporal* consistia sobretudo em procurar esmolas para os mais pobres, em particular para os que as doenças abatiam: e o pouco que então sobrava aos Jesuítas, se repartia por todos, incluindo a roupa branca para os pensos; e muitas vezes com as suas mãos faziam êles as ligaduras. Aconteceu que um soldado moribundo ia receber o Viático. Quando o Padre o viu no chão, abandonado, deu-lhe o próprio catre por amor do pobre, e por veneração para com Deus, que êle ia receber.

Na sua Aldeia de S. Miguel fizeram os Jesuítas um grande hospital de sangue, onde, além dos que voltavam feridos dos combates, tratavam os Índios do Ceará e da terra, que caíam doentes com as intempéries do tempo.

Os Religiosos da Companhia foram grande coluna da guerra (*magnum belli columen extitere Nostri*). Com a sua presença nos combates (os Padres iam aos combates para assistir aos feridos) os soldados se excitavam à batalha e muitas vezes voltavam vitoriosos. Excitavam-se sobretudo os Índios. A um chefe índio, que voltava triunfante de um combate, perguntou-lhe o General dos Portugueses, Matias de Albuquerque, que queria como prémio. O Índio deu uma resposta, que denota o seu estágio a caminho da civilização, parte ainda reflexo dos seus hábitos guerreiros ancestrais, parte já do seu espírito novo: — «Pedimos duas coisas, uma de ti, outra do Padre Reitor que está presente. Do Reitor, que nem nós nem as nossas Aldeias sejamos nunca abandonados dos Padres da Companhia

---

tes Índios», «alguns Índios em companhia do seu Capitão o P. Manuel de Morais», *Anais da BNRJ*, XX, 130-131. Os Índios do Camarão, em 1630, eram uns 200, sob as ordens do P. Manuel de Morais, com outros chefes índios, que não tiveram o mesmo destino glorioso do Camarão, e que a história, portanto, esqueceu. E todos, incluindo Morais, às ordens, naturalmente, do General Matias de Albuquerque, chefe supremo.

com a sua doutrina e assistência, quando chegar a hora da vitória, como esperamos; de ti, grande General, pedimos, que mandes matar daqui em diante a todos os Holandeses que tomares na guerra ou nos assédios, para que enquanto nós vivermos, não haja quem seja infiel à Lei e a El-Rei» [1].

A assistência dos Padres no *Arraial do Bom Jesus* não era sem perigo da sua vida ou da sua liberdade. Numa das sortidas cativaram os inimigos ao P. José da Costa, que, desterrado depois, veio a falecer no mar; de outra sortida mataram o P. António Bellavia, que não quis abandonar um soldado ferido, saindo êle próprio morto. Foi a 4 de Agôsto de 1633, quando o inimigo, com mil e tantos homens, veio fortificar-se perto do Arraial para lhe tomar as passagens e cortar os mantimentos. Matias de Albuquerque enviou duas esquadras a dar-lhes bateria. Na esquadra de Luiz Barbalho foram o P. António Bellavia, já provado em entradas ao sertão, e o Ir. Manuel Pereira [2].

A esquadra levava o inimigo de vencida quando êste, socorrido, tomou alento e a obrigou a retirar. Tinham animado os Jesuítas os soldados ao cometimento, mas na retirada, o Padre vinha prestando os socorros espirituais aos feridos e não se pôde acolher tão depressa que o não passasse um peloiro, quando confessava um moribundo. Um holandês alcançou-o e acabou de o matar a cutiladas. Os Índios trouxeram-no em uma rêde. «Pusemo-lo na Capelinha do Arraial, *que aqui mandei fazer*, escreve o P. Manuel Fernandes, onde o vieram ver êstes fidalgos e capitães quási todos, chorando muitos, particularmente o Senhor Matias de Albuquerque, e aclamando-o todos por Santo» [3].

---

1. *Annuae Litterae ab anno 1629 ad 1631*, do P. Salvador da Silva, *Bras.* 8, 419v. Narrativa importante sôbre êste e outros assuntos. O P. Salvador da Silva, natural do Rio de Janeiro, era filho de Manuel Botelho de Almeida e sua mulher Maria da Rocha da Silva, cf. «Registo de ordenações da Baía», na *Rev. do Inst. Hist. Bras.*, XIX (1856)31. Havia então outro Padre Salvador da Silva (Sénior), natural de Guimarães.

2. «Em uma ocasião matou o inimigo ao P. Belvia, grande religioso da dita Ordem, indo comigo», Luiz Barbalho Bezerra, 25 de Junho de 1639.

3. «Morto pelos inimigos gloriosamente»; «Morto às cutiladas por confessar um ferido e lhe não morrer entre o inimigo sem confissão», Matias de Albuquerque, Baía, Testemunhos de 20 e 25 de Novembro de 1635. Diogo Lopes de Santiago, *loc. cit.*, narra os dois combates e fala de mortes sem mencionar nomes. No combate da desforra do dia 8 tomou parte activa e principal, António Filipe Camarão; cf. Fernandes Gama, *Memórias históricas*, I, 248-249.

Nem tudo eram tristezas no Arraial e sucediam-se umas às outras as alternativas. Quatro dias depois, a 8 de Agôsto, «viram os vigias vir embarcações do inimigo por êste rio (que por aqui perto passa) acima. Mandou logo Sua Senhoria os capitães e companhias que lhe pareceram necessários para a emprêsa. Foram. E em breve concluíram o negócio, porque tomaram ao inimigo um patacho com seis peças de artilharia e muitos mantimentos, e munições de muita pólvora e peloiro, e mais duas lanchas grandes com algumas peças pequenas que chamam roqueiras, e um batelzinho; e mataram-lhe muita gente, que vinha nas embarcações, e também por terra fazendo guarda às embarcações, uns dizem duzentos com muitos feridos, outros falando mais ao certo dizem que naquele dia e noutro antecedente, entre mortos e feridos, seriam quatrocentos, e depois se soube que dos feridos morreram muitos ou os mais. Da nossa parte houve cinco ou seis mortos, e dez ou doze feridos. As embarcações foram queimadas por não nos poderem servir. Concluída a vitória vinham todos do lugar, onde ela se houve, para êste Arraial, bradando e dizendo que o santo Padre Bellavia nos dera a vitória, alcançando-a de Deus no céu, e até o Senhor Matias de Albuquerque o disse em vozes altas pelos lugares públicos dêste Arraial. Todos os mais nos diziam o mesmo, e pela mor parte desta Capitania correu fama, de que o santo Padre Bellavia nos alcançara a vitória e disto fizeram algumas poesias e sonetos em português»[1].

O abastecimento do Arraial era problema vital e arriscado. O Reitor do Colégio, transformado em Reitor do Arraial, uma espécie de Colégio Militar, proveu que não faltassem vacas e farinhas, e, diz Matias de Albuquerque, êle «pessoalmente as foi buscar». E quando o inimigo sitiou o Arraial a 3 de Março de 1635 o mesmo Padre se meteu dentro com o P. Gaspar de Semperes e o Ir. Manuel Pereira para animar os soldados e padecer os mesmos riscos. E «fizeram

---

1. Carta do P. Manuel Fernandes, Visitador de Pernambuco, ao P. Múcio Vitelleschi, do Arraial de Pernambuco, 5 de Outubro de 1633; *Bras. 8*, 425-426. Publicamos esta carta e outros pormenores em *Morte e Triunfo do Padre António Bellavia* [4 de Agôsto de 1633] em *Fronteiras* (Recife), Ano IV, n.º 21 (Janeiro de 1937). O nome do P. António Bellavia incluíu-se no *Menológio* do Brasil, porque, «estando confessando a um soldado, que se retirava da guerra mal ferido, foi morto em ódio da Fé, pelos hereges holandeses, tendo de idade 39 anos e de Companhia 23», *Bras. 14* (Menol.)28; cf. *Lus. 58* (*Necrol., I*)18; Jorge Cardoso, *Agiológio Lusitano*, IV, 420.

muito o que deviam, obrigando a que todos fizessem o mesmo», escreve ainda o chefe militar do Arraial. E quando, enfim exausto pela fome e trabalho, o Arraial se rendeu a 8 de Junho de 1635, os três Jesuítas foram cativos e deportados para as Antilhas, passando de aí a Cartagena, onde um dêles faleceu, conseguindo os outros chegar à Península Ibérica. De Sevilha, a 24 de Novembro de 1636, conta o P. Leonardo Mercúrio os últimos dias do Arraial do Bom Jesus e a sua própria odisséia:

«Esta é a primeira ocasião que tenho de escrever a Vossa Paternidade o nosso lastimoso destêrro e grandes trabalhos que temos passado, seja o Senhor louvado para sempre.

Tanto que me vi livre da carga e govêrno do Colégio, pedi ao Padre Visitador Manuel Fernandes, que me desse licença para me recolher em uma Aldeia de menos tráfego. Mandou-me para a *Aldeia de Caeté*, aonde estive cinco para seis meses, estando com grande gôsto e sossêgo, mas vendo que estava o Arraial sem prègador, porque o Padre Francisco de Vilhena era ido para Nazaré, nem havia outro que pudesse acudir a esta falta pública, me ofereci ao Padre Visitador que estimou o zêlo e me mandou. Estava por Superior o Padre Gaspar de Semperes, homem mui religioso e espiritual, e por seu companheiro o Irmão Manuel Pereira. Havia 3 meses que eu estava nesta Praça, exercitando os ministérios da Companhia, quando baixando da Paraíba o holandês com seu exército, vinha sujeitando aos moradores, obrigando-os a tomar passaporte sem achar em nenhuma parte resistência; muitos moradores, assim de gente ordinária como grave e nobre, se recolheram à fôrça do Arraial, que o Governador não sòmente não recolhia aos que vinham de fora, mas deitou muitos que estavam dentro por respeito dos mantimentos, com muitas lágrimas, assim dos que se saíam como dos que ficavam. Desta vez, e nesta ocasião, roubou o inimigo quanto até então se havia escondido. Tendo aviso o nosso Governador de como o holandês se vinha chegando ao Arraial, mandou pôr fogo a tôdas as casas, que estavam ao redor dêle, e era grande lástima ver queimar tantas casas que valiam muitos cruzados. Um domingo finalmente amanheceu o inimigo a tiro de mosquete do Arraial com trincheiras feitas, plantada a artilharia e com bateria feita. Saíu a nossa gente a pelejar com êles e suposto que lhes matamos muitos, se ficou com o pôsto, e pouco a pouco foi tomando outros, por ter grande poder, e nos foi cercando com quatro baterias, de donde de dia e de noite nos abrasava com fogo. Não ficava casa nem trincheira que não desfizesse a artilharia inimiga; 35 balas deram na nossa casinha sem dano das pessoas. Um género de artifício de fogo nos lançavam, a que chamam trabucos, coisa medonha e espantosa, porque arrebentava com tanta fúria, caindo no chão que levava uma casa pelos ares; e, para nos inquietar mais os deitavam muitas vezes de noite para que assim não víssemos onde caíam. As necessidades que passamos foram muitas, e mui grandes as fomes, e de maneira que chegamos a comer perros, gatos e cavalos e ervas agrestes, etc. E tudo sofreu o valor português, com grande espanto, por não se ver sujeito a tão infame gente e herege, não se espantando de tantos mortos e feridos, nem das fomes, nem do rigor de tantos assaltos; mas, enfim, faltando totalmente todo o remédio de sustento e munições e desesperando já de socorro, porque aos homens da terra custava a vida o corrê-lo como custou a uma pessoa nobre, só porque agasalhou em sua casa por uma noite a um soldado do Arraial, e a outro, só por lhe acharem uma carta que a um homem dêle escrevia, foram forçados a entregar-se, rendendo-se o Arraial a bom e honrado partido para a gente de guerra, porque a gente da terra e moradores ficou à mercê e disposição do inimigo, e passou mui mal, porque, além de lhes tomarem tudo, os obrigaram a pagar os gastos do cêrco, dizendo que haviam sido a causa, com os mantimentos que deram, de o Arraial se defender tanto tempo, e assim os fintaram a todos conforme o seu cabedal, não permitindo nem dando liberdade a nenhum sem primeiro pagar»[1].

---

1. É página pungente a destas extorsões dos invasores, que além do dinheiro ameaçavam de morte, e, depois, de maus tratos e os chegaram a dar a alguém: «execranda maldade e pior que na Barbaria, donde resgatando-se os escravos se não faz agravo à pessoa; finalmente, todos os que na fôrça ficaram, compraram com dinheiro as vidas, uns a cem cruzados, outros a duzentos, outros subindo mais; houve homem que a comprou por quatro mil cruzados e cinco mil, como dissemos de Pedro da Cunha de Andrade, e neste cêrco se resgatou também João Fernandes Vieira, com dois moços seus, e desta sorte com esta tirania nunca vista ajuntaram vinte e oito mil cruzados», Santiago, *História da Guerra de Pernambuco*, 109. O P. Francisco Ferreira eleva, segundo se dizia, a 40.000 cruzados essa extorsão: Saídos os homens de guerra, «entraram êstes senhores [holandeses], querendo pôr ao cutelo todos os moradores que nêle estavam; vieram em que se resgatassem, e assim dizem se tiraram dos resgates, só de suas vidas, quarenta mil cruzados», Carta de 24 de Junho de 1635, *Bras. 8*, 486.

3. — «Nós saímos logo no mesmo dia, com a tristeza que não sei explicar, por ver tudo acabado e o inimigo tão vitorioso e triunfante. Levaram-nos presos aos navios, passando de trabalhos a maiores trabalhos, dando-nos para comer um pouco de pão de cevada e para dormir um tábua, porque saímos do Arraial sòmente com o que tínhamos em cima de nós. Neste apêrto nos tiveram quarenta dias, depois dos quais, repartindo a soldadesca e aos religiosos em quatro navios, nos mandaram lançar nas Índias de Castela. O trato que nos deram nesta viagem foi de hereges inimigos de católicos e em particular dos da Companhia. Deitaram-nos em uma Ilha chamada Santo Domingo, depois de trinta e oito dias de viagem e de trabalhos e angústias infinitas, mas assim ficamos livres de sua tirania, ainda que em terra estranha, pobres e necessitados, e sem remédio. Mas a misericórdia divina nos deparou um Presidente, que era daquela Ilha, mui amigo da Companhia, o qual sabendo de nossa chegada nos mandou buscar e agasalhar no Convento das Mercês, mandando-nos todo o necessário de sua casa. E para a viagem, que fizemos para Cartagena, nos deu a matalotagem necessária, para onde nos partimos depois de poucos dias, em busca dos galeões, porém achamos que eram partidos para Espanha, e assim nos foi forçoso aguardar que tornassem, em que se passou quási um ano; porém tivemos muita consolação, vendo-nos já em Colégio da Companhia depois de tantos trabalhos. Mas como os gostos desta vida são aguados com tantas máguas, a tivemos grande com a morte do Padre Gaspar de Semperes, companheiro de nossos trabalhos, que, pouco depois de chegados a Cartagena, foi a gozar do prémio que soube procurar, vivendo tão gastado já de trabalhos e oitenta e quatro anos de idade, que parece que só lhe sustentava Deus a vida para o levar para si em um Colégio da Companhia. Deu em sua morte claras mostras do aparelho, que para ela em vida fizera.

Ficamos eu e o Irmão Manuel Pereira, que serviu de porteiro até partirmos, e eu procurei fazer o que me mandavam e ocupavam. Aos seis meses, depois de nós chegados àquêle Colégio, chegaram os Padres Francisco de Vilhena, e Francisco Ribeiro, que o inimigo rendeu na Fôrça de Nazaré, e os lançou na Fôrça de Araia, lugar das Índias, que dista de Cartagena mais de duzentas léguas [1]. Dali passaram à cidade de Caracas, de donde se embarcaram para Car-

---

1. Península de Araia, em frente a Cumaná, Venezuela.

tagena em uma fragata, em que estiveram quási perdidos com um temporal e passaram os bons Padres os infortúnios que nós-outros, e assim nos consolamos uns com os outros, como nos vimos, contando cada um seus trabalhos. Em Cartagena prègou o Padre Francisco de Vilhena, e procedeu mui bem, como também seu companheiro [1]. Pouco antes de chegados os galeões, chegou o Padre Hierónimo Lôbo, que vem da Etiópia, e partindo de Goa fêz naufrágio no Cabo de Boa Esperança, de donde foi a Angola, e vindo de Angola para se embarcar nos galeões junto a Cartagena, foi roubado de um corsário holandês, como êle dirá mais largamente a Vossa Paternidade [2].

Chegados os galeões de Espanha fomos a tratar com o General de nossa passagem, pedindo-lha nos galeões, pois éramos dos rendidos de Pernambuco. Deu-no-la como aos soldados, repartindo-nos em diversos navios: eu e o Irmão Pereira viemos na Almiranta de galeões, o Padre Francisco Ribeiro na Capitaina da frota com o Padre Provincial Baltasar Mas, que vem a negócios. Êste galeão se perdeu na entrada de Habana sem perigar a gente, nem a prata. Passou-se o Padre Ribeiro para a Almiranta da mesma frota e o Padre Provincial à de Nova Espanha, custando tudo mais trabalhos. O Padre Francisco de Vilhena veio em um navio marchante de uns portugueses particulares; o P. Lôbo em outro galeão. A viagem foi trabalhosíssima, porque tivemos tormentas e tempos nunca vistos, estando 3 vezes confessados, esperando a derradeira hora e onda que nos havia de tragar. Saímos da Habana aos 15 de Agôsto, 38 velas, e com a fúria de tantas tormentas nos derrotamos todos cada

---

1. Cartagena, cidade da Colômbia, era então ilustrada pelo seu irmão de roupeta, «escravo» dos escravos negros, S. Pedro Claver.

2. O P. Jerónimo Lôbo, famoso entre os exploradores da África, com o P. Pedro Pais, descobriu, na Etiópia, uma das fontes do Nilo. Um dos grandes «lusíadas» do seu tempo. Embarcou para a Índia pela primeira vez em 1622. Estêve em Goa, Moçambique, Costa do Natal (Cafraria), Angola, América do Sul, onde agora o vemos, em Lisboa, Roma; voltou à Índia e de novo a Portugal. Na Abissínia entrou com o Patriarca Afonso Mendes, e, com êle, foi vendido aos Turcos pelos naturais daquela terra. Dos seus imensos trabalhos, navegações, naufrágios, emprêsas, deixou um *Itinerário*, que se traduziu em inglês, alemão, francês, holandês e italiano. No têrmo da vida foi algum tempo Reitor do Colégio das Artes, em Coimbra. Faleceu na Casa Professa de S. Roque (Lisboa), a 24 de Janeiro de 1678. Cf. Franco, *Ano Santo*, 42; Sommervogel, *Bibl.*, IV, cols. 1894-1897; Francisco Rodrigues, *A Formação*, 332.

um por onde o vento o levava, sem sabermos uns dos outros. Mas foi Deus servido que não perigasse navio nenhum, onde vinham os nossos, chegando todos, ainda que em diversos portos e diferentes dias. Nós chegamos a Cádis, onde recebemos as costumadas caridades da Companhia.

Quis dar esta conta tão larga, para que Vossa Paternidade, como pai, saiba o que passam seus filhos, que todos, por tão diversos e remotos climas e em meio de tantos trabalhos, se mostram filhos verdadeiros da Companhia» [1].

O P. Jerónimo Lôbo, que à data desta carta, 24 de Novembro de 1636, já o P. Leonardo Mercúrio sabia ter-se salvado, chegou a Lisboa a 8 de Dezembro de 1636, dia provável também da chegada dos mais Padres do Brasil deportados pelos Holandeses.

Tanto o P. Leonardo Mercúrio, como o Irmão Manuel Pereira, tentaram voltar ao Brasil, falecendo ambos no mar [2]. Para o Irmão Manuel Pereira, de Moreira de Lima, coadjutor, dá-se o mês de Junho de 1637, e para o P. Leonardo Mercúrio, da Sicília, o dia 18 de Agôsto do mesmo ano, como indicação da morte de cada qual, sem mais pormenores, senão êste: *no mar, mortos no destêrro de Holanda* [3].

Ao terminar o primeiro período da campanha, em 1635, Matias de Albuquerque dá testemunho, verdadeira citação ou ordem do dia, dos serviços de carácter militar e nacional dos Jesuítas de Pernambuco:

P. José da Costa, cativo do inimigo, quando ia do Arraial acompanhando os soldados;

P. Leonardo Mercúrio, Gaspar de Semperes e *Manuel Pereira*, não contentes com a sua assistência durante anos seguidos, preferiram ficar dentro do Arraial, quando os inimigos o cercaram (e vimos que morreram no exílio);

P. António Bellavia, morto pelo inimigo, por não abandonar um soldado ferido;

P. Francisco de Vilhena, na vanguarda, arriscando a vida;

---

1. Conclui assim: «Vossa Paternidade nos lance sua santa bênção e encomende a Deus em seus sacrifícios. De Sevilha, 29 de Novembro de 636. De Vossa Paternidade, filho indigno em Cristo, Leonardo Mercúrio», *Lus. 74*, 273-274. — Cláusula autógrafa.
2. *Bras. 8*, 518.
3. Bibl. Vitt. Em., f. gess. 3492/1363, n.º 6. (Cat.).

P. Manuel de Morais, com os Índios, em S. Amaro, e na dianteira;

P. Francisco de Morais, arriscando a vida como qualquer soldado;

P. António Caminha, arriscando a vida como qualquer soldado;

P. Francisco Ribeiro, arriscando a vida como qualquer soldado.

— E todos, «fazendo que os Índios pelejassem e nos fôssem fiéis»[1]...

4. — A fidelidade dos Índios era preocupação grande dos Padres e de Matias de Albuquerque. Sabiam, pelo conhecimento experimental que dêles tinham, que os que ficassem se transformariam em soldados do inimigo e perderiam a Fé, à qual faltava ainda o vínculo da tradição. Decidiu-se que os Índios se retirariam para Alagoas, táctica de bons resultados sempre, em tôdas as guerras, fazer o vácuo à roda do inimigo, mais necessário no caso dêstes Índios, ainda então com idéia rudimentar de pátria, limitada apenas à própria Aldeia, e esta ainda assim, móvel [2].

O organizador supremo da Retirada dos Índios, foi o P. Manuel Fernandes, Visitador, e portanto Superior dos Jesuítas de Pernambuco. E diz Matias de Albuquerque que andava «em roda viva» e com «particular zêlo» pelas Aldeias dos Índios, animando-os e dando as ordens indispensáveis à emprêsa perigosa e difícil. Não foi possível retirarem-se os Padres e Índios das *Aldeias* do norte, *Carecé*, *Itapicirica*, e *Tabuçurama*, esta no distrito do Rio Grande do Norte, por já estar cortado o caminho pelo inimigo. Nelas ficaram os Padres algum tempo, mas, como se previra, alteravam-se os Índios, porque só viam perto de si o poder inimigo. Os Jesuítas dissimulavam, receando que a situação seria, como foi na verdade, precária e dolorosa.

O P. António Caminha, superior da *Aldeia de Muçuí*, iniciou a retirada com os seus Índios. A seguir, o P. Diogo Calvo levou os de *Pojuca*, os Padres Manuel de Oliveira e Francisco da Fonseca os de *Una*.

---

1. Testemunho de Matias de Albuquerque, de 25 de Novembro de 1635.
2. Os que ficaram da parte do Norte, «Potiguares» e «Tapuias», iniciaram as perturbações mesmo já antes da retirada, porque escreve, contando-o, Lopes de Santiago, «como são bandoleiros, viva quem vence»... *Loc. cit.*, 93.

Com os Índios *de guerra* foram o P. Mateus Dias, que tanto se iria assinalar depois em Angola e acudira da Baía, e o Ir. estudante Manuel Ferreira. Além dêstes, citados por Matias de Albuquerque, foram também o P. Belchior Pires e o Ir. estudante Gonçalo Fernandes, segundo escreve Francisco Ferreira, que substituíu a Manuel Fernandes no govêrno dos Padres de Pernambuco [1]. Feita a concentração em Vila Formosa, a retirada conjunta iniciou-se a 3 de Julho de 1635. Abriram a marcha os Índios de guerra: «Peregrinaram os ditos Padres, com todos os Índios de Pernambuco, mais de cinco mil almas, por bosques desertos em grande constância e imensos trabalhos, fomes e doenças. E investindo eu [fala Matias de Albuquerque] o inimigo, que estava fora das suas fortificações, na campanha do Pôrto Calvo, os ditos Padres foram com os Índios de guerra ajudar-me, onde desbaratamos o inimigo, e lhe assaltamos e ganhamos a principal fortificação, que tinham, e os sitiamos em outras três, que lhes ganhamos, em oito dias de sítio, e lhes rendemos 547 holandeses que as defendiam, animando os Padres aos soldados e Índios».

Distinguiram-se na acção os Padres Mateus Dias, Manuel Fernandes, mas sobretudo o Ir. Manuel Ferreira, «que como aventureiro soldado assistiu no maior conflito a animá-los» [2].

A capitulação de Pôrto Calvo, com a ajuda decisiva de Sebastião do Souto, morador da localidade, valente e leal, deu-se a 19 de Julho. Entre as condições dela estava a entrega de Domingos Fernandes Calabar, que se achava ao serviço do invasor, e foi julgado, e, assistido por Fr. Manuel Calado, justiçado a 22 de Julho ao qual a história «chamará infiel, desertor, e traidor por todos os séculos dos séculos» [3].

O P. Manuel Fernandes manifestou-se pela sua caridade, vigilância, e providência, contra a falta de sustento, contra as doenças, morosidades e contratempos, um chefe com o dom de apaziguar as revoltas interiores, animando os homens até ao sacrifício.

---

1. *Bras.* 8, 485.
2. Testemunho de Matias de Albuquerque, de 25 de Novembro de 1635. No dia 20 de Novembro, Matias de Albuquerque enumerava assim as Aldeias que se retiraram: «Muçuig, Caeté, Paraçununga e outras menores», cf. Cadena, *Relação Diária*, 193-194.
3. Pôrto Seguro, *HG*, II, 325; Pedro Calmon, *H. do B.*, II, 163; Afrânio Peixoto, *H. do B.*, 184; Hélio Viana, *Matias de Albuquerque* (Rio 1944)42.

A 29 de Agôsto de 1635, a expedição de Matias de Albuquerque, tantas vezes vencedor e agora vencido, não porém rendido de ânimo, já estava na Alagoa do Norte, donde passaram os Padres e Índios à Alagoa do Sul. Pouco depois, chamado ao Reino, o herói foi metido em prisão, donde o arrancou o dia memorável da Restauração de Portugal (1.º de Dezembro de 1640), para lhe confiar as tropas do Alentejo à frente das quais iria ser o glorioso vencedor de Montijo, em 1644, a primeira grande batalha da Restauração, que fortificaria a própria idéia da restauração pernambucana.

Os Padres ficaram. Mas a retirada de 1635 não foi para os deixar descansados no Colégio da Baía. Duas Aldeias de Pernambuco estabeleceram-se nos matos, a 15 ou 16 léguas da Baía, onde os Padres os iam visitar com grandes incómodos, e às vezes nem farinha tinham que comer [1]. E o antigo Vice-Reitor do Colégio de Olinda, Manuel Fernandes, procurava manter-se o mais próximo possível do seu Colégio. Êle e mais 8 Padres juntaram-se à expedição de D. Luiz de Rojas, e em *Piracinunga*, na pequenina capela dedicada a S. Miguel, recebeu a 1 de Maio de 1636, os últimos votos do Padre António Caminha, que tinha descido meses antes com os Índios da sua Aldeia de Muçuí [2]. Morto o General Rojas, não houve quem contivesse o inimigo, e as Aldeias, que os Padres procuravam estabelecer na fronteira, tiveram de se retirar de novo, com os trabalhos que se supõem em retirada na qual nada mais se podia salvar senão a vida. Testemunha o Conde de Banholo: Os Padres da Companhia «acompanharam da Alagoa para a Campanha de Pernambuco ao General Dom Luiz de Rojas, nove dêles, que eram os Padres Francisco da Fonseca e António Caminha, Manuel de Oliveira, e Gonçalo Fernandes, com gente de três Aldeias, retiradas por um caminho de matos mui áspero, que iam abrindo de novo a foice, ou machado, e com a infantaria os Padres Mateus Dias, Diogo Calvo, Belchior Pires e Manuel Fernandes com o Irmão Manuel Ferreira, por outro caminho mais arriscado por ser mais chegado à fortificação, onde o inimigo tinha seu maior poder, e chegando à Campanha assistiram nas mesmas Aldeias, e em lugar mui arriscado, onde o inimigo lhes deu um assalto, e os roubou, escapando êles com as pessoas; e no quartel do Pôrto do Calvo assistiram com os soldados, Índios, e

---

1. *Bras. 8*, 530
2. *Lus. 22*, 8

Brancos, até à retirada, que se fêz para Sergipe de El-Rei onde também assistiram por algum tempo, particularmente o P. António Rodrigues, que da Baía foi para o Pôrto do Calvo, um mês antes da retirada; e depois dois, o P. António Caminha com o Ir. Francisco de Pontes, até à retirada para esta Tôrre, onde estiveram os Padres José da Costa e António Caminha, até a vinda da infantaria para esta Baía».[1]

Um pequeno parecer, do P. João Luiz, dado mais tarde sôbre as qualidades das terras da Lagoa de Jaguaribe, na margem do Rio de S. Francisco, contém ainda uma reminiscência das lutas dêste período, cheias de contrastes, onde aparecem dois chefes, gloriosos ainda na derrota, a cujos soldados índios e negros, mais directamente assistiam os Jesuítas: «A Lagoa de Jaguaribe, cujo pôsto e terras andei com meus pés, tem muitas terras e boas, principalmente para mantimentos que servirão para a gente dos nossos currais, e o pasto serve para até mil cabeças, mui viçoso; e por tal arte o fêz o autor da natureza, que está coberto êle com umas árvores de fôlha pequena, e as árvores de umas às outras com alguma distância. É fartíssimo de peixe, não só do Rio de S. Francisco, mas da mesma Lagoa, mui abundante de peixe; terá a Lagoa perto de duas léguas de comprido; e é muito maior pelos muitos braços que faz. *Tudo isto andei a pé, quando vim derrotado da Campanha em companhia do Camarão e de Henrique Dias*, e ali matamos um só boi de carro, de 8 que vimos com que escapamos quarenta, e tantas pessoas, fora três ou quatro dias, com que nos refizemos entretanto que secávamos ao fogo a carne que trouxemos até chegar a povoado: é mui fértil êste pôsto, de muita caça, em particular de javalís do mato, pela muita fruita que se chama *Urucurí*; é o seu comer como de avelã, e é também para a gente. Fecha êste pôsto até a *Serra da Tabanga*, o que mercamos a Pedro de Abreu. Isto que tenho dito, se é verdade ou não, se pode perguntar ao Irmão Francisco Velho, *que foi meu companheiro nesta jornada*»[2].

---

1. *Servicios de los Religiosos de la Compañia de Jesús*, em Melo Morais, *Corografia*, IV, 45; cf. Testemunho do Conde de Banholo, de 20 de Junho de 1638, em Cadena, *Relação Diária*, 199. Banholo, à portuguesa; hoje escreve-se Bagnoli, e antigamente Bagnuoli, como se vê em Filamondo, *Il genio bellicoso di Napoli*.

2. Parecer do P. João Luiz e assinatura autógrafa, com a confirmação também autógrafa do Ir. Francisco Velho, *Bras. 9*, 192. O P. António Vieira

5. — Os nomes dos Jesuítas que intervieram na campanha vão-se alargando e ampliando, como se vê. Dos que estavam em Pernambuco ao iniciar-se a campanha, há dois, Francisco de Vilhena e Manuel de Morais, cuja atitude igual em valentia e serviços durante alguns anos, se diversificou depois, seguindo um pelo caminho da intransigência até final, afastando-se outro da linha do dever, ao qual o reconduziu mais tarde o arrependimento. A intransigência de Francisco de Vilhena criou-lhe muitos inimigos; a defecção de Manuel de Morais despertou curiosidade. Os seus nomes andam nos livros e nem sempre com a fisionomia própria de cada qual. A documentação inédita, recolhida agora na Instituição, em que se criaram, ajudará sem dúvida à reconstituição mais completa dos respectivos caracteres.

O P. Manuel de Morais era homem de sua raça, mameluco, mestiço, com tôdas as qualidades e defeitos dela. Valente, desprezador da morte, dedicado. Bom religioso, durante mais de vinte anos, ainda em 1631 se davam dêle as melhores informações: «Era de S. Paulo, tinha 35 anos, boa saúde. Entrara na Companhia no Rio de Janeiro, em 1613. Estudou gramática cêrca de 4 anos, Filosofia 3. Não estudou Teologia no Colégio por se ocupar com os Índios nas Aldeias havia já 7 anos. Sabe com perfeição a língua brasílica. Grande talento, juízo e prudência mediana, compleição colérica»[1].

A destreza de Manuel de Morais em governar os Índios e a sua valentia pessoal grangearam-lhe a estima de todos, excepto a de alguns moradores de Pernambuco que pactuaram com o invasor. O Governador Matias de Albuquerque, alma da resistência, nomeou-o Capitão Geral dos Índios em campanha, cujo centro era o *Arraial do Bom Jesus*. Mas, por intervenção dos Superiores da Companhia, por não convir tal cargo a um Religioso e por temerem o que de facto se deu, que o bulício e desenvoltura dêsse cargo prejudicasse a sua reputação e o seu espírito religioso, êsse emprêgo de Capitão dos Índios passou-se, como vimos, a um Índio valente, seu subordinado e companheiro de armas, durante dois anos, António Filipe Camarão. A coragem e serviços do P. Manuel de Morais

---

narra a morte do P. João Luiz, na Baía, a 6 de Junho de 1685, cf. S. L., *Novas Cartas*, 324.

1. *Bras. 5*, 136, 143.

foram louvados em Carta Régia [1]. E nenhum dos Índios, comandados pelo P. Morais, pactuou com o inimigo enquanto êle próprio não foi cativo em batalha, em que o comandante holandês, mandando degolar quási todos os Índios, a êle salvou a vida, segundo depõe o mesmo comandante, e isto devido à bravura que nêle viu [2]. Talvez também com êsse acto de generosidade, o holandês pensasse em captar o ânimo do P. Manuel de Morais, já a êsse tempo abalado.

Apenas com o curso de Mestre em Artes, como êle assinou depois (Licenciado), e com o de Teologia Moral, a assistência aos Índios e a invasão holandesa impediram que fizesse o curso de Teologia Escolástica, faltando-lhe o esteio dos conhecimentos sólidos para o fortalecer contra ambiências heréticas. A milícia e a situação em que ficou no Rio Grande e Paraíba, algum tempo, só, tendo-se retirado o companheiro António de Oliveira, pôs à prova a sua constância em matéria, de que noutras circunstâncias poderia ter triunfado como triunfaram outros, sobrepondo a razão e os compromissos de honra e de religião à cegueira dos instintos sexuais. Por aqui efectivamente começou a sua desgraça. Com a insuficiência de formação, com o estrépito das armas, apagou-se-lhe a vida interior mais alta, e faltando-lhe êste suporte, deixou-se decair para a vida inferior dos sentidos. Ao Provincial Domingos Coelho, chegaram rumores em 1635 da «ruim fama que dêle corria em matéria de sexto» [sexto mandamento]. E em vista de tais informações escreve ao Geral, «com parecer de todos os Consultores da Província, que êle não era para a Companhia» [3].

---

1. Cf. Cópia da Carta Régia, escrita em Lisboa, a 31 de Outubro de 1631, ao Provincial, *Bras. 8*, 422: «Provincial da Companhia de Jesus, eu El-Rei vos envio muito saudar: Dos procedimentos de Manoel de Moraes Religioso da Companhia que assiste no sitio de Pernãobuco tendo a seu cargo os Indios naturaes da terra que aly me servem e do zello e cuidado com que trata de assegurar os animos daquella gente e acode as ocasiões de meu serviço que ali se offerecem, estou com muita satisfação e parece-me dizer-vo-lo por esta Carta para que o tenhaes entendido e lho aggradeçaes como eu lho mando fazer». A carta régia, para ser transmitida ao Brasil, era dirigida ao Provincial de Portugal, Diogo Monteiro, autor, como se sabe, da famosa *Arte de Orar*, obra clássica, de excelente estilo (Inocêncio, *Dic. Bibl.*, II, 167).
2. *Processo*, 101.
3. *Bras. 8*, 474.

Tal se apresentava a situação de Manuel de Morais pouco antes de ser tomado dos Holandeses. E nela está a chave de tudo o que lhe sucedeu depois. Neste meio tempo, escreve o Provincial, a 14 de Maio de 1635, «me vieram novas de que o P. Manuel de Morais, vindo do Rio Grande, com muitos Índios em socorro da Paraíba, fôra prêso e cativo pelos Holandeses, e que, estando em seu poder, fizera algumas coisas indignas de cristão e muito mais de Padre da Companhia» [1].

Levado pelos holandeses para os Países Baixos, o Provincial do Brasil considerou-o desligado da Companhia de Jesus. E constando-lhe que êle tencionava passar a Madrid a requerer mercês pelos seus serviços na campanha de Pernambuco, tomou as necessárias providências para se lhe comunicar, onde quer que chegasse, na Europa, a demissão canónica; e, se fôsse exeqüível, desse antes alguma satisfação de desagravo à Companhia. Porque êle previa que o seu mau exemplo iria ser invocado depois contra ela, como de facto foi. Invocaram-no os partidários da não admissão de mestiços aos votos da Religião, esquecidos de que outros entraram na Companhia e deram boa conta de si; invocaram-no, na questão dos Índios, «alguns» moradores de S. Paulo (os do partido escravagista), esquecidos de que o triste exemplo de Manuel de Morais era de um dos seus.

Manuel de Morais deixou-se ficar em Holanda, ou porque êle próprio quis, ou porque os Holandeses impediram a sua ida à Península como depois alegou. Em breve lhe chegou à Holanda a ordem do Geral, despedindo-o. Morais fraquejou na Fé e mais nos costumes, atentando matrimónio em rito herege. E enviùvando, casou-se segunda vez. A inquisição de Lisboa (o Tribunal de Segurança Política e Social daquele tempo) abriu processo e lavrou sentença, e Morais foi queimado em estátua a 6 de Abril de 1642 [2]. Os Superiores da Companhia, para ela não ser envolvida e infamada, requereram perante a Inquisição que no processo se não fizesse menção da «Companhia de Jesus», de que Morais já não fazia parte [3].

---

1. Carta do P. Domingos Coelho, da Baía, 14 de Maio de 1635, *Bras. 8*, 478v. Consistia isso em ter-se vestido à secular e desrespeitado a lei da abstinência e jejum.
2. Garcia, em *HG*, II, 344.
3. *Processo*, 35.

Parece que não chegou a ser «herege formal», depõe o embaixador na Holanda, Francisco de Andrade Leitão. E de vez em quando vinham despertá-lo rebates de consciência e deu vários passos nesse sentido. Uma das pessoas com quem tratou na Holanda foi o Provedor da Fazenda do Maranhão, Inácio do Rêgo Barreto [1]. Tratou com muitas outras e com algumas procurou os meios de se reconciliar com a verdadeira Fé, como êle diz que fizera com Fr. Francisco de Gouveia, capuchinho, com quem se confessou, e que o absolveu. Tal absolvição supõe a promessa formal e categórica de deixar o mau estado em que vivia.

Em 1643 voltou a Pernambuco, dizem uns que para angariar bens para sustentar os filhos (tinha três), diz êle que para voltar ao seio da religião de seus pais, e seria neste caso a realização daquela promessa, aliás compatível com a obrigação moral de sustentar os filhos, que não têm culpa dos desvarios dos pais. Estabeleceu-se com negócios em *Aratangi*, nas imediações da Aldeia de S. Miguel de Muçuí, que tão bem conhecia, a algumas léguas do Recife; e ali voltou à prática da Religião, indo à missa e recebendo os sacramentos. Não só praticava então a Religião verdadeira, mas a prègava, irritando os protestantes que na *Assembléia Sinodal* do Recife, em Julho de 1644, chamaram a atenção das autoridades invasoras para a sua presença tão perto [2].

Depois do levante restaurador, João Fernandes Vieira, num golpe de audácia, mandou-o tirar do poder dos inimigos. E logo obrou de novo actos de valor. Arvorou um crucifixo em ocasiões de combate, arrastando os soldados à vitória contra os holandeses, na Batalha das Tabocas (3 de Agôsto de 1645), invocando Nossa Senhora, e dando mostras, com desprêzo da vida, e sentimento religioso, de que renascia nêle o antigo homem [3]. Além de João

---

1. *Processo*, 63; cf. supra, *História*, III, 108.
2. *Processo*, 89; Afonso de E. Taunay, *Padre Manuel de Morais*, em *Anais do Museu Paulista*, II, 42-43.
3. Diogo Lopes de Santiago mostra claro empenho em realçar a intervenção de Morais na famosa Batalha das Tabocas. Fala dêle três vezes. E a última no fim do combate: «Vendo o Governador João Fernandes Vieira o apêrto em que estavam os seus, arremeteu com grande valor, metendo-se por meio do inimigo, dando morte a muitos, e aos nossos dizendo: Valorosos Portugueses, viva a fé de Cristo! A êles, a êles! Neste tempo levantou o P. Manuel de Morais a imagem de Cristo, Senhor Nosso, em alto, e começou a dizer em voz alta: Senhor Deus, misericórdia! E todos os circundantes responderam o mesmo e disse: Irmãos,

Fernandes Vieira, Morais pôs-se em contacto com André Vidal de Negreiros e com o P. Francisco de Avelar, da Companhia, «que todos residiam no Arraial de Pernambuco», e pensou em embarcar para se defender em Lisboa, diante do Santo Ofício, da mácula de apostasia de que fôra acusado e condenado em 1642. Escreveu-lhe do Brasil o P. Francisco Carneiro, que procurasse a rehabilitação por procurador idóneo, pois corria perigo se fôsse em pessoa.

Tinha-o mandado prender o Governador Geral do Brasil e não se executara a ordem, dada a nova atitude patriótica e religiosa de Manuel de Morais. E nisto estavam as coisas, quando o prendeu Martim Soares Moreno, desafecto do mesmo Manuel de Morais, e émulo de Fernandes Vieira e Vidal de Negreiros. Seguiram-no porém para Lisboa a boa asa da Companhia de Jesus, cartas justificativas de André Vidal e João Fernandes Vieira, e depois, a requerimento de Morais, os depoïmentos dêstes Governadores e do Camarão. Talvez a presença em Lisboa do P. António Vieira, então no auge do seu prestígio e amigo íntimo do P. Francisco de Avelar, Superior dos Jesuítas do Arraial, não fôsse alheia à sua defesa, e ao andamento do processo, em que os advogados deram prova de extraordinária competência jurídica e no qual se conhece também a inteligência e habilidade de Manuel de Morais, o «grande talento» de que falava a informação de 1631. Teve habilidade sobretudo para anular os efeitos da condenação, onde sem dúvida foi secundado por protectores influentes directa ou indirectamente. O P. António Vieira não poderia ajudá-lo então directamente. A Inquisição também com êle tinha entrevista marcada, sem prazo fixo. Mas então Vieira preponderava. Manuel de Morais, que saíu condenado a 15 de Dezembro de 1647, a cárcere perpétuo «sem remissão» e a hábito com insígnias de fogo [1], logo em Janeiro, teve por menagem a cidade de Lisboa, e dispensa do hábito. Depois pôde circular livremente em todo o Reino; e, finalmente, não sendo decorridos ainda dois meses, a 10 de Março de 1648, alcança faculdade de sair para fora do continente, dentro dos Domínios Por-

---

digamos todos uma Salvè-Rainha, à Virgem Mãe de Deus. E dizendo todos em voz alta: *Salvè-Rainha, Mãe de Misericórdia*, se viu logo o favor da Mãe de Deus, porque o inimigo se começou a retirar, descomposto, e a ir perdendo terra a olhos vistos; e os nossos começaram a gritar: Vitória! Vitória!», *História da guerra de Pernambuco*, 318-321.

1. *Processo*, 159.

tugueses, contanto que fôsse «província de Católicos» [1]. Liberdade completa! A êste tempo já se confessava regularmente e tinha licença para comungar uma vez por mês [2]. Diz-se que faleceu em 1651 [3].

Voltaria ao Brasil? O facto de êle pedir licença de se retirar para «província de Católicos» parece denotar essa intenção. Não há documentos positivos. Nem há lugar para conjecturas. Uma, por exemplo, seria que êle se recolhesse a alguma Casa da Companhia, talvez com nome suposto, para nela acabar os seus dias ao abrigo da miséria material e moral.

A vida aventurosa dêste homem tem provocado a atenção dos estudiosos [4]. Como objecto da História da Companhia de Jesus,

---

1. *Processo*, 164-165.
2. *Ib.*, 163.
3. Azevedo Marques, *Apontamentos*, II, 65.
4. Afonso de E. Taunay, Oliveira Lima, Eduardo Prado, são os nomes mais representativos dêsses estudiosos, além de outros, holandeses e brasileiros, e dos autores de histórias gerais do Brasil e ainda algumas referências esparsas, cf. Rodolfo Garcia em *HG.*, II, 344-345; Taunay, *Escritores Coloniais: Padre Manuel de Morais*, em *Anais do Museu Paulista*, II, 733; id., *Addenda á Biografia de Manuel de Morais*, *ib.*, 277 ss., com vasta bibliografia. Excepto os documentos da Companhia agora utilizados, os dados essenciais da sua vida estão no próprio *Processo do Tribunal da Inquisição*. Um dêles, o ano do nascimento. Diz Morais em 1646 que tinha 50 anos pouco mais ou menos (*Processo*, 61), o que coincide com o Catálogo da Companhia de 1631, com 35 anos (*Bras. 5*, 136), fazendo-o nascer em 1596. Manuel de Morais foi um dos consultados sôbre as pretensões dos Holandeses. Procura demonstrar a seguinte proposição: «Dizem os Holandeses que a paz é útil a êles e aos Portugueses, se a paz fôr da Linha para o Norte, *concedo*; mas para o Sul, *nego*». Morais visa o negociador da paz, que não conhecia Pernambuco, diz êle. O endereço ia para D. Francisco de Sousa Coutinho e deixa cair da sua pena alguma sugestão infamante. Morais fala com dados razoáveis, mas com demasiada petulância, esquecido de sua própria infâmia passada. E tôda a questão estava, como de facto estêve, em iludir o inimigo, mantendo-o em paz na Europa, enquanto se lhe fazia guerra na América. Taunay publicou a «Resposta» de Morais nos *Anais do Museu Paulista*, I, 123-133. No mesmo Processo há referências a dois livros que teria escrito: *Um Dicionário da língua do Brasil*, e outro *Do sítio e fertilidade e outras particularidades daquela terra* (*Processo*, 65), cujo paradeiro se ignora, não obstante os esforços de Eduardo Prado para os achar. O dicionário devia ser cópia do *Vocabulário* de Leonardo do Vale, que andava em mãos de todos os Jesuítas. A não ser que se trate apenas do breve vocabulário de cêrca de 300 palavras, que deu a Jorge Marcgrave e êste incluíu na sua *História Natural do Brasil*, (S. Paulo 1942)275-277, trad. de José Procópio de Magalhães, edição do Museu Paulista, sob a direcção de Afonso de E. Taunay,

adverte Cordara, Manuel de Morais cessa de o ser, no dia em que foi cativo dos Holandeses em 1635 e se não soube manter como cumpria [1]. Seguimos os passos mais avante, porque, do seu contacto com o P. Francisco de Avelar, no Arraial do Bom Jesus, em 1646, e do seu apêlo ao Provincial do Brasil, Francisco Carneiro, quando voltou pródigo e contrito, vislumbramos que a Companhia de Jesus o não desprezou, nem abandonou na nova desgraça em que se via, quando, entre as perspectivas do futuro, podia haver uma, a das fogueiras da Inquisição. Vida dramática, sem dúvida, que, se o torna objecto de maior curiosidade, não o constitui objecto de mais respeito do que os seus companheiros, que trabalharam tanto como êle na defesa contra o invasor, e souberam ser mais heróis do que êle, mantendo-se com firmeza dentro dos caminhos do dever e da dignidade.

6. — Um dêstes heróis foi o P. Francisco de Vilhena. Desde o primeiro instante da resistência até ao último acto da rendição da Fortaleza de Nazaré, mostrou-se firme, decidido e unido pessoalmente ao General Matias de Albuquerque e aos mais que encarnavam a defesa e promoviam a guerra, em que os moradores cooperavam, mas onde se notavam, aqui e além, desinteligências.

Insensìvelmente formaram-se dois partidos, não de oposição aberta, nem por isso menos real e oposta: o partido dos militares e fidalgos, que se queixavam de que os moradores no correr dos anos pactuavam com o inimigo, negociando com êle; e o dos moradores que atribuíam aos descuidos dos homens de guerra a situação precária em que se viam. Na realidade nem uns nem outros tinham razão completa. A sem razão verdadeira estava sobretudo na Côrte de Madrid, que, ocupada com os assuntos da Europa, não deu a Matias de Albuquerque, quando embarcou em Lisboa para Per-

---

e colaboração diversa. Manuel de Morais também não deve ter escrito nenhuma *história* do Brasil. Ainda no fim da sua carreira, ao dar a resposta sôbre a paz com os holandeses, promete mais notícias sôbre os Índios, «dos quais com o favor divino daremos mais larga relação na «História do Brasil, *que temos começada*». Apenas «começada»! — e a lição da vida parece demonstrar que nunca os seus actos corresponderam muito às suas promessas. Diz mais que escreveu uma «Relação dos Sucessos das armas de Pernambuco», causa próxima da sua prisão por Martim Soares Moreno, que se não viu elogiado nela como queria (*Processo*, 58).

1. Cordara, *Hist. Soc.*, VI, 2.°, 440-441.

nambuco, auxílios à altura do perigo, que se receava, nem lhos enviou depois, suficientes, em tempo útil [1]. Os recursos mais eficazes tinham que se buscar na própria terra e o que se fêz, ainda que de improviso, foi muito.

O General organizou a resistência, iniciando a guerra de emboscadas, a única eficaz com os poucos recursos de que dispunha, com uma dupla esperança: subtrair a campanha cultivável ao influxo do invasor, cortando-lhe as subsistências, e esperar entretanto socorro da Europa. O trato com os invasores enfraquecia-lhe a primeira parte do plano, a falta de ajuda iria fracassar a resistência. Não tanto, ainda assim, que não se sustentasse na terra durante 5 anos, que se podem considerar de glória.

O partido dos moradores era grande, e entre os que se mostraram indecisos tem de se incluir depois o próprio João Fernandes Vieira, que aumentou os seus cabedais e manteve estreitas relações comerciais e políticas com os invasores. Felizmente colocou, anos mais tarde, cabedais e actividade na defesa da terra, até à total expulsão dos intrusos. Convém ter isto presente para se compreenderem certos silêncios ou afirmações dos antigos panegiristas de João Fernandes Vieira [2].

---

1. Narrando a defecção de Manuel de Morais e o desastre da Paraíba, Duarte Coelho de Albuquerque, *Memórias Diárias da Guerra do Brasil* (Recife 1944)179, diz: «Êstes e outros efeitos, que referimos, foram causados pela dilação com que se socorria o Brasil, obrigando-nos a uma guerra prolongada».

2. Como por exemplo Manuel Calado no seu «Valeroso Lucideno», que exalta o seu herói em detrimento de outros, de Francisco de Vilhena em particular, a quem difama, sendo êle próprio, Manuel Calado, não obstante os seus serviços, um dos que pactuaram com o invasor e pleitearam a sua privança. São três as afirmações contra o P. Francisco de Vilhena, reproduzidas por Southey, *História do Brasil*, III, 6, e outros escritores, que por sua vez as propalam: Que ia recuperar os bens da Companhia, que estavam enterrados; que levava cartas em branco com a assinatura régia, que êle dava a quem lhe parecia; e que enriquecera com isso *pessoalmente*. Sôbre os bens da Igreja de Olinda, se tratasse de os recuperar, era obra legítima e necessária, mas desde 1635, que estavam em poder dos invasores excepto talvez alguma ou outra peça avulsa; as cartas régias eram prova da confiança de D. João IV, e o Padre as não iria certamente dar ao «Valeroso Lucideno», que então era ainda e simplesmente cúmplice dos invasores com quem se associara comercialmente; quanto ao *enriquecimento pessoal* do P. Vilhena, basta conhecer as Constituições da Companhia (na Companhia não há bens *pessoais*, mas *comuns*), para se compreender que tôdas essas afirmações ou interpretações malévolas de actos legítimos, assentam na inimizade, esta sim, *pessoal*

Nestas inclinações, os Jesuítas seguiram a parte dos defensores de Pernambuco, ainda que um ou outro, dos que chegaram quási ao fim da guerra, se mostrasse reservado, a ver se poderia prestar a sua assistência religiosa aos moradores, cortando quanto possível a infiltração herética. No fundo sempre os mesmos. Testemunha o Capitão Gomes de Abreu Soares que à Companhia de Jesus, porque retirara os Índios das Aldeias, para que não fôssem apanhados pelos holandeses, e ficassem a servir e trabalhar para êles, e prègava contra êles, «e exortava a gente que guardasse fidelidade a El-Rei Nosso Senhor e com os ditos hereges não tivessem trato nem contrato, lhe tinham mortal ódio, e assim a dezassete da Companhia, que colheram, depois que se fizeram senhores da campanha, depois de muitas vexações, lhes tomaram os *ornamentos, cálices, e prata da Igreja, seus escravos, e tudo quanto possuíam*, e a todos dezassete embarcaram para Holanda com grandes descomodidades e desamparo»[1].

Dêste ter ou não ter trato com os Holandeses nasceu dentro da própria Companhia de Jesus um problema difícil. O General Matias de Albuquerque, em 1635, manifestou as suas apreensões ao P. Provincial Domingos Coelho, outrora cativo dos Holandeses na invasão da Baía. A resposta do Provincial mostra a situação nos começos de 1635:

«Em sabendo, no fim de Janeiro passado, da tomada da Paraíba e como seus moradores estavam sujeitos aos Holandeses, comerciando com êles às claras, e dando-lhes o tributo, que antes davam a S. Majestade, temendo que à sua imitação os outros moradores dêste distrito, levados da fúria e necessidade do tempo, fizessem o mesmo, tratei logo da ordem que havia de mandar aos Religiosos da Companhia, que em Pernambuco e seu contôrno residiam. Porque, por uma parte, parece que a caridade obrigava a que os não desse para outros em tempo que com a conversação e familiaridade dos Holandeses se lhe podiam pegar seus erros e heresias, se lhes faltassem prègadores católicos que os conservassem na fé romana. Esta razão tem ainda mais fôrça para com os Índios, que por seu pouco saber e muita inconstância, estão mais prontos

---

(tanto de Manuel Calado como de Fernandes Vieira) contra o P. Francisco de Vilhena, que dissentira acerbamente do seu trato com os invasores.

1. Testemunho de 4 de Fevereiro de 1637.

para se lhes pegar êste fogo do inferno, e seria grande lástima perder em breve tempo o que, quási por espaço de noventa anos, em êles tínhamos ganhado, trazendo-os do sertão, baptizando-os, e assistindo com êles em suas povoações e Aldeias. Reforça-se mais esta parte, porque ficando os nossos Religiosos entre os Portugueses e Índios, ainda que já rebelados e lançados com os Holandeses, parece que não só serviríamos a Deus, conservando-os quanto em nós fôsse em sua santa fé, mas também a Sua Majestade Católica, procurando de os reduzir e conservar em sua fidelidade e obediência, tendo-os mais dispostos para com a vinda da armada, *ou em qualquer outra ocasião*, se *alevantarem* contra os mesmos Holandeses.

Por outra parte, parece convinha ao bom crédito da nossa Companhia apartar totalmente os Padres do comércio e conversação de todos os rebelados, ou fôssem Portugueses, ou Índios, porque a todos êles há Sua Majestade de ter e tratar como traidores, e na mesma conta terá a todos os que ficarem e viverem entre êles, ainda que sejam eclesiásticos e religiosos. Confirma-se mais esta parte, tratando em particular dos da Companhia, porque como os Holandeses lhes têm maior ódio e aborrecimento, que a todos os outros Religiosos, como eu experimentei bem às minhas custas, em 2 anos e meio que entre êles estive, cativo em os cárceres de Holanda, fàcilmente suspeitaram o fim para que os Padres ficavam entre os Portugueses e Índios, e mui pequena imaginação sua bastaria para os enforcar ou pelo menos para os desterrar para Holanda, sem fruto algum dos Portugueses e Índios, e com tão grande detrimento nosso.

Por ser matéria tão grave a consultei, o primeiro de Fevereiro passado, com o Sr. Governador Geral dêste Estado e com o Sr. Bispo D. Pedro da Silva de S. Paio, e ambos, sem saber um do outro, me responderam uniformemente que por nenhum caso consentisse que Religiosos da Companhia ficassem entre os rebeldes alevantados, ainda que fôsse com tão justo fim como pretendíamos, porque os danos de não assistirmos com êles se podiam depois restaurar com a vinda da armada real, e os que, de assistirmos com êles podiam resultar à nossa Companhia, eram irreparáveis. Esta resolução mandei logo ao P. Manuel Fernandes, Vice-Reitor que então era dêsse Pernambuco, e depois a dei ao P. Francisco Ferreira, que lhe foi suceder no mesmo cargo, ordenando-lhes precisamente que, em caso que os outros Religiosos despejassem, me mandassem para esta Baía os Padres e Irmãos velhos e doentes, mas que os demais, que lá podiam trabalhar, ficassem e ocupassem em serviço de Deus e de Sua Majestade, mas com tal ordem que todos êles fugissem tanto dos Portugueses e Índios levantados como dos próprios Holandeses» [1].

O P. Manuel Fernandes, a que se refere o Provincial, é o que presidiu à Retirada de Alagoas, o mesmo que irá depois na embaixada ao Rio a promover a adesão de Salvador Correia de Sá e Benevides, à Restauração de Portugal. O que êle recomenda ao P. Francisco Ferreira talvez fôsse necessário fazê-lo, porque êste, vindo para Pernambuco, tarde, num momento já crítico da situação, querendo manter-se numa posição de prudente reserva, achava exagerado o apêgo de Francisco de Vilhena ao General em Chefe, e, depois da rendição de Nazaré, exprime-se a respeito dêle em têrmos nada lisongeiros:

«É êste Padre mui apaixonado por o senhor Matias de Albuquerque, o qual, por acudir por êle e por seus descuidos e maus sucessos, não só corta pela honra dêstes moradores a quem estamos mui obrigados, mas também pelos Padres dêste Colégio, sendo assim que o têm feito uns e outros quanto podia ser no serviço de Deus e de Sua Majestade. Aqui avisaram muitas vezes aos Superiores do que o dito Padre fazia e dizia, tanto em descrédito dos moradores, que os obrigou a o buscarem para o matarem, e vendo o quão pouco acudiram, deixando-o andar com o Senhor Matias, o quiseram atribuir aos Superiores, de que hoje estamos mui odiados e o estaremos mais, quando souberem que vai (como êle mesmo diz) para os encontrar e acudir por o Senhor Matias, mais com paixão que com verdade. Vossa Paternidade, até saber e lhe constar a verdade, houvera de mandar retirar o Padre, e que tenham tento nêle nesta matéria, mandando-lhe que em coisas de Pernambuco nem pró nem contra se meta a falar nem tratar delas» [2].

O Reitor, que falava de paixão no Padre Vilhena, parece não ter conseguido isentar-se totalmente dela. O Provincial, com conceder a Francisco de Vilhena a sua extrema dedicação ao General,

---

1. Carta do P. Domingos Coelho a Matias de Albuquerque, da Baía, 14 de Maio de 1635, *Bras. 8*, 477-478.
2. Carta do P. Francisco Ferreira ao Geral, de Pernambuco, 13 de Julho de 1635, *Bras. 8*, 459.

completa a informação com dizer que ela partia duma generosidade de sentimentos que, honrando-o a êle, honrava a Companhia:

«Os Holandeses estão absolutamente senhores de Pernambuco, porque ùltimamente renderam por fome as duas últimas praças que só tinhamos, o Arraial e a Fortaleza de Nazaré. Escreveu-me Matias de Albuquerque embarcavam com a nossa gente aos Padres Leonardo Mercúrio e Gaspar de Semperes, que estavam no Arraial, e o mesmo devem ter já feito ao P. Francisco de Vilhena e ao Ir. Francisco Ribeiro, que assistiam com os nossos soldados em a praça de Nazaré. Todos, em todo o tempo desta guerra, assistiram nela com grande satisfação, excepto o P. Francisco de Vilhena, que com a ter grandíssima dêstes fidalgos, a não teve de muitos seculares, pelo julgarem por demasiadamente afeiçoado, e os querer defender a torto e a direito, que é tributo ordinário de todos os privados. E a verdade é que se achariam poucos ou nenhuns dos nossos que voluntàriamente assistissem aos perigos a que êle pessoalmente assistiu; e ùltimamente, largando êstes fidalgos aquela praça com intento de lhe meter mantimentos para os soldados que nela deixavam, voluntàriamente se ficou com êstes o P. Vilhena, padecendo muitas fomes e arriscando-se ao cativeiro, que de presente tem, só por honra da Companhia, podendo escusar todos êstes trabalhos se quisera acompanhar aos sobreditos fidalgos quando se saíram» [1].

Matias de Albuquerque confirma o facto e acrescenta que pela assistência do P. Francisco Vilhena, e do seu companheiro, na Fortaleza de Nazaré, «se animaram e dispuseram os nossos Capitães e soldados a defender aquela praça em quatro meses de sítio em que os ditos Padres fizeram mui grande serviço a Deus e a Sua Majestade» [2].

Exilado para as Índias de Castela, dali passou a Espanha, e de Espanha a Portugal, onde achou já prêso o General Matias de Albuquerque, e onde os achou a ambos o glorioso dia do primeiro de Dezembro de 1640.

---

[1]. Carta do P. Domingos Coelho ao Geral, da Baía, 28 de Agôsto de 1635, *Bras. 8*, 476-476v.

[2]. Testemunho de Matias de Albuquerque, «nestas Alagoas em Pernambuco, 25 de Novembro de 1635 anos». Idêntica informação do Capitão Manuel Ribeiro Botelho, ao tratar da «investidura do Pontal e cêrco do Forte de Nazaré», testemunho de 24 de Novembro de 1635, Arq. da Prov. Port., *Pasta 188*, 4.

A reacção contra os invasores do Brasil transmudara-se para um plano mais próximo: a reacção contra os invasores de Portugal. Não nos custa a crer que Francisco de Vilhena fôsse dos que trabalharam para a libertação, e seria êsse o fundamento próximo da escolha do seu nome para a embaixada à Baía, a que acrescia o seu prestígio dos combates, a sua inquebrantável decisão e o conhecimento directo dos homens e das coisas do Brasil.

7. — O P. Francisco Ferreira, que viera substituir o P. Manuel Fernandes no cargo de Vice-Reitor do Colégio, ou mais pròpriamente Superior dos Padres dispersos do distrito, tinha chegado a Pernambuco no dia 21 de Fevereiro de 1635. Tratava-se de organizar a retirada dos Índios. E estava o P. Ferreira na Aldeia de Pojuca, onde os Índios da Aldeia de Muçuí se aquartelavam antes de prosseguir a viagem, os quais, vendo que o Padre ficava em Pernambuco, deram mostras de também querer ficar. Francisco Ferreira ainda mandou dois Padres com 300 ou 400 frecheiros a Matias de Albuquerque a propor-lhe isso. Mas o General manteve a ordem, sustentando o parecer do P. Manuel Fernandes, não se retirando os Índios sem destruírem antes alguns mantimentos dos moradores, aos quais também não sorria a ida dos Índios para a Baía. Os moradores manifestaram o seu desagrado, mostrando-o igualmente o Padre recém-chegado. Não tendo feito a campanha, era-lhe permitido ter alguma esperança de conciliação. Insinuara-lhe o Provincial, que, sem pactuar com os Holandeses, nem com os Índios rebeldes, nem com os moradores, que se acomodassem com os Holandeses e tomassem abertamente o seu partido, examinasse a hipótese de ficar na terra para ministrar os socorros da religião aos que os pedissem. Não agradou a atitude de Francisco Ferreira nem ao P. Manuel Fernandes, nem a Matias de Albuquerque. O Provincial, em carta ao mesmo General, procura informar-se da disposição dêsse e de quaisquer outros Padres, colocando a última resolução de tudo nas mãos de Matias de Albuquerque, «a quem sempre reconhecemos, e muito em particular nesta ocasião, por protector e defensor e pai desta nossa Província da Companhia» [1].

---

1. Carta do Provincial Domingos Coelho ao Capitão General de Pernambuco, da Baía, 14 de Maio de 1635, *Bras. 8*, 479. Por sua vez Matias de Albuquerque refere-se com louvor às ordens do Provincial Domingos Coelho, para

É elucidativo o que se passou com o P. Francisco Ferreira e os que com êle ficaram. Na quaresma, alguns moradores doentes mandaram-lhe pedir assistência religiosa e foi prestar-lha com o P. José da Costa. Prenderam-nos os Holandeses e tomaram-lhe até o jubão. Apresentado ao generalíssimo, êste recebeu-o com aparente afabilidade, «queixando-se de o Reitor passado não querer ir a seu chamado, tendo êle já conquistado tudo, e os Padres das Aldeias [do Norte] seus prisioneiros». O P. Ferreira escreve esta carta da «Madalena, junto ao mar três ou quatro léguas do Arraial», então sitiado, e denota a suspensão em que ainda estava. O General holandês Sigismundo disse-lhe que podia ficar em paz, e só «lhe pedia que nas prègações não escandalizassem os seus e que deixassem a polícia e guerra para os seculares e que tratassem de levar os homens ao céu»... O bom do Padre parecia acreditar na linguagem do General holandês: êsse contentar-se-ia com ficar com a «terra». Um ano depois o P. Francisco Ferreira vê-lo-ia à sua própria custa. Entretanto, mostrava-se contrário à actividade dos Padres que, sem esquecer o «céu», defendiam também a «terra», como Francisco de Vilhena «apaixonado», segundo êle dizia, de Matias de Albuquerque [1], jesuíta a quem parecia mal a passividade dos moradores que comerciavam e pagavam tributo aos invasores, e se não conformava com o meio têrmo em que o P. Ferreira se pretendia equilibrar. Não acreditava nem êle nem os mais Jesuítas, que fizeram a campanha nesses cinco anos dolorosos, nas promessas dissimuladas do invasor, por trás das quais, com pretexto de arredar os Padres da defesa da «terra», iam já os «predicantes» calvinistas invadindo também o «céu», com doutrinas heréticas, com que pervertiam os Índios sem cultura ainda para destrinçar a verdade do êrro. E ao próprio P. Ferreira, logo os holandeses faltaram às promessas, afirmando que lhes restituïriam o que lhe tinham tomado, só devolvendo parte. E ainda poucos dias depois, sob pretexto de que os Jesuítas da Casa da Madalena mandavam socorro ao Arraial do Bom Jesus, foram «visitados» de noite por «alguns 80 soldados» holandeses, que revolveram a casa a ver se tinham mantimentos, dando por desculpa que foram denúncias dos moradores e que os Padres tinham muitos inimigos

---

a retirada de todos os seus Religiosos e Índios das suas doutrinas, cf. Testemunho de 20 de Novembro de 1635, em Cadena, *Relação Diária*, 194.

1. *Bras. 8*, 459.

entre êles, o que era ainda um estratagema para separar uns dos outros, espalhando a sizânia e desconfiança mútua entre os Portugueses.

Depois da tomada do Arraial, Francisco Ferreira procurou prover os Padres aprisionados nêle, dalguma farinha e carne, para a viagem do exílio. No seu retiro da Madalena recebia de vez em quando visitas, além das de soldados sem categoria. A última foi a do Governador da Paraíba e da Goiana, com um «predicante», com muitos soldados e gente para pernoitar. O Padre Ferreira começava a compreender que estava em poder do inimigo e pedia a «Deus fôrças e ânimo, até vermos em que isto pára» [1].

Parou no que temia o P. Manuel Fernandes. A carta, em que Francisco Ferreira narra esta sua vida em Pernambuco, é de 24 de Junho de 1635. A carta seguinte é já de Holanda, para onde êle e os seus companheiros foram desterrados. Não se conservam os pormenores da prisão, mas infere-se que foi com atropêlo da justiça:

«De Aga Cómitis [Haia], escrevi a V. Paternidade e lhe mandei uma breve informação do nosso caso e do que até então se tinha feito [2]; e disse mandaria outra em chegando a Barbância, a qual mando agora. Como ùltimamente deram por despacho os Estados Gerais que dentro de 15 dias nos saíssemos dos Estados e que deixássemos procurador e o informássemos, e se faria brevemente justiça, foi necessário fazê-lo assim, não porque esperemos coisa alguma, porquanto são partes, mas porque não tenham que dizer, e se veja o que fizeram. O que mais sentimos é ficarem os nossos negros em poder dos hereges, pela ruim doutrina que lhes podem dar [3]. Veremos se há alguma coisa de novo sôbre esta matéria para que possa escrevê-la a V. Paternidade. Êles [os Estados Gerais] se mostram afrontados pelo que se nos há feito *tanto contra todo direito natural*, mas não cuido seja para nos darem alguma coisa».

---

1. *Bras. 8*, 485-486.
2. Esta carta, a que se refere, ou se perdeu ou foi parar a outro arquivo diferente do da Companhia.
3. Os temores e pressentimentos do Padre realizaram-se. Em 1638 a Assembléia dos Predicantes, reünida no Recife, propunha que os negros se levassem à igreja protestante não importando de que religião fôssem os donos: «essa condição deve ser imposta na venda dos negros». E para isso se nomeariam capitães hábeis, «Actas das sessões da Assembléia», na *Rev. do Inst. Hist. Bras.*, Tômo Especial, 1.ª Parte(1915)726.

Francisco Ferreira, como Reitor e administrador do Colégio de Pernambuco, dá conta também do estado em que ficou o Colégio, como entidade jurídica. Com os prejuízos e gastos e sequestros da invasão, achava-se com uma dívida de 20 e tantos mil cruzados. E propõe ao Geral o que sôbre isso se deveria tratar com El-Rei e o que importava fazer «*antes de se recuperar Pernambuco*, em que tudo perdemos por amor de Sua Majestade», ou como hoje se diz *por amor da nação*. Não podia então haver solução no pagamento de dívidas, mas os Jesuítas, não obstante os prejuízos da guerra, pagaram-nas depois integralmente, intervindo nisso o P. Simão de Vasconcelos, Reitor do Rio (1648)[1]. Nem um instante passava pela cabeça de nenhum Jesuíta, que se viesse a perder *definitivamente* Pernambuco.

Dos que foram exilados com êle, diz: «O P. Manuel Tenreiro, morto no mar, e o Ir. Francisco Martines no mar; e o Ir. Pedro Álvares em Zelândia, cego, e outro cego o Ir. António Luiz em Amesterdão». O Ir. estudante, António de Oliveira, antigo companheiro do P. Manuel de Morais na Paraíba, procede bem.

O Reitor só informa dêstes, por alguma circunstância particular, ou de morte ou de invalidez, ou de destino imediato (o Ir. Oliveira, a ver se havia de concluir os estudos em Portugal ou no Brasil). Não fala de quem nada tinha que informar em particular. Entre êles é um, com certeza, o P. José da Costa, que veio depois a falecer no mar, de volta ao Brasil [2]. Outro, o P. Francisco Pais, um daqueles prisioneiros das Aldeias, a que se refere o General Sigismundo, e de quem no seu necrológio se diz que estava nas Aldeias de Pernambuco, quando foi cativo dos Holandeses, e levado à Holanda, donde passou a Flandres e a Portugal e voltou ao Brasil, padecendo grandes trabalhos sobretudo nos cárceres [3].

«O P. Manuel de Morais, diz ainda Francisco Ferreira, fica perdido em Holanda, escrevendo para os Estados Gerais não sei que alvitres». Ferreira atribui a perdição e ignomínia de Manuel de Morais, a efeitos da invasão holandesa, desagregando o vínculo da vida e observância religiosa.

---

1. *Bras. 3(1)*, 273.
2. *Bras. 8*, 518.
3. Homem de virtude e de govêrno. Natural de Pôrto Seguro, faleceu na Baía, octogenário, por volta de 1669, *Bras. 9*, 208-209.

«Pernambuco está acabado. Têm os Holandeses mais de 6 mil homens e agora vai Maurício Conde, com três mil homens com intento de, com os que estão em Pernambuco, ir à Baía. Isto, Reverendo Padre, são pecados do Brasil». Os «pecados do Brasil», segundo êle, eram os dos escravagistas nas Aldeias do Sul, e na de Marueri de S. Paulo, cativando homens já cristãos e aldeados (êle tinha sido Reitor do Colégio de S. Paulo e conhecia bem o assunto). No seu espírito se associam as duas invasões: esta das Aldeias, e a dos hereges nas terras católicas de Pernambuco, e, no plano da Providência, como crime e castigo: *crime*, a depredação e escravização de Índios; *castigo*, a invasão holandesa.

Francisco Ferreira tencionava voltar a Portugal «na armada que torna de Dunquerque, em que iremos com menos custo, e segundo dizem, cedo»[1]. Francisco Ferreira, de Setúbal, ia efectivamente a caminho de Portugal, para dali tornar ao Brasil, e se fôsse possível a Pernambuco, quando acabou os seus trabalhos de fomes e cárceres, em que estêve mais de uma vez, e sempre levou com ânimo, falecendo no Colégio de Santander (Cantábria) talvez ainda nesse ano de 1636 ou começos de 37, «praeclarissimo mortis genere» — com a morte gloriosa do exílio [2]. Dos seus companheiros de destêrro (eram ao todo 17, além dos quatro desterrados antes para as Antilhas), mais 10 compartilharam com êle a morte no exílio e viagens, segundo o testemunho do Conde de Banholo [3].

---

1. Carta do P. Francisco Ferreira ao P. Geral, de Antuérpia, 26 de Setembro de 1636, *Lus.* 74, 270-271.
2. *Bras.* 8, 518.
3. «Certefico Eu don Gion Viçencio San Feliche Conde de Banholo Mestre de Campo general da guerra de Pernãobuco que tudo o contheudo na sobredita Certidam he verdade, e asim o affirmo, e iuro pello habito de Santiago de q sou professo. E acreçento q depois dos olandezes desterrarem pera Indias de Castella os Padres nomeados na dita certidão, desterrarão tambem, e mandarão para olanda a todos os P.es da Companhia que avia em Pernambuco no districto de que elles olandezes herão senhores, nos quais Padres entravão muitos velhos, cegos, e enfermos, que por todos herão dezasete, dos quais do muito trabalho, e Ruim tratam.to das Viagens morrerão onze pello entranhavel odio que tem aos Iesuitas, que mostrarão bem nesta Occazião, pois deixarão ficar, e viver em seus Mosteiros a todos os mais Relegiozos de Sam Bento, nossa senhora do Carmo, e Sam Fran.co, *desterrando soó aos Padres da Companhia, por entenderem, e dizerem que enquanto estes estivessem no Brazil não podião os holandezes senhorealo pacificamente*, o que tudo affirmo, e iuro pello habito de santiago de q sou cavaleiro pfesso, Vinte de Iunho de seisçentos e trinta, e outo annos, Gion

Os católicos de Holanda deram provas de exímia caridade para com os seus irmãos estrangeiros que lá padeceram pela fé e pela pátria. Os Jesuítas do Brasil retribuíram essa caridade, convertendo à fé católica alguns holandeses que, depois da Restauração, ficaram no Brasil [1].

8. — A Restauração de Pernambuco tentou-se primeiro em 1639, depositando-se grande confiança na Armada de Socorro que no Reino se organizou para libertar Pernambuco, onde o Conde de Nassau se acolhera em 1638, depois do frustrado cêrco à cidade do Salvador. A Armada porém trouxe ordem de vir directamente à Baía, circunstância que Nassau aproveitou para entretanto organizar a defesa e resistência. A 20 de Novembro de 1639 deixou a Armada a Baía, fazendo-se na volta de Pernambuco. Os quatro combates navais em que se empenhou a 12, 13, 14 e 17 de Janeiro de 1640, desde as Praias do Pau Amarelo às do Cunhaú, foram infelizes, desbaratando-se a armada. O P. Francisco Pais da Companhia, que ia nela, descreve, datado «dêstes Baixos de S. Roque, costa de Rio Grande, e Rio do Touro, em 1 de Fevereiro de 1640», o que se passara. Descrição objectiva, da qual se tira que a desvantagem maior estêve na diferença de navios, os da Armada, «pesados e zorreiros, que dando em fundo de 10 braças voltam para o mar», enquanto os do inimigo eram «ligeiríssimos», que demandam pouca água e vão virar com as proas em terra» [2]. A Ânua

---

Viçencio San Feliche, Conde de Banholo», Cadena, *Relação Diária*, 195-196. Aquela *sobredita certidão*, a que se refere Banholo era a de Matias de Albuquerque, de 20 de Nov. de 1635, aí mesmo publicada.

1. Ânua de 1665-1670, Bras. 9, 210-210v.
2. Carta do P. Francisco Pais ao P. Paulo da Costa, «Dêstes baixos de S. Roque, costa de Rio Grande, e Rio do Touro em 1.º de Fevereiro de 1640». «Cópia sacada e cotejada com outra cópia que existe na Bibl. da Academia R. da História de Madrid». Publicada por Pôrto Seguro, *História das Lutas com os Hollandezes no Brasil* (Viena de Áustria 1871) 326-331. É um dos melhores documentos sôbre esta jornada. Alguns erros de cópia fàcilmente se restabelecem. O P. Paulo da Costa, natural do Rio, a quem se dirige a carta, era então procurador do Brasil em Lisboa e em breve iria na famosa embaixada da Catalunha. Nesta carta diz Francisco Pais que lhe havia escrito outra, que talvez, com outras ainda, ande pelos Arquivos. Também é do P. Luiz Lopes, chegado à Baía em 1639 a «Relação da Viagem de Socorro que o mestre de Campo Diogo Lobo levantou nas Ilhas dos Açores, e levou em 16 navios à Cidade da Bahia; e das cousas mais notaveis que neste caminho sucederam principalmente na náo N. S. de Gua-

de 1640 atribui o desastre não tanto aos combates, como à imperícia dos pilotos, e a inesperadas e impetuosas correntezas dos ventos e tempestades que dispersaram a frota, indo parte para Portugal, parte para o Maranhão, parte para as Índias de Castela, e parte para a Baía, guiada esta última pelos que melhor sabiam da arte de navegar. O Conde da Tôrre inclui-se entre os que se acolheram à Baía, num dos navios que se salvaram [1].

O que verdadeiramente se salvou dêste desastre foi a ida por terra, desde os Baixos de S. Roque, no Rio Grande do Norte, até à Baía, através de territórios ocupados pelo inimigo, de 1.400 soldados, que desembarcaram da Armada, feito de armas comparável a outras retiradas célebres da história, sendo os gregos e Xenofonte, lembrados às vezes como evocação literária. E a primeira foi feita logo na Baía, no Sermão da Visitação, 2 de Julho de 1640, em que Vieira alude directamente a esta «jornada última e milagrosa» e aos seus incomportáveis trabalhos e mortes padecidas «pelo rei, pela pátria, pela honra, pela religião, pela fé» [2].

Na armada iam quatro Padres: Francisco Pais e João Luiz, que voltaram com D. Francisco de Moura à Baía, e com êle foram ao Rio Real a desalojar os holandeses do Coronel Koin [3]; e o Padre Francisco de Avelar com o Ir. Bartolomeu Gonçalves, que se ofereceram para a jornada terrestre. Luiz Barbalho Bezerra, *dux aeque fortis ac bellicae rei peritus*, comandou a Retirada, entrecortada de escaramuças com o inimigo, passagens de grandes rios, fomes, sêdes e trabalhos. Faziam parte dela «Henrique Dias e o Camarão

---

dalupe», 8.º, ff. 55, Bibl. de Évora, em Cunha Rivara, *Catálogo*, I, 21. Sôbre D. Diogo Lôbo, cf. diversas referências em *Doc. Hist.*, XVIII, 44 ss.

1. *Bras. 8*, 520.
2. Vieira, *Sermões*, X (Lisboa 1856) 315.
3. «Indo desta cidade da Baía aos campos do Rio Real em Julho passado de 1640, por ordem do Marquês de Montalvão, vice-rei e capitão general dêste Estado do Brasil para desalojar o coronel Koin, que estava fortificado naquele sítio, em todo o tempo em que aí estive, e depois, até me recolher, me acompanharam dois Padres, Religiosos da Campanhia de Jesus, a saber o Padre Francisco Pais e o Padre João Luiz, teólogos e prègadores, os quais com grande zêlo e religião se empregaram em tudo o que foi do serviço de Deus e de Sua Majestade, confessando e consolando os doentes e ajudando com bom ânimo a padecer as grandes incomodidades daquela campanha». Testemunho de D. Francisco de Moura, Baía, 31 de Janeiro de 1641.

com seus terços», o que explica em parte a presença dos Jesuítas [1]. Escreve, já na Baía, o próprio Luiz Barbalho:

«Na jornada, que por ordem do Conde da Tôrre, Capitão General dêste Estado, consegui com 1.400 homens pela campanha inimiga, a socorrer esta praça, por ficar exposta a conhecido risco, o R. P. Francisco de Avelar, da Companhia de Jesus, com outro companheiro, foi dos primeiros que desembarcaram e se me ofereceram, para jornada tão certa nos riscos e trabalhos, o qual no discurso dela me acompanhou, mostrando um zêlo religioso e fervor católico na administração dos divinos sacramentos, desvelando-se com assistência contínua e ânimo compassivo, assim na cura dos muitos feridos e enfermos, como em confessar aos que necessitavam dêste sacramento, expondo-se ainda nas ocasiões de peleja a conhecido risco, pela salvação das almas, procedendo nas referidas ocasiões com um valor modesto, a cuja imitação se animavam os soldados, e nos maiores apertos e conflitos alentava, com práticas, a infantaria aos rigorosos trabalhos, que se padeceram de fome, sêde e riscos, que para o exagerar falta encarecimento, em que a distância do caminho foi de 400 léguas. O dito P. Francisco de Avelar e seu companheiro, Bartolomeu Gonçalves, se portaram com exemplar sofrimento, sendo o que mais experimentou os trabalhos por marchar a pé e lhe sobrevir enfermidades em o que se houve com uma modéstia grande e louvável constância» [2].

---

1. Santiago, *História da Guerra de Pernambuco*, 164. Bernardino José de Sousa, *Luiz Barbalho* (Lisboa 1940) 27, dá larga lista de guerrilheiros desta expedição ou «contra-marcha», como a classifica.

2. Testemunha de Luiz Barbalho Bezerra, Cidade de Salvador, 20 de Junho de 1640; cf. Testemunho de D. Francisco de Moura, de 31 de Janeiro de 1641. Diz a Ânua de 1640: «Ingens numerus militum cui praeerat Luduvicus Barbalho *dux aeque fortis ac bellicae rei peritus*, pedestre in Bahyam iter suscepit in his tam navalibus quam campestribus expeditionibus nostris, non defuerunt, et laborum et aerumnarum, multas enim perpessi sunt per desertas et invias sylvas, comites et amici mari terraque Societatis munia fecerunt strenui plurima suis fructificandi studiis seges respondit. Praemulti in confessione et frequenti ad virtutem exhortatione fuerunt proventus militum necessitatibus quibus poterant opibus consulebant, fatigatos ex itinere solabantur, omnia tandem quae Deo grata erant et hominibus utilia a nostris operariis gesta sunt: ex quo ingentem et sibi et Societati, gloriam apud Deum et homines pepererunt», *Bras.* 8, 520.

O número de 1.400 homens, dado pelo próprio Luiz Barbalho, dispensa a citação de outros, que dão números diferentes.

O P. Francisco de Avelar, nobilíssimo carácter, que veio a ser uma das mais importantes personalidades da Companhia no Brasil, vinculou desde esta data o seu nome a Pernambuco. Encontrá-lo-emos de novo, na campanha restauradora de 1645. O Ir. Bartolomeu Gonçalves era lisboeta [1]. Luiz Barbalho Bezerra, «o Xenofonte» pernambucano, faleceu em 1644, sendo Governador do Rio de Janeiro; e o seu Panteão foi a Igreja do Colégio dos Jesuítas no Morro do Castelo [2].

9. — O herói não chegou a ver a restauração da sua terra, como a não viram alguns dos que batalharam por ela. Dos da Companhia ficaram nas páginas precedentes o nome da maior parte dêles. A lista, que dá o Catálogo de 1631 [3], referente ao ano anterior, o da invasão, é como segue. Completamos, com outras fontes, o que consta sôbre a sua actividade em campanha. Os Jesuítas eram 33: Residiam no Colégio 21, e os outros 12 nas 5 Aldeias de sua Administração:

A) NO COLÉGIO DE OLINDA:

1. *P. Leonardo Mercúrio*, Vice-Reitor, 44 anos, de Siracusa. Fêz a campanha com heroísmo. Cativo no Arraial do Bom Jesus em 1635. Morreu no mar.

2. *P. José da Costa*, ministro, 66 anos, de Santiago de Cacém. Fêz tôda a campanha. Cativo mais de uma vez pelos holandeses, foi finalmente deportado para a Holanda. Depois de grandes trabalhos passou de Holanda a Portugal e daqui voltava ao Brasil, falecendo no mar, a meio do caminho, em 1636 ou 1637 [4]. Em Setembro de 36 ainda estava na Holanda.

3. *P. Belchior Pires*, 49 anos, de Aljustrel. Trabalhou no Arraial e em reünir os Índios. Retirou-se com Matias de Albuquerque. Veio a ser Provincial, amigo e defensor do Governador António Teles da Silva. Animou os soldados a reünir-se e a batalhar [5].

---

1. Faleceu na Baía a 8 de Abril de 1667, *Bras.* 9, 209.
2. «Do assento no Liv. III dos Óbit. da Freg. de S. Sebastião, fl. 31v, consta o *dia* do seu falecimento, 16 de Abril de 1644, *último* da sua vida», escreve Pizarro, *Memórias*, II, 257.
3. *Bras.* 5, 135-137.
4. *Bras.* 8, 518.
5. *Bras.* 9, 208v.

4. *P. Manuel Tenreiro*, 58 anos, de Fronteira. Já tinha sido cativo dos holandeses em 1624. Voltou a sê-lo agora em 1635. Maltratado, faleceu em «Pechelinga» [«*in urbe Mallimburgana*»]. Tinha sido afamado mestre de Filosofia. Venerável [1].

5. *P. Gaspar de Semperes*, 79 anos, de Valência. Engenheiro e arquitecto. Construtor do Forte dos Reis Magos (Natal). Êle, com o P. Diogo Nunes, baptizaram a «Camarão Grande», o velho, e aos seus filhos. Cativo no Arraial. Deportado, faleceu em Cartagena de Índias (Colômbia).

6. *P. Pero de Castilho*, 59 anos, do Espírito Santo. Entre os desterrados do Brasil pelos holandeses aparece Simão de Castilho, do Brasil, que veio a falecer no Colégio de S. Antão (Lisboa) a 1 de Novembro de 1642 [2]. Não havendo nenhum P. Simão de Castilho no Brasil, supomos ser lapso e tratar-se dêste Pero de Castilho, que estava em Pernambuco, ao dar-se a invasão, e é o autor de «*Nomes das partes do corpo humano pella lingua do Brasil*».

7. *P. Manuel do Couto*, 70 anos, de Ervedal. O do «Auto de S. Lourenço», representado na Aldeia de S. Lourenço em 1586. Grande prègador. Não consta da sua actividade na campanha. Como era já septuagenário deve ter-se retirado durante ela. Faleceu na Baía em 1639.

8. *P. Domingos Ferreira*, 78 anos, da Ilha da Madeira. Assinala-se a sua morte apenas com uma cruz, sem ano, nem lugar [3]. Dada a sua idade avançada teria sucumbido durante a campanha, ou no destêrro.

9. *P. Francisco de Vilhena*, 48 anos, de Setúbal. Um dos mais gloriosos heróis da campanha. Inimigo irreconciliável dos invasores e malquisto dos que pactuaram ou contemporizaram com êles. Amigo dedicado e conselheiro de Matias de Albuquerque, à maneira de Nóbrega com Mem de Sá. Tendo-se-lhe oferecido a retirada para Alagoas, preferiu ficar dentro do Forte de Nazaré para animar a resistência. Cativo, ao dar-se a rendição do Forte, foi desterrado a Índias de Espanha, donde passou a Portugal. Voltou à Baía, a mandado de D. João IV para verificar o estado dos espíritos por ocasião da Restauração, e promovê-la em bases seguras e insuspeitas. Voltou à Europa sendo cativo dos mouros. Teria falecido em Argel.

---

1. *Bras. 8*, 517v, 530.
2. Bibl. Vitt. Em., f. gess. 3492/1363, n.º 6.
3. Bibl. Vitt. Em., *loc. cit.*

10. *P. Manuel de Araújo*, 41 anos, de Viana do Castelo. Não consta da sua actividade na campanha.

11. *P. Francisco da Costa*, 41 (?) anos, de Alenquer. Não consta da sua actividade.

12. *Ir. Estudante António de Oliveira*, 22 anos, de Lisboa. Fêz a campanha. Companheiro do P. Manuel de Morais na Paraíba. Prisioneiro, estêve em Antuérpia, «cativando com sua religiosa modéstia não sòmente aos Católicos, mas também aos mesmos hereges e infiéis»[1]. Voltou à Baía a completar os estudos, onde faleceu, durante o curso de Filosofia com 33 anos de idade. Hábil e de grandes esperanças[2].

13. *Ir. Estudante Francisco Ribeiro*, 21 anos, de S. Paulo. Um dos heróis da campanha, tanto como o seu conterrâneo Manuel de Morais, mas incomparàvelmente superior na fidelidade e carácter. Cativo no Forte de Nazaré, seguiu com o P. Francisco de Vilhena. Voltou ao Brasil a concluir os estudos[3]. Nomeado procurador a Lisboa e a Roma em 1650 ia na nau almirante da frota de Antão Temudo. A almirante foi tomada pelo inimigo depois de grande combate. O P. Francisco Ribeiro com mais três da Companhia que iam nela, feitos prisioneiros, foram levados a Espanha donde passaram a Portugal. Residia em Lisboa, quando o P. An-

---

1. *Bras. 8*, 527.
2. *Bras. 8*, 517.
3. Já estava no Colégio da Baía, a 15 de Fevereiro de 1643, e já com o Curso de Artes, donde escreve ao P. Geral a seguinte carta: «Tiveram meus Superiores necessidade de um Mestre para ler a Primeira [de Retórica] dêste Colégio da Baía. Lançaram mão de mim para o fazer no 3.º ano de minha Teologia, se bem vendo que tinha eu 17 anos da Companhia e haver-se-me dado o Curso de Filosofia muito tarde, por haver estado 6 ou 7 anos na Guerra de Pernambuco, e sido prêso e levado dos Holandeses por êsse mundo, me não obrigaram, senão que estimariam que aboamente acudisse a esta falta, e, quando não, buscariam outro rémedio, com o que me obrigaram ainda mais. Fico lendo com a aplicação que posso. Peço a V. Paternidade queira dispensar comigo com um ano de Teologia para que, sem êle, possa fazer *Conclusões*, por não tornar aos bancos com 18 ou 19 anos da Companhia, que tantos terei no fim da leitura, e muitas brancas que já tenho. Além de que entendo *in Domino* que um ano menos de bancos me não fará falta para servir a Companhia ainda em matéria de estudos, quando se queira servir de mim. Fico pedindo ao Senhor conserve a saúde a V. Paternidade muitos anos. Brasil, Colégio da Baía, 15 de Fevereiro de 1643 anos. De V. P. filho indigno, Francisco Ribeiro», *Bras. 3(I)*, 220. O P. Francisco Ribeiro fêz a Profissão solene em 1648.

tónio Vieira agenciava a ida para o Maranhão. Terminou, com proveito para a Baía, o pleito sôbre o Engenho de Sergipe do Conde, da herança Mem de Sá. Voltou ao Brasil, onde foi Vice-Reitor do Colégio da Baía e Reitor do Colégio de S. Paulo, sua terra natal, onde faleceu em Outubro de 1666 [1].

14. *Ir. Coadjutor Sebastião da Cruz*, 68 anos, de Portalegre. Mestre-escola. Não consta da sua actividade. Já velho talvez falecesse durante a campanha.

15. *Ir. Coadjutor João Gonçalves*, 54 anos, do Pôrto (Matozinhos). Procurador do Colégio do Rio no de Pernambuco. Fêz a campanha. Conduzido cativo aos Países Baixos, sofreu «os trabalhos daquele penoso destêrro e cativeiro de Holanda, onde foi levado com os demais Padres, companheiros seus, com grande constância e virtude». Voltando ao Brasil, faleceu na Baía, a 24 de Julho de 1644 [2].

16. *Ir. Coadjutor Rodrigo Álvares*, 69 anos, de Vilar-do-Monte (Braga). Cativo dos holandeses, faleceu em Amesterdão em 1636.

17. *Ir. Francisco Martines*, 65 anos, de Valência. Cativo e lançado em duro cárcere e martirizado com fogo nas unhas, embarcando depois para a Holanda. Morreu no mar em 1636 [3].

18. *Ir. Afonso Luiz*, 66 anos, de S. Vicente de Pinheiro (Pôrto). Exercia a «arte lignaria». Cativo, faleceu em Amesterdão em 1636. A hospitalidade dos Católicos de Amesterdão revelou-se nos seus funerais, cobrindo o seu ataúde de flores [4].

19. *Ir. Pedro Álvares*, 75 anos, de Magarefes (Braga). Canteiro, Mestre de Obras. Cativo, maltratado e levado para Holanda. Vivia ainda, cego, em Zelândia, a 26 de Setembro de 1636 [5]. Faleceu algum tempo depois em Middelburg, segundo informação do P. Van Miert. A *Ânua* correspondente diz «Pechilinga» [6].

20. *Ir. Gaspar da Costa*, 31 anos, de Ponte de Lima. Não consta da sua actividade.

21. *Ir. Manuel Pereira*, 28 anos, de S. Julião de Moreira (Braga). Fêz tôda a campanha. Cativo no Arraial do Bom Jesus

---

1. *Hist. Soc. 48*, 48.
2. *Bras. 5*, 182; *Bras. 8*, 527; *Hist. Soc. 47*, 41.
3. *Bras. 8*, 517-517v.
4. *Bras. 8*, 517v.
5. *Lus. 74*, 270.
6. *Bras. 8*, 517v.

em 1635, padeceu os mesmos gloriosos trabalhos e seguiu o mesmo rumo e destino que o P. Leonardo Mercúrio até falecer no mar em 1637 [1].

B) NA ALDEIA DE S. MIGUEL (1.ª):

22. *P. Manuel de Morais*, 35 anos, de S. Paulo. Fêz tôda a campanha com louvor até 1635. Neste ano começou a dar má conta de si. Cativo e deportado para Holanda, foi despedido da Companhia. A sua prevaricação tornou-o mais célebre aos olhos do mundo leviano, do que a fidelidade e heroísmo discreto dos mais.

23. *P. António Bellavia*, 38 anos, de Caltaniceta, Sicília. Fêz a campanha com heroísmo, até morrer em combate, no dia 4 de Agôsto de 1633, confessando um ferido.

C) NA ALDEIA DA ASSUNÇÃO:

24. *P. Manuel de Oliveira*, 38 anos, de Vila Nova do Pôrto. Fêz tôda a campanha e dirigiu, com outro Padre, a retirada dos Índios de Una em 1635. Faleceu na Baía em 11 de Novembro de 1657 [2].

25. *Ir. Coadjutor Domingos Pires*, 68 anos, de Paradela (Coimbra). Não consta da sua actividade, e a própria idade o explica.

D) NA ALDEIA DE S. ANDRÉ:

26. *P. António Antunes*, 57 anos, do Espírito Santo. Fêz a campanha. Cativo e desterrado. Conseguiu voltar ao Brasil, falecendo no Rio a 20 de Janeiro de 1638 [3].

27. *P. António Caminha*, 36 anos, de Caminha. Fêz a campanha, presidindo em 1635 à retirada dos Índios de Muçuí. Faleceu na Baía em venerável velhice, aos 23 de Setembro de 1676 [4].

28. *Ir. Estudante Gonçalo Fernandes*, 29 anos, de Viana do Castelo. Retirou-se em 1635 para a Baía, onde acabou os estudos e se ordenou. Faleceu a 25 de Setembro de 1666 [5].

29. *Ir. Estudante Manuel Ferreira*, 18 anos, de Azurara. Fêz a campanha. Foi prêso do inimigo. Retirou-se em 1635, com os Índios de guerra, e distinguíu-se na tomada de Pôrto Calvo.

---

1. *Bras.* 8, 518.
2. *Bras.* 5, 248.
3. Vitt. Em., f. gess. 3492/1363, n.º 6.
4. *Bras.* 9, 243-243v.
5. *Hist. Soc.* 48, 57v.

E) NA ALDEIA DE ESCADA:

30. P. *António Ferraz*, 42 anos, de Lisboa. Não há pormenores da sua actividade. Deve ter sido cativo e exilado, pois ainda na quaresma de 1635 vivia em Pernambuco, administrando os sacramentos aos moradores. Conseguiu voltar ao Brasil e já estava no Rio em 1641. Faleceu a 26 de Março de 1646 [1].

31. P. *Manuel Gomes*, 58 anos, do Cano (Évora). Antigo e primeiro missionário Jesuíta do Maranhão, onde estêve na Armada da Conquista com Alexandre de Moura. Parece ter sido cativo dos Holandeses. O seu nome não consta nos Índices dos Catálogos de 1641 a 1646, como dissemos [2], o que nos levou a supor a sua morte antes de 1641. Na realidade vivia ainda no Rio em 1646, mas demente, razão talvez da supressão do seu nome nos Índices. Deve pois estar certa a data da sua morte, 15 de Outubro de 1648 [3].

F) NA ALDEIA DE S. MIGUEL (2.ª):

32. P. *Francisco da Fonseca*, 54 anos, de Pernambuco. Presidiu, com o P. Manuel de Oliveira, à retirada dos Índios de Una, para Alagoas, em 1635. Faleceu no Rio a 12 de Outubro de 1645 [4].

33. P. *Matias da Costa*, 42 anos, do Rio de Janeiro. Não consta da sua actividade. Irmão do Administrador Eclesiástico do Rio, que também faleceu sendo Religioso da Companhia. O P. Matias da Costa acabou os seus dias no Rio, a 20 de Janeiro de 1675 [5].

Pela naturalidade se vê que êstes Jesuítas, dois são italianos (da Sicília), dois espanhóis (levantinos), os mais portugueses, seis nascidos no Brasil e vinte e três em Portugal.

Os Padres e Irmãos, de que não consta a actividade, foram substituídos por outros com as qualidades que exigia a gravidade da guerra. Entre os que vieram cita-se o P. Francisco de Morais, paulista, além de outros, que encontramos depois na segunda fase da campanha, desde a primeira hora e durante tôda ela.

Trata-se nesta lista apenas da primeira fase, a «da resistência» ao inimigo. Resume-a assim Matias de Albuquerque, no que toca aos Jesuítas, sem nomear pessoas, no seu aspecto de conjunto.

---

1. *Bras. 8*, 485v; *Bras. 5*, 182.
2. Cf. supra, *História*, III, 103.
3. Dada no Catálogo da Bibl. Vitt. Em., f. gess. 3492/1363, n.º 6.
4. *Bras. 5*, 182.
5. Bibl. Vitt. Em., f. gess. 3492/1363, n.º 6.

Êles, diz o glorioso general, exortavam « o povo e moradores a que todos acudissem, persevarassem e ajudassem, uns com as pessoas, outros com as fazendas, havendo sido sempre seu procedimento de grande importância. Acudiram a assistir em Tamaracá, nas baterias contra o inimigo, e o mesmo fizeram na Capitania da Paraíba por muitas vezes, e na Capitania do Rio Grande, assistindo no quartel do Cabo de Santo Agostinho, nas estâncias que se formaram em Guaraçu, onde os mesmos Padres acudiram com muito do seu sustento aos soldados, como fizeram seis meses, e da mesma maneira me socorreram com êle algumas vezes ao Arraial, em tempo de maiores apertos e necessidades, e nos socorros de umas para outras partes, e dos que vinham de Espanha. E os com que socorríamos as Capitanias, que passavam pelas residências e assistências dos Padres, lhes davam o sustento, e tudo o mais que possuíam com muito boa vontade. E, particularmente, se acharam no assalto de S. António, no do Forte defronte à barra, no de Asseca, na Praia do Buraco de Santiago, quando se desbaratou o general Henrique Lonque, e nos Cajuais, em sete de Janeiro de seiscentos e trinta e um, e na investida da Vila em dia de Nossa Senhora da Conceição, e quando o inimigo assaltou o Arraial, em 5.ª feira Maior, de que foi desbaratado, e quando o sitiou em 4 de Agôsto de seiscentos e trinta e três, de que perdeu os combóios e postos, que tinha ocupados. E tornando a sitiá-lo, em trinta de Março de seiscentos e trinta e quatro, se acharam os ditos Padres à sua defesa, de que o inimigo se foi com muita perda. E nas baterias um ano contínuo no Cabo de Santo Agostinho assistiram os Padres e em muitas ocasiões de maior e menor consideração, e socorros, que de ordinário se enviavam a várias partes, marchando a pé, descalços, com a infantaria, sem repararem em risco ou trabalho, padecendo muitas vezes grandes fomes e necessidades e doenças, que lhe sobrevinham. A tudo acudiam com boa vontade, fácil e aprazìvelmente» [1].

---

1. Arq. Prov. Port., *Testemunho de Matias de Albuquerque*, de 25 de Novembro de 1635.

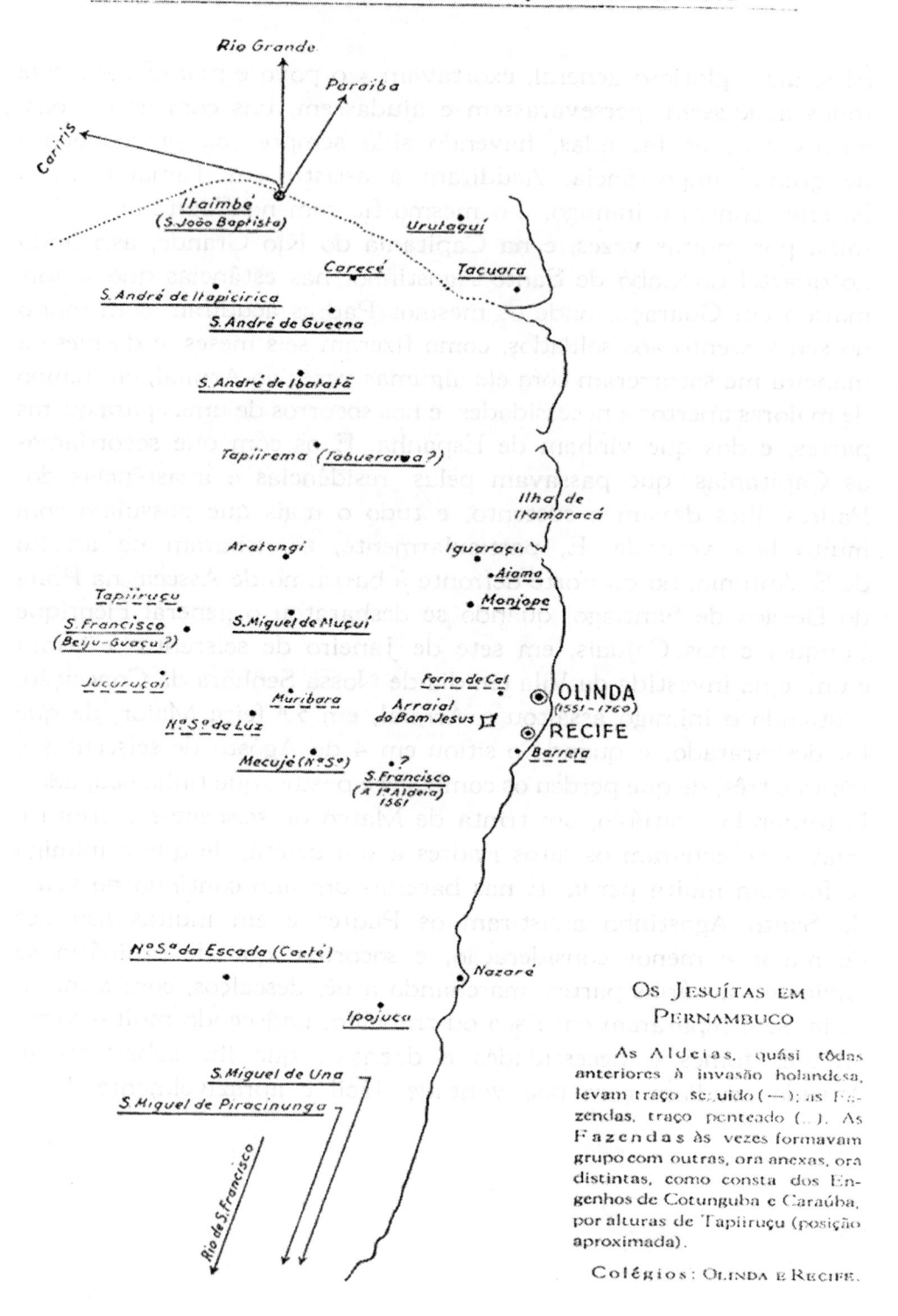

Os Jesuítas em Pernambuco

As Aldeias, quási tôdas anteriores à invasão holandesa, levam traço seguido (—); as Fazendas, traço ponteado (...). As Fazendas às vezes formavam grupo com outras, ora anexas, ora distintas, como consta dos Engenhos de Cotunguba e Caraúba, por alturas de Tapiiruçu (posição aproximada).

Colégios: Olinda e Recife.

Locais indicados no mapa:

- Rio Grande
- Paraíba
- Cariris
- Itaimbé (S. João Baptista)
- Urutaguí
- Carecé
- Tacuara
- S. André de Itapicirica
- S. André de Gueena
- S. André de Ibatatã
- Tapiirema (Tabuaraiva?)
- Ilha de Itamaracá
- Aratangi
- Iguaraçu
- Aiamã
- Monjope
- Tapiiruçu
- S. Francisco (Beiju-Guaçu?)
- S. Miguel de Muçuí
- Jucuruçaí
- Muribara
- Forno de Cal
- OLINDA (1551-1760)
- Arraial do Bom Jesus
- Nª Sª de Luz
- RECIFE
- Mecujé (Nª Sª)
- Barreta
- S. Francisco (1ª Aldeia) 1561
- Nª Sª da Escada (Coeté)
- Nazaré
- Ipojuca
- S. Miguel de Una
- S. Miguel de Piracinunga
- Rio de S. Francisco

CAPÍTULO III

Restauração de Pernambuco

1 — Situação intolerável e preparação do levante; 2 — Assistência dos Jesuítas desde a primeira hora; 3 — Campanha militar no Brasil e expulsão dos holandeses; 4 — Campanha diplomática na Europa, em particular do P. António Vieira e do Embaixador Sousa Coutinho; 5 — O «milagre» da restauração de Pernambuco.

1. — A Restauração de Portugal veio alentar os espíritos deprimidos, abrindo uma perspectiva de resgate à acomodação dalguns moradores de Pernambuco. E foi resgate magnífico e superabundante.

«Ninguém mais que os Jesuítas tinha celebrado a aclamação» de D. João IV em Portugal, escreve Lúcio de Azevedo [1]. A Província do Brasil tomou nela parte importante. O Procurador do Brasil em Lisboa, P. Paulo da Costa, natural do Rio de Janeiro, mestre e amigo de Vieira, foi com o P. Inácio de Mascarenhas na primeira embaixada, que D. João IV enviou ao estrangeiro, à Catalunha, fazendo volta pela França, embaixada famosa coroada de êxito [2]; e no Brasil a actividade foi imediata e decisiva, como coordenadores da Restauração. Enquanto os Padres António Vieira e Simão de Vasconcelos iam da Baía a Lisboa a saüdar El-Rei, e o P. Manuel Fernandes ao Rio, a preparar o ânimo de Salvador Correia de Sá e Benevides, ia de Lisboa à Baía o P. Francisco de Vilhena com carta de El-Rei para a Câmara, para assegurar o

---

1. Lúcio de Azevedo, *Hist. de A. V.*, I, 78.
2. Cf. «*Relaçam do sucesso que o Padre Mestre Ignacio Mascarenhas da Companhia de Iesu teve na jornada que fez a Catalunha, por mãdado de S. M. elRey Dom Ioam o IV nosso Senhor aos 7 de Janeiro de 1641*, Lisboa, 1641; Rodrigues, *História*, III-1.º, 391-394; Eduardo Brazão, *Relance da história diplomática de Portugal* (Pôrto 1940) 23.

govêrno; e êle próprio, dada a trégua feita entre Portugal e a Holanda, foi pessoalmente, como delegado oficial assentar a trégua com o Conde de Nassau, e ver também as possibilidades de voltarem os Jesuítas a Pernambuco para atender aos moradores Católicos que os pediam [1].

Tornara-se realmente precária a situação religiosa de Pernambuco. Segundo as Actas das reüniões «secretas» do Conselho dos XIX (1629-1645), todos os habitantes, que se não quisessem submeter à soberania de Holanda, seriam expulsos, como tinham sido os Jesuítas, primeiro, e depois as demais Ordens Religiosas. Prometia-se liberdade de consciência aos moradores católicos, mas iriam «predicantes», para ensinar a heresia à juventude e obrigavam todos os escravos a assistirem aos ritos protestantes [2].

Na «Assembléia dos Predicantes», reünida no Recife em Janeiro de 1638, reclamaram contra os Católicos, as suas prègações, as suas procissões, e até contra os Sacerdotes, que «ouviam em confissão os condenados à morte»... a última coisa que se recusa a um homem nesse triste momento [3]. Eram evidentes as apreensões dos invasores a respeito dos Católicos, sem poder confiar nêles: «os Portugueses católicos têm mostrado que nos são inteiramente infiéis e na primeira mudança nos abandonariam». E, naturalmente, à religião do Brasil dão alguns epítetos afrontosos, outros tantos títulos de glória, na bôca dos hereges, que desejariam não ver homens católicos diante de si para os poder fàcilmente converter em traidores [4]. As narrativas estão cheias de atentados e ultrajes, com dados positivos, à religião do Brasil [5].

---

1. «Aqui neste Estado, indo o P. Francisco de Vilhena a assentar ao Recife a trégua», escreveu a El-Rei o Governador António Teles da Silva, da Baía, 15 de Outubro de 1645, em *Documentos para a História pernambucana*, I (Recife 1944) 83. Publicações da Secretaria do Interior do Estado de Pernambuco.

2. Cf. Garcia, em *HG*, II, 262-263.

3. Cf. Actas das Sessões em *Rev. do Inst. Hist. Bras.*, Tômo Especial, Parte 1.ª (1915) 725.

4. «Sommier discours over den staet van de vier geconquesteerde capitanias Pernambuco, Itamarica, Paraiba ende Rio Grande inde Noorder deelen van Brasil», trad. em português na *Rev. do Inst. Pernamb.*, V, 164.

5. Cf. Santiago, *História da Guerra de Pernambuco*, 95, 133, 203; «De progres. Hollandorum in Brasilia et missione facienda». Actae Sacrae Congr. (28 de Maio de 1635) X, n.º 29 (Roma); Arnóbio Tenório Vanderlei, *Filipe Camarão* (Pernambuco 1943) s/p, e cita Capistrano de Abreu, *Capítulos de História*

Nesta calamidade pública todos tiveram que padecer, mas a Companhia de Jesus foi a mais visada na hostilidade dos invasores. A Resposta ao *Libelo Infamatório* (1640) adverte que, «admitindo os Holandeses em Pernambuco e deixando ficar consigo a todo o mais género humano de eclesiásticos e seculares, sòmente aos Padres da Companhia lançaram fora, o que não houveram de fazer se entenderam se podiam fiar dêles em razão de assegurarem consigo os Índios e aquela praça»[1].

Tal era a situação ao dar-se a Restauração de Portugal. Aproveitando as tréguas entre Portugal e a Holanda, e a boa disposição que se esperava de Nassau, partiu, pois, da Baía para Pernambuco o P. Francisco de Vilhena, levando consigo o P. Francisco de Avelar, veterano da retirada de Luiz Barbalho.

Expõe a Ânua correspondente: «Entendendo os Padres [da Baía] que seria de muito fruito e grande serviço de Deus, que nas Vilas e campanha de Pernambuco, jardim antigamente de flores católicas e culto divino, mas agora, por nossos pecados, mata de feros hereges e covil de obstinados judeus, residissem alguns da Companhia, e que assim o desejava o católico zêlo de Nosso Cristianíssimo Rei Dom João, mandaram dêste Colégio [da Baía] dois sacerdotes escolhidos particularmente para tão gloriosa emprêsa, para que, assim pelas cartas de favor e recomendação do governador dêste Estado, como também por um arrazoado presente, que o P. Provincial enviava dêste Colégio ao General holandês João Maurício de Nassau, lhe grangeasse a vontade e alcançasse a licença desejada para poderem livremente residir e exercitar em Pernambuco os ministérios de nossa profissão; e ainda que, segundo se deixava ver do bom natural do Conde e da experiência que havia de não ser mal afecto aos Portugueses e Fé Romana; e juntamente pelo cortês agasalho com que recebeu em seu palácio aos Padres, se podia esperar qualquer sucesso feliz, contudo alterou-se tanto aquela confusa Babilónia do Recife, só com a vista dos Padres, e ladraram tanto aquêles dias, pelas ruas e sinagogas, àquêles cérberos infernais dos escribas dos judeus e predicantes

---

Colonial, 128-129; Netscher, *Os holandeses no Brasil*, 204-205; Hermann Vätjen, *O Domínio Colonial Holandês no Brasil*, 225-226, 344-376, com testemunhos da intolerância protestante e ultrajes de calvinistas e judeus contra a Religião Católica dos moradores de Pernambuco.

1. Gesù, *Colleg.*, 1569 [45].

dos hereges, que lhes foi fácil intimidar a quem faltava a fortaleza da Fé; pelo que, vendo o Nassau, não sem mostras de sentimento, a perturbação dos seus, despachou com grande pressa e igual comedimento, a embarcação em que os Padres voltaram, com os merecimentos do seu apostado zêlo, e dos trabalhos da enfadonha viagem e do fruto, que de passagem, em um pôrto, que tomaram naquela costa, puderam brevemente colher, confessando, comungando e consolando aquêles pobres moradores portugueses, os quais juntamente com os outros, que depois souberam o sucesso da embaixada, ficaram sentidíssimos, chorando seu desamparo e desgraça, como alguns o significaram depois por suas cartas» [1].

A atitude de Nassau a respeito da Religião dos Portugueses e Brasileiros está de acôrdo com o seu «*testamento político*». Nêle recomendava aos que lhe sucedessem no govêrno «tolerância» e «dissimulação» [2]. «Dissimulação», que era na realidade o caso de agora em que Nassau meditava já a perfídia da ocupação do Maranhão e Angola. Os judeus, aqui irmanados com os protestantes contra os católicos, não mostraram sempre a mesma atitude. Em particular os cristãos novos intervieram depois na fundação da Companhia de Comércio, concorrendo também com isso para a derrota dos invasores. Mas nesta altura, excepto um ou outro, eram ainda inimigos, porque a sua amizade estava em equação com os seus interêsses e êstes identificavam-se ainda então com os da ocupação holandesa [3]. Em todo o caso, não obstante a atitude dúbia ou hostil dos não católicos, não foi inútil a tentativa dos Padres que, como «escolhidos», sabiam ver. E sabiam também transmitir aos pernambucanos um pensamento de esperança. Isso explica, mesmo sem dependência da missão religiosa, a oposição que receberam.

Entretanto, André Vidal de Negreiros ia a Lisboa, e quando voltou no ano seguinte, com o novo governador Geral do Brasil António Teles da Silva, veio já com promessas de El-Rei D. João IV

---

1. Ânua de 1641-1644, *Bras.* 8, 529-529v.
2. Cf. *Rev. do Inst. Hist. Bras.*, LVIII, 1.ª P., 223-236.
3. Cf. Carta de João Fernandes Vieira a El-Rei, de Pernambuco, 30 de Agôsto de 1645, no AHC, *Papéis Avulsos*, 1645, publicado por Durval Pires de Lima em *Memórias do Congresso*, IX, 362; Lúcio de Azevedo, *História dos Cristãos Novos Portugueses* (Lisboa 1921)431; Isaac Z. Raizman, *História dos Israelitas no Brasil* (S. Paulo 1937) *passim*; C. A. Mackehenie, *Apuntes sobre Indios, Jesuitas y Paulistas*, na Revista de la Universidad Católica del Perú, V (Lima 1937) 438-460.

e de benesses para os que se levantassem. Ainda que demorou a eclosão do movimento, a primeira idéia data daí [1].

Veio animar também a gente de Pernambuco, a atitude da Ilha de S. Tomé e do Maranhão, que se levantaram contra os invasores. E passando pelo Brasil o P. João de Paiva, em vez de ir para a Baía como os seus companheiros, tomou o rumo de Portugal, em 1643, com «negócios de suma importância e segrêdo que em Pernambuco lhe cometeram» [2].

As coisas encaminhavam-se pois ràpidamente para o passo decisivo; e para informar El-Rei e obter a licença expressa para o movimento que se anunciava próximo, pediu o Governador ao P. Francisco Pires, da Companhia, fôsse pessoalmente a Lisboa. Foi, e a carta, que a 7 de Abril de 1644, lhe escreve António Teles da Silva reflecte o ambiente de cautela e prudência, que reinava na Côrte, para se não colocar nunca a descoberto a pessoa de El-Rei e nunca aparecer explícita a aprovação e ajuda ao levante projectado.

O Governador trata na carta de vários assuntos, da morte da sua própria mãe, da doença do Padre, que era grave, e enfim de

---

1. «Os motivos e causas, escreve Nieuhof, que moveram os moradores portugueses a se levantarem contra os nossos [os Holandeses] diz-se que são vários. Entre êles os que geralmente movem e incitam povos dominados a apossarem-se dos seus fortes e quartéis e a recuperarem a liberdade. Acrescenta-se a isto a diferença de religião, de língua, e de costumes, que os nossos quiseram introduzir, não obstante a sua fraqueza relativamente aos Portugueses».

«Acresce também que nenhum homem sensato poderia acreditar que esta guerra (que foi feita aos nossos, sem declaração nem aviso, mas até contra várias promessas e declarações feitas pelo Governador da Baía António Teles da Silva aos nossos delegados, quebrando um Tratado feito tão solenemente entre o Rei de Portugal e os Altos Comissários) tivesse começado, sem o conhecimento e ordem expressa do Rei de Portugal», Joan Nieuhof, *Memorável Viagem Marítima e terrestre ao Brasil*, tr. do inglês por Moacir N. Vasconcelos, e confronto com a edição holandesa de 1682, introdução, notas, crítica bibliográfica e bibliografia, por José Honório Rodrigues (S. Paulo 1942) 326.

2. Cf. «O arraial do Bengo assaltado pelos Holandeses» (17 de Maio de 1643), narrativa inédita conservada no Arch. S. I. Roman., *Lus.* 55, 151-153, publicada por Francisco Rodrigues, *História*, III-2.º, 441-446. Estavam na Quinta do Bengo, a seis léguas de Luanda, o P. João de Paiva, que já vimos como Reitor da Baía, homem de extraordinário zêlo e virtude, e os Irs. António do Pôrto e Gonçalo João, êste esforçado e famoso nos Anais de Angola. Os Holandeses mandaram-nos num patacho para o Brasil, levando-os o vento a Pernambuco. Os dois Irmãos seguiram para a Baía, com outros homens vindos de Angola, e o P. João de Paiva para Lisboa com a embaixada confidencial dos pernambucanos.

Pernambuco: «O P. Provincial me diz escreveu a Vossa Paternidade se detivesse mais alguns dias. Por esta causa, faço estas regras, porque pela de V. P. o faço vir navegando. Pesa-me muito de se não responder a V. P. com tôda a brevidade, e mais quando o negócio era todo do serviço de Sua Majestade. Tal é a minha fortuna que até a conveniência de seu serviço, por que eu a aponto, a não recebeu, nem vale ser o embaixador quem é. Mas apesar dêles todos, não hão-de tirar o merecimento que ambos tivemos, V. P. em ir e eu em lho pedir; mas fico com o sentimento junto, de que S. Majestade, por êstes ou por aquêles respeitos, perca as ocasiões.

O Conde de Nassau se vai. Êle se mandou despedir de mim e da Câmara desta cidade, com as cartas, cuja cópia serão com esta. Por elas verá V. P. quão afecto se mostra do nome Português e não fôra mau tê-lo experimentado, se o era de todo o coração.

Muitas cartas vieram a esta Baía, que vinha armada a ela para ir a Angola, e outras coisas que escrevem pessoas de pôsto, com o qual dão a entender haverá guerras neste Estado: e o General não sabe nada. Se disto há algum intento, bem fôra que não vieram estas caravelas, para que se não dessem estas novas. Não tenho que advertir a V. P. de novo do que lhe tenho advertido pelas cartas que lhe tenho escrito».

A seguir trata o Governador dos seus assuntos e pretensões particulares na côrte, da disposição do Bispo da Baía, e conclui:

«Ao Senhor Marquês de Montalvão me fará V. P. mercê mostrar as cartas do Conde de Nassau» [1].

O que angustiava o Governador António Teles da Silva era que, «por êstes ou por aquêles respeitos, se perdessem as ocasiões». Êle, por seu lado, tratou de as não perder.

O principal empenho e dificuldade consistia em assegurar a colaboração dos elementos mais influentes, em Pernambuco, alguns dos quais estavam em estreitas relações comerciais e políticas com o invasor. Uma das conquistas decisivas para a causa da restauração foi a de um dêles, João Fernandes Vieira. E a êste e a António Cavalcanti se juntaram outros em breve.

---

1. «Deus guarde a V. Paternidade muitos anos, B.ª 7 de Abril de 1644, António Teles da Silva». — Carta do Arquivo Tarouca, 96 (Família Teles da Silva, Lisboa). Francisco Pires, de Aljustrel, bom letrado e prègador tinha sido procurador em Lisboa. Nesta ida agora a Lisboa, como agente de Restauração de Pernambuco, faleceu da doença, a que alude a carta.

A insurreição iniciou-se no dia de S. António de Lisboa, 13 de Junho de 1645 [1].

2. — Mandaram pedir socorro ao Governador Geral do Brasil António Teles da Silva, que para mais se assegurar fêz uma consulta em que «todos os Prelados das Religiões, uniformes, concordaram que com boa consciência, sem quebra da Palavra Real, se podia socorrer no estado presente aos naturais Portugueses» [2]. Em socorro dos de Pernambuco enviou o Governador a Henrique Dias com os seus negros, ao Camarão com os seus Índios, e também aos Jesuítas, para alentar a uns e outros, reconstituir as Aldeias e Fazendas, e congregar os Negros e Índios dispersos pela campanha de Pernambuco.

Protestaram os Holandeses contra o envio do socorro. A 7 de Julho os do Conselho escreveram ao Governador António Teles. Invocaram as pazes e requereram que mandasse retirar ao «Camarão, Henrique Dias e outra qualquer cabeça»; e fôssem «castigados com todo o rigor». O Governador respondeu, a 19 do mesmo mês, que nem «por pensamento» lhe passara quebrar as pazes, e que Henrique Dias tinha fugido para «o Mocambo dos

---

1. Pedro Calmon, *H. do B.*, II, 218; Afrânio Peixoto, *H. do B.*, 199. Entre os filhos de Pernambuco, que se assinalaram nesta guerra, está um jovem, Inácio de Azevedo, que depois entrou na Companhia de Jesus, a 7 de Dezembro de 1655, com 27 anos (*Bras. 5*, 218v). Trabalhou no Maranhão, com o P. António Vieira («meu companheiro que foi no Maranhão», S. L., *Novas cartas*, 324), e obrigado a sair dêle, com o mesmo P. Vieira, veio a falecer na Baía, a 14 de Junho de 1685 (*Hist. Soc. 49*, 137v). Dêle dizia o Visitador José de Seixas, em 1677, que depois de ser soldado na milícia do século, passou a servir na milícia de Cristo e pela sua austeridade e virtude dava esperança de muitos louros (*Bras.3 (2)*, 139v). É «um daqueles quatro valorosos Portugueses, que estando o Holandês em Pernambuco, tiveram ânimo de acometer, estando êles poucos, de noite, uma nau, matando as sentinelas e todos os mais até não ficarem mais que quatorze, os quais, vendo seus companheiros mortos, todos se renderam, ficando quatro portugueses vencedores de muitíssimos inimigos, e apoderando-se da nau, com tudo quanto levava de socorro aos seus em tempo das guerras da Coroa de Portugal contra os Holandeses» (Bett., *Crónica*, 88). Ao «Alferes Inácio de Azevedo» se alugaram em 1654, umas casas de sobrado, no Recife, «em frente do Armazém das Armas e Praça da Artilharia». Cf. «Inventário das Armas e petrechos bélicos que os Holandeses deixaram em Pernambuco e dos prédios edificados e reparados até 1654» (Recife 1940) 70.

2. Cf. Auto desta Consulta, Baía, 21 de Julho de 1645, na *Rev. do Inst. Pern.*, V. 127.

Palmares e mandara em seu alcance ao Camarão; e, como tardavam ambos, pediu a dois Jesuítas que os fôssem reduzir... Mas tomaria agora as devidas medidas para os sujeitar ou por suavidade ou por fôrça:

«Para que Vossas Senhorias tenham verdadeira notícia da ausência de Henrique Dias, êle se passou uma noite do pôrto do Rio Real donde estava, à parte de Vossas Senhorias, e mandando-se em seu alcance ao Capitão-mor dos Índios D. António Filipe Camarão, vendo eu que tardavam ambos, havendo sido imaginação de todos que iriam dar na povoação e mocambo dos Palmares do Rio de S. Francisco, mandei em seu seguimento, por não parecer que alterava o sossêgo da paz, com meter na campanha tropas de infantaria, dois Religiosos da Companhia de Jesus a reduzi-los, e nenhum lhes quis obedecer ou por estarem temerosos do castigo ou já inficionados do intento dos moradores dessa Capitania, segundo agora colijo, e dêles não tive mais notícias que as que Vossas Senhorias serviram mandar-me»[1].

Aquela ida dos dois Jesuítas era embaixada figurada só para o Governador poder escrever para Portugal e ser apresentada na Holanda como justificação, cobrindo a sua autoridade e a autoridade régia[2]. Porque ao mesmo tempo davam-se instruções para que

---

1. Cf. Carta dos Holandeses do Recife e a do Governador Teles da Silva. (19 de Junho de 1645), Bibl. de Évora, cód. CVI/2-2, publicadas na *Rev. do Inst. Hist. Bras.*, LXIX, 2.ª P., 179. O Governador Geral do Brasil manifestou-se à altura da Campanha diplomática do Reino; a campanha militar iniciou-se logo, e com êxito. António Teles da Silva prestou tais serviços na Restauração de Pernambuco, que «talvez algum dia Pernambuco [o] honrará com uma estátua», Pôrto Seguro, *HG*, II, 403. Grande amigo e benfeitor dos Jesuítas. Fêz, enquanto estêve na Baía, dois testamentos, um a 4 de Outubro de 1645 que deixou em poder do P. Francisco d'Oliver, «meu confessor, da Companhia de Jesus»; outro, a 19 de Julho de 1650, antes de se embarcar, em cuja viagem naufragou. Ambos os testamentos, no Arquivo da Família Silva Teles (Tarouca) em Lisboa. O Governador, que lhe sucedeu, também António Teles, seu primo distante. António Teles da Silva (o 1.º) era irmão do Conde de Vila Maior; António Teles de Meneses (o 2.º) era irmão do Conde de Unhão, êste padrinho do P. António Vieira. No mesmo Arquivo da família Teles da Silva, que anda a estudar o P. Jesuíta Carlos da Silva Tarouca, há outros documentos que interessam à história do Brasil.

2. Cf. Carta de António Teles da Silva, da Baía, 19 de Julho de 1645, na *Rev. do Inst. Pernamb.*, V(1887)100. Diogo Lopes de Santiago narra outra embaixada de António Teles da Silva, levada ao Arraial, pelo P. Manuel da Costa e Ir. João Fernandes, ambos da Companhia de Jesus, aos Mestres de Campo

outros Jesuítas fôssem e ficassem, e ainda outros intervinham com a sua influência, como o P. Simão de Vasconcelos junto de Salvador Correia de Sá e Benevides: «O Sr. Governador António Teles da Silva ficou satisfeitíssimo com a carta de V.ª Senhoria e certo de que V.ª S.ª se haverá nessa facção conforme o seu grande valor e coragem, e eu tenho firme confiança que V.ª S.ª, em consideração dêste Senhor, não dará atenção a circunstância alguma de menor monta» [1].

Um ano depois escreve o Provincial Francisco Carneiro: «Na Capitania de Pernambuco, se levantaram os Moradores daquelas partes contra os Holandeses, que lhas tinham ocupadas, por intoleráveis tiranias, com que eram molestados pelos ditos Holandeses. Tanto que se levantaram, mandaram pedir socorro de soldados e munições de guerra ao General do Estado, António Teles da Silva. Êle lho mandou, pedindo-me mandasse Padres com o mesmo socorro. Foram logo no princípio os Padres João de Mendonça e Francisco de Avelar; e depois o P. Matias Gonçalves e o Ir. João Fernandes. A assistência dos quais tem lá sido de muito efeito, assim no exercício de nossos ministérios para com o espiritual dos soldados e moradores daquelas partes, como para com o temporal das fazendas e escravos daquele Colégio, porque daquelas estão já de posse e aos escravos têm já avocados a si, livrando uns do cativeiro dos Holandeses e chamando outros das brenhas e matos, por onde andavam desgarrados» [2].

André Vidal de Negreiros e Martim Soares Moreno, para que se retirassem para a Baía. Pelo decurso da narrativa situa-se já em 1646. Se não é confusão com a anterior embaixada a Camarão e Henrique Dias, na primeira teria ido o P. João Luiz e um irmão, associados àqueles heróis nalguns passos da vida dêles. Mas na hipótese de serem duas as embaixadas, hoje sabe-se que a segunda era tão figurada como a primeira, do que não teve conhecimento Lopes de Santiago. E por isso faz considerações contra Martim Soares Moreno, que a crítica moderna terá de reajustar, *História da Guerra de Pernambuco*, 515; cf. Afrânio Peixoto, *Martim Soares Moreno*, 36. Também em 1646 já assistiam no Arraial o P. Francisco de Avelar e outros da Companhia.

1. Carta do P. Simão de Vasconcelos a Salvador Correia de Sá e Benevides, da Baía, 18 de Agôsto de 1645, na *Rev. do Inst. Pernamb.*, V, 97.

2. Carta de P. Francisco Carneiro ao P. Geral, da Baía, 24 de Setembro de 1646, *Bras.* 3(I), 251v. O P. João de Mendonça, da Ilha Graciosa, Açores, falecido em 1662, gastou a maior parte da vida cuidando dos Índios, e «no Arraial de Pernambuco, contra os Holandeses, durante a guerra» (*Bras.* 9, 165). O P. Matias Gonçalves da Ilha da Madeira, veio a ser depois Reitor do Colégio de

Francisco de Avelar, como o P. Manuel Fernandes no primeiro período da resistência, é a grande figura dêste segundo, restaurador, desde a primeira hora à última, e ainda depois, na reconstrução do Colégio de Olinda.

João Fernandes Vieira, fazendeiro português, que depois de alguns feitos militares importantes, recebera do Governador António Teles da Silva, datada de 6 de Outubro de 1645, a patente de Mestre de Campo, constituíu-se, de facto, governador da Guerra de Pernambuco. Tal preponderância grangeou-lhe muitos inimigos, que o acusaram de não ser inteiramente desinteressado no levante. Fernandes Vieira tinha colaborado com o invasor no Govêrno do Recife e tivera sociedade comercial com um holandês do Govêrno e «largas contas» com os holandeses do Supremo Conselho [1]. Alguma coisa lhe ficou sempre do seu pendor mercantilista, tendo, sob o aspecto dos seus interêsses, mais tarde em 1659, um desentendimento com o próprio Colégio da Companhia em Angola, quando foi governador dessa Província, e outro com o Colégio de Olinda em 1679 [2]. Não obstante esta debilidade, o facto de romper com os holandeses, e de chefiar abertamente o movimento e de colocar à disposição dêle, seus bens e pessoa, e o conhecimento directo do terreno, e também do seu incontestável talento de mando, coloca-o na primeira fila dos heróis da restauração. Pelo apoio imediato, certo e decidido dos Padres da Companhia, os desafectos de João Fernandes Vieira, quando escreveram contra êle ao Governador António Teles da Silva, insinuaram que o Governador mandasse «devassar dêste tirano» e ouvisse «o vulgo e não desse ouvidos aos Padres da Companhia» [3]...

Entre o «vulgo» ainda hesitante, os Jesuítas mantinham e conglutinavam a «frente interna», de apoio à restauração. E du-

---

Olinda (*Bras 5*, 223). O Ir. João Fernandes, bom ferreiro, de Ponte de Lima, passou em 1653 para o Maranhão, onde trabalhou muitos anos (cf. *História*, IV, 357); e, depois do Motim do Maranhão de 1684, foi para Lisboa, e voltou a Pernambuco, onde faleceu a 29 de Janeiro de 1686, Bibl. Vitt. Em., f. gess. 3492/1363, nº 6.

1. Cf. Verbas do seu testamento na *Rev. do Inst. Hist. Bras.*, XXIII, 393.
2. *Arquivos de Angola*, II, n.ᵒˢ 7-8, (Lisboa, Abril-Março de 1936)13-15; *Bras*. 3(2), 142v. O primeiro caso foi a propósito de negros; o segundo, de terras na Paraíba, e talvez também no Rio Grande do Norte.
3. Alberto Lamego, *Papéis Inéditos sôbre João Fernandes Vieira*, na *Rev. do Inst. Hist. Bras.*, LXXV, 2.ª P. (1913)41.

rante os 8 longos anos, que durou a campanha, os Padres iam-se revezando nos acampamentos, e estavam presentes nas grandes batalhas. Na de Guararapes (19 de Fevereiro de 1649) citam-se, com os serviços dos chefes militares, os de três chefes religiosos, Fr. Mateus de S. Francisco, Administrador geral do exército, o P. Francisco de Avelar, Prelado dos Padres da Companhia, que «acudiram a todos os exercícios cristãos, alentando os soldados, com a sua doutrina, confessando aos que nela morreram, e curando os feridos com raro exemplo de piedade e devoção; e o Licenciado Domingos Vieira de Lima, Vigário Geral daquela Capitania, por sua pessoa e alguns sacerdotes que enviou» [1].

3. — Olinda recuperou-se em 1647. O Recife levou mais tempo a tomar. E concorreu para isso a Companhia de Comércio das Índias Ocidentais, preconizada pelo P. António Vieira. Num *Tratado*, escrito para justificar a nulidade de um Breve Pontifício que impugnava a inclusão, com muitos outros aliás, nessa Companhia de Comércio, de gente hebreia, assinala o autor a intervenção da mesma Companhia para a rendição final de Pernambuco, quando os galeões acompanhavam os navios mercantes em «armada feita»; e com tal sucesso que os inimigos não puderam mais fazer as prêsas nos navios do Brasil, que dantes faziam, e se foram atenuando de maneira que dentro de 4 anos os lançaram os Portugueses fora de todo o Brasil, ajudando para a última expulsão a dita armada, porque, pondo-se à vista das fortalezas do inimigo, lhe tomava o pôrto para não lhe entrar nem sair nada, e lhe metia mêdo com gente que lançava fora, e dava ânimo aos Portugueses, que de terra com baterias contínuas e muitos assaltos, com que lhe tomaram 4 fortalezas à escala vista, os puseram em tanto apêrto, que não podendo resitir a tão grandes fôrças, nem sustentar tão brava violência, foram obrigados a se dar a partido, entregando-se tudo o mais e largando a terra e o que nela tinham; com que ficou aquêle Estado desassombrado e livre de tantas perdas espirituais e temporais quantas até então tinha padecido» [2].

---

1. «Relación de la Victoria que los Portugueses de Pernambuco alcançaron traducida del alemán», publicada em Viena de Áustria, ano de 1649, em *Anais da BNRJ*, XX, 157.

2. «Tratado sobre o contrato da bolça e compra do Brasil q̃ Sua Mag.ᵈᵉ del Rei de Portugal D. Joan o 4 fez com os moradores do Reino: 1.ᵃ P.º — Mos-

A armada não foi a causa única, como vimos já, mas foi grande. Conjugado-se os esforços de todos, enfim capitularam os Holandeses. A 26 de Janeiro o General Francisco Barreto convocou o Conselho, a que chamou os três mestres de Campo, os oficiais maiores, e, como as condições de guerra incluíam problemas de ordem moral e de consciência, chamou também o «Padre Provincial de S. Francisco e o P. Francisco de Avelar, da Companhia de Jesus, Prelado nesta Capitania, por serem sujeitos doutos.» Feita a capitulação, o General Francisco Barreto recebia no dia 28 de Janeiro de 1654 as chaves da cidade das mãos do General Sigismundo Van Sckoppe, com galhardia fidalga, desmontando do cavalo à sua aproximação, e, desprezando os favores da fortuna, teve grandes cortesias com o dito General Sigismundo, e, a pé, o trouxe à sua mão direita [1].

Assim se desmoronou o sonho de gente estranha, que, se tivesse prevalecido, seria o desmembramento político e religioso do Brasil. O triunfo assinalou-se com grandes festas. E entre elas um tríduo jubilar de acção de graças [2].

Os Jesuítas presentes em Pernambuco eram 4, segundo o Catálogo:

P. Francisco de Avelar, da Ilha de Santa Maria, Açores, com 47 anos [3];

tra-se ser o dito contrato e Alvara com q̃ Sua Mag.ᵈᵉ o firmou válido, licito e honesto, e que não encontram os sagrados canones nem breves apostolicos: Propoe-se o facto e necessidade delle: 2.ª P.ᵉ — Relaçam do Assima dito e provas da validade e honestidade do sobredito contrato e Alvara com q̃ o Serenissimo Rei o confirmou; 3.ª P.ᵉ — Propoem-se as duvidas que podẽ aver contra a validade e justiça deste contrato e Alvara e responde-se a ellas mostrando q̃ nenhũa força nem vigor tem contra elle: 4.ª P.ᵉ — Expende-se e trata-se se o Breve q̃ passou a S.ᵈᵉ de Inoc. 10, contra o Contrato e Alvara ditos foi valido e se se devia guardar ou não». — Arch. del Gesù (Roma), n.º 721 [263-282]. A parte transcrita é a conclusão da 1.ª Parte. É o rascunho com emendas à margem. Escrito depois da restauração de Pernambuco deve ser da época em que Vieira se teve de defender da Inquisição. Não traz nome expresso. Pelos adjuntos e exame intrínseco, parece de Vieira.

1. *Relaçam Diaria do Sitio e tomada da forte praça do Recife* (Lisboa 1654); reimpressa em *Anais da BNRJ*, XX, 196-198; Pedro Calmon, *Francisco Barreto, restaurador de Pernambuco* (Lisboa 1940)18.

2. Bras. 9, 21-23.

3. Recebera a ordem de Subdiácono com o P. António Vieira, na Baía, a 26 de Novembro de 1634. Filho de António de Avelar e de sua mulher Filipa de Resende (cf. Registo das Ordenações da Baía, *Rev. do Inst. Hist. Bras.*,

P. *João Pereira*, da Baía, com 36 anos [1];
P. *Álvaro Pereira*, de Pernambuco, com 42 anos [2];
Ir. *Gaspar da Costa*, de Arcos-de-Val-de-Vez, com 30 anos [3].

Antes da Invasão Holandesa, Pernambuco aparecia com o título de «Colégio». Transformou-se com ela, em «missão». Missão religiosa e militar, com homens resolutos e todos com saúde robusta («firma valetudine»). E do P. Francisco de Avelar acrescenta-se: «Superior desta missão há 8 anos» [4]. Tinha feito tôda a campanha restauradora, que neste período se distinguira essencialmente do primeiro, tumultuário ainda. Nesta, a disciplina militar impusera-se. A actividade dos Jesuítas retomara o seu aspecto moral, de mantenedores da resistência político-religiosa, com brancos, índios e negros. São mostras dêste espírito as Cartas de Camarão, modelos de religiosidade, fidelidade à causa da pátria comum, em que o herói nativo procura despertar a consciência dalguns índios mancomunados com os invasores.

Francisco de Avelar, chefe da missão de Pernambuco, durante a campanha restauradora, amigo dedicado do P. António Vieira, discreto e de bom conselho, dotado de calma reflexão e de energia e constância, faz lembrar Manuel da Nóbrega. E como êle, além de outros cargos, foi Reitor do Rio, e Provincial. Com André Vidal de Negreiros a sua união e colaboração foi tão íntima, que quando mais tarde André Vidal partiu a governar Angola, foram juntos, êste como administrador, Francisco de Avelar com o objectivo de angariar donativos para a reconstrução da Igreja e Colégio de Olinda. Foi êsse o «motivo, escreve êle, que houve para acompanhar ao Senhor Governador de Angola André Vidal de Negreiros,

---

XIX(1856)30. Manteve com o P. António Vieira estreita e afectuosa amizade e correspondência, e, sendo Provincial do Brasil, o mandou a Roma em 1669 a tratar da *Causa dos 40 Mártires do Brasil*, mas também e sobretudo, para êle se defender e isentar da Inquisição, *Bras.* 3(2), 81-81v. O P. Francisco de Avelar faleceu na Baía, a 13 de Julho de 1693, *Bras.* 5(2), 152.

1. Assistia aos negros, por saber a língua de Angola (*Bras.* 5, 229v). Aparece mais tarde como Vice-Reitor de Olinda.
2. Faleceu em Pôrto Seguro, a 4 de Março de 1681, *Hist. Soc.* 49, 9.
3. Faleceu no Rio, em 1698, *Hist. Soc.* 49, 234.
4. *Bras.* 5, 186.

a quem acompanhei muitos anos na *guerra viva* de Pernambuco, até se restaurar»[1].

São conhecidas também as Cartas de Vieira sôbre André Vidal de Negreiros, quando foi governador do Estado do Maranhão. E apesar de algumas divergências, naturais em matéria de expedições militares e administração pública, são do P. António Vieira estas linhas a El-Rei D. João IV, que bastam para eternizar a memória de um homem:

«De André Vidal direi a V. Majestade o que me não atrevi até agora, por me não apressar, e, porque tenho conhecido tantos homens, sei que há mister muito tempo para se conhecer um homem. Tem V. Majestade mui poucos no seu Reino que sejam como André Vidal; eu o conhecia pouco mais que de vista e fama. É tanto para tudo o demais como para soldado; muito cristão, muito executivo, muito amigo da justiça e da razão, muito zeloso do serviço de V. Majestade, e observador de suas Reais Ordens, e sobretudo muito desinteressado e que entende bem de tôdas as matérias, pôsto que não fale em verso, que é a falta que lhe achava certo ministro grande da Côrte de V. Majestade. Pelo que tem ajudado a estas cristandades lhe tenho obrigação, mas pelo que toca ao serviço de V. Majestade (de que nem cá me posso esquecer), digo a V. Majestade que está André Vidal perdido no Maranhão, e que não estivera a Índia perdida, se V. Majestade lha entregara. Digo isto, porque o digo neste papel, que não há-de passar das mãos de V. Majestade. Mas, Senhor, os Reis fazem os títulos e Deus faz os homens. Primeiro fêz Deus a Vasco da Gama, do que fizesse El-Rei D. Manuel os Condes da Vidigueira»[2].

---

1. Carta do P. Francisco de Avelar ao P. Geral, do Colégio do Rio de Janeiro, 30 de Novembro de 1662, *Bras. 3*, 19. Avelar era então Reitor do Rio. Na famosa carta, de amizade fraterna e quási íntima, que lhe escreveu o P. António Vieira, do Maranhão, a 28 de Fevereiro de 1658, alude-se discretamente à estada do P. Avelar nas batalhas de Pernambuco. Refere-se Vieira a algumas desinteligências, que então se manifestaram entre os Padres da Província do Brasil, e diz-lhe: «Porventura que o andar V. Reverência em outras *batalhas* fôsse a causa de não meterem a V.ª Reverência *nestas*», *Cartas de Vieira*, III, 715.

2. Carta de Vieira a D. João IV, do Pará, 6 de Dezembro de 1635, cf. *Cartas inéditas do Padre António Vieira*, com um prefácio de Clado Ribeiro de Lessa (Rio 1934)16-17. O apoio de Vidal de Negreiros às missões do Maranhão e Pará e à liberdade dos Índios, já se narrou, supra, *História*, III e IV, páginas indicadas no *Indice de Nomes*.

Por sua vez, Francisco Barreto de Meneses, o glorioso vencedor dos Guararapes, ficou tão afeiçoado e teve ocasião de conhecer os Jesuítas em casos tão graves e duros como na retirada de Luiz Barbalho e agora nesta campanha, que em 1654 lhes aplicou Casa e Igreja no Recife, e em 1657 instituíu, no Colégio de Olinda, a Irmandade da «Cruz dos Militares»[1]. E depois, sendo Governador Geral do Brasil, ordenou, por Provisão de 17 de Abril de 1662, que a costa do Ceará ficasse a cargo dos Padres da Companhia de Jesus[2].

4. — Ora, enquanto se desenvolvia a campanha militar no Brasil, outra se feria na Europa. Para se compreender bem, importa dar uma vista de olhos à situação internacional da Monarquia Portuguesa e volver os olhos às nações com cujo concurso se podia contar ou temer.

A Holanda tinha-se separado da Espanha, depois da *União de Utrecht* (1579). Juntando outras terras da Bélgica, constituiu-se em *Províncias Unidas* ou *Estados Gerais*. Em 1602 fundou a *Companhia das Índias Orientais*. Envolvido Portugal nas guerras de Espanha, e dispersos pelos Domínios dela em altos cargos os Portugueses mais influentes, pôde a Holanda apoderar-se, a seu salvo, de grande parte do Império Português do Oriente. Entrou em relações comerciais com o Japão, estabeleceu-se em Java, Ceilão e Malaca.

E, organizando outra *Companhia das Índias do Ocidente*, lançou as vistas para a América. Na do Norte, fundou Nova Amesterdão (Nova Iorque); nas Antilhas algumas feitorias; e no Brasil ocupou Pernambuco e terras adjacentes. A Restauração de Portugal de 1640 achou a Holanda grande potência marítima e a sua frota mercante a melhor do mundo.

A Inglaterra via-se então isolada em si mesma, imersa em debates e guerras civis.

A França, com Richelieu e Mazarino, tornara-se a primeira potência continental da Europa.

---

1. Cf. «Summario dos Estatutos e constituihisoins da Confraria da Sancta Crux, instituida Pello Sor Mestre de Campo G^or Francisco Barr^to e Pello exercito e confirmados pello Revr^do P^e Administrador», Gesù, *Miscellanea*, n.º 681 [190-193].
2. Studart, *Documentos, IV*, 135-138.

A Espanha, que assistia ao desagregar do seu imenso Império, era ainda forte. E no ano de 1648, pelo Tratado de Westefália reconheceria a Independência da Holanda, paz, que a deixava livre, para atacar Portugal mais de propósito. Ficavam assim, frente a frente, Holanda, desempedida de Espanha; e Portugal, a braços com a Espanha e em guerra com a Holanda em Pernambuco.

Neste quadro imponente ia desenvolver Portugal uma actividade diplomática difícil. Parece que os resultados mostraram que também foi brilhante. Urgia impedir que a Espanha e a Holanda se aliassem contra Portugal continental e as demais porções do Império Português, que existiam através do mundo. A guerra de Pernambuco tinha de se considerar guerra local, fomentada e ao mesmo tempo oficialmente desaprovada pela Metrópole.

Entre Portugal e Holanda contraíra-se, logo a seguir à Restauração de 1640, uma Trégua de 10 anos, que era também tratado de mútuo socorro[1]. O Conde de Nassau servira-se dela, no lapso intermédio da celebração à assinatura, para ocupar, à custa de Portugal, o Maranhão e Angola. Embora recuperados depois, o precedente de duplicidade autorizaria Portugal a procedimento equivalente.

Tudo era questão de habilidade diplomática. Não se poderiam evitar desconfianças, mas impunha-se a supressão clara de pretextos. Além da questão da Índia, que realmente existia e pesava no andamento das negociações, a opinião geral em 1646 era que o ponto nevrálgico de Pernambuco separava a Holanda da aliança Portuguesa; e tinha que se suprimir, como elemento de atrito e provocação. Por isso El-Rei, os Embaixadores de Portugal, o P. António Vieira, todos andavam a tratar da *compra* de Pernambuco aos Holandeses. Da compra, não da *entrega*. Nesse ambiente ante-

---

1. Cf. «Treslado do latin na lingua portugueza. Trattado das Tregoas e suspensão de todo o acto de hostilidade e bem assi de navegação, commercio e juntamente soccorro, feito, começado e accabado em Haya de Hollanda a Xii de Junho de 1641. Por tempo de des annos entre Tristão de Mendonça Furtado, do Conselho e Embaixador do serenissimo e poderosissimo Dom Ioão IV deste nome Rey de Portugal e dos Algarves, e os Senhores Deputados dos Muito poderosos Senhores Estados Geraes das Provincias Unidas dos Paizes Baixos.» — Em a Haya. Em caza da viuva e Erdeiros de Ilebrandt Iacobson van Wouw, 1642; 16 pag. cart. in-4. Segundo Borges de Castro, *Collecção de Tratados*, I (Lisboa 1856) 24-49, foi assinado a 10 de Junho e ratificado a 18 de Novembro de 1641.

preparatório da *compra*, chegou a notícia do levantamento de Pernambuco contra os Holandeses. É conhecida a Carta de Vieira em que mostra o seu desgôsto pelo facto que vinha destruir as negociações da *compra*. Alguns historiadores, aduzindo o pensamento de Vieira, juntamente com a entrega, deixa no espírito do leitor uma conexão falsa [1].

Para desfazer o equívoco basta ver as datas: a Carta do P. Vieira ao Embaixador, Marquês de Nisa, partidário da paz com a Holanda, é de 11 de Março de 1646. O «Parecer do Padre Vieira sôbre a *compra* de Pernambuco aos Holandeses», é de 14 de Março de 1647, um ano depois.

Tratava-se não de entrega, mas de *compra*, que também era a opinião de Pedro Fernandes Monteiro, com a alternativa de «compra» ou «guerra». Mas a «guerra» com a Holanda não era a opinião de El-Rei, que continuava a pedir a Vieira e a Francisco de Sousa Coutinho a manutenção da trégua. Dada a vontade régia de evitar a guerra, tudo o que fôsse irritar os holandeses tinha por fôrça de contrariar os que tratavam da *compra*, concluindo assim pacífica e airosamente o conflito.

Como temia Vieira, tudo se desfez. E as negociações tiveram que tomar outro rumo, não no seu têrmo, senão nos trâmites dêle. O têrmo sempre o mesmo: evitar que a Holanda declarasse guerra a Portugal, de cuja conservação autónoma dependia a unidade do império de língua portuguesa. Frustrado o contrato da compra, Pernambuco ceder-se-ia, numa audaciosa manobra, que era no fundo uma *fictio juris*, suspeitada apenas por algum raro historiador antigo. Os modernos começam a ver claro.

A primeira idéia da «entrega» de Pernambuco aos Holandeses data de 1646. Assim como a da «compra» foi sugestão de Gaspar Dias Ferreira, a da «entrega» aparece, pela primeira vez, numa carta do Infante D. Duarte, irmão de D. João IV. Combateu-a o P. António Vieira, a princípio, metido no assunto da compra, em

---

[1]. Um dêles Varnhagen, tão pouco seguro sempre que se trata de Jesuítas e Índios do Brasil. Nota-o, e acerta as datas e os conceitos, Rodolfo Garcia, *HG*, III, 54. Já o advertira antes Lúcio de Azevedo, confessando não compreender tal equívoco em Varnhagen, *Alguns documentos novos para a história pernambucana*, na *Rev. do Inst. Hist. Bras.*, LXXXIV (1919)351. O caso está hoje inteiramente deslindado com a publicação da Correspondência de Francisco de Sousa Coutinho por Edgard Prestage, Pedro de Azevedo e Hernani Cidade.

união com El-Rei. Mas depois que El-Rei perfilhou a *venda*, como hipótese a recorrer em caso de necessidade, e a perfilharam outros, também acedeu Vieira ¹. E D. João IV encarregou-o de ser o *relator* da proposta, datada dos fins de 1648. Homenagem prestada a Vieira e ao vigor da sua dialéctica, em que era mestre inegualável, para pôr em evidência as razões que preponderassem no momento. O argumento central é êste: Se Portugal, com o seu Império, e a Espanha com o seu, juntos, não puderam prevalecer contra a Holanda, como é que Portugal só, já com o seu império diminuído, poderá prevalecer contra a Espanha e a Holanda, senhora dos mares, juntas.

Considerado o estado geral da Europa, D. João IV qualificou o parecer de *Papel Forte*. No entanto, com serem *fortes* as razões, diz Vieira, que «se não deixavam convencer delas a maior parte dos que as liam»...

E estaria convencido o próprio Vieira? Pregunta a que não costumam responder os advogados. Ao advogado de uma causa só se exige que o seu discurso defenda com vigor a causa que lhe confiaram e aceitou patrocinar. Dirá Vieira em 1665: «No tempo em que Portugal estava sujeito a Castela, nunca as fôrças juntas de ambas as coroas puderam resistir a Holanda; e daqui inferia e esperava o discurso, que muito menos poderia prevalecer só Portugal contra Holanda, e contra Castela; mas enganou-se o discurso. De Castela defendeu Portugal o reino, e de Holanda recuperou as conquistas. Aquêle fatal Pernambuco, sôbre que tantas armadas se perderam, e se perderam tantos generais, por não quererem aceitar a emprêsa sem competente exército: que discurso podia imaginar, que sem exército, e sem armada, se restaurasse? E só com a vista fantástica de uma frota mercantil se rendeu Pernambuco em cinco dias, tendo-se conquistado pelos holandeses com tanto sangue em dez anos, e conservando-se vinte e quatro».

Vinha subordinada esta demonstração, com outras, à proposição da intervenção divina na Restauração de Portugal e suas Conquistas: «Bem pudera conhecer Espanha, voltando os olhos ao passado, pela experiência, que Deus é o que desuniu de sua su-

---

1. Notam-se, entre as pessoas de mais responsabilidade, como partidárias da *compra*: D. João IV, Marquês de Nisa, Sousa Coutinho, António de Sousa de Macedo e Vieira; da *entrega*: D. João IV, Sousa Coutinho, Andrade Leitão e Vieira.

jeição a Portugal, e Deus o que o sustenta desunido, e o conserva vitorioso. Quando se soube em Madrid do Rei que tinham aclamado os Portugueses no primeiro de Dezembro do ano de 640, chamavam-lhe por zombaria rei de um inverno, parecendo-lhes aos senhores castelhanos, que não duraria a fantasia do nome mais que até à primeira primavera, em que a fama só de suas armas nos conquistasse: mas são já passados vinte e cinco invernos, em que as inundações do Bétis e Guadiana não afogaram a Portugal, e vinte e quatro primaveras, em que sabem muito bem os campos de uma e outra parte o sangue de que mais vezes ficaram matizados» [1].

Vieira escreve estas admiráveis palavras de fervor e confiança patriótica em 1665. Mas em 1648, tudo era menos claro. Então Vieira era o conselheiro de El-Rei e simultâneamente o seu portavoz, como que oficial, «espírito dúctil, que se não prendia com idéias feitas nem com as suas próprias, e arremetia e clamava, segundo as curcunstâncias do momento o pedissem ou para onde visse mais inclinado o Rei. Apoiava e defendia em público as opiniões que sabia serem as de El-Rei, pelo trato pessoal, directo e diuturno com êle» [2].

E qual era o pensamento de El-Rei? Evitar que a paz, que a Espanha queria fazer com a Holanda (e de facto se fêz), se não transformasse em aliança (que de facto também se não fêz).

Ora o que se pretendia, conseguiu-se plenamente. O *Papel Forte* é um dos mais hábeis instrumentos políticos das chancelarias portuguesas. Mas como as coisas se encaminharam, felizmente, para outra solução mais simpática ao sentimento nacional, tendo sido Vieira o «Relator», ligou-se o seu nome, durante muito tempo, sem mais exame, à proposta de entrega. Hoje não, porque está provado que nem Vieira é o autor da idéia, nem foi o único a perfilhá-la, nem pensou jamais nessa entrega, como acto *definitivo*.

Di-lo António Vieira: «quão pouco inclinado fui a que nem um só palmo de terra déssemos aos Holandeses». E consta do próprio *Papel Forte*. Basta lê-lo com atenção, e com o conhecimento que hoje existe, da dupla política de D. João IV, para se verificar que a proposta em que «se enganava o discurso», não passava de um estra-

---

1. Vieira, *História do Futuro* (Lisboa 1855) 57-58, 33-34.
2. Cf. supra, *História*, IV, 12.

tagema de salvação pública do momento, e que, no caso de ser preciso recorrer a êle, a cláusula final reservava, com palavras expressas e formais, para tempo oportuno, a retomada de Pernambuco e de tudo [1]...

Outra frase de Vieira ajuda a esclarecer o mistério. Na carta ao Conde de Ericeira dá-lhe o embaixador secreto de D. João IV, «uma notícia, que ninguém tem nem teve: e é que os negócios, a que El-Rei muitas vezes me mandava, eram mui diferentes do que se podia cuidar, ainda entre os ministros mui interiores, correndo a comunicação dos ditos negócios por cifra particular, de que só era sabedor o secretário Pedro Fernandes Monteiro, e por isso ficaram sujeitas tôdas as minhas jornadas a juízos e conjecturas muito erradas, as quais não são matéria de história»...

Não são matéria de história, nem ainda o eram à data daquela carta, porque a consciência profissional dos homens de Estado não obriga só durante os negócios, mas depois dêles.

A interpretação de certos negócios diplomáticos e contratos internacionais não se pode buscar sempre no que se escreve para o público, mesmo quando os argumentos são fortes e tudo parece argutamente arquitectado, em pareceres ou correspondências simuladas, mas noutras fontes de informação, se porventura se conservam. Nas que agora se revelaram, vê-se, por exemplo, que a palavra «milagre», explicativa da restauração de Pernambuco, que se lê na Carta de Vieira ao Conde de Ericeira, em 1689, era já quarentona, e está na carta de 29 de Junho de 1650 do Embaixador Sousa Coutinho ao mesmo P. Vieira, sôbre êste assunto:

«Certo é que no de Holanda vai sucedendo uma coisa, que pode fazer ter por certa uma profecia que eu tive sempre por feita à mão, de que é uma parte conforme à prudência: as revoltas do Brasil mostravam ser nossa ruína, mas o que vamos vendo parece foi uma *disposição divina*, *rebus sic stantibus* [aqui está o «milagre»] porque «se duram» é impossível que os Holandeses se não concertem connosco» [2].

«Judas do Brasil» foi o apôdo que a política oposicionista do tempo deu a Sousa Coutinho, a êle, que na realidade foi um dos

---

1. Está assim no parecer de Vieira, de que alguns falam sem o terem lido com atenção, todo, até o fim, sobretudo o *fim*.
2. Cf. Hernani Cidade, «*O Judas do Brasil*» (Francisco de Sousa Coutinho) em *Brasília*, I (Coimbra 1942) 196.

«salvadores» do Brasil. O Embaixador, em outra carta a Vieira de 1650 (16 de Agôsto), rebate a «calúnia» dos que dizem que «queríamos» entregar «o Brasil», sem reparar que êle «fôra dispondo as coisas tal que, sem empenhar nunca a S. Majestade, as pude chegar aos têrmos presentes, tais, que mal as hão hoje de remediar os Holandeses. Eu confesso a V. Paternidade que nunca acabei de entender êste ponto: ordenar-se-me que procurasse concertos e repreender-se-me tàcitamente o não vir a rompimento» [1].

A «entrega» era um dêsses concertos aleatórios. O admirável embaixador, correspondente e amigo de Vieira, longe de merecer vitupério, entra na lenda ao lado de Egas Moniz, da Fundação de Portugal. Lenda que poderá lembrar reminiscências de Tácito ou Tito Lívio. Na realidade é a transposição literária das palavras do Embaixador. O Egas Moniz da Restauração de Pernambuco teria dito: «Vossa Majestade, Senhor, salve a sua honra, desaprovando o que eu fiz em seu nome: sacrifique a minha cabeça e não aquela praça» [2].

Numa das cartas de D. Francisco Manuel de Melo ao Embaixador Francisco de Sousa Coutinho, há uma alusão que denuncia o ambiente de Lisboa, à data do «Papel Forte», a mesma da carta de D. Francisco Manuel. «A nossa Côrte, não sendo antiga, pode ensinar letras e tretas aos Tácitos e Maquiavelos» [3].

---

1. *Ib.*, 200; cf. id., *Padre António Vieira*, I, 56-60.
2. Cardeal Saraiva, *Obras Completas*, X (Lisboa 1883)364-365. Afrânio Peixoto, o historiador que em menos páginas reúne mais elementos úteis de compreensão sôbre esta vasta matéria, transcreve a frase e comenta: «*Quem não pode, diz a sabedoria popular, trapaceia*». Diz a sabedoria popular, e di-lo Afrânio: «A política internacional não é senão isso. A atitude do Rei, seus ministros, governadores, embaixadores, capitães, só com essa *chave* ou decifração se compreende. Os homens, que tratam êste assunto, são dignos do momento», *História do Brasil*, 199. Cf. Eduardo Brazão, *Relance da História Diplomática de Portugal* (Pôrto 1940)78; Luiz Norton, *A Dinastia dos Sás no Brasil*, 73-81.
3. Cf. D. Francisco Manuel de Melo, *Cartas Familiares*, ed. de M. Rodrigues Lapa (Lisboa 1937)89. E é ainda o autor de *Epanáforas*, ao iniciar a história da Restauração de Pernambuco, que ia «lançar pelo mundo um glorioso pregão do sucesso que tiveram as Armas Portuguesas, dos vassalos de El-Rei D. João o Quarto, no Estado do Brasil, restaurando a perdida liberdade em tôda a Província de Pernambuco e outras vizinhas, *contra sua* própria esperança e de seus opressores» (*Epanaphoras*, 3.ª ed., de Edgard Prestage (Coimbra 1931)374). D. Francisco Manuel chama a D. Francisco de Sousa Coutinho, «discreto e prudentíssimo embaixador», filho de Gonçalo Vaz, escritor e irmão de outro escritor

Em holocausto à Restauração de Pernambuco, «contra a própria esperança e de seus opressores», Sousa Coutinho, como embaixador, oferecia a sua cabeça; Vieira, como religioso, podia dar mais: oferecia a sua reputação. Oferecia-a em holocausto à restauração, imediata ou a prazo, de Pernambuco, e à independência pátria, imediatamente em causa e em perigo. A noção de Pátria para Portugueses e Brasileiros, que hoje é diferente, não o era no tempo de Vieira. A Monarquia Portuguesa era um todo, na Europa, na América, na África e na Ásia, com a cabeça e govêrno central em Lisboa. Quando se tratava de questões internas, dentro dêsse todo político, Vieira era capaz de advogar uma parte contra a outra, como hoje, dentro da Federação Brasileira, há quem advogue o Rio Grande contra S. Paulo, ou Minas contra a Baía, e Vieira advogou o Brasil contra Portugal, quando proclamou, sob o aspecto económico, que ao Brasil devia voltar o que do Brasil saía. Quando se tratava de questões com potências estrangeiras, a cabeça mantinha o lugar que lhe competia, análogo às Comunidades ou Federações modernas. Qualquer historiador moderno, que se coloque fora dêste plano ao apreciar as lutas do século XVII, talvez faça política nacionalista do século XX por um aspecto ou por outro, será difícil que redija página compreensiva do momento histórico que descreve.

Para Vieira tôda a política da Monarquia Portuguesa está nesta frase sua a D. Rodrigo de Meneses: «Espanha é inimiga nossa irreconciliável, e todos os Castelhanos em nenhuma coisa têm pôsto a mira que tornar a ser senhores de Portugal. Assim o ouço nas bôcas de todos e lho vejo muito melhor nos corações» [1].

Tôda a importância histórica, do «Papel Forte» está nisto: em evitar o rompimento, da Holanda com Portugal, deter o inimigo, «procurar concertos», desviar da argumentação a menor sombra de dúvida, prometer como definitivo o que não o era: *ganhar tempo*, «ficando ilesa a autoridade maior» [2]. Pouco importava que o es-

---

mais célebre, Fr. Luiz de Sousa. E engloba-o na lista famosa dos grandes nomes de Portugal, falando por bôca de Bocalino, onde se cita cada um na sua especialidade, desde Camões (poeta) e António Vieira (prègador); e desde Baltasar Teles (filósofo) a Nuno Álvares Pereira (Capitão) e Santo António e João das Regras (jurista). E outros. Êle, como «embaixador», *Apólogos dialogais*, ed. de Fernando Nery (Rio 1920)386, 456.

1. *Cartas de Vieira*, II, 547.
2. Cf. P. Manuel da Costa, *Arte de Furtar* (Lisboa 1855)144 (cap. XXX). A propósito de Pernambuco, tratado no Capítulo precedente (XXIX), Manuel

tranhasse a opinião pública, desconhecedora do que se passava por trás dos bastidores, se se obtinha o efeito pretendido, e se êsse documento se constitui, por isso, hoje, na opinião da história, com o que continha de promessa ilusória ou aleatória, um dos elementos do triunfo.

El-Rei, que mandava escrever o *Papel Forte*, para holandês ver, era o próprio que fomentava a luta em Pernambuco, organizava a Companhia das Índias Ocidentais, iniciativa do P. António Vieira, que tanto viria ajudar a restauração de Pernambuco, demitia o Governador do Brasil, António Teles da Silva, para dar uma satisfação pública aos Holandeses, mas enviava um General, Francisco Barreto, enquanto o Embaixador Sousa Coutinho conferenciava à noite na Haia com o Conde de Nassau, a quem prometia um milhão de florins para êle próprio intervir nos «concertos»... E Nassau indirectamente interveio, exigindo de Holanda tais condições, para a sua volta ao Brasil, que a tornou impossível [1].

O que se pretendia com esta política de astúcia e confusão, com as conversações com Nassau, com as propostas de «compra» ou de «entrega», era acumular pretextos, sem se descobrir de todo o pensamento que os movia, *para a Holanda se manter hesitante*, sem abrir guerra na Europa, nem enviar socorro a tempo, ou eficaz, às lutas de Pernambuco, «que, se duram, é impossível que os Holandeses se não concertem connosco», escreve em 1650 o Embaixador ao seu amigo P. Vieira, com a evidente satisfação de quem já vê próximo o triunfo apetecido. Noutros têrmos, tudo se preparava para tornar propício o «climax» do «milagre», que fêz oportuno para logo, o que algum tempo antes todos julgavam remoto.

5. — Conta-se na vida do P. João de Almeida, que as «suas orações» alcançaram de Deus não só a Restauração de Angola, de que dependia o Brasil, porque o «Brasil tem o corpo na América e a alma na África, diz Vieira, mas também directamente a Restauração de Pernambuco» [2].

---

da Costa dá as normas do Príncipe nos Conselhos de Estado; e em caso ou êrro a emendar, deve haver um *ministro fiel* que o tome sôbre si e também a pena»; «e assim se dará satisfação a tôdas as partes, ficando ilesa a autoridade maior»...

1. Cf. Edgard Prestage, *As Relações Diplomáticas de Portugal com a França, Inglaterra e Holanda de 1640 a 1648* (Coimbra 1928) 225.

2. Cf. Lúcio de Azevedo, *H. de A. V.*, I, 404.

Naturalmente, admitimos as disposições da Providência. Mas como historiador, retenhamos apenas uma circunstância positiva. João de Almeida era inglês (John Meade). O inglês foi em parte o «deus ex-machina» do milagre de Pernambuco. Enquanto a Holanda se organizava em potência comercial marítima, a Inglaterra debatia-se, isolada, nas suas guerras interiores. Terminadas elas, a Inglaterra olhou para fora da sua Ilha. O *Navigation Act* de 1651, monopolizava a favor dos navios ingleses a importação inglesa. Os estrangeiros só poderiam levar às Ilhas Britânicas as mercadorias do respectivo país. A Holanda, directamente atingida, entrou em guerra com a Inglaterra. O Almirante holandês Tromp arvorou no mastro do seu navio uma vassoura para varrer do mar os navios ingleses. Alcançou a princípio vantagem. Contudo, nem êle nem Ruyter impediram, em 1653, a vitória final do almirante inglês Blake. E com ela a Holanda perdia o império dos mares [1]. E quando a Armada de Pedro Jaques de Magalhães, a 20 de Dezembro dêste mesmo ano de 1653, chegava ao Recife, vinda de Portugal, a sitiar a praça, ainda em poder dos Holandeses, encontrou-a assediada por terra e sem defesa nem socorro por mar.

A Capitulação do Taborda, a 26 de Janeiro de 1654, foi a consumação do «milagre» da Restauração de Pernambuco; o tratado de paz entre a Grã-Bretanha e Portugal, feito em Westminster, aos 11 de Julho de 1654, a consolidação da Restauração em Portugal e seus Domínios.

Fôra instrumento da vitória definitiva, a dupla campanha militar e diplomática, com simultânea e mútua conexão e dependência:

---

1. J. Schoonjans, *Les Temps Modernes* (Bruxelas 1936)145. A 6 de Maio de 1651 escrevia o Embaixador Sousa Coutinho a António de Sousa de Macedo, e levanta já uma ponta do véu (do *seu* véu e do do P. António Vieira, solidários no *Papel Forte*), rebatendo o «mal entendido» de crer que êle «aconselhava a restituïção [de Pernambuco] contra as ordens de Sua Majestade, que Deus guarde, o que com licença de V. Senhoria *nem pela imaginação me passou: entreter* com o oferecimento e *ganhar tempo* com êle até ver em que se ponham as coisas em Inglaterra *foi só minha tenção*»: a sua tenção «foi propor-lhe coisas que os metessem em dúvidas e disputas a uns com os outros»; e tem estas palavras ainda pouco conhecidas: Que não haverá paz com os Holandeses senão em «se lhes restituir o Brasil» ou em «os lançar fora dêle: o primeiro não quer Portugal, e tem muita razão; o segundo não querem os moradores de Pernambuco», J. Lúcio de Azevedo, *A Restauração Pernambucana* (alguns documentos novos e sua apreciação) na Rev. do Inst. Hist. Bras., LXXXIV(1919)381-382.

militar, no Brasil e Angola, com os nomes gloriosos de Francisco Barreto, Salvador Correia de Sá e Benevides, Luiz Barbalho, João Fernandes Vieira, André Vidal de Negreiros, Henrique Dias, António Filipe Camarão, apoiados pelos Jesuítas e outros Religiosos; diplomática, em Portugal e na Europa, com as actividades de António Vieira, Pedro Vieira da Silva, Francisco de Sousa Coutinho, Marquês de Nisa, António de Sousa de Macedo, Pedro Fernandes Monteiro e outros; cujo papel, útil num dado momento, ultrapassado logo noutro, e nem sempre do conhecimento pessoal, completo, de cada um e de todos entre si, e até aparentemente contraditório, foi campanha admirável que conseguiu plenamente o seu objectivo, pensamento e direcção única — impedir a guerra de Holanda a Portugal, o envio de socorros a Pernambuco em tempo oportuno, saber esperar ou a aliança portuguesa com alguma nação européia, ou que a Holanda tivesse os inevitáveis conflitos guerreiros com os seus concorrentes marítimos. Em suma: no Brasil promover a guerra, e na Europa contemporizar e entreter o inimigo, elemento tão necessário às vezes à vitória como as próprias batalhas [1].

---

1. A narração pormenorizada destas batalhas e de todos os actos da Guerra de Pernambuco, não é capítulo da História da Companhia. Sôbre a história geral das invasões holandesas no Brasil, cf. *Bibliografia*, organizada pela Biblioteca Nacional do Rio, *Anais da BNRJ*, LI (Rio 1938)9-138, onde, além de vários manuscritos e peças iconográficas, se catalogam 234 obras impressas. E já hoje é maior o número.

CAPÍTULO IV

Real Colégio de Olinda

1 — Reconstrução do Colégio; 2 — Restauração da Igreja; 3 — O Engenho de Monjope e outros meios de subsistência; 4 — Quinta da Madalena; 5 — Reitores; 6 — Estudos.

1. — Os Holandeses deixaram destruído o Colégio de Olinda, fundado no século XVI [1], mas aumentado já consideràvelmente (*illustri portioni*) nos começos do século XVII, e embelezado pelo Irmão pintor, João Baptista que o ornou de tábuas pintadas [2]. Além dêle trabalharam nas obras do Colégio os Irmãos Pedro Álvares, canteiro, e António Luiz, entalhador [3]. E em 1615 abriu-se a grande cisterna do claustro [4]. Com os Holandeses tudo isto ficou reduzido a um montão de ruínas, onde crescia o mato. A reedificação iniciou-se logo depois da expulsão dos invasores, e em 1660 ia em plena actividade, dentro de um plano, que se qualifica «de elegante» [5]. Dois anos depois haviam-se erguido as paredes «mores» do Colégio,

---

1. Cf. supra, *História*, I, 456.
2. Carta de Fernão Cardim, Baía, 11 de Abril de 1607, *Bras. 8*, 62.
3. *Bras. 5*, 62, 66.
4. *Bras. 8*, 185.
5. Carta do P. Baltasar de Sequeira, da Baía, 12 de Junho de 1661, *Bras. 9*, 129. «Collegium enim quod Holandorum immanitas exitiali deformatione destruxerat, tempusque rerum edax perenni alluvionum ingruentia redegerat in sylvam, caeperunt nostri eleemosinis a nobilitate suppeditatis, eleganti *reaedificatione* instaurare: quod dum perficitur a paucis habitatur. Erecta namque est una pergula, in qua viginti cubilia sunt facta. Ad *instaurationem* Templi, omnis etiam diligentiae nervus exhibetur: caeduntur ac laeviguntur ligna ad eius consignationem nec res ab absolutione longe abest». Na diferença dos têrmos, que sublinhamos, parece insinuar-se uma diferença entre o estado do Colégio e o da Igreja.

enquanto a maior parte das antigas casas de Olinda permanecia arruïnada [1]. Em 1666 estava concluído [2].

« O Colégio, de elegante arquitectura, é muito cómodo » — diz-se em 1694, reproduzindo o mesmo parecer de elegância, pronunciado 33 anos antes, no momento da sua reconstrução [3].

Exilados os Jesuítas em 1760, o Colégio, que era o maior e melhor edifício de Olinda, entregue ao Fisco, passou no fim do século à posse da Mitra, e veio a ser com algumas remodelações, e ainda é hoje, Seminário, consagrado à formação do Clero [4]. Digna forma de continuar a antiga e nobre tradição do Real Colégio de Olinda, da Companhia de Jesus, onde durante dois séculos se haviam formado tantas gerações de pernambucanos ilustres.

2. — A Igreja do Colégio, construída pelo Irmão arquitecto Francisco Dias [5], ornou-se, com o tempo, de estátuas, capelas e pinturas.

No dia 30 de Setembro de 1615, dia de S. Jerónimo, inaugurou-se, com grande pompa, na Igreja, a «Capela de S. Jerónimo», mandada edificar por um amigo da Companhia, homem nobre de Pernambuco. O arco ou a abóboda (*fornix*) pintou-se com bela (*egregia*) pintura, envólta em artística cercadura de oiro; e as paredes revestiram-se de azulejos de agradáveis coloridos (*parietes varii gratique coloris lateribus operti interlucent*). Tinha-se como a coisa mais excelente

---

1. *Bras.* 3(2), 16, 19.
2. Urbain Souchu de Rennefort, que o viu neste ano, escreveu que de Olinda restavam algumas casas e casebres a atestar o seu passado esplendor. O Colégio dos Jesuítas «conservado intacto, sôbre uma das [quatro] colinas custou mais de um milhão e duzentos mil francos a edificar», *Memoires pour servir à l'Histoire des Indes Orientales* (Paris 1688), citado por Alfredo de Carvalho, *O Marquês de Mondvergue em Pernambuco em 1666*, na *Rev. do Inst. Pernambucano*, vol. XIII, 634. O testemunho dêste viajante, como o de tantos outros viajantes, *destituído de valor em informações históricas*, no caso, a afirmação de ter sido «conservado intacto», é no entanto digno de crédito *no que viu*, a saber que o Colégio estava de *pé*, documento de que a esta data já se havia reconstruído.
3. *Bras.* 5(2), 140v. O parecer, de elegância e magnificência, é corroborado por todos quantos o viram, cf. John Nieuhoff, *Voyages and Travels into Brazil and the East Indies,* II (Londres 1703)11-12.
4. José do Carmo Barata, *Escola de Heroes* (Recife 1926)61.
5. Cf. supra, *História*, I, 453.

do Brasil, no seu género. O mesmo fundador dotou-a de ornamentos de sêda e de uma lâmpada de prata maciça. E «se a Igreja antes já era formosa, ficou ainda mais formosa» [1].

Era Reitor o P. Luiz Figueira; Prefeito da Igreja, Simão Travassos; Prefeito dos Estudos o P. Gaspar de Semperes, engenheiro. A Igreja de Olinda incendiaram-na os Holandeses em 1631. Exageram alguns o que êles fizeram; começa a conhecer-se que foi muito mais o que êles destruíram.

Expulsos os invasores, a Igreja voltou ao poder dos Jesuítas e iniciou-se a «restauração».

As obras iam adiantadas em 1660, em plena actividade de madeiramento e entalhe [2]. Concluíu-se o arco da capela-mor em 1661, ano que nêle se lê ainda hoje [3]. No seguinte, já estava coberta a Igreja. O P. Francisco de Avelar, herói das guerras de Pernambuco, foi a Angola com outro grande herói André Vidal de Negreiros angariar donativos, «para a reedificação daquele Colégio e Igreja [de Olinda], e trouxe 3.000 cruzados» [4]. E não tardou a ficar pronta a Igreja, assinalando-se Pernambuco entre tôdas as terras do Brasil pela generosidade, diz-se, com evidente sinal de reconhecimento, alguns anos mais tarde [5]. E de um dêstes benfeitores, Fernando Pessoa, homem nobre, se nomeia a sua benemerência, uma capela que fundou dentro da Igreja [6].

A Igreja foi ainda objecto de algumas remodelações, originadas pela necessidade de renovar o fôrro, que se arruínou; e também

---

1. *Bras. 8*, 196v.
2. *Bras. 9*, 129.
3. Cf. José do Carmo Barata, *op. cit.*, 39.
4. *Bras. 3(2)*, 19; *Bras. 9*, 129.
5. *Bras. 9*, 385.
6. Fernão Pessoa dotou-a com 80$000 réis, por ano, assim como 30$000 réis, também anuais, para a Festa das Quarenta Horas. Tinha carta de fraternidade para se enterrar na capela que fundara, mas queria morrer com os votos da Companhia. Já ia nos 80 anos. O Reitor Pedro Dias, em 1867, pede ao Geral com instância que aceda aos seus desejos e que a licença, de Lisboa a Roma e de Roma a Lisboa, venha em correio, por terra, mais rápido, que assim o propõe o pretendente (*Bras. 3*, 247). É dêste mesmo ano outra benemerência, a outra Capela, a vinculação de 200$000 réis, do Engenho de Apipucos à Capela de Santa Ana, do Colégio. O Engenho era de Luiz Mendonça Cabral, e a escritura pública, de 13 de Fevereiro de 1687, cf. F. A. Pereira da Costa, *Os Arredores do Recife*, na *Rev. do Inst. Pern.*, XXV, n.º 119 (1923)29.

para ganhar espaço dentro dela. Tais melhoramentos seguiram estas fases: Em 1732 reünia-se a madeira indispensável; no ano seguinte suspenderam-se as festas por causa das obras. Em começos de 1734 estava renovado o fôrro [1]. Quatro anos mais tarde, restauraram-se os ornatos de duas capelas, e em 1739 a capela-mor, que se decorou com estátuas de cedro, artísticas e pintadas [2]. E finalmente, em 1745, renovaram-se algumas obras e ganhou-se espaço diante do altar-mor para ficar em melhor proporção, com o resto da Igreja [3].

Como na Baía, também a Sacristia da Igreja do Colégio de Olinda merecia, diz Oliveira Lima, «unânime admiração, já pelo custoso tecto de jacarandá, e soberbos armários de preciosas madeiras embutidas de marfim e tartaruga, já pela delicada obra de tartaruga, que revestia as paredes, e telas de alto merecimento que aformoseavam o lugar» [4].

A Igreja, assim como na fase anterior ao incêndio, também nesta depois da restauração, se enriqueceu com a entrada de imagens e objectos preciosos do culto, prata, linho, sêda e telas pintadas [5].

Em 1615 entraram quatro imagens de corpo inteiro, de exímia fábrica [6]; em 1620 chegou de Lisboa e recebeu-se com pompa a bela e nova imagem de *Nossa Senhora da Paz*, que se colocou no altar da sua mesma invocação [7]; em 1666 havia na Igreja uma imagem de Santo Inácio, talvez a vinda em 1611, se porventura se salvou da invasão holandesa; em 1717 entrou outra do mesmo Santo Inácio, com mais quatro, de S. Francisco Xavier, S. Luiz Gonzaga, S. Francisco de Régis, e N. Senhora das Angústias, que «sobressai a tôdas as mais pela carícia do olhar, que atrai a si as almas» [8].

---

1. *Bras. 10(2)*, 342, 347v; *Bras. 6*, 189.
2. *Bras. 10(2)*, 391, 395. O Reitor era amigo pessoal do artista, que por sso quis apenas 550$000, por uma obra orçada em 1.600$000 réis.
3. *Bras. 10(2)*, 415v.
4. Cf. António da Cunha Barbosa, *Aspecto da Arte Brasileira Colonial*, 127, citando a Oliveira Lima, *Aspecto da Literatura Colonial Brasileira*, 96.
5. *Bras. 5(2)*, 140v.
6. *Bras. 8*, 196v.
7. *Bras. 8*, 280-280v.
8. Nossa Senhora das Angústias teve capela «fundada», surgindo depois alguma dificuldade ou da parte dos herdeiros, porque se diz, em 1746, que em Lisboa se resolveu a questão do «dote» dessa capela, a favor da mesma, *Bras. 10(2)*, 421v. Mas deve-se ter voltado depois ao assunto e a êle se deve referir o

Tanto a de S. Francisco Xavier, como a de Santo Inácio, eram de «feitura singular» [1]. Neste mesmo ano Gabriel Correia de Bulhões doava ao Colégio uma cruz de prata dourada [2]. Um nobre de Olinda doou, poucos anos depois, outra cruz de prata, de mais de 2 palmos, que tem S. Inácio (sic) na mão. Nesta mesma ocasião colocou-se na Igreja o grande tocheiro de prata, «no qual, no entanto, com ser grande, era maior o lavor com que estava fabricado» [3].

Revestiam notável esplendor as festas do Colégio. Guardam-se as narrativas de algumas, como em 1717 a da canonização de S. Francisco de Régis, semelhantes às do Recife [4]. Vieira descreve a maneira como se salvou das profanações dos Holandeses na Baía em 1624 um cruxifixo e como foi ter a Pernambuco e se colocou na *Capela de Jesus*, da Igreja de Olinda [5].

A *Ânua* de 1612 conta como chegou a Pernambuco a primeira estátua de Santo Inácio, página não apenas de significação religiosa, mas social e artística.

A imagem vinha de Lisboa. No mar escapou três vezes de cair nas mãos dos piratas. Apenas chegou à Paraíba o navio que a trazia, o Reitor do Colégio de Olinda mandou que viesse por terra, e foi recebida em Pernambuco com extraordinárias demonstrações de regozijo, com repiques de sinos, entre alas de soldados, troar dos

---

que diz Borges da Fonseca, *Nobiliarchia Pernambucana*, I, 473: D. Inês Pessoa «veio a ser herdeira da Capela de N.ª S.ª das Angústias do Colégio da Companhia de Jesus de Olinda». Seria essa, portanto, a Capela «fundada» por Fernão Pessoa. Efectivamente, a sepultura do benfeitor está ao pé da Capela lateral, onde se venera a belíssima e famosa estátua de Nossa Senhora das Angústias: SEPULTURA DO/CAPPTAM IOÃO/ PESSOA BEZERRA/ E SEV ERDEIRO/ FIDALGO DA CAZA/ DE SVA MAGVESTADE E/ CAVALEIRO PRO/ FESO/ 1679. Fernão Pessoa ainda vivia em 1687. A «fundação» incluía o dote anual de 60 arrôbas de açúcar para manutenção do culto, e foi pago até à saída dos Jesuítas em 1760, ano em que os herdeiros se sentiram desobrigados da sua benemerência. Todavia em 1831, o Govêrno Imperial sob pretexto de que o legado era à Capela das Angústias, compeliu-os a pagar as anuïdades em atraso, computando em 60$000 réis cada uma dessas 72 anuïdades. Quantia (4.320$000) que satisfez o Administrador do Engenho Monteiro.

1. *Bras. 10*, 176v.
2. *Bras. 8*, 241v.
3. *Bras. 10(2)*, 295.
4. *Bras. 10*, 176v-177.
5. *Cartas de Vieira*, I, 72.

canhões dos fortes, músicas, e à noite iluminações e árvores de fogo prêso.

A festa solene diferiu-se para o dia 31 de Julho de 1611. Juncaram-se de ramos verdes as ruas; as casas e janelas ornaram-se de tapetes; e nas paredes distribuíram-se fôlhas de palmeira e pinturas dos heróis da santidade, dispostos com arte, intercalando-se umas com outras para maior relêvo e distinção.

A Procissão saíu da Igreja da Misericórdia. Há muitos anos não havia memória de outra semelhante. Iam à frente os *Soldados*, vestidos de sêda com elegância, e de estandartes desfraldados. Seguiam-se os *Oficiais Mecânicos* com as suas bandeiras e as mais Irmandades de Pernambuco, com vestes também de sêda, com seus distintivos diversos e com as suas 18 cruzes de prata e oiro; depois os *Padres* revestidos de dalmáticas e o *Reitor* do Colégio com mais dois, debaixo do pálio; o carro triunfal, matizado de sêdas e flores, construído com jeito e arte: no cimo dêle, a estátua de Santo Inácio irradiava majestade e beleza. A seu lado, Anjos; a seus pés a *Heresia*, a *Idolatria*, e o *Pecado*, inimigos do *Género Humano*, acorrentados. Depois o «côro da música».

Ao passar o Cortejo diante da matriz saíu-lhe ao encontro outro carro ou andor não menos elegante com as representações da *Fé*, *Conversão das almas*, *Zêlo* e *Amor Divino*, cada qual no seu trono, e também com a sua orquestra de flautas e instrumentos de corda. Santo Inácio foi saüdado em verso [como por aedos numa cerimónia grega], em que se recordavam os factos principais da sua vida, entremeados de «cantos harmoniosos». E no prosseguimento do cortejo, vieram ao seu encontro em carros ornamentais, a *América*, a *Ásia*, a *Europa*, e a *África*, para unir os seus louvores aos de Pernambuco na glorificação do Santo. Agregaram-se ainda carros representando o *Colégio*, a *Igreja* e a *Vila de Olinda*, concluindo a procissão no Terreiro do Colégio numa verdadeira apoteose de clarins, e morteiros, seguindo-se a festa, na Igreja magnìficamente ornada e iluminada, para que ao aparato externo e ruídoso se seguissem a suavidade do «canto» e «melodia» e os sagrados ritos, concluindo-se a festa, que não deixa de ter a sua grandeza e elevação, com as congratulações gerais do povo [1].

---

1. Carta Ânua (Março de 1612), *Bras. 8*, 118-119.

A Igreja do Colégio de Olinda ainda existe. Parece ser, quanto à sua arquitectura, a mesma que construíu o Ir. Francisco Dias [1].

No Colégio viveram homens de grande nome, entre os quais o P. António Vieira, que aí fêz o seu magistério como Professor de Retórica, diz André de Barros, numa página em que exalta «país tão formoso», em que apareceu, então, o «grato côro das musas» [2]. E alguns aqui acharam o seu repouso eterno, como Luiz da Grã. A princípio, sepultavam-se dentro da Igreja; para o fim, tendo aumentado o número, construíu-se um pequeno carneiro, que ficava ao lado direito da Igreja. Já em nossos dias, recolheram-se

---

[1]. O incêndio, que consumiu o recheio dela, deixou intactas as paredes, segundo se depreende de um quadro de Frans Post e do exame técnico do Serviço do Património Histórico e Artístico Nacional, concluindo Lúcio Costa pela identificação, constituindo-se desta maneira a «única Igreja jesuítica quinhentista com *pedigree* ainda existente no Brasil, por não existir a mesma segura comprovação para a de S. Vicente», *A Arquitetura dos Jesuítas no Brasil*, 23.

Parece-nos que se deve assentir a estas conclusões. Dizemos *parece*, para não sairmos do campo da documentação histórica, que não afirma o facto *com certeza*, e poderia ter-se dado uma reconstrução pelo plano primitivo. Mas, não sendo explìcitamente afirmada a reconstrução da Igreja como foi afirmada a do edifício do Colégio, não há nada que contradiga as conclusões da técnica, que também é fonte de conhecimentos e critério útil, sobretudo quando manejada com a autoridade de Lúcio Costa e do Serviço do Património Histórico e Artístico Nacional. A única dificuldade que requere explicação é o *ano de 1661*, da restauração da Igreja, que lemos no arco da Capela-mor. A data indicaria que ficando de pé as paredes mestras, êsse arco da capela-mor, unido ao edifício do Colégio teria sido arrastado no incêndio de 1631. Na restauração de 1661, aproveitar-se-iam as paredes da Igreja, reconstituindo-se a parte superior do arco. Os dois altares das capelas, uma de cada lado da capela-mor, de pedra lavrada e ainda existentes mostram factura semelhante à dos altares do Colégio do Rio, da velha Igreja quinhentista do mesmo arquitecto, Ir. Francisco Dias. O serem de pedra explicaria a sobrevivência dos altares de Olinda, apesar do incêndio; e a semelhança artística justificaria as datas, que remontam ao século XVI.

A respeito do quadro de Post, que mostra de pé a Igreja do Colégio de Olinda, cf. Ribeiro Couto, *Exposição Frans Post* (Rio 1942) n.º 1, onde observa que êstes quadros destroem a lenda da influência holandesa na civilização pernambucana. «A casa e a Igreja, que são os dois primeiros documentos fisionómicos de um agrupamento humano, são sempre tìpicamente «nossas». Não há um muro, uma janela de que possamos dizer: é arte holandesa. É tudo trabalho do mestre de obras português — como os da Baía, os do Rio de Janeiro, os de Santos» (p. 10); cf. José Mariano Filho, *Estudos de Arte Brasileira* (Rio 1942) 109ss., o interessante capítulo sôbre *A suposta influência holandesa na Arquitetura Pernambucana setecentista*.

[2]. Barros, *Vida*, 13.

as cinzas veneráveis dos antigos religiosos da Companhia; e mãos amigas as depositaram ao lado esquerdo dêsse carneiro, hoje ajardinado, numa pequena cripta do passeio marginal cimentado, onde gravaram no cimento, e donde a copiamos, esta inscrição:

HIC/OSSA ET CINERES PA/TRUM S. J. QUI HOC/COLL. E VITA MIGRARUNT.

3. — O Colégio de Olinda tinha o título de Real, por ser fundação de El-Rei, como os da Baía e Rio de Janeiro. O pagamento da «fundação» real do Colégio de Olinda era feito em açúcar. Ficando aos Padres o encargo de o vender, como se fôsse produto de terras próprias, abriu-se o caminho à produção directa dêle, como qualquer outro produto agrícola que as suas terras produzissem e se julgasse conveniente ao desenvolvimento do Colégio. Algumas hesitações e consultas concluíram finalmente pela liceidade dessa produção.

O primeiro pensamento dos Padres do Colégio de Pernambuco, para a formação de engenhos, deve ter ido para as terras limítrofes da Paraíba, impedindo a invasão holandesa a sua utilização, e depois da campanha, João Fernandes Vieira, que não primava pelo desinterêsse pessoal, fêz que El-Rei lhas desse. A Cláusula 62 do seu Testamento reza assim: «Fêz-me Sua Majestade mercê em satisfação de serviço de Administração, das terras em que os Padres da Companhia de Jesus, tiveram três engenhos na Capitania da Paraíba, de que se mandou passar provisões, as quais terras estavam em matas, sem fábrica nenhuma nem obra, nem ferrô, nem casas como consta das vistorias» [1].

Entre os engenhos dos Jesuítas de Pernambuco foi mais célebre o de Monjope, a poucas léguas de Olinda, em terras do Colégio. Já existia, como Engenho, em 1666 [2]. Monjope aparece em 1679 com Residência autónoma e distinta, com o P. Manuel Pereira e o Ir. Ma-

---

1. *Rev. do Inst. da Paraíba*, I, 243.
2. Gesù, *Colleg.*, 1489 [186v]. É também dêste mesmo ano de 1666, a instrução do Visitador Antão Gonçalves para se tombarem as terras do Colégio de Pernambuco, e que nos arrendamentos dos prédios se usasse o costume da terra, e não «da tranqueira para fora, da parte que foi do Valarinho», Gesù, *Col.*, 1487 [187v-189]. Sôbre as primeiras terras do Colégio de Olinda, cf. supra, *História*, I, 465-466. Nesta última página, a palavra *Tajepe*, ao sul de Iguaraçu, ou seria corrupção de *Monjope* ou assim veio a chamar-se, pois a posição coincide com a do célebre Engenho.

nuel Viana ¹. Em 1692 trabalhavam nêle perto de 100 servos. Com a laboração contínua de alguns anos cansou a terra, e comprou-se no ano seguinte outro engenho, na *Mata*, em terrenos contíguos. É o *Engenho de Cotunguba*. Custou 3.000 escudos romanos, que se foram amortizando anualmente com metade da safra até saldar a dívida. Logo se plantaram canaviais nas terras de Cotunguba, ou Cotinguba, como também aparece escrito, destinando-se entretanto as do Monjope à cultura de mandioca, milho e legumes ².

A laboração do Engenho de Cotunguba continuou vários anos. Ainda em 1701 só êle trabalhava, ficando Monjope, com a sua Casa Grande, cómoda e com excelente Igreja, transformado provisòriamente em Quinta, onde os estudantes poderiam passar as férias. Neste mesmo ano já havia outro *Engenho* em *Caraúba*, não longe de Cotunguba, pertencente também ao Colégio de Olinda ³, e se manteve uma dezena de anos, até que em 1716 já se não mencionam os Engenhos de Cotunguba e Caraúba, reaparecendo Monjope em plena actividade. E assim ficou até o fim, com altos e baixos. Anota-se em 1722 que o Engenho de Monjope tem tudo o que é necessário e cópia de servos, mas as terras, pouco ferazes, não correspondem ao trabalho e cultura ⁴. Dez anos depois gastaram-se na sua fábrica 800 escudos romanos ⁵, e outros dez anos mais tarde, em 1742, achava-se em plena actividade, produzindo 22 caixas de açúcar. Era então o único Engenho do Colégio de Olinda ⁶.

Há alusão nos documentos ainda a outro engenho, de nome diferente de Monjope e Cotunguba. Consta de uma proposta feita a 24 de Outubro de 1721 para a venda de três lotes de terras na «Mata», cujos documentos se perderam no incêndio de Olinda: O primeiro começa em *Guarupaba*, por duas léguas até *Tirapua*, e onde houve um *Engenho de açúcar*, que se abandonou, chamado *Jucuruçaí*; o segundo no lugar *Tapiiruçu* ou *Tapiruaçu*; o terceiro no lugar da *Lagoa Torta* ⁷.

---

1. *Bras.* 5(2), 44v.
2. *Bras.* 5(2). 140-140v; *Bras.* 3(2), 320v-321.
3. *Bras.* 6, 28.
4. *Bras.* 6, 128.
5. *Bras.* 6, 189.
6. *Bras.* 6, 338.
7. *Bras.* 4, 221-222. Aquêle *Engenho de Jucuruçaí* foi construído durante o reitorado do P. Estanislau de Campos, cf. Moniz, *Vita P. Stanislai de Campos*, 16. Em latim *Corosaim*, que T. Alencar Araripe traduziu *Curçaí*. Sôbre a perda de

Além destas, outras transacções se efectuaram no longo período de século e meio.

A 1 de Julho de 1602, o P. Geral dá licença para se venderem as seguintes terras, com os preços respectivos: o campo «de *Moribar*» (Moribara) por 1.000 ducados; um terreno entre *Aiama* e *Jaguaribe*, por 700; e umas casas no *Terreiro da Rocha*, por 500 [1].

A 5 de Agôsto de 1692 propõe-se a venda de uma Fazenda em *Pojuca* perto do Cabo de S. Agostinho, que havia sido doada por Margarida Álvares, mãe do P. Álvaro Pereira, e valia 500 cruzados [2].

A 9 de Fevereiro de 1693, por desnecessária, depois da compra do *Engenho de Cotunguba*, propõe-se a venda da *Fazenda de Taquara*, na Capitania do Itamaracá, nas margens do Capiberibe. Tinha sido doada por António de Carvalho e sua mulher Ana Fernandes. Alegava-se que era pouco fértil e que com o seu produto se poderiam adquirir algumas pastagens nas margens do Rio de S. Francisco. Valeria 1.000 cruzados [3].

O estado económico do Colégio neste ano de 1694 era o seguinte:

Dotação real	800 escudos romanos
Engenho	600 » »
Gado	400 » »
Arrendamentos de casas e Fazendas	150 » »
Oficinas (Olaria, Quintal, Cortumes)	170 » »
	2.120 [4]

---

documentos, escreve Borges da Fonseca, para justificar a falta de notícias da sua *Nobiliarchia* sôbre os primeiros povoadores de Pernambuco: «Devo lembrar-te [Leitor], que a nossa pátria foi invadida pelos Holandeses em 1630, e que conhecendo êles que lhes era prejudicial o presídio, que ao princípio tiveram na cidade de Olinda (então vila), Capital das Capitanias do Norte do Brasil, o recolheram à praça do Recife, deixando, em Novembro do ano seguinte, assolada aquela cidade com um incêndio tão voraz que não só arruinou os edifícios sagrados e profanos, mas também reduziu a cinzas os cartórios e espargiu os documentos que a curiosidade de alguns conservava nos seus Arquivos», *Nobiliarchia Pernambucana*, II, 5.

1. Gesù, I, 146, f. 4v. A Fazenda de *Aiama* vendeu-se em época anterior a 1620, *Bras. 8*, 310-312.

2. Gesù, *Col.*, 1477 [223].

3. A licença para a venda, de Roma, é de 7 de Janeiro de 1694, Gesù, *Col.*, 1477 [224].

4. *Bras. 5*(2), 140. Várias destas casas eram em Olinda. Já havia algumas em 1630, que foram quási tôdas destruídas pelos Holandeses (*Bras. 5*, 144v). Outras se construíram depois.

A estas verbas juntou-se mais tarde a da *Botica* ou *Farmácia do Colégio*, que em 1722 rendeu 300 escudos. Mas aos pobres davam-se os remédios gratis, até ao limite de 1.000 cruzados cada ano, diz-se em 1658 [1]. Nesta Botica estabeleceu em 1739 o Ir. Francisco da Silva, exímio Farmacêutico, um laboratório, acabando a penúria de remédios que havia na terra, havendo-os daí em diante em abundância, tanto para o Colégio como para os de fora [2]. Mais tarde já não se mencionam os cortumes; e a Olaria, fábrica também de louça, era mais para uso interno do Colégio, Engenho e Dependências, como se vê da pequena verba englobada, de 170 escudos [3].

O gado, daquela mesma verba, provinha de algum na «Mata» de outra Fazenda, distinta desta, «perto do Rio Grande» [4].

A estas duas Fazendas de Gado juntaram-se com o tempo mais duas: a Fazenda de Quiriri (Kyririense) já existente em 1732, e uma terceira fazenda, cujo nome explícito não se menciona.

Em 1757 era esta a situação respectiva:

1) *Fazenda do Quiriri*, com 200 bois e 50 cavalos. Tratavam dela 30 escravos, a quem se confiara a administração, e que a reduziram a êsse estado, quando antes dava 150 a 160 bois por ano.

2) *Fazenda do Rio Grande*, com 1.200 bois e tratavam dela 13 escravos. Davam cada ano duas boiadas, no total de 160 bois.

3) *Fazenda Nova* («feita há poucos anos»), com 150 cabeças de gado, de que se tirava algum, e «muito leite». Com a venda dêste gado se comprava a carne para sustento dos Padres e Irmãos do Colégio, e se reservava parte dêle para garantir os serviços do *Engenho de Monjope* e da *Quinta da Madalena* [5].

A Fazenda do «Rio Grande» supomos tratar-se do Rio Grande do Norte, pois os documentos sempre o distinguem do «Rio de S. Francisco».

---

1. *Bras.* 9, 62.
2. *Bras.* 10(2), 395. O Ir. Francisco da Silva, de Lisboa, acabou os seus dias em Roma, a 19 de Setembro de 1763, com 68 anos de idade, *Apêndice ao Cat. Port. de 1903.*
3. Cada escudo romano valia então mais ou menos 1$200 réis. A Olaria restaurou-se com o Engenho de Monjope, pouco antes de 1742, *Bras.* 10(2), 411.
4. *Bras.* 6, 27.
5. *Bras.* 6, 338, 438.

4. — Quanto à *Quinta da Madalena*, diz-se em Abril de 1635, que a comunidade vivia «em Madalena, uma légua do Colégio, que está em a Vila de Pernambuco, em uma nossa Quinta» [1]. A organização desta Quinta ou Casa de Campo data de 1615 [2]. Ficava em boa situação, e nela iam passar os dias feriados os estudantes do Colégio. Durante a invasão holandesa prestou relevantes serviços ao Arraial do Bom Jesus, enquanto o inimigo lhe não cortou as comunicações. Depois de tomado o Arraial, também a Quinta foi ocupada pelos holandeses. Afugentado o inimigo, a Quinta ou Fazenda de Santa Maria Madalena reconstituíu-se, com grande Residência de sobrado, e em 1693 era visitada semanalmente do Colégio de Olinda, restaurando-se então a Igreja de Santa Maria Madalena [3].

De vez em quando, em tôdas estas fazendas do Colégio, surgiam crises provenientes das condições climatéricas da região. Em 1732 diz-se que três anos consecutivos de sêca destruíram a criação de gado; e com os canaviais cansados, a situação era deficitária e o Colégio devia em Lisboa, dos suprimentos que de lá vinham (roupas, utensílios, alimentos e remédios), 9.000 escudos romanos [4]. Mas, com regrada administração, se recompunha depois o equilíbrio, sem faltar aos seus compromissos nem à caridade, tanto para com os seus, como para com os alheios. Ocasiões houve em que o Colégio foi o celeiro geral de Olinda, como em 1615 na grande epidemia dêsse ano. Com os próprios recursos, concorreram os Portugueses, e concentrados no Colégio os alimentos, redistribuíam-nos os Padres pelos pobres e doentes [5]. E o Colégio dava, por sua conta, todos os domingos do ano, jantar melhorado, aos presos da cadeia [6].

5. — No Tômo I ficou a lista dos Reitores de Olinda, no século XVI. Os seguintes foram, segundo os catálogos e outras fontes,

---

1. Carta do P. Reitor Francisco Ferreira, de 12 de Abril de 1635, *Bras. 8*, 474v.
2. *Bras. 8*, 185.
3. *Bras. 9*, 379v; *Bras. 5(2)*,140.
4. *Bras. 6*, 189.
5. *Bras. 8*, 196v.
6. *Bras. 9*, 62. Com a saída dos Padres, os bens tiveram diversas aplicações. Cf. «Carta Régia de 22 de Outubro de 1761 ao Governador Luiz Diogo Lôbo da Silva», na *Rev. do Inst. Pernamb.*, n.º 43 (1893)39-42.

com a advertência que importa recordar sempre, dalgum elo intermédio omisso, por falta de informações e catálogos, num ou noutro período. Há nomes notáveis, de cuja actividade se dá conta noutras páginas. De um se dá notícia maior, por ficar o seu renome de exímia caridade, unido directamente a Olinda e aos Engenhos de Pernambuco:

P. *Pero de Toledo* (1600). Provincial, como os dois seguintes e outros de diferentes épocas.

P. *Simão Pinheiro* (1606)

P. *Henrique Gomes* (1607). Ficou a substituí-lo, durante a visita às Aldeias, o P. Jerónimo Peixoto [1].

P. *Simão Pinheiro*, 2.ª vez (1610)

P. *Luiz Figueira* (1613)

P. *Marcos da Costa* (1617)

P. *Francisco Fernandes* (1622?). Patente de 6 de Setembro de 1619 [2]. Mas em 1621 ainda era o P. Marcos da Costa ou era-o de novo.

P. *Manuel do Couto* (1623)

P. *Domingos Ferreira* (1627)

P. *Leonardo Mercúrio* (1630). Reitor, ao dar-se a invasão holandesa. Incêndio do Colégio em Novembro de 1631. Passa a ser superior dos Jesuítas na Aldeia de Caeté e no Arraial do Bom Jesus.

P. *Manuel Fernandes* (1632). Primeiro, visitador; e, depois, Reitor. Patente de 16 de Abril de 1633 [3]. Mas só exerceu a sua autoridade com os Padres e Irmãos dispersos na campanha e Aldeias, a cuja retirada dos Índios preside.

P. *Francisco Ferreira* (1635). Patente de 18 de Julho de 1634 [4]. Reúne-se o «Colégio» provisòriamente na Quinta da Madalena. Depois de tomado o Arraial do Bom Jesus, também os Holandeses tomaram a Madalena, e o Reitor e mais alguns Padres e Irmãos ficaram na Casa e fazenda do Dr. Francisco Quaresma de Abreu, até serem também aprisionados e deportados para Holanda em 1636.

P. *Francisco de Avelar* (1654). Estêve primeiro na campanha da restauração de Pernambuco. Reentra no Colégio, neste ano e inicia a *reedificação* dêle e *restauração* da Igreja.

---

1. Roma, Bibl. Vitt. Em., f. gess. 1255 [14].
2. *Hist. Soc.* 62, 60.
3. *Ib.*, 60.
4. *Ib.*, 60.

P. *Matias Gonçalves* (1659)
P. *Sebastião Vaz* (1660)
P. *João Luiz* (1662)
P. *Francisco Pais* (1663)
P. *João Pereira* (1665)
P. *António Ferreira* (1667)
P. *Luiz de Sequeira* (1670)
P. *Cristóvão Colaço* (1677). Foi, a seguir, Reitor da Baía.
P. *António Pinheiro* (1678)
P. *António de Oliveira* (1679). Aparece pela primeira vez «Colégio de Olinda». («Olynda apud Pernambucum»). Antes só «Pernambuco». A nova denominação era para se distinguir do «Recife», que principiara a ser Colégio independente, e a denominação de «Pernambuco» abrangia a ambos [1].

P. *João de Barros* (1681). Apóstolo dos Quiriris dos sertões da Baía.

P. *Pedro Dias* (1683). Durante o seu reitorado, exerceu o direito de homizio a favor do Coronel Francisco Berenguer de Andrade, mandado prender por D. Matias de Figueiredo e Melo. Caso comum e sem maior importância, se o não tivesse celebrizado uma carta do P. António Vieira, então Visitador Geral. Exercia o Prelado interinamente o govêrno de Pernambuco, por morte do Governador Fernão Cabral, e dera ordem que ninguém andasse armado. O Coronel Francisco Berenguer, pessoa principal, cunhado de João Fernandes Vieira, por ignorância da lei ou imprudência, entrou com armas, e o Governador interino mandou-o prender. Ao ter conhecimento dessa ordem, refugiou-se no Colégio dos Jesuítas, à sombra da sua imunidade (privilégio hoje discutido, não porém nessa época, e que tinha o lado bom de evitar às vezes os excessos das primeiras violências). O Prelado levou-o a mal e ordenou que lhe levassem presos o refugiado e os Padres [2]. Vieira enviou a tratar do assunto o P. João António Andreoni, com poderes de Visitador e escreveu ao Prelado, que, «parecendo a cortesia e têrmos tão próprios da religião e modéstia do P. Pedro Dias», desse o Prelado por justificados os seus procedimentos, e resti-

---

1. *Bras.* 5(2), 43v.
2. F. A. Pereira da Costa, *Governadores e Capitães Generais de Pernambuco*, na *Rev. do Inst. Pern.*, n.º 54(1900)195.

tuísse «à Companhia tão afrontada o seu crédito, com a mesma publicidade com que foram publicadas as suas afrontas. Desta maneira, senhor, os mesmos poderes e a dobrada autoridade de V.ª Ilustríssima sossegarão fàcilmente uma tempestade acidental, que tanto nos tem descomposto a nós e alterado êste povo; e restituído tudo à antiga serenidade se trocarão as queixas em acção de graças» [1]. Carta admirável que obteve plenamente o que se pretendia. D. Matias Figueiredo e Melo surge logo como amigo dedicado dos Jesuítas, e Vieira o lembrou ao Duque de Cadaval para Arcebispo da Baía [2]. O P. Pedro Dias entrou na Companhia em 1641. Além da Filosofia e da Teologia, em que se formou, era versado «in utroque iure et medicina» [3]. Autor da «Arte da Língua de Angola», impressa em Lisboa em 1697. Natural de Gouveia, diocese da Guarda [4]. Faleceu na Baía, a 25 de Janeiro de 1700. Enfileira-se entre os grandes homens do Brasil, no exercício da virtude e da caridade. *Apóstolo dos Engenhos e dos Pretos*, o «S. Pedro Claver» do Brasil. Em 1725 incluíu-se o seu nome na lista dos homens dignos de se lhes escrever a vida e de se mencionarem no *Menológio do Brasil* [5]. Assim se fêz [6].

P. *Afonso Martins* (1690). Vice-Reitor ? A 2 de Fevereiro de 1690, na formula dos últimos votos do P. Aleixo Moreira, feita em Olinda, lê-se o nome do P. Afonso Martins a recebê-los, e é costume serem os Superiores. Indício, não porém certeza, de que o fôsse [7].

P. *Manuel Correia* (1691)

P. *Filipe Coelho* (1694)

P. *Estanislau de Campos* (1698). Conta a Ânua de 1699: «Hospedaram-se durante quatro meses no Colégio de Olinda e suas Aldeias, 12 da Companhia, que iam para as Índias Ocidentais, vindos da Europa e arribados ao Rio Grande, por êrro do pilôto, já sem mantimentos, e com o navio em perigo. O Reitor arranjou dinheiro para a matalotagem e tratou de que se fizesse um navio

---

1. *Cartas de Vieira*, de 12 de Abril de 1689, III, 554-556.
2. *Ib.*, III, 623.
3. *Bras.* 5(2), 64v.
4. *Bras.* 5(2), 10.
5. *Bras.* 4, 303v.
6. Guilhermy, *Ménologe de l'Assistance de Portugal*, I, 81-83 (25 de Janeiro); Barbosa Machado, *Bibl. Lus.*, III, 565; Sommervogel, *Bibl.*, III, 41; Inocêncio, *Dicionário*, VI, 402.
7. *Lus.* 23, 115.

menor, para que abandonando a nau, chegassem com mais rapidez e segurança ao Rio da Prata. O mesmo Reitor procedeu com habilidade com uma nação de Bárbaros contrária aos soldados paulistas, e os Índios naturais daquela região; e moveu-os à paz e impediu que fizessem aliança com outros Bárbaros, cuja multidão poderia oprimir as pequenas hostes portuguesas, dizimadas além disto pela varíola. Trata-se da chamada *Guerra dos Bárbaros*, no Rio Grande do Norte [1].

P. *Manuel Saraiva* (1701) [2]

P. *Luiz de Sousa* (1702)

P. *António da Silva* (1705). Era ministro e ficou Vice-Reitor, por falecimento do P. Luiz de Sousa [3].

P. *Paulo Carneiro* (1708)

P. *Francisco Camelo* (1713). Faleceu, sendo Reitor, a 17 de Dezembro de 1713 [4].

P. *Pedro Pinto* (1713)

P. *José Bernardino* (1715)

P. *João Guedes* (1716)

P. *Luiz de Morim* (1719)

P. *António de Matos* (1723)

P. *Miguel da Costa* (1727)

P. *Plácido Nunes* (1730)

P. *Manuel de Seixas* (1733)

P. *Sebastião Antunes* (1737)

P. *Manuel de Almeida* (1741)

P. *Tomás Lynch* (1741)

P. *João Honorato* (1746)

P. *Melchior Mendes* (1748)

P. *Inácio Pestana* (1752)

P. *Inácio de Sousa* (1755). Último Reitor. Exilado para Lisboa em 1760 e dali para a Itália, faleceu em Roma, no Palácio de Sora, a 8 de Julho de 1764. Era de Lisboa, e entrara na Companhia, com

---

1. Carta do P. João António Andreoni, da Baía, 10 de Agôsto de 1700, *Bras.* 9, 447v.

2. «Português», diz Franco, mas era natural de Olinda. Morreu Superior da Missão do Maranhão e Grão Pará, cf. supra, *História*, IV, 228; Loreto Couto, *Desagravos do Brasil*, XXIV, 278.

3. *Bras.* 4, 104.

4. *Bras.* 10, 94v.

15 anos, a 17 de Fevereiro de 1719. Bom humanista. Escreveu as *Ânuas* de 1731 e 1732 ¹.

6. — O Colégio de Olinda ensinou sempre dois cursos, o de *Latim* e o de *ler e escrever e contar*. Em 1607 já tinha também o de *Teologia Moral* ²; e parece que chegou a haver algum *Curso de Filosofia* antes da invasão holandesa ³. Depois dela e da reorganização do Colégio, principiaram com regularidade os Cursos Superiores, para os quais o Geral ia dando as devidas licenças, até se instituírem com regularidade e permanência. Em 1671 era professor de *Filosofia* o P. João Pereira, e examinador o P. João Leitão; e de *Humanidades* o P. Domingos Dias e de *Elementar* o Ir. João Simões (estudante) ⁴.

Em 1673 lia-se o segundo *Curso de Artes* e é dêste ano uma representação da Câmara ao P. Geral, pedindo a continuação dêle e mais o de Teologia Dogmática ou Especulativa:

«*Reverendíssimo Padre Geral*: Dois Cursos de Filosofia tem Vossa Paternidade Reverendíssima concedidos a esta Vila de Olinda em Pernambuco, pelos quais a nobreza dêste Senado rende a Vossa Reverendíssima as devidas graças. Estamos mui satisfeitos de que Vossa Reverendíssima premie com êstes benefícios o grande e antigo amor, que temos de coração à Companhia de Jesus, como podem testificar os Religiosos dela, e pretendendo nós que uns benefícios sejam conseqüências de outros benefícios, esperamos seja servido Vossa Reverendíssima conceder licença ao Reverendo Padre Provincial desta Província do Brasil, para que, havendo número de estudantes aptos e capazes, como já ao presente há nesta dilatada Vila, mande principiar outro *Curso de Artes* na mesma classe, que para êste fim erigimos à nossa custa. A razão primária que nos move a fazer esta súplica a Vossa Reverendíssima, em nome de todo êste Povo, é que o inimigo holandês deixou esta terra tão desbaratada em todo o gênero e tão atenuada com o discurso de vinte e quatro anos de guerra contínua, que estão os moradores

---

1. *Bras. 10*, 326-328, 340-343; *Bras. 6*, 408; Gesù, «Spese per sepoltura».
2. *Bras. 8*, 61.
3. Testemunho de Matias de Albuquerque de 1631: «Havendo onze anos, que cheguei a primeira vez a esta Capitania, desde então sempre conheci aos Religiosos da Companhia de Jesus dêste Estado».
4. *Bras. 5(2)*, 37.

dela mui impossibilitados para poderem mandar seus filhos a outras partes a freqüentar os *estudos maiores*, com os dispêndios necessários e como para obviar êstes tenhamos o remédio no singular patrocínio de Vossa Reverendíssima, por isso esperamos pelo bom despacho desta nossa petição.

Além de que pedimos mais a Vossa Reverendíssima que suposto o Padre Afonso Martins está ensinando actualmente a *Filosofia* a nossos filhos, neste Colégio de Pernambuco, e lhe falta ainda um ano, para acabar de coroar o seu trabalho, se digne Vossa Reverendíssima conceder-lhe faculdade para poder a seus mesmos discípulos, ensinar-lhes a *Sagrada Teologia*, para que formados êles com uma e outra doutrina, assim *Filosófica* como *Teológica*, possam povoar as Religiões, ocupar os púlpitos, e opor-se às Igrejas desta diocese. O Amor, que temos à Companhia, nos dá segura confiança para pedirmos o que muito desejamos; e a obrigação, que reconhecemos dever a Vossa Reverendíssima, nos funda certas esperanças de conseguirmos o efeito de uma e outra petição. Guarde Deus a mui religiosa pessoa de V. Reverendíssima, para muito lustre de tôda a Companhia e para honra desta República, que muito o ama, para o servir. Escrita em mesa, Olinda de Pernambuco, Agôsto 16 de 1673. E eu Luiz de Miranda de Almeida, escrivão da Câmara a fiz escrever e subscrevi.. — *João Soares de Albuquerque, Miguel Ferreira Velho, Manuel Dias de Andrade, Manuel Gonçalves Freire,* [...] *João Cavalcanti de Albuquerque, Duarte de Siqueira*» [1].

Deve ter sido concedido o pedido da nobreza pernambucana, porque o P. Afonso Martins foi de-facto Professor de Teologia Especulativa e Moral no Colégio de Olinda [2].

O Colégio de Olinda ensinou, pois, em diversas fases, todos os Cursos da Companhia; e foi também um exemplo prático da doutrina tridentina sôbre Seminários, considerando os Colégios da Companhia como substitutivos dêles onde não os houvesse. E muitos Prelados os pediram [3]. Um dêles, D. Matias de Figueiredo e Melo,

---

1. *Bras. 3*, 127. Indicamos, naquelas reticências, que parece haver uma abreviatura antes de João Cavalcanti de Albuquerque.
2. *Bras.* 5(2), 63.
3. «Als Seminare im Sinne des Konzils galten auch die Jesuitenkollegien [...] Nach Erlass des Seminardekretes suchten deshalb manche Bischöfe ihrer Pflicht dadurch zu genügen, dass sie Jesuitenkollegien für ihre Diözesen verlangten». Pastor, *Geschichte der Päpste*, VII (Freiburg im Breisgau 1920)350-351..

No Relatório *ad limina*, de 1693, expõe ao Santo Padre: «Não há Seminário, nem o Bispo, por não ter outra entrada, que a côngrua que S. Majestade lhe assina, o pode instituir; mas a falta de Seminário suprem-na as Escolas dos Padres Jesuítas, que actualmente, a instâncias do Bispo, estão lendo *Filosofia* a cinqüenta estudantes, além das Escolas de Latinidade, que por êles e outros mestres, se ensina em diversas partes» [1].

É de 1687 a Provisão Régia que validou o Curso de Filosofia do Colégio de Olinda, como se fôsse em Coimbra [2].

Alguma vez ou outra também estudaram Filosofia em Olinda estudantes, Irmãos da Companhia, como em 1701 [3]. Aos estudos eram admitidos todos os que quisessem estudar. Sôbre a disciplina, suave e humana, da Companhia de Jesus, nada há a acrescentar ao que já se disse sôbre esta matéria [4].

O zêlo dos estudos obrigava os Padres a tomar as medidas mais conducentes ao aproveitamento geral, e a que se não introduzissem usos ou abusos que comprometessem o seu êxito, como era a demasiada facilidade em irem os estudantes aos Engenhos, com algum pretexto familiar, como o de casamento de parentes ou baptizados ou simples recreio, ficando por lá mais tempo do que seria justo, com prejuízo dos estudos, pois as classes seguiam o seu andamento e as aulas, que perdiam, prejudicavam o seu aproveita-

---

1. Vaticano, *Relationes Diocesanae*, Relação de D. Matias (Olinda), ano 1693/20. Não podendo fazer a visita *ad limina*, o Bispo de Pernambuco enviou o seu Procurador P. Baltasar de Faria e Miranda, da sua diocese, «graduado na Sagrada Teologia». A êste ilustre Prelado acompanhou na visita pastoral, que fêz à sua vasta diocese, o P. João de Azevedo, da Companhia, de quem escreve João Maria Bonucci, «mereceu ser coapóstolo daquele fervorosíssimo Bispo Mons. D. Matias de Figueiredo e Melo nas suas missões apostólicas, *cuius laus erit in Evangelio per omnes Ecclesias Brasiliae*», Bras. 9, 434. D. Matias de Albuquerque e Melo era clérigo secular. Sucedeu-lhe D. Francisco de Lima, religioso carmelita, que faleceu em 1704. Prelado também de grande zêlo e «amigo da Companhia, até o último suspiro» (Bras. 4, 110).
2. Concelho Municipal, Livro 45, «Registro de Cartas Régias, Provisões e Ordens Reais», p. 55, cf. *Rev. do Inst. Pernamb.*, n.º 43 (1893)27. Tratamos de verificar os têrmos precisos dêste documento, não achando êste Livro 45 em nenhum dos Arquivos do Recife: nem no Municipal, nem no do Estado, nem no Inst. Arqueológico, onde o procuramos em 1945; e não nos soube dar notícia dêle nenhum dos seus funcionários.
3. Bras. 6, 28.
4. Cf. supra, *História*, I, 92; IV, 266-268.

mento e classificação final. Procurou atalhar a isso o Provincial P. Manuel Dias em 1724 [1]. Com isto mantinham-se os estudos a boa altura. Nota-se em 1745 que os Professores das Escolas deram grande conta de si e formaram os alunos com os melhores resultados. Um dêles, numa espécie de Academia, a Academia de S. Luiz Gonzaga, compôs belíssimos versos, recitados em sessão pública em honra do seu Patrono. Os estudantes de Filosofia, concluído o curso, preparavam-se bem para os actos finais. E era opinião na Cidade, e o diziam todos os homens de engenho, que esta Faculdade de Olinda possuíu sempre na sua cátedra Mestres de valor [2]. Mas, sem dúvida, o homem que mais ilustrou o Colégio de Olinda, como Professor, foi o P. António Vieira, que ensinou Humanidades no Curso começado em Fevereiro de 1627, circunstância ou título de glória para os que foram seus discípulos [3].

---

1. *Bras. 4*, 272.
2. *Bras. 10(2)*, 415v. Mostra o Catálogo dêste ano (1745) que era Professor de Filosofia, em Olinda, o P. António da Costa, nascido em Cabo Frio, a 22 de Novembro de 1709, e falecido na Baía a 18 de Abril de 1755 (data certa), *Bras. 6*, 271v, 375; *Bras. 10(2)*, 495v. Além de sábio professor, era humanista e prègador. Redigiu a «Ânua de 1739», *Bras. 10*, 391-392, e a que se refere Barbosa Machado, *Bibl. Lus.*, IV, 33; e prègou o «Sermão nas sumptuosas exequias do Serenissimo Senhor D. João V, Rey fidelissimo, celebradas na Igreja da Misericordia, Cidade da Bahia a 22 de Dezembro de 1750». Impresso em Lisboa na Regia Officina Silviana e da Academia Real, 1753, na p. 249 ss. da *Relação Panegyrica das Honras funeraes feitas ao mesmo Monarca na Cidade da Bahia*, Sommervogel, *Bibl.*, II, 1503.
3. Lê-se na Notícia Genealógica da Família dos *Mendes da Paz*, da Capitania de Pernambuco: «Fernão da Paz, que já era estudante em 1625, teve a *fortuna* de tomar lições de Humanidades com o P. António Vieira, quando ainda de Ordens Menores, no Pátio do Colégio de Olinda, então vila», Borges da Fonseca, *Nobiliarchia Pernambucana*, I, 264. Vieira só começou a ensinar em Olinda no ano de 1627, pois ainda data da Baía, 30 de Setembro de 1626, a sua célebre *Ânua da Província do Brasil* (*Cartas de Vieira*, I, 74); têm outras datas os exemplares latinos existentes no Arch. S. I. Romanum: XI Kal. Nov. (22 de Outubro de 1626), *Bras. 8*, 366-377; e Kal. Dec. (1 de Dez.º de 1626), *Bras.* 8, 342-351. A estada de Vieira neste Colégio é geralmente recordada pelos escritores das coisas de Olinda: «O Antigo Colégio e hoje Seminário de Olinda tem esta tradição magnífica: aí o P. António Vieira ensinou retórica. Tinha só 18 anos. Ainda hoje se pode ver a cátedra de onde, segundo uma tradição da casa, o adolescente de génio ensinou e falou aos discípulos. Outras sombras ilustres de Jesuítas estão ligadas a êste sítio: a de Nóbrega, a de Grã, e a de Gouveia», Gilberto Freire, *Olinda*, 2.ª ed., (Rio 1944)91; cf. *ib.*, 168. Aquela cátedra, que é de *madeira*, não vemos como tivesse resistido ao incêndio e destruição do Colégio de Olinda, durante a ocupação

No século XVIII, os estudantes pernambucanos repartiram-se já pelos dois Colégios vizinhos. E Olinda cedia naturalmente à preponderância do Recife. Em todo o caso, Olinda, cuja livraria era excelente, e não pequena [1], manteve sempre foros de antiguidade; e, como para acompanhar a fidalguia da terra, intitulava-se, no fim, por ser de fundação régia, *Real Colégio de Olinda*.

Olinda não era apenas centro de *estudos maiores* para nobres e mercadores. Conta-se na vida do P. Manuel Correia, que êle, todos os domingos, com a «cana da doutrina», na mão, ia com grande séquito de meninos, para as portas da cidade e chamava ao ensino, os negros, os pobres e maltrapilhos. E o fazia com tal arte e destreza, que entre os ouvintes humildes se achava também muita gente principal. E era sumamente estimado do Bispo D. Fr. Luiz de Santa Teresa e do Deão Dr. António Pereira [2].

Ao sobrevir a perseguição, colocaram-se sentinelas ao Colégio, no dia 13 de Dezembro de 1759, e no dia 6 de Fevereiro de 1760 os Padres e Irmãos transferiram-se para o Colégio do Recife [3]. Nesta calamidade deram admiráveis provas de solidariedade os Religiosos de S. Francisco e de S. Bento. E também muitos pernambucanos ilustres, que por serem amigos nos momentos da desdita, são dignos de que os seus nomes não pereçam: Lourenço de Sousa Coelho, Bento Bessa, Manuel Álvares Ferreira, José Correia, Manuel Francisco dos Prazeres, António Vaz Miranda, Virgínio Gomes Lisboa, António Pereira e Manuel de Miranda. Nem faltaram senhoras nobres, compassivas e honradas, que socorreram os Jesuítas no que puderam, duas sobretudo, que eram mães, e se gloriavam de ter na Companhia, e nessa hora, os seus próprios filhos [4].

---

holandesa. Vieira está para o Norte como Nóbrega e Anchieta para Sul, à roda dos quais a tradição aplica factos e coisas, que a boa crítica tem de joeirar e alguma vez rejeitar.

1. *Bras.* 6, 28.
2. José Rodrigues de Melo, *Vita P. Emmanuelis Correae*, 31-32 (ms.).
3. Bibl. Vitt. Em., f. gess. 3492/1363 n.º 6 (cat.).
4. Caeiro, *De Exilio*, 138. Um dos filhos de Pernambuco, entre muitos então na Companhia, era o P. João Caetano, irmão de António José Vitoriano Borges da Fonseca, e diz Loreto Couto que nela «tem mostrado ser igualmente douto que virtuoso», *Desagravos do Brasil*, XXIV, 221.

CAPÍTULO V

Missões rurais e assistência pública

1 — Missões pelas Vilas, Fazendas e Engenhos; 2 — Assistência aos feridos da peste da «bicha» (febre amarela), aparecida no Recife em 1685; 3 — A «bicha» em Olinda; 4 — Os Jesuítas na Guerra dos Mascates (1710-1714).

1. — O Colégio de Pernambuco, não apenas quando estêve só em Olinda, mas quando se desdobrou em dois, Olinda e Recife, era centro de cultura e de piedade, de doutrina e de assistência: na Praça, nos Hospitais, na Botica do Colégio, na Cadeia, e na Igreja, com as suas Congregações, Sacramentos, Jubileus e Festas [1]. Êstes, os ministérios habituais, do dia a dia. Extraordinários, na defesa contra os holandeses e piratas e nas guerras civis, na assistência por ocasião de epidemias, fomes e sêcas; e nas missões pelo contôrno da Capitania e às vezes além dêle, e desde o século XVI.

Depois que Olinda foi elevada a Sé episcopal, os Jesuítas acompanharam muitas vezes os Prelados nas suas visitas diocesanas, e há documentos e notícias, que se vão escalonando através dos tempos, com relações privativas ou englobadas nas *Ânuas* gerais. Raro é o nome de importância na topografia pernambucana, que não esteja citado, Cabo de S. Agostinho, Várzea, Iguaraçu, Itamaracá, Goiana. A missão, que deram em 1701, os Padres Cosme Pereira e Francisco de Araújo, percorreu 18 lugares [2]. As missões de longo curso eram a caminho da Paraíba e do Rio Grande do Norte, ou por Alagoas ou o médio S. Francisco, até à Baía, como se conta em 1722, que a fizeram dois Padres, gastando seis meses com grandes trabalhos

---

1. *Bras.* 9, 373.
2. *Bras.* 10, 23-24.

e maiores frutos espirituais[1]. A que fêz o P. Gabriel Malagrida em sentido inverso da Baía a Pernambuco, é conhecida[2].

Não é conhecida a narrativa de 1689, assinada pelo Apóstolo dos Negros, P. Pedro Dias, um como compêndio dêste género de actividades, com a particularidade de incluir notícia desenvolvida sôbre o primeiro e terrível aparecimento da «bicha» ou febre amarela em terras brasileiras. Dirige-se ao P. António do Rêgo, Assistente de Portugal, e portanto do Brasil, em Roma:

«Logo que vim para êste Colégio, tendo informação que havia falta da doutrina fora desta Cidade de Pernambuco, tratei de mandar sujeitos em missões breves, que os missionários obraram com grande crédito da Companhia e proveito espiritual dos próximos. E por que tôdas foram escritas e remetidas ao P. Provincial extensamente, farei aqui agora uma suma:

Primeiramente, foram 2 Religiosos para a parte que chamam *Cabo de Santo Agostinho*, prègando e fazendo doutrinas pelas capelas dos engenhos, mediante as quais se apartaram muitas almas do estado da perdição, em que estavam havia muitos anos, e se tiraram muitos erros e abusos, principalmente nos escravos angolanos, em que predominava, em alguns, tanto a ignorância que quási não tinham mais que o nome de cristãos. E por que êstes 2 Religiosos levaram o poder de comunicar o Jubileu dos missionários e o Jubileu da comunhão geral, que publicavam em cada uma das Igrejas cada mês, foram tantas as confissões e comunhões que lhes não ficava tempo para o descanso nem ainda de noite, e lhes era necessário furtar o tempo ao trabalho para a reza do ofício divino.

Em correndo a fama de grande fruto, que êstes 2 missionários obraram, foram pedidos de outras freguesias mais remotas; e quanto estas terras estão mais apartadas do comércio das povoações marítimas, tanto reina mais a ignorância não só nos etíopes, mas ainda nos moradores portugueses, aonde foram alguns missionários a várias Capelas e Paróquias, do que ficaram os Párocos tão satisfeitos da doutrina dos Padres e de grande número de confissões e comunhões, que viram obrar nas suas Igrejas, muitos escândalos

---

1. *Bras. 10(1)*, 260.
2. Mury, *História do P. Malagrida*, 83. O Catálogo de 1745 traz o seguinte grupo de missionários volantes: P. Gabriel Malagrida, superior; P. António Pais e P. Pedro Reigoso, *Bras. 6*, 376.

públicos evitados e muitos inimigos reconciliados, e muitas almas perdidas, perdido o temor de Deus e do mundo, reduzidas ao têrmo de melhor vida, que dêstes Párocos, um, zeloso do bem de suas ovelhas, veio em própria pessoa a êste Colégio a pedir alguns Religiosos para assistirem algum tempo na sua Paróquia a prègar e fazer práticas espirituais. E porque na presente ocasião se lhe não podiam dar, por haver dias de concurso neste Colégio, respondeu que se não havia de ir sem os levar, ainda que para isso houvesse de esperar algum tempo, o que de facto esperou, e não partiu sem que primeiro o Padre Reitor lhe empenhasse sua palavra que lhos havia de mandar sem falta; e o bom Pastor os mandou buscar à sua custa pontualmente e com grande consolação de sua alma, e grandes agradecimentos do bem, que os missionários obraram, e do grande fruito, que resultou do trabalho dos missionários em bem espiritual de suas ovelhas.

Não sòmente foram pedidos missionários nestas Igrejas mais distantes, e o que mais é, que várias vezes, que foram religiosos à Freguesia, que chamam da *Vargem*, distante desta Cidade duas léguas, umas vezes mandados, e outras pedidos, sempre obraram com grande crédito da Companhia e fruito das almas, tanto mais de estimar, porque habita nesta freguesia muita gente nobre, de quem os missionários foram recebidos como se fôssem anjos do céu. E os missionários mereceram o título, porque como anjos obraram principalmente em uma ocasião, que foram a celebrar a procissão do glorioso São Francisco Xavier, que êstes moradores e nobreza instituíram por veneração do Santo, e não sòmente concorria a graça do Espírito Santo com os ouvintes, mas também foi servido de acrescentar a graça e o desejo e zêlo dos missionários evidentemente. Porque um dêstes missionários, da primeira classe em virtude e letras, que sentia mal da freqüência das missões, por lhe parecer que nelas se perdia muito o espírito da Companhia (mas parece era êste seu juízo fundado na especulação, porque sempre se havia exercitado nas escrituras), nestas ocasiões lhe infundiu o Espírito Santo tanto gôzo em sua alma, que mudou de parecer e disse ao Padre Reitor que tomara tôda a sua vida andar sempre em missões, porque nelas se exercitavam verdadeiramente os ministérios da Companhia, e se via claramente quão poderosa era a graça do Espírito Santo. E levado dêstes desejos se preparou sòmente com alguns livrinhos convenientes para êste santo ministério da Companhia, e sentiu grandemente ser chamado para a Baía, porque todo o seu gôsto era ocupar-se nas missões.

Entre os casos maiores, que nestas missões sucederam, de que poderiam resultar gravíssimos danos e contendas, foi o seguinte: estava casado um mancebo, fidalgo rico, e de grande família, com uma senhora igual em qualidade e de numerosa família. Viviam entre ambos com gravíssimo desgôsto e a dita senhora era tratada quási inimiga, de tal sorte que de portas a dentro viviam separados, sem haver razão alguma para estas discórdias, nem um nem outro ter ofendida, que agravasse o santo matrimónio, mas só parece que se valia o demónio de alguma natural antipatia. Ofendidos os parentes desta senhora, das moléstias que injustamente lhe viam padecer, determinaram os irmãos de outros parentes mais belicosos matar violentamente ao marido da tal senhora; porém movidos alguns dêles das práticas e exortações espirituais dos Padres missionários, mudaram do intento violento para buscar outro de menos estrondo, ordenando que viesse a êste Colégio o pai da dita senhora, a consultar que meio poderia haver para se evitar um caso de que necessàriamente haviam de haver muitas mortes. Consultado o meio, se achou que o que mais convinha era seguir o que a Igreja ordena em semelhantes causas. Houve grave repugnância, porque lhe parecia ficarem menos que outros e diminuto seu valor e brio. Mas com a graça divina se vieram a vencer e executaram os meios da Igreja, de que se seguiu o efeito da separação dos casados, paz e quietação, que se desejava, porque aliás seria uma guerra campal entre as duas nobres e numerosas famílias.

Outras várias missões se fizeram dêste Colégio para as vilas da parte do Norte de Pernambuco, *Iguaraçu, Tamaracá* e *Goiana*, e *Engenhos*, de beira mar e sertão, com a variedade e aplausos que as da parte do Sul, glória da Companhia, e fruito das almas (que também tôdas foram extensamente escritas nas *Cartas Anuais* ao Padre Provincial, no Colégio da Baía) nas quais se evitaram muitas ocasiões e pecados de muitos anos, e houve muitas confissões gerais, e muitas mais necessárias, por causa da integridade da matéria e algumas de muitos anos.

O quanto Deus favorece êstes missionários e o Espírito concorre com sua divina graça, se pode ver no caso presente, em que se viu com evidência a doutrina de Cristo: *dabo vobis in illa hora quid loquamini*. Porque, chegando dois missionários a uma pequena capela, já quási sol pôsto, e advertidos dos circunstantes que fizessem uma prática, porque haviam de concorrer muitos ouvintes, os missionários sem alguma preparação entraram na Igreja a fazer oração, preguntaram qual era o patrono da Igreja, e sabendo que tinha por título o *Bom Jesus*, responderam que o título havia de servir de tema, sôbre aquelas palavras de S. Paulo *induimini Dominum Iesum*. E, discorrendo do que era estar vestida a alma da graça de Deus, foi ouvido [o missionário que prègou] com tanta devoção e lágrimas, que desde logo começaram alguns a confessar-se, não sofrendo a devoção dormirem em pecado. E no dia seguinte foi tanto o concurso que não puderam os dois missionários dar fim às confissões, e foi necessário dilatar para depois da missa; e o mesmo sucedeu no dia seguinte, de sorte que, por espaço de alguns dias, apenas tiveram tempo do sustento e reza do ofício divino, porque havia muita gente pobre e falta de doutrina. E se fizeram nesta ocasião muitos serviços a Deus com muitas confissões gerais, com que se evitaram muitos pecados, do que todos geralmente receberam grande consolação, porque a maior parte nem missa ouvia, por a capela não ter sacerdote, e terem a Igreja matriz muito longe. Nunca se tinha publicado jubileu nem outras indulgências de que quási não havia notícia.

Há nesta terra de Pernambuco muito particular devoção a S. Francisco Xavier, e particularmente na *Vila de Iguaraçu*, distante dêste Colégio 6 léguas, donde costumam fazer a novena do dito santo. Desta ocasião usaram dois religiosos dêste Colégio, prègando e confessando todo o tempo da novena, com grande assistência de todos os moradores, que de tôdas as partes circunvizinhas concorreram, não obstantes as muitas chuvas e inundações de rios. E parece nesta ocasião que o Santo Padre Xavier estava empenhado a pôr êste povo todo em graça, porque sem impulso sobrenatural seria impossível concorrer tanta gente em um dilúvio de águas, sem reparo de virem molhados, à Igreja, ainda mulheres e senhoras mais recolhidas, a ouvir as práticas, confessar-se e comungar. E os dois missionários confessaram ingènuamente que a devoção dêstes fiéis os obrigou a continuar todos êstes nove dias, porque também padeciam o mesmo inconveniente das águas; e, para darem de graça o que de graça receberam e obrarem sem dependência dos ouvintes, vinham tomar descanso e alimento a uma fazenda do Colégio, distante uma légua da dita vila. Donde nascia que os missionários se afervoravam com a devoção dos moradores e êstes com a paciência, diligência e desinterêsse dos missionários.

Não é bem que passe em silêncio o favor, que um dos missionários recebeu do Santo Padre Francisco Xavier, e foi que neste tempo se lhe formou um apostema na mão, de humor corrosivo e venenoso, de que já obrigado das dores em perigo de corrupção, donde não havia remédio, tinha-o já obrigado e determinado recolher-se ao Colégio, porém confiado no favor de S. Francisco Xavier, se resolvera a ir primeiro praticar na Igreja aos Congregados da Novena. Eis que no caminho, ao passar de um rio, caíu o cavalo com perigo evidente do missionário enfêrmo, de que se livrou mais por favor do Santo do que por suas fôrças; e quando se viu livre do perigo da água, se achou também livre do apostema, que arrebentando lançou tôda a matéria corrusível e venenosa. E livre das dores e perigos, continuaram a devoção da Santa Novena com maior devoção e devidas graças ao Santo Padre Francisco Xavier do multiplicado benefício. Em tempo desta Novena se confessaram quási tôdas as pessoas capazes de comunhão, que no tempo da quaresma se costumam confessar e comungar, nem os Religiosos poderiam dar satisfação a todos se não foram socorridos de outros Sacerdotes seculares.

Outra Novena do mesmo Santo, em êste mesmo lugar, foram fazer outros missionários, em que se obrou com a mesma devoção, freqüência de confissões e comunhões, e alguns casos ocultos de consciência de grande serviço de Deus, e por ocultos se não manifestam. Pôsto que com menos trabalho, por ser o tempo bom e alegre, não é bem que passe em silêncio o que sucedeu neste mesmo lugar, muito a caso e por modo de galantaria, que Deus tomou por ocasião de grande serviço seu. E foi que praticando um religioso nosso com o Pároco acêrca do jubileu das *40 Horas*, lhe ofereceu o religioso que, sendo sua mercê servido, êle lhe publicaria 3 dias de jubileu, de que resultaria muito serviço a Deus e proveito às suas ovelhas, porque era o maior tesoiro que a Igreja tinha dado à Companhia. Aceitou o bom Pároco a oferta com agradecimento, e ajustou o tempo. O qual chegado, em um sábado de tarde, foi o religioso publicar para o Domingo o jubileu da comunhão geral, declarando que êste jubileu se podia aplicar *per modum suffragii*, pelas almas do Purgatório, e acariciados os ouvintes com esta circunstância, se moveram mais à devoção, e para a segunda e têrça-feira se lhes publicou o jubileu dos missionários para os que não pudessem confessar-se no domingo.

Mas o inimigo, que não dorme em contradizer ao bem das almas, toca a trombeta e pública fama de 3 comédias, que se faziam nesses 3 dias, em outra povoação distante 2 léguas, que chamam *Itamaracá,* que quer dizer «caixa de guerra», com que o inimigo de presente tocou arma. Aflito o Pároco e Religioso, entraram em consulta se fariam ou não o jubileu, porquanto êstes povos são mui inclinados a semelhantes passatempos; mas, seguindo constantes o parecer de não ceder ao inimigo, tangeram o sino de véspera para a prègação, em que se tratou que mais preciosa era a recreação da alma que dos sentidos. Sucedeu que ao domingo, postos no confessionário, tiveram bem que fazer até depois do meio dia; e o mesmo sucedeu nos 2 dias seguintes, em que tiveram sempre bem que fazer dois religiosos nossos e alguns sacerdotes seculares, porque não só se confessaram os habitantes da povoação de ambos os sexos, mas também vieram todos os do mesmo lugar, donde o inimigo tocava a caixa de guerra; muitos deixaram de ir às comédias, outros foram ouvir, e vieram ganhar o jubileu; outros foram depois de confessados e comungados, e bem se lhes podia permitir, por serem as comédias honestas em uma festa de Nossa Senhora. Confessaram-se e comungaram nestes 3 dias mais de quinhentas almas.

Outras muitas missões se fizeram a várias partes em breve tempo, de que se não faz menção aqui particular, por serem semelhantes e não terem casos particulares, mais que os comuns de confissão e comunhão, que foram muitas, porque se faziam, segundo o pedia o lugar, circunstância e concurso dos fiéis, a quem se fazia doutrina, e se desterravam muitas ignorâncias.

Porque os religiosos que assistem na Fazenda do Colégio, pudessem com o temporal do Colégio grangear o espiritual dos próximos, quási todos os meses se publicava o jubileu da comunhão geral em a nossa Igreja, a que concorria tôda a vizinhança, que é muita a gente pobre e muitos escravos etíopes, angolanos, em que freqüentemente se fazia muito fruito, por meio de práticas, confissões e comunhões».

Segue-se a relação das Missões na Cidade e Capitania da Paraíba, e como os senhores de Engenho pediam ao Prelado de Olinda e ao Vigário da Paraíba «que lho dão com ambas as mãos», que os Padres da Companhia os desobrigassem a êles e suas famílias; e as missões em *Guajuru*, no Rio Grande do Norte, a cujos capítulos pertencem, e aí se incluem. Depois continua, no que toca directamente a Pernambuco:

2. — «A missão mais célebre e de maior [glória] de Deus em que os filhos dêste Colégio mostraram o amor de Deus e do próximo, desprezando a mesma vida, foi a do Recife, povoação que dista uma légua da cidade de Olinda, acudindo intrèpidamente a esta grande povoação, que melhor se pudera chamar hospital de incuráveis e de miseráveis e horrendos espectáculos, onde tudo era horror e assombros da morte.

E foi o caso que no princípio de Dezembro de 1685 se acendeu uma peste tão horrível e repentina, que já não havia quem curasse aos enfermos e enterrasse os mortos.

E não só os enfermos estavam pasmados, mas também aquêles que ainda andavam valentes, e muitos houve, que só de ouvir tocar os sinos e ao sinal de sair o Santíssimo Sacramento aos enfermos ou moribundos, perdiam o juízo. E êste era o mais terrível sintoma e prejudicial desta peste, de profunda melancolia, com imaginações que perturbavam o juízo.

O segundo horrível e espantoso sintoma era fazer ferver o sangue, lançando-o os enfermos em grànde quantidade por bôca, narizes e mais poros do corpo, e muitos banhados nêle, faziam uma temerosa vista.

O terceiro sintoma, mais abominável, era corromper os corpos, de sorte que estando ainda vivos exalavam tal fedor que se podia dizer eram já de 3 dias mortos [1].

A êste miserável espectáculo acudiram logo os nossos religiosos do Colégio do Recife, mas como eram poucos e a seara grande, foi necessário socorrer dêste Colégio da Cidade de Olinda com ânimo deliberado de sacrificar as vidas, em tão gloriosa ocupação, à saúde espiritual e temporal dos próximos, para honra e glória da Companhia, em que se ocuparam de dia e de noite, excepto o tempo necessário à refeição, missa e reza, porque não esperavam ser cha-

---

1. O P. António Maria Bonucci escreve que a peste entrou no Recife, no mês de Novembro de 1685, levada por um navio, ido da Ilha de S. Tomé. «Os sintomas eram: supressão dos pulsos, delírios, imaginações de cabeça, enjoos do estômago, vómitos contínuos, nos mais de sangue, com inchações estranhíssimas», Carta do Colégio do Recife, 3 de Agôsto de 1686, *Bras. 3, 225*.

mados no Colégio, mas andavam pelas ruas, oferecendo-se e buscando os enfermos e moribundos mais pobres e necessitados. E tal vez achavam muitos que morriam sem confissão, por não haver quem lhes chamasse confessor; e outros morrendo à míngua e falta do necessário, a que procuravam socorrer por si e por terceiras pessoas. E porque neste Colégio havia religioso inteligente da medicina, e herbolário, vendo que a doença era do veneno formado nos corpos, inventou uma triaga de vários antídotos naturais da terra e aprovados por experiência contra animais venenosos e mortíferos, com outros *besurates* índicos e europeus [2], que evidentemente remetiam os sintomas desta peste e ânsias do coração interiores. Com êste elixir fármaco armados os religiosos dêste Colégio o comunicavam aos enfermos com admiráveis efeitos e com tão bom sucesso que adquiriram nome de *Padres de Saúde*».

3. — «Neste exercício se ocuparam revezadamente os Religiosos dêste Colégio com os do Colégio do Recife, por espaço de um mês, que foi o tempo que o contágio pestilento penetrou e corrompeu os ares desta Cidade de Olinda com a mesma fúria e gravidade que no Recife. Pôs e fêz a cidade outro hospital de incuráveis e loucos, com os mesmos sintomas e tremendos espectáculos. Havia de 15 ou 20 e mais pessoas sem haver quem desse um púcaro de água e já neste tempo penetrava mais a melancolia e os mais perdiam o juízo com mania e apreensões, sem discurso nem razão, e o que mais atormentava a alma é que apreendiam logo no princípio da doença que não estavam doentes. Pelo que haviam por escusada a confissão e administração dos mais sacramentos, como zombando e galanteando de quem nêles lhes falava, e nesta louquice persistiam muitos até expirar. E o que causa maior admiração é cair esta louquice em pessoas de boa vida, costumadas à confissão e que em vida tratavam do bem da alma. Assentaram dois casados de ir confessar-se para que a doença os colhesse em melhor estado. Neste tempo caíu o marido doente com apreensão de que não morria e não era necessária a confissão, e nesta apreensão perdeu o juízo e fala. Duvidou-se se êste homem podia ser absolto ao menos *sub conditione*, suposta a preparação antecedente à louquice. Seguiu-se

---

1. *Besurates* (sic) talvez por *bezoárticos*, designação antiga de contra-venenos. em que entrava o *bezoar*. A palavra seria tomada aqui em sentido genérico.

a opinião mais pia. E dêstes casos semelhantes aconteceram outros muitos, e por outra parte era a imaginação da morte tão veemente que só ela matou a muitos. Uma donzela ferida do mal, comendo uma laranja, dizendo-lhe de fora que comia veneno, respondeu prontamente: pois se como veneno, eu morro. E de facto nesta apreensão morreu, sendo que a comia por medicina, e ainda estava com tôdas suas fôrças.

Para esta nova seara se recolheram os Padres dêste Colégio da missão do Recife, e porque os do Recife os não podiam ajudar, ficaram só litigando entre a morte e a vida, tendo o trabalho dobrado por estar a doença mais em seu auge, os ares mais corruptos, a gente mais pobre à falta do necessário, as calmas mais intensas no centro da zona tórrida, e estarem já os corpos cansados e quebrados da assistência com os enfermos do Recife, onde os missionários dêste Colégio quási todos tinham já experimentado os males e estavam de cama; e tal houve que veio do Recife tão ferido do mal, que chegou a êste Colégio em braços alheios e sem juízo. Acrescentou-se que os religiosos do Recife se retiraram alguns enfermos, a êste Colégio. Entre êles o seu Reitor, homem na verdade grande, e Deus foi servido levá-lo com indícios certos de sua salvação, com que Deus lhe pagou ainda nesta vida a mesma vida que pôs em perigo por sua honra e da Companhia [1].

Também nesta ocasião foi Deus servido levar dois Irmãos dêste Colégio de pouca idade, um estudante e outro coadjutor temporal, sujeitos de virtude conhecida, e de esperanças, conforme a seu estado, os quais morreram dentro em 3 dias, um dêles, com uma dôr intolerável, que lhe parecia tinha uma asca abrasada no estômago; e o segundo, com ânsias gravíssimas no coração, e desinteria tão cruel, que tudo quanto comia e bebia imediatamente o expulsava a natureza, que nem um credo se detinha no estômago [2].

Mas nem os inconvenientes referidos, nem as mortes tão repentinas e dolorosas puderam entibiar a caridade nos Religiosos, antes à vista delas se animaram a acudir às confissões, assistir aos

---

1. O P. João Ferreira, natural de Aljubarrota, que apenas começava o seu ofício de Reitor, entrara na Companhia, com 18 anos a 16 de Agôsto de 1659, sucumbiu à peste «da bicha», a 1 de Janeiro de 1686, *Bras. 3(2)*, 225; *Bras. 5(2)*, 79v; *Hist. Soc. 49*, 139.

2. Eram os Irmãos Miguel de Sampaio e Francisco Fernandes. Morreu ainda outro Ir. Manuel Ferreira, *Bras. 3(2)*, 225.

moribundos e visitar, pelas casas, sem serem chamados, aos enfermos mais necessitados e de maior horror, consolando a todos e animando-os com práticas convenientes a seus estados. E porque as necessidades eram muitas em os ricos, porque não achavam, em os pobres, porque não tinham, remediava o Colégio a todos, segundo as possibilidades presentes. E porque entraram em algumas casas, nas quais não havia quem lhes viesse buscar a esmola, supria a caridade dos Religiosos com a levarem pelas portas e repartirem com os mais necessitados.

Muito maior confusão foi que chegaram todos os médicos e surgiões [a adoecer][1], e a exaurir-se a botica pública e adoecer mortalmente o boticário. Aqui se viu o povo todo aflito sem saber o que faria, quando os mesmos médicos morriam necessitados. A estas necessidades remediou também o Colégio com o préstimo de alguns religiosos inteligentes, e com as medicinas do Colégio, com que notàvelmente se remediou a falta, pôsto que com trabalho dobrado. E êste foi o maior benefício com perpétuo agradecimento dêste povo.

O que mais animava e aliviava o trabalho aos Religiosos era o grande fruito de seus trabalhos, porque eram quási contínuas as confissões, e estas quási tôdas gerais de tôda a vida, alegrando-se sumamente ver as lágrimas dos penitentes com tantos suspiros e gemidos, que impediam a confissão, a dor e arrependimento dos pecados, dos propósitos de emenda, a melhora da vida, o largar das ocasiões de muitos anos, as restituições do alheio, e para que tudo diga em breve, eram confissões de homens que estavam em os braços da morte, e que em muitos se imaginavam estar no vale de Josafá ante o divino tribunal.

Fizeram-se também muitas e devotas procissões. A principal dêste Colégio, com o Santo Lenho da Cruz e uma devota imagem de S. Francisco Xavier, a que acudiu todo o povo já capaz, com muitos convalescentes, a que o Reverendo Cabido assistiu, tomando à sua conta a boa ordem da procissão. Era já quási chegado o tempo das *40 Horas*, em que o povo considerava as alegrias de outros anos, fazendo comparação com a tristeza e presente confusão, que, por causar temor aos enfermos, nem ainda aos sãos, se não tocavam sinos nem ao Senhor Sacramentado quando saía. Como se tratava

---

1. O copista omitiu aqui o verbo que deveria ser *a adoecer* e incluímos entre chavetas no texto, ou talvez *a morrer*, pelo que diz mais abaixo.

do bem espiritual comum a todos, tratou de obrar as *40 Horas* como nos outros anos, para ver se assim se podia desterrar parte das tristezas dos corações dos homens. Mas por outra parte se oferecia grande inconveniente, que faltaria a gente para assistência do Senhor Exposto, porque havia ainda muitos doentes, e os já convalescentes se ocupavam em os servir; por outra parte os Religiosos, cansados, estavam impossibilitados para assistir e prègar, e a maior parte enfermos; porém animados com a graça divina resolveram que houvesse *40 Horas*. E fabricado o trono, como sempre costumavam, repicaram os sinos e expuseram o Santíssimo Sacramento, a cuja vista recebeu o povo novo alento, acudiram com maior devoção à Igreja, houve mais confissões que nunca, e Deus ajudou aos Religiosos, com que não faltaram a nada. E parece que foi providência divina.

Seguiram-se logo os mais Conventos e Religiosos com seus exercícios espirituais, que até êste tempo tudo estava em silêncio. No Colégio se deu logo princípio às prègações dos domingos pelo melhor prègador dêle, obrou-se também a novena de S. Francisco Xavier com excelente música, que é o maior concurso dêste Colégio, por ser a maior devoção de tôda a gente de Pernambuco. No fim da quaresma estava já a cidade sossegada do contágio, quando de repente caíu sôbre o Colégio, com três que levou para melhor vida. O Padre António Pinheiro, de mais de 70 anos, o qual tinha servido nesta ocasião com crédito da Companhia no ministério de coadjutor espiritual. Êste na sepultura, caíu em cama o P. Teodósio de Morais, que enterramos na semana de Páscoa, religioso ainda de boa idade, e que serviu nesta ocasião com satisfação. E deu a alma a Deus com tanta alegria com quanta outro pudera ressuscitar da morte à vida; e chegou a preguntar ao P. Reitor se poderia ser tentação do inimigo o grande gôzo que em sua alma sentia de morrer na Companhia e em tal ocasião. E logo na semana de *Pastor Bonus* foi Deus servido levar ao Padre Manuel Carneiro, professo de 4 votos, o qual tanto que caíu doente logo conheceu que morria e se preparou com grande consolação sua e satisfação de todos, porque viam os sinais de sua predestinação. Foi gravemente sentido, de dentro e fora, porque em tudo era homem grande, homem de préstimo para a Companhia e para os próximos[1]. E com estas 3 vítimas

---

1. O P. Manuel Carneiro acabava de ser Reitor do Recife. No caso do Visitador Jacinto de Magistris em 1663, colocou-se do lado do Visitador, e padeceu

cessou o rigor da peste no povo e Colégio, pôsto que quanto à extensão do tempo ainda dura. Perdeu também êste Colégio na ocasião o Padre Bernardo de Góis, depois de muita lida com os enfermos na dita cidade da Paraíba¹, e assim o mesmo Padre Gonçalo de Veras na missão do Ceará, e António Ribeiro, que se bem êste não morreu logo, ficou paralítico até que expirou.

Esta é, em breve, a *Relação* do que Deus foi servido obrar por meio dos súbditos neste Colégio em suas missões e no tempo da peste»².

A Carta do P. Pedro Dias conclui com a distinção entre o *rigor* e a *extensão* do mal da bicha ou febre amarela. O rigor foi tal em Pernambuco, que levou no seu distrito mais de 1.200 pessoas⁸. Depois remitiu o rigor, mas voltou a existir no Brasil, em forma endémica, até nossos dias, com casos já hoje felizmente esporádicos depois do grande movimento profilático a que andam ligados os nomes de Osvaldo Cruz e Clementino Fraga. O rigor, porém, manifestava-se periòdicamente, e a Ânua de 1690-1691 diz que repetindo-se agora no Recife as doenças malignas, «se renovou também o fervor dos Padres na assistência aos enfermos»⁴. A assistência

---

por isto. Em 1667 estava no Rio, benquisto de todos, e confessor de D. Pedro de Mascarenhas, Governador então do Rio de Janeiro. Era do Pôrto e entrou na Companhia com 17 anos, a 24 de Março de 1647. Sabia a língua brasílica, *Bras*. 5(2), 79; *Bras*. 3(2), 48.

1. Na cidade da Paraíba, alusão à parte da Carta, que se suprimiu neste capítulo e se incluirá adiante no da Paraíba, seu lugar próprio.

2. Carta do P. Pedro Dias, de 30 de Julho de 1689, «Para o P. António do Rêgo da Companhia de Jesus, Assistente de Portugal» em Roma, *Bras*. 9, 351-356v. Cláusula e enderêço, autógrafos. A carta, boa pelo que diz, não pela defeituosa linguagem, é de amanuense, ao parecer estrangeiro, que ou a escreveu, ditando o Padre, ou a copiou. O P. Gonçalo de Veras, diz o P. Bonucci, presente em Olinda, que faleceu neste Colégio de peste da «bicha» em 1686 (cf. supra, *História*, III, 33). Neste caso, em vez daquele «na Missão do Ceará» do texto, seria «da Missão do Ceará». A Carta do P. Pedro Dias conta ainda alguns casos edificantes, de carácter comum, e volta a falar da *Aldeia de Guajuru*, do Rio Grande do Norte e dos assaltos que padeceu, como se verá no Capítulo consagrado a essa Aldeia.

3. *Bras*. 3(2), 225.

4. *Bras*. 9, 373. Sôbre esta epidemia escreveu o Médico João Ferreira da Rosa, o *Tratado Unico da constituição pestilencial de Pernambuco em que traz preservativos e remedios para o dito mal*, impresso em Lisboa em 1694, o primeiro tratado sôbre uma doença e assunto, a respeito dos quais «tanto escreveram depois

renovou-se ainda muitas vezes. E de Pernambuco passara o mal da «bicha» para a Baía em 1686, onde também os Padres tiveram que padecer, e, ao mesmo tempo, farta ocasião de exercitar a caridade.

A importância histórica desta epidemia ou primeiro aparecimento da febre amarela no Brasil, calamidade de tão duradouras e funestas conseqüências até para a colonização do Brasil, fêz que nos detivéssemos mais nela, deixando referências a pestes menores, que mais ou menos, nas suas formas de varíola, desinterias e malária, se desenvolveram no Brasil, e de que em páginas precedentes fica testemunho. Pernambuco era às vezes expressamente lembrado como em 1621: «E porque a peste andou tão bravamente nestes lugares [Aldeias e Engenhos de Pernambuco] que só numa pobre Aldeia levou bem 70 num mês; serviam os nossos de médico, cirurgião, e criados, e o que mais importa, não deixando morrer *nem um só*, sem armá-lo com os Sacramentos e assistência espiritual»[1].

4. — Outra ocasião de assistência, bem mais difícil, foi a da guerra civil entre Olinda e o Recife, começada em 1710, e que a história conserva, não tanto por amor à exactidão como ao pitoresco, com o nome de *Guerra dos Mascates*.

«Mascate» é uma cidade da Arábia, que estêve em poder dos Portugueses mais de século e meio. Dos mercadores da Índia Portuguesa, que iam a Mascate fazer seus negócios, dizia-se que iam *mascatear*. A palavra generalizou-se a todos os comerciantes de compra e venda, *mascates*, apôdo dado pelos fidalgos de Olinda aos comerciantes do Recife, praça já importante, e onde se ia concentrando a riqueza, mas ainda sem foros municipais, como os da antiga capital de Pernambuco. E foi a concessão dessa prerrogativa à Praça do Recife, que iria diminuir os emolumentos fiscais de Olinda, que provocou os distúrbios[2].

---

os médicos de tôdas as nações», Inocêncio, *Dic. Bibl.*, III, 373. João Ferreira da Rosa estava em Pernambuco ao repetir-se a peste e êle e o Dr. Domingos Pereira da Gama foram os médicos assistentes do Marquês de Montebelo, cf. Studart, *Martin de Nantes e o Coronel Dias de Ávila*, 13.

1. *Lettere annue d'Etiopia*, 135.
2. «Quanto gastaram os Mascates em dinheiro, para vingarem o seu pelourinho demolido»,— expressão que indica a origem ou pretexto da querela e se lê em *Memórias Póstumas* do P. Joaquim Dias Martins, da Congregação do Oratório,

Como em tôdas as contendas civis, cada partido, no fogo da refrega, deitava as responsabilidades para a facção contrária; e, para se desacreditarem mùtuamente perante os poderes constituídos, exageravam-se e ampliavam-se motivos de diversa índole, entre os quais intenções subversivas, sôbre a forma de repúblicas à maneira de Veneza, ou de submissão a país estranho, como a França. Na realidade, «cada um dos dois partidos invocava o nome do Rei de Portugal e se inculcava com a razão e a justiça por sua parte, apodando o contrário de rebelde e de traidor» [1].

Calamidade pública esta, em que os Jesuítas se haviam de ver fatalmente envolvidos. Com um Colégio em Olinda e outro no Recife, freqüentados pelos filhos de ambas as partes contendoras, qualquer inclinação sua, para que eram veementemente solicitados por ambos os partidos, atrairia as iras do bando oposto exaltado. Nessa emergência, os Padres fizeram derivar a sua actividade para o apaziguamento dos espíritos e para a assistência caridosa aos que, de qualquer partido, se achassem presos ou molestados. A uns e outros, no decorrer da contenda, mas por fim, abertamente para os que precisavam mais, para os que finalmente foram vencidos e padeceram o rigor do castigo, que nas guerras civis ultrapassa com facilidade os limites da justiça, e se chama perseguição.

A documentação jesuítica não é volumosa, mas expressiva. Útil em todo o caso, para o estudo do ambiente.

Antes da guerra, diz-se que uma imagem de Nossa Senhora chorara, e que numa representação teatral, de baixo teatro leigo, estando em cena outra imagem de Nossa Senhora, quando os actores, esquecendo a sua presença, se desmandaram em gestos obscenos, a imagem se sumira pela terra abaixo [2]. Exemplos do maravilhoso comum a tôdas as desgraças públicas, verificadas sempre em todos os tempos e latitudes, e aceitos sem mais reflexão pelo povo.

A êste sintoma, revelador do estado psicológico, há outro que exprime exactamente a situação social. No Colégio, havia duas Congregações: a de Nossa Senhora da Conceição, dos homens

---

na *Rev. do Inst. Pernambucano*, I (1863)127; Jerónimo Moniz, *Vita P. Stanislai de Campos* (Rio 1889) 42.

1. Pôrto Seguro, *HG*, III, 399; Oliveira Lima, *O movimento da Independência, 1821-1822* (S. Paulo 1922)31; Guilherme Auler, *Mascates & Bernardo*, na Revista *Tradição* (Recife-Novembro de 1940)263-269.

2. *Bras. 4*, 171v.

«nobres», e a de Nossa Senhora da Paz, dos «plebeus» ou mercadores. A separação, que à primeira vista pareceria desprimorosa para os mercadores era precisamente o contrário. Contra a nobreza do sangue prevalecia a do trabalho ou do dinheiro: e ambicionavam entrar nela os nobres. Os mercadores porém só aceitavam os nobres mediante contribuïção em «dôbro» da quota associativa [1]. As Congregações jesuíticas dos homens de trabalho tinham quási já um século no Brasil. Dá-se notícia em 1614 da erecção da Confraria dos *Oficiais Mecânicos*, no Colégio de Pernambuco, e também no da Baía.

Como se sabe, à maneira antiga, as artes mecânicas eram sete: lavrador, caçador, soldado, marinheiro, cirurgião, tecelão e ferreiro [2]. Em Pernambuco, ocupava a primazia entre as artes mecânicas, a de lavrador, por outro nome *Senhor de Engenho*. Queriam entrar na Confraria dos *Oficiais Mecânicos* êsses proprietários de fazendas. Negando-se-lhes a entrada, alegavam serem também homens de trabalho, isto é, *Senhores de Engenho*, «título que em outras ocasiões alegam para se enobrecer, como em efeito os tais são, pela maior parte, os grandes do Brasil» [3].

As Congregações Marianas, com a sua significação essencial de piedade, envolviam então outra, de importância social na vida das populações do Brasil. No caso do Recife marca, além da classe agrícola, o ascendente da classe mercantil. A Congregação de Nossa Senhora da Conceição, a dos Nobres, era dirigida em 1710, vésperas do levante, pelo Tenente Coronel João da Rocha Mota, Prefeito dela.

---

1. *Bras. 4*, 172.
2. Nas festas que os Jesuítas realizaram em Lisboa, em 1622, na canonização de S. Inácio e S. Francisco Xavier, entre as muitas danças, houve a das *Sete Artes Mecânicas*: «seguia-se hũa dança das sete artes mecanicas, que são as do *laurador*, do *caçador*, do *soldado*, do *marinheiro*, do *surgião*, do *tesselam* & do *ferreiro*. Todos vestião muito ao proprio, levavão na mão suas divisas, arado, espada, remo, tenta, lançadeira, martelo, com elles sua violla, & pandeiro, fazião tantas, & tam nouas mudanças que recreavão muito a todos», Sousa Viterbo, *Artes e Artistas em Portugal*, 2.ª ed., (Lisboa 1920) 261. Sousa Viterbo, nesta enumeração, omite a divisa de *caçador*, passando do arado (*lavrador*) à espada (*soldado*).
3. Carta do P. Henrique Gomes, da Baía, 16 de Junho de 1614, *Bras. 8*, 169. O facto *aristocratizante* da cultura do açúcar e do Engenho é assinalado por todos os modernos que se ocupam da vida social do Brasil. A observação do Jesuíta de 1614 é bom depoïmento, pelos seus têrmos expressos, e pela época em que se faz.

Ora, no dia 26 de Setembro de 1710 assumiu o cargo de Vice-Reitor do Colégio do Recife o P. Manuel dos Santos, e foi tão eficaz a sua intervenção no apaziguamento dos ânimos, que El-Rei lhe escreveu agradecendo. Respeitado por ambos os partidos. E, num momento de exaltação em que os do Recife ameaçavam levar tudo a ferro e fogo, êle os apaziguou e fêz recolher a suas casas [1]. Entretanto, para se informar do estado dos Colégios passou ao Recife e Olinda o P. Martinho Calmon em 1711, como visitador do Colégio de Pernambuco, a quem o Governador Geral do Brasil, D. Lourenço de Almeida, igualmente escreve duas cartas, donde se infere que o Visitador desmentia «as quimeras e falsidades com que se procura infamar a nobreza dessa terra» [2]. Vivia então no Colégio de Olinda, um Padre, *natural do Recife*, muito aceito ao Bispo, como depois veio a ser ao do Rio de Janeiro, P. João Nogueira, que tinha sido Professor de Filosofia, e era Teólogo de renome, muito consultado [3]. A sua presença em Olinda era mal vista pelos do Recife, atribuindo-lhe a êle a atitude dos Olindenses, cuidando que êstes nada faziam sem o ouvir primeiro. No entanto, quem lhe escreveu o breve necrológio, depois da sua morte (em 1719), diz que êle, neste «incêndio civil, fêz sobretudo o papel de extintor» [4].

Outro Padre, *também natural do Recife*, P. António de Abreu, manifestou-se a favor dos Olindenses, e foi, com o Deão de Olinda,

---

1. *Bras. 10*, 114; cf. *Narração histórica das Calamidades de Pernambuco sucedidas desde o anno de 1707 até o de 1715*, por Manuel dos Santos [Secular], na *Rev. do Inst. Hist. Bras.*, LIII, 2.ª P., 45. Em tôda esta longa narrativa feita por um partidário dos Recifenses, é a única alusão a Padres da Companhia, em que o Reitor do Colégio, no primeiro levante ajudou a evitar o saque do Recife, pelos Olindenses. Também Vicente Ferrer de Barros Wanderley e Araújo, *Guerra dos Mascates*, na *Rev. do Inst. Hist. Bras.*, Tômo Especial, 1.ª Parte (1915), p. 657, cita apenas uma vez os Jesuítas, e dá os do Colégio de Recife a favor dos Mascates, o que é plausível. Infelizmente, não aduz nomes nem fontes, trabalho escrito mais com a veemência dum causídico na barra do tribunal, do que com a serena linguagem do historiador.
2. *Doc. Hist.*, XXXIX (1938) 271, 283.
3. Bispo era então D. Manuel Álvares da Costa, Governador interino, a quem, num dado momento, o chefe militar dos Recifenses, João da Mota, prendeu no Colégio do Recife, donde o Bispo conseguiu sair num escaler, acolhendo-se a Olinda, cf. Pedro Calmon, *História do Brasil*, III, 70-72.
4. *Bras. 10*, 220. Sôbre o P. João Nogueira, cf. Loreto Couto, *Desagravos do Brasil*, XXIV, 279. Aí se diz que o P. João Nogueira deixou inéditos muitos escritos, que, se se publicassem, dariam muitos tomos de «universal estimação».

Cónego Nicolino Pais Sarmento, para afastar o perigo da esquadra francesa, incumbido de levar uma mensagem a Duguay-Trouin. Aprisionados pelos Recifenses, regressaram em paz a Olinda. O P. António de Abreu, incurso depois nas devassas judiciais, justificou plenamente a sua atitude [1].

Notícia mais geral dá-a no fim de 1711, o P. Provincial Mateus de Moura, ao informar o Geral da actividade dos Jesuítas na *«Guerra Civil entre os Olindenses e os Recifenses»*, título objectivo, que por si só é testemunho, isento e autorizado:

«Os Recifenses sempre levaram a mal depender da Câmara de Olinda, como se fôssem colonos, e não cidadãos, a quem se não dava parte na administração pública. Impetraram de El-Rei, por meio de homens influentes na Côrte e por fim alcançaram para o Recife, as leis e honras de Vila, ter Câmara e juiz próprios e viver dentro do Govêrno de Pernambuco, com os direitos municipais, o que tudo tentaram impedir os Olindenses. Vendo que o Governador favorecia os Recifenses e se levantara na praça durante a noite o Pelourinho, símbolo da Vila nova, e que o Governador lhes era pesado e molesto, quiseram matá-lo com homens mascarados, quando êle passava na rua no meio da sua guarda. Deram-lhe três tiros que o deixaram ferido, não mortalmente. O Governador entendeu que nem em sua casa estaria seguro, e preparando um barco, deu-se pressa, com alguns dos que tinham sido eleitos para a Câmara do Recife, a retirar-se para a Baía, o que não se fêz sem algum perigo, porque os adversários esforçaram-se por impedir a retirada. Quando os Olindenses souberam dela, começaram a fazer tumultos, apelidaram os moradores e levantaram tropas auxiliares, das mais remotas povoações; e resolveram invadir o Recife com grande número de povo, de ânimos excitados e insultantes. Já muitos estavam perto do Recife, e se aproximavam cada vez mais com ameaças, não

---

1. Cf. D. Duarte Leopoldo, *História Religiosa do Brasil*, no *Dic. Hist. Geogr. e Etnogr. do Brasil*, I, 1258, citando ao P. Dias Martins, que se refere aos Jesuítas, como «casta de homens que jamais temeram perigos quando se trata do bem público». O P. António de Abreu foi amigo e companheiro dedicado do P. António Vieira nos últimos tempos, e ao qual servira de guia, sendo para êle «manus et oculi» (*Bras. 4, 35*). Foi Superior da Paraíba, amigo de Maia da Gama e visitador de Olinda em 1729 (*Bras. 26, 270*). Abreu, como bom discípulo de Vieira, tornou-se um dos mais célebres prègadores do Brasil no seu tempo. Faleceu na Baía, a 16 de Maio de 1741, *Bras. 10(4), 408*.

vãs, de morte e de vingança. Os Recifenses, que temiam ser mortos e roubados os seus bens, apelaram para os Padres da Companhia, persuadindo-os também o Bispo de Pernambuco, que fôssem aplacar aquêles peitos furiosos. Tentou-o o P. Vice-Reitor aquela noite; mas dilatou-se até à alvorada do dia seguinte. Apresentou-se de manhãzinha aos Capitães dos de Olinda, e tratou com quanta arte pôde, de demover aquela gente e não levar as coisas a ferro e fogo. Moveu primeiro alguns à piedade e compaixão; e, depois, arvorando o seu crucifixo, lançou-se aos pés dos mais exaltados que desejavam assolar o Recife. Todavia não pôde obstar a que homens armados entrassem no Recife com o fim de amedrontar o povo. Os Olindenses derrubaram o Pelourinho, depuseram a Câmara eleita, soltaram arbitràriamente os presos da cadeia. Dos Recifenses calavam-se os que receavam pior; e alegravam-se os que em tal tumulto viam que pela exortação do Padre se não matara ninguém. Entretanto a cólera ficou à espera de tempo oportuno. Assumiu o Govêrno o Senhor Bispo [D. Manuel Álvares da Costa], por ordem de El-Rei, por ter-se retirado o Governador. E eis que os Recifenses recorreram de improviso às armas, para se vingar. Ocuparam as fortalezas e os fortes, a Casa da Pólvora, que estava cheia dela, para defenderem o direito de Vila, concedido por El-Rei e se libertarem de novo da dominação olindense. Novo e maior incêndio, que se propagou cada vez mais durante três meses. Cercados os Recifenses pelos Olindenses e batidos pelos canhões trazidos de outras partes, cortados os víveres de terra, e fechado o pôrto para lhes não vir alimento por mar, muitas e duras coisas padeceram os Recifenses, em que a princípio não tinham pensado. Nesta emergência, trabalharam muito os Padres de um lado e outro para mover os ânimos ofendidos à concórdia. Debalde. Por isso foram tratados por alguns Recifenses como se fôssem traidores e amigos dos Olindenses, sem se lembrarem que os Olindenses, que, no seu furor tudo desvastavam, haviam saqueado as nossas fazendas. Só acabou a guerra civil com a chegada do novo Governador. Depuseram-se as armas, sem se reconciliarem os ânimos. Para a reconciliação fizeram todo o possível os da Companhia». El-Rei enviou àquele Vice-Reitor, uma carta de agradecimento e louvor [1].

---

1. Carta do Provincial Mateus de Moura, Baía, 31 de Dezembro de 1711, *Bras.10, 76-77*.

Não se reconciliaram os ânimos, em parte por culpa do novo Governador, Félix José Machado de Mendonça, que fêz sentir àsperamente as represálias contra os do partido de Olinda. O Capitão André Dias de Figueiredo, que êle queria prender, como prendeu outros, recolheu-se ao Colégio dos Jesuítas, ao abrigo do direito de homizio. O Governador mandou cercar o Colégio, e fêz a seguinte consulta: «*Aos Prelados das Religiões e Letrados desta Vila do Recife sôbre o cêrco do Colégio de Olinda:* — Até ante-ontem me constou com certeza estar o Capitão André Dias de Figueiredo recolhido no Colégio da Companhia, de Olinda: e como êste homem é réu de crime de lesa-majestade, peço a V. Reverendíssima me responda por escrito e os Teólogos da sua Religião, se estando o cêrco mais de quarenta passos de distância da clausura, pode o Reverendo Reitor do dito Colégio botar fora êste delinqüente sem incorrer em irregularidade; e se posso eu passar a estreitar o cêrco de maneira que proíba que não entre nêle nenhum género de víveres até me constar que lançaram com efeito fora êste homiziado». A consulta é datada do Recife, 27 de Fevereiro de 1712.

Contra tal violência protestaram os Jesuítas, entre os quais estava aquêle P. João Nogueira, bom jurista, que procurou defender o homiziado quanto estava em seu poder, até abrir uma mina para o levar fora do cêrco, e se não chegou a concluir, por intervenção do Visitador Martinho Calmon, que não queria dar ao Governador motivos de maior queixa. O Governador escreveu ao Provincial Mateus de Moura que mandasse retirar de Olinda ao P. João Nogueira «para o Rio de Janeiro e daí se fôsse possível para alguma parte mais remota, onde de nenhum modo tenha comunicação com os delinqüentes ou seus sequazes»; e ordenasse ao Visitador que reprimisse os que pùblicamente falavam contra os decretos reais de S. Majestade, defendendo os delinqüentes.

O Provincial não admitiu a questão no plano partidário e político em que a queria colocar o Governador. Retorquiu êste que não aceitava que os Jesuítas ficassem «neutrais entre vassalos fiéis e traidores, porque nesta acção não há meio e não se consegue o agrado da Majestade Divina, para cujo fim diz Vossa Reverendíssima se criaram as Religiões; e se ofende a Majestade humana por elas não concorrerem para a conservação da sua monarquia, que suponho seria um dos motivos, com que os Reis admitiram as

Religiões nos seus Reinos e Conquistas. E principalmente os Senhores Reis de Portugal» [1].

Era já o espírito de regalismo, que começava a infiltrar-se e iria produzir o absolutismo, de que alguns membros da Congregação do Oratório foram veículo intelectual (por agora no Recife, apoiando o Governador; depois em Portugal nos «iluminados» tempos de D. José I).

O motivo principal de El-Rei de Portugal admitir a Companhia não era o invocado pelo Governador, senão o de descarregar El-Rei da obrigação da catequese dos países novamente descobertos, como lhe competia na qualidade de Mestre da Ordem de Cristo, e é isto que consta dos Padrões. E em nenhuma hipótese seria possível, em caso de conflito entre a Majestade Divina e a majestade humana, ou dizendo isto por outras palavras, em caso de conflito essencial entre a justiça e caridade por um lado, e interêsses económicos ou transitórios por outro, levar os Jesuítas a trair a Majestade Divina para favorecer a humana, que aliás não era o caso. Só se invocou o crime de lesa-majestade para colorir as represálias. O caso era de predomínio local, inevitável entre duas povoações tão próximas entre si, que uma não poderia preponderar sem ser à custa da outra, disputa logo complicada pelas paixões políticas, igual sempre em todos os tempos e lugares, onde fàcilmente se julga o partido opôsto como réu de todos os crimes, e se procura envolver nos mesmos crimes quem quer que fique de reserva, em plano mais alto, para acudir aos perseguidos, na hora de prevalecer a facção contrária.

Reitor de Olinda, neste passo difícil, era o P. Francisco Camelo, natural de Lisboa, grande orador sacro e Professor de Filosofia, que faleceu durante a contenda, a 27 de Dezembro de 1713. Pelo

---

1. Cf. *Rev. do Inst. Pernamb.*, XVI(1914)213. Entre os que o Governador acoimava de «traidores», estava Bernardo Vieira de Melo. Alguns modernos, indo ao excesso oposto, aceitam o tratamento e o exaltam como «chefe nativista». São os exageros das polémicas regionalistas, que perdem de vista as idéias gerais da história e a conexão dos factos. Na verdade, foi êle quem em 1697 escreveu a El-Rei, manifestando-se contra o ensino da doutrina cristã aos Índios, na *língua brasílica*, ensino que êle queria que se fizesse *em português*, como bom e fiel vassalo, achando pernicioso o ensino dos Índios na língua dêles. E, acrescentava, «não querem convir nisto os Padres da Companhia. Vossa Majestade mandará o que vir ser mais conveniente a seu *Real* serviço, por um *real* decreto», AHC, *Rio Grande do Norte*, 1697.

que se diz dos seus funerais, a que assistiram os principais da nobreza, os Cónegos da Sé, e os Carmelitas, fazendo-lhes êstes na sua própria Igreja exéquias solenes [1], se infere que o Reitor não era do desagrado dos Olindenses, como o P. Manuel dos Santos, Reitor do Recife, não o foi dos Recifenses.

Iam já longe as invasões holandesas em que os Jesuítas combatiam inimigos da Pátria, e não se justificariam posições neutrais; agora a briga armada era entre localidades da mesma terra, entre membros da mesma comunidade. Procuraram pois os Jesuítas não se colocar no Recife contra os Recifenses, nem em Olinda contra os Olindenses, mantendo-se quanto possível alheios à questão em si mesma, numa posição de equilíbrio, bem dificultosa de manter entre paixões violentas.

Pelas referências de 1714, no rescaldo da Guerra, vê-se que os Jesuítas que no princípio favoreceram mais o Recife, cujo desenvolvimento se pretendia coarctar, dado o triunfo dos Recifenses, manifestaram-se a favor dos Olindenses contra a violência das represálias, como é claro do último eco dêste conflito em documentos da Companhia de Jesus:

«Os restos da *Guerra Civil entre os Olindenses e os Recifenses* trouxeram lamentável ruína. Muitos se encarceraram em masmorras subterrâneas mais de um ano; muitos gastaram os seus bens; muitos abandonaram os engenhos; muitos fugiram para o mato com os seus escravos. Debalde procuraram os Padres conciliar os antigos ódios que se levantaram contra o próprio Bispo, apelando para o castigo de Deus, pelo que também lhes não faltaram calúnias», pois cada partido não desejava ouvir razões, só queria que cada Padre enfileirasse do seu lado. Entretanto, os dois Jesuítas, que em cada um dos Colégios do Recife e Olinda tinham o ofício de «Procuradores do Próximo»[2], tratavam de exercer o seu ofício com extrema caridade: «já não havia cadeias para os presos que jaziam miseràvelmente nelas, a maior parte *por crimes mais fingidos que verdadeiros*. Até que El-Rei determinou pôr têrmo a isso. Estava já a frota do Reino para sair levando os presos, quando

---

1. *Bras. 10*, 94v-95.
2. Em 1714 o encarregado em Pernambuco dêsse caritativo ofício chamava-se Padre «Procurador dos pobres e encarcerados», *Bras. 10*, 95v.

chegou na véspera o perdão, que os Padres impetraram, e de que beneficiaram ainda perto de 60 que arrastavam grilhões aos pés» [1].

D. João V chamou aos Jesuítas *Anjos da Paz* [2]. E o Governador (a Carta Régia é de 7 de Abril de 1714) foi mandado «estranhar mui severamente» por ter exorbitado dos seus poderes [3].

---

1. *Bras.* 10, 95v, 105.
2. Jerónimo Moniz, *Vita P. Stanislai de Campos*, 44.
3. Cf. *Rev. do Inst. Pernamb.*, XXIX, 322.

CAPÍTULO VI

Colégio de Jesus do Recife

1 — Fundação do Colégio; 2 — Igreja de Nossa Senhora do Ó; 3 — Igreja das Congregações Marianas e solenidades religiosas; 4 — Recolhimento do Coração de Jesus de Iguaraçu; 5 — O Engenho da Luz e outros meios de subsistência do Colégio; 6 — A Fazenda de Urubumirim no Rio de S. Francisco (Alagoas); 7 — Reitores do Colégio; 8 — Os Estudos.

1. — A povoação do Recife foi fundada pelos Portugueses, ainda no século XVI, como entreposto de Olinda, onde se armazenavam as mercadorias que iam ou chegavam. Desenvolveu-se nos começos do século seguinte. Uma das novas Residências da Companhia que se tratava de abrir em 1610 era no Recife [1]. E a Congregação Provincial de 1617 pediu ao Geral que ela efectivamente se fundasse. As dificuldades que havia para o sustento da casa, era de esperar desaparecessem; e a desejavam o Governador Geral do Brasil e o Capitão do Recife, afeiçoados à Companhia [2]. O Padre Geral respondeu que sim, que se fundasse, como Residência anexa ao Colégio de Pernambuco. Recebida a resposta, o Colégio, sem esperar ordem do Provincial, comprou uma casa no Recife e abriu *escola de ler e escrever* no ano de 1619. O Provincial, que se empenhava na emprêsa do Rio Grande, tanto do Norte como do Sul, onde também se tentava a catequese e Residência entre os Carijós, e na casa de Pôrto Seguro, que se reabria, era de parecer que o Recife não tinha tão grande urgência, por ficar próximo de Olinda, e já dispor de uma casa de Religiosos de S. Francisco [3].

Não se deu por então mais desenvolvimento à nova Residência, que aliás não estava primitivamente em local próprio para escola,

---

1. Cf. supra, *História*, I, 487-488.
2. *Congr.* 55, f. 255v, 257.
3. *Bras.* 8, 311.

demasiado metida no povoado, sem independência bastante. Os Padres de Olinda vinham de vez em quando morar nela, a serviço do povo. E diz-se, em 1620, que ali trabalharam dois Padres durante dois meses e que nessa «populosa povoação fizeram 1.300 confissões», dado estatístico, que manifesta já a importância do povoado nascente [1]. Entretanto, o povo instava por uma residência fixa de ensino, alegando a distância de Olinda para mandar lá os filhos.

A invasão holandesa veio interromper as negociações. Expulsos os Holandeses, o Mestre de Campo Francisco Barreto, ao inventariarem-se as casas do Recife em 1654, aplicou para Colégio da Companhia «duas moradas de casa de sobrado, fabricadas por Flamengos, com suas lojas, ao entrar da Porta de Santo António». Estas casas achavam-se alugadas a terceiros, por um ano. Para Igreja do Colégio, a Igreja dos Franceses, que os mesmos Flamengos tinham feito por detrás daquelas casas, e que o Mestre de Campo nomeou «Igreja dos Padres da Companhia de Jesus» [2]. A 26 de Abril de 1655 uma Ordem Régia de D. João IV homologou a fundação do Colégio do Recife [3].

O P. Francisco de Avelar, que reatou o fio dos trabalhos do Colégio de Pernambuco, enquanto tratava do mais urgente, que era pôr em condições de habitabilidade o antigo Colégio de Olinda, dava os passos também para a abertura definitiva da Casa do Recife, enquanto terminava o prazo de aluguer. Em 1659 já aparece como *Casa* («Domus»), constituída com o P. António Ferreira e um Irmão, e logo se reabriu a *escola de ler e escrever*, pedindo porém o Governador um Mestre de *Latim*, porque os moradores não podiam sustentar fàcilmente os filhos longe de casa: a mesma razão do começo [4]. O que na realidade se pedia era a fundação de um Colégio em regra. O Geral inclinava-se a que se abrisse. João Baptista Pereira, homem principal, anunciou que a Câmara do Recife satisfaria aos encargos do ensino, subvencionando o Professor de Latim com 150 cruzados. E ao passo que o P. Visitador, Jacinto de Magistris, encarregado de estudar o assunto, se manifestava contrário ao projecto [5],

---

1. *Bras.* 8, 280v.
2. *Inventário das Armas e petrechos bélicos que os Holandeses deixaram em Pernambuco e dos prédios edificados ou reparados até 1654* (Recife 1940)134.
3. Loreto Couto, *Desagravos do Brasil*, XXIV, 162.
4. *Bras.* 3(2), 16; *Bras.* 5(2), 3v. .
5. *Bras.* 11, 489-490v.

o povo continuava a achar Olinda longe de mais. Até que, enfim, o P. Diogo Machado acomodou ou antes reconstruíu a Casa (*Casa de Nossa Senhora do Ó*) e alargou o quintal [1].

Para que o Colégio fôsse a realidade desejada, propôs-se o Capitão António de Gouveia Soares a erigi-lo, com a «fundação» de 16.000 cruzados, para sustento de 10 ou 12 Religiosos. Lavrou-se a escritura a 17 de Março de 1677. Segundo ela, António de Gouveia Soares, solteiro, sem herdeiros, doava «16.000 cruzados efectivos» para que a *Casa* de Nossa Senhora do Ó, do Recife, se elevasse e fundasse em *Colégio*. Dessa «fundação», metade pelo menos se aplicaria em casas, terras e gado, e que se alguma parte se pusesse a juros fôsse em mãos de pessoa segura e com a taxa de 6 1/4% [2]. Da escritura tirou-se pública-forma em 10 de Maio de 1677, a que se guarda no Arquivo. Era Vice-Reitor de Olinda, o P. Cristóvão Colaço [3].

O Colégio inaugurou-se solenemente, como tal, no dia 1 de Novembro de 1678. O Visitador José de Seixas nomeou primeiro Reitor do Recife o P. Lourenço Craveiro.

Para realizar os seus fins educativos e em concordância com uma povoação em crescimento, impunha-se a construção de edifício mais apto. O Colégio de Olinda dava e continuaria a dar para a sustentação dêle 200 arrôbas de açúcar [4]. Seguiu-se o período intensivo de obras, destinadas ao Colégio e à Igreja. De uma casa anexa a esta, e meio feita, se encarregaram os Congregados de Nossa Senhora da Conceição, prontificando-se a concluí-la para nela se

---

1. Carta de 22 de Agôsto de 1669, *Bras.* 3(2), 87.
2. Gesù, *Colleg.*, n.º 1477 [212-222].
3. O Capitão António de Gouveia, de Viseu, de 40 anos, era homem piedoso que pensava em ser Padre e com essa intenção, ao menos implícita, fundou o Colégio, pedindo ser recebido na Companhia. Entrou no noviciado na véspera da inauguração. António de Gouveia Soares estudou moral e pouco depois de concluído o noviciado ordenou-se de sacerdote, fazendo, a título de benemérito, a profissão solene de 3 votos, no dia 15 de Agôsto de 1681, *Bras.* 5(2), 80; *Lus. 10*, 60-60v; *Bras. 9*, 247v. Foi algum tempo procurador do «seu colégio» do Recife, e depois da Fazenda do Rio de S. Francisco, *Bras. 26*, 105v-106. Indo à Baía, aí faleceu, da «peste da bicha», no dia 6 de Maio de 1686. Enquanto viveu fizeram-se por êle em tôda a Província do Brasil, as orações que se costumam, pelos benfeitores vivos, *Bras.* 3(2), 142; *Hist. Soc. 49*, 14.
4. *Bras.* 3(2), 141.

reünirem, e terem os actos e exercícios de piedade próprios da Congregação; e anunciava-se em 1684, que estava prestes a concluir-se¹.

Sobreveio a terrível epidemia da «bicha» (*febre amarela*) em 1685, em que sucumbiu o fundador da Congregação do Recife. Sua mulher D. Beatriz Cabral de Melo estêve à morte, mas escapou. No tratamento dos atingidos da peste, foram os Padres de dedicação heróica, morrendo ao serviço dos empestados o próprio Reitor². Tal exemplo, junto à generosidade proverbial da gente de Pernambuco, fêz que em breve se efectivassem as grandes obras. Assinalaram-se pela benemerência o Capitão António Fernandes de Matos e António Dias Baião. Ambos deixaram documentos escritos, êste, agradecendo ao Geral a carta de Irmão; o primeiro, declarando o que gastara e construíra. Escreve António Dias Baião:

«*Reverendíssimo Padre em Cristo Colendíssimo*: Vossa Paternidade goze por muitos anos aquela vida e saúde que merece quem preside com tanto exemplo, rectidão e suavidade, a tôda a Sagrada Companhia de Jesus, com tão grande aumento da glória de Deus e proveito da Santa Igreja. Se isto devem desejar todos a V. P. Reverendíssima, muito mais eu, que desde o tempo em que Vossa Paternidade Reverendíssima se dignou com tanta liberalidade escrever o meu nome entre o ditoso número de seus filhos, me reconheço com maiores e mais estreitas obrigações de pedir ao céu por Vossa Paternidade Reverendíssima, o cumule de todos os bens mais desejáveis. Agradeço pois a Vossa Paternidade Reverendíssima a carta de Irmandade, com licença de professar os votos da Companhia e morrer com a roupeta dela, gozando dos sufrágios, sepultura, missas, como qualquer religioso dela goza. O Padre António de Oliveira, alcançando isto de Vossa Paternidade Reverendíssima, pretendeu dar um retôrno de grata correspondência ao antigo amor com que sempre venerei os benditos religiosos do Colégio do Recife; mas ainda sem êste retôrno me estimara ditoso poder ocupar-me em serviço dos mesmos Padres, porque tôda a expressão de afecto para com os mesmos é devida e não favor, sendo, com seu apostólico zêlo e raro procedimento, merecedores que todo o mundo os ame e venere como ministros de Deus e verdadeiros apóstolos da América. Deus ins-

---

1. *Bras*. 26, 106. Em 1687 já estava ornada de magníficas pinturas, *Bras*. 3(2), 246.
2. *Bras*. 9, 354.

pire sempre a Vossa Paternidade Reverendíssima o que fôr de mais seu santo serviço e na santa bênção de Vossa Paternidade Reverendíssima muito me recomendo. Do Recife, 4 de Agôsto de 1685. De Vossa Paternidade Reverendíssima, servo mui obrigado e filho em Cristo. — *António Dias Baião*» [1].

2. — O Capitão António Fernandes de Matos foi o fundador da Igreja. A primeira pedra lançou-se no dia de Nossa Senhora do Ó (18 de Dezembro) de 1686. E as obras não pararam mais. Três anos depois inscrevia-se-lhe no frontispício a data de 1689. Preparou-se tudo para a inauguração, soleníssima, que se efectuou a 17 de Dezembro do ano seguinte, 1690, «véspera da Expectação de Nossa Senhora do Ó».

«No Recife se abriu e se consagrou a Igreja nova do Colégio, solenizando-se a dedicação por oito dias com grandioso aparato e concurso e devoção dos fiéis, que naquela terra se dão por muito bem servidos dos Padres» [2].

Dois anos depois, lavrou-se o instrumento legal, que é na realidade a história da construção da Igreja e seu financiamento para mostrar que representa uma doação de mais de 30.000 cruzados. Documento de interêsse sob outros aspectos:

«Certifico eu, o Capitão António Fernandes de Matos, que por ordem dos Reverendos Padres Provinciais e Reitores da Companhia de Jesus do Colégio do Recife da invocação de Nossa Senhora do Ó, sendo o primeiro Reitor, com quem me contratei, o P. Gonçalo do Couto, para lhes mandar fazer a Sacristia do dito Colégio, que foi a primeira obra que se principiou, lançando-se a primeira pedra em dia de Nossa Senhora do Ó, aos 18 de Dezembro de 1686, e que assim mais se iria seguindo a obra da Igreja para se me ir pagando, conforme se fôsse fazendo, a saber: as paredes de alvenaria a preço de quatro mil réis por braça, até altura de vinte palmos, e daí para cima a seu respeito, e tôda a cantaria, pelo preço que se costuma

---

1. *Bras. 3*, 215. O grande benfeitor faleceu em 1687, *Bras. 3(2)*, 246.
2. *Bras. 3(2)*, 291v; *Bras. 9, 373*. A Igreja, depois da saída dos Padres, ficou algum tempo ao abandono, e foi profanada com aplicações impróprias sendo reconciliada e restaurada depois, sob a invocação do Espírito Santo, como hoje se chama. O facto de ser nome actual originou a nota que se lê supra, *História*, IV, 242, como se essa invocação proviesse do tempo dos Jesuítas. Do tempo dos Jesuítas é a invocação histórica e prestigiosa de *Nossa Senhora do Ó*.

pagar na cidade da Baía. E sucedeu ao dito P. Reitor, o Reverendo P. Estêvão Gandolfi, e a êste sucedeu o Reverendo P. Paulo Carneiro; e no discurso, que governaram os ditos Reverendos três Padres Reitores, se fêz por minha ordem a Sacristia e Igreja; e a Igreja se acabou com cinco capelas, que são: a maior, de Nossa Senhora do Ó, duas colaterais, uma do Bom Jesus e outra de Nossa Senhora da Paz; e duas das ilhargas, dentro do cruzeiro, uma de Santo Inácio e outra de S. Francisco Xavier [1]; e a Igreja se acabou, e se forrou o tecto, por minha ordem, com seus painéis em volta redonda, e com seus florões de talha. A Igreja tem de largo 60 palmos e de comprido 130.

Assim mais mandei fazer um pórtico na porta principal, a qual acompanham mais duas colaterais; e consta o dito pórtico de 20 colunas sôbre as quais assentam cinco arcos, e sôbre êstes, cinco janelas, que são as do côro, o qual fica sôbre o dito pórtico, rematando-se com o frontispício, sendo tudo de cantaria lavrada, como também as cornijas de dentro e de fora, e duas portas da serventia do côro, seis tribunas por banda, que olham para o corpo da Igreja, e duas para a capela maior, e seis janelas que servem de dar luz à Igreja. Assim mais mandei fazer dois púlpitos de cantaria lavrada, com parapeitos e sobrecéus de entalhamento, dos quais um já está dourado. Mandei fazer mais dois corredores à roda da Igreja, até toparem com as tôrres, servindo por baixo, parte dêles de vias sacras, e tendo, pela banda do claustro do Colégio, quatro janelas de parapeito, pelo feitio das oito, que estão na Sacristia; e pela banda da Congregação de Nossa Senhora, é de colunas de pedra, com seus arcos; sôbre êsses dois corredores, vão as serventias das tribunas com suas janelas; e para a banda do Colégio leva quatro janelas rasgadas, feitio que hão-de ter tôdas as outras que hão-de olhar para o Pátio. Fizeram-se mais duas portas, para a serventia da Capela maior, e outras duas para o Cruzeiro. Sôbre a sacristia se fêz uma casa do mesmo tamanho com oito janelas, que há-de servir para a Livraria do Colégio; e assim mais se fêz um claustro, pequeno, fe-

---

1. No inventário de 1760, são ainda cinco os altares com estas invocações, Altar-Mor, Altar de Nossa Senhora da Natividade, Altar de Santo Cristo, Altar de Santo Inácio, Altar de S. Francisco Xavier, os mesmos, com a diferença do de Nossa Senhora da Paz, que aparece Nossa Senhora da Natividade. Além dêstes: a Capela Interior. Cf. Relação da prata pertencente ao Colégio da Vila de Santo António do Recife, na *Rev. do Inst. Pernamb.*, VII (n.º 43), p. 45-47.

chado, para a Congregação de Nossa Senhora da Conceição; e se fêz mais o claustro grande, com 150 palmos de vão, em quadra, e está de dois lados, em altura de 16 palmos, da flor da terra para cima, e dos outros dois lados está acabado de todo até à cornija, e sòmente lhe faltam, em um dos lados, dois terços, que se não podem fazer ainda, por causa do dormitório velho. Mandei também fazer um corredor novo até o meio, na forma que há-de ter tôda a obra do Colégio, em que se fizeram quatro cubículos grandes, com 27 palmos de vão cada um, correspondendo-lhe por baixo outras tantas casas para cubículos ou despejos, com uma escada, tôda de pedra, para serventia; e de todo está acabado o corredor, assim de obras de pedreiro como de carapinas, porque também estão já forrados os cubículos e o dito corredor; e a tôda esta obra, assim da Igreja, como do Colégio, mandei assistir com todo o necessário, de oficiais assim de pedreiro como de carapina, ferragens, pregos e mais materiais, e sòmente os Reverendos Padres mandaram assistir com tôda a alvenaria, com que se fêz a obra, que creio e julgo, conforme o que entendo, poderia valer oitocentos mil réis; e também mandaram assistir com alguma areia, ao princípio da obra; e pôsto que o contrato foi que assistiriam com ela sempre, o não fizeram, por não poderem; e como o Reverendo P. Provincial Manuel Correia me pediu quisesse medir a dita obra e Igreja, para saber o que me deviam, eu lhe respondi que algumas obras havia mandado fazer nelas, e que os ditos Reverendos Padres Reitores, atrás nomeados, fizeram algumas repugnâncias, por lhes parecer que dificultariam mais a paga de tôdas elas, por se acrescentar com isso mais o valor. Eu lhes respondi que se não pudessem pagar, ninguém nos ouviria, e que eu lhes prometia fazer, na dita paga, minha esmola a Nossa Senhora do Ó; e porque de presente vejo que os Reverendos Padres do *Colégio de Jesus do Recife* não podem continuar com as suas obras, sem se me pagar o que se me deve, que conforme o que entendo e da medição e grandeza da obra se vê, acho importar tôda sessenta mil cruzados, a cuja conta tenho recebido por vezes, por várias partidas e ordem dos Reverendos Padres Reitores, e por várias mãos, de que tudo tenho dado recibos, vinte e um mil cruzados, e seis mil e cento e sessenta e oito réis; e assim me dou por embolsado de quatro contos e oitocentos mil réis, no valor da capela maior, preço por que se me vendeu para minha sepultura; e o Reverendo P. Estêvão Gandolfi me deu quitação da dita quantia; e de tudo o mais, que falta, para ajustamento dos sessenta mil cruzados, faço doação, movido do desejo, que tenho, de gastar minha fazenda no serviço de Deus e da Virgem Santíssima, e por querer em parte cooperar com os grandes serviços que fazem a Deus os Religiosos da Companhia de Jesus neste Recife» [1].

Para mostrar a gratidão da Companhia de Jesus a homem tão benemérito, o P. Manuel Correia ordenou que em tôda a Província cada Padre dissesse por êle 3 missas, e cada irmão 3 coroas. E pediu ao Geral mandasse também celebrar outras missas em tôda a Companhia, pois êle se constituía dessa forma autêntico «fundador» da Igreja [2].

Nas obras de marcenaria e entalhe, ocupava-se o Ir. Domingos Trigueiros, «faber lignarius» [3]. Em 1694 descreve-se «a Igreja, formosa e grande, com muito elegante pórtico. Faltam ainda os altares. Alguns cidadãos particulares compraram os respectivos lugares das capelas para nêles se construírem e ornarem os altares.

---

1. O documento, para ficar na íntegra, continua e conclui: «E por esta ser a minha última vontade, sem constrangimento algum, fiz esta doação nas notas do Tabelião António Gomes Ferreira e esta quero que também valha, como se fôra a mesma, a qual mandei fazer por António Gomes Lima, aos 12 de Outubro de 1692, em que se assinou como testemunha, António Fernandes de Matos, António Gomes Lima, Manuel de Araújo, António Gomes Ferreira».
Segue esta nota explicativa dos Padres:
«Suposto que por êste papel se colhe não ficar o Colégio devendo 30 mil cruzados por encheio, mas alguma coisa menos, contudo no conceito de muitos que o entendem, afirmam que se se medisse a obra por braças havia o Capitão de avançar ao Colégio mais de 30 mil cruzados.
Item na mão de Joaquim de Almeida e Hierónimo Dinis trespassou o Colégio ao Capitão Matos o dinheiro de duas capelas das quais os ditos são senhores; e como o dito Capitão quando fêz esta doação ao Colégio, não estivesse ainda embolsado de quinhentos mil réis de resto, disse que os dava outra vez ao Colégio, e êste dinheiro entra nos vinte e tantos mil cruzados, que o Colégio lhe tinha feito bons em contas e recibos; não obstante o dizer-lhe o Padre Reitor que não pertencia ao Colégio por serem seus». — «Doação de passante trinta mil cruzados que fêz o Capitão António Fernandes de Matos ao Colégio do Recife da Companhia de Jesus, aos 12 de Outubro de 1692», *Bras. 11*, 485-486.

2. Gesù, *Colleg.*, 1569. Do Capitão António de Matos escreve Borges da Fonseca, *Nobiliarchia Pernambucana*, I, 76, que era Cavaleiro da Ordem de Cristo, e «bem conhecido pelos grossos cabedais que possuía, pela fundação do Colégio dos Padres Jesuítas do Recife, e Ordem Terceira de S. Francisco da mesma Vila, e pela fortaleza edificada à sua custa, que ainda hoje conserva o seu apelido».

3. *Bras. 5(2)*, 87.

Tem suficientes vasos de prata e ornamentos. A Capela da Congregação é muito mais elegante e com melhores objectos de culto» [1]. Em 1701 já estavam concluídos todos os altares, com sua obra de talha «optima», ficando a Igreja muito para ser vista [2]. Em 1704 edificava-se o último corredor [3]. Pronto em 1707 [4].

Depois, como em todos os Colégios, ia-se aumentando com as oficinas ou aulas, que o próprio desenvolvimento dêle requeria, e enriquecendo e ornando a Igreja ou a Sacristia ou a Capela interior, esta concluída em 1717 [5]. Em 1722 dá-se notícia das pinturas da «vida de Santo Inácio» na Sacristia [6]. Em 1732 entrou um resplandor ou «sol de oiro» para S. Francisco Xavier, e construíu-se um belíssimo altar para a Capela interior [7], e adquiriram-se belas imagens de S. Francisco Xavier, S. Luiz e Santo Estanislau [8]. Em 1734 fêz-se o altar de Santa Ana, artístico, «media sua parte eminens», e doirado [9]; e em 1735 entre outros objectos de culto acrescenta-se o tesoiro da Igreja com uma cruz de prata [10]; no ano de 1746 encomendam-se de Lisboa ornamentos preciosos e anuncia-se que se construíu ou restaurou, «quási desde os alicerces», a capela de Santa Ana (arquitectura «itálica») [11].

A Igreja do Colégio de Olinda e a Igreja da Congregação, anexa, ainda existem contendo interiormente pouco do tempo dos Jesuítas, mas ostentando a sua fachada e magníficos portais; o Colégio do Recife já não existe. Ainda em 1809 era Palácio do Govêrno; e foi, depois, durante muito tempo, sede da Faculdade de Direito do Recife [12].

---

1. *Bras.* 5(2), 141.
2. *Bras.* 6, 28v.
3. *Bras.* 4, 110.
4. *Bras.* 6, 64.
5. *Bras.* 10, 177v.
6. *Bras.* 6, 128v.
7. *Bras.* 10(2), 342.
8. *Bras.* 6, 190.
9. *Bras.* 10(2), 356.
10. *Bras.* 6, 231v.
11. *Bras.* 10(2), 421v-422. Não dispomos de elementos modernos que nos permitam localizar esta capela de Santa Ana, de que não há vestígios hoje dentro da Igreja.
12. Cf. Henry Koster, *Viagens ao Brasil*, na *Rev. do Inst. Pernamb.*, LI(1898)68. Jorge Gardner, observando esta mutação do Colégio em Palácio do Govêrno, comenta: «Quando foi erigido, mal cuidavam aquêles empreendedores e caritativos

3. — O Recife é o caso único em todo o Brasil de terem as Congregações Marianas Igreja própria, ao lado da do Colégio. E ornada a primor. Diz-se em 1687: «A Congregação de Nossa Senhora da Conceição, dos Nobres, começou a ornar-se internamente com azulejos nas paredes, pintados com elegância, intermeados com os Mistérios da Virgem Mãe, nada toscos»[1]. A notícia da sua agregação à Prima Primária tem a data mariana, de 21 de Janeiro de 1690 (dia de Santa Inês)[2].

Em breve, no espaço de pouco mais de vinte anos, aquêle «Claustro fechado» transformou-se em Igreja, separada da do Colégio pelo corredor correspondente à tôrre, que se ergue entre uma e outra. A *Igreja da Congregação do Colégio* ostenta no frontispício a data de 1708. Conserva ainda a barra de azulejos primitivos e um bom quadro pintado no fôrro do côro, cujo centro é ocupado pelas três Pessoas da Santíssima Trindade, sendo a Segunda representada por Jesus Menino em menção de presidir e falar a um grupo de dois homens e duas mulheres: à direita Nossa Senhora e Santa Ana; à esquerda, S. José e S. Pedro, imagem simbólica de uma *reünião de*

Jesuítas que sua carreira acabaria tão cedo como acabou. É tradição, principalmente na classe média e na camada inferior da sociedade que a extinção dos Jesuítas acarretou sérias perdas ao progresso do país. Há, de certo, hoje poucos sobreviventes dentre os que formaram a Companhia de Jesus, mas a sua memória perdurará por longo tempo. Dêles sempre ouvi falar com respeito e saüdade. Quão diferentes devem ter sido da geração decaída que ora dirige os destinos espirituais da nação», Jorge Gardner, *Viagens no Brasil*, tr. de Albertino Pinheiro (S. Paulo 942)66. Cf. testemunho idêntico de Henry Koster, *Travels in Brazil*, livro traduzido por Luiz da Câmara Cascudo com o título de *Viagens ao Nordeste do Brasil* (S. Paulo 1942)398. Os «empreendedores e caritativos Jesuítas» do conceito de Gardner, não terminaram então a sua carreira. Existe, hoje, no Recife, o grande Colégio Nóbrega, ligado não só pelo nome glorioso à antiga Companhia, mas até pelo edifício da sua moderna Igreja de Nossa Senhora de Fátima, cuja primeira pedra, lançada no domingo, 15 de Outubro de 1933, tinha sido adquirida para êsse fim, na ocasião da demolição do antigo Colégio de Jesus, pelo procurador do novo Colégio Nóbrega, P. Serafim Leite da Silva, tio do autor desta obra; ligado também em certo sentido à Companhia do século XVIII, pelo Palácio da Soledade, começado a edificar pelo Bispo D. Fr. Luiz de Santa Teresa (1739-1754), e que D. Vital celebrizou, enquadrado hoje dentro do Colégio Nóbrega. Sôbre o Palácio da Soledade, cf. breve notícia histórica por José Mariz de Morais no *Arquivo da Congregação Mariana da Mocidade Acadêmica* (Recife 1938)34-37.

1. *Bras.* 3, 246.
2. *Bras.* 3(2), 291

Congregação, e também de *Exercícios Espirituais* que igualmente se davam nesta Igreja a pessoas seculares.

Fundou a Congregação o P. António Maria Bonucci, auxiliar depois e tradutor de Vieira, e que também deixou razoável bibliografia ascética e didáctica. Bonucci tinha estado três anos em Roma à frente da Congregação dos Estudantes do Colégio Romano, e em 1683 dirigia no Recife a Congregação dos Estudantes, a dos Homens, e a Irmandade da Boa Morte [1].

A Congregação dos homens era de *Nossa Senhora da Conceição*, que ao princípio englobava todos os que quisessem entrar nela, sem distinção de categorias. Com o desenvolvimento do Recife e de sua classe *artífice e comercial*, erigira-se na primeira década do século XVIII, no período que precedeu a *Guerra dos Mascates*, outra Congregação, semelhante à dos *Oficiais Mecânicos*, erecta um século antes em Olinda. A do Recife adoptou por padroeira o nome expresso de *Nossa Senhora da Paz*. E como para mostrar a preponderância da classe mercantil não se admitiam nela homens nobres, senão com a condição de pagarem o *dôbro* da quota estabelecida ao comum dos Congregados [2].

Os Directores das Congregações renovavam-se naturalmente através dos tempos. Dava-se o caso, às vezes, de recorrerem os Congregados a Roma, pedindo a sua continuação. Dois dêstes requerimentos ou súplicas contêm notícias e demonstram o espírito destas associações, que não eram apenas elemento de piedade, mas índice de vida social. Ambos os requerimentos são da *Congregação dos Nobres*, e subscrevem-nos apelidos de grandes famílias pernambucanas, que tomaram parte activa na Guerra Civil.

Um refere-se ao P. António Maria e outro ao P. José Bernardino, homem de grande tacto e dom de gentes, que ia deixar o cargo de Reitor do Recife para ocupar em 1709 o de Reitor de Belém da Cachoeira.

O primeiro, de 1684, diz:

«*Senhor Reverendíssimo Padre*: O Prefeito, Assistentes e mais Oficiais e Irmãos da Congregação de Nossa Senhora da Conceição, sita neste venerável Colégio da Praça do Recife de Pernambuco, representam a V. Reverendíssima, com a devida submissão, o ex-

---

1. *Bras.* 5(2), 66.
2. *Bras.* 4, 172.

cessivo dispêndio, que têm feito em fabricar com tôda a decência e ornato, oratório e Casa à Virgem Nossa Senhora, para nêle exercerem e celebrarem com piedosa devoção os divinos ofícios e obsequentes preces, a que assiste grande concurso popular com universal contento; sendo motivo de sua freqüência e fervoroso zêlo de servir a Deus, o grandíssimo fruto, que nas almas tem feito o muito Reverendo P. António Maria Bonucci, com seus contínuos sermões e práticas, assim nas Igrejas, como nas Praças e Cadeias aos presos, solicitando com incansável espírito e laborioso desvêlo suas causas, e edificando a todo o género de gente; e com sua exemplar vida, virtude, modéstia, e piedoso zêlo das almas tem aproveitado em todo o estado de gente. Em cuja consideração, prostados aos pés de V. Reverendíssima, lhe rogamos, humildes, ordene em virtude da santa obediência ao dito Reverendo P. António Maria Bonucci, seja nosso perpétuo Padre. Que logrando por tal, e por Mestre espiritual, a êste servo de Deus, daremos por bem empregados todos os gastos que temos feito; para que não desampare as tenras plantas, que com sua doutrina, virtude e exemplo tem adquirido para o serviço do Senhor e de sua Mãe Santíssima. Por quem prostrados rogamos a Vossa Reverendíssima nos honre com esta consolação de espírito e a Vossa Reverendíssima lhe desejamos muitas, em prémio do excelso regímen da Jesuíta Família em todo o orbe, com aplauso dêle» [1].

---

1. Conclui: «Guarde Deus a Vossa Reverendísima, com duplicados progressos, Recife de Pernambuco, 20 de Agôsto de 1684. — Humildes servos de Vossa Reverendíssima:

António Coelho de Lemos	Luiz Nunes Rebêlo
Francisco da Silva	Manuel Ferreira Loures
Amaro Gonçalves Curdonis	Cosme Pereira
Manuel Vieira Darea (sic)	Francisco Martins de Nine
Manuel Vieira da Silva	Miguel Correia Gomes
João Baptista Jorge	João da Rocha Mota.
João Coelho de Lemos	Luiz Coelho de Lemos
João (ou Cristóvão) Pereira da Costa	Bento da Rocha Mota
Manuel Monteiro Lima	Domingos Costa de Araújo
Diogo Lopes [?]...	Manuel de Araújo
Gonçalo... [?]... da Costa	Diogo Lopes Caldeira
Manuel Coelho de Lemos	João de Souto Maior
Francisco Martins Viana	Agostinho Cardoso da Silva
Luiz Pereira de Carvalho	Matias Ferreira de Sousa
Manuel Cardoso da Rosa	Timóteo da Silva
	António Baião

O segundo documento, de 1709, mostra a preponderância na Congregação do elemento militar, e ainda contém alguns nomes da representação anterior:

«*Reverendíssimo Padre Geral*: O Prefeito, Tenente Coronel João da Rocha Mota; e o primeiro assistente, o Capitão José Peres Campelo, familiar do Santo Ofício; o segundo assistente, o Capitão José Rodrigues de Carvalho, familiar do Santo Ofício; o mestre de noviços, o Tenente Coronel João Barbosa Pereira, cavaleiro professo da Ordem de Cristo e familiar do Santo Ofício; e o secretário, o Tenente José Garcia Jorge e mais irmãos da mesa, em seu nome e de todos os mais Congregados da Congregação de Nossa Senhora da Conceição, dêste Colégio do Recife de Pernambuco, prostrados aos pés de Vossa Reverendíssima, lhe expõem humildemente em como o Reverendo Padre José Bernardino, Prefeito actual da mesma Congregação, vai para a Baía, mudado por ordem de Vossa Reverendíssima, e porque assim em particular como em geral há muito justas causas, que representar a Vossa Reverendíssima, para efeito de restituir o dito Reverendo Padre a esta Congregação, lhe fazem presente em como a sua assistência se ordena à maior glória de Deus, veneração de sua Santíssima Mãe, e bem espiritual das almas, a que com tanto zêlo, renovado fervor e consolação de todos

João Barbosa Pereira
João de M.ª Freitas
Manuel Gomes da Silva

João (ou Cristóvão) Fernandes Silva
João Baptista Campeli (sic)
António Dias Baião», (*Bras. 3*, 184-185)

António Coelho de Lemos, Prefeito da Congregação, sepultou-se na Capela-mor da Igreja da sua Congregação, sinal de que terá sido êle o «fundador» da mesma Capela-mor. Escreve Pereira da Costa: «No cruzeiro da nave, junto à Capela-mor, se vê um sarcófago coberto com uma grande lagem de mármore branco, onde descançam os restos mortais de António Coelho de Lemos, sua mulher Beatriz Cabral de Melo e seus descendentes, segundo o respectivo epitáfio em latim. O lugar de destaque em que se acha o sepulcro, indica que António Coelho de Lemos era pessoa de distinção, acaso benfeitor da Capela ou que fôra um benemérito Prefeito da Congregação do Colégio. Monumento de antiguidade, como se vê, não tem porém data alguma que a manifeste, uma vez que a sua menção, que devia figurar abaixo do epitáfio desapareceu com o corte de uma parte extrema da campa e da sua tarja correspondente, para não sacrificar o ladrilho de mosaico da nave!» — «Notícia da Capela da Congregação ligada à Igreja do Espírito Santo, do Recife, à maneira das Capelas das Ordens Terceiras (único exemplar, segundo parece, em todo o Mundo), extraída do *manuscrito* de Pereira da Costa existente na Biblioteca Pública do Estado de Pernambuco», no *Arquivo da Congregação Mariana da Mocidade Académica*, I (Recife 1938) 177-178.

os Congregados, e mais devotos, tem dado novo princípio e calor, e se esperava aperfeiçoar com a sua virtuosa assistência e eficácia de espírito incansável, no serviço de Deus e fruto, que se tem colhido e esperava colher, ficando tudo consumado e aperfeiçoado com a sua presença. Porque havendo o Reverendo P. António Maria fundado esta Congregação, e continuado por tempos o seu primeiro fervor, como quer que fôsse mudado dêste Colégio, foi-se também mudando a antiga devoção, indo cada vez a menos, de tal sorte que chegando a êste Colégio o Reverendo P. José Bernardino, entrando na dita Congregação, lhe foi forçoso trabalhar muito mais para a renovar e repor no seu primeiro estado, cultivando a devoção da Senhora, reduzindo os Congregados e mais pessoas esquecidas, fazendo observar tudo, com mais aumento e perfeição do bem das almas, por meio dos Santos Exercícios, e práticas quotidianas, sem embargo de estar muitas vezes impedido com alguns achaques e ocupações do seu Reitorado [1]. Com o que tudo, e com as confissões gerais, que tem persuadido fazerem-se, com efeito, tem adquirido muito maior número de Congregados, em tal forma que muitas vezes não cabem na Congregação, por causa do concurso do povo, que a si atrai, com o seu extraordinário zêlo, exemplo e doutrina. Além disto, de presente tratava de pôr aos ditos Congregados missa quotidiana, por irem já crescendo as missas, que, só em seu tempo se costumaram dizer pelos Congregados vivos e defuntos, para o que se tem já dado dinheiro a juro, das esmolas com que para esta obra concorreram, e em breve se esperava conseguir o fim da perpetuidade, se se conseguira ficar o dito Reverendo Padre na Congregação, o que seria com grande aumento dela, e do bem das almas. E com a dita mudança, que Vossa Reverendíssima manda fazer, não se aperçoará tão grande bem, que se tem começado, e provàvelmente se tornará a entibiar o dito fervor, ficando todos desanimados e desconsolados, pois é certo, como a experiência tem mostrado, que a presença de quem move com tanto espírito e suavidade os corações do povo é o que promove e leva ao cabo as ditas obras. Demais, que descendo ao particular das pessoas que não são congregadas e ao comum dêste Recife, todo êle com a presença do dito Reverendo

---

1. «Santos Exercícios», que tanto são devoções, como os próprios «Exercícios Espirituais» de S. Inácio, os quais em 1686 se davam a externos, no Recife e em casa para isso feita, que é, na realidade, a futura Igreja da Congregação, contígua à do Colégio, *Bras.* 3(2), 226.

Padre se afervora e concorre cada vez mais e mais, com as suas caridades, com que são socorridos os pobres, principalmente os do Hospital, sendo visitados com muito maior número de Irmãos, do que se tem visto com outro qualquer Padre; e assim todo êste bem e utilidade, nunca dantes vista, resulta da assistência do dito Reverendo Padre e de suas prègações, práticas e exortações, a que todos estão totalmente rendidos, orando com lágrimas pela sua assistência e conservação. Pelo que, prostrados os Suplicantes humildemente pedem a Vossa Reverendíssima, pelas piedosíssimas entranhas de Jesus Cristo e de sua Mãe Santíssima Senhora da dita Congregação, que pondo os olhos nas ditas causas, que alegam e são notórias, e atendendo também ao dano espiritual que se segue aos suplicantes, se digne, por serviço de Deus e da Senhora, ordenar que o dito Reverendo Padre seja restituído a esta Congregação por Prefeito dela, para que continuando na forma sobredita se veja aumentada a glória de Deus e da Senhora e da Sagrada Companhia de Jesus, a quem tanto veneramos pelo zêlo que mostra desta glória e do bem das almas. — E. R. M. — João da Rocha Mota, *Prefeito da Congregação*; José Peres Campelo, *Primeiro Assistente*; José Roiz de Carvalho, *Segundo Assistente*; João Barbosa Pereira, *Mestre de Noviços*; José Garcia Jorge, *Secretário*, em seu nome e dos mais oficiais e de todos os Congregados» [1].

Além da Congregação de Nossa Senhora da Conceição, havia a de Nossa Senhora da Paz [2], ambas florescentes, pelo interêsse manifesto dos moradores do Recife, empenho que explica por si mesmo o desenvolvimento do Colégio, a magnificência das suas solenidades e a construção rápida da Igreja.

Eram famosas, pela sua pompa, as festas de Pernambuco e entre elas mencionam-se as que se celebraram pela beatificação do P. João Francisco de Régis, tanto no Colégio de Olinda como no do Recife.

---

1. *Bras. 4*, 161-161v. O P. José Bernardino assumiu o cargo de Reitor do Seminário de Belém da Cachoeira, a 7 de Dezembro de 1709, o que situa a data da representação dos Recifenses, por Novembro de 1709. Ambas estas representações pertencem ao género das que se fazem, não para modificarem as decisões tomadas e que geralmente se mantêm, segundo as boas normas administrativas, mas para aproveitar uma oportunidade de se dar relêvo aos actos daqueles que são objecto delas. E é realmente notável a segunda, como índice do ambiente do Recife nas vésperas da guerra com Olinda.

2. *Bras. 4*, 172.

As do Recife celebraram-se no dia 24 de Maio de 1717 e com maior concurso de povo por ser terra mais populosa. Quando no Colégio se puseram de véspera as luminárias, tôdas as casas do Recife se iluminaram. E não cabendo a festa na terra passou ao mar. Armaram-se navios e coroaram-se de fogos, simulando batalha, espectáculo para a vista e também para o ouvido, com o estampido dos morteiros e bombardas e músicas. Isto na véspera. No dia seguinte, festa de Igreja com solenidade nunca vista. Pediram para se encarregar dela os Padres do Oratório. Prègou Fr. Bartolomeu do Pilar, que iria ser, daí a alguns anos, o primeiro Bispo do Pará.

A procissão, feita por tôdas as Famílias Religiosas, pelas Irmandades e Clero, com 11 andores e carros festivos; os dois carros triunfais, ornamentados de sêda e bordados de fitas de prata e ouro, em que iam S. Inácio, num, e o B. João Francisco de Régis, noutro, levam a admiração e aplausos de todos. O trajo da gente e dos estudantes era garrido e rico, sobretudo o de dois, de prata, oiro e pedras preciosas, que guiavam o cortejo, segurando os cordões de oiro do Carro de triunfo. No fim, congratulação e aplauso geral (palmas) [1].

4. — Êste fervor *urbano* era acompanhado de fervor *rural*, como se viu no Capítulo precedente. Mas, às vezes, as missões transformavam-se em construções e foi o que sucedeu em Iguaraçu com o P. Gabriel Malagrida, chegado a Pernambuco de volta da Baía, em princípios de Março de 1742. Prègou como de costume no Recife e em Olinda, e daqui se alargou pela campanha, Cabo de Santo Agostinho, Afogados, Goiana. Em Iguaraçu promoveu a construção de um Recolhimento do Sagrado Coração de Jesus para regeneração e preservação de raparigas. Ajudou-o o virtuoso Padre Miguel Rodrigues de Sepúlveda, que ficou seu Capelão, e uma Senhora caridosa, Antónia Maria de Jesus. Quando Malagrida deixou Iguaraçu, não obstante vivas e poderosas oposições, ficaram lançados os ali-

---

1. *Bras. 10*, 177-178. O panegírico de B. João Francisco de Régis, prègado por Fr. Bartolomeu do Pilar, foi impresso em Lisboa em 1718 na oficina de António Pedroso Galrão, por ordem do Colégio da Companhia de Jesus da Vila do Recife, cf. Barbosa Machado, *Bibl. Lus.*, I, 465; Fr. Manuel de Sá, *Memórias Históricas dos illustrissimos Arcebispos e Bispos, escriptores Portugueses da Ordem de Nossa Senhora do Carmo*, na *Rev. do Inst. Pernamb.*, n.º 54(1900)66. Extractos relativos a Pernambuco.

cerces do novo Recolhimento [1]. Êste Asilo de Madalenas arrependidas tinha âmbito regional. As que se não podiam casar, por causa de impedimentos ou delas próprias ou dos homens com quem viviam, por já serem casados, abriam-se-lhes as portas desta casa, onde ficavam ao abrigo da miséria e de recaídas [2].

O grande apóstolo do Recolhimento de Iguaraçu foi um Jesuíta alagoano. Estava em 1742 no Colégio do Recife o P. António Pais, cego. A cegueira todavia não lhe impedia o fervor. E foi êle o Director espiritual do Recolhimento de Iguaraçu, acendendo, segundo o testemunho de João de Brewer, aduzido por Guilhermy, entre estas moças arrependidas, o fogo do amor divino, de que é modêlo Santa Maria Madalena [3].

Depois da saída dos Padres, também ao Recolhimento chegou a perseguição. Constando ao Governador Conde de Povolide, escreve êle próprio em 1768, que a esta Instituição de zêlo e caridade havia dado «a sua mística» o P. Gabriel Malagrida...; e vendo o Prelado que as Recolhidas usavam «roupeta ao uso dos Jesuítas», as mandou mudar de hábito; e sabendo que o Capelão era o P. Miguel Rodrigues de Sepúlveda, a quem Malagrida havia constituído no lugar do Director, mandou-lhe tirar o emprêgo, desterrando-o para 8 léguas. E como o P. Sepúlveda intentasse apelar para a Coroa, como era seu direito, o Prelado e o Governador, de mão comum, o encerraram no Aljube, donde depois foi desterrado para Tracunhaém, a 12 léguas de Iguaraçu [4]. Sepúlveda era irmão do P. Paulo Teixeira, que foi Vigário da Vila de Iguaraçu, e depois Jesuíta e Superior de Santa Catarina, falecido com fama de santo, dizem os documentos da época [5].

---

1. Mury. *História de Malagrida*, 99.

2. Carta de Rogério Canísio, do Hospício Real do Ceará, 22 de Abril de 1747, em Lamego, *A Terra Goitacá*, III, 439.

3. Guilhermy, *Ménologe de l'Assistance de Portugal*, II, 497-498. António Pais faleceu nos cárceres de Azeitão a 18 de Fevereiro de 1761 (Carayon, *Doc. Inédits*, IX, 251). Natural de S. Miguel, de Alagoas, onde nasceu a 27 de Julho de 1682, entrou na Companhia a 9 de Fevereiro de 1701 (*Bras. 6*, 135). No dia 12 de Março de 1719 fêz a profissão solene na Residência do Rio de S. Francisco [Urubumirim], *Lus. 14*, 95-96.

4. Carta do Conde de Povolide a Mendonça Furtado, de 24 de Setembro de 1768, cópia no Inst. Hist. do Rio, *Cons. Ultram. 14*, f. 312-312v.

5. Cf. Jaboatão, *Novo Orbe Seráfico* (Rio 1859)794.

Uma estátua de Jesus Menino, sentado sôbre um Coração aberto, que havia no Recolhimento de Iguaraçu, conserva-se hoje no Mosteiro de S. Bento de Olinda [1].

A fundação do Recolhimento de Iguaraçu foi o caso mais relevante dêstes ministérios. Mas a assistência dos Jesuítas a Madalenas arrependidas, em Pernambuco e fora dêle, quer solteiras, quer casadas, vinha de longe, já do século XVI, e as *Ânuas* aludem de vez em quando a conversões dessa ordem, como a Ânua de Fernão Cardim de 1607 [2].

5. — Assim como todos os Colégios do Brasil, e aliás de todo o mundo, também êste possuía bens (pertence à noção mesmo de Colégio a característica de autonomia económica para poder subsistir por si mesmo). E a «fundação» do Colégio do Recife é caso típico do bem querer da população e um pouco resultante do seu espírito de bairrismo, a respeito de Olinda. Nenhum talvez, no Brasil, não sendo fundação régia, se colocou financeiramente em situação tão desafogada para cumprir os seus fins, sem graves preocupações financeiras. Multiplicaram-se os homens interessados na sua fundação. O primeiro foi António de Souto de Macedo que deixou à casa de Nossa Senhora do Ó do Recife, para «fundação» do Colégio, uma Fazenda no Rio de S. Francisco, com obrigação de pagar algumas dívidas suas, e era, diz-se em 1684, a melhor coisa que o Colégio tinha [3].

Depois, o Capitão António de Gouveia, António Dias Baião e António Fernandes de Matos, benfeitores todos neste período (1677-1690), o P. Pedro Guedes e Francisco da Silva, ambos nobres, Leandro de Campos e Leonel Gomes, para os quais se pedem os agradecimentos de Roma [4].

A «fundação» em 1692 era constituída pelos seguintes elementos:

1) Algumas casas no Recife, postas de aluguer;

---

1. Bonifácio Jannsen dá notícia da imagem e reproduz-se o fac-simile em *Fronteiras* (Recife) Outubro de 1939.
2. *Bras. 8*, 61v.
3. Gesù, *Colleg.*, 1477[216]; *Bras. 26*, 105-105v. No ano anterior de 1683 celebraram-se, por sua alma, as missas do costume pelos benfeitores insignes.
4. *Bras. 26*, 106; *Bras. 3(2)*, 226.

2) Fazenda da Barreta, a uma légua do Colégio, para farinha [1];

3) Fazendas de gado no Rio de S. Francisco, que davam 80 a 90 cabeças de gado vacum; o seu produto entregava-se a António Fernandes de Matos para as obras da Igreja;

4) Canaviais em terreno alheio, em vista do futuro engenho [2].

Dois anos depois em 1694 as terras do Colégio do Recife especificam-se assim: Terras do Rio das Cabaças, áridas; a Fazenda «Silvaguirensis»; a Fazenda de Urubu, no Rio de S. Francisco; a Fazenda da Barreta.

E tinham-se comprado uns campos de mandioca, próprios também para canaviais, e andava a construir engenho em 1696 o Reitor do Recife P. Domingos Dias [3]. Era o Engenho de Nossa Senhora da Luz, no interior a poucas léguas do Recife, já pronto em 1701. E êle, com a Fazenda da Barreta aplicada à produção de farinhas, frutas e legumes e cocos, e transformada em Casa de Campo do Colégio do Recife, e a *Fazenda de Urubu*, que daí a algum tempo se denomina *Urubumirim*, mencionam-se sempre, com esta segunda forma em todos os catálogos, e com administração directa. Tôdas as mais terras ou se venderam ou arrendaram a terceiros ou se englobaram nestas. Deve pertencer a êste número uma pequena fazenda de gado que o Colégio possuía em 1737 no Rio Grande do Norte, com 193 bois e o pessoal respectivo, pouco, apenas 3 homens, fazenda ao parecer de carácter transitório anexa a alguma Aldeia [4]. Não torna a aparecer nos relatórios económicos do Colégio do Recife. E nas contas há uma pequena verba de arrendamento ou aforamento de fazendas em 1739, na importância de 40 escudos romanos (± 40$000 réis) e em 1757, no valor de 184 escudos [5].

Boa fonte de receita, era a Farmácia do Colégio, que rendeu líquidos, em 1739, 400 escudos, e em 1757, 600, fora os remédios que se davam gratuitamente aos pobres, como no Colégio de Olinda [6].

---

1. *Barreta*, entrada meridional do ante-porto do Pôço, no Recife (Galvão, *Diccionario*, 49).
2. Bras. 26, 105; Bras. 3(2), 320.
3. Bras. 5(2), 141; Bras. 4, 12.
4. Bras. 6, 279.
5. Bras. 6, 439.
6. Bras. 6, 439.

O Engenho de Nossa Senhora da Luz, produzia, uns anos por outros, 30 caixas de açúcar. O máximo rendimento foi em 1739 com 55 caixas [1].

A *Fazenda de Urubumirim* constava de 11 currais com 2.144 bois em 1739, e 3.000 em 1757 com 200 cavalos.

No entanto, a principal fonte de receita do Colégio do Recife era o aluguer de casas urbanas; vinha a seguir o açúcar; depois a farmácia; e em último lugar o gado. A Botica ou Farmácia tinha instalações adequadas, cuja construção se fêz à roda de 1720, e no Recife e fora dêle, se tornou famosa [2].

O Colégio tinha vida próspera. Os gastos e despesas, além do necessário para o sustento frugal dos Jesuítas, então em estreita dependência das construções e manutenção do edifício e da Igreja, que às vezes desequilibravam as finanças, assentavam todavia em base económica de confiança.

Em 1739 discrimina-se com minudência o estado do ano anterior (1738), movimento já maior que o do Colégio de Olinda:

Fontes de receita (conjuntas)	2.990	escudos
Gastos gerais	2.897	»
Amortização de débitos antigos	1.175	»
Deve ainda em Lisboa, com juros	4.169	»
Deve na praça, com juros	1.600	»
Deve na praça, sem juros	1.098	»
Importa todo o débito	6.867	»

Quási não tinha devedores, apenas crèdores. Mas dispunha, postas em Lisboa para vender, de 28 caixas de açúcar [3].

O Engenho de Nossa Senhora da Luz, ou «Engenho do Colégio», na Muribara, passou a terceiros, depois da saída dos Jesuítas [4].

---

1. *Bras.* 6, 279.
2. *Bras. 10(2)*, 264v. No Inventário paulista do Guarda-mor João Leite da Silva Ortiz há esta verba: «por dinheiro que paguei à Botica [do Recife] dos cordeais, dois mil e setecentos réis», *Invent. e Testam.*, XXV, 424.
3. *Bras.* 6, 279.
4. Segundo F. A. Pereira da Costa, «ainda existe hoje», com a denominação de «Engenho do Colégio», cf. *Anais Pernambucanos*, na *Rev. do Inst. Pernamb.*, XXII (1934)223.

6. — A *Residência de Urubumirim* não era apenas pôsto de civilização económico-pecuária, mas também, e talvez mais, centro de catequese.

O P. Manuel dos Reis, superior de Urubumirim, procurando em 1736 campos aptos para cultura, embora distantes, achou também outros lucros para Deus, diz-se ao relatar-se o achado. O Principal do Gentio *Parariconha*, ainda que baptizado outrora com outros meninos, vivia como gentio, nas terras vizinhas. Avistou-se com êle o Padre. E o principal, derramando lágrimas, declarou diante de todos que trataria de ser cristão. Assim, depois da missa, pondo-se a caminho a 13 de Junho, dia de S. António, com o Padre da Companhia, chegaram à terra dêste Gentio, onde ergueram uma grande cruz. A catequese teve a princípio dificuldade, mas, por fim, numa noite de tempestade, seguida de um incêndio na floresta, os Índios abrigaram-se à sombra da Cruz e converteram a sua barbaridade em humanidade. As mães traziam os filhinhos ao Padre, que as abençoava. Baptizaram-se 23 octogenários depois de instruídos nas coisas da fé; realizaram-se 18 matrimónios; e 150 baptizados se colocaram cristãmente na zona de influência da Residência de Urubumirim [1].

No ano seguinte acrescenta-se que o Superior de *Urubumirim* não só ajuda ao Colégio do Recife, mas sobretudo à conversão e utilidade dos *Parariconhas*. Aldearam-se pelos Jesuítas muitos daqueles que tinham feito paz e amizade no ano anterior [2].

Paricónia é uma vila, hoje, do Estado de Alagoas, não longe da famosa Cachoeira de Paulo Afonso, à direita do Rio do Campo do Urubu, e entre ela e o Rio das Cabaças, assinala a orografia da região a «Serra dos Padres», testemunha da catequese que se fazia à roda desta Fazenda do Colégio do Recife. Na *Descrição de Pernambuco*, de 1746, lêem-se estas palavras: «*Aldeia de S. Brás*, invocação de Nossa Senhora do Ó. O Missionário é da Companhia de Jesus: tem duas nações de caboclos da língua geral de nações Ceriris (sic) e Progés» [3]. A S. Brás anda unido o Pôrto do Colégio,

---

1. Bras. 10(2), 377v.
2. Bras. 10(2), 381.
3. *Rev. do Inst. Alagoano*, XII, 189. Trata-se do § 4 da *Descrição de Pernambuco*: «Rellação das Aldeias que ha no Districto deste Governo de Pernambuco e Capitania da Parahiba, sujeita à Junta das Missoens deste Bispado». A Aldeia de S. Brás fica no têrmo da Vila de Penedo. Antes desta *Relação* dão-se os signi-

ou depois Pôrto Real do Colégio ou simplesmente *Colégio*, hoje cidade, a algumas léguas acima de Penedo [1].

O Pôrto do Colégio teve grande Residência e Igreja, que já não existem, constando que a actual Matriz se erguera no lugar da Igreja dos Jesuítas: «Êste Colégio era construído de pedra e cal sôbre pilares, que o punham ao abrigo das grandes enchentes do Rio, tendo o vigamento na altura de oito palmos, com frentes para os quatro pontos cardeais, sendo a principal para o nascente, na qual existiam oito celas e uma bonita escada de cantaria, que dava comunicação para a capelinha com uma porta e duas janelas de frente» [2].

O Estado de Alagoas, pela sua posição intermédia entre dois grandes Colégios, o de Pernambuco e o da Baía, não chegou a ter Colégio pròpriamente dito, isto é, com estudos de Humanidades. Mas além da grande Residência fixa (que nos Catálogos mantém sempre a nomenclatura primitiva de *Urubumirim*, ainda que tivesse depois outras dependências anexas), foi sulcado pelos Padres da Companhia nos séculos XVII e XVIII, durante a guerra holandesa, e como ponto de escala por terra, entre Pernambuco e Baía, em missões onde se lêem, entre outros, os nomes de Alagoas do Norte e do Sul, Pôrto Calvo e Poxim [3]. Também intervieram com os seus Índios na redução dos mocambos dos Palmares. Mas sobretudo nas margens do Rio de S. Francisco, em particular nas proximidades da Cachoeira de Paulo Afonso, foi grande a actividade dos Jesuítas de Pernambuco, a qual unida à dos Jesuítas do Colégio da Baía, se desenvolveu em território que se reparte hoje por quatro Estados da Federação Brasileira, Pernambuco, Baía, Sergipe e Alagoas.

7. — Os Superiores ou Reitores do Colégio do Recife, foram segundo as fontes conhecidas:

---

ficados pessoais dos Índios: «Caboclos são os que morão na Costa e fallam a lingoa Geral», cf. *Rev. do Inst. Pernamb.*, XI(1904)179. Supomos que *Ceriris* é leitura errónea de *Keriris (Quiriris)*.

1. No Atlas do Barão Homem de Melo vem em três lugares distintos: N.ª S.ª do Ó, S. Brás, Colégio.

2. João Alberto Ribeiro, *Esbôço Histórico dos Municípios de Alagoas*, no *Indicador Geral do Estado de Alagoas* (Maceió 1902)204.

3. Entre os missionários que estiveram em Alagoas, um, foi Malagrida, cf. Mury, *História do P. Malagrida*, 85.

P. *António Ferreira* (1659). 1.º Superior da Casa de Nossa Senhora do Ó.

P. *Inácio Faia* (1662)

P. *António Ferreira* (1663)

P. *Diogo Machado* (1667). Ainda estava em 1671.

P. *Lourenço Craveiro* (1678). 1.º Reitor, desde 1 de Novembro, dia em que a «Casa» se erigiu em «Colégio».[1] — Colégio de Jesus do Recife, passando a invocação de N.ª S.ª do Ó, que até aí era da Casa, a ser titular da Igreja.

P. *Manuel Carneiro* (1683). Morreu em 1686 da peste da *bicha*, «servindo aos empestados».

P. *João Ferreira* (1685). Faleceu logo a 1 de Janeiro de 1686, na mesma peste, «servindo aos empestados».[2]

P. *Gonçalo do Couto* (1686)

P. *Estêvão Gandolfi* (1689)

P. *Paulo Carneiro* (1690)

P. *Domingos Dias* (1694)

P. *Diogo da Fonseca* (1698)

P. *Miguel Cardoso* (1702)

P. *José Bernardino* (1705)

P. *João Dias* (1709)

P. *Manuel dos Santos* (1710)

P. *Martinho Calmon* (1711). Vice-Reitor desde 27 de Março de 1711. A 26 de Fevereiro dêste ano, escrevia-lhe o Governador Geral do Brasil D. Lourenço de Almada, dando-lhe o tratamento de «Visitador do Colégio de Pernambuco», agradecendo as informações que lhe enviara sôbre as perturbações locais êsse ano entre o Recife e Olinda.[3] O «Colégio de Pernambuco» era o de Olinda. Depois da visita, ficou no Recife. Ainda Reitor em 1714.

P. *António de Matos* (1715)

P. *José Coelho* (1719)[4]

---

1. *Bras.* 3(2), 141.
2. *Bras.* 3(2), 225; Bibl. Vitt. Em., f. gess. 3492/1363, n.º 6.
3. *Doc. Hist.*, XXXIX(1938)271-272, 283-284.
4. Faleceu no Recife a 22 de Julho de 1729 (*Hist. Soc.* 52, 131). Natural de Olinda, filho de Francisco Coelho Nigromante e D. Brásia Monteiro, cf. Borges da Fonseca, *Nobiliarchia Pernambucana*, I, 123. Loreto Couto, *Desagravos do Brasil*, XXIV, 280, traz a sua biografia, e nas páginas dêste Tômo ficam outras notícias dêste Jesuíta notável. Vd. *Índice de Nomes*. Entrou na Companhia com 21 anos de idade, aos 20 de Setembro de 1673, *Bras.* 6, 38.

P. *Marcos Coelho* (1722)
P. *José Aires* (1725)
P. *Rafael Álvares* (1728). O P. Rafael Álvares ligou o seu nome ao culto de S. Francisco Xavier, numa das suas fórmulas próprias do tempo, que tanto celebrizou *Santo António de Lisboa*, encaminhando à Coroa uma súplica em que se requeria também praça de soldado para *S. Francisco Xavier*, cuja devoção era grande no Brasil: «Aquêle grande soldado da Fé que tanto trabalhara até morrer por ela, ilustrando com as suas virtudes e santidade a Nação Fidelíssima». El-Rei, em Resolução de 8 de Agôsto de 1730, mandou sentar praça de soldado a S. Francisco Xavier, a ser paga pela Tesouraria da Paraíba, com o sôldo de cinqüenta mil réis anuais [1].

P. *Manuel de Sequeira* (1731). Durante o seu reitorado, houve grave discórdia entre o Prelado e o Ouvidor Geral, extinta graças sobretudo à intervenção do P. Manuel de Sequeira [2].

P. *Luiz dos Reis* (1735)
P. *Domingos Gomes* (1739). Era visitador em nome do Provincial, e ficou Reitor.
P. *Manuel Ferraz* (1743)
P. *José de Lima* (1747)
P. *Manuel de Matos* (1750 ?). Neste período, sem indicação de data.
P. *Tomás da Costa* (1755) [3]
P. *António Nunes* (1759). Último Reitor.

8. — Com a preponderância do Recife, o seu Colégio revestiu com o tempo as mesmas características de confiança régia e particular, que assinalam a de outros grandes Colégios, que fôssem sedes de Governo, como a Baía e o Rio de Janeiro. As *Vias de sucessão*, que se guardavam no Colégio de Olinda, passaram a guardar-se no do Recife, se não sempre, algumas vezes; e a posição central do Colégio e a qualidade, segura e acessível do seu famoso cais, tornava-o como o pórtico majestoso da Cidade. Era costume hospedarem-se no Colégio os novos Bispos e Governadores, antes de

---

1. *Rev. do Inst. da Paraíba*, I, 244.
2. *Bras. 10(2)*, 356.
3. Em latim Thomas, que também pode ser Tomé, em português.

seguirem para Olinda. O *Cais do Colégio*, com que o *Pátio* rematava no belo estuário do pôrto, ainda conservava o seu nome histórico um século depois da saída dos Padres. Efectivamente, numa gravura, feita quando D. Pedro II visitou o Recife, e que tem como fundo, o Colégio, a Igreja e o Pátio, lemos êste título: «O *Cais do Colégio* por ocasião do desembarque do Imperador em 1850».

O verdadeiro renome do Colégio vem-lhe, porém, da sua própria função específica de ensino público, iniciado antes das invasões e perturbações holandesas. O primeiro ensino, ministrado pelos Jesuítas no Recife, data de 1619, com *escola de ler e escrever*. Expulsos os Invasores, reabriu-se a escola. E assim ficou, até que, fundando-se Colégio pròpriamente dito em 1677, embora por disposição dos fundadores sem encargo ou obrigação de ensinar, logo se pensou em ampliar a Escola, ainda que a proximidade do Colégio de Olinda não favorecia o desenvolvimento de novo Colégio, a tão pouca distância um do outro. Em todo o caso, a própria emulação dos Recifenses com os Olindenses refletia-se também no Colégio do Recife, que com o tempo veio a ter sete cursos: *Teologia Moral*, *Filosofia*, *Letras Humanas* (a princípio um curso, depois dois), *Escola de ler e escrever*, *Doutrina Cristã* aos meninos brancos ou mestiços, e *Doutrina Cristã*, por um Padre conhecedor da Língua de Angola, aos escravos negros.

Todos êstes cursos tiveram carácter permanente, excepto o de Filosofia, que se professou por diversas vezes em períodos intermitentes. Nos meados do século XVIII tendia-se à sua estabilização no Recife, não obstante a contiguidade de Olinda, Colégio mais antigo e de maiores recursos. Era evidente porém a crescente importância do Recife, e os seus moradores instavam com os Padres, e ofereciam subsídios adequados para *Escolas Públicas* e *Filosofia*, impulso manifesto sobretudo na terceira década do século XVIII. a seguir à Guerra dos Mascates e vitória do Recife. Assim é que em 1721 já se fala em «ginásio» e «aula de Filosofia»[1].

---

1. *Bras.* 10(1), 256. Cf. Provisão Régia sôbre o Curso de Filosofia no Recife, de 8 de Outubro de 1721 (Conselho Municipal, Livro 45, *Registro de Cartas, Provisões e Ordens Regias*, p. 137). Nota-se, em 1727: «Rapit oculos animosque *Palladium Musaeum* quod, ultima iam manu posita, omnium patet encomiis, omnium scatet elogiis, novoque decoratur Grammatices Praeceptore, quem Roma, non negante, Provinciae moderator superaddidit», *Bras.* 10(2), 297.

O Colégio era dotado de boa biblioteca, e de vez em quando se vai anotando a entrada de livros, uns comprados, outros recebidos de pessoas amigas como em 1717 em que entraram vários volumes, doados por «um homem nobre e erudito»[1].

As escolas, tanto do Recife como de Olinda, foram mandadas fechar pelo Governador no dia 9 de Maio de 1759[2].

Mas o Governador, que as mandara fechar, escreveu êle próprio, que elas «no geral haviam estabelecido o maior conceito». Recorreu primeiro aos Padres do Oratório que pediram tempo para reflectir; dirigiu-se depois aos Padres Franciscanos que aceitaram, e ainda bem, porque do encerramento das escolas dos Jesuítas ficou sentido o povo, não cessando os seus clamores[3].

As primeiras notícias vexatórias encontraram os Jesuítas no Recife estimados não só de todo o povo, mas também do Governador Luiz Lôbo da Silva e do Prelado D. Francisco Xavier Aranha. O Prelado, quando se lhe falou de «reforma», disse que na sua diocese só os Jesuítas não precisariam dela; exceptuava uma coisa, aludindo ao calçado modesto do Reitor de Olinda, que os «sapatos» dêle, necessitavam, êsses sim, de reforma. Mas turbaram-se os tempos, chegaram da Europa as calúnias de Sebastião José, armou-se a intriga, e o Governador começou a ter mêdo do ditador e o Bispo a ter mêdo do Governador. E ambos converteram a antiga amizade em perpétuo vexame. O Prelado recorria antes aos Jesuítas para as dificuldades da sua administração. Tendo mandado que nenhum candidato ao sacerdócio recebesse ordens, sem se examinar antes, determinação que atingia a todos, seculares e regulares, excepto os Jesuítas, por serem os Mestres, mostraram-se desgostosos os Religiosos do Carmo. O Prelado encarregou o P. Manuel Correia, da Companhia de Jesus, dêsses exames; e êste procedeu com tal brandura «quasi pro forma» que os Carmelitas se acomodaram e significaram pùblicamente a sua satisfação ao Reitor de Olinda[4]. Assim recorria antes o Prelado aos Jesuítas, como prudentes mi-

---

1. *Bras.* 10, 177.
2. Caeiro, *De Exilio*, 138.
3. Carta do Governador Luiz Diogo Lôbo da Silva para Tomé Joaquim da Costa Côrte Real, cópia no Inst. Hist. do Rio, *Cons. Ultram.*, n.º 14, f. 119v-200.
4. José Rodrigues de Melo, *Vita P. Emm. Correae*, 33 (ms.).

nistros das suas determinações; mas eis que, em pastoral de 4 de Dezembro de 1759, proíbe a todos os seus súbditos que se comuniquem com os Religiosos da Companhia de Jesus, a quem chama nada menos que «diabólicos ministros de Satanaz»[1]. Metamorfoses do mêdo, a que felizmente não cederam outros Prelados do Brasil.

Para a realização dos seus planos, enviou o valido de D. José a Pernambuco dois emissários seus, Miguel Carlos Caldeira e Bernardo Coelho da Gama Casco. O Juiz Caldeira, filho do Desembargador Caldeira, benemérito do Colégio de Évora, não quis manter-se à altura do pai. Salvou-se da degradação o Dr. Bernardo Coelho da Gama Casco. Se como funcionário público teve que intervir na odiosa comissão, fê-lo com a maior bondade e respeito[2].

No Recife, o mêdo deteve ainda a mais alguns, que se abstiveram de assistir à última festa de S. Inácio, celebrada no Colégio, a 31 de Julho de 1759. Não se deixaram acobardar os gloriosos filhos de S. Francisco, lembrados da antiga amizade, e a sua presença foi um protesto contra a perseguição nascente[3].

No Colégio de Recife reüniram-se os Padres de Olinda e das Fazendas, Casas e Aldeias. Também aí se recolheram os dois Jesuítas da Residência de Urubumirim, o P. Nicolau Botelho e o Ir. João Baptista, mandados buscar por uma fôrça a cavalo. Quando o povo os viu entrar, como se fôssem criminosos, juntou-se ao cortejo e manifestou o seu pesar em pranto alto, que era também protesto[4].

No dia 1 de Maio de 1760 embarcaram os Padres do Norte com destino a Lisboa. O Comandante do navio, que levou os Padres de Pernambuco, José Maria, alemão de nação, transformou-se de comandante em carrasco. E, entre outras crueldades, deixou morrer,

---

1. Cf. Alberto Lamego, *Mentiras Historicas — Um Algoz dos Jesuítas*, em «O Jornal», Rio, 15 de Agôsto de 1929. O «algoz», do título dêste artigo, é D. António do Destêrro, a cuja maculada memória Alberto Lamego associa a de D. Francisco Xavier Aranha, de quem publica duas pastorais de 7 de Dezembro de 1759 e 15 de Fevereiro de 1760.
2. Caeiro, *De Exilio*, 128-130.
3. Id., *ib.*, 150.
4. Caeiro, *De Exilio*, 156

à fome e à sêde, alguns dos que lhe tinham sido confiados [1]. Um dêles, o P. Vicente Correia Gomes, irmão de outro Jesuíta P. Inácio Correia, de ilustre família pernambucana [2]. Menos felizes que os da Baía, transportados em navios, cujos comandantes, homens de honra, António de Brito Freire e Bernardo de Oliveira, conquanto executassem ordens injustas e duras, suavizaram-nas no que dêles dependia, com generosa humanidade.

Quanto ao ensino, o Marquês de Pombal desorganizou os estudos existentes com o pretexto de os fazer melhor. Descreve o resultado o autor das *Revoluções de Pernambuco*, não sem o seu quê de pitoresco: O Ministro «regalou os Pernambucanos, com uma boa meia dúzia de Professores escolhidos pela sua Mesa Censória e altamente encarregados de ensinar com esmêro as três faculdades seguintes: 1.ª, a tremer, e estremecer e obedecer ao Marquês; 2.ª, a ler e escrever alguma coisa; 3.ª, a verter para Português uma lição do Breviário Latino. Tais foram as ciências que o Marquês julgou mais que suficientes para que os Nobres Pernambucanos não fôssem iguais aos seus próprios escravos». O remédio eficaz só veio quando a vida retomou o curso normal, no tempo de D. Maria I, a Libertadora [3].

Entre os variados aspectos da actividade da Companhia de Jesus em Pernambuco, durante mais de dois séculos, o período decisivo da sua formação, aldeamentos, colonização, defesa contra o invasor, concórdia civil, organização associativa, e vida espiritual, fica vinculada à sua memória, êste da instrução, educação

---

1. Caeiro, *De Exilio*, 170; António Paulo Ciríaco Fernandes, *Missionários Jesuítas no Brasil no tempo de Pombal*, 2.ª ed. (Pôrto Alegre 1941)73. O ilustre autor, que teve em seu poder o ms. de Caeiro, antes de sua publicação pela Academia Brasileira, segue a lição de Caeiro, neste e noutros passos do seu livro, referentes às diversas Casas da Companhia no Brasil, no qual também publica algumas gravuras antigas, interessantes.

2. Escreve Borges da Fonseca: «Vicente Correia, que foi Jesuíta, e saindo de Ordens Menores, foi estudar a Coimbra, onde se doutorou em Cânones, e foi opositor às Cadeiras da Universidade. Dela veio por Deão da Santa Igreja Catedral de Olinda e Governador do Bispado, porém largando tudo, tornou a entrar na Religião da Companhia, e faleceu no mar, indo com os mais embarcado do Recife para Lisboa», *Nobiliarchia Pernambucana*, I, 177.

3. Cf. *Revoluções de Pernambuco*, na *Rev. do Inst. Pernamb.*, n.º 29(1884)81.

e cultura, nos «Estudos Gerais» do Recife, e de Olinda de tão nobres tradições. Para dignidade da sua cultura, compete-lhe ainda restaurar e consagrar o nome de *Pátio do Colégio*, primeira — bissecular e gloriosa — evocação literária de Pernambuco [1].

---

1. Referindo-se à Igreja da Congregação, escreve Pereira da Costa que ela ficava unida à Igreja do Colégio em bela situação, «em frente do grande *Pátio* do edifício, e daí a sua denominação de *Pátio do Colégio*». Diz, depois, os nomes sucessivos do histórico *Pátio*. E conclui: «Mas entendendo a nossa edilidade permitir a desarrazoada construção de um quarteirão de prédios na Rua do Queimado, tirando-se assim uma grande parte da área do *Pátio*, ficou êste não só reduzido ao que ora se vê, como a Igreja da Congregação, entaipada em um estreito Beco, que terá quando muito, uns quatro metros de largura e que na sua extensão apenas deixa aparecer na praça uma pequena parte da sua fachada!» — Pereira da Costa, op. cit., no *Arquivo da Congregação Mariana da Mocidade Académica*, I (Recife 1938)179. Pertence ao cronista pernambucano o ponto de admiração ou de desgôsto, com que encerra a sua notícia sôbre a Igreja da Congregação e o famoso *Pátio do Colégio*.

LIVRO TERCEIRO

NORDESTE

IGREJA DO COLÉGIO DA BAÍA, HOJE BASÍLICA, SÉ PRIMAZ DO BRASIL
(FACHADA)

Começada em 1657 e concluída em 1672. Remodelada parcialmente em 1679. Nos nichos, feitos então, colocaram-se em 1746 as três belas estátuas de mármore, S. Inácio, S. Francisco Xavier e S. Francisco de Borja. Tôda a fachada é revestida de mármore de Itália. — Ver outro desenho, supra, *História*, I, 80/81.

CAPÍTULO I

Paraíba

1 — Fundação da segunda Residência; 2 — Trâmites económicos para a fundação do Colégio e Seminário; 3 — Estudos; 4 — Superiores e Reitores; 5 — Igreja de S. Gonçalo; 6 — Catequese dos Índios; 7 — Ministérios na Cidade; 8 — Manifestação geral contra a saída dos Jesuítas (1760).

1. — Foi grande a actividade dos Padres da Companhia de Jesus na Paraíba desde a sua Conquista por Martim Leitão, em que êles intervieram directamente sendo um o P. Simão Travassos, o próprio autor do *Sumário das Armadas*, narrativa célebre da Conquista [1]. Depois, nos primeiros anos do século XVII, pensou-se em abrir grande casa na Paraíba, e os Índios a pediam, como remédio, que não tinham, sobretudo depois da saída dos Religiosos de S. Francisco. E muitos Potiguares iam confessar-se com os Padres de Pernambuco, escreve o P. Francisco Pinto, que insistia na erecção daquela casa [2]. Não se abriu a casa no plano grandioso de Francisco Pinto, mas consta do testamento de João Fernandes Vieira que os Padres da Companhia tiveram três engenhos, na Capitania da Paraíba, de que êle se fêz senhor, por provisão régia, depois da expulsão dos holandeses [3].

Êstes trabalhos, e as entradas ao Rio Grande, Ceará e Maranhão, impediam e ocupavam por lá os Padres. A Paraíba ficou em regime de missões periódicas, sobretudo dos que visitavam e organizavam o Rio Grande do Norte, até sobrevirem as perturbações holandesas de 1624.

Tendo o inimigo lançado gente em *Mamanguape* e entrado a armada na *Baía da Traição*, quatro Padres da Companhia com os

---

1. Cf. supra, *História*, I, 499s.
2. Carta do P. Francisco Pinto, de 17 de Janeiro de 1600, *Bras. 3(1)*, 179-179v.
3. Cf. supra, Capítulo sôbre o *Real Colégio de Olinda*, p. 423.

seus Índios, parte das Aldeias do Rio Grande, parte das de Pernambuco, acorreram à defesa da terra. E com suas pessoas e Índios ajudaram a desalojar o inimigo, que se retirou, com perdas, de Mamanguape, e se viu obrigado a sair da Baía da Traição. Assinalaram-se então os Padres Manuel de Morais e Lopo do Couto, e mais tarde o P. António Antunes [1].

Nos primeiros anos da invasão de Pernambuco, os Padres sulcaram a Paraíba com os seus Índios com fortuna vária, até que os Holandeses conquistaram essa Capitania. Depois da restauração, enquanto se reorganizava o Colégio de Olinda e se fundava o do Recife, trataram os Paraibanos, já agora não apenas os Índios mas os moradores, de ter também casa própria. Desde 1671 que moviam influências para a conseguir, e ofereciam meios indispensáveis à sua «fundação». Entre os mais empenhados nela, estão o P. António de Viveiros, vigário da Matriz e geral da Capitania, e o Capitão António Cardoso de Carvalho, que além dalgumas terras oferecia 4.000 cruzados, e para ambos se pediram cartas de confraternidade [2].

2. — A Casa abriu-a, efectivamente, êste ano de 1683 o P. Diogo Machado; e no seguinte, Manuel Martins Vieira, e sua mulher Inês Neta assumiram o encargo da «fundação», com uma série de bens em 10 parcelas, que a 4 de Julho de 1684 o Provincial do Brasil, António de Oliveira, transmite ao Geral, pedindo a aceitação para se lavrar a escritura:

«*Lista do que consignam para dote e fundação de um Colégio na Cidade da Paraíba, Manuel Martins Vieira e Inês Neta sua mulher:*

Quatro moradas de casas de pedra e cal na *Cidade da Paraíba*, 3 acabadas e perfeitas, e uma com algumas paredes levantadas, e com todos os materiais necessários para se acabarem;

um sítio no *Forte Velho* com casas de telha, coqueiros, e outras árvores, com 293 braças de testada e 1.500 de comprido;

um sítio em que vive Manuel Fernandes, de sobras, que ficam entre o dito sítio e o mar;

---

1. Testemunho do General Matias de Albuquerque, de 25 de Novembro de 1635, Arq. Prov. Port., 188 [3]; cf. Testemunho do mesmo General, de 1 de Abril de 1631, Cadena, *Relação Diaria*, 190-191, e Bartolomeu Guerreiro, *Iornada*, 64.

2. Cartas do P. Diogo Machado, de 27 de Junho e 21 de Setembro de 1683, e do P. Alexandre Perier, de 24 de Setembro de 1683, *Bras.* 3(2), 169-171v.

um sítio que foi de P.º das Neves, com a terra que lhe tocar;

uma sorte de terra de 500 ou 600 braças, na testada dos ditos sítios, que foram de um Diogo Gonçalves Mariquiz;

umas sobras que também foram do dito, entre a dita terra e a de D. Maria César. Tôdas estas datas ou sítios estão místicos, excepto o que foi de P.º das Neves, que êsse fica em meio;

um pedaço de terra da outra parte do rio, que parte com o *Rio Jacuípe*, de Oeste, e do Sul fronteiro ao *Forte Velho*, de Leste em o mesmo Rio. Nesta terra se podem fazer salinas;

um sítio na praia, junto à ponta do *Lucena*, com mil braças de testada, e uma légua para o sertão, com um pôsto de rêde de espera, 200 coqueiros novos;

duas sortes de terra em *Camaratuba*, uma de cinco mil braças, outra de duas léguas em quadra na sua testada, distantes da Cidade seis léguas. Nestas duas sortes de terra estão situados oito currais de gado, em um dêles está uma Capela, e em todos entrega 600 cabeças de gado com 20 peças de Guiné;

em mão do Reverendo Vigário da mesma Capitania, pessoa mui abonada, António de Viveiros, a juro, 100$000 réis.

Tudo isto está avaliado em dezesseis mil cruzados, que logo oferecem, e de que querem fazer logo escritura de doação, entre vivos, para fundação do dito Colégio, os fundadores acima nomeados; só se espera a licença de nosso muito Reverendo Padre para se fazer a escritura. 4 de Julho de 684, *António de Oliveira*»[1].

Damos esta proposta, a título de informação local, sem notícia de ter sido aceita. Não representava monetário líquido, mas encargos administrativos e rendas miúdas, ficando sem solução as despesas imediatas, avultadas, para a construção do Colégio e Igreja, as quais, no sítio, em que as fizera provisórias Diogo Machado, se orçavam em 50.000 cruzados, escreve o P. Barnabé Soares em 1685; e acrescenta que se tinha oferecido à Companhia a Igreja de S. Gonçalo, semelhante à do Colégio do Recife. Não a aceitara o P. Diogo Machado, por ficar distante do centro da Cidade, no começo dela. Mas êle, Barnabé Soares, era de opinião que se devia aceitar, e a distância não era tão grande que a não vencesse «uma

---

1. *Bras.* 11(2), 491.

simples corrida de cavalo veloz». O facto é que S. Gonçalo veio a ser o título da Casa da Paraíba [1].

Não tardaram a iniciar-se os estudos [2]. Todavia, os moradores, que tinham prometido fazer casa apropriada, protelaram a execução. Surgindo a ameaça de se retirarem os Padres, o Capitão-mor Manuel Nunes Leitão tomou o caso a peito e a verba destinada à Cadeia aplicou-se à construção da Escola [3].

Seguiu-se grande período de animação, desenvolvimento urbano e estima geral, que se traduzia em ajuda eficaz para a manutenção da Casa, ainda que em moldes relativamente modestos a princípio. Um dos seus benfeitores foi o coadjutor da Matriz da Paraíba, P. António de Sousa Ferraz, que lhe doou os bens que tinha no Brasil e em Portugal [4].

---

1. Cf. Carta do P. António dos Reis, «Superior da Casa de S. Gonçalo e Vice-Reitor do seu Seminário», a recomendar o sargento-mor Jacinto Teixeira Mendes, morador da Cidade. Escrita na «Casa e Seminário de S. Gonçalo da Paraíba», 14 de Junho de 1752. Original no Arq. Prov. Port., *Avulsos*.

2. *Bras.* 9, 379v.

3. *Bras.* 9, 411. Na construção da Cadeia do Natal houve dificuldades e trâmites burocráticos de diversa índole. Cf. A. de Sousa, *A Cadeia de Natal*, na *Rev. do Inst. Hist. do Rio Grande do Norte*, IV, 250. Esta aplicação seria uma delas, antecipando de mais de um século a frase do Poeta que abrir uma escola é fechar uma cadeia. Aqui seria o caso de prevenir...

4. «Notícia do que quer dar à nossa Residência da Paraíba o Reverendo Padre António de Sousa Ferraz por sua morte: — Por ser mortal e pela incerteza da morte que por instantes espero; e pelo inteiro e santo zêlo que conheço dos Reverendos Padres da Companhia de Jesus e por me achar sem herdeiros forçados: de minha livre vontade, sem constrangimento de pessoa alguma, é minha livre vontade deixar por minha morte ao Colégio de S. Gonçalo, desta Cidade da Paraíba, o que possuo, que é o seguinte: Umas casas de pedra e cal, em que moro, na Rua Direita, sem fôro, nem pensão; as quais têm quintal até à Rua da Cadeia, que comprei, com umas paredes de outras casas e mais uns chãos na mesma Rua da Cadeia, que tudo vale mais de dois mil cruzados, seis para setecentos mil réis líquidos, que se me devem no Engenho Velho; quarenta vacas que tenho no sertão das Piranhas, no Curral da Viúva Isabel Pereira; quatro escravos e o meu património que tenho em Portugal, na Freguesia de S. Veríssimo de Lagares, Concelho de Felgueiras, Arcebispado de Braga, que é um casal pequeno, que um ano por outro dá quatro pipas de vinho, pão e castanhas e o mais que dão as fazendas, Entre Douro e Minho; e tudo o mais que se achar por minha morte, que declararei no meu testamento. O que tudo há-de ficar para os ditos Reverendos Senhores Padres, querendo-me fazer mercê. Paraíba, 28 de Setembro de 1706. *O Padre António de Sousa Ferraz.* — Concorda com o original, Baía, 5 de Janeiro

Em 1711 comunica-se-lhe que poderia fazer os votos da Companhia antes de morrer e ser sepultado na Igreja com a roupeta da Companhia, que era a sua aspiração e galardão [1].

Entre os maiores benfeitores da Companhia no Brasil estêve sempre inalteràvelmente João da Maia da Gama. Foi-o mais tarde no Estado do Maranhão, quando Governador Geral (e já o vimos). A sua amizade revelou-se desde agora como Capitão-mor da Paraíba. A 20 de Setembro de 1717, o P. Manuel Dias comunicou ao Geral os seus grandes serviços e propõe que se lhe desse carta de confraternidade [2]. Nem foi só à Companhia e ao Maranhão que Maia da Gama prestou serviços. Também os prestou, «inolvidáveis», à Paraíba [3].

---

de 1709 — *João António Andreoni*, Provincial» (Autógr. do P. Andreoni), Bibl. Vitt. Em., f. gess. 1255, n.º 12.

1. *Bras. 4*, 167v.
2. *Bras. 4*, 200.
3. Cf. João Roiz Coriolano de Medeiros, *Estado da Paraíba*, no *Dic. Histórico Geogr. e Etnogr. do Brasil*, II, 732. Sôbre a actividade de Maia da Gama, cf. F. A. Oliveira Martins, *O Capitão General do Pará e Maranhão João da Maia da Gama e a Companhia de Jesus*, em *Memórias do Congresso*, X, 179-191, em que se utilizam novos e importantes documentos inéditos do próprio Maia da Gama, e indicam-se as Fontes no AHC e na BNL. E, depois, em *Um herói esquecido — João da Maia da Gama*, publicou o mesmo F. A. Oliveira Martins o *Diário da Viagem*, em que Maia da Gama descreve a sua vinda do Maranhão até Pernambuco. Vinha com a incumbência régia de inspeccionar essas Capitanias. A 28 de Abril de 1729 entrou na Cidade da Paraíba, e achou-a muito diminuída do que a tinha deixado. Entre outros testemunhos diz da Fortaleza de Cabedelo: «Deixei a dita fortaleza com esplanadas e com 46 peças montadas em reparos novos, e deixei mais de sobrecelente dez ou doze reparos novos; e achei tôdas as esplanadas de madeira consumidas e tôda a artilharia desmontada ou em reparos quebrados e podres, e só montadas sete ou nove peças, que se tinham montado nos reparos que deixei sobrecelentes, o que se fêz para salvar ao novo Capitão-mor», *Diário da Viagem*, 112.

Entre as benemerências do Grande Capitão General, deve-se, hoje, contar a *iniciativa* da introdução do Café no Brasil, geralmente atribuída a Melo Palheta, que o trouxe de Caiena. No *Regimento que há-de guardar o sargento-mor Francisco de Melo Palheta*, acha-se a incumbência que lhe deu Maia da Gama: «E se acaso entrar em quintal ou jardim ou roça aonde houver café, com pretexto de provar alguma fruta, verá se pode esconder algum par de grãos com todo o disfarce e com tôda a cautela». A êste documento, divulgado por Teodoro Braga, ajunta o historiador do Café: «É justo pois que a efígie do Capitão General encabece a galeria dos grandes vultos da história do café no Brasil, a ela seguindo a de Palheta», Afonso de E. Taunay, *A mais velha iconografia brasileira do Café*, no *Jornal do Commercio*, Rio, 26 de Novembro de 1944.

3. — A Casa ia-se firmando, como foco intenso de piedade e de missões, que irradiavam por todo o sertão, e como centro de estudos primários e secundários. Desdobrou-se em duas secções: Colégio para externos, e Seminário para internos. Do Seminário dá notícia o P. Rogério Canísio, em Carta à Rainha D. Mariana. A iniciativa pertence ao P. Gabriel Malagrida, ao passar pela Paraíba em 1745 [1]: «Antes de retomar o caminho de Pernambuco, coroou Malagrida a sua obra na Paraíba, com o último bem-fazer e a fundação de um seminariozinho para a educação da mocidade destinada ao sacerdócio. Assentou a primeira pedra em fins de 1745, sendo presentes o Governador António Borges da Fonseca, e o R. P. António Soares, Vigário da cidade. Entre os benfeitores desta Casa está em primeiro plano Teodoro Alves de Sousa, que deu a Malagrida um valioso rendimento. Com tais fundações assegurou no porvir aquêle excelso varão o bem, começado por sua palavra apostólica» [2].

O Alvará de 4 de Março de 1751 mandava dar ao Estabelecimento de ensino da Paraíba, 200$00 réis; o benfeitor Manuel da Cruz Lima e sua mulher D. Luísa do Espírito Santo doaram-lhe 30.000 cruzados, com as seguintes condições:

24.000 para sustento dos Padres, com a obrigação de ensinar Filosofia, Latim e Primeiras Letras;

4.000 para as obras da Igreja, de cuja renda se aplicariam 25$000 réis por ano à festa do Santíssimo Nome de Jesus;

2.000 para o Património dos Pobres: punham-se a render e dar-se-ia aos pobres, à razão de uma pataca por semana [3].

A «fundação» pôs-se a juros de 5% ou compraram-se prédios de aluguer, que assegurassem, com renda certa, a manutenção do Seminário.

---

1. Carta de 22 de Abril de 1747, em Lamego, *A Terra Goitacá*, III, 439.
2. Mury, *Hist. de Malagrida*, 104-105. A palavra apostólica exercitou-a êle também na Aldeia de Várzea-Nova, onde reconstruíu a Igreja, fazendo-se êle próprio pedreiro, e em Bom Jardim. Na mesma narrativa se alude ao Governador Pedro Monteiro de Macedo, sem o nomear, cujo modo de governar não agradava ao povo.
3. Cf. «Livro do sequestro nos bens e rendas do Colégio dos Jesuítas da Paraíba», cit. por Maximiano Lopes Machado, *História da Paraíba do Norte*, na *Rev. do Inst. da Paraíba*, I, 243. Não se dão datas.

O edifício do Seminário, anexo ao Colégio, não estava ainda concluído de todo em 1757, mas dispunha já de habitações para 18 alunos internos; e a sua situação económica, neste ano, era equilibrada e próspera: receita 2.700 escudos romanos; despesa 2.500 [1].

Bem organizado, com as suas escolas de Latim e Humanidades, com as suas Congregações de Estudantes, o Colégio da Paraíba, foi o primeiro estabelecimento de ensino geral do Estado. Em 1692 era mestre de Humanidades o jovem santista Cristóvão Pinheiro, prematuramente falecido na Baía em 1698, quando continuava os seus estudos superiores [2].

Em 1757, o corpo docente e administrativo do Colégio da Paraíba era:

P. José Xavier, Reitor, Ministro e Procurador;

P. Domingos Gomes, Consultor, Prefeito das coisas espirituais, Director do Exercício da Boa Morte, Confessor dos da Casa e dos de fora;

P. José da Rocha, Consultor, «Procurador das causas Pias do Próximo» [Pobres e Presos], Prefeito da Saúde, Revisor e Operário;

P. Alexandre de Carvalho, Director do Seminário, Prefeito dos Estudos e da Igreja;

António da Fonseca, Mestre de Humanidades, e Director da Congregação dos Estudantes;

P. Teodósio Borges, Mestre da Escola dos Meninos e Director da sua Congregação;

José Lopes, Farmacêutico e encarregado das oficinas [3].

4. — José Xavier, Reitor, ainda estava em 1759, e foi o último. A ordem dêstes Superiores é, com a ressalva de sempre:

P. *Diogo Machado* (1683). Primeiro Superior e fundador desta segunda Residência.

P. *Barnabé Soares* (1685). Visitador.

---

1. *Bras.* 6, 440v.
2. *Bras.* 5(2), 87.
3. *Bras.* 6, 400. Estas oficinas, necessárias à manutenção do Colégio, carpintaria, rouparia, cozinha, etc., eram já constituídas por pessoal da terra. A presença no Colégio de um Farmacêutico, mostra que, como se fazia em todos os grandes Colégios, também neste havia a sua Farmácia para uso do mesmo Colégio e da gente de fora.

P. *João Dias* (1687 ?). Superior. Diz-se o facto, sem se indicar a data. Neste período, ou depois do P. Miguel de Andrade. Em todo o caso, antes de 1697.

P. *Miguel de Andrade* (1692)
P. *Barnabé Soares* (1699)
P. *José Coelho* (1701)
P. *António dos Santos* (1705)
P. *Pedro Pinto* (1712)
P. *António de Abreu* (1714)
P. *Miguel da Costa* (1718)
P. *António de Morais* (1721)
P. *Miguel da Costa*, 2.ª vez (1726)
P. *Cosme Pereira* (1729) [1]
P. *Luiz de Mendonça* (1731)
P. *Manuel Ferreira* (1733)
P. *António Leitão* (1737)
P. *Francisco de Lira* (1741)
P. *Tomás ou Tomé da Costa* (1743)
P. *Manuel de Seixas* (1748)
P. *Domingos Gomes* (1749)
P. *Francisco Buitrago* (1750)
P. *António dos Reis* (1751)
P. *António da Cunha* (1754). Já Vice-Reitor, não apenas Superior.

P. *José Xavier* (1757). Vice-Reitor, desde o dia 8 de Dezembro. O Catálogo dêste ano dá-lhe o título de Reitor [2].

5. — Junto do Colégio erguia-se a Igreja; e ela e a Residência ameaçavam ruína em 1732. Impunha-se a construção de nova Igreja. Não obstante a boa vontade do povo a verba era ainda insuficiente nesse ano [3]. Mas quatro depois, em 1736, lançou-se a

---

1. Faleceu, sendo superior, no dia 17 de Março de 1730.
2. O P. José Xavier Tenório veio a falecer em Roma, no dia 4 de Junho de 1766 (Apêndice ao Cat. Port. de 1903). Era do Recife, onde nascera a 28 de Dezembro de 1705. Entrou na Companhia a 17 de Novembro de 1721 (*Bras.* 6, 271). Filho do sargento-mor João Baptista Jorge e de D. Rosa Lourenço Tenório, cf. Loreto Couto, *Desagravos do Brasil*, XXV, 57.
3. *Bras.* 6, 191.

primeira pedra, prepararam-se os materiais da construção [1]. E, pois já havia verba e materiais, não tardaria a ficar pronta, nas suas linhas externas, continuando o ornato dela pelos anos imediatos. A 31 de Julho de 1754, dia de S. Inácio, por ser de festa, a Igreja apareceu mais ornada, com novas imagens, e com um estrado de madeira (*ligneo pegmate*), na capela-mor, acorrendo todo o povo a ver e a admirar [2].

O titular da Igreja, S. Gonçalo, era o da primeira ermida, feita na fundação da cidade, e a Procissão dos Passos que saía da Igreja do Colégio era famosa. A seguir ao exílio, entregou-se ao Padre secular Manuel Félix, «administrador da Igreja e Seminário dos Padres Jesuítas». Os do Carmo pretenderam que a procissão saísse da sua Igreja. Félix ainda tentou manter a Procissão dos Passos na Igreja do Colégio, mas desistiu, diz êle, por ser amante da paz [3].

Na Igreja do Colégio da Paraíba, «os altos relevos do cornijamento e frontispício chamam a atenção pelo gôsto e bem acabado da obra» [4]. Ficou sem culto público durante muito tempo. Até que «pela portaria de 29 de Julho de 1829 entrou a Confraria dos Militares de posse da Igreja do Colégio, hoje da Conceição». Hoje, quer dizer, 1912 [5].

6. — Com as ocupações do ensino e ministérios na Cidade acumularam os Padres outras pelos arredores e Aldeias. Os Jesuítas, que intervieram na conquista da Paraíba, iniciaram os primeiros Aldeamentos dos Índios da Capitania com a *Aldeia do Braço do Peixe* [6]. Vieram depois novos operários evangélicos, e não houve prudência nalguns Capitães-mores, de quem dependia a demarcação dos campos de actividade, para se não encontrarem os arados missionários. Como o Brasil é vasto, os Jesuítas retiraram-se. Per-

---

1. *Bras.* 6, 232v.
2. *Bras.* 10(2), 446v.
3. Carta de António Soares Barbosa, Vigário da Paraíba, 5 de Abril de 1760, Arq. Prov. Port., Pasta 78.
4. Maximiano Lopes Machado, *História da Paraíba do Norte*, na *Rev. do Inst. da Paraíba*, I, 243.
5. Irineu Pinto, *Rev. do Inst. da Paraíba*, V, 123; João Roiz Coriolano de Medeiros, *Estado da Paraíba*, no *Dic. Hist. Geogr. e Etnogr. Bras.*, II, 682.
6. Cf. supra, *História*, I, 503.

maneceram os beneméritos Religiosos Franciscanos, e em breve chegaram outros, operários da Ordem de S. Bento, igualmente beneméritos. Repetindo-se o encontro dos arados, com os competentes desgostos, parece que se chamaram de novo os Padres da Companhia, que não puderam responder ao chamamento, ocupados já noutras emprêsas [1].

Mas os Jesuítas administraram Aldeias no Sul do actual Estado da Paraíba e no Rio Grande do Norte. Paraíba era caminho entre umas e outras, tanto pela costa, como pelo interior; e, na terceira década do século XVII, a seguir à entrada dos holandeses na Baía da Traição, recomeçou o movimento intensivo «de visita», a muitas Aldeias de Índios da Paraíba, que se manteve até à sua conquista pelos Holandeses em 1635, quando o P. Manuel de Morais foi cativo nessa campanha e levado depois para a Holanda.

Expulsos os invasores e reorganizado o Colégio de Olinda, tratou-se de retomar a catequese dos Índios dependentes dêsse Colégio, sobretudo os do Rio Grande e Ceará, o seu maior ponto de concentração no Nordeste. O que toca às Aldeias do Sul da Paraíba, em estreita ligação com Olinda, ficou dito no Capítulo das Aldeias de Pernambuco. Aldeias, pròpriamente ditas, de Residência, nunca as houve dependentes da Casa da Paraíba, excepto no período inicial da conquista. Houve, porém, núcleos de povoação, com Fazendas e anexos, sem administração autónoma, portanto, sem notação nos Catálogos. Estas Fazendas do Colégio da Paraíba eram três em 1757, e ao fazer-se o Inventário dois anos depois discriminam-se assim:

Fazenda de Mamanguape, de que tomavam conta 18 escravos, com 419 cabeças de gado vacum e 73 cavalar.

Fazenda da Formiga, no Arraial da Formiga, sertão do Piancó, doada por Teodoro Álvares ao Seminário[2].

Fazenda do Quiriri, que constava de diversas outras, uma nos *Cariris de Fora* (Cariris Velhos) e a *Fazenda de Mucuïtu;* e cinco,

---

1. J. F. de Almeida Prado, *Pernambuco e as Capitanias do Norte do Brasil*, II (S. Paulo 1941)207-208, publica um documento em que se fala de *Padres da Companhia*, nomenclatura que não se pode aplicar senão a Padres *Jesuítas*.

2. Venderam-se algumas coisas depois do esbulho e disso e do mais pertencente a esta fazenda ficou depositário Amaro Velho de Vasconcelos, por ordem do Juiz de Piancó. Arrendou-a o Tenente Coronel António José Vitorino Borges da Fonseca, por 150$000 réis.

na região de *Itabaiana*, as Fazendas de *Cachoeira*, *Boqueirão*, *Dois Riachos*, *Remanso Grande* e *Pua*. Além destas Fazendas, o Colégio tinha quatro pequenos sítios, em *Jaguaribe*, *Lagoa*, *Trincheiras* e no *Cariri*. Um dêles, nos arredores da cidade da Paraíba, era Casa de Campo dos estudantes [1].

Alguns nomes destas Fazendas são hoje povoações. Cada uma, além de sua função económica necessária, era centro de catequese. Entre as Aldeias do sul da Paraíba, missionadas pelos Jesuítas, sem falar das que pertencem ao ciclo de Olinda, os autores paraíbanos são unânimes em atribuir ao Pilar origem jesuítica, trazendo para ali os Padres da Companhia, os Índios Cariris da missão ou fazenda que tinham na Serra do Fagundes [2].

7. — O Povo da Paraíba tinha grande opinião dos Padres. Eram ouvidos e a sua influência, notável não apenas sob o aspecto da piedade cristã [3]. Os factos vêm geralmente englobados uns com os outros, mas uma vez ou outra se individualizam como no ano de 1689, em que se narram os ministérios nas diversas povoações da Paraíba, como *Ponta do Lucena*, *Pituaçu*, *Forte Velho*, *Fazendas*, *Engenhos* e *Cidade*. E anota-se expressamente um sucesso eminentemente social. O Governador da Cidade e Capitania, «havia mais de um ano não se corria com o Vigário». Deixara de entrar na Matriz, até nos dias em que era obrigado pelas suas funções oficiais, nas festas da Páscoa e dos Reis, e «sabia todo o mundo que para não ver o Vigário, que é homem de Deus». O Bispo de Pernambuco enviou à Paraíba um visitador a ver se conseguia o

---

1. Completavam o património dêste estabelecimento de educação, que já se apresentava grande, e o seria mais quando se desenvolvesse tudo isto, de recente data, algumas casas e prédios na própria cidade da Paraíba, nas ruas do Colégio, Direita e S. Gonçalo; e um sobrado e mais algumas casas no Recife. Não vimos o *Inventário*. Dá-nos estas notícias, reportando-se ao *Inventário*, Maximiano Lopes Machado, *História da Paraíba do Norte*, na *Rev. do Inst. da Paraíba*, I, 244. Advertimos que Maximiano Machado, útil nas notícias que dá, não mantém a mesma lisura objectiva na forma como as comenta. É possível que algumas Fazendas no actual Estado da Paraíba fôssem do Colégio de Pernambuco.

2. Cf. João Roiz Coriolano Medeiros, *Estado da Paraíba*, no *Dic. Hist. Geogr. e Etnogr. do Brasil*, II, 688; I. Joffily, *Notas sôbre a Paraíba* (Rio 1892) 201. O nome de Pilar vê-se efectivamente no *Atlas Jesuítico* de Carrez, mas dela se ocuparam também outros Religiosos.

3. *Bras. 4*, 172.

congraçamento, sem resultado. Dando missão na «Matriz» um Padre da Companhia, movido o Capitão-mor da fama e concurso do povo, foi também à Igreja, por curiosidade. Ouvindo o Missionário, com um crucifixo na mão, dizer «que quem não perdoava a seu inimigo, o sangue que saíu daquelas chagas não valeria para sua salvação, levantou-se o Governador e pùblicamente deixando o seu setial, foi a buscar o seu Vigário, que na mesma Igreja estava presente, e, abraçando-se recìprocamente, daí por diante ficaram amigos [1]. Atitude do Governador, que redundou sem dúvida em louvor dos seus sentimentos. E dois anos depois, «por confissão dos moradores», a Residência dos Jesuítas era «o melhor remédio que tinha aquela terra» [2].

8. — Tão favorável atmosfera explica o sentimento com que a Paraíba via ausentar-se os Padres. As primeiras notícias, que se forjavam na Europa contra a Companhia de Jesus, começaram a correr em Janeiro de 1759. A reacção do povo foi geral. Sobretudo quando chegou em Maio a ordem de se fecharem as Escolas. No dia 1.º de Junho despediram-se os alunos do Seminário, «entre a dor de todos os moradores». Havia mais de 70 anos, diziam êles, que os Jesuítas estavam na terra, e o povo os tinha pedido e obtivera por três decretos reais: do Príncipe Regente D. Pedro, de D. João V, e de D. José I, para os labores do ensino e dos ministérios da religião. Fazendo os Padres o que se pediu, e fazendo-o com a satisfação de todos e utilidade geral, como se privava agora a Cidade do seu Seminário, do Ginásio, e dos Professores, e se expulsavam os alunos?

Mas era tempestade esta, que a boa vontade dos paraïbanos não podia deter. Tôdas as Ordens Religiosas da Paraíba se mostraram solidárias com os Jesuítas, assistindo à última festa de S. Inácio, no dia 31 de Julho de 1759. Em Janeiro de 1760 fêz-se o Inventário do Colégio e Igreja. Muitos objectos já se tinham vendido por conta do Fisco. Quando chegou o momento de algum morador ser o depositário do produto dessas vendas, todos se recusaram. Foi preciso tirar à sorte, um, a quem se incumbisse, quási

---

1. Carta do P. Pedro Dias, de 30 de Julho de 1689, *Bras.* 9, 353.
2. *Bras.* 9, 376v.

forçado, tão ingrata comissão [1]. No dia 6 de Fevereiro de 1760 deixaram os Jesuítas o Colégio da Paraíba, conduzidos a Pernambuco, donde seguiram exilados para a Europa [2].

E assim deixaram os Jesuítas a Cidade da Paraíba, em cuja conquista e fundação intervieram, com os seus próprios esforços.

O Colégio, do qual dizia Loreto Couto ter «anexo um magnífico Seminário, onde se dão estudos de Latim e Filosofia» [3], transformou-se depois em Palácio do Govêrno e em Liceu, e a Praça fronteira chama-se ainda «Pátio» do Palácio, reminiscência do antigo «Pátio do Colégio» [4].

---

1. Não se diz o nome expresso. Talvez se trate de Amaro Velho de Vasconcelos, que ficou depositário, como se viu, dos bens da *Formiga*.
2. Silveira, *Narratio*, 125-127; Caeiro, *De Exilio*, 160-161.
3. *Desagravos do Brasil*, em *Anais da BNRJ*, XXIV, 168.
4. Vicente Gomes Jardim, *Monografia da cidade da Paraíba do Norte*, na *Rev. do Inst. da Paraíba*, III, 85, 103; Irineu Pinto, *A Instrução Pública na Paraíba*, ib., III, 314. «Está no melhor local da cidade» (Maximiano Lopes Machado, *História da Paraíba*, na *Rev. do Inst. da Paraíba*, I, 243). O Liceu ainda não existia no começo do século XIX, quando Koster estêve na Paraíba e viu o Colégio. Servia então de Palácio do Governador «e o Ouvidor tem aí também a sua repartição e residência». Ao centro, a Igreja. Cf. Henry Koster, *Viagens ao Nordeste do Brasil*, trad. e notas de Luiz da Câmara Cascudo (S. Paulo 1942)85.

CAPÍTULO II

Fundação do Rio Grande do Norte

1 — O P. Francisco Pinto e a primeira cruz do sertão riograndense; 2 — A Aldeia de Antónia e a Aldeia do Camarão; 3 — Os dois Camarões Potiguaçus; 4 — Pormenores vivos da catequese volante: Aldeias, Índios, trabalhos.

1. — A actividade dos Jesuítas no Rio Grande do Norte, em cuja conquista intervieram pessoalmente nas pazes com os Potiguares, divide-se, fora isto, em três períodos, o primeiro de conversão e catequese intensa antes da invasão holandesa; e, depois dela, nas lutas entre o Rio Açu e o Rio Jaguaribe com a Aldeia do Lago Apodi; e, ao mesmo tempo, e até ao fim, nas Fazendas e Aldeias [1].

O P. Francisco Pinto, principal agenciador das pazes, em carta de 17 de Janeiro de 1600, recapitula e completa as notícias. Achou que havia, no distrito do Rio Grande, 150 Aldeias, já desfalcadas de gente pela terrível epidemia da varíola. A chamado dos Padres vieram ao Forte dos Reis Magos muitos principais: «e por no Forte não ser ainda seguro meter tanta gente, mandei que fizessem um modo de choupana e ramadas, para ali ir falar com êles, o que até então os Portugueses não ousavam a fazer, porque não saíam do Forte, senão bem perto e bem armados e acompanhados dos soldados».

Os Potiguares afeiçoaram-se ao Padre. E êle declarou-lhes que o «Rei dos brancos folgava de lhes dar paz e não queria que os Portugueses os cativassem como dantes faziam e que o Governador

---

1. Sôbre os primeiros passos do Rio Grande do Norte, cf. supra, *História*, I 513-528, 557-559. Comentando essa actividade, escreve Luiz da Câmara Cascudo que «em resultado é uma campanha jesuítica, jamais ressaltada. Capaoba, sob muitos aspectos, valeu Iperoíg», *Os Jesuítas no Rio Grande do Norte*, em *Estudos Brasileiros*, vol. VI (Julho-Outubro de 1940) 201.

também dera ordem ao Capitão que, querendo êles as pazes, lhas desse». O Capitão e os mais não confiavam muito ainda, mas vendo o Padre no meio dos Índios, chegou-se, e lhes «disse que o que eu dissesse, isto lhes dizia êle».

Convencidos os Índios de que os Padres não eram os que faziam guerra, antes buscavam o seu bem, «folgavam muito de falar comigo e parece que quem não falava comigo não ia consolado; e assim me era necessário estar todo o dia tratando e falando, ora com uns, ora com outros».

Nestas práticas, uso geral dos Índios, antigos e modernos, sucedeu um facto que foi talvez a primeira origem do nome de «Amanaiara», «senhor da chuva», com que o P. Francisco Pinto ficou a ser conhecido nos sertões do Nordeste. Era grande então a sêca; e um veio, «logo de boa entrada, a pedir-me que lhe desse chuva». «Parece, imaginava êle, que eu era algum santo para lha poder alcançar. Eu lhe disse que só Deus, criador de todos, era o que podia dar a chuva e tudo, que nós não podíamos mais fazer que pedir a Deus o de que tínhamos necessidade, e Êle, quando é sua vontade, no-lo concede. Quis Nosso Senhor que logo, indo-se êles para suas Aldeias, veio tanta chuva, que êles foram bem molhados e a terra também abastada de água; por onde ficaram todos cuidando que por aquela petição lhes viera».

A carta vai narrando os usos e costumes dos Potiguares. A seguir veio Francisco Pinto ao Colégio de Olinda descansar uns 10 ou 12 dias, e voltou para confirmar as pazes. E procedeu à primeira instituição das Aldeias e à erecção das cruzes nos seus terreiros. «Depois de tornarmos ao Forte do Rio Grande, por assim o querer um grande principal, que foi princípio das pazes, lhes fomos a pôr uma *Cruz* em um lugar onde êle queria ajuntar sua gente, que estava espalhada por causa das guerras passadas. Com muito gôsto nosso, alevantamos a Cruz, por ser a *primeira* que naquele sertão dêste gentio se alevantava».

O exemplo daquele principal estimulou os demais. Buscavam sítios apropriados e acomodados, para se fixarem Aldeias, com água e terras aptas para lavouras e subsistências.

Francisco Pinto levantou oito cruzes, em outros tantos lugares ao *Sul* do Forte. Com tão intenso trabalho, adoeceu. Recolheu-se ao Forte; e ainda mal convalescente teve que satisfazer aos desejos de outros principais, da banda do *Norte;* e assim levantou quatro cruzes «boas». Indo de caminho, vieram outros principais pedir-lhe que fôsse, dali a «9 ou 10 léguas», levantar-lhes cruz na sua terra. «E esta foi a derradeira parte por onde alevantamos cruz daquela banda do *Norte*».

O Padre era decidido partidário da abertura de duas grandes Residências uma na Paraíba, outra no Rio Grande do Norte, com dez da Companhia. E, ao mesmo tempo, se cuidaria dos Potiguares, tanto dos do Rio Grande, «como dos que se desceram para a Paraíba e *Gueena*, que é Aldeia que está entre a Paraíba e Pernambuco, que nós, por missão, conservamos».

Esperava o P. Francisco Pinto que El-Rei subsidiasse estas residências centrais, donde os Padres percorreriam em missão as Aldeias do interior, porque para haver residência em cada Aldeia era impossível, por não haver tantos Padres e porque êsse isolamento era nocivo à própria vida espiritual dos missionários. «E assim, conservando-nos a nós, não deixaremos de acudir no que pudermos à conversão» [1].

Além do subsídio real, que se esperava, para tal estabelecimento, tomavam-se precauções para assegurar terras como ponto de apoio local.

No dia 8 de Agôsto de 1603 concedeu Jerónimo de Albuquerque uma data de terras, aos Padres da Companhia, no «sítio demarcado da Cidade» [2]. E entre outras terras dos Jesuítas no Rio Grande do Norte, na Várzea do Ceará-Mirim e no Rio Jundiaí, havia, já em 1601, um tracto, «que começa do Esteiro Jaguaribe para o sudoeste até chegar a Aguape a que chamam Obure, cercada com o Rio Petegi; poderá ser esta terra meia légua em quadra: é terra que a maré cobre. Tem muitas madeiras de mangues. É sítio para salinas» [3]. Estava então lá o P. Diogo Nunes, Superior, e o P. Gaspar de Semperes, «prefeito das obras» [4], sinal de que havia então outras construções, além da Fortaleza dos Reis Magos, que êle como arquitecto dirigira.

---

1. Carta do P. Francisco Pinto ao P. Geral, «dêste Colégio de Pernambuco e de Janeiro 17 de 600», *Bras. 3(1)*, 177-179v.
2. Vicente de Lemos, *Capitães-mores e Governadores do Rio Grande do Norte* (Rio 1912)7.
3. Studart, *Documentos*, II, 123.
4. *Bras. 5*, 50.

A primeira missão em regra, partida do Colégio de Olinda, ao Rio Grande foi em 1605, e por mar; no ano seguinte repetiu-se a missão, por terra, com os Padres Diogo Nunes e André de Soveral [1]; e desta dão-se notícias em pormenor. Foram recebidos em tôda a parte com grande alegria, tanto pelos Portugueses, como pelos Índios. Os primeiros, porque tiveram com quem se confessar, aconselhar e consolar, no seu destêrro do Forte; os segundos, porque lhes deram a esperança da liberdade, a qual êles não queriam perder, e se dispunham a levantar-se para a defender. Afirmou o Capitão do Forte dos Reis, que só com essa esperança os tinha detido, homens que aliás os haviam deixado penetrar no interior das terras; e agora vendo os Padres, defensores da sua liberdade, havia a esperança de se situarem moradores nas suas fronteiras.

2. — Na vila dos Portugueses ficaram os Padres 4 dias, a pedido dos moradores, para administrar os sacramentos. Depois partiram para as Aldeias. Chegaram a uma, que era governada por uma Índia cristã, «que podia dar exemplo aos melhores governantes quer no respeito dos súbditos, como na paz da república». Chamava-se Antónia. Foi tal o seu prazer que ao saber a ida dos Padres à sua Aldeia, não consentiu fôssem pelo carreiro tortuoso do costume, senão que mandou abrir um caminho em linha recta, à força de braços e de ferro, e veio recebê-los a «15.000» passos da Aldeia, com os seus presentes. Antónia Potiguar, a índia «governadora» da Aldeia, regulou nesta visita o seu estado matrimonial, com o homem que tinha escolhido, e com quem já vivia [2].

Antónia Potiguar ficou famosa. E sua Aldeia, a *Aldeia de Antónia*, perto da Lagoa das Guaraíras, é uma das poucas referências topográficas, na fundação do Rio Grande.

Outras missões se fizeram. Em 1611 saíram de Pernambuco os Padres Diogo Nunes e Gaspar de Semperes para o Rio Grande do Norte. Visitaram as Aldeias dêste distrito, entre elas a do Índio *Camarão* (a Ânua é em latim e escreve *Cammarus*), já então benemérito da Companhia e da fé católica, sem ser ainda cristão. Acharam dois Índios moribundos, que os Padres visitaram. O Ca-

---

1. *Bras. 5*, 64.
2. *Annuae Litterae Brasiliae Provinciae, annorum 1605 et 1606*, Baía, 11 Aprilis 1607, por Fernão Cardim, *Bras. 8*, 62.

marão mandou erguer uma Igreja, expressamente para nela se baptizarem aquêles moribundos, e foi o próprio Camarão quem mais trabalhou. Êle era o primeiro que de manhãzinha ia de casa em casa, chamando os índios para se reünirem e aprenderem. E se via algum atrasado, êle o levava à Igreja. E, com a mulher e filhos, vinha assistir à catequese. Se achava algum doente tratava de fazer que se baptizasse, ou, se já era baptizado, se confessasse antes de morrer. E enquanto os Padres andavam por outras Aldeias, era êle que fazia as vezes de prègador da doutrina, corrigindo os defeitos dos seus índios. Consistia nisto a sua preparação e dos seus para o próprio baptismo. Baptizados os dos outros lugares, voltaram os Padres à *Aldeia do Camarão* [1].

«Chegou o dia destinado para o baptismo, que teria véspera festiva. À tarde houve danças em tôda a Aldeia, e ao fechar-se a noite soltaram-se foguetes e bichinhas de rabear, que faziam levantar os olhos e os pés dos assistentes, soaram as trombetas de guerra e de paz, e prolongou-se a festa e o rufar dos tambores até noite alta.

De manhã, que foi a Dominga da *Sexagéssima* (sic) [2], dirigiu-se o Camarão para a Igreja com a sua mulher e *os seus filhos*, e êle, *com os seus*, se fizeram filhos da Madre Igreja. Concluído o baptismo, voltou a casa a vestir-se com elegância para o santo matrimónio. Logo voltou à Igreja acompanhado de muitos Portugueses e Índios, alguns dos quais vieram de quarenta léguas, todos com os seus trajes de festa (não faltavam sêdas). Iam como se fôsse

---

1. Esta Aldeia de Camarão identificam-na os autores, geralmente com a Aldeia de Igapó, na margem esquerda do Rio Potengi, Luiz Fernandes, *Índios Célebres do Rio Grande do Norte*, na *Rev. do Inst. do Rio Grande do Norte*, II, 139ss; Rio Branco, *Efemérides Brasileiras*, 410; Garcia em *HG*, III, 127. Quanto à região, está em concordância com a *Ânua*, que narra precisamente a missão do *Rio Grande do Norte*; e também com a posição que lhe assinala João Teixeira, desenhando-a, a oeste de uma lagoa, que aí não tem nome, e se chamou depois Guajuru, e com êste nome foi sede de uma Aldeia da Companhia.

2. A *Sexagéssima* em 1612 corresponde a 25 de Fevereiro por ser a Páscoa a 22 de Abril. Morais (*História*, 90) escreveu que foi na Dominga da *Quinquagéssima*, mas deve preferir esta Ânua, coeva e original. Os que seguiram a Morais (Studard, Rio Branco e outros) identificam a *Quinquagéssima* com o dia 4 de Março de 1612. Sê-lo-ia, se não fôsse ano bissexto, que dá mais um dia a Fevereiro, o qual incluído na conta dessa semana, faz adiantar a *Quinquagéssima* para 3 de Março.

um exército, distribuídos em esquadrões, com bandeiras e tambores, danças e trombetas. No meio do cortejo, o noivo, e atrás a noiva, ambos bem vestidos e asseados. Ao entrar na Igreja, recebidos com um *Diálogo*, êle, deixando as outras mulheres, casou-se com esta, eleita para espôsa verdadeira» [1].

3. — Tal é a cena do baptismo do *Camarão*, ou Potiguaçu *Primeiro*. O Camarão, herói de Pernambuco, ou Potiguaçu *Segundo*, é outro. Falando Simão de Vasconcelos, dos Potiguares, numa série de nove principais, «que foram grande presídio nosso nas Capitanias de Itamaracá, Paraíba e Rio Grande», inclui êste Potiguaçu *Primeiro*. E depois: «não falo aqui, continua êle, de *outro Potiguaçu*, maior que todos êstes, assombro que foi de Holandeses em nossos tempos, nas guerras do Brasil, porque para suas façanhas um tômo inteiro era pouco volume». E tem a seguir esta frase admirável, que se não acha melhor nos etnólogos modernos: «E de todo o dito se tira claramente que não nascem os costumes avessos desta gente, do clima da terra, mas sòmente da corrupção da natureza, e *falta de criação*, em verdadeira fé, lei e polícia, pois vemos que, *com esta luz cultivados*, quási diferem de si mesmos» [2].

É todo o problema da educação e cultura!

O Potiguaçu Segundo ou D. António Filipe Camarão nasceu em 1601, como consta do Processo do P. Manuel de Morais. Teria 11 anos à data daquele baptismo solene: seria um dos filhos do Velho Camarão baptizados nesse dia? A questão tem feito correr muita tinta e uns dizem que sim, outros dizem que não. Terá também alguma coisa que ver com *Antónia* Potiguaçú, aquela mulher principal do Rio Grande, cujo casamento se santificou em 1606? Ao debate sôbre a naturalidade do herói faltava o elemento, inteiramente desconhecido, que era a história e vida das Aldeias dos Jesuítas do ciclo pernambucano anterior à invasão holandesa. Parece-nos que se impõe a revisão do debate, que deixamos aos historiadores nordestinos [3].

---

1. Carta Ânua de 1612, Baía, 14 de Agôsto de 613, assinada por *Domingos Coelho*, Reitor, *Bras. 8*, 138.
2. «*Notícias antecedentes, curiosas e necessárias das cousas do Brasil*» — Na *Crónica da Companhia de Jesus* (Lisboa 1865) XCIII.
3. Calógeras, um dos que examinaram com acuïdade e melhor espírito histórico, a questão da naturalidade de Camarão, tira duas conclusões: a existência

4. — Nesta viagem, de 1611-1612, praticaram os Padres outros actos de apostolado, mas voltando lá no ano seguinte de 1613 o mesmo Padre Semperes e o P. Pero de Castilho, êste deixou uma narrativa mais pormenorizada, que dá idéia exacta do sertão do Rio Grande nesse período obscuro.

«Partimos dêste Colégio [de Pernambuco], depois de Vossa Reverência nos lançar sua bênção, aos 24 de Agôsto da era acima dita, dia do Apóstolo São Bartolomeu; da Residência de *São João Baptista de Itaaimbé*, aos 3 de Setembro, dito o *Itinerário*, levando dela os índios necessários que com muita vontade nos acompanharam até às últimas Aldeias do Rio Grande da parte do Norte, ficando os mais e tôda a Aldeia em geral por muitos dias em pranto desfeito, com tantas mostras de sentimento, que mais pareciam prantos causados com alguma grande mortandade que efeitos de amor e saúdades com a ausência de seu mestre. Caminhando, pois, por jornadas acomodadas e sabidas, o melhor que nos foi possível, chegamos a cabo de cinco dias à primeira Aldeia da parte do Sul do distrito do Rio Grande, chamada *Tambuçurama* [sic], véspera

---

de dois Potiguaçus e a naturalidade pernambucana de D. António. A primeira é certa; a segunda é certa, se se considerar Pernambuco como sede de *Govêrno*, a que estavam unidas diversas Capitanias do Norte, e basta para Camarão lhe chamar «Pátria»; não é tão certa e fica sujeita a revisão, se se considerar Pernambuco apenas como *Capitania*. Diz o mesmo Calógeras, no corpo dêsse artigo, que D. António Filipe Camarão foi «*recolhido* e educado *desde os 12 anos* de idade pelos Jesuítas e por tal forma instruído que lia e escrevia português e tupi e traduzia os clássicos latinos. E disto existem provas em documentos coevos» (Pandiá Calógeras, *A naturalidade de D. António Filipe Camarão*, em *Estudos Históricos e Políticos* (S. Paulo 1936)165-171). Aquela idade de 12 anos, em que foi recolhido, coincide com a idade dêle, nascido em 1601, e com o baptismo do velho Camarão, e seus filhos, um dos quais, de *11 anos*, poderia ser o próprio recolhido no ano seguinte e educado, quer no Colégio de Olinda (latim), quer nas Aldeias vizinhas dos Jesuítas, onde pelo seu próprio carácter e valor pessoal em breve se constituíu homem principal e de confiança. Mas advertimos que, se poderia ser filho de Camarão Grande, não se infere necessàriamente que o fôsse. No primeiro Tômo desta *História* ficou dito que em 1599 uma das condições das pazes foi aldearem-se alguns Potiguares junto à Vila de Pernambuco. «O Camarão Grande o cumpriu assim, e tomando um *irmão* seu com a gente, que tinha, foi em pessoa aposentá-lo aonde o capitão lhe assinou. E isto feito se tornou para a sua terra muito contente», cf. supra, *História*, I, 521. Desde 1599 começaram, pois, a viver nos arredores de Olinda, um irmão do Camarão Grande e outros Potiguares, um dos quais poderia ser o pai do Camarão, herói, nascido dois anos mais tarde em 1601.

do nascimento de Nossa Senhora, em cujo dia, por bom princípio de missão, armamos altar e dissemos Missa, acudindo gentes inumeráveis de várias partes com muito fervor e vontade, a ouvir; nela houve prègação mui elegante, que todos folgaram de ouvir com muita atenção, com a qual e com outras que após ela se seguiram, além das práticas particulares, que eram tantas que nem tempo me davam de respirar, ficaram tão benévolos *et bene affectos* que, com nunca me terem visto, se vinham de suas livres vontades oferecer a que dispusesse dêles e cortasse por onde me parecesse fôsse maior remédio para suas almas.

Nesta Aldeia procuramos tomar notícia do estado da terra e do que passava naquele sertão; entre outras coisas de que ali me avisaram (que nunca faltam bons em meio de muitos maus) de muita importância, foi dizerem-me que muitos índios dela e das mais aldeotas, que já lhes não quadra outro nome (pois além de serem pequenas, não há naquela Capitania hoje mais de oito, sendo há dez anos 64), eram partidos para certa guerrinha contra a nação Tapuia chamada *Tarariju*, acompanhando outros Tapuias, que se queriam e pretendiam vingar dêles, pelos terem quási destruído e desbaratado o ano atrás. Sabendo isto por nós, nos pareceu coisa importante, a que sem dilação alguma se devia acudir com muito cuidado e diligência, por depender do remédio dêste negócio a quietação total ou destruição daquele sertão e Índios, que levados com o desejo e inclinação natural de vinganças andavam com esta ocasião, que o demónio lhes oferecera, embebidos em seus ritos e costumes gentílicos e ódios antigos de seus antepassados, de matar e comer carne humana, como em algumas daquelas Aldeias constou de certo se fêz, esquecidos da obrigação de cristãos, os que o eram, e da lei de Deus, doutrina e trabalhos grandes dos primeiros Padres, que naquele sertão entraram a lha prègar, vivendo como meros gentios com a larga ausência dos Padres, dando a todos mau exemplo.

Procurando, pois, atalhar não sòmente os muitos pecados e ofensas do Senhor Deus, mas as guerras contínuas que necessàriamente se haviam de seguir em caso que esta fôsse por diante e se efectuasse, praticado o negócio e tratado do remédio, que se lhe poderia dar com efeito, acordamos todos se despachassem logo correios, que andando de dia e de noite os fôssem ainda alcançar (pois êles levariam de vantagem 30 ou 40 léguas ao menos), com ordem e recado que, sem dar mais passo adiante, se tornassem para suas Aldeias, donde os queria achar e ver quando fôsse a elas, ficando já como bem se via na primeira daquele sertão e desistissem de seus maus intentos, e que assim lho mandava dizer o Padre, a que êles chamavam *Paí Peró*, mestre do grande *Mejuguaçu*, a quem êles reconhecem por tão grande principal, como é [1].

Os correios o fizeram tão bem e se deram tão boa manha, guiando-os o Espírito Santo que em breves dias chegaram a êles e os alcançaram. Proposta a prática, que eu lhes fizera, e ouvido o recado que lhes mandava, todos, sem ficar nenhum, desampararam logo os Tapuias, a quem acompanhavam para se vingarem de seus contrários, voltando, sem dar mais nem um só passo adiante, para suas Aldeias com tanta pressa, que a todos admiraram os que entendemos o humor dos Índios e sua grande e natural inclinação e sêde insaciável de matar e comer carne humana. Atribuímos o bom sucesso mais à bondade e virtude divinas que a diligências nem razões humanas. Com êste bom sucesso e diligência ficaram todos em geral desassombrados das ânsias em que estavam e trabalho do que aconteceria, agradecendo Brancos e Índios tão grande benefício e de tanto serviço de Deus e do Rei, por que a nós não chegarmos naquela conjunção que pudéssemos atalhar tão grande mal, como ameaçava e se temia, fôra tão grande a tôda aquela Capitania, que se punha a risco e perigo mui evidente de se despovoar sem remédio algum humano, porque a nação *Tarariju*, contra quem se pretendia dar a negra guerra, é tão belicosa que nenhuma outra lhe escapa; e tão grande em tanta maneira que ocupa, de alojamentos, uma légua de sítio, e duas segundo a mais provável informação e opinião.

Feitas estas diligências e tudo o mais que por então havia para fazer, nos partimos para as mais Aldeias, donde assim como na primeira nos receberam com tôda a invenção de danças, várias librés e festas, que com muita vontade e alegria faziam, saindo grandes espaços de suas Aldeias a nos receber com todo o aparato que podiam, o que por ora não particularizo por serem comuas e Vossa Reverência já as ter visto várias vezes, e principalmente por causa de brevidade. Em chegando a qualquer destas Aldeias, nós íamos logo à Igreja, porque em tôdas as há, e algumas mui bem acabadas, com seus sinos e soma de painéis de santos pelas paredes. E feita oração lhes prègava de pé por espaço de meia hora (ainda que o

---

1. Cf. supra, neste Tômo, o Capítulo sôbre as *Aldeias de Pernambuco*.

Padre companheiro, doendo-se de meu trabalho, dizia e prègava em algumas a hora) conforme podia e o auditório era, carregando-lhes bem a mão no negócio das guerrinhas, matar e comer carne humana, em que andavam embebidos, esquecidos da obrigação de cristãos, e, fazendo o que por aquela primeira visita era mais necessário, ensinando todos os dias, manhã e tarde, a doutrina, a que acudiam em algumas partes mui bem, nos partíamos para as mais. Dêste modo as fomos correndo tôdas, visitando-as e gastando sòmente os dias necessários em cada uma. Os Índios acudiam com suas esmolas e pobreza, que naquele sertão é mui grande, com grandes mostras de folgarem com nossa ida, desejando de nos meter na alma e no coração. O que mais se avantajou e esmerou em mostrar folgava com nossa ida a suas terras foi um Principal, chamado *Jerónimo Nhê daí guaí jubá* [1], sobrinho do grande principal *Maracaná puama*, que a essa Baía foi em companhia de *Cero bebe*, o qual além de ter vindo pessoalmente a êste Colégio, a pedir Padres, pouco antes de Vossa Reverência vir a êle, e ser o que mais aplica o negócio, que quanto há naquele sertão, nos tinha feito no outão da sua Igreja uma casa de *sobrado*, que ainda que com pouca arquitectura, nos foi singular remédio contra os bichos e pulgas e mais inconvenientes de Aldeias, festejando-nos com muitas mais vantagens do que nas outras Aldeias, pedindo-nos com muitas veras em nome de todos os mais principais de todo aquêle sertão, quiséssemos já acabar de ficar, de assento, entre êles, para sua consolação, pois havia tanto tempo careciam de nossa vista e presença, e olhássemos bem quantos morriam sem baptismo com nossa ausência.

Estas aldeotas (que acima disse eram 8) estão tôdas situadas em espaço de 25 léguas pouco mais ou menos, e isto distará a primeira dàquem, da última da parte do norte, da qual, depois de têrmos cumprido com as obrigações de serviço de Nosso Senhor, acudindo às necessidades espirituais que nela havia, tornamos a voltar para as mais, e pelo mesmo caminho por onde fôramos, andando estas 25 léguas por 6 vezes, que outras tantas visitamos cada uma daquelas Aldeias, nos sete meses que naquela Capitania andamos, sem perdoar a trabalho algum, cansaço ou falta do necessário e míngua das coisas, que naquelas Aldeias é muita e mui grande, andando sempre em perpétuo moto, sem têrmos nem uma só hora

---

1. Escrito noutra carta, Hierónimo «Nhendaiguayiuba», *Bras. 8*, 161v.

de descanso, buscando com todo cuidado e diligência, com todos êstes trabalhos e falta do necessário, nossos irmãos, aquêles pobres Índios desamparados de todo o subsídio espiritual, como dizia o santo José, *fratres meos quaero*: havendo tudo por bem empregado por lhes acudir a suas necessidades espirituais, que é o a que principalmente Vossa Reverência lá nos mandou. Por tudo seja glória ao Senhor Deus!

Não quero passar em silêncio nesta, o grande fervor e afeição que certos Índios principais mostraram em competência, de em todo o caso nos levarem a suas Aldeias. Passou o caso desta maneira: os Padres, que agora faz dois anos foram por ordem de Vossa Reverência àquela missão, deixaram de visitar duas Aldeias destas 8, de que tenho feito menção, por causa de certo clérigo se ter metido nelas, tomando-as a seu cargo para as curar; acomodando-se êste melhor do que ali estava, em outra parte, largou estas Aldeias e as desamparou por ser também pouco ou nenhum proveito que delas tirava. Vendo-se pois os principais destas Aldeotas e os mais Índios delas desamparados do clérigo, e que nem nós os visitávamos por seu respeito, assentaram em consulta de nos ir buscar onde quer que estivéssemos, e por todos os modos e maneiras, nos levar às suas Aldeias. Para isto nos foram esperar 10 ou 12 léguas de suas casas, donde depois de nos saúdarem propuseram suas razões e embaixada, com tanta eficácia e humildade, que nos moveram à piedade e lástima, concluindo principalmente com aquêle versículo do Salmo 78, *ne memineris iniquitatum*, etc., nos moveram a lhes havermos de conceder sua petição tão justa e santa, movidos de seus rogos e lágrimas, que também não faltaram, e os admitir à nossa doutrina como dantes.

Havido o sim, se partiram logo para suas casas tão alegres e contentes que parecia não cabiam de prazer, esmerando-se em nos fazer extraordinárias festas e recebimentos, e o que mais houve de notar foi que uma casinha, que em uma destas Aldeias o clérigo tinha, onde se gasalhava quando a ela ia, a puseram logo por terra, fazendo-nos outra nova, com tôda a brevidade possível com mostras de muito amor e afeição, acudindo também com muito fervor às doutrinas, com que é tanto o que o Senhor Deus por todos êles obra, que é impossível escrever-se tudo por extenso. Direi sòmente quatro coisas mais notáveis, para que por elas se tirem as mais.

Entregaram-se primeiramente, em todo o tempo que durou a missão, muitas mulheres casadas a seus maridos e muitos maridos a suas mulheres, que tudo se acha entre êstes gentios, dos quais havia muitos tempos andavam fugidos e ausentes, vivendo como gentio, e sendo cristãos e casados *in facie Ecclesiae*, exortando-os e acabando com êles quisessem fazer vida como Deus manda, e viver como bons casados; outros, por pertencerem às Aldeias desta Capitania, que naquela achamos desencaminhados e fora do caminho da verdade, e havia anos se buscavam sem se acharem, se enviaram a suas mulheres e a seus maridos, a bom recado por pessoas sem suspeita, para que vivessem em serviço de Deus.

Estava em uma daquelas Aldeias uma índia gentia muito doente e no cabo, quando a ela chegamos; sabendo sermos chegados, nos mandou logo chamar, dizendo esperava sòmente a baptizasse para se ir para o céu. Coisa maravilhosa, que catequizada logo, e baptizada, expirou e descansou em o Senhor.

Achamos em outra um índio muito velho, que segundo as mais certas confrontações sem dúvida tinha mais de 120 anos, e por causa de sua muita idade nem podia já bem falar, e ouvir, nem andar senão em braços de seus bisnetos; o fiz trazer à Igreja só para o ver e praticar com êle e saber se queria ser Cristão, o que fiz em voz clara e alta para que o dito velho pudesse ouvir e perceber o que lhe dizia, e vindo ao ponto se era cristão e se desejava de o ser, me respondeu: *a maior mágua que tenho é de o não ser, desejando-o há muitos anos, sem ter nem achar quem me baptizasse e por êstes desejos, que sempre tive de ser cristão, entendo me alarga Deus a vida, pelo que te peço muito te não vás desta Aldeia sem primeiro me baptizares e me fazeres cristão.* Consolou-me êste bom velho com suas razões e práticas, e por abreviar negócios me pus logo a o catequizar e instruir mui de espaço nas coisas de nossa Santa Fé, em que êle fêz bom entendimento, por ser em seu tempo homem bem entendido; e perguntando-lhe como havia de haver por nome, se queria que eu lho desse ou o tinha já meditado, me respondeu que havia muitos anos o tinha escolhido e queria e desejava fôsse *Lopo*; recebida a água do Santo Baptismo, com tôdas as solenidades requisitas, pronunciou o bom velho o melhor que soube e pôde uma palavra de muita consolação, que quási queria imitar as do Santo velho Simeão, dizendo que não queria mais viver, senão acabar logo, pois tinha já o que desejava e havia tantos anos pretendia, o ser cristão. Animado e esforçado *in Domino* o deixamos, e vive ainda hoje, se Deus é servido, em boa velhice.

Tanto que entramos em qualquer Aldeia, o primeiro cuidado era preguntar logo se havia alguns doentes perigosos, principalmente a que houvéssemos de acudir, sem perdoar a nenhum trabalho nem cansaço, deixando por então o mais; e quando me diziam que não, respirava algum pouco. Tendo, pois, feito em certa Aldeia esta diligência, como em tôdas a fazia sem me dizerem de nenhum, soube acaso estava um velho gentio muito mal e no cabo. Acudindo logo a correr a o ver e remediar, o achamos que seria de cem anos bem feitos, em uma rêde muito velha e rôta, fora das casas em um monturo pôsto (como esta nação costuma, enfadando-se dos enfermos), por estar todo chagado e tal que causava asco, e se não podia ver nem olhar. Representou-me, com esta vista, o santo Job que *testa saniem radebat, sedens in sterquilinio* [1]. Achando, pois, que ainda falava, lançando mão de tão boa ocasião de merecimento, assentado sôbre um tição, me pus a o catequizar; o que feito o baptizei, e dali a menos de uma hora (que parece não esperava mais que receber o Santo Baptismo) deu sua alma a seu Criador com mostras de predestinado, como cremos se salvou e está nos céus, segundo nossa fé.

Uma índia gentia, mas nobre e principal, servia havia muitos tempos em certa Aldeota destas de meirinha das mulheres, fazendo-as com muito cuidado e fervor ainda que gentia, entrar na Igreja, sendo sempre a primeira, exortando-as com prègações, que fazia pelas casas e praças, como qualquer prègador. Esta sendo já velha e gentia como vou contando, veio a enfermar de tal modo que daquela acabou seus dias, e foi assim que, ao tempo que adoeceu, nós distávamos 25 léguas de sua Aldeia. Foi o Senhor servido de dilatar-lhe a doença, de modo que quando chegamos, ainda que muito no cabo, estava com vida, e como já sabíamos de sua enfermidade por muitos recados, que nos tinha mandado, por várias vias, sem largar chapéus nem bordões, a fomos logo visitar, assim cansados, esbofados, como vínhamos. Foi tanta a alegria e contentamento que teve de nos ver, que se não fartava de nos dar as boas vindas, pedindo com muitas veras a baptizasse logo, que sem dúvida isso só estava esperando, e como era bem entendida e tinha continuado muito tempo com as doutrinas e catecismo, respondeu sempre mui a propósito ao que lhe perguntava tocante a êle; com o que bem mostrou que o Espírito Santo a trazia ao Santo Baptismo, pois tantas diligências pôs em

---

1. Job 2, 8.

o alcançar; e assim, sendo logo baptizada, se foi gozar de seu Criador como piamente se pode crer.

Fomos chamados uma noite, em certa Aldeia, para um enfêrmo adulto pagão, que estava muito mal e no cabo; chegados a êle, me pus logo a o catequizar; não houve tempo para mais, e o baptizei. Remediado êste, se seguiram outros poucos na mesma casa, que também estavam assazmente atribulados, os quais outros, depois de catequizados, baptizei na mesma noite, que quási tôda gastamos nesta santa ocupação sem dormir nem repousar.

O dia seguinte faleceram todos e os enterramos, que cuido chegaram a quatro ou mais; o Senhor seja louvado para sempre, que assim vai escolhendo os que quer, de entre tantos.

Porquanto achamos que naquele sertão alguns índios, dos que os Padres nêle tinham baptizado, com sua larga ausência se tinham esquecido da obrigação da lei de Deus, que tinham recebido e obrigação de guardar, tornando a seus ritos gentílicos e costumes de seus antepassados, me resolvi *coram Domino*, ou de não admitir ao Santo Baptismo outros adultos nenhuns, em todo o tempo que naquela Missão andasse, fora de extrema necessidade, ou de o fazer com maior eleição e consideração e mui provocado: à uma, para com isto lhes estranhar e agravar as culpas dos que assim tinham retrocedido; à outra, por me parecer ficariam os que assim admitisse de novo no mesmo perigo e ocasiões que os já baptizados. Êstes propósitos guardei quatro ou cinco meses, sendo nêles grandemente importunado de muitos sem o conceder a nenhum, e parecendo-me que já se aquietavam com as razões, que lhes dava, mui justas e de receber quanto a mim, eis que chega a nós um principal de certa Aldeia, acompanhado de outros, que também desejavam e pretendiam o mesmo, pedindo com grande instância os havia de ir baptizar e casar em lei de graça, porque havendo muito tempo o desejavam, se foram sempre guardando para eu lhes fazer esta graça e benefício, com outras muitas razões, que acarretaram. Respondi-lhes, depois de os ouvir mui de espaço, que lhes louvava os bons desejos e fervor, que mostravam de ser cristãos e que aquêle era o remédio que havia de salvação, mas que se lembrassem que o mau cheiro do sangue e carne humana, que por algumas daquelas Aldeias ou pelo menos arrabaldes se demasiara e comera, não era ainda de todo acabado, de que todo aquêle sertão estava infamado, e que metêssemos tempo em meio, que tudo teria seu lugar como veriam. Responderam a isto que ainda que era verdade o que lhes dizia e tinha muita razão de ser escasso do que os primeiros foram tão liberais, que êles não entraram naquela conta, e nem se acharia em nenhum tempo serem culpados naqueles delitos nenhuns de sua Aldeia, como constaria a todo tempo, nem a isso deram ajuda ou favor antes o estranharam sempre, parecendo-lhe coisas indignas de homens cristãos e filhos dos Padres: e se achares o contrário disto, que te dissemos, não queremos nos concedas o que te vimos pedir com tanta vontade e desejos de sermos cristãos e filhos de Deus.

Por então os despedi, com lhes dizer me informaria do caso, e conforme ao que achasse lhes daria resposta. E porque se veja com quanta vontade e desejo pediam o santo baptismo, direi aqui o em que êste negócio parou, que foi haver-lhes de conceder sua petição, porque por nenhum modo aquietariam jamais até lhes não dizer que sim, tornando sempre na demanda, segunda, terceira e quarta vez. Despedidos com esta resposta, que era a que desejavam, se foram para sua Aldeia a aparelhar e preparar suas festas, que foram mui solenes, fazendo-se tudo com grande aparato e solenidade, baptizando-se e casando logo em lei de graça os que já o estavam na de natureza, com muito fervor e mostras de haverem de ser bons cristãos ao diante. O Senhor Deus lhes dê a entender a obrigação que têm de o ser de coração. Êstes foram os primeiros e derradeiros baptismos de adultos, que fiz em todo o tempo da missão, deixando de fazer muitos outros pelas razões acima apontadas, que são muito justas.

Tenho dito brevemente alguma coisa do muito que se fêz naquele sertão com os Índios dêle. Será bem e razão dizer duas palavras do fruito, que se colheu com os Brancos, pois que *sapientibus et insipientibus sumus debitores*. Sabendo certa pessoa, honrada e afazendada, como éramos chegados àquela Capitania, nos escreveu uma carta em que pedia com muita instância lhe fizéssemos caridade de querermos chegar a sua fazenda, pedindo isto com muitos e grandes encarecimentos pelas Chagas de Jesus e por amor do Beato Inácio, com que representava ser bem necessária nossa presença, como bem se viu depois no que sucedeu, de grande serviço de Nosso Senhor. E foi que, andando êste homem inquietíssimo em seu ânimo, cheio de ruins e falsas suspeitas contra sua própria mulher, traçando modo e novos ardis de a matar secretamente, se desassombrou e desmaginou com nossa vista e conversação, depondo logo tôdas as más suspeitas, que o demónio lhe representava e oferecia, confessando-se connosco e comungando de nossa mão (o que havia muitos tempos não fazia por andar com os pensamentos que digo) com muita devoção e consolação de sua alma, por virtude dos quais sacramentos ficou quieto em seu ânimo, desistindo de sua má pretensão, e sumamente agradecido à Companhia, da caridade que recebera e benefício tão singular; e com tôda a boa graça, cortesia e agradecimentos, que nos deu, uma e muitas vezes, nos despedimos dêle e nos fomos continuar com nossa missão.

Outro homem, que havia muitos tempos estava enfêrmo de certa enfermidade contagiosa, vendo se lhe chegava o prazo de haver de partir desta vida, nos mandou pedir, com muitos encarecimentos, o quiséssemos ir ouvir de confissão e sacramentar naquela última hora, por não haver aí outro sacerdote, que o pudesse fazer. Cortamos logo por tudo e o fomos visitar e sacramentar, consolando-se muito por receber os sacramentos, antes de acabar a vida, como logo acabou, edificando-se os que nos viram ir de tão longe acudir àquêle enfêrmo, rompendo por tôdas as dificuldades, que havia, que eram muitas.

Chegada a *Dominica de Passione*, nos fomos para a cidade [do Natal], donde estivemos até o sábado santo inclusive (além de têrmos estado já nela por outra vez quando logo fomos), a nos oferecer a todos os que se quisessem servir de nós, oferecendo-lhes a confissão e o mais que de nosso ofício fôsse; daqui fomos duas vezes à Fortaleza de El-Rei, a fazer o mesmo, onde também dissemos missa, confessamos e demos a Santíssima Comunhão a todos os que se quiseram servir de nós, por particular licença do Padre Vigário daquela Capitania, o qual na Cidade e o Capitão na Fortaleza nos agradeceram muito esta ida, mostrando estimarem-na tudo o que ser podia, ainda que houve alguns, que se contentaram de nos ver ao longe, sem quererem de nós nada ao perto, que sempre há quem deva à justiça mal pecado. O Vigário se ajudou de nós nos ofícios da Semana Santa, no encerrar e desencerrar o Senhor, e no mais que foi servido, agradecendo muito a caridade que lhe fazíamos, o que só foi por servirmos a Nosso Senhor e por o dito Vigário ser muito amigo da Companhia e agradecido ao ensino que dela teve.

Isto é, Mui Reverendo em Cristo Padre, o que se me ofereceu para dar conta a Vossa Reverência, do que Nosso Senhor foi servido obrar por meio dos dois operários, que Vossa Reverência mandou a continuar com aquela abundante messe da *Capitania do Rio Grande*, no tempo dos sete meses que lá andamos, deixando de próposito muitas outras particularidades, por não ser possível pôr-se tudo em carta. É para êste lugar a soma dos baptismos de inocentes que foram por todos quatrocentos e dezesseis; os de adultos vinte e quatro; os de adultos *in extremis*, vinte e quatro; casamentos em lei de graça, trinta e cinco; confissões, trezentas; comunhões, vinte. *Soli Deo honor et gloria in saecula saeculorum. Amen.*

Feito o que acima tenho relatado, e o mais que deixo por causa da brevidade, tratamos de voltar para êste Colégio, conforme a ordem que Vossa Reverência, assim dêle, como dêsse, me mandou, aprestando-me para nos partirmos a terceira oitava da Páscoa, fazendo a derrota por tôdas as Aldeias da Capitania, visitando-as tôdas de caminho, remediando nelas as necessidades que se ofereciam, que inda mal, porque nunca faltam; e, caminhando onze dias por elas, chegamos, aos doze do mês de Abril, ao grande empório de *Itaaimbé*, donde nos recebeu e agasalhou o Padre António Antunes, com sua muita caridade e mostras de grande amor. Qual fôsse o recebimento que os Índios ali nos fizeram, deixo a que outros o digam, dando-me por suspeito. Aos 19 do dito, entramos neste Colégio, onde também foi mui grande o recebimento e gasalhado que o Padre Reitor nos fêz com muitas mostras de amor e os mais Padres e Irmãos dêle, onde ficamos, já descansados, e, feitos os oito dias de Exercícios, esperando nos dê a santa obediência ocupação e nos diga o que havemos de fazer, prontos e apostados a tudo arrostarmos com muita vontade.

Enquanto por estas Aldeias e Colégio nos recebem e festejam nossos Irmãos, com tanta festa e alegria, como digo, ficam os pobres Índios do Rio Grande suspirando e chorando por nós, dizendo tantas lástimas quantas jamais nunca se ouviram, e tais, que moveram à compaixão e causaram lástima a tôda a pessoa que as ouvir, ainda que tenha um coração de pedra. Consolei-os com lhes dizer que Vossa Reverência os ama a todos *in Domino*, como pai, que é seu, tanto como dos que cá estão, pois, desde o princípio das pazes até agora, sempre estiveram debaixo do amparo e *protecção* da Companhia, acudindo-lhes o melhor que pôde, e lhe foi possível, a suas necessidades espirituais, e que sem dúvida Vossa Reverência teria lembrança de os mandar consolar e visitar, já que o residir com êles não é possível por ora, o mais cedo que pudesse. Que se lembrassem da obrigação que tinham de viver como bons cristãos, filhos dos Padres, com outras razões, que então ocorreram, que deixo por não ser mais largo. Concluindo com dizer sòmente, por conclusão dêste último §, que quando eu, por minhas muitas imperfeições, faltas e pouco talento, não seja apto e suficiente para haver de tornar mais a trabalhar naquela abundante messe e os mais que nesta Capitania remam sem remo, tenham para o mesmo justas causas, uns por velhos, outros por mal dispostos e enfermos, deve V. R. estar de bom ânimo, como sempre, pois tem tanta e tão luzida gente para mandar de refrêsco, como são os amantíssimos Padres e Irmãos Caríssimos, que ora vão concluindo com seu *Curso de Artes*, os quais eu estou vendo se oferecem já desde agora a Vossa Reverência com muito grande resignação e vontade, vista a necessidade extrêma, em que aquela pobre cristandade fica, para nesta e mais Missões ajudarem e servirem a Companhia, ajudando de boa vontade aos que estão já cansados de trabalhar com a larga continuação de tantos anos, pois que êste há-de ser o fim principal a que todos devemos dirigir nossos estudos: que depois da perfeição própria, procuremos a de nossos próximos e sua salvação, como nossa regra nô-lo ensina e encomenda, o que tudo eu tenho bem entendido e conhecido, da devoção, zêlo e fervor de todos os de que falo, e por que não serve de mais, peço os santos sacrifícios de Vossa Reverência e se lembre de mim diante do Altíssimo com uma larga e copiosa bênção, que de lá me cubra e abranja. Amem» [1].

---

1. «Dêste Colégio de Nossa Senhora da Graça de Pernambuco, e de Maio, dez de 1614. — Servus inutilis, *Pero de Castilho*», Bras. *8*, 181-185v. Esta carta a mandou para Roma o P. Henrique Gomes, a quem era dirigida, e acompanhada de outra. Nela nota que os Índios de tôdas as partes pediam os Padres para residirem com êles ou ao menos para os visitarem: « e em especial da Capitania do Rio Grande me vieram esperar à de Pernambuco, que são 40 léguas, uns não sei quantos principais a me pedirem lhes mandasse lá Padres a os consolar e ensinar, quando menos em missão, dando suas palavras que êles os levariam e trariam, como fizeram, e se verá de *uma dos mesmos Padres que com esta vai*», Carta do Colégio da Baía, 16 de Junho de 1614, *Bras. 8*, 174. A carta inédita de Pero de Castilho, natural do Espírito Santo, autor de «Os nomes do corpo humano pela língua brasílica» publicamo-la na íntegra, porque além do seu valor intrínseco de informação

Como esta carta de Pero de Castilho, vão dando as *Ânuas* informações das missões seguintes e dalgum ponto concreto: em 1615, dois Padres; a sua chegada impediu a fuga de certos índios, que assim permaneceram em paz e obediência do Capitão [1]; depois foram os Padres Francisco de Oliveira e António Antunes. O Governador de Pernambuco (Vasco de Sousa Pacheco) prometera ajuda, que não deu. No entanto, a missão durava havia já um ano quando adoeceu o P. Oliveira, vindo a falecer no dia 23 de Outubro de 1619 [2].

E assim por diante não pararam as missões periódicas, se bem que logo pairasse a ameaça holandesa, primeiro na Baía, com a sua repercussão na Paraíba. Por então manteve-se o Rio Grande, como que alheio a ela, entregue porém a dissenções internas dos brancos, com prejuízo das missões, que alguns mais impediam que ajudavam. Conta a *Bienal* de 1626 a 1628, que em cada ano foram dois da Companhia, visitar as Aldeias do Rio Grande, com duplo proveito: o das almas e o dos próprios Padres, que tiveram que padecer discómodos de tôda sorte, em parte por causa de alguns desafectos que viam com maus olhos a assistência e defesa dos Índios, chegando alguns daqueles desafectos a deitar fogo às casas de palha, em que os missionários moravam, e isto com a conivência do Capitão-mor. Felizmente, o que lhe sucedeu pôs têrmo à tempestade, e foi grande o proveito das almas, tanto na Cidade como nas Aldeias [3]. A *Ânua* seguinte, de 1629-1631, repete ainda a indisciplina dos espíritos, que reinava no Rio Grande, e sugere a necessidade de virem Capitães-mores, realmente zelosos, para que não resulte inútil o trabalho dos Padres. Porque, pelo que toca aos Índios do Rio Grande, eram, como os do sertão do Brasil, amantíssimos e dóceis. Estava-se já em plena invasão holandesa, quando isto se notava. No entanto, dois capitães ainda brigam entre si, já com os seus homens dispostos a mútua guerra, que os Padres conseguiram a custo evitar [4]. Não se dão os nomes dêstes Padres. Nas três últimas excursões missionárias, dois de cada vez, perfazem o número de seis. Nada impede porém que algum fôsse e voltasse. Um dêles consta que foi Manuel

---

histórica, desde já se constitui um dos mais antigos escritos, *feitos no Brasil*, por *filhos do Brasil*.

1. Bras. 8, 196.
2. Bras. 8, 242-242v, 310v; *Hist. Soc. 43*, 66.
3. Bras. 8, 386.
4. Bras. 8, 420.

de Morais. A disposição de ânimo da gente responsável do Rio Grande explica em parte o êxito das invasões holandesas. Com a invasão acabou de se desorganizar a vida civil e religiosa e económica do Rio Grande, parágrafo já da própria história das guerras de Pernambuco. O Rio Grande teve também depois a sua quota parte gloriosa, na reacção restauradora. Mas passado o pesadelo, diz Tavares de Lira, «sòmente ficou como lembrança inapagável do jugo flamengo, a tradição, que não morre, de provações tremendas» [1].

Quebrado o jugo holandês, restabeleceu-se a actividade dos Jesuítas no Rio Grande, quer com feição económica e rural; quer com a vida catequética nas Aldeias de Guajuru e Guaraíras; quer também como elemento activo, moderador e conglutinante, nas fronteiras do Rio Grande e Ceará. Colégio ou Casa de estudos nunca o tiveram os Jesuítas na Capitania do Rio Grande; apenas ensinariam o que se costumava nas Aldeias, as primeiras letras, anexas à catequese. A Câmara do Rio Grande ainda pediu em 1729 que se erigisse na Cidade um Hospício, em que residissem Religiosos da Companhia ou de S. Francisco, com aulas de Gramática para os filhos dos moradores. Foi desfavorável a informação do Governador de Pernambuco [2]. A razão dá-a o Governador Maia da Gama, vindo do Maranhão, e que depois de passar pela Aldeia de Guajuru, entrou na Cidade do Natal a 9 de Abril de 1729. Era Capitão-mor do Rio Grande do Norte, Domingos de Morais Navarro, a quem elogia como homem de «mãos limpas», e que tinha uma desinteligência com o Governador de Pernambuco, que queria fôsse «tudo provimento seu». Maia da Gama no *Diário da Viagem* deixou esta página, dirigida a El-Rei, e na verdade honrosa para o Rio Grande:

«Também me pareceu conveniente o que me representou o Vigário e Oficiais da Câmara, de que não havia um Mestre, que ensinasse Gramática aos seus filhos, e que os não podiam mandar a Pernambuco pela distância e pelos não poderem lá sustentar, nem ter casa ou cómodo para isso, e que queriam recorrer a V. Majestade para lhe mandar consignar um Mestre com cem mil réis

---

1. Augusto Tavares de Lira, *História do Rio Grande do Norte* (Rio 1921)211.
2. Id., *ib.*, 311.

da sua real fazenda; e eu lhes respondi que seria justo que êles concorressem e fizessem a consignação, à fundação ou assistência ao menos de dois Padres da Companhia, para suprir a necessidade que têm de Mestres e Sacerdotes, pois assentam que por falta dos ditos Mestres, desde a fundação daquela Cidade e Capitania, não houve dos filhos dela mais do que três Sacerdotes; e havendo Mestre poderá haver muitos, que acudam à grande falta de Sacerdotes, que há em tôda a Capitania. Assisti aos Ofícios Divinos da Semana Santa e Sermões, e tive uma grande consolação de que naquela pobreza se fizesse tudo com muita devoção e piedade, e com muita modéstia; e também tive notícia e certeza do singular procedimento do Vigário e Coadjutor e de dois Clérigos mais, ali assistentes; e todos, por voz geral e comua, sem nota no seu procedimento, o que foi singularidade para mim»[1].

---

1. João da Maia Gama, *Diário da Viagem*, 99-100.

CAPÍTULO III

Aldeias de Guaraíras e Guajuru

1 — Aldeia de S. João Baptista das Guaraíras; 2 — Aldeia de S. Miguel de Guajuru; 3 — Repercussão da «Guerra dos Bárbaros» nestas Aldeias.

1. — As Aldeias de S. João Baptista das *Guaraíras* e a de *Guajuru* pertencem ao movimento operado em 1678 para que os Jesuítas de Olinda retomassem algumas Aldeias de Índios, e se viu ao tratar da de Urutaguí. A Junta das Missões de Pernambuco (criada pela Carta Régia de 7 de Março de 1681) ordenou que a Aldeia de Mopibu se unisse à das Guaraíras, para melhor assistência dos Índios. Não o cumprindo o Capitão-mor do Rio Grande, António da Silva Barbosa, manda o Governador Geral do Brasil por ordem de 1 de Agôsto de 1682, que se «execute logo sem réplica alguma, de maneira que o R. P. Provincial António de Oliveira, que ora vai a visitar os Colégios das Capitanias do Norte, me avise da pontualidade com que Vossa Mercê o tem feito [...], emendando a omissão, que seus antecessores hão feito neste particular»[1].

A Aldeia das Guaraíras menciona-se pela primeira vez, em Catálogos da Companhia, no ano de 1683, com os Padres Luiz Pinto, Superior, e José dos Reis[2]. Mantém-se depois sempre. A sua vida catequética, assim como a de Guajuru, prende-se à grande campanha nordestina da incorporação dos seus Índios ao todo político brasileiro, cheia de contrastes e guerras, com duas tendências claras, a da assimilação pacífica, e a da assimilação violenta.

Quando os Jesuítas tornaram a entrar em acção no Rio Grande do Norte, depois do interregno holandês, já outros missionários

---

1. *Doc. Hist.*, X, 194; Vicente de Lemos, *Capitães-Mores e Governadores do Rio Grande do Norte*, I (Rio 1912)35.
2. *Bras.* 5(2), 65v.

se ocupavam na tarefa civilizadora. Sucedeu porém que na última década do século XVII determinou El-Rei que todos os Índios «que por paz ou por guerra chegassem a estar entre os Portugueses, se entregassem à jurisdição dos Religiosos da Companhia». Bernardo Vieira de Melo, ao ser nomeado Capitão-mor do Rio Grande do Norte, escreveu ao Governador Geral do Brasil D. João de Lencastro a comunicar-lhe a faculdade, que se lhe concedeu, de prestar homenagem ao Governador de Pernambuco, evitando com isso a ida à Baía, mais distante. Dom João de Lencastro aproveitou a oportunidade para lhe lembrar o alto plano em que colocava a obra da civilização do Nordeste:

«Recebi a carta de Vossa Mercê com a notícia, que me dá, da mercê que Sua Majestade, que Deus guarde, se serviu fazer-lhe, do Cargo de Capitão-mor da Capitania do Rio Grande, e conceder-lhe desse homenagem ao Govêrno de Pernambuco, sem os descómodos de vir a êste, ainda que estimara eu muito ver a Vossa Mercê, para mais particularmente lhe encomendar tudo o que na ocasião presente convém ao serviço de Sua Majestade, assim na defesa e conservação dos moradores do Rio Grande, como na observância da paz, que Sua Majestade é servido se solicite, por todos os meios, com os Bárbaros, não se lhes fazendo guerra, senão por último desengano de as suas hostilidades provocarem as nossas armas. Mas confio tanto da prudência de Vossa Mercê para o Govêrno da Capitania, como do seu valor para a sua segurança. E de tudo o que Vossa Mercê obrar em uma e outra obrigação, me dará conta muito prontamente para o ter entendido, e ver quão bem corresponde Vossa Mercê à boa informação que tenho de seu merecimento.

Agostinho César de Andrade, a quem Vossa Mercê sucedeu nessa Capitania, aldeou em um sítio, que chamam Jundiá, umas duzentas e cinqüenta almas de Bárbaros, que desceram do sertão. E, *porque Sua Majestade é servido, que todos os que ou por paz, ou por guerra, chegarem a estar entre os Portugueses, se entregariam à jurisdição dos Religiosos da Companhia, e que nenhum secular seja administrador* seu: e na *Aldeia das Guaraíras*, que administram os mesmos Religiosos, ficam mais bem acomodados e mais habilitados para receberem a doutrina Evangélica: tanto que Vossa Mercê receber esta os faça logo mudar com efeito do dito lugar do Jundiá para a Aldeia das Guaraíras, entregando-os ao Padre Superior dela; ao qual dará Vossa Mercê todo o favor e ajuda, que para isso fôr necessário. E sendo caso, que desçam outras nações a essa Capitania, Vossa Mercê seguirá esta mesma ordem; e com o dito Padre Superior da dita Aldeia e Superiores de outras, que na sua jurisdição se compreenderem, terá Vossa Mercê tôda a boa correspondência e amizade, de tal maneira que lhes não ocasione o menor motivo de queixa, porque além do serviço, que nisso faz a Sua Majestade pelo benefício, que dos Religiosos da Companhia recebe a Gentilidade, me dará Vossa Mercê grande gôsto; porque amo tanto a Companhia de Jesus, como solicito o bem e salvação de todos os Índios, que a Providência Divina costuma trazer por diversos modos ao conhecimento da Fé Católica. E da execução que Vossa Mercê der a esta ordem, que lhe hei por mui recomendada, me dará Vossa Mercê particular conta para me ser presente, e eu lhe agradecer o bem, que nela obrar. Deus guarde a Vossa Mercê. Baía e Agôsto 8 de 1695, *Dom João de Lencastro*» [1].

Bernardo Vieira de Melo não correspondeu às esperanças do Governador Geral do Brasil. Fala com displicência dos Jesuítas e doutros missionários, e pela sua correspondência se infere que era espírito demasiado sujeito a emulações e rivalidades com as autoridades das Capitanias vizinhas e com os Paulistas, para poder colaborar sem atritos em tão grande obra [2].

Situou-se na Costa, a Aldeia dos Índios Janduins, de que era chefe Canindé. Em vista das ordens do Governador Geral confiaram-se aos Jesuítas, e situaram-se junto a «um lugar chamado Guaraíras», dos Padres da Companhia. Mas fugiram. E diz Bernardo Vieira de Melo, que por terem grande aversão aos «caboclos», os índios mansos dos Padres. Acrescenta o mesmo Capitão-mor que os fôra buscar e os situara onde lhe parecera. Pediu, diz êle, aos Jesuítas que lhe assistissem, e êles lhe responderam que não tinham Padres. E, portanto, escrevera ao Bispo de Pernambuco lhe enviasse um. Mandou-lhe Manuel Serrão de Oliveira. Adoeceram de maleitas os Janduins, incluindo o Canindé, e morreram muitos. E o cura a «nenhum baptizou, podendo ir tôdas estas almas para o céu». Vendo isso, os Índios mudaram-se e andavam com

---

1. *Doc. Hist.*, XXXVIII (1937)346-347.
2. AHC, *Rio Grande do Norte*, 23 de Dezembro de 1697.

mêdo dos Paulistas e tanto andavam que fugiram. Tratava êle, Capitão-mor, de ver se os capacitava a voltar ¹.

Assim se refere Bernardo Vieira de Melo ao Padre secular, que pedira, como se referira antes displicentemente a Fr. João da Graça, carmelita, de quem diz tratou mais dos interêsses materiais que dos espirituais. Estas e outras informações do Capitão-mor Bernardo Vieira de Melo, revelam o seu carácter e variedade de humores ².

Os Janduins voltaram mais tarde, ao menos temporàriamente, a estar sob a administração dos Jesuítas, como veremos. Assistia na Aldeia das Guaraíras, quando se davam êstes contrastes, o P. Sebastião de Figueiredo, e também algum tempo o P. Jerónimo de Albuquerque ³. Sebastião de Figueiredo, cujo nome aparece várias vezes nos documentos dessa época perturbada, homem austero, desprendido, conciliador e caridoso, faleceu na mesma Aldeia das Guaraíras, no dia 21 de Novembro de 1698 ⁴.

Nas Guaraíras havia em 1702, 300 Índios de catequese. Aumentou com o tempo e tinha 800 de língua geral quando em 1758 a deixaram os Jesuítas.

Baptizou-se com o nome de *Vila Nova de Arez* ⁵.

2. — A Aldeia de *S. Miguel de Guajuru* começou a administrar-se ao mesmo tempo que a das Guaraíras, esta cêrca de três léguas ao sul, aquela cêrca de outras três léguas ao norte da cidade do Natal. História semelhante e paralela em ambas, dependentes uma e outra do Colégio de Olinda que lhes assegurava a vida missionária. Era superior de Guajuru em 1683 o P. António Cardoso,

---

1. AHC, *Rio Grande do Norte*, «Representação de Bernardo Vieira de Melo a El-Rei», Rio Grande, 20 de Maio de 1699; cf. *ib.*, 1697.

2. Rocha Pombo, *História do Estado do Rio Grande do Norte* (Rio 1922)164, louva Bernardo Vieira de Melo por ter pedido e estabelecido missões no Rio Grande, facto sem dúvida digno de elogio. O conhecimento completo dos documentos, que Rocha Pombo não teve, demonstra que Bernardo Vieira se as estabeleceu não as soube prestigiar com igual zêlo e isenção.

3. *Bras.* 5(2),86v.

4. Era de Lisboa, e deixou dêle breve biografia, o P. João António Andreoni, *Bras.* 9, 440.

5. Silveira, *Narratio*, cód. da Gregoriana, 138, f. 258; Studart, *Seiscentas Datas para a chronica do Ceará na 2.ª metade do seculo XVIII* (Ceará 1891)26.

bom conhecedor da língua dos negros e estava com êle o P. Francisco de Albuquerque [1].

3. — Não tardou a Aldeia de Guajuru a ser envolvida nas lutas e «Guerras dos Bárbaros». Escreve o P. Pero Dias, Reitor do Colégio de Olinda, em 1689: nas duas Aldeias do Rio Grande (Guajuru e Guaraíras) uma a 80 léguas e a outra a 70 do Colégio de Olinda, tem-se obrado muito quanto ao espiritual para com os Índios e moradores, mas tem-se padecido mais que em Urutaguí, na «defesa pela justiça dos Índios, assim dos moradores como dos Tapuias alevantados, com que foi necessário aos Padres usarem de instrumentos belicosos de estacadas e trincheiras para resistir às invasões dos Bárbaros, inimigos capitais dos Índios católicos, de tal sorte que lhes era necessário estarem sempre com as armas na mão. A que mais padeceu foi a última de Guajuru, porque não só padeceu os inconvenientes sobreditos, mas muito mais dos moradores, de uns, porque vindo-se recolher nas trincheiras e estacadas da Aldeia, destruíram os mantimentos dos pobres Índios, em que havia homens tão desaforados na consciência, que à vista dêles lhes descompunham suas mulheres e filhas, e porque os Padres defendiam êstes insultos, foram injuriados e afrontados de palavras e obras, e chegaram a tão grande desafôro, que em tom de guerra e companhia formada, acometeram a Aldeia para expulsarem os Padres e ameaçaram de morte ao Padre Superior, e de facto o fariam, se o Padre não fugira e se retirara a êste Colégio. Mas o que não executaram no Padre Superior foram executar em uns Índios Tapuias, que os Padres tinham reduzido à fé, e estavam já vivendo como cristãos em companhia dos Índios domésticos, dos quais uns mataram e outros fugiram para os Índios e Tapuias bravos e alevantados; e foi êste um sucesso gravemente sentido por tôdas estas Capitanias, mas era impossível o castigo por causa da Guerra dos Bárbaros e totalmente teriam destruído os Padres e Aldeias êstes homens diabólicos, se não fôra o favor de um homem grave e de autoridade, o Capitão Ascenso de Góis Pereira» [2].

A gravidade dêstes sucessos estava sobretudo no facto endémico de desinteligências entre os Cabos de guerra Paulistas e os Capitães-

---

1. *Bras.* 5(2), 65v.
2. Carta do P. Pero Dias, de Olinda, 30 de Julho de 1689, *Bras.* 9, 353v.

mores, em que se entrechocavam interêsses económicos e prevalências de penacho. Os Padres, indo ao sertão, trouxeram alguns índios bravos para com os mansos se catequizarem. Domingos Jorge Velho, chefe dos Paulistas, usando de ameaças, tirou da Aldeia os Índios para os levar consigo. Ficaram as mulheres e crianças. O Capitão-mor do Rio Grande arrancou-as à fôrça da Aldeia para casa dos moradores, e mais para a sua. Protestaram os Padres, e tomaram-se as medidas que o caso requeria. Diversas Cartas Régias mandam que se restabelecesse a justiça [1].

Como em todos os casos semelhantes, cada uma das partes informava El-Rei, defendendo a respectiva atitude. E El-Rei recebia as informações, e mandava tirar outras, como fêz, em vista da carta do Capitão-mor Agostinho César, sôbre a Aldeia de Guajuru, de que era superior o P. Gaspar da Silva. El-Rei estranhou a Domingos Jorge Velho o procedimento, que teve, «com os Índios que estavam perdoados e de paz em uma Aldeia dos Padres da Companhia» [2]. E deu-se ordem, como resultado das informações do Governador de Pernambuco, para se reporem na Aldeia, as mulheres e crianças. Sentimento de justiça que em geral se verifica nas autoridades superiores; mas era equilíbrio, que as subalternas com freqüência perturbavam.

Escreve o Reitor de Olinda, P. Pedro Dias na já referida carta de 1689:

«Não é bem passar em silêncio os grandes trabalhos e aflições (que têm padecido por espaço de três anos) de dois missionários que assistem na Aldeia de Guajuru, assim pelas contínuas invasões dos Tapuias alevantados, como pelas sem razões dos Portugueses, e que muitas vezes estiveram em perigo da vida daqueles, que sofreram graves injúrias dêstes, e que se pode ver pelo caso seguinte: Estavam nesta Aldeia muitos Tapuias, já cristãos e domesticados, os quais no princípio da guerra foram cometidos dos moradores e mataram alguns e maltrataram os Padres, como acima se disse; e os Tapuias, que fugiram para o sertão, no fim de dois anos tornaram a valer-se dos Padres, porque já, como cristãos, queriam

---

1. Cf. Vicente de Lemos, *Capitães Mores e Governadores do Rio Grande do Norte*, 55; e quási pelas mesmas palavras, Taunay, *História Geral das Bandeiras Paulistas*, VII, 75.

2. Cartas Régias na *Rev. do Inst. do Rio Grande do Norte*, XI-XIII, 121-124.

viver na Aldeia e doutrina de seus Padres. Tanto que o Padre Superior teve esta notícia, zelosa e intrèpidamente foi ao sertão a falar com os ditos Tapuias; e, prometendo-lhes seguro na dita Aldeia, os trouxe e juntamente a outros que ainda não eram cristãos, mas vinham com intento de se baptizarem. A êste tão grande serviço de Deus e da república, que encontraram os moradores, pretendendo matar ou cativar aos ditos Tapuias, a título de inimigos, acudiu o Padre Superior com razões e inconvenientes com que arrebatou o ímpeto e furor dos moradores, que com armas tinham a povoação em cêrco regular para que nenhum pudesse fugir. Vencido êste impossível, sobreveio outro maior, porque um esquadrão de gente de São Paulo, que nesta guerra andava contra o Tapuia, vieram semelhantemente cercar a povoação dos Índios em pazes, querendo que lhe entregassem os ditos Tapuias, quando não romperiam as trincheiras e fariam em pedaços todos os Tapuias. Já se vê quais seriam as angústias dos dois missionários sem outro remédio que do Céu. Mas com as armas da paciência vieram a concêrto com os ditos Paulistas, que o Padre Superior lhes daria os Tapuias necessários para guias e línguas, e que na Aldeia ficariam com os Padres as mulheres e filhos, posta condição de que tornariam a restituir os Tapuias aos Padres. E assim se executou.

Estando êste negócio tão bem tratado, se partiu o Paulista para o sertão a continuar a guerra; eis que de repente reviveu outra cabeça da serpente infernal e continuou com a tragédia, com maior perturbação dos missionários, *quia adhuc faex eius non erat exinanita* [1], porque, vendo os moradores Portugueses que os Paulistas tinham levado os Tapuias, tornaram com mão armada em som de guerra a cercar a Aldeia em paz, com que à fôrça de armas levaram as mulheres e filhos dos que foram com os Tapuias com a condição sobredita. Esta foi a maior perturbação dos missionários, porque os Paulistas, agravados de que os moradores levassem as mulheres e filhos dos Tapuias, que êles tinham deixado de baixo de sua palavra, voltaram com sua gente para livrarem as mulheres e meninos cativos e repartidos já pelos moradores, e vinha a ser uma guerra cruel e tão perniciosa que totalmente se perdia tôda a Capitania do Rio Grande; e como a causa era sôbre os Tapuias, que os Padres tinham trazido do sertão, todo o raio da culpa e dano havia

---

1. Ps. 74

de cair sôbre os missionários, os quais movidos desta e outras razões e sobretudo de caridade, trataram com grande zêlo de pacificar os ânimos dos Paulistas e moradores, sofrendo primeiro muitas injúrias e más palavras. Mas, com a graça de Deus, conseguiram o fim da paz e a restituïção de tôdas as mulheres e meninos, filhos dos Tapuias, que de presente assistem na Aldeia, ensinando os já baptizados e catequizando os pagãos, e tratamos de afirmar e assegurar a quietação dos Padres e conversão dêstes Tapuias, mediante os Governadores dêste Estado, com os quais também tratamos de que se façam pazes com os Tapuias rebelados e bravos, com pressuposto que sejam reduzidos a viver em povoações fixas e permanentes, para que possam ser doutrinados pelos nossos missionários.

E porque um Superior dos Missionários estranhou o cêrco da nossa Casa e da Igreja, o senado, por impulso do Capitão-mor, escreveu que mandasse retirar o Padre, *alioquin* insinuando que o fariam êles, pelo que provàvelmente podemos esperar que, se tiverem ocasião, expulsarão os nossos missionários, afim de se fazerem senhores dos Índios, inda dos mansos e cristãos, e que com valor os ajudam a defender dos Tapuias» [1].

Na Ânua de 1690-1691 ainda se alude a êste sucesso, e na Baía não constava ainda com certeza o resultado final: «Nas duas Aldeias do Rio Grande [Guajuru e Guaraíras] depois de ir lá o Senhor Bispo, experimentaram os Padres algũa maior quietação, prometendo os moradores e Capitão-mor de restituir os Índios injustamente tirados. Mas não sabemos se de facto se fêz ainda esta restituïção prometida; nem foi pouco o que padeceram os Padres para defender a êstes Índios, além do que traz consigo o assistir-lhes em tal parte e doutriná-los nos mistérios da Fé» [2].

Numa informação de Morais Navarro de 1694, em que se manifesta pela guerra ofensiva sem tréguas aos bárbaros, refere-se também

---

1. Carta do P. Pero Dias, de Olinda, 30 de Julho de 1689, *Bras.* 9, 356.
2. Ânua de 1690-1691, *Bras.* 9, 373-373v. A 2 de Abril o Governador Geral do Brasil, Câmara Coutinho, envia ao Capitão-mor o Alvará para o modo do trabalho dos Índios em casa dos moradores e a Ordem do P. António Vieira, Visitador Geral, *Doc. Hist.*, X, 409. Cf. também Carta Régia declarando livres os Índios do Rio Grande do Norte e Ceará, que a Junta de Missões de Pernambuco tinha permitido se vendessem. Na mesma carta louvam-se os Jesuítas e Oratorianos pelo seu zêlo, cf. Abreu e Lima, *Synopsis*, 150.

a êste caso e que aquêles Índios se chamavam «*Eriqueri*, que em português é *Silva*». E que êles não podendo escapar a Domingos Jorge Velho se acolheram à Aldeia de Guajuru dos Reverendos Padres da Companhia para que êstes lhes valessem. E pondo cêrco à Aldeia para que lhes entregasse a prêsa, «como os Paulistas são bons de acomodar», os Padres entregaram-lhes os homens sòmente, «até determinação do Governador Capitão General».

O caso apresentado assim, está de acôrdo com os intuitos da Informação, que é mover El-Rei à guerra ofensiva; não parece estar de acôrdo com a realidade. Não temos elementos, em cartas da Companhia, para ver até que ponto é exacto o que segue: «Ordenando António Luiz [da Câmara Coutinho] com várias ordens a Domingos Jorge a que os trouxesse aos ditos Padres, êles, repostos, tornaram para a campanha, com a ajuda de sua família, e ao depois tornaram com maiores tropas a pôr fogo na Aldeia, e descendo pela Ribeira do Ceará Mirim, que são 5 léguas da Cidade, vieram matando a quantos acharam vivos, cortando-os em quartos, e tirando-lhes os corações, donde mataram duas crioulas dos ditos Padres, que estavam lavando roupa. Como lhes dissesse uma prisioneira que em um sítio pegado à Aldeia estava tropa paulista, se tornaram levando a dita mulata e um mulatinho e os gados de cavalgaduras que puderam conduzir. E indo nós marchando pela campanha por outra ribeira acima, nos chegou [um mensageiro] dos Padres pedindo que socorrêssemos a êstes, que padeciam a última ruína». E que a tropa foi, e impediu que destruíssem o redor da cidade e «queimassem a Aldeia» [1].

Em 1692 era Superior da Aldeia o P. Gaspar da Silva e não há referências a esta ameaça de assalto dos Índios, talvez por se ter como sucesso normal em uma Aldeia entrincheirada. É precisamente desta época a admoestação régia a Domingos Jorge Velho pelo procedimento que teve com os Índios «de paz» da Aldeia de Guajuru. Mas aos condutores da «Guerra dos Bárbaros» não con-

---

1. Informação de Morais Navarro a El-Rei, da Baía, 26 de Julho de 1694, na *Rev. do Inst. do Ceará*, XXXVII, 33-34. Na patente de Mestre de Campo, de 15 de Maio de 1696, lê-se a fôlha de serviços de Morais Navarro. É na verdade impressionante a fôlha de serviços dêste e doutros chefes paulistas; contrabalançam-na as condições que punham, – apontadas em papel–: soldos, fardas, terras, e a terrível e deslustradora cláusula, que fôssem cativos os Índios que aprisionassem, *Doc. Hist.*, LVII (1942)84.

vinha que fôssem «de paz», porque lhes escapariam ao cativeiro, que era uma das condições da guerra. O P. Gaspar da Silva, de Monte-Mor-o-Novo, veio a falecer na Aldeia das Guaraíras em 1695 [1].

Por sua vez, e já o vimos, recomenda D. João de Lencastro em 1691 ao Capitão-mor do Rio Grande, tôda a prudência com os Índios e que mantenha boa correspondência com os Religiosos da Companhia, «que se deve ter, por mo haver dito e encarregado assim Sua Majestade» [2].

Com estas desinteligências dos chefes militares era, sem dúvida, difícil a vida da Aldeia neste período revôlto, dificuldade acrescida com a natureza dos Índios da região, refractários à fixação em povoações estáveis.

Ainda no decorrer dos anos houve dares e tomares, como em 1714 em que se recolheram nesta Aldeia, os Janduins fugidos das prisões de Itamaracá [3]. Todavia, desde o começo do século XVIII entrou em relativo sossêgo, mantendo por meio século sua finalidade, como apoio defensivo da cidade (Guajuru e Guaraíras, cada qual a três léguas dela), e como elemento de trabalho e de catequese. Construíu-se grande Residência e Igreja, bem ornada de obras de talha doirada e objectos do culto [4].

Com as perturbações da «Guerra dos Bárbaros», que acompanharam o seu estabelecimento, a Aldeia de Guajuru tinha apenas 250 Índios ao começar o século XVIII [5]. Depois, com a paz, desceram outros das brenhas, e os lares, fixos, tornaram-se fecundos e o bom trato era propício à vida das crianças. Em 1759 tinha mais de 1.000 Índios: parte caboclos de língua geral, parte de nação Paiacus. Já podia ser circunscrição eclesiástica regular (freguesia), e circunscrição civil (vila), e o foi em 1760 com o nome de *Extremoz do Norte* [6].

---

1. (29 de Dezembro), *Hist. Soc.* 49, 232v.
2. Carta do Governador Geral do Brasil para Agostinho César de Andrade em *Doc. Hist.*, XXXVIII(1937)307.
3. *Rev. do Inst. Pernamb.*, XVI, 272.
4. Jerónimo Moniz, *Vita P. Stanislai de Campos*, 39.
5. *Bras.* 10, 25.
6. Os Paiacus, segundo Rodolfo Garcia (cf. supra, *História*, III, 93), seriam Índios Cariris. Mas cf. também, sôbre êste grupo, as reservas que faz o mesmo

O exílio dos Padres destas duas Aldeias não se fêz sem protestos e lágrimas de Índios e Brancos, que de Guajuru os vieram acompanhar por espaço de duas milhas até à Cidade. *Geralda Quariima*, índia já de idade, mulher do capitão-mor, não se acomodou fàcilmente, arrastando nos seus protestos muitos índios, sete dos quais mandou presos para Pernambuco, o director civil, que sucedeu aos Jesuítas. Episódio apenas significativo, conclui Francisco da Silveira, do amor e reverência dos nacionais do Brasil para com os sèus benfeitores de quem assim os privavam [1].

---

autor na *Explicação* à edição fac-similar do *Catecismo Kiriri*, do P. Luiz Vincêncio Mamiani (Rio 1942)XXIV.

1. Silveira, *Narratio*, 66; *ms.* da Gregoriana, 138, f. 258. *Guajuru* fica à margem da Lagoa do mesmo nome, e anda unida a ela uma lenda ou malefício, desfeito pelas bênçãos dos Jesuítas, cf. D. José Pereira Alves, *A Lenda de Extremoz*, em *Anuário Brasileiro de Literatura* (Rio 1939)147-148. Entre as Aldeias da Companhia, inclui-se a de *Nossa Senhora dos Prazeres de Guajuru*, na Provisão episcopal de 5 de Fevereiro de 1759, *Rev. do Inst. do Ceará*, XLIV (1930) 347-348. Deve tratar-se da mesma Aldeia de Guajuru com orago diferente. A velha Igreja, «derrubada menos pelo tempo do que pelo abandono criminoso», diz Luiz da Câmara Cascudo que era, depois da de S. António do Natal, a «mais bonita Igreja do Rio Grande do Norte colonial». Cf. «A Velha Igreja de Extremoz» e «Os Santos de Extremoz», em «A República», de Natal, 23 de Janeiro e 19 de Julho de 1944.

CAPÍTULO IV

Nas fronteiras do Rio Grande e Ceará

1 — Guerra dos Bárbaros e rivalidades dos Brancos; 2 — Aldeia de S. João Baptista do Apodi e Aldeia de Nossa Senhora da Anunciação do Jaguaribe; 3 — Paiacus, Janduins e Icós, lutas e transmigrações; 4 — Morte, às mãos dos Bárbaros, do P. Bonifácio Teixeira.

1. — Refere D. João de Lencastro, em 1699, que das Capitanias do Norte tinham ido, «várias e repetidas vezes, a fazer a guerra aos Bárbaros do Rio Grande, 37 cabos, dos de maior nome e suposição, havendo algum que levou mais de 700 homens brancos, e que todos êstes não conseguiram outro efeito mais que só o das consideráveis despesas que fizeram aos miseráveis povos das ditas Capitanias». Por isso se chamaram os Paulistas, «por ter mostrado a experiência que só êstes homens são capazes de fazer guerra ao gentio»[1].

Entre êstes Cabos e outros, que estavam ou vieram, nasceram tais rivalidades, que ao lado da guerra dos Índios, havia a guerra dos Brancos como já denunciou o capítulo anterior; e um dêles, Bernardo Vieira de Melo fêz aí a aprendizagem da guerra civil, que mais tarde ajudou a promover em Olinda. Mostrou-se sistemàticamente oposto ao Mestre de Campo dos Paulistas, Manuel Álvares de Morais Navarro; e citamos êste nome e não outros, porque a êle se liga directamente o estabelecimento dos Jesuítas no Apodi. Foi Morais Navarro quem, ao aceitar o encargo de reduzir os Bárbaros que perturbavam a vida do Nordeste, pôs como condição que o acompanhassem Padres da Companhia

---

1. Carta de D. João de Lencastro, Governador Geral do Brasil, a D. Fernando Martins Mascarenhas de Lencastro, da Baía, 11 de Novembro de 1699, *Doc. Hist.*, XXXIX, 88.

Recorda-o D. João de Lencastro ao próprio Mestre de Campo: «Segunda vez lembro a Vossa Mercê a boa amizade e correspondência que deve ter com os Padres Missionários da Companhia, que foram na dita fragata [a fragata dos Padres] para assistir nas duas Aldeias, para que *Vossa Mercê os pediu*»[1]. A primeira vez que o tinha lembrado foi em carta de 2 de Agôsto de 1699[2]. Escrevera a carta por ocasião da saída da fragata da Baía, e dois dias depois desta data, a 4 de Agôsto, se dava a famosa cilada do Mestre de Campo, contra os Paiacus. Os Padres João Guincel e Filipe Bourel, idos na mencionada embarcação, chegaram ao Açu alguns meses depois, mas já estavam no Arraial a 29 de Outubro de 1699, dia em que o P. João Guincel escreve a D. João de Lencastro, e se vê que a boa correspondência, recomendada pelo Governador Geral entre o Mestre de Campo e os Jesuítas, se mantinha[3].

Esta actividade dos Paulistas difere parcialmente, da que usavam alguns dêles, meio século antes, contra Aldeias, cujos filhos cativavam e levavam para longe sem ficar na terra para os substituir e a povoar. Ainda aqui alguns o fizeram; outros não: «Muitos dos Paulistas, empregados nas guerras do Norte, não tornaram mais a S. Paulo e preferiram a vida de grandes proprietários nas terras adquiridas por suas armas: de bandeirantes, isto é, despovoadores, passaram a conquistadores, formando estabelecimentos fixos»[4].

Com Morais Navarro procurava D. João de Lencastro que se pacificasse a terra; e temendo violências, de que já tinha dado provas, deu aos Padres a incumbência positiva de serem conselheiros do Mestre de Campo, e escreveu a cada um dos Padres duas cartas iguais: «Bem sei eu, que o grande zêlo, virtude, e cuidado de Vossas Paternidades no bem espiritual das almas dêsses gentios, há-de continuar em grande aumento do santo exercício das Missões, pois mereceram êles lograr e assistência de V. Paternidade para viverem no grémio da Igreja; êste cuidadoso desvêlo agradeço a V. Paternidade, recomendando-lhe, e pedindo-lhe novamente, me in-

---

[1]. Carta de D. João de Lencastro a Morais Navarro, de 29 de Agôsto de 1699, *ib.*, 83.
[2]. *Ib.*, 72.
[3]. Cf. supra, *História*, III, 94.
[4]. Capistrano de Abreu, *Capítulos de História Colonial*, 150.

forme com tôda a verdade particularmente do procedimento do Mestre de Campo Manuel Álvares de Morais Navarro, do seu têrço, e da utilidade que resulta àquela Capitania, e seus moradores na assistência do dito têrço; espero de Vossa Paternidade que brevemente me remeta esta informação, porque com ela nesta frota hei-de informar a Sua Majestade, que Deus guarde, de todo o sobredito; e também se não descuide V. Paternidade do cuidado com que deve advertir e aconselhar ao dito Mestre de Campo para tudo o que fôr do serviço de Deus e de Sua Majestade, como do bem espiritual dos Índios. Tudo espero do zêlo de V. Paternidade execute com aquela prontidão e verdade que pede matéria tão importante. E no que fôr do gôsto de V. Paternidade não faltarei. Deus guarde a V. Paternidade. Baía, 6 de Abril de 1700, *Dom João de Lencastro*» [1].

Não viu com bons olhos Bernardo Vieira de Melo, Capitão-mor do Rio Grande, a ida do Mestre de Campo Morais Navarro, a quem votou «ódio», que «mostra em tôdas as ocasiões» [2]; e as suas informações, com outras, motivaram a prisão e afastamento temporário de Morais Navarro. Depois de algum tempo fêz-se a justificação de Morais Navarro que voltou ao comando do Têrço dos Paulistas, no Açu, e já nêle estava em 1703 [3].

Pouco antes tinha-lhe escrito outra carta o Governador do Brasil D. Rodrigo da Costa: «Também [vi] a certidão do P. Estanislau de Campos, visitador que foi das Aldeias pertencentes à administração da Companhia, sitas nessa mesma Capitania, e não sei inferir quais os motivos que haveria para que se não conseguisse o que o dito Padre relata na mesma Certidão. O certo é que quando nos que servem a Sua Majestade não há aquela união que devem ter, sempre se experimentam inconvenientes que dificultam executar-se o que é justo. Estimarei que o dito Senhor mande na frota a resolução da forma em que se há-de proceder contra êsses bárbaros,

---

1. *Doc. Hist.*, XXXIX, 117-118. Ao P. João Guincel já tinha escrito o Governador outra carta em Janeiro de 1700, com o seguinte aditamento quási íntimo do próprio punho do Governador: «Ao P. Filipe Bourel me dará Vossa Paternidade muitos recados. Muito amigo de Vossa Paternidade», *ib.*, 109.

2. Palavras de D. João de Lencastro à Câmara do Rio Grande, Baía, 1701, *Doc. Hist.*, XXXIX, 136.

3. Carta de D. Rodrigo da Costa a Morais Navarro, da Baía, 7 de Setembro de 1703, *ib.*, 187; cf. Taunay, *Hist. Geral das Bandeiras Paulistas*, VII, 226.

para que cessem os obstáculos que se oferecem às operações dêsse têrço» [1].

Não se diz em que consistia o alvitre do P. Estanislau de Campos. Há porém esta nota, referente ao seu tempo do reitorado de Olinda: «O Reitor foi tão hábil na questão duma nação bárbara de Tapuias, acérrima inimiga dos soldados paulistas e dos indígenas daquele território, que levou a sua disposição feroz ao propósito da paz e os desviou de fazer trato e aliança com outros bárbaros com cuja multidão o Têrço dos Portugueses, tocado de varíola, poderia ter sido derrotado» [2].

2. — Tal foi o ambiente em que nasceram as duas Aldeias dos Índios Paiacus, numa das quais a de *S. João Baptista do Apodi*, começou a trabalhar o P. Filipe Bourel no dia 10 de Janeiro de 1700. Era seu companheiro Alexandre Nunes, que fôra da Companhia e saíra pouco depois do noviciado, por pura melancolia, mas desejava tornar a entrar, passada a crise, e por isso acompanhara o Padre a esta missão difícil. Bourel conta em carta, datada da sua própria Aldeia (*Podi*, 10 de Abril de 1700), que era um verdadeiro exílio, à proporção que se afastava das vilas e colónias habitadas por brancos. O recurso dela estava ùnicamente em Pernambuco, e os Índios, de que tinha cuidado, se eram dotados de razão, não faziam grande uso dela. Houve dificuldades para a fundação da Aldeia, e ainda continuavam: no dia 16 de Março, os Janduins, inimigos dos Paiacus e Brancos, assaltaram ferozmente a Aldeia. Houve 73 mortos e 80 cativos na maior parte crianças. A Aldeia tem mais de 600 almas. O P. Bourel, diz êle, aceitava todos êstes trabalhos pelas almas do Purgatório [3].

É o *registo de nascimento* da actual cidade de Podi ou Apodi, como hoje se diz, cuja data de fundação, fica desde agora fixada: 10 de Janeiro de 1700. A *certidão de baptismo*, «S. João Baptista

---

1. Carta de D. Rodrigo da Costa, ao Mestre de Campo do Têrço dos Paulistas, Manuel Álvares do Morais Navarro, da Baía, 15 de Junho de 1703, *Doc. Hist.*, XXXIX, 174.
2. *Bras.* 9, 447v; palavras da Ânua, transcritas literalmente em Jerónimo Moniz, *Vita P. Stanislai de Campos*, 17.
3. Carta do P. Filipe Bourel, de Podi, 10 Abril de 1700, *Bras.* 4, 64. Autógrafo, em latim.

do Lago Podi», surge com os primeiros e vacilantes passos da sua vida. Ano e meio depois da fundação, escreve:

«Os que tinham ido buscar do sertão os Paiacus [1], género de Tapuias bravos, para os aldear e com isso se despojarem da barbaria e se revestirem de costumes humanos e virem ao conhecimento de Deus, muito e mui duras coisas padeceram entre a esperança e o temor. Êstes bárbaros são tão inclinados à desconfiança e tão mudáveis ao mais leve aceno de suspeita, por palavra ou obra, que desconfiam de amigos e de inimigos, e vagueiam pelos matos.

Os Janduins, manifestos inimigos dos Paiacus, armam-lhes ciladas por tôda a parte, que se dirigem também contra os Padres, mandados pelos Portugueses, considerando-os condutores e defensores dos seus inimigos. Daqui, súbitos clamores, correrias noturnas, e assaltos e mortes dos mais fracos, velhos, mulheres e crianças. Era inconstante a fé dos Paiacus, crendo que estando a viver em Aldeias, seriam enganados pelos Missionários, que os entregariam ao Mestre de Campo dos Portugueses, e seriam levados a duríssimo cativeiro. Aumentaram as suspeitas, algumas desinteligências entre os próprios Portugueses e os seus Capitães que, dia a dia, se mostravam abertamente.

Os curraleiros (que é o mais rendoso negócio para enriquecer em pouco tempo) impediam aos Índios, quer bravos quer mansos, a aproximação dos currais, obrigando-os injustamente a sair muitas léguas à roda das terras onde nasceram, e que êles ocupavam e cultivavam. Por outro lado, os soldados queriam servir-se dos Índios no arranjo das suas casas, dentro e fora delas e regozijam-se com o facto de os missionários os situarem em Aldeias perto das Casas Fortes, e promoviam guerras entre as diversas nações dos Índios, para logo os cativarem com pretexto de perturbadores da paz pública, e rebeldes.

Nascem daqui freqüentes guerras dos Índios entre si, e entre êles e os Portugueses, por diversas razões ou pretextos. Colocados entre uns e outros, padeceram os Padres um ano, de dia e de noite, até se estabelecerem duas Aldeias, que já agora dirigem em paz e trazem à mansidão cristã a sua ingénita fereza, tendo superado

---

1. Em latim «Paiaquisios» (acusativo), mas prevalece em português o nome de *Paiaquises* e mais ainda *Paiacus*.

com a ajuda de Deus obstáculos de tôda a ordem: andar sempre com o pé no ar para fugir e levar consigo os ornamentos sagrados para um lado e outro; ir cortar lenha; comer o que havia, até alimentos imundos; durante o Sacrifício da Missa, recear assaltos repentinos; e viver, cheios de cuidados e preocupações, à espera de morte violenta a cada instante.

Com as freqüentes práticas afeiçoam os soldados portugueses e em particular o seu Mestre de Campo; e os Governadores do Brasil compreenderam que alguns Capitães-mores das Capitanias promoviam com enganosos ardis as guerras dos Tapuias, e que mais lhes interessava o gado nos campos do que a conversão dos Índios, e enfim se alcançou para as Aldeias dos Índios terras suficientes para poderem cultivar sem serem molestados pelo gado dos curraleiros.

São já duas as Aldeias. A primeira, sob a protecção de *Nossa Senhora da Anunciação*, junto ao *Rio Jaguaribe*; a segunda, sob o patrocínio de *S. João Baptista*, no *Lago Podi* [1]. Ambas, a algumas léguas dos soldados da Casa Forte, a conveniente distância, para não serem injustamente vexados por êles, ávidos da liberdade alheia.

Há os melhores indícios de que se vão firmando as Aldeias e introduzindo a Fé Cristã, na alacridade com que os Índios constroem as suas casas como que à compita; na facilidade com que aprendem de cor as orações; na pontualidade com que cada dia vêm à Igreja de manhã e de tarde; na alegria que mostram quando levam à fonte do baptismo, os seus filhos. Certa mulher tinha um filho gravemente doente e não estava disposta a baptizá-lo, ainda que o não recusava de todo. Quando viu, pela ajuda de Deus, que saíu são das águas do baptismo, pediu logo para todos os seus outros filhos se fazerem cristãos. E conseguindo-o dos Padres, mostra-se agradecida e obsequiosa. A boa vontade desta Mãe suavizou um pouco a ferida que atingiu fundamente o coração dos missionários,

---

1. *S. João Baptista*, em 1701, ano desta carta; *Virginis Annunciatae* em latim: *Senhora da Anunciada* ou *da Anunciação*, que há as 2 formas em vernáculo, e só o uso distingue. Não vimos nenhum documento em português que nos elucidasse qual fôsse, em concreto, se *Anunciação*, se *Annunciada*. Também aparece *Senhora da Encarnação*, denominação equivalente do mesmo facto Mariano. Quanto à Aldeia, no Alto Apodi, há uma *S. Miguel*, e foi êsse o nome que saíu supra, *História*, III, 94, e na página seguinte, *S. João*. Trata-se da mesma Aldeia do Apodi e por êste documento autêntico, se vê que o seu nome exacto é *S. João Baptista*. O Rio Apodi também se chama, no seu curso inferior, *Mossoró*.

quando souberam o que sucedeu a dois meninos, que os Pais levaram para o mato para aí, depois de morrerem, os devorarem, segundo o bárbaro e detestável costume dos Tapuias. Dêste nefando delito tomaram ocasião os Padres para prègar contra êle e seus autores. E foi tanto o horror que incutiram nos ouvintes que logo um ancião, que se preparava para o baptismo, disse em voz alta que queria sepultar-se na santa Igreja, e que não consentiria que o seu corpo fôsse dado em alimento aos mais; e logo o filho prometeu ao pai que o não comeria. A mesma barbaridade logo detestaram os dois capitães da Aldeia, e avisam o Padre do que se faz contra a lei divina: descobrem os maus e feiticeiros; zombam dos seus sonhos e superstições; e quanto entre êles se acha de malefícios, o entregam ao fogo durante o baptismo solene dos adultos.

Tais são as coisas, que fazem e padecem na Casa Forte do Açu os Padres João Guincel e Filipe Bourel. Não duvido que mais ainda terão feito. Mas, como desde o Colégio da Baía até à sua Residência há mais de 300 léguas e raro vêm mensageiros, também são raras as notícias, que de lá nos vêm»[1].

Pouco depois chegou à missão o refôrço de dois Padres zelosos e dedicados, Vicente Vieira e Manuel Dinis, ficando êste na Aldeia do Apodi, em cuja Igreja de S. João Baptista fêz os últimos votos no dia 8 de Setembro de 1702[2]. Não obstante a heroicidade desta vida, o êxito não poderia corresponder aos esforços entre duas fôrças opostas, que o impediam: os Índios de espírito primitivo, sem idéia do que significava direito de propriedade, e que não respeitavam o gado das fazendas vizinhas, por mais avisos que se lhes dessem, que o deviam respeitar, para terem direito a ser respeitados êles próprios; e os interêsses dos curraleiros, a quem, como dizia o P. Francisco de Matos, mais interessava o gado dos campos do

---

1. Carta do P. Francisco de Matos, da Baía, 4 de Agôsto de 1701, *Bras. 9*, 449-449v.

2. *Lus. 23*, 200. Manuel Dinis, do Pôrto, entrou na Companhia com 15 anos, a 14 de Novembro de 1687. Faleceu no Colégio do Espírito Santo, em 1737, *Bras.6*, 38v; *Hist. Soc. 52*, 69. Vicente Vieira, também do Pôrto, fêz os últimos votos na Aldeia de Nossa Senhora da Anunciação, no dia 24 de Setembro de 1702, *Lus. 23*, 230. Faleceu no Colégio do Rio de Janeiro no dia 31 de Julho de 1719. De poucas letras, mas de grande fervor, que penetrava os ânimos quando prègava. Mestre-escola exímio. Ouvindo que o iam fazer ministro do Colégio do Rio pediu e obteve ir para estas Missões longínquas do Rio Grande e Ceará, *Bras. 10*, 319v.

que a civilização dos Índios. Entre êstes contrastes e as intrigas e constantes choques do interêsse, a vida dos Padres e a própria catequese pacífica era o que de mais precário poderia haver naqueles sertões. A autoridade mais alta, que apoiava os Padres, estava longe, em Pernambuco ou na Baía; as autoridades mais próximas, que eram os capitães-mores, nem sempre secundavam a autoridade superior, e desta circunstância, verificada em diversas regiões do Brasil, é testemunho a Ânua de 1704:

3. — «As Missões dos Tapuias, por excelência bárbaros, Paiacus, estão a cargo dos Padres Filipe Bourel, Manuel Dinis, João Guincel e Vicente Vieira, e mais do que nenhumas são fecundas em trabalhos e perigos.

Continuam as guerras entre os Tapuias e os Portugueses, porque êstes ocuparam a terra, e os *Paiacus* matam com freqüência o gado dos Portugueses. Com tal guerra tornava-se estéril o território, fugiam as abelhas do mel, despojavam-se os lagos menores do peixe, e as matas de caça. Deliberaram os Missionários mudar-se para outro local, com os seus Tapuias, longe dos currais, que foram ocasiões sempre de tôdas as brigas. Buscaram sítio suficientemente amplo e fecundo na Capitania do Ceará, a que pertenciam os *Paiacus*. Mas em vão, por permissão de Deus, pois evitando a audácia dos vaqueiros, achavam a licenciosidade dos soldados, intolerável outrora aos missionários antigos. Para pôr têrmo às mortes de um e outro lado, o missionário, que tinha sido mal recebido pelo Capitão-mor, viu-se obrigado a tentar rodeio mais longo através do sertão, recorrendo terceira vez ao Capitão-mor da Paraíba e ao Governador de Pernambuco, a pedir algum lugar para os *Paiacus* repelidos de tôda a parte, para que pudessem estar em segurança e com êles os Padres. Foram bem recebidos e despachados com cartas patentes e ordens, e com a faculdade de escolherem na Capitania o lugar e terra inculta, que achassem mais a propósito para cultivar, necessária para sustentar os Tapuias que levassem.

Enquanto um dos Missionários tratava disto, com perigo da vida, por ser inverno e estarem os rios cheios, cuidava o outro, embora doente, de recolher os feridos de outra remota e distante paragem. Com a morte de *Canindé*, os Tapuias, de que êle era principal, quiseram vingar-se de todos os seus matadores. Com esta notícia, os «Portugueses» e «Brasileiros», moradores do Território de Jaguaribe, servindo-se dos Icós (outro género de Tapuias) caíram de repente sôbre os Paiacus ocupados a pescar; mortas as crianças e mulheres que se não puderam defender, foram direitos à Aldeia onde estava o Missionário com outros, com o clamor horrendo e o tumulto de costume. Por ser de noite, ouvia-se de longe a gritaria e houve tempo de pedir socorro aos curraleiros vizinhos. Ajudados por êles, os *Paiacus* recolheram-se com o Missionário na Residência dos Nossos Padres do Lago Apodi, um tanto mais segura, por ser guardada por soldados paulistas. Logo se tratou de curar os feridos, que jaziam parte na Casa, parte na Igreja, e só morreram uma mulher e uma filha sua, escapando felizmente os mais.

Mas a ocultas do Missionário resolveram 15 *Paiacus* tirar vingança dos *Icós*. Repelidos e feridos, apareceu de manhã cercada a Aldeia e seria queimada a Casa, se o não impedissem os Portugueses que os acompanhavam [1].

Todos os feridos, que se trouxeram ao Missionário, se curaram, e com a ajuda de Deus nenhum morreu. Quando os *Paiacus* mais valentes, que durante a refrega andavam fora, voltaram à Aldeia, procuraram os ossos dos seus mortos, cujos corpos os *Icós* tinham queimado, e ainda não eram baptizados; e, encontrando-os, trouxeram-nos ao Missionário, o qual, do lado de fora da Igreja, às escondidas os enterrou, para êles os não reduzirem a pó e tomarem nos seus comeres e beberagens, condimentados com mel silvestre, segundo o seu costume gentílico.

---

1. Êstes Portugueses, que impediram se queimasse a Residência dos Jesuítas do Apodi, mas que acompanhavam os assaltantes, supomos seriam os moradores do Jaguaribe. Pelo menos a êles se refere a seguinte «Carta para o Governador de Pernambuco Francisco de Castro Morais, sôbre a expulsão dos Missionários do Jaguaribe: — Sua Majestade, que Deus guarde, se serviu ordenar-me por carta de 12 de Abril do ano passado me informasse exactamente das insolências, com que os moradores do Jaguaribe pretendem destruir as novas missões da Ribeira do Açu, para mandar proceder ao castigo dos culpados; e como esta matéria pede uma averiguação que não seja suspeitosa: Vossa Senhoria a mandará tirar por pessoa, ou pessoas de tôda suposição e verdade, e remeter-me por duas vias, com a brevidade possível, para que infalìvelmente vá na frota. Deus guarde a Vossa Senhoria muitos anos. Baía, 16 de Junho de 1703, *Dom Rodrigo da Costa*». (*Doc. Hist.*, XXXIX, 171-172). Nesta carta deve estar a explicação do desaparecimento da Aldeia da Anunciada ou de Nossa Senhora da Anunciação do Rio Jaguaribe.

Levando sustento consigo, viu-se obrigado o Padre a ir buscar os que estavam refugiados no sertão, com mêdo; e a acompanhá-los à volta, cheios de terror. Tendo mandado o Capitão do Ceará que fôssem presos alguns na *Aldeia do Araré*, não se conseguiu o efeito, morrendo porém não poucos de um lado e outro, e a maior parte dos nossos *Paiacus* fugiram e vagueiam no sertão [1].

Sendo alcançados pelos *Icós*, que se tinham reünido aos *Cearenses*, uns foram mortos com o seu Capitão *Panati*, outros feitos escravos. Os mais voltaram ao Lago Podi, à Aldeia habitável, que tinham abandonado. No caminho, dentre os feridos, só sucumbiria uma mulher, baptizada antes de morrer. Os mais, ao tornarem assim do sertão, acolhidos e tratados pelo missionário com grande caridade e assídua vigilância, não tardaram a melhorar. Não é fácil dizer o quão difícil foi achar quem quisesse receber com benevolência a êstes Tapuias e o quanto custou aos Missionários. Ninguém os queria ter por vizinhos e os repeliam como a ladrões e revoltosos [2].

Não obstante o Capitão-mor da Paraíba lhes designar sítio para êles se aldearem, saíram-lhes ao caminho com armas de fogo os «Brasilo-Portugueses» [3]. Enfim colocaram-se ao pé da *Aldeia*

---

1. Deve entender-se com esta *Aldeia do Aararé* (sic), a seguinte referência da carta do Governador Geral do Brasil, D. João de Lencastro, a D. Fernando de Mascarenhas de Lencastro, da Baía, 11 de Novembro de 1699: «Com a carta de 8, me remeteu V. Senhoria cópia do que lhe escreveu o P. João da Costa, missionário residente na *Aldeia de Avaré* no Jaguaribe» (*Doc.Hist.*, XXXIX, 87). Ao P. João da Costa escreve o mesmo D. João de Lencastro, da Baía, a 18 de Setembro de 1700, estranhando-lhe em têrmos graves a perturbação que fazia às missões dos Índios, confiados à Companhia, e que ficava «muito suspeitoso o procedimento de um missionário que perturbava as mais Missões» (*ib.*, 134). O P. João da Costa manifestou-se contra o mestre de campo Morais Navarro, seguindo o partido de Bernardo Vieira de Melo, com quem continuou depois na Guerra dos Mascates.

2. É de 13 de Fevereiro de 1704 a Carta da Câmara de Aquirás a El-Rei em que se dizia que os Jesuítas estão em duas missões dos *Paiacus* e que «missões com êstes bárbaros são escusadas, porque de humanos só têm a forma, e que quem disser outra coisa é engano manifesto». E que El-Rei os mande destruir (*Rev. do Inst. do Ceará*, XVI, 147-148; cf. supra, *História*, III, 96).

3. «*Brasilolusitanis*», em latim, forma análoga à de *Luso-Brasileiros*. A esta expressão corresponderam antes nesta mesma carta *Lusitani Brasilique*, ou só *Lusitani*, a indicar sempre o mesmo género de pessoas, nomenclatura de interêsse imediato para a idéia de diferenciação nacional, que surgia na formação do Brasil.

de *Urutaguí*, da nossa administração¹. E para que não voltassem ao antigo sertão, obrigados da fome, os Jaguaripenses deram ao Missionário 300$000 réis para lhes comprar o sustento enquanto não faziam novas plantações e recolhiam o necessário para a vida.

Como a transmigração se fazia do solo pátrio ou do sertão, começaram uns a dizer que iam como escravos, outros que iam a ser mortos pelos Paulistas, outros olhavam entre lágrimas o sertão que iam deixar, outros que não se poderiam defender dos contrários se fôssem assaltados no caminho. Seguiram o Missionário apenas 200, ficando os mais no Lago Podi com o P. Manuel Dinis, convalescente da doença, em que estêve às portas da morte, contraída, quando fôra tratar e curar outros *Paiacus*, terrìvelmente feridos pelos *Janduins*, e nesse caminho adoecera.

Chegou finalmente ao novo sítio [de Urutaguí] o P. Vicente Vieira, surgindo como outro Moisés do deserto, depois de ter passado no percurso muitos e duros trabalhos. Mas logo que foi recebido pelo P. João Guincel, muitos atingidos de doença mortal, morreram, o que veio acender nos sobreviventes o desejo de voltar ao sertão. Aquiesceram porém aos Missionários, que os exortaram a fazer plantações para viver; e vieram ajudar a êste efeito, as notícias de que também grassava a epidemia no sertão, e que os Janduins tinham morto muitos dos seus companheiros, e que o próprio P. Bourel talvez se visse obrigado a mudar a Residência [do Apodi], não tendo sofrido menos, e ficava na espectativa cada vez mais de maiores trabalhos.

Em tôdas estas aflições foi de consôlo aos Missionários o facto de 268 crianças se terem baptizado antes de morrer. E uma mulher das mais antigas, que naquela fuga ficara escondida numas rochas, durante 15 dias, saindo só de noite a buscar algumas ervas para comer ou à beira de um riacho para beber, vendo que passava o maior perigo dos inimigos, veio à Aldeia e ainda teve tempo de se baptizar, como desejava, antes de morrer.

No caminho [do Apodi para Urutaguí] achou-se um homem, que há 30 anos vivia em sacrilégio, que, tendo de viajar, viu na véspera em sonhos que caía do cavalo e se feria gravemente, e logo lhe apareceu a Mãe de Deus, anunciando-lhe que no dia seguinte passaria por ali um Missionário, a quem poderia abrir-se com con-

---

1. Ao Sul da Paraíba, cf. supra, 340.

fiança. Desprezando o aviso e o sonho, montou a cavalo, donde caíu, e ficou ferido; e vendo passar naquele dia o Missionário não se quis confessar, por vergonha. Mas quando êste voltou [1], e o recebeu em casa por hóspede, ainda não bem curado da sua ferida, contou-lhe o que tinha sucedido e mostrou-lhe as maiores feridas da sua consciência para chegar ao que por tantos anos desprezara, pelos costumados remédios dos Sacramentos» [2].

4. — Dois anos mais tarde, em 1706, escreve o mesmo Padre, depois de ter estado na Aldeia dos *Paiacus* e na dos *Janduins*:

«Visitei as mais remotas Aldeias, além do Rio Grande, que há 25 anos nenhum Provincial visitava senão por meio de visitadores. Na verdade, indo esta Província desde as Aldeias de S. Paulo às dos Janduins, por espaço de 500 léguas, é difícil visitar, mesmo deixando a Aldeia do Lago Podi, e a maior, na Serra de Ibiapaba, que desde o Rio Grande quási distam outro tanto. Nem podem ser atingidas senão por via terrestre, tendo de se levar pelo sertão e catingas, a comida necessária, faltando às vezes a água. Mas pela bondade da Providência de Deus, nenhum dos nossos teve nada que padecer das cobras e onças, que são muitas, o que se atribui ao patrocínio do Venerável P. José de Anchieta.

Vieram ter connosco os *Janduins*, inteiramente nus e com os membros pintados de diversas côres, tiradas do suco de ervas e frutas, com os beiços, bochechas e orelhas furadas e nestes orifícios uns paus que ao falar se movem, subindo e baixando. Tomou cuidado dêles o P. João Guincel e já começam a amansar pouco a pouco. Os casados já dormem em suas barracas, os mais no chão, que é a enxerga dos cansados, ao pé do fogo aceso.

Vêm à Igreja, de mãos postas e erguidas, adoram a Deus, que fêz o céu e a terra; confessam ao Senhor de tudo; assistem em silêncio ao Santo Sacrifício; batem no peito; ouvem os avisos; e obedecem armados de arco e frechas, mas com o arco em repouso.

O P. Filipe Bourel com o Ir. Estudante Bonifácio Teixeira, catequizam igualmente os não menos bárbaros *Paiacus*. E como os

---

1. Daqui se infere que o P. Vicente Vieira, deixados os Paiacus em Urutaguí, voltou à missão do Sertão do Rio Grande e Ceará.
2. Baía, 25 de Novembro de 1704. «Mandato P. Provincialis [era o P. João Pereira], Joannes Antonius Andreonus», *Bras. 10*, 42-43.

defende dos inimigos por meio de soldados de El-Rei, era muito amado dêles e viviam em comum nas Aldeias, ainda que saíam alguns meses durante o ano a recolher frutos do mato»[1].

A vida da Aldeia continuou neste ambiente de apostolado em meio versátil e difícil, durante alguns anos, até que a 15 de Maio de 1709 faleceu nela o P. Filipe Bourel[2]. Estava só, no tempo em que faleceu, por andar fora em missão o seu companheiro. Se não era ainda, mas já ordenado de sacerdote, o P. Bonifácio Teixeira, foi-o algum tempo depois. Não há narrativa dêste período. Mas infere-se da carta do Governador Geral do Brasil, da Baía, 29 de Julho de 1708, em resposta a outra de El-Rei em que mandava «fazer a guerra geral, entrando-se por tôdas as partes», nas Capitanias do Ceará e Rio Grande, que boa parte do fruto da guerra anterior dos Paulistas se frustrara, por os moradores do Rio Grande e Ceará a embaraçarem tão injustamente, «por interêsse e razões particulares»[3], e que as perturbações recomeçaram.

Mas a Aldeia do Lago Podi continuava, e com maior assistência dos Padres por causa da epidemia do «morbilho», semelhante à varíola, que atacava em particular os adultos. Tinha-se feito o baptismo de mais de 150 meninos e 70 adultos, que assim morreram cristãos. Muitos, porém, recuavam para as antigas superstições[4].

---

1. Carta de João António Andreoni, da Baía, 12 de Novembro de 1706, *Bras. 4*, 104v.
2. *Hist. Soc. 51*, 289. Natural de Colónia (Alemanha) entrara na Companhia de Jesus com 17 anos, no dia de S. José (19 de Março) do ano de 1676, *Bras. 6*, 37. Trabalhou nas missões de Rodelas do Rio de S. Francisco. Homem sábio e santo. *Santo*, como se vê da sua vida. Conta-se que ressuscitara uma criança, que morreu sem baptismo, e êle vendo a mãe chorar desenterrou a criança que voltou à vida; e baptizando-se, ainda durou algum tempo. Conservava-se uma pintura dêsse facto na Aldeia do Apodi aonde se dera a cena, e cujos ecos recolheu Loreto Couto, *Desagravos do Brasil*, em *Anais da BNRJ*, XXIV(1902)350. Sábio, a sua ciência é atestada pelo facto de o Padre Provincial de Portugal, antes de embarcar o P. Bourel, pedir ao do Brasil que lho cedesse um ano «para ser lente de Matemática na Universidade de Coimbra» (Ad legendam mathematicam in Universitate Conimbricensi). Carta de 10 de Fevereiro de 1692, *Bras. 3(2)*, 301. Fêz em Coimbra, a 2 de Fevereiro de 1693, a sua profissão solene, *Lus.11*, f, 266-267. João António Andreoni escreveu dêle uma breve biografia latina, que se guarda em *Bras. 10*, 64-65; *Lus. 58* (Necrol. I)20.
3. *Doc. Hist.*, XXXIV, 298.
4. Carta do P. Mateus de Moura, de 31 de Dezembro de 1711, *Bras. 10*, 78.

Afinal, recrudescendo as perturbações e mostrando-se versáteis e inconstantes os *Paiacus*, o Missionário recolheu-se a Olinda, e indo lá uma tropa para impor a ordem, o P. Bonifácio Teixeira quis acompanhá-la para cuidar espiritualmente dos soldados. A tropa foi desbaratada. E o Padre, ferido, faleceu poucos dias depois [1].

Com esta cruz tumular do P. Bonifácio Teixeira se encerra a história jesuítica da Aldeia de S. João Baptista do Lago Podi. O Alvará Régio, de 23 de Novembro de 1700, tinha mandado dar à Aldeia uma légua de terra em quadra, confirmada depois pelo Desembargador Cristóvão Soares Reimão. Na légua de terra desta Aldeia, «se acha hoje a cidade de Apodi» [2].

A fundação do Apodi representa um esfôrço da civilização espiritual no meio da violência das guerras e da preocupação económica dos curraleiros, cuja actividade é sem dúvida importante. Prejudicaram-na as rivalidades entre os chefes militares, capitães-mores e autoridades camarárias; destrinçar, porém, o que há de verdade e de falso nos capítulos e informações, que se entrecruzavam às dezenas, é assunto já alheio à nossa história. Não o é dizer que favoreceu esta Missão de maneira eficaz D. João de Lencastro, de altíssima significação e memória, na administração do Brasil, como seu Governador Geral [3].

---

1. *Bras.* 4, 181. Bonifácio Teixeira, de Arrifana (o Catálogo só diz *Arrifana*, sem determinar qual) entrara na Companhia com 21 anos, a 27 de Novembro de 1703(*Bras.* 6, 40). Marca-se o ano de 1712 para a sua morte, pelos Tapuias do Lago Podi, com a seguinte indicação: «occisus a Tapuiis in Pago Podino Pernambucano, nescitur dies» (*Hist. Soc. 51*, 44).

2. Nestor Lima, *Municípios do Rio Grande do Norte*, na *Rev. do Inst. do Rio Grande do Norte*, XXV-XXVI, 61; cf. Nonato Mota, *Notas sobre a Ribeira do Apodi*, ib., 53,43.

3. *Bras.* 9, 445v.

CAPÍTULO V

Piauí

1 — O «descobridor» Domingos Afonso Sertão; 2 — Dotação do Noviciado da Giquitaia, na Baía; 3 — Fazendas da «Capela Grande», da «Capela Pequena» e outras; 4 — Administração e constrastes; 5 — Missões rurais; 6 — Seminário do Rio Parnaíba.

1. — A actividade inicial dos Jesuítas no actual Estado do Piauí pertence ao ciclo maranhense, fase de exploração, desde 1656 [1]. Fase de exploração fluvial ou de trânsito a caminho do Ceará. Nada mais era possível então [2].

Na entrada ao Rio Paraguaçu (Parnaíba) de 1676, viagem de meses, os Jesuítas encontraram Índios que lhes falaram de homens brancos, vindos do sertão, «que iam sôbre uns cavalos».

Dêstes homens, que «iam sôbre uns cavalos», o mais ilustre na história da Companhia de Jesus e na própria história local, é Domingos Afonso Sertão, o «descobridor» do Piauí. O apelido de «Sertam» consta já na sua patente de 1674. Chamaram-lhe alguns Domingos Afonso «Mafrense», por ser natural de Fanga da Fé, concelho de Mafra, freguesia que também se chama *Encarnação*, facto que explica ter Domingos Afonso insinuado essa invocação de Nossa Senhora, para o Noviciado da Giquitaia, que fundou depois na Baía.

Domingos Afonso não foi o «descobridor» ou seja o primeiro branco que estêve em terras do Estado do Piauí. Outros muitos já tinham passado, ao menos em viagem de trânsito ou reconhe-

---

1. Cf. supra, *História*, III, 161-167.
2. F. A. Pereira da Costa, *Chronologia historica do Estado do Piauhy* (Pernambuco 1909)6, dá como possível a fundação dalgumas Aldeias pelos Padres do Maranhão no actual Território do Piauí, em 1661. Nesta data é afirmação sem fundamento positivo.

cimento, pelas bôcas do Rio Grande dos Tapuios, ou Paraguaçu, ou Parnaíba, nomes sucessivos do mesmo Rio[1]. Mas foi o descobridor e povoador de um afluente da margem direita do Parnaíba, o Rio Piauí, que assumiu tal importância no desenvolvimento económico-pecuário da terra, que deu o nome ao Estado. E, de quantos entraram no Piauí pelo sertão baiano, foi o que deixou obra colonizadora mais perdurável[2].

2. — Domingos Afonso Sertão tinha-se estabelecido no Sítio *Sobrado*, entre Joazeiro e Chique-Chique, nas margens do Rio de S. Francisco, em terras de Garcia de Ávila Pereira[3]. Ainda conservava êsse Sítio, com duas fazendas, e outras duas mais no Sítio *Alagadiços*, ao falecer, no dia 18 de Junho de 1711. Fundou e dotou o Noviciado da Giquitaia, na Baía, e como tal possuía carta de participação dos bens espirituais da Companhia, ou como os beneficiados tinham gôsto em chamar-se, era «irmão» da Companhia. Como fórmula de doação legal, decidiu instituir, com os seus bens materiais, um «morgado» ou «capela». E «para administrar a capela ou morgado, diz êle, nomeio em primeiro lugar o R. P. Reitor do Colégio desta Cidade [da Baía], que fôr ao tempo do meu falecimento, e os que forem sucedendo no mesmo cargo até o fim do mundo»[4]. Dizia até ao fim do mundo, porque no testamento deixava também encargos e obrigações perpétuas. Vimo-las no capítulo consagrado à fundação e vida do Noviciado da Giquitaia.

---

1. «Paranã-ayba — o grande caudal ruim ou impraticável», cf. Teodoro Sampaio, *O Tupi na Geografia Nacional*, 3.ª ed. (Baía 1928) 282.
2. «Declaro que sou senhor e possuidor da metade das terras que pedi, *no Piauí*, com o coronel Francisco Dias de Ávila e seus irmãos, as quais terras *descobri e povoei*, com grande risco da minha pessoa e considerável despesa, com adjutório dos sócios». — «Testamento de Domingos Afonso Sertão, descobridor do Piauí», na *Rev. do Inst. Hist. Bras.*, XX, 144. Pedro Calmon, *História do Brasil*, II, 289, dá a lista dos «sócios» de Domingos Afonso Sertão e as datas das patentes respectivas, do ano de 1674, em perfeita concordância com a menção de 1676, da Carta dos Jesuítas, aos «homens brancos que iam sôbre uns cavalos». A parte, que teve, ou não teve, o paulista Domingos Jorge na colonização do Piauí, é assunto que se discute, alheio à nossa história. A patente de Capitão da Infantaria de ordenança, nas entradas às «Aldeias dos Guarguas», provida em «Domingos Afonso Sertam», é de 9 de Julho de 1674, *Doc. Hist.*, XII, 315.
3. Cf. Testamento, *loc. cit*, p. 147.
4. Testamento, *loc. cit.*, 145.

O facto de confiar ao Colégio da Baía, a administração da sua «capela» ou morgado, vinculou os Jesuítas à cultura pecuária no território do Piauí, durante meio século.

Pelos relatórios periódicos do Colégio da Baía, enviados ao P. Geral, pode-se reconstituir, nas suas grandes linhas, a história desta administração. Diz-se em 1739, que são 30 as Fazendas da «Capela», e que ocupam quási 100 léguas de terras próprias. Há nelas 30.000 cabeças de gado vacum e 1.500 de gado cavalar. Costumam tirar-se cada ano 1.000 bois, que vendidos a 4 escudos romanos cada um, são 4.000. Destinam-se 1.600 a satisfazer os legados que o Testador deixou a entidades de fora da Companhia. Gastam-se 600 com os vaqueiros que conduzem as boiadas por distância e caminho de quási 300 léguas; empregam-se outros 600 em beneficiar as Fazendas. Restam 1.200 que, conforme a disposição do Testador, se dividem em 3 partes: duas ou sejam 800 escudos, para sustento do Noviciado, 400 pelo ónus da Administração. Os servos destas Fazendas são 164 [1].

Em 1743 a situação é a mesma, apenas aumentam os servos, 170 [2].

Em 1757, ainda igual número de Fazendas (30), mas o gado aumentou: vacum, 32.000 cabeças; cavalar, 1.600. Podiam-se tirar 1.200 cabeças, sendo o produto médio da venda, o mesmo de 4.000 escudos romanos, com idêntica aplicação à de 1739.

Nas Residências do Piauí havia «os cadernos de receita e despesa», indispensáveis a uma escrupulosa administração. Algumas Fazendas tinham vida conjunta; e os Sítios, com que se denominavam e repartiam as Fazendas, eram muito mais do que aqueles 30.

3. — Para facilidade de colocação de bens, que pudessem ocorrer às despesas do Colégio e do Noviciado, e para aproveitar, nesta administração, os Padres já ocupados com a administração das Capelas, alcançaram, por compra ou doação, outras Fazendas limítrofes, com o que em 1760, as Fazendas do Piauí se apresentavam em quatro grupos: a Capela de Domingos Afonso Sertão, ou *Capela Grande*; duas fazendas, em que se aplicaram fundos destinados a garantir a fundação dos jovens jesuítas, durante o tempo

---

1. *Bras.* 6, 276.
2. *Bras.* 6, 335.

dos estudos, o que modernamente se chama em Direito Canónico, *arca Seminarii*, e que por isso se chamou *Capela Pequena*; e outros bens e fazendas, sem êste carácter. E ainda que nos documentos administrativos da Companhia tôdas se englobam com o nome de *Fazendas do Piauí*, algumas ficavam em territórios que caem hoje fora dêle. Nomes e valor das Fazendas em 1760:

A) *Capela Grande*:

Algodões
Baixa dos Veados
Boqueirão
Brejinho
Brejo de S. Inácio
Brejo de S. João
Buriti
Caché
Cachoeira
Cajazeiras
Campo Grande
Campo Largo
Castelo
Catarães
Espinhos
Fazenda Grande
Gameleira do Canindé
Gameleira do Piauí

Genipapo
Ilha
Inxu
Julião
Lagoa de S. João
Mocambo
Nazaré
Ôlho de Água
Pobres
Poções
Saco
Salinas
Salinas de Itaueira
Saquinho
Serra Grande
Serrinha
Tranqueira de Baixo
Tranqueira do Meio

Avaliaram-se, terras e criações, em 120.110$100 réis.

B) *Capela Pequena*:
Guaribas e Mato.
Avaliadas, terras e criações, em 9.410$640 réis.

C) *Fazendas do Colégio da Baía ou bens seus, esparsos por outras*:

Água Verde
Brejinho
Brejo de S. Inácio
Brejo de S. João
Cajazeiras
Castelo
Espinhos

Gameleiras
Ilha
Poções
Riacho dos Bois
Salinas de Itaueira
Salinas do Canindé
S. Romão e Tatu

Avaliaram-se, terras e criações, em 21.576$400 réis.

D) Bens do Noviciado:
Água Verde, Castelo, Campo Grande.
Avaliaram-se, terras e criações, em 878$000 réis.

4. — As Fazendas das duas Capelas, Grande e Pequena, eram ao todo 39. Algumas delas, já posteriores ao Testamento, procediam da Administração, como colocação dos rendimentos das outras Fazendas, por exemplo a dos *Pobres* (cujo produto era para ser distribuído pelos Pobres, segundo disposição testamentária, e se distribuía escrupulosamente), a de Salinas e Cachoeira, a de Guaribas e Mato, a de Salinas de Itaueira, que se foram comprando. Para favorecer o povoamento do Piauí, repartiram-se as Fazendas em 50 sítios que se arrendaram a particulares: Cana-Brava, Pôrto-Alegre, Tatu, Panela, Jacaré, Caraíbas, Sítio do Meio, Boa Esperança, Angical, Lagoa, Conceição, Bom Jardim, Cachoeira, Almas, Santa Cruz, Castelo, Buriti, Prata, Salinas, Santo António, Esfolado, Canavieira, Santa Rosa, Serra Vermelha, Riacho, Riacho de Almécega, Madre de Deus, Espírito Santo, Santa Isabel, S. Nicolau, Mendes, S. Vítor, Macacões, Sobrado, S. Pedro de Alcântara, Malhada dos Cavalos, Riacho da Onça, S. Ana, S. João, Piripiri, Flores, Água Verde, Supicu [1].

O arrendamento era apenas de 10$000 por ano, fórmula com que se resolviam os problemas dos latifúndios adquiridos ao princípio, quando havia pouca população e esta depois crescia. Dada a natureza do solo, pastos mimosos, e vias de comunicação deficientes, a criação do gado foi a manifestação espontânea do aproveitamento inteligente da terra e da sua ocupação e ascensão à vida civilizada. Sabe-se que o capim «mimoso» do Piauí é talvez a melhor forrageira americana [2].

Muitas destas Fazendas, sobretudo os Sítios arrendados, são hoje Vilas e Cidades. Trabalho de identificação, que não parece estar ainda feito com a segurança, própria de um assunto, que é na realidade o sector mais notável da vida económica e social no Estado

---

1. Alencastre, *Memoria Chronologica*, 48-52, diz 50 sítios, mas só nomeia 42.
2. Agenor Augusto de Miranda, *Estudos Piauienses* (S. Paulo 1938) 17.

do Piauí, em estreita ligação com os Estados vizinhos, do Maranhão, Goiás, Ceará, Pernambuco e Baía [1].

A administração dêstes Sítios e Fazendas, milagre seria se não padecesse contrastes. A primeira Residência permanente dos Jesuítas, nas Fazendas do Piauí, foi a «Tôrre». Na Profissão solene do P. Domingos Gomes, feita no dia 8 de Setembro de 1718, recebida pelo P. António de Barros, mestre da língua Quiriri, que em 1700 era Superior de Natuba, lemos a indicação do novo local, onde no dia da Profissão se encontravam ambos: «Tôrre — *Novo Domicílio Piauiense*» [2].

Era ainda o período da guerra do gentio de corso que atacava as Fazendas; também as infestavam bandos de morcegos, que dizimavam a criação. Assim foram abandonadas três Fazendas de residência, que se restauraram de novo, pouco antes de 1731, tornando-se cada uma delas, centro de criação e de catequese [3].

A Provisão de 11 de Janeiro de 1715 determinara que a Capitania do Piauí ficasse unida ao Estado do Maranhão [4]. O facto modificava os poderes dados ao Coronel Garcia de Ávila Pereira para a guerra ao gentio de corso naquelas paragens, que daí em diante só se poderia fazer mediante consentimento do Governador do Maranhão. Trouxe ainda outra consequência de carácter económico e fiscal. O Governador do Maranhão lançou um tributo sôbre os povos do Piauí. A gente do Piauí levantou-se em 1729 e fechou todos os caminhos, incluindo o da Baía, com grave detrimento para o Noviciado, fundado por Domingos Afonso Sertão,

---

1. O documento fundamental, para o estudo das primitivas fazendas do Piauí, é a *Descripção do Sertão do Piauí*, do P. Miguel de Carvalho (1697). Na sua viagem ao Piauí, em 1838, menciona Gardner muitos nomes de Fazendas, algumas das quais relacionadas com as antigas, dos Padres ou da sua administração, *Viagens no Brasil*, 197ss; e muitas das Fazendas do tempo dos Jesuítas se vêem no «Mapa da Província de S. José do Piauí» de Martius, *Viagem ao Brasil* (na trad. portuguesa, IV tômo).

2. *Lus.* 14, 59-59v. Na lista das Fazendas, dada por Luiz José Duarte Freire, vem mencionada a Tôrre, «que já foi fazenda separada», Carta de 5 de Setembro de 1760, no Arq. Público do Pará, Correspondência dos Governadores, Livro II (1748-1762) s/p.

3. *Bras.* 10(2), 327. A provisão Régia, de 20 de Outubro de 1718, fala em mais de 100 fazendas destruídas pelo gentio de corso, nos confins do Maranhão, Piauí e Ceará, Bibl. de Évora, cód. CXV-2/18, 570; *Anais do Pará*, I, 169-171.

4. *Doc. Hist.*, XLII(1938)247.

pois no Piauí lhe deixara êle o sustento. O Governador do Maranhão pretendia que os Padres também pagassem o tributo. Interveio o Vice-Rei Conde de Sabugosa, e deu testemunho, firmado por sua mão, de que El-Rei declarara «isentas» no Brasil tôdas as terras da Companhia, e portanto também as daquele distrito, pertencentes ao Colégio da Baía. Assim se fechou a porta a vexações ou querelas [1]. Neste caso do Piauí tratava-se de tributo *extraordinário*, porque o *ordinário* o pagavam as Fazendas da «Capela». E o tombamento e isenção referia-se não a bens da Capela, de simples administração, mas a bens próprios da Companhia. O facto seguinte já se refere aos bens da Administração. A 11 de Abril de 1754 mandou El-Rei repreender o Ouvidor da Vila de Mocha (depois Oeiras), por ter declarado devolutas, «com repentino e violento procedimento», as terras que o Reitor do Colégio da Baía administra por disposição testamentária de Domingos Afonso Sertão. O Ouvidor mandara-as demarcar por sete provedores e comissários, que se pagavam destas comissões, com os gados, escravos e móveis das terras, deixando-as desertas, coisa que era não só grave prejuízo da Capela, como «irreparável dano dos dízimos reais que fielmente se pagam e pagaram sempre»; e mandava sustar a medição e demarcação [2].

Acompanharam, nesta representação do Administrador da Capela de Domingos Sertão, os representantes da herança de Garcia de Ávila e Manuel de Saldanha, voltando a insistir o Secretário de Estado, Diogo de Mendonça Côrte Real, no cumprimento da Ordem Régia de 11 de Abril [3]. Manuel de Saldanha foi um dos signatários do inquérito sôbre os pretensos «negócios» dos Jesuítas. E teve a nobre coragem de dizer a verdade, que falseara o Cardeal do mesmo apelido, quando capitulou de «comércio» o que era a necessária e indispensável venda dos produtos naturais das fazendas, sem a qual não era possível prosperar nem subsistir na América nenhuma obra útil.

---

1. Carta de 20 de Junho de 1729, *Bras. 4*, 384. Cf. supra, *História*, IV, 202, ordem Régia de 12 de Março de 1729, mandando fazer o Tombamento Geral das terras do Colégio do Maranhão.
2. Carta Régia a José Marques da Fonseca Castelo Branco, Ouvidor da Vila da Mocha, na *Rev. do Inst. Hist. Bras.*, XX, 158.
3. Carta Régia ao Conde de Atouguia, de 14 de Agôsto de 1754, Arq. da Baía, *Ordens Régias*, Livro 52, publicada em Accioli, *Memórias*, II, 404, por Brás do Amaral.

Superior do Piauí, era o P. Manuel Gonzaga. Não tinha à sua disposição outra maneira de obstar aos inconvenientes daquela medida arbitrária, senão declarar ao Ouvidor incurso nas penas que lhe facultava o Direito Canónico. Acto que estava em concordância com o pensar da Côrte, que também reprovou o Ouvidor. Algum tempo depois foi êsse o incoerente pretexto com que a mesma Côrte, a instigação de Mendonça Furtado, castigou o Superior do Piauí, a prisão perpétua [1]. O Missionário acabou seus dias com 56 anos de idade nos cárceres de S. Julião da Barra, a 15 de Março de 1766 [2]. Manuel Gonzaga deixou larga fôlha de serviços no Piauí, onde viveu muitos anos e onde a 2 de Fevereiro de 1746, fizera a profissão solene [3]. Como sucedeu com outros, o destino e prisão do benemérito P. Manuel Gonzaga obedecia a motivos, cuja raiz não estava no Brasil. O drama seguiu rumo igual ao das demais partes do Brasil e restantes Domínios Portugueses.

Em 1759, as Residências do Piauí eram três, e com duplo fim: assegurar o compromisso administrativo da Capela; e, ao mesmo tempo, prover a que não faltassem os sacramentos e catequese ao pessoal, relativamente grande, esparso pelas Fazendas, que se visitavam com regularidade; e eram, como o notou o P. Luiz Gonzaga Cabral, «um ensejo benéfico da doutrinação cristã e cultura moral» [4].

Residência principal, *Brejo de S. Inácio*; as outras duas, *Nazaré* e *Brejo de S. João*. Em cada uma, pequena Igreja ao pé da Residência, com os paramentos indispensáveis e objectos de culto, sem opulência, porque as fazendas próprias dos Jesuítas eram quási tôdas de recente data, e as outras tinham a aplicação, que houve por bem dar-lhes Domingos Afonso Sertão. Para a construção daqueles edifícios viveu no Piauí o carpinteiro e mestre de obras, Ir.

---

1. «Auto da intimação feita a Antonio Correia de Oliveira, Capitão do navio *Sanctissima Trindade e N. S. do Livramento*, de transportar a Lisboa e alli aprezentar à ordem do Rei os Padres Jesuitas Manuel Gonzaga e Rogerio Canisio», AHC, *Baía*, 4515; cf. *ib.*, 4051-4052; 4363-4372, 4512.
2. *Bras.* 28, 41.
3. *Lus.* 16, 218-218v; Caeiro, *De Exilio*, 392; Lúcio de Azevedo, *Os Jesuítas no Grão Pará*, 286.
4. *Jesuítas no Brasil* (S. Paulo 1925)55.

António Duarte [1]. A indústria pecuária dispersava a população e esta ausência de vastos núcleos populacionais não requeria então nem grandes Igrejas nem Colégios, por falta de quem os freqüentasse, espalhadas as crianças pelas fazendas. O progressivo arrendamento das terras, já iniciado, e a evolução do direito de propriedade agrária, levaria, com o tempo, à construção dessas Igrejas e Colégios, desenvolvimento que o exílio indubitàvelmente contrariou, prejudicando a terra sob o aspecto da coesão, ainda então necessário, nessas paragens remotas de comunicações deficientes. Tudo vinha da Baía para a subsistência dos Padres, no que toca a vestuário e sustento, excepto a carne, que dava a terra, e era a base da alimentação. De fora, vinham também vinho e trigo para a celebração da Missa.

Em 1759 os utensílios das Residências, sem carácter religioso, eram apenas 7 talheres de prata; tudo o mais, «estanho, cobre e arame». Havia «pano da Capitania do Espírito Santo». A livraria constava de livros de Teologia Moral, «Expositores à Escritura Sagrada, Livros de Sermões e de *outras matérias*» [2].

A Ordem Régia ao Governador João Pereira Caldas, com os pródromos da perseguição, é datada de Belém (Lisboa), 29 de Julho de 1759: Mandava tirar os «nomes bárbaros» às povoações dos Índios e dar-lhes nomes «dos lugares e vilas do reino». E que não se permitisse aos Regulares, «que até agora se *arrogaram* o govêrno secular das ditas Aldeias, tenham nêle a menor ingerência contra as proïbições apostólicas e dos seus mesmos Institutos, de que sou «protector» nos meus reinos e domínios» [3].

Ainda que dirigida ao Governador Pereira Caldas, é carta circular. O incauto que a ler, como soa, fica ludibriado. «Arrogar-se» significa exercer uma função sem mandato. No caso do govêrno das Aldeias, a mesma Côrte confiara, ordenara e impusera, por di-

---

1. O Ir. António Duarte faleceu no Piauí em 1745, e também acompanhava e ajudava o Padre que andava nas visitas, de Fazenda em Fazenda, *Bras.* 10(2), 419.
2. Cf. «Carta do Desembargador Ouvidor Geral da Capitania, Luiz José Duarte Freire, ao Governador João Pereira Caldas, de Moucha, 5 de Setembro de 1760», Bibl. e Arq. Público do Pará, Correspondência dos Governadores, Livro II (1748-1762) s/p.
3. Na *Rev. do Inst. Hist., Bras.*, XX(1857)150-151.

versas leis, aos Regulares, o exercício e a função dêsse govêrno secular [1]. Estava no direito de a tirar. Para quê tirá-la, caluniando? E aquela «protecção», em matéria religiosa, que, agora sim sem mandato, se «arrogava» El-Rei ou antes o seu valido, é a linguagem da perfídia e hipocrisia. Dizia o neto de Renan, Ernesto Psicari, «que há homens de mentira que se colocam por trás da porta a rir-se das partidas que prègam»... Até que, enfim, e felizmente, chega um vento mais forte que às vezes trazem as revoadas do tempo, e a porta abre-se. E viu-se, neste, como em todos os mais casos de tão malfadado período, que a «protecção» consistiu na perseguição, esbulho, destêrro e encarceramento em tristes e perpétuas prisões.

Residiam no Piauí os Padres Francisco de Sampaio, João de Sampaio, Manuel Cardoso e José de Figueiredo e o Ir. Coadjutor Jacinto Fernandes. Os Padres foram conduzidos à Baía. No caminho faleceu a 8 de Maio de 1760 o P. José de Figueiredo [2]. Chegaram os demais a 10 de Maio, já depois de terem partido os da Baía. Recolheram-se à Casa de Exercícios até serem exilados para a Europa [3]. Para Itália seguiu o P. Manuel Cardoso, onde veio a falecer. Os dois Padres Sampaios, encarcerados primeiro em Azeitão e depois em S. Julião da Barra, tiveram resistência física e moral para sobreviver ao tirano, saindo ambos com vida, de S. Julião, em Março de 1777 [4].

---

1. Cf. supra, *História*, IV, 128-129.
2. Certidão de óbito do P. Mestre José de Figueiredo, da Companhia de Jesus, passada pelo P. Silvestre Rodrigues Viana, administrador da Capela de S. António das Queimadas, onde fôra sepultado no dia 8 de Maio (AHC, *Baía*, 5087). José de Figueiredo tinha nascido na Vila Cova (Coimbra), a 31 de Julho de 1719. Entrou na Companhia no dia 26 de Janeiro de 1738, *Bras.* 6, 273v, 409v; Carayon, *Doc. Inédits*, IX, 242.
3. AHC, *Baía*, 5076, 5077.
4. Carayon, *Doc. Inédits*, IX, 254. João de Sampaio, diferente de outro de igual nome, missionário do Rio Madeira, era do Lumiar (Lisboa), onde nasceu a 15 de Maio de 1718. Entrou a 9 de Janeiro de 1735, *Bras.* 6, 273. Fêz a profissão no Piauí, dia 7 de Outubro de 1752, sendo superior o P. Manuel Gonzaga (*Lus.* 17, 72). Francisco de Sampaio nasceu no Pôrto a 9 de Maio de 1708. Entrou a 9 de Novembro de 1727. Fêz a Profissão no Recife em 1745, ano em que se ocupava com o cargo de caridade, ou seja o de «Procurador das causas pias» (*Lus.* 16, 194; *Bras.* 6, 375v). Além de Superior do Piauí (*Brejo de S. Inácio*), foi-o também em 1748 do Real Hospício do Ceará (cf. supra, *História*, III, 82). O Ir. Jacinto Fernandes, de Merelim, Braga, nasceu a 9 de Setembro de 1696. Excelente cur-

Não havendo quem arrematasse as Fazendas do Piauí, encorporaram-se à Coroa, e são ainda hoje Fazendas Nacionais. Dividiram-se em três Inspectorias que mantiveram com pouca diferença, as secções representadas pelas três Residências dos Jesuítas, *Nazaré, Brejo de S. Inácio e Brejo de S. João* [1]. S. Inácio ainda é hoje orago da Igreja existente no local antigo.

Tal foi o destino do Morgado ou Capela, cuja administração o descobridor do Piauí confiara ao Reitor do Colégio da Baía, e aos que lhe forem sucedendo no mesmo cargo «até o fim do mundo» [2]. Os homens não respeitaram as últimas vontades do grande e benemérito sertanista. Mas até ao fim do mundo, ou pelo menos enquanto soar o nome de Piauí, soará o nome de Domingos Afonso Sertão. O descobridor do Piauí faleceu a 18 de Junho de 1711. Teve funerais quási régios, e sepultou-se, como êle desejava, com a roupeta de S. Inácio, na Igreja do Colégio da Baía [3].

5. — Entretanto, o Piauí ia-se formando e desenvolvendo. E a par da actividade administrativa e da produção pecuária, que foi a razão de ser do Piauí, exercitaram os Jesuítas outra, a de missionários discurrentes, transformando em missão cada visita às Fazendas e ao pessoal que nela havia. Além disto, e ainda no século XVII, antes de se estabelecerem no Piauí, não era raro que os Padres percorressem as Fazendas e Rios dessa região, quer idos da Baía, quer de Ibiapaba.

Da Baía, em 1694, o P. Filipe Bourel, recentemente chegado da Europa, e de Coimbra, onde ensinara Matemática na Universidade, teve o seu baptismo de Brasil numa excursão apostólica

---

raleiro, como convinha (*Bras.* 6, 434). Sôbre êstes sucessos do Piauí, cf. AHC, *Baía*, 5151, 5580 (refere-se à remessa do *Inventário*), 5584, 5910, 5911-5913, 5915, 5916, 5917.

1. *Inspecção de S. Inácio do Canindé, Inspecção de S. José do Piauí, Inspecção de Nazaré*, são as 3 que existiam em 1810, segundo a *Memória* de Francisco Xavier Machado, na *Rev. do Inst. Hist. Bras.*, XVII, 59.

2. Testamento, *Rev. do Inst. Hist. Bras.*, XX, 145.

3. «Meu corpo será sepultado na Igreja do Colégio desta cidade, dentro do cruzeiro, na forma que por escritura tenho ajustado com os Religiosos da Companhia. E serei amortalhado na roupeta de S. Inácio, como Irmão que sou da Companhia, por patente que tenho do R. P. Geral, e por cima da roupeta se me porá o hábito de Cristo, de que sou Cavaleiro professo», cf. Testamento, *oc. cit.*, 140.

«de 200 léguas, para confessar e prègar aos vaqueiros» do Rio de S. Francisco e Piauí [1]. Teve comunicação com os Padres do Estado do Maranhão, de que resultou mandar o Governador daquele Estado dizer a El-Rei que se achara novo caminho entre o Maranhão e o Brasil [2]. Dentro do Piauí andou pelo menos pelos Rios Canindé, Piauí, Parnaíba e Gurgueia, até Parnaguá. Neste trajecto acompanhou-o o P. Miguel de Carvalho, que três anos mais tarde na *Descrição do Sertão do Piauí*, conta como eram 42 pessoas, e, embora sem matalotagem, nada lhes faltou enquanto caminharam uns 16 dias nas margens do Gurgueia; mas durante 5 dias, que se afastaram dêle, logo padeceram fome e teriam morrido, se os não salvara, por alturas do Rio Curimatã, uma grande abundância de ananases bravos, deliciosos no cheiro e no gôsto, que foram a matalotagem de todos até chegarem a povoado [3].

De Ibiapaba, percorreram as «povoações» de gados além da Serra, no Natal de 1696, o P. Ascenso Gago e Manuel Pedroso [4]. Já no século XVIII passaram pelo Piauí, missionando de terra em terra, os Padres do Maranhão, seguindo o caminho do interior, pelo Rio Itapicuru, passando ao Parnaíba, por alturas da actual Teresina, ou dos Campos de Gilbués, ou seguindo até Pastos Bons, mais perto ainda do Rio Parnaíba, que depois desciam, percorrendo a região em todos os seus recantos.

A 5 de Setembro de 1728, o P. Mestre Simão Henriques, da Companhia de Jesus, entrou em terras do Piauí, em companhia do Governador João da Maia da Gama, que voltava ao Reino e ia inspeccionando as Capitanias até Pernambuco. Do que fêz e observou no Piauí, di-lo o próprio Governador, no seu *Diário da Viagem*. Toma a defesa dos moradores do Piauí contra as violências de Garcia de Ávila; e entre as medidas que preconizou, uma e três

---

1. *Bras.* 9, 410.
2. «Carta Régia de 25 de Janeiro de 1696 ao Governador do Maranhão respondendo ao que êste lhe enviou dizer sôbre o caminho novamente descoberto daquele Estado para o Brasil e determinando por esta parte os limites dos dois Estados», Bibl. de Évora, cód. CXV/2-18, f. 196; Carta Régia de 9 de Janeiro de 1697 ao Governador do Maranhão agradecendo-lhe o descobrimento do caminho daquele Estado para o Brasil», *ib.*, f. 202.
3. Miguel de Carvalho, *Descripção do Sertão do Piauí*, 386.
4. Cf. supra, *História*, III, 58; *Descripção*, 371.

vezes, era a fundação de uma Vila, que fôsse a capital, no lugar, que efectivamente é hoje, Teresina:

«Aqui tornei a observar o sítio, comodidade e conveniências, que já em dois lugares tenho acima referido para se fazer aqui uma boa povoação por ter águas, lenha, madeiras, peixe e terras para todos os mantimentos, e fica no meio das freguesias, para a parte da Costa as do Surubim, Longases e Piracuruca, para a parte do Sertão as do Gurgueia e Parnaguá, e para o Sul o próprio Piauí, e para o Norte tôdas as nossas povoações da parte do Maranhão. A nova Vila e Igreja, quando se haja de fundar, deve ser na beirada do *Parnaíba e Barra do Poti*, e me dizem os práticos que aqui não chegavam as inundações de um e outro rio»[1].

Entre os Padres da Companhia, vindos do Maranhão ao Piauí foi um, o P. Gabriel Malagrida, que percorreu em 1735 o Rio Maratauã, o Rio Surubim, estêve em Piracuruca e Mocha, e passou depois à Baía pelo Rio de S. Francisco[2]. E todos os mais Padres, que iam ao Piauí ou passavam por êle, prègavam e ensinavam a doutrina cristã. Ensino quási só de carácter doutrinal, ministerial e religioso, porque as circunstâncias sociais da terra, a rarefacção ou dispersão da sua gente não permitia ainda a erecção de Colégios.

6. — Tentaram, ainda assim, a criação de um estabelecimento de ensino, não apenas elementar, que se ministrava em tôdas as suas Residências, quando havia meninos nas redondezas, mas secundário, Colégio ou Seminário, ou mais exactamente Pensionato, aspiração manifestada pela primeira vez no Piauí, em 1730, pelo Vigário de Mocha, e seu próprio fundador Tomé Carvalho da Silva, com parecer favorável do Ouvidor José de Barros Coelho[3]. A 1

---

1. Maia da Gama, *Diário da Viagem*, 35.
2. Mury, *Hist. do P. Malagrida*, 64; José de Morais, *História*, 387-388.
3. Cf. *Anais do Pará*, V(1906)375-377. O P. Tomé Carvalho da Silva tomara posse da Matriz de N.ª Senhora da Vitória a 2 de Março de 1697, no próprio dia de sua inauguração, posse que lhe foi dada pelo Vigário da Vara, Miguel de Carvalho (Têrmo publicado por Ernesto Enes, *As Guerras nos Palmares* (S. Paulo 1938)368). Do Vigário escreve Maia da Gama (*Diário da Viagem*, 19) que entrou a 3 de Outubro de 1728, na «Vila de Nossa Senhora da Vitória de Moucha»: «Assiste também o Reverendo Vigário Tomé de Carvalho, o primeiro fundador desta Vila e descobridor dêstes sertões, que para defender aquela primeira Igreja, que fundou, convocou alguns povoadores e companheiros para defenderem a Igreja e se foram por ali ajuntando e estabelecendo, sendo várias vezes acometido dos

de Abril de 1733 passou El-Rei a Provisão que concedia a licença da fundação e era realmente um Colégio-Internato, ou como então se dizia Hospício, da Companhia de Jesus, onde residiriam seis Padres, e um Irmão. Três Padres para garantir o ensino, na Vila de Mocha, três para se ocuparem em missões rurais do sertão [1].

Mas a situação era ainda demasiado inorgânica, social e moralmente falando, nessa data e naqueles confins. A própria razão, dada para o seu estabelecimento, deve ter sido o motivo impeditivo para se não fundar: «em razão de viverem todos ignorantes da doutrina, sem outro reparo para o que lhes dita as suas inclinações mais que o de executarem os impulsos de seus maus ânimos, de que procede serem excessivas as mortes, em tal forma que, das que têm havido em tôda a Capitania, apenas se achará uma que procedesse de doença».

Testemunho do Ouvidor, portanto autorizado em matéria de crimes. Não obstante a deficiência do meio, a actividade missionária ia-se impondo com a sua influência religiosa, moralizadora e benéfica [2]; e enfim, alguns anos depois, em 1749, fundaram os Jesuítas do Colégio do Maranhão o Seminário do Rio Parnaíba,

---

Tapuias, que por vezes quiseram queimar a Igreja, e a defendeu com muitos perigos e trabalhos e dispêndio». Outras importantes notícias dá o *Diário da Viagem* do Governador Maia da Gama, sôbre pessoas, terras e coisas do Piauí, neste período, e também da *Aldeia de Tutoia*, no Maranhão, aonde voltou antes de proseguir viagem para o Ceará, a *Aldeia de Ibiapaba*, onde estêve, e em *Fortaleza* e em *Aquirás*, assunto já estudado nesta *História*, Tômo III, nos respectivos capítulos. Maia da Gama conta a fundação de Tutoia, pelo P. João Tavares, com Índios *Tremembés*, com quem o mesmo Governador se avistou nessa praia: «Estive com um rancho de *Tremembés*, e vi a cama que faziam na areia, e a forma dêstes racionais brutos, e me trouxeram cajus e castanhas», 49-52.

1. «Provisão de 1 de Abril de 1733 em que Sua Majestade concede licença para se erigir Hospício na Vila de Mocha do Piauí», *Doc. Hist.*, LXIV, 79-80.

2. Esta influência cristã parece ter lançado raízes fundas: «O sertanejo guarda uma tradição religiosa da família, da terra, das coisas, que o cercam. Seu mundo é aquêle: um mundo que se lhe prende, pelo invisível, mas inquebrantável fio de sentimentos primitivos e felizes, através de gerações circunscritas no mesmo limitado horizonte, sob as mesmas reacções psicológicas. Casado quási sempre e em absoluta maioria, *no padre*, — sua instituição familial é das mais rigorosas. Fidelidade e respeito são idéias normativas da família sertaneja pura. A mancebia é ultrajante e vergonhosa — um pecado enfim. As violências sexuais contra as filhas-famílias, são, em regra, punidas a faca. A *honra é sagrada*», Martins Napoleão, *O Piauí e o Nordeste — Aspectos e problemas da sua vida social*, em *Boletim Geográfico*, Ano I, n.º 9 (Rio Dezembro de 1943) 62.

aparecendo à sua frente como Regente o P. Miguel Inácio [1]; Vice-Regente, o P. Francisco Ribeiro [2]. O novo estabelecimento de ensino colocou-se sob a invocação de Santa Úrsula, uma das chamadas «Onze Mil Virgens», padroeiras nesse tempo dos estudantes do Brasil [3].

Não sendo Colégio pròpriamente dito, mas Seminário ou Internato, a Coroa subsidiava o sustento dos Mestres, no qual intervinha o P. Malagrida, com a incumbência régia da fundação de Seminários na América Portuguesa; e os pais dos alunos, que vinham de diversas povoações do sertão, concorriam também com módica pensão para o sustento dos filhos, como era justo. Em 1753 o Seminário do Rio Parnaíba traz o nome da sua localização nesse ano: *Simbaíba* [4].

Não tardaram a surgir perturbações locais, que impediram a permanência do Seminário no distrito da Mocha. Apesar dos gastos já feitos, achou-se mais prudente e exeqüível centralizar os estudos de tôda essa região, nas Aldeias Altas (hoje Caxias), no Rio Itapicuru, de fácil acesso, já pacificado e reduzido sobretudo pela actividade catequética dos Padres, cujos resultados práticos eram assim expostos pelo P. José Vidigal em 1734: «As conseqüências temporais, que têm resultado da redução de todo êste gentio, são estar franco e desempedido o caminho e estradas para o Piaguí e para todo o Brasil; estarem povoadas as campinas do Iguará com muitas fazendas de gado vacum e cavalar; na mesma forma os campos chamados Peris no Rio Itapicuru e ainda os campos das

---

1. *Bras. 27*, 152v; cf. supra, *História*, III, 123.
2. *Bras. 27*, 184v.
3. O P. Miguel Inácio, que assim se constitui o primeiro Mestre e Director escolar do Piauí, nasceu em Lisboa no dia 7 de Outubro de 1696. Entrou na Companhia a 5 de Fevereiro de 1715. Foi ministro e Procurador do Colégio de S. Luiz do Maranhão, Superior da Casa de Tapuitapera e Mestre de Noviços. Veio a falecer em Roma a 9 de Junho de 1762 (Apêndice ao Cat. Port. de 1903).
4. *Bras. 27*, 188v. Em 1697, A *Descrição do Sertão do Piauí* do P. Miguel de Carvalho traz a Fazenda de «*Sambaíba*» entre as de *Joazeiro* e *Poti*, [p.377], no Rio Itaim-Açu, afluente do Rio Parnaíba; e ao sul da Vila do Poti, hoje Teresina, capital do Piauí, achamos também, entre as «Fazendas, sítios e lugares» do têrmo de S. Gonçalo, o nome de *Sambaíba*, cf. Alencastre, *Memoria Chronologica*, 121. A hidrografia moderna conserva o nome de *Sambaíba*, a dois riachos, um no Município de Amarante; outro no Município de Santa Filomena (Mapas Municipais, *mss.* da Mapoteca do Conselho Nacional de Geografia, Rio).

Aldeias Altas, nas suas cabeceiras, que eram as terras dos Barbados, por onde descem sem temor muitos combóios com arrôbas de oiro em pó e muita soma de moeda, que passam para a Côrte de V.ª Majestade em utilidade grande de sua real Coroa» [1].

O Seminário do Rio Parnaíba, primeiro estabelecimento de ensino secundário, Gramática e Humanidades, cerrou o ciclo das manifestações da Companhia de Jesus no Piauí, que foi, em suma, de ensino, exploração da margem do Parnaíba, missões, catequese e administração [2].

A obra de administração de Fazendas parece ter sido útil para a criação, mais tarde, da Província e Estado do Piauí. A conglutinação do território, num todo homogéneo próprio, impediu que as fazendas dispersas por pequenos donos flutuantes sofressem a atracção das regiões ou Estados vizinhos. E foi, sem dúvida, a maior benemerência de Domingos Afonso Sertão e da Companhia de Jesus na formação histórica do Piauí, preparando-a para se erigir em Capitania e tudo o mais que depois veio a ser, e é [3].

---

1. Carta do P. José Vidigal a El-Rei, do Maranhão, 9 de Junho de 1739, Arq. Prov. Port., Pasta 177 [1], f. 5.
2. Sôbre os Índios do Piauí, em particular *Anapurus*, e *Tremembés*, cf. supra, *História*, III, 163ss; Miguel de Carvalho, *Descrição*, p. 367-389, dá uma lista de «Tapuyos bravos», que em 1697 andavam em guerra com os moradores do Piauí.
3. Entre os papéis do P. Bento da Fonseca, *Maranhão Conquistado a Jesus Cristo*, há uma *Descrição da Capitania do Piauí*, Bibl. de Évora, Cód. CXV/2-14. n.º 1, f. 14v-16. — Cf. Cunha Rivara, *Catálogo*, I, 35.

NOVICIADO DA ANUNCIADA NA GIQUITAIA

Ruínas grandiosas das instalações hidráulicas: «Trataram os Padres de buscar água... descobriram uma grande mina dela, que canalizaram para a Casa, roda, tanque e demais oficinas» (p. 145).

Apêndices

QUINTA DO TANQUE

Conhecida também com o nome de «Quinta dos Padres» e «Casa de S. Cristóvão», em honra do P. Cristóvão de Gouveia, Visitador do Brasil, no Século XVI (Tômo I, 95). Nesta famosa Quinta e Casa de Campo dos Estudantes da Baía, viveu o P. António Vieira cêrca de 17 anos e nela redigiu parte dos *Sermões* e muitas das suas *Cartas*. Vê-se em frente da escada central, a do tempo do P. Vieira, o artístico chafariz e os arcos a que se alude p. 162. (Hoje, Hospício dos Lázaros).

APÊNDICE A

Informação para a Junta das Missões de Lisboa, 1702
(Carácter informativo e económico)

É êste um breve compêndio das Missões, que neste ano se fizeram no Território da Baía, e no Bispado de Pernambuco; das do Rio de Janeiro irá àparte se chegarem a tempo as notícias; quando não, irá para o ano.

Em *Pernambuco*, os Padres Cosme Pereira e Francisco de Araújo fizeram missão por quatro meses em dezoito lugares, começando desde o Cabo de Santo Agostinho até as Alagoas. O fruito, que se tirou desta Missão, foi revalidar 33 casamentos feitos com impedimentos; ouvir cinco mil cento e noventa e nove confissões ordinárias; gerais necessárias, ou de tôda a vida, ou de muitos anos, quatrocentas e sete; além de outras trinta por devoção. Deu-se a comunhão a quatro mil novecentas e sete pessoas. Fêz-se com particular cuidado a doutrina aos Negros, que servia também de proveito aos Brancos, em os quais se achava não menor ignorância, procurando de persuadir aos senhores que dessem melhor trato aos servos, moderando os castigos e dando-lhes o necessário para se alimentarem e vestirem. Largaram-se muitas ocasiões de pecar, com o remédio seguro dos casamentos; se fizeram muitas pazes e se impediram mortes, que se seguiriam certamente, se na ocasião da Missão se não reconciliassem os inimigos. E o trabalho, de dia e de noite, foi grande, assim por buscarem as mulheres pobres o seu remédio de noite, como por quererem todos desabafar-se com os missionários e não com os vigários.

Pelos *Engenhos da Baía* andaram os Padres José Bernardino e Francisco de Lima por cinco meses e de lá passaram a outras partes, caminho na ida e volta de cento e cinqüenta léguas bem trabalhosas. Pararam e fizeram seus exercícios de prègar, doutrinar e confessar em ambas as línguas, Portuguesa e de Angola, em quarenta e oito Igrejas, além das Capelas, que também visitaram, tirando o sono aos olhos para satisfazer a multidão, que acudia de noite mais que de dia, pelas razões acima referidas; e não poucas noites passaram em claro, por ser assim necessário, vindo talvez não poucos pobres em distância de três dias, sem ter que comer, só por não perderem a ocasião de ganhar o jubileu e de descobrir aos Padres suas consciências embaraçadas, sem poder sossegar. E nestas ocasiões os mesmos Párocos confessavam, que esta era a verdadeira visita de suas ovelhas; porque os Missionários as atraíam de muito longe e as deixavam consoladas; e alguns Visitadores as afugentavam e as deixavam sem remédio. As pazes que se fizeram foram quarenta e oito. Três vigários, até aí aborrecidos de seus fregueses foram reconhecidos com a devida sujeição e amor. Receberam uns pais a seus filhos, que tinham lançado de suas casas por desobedientes. As ocasiões escandalosas que se atalharam foram perto de sessenta; e umas destas com perda da fazenda e com perigo de mortes. Uns venderam as escravas com as quais andavam mal encaminhados, a pessoas que moravam em partes muito distantes, para as não verem. Outros casaram suas concubinas e as dotaram em satisfação de suas culpas. Revalidaram-se muitos casamentos com as dispensações necessárias. Fizeram-se muitas restituições, e aconteceu levantarem-se no mesmo dia do confessionário cinco confessores todos com bastante quantidade de dinheiro para que se restituísse por suas mãos o furtado. Baptizaram-se cento e setenta e oito servos de Angola; alguns absolutamente, porque viviam assim como chegaram sem baptismo; e outros *sub conditione*, porque sendo adultos não foram instruídos bastantemente e não entenderam mais que o receberem água sôbre a cabeça e sal na boca, antes de se embarcarem para o Brasil. Aos senhores se persuadiu eficazmente que dessem às escravas, com que decentemente cobrir-se para que o não procurassem com ofensas de Deus e muito mais que por ambição lhes não impedissem ir à missa aos Domingos e dias santos, como muitos faziam, senhores de engenhos e lavradores de tabaco e de canas. E no tempo da Missão alguns escravos não fizeram caso das ameaças nem dos castigos, que receberam, deixando por algum tempo o serviço, só para não perderem o bem da Missão.

Com os exorcismos da Igreja lançaram-se de alguns corpos os demónios, que os atormentavam; um particularmente que respondeu ao sacerdote em latim, o qual tinha entrado sucessivamente em três filhos, porque seu pai arrebatado de ira, por vezes os tinha dado ao Diabo, como muitos costumam. Tirou-se muita superstição de que se usava, curando com palavras e dando bebidas amatórias e para amansar; e não foram poucos os instrumentos de malefícios que se entregaram aos Padres.

As confissões ordinárias, que os Missionários ouviram neste tempo, foram seis mil trezentas e noventa, além das que ouviram outros sacerdotes que sempre seriam outras tantas. As gerais necessárias, por encobrir pecados, duzentas e vinte e quatro; por devoção, ou por tirar escrúpulos, duzentas e oitenta e sete. Nem sem particular providência de Deus foram levados os Missionários a algumas casas onde necessitavam sumamente dêste remédio. Tirou-se em muitos lugares o pejo de não quererem vir à missa as que não eram tão bem trajadas, como outras mulheres de menor porte; e fêz-se que um homem, que andava em demanda com um clérigo do qual se julgava ser injustamente avexado, tratasse de ir à Igreja a ouvir Missa e a confessar-se e a comungar, havendo já cinco anos que por causa dêste clérigo aborrecia a todos e não os podia ver nem chegar-se a êles, nem ainda para se desobrigar na quaresma. Em certa paragem, aonde todos são pescadores, tinham para si que de não fazerem caso das excomunhões que se tiraram por furtos ocultos procedia trabalharem em vão sem poderem apanhar peixe donde dependia o seu lucro, e o seu ordinário sustento. E à persuasão dos Padres, de comum consentimento, todos os que tinham sido danificados perdoaram os furtos feitos até àquêle tempo e depois pediram aos Missionários que benzessem as rêdes, as embarcações e o mar, com tal alegria e fé que causaram admiração e lágrimas aos mesmos Padres, e assim acabaram as queixas. A protecção da Senhora foi manifesta, nos caminhos que andaram e nas ocasiões que tiveram de grande necessidade da sua intercessão, para vencer uns ânimos obstinados e contumazes, mudando-se de lôbos em cordeiros, com a sujeição e arrependimento que desejavam.

Nas Aldeias novas do Açú no Território de Jaguaripe de Pernambuco muito padeceram os Padres João Guincel e Vicente Vieira, não só nas assaltadas que deram aos seus Índios Paiaquises, mas muito mais dos vaqueiros, que em aldeando-se em algum lugar os Tapuias, logo querem meter currais junto a êles, com notável estôrvo e insolência, sem os poder reprimir, instigando a outras nações para que os desenquietem, quando deveriam como cristãos ajudar aos Padres para os atraírem e afeiçoarem à Fé. Porém, ficando no mesmo lugar o Presídio dos Paulistas, terão quem os defenda e livre de tantos sustos, que grandemente impedem o serviço de Deus. Os Padres Filipe Bourel e Manuel Dinis experimentam menos estôrvo e por isso mais fàcilmente catequizam e põem em boa ordem aos Bárbaros.

Os Padres Ascenso Gago e Francisco de Araújo já experimentam o fruito do seu trabalho na maior Aldeia da Província, acima da serra de Ibiapaba, além do Ceará, formada de três outras Aldeias menores, e bem repartidas com seus cabos, para terem todos contentes e unidos; e até agora conservam a paz que fizeram com duas outras nações de Tapuias, que nos anos passados bastantemente os desinquietaram.

Já estavam destinados Padres para o Monte Vidio, mas como Sua Majestade, que Deus guarde, se resolveu a não mandar lá presídio, também êles suspenderam a ida, estando prontos para obedecer e ir na primeira ocasião como se tinha ordenado, e para as mais partes, aonde for necessário. *Baía, aos 5 de Julho de 1702.*

[Rol dos Índios]

— Segue-se o Rol dos Índios que assistem nas Aldeias que correm por conta dos Padres da Companhia em todo o Brasil [excepto o Maranhão e Pará] que Sua Majestade mandou em carta de 18 de Abril se lhe remetesse dêste mesmo ano de 1702, que pouco mais pouco menos, são os seguintes:

Pernambuco

Na Aldeia de Guajuru serão até	250
Nas Guaraíras não passam de	300
No Urutaguí pouco mais de	150
Nas cabeceiras de Jaguaripe passam de	1.000
Na Lagoa do Podi no Açu passam de	1.000
Na Serra de Ibiapaba, aonde se uniram três Aldeias em uma, passam de	4.000
São os de Pernambuco ao menos	6.700

Baía

No Camamu serão	300
No Serinhaém muitos morreram, ficam	50
Na Aldeia do Espírito Santo até	300
Em S. João de Pôrto Seguro chegam a	500
Na Patatiba serão	300
Na Aldeia dos Ilhéus aumentada perto de	900

Tapuias no sertão da Baía

Na Aldeia da Natuba passam de	600
Na Aldeia do Saco passam de	700
Na Aldeia da Cana Brava quási	800
Na Aldeia do Juru passam de	400
São os que pertencem à Baía	4.850

Capitania do Espírito Santo

Na Aldeia de Reis Magos passam de	500
Na Aldeia de Reritiba passam de	600
São por todos	1.100

Rio de Janeiro

São Lourenço são pouco mais de	100
São Barnabé perto de	400
Itinga até	300
Cabo Frio passam de	1.000
São por todos	1.800

São Paulo

Em Emboug, na Capela e nos Campos da Paraíba, são mais de	1.000
São em todo o Brasil, das ditas Aldeias	15.450

As duas Aldeias no Açu, a saber, a de Jaguaripe e a de Lagoa do Podí, são novas, e vão-se bautizando e doutrinando os que não são bautizados e em bom princípio.

Os das Aldeias unidas da Serra de Ibiapaba são quási todos bautizados, de língua geral e domésticos, e além dêstes visitam os Padres umas Nações de Tapuias e os vão afeiçoando e persuadem-lhes que deixem o corso e se aldeem, para serem também doutrinados.

Os do Açu e os Quiriris do sertão da Baía e os Païaïás são Tapuias de línguas diferentes e quási todos são bautizados: os da Geral todos são cristãos.

Em tôdas estas Aldeias assistem Padres; e em algumas Religiosos também Moços Estudantes para aprenderem a língua, sem a qual se não admitem a estudar a Filosofia e são examinados por quatro examinadores e aprovados ou reprovados com juramento.

Como o Colégio de Olinda sustenta os Missionários de seis Aldeias das quais quatro cresceram depois do dote da Fundação, se representa a Sua Majestade que necessita de algum subsídio anual para poder acudir a êstes gastos, em caso que não tenha efeito a consignação dos seis mil cruzados que mandou dar para um Hospício ou Residência com três currais de gado para o sustento dos Missionários da Serra de Ibiapaba, no Ceará, em carta de 8 de Janeiro de 1697 ao Governador de Pernambuco Caetano de Melo de Castro, que até agora, pelas razões que a Sua Majestade se representam, não se executou.

Baía, aos 5 de Julho de 1702,

João Pereira [Provincial]

[Bras. 10, 23-26]

APÊNDICE B

Fundação do Noviciado da Giquitaia (Baía)

Escritura de Domingos Afonso Sertão, de 23 de Novembro de 1704

«Saibaõ quantos este publico instrumento de escritura virem de esmola, dote e doação, ou como em direito melhor possa haver lugar, q̃ sendo no anno do nacimento de Nosso Senhor Jesu Christo de mil setecentos e quatro aos vinte e tres dias do mez de Novembro do d.º anno, estando eu tabalião no Coll.º dos muito R.R. P. P. da Comp.ª de Jesu da cid.e da B.ª aonde fui chamado, estando ahi prezentes de hũa parte como doador e dotario o capitaõ Domingos Affonso Sertaõ cavalleiro professo da ordem de Christo, morador e cidadaõ da d.ª Cid.e e da outra como doados e dotados o Reverendissimo P. Provincial desta Provincia do Brazil Joaõ Pr.ª e o Reverendis.º P. Reytor deste Coll.º Franc.º de Mattos e os muito R. R. P.es Consultores o P.e Stanislao de Campos, o P.e Mattheos de Moura, o P.e Francisco de Souza, todos pessoas de mim tabaliaõ reconhecidas pellos proprios de q̃ faço especial menção e logo pello d.º Capitão Domingos Affonso Sertaõ foi dito q̃ tendo grande dez.º de fazer algum serviço a Dš nosso S.or em gratificaçaõ das muitas merces q̃ de sua divina e liberal maõ tem recebido se lhe offereceo ser conveniente p.ª serviço do mesmo S.or e bem das almas q̃ se fizesse na d.ª Cid.e ou dentro dos seus arrebaldes hũa caza de Noviciado com invocaçaõ N.ª Snr.ª da Incarnação de Noviços da mesma Companhia de Jesu cõ seus superiores na forma de suas regras e constituições com sua Igreja p.ª se celebrarem os officios divinos e administrar os Sacramentos aos fieis e christaõs como se costuma e louvavelmente se pratica e uza nas Igrejas dos religiozos da dita Comp.ª de Jesu e comunicando elle Domingos Affonso Sertaõ, digo elle o capitaõ Domingos Affonso Sertaõ esta sua piedoza intensaõ aos ditos R. R. P.es lhes disse e com elles tratou e contratou q̃ se alcançasse Licença de Sua Mag.de q̃ Dš gd.e para fazerem a dita fundaçaõ e outrossi licença do seu Reverendissimo P.e Geral daria elle capitaõ Domingos Affonso Sertaõ de esmola, dote e doaçaõ sezenta e quatro mil cruzados em dinheiro q̃ rendem a rezaõ de juro de seis e quatro por cento vinte e sinco mil rs cada mil cruzados, e rendem os dittos sessenta e quatro mil cruzados cada hũ anno quatro mil cruzados p.ª se poder com os dittos sessenta e quatro mil cruzados fazer a ditta fundaçaõ sem q̃ elle capitaõ Domingos Affonso Sertaõ seja obrigado a dar mais couza alguma p.ª a d.ª fundaçaõ com declaraçaõ q̃ da feitura desta escritura a quatro annos seraõ elles R. R. P.es obrigados a apresentar a elle capitaõ Domingos Affonso Sertaõ ambas as d.ªs licenças assim de S. Magd.e como do Reverendiss.º P.e Geral p.ª se fazer a ditta fundação e se passarem os dittos quatro annos sem os dittos R. R. P.^{es} reprezentarem as dittas licensas nem terá effeito algum firmeza nem realid.^e esta esmola, dote ou doação. E se os dittos R.R. P.^{es} antes dos dittos quatro annos aprezentarem a elle capitão Domingos Affonso Sertão as dittas duas licensas logo q̃ aprezentadas lhe forem se obriga elle capitão Domingos Affonso a dar aos dittos R. R. P.^{es} trinta e dous mil cruzados em dr.º de contado, e emquanto os naõ pagar pagara os juros dos ditos trinta e dous mil cruzados do ditto dia da aprezentação por diante; e os outros trinta e dous mil cruzados se obriga a dar taõbem em dinheiro de contado aos dittos Reverendos P.^{es} no dia em que lançarem a pr.ª pedra do edificio e da ditta fundação no sitio que elles R.R. P.^{es} elegerem; e tardando elle Capitão D.^{os} Affonso Sertão algum tempo em dar os dittos trinta e dous mil cruzados depois de lançada a pr.ª pedra pagará os juros dos dittos trinta e dous mil cruzados e fazendo delles por partes pagamentos da parte e quantia q̃ for pagando irâ taõbem deixando de pagar os juros dos dittos trinta e dous mil cruzados que for pagando e outrossi declarou elle Domingos Affonso Sertão q̃ do dia q̃ pagar os primeiros trinta e dous mil cruzados, dia em q̃ se lhe aprezentarem pellos dittos R.R. P^{es} as dittas duas Licensas, seraõ elles e o Reverendis.º P. Geral obrigados a lhe mandar dizer por todos os Sacerdotes de toda a Comp.ª tres Missas por cada Sacerdote, e por todos os Irmaõs mandar rezar por cada Irmaõ tres Coroas pella intensão e alma delle Capitão Domingos Affonso Sertão e quando elle morrer lhe mandaraõ dizer por cada Sacerdote de toda a Comp.ª tres Missas e por cada Irmaõ rezar tres coroas tudo pella alma delle ditto capitão Domingos Affonso Sertão q̃ participará das Missas e suffragios e orações q̃ em toda a Comp.ª se dizem pellos fundadores e bemfeitores. E assim mais declarou elle ditto capitão Domingos Affonso Sertão q̃ na ditta caza de Noviciado haverá obrigação de se lhe mandar dizer hũa Missa cada semana por hum sacerdote Religiozo da mesma Comp.ª de Jesu q̃ assistir na mesma caza do Noviciado pella alma delle ditto capitão Domingos Affonso Sertão e q̃ cada hum anno no dia da fundação se lhe dirá hũa Missa pella sua alma e se lhe fará em q.^{to} for vivo no tal dia da fundação em cada hum anno offerta publica na Igreja de hũa vela pello Sup.^{or} da Caza no tempo da Missa a q̃ elle capitão Domingos Affonso Sertão assistir e lhe mandará o Reverendis.º P. Geral carta de Irmand.^e junta com as dittas duas Licenças p.ª logo participar de todas as boas obras q̃ faz na Igreja de Deos toda a Comp.ª de Jesu e outrossi declarou elle ditto capitão Domingos Affonso Sertão q̃ seraõ elles dittos R.R. P.^{es} obrigados a darem sepultura ao corpo delle ditto capitão Domingos Affonso Sertão na capella mayor da Igreja da ditta fundação com campa e subscripção e fallecendo da vida prezente antes de estar feita a ditta Igreja se lhe dará sepultura no cruzeiro da Igreja delles R.R. P.^{es} no Coll.º desta cid.^e com obrigação de se tresladarem seus ossos p.ª a ditta capella mayor da Igreja da fundação e lhe farão o dittos R.R. P.^{es} hum officio no dia do fallecimento delle ditto capitão Domingos Affonso Sertão na Igreja aonde for sepultado seu corpo e em cada hum anno dentro do oitavario dos defuntos se lhe fará hum officio pella sua alma na Igreja da ditta fundação. E com todas as sobredittas declaraçoẽs e condiçoẽs q̃ ficão referidas assim e da maneira q̃ nellas se contem, disse elle capitão Domingos Affonso Sertão q̃ se obrigava a dar os dittos sessenta e quatro mil cruzados de esmolla dote e doação aos dittos R.R. P.^{es} na forma q̃ fica referido: p.ª cujo comprimento obriga elle ditto capitão Domingos Affonso Sertão sua pessoa e bens e o melhor parado delles e quer que o comprimento desta escritura de esmola dote e doaçaõ passe a seus herdeiros successores assim e da maneira q̃ nella se contem tudo na melhor forma de direito. E pellos R.R. P.es taõbem foi ditto q̃ elles por si e seus successores nos cargos q̃ occupaõ aceitavaõ esta escritura de esmola dote e doação com todas as clauzulas declaraçoẽs e condiçoẽs q̃ ficaõ referidas assim e da maneira q̃ nesta escritura se contem e ao comprimento desta obrigaõ taõbem suas pessoas e bens do Coll.º da B.ª. E outrossi declarou elle capitaõ Domingos Affonso Sertaõ q̃ se elle for fallecido ao tempo q̃ chegarem as ditas dúas licenças de S. Magd.º e do Reverendis.º Geral sendo aprezentadas a quem herdr.º for delle capitaõ se lhe diraõ pella sua alma as tres missas de cada Sacerdote e se rezaraõ as tres coroas de cada irmaõ de toda a Comp.ª assim e da maneira q̃ se haviaõ de dizer as dittas missas e rezar as tres coroas se elle ditto capitaõ fosse vivo ao tempo q̃ fizesse o primeiro pagamento de trinta e dous mil cruzados, e as outras tres missas e tres coroas de cada sacerdote e de cada irmaõ de toda a Comp.ª q̃ se lhe haviaõ de dizer e rezar ao tempo do fallecimento sempre se lhe diraõ como fica declarado nesta escritura. Esta declaraçaõ acceitaraõ taõbem os dittos R.R. P.es pellos quaes foy outrossi declarado q̃ desta escritura se remeterâ hum treslado ao Reverendis.º P.º Geral p.ª aprovar este contrato e por elle outorgante doador e doados juntos e cada hum na parte q̃ lhe toca me foi ditto q̃ elles promettem a ter, manter, digo promettem e se obrigaõ a ter, manter e comprir, e guardar esta escritura taõ pontual e integramente como nella se contem e de a naõ encontrar revogar reclamar ou contradizer por si nem por outrem em parte nem em todo agora ou em tempo algum por ser de suas livres vontades feito sem constragimento de pessoa alguma p.ª o q̃ obrigou elle ditto capitaõ sua pessoa e bens; e os dittos Religiozos os bens deste Coll.º e em feê e testemunho de verd.e assim o outorgaraõ e mandaraõ fazer este instrumento nesta nota q̃ assinaraõ pediraõ e acceitaraõ e eu taballiaõ em nome de quem tocar auzente p.ª delle dar os treslados necessarios e declaro q̃ pello R. P.º consultor Stanislao de Campos estar auzente ao assinar desta escritura assinou em seu lugar o R. P.º Joaõ Antonio Andreoni pessoa q̃ reconheço sendo prezentes por testemunhas Abraham Joaõ da Costa e Joaõ Roiz Mendes, q̃ todos assinaraõ. E eu Manoel Affonso da Costa taballiaõ o escrevi. Domingos Affonso Sertaõ. Provincial Joaõ Pr.ª, Francisco de Mattos Reytor. Francisco de Souza. Mattheus de Moura. Joaõ Antonio Andreoni. Joaõ Rodriguez Mendes. Abrahaõ Joaõ da Costa o qual instrumento eu Manoel Affonso da Costa taballiaõ publico do judicial e notas nesta Cid.e do Salvador Bahya de todos os Santos e seus termos no off.º de q̃ he proprietario Antonio Frr.ª Lisboa fiz passar bem e fiel mente de meu L.º de notas a q̃ me reporto e com elle este conferi e assinei em publico e Razo signal e em testemunho de verd.º Manuel Affonso da Costa».

[*Letra e sinal do Tabelião. Segue-se a declaração autógrafa com o sêlo da Companhia de Jesus*].

«Este treslado esta conforme com o proprio e por verdade me assinei. Coll.º da B.ª 20 de junho 1708. Estanislau de Campos».

[*Titulo*] Escritura de Esmola, dote, e doaçaõ q̃ faz o Capp.am Domingos Affonso Sertaõ fundador da caza do Noviciado invocaçaõ N. Sr.ª da Incarnaçaõ aos R.R. Pes. da comp.ª de Jesu desta cid.e de 64.000 cruzados na forma q̃ abaixo largam.te se declara.

[*Bras. 11(1), 160-162*]

APÊNDICE C

Bens do Colégio da Baía em 1760

[No Auto de Arrematação da Feira de Capoame, incluem-se os documentos que lhe dizem respeito, entre os quais o *Edital* com a lista sumária dos bens do Colégio da Baía, desde Caravelas ao Sul do Estado da Baía até ao Estado de Sergipe, inclusive. Suprimimos a parte burocrática e longa, das ordens régias já publicadas muitas vezes; e mantemos na íntegra a parte informativa de carácter local, que é a enumeração dos bens de raiz — Fazendas, Engenhos e Casas do *Colégio da Baía* — do qual, ùnicamente se ocupa êste documento, bens que rendiam, 11.451$000 réis, por ano. Os gastos gerais do Colégio, indispensáveis à manutenção dos seus múltiplos encargos, de pessoal e construções e sustento dos Padres, Irmãos ocupados no estudo, ensino, ministérios e missões, subiam, em 1757, a 15.840$000 réis].

«Auto de sequestro e mais diligências que por ordem de sua majestade fêz o desembargador Sebastião Francisco Manuel nas terras da Feira da Capoame e suas pertenças, tudo pertencente aos Padres da Companhia do *Colégio da Baía* ano do nascimento de Nosso Senhor Jesus Cristo de 1760 anos. Aos 16 dias do mês de Janeiro do dito ano, neste sítio da Feira da Capoame pertencente aos Padres da Companhia, que é têrmo da mesma cidade, donde veio e se acha ao presente, o dr. Sebastião Francisco Manuel»... [Seguem-se os documentos comprobativos das ordens régias do sequestro. E ordena-se a enumeração dos bens, e que de cada um se faça inventário separado. — *Instruções dadas por D. Marcos de Noronha, a 28 de Dezembro de 1759*].

[Cópia da Relação]

«Notícia que se dá ao ministro que há-de ir para o Recôncavo de *Passé* e *Cotegipe*, sítio do *Raposo* e das *Areias*, além de tôda a mais averiguação que tomará sôbre a mesma matéria para se descobrirem, em tôdas, os bens que ficarem nos mesmos distritos, e não vão aqui individuados:

Um *Engenho* de açúcar, chamado *Pitanga*, com as terras e mais fábricas a êle anexas.

Outro *Engenho* de fazer açúcar, em *Cotegipe*, com suas terras e fábricas.

Dois sítios de campos, um chamado a *Bandeira* e outro *S. António*, em *Capoame*, pertencentes à capela de Domingos Afonso Sertão, no têrmo da Vila Nova

Abrantes, o *Sítio* chamado do *Raposo* e a *Fazenda das Areias* e tôdas as mais terras do *Limoeiro Novo* e *Velho*, e roças e escravos pertencentes aos Padres de que de tudo se procurará cabal notícia por se não poder dar específica relação». [Seguem-se disposições burocráticas e tabelioas]. «Feito nas terras da Feira da Capoame, aos 16 dias do mês de Janeiro de 1760 anos.»

[Feira de Capoame]

«Duas léguas de terra de comprimento e uma de largo pouco mais ou menos que se diz pertencente aos Padres da Companhia de Jesus do Colégio da Baía; não se dá notícia que tinha encargo algum e só sim que é terra foreira e enfiteuse ao Marquês de Cascais, o que tudo melhor constará dos títulos que houver, em cuja terra presentemente e de anos a esta parte se faz a *Feira* chamada de *Capoame* e é terra comumente areenta e sem cultura alguma, avaliada pouco mais ou menos em 100 mil réis; e por esta maneira houve êle dito desembargador êste inventário e sequestro por feito».

[Seguem-se os têrmos da praxe e os nomes dalguns moradores que tinham terras arrendadas dentro das duas léguas da Feira de Capoame. E transcrevem-se ainda burocràticamente as ordens dadas sôbre êste assunto, uma das quais é o edital geral da arrematação].

[Edital]

«Edital da Junta pondo em arrematação os bens abaixo declarados a saber:

Dezessete moradas de casas na rua Direita que vai pela porta do Estudo para a Sé e S. Pedro Novo.

Seis Moradas de casas do canto do Terreiro até à Travessa de João de Freitas. Vinte e quatro moradas de casas do canto do Peixe até às portas do Carmo. Nove moradas de casas na rua de fronte do Rosário e baixa dos sapateiros. Vinte e sete moradas e um chão devoluto com fronteira feita na do Tabuão. Vinte moradas de casas na rua direita da *Fonte* chamada *dos Padres* da parte de terra.

Duas moradas místicas à fonte do Pereira.

Seis moradas de casas na rua Direita da parte do mar que principia no beco chamado do Garapa.

Sete moradas de casas formadas em quadra que incluem o primeiro *Coberto Pequeno*.

Duas moradas pequenas unidas a êste *Coberto*.

O *Cais* chamado *dos Padres* e tôdas as moradas de casas nêle fabricadas.

Três moradas térreas na *Ladeira do Carmo*.

Cinco moradas na *Ladeira do Tabuão* da parte do mar, e o chão devoluto com a fronteira de três moradas de casas feitas até o primeiro vigamento da parte da terra.

Duas moradas na rua da Poeira.

Cinco moradas na rua direita da *Fonte* chamada *dos Padres*, da parte do mar.

Duas lójias debaixo do *Coberto Grande*».

«Assim mais a *Quinta de S. Cristóvão* e tôdas as terras chamadas do *Tanque*, Fazenda *Nova Matança*, sítio e roças de Luiz Ventura, e campina e os mais que se seguem para as Brotas, e virando da encruzilhada para o leste pela estrada e lugar chamado o *Carregado*, e os que ficam da Encruzada da campina para as Brotas e na estrada do Caminho Grande, Nazaré, Barbalho, Camaragipe, Caminho da Boiada, sítios do Outeiro, Matança Pequena, e os do Dique, Itapagipe de cima.

O *Engenho da Pitanga* com tôdas as suas fábricas, casas, escravaturas, gados e terras, em que entram o casco do Engenho e terras das *Pindobas* e o casco do engenho, e terras do *Cobé*, e as de *S. Sebastião*.

Duas léguas de terra de comprido e uma de largo no sítio chamado a *Feira do Capoame*.

Doze léguas de terra em quadra: correm do sul para o norte e principiam no boqueirão de um riacho que sai à praia chamado Orucuritiba, ao sul do rio da Vila das Contas; e finalizam no rio Jiquié do distrito da Vila de Boipeba, com todos os seus foros, casas de vivenda, fábricas e escravaturas.

Seis moradas e casas e chãos e foros na cidade de *S. Cristóvão de Sergipe de El-Rei*.

A *Fazenda do Jaboatão* e de *Tejupeba* e suas anexas, com casas de moradas, currais, gados, e escravaturas, no distrito da comarca de *Sergipe de El-Rei*.

Uma Fazenda de canas chamada o *Partido*, têrmo da vila de S. Amaro.

Semelhantemente duzentas e sessenta braças de terra sitas na varge da Giquitaia.

Duas moradas de casas no cano de trás da Cadeia e a outra na Rua do Maciel. Um Engenho de açúcar chamado da *Pitinga*, distrito da Vila de S. Amaro.

Uma fazenda chamada do Rosário, distrito da Vila de Cachoeira, com seus foros, fábricas, gados e escravos.

Outra fazenda, que consta de cento e oitenta e sete braças e meia de terras de largo, à beira do *Rio Paraguaçu* com oitocentos de comprido para o sertão.

Umas terras na barra do *Curimataí*, distritos da Cachoeira [1].

Na Vila de S. Jorge, Capitania dos Ilhéus sete moradinhas de casas junto à cêrca do Colégio.

Uma morada de casas na rua que vai da praça para o pôrto.

Uma sorte de terras desde o *Rio Mensó* até o *Maraguí*.

Outra sorte de terras no *Rio Hambebe*.

Uma Ilhota junto à vila.

---

1. Os alugueres das casas da Cidade, enumeradas nesta Relação, somavam, em 1757, 8.880$000 réis, e era a verba mais alta entre as diversas fontes de receita do Colégio da Baía, *Bras.* 6, 436. As casas e terras, que abaixo se incluem nesta Relação, em Ilhéus e Pôrto Seguro, estavam adstritas à subsistência dessas Residências; e tôdas as casas e terras de Ilhéus não foram bastantes a sustentar e reerguer a Residência, que ameaçava ruína em 1736, que só pôde reconstruir-se com o auxílio liberal do Rio de Janeiro, o mais desafogado Colégio da Província do Brasil.

Outra sorte de terras no *Rio Itaípe*.
Quatro braças de terra fronteiras ao Colégio.
Outro pedaço de terra também fronteira ao mesmo Colégio.
Outro dito junto à Igreja dêste outro.
Outro pedaço de terra no outeiro chamado da *Vila Velha*, na Vila de Nossa Senhora da Pena, Capitania de *Pôrto Seguro*.
Uma sorte de terras ao norte da Vila que começa a correr da ponta da *Tapera* até à *Ponta Grossa*.
Três léguas de terra pouco mais ou menos pelo *Rio* acima chamado *Patativa* da parte do Sul.
Duas léguas de terra ao norte da vila que começam onde acaba a data de Amador Gonçalves.
Seiscentas braças de terra ao sul da Vila que começam no *Rio Mongouro*.
Uma sorte de terras com quatro léguas de comprido e uma de largo no rio Itanhaém distrito da Vila de S. António das *Caravelas*».

«Venham dar os seus lanços para se proceder nas arrematações em conformidade das ordens do mesmo Senhor. Dado sob nossos sinais sòmente, na Cidade do Salvador, *Baía de Todos os Santos, aos 12 dias de mês de Outubro do ano de 1761 anos*».

[Seguem as assinaturas dos funcionários encarregados desta comissão e o auto da arrematação da *Feira de Capoame*, duas léguas de comprido e uma de largo, com foros, enfiteuse ao Marquês de Louriçal, a qual foi arrematada por 135 mil réis. — Pública-forma, da Baía, 1.º de Junho de 1762. Note-se que ao começo se disse que as terras da Feira da Capoame eram do Colégio da Baía, foreiras, em enfiteuse, ao Marquês de Cascais].

[*Inventário de diversos bens do Colégio da Baía, sequestrado em 1759*, ms. do Instituto Geográfico e Histórico da Baía, Pasta 6, Maço 5].

APÊNDICE D
Catalogus Primus Provinciae Brasilicae (1701)
PROFESSI 4 VOTORUM

	NOMEN	PATRIA	AE-TAS [1]	INGRESSUS		PROFESSIO	
1	P. Valentinus Estancel	Ex Castro Julio..	16		1638	30 Septembris....	1655
2	P. Barnabas Suares...	Bahiensis.........	14	31 Octobris.....	1640	9 Novembris...	1659
3	P. Emmanuel Nunes..	Bahiensis.........	17	31 Decembris...	1642	2 Februarii....	1664
4	P. Alexander de Gusmão.........	Ulyssiponensis....	27	14 Octobris.....	1646	2 Februarii....	1664
5	P. Didacus Machedo.	Bahiensis.........	14	8 Junii........	1646	2 Februarii....	1665
6	P. Jacobus Coclêus...	Ex Artesia.......	20	5 Martii.......	1649	2 Februarii....	1665
7	P. Franciscus de Mattos	Ulyssiponensis....	16	8 Martii.......	1652	2 Februarii....	1670
8	P. Matthaeus de Moura............	Tubucenin.......	14	23 Februarii....	1653	2 Februarii....	1672
9	P. Dominicus Dias..	Ex Famelicano...	17	21 Septembris...	1655	2 Februarii....	1674
10	P. Aloysius Severinus.	Ulyssiponensis....	14	19 Julii........	1654	15 Augusti......	1675
11	P. Gondisallus do Couto.........	Ulyssiponensis....	16	7 Septembris...	1657	2 Februarii....	1677
12	P. Bartholomaeus Leo	Ex Flumine Januario.........	17	9 Junii........	1658	15 Augusti......	1677
13	P. Stephanus Gandolfi	Panormitanus....	17	18 Octobris.....	1660	2 Februarii....	1679
14	P. Franciscus Frezan.	Ex Flumine Januario.........	17	23 Junii........	1660	15 Augusti......	1679
15	P. Emmanuel Corrêa.	Ulyssiponensis....	17	12 Aprilis.......	1662	15 Augusti......	1679
16	P. Balthassar Eduardus............	Ulyssiponensis....	17	2 Februarii....	1663	15 Augusti......	1680
17	P. Franciscus de Souza	Vimeranensis.....	21	8 Maii.........	1664	15 Augusti......	1681
18	P. Emmanuel Cortes.	Ex Oliventia.....	18	29 Decembris...	1662	15 Augusti......	1682
19	P. Georgius Bencius..	Ariminensis......	15	17 Octobris.....	1665	15 Augusti......	1683
20	P. Matthaeus Fallettus	Pedamontanus...	18	18 Octobris.....	1666	15 Augusti......	1683
21	P. Joannes Antonius Andreonus........	Lucensis.........	17	20 Maii........	1667	15 Augusti......	1683
22	P. Philippus Coelho..	Bahiensis.........	15	28 Februarii....	1665	2 Februarii....	1684
23	P. Aloysius Mamianus	Pisaurensis.......	16	10 Aprilis.......	1668	29 Junii........	1686
24	P. Dominicus Ramos.	Bahiensis.........	14	30 Julii........	1666	15 Augusti......	1686
25	P. Antonius M.ª Bonucius..............	Aretinus.........	20	13 Aprilis.......	1670	2 Februarii....	1686
26	P. Alexander Perier.	Taurinensis.......	17	31 Septembris....	1668	15 Augusti....	1686
27	P. Emmanuel Saraiva Senior............	Olindensis........	17	17 Octobris.....	1666	2 Februarii....	1687
28	P. Stanislaus de Campos..............	Paulopolitanus....	17	2 Aprilis.......	1667	2 Februarii....	1687
29	P. Aloysius de Souza.	Bahiensis.........	14	1 Maii.........	1668	15 Augusti......	1687
30	P. Franciscus Camelo.	Ulyssiponensis....	17	7 Junii........	1668	15 Augusti......	1687
31	P. Hieronimus Ortiz.	Paulopolitanus....	15	13 Junii........	1669	15 Augusti......	1688
32	P. Simon de Oliveira.	Paulopolitanus...	17	5 Junii........	1667	3 Decembris....	1688
33	P. Joannes de Rocha.	Serigippensis.....	16	24 Maii........	1670	3 Decembris....	1688
34	P. Dydacus de Fonseca	Paulopolitanus...	17	5 Junii........	1667	2 Februarii....	1690
35	P. Ludovicus de Amorim..............	Ex Oppido Spiritus S.ti........	17	22 Junii........	1671	2 Februarii....	1690

1. *Aetas*, isto é, idade, ao *entrar na Companhia de Jesus*. O Catálogo segue a ordem de antiguidade, a contar da profissão ou formatura; e para os ainda não professos ou formados, a da entrada na Companhia.

	NOMEN	PATRIA	AETAS	INGRESSUS	PROFESSIO
36	P. Maurus Rodericus	Bahiensis	15	15 Januarii.... 1671	15 Augusti...... 1692
37	P. Michael de Andrade	Ex Flumine Januario	17	23 Julii........ 1674	15 Augusti...... 1692
38	P. Philippus Bourel	Coloniensis	17	19 Maii........ 1676	2 Februarii.... 1693
39	P. Joannes Guincel	Commotaviensis	16	14 Octobris..... 1676	28 Februarii.... 1694
40	P. Antonius Pereira	Bahiensis	14	13 Maii........ 1674	15 Augusti...... 1694
41	P. Gaspar Borges	Ex Porto Securo	16	18 Martii....... 1676	15 Augusti...... 1694
42	P. Antonius de Andrade	Ex Flumine Januario	17	3 Julii......... 1677	15 Augusti...... 1694
43	P. Matthias de Andrade	Ex Oppido Spiritus S.ti	16	29 Septembris... 1677	2 Februarii.... 1696
44	P. Joannes Dias	Bastensis	16	11 Martii....... 1673	15 Augusti...... 1696
45	P. Joseph Pinheiro	Ex Oppido Sanctorum	16	6 Junii......... 1679	15 Augusti...... 1696
46	P. Antonius Gondisallus Senior	Monsanensis	23	28 Augusti...... 1677	15 Augusti...... 1697
47	P. Marcos de Azeredo	Ex Flumine Januario	14	3 Julii......... 1680	2 Februarii.... 1699
48	P. Emmanuel Dias	Ex Fermosella	16	5 Aprilis........ 1681	2 Februarii.... 1699
49	P. Angelus a Regibus	Bahiensis	17	8 Novembris.... 1681	15 Augusti...... 1699
50	P. Emmanuel de Miranda	Ex Cerveira	21	16 Octobris..... 1681	2 Februarii.... 1700
51	P. Martinus Calmon	Bahiensis	14	28 Septembris... 1679	15 Augusti...... 1700
52	P. Joannes de Marís	Recifensis	14	16 Octobris..... 1681	2 Februarii.... 1701
53	P. Ignatius Pereira	Bahiensis	15	17 Decembris... 1681	2 Februarii.... 1701
54	P. Antonius Corrêa	Ex Flumine Januario	19	13 Junii........ 1675	1701
55	P. Joannes Nugueira Junior	Recifensis	14	20 Octobris..... 1682	15 Augusti...... 1701

PROFESSI 4 VOTORUM

	NOMEN	PATRIA	AETAS	INGRESSUS	PROFESSIO
56	P. Matthaeus Pinto	Visoniensis	18	16 Januarii..... 1649	2 Februarii.... 1671
57	P. Paulus Carneiro	Pernambucanus	17	14 Augusti...... 1654	15 Augusti...... 1679
58	P. Emmanuel Pedroso Senior	Paulopolitanus	18	15 Augusti...... 1657	2 Februarii.... 1681
59	P. Joannes Nugueira Senior	Vimeranensis	16	23 Junii........ 1660	16 Septembris... 1685
60	P. Joseph Coelho	Olindensis	21	20 Septembris... 1673	21 Septembris... 1689
61	P. Michael Cardoso	Angolanus	16	30 Julii......... 1674	15 Augusti...... 1693
62	P. Matthaeus Pacheco	Ex Flumine Januario	19	20 Junii........ 1676	14 Decembris... 1696
63	P. Joseph Bernardinus	Ulyssiponensis	19	30 Decembris... 1682	15 Augusti...... 1699

COADJUTORES SPIRITUALES FORMATI

	NOMEN	PATRIA	AETAS	INGRESSUS	FORMATURA
64	P. Joannes de Silva	Ex Flumine Januario	17	24 Decembris... 1648	2 Februarii.... 1664
65	P. Franciscus Coelho	Lamacensis	17	28 Februarii..... 1649	2 Februarii.... 1664
66	P. Emmanuel Alvares	Algarbiensis	16	24 Novembris... 1645	2 Februarii.... 1665
67	P. Dominicus de Abreu	Paulopolitanus	20	30 Aprilis....... 1645	2 Februarii.... 1668
68	P. Antonius Cardoso Senior	Bracharensis	28	20 Octobris..... 1659	15 Augusti...... 1674
69	P. Emmanuel Gondisallus	Ex Moura	25	25 Maii......... 1657	2 Februarii.... 1676
70	P. Antonius da Silva	Ulyssiponensis	25	7 Maii.......... 1668	2 Februarii.... 1679
71	P. Eduardus de Morais	Ex Coira	27	24 Julii......... 1661	15 Augusti...... 1679
72	P. Gaspar Gondisallus	Visensis	20	8 Octobris...... 1669	2 Februarii.... 1680
73	P. Melchior Pontes	Paulopolitanus	25	25 Junii........ 1670	15 Augusti...... 1683

NOMEN	PATRIA	AETAS	INGRESSUS	FORMATURA
74 P. Emmanuel Barretto	Ex Oppido Sanctorum	15	1 Maii........ 1668	2 Februarii... 1684
75 P. Joannes Simoens	Arrifanensis	20	2 Februarii.... 1667	15 Augusti...... 1687
76 P. Franciscus Gondisallus	Ex Insula S. Michaelis	20	5 Junii........ 1667	15 Augusti...... 1687
77 P. Emmanuel Fernandes	Portucallensis...	20	28 Julii........ 1669	15 Augusti...... 1687
78 P. Marcus de Amorim	Vianensis.........	21	28 Augusti...... 1677	2 Februarii..... 1688
79 P. Joannes Pessoa...	Zurarensis........	24	31 Martii....... 1674	15 Augusti...... 1688
80 P. Alexius Moreira...	Portucallensis....	18	26 Julii......... 1667	2 Februarii..... 1689
81 P. Franciscus de Albuquerque	Paulopolitanus...	23	3 Julii......... 1677	13 Aprilis....... 1689
82 P. Antonius Coelho....	Portucallensis....	25	24 Decembris... 1676	15 Augusti...... 1689
83 P. Nicolaus Sequeira.	Ex Flumine Januario	16	25 Junii........ 1673	2 Februarii..... 1690
84 P. Petrus Leo........	Ex Flumine Januario	19	20 Junii........ 1676	3 Decembris... 1692
85 P. Joannes Rebellus.	Barcellensis......	15	2 Decembris... 1673	2 Februarii..... 1693
86 P. Antonius de Barros	Portucallensis....	24	6 Junii......... 1679	15 Augusti...... 1693
87 P. Emmanuel à Sanctis	Portucallensis....	16	25 Junii........ 1670	8 Septembris... 1693
88 P. Joseph à Regibus.	Bahiensis.........	15	14 Julii......... 1673	8 Septembris... 1693
89 P. Joannes de Azevedo	Bahiensis.........	15	1 Februarii.... 1675	8 Septembris... 1693
90 P. Emmanuel Ribeiro.	Conimbricensis....	28	5 Maii........ 1679	15 Octobris.... 1693
91 P. Emmanuel Martins	Portucallensis....	18	20 Novembris... 1668	1 Novembris.... 1693
92 P. Emmanuel de Medeiros	Ex Insula S. Michaelis	36	6 Junii........ 1679	8 Decembris... 1693
93 P. Hieronimus de Albuquerque	Ex Flumine Januario	22	5 Novembris... 1673	15 Augusti...... 1694
94 P. Joannes de Mattos.	Bahiensis.........	18	30 Julii......... 1679	8 Septembris... 1694
95 P. Antonius Rodericus	Ulyssiponensis....	17	15 Maii........ 1668	17 Decembris... 1694
96 P. Emmanuel Pedroso Junior	Paulopolitanus...	17	6 Junii........ 1679	1 Januarii..... 1696
97 P. Sebastianus Alvares	Ex Oppido Sanctorum	19	17 Junii........ 1682	15 Augusti...... 1696
98 P. Augustinus Corrêa.	Bracharensis.....	20	14 Junii........ 1685	15 Augusti...... 1696
99 P. Emmanuel Saraiva Junior	Recifensis........	19	20 Octobris..... 1682	2 Septembris.. 1696
100 P. Emmanuel da Costa	Portucallensis....	16	3 Julii......... 1680	3 Decembris... 1696
101 P. Antonius Gondisallus Junior	Portucallensis....	20	20 Decembris... 1678	31 Julii......... 1697
102 P. Franciscus Ignatius	Bracharensis.....	47	7 Septembris.... 1686	15 Augusti...... 1697
103 P. Theodosius Moreira	Portucallensis....	18	7 Decembris... 1684	15 Augusti...... 1699
104 P. Alexander de Gusmão Junior	Ex Flumine Januario	17	17 Junii........ 1682	2 Februarii.... 1700
105 P. Franciscus a Vite.	Angolanus........	19	24 Julii......... 1686	2 Februarii.... 1700
106 P. Antonius Serdeira.	Lamacensis.......	23	1 Februarii.... 1689	26 Septembris.... 1700
107 P. Franciscus Corrêa.	Ex Flumine Januario	15	28 Junii........ 1683	2 Februarii.... 1701
108 P. Emmanuel de Torres	Bahiensis.........	14	9 Maii........ 1685	2 Februarii.... 1701

SACERDOTES SINE GRADU

NOMEN	PATRIA	AETAS	INGRESSUS
109 P. Antonius de Almeida......	Ulyssiponensis........	17	7 Decembris..... 1671
110 P. Michael Pintus............	Ex Oppido Spiritus S.	16	13 Junii.......... 1675
111 P. Antonius Viegas..........	Bahiensis.............	14	6 Martii......... 1680
112 P. Ascensus Gago...........	Paulopolitanus........	16	3 Julii........... 1680
113 P. Cosmus Pereira..........	Pernambucanus.......	17	16 Octobris....... 1681
114 P. Joannes de Oliveira......	Portucallensis........	15	1 Februarii...... 1682
115 P. Franciscus de Lima.......	Angolanus............	19	28 Martii......... 1683
116 P. Emmanuel de Lima.......	Angolanus............	15	28 Martii......... 1683
117 P. Antonius de Mattos.......	Ex Ponte Limico.....	15	13 Maii.......... 1683
118 P. Joannes Corrêa...........	Recifensis............	14	6 Octobris....... 1683
119 P. Paulus de Carvalhosa......	Ulyssiponensis........	21	30 Augusti........ 1684

NOMEN	PATRIA	AETAS	INGRESSUS
120 P. Antonius Cardoso Junior	Angolanus	15	20 Novembris 1684
121 P. Joannes Moreira	Portucallensis	16	7 Decembris 1684
122 P. Vitus Antonius	Paulopolitanus	16	10 Julii 1685
123 P. Antonius de Abreu	Recifensis	18	4 Decembris 1685
124 P. Joseph de Almeida	Recifensis	15	14 Decembris 1685
125 P. Raphael Machado	Eborensis	15	11 Maii 1686
126 P. Joseph Vievra	Arrifanensis	16	26 Septembris 1686
127 P. Antonius a Cruce	E Turribus Novis	20	24 Maii 1687
128 P. Joannes Pinheiro	Ex Oppido Sanctorum	16	12 Septembris 1687
129 P. Gondisallus de Sousa	Recifensis	15	14 Novembris 1687
130 P. Emmanuel Dinis	Portucallensis	15	14 Novembris 1687
131 P. Franciscus da Costa	Juliopacensis	18	15 Novembris 1687
132 P. Benedictus de Sousa	Vimeranensis	34	7 Decembris 1687
133 P. Vincentius Vieira	Portucallensis	18	5 Januarii 1688
134 P. Baptista Ribeiro	Conimbricensis	16	23 Martii 1688
135 P. Philippus Machado	Bahiensis	18	14 Julii 1688
136 P. Joannes Ferram	Ulyssiponensis	17	14 Julii 1688
137 P. Franciscus de Araujo	Portucallensis	17	20 Octobris 1688
138 P. Ludovicus Carvallius	Portucallensis	15	20 Octobris 1688
139 P. Franciscus de Amaral	Ex Flumine Januario	15	20 Octobris 1688
140 P. Franciscus Fialho	Bahiensis	15	31 Decembris 1688
141 P. Gaspar de Faria	Bahiensis	16	31 Decembris 1688
142 P. Joseph Ayres	Ulyssiponensis	17	12 Februarii 1689
143 P. Alfonsus Pestana	Eborensis	19	3 Martii 1689
144 P. Dominicus de Araujo	Bracarensis	17	16 Aprilis 1689
145 P. Ludovicus de Barros	Bahiensis	16	16 Aprilis 1690
146 P. Gabriel da Costa	Ex Coira	22	30 Julii 1690
147 P. Prudentius de Amaral	Ex Flumine Januario	15	30 Julii 1690
148 P. Antonius Aranea	Ex Oppido Spiritus S.ti	17	23 Maii 1691
149 P. Fabianus de Bulhoens	Ex Oppido Spiritus S.ti	16	23 Maii 1691
150 P. Antonius Ferreira	Conimbricensis	17	25 Septembris 1691
151 P. Petrus Taborda	Conimbricensis	18	1 Octobris 1691
152 P. Ludovicus Botelho	Eborensis	18	9 Februarii 1694
153 P. Joseph de Araujo	Bahiensis	19	27 Octobris 1695

FRATRES SCHOLASTICI

NOMEN	PATRIA	AETAS	INGRESSUS
154 Laurentius de Araujo	Bahiensis	14	16 Aprilis 1690
155 Petrus Pintus	Portucallensis	18	8 Octobris 1690
156 Carolus de Figueroa	Bracharensis	17	15 Septembris 1691
157 Franciscus Machado	Ex Landino	17	17 Septembris 1691
158 Emmanuel Nunes	Conimbricensis	14	9 Octobris 1691
159 Salvator Ferdinandus	Bahiensis	14	9 Octobris 1691
160 Emmanuel de Souza	Olindensis	17	21 Octobris 1691
161 Antonius de Silva	Ulyssiponensis	17	1 Decembris 1691
162 Emmanuel Velho	Bracharensis	18	6 Decembris 1691
163 Bartholomaeus Martins	Portelensis	18	19 Januarii 1692
164 Hieronimus Martins	Bahiensis	17	1 Februarii 1692
165 Antonius de Valle	Eborensis	18	2 Februarii 1692
166 Joseph Ferreira	Ex Flumine Januario	17	18 Junii 1692
167 Emmanuel Pereira	Portucallensis	24	21 Septembris 1692
168 Emmanuel Sanches	Ulyssiponensis	15	8 Decembris 1692
169 Joseph Vas	Ex Aquis Flaviis	20	14 Februarii 1693
170 Thomas de Aquino	Ulyssiponensis	16	23 Junii 1693
171 Dominicus Machado	Paulopolitanus	17	2 Julii 1693
172 Ludovicus de Mattos	Bahiensis	16	2 Julii 1693
173 Emmanuel Pintus	Ulyssiponensis	15	2 Julii 1693
174 Marcus Coelho	Bahiensis	17	2 Julii 1693
175 Antonius Ribeiro	Bahiensis	15	14 Augusti 1693
176 Thomas Simoens	Ulyssiponensis	18	7 Septembris 1693
177 Emmanuel de Oliveira	Vianensis	17	7 Septembris 1693
178 Joannes da Silva	Bahiensis	16	7 Septembris 1693
179 Joseph de Viveiros	Bahiensis	16	7 Septembris 1693
180 Joseph de Silveira	Ulyssiponensis	21	17 Septembris 1693
181 Philippus Ferdinandus	Ex Ponte Limico	16	20 Septembris 1693
182 Antonius de Fonseca	Conimbricensis	16	9 Octobris 1693
183 Joseph Guizenrode	Bahiensis	15	9 Octobris 1693
184 Franciscus Xaverius	Ulyssiponensis	16	17 Octobris 1693
185 Martinus Borges	Ulyssiponensis	16	22 Novembris 1693
186 Dominicus de Andrade	Aegitaniensis	21	10 Decembris 1693
187 Raphael Alvares	Portucallensis	17	2 Maii 1694
188 Joseph Mascarenhas	Ex Flumine Januario	15	2 Maii 1694

	NOMEN	PATRIA	AETAS	INGRESSUS
189	Michael Pinheiro	Bahiensis	16	7 Septembris 1694
190	Emmanuel Alvares	Vianensis	15	7 Septembris 1694
191	Franciscus de Lyra	Ex Insula Materiae	18	20 Octobris 1694
192	Leander Alvares	Recifensis	15	20 Octobris 1694
193	Joannes Pereira	Recifensis	14	20 Octobris 1694
194	Joseph Villassa	Bahiensis	15	28 Maii 1695
195	Emmanuel Tavares	Bahiensis	17	1 Junii 1695
196	Emmanuel Furtado	Bahiensis	15	27 Octobris 1695
197	Antonius de Figueiredo	Bahiensis	17	12 Novembris 1695
198	Joannes Rodericus	Bahiensis	16	12 Novembris 1695
199	Hieronimus Veloso	Pernambucanus	16	15 Novembris 1695
200	Joannes Rebello	Recifensis	15	15 Novembris 1695
201	Andrêas Tavares	Lamacensis	15	17 Decembris 1695
202	Emmanuel Gomes	Barcellensis	19	1 Februarii 1696
203	Paschalis Gomes	Ex Oppido Sanctorum	21	14 Aprilis 1696
204	Ignatius a Regibus	Ex Flumine Januario	19	14 Aprilis 1696
205	Emmanuel Amarus	Portucallensis	17	14 Aprilis 1696
206	Antonius a Regibus	Ex Oppido Sanctorum	16	14 Aprilis 1696
207	Thomas Corrêa	Ex Flumine Januario	15	14 Aprilis 1696
208	Simon Alvares	Ex Oppido Sanctorum	14	5 Maii 1696
209	Joseph de Macedo	Bahiensis	15	2 Januarii 1697
210	Joannes de Araujo	Pernambucanus	17	20 Novembris 1697
211	Joannes Tavares	Ex Flumine Januario	17	11 Julii 1698
212	Antonius de Morais	Vimeranensis	16	7 Septembris 1698
213	Emmanuel de Sâ	Vianensis	16	7 Septembris 1698
214	Emmanuel de Abreo	Recifensis	16	20 Octobris 1698
215	Emmanuel Siqueira	Bahiensis	17	2 Januarii 1699
216	Antonius Pacheco	Bahiensis	14	2 Januarii 1699
217	Joannes Siqueira	Bahiensis	16	18 Martii 1699
218	Ludovicus de França	Bahiensis	14	28 Martii 1699
219	Ludovicus de Andrade	Bahiensis	14	11 Maii 1699
220	Bernardus de Sá	Portucallensis	15	11 Julii 1699
221	Vincentius Corrêa	Ex Flumine Januario	15	11 Julii 1699
222	Antonius de Camara	Ex Insula S. Michaelis	17	14 Augusti 1699
223	Emmanuel Baptista	Portucallensis	17	14 Augusti 1699
224	Placidus Nunes	Ulyssiponensis	16	30 Julii 1699

FRATRES COADJUTORES TEMPORALES FORMATI

	NOMEN	PATRIA	AETAS	INGRESSUS	FORMATURA
225	Franciscus Dias	Portucallensis	19	30 Julii 1657	15 Augusti 1672
226	Dominicus Rodericus	Araudisensis	20	22 Decembris 1657	15 Augusti 1672
227	Emmanuel Pires	Portucallensis	34	7 Sepetembris 1659	15 Augusti 1672
228	Ludovicus Emmanuel	Portucallensis	32	26 Maii 1660	15 Augusti 1672
229	Joseph Torres	Mediolanensis	20	5 Novembris 1662	15 Augusti 1675
230	Joseph de Oliva	Mediolanensis	20	5 Novembris 1662	15 Augusti 1675
231	Emmanuel Ribeiro	Ulyssiponensis	22	7 Aprilis 1663	15 Augusti 1675
232	Emmanuel Leo	Portucallensis	23	18 Maii 1658	2 Februarii 1676
233	Robertus de Campos	Hibernus	25	17 Maii 1662	2 Februarii 1679
234	Petrus de Rocha	Ex Insula Tertia	26	12 Julii 1666	2 Februarii 1679
235	Antonius Velho	Ex Insula Tertia	23	24 Aprilis 1662	2 Februarii 1680
236	Joannes Crasto	Portucallensis	37	7 Septembris 1666	2 Februarii 1680
237	Sebastianus Arês	Vimeranensis	19	21 Octobris 1667	15 Augusti 1680
238	Laurentius Gondisallus	Portucallensis	24	1 Martii 1668	15 Augusti 1683
239	Dominicus Trigueiro	Ex Ponte Limico	20	24 Julii 1671	15 Augusti 1683
240	Petrus Natalinus	Romanus	23	20 Novembris 1675	2 Februarii 1686
241	Ludovicus Pereira	Vianensis	30	12 Decembris 1675	15 Augusti 1687
242	Antonius da Costa	Lugdunensis	23	23 Augusti 1677	15 Augusti 1688
243	Emmanuel de Silva	Portucallensis	31	4 Augusti 1676	3 Decembris 1688
244	Alexius Pacheco	Ex Insula Tertia	58	3 Julii 1677	3 Decembris 1688
245	Andreas da Costa	Lugdunensis	31	1 Februarii 1676	15 Augusti 1689
246	Petrus Pereira	Bracharensis	26	28 Augusti 1677	29 Novembris 1689
247	Matthaeus da Costa	Ulyssiponensis	25	14 Augusti 1679	15 Augusti 1692
248	Joannes Ribeiro	Barcellensis	22	10 Novembris 1679	15 Augusti 1692
249	Dominicus Xaverius	Nabantinus	23	5 Aprilis 1681	15 Augusti 1692
250	Antonio Netto	Portucallensis	38	5 Julii 1681	15 Augusti 1692

NOMEN	PATRIA	AETAS	INGRESSUS		FORMATURA	
251 Dominicus Coelho....	Lamacensis......	30	1 Februarii....	1675	2 Februarii....	1693
252 Benedictus a Cruce...	Ex Flumine Januario.........	31	3 Julii.........	1680	15 Augusti......	1693
253 Dominicus Gondisallus	Bracarensis......	37	16 Octobris.....	1681	15 Augusti......	1693
254 Antonius Alvares.....	Portucallensis....	21	24 Martii.......	1679	15 Augusti......	1694
255 Matthaeus Alfonsus..	Brigantinus......	22	30 Julii.........	1682	15 Augusti......	1694
256 Dominicus Dantas....	Bracarensis......	27	20 Octobris.....	1682	15 Augusti......	1694
257 Jo: Baptista Berthé..	Brito............	23	17 Junii........	1682	8 Septembris....	1694
258 Emmanuel Gomes....	Ex Landino......	37	2 Decembris...	1682	8 Septembris....	1694
259 Bernardus de Valle..	Ulyssiponensis...	21	1 Junii.........	1683	15 Augusti......	1696
260 Emmanuel à Cruce...	Conimbricensis...	21	24 Septembris...	1685	15 Augusti......	1696
261 Dominicus Serqueira..	Bracarensis......	28	9 Octobris.....	1685	25 Decembris...	1696
262 Emmanuel de Camera	Ex Insula Tertia..	34	31 Octobris.....	1686	15 Augusti......	1697
263 Antonius de Fonseca.	Lamacensis......	18	5 Aprilis.......	1681	3 Februarii....	1699
264 Franciscus Martins...	Bracarensis......	22	7 Decembris...	1686	8 Septembris....	1699
165 Joannes à Cruce.....	Lamacensis......	30	8 Novembris...	1688	8 Septembris....	1699
266 Ludovicus da Costa, .	Ulyssiponensis...	22	31 Octobris.....	1688	27 Septembris...	1699
267 Dominicus de Souza, .	Barcellensis......	21	31 Octobris.....	1688	2 Februarii....	1700
268 Emmanuel Rodericus.	Ex Coira........	20	31 Octobris.....	1688	2 Februarii....	1700
269 Dominicus Esteves...	Ex Ponte Limico.	30	30 Julii.........	1690	1 Novembris...	1700
270 Petrus Gondisallus...	Lamacensis......	46	30 Julii.........	1690	2 Februarii....	1701
271 Emmanuel Machado..	Portucallensis....	25	2 Maii..........	1691	15 Augusti......	1701

FRATRES COADJUTORES SINE GRADU

NOMEN	PATRIA	AETAS	INGRESSUS	
272 Joseph Laurentius............	Ex Moura.........	21	16 Aprilis.......	1690
272 Franciscus Simoens...........	Ulyssiponensis....	30	5 Junii.........	1690
274 Benedictus Ribeiro...........	Ex Barcellino.....	21	13 Decembris...	1690
275 Emmanuel da Costa..........	Ulyssiponensis....	17	15 Januarii......	1691
276 Dominicus Monteiro..........	Portucallensis.....	26	5 Julii.........	1691
277 Emmanuel Andreas...........	Portucallensis.....	22	18 Junii........	1692
278 Joannes de Mattos...........	Ex Insula [S.ti Georgii]	54	3 Aprilis.......	1694
279 Emmanuel de Almeida........	Bracarensis......	24	5 Junii.........	1694
280 Petrus de Mattos............	Ulyssiponensis....	30	31 Julii.........	1694
281 Petrus de Aguiar............	Bracarensis......	35	12 Novembris...	1694
282 Antonius de Barros..........	Bracarensis......	30	12 Junii........	1695
283 Joannes de Silveira..........	Portucallensis.....	19	26 Decembris...	1695
284 Emmanuel de Macedo........	Vimeranensis.....	29	1 Februarii....	1696
285 Antonius Lopez..............	Bracarensis......	25	9 Februarii....	1696
286 Felix de Miranda............	Ulyssiponensis....	22	9 Februarii....	1696
287 Franciscus de Oliveira........	Ex Flumine Januario....	19	14 Aprilis.......	1696
288 Valerius de Souza...........	Ex Flumine Januario....	28	21 Aprilis.......	1696
289 Antonius Xaverius...........	Bracarensis......	28	21 Julii.........	1696
290 Dominicus Teixeira...........	Bracarensis......	22	21 Julii.........	1696
291 Joannes Fayam..............	Rhotomagensis...	22	31 Decembris...	1696
292 Franciscus Nunes............	Portucallensis.....	25	27 Maii.........	1697
293 Martinus Pereira.............	Visoniensis.......	19	31 Maii.........	1698
294 Emanuel da Cunha..........	Portucallensis.....	24	14 Augusti......	1698
295 Antonius de Rocha...........	Portucallensis.....	22	14 Augusti......	1698
296 Emmanuel Carvallius.........	Portucallensis.....	22	20 Januarii......	1699

NOVITII SCHOLASTICI

297 Gaspar de Mesquita..........	Recifensis........	16	23 Octobris.....	1699
298 Ludovicus de Albuquerque....	Olindensis.......	16	23 Octobris.....	1699
299 Joannes Vieyra..............	Ex Flumine Januario....	21	14 Augusti......	1700
300 Dominicus Gomes............	Bracarensis......	20	22 Augusti......	1700
301 Ludovicus a Regibus.........	Azurarensis......	16	22 Augusti......	1700
302 Joannes de Barros...........	Bracarensis......	16	7 Septembris....	1700
303 Ignatius da Costa............	Bahiensis........	14	7 Septembris....	1700
304 Joseph Alvares..............	Recifensis........	15	3 Novembris...	1700
305 Petrus de Silva..............	Olindensis.......	14	3 Novembris...	1700
306 Ludovicus Fernandus.........	Recifensis........	16	20 Novembris...	1700

NOMEN	PATRIA	AETAS	INGRESSUS
307 Antonius de Araujo	Pernambucanus	18	9 Februarii...... 1701
308 Franciscus Pintus	Ulyssiponensis	14	9 Februarii...... 1701
309 Antonius Leitam	Recifensis	17	9 Februarii...... 1701
310 Raimundus Alvares	Vianensis	16	23 Februarii.. ... 1701
311 Ignatius Pinheiro	Parnaguaensis	16	3 Aprilis.......... 1701
312 Caetanus Alvares	Portucallensis	17	14 Maii............ 1701
313 Sebastianus Antunes	Ex Oppido Spiritus S.ti	14	14 Junii........... 1701

COADJUTORES NOVITII

314 Antonius Albertus	Ulyssiponensis	15	23 Maii............ 1701
315 Antonius Pintus	Barcellensis	40	14 Junii........... 1701
316 Petrus Rodericus	Barcellensis	24	14 Junii........... 1701
317 Petrus de Miranda	Ex Insula Materiae	32	31 Julii............ 1701

Bahiae, 16 Augusti Anni 1701

a) *Franciscus de Mattos*

[*Catalogus primus ex Triennalibus Provinciae Brasilicae Romam missus a P. Provinciali Francisco de Mattos*, anno MDCCI, Prima via. Bras. 6, 5-9].

APÊNDICE E

Catalogus Rerum Temporalium
1701

Status habitualis Provinciae Brasilicae

Sunt in Provincia Brasilica socii 317. Ad Collegium Bahiense pertinent 157. Ad Collegium in Flumine Januario 63. Ad Collegium Olindense 40. Ad Collegium Recifense 16. Ad Collegium in Oppido Spiritus Sancti 12. Ad Collegium in Oppido Sanctorum 6. Ad Collegium in Oppido S.^{ti} Pauli 13. Ad Seminarium Bethlemicum 7. Ad duas Residentias Collegii S.^{ti} Antonii Ulyssiponensis 4 [1]. Ulyssipone 2. Romae 1.

Vita functi hoc triennio 13. Dimissi e Societate 22. Admissi 13.

Collegium Bahiense

Alit hoc Collegium e Nostris 157; videlicet in ipso Collegio sacerdotes 47; Scholasticos 32. Coadjutores temporales 18. Novitios Scholasticos 17. Novitios Coadjutores 4.

In Pagis et Residentiis ei adnexis degunt Socii 33; quibus oleum, vinum, sal, papyrum, et indumenta prebet in dies, quorum 22 sunt Sacerdotes, Scholastici 2, Coadjutores 9.

E Sociis in Collegio commorantibus duo docent Theologiam Speculativam, unus Moralem; unus Philosophiam, duo humaniores literas, duo Grammaticam, et unus Pueros Elementares: ad quas Lectiones nulla obligatione tenetur Collegium in contractu Fundatoris.

---

1. Estas duas Residências do Colégio de S. Antão de Lisboa são o Engenho de Sergipe do Conde e o Engenho de Santa Ana, de Ilhéus; e os seus 4 Religiosos não entram na conta dos 317, porque não pertencem à Província do Brasil, mas à de Portugal.

Ejus reditus sunt singulis annis, praeter carnem ex propriis Armentis ad dimidiam Anni tempus sufficientem, et farinam ex mandioca:

Ex Dote Regis, Scuta Romana mille et ducenta..	1.200 [1]
Ex Domibus Locatis, Scuta Romana	3.660
Ex Coriis, Scuta Romana	400
Ex Pharmocopolio, Scuta Romana	300
Ex Pensionibus Praediorum locatorum, Scuta Romana	472
Ex Saccharo deductis expensis cum Arundineta bene respondent, et competenti pretio venditur, Scuta Romana	3.000
Ex Legatis Ecclesiae, et Locatione Domorum ejusdem, Scuta Romana	1.000
Summa Scuta Romana	10.032

Mancipiorum capita in Collegio, et Praediis, Navigiisque servientium, computato etiam parvulorum, et senum numero, septingenta triginta et octo censentur: et ex his omne fere genus Artificum, atque Fabrorum. Reliqui Agricolae, Nautae, Geruli, et Armentorum Custodes.

Praedia, seu potius Terrarum Tractus, partim Collegio dono dati, partim non multa empti pecunia, cum minor esset colonorum numerus, octo enumerantur, videlicet Matachirense, Jaboatamense, Tojupebense, Piaguense, Capibarense, Pitangense, Serigippense et Camamuense.

In quinque prioribus Praediis Collegium triginta Bovilia possidet, quae Bobus fere sex millibus constant.

In Praedio Serigippense sunt Arundineta saccharea; in Pitangensi Arundineta item, et geminae Molae sacchareae, quarum una nuper aedificata; sylvaeque satis amplae, caedendarum Arborum fertiles.

Est et aliud Praedium Iguapense, cum quibusdam Bovilibus, sacello Divi Francisci de Borgia, testamento datum; quorum administrator est Rector Collegii; et quod deductis expensis superat, ad Collegium pertinet ex voluntate Testatoris.

Ex Saccharo, et Coriis, Pabulisque venalibus proventus percipitur ad sumptus Ulyssipone faciendos in emptione olei, vini, farinae triticeae, indumentorumque, et rerum his similium, quae ad Religiosorum vestitum, et victum, in Collegio, et Pagis Indorum, ac Residentiis, per Bahiense Territorium sparsis, versantium, sunt necessaria; praeter Templi sumptus, qui ex propriis reditibus fiunt in oleo, vino, cera, sacrisque vestibus comparandis, et Musicorum stipendio.

Tractus Camamuensis ad duodecim quadras leucas extenditur, minori ex parte cultus, cum caeterae sint omnino sylvestres. Hinc farinae copia ex Mandioca fere ad annum, quae pro triticea in usu est quotidiano: et pro ejus incremento novum modo Praedium coli caepit. Hinc etiam omne lignorum genus ad

---

1. Sendo a dotação régia de 1.200$000 réis, segue-se que o câmbio estava ao par, nesse tempo: 1 Escudo Romano = 1$000 réis.

Domos, Navesque fabricandas. Verum hi duo Terrarum Tractus, Pitangensis scilicet, et Camamuensis fuere semper, hodieque sunt non paucaram Litium feraces; Vicinis in Praedia nostra vel clam irrepentibus, vel manifeste irruentibus.

In omnibus his Praediis Equorum, et Equarum capita plusquam trecenta censentur, quae partim ad agendos, et custodiendos boves, partim ad Molam sacchaream, et ad arundineta invisenda sunt necessaria.

Tria etiam minora navigia possidet, quibus, assidue utitur, multa hinc inde asportando ex Praediis, Urbeque mutuam opem poscentibus, praeter Navem, qua Provincialis utitur in Provincia lustranda.

Collegii aedificium satis extensum, et in meliori Urbis parte locatum, sed ad recentiorem formam attolli, et ut, caeptum est, superiori ambulacro ad habitandum necessario augeri postulat, quia sociorum numerus, nimis anguste habitantium crevit in dies. In eo novum sacellum in maioris Aulae formam insigni laquearis caelatura, et Romana pictura totam B.ti Stanislai vitam referente decoratum, et maioribus, minoribusque candelabris argenteis, et lampade locupletatum. Praeter aliud parvum in valetudinario convalescentibus commodum, et ob ornatus elegantiam valde venustum. Pharmacopolium non minus venuste elaboratum, et omni medicamentorum genere instructum, quod aeque emptoribus pretio persoluto, ac gratis pauperibus patet. Questus, qui ex eo percipitur vel in ipso valetudinario, vel in aliquo Templi ornatu singulis annis insumitur. Bibliotheca ampla et copiosa ad tria millia librorum numerat ex omni Scriptorum genere, qui desiderari solent; et a diligenti Bibliopola innovantur, et custodiuntur.

Sex circa Atrium capaces Aulae pro Scholasticis excipiendis contra pluviam et solis radios porticibus nuper circumdatae. Praeter has alia ceteris maior habendis disputationibus publicis et Literariis actibus, nec non Exercitiis Sodalitii Scholasticorum est destinata, et cathedra donata est auro, et emblematibus figurata.

Templum marmore intus, forisque vestitum, amplum, atque magnificum, novissime optimo laqueari ab insigne operis inventore delineato, a fabre caelato, et inaurato sese magis spectandum reddidit, atque laudabile.

Sacristia illuminata auro, picturaque, et marmoreo altari decorata, sacra etiam supellectili abunde instructa; et hoc triennio argenteis calicibus, Damascenis et auro intextis vestibus aucta, nec non septem simulacris Dominicae Passionis mysteria referentibus, quae inde aurata machina ostenduntur, et repositoriis amiculorum testudineo cortice, atque ebore elaboratis.

Tyrocinium 30 Novitiorum capax sacellum habet cum altari, quod solum ex ebore et testudineo cortice constat, non minus ob materiam, quam ob operis artificium spectabile.

Rus suburbanum commodum, et a tumultu reductum octodecim cubicula enumerat, cum particibus, domum circumeuntibus, et gemino xisto trudiculorum ludo destinato, et area ad globos ligneos, et maiora trudicula satis patente, praeter ambulacra, et sacellum.

In quatuor etiam ex enumeratis Pagis sacella sunt ad rem divinam faciendam satis instructa, aedesque ad habitandum.

Reditus in Brasilia cum non solum ex Anni temperie, et soli feracitate, sed ex vita et valetudine servorum, et multiplicatione Armentorum pendeat, certo explicari non possunt; at inde Sociorum numerus intelligatur, qui in Collegiis, ali facile queant, praesertim cum sacchari pretium, Ulyssipone vendendi, valde diversum sit fere singulis Annis.

Certum tamen est Bahiense Collegium vel aliqua Sociorum parte levandum, vel aliqua contributione juvandum. Cum tamen ex locatis domibus praecipuum capiat emolumentum, hoc modo augeri poterit, si duodecim millia aureorum Lusitanorum ex inita transactione nobis danda a Gaspare Massiello, excitandis Domibus destinentur.

Ex Rationibus a Procuratore, Dati et Accepti exhibitis, constat adhuc maiori et antiqua summa debere Collegium Bahiense, Ulyssipone scuta romana quinque mille, pro quibus pendet usuras. In Urbe Portucallensi mille et ducenta, et alibi fere mille quae omnia summam aequant scutorum romanorum 7.300. Spes autem hujus aeris alieni solvendi haud incerta est in Arundinetis Serigippensibus, Iguapensibus, et Pitangensibus in sequentes annos sacchari maiorem copiam daturis cum nova mola saccharea.

Collegium in Urbe Fluminis Januarii

Alit hoc Collegium e Nostris 63, videlicet in ipso Collegio Sacerdotes 14, Scholasticos 20, Coadjutores Temporales 11. In Pagis vero et Residentiis ei adnexis Sacerdotes 11, e Scholasticis 1. Coadjutores 6.

E Sociis in Collegio commorantibus unus docet Theologiam Moralem, unus Philosophiam, unus Humaniores Literas, unus Grammaticam: Alius Prima Literarum elementa Pueris tradit: ad quas Lectiones nulla obligatione tenetur Collegium in contractu Fundatoris.

Ejus reditus sunt singulis annis, praeter carnem ex propriis Armentis, et farinam ex Mandioca suorum Praediorum, et bonam piscium capturam:

Ex Dote Regis, Scuta Romana	1.000
Ex Domibus Locatis, Scuta Romana	1.200
Ex Armentis, Scuta Romana	3.600
Ex Saccharo deductis expensis, ut plurimum Scuta Romana	4.000
Ex Coriis, Scuta Romana	800
Ex Pharmacopolio, Scuta Romana	800
Summa Scuta Romana	11.400

Interdum tamen armenta et Saccharum summam hanc superant, ut extremis his duobus annis superarunt.

Numerantur in Collegio, et Praediis, servorum capita nongenta et quinquaginta, inter quos non pauci Artifices bene periti.

Boum in quadraginta septem bovilibus capita viginti mille;

Oves mille. Equorum et Equarum capita mille octingenta.

Praedia seu Terrarum Tractus latissimos habet in Campis Goatacasiorum, S.ti Ignatii, et S.ctae Crucis, in quibus armenta pascuntur.

Arundineta etiam lata, e geminas officinas sacchareas, cum suburbano Rure valde commodo in Praedio S.ti Christofori.

Farinam ex Mandioca sibi ex Macaensi, et Macacuensi Praedio parat.

Tria minora navigia expedita habet (praeter parvas scaphas) asportandis ultro, citroque Terrae fructibus necessaria; sylvas item caeduas, non solum pro fornacibus sacchari, et lateritio opere, sed ad trabes, et tabulata paranda.

Aedificium amplum et commodum, et hortensi solo circumdatum, cum duobus sacellis, Pharmacopolio, valetudinario, et Bibliotheca satis instructis. Pars nova amplioris aedificii coepta octo ab hinc annis, nunc absoluta, non minus commoda, quam conspicua, tribus ambulacris constans, cubiculisque et officinis aeque utilibus ac necessariis. Primus etiam in Collegium ingressus pictura et auro nobilitatus, Templumque non modo sacris vestibus, sed novis candelabris, argenteisque vasis locupletatum. Quatuor praeterea sacella habet in Praediis decenter ornata, et aedes in illis commodas ad habitandum.

Debet Collegium in ipsa Urbe Fluminis Januarii Scuta Romana 2.800. Ulyssipone 12.000: quae summam conficiunt Scutorum Romanorum 14.800. Pro quo aere alieno solvendo, mittit hoc anno 10.000 scuta Romana ex saccharo percipienda. Et copiosiores redditus sperat anno sequenti ex veteri, et nova Mola Saccharia.

Collegium Olindense

Alit hoc Collegium e Nostris 40. Videlicet in ipso Collegio Sacerdotes 9, Scholasticos 6, Coadjutores 6. In Residentiis, Domo Paraibensi, et Pagis, Sacerdotes 16, Scholasticos 0, Coadjutores 3.

E Sociis in Collegio commorantibus unus Conscientiae casibus praeest, unus Philosophiam docet; unus humaniores Literas cum Grammatica, unus Elementares Pueros instruit: et ad has Lectiones nulla obligatione tenetur Collegium in contractu Fundatoris.

Ejus Reditus singulis annis, praeter carnem ex propriis armentis, et farinam Mandiocae ex Praediis collectam:

Ex Dote Regis, Scuta Romana.................	800
Ex Saccharo, Scuta Romana...................	2.000
Ex pensionibus Domorum et Praediorum locatorum, Scuta Romana.............................	150
Ex Officina Figlina, Hortensi Praedio, et Coriis, Scuta Romana.................................	170
Quae Summam conficiunt Scutorum.............	3.120

Numerantur in Collegio et Praedis Servorum capita 200; boum in Armentis capita 1.000.

Habet arundineta in Praediis Caraubae, et Cotungubae, et utrobique Molam Sacchaream. Ex Praedio autem Monjopensi Mandiocam percipit, et Legumina, domoque satis commoda uti potest ad rusticandum in maioribus Feriis.

Habet etiam Praedium suburbanum S.tae Mariae Magdalenae, et satis amplum Terrae tractum prope Flumen Magnum, et Caraibense in quibus Armenta pascuntur.

Collegium eleganti architectura aedificatum, valde commodum est. Bibliotheca non parva. Templum satis amplum propriis reditibus juvatur; et Sacristia argenteis vasis, et candelabris, nec non vestibus sacris est sufficienter instructa.

Debet Olindae Scuta Romana 400 nullo, praeter hoc, alieno aere gravatur; et propterea ibi nunc pro aliquibus e Nostris Philosophiae cursus instituitur.

Collegium Recifense

Alit hoc Collegium Recifense ex Nostris 16 videlicet in Coll.º Sacerdotes 7. E Scholasticis 1. Coadjutores 4. Et in duabus Residentiis Sacerdotes 2. Coadjutores 2.

E Sociis unus Humaniores Literas et Grammaticam docet: alius prima Literarum Elementa Pueris tradit, absque ulla obligatione in contractu Fundatoris.

Ejus reditus sunt:

Ex Domibus Locatis, Scuta Romana	350
Ex Armentis, Scuta Romana	400
Ex Saccharo, Scuta Romana	800
Ex aliis Pensionibus, Scuta Romana	115
Summa Scuta Romana	1.665

Praedium suburbanum habet, ex quo farina paratur: Tractus etiam Terrarum satis amplos habet, sed valde distantes, videlicet Urubuensem ad Flumen Sancti Francisci, cum ornato sacello, et bonis aedibus; et aliud prope Flumen, quod vulgo dicitur *dos Cabassos*; item arundineta com Mola Saccharea in Praedio Dominae à Luce.

Templum jam absolutum et bene ornatum, Laqueari et Sacellis optima caelatura elaboratis conspicuum. Sacristia argento, et Sacra Suppellectili satis instructa: et sodalitii sacellum multo etiam elegantius est, et ornatius.

Servorum capita in Coll.º et Praediis degentia septuaginta numerantur. Boum capita in Armentis fere mille et ducenta.

Collegium nullo aere alieno gravatur.

Collegium S.ti Jacobi In Oppido Spiritus Sancti

Alit hoc Collegium e Nostris Socios 12, videlicet in ipso Coll.º Sacerdotes 5. E Scholasticis 1. Coadjutores 2. In duobis autem Pagis Indorum, ei adnexis Sacerdotes tres, et unum Coadjutorem.

Reditus hujus Collegii sunt singulis annis, praeter farinam ex Mandioca et Legumina:

Ex Dote, quam illi Collegium Fluminis Januarii solvit, Scuta Romana...............................	400
Ex Saccharo, Scuta Romana......................	800
Summa Scuta Romana...........................	1.200

In Armentis Praedii Moribecensis habet capita Boum 1630 unde alimenta carnis, et supplementa ad Currus parantur, et agitatores Molae Sacchareae, et aliqui etiam Boves venduntur. Ex vicino Flumine huic Praedio Collegium copiosa piscatione juvatur. Habet praeterea Arundineta cum officina saccharea satis ampla, et ibi sacellum, et aedes commodas ad habitandum.

Numerat Servorum capita supra ducenta, et Boves ad plaustrum sexaginta.

Templum novum et amplum cum sacellis in eo absolutis, et bona caelatura elaboratis. Sacristiae supellex non vulgaris, nec sine argento, et nunc argentea candelabra parantur. Aliud etiam ambulacrum modo aedificatur, alteri absoluto persimile.

Collegium nullo aere alieno gravatur.

Collegium S.ti Michaelis in Oppido Sanctorum

Parvum hoc Collegium sex tantum e Nostris alit, videlicet sacerdotes quatuor, quorum duo ad Missiones identidem pergunt, Scholasticum Grammaticae Magistrum, et Coadjutorem.

Reditus hujus pauperrimi Collegii sunt

A Rege pro Missionariis, Scuta Romana...........	100
Ex Domibus Locatis, quas habet in Urbe Fluminis Januarii, Scuta Romana......................	120
Ex aliis Domibus Locatis in ipso Oppido Sanctorum, Scuta...	38
A Rege pro vino, et aliis ad Sacrificium necessariis, Scuta...	13
Ex Praedio praeter farinam, Scuta Romana.........	14
Summa Scuta Romana...........................	285

Habet decem servos: et Boum capita quinquaginta et octo. Si quid calcis excoquit in alio minori Praedio, vel siquas tabulas ex caedua sylva vendit, inde aliquod subsidium capit: quemadmodum ex piscatione fere quotidiana coenam parat.

Templum capax est, sacra supellectili, et argento mediocriter instructum. Domus modica, sed commoda.

Alimenta utcumque non desunt: at pro indumentis ad Rectorem Collegii Fluminis Januarii ut plurimum est recurrendum, nisi aliunde suppeditentur. Aere alieno non gravatur.

Collegium S.ti Ignatii in Oppido Divi Pauli

Alit hoc Collegium socios tredecim, videlicet Sacerdotes in ipso Collegio tres, Scholasticum Grammaticae Magistrum, et duos Coadjutores. In duabus Residentiis tres Sacerdotes, et duos Coadjutores; in Missionibus duos Sacerdotes. Reditus hujus Collegii sunt:

Ex Portu locato, Scuta Romana	120
Ex Variis Officinis Fabrorum	200
Ex panno Bombacino, et locationibus	300
Suma Scuta Romana	620

Numerat Servorum capita supra quinquaginta, sed Indis etiam Domi, forisque juvatur.

Boum capita quadringenta et Septuaginta quinque. Equos et Equas 38. Boves ad plaustrum 20.

Farinam ex Mandioca, Legumina et Bombacinum percipit ex duabus Residentiis Emboiguensi, et Paraibae Australis. Ex Praedio autem Tietensi omne genus olerum, lac, et fructus hortenses.

Templum capax, caelatura auro illuminata conspicuum argentoque et sacra supellectili sufficienter locupletatum. Absolutum est etiam ambulacrum pro commodiori Sociorum habitatione.

Collegium nullo aere alieno gravatur.

Seminarium Bethlemicum

Sunt in hoc Seminario e Nostris septem, videlicet, Sacerdotes tres, Scholastici Humanitatis, et Grammaticae Praeceptores duo et duo Fratres Coadjutores, qui omnes ex convictorum contributione aluntur, ac vestiuntur.

Numerantur convictores fere octoginta, quorum singuli pro alimentis solvunt singulis annis Scuta Romana triginta duo. Totum aedificium, quod amplum est, nec non Templum, et Sacristia, eleemosinis legatisque aedificata et ornata. Servos habet supra viginti, et Terrae Tractum satis extensum ad spatiandum, et hortum.

Residentiae in Praediis, et Stationes in Pagis Indorum qui a Nostris reguntur et instruuntur

Religiosi, qui in decem et octo Residentiis, et viginti Indorum Pagis commorantur, vestimenta, papyrum, sal, oleumque ac vinum a Collegiis accipiunt, quibus immediate subjiciuntur. Aliquibus etiam Pagis in ora Bahiensi, et Pernambucana, decem Scuta Romana a Rege singulis annis tribuuntur ad Missae Sacrificium parandum. Caetera, quae ad victum pertinent, propria industria, et servorum opera in Residentiis et Praediis; Indorum vero auxilio in eorum Pagis, sibi comparant, soluto piscatoribus pretio, aliisque pro eis domi, forisque laborantibus.

RESIDENTIARUM VERO, ET STATIONUM NOMINA SUNT HAEC:

a) *Residentiae Collegii Bahiensis:*

Pitangensis, Camamuensis, Serinhaensis, Tujupebensis, Iaboatamensis, et Suburbana Sancti Christofori.

b) *Pagi Indorum ad Collegium Bahiense spectantes:*

Camamuensis, Serinhaensis, Spiritus Sancti, Dominae a Scala prope Insulanos, S.^{ti} Joannis et Sancti Andreae prope Portum Securum, Anatubensis, Sacci, Iuruensis, S.^{tae} Theresiae vulgo Cannabrava, inter Tapuyas.

— Item Domus in *Oppido Insulano* et Domus in *Oppido Portus Securi*, in spem futuri Collegii, olim admissae.

a) *Residentiae Collegii Fluminis Januarii sunt:*

In Nova Colonia ad Flumen Argentum, S.^{tae} Crucis, S.^{ti} Michaelis, Macacuensis, Goatacasiensis, et Sancti Ignatii.

b) *Pagi Indorum ad Collegium Fluminis Januarii spectantes:*

Sancti Petri in Promontorio Frigido, S.^{ti} Barnabae, et S.^{ti} Francisci Xaverii Itingae.

a) *Residentiae Collegii Olindensis:*

Caraubensis simul et Cotungubae.

b) *Pagi Indorum ad Collegium Olindense spectantes:*

Urutaguiensis, Guajuruensis, Guarairensis, Searaensis ad montes Iapabae, Dominae ab Incarnatione, et S.^{ti} Joannis Baptistae in Regione Assuensi.

— Hactenus adnexa fuit huic Collegio Domus *Paraibae Septemtrionalis*, admissa in spem futuri Collegii. Propriis tamen sumptibus in posterum alatur, cum armenta habeat, et arundineta, eique etiam aggregari posse videntur duo Pagi ex supra dictis, videlicet Guajuruensis, et Guarairensis.

a) *Residentiae Collegii Recifensis sunt:*

Urubuensis, et Dominae a Luce.

a) *Pagi Indorum ad Collegium Spiritus Sancti spectantes sunt:*

Reritibensis et Regum Magorum.

a) *Ad Collegium Sancti Pauli spectant:*

Residentia Paraibae Australis, et Pagus Indorum Emboiguensis.

Catalogi Collegiorum, Residentiarum et Stationum in Pagis Indorum Marahonii a Superiore illius Missionis mittuntur, licet sit huic Provinciae Brasilicae adnexa.

Hic est in Provincia Brasilica nunc Rerum Temporalium status, ex Catalogo descriptus, sigillo Provinciae munito, et a me subscripto. Bahiae, 18 Augusti 1701.

a) FRANCISCUS DE MATTOS.

[*Catalogus Tertius ex Triennalibus Provinciae Brasilicae Romam missus a P. Provinciali Francisco de Mattos Anno MDCCI. Prima Via, Bras. 6, 25-30*].

APÊNDICE F

A Capela Interior do Colégio da Baía
(Antes do incêndio de 1905, que a destruíu)

«A Capela está encravada nas construções da Faculdade de Medicina, e quem sobe a escada de mármore em curva, que hoje dá acesso ao 1.º andar, passa ao lado dela.

Uma porta antiga de almofadas, com 3 metros e 30 centímetros de altura e 1 metro e 90 centímetros de largura, oferece ingresso ao visitante.

A peça tôda tem da soleira, até à maior reintrância do altar que lhe fica em frente, 18 metros; e na largura mede 8 metros e 2 centímetros. As paredes têm, tanto de um lado como de outro, 2 metros de espessura.

Devem-se adicionar ao comprimento mais 2 metros e 95 centímetros, que é o que corresponde ao altar.

Tôda a peça é assoalhada.

A Capela tem em tôrno, desde o rodapé até 1 metro e 25 centímetros de altura, uma faixa de azulejos representando uma série de escudos, todos de assuntos religiosos, extraídos dos Evangelhos: O 1.º, à esquerda do altar, representa o *Agnus Occisus*; o 2.º *Quasi plantatio rosae*; o 3.º *Puteus aquarum*; o 4.º *Turris David*; o 5.º *Speculum sine macula*; o 6.º *Stella maris*; o 7.º *Electa ut sol*; o 8.º *Pulchra ut luna*; o 9.º *Quasi palma*; o 10.º «*Quasi oliva*»; o 11.º *Fons signatus*; o 12.º *Templum Dei*; o 13.º *Ortus conclusus*; o 14.º *Aperti sunt oculi*.

Entre os escudos, os desenhos dos azulejos representam o seguinte: o 1.º restos de um arco romano; o 2.º um viajante apoiado em um bordão, tendo diante de si um poço; o 3.º um homem andrajoso com um pau; o 4.º uma mulher numa estrada também apoiada em um cajado; o 5.º um velho sentado em uma pedra; o 6.º um moço seguido por um cão enorme; o 9.º representa um mutilado; o 10.º uma tôrre diante da qual passam navios; o 11.º é um menino acompanhado por um homem com um volume nas costas subindo uma ladeira; o 12.º um rio no qual passam escaleres e ao fundo vêem-se edifícios grandiosos.

Acima da faixa de azulejos, entre êstes e a cornija dourada, segue-se um espaço de parede caiada que mede 2 metros e 40 centímetros de alto; no meio desta parede abrem-se 3 janelas de cada lado, tôdas iguais, tendo 2 metros e 1 decímetro de altura, e de largura 1 metro e 94 centímetros.

De cada lado da porta acham-se duas pias de pedra vermelha arredondadas e muito elegantes, tendo 45 centímetros no maior diâmetro e 30 no menor. Foram feitas com a mesma pedra vermelha das pias da Catedral, sendo para notar que esta pedra vermelha, que se encontra em alguns edifícios dos séculos 16 e 17, aqui parecem ter sido tiradas de Valença e proximidades, onde afirma pessoa de crédito haver quantidade dela, que era extraída e trabalhada nos tempos coloniais.

No alto da parede corre uma larga cornija dourada em alto relêvo, formando arabescos, sustentada por 10 cabeças de anjos, cinco de cada lado. Faltam ainda as duas da cornija do altar.

O tecto é uma beleza; grandes quadrados pintados de côres finas, em que predominam o castanho, o prêto sôbre um fundo branco, dão-lhe muita riqueza e valor; é pena que êste tecto já esteja estragado; é mesmo a parte mais estragada da Capela. A viveza porém das tintas, a sobriedade e perfeição do desenho, a boa qualidade do óleo empregado, talvez o de nozes, tornam muito interessante êste trabalho de arte, não só pelo que foi esculpido na madeira pròpriamente dita, e que é provàvelmente cedro, como pelo valor da pintura. Êstes quadrados estão dispostos em 3 filas; o revestimento da madeira, que os separa, é todo esculpido em baixos relevos representando cachos de uvas, volutas entrelaçadas, etc.; nas pontas de junção dos quadrados há maçanetas pintadas e douradas; entre êles correm linhas dentadas esculpidas na madeira, pintadas de branco, ladeadas por frisos dourados.

Nos intervalos, deixados entre os quadrados e as duas cornijas formaram-se grandes triângulos, em que se levantam florões em alto relêvo dourados, sôbre fundo branco, alternando com outros triângulos em que se levantam também em relêvo, ainda mais elevado, grandes ornamentos dourados, à semelhança de capitéis, sendo oito de cada lado e quatro no fundo.

Abaixo desta cornija há uma outra também tôda dourada. Alguns podem considerá-las como uma só peça arquitectónica.

Nós as consideramos separadas para facilitar o trabalho e torná-lo mais metódico.

Há ainda outro motivo. Entre as duas fizeram uma série de telas ao todo 20: 8 de cada lado e 4 no alto da parede da entrada, onde foi praticada a porta; os painéis, que são todos bons se bem que não tão finos como os que adornam a magnífica sacristia da Catedral, estão entre estas duas faixas de altos relevos de magníficos arabescos dourados em que a pintura foi combinada com muito gôsto, porque tanto as telas como os arabescos, apesar do seu excesso de ouro, destacam-se sôbre o fundo branco.

No fundo está o altar: altar-mor, não sei se deva chamar, porque é o único da Capela.

Êle é constituído por duas fileiras de colunas lisas cobertas de arabescos com relevos altos, dourados, cujos pedestais têm de largura 7 decímetros e de altura 8. São 6 colunas, 3 de cada lado, que avançam formando o espaço onde se acha o altar com a largura de 67 centímetros. As bases destas colunas avançam sôbre a plataforma do altar 60 cms. Elas medem 2 metros e 7 decímetros de altura e são tôdas de cedro dourado.

No meio, sôbre a plataforma do altar, mais levantado, fizeram um nicho com 2 metros e 4 decímetros de altura e por sôbre êste um outro menor sustentado por 4 colunas terminadas por maçanetas grandes douradas.

Destas 4 colunas duas são mais salientes e duas mais reintrantes; entre elas quatro cabeças de anjos esculpidas na madeira e pintadas. Por cima das colunas grandes, que ladeiam os nichos, há dous anjos de cada lado sustentando arabescos.

No vértice do altar, ao alto, sôbre o nicho menor, há grande ornamento todo dourado, ao qual entretece, e de onde escapa uma grande fita de ouro.

No nicho superior encontra-se ainda uma imagem de cêrca de 1 metro e 60 centímetros de altura, talvez [1] S. Inácio de Loiola com os paramentos sagrados, tendo na mão um livro aberto onde se lê, escrita em grandes caracteres, a divisa da Ordem: *Ad maiorem Dei gloriam*. Êste livro repousa sôbre um capitel formado pela cabeça de um anjo e terminado inferiormente por um plano inclinado de escamas douradas.

O nicho grande, que fica por baixo do de S. Inácio, é dedicado à Virgem.

Na cornija, que separa os dous nichos, no ponto correspondente ao alto do nicho da Virgem, há um escudo azul e ouro, com a seguinte inscrição: *Maria assumpta est in coelum*.

Mais abaixo, no retábulo, que forma a base do altar, há dois escudos, pintados de escuro sôbre fundo branco, com a inscrição: *Reliquiae Sanctorum*.

Aqui há poucos arabescos.

Sôbre êle, porém, o sacrário é todo de ouro e ornamento; êle tem 1 metro e 35 centímetros de altura.

O crucifixo de madeira tem 1 metro e 4 decímetros.

O nicho em que está a imagem da Virgem, todo de cedro dourado, tem 90 centímetros de fundo.

O Santo Inácio tem 1 metro e 45 centímetros e o nicho em que êle se acha 1 metro e 70.

Nos outros dois nichos contíguos há também duas imagens de santos [2]; o da esquerda com 75 centímetros de altura; e o da direita com 95; os dois outros nichos externos (pois são 5 ao todo) estão vazios». — Brás do Amaral, em Accioli, *Memórias Históricas*, V, 523-525.

---

1. Tire-se o talvez.
2. S. Francisco Xavier e S. Francisco de Borja.

APÊNDICE G

Estampas e gravuras

P. Alexandre de Gusmão: — Abre êste Tômo V o retrato do P. Alexandre de Gusmão, mandado fazer, na Baía, pelos seus discípulos, pouco antes de 1733. Pintou-se para se gravar na Europa e temos em nosso poder três exemplares gravados: uma lâmina de Augsburgo, duas edições, idênticas nos motivos, diferenciadas na execução, e outra de Paris. Pareceu-nos mais oportuno reproduzir o quadro, conservado actualmente na Companhia de Jesus, notando que o pintor do Colégio da Baía era, então, o Ir. Francisco Coelho, que ainda conheceu em vida o retratado. Não temos demonstração positiva de ser êle o autor do quadro, nem de ser o primitivo e original, feito na Baía. Dá-se no entanto o nome do pintor da Companhia nesse período, como referência útil aos pesquisadores da Arte no Brasil.

Serviço do Património Histórico e Artístico Nacional: — Tôdas as gravuras de obras de arte da Igreja da Baía, Giquitaia, Belém da Cachoeira e Geru, procedem de fotocópias desta benemérita repartição oficial brasileira, que, sob a cultíssima direcção do Dr. Rodrigo M. F. de Andrade, tanto nos secundou na parte técnica dêste sector das nossas pesquisas: a esta nota de agradecimento, associamos os delegados do SPHAN na Baía e em Pernambuco, Drs. Godofredo Filho e Aírton de Carvalho, que nos prestaram o seu concurso nas pesquisas locais. Também nos deu valiosos esclarecimentos o Dr. Lúcio Costa, cujo estudo *A Arquitetura dos Jesuítas no Brasil* é o mais completo e quási inédito assunto, no que se refere à América, na parte portuguesa da Companhia de Jesus (a parte espanhola, do Sul, é conhecida). Com ser novo, o assunto vai-se esclarecendo e às vezes com factos surpreendentes, como o dos púlpitos da Igreja do Pará, esculpidos pelo Ir. João Xavier Traer e os Índios, seus discípulos, nas primeiras décadas do século XVIII. Com a gravura do púlpito e os dados ministrados pelos documentos da Companhia, que revelaram o nome e a origem tirolesa do mestre escultor, pôde o incomparável historiador da História da Arte na América, Robert C. Smith, classificá-los em *The Art Bulletin*, de Nova Iorque, 1944, como filiados ao Barroco Austríaco. Facto não suspeitado antes na História da Arte no Brasil. E, como êle, outros de maior significação, como se terá visto nas páginas dêste próprio Tômo, com tantos nomes novos de pintores, entalhadores e escultores.

Mapas e Gravuras: — Como para os Tomos anteriores, elaboramos também para êste, dois modestos mapas ou esboços (contribuições sucessivas e parciais ao futuro *Mapa dos Jesuítas no Brasil*), um referente a Pernambuco, outro ao Recôncavo da Baía. Com algumas plantas, guardadas nos arquivos europeus da

Companhia, e uma gravura da Biblioteca Nacional do Rio de Janeiro, publicam-se mais alguns documentos topográficos de diversa procedência, quer pública, quer particular. Devemos ao escritor Dr. Clado Ribeiro de Lessa, do Rio, a benévola cedência de um exemplar magnífico da *Iornada dos Vassalos*, do P. Bartolomeu Guerreiro, donde se reproduz a planta da Cidade do Salvador (1625); ao Dr. João Peretti, erudito pernambucano, a gravura do Colégio de Jesus do Recife; ao Dr. Osvaldo Valente, director do Arquivo Municipal da Baía, a secção, correspondente ao Colégio, do «*Prospeto da Cidade do Salvador*» (1758) de José António Caldas, que se guarda, manuscrito, nesse Arquivo; e enfim, ao Conselho Nacional de Geografia do Rio, o primoroso fac-símil colorido da «Vila de Olinda», do Cosmógrafo João Teixeira, interpolada no «*Livro que dá rezão do Estado do Brasil*», precioso códice do Instituto Histórico. Colaboração graciosa, tôda ela, com que se enriqueceu (e o assinalamos gratamente) o Tômo V da *História da Companhia de Jesus no Brasil*.

Igreja do Seminário de Belém da Cachoeira

Ao alto do frontão, o ano de 1686, data da fundação do Seminário e da primeira Igreja. Esta é do Século XVIII, com alguns elementos da anterior. Tinha primitivamente duas Tôrres. A existente ainda se vê ornada com louça reluzente de Macau, cidade portuguesa na China. — Ver a posição da Igreja no plano geral do Seminário, noutra gravura dêste Tômo.

ÍNDICE DE NOMES

(Com asterisco : Jesuítas)

Abrantes: 263, 264, 577.
*Abreu, António de: 453, 454, 498, 584.
*Abreu, Domingos de: 582.
*Abreu, Francisco de: 219.
Abreu, Francisco Quaresma de: 428.
*Abreu, Gonçalo de: 239.
*Abreu, Manuel de: 585.
Abreu, Pedro de: 288, 290, 362.
Abreu e Lima, José Inácio de: XXIII, 135, 307, 532.
Abreu de Lima, Pedro de: 323.
Accioli de Cerqueira e Silva, Inácio: XXIII, 27, 85, 91, 99, 100, 135, 142, 151, 152, 159, 204, 205, 214, 217, 224, 225, 238, 556, 599.
Açores: 83, 211, 380, 399, 402.
Açu: 542, 596.
Adôrno, João Rodrigues: 176.
*Afonso, Mateus: 586.
Afrânio Peixoto: Vd. Peixoto, Afrânio.
África: 25, 27, 100, 101, 286, 357, 413, 421.
*Aguiar, Cristóvão de: 124.
*Aguiar, Mateus de: 228, 229, 236, 239.
*Aguiar, Pedro de: 586.
*Aires, José: 142, 219, 483, 584.
Aires de Casal, Manuel: XXIII, 161.
Airosa, Plínio: 58.
Ajuda (Nossa Senhora da): 230.
Alagoas: 293, 309, 322, 333, 335, 350, 359, 361, 373, 384, 388, 437, 476, 480, 481, 569.
*Alberto, António: 587.
*Albuquerque, Francisco de: 529, 583.
Albuquerque, Gonçalo Ravasco Cavalcante e: 266.

*Albuquerque, Jerónimo de (1): 528, 583.
Albuquerque, Jerónimo de (2): 506.
Albuquerque, João Cavalcante de: 433.
Albuquerque, João Soares de: 433.
Albuquerque, José Maria de: XX.
*Albuquerque, Luiz de: 586.
Albuquerque, Manuel Pessoa de: 320.
Albuquerque, Matias de: 32, 48, 51, 100, 262, 339, 346-353, 359-363, 369, 371-376, 380, 383, 384, 388, 432, 492.
Albuquerque Coelho, Duarte de: 62, 350, 370.
Aldeia de Acará: 293, 294, 299-304.
— Aldeias Altas: 564, 565.
— Antónia: 334, 507.
— Anunciação: 541, 544.
— Anunciada: 541, 544.
— Apodi (S. João Baptista): 504, 536, 539-549, 571, 596.
— Aracaju: 324.
— Araré: 544.
— Barueri ou Marueri: 379.
— Beiju Guaçu (S. Francisco): 334.
— Boimés (Itapicuru): 270, 283.
— Boipeba: 199, 203, 206, 207, 579.
— Braço do Peixe: 499.
— Caeté (Pernambuco): 331, 344, 354, 360, 426.
— Caimbés: 270, 283.
— Cairu: 212.
— Camamu (Assunção): 199, 203, 204, 212, 269, 304, 596.
— Camarão: 334, 508.

---

1. Procurem-se também, em *Aldeias* e *Fazendas*, muitos nomes de terras, que são hoje Vilas e Cidades.

Aldeia de Canabrava (Santa Teresa): 148, 270, 276, 283, 289, 290, 292-295, 308, 311, 572, 596.
— *Capela:* 572.
— *Capivari:* 261.
— *Carecé:* 335, 343, 359.
— *Carurus:* 293, 294, 299, 308, 309.
— *Curral dos Bois:* 293, 308, 309.
— *Curumambá:* 102, 293, 299-303.
— *Embu:* 572, 595, 596.
— *Encarnação:* 541, 596.
— *Escada (Ilhéus):* 216-218, 222, 223, 240, 596.
— *Escada (Nossa Senhora):* 331, 333-336, 340, 344, 345, 388. Vd. Aldeia de Caeté(Pern.).
— *Espírito Santo (Abrantes):* 19, 31, 32, 50, 51, 59, 80, 204, 261-270, 284, 571, 596.
— *Geru (Nossa Senhora do Socorro):* 276, 289, 297, 298, 308, 316, 324-327, 572, 596, 600.
— *Geruaçu:* 325.
— *Grens (Conceição):* 225, 226.
— *Guajuru (S. Miguel):* 444, 449, 508, 523, 525, 528, 529-535, 571, 596.
— *Guaraíras:* 523-529, 532, 534, 571, 596.
— *Guaena ou Goiana (S. André):* 331, 333, 342, 344, 506.
— *Ibatatã (S. André):* 333.
— *Ibiapaba:* 336, 344, 560, 563, 571, 596.
— *Ipojuca:* 331, 335, 345, 359.
— *Itaimbé (S. João Baptista):* 331, 333, 334, 336, 342, 343, 510, 520.
— *Itaparica (Santa Cruz):* 266.
— *Itapicirica (S. André):* 331, 334, 335, 343, 344, 359.
— *Itinga (S. Francisco Xavier):* 572, 596.
— *Jacobina (S. Francisco Xavier):* 83, 270, 271, 273, 281, 282-284, 286, 293, 308.
— *Jundiá:* 526.
— *Jurumuabo:* 283.
— *Manguinho:* 289.
— *Maraçacará:* 282, 283, 290.
— *Maraú (Candeias):* 199, 203, 212.
— *Mecugé (Nossa Senhora):* 337.
— *Meritibi:* 339.
— *Mongurus:* 270, 283.
— *Mopibu:* 525.
— *Muçuí (S. Miguel):* 331, 335, 336, 339, 359-361, 366, 387.
— *Natuba (Conceição):* 270, 276, 286-290, 292, 295, 308, 555, 571, 572, 596.

Aldeia de Nossa Senhora do Ó: 481.
— *Nossa Senhora dos Remédios:* 225.
— *Ouracapa:* 295.
— *Païaïás:* 205, 270, 273, 274, 279.
— *Patatiba (Espírito Santo):* 227, 240, 242.
— *Piracinunga (S. Miguel):* 335, 360, 361.
— *Quiriris (Santa Cruz):* 283.
— *Quiriris (S. Inácio):* 283.
— *Reis Magos:* 236, 254, 272, 596.
— *Reritiba:* 268, 572, 596.
— *Rio Jaguaribe:* 541.
— *Rodelas:* 102, 286, 293-296, 299-310, 548.
— *Saco dos Morcegos (Ascensão do Senhor):* 270, 276, 289, 290, 292, 295, 308, 572, 596.
— *Santiago:* 264.
— *S. André (Pôrto Seguro):* 240, 596.
— *S. António:* 265.
— *S. António (Jaguaripe):* 261, 267.
— *S. Barnabé:* 596.
— *S. Brás:* 309, 480, 481.
— *S. Francisco (Pernambuco):* 333.
— *S. João (Baía):* 30, 32, 34, 262-265, 267.
— *S. João Baptista (Pôrto Seguro):* 227, 240, 242, 571, 596.
— *S. José dos Campos da Paraíba:* 572.
— *S. Lourenço:* 384, 572.
— *S. Mateus (Pôrto Seguro):* 240.
— *S. Paulo (Baía):* 264.
— *S. Pedro do Cabo Frio:* 572, 596.
— *S. Pedro de Saguípe:* 281.
— *S. Sebastião (Capanema):* 267, 268.
— *S. Sebastião (Sergipe):* 268.
— *Serinhaém (S. André):* 199, 203, 205, 206, 212, 280, 571, 596.
— *Siri:* 341.
— *Tabuerama (Conceição):* 336, 337.
— *Taquara:* 333, 340, 341.
— *Tambuçurama:* 334-336, 359, 510.
— *Taperaguá (S. Miguel):* 199, 203, 205.
— *Tejupeba:* 321, 324.
— *Tutoia:* 563.
— *Una (S. Miguel):* 331, 334, 335, 337, 345, 346, 359, 387, 388.
— *Urutaguí (Assunção):* 331, 333, 334, 340, 341, 387, 525, 547, 571, 596.
— *Zorobabé:* 293, 299, 302, 303.
Alemanha: 197.
Alencastre, José Martins Pereira de: XXIII, 554.
Alenquer: 385.
Alentejo: 80, 251.
Alhandra: 341.

Aljubarrota: 446.
Aljustrel: 383, 396.
Almada: 216, 226.
Almada, José Lopes de: 292.
Almada, D. Lourenço de: 482.
*Almeida, António de: 583.
Almeida, Fortunato de: 27.
*Almeida, Francisco de (1): 92.
Almeida, Francisco de (2): 39.
*Almeida, Gaspar de: 316.
*Almeida, Gregório de: 97.
*Almeida, João de (1): 137, 138, 154, 413, 414.
*Almeida, João de (2): 220.
Almeida, Joaquim de: 467.
*Almeida, José de: 584.
Almeida, D. Lourenço de: 453.
Almeida, Luiz Miranda de: 431.
*Almeida, Manuel de: 431, 586.
Almeida, Manuel Botelho de: 352.
Almeida Prado, J. F.: 500.
Alva, Duque de: 42.
*Alvarenga, Manuel de: 239.
*Álvares, Agostinho: 219.
*Álvares, António: 586.
*Álvares, Caetano: 587.
Álvares, Francisco: 60.
*Álvares, José: 586.
*Álvares, Leandro: 585.
*Álvares, Lourenço: 61.
*Álvares, Luiz: 239.
*Álvares, Manuel (1): 219, 239, 582.
*Álvares, Manuel (2): 585.
Álvares, Margarida: 425.
*Álvares, Pedro: 378, 386, 416.
*Álvares, Rafael: 483, 584.
*Álvares, Raimundo: 587.
*Álvares, Rodrigo: 386.
*Álvares, Sebastião: 583.
*Álvares, Simão: 153, 253, 585.
Álvares, Teodoro: 500.
Álvares da Costa, D. Manuel: 453, 455.
Álvares de Figueiredo, D. Luiz: 86.
Álvares Pereira, B. Nuno: 412.
Alves, D. José Pereira: 535.
Alves, Paulo: XXII.
Alvor, Conde de: 100, 141, 305.
Amaral, Brás do: XXIII, 85, 135, 142, 164, 165, 224, 225, 238, 286, 556, 599.
*Amaral, Francisco de: 584.
*Amaral, Prudêncio do: 54, 119, 584.
Amarante: 58, 564.
*Amaro, Manuel: 585.
Amaro Maciel Parente, João: 171.
América: XIV, 4, 25, 75, 78-80, 82, 98, 101, 149, 153, 159, 161, 368, 405, 412, 413, 421, 463, 600.

Amesterdão: 26, 47, 48, 218, 378, 386.
*Amorim (Morim), Luiz de: 431, 581.
*Amorim, Marcos de: 583.
*Anchieta, José de: XXI, 137, 138, 236, 264, 336, 436, 547.
Andrade, Agostinho César de: 526, 530, 534.
*Andrade, António de (1): 239, 240, 287, 288, 582.
*Andrade, António de (2): 239, 240.
*Andrade, Domingos de: 584.
Andrade, João de: 202.
*Andrade, José de: 73.
*Andrade, Luiz: 585.
Andrade, Manuel Dias de: 433.
*Andrade, Matias de: 582.
*Andrade, Miguel de: 498, 582.
Andrade, Pedro Cunha de: 355.
Andrade, Rodrigo M. F. de: XXI, 600.
Andrade e Silva, J. J. de: XXIV, 3, 5, 8.
*André, Manuel: 586.
*Andreoni, João António: 77, 83-85, 142-144, 162, 170, 255, 308, 341, 429, 431, 495, 547, 548, 576, 581.
Angeja, Marquês de: 99, 224, 241, 253, 288.
Angola: 14, 65, 82, 83, 101, 113, 360, 394, 403, 406, 418, 430.
Antilhas: 379.
*Antonil, André João: XXIV, 65, 255, 258, 259. Vd. Andreoni.
António (D.), Prior do Crato: 4.
*António, Vito: 584.
António de Lisboa, S.: 412.
Antuérpia: 82, 385.
*Antunes, António: 340, 342, 343, 387, 492, 520, 521.
*Antunes, Faustino: 74.
*Antunes, Sebastião (1): 431, 587.
Antunes, Sebastião (2): 208, 209.
*Aquino, Tomás de: 584.
Aquino Correia, D. Francisco de: 68.
Aquirás: 30, 545, 563.
Aquitânia: 142.
Arábia: 27, 450.
Aracaju: 321.
Aragão, Baltasar de: 3, 14, 113, 217.
Aragão, Francisco Barreto de: 174.
Aragão, José Garcia de: 172.
Aragão, Manuel de Araújo de: 171.
Aragão de Araújo, Baltasar de: 113, 116.
Aragão de Meneses, António de: 170-177.
Aragão de Meneses, D. Isabel de: 113, 172.
Aragão Pereira, Diogo de: 113, 116.

Araia: 356.
*Aranha, António: 219, 584.
Aranha, D. Francisco Xavier: 485.
Araripe, Tristão de Alencar: 73, 424.
Aratangi: 339, 366.
*Araújo, António de (1): 207, 270.
*Araújo, António de (2): 219.
*Araújo, António de (3): 587.
*Araújo, Diogo de: 74.
*Araújo, Domingos de: 318, 584.
Araújo, Domingos Costa de: 471.
*Araújo, Francisco de: 437, 569, 571, 584.
Araújo, Francisco Gil de: 106, 112, 113, 115, 117, 125, 141, 266.
Araújo, D. Joana de: 113.
*Araújo, João: 201, 219, 585.
*Araújo, José de: 290, 584.
Araújo, José Garcia de: 172, 174.
Araújo, Leandro Barbosa de: 176.
*Araújo, Lourenço de: 584.
*Araújo, Manuel de (1): 344, 385.
Araújo, Manuel de (2): 467, 471.
Araújo, Marcos de: 201.
Araújo, D. Maria (1): 113.
Araújo, D. Maria (2): 113.
Araújo, Pedro Garcia de: 116.
Araújo, Pedro Pereira de: 113.
Araújo e Aragão, Francisco de: 91.
Araújo e Azevedo, João de: 100.
Arcos, Conde dos: 226.
Arcos de Val de Vez: 403.
Arez: 528.
*Arez, Sebastião: 585.
Argel: 384.
Arguim: 44.
Arraial do Bom Jesus: 340, 343, 350-356, 363, 367, 369, 374-377, 383-386, 389, 427, 428.
Arraiolos: 97.
Arrifana: 549.
Ásia: 25, 99, 101, 161, 421.
Atouguia, Conde de: XII, 121, 221, 271, 556.
Augsburgo: 197, 600.
Auler, Guilherme: 451.
Aveiro, Duque de: 236.
Avelar, António de: 402.
*Avelar, Francisco de: 61, 83, 279, 282, nas guerras de Pernambuco, 367, 369-383, 399-404, 418, 428, 461.
Ávila, Francisco Dias de: 289, 296, 297, 300, 306, 551.
Ávila, Garcia de: 283, 284, 292, 310, 556, 561.
Ávila Pereira, Garcia de: 300, 551, 555.
Azeitão: 73, 148, 476.

*Azeredo, Marcos de: 239, 582.
*Azevedo, B. Inácio de (1): 102, 134, 137, 138, 149.
*Azevedo, Inácio de (2): 123, 397.
Azevedo, Inácio Soares de: 220.
*Azevedo, João de: 199, 204, 218, 434, 583.
Azevedo, Pedro de: 407.
Azevedo, Salvador: 348.
Azevedo Marques: 368.
*Azpilcueta Navarro, João de: 238.
Baers, João: XXIV, 348, 349.
Bagnoli: Vd. Banholo.
Baía: XI, XIV-XVI, XVIII, XIX, 1-327, 337, 339, 352, 360, 361, 373, 375, 379, 380, 382, 384-386, 391, 393, 395, 396, 403, 416, 419, 420, 422, 429-431, 435, 437, 438, 440, 450, 452, 454, 462, 465, 472, 475, 481, 482, 487, 497, 500, 522, 526, 527, 551, 555, 556, 560, 562, 569, 577-580, 588, 596, 597, 600, 601.
Baião, António (1): 52.
Baião, António (2): 471.
Baião, António Dias: 463, 464, 472, 477.
Baixios de S. Roque: 380, 381.
Banholo, Conde de: 60, 361, 362, 379, 380.
*Baptista, João (1): 416.
*Baptista, João (2): 336.
*Baptista, João (3): 486
*Baptista, Manuel: 585.
Barata, José do Carmo: 417, 418.
Barbacena, Marquês de: 222.
Barbalho: 579.
Barbalho Bezerra, Luiz: 66, 97, 98, 352, 381, 382, 405, 415.
*Barbosa, André: 121.
Barbosa, António da Silva: 525.
Barbosa, António Soares: 499.
*Barbosa, Domingos: 251.
Barbosa, Félix: 260.
*Barbosa, Francisco: 321.
Barbosa, Manuel de Miranda: 228-230.
Barbosa, Simão: 229.
Barbosa Lima Sobrinho: 65.
Barbosa Machado, Diogo: XXIV, 53, 56, 58, 82, 89, 92, 122, 133, 348, 430, 435, 475.
Barbuda, Manuel Álvares: 292.
*Barca, Jácome António: 147.
Barcelos (1): 95.
Barcelos (2): 199, 213.
Barlaeus: 339.
Barra do Rio das Contas: 214.
Barradas, Valentim Coelho: 145.
Barreiros: 346.

Barreiros, D. António: 119.
*Barreto, Manuel: 282, 583.
Barreto de Meneses, Francisco: 320, 347, 402, 405, 415, 461.
*Barros, André de: XXIV, 93, 128, 265, 422.
*Barros, António de (1): 555, 583.
*Barros, António de (2): 586.
*Barros, Bartolomeu de: 174.
Barros, Catarina de: 116.
Barros, Francisco de: 31, 37.
*Barros, João de (1): 272, Apóstolo dos Quiriris, 281, 284, 286, 289-295, 326, 429.
*Barros, João de (2): 586.
*Barros, Luiz de: 584.
Barros, Luiz Machado de: 202.
*Beagel, João Baptista: 219, 325.
Beja: 268.
Belém da Cachoeira: XI, 92, 125, 167-198, 290, 470, 474, 588, 595, 600.
Bélgica: 405.
*Bellavia, António: 138, 352, 353, 358.
*Belville, Carlos: 132, 139, 142, 143, 196.
*Bêncio, Jorge: 255, 581.
Bengo: 395
Bento XIV: 159.
Berenguer de Andrade, Francisco: 429.
*Bernardino, José: 85, 132, 149, 189, 318, 431, 470, 472-474, 482, 569, 582.
*Berthé, João Baptista: 586.
Bessa, Bento: 436.
*Bettendorff, João Filipe: XXIV, 66, 124, 125.
Bezerra, Francisco: 301.
Blake, Almirante: 414.
Boccanera Júnior, Sílio: 129, 309.
Bom Jardim: 496.
*Bonanni, Filipe: XXIV, 49.
Bonfim: 282.
*Bonucci, António Maria: 49, 90, 288, 434, 444, 449, 470, 473, 581.
*Borges, Gaspar: 582.
Borges, Helena: 152.
*Borges, Martinho: 584.
*Borges, Teodósio: 497.
Borges de Castro: 406.
Borges de Figueiroa, D. Joaquim: 94.
Borges da Fonseca, António José Vitoriano: XXIV, 73, 113, 420, 425, 435, 436, 467, 482, 487, 496, 500.
*Borja, S. Francisco de: 124, 128, 131, 135, 137, 139.
*Botelho, Damião: 52, 53, 58.
Botelho, Diogo: 3, 4.

*Botelho, Luiz: 584.
Botelho, Manuel Ribeiro: 374.
*Botelho, Nicolau: 486.
*Bourel, Filipe: 299-304, 537, 539, 542, 543, 546-548, 560, 571, 582.
*Bovilher, António: 142.
Brabância: 377.
Braga: 74, 131, 247, 304, 386, 494, 559.
Braga, Teodoro: 495.
Brasil: passim.
Brazão, Eduardo: 391, 411.
*Brewer, João de: 73, 476.
*Brito, S. João de: 86, 102, 103, 304.
Brito, Lourenço de: 59.
Brito Correia, Lourenço de: 97, 98.
Brito de Figueiredo, Caetano de: 100.
Brito Pereira, Alberto de: XXI.
Brito Pereira, Salvador de: 102.
Brotas: 579.
Bruxelas: XVI, XIX, XXIII.
Buenos Aires: 83, 285.
*Buitrago, Francisco: 220, 498.
*Bulhões, Fabião de: 584.
Bulhões, Gabriel Correia de: 420.
Cabo de Boa Esperança: 26, 357.
Cabo Frio: 435.
Cabo do Norte: 138.
Cabo de S. Agostinho: 389, 425, 438, 475, 569.
Cabral, Fernão: 429.
*Cabral, Luiz Gonzaga: XXIV, 105, 140, 557.
Cabral, Luiz Mendonça: 418.
Cabral, Manuel da Fonseca: 317.
Cacém: 383.
Cachoeira: 174, 176, 579.
Cachoeira de Paulo Afonso: 308, 309, 480, 481.
Cadaval, Duque de: 430.
Cadena de Vilhasanti, Pedro: XXIV, 60, 62, 64, 65, 293, 339, 350, 360, 362, 376, 380, 492.
Cádis: 58, 358.
*Caeiro, José: XXIV, 103, 190, 206, 212, 213, 242, 255, 259, 260, 263, 292, 322, 436, 485-487, 503.
*Caetano, João: 436.
Caiena: 495.
Cairu: 199, 207, 212.
Calabar, Domingos Fernandes: 360.
Calado, Manuel: 99, 370, 371.
Caldas, Francisco: 310.
Caldas, Gregório: 339.
Caldas, João Pereira: 558.
Caldas, José António: XX, XXV, 96, 104, 119, 213, 224, 226, 254, 279, 280, 327, 601.
Caldeira, Diogo Lopes: 471.

Caldeira, Miguel Carlos: 486.
Caldeira Brant Pontes, Felisberto: 222.
Calheiros, Domingos Barbosa: 278.
Califórnia: 198.
*Calmon, Martinho: 453, 456, 482, 582.
Calmon, Pedro: XXV, 31, 59, 133, 196, 197, 204, 264, 297, 309, 347, 360, 397, 402, 453, 551.
Calógeras, Pandiá: 509, 510.
Caltanisetta: 83, 387.
*Calvo, Diogo: 336, 343, 345, 359, 361.
Camamu: XXII, 16, 55, 148, 199-217, 238, 246, 255, 280, 571. Vd. *Aldeias*.
*Câmara, António da: 585.
*Câmara, Manuel da: 586.
Câmara Cascudo, Luiz da: 405, 469, 503, 535.
Câmara Coutinho, Luiz Gonçalves da: 129, 168, 222, 223, 238, 241, 305, 307, 532, 533.
Camaragipe: 579.
Camarão, D. António Filipe: 323, 339, 341, 346, 349-352, 362, 363, 367, 381, 397-399, 415, 509, 510.
Camarate (Lisboa): 50.
Camarutuba: 493.
*Camelo, Francisco: 431, 457, 581.
*Caminha, António: 343, 344, 346, 359, 361, 362, 387.
Caminha, Pero Vaz de: 227.
Camões, Luiz de: XXII, 25, 101,412.
Campeli, João Baptista: 472.
Campelo, José Peres: 472, 474.
*Campião, B. Edmundo: 137.
Campos, Ernesto de Sousa: 250.
*Campos, Estanislau de: 85, 145, 255, 358, 424, 430, 538, 539, 574, 576, 581.
Campos, João da Silva: 57, 91.
Campos, Leandro de: 477.
Campos, Redig de: 138.
*Campos, Roberto de: 585.
Canadá: 157.
*Canísio, Rogério: 476, 496, 557.
Cano: 388.
Cantábria: 379.
Cantanhede, Conde de: 58.
Canudos: 315.
Capanema: 267, 368.
Capanema, Gustavo: XXI.
Capaoba ou *Cupaoba*: 504.
Capistrano de Abreu, J.: X, XXV, XXVIII, 35, 392, 537.
Caracas: 356.
Caramuru: 129, 166.
Caravelas: 240, 241, 580.
*Carayon, Augusto: XXV, 148, 559.
Carcavelos: 66.

*Cardim, Fernão: 30, 33, 51, 80, 106, 118, 119, 199, 229, 334, 416, 477, 507.
*Cardoso, António (1): 528, 582.
*Cardoso, António (2): 189, 584.
*Cardoso, Armando: 264.
*Cardoso, João: 350.
Cardoso, Jorge: XXV, 353.
*Cardoso, Luiz: 237, 239.
*Cardoso, Manuel: 559.
*Cardoso, Miguel: 482, 582.
*Cardoso, Rafael: 271.
*Carneiro, Francisco: 246, 336, 367, 369, 399.
Carneiro, Luiz: 260.
*Carneiro, Manuel: 448, 482.
*Carneiro, Paulo: 325, 431, 465, 482, 582.
*Carrez: 501.
*Carrilho, Manuel: 254.
Cartagena: 354, 356, 357, 384.
*Carvalhais, Jacinto de: 82, 83, 117, 249.
Carvalho, Aírton de: 600.
*Carvalho, Alexandre de: 497.
Carvalho, Alfredo de: 417.
Carvalho, António de: 425.
Carvalho, António Cardoso de: 492.
*Carvalho, Inácio de: 321.
Carvalho, José Rodrigues de: 472, 474.
*Carvalho, Luiz de: 83, 584.
Carvalho, Luiz Pereira de: 471.
*Carvalho, Manuel: 586.
Carvalho, Miguel de: XXV, 555, 561, 562, 564, 565.
Carvalho, Rui: 116.
Carvalho, Sebastião de: 317.
Carvalho da Silva, Tomé: 562.
*Carvalhosa, Paulo de: 583.
Cascais, Marquês de: 578, 580.
Casqueiro, Pedro: 39, 41.
Castanheira, Conde da: 262.
Castel Gandolfo: 322.
Castela: 4, 408.
Castelo Branco, Camilo: XXVII.
Castelo Branco, Fernão Rodrigues: 246.
Castelo Branco, José Marques da Fonseca: 556.
*Castilho, Pero de: 23, 334, 336, 343, 384, 510, 521, 522.
*Castilho, Simão de: 384.
*Castillo, B. João del: 102.
*Castro, B. Bento de: 137.
Castro, Conde de: 58.
Castro, Diogo de: 350.
*Castro, Estêvão de: 213.

*Castro, João de: 585.
Castro, José de: XXV, 73, 74, 239.
Castro, Ramiro Berbert de: 222, 309.
Castro e Almeida, Eduardo de: XIX, 70.
Castro Alves: XXII.
Castro Morais, Francisco de: 544.
Catalunha: 380, 391.
Cavalcanti, António: 396.
Caxias: 564.
Ceará: 304, 333, 340, 344, 349, 351, 491, 500, 532, 542, 545, 547, 548, 555, 559, 571, 573, 596.
Ceilão: 161, 405.
Celestino da Silva, Pedro: 172.
*Cerdeira, António: 583.
*Cerqueira, Domingos: 586.
Cerveira, Frutuoso: 228, 229.
César, Maria: 493.
*Chaves, Lourenço: 147.
China: 10, 100, 101, 142, 167, 196.
Chique-Chique: 551.
Cidade, Hernani: XXV, 68, 264, 407, 410.
Civitavecchia: 87.
*Claver, S. Pedro: 357.
*Cócleo, Jacobo: 289, 294, 311, 581.
*Coelho, Agostinho: 33, 35, 48.
*Coelho, António: 320, 583.
*Coelho, Domingos (1): XIX, XXII, na invasão holandesa, 30, 34, 40, 41, 47-53, 61; 80, 81, 106, 229, 236, 364, 365, 371, 373-375, 509.
*Coelho, Domingos (2): 586.
*Coelho, Filipe: 85, 144, 311, 430, 581.
*Coelho, Francisco (1): 582.
*Coelho, Francisco (2): 95, 132, 134, 138, 139, 147, 197, 600.
*Coelho, José: 189, 219, 290, 482, 498, 582.
Coelho, José de Barros: 562.
*Coelho, Marcos: 86, 483, 584.
Coimbra: XI, 60, 76, 78, 79, 93, 111, 129, 131, 177, 178, 304, 320, 357, 434, 487, 548, 559, 560.
*Colaço, Cristóvão: 83, 84, 256, 266, 429, 462.
Colégio: 481.
Colômbia: 357, 384.
Colónia: 35, 73, 82, 304, 548.
Colónia do Sacramento: XIX, 86, 596.
Como: 147.
Congo: 82.
Constantinopla: 279.
*Cordara, Júlio César: XXV, 24, 60, 236, 346, 369.
Coriolano de Medeiros, João Roiz: 341, 495, 499, 501.

*Correia, Agostinho (1): 102, 297, 299-304, 583.
Correia, Agostinho (2): 289.
*Correia, António: 308, 582.
*Correia, Carlos: 260.
*Correia, Francisco (1): 583.
Correia, Francisco (2): 255.
*Correia, Inácio: 190, 487.
*Correia, João: 121-123, 583.
Correia, José: 436.
Correia, D. Luísa: 116.
*Correia, Manuel (1): 179-183, 190, 241, 276, 278, 299, 311, 466, 467.
*Correia, Manuel (2): 430, 581.
*Correia, Manuel (3): 73, 147, 436, 485.
*Correia, Pedro: 137, 139.
*Correia, Tomás ou Tomé : 585.
*Correia, Vicente: 585.
Côrte Real, Diogo de Mendonça: 99, 153, 556.
Côrte Real, Tomé Joaquim da Costa: 153, 485.
*Côrtes, Manuel: 219, 581.
Cortesão, Jaime: 229.
Costa do Natal: 357.
Costa, Abraão João da: 576.
Costa, Afonso: 282.
*Costa, André da: 585.
*Costa, António da (1): 93, 585.
*Costa, António da (2): 435.
Costa, António da (3): 229.
*Costa, Francisco da (1): 385.
*Costa, Francisco da (2): 584.
*Costa, Gabriel da: 238, 239, 299, 584.
*Costa, Gaspar da: 122, 386, 403.
Costa, Gonçalo da: 471.
*Costa, Inácio da: 586.
*Costa, João da (1): 219.
Costa, João da (2): 289.
Costa, João da (3): 545.
Costa, João Pereira da: 471.
Costa, Jorge Lopes da: 6, 164.
*Costa, José da (1): na invasão holandesa, 344, 352, 358, 362, 376, 378, 383.
*Costa, José da (2): 81, 111, 117, 249.
Costa, Lúcio: XXV, 133, 195, 327, 422, 600.
*Costa, Luiz da: 126, 131, 586.
*Costa, Manuel da (1): 81, 101, 249, 284, 398.
*Costa, Manuel da (2): 412.
*Costa, Manuel da (3): 583.
*Costa, Manuel da (4): 586.
Costa, Manuel Afonso da: 576.
*Costa, Marcos da: 219, 428.
*Costa, Mateus da: 124, 131, 585.
*Costa, Matias da: 388.
*Costa, Miguel da: 86, 431, 498.

*Costa, Paulo da (1): 380, 391.
*Costa, Paulo da (2): 249.
Costa, Pedro Homem da: 324.
*Costa, Roberto da: 73.
Costa, D. Rodrigo da: 320, 538, 539, 544.
*Costa, Simão da: 219.
*Costa, Tomás da: 483, 498.
Costa Barreto, Roque da: 279, 280.
*Couto, Gonçalo do : 222, 223, 464, 482, 581.
*Couto, Lopo do: 338, 339, 492.
*Couto, Manuel do: 238, 316, 384, 428.
*Craveiro, Lourenço: 462, 482.
*Cruz, António da: 584.
*Cruz, Bento da: 205, 586.
*Cruz, João da: 586.
Cruz, Osvaldo: 449.
*Cruz, Sebastião da: 386.
Cruz, Ventura da: 302.
Cumaná: 356.
*Cunha, António da: 498.
Cunha, Bernardo Carvalho da: 288.
Cunha, Euclides da: 310, 315.
Cunha, Gaspar Carvalho da: 287.
*Cunha, José da: 220, 239.
*Cunha, Manuel da : 586.
*Cunha, Pedro da: 33, 35, 47, 50.
Cunha Barbosa, António da: XXV, 129, 419.
Cunha Rivara, Joaquim Heliodoro: XXV, 381, 565.
Cunhaú: 380.
Curdonis, Amaro Gonçalves: 471.
*Damien, Jacques: 49.
*Dantas, Domingos: 145, 586.
Denis, Ferdinand: 124.
Destêrro, D. António do: 486.
*Dias, Domingos: 431, 478, 482, 581.
*Dias, Francisco (1): 417, 422.
*Dias, Francisco (2): 585.
Dias, Henrique: 323, 346, 362, 381, 397-399, 415.
*Dias, João: 482, 498, 582.
*Dias, Manuel: 93, 144, 435, 495, 582.
*Dias, Mateus: 61, 360, 361.
*Dias, Pedro (1): 137, 311.
*Dias, Pedro (2): 239, 418, 429, 430, 438, 449, 502, 529, 530, 532.
Dias Ferreira, Gaspar: 407.
Dias Martins, Joaquim: 450, 454.
Dinis, Jerónimo: 467.
*Dinis, Manuel: 542, 543, 546, 571, 584.
Dordrecht: 35, 48, 50.
Dorth, Johan Van: 27, 32, 45.
*Duarte, António: 558.
*Duarte, Baltasar: 162, 581.
Duarte, Infante D.: 407.

*Dudon, Paulo: 138.
Duguay-Trouin: 454.
*Eckart, Anselmo: XXV, 64, 65.
Eiras: 304.
Enes, Ernesto: XXV, 562.
Engenhos: Vd. Fazendas.
*Ercilla, E. Ugarte de: 62.
Ericeira, Conde de: 410.
*Escalante, Francisco de: 199, 200.
Espanha: XIX, 25-27, 67, 251, 357, 374, 389, 405, 406, 408, 412.
Espírito Santo: 23, 35, 85, 113, 123, 125, 384, 387, 496, 542, 558, 588, 593, 596.
Estados Unidos: 157.
*Estancel, Valentim: 84, 581.
*Estêves, Domingos: 584.
Estreito de Béring: 26.
Estreito de Magalhães: 26.
Etiópia: 27, 357.
Europa: XV, 25, 59, 75, 101, 102, 121, 161, 190, 251, 368, 405, 408, 412, 421, 430, 485, 502, 503, 600.
Évora: XVI, 76, 79, 85, 86, 167, 486.
Extremoz: 534.
*Faia, Inácio: 482.
*Faião, João: 586.
Falcão, Edgar de Cerqueira: 155, 174.
*Falleto, João Mateus: 286, 326, 327, 581.
Fanga da Fé: 550.
*Faria, António de: 147.
Faria, Augusto Silvestre de: 215.
*Faria, Francisco de: 73.
*Faria, Gaspar de: 86, 146-148, 584.
Faria, Guiomar de: 243.
Faria, Manuel Severim de: XXVI, 41, 52, 261, 270.
Faria e Miranda, Baltasar de: 434.
Faro e Sousa, D. Sancho de: 100.
Fazenda de Agua Verde: 553, 554.
— Aiama: 425.
— Alagadiços: 551.
— Algodões: 553.
— Almas: 554.
— Angical: 554.
— Apipucos: 418.
— Aracaju: 316, 320.
— Areias: 577.
— Baixa do Veado: 551.
— Bandeira: 577, 578.
— Barreta: 478.
— Boa Esperança: 554.
— Bom Jardim: 554.
— Boqueirão (1): 553.
— Boqueirão (2): 501.
— Brejinho: 553.

Fazenda do Brejo de S. Inácio: 553, 557, 559, 560.
— Brejo de S. João: 553, 557, 560.
— Buriti: 553, 554.
— Caché: 553.
— Cachoeira (1): 501.
— Cachoeira (2): 553, 554.
— Cajazeiras: 553.
— Camamu (Engenho): 106, 200-202, 268, 589, 590, 596.
— Campo Grande: 553, 554.
— Campo Largo: 553.
— Campos dos Goitacás: 592, 596.
— Cana-Brava: 554.
— Canavieira: 554.
— Capivari: 261, 264, 589.
— Caraíbas: 554, 593.
— Caraúba (Engenho): 390, 424, 593, 596.
— Castelo: 553, 554.
— Catarães: 553.
— Cobé: 579.
— Conceição: 554.
— Cotegipe (Engenho): 259, 260, 309, 577.
— Cotunguba (Engenho): 390, 424, 425, 593, 596.
— Curimataí: 579.
— Dois Riachos: 501.
— Embiara (Engenho): 174.
— Esfolado: 554.
— Espinhos: 553.
— Espírito Santo: 554.
— Feira do Capoame: 577-580.
— Flores: 554.
— Formiga: 500, 503.
— Gameleira do Canindé: 553.
— Gameleira do Piauí: 553.
— Gameleiras: 553.
— Genipapo: 553.
— Grande: 553.
— Guaribas: 553.
— Guarupaba (Engenho): 424.
— Iguape: 128, 176.
— Ilha: 553.
— Inxu: 553.
— Jaboatão: 309, 316, 320-323, 579, 589, 596.
— Jacaré: 554.
— Jaguaribe: 425.
— Jaguaripe: 323.
— Joazeiro: 564.
— Jucuruçaí (Engenho): 424.
— Julião: 553.
— Lagoa (1): 501.
— Lagoa (2): 554.
— Lagoa de S. João: 553.
— Lagoa Torta: 424.

Fazenda de Limoeiro: 578.
— Macacões: 554.
— Macacu: 592, 596.
— Macaé: 592.
— Madalena (Quinta da): 345, 376, 377, 416, 426-428, 593.
— Madre de Deus: 554.
— Malhada dos Cavalos: 554.
— Mamanguape: 500.
— Mamô: 255.
— Mar Grande: 266.
— «Matachirense» (Baía): 589.
— Mato: 553.
— Meio: 554.
— Mendes: 554.
— Mocambo: 553.
— Monjope (Engenho): 416, 423, 424, 426, 593.
— Monteiro (Engenho): 420.
— Mucuítu: 500.
— Muribara: 425, 479.
— Muribeca (Engenho): 264, 594.
— Nazaré: 553, 557, 560.
— Nossa Senhora da Luz (Engenho): 593, 596.
— Nova Matança: 579.
— Ôlho de Água: 553.
— Panela: 554.
— Paraíba do Sul: 596. Vd. S. José dos Campos.
— Partido: 250, 579, 589.
— Passagem da Gameleira: 176.
— Passé: 577.
— Penha de França: 266, 267.
— Picaraca: 176.
— Pindobas: 579.
— Pingela: 176.
— Piripiri: 554.
— Pitanga (Engenho): 148, 250, 256-261, 577, 579, 589, 590, 596.
— Pitinga (Engenho): 254, 255, 579.
— Pobres: 553, 554.
— Poções: 553.
— Pojuca ou Ipojuca: 425.
— Pôrto-Alegre: 554.
— Poti: 564.
— Prata: 554.
— Pua: 501.
— Quiriri: 426, 500, 501.
— Quiriris de Fora: 500.
— Raposo: 577.
— Remanso Grande: 501.
— Riacho: 554.
— Riacho de Almécega: 554.
— Riacho dos Bois: 553.
— Riacho da Onça: 554.
— Rio dos Cabaços: 478, 593.
— Rio Hambebe: 579.

Fazenda do Rio Itaípe: 579.
— Rio Itanhaém: 580.
— Ro Mensó: 579.
— Rio Mongouro: 580.
— Rio Paraguaçu: 579.
— Rio Patatiba: 580.
— Rio Piauí (Sergipe): 589.
— Rio de S. Francisco: 462.
— Rosário: 176, 579.
— S. Ana (1): 199, 213.
— S. Ana (2): 237.
— S. Ana (3): 554.
— S. Ana (Engenho) (4): 200, 213-225, 588.
— S. António (1): 577, 578.
— S. António (2): 554.
— S. Cristóvão (1): 161, 162, 596.
— S. Cristóvão (2): 163, 592.
— S. Cruz (1): 592, 596.
— S. Cruz (2): 554.
— S. Inácio dos Campos Novos: 592, 596.
— S. Inês: 199, 203, 213.
— S. Isabel: 554.
— S. João: 554.
— S. José dos Campos: 595.
— S. Miguel: 596.
— S. Nicolau: 554.
— S. Pedro de Alcântara: 554.
— S. Romão: 553.
— S. Rosa: 554.
— S. Sebastião: 579.
— S. Vítor: 554.
— Saco: 553.
— Salinas: 553, 554.
— Salinas de Itaueira: 553.
— Sambaíba: 564.
— Sapicu: 554.
— Saquinho: 553.
— Saúde: 152.
— Sergipe do Conde (Engenho): 113, 215, 221, 243-255, 259, 268, 383, 588.
— Serinhaém: 596.
— Serra Grande: 553.
— Serra Vermelha: 554.
— Serrinha: 553.
— «Silvaguirensis»: 478.
— Sobrado: 310, 551, 554.
— Taquara: 435.
— Tanque (Quinta do): 31, 33, 90, 151, 161, 162, 165, 176, 579.
— Tapiiruçu (Engenho): 424.
— Tatu: 553, 554.
— Tejupeba: 316, 320-322, 579, 596.
— Tietê: 595.
— Tirapua (Engenho): 424.

Fazenda da Tôrre: 555.
— Tranqueira de Baixo: 553.
— Tranqueira do Meio: 553.
— Trincheiras: 501.
— Urubu: 322, 478, 596.
— Urubumirim: 309, 323, 476, 478-481, 513.
Féder, Ernesto: 65.
Felgueiras: 494.
Félix, Manuel: 499.
Fernandes, Ana: 425.
*Fernandes, António: 59.
*Fernandes, António Paulo Ciríaco: 487.
*Fernandes, Baltasar: 199, 200, 219, 238.
*Fernandes, Filipe: 584.
*Fernandes, Francisco (1): 428.
*Fernandes, Francisco (2): 446.
*Fernandes, Gonçalo: 360, 361, 387.
*Fernandes, Jacinto: 559.
*Fernandes, João: 399, 400.
*Fernandes, Luiz (1): 199.
*Fernandes, Luiz (2): 586.
*Fernandes, Luiz (3): 508.
*Fernandes, Manuel (1): 16; contra os holandeses na Baía, 25, 30, 34, 40, 45, 50, 61; 97, 80, 217; na campanha de Pernambuco, 346, 350, 352, 354, 359, 361, 372-377; 400, 428.
*Fernandes, Manuel (2): 238, 583.
Fernandes, Manuel (3): 492.
*Fernandes, Salvador: 584.
Fernandes, Valério: 229.
Fernandes da Ilha, Francisco: 116.
Fernandes Gama, José Bernardo: XXVI, 348, 352.
Fernandes da Silva, Francisco: 114.
Fernandes Vieira, João: 355, 367, 370, 371, 394, 396, 400, 415, 423, 429, 491.
*Ferrão, João: 584.
*Ferraz, António: 388.
Ferraz, António de Sousa: 494.
*Ferraz, Manuel: 149, 483.
Ferraz, Tomás da Silva: 104.
*Ferreira, António (1): 429, 461, 482.
*Ferreira, António (2): 303, 304, 584.
Ferreira, António (3): 263.
Ferreira, António Gomes: 467.
*Ferreira, Domingos: 238, 384, 428.
*Ferreira, Francisco (1): 221, 345, 355, 372-379, 427, 428.
Ferreira, Francisco (2): 290.
*Ferreira, Gaspar (1): 33, 35, 48, 50, 344.
*Ferreira, Gaspar (2): 239.
*Ferreira, João: 446, 482.
*Ferreira, José: 584.

Ferreira, Luiz: 104.
*Ferreira, Manuel (1): 360, 361, 387.
*Ferreira, Manuel (2): 446.
*Ferreira, Manuel (3): 498.
Ferreira, Manuel Álvares: 436.
*Ferreira, Pedro: 219.
Ferreira Velho, Miguel: 433.
*Fialho, Francisco: 584.
Fialho, D. José: 158.
*Figueira, Luiz: 138, 344, 349, 418, 425.
Figueira, Nicolau Álvares: 91.
Figueiredo, André Dias de: 456.
*Figueiredo, António de: 220, 585.
Figueiredo, António Cardoso de: 290.
Figueiredo, Fidelino de: IX, XXVIII, 167.
*Figueiredo, José de : 559.
Figueiredo, D. Luiz Álvares de : 146, 156, 340, 429, 430, 433, 434.
Figueiredo, Pascoal de: 255.
*Figueiredo, Sebastião de: 528.
Figueiró, Conde de: 58.
*Figueiroa, Carlos de: 584.
Filipe III: 26, 27.
Filipe IV: 26.
Flandres: 33, 42, 46, 378.
Fogaça, Catarina: 330, 305.
*Fonseca, António da (1): 284.
*Fonseca, António da (2): 584.
*Fonseca, António da (3): 586.
*Fonseca, António da (4): 497.
*Fonseca, Bento da: 565.
*Fonseca, Diogo da: 482, 581.
*Fonseca, Francisco da: 359, 361, 388.
Fonseca, Hermes da: IX.
*Fonseca, Pedro da: 244.
*Foresta, De: 180.
*Forti, António: 83, 284, 285.
*Foulquier, José: XXVI, 193, 198.
Fraga, Clementino: 449.
França: 33, 112, 130, 131, 180, 196, 391, 406, 451.
França, Acácio: 122.
*França, Luiz de: 585.
*Franco, António: XXVI, 58, 82, 83, 100, 101, 357.
Franco, Diogo Lopes: 114.
*Franco, Filipe: 65, 221.
*Frazão, Francisco: 581.
Freire, F.: 213.
*Freire, Gaspar: 336.
Freire, Gilberto: XXI, 435.
Freire, Luiz José Duarte: 55, 558.
*Freire, Manuel: 239, 344.
Freire, Manuel Gonçalves: 431, 433.
Freitas, João de: 472.
Freitas, Odilon Ferreira de: 135.

*Freitas, Rodrigo de: 200.
Frezier: 128, 131.
Frias, Francisco de: 40.
Froger: 127, 128, 161.
Fronteira: 384.
*Furlong Cardiff, Guillermo: 197.
Furquim Lahmeyer, Lúcia: XXIX.
*Furtado, Manuel: 239, 585.
*Gago, Ascenso: 561, 571,583.
Gaia (Vila Nova): 387.
*Galanti, Rafael M.: XXVI.
Galvão, Sebastião de Vasconcelos: XXVI, 337, 343, 345, 378.
Galveias, Conde das: 85, 87.
Gama, Vasco da: 404.
Gama Casco, Bernardo Coelho da: 486.
*Gandolfi, Estêvão: 465, 466, 482, 581.
Garcia, Pedro: 112, 113.
Garcia, Rodolfo: XX, XXVI, XXVIII, 49, 59, 197, 243, 365, 368, 407, 508, 534.
Garcia Jorge, José: 472.
Garcia de Melo, Domingos: 113.
Gardner, Jorge: XXVI, 468, 469, 555.
*Gaspar, Lourenço: 281.
Gennes, Capitão de: 127.
*Geraldes, José: 149.
Gilbués: 561.
Giquitaia: 87, 103, 135, 141-150, 213, 550, 551, 574, 579, 600.
Goa: 86, 101, 357.
Godofredo Filho: 196, 600.
Goiana: 73, 340-343, 346, 377, 437, 440, 475. Vd. *Aldeia de Gueena*.
Góis, António de: 128.
*Góis, Bernardo de: 449.
Góis, Inocêncio: 125.
*Góis, Luiz: 219.
*Gomes, Bernardo: 138.
*Gomes, Domingos: 483, 497, 498, 555, 586.
*Gomes, Henrique: 5, 8, 9, 10, 24, 107, 217, 245, 428, 452, 521.
Gomes, Leonel: 477.
*Gomes, Manuel (1): 219, 388.
*Gomes, Manuel (2): 585.
*Gomes, Manuel (3): 586.
Gomes, Miguel Correia: 471.
*Gomes, Pascoal: 585.
*Gomes, Vicente: 189, 487.
*Gonçalves, Afonso: 336.
*Gonçalves, Antão: 281, 282, 284, 423.
*Gonçalves, António (1): 582.
*Gonçalves, António (2): 219,583.
*Gonçalves, Bartolomeu: 281, 383.
*Gonçalves, Domingos: 586.
*Gonçalves, Francisco (1): 61, 114, 249, 256.

*Gonçalves, Francisco (2): 341, 583.
*Gonçalves, Gaspar (1): 205, 582.
Gonçalves, Gaspar (2): 6.
*Gonçalves, João (1): 386.
*Gonçalves, João (2): 95, 147.
Gonçalves, José da Silva: 205.
*Gonçalves, Lourenço: 585.
*Gonçalves, Manuel: 582.
*Gonçalves, Matias: 399, 429.
*Gonçalves, Pedro: 258, 586.
*Gonzaga, Manuel: 557, 559.
Gonzaga, Tomás António: 103.
*Goto, S. João de: 137.
Gouveia: 430.
*Gouveia, António de: 90, 462, 477.
*Gouveia, Cristóvão de: 118, 435.
Gouveia, Francisco de: 366.
*Grã, Luiz da: 256, 281, 294, 422, 435.
Grã-Bretanha: 414.
Graça, João da: 528.
Gragajal: 84.
Gramacho, Roberto de Brito: 237.
*Greve, Aristides: XXVI.
Grócio, Hugo: 25.
Guararapes: 401, 405.
Guarda: 430.
Guedes, Pedro: 477.
Guedes de Brito, António: 205, 271, 279, 309.
Guedes de Brito, D. Isabel Maria: 133.
Guedes de Brito, D. Joana: 133.
Guerra, Maria: 250.
*Guerreiro, Bartolomeu: XXVI, 27, 33, 45, 48, 50, 56, 58-60, 118, 119, 492, 601.
*Guerreiro, Fernão: 60.
Gùiana: XV.
*Guilhermy, Elesban de: XXVI, 73, 430, 476.
Guimarães: 87, 296, 352.
Guimarães, Argeu: 122, 136.
*Guincel (Ginzl), João: 302-304, 309, 431, 537, 542, 543, 546, 547, 571, 582.
Guiné: 23, 25.
*Guisenrode, António de: 86, 149, 174, 175.
*Guisenrode, José de: 584.
*Gusmão, Alexandre de (1): XXVI, 66, 84, 89, 90, 124, 125, 127, 149, funda o Seminário de Belém da Cachoeira, 167-198; 294, 299, 300, 304, 325, 581, 600.
*Gusmão, Alexandre de (2): 179, 583.
Gusmão, Alexandre de (3): 179.
*Gusmão, Bartolomeu Lourenço de: 178, 253.
Habana: 357.

Haia: 377.
*Henriques, Simão: 561.
Heyn, Pieter: 27.
Holanda: 27, 30, 33, 34, 47, 55, 56, 60, 66, 68, 97, 106, 247, 337-339, 345, 365, 366, 377, 378, 383, 386, 392, 393, 405-408, 410, 412, 414, 415, 500.
Homem de Melo: 308, 321, 481.
*Honorato, João: 149, 153-155, 197, 431.
Horácio: 314.
Iguape: 74, 175, 176.
Iguaraçu: 389, 423, 437, 440, 441, 475, 476.
Ilha do Faial: 58, 211.
— Graciosa: 399.
— de Itaparica: 55, 65, 261, 266, 267.
— da Madeira: 59, 247, 384, 399.
— de S. Maria: 81, 402.
— de S. Miguel: 83.
— de S. Pedro Dias: 310, 311.
— de S. Tomé: 286, 395, 444.
— Terceira: 74.
Ilhéus: 17, 200, 202-206, 213, 216-226, 228, 269, 579, 596.
*Inácio, Francisco: 297, 299, 301, 303, 304, 583.
*Inácio, Miguel: 564.
Inácio da Cruz, Joaquim: 104.
Índia: 10, 27, 58, 86, 99-103, 126, 174, 196, 297, 304, 357, 404, 406, 450.
Índias de Castela: 356, 374.
Índia Antónia Potiguar: 507, 509.
Índio António Taveira: 203.
— Beijuguaçu: 334.
— Camarão (1): 384, 507, 508, 509.
— Camarão (2): 509. Vd. Camarão, D. António Filipe.
— Canindé: 527, 543.
— Cerobebe: 513.
— Capaoba: 338.
— Francisco Pereira Rodela: 320.
— Jerónimo Nhendaiguïuba: 513.
— Lopo Potiguar: 515.
— Maracaná Puama: 513.
— Matias de Araújo: 262.
— Mejuguaçu: 334, 512.
— Panati: 545.
— Tacuruba: 302.
Índios Acarás: 294, 295.
— Aimorés: 17, 199, 200, 206, 207, 216, 220, 222, 225, 230, 267.
— Amoipiras: 271-273, 276.
— Anapurus: 565.
— Anaxós: 224.
— Barbados: 565.
— Boimés: 283.
— Borcás: 283.

Índio Botucudos: 225.
— Brasis: 205, 214, 236, 240.
— Caimbés: 284.
— Cariacás: 286.
— Carijós: 227, 460.
— Cariris: Vd. Quiriris.
— Cecachequirinhens: 282.
— Cuparans: 283.
— Cururus: 299, 302.
— Garguas: 551.
— Grens: 216, 224-226.
— Icós: 544.
— Janduins: 527, 528, 534, 539, 540, 546, 547.
— Mongurus: 283, 286.
— Moritises: 270, 276, 277, 297, 312, 313.
— Nheengaíbas: XIV.
— Oacases: 295.
— Orises: 309, 310.
— Paiacus: 534, 537, 539-549.
— Paiaiás: 205-206, 271, 274, 276, 278-280, 283, 297, 311, 312, 572.
— Parariconhas: 480.
— Pataxós: 224.
— Potiguares: 263, 333, 334, 342, 359, 491, 505-510.
— Procases: 294-295, 309, 310.
— Progés: 480.
— Quiriris: 103, 269, 274, 276, 281, 283, 286-299, 308, 310-314, 324, 327, 424, 481, 501, 534, 572.
— Sapoiás: 269, 271-273, 282, 283, 311.
— Separenhenupãs: 283.
— Sequakirinhens: 282.
— Socós: 216, 222, 223.
— Tabajaras: 310.
— Tagnanis: 298.
— Tararijus: 511, 512.
— Tocós: 271.
— Tremembés: 563, 565.
— Tupinaquins: 213.
— Tupis: 214, 263.
Inglaterra: 406, 414.
Inocêncio Francisco da Silva: XXVI, 60, 91, 179, 364, 430, 450.
Iperoíg: 504.
Isabel Clara, Infanta: 46, 49.
Itabaiana (1): 325.
Itabaiana (2): 501.
Itacaré: 214.
Itália: 73, 74, 87, 126, 131, 147, 149, 154, 206, 431.
Itamaracá: 34, 331, 333, 334, 339, 389, 392, 425, 437, 440, 443, 509, 534.
Itapagipe: 142, 145, 579.
Itapicuru: 282, 284.
Itapuã: 98.

Jaboatão, António de S. Maria: 341, 476.
Jacobina: 295, 324. Vd. Aldeias.
*Jácome, Diogo: 218.
*Jaeger, Luiz Gonzaga: 102.
Jaguaripe: 261.
Jannsen, Bonifácio: 477.
Japão (1): 10, 98, 283, 405.
Japão (2): 326.
Japoatã: 324.
Jardim, Vicente Gomes: 503.
Java: 405.
Jequié: 214.
Jesus, Antónia Maria de: 475.
Jesus Maria, José de: 224.
*João, Gonçalo: 395.
João I, Rei D.: 25.
João IV, Rei D.: 58, 66, 92, 97-99, 370, 384, 391, 393, 404, 407-411, 461.
João V, Rei D.: 86, 159, 179, 202, 459, 502.
João Amaro: 171.
Joffily, I.: 501.
Joazeiro: 292, 551.
Jorge, João Baptista: 471, 498.
Jorge, José Garcia: 477.
Jorge Velho, Domingos: 310, 530, 533, 551.
José I, Rei D.: 72, 486, 502.
Juquiriçá: 212.
Jurumuabo: 284.
Keijers, Agostinho: 26.
*Kisai, S. Jacobo: 137.
Koin: 381.
Koster, Henry: 468, 469, 503.
*Kostka, S. Estanislau de: 120, 126, 137, 468.
Lagares: 494.
Lagarto: 239.
*Lago, Francisco do: 190.
Lago Apodi ou Podi: 504, 539, 540, 544, 546.
Lagoa Boaçucuípe: 323.
— das Guaraíras: 507, 535.
— de Jaguaribe: 362.
*Lagott, Inácio: 139.
*Laines, Francisco: 101.
*Lamalle, Edmond: 347.
Lamego: 84.
Lamego, Alberto: XXVI, 348, 400, 476, 486, 496.
*Lamego, António: 311.
Laranjo Coelho: 103.
Lassos, Francisco Xavier de Araújo: 206.
Leal, Manuel Nunes: 129.
*Leão, Bartolomeu: 581.

*Leão, Manuel: 585.
*Leão, Pedro: 583.
Leclercq, H.: XXV.
Lehmann-Nitsche, R.: 298.
Leiste, Cristiano: 64, 65.
*Leitão, António: 219, 498, 587.
Leitão, Francisco de Andrade: 366, 408.
*Leitão, João: 431.
Leitão, Manuel Nunes: 494.
Leitão, Martim: 491.
Leitão, D. Pedro: 151.
*Leite, Serafim: XXIV, XXVI, 25, 60, 129, 397.
*Leite da Silva, Serafim: 469.
Leite de Castro, Cristóvão: XXII.
Leite de Vasconcelos, José: 197.
Lemos, António Coelho de: 471, 472.
*Lemos, Francisco de: 199, 200, 268.
*Lemos, Fulgêncio de: 61.
Lemos, João Coelho de: 471.
Lemos, Luiz Coelho de: 471.
Lemos, Manuel Coelho de: 471.
Lemos, Vicente de: 506, 525, 530.
Lencastro, D. Fernando Martins Mascarenhas de: 536, 545.
Lencastro, D. João de: 151, 286, 299, 306, 308, 526, 527, 534, 536-538, 545, 549.
Leopoldo, D. Duarte: 454.
Le Roux: 131.
Lessa, Clado Ribeiro de: 404, 601.
Lessing: 64, 65.
Lião: 93.
Lima, António Gomes: 467.
Lima, Domingos Vieira de: 401.
Lima, D. Francisco de: 340, 434.
*Lima, Francisco de: 569, 583.
*Lima, José de: 155, 239, 483.
*Lima, Manuel de (1): XXII, 163, 200, 265, 267, 334.
*Lima, Manuel de (2): 583.
Lima, Manuel da Cruz: 496.
Lima, Manuel Monteiro: 471.
Lima, Nestor: 549.
Limeira: 327.
Linhares, Conde de: 243, 244, 248.
Linhares, Condessa de: 220, 245, 246.
*Lira, Francisco de: 498, 585.
Lisboa: XVI, XVIII, 10, 50, 53, 58, 65, 66, 73, 78, 81, 82, 84, 85, 87, 93, 95, 97, 98, 101, 112, 116, 123, 124, 131, 134, 142, 149, 165, 175, 277, 193, 206, 213, 220, 223, 243, 246-250, 255, 266, 287, 295, 305, 310, 357, 358, 367, 369, 384, 385, 388, 391, 394, 395, 411, 418-420, 426, 427, 431, 452, 457, 468, 479, 486, 487, 528, 588, 591.

Lisboa, António Ferreira: 576.
Lisboa, Baltasar da Silva: 207, 213, 224.
Lisboa, José da Silva (Cairu): 161.
Lisboa, Virgínio Gomes: 436.
Lobato de Jesus, António: 152.
Lôbo, Diogo: 380, 381.
*Lôbo, Jerónimo: 357, 358.
Lôbo da Silva, Luiz Diogo: 427, 485.
*Loiola, S. Inácio de: 124, 127, 132, 134-139, 158, 208, 254, 419, 421, 452, 465, 468, 499, 502.
Lonck, Henrique: 347, 389.
Londres: XIX.
Longases: 562.
*Lopes, José: 497.
*Lopes, Amaro: 199, 200.
*Lopes, António: 586.
Lopes, Diogo: 471.
*Lopes, Luiz: 380.
Loreto Couto, Domingos do: XXVII, 73, 77, 78, 219, 431, 436, 453, 461, 482, 498, 503, 548.
*Lossada, Manuel: 222, 225, 226.
*Lourenço, Brás: 238.
*Lourenço, Gaspar: 316.
*Lourenço, José: 586.
Loures: 74.
Loures, Manuel Ferreira: 471.
Louriçal, Marquês de: 580.
Lousal: 85.
Luanda: 395.
Lucena: 501.
Lúcio de Azevedo, J.: XXVII, 52, 264, 391, 407, 413, 414.
Luísa, Rainha D.: 58.
*Luiz, Afonso: 342, 343, 386.
*Luiz, Agostinho: 33, 35, 48, 219, 344.
*Luiz, António (1): 378, 416.
*Luiz, António (2): 239.
*Luiz, João: 65, 323, 362, 363, 381, 399, 424.
Lumiar: 244, 559.
*Lynch, Tomás: 87, 148, 431.
Macau: 167, 195, 196.
Macedo, António Sousa de: 408, 414, 415.
Macedo, António de Souto de: 477.
Macedo, Duarte Ribeiro de: 279.
*Macedo, Francisco de (Fr. Francisco de S. Agostinho): 60.
*Macedo, José de: 585.
*Macedo, Manuel de: 586.
Macedo, Paulo Rodrigues de: 288.
Macedo, Pedro Monteiro de: 496.
Macedo Soares, José Carlos de: XXI, XXII.
*Machado, Diogo: 84, 89, 90, 296, 462, 482, 492, 493, 497, 581.

*Machado, Domingos: 584.
*Machado, Filipe: 584.
*Machado, Francisco: 219, 239, 584.
*Machado, Francisco Xavier: 560.
*Machado, B. João Baptista: 137.
*Machado, Manuel: 586.
Machado, Maximiano Lopes: 496, 499, 501, 503.
*Machado, Rafael: 85, 584.
Machado de Mendonça, Félix José: 456.
Maciel, Bento: 170, 172, 177.
*Maciel, Francisco: 264.
*Maciel, Manuel: 154.
Mackchenie, C. A.: 394.
Macujé: 347.
Madre de Deus, D. Fr. João da: 89, 90.
Madrid: 365, 369, 409.
Maduré: 102, 103.
Mafra: 550.
*Magalhães, António de: 101.
Magalhães, Basílio de: XXIX.
Magalhães, José Procópio de: 368.
*Magalhães, Manuel de: 220.
Magalhães, Pedro Jaques de: 414.
Magarefes: 386.
*Magistris, Jacinto de: 82, 121, 250, 251, 280, 448, 461.
Maia da Gama, João da: XXVII, 297, 454, 495, 523, 524, 561-563.
Malabar: 102, 161.
Malaca: 405.
*Malagrida, Gabriel: 104, 152, 153, 157-159, 343, 438, 475, 476, 481, 496, 562, 564.
Malimburgo: 384.
Mamanguape: 491.
*Mamiani, Luiz Vincêncio: 172, 290, 325, 326, 535, 581.
*Manso, Francisco: 251.
*Manuel, Luiz (1): 122, 124.
*Manuel, Luiz (2): 585.
Manuel, Sebastião Francisco: 260, 577.
Maranhão: XVIII, 3, 5, 64, 65, 66, 79, 90, 93, 108, 138, 139, 162, 249, 250, 271, 286, 331, 338, 339, 381, 388, 394, 397, 404, 406, 431, 491, 495, 550, 555, 556, 561, 563, 564, 596.
Maraú: 212, 213.
Marcgrave, Jorge: 368.
Maria de Jesus, Beatriz: 160.
Maria I, Rainha D.: 72, 73, 487.
Mariana: XVIII.
Mariana, Rainha D.: 496.
Mariano Filho, José: 422.
Marinho, Mons.: XXV.
Mariquiz, Diogo Gonçalves: 493.

*Mariz, João de: 189, 582.
Mariz de Morais, José: 469.
Marques, César: XXVII, 160.
*Marques, Simão: 87.
Marques Pereira, Nuno: 196, 204.
*Martines, Francisco: 378, 386.
*Martins, Afonso: 430, 433.
Martins, Alfredo: 204.
*Martins, Bartolomeu: 584.
*Martins, Clemente: 147.
*Martins, Francisco: 131, 586.
*Martins, Honorato: 321.
*Martins, Jerónimo: 177, 220, 584.
*Martins, Manuel (1): 33, 35, 47, 189.
Martins, Manuel (2): 260.
*Martins, Manuel Narciso: XXIV.
Martins Napoleão: 563.
Martius, Carl Friedr. Phil. von.: XXVII-XXIX, 135, 204, 212, 217, 225, 226, 555.
*Mas, Baltasar: 357.
*Mascarenhas, António de: 9.
*Mascarenhas, Inácio de: 391.
Mascarenhas, Jorge de: 97. Vd. Montalvão, Marquês de.
*Mascarenhas, José: 584.
Mascarenhas, José Freire de Monterroio: 310.
*Mascarenhas, Nuno de: 48.
Mascarenhas, D. Pedro de: 449.
Mascate: 450.
*Mastrilli, Marcelo: 137, 138.
Mato Grosso: 213.
*Matos, António de (1): 33, 35, 48, 50.
*Matos, António de (2): 431, 482, 583.
Matos, António Fernandes de: 463, 464, 467, 477, 478.
*Matos, Domingos de: 326, 327.
*Matos, Eusébio de: 103, 122, 123, 130, 250.
*Matos, Francisco de: 85, 130, 204, 291, 542, 574, 576, 581, 587, 596.
Matos, Gregório de (1): 250.
Matos, Gregório de (2): 103, 250.
*Matos, João de: 583, 586.
Matos, D. José Botelho de: 104, 152, 155.
*Matos, Luiz de: 584.
*Matos, Manuel de: 483.
*Matos, Pedro de: 586.
Matozinhos: 122, 124, 386.
Maximiliano, Príncipe de Wied Neuwied: XXVII, 94, 217, 224, 225, 242.
Mazarino, Cardeal: 405.
*Mazzi, João: 154.
*Mazzi, Pedro: 154.
*Meade, John.: Vd. Almeida, João.

Mealius, Benedito: 118.
Meãs: 58.
*Medeiros, Manuel de: 582.
Médicis, Maria de: 33.
Melo, Beatriz Cabral de: 463, 472.
Melo, D. Francisco Manuel de: 101, 411.
Melo, Guiomar de: 323.
*Melo, João de: 238.
Melo de Castro, Caetano de: 573.
Melo Morais, A. J. de: XXVII, 56, 62, 348.
Melo Palheta: 495.
*Mendes, Afonso: 357.
*Mendes, Agostinho: 225, 226.
*Mendes, Cândido: 180, 190, 310.
Mendes, Jacinto Teixeira: 494.
Mendes, João Rodrigues: 576.
*Mendes, Melchior: 431.
*Mendes, Valentim: 220.
Mendes de Almeida, Cândido: 52.
Mendes da Paz: 435.
Mendonça, António de: 36, 39.
*Mendonça, João de: 270, 399.
*Mendonça, José de: 149, 189.
*Mendonça, Luiz de: 498.
Mendonça Furtado, Diogo de: 28, 30, 35, 36, 41, 48, 49.
Mendonça Furtado, Francisco Xavier de: 476.
*Meneses, António de: 150.
Meneses, D. Diogo de: 3, 5, 20-22.
Meneses, Luiz César de: 142, 255.
Meneses, D. Manuel de: 56.
Meneses, D. Maria de: 174, 176.
Meneses, D. Rodrigo de: 412.
Meneses, Vasco Fernandes César de: Vd. Sabugosa, Conde de.
*Mercúrio, Leonardo: 348, 358, 374, 383, 387, 428.
Merelim: 559.
Mesquita, Antão de: 50.
*Mesquita, Gaspar de: 586.
Mesquita, Teodósio de: 174.
Meyer, Augusto: XXI.
Midelburgo: 48, 386.
*Miert, Van: 386.
*Miki, S. Paulo: 137.
Minas: 129.
Minas, Marquês das: 76, 91, 295, 317, 318.
Mirales, José de: 100, 309.
Miranda, Agenor Augusto de: 554.
*Miranda, Félix de: 586.
*Miranda, Gabriel de: 229, 233, 336.
*Miranda, Manuel de (1): 582.
Miranda, Manuel de (2): 436.
*Miranda, Pedro de: 587.

Mirandela: 292.
Moçambique: 357.
Mocha: 556, 562-564.
Moerbeeck, J. A.: 26.
*Moio, Fábio: 228.
Molière: 95.
Moniz, Egas: 411.
*Moniz, Jerónimo: XXVII, 73, 258, 424, 451, 459, 534, 539.
Monsão: 304.
Montalvão, Marquês de: 96, 98, 381, 396, 450.
Monteiro, António: 289.
Monteiro, Brásia: 482.
*Monteiro, Diogo: 364.
*Monteiro, Domingos (1): 131, 152, 340.
*Monteiro, Domingos (2): 586.
*Monteiro, Jácome: XXII, 200.
*Monteiro, Manuel: 259.
Monteiro, Pedro Fernandes: 407, 410, 415.
Monteiro da Vide, D. Sebastião: 54, 82, 91, 100, 142, 156.
Montemor-o-Novo: 534.
Montevideo: 571.
Montijo: 361.
*Montoya, António Ruiz de: 334.
*Morais, António de: 87, 149, 189, 239, 494, 585.
*Morais, Duarte de: 219, 582.
*Morais, Francisco de: 359, 388.
*Morais, José de: XXVII, 81, 508, 562.
*Morais, Teodósio de: 448.
*Morais, Manuel de: 336, 338, 339, 343, 349-351, 359, 363-370, 378, 385, 387, 492, 500, 509, 523.
Morais Navarro, Domingos de: 523.
Morais Navarro, Manuel Álvares de: 532, 533, 536-539, 545.
*Moreira, Aleixo: 430, 583.
*Moreira, João: 291, 584.
*Moreira, Teodósio: 583.
Moreira do Lima: 358.
Moreno, Martim Soares: 369, 399.
Morro de Galeão: 199, 207, 212.
Morro de São Paulo: 35, 36, 207.
Moura, Alexandre de: 3, 22, 331, 388.
Moura de Albuquerque, Filipe de: 113, 116.
Moura, D. Francisco de: 5, 55, 65, 113, 381, 382.
*Moura, José de: 239.
Moura, Manuel de: 101.
*Moura, Mateus de: 85, 145, 156, 174, 224, 454-456, 548, 574, 576, 581.
*Mourão, Manuel: 250.

Mota, Bento da Rocha: 471.
Mota, João da: 453.
Mota, João da Rocha: 452, 471, 472, 474.
Mota, Nonato: 549.
Mota, Pedro da: 153.
Muller, Cristiano: 135.
Múrias, Manuel: XXIV.
Murr, Cristóvão: 73
*Mury, Paulo: XXVII, 158, 159, 343, 438, 476, 481, 496, 562.
Nabuco, Joaquim: XXII, 140.
Namur: 128.
Nantes, Martin de: XXVII, 289, 290, 294, 295, 297.
Nassau, Conde de: XIX, 41, 42, 55, 60, 61, 63, 97, 255, 379, 380, 392-394, 396, 406, 413.
Natal: 384, 519, 523, 535.
*Natalino, Pedro: 585.
Navarro, António: 84.
Nazaré: 176.
Nazaré (Forte de): 354, 356, 369, 374, 384, 385.
Negreiros, Francisco de: 254.
Nery, Fernando: 41.
Neta, Inês: 492.
*Neto, António: 585.
Netscher, P. M.: 348, 349, 393.
*Neves, António das: 239.
Neves, P.º: 493.
*Nickel, Gosvínio: 249.
Nieuhoff, João: 395, 417.
Nigromante, Francisco Coelho: 482.
Nine, Francisco Martins de: 471.
Nisa, Marquês de: 58, 407, 408, 415.
*Nóbrega, Manuel da: XI, XXI, 10, 92, 104, 118, 120, 129, 130, 138, 149, 151, 159, 166, 169, 238, 268, 384, 403, 435, 436.
Nogueira, António Rodrigues: 263.
*Nogueira, João (1): 321, 322, 582.
*Nogueira, João (2): 453, 456, 582.
*Nogueira, João (3): 74.
*Nogueira, Luiz: 82.
Nordenskiöld, Erland: 298.
Noronha, Diogo de: 252.
Noronha, Fernando de: 244, 248.
Noronha, D. Marcos de: 214, 226, 577.
Norton, Luiz: XXVII, 411.
Nova Amesterdão: 405.
Nova Espanha: 357.
Nova Iorque: 405, 600.
*Nunes, António: 95, 147, 154, 483.
*Nunes, Diogo: 342-344, 384, 506, 507.
*Nunes, Francisco: 586.

*Nunes, João: 58.
*Nunes, Leonardo: 218.
*Nunes, Manuel (1): 152.
*Nunes, Manuel (2): 61.
*Nunes, Manuel (3): 251, 581.
*Nunes, Manuel (4): 584.
*Nunes, Plácido: 86, 93, 431, 585.
Nunes Marinho, Francisco: 51, 55.
Nunes Viana, Manuel: 310.
Óbidos, Conde de: 203.
Oeiras: 556.
Olinda: XVIII, 67, 85, 88, 131, 151, 280, 294, 331, 335, 341, 346-348, 361, 370, 383, 390, 400, 403, 405, 416-437, 443-445, 449-462, 470, 474, 475, 477, 482-485, 488, 492, 500, 501, 505, 507, 510, 525, 528-530, 536, 539, 549, 572, 588, 592, 596.
Oliva, André de: 220.
Oliva, António Ferreira de: 292.
*Oliva, João de (1): 33, 35, 47, 49, 61, 81, 217, 262.
*Oliva, João de (2): 202.
*Oliva, José de: 585.
Oliva, Inácio Dias: 289.
Oliva, Lourenço Dias: 289.
Oliva, Manuel Dias: 289.
*Oliveira, António de (1): 364, 378, 385.
*Oliveira, António de (2): 75-77, 90, 205, 279, 280, 463, 492, 493, 525.
*Oliveira, António de (3): 259.
Oliveira, António Correia de: 557.
Oliveira, Diogo Luiz de: 262.
*Oliveira, Estêvão de: 80, 206.
*Oliveira, Francisco de (1): 522.
*Oliveira, Francisco de (2): 586.
Oliveira, Francisco Borges de: 228-230.
*Oliveira, Gonçalo de: 333, 336.
*Oliveira, João de (1): 583.
Oliveira, João de (2): 317.
Oliveira, D. João Franco de: 204, 218.
Oliveira, Joaquim Marques de: 324.
*Oliveira, Manuel de (1): 80.
*Oliveira, Manuel de (2): 344, 359, 361, 380.
*Oliveira, Manuel de (3): 584.
Oliveira, Manuel Gomes de: 159.
Oliveira, Manuel Serrão de: 527.
Oliveira, Miguel de: 97.
*Oliveira, Simão de: 581.
Oliveira Lima, Manuel de: VII, 368, 419, 451.
Oliveira Martins: 97.
Oliveira Martins, F. A.: XXVIII, 495.
Olivença: 216, 217, 224.
*Oliver, Francisco de: 398.
Olmutz: 304.
Oricuritiba: 214.

*Ortiz, Jerónimo: 581.
Ortiz, João Leite da Silva: 479.
Osório, Ubaldo: 267.
Ozeda, João de: 201.
Ozeda, Rodrigo de: 201.
*Pacheco, Aleixo: 585.
*Pacheco, António: 585.
*Pacheco, Cornélio: 158.
*Pacheco, B. Francisco: 137.
Pacheco, Luiz de Andrade: 317.
*Pacheco, Mateus: 218, 219, 239, 582.
Pacheco, Vasco de Sousa: 522.
Padilha, Francisco: 45.
*Pais, António: 438, 476.
*Pais, Francisco: 65, 202, 236, 239, 378, 380, 381, 429.
Pais, Vicente: 235.
*Paiva, João de: 74, 82, 83, 284, 395.
Palmares: 265, 398.
Pará: 19, 64, 65, 93, 134, 139, 286, 404, 431, 600.
Paraguai: 83, 285.
Paraíba: XI, 331, 333-344, 349, 354, 364, 370, 377, 378, 387, 389, 392, 400, 420, 423, 424, 437, 443, 449, 454, 483, 491-503, 506, 509, 522, 543, 545, 546, 592, 596.
Paraíba do Sul: 595.
Paranaguá: 141.
Parente, Estêvão Ribeiro Baião: 171.
Paricônia: 480.
Paris: XIX, 600.
Parnaguá: 561, 562.
Parnamirim: 349.
Passé: XXII, 201, 250, 255-257.
Pastor, Ludwig: 433.
Pastos Bons: 561.
Patatiba Grande: 253.
Pau Amarelo: 347, 380.
*Paulo, Belchior: 136, 139.
Paz, Fernão da: 435.
Pecchiai, Pio: XVII.
Pedro II, Rei D.: 76, 78, 102, 205, 502.
Pedro II, Imperador D.: 484.
*Pedroso, Manuel (1): 582.
*Pedroso, Manuel (2): 561, 583.
Peixoto, Afrânio: XV, XVIII, XX, 92, 105, 197, 360, 399, 411.
Peixoto, Inácio Rodrigues: 326.
*Peixoto, Jerónimo: 11, 31, 428.
Penedo: 301, 480, 481.
Perdigão, Matias: 286.
*Pereira, Álvaro: 239, 345, 403, 425.
Pereira, André: 348.
*Pereira, António (1): 138.
*Pereira, António (2): 582.
*Pereira, António (3): 220.
Pereira, António (4): 284.

*Pereira, António (5): 436.
Pereira, António da Costa: 258.
Pereira, Ascenso de Góis: 529.
*Pereira, Cosme (1): 437, 498, 569, 583.
Pereira, Cosme (2): 471.
Pereira, Diogo: 210.
*Pereira, Estêvão: XXVIII, 220, 221, 252, 253, 255.
*Pereira, Gonçalo: 311.
*Pereira, Inácio: 170, 174, 177, 186, 582.
Pereira, Isabel: 494.
*Pereira, João (1): 83, 249, 403, 429, 432.
*Pereira, João (2): 547, 573, 574, 576.
*Pereira, João (3): 87, 95, 149, 158, 585.
Pereira, João Baptista: 461.
Pereira, João Barbosa: 474.
*Pereira, Luiz: 585.
*Pereira, Manuel (1): 352-354, 356-359, 386.
*Pereira, Manuel (2): 423, 584.
*Pereira, Martinho: 586.
*Pereira, Mateus: 90.
*Pereira, Pedro: 585.
*Pereira (Tomás ou Tomé): 239.
Pereira da Costa, F. A.: 418, 429, 479, 488, 550.
Pereira da Gama, Domingos: 450.
Pereira do Lago, João: 91.
Pereira Marinho, D. Leonor: 300, 305, 306.
Pereira de Melo, José Mascarenhas Pacheco: 103, 292.
Peretti, João: 601.
*Perier, Alexandre: 172, 174, 175, 492, 581.
Pernambuco: XI, XVIII, XXIII, 5, 10, 11, 19, 23, 47, 48, 51, 52, 60-67, 71, 73, 80, 81, 83, 89, 90, 97, 123, 138, 262, 293, 309, 318, 323, 329-492, 496, 500, 501, 503, 510, 512, 521, 523, 526-527, 539, 543, 544, 555, 569, 571, 600.
Pérsia: 27, 279.
Peru: 27, 394.
Perusa: 144.
Pésaro: 73, 74, 239.
Pessoa, Fernão: 418, 420.
Pessoa, Inês: 420.
*Pessoa, João: 583.
*Pestana, Afonso: 584.
*Pestana, Inácio: 149, 431.
Piancó: 500.
Piauí: 129, 141, 148, 157, 292, 297, 301, 310, 327, 550-565.
Pilar: 501.
Pilar, Bartolomeu do: 475.

*Piler, Matias: 321.
*Pimenta, João: 251.
Pimentel, António da Silva: 112, 113, 117, 133.
Pina, Pedro Neto de: 228, 229.
Pina, Sebastião de: 219.
Pinheiro, Albertino: 469.
*Pinheiro, António: 429, 448.
*Pinheiro, Cristóvão: 497.
*Pinheiro, Inácio: 587.
*Pinheiro, João: 584.
*Pinheiro, José: 582.
Pinheiro, Mateus: 60.
*Pinheiro, Miguel: 585.
*Pinheiro, Simão: 32, 80, 228, 344, 428.
*Pinto, António (1): XXIII, 121, 271, 273, 276, 278, 311, 587.
*Pinto, António (2): 105.
*Pinto, Francisco (1): 81, 137, 138, 238, 336, 342, 344, na fundação do Rio Grande do Norte: 491, 504.
*Pinto, Francisco (2): 587.
Pinto, Francisco Inácio: 104.
Pinto, Irineu: 499, 503.
*Pinto, Luiz: 525.
*Pinto, Manuel: 584.
Pinto, Manuel Pereira: 124, 128.
*Pinto, Mateus: 219, 582.
*Pinto, Miguel: 583.
*Pinto, Pedro: 431, 498, 584.
Pio VII: IX.
Pio XI: 135.
Piracuruca: 562.
Pirajá: 264.
Pirajá da Silva: XXVIII, 95, 204.
*Pires, António: 82.
*Pires, Belchior: 81, 106, 108, 110, 111, 114, 117, 120, 202, 221, 256, 344, 360, 361, 383.
*Pires, Domingos: 343, 387.
*Pires, Francisco (1): 218, 238.
*Pires, Francisco (2): 61, 395, 396.
*Pires, Manuel: 585.
Pires de Lima, Durval: 59, 394.
Pizarro e Araújo, José de Sousa de Azevedo: XXVIII, 383.
Pombal: 290.
Pombal, Marquês de: 270, 487.
Ponte de Lima: 132, 386.
*Pontes, Belchior de: 582.
*Pontes, Francisco de: 362.
Pontual, Maria de Lourdes: 128.
Portalegre: 304, 386.
Portel: 80.
Pôrto: XVIII, XXIII, 74, 82, 93, 121, 131, 132, 197, 211, 449, 542, 591.
*Pôrto, António: 395.

*Pôrto, Francisco de Oliveira: 129, 259, 309.
Pôrto, Simão Rodrigues: 289.
Pôrto Calvo: 360-362, 387, 481.
Pôrto Real do Colégio: 322.
Pôrto Seguro: 205, 227-242, 269, 378, 460, 579, 580, 596.
Pôrto Seguro, Visconde de: XXVIII, 41, 50, 52, 360, 380, 398, 407, 451.
Portocarrero, D. Leonor: 201.
Portugal: passim.
Portugal, António de Sá: 289.
Post, Franz: 422.
Povolide, Conde de: 476.
Poxim (1): 481.
Poxim (2): 224, 237.
Prado: 242.
Prado, Eduardo: 127, 128, 131, 368.
Prado Júnior, Caio: 77.
Prazeres, Manuel Francisco dos: 436.
Prestage, Edgard: 101, 407, 413.
Primério, Fidélis Mota: 295.
Propriá: 322.
Psicari, Ernesto: 559.
Queiroz Veloso: 27.
Querino, Manuel Raimundo: 122, 154.
Quito: 25.
Rabelo, Alberto: 197.
Raizmman, Isaac Z.: 394.
Ramiz Galvão, B. F.: XXIX.
*Ramos, Domingos: 156, 581.
*Ramos, Manuel: 303, 304.
*Rangel, António: 257, 309.
Rebêlo, Domingos José António: XXVIII, 94, 96, 127, 150, 159, 163, 198, 224, 226, 290.
*Rebêlo, João (1): 583.
*Rebêlo, João (2): 585.
Rebêlo, Luiz Nunes: 471.
*Rebouça, João: 239.
Recife: XI, XIV, XVIII, 73, 78, 156, 322, 347, 366, 390, 392, 393, 398, 400, 405, 414, 420, 425, 429, 434-437, 444-488, 492, 501, 559, 588, 593, 596, 601.
*Régis, António: 74.
*Régis, S. João Francisco de: 132, 139, 474, 475.
*Rêgo, António do: 438, 449.
*Rêgo, Francisco do: 154.
Rêgo Barreto, Inácio do: 366.
*Reigoso, Pedro: 438.
Rein, Adolf: 25.
Reis Magos (Forte dos): 504, 506.
*Reis, Ângelo dos: 317, 582.
*Reis, António dos: 260, 494, 498, 585.
Reis, Baltasar dos: 289.
Reis, Baltasar Gomes dos: 91.

*Reis, Francisco dos: 101, 198, 266.
*Reis, Inácio dos: 585.
*Reis, João dos: 219.
*Reis, José dos: 525, 583.
*Reis, Luiz dos: 149, 239, 483, 586.
*Reis, Manuel dos: 213, 480.
Rennefort, Urbain Souchu de: 417.
Resende, Filipa de: 402.
Ressurreição, D. Fr. Manuel da: 91, 156, 204, 223.
*Ribadeneira, Pedro de: 244.
Ribeira: 51.
*Ribeiro, António: 449, 584.
*Ribeiro, Baptista: 584.
*Ribeiro, Bento: 586.
Ribeiro, Duarte Álvares: 114, 116.
*Ribeiro, Francisco (1): 81, 249, 356, 357, 359, 374, 385.
*Ribeiro, Francisco (2): 564.
*Ribeiro, João: 585.
*Ribeiro, Manuel (1): 93, 133.
*Ribeiro, Manuel (2): 309, 583.
*Ribeiro, Manuel (3): 585.
*Ribeiro, Rafael: 240.
Ribeiro, Vítor: 245.
Ribeiro Couto: 422.
Richelieu, Cardeal de: 405.
Rio Branco, Barão do: XI, 508.
Rio de Mendonça, Afonso Furtado de Castro do: 206, 279.
Rio Açu: 504.
— Acupe: 253, 268.
— Amazonas: 64, 281.
— Apodi: 541.
— Bétis: 409.
— Buranhaém: 240.
— Cabaças ou Cabaços: 478, 480.
— Campo do Urubu: 480.
— Canindé: 561.
— Capiberibe: 425.
— Caraíbas: 309.
— Caravelas: 240, 241.
— Ceará-Mirim: 506, 533.
— Contas: 36, 199, 203, 212-215, 225, 579.
— Cruz: 323.
— Curimatã: 561.
— Danúbio: 79.
— Douro: 494.
— Fundão: 225.
— Grande (Jequitinhonha): 235, 237.
Rio Grande do Norte: X, 23, 24, 78, 227, 241, 304, 331, 333-336, 339, 342, 349, 359, 364, 365, 380, 381, 392, 400, 426, 430, 431, 437, 444, 449, 478, 491, 492, 500, 504-526, 528-532, 534, 538, 542, 547, 548.
— Grande dos Tapuios: 551.

Rio Guadiana: 409.
— Gurgueia: 561, 562.
— Ipojuca: 344.
— Itaípe: 225.
— Itapicuru: 290, 561.
— Jacuípe: 255, 493.
— Jaguari: 262.
— Jaguaribe: 504, 541, 544, 571.
— Jaguaripe (1): 5, 267.
— Jaguaripe (2): 323.
Rio de Janeiro: IX, XII, XVI, XVIII, XX-XXII, 35, 47, 51, 65, 66, 80, 82, 85, 94, 102, 109, 112, 123, 124, 141, 148, 163, 197, 218, 236, 288, 336, 352, 363, 383, 386, 388, 389, 403, 422, 423, 449, 453, 456, 483, 542, 579, 588, 591, 595, 596, 601.
— Jequié: 201, 215, 579.
— Jequitinhonha: 237.
— Joane: 257, 262.
— Jundiaí: 506.
— Madeira: 559.
— Maratuã: 562.
— Minho: 494.
— Mondego: 211.
— Mossoró: 541.
— Muçuí: 339.
— Nilo: 357.
— Pará: 138.
— Paraguaçu: 172, 174-176, 333.
— Parnaíba: 550, 551, 561-565.
— Patatiba: 240.
— Piauí (1): 551, 561.
— Piauí (2): 320, 324, 352.
— Piracinunga: 346.
— Pitanga: 172.
— Potengi: 506, 508.
— Poti: 562.
— Prata: X, 64, 431, 596.
— Real: 64, 316, 317, 320, 325, 381.
— Rodelas: 308, 309.
— S. Ana: 221.
— S. Francisco: XI, XV, XVII, 102, 269-271, 281, 289, 290, 292-316, 321-324, 332, 334, 362, 425, 426, 437, 476-478, 481, 548, 551, 561, 562.
— Salitre: 282.
— Siri: 341.
— Surubim: 562.
— Tabocas: 323.
— Tamisa: 79.
— Touro: 380.
— Trindade: 106, 199.
— Una (1): 333, 346.
— Una (2): 217.
— Uruguai: 281.
— Vasa Barris: 320, 321.

Rio Vermelho: 128.
*Rocha, António da: 219, 586.
*Rocha, João da: 581.
*Rocha, José da: 497.
*Rocha, Luiz: 254.
Rocha, Luiz Carneiro da: 266.
*Rocha, Pedro da: 585.
Rocha Pita, Sebastião da: XXVIII, 91, 125, 129, 146, 178, 195, 308, 348.
Rocha Pombo, José Francisco da: XXVIII, 168, 348, 529.
*Rodrigues, B. Afonso: 102.
*Rodrigues, Amaro: 238, 582.
*Rodrigues, António (1): 281.
*Rodrigues, António (2): 33, 35, 47, 239, 362.
*Rodrigues, António (3): 583.
*Rodrigues, Domingos: 122, 124, 128, 138, 139, 200, 216, 228, 585.
*Rodrigues, Francisco: XXVIII, 58, 68, 179, 243, 245, 250, 257, 391, 395.
*Rodrigues, João: 585.
Rodrigues, José Honório: 26, 395.
*Rodrigues, Luiz: 218.
*Rodrigues, Manuel: 586.
Rodrigues, Matias: 349.
*Rodrigues, Miguel: 50, 51, 80, 219.
*Rodrigues, Pedro: 587.
Rodrigues Cavalheiro: 27.
Rodrigues Lapa, M.: 411.
*Rodrigues de Melo, José: XXIX, 73, 147, 150, 436, 485.
Rojas, Luiz de: 361.
*Rolando, Jacobo: 281-286, 289.
Roma: XVI, XIX, XXII, 10, 49, 73, 74, 77, 83, 86, 93, 102, 117, 119, 127, 133, 136, 149, 153, 174, 181, 190, 218, 244, 279, 304, 314, 317, 322, 326, 327, 357, 385, 418, 425, 426, 431, 438, 449, 470, 498.
Roquette-Pinto: 298.
Rosa, João Ferreira da: 449, 456.
Rosa, Manuel Cardoso da: 471.
Roterdão: 48.
Rosário: 174.
Ruão: 132.
Rúbens: 138.
Rúbens, Carlos: 122.
*Rubiati, João: 154.
Ruyter, Almirante: 414.
*Sá, António de: 203.
Sá, António Gomes de: 301, 302.
*Sá, Bernardo de: 585.
Sá, Filipa de: 215, 243, 251, 255, 444.
Sá, Francisco de: 243-248.
Sá, José de Andrade e: 266, 267.
*Sá, Manuel de (1): 585.
Sá, Manuel de (2): 475.

Sá, Mem de: XVIII, 81, 106, 118-121, 126, 145, 155, 199, 212, 214, 215, 220, 221, 243-248, 254, 255, 257, 262, 264, 384, 386.
Sá e Benevides, Salvador Correia de: 97, 249, 256, 273, 399, 415.
Sá e Silva, Domingos de: 78.
Saboia: 128.
Sabugosa, Conde de: 85, 86, 146, 201, 224, 288, 292, 321, 325, 556.
Saldanha, Manuel de: 556.
Saldanha da Gama, Manuel de: 133.
*Salgado, Paulo: 296.
Salvador: 601. Vd. *Baía*.
Salvador, Vicente do: 35.
*Sampaio, Francisco de: 559.
*Sampaio, João de: 559.
*Sampaio, Manuel de: 325.
*Sampaio, Miguel de: 446.
Sampaio, Teodoro: 264, 551.
*Samperes ou Semperes, Gaspar de: 342, 343, 353, 354, 356, 358, 374, 384, 418, 506, 507, 510.
*Sanches, Manuel: 340, 584.
Santa Catarina: 476.
Santa Cruz: 205, 229, 240.
Santa Cruz, Conde de: 58.
Santa Filomena: 564.
Santa Maria, Agostinho de: XXIX, 193, 254.
Santa Rita Durão: XIX, XXII.
Santa Teresa, João José de: 348.
Santa Teresa, D. Fr. Luiz de: 436, 469.
Santa Vera Cruz: 267.
Santander: 379.
Santarém (1): 73, 206.
Santarém (2): 199, 206.
Santiago, Diogo Lopes de: XXIX, 348, 350, 352, 359, 366, 382, 398, 399.
S. Amaro: 253, 254, 579.
S. António da Conquista: 171.
S. António das Queimadas: 559.
S. António de Vila Nova Real: 324.
S. Cristóvão de Sergipe: 321, 579.
S. Francisco, Mateus de: 401.
S. Gonçalo: 564.
S. João, Gaspar de: 175.
S. José, Manuel de: 175.
S. Julião da Barra: 73, 557, 559.
S. Julião de Moreira: 386.
S. Lourenço, Conde de: 62.
S. Miguel: 476.
S. Paulo: XII, XIV, XVIII, XXII, XXIII, 3, 5, 19, 71, 81, 85, 102, 152, 170, 171, 238, 309, 363, 379, 385-387, 549, 588, 595.
S. Vicente de Pinheiro: 386.

Santos: XVIII, 66, 82, 85, 282, 422, 588, 594.
*Santos, António dos: 498.
Santos, Cristóvão dos: 267.
*Santos, Manuel dos (1): 189, 239, 453, 458, 482, 583.
*Santos, Manuel dos (2): 74.
Santos, Manuel dos (3): 453.
*Saraiva, António: 90.
Saraiva, Cardeal: 411.
*Saraiva, Manuel (1): 189, 431, 581.
*Saraiva, Manuel (2): 583.
Sarmento, Nicolino Pais: 454.
Schkoppe, Sigismundo Van: 65, 378, 402.
*Schoonjans, J.: 414.
*Schurhammer, Jorge: 33.
Sebastião, Rei D.: 5, 8, 126, 205, 248.
*Seixas, José de: 82, 83, 123, 285, 286, 311, 340, 397, 462.
*Seixas, Manuel de: 431, 498.
Seixas, D. Romualdo António de: XX.
Sena Freitas: 269.
Sento Sé: 129, 309.
Sepúlveda, Miguel Rodrigues de: 475, 476.
*Sequeira, Baltasar de: 61, 81, 249, 416.
*Sequeira, Bento de: 248, 249.
*Sequeira, Bernardo de: 336.
*Sequeira, Domingos de: 228, 267, 268.
*Sequeira, Inácio de: 219.
*Sequeira, Luiz de: 429.
*Sequeira, Manuel de: 87, 149, 189, 483, 585.
*Sequeira, Nicolau: 583.
Sergipe de El-Rei: 44, 239, 291, 297, 309, 316-328, 361, 481, 579.
Serra do Arabó: 270.
— *Cariris Velhos:* 500.
— *Fagundes:* 501.
— *Ibiapaba:* 305.
— *Jacuru:* 308.
— *Padres:* 480.
— *S. Inácio:* 308.
— *Tabanga:* 323, 362.
— *Urubu:* 308.
Sertão, Domingos Afonso: 85, 129, 141-146, 148, 307, 309, 310, 550-552, 555, 556, 565, 574-576.
Setúbal: 379, 384.
*Severim, Luiz: 581.
Sevilha: 354.
Sicília: 83, 358, 387, 388.
Silva, Agostinho Cardoso da: 471.
*Silva, António da (1): 431, 582.
*Silva, António da (2): 584.
*Silva, António Álvares da: 259, 309.
*Silva, Francisco da (1): 426.

*Silva, Francisco da (2): 471, 477.
*Silva, Gaspar da: 31, 48, 247, 340, 530, 533, 534.
*Silva, João da (1): 582.
*Silva, João da (2): 584.
Silva, João Fernandes da: 472.
Silva, João Pedro Henriques da: 242.
Silva, José Nogueira da: 254.
*Silva, Manuel da (1): 585.
Silva, Manuel da (2): 302, 303.
Silva, Manuel Gomes da: 472.
Silva, Manuel Vieira da: 471.
Silva, Maria da Rocha: 352.
*Silva, Miguel da: 189.
*Silva, Pedro da: 586.
Silva, D. Pedro da: 60.
*Silva, Salvador da (1): 344, 352.
*Silva, Salvador da (2): 340, 351.
Silva, Timóteo da: 471.
Silva Morro, Domingos da: 255, 256.
Silva de Sampaio, D. Pedro da: 61, 97, 247, 372.
*Silva Tarouca, Carlos da: 398.
*Silveira, Francisco da: XXIII, 104, 153, 190, 206, 213, 220, 224, 226, 242, 260, 263, 288-290, 292, 322, 324, 326, 327, 503, 528, 535.
*Silveira, João da: 131, 586.
*Silveira, José da: 584.
*Simões, Francisco: 321, 322, 586.
*Simões, João: 219, 239, 431, 583.
*Simões, Tomás: 584.
Siqueira, Duarte de: 433.
*Siqueira, João: 585.
Siracusa: 383.
Soares, António: 496.
*Soares, Barnabé: 84, 85, 257, 258, 493, 497, 498, 581.
*Soares, Bernardo: 150.
Soares, Gomes de Abreu: 371.
*Soares, Jerónimo: 267, 268.
*Soares, José: 90.
*Soares, Pedro: 238.
Soares Reimão, Cristóvão: 549.
Smith, Roberto C.: 600.
*Sommervogel, Carlos: XXIX, 58, 65, 73, 84, 89, 240, 288, 357, 430, 435.
Soure: 288.
Sousa, A. de: 494.
*Sousa, António de: 58, 49.
Sousa, António Caetano de: XXV.
*Souza, Bento de: 584.
Sousa, Bernardino José de: 382.
*Sousa, Domingos de: 586.
Sousa, Estêvão de: 226.
*Sousa, Francisco de: 85, 128, 574, 581.
Sousa, D. Francisco de: 3, 44.

Sousa, Gaspar de (1): 342.
Sousa, Gaspar de (2): 3, 22, 24, 331.
*Sousa, Gonçalo de: 584.
*Sousa, Inácio de: 431.
*Sousa, João de: 137, 138.
*Sousa, Lourenço de: 206.
*Sousa, Luiz de: 431, 581.
Sousa, D. Luiz de: 100, 152, 316.
*Sousa, Manuel de (1): 124.
*Sousa, Manuel de (2): 584.
Sousa, Marcos António de: 326.
Sousa, Matias Ferreira de: 471.
Sousa, Teodoro Alves de: 496.
Sousa, Tomé de: 166.
*Sousa, Valério de: 586.
Sousa da Câmara, João de: 84, 132.
Sousa Coelho, Lourenço de: 436.
Sousa Coutinho, Francisco de: 368, 407, 408, 410-415.
Sousa Freire, Alexandre de: 205, 278.
Sousa Viterbo: 243, 452.
Southey, Roberto: XXIX, 349, 370.
Souto, Sebastião do: 62, 89, 360.
Souto Maior, Francisco de: 82.
*Souto Maior, João de (1): 61.
Souto Maior, João de (2): 471.
*Souto Maior, Simão de: 31, 48, 221, 246, 247.
*Soveral, André de: 342, 507.
*Spínola, B. Carlos: 137.
Spix, J. B. von: XXVIII, XXIX, 135, 204, 212, 217, 225, 226.
Staeb, Dom Plácido: 165.
Stocklein: 73.
Studart, Barão de: XXVI, XXIX, 47, 73, 297, 405, 506, 508, 528.
Tabocas: 366.
Taborda: 414.
*Taborda, Pedro: 584.
*Tacchi-Venturi: XVII, 138.
Tamayo de Vargas, Tomás: 27.
*Tamburini, Miguel Ângelo: 93, 174.
*Tanner, Matias: 138.
Tapuitapera: 564.
Taubaté, Modesto Resende de: 295.
Taunay, Afonso de E.: XXIX, 179, 252, 366, 368, 495, 530, 538.
*Tavares, André: 585.
*Tavares, João: 563, 585.
*Tavares, Manuel: 585.
*Tavares, Mateus: 107.
Tavares de Lira, Augusto: 523.
Távora: 326.
Távora, D. Francisco de: 102.
*Távora, Marcos de: 259.
Teixeira, Bento: 103.
*Teixeira, Bonifácio: 547-549.
*Teixeira, Domingos: 586.

*Teixeira, Inácio: 321, 323.
Teixeira, João: 199, 333, 348, 508, 601.
*Teixeira, Lourenço: 126.
Teixeira, D. Marcos: 28, 31, 43, 44, 50-53, 54, 58, 152, 155, 261.
*Teixeira, Paulo: 476.
Teixeira, Pedro: 25.
Teixeira, Simão: 53.
Teixeira de Barros: 155, 164, 165.
*Teles, Baltasar: 250, 251, 412.
Teles de Meneses, António: 398.
Teles da Silva, António: 65, 262, 383, 392, 394-400, 413.
Temudo, Antão: 385.
Tenório, Rosa Lourenço: 498.
Tenório Vanderlei, Arnóbio: 392.
*Tenreiro, Manuel: 33, 35, 47, 245, 378, 384.
Teresina: 561, 562, 564.
Terra Nova: 26.
Ticiano: 138.
Tijucopapo: 341.
Tinharé: 207.
*Tinoco, Pedro: 199, 200.
Toledo, D. Fradique de: 56.
*Toledo, Francisco de: 190.
*Toledo, Pedro de: 80, 428.
*Tolosa, Inácio: 199, 200.
Tomar (1): 124.
Tomar (2): 326.
Torres Novas: 122.
Tôrre, Conde da: 381.
*Tôrres, José de: 205, 321, 585.
*Tôrres, Manuel de: 583.
Tracunhaém: 476.
*Traer, João Xavier: 600.
Trancoso: 242.
*Travassos, Simão: 418, 491.
*Trigueiros, Domingos: 122, 132, 467, 585.
*Tristão, Manuel: 340, 342.
Tromp, Almirante: 414.
Turim: 174.
Ulhoa, António Lopes de: 279.
Unhão, Conde de: 398.
Vaía Monteiro, Luiz: XII.
Valbom: 74.
*Vale, António do: 85, 149, 189, 584.
*Vale, Bernardo do: 586.
*Vale, Leonardo do: 35, 368.
Valença: 212, 598.
Valença, Marquês de: 202.
Valência: 384, 386.
*Valente, Cristóvão: 216, 342.
*Valente, José: 150.
Valente, Osvaldo: XX, 601.
Van Dyck: 129, 138.

Varnhagen, Francisco Adolfo: Vd. Pôrto Seguro.
Várzea: 437, 439.
Vasconcelos, Amaro Velho de: 500, 503.
Vasconcelos, Manuel Mendes de: 5.
Vasconcelos, Moacir N.: 395.
*Vasconcelos, Simão de: XXIX, 5, 8, 65, 81, 97; funda a Igreja da Baía (Catedral) 106-121; 138, 202, 236, 249-251, 253, 256, 271, 283, 292, 378, 391, 399, 509.
Vätgen, Hermann: 393.
Vaticano: XVI, XXII.
*Vaz, António: 116.
Vaz, Gonçalo: 411.
*Vaz, José: 584.
*Vaz, Sebastião: 81, 111, 117, 249, 316, 429.
Vaz Miranda, António: 436.
*Vaz Serra, António: XXIV.
*Velho, António: 585.
*Velho, Francisco: 362.
*Velho, Manuel: 584.
*Veloso, Jerónimo (1): 268.
*Veloso, Jerónimo (2): 585.
*Veloso, Luiz: 253.
Veneza: 82, 451.
Venezuela: 356.
*Veras, Gonçalo de: 90, 449.
Viana, Domingos: 220.
Viana, Francisco Martins: 471.
Viana, Francisco Vicente: XXIX, 171, 202, 207, 212.
Viana, Hélio: 360.
*Viana, Manuel: 424.
Viana, Silvestre Rodrigues: 559.
Viana do Castelo: 236, 385.
Viana Filho, Luiz: 87.
Vicente, Gil: XXII.
Vidal de Negreiros, André: 367, 394, 399, 403, 404, 415, 418.
*Vide, Francisco da: 583.
*Vidigal, José: 564, 565.
Vidigueira, Conde da: 58, 404.
*Viegas, António: 583.
*Viegas, Artur: XIX.
Viegas, João Peixoto: 91, 205, 279, 280.
*Vieira, António: XIV, XIX, XXII, XXIX, contra a invasão holandesa, 25, 27, 29, 30, 32, 50-61, 66, 68; 77, 83, 84, 86, 87, 90, 93, 97, 98, 101-103, 116, 123, 126, 128, 129, 136, 156, 162, 169, 222, 242, 249, 251, 257; seu primeiro sermão público (a favor dos escravos) 264; 265, 268, 279, 280, 286; socorre os Quiriris, 291; 294, 295, 326, 336, 339, 344-347, 362, 367, 381, 386, na campanha da Restauração de Portugal e de Pernambuco, 391-415; 420, 422, 429, 430, 435, 436, 454, 470, 532.
*Vieira, João: 325, 586, 571
*Vieira, José: 584.
Vieira, Manuel Martins: 492.
*Vieira, Simão: 200, 268.
*Vieira, Vicente: 542, 543, 546, 547, 584.
Vieira Darea, Manuel: 471.
Vieira de Melo, Bernardo: 457, 526-528, 536, 545.
Vieira Ravasco, Bernardo: 116.
Vieira da Silva, Pedro: 415.
Vila Cova: 559.
Vila Maior, Conde de: 398.
Vila Verde: 242.
Vila Verde, Conde de: 58.
Vilar do Monte: 386.
*Vilassa, José: 585.
*Vilhena, Francisco de: Vai à Baía como embaixador de El-Rei, 97-99; contra a invasão holandesa, 349, 354, 356-358, 363, 369-376, 384, 385, 391-393.
Vilhena, Luiz dos Santos: XXIX, 72, 94, 129, 164.
Vilhena de Morais, Eugénio: XXI.
Vimieiro, Conde de: 268.
Vimioso, Conde de: 58.
Virgilio: 220.
Viseu: 462.
Vital, D.: 469.
*Vitelleschi, Múcio: 52, 61, 353.
*Vitorino, José: 239.
Viveiros, António de: 492, 493.
*Viveiros, José de: 239, 584.
Waerdenburch, Diederik Van: 349.
Wanderley e Araújo, Vicente Ferrer de Barros: 453.
Wanderley de Araújo Pinho, José: XXIX, 52, 165, 222, 243, 254, 255.
Westefália: 406.
Westminster: 414.
Willekens, Jacob: 27.
Wolf, Paulo: XXVIII.
*Xavier, António: 586.
*Xavier, Domingos: 124, 131, 585.
*Xavier, Félix: 149, 189, 190.
*Xavier, Francisco: 149, 584.
*Xavier, S. Francisco: 33, 73, 89, 91, 92, 124, 126, 127, 132, 134, 135, 138, 139, 208-212, 439, 441, 442, 447, 448, 452, 465, 468.
*Xavier, José: 497, 498.
*Xavier, Manuel: 73.
*Yate, João Vicente: 336.
Zelândia: 30, 48, 378, 386.

Índice das Estampas

	PÁG.
P. Alexandre de Gusmão	IV/V
Os Jesuítas na Baía e seu Recôncavo (no texto)	XXX
Os Cativos do Brasil em Holanda (1624)	34/35
O Colégio da Baía e a Igreja de Mem de Sá em 1625	50/51
Recuperação da Cidade da Baía em 1625	66/67
Livraria do Colégio da Baía	82/83
O Colégio da Baía em 1758	98/99
Planta da Igreja do Colégio da Baía (Catedral)	114/115
«Antigua estãpa da Igreja» (no texto)	120
Igreja do Colégio da Baía (Fachada)	130/131
Noviciado da Anunciada na Giquitaia	146/147
Quinta do Tanque	162/163
Planta do Seminário de Belém da Cachoeira (no texto)	166
Igreja do Seminário de Belém da Cachoeira	178/179
Capela Interior do Colégio da Baía	194/195
Sacristia da Igreja do Colégio da Baía	210/211
Tecto da Sacristia do Colégio da Baía	226/227
Altar-mor da Igreja do Colégio da Baía	242/243
Tecto da Igreja da Baía	258/259
Igreja do Colégio da Baía (pormenor interno)	274/275
Retábulo das Relíquias da Igreja da Baía	290/291
Sacrário da Igreja do Socorro da Aldeia do Geru (Sergipe)	322/323
A Vila de Olinda	338/339
Os Jesuítas em Pernambuco (no texto)	390
O Colégio de Jesus do Recife	466/467
Fundação do Rio Grande do Norte (1597-1606)	514/515

CORRIGENDA[1]

TÔMO I

Pág. 367,	linha 36	leia-se	1563
» 405,	» 32	»	1604
» 451,	» 5	»	1551
» 512/513, no Mapa		»	Pernambuco (1551)

TÔMO II

Pág. 456,	linha 9	leia-se	Julho
» 550,	» 27	»	1876

TÔMO III

Pág. XX,	linha 3	leia-se	de Belém
» 60,	» 5	»	1662
» 77,	» 21	»	Pageú
» 84/85, na legenda da gravura, leia-se			Pageú
» 195,	linha 16	leia-se	como se sabe
» 225,	» 5 (nota)	»	Seminários
» 225,	» 5 »	»	em 1736, onde
» 245,	» 31	»	políticas
» 281,	» 20	»	légua
» 327,	» última	»	exemplares
» 361,	» 18	»	É notável
» 447,	» 3	»	objecto

TÔMO IV

Pág. XV,	linha 22	leia-se	plainos
» 11,	» 3	»	Índias Orientais

---

1. Cf. supra, *História*, I, 605; II, 653; III, 445.

CORRIGENDA

Pág.	115,	linha 20	leia-se	tornar
»	163,	» última	»	*HG*, II,
»	173,	» 12	»	1671
»	186,	» nota	»	Jorge de Sampaio
»	197,	» 30	»	*particulares*
»	225,	» 25	»	que chegassem
»	265,	» 3	»	1688
»	282,	penúltima linha	»	escreverá um dia
»	282,	última linha	»	que nos vem
»	284,	nota 1	»	parece
»	285,	linha 21	»	vicissitudes
»	323,	» 24	»	não se identificar
»	367,	» 9	»	António de Basto
»	430,	» 35	suprima-se	186
»	430,	» 36	acrescente-se	186

CAPELA INTERIOR DO COLÉGIO DA BAÍA

Construída em 1692; restaurada em 1741, destruída pelo incêndio da Faculdade de Medicina (Colégio) em 1905. No altar: N.ª Senhora (ao centro), S. Inácio (em cima), S. Francisco Xavier e S. Francisco de Borja (aos lados). Ornada de azulejos, quadros romanos (*Vida de S. Estanislau*) e outras magníficas pinturas e obras de talha.

ÍNDICE GERAL

	Pág.
Prefácio	IX
Introdução bibliográfica	XVI

LIVRO PRIMEIRO

BAÍA

Cap. I — **A Baía ao começar o século XVII**: 1 — A liberdade dos Índios; 2 — A Lei de 30 de Julho de 1609 e o motim que provocou; 3 — A Confraria dos Oficiais Mecânicos (1614); 4 — Outros ministérios na Cidade; 5 — Os piratas e o naufrágio de Baltasar de Aragão; 6 — Caminhos ásperos das Aldeias dos Índios; 7 — As Aldeias e o bem comum; 8 — D. Diogo de Meneses, Gaspar de Sousa e Alexandre de Moura; 9 — Continuam os Padres nas Aldeias............ 3

Cap. II — **Tomada da Baía pelos Holandeses em 1624**: 1 — A tomada da cidade e a narrativa do P. António Vieira; 2 — Os Padres do Colégio e as notícias do P. Manuel Fernandes; 3 — Cativeiro do Provincial Domingos Coelho com outros Padres, destêrro de Holanda e «Relação» do mesmo Provincial; 4 — D. Marcos Teixeira, «Religioso e Militar Pontífice».......... 25

Cap. III — **Derrota dos Holandeses na Baía**: 1 — A recuperação da Baía em 1625; 2 — Os Jesuítas durante o cêrco e derrota de Maurício de Nassau em 1638; 3 — No último bloqueio de 1647; 4 — A pena e a palavra do P. António Vieira contra as armas de Holanda........... 55

Cap. IV — **Real Colégio das Artes**: 1 — Estudos Superiores (Teologia, Filosofia, Matemática) e Estudos Inferiores (Letras Humanas e Escola de Meninos); 2 — Reitores; 3 — A Botica ou Farmácia do Colégio; 4 — O aparecimento do «mal da bicha» (febre amarela) e a Festa de S. Francisco Xavier, Padroeiro da Cidade; 5 — A Livraria do Colégio; 6 — Últimas obras artísticas do Colégio (Arquitectura e Pin-

		PÁG.
	tura); 7 — Casa de Hóspedes, personalidades ilustres que passam pelo Colégio, e cerimónia da transmissão de poderes dos Vice-Reis; 8 — Derradeiros dias do Colégio (1759-1760) e provas admiráveis da solidariedade e sentimento dos Baianos...	69
CAP. V —	**A Igreja do Colégio (hoje Catedral Primaz do Brasil):** 1 — Os planos da nova Igreja; 2 — O P. Simão de Vasconcelos e o grupo de benfeitores da família de Francisco Gil de Araújo, fundador da Capela-mor; 3 — As condições; 4 — O sítio da Igreja velha de Mem de Sá; 5 — Lançamento solene da primeira pedra da Igreja nova, a actual, em 1657, e efemérides da sua construção, obras de arte e Irmãos entalhadores, escultores, pintores e arquitectos; 6 — Os retratos do tecto da Sacristia..	106
CAP. VI —	**Noviciado da Anunciada na Giquitaia:** 1 — Fundado por Domingos Afonso Sertão, famoso «descobridor» do Piauí; 2 — A primeira pedra (1709) e a inauguração (1728); 3 — As obras da Igreja; 4 — Meios de subsistência; 5 — Reitores; 6 — A despedida no dia 19 de Abril de 1760.......	141
CAP. VII —	**Instituições e Casas Urbanas:** 1 — Seminário Maior de Nossa Senhora da Conceição (1743); 2 — Casa de Exercícios Espirituais; 3 — Convento ou Colégio Feminino da Soledade; 4 — Quinta do Tanque; 5 — Outras casas e prédios urbanos..	151
CAP. VIII —	**Seminário de Belém da Cachoeira:** 1 — Seminário-Internato fundado pelo P. Alexandre de Gusmão: suas bases económicas e declaração régia de utilidade pública; 2 — Benfeitores, dotações e bens apurados; 3 — Freqüência de alunos; 4 — Organização interna e Regulamento escolar; 5 — Reitores; 6 — Os primeiros alicerces do Seminário em 1687; 7 — A Igreja e influência da arte oriental (Macau e China).	167
CAP. IX —	**Camamu:** 1 — Engenho no Rio da Trindade e Aldeia de Nossa Senhora da Assunção (Camamu); 2 — Aldeia de Santo André e S. Miguel de Serinhaém (Santarém); 3 — Aldeia de Boipeba; 4 — Cairu e S. Francisco Xavier no Morro do Galeão; 5 — Aldeia de Nossa Senhora das Candeias de Maraú (Barcelos); 6 — Fazendas de S. Inês e Santa Ana; 7 — O Rio das Contas (1657)	199
CAP. X —	**Ilhéus:** 1 — Casa-Colégio de Nossa Senhora da Assunção; 2 — Engenho de Santa Ana do Colégio de S. Antão de Lisboa; 3 — Aldeia dos Índios Socós; 4 — Aldeia de Nossa Senhora da Escada (Olivença); 5 — Aldeia dos Índios Grens (Almada)...	216
CAP. XI —	**Pôrto Seguro:** 1 — Voltam os Jesuítas a pedido do Povo; 2 — Fundação da Casa do Salvador, no Natal de 1622; 3 — Ministérios e Escolas de Primeiras Letras e Humanidades;	

		PÁG.
	4 — Superiores; 5 — Aldeias do Espírito Santo da Patatiba (Vila-Verde) e S. João Baptista (Trancoso); 6 — Caravelas; 7 — As despedidas em 1760..................	227
Cap. XII	**Engenhos do Recôncavo da Baía:** 1 — A herança de Mem de Sá; 2 — O Engenho de Sergipe do Conde; 3 — O Engenho de Pitinga; 4 — O Engenho da Pitanga; 5 — O Engenho de Cotegipe..................	243
Cap XIII	**Aldeias do Distrito da Baía:** 1 — Aldeia do Espírito Santo (Abrantes); 2 — Aldeia e Fazenda de Capivari; 3 — As duas Aldeias de S. João; 4 — Ilha de Itaparica; 5 — Aldeias de S. António em Jaguaripe; 6 — As duas Aldeias de S. Sebastião..................	261
Cap. XIV	**Sertões da Baía:** 1 — Entrada à Serra do Arabó; 2 — Entrada aos Sapoiás e Paiaiás, seus usos e costumes e os dos Moritises; 3 — Aldeia dos Paiaiás; 4 — Aldeias de S. Francisco Xavier na Jacobina; 5 — Aldeias dos Boimés, Caimbés e Mongurus; 6 — As Aldeias dos Quiriris: Natuba (Soure); 7 — Canabrava (Pombal); 8 — Saco dos Morcegos (Mirandela)..................	270
Cap. XV	**Rio de S. Francisco:** 1 — O P. João de Barros, apóstolo dos Quiriris; 2 — A festa de Varaquidrã e as Aldeias de Rodelas, Zorobabé, Acará e Curumambá; 3 — Atentado dos curraleiros em 1696 contra os Missionários com o pretexto de serem senhores das terras; 4 — El-Rei manda dar terras às Aldeias dos Índios; 5 — Aldeias do Curral dos Bois e dos Carurus e outras Aldeias e Fazendas no Rio de S. Francisco; 6 — A Etnografia dos Quiriris e a lição dos Sertões..................	293
Cap. XVI	**Sergipe de El-Rei:** 1 — Tentativa da Câmara para fundar Colégio na Cidade de Sergipe; 2 — Missão no Rio Real; 3 — Fazenda de Aracaju; 4 — Fazenda de Tejupeba; 5 — Fazenda de Jaboatão; 6 — Aldeia de Geru..........	316

LIVRO SEGUNDO

PERNAMBUCO

Cap	I — **Aldeias de Pernambuco:** 1 — Pernambuco ao abrir o Século XVII; 2 — Aldeias do Colégio de Olinda; 3 — S. Miguel de Muçuí; 4 — Seus serviços na Paraíba contra os Holandeses; 5 — Aldeias da Assunção e S. Miguel de Urutaguí; 6 — S. André de Goiana; 7 — S. João Baptista de Itambé; 8 — S. André de Itapicirica; 9 — Nossa Senhora da Escada, Caeté e Ipojuca; 10 — S. Miguel de Una........	331

			PÁG.

CAP. II — **Contra a invasão holandesa:** 1—Tomada de Olinda e Recife; 2 — Vida e últimos dias do Arraial do Bom Jesus; 3 — O exílio das Antilhas; 4 — Primeira retirada salvadora para Alagoas; 5 — A vida incoerente do P. Manuel de Morais; 6 — A vida coerente do P. Francisco de Vilhena; 7 — O destêrro de Holanda; 8 — Segunda retirada gloriosa de Luiz Barbalho; 9 — Jesuítas em Pernambuco ao dar-se a invasão holandesa.................... 347

CAP. III — **Restauração de Pernambuco:** 1 — Situação intolerável e preparação do levante; 2 — Assistência dos Jesuítas desde a primeira hora; 3 — Campanha militar no Brasil e expulsão dos holandeses; 4 — Campanha diplomática na Europa, em particular do P. António Vieira e do Embaixador Sousa Coutinho; 5 — O «milagre» da restauração de Pernambuco.................... 391

CAP. IV — **Real Colégio de Olinda:** 1 — Reconstrução do Colégio; 2 — Restauração da Igreja; 3 — O Engenho de Monjope e outros meios de subsistência; 4 — Quinta da Madalena; 5 — Reitores; 6 — Estudos.................... 416

CAP. V — **Missões rurais e assistência pública:** 1 — Missões pelas Vilas, Fazendas e Engenhos; 2 — Assistência aos feridos da peste da «bicha» (febre amarela), aparecida no Recife em 1685; 3 — A «bicha» em Olinda; 4 — Os Jesuítas na Guerra dos Mascates (1710-1714).................... 437

CAP. VI — **Colégio de Jesus do Recife:** 1— Fundação do Colégio; 2— Igreja de Nossa Senhora do Ó; 3 — Igreja das Congregações Marianas e solenidades religiosas; 4—Recolhimento do Coração de Jesus de Iguaraçu; 5—O Engenho da Luz e outros meios de subsistência do Colégio; 6 — A Fazenda de Urubumirim no Rio de S. Francisco (Alagoas); 7 — Reitores do Colégio; 8 — Os Estudos.................... 460

LIVRO TERCEIRO

NORDESTE

CAP. I — **Paraíba:** 1 — Fundação da segunda Residência; 2 — Trâmites económicos para a fundação do Colégio e Seminário; 3 — Estudos; 4 — Superiores e Reitores; 5 — A Igreja de S. Gonçalo; 6 — Catequese dos Índios; 7 — Ministérios na Cidade; 8 — Manifestação geral contra a saída dos Jesuítas (1760).................... 491

CAP. II — **Fundação do Rio Grande do Norte:** 1 — O P. Francisco Pinto e a primeira cruz do sertão riograndense; 2 — A Aldeia de Antónia e Aldeia do Camarão; 3 — Os dois

			Pág.
		Camarões Potiguaçus; 4 — Pormenores vivos da catequese volante: Aldeias, Índios, trabalhos...................	504
Cap.	III —	**Aldeias de Guaraíras e Guajuru:** 1 — Aldeia de S. João Baptista das Guaraíras; 2 — Aldeia de S. Miguel de Guajuru; 3 — Repercussão da «Guerra dos Bárbaros» nestas Aldeias...	525
Cap.	IV —	**Nas fronteiras do Rio Grande e Ceará:** 1—«Guerra dos Bárbaros» e rivalidade dos Brancos; 2 — Aldeia de S. João Baptista do Apodi e Aldeia de Nossa Senhora da Anunciação do Jaguaribe; 3 — Paiacus, Janduins e Icós, lutas e transmigrações; 4 — Morte, às mãos dos Bárbaros, do P. Bonifácio Teixeira...........................	536
Cap.	V —	**Piauí:** 1 — O «descobridor» Domingos Afonso Sertão; 2 — Dotação do Noviciado da Giquitaia, na Baía; 3 — Fazendas da «Capela Grande», da «Capela Pequena» e outras; 4 — Administração e contrastes; 5 — Missões rurais; 6 — Seminário do Rio Parnaíba...............	550

APÊNDICES

Apêndice	A) — Informação para a Junta das Missões de Lisboa, 1702 [Carácter informativo e económico]................	569
»	B) — Fundação do Noviciado da Giquitaia (Baía) — Escritura de Domingos Afonso Sertão, de 23 de Novembro de 1704..	574
»	C) — Bens do Colégio da Baía em 1760..................	577
»	D) — Catalogus Primus Provinciae Brasilicae, 1701........	581
»	E) — Catalogus Rerum Temporalium, 1701..............	588
»	F) — A Capela Interior do Colégio da Baía (antes do incêndio de 1905, que a destruíu)........................	597
»	G) — Estampas e gravuras.............................	600

Índice de nomes..	603
Índice de estampas...	627
Corrigenda...	628

Imprimi potest
Flumine Ianuarii, 30 Iulii 1945

Aloisius Riou S. I.
Praep. Prov. Bras. Centr.

Pode imprimir-se
Rio de Janeiro, 31 de Julho de 1945
† Jaime de Barros Câmara
Arcebispo do Rio de Janeiro

ÊSTE QUINTO TÔMO
DA HISTÓRIA DA COMPANHIA DE JESUS NO BRASIL
ACABOU DE IMPRIMIR-SE
DIA DOS BB. MIGUEL CARVALHO E COMP. M. M.
25 DE AGÔSTO DE 1945
NA
IMPRENSA NACIONAL
DO RIO DE JANEIRO

SERAFIM LEITE S. I.

HISTÓRIA DA COMPANHIA DE JESUS NO BRASIL

TOMO VI

(Século XVII-XVIII — DO RIO DE JANEIRO AO PRATA E GUAPORÉ — ESTABELECIMENTOS E ASSUNTOS LOCAIS)

EDITORA ITATIAIA

Belo Horizonte

Como os Tomos III, IV e V, também êste, continuação ainda da matéria dos Séculos XVII-XVIII, se publica pela diligência e bons ofícios do Instituto Nacional do Livro, do Ministério da Educação e Saúde.

S. INÁCIO
FUNDADOR DA COMPANHIA DE JESUS
(Pintura central do teto da famosa Sacristia do Colégio da Baía)

HISTÓRIA
DA
COMPANHIA DE JESUS
NO
BRASIL

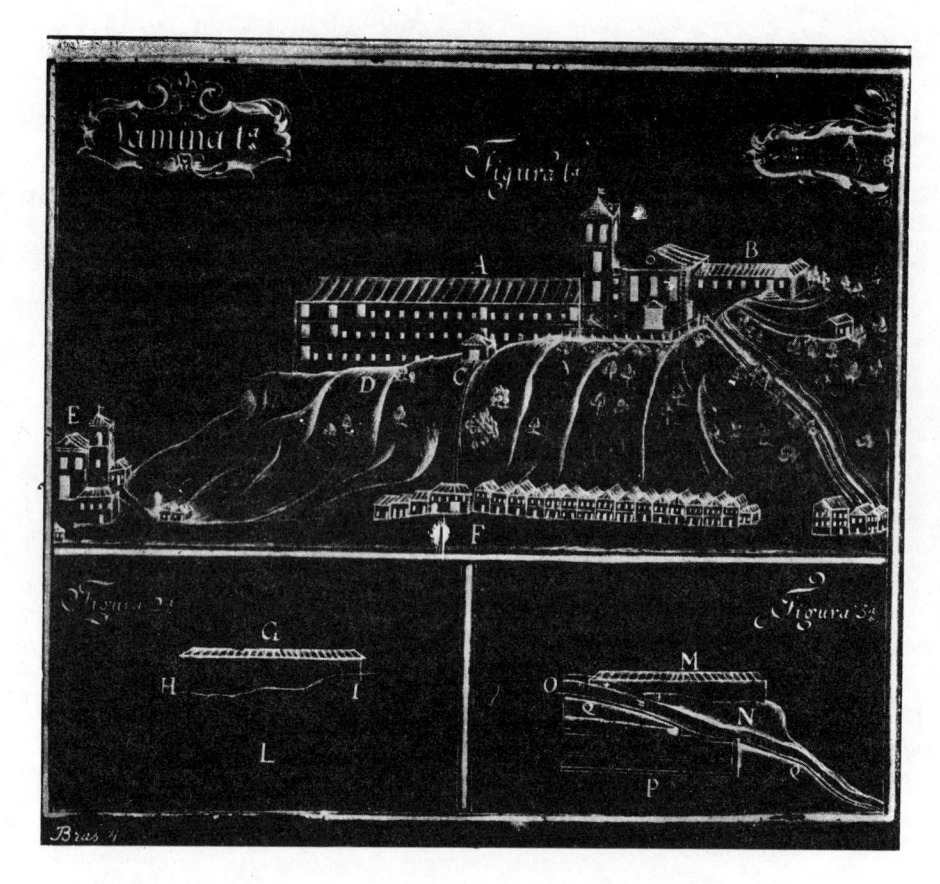

O COLÉGIO DO RIO DE JANEIRO EM 1728

Figura 1.ª: A — O Colégio e a sua vista para a Cidade e Ilha das Cobras
B — Escolas antigas unidas ao Colégio pela Igreja
C — Guindaste («Catadromus»)
D — Sítio para as Escolas novas
E — Igreja da Misericórdia
F — Praça na Praia ao pé do Morro do Castelo

Figura 2.ª: G — Elevação mínima do edifício, visto do mar
H — Alicerce necessário para o novo edifício
I — Parte do Morro a ser aplainada
L — Terreno destinado à obra

Figura 3.ª: M — A obra vista do Colégio
N — Sítio e disposição do Morro do Castelo, destinado à obra
O — Largo que dá para a Igreja da Misericórdia
P — Parte do Colégio contígua à obra
Q — Muro exterior do Colégio

(*Bras. 4,* 380)

SERAFIM LEITE S. I.

HISTÓRIA
DA
COMPANHIA DE JESUS
NO
BRASIL

TÔMO VI
DO RIO DE JANEIRO AO PRATA E AO GUAPORÉ
Estabelecimentos e assuntos locais
SÉCULOS XVII-XVIII

1 9 4 5

INSTITUTO NACIONAL DO LIVRO
AV. RIO BRANCO
RIO DE JANEIRO

LIVRARIA PORTUGÁLIA
RUA DO CARMO, 75
LISBOA

TODOS OS DIREITOS RESERVADOS AO AUTOR

Ao P. Cândido Mendes, *b. m.*

No *Prefácio* do Tômo I dissemos que nos fôra dado escolher para objecto dêstes estudos históricos, ou o antigo Oriente Português ou a América Portuguesa dos tempos coloniais, e que a escolha do Brasil se decidiu pela preferência do coração. Secundou a escolha o P. Cândido Mendes, um dos fundadores da famosa Revista *Brotéria*, lepidóptero conhecido dos especialistas internacionais dêsse ramo das Ciências, e Provincial de Portugal, a quem as emergências da vida, sem êle então o imaginar, trouxeram ao Brasil, onde acabou os dias a 15 de Dezembro de 1943, na florida serra de Baturité, Ceará. Ao aproximar-se o último suspiro mandou aos seus jovens discípulos brasileiros que cantassem, por não haver lugar a tristezas quando se morre com a consciência tranqüila ao serviço de Deus e da Pátria, que para êle, como para o autor desta obra, se desdobrara em duas, Portugal e o Brasil. A estas harmonias de cantos religiosos em morte, que se diria pertencer ainda à *Legenda Áurea*, se junta, num livro, que êle tanto amou, esta singela página de grata e boa memória.

IGREJA QUINHENTISTA DO COLÉGIO DO RIO DE JANEIRO
(DESAPARECIDA COM O DESMONTE DO MORRO DO CASTELO)

PREFÁCIO

> « Neste domínio [da defesa do Índio brasileiro] bem assim no da moralização do elemento europeu transplantado e bastante entregue às suas paixões, prestaram os Padres da Companhia tão assinalados serviços que não é exagerado escrever-se que foram êles os principais agentes da cultura nacional nos séculos XVI e XVII nomeadamente, isto é, nos séculos de adaptação da nova sociedade ao novo meio ». — OLIVEIRA LIMA, *América Latina e América Inglesa*, Garnier (Rio, s/d) 14.

A História da Companhia de Jesus nas Capitanias do Rio de Janeiro, Espírito Santo e S. Vicente, vinda do século XVI, retoma-se neste, de 1600 a 1760, e completa-se o Brasil, ao Oeste e ao Sul até o Rio da Prata. Pelo que respeita ao Rio da Prata, há entre o Tômo I e êste VI, paralelismo histórico, com a diferença de que no século XVI os Jesuítas do Brasil fundaram a Missão do Paraguai, estando unidas as duas Coroas de Portugal e Castela; e agora no século XVII, em 1680, vão os Jesuítas ao Rio da Prata, com os Portugueses de D. Manuel Lôbo, fundar a Colónia do Sacramento, já depois de separadas as duas Coroas. Mas o século XVII entrou na História achando-as ainda unidas na pessoa de um só soberano, união de pessoa, não de domínios, que permaneceram inconfundidos, afrouxadas porém singularmente as barreiras de uns e outros. Facto que teve conseqüências consideráveis e animou alguns moradores da Capitania de S. Vicente à invasão de terras em limites indefinidos, na faina de cativar os Índios delas, com o inevitável desgôsto dos Padres da Companhia, a quem as leis confiavam a defesa dos mesmos Índios. Fenómeno de carácter social, numa época de formação e adaptação, em que a prepotência das raças se escalonava, e onde as intermédias se vingavam nas de baixo, de não serem perfeitamente iguais às de cima. Os mamelucos (têrmo famoso, que em si nada tinha de depreciativo, significava apenas determinado cruzamento de raças, branco com índia, como outros vocábulos significavam outros cruzamentos), em caso de guerra entre Índios e Brancos, os mamelucos *juntavam-se aos Brancos contra os Índios*. *Movimento instintivo, produto já e conquista da nova civilização, menos num\ ponto: o da escravização do irmão de sangue pelo lado materno. Aqui parece que revivescia o instinto das guerras de tribos, transplantado para um plano em que os combates se feriam com armas desiguais.*

A campanha, em que os Padres tomaram a defesa do mais débil, enche nos seus diversos episódios muitas páginas dêste Tômo VI com documentos novos referentes sobretudo a S. Paulo e aos Índios do Sul. A luta durou quási um século, e terminou pràticamente quando o descobrimento do oiro veio colocar a possibilidade de riqueza rápida, não na aquisição de sangue *para a lavoura, mas do metal das Minas Gerais.*

Alguns episódios desta ingente batalha, que ia desde o Amazonas ao Rio de S. Francisco e ao Sul nos sertões dos Carijós e nas Reduções castelhanas, passaram-se também nas Aldeias cristãs e portuguesas, da periferia do Rio de Janeiro e S. Paulo, como a de Barueri, que os Jesuítas do Brasil tiveram que defender, não como partes de uma causa privada, a sua própria, mas como homens, que sabiam, por os terem estudado bem, os princípios da moral social, e como funcionários públicos, competentes e efectivos, um pouco como hoje, no regime laico, *os chamados «protectores dos Índios», porém com uma característica a mais, confessional, que era a* caridade *cristã. Padres e ao mesmo tempo funcionários, a quem o Govêrno Central, ou El-Rei como se dizia, confiara a guarda das leis referentes aos naturais do Brasil, considerados como menores, a quem era preciso* educar *cristãmente (por isso, Padres) e* proteger *(por isso, funcionários). O ataque dos colonos aos Padres das Aldeias no século XVII e o saque e cativeiro dos seus Índios, não é acto de potência contra potência, invenção dos meados do século XVIII, que dava a Companhia de Jesus, organizada com exércitos militares na América do Sul, pronta a conquistar a Europa. Será ainda porventura necessário dizer que foi isso lôgro em que não cai já hoje nenhuma inteligência culta? Parece no entanto que deixou resíduos subconscientes nos poucos que ainda falam de «potência para potência», ao referir-se* retrospectivamente *a êstes desacatos às Aldeias do Brasil, sucedidos* cem *anos antes daquela invenção e lôgro. Tais desacatos eram simples abusos de autoridade ou delitos de direito comum, semelhantes a tantos outros, cometidos em todos os tempos e lugares, no Brasil e fora dêle. Se depois El-Rei ordenava aos Padres que tornassem às Aldeias, era porque importava ao bem público que a lei se cumprisse, a ordem se* mantivesse, e os Índios, que também eram homens, se defendessem dentro dos princípios da justiça humana.

Os Índios compreendiam cabalmente a diferença de tratamento e sabiam distinguir entre a violência e o bem fazer. Porque os homens, até quando são Índios, respondem à violência geralmente com a violência e ao bem fazer, com a gratidão: e da gratidão à colaboração fica lançada a ponte. Na sua rudeza, os Índios acharam a frase gráfica do seu próprio sentimento. Quando falavam dos Portugueses, os Goitacases chamavam-lhes homens; quando falavam dos Missionários, homens bons [1].

Seria redundância insistir neste elemento necessário à recta compreensão da história do Brasil, no século XVII, que por Portugueses se entendiam também os mamelucos, e que os Jesuítas eram na maior parte nascidos em Portugal. Portugueses, pois, uns e outros, mas no conceito dos Índios prevalecia mais, no que tocava aos Padres, a bondade com que os defendiam.

O mais vivo da luta feriu-se em S. Paulo, donde eram filhos muitos Jesuítas e outros homens ilustres, que também defenderam a liberdade dos Índios. Quer dizer que quando falamos da grande Cidade, nas lutas coloniais, deixamos intacta a terra, como tal, que nos merece respeito, por ser, como é, uma das mais admiráveis do mundo. E por ser terra brasileira merece-nos também o profundo amor que votamos a tudo quanto é do Brasil, que há 40 anos nos acostumamos a amar, por palavras e obras. O sentimento pessoal do historiador não é, porém, nem pode ser motivo para se suprimirem os factos da História, ou para se não colocarem no plano dos princípios éticos, em que aliás também os coloca o maior historiador geral das coisas paulistas, Afonso de E. Taunay; antes nos parece disposição útil para ver, com clareza e serenidade, assuntos em que insensìvelmente se cede o lugar a defesas nem sempre amenas dêste ou daquele ponto de vista. Será possível que não tenhamos nós também um critério próprio de apreciação? Sem dúvida. E é estável e uniforme, como o exige a coerência e unidade de pensamento. Em todos os Tomos desta História se considera um bem a liberdade dos Índios e um mal o que a perturba. E embora o problema da liberdade e serviço dos Índios, tal como se apresentou no século XVII envolva uma questão económica e uma questão moral, se as razões de ordem económica são dignas de atenção, e lha damos de modo amplo e perma-

---

1. Bras. 8, 238.

nente, todavia, em caso de conflito com as razões de ética, prevalecem as da liberdade humana. Dentro dêste critério elementar, que parece justo, se move a narrativa dos factos históricos que pertencem a êste Tômo. Os documentos, que os significam, reproduzem-se como são; se houver alguém que coloque a ordem económica acima da ordem moral, pode interpretar os documentos ao sabor das suas idéias. Será ainda modesta contribuição desta História *a de colocar os documentos inéditos ao alcance de todos.*

A par do grande drama da Liberdade, com os actos, com que a defendeu quanto estêve em seu poder — e são muitos e variados — continuou a Companhia de Jesus a sua obra educativa e ministerial, vinda do século XVI, e a ampliou, com tôda a sorte de actividades, desde o ensino, alto e baixo, em prègações, missões e cátedras académicas, até à escrita de livros; e desde a assistência religiosa até ao progresso material nos seus engenhos e fazendas, com abertura de caminhos e canais, construção de guindastes, pontes e obras de arte. Actividade, tão importante em si mesma, que se não fôsse a defesa e administração oficial dos Índios, os Padres seriam «adorados», escreve o P. Francisco de Morais, paulista. E na realidade o foram em tudo o que não eram Índios. Apaziguavam desavindos e mal afectos (Garcias e Camargos); promoviam a instrução; os seus estudantes defendiam a Pátria contra os invasores; e os seus Colégios eram o depósito fiel das vias de sucessão dos Governadores, e dos dinheiros públicos e particulares. O subsídio régio para as grandes obras da Água da Carioca, no Rio, guardava-se no Colégio do Morro do Castelo com duas chaves, uma das quais na mão do Reitor. Em S. Paulo, o dinheiro dos órfãos depositava-se no Colégio, e dêsse dinheiro em 1634 se davam 25$000 réis a Amador Bueno a juros de 8%. Quando Duguay Trouin se retirou do Rio de Janeiro, as pratas e objectos, que os seus soldados tinham saqueado, confiou-os aos Jesuítas para os restituírem aos legítimos possuidores: casos representativos, êstes, de outros inumeráveis, em que os Padres eram os depositários de confiança nos empreendimentos grandiosos, protectores na defesa dos fracos, e intermediários nas calamidades públicas. E, enquanto isto se realizava nas povoações do litoral, seguiam o caminho do Sul e do Oeste, na incessante penetração e alargamento do Brasil, cumprindo à letra o que diz Ranke, um dos iniciadores dos métodos científicos da história moderna, que a «conquista se transformava em missão, e a missão em civilização». No Norte *vimo-lo até o Rio Javari; no Sul agora até o Rio da Prata; e tanto a Capitania do Espírito Santo, como o Rio de Janeiro e S. Paulo foram pontos de partida de Jesuítas para o interior, até Minas; e depois até Goiás, aonde foi acabar seus dias o cartógrafo e matemático régio P. Diogo Soares, e por derradeiro até Mato-Grosso e Guaporé. É o fim. É o Brasil, nos seus limites essenciais, como os demarcou um discípulo, amigo e irmão de Jesuítas, Alexandre de Gusmão. Feito isto, a Companhia de Jesus podia desaparecer. E desapareceu temporàriamente do seu campo de acção, não por gôsto, mas obrigada por uma atmosfera europeia de desagregação, representada entre nós por um ministro, que a par de alguns actos úteis, desprezou em Portugal e seus Domínios as regalias do Povo e implantou o absolutismo pessoal, com a sua Mesa Censória, o seu Tribunal da Inconfidência, e os seus cárceres perpétuos.*

O patriotismo ou lealdade nacional dos Jesuítas nunca estêve em causa em tempo algum nem lugar: «Havemos de convir, escreve Lúcio de Azevedo, que os Jesuítas, deixando de parte a feição de cosmopolitismo [leia-se catolicismo] próprio da Ordem, em todo o tempo, se revelaram guardas zelosos dos Domínios Portugueses» [1].

O decreto de exílio dos Padres do Brasil proveio de idéias e de factos, alheios ao próprio Brasil, estudo complexo, que não cabe neste Tômo, com o qual damos por terminada a História da Companhia de Jesus no Brasil, *no que se refere a terras, as «fases geográficas» de que fala o Prefácio do Tômo I (p. XVII), os assuntos locais dos Colégios, Residências, Aldeias e Estabelecimentos de subsistência, necessários para a manutenção da obra da Companhia na vastidão do Brasil. Se a Coroa, ao encorporá-los a si em 1759, adquiriu alguns bens, que não luziram, não soube substituir logo, por outros, os Colégios fechados, e atirou a Colónia para o período de obscurantismo, que se seguiu e durou algum tempo, como os historiadores registam e lamentam. Acto que só redundou em desprestígio internacional de Portugal e em prejuízo das populações do Brasil. Não destruíu porém a obra dos Jesuítas, realizada com abnegação e amor, durante mais de dois séculos; como em 1822 ao sentir o Brasil que atingira a maioridade, com capacidade e meios para se governar por si mesmo, o acto da Independência não destruíu a obra trissecular dos Portugueses, de quem eram*

---

1. *Os Jesuítas no Grão Pará*, 261.

filhos, netos ou bisnetos os que gloriosamente a proclamaram, salvando a nova nação do esfacelamento e retaliações, que assinalaram outras independências. As crises, quer da vida dos homens, quer das nações e instituïções, não destroem os germes físicos ou morais, que vêm das gerações anteriores e das quais procedemos. Nos actes nous suivent... *ou, para ficar dentro da história da Companhia desde a sua primeira página, realizou-se aquela permanência de que fala Southey, referindo-se a Nóbrega, do qual escreve que «ninguém há a cujos talentos deva o Brasil tantos e tão permanentes serviços»* [1]. *Permanência, que ainda é hoje uma realidade viva, testemunhada em 1940 no 4.° Centenário da Companhia de Jesus, celebrado com esplendor, tanto nas esferas oficiais, eclesiásticas e políticas da nação, como fora delas, nos grandes órgãos específicos da cultura brasileira, Imprensa, Academias, Institutos Históricos e Universidades.*

Rio, 31 de Julho de 1945.

---

1. «There is no individual to whose talents Brazil is so greatly and *permanently* indebted», Robert Southey, *History of Brazil* (Londres 1810)310.

Introdução bibliográfica

A) FONTES MANUSCRITAS

As fontes manuscritas dêste Tômo acham-se sobretudo nos seguintes Arquivos:

Archivum Societatis Iesu Romanum............	[Arch. S. I. Roman.]
Archivio del Vaticano......................	[Vaticano]
Arquivo Histórico Colonial, Lisboa............	[AHC]
Arquivo do Instituto Histórico e Geográfico Brasileiro, Rio de Janeiro......................	[Arq. do Inst. Hist. Bras.]
Arquivo Nacional do Rio de Janeiro...........	[Arq. Nac. (Rio)]
Arquivo Nacional da Tôrre do Tombo..........	[Tôrre do Tombo]
Arquivo da Província Portuguesa S.I., Lisboa.....	[Arq. da Prov. Port.]
Arquivo do Estado de S. Paulo...............	[Arq. do Est. de S. Paulo.]
Biblioteca Nacional de Lisboa................	[BNL]
Biblioteca Nacional do Rio de Janeiro..........	[BNRJ]
Biblioteca Nazionale Vittorio Emanuele, Roma....	[Bibl. Vitt. Em.]
Directoria do Domínio da União, Rio de Janeiro...	[Domínio da União]
Fondo Gesuitico, Piazza del Gesù, 45, Roma......	[Gesù]

No Tômo V ficou a individuação geral dos Códices dos Arquivos da Companhia, sôbre êste período (1600-1760), e portanto também sôbre êste Tômo VI. Abreviaturas principais:

Archivum Societatis Iesu Romanum:

Brasilia....................	[*Bras.*]
Congregationes...............	[*Congr.*]
Historia Societatis...........	[*Hist. Soc.*]
Lusitania....................	[*Lus.*]

Archivio del Gesù:

Assistentiae.................	[*Assist.*]
Collegia....................	[*Colleg.*]
Missiones...................	[*Missiones*]

Dos outros Arquivos da Europa, em particular dos *Portugueses*, os mais importantes para êste Tômo, também no V se deu notícia sumária, que abrange os séculos XVII e XVIII. Na sua consulta achamos as facilidades de uma completa liberdade religiosa, que existe agora em Portugal, e não existia desde de 1910 até o advento do Presidente Carmona e Govêrno do Dr. António de Oliveira Salazar; liberdade elementar, sem a qual nem nos seria possível estudar êsses Archivos, nem escrever esta obra.

*

Também no Tômo V demos notícia dos Arquivos gerais do Brasil no *Rio de Janeiro:* Biblioteca Nacional, Arquivo Nacional, Instituto Histórico. A êstes, cumpre juntar agora o Arquivo da Directoria do Domínio da União, com alguns elementos úteis. A Colecção *De Angelis,* da Biblioteca Nacional do Rio, fonte extraordinàriamente rica para a Assistência de Espanha, como o demonstram entre outros os estudos de Aurélio Pôrto, pouco toca a Assistência de Portugal, objecto preciso desta *História*, dentro do qual importa que nos mantenhamos com inflexível firmeza, por ser o menos estudado, na maior parte inédito, e por si mesmo grande.

*

Em *S. Paulo* guardam-se hoje manuscritos, que foram do Dr. Alberto Lamego, e dos quais, já o dissemos, possuímos há muito as fotocópias (Arq. da Prov. Port.). Alguns elementos colhemos, ainda assim, no Arquivo do Estado, com a boa cooperação do seu digno Director Dr. Lellis Vieira. As revistas paulistas, de carácter histórico, e as colecções de documentos-fontes, colocaram-nas graciosamente ao nosso alcance diuturno, o Dr. Tôrres de Oliveira (*Revista do Instituto Histórico e Geográfico de S. Paulo*), o Dr. Paulo Duarte (*Revista do Arquivo Municipal*) e o inegualável conhecedor das coisas paulistas, Dr. Afonso de E. Taunay (*Actas, Registo Geral, Documentos Interessantes, Anais do Museu Paulista, Inventários e Testamentos*), com os seus próprios livros, entre os quais tem primazia, para êste Tômo, a *História Seiscentista da Vila de S. Paulo.*

*

Nenhum, entre os Estados do Brasil, pesquisou modernamente com tanto afã as suas origens, como S. Paulo, ora sob um aspecto, ora sob outro. Muitas destas fontes históricas versam ou são documentos da Companhia de Jesus, que foi a própria fundadora da grande Cidade e o foco inicial da cultura paulista com o seu famoso Colégio, como aliás, sem falar nos do Norte, já estudados nos Tomos precedentes, também os Colégios do Rio de Janeiro, Espírito Santo, Paraná, Santa Catarina, e Colónia do Sacramento, foram os primeiros marcos literários destas regiões. Todavia, tanto para S. Paulo, como para o Rio e o Sul, assim como para os demais Livros e Capítulos dêste Tômo VI, as fontes fundamentais, são, como sempre, os documentos inéditos da Companhia de Jesus, conservados na Europa.

Alguns Manuscritos

a) *Algumas advertências para a Província do Brasil*, ms., não assinado, em duas partes. A primeira, de 1610, parece ser do P. Jácome Monteiro, secretário do Visitador Manuel de Lima; a segunda parece do P. Domingos Coelho, que consta ter enviado a Roma, na mesma ocasião, uma *Informação* sôbre os Engenhos do Camamu e Passé, de que realmente trata esta 2.ª parte. Bibl. Vitt. Em., fondo gesuitico, 1255, n.º 38. [*Algumas Advertências...*]

b) António de Matos, *De prima Collegii Fluminis Ianuarii Institutione*, Gesù, *Colleg.*, 201. Cf. supra, *História*, I, pág. XXVII. [António de Matos, *De Prima Inst...*]

c) *Catálogo dos Defuntos da Província do Brasil desde 1553 a 1769*. Organizado com dados de Catálogos, Cartas Ânuas e «Livros de óbitos do Rio de Janeiro, e S. Paulo que escaparam». Com outras indicações sôbre Jesuítas do Brasil, professos, mártires, etc. Roma, Bibl. Vitt. Em., fondo gesuitico, 3492/1363, n.º 6. [Bibl. Vitt. Em., f. gess. 3492/1383, n.º 6 (catál.)]

d) *Sexennium Litterarum Brasilicarum ab anno 1651 usque ad 1657* pelo P. António Pinto, *Bras.* 9, 13-25v. Cf. supra, *História*, V, pág. XXIII. [*Sexennium Litterarum* do P. António Pinto...]

e) Francisco da Silveira, *Pars Secunda Provinciae Brasiliensis sive Brevis Narratio eorum quae ab Archiepiscopo Reformatore nec non Prorege ac Regiis Ministris de mandato Lusitani Regis peracta sunt in Dioecesi Bahiensi*. Auctore P. Francisco da Silveira. Ms. da Bibl. Real de Bruxelas, cód. 20126; Ms. da Univers. Gregoriana, cód. 138 (mais completo). [Silveira, *Narratio*...]

f) *Spese per sepoltura dei P.P. G.G. Portoghesi*, no Arch. del Gesù, Título VI, *Miscellanea*, caixa 690. Trata dos Padres de tôda a antiga Assistência de Portugal, portanto também do Brasil. [Gesù, *Miscellanea*, 690, *Spese per Sepoltura*...]

B) BIBLIOGRAFIA IMPRESSA

Não se averbam aqui tôdas as referências bibliográficas utilizadas nos diversos Capítulos como em cada qual se verá ao pé da página. Mas *ùnicamente* as de citação freqüente, *abreviada*, e que aqui se dão *completas*, como convém. Entre cancelos, o modo de citação.

ABREU E LIMA, José Inácio de. — *Synopsis ou Deducção Chronologica dos factos mais notaveis da Historia do Brasil*, Rio, 1845. [Abreu e Lima, *Synopsis*...]

Actas da Câmara Municipal de S. Paulo, S. Paulo, 1914 e seguintes. [*Actas*, I, II...]

AIRES DE CASAL, Manuel. — *Corografia Brasílica*, 2 vols., S. Paulo, 1943. [Aires de Casal, *Corografia*, I, II...]

ALMEIDA, Fortunato de. — *História da Igreja em Portugal*, 4 Tomos, Coimbra, 1910-1921. [Fortunato de Almeida, *História da Igreja em Portugal*, I, II...]

— *História de Portugal*, 6 vols., Coimbra, 1922-1929. [Fortunato de Almeida, *História de Portugal*, I, II...]

Anais da Biblioteca Nacional do Rio de Janeiro, 65 vols., 1876-1945. Em curso de publicação. [*Anais da BNRJ*, I, II...]

Anais do Museu Paulista, Publicação da Universidade de S. Paulo. Em curso de publicação. [*Anais do Museu Paulista*, I, II...]

ANDRADE E SILVA, J. J. de. — *Collecção Chronologica da Legislação Portuguesa*, 10 vols., Lisboa, 1854-1859. [Andrade e Silva, *Collecção Chronologica*, I...]

ANTONIL, André João. — *Cultura e Opulência do Brasil por suas drogas e Minas*, Macau, 1898; S. Paulo, 1923. [Antonil, *Cultura e Opulência do Brasil*... citando a respectiva edição naquilo em que divergem]

Apêndice ao Catálogo Português de 1903. «Patres ac Fratres ex Provinciis Ultramarinis antiquae Assistentiae Lusitanae Soc. Jesu, qui sub Pombalio, post dura quaeque perpessa, in exilium deportari maluerunt quam Societatem Jesu derelinquere. Organizado pelo P. António Vaz Serra. Lisboa, 1903. [*Apêndice ao Cat. Port. de 1903*]

Archivo do Districto Federal, 4 vols., Rio, 1894-1897. [*Arq. do Distr. Federal*, I, II...]

Archivum Historicum Societatis Iesu, periodicum Semestre ab Instituto Historico S.I. in Urbe editum, Roma, 1932ss. Em curso de publicação. [*AHSI* I, II...]

ASTRAIN, António. — *Historia de la Compañia de Jesús en la Asistencia de España*, 7 vols., Madrid, 1905-1925. [Astrain, *Historia*, I, II...]

AZEVEDO MARQUES, Manuel Eufrásio de. — *Apontamentos Historicos, Geographicos, Biographicos, Estatisticos, e Noticiosos da Provincia de S. Paulo*, 2 vols., Rio de Janeiro, 1879. [Azevedo Marques, *Apontamentos*, I, II...]

BARBOSA MACHADO, Diogo. — *Biblioteca Lusitana*, 4 vols., 2.ª ed., Lisboa, 1930-1935. [Barbosa Machado, *Bibl. Lus.*, I, II...]

BARROS, André de. — *Vida do Apostolico Padre Antonio Vieyra da Companhia de Jesus chamado por antonomasia o Grande*, Lisboa, 1746. [Barros, *Vida do P. Vieira*...]

BETTENDORFF, João Filipe. — *Chronica da Missão dos Padres da Companhia de Jesus no Estado do Maranhão* na Rev. do Inst. Hist. Bras., LXXII, 1.ª Parte (1910). [Bett., *Crónica*...]

Boletim Geográfico. (*Informações, Notícias, Bibliografia, Legislação*). Do Conselho Nacional de Geografia, Rio. Em curso de publicação. [*Boletim Geográfico*, I, II...]

Boletim do Museu Nacional. Rio de Janeiro. Em curso de publicação. [*Boletim do Museu Nacional*, I, II...]

BORGES DA FONSECA, António José Vitoriano. — *Nobiliarchia Pernambucana*, nos *Anais da BNRJ*, XLVII (1.º volume), XLVIII (2.º volume), Rio, 1935. [Borges da Fonseca, *Nobiliarquia Pernambucana*, I, II...]

Brasilia. Publicação do Instituto de Estudos Brasileiros da Faculdade de Letras da Universidade de Coimbra, Coimbra, 1942 e seguintes. Em curso de publicação. [*Brasilia*, I, II...]

CAEIRO, José. — *De Exilio Provinciarum Transmarinarum Assistentiae Lusitanae Societatis Iesu*, com a tradução portuguesa de Manuel Narciso Martins, Introdução de Luiz Gonzaga Cabral e Nota Preliminar de Afrânio Peixoto, Baía, 1936. [Caeiro, *De Exilio*...]

CALMON, Pedro. — *História do Brasil*, S. Paulo, I-III, 1941-1944. [Pedro Calmon, *H. do B.*, I, II...]

Campaña del Brasil. Publicaciones del Archivo General de la Nación, Buenos Aires, 1931... [*Campaña del Brasil*, I, II...]

CAPISTRANO DE ABREU, J. — *Capítulos de História Colonial (1500-1800)*, Rio, 1928. [Capistrano de Abreu, *Capítulos de História Colonial*...]

CARAYON, Auguste. — *Documents inédits concernant la Compagnie de Jésus*, 23 vols., Poitiers, 1863-1886. [Carayon, *Doc. Inédits*, I, II...]

CARDOSO, Jorge. — *Agiologio Lusitano dos Sanctos e Varões illustres em virtude do Reino de Portugal e suas Conquistas*. 3 Tomos, Lisboa, 1652-1666. Tômo IV por D. António Caetano de Sousa, Lisboa, 1744. [Jorge Cardoso, *Agiológio Lusitano*, I, II...]

Cartas de Vieira. — Vd. VIEIRA, António.

CASTRO, José de. — *Portugal em Roma*, 2 vols., Lisboa, 1939. [Castro, *Portugal em Roma*, I, II...]

CIDADE, Hernâni. — *Padre António Vieira*, 4 vols., Lisboa, 1940. [Hernâni Cidade, *Padre António Vieira*, I, II...]

CORDARA, Júlio César. — *Historia Societatis Jesu Pars sexta complectens res gestas sub Mutio Vitelleschio*, I, Roma, 1750; II, Roma, 1859. [Cordara, *Hist. Soc.*, VI, 1.º, 2.º...]

COSTA, Lúcio. — *A Arquitetura dos Jesuítas no Brasil*, na Revista do Serviço do Património Histórico e Artístico Nacional, V, Rio, 1941, 9-100. [Lúcio Costa, *A Arquitetura dos Jesuítas no Brasil*...]

COUTO REIS, Manuel Martins do. — *Memorias de Santa Cruz. Seu estabelecimento e economia primitiva: seus sucessos mais notaveis, continuados do tempo da extincção dos denominados Jesuitas, seus fundadores, até o anno de 1814*, na Rev. do Inst. Hist. Bras., V(3.ª ed.)154-199. [Couto Reis, *Memórias de Santa Cruz*...]

Cunha Rivara, Joaquim Heliodoro da. — *Catálogo dos Manuscritos da Biblioteca Eborense*, Lisboa, 1850-1871. [Cunha Rivara, *Catálogo*, I...]

Daemon, Basílio Carvalho. — *Província do Espírito Santo*, Vitória, 1879. [Daemon, *Província do Espírito Santo*...]

Documentos Históricos. — Publicação da Biblioteca Nacional do Rio de Janeiro, 67 vols. Em Curso de publicação. Rio, 1928-1944. [*Doc. Hist.*, I, II...]

Documentos Interessantes para a história e costumes de S. Paulo, S. Paulo, 1895 e seguintes. [*Doc. Interes.*, I, II...]

Estudos Brasileiros. Publicação do Inst. de Estudos Brasileiros, Rio. Em curso de publicação. [*Estudos Brasileiros*, I, II...]

Fonseca, Manuel da. — *Vida do Veneravel Padre Belchior de Pontes*, 2.ª edição, s/d. Com prefácio de Afonso de E. Taunay e notas gramaticais de Otoniel Mota, S. Paulo s/d. [Fonseca, *Vida do P. Belchior de Pontes*...]

Franco, António. — *Imagem da Virtude em o Noviciado da Companhia de Jesus do Real Collegio do Espirito Santo de Evora do Reyno de Portugal*, Lisboa, 1714. [Franco, *Imagem de Évora*...]

— *Imagem da Virtude em o Noviciado da Companhia de Jesus na Corte de Lisboa*, Coimbra, 1717. [Franco, *Imagem de Lisboa*...]

— *Imagem da Virtude em o Noviciado da Companhia de Jesus no Real Collegio de Coimbra*, I, Évora, 1719; II, Coimbra, 1719. [*Imagem de Coimbra*, I, II...]

— *Synopsis Annalium Societatis Iesu in Lusitania*, Augsburgo, 1726. [Franco, *Synopsis*...]

— *Ano Santo da Companhia de Jesus em Portugal*, Pôrto, 1931. [Franco, *Ano Santo*...]

Galanti, Rafael M. — *História do Brasil*, 2.ª ed., S. Paulo, 1911. [Galanti, *H. do B.*, I, II...]

Garcia, Rodolfo. — *Notas à Historia Geral do Brasil*, de Pôrto Seguro. Cf. Pôrto Seguro. [Garcia em *HG*, I, II...]

Greve, Aristides. — *Subsídios para a História da Restauração da Companhia de Jesus no Brasil*, S. Paulo, 1942. [Greve, *Subsídios*...]

Guilhermy, Elesban de. — *Ménologe de la Compagnie de Jésus — Assistance de Portugal*, 2 vols., Poitiers, 1867-1868. [Guilhermy, *Ménologe de l'Assistance de Portugal*...]

Inocêncio Francisco da Silva — *Diccionario Bibliographico Portuguez*, continuado por Brito Aranha e Gomes de Brito, 22 vols., Lisboa, 1858-1923. [Inocêncio, *Dicionário Bibliográfico*, I, II...]

Inventários e Testamentos, do Arquivo do Estado de S. Paulo, 39 vols., S. Paulo, 1920-1937. [*Invent. e Test.*, I, II...]

Lamego, Alberto. — *A Terra Goytacá*, 5 vols., Bruxelas-Niterói, 1923-1942. [Lamego, *A Terra Goitacá*, I, II...]

Leite, Serafim. — *Páginas de História do Brasil*, S. Paulo, 1937. [S.L., *Páginas*...]

— *Novas Cartas Jesuíticas — De Nóbrega a Vieira*, S. Paulo, 1940. [S.L., *Novas Cartas*...]

— *Luiz Figueira — A sua vida heróica e a sua obra literária*, Lisboa, 1940. [S.L., *Luiz Figueira*...]

Lettere Annue d'Etiopia, Malabar, Brazil e Goa, Roma, 1627. [*Lettere Annue d'Etiopia*...]

Lisboa, Baltasar da Silva. — *Annaes do Rio de Janeiro*, 7 Tomos, Rio, 1834. [Baltasar da Silva Lisboa, *Anais*, I, II...]

Litterae Annuae Provinciae Paraquariae, Lille, 1642. [*Litterae Annuae Prov. Paraquariae*...]

Loreto Couto, Domingos do. — *Desagravos do Brasil e Glórias de Pernambuco* em Anais da BNRJ, XXIV-XXV. [Loreto Couto, *Desagravos do Brasil*, XXIV, XXV...]

Lúcio de Azevedo, J. — *Os Jesuítas no Grão Pará — Suas Missões e a Colonização*, 2.ª ed., Coimbra, 1930. [Lúcio de Azevedo, *Os Jesuítas no Grão Pará*...]

— *História de António Vieira*, 2.ª ed., Lisboa, 1931. [Lúcio de Azevedo, *Hist. de A.V.*, I, II...]

Marcondes, Moisés. — *Documentos para a história do Paraná*, Rio, 1923. [Marcondes, *Documentos para a história do Paraná*...]

Marques, César. — *Diccionario Historico, Geographico e Estatistico da Provincia do Espirito Santo*, Rio, 1879. [César Marques, *Dic. do Espírito Santo*...]

— *Diccionario Historico, Geographico e Estatistico da Provincia do Maranhão*, Maranhão, 1864. [César Marques, *Dic. do Maranhão*...]

Marques, Simão. — *Brasilia Pontificia*, Lisboa, 1749. [Simão Marques, *Brasilia Pontificia*...]

Martins, Romário. — *História do Paraná*, Curitiba, 1937. [Romário Martins, *História do Paraná*...]

Martius, Carl Friedr. Phil. von. — *Glossaria Linguarum Brasiliensium*, Erlangen, 1863. [Martius, *Glossaria*...] Vd. Spix.

Maximiliano, Príncipe de Wied Neuwied. — *Viagem ao Brasil* (1815-1817). Tr. de Edgar Sussekind de Mendonça e Flávio Poppe de Figueiredo. Refundida e anotada por Olivério Pinto, edição ilustrada, S. Paulo, 1940. [Maximiliano, *Viagem ao Brasil*...]

Memórias e Comunicações apresentadas ao Congresso Luso-Brasileiro de História. Em *Publicações do Congresso do Mundo Português*, vol. IX, X, Lisboa, 1940. [*Memórias do Congresso*, IX, X...]

Moniz, Jerónimo. — *Vita P. Stanislai de Campos e Societate Jesu in Brasiliensi Provincia Sacerdos*, Rio, 1889. [Moniz, *Vita P. Stanislai de Campos*...]

Norton, Luiz. — *A Dinastia dos Sás no Brasil*, Lisboa, 1943. [Norton, *A dinastia dos Sás no Brasil*...]

Pastells, Pablo. — *Historia de la Compañia de Jesús en la Provincia del Paraguay*, (Argentina, Paraguay, Uruguay, Perú, Bolivia y Brasil) según los documentos originales del Archivo General de Indias, 4 vols., Madrid, 1912-1923. [Pastells, *Paraguay*, I, II...]

Peixoto, Afrânio. — *História do Brasil*, 2.ª ed., S. Paulo, 1944. [Afrânio Peixoto, *História do Brasil*...]

Pizarro e Araújo, José de Sousa de Azevedo. — *Memórias históricas da Província do Rio de Janeiro*, 6 vols., Rio, 1820-1822. [Pizarro, *Memórias*, I, II...]

Pôrto, Aurélio. — *História das Missões Orientais do Uruguai*, Rio, 1943. [Aurélio Pôrto, *História das Missões Orientais*...]

Pôrto Seguro, Visconde de (Francisco Adolfo Varnhagen). — *História Geral do Brasil*. Notas de J. Capistrano de Abreu e Rodolfo Garcia, 5 vols., 3.ª ed., (Tômo I, 4.ª), S. Paulo, s/d. [Pôrto Seguro, *HG*, I, II...]

Registo Geral da Câmara Municipal de S. Paulo, S. Paulo, 1917ss. [*Registo Geral*, I, II...]

RÊGO MONTEIRO, Jónatas da Costa. — *A Colónia do Sacramento*, 2 vols., Pôrto Alegre, 1937. [Rêgo Monteiro, *A Colónia*, I, II...]

Revista do Arquivo Municipal de S. Paulo. Em curso de publicação. [*Rev. do Arq. Municipal de S. Paulo*, I, II...]

Revista do Instituto Histórico e Geográfico Brasileiro, Rio, 1838-1945. Em curso de publicação. Cf. supra, *História*, III, Intr., XXXI. [*Rev. do Inst. Hist. Bras.*, I, II...]

Revista do Instituto Histórico e Geográfico de S. Paulo, S. Paulo. Em curso de publicação. [*Rev. do Inst. Hist. de S. Paulo*, I, II...]

Revista do Serviço do Património Histórico e Artístico Nacional, Rio. Em curso de publicação. [*Revista do SPHAN*, I, II...]

RIO BRANCO, Barão do. — *Efemérides Brasileiras*, Rio, 1918. [Rio Branco, *Efemérides Brasileiras*...]

ROCHA PITA, Sebastião. — *História da América Portuguesa*. Lisboa, 1880. [Rocha Pita, *América Portuguesa*...]

ROCHA POMBO, José Francisco da. — *História do Brasil*, 10 vols., Rio, s/d. [Rocha Pombo, *H. do B.*, I, II...]

RODRIGUES, Francisco. — *História da Companhia de Jesus na Assistência de Portugal*. Em curso de Publicação. Tomos I-III, Pôrto, 1931-1944. [Rodrigues, *História*, I, II...]

— *A Formação Intellectual do Jesuita*, Pôrto, 1917. [Rodrigues, *A Formação*...]

— *A Companhia de Jesus em Portugal e nas Missões*, 2.ª ed., Pôrto, 1935. [Rodrigues, *A Companhia*...]

RODRIGUES DE MELO, José. — *Vita P. Emmanuelis Correae*, Fano S. Martini, 1789. Possuímos a fotocópia do *ms.* pelo qual fazemos as citações. [José Rodrigues de Melo, *Vita P. Emmanuelis Correae*... (ms)]

SAINT-HILAIRE, Auguste de. — *Viagem pelo Distrito dos Diamantes e Litoral do Brasil*, Tradução de Leonam de Azeredo Pena, S. Paulo, 1941. [Saint-Hilaire, *Viagem pelo Distrito dos Diamantes e Litoral do Brasil*...]

— *Segunda Viagem ao Interior do Brasil: Espírito Santo*, Tr. de Carlos Madeira. S. Paulo, 1936. [Saint-Hilaire, *Espírito Santo*...]

SALDANHA DA GAMA, José de. — *História da Imperial Fazenda de Santa Cruz*, na *Rev. do Inst. Hist. Bras.*, XXXVII, 2.ª P., 165-230. [José de Saldanha da Gama, *História da Imperial Fazenda de Santa Cruz*...]

SANTA MARIA, Agostinho de. — *Santuário Mariano e História das Imagens milagrosas de Nossa Senhora*, Lisboa, 1707-1723. [*Santuário Mariano*, I, II...]

SOMMERVOGEL, Carlos. — *Bibliothèque de la Compagnie de Jésus*, Bruxelas, 1890-1909. [Sommervogel, *Bibl.*, I, II...]

SOUTHEY, Roberto. — *Historia do Brazil*, 6 vols., Rio, 1862. [Southey, *H. do B.*, I, II...]

TAUNAY, Afonso de E. — *História Geral das Bandeiras Paulistas*, 7 tomos, S. Paulo, 1924-1936. [Taunay, *Hist. Geral das Bandeiras Paulistas*, I, II...]

— *História Seiscentista da Vila de S. Paulo*, 4 tomos, S. Paulo, 1926-1929. [Taunay, *História Seiscentista*, I, II...]

— *História da Vila de S. Paulo no século XVIII(1701-1711)*, S. Paulo, 1931.
  [Taunay, *História da Vila de S. Paulo no século XVIII*...]
Teschauer, Carlos. — *História do Rio Grande do Sul*, 3 vols., Pôrto Alegre, 1918-1922. [Teschauer, *História do Rio Grande do Sul*, I, II...]
Varnhagen. Vd. Pôrto Seguro.
Vasconcelos, Simão de. — *Chronica da Companhia de Jesu do Estado do Brasil e do que obraram seus filhos nesta parte do Novo Mundo*, 2 vols., Lisboa, 1865. [Vasc., *Crónica*...]
— *Vida do P. Joam d'Almeida da Companhia de Jesu, na Provincia do Brasil*, Lisboa, 1658. [Vasc., *Almeida*...]
— *Vida do Veneravel P. Joseph de Anchieta*, Lisboa, 1672. [Vasc., *Anchieta*...]
Vieira, António. — *Sermões*, 15 tomos, Lisboa, 1854-1858. [Vieira, *Sermões*, I, II...]
— *Obras Inéditas*, 3 tomos, Lisboa, 1856-1857. [Vieira, *Obras Inéditas*, I, II...]
— *Obras Várias*, 2 tomos, Lisboa, 1856-1857. [Vieira, *Obras Várias*, I, II...]
— *Cartas do Padre António Vieira*, coordenadas e anotadas por J. Lúcio de Azevedo, 3 tomos, Coimbra, 1925-1928. [*Cartas de Vieira*, I, II...]

Igreja Nova do Colégio do Rio de Janeiro no Morro do Castelo
(Litografia antiga de Heaton e Rensburg Rio de Janeiro)

LIVRO PRIMEIRO

RIO DE JANEIRO

TABERNÁCULO DO ALTAR DE S. INÁCIO NA IGREJA DO COLÉGIO DO RIO DE JANEIRO
Com o desmonte do Morro do Castelo, passou para a Igreja da Misericórdia, onde hoje se encontra.

CAPÍTULO I

Real Colégio das Artes

1 — Faculdade de Filosofia, graus académicos e outros Cursos; 2 — Reitores; 3 — A evolução construtiva do Colégio e suas dependências, Botica e Hospital; 4 — A Igreja e o seu ornato interno, culto e missões; 5 — Primeira pedra da nova Igreja, monumental, a 1 de Janeiro de 1744; 6 — A Livraria do Colégio, primeira biblioteca pública do Rio; 7 — O Colégio, parte integrante da vida citadina.

1. — Os estudos no Colégio do Rio de Janeiro, iniciados no século XVI [1], pelo que toca às *Humanidades*, eram ainda em 1619 a expressão do que tinham sido até ali: duas classes abertas para todos os que queriam aprender, uma de latim, outra de ler, escrever e contar. E à volta disto, «bons costumes» [2].

Aumentando os alunos do *Pátio do Colégio*, desdobrou-se vinte anos depois o estudo de *Latinidade* em dois cursos, *Rudimentos* e

---

1. Cf. supra, *História*, I, 400ss. A primeira vez que o *Rio de Janeiro* aparece como casa da Companhia de Jesus, nos Catálogos, é em 1567, com estas palavras: «Rio de Janeiro — Manuel da Nóbrega, professo de 4 votos, foi Provincial no Brasil e com os Primeiros que foram àquela Província. É Superior ali», *Bras. 5*, 7v. O ano de 1567 é o próprio da *instalação* da Cidade no Morro do Castelo. A cidade tinha sido *fundada*, segundo Anchieta, e já com todos os elementos essenciais da vida civil, dois anos antes, a 1 de Março de 1565, entre o Pão de Açúcar e o Morro de S. João (cf. supra, *História*, I, 383-384). A cidade recebeu o nome de S. Sebastião, hagiográfico de El-Rei de Portugal. Escolheu-se o dia do Padroeiro (20 de Janeiro) para o ataque decisivo, em 1567, contra o inimigo; e é natural que se escolhesse também, para a instalação sumária da cidade no Morro do Castelo, o dia aniversário da fundação (1.º de Março). De 1 de Março de 1567, se deve datar, pois, a *fundação* do *Colégio* do Rio de Janeiro.

2. Cf. infra, *Informação do Colégio do Rio de Janeiro*, pelo P. António de Matos, 1619, no *Apêndice A*. Transpondo os «bons costumes», de que fala António de Matos, para outra fórmula, escreve Baltasar da Silva Lisboa: «E os estu-

Superior, com maior proveito dos estudantes [1]. Depois, começou a haver estudos de Humanidades, não só para alunos externos, mas também para Irmãos Estudantes da Companhia. E em 1757, o ciclo de *Humanidades*, além do curso de Português e Rudimentos gerais, abrangia duas classes de Gramática e uma de Retórica [2].

O *Curso de Artes* ou *Filosofia* leu-se pela primeira vez no Rio de Janeiro no triénio de 1638 a 1640, onde, além dos externos, 9 da Companhia o concluíram. Aos Actos Públicos de Filosofia e à colação dos graus académicos, com o cerimonial e pompa de costume em todos os Colégios dos Jesuítas [3], assistiam as pessoas gradas da cidade, à frente das quais em 1640 estava o Governador Salvador Correia de Sá e Benevides [4].

Foi a primeira *Faculdade de Filosofia* do Rio de Janeiro, e um século depois teria a mesma denominação do Real Colégio das Artes de Coimbra, por ser também como êle e os da Baía e Olinda, de fundação real.

Em 1649 era numeroso o Curso de Filosofia, dentro do relativismo da época. Andavam nêle 21 da Companhia, e ia continuando, «para ao fim dêste ano começarem os exames para o grau dos *Bacharéis*. Para o ano deve vir cá o P. Provincial dar o grau de *Mestres*» [5].

Professor de Filosofia no Colégio do Rio, em 1663, era o P. Eusébio de Matos [6]; e oito anos depois, em 1671, Prefeito de Estudos, o célebre orador António de Sá [7]. Por essa ocasião andava o Colégio da Baía empenhado na construção da grande Igreja, que é hoje a Catedral. Para se encurtarem os gastos com a formação de estudantes, repartiram-se os estudos superiores entre a Baía e o Rio, cabendo ao Rio o Curso de Filosofia para todos os da Companhia do Brasil que a êle viriam, como sucedeu em 1692 [8]. Medida transitória, sem dúvida, pois a Baía voltou a ter Faculdade de Filosofia.

---

dantes eram obrigados a confessar-se mensalmente, o que muito influía na moralidade da juventude», *Annaes do Rio de Janeiro*, IV, 262.

1. *Bras. 8*, 522v.
2. *Bras. 6*, 397v.
3. Cf. supra, *História*, I, 96-97; IV, 268, 274.
4. *Bras. 8*, 522-523.
5. *Bras. 3(1)*, 273.
6. *Bras. 5(2)*, 13.
7. *Bras. 3(2)*, 112.
8. *Bras. 4*, 3-3v; *Bras. 9*, 379v.

A *Teologia Especulativa* e *Dogmática* concentrou-se, a princípio, no Colégio Máximo da Baía, exceptuando cursos esporádicos, que se assinalam em todos os Colégios, para casos quási individuais de estudantes, que por qualquer circunstância não pudessem freqüentar o curso regular da Baía, como se diz em 1640 que alguns estudaram, no Rio, Teologia, não só *Moral*, que esta sempre a houve desde o século XVI, mas também *Dogmática* [1].

No entanto, a evolução do Rio e o seu desenvolvimento citadino, como também o desafôgo das suas finanças iria promover e ampliar o quadro dos estudos. Já em 1662 se considerava o Colégio do Rio o mais próspero do Brasil. O custo de vida seguira o da prosperidade. Em 1711 o índice para sustento de um Religioso, era:

    No Colégio do Rio,   por ano, 100 escudos
    No Colégio da Baía,   » » 80 escudos
    No Colégio de Olinda,   » » 75 escudos
    Nos outros Colégios,   » » 70 escudos [2]

A invasão francesa dêste ano perturbou e agravou momentâneamente o desafôgo do Colégio. Restabelecido o equilíbrio pensou-se em organizar o Curso completo dos estudos e formação da Companhia, desde o Noviciado à Teologia Dogmática. Tudo dependia de dois factores: cópia de professores e fontes de receita. Na Cidade os estudos do Colégio eram estimados e pedidos. E o zeloso Prelado D. Francisco de S. Jerónimo, para promover a cultura do seu Clero Diocesano, determinou em Pastoral sua que não admitiria ao sacerdócio nenhum candidato, sem ter cursado antes dois anos de Teologia Moral no Colégio, mediante «certidão do Mestre de Moral da Companhia de Jesus. De tão necessária providência resultaram proveitosos efeitos aos Sacerdotes do Bispado, que tendo

---

1. *Bras. 8*, 522v.
2. *Bras. 4.* 167v. É conhecida a campanha do P. António Vieira sôbre a moeda do Brasil. No Rio de Janeiro, escreve êle, abaixou-se tanto a moeda e de modo tal que quem tinha 9 achou que só tinha 5. Resultado: os navios do Reino preferiam antes levar moeda que géneros. Crise. Vieira propõe e defende a criação da moeda provincial, «com tal melhoria no extrínseco que passada a outra parte seja perda e não interêsse». *Cartas de Vieira*, III, 611, 617, 628, 633, 635, 639, 641, 644, 654. A campanha de Vieira foi coroada de êxito e as moedas do Brasil, ao criar-se a Casa da Moeda em 1694, ficaram com mais 10% do valor nominal que as do Reino, cf. Lúcio de Azevedo, *ib.*, 658.

conhecido pelo estudo mais profundo os seus deveres, com satisfação maior se empregaram nos Benefícios. Daí se originou que pretendendo o Cabido Sede Vacante obter faculdade Régia para se erigirem no Colégio da Companhia duas Cadeiras de Teologia Especulativa, e uma de Moral, e suplicando a sua criação em carta de 3 de Outubro de 1724, foi desprezado o requerimento, determinando o Soberano, em Provisão de 19 de Maio do ano seguinte, que se observasse aquela Provisão»[1]. O requerimento do Cabido visava a efeitos de carácter económico, para serem remuneradas aquelas novas cadeiras. Indeferido por El-Rei, tomaram os Padres o assunto à sua conta. E assim em 1725 abriu-se Aula de Teologia para externos, e da Baía transitaram para o Rio 12 Estudantes por ser o Rio já mais apto para os sustentar; e noticia-se em 1727 que se aumentaram os Estudos com o Curso de Teologia *Especulativa*, e que em breve se acrescentaria também um terceiro Curso de Humanidades: «Auctum est Scholasticorum Lycaeum *Theologia Speculativa*, et est proxima augendum *Grammaticali tertia palestra*»[2].

Trinta anos depois, em 1757, observa-se que o Colégio do Rio se situava em posição sensìvelmente igual ao da Baía, e ter-se-ia transformado com o tempo em *Universidade*, se a tormenta que logo se seguiu, o não tivesse impedido. Em breve a Província do Brasil se desdobraria em duas (além do Maranhão e Pará) com os Colégios Máximos respectivamente, um na Baía, outro no Rio de Janeiro. E tirando o Noviciado, exercício exclusivamente religioso, para os candidatos internos da Companhia, todos os mais estudos eram acessíveis às pessoas de fora.

Os diversos Catálogos do Brasil vão arquivando os Mestres nos anos a que pertencem. No de 1743 o *Corpo docente dos estudos superiores*, no Colégio do Rio, era [3]:

P. Simão Marques, Decano da Faculdade, de Coimbra.
P. Roberto de Campos, Professor de Prima, de Dundee.

---

1. Pizarro, *Mémorias Históricas*, IV, 80. D. Francisco de S. Jerónimo, dos Cónegos de S. João Evangelista, faleceu a 7 de Março de 1721, diz a Ânua correspondente, que acrescenta *bonae memoriae*, Bras. 4, 217. O P. António de Lima deixou impresso o seu elogio em versos latinos: «Carmen latinum in laudem Francisci a Sancto Hieronimo Episcopi Fluminensis», cf. supra, *História*, I, 534.
2. Bras. 10(2), 295; Bras. 4, 313, 315.
3. Bras. 6, 311v.

P. Cristóvão Cordeiro, Professor de Véspera, de Santos.
P. José Álvares, Professor de Teologia Moral, de Vila-Real.
P. Manuel Cardim, Prefeito dos Estudos e Substituto de Teologia, de Cedofeita, Pôrto.
P. Inácio de Sousa, Mestre de Filosofia, de Lisboa.
P. Francisco de Faria, Adjunto de Filosofia e Presidente dos Círculos desta Faculdade, de Goiana (Pernambuco).

Grupo notável de Mestres. Deixaram alguns dêles bom nome na poesia, oratória e jurisprudência, em particular o primeiro, Simão Marques, com o seu *Brasilia Pontificia*, uma das fontes do direito americano.

O Corpo docente em 1757 (último Catálogo) compunha-se dos seguintes professores [1].

Cursos Superiores:
P. Cristóvão Cordeiro, Prefeito Máximo dos Estudos, Paulista.
P. Francisco Cordeiro, Lente de Prima, Paulista.
P. António Coelho, Lente de Véspera, de Braga.
P. Inácio Ribeiro, Lente de Moral, do Recife.
P. Gaspar Gonçalves, Lente de Filosofia, Alagoano.
P. José da Mota, substituto de Filosofia, Paulista.

Curso de Humanidades:
Caetano da Fonseca, Prefeito Geral, do Rio.
Francisco Ribeiro, Mestre de Retórica, do Recife.
José António, Mestre de 1.ª Classe, da Baía.
Francisco Moreira, Mestre de 2.ª Classe, do Pôrto.
José Leitão, Mestre de Escola Elementar, de Bornes.

Estatística de interêsse, até sob o aspecto da ascensão dos nascidos no Brasil às cátedras do ensino, oito professores num grupo de onze; três paulistas, dois pernambucanos, um alagoano, um do Rio, um da Baía; e prepondera Santos, donde são naturais todos aquêles paulistas, contemporâneos de Alexandre e Bartolomeu de Gusmão, que por sua vez foram alunos dos Padres, e o segundo mais que aluno, porque foi noviço.

2. — Governaram o Colégio do Rio, além dos Reitores, de que já se deu notícia, por pertencerem ao século XVI [2], os seguintes,

---

1. *Bras.* 6, 397.
2. Cf. supra, *História*, I, 401-405.

lista organizada pelos catálogos existentes e outras fontes, com a invariável ressalva de algum elo intermédio, de que não há menção ou não veio ao nosso conhecimento. Muitos dêles foram ou vieram a ser Provinciais, como se mostra, ou desempenharam actividades a propósito das quais se dão as respectivas biografias. Aqui apenas uma ou outra característica pessoal, de função ou actividade externa. As datas, sem determinação de começo ou fim, indicam o ano em que exerciam de facto o govêrno do Colégio, como Reitores ou Vice-Reitores, e, portanto, a sua ordem cronológica:

P. *Leonardo Armínio* (1602). Tinha ido do Brasil como Superior da Missão do Tucumã [1].

P. *Manuel de Oliveira* (1602). Prègador.

P. *Domingos Coelho* (1604). Provincial. Cativo dos Holandeses [2].

P. *Marcos da Costa* (1610). Deputado do Brasil à VI Congregação Geral em Roma (1608).

P. *Fernão Cardim* (1613). Provincial. Insigne e conhecido escritor.

P. *António de Matos* (1617). Provincial. Cativo dos Holandeses. Escritor, sobretudo latino.

P. *João de Oliva* (1621). Cativo dos Holandeses.

P. *Francisco Fernandes* (1627). Embaixador a Lisboa em 1641, com Salvador de Sá, a prestar homenagem a El-Rei D. João IV, em nome do Governador do Rio de Janeiro, Salvador Correia de Sá e Benevides, com a certeza da sua adesão e a do Sul do Brasil à Restauração.

P. *Francisco Carneiro* (1628). Provincial. Activo e de bom conselho.

P. *Inácio de Sequeira* (1628). Grande sertanista. Pacificador dos Goitacases. Escritor.

P. *Baltasar Fernandes* (1631). Vice-Reitor.

P. *Francisco Carneiro*, 2.ª vez (1633).

P. *José da Costa* (1640). Provincial.

---

1. Cf. supra, *História*, I, 349.
2. Supra, *História*, I, 405, em breve notícia antecipada dos primeiros reitores do século XVII, Domingos Coelho traz o ano de 1601, que deve ser 1604. Dão-se aí as datas das patentes de Roma para mais alguns, datas que não significam início de govêrno, como é óbvio, e que às vezes demorava por circunstâncias verificadas no Brasil, que impediam ou aconselhavam a demora.

P. *Simão de Vasconcelos* (1646). Provincial. Personalidade considerável. Historiador de renome [1].

P. *António Rodrigues* (1649). Cativo dos Holandeses.

P. *Manuel da Costa* (1652). Secretário do Provincial e Prof. de Teologia Especulativa.

P. *Francisco Madeira* (1655). Prof. de Filosofia e Teologia.

P. *António Forti* (1659). Tinha estudado Direito civil. Homem de espírito conciliador. Iria-o mostrar depois como Reitor da Baía, com a Casa da Tôrre. Mostrou-o aqui no Rio no Motim contra o General Salvador Correia de Sá e Benevides. Tendo-se apresentado à Câmara do Rio, queixa contra o P. António de Mariz, natural do Rio de Janeiro, Superior da Aldeia de S. Barnabé (Macacu), de que êle «estava fazendo muita gente de Índios da terra, amotinando-os para servirem e acompanharem ao General Salvador Correia de Sá e Benevides», o P. Reitor escreveu à Câmara uma carta, conciliadora, mas firme:

«Pax Christi. Consultei com todos os Padres dêste Colégio, o ponto sôbre que V. Mercês me escrevem, e achamos que é impossível que o P. António de Mariz faça gente de Índios da terra, amotinando-os para servirem e acompanharem ao General Salvador Correia de Sá e Benevides, obrigando-os e investindo-os com palavras e promessas, sentindo muito mal das acções do povo, e porque seria grande infâmia do Padre e da Companhia condená-lo logo a ser traidor do povo no tocante ao fazer gente; que no que toca a sentir mal e dá-lo a entender por palavras parece coisa dificultosa, visto terem pôsto preceito de obediência e outras penas que não se reprove o que o povo faz, pois isso não nos pertence, nem convém que julguemos e falemos mal de suas acções, porém não é tão impossível como o primeiro, porque inadvertidamente pode escapar uma palavra que advertidamente não se diria, e talvez os que ouvem trocam as palavras e calam algumas circunstâncias que mudam os sentidos e as palavras. Pelo que nos parece que alguns dos Srs. Procuradores ou dos Srs. dêsse nobre Senado e eu vamos à Aldeia, e saberemos o que na realidade se passa. E achando o Padre culpado resolveremos com os ditos Srs. procuradores do povo o que

---

[1]. Tinha patente de 1643, mas houve conveniência que ficasse Vice-Reitor da Baía, e o foi por 2 anos. Tomou posse do Reitorado do Rio, em «Janeiro dêste presente ano de 1646», *Bras. 3(1)*, 248.

fôr bem e mais conforme ao gôsto de V. Mercês. Os Padres virão fàcilmente em que V. Mercês ponham clérigos. E virão os Padres, porque estamos moralmente certos que os mal afectos da Companhia a cada passo hão-de informar a V. Mercês e aos Srs. procuradores do povo, conforme o afecto que têm; e, quando menos, mal informados dos Índios, que quando com vinho, levantam mil mentiras, como eu experimentei muitos anos. E os Padres não podem andar com êstes sobressaltos. Guarde Deus a V. Mercês. Colégio em o 1.º de Fevereiro de 1661 anos. P. António Forte» [1].

P. *Francisco Madeira*, 2.ª vez (1662).

P. *Francisco de Avelar* (1663). Provincial. Tomou parte activa e pessoal nas guerras de Pernambuco contra os Holandeses.

P. *Manuel Ribeiro* (1667). Professo de 4 votos, mas que passou dezenas de anos nas Aldeias dos Índios.

P. *Simão de Vasconcelos*, 2.ª vez (1670).

P. *Manuel André* (1677). Viveu no Colégio do Rio 36 anos e 6 com o govêrno dêle. Bom administrador.

P. *Jacinto de Carvalhais* (1678). Cronista dos motins de Santos e S. Paulo em 1640.

P. *Jacobo Cócleo* (1683). Missionário do Ceará. Cartógrafo.

P. *Domingos Barbosa* (1685). Procurador a Roma.

P. *Mateus de Moura* (1689). Provincial. Professor. Deixou Sermões impressos [2].

P. *Francisco de Matos* (1693). Provincial. Procurador em Lisboa, activo e caridoso. Escritor asceta importante. De exímia caridade para com o povo do Rio de Janeiro durante a grave epidemia que houve, durante o seu govêrno do Colégio. «Pai dos Pobres» [3].

P. *Baltasar Duarte* (1698). Procurador em Lisboa. Durante os 5 anos da sua função de Procurador, enviou para o Brasil e Maranhão 65 Padres e Irmãos. Encarregado por D. Pedro II de organizar o «Bulário do Padroado». O P. Baltasar Duarte, em nome dos

---

1. Carta transcrita com algumas incorrecções, na *Rev. do Inst. Hist. Bras.*, III (1841)23-24.

2. Entre o P. Mateus de Moura e o P. Baltasar Duarte parece que houve ainda um Vice-Reitor, diferente do P. Francisco de Matos, cf. Bibl. Vitt. Em., f. gess. 3492/1363, n.º 6.

3. *Bras. 10*, 218v.

«Oficiais e Bispo da Capitania do Rio de Janeiro», pediu à Coroa a fundação de um convento de Religiosas Capuchas no Rio. A Rainha D. Catarina deu a licença a 19 de Fevereiro de 1705 [1].

P. *Manuel Côrtes* (1701). Português, de *Olivença*.

P. *Estêvão Gandolfi* (1702). Foi Vice-Provincial. Tinha sido Missionário do Maranhão.

P. *Filipe Coelho* (1706). Professor de Filosofia e Teologia, e Reitor da Baía e Olinda. Pouco depois de acabar os estudos, o P. Filipe Coelho passou ao Colégio do Rio. E é conhecido o *Bando* do Governador da Capitania do Rio de Janeiro sôbre qualquer pessoa que achasse que êle Governador lhe devia o valor de um tostão o fôsse receber dêle; e se tivesse pejo de o fazer, «recorresse ao P. Filipe Coelho da Companhia de Jesus, que pontualmente lhe satisfaria» [2].

P. *Francisco de Sousa* (1710). Durante o seu govêrno dão-se as invasões francesas do Rio, e prestou os serviços que se verão no Capítulo seguinte.

P. *Miguel Cardoso* (1716). Provincial. Procurador Geral em Lisboa 10 anos. Sabia à maravilha a língua da sua terra (Angola), e foi catequista dos escravos negros.

P. *Estêvão Gandolfi*, 2.ª vez (1719).

P. *Manuel Dias* (1720). Provincial. Professor de Filosofia.

P. *Luiz de Carvalho* (1724). Empreendeu grandes obras no Colégio. Sabia admiràvelmente as Letras Humanas e a História eclesiástica e profana. Indo Procurador a Roma, ao passar em Lisboa, criada a Academia Real de História, foi nomeado membro dela como representante dos Domínios Portugueses. Alegou, para se escusar de outras incumbências, que estava encarregado de escrever a História da Companhia de Jesus no Brasil por ordem do P. Geral. Os ofícios em que o ocuparam impediram-no, infelizmente, de realizar a obra. Manso de carácter. E, podendo-o fazer, nunca se vingou de agravos [3].

---

1. Cf. *Bras. 11*, 459-460, a própria licença autêntica. Trata-se do Convento de N.ª S.ª da Conceição da Ajuda, diz Pizarro, que alude a esta intervenção do P. Baltasar Duarte, *Mémorias Históricas*, IV, 82.

2. *Rev. do Inst. Hist. Bras.*, LV, 1.ª P., 205. O Bando do Governador vem com a data de 19 de Fevereiro de 1680. No ano anterior de 1679, ainda o P. Filipe Coelho estava na Baía. No de 1683 já se encontrava no Rio, Professor de Filosofia.

3. *Bras. 10(2)*, 341.

P. António Cardoso (1727). Catequista dos Angolanos e Procurador em Lisboa, muito estimado dos ministros da Côrte [1].

P. Salvador da Mata (1731). Bom prègador.

P. Marcos Coelho (1735). Provincial. Prefeito Geral dos Estudos na Baía. Faleceu no cargo de Reitor a 24 de Setembro de 1736. Quando os sinos da Igreja do Colégio dobraram pela sua morte, todos os sinos das Igrejas e conventos do Rio dobraram a finados; e aos seus funerais, além do Governador e mais pessoas gradas, assistiram os quatro Provinciais das Ordens Religiosas do Rio. Natural de Pitanga, Baía [2].

P. Luiz de Matos (1736). Vice-Reitor.

P. Simão Marques (1737). Provincial, Professor e Jurisconsulto. Durante o seu reitorado, sucedeu um caso, próprio da *Legenda Áurea*. Tinham exposto à porta do Colégio uma menina no berço. Os Padres recolheram-na e mandaram-na educar numa fazenda. Ao chegar aos 20 anos, neste de 1737, o Reitor casou-a com um homem honrado, e dotou-a, além do enxoval e mobília da casa, com 2 escravos, e a renda de uma pequena fazenda, que poderia render mil cruzados. O sucesso, por extraordinário, achou-se digno de figurar na *Carta Ânua*, que acrescenta ter sido esta dotação da moça abandonada (antecipação das «Pupilas do Sr. Reitor») abençoada por Deus, que deu nesse ano maior abundância às fazendas do Colégio [3].

P. Francisco Xavier (1742). Procurador a Roma e Professor. Lançou a primeira pedra da nova Igreja monumental do Rio, e faleceu no cargo de Reitor, a 10 de Outubro de 1746. Assistiram aos seus funerais o Governador do Rio de Janeiro, o do Paraguai, o Bispo de S. Paulo, D. Bernardo Rodrigues Nogueira, e os Religiosos do Carmo e de S. Francisco [4].

P. António Cardoso, 2.ª vez (1746) [5].

---

1. Natural de Luanda, cf. S.L., *Jesuítas do Brasil naturais de Angola*, Separata da *Brotéria*, vol. XXXI (Lisboa Outubro de 1940)8.
2. *Bras. 10*(2), 378; Bibl. Vitt. Em., f. gess. 3492/1363, n.º 6.
3. *Bras. 10*(2), 386v.
4. *Bras. 10*(2), 425.
5. Deixou algumas Cartas, que se conservam no Arquivo Geral da Companhia; e na Bibl. de Évora, Cód. CXX/2-3, n.º 2, quatro autógrafos dêste período em que foi Reitor do Rio (1739-1747), ao Conde de Unhão, Rodrigo Xavier Teles de Meneses, cf. Cunha Rivara, *Catálogo*, I, 205.

P. *Tomaz Lynch* (1748). Provincial.

P. *Roberto de Campos* (1750). Field? Era escocês.

P. *João da Mata* (1752). Passou como Reitor a Santos, onde o achou o ano de 1759.

P. *Marcos de Távora* (1753). Professor de Teologia.

P. *Félix Xavier* (1754). Professor de Filosofia e Teologia e prègador.

P. *Manuel Ferraz* (1759). Último Reitor, numa série ininterrupta de perto de 70, desde o fundador P. Manuel da Nóbrega, em 1567 [1].

3. — O Colégio do Rio foi objecto de sucessivas remodelações, como a maior parte das obras dos Jesuítas do Brasil. Na Europa, benfeitores régios ou particulares ricos eram capazes de erguer, de uma só vez, amplos edifícios. No Brasil, que começou do nada, foi preciso que os recursos próprios, penosamente adquiridos nos trabalhos das Fazendas ou com donativos esparsos, se amontoassem, para de vez-em-quando dar novo impulso a obras, que se revelavam pequenas em face da evolução das cidades e dos encargos correspondentes ao alojamento e ensino público.

Simão de Vasconcelos, sendo Reitor, escreve em 1648, que «neste meio tempo» fêz mais obras, do que nunca se fizeram, «quási a metade do Colégio», de novo, muitas obras na sacristia, Igreja, refeitório, e outras partes do Colégio, cinco moradas de casas na Cidade, e outras obras que custaram muitos mil cruzados» [2].

---

1. O P. Manuel Ferraz, exilado para o Reino e para os Estados Pontifícios, faleceu em Roma no Palácio de Sora, a 1 de Agôsto de 1764 (Gesù, 690, Speze per Sepoltura). Natural do Rio, onde nasceu a 1 de Março de 1694 (Bras. 6, 97v). Ferraz foi comissionado pelo Bispo do Rio de Janeiro, D. Fr. António de Guadalupe, para dar o seu parecer sôbre a aparição da Imagem da Conceição do Cabo Frio em 1721. Publica o Relatório do P. Ferraz (1726) Alberto Lamego, *Verdadeira notícia do aparecimento da Milagrosa Imagem de Nossa Senhora da Conceição que se venera na Cidade de Cabo Frio* (Paris-Bruxelas 1919)21.

2. Bras. 3(1), 262, 273. Entre estas moradas estava a *Casa de Hóspedes*, onde se recolhiam pessoas estranhas à comunidade, e que, embora não pertencendo à Companhia de Jesus, se atendiam ou por alguma recomendação de El-Rei ou do Governador, ou ainda sem ela, por motivo de caridade ou deferência. Tal é o caso do Padre Ricardo Flecknoe, neste mesmo ano de 1648, como êle próprio conta na sua *Relation*, traduzida por Afonso de E. Taunay, *Visitantes do Brasil Colonial* (S. Paulo 1933)58. Flecknoe, não sendo Jesuíta, atribui o ser bem re-

Crescendo a Cidade e descendo do Morro do Castelo para a várzea e marinha, pensou-se um instante, em 1643, em mudar o Colégio para baixo, para não privar parte da Cidade, da assistência religiosa. Implicava isso o abandono de tantas obras anteriores, e o Colégio manteve-se no Morro do Castelo até o fim, alargando os Padres a sua assistência à Cidade por outros meios. Precisamente em 1683 o P. Bêncio, para evitar a subida do povo, sobretudo aos de idade, estava a fundar numa paróquia da cidade baixa, a confraria de Nossa Senhora da Boa Morte [1]; e por outro lado, alargou-se e melhorou-se consideràvelmente a rua e ladeira de acesso, a qual com um ascensor, ou catádromo, o célebre «guindaste» dos Padres, que arrancava, na praia, da «Casa das Canoas», e subia até o Colégio, facilitou as comunicações.

O Colégio dispunha em 1691 de bom conjunto de artífices e operários, peritos nas suas respectivas artes. O edifício já era amplo e cómodo com o seu quintal anexo, duas Capelas interiores, Farmácia, Enfermaria com a sua Capela de N.ª S.ª, feita pelo P. Mateus de Moura, e Biblioteca. Começou-se a parte nova sob o impulso do P. Francisco de Matos, e oito anos depois, em 1701, se dava já como concluída e se tinha enobrecido a portaria principal com pinturas e dourados [2].

Mas as obras no Colégio não paravam. E andava em obras em 1706 quando o viu e descreveu o *Passageiro* de «L'Aigle» [3].

---

cebido pelos Padres do Colégio do Rio a algum daqueles motivos. Atendeu de modo particular ao forasteiro, o P. João Pereira, a quem o mesmo Flecknoe depois escreve, agradecendo a cortesia (*ib.*, 73). Sôbre Flecknoe, cf. *The Encyclopedia Britannica*, 40.ª ed. (1940), IX, 367.

1. *Bras.* 3(2), 167.
2. *Bras.* 10(2), 307.
3. A casa dos Jesuítas é «aussi magnifique par sa structure que par ses logements. Elle est en partie bâtie sur une montagne, de sorte que le batiment qui règne jusqu'au pied est dans cet endroit d'une hauteur prodigieuse et tout de pierres de taille. Les dedans ne cèdent en rien aux dehors. La distribution en est tout à fait belle et bien entendue. Toutes les belles chambres des Pères sont boisées. Leur apoticairerie est superbe, bien ornée et aussi bien entretenue, pourvue de toutes sortes de drogues, qu'aucune que nous ayons em France. C'est le magasin de tous les apoticaires de la ville. L'église est petite, mais extremement parée et décorée. Derrière la maison est le Collège; je ne vous en dirai rien parce qu'il n'est pas achevé[...]. Vai-se para a casa dos Jesuítas por duas ladeiras. Calcule-se o trabalho para as fazer praticáveis e cómodas, porque elas «sont taillés dans le roc même, sur lequel l'église est bâtie et garnie de parapets des deux cotés».

O Rio contaria, então cêrca de 12.000 habitantes [1].

No ano seguinte, 1707, anuncia-se que se habitaram «no novo edifício» três corredores com tudo o necessário, ficando perfeita a quadra do Colégio [2]. Além da enfermaria, privativa dos Padres, boa, havia outra para o pessoal; em vez desta, insuficiente e imprópria, construíu-se um verdadeiro Hospital, com duas grandes salas, uma para mulheres outra para homens, onde se recolhiam e curavam os escravos que trabalhavam nas obras. E não só os trabalhadores, mas as suas famílias [3]. Obra de caridade e de justiça, diz o Reitor que o mandou fazer, P. Luiz de Carvalho, «e oxalá sigam o nosso exemplo os seculares, a maior parte dos quais, no Brasil, se perdem com sua desumanidade e crueldades com os miseráveis escravos» [4]. A grande *Botica do Colégio*, como não tinha visto outra igual em França, diz o Passageiro de *L'Aigle*, era o armazém das demais Boticas do Rio de Janeiro.

Se a Botica do Colégio prestava o serviço de fornecer medicamentos às outras boticas da Cidade, não se limitava a isso. Enviava remédios para as boticas das Aldeias e Fazendas e, com a assistência aos Padres, estudantes e servos, punha também os medicamentos à disposição da Cidade por ocasião de epidemias, como se conta em 1693, na grande que então houve (o *mal da bicha*, segundo Barbosa Machado), se davam de graça a todos, em especial aos pobres e a êstes ainda antes que aos próprios Padres; e o Reitor Francisco de Matos enviou o carro pela cidade a distribuir êsses remédios e víveres. El-Rei mandou agradecer ao P. Francisco de Matos, tido por *Pai dos Pobres* [5]. Já em 1642, na epidemia da varíola, em que faltou ao povo gente de serviço para ir buscar a água de que precisava, o Colégio mandou os seus carros trazê-la em pipas e distribuí-la gra-

---

Journal d'un voyageur sur les côtes d'Afrique (Amesterdão 1723)288. Relação anónima por um «Passageiro» de *L'Aigle*, fragata real de França, capitão le Roux, citada por Eduardo Prado, *Collectaneas*, I (S. Paulo 1904)21-22.

1. *Ib.*, p. 20.
2. *Bras.* 6, 63; *Bras.* 8, 67.
3. *Bras.* 6, 156.
4. *Bras.* 4, 278v.
5. *Bras.* 10, 218. Barbosa Machado, *Bibl. Lus.*, 2.ª ed., II, 179; Carta do Governador do Rio de Janeiro António Pais de Sande (1693-1695) no AHC, *Govêrno do Rio de Janeiro*, Livro I, citado por Alberto Lamego, *Os grandes Caluniados da História — Os beneméritos Jesuítas do Brasil*, art. no *Jornal do Commercio*, do Rio, 3 de Junho de 1945.

tuitamente a quem a não tinha. A assistência do Colégio alargava-se a pobres envergonhados, e a gente sem recursos, que se embarcava para o Reino, e a quem se pagava a matalotagem [1].

Com os doentes do Hospital, a assistência espiritual era permanente, e com ela, esmolas, que ou lhes davam os Padres ou obtinham de pessoas caridosas [2]. E aos presos da cadeia pública, a Misericórdia enviava nos dias de semana o caldeirão dos alimentos; «aos domingos tomava a si essa caridosa incumbência o Colégio dos Jesuítas» [3].

Com os presos praticavam os Padres a assistência espiritual e forense, promovendo a revisão dos seus processos de libertação, quando era caso disso, e o Colégio aparecia para os reclusos como um lugar de asilo e de bondade, donde lhes vinha a protecção. Mas esta aura revestia às vezes aspectos não inteiramente imprevistos, mas em que os Padres se colocavam em delicada situação perante as autoridades públicas, pois a caridade não se podia conter senão dentro da legalidade. A Ânua de 1743-1745 conta que os detidos no Calabouço arrombaram as portas, e 50 presos acolheram-se ao Colégio, procurando asilo. Havia um decreto régio que proïbia o asilo por mais de três dias. O Reitor mandou-os embora e em liberdade, dando-lhes antes de comer a todos êles, e dinheiro, resolvendo desta forma o caso de nem violar as leis nem faltar à caridade constante do Colégio para com os presos, encarcerados e doentes [4].

Além do hospital do Colégio, outras obras então se construíram. O Morro ficava tão junto à Igreja, que às vezes a água, que dêle escorria, entrava pela porta lateral. Cortou-se esta parte do morro e fêz-se um Largo espaçoso, murado e magnífico, que facilitava o acesso. Para estas obras e para o forno de Cal necessário às mesmas construções, havia Mestre de Obras, secular, que dirigia os operários, quási todos escravos peritos do Colégio, canteiros, pedreiros e alvanéis. Ajudou mais algum pedreiro de fora para tudo ir mais depressa [5]. Os gastos destas e outras construções, durante o Reitorado de Luiz de Carvalho, sobem à soma, altíssima para o tempo, de 174.742$457 réis [6].

---

1. *Bras. 8*, 536v.
2. *Lettere Annue d'Etiopia*, 129.
3. Félix Ferreira, *A Santa Casa de Misericórdia Fluminense* (Rio 1899)201.
4. *Bras. 10(2)*, 415.
5. Carta do P. Luiz de Carvalho, Rio, 1 de Julho de 1726, *Bras. 4*, 328.
6. *Bras. 4*, 355.

Tratava-se de erguer edifício, grande, amplo e capaz. Publicamos em similigravura o projecto enviado ao Geral, lâmina que mostra o estado do Colégio em 1728, antes de ser derrubada uma parte para a construção da nova Igreja. Em baixo, a Praia, e a Igreja da Misericórdia [1].

O problema do abastecimento de água ao Colégio, evitando o trabalho de a ir buscar ao chafariz público da Cidade, resolveu-se em 1739, com se construir uma grande e artística fonte dentro da própria cêrca [2].

4. — A Igreja acompanhava o desenvolvimento do Colégio. Não a primeira, senão já a segunda, inaugurou-se a 25 de Dezembro de 1588, e «logo nos altares, com que se adorna, se começou a celebrar missa» [3].

Diversas informações vão dando notícia dos objectos preciosos que tornaram famosa a Igreja do Rio.

Diz-se, em 1604, que ela «se decorou com obras notáveis. Pintou-se um quadro da Virgem Mãe de Deus. O sepulcro fêz-se com esplendor, conquanto não esteja dourado, mas só caiado, coisas que dão formosura à nossa Igreja. Também se forrou a Sacristia com tecto artezoado. Nos intervalos das vigas, hão-de se pintar quadros separados por molduras em relêvo, colocados com tal arte que tirando os parafusos se podem levantar» [4]. Pintor do Colégio do Rio era então o Ir. Belchior Paulo.

Em 1607 comprou-se uma lâmpada de prata rica e elegantemente lavrada, para arder sempre diante das relíquias dos Santos e construíu-se o tabernáculo para conservar as relíquias, que ocupa todo o espaço do altar em que estão [5].

Diz a Ânua de 1620: chegaram há pouco de Lisboa 12 corpos de Santos dourados; pela efígie e pelo título se vê quem são; e com uma pequena cavidade no peito, com as respectivas relíquias,

---

1. *Bras. 4*, 380.
2. *Bras. 10(2)*, 395.
3. *De Prima Institutione* do P. António de Matos, 33. Entre os primeiros benfeitores do Colégio do Rio, que lhe deixaram os seus bens, inclui o P. Matos a Fernão Afonso (dois do mesmo nome) e António de França, o último dos quais deu uma lâmpada de prata à Igreja do Colégio, *ib.*, 33-33v.
4. Ânua de 1604 pelo P. Luiz Figueira, em S.L., *Luiz Figueira*, 98.
5. *Bras. 8*, 67.

que se enxergam através dum vidro; e conciliam muito o culto divino, por se achar desprovida a Cidade destas coisas [1].

Em 1707, compram-se 22 castiçais de prata, que se distribuíram pelos quatro altares laterais (quatro em cada um) e pelo altar-mor (ao qual couberam seis) [2]. Como se vê, a Igreja neste ano consta já de cinco altares.

Em 1717, ornou-se a Igreja sobretudo com uma custódia e tabernáculo feito de novo, «obra de admirável estrutura» [3], em 1722 com novo púlpito, excelentemente esculpido, e com uma imagem de S. Francisco Xavier, com belo diadema de oiro [4]; e em 1725 com dois grandes tocheiros de prata e com uma estátua de S. Inácio, de oiro, magnìficamente lavrada no Brasil [5].

Em 1732 ofereceram à Igreja, para a imagem de Nossa Senhora da Paz, uma coroa de oiro, cravejada de margaritas, obra perfeita de ourivesaria, e uma cruz de oiro entremeada de gemas preciosas, para ela trazer ao pescoço. Também se ofereceu à imagem de Cristo Crucificado, um duplo diadema de prata [6]. E pouco depois, uma estante de prata para o Missal e um resplandor de oiro para a estátua de Santo Inácio, além de outros objectos de menor valia [7].

Anda unida à Igreja do Colégio a tradição de festas esplêndidas. Ao chegar a notícia da canonização de S. Francisco Xavier, houve grande regozijo, luminárias «di colori diversissimi», algumas feitas pela própria mão do Prelado do Rio, torneios, jogos, sobretudo o tríduo na Igreja, soleníssimo [8]. Em 1635 baptizaram-se nela com aparato desusado, não só pelo facto em si, mas pela significação política, os Índios principais Carijós, trazidos do Sul. Os Índios receberam os nomes de seus Padrinhos, o Governador Rodrigo de Miranda Henriques, Salvador Correia de Sá e outros, entre as maiores personalidades da cidade [9].

---

1. *Bras. 8*, 278.
2. *Bras. 6*, 63.
3. *Bras. 10*, 177v.
4. *Bras. 6*, 128.
5. *Bras. 6*, 156.
6. *Bras. 6*, 189; *Bras. 10(2)*, 341v.
7. *Bras. 6*, 231; *Bras. 10(2)*, 355.
8. *Lettere Annue d'Etiopia*, 131.
9. *Bras. 8*, 472.

Durante o Reitorado do P. Tomaz Lynch, iniciado em 1746, erigiu-se na aula grande de Teologia, o altar de Nossa Senhora da Anunciação para a Congregação dos Estudantes, onde celebravam as suas festas [1]. As festas dos estudantes costumavam ser pomposas e buscavam-se oradores de renome, como entre outros o P. Simão Marques: «Sermão das Santas Onze-Mil-Virgens, prègado no Real Colégio da Companhia de Jesus da Cidade do Rio de Janeiro», impresso em Lisboa em 1733 [2].

O Colégio era também Casa de Exercícios Espirituais de S. Inácio. E não só para os de Casa. Em 1726 nota-se expressamente que se deram os Exercícios Espirituais no Rio de Janeiro, ao Clero e a Homens [3].

O Colégio do Rio era animado de piedade, não só em si mesmo, com as festas próprias da sua Igreja, prègações, e administração dos Sacramentos (só um Padre no biénio de 1657-1658 ouviu 3.188 confissões) [4], mas irradiava pela cidade, com o apaziguamento de moradores desavindos, visitas ao Hospital e ao Calabouço e variadas obras de zêlo, em que procuravam interessar as autoridades e por elas eram também procurados para serem seus confessores e para socorrerem os pobres. Um dêles o P. Luiz Tavares, que foi Visitador do Hospital e Prefeito Geral dos Estudos, recomendou ao Governador Gomes Freire de Andrade duas moças honestas e piedosas, acto de que veio a nascer mais tarde, com a agregação de outras, o Convento de Santa Teresa, do Rio. O P. Luiz Tavares faleceu em 1745. E ainda em 1754, escrevia êsse Governador, do Campo de Rio Pardo, a Diogo de Mendonça Côrte Real, que em breve, ao instituir-se o absolutismo político de 1755, ia ser vítima dêsse regime, como Gomes Freire o foi em sentido inverso, aquêle sendo encarcerado para não mudar os seus sentimentos a respeito dos Jesuítas; Gomes Freire, mudando-os, para não ser encarcerado:

---

1. Silveira (*Narratio*, 139) dá esta notícia para dizer que foi profanada no dia 3 de Novembro de 1759, pelos invasores do Colégio, que se alojaram nela. Caeiro (*De Exilio*, 180) resume e arredonda tanto tudo para têrmos gerais que parece tratar-se de *capela interior*, como interpretou o tradutor. Mas a Capela interior, ou doméstica, era outra. Esta era a Capela da Congregação dos Estudantes externos.
2. Cf. Barbosa Machado, *Bibl. Lus.*, 2.ª ed., III, 704.
3. *Bras.* 4, 319, 321v.
4. *Bras.* 9, 61.

em 1754 ainda escrevia assim a Diogo de Mendonça Côrte Real: «Florescia naquele tempo e idade (1733), a virtude e exemplar vida de um Padre da Companhia de Jesus chamado Luiz Tavares»[1].

A estas obras de caridade, zêlo e prègação na Cidade, se entremeavam as dos Padres em trânsito, como se conta em 1726, dos Missionários da China que iam na Frota do Embaixador Alexandre Metelo de Sousa, que arribaram ao Rio e aí ficaram cinco meses à espera de monção, e aproveitavam o tempo, em prègações «por modo de missão», na Cidade[2]. Quatro anos antes havia estado no Rio outra embaixada, agora da China para o Papa e El-Rei de Portugal, com o Patriarca de Alexandria e o P. António de Magalhães[3].

---

1. Cf. AHC, *Rio de Janeiro*, ano de 1755. O P. Luiz Tavares, natural de Angra, nos Açores, entrou na Companhia em Portugal. Ensinou Filosofia no Pôrto e nos Açores, de cujas Ilhas Terceira e S. Miguel foi visitador e também Reitor de ambos os Colégios (Angra e Ponta Delgada), com sumo agrado. Depois mandaram-no os Superiores ao Paraguai, donde em breve passou ao Colégio do Rio de Janeiro, por volta de 1727. Foi Visitador dêste Colégio, e Decano Geral dos Estudos que promoveu. Foi também muito tempo Padre Espiritual dos da Companhia. Passava de joelhos, em oração, três, quatro horas diante do Santíssimo Sacramento. E de tal modo sentia o infortúnio dos pobres, que buscava esmolas para os socorrer. Todos a uma voz o chamavam o «Pai dos Pobres». Nas Ruas muitas vezes o detinham grupos de pedintes, a quem êle dava a esmola do corpo e o alimento da alma. Também socorria os hereges e a muitos instruía, provava e baptizava. Tinha grande amor a N.ª S.ª e propagava com grande zêlo a devoção do Rosário. Na Igreja, a devoção, com que recitava as orações públicas, às vezes embargava-lhe a voz com lágrimas. Na celebração da Missa não podia dissimular as consolações celestes que recebia. Era exactíssimo na observância religiosa ainda dos menores preceitos dela. Amante da pobreza e inimigo das próprias comodidades. Tão abstémio e parco no comer, que parece se alimentava mais para impedir a morte do que para sustentar a vida. E assim veio a enfraquecer-se tanto que faleceu no seu Colégio do Rio, a 13 de Junho de 1745: «Digno de se inscrever o seu nome no Catálogo dos nossos Homens ilustres» (Carta Ânua de 1745, por José de Sepúlveda, da Baía, 30 de Outubro de 1746, *Bras. 10* (2), 423). Em *Bras. 6*, 382v, a sua morte vem com a data de 20 de Junho de 1745. Tinha 73 anos de idade e 59 de Companhia. Professo de 4 votos. Deixou o nome ligado, de maneira eficiente, amparando-o, desde os primeiros passos, à fundação do Convento de Santa Teresa, do Rio, de que é actual Priora a Irmã Maria José, religiosa carmelita, filha de Capistrano de Abreu.

2. *Bras. 4*, 319.

3. *Bras. 4*, 228, 243. Esta estada de Padres em trânsito tinha ainda o aspecto de exercício efectivo de caridade, como em 1636, em que era Reitor do Colégio do Rio o P. Francisco Carneiro, quando ali chegaram depois de uma viagem

Com as chamadas *missões rurais*, o âmbito de acção do Colégio do Rio ia dos Campos dos Goitacases e Sul do Espírito Santo até Santos ou S. Paulo, por terra e mar; e, pelo mar, também às vezes mais ao Sul até Laguna e o Rio da Prata, onde os Padres do Rio de Janeiro fundaram a Casa, depois Colégio, da Colónia do Sacramento.

Raro seria o ano em que se não fizesse alguma excursão missionária ao longe ou ao perto, e às vezes duas ou três ao mesmo tempo, diversificando-se o destino, uma para *Fazendas*, outra para *Engenhos*, e ocupando Padres conhecedores da língua brasílica (tupi-guarani), e, quando começou a maior afluência de negros, com Padres peritos nas línguas dos negros (a *angolana* e a dos *Ardas* expressamente nomeadas).

A Ânua de 1696 dá conta de quatro missões rurais em que se percorreram, durante três meses, 74 Engenhos de açúcar, com extraordinário trabalho na administração de sacramentos e restauração dos bons costumes [1].

No ano seguinte refere-se a Missão dos Padres Nicolau de Sequeira e Sebastião Álvares, pela redondeza do Rio, num percurso de 60 léguas [2]; em 1699, duas missões pelos Engenhos, aos escravos negros [3]; em 1700, os Padres João de Oliveira e Sebastião Álvares, pela costa do Sul até ao Lago de S. António e Anjos, pelas Vilas e Aldeias, num percurso de ida e volta, de cêrca de 500 léguas [4]; outra, no mesmo ano, pelas Fazendas e Engenhos, do recôncavo fluminense, com os Padres António de Matos e Francisco da Vide, angolano [5]; em 1702-1703, o mesmo P. Francisco da Vide aos es-

---

tormentosa, os P. João Baptista Ferrusini, procurador do Paraguai, e os seus companheiros, que iam para Buenos Aires. «Franciscus Carnerius Ianuarii Rector statim atque intellexit de sociorum adventu, continuo naviculam cum omni cibariorum genere ad eos misit, dato ad S. Pauli & Sanctorum superiores mandato, ut nihil ommitterent, quod ad charissimos fratres summa charitate habendos facere possint, omnes se impensas refusurum. Fecere ad amussim quae jusserat: siquidem totis sex mensibus quibus morati socii nunquam passi sunt ut vel assem de suo depromerent», *Litterae annuae Provinciae Paraguariae... missae a R. P. Jacobo [Diogo] de Boroa* (Insulis 1642)11.

1. Bras. 4, 8.
2. Bras. 9, 437v.
3. Bras. 9, 446v-447.
4. Bras. 9, 451-451v.
5. Bras. 9, 451v.

cravos negros, o P. Miguel Pinto aos brancos e índios; outra do mesmo Padre angolano e do P. Gaspar Borges [1]; em 1707, pela costa, do Rio a Santos, em 27 lugares, com os Padres António da Cruz e Manuel Gomes [2]; e a Ânua de 1708 refere três missões saídas do Rio: ao Sul até Paranaguá, pela *costa*, com os Padres António da Cruz e Francisco Machado; pelos *Engenhos*, com os Padres António Cardoso e António de Matos; pelas *Fazendas*, com os Padres Nicolau de Sequeira e José Ferreira [3]. E assim a cada passo, se noticiam outras muitas e repetidas missões, ilustradas com números de sacramentos administrados e casos particulares, cuja discriminação seria longa, mas cujo alcance na purificação e elevação da vida popular, é óbvio, e reconhecido por todos os historiadores que se ocupam da formação moral e social do Brasil.

A derradeira missão rural, que durou meio ano, e de que ficou Relação, começou a 26 de Agôsto de 1756, com o seguinte itinerário: *Colégio*, Inhaúma, Jacarepaguá, Campo Grande, Engenho de Santa Ana das Capoeiras, Guaratiba, Santa Cruz, Sepetiba, Parati, Ilha Grande, Engenho de Itacuruçá, Marapuçu, S. António de Jacutinga, S. João de Meriti, Engenho do Capitão João Pereira, Irajá, Engenho do Capitão João Velho, Ilha do Governador, *Colégio*, onde os Padres João Xavier e Manuel José, fechando o círculo, entraram de novo em Fevereiro de 1757. Narra os factos sucedidos durante esta variada missão rural, João Xavier [4].

5. — Para corresponder à magnificência do Colégio renovado, e diversidade das suas obras, começou-se a construção de uma Igreja nova e monumental, iniciativa do Reitor P. Francisco Xavier [5]. A 1 de Janeiro de 1744 lançou-se a primeira pedra, na presença de todo o povo e nobreza da Cidade, e dos Capelães da Misericórdia, que pediram a honra de a benzer. O Governador, acompanhado do Comandante da Praça, conduziu a pedra fundamental, segurando a fita de oiro; e chegando ao local escolhido, entre músicas, morteiros e sinais festivos de alegria, aí lançou a primeira

---

1. *Bras. 10*, 31-31v.
2. *Bras. 10*, 50.
3. *Bras. 10*, 62v-63.
4. *Bras. 10*(2), 459-460.
5. *Bras. 10*(2), 425.

pedra da futura Igreja. Quanto fôsse obra do gôsto do Governador mostrou-o êle, prometendo que poria à sua disposição, as pedreiras reais e a pólvora necessária para tirar as pedras. «Obra de grandes gastos, trabalham nela quási cem homens. Desde o fundo dos alicerces já estão construídos 15 pés e em breve chegará ao nível da terra. Para haver mais comodidade para a sacristia, transferiu-se para outro lugar a «loja das essências» [1].

Em 1748 andava o Ir. Inácio da Silva «in fabrica novae ecclesiae occupatus». E o excelente arquitecto, Ir. Francisco do Rêgo, de Caminha, depois de concluído o Seminário Novo da Baía, veio dirigir as obras da nova Igreja. Era também exímio canteiro e lavrista [2].

Com a tormenta de 1759 pararam as obras. E em breve começou a dispersão dos objectos da Igreja. Como se sabe, o Conde de Oeiras ordenou que se lhe remetessem para a côrte os objectos preciosos dentro de fardos de mercadoria com sinais «secretíssimos». A dispersão, assim iniciada, consumou-se, século e meio mais tarde, com o desmonte do Morro do Castelo, «demolição feita, com desamor, e sem os cuidados que no caso se impunham» [3]. Salvaram-se no entanto, algumas relíquias veneradas. Na actual Igreja da Rua S. Clemente, com o mesmo nome da que se andava a construir em 1760, Igreja de Santo Inácio, utilizaram-se três portais de mármore de Lioz da Igreja do Morro do Castelo, unindo-se desta forma sugestiva a actividade da Companhia nos tempos coloniais à dos tempos modernos. Informam-nos que também era da Igreja antiga a bela imagem do Bom Jesus Crucificado ou *Bom Jesus dos Perdões*, que existe na Igreja de S. Inácio, separada hoje da sua cruz, que não cabia no altar em que se colocou a imagem, e fazia parte de um Cal-

---

1. Destilaria? *Myropolium*, à letra, loja de perfumaria ou unguentos, *Bras. 10(2)*, 415-415v. Deve ser a famosa Botica, a «apoticairerie», de que falava o Passageiro de *L'Aigle*.

2. *Bras. 6*, 384, 434. Exemplares de sua arte se viram e admiraram por muito tempo «nas paredes e ornatos coríntios do suntuoso templo (começado pelos Jesuítas) cujas paredes e recintos aproveitaram para o funcionamento do Observatório Astronómico», Ernesto da Cunha de Araújo Viana, *Das Artes plásticas no Brasil em geral e na cidade do Rio de Janeiro em particular*, na Rev. do Inst. Hist. Bras., LXXVIII, 2.ª P., 525.

3. Lúcio Costa, *A Arquitetura dos Jesuítas no Brasil*, 21.

vário, de que também se conservam as imagens restantes da Senhora e de S. João Evangelista. A Cruz, separada assim de Jesus Crucificado, pregou-se ao corredor, que une a Igreja à Sacristia.

Outros objectos se acham ainda na Escola de Belas Artes e no Museu; e na Igreja da Misericórdia se recolheram algumas peças maiores, autênticas obras de arte, que ali se admiram e são objecto de estudos dos historiadores da Arte no Brasil. Entre êles, «o elegantíssimo púlpito munido de reflector de som», e três magníficos altares, com os respectivos painéis [1].

Na tôrre da Catedral está o sino, doado ao Reitor do Colégio do Rio, P. João Oliva, natural de Ilhéus. Tem gravado o ano de 1621 e êste dístico:

> *Aeratum tibi libat opus vox celsa Tonantis,*
> *Rector Oliva, tuam sentiat illud opem.*

---

1. Lúcio Costa, *ib.*, 53, supõe que êstes altares, «de estilo apurado e de aspecto tão «scholar», «verdadeiramente jesuíticos», sejam obra portuguesa. «A análise da madeira, feita pelo Instituto Tecnológico de São Paulo, revelou tratar-se de «freijó» ou louro amarelo. Aires de Casal assinala a existência de louro amarelo, nas matas do Cabo Frio: «louro *preto*, dito *branco*, dito *amarelo*», *Corografia Brasílica* (S. Paulo 1943)28. Brás da Costa Rubim também o descreve na Capitania do Espírito Santo: «louro *amarelo*, precioso e incorruptível pelo cupim», *Memórias Históricas e documentadas da Província do Espírito Santo*, na *Rev. do Inst. Hist. Bras.*, XXIV, 314.

Desde 1574, pelo menos, estava no Rio o Ir. Jorge Estêves, que entrara na Companhia ainda no tempo de Nóbrega, com 20 anos em 1569. Faleceu no Rio, com 90 anos em 1639, a 7 de Setembro (Bibl. Vitt. Em.). Em 1574 dizia-se que tinha «boas qualidades» e «é carpinteiro». Natural da Serra de Minde (*Bras. 5*, 13v). Durante 26 anos seguidos exercitou no Rio a arte de «faber lignarius», como dizem os Catálogos seguintes, e sob esta designação se entendia no século XVI, também a marcenaria e artes afins de escultura em madeira, que só um século mais tarde, nos Catálogos da Companhia se desdobrou nos seus diversos vocábulos próprios, por ocasião da construção da Igreja da Baía. Nos começos do século XVII, concluídas as obras, o Ir. Jorge Estêves encarregou-se, também da administração das fazendas. Também, porque quando era preciso lançava mão das goivas e dos buris, como se vê em 1614: No Rio: «Carpinteiro e tem cuidado das Fazendas», *Bras. 5*, 111v. O Catálogo de 1600, mais relacionado com a idade dêstes altares, e que publicamos no Tômo I (p. 582), ainda o dá no exercício efectivo da arte de «carpinteiro», e o mesmo dá também, no Rio, o Ir. Belchior Paulo «pintor».

No Colégio do Rio, mas já no século XVIII, houve também oficina de estatuária (*ars imaginaria*). Entre outros, deixou bom nome («commendatissimus») o P. João da Cunha, natural de Angola, que viveu muitos anos no Rio, onde faleceu em 1741, *Bras. 10(2)*, 412v.

Na Igreja do Colégio tiveram a última jazida, além do Padre Manuel da Nóbrega, fundador, o poeta Prudêncio do Amaral, o Cronista Simão de Vasconcelos, e muitos outros, entre os quais um humilde Irmão coadjutor, Jorge Correia, falecido a 26 de Junho de 1641, do qual se diz que antes de entrar na Companhia, vivera no mundo com «cargos honrosos iguais à sua nobreza» [1]. Um dos cargos que ocupara, tinha sido o de Capitão-mor da Capitania de S. Vicente, e aparece na história como um dos mais audazes e decididos defensores dos Índios do Brasil.

Além dos Religiosos da Companhia, alguns seculares, para o seu repouso eterno, escolheram também a Igreja do Colégio, e fizeram jus a isso, entre os quais o «Xenofonte» das guerras de Pernambuco, Luiz Barbalho, governador do Rio de Janeiro, onde morreu a 15 de Abril de 1644 [2], e o Governador António Pais de Sande, falecido a 22 de Abril de 1695 [3].

6. — Uma das peças importantes do Colégio do Rio era a Biblioteca, e estava à disposição dos estudantes e do público: «*Publica Collegii Bibliotheca*» [4].

Principiou a organizar-se no século XVI, com o próprio Colégio e a Cidade no Arraial de Estácio de Sá, modestamente, como tudo era então nos começos, a «fruta verde», do tempo de Nóbrega, imagem feliz, por ser a conquista do Rio não a de uma cidade já feita, mas a de uma floresta virgem, onde iria nascer a Cidade. Amadureceram porém os tempos, abriram-se *Estudos Gerais*, chegaram livros escolares e de consulta, uns comprados, outros oferecidos. O Administrador, D. Bartolomeu Simões Pereira, deixou ao Colégio a sua livraria de Direito Civil e Canónico. E em 1643 já a Biblioteca era bem provida e havia Padres que por amor aos seus estudos privados tinham «cem cruzados» de livros [5]. Nos princípios do século XVIII, ao restaurar-se o Colégio, restaurou-se também a Biblioteca com sala própria e estantes novas. Não de qualquer madeira, diz o Reitor Manuel Dias, em 1721, mas de *ja-*

---

1. *Bras. 8*, 534.
2. Barão do Rio Branco, *Efemérides* (15 de Abril de 1644).
3. Max Fleiuss, *História da Cidade do Rio de Janeiro* (S. Paulo s/d) 87, citando o livro de óbitos da freguesia da Candelária.
4. *Bras. 10(1)*, 253v.
5. *Bras. 3(1)*, 217, 218v.

carandá e *vinhático*, e «não lavradas de qualquer modo, mas com tal primor que no dizer dos que as viam e admiravam, assim deviam ficar, nuas, na arte de entalhe e pulimento, sem mais pinturas nem dourados, por belos que fôssem»[1].

Recompuseram-se por esta ocasião os livros antigos e iniciou-se uma campanha contra os estragos do cupim e da traça. E enfileiravam-se nas suas estantes livros recentes, *alguns impressos na própria casa*, por volta de 1724, para uso privado do Colégio e dos Padres, outros trazidos cada ano dos livreiros de Lisboa e da Europa[2]. Dava-se às vezes o número destas entradas, 92 volumes em 1734[3].

Reüniram-se assim, pouco e pouco, metòdicamente, alguns milhares de obras de Ciências sacras e profanas. O exame do Catálogo, mostra-nos que ao pé de Aristóteles, Platão, Plínio, Virgílio e os famosos «Conimbricenses», havia nomes como os de Newton, e Boscovich, e as últimas novidades de livraria. Dos autores portugueses de fundo, Ciências, História, Direito, Oratória, Biografia, Letras, raro faltaria algum, e entre os livros a serem remetidos ao Juízo da Inconfidência, há 84 tomos de Francisco Soares Lusitano, a indicar ou que o Colégio era depositário da obra do sábio português ou que era livro de texto. São mais numerosos, naturalmente, os livros das Faculdades ensinadas no Colégio: Humanidades, Matemática, Filosofia, e Teologia. Boa colecção também de História e Direito Civil.

Em 1775, 15 anos depois da saída dos Jesuítas, fêz-se vistoria geral dos livros que ficaram, e pôs-se a cada um o seu valor. A *Biblioteca Lusitana* de Barbosa Machado, em curso de publicação, avaliou-se em 1$000 réis (os três primeiros volumes: era novidade literária sem ter havido tempo de chegar o 4.º tômo, saído do prelo no próprio ano de 1759). Os 4 tomos de António Franco, *A Imagem da Virtude*, 1$400 réis (hoje valem 3 a 4.000$000). Havia 20 exemplares da Bíblia, um em grego, e alguns com estampas. Os livreiros avaliadores do Rio, de 1775, deram à *Voyage du Monde de Descartes* do P. Gabriel Daniel, da Companhia (1702), o valor de 100 réis; a Newton, cinto tomos, também 100 réis cada um. Tinham melhores

---

1. Carta do P. Manuel Dias, do Colégio do Rio, *Bras. 4*, 219.
2. *Bras. 10*, 220.
3. *Bras. 10*, 177v, 355.

preços as obras portuguesas. A *Poliantéia* de Curvo, 640 réis, o *Itinerário* de Andrade, 640 réis, a *Colecção da Academia Real*, 800 réis. Os *Lusíadas* de Camões, em 2 tomos, 1$280 réis, as *Obras* do P. António Vieira, 19 tomos, 4$000 réis.

Espanha está bem representada, e com regular cotação: o Poeta S. João da Cruz, 1$100 réis; os 5 tomos de Santa Teresa, 800 réis; as *Novelas* de Cervantes, 2 tomos, 480 réis.

Nas Ciências, há variedade. *Os Mapas do Mundo*, 3 exemplares de 3 livros cada um, 960 réis; o *Novo Atlas*, um tômo, 2$400 réis. A *Matemática* de Clávio, 5 tomos, 4$000 réis; a *Matemática* de Kircher, 14 livros in-f° e 6 in-4°, 11$200 réis; os *Elementos de Matemática* de Boscovich, 7 tomos, 700 réis, a mesma cotação de Newton. O *Exame de Bombeiros*, impresso no Rio, 480 réis. O mais alto preço coube às *Mémoires pour servir à l'histoire des Sciences et des Beaux-Arts*, colecção dos Padres Jesuítas de França, conhecida por *Mémoires* ou *Journal de Treboux*, fundada em 1701, já então com 227 tomos: 25$000 réis.

Os livros, durante os 15 anos que se seguiram à saída dos Padres do Colégio, ficaram ao abandono, numa «casa» do mesmo Colégio. Outros «andavam por fora». A Biblioteca dos Jesuítas surgiu como fonte aonde se abeberavam as escolas e mestres que lhes sucederam.

A vistoria foi a 22 de Julho de 1775. Reüniram-se, no Colégio, o Desembargador Manuel de Albuquerque e Melo, um escrivão, «os dous mestres livreiros de melhor nota e ciência», do Rio, Pedro da Silva Tôrres e Manuel Francisco Gomes, «para avaliar os ditos livros na forma que ao adiante se declara».

O Vice-Rei, Marquês de Lavradio, determinara que «dado o mau estado de ruína» dos livros do Colégio, se fizessem três lotes:

1) «Os que forem de doutrina e disciplina eclesiástica». — E entregar-se-iam ao Prelado.

2) «Os que forem proïbidos». — E enviar-se-iam para Lisboa ao Juízo da Inconfidência [1].

3) «E o resto que ficar». — Distribuir-se-ia pelas «casas de alguns Ministros e Letrados que se julgar serem capazes não só de dar conta dêles, mas de lhes darem o melhor trato».

---

1. A tolerância do Marquês de Pombal, responsável por esta destruïção, entre os numerosos livros que declarou perigosos, incluíu a *Vida de Anchieta* e a *Crónica do Brasil*, de Simão de Vasconcelos.

Discriminam-se os livros, cada qual com o seu valor ao lado, em réis, como vimos, pormenor económico não desprovido de interêsse. No fim: «Livros, de vários autores de várias matérias, que de nada prestam, por destruídos, podres e arruinados, *setecentos e trinta e quatro tomos* «*sem valor*».

Os livros, aproveitáveis e inventariados, «somam quatro mil setecentos e um livros, que todos importam a quantia de um conto cento e cinqüenta e dois mil e quinhentos e noventa réis, 1:152$590 Rs». Os mais que se acharam estavam «todos despedaçados e comidos do bicho». Não se nomeiam. Bastaram 15 anos para a ruína da famosa Biblioteca do Colégio, com os seus 6.000 volumes, que teria em 1760, e seria hoje uma das maiores riquezas culturais da América, se não houvesse solução de continuidade. Nela tinham estudado e trabalhado, além dos próprios Jesuítas, entre outros nomes literários do Brasil, Inácio José de Alvarenga Peixoto e Cláudio Manuel da Costa, que nêle se formou em Filosofia, antes de seguir para Coimbra [1].

Tomou conta dos volumes que restavam, e se descrevem no Inventário, o Procurador da Mitra, no dia 28 de Agôsto de 1777 — como «depositário legal» [2].

O «depósito legal» transformou-se depois jurìdicamente em posse definitiva, ao menos de parte dos livros. E no frontispício de alguns, existentes ainda no *Palácio S. Joaquim*, lê-se, escrito à mão, pelo Bibliotecário do antigo *Colégio* dos Jesuítas: «Pertence à Livraria *Publica* do Collº do Rio de Janrº» [3].

---

1. Cf. Alberto Lamego, *Mentiras históricas* (Rio s/d)116, onde se refaz a sua vida; Barbosa Machado, *Bibl. Lus.*, 2.ª ed., IV, 82.
2. «Auto de Inventario e avaliação dos Livros que *se achão* no Collegio desta Cidade sequestrados aos denominados Jesuitas na forma que se determina na Portaria ao diante junta» (Cópia de 1777). Instituto Hist. do Rio, L. 58, *ms.* 1126.
3. Cf. *Cursus Theologicus*, Auctore P. Jozepho de Araujo [da Companhia, Professor de Prima no Colégio de S. Antão de Lisboa]. Tômo I (Lisboa Ocidental 1734), em cujo frontispício vimos aquelas palavras. Noutros livros: «Pertence à Livraria publica do Collº do Rio», com a abreviatura Rio, que, como se vê, é antiga. Mas aqui interessa apenas a comprovação extrínseca de que os Jesuítas colocavam a Livraria à disposição dos estudiosos da Cidade, constituída assim de facto, a *primeira* livraria *pública* do Rio.

7. — O Colégio do Rio era parte integrante da vida citadina e com êle se prendem os grandes sucessos dela, desde os primeiros dias da conquista até 1760. Datam de 1624 as fortificações que se fizeram, quando a cidade se preveniu contra os Holandeses, que tinham tomado a Baía. Entrincheirou-se a testada do Colégio, diz o P. António Vieira, assim como com os Índios das Aldeias se construíu a Fortaleza da Barra, e lhes assistiram os Padres e os sustentaram em parte à sua custa, durante meses. Um Padre da Companhia e um Irmão foram nessa ocasião (1625) com Salvador Correia de Sá e Benevides que seu pai mandava em socorro à Baía. O Socorro estava no Espírito Santo, quando entraram no pôrto 8 naus holandesas, e foi bom auxílio contra elas [1]. Quando Sigismundo sitiou a Baía em 1647 ainda o Colégio do Rio enviou à sua custa um navio de mantimentos em auxílio dos sitiados. No Colégio se depositou o dinheiro para as obras da «Água da Carioca», com duas chaves, uma na mão do Reitor, outra na do Tesoureiro das obras [2]. No mastro do Colégio erguiam os Padres, para o anunciar à cidade, o sinal de navio na barra, quando algum apontava nela. E pela sua posição central, o relógio da tôrre do Colégio, de exactidão proverbial, era o relógio da Cidade. As horas ouviam-se de noite, a distância, e associou-se às canções do povo [3].

Desencadeada a perseguição em 1759, o Colégio foi cercado na noite de 2 para 3 de Novembro, com grande aparato bélico. Contra as medidas subservientes do Governador Bobadela, já velho e decadente, reagiu a bondade, quási unânime, dos Desembargadores do Rio. E reagiu a cidade, cobrindo-se de luto, sobrevindo logo, para o abafar, a campanha difamatória em que tomou parte preponderante D. António do Destêrro e mais alguns, esquecidos nesta matéria, da dignidade que a si próprios deviam [4].

---

1. *Cartas de Vieira*, I, 50-53, 59.
2. *Arq. do Distr. Federal*, I, 255.
3. *Arq. do Distr. Federal*, III, 433.
4. Caeiro, *De Exilio*, 189. Escreve o ilustre historiador dos Beneditinos do Rio, Ramiz Galvão: «Na vida administrativa dêste Prelado da Igreja fluminense há um único facto capaz de marear o brilho do seu govêrno: foi o modo violento com que procedeu a-respeito dos Jesuítas no momento de realizar-se aqui o decreto de extinção da Companhia em 1759. Bem diverso foi do modo humano e verdadeiramente apostólico, por que procederam, em suas Dioceses, os Bispos de Olinda e S. Paulo e o Arcebispo Primaz D. José Botelho de Matos em sua diocese da

Exilados os Padres, determinou-se que o Colégio se adaptasse a Palácio dos Vice-Reis. Não chegou a realizar-se a ordem régia e transformou-se em Hospital Militar [1]. Nêle funcionaram algumas aulas da antiga Escola Médico-Cirúrgica e foi durante anos Faculdade de Medicina. Depois deixou de ser Hospital e o edifício cedeu-se à Misericórdia. Desapareceu com o desmonte do Morro do Castelo.

Baía›, Benjamim Franclim Ramiz Galvão, *Apontamentos históricos sôbre a Ordem Beneditina em geral e em particular sôbre o Mosteiro de N. S. do Monserrate do Rio de Janeiro*, na Rev. do Inst. Hist. Bras., XXXV, 2.ª P. (1872)336. Não foi o único acto, que deslustrou a memória dêsse Prelado. Segundo o testemunho competente de Cândido Mendes de Almeida, êle e o Bispo do Pará, D. Fr. Miguel de Bulhões, por subserviência com o absolutismo do tempo, introduziram nos seus Bispados o Catecismo Jansenista de Montpellier, condenado pela Igreja a 27 de Janeiro de 1721 (cf. *Direito Civil Ecclesiastico Brasileiro*, Tômo I, 2.ª Parte, Rio (1866)560). Caeiro narra inúmeros actos indignos de D. António do Destêrro. Entre êles o assalto às vocações dos jovens religiosos, por si e por maus conselheiros, que lhes enviava. Mas o mesmo Caeiro acrescenta: «Não faltaram, contudo, exemplos dignos de todo o louvor, porque muitos dos parentes, e, além dêstes, varões graves, mormente das preclaras Ordens de S. Bento e do Carmo, entravam pelo Colégio dentro, e pretextando outros intentos menos o a que iam, infundiam nos ânimos juvenis grandes alentos», para perseverarem constantes, e «se não deixarem iludir pelas falas dos maus conselheiros», Caeiro, *De Exilio*, 249. Silveira, *Narratio*, 142, enumera também os Franciscanos e as Religiosas da Conceição, que manifestaram a sua simpatia. E dos Beneditinos diz que êles, por ordem do seu Superior, rezavam pela Companhia perseguida. Nota esta, que recorda a doutrina geral de que a prevaricação de um ou outro membro particular duma Corporação não atinge a corporação, como tal. A dos Beneditinos do Rio, com a ordem do seu Superior, permanecia dentro da sua gloriosa tradição. Neste ano de 1759, segundo Ramiz Galvão, *loc. cit.*, 318, era Superior do Mosteiro do Rio, Fr. Francisco de S. José, que o mesmo historiador inclui entre os Religiosos ilustres de S. Bento, ib., 322, 342. O que Ramiz Galvão diz do Bispo de Olinda não tem fundamento histórico, pois, ainda que em menor escala, também «marcou» o seu govêrno; em compensação podia nomear o Bispo de Mariana, que soube ser superior ao pavor ambiente e manter-se com dignidade. Entre os Prelados do Rio de Janeiro anteriores, além dos que ficam mencionados nas páginas desta *História*, por um título ou por outro, desde o primeiro, no século XVI, é digno de menção, como precursor da espiritualidade moderna, D. António de Guadalupe, que fazia pessoalmente e introduziu no Seminário, que fundou, a *oração mental quotidiana*, sancionada hoje no Direito Canónico, e a leitura do *Exercício de Perfeição e Virtude Cristã*, do P. Afonso Rodrigues, da Companhia de Jesus, cf. Pizarro, *Memórias Históricas*, IV, 152.

1. Abreu e Lima, *Synopsis*, 239; Pizarro, *Memórias Históricas*, V, 185; Baltasar da Silva Lisboa, *Anais*, IV, 262.

Não desapareceu porém a sua memória. Porque, na realidade, além da sua função específica de ensino, elementar, humanístico e superior, o Colégio do Rio andou associado durante dois séculos a todos os grandes factos de carácter militar, económico, social e político, não apenas de sentido local, mas até geral do Brasil.

CAPÍTULO II

Fastos do Colégio do Rio

1 — Tumulto no Rio com a publicação do Breve de Urbano VIII, de 22 de Abril de 1639, sôbre a Liberdade dos Índios da América; 2 — Restauração de Portugal e aclamação de El-Rei D. João IV (1641); 3 — Invasão francesa de 1710 e o heroísmo dos Estudantes; 4 — Segunda invasão de 1711 e a mediação dos Jesuítas.

1. — Entre os factos, de que foi testemunha o Colégio do Rio, há alguns dignos de menção mais ampla, distinta da actividade pròpriamente escolar ou ministerial.

Um dêles foi o primeiro acto da tempestade, que agitou o Sul do Brasil, por causa da destruïção das Missões dos Padres Castelhanos do Guairá, com o cativeiro e escravização dos Índios. Achava-se no Colégio do Rio o antigo Chanceler e Reitor da Universidade de Évora, P. Pedro de Moura, com o cargo de Visitador Geral do Brasil, qualidade que lhe impôs a obrigação de assumir a responsabilidade por parte dos Jesuítas do Brasil, nas negociações e debates oriundos dessa tempestade imprevista. É êle o próprio narrador, em carta ainda inédita, datada, do Rio, a 25 de Junho de 1640, à raiz dos acontecimentos. Escreve ao P. Geral:

«Nesta darei conta a Vossa Paternidade da perseguição que nesta Cidade, Vila de Santos, e São Paulo, se levantou contra a Companhia no mês passado, e vai continuando neste presente, e deve durar mais tempo, até que Deus ou El-Rei acudam com remédio conveniente.

Aos 15 de Abril arribou a êste pôrto o Padre Francisco Dias Tanho com 30 companheiros, que já tinha levado quási à bôca do Rio da Prata; no mesmo dia se recolheu a êste Colégio no qual fica agasalhado com todos êles até vir a monção, que será em Outubro. Do navio até o Colégio, os vieram acompanhando com tochas por ser já de noite, com charamelas e salvas de mosquetaria, o Governador Salvador Correia de Sá e Benevides, o Sargento-mor D. António Ortiz, e outros capitães com muita soldadesca.

Trouxe o P. Francisco Dias uma Bula de Sua Santidade, em favor da liberdade dos Índios dêste *Mundo Novo*, e nomeadamente dêste *Brasil*, na qual manda Sua Santidade, sob pena de excomunhão reservada a si mesmo, que ninguém cative, venda, troque, doe, ou trate como cativos a êstes Índios. Item, debaixo da mesma censura, manda que ninguém ensine ou pregue que é lícito cativar, etc. os ditos Índios [1].

Veio cometida a execução desta Bula ao Colector de Portugal, e êle cometeu a publicação e execução dela, neste Brasil, e nestas partes do Sul, ao Prelado administrador, aos Reitores e Superiores da Companhia; o que tudo vinha em língua portuguesa, reconhecida pelo Juiz de Guiné e Mina, como se costuma no que vem para estas partes [2].

Trazia mais o dito Padre uma nova Lei de Sua Majestade em favor dos mesmos Índios, na qual manda que quem os tiver cativos os ponha em sua liberdade e que quem os cativar seja castigado pelo Santo Ofício e confiscados seus bens para a Coroa. Mas como estas ordens de El-Rei vinham em castelhano, passadas pelo Conselho de Castela para o Peru, Paraguai, e Buenos Aires, não têm vigor nos Reinos e senhorios de Portugal. Porém como nelas se faz expressa menção de tudo quanto Sua Majestade manda a êste Brasil, em favor dos ditos Índios, pela Corôa de Portugal, o que ainda não tem chegado, tivemos ocasião de tratar do que se havia de fazer nesta matéria. E pareceu-nos ser conveniente fazer-se uma Junta com o Governador e Administrador para se tomar a resolução que fôsse mais conveniente.

Aos 22 de Abril se fêz a Junta neste Colégio, presentes o Governador e Administrador, e os Padres mais graves dêste Colégio [3].

---

1. A 1.ª parte do documento pontifício era contra os escravizadores; a 2.ª parte contra os Padres ou Religiosos, que fechavam os olhos ou positivamente os incitavam ou absolviam.

2. Cf. a pública-forma do Breve, no fim dêste Tômo, *Apêndice B*.

3. Para tratar de dar execução ao Breve, e promover a liberdade dos Índios, «fundada em direito natural e positivo», se fêz «junta neste Colégio em que assistiram o Governador desta Cidade Salvador Correia de Sá e Benevides, o Administrador desta Diocese Pedro Homem Albernás, o P. Pero de Moura Visitador

Li e ua Bula e ordens do Colector e o P. Francisco Dias a lei de Sua Majestade que todos entenderam muito bem. Trataram-se logo dois pontos:

1.º Se convinha publicar logo a Bula antes que viessem as ordens de Sua Majestade, ou se se havia de sobreestar com a publicação dela até que elas chegassem? Todos, tirando um, ou dois, foram de parecer que a Bula se publicasse logo, sem esperar pelas ordens de El-Rei, por muito boas razões que para isso se apontaram.

O 2.º ponto foi se se haviam de publicar primeiro no Rio de Janeiro, ou em Santos e S. Paulo? Os mais disseram que se não fizesse disso mistério.

No dia seguinte apresentou o P. Francisco Dias a Bula ao Administrador e êle aceitou o ser executor dela. Fizeram-se logo treslados para se mandarem à Vila de Santos e à de S. Paulo, dirigidos aos Vigários e Prelados das Religiões para que as publicassem e de facto foram.

Na Vila de Santos publicou o Vigário a Bula na Matriz, a 13 de Maio, e foi o primeiro perseguido por ela, porque tanto que se divulgou ser a Bula publicada, amotinou-se o povo e puseram nêle mãos violentas, tiraram-no de Vigário e deram a vigairaria a um Sacerdote, que o ajuda como cura ou coadjutor, usurpando a jurisdição eclesiástica em fazer e depor vigários.

Pediram-lhe a Bula (e dizendo êle que a tinha dado aos Padres da Companhia para que a publicassem na sua Igreja, conforme o mandato do senhor Administrador) foram logo todos à nossa portaria com grandes vozes, dizendo: Mata, mata, Padres da Companhia; fora, fora, Padres da Companhia. Quebraram-nos a portaria e sucedeu tudo o mais que vai nessa *Relação* [1].

Geral desta Província, o P. Reitor José da Costa, com 7 ou 8 Padres mais dêste Colégio», *Relação Verdadeira*, Bras. 9, 7.

1. «Relação do q' socedeo nesta Vila de Santos sobre a publicação das Bulas de Sua S.º acerca da liberdade dos Indios Ocidentais e Meridionais feita por hũ homẽ secular morador na dita Vila» — Ao lado: «*Concorda com o seu original*, Luiz Lopes» (Bras. 8, 556-559). Na *Colecção de Pedro de Angelis*, da *Bibl. Nac. do Rio*, existe outro exemplar desta Relação. O P. Luiz Lopes era o Secretário do Visitador. Foi professor de Filosofia na Universidade de Évora, e ocupou outros cargos. Cf. Barbosa Machado, *Bibl. Lus.*, III, 108. Luiz Lopes foi Provincial em Portugal e homem de nobres qualidades, de quem António Franco traça longa biografia:

Aqui, houve alguma dilação em publicar a Bula, e correndo pela terra que era vinda, fizeram o administrador e os da Câmara e algumas pessoas mais, uma junta na Igreja do Carmo, presentes alguns religiosos dos conventos da Cidade, a que nós não assistimos. E nela se pediu vista da Bula, a qual o Administrador deu, não sem alguma violência que lhe fizeram. E isto foi aos 4 de Maio, dia em que nos partimos para visitar a Aldeia do Cabo Frio. Voltamos para o Colégio aos 17 do mesmo e aos 19 perguntei em consulta ao P. Francisco Dias Tanho, em que estado estava a publicação da Bula. Disse que os Senhores da Câmara tinham pedido vista e que até o presente não tinham vindo com nada, mas que o Senhor Administrador lhe tinha dito o dia dantes, que a fizesse publicar no Colégio, que êle a faria publicar nas Igrejas e Conventos da cidade. Dito isto, perguntei aos Padres se havíamos de publicar a Bula. A todos pareceu que sim:

1.º — Porque o Administrador dissera ao P. Francisco Dias que a fizesse publicar no Colégio.

2.º — Porque o Administrador tinha passado um mandado, em que mandava ao Padre Reitor dêste Colégio que, sob pena de excomunhão *latae sententiae* e de 200 cruzados, publicasse a Bula no seu Colégio, o qual mandado tinha o P. Francisco Dias Tanho em seu poder, e o Administrador com ter dado vista, o não tinha revogado. E assim estava em seu vigor e obrigava em consciência. E de o Administrador não ter revogado êste mandado, se colhia bastantemente que dera a vista por violência e que não era sua vontade que, por respeito da vista dada, se impedisse a publicação da Bula.

3.º — Porque os da Câmara e povo não tinham em tantos dias apelado nem saído com embargos à publicação da Bula: no que mostravam que queriam que sòmente se não publicasse, e que com estas dilações pretendiam alcançar seu intento e que ficasse tudo como dantes, o que era em notável descrédito da Sé Apostólica, e novo enrêdo das almas dêste povo, que por impedir maliciosamente a execução desta Bula, incorria na excomunhão da *Bula da Ceia;* e querendo escapar de um mal caía noutro igual ou pior.

―――――

«não trouxe coisa alguma das muitas que lìcitamente pudera; e assim voltou para o Reino com a mesma pobreza de alfaias com que tinha ido para o Brasil» (*Imagem... de Évora,* 194). Em Gesù, *Colleg.,* 20, conserva-se um caderno com a documentação relativa ao P. Tanho (cópias).

4.º — Que seria muito mal tomado em Portugal, Madrid e Roma o não publicarmos nós esta Bula, pois fôra impetrada a instância de um Padre da Companhia em favor da liberdade dos Índios destas terras, e muito mais em favor das almas dos Portugueses, gente de nossa nação, que sem remédio se condenam, uns porque vão cativar os Índios ao sertão e os vendem como cativos; e outros porque os compram e se servem dêles como de cativos. E pois se julgara sempre que esta Bula seria o único remédio para se atalharem a tantos males, em que reputação ficaria a Companhia desta Província, se tendo a Bula na mão, deixasse de a publicar, não havendo em contrário causa que lho impedisse, e havia as obrigações apontadas para o fazer ? Pelo que resolvi *de communi consensu* que a Bula se publicasse.

E logo, no mesmo dia 19 de Maio, entregou o Padre Francisco Dias ao P. José da Costa, Reitor dêste Colégio, o mandado do Administrador para que mandasse publicar a Bula. O Padre Reitor a mandou publicar no dia seguinte, que foi Domingo *infra octavam Ascensionis*, 20 de Maio. E o P. Matias Gonçalves a publicou no fim da terceira missa, do púlpito da Igreja, presentes alguns nossos e seculares. Divulgou-se no povo a publicação da Bula; andaram-se logo convocando e amotinando uns aos outros. E feitos num corpo foram perguntar ao Administrador como mandara Sua Senhoria publicar a Bula no Colégio se estava pedida vista e Sua Senhoria lha tinha dado ?

Ao que êle respondeu: 1.º que era dia feriado, que não podia responder; 2.º disse que êle não mandara publicar a tal Bula (parece esquecido do que tinha mandado aos 23 de Abril, em que assinou o mandado); 3.º que perguntassem aos Padres, com que ordem a tinham publicado. E requerendo um do povo por três vezes, que Sua Senhoria os não mandasse ao Colégio (porque de boa razão êle mesmo houvera de vir saber ou mandar perguntar aos Padres com que ordem publicaram a Bula), e que tôdas as perdas e danos que se seguissem da sua vinda ao Colégio, ficariam sôbre Sua Senhoria. Respondeu que lá se aviessem.

Veio logo o povo correndo ao Colégio, trazendo o juiz da cidade com a vara quebrada, e com um machado abriram a portaria, e fizeram o mais que vai na *Relação* [1]. O dia seguinte, 21 do mês, fui

---

1. «Relação Verdadeira», — «Concorda com o seu original — Luiz Lopes». O P. Francisco Dias Taño (ou Tanho como se escrevia à portuguesa) anota: «Este

chamado com o Padre Francisco Dias a uma junta que se fêz no Carmo, na qual entraram além do Administrador e Governador, alguns religiosos do Carmo, São Francisco, e São Bento, como os oficiais da Câmara e muitos nobres da governança com seus letrados, e alguns do povo. Nela se tratou dos meios, que podia haver para impedir a Bula. Representei dois: apelação e embargos. Aceitaram o 2.º com os quais até agora não vieram ao Administrador, e dizem que querem ir com êles ao Colector.

Nesta Junta lhes fiz conhecer que o Padre Reitor não podia deixar de mandar publicar a Bula. E o Administrador deu a publicação por nula. E assim nos despedimos com vida, a qual (como depois soubemos por vias certas) queriam tirar a mim, e ao Padre Francisco Dias, se não déssemos boa saída a êste negócio, e ao Governador, se nos quisesse defender. Mas o Governador prevendo todo o perigo, que podia haver, tinha disposto a guarda de 500 soldados no terreiro, à porta do Colégio, em que se fazia a Junta, com sinal dado para acudirem quando fôsse necessário. E com mêdo conteve os que tinham intentado esta maldade. E no fim da Junta me deram as graças por lhes abrir o caminho, e pediram perdão do agravo, que o povo tinha feito ao Colégio o dia dantes, e eu lho dei *in quantum potui*.

Vendo porém o Padre Francisco Dias que o povo não saía com os embargos, e que tudo eram dilações maliciosas, e que o povo só pretendia que na frota não fôsse contra êles coisa alguma, tirou um agravo do Administrador, por não mandar publicar a Bula de Sua Santidade conforme o mandado do Senhor Colector; e no agravo nomeou a dois do povo, que mais se tinham mostrado contra a publicação da Bula. Deu o Administrador vista do agravo aos do povo, para que também respondessem por sua parte no que lhes tocava. Saíram êstes com uma turba de capítulos infames, falsos, e caluniosos, contra a Companhia, na resposta do agravo, dizendo de palavra que tinham mais de cem capítulos contra nós, os quais haviam de provar diante de El-Rei, *o que tudo foi fora de própósito, porque a demanda não era contra êste Colégio ou Província, senão contra o*

Padre es el compañero y secretario del P.º Visitador general deste Estado del Brasil q̃ mandó hacer esta relacion», *Bras. 9*, 7-9v. O conteúdo da *Relação Verdadeira* está substancialmente reproduzido na «*Resposta ao Libelo Infamatório*» no fim dêste Tômo, *Apêndice C.*

agravo do Padre Francisco Dias. Mas como lhes faltava que responder contra êste, enviaram-se contra nós. Deputaram logo dois homens para irem ao Reino e Madrid com os seus capítulos. Não nos pareceu que convinha deixar de acudir nesta ocasião, sendo tão boa pelo crédito desta Província, pois tudo quanto tinham feito e dito contra nós era originado da Bula, por cujo respeito nos perseguiam. Fiz várias consultas e nelas pareceu sempre, ora a todos e ora aos mais, que mandássemos um Padre' ao Reino, Madrid e Roma, sendo necessário, a apurar a honra e crédito desta Província. Tratei da pessoa, e a todos pareceu sempre que fôsse o P. Francisco Carneiro, por ser muito prático nas coisas do Brasil e ter autoridade e saber, para falar nos tribunais, e com tôdas as pessoas de maior conta.

Tanto que os do povo souberam que ia o P. Francisco Carneiro considerando a má demanda que tinham, trataram de impedir sua ida e julgaram ser mais acomodado o fazer um concêrto com o P. Francisco Dias e com os Padres dêste Colégio, na forma e com as condições que vão na *Relação*[1]. Pareceram aos Padres mui duras as condições, que nos punham, e mais dura a que nos ofereciam da sua parte, que era que não tratariam dos capítulos infamatórios, se nós desistíssemos o P. Francisco Dias, do agravo, e o Colégio de os acusar da injúria, que o povo lhe tinha feito. Tratei a matéria em consulta. Pareceu aos Padres que desistíssemos da acusação,

---

1. O P. Francisco Dias Tanho, vendo as hesitações do Administrador, requereu-lhe que assegurasse a publicação do Breve segundo as normas de direito; e constando-lhe que os homens de S. Paulo se aprestavam a voltar ao sertão a cativar Índios, requeria humildemente ao Administrador a obrigação que tinha: «Conforme ao preceito divino e declaração do Sagrado Concílio Tridentino, tem V.ª S.ª obrigação de os amparar e defender, com justiça, a qual peço». O Administrador mandou juntar o requerimento aos autos da vista do Breve: «e quanto ao que se diz dos homens de S. Paulo, que estão para ir ao sertão, já lá estão as Bulas, e eu não posso estar lá e mais cá».

A esta resposta fêz o P. Dias Tanho o seu Agravo. Respondeu o Administrador, já contra o P. Tanho, e mandou dar mostra à Câmara. E a resposta da Câmara foi o *Libelo Infamatório*, não contra o Breve, nem contra o P. Dias Tanho, nem contra as missões do Paraguai, mas contra o Colégio do Rio e os Padres do Brasil. Cf. Agravo do P. Francisco Dias Tanho, Gesù, *Missiones*, 721. Já o P. Tanho responde nesse processo ao *Libelo*. Retoma e responde a cada um dos capítulos, o P. Francisco Carneiro, do Colégio do Rio e da Província do Brasil, como se pode ver no *Apêndice C*.

mas que não fôsse para êles, por isso, desistirem dos capítulos. E que no tocante ao agravo lá se houvessem com o P. Francisco Dias, que êle responderia por si o que bem lhe parecesse. E que se o povo quisesse ir com os capítulos, que estávamos prestes para nos defender. E que se não quisessem ir com êles, nos restituíssem nossa honra, desistindo por um têrmo dos tais capítulos, dizendo serem falsos e ditados com paixão. No que êles nunca quiseram vir.

Neste comenos foi o Administrador crismar ao Macacu aonde moram muitos mamalucos, gente tida por agreste e desalmada. Tiveram êstes notícia do que passava na Cidade contra a Bula e Padres, e recolhendo-se o Administrador, lhe vieram nas costas, uns quiseram dizer, que chamados por êle, por se ver encravado na matéria do agravo; e outros dizem que convocados por alguns do povo, o que parece mais certo. E vindo à cidade, começaram logo alguns parentes do Administrador com alguns nobres a vir ao Colégio, a tratar comigo do concêrto, dizendo que convinha fazê-lo, porque se temia um grande motim na cidade. E fomos avisados que estavam apostados assim os de Macacu como os do povo e soldados, a vir roubar o Colégio e pôr-lhe o fogo. Vendo nós a violência, dissemos que queríamos vir em concêrto. Fizemos um, para que o povo o aceitasse. Não quiseram vir nêle. Fizeram outro, que vai na *Relação*, a que nós respondemos que assinaríamos tudo o que pudéssemos com *boa consciência*. E tornando emendado pelo povo, «no que reparamos», *por ser contra a consciência*. Finalmente o assinamos, eu, o Padre Reitor dêste Colégio, o P. Francisco Dias, e o P. Mateus Dias, procurador do Colégio, e com isto se foram contentes. E o P. Francisco Carneiro, desavisado de ir ao Reino, vai comigo para a Baía» [1].

---

1. Carta do P. Pedro de Moura, ao P. Geral, do Rio, 25 de Junho de 1640, *Bras. 3 (1),* 210-211v. O concêrto, «que vai na Relação», consta de seis itens, o último dos quais refere-se às Capitanias de Baixo, e portanto a S. Paulo, que os procuradores do Rio quiseram separar da sua própria questão: «6.º — No que toca às Capitanias de Baixo, se não deve tratar neste concêrto, por serem Capitanias, Câmaras e jurisdições distintas, que por si devem tratar aquilo, que lhes toca». — «Ao 6.º se disse que maior favor das Capitanias de Baixo fôra o que estava respondido no papel passado, que era tomarem êles à sua conta reduzi-los a melhores têrmos», *Bras. 9,* 9. Êste item não consta efectivamente dos *Concertos* assinados no Rio a 22 de Junho de 1640, enviados depois a S. Vicente, e transcritos nos livros daquela Câmara a 25 de Julho de 1640, e publicados por Varnhagen na Biografia de Salvador Correia de Sá e Benevides, *Rev. do Inst. Hist. Bras.,*

Mal se retiraram os amotinados e viu salvas a sua vida e a dos mais, tratou o P. Visitador de examinar a questão com serenidade e os possíveis efeitos do concêrto, que assinou forçado, não sem fazer aquêle reparo público de que era *contra a consciência*, e que só prometera assinar o que fôsse «com boa consciência». Um dos itens do Concêrto era que os Padres não recorreriam à Coroa, pelo assalto feito ao Colégio. Os amotinados porém escreveram um *Libelo Infamatório* contra os Padres, e o incluíram nos autos, pelo que bem mal parado ficaria o crédito do Colégio, se se pudesse dizer que os Padres desistiram de recorrer e informar a Coroa com temor dos Capítulos.

Os Padres sabiam aliás que as paixões e os interêsses materiais, em geral, não deixam margem a escrúpulos. E ao menos neste caso não se enganaram. Tendo os amotinados exigido dos Padres que desistissem nem apresentassem queixas contra êles em tribunal algum, enviaram subreptìciamente o *Libelo Infamatório* para Lisboa, e para diversas pessoas, e para S. Paulo, que logo fêz dêle a própria base da sua representação a El-Rei, e, desenterrada dos Arquivos na perseguição de 1760, anda divulgada e publicada por extenso nos autores dêsse período, e noutros mais modernos. Um dêles, Varnhagen, com o seu habitual pendor de reünir quanto é *avêsso* à Companhia de Jesus e aos Índios do Brasil, esquecendo-se de publicar a outra parte ou seja o *direito* da questão; e com tal incongruência, que chama aos Paulistas «heróicos defensores dos seus direitos» numa página, olvidado de que três páginas antes havia escrito: «Infelizmente os Paulistas tinham abusado do seu espírito guerreiro e empreendedor; e muitos se haviam convertido em *verdadeiros traficantes de escravos índios*, que levavam nas tropas a *vender*, ao mercado do Rio de Janeiro, por preços de 40 a 50 cruzados por peça» [1].

Aqui está! E era isto que os Padres reprovavam aos que vendiam e aos que compravam homens. E sabiam perfeitamente que quem não respeitava a liberdade humana, muito menos respeitaria a reputação alheia. No conflito da liberdade, os Jesuítas defendiam essa causa; e os interessados no cativeiro dos Índios, não podendo

---

III, 113-118. Cf. Barão do Rio Branco, *Efemérides Brasileiras* (22 de Junho de 1640), onde diz, sem rebuço, que «o Colégio foi atacado e invadido pelos partidários da escravidão».

1. Pôrto Seguro, *HG*, III, 159, 156.

atacar os Padres nesse ponto essencial, lançaram mão de outros, que nada tinham que ver com a questão em si mesma, subterfúgio perpétuo dos que não têm razão. Aos «traficantes de escravos índios», na própria e odiosa frase de Varnhagen, parece que não os favorecia o direito. Perante a nova sem razão do *Libelo Infamatório*, não restava aos Padres outro caminho senão enfrentar o debate com decisão e presteza.

O P. Francisco Carneiro, que o Visitador diz que iria com êle para a Baía, reassumiu a comissão, e partiu para Lisboa com a documentação legal e juridicamente reconhecida. Causou em Portugal penosa impressão a narrativa de tão graves tumultos. O delegado do Colégio do Rio apresentou a contestação dos Capítulos Infamatórios. A *Resposta ao Libelo Infamatório*, que inclui êsses capítulos, dá notícias pormenorizadas sôbre o motim e os desacatos cometidos contra o Colégio; e contém outras notícias, o que o constitui hoje fonte útil e histórica dessa luta travada à roda da grande questão da liberdade. Pela sua importância, o publicamos na íntegra. Mas, por tratar de assuntos diversos, estranhos alguns ao Rio de Janeiro, tem o seu lugar próprio nos *Apêndices* dêste Tômo [1].

2. — Ora, sucedeu que os motins foram no grande e próprio ano da Restauração de Portugal. E D. João IV, pelo seu Conselho, mandou sustentar a autoridade dos Padres e do Colégio. O primeiro acto dêsse prestígio, e como que desagravo público, foi logo quando chegou a boa nova da Restauração de Portugal, proclamada em Lisboa, ao 1.º de Dezembro de 1640. Governava ainda o Rio de Janeiro Salvador Correia de Sá e Benevides, almirante dos mares do Sul. Filho de espanhola e casado com uma espanhola, aparentado por isso a Vice-Reis da América e a generais de Castela, podia-se temer que estas ligações familiares o impelissem à não

---

[1]. Cf. *Apêndice C:* «Resposta a uns capítulos ou Libelo infamatório que Manuel Jerónimo, procurador do Conselho na cidade do Rio de Janeiro, com alguns apaniguados seus, fêz contra os Padres da Companhia de Jesus da Província do Brasil e os publicou em Juízo e fora dêle em Junho de 1640», Gesù, *Colleg.*, 1569. O documento é fonte útil de informações, mas deve atender-se à sua natureza. Responde à veemência das acusações do adversário sôbre matéria falsa, ou matéria certa mas falsamente interpretada ou exagerada, com igual veemência. Tirando-se esta vivacidade própria de tôdas as defesas, fica a parte útil dos factos explicados, que é o que realmente interessa à história.

aceitação da Restauração nacional [1]. Conhecendo-se o afecto, que votava à Companhia de Jesus, onde tinha pensado alistar-se na sua juventude, feita a aclamação na Baía, encarregou-se um Jesuíta de lhe trazer a notícia e a persuasão, se porventura fôsse necessária, confiando-se da sua perícia o bom êxito da emprêsa. O embaixador foi o próprio Provincial do Brasil, então na Baía, Manuel Fernandes, que tanto se tinha assinalado em Pernambuco e na retirada dos Índios para Alagoas em 1635.

Além das razões familiares, havia interêsses económicos a dificultar a adesão do Governador, que possuía 10.000 cruzados de renda, e mais de 50.000 cruzados de fazenda de raiz e móvel, no Reino do Peru e em Espanha, e tinham-lhe feito, em Madrid, promessas de mercês para a sua casa e filhos.

A caravela, que conduzia o Provincial, chegou ao Rio a 10 de Março de 1641. Quando Salvador Correia de Sá e Benevides leu as cartas, que o Jesuíta lhe trazia, do Vice-Rei, e a relação do que sucedera em Portugal, vencido o primeiro assombro do que significava para êle, nas relações de família e nos seus bens, o passo que ia dar, «como verdadeiro, leal e fidelíssimo Português», preferiu a tôdas as vantagens da sua situação material, «ser vassalo do Rei, natural, legítimo, verdadeiro herdeiro do Reino de Portugal».

Combinou com o P. Manuel Fernandes que o acto se realizasse no Colégio.

«Deu ordem a D. António Ortiz de Mendonça, sargento-mor e governador da gente de guerra daquela praça, para que logo desse aviso aos oficiais da Câmara, Prelado eclesiástico, Vigário Geral, Prelados das Religiões, Capitães de infantaria, fortalezas e ordenanças, e a outros homens nobres e cidadãos da república, que tinha negócio muito do serviço de Sua Majestade que lhes comu-

---

[1]. Salvador Correia de Sá e Benevides (Benavides) era filho de Martim de Sá, Governador do Rio de Janeiro, e de Maria de Mendoça e Benavides, filha de Manuel de Mendoça e Benavides, Governador de Cádis; e a mulher de Salvador Correia de Sá e Benevides, Catarina de Ugarte Velasco, era filha de Pedro Ramírez de Velasco, Vice-Rei do Peru e Governador do Chile. Cf. Árvore de Costados do 1.º Visconde de Asseca, em Clado Ribeiro de Lessa, *Salvador Correia de Sá e Benevides*, Lisboa, 1940, Apêndice, com alguns outros grandes nomes, na ascendência, tanto da mãe, como da mulher; Luiz Norton, *A Dinastia dos Sás no Brasil* (Lisboa 1943) 20-21.

nicar, para cujo efeito se juntassem todos no *Colégio da Companhia de Jesus*, sem dilação, o mesmo dia e hora que recebeu, leu e considerou o aviso. Executou o sargento-mor esta ordem. Foram obedecendo os chamados, e esperando-os na sala da *Livraria do Colégio*, foi prevenindo a cada um dos que entravam, de per si, e em segrêdo, com tanta prudência que agregou ao seu os votos de todos em particular, para que quando em geral os solicitasse, se não neutralizasse nenhum, havendo dado ordem que nenhuma das pessoas que entrassem, tornasse a sair, porque se não vulgarizasse a acção antes do efeito». Obtidos desta maneira os votos individuais, mandou o Governador entrar todos juntos na Livraria. Expôs-lhes em comum a grande nova. O vereador mais velho da Câmara levantou-se e respondeu por si e pelos mais oficiais: «que se a eleição havia sido tão aprovada do céu e tão aplaudida de todo o Reino, e prosseguida, na Baía, cabeça do Estado, êles deviam de seguir aos maiores e fazer a mesma aclamação e juramento, reconhecendo por verdadeiro rei e Senhor de Portugal ao Senhor Rei D. João o IV dêste nome». Todos os mais falaram à semelhança dêste.

Feito o auto, o Governador, erguendo-se, gritou:

— *Viva El-Rei D. João o IV de Portugal!*

E, à uma, repetiram todos o brado libertador.

Em Lisboa, o Palácio dos Condes de Almada, onde se fraguou a Restauração do Reino, resgatado no 3.º Centenário (1940), pelos Portugueses do Brasil, é hoje monumento nacional, e chama-se *Palácio da Restauração*. O «Palácio da Restauração», no Rio, foi o Colégio.

Feita a aclamação, em corpo gesto com Pendão Real da Câmara, foram todos à Matriz, onde sôbre um missal, num altar improvisado debaixo do cruzeiro, fizeram juramento solene, o Governador e todos os mais, dando vivas a El-Rei, a que o povo, correndo ao som da novidade, correspondia «com notável aplauso».

Tinha sido completo o êxito do Provincial.

Há quem generalize a outros, escrevendo que o Governador Salvador Correia de Sá e Benevides fizera a aclamação de D. João IV, «influído e ajudado pelos Jesuítas Portugueses do Rio» ou mesmo obrigado por êles: «No Rio parece haver hesitado Salvador Correia, mas viu-se *obrigado* pelos Jesuítas a proclamá-la» [1]. Não

---

[1]. Pôrto Seguro, *HG*, II, 394; III, 157.

cremos que Salvador Correia tivesse sido *obrigado*. Mas se houvesse alguma hesitação, passado o primeiro espanto de tal nova, bastar-lhe-ia a afeição aos Jesuítas, unânimes no empenho da Restauração, para dissipar qualquer dúvida [1].

Uma das características do Governador do Rio e depois Restaurador de Angola, era a presteza. Sem delongas, tomou as medidas que o caso requeria. No dia seguinte, 11 de Março, mandou Artur de Sá, à Capitania de S. Vicente, para que ali se procedesse à aclamação; enviou notícias do sucedido à Baía, e ao Rio da Prata; e também ao Reino numa embaixada composta pelo seu homónimo, Salvador Correia de Sá, e pelo P. Francisco Fernandes, da Companhia [2]. Seguiram-se festas, apenas interrompidas pela Semana Santa, que logo sobreveio, nas quais à moda do tempo se fizeram encamisadas e alardos, e se correram touros e houve outras demonstrações de regozijo público, jogos de canas, teatro, músicas, salvas de artilharia e luminárias. Foram os Estudantes do *Pátio do Colégio* que encerraram as manifestações públicas de regozijo: «rematou-se a festa (que na mais opulenta cidade não podia ser mais lustrosa) com um alardo que os Estudantes a segunda-feira ordenaram, dando mostras de que também, quando fôsse necessário em serviço de Sua Majestade, saberiam disparar tão bem o arcabuz como construir os livros» [3].

---

1. A amizade entre Salvador Correia de Sá e Benevides e os Jesuítas foi constante e recíproca, como consta de tantas páginas da *História*, nas horas boas e nas horas más. O seu biógrafo nota que o P. Simão de Vasconcelos dedicou a Salvador Correia de Sá e Benevides a *Vida do Padre João de Almeida*, «por julgá-lo nesta parte do país o maior amigo e protector dos seus irmãos de Ordem; e mais tarde quando o grande soldado se viu perseguido e processado pelo Govêrno do Infante D. Pedro, graças ao empenho dos Jesuítas pôde escapar ao degrêdo para a costa de África» (Clado Ribeiro de Lessa, *Salvador Correia de Sá e Benevides* (Lisboa 1940) 23-24; Luiz Norton, *A Dinastia dos Sás no Brasil*, 39, 147; Inocêncio, *Dic. Bibl.*, VII, 286). E depois foi restituído à veneração e respeito que merecia um dos mais altos vultos da história da Colonização portuguesa no Atlântico.

2. Natural de Alpalhão, diocese de Portalegre. O P. Francisco Fernandes contava 66 anos quando seguiu nesta embaixada. Entrara na Companhia, em Évora, em 1590. Figura de menor relêvo que os Padres António Vieira e Simão de Vasconcelos, que foram na Embaixada da Baía a Lisboa, Francisco Fernandes tinha sido no entanto Reitor dos Colégios de Pernambuco e do Rio de Janeiro, Bras. 5, 152.

3. Cf. *Relaçam da acclamação que se fez na Capitania do Rio de Janeiro do Estado do Brazil, e nas mais do sul, ao Senhor Rey D. João IV, por verdadeiro Rey*

A Juventude é generosa e não costuma faltar às suas promessas, chegada a ocasião, que de-facto veio, a seu tempo.

3. — Lançavam os Franceses de vez em quando os olhos para as bandas daquela malograda *França Antártica*, mera expressão histórica, sem realidade objectiva, no Rio; depois, na Paraíba, no Maranhão, no Cabo do Norte, para parar, finalmente, no flanco brasileiro, em Caiena. Pararam a contra-gôsto, e uma vez ou outra como reflexo da política geral europeia, o Brasil lembrava-se em Paris, para campo de saques e correrias. Era uma das «tentações» da França, escrevia o P. António Vieira em 1648, ao Marquês de Nisa, ao qual dava ao mesmo tempo instruções com que desenganasse a França dessa imaginação, a saber que o Rio de Janeiro era a praça do Brasil que melhor podia ser socorrida por terra, «porque tem muitas Aldeias vizinhas de Índios vassalos de Sua Majestade [as Aldeias dos Jesuítas] e a Cidade do Cabo Frio, que é de Portugueses, e as Vilas de S. Vicente, Parati, Ilha Grande e outras, sobretudo a de S. Paulo, cujos moradores são os mais valentes soldados do Brasil, e, para aquela guerra, os melhores do Mundo»[1].

Desvaneceu-se por então, a tentação da França; não morria porém de todo, e algum tempo depois renascia.

Em 1687 escreve o mesmo Vieira, referindo-se à Baía: «Esta costa, de dois anos a esta parte, anda infestada de corsários, particularmente franceses, dos quais alguns, com melhor hábito que de corsários, foram achados sondando-nos os portos e ensinando os bárbaros a menear as armas europeias»[2]...

---

e Senhor do seu Reyno de Portugal, com felicissima restituição, que d'elle se fez a sua Magestade que Deus guarde etc., Lisboa, 1641. Reimprimiu-se na *Rev. do Inst. Hist. Bras.*, V, 319-327 (2.ª ed., de 1863), e em Coimbra em 1940. Gustavo Barroso fêz dela um resumo na *Revista dos Centenários* (Lisboa, 31 de Dezembro de 1939) 7-11. Nesta *Relaçam* não vem o nome do P. Manuel Fernandes; diz apenas que o emissário tinha o cargo de Provincial. O seu nome vem já expresso em Gregório de Almeida (P. João de Vasconcelos), *Restauração de Portugal Prodigiosa* (Lisboa 1643)331. Pôrto Seguro ainda o não cita, deficiência corrigida pelo seu anotador, Rodolfo Garcia, acrescentando que o P. Manuel Fernandes trazia poderes para fazer outro Governador, se fôsse necessário (Nota à *Hist. Geral*, II, 394).

1. *Cartas de Vieira*, I, 136.
2. *Cartas de Vieira*, III, 543.

Em 1706 tomam e saqueiam a nau, em que voltava do Brasil para Portugal o P. João Pereira, que tinha sido Provincial e seus Companheiros [1]. E quatro anos depois investiram directamente contra o Rio de Janeiro [2].

São conhecidas as expedições de João Francisco Duclerc e de Renato Duguay-Trouin. O primeiro foi derrotado e prêso; o segundo conseguiu apoderar-se da cidade que saqueou e de que se retirou mediante resgate. Assunto já bem estudado e conhecido. Pelo que toca directamente à História da Companhia de Jesus, que em ambas teve grande interferência, há alguma documentação nova.

No assalto de Duclerc tomaram parte na acção quási todos os Jesuítas residentes no Rio, ou nas fileiras dos combatentes ou nas fortalezas, com desprêzo da vida, para que não faltasse assistência aos moribundos e feridos. Um jovem estudante, jesuíta, que ainda não era Padre, despojou-se da própria camisa, para fazer uma ligadura a um ferido, que se esvaía em sangue, até chegar o cirurgião e o levar e curar fora do campo de batalha. Outro acompanhou sempre o General durante o combate; outros levavam alimentos, outros remédios e «exortavam os soldados à defesa da Pátria». E ganha a vitória, o próprio inimigo experimentou a caridade dos Nossos, que os ajudaram, para não morrer à fome por penúria de alimentos [3]. E depois que ficaram presos, os Padres «lhes levavam de comer, e iam buscar água às fontes, e lha davam

---

1. *Bras. 4*, 124.

2. Tomaram uma nau em que iam 4 estudantes do Maranhão para se ordenarem na Baía e que as tempestades arrojaram a Portugal. A nau foi retomada por um navio inglês, mas perdeu-se o espólio, já passado para a nau francesa, *Bras. 4*, 178.

Com os Franceses estavam unidos os Espanhóis de Filipe V (Guerra da Sucessão). Esta aliança explica a seguinte referência de um Padre Francês que ia para a China, pela rota espanhola: «Le 22 [Fevrier 1711] nous doublâmes le Cap *Friou*. En le doublant, nous aperçûmes un navire Portugais. On lui donna la chasse tout le jour et la nuit. Le lendemain on s'en rendit maître. Il avait 14 pièces de canon: sa cargaison était de vin et d'eau-de-vie». — Lettre du Père Labbe, Missionaire de la Compagnie de Jésus, au Père Labbe de la même Compagnie, Chile, 8 Janvier 1712, *Lettres Edifiantes et Curieuses*, VIII, 135. O P. José Labbe escreve ao P. Filipe Labbe, escritor francês e amigo de Colbert.

3. Carta de Mateus de Moura, da Baía, 31 de Dezembro de 1711, *Bras. 10*, 77.

em grande cópia e levavam em carros, às suas prisões, o que era de grande ajuda a êsses pobres» ¹.

Fala-se, neste relato, de um estudante, jesuíta. Mas os outros Estudantes do Colégio revelaram-se também, de tal sorte, que a história lhes confere a parte mais gloriosa da defesa. Não era a primeira vez que os Estudantes da Companhia de Jesus resistiam ao invasor. A idéia de se organizarem militarmente foi uma reacção contra os Holandeses. Não é difícil ver em 1630 nos que defenderam o Colégio de Olinda, de «juvenil idade» o primeiro esbôço das companhias de Estudantes. O facto repetiu-se na Baía por ocasião do Cêrco de 1638, até que em 1651 se constituíram na mesma cidade da Baía, como elemento apto a defendê-la no caso de os Holandeses a atacarem de-novo. E tôda a vez que havia perigo de inimigos se reconstituía, vindo a ser a *Companhia dos Estudantes* uma companhia normal de ordenanças, com o seu capitão próprio ². Também se constituíu no Rio. E a Companhia dos Estudantes do Rio atalhou os passos do invasor, com tanta coragem que êles provaram o seu heroísmo, e demonstraram que sabiam tão bem defender «conclusões» públicas no Colégio, como os lares de seus pais. Escreve o poeta humorístico Tomás Pinto Brandão:

Os Estudantes provaram
Em como soldados eram
E a «conclusão» defenderam
Das armas que não cursaram ³.

Os Estudantes dos Colégios dos Jesuítas gozavam do privilégio de não serem obrigados a sentar praça, excepto quando havia perigo de inimigos ⁴. Era êste o caso, em que outros, ao que diz o

---

1. *Bras. 10,* 89v.
2. Foram capitães dos Estudantes na Baía, entre outros, Brás Pereira do Lago em 1672 (*Doc. Hist.,* XII(1929)234), e Luiz Canelo de Noronha, poeta de que dá notícia Barbosa Machado, *Bibl. Lus.,* III, 74.
3. Tomás Pinto Brandão, *Pinto Renascido, empenado e desempenado* (Lisboa 1732) 138.
4. Cf. supra, *História,* IV, 272. Pretendendo mais tarde os Governadores mandar sentar praça aos alunos dos Colégios, contra os privilégios da Companhia, o Provincial representou a El-Rei o facto e o inconveniente da novidade contra os estudantes de merecimento ou mais aplicados e contra o bem público, que se interessa por serem freqüentadas as escolas literárias, e até contra os interêsses

poeta, parece não terem sentido o mesmo empenho de lutar, que os *Padres da Companhia*:

> Quem então com valentia
> Fêz contra o Francês adverso,
> De uma «companhia» um têrço
> Sem passar *de Companhia*,
> Foi dos *Padres* a ousadia,
> Deixando nesta função,
> Já sôlta a antiga questão,
> Que sendo as letras valentes,
> Mais nobres que as armas são [1].

Discutiu-se quem teria sido o comandante dos Estudantes e os sufrágios prevalecem a favor de Bento do Amaral Coutinho [2].

Duclerc entregou-se no dia 19 de Setembro, dia de S. Januário, que muito tempo a cidade do Rio celebrou como dia santo de guarda, em comemoração do feito. Acrescenta o Visconde de Pôrto Seguro: «Por nosso voto deveria também solenizar, por meio de um monumento no Largo do Paço, o patriotismo dos jovens estudantes flu-

---

dos pais que perdiam as despesas; e porque «não costumam os estudantes das Escolas da Companhia ser alistados para soldados sem precederem informações dos Reitores dos Colégios das quais conste serem os ditos estudantes inquietos e incapazes para o dito ministério». El-Rei passou a Provisão de 25 de Maio de 1754, «que os estudantes, que aprendem nas Escolas da Companhia de Jesus da América, não possam ser presos para soldados, enquanto constar por atestação do Reitor e Prefeito dos Estudos a que tocar, que é bem procedido e frequenta as ditas escolas e não anda nelas com afectação só por usar dêste privilégio». Seguem-se a *ordem* ao Vice-Rei do Brasil, os *registos* e o *cumpra-se*, em *Doc. Hist.*, LXIV, 53-55.

1. Tomás Pinto Brandão, *op. cit.*, 138. Nesta jornada assinalaram-se também os índios e os negros:

> Enfim podem pôr escola,
> E ensinar pontos de guerra,
> Os tigres, *filhos da terra*,
> E os leões, *filhos de Angola*. (*Ib.*, 139).

2. Cf. Barão do Rio Branco, *Efemérides Brasileiras*, 450; Alberto Lamego, *Mentiras Históricas* (Rio s/d)152; Id., *Controvérsia em tôrno do nome do heróico comandante dos Estudantes nas Invasões do Rio de Janeiro em 1710 e 1711*, no «Jornal do Commercio» (Rio) 6 de Setembro de 1942.

minenses, que tanto contribuíram nesse dia para defender do estrangeiro a sua cidade natal»[1].

A Duclerc deu-se como residência o Colégio, «por ser o melhor cómodo que naquela terra se lhe podia dar». Alegando que não nascera para Padre, o General instou que o Governador o transferisse para outra casa, para mal seu, porque por motivos que nunca se esclareceram (chegou-se a falar que requestava mulheres casadas) apareceu morto um dia no seu leito[2].

4. — A morte de Duclerc foi veementemente verberada pelo Govêrno Central de Lisboa. Paris todavia aproveitou o pretexto para renovar o insulto e sobretudo para tentar de novo o saque do Rio. Desta vez veio Duguay-Trouin, e, não tanto pelo seu poder, como pelo desconcêrto e pânico produzido, tomou a cidade e a saqueou.

Neste desastre, os Jesuítas padeceram como todos, e mais do que outros pela sua situação de prestígio e de economia, com as Fazendas perto da cidade invadida. Diz-nos António Pais:

«Os Franceses, cobiçando as riquezas desta cidade, entraram no dia 12 de Setembro com 18 navios e, ocupada a Ilha mais próxima da cidade, durante oito dias a bombardearam com canhões e panelas de fogo. Nesses dias, os Nossos da Companhia, antepondo ao próprio perigo a ajuda dos moradores, com o ministério da piedade e caridade, percorreram com freqüência os postos dos soldados e ouviam-nos de confissão. Outros levavam do Colégio de comer e beber aos soldados e fizeram tudo o que tinham já feito no ano passado. Mas não foi igual o êxito da guerra. E, apesar de os nossos soldados, seu poder, fôrça e ânimo, serem superiores aos do inimigo, nem os Franceses se atreverem a ter batalha com os nossos e só

---

[1]. Pôrto Seguro, *HG*, III, 362; o «patriotismo» de Varnhagen é «heroísmo» em Pizarro (*Memórias*, I, 118).

[2]. Cf. D. Francisco Xavier de Meneses, *«Relação da victoria que os Portugueses alcançaram no Rio de Janeiro contra os Franceses* em 19 de Setembro de 1710, *Rev. do Inst. Hist. Bras.*, XXIII, 412-422; Gastão Ruch Sturzenek, *João Francisco Du Clerc*, na *Rev. do Inst. Hist. Bras.*, Tômo Especial do Congresso de Hist. Nacional, 1.ª P., 507-517; Carta de Fr. Francisco de Meneses, para o Duque de Cadaval, escrita no Rio de Janeiro sôbre a invasão de Duclerc, na *Rev. do Inst. Hist. Bras.*, 69, 1.ª P., 53-75; Pôrto Seguro, *HG*, III, 358-363.

nos atacarem de longe com os canhões, por não confiarem nas suas fôrças e temerem o nosso poder, passados oito dias, sem nenhuma derrota dos nossos, uma noite feia, de chuvas e trovões, não sem leve boato de traição, o Governador mandou que todos os soldados e defensores saíssem da *Cidade* e da *Vala* e se recolhessem aos campos dos subúrbios. Divulgado o boato da traição, cada qual se acolheu para onde achou mais seguro e naquela noite se desfez o exército [1]. Feito isto ficou aberta com segurança ao inimigo a entrada na Cidade, cheia de riquezas, sem que ninguém lhe cortasse o passo. Todos, desde o maior ao menor, de ambos os sexos, abandonaram a cidade, excepto dois da Companhia, um Padre e um Irmão Coadjutor, que preferiram ficar em casa, sujeitando-se a tôda a fortuna favorável ou adversa, com a esperança de que pelos benefícios feitos pelos Nossos aos prisioneiros, fôssem menos duros connosco e as nossas coisas. Não obstou porém a que saqueassem não só as alfaias, mas todos os comestíveis e as coisas vindas de Portugal, reduzindo os Nossos a extrema penúria.

Entretanto, a conselho dos da Companhia, alguns batalhões dos muitos que a retirada desordenada tinha dispersado, foram-se reconstituindo, para não ficarem abertos os subúrbios ao ímpeto dos inimigos. Mas êste conselho, com ser útil à República, não o foi às nossas Fazendas. Os soldados acamparam nos nossos Engenhos, e consumiram não só o açúcar, mas quebraram os recipientes em que se guardava, e levaram muitos instrumentos de ferro e de cobre dos Engenhos, devastaram os canaviais, levaram os rebanhos de gado, devoraram todos os bois mansos, do carro, além dos que foram trazidos dos campos mais distantes, a pedido do Governador e da Câmara; e uma grande casa, que dava de aluguel 500 cruzados, ficou em cinzas. Cinco negros do Colégio, tomados pelos Franceses, foram conduzidos para as Ilhas de Martinica; e

---

1. Os Jesuítas fizeram «tudo o que tinham já feito no ano passado». *Tudo*, portanto também os seus Estudantes se aprestaram para a luta. O «boato» da traição, desorganizando as milícias, explica em parte o não ter sido «igual o êxito da guerra». Alberto Lamego, à vista dos documentos da época em conjunto, faz recair a maior responsabilidade do boato e do desastre não sôbre o Governador Francisco de Castro Morais, mas sôbre o Sargento-mor da batalha Gaspar da Costa de Ataíde, o «Maquinez», a quem estava confiada a defesa do pôrto, *A Verdade sobre a tomada do Rio de Janeiro em 1711*, no *Jornal do Commercio* (Rio), 4 de Outubro de 1942.

ainda 150 bois e 3.000 arrôbas de açúcar, requisitados pelo Governador para o resgate da cidade [1].

Os Franceses ameaçavam incendiar a Cidade e tôdas as suas fortalezas e castelos, se pela deixarem *incólume*, lhes não dessem 610.000 cruzados, 200 bois, e 3.000 arrôbas de açúcar. E não só ameaçavam destruir a Cidade, mas também os Mosteiros e Igrejas, mesmo as menos próximas dela, sobretudo o nosso Colégio, em cujas paredes já tinham feito quatro grandes minas para fazer voar todo o edifício [2].

Estipulado o resgate entre os Franceses e o Governador Francisco de Castro Morais, não sendo fácil achar tanta quantidade de açúcar e de bois, a pedido instante do Governador para utilidade comum e mais breve partida dos Franceses, demos o que acima se disse» [3].

O que deram os Padres do Colégio subia a 14.000 cruzados. El-Rei mandou-os depois restituir, mas diz-se em 1714, que estava ainda sem cumprimento [4]. Era Reitor do Colégio, desde o dia 20 de Março de 1710, portanto, durante ambas as invasões, o P. Francisco de Sousa [5], falecido no mesmo Colégio em 1717 e do qual se escreve: «Collegium Januariense quod ultimo rexit, non solum a gravissimo aere alieno liberavit, omnique domestica suppellectile

---

1. 3.000 «côngios», antiga medida romana, é a expressão latina usada, e equivalente a «100 caixas», que foi o açúcar exigido nas capitulações. Cf. «Relação das pessoas e das quantias com que contribuíram para o resgate da cidade rendida pelos Franceses em 11 de Setembro de 1711», na *Rev. do Inst. Hist. Bras.*, XXI, 30-31. Os Padres da Companhia contribuíram com 4.866$000 réis. Muito, comparado com outros.

2. Jerónimo Moniz, *Vita P. Stanislai de Campos*, 29. «Recusara o corsário a primeira oferta de Capitulação, apresentada pelo Presidente da Câmara; mas cedeu à segunda, trazida pelo P. António Cordeiro [da Companhia] que lhe fêz ver a inutilidade de suas exigências a mais dos 610 mil cruzados, pois não havia no Rio maior quantia» (Pedro Calmon, *História do Brasil*, III, 52). António Cordeiro, mencionado em Pizarro, *Memórias*, I, 69, 86, não existe nos Catálogos da Companhia, *neste ano de 1711*. Supomos ser desdobramento errôneo da abreviatura de Card.º (Cardoso), pois de facto havia então o P. António Cardoso, homem dotado do trato de gentes, que foi depois Procurador Geral do Brasil em Lisboa, e Reitor do Rio, o mesmo que tem o seu nome gravado no «Peão das Terras», em Niterói, no Saco de S. Francisco.

3. Carta do P. António Pais, 18 de Abril de 1712, *Bras. 10*, 89v-90v.

4. *Bras. 10*, 106.

5. Bibl. Vitt. Em., f. gess. 3492/1363, n.º 6 (cat.).

exhaustum, et a Gallis direptum, ad pristinum restituit statum» [1].
Nas suas *Memórias*, escreve Duguay-Trouin: «Desde o primeiro dia, em que entrei na cidade, tive grandíssimo cuidado em mandar reünir os vasos sagrados, a prataria e ornamento das Igrejas, e os mandei, por nossos capelães, guardar em grandes cofres, depois de punir com pena de morte a todos os soldados ou marinheiros que tiveram a impiedade de os profanar e apoderar-se dêles. Quando estive a ponto de partir, confiei êste depósito aos Jesuítas, como únicos sacerdotes dêste país, que me pareceram dignos da minha confiança, e os encarreguei de o entregar ao Bispo diocesano. Devo fazer justiça a êstes Padres, dizendo que êles muito contribuíram para salvar esta florescente Colónia, convencendo o govêrno da conveniência de resgatar a Cidade: sem o que eu a teria arrasado completamente, apesar da chegada de António de Albuquerque e de todos os seus negros» [2].

A vigilância do comandante francês foi tardia ou incompleta. O P. Estanislau de Campos, resumindo os males causados pela invasão, escreve: «No assalto e tomada da Cidade do Rio de Janeiro, pela segunda vez apetecida pelos Franceses, sofreram muito os da Companhia com o inimigo e com os moradores. Os inimigos entrando no Colégio roubaram o que quiseram; os soldados correndo as fazendas próximas da cidade comeram os bois dos carros, as ovelhas, os galos e as galinhas; deu o Reitor para sustento dos soldados todos os bois que puderam trazer de outras fazendas; e tiraram do Engenho todo o açúcar e objectos que puderam. Durante o assédio espalharam-se pela cidade alguns dos Nossos, uns a dar alimentos aos sitiados, outros a levar remédios, e outros a ouvir confissões, outros a animar os combatentes à devida defesa da Pátria.

Tomada a cidade, a maior parte dos da Companhia se acolheu às Fazendas mais distantes, enquanto se tratava do resgate para

---

1. *Bras. 10*, 176.
2. *Memoires de Monsieur Duguay Trouin, lieu-tenant général des armées navales de France et commendeur de l'ordre royal et militaire de Saint-Louis*, M.DCC.XL, traduzidas em parte por T. de Alencar Araripe, com o título de *Ataque e tomada do Rio de Janeiro pelos Franceses em 1711 sob o comando de Duguay Trouin*, na *Rev. do Inst. Hist. Bras.*, XLVII, 1.ª P., 84. Não obstante o que diz o Corsário, deve ter influído também na sua retirada a chegada de António de Albuquerque, de cujas condições exactas de armamento êle teria imperfeita notícia.

não se queimarem as casas, passando no caminho a pé, fome e sêde; e preparavam-se para maiores padecimentos, até que, pago o resgate, voltaram ao Colégio, achando saqueada a dispensa e a rouparia, e tirados da Capela Doméstica e da Igreja alguns castiçais e os colares de oiro de Nossa Senhora e o diadema de oiro de S. Francisco Xavier, e a cruz de prata e a lâmpada» [1].

Da parte dos defensores militares da Cidade não houve traição, senão «boato» dela e desconcêrto. Depois do desastre, o caminho a seguir era atenuar-lhe os efeitos. As intenções de Duguay-Trouin de arrasar a cidade e a inacção de António de Albuquerque Coelho de Carvalho, homem valoroso vindo em socorro, mas que se absteve de combater por falta de munições adequadas, parecem indicar que foi de utilidade pública, sem a destruição da cidade, o despejo rápido do inimigo. Para prevenir surpresas semelhantes, El-Rei mandou construir novas fortalezas, com que se defendeu admiràvelmente o Rio de Janeiro, trabalho que recaíu quási todo sôbre os Índios das Aldeias do Colégio [2].

---

1. Carta de Estanislau de Campos, Rio, 13 de Julho de 1713, *Bras. 4*, 179v-180. Também se perderam então muitos papéis e documentos dos Jesuítas, cf. Carta do P. António Cardoso, à Câmara, *Arq. do Distrito Federal*, III, 228.

2. *Bras. 10*, 119; cf. infra, cap. V, *As Aldeias do Triângulo Fluminense*.

CAPÍTULO III

Fazendas e Engenhos do Distrito Federal

1 — A Fazenda de Santa Cruz; 2 — Caminho do Rio a S. Paulo através da Fazenda; 3 — Sua vida económica e social; 4 — Obras de Engenharia hidráulica; 5 — A ponte do Guandu; 6 — O Engenho Velho e Engenho Novo na Cidade do Rio; 7 — A Fazenda de S. Cristóvão; 8 — Outras Fazendas e Chácaras da Cidade.

1. — A grande Fazenda de Santa Cruz, cujas origens datam do século XVI [1], cresceu em 1616 com um terreno (500 x 1.500 braças), contíguo a Guaratiba, comprado a Jerónimo e Manuel Veloso, herdeiros de Manuel Veloso de Espinho. O pagamento efectuou-se em patacas, meias patacas e moedas de quatro vinténs [2].

Alguns anos mais tarde, em 1654 o Colégio do Rio comprou três léguas de terra a Tomé Correia de Alvarenga, nas cabeceiras do Rio Guandu. Reitor o P. Manuel da Costa. Preço 1.000 cruzados [3]. E dois anos depois, em 1656 compraram-se outras três léguas junto às anteriores, a Francisco Frazão de Sousa, genro de António de Alvarenga. Reitor do Colégio do Rio, Francisco Madeira. Custo:

---

1. Cf. supra, *História*, I, 420-422; Basílio de Magalhães, *O açúcar nos primórdios do Brasil Colonial*, na Revista *Brasil Açucareiro*, XXV (Março de 1945) 247.

2. António de Matos, *De Prima Inst.*, 34v. Escrituras de compra e têrmo de medição em «*O Tombo ou copia fiel da medição e demarcação da Fazenda Nacional de Santa Cruz, segundo foi havida, e possuida pelos Padres da Companhia de Jesus, por cuja extinção passou à nação, dada ao prelo pelo Zelador do Direito de Propriedade, e mais queixosos da illegal nova medição feita em 1827 contendo dois Mappas demonstrativos da medição dos Jezuitas; concluida e julgada por sentença em 1731, e da nova e arbitraria, ultimada em 1827; e alguns documentos para illustração do que tem havido em todo este processo*» (Rio 1829) 32-37; José de Saldanha da Gama, *História da Imperial Fazenda de Santa Cruz* na Rev. do Inst. Hist. Bras., XXXVIII, 2.ª P., 174-175.

3. Cf. escritura em *O Tombo*, 45-47.

600$000 réis ¹. Assim se constituíu a famosa Fazenda de 10 léguas (4+3+3) de terra em quadra, que ia desde a marinha à Serra de Matacães em Vassouras.

Quando, pela valorização dos terrenos, surgiram perigos para a posse pacífica destas terras, perturbada pela intromissão de estranhos, surgiu a necessidade do tombamento geral das terras dos Jesuítas no Brasil, como no Maranhão, com as garantias segundo as leis e os documentos legais de posse. Procedeu-se ao desta Fazenda, por Ordem Régia de 4 de Junho de 1727. Iniciou-o, no dia 25 de Outubro de 1727, o Ouvidor Geral Manuel da Costa Mimoso. Da parte do Colégio estava presente o P. Luiz de Albuquerque, Procurador e Cartógrafo. Da parte dos confinantes, os próprios ou quem os representasse. Mediram-se as terras, colocaram-se os marcos, ouviram-se as partes interessadas, e deram-se os autos por conclusos e autênticamente publicados, a 17 de Maio de 1731 ².

A primeira parte da medição foi a da Fazenda primitiva, com a Residência e Igreja, e, nas suas terras, a Aldeia de Itaguaí, de Índios, com o fôro anual de três galinhas ³; e mais com o fôro de quatro galinhas por ano, 26 moradores, cujos nomes e localidades se apontam. Além do *Curral dos Índios*, havia mais 18, alguns dos quais se conservam na toponímia moderna: *Curral Falso, S. João, S. Barnabé, Todos os Santos, S. Luiz, Igreja, S. José, Cruz, Casa, S. Boaventura, S. Marcos, S. Paulo, S. Francisco, S. Estêvão, S. Inácio, S. Pedro, Nossa Senhora* ⁴.

---

1. Cf. escritura em *O Tombo*, 48-51.

2. Cf. *O Tombo*, 62-112; José de Saldanha da Gama, *op. cit.*, 184-205. Os confinantes interessados usam às vezes a linguagem de «usurpação» a respeito de terceiros. Competia à justiça averiguar se a palavra tinha fundamento nos factos ou em interêsses menos ordenados da vizinhança. Tal é uma representação de 1730 antes da conclusão legal do Auto, cf. AHC, *Rio de Janeiro*, 6630. Conta-se o Tombamento geral, com colocação de marcos, em virtude do Alvará Régio, em *Bras. 10(2)*, 324.

3. Depois passou para 6 galinhas, por ano, ao todo, como compensação de lavrarem nas terras do Colégio, terem gados e usarem lenhas. As seis galinhas foram substituídas por 4 dobras anuais, desde o Reitorado do P. Roberto de Campos, *Arq. do Dist. Federal*, I, 459.

4. O *Inventário* de 1768 enumera 22 Currais, onde faltam alguns nomes aqui indicados, mas com outros novos: *S. Marcos, Santa Luzia, Santa Ana, Santa Cruz, Conceição, S. Luiz, Todos os Santos, Igreja, S. José, Santa Teresa, Almas, S. Paulo, Nossa Senhora, S. Francisco, Santa Bárbara, S. Miguel, S. Brás, Santo António, S. Estêvão, S. Inácio, S. Pedro, S. Agostinho*, cf. *Arq. do Distrito Federal*, I, 419.

2. — Coincidiu com as medições, e talvez fôsse ocasião delas, afim de se saberem e situarem exactamente as terras, o *Caminho novo entre São Paulo e o Rio*, que as devia atravessar. E como sempre, em todos os tempos e lugares, quando uma estrada corta terrenos alheios, os seus proprietários não ficam estranhos e são partes ouvidas. Aliás já os Padres tinham aberto caminhos à sua custa. O Governador Vaía Monteiro, com outros planos, informava a Côrte desfavoràvelmente [1]. A Carta Régia de 24 de Março de 1732, responde-lhe que tendo informação do Ouvidor Geral de S. Paulo, que acompanhava a diligência, e do Tenente Coronel Engenheiro, do Rio, Manuel de Melo de Castro, era de parecer que os Padres continuassem o caminho por onde o tinham começado, e que os moradores, por onde havia de passar, lhes dessem tôda a ajuda «por ser informado que desta sorte ficará bom o dito caminho» [2]. A obra foi feita em troços. Aos Padres competia o do caminho que ia dos limites do Govêrno de S. Paulo até à Cidade do Rio, e êste dependia daquele e havia outros arrematantes. Salvaguardar os interêsses particulares, subordinando-os ao geral, acertar tudo isso, ainda levou tempo. Mas os Padres já estavam a postos em 1733, para a execução da obra, e da sua parte não haveria dificuldades, se todos os mais encarregados cumprissem e respeitassem o compromisso. Por fim, ordena El-Rei ao Governador (já não era Vaía), em 22 de Abril de 1733, se executasse como estava traçado. E se, os que se comprometeram, faltassem, que se fizesse na mesma, à custa dêles, incluindo os Padres [3]. Deve-se ter feito com êles, pois diziam ter tudo pronto para êsse trabalho, e só esperavam se desse a ordem geral de execução.

3. — Tratando-se de propriedade do Colégio do Rio, o seu estado económico dava-se em conjunto com as demais Fazendas

---

423. Muitos dêstes nomes se vêem no *Mapa do Distrito Federal*, Cidade do Rio de Janeiro, de Olavo Freire, publicado na 3.ª ed. da *Chorographia* de Noronha Santos (Rio 1913) *in fine*.

1. Cf. Ofício de Luiz Vaía Monteiro, de 3 de Janeiro de 1730, na *Rev. do Inst. Hist. Bras.*, Tômo Especial, 3.ª Parte (1916)608. As informações obedeciam em parte à grave desinteligência que existia entre êle e o Ouvidor Geral. E também um pouco ao seu carácter aberto e rude, como se vê da sua correspondência, onde as dissidências se multiplicam com notável variedade de pessoas, religiosas e seculares.

2. *Doc. Interes.*, L, 245-246.

3. *Doc. Interes.*, L, 265-267.

dêle. Mas em 1742 a Fazenda de Santa Cruz aparece à parte. «Gado bovino, 7.658 cabeças; eqüino, 1.140 e ovino, 200. A Fazenda costuma fornecer 500 cabeças de gado bovino para sustento do Colégio. E outros bois necessários para os trabalhos do Colégio e de outras Fazendas. Tem 700 servos, que na maior parte cuidam do pastoreio. Os outros ocupam-se em amansar cavalos para os valorizar, e os mais industriosos, nas diversas oficinas da Fazenda. As mulheres tratam sobretudo da cultura da terra, de que se tira grande cópia de farinha do Brasil e legumes, que se transportam para o Colégio em pequenos navios com quantidade de ladrilhos e telhas; e também madeira de tôda a espécie para consertos de casas ou para fazer outras de-novo. Costuma dar ao Colégio, umas vezes 3.000, outras só 2.000 escudos romanos em dinheiro [cada escudo valia 1$200 réis pouco mais ou menos, moeda dessa época] das coisas nela vendidas. Recebeu, êste ano de 1742, 2.260 escudos e despendeu 60. A Igreja recebeu 236 e gastou 200. Baptismos, 31; matrimónios, 5; enterros, 8»[1].

Algumas vezes, em ocasiões de crise da venda do gado, o Colégio abria transitòriamente açougue para a venda de carnes verdes[2]. Alguns anos depois, o Catálogo de 1757 discrimina assim o gado: cavalar, 948 cabeças; bovino, 9.344. Para sustento dos Padres do Colégio tiram-se anualmente 500 reses além das que eventualmente se gastam nos trabalhos das fazendas. O gado vendido rendia a soma anual de 4.000 escudos romanos, que em sua maior parte se remetiam para Lisboa em pagamento do que de lá vinha, vestuário e as mil coisas indispensáveis à vida do Colégio, que não havia na terra e tinham de vir de fora. A Fazenda recebeu, êste ano de 1757, 1.645 escudos e gastou 1.282; a Igreja 360 e gastou 230[3]. Servos eram, neste ano, 740, e todos viviam folgadamente na Fazenda, cuja situação, por êstes simples dados, se revela bem administrada e próspera.

A *Fazenda de Santa Cruz* era povoação perfeita, com tudo o indispensável à vida civilizada progressiva, com as características de grande estabelecimento agrícola-industrial, modelar para o tempo: Igreja, vasta Residência de sobrado, Hospedaria, Escola

---

1. *Bras.* 6, 336v.
2. Cf. *Arq. do Distrito Federal*, III, 225-229.
3. *Bras.* 6, 437-437v.

de rudimentos para os meninos e de catequese, Hospital, Cadeia, e variadas oficinas de trabalho, sem excluir, para o fim, a de prata lavrada: Ferraria, Tecelagem, Carpintaria, Olaria, Casa de Cal, Casa de Farinha, Descasca de Arroz, Casa de Cortumes, Engenhoca de aguardente, Engenho de açúcar (em construção), Estaleiro, onde se fabricavam canoas e até grandes sumacas [1]; roças de mandioca, feijão e algodão, — a clássica policultura das grandes Fazendas dos Jesuítas [2].

A Igreja tinha três altares, e tanto ela como a sacristia eram «azulejadas». A pia baptismal, de pedra do Reino. Na sacristia, grande arcaz de jacarandá, com ferragens de bronze lavrado e quarenta e duas gavetas. Retábulo, imagens, painéis, prata em abundância (de oiro, nenhum objecto do culto), ornamentos, Presépio, etc [3].

A festa titular da Igreja e da terra era a Exaltação da Santa Cruz. «Todos os anos se fazia uma festa no dia da Exaltação [14 de Setembro] e no fim havia Procissão com as «Confrarias» daquela Fazenda, e se cantava por último o hino *Te-Deum laudamus* »[4].

O Hospital para a servidão (além da enfermaria privativa dos Padres) era uma vasta repartição com frontais de tijolo e coberto de telha. Duas grandes salas separadas, uma para cada sexo. E em caso de emergência ou epidemia pública, dispunha de pavilhões anexos. E nêle livros de medicina e cirurgia [5]. Conserva-se o *Inventário* da *Livraria da Fazenda*, com livros catalogados in-folio, in 4.°, in 8.°. Apesar de não ser *Colégio*, mas Fazenda, nela, como na Vigia, e como sempre, Camões e Vieira [6].

A mesa parca, hábito geral dos Jesuítas, estranhou-a o cronista da Viagem do Conde de Assumar, quando por ali passou em

---

1. *Bras. 4*, 216.
2. *Arq. do Distrito Federal*, I, 185-187, 425.
3. Cf. *Inventário*, no *Arq. do Distrito Federal*, I, 76-77, 124-126, 130, com vários erros de leitura ou de impressão, entre os quais convém corrigir a de amitos de Bretanha ou de Linho, que saíu (e mais de uma vez) asnitos. Cf. Melo Morais Filho, *A Fazenda de Santa Cruz*, no mesmo *Arquivo*, III, 44.
4. *Inst. Histórico* (Rio), *ms.* 2-4-11 (cópia do *ms. 555.* da Bibl. Pública do Pôrto).
5. *Arq. do Distrito Federal*, III, 45-46, 187-188.
6. *Arq. do Distrito Federal*, I, 127-130. Muitos nomes de livros e autores aparecem deturpados.

1717, de caminho para Minas Gerais [1]. Não quer dizer que os Padres não soubessem fazer as honras da casa e não se prevenissem a pouco e pouco, conforme o desafôgo das finanças o permitisse, para a passagem de pessoas, importantes, e para as festas principais. Além da louça do uso comum, vidrada, e de estanho, latão e cobre, adquiriu-se com o tempo, uma baixela da Índia e da China, inclusive para chá e chocolate, não de muitas peças, mas, entretanto, havia-as «matizadas» de oiro [2].

O pessoal da grande Fazenda distribuía-se por centenares de habitações. Só no núcleo central havia 232 senzalas, onde as famílias viviam sôbre si mesmas, à parte, se eram de prole numerosa. Os Jesuítas deixavam perfeita liberdade aos seus escravos de escolherem as noivas e noivos, sem se preocuparem com a côr, o azeviche africano ou o bronze indígena. Mas a lei era que se casasse cada qual dentro da sua categoria social. Se se casasse um livre com escrava, a prole seguia a parte da liberdade. Para coïbir algum abuso, há várias instruções dos Superiores Jesuítas, reagindo contra o velho aforismo de que a prole seguia o ventre. Se o pai fôsse livre, o filho saïria livre, ainda que a mãe fôsse escrava.

O caso é que no regime servil de então, a vida das Fazendas dos Jesuítas estava tão abrandada que os escravos, com a suavidade de trato, o acesso à propriedade, as suas festas e ocupações moderadas, quási esqueciam a sua condição, que hoje reputamos triste, e o era realmente. Mas para a época, e não podendo suprimi-la nem a podendo dispensar por não haver outros trabalhadores, as Fazendas dos Jesuítas eram o paraíso dos escravos.

Entre os ferros de marcar o gado desta Fazenda havia três espécies:

R — Gado da *Residência* de Santa Cruz;

⊕ — Gado do *Colégio* do Rio;

E — Gado dos *Escravos*, o que os Padres lhes davam e proliferava por conta dos mesmos escravos [3].

Não só do gado, que deixavam pastar livremente nas suas terras, também os Padres faziam os escravos participantes das suas

---

1. Cf. *Rev. do SPHAN*, III, 295. É verdade que o narrador era exigente ou esquisito, porque ao chegar a S. Paulo, pouco mais achou, entre os Paulistas, que «feijão com toucinho»... *Ib.*, 304.

2. *Inventário*, no *Arq. do Distrito Federal*, I, 183.

3. *Inventário*, no *Arq. do Distrito Federal*, I, 132.

Pescarias, entre as quais uma era a dos *Negros*, na Ilha da Senzala, como se diz nas medições de 1729.

Os escravos tinham as suas festas privativas aos sábados à noite e aos domingos e dias santos, que a Igreja multiplicava de propósito para favorecer os homens de ofícios *servis* (que não deviam trabalhar êsses dias, e nas Fazendas de todos os Religiosos de facto descansavam). Sob a direcção dos Padres e dalgum trabalhador mais ladino formavam os seus grupos musicais. O *Inventário* achou 3 rebecas, um rebecão, um cravo, um manicórdio, duas flautas «doces», uma viola, oito charamelas ou charangas, que constavam de um «baixo» de metal amarelo, um «tenor» de pau vermelho e pé de metal amarelo, um «contralto» da mesma forma, um «tiple» de pau amarelo, uma «requinta» do mesmo pau, dois «tiples» de pau vermelho e cintos de metal, dois «oboés» de pau amarelo e um de pau pintado [1].

A Fazenda transformou-se depois em Paço, uma espécie de *Residência Imperial*, antes de se fundar *Petrópolis*. Nela passava as férias o Imperador D. Pedro I e era obrigatório aos representantes diplomáticos ir ali fazer a côrte durante 24 horas. O da França, Marquês de Gabriac, autorizado pelo Imperador, foi também, e entre outras coisas, escreve: «antiga propriedade dos Jesuítas, êstes Padres ali haviam sabido resolver o problema da reprodução e aumento da raça negra sem recorrer a novas importações. Foi casando, disciplinando e morigerando êstes escravos, que, com dez famílias, fundaram a colónia de 1.500 negros, que ali há actualmente. E alguns velhos ainda dêles se lembram saüdosos» [2].

---

1. *Arq. do Distrito Federal*, I, 77.
2. Afonso de E. Taunay, *Do Reino ao Império, Depoimentos vários sôbre a côrte de D. Pedro I*, em *Anais do Museu Paulista*, II, 95. — Pelo nome, pela data e pelo lugar do nascimento, deve ser filho do Marquês de Gabriac, o P.Alexandre de Gabriac, nascido no Rio de Janeiro, a 6 de Setembro de 1827, e que se fêz Jesuíta, na Companhia de Jesus restaurada, entrando na Província de França. Ensinou Humanidades, foi Reitor do Colégio de Mans, do Externato de Santo Inácio de Paris, do Colégio de Évreux, Superior de Ruão, e morreu na capital da França, a 16 de Fevereiro de 1898. Escritor e Poeta. Colaborou nos *Études* e entre as suas obras, de crítica literária, pedagogia e teatro, há duas tragédias em verso, *François de Guise* e *Henri de Guise*, que subiram à cena muitas vezes, sobretudo a primeira. (Cf. Sommervogel, *Bibl.*, IX, 385-386).

4. — Para que a Fazenda de Santa Cruz pudesse merecer assim as honras de Residência Imperial, foi preciso um trabalho de gigante, prévio, que os Padres não recusaram. A princípio era um latifúndio desproporcionado, com mais prejuízo que proveito. A Baixada Fluminense ainda hoje constitui problema não totalmente resolvido, pelo regime de águas que a inunda periòdicamente, inutilizando as plantações. As obras que os Jesuítas realizaram para vencer os obstáculos naturais do terreno, inculto, alagadiço e malsão, foram prodigiosas: Canais de escoamento e irrigação, paredões, comportas, diques, pontes. A abertura de *valas* iniciou-se muito cedo. Quando em 1643 o Reitor do Rio queria concentrar em Santa Cruz todo o gado existente, esparso nas demais Fazendas do outro lado da Baía de Guanabara, desde a Ponta dos Búzios aos Campos dos Goitacases, achava que Santa Cruz era «capaz para tudo, beneficiando os campos com *mais* valas» [1]. O beneficiamento, então preconizado, fêz-se, e em grande escala. Visitamos a Fazenda em 1934, mas ela já teve o seu historiador em José de Saldanha da Gama, engenheiro que a estudou em 1875. O sábio director da Escola Politécnica do Rio de Janeiro declara que verificou ou mediu pessoalmente os números que aponta. À sua competência, pois, nos remetemos.

O Rio Guandu é estreito e extremamente sinuoso. Nos meses de enchente, as inundações eram destruïdoras. Abriu-se uma longa vala, tão larga e tão funda como o rio, e em vez de um rio, ficaram dois. Comprimento do novo rio: 10 quilómetros e 859 metros. É a *Vala de Itá*, que significa *pedra*. Juntando-se a êste o *Canal de Santa Luzia*, os Jesuítas «abriram um rio de 13 quilómetros e 642 metros».

O Canal tinha mais três finalidades, além do escoamento, de carácter agrícola; saneava a região; facilitava a criação pecuária, oferecendo corrente e acessível bebedouro ao gado, que pastava nas suas margens; e servia de veículo às embarcações que o sulcavam, animando a vida comercial entre a Fazenda e os centros piscatórios da costa, e entre ela e os povoados esparsos e distantes. Entre o Rio Guandu e o Rio Itaguaí cavou-se outro canal semelhante, o *Canal de S. Francisco* com «10.130 metros de comprimento».

---

1. *Bras.* 3(*I*), 216-217.

E abriram-se mais duas valas, a *Vala da Goiaba*, com 5.380 metros, e o *Canal do Cabuçu*, e muitos outros pequenos canais, ligando entre si perfeitamente todos êstes rios e valas; «e com tal sistema que qualquer dos campos de Santa Cruz é limitado em tôdas as suas faces por um dos rios, por um canal e por uma ou duas pequenas valas».

Outro aspecto da engenharia hidráulica, além dos canais, foram os diques. «O viajante que ambiciona ver o cortume ou os jazigos de excelente argila da Imperial Fazenda, atravessa de ponta a ponta o campo de S. Marcos, situado na planície posterior à colina da Igreja; toma o caminho do *Morro do Ar*, que tem por limite a fábrica da indústria cerâmica; desviando-se um pouco para a direita, encontra um postilhão, além do qual vê à direita o *Campo do Frutuoso* e à esquerda um braço estreito do Rio Guandu, e na margem daquele um dique, de terra, de não pequena elevação. Antes de haverem construído êste dique, os Jesuítas sentiam que o belo pasto do *Frutuoso* desaparecesse completamente debaixo das águas sôbre êle transbordadas pelo citado braço do Guandu nos meses das maiores enchentes. Para prevenir tão repetidos prejuízos, construíram êles uma ribanceira artificial. Taipa ou dique de terra, de dois a quatro metros de altura, e em tôda a extensão da margem esquerda do braço do Guandu. Esta taipa ou dique protector, consolidado pela acção do tempo e pelas raízes dos vegetais, que nêle cresceram, tem 746 braças ou um quilómetro e 641 metros de comprimento; e sua altura foi determinada de modo a que nas maiores enchentes as águas do pequeno rio não pudessem atingir o ponto superior do dique. Com êste sistema de protecção o *Campo do Frutuoso*, os edifícios do *Cortume* e das obras cerâmicas, e até uma parte do campo de S. Marcos, não sofreriam em tempo algum os efeitos de qualquer inundação.

A tal muralha de terra, tôda de barro e de pedra na parte em contacto com as águas do rio, e também de areia na face voltada para o campo, tomou o nome de *Taipa do Frutuoso*, a começar quási do *Cortume* e a terminar no princípio das terras do *Furado*. Neste ponto, limite da taipa, abriram os Jesuítas um grande orifício, ainda hoje lembrado pelo nome de *Óculo dos hespanhóis*, por onde nos meses de sêca a água passava para alimentar os animais que pastavam no *Campo do Frutuoso*. Por ocasião das enchentes fechavam êles o *Óculo dos hespanhóis* por meio de uma porta de ferro, interrompendo assim a única comunicação que podia haver entre o pequeno rio e o rico pasto do Frutuoso» [1].

Maior ainda que esta muralha de terra defensiva é a chamada *Taipa Grande*. «Os lindos capões de S. Miguel aformoseiam a margem esquerda do Itaguaí, pelo facto de serem limítrofes dos campos de *Jacareí*, de *S. Paulo*, e do *Maranhão*, tôda esta superfície ficava como leito de uma grande lagoa sempre que as águas do Itaguaí cresciam no ponto de transbordarem para as terras de uma e outra margem».

O molhe da *Taipa Grande*, de pedra e barro, protegeu a planície. Características dêste dique notável: largura aproximada, 4 metros; altura, 6 metros; comprimento 6.996 metros, quási sete quilómetros.

5. — Dêstes pântanos e brejos inclementes fêz-se na realidade jardim. E para que o jardim ficasse totalmente indemne de qualquer excesso de água do Rio Guandu, uma última e nova obra, simultâneamente de engenharia e de arte, rematou esta actividade construtiva. Abriu-se um canal profundo entre o Rio Guandu e o Rio Itaguaí. Construíu-se sôbre o Rio Guandu uma ponte de cantaria com arcos desiguais. *Ponte do Guandu* ou *Ponte dos Jesuítas*, como hoje é conhecida. Quando a enchente era grande e ameaçava inundar os campos, um sistema de comportas cerrava-lhe o passo, obrigava a água a refluir sôbre si e derivando pelo canal ia escoar-se pelo Rio Itaguaí até o mar.

Tudo isto canta Rodrigues de Melo em magníficos hexámetros latinos, traduzido por João Gualberto:

«Sôbre arcos quatro, levantada e firme,
Arcos de viva penha, dois recebem,
Abertos de contínuo, a justa fôrça
Da corrente, que traz do rio a madre;
Os outros dois, porém, quando releva,
Fechados vedam as supérfluas águas,
E com ferrado obstáculo as refreiam,
Fazendo o rio recuar o passo.
Terreno marachão, de ingente mole,
Das extremas da Ponte deduzido,

---

1. *História da Imperial Fazenda de Santa Cruz*, na *Rev. do Inst. Hist. Bras.*, XXXVIII, 2.ª P., 220-221.

Prosseguindo encostado àquelas margens
Por uma e outra parte se prolonga;
E reprimindo a túrgida torrente,
Não dá, que, sucrescendo a cheia, alague
Os baixos Vales, os jacentes Campos.
Mas onde havia represadas linfas,
Por grandes trilhos, e *canais* longínquos
À equórea Vastidão se encaminharam.

Com providências tais ficando exaustas
As águas nos baixios estagnadas,
De todo enxutas as Lagoas foram;
E novos Campos, e mais amplos Pastos
Ao venturoso Armento se of'receram.
A terra, que inda há pouco improveitosa
Se via de cediço humor coberta,
Como co'as brandas ervas alardeia!
Que afortunado chão! Que chão fecundo,
Das gramíneas riquezas opulento!
Nêle sempre viçosa a linda relva
Se admira verdejar, inda na quadra
Em que Sírio inflamado os Campos torra;
Porque os mesmos canais, que os Prados cortam,
E ao Pego levam as dormentes águas,
Por escondidas, alongadas veias
Insinuam nas visceras da terra
Doce humidade, com que as ervas vivem.

É teu, próvido *Pedro*! É teu sòmente
De tão profícuo Bem todo o elogio;
Teu nome cantarão sempre os Vindoiros;
E enquanto a Obra memorável dure,
Jus em ti não terão águas do Letes,
Hão-de até celebrar-te os mesmos Campos,
E os Rebanhos também que em tua ausência
Naqueles Vales dolorosos gemem,
De queixoso mugido enchendo as auras»[1].

---

2. Josephi Rodrigues de Melo, Lusitani, Portuensis, *De Rusticis Brasiliae Rebus* libri IV. O terceiro canto trata *De Cura Boum in Brasilia*, a que pertencem

O P. Pedro Fernandes, o *próvido Pedro*, construtor da Ponte sôbre o Rio Guandu, espírito prático, enérgico e empreendedor, visava ao grande, como demonstram ainda os alicerces da nova Igreja de Santa Cruz, monumento que intentava erguer e logo parou com parar a actividade dos Jesuítas. Bastam as obras que êle e os seus tiveram tempo de realizar para se ver que, superada a crise económica, se iria seguir a fase pacífica e desafogada da Arte que só prospera em períodos de abundância. A ponte, por exemplo, não era apenas obra útil, mas também ornamental: pavimento calçado e abaulado, colunas, relevos. E no frontão da direita, gravou-se êste dístico, com a data de 1752, encimado pelo nome de JESUS [I.H.S.], como expressão feliz e literária do perpétuo pensamento dos Jesuítas:

I. H. S.
Flecte genu, tanto sub nomine, flecte Viator:
Hic etiam reflua flectitur amnis aqua.
Dobra o joelho, a tão grande nome, dobra-o, tu que passas,
Porque também aqui, refluindo as águas, se dobra o rio.

«Era, exclama José de Saldanha da Gama com a ênfase própria de seu estilo, a luz intensa da inteligência alumiando ao tempo que

---

êstes versos, p. 328, traduzidos por João Gualberto, da edição de Roma, de 1781. Reeditou-se pela Academia Brasileira, no Rio em 1941, com o nome de *Geórgicas Brasileiras*, incluindo o canto de Prudêncio do Amaral sôbre a *Cultura do Açúcar*, com uma *Nota preliminar* de Afrânio Peixoto e *Introdução e notas* de Regina Pirajá da Silva.

O «próvido Pedro», a que alude o Poeta, é o P. Pedro Fernandes, nascido em Serpa, nas margens do Rio Guadiana, nome não muito dissemelhante do Rio Guandu que iria ser o de sua actividade. Nasceu a 1 de Abril de 1711; entrou na Companhia de Jesus a 18 de Setembro de 1732 (*Bras.* 6, 345). Depois de ter feito votos de Coadjutor espiritual no Rio, a 31 de Julho de 1745 (*Lus.* 24, 232), pelo admirável talento com que conduziu as obras de Santa Cruz, fêz a Profissão solene de 3 votos, 11 anos depois, a 31 de Julho de 1756, *Bras.* 6, 410; *Lus. 17*, 258-258v.

Era o superior da Fazenda de Santa Cruz em 1759, quando foi prêso e conduzido ao Rio, donde passou a Lisboa e dali à Itália (Cf. em *Memória de Santa Cruz*, 150, o modo como geria a Fazenda e prestava contas. E aí também se alude às avultadas esmolas, que se faziam do gado desta Fazenda, e a que já nos referimos, supra, *História*, II, 365). O P. Pedro Fernandes morava em Pésaro em 1774 (Catálogo, em Gesù, *Colleg.*, 1477, onde se lê que nascera a 25 de Abril de 1713). E ainda vivia em 1781, segundo nota de Rodrigues de Melo ao seu Poema: «Mollis auctor D. Petrus Fernandes, qui hodieque in Italia degit», *Geórgicas Brasileiras*, 68.

passara as gerações que por ali transitavam, e também aos pósteros que viessem a pisar o solo de Santa Cruz, na ignorância, sôbre a origem, vida e morte dos seus Benfeitores»...

A *História da Fazenda de Santa Cruz* é tôda escrita com êste mesmo entusiasmo. «Mais além, diz êle, não podiam a fôrça indómita e os esforços admiráveis dos Jesuítas. Vistas largas, entendimento esclarecido, vontade que não se quebrava». E tem esta frase, de particular sabor na bôca de um leigo: « E se bem houvessem trabalhado com pouco proveito para si, dir-lhe-á a luz da outra vida que outros, menos que êles, auferiram os lucros dêstes egrégios benefícios».

O Dr. José de Saldanha da Gama, o sábio director da Politécnica e irmão do Almirante Saldanha da Gama, glória da marinha brasileira, unidos ambos à Fazenda do *Colégio*, de Campos [1], alude, na última frase, ao destino que teve a Fazenda de Santa Cruz, transformada em 1760 em *Fazenda Real* e depois em *Fazenda Imperial* e agora, enfim, em *Fazenda Nacional*, com as vicissitudes que se lhe seguiram, inutilizando-se pràticamente muitas dessas obras, quando entrou na burocracia administrativa, que converteu em breve a Fazenda de Santa Cruz em sombra do que tinha sido [2].

---

1. Cf. Alberto Lamego, *O Solar do Colégio*, na *Rev. do SPHAN*, II, 38.
2. Tomou conta da Fazenda de Santa Cruz e da Aldeia de Itaguaí o Desembargador Domingos Nunes Vieira, comissão que desempenhou com repugnância, mostrando-se atento e delicado, e confessando que era uma iniquidade, mas que não estava em suas mãos impedi-la (Silveira, *Narratio*, 144; Caeiro, *De Exilio*, 192). O *Inventário*, feito depois, só se concluíu a 4 de Junho de 1768. Cf. «Treslado do auto do Inventario da Real Fazenda de Santa Cruz e bens que nela se acham, que fes o Desembargador dos Aggravos o Doutor Manoel Francisco da Silva e Veiga», no *Arquivo do Distrito Federal*, I, 73-77, 124-133, 182-192, 333-339, 418-425. Cf. também *Memórias de Santa Cruz... até o ano de 1804*, pelo Coronel Manuel Martins do Couto Reis, na *Rev. do Inst. Hist. Bras.*, V, 2.ª ed., 143-186; *Planta da Fazenda Nacional de Santa Cruz*, compreendida na área do Distrito Federal. Escala 1:30.000, levantada pelo engenheiro J. A. de Aguilar Pantoja, ajudante do zelador dos *Próprios Nacionais*, citada por Noronha Santos, *Chorographia do Districto Federal*, 3.ª ed. (Rio 1913)60-61, que dá também uma idéia das condições precárias dessas terras em 1913, retrocesso evidente sob o aspecto de inundações, saneamento e criação de gado, males a que agora, depois dessa data, se procura remédio urgente, evocando os ensinamentos antigos. Cf. ainda Magalhães Correia, *Os Jesuítas nas terras de Piracema* (Santa-Cruz) em *Estudos Brasileiros*, vol. V (Rio, Julho-Outubro de 1940)212-219, com 4 belos desenhos do Autor; e Notas de Regina Pirajá da Silva, em *Geórgicas Brasileiras*, 355-362; Renato da Silva

6. — Mais perto da Cidade, no actual perímetro dela, possuíu o Colégio outras Fazendas, dentro da famosa *Sesmaria de Iguaçu*, doada por Estácio de Sá aos primeiros Jesuítas, que tão eficazmente ajudaram a fundação do Rio de Janeiro. A Sesmaria alargou-se depois com mais duas propriedades, uma por compra, outra por doação [1].

Enquanto a cidade se circunscrevia quási únicamente ao Castelo, podia-se criar gado nessas terras e ainda em 1620 nelas existiam 3 grandes currais [2].

Com o crescimento e espraiamento da Cidade, a criação transferiu-se quási tôda para terras distantes, sobretudo para as grandes Fazendas de Santa Cruz, que vimos, e para o Campo dos Goitacases, que ainda veremos.

As terras do Rio utilizaram-se no decorrer do tempo, de acôrdo com as exigências urbanas. Depois do gado, a fabricação de açúcar, primeiro as mais próximas e depois as mais longínquas, e para a cultura de legumes, cereais e frutas. Assinalaram-se sobretudo o *Engenho Velho*, o *Engenho Novo* e *S. Cristóvão*; e no século XVII arrendaram-se aos moradores inúmeros tractos de terra, donde surgiram as famosas chácaras fluminenses do século XVIII.

Para maior aproveitamento e opulência da lavoura, necessária à manutenção e desenvolvimento progressivo das suas obras, os Jesuítas construíram açudes e valados, conservando a arborização marginal, condição de beleza, que não foi sempre respeitada pelos

---

Mendes, *A Conquista do solo na Baixada Fluminense* em *Anais do IX Congresso Brasileiro de Geografia* (1940), III (Rio 1944)722; e o livro importante e fartamente ilustrado de Hildebrando de Araújo Góis, *Baixada de Sepetiba* (Rio 1942)10ss.

1. Cf. supra, *História*, I, 413-418. Aí se encontra a origem, documentada e autêntica, das terras dos Jesuítas do Rio de Janeiro. Só com êsses documentos à vista se poderá ajuizar com perfeito conhecimento de causa, da razão ou sem razão das medidas do Ouvidor Manuel Dias Raposo em 1667 (Cf. «Autos de correições de Ouvidores do Rio de Janeiro», publicados por Eduardo Tourinho, I (Rio 1929)55). Sendo parte integrante da *História da Companhia de Jesus no Brasil*, uma vez estudada essa matéria não se repete agora quanto às origens; mas recorda-se, com o que aí se diz, como elemento fundamental em tôda ela, e está na base da sua evolução e desenvolvimento nos séculos XVII e XVIII. O Rio Iguaçu da Sesmaria dos Jesuítas, chama-se hoje *Rio Comprido*: «*O Rio Iguaçu*, que tomou a denominação de Rio Comprido, nascia no Corcovado, atravessava a Rua do Engenho Velho e a de S. Cristóvão, *por baixo da ponte de pedra*, e entrava no mar em frente a S. Diogo» (*Arq. do Dist. Federal*, I, 294).

2. António de Matos, *De Prima Inst.*, 34v.

que lhes sucederam na posse das terras [1]. Quási foi preciso chegarmos ao século XX para reviver com vistas largas essa preocupação antiga. A devastação das árvores já tinha começado no século XVII, e não para as substituir por habitações, o que seria justo, sobretudo a devastação dos mangues, cuja casca dava a tinta vermelha, útil para o cortume de couros. Os Padres defendiam a arborização nas terras, que lhes pertenciam, contra imposições que tendiam a essa destruição. Há vestígios de dissidências dêste género em várias Cartas Régias com decisões ora a favor de um critério ora de outro.

Eram dois os Engenhos de açúcar, que o Colégio possuía dentro do actual perímetro da cidade. O primeiro ficou a conhecer-se, quando se fabricou outro, por *Engenho Velho*, e o segundo por *Engenho Novo*.

A produção de açúcar no *Engenho Velho* em 1757 foi de 40 caixas [2]. Neste Engenho Velho ergueu-se primeiro, e ainda no século XVI, uma ermida, e depois, o P. Manuel André, falecido em 1678, construíu a Igreja de S. Francisco Xavier [3]. Não se diz o ano certo, mas o P. Manuel André deixara no ano anterior o cargo de Reitor do Colégio do Rio [4].

A Igreja de *S. Francisco Xavier*, do *Engenho Velho*, reconstruída nos princípios do século XIX [5], e de novo, já no século actual, por Mons. Mac-Dowell, é uma das grandes paróquias da Cidade»[6].

O Engenho Novo construíu-se por necessidade do povoamento da cidade que se alargara, para substituir em parte o Engenho Velho, cujas terras parcialmente se arrendaram ficando com menos canaviais e produção mais reduzida. O Engenho Novo data do começo do

---

1. Cf. Noronha Santos, *Corografia do Distrito Federal*, 3.ª ed. (Rio 1913)109.
2. *Bras*. 6, 437v.
3. «Sacellum Divo Francisco Xaverio in praedio nostro a fundamentis erexit», e tinha vivido no Colégio do Rio 36 anos. Natural do Pôrto. Faleceu na Baía no dia 8 de Fevereiro de 1678, com 70 anos de idade, Ânua de 1679, *Bras*. 9, 244.
4. Gesù, *Missiones*, 721 [285].
5. Pizarro, *Memórias*, V, 117.
6. Cf. *A Freguezia de S. Francisco Xavier do Engenho Velho* (Rio 1929)12; Caderno das arrematações das terras do Engenho Velho (1760) no *Arquivo do Distrito Federal*, I, 61-64, 104-108; II, 216-222; *Engenho Velho e Andaraí*, 65-67, 109-123, 426-431; *Andaraí Pequeno*, Rev. do Inst. Hist. Bras., vol. 164, 127-128.

século XVIII e estava pronto a funcionar em 1707 [1]. Era da Invocação do Arcanjo S. *Miguel*, cujo nome já aparece neste ano [2]. «A fábrica do *Engenho Novo*, não deixa de ser grandiosa pelos muitos negros que ocupa; e, por moer com água, mui suave o trabalho», — diz o cronista da «Jornada do Conde Assumar», de caminho para S. Paulo e Minas, que chegou ao Engenho Novo a 24 de Julho de 1717, visitou tudo, foi tratado com grandeza, pernoitou, e seguiu viagem no dia seguinte de manhã, depois de ouvir missa [3].

Iniciaram-se logo grandes obras, Residência e Igreja nova. A Residência podia comparar-se a um pequeno Colégio e a Igreja inaugurou-se solenemente no dia 8 de Dezembro de 1720 com o título de «*S. Miguel e Imaculada Conceição*».

A água de que se falava em 1717 ainda era intermitente. Fizeram-se canais e desde 1720, a água do rio começou a ser perene [4].

Além da Igreja e Residência e das senzalas, o Engenho Novo dispunha de Olaria, Ferraria, Carpintaria, Serraria de madeira e Tanoaria para a fabricação de pipas e tinas [5]. Produzia 60 caixas de açúcar em 1757, e alguns tonéis de aguardente de cana [6]. Demoliu-se êste Engenho pouco antes de 1820, pelos que sucederam aos Jesuítas na sua posse [7].

7. — A *Fazenda de S. Cristóvão* serviu para a plantação de árvores frutíferas e legumes. Além da lavoura, apenas, industrialmente, um forno de cal.

E já antes de 1610 se havia trazido para ela «uma fermosa água». Com estas terras sucedeu um dos muitos exemplos de intromissão alheia e coacção moral. Conta-o o Reitor do Rio em 1655, e dá outras notícias que elucidam a situação, nesse tempo, das pensões e enfiteuses. O P. António Forti (êle assina à portuguesa,

---

1. *Bras*. 6, 63.
2. *Bras*. 6, 65v.
3. Cf. *Diário da Jornada que fêz o Exmo. Sr. D. Pedro* [de Almeida e Portugal, conde de Assumar] *desde o Rio de Janeiro*, na *Rev. do SPHAN*, III, 295.
4. *Bras*. 4, 216.
5. *Arq. do Distrito Federal*, IV, 14-17.
6. *Bras*. 6, 437. Sôbre as demarcações desta Fazenda em 1762 e *Inventário da Real Fazenda do Engenho Novo*, cf. *Arquivo do Distrito Federal*, I, 68-72; III, 517-524; IV, 14-18, 121-126, 162-167.
7. Pizarro, *Memórias*, V, 119.

Forte) dirige-se ao P. Geral a quem pede instruções sôbre assuntos estritamente económicos:

«Um Diogo Pacheco se meteu nas nossas terras junto a S. Cristóvão, bem perto desta Cidade, fabricando nela um Engenho; alcançamos sentença contra êle por ser evidente a razão de nossa parte, e como viu que não tinha remédio e o Padre Provincial pouco prático nesta mecánica de terras, acometeu concêrto e alcançou o que quis, com lesão do Colégio, porque as ditas terras, que êle possui valem melhor de 20.000 cruzados, com qualquer benefício que o Colégio fizer nelas gastando 3.000 cruzados, ou pagando-lhe as benfeitorias do Engenho, que o dito Pacheco fêz em nossas terras. É isto traça dos homens meterem-se nas terras para obrigar aos Padres a semelhantes concertos, e será exemplo para o fazerem outros. Eu fui de parecer contrário, por ser pouca a pensão que dá, pois as terras, do Engenho que o dito fêz, vêm a importar 20.000 cruzados e as que possuem os outros também outros 8.000 por serem terras boas e mui buscadas. A pensão de 40$000 réis cada ano é nada, porque lhas dão a enfiteusim que no Brasil é contrato prejudicial, porquanto as terras em seis anos se gastam e não prestam e depois se deixam cair em comisso, e largam as terras e ficam êles lucrando frutos grandes e nós com 200$000 réis de pensões sòmente; e havendo-se de fazer tal concêrto melhor era vender a terra logo, inda que fôsse a metade menos do que vale, que dá-la a enfiteusim. Eu me governo pelas razões que digo, examinando-as e consultando-as com pessoas nossas amigas que as entendem.

O Padre Provincial diz a isto que não quer que vá a apelação por diante por estarem os tribunais enfadados com tantos pleitos nossos, ainda que saibamos alcançar final sentença; e na mesma consulta, tratando-se de aceitar uma capela de nenhum proveito que nos deixavam, por ser fundada sôbre terras que não valem nada e sôbre índios forros que os seculares têm por cativos, determinou que se prosseguisse esta demanda e não a outra, como se fôra possível não têrmos demandas no Brasil.

Também na venda, que se fêz a Bartolomeu Machado de umas terras, junto a S. Cristóvão, que eu contradisse por haver lesão, pela informação que tive de pessoas inteligentes na matéria; e depois o mesmo Padre Manuel da Costa, Reitor que a vendeu, alcançou ser a venda por menos do que valia, de sorte que a terra valia perto de 3.000 cruzados e se vendeu por umas casas térreas de limitado preço. Para ambas se pede a Vossa Paternidade confirmação. Vossa Paternidade fará o que lhe parecer. Os Padres teriam bom zêlo, mas claramente se enganam. Por vezes nestas compras e vendas os Padres se hão, não como administradores, mas como se foram mais que senhores: é necessário pôr-lhes alguma limitação e proïbição de fazer semelhantes vendas condicionadas, e não obsta haver talvez demanda sôbre elas, porque já sabem os mêdos dos Padres e as põem fàcilmente, onde não há razões para as pôr; e também sabem quanto podem intercessões de Governadores e outros, como aconteceu nesta do Pacheco, motivo que tiveram para cortar por tudo. Peço a santa bênção de Vossa Paternidade. Colégio do Rio, 6 de Agôsto 655, de Vossa Paternidade, servo e filho indigno em o Senhor, *António Forte*» [1].

Com estas dificuldades inerentes a semelhantes administrações, se foi arroteando a terra. E não obstante a prática dos aforamentos, o Colégio soube manter sempre um bom núcleo delas para comodidade económica e escolar. Desde 1720 rodeava a Fazenda de S. Cristóvão um valo profundo em substituïção da cêrca antiga de madeira, que era preciso renovar com freqüência [2]. A Quinta era vasta e com muitas dependências. Uma delas era a *Fazenda hortícula de Murundu*, que, com a inclemência dos tempos, tinha decaído e se restaurou quási de novo em 1726 [3].

Em S. Cristóvão passavam os estudantes o feriado semanal e as férias anuais. Construíram-se duas Capelas, uma no Campo de S. Cristóvão, pública, no fim do século XVI ou comêço do seguinte, e outra, um pouco mais tarde, privativa da Quinta, a poucas braças da primeira, num lugar alto. Isto, segundo Pizarro [4]. O «Inventário» fala da *Igreja*, cujo orago era S. Cristóvão «com menino Jesus» [o padroeiro dos viajantes]; e da «Capela da Casa da vivenda ou Quinta», cujo orago era *S. Pedro* (esta só com o estrito necessário). Aquela Igreja de S. Cristóvão tinha anexa uma sacristia e «Casa de Fábrica», diferente da «Casa de Vivenda e Quinta», — e nesta casa da Fábrica havia diferentes imagens entre as quais outra «de S. Cristóvão, pequena». Entre os livros o *Santuário Mental*,

---

1. *Bras.* 3(1), 285.
2. *Bras.* 4, 216.
3. *Bras.* 4, 319v.
4. Pizarro, *Memórias,* V, 119.

do P. António Carneiro (1714), meditações para todos os dias do ano, em estilo simples, claro e sobretudo em boa linguagem portuguesa ¹.

S. *Cristóvão* como Casa de Campo dos Estudantes, possuía recreações próprias ao bom entretenimento da saúde, como se usava na Europa, jogos de movimento, entre os quais a bola e o bilhar. Nela recuperou Rodrigues de Melo a saúde, quando ainda era estudante, e o recorda mais tarde no seu poema:

«Villa fuit non urbe procul, juxta aequoris oram,
Assurgens molli clivo, laetissima sedes,
Quo se Ignatiadae juvenes conferre solebant,
Atque satis animos vacuis instaurare diebus,
Palladiae fessos curis studioque palestra» ².

O Poeta canta como recuperou a saúde e o tratamento que seguiu, remédio caseiro, fortificante, mingau de farinha, leite, açúcar e ovos, com o qual e com os bons ares, voltaram as fôrças perdidas e pôde retomar os estudos no Colégio.

A Casa de S. Cristóvão, excelente e grande, aplicou-se depois, a Hospital de Lázaros ³.

8. — Pertenciam ao Colégio, defronte da Quinta de S. Cristóvão, duas pequenas ilhas, a Ilha dos Melões (*Ilha de João Damasceno*) ⁴, e a *Ilha de Pombeba*, que estava arrendada por 640 réis anuais ⁵.

Referem-se diversos documentos da Companhia a outros tractos de terra e negócios respectivos como um, em *Inhaúma* ⁶. A *Ilha de Villegaignon* foi durante algum tempo administrada pelos Jesuítas que a arrendaram a terceiros. Arrendaram-se também as casas,

---

1. *Arq. do Distrito Federal*, I, 317, 319.
2. Cf. Prudêncio do Amaral e José Rodrigues de Melo, *Geórgicas Brasileiras* (Rio 1941)57.
3. Cf. *Collegio da Horta dos Jesuitas na Fazenda de S. Cristovão*, estampa no *Arquivo do Distrito Federal*, I, 95; outras referências a esta Fazenda (1759) *ib.*, 140-146, 273-278; 316-321; 414-417, 461-467, 523-527; II, 69-74. Talvez esta aplicação a Leprosaria fôsse sugerida pelo facto de já estar aí, recolhido, o P. Joaquim de Morais, «doente do mal de S. Lázaro», aliás também exilado, *Arq. do Dist. Federal*, I, 288.
4. *Arq. do Dist. Federal*, I, 319-320, 344.
5. *Ib.*, II, 69.
6. *Bras.* 3(2), 14-15v, 18-18v.

que o Colégio possuía dentro da cidade, nas *Ruas Direita, Hospício, Rosário, Ouvidor, Ladeira do Colégio, Travessa da Rua da Alfândega*, e um grande sobrado, na *Rua da Candelária* arrematado depois por quatro contos de réis [1].

Com a repartição em pequenas fazendas autónomas, das terras dos Jesuítas, algumas conservaram nomes próprios como a *Casa de Mataporcos* e o *Hospício do Rio Comprido*.

A quinta do Rio Comprido era meia légua de terra, perto do *Engenho Velho*. Quando êste estava em grande laboração, o Rio Comprido produzia canas e era compensador. Depois desejou arrendá-lo o Bispo D. Francisco de S. Jerónimo, e quási só por atenção para com êle se lhe cedeu por menos do que era justo, 25$000 réis por ano. O Rio Comprido vendeu-se, antes de 1722, por 13.000 cruzados, e valia mais pelo seu local. Com êsse dinheiro se edificou na cidade uma grande e elegante casa, cujo rendimento se aplicou às obras da Igreja nova do Colégio que se intentava erguer [2].

Àquelas Fazendas e ao *Engenho Velho de S. Francisco Xavier*, ao *Engenho Novo*, e *Quinta de S. Cristóvão*, nomes conservados ainda na toponímia da grande capital do Brasil, andam ligados factos importantes da história civil e militar, como a invasão de Duclerc, a propósito da qual o Barão do Rio Branco dá as ruas modernas e a equivalência antiga com que se comunicavam com o centro da cidade essas Fazendas célebres [3].

O Colégio tinha resolvido o problema das suas terras, consultar.do o bem público e o povoamento da Cidade, arrendando-as ou aforando-as (ambas as coisas) em pequenos lotes [4]. Pelo exame dos documentos no período de 1751 a 1758, vê-se que o Colégio tinha «*duzentos e setenta rendeiros* nos terrenos do *Andaraí Grande*,

---

1. *Arq. do Dist. Federal*, I, 73.
2. *Bras. 4*, 287v. Deve-se tratar de venda parcial das terras do *Rio Comprido*. Coincidindo com a redação dêste parágrafo publicou o *Jornal do Commercio*, Rio, 6 de Junho de 1943, o edital do Juízo da segunda vara da Fazenda Pública do Distrito Federal, de uma acção da Mitra Arquiepiscopal «para reivindicar os terrenos abaixo discriminados», inúmeros lotes de terra em que foi subdividida a *Fazenda do Rio Comprido*, que o Bispo D. Frei António do Destêrro, depois do sequstro dos *Bens dos Jesuítas*, arrematou no dia 1 de Dezembro de 1762, e que êle legara por testamento à referida Mitra Arquiepiscopal. A longa lista dos lotes, ocupa quatro colunas do jornal.
3. Barão do Rio Branco, *Efemérides Brasileiras*, 448.
4. Cf. «aforamento», *Arq. do Dist. Fed.*, I, 462ss; «arrendamentos», ib., 554.

Andaraí Pequeno, S. Cristóvão, Inhaúma, Pedregulho, Caju, parte da *Tijuca* e *S. Gonçalo* [1].

Portanto, exceptuando os núcleos maiores, necessários para garantir a laboração do Engenho Novo, ou para a produção hortícula e frutífera, os Padres, com mira também às necessidades da vida urbana, repartiram as suas terras em lotes, alugando-os por preços comuns e não de-certo mais elevados que os dos outros possuidores de terras. Rara é a *Ânua*, dos fins do século XVII em diante, que não mencione a construção de alguma casa como colocação segura de rendimentos para a manutenção das diversas funções do Colégio, de ensino de alunos externos, formação de futuros mestres e missionários, construção de edifícios e obras de assistência e misericórdia a pobres, doentes e encarcerados.

As *chácaras* multiplicaram-se no *Engenho Velho* (cuja produção açucareira era já menor nos meados do século XVIII), no *Andaraí Pequeno* e *Andaraí Grande*, em *S. Cristóvão*, no *Caju*, e na *Ilha dos Melões*. As terras do Andaraí, ferazes e boas, que durante muito tempo andaram envolvidas em questões, libertaram-se de litígios pouco antes de 1722. Neste ano se diz que parte delas se administravam directamente pelo Colégio, parte se alugaram [2].

As terras do Colégio deram-se ao princípio em enfiteuse, que permanecia ou se resgatava, e, para o fim, conforme a evolução da propriedade e da sua valorização, se arrendavam, em determinadas condições, não as mesmas sempre, mas impostas pela experiência, com cláusulas bem claras para fechar a porta a demandas e questiúnculas provenientes da imprecisão dos contratos. Naturalmente, o preço do arrendamento ficava em função daquelas cláusulas, mais alto ou mais baixo. Questão de pura justiça comutativa, conatural a todos os contratos. E em muitos casos, êstes aluguéis e arrendamentos eram por expressa condescendência a pedidos instantes dos moradores, alguns dos quais chegavam a recorrer a Roma para que o P. Geral fizesse pressão sôbre o Colégio, prova de que não era o interêsse que o movia. Uma das cláusulas era a faculdade de o arrendatário poder ter ou não ter gado. Não era possível a freqüência dessa concessão, por serem de reduzidas di-

---

1. *Arq. do Dist. Federal*, I, 73. Neste mesmo volume, em diversos fascículos acham-se esparsos outros documentos sôbre terras e chácaras do Colégio.
2. *Bras*, 6, 127.

mensões os lotes de terra alugada. Mas concedia-se às vezes. Em 1754 o Colégio arrendou ao Capitão Manuel de Araújo Lima umas terras no *Caminho de Jacarepaguá*, e lhe concedeu ter doze vacas e um touro com a faculdade de pastarem nas vargens fronteiras ao sítio, e não noutras, como seria romper a vala que o Colégio fêz para cercar os seus canaviais: e «tudo isto se concedeu ao dito senhor, por especial concessão do Reitor»[1].

Ao dividirem-se os terrenos, sobretudo nas margens do Rio Maracanã, que originário da Tijuca, serpeava pelos vales do *Andaraí Pequeno e Grande*, (nestes trechos o *Maracanã* chamava-se *Andaraí*) até entrar no mar, na *Praia Formosa*, os Jesuítas abriram valas de saneamento nos sítios palustres e nas restingas, aformoseando as terras[2].

O que lhes sucedeu, a essas Fazendas e chácaras, depois que passaram a terceiros, já não pertence à *História da Companhia de Jesus*.

As questões suscitadas entre particulares, possuidores ou arrendatários, e a Câmara ou o Govêrno, trazem referências úteis ao conhecimento de actos e contratos anteriores, expostos no entanto por alguns com insuficiente conhecimento do Direito Canónico e das Constituições da Companhia, como se os Colégios da Companhia de Jesus não fôssem entidades canónica e civilmente capazes de possuir

---

1. Assinaturas autógrafas do P. António Baptista, Procurador, e de Manuel de Araújo Lima. O livro dos foros e Arrendamentos do Colégio do Rio, conserva-se com o título: «*Arrendamentos de Terrenos dos Jesuítas*, 1755-1759. Directoria do Domínio da União» (Rio). Examinando-o, verificamos que o primeiro contrato é de «fôro» e pertence ao ano de 1749, e há muitos de arrendamento, anteriores a 1755. Na evolução dos contratos de propriedade, êste de arrendamento, o último, é que se achou menos complicado. As rendas, moderadíssimas, aumentaram-se depois da saída dos Padres. Naquele contrato de fôro, há uma verba póstuma, em que se diz que o foreiro, Agostinho Vicente, que o era em terras do Colégio, na *Ilha da Armação das Baleias*, continuara a pagar o fôro aos sucessores dos Jesuítas até 1777 (p. 202, numeração moderna a lápis). Por descuido dos «serventuários» públicos e «pouca cautela» na guarda dos livros de notas, com grave prejuízo dos Colégios e dos particulares, D. João V, na Provisão de 28 de Abril de 1727, determinou que os Colégios da Companhia tivessem livros de *notas*, rubricados pelos ouvidores da Comarca, que fizessem fé em Juízo e fora dêle, com todo o valor jurídico das notas dos *Tabeliães*. A Portaria de 21 de Maio de 1727 dá os nomes dêsses Colégios: *Baía, Belém da Cachoeira, Noviciado da Baía, Rio de Janeiro, Espírito Santo, Recife, Olinda, Paraíba, S. Paulo e Santos*, «que fazem ao todo dez casas», AHC, *Rio de Janeiro* (1727) 5741-5743.

2. *Arq. do Dist. Federal*, I, 295.

bens; ou como se êsses bens não tivessem títulos civis legais. A Companhia era entidade idónea *canònicamente*, porque as suas Constituições aprovadas pela Igreja, reconhecem e estabelecem as normas dêsse direito; era idónea *civilmente*, porque os Reis e autoridades civis as reconhecem em direito e na prática, doando-lhes bens materiais; os títulos legais são as «datas» de sesmarias ou as «escrituras» reconhecidas pelos tabeliães, e, portanto, com os requisitos da lei. Quando em 1640, se ventilou uma destas questões, os Padres da Companhia responderam aos litigantes que, esquecidos de que o argumento ia contra si mesmos, diziam que as terras do Rio de Janeiro eram dos Índios:

«Se por terra dos Índios se entendem as do Brasil, de que êles eram senhores e para que têm direito natural, por lhes serem dadas por Deus, que é verdade que os Portugueses e os Padres as ocupam, porém se se fala das que por Sesmaria se dão e repartem por todos, por ordem de Sua Majestade, que desta se não achará um só palmo, que sendo dos Índios os Padres as ocupem, nem com gado, nem com lavoura, nem doutra maneira, achando-se actualmente Aldeias de Índios inteiras, como são as de S. Barnabé e de S. Francisco Xavier, que estão situadas em terras que foram e são do Colégio, da mesma maneira se não achará terra alguma que pertence aos Índios, que os Padres vendam como sua. As terras e pastos, que o Colégio ocupa, de que fala êste item, não são do Conselho, como por muitas vezes em juízo e fora dêle se tem mostrado, senão que são do Colégio, e dadas de Sesmaria pelo Capitão-Mor e sesmeiro Estácio de Sá, confirmadas por Mem de Sá, Governador Geral por mandado e provisão expressa de Sua Majestade [1]. Usarem os Padres para bem comum, cómodo próprio e sustentação sua e da terra, e ainda aumento da fazenda real, de artificiosas indústrias, abrindo valas em terra própria, com muito trabalho para enxugar campos alagadiços e por isso inúteis, e descobrindo caminhos, havidos até então por impossíveis, para se meter gado em terras incultas e pastos inacessíveis, como o fizeram os anos atrás, como o primeiro nos campos da Gua-

---

[1]. Cf. Carta Régia ao Governador Mem de Sá, de 11 de Novembro de 1567, que publicamos supra, *História*, I, 474, e em *Terras que deu Estácio de Sá ao Colégio do Rio de Janeiro*, Edições Brotéria (Lisboa, 1935); cf. supra, *História*, I, 416. A carta de El-Rei, como pressuposto jurídico e legal, em vista das Ordenações do Reino, anda também incluída noutras peças documentais da época, como as que se referem às terras da Baía.

ratiba, e o segundo há pouco tempo nas terras dos Goitacases, onde já muitos dos moradores do Rio de Janeiro têm gado, *mais merece louvor e agradecimento que vitupério*» [1].

Quem fôr versado nas normas do Direito Positivo, Canónico e Civil, do Direito de Propriedade e das suas aplicações e isenções legais, e conhecer ao mesmo tempo as controvérsias europeias do Regalismo, que depois serpeavam no século XVIII, como arma do absolutismo, quando os Padres deixaram o Brasil em 1760, fàcilmente coloca as coisas no verdadeiro plano da justiça histórica. E é o que geralmente hoje fazem os historiadores. E fazem-no, porque têm por norma e condição prévia, o conhecimento objectivo e completo do assunto de que tratam. Para os que esqueciam êsse dever elementar do historiador, é célebre a censura de Balzac:

«Alguns autores, inspirados por ódio e má fé, lhes fizeram imputações criminosas acêrca de certos debates, que tinham por objecto a aquisição de bens, assim como censuraram processos, ocasionados pelas construções e doações dos Colégios jesuíticos: se um particular exigia arbitramento para a expropriação de um campo, ou se um herdeiro lhes impugnava qualquer doação, diziam que isto significava o descontentamento geral da província, e com tal ardor se quis tirar partido dêsses processos, *puramente civis e concernentes ao direito de propriedade*, que sôbre o assunto publicaram-se volumosos livros. Tive o cuidado de os compulsar como quem está inspirado na idéia de escrever imparcialmente, e cheguei à convicção, depois de minucioso exame, de que tais autores tiravam conclusões contra os Jesuítas, dos factos que precisamente eram favoráveis à sua dignidade» [2].

---

1. Gesù, *Colleg.*, 1569.
2. H. de Balzac, *Histoire Impartiale des Jésuites*, trad. port. de G. S. (Pôrto 1877)39. Sôbre esta matéria, cf. supra, *História*, IV, todo o Livro III, «O grave assunto das subsistências», 153ss.

CAPÍTULO IV

Nos Campos dos Goitacases

1 — Pazes com os Índios Goitacases, pelos Padres João Lobato e Inácio de Sequeira (1619); 2 — Intervenção económica de Salvador Correia de Sá e Benevides; 3 — A Fazenda do Colégio; 4 — Aspectos da sua actividade e missões; 5 — Santa Ana do Macaé; 6 — Santo Inácio de Campos Novos.

1. — Os Índios Goitacases, imbrincados no labirinto das suas lagoas, entre a Capitania do Espírito Santo e a Baía de Guanabara, ficaram entregues a si mesmos durante o século XVI, apenas com algum contacto transitório, nas fímbrias civilizadas, que se iam alargando desde o Colégio do Rio. A ajuda, que deram aos piratas estrangeiros e a necessidade da ocupação efectiva dêsse grande hiato selvagem, tão próximo de centros já povoados e cristãos, veio preocupar os espíritos no princípio do século XVII. Em 1615, o Governador do Rio, Constantino Menelau, depois de afugentar do Cabo Frio os Ingleses, escreveu a El-Rei que «será de grande efeito dar a guerra ao gentio Aitacás, por não vir a favorecer ao inimigo»[1]. Colaborando na

---

1. Garcia em *HG*, II, 224-225. *Gentio Aitacás*. Aitacás ou Goitacás é, aqui, um singular (gentio); no plural, Aitacases ou Goitacases (Índios). No Tômo IV, 306, a propósito dos Índios *Irurises* (plural reduplicativo) dissemos em nota que é contra a índole da nossa língua escrever os «Índios Iruri» (Índios, plural; Iruri, singular), o que se faz às vezes por influência de estrangeiros em cuja língua se não forma o plural com a adição de s. Recordamo-lo aqui para a palavra *Goitacases*, que vemos de uso permanente nos documentos coevos dos factos que historiamos, e escudamo-nos em Capistrano de Abreu, que também reprova a descabida pretensão dos estrangeiros em língua que não é a dêles: «Tanto os nossos avós como os primos do Atlântico e do Pacífico e dos sertões interiores, — mediterrâneos, chamaram-lhes alguns dos nossos primeiros Jesuítas — encontrando árvores, animais, formas de terreno, para os quais não tinham correspondentes, adoptaram denominações indígenas e desassombradamente atribuíram-lhes género e número. Não se abriu excepção para nomes de tribos e deu-se até no Brasil

acção, guiava os Jesuítas, ao mesmo tempo, um pensamento mais alto: catequizá-los; e se fôsse sem guerra, melhor. A ocupação operou-se. Da parte dos Jesuítas, fêz-se o que invariàvelmente sucedia, como passo necessário nos países de regime florestal, a criação de estabelecimentos agrícolas, preliminar do desbravamento e base económica não só do próprio núcleo, mas também do Colégio, que garantia e formava, durante longos anos de estudo, os obreiros constantemente renovados da catequese, que se mantinha e ampliava com o próprio Brasil.

As Fazendas da Terra Goitacá agrupam-se tôdas em três Casas Grandes, centrais: a *Fazenda dos Campos dos Goitacases*, pròpriamente dita, a de *Campos Novos*, e a de *Macaé*. Mas foi obra de um século, que é o da própria catequese e povoamento de metade do actual Estado do Rio de Janeiro.

A colonização da Capitania de S. Tomé, confiada ao seu donatário Pero de Góis da Silveira, e ao seu sucessor Gil de Góis, não deu resultados positivos. A 22 de Março de 1619 passou para a Coroa, mediante compensação ao Donatário [1]. Todavia, 15 dias antes desta data, já tinha começado a emprêsa da conquista espiritual: a 7 de Março estava no Rio dos Bagres, o P. João Lobato com o seu companheiro Gaspar Fernandes [2].

João Lobato escreve nesse próprio dia ao Provincial Simão Pinheiro: «Estamos aposentados entre Goitacases, defronte da Ilha de Santa Ana, ao longo do Rio, da parte do Sul. Temos mandado 34 Ín-

---

o facto de, depois de acrescentar s para indicar plural, considerar o têrmo como singular e modificá-lo de novo: ainda hoje Guaiana*ses*, Goitaca*ses*, já se disse Tubinamba*ses* e ainda se compram, vendem, exportam e comem anana*ses*. Para os sábios ribeirinhos do Reno e Danúbio isto é *l'abomination de la désolation*»... J. Capistrano de Abreu, *ra-txa hu-ni-ku-i, Gramática, textos e vocabulário Caxinauás.* 2.ª ed. (Rio 1941)628. Alberto Lamego deu ao seu notável e grande livro, o título de *Terra Goitacá*, fazendo desta palavra um singular primitivo. Sem competência para dirimir a etimologia do vocábulo, a nossa observação é apenas para nos reservarmos a liberdade de escrever *Goitacá*, *Goitacás* e *Goitacases*, conforme no-lo forem impondo o uso moderno ou o documento antigo.

1. Alberto Lamego, *O solar do Colégio*, na *Rev. do SPHAN*, II, 21.
2. Natural de Basto, o Ir. Gaspar Fernandes nasceu em 1577, *Bras. 5*, 84v. Se é o mesmo que foi morto pelos bárbaros do Itapicuru em 1649, teria então 72 anos, cf. supra, *História*, III, 143-146. Não dispomos de elementos certos de identificação. Gaspar Fernandes estava em 1621 na capital do Espírito Santo, *Bras. 5*, 125. Depois desaparece dos Catálogos, pouco abundantes neste período.

dios pelo rio acima a ver se podemos aquietar e trazer a nós uma Aldeia de Índios Tamoios, que estão de guerra com os Goitacases, e os vão comendo quando podem. Ontem, que foi aos seis dêste, vieram da parte do Norte passante de 50 Goitacases, mancebos frecheiros mui bem dispostos, com alguns parentes dos que já aqui estão connosco. Passaram o rio a nado e nos vieram abraçar, trazendo todos seus cofos, uns com frutas, outros com batatas, e alguma farinha fresca; a todos agasalhamos, dando-lhes de comer e alguns resgates; e com isto se tornaram contentes, abraçando-nos outra vez, e dizendo que passados alguns dias haviam de tornar com suas mulheres e com seus filhos. Nós esperamos pelos índios, que mandamos aos Tamoios, os quais como vierem, havemos de tentar embocar um rio com as canoas que temos, o qual dizem ser grande e estar daqui como seis ou sete léguas, porque por esta paragem nos dizem haver muitos Goitacases».

No dia seguinte, nova carta do P. João Lobato: «Ontem, que foi sete dêste, escrevi a V. R. em como passante de 50 Goitacases vieram ter connosco a êste Rio dos Bagres. Hoje vieram dois mancebos de gente Tamoia, com os quais deu a nossa gente, que fôra a descobrir campo e a buscar algum mantimento por padecermos falta dêle. São êstes Tamoios, filhos de escravos, mas nascidos todos no mato e em suas terras. Veja V. R. se será bom ajuntá-los com a Aldeia do Cabo Frio, ou que faremos dêles, em caso que se queiram fiar de nós. A prática sua é que de nós se fiarão, e estarão à nossa disposição, mas que se forem *Caraíbas* a buscá-los, que com a frecha se hão-de defender, enquanto puderem» [1].

Numa segunda expedição, ainda neste ano de 1619, em Setembro, foi com o P. João Lobato o P. João de Almeida [2]. Organizavam-se estas expedições com a ajuda de D. Luiz de Sousa e do Capitão do Cabo Frio, Estêvão Gomes. E procurava-se que a ocupação se operasse «não com armas», que não havia motivo justo suficiente, mas «com oferecimento de pazes», diz António de Matos.

Naquela primeira expedição encontraram estrangeiros, que vinham carregar pau brasil. A êles deram guerra, escreve Martim de Sá a El-Rei, um mês depois, a 7 de Abril de 1619: «Indo o P. João Lobato a uma missão a fazer as pazes entre o gentio Goitacases, por

---

1. Cartas transcritas noutra do P. António de Matos, escrita «poucos dias depois», *Bras. 3(1)*, 201.
2. Vasc., *Vida do P. João de Almeida*, 156ss.

ordem do Governador Geral D. Luiz de Sousa, e levando em sua companhia o Capitão do dito Cabo Frio tiveram vista na *Ilha de Santa Ana* dos ditos inimigos, e os assaltaram com as canoas de Índios, que levavam, e lhes tomaram alguma gente e os fizeram levantar, e se foram, deixando de seguir o intento de carregar pau brasil» [1].

O êxito alcançado contra os estrangeiros convenceu os Índios, que aceitaram as pazes; o modo conta-o a Ânua correspondente:

O P. João Lobato com o Irmão e o Capitão, e alguns Índios cristãos da Aldeia e dos Goitacases, ao chegar ao Rio dos Bagres, fizeram a fogueira tradicional para avisar que havia gente. Ao cabo de três dias apresentaram-se 52 Goitacases. Deram-se sinais de amizade, mútuos presentes, garantias de recíproca e sólida paz. Já entre os Goitacases e a Aldeia de Cabo Frio e a Fortaleza há freqüentes visitas. «E assim [é admirável esta esperança em 1619...] esperamos que em breve fique expedito o caminho por terra entre a costa do Rio de Janeiro e a da Baía»...

Continua a narrativa: «Não contente com isto o grande obreiro das almas, P. Lobato, com alegre ânimo buscou prêsa maior. Enviou 34 Índios a procurar alguns Tamoios, que viviam escondidos no recesso dos matos, restos do turbilhão das guerras passadas, que há muitos anos viviam de maneira pagã. Eram inimicíssimos dos Goitacases, devorando-se mùtuamente. Passado um mês, chegaram aos Tamoios os Índios enviados pelo Padre e logo vieram quatro Tamoios indagar se era verdade o que êles diziam. Aos quais abraçou o P. Lobato com grande alegria, o Capitão e os demais, e lhes deram muitos presentes, fizeram festa e convidaram a que viessem todos, para os quais também mandou presentes. Sabendo o P. Lobato que os Tamoios tinham 3 filhos dos Goitacases para comer, mostrou-lhes quanto seria bom a paz e concórdia com os Goitacases, se os Tamoios os entregassem»; caso contrário, os Goitacases, que já eram amigos dos Portugueses, lhes fariam guerra. Os Tamoios entregaram-nos, pediram pazes e vieram todos para a Aldeia de S. Pedro. Caso notável, que deu que falar [2].

---

1. Carta de Martim de Sá a El-Rei, do Rio de Janeiro, 7 de Abril de 1619, AHC, *Rio de Janeiro*, Apensos, I(1614-1639).
2. *Bras. 8*, 238; Cordara, *Hist. Soc.*, VI, 1.º, 224-225.

Pazes, porém, ainda precárias e prematuras. Depois da tomada da Baía pelos Holandeses em 1624 ainda desceram os Goitacases em som de guerra. Saíram ao encontro dêles os Padres da Aldeia de S. Barnabé, e os bárbaros depuseram sua ferocidade. Diz Vieira: «Por várias vezes foram ao mar pescar e ao mato caçar, e depois do que trouxeram, deram aos Padres com muito amor, coisa jamais nêles nunca vista»[1].

Progredindo a pacificação, penetrava a ocupação das terras. A sua repartição fêz-se entre diversas entidades seculares e religiosas capazes de as valorizar. Pediam-nas diversos Capitães, o Abade de São Bento, o Prior do Carmo e o Reitor dos Jesuítas[2].

Mas ao tratar-se da ocupação das terras, ocorreu um caso grave que quebrou as pazes feitas oito anos antes pelo P. João Lobato. Os Goitacases cativaram e comeram alguns Brancos que naufragaram na sua costa. Temendo represálias abriram as hostilidades e fizeram o mal que puderam. Adiantou-se até o seu campo o P. Inácio de Sequeira. Prometeu-lhes a paz e convidou-os a irem ao Colégio do Rio, para verem a Cidade e os benefícios da civilização. Tergiversaram os Índios. O Padre escreveu em segrêdo ao Governador Martim de Sá que enviasse soldados portugueses e indígenas, armados, e rodeassem o monte onde estavam os Goitacases, sem fazer mal a nenhum. Inácio de Sequeira saíu a falar com os Capitães. Obteve a garantia de que se não maltratasse nenhum Índio e voltou para os Goitacases que se preparavam para a defesa. O Jesuíta ofereceu-lhes perdão por terem morto e comido os Brancos e se quisessem viver com os Portugueses tudo se esqueceria. Meio por temor, meio por persuasão, vieram alguns. Bem agasalhados no Colégio do Rio, voltaram, contando maravilhas. E não tardaram a descer 300 Goitacases, que se aposentaram nas Aldeias, dando exemplo de boa cristandade.

Assim concluíu Inácio de Sequeira a tarefa de pacificação dos Goitacases, iniciada por João Lobato. Alguma dissidência que ainda

---

1. *Cartas de Vieira*, I, 54; Cordara, *Hist. Soc.*, VI, 1.º, 547.
2. Pizarro, *Memórias Históricas*, III, 88. A 19 de Agôsto de 1627 fêz-se a primeira grande divisão das terras pelos 7 capitães, cf. Lamego, *O solar do Colégio* na *Rev. do SPHAN*, II, 21.

sobreveio, aqui e além, deixou de ter importância, dominada ràpidamente pelos Índios das Aldeias de Cabo Frio e Reritiba [1].

Desta maneira «a selva Goitacá, cheia de bárbaros e de selvagens, começou a dar algum fruto digno dos jardins celestes, graças ao calor incrível dos Nossos» [2].

«Jardins celestes», a conversão: a esta frase florida da *Ânua*, acrescentamos nós: e «jardins terrestres» também, que naqueles tempos e lugares uma coisa não podia ir sem a outra. Sem centros de coesão e de produção e mesmo de prosperidade, não haveria civilização nem apoio da catequese.

2. — A primeira Fazenda dos Jesuítas, para além da Aldeia de S. Pedro, foi concedida por Martim Correia ao Reitor do Colégio do Rio, Francisco Fernandes, a 1 de Agôsto de 1630, entre Macaé, pela costa, para a banda do sul, até o Rio Leripe, e pelo sertão até o pé da Serra [3]. Três anos antes tinham-se já dado as terras ao norte do Rio Macaé, a um grupo de colonos, conhecidos com o nome de *Sete Capitães*, terras que êles receberam sem as terem prèviamente reconhecido.

O reconhecimento fêz-se em 1632 e tratavam de utilizar a terra, quando, depois da sua assistência no Reino, voltou ao Rio o Governador Salvador Correia de Sá e Benevides em 1648, e fêz-se a redistribuição das terras por não ter sido mencionado o sertão nas doa-

---

1. Bienal de 1626-1628, *Bras. 8*, 384; Cordara, *Hist. Soc.*, P. VI, 2.º, 251-252, que se equivoca chamando «Francisco» ao P. «João» Lobato; Vasc., *Vida do P. João de Almeida*, 146; Garcia, em *HG*, III, 290. O P. Inácio de Sequeira fêz 3 entradas aos Goitacases, *eosque, partim cum Lusitanis foedere conjunxit, partim ad Ecclesiam perduxit*, Cat. de 1641, *Bras. 5*, 152v. Não se deve confundir com Luiz de Sequeira, que em 1641 já tinha ido também *uma* vez aos Goitacases e em 1646 se diz que já tinha ido *duas* vezes (*Bras. 5*, 174). O pacificador, porém, foi o P. Inácio de Sequeira. Inácio de Sequeira na sua Narrativa da *Missão dos Patos* (cf. infra, Cap. IV), alude a esta ida aos Goitacases: «e quando eu fui *três vezes* em missão aos Goitacases, me afirmaram os Tamoios», etc. Sôbre a Etnografia dos Goitacases, antropófagos e coroados, Alberto Ribeiro Lamego, *O homem e o brejo*, em Anais do IX Congresso Brasileiro de Geografia (1940), III (Rio 1944)259-261, aduz Simão de Vasconcelos como o autor, que «melhor nos fala dêles», *Vida do Venerável Padre José de Anchieta* (Lisboa 1672)33, 331; *Vida do P. João de Almeida* (Lisboa 1658)148.

2. *Lettere Annue d'Etiopia*, 130.

3. Lamego, *A Terra Goitacá*, III, 230.

ções. Assunto vasto, que o seu próprio e competente historiador Alberto Lamego resume assim: O General Salvador Correia de Sá, «chamou à sua presença um dos sesmeiros — Maldonado — e ordenou que apresentasse o roteiro da sesmaria, e não mencionando nêle as terras do sertão, impugnou-o, sugerindo depois que todo o terreno concedido aos sesmeiros fôsse dividido em 12 quinhões, no que concordaram, lavrando-se em seguida, em 9 de Março de 1648, a respectiva escritura de composição, com observância da seguinte partilha: 4 e meio para os 7 Capitães e seus herdeiros, 3 para o General Salvador, 3 para os Padres da Companhia de Jesus, 1 para o Capitão Pedro de Sousa Pereira, e meio para os Frades de S. Bento. Foi assim que os Jesuítas se tornaram proprietários das fertilíssimas terras da antiga Capitania de S. Tomé, depois denominada Paraíba do Sul. Já em 1652 estavam estabelecidos no sítio *Campo Limpo*, onde construíram uma pequena capela e depois em lugar não distante, a Igreja dedicada a Santo Inácio, anexa ao magnífico *Solar do Colégio*, relíquia venerável plantada na vasta planície goitacá, não longe da cidade de Campos» [1].

Antes, porém, desta nova divisão das terras, já o Colégio do Rio possuía Fazendas e postos agrícolas na região. Em 1643 enumeravam-se quatro: *Goitacases*, *Maquié*, *Maicaxá*, *Ponta dos Búzios*, dos quais o P. Reitor António Forti achava preferível que o Colégio se desfizesse, por serem os caminhos estéreis e o proveito pouco, voz isolada entre as dos outros Padres do Brasil, que eram de opinião se conservassem e aumentassem as terras para o bem comum [2].

Não convindo ao General Salvador ou não tendo meios adequados para administrar as suas terras e criação, entendeu-se com o Colégio do Rio para êste zelar delas, e a 28 de Julho de 1652 fizeram uma convenção, êle por uma parte, e por outra o Provincial Francisco Gonçalves (o que iria ser depois, e já o vimos, missionário e explorador do Rio Negro no Amazonas). Tira-se da escritura, então lavrada, que o General possuía campos, entre o Cabo de Santo To-

---

1. Lamego, *O Solar do Colégio*, na *Rev. do SPHAN*, II, 21-22; *A Terra Goitacá*, V, 268. Na *Terra Goitacá*, I, 39, o autor põe em dúvida a autoria do *Roteiro* de Maldonado, que descreve o reconhecimento de 1632, mas foi redigido em data muito posterior, e na qual o redactor, além de várias contradições, se mostra «rancoroso» inimigo do Governador Salvador Correia de Sá; e cf. Clado Ribeiro de Lessa, *Salvador Correia de Sá e Benevides* (Lisboa 1940)44.

2. Bras. 3(1), 217-218.

mé e o sítio da Paraíba, e nêles tinha cêrca de «sete mil cabeças de gado vacum e cento e sessenta peças de gentio da Guiné entre os de serviço e crias, e setenta cavalgaduras e outras fábricas ou o que constasse dos inventários que apresentou». O Colégio do Rio de Janeiro possuía também campos, junto daqueles e nêles «passante de mil cabeças de gado vacum e algumas oitenta peças do Gentio de Guiné, entre os do serviço e crias ou o que dos inventários constasse». E ambos disseram que estavam avindos e concertados «a fazerem uma massa mística assim dos campos e sítios acima e atrás referidos, como do gado, e peças, que nêles havia, e pertencia a cada uma das partes, para que o Colégio do Rio de Janeiro por si e por seus Procuradores ficasse correndo *in solidum* com a dita massa de campos, gente e currais, e tudo o mais encorporado em um corpo, com declaração que os frutos e rendimentos se repartiriam igualmente entre o dito General ou seus herdeiros e sucessores, depois de vendidos e beneficiados, e o Colégio do Rio de Janeiro, ficando à conta do dito Colégio, tirar dêles em primeiro lugar o que fôsse necessário para gastos e despesas, que se fizerem, e necessárias forem, em benefício, aumento e acrescentamento das ditas fazendas».

Obrigava-se mais o General a dar anualmente 100 moios de sal e a emprestar o campo da *Alagoinha Mombocamirim* para pastar provisòriamente o gado que devesse ser abatido.

Quando se desmanchasse o contrato, repartir-se-ia tudo ao meio, campos, gado, pessoal, excepto aquela *Alagoinha*, que ficaria *in solidum* para os herdeiros do General [1].

Tal convenção não deve ter durado muito, como também se não cumpriu integralmente o estipulado na que se fizera a 22 de Junho do mesmo ano de 1652, no Rio, entre os mesmos, para a fundação do Colégio de S. Miguel, de Santos.

3. — Em 1659 tinha cuidado dos *Campos de Goitacases*, «ubi multa millia boum pascuntur», o P. André Martins, mas a administração centralizava-se no Colégio do Rio [2]. A falta de Padres impedia

---

1. «Escriptura da companhia e parceria que fazem o General Salvador Correia de Sá e Benevides e o R.do P.e Provincial da Companhia de Jesus desta Provincia do Brasil». — Tem aquela data, e trata do aproveitamento comum de terras e gado nos Campos dos Goitacases. Peças jurídicas autenticadas por tabelião. Duas vias (1.ª e 2.ª). Vitt. Em.. Mss. Gess. n.º 1255, n.º 11.

2. *Bras.* 5, 223.

o cuidado imediato das fazendas próprias, quanto mais das alheias, e os Superiores maiores estranhavam a situação anormal, por volta de 1680, e pediam instruções ao P. Geral de como se havia de proceder com essas Fazendas dos Campos dos Goitacases, onde os Padres iam de vez em quando, mas onde não havia residência nenhuma fixa e se pagava a um Monge Beneditino, que se ocupava das fazendas de sua Ordem, para que administrasse os sacramentos à gente e pessoal das Fazendas da Companhia [1].

Impunha-se a assistência efectiva dos Padres não só para o bem espiritual de tantos trabalhadores como também para impedir demasias dalguns sesmeiros vizinhos, como a que sucedeu em 1690, contra um pôsto agrícola dos Jesuítas, junto à *Lagoa Feia*, em que os «negros de José Barcelos e outros mais de Martim Correia Vasqueanes», em motim, e assuada, «e armados com flechas, dardos e armas de fogo» investiram «com tiros aos negros que assistiam nêles, mataram dois, sendo um dêles livre, deixando muitos feridos e todos molestados com pancadas». Queimaram as casas, derrubando tudo e ameaçando aquêles homens, que se voltassem, os haviam de matar. El-Rei mandou tirar devassa «por não ser justo que fiquem sem castigo para que outros não façam o mesmo e virem os Padres a perder os bens que têm naquelas paragens, e ser destruída a Companhia dos bens com que sustentam as pessoas que se empregam nas missões dessa conquista com tanto zêlo» [2].

A Residência de Campos dos Goitacases, fundada logo a seguir, aparece pela primeira vez no Catálogo em 1692, com o P. Pedro Leão, superior, e o Ir. Lourenço Gonçalves [3]. Pedro Leão, natural do Rio, havia estado antes em S. Pedro do Cabo Frio; o Ir. Lourenço Gonçalves, do Pôrto, carpinteiro. As obras começaram logo, e dois anos depois já havia nela grande Igreja.

Aquelas demasias de 1690 e outras, que se iam debelando com prudência e tacto, originaram-se, diz Alberto Lamego, sobretudo pela razão de não terem «sido demarcadas judicialmente» as terras dos seus diversos possuídores. Não podendo ficar assim por tempo indefinido, para sossêgo e paz de todos, mandou El-Rei, a 4 de Junho de

---

1. *Bras.* 11, 74v.
2. Documentos em Lamego, *A Terra Goitacá*, I, 166-169, onde observa que mais tarde os adversários dos Jesuítas expõem o facto em contradição com os documentos.
3. *Bras.* 5(2), 88.

1727 que se fizessem as medições dos Colégios da Companhia, colocando os marcos, segundo as escrituras e testemunhas. E ordenava ao Ouvidor Geral do Rio de Janeiro as demarcasse pessoalmente [1]. O Ouvidor Geral Manuel da Costa Mimoso iniciou o tombamento da *Fazenda de Nossa Senhora da Conceição e S. Inácio do Campo dos Goitacases*, conhecida hoje por *Fazenda do Colégio*, a 3 de Dezembro de 1727. Interrompeu-se a medição por ter ido ao Espírito Santo fazer a «correição» do seu ofício. Concluíram-se depois as medições, que acompanhou da parte do Colégio, o P. Francisco Xavier. Tinham sido convocados para as demarcações todos os confinantes, a começar no maior de todos o Visconde de Asseca, em número de muitas dezenas, entre os quais os Beneditinos, que assistiam por si ou pelo seu procurador. Lavrados os Autos e feitos os avisos da lei, não havendo apelação nem agravo, o Ouvidor Geral deu-os por conclusos e julgados a 15 de Abril de 1731. A Ânua de 1 de Agôsto dêsse mesmo ano diz que se estabeleceram quatro currais nas terras, que, por ficarem entre dois rios, se chamavam a *Ilha Furada*, concluindo-se assim um pleito de 40 anos [2].

Escreve Alberto Lamego que depois disso se lembraram os Padres Beneditinos de fazer uma apelação [3]. Era inevitável a demanda, que se arrastou até à perseguição de 1759. E diz o mesmo ilustre historiador que o monje Beneditino D. Frei António do Destêrro, Bispo do Rio de Janeiro, abusando dos poderes religiosos de que dispunha, «aproveitou o ensejo para exercer a maior vingança contra aquêles que pleitearam com os da sua religião», «algoz», que «procedeu com indigna parcialidade nas devassas tiradas no Rio de Janeiro, Espírito Santo e Campos para apurar os procedimentos dos beneméritos Religiosos» [4]. Felizmente, o triste caso do Monje Bispo foi compensado pelos outros Monjes beneditinos, que com poucas excepções deram provas certas de solidariedade para com os Jesuítas; e enquanto o Bispo promovia a difamação dos Religiosos da Companhia de Jesus, os mesmos Religiosos de S. Bento, seus irmãos de

---

1. Provisão régia em Lamego, *A Terra Goitacá*, II, 160.
2. *Bras. 10(2)*, 327v.
3. O requerimento é de 1733, cf. AHC, *Rio de Janeiro*, 7858.
4. Lamego, *A Terra Goitacá*, II, 160-166.

hábito, por iniciativa do seu Superior regular, oravam pelos que eram caluniados e perseguidos [1].

4. — A *Fazenda do Colégio*, encorporada à Coroa, passou depois a terceiros e é hoje um dos monumentos de mais prestigiosa recordação dos Campos dos Goitacases. Era nessa altura a principal propriedade do Colégio do Rio, a sua primeira fonte de receita. Repartia-se em muitas fazendas de criação, onde, em 1757, pastavam 16.580 cabeças de gado vacum e 4.670 de gado cavalar. Para se chegar a êste resultado tinham sido necessárias obras que corrigissem o maior inconveniente da Baixada Fluminense, que é a variedade de seu regime, ora de sêcas extremas, ora de inundações devastadoras. Assim foi em Santa Cruz e Campos Novos. Nos Campos dos Goitacases também se procedeu à valorização da terra, mas enquanto se não fêz (e nunca se pôde fazer tanto como em Santa Cruz), se diz em 1725, que «nos Goitacases» morreram, por efeitos da sêca, 7.000 cabeças de gado vacum [2].

Tinha-se edificado nela uma fábrica de cerâmica e em terras adequadas e férteis, plantações de cana, e um grande e famoso Engenho de açúcar. Ocupavam-se com os diversos trabalhos desta Fazenda 820 escravos. Havia, para o tratamento caridoso das suas doenças, um hospital ou enfermaria, isolada da Residência. Desde a organização da Residência, como tal, por volta de 1690, até 1759 só teve dois Superiores, o P. Pedro Leão, natural do Rio, que havia residido antes na Aldeia de S. Pedro e que ainda estava em Campos em 1740, e o P. Miguel Lopes, seu companheiro muito tempo, que lhe sucedeu no Superiorado até se entregar a João Cardoso de Azevedo enviado para tomar conta dela, o que fêz, para honra sua, com bondade e comedimento [3].

---

1. Cf. Silveira, *Narratio*, 142. Lamego dá pormenores daquelas medições e os nomes de todos os hereus e confinantes da Fazenda do Colégio. Também aí se vê o que se encorporou a essa Fazenda, por doação ou compra, no *Sertão* do *Itaoca*, em *Ururaí*, e, na vila e praça do *Salvador* (hoje cidade de *Campos*).
2. *Bras. 10(2)*, 276.
3. Caeiro, *De Exilio*, 194; o P. Pedro Leão tinha entrado na Companhia no Rio, a 20 de Junho de 1676, com 19 anos de idade (*Bras. 5(2)*, 80), e faleceu no Rio a 29 de Dezembro de 1741, com 84 anos (*Bras. 6*, 326v). O P. Miguel Lopes, do

A Fazenda do Colégio é obra dos Jesuítas. Concretizando em poucos nomes é obra daqueles dois, Miguel Lopes e Pedro Leão, sobretudo dêste, que durante meio século a organizou, dirigiu e administrou, com as mil implicâncias de negócios e cuidados correspondentes ao ofício de fazendeiro-missionário, fenómeno espontâneo em tôda a América florestal, que foi ainda o meio mais suave, com todos os seus gostos e desgostos, da grande obra necessária do desbravamento. Com o P. Pedro Leão, durante mais de 27 anos, o período intensivo das construções e à frente delas o Ir. Lourenço Gonçalves, de quem em 1707 se dizia que era não apenas carpinteiro e entalhador, mas «bom», qualificativo que se dava a poucos, e homem de boa experiência [1].

A Igreja desta Fazenda era centro do culto e ministérios do numeroso pessoal da Fazenda, e também centro de devoção de muita gente da redondeza, afeiçoada aos Jesuítas, e alguma, como

---

Pôrto, que na Residência de Campos tinha feito os votos de Coadjutor espiritual, a 25 de Março de 1732, recebidos pelo P. Pedro Leão (*Lus. 24*, 131), foi, pelo seu génio empreendedor e construtivo, elevado à profissão solene de 3 votos, que emitiu no Colégio de Vitória, Espírito Santo, a 10 de Outubro de 1758, *Lus. 17*, 322-325v. Exilado para a Europa em 1760.

1. *Bras. 6*, 56v. Sôbre os remanescentes artísticos da Igreja de S. Inácio da Residência de Campos dos Goitacases, cf. Lúcio Costa, *A Arquitetura dos Jesuítas no Brasil*, Rev. do SPHAN, V, 64, 66, onde alude, na primeira destas referências, ao «elegante» retábulo do *altar mor*, ainda no século XVII, «obra prima de escultor anónimo», diz Alberto Lamego, *O Solar do Colégio*, ib., II, 29. Fala da «milagrosa imagem de Nossa Senhora da Conceição dos Guaytacazes», o *Santuário Mariano*, X, 65: Os Padres da Companhia no meio da sua Fazenda «edificaram uma Igreja, que parece foi feita para Colégio, e nela colocaram uma fermosa Imagem da Mãe de Deus, a quem deram o título de sua puríssima Conceição. Vê-se esta Senhora colocada no Altar-mor daquela Igreja, como Senhora e Patrona dela, e está com muita veneração, e tudo com aquêle grande asseio, com que o costumam fazer aquêles Santos Religiosos em tôdas as partes, não só nas Casas Professas e Colégios, mas nas granjas e quintas. Os mesmos Padres lhe fazem a sua festa no seu mesmo dia de oito de Dezembro, e neste concorre a maior parte dos moradores daqueles Campos a assistir à celebridade e a visitar a Rainha dos Anjos. Não me constou o ano em que esta Senhora ali foi colocada, e sempre haverá muitos anos, que ali é venerada. É de escultura de madeira, e bem poderá ser que os Padres a mandassem fazer em Lisboa, porque ordinàriamente lá mandam obrar tôdas as suas imagens».

Benta Pereira, a «heroína» local e benfeitora da casa, escolheu para última morada a Igreja da Companhia [1].

Pela vastidão e dispersão da Fazenda havia em cada núcleo mais importante, uma pequena capela, que os Padres da Residência Central visitavam de tempos a tempos. E nessa grande extensão da Baixada Fluminense se ostentam hoje muitas e florescentes cidades [2]. O nome do *Colégio* ainda se conserva, não só na fazenda, mas também no *Rio do Colégio* afluente do Paraíba.

Estas povoações eram missionadas a seus tempos pelos Padres da Residência e às vezes pelos do Rio de Janeiro. Dois saíram do Rio, no dia 21 de Junho de 1721, por terra, direitos à Vila do Salvador e depois à Vila de S. João, e a tôdas as mais Aldeias e lugarejos, onde eram recebidos com repiques de sinos, onde os havia. S. João era uma terra rústica, e os Campos dos Goitacases andavam tão implicados em desordens morais, que se dizia serem então «paraíso do gado e inferno dos homens». A maior missão realizou-se no «Colégio», onde se juntou gente de muitas léguas; a Igreja, com ser grande, não era bastante para a conter. Nas terras pequenas permaneciam dois, três dias. Na volta, em Cabo Frio, foram recebidos com grandes festas; e, enfim, voltaram ao Rio de Janeiro, tendo transposto nessa excursão apostólica, inúmeros rios, e colhido grande fruto espiritual [3].

Em 1727 dá-se mais explìcitamente o itinerário destas missões: Engenhos de açúcar de *Maricá, Saquarema, Araruama, Paratiú, Cabo Frio, Campos Novos, Macaé, Vila do Salvador, Vila do Litoral* [*S. João*] e finalmente os próprios *Campos dos Goitacases* [4].

---

1. «Meu corpo será sepultado na Igreja de Nossa Senhora da *Conceição* dos Reverendos Padres da Companhia», reza o seu testamento; «foi sepultado na capela da *Fazenda do Colégio*, em S. Gonçalo, achando-se a sua tumba por nós descoberta, diz Alberto Lamego, junto ao altar de S. Miguel», *A Terra Goitacá*, V, 468, 474.

2. Entre os sítios, que pertenceram às Fazendas do Colégio, menciona Augusto de Saint-Hilaire o *Sítio do Andrade*, bela Fazenda constituída por uma casa, capela, dois quartos, sala, cozinha, varanda ou galeria, «conjunto que nas zonas desertas constitui um verdadeiro palácio», Saint-Hilaire, *Viagem pelo Distrito dos Diamantes e litoral do Brasil*, 376.

3. Relação, posta em latim, pelo P. Valentim Mendes, *Bras. 10*, 233-234. Manuel Dias, Provincial, diz que a missão foi de 25 de Junho a 25 de Agôsto de 1721, *Bras. 4*, 217; cf. *ib.*, 261.

4. *Bras. 10(2)*, 299v-300.

O Terreiro da Fazenda do Colégio, nos Campos dos Goitacases, foi teatro de grandes festas por ocasião da visita do Ouvidor Geral Manuel da Costa Mimoso em 1730, que descreve Alberto Lamego e que o historiador campista considera as mais deslumbrantes da terra goitacá, desde o palanque, «forrado de damasco amarelo-gualde e com cortinas de lhama azul e prata, perfiladas de galão de ouro», ao torneio, que se realizou, com 24 cavaleiros, em duas filas, à frente das quais iam dois filhos do Visconde de Asseca, vestidos de veludo negro, um dos quais sôbre todos se distinguiu, Luiz José Correia de Sá. E tudo, naturalmente, com cerimonial a preceito.

«Distribuídas de espaço a espaço se viam as Cabeças de Turco, de Medusa de Polifemo, as argolinhas e boiões com pássaros, alvos certeiros dos adestrados cavaleiros, que mostravam grande maestria nos jogos das rosas, das alcanzias, das canas, nas corridas aos pássaros, ao Estafermo e nas escaramuças de cadeia dobrada e de rodopio». O *Estafermo*, clássica e grotesca figura das corridas portuguesas, esculpira-o um famoso escravo do Colégio.

Nem tudo foram festas profanas. O programa incluía também a parte religiosa, um solene *Te Deum*. Do magnífico órgão, pouco antes inaugurado, o P. Manuel Leão, exímio organista, director de orquestra e de coros, e que havia de ir acabar seus dias em 1760 exilado em Roma, encheu com a sua arte, a Igreja do Colégio, nesse dia memorável, que as crónicas registam com outra numerosa orquestra de louvores. À noite, fogo de artifício e luminárias, «que cingiam o sobrado, fachada da Igreja e ampla praça». Associaram-se à festa os negros da Fazenda, com danças características e ruidosas. A Praça ornamentara-se prèviamente com galhardetes e bandeiras. Das janelas pendiam colchas: e ergueram-se arcos e transplantaram-se numerosas árvores para ornamento e enfeite. Tudo bem caracterizado, à moda dos arraiais portugueses, digno, na verdade, da recepção de um príncipe [1].

A história desta Fazenda não acabou com a saída dos Padres em 1759. Tinha um «ar de grandeza, a que se não está acostumado nesta região, onde tudo é feito de modo mesquinho, como para durar apenas um dia» [2]. Não durou um dia e ainda existe. O sobrado do

---

1. Alberto Lamego, *A Terra Goitacá*, II, 110-114; Id., *O Solar do Colégio*, na *Rev. do SPHAN*, II, 24-29; Apêndice ao Cat. Port. (1903).
2. Saint-Hilaire, *Viagem pelo Distrito dos Diamantes e Litoral do Brasil*, 416.

«Colégio» iria vincular-se mais tarde a algumas figuras da história brasileira, entre as quais o Almirante Saldanha da Gama [1].

5. — A *Fazenda de Macaé*, doada ao Colégio do Rio por Martim Correia a 1 de Agôsto de 1630, encravada entre as duas grandes Fazendas de Campos dos Goitacases e Campos Novos, ficou durante muito tempo na órbita daquelas e diz-se em 1701 que continha algum gado e fabricava farinha [2].

A estas terras se juntou depois meia légua, doada por Tomás de Carvalho ao norte do Rio Macaé [3]. O aproveitamento intensivo da Fazenda de Macaé, como núcleo autónomo e título privativo, separado dos Campos dos Goitacases e dos Campos Novos, iniciou-se em 1734; e aparece a primeira vez nos Catálogos da Companhia em 1737 com o P. Pedro dos Santos e o Ir. Marcelino da Silva [4]. Vinte anos depois começou-se a fábrica de um *Engenho* e diz o *Memorial* dêsse ano (1775), que a produção da Fazenda, de pouco lucro, consistia em madeira, de que era abundante e própria para construções navais e edifícios, em peixe sêco, em alguma farinha, e em gado, então quási nenhum [5]. Depositavam-se mais esperanças, dada a fertilidade da terra, no novo engenho, para o qual se plantavam canaviais.

Os Jesuítas erigiram nesta Fazenda a Igreja de Santa Ana [6]. Estavam nela em 1759 os Padres Inácio Leão e Manuel da Silva, quando o desembargador João Cardoso de Azevedo se apresentou a incorporá-la aos bens da Coroa [7]. Já era passado mais de um século depois da doação da sesmaria, quando se lembrou um morador de a impugnar, em 1745, exigindo para si outra sesmaria dentro dela. O caso arrastou-se até depois da saída dos Padres, sendo negada ao demandista, em 1780, a procedência da sua impugnação [8].

---

1. Em 1939 colocou-se nêle esta placa: «A Fazenda do Colégio, berço de Luiz Filipe de Saldanha da Gama, a Marinha Brasileira».
2. *Bras. 6*, 27v.
3. Lamego, *A Terra Goitacá*, III, 166.
4. *Bras. 6*, 200v.
5. *Bras. 6*, 437v.
6. Pizarro, *Memórias*, II, 137.
7. Caeiro, *De Exilio*, 194.
8. Cf. Lamego, *A Terra Goitacá*, III, 166-170. A Igreja de Santa Ana em 1797 estava «na fazenda de Gonçalo Marques». Cf. «Memória Histórica da Cidade de Cabo Frio e de todo o seu distrito, no ano de 1797», na *Rev. do Inst. Hist. Bras*, XLVI, 1.ª P., 214.

6. — Nas terras do Colégio anexas à Aldeia de S. Pedro de Cabo Frio (a «têrça» das doações e a compra a Generosa Salgado), fundaram os Padres a *Residência e Igreja de S. Inácio*, que só tomou incremento nos fins de século XVII e que, para se distinguir da Fazenda de Campos dos Goitacases, já anteriormente em laboração, se chamou Fazenda de *Campos Novos*. Fazenda, que só para o fim adquiriu importância, ficando estável durante muito tempo a sua vida económica. A quantidade do seu gado vacum em 1707 era ainda a mesma com ligeira diferença meio século depois (1.500 cabeças). Nunca teve engenho. Em compensação era campo de policultura, em que todavia preponderava a mandioca. Em 1722 tratava-se de vender a *Fazenda de Campos de Maecaxará*, a dois dias de viagem, para com o seu produto melhorar e aumentar a criação em *Campos Novos*[1]. Supomos tratar-se dalgum lote de terra de *Macaé*. E supomos igualmente que se não teria vendido, porque, se de-facto não aumentou a criação em *Campos Novos*, melhorou-se contudo a terra, e para o saneamento das campinas e condução dos seus produtos agrícolas ou florestais, durante o Reitorado do P. Luiz de Carvalho, desaguaram-se com grandes despesas do Colégio do Rio, algumas lagoas e abriu-se um *canal*, que em 1726 o Governador Luiz Vaía Monteiro apresentava como exemplo e modêlo de outro que êle propunha se fizesse no Rio de Janeiro para converter a Cidade em Ilha: «Esta obra não tem tanta dificuldade que não conseguissem outra semelhante, no modo, os Padres da Companhia nos *Campos Novos*, mas de maior extensão, por ter uma légua de comprido, navegável em lanchas»[2]. Nestas lanchas ou pequenos navios se conduzia a farinha e legumes para o Colégio do Rio, e grande quantidade de madeira de lei para feitura de carros, destinados a outras Fazendas, e para a construção e reconstrução de edifícios. E em 1741 se dizia que «ainda não tinha chegado à última perfeição, mas nos seus vastíssimos campos poderiam pastar mais de 20.000 cabeças de gado»[3].

1. *Bras. 10*, 434.
2. Carta do P. Luiz de Carvalho, de 18 de Outubro de 1724, *Bras. 4*, 278v; Carta de Luiz Vaía Monteiro, a El-Rei, de 7 de Julho de 1726, em Roberto Haddock Lobo, *Tombo das Terras Municipais do Rio de Janeiro* (Rio 1863) 153. Deve referir-se a êste canal a Trienal de 1723-1725: «ducta insuper palmis undecim fossa alta, lataque ulnas [braços] quinque, *Recentium* ut vocant *Camporum*, pascuis ab hybernis inundationibus expediendis», *Bras. 10(2)*, 276v.
3. *Bras. 6*, 336v-337.

Por êste modo de falar, incluíam-se, ao menos em parte, campos da Fazenda de Macaé, que o Mapa da Capitania de Paraíba do Sul (1749), parece também englobar: «*Fazenda de Santo Inácio*, que tinha 16 léguas de costa, por 20 do sertão» [1].

Depois de 1759 passou a mãos particulares [2]. Viviam nela nesta data, últimos Jesuítas desta Residência, os Padres Atanásio Gomes e Diogo Teixeira, e o Ir. Manuel Francisco [3]. A Fazenda de Santo Inácio de Campos Novos, que sobrevive com o mesmo nome de *Campos Novos*, conservou por muito tempo o prestígio de um dos mais perfeitos estabelecimentos rurais da região de Cabo Frio.

---

1. *A Terra Goitacá*, I, 428/429. Lamego publica o Mapa, cujo fim principal era mostrar o local do marco divisório da Capitania da Paraíba do Sul. Nêle aparecem também diversas Casas da Companhia, com a designação de «Colégio», desde a Aldeia do Cabo Frio até Campos. E dois marcos (o círculo com a cruz dentro), um em Cabo Frio e outro em Macaé, com a seguinte legenda: «marco dos P. P. da Comp.ª desde Cabo Frio thé a barra do Macaé q̃ serão 16 leguas de costa: e 20 de certão». Englobam-se, portanto, Fazendas da Aldeia de Campos Novos e de Macaé.

2. Pizarro, *Memórias*, II, 137.

3. Caeiro, *De Exilio*, 194.

CAPÍTULO V

Aldeias do Triângulo Fluminense

1 — Sua significação política, militar e econômica; 2 — Crise e encampação das Aldeias, motivada pelos motins de S. Paulo (1640-1646); 3 — Parecer de Salvador Correia de Sá e Benevides; 4 — Carta Régia de 1647 mandando retomar as Aldeias do Rio; 5 — Testemunho do P. António Vieira; 6 — Aldeia de S. Lourenço (Niterói); 7 — Fazenda do Saco (S. Francisco Xavier); 8 — Aldeia de S. Barnabé e Fazenda de Macacu ou Papucaia; 9 — Aldeia de S. Francisco Xavier no Itinga e em Itaguaí; 10 — Ilha Grande e Angra dos Reis; 11 — Aldeia de S. Pedro do Cabo Frio; 12 — Aldeamento dos Índios «Gessaruçus».

1. — Além dalguns motivos particulares, de menor monta, os Aldeamentos dos Índios obedeceram no Brasil a um tríplice fim: *catequese, educação pelo trabalho, e defesa militar*. Nos do Rio de Janeiro, os sítios em que ficaram as três Aldeias, S. Lourenço (Niterói), S. Francisco Xavier (Itinga-Itaguaí), S. Barnabé (Macacu) caracterizam sobretudo o pensamento de defesa, à roda do incomparável centro geográfico fluminense, que é Guanabara, uma de cada lado da baía, e outra no fundo dela, formando o triângulo defensivo da Cidade. S. Pedro do Cabo Frio era como que a guarda avançada, para a defesa do Promontório, onde de vez em quando os inimigos se atreviam a rondar.

A presença dos Holandeses em Pernambuco veio dar oportunidade à demonstração dos serviços prestados pelos Índios destas Aldeias na construção ou restauração das fortalezas e baluartes do Rio, em 1630. Chamados ao serviço apuraram-se 403 índios válidos e disponíveis que se repartiram pela cidade e pelas Fortalezas de Santa Cruz e S. João [1]. O estado de alerta e as fortificações então

---

1. Cf. *Lista dos Índios das Aldeias desta Capitania feita a nove de Abril de seiscentos e trinta*, incluída no *Processo relativo às despesas que se fizeram no Rio de Ja-

organizadas foi serviço de tal natureza que os Holandeses jamais se atreveram a entrar a barra do Rio de Janeiro. Veremos o testemunho do P. Vieira. Antes, porém, de estudar essa parte construtiva, convém recordar a crise que tambem houve nestas Aldeias.

Debelado e passado o perigo externo holandês, nasceu outro para os Índios, e desta vez de inimigo interno, tanto por parte dos escravagistas, como dos interessados em se apoderar das terras dos Índios, perigo bem mais cheio de lutas e contrastes sem glória, antes com graves desgostos para os Índios e para os Padres que os administravam.

2. — Ficou isenta destas vicissitudes a Aldeia de S. Pedro de Cabo Frio, que não fazia parte do grupo de Aldeias de S. Majestade, e porque os Padres, pela experiência adquirida nas primeiras Aldeias, rodearam-na de cautelas tais, que a sua vida se desenvolveu magnífica, permanecendo estranha ao episódio de carácter geral que atingiu as demais Aldeias, conseqüente à invasão das missões paraguaias e à reacção contra ela na defesa da liberdade dos Índios, por ocasião das perturbações em S. Paulo, Santos, e Rio, em 1640.

Como os Índios eram a causa única dos atropelos, expulsões e desorganizações das Casas e Residências, formou-se entre os Padres do Rio uma corrente favorável ao abandono das Aldeias. Nem todos os Padres se sentiam com o heroísmo bastante para continuar e padecer o exercício de uma função pública, que tantos desgostos lhes dava, sobretudo quando as circunstâncias do momento lhes vinham diminuir a autoridade para cumprir com a suavidade do costume essa função administrativa, autoridade de que necessitavam para conservar a gente das Aldeias dentro da tranqüilidade civilizadora, essencial à mesma função. Durante a visita do P. Pero de Moura ao Rio, estudou-se o assunto e decidiu-se, por parecer dêle e doutros Padres, que se largassem as Aldeias da Repartição do Sul. Assim se mandou dizer para Lisboa, sem que D. João IV ao princípio se mostrasse inclinado a aceder. Tornaram a insistir os Padres. E a instância chegou ao Conselho Ultramarino em tempo que nêle se tra-

---

neiro por ordem de Martim de Sá para defesa dos inimigos que intentavam cometer a cidade e pôrto, 1628-1633, publicado como uma *Introdução* de Rodolfo Garcia, em *Anais da BNRJ*, Vol. LIX (Rio 1940)66-71.

tava de as tirar aos Padres, com o que os Padres ainda ficaram mais acreditados na Côrte que antes [1].

A opinião do P. Simão de Vasconcelos, Reitor do Rio, era que os Padres os fôssem descer do sertão, e descidos, os entregassem ao Governador e ao Bispo que ordenasse sôbre êles o que quisesse. Refuta-o com veemência o P. Belchior Pires, dizendo que em tais condições não haveria índio do sertão que quisesse descer para a costa do mar [2]. Partidário decisivo do abandono destas Aldeias era o P. Francisco de Morais e dá ao mesmo P. Simão de Vasconcelos uma série de razões, fundadas tôdas em que El-Rei confiava aos Jesuítas uma função difícil de administração pública, sem as suficientes garantias externas. Trata-se das Aldeias de Administração Real.

«Pedimos a V.ª R.ª todos os assistentes nas Aldeias dos Índios destas Capitanias do Sul, que havendo respeito às ignomínias e vitupérios que em razão delas todos padecemos, assim dos Brancos por respeito dos Índios, como dos mesmos Índios pela má doutrina e indução dos Brancos contra nós, pelo amor das divinas Chagas e precioso Sangue de Cristo Nosso Senhor, nos tire V.ª R.ª destas Aldeias e Residências, pois nossa assistência nelas já hoje não serve mais que de afronta e descrédito da Companhia sem fruito nenhum no serviço de Deus, como provarei»:

1. Na Visita da Aldeia de S. Barnabé, o Provincial achou-a diminuída e decaída e os Índios implicados com gente da vizinhança. Procurou mudá-los para sítio onde ficassem mais livres da «ocasião das suas maldades, perdição e mortes». Por influição de estranhos, houve quási revolta na Aldeia.

2. Os Índios fazem as suas roças longe. Ausentam-se da Aldeia para isso; mas em vez de irem roçar «estão pelos engenhos bebendo de dia e de noite, entregando as mulheres e filhas aos mestres e feitores, como êles mesmos, gabando-se, dizem, e os outros por Maricá e Saquarema, à comédia, sem virem à missa nem os filhos à escola, nem as filhas à doutrina». E, se os Padres os repreendem, aquêles mestres e feitores, que usam e abusam das mulheres e filhas, têm-lhes ensinado já a resposta atrevida, que hão-de dar aos Padres.

3. «A terceira razão, que dou para não assistirmos com êles, é o notável desafôro em que estão com não quererem ir servir senão

---

1. *Bras.* 3(1), 225.
2. Carta de 12 de Novembro de 1643, *Bras.* 3(1), 231-232.

os que êles querem e pelo preço que êles querem, e se os obrigamos, ausentam-se da Aldeia, enquanto aquêle Superior, que os mandou, assistir nela; e os brancos com isto desadoram, dizendo que os não queremos dar, e que são invenções nossas pelos não darmos; como também pedirem por seu trabalho preço excessivo ser por nossa instrução, odiando-nos com os moradores, que nos não podem tragar».

4. A expulsão de S. Paulo concorreu para desmoralizar a autoridade dos Padres para com os Índios, por lhes dizerem os mal afectos que não queiram Padres da Companhia, mas antes clérigos ou frades; e com isso se afoitam contra a ordem interna das Aldeias. E narra o caso de uma briga entre duas índias, em que o Missionário as mandou separar e meter, os dois ou três dias regulamentares, na prisão, quando entra um Fulano com a faca na mão, sem nenhum respeito à autoridade, e que ou a desordeira se havia de soltar ou êle se mataria e a quantos ali estavam: «e isto com tanta fúria que o Superior P. Francisco de Morais se persuadiu ser por então mais acertado deixá-los, e ir-se para sua casa».

5. A última razão, que dá Francisco de Morais, é o entranhável ódio dos Brancos aos Padres por causa dos Índios, «dizendo que se não foram os Índios nos houveram de adorar». «Logo, por êles padecemos ? Que virtude é padecermos por Índios, que nos estão vendendo e expulsando de suas Aldeias, com não querer seguir o que lhes dizemos e prègamos, como o faziam aquêles por quem os Padres antigos padeciam, defendendo sua inocência e liberdade? Porém por êstes, que querem que nos acomodemos a êles e a suas maldades, acho que nos manda Cristo sacudamos os pés e nos ponhamos em côbro, fazendo pela honra e reputação da Companhia. Porque deixados êles desta maneira, experimentarão nossa ausência; e os moradores que não tragam o estarmos e tratarmos com êles, também sentirão a falta da nossa doutrina e assistência com os ditos Índios, e serão obrigados a nos pedirem os recolhamos, e Sua Majestade bem desenganado; e com êste desengano, com honra e reputação da Companhia, nos pedirá queiramos estar com êles. É certo que, fazendo o que digo, venha a coisa a isto, porquanto, pela experiência que tenho, os ditos Índios se não podem conservar sem nós» [1].

---

1. Proposta do P. Francisco de Morais ao P. Simão de Vasconcelos, Reitor do Colégio do Rio de Janeiro, em 25 de Julho de 646, *Bras. 3(1)*, 256-257.

A Proposta do P. Francisco de Morais era para confirmar a opinião do P. Simão de Vasconcelos, opinião geral nas Capitanias do Sul. Exemplo das dificuldades de uma função administrativa, útil nos primeiros contactos da civilização cristã com a civilização indígena, mas difícil de manter quando à roda dêsses núcleos se formavam outros de brancos, que desassociavam os vínculos da autoridade patriarcal. Por isso, no movimento geral das Aldeias, verifica-se o facto do recuo permanente delas para os lindes das florestas, como guardas avançadas, primeiro na costa, depois nos sertões, por fim nos extremos do Brasil, deixando as Aldeias já transformadas em freguesias com organização não missionária ou patriarcal, mas paroquial e civil, que é o que ainda sucede hoje com as missões pròpriamente ditas, só existentes nos limites em que ainda é possível o contacto imediato com os Índios selvagens.

Nas proximidades das povoações em contacto com os brancos ou mestiços, dava-se a ruptura do pressuposto das Aldeias, que era o sentimento da *menoridade* dos Índios, e às dificuldades inerentes à catequese, sobrevinham tôdas as mais que o P. Francisco de Morais descreve com verdade e realismo. Mas também era certo que as Aldeias, sem os Padres, se desagregavam, porque aquela ruptura não se justificava ainda socialmente. Os Índios continuavam a ser *menores*. E sem os Padres, eram explorados pelos brancos com os seus engodos habituais: bebidas, dadas aos homens; e de mancebias (com metros de pano oferecidos às mulheres), num aviltamento humano deplorável. E foi o que sucedeu realmente. E interveio a Coroa, com insistência e autoridade, para manter as Aldeias necessárias à vida pública e à segurança do Estado.

3. — Quando os Padres em 1646, encamparam as Aldeias quer no temporal, quer no espiritual, ao Governador do Rio, não o podiam fazer sem dar satisfações e razões do seu acto. Escreveram a El-Rei e ao Governador Geral do Estado. A El-Rei diziam expressamente que ou desse ordens eficazes para o cumprimentos das leis ou desobrigasse os Padres da Administração das Aldeias [1].

Também o Governador do Rio de Janeiro, Duarte Correia Vasqueanes, escreveu a El-Rei e mostrou-se contrário ao encampamento.

---

1. *Bras.* 3(*1*), 250-250bis.

Examinou-se primeiro o caso, no Conselho Ultramarino, no dia 24 de Julho de 1647:

«Duarte Correia Vasqueanes, Governador do Rio de Janeiro, escreve a V. Majestade, em carta de 14 de Fevereiro dêste ano de 647, que os Religiosos da Companhia, debaixo de cuja administração, hão estado as Aldeias dos Índios daquela Capitania, desde sua primeira fundação, estimulados da expulsão, que por respeito delas, se lhes fêz na Capitania de São Vicente e São Paulo, requereram a êle Governador tomasse entrega delas, de cujo cargo se eximiam, sendo tanto em continente a execução de se retirarem delas, e de lho requererem, que tudo foi a um tempo; respondeu-lhes, com lhes protestar em nome de V. Majestade pelos danos e prejuízos que se podiam seguir ao Serviço de V. M., de êles as largarem; nada bastou para se restituírem, como tudo constava dos papéis que enviava com a dita carta a V. Majestade, que devia ser servido mandar ordenar o que mais cumpra a seu serviço; atendendo, que só os ditos Religiosos podem administrar, como convém, as ditas Aldeias, e que o contrário será em grande prejuízo do serviço de V. Majestade, porque os Índios mais seguem sua doutrina e mandatos, que nenhuma outra pessoa, e será de notável dano ocasioná-los a que se divirtam. E porque a *Aldeia de S. Francisco Xavier de Itinga* está no têrmo da Capitania da Condessa do Vimieiro, e êle Governador teve notícia que os moradores da Ilha Grande, por ser do seu distrito, intentavam vir levar os Índios dela, lhe pareceu serviço de V. Majestade mandar (*como fêz*) tomar posse dela em nome de V. M. como vassalos seus, e para assegurar os Índios, lhes nomeou Capitão a um Domingos Casado, pessoa que acertará muito bem, enquanto V. M. não é servido de mandar ordenar o que mais acertado pareça.

Parece a Salvador Correia de Sá, dizer a V. M. que de tudo quanto os Padres da Companhia dizem em sua petição, sabe o que é necessário para poder votar, por ser testemunha de muitas delas e saber os sítios e causas que apontam, e o mal que se sustentarão os Índios, faltando-lhes os Padres; e assim lhe parece que V. Majestade deve mandar, que os ditos Padres tornem para suas Aldeias, que têm no Rio de Janeiro, e que enquanto a mudá-las, se faça neste modo, que é o que sempre usou o Gentio, para sua conservação, indo os mesmos Padres mudando as Aldeias, 2, 3 e 4 léguas dos sítios velhos para outros novos, onde haja terras para lavrarem e comedias de peixe e marisco, que esta gente destrói em pouco tempo, por não terem outro exercício, se não buscar de comer, e assim lhe parece que V. M. mande escrever ao Governador do Rio de Janeiro, e à Câmara, que a *Aldeia de São Barnabé* se mude para a parte que os Padres a queiram mudar, que são ao pé de 4 léguas de donde está mais perto do mar, e donde quási é o mesmo caminho, para acudir à Cidade aos rebates, e se escusa estar entre os engenhos, de donde lhe vem todo o dano; e que a *Aldeia de S. Francisco Xavier* a possam mudar para a *Marambaia* ou *Mangaratiba*, que também com 3 léguas do sítio donde está, na mesma paragem mais de defensão das barras de *Marambaia e Coruçu*, que é para o que se fundou naquela paragem, por ordem dos Reis antecessores de V. M.; e a de *S. Lourenço*, que consta de 40 casais, se não deve bulir nela, por ficar uma légua da cidade, e donde acodem à fortaleza de Santa Cruz e nesta não assistiam os Padres, senão cada dia santo lhes iam dizer missa» [1].

4. — Quer dizer: se convinha aos brancos particulares a ausência dos Padres, para ficarem com as mãos livres no granjeio das terras dos Índios e do trabalho dos próprios Índios, não convinha aos interêsses superiores do Estado a destruição das Aldeias. E El-Rei deu ordem que se retomassem; e o Geral secundou os desejos de El-Rei. O Provincial, já então Belchior Pires, mandou em 1649 que se retomassem, concluídos os debates com a Câmara do Rio. Mas insistia em que, se El-Rei ordenava aos Padres que administrassem as Aldeias e deixava que os particulares os injuriassem, continuaria a situação de descrédito da Companhia, difícil e contraditória [2].

Entre os argumentos, que davam os Jesuítas para serem dispensados das Aldeias, é que elas já poderiam subsistir com Párocos seculares. A continuação de Jesuítas na administração das Aldeias proveio não tanto da simples administração dos sacramentos, função paroquial, mas de administração civil, necessária para a coesão interna da Aldeia como órgão necessário à defesa pública [3].

---

1. AHC, *Rio de Janeiro*, 602.
2. Carta de 21 de Setembro de 1649, *Bras.* 3(1), 275; cf. 263-265.
3. Para destruir esta coesão interna, construíram os moradores de S. Barnabé uma capela em terras da Aldeia, de que iam abusivamente tomando posse, o que deu lugar a debates quando se tratou de restituir as terras aos Índios. Cf. «Consulta do Conselho Ultramarino, a petição do P. Francisco de Matos, da Companhia

É o que diz expressamente a Carta Régia de 6 de Dezembro de 1647:

«*Provincial da Companhia de Jesus da Província do Brasil*. Eu, El-Rei vos envio muito saúdar. Vendo o que o Governador Duarte Correia escreveu em catorze de Fevereiro do presente ano acêrca de haverem os Religiosos da Companhia que residem nesta Capitania do Rio de Janeiro, feito despovoação das Aldeias dos Índios, cuja administração estava a seu cargo, não sendo bastantes os requerimentos que o mesmo Governador lhes fêz para êles as não haverem de largar, me pareceu encomendar-vos muito, como por esta faço, queirais ordenar que os referidos Religiosos tornem para suas Aldeias, que tem a dita Capitania, porquanto havendo de correr com administração delas pessoas particulares será total ruína dos gentios, e se virão de todo a perder e destruir; e ao Governador dessa Capitania e Câmara dela mando ordenar que a Aldeia de São Barnabé se mude para a parte que os Religiosos da Companhia a quiserem mudar, que é ao pé de quatro léguas donde está mais perto do mar, e donde quási é o mesmo caminho *para acudir aos rebates da cidade*, e se escusa estar entre os engenhos, de donde lhes vem todo o dano; e que a Aldeia de S. Francisco Xavier a possa mudar para a *Marambaia ou Mangaratiba*, digo que também são três léguas do sítio aonde está, nas paragens *de mais defensão das barras de Marambaia e Cairuçu*, que é para o que se fundou naquela paragem por ordem dos senhores reis meus antecessores; e a de São Lourenço, que consta de quarenta casais, se não deve bulir nela por ficar uma légua da cidade e donde *acode à fortaleza de Santa Cruz*, na qual não assistem os Padres, senão sòmente os dias santos a lhes dizer missa, o que ordenareis a que assim se faça, e que êles tornem a correr com a administração das referidas Aldeias na conformidade que nesta vos ordeno, porque de assim ser, me haverei por bem servido, como fio do zêlo com que os Religiosos da Companhia acodem ao

---

de Jesus, Procurador Geral da Província do Brasil, em que requeria que os Índios das Aldeias de S. Barnabé e S. Lourenço fôssem restituídos à posse das suas terras, Lisboa, 17 de Janeiro de 1679»; Requerimento do mesmo Procurador Geral P. Francisco de Matos, em que pedia nova devassa sôbre os factos ocorridos nas Aldeias de S. Barnabé e S. Lourenço, AHC, *Rio de Janeiro*, 1365-1366. Para evitar a repetição de tais factos colocaram-se os Índios em terras do Colégio.

meu serviço e ao bem e conservação dêstes Índios. Escrita em Lisboa, a seis de Dezembro de seiscentos e quarenta e sete. — Rei»[1].

5. — Retomaram-se as Aldeias. E pertence à sua história o que realmente foram e que serviços prestaram. Nem sempre se escreveu o relato dêles, nos repetidos rebates multiplicados já desde o século XVI e se prolongaram até o século XVIII, como reflexo das lutas metropolitanas. Mas durante a invasão holandesa, deixou o P. Vieira uma página que mostra, para um período, o que foram sensìvelmente nos demais:

«Fortificaram-se todos os lugares dêste Estado, esperando pelo inimigo, o qual estava já senhor do principal, segundo as novas certas que corriam. Particularmente na Cidade do Rio de Janeiro se pôs todo o cuidado, para não perder agora o bom nome e reputação que antigamente, e que há poucos anos, em outras ocasiões de guerra, alcançaram. A êste fim determinou o senhor Governador Martim de Sá fortificar em primeiro lugar o recebimento da praia, e para isso pediu aos nossos Padres ajuda de Índios. Foram chamados com tôda a brevidade e com a mesma chegaram e se distribuíram pelos moradores, para que cada um com êles trabalhasse na parte que lhes coube [2].

Mandou o P. Reitor em particular entrincheirar a testada do nosso Colégio, e ajuntar grande número de arcos e flechas, para

---

1. «Carta de El-Rei Nosso Senhor Dom João Quarto para o Padre Provincial da Companhia de Jesus da Província do Brasil, na qual lhe manda que torne a tomar cuidado das Aldeias que largaram os Padres no Rio de Janeiro», Doc. Hist., LXIV, 100-101.

2. Neste debate sôbre os Índios dos Jesuítas e a utilização dêles no bem comum, dizem os Padres em 1640: «Digam-no no Rio de Janeiro a fortaleza no alto da cidade, e a de Santiago da Ilha das Cobras, as cavas, redutos, e trincheiras da cidade, e as fortificações da barra, que os Índios pela maior parte fizeram, sem mais estipêndio de ordinário, que algum pouco de mantimento com que se sustentaram. Em particular na Fortaleza da Santa Cruz assistiram muitos meses, em grande número, assistindo com êles sempre os Padres, e ainda o próprio Reitor do Colégio, que em companhia do Capitão que então era Martim de Sá, os foi aplicar à obra e industriar; digam-no também os assaltos que aqui se deram, as armadilhas que se fizeram, socorros que se mandaram à Baía, assim quando ela estêve ocupada do holandês, como agora para a restauração de Pernambuco, que não houve facção nenhuma destas em que não fôssem os Índios», — Resposta a uns Capítulos, 1640, Gesù, Colleg., 1569. Cí., infra, Apêndice C.

no conflito acudir e prover os que estivessem faltos de armas. O mesmo cuidado houve da nossa parte em fazer ajuntar os Índios, para o edifício de uma *fortaleza* que, no mesmo tempo, se levantou *na barra*. Gastaram-se nela alguns meses, e do Colégio se dava *a maior parte* dos mantimentos para os trabalhadores, até que de todo se acabou, e dizem que é a melhor ou das melhores de todo êste Estado [1]. Foi tal a obra que todos estimaram e estimam muito, e os da Câmara, com os mais principais da terra, o agradeceram muitas vezes aos Padres; e com razão, porque na verdade ou se não houvera de fazer, ou ao menos não saíra tão boa e forte, se êles, além de trazer e sustentar os Índios, não estiveram presentes, nem assistiram com suas pessoas, em todo o tempo que nela se trabalhou.

Não foram êstes Padres, que então se acharam presentes, de muito préstimo e proveito sòmente para aquela fábrica material, mas também, e muito mais, para a espiritual dos soldados, evitando com sua presença, doutrina e bons conselhos, jogos mui ruins e contínuos juramentos, brigas e murmurações, e assim os preparavam melhor para a guerra que os capitães com as armas e exercícios militares [2].

Por momentos esperavam pelo inimigo, já repartidos em suas estâncias os nossos Padres e soldados e índios, para o que se dispôs, não digo já a rebate, mas a um mínimo sinal, acudissem com suma diligência. E vendo-se todos os nossos Padres tão de dentro nestas preparações para a guerra, e que de dois em dois tinham tomado a seu cargo tôdas as estâncias, animados com tais companheiros não só se exortavam e provocavam uns aos outros com muito esfôrço, mas também com grande alegria, para quando chegassem as naus inimigas, e já não sabiam o dia nem a hora em que haviam de chegar.

Alguns sinais e rebates falsos se deram neste tempo, e foi muito para ver a diligência com que todos os Padres do Colégio, os homens e os índios de suas casas, corriam, ou para melhor dizer, voavam,

---

1. *A maior parte*. Porque *parte* dos mantimentos, peixe e farinha, se deu por conta da fazenda pública. Acham-se os respectivos documentos administrativos no *Processo Relativo às despesas de Martim de Sá*, nos Anais da BNRJ, LIX, 62-71.

2. A prevenção militar do Rio com o rebate dos holandeses teve fase idêntica a seguir às invasões francesas de Duclerc e Duguay-Trouin. A Ânua de 1715-1716, relatando o estado econômico do Colégio, anota que os Índios das Aldeias dos Jesuítas eram os que levavam o trabalho da construção das *novas* fortalezas, que se faziam por ordem de El-Rei, *Bras. 10*, 119.

e se punha cada um onde era seu lugar. Como esperavam cada dia pelos inimigos, e temiam todos o perigo em que se podiam ver, foi extraordinária a moção que houve nas prègações, doutrinas e confissões, que os da nossa Companhia faziam. Um havia cinco, outro doze, outro vinte e quatro ou mais anos, que encobriam pecados gravíssimos, com que o demónio os trazia enlaçados.

Êstes, movidos e guiados pelos nossos, se confessaram bem e inteiramente, e comungaram com tanta devoção e tais propósitos que se puseram e continuaram d li por diante, no caminho da sua salvação.

Havia entre certos homens uma contenda de interêsse grosso, e cegos com êle não podiam ver a verdade, que a todos persuade a união e amizade cristã, antes pertinazmente levavam adiante o negócio com maus intentos, sem dar orelhas nem às amoestações de uns, nem aos rogos de outros. Entrou com êles um nosso Padre, ainda que com trabalho, depois de lidar largo tempo, os concertou e pôs em paz.

Não foi de menor serviço de Deus o que outro dos nossos atalhou entre dois dos principais do govêrno; porque, travando-se sôbre matérias de jurisdição, vieram a tanto rompimento que, ajuntando cada um da sua parte muita gente de armas, o menos que com fundamento se receava era a morte de um dêles. Mas acudiu um nosso Padre e, com muita edificação e consolação de todos os da terra, os aquietou e apaziguou.

Além dêstes socorros espirituais, em que a caridade dos nossos se empregou com os moradores, também lhes acudiu com todo o corporal que pôde, nestes anos, porque deixando as esmolas ordinárias, que fazem aos pobres e necessitados da terra, como por causa das guerras faltaram navios do Reino, houve geral falta das coisas dêle, à qual se acudiu da nossa parte com o que tínhamos, remediando a todos. E o mesmo fizeram aos soldados, que vieram em socorro da Baía, um Padre e um Irmão que com êles vinham, mantendo os mais dêles do necessário que para si traziam.

Nas Aldeias, que pertencem a êste Colégio, além do trabalho grande em ajuntar e mandar Índios para a fortificação da cidade, tiveram os nossos outro muito maior, e foi que, sendo mandados os índios, homens de fôrça, para a guerra, e por isso faltando nelas, ficaram os velhos, mulheres e crianças sem o necessário para passar a vida, que aquêles cada dia lhes buscavam e davam. Mas a caridade dos Padres, ainda com padecerem muito, a todos remediou com a sua pobreza, tirando muitas vezes da bôca, para lhes dar o de que precisamente tinham necessidade para sua sustentação. Particularmente na Aldeia de S. Barnabé se serviu Deus de permitir muitos doentes, e a todos se acudiu com grande cuidado; e por vezes, não podendo êles de fraqueza levar o comer à bôca, os ajudavam os nossos, servindo-os em tudo, em lugar dos parentes, que então por asco nada quiseram fazer, e muito menos o ofício de enfermeiros. Um dêstes, considerando, depois de são, o estado em que estivera, às portas da morte e já ungido, agradeceu muito aos Padres o cuidado que puseram em o curar, estimando-o como coisa nova e que só a êle se fizera; mas mais novo foi nêle o agradecimento, o qual porque não fôsse só de palavra, pediu ao Superior da Casa licença para, êle só, varrer a Igreja certos dias, obra que fazia muito a ponto e com muita diligência, consolando os nossos e edificando os seus.

Ocupados em tão boas obras quatro dos nossos na Aldeia de S. Barnabé, se serviu Deus de os livrar de um evidente perigo, que foi que, descendo do sertão grande multidão de Goitacases, gente feroz e bárbara que, sustentando-se de carne humana, sem perdoar ao seu próprio sangue, ainda os filhos sacrificam ao apetite da gula, vieram ter à nossa Aldeia, que estava despovoada por causa dos rebates, e sem resistência alguma nem defesa.

Não deixaram de temer os Padres, mas, recorrendo com todo o coração a Deus, com a esperança no mesmo Senhor tomaram ânimo, saíram ao encontro a êstes bárbaros, convidaram-nos e receberam com muita festa; êles, vendo o som de guerra, se tornaram tão brandos que, de cruéis inimigos, ficaram amorosos e agradecidos. Por várias vezes foram ao mar pescar e ao mato caçar, e depois, do que trouxeram, deram aos Padres com muito amor, coisa jamais nêles vista. Dêstes ficaram na Aldeia acima dita, alguns, e se acomodam já a tratar e viver com os cristãos. Queira Deus abrir-lhes os olhos, para que, conhecendo-o e buscando-o, se salvem»[1].

Prevalecendo, pois, estas razões de serviço público, e dando-se as garantias necessárias, recomenda El-Rei ao Governador do Rio em 1679, as Aldeias e missões do Gentio, reprodução mais uma vez

---

1. *Cartas de Vieira*, I, 50-54.

do Regimento de Tomé de Sousa [1]. Recomeçava-se. Garantias precárias sempre, mas que os Padres iam equilibrando, como o seu zêlo lhes ditava, fazendo previdentes mudanças de terras e tendendo a colocá-los em sítios adjacentes a terras do Colégio, ou mesmo em terras próprias dêle, para cortar radicalmente as manobras interesseiras e a intromissão de brancos, contando com a versatilidade dos Índios (sobretudo com o acicate da aguardente), e com essas precauções, as Aldeias entraram em novo período de prosperidade, e já em 1689 o Provincial Diogo Machado, que as visitou, podia traçar êste quadro, breve, concreto e animador:

«Tem o Colégio do Rio de Janeiro quatro Aldeias ou Missões às quais acode com o vestuário e ordinárias, que são para provisão dos Religiosos que nelas assistem.

A 1.ª, com invocação de *S. Pedro*, distante do Colégio vinte léguas, no sítio que chamam *Cabo Frio*. Consta de mil e quinze almas. Nela assistem dois Religiosos Sacerdotes que duas vezes ao dia lhes ensinam a doutrina cristã em sua língua, administram os sacramentos da Igreja, acodem em suas necessidades assim espirituais como temporais com grande zêlo e caridade. Celebram-se no decurso do ano as festas e na Quaresma os Ofícios Divinos com música de canto de órgão com seus instrumentos competentes, tudo exercitado pelos mesmos Índios com notável asseio e devoção, com que se edifica o povo circunvizinho que a êles concorre.

A 2.ª Aldeia, com a invocação de *S. Barnabé*, distante do Colégio oito léguas, consta de oitocentas e quarenta e três almas. Nela assistem dois Religiosos Sacerdotes, que exercitam os mesmos ministérios, que fazem os que residem na Aldeia de S. Pedro, e também nela se celebram as festas do ano e os Ofícios Divinos na Quaresma com o mesmo asseio e devoção.

A 3.ª Aldeia, com a invocação de *S. Lourenço*, distante do Colégio pouco mais ou menos uma légua, consta de trezentas e trinta almas, das quais têm cuidado dois Religiosos, que como nas demais Aldeias lhes ensinam a doutrina cristã e administram os sacramentos.

A 4.ª, com a invocação de *S. Francisco Xavier*, dista dêste Colégio catorze léguas [no *Itinga*] e consta de trezentas e cinqüenta e seis almas; e com elas residem dois Religiosos, que lhes administram

---

1. Cf. Regimento do Governador do Rio de Janeiro, de 7 de Janeiro de 1679, na *Rev. do Inst. Hist. Bras.*, LXIV, 2.ª P., 102.

os Sacramentos e acodem nas suas necessidades temporais e espirituais como nas outras Aldeias.

Tem mais êste Colégio do Rio de Janeiro um Sacerdote perito na língua de Angola [1], o qual tem a seu cargo os negros do gentio da Guiné, ensinando-lhes a doutrina cristã, confessando-os e baptizando-os alguns depois de catequizados, quando chegam de suas terras, com grande zêlo e caridade. E durante o ano faz missões pelas Fazendas dos seculares, confessando os escravos que nelas residem, e ensinando-lhes a doutrina cristã, de que têm grande necessidade. E disto se edifica muito o povo, como a mim o significaram várias ocasiões, agradecendo muito o zêlo com que a Companhia mandava assistir àqueles pobres negros» [2].

Dada esta notícia geral das Aldeias do Rio, cada uma tem a sua vida particular.

6. — Na *Aldeia de S. Lourenço*, a mais antiga Aldeia do Rio [3], deve ter-se representado a 10 de Agôsto de 1586 o *Auto de S. Lourenço*, preparado pelo estudante de Filosofia depois Padre Manuel do Couto. Era Superior, outra vez, o mesmo Jesuíta que tinha fundado a primeira Igreja de S. Lourenço, no tempo de Araribóia, P. Gonçalo de Oliveira, capelão do exército da conquista e fundação do Rio de Janeiro. Há todos os indícios de que aquêle auto se representou na inauguração da Igreja, não a primitiva mas outra, já melhor e mais ampla. O Autor do *Auto* faz dizer a S. Lourenço, que trazia consigo a Deus, que não saíria da terra e para que Deus o ajudasse fizera «esta Igreja *para ficar* casa sua»[4]...

A Aldeia de S. Lourenço (hoje *Niterói*), que em 1586 e durante algum tempo foi ainda Residência fixa, deixou de o ser, quando o progresso da catequese e da administração exigiu a presença dos

---

1. O P. João de Araújo, «Angolanorum catechista», *Bras.* 5(2), 87.
2. Carta do P. Diogo Machado, da Baía, 15 de Julho de 1689, *Bras.* 3, 271. Os Índios das Aldeias continuaram a prestar sempre os seus serviços de carácter público, não sem se notarem às vezes exigências exorbitantes das autoridades, como se refere em 1714, que por causa das Minas, que arrebanhavam todos os Índios, o Governador do Rio começou a pedir os das Aldeias em cópia tão intolerável, que se se lhes desse quantos pedia, não ficaria nas Aldeias quem lavrasse os campos com que se sustentassem os Índios e suas famílias (*Bras. 10*, 105v).
3. Cf. supra, *História*, I, 424, 432.
4. Cf. Afrânio Peixoto, *Primeiras Letras* (Rio 1923) 169-170.

Padres noutras Aldeias e terras mais distantes, Cabo Frio, Goitacases e Santa Cruz. Com isso, a Aldeia de S. Lourenço, perto da cidade, aparece como Aldeia de visita, onde os Padres do Colégio iam aos Domingos, semana sim, semana não, a celebrar missa e administrar os sacramentos.

Tal foi o regime desta Aldeia, por largos anos, mais de cem, apenas cortado pelo breve interregno nos meados do século XVII, causado pelas perturbações e abusos dos colonos, que, entre outros, iam cometendo o de ocupar as terras dadas aos Índios em 1573. Os Padres só retomaram a Aldeia com a condição de se averiguar que terras lhes pertenciam, e com instrumentos jurídicos e autênticos delas, para se evitarem perpétuos desgostos. Fêz-se primeiro composição amigável em 1656 com os moradores do Mariguí (Maruí); e mediu-se depois a sesmaria dos Índios, em 27 de Novembro de 1659, sendo Governador do Rio Tomé Correia de Alvarenga, Reitor do Colégio António Forte, Superior da Aldeia de S. Lourenço P. Manuel André, e Capitão dos Índios Brás da Costa [1].

Mas as terras eram de novo invadidas, e os Índios de S. Lourenço periòdicamente as reclamavam. Em 1726 o Governador Luiz Vaía Monteiro, desafecto aos Padres, informava desfavoràvelmente contra os Índios e dava a entender que, se os moradores as ocuparam, o não teriam feito sem ser pressentidos pelos «vigilantes olhos» dos Jesuítas [2]. Não obstante, os Índios persistiam na petição das medições judiciárias, como fêz em 1730 o P. Luiz de Albuquerque, que requereu demarcação das terras dos Índios, consultando-se os interêsses legítimos de todos, para se cortar de uma vez ocupações indevidas [3]. A essa altura, para evitar as intermináveis peias burocráticas e adiamentos sucessivos, já o Colégio do Rio tinha a Provisão Régia de 23 de Janeiro de 1728 (para a Aldeia de S. Barnabé, mas de alcance geral) em que se declarava que os embargos opostos à demarcação dos terrenos dos Índios não tivessem efeito suspensivo [4].

---

1. Cf. Joaquim Norberto, *Memoria Historica e documentada das Aldeias de Indios da Provincia do Rio de Janeiro*, na Rev. do Inst. Hist. Bras., XVII (1853) 309-327, onde se podem ler êsses documentos jurídicos.
2. Cf. AHC, *Rio de Janeiro*, 5565.
3. *Ib.*, 6631.
4. *Ib.*, 17.744.

Os *desgostos* perpétuos, que tudo isto causava aos Jesuítas, podem parecer eufemismo. No entanto é ainda a linguagem do juiz dos órfãos, João Antunes dos Santos, que a 13 de Janeiro de 1835 (treze anos depois da Independência) dirigia ao Governador da Província do Rio de Janeiro: «*Inimizades e ódios* é o que principalmente tenho granjeado por estar deliberado a não tolerar sejam dilapidados os bens daqueles que a lei pôs debaixo da minha tutela; e prosseguindo nesta *odiosa* tarefa tenho conseguido alguma vantagem a favor da Aldeia» [1]...

A população de S. Lourenço variava. Nunca foi muito populosa, desde a sua origem, por não dispor de terras anexas capazes de ocupar e sustentar muita gente. Mas, de vez em quando os Padres colocavam nela, ao menos provisòriamente alguns Índios descidos ou trazidos de outras Aldeias, como a de S. Barnabé, e nesse caso os Padres voltavam a morar na Aldeia para os atender e catequizar como em 1689, em que dois Religiosos se encarregavam da doutrina e administração dos sacramentos às suas 330 almas [2]. Passada a urgência da catequese, voltava ao regime de visita periódica.

Em 1694 estava encarregado dessa visita o P. Francisco Frazão, que acabava de ser Reitor do Colégio de S. Paulo [3]. Até que na segunda década do século XVIII, com o aumento das vocações brasileiras, houve Jesuítas bastantes para assegurar Residência permanente e foi-o desde então, durante meio século, até o fim. Uma vez ou outra os Catálogos dizem o número de Índios da Aldeia: 152 em 1739 [4], a freqüência dos sacramentos, confissões, comunhões, casamentos, baptismos, o movimento económico, o que recebia a Igreja e o que gastava, dando-se geralmente como mostra da boa administração um pequeno *superavit* dalgumas dezenas de cruzados. Também se mencionam os Padres que se iam sucedendo na Aldeia, alguma vezes personalidades conhecidas.

Em 1748 viviam nela o P. João Borges, e o Ir. Francisco Fraga, nomes que se lêem nas *Conclusiones Metaphysicae*, impressas no Rio um ano antes (1747). O último Catálogo, de 1757, traz como superior o P. Manuel de Araújo e seu companheiro o Ir. Leandro de Barros [5].

---

1. Joaquim Norberto, *op. cit.*, 343.
2. Bras. 3, 270.
3. Bras. 5(2), 149.
4. Bras. 6, 278.
5. Bras. 6, 398.

Tinha 113 índios, quando deixou de ser da Companhia [1]. Criada a Paróquia, a 2 de Maio de 1758, no dia seguinte a entregou o P. Manuel de Araújo ao P. Secular Manuel Luiz Ribeiro [2]. O P. Gonçalo de Oliveira, primeiro superior e fundador da Aldeia de S. Lourenço, faleceu no Colégio de Pernambuco em 1620 [3]. De Pernambuco, Recife, era o último, de quem diz Loreto Couto, que era «filho do Capitão-mor Domingos da Costa Araújo, fidalgo da Casa Real, Cavaleiro na Ordem de Cristo, e de sua mulher, D. Teresa Gomes de Figueiredo, ensinou Filosofia e Teologia no Colégio da Companhia de Jesus, no Rio de Janeiro» [4].

A Igreja de S. Lourenço dos Índios, reconstruída em 1767, é hoje objecto de veneração do povo de Niterói, monumento nacional onde se conservam, e na Matriz de igual invocação, alguns objectos do período jesuítico, de importância para a história da Arte no Brasil [5].

7. — Não muito longe da Aldeia de S. Lourenço possuíram os Jesuítas a *Fazenda de S. Francisco Xavier*, conhecida também por *Fazenda do Saco*, por ficar no Saco ou Enseada, que recebeu o mesmo nome de *Saco de S. Francisco*. No movimento geral do tombamento das terras do Colégio do Rio durante o Reitorado do P. António Cardoso (que começou a governar no dia 12 de Junho de 1727) também foram tombadas essas, pelo Ouvidor Manuel da Costa Mimoso, segundo se depreende do elegante marco que então se lavrou e ainda existe hoje, embora parcialmente mutilado, o *Peão das Terras*, que está entre a colina de S. Francisco e um riacho, cujo nome se lê também no marco: *Rio Taubaté* [6].

---

1. Silveira, *Narratio*, cód. 138 (da Gregoriana) 260.
2. Pizarro, *Memórias Históricas*, V, 94.
3. Cf. Supra, *História*, I, 403, 424.
4. Loreto Couto, *Desagravos do Brasil*, XXV, 57. Deixando a Aldeia de S. Lourenço recolheu-se ao Colégio do Rio, onde o alcançou a proscrição. O P. Manuel de Araújo, exilado para Lisboa, e dali para Roma, faleceu no Palácio de Sora a 9 de Dezembro de 1760, com 67 anos de idade (Cf. Roma, Arq. Gesù, cód. 690, Spese per sepoltura dei P.P. G.G. Portoghesi).
5. Cf. Lúcio Costa, *A Arquitetura dos Jesuítas no Brasil* na *Revista do SPHAN*, V(1941)48, 54; José Matoso Maia Forte, *O Município de Niterói* (Rio 1941) 304.
6. Cf. fotocópia dêsse *Peão das Terras* em *Antigas inscripções do Rio de Janeiro e Niteroi*, por Vieira Ferreira, na *Rev. do Inst. Hist. Bras.*, Vol. 160 (Rio 1930) s/p.

Os Jesuítas traziam alugados, a terceiros, terrenos e locais desta Fazenda, como se diz a 1 de Janeiro de 1753 que o Colégio do Rio renovou o arrendamento «ao Capitão António Pinto Homem, de ter o seu armazém na praia junto ao Rio de Santo António na *Fazenda do Saco*, obrigando-se a não vender aguardente nem alguma outra bebida» [1]; e outro sítio nas terras do Colégio, «para a banda do *Saco*», a José Soares, e ao mesmo «uma casa na Praia indo para o Outeiro de Icaraí» [2].

Depois dos Padres saírem de S. Lourenço, ainda ficaram ano e meio na «Fazenda de S. Francisco Xavier, ou *Saco*», quando em 1759 se apresentou a tomar conta dela o Desembargador Gonçalo José de Brito que procedeu com urbanidade [3]. A Fazenda de S. Francisco Xavier, que no Mapa de Carrez traz a denominação de *S. Francisco Xavier em Jurujuba*, nunca teve vida autónoma, como simples dependência que era do Colégio do Rio, de carácter rural ou antes florestal, de serradores e lenhadores, que em 1757 eram 55, cortavam madeira e abasteciam de combustível a cozinha do Colégio [4].

8. — Sôbre a Aldeia de *S. Barnabé*, além do que já se disse, pouco há que acrescentar [5]. Em 1610 viviam nela, «além dos Índios, algum Moromomim». Em 1671 instituíu-se na sua Igreja a Confraria do Santíssimo Sacramento com festa mensal, no terceiro domingo de cada mês (Missa cantada, comunhão, procissão). Os Portugueses assistiam com devoção e estavam empenhados na manuten-

---

1. *Arrendamentos do Colégio do Rio*, cód. da Directoria do Domínio da União (Rio) f. 210, a lápis.
2. *Ib.*, ano de 1754.
3. Silveira, *Narratio*, 144; Caeiro, *De Exilio*, 194.
4. *Bras.* 6, 437v. Esta dependência e pequena extensão das suas terras explicaria a falta de notícias. Delas se fêz eco Noronha Santos, *A Igreja de S. Francisco Xavier em Niterói*, na Rev. do SPHAN, I, 139-150. Embutido na parede da sacristia há um móvel com a data de 1696 e o emblema J.H.S. No dia 1 de Junho de 1943, com os ilustres e sábios amigos Afrânio Peixoto, Rodolfo Garcia e Rodrigo Melo Franco de Andrade, visitamos S. Francisco Xavier (*Saco*), S. Lourenço dos Índios, e a Matriz de S. Lourenço (*Niterói*). Além do retábulo existente em *S. Lourenço dos Índios*, são dignos de especial atenção os objectos de prata antiga, guardados na Matriz, nalguns dos quais, como na banqueta e numa veneranda cadeira de sola lavrada, se encontra a *grelha* representativa do martírio de S. Lourenço, facto sugestivo, que denuncia a intenção de serem feitas directamente para a Aldeia.
5. Cf. supra, *História*, I, 434-436.

ção da devoção eucarística [1]. S. Barnabé, além do Cabuçu, seu primeiro local, teve mais de um sítio, quer por deficiência das terras quer por motivos de ordem social, a proximidade de europeus que perturbavam a vida interna da Aldeia. Um século depois do seu estabelecimento em Macacu, tratou-se mais uma vez de a mudar para terras da Aldeia de S. Lourenço, «começando atrás da Tapera de Araçatiba, onde as terras dos Jesuítas faziam canto» [2]. A 21 de Dezembro de 1684 o Governador do Brasil, Marquês das Minas, em carta ao Governador do Rio, Duarte Teixeira Chaves, encomendou-lhe particularmente êste negócio, para que o Padre Provincial pudesse, «com efeito, mudar a Aldeia de S. Barnabé para a de S. Lourenço» [3].

Não possuímos elementos confirmativos desta derradeira mudança. Talvez, para evitar perpétuos conflitos, a Aldeia voltou a situar-se definitivamente em terras do Colégio, na Grande Fazenda do Macacu onde estêve em 1640, pouco antes das perturbações que vimos, narradas pelo P. Francisco de Morais [4].

Explica uma nota de 1756 que, atendendo à pobreza da Aldeia de S. Barnabé, o Reitor do Colégio do Rio havia dado outrora um touro e nove vitelas para principiar um curral «que os Índios têm hoje por seu e têm destruído, como consta, com matanças, sendo que êste curral, assim como a mesma Aldeia está em terras do Colégio. Advirto que o P. Tomé Correia, sendo Superior desta Aldeia, dividiu êste curral em dois, trazendo parte do gado para o mesmo sítio da *Aldeia, onde está fundada hoje*» [5].

O facto de estar situada em terras do Colégio, fazia que ela pagasse ao mesmo Colégio, para evitar a prescrição e novas dúvidas, a insignificância de 6 galinhas por ano, que se comutou para quatro dobras anuais por simplificação administrativa [6].

---

1. *Bras.* 3(2), 112.
2. Joaquim Norberto, *Memória Histórica e documentada*, na Rev. do Inst. Hist. Bras., XVII, 174, 349.
3. *Doc. Hist.*, XI(1929)108.
4. Cf. *Enformación de las tierras del Macucu*, pelo P. Visitador Cristóvão de Gouveia, que propõe ao P. Geral desista o Colégio de 600 braças, cf. supra, *História*, I, Apêndice F, 548-549; cf. supra, Capítulo III, *Fazendas e Engenhos do Distrito Federal*, § 8.
5. *Declaração do Procurador*, em Arq. do Dist. Federal, I, 459, transcrita do «Livro dos Arrendamentos do Colégio do Rio».
6. *Ms. cit.*

A Aldeia de S. Barnabé, fundada logo depois da de S. Lourenço, tinha 280 Índios em 1759, quando deixou de ser da Companhia. Residiam então nela o P. Caetano Dias e um Irmão Coadjutor, que atendiam ao bem espiritual e temporal da Aldeia, tratados com menos cortezia pelo funcionário encarregado da Comissão [1].

Uma das Igrejas, que foi tendo sucessivamente a Aldeia de S. Barnabé, concluíu-se em 1705, data que se lhe inscreveu no frontispício [2]. Entretanto, ficaram terras ainda suficientemente vastas para nelas se situar com o tempo esta Aldeia, e constituir, separada dela, uma importante fazenda, a que se dá o nome ora de *Macacu*, ora de *Papucaia* e às vezes *Macacu na Papucaia*. A Fazenda incluía em si outros sítios, toponímia miúda, que às vezes aparece nos documentos, e nos quais havia a sua Casa e pequena Capela e Cruz, que a tradição ainda hoje conserva, aqui e além, na região.

Tentou-se em Macacu a criação do gado e a policultura, habitual às Fazendas dos Jesuítas, mas verificando-se que as suas terras se prestavam mais à cultura da mandioca, centralizou-se nela a fabricação da farinha do Brasil e diz-se em 1757 que era a mais importante Fazenda do Colégio na produção de farinha. Ocupavam-se então nesse trabalho 223 servos. Para o serviço de lavragem e carretos, existiam nela 117 bois e 20 cavalos. A Igreja dessa fazenda, recebeu nesse ano, para as despesas do culto, 89 escudos romanos e gastou 67 [3]. Tomou conta dela para o Estado, em 1759, e da farinha

---

1. Cf. Silveira, *Narratio*, 144; Caeiro, *De Exilio*, 195.
2. Pizarro, *Memórias*, IV, 110-111. A Igreja de S. Barnabé (essa ou outra, mas da mesma invocação) está situada hoje perto da Estação de Itambi, do lado direito da linha férrea que vai de Niterói. E ali perto, o *Canal da Aldeia*, alusão ao período jesuítico. Cremos que a última posição da Aldeia, era ainda a de 1730, situada em terras do Colégio, nas que o secretário de D. Sebastião, Miguel de Moura, tinha dado ao Colégio do Rio em 1571, três léguas de largura e quatro de comprido, que se estendiam de um e outro lado do Rio Macacu em duas partes iguais, reduzidas já em 1620 a menos da metade, por troca e venda. Cf. supra, *História*, I, 418; *De prima Inst. Flum. Ianuarii* do P. Ant. de Matos, 34v. Desfazendo insinuações de homens desafectos, ou mal informados, ou de fraca memória, escrevia o P. António Cardoso, Reitor do Colégio do Rio, que os Padres não só não tomavam as terras dos Índios, antes as Aldeias de S. Barnabé e Itinga se achavam nas do Colégio, cf. Lamego, *A Terra Goitacá*, I, 263.
3. Bras. 6, 437v.

que nela achou e era muita, o Ouvidor do cível, homem correcto, Gonçalo José de Brito [1].

A «*Carta da Costa do Brasil, desde a Barra da Marambaia até Cabo Frio* pelos Padres Diogo Soares e Domingos Capacci, S.I., Geógrafos Régios no Estado do Brasil», traz S. Barnabé por altura do actual Pôrto das Caixas, Macacu por altura de S. Ana de Japuíba, e Papucaia onde é hoje Conceição, que era o seu orago, como S. Ana o era de Macacu [2].

9. — Em 1627 o P. Francisco Carneiro, Reitor do Colégio do Rio, foi visitar os Padres que estavam entre os Carijós (região de Laguna). Não sendo, ainda então, exeqüível a manutenção de uma residência fixa naquelas terras e por outro lado, sendo necessários Índios, para a defesa do Rio trouxe os Padres e os Índios que quiseram vir. Entre êles o principal *Aberaba*, de boas qualidades naturais, já bom católico, baptizado com o nome sugestivo, nas lutas da Restauração, de Matias de Albuquerque. Situaram-se «nas terras do Colégio» em *Guaratiba*, sem se indicar o lugar preciso da nova Aldeia [3].

Eram «passante de 400» almas. O Governador do Rio, Martim de Sá, por terem descido por ordem de El-Rei e sua, mandou, a 21 de Setembro de 1628, que se lhes desse mantimento e ferramenta por espaço de seis meses até os Índios lavrarem as terras e se poderem sustentar [4].

Dois anos depois, a Aldeia podia dar 43 carijós, homens válidos para as obras da defesa do Rio [5]. Nesta *Aldeia*, que recebeu o nome

---

1. Silveira, *Narratio*, 144; Caeiro, *De Exilio*, 194; Carta do Conde de Bobadela a Tomé Joaquim da Costa Côrte Real, de 7 de Dezembro de 1759, em Melo Morais, *Corografia*, IV, 458.

2. O mapa dos Padres Soares e Capacci, existente no AHC, *Rio de Janeiro*, n.º 311, vem publicado em Luiz Norton, *A Dinastia dos Sás no Brasil* (Lisboa 1943) 40-41. O Mapa de Carrez traz «S. Ana do Macacu» e «N.ª S.ª da Conceição (ou Paquequaia)», que supomos variante de Papucaia.

3. *Bras. 8*, 460, 472.

4. Ordem ao Provedor, em *Anais da BNRJ*, LIX, 33, 37. O número dos que saíram do sertão era exactamente 405. Para o efeito do rateio alimentar, por pessoa, o P. Francisco Carneiro certifica que «a gente que desci dos Patos passaram de trezentas e sessenta pessoas e destas poderão ser até oitenta casais pouco mais ou menos», *ib.*, 36.

5. *Ib.*, 70-71.

de *S. Francisco Xavier*, residiam em 1631 dois Padres, um Irmão do curso de Humanidades, que ali se encontrava a estudar a língua tupi, e um Irmão coadjutor [1].

A «Aldeia de *S. Francisco Xavier em Igtinga*», que assim aparece já êste ano nos Catálogos [2], com as perturbações trazidas por ocasião da bula pontifícia que declarava livres os Índios e provocou motins, largaram-na os Jesuítas, retomando-a em 1649 por ordem expressa de El-Rei, e apoio decidido de Salvador Correia de Sá e Benevides, que advogara no Conselho Ultramarino a volta dos Padres a tomar conta da administração das Aldeias do Rio [3]. Entre outras razões dizia que «em dois anos, que os Padres da Companhia faltaram nela, mais de metade a abandonou» e a de S. Lourenço, na mesma forma, «de sorte que a seus rogos e da Câmara tornaram os Padres com a jurisdição secular e eclesiástica e recolheram novamente os Índios, que ainda hoje se conservam, remédio salutar contra os negros fugidos» [4].

Salvador Correia, no seu *Parecer*, menciona *Sepitiba*, e de facto, ao mesmo tempo que a Aldeia de *Igtinga*, aparece em 1679 a Aldeia de «Sipotiba», distinta uma da outra, com residências próprias e ambas da administração dos Jesuítas [5]. A *Aldeia de Sepetiba* desapareceu depois dos Catálogos. O facto de a Aldeia de Igtinga, ainda que de Índios livres, estar situada em terras do Colégio do Rio, assegurou-lhe a continuidade. E nela, durante largos anos, se mantiveram os Padres, assistindo aos Índios com os sacramentos e ministérios do costume. A *Aldeia de Igtinga* (Aldeia Velha do Itinga) transferiu-se depois, já no século XVIII, para lugar próximo e foi a *Aldeia de Itaguaí*, sempre com o mesmo orago de S. Francisco Xavier [6].

---

1. *Bras. 5*, 133.
2. *Bras. 8*, 537v.
3. *Bras. 3(1)*, 264-265.
4. *Parecer de Salvador Correia de Sá e Benevides sôbre os Índios e seus Missionários*, em Lamego, *A Terra Goitacá*, III, 458.
5. *Bras. 5(2)*, 47v-48.
6. No *Mapa da Fazenda de Santa Cruz segundo a medição do Tombo dos Jesuítas*, enumeram-se a partir do sul: n.º 1, Rio *Itinguçu*; n.º 2, Rio *Taguaí*; n.º 3, Rio *Guandu*. Cf. *Tombo*, mapa entre as páginas 154/155. A ocasião da mudança foi a compra de terras, que fêz o P. Nicolau de Sequeira, Superior da Aldeia de Itinga, a D. Maria de Alarcón e Quevedo, por escritura de 17 de Maio de 1718, terras confinantes às da Aldeia, no valor de 600$000 réis, parte doada por aquela senhora à Igreja da dita Aldeia, parte paga pelo Colégio do Rio, cf. Certidão da

A mudança operou-se entre 1722 e 1725. O Catálogo de 1722 ainda traz *Igtinga*; o de 1725, *Itaguaí* [1]. Em carta de 20 de Setembro de 1724, o Provincial Manuel Dias explica a mudança do nome e do local, a duas léguas do anterior, por ser mais cómodo para povoado. E porque a Igreja de Itinga estava em ruínas, tendo que se fazer outra nova, preferiu-se o novo local, precedendo o consentimento do Governador e do Ordinário *sede vacante* [2].

A inauguração da nova Igreja deve ter-se efectuado no dia do Padroeiro, 3 de Dezembro de 1729 [3].

Por ficar, ao menos parcialmente, em terras do Colégio do Rio, como se disse, e lavrar nelas e usar as suas lenhas, a Aldeia, em conjunto, pagava ao Colégio, o fôro de 6 galinhas. Insignificância, mais para evitar a prescrição jurídica do que pròpriamente renda, como em S. Barnabé. E como ali, as galinhas substituíram-se depois, para uniformidade administrativa, por 4 dobras, a partir de 1752 [4].

Ao deixarem os Jesuítas em 1759, a Aldeia de S. Francisco Xavier de Taguaí ou Itaguaí tinha 250 Índios. Quando Francisco da Silveira dava esta notícia algum tempo depois, não havia ainda recebido pároco nem novo nome [5].

Parece que o não recebeu nunca, pois ainda conserva hoje o mesmo de *Itaguaí*.

10. — Pela costa, não muito longe de Itaguaí, ficam *Ilha Grande* e *Angra dos Reis*. Era um dos locais mais freqüentados pelas missões do Colégio do Rio desde o século XVI. Nos princípios do seguinte, havia na Ilha Grande notável cópia de Carijós, que os colonos iam cativar aos Patos, o que se nota expressamente na Missão, que aí se fêz em 1630, onde os Padres tiveram trabalho em apaziguar os brancos que, por pontos de honra e mando, andavam

---

escritura em Joaquim Norberto, *Memória Histórica*, na *Rev. do Inst. Hist. Bras.*, XVII(1854)369-371.

1. *Bras.* 6, 114v, 157v.
2. *Bras.* 4, 270.
3. O primeiro baptizado realizou-se na Igreja *nova* a 15 de Janeiro de 1730. A 6 de Novembro de 1729 ainda se fizera outro na Igreja *velha*, talvez provisória até se construir a nova. Cf. Pizarro, *Memórias Históricas*, V, 101.
4. Cf. Arrendamentos do Colégio do Rio, cód. da Directoria do Domínio da União (Rio) f. 12 (a lápis), fora de ordem rigorosa.
5. Silveira, *Narratio*, cód. 138, da Universidade Gregoriana, f. 260.

com ameaças de se matarem uns aos outros; mas, o trabalho foi sobretudo na catequese e ensino dos Carijós [1].

As Missões continuaram periòdicamente, até que nos começos do século XVIII Luiz de Vilhena Peixoto, amigo do P. Estêvão Gandolfi, quis fundar ali um Colégio da Companhia (1706). Requeria-se licença do P. Geral e de El-Rei. O Geral concedeu-a, mas os Padres de Lisboa sentiam-se pouco inclinados a pedir a licença régia. Em todo o caso pediu-se, e como o Governador e Prelado do Rio de Janeiro eram afectos à Companhia, a resposta seria favorável [2]. Luiz Vilhena Peixoto escreveu ao Geral a agradecer o favor de conceder Casa em Angra dos Reis. Carta datada de «Ilha Grande, Vila Angra dos Reis» [3].

Verificou-se porém que a fundação não oferecia garantias sólidas. As doações estavam implicadas em demandas, uma das tribulações habituais daqueles tempos.

O P. Mateus de Moura citou para o Tribunal das Causas os que porventura tivessem reclamações, para ver o que realmente havia isento de demandas. Não teve resposta. Parecia-lhe fundação precária e o tempo o diria [4].

O tempo deve ter dito que o P. Mateus de Moura tinha razão, porque a fundação de casa da Companhia em Angra dos Reis ficou apenas nos bons desejos, ineficazes, de Luiz Vilhena Peixoto. Contudo os Padres continuaram a ir aí em Missões freqüentes, cuja importância se pode calcular pela de 1734. Dois que foram à *Ilha Grande*, a *Parati*, e Aldeias e povoações vizinhas, compuseram muitas discórdias e inimizades, e houve 12.000 confissões, indício não só de fé, mas também de densidade de povoação [5].

Incluída aqui esta notícia, como prolongamento ocasional da acção dos Jesuítas no Estado do Rio, próximo a Itaguaí, resta a Aldeia de S. Pedro do Cabo Frio, que se tornou famosa, do outro lado da Baía de Guanabara.

---

1. *Bras. 8*, 416v.
2. *Bras. 4*, 153v.
3. Carta de 18 de Maio de 1708 (assin. autógrafa), *Bras. 4*, 133.
4. Cartas de 2 de Julho e 15 de Novembro de 1706, *Bras. 4*, 120, 127v; Carta de 20 de Setembro de 1711, *Bras. 4*, 167.
5. *Bras. 10(2)*, 355.

11. — A expedição a Cabo Frio, em 1575[1], se aniquilara o foco organizado de resistência aos brancos do Rio, não suprimira os recessos da região, onde com o tempo, além dos Franceses, vieram também os Holandeses, e em Setembro de 1615 foram expulsos os Ingleses, por Constantino Menelau, com a ajuda dos Índios das Aldeias dos Jesuítas.

Para evitar a repetição das incursões estrangeiras, determinou-se em 1616 que se fundassem uma cidade e, como apoio, duas Aldeias de Índios, uma no Rio de Macaé, com Índios da Aldeia de S. Lourenço, outra no Rio de Peruípe na Baía Formosa, que banha a Ponta dos Búzios. A primeira ficaria a cargo de Manuel de Sousa, principal de S. Lourenço, e neto de Martim Afonso Arariboia; a segunda, a cargo de Amador de Sousa, filho do mesmo Arariboia, e que era o principal da Aldeia de S. Barnabé. E, em ambas as Aldeias, «para que os Índios se conservem, Religiosos da Companhia de Jesus»[2].

Os Padres aceitaram a comissão. João Lobato, superior da Aldeia de S. Barnabé, estudou os locais e verificou logo que era impraticável a idéia sugerida, por não haver nas duas Aldeias de S. Barnabé e S. Lourenço tantos Índios que assegurassem a vida das novas Aldeias sem detrimento das próprias[3]. Viriam Índios do Espírito Santo, e, em vez de duas, bastaria por então uma. Condição indispensável: demarcação de terras tanto para a cidade como para os Índios e para a Residência dos Padres. O Reitor do Colégio do Rio, António de Matos, requereu uma sesmaria para os Índios, porque «Sua Majestade tem ordenado que se ponham duas Aldeias de Índios em que assistam os Padres da Companhia, em Cabo Frio, para a sua povoação e defensão dos inimigos que até agora continuam a vir ao dito Cabo Frio buscar o *pau brasil*, e para que fiquem os Índios acomodados, assim da sua vivenda e sustentação como para acudirem ao dito intento, é necessário estarem no *Jucuruna*, onde têm começado a roçar os meses atrás e em os matos da *Ponta dos Búzios*». O requerimento, com outras cláusulas, foi deferido a 13 de Maio de 1617. A Cidade de Cabo Frio fundou-se em Novembro. A 13 de Dezembro repartiu-se a sesmaria com a declaração legal de que das

---

1. Cf. supra, *História*, I, 426-432.
2. Parecer de Martim de Sá, de 31 de Outubro de 1616, nos *Anais do Museu Paulista*, III, 2.ª P., 33.
3. *De Prima Inst.*, do P. António de Matos, 32-33.

duas datas de terras aos Índios ficava em cada uma delas «a têrça parte» aos Padres, onde escolhessem «como coisa sua própria» [1].

Vieram os Índios do Espírito Santo. E fundou-se a *Aldeia de S. Pedro*, em 1617, pouco depois o *Forte de S. Inácio* (Setembro), e logo a seguir a *Cidade de Cabo Frio* (13 de Novembro). A 9 de Janeiro de 1618 esperava-se no Rio o Provincial Pero de Toledo para ir visitar a nova Aldeia, diz o Reitor, António de Matos, que «por ordem de El-Rei mudamos» para o Cabo Frio, para o defender dos estrangeiros e para «procurar a conversão do gentio, vizinho daquele lugar, chamado *Goitacases*, com os quais até agora não pôde haver entrada por sua barbaria e por o sítio, em que vivem, ser mui defensável por rezão de muitos brejos e alagoas» [2]. Em 1619 visitou-a o Provincial Simão Pinheiro. A Ânua de 1620 conta a visita, que é também a primeira página da Aldeia:

«Esta teve princípio no ano de 1617, diz êle. Exercitam nela os ministérios da Companhia dois Padres, que trouxeram para ela, da Capitania do Espírito Santo, 500 Índios. O Capitão de Cabo Frio, Estêvão Gomes, recebeu-os com todo o obséquio e cortesia. E os Padres, feito o desembarque, principiaram por Deus, sem o qual nenhum começo de coisas pode ser feliz. Celebrou solenemente o Santo Sacrifício da Missa, com cantos a duas vozes, pelos Índios que trouxeram consigo. Depois seguiram para o lugar escolhido, levantaram a Igreja e construíram as casas. Mal se podem narrar as dificuldades do começo, tanto é o ardor do sol que mata todo o vigor das plantas e o germinar delas, refutando o nome que lhe deram de *Cabo Frio*. Seguiu-se grande fome, e dispersaram-se os Índios à busca de mantimentos. Um arbusto silvestre, bem moído, dava a farinha; e assim com tanta carestia de alimentos, apenas com alguma fava e feijão, jejuaram tôda a quaresma. Mas esta incómoda abstinência

---

1. Cf. *Documentos* em Lamego, *A Terra Goitacá*, III, 228-229, leitura certa, corrigindo a de Joaquim Norberto na *Rev. do Inst. Hist. Bras.*, XVII, 420-423. Lamego segue depois a discussão que promoveram os moradores de Cabo Frio. Feita já essa história por Alberto Lamego, com a sua habitual elevação e segurança, torna-se inútil repeti-la aqui, tão semelhante a tantas outras. Basta a reflexão com que êle inicia êste relato: «Se na terra Goitacá os dias não correram plácidos para os devotados missionários, em Cabo Frio, tiveram de superar ingentes obstáculos para vencer a ambição dos primeiros colonos». Cf. Terras dadas aos Padres da Companhia, em Cabo Frio em 1617, Tôrre do Tombo, maço 88.

2. Carta do P. António de Matos, de 9 de Janeiro de 618, *Bras. 8*, 254.

já se transformou em alegria, com juros quási de cem por cento. Tôda razão de se fundar a Aldeia foi guardar a *Fortaleza*, a que se deu o nome do nosso Patriarca *Santo Inácio*, contra os piratas inimigos que infestavam os mares, surgiam de repente e levavam para suas terras o pau vermelho de que a região era riquíssima. Para acabar com êstes latrocínios é admirável o que aproveitou a Aldeia. Os Piratas já tentaram vir duas vezes. Os moradores, comandados pelo capitão da Fortaleza, caíram impávidos sôbre êles e matando uns e capturando outros, triunfaram em ambas as pugnas. O inimigo, achando pouco segura a terra, abandonou a região. O Provincial Simão Pinheiro veio visitar êste pôrto, com grande regozijo do Capitão [Estêvão Gomes], que estava na praia e recolhendo-o a êle e aos seus companheiros do navio numa canoa, o levou com tôdas as honras à Fortaleza, que recebeu tão grande hóspede de bandeira içada e troar de canhões. Depois, com grande acompanhamento de Índios, veio para a Aldeia que dista duas léguas, onde baptizou um grupo de meninos, os filhos dos Tamoios ainda inocentes, com a possível cerimónia e pompa, e com a maior alegria dos pais. Oxalá conduza Deus a bom têrmo e com o mesmo ritmo, o que assim começou com tanto lustre» [1].

O P. João Lobato foi o primeiro organizador da Aldeia, mas em 1619, aparecem nela André de Almeida e Pero da Mota [2]. O P. André de Almeida era Superior de Reritiba, donde vieram os Índios, ou a maior fôrça dêles. No ano seguinte juntaram-se-lhes mais dois Padres para poderem tratar dos Goitacases, cuja língua era diferente da geral. Os Padres cuidaram logo de a estudar, enquanto alguns meninos goitacases aprendiam a geral. Em 1631 viviam já nesta Aldeia os catecúmenos Goitacases [3].

A situação económica de S. Pedro de Cabo Frio nestes primeiros tempos era precária. Provia-a e ajudava-a o Colégio do Rio [4].

---

1. *Triennium litterarum ab anno millesimo sexcentesimo decimo septimo ad decimum nonum*, por Baltasar de Sequeira, 22 de Março de 1620, *Bras. 8*, 239 Cordara, *Hist. Soc.*, VI, 2; Pizarro, *Memórias*, II, 137; Provisão do Governador D. Luiz de Sousa, de 17 de Fevereiro de 1617, sôbre os 2 Padres da Companhia, que hão-de ir com os Índios, para êstes «com mais facilidades residirem no Cabo Frio», AHC, *Rio de Janeiro*, Apensos, anos de 1614-1639.
2. *Bras. 5*, 122.
3. *Bras. 8*, 417.
4. *Bras. 8*, 310v.

Depois com as fazendas, que logo se organizaram e com umas terras compradas a Generosa Salgado, ficou a Aldeia suficientemente provida [1]. A Aldeia de S. Pedro teve sempre população elevada, a começar naquele núcleo inicial de 500 Índios. Algum tempo depois era três vezes mais populosa que a cidade de Cabo Frio. O movimento demográfico manteve-se sempre bom, contando com 1.250 Índios, quando deixou de ser da Companhia [2].

Em 1657 a Aldeia desdobrou-se em duas: *Cabo Frio* e *S. Pedro* [3], para logo tornar a ser apenas uma, *S. Pedro do Cabo Frio*. Talvez se refira a esta época a Aldeia, que se diz ter existido algum tempo na *Ponta dos Búzios*, célebre pelas suas pescarias [4]. Mais tarde, a 21 de Setembro de 1721, o Reitor do Rio, Manuel Dias, participa ao Geral que alcançara de sesmaria, três «milhas» de terra (uma légua) chamada a «Ponta dos Búzios», contígua às terras de «Campos Novos» [5]. Em 1757 residiam em S. Pedro de Cabo Frio os Padres Vito Mariano e João Veloso [6].

Chama-se hoje *S. Pedro da Aldeia*. Os Jesuítas erigiram nela Igreja, «construção muito *pura*, tanto do ponto de vista técnico como plástico, onde se vê, na sua forma mais rudimentar o partido de três naves» [7]. Não vimos documentos sôbre o ano exacto da construção. A Residência, reconstruída depois, ostenta no cunhal a data de 1723.

12. — O ano de 1648 assinalou-se pela chegada, à Aldeia do Cabo Frio, dos Índios *Gessaruçus*, descidos das suas brenhas, que

---

1. Lamego, *A Terra Goitacá*, III, 255.
2. Silveira, *Narratio*, Cód. n.º 138 da Universidade Gregoriana, f. 260.
3. *Bras. 9*, 63.
4. Cf. Lamego, *A Terra Goitacá*, III, 238. Entre as terras do Colégio do Rio, do outro lado da Baía da Guanabara, que enumera o Reitor do Colégio em 1643, está a Ponta dos Búzios, *Bras. 3(1)*, 218v.
5. *Bras. 4*, 216v.
6. *Bras. 6*, 398.
7. Lúcio Costa, *A Arquitetura dos Jesuítas no Brasil*, na *Rev. do SPHAN*, V, 24. Augusto de Saint-Hilaire, que a visitou numa das suas viagens (1816-1821), descreve a sua situação topográfica, a praça em forma de meia lua. A Igreja e a Residência eram o corpo principal, com duas alas, opostas à praça, sendo uma das alas, a Igreja (*Viagem pelo Distrito dos Diamantes e Litoral do Brasil*, 302-303). Restaurada pelo «Serviço do Património Histórico e Artístico Nacional» em cuja *Revista*, I, 99ss, se publicam cinco fotocópias do estado actual da Igreja e Residência.

ficavam além da serra dos Órgãos, nas margens do Piabanha e Paraíba, a 15 dias do Rio.

O P. Salvador do Vale, que irá depois para a Amazónia, e cuja actividade no norte já vimos, deixou dêsse facto uma breve narração:

«Nesta Aldeia habitam ordinàriamente dois Padres e dois Irmãos, cuja observância resplandece na inviolável guarda das regras e cuidado solícito com que fazem os exercícios espirituais da oração, exames e lição espiritual, a que todos pontualmente acodem, conforme o nosso Instituto. Confinam com esta Residência muitos milhares de almas, que carecem do lume da fé. Movido da salvação delas, o P. Simão de Vasconcelos, Reitor que é dêste Colégio, ordenou ao Padre Francisco de Morais fizesse diligência para ver alguns Índios *Guaruçus* para êste efeito, os quais houve o Padre, e os mandou a seu Principal, com algum resgate para que viesse ver-se com êle. Recebendo êle o aviso se veio logo deliberado a deixar suas terras, trazendo em sua companhia sessenta dos seus, aos quais recebeu o Padre Provincial e o Padre Reitor neste Colégio com notável aplauso de alegria por ver se efeituava o que havia tempo tanto desejavam; e assim os mandou logo vestir, aviando aos Padres Francisco de Morais e Francisco Madriz, para que, com o principal, fôssem à sua terra a descer os mais que lá ficaram, despendendo para os gastos da missão mais de cem mil réis com singular liberalidade. E aos 13 de Julho deram expedição a efeituar esta emprêsa de tanto serviço de Deus. Depois de terem andado oito dias chegaram às fraldas de um monte, além dos Órgãos, cuja fragosidade tanto era mais insofrível quanto estava acompanhada de tôda a falta de mantimentos e a aspereza do caminho, tal, que só em avistarem o cume dêle gastaram 8 dias; no fim dos quais descobriram os Nossos, do mais alto, o mar. É para notar a variedade dos rios que fertilizam com a corrente de seus ribeiros as serranias daqueles montes, correndo, em parte, tão cristalinos, que estão convidando aos que passam e desassombrando as carrancas daqueles outeiros, pelos quais arrebentam em várias fontes que parece foi obra da natureza quando estava mais folgada. Vencida a dificuldade desta e doutras serras que mais pareciam habitação de feras, que morada de homens, o mantimento eram palmitos, cozidos em água, sem outra coisa mais, o caminhar sempre foi a pé, e descalços, o dormir sempre no mato, e desta maneira chegaram à vista da primeira Aldeia, um dia depois de nosso *Santo Patriarca Inácio*. E não careceu de singular mistério o chegarem neste dia os nossos missionários, pois tinham assentado antecedentemente darem à nova *Aldeia* a invocação do *Santo*, que como era emprêsa sua quis se conseguisse em um dia próximo ao em que se celebra sua festa. Chegados os Padres foi inexplicável o alvorôço com que aquêles bárbaros os receberam, gastando tôda a noite em vários prelúdios de alegria denunciadora do bem que esperavam, e abraçando-se com os Padres como se foram anjos vindos do céu. Passava o número dos que habitavam a primeira Aldeia de quatrocentas almas. Circunvizinhas desta, seguem-se logo outras de *Puris* e *Manipaques*, os quais se se quiserem convocar, sem dúvida se abalarão todos, com a mesma deliberação com que o fizeram os da primeira.

São os *Gessaruçus* gente comumente limpa, e mais bem apessoada que as outras nações; não diferem na linguagem dos outros, se bem lhes fazem muita vantagem nos costumes. Mantêm-se aquêles de carne humana, sustentando-se êstes do que a esterilidade de suas terras produz. Vivem como em comunidade, governam-se por um principal a quem exactamente obedecem. Costuma êste tôdas as manhãs, ao romper da aurora, prègar-lhes na sua língua, incitando-os a que trabalhem para sustentar a vida. Acodem a esta admoestação, plantando legumes, para cujo aprêsto lhes deu a natureza industriosa uns paus com que rasgam a terra, vindo a não fazer falta a polícia da arte com seus artificiosos instrumentos. Não têm outro vestido mais que o que lhes deu a natureza. Prezam-se muito de valentes, fazendo guerra aos de outras nações, meio por onde o Demónio se senhoreia de muitos milhares de almas. Isto basta para prova do muito que entre os limites da rudeza se avantajam a seus conaturais para que se veja quão gloriosa emprêsa é converter esta gentilidade à urbanidade e polícia cristã, e quãos santos intentos foram os dos nossos Religiosos em querer domesticar tanta rudeza.

Aos cinco de Agôsto armaram os Nossos altar e celebraram com grande admiração daquele paganismo, que sem sair de si já parece se via livre de seus ritos abomináveis. Começaram os Nossos a viagem para esta *Aldeia do Cabo Frio*, e com ela começaram os novamente convertidos a sentir os efeitos da divina luz, que os guiava, entre os quais a experimentou um cego que os Padres mandaram adiante com sua família, porém enfadados os parentes, da demora que os constrangia, o deixaram só bom espaço de caminho, sem mais guia que a de um bordão, caso que nos dá a conhecer a liberalidade com que a divina mão livra dos perigos aos que se põem a êles por amor dêle, como fêz a êste pobre cego, dando-lhe, como piamente se pode crer, algum Anjo, que lhe fôsse guia no mais espêsso e solitário daqueles desertos. Nem é menos para admirar o que sucedeu a uma criança que em companhia dos Padres viera no alcance da fé, entre os primeiros, que a esta Residência vieram dar, e foi que, tendo comido por ignorância grande cópia de mandioca, chegou a ponto de perder com a morte do corpo a vida da alma. Estando já nos últimos arrancos da vida para lhe sobrevir o acidente da morte, foram avisados os Padres do que passava, e baptizando-a, começou logo a sentir a eficácia da virtude dêste Santo Sacramento, que para com êles ficou tão acreditado, que tanto que lhes adoecem os filhos, os entregam aos Padres para que os baptizem.

Êstes são os princípios desta gloriosa missão; a qual é tanto mais gloriosa, quanto se tem por tradição ser esta a primeira vez que a êles foram os Padres. Queira Deus que correspondam os fins aos primitivos fervores tão acertados dela em levar adiante emprêsa de tanto seu serviço e glória. Nem tem inferior lugar entre os prodígios, que como presságios conspiram em favor desta missão, o achar-se um índio de Nação *Guarumimim*, que nestas obras do Colégio andava, sem se saber donde viera, e inquirindo-se de sua vida se soube ser de uma Aldeia das de S. Paulo; é êste o único intérprete, de que usavam os Padres para a conversão de todo êste gentio; parece foi dádiva com que acudiu o céu a seus Missionários neste triunfo de que lhe não cabe menos parte, pois é certo que não conseguiram nada senão fôra mediante êste instrumento. Nem parece menor milagre êste que o da comunicação das línguas, nem Deus se individuou a comunicá-las senão ou por intérpretes ou infundindo o conhecimento delas, por onde me parece pode êste caso competir com os mais portentosos com que antigamente fizeram pasmar ao mundo os prègadores evangélicos, semeando a fé por todo êle.

Chegaram finalmente a esta Residência com os novos Índios, e logo lhes acudiu o Padre Reitor, como principal autor desta conversão, em que lhe cabe a maior parte, despendendo para seu sustento 400 alqueires de farinha, agenciando-lhes terras em que pudessem viver em companhia dos Padres, e a ferramenta necessária para lavrar a terra. Deu também Sua Majestade, de sua Real Fazenda, 150 mil réis para ajuda da nova Aldeia, que esperamos em Deus seja instrumento mediante o qual muitos milhares de almas sejam participantes da presença de seu Criador. Êstes são os gloriosos progressos de nossos missionários, esta a missão tão ditosa que foram fazer a partes tão remotas e ásperas, onde ninguém tinha até o presente ano levado a voz do sagrado Evangelho. Êstes seus trabalhos por reduzir essas almas à polícia Cristã no que em tudo dá bem mostras Deus Nosso Senhor do muito que há-de favorecer, e levar adiante esta nova vinha a que nos convida com promessas de grande socorro, e maiores merecimentos para que não descorçoemos» [1].

Valeu aos Padres para se comunicarem com os *Gessaruçus*, um Índio Maromimim ou Guarumimim, diz a narrativa. O facto aproxima e identifica êstes Índios, *Gessaruçus* e *Guarumimins*, que encontramos no alto, no médio e no baixo Paraíba, constituindo-se o rio o seu veículo de migração ou antes de movimento e actividade. Sendo assim, está resolvido o problema dos *Guarumimins*. Tudo são Índios *Guarus*, a que se juntava, ora o sufixo *mirim*, ora o sufixo *açu*: *Guarumimins* (Guarus pequenos); e *Guaruaçus* (Guarus grandes), que com o tempo deram *Guarulhos* nos dois extremos do rio tanto no actual Estado do Rio como no de S. Paulo, permanecendo intacto no lugar mais inacessível que era o médio Paraíba [2].

O aldeamento dêstes Índios do baixo e médio Paraíba, e afluentes, incluindo o Muriaé, com as suas ramificações por Minas Gerais e Espírito Santo, tinha sido tentado alguns anos antes, em excursões apostólicas partidas da Aldeia de Reritiba ao sul do Espírito Santo. O P. Francisco Gonçalves, superior então de Reri-

---

1. A carta conclui assim, referindo-se à Aldeia de S. Pedro: «Até aqui o pertencente à missão. Na Aldeia se fizeram 200 confissões e comunhões. Baptismos 30. Casamentos na lei da graça 5. Isto foi o pouco que pude colher do muito que os nossos nesta parte fazem em ajuda do próximo, para poder dar esta breve notícia a V. R., cuja santa bênção peço. *Aldeia de S. Pedro*, 12 de Setembro de 648. Por comissão do Padre Superior, filho em Cristo de V. R., Salvador do Vale», Bras. 3(1), 268-268v; cf. carta do P. Francisco de Morais, de 18 de Janeiro de 1649, Bras. 3(1), 271v, onde diz que êstes Índios «Giçaruçus» (sic) se puseram num sítio chamado *Nhityroaibá* junto a certas «alagoas férteis», Bras. 3(1), 300v, e em Bras. 3(1), 263, se refere que chegaram 70 almas do sertão e se puseram êste ano de 1648 em Cabo Frio.

2. Em 1654 o Catálogo tem esta indicação sôbre o P. Francisco Madriz, «obivit missionem ad barbaros *Garulhos*» (Bras. 5, 190), que torna evidente a identificação.

tiba e tão grande sertanista como homem de govêrno, desejava deixar êsse ofício, oferecendo-se para ir em missão aos *Gurumimins*, gentio que não estava longe dessa Aldeia, diz êle [1]. E conta a *Ânua* dêsse período (1641-1644) que na mesma Aldeia de Reritiba um «índio principal dos *Muruminis*, gente entre as demais nações brasílicas quási indomável, e com quem nunca puderam os Padres fazer coisa de importância em matéria de nossa fé, porque a não tomam ou a largam com muita facilidade e se tornam a viver no mato tão brutamente como dantes» [2].

A *Ânua* de 1737, tratando do Rio de Janeiro, fala em novo Aldeamento de Índios *Guarulhos* distantes, e de Índios *Pacobas*, que se dispunham também a ter trato e negócio com os Portugueses [3]. Aqui fala-se de *Guarulhos* e com êste nome prevaleceram em S. Paulo e no Campo dos Goitacases. Mas sensìvelmente na mesma região da *Aldeia de S. Inácio*, de 1648, aparecem ainda os Índios *Guaçuruçus*, com êste nome expresso. Andava a aldeá-los perto do *Registo do Paraíba* o P. Manuel Cardoso, em 1756. Os moradores do caminho de Inhomirim não estavam de acôrdo e o missionário persistia em os catequizar e aldear, mas em lugar mais afastado.

A êste Aldeamento do P. Manuel Cardoso, no caminho de Minas, chama-lhe «clandestino» a linguagem da Côrte de 1757. Na realidade, quando o Padre procurava catequizar êsses Índios ainda não tinha sido *promulgada* a nova legislação e estava em vigor a que tinha criado e promovido êsses aldeamentos; e, portanto, nada tinha de clandestino o que era a maneira habitual de tôdas as entradas e proceder da catequese, tantas vezes pedida e requerida pela Côrte. Mas a essa data já a Côrte buscava a fórmula de destruir a obra catequética do Brasil. O processo, usado pelo Ministro responsável dessa ruìnosa destruição, foi o das instruções secretas (1756) para os seus agentes promoverem reclamações, denúncias, efervescências em Índios administrados ou moradores confinantes com os

---

1. *Bras.* 3(1), 225.
2. *Bras. 8*, 538. Notemos a dupla forma escrita, dêstes Índios, «Guaruminis» e «Moruminis», referentes ambas a um e o mesmo facto; e se, pela insistente notação latina e também portuguesa de «maromimins» no século XVI, nos parecia (Tômo II, 565) preferível esta forma, verificada agora a identificação com os *Guarus*, a decisão etimológica, deixada então em aberto, inclina-se mais para a forma *Guaruminis* ou *Guarumimins*.
3. *Bras.* 10(2), 381.

Jesuítas e ter com isso um pretexto para as suas intervenções, primeiro afrontosas na linguagem, e depois violentas na acção. Linguagem capciosa que representava os Padres ao invés da verdade, como inimigos daquilo que precisamente foi sua doutrina constante, a defesa da liberdade dos Índios [1].

O P. Provincial João Honorato havia escrito ao Governador José António Freire de Andrade a 20 de Junho de 1756: «Parece-me impossível nem tal pude acreditar tendo diante dos olhos aquêle grande afecto com que V. S. capricha em honrar a Companhia. O P. Manuel Cardoso situou-se no lugar em que presentemente se acha para ver se a conversão dêsse gentio terá o efeito desejado e no caso que o tenha, pretende localizar-se mais distante e assim lho ordeno que o faça com a maior brevidade» [2].

O P. Provincial ignorava as ordens, essas sim «clandestinas» e matreiras da intriga, com que se promovia a inversão dos conceitos

---

1. «Sôbre o estabelecimento clandestino do P. Manuel Cardoso e outros no Caminho das Minas», Carta de Tomé Joaquim da Costa Côrte Real ao Sr. José António Freire de Andrade, de 22 de Janeiro de 1757, na *Rev. do Arq. P. Mineiro*, XI, 431-432.

2. Lamego, *A Terra Goitacá*, III, 160-161. A lembrança dos Índios «Gessaruçus» já transformada em «Saruçus», ligada aos primeiros tempos da Aldeia de S. Pedro, permanecia ainda nas primeiras décadas do século XIX. Maximiliano ao tratar de S. João de Macaé, escreve: «Am Flusse aufwärts im *Sertam* sollen, in *Aldeas* oder Dörfer vereint, die *Gorulhos* — oder *Guarulhos* — Indier wohnen. Die *Corografia Brazilica* erwähnt dieses Stammes unter der Benennung *Guarú*, und sagt, dass in der *Serra dos Orgãos* noche Ueberreste von ihnen unter dem Nahmen *Sacarus* leben, die indessen völlig civilisirt und jetzt beynahe gänzlich verschwunden sind», Maximilian Prinz zu Wied-Neuwied, *Reise nach Brasilien in den Jahren 1815 bis 1817* mit zwei und zwanzig Kupfern neunzehen Vignetten und drei Karten, I (Francforte sôbre o Meno 1820)102. Esta última frase de que são inteiramente civilizados e agora quási totalmente extintos, é nota de Maximiliano e não da *Corografia Brasílica*, cujas palavras são textualmente: «Pretendem alguns que o nome *Guaru* (os nossos dizem *Guarulho*) era nome genérico e compreendia várias nações das quais ainda existem os *Sacurus* na Serra dos Órgãos» (Aires de Casal, *Corografia Brasílica* (Rio 1833)43-44; ed. de 1943 (S. Paulo)33). Augusto de Saint-Hilaire examina o problema que êsse facto criava, ligando-o à vinda dos Índios do Espírito Santo, mas conclui que a matéria deveria ser submetida a novo exame (Augusto de Saint-Hilaire, *Viagem pelo Distrito dos Diamantes e Litoral do Brasil*, 301). Parece que o presente capítulo o satisfaz por si mesmo. E cf. infra, no Capítulo sôbre as *Aldeias de S. Majestade*, de S. Paulo, o que se diz da Aldeia de Nossa Senhora da Conceição dos Maromimins ou Guarulhos.

e a confusão, e onde iria soçobrar o «grande afecto» de êsse e outros funcionários.

Mas êste mesmo facto mostra a fidelidade dos Jesuítas, até ao fim, na tarefa simultâneamente ingrata e gloriosa da civilização dos naturais do Brasil. E, importa dizê-lo, nem tudo foram ingratidões. Saint-Hilaire, que passou pela Aldeia de S. Pedro de Cabo Frio, a propósito da qual falamos dos *Gessaruçus*, conta o que ali achou depois da saída dos Padres, e examina a situação em que ficaram os Índios do Brasil. Doutrina geral sem relação directa com estas Aldeias do Triângulo Fluminense. Mas tem uma informação que encerra também o último acto dos Jesuítas na Aldeia de S. Pedro:

«Os *Padres da Companhia*, nome que a maioria dos Brasileiros dão aos Jesuítas, eram extremamente amados pelos Índios, e uma velha mulher quási centenária, que os havia conhecido, contava-me, que, quando êles foram forçados a deixar a Aldeia, todos os habitantes choraram» [1].

O amor dos Índios pelos Jesuítas não era platónico. Os seus serviços de carácter nacional, resume-os em 1738 o P. Plácido Nunes:

«Deixando de parte as guerras que os Índios aldeados fizeram, do Estado e Coroa de Portugal contra Holandeses, Franceses, Tapuias bravos, em Pernambuco, Baía, Rio de Janeiro e Maranhão, pois constam das Histórias: em nossos tempos *tôdas as Fortalezas*, que se acham no Rio de Janeiro, sendo esta praça ao presente a mais fortificada por arte, que se acha nas Conquistas, foram feitas pelos Índios de Cabo Frio e S. Barnabé e outras Aldeias, que em esquadras de cinqüenta, e sessenta e mais Índios, alternadamente, se revezavam de dois em dois meses, no serviço de S. Majestade, pelo seu justo estipêndio, como era razão e justiça. Êstes mesmos abriram o *Caminho Grande*, que vai do Rio de Janeiro para Minas até o Rio Paraíbuna, em tanta vitalidade do Estado e do Reino. Êstes os que conduziram todos os materiais e instrumentos para a *Casa de Fundição*, que S. Majestade mandou fabricar na *Província das Minas*. Êstes finalmente os que trabalharam o *Aqueduto* pelo qual se pôs a *Água da Carioca* na Cidade do Rio de Janeiro» [2].

---

1. *Viagem pelo Distrito dos Diamantes e Litoral do Brasil*, 305.
2. Carta do P. Plácido Nunes ao Vice-Rei, Conde das Galveias, da Baía, 5 de Outubro de 1738, em *Estudos Brasileiros*, V(Rio 1940)286.

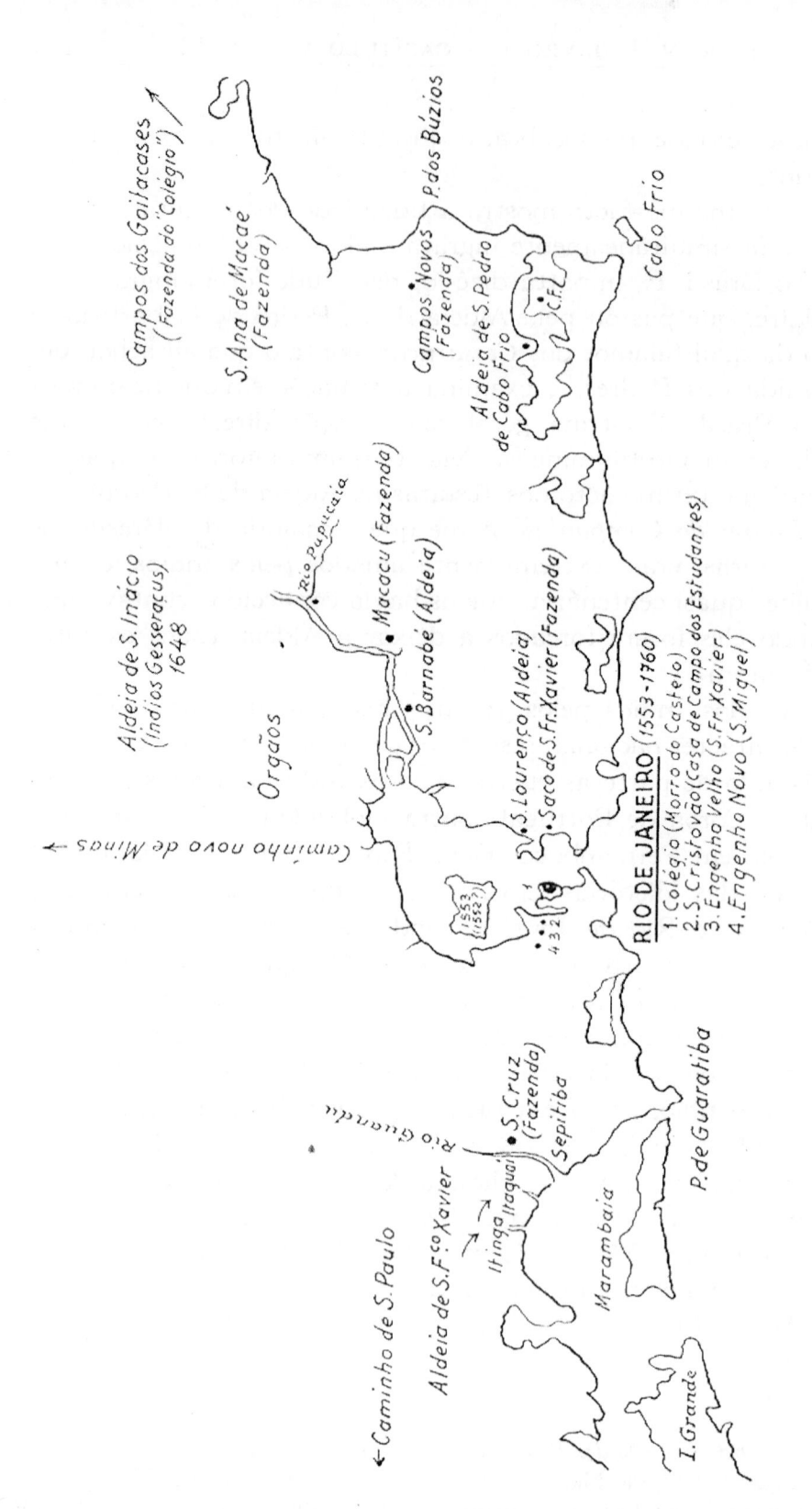

Os Jesuítas no Rio de Janeiro

RIO DE JANEIRO (1553-1760)
1. Colégio (Morro do Castelo)
2. S. Cristóvão (Casa de Campo dos Estudantes)
3. Engenho Velho (S. Fr. Xavier)
4. Engenho Novo (S. Miguel)

Campos dos Goitacases (Fazenda do "Colégio")
S. Ana de Macaé (Fazenda)
Campos Novos (Fazenda)
P. dos Búzios
Aldeia de S. Pedro de Cabo Frio
Cabo Frio
Aldeia de S. Inácio (Índios Gesseraçus) 1648
Órgãos
Rio Pupucaia
Macacu (Fazenda)
S. Barnabé (Aldeia)
S. Lourenço (Aldeia)
Saco de S. Fr. Xavier (Fazenda)
(Caminho novo de Minas)
← Caminho de S. Paulo
Aldeia de S. Fco. Xavier
Itinga Itaguaí
Rio Guandu
S. Cruz (Fazenda)
Sepitiba
Marambaia
P. de Guaratiba
I. Grande

Conforme a «Carta da Costa do Brasil ao Meridiano do Rio de Janeiro desde a Barra da Marambaya athé Cabo Frio, pelos P. P. Diogo Soares e Domingos Capacy S. J. Geographos Regios no Estado do Brasil» (AHC, Rio de Janeiro, 311), e outros documentos.

LIVRO SEGUNDO

Espírito Santo

CAMPOS DOS GOITACASES

Fazenda do *Colégio* do Rio de Janeiro. Reteve a denominação e chama-se, hoje, *Colégio*.

CAPÍTULO I

Na Vila de Vitória

1 — Colégio de Santiago; 2 — Igreja de S. Maurício; 3 — Reitores do Colégio; 4 — Contra as invasões holandesas; 5 — Obras de assistência; 6 — A despedida de 1760.

1. — A Capitania do Espírito Santo ficava na órbita do Rio de Janeiro. Na Vila de Vitória fundara o P. Afonso Brás em 1551 a Casa de Santiago, sob a forma de Colégio-Seminário, onde durante mais de dois séculos se manteve escola de ler, escrever e algarismos. Essa primeira forma atenuou-se logo, e passou, ainda no século XVI, a categoria intermédia, entre Colégio e Residência, com o nome de «Casa Reitoral». Até que em 1647 Simão de Vasconcelos, Reitor do Colégio do Rio, propôs ao Geral se «fundasse» em «Colégio a Casa Reitoral da Capitania do Espírito Santo e fôsse dotada com renda dêste do Rio de Janeiro». Seria dotação para vinte Religiosos. No ano seguinte o mesmo Simão de Vasconcelos, a 21 de Dezembro, remete proposta mais explícita, com o parecer dos consultores e outros Padres [1].

A «Casa» de Vitória aparece já «Colégio», no Catálogo de 1654. Assim passou a esta categoria a Casa Reitoral de Vitória; mas a dependência do Rio produziu, meio século depois, confusão administrativa na Procuratura central de Lisboa pelo facto de a vida económica do Espírito Santo girar à roda da do Rio. Deslindou-se a confusão de contas em 1725, tempo em que o Colégio do Espírito Santo já possuía fazendas organizadas, aptas a assegurar a sua inde-

---

1. *Bras. 3(1)*, 270. Assinaturas autógrafas dos Padres *Simão de Vasconcelos, João de Almeida, Álvaro Pereira, Francisco Ribeiro, Manuel André, João Pereira, Manuel Ribeiro, Manuel Nunes, Gonçalo de Albuquerque, António Rodrigues, António de Mariz, Nicolau Botelho, André de Almeida, Manuel Clemente.*

pendência autárquica, significado jurídico da palavra «Colégio», além da sua função específica de ensino [1].

O ensino ministrado no Colégio de Vitória, com o estritamente catequético e elementar, jamais interrompido, teve, naquelas primeiras esperanças de 1551, Classe de Latim, que logo se verificou não poder ser ainda estável em terra de tão pouca densidade demográfica. Nesse período, algum aluno teria estudado latim, em carácter particular. Um século depois, com a elevação a Colégio, instituíu-se o Curso de Humanidades, que iria durar ainda outro século. Não tardou a organizar-se a Congregação dos Estudantes como nos demais Colégios da Companhia.

O edifício do Colégio construíu-se e reconstruíu-se em períodos e fases diversas: em 1707, um corredor «novo» [2]; em 1727 ergueu-se «desde os alicerces», parte do Colégio que se tinha arruinado [3]; em 1734, outro corredor «novo»; em 1742, a grande enfermaria [4]; em 1747, finalmente, a ala contígua à Igreja, que veio dar ao Colégio «majestade» e «beleza» [5].

Para a manutenção dos Padres e para estas obras do Colégio e da Igreja, organizaram-se diversas Fazendas, como veremos, e tinham ainda algumas casas e terras no perímetro da Vila de Vitória.

O Inventário de 1780 discrimina tôdas e cada uma das casas do Colégio e respectivas ruas ou locais, lista de interêsse para a história citadina da capital do Espírito Santo. Entre a nomenclatura das ruas, há nomes de prestígio: Rua do *Colégio*, hoje *Afonso Brás*, e, entre outras, nela, umas casas «do P. Francisco Xavier de Jesus, que fôra irmão e discípulo dos Jesuítas»; outras casas «em direcção à Rua da Praia, hoje Duque de Caxias, em frente do *Pôrto dos Padres* (descreve-se o sítio exacto dêste *Pôrto*); fala-se na *Ladeira do P. Inácio*, hoje Ladeira da Misericórdia; outros chãos defronte da *Enfermaria dos Padres;* casas «feitas no antigo *Seminário*, construído pelo P. Afonso Brás, e na quina da Rua do Egito em frente à Ladeira, cujas ruínas dos alicerces ainda se vêem».

As *terras* dos arredores de Vitória, pertencentes ao Colégio, eram:

---

1. Cf. *Bras. 4*, 203, 266, 275, 282; *Bras. 11*, 465-472v.
2. *Bras. 6*, 64v.
3. *Bras. 10(2)*, 296v.
4. *Bras. 10(2)*, 411v.
5. *Bras. 10(2)*, 426v.

a) As da parte de além da Vila de Vitória, que corriam de Este a Oeste por três quilómetros, com as seguintes confrontações: ao Norte, a baía, em frente de Vitória; ao Sul, com terras de outros moradores, entrando pelo *Areberi*, e iam-se dividir no alto do *Morro do Frade*; ao Oeste, até o *Paúl*; e a Leste, o mesmo rio navegável.

b) Um quinhão de terra na Ilha chamada do *Sinal do Andrada*;

c) Outras terras «no Pontal, da outra parte do Rio, no chamado *Maruípe*, hoje da Passagem; dividiam-se de um lado com a *Passagem Real*, e dêsse lugar para a Praia de Maruípe; e da outra dividiam-se com a *Estrada das Pitangueiras*, e fazia um ângulo na encruzilhada das ditas duas estradas, indo morrer no mar, com mais largura e mata virgem.

As casas e chãos da Vila de Vitória, avaliaram-se em 618$000; as terras, em 650$000 réis [1].

2. — A Igreja de S. Maurício, do Colégio de Santiago da Capital do Espírito Santo, que vinha do século XVI, talvez já remodelada, ameaçava ruína em 1666 e tratava-se de fazer outra que ficasse «obra segura» [2]. Fêz-se. E em 1694 já tinha alguns anos, «nova e grande; e a sacristia suficientemente provida de prata e objectos de culto». Trabalhava nela em 1683, nas suas obras de madeira e entalhe o «insigne» Ir. Domingos Trigueiros [3]. Apesar da segurança que se pretendera e tentara, não resistiram ao tempo os caibros do tecto da Igreja. Cedeu o tecto e inclinaram-se as paredes, um palmo da perpendicular. Em 1727 renovou-se o tecto e escoraram-se as paredes [4].

Igreja bem ornada. Entre outros objectos de valor entrou nela em 1754 a «belíssima imagem da Virgem Nossa Senhora», vinda da Baía [5].

---

1. A juntada dêstes autos fêz-se a 31 de Agôsto de 1780, na «vila de S. Salvador da Paraíba do Sul, Comarca do Espírito Santo» — documentos que diz Basílio de Carvalho Daemon ter em seu poder, «em autógrafo», *Província do Espírito Santo*, 185-187. O mesmo autor julga que aquela *Ilha do Sinal do Andrada*, é «a hoje chamada *Pedra da Água*», e dá os motivos do seu parecer.
2. *Bras.* 9, 187.
3. *Bras.* 5(2), 67.
4. *Bras.* 4, 282; *Bras.* 6, 129; *Bras.* 10(2), 261.
5. *Bras.* 10(2), 447.

A maior significação desta Igreja foi o ter sido túmulo de Anchieta. No período intensivo do seu processo de beatificação, em 1734, «fêz-se e ficou nela um cofre suntuoso de prata para guardar as relíquias do Venerável Padre» [1].

A histórica Igreja já hoje não existe. Com os anos, padeceu grande incêndio: «Ficou carbonizado todo o altar-mor da Igreja, e que era um primor de arquitectura, escultura e douramento, como se pode hoje ajuïzar pelos dois altares laterais da hoje capela Nacional». A imagem de Santiago, que era de «metal fundido», desapareceu; a de S. Lourenço achou-se queimada, e as de S. Inácio e S. Francisco Xavier, «que *são de bronze*, muitíssimo quentes; a Senhora da Piedade, salvou-se» [2].

3. — Os Superiores e Reitores do Colégio do Espírito Santo, alguns de grande nome, desde a fundação, foram os seguintes, segundo os documentos. As datas são as dos Catálogos ou outras fontes; não indicam necessàriamente princípio ou fim de govêrno, mas o *ano*, em que de facto o exerciam:

P. *Afonso Brás* (1551). Fundador. Natural de Avelãs (Coimbra); veio a falecer aos 86 anos de idade no Colégio do Rio de Janeiro, a 30 de Maio de 1610 [3].

P. *Brás Lourenço* (1553)
P. *António da Rocha* (1567)
P. *Rodrigo de Freitas*, visitador da Capitania (1574)
P. *Baltasar Fernandes* (1574)
P. *António Gonçalves* (1584)
P. *José de Anchieta* (1589)
P. *João Pereira* (1598)
P. *Manuel Fernandes* (1600)
P. *Manuel do Couto* (1606)
P. *Domingos Ferreira* (1607)

---

1. *Bras.* 10(2), 355.
2. Daemon, *Província do Espírito Santo*, 197-198. Daemon diz que daquela imagem de metal fundido não se acharam vestígios alguns, e não oculta as suas suspeitas quanto à origem criminosa do incêndio. Mas seria realmente de metal fundido a imagem de Santiago? Das duas de *bronze*, fala no presente, como de coisa *existente* ainda no seu tempo.
3. Bibl. Vitt. Em., f. gess. 3492/1363, n.º 6; *Bras.* 5, 82v.

P. Pedro Rodrigues (1610)
P. Francisco Álvares (1616)
P. Henrique Gomes (1621)
P. Francisco Álvares (1631)
P. Francisco Gonçalves (1641)
P. Gonçalo de Albuquerque (1643)
P. Francisco Ribeiro (1646)
P. Gregório de Barros (1654). Passa a *Casa* à categoria de Colégio, sendo êste Padre o primeiro Vice-Reitor dêle [1].
P. Luiz de Sequeira (1657)
P. Barnabé Soares (1659)
P. Matias Gonçalves (1663). Ainda era em 23 de Março de 1665, dia em que lhe escreve uma carta de cumprimentos o Conde de Atouguia [2].
P. António Luiz (1667)
P. Pedro Dias (1670)
P. António de Sá (1674)
P. Diogo Machado (1677)
P. Gonçalo do Couto (1683)
P. Manuel Côrtes (1690)
P. Estanislau de Campos (1693)
P. Manuel dos Santos (1697)
P. Luiz de Amorim (1706)
P. Aleixo Moreira (1707)
P. Miguel de Andrada (1711)
P. Rafael Machado (1715)
P. António da Cruz (1719). Desde 12 de Março. Em 1722 deixou o cargo para ir angariar subsídios destinados a promover a causa de Anchieta [3].
P. João Pereira (1722)
P. Luiz de Matos (1728)
P. Manuel de Magalhães (1732)
P. António de Morais (1738)
P. Caetano Teixeira (1742)
P. Júlio de França (1742)

---

1. *Bras.* 9, 25v.
2. *Doc. Hist.*, V, 77; *Bras.* 9, 12.
3. *Bras.* 4, 226.

P. José Álvares (1747)
P. António Simões (1749)
P. Bernardo Fialho (1749)
P. Francisco Ferraz (1755)
P. António das Neves (1757)
P. Silvério Pinheiro (1759)

4. — A actividade dos Padres, complexa, como em tôda a parte, no exercício dos ministérios próprios da Companhia, prègação na Igreja do Colégio e noutras Igrejas, administração de sacramentos, direcção e exercícios espirituais, assistência e revezamento dos Padres nas Aldeias e Fazendas, visitas a pobres e encarcerados, missões com incrível trabalho, por mar com perigos e naufrágios, e por terra com fomes e canseiras, tudo isto pode-se escrever em poucas linhas, semelhante ao que fica dito no Tômo I e aqui e além se toca de outras Casas e Colégios.

Importa contudo recordar um ou outro episódio, que se não envolve na generalidade comum.

Os Holandeses tentaram duas vezes a emprêsa do Espírito Santo, a primeira em 1625 (12 de Março); a segunda em 1640, mal sucedidos em ambas. Da primeira voltava o Almirante Piet Heyn, de Angola, onde também lhe não fôra melhor. No Espírito Santo, resistiu a terra, de que era Capitão Francisco de Aguiar Coutinho, «que também o era da vila e senhor dela». Querendo infestar o Recôncavo, foram acometidos os holandeses por Salvador Correia de Sá e Benevides, que passava pelo Espírito Santo, ido do Rio em socorro da Baía.

A 12 de Março foi o primeiro combate. Retirou-se o inimigo com perdas, e ficou a vitória aos moradores, «que muito foram auxiliados pelos Padres Jesuítas, que os animavam e socorriam»; a 15 deu-se o recontro, com Salvador Correia de Sá e Benevides, que obrigou a retirar-se a esquadra inimiga. Entre os mortos do inimigo estava o Almirante Guilherme Ians [1].

«Em um e outro encontro, escreve Vieira, se acharam os nossos Padres: no primeiro os que residiam na Vila; no segundo, dois que em Companhia do Capitão Salvador Correia, vieram do Rio de Ja-

---

1. Daemon, *A Província do Espírito Santo*. 109-110, que chama *Patrid* ao comandante holandês Pieter Heyn; Garcia em *HG*, II, 240, chama-lhe Piet Heyn.

neiro. E assim uns como outros não faltaram à guerra, nem aos soldados antes dela» [1].

Noutro perigo ainda se viu o Espírito Santo, em 1640. Era Superior da Casa de Vitória o P. Francisco Gonçalves, um dos maiores Jesuítas do Brasil, cuja autoridade se repartira em todo êle desde S. Paulo ao Rio Negro, no Amazonas, e em Roma e Lisboa. Andavam há muito em briga aberta os dois homens principais da terra: «um pelo cargo que de presente exercitava, e o outro pelos que em outro tempo servira, e principalmente por ser mui afazendado». Ardia o P. Gonçalves em zêlo de os apaziguar, porque êles punham em bando e divisão a vila. Ao saber que os inimigos estavam na barra, chamou cada um de per si, e reünindo-os a ambos na Residência, expôs-lhe os perigos, e como sua união seria de exemplo para a necessária união de todos em dar crua guerra ao inimigo. Abraçaram-se. Apelidaram-se os Índios, que houve tempo de se chamar das Aldeias, e alcançou-se assinalada vitória, dada a desproporção das fôrças. A Ânua que isto conta, diz que as naus inimigas eram nove e «oitocentos homens de guerra».

«Todos os Índios, que podiam servir para a guerra, se postaram nos postos de maior risco, animando-os os Padres a defender valorosamente a Lei, a Pátria, a honra do nome Português». Confessaram-se, ccmungaram e encomendaram-se à «protecção do glorioso São Maurício, orago da nossa Igreja e Patrão daquela Capitania». A Casa dos Jesuítas foi centro de abastecimentos e hospital de sangue, «acudindo aos sãos com o mantimento, que naquela pobre Casa havia, curando com grande caridade os poucos feridos que houve na batalha, e enterrando na nossa Igreja a alguns, que no conflito morreram». Jesuítas presentes, oito. O Capitão-mor João Dias Guedes e todos os moradores cumpriram com denodo e coragem o seu dever; e assim foi como «aquela pequena vila», venceu, mais uma vez, e como sempre, «aos rebeldes holandeses» [2].

5. — O Espírito Santo padeceu também, durante os tempos coloniais, graves epidemias, que às vezes faziam pungente mortandade.

---

1. *Cartas de Vieira*, I, 58-60.
2. *Bras. 8*, 538. Segundo Rio Branco, os holandeses apresentaram-se no pôrto de Vitória, no dia 27 de Outubro de 1640, comandados pelo Coronel Koin; no ataque do dia seguinte distinguiram-se, além do Capitão-mor João Dias Guedes, o Capitão Domingos Cardoso, e o voluntário António do Couto e Almeida, nomeado

Quanto trabalharam os Padres nestas pestes, até morrer nelas, depreende-se do testemunho da Câmara do Espírito Santo, louvando o que fêz um, cuja caridade sempre acharam «em suas necessidades, e e perseguições e em suas enfermidades. O que bem se experimentou no ano de 1666, em que acudiu a todo êste Povo, que estava perecendo com o contágio das bexigas, não perdoando a nenhum trabalho de dia e de noite. Por calmas, chuvas, sem excepção de pessoa alguma, acudindo com tanto zêlo aos senhores como aos seus escravos» [1].

O P. Barnabé Soares escapou incólume da epidemia. Outros porém sucumbiram. Na lista dos que deram a vida «servindo a empestados», há três que a deram no Espírito Santo. Os Padres Vicente dos Banhos e Gonçalo de Abreu morreram na grande peste de 1653, o primeiro a 13 de Fevereiro e o segundo oito dias depois, a 21 do mesmo mês [2]. Repetindo-se a peste 3 anos mais tarde, sucumbe a ela, o Vice-Reitor do Colégio, P. Gregório de Barros (a 2 de Março de 1656) [3].

Outras epidemias se foram marcando periòdicamente com referências comuns. Menos comum foi a de 1699, que grassou com violência. O Colégio foi o asilo dos pobres com alimento e vestido. Trouxe-se a imagem de Nossa Senhora da Penha, que todos veneram. Colocou-se na Igreja do Colégio, onde permaneceu 15 dias, com oração e procissões. A pouco e pouco a epidemia perdeu o seu vigor [4].

Sôbre a posse da ermida de Nossa Senhora da Penha, aqui mencionada, tir ha havido meio século antes uma dúvida com os Padres Franciscanos. Não há elementos positivos, senão, por notícia de 24

---

depois capitão-mor. Do inimigo, «quási todos os oficiais foram mortos ou feridos» — testemunha o próprio Koin, *Ephemerides*, 509. Bettendorff dá mais pormenores sôbre a «batalha prodigiosa pelo pouco número de nossa gente, que só eram duas companhias limitadas de ordenanças, contra o excessivo poder dos hereges». Para animar os nossos metera-se o P. Francisco Gonçalves entre os moradores com um crucifixo nas mãos, *Crónica*, 128.

1. Carta da Câmara da Vila de Vitória ao P. Geral, de 29 de Dezembro de 1667, pedindo que voltasse para a Vila o P. Barnabé Soares. Carta escrita pelo escrivão da Câmara, Martinho de Amorim de (nome ilegível que parece *Távora*). Cinco assinaturas autógrafas dos oficiais da Câmara: *Frágua, Gomes, Vilas-Boas, Morais, Henriques, Bras. 3(2), 58; cf. Bras. 3(2), 63*.

2. *Bras. 5*, 199v; *Bras. 9*, 25; Bibl. Vitt. Em., f. gess. 3492/1363, n.º 6.
3. *Bras. 5*, 218.
4. *Bras. 9*, 447v.

de Junho de 1649, que se deixara, havia algum tempo, aos Padres da Companhia do Espírito Santo, uma herança embaraçada com uma demanda [1]. Seria sôbre esta matéria? Há quem se refira a esta dúvida e demanda e dê como motivo dela, a incapacidade económica da pobreza franciscana, para possuir bens de raiz, anexos à ermida, motivo sem dúvida diferente do verdadeiro, com que se pudesse fundamentar demanda em causa cível. Achando-se que as terras do Colégio e da Ermida eram confins, o assunto deve prender-se a questões dessa natureza, como tantas vezes sucedeu naquela época, em que se doavam fazendas a Religiosos, com condições que depois se alteravam, ou já implicadas em demandas, de iniciativa anterior à doação ou herança.

Faltando os elementos positivos da questão em si mesma, não é lícito formular juízos sôbre a legitimidade ou ilegitimidade dela. A ermida ficou aos beneméritos Padres Franciscanos, que não tardaram em edificar o converto, que é um dos elementos de devoção e beleza da barra do Espírito Santo. E os Jesuítas, como tôda a gente, continuaram a prestar as suas homenagens a Nossa Senhora da Penha, como é prova êste mesmo acto piedoso, na epidemia de 1699, de se recolher a veneranda imagem na Igreja do Colégio, durante aquêles 15 dias de angústia popular.

Com esta assistência, de visitas caridosas a enfermos, e remédios, havia outra, a da pobreza envergonhada ou simplesmente pobreza. As Fazendas do Colégio, com serem grandes, tinham também grandes gastos com o pessoal e fábrica. Em 1739 nota-se que em muitos anos, por acidentes climatéricos, sêcas ou inundações, as receitas não cobriam as despesas; mas nesse ano produziram muito e superaram-nas. E não houve pobres na Vila de Vitória, que todos participaram da abundância do Colégio [2].

6. — O Colégio dos Jesuítas, com boa livraria, com as suas aulas, com a assistência religiosa e caritativa, com os seus variadíssimos ministérios, teve vida ininterrupta, pacífica e fecunda, durante mais de dois séculos. Até que lhe chegou também a tormenta. No dia 4 de Dezembro de 1759, apresentou-se em Vitória com o aparato militar, usado em todos os mais Colégios, o Desembargador João

---

1. *Bras.* 3(1), 274.
2. *Bras.* 10(2), 395v.

Pedro de Sousa Sequeira Ferraz. Deu conhecimento ao Reitor P. Silvério Pinheiro da sua triste comissão, portando-se com dignidade e benevolência, consultando os próprios Padres sôbre o melhor meio de a realizar. Reüniram-se no Colégio os Padres e Irmãos de tôdas as Casas da Capitania, entre os quais o escritor Manuel da Fonseca, ao todo 17 [1]. E enfim, no dia 22 de Janeiro de 1760, de batina e capa, levando ao peito o crucifixo dos seus votos, entraram no pequeno navio e deixaram o Colégio e a Vila de Vitória, a caminho do Rio e do exílio. O povo do Espírito Santo acorreu a despedir-se e a protestar com lágrimas o levarem-lhe assim os Padres [2].

Quando Saint-Hilaire passou pelo Espírito Santo, no século XIX, o Colégio dos Jesuítas era Palácio do Governador, e, «sem contradição, o mais belo ornato da Capital do Espírito Santo» [3].

Ainda hoje é sede do Govêrno, com o nome de «Palácio Anchieta», a quem a devoção espírito-santense reservou lugar, construindo-lhe dentro dêle uma cripta, discreta e devota. Falta ainda o monumento a Afonso Brás, fundador do Colégio e da instrução no Estado do Espírito Santo.

---

1. Silveira, *Narratio*, 155; outros autores variam, mas Silveira é primeira fonte.

2. «Die 22.ª Ianuarii solvit cum septendecim Jesuitis in Flumen Ianuarii, non sine lacrymis, quas ubertim fundebant oppidani, orbati, ut clamabant, Patribus, eorum commodis per eleemosynas in temporalibus, per animarum profectum in aeternis sponte accurate, et prompte accurrentibus», Silveira, *Narratio*, 155.

3. *Segunda Viagem ao Interior do Brasil — Espírito Santo*, 97. Os livros da livraria do Colégio dispersaram-se com a saída dos Padres: foram recolhidos em 1771, «os que se encontravam em poder de várias pessoas», e remetidos para a Côrte, AHC, *Baía*, 8423, 8439.

CAPÍTULO II

Aldeias e Fazendas do Espírito Santo

1 — Aldeias de Índios; 2 — Guaraparim; 3 — Reritiba (Anchieta); 4 — Fazenda de Carapina; 5 — Fazenda de Itapoca; 6 — Fazenda de Muribeca; 7 — Engenho de Araçatiba.

1. — Das dez Aldeias de Índios, que os Jesuítas catequizaram nos primeiros tempos da sua chegada à Capitania, duas se tornaram famosas pela continuidade do seu regime administrativo, Reritiba e Reis Magos. Mas ainda em 1619 eram de visita a Aldeia da Conceição, a de S. João e a de Santa Maria de Guaraparim, também da Conceição, em local porém diverso daquela do mesmo nome.

A Ânua de 1613 conta ainda curas ou milagres atribuídos ao fundador da Companhia, na Aldeia de S. João [1], e no ano seguinte refere-se a relutância dos Índios das Aldeias em aceitar capitães portugueses, e que só os aceitaram, porque os Padres ameaçavam retirar-se, se os não admitissem [2].

Com a remodelação administrativa, que se seguiu a essa medida, convieram os Jesuítas em desenvolver e fixar-se definitivamente em duas, uma ao norte outra ao sul da Vila, Reis Magos e Reritiba. E depois de novas ordens régias, ficaram como antes, sendo o capitão um índio da Aldeia, de acôrdo com o Padre. Estas Aldeias, como tôdas as mais no Brasil, tinham a mesma tríplice finalidade: a aprendizagem da catequese, de trabalho estável, pessoal ou de carácter público, e de solidariedade política na defesa contra piratas ou invasores estrangeiros. Acham-se, pelos Arquivos, no decorrer dos tempos, documentos como êstes: «Carta de D. João de Len-

---

1. *Bras. 8*, 139; sôbre os primeiros Aldeamentos dos Jesuítas no Espírito Santo cf. supra, *História*, I, 229ss.
2. *Bras. 8*, 173v.

castro, de 15 de Setembro de 1701, ao P. Reitor do Colégio do Espírito Santo para dar Índios das Aldeias de Reritiba e dos Reis Magos para acompanharem ao descobrimento das minas de oiro» [1]; «Carta de Dom Rodrigo da Costa, de 15 de Dezembro de 1703, ao Capitão-mor da Capitania do Espírito Santo, Francisco Ribeiro, comunicando-lhe que escrevera ao Reitor da Companhia do Colégio, para que êste ordenasse aos Superiores das Aldeias dos Reis Magos e Reritiba que dessem índios necessários para a construção da Fortaleza da Vila de Vitória» [2]. Uma das fortalezas ficava dentro da cêrca dos Jesuítas e ainda existia em 1879 com o nome de Forte de S. Inácio ou de S. Maurício [3].

Os Padres do Espírito Santo faziam de vez em quando entradas à Serra, e mais além, até Minas Gerais pelo Rio Doce, descendo Índios para a catequese, na Aldeia dos Reis Magos, e também com fim expresso de descobrimento, como as expedições às esmeraldas, assunto que por sua natureza pertence ao Capítulo de Minas Gerais. Da Aldeia dos Reis Magos, pela própria vastidão e importância das suas entradas, se dirá no Capítulo seguinte. Neste, o que toca às demais Aldeias e Fazendas.

2. — A Aldeia de Nossa Senhora ou Aldeia de Santa Maria de *Guaraparim* foi residência estável dos Padres até fins do século XVI, quando nesse período sobreveio, por um lado, a ordem interna da Companhia exigindo que em cada Aldeia houvesse quatro religiosos, e por outro, a expansão missionária ao norte e ao sul do Brasil, nas regiões que ambas têm o nome de Rio Grande.

Até esta expansão já não haveria tantos religiosos para se dispersarem pelas Aldeias existentes; com ela e o alargamento do Brasil e da catequese, ao norte e ao sul, menos haveria.

Por êste motivo a *Aldeia de S. João*, a 7 léguas de Vitória, pela sua proximidade da Vila, deixou de ser residência estável. Visitava-se de 15 em 15 dias, e pelas festas, e gastava-se por água (era à beira de um rio) um dia para ir, outro para voltar.

---

1. *Doc. Hist.*, XI(1929)289.
2. *Ib.*, XI, 343.
3. César Marques, *Dic. do Espírito Santo*, 246. Caldas descreve em 1758, ainda no tempo dos Padres, as 5 fortalezas do Espírito Santo, a 1.ª na barra, o «Forte de S. Francisco Xavier»; e depois de descrever as outras: «O 5.º é o reduto

Sucedeu o mesmo à *Aldeia de Guaraparim*, cujos Padres se recolheram à de Reritiba. Em 1600 o P. António Dias, já de 60 anos, de Reritiba ia visitar Guaraparim, «por aquela praia de cinco léguas de areia cruel». Assim se exprime o Provincial Pero Rodrigues, que passou pelo Espírito Santo, em Junho de 1600 ¹.

Entretanto, pedia êle, e o pediam os missionários, que quanto possível, se mantivesse a Residência, e de facto se mantinha em 1610, com o P. Manuel Fagundes, como superior, e o P. Pero Soares ². Manuel Fagundes foi o grande missionário de Guaraparim, nas primeiras décadas do século XVII. Até que ao passar a Donataria para Francisco Gil de Araújo, se modificou o regime desta Aldeia, que se elevou à categoria de Vila, e se ergueu a Nossa Senhora nova Igreja. Escreve Pizarro que o nome da Aldeia era o de um pequeno ilhéu, «cujo apelido se comunicou ao continente, cultivado depois pelos Padres Jesuítas, no espiritual e temporal, a proveito de ambos os Estados. Assistindo nesse sítio o Coronel Francisco Gil de Araújo, donatário da Capitania do Espírito Santo, levantou um templo em 1677, dedicando-o à Santa Virgem sob o especioso título da Conceição, o qual se conserva no mesmo lugar da sua fundação» ³.

Deixando de ser Aldeia de Índios, para ser vila, Guaraparim deixou também de ser da jurisdição da Companhia, cujos Padres aliás não cessaram nunca de dar a essa povoação o concurso dos seus ministérios espirituais, como às demais Aldeias e terras do Espírito Santo.

3. — Na *Aldeia de Reritiba* continuou, durante os séculos XVII e XVIII, a actividade dos últimos anos do século XVI, suavemente doirada pelo crepúsculo e morte do P. José de Anchieta ⁴.

Foi Aldeia de grande movimento catequético, como, se infere dos Catálogos, que vão dando os Padres que nela se sucederam, em

---

de S. Inácio, dos Padres da Companhia, que está situado na extremidade da dita Vila, no qual se acham montadas duas peças de artilharia», *Notícia Geral*, 321.

1. Carta de Pero Rodrigues, de 22 de Agôsto de 1600, *Bras*. 3(1), 170v.
2. *Bras*. 5, 84; cf. supra, *História*, I, 242.
3. Pizarro, *Memórias Históricas*, III(Rio 1820)252; *Santuário Mariano*, X (1722)72; Daemon, *Província do Espírito Santo*, 122. Segundo Augusto de Saint-Hilaire, *Espírito Santo*, 73, deveria escrever-se Guarapari. Todavia nos documentos da Companhia, mais autorizados, e coevos da fundação, o nome é *Guaraparim*, com *m*.
4. Cf. supra, *História*, I, 247-249.

geral quatro e às vezes cinco, para assegurar não só o movimento da própria Aldeia, mas de Guaraparim e outras dos arredores, dependentes de Reritiba, nos primeiros anos do século XVII.

Na órbita da sua catequese, assinala-se em 1641, uma Aldeia de «Gurumomins» ou «Maramomins», «gentio que não estava longe da Aldeia de Reritiba», conhecido mais tarde com o nome de Guarulhos, e para a missionar se oferecera o P. Francisco Gonçalves, superior do Colégio de Vitória [1].

Em 1708 chegou à Aldeia de Reritiba a imagem pintada, do Ven. P. José de Anchieta, «onde êle tanto tempo vivera e acabara santamente a vida. Ao chegar o quadro, ergueu-se grande pranto, quando o Superior da Aldeia se dirigiu à imagem e lhe perguntou se reconhecia aquêles Índios por semelhantes aos seus antepassados que êle próprio cultivara, ou se já tinham degenerado. Organizou-se uma procissão solene para impetrar da Santa Sé as honras do altar, e uma das mulheres da Aldeia, que há muito jazia na rêde, já quási consumida, ergueu-se exultante diante da imagem, e ficou boa de todo» [2].

Reritiba tem história pacífica, feliz, só entrecortada aqui e ali por alguma doença geral, pelo recrutamento de Índios, que os Governadores mandavam ir nas expedições às minas, ou em serviço de utilidade pública, construção de fortalezas, ou rebates de inimigos; e nos seus trabalhos agrícolas e regozijos familiares ou colectivos por ocasião das festas. A Ânua de 1609-1610 refere que a Igreja era muito freqüentada, dos Índios, e que os meninos iam a ela, dispostos em dois coros, cantando [3].

Ao cabo de mais de século e meio de prosperidade e de paz, a Aldeia foi perturbada por ocasião de umas destas festas a S. Miguel, no dia 29 de Setembro de 1742.

Como a Aldeia dos Reis Magos e outras, também a de Reritiba era casa onde os estudantes da Companhia iam aprender ou exercitar a língua tupi-guarani. Estava ali um jovem estudante de Humanidades, e dirigiam a Aldeia os Padres Nicolau Rodrigues, de

---

1. Referindo-se ao *mesmo* facto e ao *mesmo* gentio, duas notícias coevas, usam grafias diversas: «Goromomins», *Bras. 3(I)*, 225; «Maramomins», *Bras. 8*, 638v.

2. Carta do P. João António Andreoni, da Baía, 18 de Junho de 1708, *Bras. 10*, 63v.

3. *Bras. 8*, 109v.

Paranaguá, e Manuel Leão, do Rio de Janeiro, homens zelosos, que depois foram acabar os seus dias em Roma, quando ao recolherem-se os andores da procissão de S. Miguel, se portou mal um Índio, e o repreendeu o estudante. O Índio agrediu o estudante, que reagiu. Apanhou um pau na portaria, e deu com êle no Índio, sem mais conseqüências. E sem mais conseqüências deveria ficar o caso, dispensável sem dúvida, na realidade insignificante, se pessoas extranhas à Aldeia não o envenenassem logo, produzindo efervescência entre os Índios. O Provincial Manuel de Sequeira mandou retirar o Irmão estudante, que depois saíu da Companhia [1]. Também substituíu os dois Padres, que assistiam na Aldeia, e mandou outros em seu lugar. Mal aconselhados, alguns índios receberam os novos Padres com hostilidade, que em vista disso se retiraram. Outra parte dos índios, a maioria, não seguiu os díscolos, e mandou chamar os Padres, voltando apenas o P. Francisco de Lima. Entretanto, os cabeças da facção contrária foram nomeados para os ofícios da Aldeia pelo Ouvidor da Capitania do Espírito Santo, nessa ocasião na vila do Salvador dos Campos dos Goitacases. Segundo as leis, ainda então vigentes, os Padres tinham a direcção espiritual e temporal da Aldeia. Aquela nomeação, em pessoas contrárias à direcção superior da Aldeia, era lançar a guerra civil dentro dela, pelo mesmo que estava incumbido de fazer respeitar as leis. Os índios contrários chegando à Aldeia, «deram baixa ao Capitão-mor e mais cabos, providos por Sua Majestade e se introduziram nos mesmos postos».

O resultado foi uma grave e sangrenta desordem. Diz a *Ânua* correspondente que no mais agudo do motim, o P. Francisco de Lima correu para junto do quadro, onde estava pintada a imagem do V. P. José Anchieta, e levantando a mão direita, mostrou-o aos exaltados: «Eis aqui o vosso Pai, o fundador desta missão, o vosso guia no culto e na vida! Quem fôr por êle venha para êste lado, quem fôr contra êle vá para o outro!».

Em vez de se separarem e acabar a briga, adiantando-se dois dos inimigos, para ferir o Padre com o bastão, outros acorreram e o defenderam, e travou-se luta corpo a corpo em que foram vencidos os

---

1. Segundo a narrativa de Alberto Lamego, o Ir. Estudante chamava-se Manuel Alves. Havia de facto um, com êsse nome, natural do Recife, *Bras.* 6, 273; cf. Borges da Fonseca, *Nobiliarchia Pernambucana*, I, 271.

intrusos ¹. A cena conta-se mais tarde, como passada diante de um crucifixo. Mas a exacta é a descrita à raiz dos acontecimentos. E consta que na refrega morreram dois índios contrários, sangrenta revivescência das antigas lutas de tribo para tribo. A paz só voltou quando o grupo descontente se retirou de Reritiba para o sítio de Orobó, dependência já antiga da Aldeia de Reritiba, com terras para cultivo, que era o que os brancos tinham insinuado aos índios, e ver-se-á, depois da saída dos Padres, com que intenções e conseqüências.

El-Rei mandou castigar os culpados e tirar devassa aos funcionários imprudentes e não tardou, em restabelecer-se a autoridade. Em 1745 já a Aldeia estava provida outra vez de Religiosos da Companhia (Padres Bernardo Fialho e Agostinho Mendes) e tudo continuou daí em diante, com a vida regular anterior, da catequese e harmonia. Voltou-se mais tarde ao rescaldo destas alterações e abriu-se devassa, não com o fim de se apurar a verdade, mas de agravar a Companhia já no tempo da perseguição ². Entre os documentos dêste período há uma carta a El-Rei, do Vice-Rei, Conde das Galveias, de 31 de Março de 1744, em que descreve, antecipadamente, o que se veio a chamar depois «justiça da roça», profligando a atitude do Ouvidor imprudente, que nomeou os novos ofícios de Reritiba, sem respeito pelos anteriores, legítimos e legais:

«O que reparo é que depois que me acho neste govêrno, assim na Capitania do Espírito Santo, como na de Jacobina, nunca houve distúrbio algum, porque os seus habitantes viviam em paz e quietação, mas esta tranqüilidade se descompôs inteiramente depois que entraram os ministros, que V. Majestade mandou para os dois lugares de corregedores, que foram criados. Desde então para cá tudo tem sido inquietações, desordens, pleitos, prisões, sequestros e arremataçoes de bens»... «e perdoe-me V. M. a liberdade de dizer que a experiência tem mostrado que criar ministros em partes tão remotas e distantes da capital, onde não pode chegar a coacção, não serve de outra coisa que para a opressão dos povos e ruína dos vassalos de V. Majestade» ³.

---

1. Carta de André Vitoriano, por ordem do P. Provincial Manuel de Sequeira, Baía, 15 de Abril de 1745, *Bras. 10*, 415-420.
2. Cf. Alberto Lamego, *A Terra Goitacá*, III, 57-76.
3. *Ib.*, 68. El-Rei respondeu ao Conde das Galveias com estas duas Cartas:
   1) Carta Régia, de 17 de Setembro de 1744, sôbre o desacato de que foram vítimas o P. Francisco de Lima e companheiros, mandando que se tire devassa

Antes do motim, em 1739, eram 1.087 os índios de Reritiba; em 1743 eram mais de 900, já excluídos os díscolos. Para honra dos Índios de Reritiba quási tôda a Aldeia se manifestou fiel. Naquele primeiro ano, o gado privativo da Aldeia eram 24 cabeças e recebeu 346 escudos romanos e gastou 201 ficando, com um saldo de 145 [1].

A actividade dos Jesuítas em Reritiba durou dois séculos já antes da própria fundação da Aldeia, com residência fixa, porque Reritiba entrava no campo da acção missionária de Vitória, onde chegaram os Jesuítas em 1551. Obras de zêlo, de caridade, nas epidemias, como em 1714, em que a assistência pessoal dos Padres e de remédios e alimentos foi exímia; administração dos sacramentos e do ensino da catequese; e centro onde milhares de Índios, descidos do sertão, receberam as primeiras luzes da civilização cristã. Ali viveram também e trabalharam alguns dos maiores Padres sertanistas do Brasil, muitos dos quais faleceram nela. Um dêles, a 31 de Agôsto de 1631, o P. Jerónimo Rodrigues, «íntimo afeiçoado» do P. José de Anchieta, que o tratou na sua doença e dêle deixou o que observou pessoalmente, numa *Relação* hoje perdida, mas de

---

e castiguem os culpados, e se prendam até 10 pessoas, não incluindo nas prisões o Ouvidor e Capitão-mor, porque disso se tratará na *residência* dêles;

    2) Carta Régia, de 20 de Outubro de 1744, remetendo duas ordens para se tirarem *residências* ao Ouvidor Geral e Capitão-mor da Capitania do Espírito Santo, ordens a serem entregues ao Ministro que fôsse devassar do excesso que se praticou contra os Missionários da Companhia de Jesus. Cf. Arquivo Público da Baía, *Cartas Régias,* no códice correspondente ao ano de 1744 (códice ainda sem paginação sistemática). Lamego, no lugar citado, refere-se no texto a um Belchior Gomes, que seria Padre Superior de Reritiba. Não existe porém na Companhia ninguém com êsse nome. Ou é êrro de leitura, ou trata-se dalgum índio dêsse nome, com o ofício de capitão-mor ou outro cargo na Aldeia. O P. Francisco de Lima, presente aos sucessos de Reritiba, era da Baía, onde nasceu a 3 de Dezembro de 1706, e veio a falecer em Castel Gandolfo, arredores de Roma, a 13 de Agôsto de 1772. Botânico, naturalista e historiador. Além das obras citadas supra, *História,* I, 536, Sommervogel indica mais estas: *De fructibus et rebus naturalibus Brasiliae,* e *La storia del viaggio e della condotta dei tre Ministri Regj che furono colà mandati da Portugallo per eseguire le sequestro de' beni del Collegio della Baia e di tutte le sue tenute, egli altri ordini regj*», Sommervogel, *Bibl., IV,* 1836.

    1. *Bras.* 6, 280v.

que se serviu Simão de Vasconcelos, como o demonstram as muitas citações de factos passados só entre ambos [1].

Reritiba foi menos feliz do que Reis Magos, na documentação escrita sôbre os seus próprios edifícios. Talvez a Igreja se estivesse construindo em 1597, e fôsse a razão ou uma das razões para se não sepultar nela ao P. Anchieta. O P. Diogo Fernandes, falecido em Reritiba, a 28 de Abril de 1604, que os Índios choraram como a Pai, e, com a presença dos Padres das outras Aldeias, já se enterrou «na Igreja»[2].

A Aldeia de S. Pedro de Cabo Frio (S. Pedro da Aldeia) erigiu-se no século XVII por Índios de Reritiba. O exame de ambas as Igrejas irmana-as no mesmo género arquitectónico, «partido de três naves», interdependência visível, para a qual talvez influísse a própria dependência étnica, e a Igreja de Reritiba fôsse o paradigma da de S. Pedro da Aldeia. E sucede também que o Superior de Reritiba, em 1614, é o mesmo da Aldeia de S. Pedro de Cabo Frio, em 1619, P. André de Almeida [3].

Depois da saída dos Padres, deu-se à Aldeia de Nossa Senhora da Assunção de Reritiba, o nome de uma vila portuguesa, *Benevente*, no dia 14 de Fevereiro de 1761 [4]; e aos Índios Tupinambás, de que era constituída, deram-se-lhes seis léguas de terras *inalienáveis* [5]. Sôbre esta matéria assentava já a razão profunda daquele distúrbio, e a retirada dalguns índios para Orobó, com os conselhos interessados dos que promoveram a resistência. A história destas seis léguas de

---

1. Cf. por ex., Vasconcelos, *Vida de Anchieta*, II, 136. Jerónimo Rodrigues, o autor de «A Missão dos Carijós, 1605-1607», publicada em *Novas Cartas Jesuíticas*, 196-246. Demos aí breve notícia dêle. Vasconcelos traz ainda outras notícias na *Vida do P. João de Almeida* (Livro II, cap. IV), que cita António Franco, e acrescenta esta nota, tirada do livro das entradas no noviciado de Coimbra: «Jerónimo Rodrigues, natural da cidade de Lamego (Cucanha), filho de Gonçalo do Vale e de Margarida Fernandes, entrou na Companhia no ano de 1572, tendo 20 anos de idade. Passou ao Brasil no ano de 1575, na ocasião em que foram levadas para a Província do Brasil muitas relíquias, um painel da Virgem Santíssima de S. Lucas e quatro cabeças das Onze Mil Virgens», António Franco, *Ano Santo*, 491-492.

2. *Bras.* 8, 67v.

3. *Bras.* 5, 111v. Lúcio Costa dá breve notícia destas duas Igrejas em *A Arquitetura dos Jesuítas no Brasil*, na *Revista do SPHAN*, V, 24, 29.

4. Daemon, *Província do Espírito Santo*, 170.

5. Segundo o Mapa de Caldas, *Notícia Geral*, 30, os Índios de Reritiba tinham, antes, 12 léguas de costa.

terra *inalienáveis* mostra o que na realidade se pretendia com aquela divisão. Meio século bastou, para, sem a defesa e amparo dos Padres, essas terras dos Índios, não obstante o título nominal de *inalienáveis*, estarem pràticamente em poder dos brancos. Assim o diz Augusto de Saint-Hilaire, na segunda década do século XVIII, quando passou em Benevente e descreve a terra, a Igreja e a antiga Residência dos Jesuítas, na qual se hospedou o tempo que ali estêve [1].

O nome de Benevente mantém-se apenas no rio, que banha a antiga Aldeia. Esta, hoje cidade *Anchieta*, tem neste glorioso nome tôda a razão do seu prestígio[2].

4. — Para assegurar as subsistências do Colégio de Vitória e até em parte das Aldeias, e para as suas construções, possuía o Colégio algumas Fazendas, que se foram reorganizando ou abandonando com o tempo. *Carapina* foi uma destas últimas. Francisco de Aguiar Coutinho doou terras em Carapina a Miguel Pinto Pimentel, e ali, com outras, que possuía ou comprara, fundou Engenho de açúcar. Falecendo em 1644, deixou por sua morte os bens ao Colégio de Vitória. Quando o P. Diogo Machado, grande amigo de Francisco Gil de Araújo, assumiu o cargo de Reitor do Colégio (era-o em 1678), verificou que os «marcos feitos nas árvores» se iam apagando. Requereu se pusessem marcos legais, o que fêz o Ouvidor Fabiano de Bulhões.

Descrevem-se as terras: «Principiavam na barra do Rio da Passagem, em Maruípe e estendiam-se até à ponte de Cambori, onde se colocou um marco: daí ao Córrego Negro, onde se fincou outro; tomando o rumo do norte até o Rio Carapebus-Mirim, hoje Rio da Praia Mole, e onde foi assentado outro; daí à Malha Branca do Mestre Álvaro, prosseguindo em rumo ao Sul, com diferentes marcos no travessão de Jacuí ao Pôrto Velho, que era à beira da estrada para a Vitória, em direcção ao Rio da Passagem, no lugar onde se havia fincado o primeiro marco».

---

1. *Viagem ao Interior do Brasil*, 68.
2. Em *Anchieta*, de que são benfeitores insignes os dois ilustres filhos da região D. Helvécio Gomes de Oliveira, Arcebispo de Mariana e D. Manuel Gomes de Oliveira, Arcebispo de Goiás, em virtude daquele mesmo prestígio, há hoje residência e pre-seminário dos Padres da Companhia de Jesus.

Estabeleceu depois o Colégio o seu Engenho em Araçatiba, onde poderia prover mais fàcilmente à administração e aos serviços simultâneos da catequese, com melhores garantias de subsistência; e trespassou a Fazenda da Carapina aos dois irmãos Pimenteis. Carapina já não constava entre as Fazendas dos Jesuítas, ao deixarem o Espírito Santo em 1759. Houve nessa Fazenda, Engenho, Olaria, Igreja [1].

5. — A Fazenda de Carapina desempenhava o papel de fazenda suburbana, prática seguida em todos os Colégios do Brasil, a de ter uma Quinta não muito distante do Colégio para fins de repouso, e subsistências de fruta e legumes, como a célebre Quinta do Tanque na Baía, a de S. Cristóvão no Rio, e a de Santa Ana em S. Paulo. Para substituir a Fazenda de Carapina organizara-se a *Fazenda de Itapoca*, já existente com êste nome em 1739, e que produzia farinha e hortaliça para abastecimento do Colégio [2].

A evolução económica da terra veio a aconselhar a concentração de tôdas as fazendas em três grupos, cada qual com a sua actividade especializada: criação de gado (Muribeca); engenho de açúcar (Araçatiba); fábrica de farinha (Itapoca).

A Fazenda de Itapoca instituíu-se em forma, com Igreja e residência própria, pouco antes de 1750. Foi seu primeiro superior, o P. Domingos da Silva, que nela contraíu a doença de que veio a sucumbir em Vitória, a 14 de Agôsto de 1754 [3]. Por esta ocasião chegou da Baía, para a fazenda, uma bela estátua de Nossa Senhora.

Em 1757 era superior o P. Manuel de Anchieta; seu companheiro o Ir. Luiz Pereira [4].

6. — A *Fazenda da Muribeca* formou-se em meados do século XVII. Anda ligado à sua fundação o nome do P. André de Almeida, santista, «a única pedra preciosa do Brasil», como dêle dizia o P. João de Almeida, segundo o testemunho de Simão de Vasconcelos [5].

---

1. Daemon, *Província do Espírito Santo*, 107, 118; Gesù, *Missiones*, 721.
2. *Bras.* 6, 280.
3. *Bras.* 10(2), 495.
4. *Bras.* 6, 398v.
5. Simão de Vasconcelos, *Vida do P. João de Almeida*, 36v, cf. Pedro Taques, *Nobiliarchia Paulistana*, na *Rev. do Inst. Hist. Bras.*, XXXIII, 1.ª P., 240.

Seria no período em que também foi Superior de Reritiba e da Aldeia de S. Pedro de Cabo Frio, e deve estar em estreita conexão com a organização das fazendas dos Campos dos Goitacases, tudo dependente do Colégio do Rio como o próprio Colégio de Vitória até 1648. Muribeca durante todo o século XVII não constituíu Residência fixa. Todavia, já em 1694 dispunha de grande Casa e Igreja, e havia nos seus campos, 1.639 cabeças de gado. Produzia carne para alimento do Colégio de Vitória e dela se tiravam os bois de carro necessários para o serviço. No rio fêz-se também espaçoso pesqueiro, cujo peixe se levava ao Colégio [1].

Era Fazenda de gado, e por muito tempo casa principal, onde se concentrava tôda a administração das fazendas ao sul de Vitória.

Ainda aparece no Catálogo de 1707 como fazenda única, e já com Residência, da qual dependiam outras duas casas relativamente distantes, com suas respectivas Igrejas [2].

A Fazenda de Muribeca constituíu-se principalmente com terras doadas pelo Conde de Castelo Melhor e pelo Governador do Rio de Janeiro D. Álvaro da Silva de Albuquerque em 1702, estas «entre os rios caudalosos, Muriaé, Paraíba e Itabapoana». Estendia-se pela costa desde o Rio Guaxindiba, no actual Estado do Rio de Janeiro, até à última barreira do Siri, perto da foz do Rio Itapemirim, no Estado do Espírito Santo. A estas nove léguas e meia de testada, pela costa, correspondiam oito léguas e meia de interior pelo sertão. Apesar de terem sido jurìdicamente tombadas pelo Ouvidor Mateus de Macedo, não ficaram livres das inevitáveis contendas próprias daqueles tempos, e que surgiam ora com um pretexto, ora com outro [3].

Durante algum tempo, ao menos como tentativa, houve engenho nesta Fazenda (havia-o em 1701), cujas terras areantas se revelaram depois menos próprias para a cultura da cana. Campos

---

1. *Bras.* 5(2), 141v.
2. *Bras.* 6, 65.
3. Cf. Alberto Lamego, *A Terra Goitacá*, III, 172, 220. Na demarcação de divisas entre a Província de Minas Gerais e do Rio de Janeiro, assumiram importância as terras dos Jesuítas. Lê-se num *Relatório*, favorável a Minas, que «presidia a Província do Rio de Janeiro o cidadão Joaquim Francisco Viana, irmão de Cândido Francisco Viana, ambos proprietários da Fazenda do antigo *Colégio* no «*Muriaé*», e que por isso fizeram passar a divisa por onde quiseram», *Rev. do Arq. Público Mineiro*, VIII, 181.

sujeitos a inundações. Em 1739 mataram mais da quarta parte de tôda a criação (contavam-se 1.730 cabeças de gado vacum e 221 cavalar), prejuízo portanto de 500 cabeças, o que decidiu os Padres a construir obras de drenagem e saneamento, canais por onde se escoassem as águas, já concluídos em 1744 [1].

Em 1757 estavam à frente da Residência de Muribeca os Padres António Jorge e Manuel da Fonseca. Manuel da Fonseca já então tinha publicado a célebre *Vida do Venerável Padre Belchior de Pontes* (Lisboa 1752), e a sua estada agora nesta Fazenda obedecia talvez à elaboração da obra Pastoral *Parochus servorum*, consagrada aos escravos, e que deixou inédita [2].

Depois da saída dos Jesuítas, a Fazenda de Muribeca foi arrendada em 1777 e arrematada por José da Cruz e Silva [3].

Por ela, no extremo Sul do Estado do Espírito Santo, passaram, já no século XIX, viajantes que a descrevem com simpática poesia [4].

---

1. *Bras.* 10(2), 415.
2. Cf. supra, *História*, I, 536, onde vem exactamente, pela fonte do Gesù, a bibliografia que deixou, na qual se vê que a leitura errónea, dada por Sommervogel, *sensorum*, é realmente *servorum*. As notícias conhecidas sôbre Manuel da Fonseca, tiradas umas de dicionários e subministradas outras por Murilo Moutinho, reüniu-as Afonso de E. Taunay na edição feita modernamente em S. Paulo, sem data. Acrescentamos agora, às notícias aí dadas, a data e lugar do nascimento: 13 de Maio de 1703 em Lordelo (Arquidiocese de Braga), *Bras.* 6, 271v, Apêndice ao Cat. Prov. Port., 1903. Manuel da Fonseca foi Superior, em Roma, do Palácio Inglês, onde se reüniram Jesuítas do Brasil. A *Vida do P. Belchior de Pontes*, traduzida em italiano, por Ortênsio M. Chiari, da Companhia, imprimiu-se em Roma, 1880.
3. Devemos à gentileza de um descendente de José da Cruz e Silva, o Dr. Cícero F. Tinoco, a oferta de duas fotografias, uma da Igreja de Muribeca, outra da Imagem da Senhora das Neves, orago da Igreja, no seu estado actual.
4. Maximiliano, *Viagem ao Brasil*, 123; Augusto de Saint-Hilaire, *Viagem pelo Distrito dos Diamantes e Litoral do Brasil*, 426-428; Alberto Lamego, *A Terra Goitacá*, páginas citadas, tem mais pormenores sôbre estas terras. O mesmo douto historiador, a maior autoridade em tudo o que se refere a esta região, faz a história documentada das Minas do *Castelo*, começadas a explorar em 1705 por Pedro Bueno Cacunda. O oiro já era quintado em 1732 não porém em tal quantidade que impusesse como remuneradora a sua exploração industrial. E prova, pelo que toca à história da Companhia, que os Jesuítas «nunca se ocuparam das lavras de oiro do Castelo», estranhando que a *Revista do Instituto Histórico e Geográfico Brasileiro* desse guarida a um escrito sôbre essas minas e os Jesuítas, que nada mais é que um amontoado de fantasias, engendrado pela malevolência. Lendas que caem fora do campo da história e da probidade científica, *A Terra Goitacá*, I, 299-303.

7. — Até aos começos do século XVIII vivia na órbita de Muribeca, centro unitivo dessa entidade agrícola, a *Fazenda de Araçatiba*. A construção do Engenho e Residência de Araçatiba foi obra do P. Rafael Machado, a quem muito ajudou o abastado morador e benfeitor Jorge Fraga [1].

Araçatiba já aparece, como Residência, nos Catálogos em 1716, em vez de Muribeca, que se ofusca momentâneamente com menção expressa, sinal de que se iniciava a diferenciação económica, aplicada Muribeca à criação de gado, e Araçatiba, sem excluir de todo o gado, à cultura do açúcar. Ao findar a administração do P. Rafael Machado, dá-se notícia em 1719, que para acabar de raiz as demandas de alguns moradores vizinhos, se adquiriram as terras litigiosas com satisfação dos interessados; e se ergueu casa para depósito de açúcar, se limparam os campos dos pastos, e se construíu um navio de madeira especial para assegurar com regularidade o serviço entre a Fazenda e o Colégio de Vitória, que se abastecia dela e da de Muribeca [2].

Engenho Novo, à frente do qual se achava neste ano, da organização e construção, o P. Manuel Dinis e o Ir. Domingos de Sousa [3].

Muribeca não foi o primeiro engenho do Colégio. Já havia um em 1666 [4]. Era o de Carapina, como dissemos, situado porém em terras que o tempo mostrou serem menos aptas que as de Araçatiba. No entanto, também estas foi preciso beneficiar e valorizar, com a indústria e diligência humana, abrindo-se valas de drenagem e saneamento. Sobressaía o Canal de Camboapina, de duas léguas de extensão, da embocadura do rio dêsse nome até à entrada da baía

---

1. Jorge Fraga faleceu em Fevereiro de 1721, e deixou uma fazenda sua ao Colégio, em forma de «capela», com a obrigação de uma missa anual, na festa de S. Inácio. Era engenho, que se incendiou no fim dêsse ano de 1721, mas como ficava dentro dos limites da Fazenda de Araçatiba, os Padres do Colégio de Vitória pediram ao Padre Geral a aceitação do legado, para se evitarem dissensões com vizinhos; as terras poderiam ser úteis para novos canaviais, quando se cansassem as que então se cultivavam, «Colégio da Capitania do Espírito Santo, 15 de Junho de 1722. (aa) *João Pereira*, Reitor, *João Mateus Falleto, Manuel Leão, Tomás de Aquino*, consultores, *Bras. 4*, 227.

2. *Bras. 10*, 221v.
3. *Bras. 6*, 71v.
4. *Bras. 9*, 190v.

do Espírito Santo. Além daquelas vantagens significava outra, a de encurtar a navegação fugindo ao rodeio do mar [1].

A produção do açúcar orçava nos anos bons, por 45 caixas e chegou a 80 em 1756 [2]. Nos anos maus, baixava muito, como em 1742, que não passou de 16 caixas. Além do açúcar, produzia aguardente, melado e mel do tanque [3].

Grande Fazenda, nela viviam habitualmente dois Padres, e segundo o Inventário de 1780, o núcleo central era constituído pela Residência, Igreja, Engenho, senzalas e oficinas.

A Igreja de N. Senhora da Ajuda possuía as seguintes imagens: Nossa Senhora da Ajuda (com a sua Irmandade), Santo António, Santa Ana, S. Inácio, S. Francisco Xavier (também com a sua Irmandade), Senhor Crucificado, as imagens de um presépio (Menino Deus, Nossa Senhora, S. José); um S. Benedito, e um painel da Ceia do Senhor (avaliado, feitio e pintura em 137$200); paramentaria e peças do culto habituais em tôdas as Igrejas, de prata e oiro, uma píxide, um cálice, várias coroas e castiçais, cruzes, lavandas, purificador, turíbulo, lâmpadas, frasquinhos e salva para os santos óleos e resplandores, tudo de prata. Depois, característicos da devoção do povo, corações de prata e oiro, um colar de oiro e dois pares de brincos da Senhora da Ajuda e um fio de contas grandes, de oiro. (Êstes numerosos objectos de prata e oiro avaliaram-se apenas em 610$000 réis, sinal de que se atendia ùnicamente ao pêso bruto, não à estimativa e arte).

Engenho, com os seus pertences, ferragens, cobres, bronzes e metais. Servos, 852, «pretos, pardos e cabras»; e «alguns com ofícios e artes».

As *Fazendas* de gado eram 4 (currais se diziam): *Araçatiba, Porta, Sacramento* e *Camboapina*

E as datas de terra, sete·

1) *Araçatiba;*

---

1. Informação de César Marques, *Dicionário do Esp. Santo*, 21. Os documentos da Companhia falam da construção de canais à roda de 1740, sem especificar os sítios onde se abriram. Em *Notas, Apontamentos e Notícias para a História da Província do Espírito Santo*, na *Rev. do Inst. Hist. Bras.*, XIX(1856), 180, 250, há também referências a trabalhos hidráulicos de drenagem feitos pelos Jesuítas.
2. *Bras.* 6, 306v, 440.
3. *Bras.* 6, 129.

2) *Jucu*, desde a primeira cachoeira, rio abaixo, até às terras de António Gomes de Miranda (a maior de tôdas);

3) *Jucu*, desde o Morro de Betiriba, rio acima, até aquela primeira cachoeira;

4) *Jucuna*, pelo Jucu acima, desde a barra do *Araçatiba*;

5) *Camboapina*, até às *Palmeiras*;

6) *Palmeiras*, desde a barra do *Rio Una*, subindo pelo sertão até fundos de *Araçatiba*;

7) *Ponta da Fruta*, da costa para a terra, e perto do Ribeiro até à *Ponta dos Cajus* para o sul, com 3.000 braças de testada e 2.000 para o sertão.

Além disto, o Trapiche da Fazenda e chãos adjacentes. Tudo, incluindo a Igreja, engenhos, currais, gado, fazendas, objectos de arte: 58.603$480 réis. Nesta soma se incluem 41.219$800, da escravaria, elemento importante para se apreciar, por confronto, quanto valia e custava, por si só, então, a mão de obra [1].

Refere-se que em 1796 voltaram à Fazenda de Araçatiba e à de *Caçaroca* dois antigos Padres Jesuítas do Colégio de Vitória, facto que teria causado espanto nas pessoas de sua família [2].

Não é inverossímil. Entre os exilados de 1760 havia alguns espírito-santenses, que ainda viviam em Itália em 1788; e desde 1777 (morte de D. José e queda do seu valido) se haviam restabelecido pouco a pouco as liberdades cívicas [3].

Visitaram Araçatiba alguns viajantes e naturalistas. Um dêles, em 1816, descreve esta Fazenda como à maior das que achou no seu percurso, com grande sobrado, Igreja, e senzalas. A maneira como chegou e a viu, reflete ambiente não muito diverso ainda do tempo dos Jesuítas:

«A imponente selva de Araçatiba era um êrmo solene: por tôda a parte papagaios esvoaçavam com alarido, e a vozearia dos macacos «saí-açu» se ouvia em todo o redor. Trepadeiras ou cipós das

---

1. Daemon, *Província do Espírito Santo*, 181-184, onde diz que o *Inventário*, mandado fazer por ordem de D. Maria I, foi concluído no dia 17 de Abril de 1780, e *o viu* nas mãos do Escrivão António Augusto Nogueira da Gama. — Da Fazenda de Muribeca três anos antes, por ocasião da sua venda em 1777, ter-se-ia feito inventário semelhante.

2. Daemon, *Província do Espírito Santo*, 198.

3. Ir. est. Domingos Barbosa, nascido no Espírito Santo, em 1738; P. Gonçalo da Costa, da «Capitania», etc.

espécies mais belas e variadas entrelaçavam-se nos troncos gigantescos, formando impenetrável mataria: as esplêndidas flores das plantas carnudas, os pendentes festões dos fetos, enrolados nas árvores, vicejavam luxuriantemente; em tôda a parte coqueiros novos adornavam o mato baixo, sobretudo nos pontos úmidos; aqui e ali a *Cecropia peltata*, de caule anelado, cinzento-prateado, formava moitas distintas. Dessa majestosa penumbra passamos inesperadamente para um trecho escampo e tivemos grata surprêsa, quando, de súbito, descortinamos o grande edifício branco da «Fazenda de Araçatiba», com as suas duas tôrres pequenas, situada numa planura verde, ao pé do altaneiro Morro de Araçatiba, montanha rochosa coberta de mata»[1].

---

1. Maximiliano, *Viagem ao Brasil*, 143. Eugénio de Assis, *Dicionário Geográfico e Histórico do Estado do Espírito Santo* (Vitória 1941)50, diz que Araçatiba, pela sua antiga prosperidade, já inspirou motivos para peças teatrais.

CAPÍTULO III

Aldeia dos Reis Magos

1 — Residência dos Reis Magos e Igreja de S. Inácio de Índios Tupinanquis; 2 — Redução de Índios Aimorés; 3 — Entradas aos Índios Paranaubis (Mares Verdes) do Alto Rio Doce (Minas Gerais); 4 — Os Índios Pataxós; 5 — Período de prosperidade e missões ao norte da Capitania.

1. — A Aldeia dos Reis Magos ou de Santo Inácio Mártir, fundada no século XVI, teve o seu apogeu na primeira metade do século XVII com a obtenção de uma grande sesmaria para os Índios, inauguração dos edifícios, que a tornam hoje notável, e como centro de catequese e entradas aos Índios Aimorés e aos Paranaubis (Mares Verdes) no actual Estado de Minas Gerais.

Com o Padre Domingos Garcia, por superior, cuja actividade se une aos primeiros tempos da Aldeia, aparece no Catálogo de 1598, o Ir. João Martins Carro, que aprendia a língua brasílica, e que consagrou grande parte da sua vida a esta Aldeia, da qual, depois de ordenado Sacerdote, foi superior quási 20 anos, talvez o período mais brilhante dela.

A 6 de Novembro de 1610 o P. João Martins alcançou para os Índios da Aldeia uma sesmaria, «no sítio chamado na língua da terra Iapara para a banda da Aldeia de S. João seis léguas, e para a banda do mar a que se achasse, e para o sertão outras seis léguas», «de modo que do Iapara para todos os rumos fizesse sempre seis léguas em quadra». A posse legal, para os Índios, com as cerimónias da praxe efectuou-se a 4 de Dezembro de 1610 e *assinaram* o *Auto* o P. João Martins, Superior da Aldeia dos Reis Magos, o P. Jerónimo Rodrigues e «Gregório, índio da terra e homem honrado e morador na Aldeia de S. João». Eram terras, outrora dadas em sesmaria a um colono, mas que as deixou desaproveitadas e devolutas contra o teor das leis de Sesmaria aduzidas no instrumento jurídico [1]. Até aí cultivavam os Índios outras, que as formigas invadiram e devastaram.

A Aldeia tornou-se populosa. Em 1615 concluíu-se e inaugurou-se a Igreja de S. Inácio e Reis Magos (Santo Inácio, mártir, festa a 1 de Fevereiro, invocação já existente em 1598, anterior à canonização de S. Inácio, fundador da Companhia de Jesus, mas em intenção e honra dêle). Foi grande a solenidade da inauguração. Primeira missa, cantos, prègação, procissão do Santíssimo, com as danças dos Índios, que depois dela, com manifestações de alegria, encheram o vasto terreiro da Igreja e Residência. Índios na maior parte descidos recentemente das selvas. E com ser festa cristã, a ela se misturou uma sobrevivência gentílica, a «saüdação lacrimosa», que os Jesuítas não repeliam, tratando apenas de a canalizar sem violência. Concluídas as festas religiosas e de regozijo, recolheram-se os Índios a suas casas e em tôda a Aldeia se ouviu pranto geral. Admirados de tão súbita mudança entre a alegria manifestada antes e a dor profunda de agora, inquirida a causa, responderam os Índios que choravam por não terem visto os seus antepassados o que os seus olhos viam, tão grandes festas e tão grande Igreja.

Os Índios dos Reis Magos assinalaram-se logo com notáveis provas de amor à religião e piedade cristã [2].

Com o P. João Martins, Superior, estavam na Aldeia o P. Jerónimo Rodrigues, o autor da *Relação dos Carijós* [3] e dois Irmãos coadjutores, Gabriel Lopes e Ascânio Bonajuto [4], êste, alfaiate para vestir o pessoal, aquêle encarregado dos ofícios da administração interna da casa.

João Martins Carro faleceu no Colégio do Rio. Refere-o a *Ânua* de 1641-1644, sem indicação de ano nem dia [5].

---

1. Cf. *Livro-Tombo da Vila de Nova Almeida* em *Arquivos do Estado do Espírito Santo* (Vitória 1945) 43-44; César Marques, *Diccionario do Espírito Santo*, 7; Daemon, *Província do Espírito Santo*, 105-107. Depois da saída dos Jesuítas, concedeu-se aos Índios, em Agôsto de 1760, um território de 6 léguas de terra, Daemon, *Província do Espírito Santo*, 169; Saint-Hilaire, *Espírito Santo*, 144.

2. *Carta Ânua de 1615*, escrita por Manuel Sanches, Bras. 8, 149v. «Grande Igreja de pedra», Maximiliano, *Viagem ao Brasil*, 146.

3. Cf. S. L., *Novas Cartas Jesuíticas*, 196-246.

4. Bras. 5, 111v.

5. Bras. 8, 534; Roma, Bibl. Vitt. Em., f. gess., 3492/1363, vem o dia 30 de Maio de 1643. Dois anos antes vivia ainda na Aldeia dos Reis Magos, e o Ca-

A Aldeia dos Reis Magos, mudada da Aldeia Velha, para o sítio em que se construíu a Igreja actual, fica na embocadura do Rio dos Reis Magos (o *Nhunpanguá*, dos Índios [1]), numa colina, cujo alto é uma plataforma com grande vista para o mar. Ao norte de um terreiro de cêrca de 140 x 260 pés, ergue-se a Igreja e a Residência, que ocupa um lado dêsse terreiro ou praça. Entremeavam-se com as casas, a distâncias regulares, os Passos da Via Sacra, cada qual em seu pequeno nicho [2].

2. — Os Aimorés da Serra vinham com freqüência a Reis Magos. Mas a certa altura puseram-se em pé de guerra, cortaram os caminhos da Aldeia, e também da povoação dos Brancos e suas fazendas.

O P. Domingos Monteiro, antigo missionário desta Aldeia, e que nesse tempo estudara a língua Aimoré, tendo vindo à Capitania do Espírito Santo, pôs-se à fala com êles e conseguiu reduzir uma partida dêsses Índios e os afeiçoou de forma que o Capitão-mor e outros Portugueses também se avistaram com êles fazendo as pazes [3].

O próprio agenciador delas, P. Domingos Monteiro, conta ao seu Padre Provincial, numa carta de carácter íntimo, de confiança, e quási humorística, o facto:

«Esta escrevo para que Vossa Reverência saiba como se fizeram estas tão desejadas pazes dos *Gaimorés*, nesta Capitania do Espírito Santo, e me ajude a dar graças a Deus. E já que tem visto as causas que houve para se quebrarem da parte dos Tapuias, ouvirá o modo que tive para entrar com êles.

---

tálogo de 1641 diz que era de Afife, diocese de Braga, com 69 anos, boa saúde. Fêz os estudos apenas indispensáveis para se ordenar. O seu talento consistia em «converter e governar Índios». Superior da Aldeia de S. Inácio cêrca de 20 anos, foi ao sertão três ou quatro vezes, *Bras. 5*, 155, 162. A naturalidade do P. João Martins vem expressa em diferentes documentos: Gateira, Afife, Vila de Viana (*lugar, freguesia, têrmo*).

1. «Reis Magos, por hum Rio q. está na Capitania do Spirito Sancto — *Nhūpāgoa*», — Leonardo do Vale, *Vocabulário na Língua Brasílica* (S. Paulo 1938) 370, publicado por Plínio Airosa.
2. Saint-Hilaire, *Espírito Santo*, 137, que ainda viu êstes Passos.
3. Carta Ânua de 1617-1619, *Bras. 8*, 240.

Véspera de S. Filipe e S. Tiago, veio a esta portaria um moço às sete horas da manhã, e me disse:

— *Chamam-te os Tapuias; ei-los, ali estão.*

Salto fora com uma pressa extraordinária, que causou espanto nos companheiros. Estava eu, com o chapéu e bordão no terreiro da Aldeia, bem leve do estômago, animoso, porque acabava de dizer missa. Peço companheiro, o Ir. António Ferraz, que muito se alegrou, quando o avisaram para tal caminho. Parto-me para o mato. E ia dizendo comigo *si manseritis in me et verba mea in vobis manserint; quodcumque petieritis fiet vobis.*

Esta foi a primeira vez, a cabo de cinco meses que havia estava esperando esta hora. Os Portugueses, que estavam na Aldeia, que de contínuo aqui residem, todos me seguiram, tirando um; os Índios, porque os não tivessem por covardes, foram atrás de mim para verem o fim do negócio. Eu andava mais que êles. Meia légua tinha andado pelos matos, quando achei lugares frescos aonde tinham estado, e o fogo, que tinham feito, e um bugio de moquém, com outra carne espetada no caminho, que de indústria me tinham deixado. Começo de alevantar a voz e prègar no deserto: os ecos eram grandes por aquêles vales sombrios. Não cesso de chamar como perdigão, que chama as perdizes, sem nenhum acudir. E alguns me estavam ouvindo, como depois soube, quando me arremedavam, repetindo as palavras que eu dizia então.

Torno-me com os despojos, *scilicet*, paus tostados, mantéus ou tipóias, com que trazem os filhos atados, que me largaram no caminho. Chego à Aldeia mais têso do que quando parti. A caridade do Padre Jerónimo Rodrigues topei no caminho, e, depois de chegar a casa, a reparti pelos companheiros, que, antes de comer, nos fomos todos, diante de Santo Inácio, com os despojos sobreditos dos *Gaimorés*, e lhos oferecemos, como se foram de muito preço; e estimamos quem foi tão ditoso que ouviu a divina resposta: nunca perder a esperança. Ao outro dia estavam esperando por mim no mesmo lugar, e subiam-se em árvores para verem a um companheiro de Jesus, como aquêle bom Zaqueu, desejoso de ver a Jesus, se subiu na árvore de sicómoro. Isto viu um Principal, e logo me veio avisar. Avisei eu ao Superior desta Aldeia, que então era, mas respondeu-me que não era ainda chegada a sua hora, fazendo pouco caso disso, e que quando eu tivesse a faca e o queijo então cortaria por êle, e que então se fariam as pazes.

Vê V. R. o cavalo brioso que está quebrando a peia, com que está prêso, ouvindo o tambor, trombeta e som de guerra ou falcão da Noruega, faminto, na comprida noite, vendo de madrugada a grande prêsa: assim, nem mais nem menos, estava eu monteiro [1], desejoso de saltar na caça, volvendo os olhos a uma e outra parte, sem haver quem me largasse.

Neste comenos traz Deus Nosso Senhor o muito desejado navio. Vem recado como Vossa Reverência nos vinha visitar a esta Aldeia. Já me a mim parecia que tinha concluído com as pazes. Com a boa estréia de Vossa Reverência determino de as fazer, estando Vossa Reverência presente, mas *diis aliter visum est*. Vem recado segundo: que nós fôssemos à Vila, a ver a Vossa Reverência e aos mais companheiros. A 2.ª oitava do Espírito Santo, às nove horas, nos pusemos ao caminho os quatro companheiros. Ao outro dia chegamos à casa da Vila, a tempo que ainda eu pude dizer missa; e disse-a pela conversão dos *Gaimorés*, diante do sepulcro do santo Padre Joseph, meu amigo antigo, que me tinha recebido na Companhia. Não duvido que fui ouvido no céu desta vez. E pôsto que minha oração não foi tão fervorosa como a de Ana, mãe de Samuel, todavia nalguma cousa me parecera com ela, *scilicet*, na aflição do espírito e amargura do coração, pelos chistes e vaivéns dos émulos imitadores de Fenena, que assim a afligiam, a Ana. Mas *vultus illius non sunt amplius in diversa mutari*.

A 5.ª feira me entregou Vossa Reverência esta Aldeia dos Reis Magos, para ter cuidado dela, e pôsto que o meu coração estava nessa Baía, como Vossa Reverência muito bem sabe, abaixei a cabeça. O aplauso que houve em todos os da Vila com esta nova, deixo eu para outros. Sòmente direi que no mesmo ponto e hora em que Vossa Reverência me entregou a Aldeia, nesse mesmo se me entregaram os *Gaimorés* por ordem do céu, aprovando Deus Nosso Senhor a eleição que Vossa Reverência fêz. E não quis o Senhor que se fizessem as pazes nesta Capitania, se não pelo Superior desta Aldeia. Para que saibamos quão bem lhes paga algum trabalho que toma por seu amor, e para que vejamos quão mimosos e privados são de Deus. E àqueles que não têm partes para alguma coisa, os faz idóneos para tudo, escolhendo-os. Nem Saúl prestara para nada, se não fôra ungido e escolhido do Senhor.

---

1. Alusão do narrador ao próprio apelido.

A 6.ª feira nos partimos da Vila, por mandado de Vossa Reverência, à vista de tantos Irmãos, aos quais eu ainda não tinha falado, e tirando por aí, e os Índios da Aldeia, que ficavam sós por outra parte. *Positus in medio quo me vertam nescio*, já ficava em casa por alguns dias para descansar do trabalho do caminho. Não sei que me aguilhoava. Vou-me diante do Santíssimo Sacramento, alevanto-me resoluto de me partir logo pela manhã da sexta-feira, às nove horas do dia, *Quattuor Tempora*, acompanhado de Vossa Reverência e dos mais Padres e Irmãos, que até o pôrto me levaram. Com suma alegria, me fui pelo rio abaixo, arrebatado como outro Filipe Diácono, *qui inventus est in Azoto*.

Quando foi a meia noite da sexta-feira tinha andado doze léguas, e já os *Gaimorés* assomavam amigos, na varanda desta Aldeia, *scilicet*, quatro, que me estavam esperando (eram cinco, mas um se recolheu logo, tanto que viu que eu estava ausente da Aldeia). Os Índios, todos medrosos com tais hóspedes em casa, mandam por mim avisar-me ao caminho que acudisse. Enfim, que os recebi em casa, os quatro, como embaixadores das quatro partes do mundo, véspera da Santíssima Trindade, em que isto sucedeu. E lhos ofereci e dei a sua divina Majestade como primícias desta nova Cristandade. Ao outro dia, os mandei chamar por êstes quatro depois de os agasalhar com muito amor e repartir com êles do resgate que achei, de que eu bem falto estava. Vieram então seis ou sete, mas não trouxeram as mulheres nem os filhos. Todos êstes eram homens de guerra apostados a qualquer efeito, com seus arcos e frechas, como soldados que entram no arraial inimigo. Véspera de Corpus Christi entraram na Aldeia e trouxeram as mulheres e filhos. Êstes trazem elas atadas as mãozinhas aos pescoços seis meses, avezando-os a segurar-se desta maneira, de modo que sendo-lhes a elas necessário correr pelos matos os filhinhos as não largam. Desta feição entraram. E logo apresentaram seus presentes, *scilicet*, cêras, almécegas, e uma casta de verniz, que mui estimam os Índios a que chamam os naturais *itacic*, bugios, aos quais as mulheres dão de mamar e criam ao peito, igualmente com os próprios filhos, dos quais ficam sendo colaços.

Neste dia se apontaram sessenta por todos. Folgaram muito de ver a procissão, que se fêz dos Índios, dia de Corpus Christi, danças e bailos, e assim se puseram logo em ordem como os outros. E logo comecei-lhes de prègar e passar o Catecismo, que eu ainda tinha, e folgaram muito de o ouvir, e muito mais por saberem que eu o tinha aprendido de um seu parente bem ladino mui cristão, de Gaspar Curado, que em minha companhia estêve algum tempo; e desta maneira tirava da antiga memória algumas palavras, e eu me espanto algumas vezes de me lembrarem ainda, pois há catorze anos, que os larguei, por obediência, não de todo, porque sempre lhes tive afeição e êles a mim. E me persuadi que Deus mos tinha entregues desde o dia que fiz as pazes nos Ilhéus; e não se espante Vossa Reverência de me lembrarem ainda algumas palavras, porque já ouviria dizer que algumas mulheres, tomaram tanta afeição a crianças enjeitadas, que lhes nasceu o leite com que lhes deram de mamar, sem nunca dantes o terem, nem haverem gerado: da mesma maneira, que me sucedeu a mim com êstes filhos enjeitados. A Deus sejam imensas graças e louvores, que tornou a dar os perdigotos e filhinhos a sua própria mãe, que os gerou com tanto trabalho, e os tirou àquela que não era sua mãe.

Entre os presentes, que essa gente me trouxe, um foi duas crianças inocentes, que as baptizasse. Assim o fiz. Ao outro dia morreram ambas, e na mesma hora e dia foram enterradas com solenidade. A uma se pôs nome Maria e a outra *Domingos*, pois que o Senhor o escolheu para si e era do Senhor [1], estas duas almas que mandamos ao céu. Estas manda esta nova Igreja a seu espôso Cristo Jesus. Êstes dois cordeirinhos apartamos para oferecer e consagrar ao Senhor que nos meteu de posse da terra da promissão. Êstes serão o par *turturum aut duos pullos columbarum*, que oferecemos a Deus como pobres, não tendo oferta de ricos.

A esta Aldeia concorreram logo muitos Brancos a ver os *Gaimorés*, como gente que não podia acabar de crer tal coisa. Parecia-lhe visão e assim a vinham ver. De uma vez vieram até vinte pessoas, uns idos e outros vindos; até o Capitão Manuel Maciel Aranha os quis vir ver e mostrar sua liberalidade, ajudado da Caixa da Imposição, com dinheiro da Vila, trazendo-lhe algum resgate. E se despediu, fazendo fala aos *Tupinaquis*, exortando-os às pazes, ameaçando os quebrantadores delas, dando-lhes a entender, quanto desgôsto deram com as quebrarem os anos passados, e quanta razão tiveram os *Gaimorés* de se alevantarem. Por derradeiro, em sinal das pazes estarem fixas, lhes dão todos e cada um em parti-

---

[1]. O Padre dá aqui a etimologia da palavra Domingos, que era na realidade o seu próprio nome.

cular sua frecha. Concluíu o língua dos *Gaimorés*, intérprete, fazendo também sua fala, e estando todos presentes, contentes do resgate que se lhes repartiu, dão também suas frechas ao Capitão em sinal de amor e paz. Depois se partem a buscar frutas do mato *quitis* e castanhas de *jaçapucaia*, que traziam em abundância.

A cabo de cinco dias, que na Aldeia estêve o Capitão, se tornou para a Vila, cheio de presentes, que êle muito estimou, e muito mais do recebimento que os Índios lhe fizeram e os domésticos *Gaimorés* indo todos em fieira, a modo de guerra, com seu tambor, arcos e frechas, e frautas, que sobretudo se ouviam. Pareciam os nossos Índios, junto dos *Gaimorés*, meninos muito pequenos, e contudo hoje em dia verá V.ª R.ª um principal dos tapuias Capitanazo, um gigante Golias, ir-se assentar entre os meninos na Igreja, como se fôra um cordeirinho, desarmado, aquêle que trazia assombrados a êstes pobres Índios e a tôda esta Capitania. Tudo isto são efeitos das orações dos meus Reverendos Padres e Irmãos dêsse santo Colégio e dos santos sacrifícios de Vossa Reverência. E de todos muito no Senhor me encomendo. Desta Aldeia de Santo Inácio e dos Reis Magos, 26 de Julho, 1619. De Vossa Reverência filho indigno em o Senhor. Acabo esta, estando de caminho para ir fazer as pazes à Aldeia de S. João dos Tomiminós, *Domingos Monteiro*» [1].

Para assegurar a catequese dos Aimorés assumira o govêrno da Aldeia o mesmo P. Domingos Monteiro, como vimos. Era difícil, porque na primeira doença que sobreveio, todos queriam fugir para os matos, retomando assim a vida selvagem anterior. No entanto

---

1. «Ao R.do P. Symão Pinheiro da Companhia de IESU Provincial do Brasil. Em ausencia ao R.do P. Manuel Fernandes no Collegio da Bahia — Da Cap.ª do Spirito Sancto», *Bras. 8*, 268-269v, 312; Júlio César Cordara, *Hist. Societatis Iesu*, VI, 2.º (Roma 1859)224. O P. Domingos Monteiro, da Cidade de Lisboa, vivia ainda em 1631 na Aldeia da Assunção (Camamu), (*Bras. 5*, 130). Andaria nos 64 anos de idade. Já não consta do Catálogo de 1641. Professo, de bom exemplo, e «zêlo da conversão do gentio» (*Bras. 5*, 59). O duplo título de *Aldeia de S. Inácio e dos Reis Magos*, indica os oragos da *Aldeia Velha* e desta nova, conservados ambos nesta, depois da mudança daquela. A mudança supõe a transferência dos objectos do culto da *Aldeia Velha*. E talvez já o célebre quadro da *Adoração dos Reis Magos*, se o exame técnico demonstrar que é de feitura anterior a 1615. E se porventura o exame provar que é madeira brasileira a tábua em que está pintado, é indício forte, para o tempo (mais tarde menos forte), de que foi feito na terra, e teria que se pronunciar o nome do Ir. pintor Belchior Paulo, cuja presença se assinala no Brasil, nesse período, e nomeadamente no Espírito Santo.

contiveram-se, baptizando-se os meninos e os adultos *in extremis* [1];
e por outro lado os Aimorés da Serra, não reduzidos, ainda continuavam a infestar os arredores da Aldeia, recrudescendo a guerra
cruel que moviam aos Índios cristãos [2]. E parece que a própria
grandeza dos edifícios desta Aldeia tem um sentido de fortaleza,
fronteira, contra os Aimorés bravios. Em caso de necessidade servia
de refúgio a mulheres e crianças.

3. — Entretanto, ficando livre do govêrno da Aldeia, o P. João
Martins, êle com outro grande sertanista João Fernandes Gato
tentaram em 1621, a emprêsa dos *Paranaubis* ou *Mares Verdes*.
Índios do alto Rio Doce, no actual território de Minas Gerais. Desta
primeira entrada, voltaram os Padres sem resultados apreciáveis.
Morreu depois o P. João Fernandes e dois anos mais tarde tornou
aos Mares Verdes, João Martins com um Irmão e 50 Índios frecheiros e 3 Aimorés. Andaram 200 léguas conseguindo trazer consigo
7 Índios Paranaubis [3].

A terceira entrada aos Paranaubis fê-la o mesmo P. João Martins, que levou o P. António Bellavia, e os Índios que tinham baixado.
Saíram da Aldeia dos Reis Magos a 5 de Junho de 1624 e alguns
meses depois no dia 14 de Setembro, estavam de volta, na Aldeia,
com 450 Índios Paranauþis. Dos feitos desta entrada, os trabalhos
que passaram, conhece-se a narrativa literária feita pelo P. António
Vieira [4]. Resumo em que se não fala do Rio Doce. Conserva-se,
porém, a própria fonte, a *Relação*, escrita pelos próprios missionários,
cujo teor contém maior soma de pormenores de carácter etnográfico,
e também local, e até pungente, pelo terror das doenças endémicas
que se declararam, superado pelo ânimo heróico que se não abate
diante da adversidade. Diz assim:

«Já finalmente os Mares Verdes depois de serem por tantos
anos buscados assim de Brancos como de nossos Padres, chegada já
a sua hora, desceram para a Igreja. Gente belicosa, valente, bem
disposta e assombrada, de muito bom entendimento. São em número
perto a 450 os quais todos com saúde e alegria chegaram a esta

---

1. *Bras. 8*, 229.
2. *Bras. 8*, 330v.
3. Carta do P. António Bellavia, de Reritiba, 3 de Dezembro de 1623, *Bras. 8*, 340; Cordara, *Hist. Soc.*, VI, 2.º, 472-473.
4. *Cartas de Vieira*, I, 61-64.

Aldeia dos Reis Magos aos 14 de Setembro no ano de 1624. O modo que tivemos para os descer foi êste. Em espaço de um mês chegamos à sua Aldeia. Fomos recebidos com universal alegria de todos, os quais pontualmente observando a palavra, que tinham dado ao Padre, quando os achou a primeira vez, nos estavam esperando. Não estavam todos na Aldeia, quando nós chegamos. Muita parte dêles eram à caça, e entre êstes o principal. Foi logo o recado da nossa vinda. O qual ouvido, vieram depressa, certificados já que éramos Padres, mostrando connosco e com tôda a gente, que connosco trazíamos, muitos sinais de amor, chegando-se a nós sem arco e frecha, ainda que viram os nossos mui bem armados delas e de espingardas, antes começaram a cantar e bailar juntamente com os nossos, naquela noite e por todo o tempo que com êles estivemos, tratando-nos do melhor modo que puderam em nos agasalhar e prover de todo o necessário, com muita caridade e amor, de que ficamos mui maravilhados por ver tanta humanidade e cortesia em gente selvagem e bárbara, cuja glória tôda está posta em matar e comer os seus inimigos, uns dos quais eram os nossos Índios, o que acrescentou mais a maravilha.

Depois de têrmos estado três dias na Aldeia, vindo ora uns, ora outros do mato, chegou finalmente o principal. Festejou muito a nossa vinda. Disse-lhe então o Padre que descansasse por aquêle dia, que o dia seguinte falariam mais de vagar do que haviam de tratar. O dia seguinte, acabando de dizer missa, o Padre o mandou chamar e fêz juntamente congregar os principais dêles e dos nossos, com os quais vieram também muitos outros a ouvir o que se havia de fazer e determinar. Depois de se ajuntarem todos, lhes explicou então o Padre o fim da sua vinda, e que viera mais de pressa do que lhes tinha dito a primeira vez, por se arrecear dos Brancos que queriam buscá-los para os cativarem; propôs-lhe então o Padre ao principal se lembrasse da palavra que lhe tinham dado de lhe entregar a Aldeia se viesse êle a buscá-los e não mandasse Brancos. Depois de ter dito isto e outras cousas semelhantes para mais fàcilmente os abalar, falaram também cinco Índios os mais principais dos que vieram connosco, com tanto espírito e eficácia de palavras, que bem parecia serem êles movidos interiormente de Deus, o qual queria mover e notificar os corações daqueles gentios para livrá-los do cativeiro do diabo e tomá-los por seus filhos verdadeiros.

No fim da prática disse o principal que estava aparelhado com tôda sua gente para vir com o Padre. O mesmo disseram os outros principaletes, sem se achar nem um só que mostrasse um mínimo sinal em contrário, antes com tôda a alegria possível ficaram mui alegres e contentes. Do que dèu um sinal mui grande o principal, e foi que, estando êle cingido de uma faixa bem larga, da qual dependiam muitos fios de continhas pretas, no remate das quais estavam dependurados todos os dentes de Tapuias, que êle tinha morto, esta apresentou ao Padre como a melhor peça que tinha, dizendo:

Esta me ordenou que eu fizesse, «*Ararobá*», (que é um dos feiticeiros que êles reverenciam quási como seu Deus), *para que eu matasse muitos Tapuias. Dez tenho morto até agora, e dez nomes alcançado dêles.*

Outro principalete trouxe uma *acangetara*, grande como um escudo, laborada de várias penas, qual êles trazem de trás das costas e fermosa e juntamente espantosa à vista. *Esta*, disse então o Índio, *quis que eu fizesse um dos nossos pagés, chamado* «*Ndaiaçu*», *para que os nosso filhos tivessem saúde, e já depois que eu a fiz nunca mais me adoeceram.*

Outra semelhante peça a esta trouxe outro Índio, a qual fêz, diz êle, por mandado de *Guaçucangoeraé* (é êste outro feiticeiro) para que alcançássemos vitória dos nossos inimigos.

Outro dia também o principal apresentou ao Padre a corda com a qual êles amarram os Tapuias quando os matam, de modo que a nós nos parecia que o bem velho renunciava pouco a pouco *omnibus pompis diaboli*, de que ficávamos mui consolados.

No cabo da consulta, vestiu o Padre o principal e deu outros vestidos a alguns, os mais velhos dêles, com que se fêz na Aldeia universal festa. Começaram a arrancar as roças ainda novas para fazerem o mantimento necessário para o caminho e os legumes que tinham plantados, quebrando os potes, cabaços e coisas semelhantes, com que mostravam evidentemente a boa vontade que tinham de deixar as suas terras e vir connosco para Igreja. Em todo o tempo que na sua Aldeia estivemos, que foi espaço de um mês, nos consolaram em grande maneira, não se apartando nunca de nós, vindo ora uns, ora outros a visitar-nos pela manhã mui cedo, dando-nos os bons dias, e as boas noites pela tarde, estando falando connosco e com os nossos Índios com muita consolação, convidando-se uns aos outros, prègando de noite e de dia êles aos nossos, e os nossos a êles, de várias coisas de Deus, não se ouvindo palavras de discórdia nem dissensões algumas, mostrando sempre inclinação grande e vontade de serem filhos de Deus, e de estarem debaixo das nossas mãos, pois, diziam por vezes que confiavam muito em nós, reconhecendo-nos por seus livradores, e que éramos homens santos e verdadeiros filhos de Deus, que da nossa vinda tiveram muitos sonhos. Coisas semelhantes contavam com que nos animavam grandemente e tiravam o mêdo que tínhamos não fugissem pelo caminho como tem acontecido a muitos em semelhantes casos. E bem se deixou ver a grande festa e contentamento que tiveram em sinal do júbilo e alegria que em seu coração ardia por ver se chegava já a hora e tempo de sua feliz dita e nova vida, na muita reverência que nos tinham universalmente todos; porque muitas vezes, quando passeávamos rezando no terreiro, vinham alguns a varrer onde caminhávamos e tirar os paus e pedras, que nos podiam fazer prejuízo. Um índio de respeito se achou entre êles, o qual, vendo que nós fazíamos muito caso que não entrasse ninguém na nossa ermida, onde dizíamos missa todos os dias, para que não a sujassem, logo foi de moto próprio a buscar paus com os quais fêz uma como grade com a qual cercou muito bem a *Igrejinha*, a fim que nela não entrasse coisa nenhuma que à reverência do lugar em alguma maneira prejudicasse, coisa da qual ficamos mui consolados e edificados. Também alguns dos velhos nos perguntavam, depois que dizíamos missa, o que Deus nos tinha dado a sentir nela acêrca da partida, o que tudo atribuíamos à grande vontade que tinham de vir e ao grande conceito que de nós tinham, julgando-nos homens que muito familiarmente tratávamos com Deus.

Era também de espantar o quão sóbrios eram no beber, porque nunca, enquanto com êles conversamos, sentimos bebedices, coisa notável por serem nesta miséria excessivos, mas antes alguns, quando queriam beber, nos vinham pedir licença como que se êles fôssem Índios criados debaixo do nosso bafo. Entre os mais sinais de amor que com os nossos Índios mostraram, um foi, que querendo o Padre mandar os nossos Índios fazer as canoas, que eram necessárias para viagem, não no consentiram por então, dizendo que esperassem outro dia, porque lhes queriam fazer algum mimo. Foram logo às suas roças com muita pressa, donde trouxeram legumes em tanta abundância, que os nossos Índios não os puderam levar todos, fazendo a matalotagem para irem fazer as canoas 6 léguas longe da Aldeia.

Quando cantavam e bailavam ao modo dos seus antepassados, diziam a nós e aos nossos Índios, que não estranhássemos aquilo, nem julgássemos que êles fôssem por isso mudados do seu parecer, mas que estavam fortes e constantes na palavra que nos tinham dado de se vir connosco; e que o mudar-se do primeiro parecer era próprio de Tapuias, e não de homens como êles eram. E bem o mostrou o principal, porque, quando êle se partiu da Aldeia, o que fêz, dois dias antes que nós partíssemos, com outros velhos e velhas pela dificuldade que haveria em não poderem seguir-nos, foi primeiro por tôdas as casas exortando os seus que se abalassem e viessem com o Padre, pois êle já se partia diante de todos. Como se dissera: se eu já me parto com tão boa vontade, bem é que vós todos me sigais. Assim o fêz. E no meio do caminho foi esperar-nos, onde nos preparou uma casinha, para nos agasalharmos nela; e em nós chegando nos presenteou, com outros, também alguma caça, que para êste fim tinha prestes, o que nos pareceu muito em Índios, os quais nunca conversaram com gente branca donde aprendessem tais têrmos de humanidade. Dois dias depois dêle se partir da Aldeia, que foi a oitava do nosso Santo Padre Inácio, partiu o Padre com a mais gente que ficava, depois de ter pôsto fogo às casas, a fim dêles nunca mais se lembrarem delas, no que não mostraram nenhum sinal de tristeza, nem lágrimas, o que nos espantou por serem as casas novas e mui fermosas. Caminharam seis dias por terra, levando às costas seus filhos, a farinha e todo o seu fato, dizendo que já se tinham esquecido da sua pátria, e que não tinham mais vontade de tornar para trás, antes que lhe tinham ódio, pois livrando-se dela se livravam das mãos do diabo, o qual os perseguia e que as muitas doenças, que lhes deram na Aldeia quando nós chegamos foi por ódio do mesmo, o qual não queria que partissem de lá. Estas coisas diziam êles, e bem diziam a verdade, pois o inimigo infernal lhes pôs muitos impedimentos diante dos olhos, para que não deixassem as suas terras, porque alguns arreceavam não fôsse algum branco o companheiro do Padre, por não ser o mesmo que foi a primeira vez; outros arreceavam os perigos das cachoeiras, por se ver em elas manifesto perigo da vida; outros tinham grandíssimo mêdo por verem ser as canoas, em que êles haviam de ir, de casca, a qual tanto que dá em alguma pedra deita a perder quantos em ela estão; outros duvidavam se os havíamos de repartir aos brancos, dos quais êles têm mêdo extraordinário por se lembrarem que antigamente cativaram alguns dos seus antepassados; outros arreceavam o apartar-se das suas mulheres, entendendo que, conforme a lei de Deus, uma era a verdadeira mulher; outros finalmente cuidavam que os havíamos de apartar uns dos outros e mandá-los para outras Aldeias. Estas e semelhantes imaginações lhes trazia o diabo, mas Deus, que os queria para sua Igreja, tôdas estas sombras lhes tirava, aquietando-se êles fàcilmente com as nossas razões, e repetindo muitas vezes que confiavam muito em nós, pois por amor dêles tínhamos padecido tantos trabalhos, e tantas vezes, só por livrá-los das mãos dos seus inimigos. Ficavam consoladíssimos das nossas palavras e muitas vezes êles mesmos nos incitavam para que cedo partíssemos das suas terras. Incrível era neste tempo a nossa consolação por vermos que tínhamos já tirado a prêsa das mãos do inimigo infernal e que tornávamos com a vitória, e com o triunfo, tendo nas mãos as almas remidas com o precioso sangue de Cristo Nosso Senhor.

Mas bem é agora que neste restante da carta eu conte a Vossa Reverência os cálices amargos que bebemos com tantas alegrias misturadas, pois foram tantas as tribulações e impedimentos, que se atravessaram, para se desfazer esta missão, que o que as permitiu sòmente foi poderoso para nos livrar delas e mostrar como tudo o que tínhamos alcançado era obra de sua misericórdia e bondade.

Primeiramente os de Pôrto Seguro quiseram tentar esta missão, depois que souberam que os Padres tinham já achado os *Mares Verdes*, os quais êles nunca puderam descobrir. Mas antes que êles fôssem, se adiantou o Padre dando pressa o mais que pôde; e havendo de ir no ano de 1625, foi no de 1624, e assim êles não puderam efectuar a sua determinação. A esta se ajuntou a segunda que foi do Governador da Vila, o qual ouvindo novas de guerra e que os Flamengos corriam o mar quis que o Padre não fôsse por então por ter necessidade dos Índios se alguma ocasião se oferecesse de pelejar por defender a vila, mas quis Deus que o negócio se concertasse de tal maneira que o Governador não impedisse nem disturbasse a missão, deixando-lhe o Padre na Aldeia Índios bastantes para isso. A outra foi, que no tempo no qual o Padre estava para partir deram as bexigas na Aldeia, por mais que procurou de ir antes delas darem estando a Aldeia neste estado, julgou o Padre e todos os Índios que já não era tempo de se fazer a missão por estar em risco de se perder de todo ponto por êste ano, arreceando com muito fundamento não dessem as bexigas pelo caminho, com tudo isto o Padre a parecer de todos os Padres que então estavam na Vila se partiu para missão escolhendo Índios que tinham já tido bexigas doutra vez, com ânimo porém, que se dessem pelo caminho de se tornar para trás no que vieram todos. Eis que partido e estando nas entranhas do sertão, deram as bexigas a um Índio o qual por o grande desejo que tinha de ir ao Sertão encobriu isto ao Padre, dizendo-lhe que já antigamente as tivera. Ficamo-nos então atalhados e traspassados de dor. Fizemos consulta de tornar para trás, pois tínhamos connosco seis Índios novos dos *Mares Verdes* os quais nunca souberam de tal peste aos quais quem duvidava não houvessem de dar com muito maior razão do que deram aos outros e assim levávamos a peste ao sertão com perigo de matar a gente nas suas terras, e nós morrermos de fomes se houvéssemos de esperar até que sarassem, e ao fim não trazer ninguém. Tudo isto nos persuadia claramente que tomássemos para trás; mas Deus o qual na maior fôrça da tribulação ordinàriamente se acha presente para acudir, nos inspirou que fôssemos para diante até vermos em que parava o mal. Fêz então o Padre buscar os que ainda não tinham tido bexigas; acharam-se outros dous, mandou então que se fôssem outra vez para a Aldeia e nós seguimos a nossa viagem, mas bem sobressaltados cada hora e cada momento se dessem em alguns dos novos. Enfim quis Deus que chegássemos e entrássemos com saúde na *Aldeia dos Mares Verdes*, mas em nós chegando deu nela uma doença geral de barriga, de maneira que as criancinhas e meninos pareciam como mortos nos braços das mães, não falando nem mamando. Vinham as mães como espantadas diante de nós, por não ter nunca experimentado tal doença nas suas terras, nos mostravam os filhinhos, julgando que nós pudéssemos dar-lhes saúde; julgamos nós no princípio que eram as bexigas, o que nos cortou o coração e alma, mas quis Deus que êsse mal logo abrandasse, sucedendo-lhe imediatamente outro mal geral de catarro, tão veemente, que nem nós nem êles podíamos descansar nem de noite, nem de dia, e durou-lhes obra de um mês e meio; a êste mal se ajuntou também, em muitos, doença dos olhos, e dos ouvidos, cuidamos nós então que fôsse algum ramo de peste que trazíamos connosco, enfim quis Deus por sua bondade livrar-nos de todos êstes males e restituir-lhes a primeira saúde.

Botaram êles êstes males à boa parte, dizendo: vamo-nos para o mar já que esta nossa terra é tão doentia, não dizendo, nem suspeitando, que nós por ventura trazíamos connosco aquêles males, o que era mais provável. Grande misericórdia foi esta de Deus, em nos livrar destas doenças de modo que não impedisse a sua vinda, mas esta que agora direi a Vossa Reverência mostra em grande maneira a divina misericórdia connosco e que parece que em um modo milagroso quis que esta missão se fizesse e chegasse ao cabo, porque outros Índios estavam connosco dêstes *Tupinaquins* da Aldeia dos Reis Magos, os quais não se descobriram, quando o Padre no meio do Sertão fêz inquirição dêste ponto acêrca dos que tiveram as bexigas ou não; a êstes não deu o mal, enquanto andamos no sertão, senão depois de tornarmos, um dos quais nesta Aldeia morreu de pele de lixa; assim o permitiu Deus para que não tornássemos para trás, pois se os outros se descobriram, ficávamos com falta de gente sem a qual não podíamos fazer a missão, sem grande incómodo em tôdas as coisas, e se então tornávamos para trás, corria risco de se nunca mais poder fazer esta missão até o dia de hoje, por amor das guerras e outros achaques dos quais não faltaram desde então té agora.

Eis que livrados já das bexigas ficava-nos o trabalho e aflição grandíssima em passar tantas cachoeiras e tão perigosas, as quais arreceávamos cada passo quebrassem algumas canoas nas pedras do *Rio Doce*, com manifesto perigo da vida de algumas pessoas, que nelas iam. E em verdade tais eram elas, que com grandíssimo fundamento se podia isto arrecear, sendo tão grande o ímpeto das águas, que por mais que puxassem os Índios com duas e três cordas, contudo isto não podiam vencer o ímpeto dela, de maneira que escaparam das mãos algumas canoas, as quais se fizeram em pedaços por aquelas cachoeiras. Outras vezes se mergulharam alguns Índios nelas, mas sem perigo da vida, porque a nado se livraram. Uma vez deu em uma pedra a canoa, em que ia o Padre e muita gente. Virou-se. Perderam-se muitas alfaias, mas por mercê de Deus nem o Padre nem pessoa alguma perigou, livrados, mais milagrosamente que por indústria dos pilotos, os quais nestas cachoeiras têm grandíssimo mêdo, por não verem as pedras que debaixo das águas estão, correndo as canoas não com menor velocidade do que correm as frechas pelo ar. Nem menor foi o favor e mercê de Deus em livrar os nossos Índios para que não se perdesse algum dêles na barra do *Rio Doce*, porque depois de se terem mergulhado por vezes, não podendo vencer as furiosas e encapeladas ondas, a nado escaparam, perdendo o fato, que nas canoas traziam, indo entretanto a mais gente pela praia. Com êstes trabalhos e aflições quis Deus que alcançássemos as almas dos nossos próximos que tanto desejávamos.

O que nestes 3 meses e meio nós padecemos, a saber, falta do necessário para sustentação do corpo, chuvas, cansaços extraordinários por caminhos dificilíssimos não julgo ser necessário referi-los nem exagerá-los por serem ordinários a estas missões. Tocarei sòmente alguma coisa em breve dos muitos trabalhos dêstes Índios, que em nossa companhia foram e nos ajudaram com seus suores de noite e de dia, os quais pareciam ser sôbre as suas fôrças. Porque puxaram as canoas pelas cachoeiras, carregando e descarregando muitas vezes todo o fato, levando-o às costas por terra até que passaram os perigos, e isto assim à ida como à vinda. E também noutra paragem não podendo ir o fato por mar, o levaram às costas, caminhando 5 dias por praias mui difíceis e trabalhosas, no qual tempo carregaram também às costas as velhas e doentes dos *Mares Verdes* com muita caridade. Quando partimos da Aldeia abriram caminho novo pelo mato para facilitarem a passagem aos velhos e velhas e meninos, que entre êles havia muitos, no que gastaram alguns dias. Ajudaram a levar às costas tôda a farinha dos *Mares Verdes*, e todo o seu fatinho, tão grande era o desejo que tinham de trazê-los para a Igreja. Fizeram mais 40 canoas, além das que quebraram, no que cansaram muito, porque era necessário buscar o pau dentro do mato e abrir caminho para êle para não quebrar a canoa sendo de casca. Outra vez, por espaço de um têrço de légua, puxaram tôdas estas 40 canoas por terra, não podendo passar pelo rio, por amor de uma perigosíssima cachoeira que nêle havia, e todo o fato levaram às costas, e isto assim na ida como à vinda. Deixo de dizer como muitas vezes não achavam o necessário para sua sustentação, sendo mui estéreis aquêles matos, e o rio acima mui falto de peixe. Enfim, quási nenhum dia tiveram para descansar, fazendo tudo com muito fervor, sabendo que era negócio de muito serviço de Deus, e nunca se ouviu algum que se queixasse no meio de tantos trabalhos, coisa que em Índios é rara e mui digna de notar. Verdade é que nós não deixávamos de os animar com as nossas práticas no tempo das missas, as quais dizíamos cada dia, com que êles e nós ficávamos consolados, e tomávamos alento para os trabalhos, e necessidades, em que estávamos postos todos os dias. Alguns dêles se confessavam em alguns dias de festa, do que ficávamos mui edificados. Desta maneira quis Deus Nosso Senhor ajudar-nos em esta missão, e nos trouxe com saúde, até chegarmos a esta Aldeia dos Reis Magos, na qual entramos aos 14 de Setembro, tendo partido dela aos 5 de Junho, mas mui diferentemente do que cuidávamos, por acharmos nela as bexigas, o que tanto arreceávamos, de modo que tôda alegria se converteu em tristeza.

Começaram êstes *Mares Verdes* a adoecer delas, pouco a pouco, dos quais muitos morreram, mas baptizados e instruídos na Fé. Tomaram alguns com grande desejo o santo baptismo, dizendo muitas vezes que queriam ser filhos de Deus, e que aborreciam as leis e os costumes dos seus antepassados e os nomes que tinham no sertão».

Conta a *Relação* alguns casos edificantes dêstes Índios durante a doença. E conclui que Deus, para não deixar desconsolados os Padres pelo desgôsto desta epidemia, «nos deparou outra casta de gente quási milagrosamente, porque indo os Índios ao mato, a fazer canoas de novo, porque as que fizeram a primeira vez, logo apodreceram, deram com rasto de gente, que dizem ser *Tupinaquis*, que é a mesma língua, do que estamos bem certificados por encontrar os nossos Índios êstes rastos duas e três vezes na mesma paragem; esta outra gente, que é certa casta de Tapuias, dizem ser infinita, boa gente, roçadora, que tem suas Aldeias e que fàcilmente se entregarão à Igreja por parecerem domésticos.

Já entre êstes *Mares Verdes* estão alguns na nossa Aldeia, os quais foram seus escravos e sabem muito bem a língua dêles, que poderão servir de intérpretes, quando Deus fôr servido. O que vendo o Padre João Martins está mui animado a que, sendo o Senhor servido e Vossa Reverência nisto o ocupe, de ir a esta missão com tôdas as vontades. Os Índios, que foram em sua companhia a esta missão dos *Mares Verdes*, por três vezes, estão também animados, não reparando a trabalhos nem a gasto dos seus mantimentos, e que assim como até agora têm gastado com ós *Mares Verdes*, indo três vezes em busca dêles, duzentos mil réis ou mais ainda em fazer canoas, em sustentá-los dois anos com seus mantimentos, assim da mesma maneira querem agora ir e gastar outro tanto e mais ainda, se fôr necessário, e isto em particular agora por entenderem que os que vão buscar são *Tupinaquis* e seus parentes. Queira Deus ajudar-nos para que possamos em tudo fazer o que fôr para sua maior glória e honra»[1].

---

1. *Missão dos Mares Verdes que fêz o Padre João Martins e por seu companheiro o Padre António Bellavia por ordem do Padre Domingos Coelho Provincial*

O perigo holandês, aludido na carta dos Missionários, manifestou-se logo com violência, interrompendo a obra da penetração e cultura do interior, para acudir aos que resistiam à invasão da costa, na Baía e Pernambuco e outras terras. Bellavia ia dar o seu próprio sangue na defesa do Arraial do Bom Jesus de Pernambuco. Só depois da expulsão do invasor se retomou, na paz que se seguiu, a obra construtiva. Êste mal causado pelos Holandeses é geralmente calado pelos que exaltam o pouco que êles fizeram, em comparação do muito que destruíram e do bem que impediram, em 30 anos de perturbações, extorsões e desordens.

4. — De vez em quando os Padres punham-se à fala com Índios de diversas procedências ou êles mesmos vinham ter às cercanias da Aldeia, como em 1693, perto de 500 Índios «Pataxoses» de lábios furados e corpo pintado de várias côres, que tão depressa apareciam como igualmente se ausentavam.

«Tratamos dêles e temos tido com êles muito trabalho, dizem os Padres, sem fruto, por serem em extremo rudes e silvestres, e porque nem nós sabíamos a sua língua, nem êles a nossa [a nossa isto é, a língua brasílica, a tupi ou geral e infira-se daqui a importância da sua generalização cultivada pelos Jesuítas como instrumento de contacto]. Nem êles se querem sujeitar a cultivar a terra para se alimentar, nem viver vida social em Aldeias. Como aves de arribação de-repente levantam vôo para onde lhes parece. A consolação dos Padres, e talvez maior merecimento dos que trabalham com êles, é que até quando semeiam em areia estéril, o fazem por motivo de caridade ou obediência» [1].

---

na era de 1624 (Bras. 8, 360-365). A narrativa não vem assinada, por ser colectiva e elaborada por ambos os missionários. Conserva-se com letra do P. Bellavia, em português, mas com vestígios, na ortografia original da marca italiana do secretário, visível sobretudo na duplicação dos tt: matto, mattam, prattica, fatto. Sôbre o possível têrmo topográfico da expedição, voltaremos a falar no Capítulo consagrado a Minas Gerais.

1. Bras. 9, 397. Conservamos a grafia do original: «Pataxoses». Os Padres tratariam logo de colher as palavras mais comuns da sua língua, como invariàvelmente faziam, e consignou mais tarde Martius nos seus Glossários. E confirma as informações dos Jesuítas o que mais tarde observou o Príncipe Maximiliano, nos «Pataxós», que achou situados ao norte, no Rio Pardo, cujas choças, desenhadas no seu livro, são o que há de mais rudimentar e precário, como elemento de estabilidade e de fixação ao solo (Viagem ao Brasil, 202-203). Não condiz porém

5. — A Aldeia dos Reis Magos, trabalhosa e isolada, teve vida próspera. Os seus Índios, quási todos Tupinanquins, tinham fama de serem pios e bem inclinados. Só uma vez deram desgôsto aos Padres, alvoroçando-se nos meados do século XVIII, apaziguando-os a brandura do P. Domingos da Silva, que lhes facilitou quanto era necessário para viverem desafogadamente [1].

A Aldeia dos Reis Magos, além de ser grande centro de catequese, prestou os serviços de carácter público de tôdas as Aldeias da jurisdição real, acorrendo à defesa da vila de Vitória, na ocasião de rebates de inimigos ou estando prestes a dar a sua contribuição em entradas e descobrimento de Minas.

Era também uma das casas mais preferidas para a aprendizagem da língua brasílica. Os Catálogos vão dando, aqui e além, a presença de Irmãos estudantes, com a menção: «aprende a língua».

Em 1689, os Índios da Aldeia eram 764 [2]. Meio século depois, em 1739, eram 2.030 [3], população que se manteve até o fim, com ligeiras oscilações, contando 2.000 quando a deixaram os Jesuítas em Dezembro de 1759 [4]. Recebeu a 15 de Julho de 1760 o nome de Nova Almeida [5].

Os Índios, suprimida a protecção patriarcal dos Padres, entraram, pérfida e contraditòriamente, no novo regime do *Directório*, que

---

a descrição de Maximiliano, ao menos nos poucos que viu, «nem desfigurados nem pintados», com a descrição dos 500 «Pataxoses», vistos e cultivados pelos Jesuítas 123 anos antes, na Capitania do Espírito Santo, de *lábios furados e corpo pintado*.

1. *Bras.* 10(2), 495.
2. *Bras.* 3(2), 270v.
3. *Bras.* 6, 280v.
4. *Narratio* do P. Francisco da Silveira, cód. 138 da Universidade Gregoriana, f. 260.
5. Daemon, *Província do Espírito Santo*, 169. O *Livro-Tombo da Vila de Nova Almeida* não contém o auto de transformação de Aldeia em Vila, e o seu primeiro documento local é de 17 de Julho de 1760. Como o próprio nome indica é Tombo *post-jesuiticum*. Da Aldeia dos Reis Magos, tirando uma cópia da Sesmaria dos Índios, de 1610, nada encerra nem sôbre a Residência nem sôbre Igreja dos Jesuítas. Enchem-no os papéis burocráticos da perseguição contra a Companhia de Jesus, com que se inundaram os Domínios Portugueses e já andam repetidamente publicados. No fim traz mais uns documentos de 1774 a 1778 com carácter local sôbre estabelecimentos de trabalho forçado, feito por Índios *degradados* e deserção dêles das comarcas vizinhas.

incluía obrigações de *trabalhos forçados*, agrícolas, a que se juntaram depois o dos degredos, o das milícias, e outros. Todos os meses se tiravam, dentre êles alguns, casados e solteiros, para as obras do Caminho de Minas, Hospital de Vitória, Milícias, por muito tempo sem remuneração, depois com o salário de dois vinténs, que se pagavam mal. Saint-Hilaire ainda assistiu (já no século XIX, melhorada a sua situação) a um revezamento dêstes soldados de milícias. Mandavam-se buscar, pelos seus sítios, 20 homens. Em chegando, metiam-se na cadeia para não fugirem, e depois de juntos, lá iam para a Vila de Viana ou Santo Agostinho, ficando entretanto as suas casas e plantações ao desbarato [1].

Reis Magos tinha sido no período jesuítico o primeiro centro irradiador da civilização ao norte da Capitania, e é comum achar-se na origem de diferentes vilas e cidades dessa região, como S. Cruz e S. Mateus, Conceição da Serra, uma *Aldeia Velha*, ou uma *Aldeia Nova*. A tôdas estas povoações iam os Padres em missões periódicas, e às vezes por terra a pé, como o P. Estanislau de Campos, indo do Espírito Santo para a Baía, por terra, em 1713, que ao passar o Rio de S. Mateus, perto da foz, foi arrebatado pela correnteza para o mar, escapando a custo de morrer afogado [2]; e como o fizeram dois, com incríveis trabalhos, desde o Espírito Santo a Pôrto Seguro [3]. Outras vezes iam por mar. Vinham dar missão a S. Mateus os Padres Luiz Álvares e João Vieira, naufragando no perigoso mar das Caravelas. Pereceram o P. João Vieira e dois remeiros, a 20 de Setembro de 1754 [4].

Com ser centro local, a Aldeia dos Reis Magos foi também a janela, aonde do coração de Minas Gerais (antes das Minas...), trazidos pelos jesuítas, os Índios daquele sertão retraído vieram

---

1. Augusto de Saint-Hilaire, *op. cit.*, 145, 224.
2. Cf. Jerónimo Moniz, *Vita P. Stanislai de Campos*, 30.
3. *Bras. 10(2)*, 416. Contam-se os factos sucedidos entre 1743 e 1745.
4. João Vieira era escocês (John Milet) e chegou ao Brasil numa armada enviada pelo Rei da Inglaterra Jorge II contra a América Espanhola. No Rio de Janeiro, John, que era protestante, converteu-se, por intermédio do P. Roberto de Campos, também da Escócia, e do Ir. teólogo Manuel Correia, entrando depois na Companhia de Jesus, a 23 de Junho de 1742. *Bras.* 6, 346v; Bibl. Vitt. Eman., f. gess. 3492/1363, n.º 6.

assomar e ver os alvôres da civilização cristã, desde a primeira célebre missão do P. Domingos Garcia em 1595 [1].

Ainda existe a Igreja, com o seu famoso quadro dos Reis Magos, e a Residência anexa, «bem composto conjunto» arquitectónico [2].

---

1. Cf. supra *História*, I, 231, 243-247. Aí deixamos as primeiras notícias desta povoação no século XVI e a gravura (240/241) da Aldeia indígena, tal como se vê na «Rezão do Estado do Brasil», códice *ms.* da Bibl. Públ. do Pôrto.

2. Lúcio Costa, *A Arquitetura dos Jesuítas no Brasil*, na *Revista do SPHAN*, V, 24. Em 1944 o *Serviço do Património Histórico e Artístico Nacional* tomou a iniciativa de restaurar êste importante monumento histórico.

LIVRO TERCEIRO

CAPITANIAS DO OESTE

ALTAR DA IGREJA DO COLÉGIO DO RIO DE JANEIRO

Com o desmonte do Morro do Castelo passou para a Misericórdia, onde hoje está.
(Vd. p. 24)

CAPÍTULO I

Minas Gerais

1 — Entradas aos Mares Verdes ou Índios Paranaubis (1621-1624); 2 — Entradas ao descobrimento das esmeraldas; 3 — Aldeia de Santa Ana do Rio das Velhas; 4 — Residência na Vila do Ribeirão do Carmo (1717-1721); 5 — No Seminário de Mariana; 6 — O papel «sedicioso» de Vila Rica, no Juízo da Inconfidência (1760).

1. — A organização política e civil do território, que constitui o actual Estado de Minas Gerais, operou-se em período tardio no qual o Clero secular, sem ser ainda abundante, podia já prover por si às paróquias nascentes, e eram também já várias as Ordens Religiosas que exercitavam no Brasil a sua actividade apostólica. Explica-se com isto, em parte, sendo um Religioso da Companhia o primeiro apóstolo de Minas Gerais, não se acharem Jesuítas nos primeiros estabelecimentos de Minas, quando se criou a Capitania de S. Paulo e Minas, em 1709.

No entanto, a «Revista do Arquivo Público Mineiro», reproduzindo em suas páginas a *Cultura e Opulência do Brasil por suas Drogas e Minas*, do P. João André Antonil, da Companhia de Jesus, publicada em Lisboa em 1711, nota a importância dêste livro, como «o primeiro trabalho sôbre coisas de Minas Gerais que se publicou»[1]. Sinal de que os Jesuítas conheciam bem o território e talvez o tivéssem percorrido sem nos ficarem disso notícias concretas, como aliás de tantas outras actividades dêsse tempo. Certo que a natureza da mineração não permitia a criação de Aldeias de Índios; por outro

---

1. *Rev. do Arquivo Público Mineiro* IV(1899)401. Nota Afonso Arinos de Melo Franco, *Desenvolvimento da Civilização material no Brasil* (Rio 1944)83, que Antonil já dá notícia do chamado *caminho novo* do Rio a Minas, «donde se conclui o seu acabamento antes de 1710. Êste caminho é mais ou menos o de hoje, pela estrada de automóvel». Antonil estava no Rio de Janeiro em Março de 1708.

lado, a falta de preocupação escolar nos primeiros povoadores não impunha a presença de um Instituto, cuja tradição e actividade no Brasil, dadas as circunstâncias da sua formação, girava à roda dêstes dois elementos principais: catequese dos Índios e ensino dos colonos.

Apesar destas duas circunstâncias, de tempo tardio e de actividade mineira, é ainda dentro destas duas categorias de catequese e ensino, primeiro sob o aspecto de entradas e depois de residência fixa, quer com Índios quer com Brancos, que se assinala a presença de Jesuítas em Minas Gerais desde 1553 a 1759.

Das entradas dos Jesuítas em Minas, durante o século XVI, com o P. João de Azpilcueta Navarro (1553) e o P. João Pereira (1574), já nos ocupamos no lugar competente [1].

Ficaram aí também as primeiras notícias de uma «Serra das Esmeraldas» e de uma Aldeia, chamada *Mar Verde* (*Mare Viride*), onde João Pereira ergueu Igreja em 1574. Tendo a expedição de João Pereira — António Dias Adôrno saído de Caravelas, por terra, é fácil de ver que entrou no território de Minas no paralelo correspondente. Virou depois para o Norte, chegando e ultrapassando o Rio de S. Francisco, cuja passagem debalde lhes procuraram impedir os Tapuias, com uma esquadrilha fluvial de 25 canoas e armados de setas ervadas.

Passaram anos. E ficou na tradição a *Serra das Esmeraldas* e o *Mar Verde*. No século XVII, iniciaram-se os esforços para descobrir ou redescobrir aquela *Serra* e aquêle *Mar*.

A entrada aos *Mares Verdes* (agora no plural), cuja primeira tentativa foi em 1621, vem narrada pelo P. António Vieira na *Carta Ânua* de 1626. É o primeiro documento literário do grande escritor, obra de juventude, em que não tinha ainda apurado o sentido do pormenor, como depois desenvolveu nas famosas *Cartas-Descrições* do Rio Tocantins e da Serra de Ibiapaba. Não se lê na Carta o nome do Rio Doce, por onde se fêz a entrada. E não obstante dizer que a expedição penetrou 130 léguas, tem passado despercebida dos escritores de assuntos mineiros a menção desta entrada, que foi em verdade ao coração de Minas. Guarda-se felizmente a própria narrativa feita pelos Padres sertanistas, que a realizaram, com o nome do *Rio Doce* expresso. A narrativa arredonda as léguas para 200 (ida e

---

1. Cf. supra, *História*, II, 172-177, e Basílio de Magalhães, *Espinosa e Azpilcueta Navarro*, em *Memórias do Congresso*, X, 69ss.

volta). Eram Padres da Aldeia dos Reis Magos, no Espírito Santo, em cujo capítulo se incluíu, por ser actividade própria dessa Aldeia [1].

Entre a Aldeia do *Mar Verde* do P. João Pereira e os *Mares Verdes* visitados pelo P. João Martins, em 1624, há nexo pelo menos ideológico. Não ousamos dizer que há identidade topográfica. A narrativa da entrada de João Pereira — António Adôrno é conhecida. A das entradas de João Martins fica-o agora. Aos escritores mineiros incumbe a última palavra sôbre o estudo de confronto.

A hidrografia de Minas Gerais indica ao norte, como afluentes do Rio de S. Francisco, um Rio *Verde*, na região de Montes Claros; na do Rio Doce, espalhadas por diversos Municípios, S. Domingos do Prata, Caratinga, e Rio da Casca, várias lagoas ou mares interiores, uma das quais, tem no Mapa de Cândido Mendes de Almeida, o nome de Lagoa *Verde*. Simples indicações sem nenhum intuito de preocupar ou identificar a posição da *Aldeia do Mar Verde*, de João Pereira (1574) com a *Aldeia dos Mares Verdes*, de João Martins (1621). De qualquer maneira, muito a dentro de Minas Gerais, acima das Cachoeiras do Rio Doce, cuja passagem com os seus perigos, espias que arrebentam, e embarcações que soçobram, constitui uma das descrições mais vivas da entrada de 1624 [2].

Os Índios da *Aldeia dos Mares Verdes* eram do grande grupo tupi. O P. João Martins falou-lhes sem intérprete, os Índios Tupinanquins, que o acompanharam, confraternizaram na mesma língua, e todos os têrmos da narrativa, com o próprio nome *Paranaubis*, são tupis.

2. — Marcos de Azeredo descobriu as «esmeraldas», em Minas, no ano de 1611. Algumas, enviadas a Portugal, foram reconhecidas como tais, «não mui finas». Julgavam os lapidários que cavando mais fundo as finas apareceriam. Marcos de Azeredo tratou de novo de «êste descobrimento que não teve efeito com sua morte».

Passaram-se Provisões a outras pessoas, que não conseguiram o intento por muitos inconvenientes, «de que o principal é não os querer acompanhar os Índios das Aldeias pelo mau trato que lhes

---

1. Cf. supra, págs. 167ss.
2. Para a distribuição das alagoas, cf. *Atlas Corográfico Municipal de Minas Gerais*, II(Belo Horizonte 1926), Mapa do Município de S. Domingos do Prata (p.252/253).

fazem, sem os quais não se pode intentar esta jornada por estar o sítio, em que há as esmeraldas, ocupado de Índios gentios, que têm guerra com os Portugueses».

Estavam as coisas neste pé, quando o Provincial da Companhia «queria mandar Religiosos a converter êsses gentios à nossa Santa Fé», e lhe parecia que a emprêsa poderia ter simultâneamente o fim de descobrimento, fazendo servir um fim a outro fim, constituindo uma só acção: serviço de Deus e serviço do Estado.

Propôs a matéria a El-Rei. No caso de aceitar, havia de derrogar tôdas as Provisões passadas, para evitar intervenções ou alegação de prejuízos por parte de terceiros. A última Provisão, passada por El-Rei nessa matéria, tinha a data de 1624, o ano precisamente em que o P. João Martins fôra aos *Mares Verdes*.

El-Rei aceitou a proposta. O seu Alvará de 29 de Junho de 1636 diz:

«Hei por bem que o Provincial da Companhia de Jesus da Província do Estado do Brasil possa fazer e mandar fazer êste descobrimento das esmeraldas à sua custa, como oferece, sem prejuízo de terceiro, dentro do tempo de quatro anos». Derrogou tôdas as Provisões em contrário, e mandou ao Governador Geral, Capitão-mor, e mais autoridades, dessem todo o favor e ajuda à realização da emprêsa [1].

O Provincial Domingos Coelho, que o era nesta data, encarregou ao P. Inácio de Sequeira, depois da sua expedição aos Carijós, que procedesse ao descobrimento das esmeraldas. Com os Índios das Aldeias, ainda entrou o P. Inácio de Sequeira 50 léguas, já portanto no território de Minas; cavou «em um outeiro, donde acharam algumas pedras à flor da terra, e no centro não se achou nada». O que acharam foi «rastos de muito gentio, e os que iam com êle com receio lhe requereram que tornasse» [2]. E voltaram, sem o desejado descobrimento da Serra das Esmeraldas, que na verdade não se descobriu nunca, porque de facto, como tal, não existia, e era uma transposição telúrica do mito da «Lagoa Dourada» amazónica, aliás fecunda como acicate permanente de entradas e bandeiras.

---

1. *Doc. Hist.*, XVI, 386-388.
2. Consulta do Conselho Ultramarino, de Novembro de 1644, cf. *Arq.Públ. Mineiro*, II, 522; Diogo de Vasconcelos, *História Antiga de Minas Gerais* (Ouro Prêto 1901) 26-27.

A entrada do P. Inácio de Sequeira deve ter-se efectuado dentro do período dos quatro anos, marcado na Provisão de 1636. Em 1641 estava no Colégio do Rio, onde informou pormenorizadamente Salvador Correia de Sá e Benevides. O P. Inácio de Sequeira, pacificador dos Goitacases, faleceu no Rio de Janeiro a 21 de Dezembro de 1644 [1].

Dois anos depois a 24 de Setembro de 1646, o Provincial Francisco Carneiro comunica ao Padre Geral o que se tinha feito e ainda fazia no descobrimento da Serra das Esmeraldas:

«Estando eu neste Colégio da Baía, de caminho para o Rio de Janeiro, tive aviso em como Sua Majestade me ordenava, por carta sua, que lá tinha chegado, que mandasse dois Padres e juntamente dois filhos de um Marcos de Azeredo, primeiro descobridor de uma Serra de Esmeraldas, que fica ao sertão da Capitania do Espírito Santo, a descobrir a mesma Serra; onde já também tinha ido, por ordem de El-Rei de Castela, o P. Inácio de Sequeira, pôsto que sem efeito, por culpa dos Índios que o acompanharam.

Antes de partir, tratei êste ponto aqui com meus Consultores e os mais do Colégio. A todos pareceu se devia deferir a Sua Majestade. Para êsse efeito, nomeei por Superior da Missão o P. Luiz de Sequeira, e por seu companheiro o P. Vicente dos Banhos, com ordem que à volta das Esmeraldas procurassem descobrir algumas povoações de gentios, que se diz haver por aquelas partes, para os converterem e trazerem à nossa Santa Fé. Fêz-se a entrada à custa do Colégio do Rio com esperanças que Sua Majestade depois nos faça mercê, como promete nos Alvarás que passou» [2].

A expedição de 1646, com os Padres Luiz de Sequeira e Vicente dos Banhos, em que foram Domingos de Azeredo e seu irmão António de Azeredo, não foi de resultado mais positivo, que a anterior. O motivo lê-se na nova Provisão de 26 de Julho de 1647, encarregando

---

1. *Hist. Soc. 47*, 42.
2. *Bras. 3(1)*, 251. No mês de Setembro de 1646, Catálogo correspondente à carta do Provincial, os Padres Luiz de Sequeira, da Cidade de Luanda, Angola, com 39 anos e o P. Vicente dos Banhos, da Cidade do Rio de Janeiro, com 34, já andavam no sertão: *Missio ad Meditullium* (*Bras. 5*, 174). Luiz de Sequeira foi «duas vezes» aos Goitacases e «duas vezes» ao sertão, diz-se em 1679. Sabia bem as línguas brasílica e angolana (*Bras. 5(2)*, 39v). Filho de António Fernandes de Sequeira e de sua mulher Catarina Pereira, cf. Registo de Ordenações da Baía, na *Rev. do Inst. Hist. Bras.*, XIX(1856)31.

pela terceira vez os Padres da Companhia dêste descobrimento. A jornada de 1646 fôra sem fruto, por desacôrdo entre os dois irmãos Azeredos e o Capitão-mor do Espírito Santo, António do Couto e Almeida, resultando dessa desavença ordens contraditórias, que prejudicaram a expedição. E a razão pela qual El-Rei encarregara o descobrimento no Espírito Santo aos Padres da Companhia era porque os considerava mais aptos, faziam êsse descobrimento à sua custa, e dispunham de Índios habituados ao sertão [1].

Tais entradas não deram frutos senão de pedras verdes, que uns diziam ser esmeraldas, outros não. E aventavam-se sempre razões externas do malôgro das expedições a um género de pedras preciosas, cuja realidade não correspondia à lenda preconcebida. Em todo o caso, relata-se mais tarde que os Azeredos tinham tirado esmeraldas «de uns cerros», nos «reinos dos Pataxós», donde tirou outras, depois, Fernão Dias Pais noutra entrada, que aí fêz, indo de S. Paulo [2].

Esta segunda alegação, feita já por outro centro de entradas às Esmeraldas, S. Paulo, em que se notabilizou Fernão Dias Pais, mostra que se seguiam e aproveitavam as notícias provenientes do Espírito Santo. E foi esta a parte útil das entradas espírito-santenses, que, se remataram em decepção sob o aspecto das esmeraldas, contribuíram poderosamente, depois, para se devassar, via S. Paulo, a região onde faiscava o oiro e outros metais e pedras preciosas.

Muito embora se incumbisse de novo êste descobrimento aos Jesuítas em 1647, êles de-certo, pela experiência das viagens anteriores dispendiosas e à sua custa, não descrentes da existência das pedras preciosas, mas reflectindo que o motivo fundamental que os levava era a conversão dos Índios, mudados os Provinciais, acharam os seguintes que era isto o que estava na tradição da Companhia,

---

1. AHC, cód. 92, f. 101, 26 de Julho de 1647, *Rio de Janeiro* ou *Espírito Santo*. Castro e Almeida não menciona esta Provisão no seu *Inventário*. Aduz diversas «consultas do Conselho Ultramarino, VI, 482, 529, referentes ao mesmo assunto e que a Provisão de 26 de Julho de 1647 esclarece. O companheiro do P. Luiz de Sequeira, na entrada de 1646, era *Vicente* dos Banhos, e não *André* dos Banhos, inexistente. A zona percorrida pelos Padres Luiz de Sequeira e Vicente dos Banhos em 1646 teria sido a de Cêrro Frio, cf. Raimundo Trindade, *Arquidiocese de Mariana*, I(S. Paulo 1928)20.

2. Cf. Afonso de E. Taunay, *História Geral das Bandeiras Paulistas*, VI, 128.

e de acôrdo com as instruções dos Gerais, expressas em ordens anteriores, quando ainda no século XVI, o informaram, então sem fundamento, de que se tratava do descobrimento de Minas ¹. Agora já teriam fundamento as informações. Se êle teve conhecimento ou não dessa tentativa, ignoramo-lo. Pela Carta do Provincial Francisco Carneiro, o Geral ficaria informado apenas a meias, pois nela se não diz claramente que a iniciativa partira dos Padres do Brasil, como partiu, e consta do Alvará Régio de 1636. Aliás, enquanto o movimento ficou circunscrito ao Espírito Santo, justificava-se a intervenção dos Jesuítas como capazes, quási únicos nessa Capitania, de tais jornadas, à sua custa, o que assumia o carácter de serviço público; entrando na competição os moradores de S. Paulo, havia-os aí capazes também de a tentarem, sôbre si, e os Jesuítas deixaram o campo livre aos seculares, quer de uma Capitania quer de outra. O bem das almas, que sempre estêve em primeiro plano, tornou, nesta questão de entradas às esmeraldas, a ser também o único bem procurado. E assim foi. Os Padres ainda voltaram ao descobrimento das esmeraldas, mas sem responsabilidade directa, apenas como assistentes religiosos da nova expedição, que desta vez se organizou por iniciativa do Donatário do Espírito Santo, Francisco Gil de Araújo, grande amigo e benfeitor do Colégio da Baía, na fundação da Igreja nova ².

A Ânua, datada da Baía de 15 de Julho de 1679, refere-se aos trabalhos dos Padres do Espírito Santo, e diz:

«Dois Padres foram há pouco (*proxime*) ao sertão dêste Brasil, para assistir e administrar os sacramentos aos Portugueses, que foram ao descobrimento das esmeraldas. Missão muito trabalhosa e cheia de canseiras e perigos, tanto da parte dos Tapuias, como do próprio caminho duro e inóspito, carecido de todo o necessário à vida, cheio de corredeiras e cachoeiras, que se passam em frágeis canoas. Enquanto uns buscam famintos as esmeraldas, os nossos missionários buscam sedentos as almas como se estivessem de acôrdo com o mundo, mas dizendo: *da mihi animas, caetera tolle tibi*» ³.

---

1. Cf. supra, *História*, II, 180.
2. Cf. diversas provisões da Junta Governativa da Baía, sôbre a expedição às esmeraldas pelo Donatário do Espírito Santo, Francisco Gil de Araújo, em 1676, *Doc. Hist.*, XI, 61-65; cf. Cartas Regias, *ib.*, LXVII (1945) 179ss.
3. *Carta Ânua* de Filipe Coelho por comissão do P. Provincial José de Seixas, *Bras.* 9, 248. Referindo-se a uma entrada que, por volta de 1660, planejava Sal-

Em três ou quatro linhas dá esta *Ânua* os motivos por que se estancou o movimento das entradas, pela parte do Espírito Santo, e se derivou e se desenvolveu e coroou de êxito pela parte de S. Paulo: a extrema dificuldade de comunicações e carestia de víveres em contraposição com Piratininga, terra farta, «onde não alembra o pão do Reino», e de fáceis comunicações, «escala para muitas nações de Índios», na verificação e razão inicial dos Padres fundadores da Casa de S. Paulo.

S. Paulo constituíu-se o grande centro propulsor das Minas, e é a sua glória. Mas, porque não há-de a eqüidade da história recordar estas tentativas heróicas da gente do Espírito Santo e também da Baía na preparação da grande emprêsa?

3. — No antigo território de Goiás, e é hoje de Minas Gerais, no Triângulo Mineiro, tiveram os Jesuítas a Missão do Rio das Velhas, ou *Santa Ana do Rio das Velhas*. Começou em fins de 1749 ou princípios de 1750 e foi seu primeiro superior o P. José de Castilho, a pedido do Governador de Goiás, D. Marcos de Noronha, Conde dos Arcos [1].

Segundo Pizarro, a Aldeia de Santa Ana do Rio das Velhas teria sido fundada em 1750 (o que condiz com o documento da Companhia), pelo Coronel António Pires de Campos, habitada por Índios da nação *Bororó*, trazidos de Mato Grosso, e «que a princípio regeram os Padres Jesuítas» [2]. Aldeia de vida curta e difícil, porque meia dúzia de anos depois sobreveio a mudança da política metropolitana contra a catequese, e não com normas de prudente evolução, mas de destruição, com todo o costumado cortejo de hostilidades e interpretações acintosas. Os últimos missionários da «*Missão de Santa Ana de Goiás*», como a nomeia o Catálogo de 1757 foram os Padres Manuel da Cruz, Superior, e o P. Francisco José, seu companheiro [3].

vador Correia de Sá e Benevides à Serra das Esmeraldas, Simão de Vasconcelos enuncia as nações de Índios Tapuias, que habitavam êstes sertões, quando redigia a Crónica: «*Pataxós, Aturaris, Puris, Aimorés*, e outras semelhantes», *Chronica*, Notícias antecedentes, L. I, § 55 (ed. de 1865, p. LI).

1. *Bras.* 10(2), 302-302v.
2. *Memórias*, V, 124.
3. *Bras.* 6, 399v; Greve, *Subsídios*, 99.

Santa Ana do Rio das Velhas é actualmente sede de distrito, no Município de Araguari, que cortava outrora o caminho velho de Goiás.

Esperava-se em 1726 uma doação de terras para o Colégio de Santos, no caminho que ia para as Minas novas de Goiás [1]. O caminho primitivo de S. Paulo a Goiás «atravessava o Rio Grande, no ponto chamado Pôrto da Espinha; o Rio Uberaba, no lugar denominado Vau; o Rio das Velhas, no Registo; seguia para a Aldeia de Santa Ana do Rio das Velhas, ou dos Índios, e se prolongava até Vila Boa de Goiás, depois de passar o Rio Paranaíba no Pôrto Real, àquem do Catalão» [2]. A Aldeia de Santa Ana do Rio das Velhas ficava nesse caminho. Talvez tinham conexão com aquela anunciada doação de terras em 1726, no caminho de Goiás, as denominações que ainda hoje se mantêm na hidrografia do Município de Uberaba, *Córrego Santo Inácio*, e *Ribeirão Santo Inácio* [3].

Fora desta Aldeia, no actual Estado de Minas (mas que então não era dessa Capitania), não administraram os Jesuítas mais nenhuma Aldeia. Foi no entanto grande a sua actividade com os Índios de Minas, desde a primeira entrada de Azpilcueta Navarro, até à fundação da Aldeia do *Mar Verde* pelo P. João Pereira, e a estada na *Aldeia dos Mares Verdes* do P. João Martins, e também tem relação com Minas a catequese dos *Gesseraçus*, iniciada em 1648, pelo P. Francisco de Morais, nas margens do Rio Paraíba, que, passado um século, ainda eram objecto de cuidado dos Jesuítas, nomeadamente do P. Manuel Cardoso, como se vê no capítulo consagrado às Aldeias do Triângulo Fluminense. Já também em 1648 se falava dos *Manipaques* e *Puris*, das margens do Paraíba, que banha Minas, e com os quais os Jesuítas não deixariam durante êste longo período de ter algum contacto, senão de Aldeamento fixo, ao menos de catequese ou tentativas dela, de que é último eco aquêle Aldeamento do P. Manuel Cardoso. O nome de Francisco de Morais tinha sido lembrado para a entrada à Serra das Esmeraldas em 1646. Foram outros, como vimos. Talvez a entrada de 1648 não fôsse in-

---

1. *Bras. 4*, 348.
2. António Borges de Sampaio, *Igreja Matriz de Uberaba*, na *Rev. do Arq. Públ. Mineiro*, VII(1902)678.
3. Cf. *Atlas Corográfico Municipal do Estado de Minas Gerais*, II(Belo Horizonte 1926) — mapa do Município de Uberaba, 336/337.

teiramente alheia ao movimento esmeraldino dos Jesuítas dêsse tempo. E foram os Índios das Aldeias jesuíticas do Rio, diz o P. Plácido Nunes, que «abriram o *Caminho Grande* que vai do Rio de Janeiro para Minas até o Rio Paraíbuna em tanta vitalidade do Estado e do Reino. Êstes os que conduziram todos os materiais e instrumentos para a *Casa de Fundição*, que sua Majestade mandou fabricar na Província das Minas» [1].

4. — Uma das modalidades dos ministérios da Companhia, segundo a sua capacidade de adaptação, era praticar na América o que na Europa, de maior densidade demográfica, se usava, em missões pelas cidades e vilas. E foi esta modalidade a que levou os Jesuítas a Minas em 1717. O P. António Correia, natural do Rio de Janeiro, saíu da sua cidade natal no dia 24 de Julho de 1717, e entrou em Vila Rica no dia 1 de Dezembro do mesmo ano [2].

Foi com o Governador, D. Pedro de Almeida e Portugal, Conde de Assumar, que mais tarde foi Vice-Rei da Índia, com o título de Marquês de Castelo Novo, e recebeu, a seguir à conquista de Alorna, praça da Índia, o título de Marquês de Alorna, nome famoso na milícia e nas letras. Era sua neta a 4.ª Marquesa de Alorna, a poetisa «Alcipe».

---

1. Cf. Carta do P. Plácido Nunes, da Baía, 5 de Outubro de 1731 ao Vice-Rei, Conde das Galveias, em *Estudos Brasileiros*, V (Julho-Dezembro de 1940) 286. Relativamente aos *Puris* de Minas, da Região de Borda dos Campos (Barbacena) catequizados pelos Padres da Companhia, escreveu-nos em 1942, o Dr. Raúl Floriano, sôbre se teria fundamento o que José Cipriano Soares Ferreira referira dessa região, que «foi habitada primitivamente por Índios Puris, que foram encontrados em tribos pastoreadas por Padres Jesuítas entrados com as bandeiras». «Tribos pastoreadas», no sentido de Aldeias de carácter permanente e duradoiro, nunca as houve nessa região a cargo de Jesuítas; que os Jesuítas conhecessem a região, o Rio das Mortes, hoje Rio Grande (Sul de Minas), todo o Rio Paraíba e as margens do Paraíbuna, e que por aí andassem em missões de reconhecimento e catequese volante, é fora de dúvida, a começar por aquela primeira notícia de 1648 do P. Francisco de Morais, e outras. Também trabalharam na região do Muriaé, em conexão com as Fazendas dos Campos de Goitacases e Muribeca.

2. São as datas que se lêem no «*Diário da Jornada* que fêz o Exmo. Senhor D. Pedro desde o Rio de Janeiro até a Cidade de S. Paulo e desta até às Minas ano de 1717», publicado, com uma introdução, por Luiz Camilo de Oliveira Neto, na *Rev. do SPHAN*, III, 295-316. Há no *Diário* referências a êste Padre da Companhia sem se lhe mencionar o nome.

O P. António Correia, que foi com D. Pedro de Almeida e Portugal, estêve em Minas, quási dois anos, durante os quais se deu em 1719 uma primeira perturbação pública, em que alguns moradores de Pitangui assassinaram o juiz da vila. Depois chegou a Minas outro Padre Jesuíta, também natural do Rio de Janeiro, José Mascarenhas, e ficaram, agora juntos, quási outros dois anos.

A sua actividade consta de uma breve carta do P. José Mascarenhas ao P. Geral, datada de Minas, 25 de Maio de 1720:

«Concluído o Curso de Filosofia, que li na cidade de S. Paulo, vim para as Minas, por ordem da obediência, para missionar segundo o costume da nossa Companhia. Aqui tomei como companheiro o P. António Correia, vindo com o Conde de Assumar, Governador destas Minas. Na Quaresma, começamos a Missão, e todo o tempo ocupamos neste ministério, não nos poupando a trabalhos, nem deixando de fazer nada para ressuscitar os bons costumes quási sepultados na *auri sacra fame*. Devemos agradecer a Deus terem visto os moradores por seus próprios olhos quão diferentes são de outros, os costumes e nome da Companhia, com a modéstia amável dos seus Religiosos. Não posso calar quanto o P. António Correia tem feito com o seu exemplo, e sã doutrina, tanto em público, prègando, como em particular, aconselhando. Homem de vida austera, pelo seu zêlo e santa conversação, adquirira para si e para a Companhia nome venerável e imortal»[1].

Com a chegada do Padre Mascarenhas, construíram os Jesuítas na Vila do Ribeirão do Carmo, pequena e modesta Residência, onde viviam, não longe do Palácio do Governador. Trabalhavam com os meninos, os rudes e os escravos. E recusavam receber o oiro, que os moradores lhes ofertavam[2].

Passado pouco mais de um mês depois daquela carta, a 28 de Junho de 1720, surgiram novas perturbações, que como as primeiras tiveram origem na regulamentação do oiro contra os desvios do contrabando, medida de carácter legal e fiscal semelhante a muitas outras em todos os países civilizados, incluíndo o Brasil, antes e de-

---

1. Conclui: «Permita Deus que, com esta missão, receba Vossa Paternidade contentamento no Senhor. De Minas, 25 de Maio de 1720. Peço humildemente a bênção de V. Paternidade. De V. Paternidade filho e servo, *José Mascarenhas*, *Bras. 4*, 202 (autógr. em latim).
2. *Bras. 10(I)*, 254-254v.

pois da Independência, como postulado necessário da vida orgânica civil, sem a qual é a anarquia e a desagregação social.

Os amotinados «passaram aos paços do Conselho, onde fizeram em pedaços os livros da provedoria da Fazenda. Escreveram uma carta sediciosa ao Governador, que, sem fôrças para os submeter, contemporizara, declarando que não procederia contra êles. Êles, porém, longe de se submeter, no dia 2 de Julho prenderam os membros da Câmara de Vila-Rica e os conduziram para o Ribeirão do Carmo. E dali exigiram ao Governador, que se não tratasse mais de casas de fundição», com outras exigências e cláusulas, de que falam quantos se ocupam dêste episódio, que não pertence à história da Companhia de Jesus, senão numa tentativa de paz, que teria mudado o rumo dos acontecimentos se tivesse sido atendida [1]. E foi que no dia primeiro de Julho, véspera do atentado contra a Câmara, um dos Padres da Companhia, em nome do Governador e a seu pedido, tentou levar a bem os amotinados e mostrar-lhes o inconveniente a que se expunham com os tumultos, «e que se tinham algum requerimento que fazer às ordens de S. Majestade, o fizessem por modo comedido e usado nos povos, qual é o dos procuradores das Câmaras. Êles, sem admitirem razão (deixando outros modos de impropério com que trataram a êste Religioso), o quiseram represar, metendo-lhe armas aos peitos» [2].

Não consta qual fôsse, dos dois Padres, o que tentou esta mediação pacífica. António Correia tinha sido Professor de Filosofia no Colégio de Olinda e conhecia a ruína que foi a guerra entre Olinda e Recife, alguns anos antes. Se foi êle, teria querido evitar a Minas guerra civil semelhante, destruidora e sangrenta [3].

---

1. Cf. Pôrto Seguro, *HG*, III, 133-134, e nota judiciosa (n.º 60) de Rodolfo Garcia.

2. Fonseca, *Vida do P. Belchior de Pontes*, 250. O P. Manuel da Fonseca é um dos primeiros cronistas dêstes motins e na sua narrativa inclui parte de uma carta do P. Belchior de Pontes a José Correia Penteado, de 13 de Agôsto de 1718, em que descreve o estado inquieto das Minas (*ib.*, 247). Sôbre os sucessos de Minas, cf. os têrmos das Vereanças da Câmara de «Vila Rica da Senhora do Pilar do Ouro Prêto», de 16 e 17 de Agôsto de 1720, sem nomear pessoas, mas por onde se infere a gravidade dos tumultos e das «acções tão abomináveis e perniciosas a esta República», cf. *Rev. do Arq. Público Mineiro*, XXV, 2.º vol. (Julho de 1937)143-149.

3. O P. António Correia nasceu no Rio, e com 19 anos entrou na Companhia a 13 de Junho de 1675 (*Bras. 6, 37v*). Ensinou Filosofia em Olinda. Acompanhou D. João de Lencastro às Minas de Salitre do Rio de S. Francisco. E talvez por

Do P. José Mascarenhas conhece-se ainda outra carta, escrita em Minas, a 2 de Setembro de 1721, já no Govêrno de D. Lourenço de Almeida, e onde se vê o desejo dos mineiros de que ficassem os Padres:

«Concluído o biénio da minha peregrinação da missão que fiz nestas Minas, preparados já para voltarmos ao Colégio do Rio de Janeiro, veio a Câmara e os principais do povo da Vila do Ribeirão do Carmo, com modéstia e louvor, determinados a deter-nos, acenando-nos com o fruto das almas e serviço de Deus e edificação do povo, com que tínhamos vivido, e com que nos distinguem dos outros sacerdotes, que por aqui vivem. Sôbre isto escreveram os moradores ao P. Provincial, e esperamos resposta. Também quer o povo, destas Vilas de Minas, construir Casas à Companhia para os Padres o dirigir no Senhor, educar nos bons costumes e reconduzir à prática do bem os que prevaricam por êrro ou ignorância. Queira Deus que por êstes fracos instrumentos sejam confundidos os mais fortes do mundo, e os princípios e erros do Demónio (que por aqui cresceram muito)» [1].

Há frases nesta carta que seriam imodestas se se destinassem ao público e não fôsse informação de carácter privado ao P. Geral sôbre o que se dizia a respeito da Companhia. Mas o que se sabe de alguns clérigos aventureiros, que acorreram então a Minas, e de que falam várias Ordens Régias, é de molde a confirmar o testemunho do P. José Mascarenhas. Escreve Antonil: «Cada ano vem nas frotas quantidade de Portugueses e de estrangeiros, para passarem às Minas. Das cidades, vilas, recôncavos e sertões do Brasil vão brancos, pardos e pretos e muitos Índios *de que os Paulistas se servem*. A mistura é de tôda a condição de pessoas: homens e mulheres; moços e velhos; pobres e ricos; nobres e plebeus; seculares, clérigos e reli-

---

êstes conhecimentos foi pedido pelo Conde de Assumar para o acompanhar às Minas. Do imenso trabalho, nos quatro anos que aí estêve e do muito que padeceu, veio a contrair «uma diuturna moléstia de tristezas». Era também conhecedor de coisas de medicina. Andando de pé dirigiu-se à Capela da Enfermaria no dia 19 de Agôsto de 1727, pedindo para comungar por viático. Admiraram-se os Padres e Irmãos, pois andava de pé. Mas, êle, recebido o Viático, recolheu-se ao seu quarto e nesse mesmo dia expirou, sem agonia, plàcidamente, *Carta Ânua de 1727*, Bras. 10(2), 304v. A Ânua não traz expresso o lugar da sua morte. O *Elenchus impressus* diz no «Rio de Janeiro».

1. Conclui: «Peço humildemente a santa bênção a Vossa Paternidade. De Minas, 2 de Setembro de 1721», Carta do P. José Mascarenhas, ao P. Geral Miguel Tamburini, *Bras. 4*, 215 (autógrafo latino).

giosos de diversos Institutos, muitos dos quais não têm no Brasil convento nem casa» [1]. Contra êstes, que não tinham no Brasil «Convento nem casa», se dirigiam as ordens régias, e para elas influíu êste próprio testemunho de Antonil, publicado em 1711, data também da primeira Carta Régia que mandava sair de Minas estrangeiros e clérigos adventícios, sem dependência hierárquica «no Brasil» [2].

Não se realizou o desejo dos Mineiros de terem casa da Companhia de Jesus. Minas estava ainda naquele período de efervescência e vida meio inorgânica em que rivalidades de campanário e a *auri sacra fames*, denunciada na carta de José Mascarenhas, sobrelevavam a tôdas as demais preocupações. E assim deixou de haver Colégio em Minas, que ficou sob o aspecto da educação e instrução, na órbita de S. Paulo, Rio de Janeiro e Baía, onde muitos filhos dos pioneiros entraram depois na Companhia de Jesus, ou nela receberam educação e ensino. A afluência de Clero adventício manteve-se ainda por muito tempo, com a agravante de não se permitirem Casas regulares, estáveis, com a conivência ou assentimento dos poderes régios [3].

Liga-se à estada do P. José Mascarenhas em Minas um episódio insignificante em si, mas que foi ocasião de nos ter sido conservada uma carta pela qual ficamos a saber o que se fazia a respeito das Casas de Fundição de Minas e S. Paulo.

Na passagem pelo Rio, de D. Lourenço de Almeida, conduziram-lhe a bagagem os Índios dos Jesuítas, e parece que a diligência dos Índios não correspondeu à medida da pressa do governador. Isto, com a presunção de um filho seu, que exigia homenagens e cortesanias de príncipe, provocou leve desinteligência com o pai, que, já depois da saída do P. José Mascarenhas, fêz os seus reparos, logo transmitidos ao P. Geral, que inquiriu se tinham ou não fundamento.

O Provincial Manuel Dias respondeu que José Mascarenhas, então no Colégio de Santos, se mostrara amigo de ambos os Governadores, mas como acontece tantas vezes, em governos que se sucedem, o seguinte considerou como tirado a si o louvor que se fêz ao

---

1. *Cultura e opulência do Brasil por suas drogas e minas* (S. Paulo 1923)213.
2. Varnhagen publica a notícia destas ordens (*HG*, IV, 137) e também transcreve as palavras de Antonil (*HG*, IV, 121), porém em lugares diferentes, truncando o nexo necessário entre uma e outra. E também truncou a frase de Antonil, suprimindo as palavras que deixamos grifadas no texto.
3. Cf. Alceu Amoroso Lima, *Voz de Minas* (Rio 1945) 212-216.

precedente. Prova das boas ausências, que o P. Mascarenhas fazia a D. Lourenço de Almeida, é uma carta do Governador da Capitania de S. Paulo, D. Rodrigo César de Meneses, que o Provincial remete para Roma, documento das boas relações dos Jesuítas, e um pouco também do que se fazia no assunto de Minas. Escreve D. Rodrigo César de Meneses ao P. José Mascarenhas:

«*Reverendíssimo Padre*: Nesta moléstia, que experimentei, me serviu de grande lenitivo a sua lembrança, e assim espero ma continue com a certeza de sua saúde. As novas do *Cuïbá* cada vez são mais favoráveis; espero em Deus se lembre desta Capitania e do desejo que tenho de ver aumentada a real fazenda. Bem pudera Vossa Reverendíssima lembrar-se também dos vizinhos, como o faz a D. Lourenço de Almeida, aprovando tanto o conseguir estabelecer Casa de Fundição, o que eu também aqui consegui, sem me ser necessário valer-me de fôrça, mais que de jeito; que êste muitas vezes vence o que aquela não alcança [1]. Louvo a V. Reverendíssima muito as boas ausências que faz a D. Lourenço de Almeida, que em tudo Vossa Reverendíssima obra como católico e honrado. A nossa frota não quer chegar, e nós não temos que comer e mais bem honrados estão os que assistem em pôrto de mar, que sempre a rêde pesca. Eu não tenho mais tempo. Em tudo procurarei dar gôsto a Vossa Reverendíssima, que Deus guarde muitos anos. S. Paulo, 12 de Março de 1723. Muito obrigado servidor de Vossa Reverendíssima, *Rodrigo César de Meneses*» [2].

O P. José Mascarenhas foi o primeiro que ensinou Filosofia em S. Paulo, e quem inaugurou a Cátedra de Prima no Colégio do Rio. Os seus pareceres eram muito estimados, e de longe o vinham consultar. Os serviços públicos prestados a Minas foram louvados em Carta Régia [3]. E da passagem por lá e do seu espírito investigador, cujo raio de acção era amplo à roda de Vila Rica, Ouro Prêto e Ribei-

---

1. Cf. Manuel da Silveira Soares Cardoso, *Os quintos do ouro em Minas Gerais (1721-1732)*, em *Memórias do Congresso*, X, 117ss.
2. Carta do Governador da Capitania de S. Paulo para o P. José Mascarenhas, *Bras. 4*, 280. O P. José Mascarenhas, natural do Rio, entrou na Companhia de Jesus com 15 anos de idade, no dia 2 de Maio de 1694 (*Bras. 6*, 39). E veio a falecer na sua cidade natal, a 9 de Março de 1747.
3. *Bras. 10(2)*, 425; *Bras. 6*, 386v.

rão (Mariana) deixou uma *Interpretação que deu às letras da inscrição achada na entrada de uma furna na Comarca do Rio das Mortes* [1].

Os Jesuítas, se não ficaram então de modo permanente, iam contudo com freqüência a Minas, quer de passo para Goiás, quer directamente, em Missões, ou outros assuntos de interêsse religioso, como logo em 1724, o P. António da Cruz, encarregado de promover a causa da Beatificação do P. Anchieta. O P. Cruz visitou as Capitanias do Sul, recolhendo subsídios para ela, peregrinação que durou mais de quatro anos. Em Minas, recebeu-o com grande demonstrações de benevolência e estima o Governador D. Lourenço de Almeida. Mas se todos mostravam devoção à memória de Anchieta, a generosidade não correspondia à devoção. Pouco fruto, mesmo nas Minas. Não obstante ser a Capitania do oiro, a gente que então ali morava, era pobre, diz o P. António da Cruz [2]. Na terra não havia em que empregar o oiro, que se escoava nessa época pelas mãos de poucos. Esboçou-se também por êsse tempo o primeiro movimento dos mineiros a entrar na Companhia de Jesus, e que deixaram bom nome quer em letras quer em virtudes. Também se apresentou ao P. António da Cruz, para entrar na Companhia, um inglês, Coulen Campbell [3]. O nome de *Vila-Rica*, e mais freqüente o genérico de *Minas*, dá-se como naturalidade de um grupo notável de Jesuítas existente em 1760 [4].

5. — Em 1745 ordenou El-Rei D. João V que a Vila de Ribeirão do Carmo se elevasse à categoria de Cidade, com o nome de

---

1. Cf. Sommervogel, *Bibliothèque*, V, 664, que cita Inocêncio, *Dicionário*, V, 65, onde se lê mais alguma indicação sôbre o local da furna. O P. José Mascarenhas tinha um irmão, Padre secular, Miguel Mascarenhas, que causava perturbações em Minas Gerais (Pitangui) e ao qual o Conde de Assumar estranha em carta de 4 de Novembro de 1718: «Não posso deixar de me admirar que um irmão do P. José Mascarenhas, de quem sou tanto amigo»... Cf. Feu de Carvalho, *Ocorrências em Pitangui*, em *Anais do Museu Paulista*, IV, 617.

2. *Bras. 4*, 268v, 326.

3. *Bras. 4*, 346.

4. Um dêles foi Joaquim Duarte Coelho, nascido em S. Bartolomeu, diocese de Mariana, a 25 de Outubro de 1734. Entrou na Companhia no Rio de Janeiro, a 24 de Abril de 1757, oito dias antes de José Basílio da Gama, seu companheiro de noviciado. Deu porém provas de mais firmeza de carácter; e, quando já depois de feitos os votos, foram tentados e aliciados ambos a deixar a Companhia, Joaquim Duarte preferiu o exílio. Concluíu os seus estudos em Roma, e ordenou-se de Sacerdote em 1767. Foi Professor notável de Filosofia, primeiro em S. Salvatore

Mariana, sua mulher, rainha de Portugal. E fazia-o para que a Cidade de Mariana pudesse ser sede episcopal, como determinava pedir a Sua Santidade ¹.

A 6 de Dezembro dêste mesmo ano de 1745, foi efectivamente criada a Diocese de Mariana, por Bento XIV. Escolhido para primeiro bispo dela e de Minas Gerais, D. Frei Manuel da Cruz, religioso de S. Bernardo, Prelado do Maranhão, veio por terra desde S. Luiz até Mariana, na qual fêz a entrada solene a 28 de Novembro de 1748 ².

O zeloso Bispo, que no Maranhão favorecera a fundação do Seminário, que ali erigiram os Padres da Companhia, logo pensou, ao ser transferido, em secundar na sua nova Diocese êste movimento geral de seminários ³. E com mais razão, expõe êle a El-Rei, porque eram grandes as despesas dos moradores de Minas Gerais «em mandarem seus filhos aos estudos do Rio de Janeiro e da Baía». E rogara, acrescenta êle, ao P. Gabriel Malagrida o quisesse acompanhar a Mariana, «porque a experiência tinha mostrado em tôda a América, que as suas doutrinas e exemplo não só moviam aos ouvintes a emendar a vida, mas também a oferecer esmolas para obras pias» ⁴.

Não podendo Malagrida acompanhar o Prelado, recorreu êste aos Jesuítas do Brasil e pediu o P. José Nogueira seu sobrinho, e lho concedeu o Visitador do Colégio do Rio, P. José de Mendonça. A 28 de Fevereiro de 1749 dirige-se D. Manuel da Cruz ao P. Geral, comunicando que já havia 15 dias morava consigo em Palácio o P. José Nogueira, e que o Geral se dignasse confirmar, com a sua bênção

---

Majori, e depois em Riesi. A seguir consagrou o resto da vida a ensinar meninos em Roma. Deixou quanto tinha aos pobres. Faleceu a 22 de Novembro de 1785, em «Giove feudo dell Sigre Duca D. Giuseppe Mattei», Diocese de Amélia. Escreveu-lhe a vida o seu companheiro de estudo e de exílio, André Ferreira, do Pôrto. «Vida», inédita, em Arch. S.I. Roman., *Vitae 155*, 102-111. O autor, P. André Ferreira, ainda vivia em Pésaro em 1788, cf. José de Castro, *Portugal em Roma*, II, 373.

1. *Rev. do Arq. Públ. Mineiro*, VII, 985.
2. *Rev. do Inst. Hist. Bras.*, XV, 272; Raimundo Trindade, *A Archidiocese de Mariana*, I(S. Paulo 1928)99.
3. Cf. supra, *História*, III, 225.
4. Carta de D. Fr. Manuel da Cruz a El-Rei, do Maranhão, 1747, em Raimundo Trindade, *A Archidiocese de Mariana*, II(S. Paulo 1929)756. A Carta Régia retomando êstes motivos, e aprovando-os, é de 12 de Setembro de 1748 (id., *ib.*, 757). Entre os membros do Conselho Ultramarino, que o aprovaram, lê-se o nome de Rafael Pires Pardinho.

e perpetuidade, a eleição que dêle tinha feito para Professor de Filosofia [1].

O Seminário inaugurou-se a 20 de Dezembro de 1750. O grande Prelado fundou-o, «como êle queria, diz Raimundo Trindade, organizado e dirigido pelos melhores e mais sábios educadores, que tem produzido o seio fecundíssimo da Igreja Católica, os Padres da Companhia de Jesus» [2].

Em 1752 ainda estava só o P. José Nogueira, e era ao mesmo tempo Professor e missionário. No *Seminário* ensinava aos alunos, piedade e letras; na *Cidade* prègava na Igreja e confessava muito, e com fruto [3].

Os Jesuítas foram para o Seminário de Mariana por ordem de El-Rei, para serem Professores de Teologia e Filosofia, depois do parecer favorável da Câmara da Cidade, dado a 24 de Outubro de 1753 [4].

Em harmonia com essa ordem, a 26 de Dezembro de 1753 o Provincial do Brasil, P. José Geraldes, escreve a El-Rei que, pois ordenara aos Jesuítas fôssem Professores destas Faculdades, houvesse por bem suprir no que porventura faltasse. Coincidiram, porém, êstes passos com o despontar, no cenário político, de uma onda transitória, mas violenta, contra as linhas tradicionais de nossa civilização. A 22 de Janeiro de 1757 o absolutismo, que se apoderara do poder, manda um aviso ao Governador interino de Minas, manifestando que denunciaram à Côrte que o Bispo favorecia os Jesuítas na formação de uma Residência em Mariana, esquecida a mesma Côrte de que fôra ela-mesma que ordenara, meia dúzia de anos antes, a ida dos Jesuítas para essa Cidade. No ano seguinte a 31 de Janeiro de 1758 volta a Côrte, com nova carta, e desta vez acusando os Jesuítas do Brasil do que tinham praticado, não êles, mas outros, que não eram do Brasil (os do Paraguai), impondo ao Prelado que enviasse para o Rio os Padres da Companhia, que residiam em Mariana e nas Aldeias. O nobre Prelado, magoado e sentido, respondeu: «Ao Padre da Companhia, que estava lendo Filosofia no Seminário,

---

1. Carta de D. Frei Manuel da Cruz ao P. Geral, de Mariana, «pridie Kalendas Martii MDCCXLIX», Raimundo Trindade, *op. cit.*, I(S. Paulo 1928)162-164.
2. *A Archidiocese de Mariana*, II, 756.
3. *Bras.* 10(2), 443.
4. Greve, *Subsídios*, 115.

em acabando o primeiro ano de Lógica, despedi; e não tive pequena dificuldade em achar clérigo que continuasse com o curso de Filosofia». — «Neste Bispado não há por ora Aldeias de Índios»[1].

Residia então no Seminário, de que era também Superior, o P. Manuel Tavares, acompanhado de um Irmão leigo, que voltaram ao Rio[2]. José Nogueira, substituído por Manuel Tavares, já tinha voltado ao Colégio do Rio antes de 1757[3].

6. — A saída dos Padres da Companhia de Jesus de Minas e do Brasil, teve em tôda a parte protestos de diversa índole, em geral o protesto discreto de lágrimas colectivas, que não poderiam constituir corpo de delito perante o Juízo da Inconfidência. Minas manifestou-se por escrito, antecipação de outra Inconfidência mais célebre.

Aparecera, no mês de Janeiro de 1760, em Vila Rica um papel «sedicioso», a favor dos Padres da Companhia de Jesus. E, naturalmente, pois êles eram os perseguidos, o papel era contra quem os perseguia. Fêz devassa o Juiz ordinário Luiz Henrique de Freitas, que não deu resultado. Parecia a Bobadela, já decadente, que se devia descobrir o autor «de tão abominável papel». E mandou ao desembargador Agostinho Félix Pacheco, que para essa «importantíssima» diligência, marchasse a Vila-Rica. Achou serem «culpados» o P. Francisco da Costa, «autor do papel», e o Cónego Francisco Xavier da Silva, Manuel de Paiva e Silva e ainda o negro Veríssimo Angola. Foram todos presos. Ao P. Francisco da Costa e Cónego Francisco Xavier da Silva confiscaram-se os bens (só se fala dêstes: talvez os outros dois não tivessem bens). Também se prendeu ao Juiz Luiz Henrique de Freitas, por não ter mostrado zêlo perseguidor igual ao que veio deslustrar a velhice de Bobadela.

---

1. Cf. Raimundo Trindade, *A Archidiocese de Mariana*, I, 164-166.
2. *Bras. 6*, 398, com a menção: *Residentia Mariannae*.
3. José Nogueira, além de Professor de Filosofia e Teologia, era hábil Poeta latino. Nascido no Recife a 23 de Setembro de 1711, ainda vivia na Itália em 1773. Manuel Tavares, nascido no Rio de Janeiro, a 26 de Setembro de 1712, faleceu em Roma, no Palácio Inglês, no dia 27 de *Dezembro* de 1760, pouco tempo depois de ali chegar exilado, *Bras. 6*, 272v; Gesù, 690, *Spese per sepoltura dei PP. GG. Portoghesi*. O *Apend. ao Cat. Portug.* de 1903 traz *Novembro* em vez de *Dezembro*.

Esta «Inconfidência Mineira», a favor dos Padres da Companhia, e «contra as reais ordens de Sua Majestade e resoluções do seu ministério», consta de uma carta do mesmo Bobadela, do Rio, 16 de Fevereiro de 1761, a Francisco Xavier de Mendonça Furtado, enviando ao Juízo da Inconfidência os «autos» e ao que parece também os «réus», na «presente frota»[1].

O P. José Nogueira, assumindo o reitorado do Seminário em 1749, deve ter elaborado, de acôrdo com o Prelado, o seu Regulamento. E deve ser o mesmo que o Bispo, já depois da saída dos Padres, autenticou com a autoridade do seu nome, a 18 de Novembro de 1760. É a mesma linguagem dos regulamentos da Companhia; e, com uma coragem, que honra o Prelado mineiro, manteve, apesar da perseguição desencadeada, no Estatuto 12.º, junto com o feriado e festa do Patriarca da Ordem a que pertencia, S. Bernardo, os três feriados e festas comuns a todos os Colégios da Companhia no Brasil: as «do glorioso S. Inácio de Loiola, de S. Luiz Gonzaga, patrono dos Estudos, e dia das Onze mil Virgens, Padroeiras do Brasil»[2].

D. Fr. Manuel da Cruz promoveu a causa da Beatificação de Anchieta, com a sua pastoral de 17 de Janeiro de 1758, recomendando aos fiéis que tomassem nota autêntica das graças que alcançassem por sua intercessão[3]. E anda unida em Minas à memória dêste glorioso prelado e dos Jesuítas, levada do Maranhão, a devoção

---

1. Em Melo Morais, *Corografia*, IV, 486-487. O Cónego Dr. Francisco Xavier da Silva, «culpado» da «sedição» a favor dos Jesuítas, era bom poeta, humanista e humorista, em contraste com todo o estilo pesadão da literatura oficial dêsse período. Conservam-se alguns versos seus no famoso «Aureo Throno Episcopal colocado nas Minas de Ouro», em que se narra a viagem de D. Fr. Manuel da Cruz, do Maranhão a Mariana, e das festas religiosas e académicas então feitas. «Dado à luz em Lisboa em 1749, pelo Cónego Francisco Ribeiro da Silva». Reproduzido na *Rev. do Arquivo Públ. Mineiro*, VI, 379-491.

2. Cf. Raimundo Trindade, *A Archidiocese de Mariana*, II, 774; no inventário de 1831 ainda um dos altares colaterais da Igreja do Seminário era de S. Inácio e S. Luiz Gonzaga, *Rev. do Arq. P. Mineiro*, IV, 767. E ainda hoje se conserva a imagem de S. Inácio na Capela do Seminário, cuja obra de talha e decoração, do tempo de D. Manuel da Cruz, é «um verdadeiro mimo», diz Salomão de Vasconcelos, *Marianna e seus Templos* (Belo Horizonte 1938) 62-66. Entre os primeiros alunos do Seminário, no período jesuítico, está Luiz Vieira da Silva, nome que se achará depois no grupo da Inconfidência Mineira, cf. Raimundo Trindade, *A Arch. de Mariana*, II, 767.

3. Pastoral na *Rev. do Arq. P. Mineiro*, II, 10.

ao Coração de Jesus, de tão consideráveis conseqüências para a piedade profunda e sólida do povo mineiro. Restam dois documentos iconográficos interessantes dêste período: um, o Coração, só, isolado, tradicional; outro, os três Corações de Jesus, Maria, José, sós, isolados, paralelos — documento êste de extrema raridade na iconografia desta devoção [1].

---

1. Publica as gravuras dêstes documentos iconográficos Raimundo Trindade, *A Archidiocese de Mariana*, I, 96/97; II, 622/623.

CAPÍTULO II

Goiás

1 — Ambiente revôlto da terra, a chegada dos Padres (1749); 2 — Missões do Duro ou Aldeias da Formiga, S. José e S. Francisco Xavier; 3 — As Fazendas de Goiás.

1. — O primeiro contacto dos Jesuítas com terras do actual Estado de Goiás foi via Tocantins, na grande entrada do célebre P. Manuel Nunes «o velho», Mestre de Teologia nas Cátedras da Europa e do Brasil, e mestre de doutrina em Tupi aos Índios. Subiu pelo Rio Tocantins em 1659. E nessa entrada, como escreve o P. António Vieira, ao arrumarem-se as alturas, se achava além do 6.º grau de latitude sul [1]. As grandes cachoeiras do Rio Tocantins e Araguaia detiveram a catequese e a colonização por êsse lado, enquanto se abriram, patentes, os largos caminhos de S. Paulo [2].

Até que enfim, o descobrimento das Minas de Goiás abriu vasto campo às actividades económicas e revelou também abundante mina de Índios para a conversão. Os Missionários defrontaram-se porém com quatro graves dificuldades: a fereza e inconstância dos Índios, ainda não enquadrados em núcleos populosos; as desinteligências dos Brancos, naqueles confins, em que a autoridade se não podia estabelecer sem o concurso dêsses Brancos desentendidos entre si; a situação precária dos Jesuítas, que privados da autoridade temporal sôbre os Índios, se viam na contingência de trabalhar com funcionários leigos desavindos, com prejuízo da mútua coordenação dos trabalhos dos próprios Jesuítas entre si, por se verem constrangidos a inclinar-se àqueles funcionários com quem mais conviviam, e quási forçados a partilharem as suas desavenças mútuas, com risco de sua própria

---

1. Cf. supra, *História*, III, 339-340.
2. José de Morais, *História*, 499.

autoridade moral; e finalmente as epidemias dizimadoras que destruíam uma Aldeia em pouco tempo, deixando improfícuos, e sem resultado visível, os gastos feitos nos aldeamentos.

Naqueles confins, sem o apoio, quer moral dos Colégios, quer económico de outras Aldeias ou Fazendas já estabelecidas, como na costa, os gastos de viagem, subsistência e sustento dos Índios recém-aldeados, recaíam forçosamente sôbre o Estado, como aliás era justo e condição prévia dos Aldeamentos. E a divisão da autoridade nas Aldeias, estabelecida parte em Administradores ou Directores seculares, parte nos Religiosos, trazia divergências em que os Religiosos nem sempre se podiam impor com a sua autoridade para os desaprovar, e ainda assim muitas vezes recusaram sua assinatura nas fôlhas da despesa; e agravou-se a situação quando desajudados dos poderes públicos, a seguir a 1755 se viam combatidos secreta ou abertamente pelos mesmos, que deviam, e até aí apoiavam, a obra da civilização dos naturais do Brasil. Ao Conde dos Arcos, sucedeu no govêrno de Goiás em 1755, D. Álvaro José Xavier Botelho de Távora, Conde de S. Miguel. As *instruções secretas* que trazia contra os Jesuítas, revelam-se na sua correspondência, tôda feita de tropos preestabelecidos, e nela, como na do Governador que lhe sucedeu, João Manuel de Melo, em 1759, se lêem as frases de descrédito das cartas oficiais dessa época, tôdas talhadas por um formulário burocrático semelhante, tendente a destruir a catequese, e nas quais é difícil deslindar com segurança o que é certo do que é calúnia. Era o passo preliminar da confusão dos espíritos. Todavia, na carta de João Manuel de Melo, de Vila Boa de Goiás, aos 30 de Dezembro de 1760, *já depois do exílio dos Jesuítas*, lê-se esta frase, dirigida ao Conde de Oeiras, que ilumina tôda esta correspondência: «Torno a lembrar a V. Excia. que qualquer requerimento, que vá desta Capitania, lhe não defira sem ouvir-me. Porque *todos* são fundados em *dolos* e em próprias *conveniências*» [1] ...

---

1. Cf. *Subsídios para a história da Capitania de Goiás* (1756-1806) na *Rev. do Inst. Hist. Bras.*, LXXXIV, 80. Mirales escreve do Conde dos Arcos, que «são dignas de eterna lembrança as acertadas disposições com que na Capitania das Minas de Goiás aldeou o gentio daquele vasto sertão, dando-lhes com zêlo católico virtuosos Missionários para os instruir na Lei Evangélica e melhor cultura das suas almas», *História Militar do Brasil nos Anais da BNRJ*, XXII, 177. Mirales escrevia em 1762 em que ninguém já podia nomear, sem perigo de represálias, a palavra *Jesuítas*, a não ser que os nomeasse para vitupério. O seu testemunho sôbre

Daquela proposição geral, *todos*, parece que nem o bom senso, nem o que hoje se conhece daquele tempo, permitem que se eximam as cartas do mesmo João Manuel de Melo e do Conde de S. Miguel.

2. — Com a linguagem sem compostura dêstes funcionários, de que outros se fizeram eco depois, sem melhor comedimento, contrasta a narrativa escrita no exílio de Roma sôbre as missões de Goiás e do Duro, e se conserva:

«Os primeiros Padres, nomeados para aquela gloriosa emprêsa, foram os Padres José de Castilho e Bento Soares, actualmente em Roma, os quais ao cabo de dois meses de longa viagem, entre mil perigos, chegaram no dia 28 de Novembro de 1749 a Vila Boa de Goiás, capital da tôdas as Minas daquele vastíssimo continente [1]. Dez dias antes tinha chegado o novo Governador e Capitão General D. Marcos de Noronha, Conde dos Arcos. Recebeu os dois Missionários com extraordinários sinais de amor e contentamento, misturados com o desgôsto da fuga dos Índios, que se cuidava serem já meio domesticados, e agora, sob a direcção dos Jesuítas tornariam mais segura a vida dos mineiros; mas, por se querer combater com êles outros Índios, fugiram para os matos, ficando mais ferozes do que tinham sido antes [2].

---

os «virtuosos missionários», que eram na realidade Jesuítas, parece uma reacção da justiça imanente, e é a resposta antecipada a J. M. Pereira de Alencastre, *Anais da Província de Goiás*, na *Rev. do Inst. Hist. Bras.*, XXVII, 2.ª P. (1864)136, demasiado crédulo para com os «dolos» daquele período.

1. Tanto o P. Bento Soares como José de Castilho eram paulistas. Bento Soares nasceu a 10 de Setembro de 1710 (*Bras.* 6, 271v). Entrou na Companhia a 23 de Maio de 1726. Exilado em 1760, ainda vivia em Pésaro, na Itália, no ano de 1788, já então com 78 anos de idade (*Bras.* 6, 271v; José de Castro, *Portugal em Roma*, II, 374). Homem de bom conselho, dedicava-se a ministérios.

O P. José de Castilho, homem de saber e estudo, presidiu na Baía às «disputationes» de Filosofia em 1745. Nasceu em S. Paulo a 20 de Julho de 1709. Entrou na Companhia no dia 15 de Julho de 1725 (*Bras.* 6, 271v). Faleceu em Roma a 12 de Maio de 1764.

2. «Ainda restava, para vencer, um obstáculo, que se opunha ao aumento da população que era a fúria dos *Caiapós* da parte do Sul; e do Norte os *Chavantes* Acroás e Carcabas, que a cada passo faziam roubos, incêndios e mortes ou por sua congénita ferocidade, ou em vingança dos primeiros sertanistas, que entraram nas suas Aldeias, cobriram os campos de cadáveres, conduzindo como em triunfo empacotadas as orelhas do grande número que tinham morto, que mostravam com prazer e com vanglória. Sua Majestade [D. João V] tinha providenciado a êste

Frustrado o Governador da sua grande esperança, designou-se o P. Castilho para a *Missão do Rio das Velhas*, permanecendo em *Goiás* o P. Soares como confessor de D. Marcos, enquanto êste pensava estabelecer algumas outras missões. Neste meio tempo, em que se faziam as costumadas entradas a conquistar o gentio, se consagrou o P. Soares a ensinar os que eram cristãos apenas de nome, não de costumes. Pregou durante nove dias em *Goiás*, e o fruto correspondeu ao seu zêlo. Daí passou às Minas de Diamantes, chamadas *Pilões*, e depois às de *S. José*, onde fêz igual fruto. Preparava-se para outras missões, quando foi chamado à pressa pelo Capitão General a fim de instruir, nos artigos da fé, a um grande número de índios, de nome *Gurumarês* (sic), trazidos do sertão pelo Coronel António Pires de Campos. Antes de chegar, soube o Padre que tinham fugido para o sertão. Apenas teve a consolação de baptizar alguns, poucos, trazidos pelos soldados, que foram no seu encalço. Os quais, logo que entraram no grémio da Igreja, os mandou ao P. Castilho que, como se disse, trabalhava então na Missão de S. Ana do Rio das Velhas.

Depois de indizível devastação, conquistou finalmente Venceslau Gomes da Silva a nação dos *Acroás*. Foi instruí-los na fé o P. Soares, apenas convalescido de grave doença de dois meses, numa casa de palha, feita pelo conquistador, onde se pudesse alojar o missionário com alguns soldados para sua defesa; pensaram os Índios em erguer casas para si, e nomeou-se principal, ao mesmo que os governava, e que no baptismo se chamou João Ferreira Cosme. Instigado pelo ódio, que abrigava no coração contra os seus conquistadores, meditou vingar-se, sublevando os Índios da Aldeia para matar a quantos aí se achavam. Não permitiu Deus que pusesse em prática o mau desígnio, descobrindo-se a trama por outro principal, fiel e célebre também, chamado Rêgo, que muito fêz em ajuda daquela Missão. Prestou-se Rêgo a conduzir os restos da sua Aldeia, que chegavam a 1.600 almas, para o lugar, em que depois ficou a

respeito, mandando empregar os meios da brandura, mandando se assistisse pelo rendimento dos dízimos aos Missionários da Companhia, que promovessem a sua civilização: tinha mandado que introduzissem entre êles missionários, sem atenção a alguma despesa, como se vê das Ordens Régias registadas nesta Provedoria›, Padre Luiz António da Silva e Sousa, *Memoria sobre o descobrimento, governo, população e cousas mais notaveis da Capitania de Goyaz*, na Rev. do Inst. Hist. Bras., XII, 2.ª ed., 441.

Missão da Formiga. Celebrou missa no dia seguinte o P. Bento Soares, de cujas cerimónias muito se maravilharam os Índios; e no fim dela baptizou 70 inocentes, tratando logo de catequizar os adultos por meio de intérprete por não estar ainda prático na sua língua. Estavam já catequizados e baptizados alguns Índios, quando permitiu Deus naquele povo uma epidemia de tão ruim qualidade que dentro de poucos dias tirou a vida a 150, que morreram todos já Cristãos. Infelizmente, caíu também doente o Missionário, atingido pela mesma epidemia, sem lhe valer remédios de espécie alguma. Teve que deixar-se conduzir para a Natividade. Agravou-se ainda mais o contágio e morreram ao abandono perto de 500. Escaparam uns 50, que, para fugirem ao sítio infeccionado, se transferiram a outro lugar, chamado *Duro*. Assim acabou, por agora, a Missão da *Formiga*.

Entretanto, conquistou Venceslau Gomes da Silva a nação dos *Jacaraibás*, distante 26 léguas da *Natividade* [1]. Escreveu D. Marcos de Noronha à Baía a pedir mais Missionários para ensinar o novo gentio. Enviaram-se logo quatro, o P. Francisco Tavares, o P. José de Matos, o P. José Baptista e o P. José Vieira, que depois de imensas fadigas de 400 léguas de caminho, chegaram finalmente ao *Duro*, que assim se chamava a missão, onde se colocou a nação dos *Jacaraibás*. Passados alguns dias de repouso, fêz-se de volta o Padre Matos para a *Formiga*, conduzindo para lá os Índios, que tinham escapado à epidemia, com quem fundou a Aldeia, com o título de *S. José*; e daí a duas léguas, outra Aldeia dos *Jacaraibás*, sob o patrocínio de *S. Francisco Xavier*, uma e outra totalmente acabadas depois, porque os gentios ou saudosos da sua primeira liberdade ou acossados pelo mau trato, que lhes dava o Coronel Gomes, levantaram-se na Aldeia de S. Francisco Xavier, e tendo matado 17 soldados, fugiram para o mato, deixando vivos apenas o Superior, que era então o P. José Vieira, com outros cinco, que abrigando-se dentro à casa escaparam da morte, que a todos pretendiam dar os rebeldes [2].

---

1. *Jacaribás* são os *Chacriabás*, que achou mais tarde Cunha Matos, *Itinerário*, II, 163-164.

2. Era essa a intenção dos Índios como represália, não contra a catequese religiosa, mas contra a violência dos soldados e do director civil, Venceslau Gomes da Silva, dizendo que até aí se viam governados suavemente por «Padres» e agora eram devorados por «Dragões», aludindo aos soldados dêste nome. Nem a morte

Assim acabaram as três missões do *Duro*, a saber: a da *Formiga*, a de *S. José*, e a de *S. Francisco Xavier*, nem puderam fàcilmente subsistir por serem os seus princípios incompatíveis com a sua conservação. Não me pertence a mim — conclui o narrador — individuar as atrocidades com que se fizeram estas conquistas. Direi apenas que em vez do Crucifixo, se viam armas de fogo, e porque as fôrças dos assaltados não bastavam para resistir, se rendiam os Tapuias com o terreno juncado de cadáveres, sem se perdoar nem sequer aos inocentes. Depois de rendidos, viam-se constrangidos a mudar de terra, conduzidos para outras, longe daquelas em que se tinham criado. Aí eram dirigidos por seculares, não por Missionários ocupados só em instruí-los na fé e administrar-lhes os Santos Sacramentos. Por falta daquela doçura e afabilidade com que se costumava tratar o gentio em tôdas as missões, quer dos Jesuítas, quer de qualquer outra Religião, e com o mau exemplo e viver desregrado dos Directores, se tornou infecunda tôda a boa semente que espargiam os Missionários. E os Índios, não aturando finalmente jugo tão pesado, tornaram-se a embrenhar nos seus sertões. Deus sabe a hora da sua conversão, chorando nós entretanto a sua desgraça»![1]

---

do Padre seria martírio, nem os Índios na realidade tinham agravos dos Jesuítas para os incluírem na carnificina. A energia e resolução do P. José Vieira, a sua presença de espírito e habilidade, poupou-o e aos que se refugiaram na casa com êle. Raimundo José da Cunha Matos, vendo que «os Índios cabeças da sedição foram executados», comenta: «Melhor seria executar o Coronel Venceslau Gomes da Silva, director das Aldeias e os seus companheiros que talvez foram os motores da sublevação, e por essa forma satisfaria aquêle Coronel as suas crueldades, e os 90.000 cruzados que roubou à fazenda pública» (*Corografia histórica da Província de Goiás*, na *Rev. do Inst. Hist. Bras.*, XXXVII (1874)356). O levante foi aproveitado pela nova política da destruição da catequese; e, numa evolução rápida, se transformou de mera hipótese malévola, um «quanto a mim» de um funcionário, atribuindo-o aos Jesuítas, em uma devassa ordenada pelo valido de D. José I, na qual se apurou naturalmente o que de antemão se pretendia contra os Padres, constituindo êste episódio um dos muitos descarados «enganos», que correram mundo, de que fala Lúcio de Azevedo, e anda cheia a papelada burocrática da época. A razão profunda do levante é outra. Di-la a seguir, numa frase objectiva e clara, o narrador coevo dêstes acontecimentos.

1. «Fondazione di tre Missione nel Duro detta la prima *Formiga*, la seconda *S. Giuseppe*, la terza *S. Francisco Saverio* e loro disgraziato fine», *Bras. 10(2)*, 302-303v. Escrita depois de 1760 e antes de 12 de Maio de 1764, dia em que faleceu em Roma o P. José de Castilho (cf. *Gesù, Speze per sepoltura*), dado nesta relação como ainda vivo. Estava com êle em Roma o P. Bento Soares, o qual, por

Dos Jesuítas, fundadores das Missões do Duro, o P. José de Matos era de Minas, o P. José Baptista, de Braga, e o P. Francisco Tavares, de Lisboa. Êste faleceu em Goiás, no dia 5 de Abril de 1755.

Como Bento Soares e José de Castilho, também era paulista o P. José Vieira, «filho de Gaspar de Matos e Maria Vieira da Cunha. Era seu avô materno o Capitão Inácio Vieira Antunes. Seu cunhado, marido de sua irmã Josefa, o português Francisco Sales Ribeiro, pai dos Jesuítas Joaquim Sales e Gaspar Ribeiro, e tataravô do Dr. Manuel Ferraz de Campos Sales, presidente da República do Brasil, no quadriénio de 1898-1902» [1].

As Missões do Duro estão em conexão com o Piauí e Rio de S. Francisco e até com o Maranhão, em cujo caminho ficavam os *Acroás*: «Os *Acroás*, que, reduzidos pelos Jesuítas, fundaram em 1751 a povoação denominada de S. José do Duro, na parte setentrional da Província de Goiás, estendiam-se a princípio por tôda a comarca do Rio de S. Francisco, e chegavam até à Lagoa de Parnaguá, em cuja margem ocidental está assentada a vila do mesmo nome, pertencente ao território da Província do Piauí. Êsses Índios, reúnidos aos *Macoases* e *Rodeleiros*, infestaram por bastante tempo os estabelecimentos em tôda essa extensão do interior, geralmente conhecido naquele tempo por *Sertão de Rodelas*» [2].

---

algumas minúcias da sua própria actividade, poderia ser o informador, e dêle a opinião com que fecha a relação. Esta relação, em italiano, é da mesma letra de outras que parecem constituir parágrafos de uma Relação Geral das actividades da Companhia nesse período.

1. Aristides Greve, *Paulistas entre os Chavantes na Missão de S. Francisco Xavier*, em «*O Estado de S. Paulo*», de 23 de Agôsto de 1941. José Vieira nasceu no dia 28 de Março de 1718. Entrou na Companhia de Jesus no dia 25 de Julho de 1732. Fêz a profissão solene no Colégio de Santiago do Espírito Santo, a 21 de Outubro de 1750. Exilado em 1760, vivia em Urbânia, Itália, em 1788, e faleceu no dia 1.º de Dezembro de 1791, *Bras.* 6, 272v; Caeiro, *De Exilio*, 294; José de Castro, *Portugal em Roma*, II, 377; Carta do Prov. P. Manuel de Sequeira, sôbre a devassa contra o P. José Vieira, a propósito do levante da Aldeia de S. Francisco Xavier do Duro, AHC, *Baía*, 4291.

2. Cerqueira e Silva, *Cronologia histórica do Piauí*, cit. por Agenor Augusto de Miranda, *O Rio de S. Francisco* (S. Paulo 1936)98. Aos *Acroás* do Sertão de Rodelas convém aproximar os *Acarás* do mesmo sertão, com quem tratara o P. João de Barros no século XVII, cf. supra, *História*, V, Cap. XV, § 1.

3. — Segundo os autores das coisas de Goiás, os Jesuítas possuíam Fazendas nesta Capitania e situavam-se no sertão de Amaro Leite e nas margens do Araguaia: «Na Capitania de Goiás, nas margens do *Rio das Almas, Santa Teresa* e *Cana Brava*, existiam seis Fazendas com duas mil cabeças de gado, além de mil espalhadas por fora. Chamavam-se essas Fazendas *Recolhimento, Ortigas, Pindobeira, Gilbué, Gado Bravo*, e a sexta, cujo nome não vem declarado nos papéis» [1].

Por seu lado, Cunha Matos diz: «Pelo Pará vieram alguns descobridores com os Jesuítas no princípio do século XVIII, e dizem que subiram pelo Tocantins até à Palma e pelo Araguaia até à ilha de Santa Ana. O certo é que os Jesuítas possuíram algumas Fazendas nesta Província e tiveram um grande estabelecimento perto do Rio de Santa Teresa, onde levantaram a capela do Espírito Santo, que hoje se acha arruïnada» [2].

Todos os autores repetem as mesmas informações. Em documentos da Companhia anuncia-se em 1726 uma doação de terras, no caminho das Minas Novas de Goiás, sem mais indicações, que nos permitam delimitar com certeza a sua situação topográfica [3].

---

1. César Marques, *Dicionário do Maranhão*, 477. Em Goiás estavam os Padres Manuel da Silva e António Maria Thedaldi, que foram acabar os seus dias nos cárceres de S. Julião da Barra, depois de serem caluniados, sem se lhes permitir defesa. Sôbre o venerável P. Manuel da Silva, cf. supra, *História*, III, 125, e ainda outros passos dêsse tômo III e do IV, como admirável missionário dos sertões do Maranhão.

2. Raimundo José da Cunha Matos, *Corografia Histórica da Província de Goiás*, na *Rev. do Inst. Hist. Bras.*, XXXVIII, 1.ª P., 86; e no seu excelente *Itinerário do Rio de Janeiro ao Pará e Maranhão pelas Províncias de Minas Gerais e Goiás*, II(Rio 1836) 234-235. Cunha Matos situa a Passagem do Espírito Santo, que era então pôrto nacional, na margem direita do Rio Tocantins, entre as cachoeiras do Tropêço e o Rio de Santa Teresa: «Aqui existe uma fazenda e ainda restam os esteios da Capela do Espírito Santo pertencente aos Jesuítas».

3. *Bras. 4*, 348v. Não tivemos ocasião de ver até à hora de entrar no prelo êste capítulo, aquêles «papéis», de que falam os cronistas, ou outros papéis autênticos, que devem existir nalgum Arquivo e nos elucidariam sôbre estas Fazendas, e se pertenciam à esfera da Província do Brasil, como as missões de Santa Ana do Rio das Velhas e do Duro, o que parece provável; ou se à Vice-Província do Maranhão e Pará, de que também há indícios, ao menos quanto a alguma Fazenda, como a do *Recolhimento*, que supomos ser do Recolhimento de Moças do Maranhão, administrada pelos Padres da Companhia, para maior segurança daquela obra incipiente. No AHC, existem 23 pacotes de documentos sôbre Goiás (1720-1822). Reservamos o seu estudo directo para o momento da redacção dêste

A lembrança das Fazendas de Goiás ficou viva na memória dos moradores. «Vi, diz Saint-Hilaire, uma Fazenda de Goiás, onde se conservava a tradição dos métodos seguidos pelos Jesuítas para dirigir suas propriedades rurais, e duvido que existam no Brasil Fazendas melhor administradas»[1].

Andava a recolher elementos para os seus trabalhos científicos, o cartógrafo, matemático e naturalista, P. Diogo Soares, quando faleceu, nas «minas de Goiás», em Janeiro de 1748[2]. A êle e ao seu companheiro P. Domingos Capacci, igualmente ilustre, se deve o primeiro levantamento das Longitudes e Latitudes de grande parte do Brasil, incluindo Goiás[3].

Capítulo, estudo que a guerra não consentiu. Conservamos a esperança de o fazer antes de escrita a última página desta *História*. O *Morro de Gilbué* fica à esquerda do *Rio Cana Brava*, afluente esquerdo do *Rio Santa Teresa*, que por sua vez é afluente esquerdo do Rio Tocantins. *Pindobeira* é uma ribeira, afluente do Rio Cana Brava. Os mapas trazem também o *Córrego de S. Inácio*, afluente direito do Tocantins, próximo da cidade de Peixe. A menção do fundador da Companhia é indício de ter havido por ali Casa ou Fazenda dos Jesuítas. No Catálogo de 1757 vem mencionada a «*Missão de Santa Ana de Goiás*», e a «*Missão do Duro*», diferentes. Na *Narratio*, do P. Silveira exemplar da Universidade Gregoriana, a lista das Aldeias do Colégio de S. Paulo termina com a de *Santa Ana*, com duas dependências ou sedes distintas: *Rio das Velhas*, hoje no Triângulo Mineiro e tinha 73 Índios; e *Rio das Pretas*, numerosa, com 780 Índios. Se êste Rio das Pretas não é *Rio da Prata* (Uberaba), ou *Rio das Pedras*, não longe da Natividade, trata-se de rio, com outra nomenclatura actual. Uma das Ilhas do Araguaia, a grande Ilha do Bananal, chamava-se também *Ilha de Santa Ana*, e nas margens do mesmo Araguaia, o Atlas de Homem de Melo menciona *Colégio*, nome que habitualmente se refere a Fazendas da Companhia.

1. *Segunda Viagem ao Interior do Brasil — Espírito Santo* (S. Paulo 1936)21; o mesmo em *Viagem às Nascentes do Rio de S. Francisco e pela Província de Goiás* (tr. de Clado Ribeiro de Lessa) descreve diversas Fazendas dessa Província.
2. Bras. 6, 387v; Bras. 10(2), 429; Hist. Soc. 53, 96.
3. Cf. as respectivas *Tábuas* na Rev. do Inst. Hist. Bras., XLV(1882)145.

CAPÍTULO III

Mato Grosso

1 — Primeiros contactos; 2 — Instruções Régias tirando os Índios da administração dos particulares, e confiando-os aos Jesuítas; 3 — Chegam os Padres Estêvão de Castro e Agostinho Lourenço com o primeiro Governador de Mato Grosso; 4 — A Missão de Cuiabá; 5 — A Missão do Guaporé; 6 — Como se extinguiram as Missões.

1. — No actual Estado do Mato Grosso, incluindo os territórios federais modernamente criados (Guaporé, Ponta-Porã) houve missões da Companhia, tanto da Coroa de Portugal, como da de Castela. Da de Castela mais, porque a grande via fluvial do Rio da Prata, cuja bôca em poder da Espanha, lhes ficava aberta, facilitava a entrada, em contraste com a penetração por terra, que se não impedia a entrada, dificultava a permanência.

Tais foram as Missões de Guairá, do Itatim, dos Chiquitos, pelo lado do sul; pelo Norte, estabeleceram-se nas margens do Mamoré com a célebre Missão dos Mojos, que avançava para o Guaporé, em cuja margem direita se chegaram também a estabelecer os Jesuítas de Castela [1].

A actividade porém destas missões pertence à história da *Assistência* de Espanha, não à de Portugal [2].

---

1. Uma destas Aldeias, Santa Rosa, vem indicada no «Mapa dos confins do Brasil com as terras da Coroa de Espanha na América Meridional», do ano de 1749, que serviu ao Tratado de Limites de 1750, cf. *Anais da BNRJ*, LII, 16-17.

2. Cf Astrain, *Historia*, V(*Reducciones de Guayrá e Misión en el Itatín*)496ss, VI(*Misión de los Mojos*)542ss., VII, 346ss. Astrain traz a bibliografia essencial destas missões. Dá indicação sumária, nominal, das Aldeias do Itatim, bem como das mais, da Assistência de Espanha, localizadas em territórios hoje do Brasil, Aristides Greve, *Subsídios*, 83. Guilherme Furlong publicou, precedida de introdução, e com notas, a «Breve relacion del viage que hizieron por el Rio Paraguay

Da parte de Portugal ou do Brasil, os primeiros contactos dos Jesuítas foram de ordem transitória, via Amazonas, nas entradas aos rios que ou nascem no Mato Grosso, como Xingu e Tapajós, ou o lindam como o Araguaia ou Madeira. Neste fundaram em 1725 a Aldeia de Santo António das Cachoeiras de que já fica notícia no Tômo III desta *História*, nas missões do Amazonas [1].

Vendo o Governador João da Maia da Gama que as *Relações* dalguns mal afectos à Companhia ocultavam o bem que ela fazia, declara em 1730, expressamente, que da Residência dos Abacaxis se proveu de mantimentos a tropa que êle mandara ao «descobrimento do Rio Madeira até chegar às povoações dos Castelhanos de Santa Cruz do Cuiabá, e impedir-se que não baixassem mais por êle abaixo; e para êste fim pedi que fundassem Aldeia nas Cachoeiras, para ali se fazer uma fortaleza, ou Casa Forte, para o que dei conta a Vossa Majestade, e foi feita esta dita Aldeia com despesas só dos Padres». E diz, para corrigir também as omissões de Melo Palheta, que aos Jesuítas, e «em especial ao P. João de Sampaio», «se deve conseguir a tropa» o referido descobrimento [2].

---

arriba 5 Padres y un Hermano el año de 1703 por orden de Nuestro P. General» — Relação inédita do P. José Francisco de Arce, no *A.H.S.I.*, VII(1938)54-77. Contém referências a factos e coisas do Brasil como esta: «En el dia 6 [de Setembro de 1703] pasamos la boca de la laguna Neguetuus, en cuias riberas, y en las del rio, que entra en ella, que viene de los 8 pueblecitos de los Guanas, tienen su asistencia, y sus crias de caballos y mulas; y dormimos más arriba junto a la boca del Arroyo Mboimboi, em que fué muerto antiguamente de los Tupis del Brasil el P. Alonso Arias, en ocacion que iba a bautizar a los Guatos», etc.

1. Cf. supra, *História*, III, 401-402. Entre os diversos papéis dos antigos Jesuítas há êste: «Noticias dos Rios Madeira e Tapajoz até o Cuyaba e Matto Grosso», Bibl. de Évora, cód. CXV/2-13, f. 340; cf. Cunha Rivara, *Catálogo*, I. Cf. *Diario do P. Eckart*, 22. O P. Anselmo Eckart, último missionário de Trocano (Borba), dá notícias, também directas, pois estava presente, da maneira como a Aldeia de Trocano passou a vila, no dia 1 de Janeiro de 1756. Acabava êle a catequese às crianças e de celebrar missa, quando a 20 de Dezembro de 1755, chegou à Aldeia o Governador do Pará com cem soldados. Mandou derrubar o mato à roda, e a 1 de Janeiro plantou uma árvore aguçada no meio do descampado, e disse três vezes: Viva El-Rei! A *vila* foi êste descampado. As ruas e edifícios públicos, que outros os construíssem, que êle não tinha tempo para tais particularidades. As *casas*, feitas antes pelos Jesuítas, constituíam, pois, tôda a Vila, que assim pomposamente se acabava de erigir, sem mais diferença da Aldeia senão a de algumas árvores a menos.

2. Cf. F. A. Oliveira Martins, *Um herói esquecido — João da Maia da Gama*, I, 124.

A actividade dos Jesuítas do Brasil, com a finalidade expressa de trabalhar em Mato Grosso, coincidiu já com o período perturbado dos meados do século XVIII, que crestaram ao nascer a semente da catequese nessa região. Antes porém de a estudar, importa dizer que um soldado português, António Rodrigues, que Nóbrega recebera na Companhia de Jesus em S. Vicente, em 1553, e estivera na primeira fundação de Buenos Aires, e na de Assunção em 1537, tinha andado e subido pelo Rio Paraguai acima, em terras sem dúvida alguma de Mato Grosso actual. Conta êle-próprio já depois de ser Jesuíta:

«Desta cidade fomos mais adiante a conquistar terras e subimos mais acima 250 léguas e chegamos perto do Maranhão e das Amazonas. Chegamos aos *Paraís*, gente lavradora, muito amigos dos cristãos; têm um principal, a quem obedecem, que em sua língua chamam *Cameri*. Não comem carne humana. Perto dêstes estão os *Barbacanes*, os *Sabacoces*, os *Saicoces*, todos gente lavradora de muitos mantimentos e dócil para receber a fé de Cristo. Passamos por outros gentios, de que não fizemos caso, por não serem lavradores, a que chamam *Pagais*, os quais mataram o nosso governador João de Ayolas. Êstes são pescadores e caçadores. Achamos também outros gentios chamados *Gaxarapos*, mui ruim gente, e outros que chamam *Guatos*. E não achando nesta saída prata nem oiro, tornamos à nossa cidade cansados e em excesso trabalhados»[1].

A esta notícia, sôbre terras de Mato Grosso, deve-se juntar a que dá o P. António Vieira em 1654, quando descreve o périplo de António Raposo Tavares e seus companheiros, em carta recentemente publicada, nos seus lugares inéditos, por Lúcio de Azevedo. Carta que tem concorrido sobremaneira para que António Raposo Tavares vá ganhando hoje a fama de maior bandeirante paulista. Vieira, como homem superior que era, junta a repreensão com a admiração. Diante dos imensos trabalhos dêstes homens, compara-os aos que «dos Argonautas contam as fábulas, com exemplo verdadeiramente grande e de valor, se o não deslustrara tanto a *causa*».

---

1. Cf. S. L., *Páginas de História do Brasil*, 129. Emitíamos aí a opinião de serem *Parecis*, aquêles *Paraís*. Os *Guatos* aparecem em mapas antigos ao norte, para o interior do sítio onde hoje está a cidade de Corumbá. António Rodrigues foi na expedição de Fernando de Ribera, enviado pelo Governador Cabeça de Vaca; cf. também V. Correia Filho, *As Raias de Mato Grosso* (S. Paulo 1925)28.

A *causa*, di-lo o próprio Vieira: dêsses homens, chegados ao Pará, embarcaram-se «logo alguns, que em S. Paulo têm maior poder e mais cabedal, para de lá tornarem ao sertão do Pará e tirarem dêle os Índios Tupinambás e outros de língua geral, de que tiveram notícias, e se teme que já os terão levado» [1]. S. Paulo era terra da América Portuguesa; não o era menos o sertão do Pará... A mudança dos Índios de uma terra para outra dentro dos mesmos domínios, podia enriquecer os que os «caçassem», não parece que alargasse a América Portuguesa ou o Brasil. Observação que se deve acentuar, e se diz de passo, porque não é objecto dêste Capítulo. Dêste é a nota de que os Jesuítas do Brasil se unem ao Mato Grosso por duas das mais velhas notícias sôbre êste território, a de António Rodrigues no século XVI e a de António Vieira no século XVII. No século XVIII seguiram os Jesuítas do Brasil com natural entusiasmo e interêsse o desbravamento do Oeste, não já como antes, simples viagens de exploração ou de trânsito, mas com intento de fixação, e ainda no período mineiro, como se vê da Carta do Governador D. Rodrigo César de Meneses, de 12 de Março de 1723, ao P. José Mascarenhas da Companhia de Jesus: «As novas de *Cuiabá* [Cuibá] cada vez são mais favoráveis» [2]... Tão favoráveis que êle próprio, D. Rodrigo César, aí foi pessoalmente em 1727 fundar a Vila de Cuiabá, então pertencente ao govêrno de S. Paulo.

2. — Criada a Capitania de Mato Grosso, pela Provisão de 9 de Maio de 1748, foi escolhido para a estabelecer a D. António Rolim de Moura. A 19 de Janeiro de 1749 a Côrte de Lisboa deu suas *Instruções* ao novo e primeiro Governador e Capitão General de Mato Grosso, que outras *Instruções* do mesmo govêrno uma década mais tarde fingiriam ignorar, e, com elas, alguns historiadores antigos das coisas da Companhia de Jesus e dos Índios:

«Nas terras, que medeiam entre o Cuiabá e o Mato-Grosso, se encontrou há alguns anos a nação dos Índios *Parecis* mui próprios para domesticar-se, com muitos princípios de civilidade, e outras nações de que se poderiam ter formado Aldeias numerosas e úteis; e, com sumo desprazer, soube que os sertanejos do Cuiabá não só lhes destruíam as povoações, mas que totalmente têm dissipado

---

1. *Cartas de Vieira*, I, 411, 416.
2. *Bras. 4*, 280; cf. supra, Capítulo consagrado a *Minas Gerais*, pág. 197.

os meus Índios com tratamentos indignos de se praticarem por homens cristãos. Por serviço de Deus e meu, e por obrigação de humanidade, deveis pôr o maior cuidado em que não se tornem a cometer semelhantes desordens, castigando severamente aos autores delas, e encarregando aos ministros que pela sua parte emendem e reprimam rigorosamente tudo o que neste particular se houver feito ou ao diante se fizer contra as repetidas ordens que têm emanado nesta matéria.

Pelo que toca aos Índios das nações mansas, que se acham dispersos servindo aos moradores a título de administração, escolhereis sítios nas mesmas terras donde foram tirados, nas quais se possam conservar aldeados, e os fareis recolher todos às Aldeias, *tirando-os aos chamados administradores*, e pedireis ao Provincial da Companhia de Jesus do Brasil vos mande missionários para lhes administrarem a doutrina e os sacramentos. Igualmente lhos pedireis para a administração de qualquer Aldeia ou nação que novamente se descubra, não consentindo que se dissipem os Índios ou se tirem das suas naturalidades, ou se lhes faça dano ou violência alguma, antes se apliquem todos os meios de suavidade e indústria, para os civilizar, doutrinar em tudo como pede a caridade cristã.

Às Aldeias distribuïreis de sesmarias as terras que vos parecerem necessárias para as suas culturas, conforme o povo que contiverem. Não *consentireis que os Índios sejam administrados por pessoas particulares* e muito menos que sejam reduzidos a sujeição alguma, que tenha a mínima aparência de *cativeiro, nem que na administração económica das Aldeias se ingira pessoa alguma, fora os missionários, nem que vão seculares a demorar-se nelas mais de três dias*.

E assim a êstes respeitos como aos mais, que pertencem aos governos de Minas, fareis exactìssimamente observar o regime e ordens que têm emanado tocantes a elas. E deveis estar na inteligência, que tenho ordenado, se dêem de côngrua da minha fazenda, a cada missionário das Aldeias, quarenta mil réis por ano. E pelo que pertence à erecção e guisamento das Igrejas das mesmas Aldeias, dareis interinamente as providências mais necessárias, e quanto ao mais informareis, pelo Conselho Ultramarino, da ajuda, com que será conveniente que eu mande assistir» [1].

---

1. «Instruções dadas pela Rainha ao Governador da Capitania de Mato Grosso D. António Rolim de Moura em 19 de Janeiro de 1749» na *Rev. do Inst.*

3. — Em virtude destas *Instruções Régias*, o Provincial do Brasil concedeu ao Governador os Padres Estêvão de Castro e Agostinho Lourenço. Partiram com o mesmo Governador na grande frota ou monção, saída de Arariguaba (Pôrto Feliz) no Tietê, a 5 de Agôsto de 1750, gastando mais de cinco meses, pois só chegaram a Cuiabá, no dia 12 de Janeiro de 1751. O cronista desta viagem é o próprio Rolim de Moura, depois conde de Azambuja e Vice-Rei do Brasil [1]:

«Embarquei finalmente a 5 de Agôsto, havendo antes disso ouvido missa na freguesia e tôda a comitiva. Acabada ela, salvou a companhia de dragões, com três descargas a Nossa Senhora da Penha, invocação da dita Igreja».

«Na primeira canoa me embarquei eu só, na segunda os dois missionários, na terceira os oficiais da sala com o secretário, na quarta o capitão com metade da companhia. Entre esta e a do tenente, que marchava na retaguarda, com a outra metade, iam as da carga, que eram dezasseis, pertencentes a El-Rei, e quatro a mim, e, porque ainda não puderam acomodar todo o mantimento necessário, se tomou mais uma, por empréstimo, que me acompanhou oito dias».

Ao desamarrarem as canoas, nova salva a Nossa Senhora. Tôdas as canoas levavam as bandeiras à popa com as armas reais. A canoa missionária, além da bandeira real, arvorava outra bandeira, a da Missão, com a efígie do Padre Anchieta, como símbolo de que era missão de catequese e de paz, a eterna *Fé*, unida ao *Império*, em tôdas as emprêsas de Portugal.

A narrativa do Governador, com feição de diário, está recheada de notícias de interêsse naturalista, social e político. A 12 de Janeiro de 1751, chegaram ao pôrto de Cuiabá. «No pôrto tinham todos seus cavalos e estava também um preparado para mim, por ser distância até à vila de meia légua, e me acompanharam todos até à minha porta. Aos Padres convidei a cearem comigo. Ali esti-

---

Hist. Bras., LV, 1.ª P.(1892)386-387; *Rev. do Inst. Hist. de Mato Grosso*, XXXV-XXXVIII (1937) 184. Entre os que fingiram ignorar, ou realmente ignoraram, estas «Instruções», deve incluir-se João Severiano da Fonseca, *Viagem ao redor do Brasil*, II(Rio 1881)58.

1. Cf. «Notas Chronologicas das pessoas que governaram a Capitania de Mato Grosso desde o ano de 1751 da sua criação», na *Rev. do Inst. Hist. Bras.*, XX, 282.

veram formadas as ordenanças da terra, de uniforme, as quais mandei retirar, e antes deram três descargas. E no domingo seguinte, 17 do mês, tomei posse»[1].

4. — A incumbência, que os Padres levavam, por expressa ordem régia era difícil, nobilíssima sob o aspecto da justiça e da humanidade, oposta porém aos interêsses materiais dos colonos, a saber, o aldeamento dos Índios livres, com exclusão de indivíduos particulares que os exploravam; por outro lado, a incumbência tinha uma finalidade política, de aspecto territorial, a ocupação total das margens do Guaporé, onde os espanhóis se tinham parcialmente estabelecido, com as suas missões. Missões também de Jesuítas, que agora se achavam frente a frente, não como Jesuítas (função *comum* religiosa) mas como portugueses e espanhóis (função patriótica *divergente*), procurando uns e outros os interêsses das respectivas pátrias, como funcionários de Estado, que eram realmente, com o encargo oficial do aldeamento dos Índios.

Sendo apenas dois os Missionários portugueses repartiram o campo da sua actividade. Estêvão de Castro tratou do Aldeamento dos Índios mansos; e não obstante as oposições, concentrou os Índios na Aldeia de Santa Ana da Chapada, que fundou a oito léguas de Cuiabá [2]; e o P. Agostinho Lourenço seguiria para o Guaporé, fronteira dos domínios portugueses com os domínios espanhóis.

5. — Agostinho Lourenço acompanhou o Governador D. António Rolim de Moura, quando êste, poucos meses depois da chegada a Cuiabá, foi fundar a sede da nova Capitania, a que deu o nome de Vila Bela, nas margens do Guaporé, hoje cidade de Mato Grosso, acto realizado no dia de S. José, a 19 de Março de 1752.

---

1. «Relação da Viagem que fez o conde de Azambuja, D. António Rolim, da cidade de S. Paulo para a Villa de Cuyaba em 1751», na *Rev. do Inst. Hist. Bras.*, VII(1845)469-497; cf. Estêvão de Mendonça, *Datas Mato-Grossenses*, I(Niterói 1919)37.

2. Cf. «Tabela comparativa das distâncias, que pouco mais ou menos há por terra desde Vila Bela e Cuiabá até os portos da Baía, Rio de Janeiro e Santos e lugares mais notáveis destas três estradas», na *Rev. do Inst. Hist. Bras.*, XX(1857) 293; cf. *ib.*, 288; Filipe José Nogueira Coelho, *Memórias Chronologicas da Capitania de Mato-Grosso, ib.*, XIII(1850)168.

«Até se levantar a vila, dizia o P. Agostinho Lourenço missa em altar portátil na rancharia de Sua Excelência, que ao depois deu ordem a fazer ao pé dela, quási sôbre o pôrto, uma capelinha coberta de palha, dedicada a S. António, em cujo dia se fêz nela festividade, função de cavalhadas e outros festejos de fora; e nesta capelinha se continuou a celebrar missa até o fim dêste ano, em que não só pela muita pequeneza para o povo que já concorria para a vila como pelo sítio em que estava, fêz Sua Excelência fabricar outra maior, dedicada também a S. António, na praça e lugar destinado para fazer a matriz da Santíssima Trindade»[1].

Em 1754 foi o P. Agostinho Lourenço «examinar o lugar em que nas margens do Guaporé se poderia fundar uma Aldeia ou Missão para os muitos Índios dos seus confins. Com efeito, na margem ocidental e sítio da Casa Redonda, aldeou alguns Índios «Mequens» (escrito na ortografia antiga «Michens») e *Guajaratas*, erigindo a capela de S. José, que deu nome à Missão. Na mesma ocasião escreveu uma informação exacta das Missões de Espanha, situadas nas margens do mesmo rio e dos que nelas desaguam. A dita missão se mudou em 1756 para o Rio Miquens, pouco acima, aonde êle faz barra no Guaporé, pela parte do nascente»[2].

A Missão de S. José do Guaporé, fundada pelos Jesuítas do Brasil em 1754, ao ocidente dêsse rio, ficava no actual território da Bolívia, e aquela informação talvez exista ainda nalgum arquivo público português. Êstes serviços e estabelecimento pacífico e útil foram cortados pelos sucessos das Missões do Uruguai e pela per-

---

1. *Anal de Vila Bela de S.S. Trindade*, artigo de João Afonso Côrte Real (Lisboa s/d) 30 páginas, referência em *Brotéria*, XXXVI (Fevereiro de 1943) 225; cf. Id., *Anal de Vila Bela desde o primeiro descobrimento dêste sertão do Mato Grosso, no ano de 1734*, em *Memórias do Congresso*, X, 303ss.; Af. de E. Taunay, *Cousas de Mato-Grosso*, no *Jornal do Commercio*, Rio, 30 de Abril de 1934, e *Paulistas em Mato-Grosso*, nos *Anais do Museu Paulista*, X(1941)35-38. Henrique de Campos Ferreira Lima dá notícia de uma *Carta-Roteiro*, feita em 1754, existente na Academia das Ciências de Lisboa, *Carta Corográfica ou Descripção demonstrativa das terras, e rios principais, que se tem descoberto, e navegado, des o limite Setentrional da Capitania de S. Paulo até a divisão da America, no districto de Villa-Bella, Capitania de Matto Grosso*. Cf. *Vila Bela da Santíssima Trindade de Mato Grosso — o seu fundador e a sua fundação*, em *Memórias do Congresso*, X, 300.

2. Nogueira Coelho, *Memórias Chronologicas*, loc. cit., 171.

fídia de Mendonça Furtado, que desde 1757 começou a fazer pressão sôbre Rolim de Moura para afastar os Padres de Cuiabá e Guaporé [1]. Já então estava aberta a insidiosa guerra de calúnias, que são em geral a maior glorificação dos Jesuítas, como a da carta régia de 19 de Junho de 1760 ao Governador do Piauí, com uma alusão a Mato Grosso, segundo a qual, sendo os *Paiaguases* reputados por feras, o Capitão General achara que viviam em boa sociedade com os Jesuítas [2]. Pretendendo ser útil argumento contra os Missionários, surge hoje diante da história o que na realidade é: demonstração positiva do contraste de métodos usados com os Índios. Os Índios reagiam «como feras» contra quem os tratava como feras; e «como homens» sociáveis, com quem os tratava como homens, com habilidade e brandura.

6. — Mas, desencadeada a perseguição contra os Jesuítas, amigos e protectores dos Índios, a missão ia acabar. A carta régia de 22 de Agôsto de 1758 a Rolim de Moura mandou remeter para o Pará os Religiosos da Companhia [3].

Narra o caso o próprio P. Agostinho Lourenço ao P. Caetano Xavier, da Vice-Província do Maranhão e Pará, que lhe comunicara ter-se publicado uma lei que encarregava aos Índios o govêrno e cargos das Aldeias, com o desastre que a história logo registrou, na nova maneira de escravização que foi o *Directório* pombalino, e que a experiência clarividente de Agostinho Lourenço previu:

«*Rev. P. Superior Caetano Xavier*: — Recebi a carta de Vossa Reverência, de 21 de Junho de 1757, com a certeza de ser remetida para Roma a que enviei, de que fico muito obrigado.

Em quanto ao mais, que Vossa Reverência me faz favor referir, do estado das Missões dessa Província e Capitania, digo que como são determinações reais as quero supor justas; mas quererem os homens dar aos Índios o juízo, que Deus Nosso Senhor não quis que êles tivessem, ninguém acabará comigo o tenha por bem [4].

---

1. Cf Carta de 29 de Outubro de 1757, nos *Anais do Pará*, V(1906)301-302.
2. Cf. *Rev. do Inst. Hist. Bras.*, XX(1857)159.
3. Cf. Virgílio Correia Filho, *Mato-Grosso* (Rio 1922)95; Joaquim Ferreira Moutinho, *Notícia sôbre a Província do Mato Grosso* (S. Paulo 1869)134.
4. Alude ao estado de *menoridade*, que era o pressuposto anterior das Missões, e ao qual se voltou mais tarde — e ainda hoje.

Mas saiba Vossa Reverência que também por cá chegou a tormenta. Os dias passados recebi uma carta do Snr. General desta Capitania, em que me diz que Sua Majestade, estimulado do sucedido no Paraguai e Pará, lhe ordenava não nos consentisse nesta Capitania, e que não obstante o dizer ao mesmo Senhor, na sua resposta, o quanto eu por aqui o tinha servido, contudo não podia deixar de dar à execução a dita ordem. E assim, em conseqüência dela, me acho em caminho, de retirada para a Província, deixando nas mãos de um clérigo a Missão, que com não poucos trabalhos tinha fundado. Agora, pròximamente, tinha prendado pacìficamente mais de mil almas, de uma gente a que chamam *Guaririaz*, e havia esperanças de prender tôda a Nação, que é numerosa, e de rara índole; mas parece não fui digno de servir-se Deus Nosso Senhor de mim em tão gloriosa emprêsa. Seja em tudo feita a sua Santa Vontade.

Os tempos estão tão calamitosos, que me lastima quanto ouço sucede à nossa Companhia no nosso Reino. Há pouco recebi uma carta de um Padre das Missões de *Mogos* [Mojos], em que me diz se escrevia do Peru que enviara S. M. Portuguesa ordem de prisão para os nossos Padres assistentes na Colónia, e que os ditos Padres tiveram notícia da referida ordem junto com a sua execução; que sendo-lhes apanhados os seus papéis foram queimados por mãos do verdugo; que a Igreja fôra entregue ao Ordinário, e os Padres recebidos na nau dos quintos com baioneta calada; que em Lisboa, depois de serem privados do ingresso em palácio todos os Jesuítas, saíra impresso um papel cujo título e assunto era: «Guerra que os Padres da Companhia sustentam contra as duas Coroas de Portugal e Espanha».

A nenhuma destas coisas dou total crédito, por não ter delas aviso mais formal neste sertão. O que só posso avisar a Vossa Reverência, de certo, é que nesta Capitania tem o mundo feito a dois pobres jesuítas, que nela estavam por ordem de Sua Majestade, uma cruel guerra.

Contra o P. Estêvão de Castro, que estava no Cuiabá, fundando a Missão da Senhora Santa Ana, com Índios tirados da administração dos seculares, conforme as ordens reais, tirou a Câmara daquela vila, sem escrúpulo algum, uma devassa de uma caterva de capítulos, tão feios e horrendos, que além de serem indignos do papel a serem certos, merecia o Padre o mais feio castigo. Mas foi Deus servido que ficando envolto em uma delas o senhor General, tomou êste à sua conta a defesa, e mandando prontamente o seu Secretário ao Cuiabá tirar devassa da mesma devassa, se acharam os mais evidentes documentos da falsidade de tudo, menos de um capítulo de pouca importância, e de tudo forçosamente se há-de dar conta a Sua Majestade.

Contra mim, suposto tenha sido menor a fúria por estar no sertão, todavia se tirou uma averiguação na nova povoação do *Salto Grande*, de coisas que nunca pensei, as quais se têm publicado como certas, nessa Capitania do Pará, donde procede o perguntarem por mim os que governam, como por pessoa abominável. Isto referem os que de lá vêm, e talvez já tenha chegado aos ouvidos de V. Reverência. Eu, não obstante o saber quão poucos são os que se conhecem, estou tão seguro na minha consciência que não duvidei, ao sair da Missão, recorrer ao preceito do Evangelho, sacudir o pó dos sapatos diante dos que na ocasião ali se achavam; e o mesmo farei ao sair da Capitania. Seja em tudo feita a vontade do Senhor. A minha retirada é para S. Paulo, e daí para o Rio de Janeiro. Se lá puder servir a Vossa Reverência me ofereço com tôda a vontade. Peço a Vossa Reverência se lembre de mim nos santos sacrifícios e me favoreça com a santa bênção, *Rio Guaporé*, 2 de Março de 1759. De Vossa Reverência, humilde servo em o Senhor, *Agostinho Lourenço*» [1].

O P. Agostinho Lourenço retirou-se para S. Paulo, a cujo Colégio estavam adstritas as Missões de Mato Grosso, com as suas residências do Rio Guaporé e Cuiabá. Exilado e encarcerado em S. Julião da Barra (cela n.º 4), saíu dêle com vida em 1777, com o advento de D. Maria I, a Libertadora [2].

---

1. Arq. Prov. Port., Pasta 177 (14). Transcrição completa, feita aqui directamente, da fotocópia do original. A carta, enviada do Guaporé para o Pará, é, por si mesma, documento da vantagem dos cursos de água, para as facilidades de comunicação. A mesma vantagem levava os superiores da Vice-Província do Pará e Maranhão, com residência no Rio Madeira, a estudar a possibilidade de estabelecer missões efectivas no Guaporé, região que viria a ficar na circunscrição missionária daquela Vice-Província, se não sobreviessem os sucessos narrados nesta própria carta.

2. Tinha nascido a 8 de Setembro de 1721, em Moura Morta, freguesia ao norte de Portugal, e entrara na Companhia a 18 de Outubro de 1736, *Bras. 6*, 273; Arcis Sancti Juliani, *Ichnographia*; Carayon, *Doc. Inédits*, IX, 246.

O P. Estêvão de Castro, do Pôrto, entrou na Companhia com 17 anos de idade, a 30 de Julho de 1730. Em 1745 era examinador de Filosofia no Colégio de S. Paulo. Exilado também, passou a 11 de Maio de 1769 dos cárceres de Azeitão para S. Julião da Barra (cela n.º 5), donde saíu no mesmo dia que o P. Agostinho Lourenço. Faleceu a 26 de Março de 1781 [1].

Tanto Agostinho Lourenço, como Estêvão de Castro eram homens de valor, ambos professos; e Estêvão de Castro, o Superior da Missão [2].

Nos Anais da Companhia de Jesus resta uma resumida página consagrada a estas missões de Mato Grosso, em que se exalta a memória de D. António Rolim de Moura, irmão menor do conde de Val de Reis, a quem verdadeiramente deveu a nova missão o seu feliz êxito, pela energia com que se opôs aos que retinham, contra a lei, Índios injustamente cativos, e recusavam que os aldeasse o P. Estêvão de Castro, que apesar disso os aldeou com grande proveito das almas.

Agostinho Lourenço, no Rio Guaporé, atraíu e aldeou os Índios com donativos, que lhes fêz, e sobretudo com a grande caridade com que os tratou [3].

Divulgou, na íntegra, esta breve página D. Francisco de Aquino Correia, Arcebispo de Cuiabá, por ocasião do IV Centenário da Companhia, juntando-lhe outras notícias sôbre os três ciclos das missões da Companhia em Mato Grosso, ciclo espanhol, ciclo português, ciclo brasileiro, actual, entre os Índios, na Prelazia de Nossa Senhora da Conceição do Alto Paraguai, em Diamantino, «imensa, diz êle, dificílima, e importante missão, digna portanto da Companhia de Jesus» [4].

---

1. *Bras.* 6, 374v, 409; Arcis Sancti Juliani, *Ichnographia;* Carayon, *Doc. Inédits,* IX, 238. Quási todos os documentos da época trazem a grafia *Crasto* em vez de Castro.

2. *Bras.* 6, 399.

3. «Ad instanza del fu D. Giovanni 5º allora regnanti in Portogallo furono destinati alla nuova Missione del Cuiabá i PP. Stefano di Crasto ed Agostino Lorenzo, l'anno 1750». *Bras.* 10(2), 453.

4. D. Francisco de Aquino Correia, *Os Jesuítas em Mato-Grosso*, na *Revista de Cultura* (Rio, Nov.-Dez. de 1941) 242, 245

LIVRO QUARTO

SÃO PAULO

ALDEIA DE S. PEDRO DE CABO FRIO
Lembra os «montes» ou fazendas do Alentejo.

CAPÍTULO I

Aldeias de Sua Majestade

1 — Aldeias de El-Rei e Aldeias particulares; 2 — Aldeia de S. Miguel; 3 — Aldeia de N. Senhora dos Pinheiros; 4 — Aldeia de N. Senhora de Barueri; 5 — Aldeia da Conceição dos Maromimins, Guarumemins ou Guarulhos.

1. — Tôda a história da América, nos três primeiros séculos, anda cheia de um facto religioso e social, que é a honra da Igreja, a declaração de que os naturais da América são livres. Com esta declaração de princípios, a *declaração dos direitos do homem americano*, procurou harmonizar-se a lei civil, perante duas circunstâncias graves, a falta de trabalhadores para a construção material da América, e a necessidade das nações colonizadoras, pelos seus filhos ou pelos filhos dos seus filhos, se manterem na sua posição de chefes desbravadores e construtores. Mas a América, uma como continente, não o era quanto ao grau de cultura dos seus habitantes ao dar-se o Descobrimento. Se nas costas do Pacífico e nas regiões das Antilhas, a civilização dos aborígenes era elevada, no Brasil, na sua estrutura florestal imensa, mais difícil que nenhuma outra para a organização social, os Índios estavam em condições de inferioridade social e política para se defenderem por si mesmos em contacto com a civilização ocidental.

A legislação portuguesa verificou o facto, e sàbiamente colocou os Índios em estado de protecção, num regime de tutoria, em que êles, como menores, se confiavam a uma administração e legislação particular, que no Brasil foi o *Regime das Aldeias*. Sábia legislação, dizemos, tomando-a no sentido geral, porque teve deficiências em pormenores transitórios de tempo e de lugar, de que já ficam exemplos nos Tomos precedentes; no seu aspecto geral, isto é, no sentido de declarar os Índios do Brasil civilmente *livres*, mas ao mesmo tempo *menores*, com direito à defesa contra as injunções do ambiente, que dêles, como menores, poderiam abusar. Entre os erros da legislação tem de se incluir a lei de 1755, que mantendo a liberdade civil (que os Jesuítas sempre advogaram e da qual só cediam à fôrça), desconheceu o facto social da *menoridade* dos Índios, colocando nas mãos dêles o govêrno interno das Aldeias, com a conseqüência imediata, que verificou o Governador do Rio de Janeiro, depois da saída dos Jesuítas: «Não há para êles [os Índios] dia de amanhã. Logo que tomaram conta da administração das suas terras, venderam gados, cobraram foros, derrubaram matos e vão arruinando tudo» [1]. Liberdade aliás hipócrita, a da Lei de 1755, porque se regulou por um *Directório*, que impunha aos Índios determinados serviços *forçados*, com a agravante de os colocar sob a tutela de administradores leigos, sem os escrúpulos e o espírito do govêrno patriarcal dos Religiosos, de tradicional benevolência. A esta lei sucedeu logo a desorganização social dos núcleos de povoamento ou o aviltamento do Índio, ou a sua exploração pelo mais forte, ou o recuo para o sertão. Foi preciso voltar mais tarde ao pensamento dos Jesuítas e da primitiva legislação portuguesa na defesa dos Índios, sancionado actualmente no Código Civil Brasileiro, que considera os Índios, que existem hoje no Brasil, como homens *livres*, mas em situação legal de *menores*. Na realidade, a última lei da liberdade dos Índios está por promulgar; ainda há Índios, que não são totalmente *livres*, mas *protegidos*. O Brasil já é independente há mais de um século. Protegidos contra quem? Contra os civilizados? Na aparência, apenas. Os Índios são protegidos contra si mesmos. Porque êles, os das selvas, são como os do tempo dos Jesuítas, em que territórios hoje cultos eram ainda selvas. São Índios, cujo desnível mental e social, os equipara à menoridade legal, do tempo de Nóbrega e de Vieira, menoridade que os tornava também isentos da Inquisição, que pressupunha responsabilidade *plena* nos *cristãos* sob a sua alçada.

A fórmula inicial de organização civil dos Índios, nos primeiros contactos com a civilização, foram os Aldeamentos dos Jesuítas, conforme ao Regimento dado por D. João III em 1548 a Tomé de Sousa. Eram as chamadas *Aldeias de El-Rei*, para se distinguirem de

---

[1] Ofício do Conde de Bobadela, de 9 de Fevereiro de 1761, cf. J. Lúcio de Azevedo, *Os Jesuítas no Grão Pará*, 374.

outros agrupamentos de Índios, que se chamaram de *Administração particular*. Como Aldeias de El-Rei dependiam directamente do Governador Geral do Brasil, que para elas nomeava os Institutos Religiosos, que tinham as Missões como vocação própria e lhe pareciam idóneos, quando não eram directamente indicados pela Coroa. E os Missionários eram delegados dos Governadores Gerais ou Governadores da Repartição do Sul, ou Capitães-mores. As Aldeias de El-Rei ficavam fora da alçada imediata das Câmaras locais, e os Missionários eram indicados directamente pelos Reitores dos Colégios ou Provinciais, com os poderes que lhes doavam as Leis, os Reis e Governadores, com que ficavam em cada Aldeia com os poderes de pároco e simultâneamente de regente secular ou civil. As relações das Câmaras com as Aldeias de El-Rei eram condicionadas por leis, que davam a jurisdição *secular* aos Superiores das Aldeias (da jurisdição *espiritual* não se trata, porque essa por si mesma pertencia à Igreja); mas às vezes as Câmaras assumiam a jurisdição secular, ou por poderes especiais, que lhes davam os Governadores, e então era legítima a sua intervenção, ou por se adiantarem a êsses poderes, interpretando-os a seu sabor, e então era intromissão quási sempre ilegal e abusiva, geralmente condenada pelas autoridades superiores. E até depois que saíram da administração dos Jesuítas, e ficaram às «ordens da Câmara», ainda então a Câmara não tinha jurisdição nelas, para dispor delas como lhes aprouvesse, mas só os Governadores, como delegados de El-Rei, porque a razão de ser destas Aldeias dos Índios era «para *Sua Alteza* os ter assim prontos a seu *real* serviço, que é o *fim* de elas se perpetuarem» [1].

Com esta *doutrina* certa coincidia, porém, outro *facto* històricamente certo, que se punha com freqüência em conflito com ela, o facto do *municipalismo*, transplantado da Mãe Pátria, mas que, pelo isolamento e distância do poder central, assumia em certas épocas o papel de «estado» no Estado, com veemente preponderância local. Daqui nasciam antagonismos e lutas contra quem quer que, nos próprios lugares, representasse os interêsses e a doutrina superior do Estado.

---

1. Carta do Governador Geral do Brasil, Afonso Furtado de Castro do Rio de Mendonça aos oficiais da Câmara da Vila de S. Paulo, da Baía, 7 de Outubro de 1671, *Doc. Hist.*, VI, 188.

As Aldeias de El-Rei possuíam terras próprias, tanto para o seu sustento, como para a aprendizagem do trabalho estável em núcleos fixos. Também a legislação régia procurava defendê-las neste particular contra a cobiça alheia, cominando penas aos que abusavam do desinterêsse, bondade ou inércia dos Índios, roçando-as em proveito próprio [1].

No distrito de S. Paulo as Aldeias de S. Majestade, confiadas aos Jesuítas, foram quatro: S. Miguel, Pinheiros, Barueri, e Maramomins ou Guarulhos.

2. — A *Aldeia de S. Miguel* foi uma das mais antigas da Comarca de S. Paulo, ainda no século XVI [2]. Aparece a primeira vez nos Catálogos da Companhia de Jesus em 1586. Estava à frente dela o célebre P. Diogo Nunes, filho da terra, grande sertanista e língua, que cêrca de trinta anos depois se achou presente à conquista do Maranhão, e, levado por uma tempestade, acabou seus dias na Ilha de S. Domingos, Antilhas. Nesse ano de 1586 estava também o Ir. Estudante, Custódio Pires, que aprendia a língua [3]. Três anos depois, em 1589, S. Miguel tinha 800 Índios [4].

Conforme o número de Padres existentes em S. Paulo, número variável, que ora exigia a sua concentração no Colégio, ora permitia a sua repartição pelas Aldeias, S. Miguel teve alguma vez Missionário residente. O mais do tempo era assistida directamente do Colégio, realizando-se os actos sagrados na Igreja da Aldeia aos Domingos e dias de guarda.

Os Superiores das Aldeias de Nossa Senhora da *Escada*, *Conceição* e *S. Miguel*, em 1628, eram os Padres José da Costa e João de Almeida [5]. Sobrevindo as perturbações de 1640, a Aldeia ficou encarregada à Câmara, e mais tarde em 1698 foi entregue aos Padres Capuchos, isto é, Franciscanos [6].

---

1. Provisão de El-Rei de 8 de Julho de 1604, para que ninguém roce as terras dos Índios de S. Paulo, sob pena de degrêdo para o Rio Grande [do Norte]. Com vários *cumpra-se*, desde 1607 a 1622, e registado em S. Paulo, no Livro dos Registos, a 26 de Agôsto de 1622, *Registo Geral*, I, 358-359.
2. Cf. supra, *História*, Tômo I, 305-306.
3. *Bras. 5*, 28v.
4. *Bras. 5*, 32v.
5. *Anais do Museu Paulista*, I, 179.
6. Cf. Fr. Basílio Röwer, *Páginas de História Franciscana no Brasil* (Petrópolis 1941) 622.

S. Miguel sempre teve Igreja, como tôdas as Aldeias da Companhia. De vez em quando refazia-se em lugar contíguo, não muito distante da anterior, que entretanto continuava servindo ao culto. E procurava-se que houvesse benfeitores para isso. Na de S. Miguel, reconstruída em 1622 (lê-se no batente da porta principal: *Aos 18 de Julho de 1622 + S. Miguel*) interveio sem dúvida o benfeitor Fernão Munhoz, e talvez também o P. João Álvares, secular.

Aquela benfeitoria de Munhoz não foi inteiramente desinteressada, mas em conseqüência de terras que êle recebera dos Índios e para os quais, «em pagamento», fêz a «Igreja de S. Miguel»[1].

O ano de 1622 é o do Registo em S. Paulo da Provisão régia de 1604, que proibia aos particulares roçar terras dos Índios sob pena de degrêdo. A reconstrução da Igreja poderia ter sido uma satisfação pública; e talvez exigência dos Administradores seculares da Aldeia e dos Padres visitadores dela[2].

A Igreja de S. Miguel, do período jesuítico, era «de aspecto leve e gracioso». Restaurada e classificada entre os edifícios do Património Nacional, tem sido objecto de estudo dos especialistas e historiadores da Arte. A sua banca de comunhão é considerada uma das mais «antigas e autênticas expressões conhecidas da arte brasileira»[3].

3. — *A Aldeia de Nossa Senhora dos Pinheiros*, de tradição anchietana, teve origem comum com a de S. Miguel e foi assistida pelos Jesuítas durante algum tempo. Ainda falaremos dela, mais adiante, ao tratar de Carapicuíba. Em 1698 entrou para a administração dos Monjes Beneditinos[4].

4. — *A Aldeia de N. Senhora da Escada de Barueri* ou *Marueri* foi fundada na primeira década do século XVII. A princípio dizia-se *Maruerim*; e o facto de coincidir com a fundação da Aldeia dos

---

1. Cf. Sérgio Buarque de Holanda, *Capelas antigas de S. Paulo*, na *Rev. do SPHAN*, V, 108.
2. O Catálogo de 1621 traz em S. Paulo, além de 3 Irmãos, os seguintes Padres: Francisco Pires, Superior, prègador, confessor; Sebastião Gomes, língua, *visita as Aldeias*; João de Almeida, língua, *visita as Aldeias*, Bras. 5, 125v.
3. Cf. Lúcio Costa, *A Arquitetura dos Jesuítas no Brasil*, na *Rev. do SPHAN*, V, 15, 63, e *passim*.
4. Sôbre a sua origem no século XVI, cf. supra, *História*, I, 305.

Maromimins pode ser indício de que alguns dêstes Índios também se aldeassem originàriamente nesta Aldeia, naqueles tempos em que os Índios se agrupavam ou reagrupavam onde as circunstâncias se revelassem mais vantajosas para a catequese e subsistências. Mas as línguas eram diferentes. E trinta anos depois, as duas Aldeias aparecem nos lugares em que definitivamente ficaram, *Marueri* ou *Barueri*, e *Marumimins* ou *Guarulhos*, ambas sob a administração dos Padres da Companhia.

É período escasso em documentação, que as piratarias do mar nesse tempo interceptavam. Os Catálogos existentes falam apenas de *Aldeias*. Só aqui e além mencionam explìcitamente os nomes. Ordenando os dados recolhidos nos Catálogos e Cartas, temos, na região de S. Paulo:

Em 1589: Aldeias de S. Miguel e de N. Senhora (Pinheiros).

De 1591 a 1607, nenhum nome explícito de Aldeia: o P. Manuel Viegas sabe a língua brasílica e «*maromomítica*» e ocupa-se com os Índios.

Em 1610, *Aldeia dos Maromimins*, sem menção do orago.

Em 1612, Aldeia de *N. S. da Apresentação* ou da *Escada*. A Ânua de 1612 narra a cura repentina de uma menina diante do altar da Senhora; outra, de um menino aspergido com água benta, por sua mãe, casos ambos sucedidos nesta Aldeia [1].

Em 1616, o P Sebastião Gomes *visita as Aldeias* [2]. Neste mesmo ano de 1616 há uma referência a atropelos cometidos pelos moradores, vendendo Índios, «tomados da *Aldeia de Marueri*, que mandou descer D. Francisco de Sousa para as Minas, por o P. Afonso Gago da Companhia» [3].

Em 1619, o mesmo e o P. João Martins *visitam as Aldeias* [4].

---

1. *Bras. 8*, 139v. Agostinho de Santa Maria escreve: «Não pude saber o motivo porque à Senhora se lhe impôs o nome de *Escada*»; e «não pude saber o dia em que se festeja» (*Santuário Mariano*, X, 165). No texto damos a razão ou equivalência das denominações de *Apresentação* e *Escada*. Festa a 21 de Novembro. (Cf. supra, *História*, V, 345). O mais que êle diz e que supõe ser Aldeia do século XVI, é confusão com outra *Aldeia de N.ª S.ª*, que não é esta.

2. *Bras. 5*, 116.

3. *Anais do Museu Paulista*, III, 33. *Afonso Gago* aparece transcrito neste documento *A Santyago*, que é lapso de leitura ou de copista.

4. *Bras. 5*, 122v.

Em 1628, citam-se, já o vimos, três Aldeias, com os Padres José da Costa e João de Almeida, «superiores de las reduciones de *Escala* [Marueri], Conceptión [Maromemins] e S. Miguel»[1], todos residentes no Colégio de S. Paulo.

Em 1631, o Catálogo dá, como residência separada do Colégio, a Aldeia da *Apresentação de N. Senhora* com o P. João Baptista (do Peral, Leiria) e o Ir. Gonçalo Rodrigues[2].

Nossa Senhora da *Escada* e *Apresentação* de N. Senhora são denominações da mesma invocação (forma popular e forma litúrgica). Aquela Aldeia da *Escada* de 1612 e esta da *Apresentação* de 1631 são a mesma Aldeia, e é *Marueri*: «Mando se digam a N. Senhora da *Escada* quatro missas na Aldeia de *Marueri*», diz um Inventário de 1627[3].

Segundo Simão de Vasconcelos, as Aldeias do Distrito de São Paulo, sob a administração dos Padres da Companhia em 1609 eram 4: *S. Miguel, N. S. da Conceição* [Guarulhos], *N. S. dos Pinheiros, N. S. do Maruiri* [Escada][4].

Ora êste ano de 1609 é o mesmo em que, por ordem do P. Visitador Manuel de Lima, foi em missão ao sertão dos Carijós o P. Afonso Gago, sertanista veterano, levando como companheiro o P. João de Almeida, que iniciava a carreira missionária. Os Índios, que trouxeram, «seriam até 1.500 almas»[5], e situaram-se nas Aldeias de S. Paulo, onde também ficaram êsses Padres, João de Almeida, na *Aldeia dos Maromimins*, de que era superior o P. Sebastião Gomes; e Afonso Gago, na Casa de S. Paulo. Foi com os Índios, trazidos pelo P. Afonso Gago, que se iniciou a *Aldeia de Barueri*, que se coloca no tempo de D. Francisco de Sousa, quando Governador das Minas, o que condiz com a referência do ano de 1616[6].

Superior da Aldeia, nos começos de 1628, era o P. Francisco de Lemos, que faleceu em Fevereiro no Colégio de S. Paulo, depois de ter ido sacramentar um morador da Parnaíba, estando já então

---

1. *Anais do Museu Paulista*, I, 179.
2. *Bras. 5*, 135.
3. *Inventários e Testamentos*, VII, 333; cf. também Provisão de 21 de Março de 1650 nomeando Capitão para a «Aldeia de N. S. da *Escada* de *Marueri*» (*Reg. Geral*, II, 221).
4. Vasc., *Vida do P. João de Almeida*, 77.
5. *Bras. 8*, 110v; Vasc., *Vida do P. João de Almeida*, 53, 77.
6. Azevedo Marques, *Apontamentos*, I, 5.

gravemente doente. Escreve o P. Francisco Carneiro, Reitor do Rio, que visitou S. Paulo, na ida aos Patos, e se achou presente:

«Com a falta do Padre Francisco de Lemos e ausência do P. Manuel Pacheco, que, além do Ir. Francisco de Morais levei também comigo, ficaram as coisas muito mais apertadas, principalmente na Escola, e na Aldeia de Marueri, em que entretanto supriam os Padres José da Costa e Francisco de Oliveira, êste na Escola, aquêle na Aldeia, trocando um a lição que ouvia pela do ABC que ensina, e o outro a leitura de Teologia pela da doutrina na língua, ambos com edificação, resignação religiosa e não pequena consolação daqueles pobres Índios, que tanto morrem por Padres que lhes assistam de morada e os doutrinem.

E afirmo a V.ª R.ª que foi para mim um espectáculo de notável consolação ver nêles juntos os dois extremos, um de alegria, outro de sentimento, com que nos receberam. De alegria, por se porem de festa com a Igreja armada, casa e terreiro enramado, até à borda do rio, afora as canoas que meia légua por êle acima nos foram esperar com bandeiras, tambores e outras invenções, nêles tanto mais para estimar, quanto menos tiveram quem os industriasse nelas por estarem sós, sem Padres; de sentimento, porque no meio de tôda esta festa lhes corriam a todos, as lágrimas, quatro e quatro, pelos rostos abaixo, pela perda de seu pastor, de que já lhes constava, e lhes acrescentava a pena imaginarem não haveria outro, que em seu lugar lhes ficasse; e assim se mostraram sumamente alegres quando souberam lhes deixava entretanto o P. Costa, pedindo instante e uniformemente lhes confirmasse a Residência dos Padres, porque estando êles aí de assento, se despejaria o sertão para êles, e que êles mesmos, sem os Padres, se abalariam dali e os iriam buscar; ao que acresceria o que dias já trago atravessado, que se ali não houvesse capitães das Aldeias como os não há nas mais partes, muito mais se conservaria e aumentaria aquela Cristandade, em que tivera por mais bem empregados 4 dos Nossos que em outras partes, onde, sem tanta necessidade e fruto, residem. A mesma petição, com os mesmos oferecimentos me fizeram os Índios da *Aldeia de S. Miguel*, onde da mesma maneira fomos festejados e recebidos. Em ambas estas Aldeias me cortaram a alma passante de 40 índias, que como viúvas viviam havia 5, 6, e mais anos, por estarem seus maridos retirados no Rio de Janeiro, sem haver remédio a de lá os deixarem vir. Todos tomei a rol, e de Santos escrevi logo ao Administrador e ao P. Vice-

Reitor, afim de que, por rogos e escrúpulo de consciência, os fizessem abalar de lá. Na *Aldeia dos Maromumis*, achamos ausentado o índio que nela serve de intérprete e prègador dos mais, o qual, por um caso grave de um rapto que lhe tinha acontecido, não ousava aparecer diante de nós. Mandei-o chamar. Veio. Lançou-se-me aos pés, pediu-me perdão, dizendo que o Diabo o enganara, mas que lhe não aconteceria outra. Com isto, e com uma repreensão, que lhe fiz dar, ficou seguro e quieto, para exercitar, como faz, seu ofício, com mostras de talento para êle. Aqui foi o Senhor servido livrar de um notável perigo a Silvestre, índio principal de S. Barnabé, que depois de vir do socorro da Baía, e de acompanhar por 2 vezes o P. Inácio de Sequeira na Missão dos Goitacases, se me ofereceu a mim também, para acompanhar a esta jornada dos Patos, em que me foi de préstimo no que lhe encarreguei e na persuasão dos Carijós a se abalarem connosco. Vindo-se pois nesta Aldeia recolhendo da casa de um português conhecido seu, com quem se agasalhava, já à bôca da noite, sem mais arma que um varão nas mãos, ouviu nas costas uma voz, que em português lhe disse: *Êste sois vós?* e após a voz sentiu as frechas que por 4 ou 5 vezes se lhe despediram quási à mão tente, sem nenhuma lhe tocar, nem êle jamais saber donde lhe vieram. Valeu-lhe porém ser animoso e destro nas armas, para se saber resguardar das que tão de perto e quási às escuras o buscavam.

Em a nossa *Aldeia de Ibataran*, achei de novo umas 4 ou 5 pessoas, que havia poucos dias tinham vindo do sertão, em companhia de uns moços da mesma *Fazenda*; e às escondidas dos Padres as foram buscar à volta dos *pombeiros dos brancos*, que de contínuo andam nestes assaltos e caça de Índios, como se foram feras [1].

A estas fiz fazer preguntas donde queriam estar, respondendo que ali, dando mostras de alegria por se verem nas mãos dos Padres e livres das dos Portugueses. Fi-las baptizar e ficar entretanto em paz, suposto que, se depois se quiserem mudar para a *Aldeia de Marueri* as não impidam. Concluída a visita das Aldeias e Fazenda, me expedi mais depressa que pude das juntas do Inquisidor, que lá

---

1. Sôbre os *pombeiros* e o seu ofício, cf. Manuel da Costa, *Arte de Furtar* (Lisboa 1855)195. Nesta edição, a *Arte de Furtar* vem ainda incluída nas obras do P. António Vieira. Francisco Rodrigues averiguou em 1940, com documentos positivos, o nome do seu verdadeiro autor. Cf. *O Padre Manuel da Costa, autor da «Arte de Furtar»*, Pôrto, 1944.

achei, e negócios da casa, deixando o último remate de alguns para a volta, pressupondo que nela acharia já remédio de companheiros para prover as praças, que a falta do P. Lemos e ausência do P. Manuel Pacheco, deixaram desprovidas. Cá chegamos a Santos aos 2 de Março» [1].

A Aldeia de Marueri teve a honra histórica de se iniciar nela a série de atropelos, que se iriam cometer contra os Padres do Colégio de S. Paulo, de que já havia ecos em 1616. Foram graves em 1628; piores em 1633.

Os de 1628 conta-os ainda o mesmo P. Francisco Carneiro, na sua *Relação*, inserta adiante no Capítulo consagrado à *Missão dos Patos*, de que trata, e é como ilustração e remate. Por causa destas perturbações o P. Francisco Ferreira, reitor de S. Paulo em 1630, requereu testemunho das autoridades civis, militares e eclesiásticas do Rio de Janeiro e Repartição do Sul, sôbre o estado das Aldeias de S. Majestade. Depuseram o Provedor Francisco da Costa Barros; o Governador, Provisor e Vigário Geral da Diocese de S. Sebastião do Rio de Janeiro, Pedro Homem Albernás; o Vigário por sua Majestade da Sé Matriz do Rio de Janeiro, P. Manuel da Nóbrega; e Martim de Sá, fidalgo da Casa de Sua Majestade, Capitão-mor e Governador do Rio de Janeiro e Superintendente das matérias de guerra desta Costa do Sul. São unânimes todos quatro nas declarações, variando apenas nas palavras e nalgum pormenor. Diz, um dêles, Martim de Sá:

«Certifico que os Reverendos Padres da Companhia de Jesus, desta Repartição do Sul têm a seu cargo as doutrinas dos Índios nas Aldeias das Capitanias da dita Repartição, em cuja administração procedem com grande fervor e zêlo do serviço de Deus e redução dos ditos Índios, doutrinando-os e instruindo-os em nossa santa fé, com grande cuidado e aproveitamento dos ditos Índios, e fazendo em tudo maravilhosos progressos, tratando do culto divino com muito exemplo, e fazendo-lhes Igrejas mui grandes e capazes, nas quais se administram os ofícios divinos com a devida decência, *ensinando-os para êste efeito, a ler, escrever e contar e alguns instrumentos músicos*. E não sòmente tratam de sua salvação, mas os curam em suas enfermidades, acudindo-lhes em suas necessidades, fazendo com êles ofício de pais, na qual estimação são tidos e reputados pelos

---

1. *Bras. 8*, 396v.

ditos Índios. E outrossim têm mui obedientes e prontos para o serviço de Sua Majestade nas ocasiões, que se oferecerem, o que assim certifico pelo hábito de Cristo, que recebi, de que mandei passar a presente por mim assinada e selada com o sêlo de minhas armas. Rio de Janeiro, vinte de Abril de mil e seiscentos e trinta anos. E assim mais, certifico que aos ditos Índios, que os Reverendos Padres têm a seu cargo, lhes pagam os serviços, que lhes fazem, tão bem ou melhor que as mais pessoas brancas a quem servem, — Martim de Sá» [1].

O caso revestiu aspecto mais violento em 1633. Alguns moradores querendo Índios para o seu serviço, e tendo-os à mão, para que haviam de dar-se ao trabalho de os ir buscar longe e com risco ? A Aldeia era de El-Rei, e os Jesuítas estavam nela, não por autoridade própria, nem da Câmara, mas por autoridade superior, real ou nacional, que lhes confiara essas funções, da qual os não tinha destituído. Mas sempre foi fácil, em todos os tempos e lugares, não apenas em S. Paulo, fazer crer a quem sabe pouco de leis, o contrário da lei com alguma aparência dela, quando em crê-lo vão interêsses materiais próprios. Os vereadores dêsse ano, invocando uma velha provisão, que não se aplicava a S. Paulo, nem a Câmara estava incumbida de executar, declararam que os Padres estavam «contra a jurisdição real», e queriam saber quem era do seu parecer. Não faltaram zelosos da «autoridade real», e em Agôsto de 1633, foram à inerme Aldeia de Marueri, e tomaram conta dela [2].

Caso sem importância de maior, se os Jesuítas não fôssem Religiosos; e, se não fôssem também funcionários do Estado. Dupla circunstância que ia ter as suas conseqüências civis e religiosas.

Os que cometeram o atropêlo lavraram autos do feito e enviaram-nos para a Côrte e para o Govêrno Geral. E aí se juntaram com os sucessos de 1628 e com os testemunhos de 1630. El-Rei condenou a exorbitância, a 9 de Dezembro de 1633:

«Faço saber aos que esta Provisão virem que os oficiais da Câmara da Vila de São Paulo, e o Ouvidor dela, que serviram o ano presente de seiscentos e trinta e três, António Raposo Tavares, Pero Leme, Lucas Fernandes Pinto, Paulo do Amaral, Sebastião Ramos

---

1. Gesù, *Colleg.*, 20. Neste maço se encontram os mais depoimentos das personalidades enunciadas no texto.
2. Cf tôda a comédia e proezas correlativas, em *Actas*, IV, 172, 174, 178.

de Medeiros, me enviaram uns autos a mim e ao meu Governador Geral do Estado do Brasil, informando-me como foram à *Aldeia de Maruiri*, em que estavam os Padres da Companhia, a título de tomarem posse dela, oferecendo o traslado de uma Provisão minha, em que mandava estivessem clérigos nas Aldeias; e tomando informação de todo o conteúdo o Desembargador Jorge da Silva Mascarenhas, meu Ouvidor Geral e Provedor-mor da minha fazenda do Estado do Brasil, se achou que os autos não continham por que judicialmente se lhes deva deferir, antes provas de excesso temerário, e extorsão com que haviam procedido contra os Padres da Companhia, que assistem nas ditas Aldeias, tendo-as de cêrco largo tempo, quebrando-lhes as portas do seu recolhimento, profanando a Igreja e coisas sagradas, a que acresce a suspeita de que o intento principal dos ditos Oficiais, e o mais povo daquela Capitania, é cativar os Índios livres, por serem a isto costumados, encontrando em tudo minhas leis e ordenações, excedendo os têrmos ordinários por que nelas mando se proceda, pelo que tudo merecem o castigo que sua culpa requer»:

«Hei por bem de os privar de os ofícios, que estão servindo, e declaro por nulo tudo o que o dito Ouvidor e mais oficiais da Câmara fizeram e processaram depois de declarados, e hei por boa a posse que os ditos Padres da Companhia têm da Administração das Aldeias, de que se trata, e, se necessário é, *lhe confirmo e dou de novo a dita Administração*, para que a tenham e usem dela, assim como até agora hão feito». Dada na Baía aos nove dias do mês de Dezembro de mil seiscentos e trinta e três anos. El-Rei nosso Senhor o mandou por Diogo Luiz de Oliveira» [1].

Mandando a Provisão castigar os perturbadores, ao registar-se em S. Paulo, são elucidativos os *cumpra-se*:

Pedro da Mota Leite, Capitão-mor, quer exceptuar do castigo a António Raposo Tavares (que era capitão e ouvidor).

Amador Bueno quer que se castigue: *cumpra-se tôda*.

Os de S. Vicente: *não nos devemos meter nisso*.

Os de Santos: *cumpra-se tôda*.

---

1. Treslado da Provisão que passou o Governador Diogo Luiz de Oliveira aos Padres da Companhia de Jesus sôbre a administração das Aldeias na Revista do *Arquivo do Município da Capital do Estado da Baía*, Ano IV, n.º 15.

A Câmara de S. Paulo: *cumpra-se tôda* [1].

Documento importante para o conhecimento interno da vila de S. Paulo, ambiente que se manteve sempre em todos os atropelos contra a Companhia, na causa da liberdade dos Índios: enquanto uns moradores desrespeitavam a lei, outros moradores a defendiam. Denuncia também a desinteligência latente, que se irá revelar na formação dos partidos português e castelhano, com mutação ulterior de posições pessoais: os Portugueses (Garcias ou Pires) a favor dos Padres de S. Paulo; os Castelhanos (Camargos e outros) contra.

Por agora, a conseqüência imediata de carácter moral, económico e administrativo, relativo a esta Aldeia, depois que foi assaltada e deixou de ser administrada pelos Jesuítas, foi que não se passara muito tempo, e já a Câmara de S. Paulo era informada de que a «Aldeia de S. Majestade» estava desfalcada, «por irem homens à dita Aldeia, com negros e brancos, e saltearem os índios e índias e levarem-nos para suas casas, *contra suas vontades*».

Comenta Afonso de E. Taunay, com a sua autoridade de historiador dos bandeirantes, referindo-se aos Jesuítas, forçados a largar a Aldeia: «Nada mais lógico e natural. Desaparecera a única barreira anti-escravagista»! [2]

Sôbre o resultado despovoador destas intromissões camarárias, ministra dados positivos Salvador Correia de Sá e Benevides ao Conselho Ultramarino:

«Sou testemunha de vista, que em S. Paulo e no Rio de Janeiro, onde fui muitas vezes Governador, quiseram as Câmaras ter jurisdição secular nas Aldeias, pondo Capitães das suas mãos; e, havendo na *Aldeia de Marueri* 1.000 casais, na de *S. Miguel* 700, na de *Pinheiros* 300 de língua geral, e na de *Guarulhos* mais de 800, quando

---

1. *Registo Geral*, I, 485-489, 507-509; cf. *Actas* respectivas, vol. IV, 172-175.
2. Afonso de E. Taunay, *História Seiscentista*, I, 144; D. Duarte Leopoldo e Silva, *Notas de História Eclesiástica* (S. Paulo 1937) 42; Paulo F. da Silveira Camargo, *Notas para a história de Parnahyba*, 54-55; 57-58; cf. «La causa del Brasil estar en el triste estado en que está son las injusticias notables que en el se hazen contra los Indios, haziendolos captivos, siendo ellos, por merce de Dios y de su Majestad, personas libres», ms. do P. Francisco Ferreira, Gesù, *Missiones*, 721. Sem lugar nem data (1629-1633). O «triste estado» eram as invasões dos *hereges* holandeses, que êle relaciona com os atropelos cometidos em S. Paulo contra uma Aldeia de Índios, arrombando as portas com machados, e contra as Aldeias dos Jesuítas do Paraguai, reduzindo *cristãos* ao cativeiro.

os Padres da Companhia as largaram, daí a alguns anos, tornando a S. Paulo, achei a de *Marueri* com 120 casais, a de *S. Miguel* com 80, a dos *Pinheiros* com 30 e a dos *Guarulhos* com 70 » ¹.

Os 1.000 casais da Aldeia de Marueri, 4 ou 5 mil almas, era grande população para o tempo, só igualada depois pela Aldeia de Ibiapaba. Com a ausência dos Jesuítas e o novo regime de capitães decaíu, e com ela as mais Aldeias. A 8 de Janeiro de 1678, Manuel Barreto de Sampaio representa a El-Rei em como as Aldeias de Barueri, Pinheiros, S. Miguel e Conceição estão sem Índios, porque os capitães não cuidam delas, e os moradores os levam ao sertão ou se espalham por casa dos moradores, etc. Têm Igrejas, mas sem Padres, «e apenas nos dias do orago de cada Aldeia são assistidos e confessados, e as mais das vezes por Padres da Companhia, que por caridade acodem a êstes sacramentos, sendo chamados sem terem esta obrigação» ².

Na distribuição de 1698 a Aldeia de Marueri coube aos Padres Carmelitas ³.

5. — Os *Guarumimins* ou *Marumimins* viviam numa Serra, entre o Rio de Janeiro e S. Vicente e apareceram na Bertioga ⁴. Escre-

---

1. Lamego, *A Terra Goitacá*, III, 458; Afonso de E. Taunay, *História antiga da Abadia de S. Paulo* (S. Paulo 1927)244.
2. *Registo Geral*, III, 170-171.
3. Além desta *N. S. da Escada* de *Marueri*, há outra *Aldeia da Escada*, sita no lado oposto, para além de Mogi das Cruzes, e que ainda hoje conserva o nome de *Escada*. A estação de *Barueri*, na linha Sorocabana, é lugar perto, mas diverso de Marueri ou Barueri do tempo dos Jesuítas, que nalguns mapas se assinala com menção de *Aldeia Velha*.
4. Existia outro grupo de Maramomins, entre o Rio de Janeiro e o Espírito Santo, aonde era possível ir da Aldeia de Reritiba. O veículo de comunicação entre êles, foi o Rio Paraíba, em cujas margens se escalonavam os Guaramomis, Gesseraçus e Guarulhos, todos da mesma língua. Aldearam-se uns na Aldeia de S. Barnabé, outros no Distrito de S. Paulo, outros ainda em S. Pedro de Cabo Frio. Pela primeira parte da palavra *Gesseraçus*, parece tratar-se de grupo *Ges*. Outro grupo de Guarulhos se aldeou ainda nas margens do Paraíba, perto de Campos, não já pelos Jesuítas. Dêles diz Alberto Ribeiro Lamego: «É possível sejam êles os mesmos *Saruçus*, aldeados segundo o Cronista [Couto Reis] em Nossa Senhora das Neves, na margem esquerda do Rio Macaé, onde Cornélio Fernandes coloca uma Aldeia de Guarulhos», *O homem e o brejo* em *Anais do IX Congresso Brasileiro de Geografia*, III(Rio 1944)257. Refere-se Alberto Ribeiro Lamego a Manuel Martins do Couto Reis, que deixou uma *Descrição Geográfica*,

ve em 1599 o P. Pero Rodrigues, Provincial, que o P. Manuel Viegas, chamado o «Pai dos Maromimins», descobriu, tratou e fêz o *Catecismo* da língua dêsses Índios, por volta de 1590. Os que se aldearam em S. Paulo ficaram ao cuidado do P. Viegas, que da Casa de S. Paulo os ia visitar, e «os anos passados fêz comigo, que fôsse dar favor a esta gente, com lhes dizer a primeira missa na sua terra»[1]. O Provincial Pero Rodrigues visitou Piratininga em 1595[2], data e primeira missa, que fixam a inauguração oficial da *Aldeia de N. S. da Conceição dos Maromimins*.

Manuel Viegas, desde o Colégio de S. Paulo, onde era mestre dos Meninos, assegurava a catequese da *Aldeia dos Maromimins*, que fundara, e onde ia de «visita», mas aspirava-se a residência estável. A Residencia abriu-se entre 1607 e 1610. Não aparece na primeira data, mas já na segunda, no Catálogo dêsse ano: *Oppidum Indorum quos vocant Maromimis annexum huic Residentiae*. A Residência é *S. Paulo*, expressamente nomeada, o que arreda a hipótese de ser na costa marítima, onde, se fôsse, ficaria dependente da Residência de *Santos*. O P. Manuel Viegas faleceu em 1608. Ficou Superior o P. Sebastião Gomes, de Lisboa, que sabia a língua brasílica, *optime*; e como companheiro, o P. João de Almeida, de Londres, do qual se diz, no mesmo lugar, que sabia a língua brasílica, *mediocriter*[3].

Política e Cronográfica do Distrito dos Campos Goitacás, 1785, ms. do Arquivo Alberto Lamego; e a Cornélio Fernandes, autor de *Etnografia Indígena do Rio de Janeiro*, no *Boletim do Museu Nacional*, II, Rio 1928. Sôbre os *Gesseraçus*, cf. supra, *Aldeias do Triângulo Fluminense*, onde se identificam Gesseraçus, Guaramomins e Guarulhos.

1. Cf. supra, *História*, II, 565-566. Aí se cita por extenso a Carta do P. Pero Rodrigues de 1599, primeira fonte do contacto dos Maromimins com os Jesuítas, e não aparece nela o nome de Anchieta. Mais tarde, escrevendo a *Vida de Anchieta*, diz Rodrigues que o P. Viegas levou o P. Anchieta à Fortaleza de Bertioga a ver-se «com o gentio Moromomi» (*Anais da BNRJ*, XXIX, 285); e Quirício Caxa diz que o P. Anchieta trouxe «ao mar *por via dos Nossos* uns Índios chamados Marumimins» (Cf. S.L., *Páginas*, 158). Os *Nossos*, que trouxeram ao mar os Maramomins, eram o P. Manuel Viegas e o Irmão coadjutor Pedro de Gouveia, seu companheiro. Mas Quirício Caxa já os envolve no anonimato (*por via dos Nossos*), para deixar só em cena o seu biografado. Mais tarde, Simão de Vasconcelos introduz Manuel Viegas, mas como operário da segunda hora, como vimos no Tômo II, no lugar citado. Todavia, a Carta de 1599, hoje conhecida, permanece a mais antiga fonte sôbre a catequese dos Índios Maromomins, de que era "Pai" o P. Manuel Viegas.
2. *Bras. 15*, 418v.
3. *Bras. 5*, 85.

A *Aldeia dos Maromimins*, aqui mencionada, é a *Aldeia de Nossa Senhora da Conceição*, diferente da Aldeia de Marueri, que era N.ª *Senhora da Escada* «No meu curral anda uma vaca preta, que é de *N.ª Senhora da Conceição dos Guaromimis*», diz em 1616 António Rodrigues Velho no seu Testamento [1]. E logo noutro testamento de 1623, Inês Camacho manda que se lhe digam «duas missas, a *Nossa Senhora da Conceição, na Aldeia dos Guarulhos*» [2]. Em 1635 o superior Jesuíta da *Aldeia de S. Miguel* e de *Nossa Senhora da Conceição dos Guarulhos* (em conjunto) dá quitação de uma esmola deixada por Helena Borges a *Nossa Senhora da Conceição* [3]; e ainda em 1644 no testamento de Pedro de Morais Dantas, pai do Ir. António Ribeiro, se fala de alguns «*Guarumemis da Aldeia de N. S. da Conceição*», onde tem seus parentes [4]. A provisão de Capitão dos Índios desta Aldeia exprime-se: «*Aldeia dos Guarulhos* sita em *Nossa Senhora da Conceição*» [5].

Minúcias estas para concluir que havia uma Aldeia, intitulada *Nossa Senhora da Conceição*, com Índios, que se chamavam a princípio Maromimins; depois ora Guaramumins («*Guarumemins da Aldeia de Nossa Senhora da Conceição*»), ora Guarulhos (Aldeia de *Guarulhos* sita em *Nossa Senhora da Conceição*).

Aldeia da Conceição, pois, título principal. Habitaram-na Índios Maromimins ou Guaramomins e Índios Guarulhos, que se identificam entre si, e com os Gesseraçus. Nos documentos da Companhia, exceptuando aquela menção explícita de 1610 (Maromimins), a Aldeia vem apenas com o nome de *Conceição* ou *N. Senhora da Conceição* [6].

Quando em 1628, o P. Francisco Carneiro visitou a Aldeia dos Maromomins, não havia nela Padres de residência. Um índio «servia de intérprete e prègador dos mais», com mostras de talento para tão honroso ofício [7]. Os Jesuítas não retomaram a Aldeia, depois de

---

1. *Inventários e Test.*, XI, 49.
2. *Ib.*, XII, 332.
3. *Ib.*, XXV, 57.
4. *Ib.*, XIV, 288.
5. *Registo Geral*, II, 554-556.
6. Lê-se em Taunay, *Hist. Seiscentista*, IV, 370, que João Martins Herédia, vereador da Câmara de S. Paulo em 1641, era (ao dar-se a Restauração) capitão da Aldeia dos *Índios Miramomins*, e por ser espanhol foi intimado a deixar o pôsto.
7. *Bras. 8*, 396v.

1640, mas iam lá com freqüência, a exercitar os seus ministérios de sacramentos, prègação e missões. Do Colégio de S. Paulo «fizeram-se missões às Aldeias, diz a Ânua de 1657-1658, sobretudo às dos *Carijós*, outrora da nossa Administração, sem deixar as dos *Garulhos* (sic) e *Guaianases* (sic), apesar de ser gente rude e de língua estranha»[1]. E o costume continuou e manteve-se nas povoações à roda de S. Paulo, conforme a *Relação Anual* de 1691: «Na vila se ensinou também a doutrina cristã, assim aos discípulos da classe, que se lê no Colégio, como aos mais moradores e aos Índios, e assim dentro da Vila como em algumas Aldeias, aonde os Padres foram convidados pelos administradores delas, que lhes procuraram êste bem»[2].

Guarulhos, na margem direita do Rio Tietê, é hoje cidade.

Tais foram as Aldeias de S. Majestade, administradas pelos Jesuítas do Colégio de S. Paulo. Deixaram-se, em razão das alterações provocadas pelo cativeiro dos Índios, sobretudo das Missões Castelhanas, no tempo em que andaram unidas as duas Coroas de Portugal e Castela.

---

1. *Bras* 9, 61v.
2. *Bras.* 9, 372.

CAPÍTULO II

Motins e Destêrro dos Padres do Colégio

1 — A destruição das Missões castelhanas do Guairá: Pressuposto histórico; 2 — Conseqüências gerais canónicas e civis; 3 — A primeira notícia do Breve de Urbano VIII contra o cativeiro dos Índios da América; 4 — Destêrro de S. Paulo e descida a Santos; 5 — Diferença de pareceres entre os Paulistas ou primeiras manifestações das lutas de Garcias e Camargos (1640).

1. — A situação de S. Paulo, que Nóbrega escolhera por ser escala para muitas nações de Índios, constituíu-se fronteira sul dos Domínios portugueses com os Domínios de Castela. O próprio Nóbrega quis ir ao Paraguai, e na sua mente, como na do primeiro Governador Geral do Brasil, Assunção, capital do Paraguai, caía na demarcação do Rei de Portugal e também tôda a costa do Brasil até ao Rio da Prata. As reclamações de Castela rectificaram estas idéias, senão quanto à costa, ao menos quanto ao interior, aceitando depois o próprio Nóbrega que Assunção era cidade do Imperador Carlos V, aceitação de sentido prático, por ter sido fundada pelo Imperador, sem dirimir com isso a questão *jurídica*, em estreita dependência com a questão das Molucas, no Extremo Oriente. Pertencem também ao terreno prático, as proïbições de Tomé de Sousa a que os Jesuítas não fôssem ao Paraguai; e esta situação *de facto* prolongou-se até se ir encontrar com as dificuldades criadas pela ocupação castelhana efectiva e pelas expedições de caça ao Índio.

As medidas proïbitivas dos Governadores eram reflexo da política peninsular, a evitar atritos entre as duas Coroas colonizadoras da América, antes da união pessoal delas em 1580; e as dificuldades dos colonos da Capitania de S. Vicente eram estritamente económicas, produzidas pelo problema da mão de obra, que prevalecia nêles à idéia superior da civilização cristã e da liberdade humana. Como conseqüência desta dupla atitude, os Padres da Casa de S. Paulo viram-se inibidos de se fixarem no curso inferior do Rio Tietê e mais avante, ficando entretanto o campo livre aos Castelhanos de Assunção de se estabelecerem nos cursos navegáveis e de colocarem, com os seus postos militares e missionários, a fronteira castelhana, mais próxima da fronteira portuguesa de S. Paulo, movimento operado porém só depois da união das duas Coroas. Movimento correlativo e oposto ao que se operava, durante essa mesma união, na grande bacia hidrográfica do norte, em que a navegação do Amazonas facilitava a colocação da fronteira portuguesa, com a jornada de Pedro Teixeira a Quito, no coração da América do Sul, o mais importante facto colonial do século XVII sob o aspecto do alargamento do Brasil, com o qual nada têm que ver outras viagens e périplos aventureiros, com intuitos não povoadores, mas despovoadores de caça ao Índio. Sem aquela união das Coroas, nem os Espanhóis chegariam tão perto no Sul, nem os Portugueses iriam no Norte tanto ao centro do Continente.

Quanto à Costa, examinando a tentativa dos Jesuítas do Brasil para se estabelecerem com as suas missões em Santa Catarina e no próprio território do actual Rio Grande do Sul antes de 1640, verifica-se que a oposição clara ou latente dalguns colonos (dalguns apenas), num movimento escravagista despovoador e anti-colonial, mais impediu que ajudou o estabelecimento pacífico dos Portugueses nessas paragens extremas do sul do Brasil, como também no Norte, em que os escravagistas de lá expulsaram Vieira, em 1661, quando êle com os seus missionários já andavam na ocupação pacífica do Rio Negro e Solimões.

Dois factos claros, nestas extremas do Brasil: o dos escravagistas, impedindo as missões portuguesas em terras que reivindicavam Portugal e Castela; e a ocupação pacífica dessas terras para Portugal e o Brasil, tanto no Norte com as missões de Vieira, que já vimos, como no Sul com as Missões portuguesas dos Patos até 1637, que veremos, frustrada pelos colonos. Tal acção dos escravagistas, compreensível como expediente económico, não pode ser louvada sob o ponto de vista português e brasileiro, nem incluía da parte dos escravagistas nenhuma reivindicação geográfica humana ou cultural: nesse primeiro período, era puro acto de escravagismo de interêsse individual dos colonos em prejuízo da expansão colonial. Impedida por obstáculos desta natureza nos primeiros decénios do século XVII, só foi possível mais tarde e já com lutas que se teriam escusado com a ocupação anterior, portuguesa, missionária.

Ao lado dêste facto do escravagismo vermelho contra missões *portuguesas*, veio depois o ataque a outras missões, que entretanto se tinham estabelecido nessas paragens, não já portuguesas, mas *castelhanas*. Iniciou-se um segundo período em que o choque, não prevenido a tempo, se tornaria inevitável, histórica e geogràficamente, tanto ao Norte como ao Sul, com a diferença de que no Norte, foi conflito oficial, governamental, como tinha sido oficial a ida de Pedro Teixeira a Quito, ao passo que no Sul, o conflito foi circunscrito e particular. Todavia, em certa proporção, revestiu também, além do aspecto escravagista directamente visado, o aspecto territorial, com o significado porém a princípio ùnicamente de conflito quási *regional*, os castelhanos do Peru temendo que os Portugueses de S. Paulo se metessem nas terras da Coroa de Castela; os de S. Paulo, temendo que os Castelhanos de Vila Rica se metessem nas terras da Coroa de Portugal. Conflito *regional*, porque para uns e outros o *soberano* era o mesmo. O mesmo *soberano*, não o mesmo *Domínio*. O Brasil nunca estêve sob o Domínio Castelhano ou da *Coroa de Castela*, mas ùnicamente sob o Domínio da *Coroa de Portugal*, que jamais se confundiram, mantendo sempre governos e atribuições separadas. E quando se tentava a confusão, reagiu-se com a Restauração pátria. Os Filipes eram reis de ambas (desde 1580 a 1640), atribuição pessoal, não unificação de poderes. Não há documento algum em que o Brasil apareça sob a *Coroa de Castela*. Quando se fala de Filipe como Rei de Portugal, omitem-se todos os outros títulos de que êle era também rei. Como em 1625, e já o vimos no Tômo V, na estampa da cidade da Baía recuperada dos Holandeses, inserta na *Iornada* do P. Bartolomeu Guerreiro: «Felicidade e glória a Filipe, Augusto Rei de Portugal e da África, Etiópia, Arábia, Pérsia, Índia e Brasil.» Nem uma palavra de Castela e dos seus Domínios. Ùnicamente a Coroa de Portugal e os domínios da Coroa de Portugal.

Mas, como a *pessoa* de soberano era então a mesma para a Coroa de Portugal e para a Coroa de Castela, as questões limítrofes perdiam o carácter internacional para assumirem o aspecto quási regional entre ambas. E no caso presente, do Sul, o que estava em causa não eram pròpriamente as terras, mas os Índios que as habitavam.

Dois documentos, entre muitos, dão o sentido desta querela, que é o seu pressuposto territorial. A 22 de Outubro de 1627, o Procurador do Conselho, em sessão da Câmara de S. Paulo, requere que «avisassem o Capitão-mor, por carta e requerimento, de como os espanhóis de Vila Rica e mais povoações vinham dentro das terras de Portugal, e cada vez se vinham apossando mais delas, descendo todo o *gentio*, que está nesta Coroa, para seus repartimentos e serviços, de que resulta a esta Capitania grande dano» [1]. No mesmo ano foi para a Coroa de Castela uma representação do Paraguai, que se examinou no Conselho de Índias, em Madrid, a 31 de Agôsto de 1628: «Que Sua Majestade tome providências para que os Portugueses da Vila de S. Paulo, que forem cativar *Índios* às reduções do Paraguai, para vendê-los, sejam castigados» [2], idéia desdobrada, dez anos depois, nesta mais explícita, em que o Conselho de Índias «pondera o grave inconveniente que se segue de que vão abrindo passo com as correrias que fazem, avizinhando-se às Províncias do Peru» [3].

Questão pois quási *regionalista*, numa antecipação de outra questão regionalista entre o Paraná e Santa Catarina, já no grande todo moderno de Províncias ou Estados Unidos do Brasil, com um poder central único.

Pelo próprio teor dos documentos e dos factos, os caçadores de homens não tinham *originalmente* nenhum fim político de alargamento territorial. Os escravagistas ou «pombeiros», como os chama o P. Francisco Carneiro, iam buscar homens, aonde os achavam,

---

1. *Actas*, III, 282.
2. Arch. de Indias, 74-5-26, em Pastells, *Paraguai*, I, 415.
3. «Consulta al Consejo de Indias sobre el remedio que convendria poner a los excesos y robos que hacen los Portugueses de la Villa de San Pablo en el Brasil con los Yndios del Paraguay, donde se hace una pequeña relación, de la serie de atentados cometidos desde 1628», Madrid, 14 de Octubre de 1638, *Campaña del Brasil*, I, 25; cf. Enrique de Gandia, *Las Misiones Jesuíticas y los Bandeirantes Paulistas* (Buenos Aires 1936)83-84.

A mesma prevenção contra os que do Brasil iam receber ordens sacras ao Rio da Prata e Tucuman, *Campaña del Brasil*, 27. Mais adiante nova prevenção para que não «sepan el camino, del Piru, Olandeses, y judios que todo es uno», *ib.*, 30. Sôbre las «horrendas maldades que hicieron los Portugueses judios de Brasil contra los Indios del Paraguay», cf. Bibl. de La Academia de la Historia (Madrid), *Jesuítas*, t. 109, f. 62. A simples indicação dêste tômo 109, mostra o número de códices e a infinita papelada que provocaram estas lutas, papelada onde, com factos certos, se imiscuem interpretações, acusações e exageros, próprios das *propagandas* de todos os tempos e lugares. Aquêle epíteto de *judeu* só o compreenderá cabalmente quem conheça a psicologia peninsular e o sentimento popular português e espanhol, que o dá aos que cometem maldades e impiedades, tanto a cristãos *velhos* como a cristãos *novos*.

quer fôssem terras de Castela quer terras de Portugal. Não iam a êsses sertões para os ocupar e povoar; iam buscar homens, «descer todo o gentio para as suas vilas», e deixavam as terras ao abandono. Mais tarde não foi assim. Antes de 1640, no ciclo da caça ao Índio, foi desta maneira. Todavia, se originàriamente não havia o pensamento de alargamento e povoamento, depois da separação das duas Coroas e deixar de coexistir um poder central único, tornou-se conseqüência útil ao povoamento da parte de Portugal, ou do Brasil, noções então identificadas, porque se tornou mais fácil povoar o que já se não achava ocupado por outra nação [1]. Relativamente pouco, afinal, no mapa geral do Brasil a *Oeste* da Linha de Tordezilhas (Belém-Paranaguá), e ao sul do paralelo 15, acima de Cuiabá.

No princípio, durante o ciclo ainda da caça ao Índio, sem preocupações territoriais, o conflito agudo surgiu no momento, em que os caçadores de homens acharam que era mais fácil trazê-los das Aldeias ou Povos, onde êles já se achavam agrupados a caminho da civilização, do que dos sertões incertos. Os Jesuítas castelhanos, depois da destruição das suas missões do Guairá e redução dos seus Índios ao cativeiro, vieram ao Brasil buscar justiça. Vieram não como estrangeiros, de nação para nação, mas de região para região, com governos distintos, mas ambos sob um único soberano. Não achando justiça eficaz, seguiram para a Europa. A lei civil já os favorecia, por estar legalmente proïbido o cativeiro dos Índios; a lei da Igreja também, porque declarara livres os Índios naturais da América. A um atentado contra as leis, seguiam-se as respectivas sanções: sob a alçada da lei civil, — as Ordens régias; sob a alçada da Igreja, — a excomunhão (que só atingia os componentes da Igreja) e os interditos locais.

O Procurador das Missões castelhanas, Francisco Dias Tanho (Taño), chegou com êles ao Rio em 1640. Ao tentar executá-las, produziram-se motins que atingiram os Jesuítas Portugueses do Brasil. Não surtindo o efeito, que seria qualquer satisfação justa, ou a supressão de novos atentados, o procurador das Missões castelhanas, seguiu para o Rio da Prata e enveredou pelo caminho que ainda

---

1. «Le plateau du Parana, dépeuplé par les razzias des bandes paulistes, constitue une réserve de terres libres et fertiles, que le Brésil a livrées au XIXᵒ siècle, à l'immigration européenne», P. Vidal de la Blache e L. Gallois, *Géographie Universelle*, XV, *Amérique du Sud*, par P. Denis, 1.ère Partie (Paris 1927)88.

restava: interessar as autoridades espanholas e prevenir-se com armas de fogo contra qualquer novo ataque. É a doutrina certa, reconhecida em direito, da legítima defesa, contra a injusta agressão, a qual agredia o que há de mais sagrado, que era a própria liberdade *individual*. E quando se deu novo ataque, foram derrotados os assaltantes em 1639 e sobretudo na batalha de Mbororé em 1641. Por trás de simples missões pacíficas e inermes até aí, arregimentaram-se directa ou indirectamente as armas *castelhanas*, inimigas logo das armas *portuguesas*, transformada a questão, até então *regional* em questão *internacional*, depois da Restauração Portuguesa de 1640 [1].

Os caçadores de homens pararam. Desandaram para sertões menos defendidos a Oeste, e depois seguiram para o Norte, onde acharam Índios, armados quási únicamente de arco e frecha. A seguir vieram as Minas, e veio o sertão da Baía e o Nordeste, onde os terços paulistas, assoldadados e pagos pela Fazenda Real, tirando alguns excessos, cometidos ainda contra os Índios brasileiros, praticaram obra louvável, no ciclo, não já de despovoamento e caça ao homem, senão de fixação, exploração e povoamento da terra.

Não toca à História da Companhia de Jesus no Brasil da Assistência de Portugal, seguir os passos de tôdas as vicissitudes e conflitos dos preadores de Índios com as Missões da Assistência de Espanha, no Guairá ou Itatim, aliás já estudadas, quer no Brasil (sob o aspecto bandeirante) quer nas outras repúblicas sul-americanas limítrofes, a cuja história pertencem [2]. Tem-se escrito sôbre êste assunto, não apenas capítulos, mas livros inteiros, bibliografia da

---

1. É a posição certa da história. Carlos Teschauer, narrando o facto, tem êstes subtítulos: «Batalha e Vitória dos *Riograndenses* em Mbororé do Alto Uruguai», *História do Rio Grande do Sul*, I, 198. A palavra *Riograndenses*, contraposta aqui a *Paulistas*, é históricamente inadmissível. Os Paulistas ou Portugueses de S. Paulo já existiam em 1641; nesse ano não existiam os *Riograndenses*, como tais, nomenclatura só legítima depois da fundação do *Rio Grande de S. Pedro*, no século XVIII. Então, existiam os Índios *Guairenhos* das Missões *Espanholas*, e com êles foi a luta.

2. Há quem inclua certos episódios da América Espanhola na América Portuguesa, que de modo algum se podem incluir nesta. Não pertencem à História do Brasil, por nenhum dos seus aspectos, nem de personalidades, nem de território, nem de política, os distúrbios do Bispo de Assunção, D. Bernardino de Cárdenas, incluídos e narrados pormenorizadamente por Southey na *História do Brasil*, IV(Rio 1862)65ss.

mais vasta, intimamente conexa com a destruïção das próprias missões do Uruguai e Paraguai, no século XVIII, último acto do drama único, prolongado, da Liberdade dos Índios da América [1]. Livros tanto da parte luso-brasileira, como da hispano-americana, e de outras nações, incluindo nomes, como o de Chateaubriand, e de sociólogos modernos, muitos dos quais ficam citados, por um título ou por outro, nas páginas desta *História*, desde o primeiro Tômo, ao tratar da Fundação da Missão do Paraguai por Padres do Brasil em 1588. Um dos autores, Leonhardt, resume assim os passos da contenda: os Mamelucos de S. Paulo nas suas bandeiras, «para fazer escravos», iam atacando as Missões umas após outras. Ao fim de 1631 os dois últimos povos, que restavam, tiveram de mudar de sítio para escapar aos «paulistas». Cinco anos antes tinham destruído as reduções de Guairá e Itatim. Nem os habitantes de Vilarica, nem de Ciudad Real, nem o governador do Paraguai lhes deram protecção. Em 1638, num dêstes assaltos, foi morto o P. Diogo Alfaro. Foram à Europa, primeiro o P. Dias Tanho e depois o P. Ruiz de Montoya, que buscou protecção em Roma e Madrid. Para explicar os factos escreveu a sua *Conquista Espiritual*. Em 1640 voltou o P. Tanho com uma expedição de 40 missionários e um Breve de Urbano VIII, e levantou *grande tempestade no Brasil*. Ruiz de Montoya alcançou licença para que os Índios usassem armas de fogo. Industriados os Índios por «un antiguo soldado, Herm. Domingo Torres, hicieron frente a un nuevo ejército de invasores en Caaçapá-Guazú, derrotandolo por completo en 1639, y en el Mbororé en 1641» [2].

A «grande tempestade no Brasil» eis o objecto da nossa *História*. Não entrando nela, nem as missões de Espanha, nem a história dos que as assaltaram, entra a repercussão que êsses sucessos tiveram nas casas do Brasil. História complexa, para cuja perfeita inteligência importa fazer uma distinção inicial entre Jesuítas de Portugal (os do Brasil) e Jesuítas de Castela (os das Missões da Bacia do

---

[1]. Afrânio Peixoto, *Oblação à Companhia de Jesus*, Discurso na Academia Brasileira em 1940, em *Poeira da Estrada*, 3.ª edição (S Paulo 1944) 252-253.

[2]. Leonhardt, *Cartas Ânuas*, I, LXXVII-LXXVIII. Desta bibliografia dá boa resenha Aurélio Pôrto, *História das Missões Orientais do Uruguai*, Rio, 1943, o livro até hoje escrito com critério mais desempoeirado e com maior soma de documentos, sôbre estas Missões, desde os começos até à sua «decadência», quer dizer «destruïção» no século XVIII.

Prata). Nunca entre êles houve solidariedade no terreno missionário, territorial, em regiões contestadas; pelo contrário acharam-se em campos diversos, procurando cada qual desenvolver as suas próprias missões, antes que chegassem os outros. Assim foi na primeira expedição ao Paraguai, enviada do Brasil no século XVI. E se os Jesuítas Portugueses se não estabeleceram no Sul, na costa marítima e na sua fímbria interna, antes dos Jesuítas espanhóis, a culpa também não foi certamente dos Jesuítas do Brasil, nem talvez dos Espanhóis, Jesuítas e não Jesuítas, como se verá das Missões dos Patos, em que aos Jesuítas Portugeses contrariariam apenas os colonos escravagistas da Capitania de S. Vicente. Mas os Jesuítas Espanhóis e os Jesuítas Portugueses, se como *portugueses e espanhóis*, isto é, como cidadãos de Pátrias distintas, militavam em campos diversos, e, depois de 1640, em campos opostos; como *Jesuítas*, isto é como Religiosos, todos os da América, estiveram solidários no ponto fundamental de ética, a liberdade dos Índios. Para apreciar a sua posição, tudo está em saber, acima de pretextos e interêsses individuais, locais, transitórios, ou até nacionais, se defender a liberdade humana é um mal ou é um bem.

2. — Assim, pois, a seguir aos cativeiros operados no período de 1628-1638, não sendo eficazes as medidas locais (tanto em S. Paulo, como na Baía), os Padres das Missões, que viam presos e cativos os Índios, de cuja liberdade eram depositários e tutores, recorreram às duas autoridades supremas, em nome das quais administravam as Aldeias: como *administradores civis*, a El-Rei, então uma e a mesma pessoa para uns e outros; e como *párocos*, ao Papa Urbano VIII. Dêste recurso surgiram duas medidas legislativas, o Breve *Commissum Nobis*, de 22 de Abril de 1639, que dizia respeito ao *futuro*, proibindo os cativeiros, e a lei régia de 31 de Março de 1640, que dizia respeito ao *passado*, mandando restituir os cativos [1].

A lei agenciou-a em Madrid o P. Ruiz de Montoya. Filipe IV nomeou uma Junta especial composta de seis conselheiros: três do Conse'ho de Índias; o Bispo do Pôrto, o jurisconsulto João de Solórzano Pereira e João de Palafox (futuro bispo de Puebla), um do Conselho Real, Zambrano, e dois do Conselho de Portugal, Francisco

---

1. *Bras.* 3(1), 210-211v.

Pereira Pinto, e outro ainda, que o P. Montoya não nomeia [1]. Antes de ter fôrça de lei no Brasil, devia passar pela chancelaria de Lisboa, sem o que não teria vigor em terras portuguesas, como ficou assente nas Côrtes de Tomar, o que explica o tardio da sua data, 31 de Março de 1640, registada nesse mesmo ano na Baía. A nova lei insistia de novo nas anteriores, que nenhum índio, cristão ou infiel, poderia ser cativo por nenhum modo, causa ou título [2].

Por sua vez, o Breve de Urbano VIII restabelecia em todo o seu vigor o Breve de Paulo III de 1537, com aplicação directa e nominal ao «Brasil, Paraguai, Rio da Prata e outras quaisquer regiões e lugares que estão nas Índias Ocidentais e Meridionais».

Publicamo-lo em *Apêndice*, porque anda mal conhecido. E alguns dos que fazem «história fantasiada», na expressão de Capistrano de Abreu, aduzem-no para provar o contrário do que êle contém. Documento histórico por conseqüência duplamente importante, para restabelecer a verdade dos factos da história, e porque êle foi não a causa dos motins do Rio, Santos e São Paulo (a causa era antecedente — o *cativeiro dos Índios*), mas a reacção da humanidade, pelo seu órgão mais alto no mundo, que é a Igreja, na defesa da liberdade [3].

O Breve publicou-se na Vila de Santos a 13 de Maio de 1640, no Rio a 20, em S. Paulo em dia incerto. Tal publicação foi ocasião imediata da crise que se produziu, inevitável na fase aguda da caça ao Índio. No Rio sanou-se logo. Em Santos teve duas fases. Em S. Paulo durou 13 anos.

A publicação em S. Paulo ainda se não conhecia no Rio a 25 de Junho. Mas deveria sê-lo talvez antes do dia 24, porque nesse dia já a Câmara de S. Paulo tinha conhecimento dêle e se reúnia em S. Vicente para resolver contra êle.

---

1. Trata dêste assunto o P. Pablo Hernández em *Razón y Fe*, XXXIII, 74, e o refere Astrain, *Historia*, V, 563. Entre os documentos que aduziu Montoya está a pública-forma da lei de 1609, Gesù, *Missiones*, 721.

2. Vasc., *Crónica*, III, 44.

3. Gesù, *Colleg*. 20 (Brasile). Cf. *Apêndice B*. Publicamos o Breve *Commissum Nobis*, na sua tradução portuguesa e autêntica de Alexandre Castracani, Bispo de Nicastro, Colector Geral Apostólico com poderes de Núncio nos Reinos e Senhorios de Portugal. Na sua forma latina acha-se em Paiva Manso, *Bullarium Patronatus*, II, 53, transcrito do *Bullarium Pontificium Sacrae Congregationis de Propaganda Fidei* (Roma 1739) no *Appendix*, tômo I, 217. Também no *Bulário de Turim*, XIV, 712, segundo citação de Astrain, *Historia*, V, 561.

3. — As primeiras notícias da atitude de S. Paulo sôbre a publicação do Breve, dá-as o Padre Visitador Pedro de Moura, a 25 de Junho de 1640, depois de contar os motins no Rio:

«À vila de S. Paulo chegou a nova Bula. Mas houveram-se com mais moderação, porque ainda que se amotinaram contra nós, *não foram todos, nem os mais, nem fizeram excesso algum contra o Colégio. E acudiram por nós os Frades de S. Francisco e os do Carmo e as mulheres e os meninos e estudantes; e muitas pessoas religiosas e seculares andavam aquietando os do povo.* E no tocante à Bula assentaram que se não publicasse até chegarem as ordens de Sua Majestade para então tomarem sua resolução. Queira Deus que seja para bem de suas almas, porque êstes são os mais encravados na matéria de cativar os Índios» [1].

Traduz-se nesta primeira notícia uma realidade, que jamais se chegou a destruir, a saber, que nunca, para honra de S. Paulo, o partido escravagista, até quando dispunha do poder na Câmara, conseguiu a unanimidade contra os defensores da liberdade dos Índios. E aquelas mulheres nunca embotaram o sentimento e aquêles estudantes de 1640, 13 anos depois já eram homens, com fôrça e vigor bastante para que a sua opinião fôsse acatada e voltassem os Padres para serem os mestres dos seus filhos.

Por então não puderam preponderar. A 24 de Junho de 1640 reüniram-se na Vila de S. Vicente os representantes da de S. Paulo. À junta de S. Vicente foram Francisco Rodrigues da Guerra e João Fernandes Saavedra Castelhano, pertencente êste então ao partido dos Camargos, que com outros castelhanos ou filhos de castelhanos foram os primeiros motores do destêrro dos Jesuítas Portugueses de S. Paulo. O caso decidiu-se na Junta de S. Vicente. Concluída ela, tratou de se executar o atentado. Saavedra ao voltar a S. Paulo, fêz-se eleger oficial da Câmara e procurador do povo, contra Paulo de Amaral, antigo companheiro de António Raposo Tavares. Êste Paulo de Amaral foi quem no ano seguinte ergueria em S. Paulo o pavilhão português da Restauração. Em contraposição com êstes, acham-se desde a primeira hora, metidos activamente na expulsão dos Padres portugueses, mais dois castelhanos Francisco Rendon e seu irmão João, genros de Amador Bueno.

---

1. Carta do P. Pedro de Moura, 25 de Junho de 1640, *Bras. 3(I)*, 211v.

Em S. Paulo fêz-se primeira e segunda intimação aos Padres do Colégio [1]. O procurador Saavedra ia «apenando» o povo para se manifestar; e, agitando o espantalho da revolta dos Índios, ia captando os votos de alguns homens influentes, que a bem ou a mal se agregaram aos seus desígnios. E se à última hora se manifestaram hesitantes e foram também na onda Garcia Rodrigues Velho e Fernão Dias Pais, resistiram à pressão escravagista Pedro Taques, o que lhe custou a vida, no ano seguinte, morto junto da Matriz, por Fernão Camargo, o *Tigre*; e resistiram Lourenço Castanho Taques e Guilherme Pompeu de Almeida e João Pires, que iria ser o chefe do Partido Português, cujos esforços, com Fernão Dias Pais, se empenharam depois, com todo o seu poder, pela volta dos Padres.

Na iminência de serem violentados a sair, o P. Reitor Nicolau Botelho, depois de encampar judicialmente todos os bens do Colégio de S. Paulo aos oficiais da Câmara, para os responsabilizar de qualquer destruição ou desvio dêles, passou procuração legal ao P. Manuel Nunes, Vigário de S. Paulo, datada de 12 de Julho de 1640:

«Ainda que tenho encampado todos os bens dêste Colégio aos oficiais da Câmara, assim os que imediatamente servem ao culto divino como os outros que possui êste Colégio, como eclesiásticos que são, em nome de Sua Santidade, de que os oficiais da Câmara hão-de dar conta, pois lhes estão entregues e nos lançam fora de nossa possessão, que temos há noventa anos, faço meu procurador ao R. P. Vigário Manuel Nunes, para em meu nome e dêste Colégio, procurar e examinar tôdas as coisas dêste dito Colégio, dando quitações das dívidas do que se pagar, e olhando por tôdas as coisas a êle pertencentes, com poder de administrar e reparar assim currais, como fazendas, moinhos, vinhas e mais bens do Colégio, como coisa sua própria, dando as ordens que para bem da dita fazenda forem necessárias, tomando contas de tudo, para que esteja em sua fôrça, quando julgar que os oficiais da Câmara, a quem tudo está encarregado, e de que hão-de dar conta, faltarem com alguma coisa, para que se não percam de todo os bens eclesiásticos, dedicados ao serviço divino e dos religiosos, para que lhe dou todos os poderes em direito necessários. E peço ao mesmo R. P. olhe com particular cuidado que se não façam agravos aos escravos e índios forros, do serviço dêste Colégio, mandando-lhes dizer algumas missas quando algum dêles morrer, pa-

---

1. Cf. *Actas*, V, 25.

gando a esmola dos bens dêste Colégio. São Paulo, doze de Julho de seiscentos e quarenta. — *O P. Reitor Nicolau Botelho*» [1].

Feito isto, esperaram. O destêrro de S. Paulo foi no dia 13 de Julho de 1640. Lastimam os escritores paulistas a deficiência de pormenores dêsse sucesso. Dá-os o Superior de Santos, P. Jacinto de Carvalhais, como quem interveio nêles directamente:

«O P. Jacinto de Carvalhais da Companhia de Jesus, Superior actual da Casa de S. Miguel da Vila de Santos, Capitania de São Vicente, partes do Brasil, certifico tudo o seguinte:

Supostos os primeiros motins, que na publicação da Bula de Sua Santidade tocante à liberdade dos Índios, se levantaram na Vila de Santos contra a Companhia de Jesus [2], convocou a Vila de São Vicente, como cabeça de tôda aquela Capitania, a tôdas as demais Vilas e povos, e ajuntou côrtes, por seus precatórios, para nelas determinarem o que se havia de fazer contra a Companhia e contra a mesma Bula. Em dia de São João Baptista, concorrerem por seus procuradores, as Vilas do Conde de Monsanto e da Condessa do Vimieiro, que por todos são dez: a Vila de São Paulo enviou dois procuradores, Francisco Rodrigues da Guerra e João Fernandes Saave-

---

1. *Actas*, V, 42-43. O Licenciado P. Manuel Nunes fêz testamento no ano seguinte de 1641. Nêle diz que era sua tenção deixar os bens repartidos pelas Religiões e Igrejas da vila de S. Paulo; mas, dadas as suas mudanças e ser tão contumaz e com tão pouco respeito a seus ministros, deixa os seus bens ao Colégio da Baía, por via de esmola, e para os religiosos se sustentarem e pagarem as dívidas; «e por nêle me haverem amesendado tantos anos». O P. Manuel Nunes faleceu em S. Paulo em 1644 (fim de Março ou princípio de Abril). Deixou outros legados em vários codicilos, mas substancialmente ficou o testamento, *Inventários e Testamentos*, XXVIII, 50-51. Com aquela referência ao Colégio da Baía de o ter *amesendado tantos anos*, mostrava a sua gratidão ao Colégio em que se formou, como membro da Companhia, e nêle fêz o Curso de Artes. Era da Baía, e numa pequena doação de terra (16 braças) feita em 1620 ao Colégio da sua cidade natal, diz êle o nome da avó, de quem as herdou, Maria Dias, ligado portanto aos primeiros troncos das famílias baíanas. Cf. *Doc. Hist.*, LXIV, 39. O Catálogo de 1610 dá-o na Baía e diz: «P. Manuel Nunes, da Cidade da Baía, 37 anos, boa saúde. Admitido na Baía em 1590. Estudou gramática 5 anos, Artes Liberais 3, Teologia 3 e meio. Ensinou Gramática 5 anos, sabe alguma coisa da língua brasílica. Foi ministro dêste Colégio cinco meses e Procurador que já é há quási 3 anos. Prègador» (*Bras.* 5, 79v). No desempenho do seu ofício de Procurador encontra-se o seu nome em diversos instrumentos jurídicos arquivados no *Tombo do Colégio da Baía*, publicados em *Doc. Hist.*, LXIII, 185, 365, etc.

2. Cf. infra, o capítulo relativo a *Santos*.

dra Castelhano; a Vila de Mogi Mirim enviou a José Prêto; a Vila de Parnaíba enviou a Baltasar Fernandes; a Vila de Santos enviou dois procuradores, Lucas de Freitas e Francisco Pinheiro Pais; as Vilas da Condessa a Vasco Mota; a Vila do Iguape enviou seu Procurador, e a mesma Vila de São Vicente nomeou outros dois, chamados António Vieira e outro: interessados todos nos Índios e quási todos inimigos da Companhia, assim por estarem compreendidos nas extorsões, que nas Aldeias do Paraguai, Uruguai e Paraná fizeram os moradores daquelas Vilas, como por outras particulares razões de os Padres da Companhia não consentirem em suas maldades e cativeiros dos Índios.

 Todos êstes dez procuradores se ajuntaram na casa do Conselho, sem outra pessoa alguma. Três dias durou a junta e nela concluíram que botassem fora de tôda aquela Capitania aos Padres da Companhia, porque vendo-se os Padres da Companhia avexados e oprimidos com desejo de tornarem a suas Casas e Colégio, haveriam de Sua Santidade a suspensão da Bula, e de Sua Santidade e Majestade licença para os poderem ter como cativos, e liberdade de consciência para poderem fazer suas entradas no sertão. Ajudou muito a esta diabólica determinação o aviso que da cidade do Rio de Janeiro lhes mandaram, a saber, que botassem fora da Capitania os Padres da Companhia, porque logo no Rio de Janeiro fariam o mesmo; e confiscando as fazendas tôdas dos Padres poderiam dar a El-Rei passante de duzentos mil cruzados, como se fôsse o nosso católico Rei, Rei tirano e herege, que houvesse de deitar mão dos bens eclesiásticos.

 Suposto êste último decreto, que a junta mandou assinar a tôdas as Câmaras, para lhe darem em tudo cumprimento e ao mesmo Ouvidor da Capitania, ao último de Junho do presente ano de 1640, todos os Oficiais da Câmara da Vila de Santos, com os dois procuradores da mesma Vila, Lucas de Freitas e Francisco Pinheiro Pais, e um tabelião público, se foram à portaria da Companhia, Casa de São Miguel, aonde chamando-me, como Superior da dita Casa, me notificaram que dentro de oito dias, que se me davam por têrmo perentório, despejasse com os demais Religiosos aquela Casa, Vila e Capitania, porquanto a Companhia havia sido em tanto dano do povo, e de todos aquêles povos em alcançar de Sua Santidade a sobredita Bula, e que para nós saírmos da terra nos daria o povo embarcação.

Lida e notificada que me foi esta sentença, quis responder também por papel, e, como êles o não consentissem, lhes respondi de palavra, dizendo que, salvo o direito de nulidade, apelava para o Ouvidor Geral ou para quem o caso com direito pertencesse. Nisto se cobriram e me viraram as costas, dizendo que não aceitavam apelação, do que agravei, e não querendo aceitar agravo, pedi carta testemunhável e os demais papéis que fôssem para bem de minha justiça. Tudo negaram e o mesmo tabelião negou os papéis, que de seu ofício lhe pedi. O que tudo visto, saindo em seguimento dêles, fora da portaria, gritei:

— *Aqui del-Rei que me negam minha justiça os oficiais da Câmara!*

E tomei testemunhas, e quebrei duas telhas, e logo protestei por perdas e danos e pela injúria que se fazia à Religião e àquela Casa, e de haver tudo pelos oficiais da Câmara daquela Vila e pela Câmara da Vila de São Vicente, como cabeça e pelos dez procuradores da junta, que contra a Companhia haviam dado tão ímpia sentença. Disse mais, em altas vozes, que outro galardão lhes merecia a Companhia, por haver mais de noventa anos que com tantos trabalhos os estava servindo e a tôdas aquelas vilas. Com isto me recolhi e mandei ao Ir. Jorge Correia, da Companhia de Jesus, e procurador daquela Casa, que fôsse ao Pelourinho e porta da Igreja de Nossa Senhora do Carmo, e fizesse o mesmo, o que tudo fêz, gritando, e tomando testemunhas, e quebrando telhas [1].

Isto se passou na primeira notificação, e, *pelo mesmo estilo, se fêz ao Padre Reitor de São Paulo, Nicolau Botelho, aos dois de Julho*.

Passados os oito dias, têrmo perentório da primeira notificação, se me fêz a segunda pela mesma Câmara, procuradores e tabeliães, acrescentando que protestavam de não incorrerem em censuras algumas de nos pôr mãos violentas. A esta segunda notificação respondi o mesmo que na primeira».

---

1. O Ir. Jorge Correia, já septuagenário, natural da Cidade de Lisboa, entrara na Companhia na Casa de S. Miguel, de Santos, no dia 25 de Junho de 1639 (*Bras. 5*, 147v). E nela fêz o noviciado com a edificação e destreza de um jovem de 15 anos. Faleceu no Rio a 26 de Junho de 1641. Ocupara no mundo «Cargos honoríficos iguais à sua nobreza», *Bras. 8*, 534. Entre êles, o de Capitão-mor da Capitania de S. Vicente, e a sua memória ficou abençoada, como fiel e permanente defensor dos Índios do Brasil.

4. — «Vendo a determinação da Câmara e povo, o Padre Reitor do Colégio de São Paulo como eu, procuramos atalhar, querendo fazer com êles todos os concertos convenientes, e amigável composição, no que êles não quiseram vir. Deus sabe o porquê, por seus ocultos juízos.

E assim, aos treze de Julho, a uma sexta-feira, às duas horas depois de meia noite, mandaram os da Câmara de São Paulo tanger o sino, ao que se ajuntou o povo, e, junto, o procurador do povo João Fernandes Saavedra, da janela da Câmara leu a última e final sentença da junta, do destêrro dos Padres da Companhia; e logo em rompendo a manhã se foram todos à portaria do Colégio, aonde acudiu o Padre Reitor com os demais Religiosos, aos quais intimou o dito procurador a sentença final, ao que o Padre Reitor respondeu o que convinha, a saber, que não podia despejar, e fêz seus protestos, porém, valeu isso pouco, porque entrando o povo, lançou fora aos empuxões assim ao Padre Reitor como aos demais [1]. E expulsos se vieram para o pôrto de Santos, padecendo assaz de trabalhos por aquêles ásperos caminhos e montanhas, vindo-lhes nas costas quarenta homens apenados para que lhes impedissem o caminho se quisessem tornar atrás [2]. Ao sábado, chegaram os Padres de São Paulo ao pôrto do Cubatão, que dista do pôrto de Santos, por um rio acima, quatro léguas. O que sabido, mandou a Câmara de Santos uma canoa de voga (que é uma embarcação feita de um pau sòmente, de quatro ou cinco palmos de bôca, e sessenta pouco mais ou menos de comprido) para que nela se embarcassem os Padres para Santos. Na Vila estavam todos de vigia, e tanto que em uma ponta tiveram vista da canoa, que foi ao domingo à tarde, se ajuntou a Câmara, e *mandou apenar o povo para todo se ajuntar em motim*, e amotinados se irem todos de mão armada à portaria da Companhia, para nos lançarem a todos fora de nossa Casa. Junto o povo à porta da Câmara, leu de cima de uma janela o procurador do povo, Lucas de Freitas, a final sentença, e ainda que *muitos do povo*, que estava presente, *eram de parecer contrário*, contudo se levantou a voz que dizia botassem fora os Padres da Companhia. E com esta determinação se foram todos

---

1. A 13 de Julho de 1640, consuma-se o atentado: «com fôrça e violência», Actas, V, 35.

2. «Apenados», isto é, obrigados pela Câmara a irem, sob *pena* de multa ou prisão.

à portaria, aonde sendo chamado acudi com os demais Religiosos, e logo pelo dito procurador do povo me foi intimada a última sentença de nossa expulsão, acrescentando que tôdas as vezes que os Padres da Companhia trouxessem suplemento de Sua Santidade contra a Bula e censuras, os tornariam a receber.

A tudo isto respondi que havia noventa e tantos anos que a Companhia estava na Capitania de São Vicente, exercitando seus ministérios por ordem de Sua Santidade e de El-Rei Dom João Terceiro, de Dom Sebastião e dos mais Reis seus sucessores, e que sem ordem do Papa, de El-Rei ou de meus Superiores maiores, não podia deixar a Casa, de que estava de posse, nem os demais bens eclesiásticos. Responderam êles que não havia remédio, senão que logo despejassem. E como eu não quisesse, entrando o povo para dentro, me cercaram e os demais Religiosos, continuando eu sempre com meus requerimentos, que da parte da Igreja e de El-Rei se fôssem embora, porquanto estávamos pacíficos em nossa Casa sem agravar a ninguém; e como êles, tendo-nos cercados, persistissem que fôssemos fora, e nos fôssem botando para a parte do mar, lancei mão de uma imagem de Santo Inácio, de boa estatura, a qual tomei às costas, e não quis que nos lançassem fora, senão pela rua pública, como em efeito fizeram. E pôsto na rua, me fui andando para o Carmo com os demais Religiosos, indo connosco o povo todo, e à minha mão direita e esquerda dois Padres do Carmo, que nos iam consolando, e eu gritando pela rua que todos nos fôssem testemunhas de como desterravam a Companhia por amor do Papa e da virtude e Liberdade dos Índios, e que outra coisa merecia a Companhia àquêle povo pelo haver servido havia tantos anos. *Pela rua e janelas saíam muitos a gritar e a chorar a desumanidade que se usava connosco.*

Indo nós perto da Igreja de Nossa Senhora do Carmo, saíu o Padre Prior daquele Convento com todos os demais Religiosos à rua, e recebendo-nos, entramos todos por sua Igreja, e chegando à Capela-mor o dito Padre Prior me tirou das costas a imagem do Patriarca Santo Inácio, e a colocou no altar-mor com muita veneração. E é de advertir que na nossa Igreja de S. Miguel não ficou o Santíssimo Sacramento, porquanto alguns dias antes, vendo eu a diabólica determinação do povo, consumi o Senhor e depositei no Carmo o Sacrário, por haver outras pessoas que o pretendiam, cuidando, pode ser, que todos aquêles bens ficavam perdidos. Enfim, colocado Santo Inácio no dito altar, me fui com os demais Religiosos para a canoa, onde estavam os demais Padres desterrados do Colégio de São Paulo, na qual nos embarcou o povo. E assim ficando os oficiais da Câmara senhores de nossas chaves, Casa, Igreja e mais bens, nos fomos todos a casa de um homem, que nos ofereceu sua fazenda, na qual estivemos cinco dias. E como nos faltasse o povo com embarcação para nos irmos para o Rio de Janeiro, com parecer de todos, busquei duas canoas nas quais nos metemos, e às onze horas da noite entramos pela cêrca do mar, abri as portas e achei as chaves tôdas da Casa, tirando a da portaria, e finalmente nos metemos em nossa Casa».

5. — «Sabido que foi isto na Vila ao dia seguinte, houve quem logo escreveu à Vila e Câmara de S. Paulo de como nos tornáramos para nossa Casa e que certos homens nos haviam dado favor para isso [1]. Enquanto estas novas foram a São Paulo, chegaram a Santos os Padres João de Almeida, Francisco Ribeiro, Vicente Rodrigues, e outro Ir. da Companhia, aos quais enviou com tôda a pressa do Rio o Padre Reitor daquele Colégio, sabendo das notificações que se nos faziam. Entendeu o Padre Reitor que o P. Francisco Ribeiro e Ir. Vicente Rodrigues, como patrícios de São Paulo, pudessem quietar sua pátria e reduzi-los à razão [2]. Levaram cartas do Administrador e da Câmara do Rio, nas quais lhe diziam que não convinha por então botar fora os Padres, e levaram mais os concertos, que no Rio se tinham feito. Pouco caso fizeram disto os da Câmara da Vila de Santos, contudo escreveram à Câmara da Vila de S. Vicente, para que visse o que convinha. Esta carta, com outra do Administrador e Câmara do Rio, levei à Câmara de São Vicente, *a qual julgou que*

---

1. Em S. Paulo, o procurador do conselho propôs, no dia 24 de Julho de 1640, que se fizesse um auto contra os procuradores da Vila de Santos, Lucas de Freitas de Azevedo e Francisco Pinheiro, por tornarem a receber na Residência de Santos os Padres da Companhia, *Actas*, V, 43.
2. Ambos de Piratininga. Vicente Rodrigues, entrado em 1629, faleceu prematuramente no Colégio do Rio, onde era Mestre de Latim, a 17 de Fevereiro de 1642 (Bibl. Vitt. Em., f. gess. 3492/1363, n.º 6); e Francisco Ribeiro, tinha sido já autêntico herói na guerra de Pernambuco e o acharemos anos mais tarde Reitor do Colégio de S. Paulo, em cujo ofício e lugar, «sua pátria», veio a falecer.

convinha haver concerto [1]. E para êle fêz logo seus precatórios, para tôdas as vilas, para que aos quinze de Agôsto, dia de Nossa Senhora da Assunção, se tornasse a fazer junta na mesma Vila com os mesmos procuradores, na qual junta se fizessem os concertos, assim com o Padre Reitor de São Paulo como comigo.

Com êste pressuposto e com os papéis, se puseram a caminho para São Paulo o P. Francisco Ribeiro e Ir. Vicente Rodrigues, senão quando, indo já no meio do caminho, depois de passadas as Serras e o Rio Grande, encontraram tropas de gente, que mandadas pela Câmara e povo lhes vinham a impedir o caminho e entrada na dita Vila, como fizeram, trazendo-os outra vez diante de si ao mar e Vila de Santos, não querendo admitir concertos alguns. No dia seguinte ao meio dia, chegaram cento e tantos homens armados, da Vila de S. Paulo, com muitos Índios, disparando por todo o rio muitas espingardas e tocando buzinas. Nesta forma chegaram à Vila, ameaçando seis ou sete homens, que falsamente foram malsinados, que nos haviam dado favor para tornarmos a Casa e que os haviam de matar a todos e queimar suas casas e fazendas. Logo à noite, vieram outras oito canoas, cheias de gente armada, na mesma forma de guerra e com muita grita e vozeria pelo rio abaixo. Todos se apoderaram de um Bairro da Vila, donde ameaçavam os da Vila de Santos se não executassem o que se havia acordado, e havendo ali, *entre os mesmos de S. Paulo, vários pareceres, uns que queriam concertos, e outros não, estiveram para se matar uns aos outros* [2].

Estando as coisas neste estado e nós como presos em nossa Casa, sem chaves de nossa portaria, que a Câmara tinha em seu poder, a

---

1. Os concertos do Rio, datados de 22 de Junho de 1640, mandou-os trasladar nos seus livros, a Câmara de S. Vicente, a 25 de Julho de 1640, e do Arquivo da Câmara de S. Vicente os publicou Varnhagen, em *Apêndice* à sua biografia de *Salvador Correia de Sá e Benevides*, na *Rev. do Inst. Hist. Bras.*, III, 113-118.

2. É a primeira manifestação dos dois famosos partidos paulistas *Pires e Camargos*, ou como ainda em 1653 se dizia, *Garcias e Camargos*. Nos Camargos predominava então o elemento castelhano, nos Garcias ou Pires o elemento português. E, sem dúvida, já muitos dos que tinham assentido em S. Paulo, à saída dos Padres, cuidando fôsse o único meio de evitar as censuras do Breve Pontifício, ao verem, em Santos, pelo exemplo do Rio, que não era essa a única solução, mas que eram possíveis *concertos*, prefeririam os concertos e por êles lutavam. E as lutas subiram logo para o Planalto, e nêle continuaram, até os Garcias ou Pires obterem, como obtiveram, o desejado concêrto e a volta dos Padres.

Câmara nos mandou pôr um barco junto da cêrca no qual nos embarcou. Esta última expulsão foi aos três de Agôsto, e foram tais os moradores de São Paulo que se não quiseram tornar a suas casas sem saberem que nós éramos saídos pela barra fora, temendo-se que nos tornaríamos a meter em nossa Casa. Os principais autores e cabeças dêstes motins e expulsões, são a Câmara de Santos: a saber o juiz Simão Ribeiro Castanho; o vereador Gabriel Pinheiro, Domingos de Amôres, António Velho de Melo e o procurador do Conselho; e na mesma Vila o foi também Gaspar Gomes; a Câmara de São Vicente, como cabeça que convocou os demais povos; na Câmara de São Paulo, o juiz Fernão de Camargo e outros homens principais, Amador Bueno e seus dois genros Dom Francisco Rendon e seu irmão Dom João, castelhanos; Luiz Rodrigues Cavalinho, Manuel Lourenço de Andrade, e logo todos os dez da junta de São Vicente acima nomeados. Além de todos êstes é pública voz e fama que os frades de São Francisco, que de novo fundam dois mosteiros em Santos e São Paulo, foram os principais que contrariaram a Bula, publicando contra ela muitas coisas falsas, entre as quais diziam que se podiam vender os Índios por seis ou sete mil réis, ao que não chamam venda, e que podiam os homens obrigar os Índios à servidão e outras coisas, e assim mais disseram contra a Companhia muitas coisas, dizendo e incitando aos homens a botar fora da terra os Padres da Companhia, falando-lhes à vontade, só afim de terem mais fàcilmente um pão de esmola. Entre êstes o principal e cabeça foi o seu Custódio Frei Manuel de Santa Maria e um prègador que está na Vila de Santos, chamado Frei Francisco de Coimbra, e outro prègador e presidente na Vila de São Paulo, chamado Frei Francisco Escoto, que antigamente foi despedido da Companhia, os quais diziam que botassem fora os Padres da Companhia, como é público. Êste seu Custódio disse ao Padre Vigário da Vila de Santos, Fernão Rodrigues de Córdova, dois ou três dias depois de publicar a Bula na sua Igreja Matriz, que merecia que o botassem com uma pedra ao pescoço ao mar só por ter publicado a Bula.

Êste é o sucesso da expulsão dos Padres da Companhia da Capitania de São Vicente, e por me ser mandado com preceito de obediência do Padre Visitador Geral desta Província do Brasil, o Doutor Pero de Moura, a petição do Padre Procurador Geral da Província do Paraguai Francisco Dias Tanho, passei a presente como testemunha de vista, e a quem estas coisas passaram pelas mãos; e certífico e juro, *in verbo Sacerdotis* e aos Santos Evangelhos, que tudo quanto aqui dito é verdade, e o jurarei tôdas as vezes que fôr necessário em juízo. Neste Colégio da Cidade da Baía de Todos os Santos, hoje, onze de Setembro de mil seiscentos e quarenta, *Jacinto de Carvalhais*» [1].

---

1. *Certidam sobre a expulsam dos Padres da Comp ª de JESV da Capitania de Sam Vicente, por cauza da publicaçam da Bulla que passou Sua San.*[de] *acerca da liberdade dos indios Orientaes e Occidentaes*». Gesù, Colleg. 20 [33-36]. O P. Jacinto de Carvalhais, protagonista e cronista do ano 40, deixou ainda outras cartas, que se caracterizam pelo estilo pessoal e minucioso desta narrativa e das que se incluem no Capítulo de *Santos*. Depois dêstes sucessos, foi Mestre de Noviços, Reitor do Colégio do Rio e do Colégio da Baía, dêste por duas vezes. Faleceu na Baía, a 25 de Abril de 1678, com 78 anos de idade e 61 de Companhia. Português, natural de Guimarães. Sabia a língua brasílica, *Bras.* 5, 132; *Bras.* 9, 244.

CAPÍTULO III

Voltam os Padres e reabre-se o Colégio

1 — Processo Canónico, Interdito da Vila de S. Paulo e recurso à Santa Sé; 2 — Sentença de 3 de Junho de 1651, da Sagrada Congregação do Concílio, que manda prosseguir o Interdito e cita perante si «os que devem ser citados»; 3 — O Processo civil na Côrte e no Rio de Janeiro; 4 — A sentença da Santa Sé de 1651 determina a chamada dos Padres; condições inaceitáveis e rejeitadas (1652); 5 — Condições aceitáveis e volta dos Padres, primeiro a chamado dos Garcias (Pires), e depois de tôda a Vila de S. Paulo; 6 — Escritura de transacção amigável (1653); 7 — Piratininga em festa.

1. — Cometido o acto final do atentado contra os Padres do Colégio, iniciou-se naturalmente o período de reflexão e das responsabilidades. Os responsáveis escreveram Cartas-Súplices quer à Coroa Portuguesa quer ao Soberano Pontífice. Das que enviaram a El-Rei, primeiro a Filipe III de Portugal (IV de Espanha), logo a D. João IV, falaremos depois. Processos paralelos, o civil e o canónico, impondo-se porém mais o canónico na solução final:

«*Beatíssimo Padre*: Dizem os moradores da Capitania de S. Vicente e em especial os oficiais da Câmara da Vila de São Paulo e suas povoações da dita Capitania, partes do Brasil, que Vossa Santidade passou um Breve em forma de motu-proprio, para os suplicantes não terem em seu serviço os Índios daquelas partes, pondo censuras e outras penas espirituais aos que fizessem o contrário. E porquanto o dito Breve é contra o bem espiritual da salvação das almas dos mesmos Índios, e contra o govêrno temporal de tôda esta província, portanto prostrados os suplicantes aos pés de Vossa Santidade, com a devida submissão e humildade, representam a Vossa Santidade, nesta súplica, os gravíssimos danos espirituais e temporais que se seguem da observância do dito Breve, confiados em que V. Santidade, com o amor paternal, o mandará revogar e moderar, acudindo ao remédio destas suas ovelhas.

Para o que propõem a V. Santidade que os ditos Índios não assistem no serviço dos suplicantes como cativos seus, nem como êsses são tratados, senão como homens livres e forros; e de os terem em seu serviço os suplicantes resulta primeiramente aos mesmos Índios grande bem espiritual, porquanto vivendo em suas Aldeias, fora do dito serviço, em que se ocupem, são de sua natureza inclinados a comerem carne humana, por não trabalharem buscando de comer por outra via; são também inclinados a furtos e a serem ladrões para terem que comer, e achando-se sós, ainda que tenham doutrinantes, não guardam cristandade e vão receber o Sacramento da Eucaristia depois de comidos e bebidos, alevantando-se de fazer outros pecados da carne. E se ajuntam muitas vezes contra os homens brancos, matando-os e fazendo outros insultos e crueldades, os quais casos todos têm sucedido por vezes, assim em esta Capitania, como em outras dêste Estado do Brasil. E todos êstes males espirituais se não podem evitar melhor, que estando os ditos Índios no serviço dos homens brancos dentro das Vilas e Lugares, onde cada um dos brancos tem cuidado dos que estão em seu serviço, sem os deixarem fazer desordens, e são melhor doutrinados na doutrina cristã, e os fazem acudir aos Sacramentos. E além do bem espiritual de suas almas, os curam em suas doenças pela necessidade que dêles têm; o que não podem fazer dois ou quatro Religiosos doutrinantes estando nas Aldeias, por serem muitas as doenças que nelas sucede haver de bexigas e sarampão, em tanto que acontece enterrarem-se muitos em uma só cova.

No detrimento temporal o ficará tendo muito grande tôda esta Capitania e ainda todo o Estado do Brasil, se guardando-se o dito Breve, não puderem ter os Índios em seu serviço, porque com êles cultivam as terras, usando de enxadas, por não poderem admitir arados. Com os mesmos granjeiam as farinhas, as carnes e legumes para o seu mantimento ordinário, e para socorrerem com êle a muita parte do Estado do Brasil, porque desta Vila e povoação, vão todos os anos muitos mil alqueires de farinha de trigo e muita quantidade de carnes e legumes para socorros do dito Estado e ainda para a Conquista de Angola[1]. E tudo isto faltará não estando os Índios

---

1. A palavra *Conquista* pode significar distinção entre as diversas partes da Monarquia Portuguesa: Metrópole, Estados, Conquistas; e entre o Brasil (*Estado*) e Angola (*Conquista*). O Brasil, dentro do quadro geral da Administração Por-

no dito serviço, e não sòmente ficarão os moradores padecendo extremas necessidades e se não poderão sustentar as Religiões, que aqui estão, exercitando-se no serviço de Deus e das almas; mas também faltarão os dízimos, que se pagam a Deus dos fruitos da terra, e faltarão de todo as rendas das fazendas de El-Rei e dos particulares, com que se sustentam os ministros da justiça para o govêrno da paz, e os soldados, para a defensão da terra.

Ùltimamente se pode considerar o grande perigo em que ficará posta essa Capitania, se todos os Índios estiverem em sua total liberdade, ou levantando-se contra os moradores, como fizeram na Capitania de Pôrto Seguro e em Sergipe de El-Rei e na mesma Vila de S. Pau'o, ou vindo o inimigo herege holandês ao pôrto dos Santos, lançando-se com êle como já fizeram em Pernambuco, e será a total ruína de tôdas estas partes do Sul.

E porque todos êstes inconvenientes e males, que se seguem e podem seguir com as certidões autênticas dos Prelados das Religiões que residem nesta Capitania e do Vigário dela [1], e dos mais ministros seculares e eclesiásticos que com esta súplica se oferecem, nos quais têrmos é necessário e justo que o dito Breve se revogue, por ficar sendo contra o bem comum e espiritual e temporal. E os suplicantes são merecedores que V. Santidade lhes faça graça e favor por serem tementes a Deus e zelosos da Igreja e das Religiões e obedientes aos mandados apostólicos e reais, como também consta das mesmas certidões:

Pedem a V. Santidade que havendo respeito a tudo o sobredito se sirva de mandar revogar o dito Breve e declarar que os suplicantes não têm incorrido nas censuras dêle. Porquanto não foi aceitado,

---

tuguesa, equiparava-se à Índia, também *Estado;* pode significar *Conquista* ou *reconquista* e neste caso a *Súplica* seria de 1645 ou pouco depois, pois neste ano se deram duas tentativas daquela reconquista, uma saída da Baía a 8 de Fevereiro de 1645; outra, do Rio de Janeiro a 8 de Maio do mesmo ano. E constam de duas *Relações*, a segunda das quais escrita pelo Ir. António Pires da Companhia de Jesus, e ambas publicadas por Artur Viegas (pseudónimo do P. Antunes Vieira). *Duas tentativas da reconquista de Angola em 1645* na Rev. de História (Lisboa 1923) XII, 5-23.

1. Esta referência coloca a data da *Súplica* já depois de o P. Manuel Nunes ter deixado o cargo de Vigário, pois êle manteve-se fiel e firme na sua atitude anti-escravagista, o que favorece a segunda hipótese da nota anterior.

nem suficientemente promulgado para obrigar a sua observância. E. R. Graça e Mercê»[1].

O pressuposto fundamental desta Súplica era a pretensão de que o Papa estava mal informado e é a transposição do que se continha no *Libelo Infamatório*, ardil repetido muitas vezes na história, quando se não quer aceitar alguma lei ou direcção superior.

Respondeu o Padre Francisco Carneiro em resposta ao 21.º Capítulo do *Libelo Infamatório*, que a informação dada se contém no próprio Breve e tão «conforme à verdade, com o que cada dia vemos e experimentamos cada hora. E para mor clareza desta verdade digo, que duas coisas se contêm no Breve: a primeira declarar serem os Índios do Brasil, por nascimento e lei positiva, livres; a segunda proïbir o cativarem-se, venderem-se e comprarem-se, apartando maridos de mulheres, e mulheres de maridos, filhos e filhas de uns e outros; e conservarem-se uns e outros em servidão. Agora digo que se a primeira coisa não é verdadeira, que mostrem algum direito ou título por onde os Índios possam ser cativos; e se se cativam ou não, digam-no os milhares de Índios, os mais dêles cristãos, que êstes anos mais próximos vieram cativos das Aldeias dos Padres do Paraguai. Digam-no as compras; digam-no as vendas que pùblicamente de contínuo fazem dêles (afora outras partes) na cidade do Rio de Janeiro, com tanta liberdade e soltura como se fôssem mouros ou negros de Guiné. Digam-no os ferros; digam-no os ferretes; digam-no as chagas e sinais de pingos e açoites com que são obrigados a servir como escravos. E quem isto negar, negará haver Roma no mundo, e ser dia depois de nascer do Sol»[2].

Brado resoluto como tantos outros, desde Nóbrega, e logo a seguir o de Vieira que são a glória da colonização humana do Brasil. Porque se os atropelos foram cometidos por Portugueses ou filhos de Portugueses, os Jesuítas não o são menos e neste correctivo tem Portugal a sua absolvição. E acharam eco noutros homens de responsabilidade governativa e em El-Rei D. João IV e pouco a pouco noutros muitos dos próprios locais, agitados pela dolorosa chaga escravagista.

Os Padres da Companhia não condenavam o *facto* da escravatura, chaga então social existente no mundo, e *tôdas* as nações

---

1. Gesù, *Colleg.*, 20 (Brasile).
2. Francisco Carneiro, *Resposta ao Libelo Infamatório*, cf. Apêndice C.

civilizadas a exploravam. Também nunca disseram que as bandeiras de caça ao índio fôssem *apenas* por instinto de fereza. O que êles combatiam eram os cativeiros feitos contra o direito positivo civil (leis do Reino), contra o direito canónico (leis da Igreja), e contra o direito natural, da liberdade humana. Condenavam sobretudo os maus tratos infligidos aos cativos. A reacção dos escravagistas contra estas condenações feitas pelos Jesuítas, foi por vezes violenta. E destas violências contra pessoas e propriedades eclesiásticas proveio o desdobramento da questão, passando do terreno doutrinário para o dos factos com a aplicação de penas aos que puseram mãos violentas e arrombaram portas de Casas Religiosas e atropelaram a liberdade individual ou colectiva dos Religiosos. E foram as censuras eclesiásticas, a Excomunhão e os Interditos locais, que vieram depois a pesar decisivamente na reconciliação final, porque se verificou no Brasil, sempre êste estado psicológico de homens, que queriam compaginar, na sua própria consciência, a prática da escravidão, que reputavam indispensável às suas actividades económicas, com a prática religiosa. Tôda a intenção dos motins ia dirigida a evitar o facto consumado da publicação do Breve, para lhes evitar as penas canónicas correspondentes, e todos os seus protestos verbais explìcitamente enunciavam que não incorriam na Excomunhão e Interdito. Para esta evasão jurídica se valiam dos conselhos dalguns membros de outras Ordens Religiosas, incluídos por isso depois também na lei geral do Interdito, unido não já ao Breve de Urbano VIII, mas aos atropelos e violências cometidas em 1640 contra o Colégio de S. Paulo e repetidas parcialmente em 1646, contra o de Santos. A seguir à Restauração de Portugal, o Breve passou a segundo plano, não na doutrina em si mesma, mas na restituição de Índios a Missões de uma nação, com quem agora Portugal estava em guerra.

Mas persistia um facto positivo, civil e canònicamente delituoso, os atropelos cometidos contra as Casas de Santos e de S. Paulo, a expulsão dos seus Religiosos, e uma situação de violência, cometida por autoridades inferiores, sem mandato, violência civil, desaprovada logo pelas autoridades superiores de carácter civil, e violência contra pessoas e bens eclesiásticos, de carácter religioso. O restabelecimento da justiça, lesada nestes dois pontos, encheu tôda a década de 1640 a 1650. Renovou-se mais vigorosamente ao dar-se o novo atropêlo de 1646 em Santos.

A 1 de Julho de 1646 o Administrador do Rio de Janeiro informa Sua Santidade do que lhe competia como Prelado, a cuja jurisdição tocava S. Paulo:

1. Os que dirigem S. Paulo não aceitam Bulas de Sua Santidade e revistam quem entra, a ver se levam alguma;

2. São movidos por alguns Padres Franciscanos e Carmelitas; êstes dizem que estão imunes do Interdito, continuam a celebrar, e declaram legítimos os cativeiros dos Índios do Brasil.

3. Os de S. Paulo vieram a Santos expulsar os Padres da Companhia [1].

O Administrador Eclesiástico pedia remédio. O remédio seria o que a Igreja pode dar, dentro da disciplina eclesiástica. O Vigário da Matriz em 1640, cometida a extorsão contra os Padres, afixou, «corajosamente», à porta da Igreja, o Interdito local e declarou que os moradores de S. Paulo tinham incorrido nas penas canónicas e estavam inibidos da recepção dos Sacramentos [2]. Alguns Paulistas o aceitaram e defenderam, e um dêles, Pedro Taques, foi morto à porta da Matriz por Fernão de Camargo, *o Tigre*. Outros Paulistas sentiram escrúpulos de consciência e fizeram restituições que o P. Manuel Nunes declarou no seu testamento: «tenho em mim de restituições, que se fizeram aos Padres das Residências do Paraguai e S. Francisco Xavier, 34$960 réis»[3]. Dos Religiosos, que ficaram na Vila, Beneditinos, Carmelitas e Franciscanos, parece que não fizeram oposição os Beneditinos, cujo nome não aparece nos recursos finais [4]. Os Carmelitas e Franciscanos não se julgaram incluídos no Interdito, alegando privilégios e mais tarde pondo em dúvida se o novo Colector de Portugal, tinha poderes competentes. Julgando duvidoso o caso, êsses Religiosos continuaram a administrar os sacramentos, a quem lhos requeria, e esta situação tornava inútil o Interdito local nos seus efeitos, que era, tratando-se de gente crente, como eram de facto os Paulistas, sem exclusão do partido

---

1. Carta de António Amariz Loureiro, Administrador Eclesiástico do Rio de Janeiro, a sua Santidade, do Rio, 1 de Julho de 1646, *Bras. 3(1)*, 245-245v. Amariz, apelido assim claramente escrito.

2. Cf. Taunay, *História Seiscentista*, I, 141.

3. *Inventários e Testamentos*, XXVIII, 59.

4. *Parece*, porque em 1646, também se nomeiam. Devia, porém, tratar-se dalguns religiosos *particulares*, cujas opiniões o Mosteiro, como tal, não teria endossado.

escravagista, obrigá-los a ressarcir o dano feito a Religiosos e coisas religiosas. A Roma competiria dizer, em última instância, se era ou não fundamentada a dúvida.

Os Religiosos da Companhia do Brasil viram a necessidade da Santa Sé avocar a si a questão, e que as censuras obrigassem os Provinciais das Ordens Religosas a observar as sentenças nos seus súbditos [1]. Roma pediu papéis autênticos. O P. Simão de Vasconcelos organizou-os judicialmente e remeteu os primeiros em 1648 [2]. O processo começou os seus trâmites no Tribunal da Rota, com as consultas e sentenças da praxe. A 24 de Junho de 1649, o Vice-Reitor do Colégio do Rio, P. António Rodrigues, cativo outrora dos Holandeses, remete as últimas públicas-formas com o recurso ao Papa. E diz «que é necessário que o inferno e o demónio não levem a sua àvante. E, entretanto, perdem-se as almas; e quanto a S. Paulo *os mais do povo choram a nossa ausência*»; só «quatro homens desalmados, tendo o inferno da sua parte, suspendem tanto bem» [3].

Cinco meses depois tira-se e envia-se para Roma a pública-forma dos embargos dos Padres Carmelitas, assinada no Rio a 26 de Novembro de 1649, por «João de Morais presbítero Capelão de S. Majestade, notário e secretário da Rev.da Câmara Apostólica»: «Embargos com que vêm os Religosos do Convento de Nossa Senhora do Carmo da Vila de S. Paulo a fim de não serem declarados por incursos na excomunhão, e mais penas contra êles impostas pela carta do Ilustríssimo Senhor Vice-Colector Apostólico» [4].

Os Padres Carmelitas, por esta altura das bandeiras do ciclo da caça aos Índios, mandavam com elas gente sua para trazerem Índios, não para se aldearem, mas para serviço das suas fazendas, facto com que se autorizavam os escravagistas. Consta das actas do Capítulo do Carmo de S. Paulo, que andam publicadas, e enquadram-se, neste período, as de 28 de Dezembro de 1648, 5 de Janeiro e 24 de Março de 1650 [5].

---

1. *Bras.* 3(1), 248v.
2. *Bras.* 3(1), 265.
3. *Bras.* 3(1), 273v.
4. Gesù, *Colleg.*, n.º 1588, longo documento de letra tabelioa, jurìdicamente autenticado.
5. Em Azevedo Marques, *Apontamentos*, I, 195.

2. — A Santa Sé recebeu o recurso. Conservam-se as peças do Processo, cujos passos não seguiremos, bastando a notícia dêste episódio e o resultado final. Em 1651 prova-se que o Interdito, publicado na Matriz e nas circunstâncias concretas dêle, obriga os Religiosos. E assim a 3 de Junho de 1651, a Sagrada Congregação do Concílio Tridentino manda que se prossiga no assunto do Interdito e se citem os que devem ser citados, e se o Interdito tinha sido efectivamente publicado. Assina o Prefeito da Congregação *Pedro Luiz*, Cardeal *Caraffa*[1].

Ora o Interdito tinha sido efectivamente publicado em 1640. Vê-se pelas Actas da Câmara de S. Paulo que o P. Manuel Nunes, Vigário e Ouvidor da Vara, logo depois do destêrro dos Jesuítas, declarou excomungados os que intervieram na violência, pôs interdito na Igreja Matriz, que fechou, e notificou aos Religiosos da Vila, Beneditinos, Carmelitas e Franciscanos, que não celebrassem por êles[2].

---

1. *Sacra Congreg. Concilii Indiarum seu Brasiliensium Interdicti pro R.R.P.P. Jesuitis Brasiliensibus contra RR. Carmelitanos et Franciscanos*, Gesù, Colleg., 20: «Interdicto lançado contra a Vila de S. Paulo por tirar a liberdade dos Índios já cristãos». Em Latim, *Bras.* 8, 552-555v. Como se vê, e como dissemos, não estão incluídos aqui os Beneditinos. A inclusão dos Franciscanos no processo é explicada por Jaboatão, *Novo Orbe Serafico Brasilico* (2.ª Parte) I(Rio 1859)521-522. O P. Francisco Pires, que estava em Lisboa em 1644, comissionado pelo Governador António Teles da Silva, para vários assuntos, entre os quais o da preparação do evante pernambucano contra os Holandeses, tratou também da expulsão dos Padres do Colégio de S. Paulo e de todos os que nela intervieram. A Cúria Romana tomou conhecimento do caso, e por meio do Vice-Colector de Portugal Jerónimo Bataglini, em conjunção com o Administrador do Rio de Janeiro António Marins Loureiro, declarou em 1646 interditos todos os que concorreram para a expulsão de S. Paulo. Os Padres Franciscanos apelaram «por Maio de 1649 e não achamos, diz Jaboatão, mais notícias dêste pleito ou da sua conclusão, que supomos se findou aqui». Continuou, como fica exposto, até 1651. Segundo Jaboatão, o Superior de S. Paulo teve que renunciar à prelatura e passou ao Reino donde voltou livre. Agora somos nós a supor que voltasse livre depois da paz paulista e levantamento e absolvição do Interdito em 1653. Jaboatão, ilustre por tantos títulos, escrevia no período agudo de perseguição da segunda metade do século XVIII, época em que não era permitido, sob pena de encarceramento, falar dos Padres Jesuítas senão tratando-os de caluniadores e impostores. Nisto não foi superior ao seu tempo. Também dá curso ao capítulo do *Libelo Infamatório* pelo qual os Jesuítas foram desterrados de S. Paulo por começar a amotinar o gentio. A resposta a êsse falso capítulo deu-se no próprio ano de 1640, e vai no *Apêndice C*.

2. Cf. *Actas*, V, 40-43.

Com êste facto prévio, a citação agora para Roma, colocada a questão em plano mais alto, inacessível a pressões de partidos locais flutuantes, foi a água na fervura dos últimos ecos das perturbações, e veio dar fôrça ao partido dos Garcias, que era o da pacificação e chamamento dos Padres. E sucedeu que o mesmo Padre, que em Roma promovera o processo e as instâncias da Província do Brasil como Procurador dela, nomeado depois Provincial do Brasil, Francisco Gonçalves, veio a ser quem presidiu à restituição dos Padres ao seu Colégio de S. Paulo.

3. — Ora, enquanto o processo canónico prosseguia o longo caminho que ràpidamente percorremos, seguia também a questão civil na Côrte de D. João IV os seus trâmites não menos demorados, mas com o equilíbrio longânime, indispensável para manter a fidelidade de uma terra colocada na fronteira com territórios de Castela, e com alguns castelhanistas influentes dentro de si própria; e, ao mesmo tempo, levá-la a reparar o acto injusto e violento praticado contra os Jesuítas Portugueses, de que D. João IV se mostrou permanente amigo; desde o tempo em que os tratou em Vila-Viçosa, quando ainda era simples Duque de Bragança até ao momento em que se proclamou Rei, com o aplauso e concurso imediato e também permanente dos Jesuítas Portugueses, não só em Portugal, mas em qualquer parte do mundo onde se achassem. No Brasil, e, depois no Conselho Ultramarino, mostrou-se também decidido amigo dos Jesuítas, a grande figura de Salvador Correia de Sá e Benevides.

Todavia, se o apoio do Governador do Rio de Janeiro favorecia por um lado a causa dos Jesuítas, por outro a desfavorecia, pelo facto de El-Rei ter dado àquêle Governador os poderes, que tivera antes D. Francisco de Sousa sôbre as Minas, o que S. Paulo não levou a bem.

O assunto das minas tornou-se questão regional entre S. Paulo e o Rio, e também por muito tempo questão quási directa entre S. Paulo e a *pessoa* de Salvador Correia de Sá e Benevides, luta longa que terminou, como tantas outras na história política de S. Paulo, por se afeiçoar S. Paulo à *pessoa* do mesmo Governador, pela rectidão do seu govêrno e por ver que em «menos de quatro meses se levantaram mais de setenta pontes», e se lhe ofereceu «com pessoas, vidas e fazendas» para o acompanhar se quisesse ir submeter o Rio de Janeiro[1]. Mas isto já era em 1661, já os Jesuítas estavam em S. Paulo, Salvador Correia também, e o motim desta vez era no Rio.

Na questão das minas, entre Paulistas e Salvador Correia, e a questão dos Índios, entre Paulistas e Padres da Companhia, com fases quási simultâneas, nem sempre algum historiador distingue com clareza, nas atitudes de S. Paulo, as que se referem directamente a uma ou a outra questão. De qualquer maneira, o destêrro dos Padres de S. Paulo, em 1640, por causa da liberdade dos Índios, foi independente da questão das minas.

Cometido o atentado, os amotinados escreveram a El-Rei D. Filipe IV uma carta em que alegam os mesmos capítulos do *Libelo Infamatório*, enviado do Rio; e feita a Restauração, os remeteram igualmente a D. João IV, e são os que reproduzem os escritores, que trataram dêstes sucessos, sem as respostas do P. Francisco Carneiro. E sem elas, isolados, andaram durante largo período a correr mundo.

Entre as primeiras acusações contra os Jesuítas de S. Paulo, incluíram os amotinados uma, com que procuraram malquistá-los com Filipe IV, declarando-os «sediciosos»: «Tanto assim que pùblicamente dizem, e mostram por cartas, que dizem ser de outros Padres da sua Religião, afirmativamente, e ainda com juramentos, que temos *outro Rei vivo*, dizendo que é Dom Sebastião, que Deus tem, persuadindo isto a muito grande parte destas Vilas»[2].

Naturalmente, tal insinuação que produziria efeito em Filipe IV de Castela, não o teria com D. João IV de Portugal, pois a lenda sebastianista havia sido um dos elementos psicológicos mais fecundos da propaganda restauradora, mantendo firme a esperança portuguesa num rei *vivo*, diferente do rei castelhano. E êsse rei, realmente *vivo*, veio com D. João IV. O nome de D. Sebastião era a forma política de se fazer a propaganda portuguesa sem risco do cadafalso. A doutrina do *Encoberto* aparece já subentendida no Sermão de Vieira, prègado na Aldeia de S. Sebastião, em Capanema no Acupe, a 20 de Janeiro de 1634. O jovem prègador utiliza o que o *Flos*

---

1. *Actas*, VI, 229; Pizarro, *Memórias Históricas*, III, 209-222. Sôbre a personalidade e obra de Salvador Correia de Sá e Benevides, cf. Aurélio Pôrto, *História das Missões Orientais do Uruguai*, 239ss.
2. Transcrito em Taunay, *Hist. Geral das Bandeiras Paulistas*, III, 21.

Sanctorum atribuía ao Martir S. Sebastião, no latim, que vai traduzindo e entressachando e dava, em português corrente, a lenda perfeita de El-Rei D. Sebastião, o *Encoberto*: «Na opinião de todos era Sebastião morto; mas na verdade e na realidade estava Sebastião vivo; ferido sim e mal ferido, mas depois das feridas, curado; deixado sim por morto de dia na campanha, mas de noite retirado dela; com vozes sim de sepultura e de sepultado, mas vivo, são, valente, e tão forte como de antes era. Assim saíu Sebastião daquela batalha, e assim foi achado depois dela; na opinião morto, mas na realidade *vivo*» [1].

Referindo-se a D. João IV, escrevia Rocha Pita: «Êste era o verdadeiro Sebastião, por quem tanto suspiravam os Portugueses na antonomásia de Sebastianistas, disfarçando com a vinda de um rei desaparecido a ânsia de outro rei desejado. Com o nome, se livravam de parecer inconfidentes ao monarca estranho e com a esperança conservavam a lealdade ao natural» [2]. Admirável e verídica interpretação do Sebastianismo, feita pelo grande historiador brasileiro!

Os papéis sebastianistas sôbre o «Encoberto» circularam em S. Paulo, quando era juiz ordinário Amador Bueno, que com os seus edis o reprimiram por «ser em desprêzo de El-Rei Nosso Senhor», Filipe IV.

Não se mandou êste capítulo ao Rei «Encoberto», já «visível», e Rei verdadeiro, D. João IV. Mandaram-se outros. E dêstes capítulos, que andam impressos e reproduzimos em *Apêndice*, escreve Taunay: «Curioso, como êstes homens, tão fortes na sua posição militarmente privilegiada, não tivessem a coragem plena das opiniões como a dos actos, e recorressem à comédia das escusas infantis» [3].

---

1. *Sermões de Vieira*, IX (ed. de 1856)223.
2. *América Portuguesa*, 142. Sôbre esta matéria, cf. J. Lúcio de Azevedo, *A evolução do Sebastianismo*, Lisboa, 1916, *passim*; Rodrigues, *História*, III-1.°, 452-454.
3. Afonso de E. Taunay, *História Seiscentista*, I, 138. Cf. infra, *Libelo Infamatório*, *Apêndice* C. A representação dos camaristas de S. Paulo, publicada na *Rev. do Inst. Hist. Bras.*, XII, 18-23, não foi tirada, como aí se diz, de nenhum livro autêntico, mas de uma cópia deixada por um homem natural de Lisboa, truncada, como também aí se adverte. A primeira parte que começa, *Católico, benigno e invictíssimo Rei e Senhor*, parece ser a repetição ou adaptação da primeira carta enviada a Filipe IV (são capítulos do *Libelo Infamatório* de 1640); a segunda parte

Quando chegaram os Capítulos, já na Côrte se sabia que fundamento tinham, e se conhecia a resposta que lhes dera judicialmente o P. Francisco Carneiro. Tem a data de *3 de Outubro de 1642* o Alvará de D. João IV mandando restituir os Padres à Capitania de S. Vicente. E ainda neste «ano de 1642» voltaram a Santos com o regozijo que se deixa ver [1].

Logo tentaram ir de S. Paulo a Santos, para novos distúrbios, mas o Sargento-mor do Rio de Janeiro, D. António Ortiz de Mendonça, estava em Santos, com armas suficientes e fêz saber aos amotinados de S. Paulo, que cumpriria as ordens de El-Rei e os receberia em som de guerra. Não vieram. Limitaram-se a representações escritas, esperando ocasião em que estivesse desguarnecida a Vila. Em 1646, afrouxada a vigilância e ausente em Portugal Sal-

---

seria a resposta ao Alvará de 1642, que mandava restituir os Padres à Capitania de S. Vicente, pois se manifesta contra a sua volta, em particular a esta vila de S. Paulo, «onde está o maior número de gentio», e com a volta dos Padres «estas capitanias se acabarão com a cristandade que nelas há»... Trata de outros assuntos, contra Salvador Correia de Sá e Benevides, minas, etc.

1. Cf. infra, o Capítulo seguinte. Cf. Livro de Registro do ano de 1642 da Câmara de S. Vicente, citado por Andrade e Silva, *Coll. Cronologica*, ano 1642, p. 159; Pizarro, *Memórias Históricas*, III, 211. Com a data de *3 de Outubro de 1643*, na *Rev. do Inst. Hist. Bras.*, XII, 28. Ou é outro ou é êrro de cópia. Porque os Padres voltaram efectivamente a Santos «em 1642», ao «primeiro aviso *régio*». O primeiro aviso, não «régio», de D. João IV, mas do Vice-Rei Marquês de Montalvão tinha sido no ano anterior. A 18 de Maio de 1641 reüniram-se os oficiais da Câmara com o fim de examinar uma proposta da Câmara de S. Vicente, para acabar a situação violenta proveniente do destêrro dos Padres do Colégio, e para se executar a Provisão do Marquês de Montalvão. Defendia a causa da legalidade o Capitão Francisco Pinheiro Raposo, ouvidor com alçada na Capitania de S. Vicente. Os oficiais da Câmara de S. Paulo eram do mesmo parecer. Chamaram «as pessoas nobres mais antigas da Vila e da governança dela», e foram todos de parecer «que os Reverendos Padres da Companhia fôssem em boa hora restituídos a suas casas». Com o Capitão Francisco Pinheiro Raposo, assinam os oficiais da Câmara (*Actas*, V, 89). Assente isto, houve quem agitasse a questão e alterasse o povo e no dia seguinte, a 19 de Maio, se desmanchou o que se resolvera na véspera. Assinam o auto da reviravolta, além dos oficiais da Câmara, que a tinham assinado 24 horas antes, mais uns 59 moradores (*Actas*, V, 90-92). Não assina o Capitão Francisco Pinheiro Raposo. E comparando-se o número destas assinaturas com o de 1640, verifica-se que a deixaram de assinar umas 150 pessoas, incluídas muitas, que haviam assinado o auto do destêrro. Os campos diferenciavam-se cada vez mais.

vador Correia de Sá e Benevides [1], realizaram impunemente o que não puderam em 1642.

O novo atentado representava menos ainda que em 1640 o sentir geral dos Paulistas: apenas o grupo dos Camargos, que umas vezes preponderava, outras não. Com a ida de Salvador Correia de Sá e Benevides a Lisboa examinou-se no Conselho Ultramarino tão irregular situação. Na Consulta de 9 de Maio de 1646 estudaram-se «os meios que se representem mais convenientes para se poder conseguir a restituição dos Padres da Companhia de Jesus ao seu Colégio de S. Paulo». Parece ao Conselho:

1. Que se passe Provisão ao Governador Geral e mais justiças para que sejam restituídos «a seus bens e Colégio».

2. Que na Provisão se declare que «os oficiais da Câmara e mais justiças da dita vila de S. Paulo, que não quiserem dar à execução a Provisão, que para o dito efeito se passar», logo sejam privados dos ofícios, cargos e declarados desobedientes e rebeldes, e se lhes não pague nada mais daí em diante.

3. Que se escrevam cartas ao Provincial de S. Bento, de Nossa Senhora do Carmo, e Custódio de S. Francisco, que façam que seus súbditos se conformem com as ordens de S. Majestade, «não aconselhando contra elas, como até agora fizeram», e que na guarda das censuras se conformem com as sentenças [2].

Entretanto, iam e vinham informações, e dentro da Vila de S. Paulo movimentavam-se os partidos. A 1 de Janeiro de 1647, a uma representação encabeçada por Jerónimo de Camargo, que queria fechar o Caminho do Mar, opôs-se a Câmara «por ser em grande desserviço de Sua Majestade e dano do bem comum dos povos». Auto da Câmara assinado por *Manuel Pires, António Ribeiro de Morais, Belchior de Borba, Miguel de Almeida, Simão Coelho* [3].

Com tais disposições já se pronunciava a palavra *perdão*, e a Consulta do Conselho Ultramarino de 21 de Fevereiro de 1647, tem

---

1. Cf. Consulta de 21 de Junho, do Conselho Ultramarino sôbre a representação dos oficiais da Câmara de S. Paulo, que pedem a expulsão dos Padres da Companhia, de S. Paulo e de *Santos*, e protestam contra o Ouvidor Geral José Coelho, AHC, *Rio de Janeiro*, 306.

2. AHC, *S. Paulo*, ano de 1646, com 4 rubricas.

3. *Registo Geral*, VII, 219-230.

os «Capítulos e condições do perdão a conceder aos moradores de S. Paulo» [1].

Lê-se ao lado da Consulta: «que não vá *pessoalmente* a S. Paulo, Salvador Correia, senão depois de tudo apaziguado». Tratava-se de organizar a expedição para a reconquista de Angola de que seria comandante o glorioso General. Salvador Correia passaria antes pelo Brasil, daí a nota marginal da Consulta. O perdão continha a advertência de El-Rei, expressa na Consulta de 10 de Abril de 1647: «O Conselho Ultramarino tenha entendido que nas ordens, que passar sôbre os moradores das Capitanias de S. Paulo, S. Vicente e outras, se há-de declarar que o perdão que lhes concedo, não há-de ter efeito senão depois de restituídos os Padres da Companhia, e tudo o que nelas tinham antes de sua expulsão, porque com esta tenção lhes mando perdoar e não de outra maneira» [2]. E no Alvará do perdão, de 7 de Outubro de 1647, se incluíu esta cláusula régia.

O Governador Salvador Correia de Sá e Benevides chegou ao Rio a 23 de Janeiro de 1648 [3]. Não tardou em reünir uma Junta e a transmitir para S. Paulo o Alvará do perdão. Mas entretanto dera-se nova reviravolta em S. Paulo, e a Câmara, a 15 de Abril de 1648, escreveu a El-Rei, acusando o recebimento da carta de 10 de Outubro de 1647, com o Alvará do perdão, reeditando contra os Padres os capítulos anteriores [4]. Preparava-se Salvador Correia para a emprêsa que ia imortalizar o seu nome, a Reconquista de Angola, ocupada pelos Holandeses. Nas ante-vésperas da partida, escrevia a 10 de Maio ao P. Geral da Companhia de Jesus, a razão da recusa da Câmara: «Sempre tive por certo que enquanto os Religiosos, que lá assistem, não lhes faltassem, continuariam com sua contumácia, porque não guardem os Interditos, e outras muitas circunstâncias que tudo constará dos papéis» [5].

Os papéis, anunciados por Salvador Correia chegaram a Roma, que avocou a si a causa do Interdito, como último recurso e salvaguarda dos Padres espoliados do seu Colégio por um acto de vio-

---

1. AHC, *S. Paulo*, ano de 1646-1647.
2. AHC, *S. Paulo*, ano de 1647.
3. Clado Ribeiro de Lessa, *Salvador Correia de Sá e Benevides* (Lisboa 1940) 41.
4. AHC, *S. Paulo*, ano de 1648, com 5 assinaturas.
5. Carta de Salvador Correia de Sá e Benevides ao P. Geral Vicente Caraffa, do Rio de Janeiro, 10 de Maio de 1648, *Bras. 3(I)*, 261.

lência, que se não podia protelar indefinidamente, sem lesão grave da justiça.

4. — O resultado foi em 1651 aquela decisão da Sagrada Congregação do Concílio, mantendo o Interdito e mandando citar perante si «os que deviam ser citados». A posição dos vereadores oposicionistas renitentes e dalguns Religiosos, que os sustentavam, apresentava-se agora com a decisão daquele Tribunal Supremo, bem mais difícil do que em 1648 com a simples aceitação do perdão, com a cláusula régia da reabertura do Colégio como acto de necessário e justiceiro desagravo.

Mas o que então se não fêz, ia enfim realizar-se, sob a égide do partido paulista dos Garcias, sob a direcção pessoal de João Pires e Fernão Dias Pais. No dia 13 de Junho de 1652, reüniram-se na Câmara de S. Vicente, os Procuradores das Vilas de S. Vicente, S. Paulo, Santos, Parnaíba, S. Sebastião, Itanhaém, Cananéia e Iguape, para se tratar da restituïção dos Padres a «estas Capitanias». Da Junta saíu uma proposta com 10 condições, como base da transacção amigável que se projectava. Parte das condições dizia respeito ao *passado*, parte ao *futuro*.

Tôdas as condições referentes ao *passado* eram aceitáveis, incluindo a da não aceitação por parte dos Jesuítas da Administração das Aldeias. Se se tivesse mantido esta cláusula, os Padres aceitá-la-iam de bom grado, porque tal resolução ficara assente, desde o tempo do Visitador Pedro de Moura, em Consulta realizada no Rio de Janeiro, e de que se tratou no Capítulo das Aldeias do Triângulo Fluminense.

A resolução tomada em 1643 pelos Padres de rejeitarem administrações de Aldeias, não se lhes pode imputar à falta de zêlo, mas à violência dos factos. E teve um efeito útil que foi facilitar o retôrno, dez anos depois. Os Padres não impuseram nem desejaram tal Administração, como condição da volta. Nem também depois. E assim quando alguns anos mais tarde, as Aldeias paulistas se desagregavam e o Governador Artur de Sá e Meneses pediu para elas outra vez Padres da Companhia, o Provincial teve a coragem de se manter coerente e soube responder que não tinha «por ora sujeitos que mandar» ... Mas esta condição, de não aceitarem administração de Aldeias, que constava na proposta de 1652, foi suprimida, e não consta da escritura amigável. Ficava livre aos Padres aceitá-las depois se assim conviesse. Há pois grande diferença entre a proposta de 1652 e a composição de 1653.

As outras condições, quanto ao *futuro*, eram também tôdas aceitáveis, menos duas, a saber, que os Jesuítas «nem publicarão nem consentirão publicar em suas Igrejas, Casas e Colégios, nenhum outro *Breve* algum, tocante à liberdade dos Índios, antes renunciarão a qualquer direito que tenham ou possam ter neste particular»; e que se no futuro intentassem alguma «novidade ou alteração, em razão da liberdade do gentio», poderiam tornar a ser expulsos da Capitania, «sem por isso os moradores dela incorrerem em pena alguma, pelo que se desaforam de todos e quaisquer privilégios e liberdades, que em seu favor possam alegar».

Tais condições, levadas ao Colégio do Rio, pelo delegado paulista, foram repelidas, por menos decorosas. Representavam um abuso do poder em matéria de consciência e jurisdição eclesiástica; e era cláusula, que os Padres não podiam aceitar, incompetentes como eram para assumir compromissos de cuja execução não eram senhores independentes como membros de uma hierarquia, com superiores acima de si, Prelados maiores, e Pontífices, cujas ordens de medidas, doutrinárias e morais, não estava em poder dos Padres julgar ou impedir antecipadamente.

5. — O emissário, que levou as propostas, voltou para S. Paulo. E os Jesuítas ficaram no Rio, ainda quási um ano, ao fim dos quais, melhoradas as coisas em Piratininga, enfim voltaram. Na «Escritura de transacção e amigável composição de 1653, debalde se buscam aquelas condições abusivas. Os que escreveram, a seguir à perseguição de 1760, emitiram juízos falsos sôbre os concertos feitos em 1653, quando dizem que os Padres aceitaram aquelas condições «humilhantes». Mostra que se não deram ao trabalho, que a probidade exige a quem julga actos alheios, de confrontar «o que se propôs» com o que «realmente se aceitou»[1].

---

1. Cf. *Rev. do Inst. Hist. Bras.*, LIX, 2.ª P., 101-106, onde se publicam os dois documentos: propostas feitas (1652), e a escritura de transacção e amigável composição (1653). Adiante se insere a Escritura de transacção amigável com as outras condições, com o que ficam também aqui os dois documentos no que têm de essencial, sem repetições.

A posição dos Padres, prudente e firme, foi esta: Em tudo o que era questão *prática*, por exemplo, serem ou não serem funcionários públicos como administradores das Aldeias, manterem ou desistirem de penas eclesiásticas por atropelos *passados*; tomarem como questão própria do Colégio de S. Paulo, o que era questão com as Missões Castelhanas por causa dos índios *anteriormente* cativos: disto, e ainda de outras questões práticas de interêsse material, de perdas e danos, podiam desistir os Padres como plataforma amigável para uma volta, da qual resultava a assistência espiritual e educacional que se não faria sem êles, e seria outro mal positivo a juntar-se ao da não assistência aos Índios. Em vez de uma ausência total, mal maior, cederam de uma parte, como mal menor, resultando para a terra, com o Colégio reaberto, um bem real, que S. Paulo pedia, e os Padres podiam dar. Tal é o espírito da composição amigável. Mas quando duas cláusulas quiseram sair do terreno *prático* para o de *princípios* e de *disciplina eclesiástica geral*, os Jesuítas mantiveram-se no seu lugar de sempre, e essas cláusulas impossíveis foram suprimidas no acôrdo final.

Existe a narrativa inédita do memorável acontecimento da volta dos Padres, inserta no *Sexennium Litterarum* (1651-1657), um dos mais valiosos documentos dêsse período importante, em que no Norte se unificou materialmente o Brasil, com o triunfo sôbre os holandeses, e no Sul se fêz a pacificação espiritual, que é o objecto dêste Capítulo. António Pinto, depois de contar a ida do emissário da Câmara de S. Paulo ao Rio em 1652, e de como não foram aceitas as propostas «*por menos decorosas*», entra a narrar os passos da reconciliação feita, da parte da Companhia, pelo P. Provincial Francisco Gonçalves, homem de espírito conciliador e realmente grande, como consta de outros actos da sua vida. Da parte dos Paulistas intervieram muitos que se irão dizendo, em nome do partido, que mais tarde se chamou dos Pires, e que ainda nesta altura se intitulava dos Garcias. Assinalaram-se em particular, Fernão Dias Pais, «o das Esmeraldas», de quem escreveu depois em 1681 o P. Domingos Dias, Reitor do Colégio de S. Paulo, que «expulsando os moradores desta Vila aós Religiosos da Companhia antigamente por falsas informações, êle os foi em pessoa buscar ao Rio de Janeiro à sua custa, e os tornou a meter de posse dêste Colégio onde estão, com sua muita autoridade e foros do seu poder, que tão grande era o zêlo e a piedade que tinha a que tôdas as Religiões se conservassem em sua pátria para o serviço de Deus»[1].

Escreve António Pinto, referindo-se ao ano de 1653:

«Para melhor inteligência das coisas, ainda que as famílias de Piratininga, na sua maior parte pediram constantes a volta dos nossos, houve entre elas uma que dispunha de fôrça e domínio, e desde o nosso destêrro mostrara ódio público à Companhia, e resistia agora à volta, com outros seus apaniguados da baixa plebe e menos consideração.

Os Piratininganos andavam divididos em duas facções: a dos *Garcias*, amigos da Companhia, cujo parecer seguiam os moradores mais nobres e em maior número, e a dos *Camargos*, hostil à Companhia, que arrastava alguma gente menos numerosa e de menos qualidade. Tendo os Camargos a administração da Câmara, quando se tratou de chamar de novo a Companhia, não podiam os Garcias com os seus partidários levar a cabo o seu desejo, dilatando-o até se oferecer ocasião idónea, que não tardou. Reüniram-se os Camargos na Câmara para promulgar a eleição dos Juízes e Vereadores do ano seguinte. Compreendendo os Garcias, pelo modo da eleição e pelos votos dos seus parentes e partidários, que ela não lhes seria favorável, fizeram junta e resolveram dois dos chefes dos Garcias apresentar embargos à Câmara, anulando a eleição. E ao mesmo tempo armaram-se em segrêdo para forçar os Camargos a aceitá-los, se os recusassem[2].

Aconteceu o que queriam os Garcias. Aceito o embargo, ambos os chefes, um de cada partido, escreveram para o Rio de Janeiro ao Ouvidor Geral, pedindo-lhes, em suas cartas, que houvesse por bem ir a Piratininga o mais depressa possível, para afastar da vila a funesta sedição que se anunciava e cada dia se excitava mais[3].

---

1. Informação do P. Domingos Dias, S. Paulo, 18 de Novembro de 1681, em Carvalho Franco, *Bandeiras e Bandeirantes de S. Paulo* (S. Paulo 1940)145.

2. Eram juízes ordinários Jerónimo de Camargo, do partido do próprio apelido, mas de que era então cabeça José Ortiz de Camargo, e Domingos Barbosa Calheiros. O mandatário dos Garcias, António Lopes de Medeiros, apresentou os embargos «dêle e dos mais assinados» a não se abrirem os pelouros «por dizerem ser nula a eleição que se tinha feito». E resolveu-se não se abrirem os pelouros até se determinar a causa dos embargos, lê-se na Acta da Câmara do dia 1 de Janeiro de 1653, *Actas*, VI, 7.

3. Ouvidor Geral da Repartição do Sul, Dr. João Velho de Azevedo.

E ao mesmo tempo, cada um dos chefes das duas famílias escreveu aos Padres, pedindo-lhes com delicadeza e instância quisessem voltar, com esta diferença, que os Garcias, amigos da Companhia, escreviam com sinceridade, e os Camargos com dissimulação, forçados pela necessidade de não prejudicarem a sua eleição, se se manifestassem como antes contrários ao nosso regresso a Piratininga.

Também os moradores de Santos escreveram honrosas cartas aos Padres, implorando com instância que voltassem, pois já se viam livres da violência passada, e estavam preparados e ansiosos para os receber, êles, que nunca teriam pensado em os expulsar, se não tivessem sido violentados a isso, como se sabe.

Entretanto, chegou ao Rio de Janeiro, vindo da Baía, o Provincial, e com o parecer dos Padres, do Prelado e do Governador, seguiu para Santos, para lá tratar do nosso regresso a Piratininga, e ao mesmo tempo elevar a Casa a Colégio, que dotara o muito ilustre senhor Salvador Correia de Sá, conhecido pela sua nobreza, já há muito amigo da Companhia e benfeitor insigne. Com ventos favoráveis e com 12 da Companhia entrou o Provincial no pôrto de Santos.

A 40 léguas ao sul do Rio, é a Vila de Santos, grande pôrto para naus, muito freqüentado da navegação, pelos abundantes alimentos que dali saem para todo o Brasil. Assim que se soube a chegada dos Nossos, o Capitão-mor, muito afeiçoado à Companhia, veio com os Vereadores da Câmara a duas léguas antes dos muros da Vila, à própria barra, e subiu a bordo da fragata dos Padres a congratular-se com êles [1]. E com grande pompa e comitiva de barcos acorridos de todos os lados a receber os Padres, chegaram ao cais, onde a multidão do povo tendo à frente os principais da Vila, os receberam com contentamento de rosto, com atenções e palavras, e muitos com a voz embargada de lágrimas de alegria. Começaram a repicar os sinos em tôdas as Igrejas, esvaziaram-se as casas, correndo todo o povo para o Colégio. Encheram o Terreiro, e uns diziam em alta voz os louvores da Companhia e outros iam beijar

---

[1]. O Capitão-mor da Capitania de S. Vicente, «muito afeiçoado à Companhia», era Bento Ferrão Castelo Branco, cuja acção neste caso da restituição da Companhia a S. Paulo, dá o Governador Conde de Atouguia como título de benemerência, em carta a El-Rei, de 30 de Abril de 1655, *Doc Hist.*, IV, 243; cf. Pedro Calmon, *História do Brasil*, II, 151.

com reverência a mão aos Padres. Assim que o cortejo chegou à Igreja do Colégio, dadas graças a Deus, fêz-se uma breve prègação de agradecimento a todos.

Nas visitas repetidas ao Colégio contaram os da terra as calamidades que tinham acontecido aos que haviam promovido a expulsão. Notou-se que o peixe, escasso até então, começou a aparecer em abundância, e interpretava-o o povo como castigo da Excomunhão. Até os Índios mais rudes diziam uns para os outros: *Voltaram os Padres, Deus lembrou-se de nós!* Correu a nova pelas terras vizinhas e cresceu o crédito da Companhia. E até a chuva, que antes se tinha detido com demasiados calores, se desatou das nuvens. Era quási infinito o número dos que vinham confessar-se com os Nossos. Na oitava da chegada dos Padres, publicou-se o Jubileu, com um sermão de acção de graças. Celebrou-se missa solene, e deu-se no começo dela a *absolvição plenária* tanto das *Censuras* como da *Excomunhão*.

Começaram logo as explicações do catecismo na língua brasílica, dadas pelos melhores línguas e com grande fruto dos Índios. Prègaram-se vários sermões sobretudo na Quaresma, durante a Semana Santa, cujas cerimónias se fizeram na Igreja. De Santos foram dois Padres à Vila de S. Vicente, capital desta Capitania, a pedido dos seus moradores, que enviaram cartas a dizer que queriam ser participantes com os de Santos nos manjares do céu. Havia alguns ódios entre os moradores, e por intervenção dos nossos se extinguiram, voltando a serem amigos. O povo não cessava de dar graças a Deus por ver a sua vila em paz.

Assim corriam favoráveis as auras desta reconciliação em Santos, quando os chefes do Partido dos Camargos, que eram então camaristas, vendo que os nossos lhes não participaram a chegada a Santos, cheios de desconfiança de que os Padres preparavam a ida a Piratininga, apoiados no braço do partido oposto, escreveram a preguntar porque é que nós, contra a sua vontade, tínhamos pôsto pé naquela terra, simulando os Camargos a mesma esperteza com que tinham escrito a carta que acima dissemos, protestando perante Deus e El-Rei, que não tentássemos igual entrada em Piratininga, porque se houvesse mortes, entre os moradores divididos, as imputariam à Companhia.

Responderam os nossos modesta e religiosamente à carta, dando-lhes os motivos por que os não avisaram. Lidas as cartas os Camargos convocaram o povo e trataram de o mover dolosamente e com tôda a habilidade contra nós, para o levar com os fáceis e súbitos impulsos, com que o povo costuma seguir os ventos da ocasião. Excepto uns poucos, todos os mais e com mais fôrça responderam com aclamações à Companhia, e pouco faltou para o caso se dirimir logo à espada.

Enquanto as coisas estavam assim tumultuosas em Piratininga veio do Rio a Santos o Ouvidor Geral, homem benemérito da Companhia. Todo o seu cuidado em Piratininga, logo que chegou, foi acalmar os dissídios dos moradores, fazer a correição dos delinqüentes e preparar nova eleição da Câmara. Vendo-se os Camargos incluídos com culpas na correição, quiseram aproveitar-se da situação, contra os Garcias, enquanto mandavam na Câmara. Para defraudar os Garcias da glória de nos chamar, mandaram buscar os Padres com a maior instância, com cartas, que levou o Juiz da Câmara pessoalmente a Santos. Apresentou a carta e a Provisão da Câmara para levar consigo os Padres a Piratininga e quanto mais depressa melhor. Consultando o assunto com serenidade, entenderam os Padres que não era caso para irem tão precipitadamente só com o parecer particular dos Camargos, sem consultar o Ouvidor Geral e os Garcias nossos amigos; e dilataram a intempestiva pressa do procurador dos Camargos até avisar os Garcias do que fazia Camargo em Santos».

O *Sexennium Litterarum* não diz quem era êste Camargo, já não Fernão de Camargo, o *Tigre*, mas Jerónimo de Camargo, nem isso fazia à sua narrativa, colocada no plano de entidades topográficas ou governativas, acima de nomes pessoais. Mas o caso pertence à história paulista, com o que se realizou então em S. Vicente e em S. Paulo, nessa semana restauradora.

Taunay, narrando a chegada do Ouvidor Geral Dr. João Velho de Azevedo, «disposto a agir contra os oficiais da Câmara que eternizavam os seus poderes», foi no dia 8 de Maio de 1653, «à Casa do Conselho, onde soube que o Juiz Jerónimo de Camargo havia fugido, levando a chave da porta do edifício, assim como a da arca e cofre dos pelouros» [1]. Sabia-se que tinha fugido e nada mais. Vê-se agora para onde fugira e o que fôra agenciar. Pregunta ainda Taunay se os Camargos seriam infensos à paz feita com os Padres da Companhia, «a que por falta de documentação não sabemos responder». Fica esclarecido êste ponto da história paulista. O Ouvidor Geral,

---

1. Afonso de E. Taunay, *História Seiscentista*, II, 83.

conforme as ordenações, editais e prazos legais, procedeu à nova eleição e foram eleitos: *Juízes ordinários*: Domingos Garcia Velho e Domingos Reis Mesquita; *Vereadores*: Francisco Cubas, Calisto da Mota e Gaspar Correia; *Procurador*: Sebastião Martins Pereira.

A eleição foi no dia 8 de Maio de 1653. A Câmara mandou logo chamar os Padres. O têrmo da vereança do dia 10 diz:

«Todos de mão comua, considerando a falta que os Reverendos Padres da Companhia fazem nesta Vila, assim para o serviço de Deus como pela conservação dos moradores desta Vila e mais Capitania, paz e quietação sua, e outras particulares conveniências, que a êste povo se seguirão da vinda dos Padres para o Colégio, que nes a Vila têm, acordaram que, aceitando o P. Reitor as condições seguintes, logo e sem dilação alguma fôssem os ditos Padres restituídos a sua Casa»[1]. As condições, expressas nas Actas da Câmara, e aceitas, já não incluem as rejeitadas pelos Padres no ano anterior. A Câmara enviou a Santos, como procuradores bastantes o P. Domingos Gomes de Albernás, visitador do Sul, e Francisco Rodrigues da Guerra, numa como visível reparação por ser o mesmo procurador que em 1640 assinara o auto do exílio.

Com o P. Provincial Francisco Gonçalves entre os 12 que o acompanharam, iam já nomeados os Reitores de S. Paulo, Francisco Pais, e o de Santos, Gonçalo de Albuquerque, pois de antemão tudo ficara assente no Rio entre o Provincial, o Governador e o Ouvidor Geral, com a certeza de que era essa a vontade do capitão-mor de S. Vicente, Bento Ferrão Castelo Branco e do povo de S. Paulo, representado pelo partido preponderante dos Garcias, que precisamente provocara os embargos à Câmara na abertura dos pelouros, para determinar a chamada do Ouvidor Geral e dos Padres.

Entre os Padres, que o Provincial levou consigo, ia também o P. Francisco Madeira seu secretário e futuro Reitor do Colégio do Rio, cujo nome se vê entre os signatários da composição amigável, registada na Câmara de S. Vicente, a 14 de Maio de 1653.

Falam alguns escritores em capitulações. São restos da documentação unilateral antiga, conservada e correntada, na segunda metade do século XVIII, em que se não podia falar dos Jesuítas, sem dizer mal dêles sob pena de represálias.

---

1. *Actas*, VI, 23-26.

Colocando o episódio no quadro geral da História de S. Paulo, êle corresponde a um facto verificado muitas vezes. A Vila ou Cidade de S. Paulo, vencedora no primeiro ímpeto, termina sempre por «composições amigáveis». História perpétua de conflitos, de divisões internas, de arreganhos com os de Santos, e os do Rio, e logo depois reconciliada numa linha quebrada perpétua. A razão é que S. Paulo, no seu pouso, pode impor a lei um instante, e defender-se; mas não pode viver isolado do resto do Brasil de que depende. Em breve estiolaria se nada recebesse ou vendesse fora do planalto ou se permanecesse em conflito permanente com o Rio ou resto do Brasil. A sua grandeza está em função tanto da admirável energia dos seus filhos como de elementos estranhos a si mesma. Estranhos, parcialmente, porque tudo é Brasil.

Em 1653 não houve vencedores nem vencidos. Mas a preeminência, logo na primeira cláusula, da questão do *Interdito*, em que os Jesuítas tinham o melhor partido, mostra que aos moradores não agradava a perspectiva de que se poderia prolongar, nem a alguns membros de outras Religiões, atingidos no mesmo Interdito, era fagueira a continuação de uma causa colocada no ponto em que estava em Roma. São coisas que mal se compreendem hoje, mas o historiador tem de colocar os factos dentro das circunstâncias históricas, que as geraram, produziram e sanaram. O têrmo de «composição amigável» representa com exactidão o espírito dêsse contrato, em que não houve capitulações de nenhuma das partes, mas em que ambas davam e recebiam, e amigàvelmente se entenderam, para o bem comum da terra:

6. — «*Escritura de transacção e amigável composição celebrada na vila de S. Vicente, na Câmara dela, aos 14 de Maio de 1653.* — Estando juntos os oficiais da Câmara dela, o juiz ordinário Pascoal Leite de Medeiros, e os vereadores Gonçalo Ribeiro Tinoco, Domingos de Meira e João Homem da Costa, e o procurador Tomé de Tôrres Faria, e também das pessoas da governança da terra, o capitão Lourenço Cardoso de Negreiros, o P. Domingos Gomes de Albernás, então visitador do Sul, e o Capitão Francisco Rodrigues da Guerra, ambos procuradores bastantes dos moradores e Câmara de S. Paulo para efeito de serem os Padres restituídos aos seus Colégios, se acordou da maneira seguinte:

«Primeiramente, disse o Reverendo Padre Provincial, e mais Religiosos acima nomeados, que êles prometiam e de efeito desistiam por via de transacção e amigável composição, de hoje para todo o sempre, de tôdas as queixas, acções e apelações, *especialmente da sentença apelada*, que sôbre o *Interdito* alcançaram, e prometiam que nunca em nenhum tempo prosseguiriam, nem inovariam coisa alguma sôbre a dita sentença, antes disse o dito Reverendo Padre Provincial que desde logo dava *plenária absolvição*, pelos poderes que para isso tinha, a tôdas e quaisquer pessoas que por qualquer via ou modo houvessem incorrido em algumas *censuras* ou *censura* de qualquer qualidade ou condição que fôsse ou haja sido.

Outrossim disse o dito Reverendo Padre Provincial e mais Religiosos que desistiam de todo o direito, que tinham ou podiam ter, sôbre as perdas e danos, ou injúria, que por qualquer via se lhes houvesse seguido na chamada expulsão, para em nenhum tempo alegar ou pedir, para que tudo fique em perpétuo silêncio e conservação da paz e concórdia, que pretendem ter; com declaração que se algum morador da dita vila, ou qualquer outra pessoa que tiver alguma coisa sua, assim móvel, como de raiz, que pertença a êles ditos Padres ou a seu Colégio, que contra êsses ocupadores e suas coisas poderão em particular requerer contra seus procuradores, para lhes darem conta de suas fazendas, e lhes pagarem e restituírem tudo o que como tais lhes forem obrigados.

Outrossim que não recolheriam nem ampararian em suas casas ou fazendas os Índios ou Índias dos moradores, serviços dos moradores, nem os consentiriam em suas fazendas e mosteiros, antes os entregarão aos seus donos com boas práticas para que os sirvam; outrossim disseram mais o dito Reverendo Padre Provincial e os mais Religiosos que desistiam e não seriam nunca partes na execução do *Breve*, que dizem ter de Sua Santidade, sôbre a liberdade do gentio, como também no substancial dêle [1].

Outrossim disseram os procuradores da dita Vila de S. Paulo e Câmara acima nomeados, que êles em nome de seus constituintes prometiam de dar aos ditos Padres ajuda que cada um pudesse vo-

---

1. O *Breve* de Urbano VIII, de 1639, agenciado pelos Jesuítas Castelhanos, e do qual se desinteressaram os Jesuítas Portuguêses. Questão concreta e determinada, relativa ao *passado*: nenhum compromisso para o *futuro*, a respeito de novos Breves ou Leis sôbre a Liberdade dos Índios.

luntàriamente, conforme sua devoção, para reformação do dito seu Colégio antigo; e em caso que o queiram mudar para outro sítio, lhes prometem a mesma ajuda, sem que desta promessa e oferecimento nasça obrigação alguma; outrossim prometeu e se obrigou o dito Padre Provincial e mais Religiosos a mandar vir em tempo breve e conveniente todos êstes concertos e condições acima declaradas, assinadas e confirmadas por Sua Majestade, que Deus guarde, e pelo Reverendo Padre Geral, que assiste em Roma, para que assim fiquem os sucessores do dito Padre Provincial e mais Prelados, que agora são e ao diante forem, obrigados a guardar tôdas estas condições acima declaradas, assinadas e confirmadas por S. Majestade, que Deus guarde, e pelo muito Reverendo Padre Geral, que assiste em Roma, não inovando coisa alguma, como dêles se deve confiar.

E por assim todos serem contentes, disseram que aceitavam *uns e outros* os ditos concertos e promessas e conveniências, e, para mais segurança e cumprimento de tudo o acima atrás escrito, disseram que obrigavam tôdas suas pessoas, bens móveis e de raiz, havidos e por haver, a nunca irem contra êstes concertos, e por teor desta disseram que haviam como revogados todos e quaisquer autos de concertos ou composições ou propostas que antes desta hajam feito, e só esta querem que se cumpra, tenha fôrça e vigor. E disseram mais o dito Provincial e mais Religiosos que, se nestes concertos e amigável composição, faltasse algum ponto de direito, cláusula ou solenidade alguma por declarar, que as haviam aqui tôdas por propostas, expressas e declaradas, de que mandaram fazer esta escritura neste Livro dos Registos desta Câmara, e que dela dessem os translados que cumprissem, onde todos assinaram com as testemunhas, Domingos Freire Jardim, Gaspar Gonçalves Meira, João Nogueira e Henrique Matoso, todos moradores desta vila e pessoas de mim escrivão da Câmara conhecidas. E eu António Madeira Salvadores, escrivão da Câmara, que o escrevi neste livro de registro. — O P. Francisco Gonçalves, *Provincial*; o P. Domingos Gomes Albernás; Francisco Rodrigues da Guerra; o P. Francisco Pais, *Reitor do Colégio de São Paulo*; o P. Gonçalo de Albuquerque, *Reitor do Colégio de S. Miguel*; o P. Francisco Madeira; Gonçalo Ribeiro Tinoco; Pascoal Leite; Domingos de Meira; João Homem da Costa; o Capitão Pedro Gonçalves Meira; o Capitão-mor Bento Ferrão Castelo Branco; Lourenço Cardoso de Negreiros; Manuel Lopes de Moura; Gaspar Gonçalves Meira; Henrique Matoso; Domingos Freire Jardim; João Nogueira¹.

7. — Assinada a Escritura, era o momento de subir a S. Paulo. Retomemos o fio da narrativa de António Pinto, no *Sexennium Litterarum*, desde a hora em que os Padres em Santos rejeitaram os oferecimentos de Jerónimo de Camargo:

«E nisto permaneceram até virem a Santos dois procuradores, homens principais de Piratininga, com cartas honrosas da nova Câmara, nas quais com a maior urbanidade e cortesia, todo o povo (*universa respublica*) nos rogava que nos dignássemos ir retomar a antiga Casa, dando ao olvido as injúrias outrora assacadas à Companhia pelo povo tumultuário; e que já tinha sido para o povo suficiente castigo a nossa ausência. Acharam os Padres que não se devia dilatar mais a ida e prepararam-se para ela. Mas primeiro foram à Vila de S. Vicente, cabeça das demais vilas desta região, para que no Livro da Câmara, onde tinha exarado o texto da nossa proscrição, ficasse expresso, também, o decreto da nossa chamada. Feito isto, puseram-se a caminho de Piratininga.

Piratininga, no interior, separada quási 14 léguas de Santos, fica a muitos graus para o sul do Equador e goza de clima europeu. A terra, mãe benigna, produz com notável fecundidade, trigo, vinho, figos e outros frutos. É fértil para a criação de gado, e reparte abundantemente os seus produtos com as demais terras do Brasil. Também é famosa em mananciais de oiro, e regada de freqüentes e puríssimas fontes. Campos de verdura quási perpétua pelo úmido dos vales. Tôda a região, a três léguas da costa, é fechada por altíssimos montes, sôbre os quais há o planalto capacíssimo de campos. O caminho é extremamente difícil, a uma légua da raiz dos montes, por estreitos carreiros, a pique até ao cimo, como quem sobe para o céu.

Os primeiros, que abriram caminho para estas terras, foram os nossos, *para prègarem a luz do Evangelho aos Índios* e fundar uma *Aldeia de Índios* cristãos, onde está agora a *Vila* ². Não muito

---

1. *Reg. Geral*, II, 371-375; Afonso de E. Taunay, *A Grande Vida de Fernão Dias Pais*, nos *Anais do Museu Paulista*, IV, 58-64. Documento muito reproduzido em diversos autores.

2. É a *Aldeia*, reconhecida por Leonardo Nunes, e *estabelecida* por Nóbrega, pessoalmente, no dia 30 de Agôsto de 1553, com a festa solene dos 50 catecúmenos,

depois, os Portugueses, persuadidos pelos Padres e defendidos da ferocidade dos bárbaros, mudaram-se para ali. E atraídos pela fertilidade do solo, também emigraram para êsse lugar muitos moradores da costa, de maneira que crescendo o número de moradores, *os Padres lhes deram sítios para fazerem povoação* por ser o local seguríssimo e ficarem livres das ciladas dos bárbaros. Andando o tempo, aquela pequena *Casa*, acrescentada com outras, e com afluência de gente, cresceu tanto, que hoje se calculam em 2.000 os seus moradores excepto os eclesiásticos e escravos, e fàcilmente ganha a primazia entre as mais célebres vilas do Brasil [1]. Os Colonos lavram a terra e a cultivam com o trabalho dos Índios, que cativam e tomam à fôrça nas guerras do sertão, pelo que odeiam os Portugueses e estão sempre dispostos a ciladas; e sem dúvida há matéria abundante e certa para êstes ódios na sua abatida ou perdida liberdade.

Tornando aos Padres, vencida a dificílima subida, chegaram êles ao cimo do monte, que os Índios na sua língua materna chamam *Paranarepiacaba* (sic), como quem diz *lugar da terra donde se vê o mar*. A montanha busca no seu tôpo o céu, de tal maneira que as nuvens andam por baixo, à roda dela, e lhe não escapa o mar. Tinham chegado a 7 léguas de Piratininga, acompanhados pelo Capitão-mor desta Capitania e muitos homens principais de Santos quando vieram ao seu encontro um corpo de cavaleiros elegantemente postos, e uma incrível multidão de Índios emplumados, armados com os seus arcos e frechas para maior festa e aparato. Nas congratulações, deram-se e repetiram-se os abraços, nem os olhos viam enxutos a cena. Concluídas as saudações, seguiram os Padres o resto do caminho, acompanhados dos cavaleiros e esquadrões de Índios. Já a fama da chegada enchera Piratininga, e fervia o povo pelas ruas. E não os contendo nela a alegria, derramou-se pelos campos, dando largas a suas manifestações. À entrada da Vila estava o Ouvidor

---

onde deixou dois Irmãos a prepararem mantimentos e a *Casa*, que se *inaugurou*, para eterna e gloriosa memória, a 25 de Janeiro de 1554, com o nome de *Casa de S. Paulo*.

1. O P. Vieira cinco anos antes, na descrição da América, sob o aspecto defensivo, incluída no *Papel Forte*, dá a S. Paulo setecentos vizinhos e muitos Índios: «S. Paulo, que fica dezoito léguas pela terra dentro, setecentos vizinhos e muitos Índios. Não tem fortificação alguma, nem a há mister, porque se defende com a Serra de Paranapiacaba (sic), alta de uma légua, na qual há um só caminho capaz de um só homem», Vieira, *Obras inéditas*, II, 46.

Geral e os Vereadores da Câmara, vestidos a primor e com as insígnias do seu ofício. Entre os braços dos moradores foram recebidos como em triunfo romano. As palmas, aclamações e o entusiasmo do povo foi tão grande que houve necessidade de se abrir e delimitar caminho para se chegar a êles sem atropêlo. Os Brasis, à compita com os Portugueses, exprimiam a alegria com brados, à sua maneira e na sua língua. Os sinos das Igrejas da Vila e das Casas Religiosas repicavam com freqüência. E assim, com esta pompa, entraram pelo mesmo caminho por onde tinham sido exilados. Foram à Matriz visitar o Santíssimo Sacramento. Quando entravam, o Vigário entoou o Salmo *Laudate*, que o côro concluíu solenemente. Daí foram para o Colégio, e à porta da Igreja, o Vigário entoou de novo o *Laudate*. O povo tinha enchido a Igreja, que mal se podia romper. Deram-se graças a Deus. E quando se deram também a todos quantos ali estavam, as lágrimas falaram mais do que as palavras. Enfim, subtraindo-se aos olhares do povo, que não se fartava de os querer ver, entraram os Padres para dentro do Colégio, onde foram objecto da caridade de todos, desde o mais pequeno ao mais alto [1].

Anunciou-se o Jubileu para a Festa do Espírito Santo, que estava próxima, para darem graças especiais a Deus. Veio ainda mais gente para o lucrar. No começo da Missa *levantou-se o Interdito* e deu-se a *absolvição das censuras*, publicando-se moderada penitência, que aceitaram mais do que ninguém aquêles precisamente que mais tinham molestado a Companhia e se haviam declarado, em público, inimigos dela. Houve vésperas solenes, prègação e Procissão. A Vila mostrou o seu regozijo, pondo luminárias durante três dias, os cavaleiros fizeram formoso torneio, e pelos terreiros e ruas se ouvia a cada passo o brado de *Viva a Companhia!*

Encerrado o concurso das freqüentes visitas dos moradores e dos assuntos mais urgentes, começou a catequese aos Índios na língua indígena e a doutrina ao povo mais rude. Baptizaram-se 11 adultos, que há muito viviam entre cristãos na lei do gentilismo. O trabalho das confissões foi assíduo. E, com serem poucos os confessores, em breve se contaram 3.600 confissões.

---

1. Bettendorff, narrando a vida do depois grande missionário da Amazónia e agora Provincial do Brasil, Francisco Gonçalves, já alude a esta manifestação sentimental da restituïção paulista, *Crónica*, 129.

Organizado o Colégio conforme o tempo o pedia, com 6 Jesuítas, 3 Padres e 3 Irmãos, instituíram-se duas escolas, uma de *Gramática* e outra de *Elementar*. O Provincial voltou para o Rio de Janeiro, com a maior saüdade dos Piratininganos, que o foram despedir com enorme cortejo até fora da vila» [1].

Assim se concluíu o famoso episódio. O Provincial, Francisco Gonçalves, que lhe deu o último remate, era homem considerável e grande, não só no tacto e destreza com que conduzia os negócios, como se viu agora, e já o tinha demonstrado no Espírito Santo, reconciliando em 1640 os chefes locais desavindos, para unidos darem combate aos holandeses, e na Baía, e em Roma e em Lisboa, como também no zêlo das almas e dos Índios, seguindo em breve para a mais remota e difícil das missões da Amazónia, onde ia ser o primeiro de quem consta com certeza ter explorado o Rio Negro, não o baixo Rio Negro, onde outros haviam estado antes dêle, mas até «por êle acima, a alguns gentios, que nunca tinham visto Portugueses», diz Vieira [2].

O Reitor, Francisco Pais, tinha boa fôlha de serviços como herói da guerra de Pernambuco, onde foi cativo dos Holandeses, e padecera os cárceres da Holanda [3]. O P. Francisco de Morais, como paulista que era, fôra parte preponderante com a sua família para a reconciliação e reabertura do Colégio. Além dêle, aparece em S. Paulo, em 1654, o Ir. Inácio de Azevedo, de Lisboa, com as funções de mestre de Elementar e professor de Latinidade [4].

Dos Paulistas, empenharam-se muitos e em grande número, desde aquela ameaça de batalha campal em Santos, logo em 1640, quando já queriam «concertos», até agora, numa luta porfiada com os Camargos, que durou 13 longos anos; assinalaram-se mais que todos, Fernão Dias Pais, e João Pires, unido aos Garcias por laços de casamento, chefe então dos Garcias, partido, que pelo prestígio do seu nome ficou a chamar-se dos *Pires*. Por esta paz e restituição dos Jesuítas a S. Paulo, João Pires «foi chamado o *Pai da Pátria*» [5].

---

1. *Sexennium Litterarum* (1651-1657) pelo P. António Pinto, Baía, 29 de Julho de 1657, *Bras.* 9, 23-24.
2. Cf. supra, *História*, III, 372-373.
3. *Bras.* 9, 208v-209.
4. *Bras.* 5, 190.
5. Informação de Pedro Taques, repetida pelos escritores ulteriores, cf. Azevedo Marques, *Apontamentos*, II, 26.

Os Jesuítas mostraram-se gratos à sua memória, dando-lhe sepultura honorífica na capela-mor da Igreja do Colégio. Fernão Dias Pais, primo-irmão do P. Francisco de Morais, sepultou-se na Igreja de S. Bento, de que se tornara também benemérito, na construção do seu Mosteiro. Os Jesuítas prègaram nas suas exéquias e ergueram-lhe um monumento mais duradoiro, pela pena do P. Domingos Dias, Reitor do Colégio, a 18 de Novembro de 1681, com o certificado ou *Elogio*, já famoso, que anda transcrito nos escritores, que tratam da vida do «Governador das Esmeraldas» [1]. Aliás muitos paulistas com os apelidos de Camargo, Bueno, e outros, que neste período se mostraram em luta com os Jesuítas, não por serem Jesuítas, mas em parte pela questão étnica (Portugueses, Castelhanos), em parte, sobretudo, pela questão da Liberdade dos Índios, mais tarde se tornaram amigos e benfeitores, e não poucos até membros notáveis da Companhia de Jesus.

---

1. Cf. Carvalho Franco, *Bandeiras e Bandeirantes de S. Paulo* (S. Paulo 1940) 144-150.

CAPÍTULO IV

Pacificação dos Garcias e Camargos

1 — Portugueses e Castelhanistas; 2 — A primeira intervenção pacificadora dos Padres, sobretudo Simão de Vasconcelos (1654); 3 — Segunda intervenção na grande luta do Vigário Albernás; 4 — Terceira e última com a paz de 1660.

1. — O Brasil foi teatro de lutas prolongadas, entre famílias, episódio social de equilíbrio e de interêsses, que se manifesta em tôdas as sociedades e latitudes, como desdobramento imediato de lutas individuais (Abel e Caim), que se generalizam depois a lutas de *localidades*, de *províncias*, de *nações* (etnias), e talvez amanhã de *continentes*, em que de ordinário entra em crise a justiça, nos seus diversos aspectos desde o menor (privado) ao maior (internacional e público).

Em S. Paulo manifestou-se a luta durante a união das Coroas de Portugal e Castela, entre duas famílias principais, a dos Garcias, que representava o elemento português, e a dos Camargos, que representava o elemento castelhano, que à sombra daquela união, acorrera a S. Paulo, como à sombra da mesma união tinham ido muitos Portugueses para o Rio da Prata [1].

---

1. Um dêles entrou na Companhia na Província do Paraguai, o Ir. Manuel de Sousa, natural de Caminha, que fôra para Buenos Aires em busca das Minas do Peru e dizem as Cartas Ânuas Paraguaias que foi chamado à Companhia, a mais verdadeiro tesouro, o das virtudes. Faleceu três anos depois de entrar em 1635 ou 1636. «Angelicis plane moribus», cf. *Litterae Annuae Prov. Paraquariae* (Insulis 1642)18. Mas a fieira tinha principiado um século antes com António Rodrigues e outros, cf. Serafim Leite, *Nota para a história dos Portugueses no Rio da Prata*, em *Brotéria* (Lisboa, Dezembro de 1935)344-346, e o que se diz no Tômo I desta *História*, 333ss, no Capítulo da *Fundação da Missão do Paraguai*. Um livro recente, Alice Piffer Canabrava, *O Comércio Português no Rio da Prata (1580-1640)* (S. Paulo 1944), traz outra e vasta bibliografia sôbre a actividade dos Portugueses no Rio da Prata, sob o aspecto *comercial*, nesse período da união das duas Coroas.

Pode-se talvez enxergar o primeiro indício da luta na aplicação do castigo a António Raposo Tavares, pelo desacato à Aldeia de Marueri, em que votou contra êle Amador Bueno, e deve ter cavado funda animosidade entre o filho do castelhano e o famoso bandeirante português.

Alegava António Raposo Tavares, que tivera uma desinteligência com os Padres do Colégio de S. Paulo, assunto sanado, e de que já estava absolvido. E acresce a circunstância da sua excomunhão ter sido declarada em nome do Vigário da Parnaíba, Juan del Campo y Medina, castelhano, e não do Reitor do Colégio, P. João de Mendonça, ausente então de S. Paulo. O facto é que nem durante a grande crise de 1640, nem depois, vemos o nome de António Raposo Tavares em acto algum hostil contra os Padres Portugueses, na Vila de S. Paulo ou fora dela. Vemos, pelo contrário, que a 3 de Abril de 1641, ao aclamar-se D. João IV em S. Paulo, na Acta, logo depois do Capitão-mor João Luiz Mafra, que se mostrara amigo dos Padres, assina António Raposo Tavares [1].

A aclamação de D. João IV fêz-se no Colégio do Rio, a 10 de Março de 1641. Logo no dia seguinte o Governador do Rio, Salvador Correia de Sá e Benevides, enviou o Capitão Artur de Sá, às Capitanias de Baixo, S. Vicente e S. Paulo, com os documentos oficiais e cartas «a muitos particulares dos nobres do povo». E mandou-o numa canoa esquipada, «por se adiantar, antes que acaso chegasse *aviso de Castela*, que os pudesse neutralizar» [2].

O êxito que teve a aclamação de D. João IV, em Santos e São Paulo, mostra que se procedeu com a mesma presteza, sigilo e prudência que no Rio, e se conseguiu o intento, «neutralizando-se» a tempo os elementos castelhanistas da Vila.

Sôbre o papel que Amador Bueno teria ou não teria nessa emergência são omissos os documentos da Companhia, facto cuja interpretação deixamos aos historiadores paulistas, e talvez não favoreça a tese da sua aclamação como «rei», *independente de Castela*, aclamação de que só se começou a falar mais tarde, sendo de 1700 o mais

---

1. Cf. *Registo Geral*, VII(Suplemento)203-205.
2. «Da Aclamação que se fêz na Capitania do Rio de Janeiro do Estado do Brasil e das mais do Sul, ao Senhor Rei D. João IV», na *Rev. do Inst. Hist. Bras*, V, 324.

antigo documento, que a ela se refere [1]. Feita a observação, não nos pronunciamos na querela apaixonada. E basta, por si só, para glorificar a memória de Amador Bueno o não se ter prestado aos manejos dos seus genros castelhanos e os mais dessa tendência. A sua lealdade a Portugal ou ao Brasil, herdeiro histórico de Portugal na América, deve-se buscar talvez no predomínio da educação familiar. Consta efectivamente o influxo das mulheres paulistas, sobretudo o materno; e no caso do Colégio de S. Paulo, em 1640, ao tratar-se da publicação do Breve de Urbano VIII e dos primeiros distúrbios, declararam-se, como vimos, a favor do Colégio, além de *importantes paulistas*, os *estudantes*, os *meninos* e as *mulheres*. Amador Bueno, filho ainda de castelhano, era já filho também da paulista Maria *Pires*, apelido aliado ao dos Garcias, que encarnou em S. Paulo a resistência aos Camargos e Rendons, um dos quais, João Mateus Rendon, castelhano, vindo para o Brasil em 1625, genro de Amador Bueno, tomou parte activa no destêrro dos Padres em 1640, e dêle se diz que «foi o que mais parte teve para a aclamação do seu sogro» [2]. Amador Bueno teve ainda outros filhos e filhas, uma das quais Catarina Ribeiro casou em segundas núpcias com o Capitão-mor António Ribeiro de Morais e foram ambos grandes benfeitores do Colégio de S. Paulo.

Com o chefe dos Camargos, Fernão Camargo, o *Tigre*, tinham-se encontrado os Jesuítas Portugueses do Brasil em 1635 em Santa Catarina e Rio Grande do Sul, no terrível duelo que durava anos, entre os Jesuítas Portugueses, que tentavam fixar-se naqueles confins, com missões quer volantes quer estáveis, e as bandeiras despovoadoras, que os impediram, impedindo talvez com isso que o Rio Grande do Sul entrasse na órbita do Brasil um século antes da sua encorporação definitiva. Os Padres Inácio de Sequeira e Francisco de Morais em 1635 aí acharam uma grande bandeira marítima e contam longamente o que sucedeu. Mas é história ainda quási desconhecida, e de que se tratará adiante no seu lugar próprio, as Missões dos Patos. Alude-se aqui a ela, apenas para mostrar como Fernão de Camargo, o *Tigre*, se aproveitou em 1640 do incidente do Breve de Urbano VIII para tirar do seu caminho os que combatiam os inimigos da colonização luso-brasileira, estável, na costa marítima do Sul. Aos Jesuítas

---

1. Taunay, *História Seiscentista*, I, 231.
2. Azevedo Marques, *Apontamentos*, II, 25.

do Colégio acompanhavam porém outros moradores de S. Paulo, alguns dos quais vieram a constituir o partido português, cuja preponderância se acentuara depois de 1641.

A primeira manifestação conhecida das lutas dos Garcias e Camargos foi logo nas praias de Santos, aquela de 1640, entre os que de S. Paulo aí desceram, em som de guerra, com toques de buzinas e disparos de arcabuzes. Apoderaram-se de um bairro de Santos. Dêsse bairro «ameaçavam os da Vila de Santos, se não executassem o que se havia acordado; e, havendo ali, *entre os mesmos de S. Paulo, vários pareceres, uns que queriam concertos, e outros não*, estiveram para se *matar uns aos outros*»[1].

As lutas, assim iniciadas, passaram ao planalto e aí continuaram por longos 20 anos. Em 1640 preponderavam ainda os Castelhanistas sob a prevalência da Coroa de Castela. Começaram a perder terreno depois da aclamação de D. João IV; e, com algumas alternativas, o foram perdendo sempre, até à vitória dos Garcias em 1653. A pouco e pouco havia-se firmado como irrevogável a idéia da Restauração Portuguesa. Portugal já não temia Castela; no norte do Brasil os Holandeses iam de vencida, prestes a serem desalojados definitivamente. Contudo, ainda algum tempo o partido castelhanista se manteve em posição equívoca. Durante o seu consulado, *depois da batalha de Mboreré*, explica-se mal que não fôssem atacadas as posições espanholas ao *sul* de Piratininga, acto que dada a guerra com Castela (excepto o caso da escravização), seria normal, legítimo e patriótico. Aliás os documentos, publicados modernamente, em particular a correição do Dr. João Velho de Azevedo, apontam actos evidentes de castelhanismo. Entre êles o de um Manuel Gil, genro de Fernão de Camargo: «Vivam os Camargos, que eu estou em S. Paulo, e vivam os Castelhanos»[2].

Em 1653, ao voltarem os Padres, estava já decadente o partido castelhanista, como reflexo geral da restauração portuguesa triunfante, e todos se empenhavam em alijar responsabilidades, degenerando o carácter étnico destas lutas, para o de predomínio e equilíbrio de chefes locais.

---

1. Carta do P. Jacinto de Carvalhais, Superior da Casa de S. Miguel de Santos, 11 de Setembro de 1640, Gesù, *Colleg.*, 20.

2. Cf. Durval Pires de Lima, *A devassa do Dr. João Velho de Azevedo em Brasília*, I(Coimbra 1942)219.

Começa aqui a intervenção apaziguadora dos Padres da Companhia de Jesus do Colégio de S. Paulo.

Em 1640 os Jesuítas foram vítimas do partido castelhanista ou escravagista, tão forte então, que agregou a si muitos elementos opostos, não todos; em 1653, os mesmos Jesuítas foram chamados pelo partido português, que tinha conseguido impor-se. Nesses primeiros conflitos, quer na saída quer na volta, a atitude dos Padres fôra passiva, e durante a sua ausência de S. Paulo, nula, a não ser que do Rio, Baía, Pernambuco e Lisboa, o facto de se declararem aberta e activamente pela Restauração, desse alento e prestígio aos que em S. Paulo, fronteira sul com as terras de Castela, sustentavam a mesma causa. Depois da volta a S. Paulo, a atitude dos Padres tinha que ser forçosamente activa, como de facto foi, não de partido, mas de congraçamento de todos para o bem comum. Congraçamento, não só porque era o que requeria o carácter religioso dos Padres, mas também por motivos de ordem prática, a saber, que o Colégio era freqüentado pelos filhos dos dois partidos em luta, e porque o bem real de S. Paulo estava na paz e não na guerra civil dos seus filhos entre si.

2. — A primeira grande intervenção dos Jesuítas foi um ano depois da volta. Estava então em S. Paulo como Visitador do Colégio, o P. Simão de Vasconcelos. É ainda António Pinto, o cronista inédito que relata com tantos pormenores a volta dos Padres em 1653, que remata essa narrativa com a notícia da paz de 1654. Advertimos que os documentos, coevos, da Companhia, falam sempre e ùnicamente de *Garcias* e *Camargos*. A denominação de *Pires*, em vez de *Garcias* parece corresponder menos ao facto em si mesmo, do que ao predomínio ulterior do apelido *Pires* nos descendentes dos Garcias:

«Tinha passado um ano já depois da volta do Provincial [Francisco Gonçalves], quando mandou um Padre grave a visitar como é costume, o Colégio de Piratininga. Recebido com estima pelos moradores, a visita redundou em grande utilidade para a Vila. A facção dos *Camargos*, vendo que prevaleciam os *Garcias* nos cargos da Câmara, abrogada a eleição que tinham feito, levaram o caso a mal e não deixaram de fazer quanto puderam para voltar as coisas a seu favor contra os *Garcias*. Mandaram um homem [1] à Baía, capital do

---

1. José Ortiz de Camargo.

Brasil, o qual, tratando com o tribunal da Relação arranjou o caso ao sabor dos seus desejos, e voltou triunfante a Piratininga. Souberam-no os *Garcias* por muitas cartas. Fizeram junta à pressa e puseram-se em armas para impedir o intento dos Camargos, e, se fôsse preciso, atacá-los com violência.

Sabendo disso, resolveram os *Camargos* fazer o mesmo, apelilidaram à pressa os seus índios, distribuíram armas, vestiram couraças e vigiaram os caminhos. E todos se aprestaram de um lado e outro. Os mais fogosos dos *Garcias* foram esperar ao caminho o procurador dos *Camargos* para o matar. E já por leves questões alguns Índios se matavam uns aos outros. O tumulto chamou a atenção dos Padres, e, descoberta a causa e em que perigo se punha a terra, o Visitador saíu de casa e foi procurar os cabeças do motim, de ambos os partidos, e lhes rogou que vissem em que funesta situação se punham a si e ao povo, e a ruína em que se precipitavam. Com palavras e argumentos moveu os obstinados a juntar-se no nosso Colégio, para se decidir com mais razoável conselho o que convinha fazer, para não exporem o povo a tão manifesto perigo. Reüniram-se no *Pátio do Colégio* os chefes dos partidos e os Prelados das Religiões, e assentou-se, como único e eficaz remédio, que o procurador dos *Camargos* não pusesse em execução a sentença da Relação da Baía, enquanto os *Garcias* não apresentassem as suas razões ao mesmo Tribunal, pois a sentença fôra dada sem os ouvir [1].

Fêz-se escritura pública, que todos assinaram, excepto o chefe dos Camargos, que não veio à reünião, mas deu-se poder aos outros da sua facção para alcançar dêle a assinatura. Tomada a resolução, dissolveu-se a junta. E eis que no dia seguinte, de manhãzinha, foi mais veemente a loucura, e mais cego o furor das armas, que se apoderou dos moradores. Os *Garcias* carregavam sôbre os *Camargos*, e êstes retrucavam. Ouvindo o ruído do conflito, veio um mensageiro ao Colégio Atraído pelo barulho, onde era maior o estrépito dos ma-

---

1. Pedro Taques, que narra êstes sucessos, omite a cláusula *suspensiva*. Mas ela explica a anulação e repreensão de El-Rei D. João IV aos actos de José Ortiz de Camargo, nomeado pelo Conde de Castelo Melhor, cf. Carta de El-Rei D. João IV à Câmara de S. Paulo, de 11 de Dezembro de 1654, em Afonso Taunay, *História Seiscentista*, I, 194. Aliás Taunay, que segue a narrativa de Pedro Taques, chama-lhe «algo suspeito», *ib.*, II, 95, como aliás o é em tantas coisas. Cf. Carta Régia de 11 de Dezembro de 1654 ao Conde de Atouguia, sôbre o mesmo assunto, aprovando a correição do Dr. João Velho de Azevedo, *Doc. Hist.*, LXVI, 69-70.

chados e das espadas dos combatentes, o P. Visitador foi ter com os chefes dos *Garcias*, lembrou-lhes o que se tinha assentado, exprobando-lhes a violação do compromisso. Responderam-lhe que haviam de ser mais ferozes do que os tigres do Cáucaso contra os seus inimigos, porque o chefe dos *Camargos*, causador de tudo, não quis assinar a escritura e pôs-se forte. O Visitador toma a escritura, corre aos *Camargos* e implora do seu chefe e responsável, homem refractário e apegado ao próprio juízo, sem temor a perigos, nem a escrúpulos de lançar a Vila em tão grande calamidade; e com palavras persuasivas o cerca, insta e cerra a porta a explicações, até que, acalmada a cólera, escreveu enfim o nome na escritura. Com o papel na mão, volta logo o Visitador para o meio do conflito a apaziguar os ânimos, mostrando-o a todos. — Vitória sem sangue nem mortandade, com que por fim se acalmaram os espíritosi dosrrita e se evitou a destruição da Vila.

Vindo depois o sossêgo e a ponderação, é que se conheceu o terrível perigo que houve. A maior parte dos chefes Paulistas foram agradecer aos Padres a sua intervenção e solicitude» [1]

A reünião foi a 9 de Fevereiro de 1654 no Colégio, de que era Reitor o P. António Rodrigues, que trinta anos antes havia estado em S. Paulo [2], e que assina o têrmo de pacificação com outros Prelados das Ordens Religiosas e o Vigário da Matriz. Comenta Afonso de E. Taunay, com a sua incontestável autoridade em assuntos paulistas: «Presidiu a êste movimento pacífico um Jesuíta ilustre, o autor da *Crónica da Companhia de Jesus*, Simão de Vasconcelos. Era uma demonstração de que os inacianos pretendiam o bem dessa população, que havia pouco ainda tanto os maltratara» [3].

Simão de Vasconcelos foi nomeado no ano seguinte Provincial. Já estava na Baía quando o novo governador do Brasil, Conde de

---

1. *Sexennium Litterarum*, pelo P. António Pinto, 25. Os chefes paulistas, além dos Camargos e dos homens da Câmara dêste *ano* e do *anterior*, solidários, eram mais alguns, como Garcia Rodrigues Velho, chefe ao menos nominal do partido dos *Garcias*, Gaspar Godoi Moreira, Francisco Rodrigues da Guerra, António Ribeiro de Morais, João *Pires* (o *Pai da Pátria*), do qual se tirou o nome para a denominação do partido, e outros, sem contar Inês Monteiro de Alvarenga, por antonomásia a *Matrona*.

2. Cf. S. L., *Leonardo do Vale, autor do primeiro Vocabulário na Língua Brasílica* (1591) em *Verbum*, I (Rio 1944) 22.

3. Taunay, *História Seiscentista*, II, 93.

Atouguia, ouvido o seu parecer e o de outros em resposta às queixas de Francisco Nunes de Sequeira (dos Garcias) e José Ortiz de Camargo, passou a Provisão de 24 de Novembro de 1655, regulando as eleições camarárias de S. Paulo, entre os dois partidos e perdoando os crimes que constavam das devassas, e que o fazia pela gravidade da situação, que «envolvia também *razões políticas*, que não menos deve o Governador atender que às da justiça, quando estas são tão explícitas como as do Estado»[1].

Da sua actuação em S. Paulo, e da boa disposição dos moradores e homens da Câmara nesse e nos anos seguintes, informou o P. Simão de Vasconcelos ao P. Geral, Gosvínio Nickel, o qual, em carta de 26 de Outubro de 1658, agradece ao «nobre senado» em geral, e «a cada um dos seculares que nêle assistem», a «muita graça e benevolência», que os Padres do Colégio dêles experimentaram; e certifica-os de que «vivem e viverão sempre» em sua memória «os benefícios recebidos e a lembrança dos benfeitores, diante do divino acatamento»[2].

Talvez a carta do P. Simão de Vasconcelos se refira já também à nova ocasião, que tiveram os Padres do Colégio, de intervir em novo apaziguamento do povo, contado na *Ânua de 1657-1658*.

3. — Informa ela do imenso serviço que tinham os Padres em Piratininga. Eram 6, mas para o trabalho, que havia, não bastariam 60, «tão grande é a cópia de escravos índios», que só um e o mesmo homem «tem dois mil índios escravos», e «quanto mais numerosos são mais miseràvelmente se doutrinam». Ocupam-se os Padres em os cultivar e ensinar dentro das suas possibilidades:

«Nesta vila costumam desunir-se tanto os ânimos e os corações, e semear nêles o comum inimigo tanta semente de discórdias e ini-

---

1. Cf. Azevedo Marques, *Apontamentos*, II, 113. A Francisco Nunes de Sequeira, segundo Pedro Taques, fêz-se o retrato com a legenda de «Redentor da Pátria» (cf. Taunay, *História Seiscentista*, II, 119). Francisco Nunes de Sequeira era cunhado de João Pires, o qual, por sua vez, cognominado o «Pai da Pátria», por ter promovido a volta dos Jesuítas a S. Paulo, cf. Azevedo Marques, *Apontamentos*, II, 26.

2. Cf. *Registo Geral*, II, 552. A carta, em parte ilegível, transcreve-a Taunay, *História Seiscentista*, I, 195. O nome do P. Geral Gosvínio Nickel (Goswin), que governou a Companhia de Jesus de 1652 a 1664 anda nos diversos autores de forma irreconhecível.

mizades, que até entre parentes as contendas se não dirimem senão à força de armas. Por isso os Nossos estiveram em causa mais de uma vez, e, se não fôssem êles, ou a vila ou uma família inteira teria sido destruída.

Tendo expulsado com violência o Vigário, para o admitir de novo levantou-se tal sedição entre o povo que os chefes dos partidos pegaram em armas e começaram a guerra que não acabaria em triunfo para ninguém [1].

Armaram-se mais de 5.000 homens, que desordenadamente combatiam de lado a lado. E já tinha começado a batalha, quando o souberam os Padres do Colégio. Enquanto um Padre no Colégio celebra missa do Divino Espírito Santo e os outros ficam diante do Santíssimo Sacramento Exposto pedindo o apaziguamento, corre o P. Reitor a pacificar os ânimos enfurecidos, a raiva tartárica e louca dos contendores. E mitigando um pouco a fúria de uma facção, arrastou a outra, com a eloquência das suas palavras, a sair da vila. E feita a paz se extinguiu a sedição, que com tão mútua matança era de temer, na opinião de todos, se destruísse o solo pátrio. Morreram 15 índios frecheiros a maior parte horrìvelmente cortados. Aqui resplandeceu a caridade da Companhia em enterrar os mortos e em cuidar dos feridos, entre os quais havia um que não tinha merecido muito da Companhia, o que foi de edificação e exemplo. E para que não ficasse faúlha, que reacendesse nova discórdia, foi o Reitor pelas casas dos homens obstinados a que depusessem as cóleras e resolvessem as coisas à boa paz. Oxalá esta paz desejada e esperada se mantenha e confirme» [2].

A querela com o Vigário Domingos Gomes Albernás, nomeado pelo Prelado do Rio de Janeiro, vinha já de algum tempo antes [3]. Queriam que se nomeasse outro clérigo, que fôsse de boa vida, cristão velho e letrado. Ignoramos se teriam fundamento estas insinuações, não provadas na carta, e de uso e abuso tão corrente naqueles

---

1. Porque o próprio triunfo, nas guerras civis, é derrota... Trata-se do Vigário Domingos Gomes Albernás e do período agudo das guerras dos «Pires e Camargos», «de cujos pormenores só nos restam as mais escassas e vagas referências» — diz Taunay, *História Seiscentista*, I, 263.

2. *Bienal de 1657-1658*, por Alexandre de Gusmão, de ordem do Provincial Baltasar de Sequeira, *Bras.* 9, 62.

3. Cf. Carta dos oficiais da Câmara de S. Paulo, a El-Rei, 22 de Novembro de 1655. AHC, *S. Paulo*, ano de 1655.

tempos [1]. Albernás, porém, deu mostras de se identificar com o ambiente paulista, como outro qualquer chefe local e dos mais fortes. No princípio apoiou-se ou era apoiado pelos *Garcias*. Com o tempo e entrelaçamento matrimonial dos *Garcias* e *Pires*, com os *Camargos*, durante o longo período do seu Paroquiato de S. Paulo, vêem-se em diversos tempos à roda de seu nome, apelidos de tendências diversas. É sem dúvida uma figura paulista das mais vigorosas na segunda metade do século XVII.

4. — A cláusula daquela carta *Bienal de 1657-1658* revela ainda receio de que a paz se viesse a perturbar de novo e se não confirmasse. Efectivamente, não passou de tréguas, e a luta reacendeu-se. Até que, enfim, estas guerras, que desde 1640, durante 20 anos, tinham fundamente perturbado Piratininga, acharam o seu epílogo a 25 de Janeiro de 1660, dia em que se comemora a fundação da cidade. O facto é conhecido e anda narrado pelos historiadores das coisas de S. Paulo.

A Ânua inédita de 1659-1661 conta como foi, e dá outras notícias sôbre a actividade ministerial do Colégio, importante e ampla:

«Em Piratininga é tanta a cópia de Portugueses e Índios e há tantos lugares vizinhos, cheios dêles, que somos obrigados a ajudar a uns e outros, e é tão grande a ocupação dos Nossos, que se no Colégio houvesse mais todos teriam que fazer, ainda que só se ocupassem com os Portugueses. E se esta ocupação se compara com a que se toma com os Índios, parece nada. Digamos de uma e outra. Primeiro dos Portugueses, depois dos Índios.

Com os Portugueses, tanto na nossa Igreja como nas outras, fizeram-se prègações, cuja utilidade se reconhece ao perto e ao longe; mas sobretudo se empregaram os Padres em apaziguar os espíritos encolerizados. Acabou a cruel contenda entre os moradores, que aumentando dia a dia, era ocasião de muitas mortes. Dava-se a contenda entre os que obedeciam a vários chefes e cabeças [2]. De uma e outra parte seguiam homens armados de arco e frecha e não poucos

---

1. AHC, *S. Paulo*, ano de 1655.
2. Eram três os cabeças: o Capitão Fernão Dias Pais, o Capitão José Ortiz de Camargo, o Capitão Henrique da Cunha Gago, que assinam a acta da paz, «por si e em nome de suas famílias e parentes, amigos e aliados, presentes e auentes».

de ferro; já tinham vindo às mãos, e dos combates de espada e dos tiros já uns tinham morrido, e outros sido feridos atrozmente. Com tantos estragos, ia-se perdendo a esperança da paz. Todavia como se esperava remédio de Aquêle, em quem a clemência e misericórdia é igual ao poder, os Nossos, confiados nêle, trataram com tôdas as suas energias de compor as coisas. Falam tanto com os senhores como com os seus dependentes e mostram os inconvenientes do dissídio e discórdia e que se havia pleitos era melhor decidi-los com o direito do que com o ferro uns com os outros, para vencer tão atroz e perigosa contenda. Não foi inútil o intento, e Deus concedeu o sucesso que se esperava. Aplacados os espíritos, parou a sedição [1].

Não desta *luta*, mas do nosso *Ginásio* [2], saíram alguns que preferiram aos divertimentos livres da vida, a austeridade dos cláustros; muitos entraram noutras Famílias Religiosas, alguns na nossa.

Com a salvação dos Índios não foi menor o cuidado. Explica-se-lhes o catecismo com acurada freqüência. E não poucos, depois de muitos anos, voltaram a curar as chagas da sua alma. As confissões não só de Índios, mas de Portugueses foram 4.192, ministrou-se o Divino Sacramento do altar (Eucaristia) a 3.108; matrimónios, 16; baptizados, 122» [3].

Tal foi o epílogo das lutas de Garcias e Camargos. O castelhanismo de 1640 tinha-se atenuado. A paz de 1668 entre Portugal e Espanha pôs-lhe têrmo definitivo, enquanto a acção do coração entrelaçava nos casamentos os jovens de tôdas as famílias, que já nada sabiam nem queriam saber do que se passara 20 ou 30 anos antes. E grande número de apelidos que outrora se achavam em guerra uns com os outros, os vemos entre os amigos dedicados da Compa-

---

1. Salvador Correia de Sá e Benevides, Governador Geral da Repartição do Sul desde 1659, enviou a S. Paulo o Ouvidor Geral da mesma Repartição, Dr. Pedro de Mustre Portugal, que deu posse de Capitão-mor da Capitania de S. Vicente a António Ribeiro de Morais, amigo da Companhia. Além do P. Manuel Pedroso, Reitor do Colégio, assinam a acta da paz outros Prelados das Religiões que também fizeram o que as circunstâncias pediam do seu zêlo. Cf. Taunay, *História Seiscentista*, II, 139; Id., *A Grande Vida de Fernão Dias Pais*, nos *Anais do Museu Paulista*, IV, 100.

2. Em latim, jôgo de palavras: «non ab hac *gymnade* sed a nostro *Gymnasio*».

3. «Annuae Litterae Brasiliensis Provinciae ab anno Millesimo Sexcentesimo quinquagesimo nono usque ad Millesimum sexcentesimum sexagesimum annum», Bahiae, 12 Junii 1661, Baltasar de Sequeira (Provincial), *Bras.* 9, 128-128v.

nhia. E como amostra dêste entrelaçamento vamos achar, alguns anos mais tarde, entre os amigos da Companhia, êste nome simbólico, Fernando de Camargo Pires [1].

Mas se perderam definitivamente o carácter étnico, desprovido agora de tôda a sua significação e razão de ser, nem por isso se suprimiram de uma vez as lutas entre paulistas, dada a natureza agreste das bandeiras e do modo de vida local. Todavia as perturbações, que ainda aqui e ali se assinalam, e nas quais intervieram os Padres para as apaziguar, e se vão contando nas *Cartas Ânuas*, devem-se filiar já a questões de interêsses económicos ou de política local. Mencionam-se graves conflitos (é o período da *Guerra dos Emboabas*), pacificados pelos Jesuítas em 1708, 1711, 1712, 1714, e 1716.

O dêste último ano foi a 12 de Setembro, verdadeira batalha campal entre dois grupos, cujos chefes eram próximos parentes entre si (não se discriminam apelidos de *Garcias* ou *Pires*, nem *Camargos*, nem outros quaisquer).

Tratava-se de uma questão de limites e demarcações de terras. Feitas e frustradas diversas tentativas de pacificação, os próprios contendores colocaram a última resolução de tudo nas mãos dos Jesuítas, de quem uns e outros eram afeiçoados. Depois de parlamentarem, os Padres levaram as duas partes à Igreja do Colégio, e nela se lavrou entre os contendores o pacto de amizade e de paz [2].

---

1. Cf. Fonseca, *Vida de Belchior de Pontes*, 228
2. *Bras. 10*, 62v; *Bras. 4*, 180; *Bras. 10*, 134v.

CAPÍTULO V

Em crise outra vez a liberdade dos Índios

1 — Feita a paz com Castela (1668) renasce a questão servil; 2 — Os Padres pensam em deixar definitivamente S. Paulo e fechar o Colégio (1682); 3 — Opõe-se o povo de S. Paulo e acode o Provincial Alexandre de Gusmão (1685); 4 — Mantém-se a crise.

1. — O período que se seguiu à volta de 1653, foi de prestígio para os Padres, cuja actividade se desenvolveu sobretudo no apaziguamento dos espíritos entre as facções paulistas, na reorganização das fazendas e Aldeias privativas, na catequese dos Índios e ensino da juventude. Entretanto, as bandeiras tomavam o caminho do Oeste e do Norte, enquanto sob o ponto de vista externo os holandeses eram expulsos do Brasil e a Monarquia Portuguesa, com a paz de 1668, retomava o seu papel histórico de expansão e ocupação. A *ocupação* era no sentido de Oeste, penetração do interior em todo o longo da costa brasileira, em particular na grande porta central de penetração que era o Rio de S. Francisco. A *expansão* visava os extremos, nas duas margens esquecidas do Amazonas e Rio da Prata.

Tal era o pensamento oficial da Metrópole, e dos movimentos militares e missionários então operados no Cabo do Norte, nas Missões do Rio de S. Francisco e com a Colónia do Sacramento. E enquanto se elaborava ou já executava em parte êste plano, com a presença em Lisboa do P. António Vieira, restituído à confiança régia, e com as notícias do desmantêlo, que chegavam à côrte, das Aldeias do Brasil, voltou a ocupar os ministros régios a idéia da protecção aos Índios contra os escravizadores, que não cessavam de os cativar.

Ora com o pensamento oficial coincidia a penetração paulista. As excursões escravagistas tomaram o caminho de Oeste, do Rio de

S. Francisco e do Recôncavo da Baía, com entradas particulares, ou com milícias mercenárias, isto é, pagas. Parece que durante todo o tempo da guerra entre Portugal e Espanha, depois que em S. Paulo se soube da Restauração, até 1668, ano da paz peninsular, os moradores não invadiram as terras castelhanas do sul. Até que a 14 de Fevereiro de 1676 de novo uma bandeira «de portugueses del Brasil, llamados *comumente mamelucos*», com todo o recato e sem ser sentidos, atacaram e destruíram 4 Aldeias próximas a Vila Rica do Espírito Santo, e «segundo referem» levaram «4.000 Índios com alguns cavalos». Quando os Espanhóis foram no alcance dos Portugueses êstes já tinham pôsto a prêsa a salvo [1].

Parece que Matias da Cunha manifestou, por esta ocasião, alguma disposição favorável e proteccionista a favor dos Índios. Os interessados no cativeiro aventaram, como em 1640, uma nova revolta de Spartacus, em que os Índios ameaçariam os moradores brancos. E os moradores, como sempre, foram ao Colégio de S. Paulo com nova ameaça de destêrro, a pedir contas ao Reitor P. Francisco de Morais, que se deu pressa em tranqüilizar a excitação dos ânimos e que não trataram nem tratariam disso.

O têrmo é de 24 de Junho de 1677. Pelos Religiosos, «foi dito que não sabiam coisa alguma sôbre a presente matéria; e, *quanto em si podiam*, prometiam de em nenhum tempo falar nem tratarem da liberdade do dito gentio» [2]. Como se vê, pela letra do documento, e pelo contexto, trata-se de não falar nem tratar da liberdade do gentio *em S. Paulo*. Há quem o reproduza, falsamente, assim: que o P. Francisco de Morais, «se obrigava a não influir para que a *Metrópole* libertasse os Índios».

Por sua vez, o Governador do Rio de Janeiro Matias da Cunha informou o que tinha feito, num caso particular tocante apenas ao Rio; e que o mais era rebate falso; e se os Índios se sublevassem, que os Paulistas os castigassem. «Desvanecida esta grave apreensão, continuou o movimento entradista, cada vez mais veemente» [3].

---

1. Informação do Governador de Buenos Aires ao Rei de Espanha, em Azevedo Marques, *Apontamentos*, I, 162.
2. Cf. Taunay, *História Seiscentista*, III, 17; *Registo Geral*, III, 159-160.
3. Frase de Taunay, *História Seiscentista*, III, 19. Em vez de movimento *entradista*, a coerência das palavras manda ler *bandeirante* ou *escravista*, que disto se trata; e as medidas proïbitivas da Câmara contra êsse movimento classifica-as o ilustre escritor, na mesma página, de «eterna comédia».

Tudo isto eram pródromos de nova batalha. Fêz-se entretanto uma trégua, a que se refere o P. Filipe Coelho. Ao narrar em 1679 os ministérios do Colégio de S. Paulo diz que eram comuns aos dos outros Colégios, excepto em que os Padres tiveram a mais o merecimento de persuadir a «alguns moradores» (*aliquot cives*) que não fôssem ao sertão cativar Índios, «por fas e por nefas»; e apaziguaram outros moradores desavindos, acção importante, comenta Filipe Coelho, pois tais ódios dos moradores entre si acabavam geralmente em cruéis mortes. E assim, conclui êles, vencida pela paciência, virtude e modéstia dos Padres, a tormenta que ameaçava o Colégio, o «ódio que começavam a conceber contra a nossa Companhia se transformou em *amor* para com ela e em lustre e louvor dela» [1].

Amor! — retenha-se a palavra. Porque ao mesmo tempo andavam os moradores de S. Paulo a pedir ao Governador do Rio de Janeiro, D. Manuel Lôbo, os deixasse ir fazer guerra aos Padres da Companhia espanhóis, e cativar o gentio, que êles administravam. D. Manuel Lôbo informa El-Rei que os moradores tinham «grande *ódio*» a êsses Padres Castelhanos. Reünindo as duas informações, a de Filipe Coelho e a de D. Manuel Lôbo, coevas uma da outra, se tira em conclusão que os Paulistas, tinham ao mesmo tempo, amor e ódio a Padres da Companhia. *Amor* aos Padres *Portugueses* de S. Paulo, *ódio* aos Padres *Espanhóis* das Missões. Ódio, portanto não à Companhia, como tal, mas a quem quer que tivesse índios sob a sua protecção e os não deixasse à mercê do seu braço. Acrescenta D. Manuel Lôbo que era tão insaciável a ânsia dêstes moradores para fazer a guerra ao índio, «que todos me afirmaram que se de uma parte lhes pusessem montes de oiro e prata, e da outra o gentio, ainda que lhes custasse as vidas, deixariam o primeiro pelo segundo. E que quando tivessem licença de V. Alteza [o Governador dirige-se a D. Pedro II] iriam até os velhos de 70 anos, e que lhes desse só pólvora e balas, que êles a pagariam. E *como às ordens de V. Alteza são tão ao contrário desta sua vontade*, lhes respondi com palavras graves, e que em nenhum caso lhes passasse pela imaginação tal emprêsa, sem esperar primeiro ordem de V. Alteza, prometendo-lhes representar a V. Alteza esta matéria, porque êstes homens, Senhor,

---

1. Carta do P. Filipe Coelho, da Baía, 15 de Julho de 1679, *Bras.* 9, 237-249.

em lhes falando em Liberdade dos Índios, se expõem antes a qualquer perigo que dá-la».

Mas o Governador do Rio de Janeiro preparava a fundação da Colónia do Sacramento, e achou entretanto hábil e prudente contemporizar, para a hipótese de haver rompimento com Castela e intervirem os Índios das reduções espanholas contra a emprêsa portuguesa, caso em que já seria guerra de nação para nação, igual a tôdas as mais, e na qual, para os moradores de S. Paulo tomarem parte nela poderiam ser bom acicate os Índios das missões dos Jesuítas Castelhanos: «Também me pareceu falar-lhes em palavras ambíguas, porque se os ditos Padres da Companhia que tem a Capitania desta sua gente, quiserem fazer algum serviço a Castela, e se nos quiserem opor, basta para diverti-los e fazer-lhes grande mal, permitir aos de S. Paulo a pretendida licença» [1].

D. Manuel Lôbo, como veremos no Capítulo da Colónia do Sacramento, também maltrata os Jesuítas *espanhóis* e elogia os Jesuítas *portugueses*. E com razão. Razão, que é ao mesmo tempo alta homenagem aos Jesuítas, que defendiam com empenho os interêsses das respectivas pátrias, sem deixar de defender uns e outros a liberdade dos Índios da América, nas zonas territoriais que lhes haviam confiado, como prova de confiança no seu patriotismo, os respectivos governos metropolitanos.

Tudo eram pois indícios, com tais projectos e disposições, de que se caminhava para a reedição do que se havia passado 40 anos antes. Ora se os Jesuítas portugueses estavam dispostos a acompanhar D. Manuel Lôbo e correr os riscos da guerra e da perda da própria liberdade, como de facto foram, e ficaram prisioneiros dos castelhanos, não se sentiam dispostos a ver inundar-se outra vez S. Paulo de escravos índios, não arrancados da selva brava, o que já condenavam, mas, o que era pior, tirados de missões civilizadas, sem o seu protesto, e consequentes violências como em 1640. Uma coisa era a guerra entre nações, Portugal e Espanha, com os perigos dela, assumidos frente a frente, outra o servir-se da guerra, para escravizar homens já cristãos das Aldeias.

---

1. Carta de D. Manuel Lôbo a D. Pedro II, de 12 de Março de 1680, Rêgo Monteiro, *A Colónia*, II, 32. A carta anda traduzida em castelhano, e aqui a volvemos ao original português.

2. — Tal perspectiva agravou-se mais com a nova Lei da Liberdade dos Índios, de 1 de Abril de 1680, agenciada pelo P. António Vieira, de que já ficou notícia [1]. E a Carta Régia de 26 de Agôsto de 1680 mandava entregar, no Brasil, aos Padres da Companhia, a administração espiritual e temporal, dos Índios, e formar Aldeias e Missões no Sertão [2]. Tais medidas legislativas não podiam deixar de ter repercussão tumultuosa em S. Paulo. A 28 de Março de 1682, o povo invadiu a Câmara e exigiu que se não desse cumprimento à lei: «Caso mui atroz por misericórdia de Deus não sucederem muitas mortes, não só se matarem aos oficiais da Câmara, como matarem-se o povo uns com os outros» [3].

Repetiram-se as manifestações. Por elas e pelo que se ia desenrolando desde 1677, bem viam os Padres que bastaria um mal intencionado para mover algum motim contra o Colégio, e renovarem-se os antigos vexames. Assim pois desde 1680, em que se promulgou a Lei, os Jesuítas do Brasil examinaram as conseqüências dela, e compreenderam mais uma vez que a sua vocação era viver *in quavis mundi plaga*, e que o Brasil era grande e o mundo ainda maior. E encararam com resolução o abandono puro e simples de S. Paulo.

Ao conhecer-se na Baía aquêle primeiro motim de 28 de Março de 1682, o P. António de Oliveira, baiano, e então Provincial, reüniu os Consultores da Província, que o eram por ofício, com outros Padres entendidos e graves, ao todo 11. Estudando com serenidade o que convinha mais, decidiram deixar S. Paulo, de uma vez por tôdas, tanto mais que outras terras do Brasil estavam a reclamar a sua assistência, na Colónia do Sacramento, em Paranaguá, no Rio de S. Francisco, no Rio Grande do Norte e na Amazónia. O Provincial e os Padres reünidos em consulta propuseram ao P. Geral *«As causas para os Nossos largarem e abandonarem o Colégio de Santo Inácio ou Piratininga na Vila de S. Paulo»*. A proposta é datada da Baía, 20 de Julho de 1682. Com o P. Provincial assinam os 10 Padres consultados [4]. A data da proposta, 1682, mostra que a idéia do abandono

---

1. Cf. supra, *História*, IV, 63.
2. Carta Régia no *Arq. do Distr. Federal*, IV, 253.
3. Taunay, *História Seiscentista*, III, 34.
4. «Causae quae afferuntur a P. Provinciali Brasiliae ejusque Provinciae consultoribus caeterisque Patribus infra subscriptis pro Collegio D. Ignacio Piratiningano D. Pauli a Nostris dimittendo ac descrendo», Bahyae, 20 Julii 1682, Gesù, *Colleg.*, 20.

do Colégio de S. Paulo é anterior e independente do Motim do *Estanco* no Maranhão, sucedido só dois anos depois, em 1684. E fazia-se a proposta, porque segundo a legislação da Companhia de Jesus, nenhum Colégio se podia fundar nem suprimir, sem a aprovação expressa do P. Geral. A proposta foi para Roma na frota de 1682.

Enquanto se ventilava o assunto, esboçou-se, entre alguns Padres, um movimento contrário à proposta do Provincial António de Oliveira, e mais consultores, em especial contra o P. António Vieira, que a esta oposição, se refere, mais tarde, em 1695, notando que nenhum dos principais opositores tinha nascido em Portugal ou no Brasil. «Também se não sabe que o autor destas administrações que lá se aprovaram, foi um Padre italiano, que nunca viu índio, e só o ouviu aos Paulistas, como outro flamengo, chamado Rolando (homem *alioquin* santo), o qual fêz um papel a favor dos mesmos Paulistas, que mandou queimar o Padre Geral em Roma»[1].

O primeiro era o P. Jorge Benci, e dessas administrações se tratará adiante na seqüência desta matéria; o outro é o P. Jacobo Rolland, que tinha sustentado a luta pela defesa da liberdade dos Índios nas disputas com a Casa da Tôrre, e mudara agora de opinião, como também a mudara no caso paulista. Diz êle próprio que fôra a princípio contra êles, mas depois se convenceu de que êles podiam fazer o que faziam e receber os sacramentos. Parece que escapou ao fogo o papel, que escreveu, nalguma das suas vias. Existe em Roma, sem data nem assinatura, e com esta declaração: «omnia sub censura S. I., Romanae Ecclesiae, et Sedis Apostolicae»; um papel com êste título: «Apologia pro Paulistis in qua probatur D. Pauli et adiacentium oppidorum incolas, etiamsi non desistant ab Indorum Brasiliensium invasione, neque restituta iisdem Indiis mancipiis suis libertate, esse nihilominus sacramentalis confessionis et absolutionis capaces»[2].

O P. Jacobo Rolland, sócio do P. Provincial António de Oliveira ou, como se dizia, Secretário da Província, estava na sua liberdade o manifestar-se contra a Resolução do Provincial, mas a Apologia

---

1. *Cartas de Vieira*, III, 667.
2. Bibl. Vitt. Em., *Mss. Gess.*, 1249, n.º 3, com esta nota *Missioni delle Indie sec. XVIII*, equivocado o século, pois por fora tem escrito, com outra letra: *Brasilia / De Paulistis / 1684*. Mas cf. no capítulo seguinte notícia de outra *Apologia* do P. Domingos Ramos.

dos Paulistas veio no momento em que ainda não estava vencida a causa da Liberdade dos Índios do Brasil, nem travada a última batalha. Pedindo o Bispo de S. Tomé, que o Brasil tivesse Missão na Guiné Portuguesa, o P. Provincial concedeu-lhe o P. Rolland. Na África não havia a mesma questão, porque antes de chegaram lá os Jesuítas e os Portugueses, a escravatura, de compra e venda, era instituïção já multissecular e a admitiam todos em todo o mundo civilizado. No Brasil, porém, os Portugueses e os Jesuítas não acharam a escravatura, de compra e venda (apenas alguma forma esporádica de cativos de guerra entre os Índios), e os Pontífices e os Reis declararam livres os filhos da América. Todavia, com ter sido condenada pelo Padre Geral a *Apologia* do P. Rolland, não ficou decidido o assunto, porque o novo Provincial, P. Alexandre de Gusmão, e o seu novo secretário P. João António Andreoni iam-se inclinar para a opinião dos Padres Benci e P. Rolland. Ventilou-se de novo o assunto em Consulta e o que nela se tratou chegou ao conhecimento dos Paulistas, a tempo que pelas ordens do Provincial precedente, já o Reitor do Colégio estava prestes a deixar S. Paulo, postos a salvo no Rio de Janeiro alguns objectos mais valiosos de culto, suspensas as obras, e dados os passos prévios para colocar em mãos amigas, e até vender, o que conviesse ou não pudesse ser retirado de S. Paulo.

3. — Ao manifestar-se esta resolução, com sinais assim externos e positivos, alvoroçou-se mais uma vez o povo, e houve quási novo motim, ao invés dos anteriores. O primeiro acto da Câmara foi proïbir, em edital público, a compra dos bens do Colégio [1]. Convocou o povo e escreveu duas cartas, uma ao Reitor, com dezenas de assinaturas, e outra ao Provincial [2]. Ambas as cartas da Câmara, com a data de 2 de Novembro de 1684. O Reitor era Manuel Correia; o Provincial, Alexandre de Gusmão, sucessor do P. António de Oliveira:

«*Muito Reverendo Padre Provincial:* — Por ser o tempo o melhor descobridor de tudo, e para com o melhor fundamento colhermos as conseqüências do que nos obriga a escrever a vossa Paternidade, o deixamos correr até o presente; que seu afecto não deve permitir tanta demora, a consideração de não ter acertado para as razões inconsideradas nos fêz dar lugar ao necessário, o que já agora não

---

1. *Bras. 3,* 204.
2. *Bras. 3,* 204.

devemos fazer, porque sentindo e antevendo a perda espiritual, que esta vila teria sem Religiosos da Companhia de Jesus, deixando êste Colégio, presunção nascida da deixação das obras da Igreja, e venda, que solicitam, dos bens dela, acordamos fazer ao Reverendo Padre Reitor Manuel Correia o requerimento que a esta acompanha [1]: que se para a determinação de largarem a êste Colégio são motivos os movimentos passados, que alguns demasiadamente receosos, tomando por instrumento o gentio, demoveram, não ignoramos esta razão, porém também sabemos que hoje o melhor dêste povo e todos, uniformemente afectuosos, reverenciam a Companhia, e reconhecendo a verdade, com que zelam nossa salvação e quietação se [...] ainda a presunção, digo a presumida resolução de quererem desamparar êste Colégio, com que requerem, e requeremos, deponham o intento; e a Vossa Paternidade da mesma maneira o repetimos, porque não só no temporal perderíamos a via do bom govêrno, como também e principalmente o bem espiritual, em cujas *Escolas* se acha

---

1. *Carta da Câmara aos Padres do Colégio:* «Os oficiais da Câmara desta Vila de São Paulo que servimos êste presente ano, os abaixo assinados com o bom dêste povo, por nos haver vindo à notícia que Vossas Paternidades determinavam deixar êste Colégio para sempre, vimos a esta Casa do Grande Patriarca Santo Inácio, a requerer, como requeremos, nós, êste povo, a Vossas Paternidades e ao muito Reverendo Padre Provincial, que deponham o intento por serviço de Deus, porquanto se perderão as almas cristãs, à falta de doutrina, crescerá a ignorância e a obsessão dos estudos, ficará o gentio do Brasil sem a luz que a Companhia comunica, e crescerá entre o gentio a diabólica cerimónia, e o bom govêrno que Deus foi servido conceder à Companhia de Jesus, sentiremos a falta de prontidão para os Sacramentos e a incansável assistência aos enfermos, e crescerá a necessidade nos lugares desertos nesta vila para o que queremos missionários, enfraquecerá a devoção espiritual com o que nos desencarregamos e encarregamos sôbre as consciências de Vossas Paternidades, e sôbre a do Reverendo Padre Provincial, para que da mesma maneira o faça ao Reverendíssimo Padre Geral, todo o sobredito do serviço de Deus e impedimento do proveito espiritual de tantas almas e de todos os danos temporais, e especialmente espirituais, que se hão-de seguir de Vossas Paternidades deixarem êste Colégio; e assim o protestamos para diante de Deus, por estarmos todos nós e êste povo determinados e prontos para defender a Companhia de Jesus, com que havemos por requerido e intimado a Vossas Paternidades o sobredito, e êste mesmo requerimento enviamos ao Mui Reverendo Padre Provincial, para que assim o faça ao Reverendíssimo Padre Geral, e em nosso nome, para glória de Deus; e de como assim o requereram legalmente todos em geral, mandaram a mim tabelião, abaixo assinado, fazer êste têrmo de requerimento, em que todos nêle se assinam e em adjunto com os senhores oficiais da Câmara», *Registo Geral*, III, 421.

tudo, e seria dar lugar a que por falta da doutrina cristã carecessem muitas almas de seu sustento; e mais quando neste tempo se nos oferecem maiores razões e sentimentos que em o passado, pois neste foi Deus servido dar-nos o Senhor Bispo por pastor, e não seria bem que logrando esta felicidade, perdêssemos o lôgro da Religião do Patriarca Santo Inácio; e podendo dar cumprimento à nossa dita, consentíssemos diminuição nela.

Com que fazemos a Vossa Paternidade patente nosso pesar, e uma e muitas vezes, com êste povo, requeremos, e encarregamos a Vossa Paternidade a perdição de muitas almas e a notável necessidade, que por êstes desertos há de doutrina. E parece que mais incumbe à Companhia esta messe, como verdadeiros imitadores de Cristo, que não é justo impida o inimigo comum, por umas vozes que houveram, o aproveitamento geral de um povo e vilas circunvizinhas, antes isto mesmo deve ser a razão maior, conservarem e perseverarem em seu zêlo, como verdadeiros apóstolos, com cujas faltas se criarão os meninos pelos desertos, bebendo o leite da ignorância, e poucos ou nenhuns servirão a Deus nas Religiões e no estado sacerdotal, como já esta Vila experimentou nos anos que êstes Religiosos estiveram ausentes. E não só êsses, senão muitos desserviços de Deus.

Pelo que tornamos a encarregar e requerer a Vossa Paternidade e desencarregamos nossas consciências, enquanto ao que nos toca. E para que seja tudo para glória de Nosso Senhor, queremos façam os Religiosos suas missões, para aproveitamento do gentio, que nesta terra se perde por ignorância e nisto ficamos esperando [com] assentada confiança seja como desejamos, nem nos persuadimos que Vossa Paternidade tomará resolução contrária, quando todo o cuidado da Companhia se alimenta do zêlo de salvar as almas; e demais esperamos para glória de Deus e desengano dos que julgaram interressados, nos queira Vossa Paternidade ajudar em alcançar o sossêgo de nossas consciências, na administração e possessão dêste gentio, continuando com o bom princípio, que já tem dado da Consulta, e sôbre esta matéria tem feito, como temos notícias, o que a inveja do inimigo impediu; e não consinta Vossa Paternidade dar-lhe vitória, tomando muito a seu cargo e conta recolher êste povo debaixo de sua protecção, e dar remédio a esta chaga velha, em que tantas almas enfermam por não terem outro meio de viver, e será para honra e memória da Companhia, negócio que a nosso ilustríssimo Bispo Dom José de Barros de Alarcão, temos recomendado.

E como todo o sobredito seja tanto bem das almas cristãs, glória de Deus, e paz temporal, ficamos com tôda a esperança de alcançar e gozar o que a Vossa Paternidade rogamos, e para com agradecido ânimo reconhecermos os favores, que a nós e a êste povo fizer, oferecendo, para as ocasiões da Companhia, as vidas. Para cujo testemunho se assinaram o bom dêste povo, no têrmo, que com esta vai. Escrita em Câmara de S. Paulo, dois de novembro de seiscentos e oitenta e quatro anos, — *Diogo Barbosa Rêgo, Gaspar Cubas Ferreira, Pedro Ortiz de Camargo, Tomé de Lara de Almeida, Lopo Rodrigues Ulhoa, Isidro Tinoco de Sá*» [1].

Além da Câmara, escreveu ao P. Provincial o Capitão-mor, em que lhe rogava não quisesse desamparar a Vila.

Resolveu o P. Alexandre de Gusmão ir a S. Paulo examinar a situação por si mesmo. Estava na Vila o Bispo do Rio de Janeiro. Juntou-se logo o povo com a Câmara e o Bispo, que fêz um discurso, e êle e todos rogaram ao Provincial não permitisse ficasse a terra privada de tanto bem; «e parece que se os Padres tentassem sair, êles próprios os obrigariam a ficar» — «sin autem vi Nostros se procul dubio fore retenturos» [2].

Alexandre de Gusmão, que dá êstes pormenores, não tinha sôbre a Liberdade dos Índios a mesma opinião do P. António Vieira, nem mesmo do P. António de Oliveira, seu antecessor. Sendo agora Provincial, assumiu a responsabilidade da permanência dos Padres.

O alvorôço foi ao que parece indescritível. A Câmara escreveu logo três cartas:

Uma ao Governador Geral do Brasil, Marquês das Minas, manifestando que era tão grande o sentimento que havia na determinação da saída dos Padres «quanto mostra a muita alegria, que hoje há, por tornarem a aceitar a petição de que não deixem esta terra» [3].

Outra a El-Rei, dando conta do grande sentimento do povo de S. Paulo ao saber que os Padres da Companhia determinavam retirar-se, e como seria «grande e notável perda» do povo e como

---

1. *Registo Geral*, III, 435-436; Taunay, *História Seiscentista*, III, 38-39, do qual se transcrevem estas duas cartas. O princípio da carta ao Provincial parece estar incompleto nalguma palavra, e já se nota no original um passo ilegível. Mas, tal qual existe, é essencial e importante.

2. *Bras. 3*, 204.

3. *Registo Geral*, III, 458.

encarregaram e passaram procuração aos Religiosos para buscarem remédio: e pede a El-Rei se digne pôr os olhos nestes povos para conservação do serviço de Nosso Senhor e de Sua Majestade [1]. E outra ao P. Geral, Carlos de Noyelle, a pedir que confirme e legalize o acto do Provincial:

«Muito Reverendíssimo em Cristo P. Geral da Companhia de Jesus: Tivemos por notícia certa que Vossa Reverenda Paternidade manda retirar os Padres do seu Colégio, que tem nesta cidade de São Paulo nas partes do Brasil, pelas razões que a Vossa Reverenda Paternidade se representaram, a qual resolução causou em nós tal sentimento que só com nossas presenças e com o testemunho de nossos olhos o poderíamos significar a Vossa Paternidade Reverenda êste nosso sentimento. Propusemos em presença do Senhor Bispo ao Muito R. P. Provincial Alexandre de Gusmão, que ouvindo nossas razões nos assegurou de não tirar de nossa terra aos Reverendos Padres, julgando que Vossa Reverenda Paternidade o haveria por bem.

Tôdas as razões, que a Vossa Reverendíssima se representaram para tirar os Padres de nossa terra, duram há mais de cem anos, e em todos êles os toleraram os Padres antigos e santos, como foi o venerável Padre José de Anchieta, que fundou esta vila, e o Padre João de Almeida e outros varões apostólicos desta Santa Religião, que habitaram êste Colégio com muita glória de Deus e fruito das almas [2].

Esta Vila é um povo mui dilatado com outras muitas circunvizinhas, onde há muita falta de prègadores e mestres, que ensinem o caminho do céu, e só de Índios passam de mais de sessenta mil almas, em que os Reverendos Padres podem empregar seu santo zêlo com amiúdadas missões, por estar esta sorte de gente muito falta de doutrina, e porque conhecemos esta falta pedimos nos tempos passados ao muito Reverendo Padre Provincial Gaspar Álvares,

---

1. Carta da Câmara de S. Paulo, a El-Rei, 17 de Março de 1685, *Registo Geral*, III, 457.

2. A menção dêstes dois Padres provém de que o P. Simão de Vasconcelos escreveu as suas *vidas*, o que lhes dava então actualidade. Mas são exemplos, que a história verdadeira e desinteressada não justifica. O Venerável P. Anchieta faleceu antes de começar a questão dos Índios Carijós com o registro em S. Paulo, em 1599, da Lei da Liberdade de Índios de 1596; e o P. João de Almeida, apesar de ir do Rio a Santos em 1640, nem foi ouvido pelos escravagistas de então, nem obstou ao destêrro dos Padres, como se viu.

quisesse mandar alguns missionários, que soubessem língua do Brasil, para que continuadamente andassem doutrinando os Índios, pelo grande serviço que nisso fariam a Deus; mas nunca até agora teve efeito esta nossa petição, escusando-se os Reverendos Padres com a falta de obreiros; mas, contudo, na que agora pedimos a Vossa Reverendíssima esperamos ter despacho certo, e assim todo êste nobre Senado em nome de todos os povos, prostrados diante de V. Reverenda Paternidade, lhe pedimos seja servido, por honra e glória de Deus e bem das almas, que os Padres se não retirem do seu Colégio, mas antes continuem em seus santos ministérios, pelo bom ensino que nós e nossos filhos nisso experimentamos. O Senhor, por cuja glória representamos a Vossa Reverendíssima esta petição, dará a Vossa Reverendíssima largos anos de vida, como lhe desejamos. Em Câmara, S. Paulo 17 de Março de 1685. Servidores de Vossa Reverendíssima, *Manuel de Sá, Gaspar de Godoi Colaço, Gaspar Fernandes Cortês, Gaspar de Sousa Falcão, Estêvão Barbosa Sotomaior, Lopo Rodrigues Ulhoa*» [1]. Entre «o bom do povo», que assinou ou aquela representação de 2 de Novembro de 1684 ou êste têrmo de 17 de Março de 1685, além dos nomes citados, a pedir a permanência dos Jesuítas, lêem-se com dezenas de outros, uns 50, os de Garcia Rodrigues Velho, Lourenço Castanho Taques, Manuel da Fonseca Bueno, Bartolomeu Bueno, Jerónimo de Camargo, José Ortiz de Camargo, Bento Ribeiro Pires, Pedro Taques de Almeida, Brás de Arzão, Salvador Jorge Velho, Domingos da Silva Bueno e Manuel Lopes de Medeiros.

O P. Alexandre de Gusmão assim como favorecia os mamelucos ou mestiços não se preocupava tanto com os Índios aldeados, e nisso era acompanhado ou movido por alguns Padres (posições recìprocamente opostas à do P. António Vieira). Prometera aos moradores de S. Paulo que advogaria a sua Causa perante o Geral e que o primeiro procurador, que fôsse a Roma, também solicitaria a licença de êles poderem ir ao sertão buscar índios, «com o pretexto de os trazer ao grémio da Igreja, e alimentá-los com o leite da fé» [2].

---

1. *Bras*. 3, 189-189v; cf. *Registo Geral*, III, 459-461, onde esta carta já tem partes deterioradas e ilegíveis, e se observam na transcrição de Taunay, *História Seiscentista*, III, 44-45.
2. *Actas da Câmara de S. Paulo*, VII, 275; Taunay, *História Seiscentista*, III, 42.

Não foi simples promessa de prudência ocasional. Vê-lo-emos ao tratar do famoso voto do P. Vieira. Por agora, diz o P. Gusmão ao Geral que deixara ficar os Padres, por assim o pedirem os moradores, e porque havendo na Capitania de S. Paulo mais de 80.000 (octoginta millia) Índios, inteiramente desprovidos de doutrina, os Padres os poderiam ensinar nas missões, e ensinar também os filhos dos Brancos; quanto ao escrúpulo de confessar os Brancos: «quem nos constituíu juízes? Que busquem outros doutores e mestres»... [1]

4. — O Reitor do Colégio, o P. Manuel Correia, a 18 de Março de 1685, informa o P. Geral do que se tinha passado e parece reflectir com serena objectividade a realidade paulista do momento:

«Recebi uma de V. Paternidade de 15 de Maio passado; e, estando eu preparado, com todo o bom do Colégio fora dêle, para me ir para o Rio de Janeiro, conforme a ordem do Padre Provincial António de Oliveira, veio o Senado desta terra e o mais povo pedir-me que não deixasse o Colégio, pedindo com grande submissão, Padres para andarem em missão, dizendo que, se os Padres o deixavam, seriam todos hereges; e fizeram um têrmo em que se assinaram todos. Dei conta disto ao Padre Provincial.

Neste tempo chegou aqui o Padre Provincial novo, Alexandre de Gusmão. E veio o Bispo desta Diocese, junto com o Senado e melhores do povo, a pedir o mesmo, pelo que o Padre Provincial me mandou recolher outra vez os bens do Colégio, que eu tinha já fora, e outros que estavam no Rio de Janeiro, fundado na petição de todo o povo, que pedem juntamente Padres para andarem em missão por suas fazendas. As missões hão-de ser de grande proveito espiritual para os Índios, porém nos homens brancos não se pode fazer fruto, porque todos, *nullo excepto*, vivem obstinados na matéria de irem a cativar, matar e vender aos pobres dos Índios; e assim com os Brancos nunca os confessores ficam sem escrúpulos, porque êles destas culpas nem prometem, nem hão-de ter emenda, ainda que o mande o Sumo Pontífice, como dizem pùblicamente. Só Deus Nosso Senhor, com o seu infinito poder, lhes pode mudar os corações. Mas sempre os Padres farão muito fruto nos inumeráveis

---

1. *Bras. 3*, 204.

Índios, que há, e em ensinarem alguns filhos dos Brancos, que depois entram em Religiões e se ordenam, e desta sorte ficam livres do *pecado* de seus Pais.

O Padre Provincial manda Religiosos logo do Rio de Janeiro para andarem nas missões, e êle proporá mais largamente a Vossa Paternidade tôdas as razões. Peço os santos Sacrifícios e santa bênção de Vossa Paternidade. Colégio de Santo Inácio da Vila de S. Paulo, aos 18 de Março de 1685. Filho em o Senhor de Vossa Paternidade e humilde súbdito, *Manuel Correia*» [1].

---

1. *Bras.* 3. 191.

CAPÍTULO VI

As administrações dos Índios

1 — Continua a caça ao índio brasileiro: nove bandeiras escravagistas; 2 — As administrações particulares; 3 — Dúvidas dos moradores de S. Paulo; 4 — O famoso voto do P. António Vieira a favor dos Índios (1694); 5 — Administrações dos Jesuítas e dos moradores: analogias e diferenças; 6 — Posição do Colégio, ao terminar a grande batalha da liberdade dos Índios e início do ciclo mineiro (1700).

1. — O problema da Liberdade dos Índios ficou no seu *statu quo* durante os três anos seguintes, até que em 1688 deixou o cargo de Provincial o P. Alexandre de Gusmão, substituído pelo P. Diogo Machado, sendo ao mesmo tempo nomeado Visitador Geral do Brasil o P. António Vieira. Era de esperar que a sua atitude, pessoal, conhecida, coerente e perpétua, na defesa da liberdade, se manifestasse durante o seu govêrno. Renovou a exigência antiga do estudo do tupi-guarani para a apta preparação do missionário no trato imediato com os Índios, quer se tratasse de os catequizar nos povoados quer de os reduzir e baixar das brenhas. Para S. Paulo mandou o P. Francisco Frazão, natural do Rio de Janeiro, zeloso dos Índios. As informações, que dá o P. Frazão em 1690, corroboram as apreensões de 1685 do P. Reitor Manuel Correia. Carta singela de desabafo, documento útil, de transição, até à batalha final de 1694:

«Dêste Colégio de S. Paulo, que é o mais distante e remoto de todos os da nossa Província e do qual (por comissão que para isso teve de V. Paternidade) me deu o cargo, ou carga para melhor dizer, o P. Visitador Geral António Vieira, vão estas linhas a saüdar por mim a V. Paternidade, a quem desejo muita saúde, que Deus N. Senhor lha conceda sempre e por muitos anos, para lhe fazer grandes serviços, pois nisso cabe também aos filhos grande glória.

Chamei, ao cuidado que me encarregou dêste Colégio de S. Paulo o P. Visitador, carga, porque em verdade o é, e com especialidade, pois vivemos entre homens a quem com razão chamam vulgarmente os hereges de S. Paulo, e isto porque vivem e morrem cativando a liberdade dos Índios, que Deus e a natureza fizeram livres. E não há nem haverá nunca, salvo por milagre, quem lhes tire êste êrro ou esta cegueira, que êles bem a conhecem, mas se lhes falais nela em público ou no púlpito, logo se ouvem vozes e clamores: — *Vão-se os Padres daqui*, como já o fizeram por uma vez, noutro tempo, deitando-os fora de S. Paulo. Com o que é necessária muita cautela, principalmente em ouvi-los de confissão, porque não pareça que coincidimos com êles em seus erros e desatinos. Donde são raríssimos os que se convertem. Há homem que se diz dono de oitocentos e mil Índios. E nestes, que são quási infinitos, nesta ampla e espaçosa terra, é que se faz algum fruto na vinha do Senhor. Bem sabia eu isto, ainda que de longe, e antes de vir para cá. E por isso considerando as minhas fracas fôrças e muita indignidade para o cargo, temia aceitar a emprêsa, mas para que não suspeitassem que eu fugia com o corpo ao trabalho e ao destêrro, fàcilmente aceitei e carreguei a carga, que não pesa pouco, por tratar com gente a quem, por mais que queirais, não podeis livrar do inferno, se bem que se confessam na quaresma com os Frades, que são aqui muitos e de várias Religiões, e com os Clérigos, que às vezes vão também ao sertão com êles. Sòmente as mulheres e os filhos-famílias se confessam connosco, e alguns poucos homens que se acomodam a nosso sentir. Mas os Índios e Índias todos vêm a nós. Que isto só é agora a pena e solicitude, que tenho, de ser a seara tão grande, e tão poucos os operários. Porque só dois Padres, que sabem a língua brasílica, tenho neste Colégio, que para mil e trezentas almas, que temos em duas Aldeias de nossa administração, são poucos, quanto mais para andarem em perpétua missão pelas fazendas e lugarejos, onde são os Índios inumeráveis e suspiram pelos Padres, pelo interêsse do alimento espiritual de suas almas. Eu represento tudo isto ao P. Visitador e lhe suplico que me mande mais três ou quatro Padres, que saibam a língua, para esta emprêsa de tanto serviço de Deus, que nisto tem o P. Visitador grande zêlo e sem dúvida os mandará. Que agora melhor conheço quanto bem fará em mandar aprender a língua aos Irmãos antes do Curso, ainda que não levem a bem isto alguns Padres da Província. Mas nisto faz o que sempre fizeram os Padres antigos, Provinciais e Visitadores desta Província. Peço humildemente a santa bênção e sacrifícios de V. Paternidade, para que Deus me ajude em seu serviço. Colégio de S. Paulo, em 18 de Março de 1690, o mais mínimo dos súbditos de Vossa Paternidade, *Francisco Frazão*»[1].

2. — Não pôde já o P. Vieira renovar o estilo dos antigos, e sentiu mesmo à sua roda a resistência daqueles Padres, que o não levaram a bem, e deixou o cargo de Visitador em 1691. O P. Geral enviou um Provincial, P. Manuel Correia, homem superior às contendas locais, vindo expressamente de Portugal para solucionar êste e outros assuntos pendentes, mas faleceu na Baía, do «mal da bicha» (febre amarela), a 7 de Julho de 1693, e sucedeu-lhe no cargo, como Vice-Provincial, o P. Alexandre de Gusmão. A êste tempo já iam adiantados os passos para a instituição de administrações particulares. E ainda neste ano, Alexandre de Gusmão foi a S. Paulo para as ultimar. O Governador Câmara Coutinho comunica a El-Rei as fundadas esperanças que tinha na actividade do P. Gusmão, a quem dá o mais alto elogio: e «porque é incansável nesta matéria, ainda que passa de setenta anos, mas as suas experiências e conhecimentos que tem com os homens de S. Paulo, e êles da sua virtude, poderá vencer tôdas as dificuldades. E no que me tocar, esteja V. Majestade descansado que me não hei-de descuidar um instante para conseguir o fim desejado, e de tudo o que suceder darei conta a V. Majestade» [2].

O que sucedeu conta-o o próprio Alexandre de Gusmão, já de volta à Baía, a 30 de Maio de 1694:

«Começando pelos Índios, que devem ser o nosso principal cuidado, aquela controvérsia, que foi sempre o nosso maior trabalho com os Paulistas, que ficam no sul do Brasil, acabou finalmente, não menos por autoridade real, do que pelos esforços dos Padres, enviados a S. Paulo, com poderes bastantes para a concluir, e trabalharam muito com a ajuda de Deus em mover os ânimos dos moradores.

Estava arraigado nos Paulistas, no sentir geral de todos, por indução da cobiça, que era lícito ir caçar Índios ao sertão, trazê-los acorrentados e aproveitar-se dos seus serviços, dá-los, vendê-los, ou

---

1. *Bras.* 3, 277.
2. Carta de Luiz Gonçalves da Câmara Coutinho, a El-Rei, da Baía, 27 de Julho de 1693, *Doc. Hist.*, XXXIV, 185.

pagar dívidas aos credores; e diziam que os traziam para o grémio da Igreja e lhes davam de comer, roupa de vestir, qualquer que fôsse, e com isto compensavam suficiente e superabundantemente, o trabalho dêles no lavrar os campos e serviço doméstico. E ainda que os *Breves* dos Romanos Pontífices e as *Leis* dos Reis Portugueses, com graves penas, proclamaram a liberdade dos Índios, não obedeciam nem aos Reis nem aos Vigários de Cristo na Terra, confiados nas serras que fechavam o caminho às suas Vilas, sem presídio régio, cheias porém de armas para se defenderem. Dispunham também do vastíssimo sertão aonde logo se podiam acolher, acostumados às *longas caminhadas dos cativeiros dos Índios*, e aonde não os poderiam alcançar os soldados se porventura passassem a serra alcantilada. Confiados nisto, e também na autoridade de alguns homens incultos de Famílias Religiosas, que têm na Vila, que aprovavam estas manhas violentas e até se associavam a êles com a esperança de terem parte nas prêsas, não só contradiziam os Nossos, senão que nos anos passados os expulsaram da Vila, e os tornaram a chamar passado muito tempo, com pacto de se não falar mais neste negócio. E embora nos abstivéssemos de os repreender do púlpito sôbre o injusto cativeiro dos Índios, não deixávamos de meter escrúpulos aos homens, em quem o temor de Deus era mais forte do que a avareza, repreendendo-os quando era preciso, discutindo ou rogando. Já se tinha chegado com muitos, por causa dêstes escrúpulos, a que tratassem mais de tirar oiro das minas do que de trazer Índios do sertão, quando dois missionários europeus, de uma Família Religiosa, cujo nome por obséquio e amor calamos, levados de bom zêlo, mas não segundo a ciência, de que sem dúvida careciam, não só confirmaram os Paulistas na sua condenável e reprovada opinião, mas estimularam a que recomeçassem as entradas para trazer muitos ao aprisco de Cristo, e encher as suas casas e fazendas, e que o trazê-los à Fé era o melhor título para serem senhores dêles. Como nada mais grato do que isto se lhes podia dizer nem mais acomodado à sua cobiça, mal o ouviram, saíram de S. Paulo e povoações vizinhas, *nove* bandeiras (*turmae*), recomeçando a interrompida obra dos cativeiros, tão aprovada em pública prègação por homens tão pios e Religiosos [1].

---

1. Traduzimos *turmae* por *bandeiras*, nome com que se conhecem hoje estas expedições ao sertão, que alguns escritores abusivamente ampliam até incluir nelas as *entradas* missionárias. Nesta própria carta há uma definição das bandeiras escravagistas: *longas caminhadas dos cativeiros dos Índios*. A origem do vocábulo *bandeira*

Chegando a novidade ao conhecimento de El-Rei, no próprio momento em que tratávamos de dar pronta solução a êste negócio, El-Rei escreveu aos Paulistas e àquêles missionários com indignada repreensão; e ao Governador Geral ordenou com instância fizesse junta com os Nossos e se executasse o que o caso requeria; e, com firmeza, prudência e cautela, se cumprisse o que se assentasse, sem

---

ainda está sujeita a discussão: bandeira (estandarte), bandeira (de bando), bandeira (esquadrão de assalto, têrmo militar), cf. Bernardino José de Sousa, *Dicionário da Terra e da Gente do Brasil*, 4.ª ed. (S. Paulo 1939)34-36. Taunay escreve: «Quanto à palavra *bandeirante* jamais a encontramos em papéis quinhentistas e seiscentistas, embora uma ou outra vez, em documentos do século XVII, apareça o têrmo *bandeira* como sinónimo de expedição, tropa ou entrada ao sertão. No espanhol os vocábulos empregados para designar *bandeira* e *bandeirante* são *maloca* e *maloqueiro*», *História Geral das Bandeiras*, I, 132. Na *Relación de los agravios* dos Padres Simão Maceta e Justo Mansilha, da Baía, 10 de Outubro de 1629, *Campaña del Brasil*, I, 17, lê-se explícita a palavra «bandeira» no sentido de insígnia. E 15 anos antes, em 1614, quando o P. Henrique Gomes, Provincial, foi visitar Pernambuco, o Capitão-mor Alexandre de Moura, para honrar a Companhia no seu Provincial, veio esperá-lo ao pôrto do Recife e o acompanhou até Olinda, «com uma *bandeira* de homens de cavalo», Carta do P Henrique Gomes, da Baía, 16 de Junho de 1614, *Bras. 8*, 173-174. Inclinam-se alguns a que seja êste sentido de «grupo», o que deu origem à palavra «bandeira» e «bandeirantes». Todavia, não se explica bem que usando os Jesuítas do Brasil a palavra «bandeira» no sentido militar, a não usassem para designar «bandeira» no sentido de «entrada ao sertão». A nosso ver até estudo mais aprofundado da matéria, parece-nos que «bandeira» vem do sentido de insígnia, estandarte, que arvorava ou mandava arvorar militarmente quem promovia a entrada, e a que se agregavam os mais expedicionários, que acompanhavam as *bandeiras*, os «bandeirantes»: «Certifico eu Francisco da Costa Barros, Provedor.... que os moradores da Capitania de S. Vicente em especial os da Vila de S. Paulo costumam ir ao sertão formando para isso companhias, *levantando bandeiras* e nomeando capitães e todos os mais oficios militares contra os Índios forros que cativam por fôrça, matando aos que se lhes opõem», etc. (17 de Abril de 1630); «Certifico eu Pedro Homem Albernás, Governador, Provisor e Vigario Geral..., que os moradores de S. Paulo com outros doutras Capitanias», contra os Índios «forros e de paz», em suas entradas, «levantam capitães e oficiais de milícia, com *bandeiras* e tambores» (18 de Abril de 1630); «Certifico eu, o P. Manuel Pacheco, Teólogo da Companhia de Jesus», que os sertanistas de S. Paulo com outros, «pouco tementes a Deus e a Sua Majestade», que se lhes ajuntam. para estas entradas, fazem «capitães, alferes e sargentos e os mais oficiais de milícia, com *bandeira* e tambor, sem autoridade de Sua Majestade, mais que de seu poder absoluto» (12 de Abril de 1630); «Certifico eu, o P. António Gomes, da Companhia de Jesus..., que os moradores de S. Paulo com outros moradores de outras vilas, como de Mogi-Mirim, de Santos, de S. Vicente, de Itanhaém, da Cananéia, do Iguape, da Ilha Grande, vilas neste distrito e ainda da Cidade do Rio de Janeiro, vão todos ao

levar a liberdade dos Índios longe de mais para não dar aos Paulistas ocasiões de tumulto que sem dúvida se temia» [1].

Cometeu-se o encargo ao P. Vice-Provincial Alexandre de Gusmão, que devia ir visitar aquela parte sul da Província, ordenando-lhe o Governador que se mantivesse no que o P. Jorge Benci, quando fôra secretário da Província e visitara aquela costa, representara a El-Rei, e fôra aprovado pelos do seu Conselho, e por doutos Desembargadores do Paço, e Teólogos. Se os Paulistas viessem nisto, far-se-ia escritura de composição e consenso, em que assinassem os oficiais da Câmara e os principais moradores, e também a subscreveria o Vice-Provincial, em nome de El-Rei, e a daria como ratificada em virtude das cartas, instruções e decretos [2].

---

sertão, levantando para isso capitães e mais oficiais de guerra, com suas *bandeiras* e tambores, para fazerem guerra aos Índios que estão em suas terras, em paz e de paz, sem ofenderem a viva alma» (8 de Maio de 1630); «Certifico eu, o P. Francisco de Oliveira..., que os moradores da Vila de S. Paulo e das mais vilas desta Capitania a saber, de Santos, de S. Vicente, de Itanhaém, de Bogi-Meri e Parnaíba, vão ao Sertão contra as leis de S. Majestade, levantando companhias, capitães com todos os mais ofícios que costumam servir nas milícias, com *bandeiras* e tambores» (5 de Junho de 1630). Todos êstes testemunhos dizem que êstes Índios assim cativos, se conduzem algemados e depois repartem e vendem (Gesù, *Colleg.*, 20 (Brasile)29-30). A palavra *bandeira*, no sentido de insígnia militar, está pois bem expressa. Por essa época, os que tomavam parte nelas designavam-se por vários nomes, «moradores de S. Paulo», «sertanistas», «pombeiros». Tal aparato embora atenuado manteve-se sempre, até reaparecer a *bandeira* à popa das canoas das *monções*, no século XVIII, quando surge o nome de *bandeirantes*, nomenclatura, extensiva, posterior e retrospectiva, aos componentes das expedições precedentes. Os têrmos do tempo do P. António Vieira (1654), ao falar da expedição de António Raposo Tavares, que foi varar ao Gurupá, eram ainda, «tropa», «jornada» e os que nela tomavam parte «moradores de S. Paulo» ou «sertanistas de S. Paulo», *Cartas de Vieira*, I, 409, 415, 416.

1. Cf. Carta Régia de 14 de Janeiro de 1693 ao Governador do Brasil, na *Rev. do Inst. Hist. Bras.*, VII, 385-386.

2. Escrevia o Governador aos oficiais da Câmara: «Sua Majestade me manda dizer a Vossas Mercês o gôsto que terá de que dêem liberdade aos Índios, como largamente constará pela ordem e traslado da Carta de Sua Majestade encorporada nela, que a Vossas Mercês apresentará o P. Provincial da Companhia de Jesus Alexandre de Gusmão. Considerem-na Vossas Mercês, e vejam que além da obediência que devem ter a Sua Majestade e serem obrigados a obedecer-lhe e dar-lhe gôsto em tudo, é um grande serviço de Deus Nosso Senhor, que se ofende muito dêstes cativeiros injustos, e incorrendo Vossas Mercês em uma excomunhão dos Sumos Pontífices; e não se fiem Vossas Mercês de alguns idiotas, que lhes vão prègar doutrinas erróneas fora do comum sentido dos Santos Padres, mais que

Foi, pois, não sem algum temor de superar as grandes dificuldades dos Paulistas, que com a repreensão e advertência régia e com a carta do Governador se achavam azedados. O Vice-Provincial e o seu companheiro começaram a tratar do assunto, e com a ajuda de Deus e habilidade, primeiro em particular com alguns moradores principais afeiçoados à nossa Companhia, depois no dia da Conversão de S. Paulo, Padroeiro dos Paulistanos [1], com o Magistrado, Juízes e Procurador do Povo, para que como o Apóstolo das Gentes preferissem à qualidade de *Saulistas* a de *Paulistas*, isto é, que de *perseguidores* de Índios, se fizessem seus *tutores* e *curadores*, em vez de continuarem no antigo vêzo dos cativeiros [2].

Discutido o assunto algum tempo com os moradores principais, decidindo-se pela melhor parte, resolveram todos, moradores, magistrado e vereadores, que em escritura pública, lavrada pelo escrivão da Câmara e dois notários, se redigisse em dois exemplares, um dos quais se enviaria ao Governador do Brasil e outro ao Sereníssimo Rei, assinados por êles e o Provincial, o que se havia assentado:

De futuro nem iriam, por si, nem nunca enviariam a cativar ao sertão; nem consentiriam que saíssem tais entradas, aos Índios gentios, onde quer que fôsse, para os trazer à fôrça e reduzir à escravidão.

---

por seus interêsses particulares de granjear quatro esmolas, sem atenderem ao crime que cometem. E com isto tenho dito o que se me oferece nestas matérias tão importantes, assim à salvação das almas, como ao serviço de Sua Majestade e bem público». Carta do Governador António Luiz Gonçalves da Câmara Coutinho aos oficiais da Câmara de S. Paulo, da Baía, 13 de Novembro de 1693, *Doc. Hist.*, XI, 189.

1. *Paulopolitani*, Paulistanos; a seguir, *Paulistae*, Paulistas. A distinção moderna com que se distinguem os naturais de S. Paulo (Cidade) dos naturais de S. Paulo (Estado), já tem, como se vê, raízes antigas. Mas sob o aspecto jurídico, isto é, para o gôzo de privilégios canónicos, concedidos a S. Paulo, o nome de Paulopolitanos abrangia tôdas as vilas de *Serra acima*: «*Nomine Paulopolitani* intelliguntur omnia Oppida mediterranea ad Austrum versus vulgo *de Serra acima*, quamvis Gubernia et Districtus Paulopolitani in posterum dividantur et fiant invicem independentia», Simão Marques, *Brasilia Pontificia*, 1.ª ed. (Lisboa 1749), no Índice Geral, p. 55.

2. O Apóstolo *S. Paulo*, antes de se converter, chamava-se como se sabe *Saulo* e perseguia os cristãos.

Os Índios só acompanhariam os Missionários da nossa Companhia, que fôssem a visitá-los em serviço de catequese.

Os Índios eram completamente livres, quer vivessem nas casas dos moradores quer nas suas fazendas, tanto os que tinham trazido do sertão, como os comprados, ou os dados, Cristãos e gentios, nem se serviriam dêles como escravos.

A opinião, contrária a esta, tristemente espalhada por alguns Religiosos, era falsa e errónea, e ninguém com consciência segura a admitiria.

Não fariam com êstes Índios no futuro nenhum contrato oposto à sua liberdade, a saber, nem os trocariam, ou comprariam ou venderiam ou dariam a credores em pagamento de dívidas.

E como não convinha remetê-los outra vez para o sertão, sendo já cristãos, para aí viverem à maneira de feras, nem deixá-los completamente sôbre si mesmos, errantes como rebanho sem pastor, e para não viverem do roubo pela sua indolência, se não fôssem e residissem em Aldeias sem guarda, nem direcção, ficaram os moradores como administradores dêles, tutores e curadores; e se lhes pagaria cada ano pelo trabalho de lavrar os campos e do serviço doméstico, o salário de comida, vestido e remédios, com a obrigação de lhes dar assídua instrução no tocante à fé cristã, como de pais a filhos, de mestres a discípulos; nem em os educar, castigar, e manter no cumprimento dos seus deveres, ultrapassariam os limites de Pai ou Tutor.

E por fim, de tôdas as *dúvidas*, que sôbre esta Administração surgissem ou pudessem surgir, pediriam e esperariam a resolução de Teólogos e Doutores, as quais, discutidas e decididas segundo as leis da Igreja e as que mandasse o Sereníssimo Rei; e que as coisas, que nesta matéria propunham para serem examinadas, afim de se tirar qualquer escrúpulo de consciência, se resolveriam fàcilmente pelo que nós usamos na Administração espiritual e temporal dos Índios, que El-Rei nos confia.

Assim, pois, sem nenhuma perturbação nem contradição, se sancionou tamanha concórdia e consenso geral de todos os espíritos, pelo que se devem dar imortais graças a Deus, que a corações antes endurecidos os mudou com não menor fortaleza que suavidade. E assim como isto se realizou mais além do que esperava o Governador do Brasil, esperamos que também será grato a El-Rei e glória de Deus; e, para muitos Paulistanos que aceitaram o pacto, o único remédio de evitarem a condenação eterna, e de se servirem dos serviços dos Índios, salva a sua liberdade, sem os quais é fora de dúvida que não poderiam viver» [1].

A carta contém os capítulos das Administrações, ratificados pelo Vice-Provincial, depois de terem sido aprovados na Côrte, e de que fôra autor o P. Jorge Benci, e alude às «dúvidas», que suscitou o exercício dessas Administrações.

A ratificação das administrações fêz-se em S. Paulo no dia 27 de Janeiro de 1694: «Eu Alexandre de Gusmão, da Companhia de Jesus, Provincial desta Província, confirmo e ratifico o ajustamento acima, conforme ordena Sua Majestade e Ordem do Governador Geral dêste Estado».

Têm a mesma data as «dúvidas», a que aludia a carta, e elas mostram que ficaram de pé e em aberto as maiores dificuldades, que o acôrdo pretendia resolver:

3. — «*Dúvidas que se oferecem pelos moradores da vila de S. Paulo a Sua Majestade, e ao Senhor Governador Geral do Estado, sôbre o modo de guardar o ajustamento da administração na matéria pertencente ao uso do gentio da terra, cuja resolução se espera:*

1.ª — Se poderão os administradores obrigar que tornem para suas casas os Índios, que fugirem delas, e se os poderão castigar pela fuga.

2.ª — Se, indo qualquer morador destas Capitanias para a Cidade do Rio de Janeiro, ou outra qualquer Praça, com ânimo de voltar para estas ditas Capitanias, ficarão os ditos Índios obrigados a assistir em sua companhia nas sobreditas Praças.

3.ª — Se o índio que fizer fuga para o Rio de Janeiro, ou outra qualquer Praça poderá ser obrigado a que torne para casa de seu administrador.

4.ª — Se poderá reputar-se por suficiente paga do seu estipêndio, dar-lhes vestuário uma vez ou duas no ano, conforme o estilo comum, e observado ainda das Religiões mais justificadas, de que têm larga notícia o Rev. Padre Provincial Alexandre de Gusmão e o Rev. Padre Mateus Pacheco, e os Padres que assistiram nas Aldeias desta Vila de S. Paulo, entrando também o sustento, e assistência do

---

1. *Annuae Litterae ex Brasilia*, Bahyae, 30 Maii Anni 1694, pelo P. Alexandre de Gusmão, *Bras. 9*, 395-396v.

necessário nas suas enfermidades, segundo a capacidade da terra, e o pasto espiritual.

5.ª — Se pelo falecimento do pai de famílias poderão os ditos Índios repartir-se pelos filhos com declaração de que assistirão em casa dêles como na casa de seu pai.

6.ª — Se, falecendo uma pessoa, que não tiver herdeiro forçado, poderá deixar a quem lhe parecer a administração dos Índios, que tinha em sua casa, para os tratar na conformidade da administração.

7.ª — Se o administrador, rogado pelo mesmo índio, poderá fazer traspasso de sua administração, e levar algum preço pelo traspasso.

8.ª — Se poderá o administrador fazer traspasso de sua administração com beneplácito do mesmo índio, e levar algum preço pelo traspasso.

9.ª — Sendo um índio, por seus vícios e maus costumes, prejudicial à casa, e família de seu administrador, se poderá fazer traspasso de sua administração, e levar por isso algum preço.

10.ª — Se poderá o administrador fazer traspasso por troca, a saber: índio por índio, concorrendo ou não o beneplácito dos ditos índios.

11.ª — Se um morador destas Capitanias fôr de morada para o Rio de Janeiro, ou outra qualquer Praça, e levar em sua companhia os Índios de sua administração, se perderá nas ditas Praças a administração.

12.ª — Se um morador destas Capitanias quiser ir de morada para qualquer praça existente, dentro ou fora das Capitanias, vendendo sua fazenda, se poderá traspassar os Índios de sua administração, e levar algum preço pelo traspasso.

13.ª — Se poderão os administradores dar os Índios em [dote de] casamento a suas filhas para que assistam em suas casas, na conformidade de que assistiram em casa de seus pais.

14.ª — Dado o caso que ande um índio amancebado com uma índia de outra casa, se poderão os administradores fazer traspasso do índio, ou da índia, e levar algum preço para efeito de contraírem matrimónio, e viverem ambos em uma casa.

15.ª — Se ficará o administrador obrigado em ambos os foros a pagar os roubos e furtos, que fizer um índio de sua administração; e dado caso que se responda que não, qual será o meio mais conveniente para a satisfação dêste.

16.ª — Se poderá o credor fazer penhora ou embargo na utilidade dos serviços do índio, que tiver em sua casa o devedor, para segurar melhor a cobrança de sua dívida».

Assina estas dúvidas, além dos oficiais da Câmara, o mesmo Provincial Alexandre de Gusmão [1]. E feito isto, êle e o P. João António Andreoni, seu secretário e consultor jurídico, e também redactor de todos êstes documentos, voltaram à Baía, para a resolução das dúvidas.

Ora El-Rei, em Carta de 14 de Janeiro de 1693, tinha ordenado ao Governador Geral do Brasil António Luiz Gonçalves da Câmara Coutinho que ouvisse os Padres da Companhia, e nomeadamente «o P. António Vieira, se Deus' lhe tiver conservado a vida». Deus tinha-lhe conservado a vida para dar o último parecer, com que coroou, digna e coerentemente, um apostolado de mais de meio século a favor da liberdade.

4. — *Voto do Padre António Vieira sôbre as Dúvidas dos Moradores de S. Paulo acêrca da administração dos Índios.* «Para falar com fundamento e clareza que convém, em matéria tão importante como da consciência, e tão delicada como da liberdade, é necessário primeiro que tudo supor que Índios são êstes, de que se trata, e que Índios não são.

São pois os ditos Índios, aquêles que vivendo livres e senhores naturais das suas terras, foram arrancados delas por suma violência e tirania, e trazidos em ferros, com a crueldade que o mundo sabe, morrendo natural e violentamente muitos nos caminhos de muitas léguas até chegarem às terras de S. Paulo, onde os moradores delas (que daqui por diante chamaremos Paulistas) ou os vendiam, ou se serviam e se servem dêles como escravos. Esta é a injustiça, esta a miséria, êste o estado presente, e isto o que são os Índios de S. Paulo.

O que não são, sem embargo de tudo isto, é que não são escravos, nem ainda vassalos. Escravos não, porque não são tomados em guerra justa; e vassalos também não, porque assim como o espanhol ou o genovês cativo em Argel é contudo vassalo do seu rei e da sua

---

[1]. *Registo Geral*, VII, 455, 456. Transcreve-as daí Taunay, *História Seiscentista*, III, 52-54; e andam publicadas na *Rev. do Inst. Hist. Bras.*, VII, 389-391, extraídas do *Livro IV das Ordens Régias ao Govêrno do Estado do Brasil, no ano de 1694 a 1695*.

república, assim o não deixa de ser o Índio, pôsto que forçado e cativo, como membro que é do corpo, e cabeça política da sua nação, importando igualmente para a soberania da liberdade, tanto a coroa de penas, como a de oiro, e tanto o arco como o cetro [1].

Daqui se segue que os mesmos Índios de S. Paulo dentro desta sua miséria, ainda que trazidos às terras sujeitas ao domínio de Portugal, de nenhum modo estão êles sujeitos ao mesmo domínio, de tal sorte que os reis a seu arbítrio os possam obrigar com leis, pensões, ou tributos, nem limitar, diminuir, ou alterar a inteireza da sua liberdade, antes pela mesma opressão que têm padecido, e padecem, lhes são devidas aos ditos Índios duas satisfações, uma da parte dos Reis, outra da parte dos Paulistas. Da parte dos Reis, que, como príncipes justos, os devem pôr a todos em sua liberdade natural, não consentindo em seus Estados tal tirania, antes castigando severamente os delinqüentes nela; e da parte dos Paulistas, que lhes satisfaçam os danos recebidos, e lhes restituam e paguem o preço do seu serviço, a que por fôrça os obrigaram.

E são tão precisas estas duas obrigações, primeiro na falta da restituïção dos ditos Índios à sua natural liberdade tantas vezes procurada pelos Reis castelhanos e portugueses, e sempre resistida pela rebeldia dos Paulistas, que só pode escusar as consciências

---

1. O arrôjo e conceito de Vieira, pode-se dizer que era o dos grandes missionários da América, não só portuguesa, como espanhola. E em geral a Coroa e missionários estavam de acôrdo para a defesa da liberdade dos Índios, perante o facto da exploração do trabalho indígena: «La legislación de Indias no fue exactamente aplicada, es verdad. Pero la historia debe registrar la lucha permanente que se trabó entre la corona, defensora de la causa del indígena, y el interés de los explotadores. Si los mandatos del soberano quedaban frecuentemente incumplidos, la razón debe buscarse en que sus preceptos equivalen al voto de una oposición, pues el poder efectivo no era el de los reyes, sino el de los pobladores. Lo detentaba el criollo. Por lo que respecta al conflicto social, virreyes, gobernadores y magistrados eran representación de la voluntad respectable, pero sin fuerza coactiva, de la corona. Lo que *ElRey* manda *se obedece, no se cumple*. Tal es la expresión de la realidad. Sin embargo, hubo siempre una fuerza moderadora de las iniquidades. Unas vezes el propio encomendero se limitaba, ya por interés, ya por deber de conciencia. Pero si él se extremaba en sus actos, y las autoridades no los iban a la mano, se oía la protesta que los *Religiosos* formulaban, a veces con una acritud estridente, como cuando Fr. Gil Gonzáles de San Nicolas, evangelizador de Chile clamó que ni Su Majestad, ni sus magistrados eran competentes para juzgar a los indígenas!» — Carlos Pereira, *Breve historia de América* (Madrid 1930)255-256. É o que diz Vieira no seu admirável Voto.

reais a grande dificuldade de o conseguir. A qual impossibilidade porém só pode fazer lícita às ditas Majestades a dissimulação de tolerar semelhantes injustiças, mas de nenhum modo é bastante a lhes dar direito ou autoridade, de as aprovar em todo, nem em parte, debaixo de qualquer pretexto, conveniência, ou acomodamento, como o da presente administração, salvo sòmente se fôr com expresso, voluntário e livre consentimento dos ditos Índios, sem fôrça, dolo ou simulação alguma; como também só do mesmo modo podem ser perdoados por êles aos Paulistas os danos acima referidos, e a satisfação e paga do seu serviço; onde muito se deve advertir, que não sendo o dito consentimento totalmente livre, sincero e verdadeiro, se os Índios consentirem na administração de que se trata, só por remir sua vexação, nem por isso os causadores dela ficarão seguros em consciência, nem poderão ser absoltos das violências que na dita administração, ou debaixo de qualquer outro especioso nome se continuarem.

E isto suposto, depois de venerar quanto devo as resoluções que se têm dado às dúvidas dos moradores de S. Paulo, havendo de declarar o meu parecer, como sua Majestade, que Deus guarde, foi servido de me mandar ordenar, farei neste papel duas coisas: primeiro proporei as dificuldades e escrúpulos, que nas ditas dúvidas e sua resolução se me oferecem, e depois representarei, segundo as experiências que tenho, os meios com que fàcilmente, e sem escrúpulo, se pode conseguir o que se pretende.

O primeiro escrúpulo, em que se não aquieta o entendimento, sôbre o modo, ou modos, com que se tem por lícita a presente administração, é que todo o oneroso dela cai sôbre os Índios, e todo o útil se concede aos Paulistas; tôdas as conveniências a êstes; e aos Índios, sempre miseráveis, tôdas as violências. Não é violência, que se o índio, senhor da sua liberdade, fugir, o possam licitamente ir buscar, e prender, e castigar por isso? Não é violência, que sem fugir, haja de estar prêso e atado, não só a tal terra, senão a tal família? Não é violência, que morrendo o administrador, ou pai de família, hajam de herdar os filhos a mesma administração, e repartirem-se por êles os Índios? Não é violência que se possam dar em dote nos casamentos das filhas? Não é violência, que não tendo o defunto herdeiros, possa testar da sua administração, ou entre vivos fazer trespasso dela a outro, e que experimentem e padeçam os Índios em ambos os casos, o que sucede na diferença dos senhores aos escravos ? Não é violência, que vendendo-se a fazenda do administrador, se venda também a administração, e que os Índios com ela, pôsto que se não chamem vendidos, se avaliem a tal e tal preço por cada cabeça ? Não é violência, em fim, que importando a um índio, para bem de sua consciência, casar-se com índia de outro morador, o não possa fazer, sem êste dar outro índio por êle ?

Estas são as cláusulas, que com nome de lícitas, e sem nome de violências, leva a nova administração consigo, bastando só a primeira para que os Índios fiquem em muito pior estado do que agora estão; porque agora se fugir um índio, não se pode prender lìcitamente, nem castigar por isso, nem ser obrigado a que sirva, se não quiser; nem querendo, que seja mais a êste que àquêle; e do mesmo modo, nem que testem dêle, ou o trespassem a outrem, nem que seus filhos, se os tiver o índio, fiquem com a mesma obrigação, etc. E sendo tanto pior esta nova fortuna, a que os ata e obriga a administração: como se pode crer, nem presumir, nem supor, que a aceitem voluntàriamente ?

O segundo escrúpulo da administração, nesta forma, é da parte dos administradores, os quais só ficam obrigados a dar ao índio o sustento, o vestido, a cura nas enfermidades, e a doutrina, e só de mais, alguma coisa, ou mimo. Assim o dizem as palavras da resolução expressas, que são as seguintes: *Poderá qualquer outra coisa, ou mimo, dado de tempo em tempo, no discurso do ano, além do sustento, vestido, medicamento, e doutrina, reputar-se por paga suficiente*. Pondere-se agora tôda esta resolução por partes, e nenhuma se achará que não seja escrupulosa. Primeiramente, o vestido, o sustento, a cura e a doutrina, esta obrigação tem todo o legítimo senhor ao escravo mais vil, e até aqui ficam iguais os índios aos escravos. O demais, que se reputa por suficiente paga, é *alguma coisa*, ou *mimo*, pelo discurso do ano. E que significa, ou que recebe o índio nesta chamada paga suficiente, a qual o mesmo paulista há-de avaliar como quiser, e executar se quiser ? O que ali se chama *alguma coisa*, significa coisa pouca e incerta, sendo que a paga deve ser certa, e determinada, ou taxada pela lei, ou pela convenção do trabalhador com quem o aluga, segundo aquilo: *Nonne ex denario convenisti mecum* ? O *mimo* significa favor, benevolência, ou graça, e não justiça e obrigação; e bastará para mimo de um índio uma faca, ou uma fita vermelha. Isto se reputa por paga suficiente, dado de quando em quando, que em outra parte se explica, por uma, ou duas vezes no ano. A paga deve-se proporcionar, não só ao pêso do trabalho, senão ao tempo; e sendo o trabalho do índio de cada dia, como pode a paga ser suficiente e justa, se não fôr também de cada dia? Por isso se chama jornal, e por isso ameaça Deus severamente não só aos que o não pagarem, senão aos que o deixarem de um dia para o outro.

A razão ou escusa que se dá de ser esta chamada paga tão rara e tão ténue, é serem os Índios naturalmente preguiçosos, e de pouco trabalho; mas as pessoas muito práticas daquela terra, e muito fidedignas, afirmam que os Paulistas geralmente se servem dos ditos Índios de pela manhã até noite, como o fazem os negros do Brasil, e que nas cáfilas de S. Paulo a Santos não só vão carregados como homens, mas sobrecarregados como azémolas, quási todos nús, ou cingidos com um trapo, e com uma espiga de milho por ração de cada dia. Para que se veja, se é matéria de escrúpulo deixar o sustento, o vestido, e o trabalho (pôsto que muito recomendada a moderação de tudo) no arbítrio dos homens, que no mesmo sustento, que no mesmo vestido, e no mesmo trabalho assim costumam tratar os Índios.

O terceiro escrúpulo é fundado na Lei da Liberdade; e o quarto no exemplo das lícitas administrações, conforme a ela. A definição da Liberdade, segundo as leis, é esta: *Naturalis facultas ejus, quod de se, et rebus suis quisque facere velit*. E consistindo a *liberdade no direito e faculdade que cada um tem de fazer de si, isto é, de sua pessoa, e de suas coisas, o que quiser*, combine-se agora tudo o que na sobredita administração se permite e concede aos administradores, e julgue-se, se com mais razão se devem chamar cativos, que livres; cativos nas pessoas, cativos nas acções, cativos nos bens, de que eram capazes, se trabalharam por si. De sorte, que de si e de seu não lhes fica coisa alguma, que por tôda a sua vida não esteja sujeita aos administradores, não só enquanto êstes viverem, senão ainda depois de mortos.

Estas, que nós chamamos *administrações*, tiveram seu princípio em todo o resto da América com nome de *encomendas*, por serem encomendados os Índios aos administradores, e porque entre êles se foram introduzindo vários abusos contra a Liberdade dos Índios, não bastando o caso quarto da *Bula da Ceia* para os refrear, como nota em próprios têrmos dos Índios o venerável e doutíssimo Padre José da Costa, que escreveu na mesma América [1]. Depois do Concílio, que

---

1. «Historia natural y moral de las Indias, en que se tratan las cosas Notables del cielo, y elementos, metales, plantas y animales dellas: y los ritos, y ce-

se fêz em Lima, e se examinar a matéria nos tribunais de Espanha pelos juristas e teólogos de maior nome, fizeram os reis católicos, para descargo de suas consciências, as leis, de que porei aqui algumas, referidas e confirmadas com muitos textos e autores, por D. João Solórzano Pereira, em um apelido, castelhano, e em outro, português, e por todos os títulos merecedor do elogio, que lhe deu Madrid na aprovação do tômo de *Indiarum gubernatione*; a saber: *Quem nostra Hispania generalem praeceptorem agnoscit* [1].

No primeiro livro, pois, do dito tômo, cap. 1.º, n.º 12, proibindo a lei o serviço pessoal dos Índios (que é na definição da Liberdade a cláusula *de se*), diz assim: *Para cuyo remedio ordeno y mando, que daqui adelante no aya, ni se consienta en esas provincias, ni en ninguna parte dellas, los servicios personales, que se reparten por via de tributos a los Indios de las encomiendas, y que los juezes, o personas, que hisieren las tassas de los tributos, no los tassen por ningun caso en servicio personal, ni le aya en estas cosas, sin embargo de qualquiera introdución, costumbre, o cosa, que cerca de ello se aya permittido, sob pena, que el encomendero, que usare de ellos, y contraviniere a esto, por el mismo caso aya perdido, y pierda su encomienda: lo qual es mi voluntad, que assi se cumpla, y execute, y que el tributo de los dichos servicios personales se comute, y pague, como se tassare, en frutos de lo que los mismos Indios tuvieren, y cogieren en sus tierras, o en diñero, lo que desto fuere para los Indios mas cómmodo, y de menos vexación.*

---

rimonias, leyes, y gobierno, y guerras de los Indios». Compuesta por el Padre Joseph de Acosta Religioso de la Compañia de Jesus, Sevilha, 1590. Pelo assunto, e pela data, é um dos livros fundamentais da América. Muitas vezes reeditado, e traduzido nas principais línguas cultas, cf. Sommervogel, *Bibl.*, I, 34ss. A sua *Doctrina Christiana*, com traduções nas línguas *Quichua* e *Amara*, impressa em 1583, na Ciudad de los Reyes, dos Reinos do Peru, é um dos mais antigos monumentos da Imprensa na América. *José de Acosta*, de Medina del Campo, viveu em Portugal algum tempo no ano de 1557, em Lisboa quatro meses e em Coimbra cinco, diz êle próprio, cf. P. León Lopetegui, *Padre José de Acosta (1540-1600) — Datos Cronológicos* em AHSI, IX(1940)125.

1. Sôbre esta grande figura da jurisprudência americana, cf. José Torre Revello, *Ensayo biográfico sobre Juan de Solórzano Pereira, con apéndice bibliográfico y documental,* em *Facultad de Filosofía y Letras, Publicaciones del Instituto de Investigaciones Históricas,* n.º XLIV, Buenos Aires, 1929; Id., *Juan de Solórzano Pereira, Nuevos datos para su biografía,* no *Boletín* do mesmo Instituto, Tômo XVII(Buenos Aires 1934)1-29.

Até aqui a dita lei, emendando como contrário à Liberdade dos Índios o uso de êles servirem pessoalmente aos encomendeiros, que são os administradores, e mandando que o cuidado que têm da administração, se lhes satisfaça dos tributos que os mesmos Índios costumam pagar a El-Rei dos frutos das suas lavouras, etc.; e para que em nenhum caso se consintam os ditos serviços pessoais, declara outra lei, *ibid.*, n.º 14: *Que no puedan los indios por sus delictos ser condenados a ningun servicio personal de particulares*. Debaixo do qual nome de *particulares* se entendem, além dos mesmos Vice-Reis expressados, em muitas Provisões, todos os demais que nomeadamente se contêm na mesma lei citada, cap. 2, n.º 8, a qual manda, ou proíbe: *Que no se den Indios a nadie en particular; sino que, si pareciere convenir, compelan a los Indios a que trabajen, y se salgan a alquilar a las plaças y lugares publicos, para que los que huvieren menester, assi hespañoles, como otros indios, ora sean ministros reales, o prelados, religiones, sacerdotes, doctrineros, hospitales, y otras qualesquiera congregaciones, y personas de qualquier estado que sean, los concierten, y cogan alli por dias, o por semanas, y ellos vayan con quien quisieren, y por el tiempo que les pareciere de su voluntad, y sin que nadie los pueda tener contra ella, tassandole los jornales, etc.*

E, falando outra lei particularmente com os ministros, cap. 2.º, n.º 4, é notável a miüdeza dos serviços pessoais e domésticos dos Índios, que os reis lhes proíbem, não com menos penas, que de perderem os ofícios, por estas palavras: *Ni vos sirvaes de los Indios de agua, ni yerva ni leña, ni otros aprovechamientos, ni servicios, directa, ni indirectamente sob pena de la vuestra merced, y de perdimientos de vuestros officios*. E finalmente os mesmos Reis, n.º 9, dão a razão dêste que parece demasiado apêrto, dizendo: *Porque aunque esto sea de alguna discomodidad para los hespañoles pesa mas la libertad, y conservación de los Indios*.

Isto é o que acêrca da dita liberdade dispõem os reis católicos, como senhores da América, para satisfação de suas consciências, e dos espanhóis, que habitam aquelas terras, ou as vão governar, e isto o que como supremos administradores não concedem, mas proíbem nas administrações dos Índios, entendendo com todos seus conselhos, que de outro modo não podem ser lícitas.

E porque o mesmo é o meu parecer, tendo, quando menos, por escrupulosas as larguezas, com que se responde às dúvidas dos homens de S. Paulo, resta responder aos fundamentos delas, como agora farei.

E começando por onde começam os mesmos Paulistas, dizendo, que Sua Majestade lhes concede a administração dos Índios, suposto não serem os ditos Índios capazes de se governarem por si, nem de se conservarem em uma vida de algum modo humana e política, nem de se estabelecerem de outro modo na santa fé, se ficarem, sem administradores, sôbre si: esta suposição na generalidade, em que se toma, de nenhum modo se pode verificar nos Índios de S. Paulo, porquanto os que os Paulistas traziam do sertão, não eram tapuias bárbaros, senão índios aldeados, com casa, lavouras, e seus maiorais, a quem obedeciam, e os governavam com vida, dêste modo humana, e a seu modo política.

E quando menos se não devem esquecer das muitas mil almas, que trouxeram de duas reduções de Paraguai, onde todos eram cristãos e os vieram seguindo, como seus pastores, o Padre Simão Maceta, e P. Justo Mansilla, e procuraram no Govêrno da Baía a sua restituição e liberdade, mas sem efeito. E do mesmo lote eram aquêles, que, cercados em uma grande Igreja em dia de festa, os meteram em correntes, matando à espingarda c seu pároco, porque os quis defender, e outros muitos dêste género.

Mas, pôsto que com mais piedade que experiência, haja quem os queira medir a todos pela sujeição de puramente menores, saibam os Paulistas, que por isso mesmo, ainda que voluntàriamente se queiram os ditos Índios sujeitar a ter a união perpétua acima referida, que a tal sujeição, e a tal vontade é nula e inválida.

Assim o ensina com muitos textos, e doutores, o já alegado Solórzano, *De Indiarum gubernatione*, lib. 1, cap. 3, n.º 55 et 56, onde diz: *Et voluntas indorum, qui minorum jure, et privilegiis utuntur, in perniciem libertatis ipsorum trahi non debet, neque impediri, ut eam revocent, et a dictis fundis, et dominis, quando voluerint, recedere possint, cum nemo, etiam maior, et volens dominus sit membrorum suorum*; e no n.º 57 dá razão de ser a dita vontade, inválida e nula: *Quia licet aliquando tolerari soleat pactum perpetuum de operis praestandis; pactum tamen inducens perpetuam libertatis privationem invalidum est.*

O segundo fundamento, é que se lhes dá aos Paulistas a administração dos Índios na forma acima referida, com condição e promessa que não tornem ao sertão a ir trazer outros. Ao que se responde, que *non sunt facienda mala, ut eveniant bona*. E não faltará quem diga, que mais seguro modo de não tornarem os Paulistas ao sertão, seria o que com glória imortal executou el-rei de França neste mesmo século, quando para impedir os danos que os piratas rocheleses faziam em todos os mares, arrasou totalmente a Arrochela, concorrendo também para isso a armada de Espanha.

Mas, tornando à dita condição, em bom romance, vem a ser como se ao ladrão se dissera: eu te concedo o uso lícito de quanto tens roubado, com que prometas de não roubar mais; no qual caso, se os roubos foram da fazenda real, bem se pudera esperar da benignidade e grandeza de Sua Majestade, que os perdoasse; mas sendo o mesmo rei e senhor nosso, que Deus nos guarde muitos anos, entre todos os príncipes do mundo, o maior favorecedor das gentilidades, e de seu bem, assim espiritual, como temporal, de nenhum modo se pode presumir, que queira sujeitar a tal modo de cativeiro perpétuo tantos milhares de inocentes.

O terceiro fundamento da dita sujeição, e de não se poderem apartar os Índios da casa dos administradores paulistas, antes serem obrigados por fôrça, e com castigo a tornar para elas, é o exemplo de que se usa nas Aldeias do Brasil, em que, se fogem ou se ausentam os Índios, os obrigam que tornem e residam nelas; mas a razão da diferença é muito clara; porque os Índios do Brasil são naturais delas, onde têm seu domicílio, e vivem como em terra e pátria própria, e de sua nação, pais, avós, e como partes da mesma comunidade, e membros do mesmo corpo político, que devem conservar e aumentar, e não diminuir nem desfazer; e pelo contrário os Índios, chamados de S. Paulo, nenhuma obrigação têm àquela povoação e república, donde saíram os que por suma violência e tirania os arrancaram das suas terras e pátrias; e obrigá-los a que conservem a dos Paulistas, e não se possam separar dela, seria o mesmo que se os cativos de Argel fôssem obrigados a não fugir, nem procurar sua liberdade por outra via, para conservarem o mesmo Argel.

O quarto fundamento, é que o sobredito modo de tratar os Índios, e se servirem dêles, é usado dos religiosos ainda mais observantes e timoratos de S. Paulo, cuja religião, porém, e cujo exemplo não basta para fazer lícito o dito tratamento, salvo se fôsse tão benigno e paternal que os mesmos Índios, como filhos, muito por sua vontade o aceitassem, e de nenhum modo repugnassem, ou se queixassem dêle; porque nesta segunda suposição, tão injusto seria e digno de ser emendado o dito abuso, nos eclesiásticos e religiosos, como nos leigos.

Sobretudo se deve advertir que tal forma de administração é totalmente nova e inaudita; porquanto tôdas as outras foram, e são, fundadas em Índios aldeados, e juntos na mesma povoação ou comunidade, onde sejam administrados, por um administrador, e nesta tanto vêm a ser os administradores como as famílias, as quais só na Vila de S. Paulo, e seu distrito passam de quatrocentas, e nas Capitanias anexas, a que se estende a mesma administração, são mais de quatro mil; e sendo coisa dificultosa achar um administrador fiel, como se pode supor ou imaginar que o sejam tantos centos e tantos milhares de administradores?

Pedindo muitas vezes os moradores do Maranhão ser administradores dos Índios, na forma e à semelhança dos de Castela, não por famílias, senão em Aldeias e comunidades, nem o senhor rei D. João de gloriosa memória, nem Sua Majestade, que Deus guarde, o quiseram nunca conceder, pela ocasião e perigo moral de infinitas injustiças; e pôsto que nas respostas das presentes perguntas se põem tantas moderações e cautelas, que especulativamente possam fazer pelo mesmo modo lícitas as ditas administrações, as mesmas moderações e cautelas em tanta multidão de administradores são manifestas ocasiões, perigos e demonstrações de que na praxe se não poderão observar, antes debaixo do especioso nome de administração, concedida por autoridade real, sejam licença e liberdade pública para se cativar a dos Índios.

O que tudo suposto, depois de muito considerado e encomendado a Deus o remédio de matéria tão importante, não só ao alívio e vida tolerável e racional dos Índios, senão muito mais às consciências de tanto número de Portugueses, até agora na vida e na morte tão arriscadas, o meio ou meios que se me oferecem são os dois seguintes:

Primeiramente, é certo que as famílias dos Portugueses e Índios em S. Paulo estão tão ligadas hoje umas com as outras, que as mulheres e os filhos se criam mística e domèsticamente, e a língua que nas ditas famílias se fala, é a dos Índios, e a portuguesa a vão os meninos aprender à Escola; e desunir esta tão natural ou tão naturalizada união, seria género de crueldade entre os que assim se criaram, e há muitos anos vivem. Digo, pois, que todos os Índios e Índias que tiverem tal amor a seus chamados senhores, que queiram ficar com êles por sua livre vontade, o possam fazer sem outra alguma obrigação, mais que a do dito amor, que é o mais doce cativeiro, e a liberdade mais livre.

Funda-se esta resolução no exemplo e lei expressa do mesmo Deus em semelhante caso. O cativeiro dos hebreus na lei durava até seis anos, como consta do cap. 21 do Êxodo, e diz assim a lei: *O servo hebreu não servirá mais que o sexto ano, e no princípio do sétimo saïrá livre; mas se êle disser: Eu amo a meu senhor, e mulher, e filhos, e não me quero sair de sua casa nem usar de liberdade; em tal caso o dito servo fique servindo a seu senhor perpètuamente: Quod si dixerit servus: Diligo dominum meum, uxorem et liberos, non egrediar liber... Erit ei servus in saeculum.*

O mesmo digo eu, mas com certa limitação (que também a tinha aquêle servo até o ano do jubileu). A limitação do nosso caso é, que se o índio se arrepender pelo tempo adiante de estar na mesma casa, o possa fazer, e passar-se para alguma das Aldeias de administração, de que logo se tratará, e desta limitação se seguirão dois grandes efeitos. O primeiro, que assim se conservará a inteireza da Liberdade dos Índios. O segundo, que o senhor ou amo com receio de o perder, e que se lhe vá de casa, o tratará com tal benignidade e satisfação sua, que conserve a mesma vontade e amor, com que se quis perpetuar em sua companhia, e por êste meio de tanta suavidade ficarão os homens e famílias de S. Paulo com grande número de Índios, e os melhores e mais úteis, dos quais lìcitamente se possam ajudar e servir, sem outra paga ou estipêndio, que o bom e amorável trato de que êles se contentem.

O segundo meio é, que todos os outros Índios que não tiverem êste amor a seus chamados senhores, divididos pelos lugares mais acomodados, se ponham em numerosas Aldeias com seus párocos e administradores, onde no espiritual possam ser doutrinados, e viver à lei de cristãos; e temporalmente ser governados de modo que êles se conservem e sirvam por seu estipêndio aos Portugueses pelo modo seguinte:

Quanto aos Párocos, que êstes sejam regulares ou seculares, e que os Índios, dos dízimos que não pagam das suas lavouras, lhes façam a côngrua conveniente com que terão a doutrina necessária, e quem lhes administre os sacramentos a tôda a hora, e lhes diga missa nos dias de guarda, e não vivam, sendo baptizados, como muitos hoje, que apenas uma vez no ano vêm à Igreja.

Quanto aos administradores, que ponha Sua Majestade um tributo aos Índios (como vassalos, que já serão) nas suas lavoiras, o qual tributo sirva de salário aos administradores, e que êstes sejam alguns daqueles moradores de S. Paulo, os quais foram tão timoratos, que no tempo das entradas ao sertão nunca quiseram ter parte nelas, merecendo por isso esta confiança e prémio; e digo falando dêstes Índios, *vassalos que já serão*, porque o estilo dos pactos que se fazem com os isentos, é jurarem êles juntamente vassalagem a Sua Majestade [1].

Quanto ao serviço dos Portugueses, que os Índios das ditas administrações fiquem obrigados a êle alternativamente quatro até seis meses no ano, como no Maranhão o aceitaram com aplauso de todos; e que o estipêndio ou jornal de cada dia seja o que fôr mais justo e acomodado, a contentamento das partes, sendo a espécie da paga em pano de algodão, como é costume, aos Índios, e de mais comodidade em S. Paulo, no qual pano terão suficientemente com que se vestir a si, a suas mulheres e filhos.

E quanto ao exercício dos Índios nos meses livres, que os administradores os não deixem estar ociosos, obrigando-os com a moderação de livres, a que trabalhem, e façam suas lavoiras, de que abundantemente se sustentem, estando a presente repartição, para que lícita e suavemente se consigam os quatro intentos santos, e verdadeiramente reais, de Sua Majestade, a saber: a liberdade dos Índios, a consciência dos Paulistas, a conservação de suas povoações e serviço e remédio de suas famílias.

E porque não há leis tão justas e leves, que não necessitem de quem as faça executar e guardar: para êste fim parece conveniente, que assim como em Pernambuco e no Rio de Janeiro houve antigamente Administradores Eclesiásticos, assim haja em S. Paulo um, de conhecido zêlo e justiça, que todos os anos visite aquelas Capitanias, e tenha cuidado, de que tudo o dito se observe, e nos casos que se oferecerem, os possa e saiba decidir. — Êste é o meu parecer, *salvo meliori judicio*, Baía, 12 de Julho de 1694» [2].

---

1. Alude ao que êle próprio fêz com os Nheengaíbas, como forma de encorporação pacífica dos Índios ao Estado, cf. supra, *História*, III, 243
2. Vieira, *Obras Várias*, I, 239-251; André de Barros, *Vozes Saüdosas da Eloqüência, do espírito, e eminente sabedoria do P. António Vieira*, IV (Lisboa 1736) 141-166 («Voz Doutrinal»). A última sugestão do P. Vieira contém a idéia da criação da Prelazia de S. Paulo, primeiro passo para a Hierarquia diocesana, que só mais tarde se realizou.

Alguns dias depois, a 24 de Julho, escrevia o P. António Vieira ao seu grande e fiel amigo, o Duque de Cadaval:

«Sôbre a administração dos Índios, concedida aos Paulistas, foi servido Sua Majestade que eu também desse o meu voto, em que me não conformei com os demais, por ver que todo o útil se concedia aos administradores, e todo o oneroso carregava sôbre os miseráveis Índios, a quem em tôdas as voltas ou mudanças sempre a roda da fortuna leva debaixo. O modo, que me ocorreu, de concordar sua liberdade com a consciência e interêsse dos que tanto lhes devem, então terei por acertado, quando saiba que não desagradou a Vossa Excelência, pôsto que a esperança das minas, que eu não creio, pode ser que incline ao favor contrário não poucos aduladores. A cópia do meu parecer remeto, com esta, à censura de Vossa Excelência.

De outro cativeiro doméstico, com que os Portugueses nesta Província estamos dominados de estrangeiros, sem nos valerem decretos reais, também espero que o poder e auxílio de Vossa Excelência nos ajude eficazmente a remir; e todo o bom e todo o melhor deveremos a Vossa Excelência»[1].

A alusão a Padres estrangeiros, que Lúcio de Azevedo anota como assunto interno da Companhia, atinge aqui, no caso dos Paulistas, os nomes de João António Andreoni e Jorge Benci, que influíram no P. Alexandre de Gusmão, e num ou noutro Padre como António Rangel e Domingos Ramos, o qual também escreveu uma *Resposta* ou *Apologia* a favor das administrações. Na *Notícia Prévia* ao Voto do P. António Vieira, conservada no Colégio da Baía, e que Pedro Gonçalves Cordeiro Pereira levou mais tarde para Lisboa e ofereceu, a 15 de Julho de 1755, a uma personalidade da Côrte contêm-se êstes nomes, e mais algumas indicações úteis. A *Notícia Prévia* conclui assim: «Governando o Brasil António Luiz Gonçalves da Câmara, alguns Paulistas prometeram aos Padres da Companhia que, concedendo-lhes S. Majestade a administração dos Índios que tinham, não iriam mais ao Sertão cativar novos Índios: mas isto prometeram os que tinham Índios de sobejo; e no mesmo ano partiram várias tropas ao exercício de cativar, e ainda hoje não perdem ocasião disso. Mas os Padres, para ver se conseguiam apartar os Paulistas desta tentação, seguindo os mais o exemplo dos que pediam

---

1. *Cartas de Vieira*, III, 658.

a sobredita administração, fizeram um parecer, por ordem de S. Majestade e foi assinado pelos Padres Alexandre de Gusmão, António Rangel, Jorge Benci, João António Andreoni, Domingos Ramos e outros mestres e homens todos de conhecida ciência. Esperavam êles que o grande P. António Vieira assinasse também o tal parecer, mas o dito Padre, por ter carta de S. Majestade, informou com tal evidência, como se tôda a vida estivesse em S. Paulo, e foi de contrário parecer em parte, e S. Majestade estêve pelo seu voto, e mandou que se seguisse, não obstante dividirem-se os Padres de Portugal, que foram Domingos Leitão, Francisco da Cruz, Manuel Álvares, actual Lente em S. Antão, e outros Padres em diversos pareceres» [1].

A opinião dêstes e mais alguns Padres, ainda que de boa ciência, não era, diz Vieira, a que devia de ser ouvida em matéria de Índios e de S. Paulo:

«Cá se mandou resposta ou apologia do Padre Domingos Ramos, de que se ouviram em todo o Colégio aplausos e triunfos [2]; mas êste seu papel se escondeu e tem desaparecido; ouço que vem aprovado pelos Padres Francisco da Cruz e Domingos Leitão, pôsto que êste acrescente: *Salva Indorum libertate*. Eu o não pude ver; mas, pelo que me dizem, me lastima que, havendo em Portugal tantas letras, haja tão pouca notícia, e tão errada, dos factos, sôbre que se há-de assentar e aplicar o direito [3].

---

1. Arq. Prov. Portug., maço 78[1].

2. Sôbre esta *Resposta* ou *Apologia*, cf. o que se disse no Capítulo anterior sôbre a *Apologia pro Paulistis* do P. Jacobo Rolland. A data de 1684 é a que parece materialmente. Mas só o exame intrínseco, que a guerra nos impede, poderia dizer definitivamente se é de 1684 ou 1694; e, se porventura fôsse de 1694, a *Apologia* existente em Roma deveria ser atribuída a Domingos Ramos.

3. Vieira distingue nestes Padres as suas *letras* do seu *conhecimento* das coisas do Brasil. Eram de facto grandes letrados. O P. Francisco da Cruz foi professor em Coimbra e S. Antão, mestre e depois confessor de D. João V (quando era príncipe) e revisor dos livros da Companhia em Roma. Estava a redigir a *Biblioteca Lusitana*, que não concluíu, e da qual se serviu depois, com o mesmo nome, Barbosa Machado, que o confessa: «cuja confissão faço tão clara para não ser acusado de ingrato a tão grande benefício» (Franco, Ano Santo, 44; Barbosa Machado, Bibl. Lusit., 2.ª ed., II, 128). Do P. Domingos Leitão, também professor em Évora e Coimbra diz António Franco que foi Procurador a Roma e Prepósito da Casa de S. Roque, «aonde muito nos autorizou com suas letras, sendo consultado dos Tribunais, em que havia grandíssima satisfação do que êle resolvia» (Ano Santo, 206). Segundo o testemunho de Vieira, êste ressalvava a *liberdade dos Índios*;

Primeiramente, não me admira que indo a resolução dos Padres desta Província firmada com tantos nomes (como Vossa Reverendíssima lhe chama) se seguisse a sua autoridade; mas não se sabe lá que nenhum de todos êles tratou, em tôda a sua vida, com Índios, nem lhes sabe a língua, excepto um, que fala alguma palavra. António Vieira estêve cinco anos em tôdas as Aldeias da Baía, e nove anos na gentilidade do Maranhão e Grão-Pará, onde em distância de quatrocentas léguas levantou dezasseis Igrejas, fazendo catecismos em sete línguas diferentes; e, depois de reduzir os Índios à fé e vassalagem de El-Rei de Portugal, então capitulou, com êles e com os Portugueses, o modo com que uns haviam de servir e os outros lhes deviam de pagar cada mês [1].

Igualmente se ignora que *os outros Padres, que não foram assinados no sobredito papel, são de contrário parecer, entrando neste número os mesmos naturais de S. Paulo, filhos, irmãos, tios, e em todos os outros parentescos,* mais interessados na sua salvação que nas suas conveniências [2].

Também se não sabe que o autor destas administrações, que lá se aprovaram, foi um Padre italiano, que nunca viu índio, e só o ouviu aos Paulistas [3], como outro flamengo chamado Rolando (homem *alioquin* santo), o qual fêz um papel a favor dos mesmos Paulistas, que mandou queimar o Padre Geral em Roma [4].

Do mesmo modo é intolerável êrro, que lá se admita a paridade dos Índios dos Paulistas, tirânica e violentamente cativos, comparando-se com os das Aldeias da nossa doutrina; não advertindo que êstes são Índios, que livre e voluntàriamente receberam a fé e vassalagem de El-Rei, sujeitos por uma e outra obrigação ao que El-

---

a dificuldade não estava na *aplicação do Direito* senão no *conhecimento* verídico dos factos, sôbre que havia de recair essa *aplicação*.

1. Cf. supra, *História*, tomos III e IV, *passim*.
2. O *Catálogo de 1694* traz os seguintes Paulistas da Companhia de Jesus, já *Padres*: Estanislau de Campos, Jerónimo Ortiz, Simão de Oliveira, Diogo da Fonseca, Domingos de Abreu, Belchior de Pontes, Francisco de Albuquerque, Manuel Pedroso (dois), Ascenso Gago e Inácio Barbosa; mais três Padres de Santos; e outros, mas ainda *Irmãos estudantes*, quer de Santos quer de S. Paulo.
3. Jorge Benci. O P. Jorge Benci, estimulado por esta opinião de Vieira, deu-se a estudar a situação dos escravos no Brasil e escreveu a *Economia Christãa dos senhores no governo dos Escravos*. Já estava pronto o livro em 1700, ano em que o enviou para Roma. Imprimiu-se na mesma cidade de Roma em 1705.
4. Jacobo Rolland, que ja tinha falecido, 11 anos antes.

Rei ou os Prelados eclesiásticos lhes ordenarem, para a conservação sua e da república» ¹.

Tôda a carta de Vieira, escrita aos 87 anos, na defesa da Liberdade dos Índios, pela qual se bateu tôda a vida, é documento da indomável tenacidade do seu espírito. Mantém e esclarece o seu Voto, que «encerra, diz Taunay, alguns dos últimos lampejos daquele prodigioso génio, que é a maior glória das letras portuguesas, após Camões» ².

Com Vieira acabou a grande batalha dos Jesuítas sôbre a Liberdade dos Índios no planalto piratiningano. O que se segue ao famoso Voto, deixa de ter a mesma grandeza.

5. — As Administrações entraram no ambiente paulista, concedidas pelas Cartas Régias de 26 de Janeiro e 19 de Fevereiro de 1696, e nelas já influíu benèficamente o Voto de Vieira. Os Índios serviriam uma semana para os Administradores, mediante salário e trabalhariam outra para si. Ao sertão não poderiam ser levados senão metade dos mais robustos e não poderiam durar as jornadas mais de quatro meses ³. Com estas normas, aliás mal cumpridas, e com êste espírito, se reorganizariam também as Aldeias de S. Majestade que outrora administraram os Jesuítas. Ainda bateram à porta do Colégio para as administrações no novo regime, que El-Rei exigia desde 1691, ordenando ao Governador Geral, Câmara Coutinho, que no Brasil não houvesse administradores seculares, e onde

---

1. Carta do P. António Vieira ao P. Manuel Luiz, da Baía, 21 de Julho de 1695, *Cartas de Vieira*, III, 666-667.
2. Afonso de E. Taunay, *História Seiscentista*, III, 48.
3. Cf. Pôrto Seguro, *HG*, III, 327. Ainda outras medidas regulamentares de carácter *local* se foram produzindo através dos anos seguintes. Entre outras a Resolução de 30 de Agôsto de 1727, tomada pelo Ouvidor Geral da Capitania, Bento Galvão de Afonseca. Haveria um *Protector dos Índios*, que seria da Companhia, e um Administrador secular. Os Índios ficariam em casa dos moradores, não poderiam porém ser testados (Cf. *Doc. Interes.*, III, 101-111). Sôbre outras medidas de carácter *geral*, cf. supra, *História*, I, 82, 234; e mais a respeito de S. Paulo, *Rev. do Arquivo Municipal de S. Paulo*, X, 67-87. Diversas leis se sucederam, até que a 12 de Maio de 1798, D. Maria I, a Libertadora, aboliu o Directório pombalino, deu liberdade aos Índios, e [organizou corpos de milícias, cf. *Carta Régia acêrca da emancipação e civilização dos Índios*, na *Rev. do Inst. Hist. Bras.*, XX, 433ss.

os houvesse os tirasse [1]. Ainda o Governador Artur de Sá e Meneses, em obediência a esta política geral, pediu Administradores ao P. Francisco de Matos, sucessor do P. Alexandre de Gusmão. Mas o novo Provincial respondeu que *não tinha*. A experiência havia-lhe ensinado a boa e coerente resposta.

Francisco de Matos não pôde desfazer o que fizera o seu antecessor, obrigado a conformar-se com os ajustes feitos, mitigados pelo Voto de Vieira. E neste regime, entraram pois, também, as Aldeias e Índios, que tinham sido confiados aos Jesuítas com encargos pios. Tal administração, colocada em plano não idêntico, mas análogo ao das administrações particulares dos Paulistas, trazia escrúpulos de consciência. Com os dados ministrados pelos documentos da época, em particular a *Visita* do Colégio de S. Paulo em 1700, aparecem as seguintes analogias e diferenças, no que toca à origem das administrações, ao regime de trabalho, ao salário e vida social e familiar:

a) *Origem*: Os Índios particulares tinham sido violentamente cativos; os dos Padres haviam descido por livre vontade, ou tinham sido confiados aos Padres por alguns dos moradores, que tendo-os cativado outrora violentamente, movidos de escrúpulos de consciência, os confiaram depois aos Padres para lhes assistir e os conservar aldeados com satisfação dos mesmos Índios.

b) *Regime de Trabalho*: Estavam pràticamente equiparados entre si todos os trabalhadores das Fazendas do Colégio, Índios e Negros. Não gozavam portanto os Índios do pleno exercício de sua liberdade, mas de liberdade *tutelada*, pressuposto de tôda a legislação sôbre a liberdade dos Índios [2]. Sem êste enquadramento no meio de outros trabalhadores, não seria possível nenhuma organização estável do trabalho dos Índios, com um mínimo de compen-

1. *Doc. Hist.*, XXXIII, 404.
2. Cf. Carta do P. Diogo Soares, o cartógrafo, de Santos, 12 de Dezembro de 1735, ao Conde de Sarzedas, que o consultava sôbre a liberdade dos Índios e a distinção que faz entre liberdade *absoluta* e liberdade *tutelada*. A situação dos Índios, sob o ponto de vista de «polícia cristã», ainda requeria uma administração dirigente. Equiparação social à dos menores, até obterem a maioridade ou emancipação. Os Índios, tais como se encontravam então, mental e socialmente, ainda se não podiam dirigir por si mesmos, numa liberdade *absoluta*, sem perturbação social. Tal é o sentido da resposta do P. Diogo Soares. Cf. Lúcio José dos Santos, *A Companhia de Jesus*, em *Estudos Brasileiros*, vol. V(Julho-Outubro de 1940)51-52, judicioso exame dos «meios gerais» de «trazer os selvagens ao grémio da civilização».

sação útil, que servisse ao bem comum e em particular aos próprios Índios. Era como que o contrato de trabalho daquele tempo, ou como lhe chamava, com a permanente propriedade do seu vocabulário, o P. António Vieira, a «Convenção do Trabalhador». Trabalhavam uma semana para os Administradores, outra para si, desta forma alternada; ou, mais comum, por necessidade de acudir aos trabalhos da lavoura, repartindo o dia em duas partes: tirando algum, em que a natureza de trabalhos agrícolas o pedia, ou algum acabamento de obra urgente, para evitar os estragos das chuvas, todos — Índios, forros ou escravos — suspendiam o trabalho às 2 horas da tarde, dispondo do resto do dia. E ficavam-lhes inteiramente livres os sábados, domingos e dias santos, que então eram mais numerosos do que hoje. A diferença entre os Índios dos moradores e os dos Padres, no regime de trabalho, consistia em que os dos Padres não eram obrigados a ir às jornadas do sertão e o seu horário diário ou semanal era guardado com escrúpulo de consciência.

c) *Salário*: Exceptuando trabalhos extraordinários, como de carretos, recados e transportes, que se pagavam à parte, o salário ou equivalente dêle consistia, tanto da parte dos Padres, como dos moradores, em dar-lhes meios de subsistência e medicamentos nas suas doenças e uma farda por ano. Pôs-se em consulta em 1700, se o Colégio poderia dar aos que trabalhavam, 20 réis por dia, como salário mínimo. Verificou-se a impossibilidade administrativa de o dar. A receita do Colégio de S. Paulo, nesse ano, foi de 1.511$000 réis; a despesa 1.315$000; saldo líquido, 196$000. O salário de um vintém diário, a 300 Índios forros, que eram os que tinha então o Colégio, não contando as crianças, velhos e inválidos, perfazia 6$000 réis diários, que em 20 dias de trabalho mensal eram 120$000, e no fim do ano 1.440$000 réis. A legislação da Companhia, a respeito dos Índios livres, que trabalhavam nos Colégios, era que se lhes retribuísse melhor do que os moradores: «Aos Índios livres, que nos servem, se dará *avantajado* tratamento: e cada ano se dê a cada um dêstes um vestido de pano do Reino, e outro de algodão ou de lona para o trabalho». Tal era a prática de 1622.

Com o tempo, todos os Colégios da Província do Brasil, deixaram de ter trabalhadores assalariados, substituídos por escravos de África, excepto os Colégios de Santos e S. Paulo, que continuavam com índios livres. Em virtude das consultas de 1700 se determinou que a êstes se continuassem a dar aquêles vestidos, se fôsse serviço *anual*; senão, que se lhes retribuísse *segundo o trabalho* [1].

Serviço *anual* era o dos Índios, que os Padres contratavam para garantir o andamento regular dos Colégios, em que os trabalhadores moravam em casas anexas e com as comodidades dos Colégios, revezando-se os Índios ou mantendo-se o contrato, conforme as circunstâncias individuais de cada índio, como no caso em que se matrimoniasse e constituísse lar autónomo. A diferença de compensação, entre os moradores e Padres, consistia sobretudo no ensino aos filhos, catequese e assistência espiritual a todos, e, no «tratamento avantajado», isto é, em mimos e esmolas, no comer, beber, vestir e instrumentos de trabalho, dados não por obrigação de justiça, mas de benemerência. Esta situação de 1701 melhorou depois, não só como efeito do *Voto de Vieira* e da reacção permanente dos Padres, ora um ora outro, como também em consequência do desafôgo ulterior do Colégio. O salário veio a ser depois realmente em dinheiro, quando o oiro de Minas facilitou a circulação da moeda [2].

d) *Vida familiar e social*: Os Índios dos moradores serviam nas casas dêles ou nas suas fazendas; os Índios dos Padres, excepto alguns poucos, indispensáveis ao serviço quotidiano de um Colégio, viviam aldeados, isto é, tinham nas Aldeias as suas casas, onde constituíam lares familiares. As Aldeias neste regime, diferente do das Aldeias de El-Rei, eram situadas tôdas em terras dos Padres, que lhes davam chãos para levantar as suas casas ou lares autónomos, e terras de lavoura, onde cada qual possuía plantações próprias, de que tiravam o sustento habitual, e até frutos, que vendiam quando eram industriosos e poupados. Podiam-nas lavrar tôdas as tardes, que lhes ficavam livres depois das 14 horas, e todos os sábados, que também se lhes deixavam ao seu dispor; e os passavam trabalhando ou conversando, ou dançando, como lhes aprouvesse, no exercício da vida social plenamente livre. De maneira que não eram inteiramente livres, porque eram «*tutelados*»; mas também não «*puramente menores*» como os não queria o P. Vieira, e para

---

1. Gesù, *Colleg.*, 20 [2v].
2. E foi preciso aos Governadores proïbir que os moradores entrassem sem licença nas Aldeias a vender aguardente aos Índios com dois resultados funestos: levar-lhes o «dinheiro dos salários», e embriága-los, com o que faltavam ao que deviam a suas mulheres e filhos, com outros desassocegos e rixas, cf. Proïbição de D. Luiz Mascarenhas, de 18 de Abril de 1746, *Doc. Interes.*, XXII, 192.

isto influíu o seu Voto. Além da *origem* diversa das Administrações, e da *assistência espiritual*, mais certa e constante nas Aldeias dos Jesuítas, parece esta, de *carácter social*, a maior vantagem a favor dos Índios e a principal diferença entre as Administrações dos Padres e as dos particulares ¹.

6. — Olhando-se ao saldo líquido de 1700 (196$000), réis em que entravam aliás outras fontes de receita, independentes do serviço dos Índios, como o pôrto de Cubatão, que se arrendara a pessoas de fora, por 40$000 réis, infere-se que para os Padres o encargo dos Índios era positiva-mente oneroso. E pela condição de ser trabalho *tutelado*, criava aos Padres do Colégio problemas de consciência, que tentavam resolver. Em 1700 propuseram-se algumas soluções: ou fechar o Colégio de S Paulo, reduzindo-o a simples Residência, com três ou quatro Padres, cortando com isso as despesas; ou obter dotação régia ou «fundação» de algum morador abastado; ou mandar buscar oiro às Minas para comprar escravos negros, que fizessem o serviço indispensável à manutenção do Colégio e dos seus múltiplos encargos.

Fechar o Colégio nem seria serviço de Deus (pelo bem que nêle se praticava) nem seria grato aos Paulistas, que se oporiam com tôdas as veras; requerer dotação régia não era exeqüível, porque a Coroa, vendo que o Colégio, no regime actual, se mantinha, iria deixando correr; fundação dos moradores era ainda cedo; não tardou porém a abrir-se essa perspectiva, não de «fundação» pròpriamente dita, mas tentativa disso, com Amador Bueno da Veiga e o Dr. Guilherme Pompeu de Almeida ²; mandar buscar oiro às minas, ainda que o proponente dessa medida, P. Luiz Vincêncio Mamiani, achava que não haveria escândalo, existia uma ordem do P. Geral que o proïbia, e sem dúvida o escândalo, contra o que julgava o Padre, se

---

1. Sobrevivência dêste espírito, quanto à diferença de *origem*, é o que sucedeu em 1735. Os moradores tinham trazido do sertão uma partida de Índios *Parecis*. Não sendo escravos não podiam ficar em poder dos moradores; também não cabiam na lei das Administrações, porque esta só dizia respeito aos Índios anteriores à lei que as criou: o Conde de Sarzedas situou-os, mediante recibo, nas Aldeias dos Jesuítas, como *forros* que eram. El-Rei aprovou a resolução do Governador, *Doc. Interes.*, XXIV, 186.

2. Já estavam em andamento em 1703, cf. carta do Provincial João Pereira, da Baía, 8 de Setembro de 1703, *Bras. 4*, 95-96.

manifestaria se se tentasse; comprar escravos negros, nisso sim, não haveria escândalo e em parte se tinha já feito e fêz depois [1].

E êste é um ponto, que se não escandalizava a gente de então, parece escandalizar um ou outro escritor menos atento. Porque é que os Padres não defendiam a liberdade dos negros como defendiam a dos Índios?

A resposta já está dada muitas vezes, mas importa recordá-la uma vez mais. *Porque os naturais da América eram livres.* Como tais foram declarados nas leis canónicas e civis. E aos Jesuítas na América Portuguesa foi confiada a defesa dessa *liberdade.* Esta é a razão. Os negros da África nem eram livres, nem a defesa da sua liberdade fôra confiada aos Padres. A escravatura africana era instituição vigente na África desde tempos imemoriais. Já antes da fundação da Companhia de Jesus, a América se inundava de escravos negros. As leis da Igreja toleravam essa escravatura, as leis civis das nações regulavam-na. Tôdas as nações colonizadoras, Portugal, Espanha, França, Inglaterra, Holanda, então, e por muito tempo ainda, e com elas depois os países independentes da América, exploravam a escravatura negra, legalmente, isto é, segundo as leis da época. Aos Jesuítas nunca foi nem podia ser confiada a defesa de uma liberdade *inexistente.* Aliás, a vinda de negros da África para a América foi útil ao desbravamento mais rápido dela, e para os negros também, sob o ponto de vista de contacto com uma cultura superior e a religião cristã. Êste argumento foi dado também pelos escravizadores dos Índios. A diferença está em que os Índios, *antes eram livres.* Os negros *já eram escravos em África,* havendo uns negros que escravizavam outros negros e os vendiam; na América continuavam a sê-lo, e talvez em melhores condições.

Em face pois, do facto então irremediável da escravatura negra, restavam aos Jesuítas apenas dois caminhos: ou declarar-se contra ela, e desaparecer da face da terra, renunciando a tôdas as demais obras de ensino, cultura, e missões, que deixariam de fazer, pois seriam logo expulsos de tôdas as nações civilizadas, sem que nisto houvesse o menor lucro para a civilização, continuando na mesma a escrava-

---

1. «Memorial sobre o governo temporal do Coll.º de S. Paulo offerecido ao P. Provincial Francisco de Mattos para se propor e examinar na Consulta da Provincia e para se representar ao N. R. P. Geral». No fim, outra letra: « Luiz Mamiani, visitando o Coll.º de S. Paulo», Gesù, *Colleg.,* n.º 1588.

tura negra, facto social universalmente admitido até o século XIX, como é da história; ou aceitá-la, mitigando-a, na diferença de tratamento e exercício da caridade, combatendo perpètuamente os maus tratos contra os negros, e respeitando nêles a pessoa humana, impondo-a, quanto estava em seu poder, ao respeito também dos colonos, seus senhores:

«Êstes homens não são filhos do mesmo Adão e da mesma Eva? Estas almas não foram resgatadas com o sangue do mesmo Cristo? Êstes corpos não nascem e morrem como os nossos? Não respiram com o mesmo ar? Não os cobre o mesmo céu? Não os aquenta o mesmo sol? Que estrêla é logo aquela que os domina, tão triste, tão inimiga, tão cruel?» Vieira dirige-se aos *Irmãos Pretos*, que se eram cativos no *corpo*, «na outra metade interior e nobilíssima, que é a *alma*, principalmente no que a ela pertence, não sois cativos, mas *livres* [1]

Êste e outros brados veementes de Vieira foram apenas igualados pelos abolicionistas da segunda metade do século XIX. Mas a alegação de que os Jesuítas haviam de advogar também a abolição *total* da escravatura negra, é anacronismo mental moderno, supondo que isso seria possível ou deveria ser obrigação de quem quer que fôsse nos séculos XVI e XVII. Denota deficiente cultura histórica e social em quem a formula. Acha-se, é certo, às vezes na pena de algum escritor, mas examinando a fundo os seus motivos ou ideologia, aparece de manifesto que o faz ou para encobrir e desviar a atenção dos males praticados pelos escravizadores dos Índios, ou para menoscabar a defesa da Liberdade dos Índios feita pelos Religiosos. Alegação menos justa, porque objectivamente a liberdade dos Índios foi um *bem* real a favor da humanidade, que fica no activo de quem o praticou, e é injustiça menosprezá-lo, como se a um homem que, por benemerência, fundasse um hospital para tuberculosos, em vez de se lhe tributar louvor e agradecimento, se injuriasse, porque não fundou ainda outro para os lázaros, sem dispor de meios para isso. A prática de uma obra de misericórdia é por si só benefício público; a defesa da liberdade era por si benemerência, a favor dos homens que beneficiavam dessa defesa.

A proposta do P. Luiz Mamiani, de mandar buscar oiro às minas, ficou sem execução, porque os Jesuítas não podiam solu-

---

1. Vieira, Sermão 27.º da série *Rosa Mística*, *Sermões*, XV(ed. de 1858)353-358.

cionar a crise económica do Colégio, com um expediente dessa natureza. Mas o oiro das minas, trazido pelos Paulistas, levou ao Planalto muitos negros da África, e êste substituto humano suprimiu a tirantês nas lutas pela Liberdade dos Índios.

Tinha sido a Liberdade tôda a razão das querelas dos moradores com os Jesuítas. Tôdas as lutas foram por causa dos Índios, que os Paulistas precisavam para o seu serviço e queriam sem peias de nenhuma intervenção legal, representada pelos Jesuítas em nome da Lei. Mas também se infere, através de tôdas as querelas, que os Paulistas, queriam em S. Paulo, os *Índios* e os *Jesuítas*... A dificuldade estava em harmonizar a presença dos Jesuítas, isto é, da Lei, que protegia o Índio, com a presença do Índio cativo, que os interessados no serviço dêle queriam sem a protecção da Lei. Os Jesuítas tinham apenas uma alternativa: ou irem-se de S. Paulo, como estavam resolvidos a fazê-lo em 1682, ou achar uma plataforma ou compromisso, e foi o *Regime de Administração*, solução tìpicamente paulista, como o *Regimento das Missões* fôra a solução, mais liberal ainda assim, no outro extremo da América Portuguesa, no Maranhão e Grão-Pará.

Com o Regime das Administrações, cessou o ciclo *heróico* da vida do Colégio. O Colégio entrou na vida *comum* de S. Paulo, e os Paulistas deixaram de o contradizer, antes o favoreceram em tudo: «Non ut antea infensi, sed officiosi rebus nostris favent», diz o Provincial João Pereira em 1703 [1]. E entrou de tal maneira na vida da Cidade, que o Procurador da Câmara de S. Paulo na Côrte de Lisboa, em 1751, era Manuel Farinha, da Companhia de Jesus, a quem a Câmara de S. Paulo escrevia a 29 de Abril de 1751. Tratava-se de uma questão com Mariana. A Câmara confiava nos bons ofícios do seu Procurador, «sem que nos possa ser obstáculo a pretensão dos da Cidade de Mariana, porque muito antes de conquistado o país, em que demora, pelos filhos desta Comarca, já êstes tinham

---

[1]. *Bras.* 4, 95v. Southey atribui ao aparecimento das Minas o atenuamento da escravidão vermelha: «Las Casas e Vieira não tinham vivido em vão; e pôsto que vissem adiada a sua esperança, triunfou afinal o princípio por que tinham combatido; e ao aparecer oiro no Brasil não tiveram os Índios motivo para lamentar a descoberta. Parece até ter êste sucesso pôsto têrmo naquela parte do Brasil ao tráfico de escravos índios; pelo menos é certo que veio êle em auxílio da lei», *História do Brasil*, V, 67.

relevantes serviços, por que se faziam credores da mercê que imploramos». Gomes Freire de Andrade, desafecto a S. Paulo, informava contra [1]. No entanto, a 26 de Agôsto de 1752 agradecia a Câmara a El-Rei os «privilégios concedidos e confirmados, que na presente frota recebemos», e esperavam fazer-se dignos das «honras recebidas e de outras maiores»; e ao P. Manuel Farinha escrevia a mesma Câmara: «Há mais de 25 anos» que requeriam a sua pretensão e só agora «êste Senado alcançou de Sua Majestade, o que tudo confessamos dever à diligência, valia e empenho de Vossa Reverência». S. Paulo, em vereança: Assinam *José Ortiz da Rocha, Alexandre Monteiro de Sampaio, Francisco Bueno da Silveira, Inácio Vieira Antunes, João Rodrigues Pereira* [2].

O Colégio transformara-se em elemento activo e integrante da vida citadina e explica o fundo desgôsto de S. Paulo, ao dar-se o exílio dos Padres, pela reviravolta da Côrte em 1759. Mas êste meio século de colaboração pacífica tinha sido precedido por século e meio, de colaboração sem dúvida também, mas agitada pelas lutas a favor da liberdade. A linha divisória dessas duas formas de colaboração está naquele período de 1682-1694. Ela marca na história de S. Paulo os dois grandes ciclos dela, nos tempos coloniais: um que se fecha, outro que se abre. Fecha-se o ciclo da *concentração paulista*, abre-se o da *dispersão paulista*. No da *concentração* ia buscar os Índios aonde quer que os achasse, e trazia-os para S. Paulo; no movimento de *dispersão* o paulista ia, levava a família e a servidão, e ficava por lá. A base sólida da glória paulista está nesta *dispersão povoadora* [3]. Coincidiu com o início dêle o debate sôbre as Administrações particulares. Nas duas soluções, então frente a

---

[1]. «Registo de uma carta que os Oficiais da Câmara de S. Paulo aqui mandaram registar que escreveram ao Padre Manuel Farinha da Companhia de Jesus, Procurador da Câmara». Registo de 29 de Abril de 1751. Na mesma data refere-se a Câmara de S. Paulo ao General Gomes Freire de Andrade e ao «desafecto com que o dito Senhor se tem portado em tudo o que diz respeito a esta Capitania», *Registo Geral*, X, 85-86.

[2]. *Reg. Geral*, X, 153.

[3]. «Há bandeira e bandeira»... Distinção de Capistrano de Abreu, aduzida por Paulo Prado, reproduzida por Afrânio Peixoto (*Poeira da Estrada* — Ensaios de crítica e de história, 3.ª edição, definitiva (S. Paulo 1944)234), e se infere pràticamente da *História Geral das Bandeiras Paulistas*, de Afonso de E. Taunay, *passim*; cf. Oliveira Viana, *Populações Meridionais do Brasil*, 3.ª ed. (S. Paulo 1933) 99ss.

frente, a do P. Alexandre de Gusmão representava o bom senso prático, na aceitação do predomínio de uma nova classe que se impunha, provinda da mestiçagem com prevalência nela do branco e da sua cultura. Esta posição do P. Alexandre de Gusmão, favorável à prevalência do Branco, filho da terra, em prejuízo do Índio, de que não curou muito, nem da aprendizagem da língua, deu como resultado útil a fundação do Seminário de Belém da Cachoeira. A posição do P. António Vieira, menos grata aos mestiços, cujas qualidades e defeitos, como mestiço que era, conhecia bem, e de que êle foi talvez o mais alto expoente com a vivacidade de sua inteligência e com a audácia das suas idéias, menos acomodadas ao comum dos homens, num idealismo, que manteve intacto até ao fim da sua longa vida, deu como resultado a suavização da classe servil. O reflexo da sua atitude manifestou-se, em sentido inverso ao do P. Alexandre de Gusmão, em manter as reservas que o Padre Geral e os Padres antigos impuseram na admissão de mestiços na Companhia, promovendo a vinda de Portugueses, que ainda reputava imprescindíveis ao progresso e formação do Brasil — e em matéria de Sacerdócio, mais do que em nenhuma outra. Mas ao mesmo tempo, Vieira reconhecia as qualidades da gente de S. Paulo. Aos paulistas do ciclo da caça ao Índio, reprovando a *causa*, que os movia, chamou *novos argonautas*, e, para as guerras de emboscada, os *melhores soldados do mundo*.

A liberdade dos Índios, no caso paulista, é facto social e económico comparável ao que, quási dois séculos mais tarde, iria agitar o Brasil na libertação dos escravos negros. Problema difícil, com as suas lutas e debates e com as suas razões práticas e ideológicas. Mas a simpatia da posteridade glorifica os que promoveram essa libertação, acima de razões práticas, e vai também para os que mais defenderam a Liberdade dos Índios, ou seja, pois eram homens, a Liberdade humana.

CAPÍTULO VII

Aldeias da Companhia, Fazendas e Missões

1 — Carapicuíba; 2 — Itapicirica; 3 — Embu; 4 — Itaquaquecetuba ou Capela; 5 — Pacaembu; 6 — Pôrto de Cubatão; 7 — S. José dos Campos. 8 — Cabeceiras do Rio Anhembi; 9 — Araçariguama; 10 — Guarei e Botucatu; 11 — Santa Ana; 12 — Missões rurais.

1. — A 12 de Outubro de 1580 o Capitão-mor Jerónimo Leitão concedera aos «Índios da Aldeia de Pinheiros» uma sesmaria de seis léguas de terras em quadra, no *sítio*, onde pedem, que é *Carapucuíba* [1]. Carapucuíba, ou mais usualmente Carapicuíba, aparece como espécie de zona de terreno, onde os Índios da Aldeia de Pinheiros talharam a sua sesmaria, zona mais vasta em que Afonso Sardinha, o velho, e sua mulher Maria Gonçalves tinham também outra sesmaria, onde colocaram uma Aldeia de Índios forros, «*Guaramins*» e *outras nações*, que veio a prevalecer depois e a ficar com o exclusivo do nome de *Aldeia de Carapicuíba*.

Resolveram Afonso Sardinha e Maria Gonçalves fundar dentro da Igreja do Colégio de S. Paulo, a Capela de N.ª S.ª da Graça. *Fundar*, isto é, *dotar* com bens suficientes para assegurar o ornato e culto da Capela. Para êste efeito doaram, a 9 de Julho de 1615, a *Fazenda de Carapicuíba* com tôda a sua gente, que assim, como legado pio, ficou vinculada à Igreja do Colégio de S. Paulo [2]. Afonso Sardinha fizera testamento a 2 de Novembro de 1592, deixando os bens ao Altar de Nossa Senhora da Igreja do Colégio, por

---

1. *Registo Geral*, I, 355.
2. Cf. *Doc. Interessantes*, XLIV, 360.

morte de sua mulher, que ficaria usufrutuária, com vários encargos que se enumeram [1].

Manuel da Fonseca descreve a Aldeia de Carapicuíba, vizinha de S. Paulo, a «pouco mais de cinco léguas, em um sítio alegre por natureza». «Alguns anos se conservou no mesmo lugar esta povoação, mas como as terras da nossa América descaem muito, tanto que lhes faltam as madeiras, e os seus lavradores se não aplicam aos arados e mais instrumentos com que na Europa se fazem eternas as Fazendas, foi necessário mudá-la para terras virgens e cobertas de matos, onde houvesse comodidade, para que os Índios, que já eram muitos, pudessem ter abundância de mantimentos com que se sustentassem» [2].

Mudou-se para *Itapicirica*. Mas assim como as terras da «nossa América» se cansam, quando não têm arados nem adubos, assim também se refazem com o descanso. E elas não deixaram de ser do Colégio, nem aquêle encargo pio caducou, e renovou-se e

---

1. Entre êles há o seguinte: «Tenho um moço, filho de uma escrava minha e de um índio, por nome Ricardo. Êste é do meu serviço, e *não quero que seja vendido, por assim o haver prometido aos Padres*, e há tempos que me serve, pelo que hei por bem que fique *livre*». Cf. *Testamento* de Afonso Sardinha, em Azevedo Marques, *Apontamentos*, 221-224. A *Trienal do Brasil* (1616-1619), assinada pelo P. Simão Pinheiro, XII Kal. Aprilis 1620, traz: «Alfonsus Sardinia Piratiningae civis, cum in omni vita Societatis studiosissimus, tum in extremo spiritu sui similimus Societatem Piratininganam suorum bonorum scripsit haeredem. Haereditas tribus aureorum millibus aestimatur. Horum mille aureos solido auro adhuc vivens in Lusitaniam asportandos curavit, unde comparatus est census qui tum in Capella, *nostra aede*, Virgini Matri dicata, apparatum, tum in nostrorum usu viget et vigebit. Hanc benignitatem Deus, aeterno apud Supernos aevo et mercede sempiterna compenset», *Bras. 8*, 240v. Afonso Sardinha com sua mulher tiveram o seu sepulcro dentro desta Capela de Maria Santíssima, N.ª S.ª da Graça, que *fundaram*, na Igreja do Colégio. Deixamos supra, *História*, I, 312, o dístico latino. Traduzimos:

Não jaz aqui Afonso e sua mulher: ergue-se aos céus
Quem cai aos pés, grata Maria, teus.

O dístico é obra posterior. O epitáfio primitivo, hoje no Museu Paulista, dizia nas abreviaturas da época, *Sepultura de Afonso Sardinha e de Sua Mulher Maria Gonçalves* (GŌZ). No seu testamento deixava os bens para o «altar de N.ª S.ª que, se pelo tempo adiante puder ser capela, o seja», como foi, e na qual se colocou aquêle dístico latino em sinal de gratidão aos dois piedosos benfeitores e devotos de Maria Mãe de Deus.

2. Manuel da Fonseca, *Vida do P. Belchior de Pontes*, 120-121.

ampliou-se o edifício em 1727 ¹. E os Índios voltaram para Carapicuíba. Em lugar porém da Igreja antiga, que se arruïnou, ergueu-se outra em 1736, consagrada a S. João Baptista ²; e é nomeada sempre entre as Aldeias da Companhia até final. Em 1757, Superior da Aldeia era o P. José de Castilho e seu companheiro o Ir. António da Nóbrega ³.

Carapicuíba permaneceu afastada dos grandes caminhos de ligação com o interior e com a costa. Tal recato permitiu-lhe conservar o carácter primitivo, estudado actualmente pelos que se ocupam da história da «casa» e de sua evolução no Brasil: «A vila de Carapicuíba é construída na forma tradicional de desenho quadrangular, num alto, de maneira que os fundos dos edifícios se encontram num declive às vezes tão pronunciado que a diferença de nível existente entre os beirais atinge comprimento igual ao da altura da fachada» ⁴.

2. — A 15 de Julho de 1689, o P. Diogo Machado, dando conta das Aldeias dos Jesuítas de S. Paulo, mas enunciando apenas os oragos, cita a de *N. Senhora do Rosário*, e a de *Nossa Senhora dos Prazeres*, ambas com mais de 900 almas, às quais assistiam, ora numa ora noutra, dois Religiosos ⁵. A do Rosário é *Embu* (Mboi), a dos Prazeres, *Itapicirica*, que começou com uma simples choça para moradia dos Padres, e meio século depois era Residência cómoda e ampla. A *Aldeia de Itapicirica*, assim como foi desdobramento de Carapicuíba, assim também pela sua proximidade com Embu, a esta se associou na administração religiosa, aparecendo nos Catálogos umas vezes só, outras com a menção conjugada: «Mboi e Itapicirica». A certa altura do século XVIII teve cada qual direcção autónoma local e distinta. No Catálogo de 1738 achamos Superior de Itapicirica o escritor P. Manuel da Fonseca ⁶. Tomou contacto directo com os locais, que depois tão bem descreveria. Superior de

---

1. *Bras.* 10(2), 296.
2. Fonseca, *op. cit.*, 121.
3. *Bras.* 6, 399.
4. Luiz Saia, *Um detalhe da arquitetura popular*, na *Rev. do Arq. Mun. de S. Paulo*, XL, 20; Sérgio Buarque de Holanda atribui êsse expediente a «necessidades de defesa» local, *Capelas antigas de S. Paulo*, na *Revista do SPHAN*, V, 113.
5. *Bras.* 3(2), 270v.
6. *Bras.* 6, 246v.

Itapicirica em 1757, último Catálogo: P. Francisco de Macedo; e seu companheiro, o P. Anastácio Dias¹. Tinha então 316 Índios ². Hoje em dia, Itapicirica é sede do Município do mesmo nome ³.

Os Índios de Itapicirica prestavam serviços de carácter nacional, como, por exemplo, na fundação da Colónia do Sacramento, os que acompanhavam os dois Padres Jesuítas, que se acharam nessa histórica expedição. Entre os prisioneiros dos Espanhóis, está o índio Miguel da Silva, natural da Aldeia dos Prazeres, de S. Paulo, da jurisdição dos Religiosos da Companhia, casado, e «ladino em língua espanhola e portuguesa». Há-os de Marueri, e do Cabo Frio, e da Aldeia de S. Miguel. Um dêstes, o índio André de Oliveira, deu uma resposta surpreendente, com seus resquícios de altivez: «Disse chamar-se André de Oliveira, e ser natural da Aldeia de S. Miguel, na vila de São Paulo, do Reino de Portugal» ⁴.

3. *Aldeia de Embu* era de Fernão Dias Pais e Catarina Camacho, sua mulher, de quem era filho único o P. Francisco de Morais, da Companhia. Êste Fernão Dias era tio paterno de outro Fernão Dias Pais, o «Governador das Esmeraldas», primo-irmão, por isso, do P. Morais ⁵. A doação teve três fases: doação de Fernão Dias, em 24 de Janeiro de 1624; depois, Catarina Camacho fêz ou prometeu alguma doação aos Padres Carmelitas com os quais houve composição, em 8 de Fevereiro de 1663; e, enfim, Testamento de Catarina Camacho a 15 de Outubro do mesmo ano. Não foi simples doação, mas *legado pio*: Entre as obrigações do legado estava a manutenção do culto da Capela do Crucifixo ou Santo Cristo da Igreja do Colégio de S. Paulo, fundada por Catarina Camacho, e a festa de N.ª S.ª do Rosário na Aldeia de Embu ⁶.

---

1. *Bras.* 6, 399.
2. *Bras.* 6, 439v.
3. A *Rev. do Arq. Mun. de S. Paulo*, III, 31, publica uma fotografia da Matriz de Itapicirica.
4. *Campaña del Brasil*, I, 171, 189.
5. Cf. Taunay, *A Grande Vida de Fernão Dias Pais* em *Anais do Museu Paulista*, IV, 14; Azevedo Marques, *Apontamentos*, I, 148.
6. *Doc. Interes.*, XLIV, 368-371. Aos pés do Crucifixo, cujo culto honrara e promovera, se sepultou a benfeitora. «Meu corpo será sepultado no Colégio na minha Capela do Santo Crucifixo», diz no seu testamento, *Doc. Interes.*, XLIV,

Em 1689, Embu e Itapicirica tinham, como vimos, ambas 900 almas [1]. E em 1693 Embu só era visitada aos domingos [2].

O lugar de Embu é diferente hoje do que era então, não muito longe, aliás. A mudança operou-a o P. Belchior de Pontes, que edificou a Igreja actual.

Alguns anos mais tarde, o P. Domingos Machado ergueu pequena Residência ao lado, no estilo das casas da Companhia, com o seu pátio interno [3]. Domingos Machado, natural de Pindamonhangaba, aparece superior de Embu em 1720 e em 1748. Faleceu octogenário, a 17 de Junho de 1755 [4]. Ora a aprovação do livro do P. Manuel da Fonseca tem a data, em Lisboa, de 1751. O triénio de 1748 a 1751 indicaria a construção da Residência de Embu, a não ser que se prefira aquêle primeiro período de 1720 e não se exclui a hipótese de o P. Domingos Machado ter sido superior de Embu mais alguma vez, nesse longo prazo de 28 anos. É período de míngua de Catálogos. Também em nenhum dos existentes vem o P. Belchior de Pontes como Superior de Embu, o que fixaria a data da construção da Igreja. Em todos os que existem, só em dois seguidos, 1692, 1694, aparece Belchior de Pontes como Superior, mas de Carapicuíba [5]. Em todo o caso a Ânua de 1735 traz uma indicação precisa,

368-371. Com isto, e com o facto de ser mãe de um Jesuíta, se esclarece a quási intimidade dêste belo epitáfio latino:

        Hic Catharina pedes
        Christi amplexura quiesces.
        Mortua es an vivis?
        Vera ubi VITA tibi est?

Catarina, repousas aqui, para abraçares os pés de Cristo.
Morreste ou vives? Onde é a tua verdadeira VIDA?

Segundo Pedro Taques, Catarina Camacho ter-se-ia sepultado com o seu marido na capela de N.ª S.ª do Destêrro. Talvez esta, na reconstrução da Igreja viesse a coincidir com a do Crucifixo, fundada por ela. Não se deve confundir esta *Catarina* com outra, do mesmo nome, *Catarina Ribeiro*, cujo testamento tem estas palavras quási tão belas como aquêle epitáfio: «Mando que o meu corpo seja sepultado no Colégio de Santo Inácio da Companhia de Jesus e seja amortalhado com um lençol por haver sido mortalha de Cristo Senhor Nosso». *Invent. e Test.*, XXII, 422.

1. *Bras.* 3(2), 270v.
2. *Bras.* 9, 380.
3. Manuel da Fonseca, *op. cit.*, 139-143.
4. *Bras.* 6, 31, 385v; Bibl. Vitt. Em., f. gess. 3492/1363, n.º 6 (Catál.).
5. *Bras.* 3(2), 88v, 151.

a saber «que se fêz de novo a *Capela-mor* e a *Capela colateral*, obra na verdade, bem esculpida, e artìsticamente dourada» [1]. A esta data era Superior da Aldeia de Embu o P. José de Moura, paulista [2], o mesmo que arrematara e construíra no ano anterior, a magnífica Ponte Grande do Rio Guaré, obra de engenharia, que Taunay julga ser a maior, no género, feita nos tempos coloniais em terras paulistas [3].

Embu, como se pronuncia hoje o nome dessa localidade, teve inúmeras grafias. Nos documentos da Companhia aparece geralmente com as seguintes M'boi, M'boy, Emboug, Embog (*o* com pronúncia de *u*) [4].

Às terras, doadas pelos pais do P. Francisco de Morais, vieram juntar-se outros tractos de terra, como o de *Embu-Guaçu* (Mohuguaçu) de Maria Egipcíaca Domingues, mulher de Brás Rodrigues Arzão, que o deixou em 1701 «aos Padres da Companhia dêste Colégio de S. Paulo»:

«Declaro que possuo uma sorte de terras em a paragem, chamada *Mohuguaçu*, partindo com os herdeiros dos defuntos meus cunhados, a saber Manuel Rodrigues de Arzão e Cornélio Rodrigues de Arzão, e nestas ditas terras, quero, e é a minha última vontade, que se faça e caiba a minha têrça de todos os meus bens, e a deixo aos Reverendos Padres da Companhia dêste Colégio de S. Paulo, para que as logrem e possuam como suas; e declaro que essas terras me pertencem por via de Brás Rodrigues Arzão, que Deus haja» [5].

Parece parte da sesmaria, dada em 1627 ao sogro da doadora, Cornélio Arzão, do caminho de *Piassaguera* ao alto da serra e Cubatão-mirim [6]. Tanto Cornélio como Brás de Arzão haviam agravado

---

1. «In Mböeunsi Pago tum majus tum etiam collaterale sacellum de novo erectum, opus quidem sculptile perpolitum, affabreque inauratum», Carta de Francisco de Lima, Baía, 20 de Dezembro de 1735, *Bras. 10(2)*, 364.

2. *Bras. 6*, 194v.

3. Cf. Afonso de E. Taunay, *Entradas e Saídas da Cidade*, na Rev. do Arq. Mun. de S. Paulo, IX, 14-17; *Engenharia Colonial Paulistana*, no *Jornal do Commercio*, Rio, 13 de Fevereiro de 1944.

4. Sérgio Buarque de Holanda anota mais estas: *Boy, Bohi, Bohu, Emboi, Alboy*(!), *Embohu* (*Capelas Antigas de S. Paulo*, na *Rev. do SPHAN*, V, 113). Alboy é lapso de leitura ou de imprensa, Al por M.

5. *Invent. e Test.*, XXIII, 186.

6. Cf. Azevedo Marques, *Apontamentos*, I, 110.

os Padres, por causa da liberdade dos Índios [1]. Talvez o acto da nora e mulher significasse, para a paz da sua consciência, o desagravo póstumo.

As terras de Embu não se prestavam a grandes pastagens. O principal cultivo consistia em mandioca, algum trigo, legumes e algodão, que se tecia na própria Aldeia e o pano se exportava para o Rio e Baía, para a manutenção da gente e do culto. Tinha, em 1757, 261 Índios. O Inventário de 1762 dá, para o *Título* da Aldeia de Embu:

Uma légua de terras, doada por Catarina Camacho, mais 900 braças místicas; uma sesmaria de duas léguas em quadra, na paragem onde chamam o *Monte Ibituruna*; uma morada de casas na cidade de S. Paulo, em que mora António de Freitas Branco [2].

Parece ter relação com aquêle *Monte Ibituruna* o que diz o P. Francisco Carneiro, em 1628, ao visitar a *Aldeia dos Maromomins*: «Em a nossa *Aldeia de Ibataran*, achei de novo umas 4 ou 5 pessoas, que havia poucos dias tinham vindo do sertão, em companhia de uns moços da mesma «Fazenda», e às escondidas dos Padres as foram buscar à volta dos pombeiros dos brancos, que de contínuo andam nestes assaltos e caça de Índios como se foram feras». O Padre mandou-as baptizar e deixou ordenado que as não impedissem, se elas preferissem ficar na Aldeia de Marueri [3].

O que torna hoje famosa a Aldeia de Embu foi a felicidade de ficar longe de povoado, e um progresso de picareta cega não ter tido tempo de destruir totalmente os edifícios da Igreja e Residência, que já ameaçavam ruína em 1937. A Sacristia bem conservada, «ainda ostenta as maravilhas e os milagres de que eram capazes os Jesuítas, do tempo da formação paulista» [4]. Além da Sacristia havia outros objectos intactos. Admiramos nela em 1939, os seus altares, telas, pinturas, imagens, estatuetas, belíssimo púlpito, e um presépio desfeito, mas bem conservado ainda no seu aspecto externo, com o seu telhado minúsculo. Há, na arte de Embu, vestígios do período da união das duas Coroas de Portugal e Castela (1580-1640), as águias

---

1. Cf. Carta de 4 de Julho de 1675 para o Reitor do Colégio de S. Paulo sôbre os Índios, que deviam de ser reconduzidos por Brás Roiz Arzão. *Doc. Interes.*, XI, 31-32.
2. *Doc. Interes.*, XLIV, 370.
3. *Bras. 8*, 396.
4. Paulo Duarte, na *Rev. do Arq. Mun. de S. Paulo*, XXXVII, 236.

geminadas da Casa de Áustria. A actual Igreja de Embu é certamente do século XVIII. Mas a doação data de 1624. E bem poderia ser que os Jesuítas transferissem para ali altares e imagens da *Capela velha do Rosário*, que era «muito bem paramentada», ou de outra Aldeia vizinha, por exemplo *Carapicuíba*, na sua primeira fase, a da Igreja que existia nela antes da de S. João Baptista, ou, talvez, até da própria Igreja do Colégio de S. Paulo, nalguma das suas remodelações [1].

4. — A *Aldeia de Itaquaquecetuba*, que também passou por muitas e variadas grafias, ficava na margem esquerda do Rio Tietê, a sete léguas de S. Paulo, entre Guarulhos e Mogi das Cruzes.

Nesta paragem construíu o P. João Álvares, secular, seu proprietário, uma Capela dedicada a *Nossa Senhora da Ajuda*, pelos anos de 1624, e, «por sua morte, a deixou à Companhia para que com a sua doutrina não só se conservassem os Índios, que até então administrara, mas também com a devoção que tem à Senhora, se continuasse sempre em seu auge aquêle Santuário, que era o alvo dos seus afectos». Talvez também movesse êste acto do P. João Álvares, um sentimento de reparação, porque devia de se tratar, ao menos em parte, de Índios trazidos das Reduções dos Jesuítas espanhóis: Nos alvorotos produzidos nelas, lemos, com efeito, que se salientou «un tupi desvergonzado llamado Francisco, a quien el clérigo Juan Álbares de San Pablo, su amo, avia enbiado en esta compañía de António Raposo Tavares» [2]. «Não foram baldadas as suas esperanças, porque padecendo ruína por injúria dos tempos, se vê hoje [1751] muito melhorado, tanto no edifício como no ornato com que seus administradores querem ver a Santa Imagem» [3]. No ano anterior (1623) tinham-se mudado os «índios domésticos», da Aldeia de Itaquaquecetuba para a de S. Miguel [4].

Com êstes Índios forros, colocados em Aldeias, em regime diverso do das Aldeias de Sua Majestade, que era a serviço público,

---

1. Hoje a Igreja e Residência de Embu acham-se perfeitamente restauradas pelo *Serviço do Património Histórico e Artístico Nacional*.
2. *Relación de los agravios*, dos Padres Simon Maceta e Justo Mansilha, da Baía, 10 de Outubro de 1629, *Campaña del Brasil*, I, 17.
3. Manuel da Fonseca, *Vida do P. Belchior de Pontes*, 133-134; Azevedo Marques, *Apontamentos*, I, 204.
4. Azevedo Marques, *op. cit.*, II, 151.

se metiam com freqüência os moradores, captando-os com bebidas e outros alicientes, com que perturbavam a vida da Aldeia e desorganizavam os serviços dela, comunidade solidária entre Padres e Índios, de cuja boa ordem dependia a subsistência comum e a catequese. Pagava-se-lhes estipêndio, e estavam nas condições gerais dos Índios, isto é, na de tutelados, condição sem a qual êles seriam não apenas forros, mas escravos verdadeiros dos colonos mais fortes. Não eram Índios que os Jesuítas de S. Paulo mandassem cativar ao sertão, acto que jamais praticaram. Eram Índios livres, que por diversas vias se colocaram sob a administração dos Padres, em situação não idêntica, mas análoga, no moderno regime de trabalho, em grandes fazendas, com o seu contrato de trabalho, com condições que a lei assegura e não é lícito violar. É êste o sentido do requerimento do P. Manuel Pedroso, Reitor do Colégio de S. Paulo, a 12 de Março de 1661, expondo que alguns vizinhos inquietavam os Índios da sua administração e os ocupavam e matavam com trabalho, contratando-os à revelia dos Padres, que se viam obrigados a contratar e a pagar a outros para os seus próprios serviços. O Governador Salvador Correia de Sá e Benevides passou uma provisão com penas contra os que perturbassem os Índios das Fazendas dos Padres [1].

Itaquaquecetuba, sôbre o Rio Tietê, ficava no caminho de Minas Gerais. A 30 de Setembro de 1717 passou por aí o Conde de Assumar, em viagem para elas. Os dois Jesuítas, que residiam na Aldeia, receberam-no festivamente com danças e músicas dos Índios [2].

N.ª S.ª da Ajuda, lembrada às vezes nos testamentos paulistas [3], desaparece dos Catálogos a certa altura, substituída pela de *Aldeia da Capela*. *Capela*, têrmo jurídico, para designar a situação legal dos seus Índios, que não eram escravos, nem também inteiramente livres, porque, depois de serem escravizados, foram deixados com a Igreja aos Padres da Companhia, para os administrarem e catequizarem *em sua liberdade* ficando porém «encapelados», isto é, a serviço da

---

1. Cf. *Registo Geral*, III, 39. O P. Manuel Pedroso faleceu, em S. Paulo, 3 meses depois. O seu requerimento foi reproduzido em casos ulteriores, semelhantes. Taunay, *História Seiscentista*, III, 26-27, transcreveu-o, e refuta Azevedo Marques por censurar os Padres numa reclamação que só os honra.
2. *Rev. do SPHAN*, III, 306.
3. Cf. *Invent. e Test.*, XXVII, 212.

mesma Igreja. Tal situação jurídica redundava a favor dos Índios, pois os colocava ao abrigo das tentativas escravizantes dos moradores. *Capela* com o tempo veio ser também vocábulo toponímico. Em 1702 organizaram os Padres da Companhia o recenseamento geral dos Índios das suas Aldeias para o enviar à *Junta das Missões*, de Lisboa. Para S. Paulo dão êstes números: «Em *Emboug*, na *Capela*, e nos *Campos da Paraíba* são mais de mil» [1].

Desde então esta *Aldeia da Capela*, aqui mencionada sem mais indicações nem de local nem de orago, lê-se nos Catálogos até o fim. Não é a Capela de Araçariguama, nem Santa Ana, nem Itapicirica, nem Carapicuíba, porque em diferentes Catálogos se discriminam todos êstes *simultâneamente*, com *Capela*, como locais e entidades distintas. Coincide a sua primeira menção com a doação de Maria Egipcíaca das terras de Embuguaçu, que assim permitiria o alargamento e remodelação das Aldeias em novos sítios, diferentes dos anteriores, mas todos perto uns dos outros. Era mais Fazenda que Aldeia; e ela, com Carapicuíba, em menção conjunta, produzia em 1743 farinha do Brasil, legumes, madeiras de construção, e cerâmica, sobretudo telhas e ladrilhos [2]. Lê-se esta nota em *Documentos Interessantes*: «*Capela*, ainda hoje tem êsse nome. Não é povoação e fica entre S. Amaro e Itapicirica» [3]. Mas na lista das Aldeias, existentes em 1759, *Capela*, com 216 Índios, tem o orago de *Nossa Senhora da Ajuda* [4], que é o da Aldeia de *Itaquaquecetuba*. Aliás *Capela* já se menciona em 1702, e em 1717 ainda se fala de Itaquaquecetuba assim como em 1726, no mapa geral das Aldeias, não se nomeia *Capela*, senão «Taquaquicetiba» [5]. Nunca as duas, simultâneamente. No último catálogo de 1757 o nome expresso é *Aldeia da Capela*, com o P. José Martins e o P. Inácio Pereira [6]. José Martins ainda aí estava em 1759, último Superior da *Capela* [7].

---

1. *Bras. 10*, 25v. Cf. supra, *História*, V, 572.
2. *Bras. 6*, 338v.
3. *Doc. Interes.*, XXII, 181.
4. Lista do P. Francisco da Silveira (*Narratio*).
5. *Bras. 4*, 339. Além de *Itaquaquecetuba*, às margens do Tietê, alguns mapas indicam *Itaquaciara*, entre Itapicirica e Embuguaçu, o que convém ter presente na destrinça dêstes nomes de origem tupi, que foram, ou se relacionam com antigas Aldeias da Companhia.
6. *Bras. 6*, 399.
7. Caeiro, *De Exilio*, 258.

5. — Como sucedeu com as Fazendas da Cidade do Rio de Janeiro, que se desdobraram em inúmeras chácaras, também as terras dos Jesuítas de S. Paulo se desdobraram em sítios, que são hoje populares. Na «Relação que dá em 1779, Inácio Correia de Morais, director da Aldeia dos Pinheiros, da cobrança que fêz de tôdas aquelas pessoas situadas na légua de terra de *Pacaimbu*, sequestrada dos Jesuítas» ficavam 15 ou 16 sítios, um dos quais é o próprio «sítio de *Piratininga*» (sic), e outro o de *Butantã*. Além dêstes, *Boavista* (sítio e tapera), *Tanque* (sítio e capão), *Buraco*, *Taperuçu*, *Araçapiranga*, *Pacaimbu* e *Pacaimbu de cima*, *Ambuçu* (ou *Inhubuçu*), *Bananal*, *Taquaú*, *Tabatinguá*, *Buaçaba* (ou *Mbuaçaba* ou *Embuaçaba*) *Mandeí* (ou *Mandii*) e mais 2 ou 3 sítios e taperas [1]. Tratava-se de terras aforadas. Duma delas, o *Sítio de Mandii*, consta que a 24 de Maio de 1756 o Colégio as tinha aforado ao P. António Ribeiro de Siqueira que em 1764 as passou a outrem [2]. Aquêle mesmo Inácio Correia de Morais arrematou as terras «situadas na borda do *Rio Jerubati*», que haviam sido arrendadas pelos Jesuítas a José Elias Moreira [3].

Há ainda outras referências aos sítios da Ponte da *Cotia*, de *Água Branca* (no Rio das Pedras), de *Pedro José* (na estrada da Parnaíba e confina com o rio que vai para a mesma vila), um sítio ao pé da *Lagoa*, *Ressaca* e terras do *Moinho Velho* (Ribeirão do Rio da Cotia), miúdezas estas e outras, de toponímia interessante para a topografia histórica de S. Paulo [4].

6. — Merece atenção particular a Fazenda que os Jesuítas possuíam na raiz da *Serra do Cubatão*, que veio a ter importância

---

1. Arq. Nac. do Rio, *Receita e Despesa de Bens confiscados a Jesuítas na Capitania de S. Paulo*, ms. 483, e cf. ms. 480, f. 6ss. Autos de Arrematação cada qual bem discriminado, como êste em 19 de Outubro de 1779: «Auto de arrematação das terras pertencentes ao Real Fisco, situadas na paragem chamada *Pacaimbu*, entre o Rio Verde e o Rio das Pedras, as quais haviam sido arrendadas pelos denominados Jesuítas a Manuel Pinto Guedes, e hoje existia nelas Clemente José Gomes Camponezco, a quem se arremataram pela quantia de 40$000 rs», ms. 480, f. 6.
2. Ib., ms. 483 s/p.
3. Ib., ms. 480, f. 5.
4. O Colégio possuía diversas casas na Cidade. Umas, «em que hoje reside o Bispo», foram arrendadas a 22 de Dezembro de 1778, por João António de Barros, por 200$600 réis, Arq. Nacional (Rio) ms. 483, f. 19v.

por ser pôrto e passagem entre a terra firme e a Ilha e pôrto de Santos. Tendo-se encorporado à Coroa tôdas as «passagens», ventilou-se na segunda década do século XVIII a situação desta. Os Jesuítas traziam-na arrendada. Verificou-se que êles não arrendavam a «passagem», mas «só a sua Fazenda, em que está o pôrto de Cubatão, aonde se embarcam as pessoas que dela vêm para a Vila»[1]. E não se tratava de cobrar direitos de passagem, mas de serviços prestados, em canoa e remadores, e ao mesmo tempo de acautelar essas propriedades eclesiásticas contra a «prescrição», freqüente em casos semelhantes. A questão resolveu-se a favor do Colégio de S. Paulo, como uma das formas com que o Estado o subsidiava, a êle e às obras de carácter público em que se empenhava, como a catequese e o ensino. Programa, que vinha já de longe, dos tempos de El-Rei D. Sebastião. A sua Carta de isenção e privilégios, de carácter económico, de 5 de Março de 1570, concedidos à Companhia, tinha sido registada em S. Paulo a 16 de Outubro de 1599[2].

Nas informações económicas do Colégio de S. Paulo menciona-se sempre, o «arrendamento do pôrto de Cubatão», cujo rédito em 1694 era de 120 e em 1757 de 400 escudos romanos, conta redonda[3]. Tinham os Padres uma pequena Fazenda de Nossa Senhora da Lapa, que depois trocaram por outra contígua ao Cubatão. Aquela fazenda via-se onerada com um legado pio, missa cantada anual à Senhora da Lapa. Para o satisfazer, colocou-se, por volta de 1743, na Capelinha de Cubatão, «a imagem da Senhora com o mesmo título»[4].

Na *Fazenda de Cubatão* ergueram os Jesuítas um sobrado, de que tomava conta em 1759 o Ir. António de Freitas[5]. Depois de passar para o Fisco, arrendou-se algumas vezes, englobada com o vizinho Mogi, *Cubatões de Santos e Mogi*, em 1781 ao Coronel Joaquim Manuel da Silva e Castro, e dois anos depois, o contratador Bonifácio José de Andrade entrou para o tesoiro, por êsses mesmos

---

1. Cartas Régias de 16 de Abril de 1714 e 10 de Fevereiro de 1717, em *Doc. Hist.*, I, 39, 40, 45-46, 53-54.
2. *Registo Geral*, VII, 103-106.
3. *Bras.* 6, 439.
4. *Doc. Interes.*, XLIV, 377.
5. *Bras.* 6, 399; Caeiro, *De Exilio*, 254.

dois *Cubatões*, com 124$360 réis ¹. Com êstes e outros haveres, pôde êle mandar a Coimbra estudar o seu filho José Bonifácio, o Patriarca, que iria advogar depois a volta à catequese religiosa dos Índios bravos, e cita expressamente Vieira e Nóbrega, e que os Jesuítas «com o Evangelho em uma mão, e com presentes, paciência e bom modo na outra, tudo dêles conseguiam» ².

7. — Na margem direita do Rio Paraíba do Sul, entre Jacareí e S. José, ficam os *Campos de S. José*. Nêles colocou o Colégio de S. Paulo uma fazenda de gado em terras próprias. Acabou-se o gado e para não ficarem as terras devolutas, erigiram os Padres uma Aldeia, não no lugar dessa primeira, a *Aldeia Velha*, mas a cêrca de 10 quilómetros, num plaino elevado, que escapava às enchentes do Rio Paraíba. A nova Aldeia formou-se em quadra, com casas de taipa de pilão. Ergueu-se a Igreja com as imagens de Jesus, Maria, José, representando o *Destêrro* ou a *Fuga para o Egito*. Prevaleceu porém o nome de S. José, como orago da Aldeia, tanto por simplificação do nome, como por uso e veneração dos moradores, devotos de S. José. A Aldeia já existia com certeza em 1686. Não aparece nas listas, com o nome de S. José, mas com o de *Nossa Senhora do Destêrro* ³. De uma Capela de Nossa Senhora do Destêrro, procede Juquiri, assim como houve outra em Jundiaí ⁴. Os Jesuítas possuíam algumas terras nestes distritos, mas aquela Aldeia de Nossa Senhora do Destêrro, dos Jesuítas de 1686, é esta, que dez anos depois aparece já com o nome expresso de *S. José* ⁵. A preponderância desta denominação vem indicada por Manuel da Fonseca, que também atribui a sua fundação, *no novo lugar*, a Manuel de Leão,

---

1. Arq. Nac. do Rio, *Receita e Despesa de Bens confiscados a Jesuítas na Capitania de S. Paulo*, ms. 483 s/p.
2. José Bonifácio de Andrada e Silva, *Apontamentos para a civilização dos Índios bravos do Império do Brasil*, na Rev. do Inst. Hist. Bras., XII, 2.ª ed., 232.
3. Bras. 3(2), 270v.
4. Azevedo Marques, *Apontamentos*, II, 42-43.
5. Nossa Senhora do Destêrro não desapareceu da devoção dos Jesuítas nem dos Paulistas. Entre os encargos pios dos doadores de Embu, Fernão Dias Pais e Catarina Camacho acha-se êste: «a pensão de uma festa anual à imagem de *Nossa Senhora do Destêrro*, que tinham colocado em um altar, que fundaram na Igreja do mesmo Colégio, e estabeleceram jazigo para serem sepultados nêle, como assim se verificou», Pedro Taques, *Nobiliarquia Paulistana*, II (S. Paulo 1941)332.

famoso Irmão coadjutor da Companhia, de quem se diz que a diligência igualava nêle a oração [1]. Manuel de Leão, do Pôrto, entrou na Companhia de Jesus no Rio de Janeiro, com 23 anos de idade, em 18 de Maio de 1658. Concluído o noviciado passou para o Colégio de S. Paulo, onde cinco anos mais tarde (1663) aparece encarregado de tôda a casa (*totius domus curam habet*) [2]. Vemo-lo pouco depois «procurador» [3]; e em 1671 já se encontrava encarregado das Fazendas do Colégio [4], cargo que ocupou por mais de 24 anos. Em 1683 estava à frente de uma Fazenda, distante do Colégio (*S. José*) [5]. O Ir. Leão foi acabar os seus dias, longos e beneméritos, na Giquitaia, Casa do Noviciado da Baía, a 14 de Dezembro de 1722, como subministro dos Irmãos Noviços, e, tinha licença para distribuir aos pobres quanto podia e sobrava da mesa, que numa casa grande era muito. O nome do *fundador* de S. José dos Campos incluíu-se numa lista de 11 (entre os quais os Padres António Vieira e Alexandre de Gusmão), dignos de se fazerem sessões comemorativas sôbre o exemplo de suas virtudes, e de se lhes escrever a vida [6].

A fundação da *Aldeia de S. José*, no lugar actual, pelo Ir. Manuel de Leão, deve andar à roda do ano de 1680. Em 1692 chamava-se *Residência de Paraíba do Sul*, dependente do Colégio de S. Paulo [7], e em 1696 *Residência de S. José*. Indicava-se, na primeira denominação, a topografia; na segunda, o orago; e nela estava então o Ir. Domingos Coelho, antigo Missionário do Maranhão, donde tinha

---

1. Fonseca, *Vida do P. Belchior de Pontes*, 145-146. Azevedo Marques faz remontar a *Aldeia Velha* como fundação jesuítica, ao século XVI (*Apontamentos*, II, 150-151). Certamente os Jesuítas evangelizariam essas terras, como tôdas as mais, e por ali teriam passado já naquele século muitas vezes. Dado porém o diminuto número de Padres de que dispunham, é positivo que só aí estabeleceram Residência no século XVII. A 21 de Agôsto de 1677, o P. José de Seixas informa para o grau: «Emmanuel de Leone ad sui status normam usquequaque factus. Industria in procurandis temporalibus Collegii D. Pauli in nihilo ipsius devotioni incommodat: *labore ac oratione ex aequo alternantibus*», Bras. 3(2), 139v.

2. Bras. 5(2), 15v.

3. Ib., 32.

4. Ib., 38v.

5. Ib., 66v.

6. Hist. Soc. 51, 92; Bras. 10(2), 263; Bras. 4, 303v.

7. Bras. 9, 380. A 7 de Setembro de 1693 faleceu nesta casa o Ir. António Fernandes, Bras. 5(2), 152, que o Catálogo de 1692 dava como residente na Aldeia com o P. António Gonçalves, Bras. 5(2), 88v.

saído no Motim de 1684, grande cirurgião, bom farmacêutico, e homem piedoso. Nesse ano de 1696 pedia êle ao Geral a indulgência plenária aplicável aos Índios à hora da morte [1]. Na Aldeia de S. José passaram e viveram muitos Jesuítas, alguns de renome nos anais paulistas, como o P. Estanislau Cardoso, Superior em 1741 e 1745, natural de Itu e sobrinho do P. Estanislau de Campos; e em 1716, o P. Estêvão Tavares, de quem era companheiro, nessa Aldeia de S. José, o mais conhecido Jesuíta de S. Paulo, Belchior de Pontes. O P. Estêvão Tavares, santista, que faleceu e jaz em S. José dos Campos, era filho do Capitão-mor da Capitania de S. Vicente, Cipriano Tavares e Ana de Siqueira Mendonça, filha de Luiz Dias Leme [2].

A Igreja primitiva de S. José durou até 1727, ano em que se ergueu outra nova [3]. Com a catequese intermeavam-se os trabalhos do campo. A Aldeia produzia farinha de mandioca, trigo, legumes e algodão. Residiam aí em 1759 os Padres Bento Nogueira e José da Mota, últimos Jesuítas dela [4].

A *Aldeia de S. José do Paraíba*, que em 1757 tinha 412 Índios, com êste nome se fêz vila 10 anos depois, em 1767 [5]. Cidade desde 1864, tomou em 1871 o nome de *S. José dos Campos* [6]. Lugar saudável e importante centro agrícola.

8. — Com a menção de «terras nas cabeceiras do Anhembi», possuía a Igreja do Colégio de S. Paulo (bens do culto, com destino perpétuo, especificado) três lotes, com esta origem:

O Capitão António Correia da Veiga e sua mulher Marta de Miranda, doam por escritura, lavrada na Vila de Taubaté, a 3 de Junho de 1719, «duas léguas de terras pouco mais ou menos, em quadra, que eram as que corriam do Rio Anhembi para a parte do

---

1. *Bras. 4*, 22. Faleceu no Colégio de S. Paulo, a 4 de Maio de 1707. Alentejano (*Bras. 10*, 131).
2. Pedro Taques, *Nobiliarquia Paulistana*, II (S. Paulo 1941)423; Afonso de E. Taunay, *História antiga da Abadia de S. Paulo* (S Paulo 1927)191.
3. *Bras. 10*(2), 296.
4. Caeiro, *De Exilio*, 258.
5. *Doc. Interes.*, XXIII, 398.
6. Azevedo Marques, *Apontamentos*, II, 151.

Paraíba». Aplicação: conservar perpètuamente acesa a lâmpada do altar-mor da Igreja do Colégio.

O Capitão Simão da Cunha Gago, por escritura feita na Vila de Santos, doou ao Colégio de S. Paulo duas sortes de terras contíguas, «no têrmo da Vila de Mogi na paragem chamada Anhembi: a primeira constava de mil e quinhentas braças de testada, e de sertão, uma légua, rio acima; a segunda a seguir a esta, pelas confrontações da sesmaria que possuía, e que no *Inventário* se não explicitam. Aplicação perpétua: ornato do altar-mor da Igreja do Colégio. Cumpridos os legados pios, o Colégio podia dispor para seu sustento, do que sobrasse dos rendimentos destas doações, se porventura sobrasse [1].

9. — A três ou quatro quilómetros da cidade de *Araçariguama*, ainda se vê nos mapas mais desenvolvidos de S. Paulo, o *Ribeiro do Colégio* e um aglomerado de casas com a denominação também de *Colégio* [2]. Era o sítio do Padre Guilherme Pompeu de Almeida. Do outro lado de Araçariguama vê-se o *M. do Boturuna*, ou Morro de Ibituruna, onde existiu outra Capela da mesma invocação, fundada pelo Capitão-mor Guilherme Pompeu de Almeida, pai do Padre do mesmo nome. Por morte do capitão-mor passou ao Dr. Guilherme e por morte dêste ao seu sobrinho, Capitão António de Godoi Moreira. Mas conservando-se com grande lustre durante os dois Guilhermes, logo que «passou a terceiro administrador da mesma família [Godoi, casado com uma filha do Capitão-mor] acabou com tanta pressa, que não chegou a durar seis anos». A muitas outras Capelas do distrito de S. Paulo sucedeu o mesmo, diz Manuel da Fonseca. Para garantir maior vida à de Araçariguama a doou o P. Pompeu a quem a pudesse conservar e aumentar [3]:

«Declaro que é *minha herdeira universal* a minha Capela de N.ª S.ª da Conceição, que erigi em meu *Sítio* e *Fazenda de Araçariguama*, porquanto tenho revogado a doação, que havia feito à

---

1. *Doc. Interes.*, XLIV, 375-376.
2. Cf. *Mapa da Comissão Geográfica e Geológica do Estado de S. Paulo*, Fôlha de Jundiaí, 1912.
3. Fonseca, *Vida do P. Belchior de Pontes*, 237-238. Sôbre Voturuna, cf. Sérgio Buarque de Holanda, *Capelas Antigas de S. Paulo*, na *Rev. do SPHAN*, V, 117-120.

minha *Capela* velha de *Ibituruna*. Constituo por administrador dos bens, doados à minha capela nova, ao Colégio dos Padres da Companhia de Jesus da Vila de S. Paulo, para que administrem os bens conforme fôr mais conveniente ao serviço de Deus, e que o dito Colégio logre e tenha o jus de todos os bens» [1].

Legado pio, portanto, com vários encargos — «bens gravados» — entre os quais a festa solene a N.ª S.ª da Conceição, a 8 de Dezembro, e o culto de S. Francisco Xavier na Igreja do Colégio [2].

Pedro Taques faz do Padre Pompeu um retrato fausto e dá dos seus bens idéia que o Inventário não justifica [3].

A Capela de Araçariguama ornava-se com um retábulo de talha dourada distribuído em painéis entre molduras douradas. Capela pequena. Renovaram-na e acrescentaram-na os Jesuítas em 1735: «Formando na parede antiga da primeira capela um formoso arco, a deixaram para capela-mor da nova Igreja, ficando capaz para grandes concursos de gente» [4]. Cumpriram-se assim os votos do doador. Além dêste acrescentamento e do culto e manutenção da Capela, a Fazenda desenvolveu-se com as oficinas, comuns às boas Fazendas, e segundo o sistema de policultura habitual à Companhia, produzia em 1760, milho, feijão, trigo, amendoim, marmelos, algodão, vinho, aguardente de cana, açúcar e arroz [5].

Não previra porém o Padre Dr. Guilherme Pompeu de Almeida que é precária a perpetuïdade das coisas terrenas. O sequestro de 1760 não respeitou o pensamento do fundador nem o soube manter como cumpria. Em 1784 Inácio José da Silva, juiz ordinário, presta a El-Rei as informações, que se lhe pediam desta Fazenda. Depois

---

1. Testamento do Dr. Guilherme Pompeu de Almeida na *Rev. do Arq. Mun. de S. Paulo*, XIX, 45.

2. Cf. *Doc. Interes.*, XLIV, 348-357, que traz a data de 18 de Maio de 1697, como a da doação dos seus bens à Capela de Araçariguama.

3. Notou-o D. Duarte Leopoldo. E Afonso de E. Taunay, *A Fortuna do Padre Pompeu*, na *Rev. do Arq. Mun. de S. Paulo*, XIX, 41-50, demonstra que ficou tudo muito aquem do que afirma Pedro Taques na sua *Nobiliarquia* e vem transcrito na *Rev. do Inst. Hist. Bras.*, XVIII, 196-200.

4. Fonseca, *Vida do P. Belchior de Pontes*, 237-238; Bras. 10(2), 363v.

5. *Doc. Interes.*, XLIV, 357. Roger Bastide refere-se a esta influência dos Jesuítas na Geografia, por serem «adeptos da policultura em contraste com os grandes latifúndios onde dominava a monocultura», *Geografia das Religiões no Estado de S. Paulo*, referência nas *Rev. Brasileira de Geografia*, Ano III, n.º 2 (1941)470.

de dizer o destino de vários objectos e que o arrematante utilizava o pessoal em trabalhos particulares, seus e de seus amigos, escreve: «Os tecelões não trabalham como no tempo dos Padres da Companhia. *Item* sei que se não ensina o ofício a ninguém. *Item* sei que a casa do tear está demolida»[1]...

Ruínas! Mas ainda em 1925, entre elas se distinguia a Igreja, e pelos vestígios das molduras e do púlpito, se inferia o seu lustre antigo[2].

10. — Mais afastado de S. Paulo, nas margens do Paranapanema, traz a *Informação Económica* do Colégio, para o ano de 1722, que se alcançaram no triénio precedente duas grandes fazendas, uma de 7, outra de 10 léguas. Já havia nelas, êsse ano, 3 currais de gado. Esperava-se que dariam boa ajuda ao Colégio, por ficarem no caminho das minas, e serem portanto de fácil venda os seus produtos. Mas acrescentava que no Brasil não há fazendas sem escravos, e não havendo escravos, elas não se poderiam manter[3].

Entre as Sesmarias de S. Paulo menciona-se, no dia 21 de Agôsto de 1719, a de *Ubutuabaré*, de 3 léguas de terra, concedida pelo «capitão-mor e Governador Sesmeiro loco-tenente da Capitania de N.ª S.ª da Conceição de Itanhaém, por Sua Majestade», António Caetano Pinto Coelho, à *Capela de Araçariguama*, e, no caso de cessar esta administração, ao Colégio de S. Paulo. Pediu-a o P. Inácio Pinheiro, administrador de Araçariguama[4].

Tem a mesma data, outra Sesmaria, nos «*Campos de Boticatu*», de 3 léguas de terra, adiante «de *Guareí*, distante da Fazenda do Capitão José de Campos Bicudo, 8 léguas pouco mais ou menos, no

---

1. Arq. Nacional do Rio, *ms*. 481. A Fazenda e Capela de Araçariguama arrendou-se por muito tempo e ainda em 1807 se fala dêstes arrendamentos. O de 4 de Junho de 1779 é como segue: «Auto da arrematação do Rendimento da Fazenda de Araçariguama feita por tempo de três anos, que hão-de ter princípio no primeiro de Janeiro de 1780, ao Guarda-mor Rodrigo Pedroso de Barros e seus filhos, seu pai o Capitão Bernardo Bicudo Chacim, e o Guarda-mor Agostinho Delgado Arouche pela quantia de 1.100$000 réis no triénio, livres para a Real Fazenda». Cf. *ms*. 480, f. 4, 32v. 35, 38, 53, 57v.
2. Eugénio Egas, *Os Municípios Paulistas* (S. Paulo 1925)86.
3. *Bras*. 6, 129v.
4. *Sesmarias*, II (S. Paulo 1921)101-103.

Paranapanema». Concedida ao *Colégio de S. Paulo* nos têrmos da primeira [1].

As Fazendas do *Guareí* e *Botucatu* organizaram-se assim, cronològicamente:

5 de Janeiro de 1713: Sesmaria de 3 léguas de terra de testada, e 3 léguas de sertão, concedidas ao P. António de Matos, reitor do Colégio de S. Paulo, por António de Albuquerque Coelho de Carvalho, junto às dadas ao Capitão Manuel de Campos, morador em Itu [2].

10 de Dezembro de 1719: O Capitão António Antunes Maciel e sua mulher, da Vila de Itu, doam ao Colégio de S. Paulo, por escritura, «uma sesmaria de légua e meia de terras de testada e três léguas de fundo, que possuíam nos Campos de Ibutucatu». Não era doação pura e simples, mas em forma de *capela perpétua* inalienável, cuja administração ficava ao Reitor do Colégio de S. Paulo, com obrigação de celebrar missa no dia de *Santo Inácio*.

23 de Dezembro de 1719: O Capitão Manuel de Campos Bicudo e sua mulher Antónia Pais de Siqueira, por escritura dêste dia, doam ao Colégio de S. Paulo, uma sesmaria de «três léguas de comprido e com a largura, que se achar até o mato no Anhembi» [Tietê]. Aplicação: ornato e gastos do Altar de *S. Inácio*, da Igreja do Colégio, com missa no dia da sua festa.

Tanto desta como da sesmaria anterior, podiam os Reitores do Colégio, cumpridas as obrigações do culto, dispor como entendessem para sustento do Colégio, esmolas ou obras pias [3].

23 de Março de 1724: José de Campos Bicudo e António Rodrigues Velho (seu genro) doam as suas terras «com seis léguas de comprido, descendo o *Guareí* para o *Paranapanema*, e três de testada» ao Colégio de S. Paulo, sendo procurador o P. Estanislau de Campos, irmão de José e Manuel de Campos Bicudo. Nesta fazenda estêve o mesmo Padre Estanislau de Campos [4].

---

1. *Ib.*, 103-107.
2. *Doc. Interes.*, XLIX, 96-98.
3. *Doc. Interes.*, XLIV, 372-374.
4. Lê-se na Vida do P. Estanislau de Campos, que êle, dadas as dificuldades económicas do Colégio de S. Paulo, levou o seu irmão José de Campos a doar a fazenda ao Colégio, e que o mesmo P. Estanislau persuadira o Reitor do Colégio a comprar um terreno contíguo para se constituir uma fazenda de gado, capaz. Ele próprio foi algum tempo administrador dela, cf. Jerónimo Moniz, *Vita P. Stanislai*

Nas terras de Botucatu havia, quando passara para o Estado, a 9 de Janeiro de 1760, treze escravos e quatrocentas e quatorze reses e quarenta e três cabeças de gado cavalar, com diversas aplicações[1]. Depois da saída dos Jesuítas, êste conjunto de Fazendas foi-se dispersando. A 23 de Dezembro de 1766 foi arrematada a «*Fazenda da Boavista do Vutucatu* com todos os seus pertences», pelo Sargento-mor Manuel Joaquim da Silva e Castro e seu sócio o Capitão Paulino Aires de Aguirra, moradores em Sorocaba. Preço 3.622$000 réis[2].

A estada dos Jesuítas nessas paragens ficou assinalada na hidrografia local num afluente do Paranapanema, o *Rio de S. Inácio*, que se vê em todos os mapas; e, nalguns mais minuciosos, acha-se também à sua margem, a *Fazenda de Santo Inácio*. E, ainda, *Fazenda da Capela Velha* e *Campos da Capela Velha*[3].

11. — O P. Manuel da Nóbrega, ao fundar S. Paulo, pediu ao Donatário Martim Afonso de Sousa, duas léguas de terra à *margem do Rio de Piratininga*. Mas estas terras não poderiam permanecer em poder dos Padres sob pena de não haver lugar para os moradores de S. André, que se estabeleceram à roda do Colégio. Em 1560 o sucessor de Nóbrega, Luiz da Grã, desistiu dessa data de terras, «havendo respeito ao bem comum dos moradores», pedindo em seu lugar a *Sesmaria de Geraïbatiba*, duas léguas de Piratininga, a Caminho do mar[4]. Desistindo daqueles primeiros terrenos, que iam ser os da própria Vila, os Jesuítas além dos chãos do Colégio e da

---

de Campos (Rio 1889)67-69; *Doc. Interes.*, XLIV, 375; Aluísio de Almeida, *Guareí, uma fazenda dos Jesuítas*, na *Rev. do Arq. Mun. de S. Paulo*, LIII, 113-118.

1. *Doc. Interes.*, XLIV, 374.
2. Cf. Arq. Nac. do Rio, Autos de Arrematação, ms. 480, f. 2.
3. Cf. *Mapa da Comissão Geográfica e Geológica do Estado de S. Paulo*; José Castiglione, *Carta Topográfica do Estado de S. Paulo*, 1942. Segundo A. de Toledo Piza ficavam êstes «extensos campos de criação e terras de cultura, sôbre a Serra de Botucatu, no mesmo lugar onde mais tarde foi fundada a cidade dêste nome». Cf. *A Egreja do Collegio da Capital do Estado de S Paulo*, na *Rev. do Inst Hist. Bras*, LIX, 2.ª P (1896)62; Eunice Almeida Pinto, *A Cidade de Botucatu* (Botucatu 1943)14. A Fazenda de «Votucatu» era estação ou passagem de uma via fluvial, entre S. Paulo e o Paraguai, que recorda o Morgado de Mateus e assinala Sérgio Buarque de Holanda, *Monções* (Rio 1945)142.
4. Cf. supra, *História*, I, 256-258. Texto exacto e autêntico da *Sesmaria de Geraïbatiba, ib.*, Apêndice D, 543-544.

cêrca anexa, e de mais algumas parcelas de terreno, com que ficaram, viram-se forçados, para sustentar as suas obras, a alcançar terras distantes do Colégio. Mas possuíram ainda junto a S. Paulo o *Sítio* do outro lado do Tietê, hoje incluído no perímetro da cidade, como as que vimos, do *Pacaembu*. Chamou-se muito tempo, ainda no século XVII, *Fazenda do Tietê*, e produzia legumes, leite e frutos de pomar [1]. Arredondando-se depois com outras terras, veio a constituir a grande *Fazenda de Santa Ana*. O Catálogo diz que o Reitor, P. Rafael Machado, comprara uns terrenos ao lado dela, com que a aumentara para maior proveito do Colégio e comodidade dos trabalhadores [2]. Deviam andar ainda anexos a esta Fazenda de Santa Ana outros campos menores no *Japi* e nas margens do *Jundiaí*, de um e outro lado, concedidos em 26 de Abril de 1698 [3].

A organização da Fazenda levou mais de meio século e tem êstes passos:

Em 1673 o P. Lourenço Craveiro, Reitor do Colégio de S. Paulo, pede pública-forma do seu núcleo inicial, terras doadas ao Colégio pelos herdeiros de Inês Monteiro, a «Matrona» [4].

Em 1675 o mesmo Padre Reitor pede umas terras alagadiças junto às que tem do lado de lá do Rio Anhembi ou Tietê [5].

O P. Amaro Rodrigues (que concluíu o seu reitorado em 1706) requereu a justificação da posse do sítio de *Manaqui*, no caminho de *Tremembé*, junto à Fazenda de Santa Ana, «o qual sítio houve o dito Colégio de Mateus Pacheco de Lima, que o teve por doação de D. Francisco Rendon de Quevedo». Rendon declara que possuía as terras do *Ribeiro Manaqui*, «por me serem dadas em dote de casamento por o Senhor Amador Bueno, que Deus haja» [6].

Em 20 de Janeiro de 1721, com a presença do P. Rafael Machado, Reitor do Colégio, lavrou-se a «Outorga que Maria Gaga

---

1. *Bras.* 6, 29v.
2. *Bras.* 6, 129v.
3. *Sesmarias*, II(S. Paulo 1921)5-9.
4. Arq. Nac. do Rio, «Registo da Carta da Sesmaria dos Ilhéus, estabelecidos na Fazenda de Santa Ana, passada pelo Govêrno da Capitania de S. Paulo», *ms* 479, Livro I, f. 104 Ilhéus era o nome dado aos Portugueses das Ilhas Adjacentes no Atlântico (Açores e Madeira).
5. *Ib.*, f. 125.
6. *Ib.*, f. 4. A doação de Rendon a Mateus Pacheco, datada de 2 de Abril de 1670, em Itacuruçá, Ilha Grande, é o próprio documento primitivo.

faz para que seu marido Mateus Pacheco pudesse trocar um sítio seu, com outro de Bento Pires [Ribeiro], que hoje é o nosso de Santa Ana» [1].

E ainda em 1721 o mesmo P. Reitor Rafael Machado comprou um «sítio que foi do Capitão José de Camargo, o qual está hoje dentro dos valos de Santa Ana» [2].

Com tal organização, metódica e diligente, tornou-se esta fazenda suburbana a mais importante do Colégio de S. Paulo. Em 1757 possuía 300 cabeças de gado bovino e 10 cavalos. Era afamado o leite desta Quinta ou Fazenda paulista [3]. Os seus 140 servos ocupavam-se na cultura da mandioca e tôda a espécie de legumes e frutas. Viviam em casas separadas, cada família sôbre si. Em 1771, as casas eram 47 e os seus moradores 176 pessoas [4].

A Igreja de Santa Ana ameaçava ruína em 1727 pela corrosão constante das intempéries. O Reitor José de Viveiros, concluídas as obras do Colégio de S. Paulo, aplicava-se, naquele ano, a restaurá-la e construir Casa anexa, para residência dos Padres, que ali iam todos os domingos e dias santos celebrar missa para o pessoal [5]. Constava de oito cubículos, dois corredores e uma varanda forrada. Sobrado, coberto de telha, com lojas, cozinha, refeitório e Terreiro em frente [6]. Ao todo, 12 portais e 13 janelas. Nesta grande Residência, concluída em 1735, começaram a morar de modo permanente dois Religiosos. Era seu Superior em 1757 o P. Manuel Pimentel [7].

A *Fazenda de Santa Ana* passou à Fazenda Real em 1760 [8]. Para efeitos desta administração conservam-se diferentes inventários tanto da Fazenda, com as suas oficinas, como da Igreja.

---

1. *Ib.*, f. 128ss.
2. *Ib.*, f. 136ss.
3. *Bras.* 6, 29v, 439.
4. Cf. Arq. Nac. do Rio, «Bens confiscados aos Jesuítas em S. Paulo, 1771 a 1782», onde se dão os nomes de todos, com os respectivos apelidos, *Oliveira, Álvares, Rodrigues, Tavares, Campos, Sardinha, Nunes, Mascarenhas, Correia, Matos, Queirós, Barbosa, Leão, Cruz, Lima, Mendes, Marins, Duarte, Almeida, Anjos, Santos, Machado, Sousa, Madeira, Cotia, Castilho.*
5. *Bras.* 4, 372.
6. Arq. Nac. do Rio, ms. 479, Livro I, f. 90v-91.
7. *Bras.* 6, 374v; *Bras. 10*(2), 363v.
8. Cf. *Doc. Interes.*, XLIV, 367.

Na Fazenda: Carpintaria, ferraria, casa de ralar mandioca, de descascar algodão, depósitos («uma tulha de vinte e dois palmos de comprido e oito de largo e de altura»), arados, grades de gradar a terra, carros, armações de roda de água, pilões, fornos e diversas espécies de ferramentas e utensílios de cobre, ferro, estanho e latão, e móveis e trastes indispensáveis a uma casa de tanta gente e movimento [1].

Na Igreja, imagens, livros, túnicas, fitas, pavilhões, guardas, painéis. Entre outros, «dois painéis grandes pintados em tábua que estão no sobrado, um de Santo Inácio, outro de S. Francisco de Borja» [2].

Em 1766 as terras eram, além da quinta pròpriamente dita, que lindavam de um lado com a estrada de Jundiaí, e de outro com a vargem do Rio Tietê, outras em Mandaqui, Tremembé, Aguaraí e Serra da Cantareira [3].

A Fazenda de Santa Ana veio a ser depois moradia dos Andradas na época da Independência [4].

12. — Além das Aldeias e Fazendas, com residência fixa, rara será a terra por onde não tivessem passado os Jesuítas em repetidas excursões missionárias.

S. Paulo realizou o sonho de Nóbrega, «escala para muitas nações de Índios», não apenas sob o aspecto bandeirante, mas também sob o aspecto religioso, tornando-se centro de irradiação missionária em diversas direcções, com propensão às do interior, para Minas, Goiás e Mato Grosso, onde se fundaram casas dependentes do Colégio de S. Paulo. O missionário volante seguia em geral as grandes linhas de penetração e de acesso, fazendo de S. Paulo ora ponto de partida ora término de missão.

---

1. Cf. Arq. Nac. do Rio, *loc. cit.*: «Bens confiscados aos Jesuítas em S. Paulo 1771-1782».
2. Arq. Nac. do Rio, *ms.* 479, Livro I, f. 27, 39.
3. *Ib.*, 92v.
4. Na sede da antiga Fazenda de Santa Ana está hoje, em edifício moderno, o *Quartel de Santana*, com uma placa comemorativa do «Fico» cf. Nuto Sant'Ana, *José Bonifácio*, na *Rev. do Arq Mun. de S. Paulo*, XLVI, 13, com duas gravuras representando a fachada e a face lateral da *Fazenda de Santa Ana*.

Algumas vezes mencionam-se as povoações do percurso, que é de duplo interêsse, como sucedeu com a grande Missão dos Padres Sebastião Álvares e Domingos Machado em 1707. Gastaram cinco meses. Missão dificultosa. O ponto de partida foi a ilha de S. Sebastião. Dali foram às povoações de «Ubatiba» e «Baraïatiba» [1]; à Enseada dos Tubarões, logo aos altíssimos Montes do Paranapiacamirim, e Samambativa; finalmente nas Vilas de Pindamonhangaba, Taubaté, Jacareí, Mogi, e S. Paulo [2].

Pindamonhangaba e *Taubaté* tinham desejado nelas Casas estáveis «fundadas», da Companhia, que não chegaram a efeito [3]. Empenhava-se nisso o P. Domingos Machado, filho de Pindamonhangaba, e favorecia a Residência o Provincial Manuel Dias. Um morador, de apelido Cabral, oferecia uma Fazenda, para sustento da Residência. Verificou-se porém que a oferta, diminuída depois, ficava demasiado abaixo do necessário para que a fundação tivesse possibilidades de êxito, diz o Provincial Gaspar de Faria, em 1726, que foi pessoalmente a Pindamonhangaba e se manifestou contrário, deixando entretanto o assunto ao cuidado do filho da terra, P. Domingos Machado, Superior da Residência vizinha, S. José dos Campos [4]. Desaprovada também pela autoridade civil em 1730, deixou de se pensar na projectada Residência.

Mas as Missões continuaram sempre por estas paragens, e a Ânua de 1750 traz, entre outras notícias, a de que se fizera uma a

---

1. Ubatuba tinha sido elevada a Vila em 1637. A Ubatuba fizeram-se outras muitas missões, algumas do Rio, por terra, sobretudo quando a vila não tinha Pároco nem Padre algum, como em 1721, em que o fruto se diz ter sido grande, na reforma dos costumes e concórdia dos moradores (*Bras.* 10(2), 254v). Em 1737 estêve aí, e em S. Sebastião, um Padre de Santos, prègando diàriamente, durante dois meses, com renovação geral do espírito cristão (*Bras.* 10(2), 377). No 3.º Centenário, em 1937, ergueu-se um obelisco e nêle duas placas ornamentais. Uma delas tem a seguinte inscrição lapidar, alusiva a Iperoíg, que ficava nessas paragens:

Pelo preito singelo/ Deste bronze/ Rememora o/ Instituto Histórico e/ Geographico de São Paulo/ A actuação heroica/ De Manuel da Nóbrega/ E Joseph de Anchieta/ Os Refens admiraveis/ de Iperoig/ Artífices da paz paulista/ de 1563/ Que ao dominio luso/ Assegurou a paz definitiva/ E então precária/ Das terras vicentinas». Cf. Rev. do Inst. de S. Paulo, XXXIII(1937)309 (fot. do obelisco, ib., p. 308/309). Inscrição de Afonso de E. Taunay.

2. *Bras.* 10, 50.
3. Carta de Andreoni, de 2 de Julho de 1706, *Bras.* 4, 121.
4. Carta do P. Gaspar de Faria, da Baía, 5 de Agôsto de 1726, *Bras.* 4, 333.

Guaratinguetá, a «uma capela de Nossa Senhora da Conceição, que os moradores chamam *Aparecida*, cuja imagem, recolhida no Rio Paraíba, na rêde de uns pescadores, primeiro o corpo, e depois, em lugar distante, a cabeça, era de *côr azul escuro (caerulei coloris)*, mas *clara* por muitos milagres que fêz» [1].

Em 1758 os Padres Inácio Dias e João Xavier deram missões na Conceição, em Nazaré, em S. João de Atibaia, e em Juquiri [2].

Outras vezes as missões partiam de S. Paulo, como em 1709, a dos Padres Alexandre de Gusmão (Júnior) e Manuel de Sousa. Gastaram três meses e foi um ciclo fechado: S. Paulo, Parnaíba, Itu, Sorocaba, Itu, Parnaíba, Jundiaí, S. Paulo. Grande trabalho de prègação e sacramentos. E apaziguaram-se velhos ódios entre os moradores [3].

Itu era um dos pontos mais visitados. E foram sempre bem recebidos, excepto em 1699, ano em que alguns homens de «Igtuguaçu», com temor de que os Missionários António Rodrigues e Francisco de Albuquerque tomassem o rol dos Índios e depois promovessem a sua libertação, amotinaram o povo. Um dos Missionários, António Rodrigues, descreve-a nesse ano, como a «Arrochela de S. Paulo» [4]. Arrufo passageiro, porque não tardou que Itu pedisse ao Colégio de S. Paulo houvesse por bem estabelecer, na Vila, Residência fixa, que não se chegou a fundar, por falecerem entretanto os três homens mais influentes da terra, empenhados nela [5]. Nesta «Vila de Utuguaçu», chegaram os Padres a possuir algumas terras, gado e um sítio de casas de telha, de três lanços, património da Capela de Araçariguama, vendido depois por ficar fora de mão [6].

Na missão, que se deu em *Sorocaba*, narra a Ânua de 1728 que os mestiços e índios, pouco versados na língua portuguesa, quando souberam que o Padre, ido do Colégio de S. Paulo, sabia e falava a

---

1. *Bras. 10(2),* 430v.
2. *Bras. 10(2),* 461-462.
3. *Bras. 10,* 68-70.
4. *Bras. 10,* 1-3v; *Bras. 9,* 449v-450.
5. *Bras. 4,* 121.
6. *Doc. Interes.,* XLIV, 349, 353.

língua tupí, deram voz pelas redondezas e juntou-se com alacridade e alegria muita gente, vinda dos lugares mais remotos, com fruto e consolação geral [1].

As missões para o Sul partiam de Santos e do Rio de Janeiro, por serem por via marítima e dispor o Colégio, de embarcações apropriadas. Quando se faziam por terra, o ponto de partida algumas vezes foi S. Paulo. Tal foi a que se realizou em 1690, passando pelas Vilas de *Itanhaém, Iguape, Cananéia, Paranaguá,* até *Curitiba,* têrmo da Missão [2].

A derradeira missão do Colégio de S. Paulo efectivou-se em 1759, quando já se adensavam os ares da perseguição. Saíram do Colégio os Padres Bento Soares e Fabião Gonçalves. Na *Parnaíba* fizeram as pazes entre o Capitão-mor e o Sargento-mor, irmãos de sangue, mas divididos havia um ano por causa de uma demanda; em *Jundiaí,* ouviram mais de mil confissões; na ida para *Mogi-Mirim* e *Mogi-Guaçu,* era perpétua a missão, pois o povo saía ao caminho, e êles armavam o altar portátil e o atendiam; e antes de chegar a *Mogi-Mirim* acharam no caminho o Vigário e o povo que os vinham esperar; na *Conceição* demoraram 12 dias e vieram ajudá-los os Padres José de Castilho, Superior de Carapicuíba, e o P. João Xavier, Superior de Araçariguama.

Em Itu eram esperados com impaciência. Itu era então a Vila mais populosa da Capitania de S. Paulo e diz o P. Bento Soares que êste povo era o que mais desejava os Missionários, por ser notável o seu fundo de piedade e devoção para com Deus. Aqui os surpreendeu a ordem de prisão e foi grande o trabalho dos Padres para evitar que o povo se amotinasse e a impedisse. Mas êles foram os primeiros a oferecer-se para voltar ao Colégio de S. Paulo, o que fizeram entre as lágrimas do povo [3].

Nem sempre os Missionários escreviam o relato dos seus trabalhos apostólicos. Rara será a terra aonde não fôssem, e a muitas se aplica o que se diz dum dêsses Missionários, o P. Belchior de

---

1. *Bras. 10*(2), 308v.
2. *Bras.* 9, 372.
3. Notícia escrita pelo P. Bento Soares, *Bras. 10*(2), 469-470v.

Pontes: «Discorreu em missões dificultosíssimas não sòmente da costa, mas também das vilas e lugares de S. Paulo mais distantes,

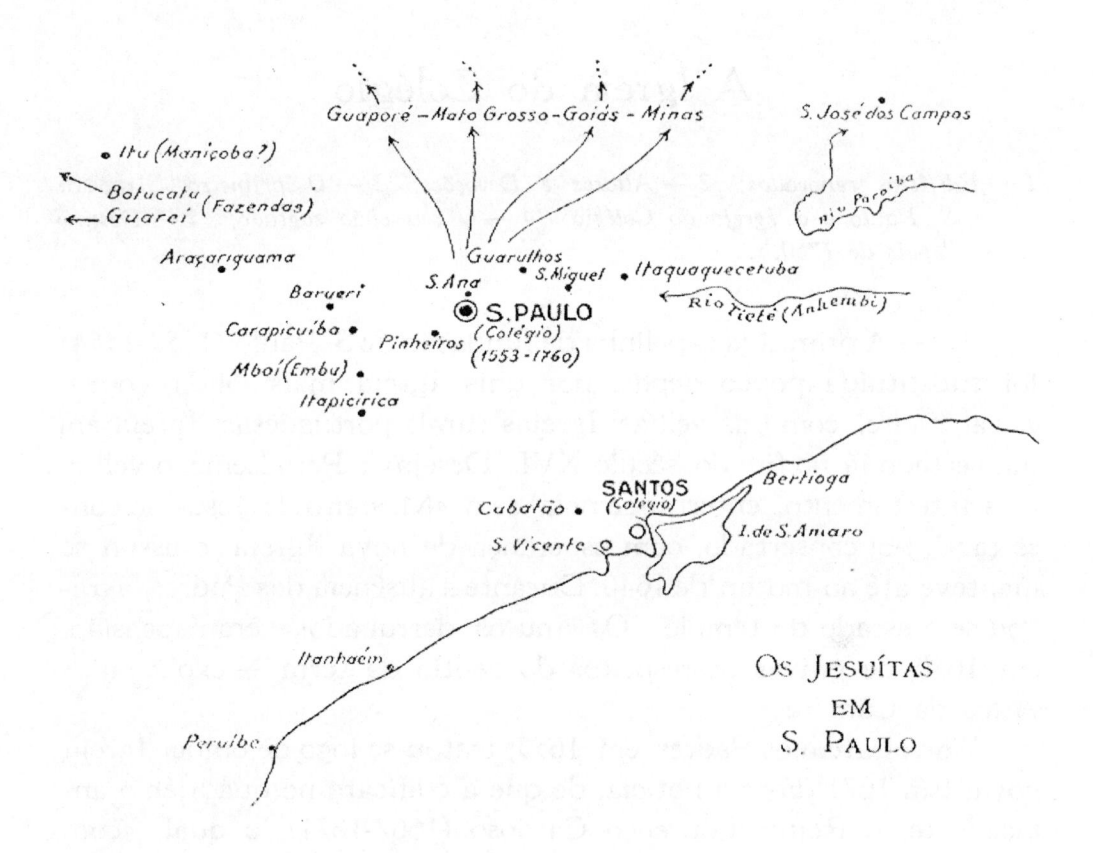

```
                Guaporé - Mato Grosso - Goiás - Minas        S. José dos Campos

   • Itu (Maniçoba?)
   Botucatu
   ← Guareí (Fazendas)
        Araçariguama        Guarulhos
              Barueri    S. Ana  • S. Miguel  • Itaquaquecetuba
                         ◉ S. PAULO          Rio Tietê (Anhembi)
        Carapicuíba •  Pinheiros (Colégio)
        Mboí (Embu) •          (1553-1760)
             Itapicirica

                                        Bertioga
                        Cubatão •  SANTOS
                                  (Colégio)
                           S. Vicente    I. de S. Amaro

         Itanhaém

                                        OS JESUÍTAS
         Peruíbe                            EM
                                         S. PAULO
```

sendo o seu descanso, nestas fadigas, a contínua assistência das Aldeias».[1]

---

1. Fonseca, *Vida do P. Belchior de Pontes*, 49. Quando se tratou do tombamento geral dos bens imóveis dos Jesuítas do Brasil, passou El-Rei a Provisão de 5 de Julho de 1727, para que todos os Colégios tivessem um livro privativo de notas, rubricado pelo Ouvidor Geral das respectivas Capitanias, com o valor de livro de notário público. A Provisão Régia registou-se em S. Paulo em 1731, *Registo Geral*, IV, 551-554.

CAPÍTULO VIII

A Igreja do Colégio

1 — Edifícios renovados; 2 — Altares e Devoções; 3 — O primeiro Bispo de S. Paulo e a Igreja do Colégio; 4 — O seu chão sagrado; 5 — Destino depois de 1760.

1. — A primitiva capelinha da fundação de S. Paulo (1553-1554) foi substituída pouco depois por uma Igreja mais sólida, com o seu alpendre, como as velhas Igrejas rurais portuguesas, Igreja em mau estado já no fim do século XVI. Desejava Pero Leme, o velho, no seu testamento, enterrar-se nela, se o «Mosteiro de Jesus se consertar»[1]. Foi consertado, com esperança de nova Igreja, e assim se manteve até ao motim de 1640. Durante a ausência dos Padres, agravou-se o estado do templo. Os «muros derrubados» eram ocasião, em 1650, de graves desrespeitos do gentio da terra — explicam as *Actas* da Câmara [2].

Ao voltarem os Padres em 1653, tratou-se logo de erguer Igreja nova. Em 1671 dá-se a notícia, de que a edificara no quadriénio antecedente, o Reitor Lourenço Cardoso (1667-1671), o qual, «com grande trabalho, indústria e diligência, ergueu, *desde os alicerces*, a nova e magnífica Igreja que dá à Vila de S. Paulo não pequeno esplendor»[3].

A esta Igreja, orgulho dos Paulistas, faltava ainda a tôrre. Ergueu-se anos depois, no tempo em que foi Reitor o P. Manuel Correia

---

1. *Inventários e Testamentos*, I, 27-28; Taunay, *Hist. Seiscentista*, IV, 73.
2. Taunay, *Hist. Seiscentista*, I, 178.
3. «Magno labore, industria ac diligentia erexit a primis fundamentis novum et perillustre templum, quod Villae D. Pauli non exiguum infert splendorem», *Bras.* 3(2), 112.

(era-o em 1683) ¹. Cederam os alicerces, que arrastaram consigo parte da fachada. Recomeçando as obras, pararam, diante das tergiversações dalguns homens, na questão da liberdade dos Índios. Cansados de tantas versatilidades, estavam os Padres realmente dispostos a deixar S. Paulo. E pela correspondência dos Padres, desde 1682, vimos que era a sério. Interpuseram-se, em 1684, os mais importantes Paulistas do tempo e a Câmara, para que se não retirassem, seguindo-se como reacção de boa vontade, demonstrada não apenas por palavras, o movimento construtivo mais intenso de tôda a existência dos Jesuítas em S. Paulo. Duas senhoras, sobretudo, se assinalaram, D. Ângela de Siqueira e D. Leonor de Siqueira, presidindo a primeira à reconstrução da fachada e a segunda à da tôrre:

«A Igreja acabou de se construir em 1694, com ornato bastante; a sacristia também estava suficientemente provida de prata e ornamentos» ², informação que os Reitores deviam dar como prova do seu cuidado em promover o esplendor do culto.

Sete anos depois, informa-se ainda que a «Igreja era digna de se ver pela sua obra de talha dourada» ³. Com esta data de 1701 coincidiu a construção da nova tôrre, erecta não ùnicamente, mas em grande parte, pela ajuda financeira e pessoal de D. Leonor de Siqueira, que concorreu muito «para se fazer de pedra e cal a tôrre da Igreja do Colégio dos Jesuítas de S. Paulo, em tempo do Reitor, o P. António Rodrigues, varão de acreditada virtude», escreve Pedro Taques. «É uma das obras (até como primeira desta natureza) mais excelentes que há na Cidade de S. Paulo, pela sua eminência e construção» ⁴, diz êle, e acrescenta que D. Leonor de Siqueira ainda chegou a ver com seus olhos a tôrre concluída. Não sabemos se isto se compagina com o facto de o P. António Rodrigues iniciar o seu Reitorado em 1706. Como quer que seja, a Tôrre do Colégio ergueu-se na 1.ª década do século XVIII e marcou um *momento* histórico, na arquitectura paulista ⁵.

1. Manuel da Fonseca, *Vida do P. Belchior de Pontes*, 232; Bras. 5(2), 66.
2. Bras. 6, 29v.
3. Bras. 6, 29v.
4. Pedro Taques, *Nobiliarquia Paulistana*, II (S. Paulo 1941)513.
5. Bras. 4, 121. Do P. António Rodrigues, «o varão de acreditada virtude», lê-se na Ânua de 1736, em que faleceu, esta notícia: «Ecce nunciatum haud segniter fatum venerabilis Senis P. Antonii Roderitii praecedens vulnus refricturum adventarit. Ulyssipone natus et decimo septimo aetatis suae anno militantem Socie-

2. — Pertence ainda à primeira década do século XVIII (dá-se a notícia em 1707) a erecção de quatro altares da Igreja, de talha dourada e que ainda existiam em 1827 [1].

Os altares da Igreja nova não coincidiam exactamente com os da Igreja velha. Em 1654, além da Capela-mor, havia êstes: *Nossa Senhora, S. Francisco Xavier, Santa Úrsula* ou *Virgens*, padroeiras dos Estudantes [2].

Nossa Senhora foi invocada e honrada no Colégio de S. Paulo, sob diversos títulos, cuja seqüência se pode determinar assim: Nossa Senhora da Graça, Nossa Senhora do Destêrro, Nossa Senhora das

---

tatem, triumphantem vero (ut pie credendum) octogesimo quinto ingressus. Trium votorum Professus, Collegii Fluminensis lites, et proximorum vinculis laborantium aliquot annos causas promovit, et si cum aedificatione externorum non semel etiam cum utilitate clyentum, quibus apud judices forenses sedulo patrocinabatur. Rectorem egit in Collegio Sanctorum qui dein etiam in Paulopolitano ubique regularis observantia ubique rei familiaris admodum studiosus virtutum omnium elogio dignus: blandus in primis, humilis, sociis gratus, et in audiendis confessionibus assiduus. Tunc temporis ad sacram D. Francisci Xaverii Imaginem adversam super aram stantem, quem sibi Patronum elegerat singularem, oculos passim divertebat, admodum pro enodandis paenitentium difficultatibus ab eo leges accepturus. Animarum saluti ardenter cooperabatur. Id usque hodie meminerint Parnaguaensis et Lacunae Missiones, remotissimae pariter et laborum vitae discrimini cohaerentium uberrimae tum cominus Paulopolitana rura Dioeceses, Pagi extremaque Oppida in quibus jugi studio Apostolicum munus frequentius exercuit maximo cum vitiorum incommodo ideoque utilissima cum Sacramentorum frequentia et virtutum incremento. Acciditque aliquando in remotiori plaga ut P. Roderitius Iuvenum Puerorum et Infantium baptismata servatis servandis reiterarit, eo quod non leve dubium mature inciderat an rite valideque hujusmodi sacramentum loci Parochus contulisset qui nonnisi mero gravatus ecclesiam de more adibat. Deiparentis amantissimum fore pendens assidue etiam e manibus rosarium tum maxime effusae ubertim lachrymae quoties de Beatissima Virgine sermocinatio aliqua pie intermittebatur affatim praedicabant. Senio jam confectus vehementioribus articulorum praecipue doloribus afflictabatur quin ob id nunquam ne a communi quidem vivendi ratione nec etiam dolentis animi signis a castigandis abstinuerit aliquamdiu. S^mao Eucharistiae Unctionisque sacramentis munitus excessit e vivis miles utique veteranus clarus, meritis, rigidioris paupertatis exemplar et sui ipsius contemptor et idcirco omnium calculis maxima dignus veneratione, Nostratium aeque ac externorum. Excessit inquam e vivis postridie Kal. Mart. (*Bras. 10(2)*, 378-378v).

1. «Crevit templi supellex, quottuor minores arae auro iluminatae», *Bras. 6*, 65.

2. O Inventariante de Miguel Rodrigues Velho pagou 960 réis a estas três confrarias do Colégio, cf. Taunay, *História Seiscentista*, IV, 88.

Candeias (Purificação) [1], Nossa Senhora da Boa Morte, predominando depois esta última, como título de Congregação. Era própria desta devoção a estátua jacente da Senhora, imagem «de vestir», como ainda se vê e se conserva nalgumas antigas Igrejas da Companhia.

S. Francisco Xavier foi uma das grandes devoções paulistas do fim do século XVII. No começo do seguinte, em 1707, recebeu 2.000 cruzados para com a sua renda se celebrar anualmente com solenidade a Novena da Graça de S. Francisco Xavier [2]. O Dr. Guilherme Pompeu de Almeida, o mais entusiasta devoto do Apóstolo do Oriente, deixou bens para se conservar sempre acesa no seu altar uma lâmpada de prata [3].

Nossa Senhora da Graça foi fundação de Afonso Sardinha, o velho, e sua mulher Maria Gonçalves [4]; Nossa Senhora do Destêrro, fundação de Fernão Dias Pais e Catarina Camacho [5]; e Nossa Senhora das Candeias ou da Purificação (festa a 2 de Fevereiro) anda unida aos nomes de João de Toledo Castelhanos (pai do P. Francisco de Toledo) e do seu cunhado o Capitão-mor Pedro Taques de Almeida, que todos os anos alternadamente faziam essa festa com missa cantada, sermão e Santíssimo exposto no trono. «E acrescenta, complacentemente, Pedro Taques Pais Leme, como cronista e filho do Capitão-mor, que para o refeitório dos Religiosos, neste dia mandavam com grandeza e abundância várias iguarias de massas e conservas» [6]. Depois ainda continuou a ser padroeiro o filho de João de Toledo Castelhanos, Diogo de Toledo Lara [7].

Entre as devoções da Igreja do Colégio havia a das *nove velas*. Consistia em acender no altar de Nossa Senhora *nove* velas, para que fôssem reconduzidos a S. Paulo, sãos e salvos, os bandeirantes ausentes no sertão. Assim fêz a mulher de um, em 1620, e assinala-se como grande devoção paulista [8].

---

1. Cf. Inventário de Estêvão Furquim, mandando dizer 10 missas no altar de *Nossa Senhora das Candeias* na Igreja do Colégio, *Invent. e Testam.*, XVI, 199.
2. *Bras. 6*, 65.
3. *Doc. Interes.*, XLIV, 351.
4. *Bras. 8*, 240.
5. *Doc. Interes.*, XLIV, 368-371.
6. Pedro Taques, *Nobiliarquia Paulistana*, II(S. Paulo 1941)191.
7. *Ib.*, 231.
8. *Bras. 8*, 279.

Além da festa de S. Inácio, uma das maiores solenidades, e com a sua organização própria, era nos meados do século XVIII, a do *Laus Perenne do Santíssimo Sacramento*, a *Hora de Adoração*, por turnos, facto relevante dêsse século, que tanto arraigou a devoção eucarística em todo o Brasil. Para estas festas buscava-se quanto lhes pudesse dar brilho e pompa. Em 1725 anuncia-se a compra de um bom *órgão* [1]. Em 1727 a Congregação Mariana do Colégio de S. Paulo era considerada a melhor do Brasil. Encerravam-se diàriamente os estudos, com a *Avè-Maria*, a dois coros, e aos sábados, mais solene, acompanhada a órgão [2].

No que toca à evolução da Igreja do Colégio, começou a renovar-se em 1741 [3]. Por ocasião dessas obras ruíram as paredes, e também o tecto, não por velhice, mas por efeito destas ampliações [4]. Fechou-se a Igreja ao culto até 1745, em que, no dia da Festa dos Estudantes (*Santas Virgens*), a 21 de Outubro, se reabriu com grande solenidade, a que acorreu tôda a cidade, que assistiu maravilhada à inauguração da capela-mor, nova. Também se restauraram quási de novo os altares, em que a Igreja estava bem repartida, «reservando-se — facto a reter — um, para o culto futuro do Ven. Padre José de Anchieta» [5].

O último acto construtivo da Igreja foi em 1757, medida geral para tôdas as Igrejas da Companhia no Brasil, uma cripta ou capela anexa, destinada à última jazida dos Padres de S. Paulo [6]. Mas a derradeira morada iam-na êles ter por diversas partes do mundo.

Depois da saída dos Jesuítas padeceu mudança a disposição interna das imagens e altares. Não aparece o altar de S. Francisco Xavier, fundado pelo Dr. Guilherme Pompeu de Almeida, e que era uma das devoções freqüentemente mencionadas nos testamentos paulistas, e preencheu-se o altar reservado a Anchieta. O Inventário de 1817 enumera os altares da Igreja, seis, além da Capela-mor. E com êles os crucifixos e as imagens de vulto, de cada um:

1. *Bras. 6*, 157.
2. *Bras. 10(2)*, 292.
3. O P. Reitor «maius Ecclesiae nostrae sacellum latiori area sublimioribus fornicibus, binoque absidarum ordine affluentiorem lucis copiam infundentius bellissime ampliavit», Ânua de 1741 por José Nogueira. *Bras. 10(2)*, 409v.
4. *Bras. 10(2)*, 420.
5. *Bras. 10(2)*, 422.
6. *Bras. 6*, 438v.

Altar de Santo Inácio, na *Capela-mor*: S. Inácio, S. Francisco Xavier, Santa Ana, crucifixo pequeno de madeira.

Altar da Boa Morte: Senhor Crucificado, Senhora das Dores.

Altar da Senhora da Graça: Nossa Senhora da Graça, com sua capa de sêda branca, S. Francisco de Borja, crucifixo pequeno de marfim [1].

Altar da Senhora do Destêrro, ou de *Jesus, Maria, José*: Nossa Senhora, Menino Deus, S. José (Representação do destêrro para o Egito).

Altar de Santa Úrsula, ou das *Santas Virgens*: Santa Úrsula, S. Francisco Xavier, crucifixo pequeno de madeira.

Altar da Conceição: Senhora da Conceição, S. Joaquim.

Altar do Bom Jesus: Senhor Bom Jesus, e crucifixo pequeno de madeira.

O altar-mor, de «talha antiga»; e os seis colaterais, metidos em capelas, com grades de madeira. Dêstes altares, quatro também de obra antiga, doirados (os de 1707); dois de obra mais moderna, sem doirado.

A Igreja tinha sete arcos, o da capela-mor, de pedra de cantaria lavrada; os outros seis, das capelas, de tijolo e cal; também de tijolo e cal, a cimalha que circula o corpo da Igreja. Dois púlpitos de madeira, «abertos em talha», côro com três janelas, com os seus batentes de pedra e envidraçadas. A porta principal de batentes de pedra lavrada; e três portas no corpo da Igreja. Na capela-mor, as tribunas (quatro).

A tôrre, ao lado direito da Igreja, lado do Evangelho, era de pedra coberta de telha e com oito sineiras, duas em cada face, e uma janela com batentes de pedra, no andar das do côro. Circundava a Igreja um corredor «pelo lado esquerdo da capela-mor, pelos fundos e pelo lado direito».

Media a Igreja cento e três palmos de frente, duzentos e doze de fundo, entrando nesta medida a sacristia, por trás da capela-mor. Era tôda de paredes de pedra, coberta de telhas, com ladrilhos de

---

1. Registou-se em S. Paulo, a 27 de Julho de 1757 a Carta Régia, de 5 de Setembro de 1756, que contém o Breve de Bento XIV de 24 de Maio de 1756, instituindo S. Francisco de Borja, Patrono de Portugal e dos seus Domínios, contra os terremotos. D. José I ordenava que a festa se fizesse nas «Igrejas da Companhia, onde as houvesse», e que a elas assistissem as Câmaras, *Reg. Geral*, X, 261-265.

tijolo em todo o corpo dela, excepto na capela-mor, esta assoalhada e forrada.

Na Sacristia havia um altar e dois arcazes, algumas imagens e quatro painéis.

O tesoiro da Igreja, noutro inventário de 1827, já não menciona objectos de oiro. Uma das suas principais peças, custódia de prata doirada, tinha passado em 1819 para a Igreja de Santa Ifigénia. Ainda assim a enumeração dos objectos de prata é extensa: duas lâmpadas de prata lavrada, coroas, resplandores, diademas, castiçais. A paramentaria devia ter seguido caminho semelhante ao da Custódia, tão reduzida se mostra. Apenas um missal e um cálice. Recordação da opulência antiga do culto: quatro jarras de louça parda de Macau [1].

3. — A Igreja do Colégio, unida à fundação de S. Paulo, no seu aspecto civil, primeiro núcleo da sua vida como povoação, anda também unida à sua vida religiosa, pois foi a primeira; e também à sua hierarquia eclesiástica, criada pelo Papa Gregório XIV, a rogos de El-Rei D. João V, em 1745. A 8 de Dezembro de 1746, dia da Imaculada Conceição, chegou a S. Paulo o seu primeiro Bispo, D. Bernardo Rodrigues Nogueira; e, depois de ser recebido festivamente e dar a sua primeira bênção ao povo da nova Diocese, se dirigiu e se hospedou no Colégio, antes de ir para as casas que iriam ser o seu Paço; e na Igreja do Colégio quis ter a última jazida.

Dando conta das missões feitas pelo interior, a Bienal de 1748-1749 consagra uma página ao primeiro Bispo de S. Paulo, como se fôsse religioso da Companhia, com desenvolvimento fora do vulgar:

«Do Colégio de S. Paulo saíram dois Padres até freguesias a 50 léguas de distância. A Missão começou logo na Cidade de S. Paulo, a pedido do Bispo. Foi grande a afluência de penitentes, que a exemplo do Prelado, assistiam às prègações e actos do culto. Por fim realizou-se a Procissão de Penitência desde o Colégio à Igreja Catedral,

---

1. «Inventário da Igreja e Colégio de S. Paulo, documentos de 1817 e 1827, publicados na fôlha oficial «Govêrno do Estado de S. Paulo» — *Actos Officiais* — Dia 15 de Outubro de 1890, págs. 477-483. Inclui-se aqui também a descrição interna e externa do Palácio do Govêrno. Mas nela já é irreconhecível o antigo Colégio.

levando o Bispo o Crucifixo alçado para veneração do povo. Iam à frente os meninos inocentes, que castigavam com açoites as suas espáduas nuas; seguiam-se os homens, uns disciplinando-se nas costas, outros com coroas de espinhos, outros arrastando grilhões, outros carregando pesadas pedras, confessando-se pecadores, e fazendo penitência diante de Deus. Todos de pé descalço, incluindo os Padres do Colégio e os das mais Famílias Religiosas. De vez em quando o céu, como para se associar aos penitentes, misturava as suas lágrimas, chovendo sôbre justos e pecadores, sem que ninguém arredasse pé nem desistisse do que ia fazendo. No dia seguinte, com grande magnificência e pompa, por ordem do Bispo, levantou-se um catafalco honorário e celebraram-se exéquias solenes, para que assim como se tinha cuidado dos vivos se não esquecessem os paroquianos falecidos desta Igreja, o que sempre se observou também nas Missões dos outros lugares. Do fruto espiritual desta, muito se congratulou o Bispo com os Padres. Como sempre foi benemérito da Companhia, entre os operários da vinha do Senhor não queria outros e os pedia com instância, e se fôsse preciso, como no Evangelho, lhes daria salário, dizia êle, e por isso também agora tinha a peito mostrar a mesma benevolência. Dêle, a quem já tínhamos como pai, diremos aqui o que nos dita a gratidão.

Era equânime, prudente, pronto e fácil para tudo. Na Ilha da Madeira, por espaço de 14 anos exercitou os cargos de Arquidiácono, Provisor e Vigário Geral. Foi Governador da Diocese de Lamego, dois anos; depois Deão e Vigário Geral de Braga, até ser eleito Bispo da nova Diocese de S. Paulo, para a criar e estabelecer. Homem de Deus, consagrava duas horas à oração. Celebrava missa todos os dias e assistia no altar à seguinte. Atento à devoção e modéstia, assistia aos Ofícios Divinos com os Cónegos, para com sua modéstia se ajustar a dêles. Liberal para com os pobres, além dos mendigos, a quem dava esmola diária na porta da casa, distribuía o sustento a vinte lares pobres; e de seu bôlso particular dava quási tôda a renda para sustentar um Convento de meninas; e socorria ainda outros, por intermédias pessoas. Estimava tanto as coisas espirituais que nunca recebia estipêndio pela celebração da missa. Educava os seus familiares segundo o costume da Companhia. Chamava-os ao toque da campainha para o estudo, oração, refeitório, descanso, leitura dos Livros Santos, e Ladainhas. Visitava-os com freqüência para não dar lugar à preguiça; e se algum cometia qualquer falta, satisfazia com alguma penitência no refeitório como na Companhia. Disciplinava-se rudemente amiúde e nas segundas e sextas-feiras e na Quaresma arrastava os da sua casa com o exemplo. Aos Domingos mandava-os ao Colégio a confessarem-se e receberem a Sagrada Comunhão. Não era menor o cuidado das demais ovelhas confiadas ao vigilantíssimo Pastor, a quem se encarregou criar a nova Diocese, e só em três anos realizou o que muitos apenas teriam feito em muitos. Por fim, caiu com doença mortal. Chamou um da Companhia com quem fêz confissão geral. Sabendo as orações, que o povo e as Famílias Religiosas faziam pela sua saúde, rogou-lhes com gravidade que pedissem a Deus não a salvação temporal, mas a eterna, e lhe desse boa e feliz hora para deixar a vida. Dirigiu salutares avisos aos seus Cónegos; e a todos, a quem porventura tivesse ofendido, pediu perdão com humildade. Ainda viveu três dias, durante os quais só queria perto de si aos Nossos, em cujas mãos se pôs. Faleceu com 53 anos de idade e 3 de Episcopado. Três dias depois, ainda estavam flexíveis os seus membros e moviam-se os braços, mãos, pés, e dedos, que ao dobrarem-se, davam estalidos como animados de vida. Ao dar-se à sepultura picou-se-lhe uma veia e correu sangue líquido, que os cirurgiões e os médicos assistentes disseram com juramento que não o sabiam explicar naturalmente. Todos os objectos do seu uso se distribuíram por muitas pessoas para satisfazer a sua devoção e veneração. Fique isto como sinal da nossa gratidão, devida por tantos títulos, a tão grande Prelado» [1].

---

1. «Annuae Litterae Provinciae Brasiliae anni 1748 et 1749», por Francisco da Silva, Baía, 15 de Janeiro de 1750, *Bras. 10(2)*, 430. O P. Francisco da Silva nasceu em Lisboa a 15 de Dezembro de 1720 (*Bras. 6, 273*), e ainda vivia na Itália em 1788. A morte de D. Bernardo Rodrigues Nogueira ocorreu no dia 7 de Novembro de 1748. Com os Jesuítas manteve sempre a mais estreita amizade desde o tempo de Coimbra onde estudou Filosofia; hospedava-se nas Casas da Companhia, como ao deixar o cargo de Governador do Bispado de Lamego, que se hospedou no Colégio da Lapa, e, ao passar no Rio, ficou no Colégio, como também em Santos e em S. Paulo. E veremos no capítulo seguinte que recorreu aos Padres para o ensino de Filosofia aos seus domésticos. Era natural de Santa Marinha, Concelho de Ceia, Diocese e distrito da Guarda. Sôbre êste ilustre prelado, cf. *Epítome da erecção e criação do novo Bispado de S. Paulo*, na *Rev. do Inst. Hist. Bras.*, XVIII, 226-234; Fortunato de Almeida, *História da Igreja em Portugal*, III, 1.ª P., 96-97; 2.ª P., 1053-1054, página esta em que dá mais bibliografia impressa sôbre o primeiro Bispo de S. Paulo; J. P. Leite Cordeiro, *A vida e as realizações do 1.º Bispo de S.*

4. — Além do Prelado, sepultado na capela-mor, receberam guarida eterna no solo sagrado da Igreja do Colégio, sem contar os Jesuítas, muitos dêles notáveis em Ciências, Letras e Santidade, alguns dos nomes mais falados na história paulista, a começar pelo de Tibiriçá, aliado de Leonardo Nunes, Nóbrega e Anchieta.

Pelos *Inventários* remanescentes é fácil organizar a lista positiva de muitos que ali se sepultaram, e a alguns se deu pompa desusada como a João Pires, o «Pai da Pátria» e ao Dr. Guilherme Pompeu de Almeida. Antes de haver Matriz, a Igreja do Colégio era o sagrado a que se acolhiam todos os paulistas dêsse período primitivo e heróico. Depois, a Matriz era o lugar comum de todos. Em geral os que pediam para se sepultarem na Igreja do Colégio (privilégio que se dificultava), invocavam algum título especial. Pediram-no, entre outros, Isabel da Cunha, mulher de Henrique da Cunha [1]; Gonçalo da Costa [2]; Francisco Velho Dias de Morais, pai do famoso e desiquilibrado Padre Manuel de Morais; Bartolomeu Gonçalves e sua mulher Domingas Rodrigues [3]; Álvaro Neto, o velho, e sua mulher Mécia da Pena (em comum) [4]; Mateus Leme [5]; Pedro de Morais Dantas, pai do P. António Ribeiro, que trabalhou em Ibiapaba, Maranhão e Rio do Amazonas, e de quem dizia Vieira que era o «seu Marco Túlio» da língua tupi [6]; Bartolomeu Rodrigues [7]; Francisco de Proença, cunhado de Pedro Taques, e sogro de Salvador Pires [8]; Catarina Camacho, mulher de Fernão Dias Pais [9]; Afonso Sardinha e sua mulher; Catarina Ribeiro, mulher de António Ribeiro de Mo-

---

Paulo, D. Bernardo Rodrigues Nogueira, no *Jornal do Commercio* (Rio), 20 de Maio de 1945; Paulo Florêncio da Silveira Camargo, *A Instalação do Bispado de São Paulo e seu primeiro Bispo* (S. Paulo 1945)133,135. Os restos mortais do 1.º Bispo de S. Paulo foram depositados modernamente na «cripta da nova Catedral», cf. Castro Nery, *Duzentos anos de Bispado*, na «Revista da Academia Paulista de Letras», Ano VIII (S. Paulo — 12 de Junho de 1945)110.

1. *Inventários e Testamentos*, I, 257, 265 (Testamento de 5 de Outubro de 1599).
2. *Ib.*, I, 285.
3. *Ib.*, VIII, 195.
4. *Ib.*, IX, 448, 449.
5. *Ib.*, IX, 113.
6. *Ib.*, XIV, 287; *Cartas de Vieira*, I, 385, 388.
7. *Inv. e Test.*, VIII, 195.
8. *Ib.*, XI, 424-425.
9. Vd. no Capítulo precedente, a inscrição da sua sepultura.

rais [1]; Custódia Gonçalves, viúva de Francisco Dias e mãe dos capitães Francisco Dias Velho e Manuel Dias Velho e outros (grande descendência) [2]; Clara Parente e seu filho Jerónimo Bueno [3]; Leonor de Siqueira casada com Luiz Pedroso e mãe de Ângela de Siqueira, mulher de Pedro Taques de Almeida [4]. Êstes e muitos outros. Um dêles, o Capitão-mor António Ribeiro de Morais, acrescenta ao seu pedido, esta cláusula:

«Meu corpo será sepultado na Igreja do Colégio de Santo Inácio desta Vila, na mesma sepultura onde está enterrada minha mulher». «Declaro que deixo ao Colégio desta Vila, os *painéis*, que tenho na sala, a saber, seis grandes e nove pequenos, porque assim mo pediu minha mulher. E lhes peço aos Reverendos Padres digam algumas missas, como irmão que sou da Companhia, por carta do Muito Reverendo Padre Geral» [5].

Que destino teriam levado êstes painéis de Roma e tantos outros objectos úteis à história da arte no Brasil? [6]

1. *Invent. e Testam.*, XXII, 422, 426.
2. *Ib.*, XX, 321.
3. *Ib.*, XXIII, 50.
4. *Ib.*, XXIV, 328.
5. *Ib.*, XXII, 406, 411; cf. Belmonte, *No tempo dos Bandeirantes* (S. Paulo 1940)48. Pelos *Inventários e Testamentos*, já publicados, se infere também que os Padres eram intermediários para assuntos de consciência, em que entravam somas de dinheiro. No seu Testamento refere-se Domingos Jorge Velho, em 1670, a uma procuração da filha do Capitão-mor Gonçalo Couraça de Miranda, vinda ao Reitor de S. Paulo, P. Manuel Pedroso, e que êle Domingos Jorge Velho fizera concêrto com o P. Reitor em 320$000 réis que pagou (*Invent. e Test.*, XVIII, 36); Maria Leite da Silva, mãe do Capitão Fernão Dias Pais, o das *Esmeraldas*, deixou por testamento que se lhe dissessem 500 missas em Portugal. O Testamenteiro pediu aos Padres da Companhia em Lisboa, que se incumbissem dêsse legado pio, o que êles fizeram, distribuindo-as por diversas terras, do que dá as quitações o Procurador do Brasil em Lisboa, P. João Pimenta, e se incluem com a respectiva correspondência em *Inventários e Test.*, XVII, 446-455(1667); Francisco Ribeiro de Morais deixou alguns legados em Portugal, Caminha, a Nossa Senhora da Franqueira (igrejinha famosa do Minho), que os Padres se encarregaram de cumprir, a pedido do testamenteiro Francisco Velho, *Invent. e Test.*, IV, 37(1615); «Declaro deixar no meu Testamento, diz Lourenço de Sequeira, que devo e mando se pague logo da minha fazenda, vinte mil réis que o Senhor Padre Reitor do Colégio me fêz mercê de pedir emprestados para mim a Aleixo Jorge», *Invent. e Test.*, XIII, 7-13; e outras menções semelhantes, significativas de estima e confiança.

6. Lúcio Costa refere-se a «dois dos altares laterais da antiga Igreja do Colégio de S. Paulo [e publica a fotografia de um], peças de grande valor, que infelizmente

5. — O destino que tiveram a Igreja e o Colégio de S. Paulo, depois que saíram das mãos dos Jesuítas, não é já assunto directo desta *História*. O Colégio aplicou-se e adaptou-se a Palácio dos Generais e Presidentes da Província, com sucessivas remodelações e ainda hoje é sede de uma repartição do Estado.

A Igreja seguiu o destino do Colégio, transformada em Capela do Palácio. Com o advento da República pensou-se em fazer da «Igreja do Bom Senhor do Colégio» o Congresso Constituinte do Estado de S. Paulo. Mas o nobre Prelado de S. Paulo que então era, em 1891, D. Lino Deodato Rodrigues de Carvalho, pôs embargos a semelhante destino [1]. Fechou-se. A injúria, do tempo e dos homens, fêz o resto. Desabou o tecto central na noite de 13 para 14 de Março de 1896. Seguiu-se a demolição da Igreja e da Tôrre. Não foram alheias a isso tristes paixões humanas. Mas ao tocar-se nas cinzas sagradas do glorioso berço de S. Paulo, acordou a consciência paulista e brasileira. Data dêsse ano a renovação dos estudos jesuíticos, que logo congregaram à sua roda os maiores nomes do Brasil, nos sectores das Letras, das Ciências e da Política, Rui Barbosa, Joaquim Nabuco, Eduardo Prado, Capistrano de Abreu, Couto de Magalhães, Barão do Rio Branco... E a fieira, assim aberta, continua com outros actuais, de todos os sectores ideológicos, homens, que a posteridade há-de reconhecer igualmente um dia como nomes gloriosos do Brasil.

Em 1925 ergueu-se no *Pátio do Colégio* um modesto monumento com êstes dizeres:

GLÓRIA IMORTAL
AOS
FUNDADORES DE SÃO PAULO
MDLIV—MCMXXV.

---

os responsáveis pela sua guarda não souberam conservar», Lúcio Costa, *A Arquitetura dos Jesuítas no Brasil*, 64. Existem no Museu da Cúria Arquiepiscopal de S. Paulo, n.º 874, três fotografias da Igreja do Colégio de S. Paulo: *Antes da demolição; durante a demolição* (vê-se ainda parte do púlpito); e *altar-mor*. Segundo Tito Lívio Ferreira, os sinos da Igreja do Colégio foram transferidos para a tôrre da Sé Catedral, a velha, também já demolida, *Génese Social da gente bandeirante* (S. Paulo 1944) 212-213.

1. Paulo Cursino de Moura, *São Paulo de Outrora* (S. Paulo s/d) 27.

CAPÍTULO IX

O Pátio do Colégio

1 — A «Casa de S. Inácio»; 2 — Os benfeitores Amador Bueno da Veiga e Guilherme Pompeu de Almeida; 3 — O «Pátio» do Colégio e os estudos de Português, Humanidades e Filosofia; 4 — A Vida dos Estudantes; 5 — Reitores; 6 — O primeiro Seminário de S. Paulo; 7 — Equilíbrio económico.

1. — Aquela célebre e pequenina casa, mandada fazer por Nóbrega em 1553 e inaugurada em 25 de Janeiro de 1554, foi substituída ainda no século XVI por outra maior, capaz de alojar os Padres, que se iam revezando em Piratininga. Era a «Casa de S. Paulo», ou Casa do «Senhor São Paulo», como se vê nalguns velhos Testamentos [1]. Nela, já transformada, nos começos do século seguinte, em «Casa de S. Inácio», ficaram os Jesuítas até 1640. A mudança de orago, operou-se em 1611, e diz a *Ânua* correspondente, que talvez fôsse, em todo o mundo, a primeira que recebeu essa invocação entre muitas outras que mais tarde se gloriariam de tão grande patrono. «A razão foi porque, chamando-se S. Paulo a própria Vila, e indo os moradores erguer a *nova* Igreja de S. Paulo [Matriz], pediu o Prelado e pareceu bem ao P. Provincial que a nossa Igreja e Casa, até aqui ilustrada com o nome de *S. Paulo*, se consagrasse agora a *Santo Inácio*, e asssim ficasse também o *nova* Igreja, logo que se erigisse, pelo antigo costume que quando se ergue Igreja nova se consagre a nome novo. E assim poderiam ter os moradores mais fundadas esperanças de que, lançado na Vila o nome de Santo Inácio, também o teriam mais propício no céu, êles e a própria Vila» [2].

---

1. Cf. *Invent. e Test.*, I, 125.
2. *Litterae Brasilicae Provinciae Anni MDCXI, jussu P. Provincialis Henrici Gomes*, pelo P. Francisco Fernandes, Bras. 8, 125v.

O Colégio e Igreja estavam porém tão arraigados nela, que não obstante a conveniência litúrgica da mudança, o *Colégio* ficou sendo sempre de *S. Paulo*, quer S. Paulo se tome como *orago*, quer como *Vila* ou *Cidade*.

A primeira vez que a nova denominação aparece nos Catálogos é em 1613: «*Casa de S. Inácio*, Nosso Padre» (Nosso Padre, para distinguir de S. Inácio *mártir*, padroeiro da Aldeia dos Reis Magos no Espírito Santo) [1].

Na volta dos Jesuítas a S. Paulo em 1653, uma das cláusulas era que os Paulistas ajudariam a «consertar e reformar o seu Colégio» e «a mesma ajuda lhes prometem, caso queiram mudar seu Colégio para outro sítio» [2].

A construção do terceiro edifício do Colégio, em alicerces não idênticamente os mesmos que os anteriores, mas contíguos, ainda não tinha começado em 1694: «domus antiquae est, et meliori indiget aedificio» [3]. Já dois ou três anos antes, deveria ter principiado algum consêrto, com intenção de renovação geral, porque ao concluir-se o novo Colégio, em 1724, escreve o Reitor António Aranha, que «concluíra finalmente uma obra que se começara 33 anos antes» [4]. E explica-se em 1725: «Concluíu-se neste triénio [1723-1725] a quadra do Colégio, levando à última perfeição o derradeiro corredor». Era o corredor, que faltava para fechar a claustra. Dêste mesmo triénio é a *Capela interior*, cujo altar se fêz de «optima talha lavrada» [5]. Em 1701 já um daqueles corredores estava concluído, com cómodos suficientes para habitação dos Religiosos [6].

2. — A demora da construção filia-se ao caso da «dotação» ou «fundação» do Colégio, cujo título de «fundador», com as honras e privilégios inerentes e sufrágios perpétuos, pretendiam dois paulistas notáveis, Amador Bueno da Veiga e o Dr. Guilherme Pompeu de Almeida.

Para ser «fundador», Amador Bueno da Veiga ofereceu ao P. Visitador, Mateus de Moura, 20.000 cruzados, de oiro que tiraria

---

1. *Bras.* 5, 102.
2. *Actas*, VI, 25-26.
3. *Bras.* 5(2), 142v.
4. *Bras.* 4, 267.
5. *Bras.* 6, 156v.
6. *Bras.* 6, 29v.

das Minas; e logo deu como arras 22 libras dêle. Prometeu que daria depois o restante, que era o mais. A 8 de Setembro de 1703 o P. João Pereira pede ao Geral que aceite a proposta e o declare fundador [1]. O Geral enviou a Amador Bueno da Veiga, em sinal de gratidão, a participação dos bens espirituais da Companhia, a chamada «Carta de Irmandade», que o agraciado agradece a 20 de Fevereiro de 1706:

«Jesus. — Muito alegres festas logrei com a chegada do R. P. Provincial João Pereira, a esta Vila de S. Paulo, e muito mais quando me entregou a Carta de Irmandade com a de V. Reverendíssima, que como prenda espiritual me devo considerar, desde agora; lembrado da Divina Misericórdia, que como miserável pecador devo recear o risco de minha salvação, e agora, pelos merecimentos e orações dos ilustres Religiosos da Companhia de Jesus, viverei com esperanças de que não prevaleçam as fealdades de minhas misérias, para o precipício de minha perdição; e fico muito animoso com o favor de Deus e amparo desta Santa Religião, donde espero que por seus merecimentos se lembre N. Senhor de mim, a quem não cessarei em rogar prospere a V. Reverendíssima feliz vida e saúde para nosso amparo. S. Paulo, em 20 de Fevereiro de 1706 anos. Aos pés de V. Reverendíssima, como seu humilde filho, *Amador Bueno da Veiga*» [2].

Amador Bueno da Veiga foi para as Minas, e prometeu que ao voltar em 1707 cumpriria a promessa dos 20.000 cruzados [3]. Anuncia-se a 17 de Junho de 1708, que já tinha dado metade, e estava firme em dar a outra metade, para ser realmente «fundador» [4]. Mas em vez de dar bens sólidos, deu títulos de dívidas, que outros lhe deviam a êle Amador, para que os Padres fizessem a cobrança, com a dificuldade e odiosidade correspondente; e com dívidas, algumas tão insolúveis, que nem êle as conseguira cobrar [5]. Os Reitores ficaram perplexos diante de uma solução que não correspondia às pro-

---

1. *Bras. 10*, 95.
2. *Bras. 4*, 117.
3. *Bras. 6*, 65.
4. *Bras. 4*, 134v.
5. *Bras. 4*, 167.

messas, facto que todavia não impediu de se considerar sempre a Amador Bueno da Veiga, benfeitor insigne do Colégio [1].

Entretanto, o Dr. Guilherme Pompeu de Almeida, que em 1703 já também era «benfeitor insigne», aspirava ao título de «fundador». Quando porém se lembrou de falar nisso já o título estava pedido por Amador Bueno da Veiga, amigo dedicado do P. António Rodrigues. Guilherme Pompeu voltou o pensamento para outras fundações, como a da casa dos 3.ᵒˢ Carmelitas, a da Capela de S. Francisco Xavier na Igreja do Colégio, que fundou, e até a de uma Residência para os Padres da Companhia na Parnaíba, que não chegou a fundar [2]. Em vez dessa Casa da Parnaíba, o Dr. Pompeu instituíu inesperadamente a Companhia de Jesus herdeira e administradora de todos os seus bens, calculados em 60.000 cruzados. A 20 de Setembro de 1711, acharam os consultores do Colégio de S. Paulo que era êle, Dr. Pompeu, quem, além da «Carta de Irmandade», que já tinha, merecia o título de «Fundador» *ex gratitudine* [3]. Mas ainda aqui se não realizou a «fundação», nem o Dr. Pompeu ficou com o título de «fundador», com as obrigações perpétuas correspondentes da parte do Colégio, porque na realidade não foi o Colégio, que êle constituíu herdeiro, mas a sua *Capela de Araçariguama*, à qual se vincularam os bens. O Colégio ficara apenas *administrador* da Capela [4].

---

1. Amador Bueno da Veiga, depois do trágico sucesso do Capão da Traição, da responsabilidade de «Bento do Amaral Coutinho, natural do Rio de Janeiro», foi nomeado, em 1709, «Governador» ou «Cabo Maior» dos Paulistas na *Guerra dos Emboabas*, cf. Fonseca, *Vida do P. Belchior de Pontes*, 209-211, que conta os sucessos dessa guerra; Taunay, *História da Vila de S. Paulo no século XVIII*, 135; Aureliano Leite, *O Cabo Mayor dos Paulistas na guerra com os Emboabas* (S. Paulo 1942) 82ss. Nos últimos Capítulos dá Aureliano Leite a descendência de Amador Bueno da Veiga, por onde se vê que ao «Cabo Maior dos Paulistas» e «insigne benfeitor» dos Jesuítas do século XVIII, se acham vinculadas numerosas e ilustres famílias brasileiras.

2. *Bras. 4*, 121, 135.

3. *Bras. 4*, 167; *Bras. 10*, 96.

4. A Ânua de 1714, ao narrar que os Padres tinham na Cidade o papel de árbitros nas discórdias dos principais moradores, e a geral estima de todos, faz esta referência ao grande benfeitor: «Illis dum viveret magna benevolentia, et non minori liberalitate addictus *Reverendus Doctor Guilielmus Pompeus de Almeyda* amorem suum plus etiam in morte monstravit, Administratorem bonorum omnium suorum Collegii Rectorem instituens, cum eiusdem Collegii perpetuo emolumento non contemnendo; in cuius Templo solemnia illi iusta persoluta sunt; deponereturque suo tempore eius corpus in sacello ab ipso excitato» (*Bras. 10*,

Com tantas promessas, esperanças e delongas, o edifício do Colégio, que em 1703 já estava em parte edificado, só se retomou quando os réditos próprios, vagarosos, se foram acumulando até permitir a conclusão, sem contrair dívidas. Os documentos vão marcando os anos: Em 1717 estava serrada e aparelhada a madeira para o novo corredor [1]; e a conclusão do Colégio, em quadra perfeita, rematou-se em 1724 [2]. Algumas das salas e habitações foram-se embelezando depois, como se diz em 1727, do Refeitório, que se pintou com mão de Apeles (*Apellea manu*) [3]. Não nos ficou o nome do Apeles paulista de 1727 e de outros, desde os começos do século XVII. De um dêles porém consta o nome, Belchior Paulo, que já estava na Capitania de S. Vicente em 1606, e dez anos mais tarde, (1616), nomeadamente em S. Paulo, na «Casa de S. Inácio em Piratininga: *Ir. Belchior Paulo, pintor*» [4].

Com o tempo ainda se fizeram novas obras no Colégio, e o Reitor José de Moura deixou em 1740 os materiais indispensáveis e prontos para a renovação das salas escolares (*ad novam Athaenei structuram*), obra que continuaria o seu sucessor, P. Belchior Mendes [5]. Reconstruíu-se o *Pátio dos Estudantes*, desta vez rodeado de colunas no corredor dos cursos, que eram três, e com uma *Aula Magna*, destinada à defesa de teses públicas com tribuna lavrada e as cadeiras da praxe, tudo a ser estreado pelo *Curso de Filosofia*, então vigente [6]. Num *Projecto de Noviciado*, que publicamos em gravura, vê-se, a um canto da planta, «Parte do Colégio Novo de S. Paulo», donde se infere que houve Colégio *Velho* e Colégio *Novo*. O Noviciado, que se projectava, não chegou a abrir-se como tal. Em vez dêle surgiu o Seminário, de que falaremos.

3. — Tôdas estas grandes obras são já no fim, no esplendor de uma lenta e laboriosa evolução de dois séculos. O princípio fôra di-

---

108). A Bienal, escrita em Abril de 1722, narra a transladação dos ossos de Guilherme Pompeu de Almeida, de Parnaíba, com grande pompa, para a sua Capela de S. Francisco Xavier da Igreja do Colégio, *Bras. 10(1)*, 254v-255.

1. *Bras. 10*, 178.
2. *Bras. 4*, 267.
3. *Bras. 10(2)*, 296.
4. *Bras. 5*, 116.
5. *Bras. 10(2)*, 409.
6. *Bras. 10(2)*, 416.

ferente e humilde como tôdas as coisas grandes. Mas, tal como foi, é hoje o orgulho de S. Paulo, porque é a sua própria origem, sem dúvida a mais bela do mundo. Nem sabemos se há outra Cidade com origem semelhante. Poderia ter sido intento de escravização ou violência; poderia ter sido o de cobiça, ou cálculo mercantil; poderia ter sido qualquer acto de expressão ignorada, como foi a origem de tantas outras. São Paulo foi uma *escola*, acto deliberado de expansão moral e intelectual, com o fim prático de formar homens que pudessem substituir os da Europa no Brasil que amanhecia.

O seu fundador, homem de cultura e homem de administração, estudara em duas das mais célebres Universidades da Europa, Coimbra e Salamanca; e era também o admirável político e administrador que com Tomé de Sousa e Mem de Sá, lançara as bases unificadoras do Brasil. Esta dupla qualidade, que Nóbrega reünia em si, a desdobrou em dois, quando mandou *inaugurar* a «Casa de S. Paulo»: a administração superior confiou-a ao P. Manuel de Paiva, e o ensino a um jovem canarino; aluno de Coimbra, o Ir. José de Anchieta, primeiro mestre dessa escola.

O Colégio, assim aberto em S. Paulo, e com S. Paulo nascente, em 1554, só se fechou em 1640 pela violência de alguns moradores que arrastaram outros, no caso da Liberdade dos Índios. Tinha-se já o Colégio desenvolvido em harmonia com o movimento demográfico da Vila. Nesse ano de 1640 possuía duas classes: a de *Português*, com 100 alunos; e a de *Latinidade*, onde se liam (citam-se expressamente êstes autores) Cícero, Virgílio e Ovídio. Os alunos, 50 [1].

A importância da escola de Português infere-se do que diz Vieira e já se viu no *Voto sôbre a Administração dos Índios*, em 1694: «As famílias dos Portugueses e Índios, em S. Paulo, estão tão ligadas hoje umas com as outras, que as mulheres e os filhos se criam mística e domèsticamente, e a língua, que nas ditas famílias se fala, é a dos Índios; e a Portuguesa a vão os meninos aprender à *Escola*» [2].

A Casa de S. Paulo aparecia já em 1631 como «Collegium inchoatum», isto é, principiava a ter a categoria de «Colégio,» que lhe daria personalidade jurídica, independente do Colégio do Rio, ao qual estava até então subordinada.

---

1. *Bras. 8*, 524.
2. Cf. supra, pág. 339.

Ao voltarem os Padres em 1653, reabriu-se o Colégio, e logo tornaram a funcionar com pleno rendimento os cursos anteriores de *Letras Humanas* e de *Meninos*, que se mantiveram sempre até 1759. Em 1708, S. Paulo pediu o Curso de *Teologia Moral*, porque já havia na terra muitos sacerdotes novos a quem êsses estudos seriam de utilidade [1]; e ao mesmo tempo organizaram-se Cursos de *Artes* ou de *Filosofia*, quando o número de alunos o permitia ou assegurava. Se não havia número bastante para êste *Curso Superior*, os jovens paulistas iam estudá-lo ao Colégio do Rio ou à Baía, como fêz o Dr. Guilherme Pompeu de Almeida.

A iniciativa de pedir Curso de Artes ou de Filosofia partiu da *Vila de Santos*, documento honroso para a sua edilidade, mas que pertence também a Piratininga, invocada na petição ao «muito Reverendo Padre Geral», com a promessa de que ela daria também o seu contingente de alunos:

«Os oficiais da Câmara desta Vila de Santos, abaixo assinados, desejosos que nossos filhos sejam participantes da doutrina e honra, que a muito Santa Companhia de Jesus reparte aos demais, em todo êste Estado do Brasil, pedimos humildemente a V. Paternidade nos faça honra e mercê conceder licença para que o R. P. Provincial nos dê um Religioso, Mestre, para que nos leia, nesta Vila, um *Curso de Filosofia*, assim a nossos filhos como aos da *Vila de Piratininga*, que se querem ajuntar também com os nossos, alegando, para V. Paternidade nos fazer esta mercê, sòmente de nossa parte que neste *Colégio de Piratininga* foi a primeira classe de estudo, que a Companhia teve no Brasil, cujo primeiro mestre foi o muito Reverendo Padre José de Anchieta. Esperamos em Nosso Senhor que se V. Paternidade nos conceder esta mercê, será para muita glória de Deus e honra da mesma Companhia; e nós ficaremos mais obrigados a servir aos Religiosos dela e a V. Paternidade no que nos ordenar, cuja pessoa guarde Deus por muitos anos, para aumento da mesma Companhia. *Desta Vila de Santos, em seu Senado, 10 de M.º de 1677 anos*» [2].

A petição foi ouvida, para a primeira oportunidade. E como se invocava a Vila de Piratininga para inclinar mais à concessão, foi

---

1. *Bras 4*, 135v.
2. «Eu João Vaz de Carvalho escrivão da Câmara, que a fiz escrever e subscrevi, — *Diogo de Oliveira Leitão/ Manuel da Silva Durão/ Manuel Gonçalves da Fonseca/ Gaspar Afonso/ José Pinheiro/ Guilherme Denouilher*» (Assinaturas autógrafas). *Bras. 3*, 138.

Piratininga a sede do novo *Curso de Filosofia*, quando enfim se instituíu.

Nos documentos paulistas mencionam-se aqui e além homens notáveis que foram alunos do *Pátio do Colégio* de S. Paulo, João Vaz Cardoso Capitão-mor de Taubaté, Pedro Vaz de Barros bandeirante das Minas, que foi condiscípulo do P. Belchior de Pontes [1]; três netos de Francisco Rodrigues Penteado, tronco desta célebre família paulista (Lourenço Leite Penteado, Francisco Xavier de Sales e José Manuel Leite Penteado), que receberam o grau de Mestre em Artes no Pátio do Colégio de S. Paulo [2]; Cosme do Rêgo de Castro e Alarcão, que recebeu o mesmo grau de Mestre em Artes no fim do Curso que «leu no Colégio de S. Paulo o P. José Mascarenhas, da Companhia de Jesus» [3]. Leu-o no triénio de 1716 a 1719, concluído o qual seguiu para as Minas [4].

Em 1732 o *Corpo Docente do Colégio de S. Paulo* era:

P. Nicolau Tavares, Mestre de Filosofia, do Recife.

P. Francisco de Toledo, Presidente dos Círculos de Filosofia, de S. Paulo

P. Manuel Rodrigues, Presidente das Conferências de Teologia Moral, do Rio.

P. Manuel de Freitas, Mestre de Humanidades, de Bornes.

Agostinho Mendes, Mestre de Elementar, da Guarda [5].

Pedro Taques, aluno dêste Curso, refere-se a êle ao falar do P. Estanislau de Campos, então também no Colégio. Tinha êste Mestre, tão presentes, diz êle, os Tratados de Filosofia, que aos 80 anos, quando leu o Curso de Artes o P. Mestre Nicolau Tavares, no triénio de 1730, «os estudantes, filhos de pessoas principais da Cidade, o procuravam para lhes explicar a postila, êle [Estanislau de Campos] se não negava a êste trabalho em todos os dias de classe, naquela meia hora que corria das 10 e meia, em que saíam os estudantes do Pátio, até às onze, em que tocavam o silêncio; e era tal a clareza e os exemplos, com que se explicava, que o mais insignificante dos que

---

1. Fonseca, *Vida do P. Belchior de Pontes*, 132, 232.
2. A. Pompeu, *Os Paulistas e a Igreja*, I(S. Paulo 1929)91-92; Sérgio Buarque de Holanda, *Capelas Antigas de S. Paulo* na *Rev. do SPHAN*, V, 116.
3. Pedro Taques de Almeida Pais Leme, *Nobiliarquia Paulistana*, 2.ª ed., II(S. Paulo 1941)261.
4. *Bras.* 4, 202.
5. *Bras.* 6, 161v.

concorriam à sua doutrina saía desta lição com perfeito conhecimento da questão» [1].

4. — O que os estudos do Colégio significavam para a elevação do meio e correcção da rudeza do tempo, insinua-se no caso de Alberto Pires, que não estudara, e matou a própria mulher, caso famoso nos anais paulistas:

«Era Alberto Pires por natureza rústico, porque nêle não lavrou o buril da discrição de seus pais, com que criaram os filhos, civilizando-os com a doutrina das escolas do Pátio dos Jesuítas do Colégio de S. Paulo» [2].

Pedro Taques, que assim fala, no Pátio do Colégio bebeu o gôsto pelos estudos históricos e genealógicos, que o Curso de «Latinidade» ou «Letras Humanas» era vasto. Entre os livros didáticos corria então também o de um Jesuíta do Brasil, António Maria Bonucci, escrito na Baía em 1701, em português, e impresso em Lisboa em 1706, *Epítome cronológico, genealógico e histórico*.

O Colégio foi o centro de cultura paulista durante dois séculos, até 1759. Houve, sem dúvida, alguns professores particulares de primeiras letras, necessidade que se deve ter manifestado no interregno de 1640 a 1653, enquanto o Colégio estêve fechado. E sempre um ou outro escrivão, Sacerdote ou Religioso, deve ter ensinado a algum menino a ler ou até rudimentos de Latim. Actos isolados. O ensino oficial, metódico e orgânico *para alunos externos*, foi o do Colégio. E com a sua vida estudantil gárrula e folgazã, e festas próprias. A festa dos Estudantes de S. Paulo era a das Santas Virgens. Em 1727 o Ouvidor Geral, Francisco Galvão de Afonseca, achou por bem refrear algumas demonstrações do seu entusiasmo e a reclamação contra as suas restrições subiu até ao Govêrno Central de Lisboa, cujos têrmos úteis dizem que, com «pouco menos antiguidade que a do Descobrimento do Brasil, veneravam nêle, *como Padroeiras*, as Onze Mil Virgens, sendo os *Estudantes* dessa Capitania os que se empenham mais nos seus aplausos e festejos; e com a modéstia e regularidade devida, usavam das máscaras para melhor disfarçarem

---

1. Pedro Taques, *op. cit.*, 131.
2. Cit. por Afonso de E. Taunay, *Anais do Museu Paulista*, V, 168.

a galantaria dos bandos, danças e entremeses e alardes, em que por muitos dias antecedentes ao da Festa das Santas Virgens costumavam andar pelas ruas» [1].

Com os estudos, a piedade; e com as manifestações de folia concorriam outras mais sérias, ou graves, como as da Congregação dos Estudantes, que foi encorporada, em 1690, aos funerais de Fernão de Camargo [2].

Outras festas celebravam os Estudantes desde a «Procissão das Rosas» até às grandes festas das beatificações e canonizações como a de Santo Inácio e S. Francisco Xavier. Esta celebrou-se em Santos e em Piratininga com tal grandeza que até o Governador, em fogo prêso e de artifício, «gastou tanta pólvora que mal se pode acreditar» [3].

Quanto ao espírito destas práticas de piedade, Pedro Taques refere-se ao seu confessor, P. Estanislau de Campos, de quem se declara «amante discípulo dos seus santos conselhos e doutrinas de mestre espiritual, no Sacramento da Penitência e também na sua lição sôbre a Postila do P. Mestre Nicolau Tavares, que com suavidade nos praticou sempre o Reverendíssimo P. Mestre Estanislau de Campos, cujo nome de amorosa saúdade, vivia sempre e viverá nos corações de todos os que tiveram a ventura de o conhecer e tratar» [4].

Nas Cartas Ânuas surge ainda de vez em quando a menção de S. Paulo. A de 1723 reza assim: «Os Pobres apregoavam a grande caridade do Colégio; aumentaram os trabalhadores das fazendas; deram entrada na *Biblioteca* alguns volumes» [5].

A Biblioteca do Colégio, rica e abundante, como tôdas as dos Jesuítas no Brasil, desfez-se em 1759. Não vimos o *Inventário* dela,

---

1. Tratava-se de uma proïbição (das máscaras) pelo *Ouvidor Geral* Francisco Galvão de Afonseca. O *Governador representou contra ela*. Taunay transcreve parte da carta régia, repetindo os têrmos da representação, como era de praxe, não traz porém a resposta dada. *História da Cidade de S. Paulo*, II (S. Paulo 1933) 113.

2. «Recebi dos testamenteiros do capitão Fernando de Camargo quatro patacas do acompanhamento que fizeram os *estudantes* ao seu corpo defunto, Colégio, 3 de Setembro de 1690, — Ângelo dos Reis», em *Invent. e Test.*, XXIII, 115.

3. *Lettere annue d'Etiopia, Malabar, Brazil e Goa*, 133.

4. Cf. Afonso de E. Taunay, *Os Jesuítas e o Ensino Colonial* no *Jornal do Commercio* (Rio), 28 de Setembro de 1941. Infelizmente, Pedro Taques não soube depois manter-se superior à pressão e terror dêsse período de absolutismo, e não raro veículou nos seus escritos as calúnias então ambientes.

5. *Bras. 10(2)*, 264.

que então teria sido elaborado, como os dos demais Colégios. Supomos até elucidação mais positiva, que os livros ficariam, logo ou mais tarde, como no Rio, entregues, ao menos em parte, ao Prelado, como fundo da livraria do Seminário, erigido pelo P. João Honorato, para quando se reabrisse depois.

5. — Andam ligados ao Colégio de S. Paulo e o governaram alguns dos maiores nomes da Companhia no Brasil. Utilizamos os Catálogos existentes e outras fontes; não se exclui a possibilidade de ter havido mais algum, sem que ficasse notícia positiva:

P. Leonardo Nunes (1550). Precursor. O primeiro Jesuíta, que subiu a Serra do Mar, estêve no Planalto, ali fêz ministérios e afeiçoou os Índios.

P. Manuel da Nóbrega (1553), Fundador. No dia 30 de Agôsto de 1553, dia do Martírio de S. João Baptista, fêz o primeiro grande catecumenato do Campo de Piratininga, e nêle deixou dois Irmãos para doutrinarem os Índios, que se convertiam e «apartavam» dos gentios e dos brancos.

P. Manuel de Paiva (1554). Inaugurador, no dia da Conversão de S. Paulo, 25 de Janeiro de 1554, com o P. Afonso Brás e Irs. José de Anchieta, António Rodrigues e outros, entre os quais provàvelmente Leonardo do Vale.

P. Manuel da Nóbrega (1560). Era o Superior da Capitania. Depois que deixara o cargo de Provincial e passara ao sul, repartia a sua residência pelas duas casas de S. Vicente e de Piratininga, deixando entretanto, na Casa de que estava ausente, algum dos dois Padres formados, que viviam na Capitania [1].

---

1. «*Lista dos Irmãos, que estão na Capitania de S. Vicente do mês de Abril de 1562:*
 P. Manuel da Nóbrega, Professo.
 P. Afonso Brás, Coadjutor espiritual.
 P. Vicente Rodrigues, Coadjutor espiritual.
 P. Simão Gonçalves, Coadjutor temporal.
 P. Fernão Luiz, de votos simples.
 Luiz Valente, Escolar.
 Manuel Viegas, Escolar.
 José de Anchieta, Escolar.
 Recebidos para Escolares:
 Diogo Fernandes, Português.

P. Vicente Rodrigues (1562). Superior durante o grande assalto dos Índios dêste ano. Aparece, igualmente no ano de 1567, subordinado à Casa de S. Vicente de que era então Superior o *P. José de Anchieta*, que por esta razão se constitui também Superior de S. Paulo em posição idêntica à de Nóbrega no período anterior. Mas aqui consta o nome explícito do P. Vicente Rodrigues como Superior local de Piratininga.

P. Adão Gonçalves (1574). Um dos primeiros que entraram na Companhia de Jesus no Brasil, recebido por Nóbrega [1].

P. João Solónio (1584). Em breve deixaria o cargo, para ir, com Ortega e Filds, fundar a Missão do Paraguai [2].

P. Pedro Soares (1589). Tinha sido o primeiro Superior da Casa de Santos.

P. Francisco Soares (1596). Passou a Vice-Reitor do Colégio do Rio.

P. Gabriel Gonçalves (1598). Tinha sido mestre de Latinidade em Pernambuco em 1575.

P. Martim da Rocha (1600). Superior, subordinado à Casa de Santos, de que era Superior o P. Pedro Soares. Martim da Rocha voltou a S. Paulo mais tarde e promoveu nela a devoção a Santo Inácio, como advogado contra partos difíceis [3].

P. Manuel de Oliveira (1600). Quando o Provincial Pero Rodrigues visitou S. Paulo, de meados da quaresma à Pascoela de 1600, mudou o plano anterior, colocando a Casa de Santos subordinada à de Piratininga, com residência, em S. Paulo, do Superior de ambas. Ficou o P. Manuel de Oliveira, amigo, conselheiro e prègador do Governador D. Francisco de Sousa [4].

Gaspar da Mota, Português.
António de Sousa, filho de Português e mestiça.
Recebidos «indifferenter»:
Simão Jorge, Português.
António do Campo, Português», *Bras. 5*, 2v. — «Indifferenter», quer dizer que tanto poderiam seguir a carreira de escolar, como a de coadjutor temporal, segundo o talento que revelassem.

1. Cf. supra, *História*, I, 318.
2. Cf. *ib.*, I, 350.
3. Cf. *ib.*, I, 310, 314.
4. *Bras. 3(1)*, 170.

P. *Sebastião Gomes* (1606). «Grande apóstolo dos Índios», como era tido no seu tempo [1]. Da Casa de S. Paulo fêz uma entrada por terra, aos Carijós, à roda de 1602, de que já dá notícia Fernão Guerreiro, em 1603. Baptizou e trouxe alguns Índios para S. Paulo [2].

P. *Francisco de Oliveira* (1610). Natural de Lisboa, diferente, portanto, de outro do mesmo nome, natural da Sicília, que vinte anos mais tarde estará na Capitania de S Vicente. O P. Francisco de Oliveira, Superior de Piratininga, em 1610, era bom língua, e faleceu em Pernambuco em 1619, de doença contraída numa apostólica missão ao Rio Grande do Norte [3].

P *Manuel Cardoso* (1613). Prègador e língua, natural da Vila de S. Vicente (Capitania). Religioso de grande mortificação e virtude [4].

P. *Manuel Nunes* (1617). Mais tarde Vigário da Matriz. Era-o em 1640, e ficou procurador dos Padres, assinalando-se pela dedicada coragem com que publicou, como lhe cumpria pelas suas funções de Pároco, o Interdito local em conseqüência do motim, que ocupou o Colégio e exilou os Padres.

P. *Sebastião Gomes*, 2.ª vez (1619).

P. *Francisco Pires* (1621). Durante o seu govêrno, pediu à Câmara de S. Paulo lhe passasse certidão, na forma da verdade, e que fizesse fé em juízo e fora dêle, em como os Padres da Companhia de Jesus, nem nesta vila nem na Capitania, «nunca venderam peças do gentio da terra nem trocaram, nem escambaram, antes foram sempre contra os moradores desta Capitania, e êles ditos Padres por cujo respeito têm contra si todos os moradores desta vila por lhes [impugnar] a venda de tais peças, por serem fôrras por leis de Sua Majestade; e outrossim em como êles ditos Padres defendem que os moradores não vão aos sertões buscar tal gentio, por [se servirem dêles, trocarem-nos, escambarem-nos] ou venderem-nos, e outras coisas

---

1. Cf. Taunay, *História Geral das Bandeiras Paulistas*, I, 187. Neste lugar se lê, pelo testemunho do P. Sebastião Gomes, corroborado pelo P. Francisco Carneiro, o crime cometido por um dos pombeiros escravagistas, chefe de uma entrada: para que alguns índios já *cristãos*, que achara no caminho, não fôssem testemunhas dos injustos cativeiros que fazia, os mandou enforcar.
2. *Relação Anual*, 2.ª ed., I, 385.
3. *Hist. Soc. 43*, 66.
4. *Bras. 8*, 381v.

contra o serviço de Deus Nosso Senhor» [1]. Documento, diz Taunay, que sobremodo honra «a firmeza de princípios» dos Padres da Companhia [2].

P. *Salvador da Silva*, Sénior (1628). Natural de Guimarães. Houve outro de igual nome, Salvador da Silva *Júnior*, natural do Rio, filho de Manuel Botelho de Almeida e de sua mulher D. Maria da Rocha da Silva, bom latinista, que escreveu a Trienal de 1629-1631 [3].

P. *Francisco Ferreira* (1630). Passou alguns anos depois para a campanha de Pernambuco, donde os invasores holandeses o desterraram para os Países Baixos, e veio a falecer em Santander. No seu pensamento se unia a invasão holandesa ao cativeiro dos Índios, e dava aquela como castigo dêste, no plano da Providência. Entre os seus escritos deixou um, cujo título basta para honrar a sua memória na defesa dos direitos da pessoa humana: «A causa do Brasil estar no triste estado em que está são as injustiças notáveis que nêle se fazem contra os Índios, fazendo-os cativos, sendo êles, por mercê de Deus e de Sua Majestade, pessoas livres» [4].

P. *João de Mendonça* (1634). Gastou quási tôda a vida com os Índios, quer nas Aldeias, quer nos arraiais de Pernambuco durante as invasões holandesas.

P. *Nicolau Botelho* (1640). Tinha assumido o Reitorado havia ano e pouco, ao dar-se o motim e destêrro dos Padres neste de 40.

P. *Francisco Pais* (1653). Assinou, como Reitor de S. Paulo, a escritura da restituïção, ao voltarem os Padres neste ano.

P. *António Rodrigues* (1654). Estivera em S. Paulo trinta anos antes e ao voltar então à Baía fôra cativo dos Holandeses. Caridoso e esmoler.

---

1. Data incompleta, mas o registo, que diz *seiscentos e vinte e...*, acha-se entre doís de 1621. Assinam-no os *vereadores* Pedro Taques, João de Brito Cassão, Bartolomeu Bueno, o moço, *juiz* João Rodrigues de Moura, e João de Sousa (*escrivão*), Registo Geral, 1, 324-325.
2. História Seiscentista, I, 61.
3. Bras. 8, 410-420v.
4. Exposição dirigida ao P. Assistente em Roma, Nuno de Mascarenhas, Gesù, Colleg., 20. Relação, em castelhano, traduzido o título literalmente. Está aí outra em português, abreviada: «Relação certa do modo com que no Brasil se conquistão e captivão os Indios que por Direito Natural e leis Del Rey são forros».

P. *Manuel Pedroso* (1657). Faleceu a 14 de Junho de 1661, sendo ainda Reitor.

O primeiro filho da Vila de S. Paulo, que ocupa êste cargo. Bom génio para conciliar inimigos e apaziguar conflitos, nomeadamente o dos Garcias (Pires) e Camargos [1].

P. *Francisco de Morais* (1662). Natural de S. Paulo, um dos grandes sertanistas do seu tempo.

P. *Lucas Pereira* (1663). Amigo da pobreza e do recolhimento. Enquanto foi Reitor de S. Paulo, «com as suas prègações, confissões e bons conselhos reconduziu muitos a um melhor teor de vida». Natural da Ilha da Madeira, faleceu no Rio em 1665 [2].

P. *Francisco Ribeiro* (1665). Paulista dos mais ilustres, desde as guerras de Pernambuco, onde se notabilizara e donde fôra desterrado para as Índias de Castela. Procurador a Lisboa e a Roma. Faleceu no cargo de Reitor, em Outubro de 1666, e sepultou-se na Igreja do Colégio.

P. *Lourenço Cardoso* (1671). Construíu a nova Igreja do Colégio, «orgulho dos Paulistas». Baiano. Mestre de «língua brasílica», reviu e aprovou em 1686, a 2.ª edição da *Arte* de Luiz Figueira [3].

P. *Lourenço Craveiro* (1674). Anota (sôbre localidades) a sesmaria de Pero de Góis [4].

P. *Francisco de Morais*, 2.ª vez (1677).

P. *Domingos Dias* (1679). Governou o Colégio 5 anos. E governou outros Colégios. Dêle se dizia que realizava o tipo do homem perfeito da Companhia, como o queria S. Inácio: e 10 anos depois da sua morte incluíu-se entre os nomes dignos de se lhes escrever a vida [5]. Consagrou muitos anos ao apostolado dos Negros que o consideravam o seu «Vigário». Faleceu no Colégio do Rio, a 7 de Julho de 1715, com 67 anos de idade. Natural de Vila Nova de Famalicão [6].

---

1. *Bras.* 9, 166. O Catálogo do ano anterior (1660) dá-o com 44 anos e tinha entrado na Companhia na Baía em 1630. Professo de quatro votos (*Bras.* 5, 238). Veja-se nota, abaixo, em Manuel Pedroso (Sénior).

2. *Bras.* 9, 214; *Hist. Soc.* 48, 95.

3. Cf. Luiz Figueira, *Arte de Grammatica da Língua Brasílica* (Lisboa 1687)V.

4. Cf. Eugénio de Castro, *Diário da Navegação de Pero Lopes de Sousa*, 2.ª ed. (Rio 1940)13-17. Entrou já sacerdote na Companhia e deixou alguns sermões impressos, Barbosa Machado, *Bibl. Lus.*, III, 2.ª, 27.

5. *Bras.* 4, 303.

6. *Bras.* 10, 114; *Bras.* 6, 37.

Quando era Reitor em S. Paulo, e nesta qualidade, escreveu, a 18 de Novembro de 1681, o atestado ou elogio de Fernão Dias Pais, «Governador das Esmeraldas».

P. *Manuel Correia* (1683). Desde 1682 que se tratava de fechar o Colégio, e o P. Reitor mandou parar as obras e pôs fora dêle os objectos mais valiosos. Opôs-se o povo, e, como se referiu no Capítulo V, continuaram os Padres.

Em 1687 ajustou a Câmara com o Colégio a construção de uma ponte sôbre o Jurubatuba (Pinheiros), incumbindo-se o Colégio de a fazer [1].

P. *Francisco Frazão* (1690). Nomeado pelo P. António Vieira para a defesa dos Índios.

P. *Manuel Pedroso*, Sénior (1694). Um dos fundadores da Colónia do Sacramento, onde foi cativo dos Espanhóis. *Sénior*, para se distinguir de outro Padre coevo, Manuel Pedroso *Júnior*, missionário de Ibiapaba. Ambos paulistas, como ainda aqueloutro do mesmo nome, Reitor em 1657 [2].

P. *Aleixo Moreira* (1698). Veio a ser Reitor do Colégio do Espírito Santo.

P. *Amaro Rodrigues* (1705). Faleceu na Baía, sua pátria, em 1715.

P. *António Rodrigues* (1706). A 7 de Julho de 1710 estava em S. Paulo, como Visitador do Colégio, o antigo missionário do Maranhão e Pará, P. Estêvão Gandolfi, onde conhecera, como aluno dos Padres, a António de Albuquerque Coelho de Carvalho, agora Governador da Capitania de S. Paulo. Com o Governador e o Vigário da Vara da mesma Capitania, encabeçaram todos três, a petição de 7 de Julho de 1710 a El-Rei, para que a Vila de S. Paulo fôsse elevada a Cidade e tivesse Catedral e Bispo. D. João V lavrou o decreto a 24 de Julho de 1711, que eleva S. Paulo a Cidade e pede informações para a cri-

---

1. Cf. Taunay, *História Seiscentista*, IV, 350.
2. Manuel Pedroso (Sénior) professo de *três* votos: Manuel Pedroso (Júnior), coadjutor espiritual formado. Pedro Taques refere-se a um P. Manuel Pedroso, filho de José Dias Pais, falecido em S. Paulo em 1691, e de Sebastiana Ribeiro de Morais, e diz que foi «professo de quatro votos e um grande barrete nas cadeiras de Filosofia e Teologia», *Nobiliarquia Paulistana*, II(S. Paulo 1941)438. Se o filho de José Dias Pais é algum dêstes (Sénior ou Júnior) não se pode aplicar a nenhum dêles o que se lê entre aspas. Se se trata do P. Manuel Pedroso, falecido em 1661, professo de 4 votos, faz alguma espécie o ter-lhe sobrevivido o pai, ainda 30 anos.

ação do Bispado ¹. A proclamação da Cidade foi a 3 de Abril de 1712, mas a criação da Diocese ainda demorou. E já o P. António Vieira sugeria em 1694, no seu *Voto*, como medida útil à defesa dos Índios, a criação da Administração Eclesiástica de S. Paulo, que teria sido, com essa Prelazia, o primeiro passo da hierarquia paulista.

P. *António de Matos* (1712). Homem com notáveis dotes de govêrno, e talento de persuasão. Neste ano de 1712 «tinha-se metido na cadeia a um paulista principal, por leve causa que o Ouvidor Geral poderia ter dissimulado. Irritados, tanto êle como os seus parentes e amigos, reüniram um grande número de homens armados para arrombarem a cadeia e tirarem dela o prêso e se o Ouvidor reclamasse, o matarem. Sabendo o perigo, o P. Reitor foi ter com o Ouvidor, e ainda que êle a princípio estava renitente, conhecendo o perigo de morte a que se expunha, e por outras razões que lhe deu, antes que se tivesse empregado a fôrça, o Ouvidor mandou soltá-lo, retirando-se a gente armada, salvando-se o decôro do Ouvidor, e concluindo-se nessa mesma noite, entre aplausos do povo, a concórdia de todos» ².

P. *Mateus Pacheco* (1714). Só governou o Colégio um mês. Viera do Rio a S. Paulo, por terra, com grande fadiga por ser homem corpulento. Grassava na Cidade uma epidemia em que se exercitou a caridade dos Padres do Colégio. Indo êle próprio assistir a um escravo moribundo, contraíu a moléstia, da qual faleceu no dia do seu santo, 21 de Setembro de 1714, com grande sentimento da Cidade, que já o conhecia e estimava doutra estada sua ali anterior. O seu pai entrou também na Companhia, na classe dos Irmãos Coadjutores. Quando viveram ambos algum tempo no mesmo Colégio, o filho, sacerdote, pedia todos os dias a bênção ao pai, coadjutor, com humildade e reverência ³.

---

1. *Rev. do Inst. Hist. de S. Paulo*, XVI(1911)319-322.
2. Carta do P. Estanislau de Campos, da Baía, 13 de Julho de 1713, *Bras. 4*, 180.
3. *Bras. 10*, 96. Em *Hist. Soc. 51*, 253, dá-se o ano de 1713, mas a sua morte narra-se dentro dos factos ocorridos em 1714. O P. Mateus Pacheco, do Rio de Janeiro, entrou na Companhia com 19 anos a 20 de Junho de 1676 (*Bras. 6*, 38) O Catálogo de 1685 traz entre os Irmãos Coadjutores, dois entrados em avançada idade, ambos da Ilha Terceira: Aleixo Pacheco, a 3 de Julho de 1677, com 58 anos, e Mateus Pacheco, três anos depois, dia por dia, a 3 de Julho de 1680, com 59 anos, *Bras. 5(2)*, 81.

P. Vito António (1716). Reitor de Santos e Superior de Paranaguá. Faleceu em S. Paulo, de onde era natural, com 82 anos de idade, a 12 de Setembro de 1751 [1].

P. Simão de Oliveira (1716). Paulista. Como emissário do Governador António de Albuquerque Coelho de Carvalho foi do Rio a S. Paulo, em 1709, para «com a autoridade de religioso e patrício grave» fazer que as tropas armadas que se dispunham à Guerra dos Emboabas desistissem e buscassem satisfação por via diferente que a da guerra civil [2]. O P. Simão de Oliveira faleceu no Rio em 1723.

P. Rafael Machado (1720). Bom administrador e zeloso da observância religiosa. Estimado pelos homens da governança.

P. António Aranha (1722). Durante o seu govêrno concluem-se algumas obras do Colégio, que duraram 33 anos.

P. José de Viveiros (1725). Em 1696, inflamado pela notícia do martírio de S. João de Brito pedira a missão do Malabar. Depois de uma longa vida, cheia de serviços, veio a falecer nos cárceres de Azeitão (1761).

P. João de Mariz (1729). Refere-se com louvor ao P. João de Mariz, Loreto Couto [3].

P. Fabiano de Bulhões (1732). Durante o seu govêrno construíu o Colégio a Ponte de Nossa Senhora «no Rio Tietê», mais conhecida por «Ponte Grande do Guaré», arroio afluente do Tamanduateí, onde desembocava, atrás da Igreja da Luz. Dirigiu os trabalhos o P. José de Moura, para a Câmara, com a subvenção ou contrato de 300$000 réis, para as despesas e salários. José de Moura era Superior da Aldeia de Mboi, e na construção da ponte, trabalharam os Índios, sob a direcção dos Padres e Irmãos da Companhia. Os Índios recebiam o mesmo salário que os Índios dos moradores e geralmente mais. Obra que pelo módico preço favoreceu o bem público, e era admirável para o tempo [4].

P. António de Morais (1735'?). Dá-se o seu nome como Reitor de S. Paulo, por êste tempo, sem suficiente concretização de datas.

---

1. *Vitt. Em., f. gess.* 3492/1363 n.º 6.
2. Fonseca, *Vida do P. Belchior de Pontes*, 212.
3. *Desagravos do Brasil*, nos *Anais da BNRJ*, XXIV, 277 (imprimiram *de Maria*). Diz que é de Olinda, e assim também o trazem alguns documentos da Companhia, mas o Catálogo de 1707 escreve «Recifense», Bras. 6, 37.
4. Afonso de E. Taunay, *Entradas e Saídas da Cidade*, na *Rev. do Arq. Mun. de S. Paulo*, IX, 14-17.

Dotado de notáveis dotes de govêrno, que desempenhou em diversas casas e Colégios do Brasil.

P. *José de Moura* (1737). O construtor da «Ponte Grande do Guaré». De S. Paulo, onde faleceu em 1753 [1].

P. *Belchior Mendes* (1741). Do Espírito Santo. Veio a falecer em Castel Gandolfo em 1770.

P. *Inácio Correia* (1746). Superior e Reitor em diversas Casas e Colégios. Também faleceu em Castel Gandolfo em 1770.

P. *Marcos de Távora* (1750). De Bragança. Bom latinista, deixou duas Ânuas. Faleceu em Roma em 1760.

P. *Vitoriano da Cunha* (1753). Tinha sido Professor e Prefeito Geral dos Estudos na Baía.

P. *Lourenço Justiniano* (1757). Ultimo Reitor. Natural do Pôrto. Professor de Filosofia em Olinda. Acabou os seus dias em Roma no Palácio de Sora, a 6 de Dezembro de 1760.

6. — Residia em S. Paulo a 19 de Março de 1750, dia em que fêz a profissão solene, o P. Inácio Ribeiro, do Recife, filho do Comissário Geral da Cavalaria José Ribeiro Riba. Em 1746, viera a ser Professor de Filosofia, a pedido de D. Bernardo Rodrigues Nogueira. Loreto Couto, fazendo o elogio da vastidão da ciência do P. Inácio Ribeiro, e da prontidão do seu talento, diz que foi chamado a reger duas cadeiras de Filosofia uma no Rio outra em S. Paulo. Esta foi «quando o primeiro Bispo de S. Paulo pediu Mestre de Artes que as ensinasse aos seus *domésticos*, e foi nomeado para ditar esta ciência, sem lhe darem tempo para fazer postilas» [2].

Pode ver-se, nestes primeiros estudos, um seminário incipiente, uma espécie de *proto-seminário*. O primeiro Seminário, pròpriamente dito, de S. Paulo, mandou-o erigir o Provincial da Companhia, P. João Honorato. Do Govêrno de Lisboa recebia o subsídio de 200 escudos romanos (o Alvará Régio mandava dar para os da Baía e do Rio, 300$000 réis, para os outros 200$000 réis. Supomos que em S.

---

1. Américo de Moura, *Família Antunes Maciel* na *Revista do Instituto de Estudos Genealógicos*, n.os 3-4 (S. Paulo 1938)48, chama-lhe P. José de Moura Gavião, e seria neto de Maria da Luz ou Maria Antunes. Segundo o P. Manuel da Fonseca, era filho de Fernão Rodrigues Gomes e Catarina Pereira Perestrela, *Vida do P. Belchior de Pontes*, 196.

2. Loreto Couto, *Desagravos do Brasil* em Anais da BNRJ, XXV, 38.

Paulo se manteve o Alvará. Cada escudo romano equivaleria, *então*, de 1$000 a 1$200 réis).

O Seminário de S. Paulo construía-se junto ao Colégio em 1757, e esperava-se ficasse concluído no ano seguinte. Para as grandes despesas, que tal obra representava, além dos Jesuítas concorreram os Paulistas e o Prelado, D. António da Madre de Deus Galvão; e para ajuda do sustento, os seminaristas, *internos*, pagavam pensão, ainda que módica [1].

Os alunos internos eram já 23, em 29 de Novembro de 1759, quando sobreveio o exílio. Perguntando-se a êles se queriam ficar no Seminário com outro Reitor, ou ir-se embora, responderam todos sem excepção que só com os Jesuítas. Foram postos fora. Mas o próprio funcionário, que os expulsou, cumprindo ordens superiores, reconheceu que era grave prejuízo ao bem da religião e da sociedade [2].

7. — O Colégio de S. Paulo nunca foi rico, mas ia-se equilibrando. Com as suas fazendas e com as oficinas de caldeireiro, ferreiro, tecelões e cortumes, com o seu forno de cal, e com a renda do pôrto de Cubatão, sustentavam-se os Padres, provia-se ao ensino gratuito dos estudantes externos e ajudavam-se os Missionários das Aldeias e Fazendas, com vestuário, trigo e vinho de missas, e com exercício positivo da caridade, uma das formas cristãs antigas, com as Misericórdias e Hospitais, da assistência pública. O Colégio era dotado de boa e grande farmácia (*Officina Pharmocopolia*). A «Botica do Colégio» era o grande recurso dos paulistas doentes. «Estão os Inventários cheios de alusões às encomendas feitas à ciência farmacêutica dos Jesuítas»[3]. Como nos demais Colégios da Companhia os remédios vendiam-se aos ricos e davam-se aos pobres. Em tempo de epidemias davam-se a todos. O Colégio mereceu o título de «Officina Charitatis» (*Collegium Paulopolitanum Charitatis officinam nuncuparim*)[4]. Do Colégio e suas fazendas viviam folgadamente centenares e centenares de pessoas. No tempo de epidemias, iam os Jesuítas pelas casas, levando o consôlo espiritual, os remédios e às

---

1. *Bras.* 6, 439v.
2. Caeiro, *De Exilio*, 256.
3. Taunay, *História Seiscentista*, IV, 138.
4. «Annue Litterae ex Provincia Brasilica, ab anni MDCCXLVI ad MDCCXLVIII», *Bras.* 10(2), 426v.

vezes o pão. Tal foi o caso, entre outros muitos, da epidemia de varíola que grassou em S. Paulo em 1732 [1]. E na portaria do Colégio recebiam o sustento quotidiano inúmeras famílias pobres, nota repetida nas Ânuas, sem descer a pormenores de estatística. Mas algum analista mais atento os dá como em 1727, em que eram 50 os indigentes envergonhados, que o Colégio socorria [2].

Além disto, o culto. As rendas próprias da Igreja foram sempre insignificantes. Para o ornato progressivo dela não houve senão benfeitores parciais, dêste ou daquele altar ou capela. E as Fazendas eram o que sucedia com tôdas: apesar do seu aparato externo e das suas oficinas, a maior parte do que produziam se ia no sustento do pessoal trabalhador, e nos edifícios, Residência e Igreja, a construir, reparar ou aumentar, nas próprias Fazendas ou no Colégio Central. E, se pelas contrariedades da sua vida local, nas lutas a favor da Liberdade, o Colégio não alcançou o esplendor e grandiosidade do da Baía ou do Rio de Janeiro, esforçou-se por se manter com a dignidade que exigia a sua função social, educadora, construtiva e apostólica. Assim se explica, ao sobrevir a catástrofe, que S. Paulo, sentindo no coração o golpe que atingia rudemente os seus próprios fundadores, fôsse despedir-se dêles no dia 21 de Janeiro de 1760, até ao «Caminho do Mar», chorando[3].

---

1. *Bras.* 10(2), 342.
2. *Bras.* 10(2), 296.
3. Caeiro, *De Exilio*, 273; Silveira, *Narratio*, 166. Cf. supra, 129, o que dizia a Augusto de Saint-Hilaire, a velha quási centenária de Cabo Frio, que quando os Jesuítas deixaram ae Aldeia, «todos os habitantes choraram». Testmunhos que se completam e confirmam recìprocamente. Na despedida de S-Paulo, ia também o Governador, o qual, ao ver as lágrimas, comoção e altos brados do povo, afastou-se um pouco do caminho para lhe não verem a êle as lágrimas. E se tivesse previsto que os Jesuítas eram tão amados e queridos do povo, os não teria acompanhado até ali, dizia êle. Nesta conjuntura, além do povo, do Prelado e dalguns Franciscanos, deram exímias provas de solidariedade religiosa os Padres de S. Bento.

CAPÍTULO X

Santos

1 — O drama da publicação do Breve de Urbano VIII sôbre a liberdade dos Índios; 2 — Destêrro e volta dos Padres; 3 — Fundação do Colégio de S. Miguel por Salvador Correia de Sá e Benevides; 4 — Dotação e bens do Colégio: 5 — Edifícios do Colégio e da Igreja; 6 — Ministérios em Santos; 7 — Superiores e Reitores; 8 — Estudos; 9 — Missões em S. Vicente, Itanhaém, Iperuíbe, Iguape e Cananéia.

1. — A primeira Casa de Santos era subordinada à de S. Vicente, que foi também a primeira escola do Sul do Brasil [1]. Mas, ainda no século XVI, Santos preponderou à vila vizinha e o Superior da Casa de Santos era Superior da de S. Vicente e algumas vezes também da de S. Paulo [2]. Em 1619 diz-se «Casa de Santos na Capitania de S. Vicente». Dois anos depois, já se intitula «Casa de S. Miguel», na «Capitania de S. Vicente», surgindo em 1653, «Colégio de S. Miguel» na «Capitania de Santos», nomenclatura não oficial, mas que na pena dos Jesuítas importava uma predominância [3]. Predominância apenas a respeito de S. Vicente, não de S. Paulo que nesse mesmo ano e documento se intitulava também «Capitania,» como a do Espírito Santo. A idéia de elevar a Casa de Santos a Colégio surgiu em 1643 durante a crise de Piratininga, donde estavam ausentes os Padres pelos distúrbios do ano de 1640. Talvez já se destinasse a isso, ao menos implìcitamente, a doação

---

1. Cf. supra, *História*, I, 251ss. Em 1940, se colocou aí uma placa de Bronze: «Neste local fundou a primeira escola/ para os filhos do Sul/ Leonardo Nunes/ o Abaré-Bebê/ no quarto centenário/ da Fundação da Companhia de Jesus/ o Instituto Histórico e Geográfico de Santos/ I.H.S.» — Cf. *Notícias da Província do Brasil Central*, Número especial, Rio (Janeiro de 1941)59.
2. *Bras. 5*, 47.
3. *Bras. 5*, 189.

dos bens feita pelo antigo Capitão-mor de S. Vicente, Jorge Correia, a 21 de Junho de 1638 [1].

Mas quem realmente se propôs fundá-lo, naquele ano de 1643 foi Salvador Correia de Sá e Benevides, e dava sustento para 12 da Companhia. Serviria o edifício já existente. E ao mesmo tempo o «Colégio» de S. Paulo, que se tinha começado a «fundar», voltaria a ser simples «Casa», subordinada ao novo «Colégio» de Santos, se a fundação se efectuasse [2]. Não teve então efeito, porque em 1646 os distúrbios desceram do planalto para a costa; e ao fazer-se a paz, em 1653, o «Colégio» de São Paulo, «fundou-se» definitivamente e recuperou e aumentou a sua preponderância. Mas ficou também «fundado» o Colégio de Santos, e foi para esta Vila a conseqüência útil daquelas perturbações.

Andam conexas as perturbações e a fundação. E esta só se estabilizou depois de extintos de todo os sucessos dramáticos, que agitaram S. Paulo e o Rio de Janeiro, em cujos Capítulos se narram mais longamente.

O que toca a Santos, nestes distúrbios por causa da liberdade dos Índios e publicação do Breve de Urbano VIII, teve o seu narrador no próprio Superior da Casa de S. Miguel, Jacinto de Carvalhais. Escreveu êle, no mesmo dia do motim, em 1640, ao Visitador Pero de Moura, então no Rio de Janeiro:

«Hoje, 13 de Maio, domingo pela manhã, publicou o Padre Vigário Fernando Roiz de Córdova a Bula de Sua Santidade, e tanto que a publicou, se veio ter comigo para me notificar o que Sua Santidade manda, e o P. Francisco da Fonseca para se achar presente, e para lermos também a dita Bula e sabermos o que nela se continha: senão quando, estando nós para isso, na nossa varanda, ouvimos a voz alta de um homem desta terra, chamado Francisco Machado, junto da Matriz, dizendo como homem bom do povo: *Apello ante omnia et post omnia*, da excomunhão, que aqui publicou o Padre Vigário, para o Juiz dos feitos de El-Rei. Andou nisso mais de meia hora, até que o povo todo se ajuntou na Matriz e todos em alta voz:

---

1. Azevedo Marques, *Apontamentos*, II, 231
2. *Bras.* 3(1), 229.

Apelamos da tal excomunhão e agravamos para Juiz dos feitos de El-Rei; outros diziam para as justiças de Sua Majestade; outros para o Núncio; outros para o Colector. E com isto: fora, Padres da Companhia; mata, mata, Padres da Companhia, que êles são causa de tudo isto.

Nisto vieram à nossa portaria, a qual mandei fechar, e tôdas as demais da Igreja, cubículos, etc. Como viram que lhes não abríamos, se tornaram à Matriz, ao Vigário, com grande grita, que logo lhes aceitasse a apelação, que lhes entregasse a Bula. Respondeu o Vigário que êle não podia aceitar a apelação; e a Bula, que vindo-ma a notificar, me ficara na mão. Com isto tornaram todos com tanta grita, que em tôda vila se ouvia: Fora da terra Padres da Companhia; mata, mata Padres da Companhia.

E porquanto eu não quis abrir, pediram machados para arrombar as portas. Então chamei meus companheiros e me fui ao altar com sobrepeliz, estola, e capa de asperges, e, tirando o Senhor do Sacrário, disse a meus companheiros: — *Padres meus, e Irmãos, consolemo-nos se aqui nos matarem, porque nos matam por obedecermos ao Papa e por prègadores da fé católica.*

Assim diante do Santíssimo Sacramento estivemos quási duas horas, êles sempre gritando e tangendo a campainha. E vendo que não queríamos abrir, começaram a dar pancadas na porta para a quebrar. Vendo nós seu atrevimento, me fui com o Santíssimo Sacramento, com velas acesas, a uma janela do côro, que ficava no alto, saí com a custódia e alevantei na mão o Santíssimo Sacramento. Ajoelharam-se com grande grita: fora Padres, mata Padres.

Enfim, eu levantei a voz e lhes disse: — *Povo ingrato às mercês, que Deus vos tem feito, que determinais? Não bastam os pecados em que há tantos anos estais atolados, senão que de novo ides entrando na heresia? Já não quereis obedecer ao Papa? Já apelais de suas excomunhões desta sorte? Que mais se faz em Inglaterra? Isto é Cristandade? Se nos lançardes fora de vosso povo, e desta vila, sacudiremos os sapatos; e se nos matardes, aqui estamos todos oferecidos a dar a vida por obedecer ao Papa e por prègarmos a fé de Cristo.*

E disse que todos nos fôssem testemunhas, que se nos matavam não era senão em ódio da fé, mas que não merecia eu tanto a Deus. Nisto um homem de S. Paulo, chamado o Galego, casado lá, foi tão atrevido que diante do Santíssimo Sacramento se cobriu. E tomando um banco e fazendo dêle vaivém, me quebrou a portaria.

Eu requeria ao Capitão-mor, da parte de Deus, do Papa e El-Rei, que acudisse a êste motim e alevantamento. O Capitão-mor me perguntou: — *Pois só a mim requere vossa Paternidade?* Respondi que o mesmo requeria aos oficiais da Câmara de Sua Majestade. Enfim o Capitão-mor foi sôbre o Galego, que me quebrara a portaria, com o bastão, e o Galego gritou: também V. Mercê é contra o povo. E logo entrou e me quebrou outra porta mais interior [1]. Neste passo, lhes perguntei que era o que pretendiam? responderam-me que a Bula do Papa. Respondi que lha não queria dar, que lhes lembrava que todos estavam excomungados, pela *Bula da Ceia*, por apelarem do Papa; e que outrossim estavam excomungados pela mesma bula, por impedirem a execução das letras apostólicas; e que outrossim estavam excomungados, por excomunhão de direito, todos os que nos quebraram portas.

Nisto chegou o Padre Vigário e me pediu a Bula. Eu lhe perguntei, três vêzes, se ma pedia, e se queria que eu lha lançasse do alto donde estava. Respondeu que sim. Eu então a tirei da manga e disse: — *A V. Mercê, Senhor Padre Vigário, dou esta bula, visto pedir-ma V. Mercê.*

E lançando-a, todos andaram a rebatinhas para a tomarem. Caíu na mão de um juiz. E logo tôda a turba se foi ao Carmo, sendo já meio dia, e todos pediram, presente o Vigário, a Frei João, que lhe lesse aquêle papel, o qual lho leu, e disseram que tinham que responder e escrever ao Papa, porque fôra mal informado pelos Padres da Companhia. Enfim, neste tempo tiraram as chaves da Matriz ao Vigário, pondo-lhe mãos violentas, e aclamaram ao Coadjutor por Vigário, entregando-lhe as chaves. Neste tempo nos subiram com espingardas, pela cêrca, mamalucos, para abrir a portaria, e se nos encontrassem, matar-nos. O Capitão-mor procurou atalhar em tudo isto.

Esta é a substância, outros acidentes devem haver, de que até agora não tenho notícia. Arreceio muito matem aos Padres em São Paulo. Filho em Cristo. *Jacinto de Carvalhais*» [2].

---

1. «Luiz Feijó que quebrou as portas», Gesù, *Colleg.*, 20 [40].
2. «Cópia de hūa carta do P.º Jacyntho de Carvalhais da Comp.ª de JESV superior na caza de Sanctos escritta ao P.º P.º de Moura visitador geral desta Provincia do Brazil em treze de Mayo de mil e seiscentos e quarenta», Gesù, *Colleg.*, 20 (Brasile) 37-37v.

Três dias depois, o P. Jacinto de Carvalhais continua e completa a narrativa:

«Estando eu domingo na janela do côro, de joelhos, patente ao povo rebelde, com o Santíssimo Sacramento nas mãos, repreendendo a todos de seus grandes pecados e cegueira, se levantou a voz de entre êstes leopardos carniceiros e dizia: Atira-lhe, atira-lhe a espingarda com dois pelouros. E fui eu tão pouco venturoso, que havendo tantas espingardas, entre êles, não mereci a Deus que uma se disparasse e me desse nos peitos. São isto pecados meus. Isto me contou depois o Capitão-mor, e eu e o Padre Francisco da Fonseca, o tresouvimos naquela ocasião.

Na 2.ª feira não havia pela vila senão vozaria: Padres da Companhia vão para fora, lancem-nos fora; dos inimigos os menos; bastam-nos os fradinhos do Carmo e de São Francisco, porque, êsses nos levam direitos para o céu, e os Padres da Companhia a todos nos querem meter no Inferno.

No mesmo dia de 2.ª feira à noite, chegou o Ouvidor Geral de Itanhaém, e logo se foi ter com êle o Juiz António Barbosa, levando consigo a Bula, que tinha em seu poder com violência. Deu êste conta ao Ouvidor Geral.

Na 3.ª feira pela manhã soube que os oficiais da Câmara com o povo amotinado queriam ir à Câmara, sòmente a tratar de nos lançarem fora da terra. Tanto que tive disto aviso, fiz uma carta para o Ouvidor Geral na qual lhe relatei o que havia passado e o intento da Câmara e povo, e lhe requeri da parte de Deus, da Igreja Católica, e de Sua Majestade, acudisse a estas coisas, e que podia estar certíssimo que nem eu, nem meus companheiros havíamos de sair de nossa casa, senão feitos em postas, e que seria honra da Companhia fazerem ao Superior desta casa em quartos, e porem-nos pelas ruas, porque morreria pela Igreja, mas que vissem os males que lhes podiam resultar disso.

Depois de lhe ter mandado a carta, se veio ter comigo um homem a me pedir que por bem da paz quisesse fazer um têrmo de não publicar excomunhão nenhuma que viesse. Ao que respondi que vindo a Câmara e o povo me fariam o tal requerimento por papel, e que eu responderia como convinha a seu atrevimento, e que eu não era herege para fazer têrmo de não obedecer ao Papa. Com isto se foi êste, e logo se foi ajuntando a Câmara, depois de pedir ao Capitão-mor, que mandasse tocar caixa para se ajuntar o povo, o que o Capitão-mor não consentiu; mas sem tambor se ajuntou fàcilmente o povo à porta da Câmara, donde mandou chamar a Câmara ao Capitão-mor a sua casa e ao Ouvidor Geral, e logo leram na Câmara a Bula e o povo todo requereu que botassem fora da terra aos Padres da Companhia; e, à conta disso disseram contra a Companhia mil infâmias, tudo sôbre os Índios, confessando todavia que não tratavam em nossa virtude, porque todos confessavam que éramos virtuosos.

O Capitão-mor e o Ouvidor Geral responderam que tratassem de sua quietação e que não tratassem de lançar fora aos Padres da Companhia: êles instavam, e com isto o Ouvidor Geral e Capitãomor se foram e ainda depois disto ficaram gritando: hão-de ir fora.

Eis aqui o a que tem chegado êste povo e nós não temos ninguém por nós, antes fui informado que 2.ª feira à tarde andara um Frei João da Madre de Deus, do Carmo, de casa em casa, pondo-nos a nós e ao Padre Vigário em ódio com o povo, ou acrescentando-o com êste povo; um Domingos de Amôres, como vereador, andou ontem 3.ª feira, fazendo doudices pela Vila e gritando: vão fora os Padres da Companhia; o Ouvidor Geral diz que êste povo não incorreu nas excomunhões da Bula da Ceia por apelar do Papa para o Juiz dos feitos de El-Rei, e por proïbir a execução das Letras Apostólicas, etc.; e a causa que dá é dizer que foi por ignorância. Mas não ponho culpa ao Ouvidor, porque não é isto sua profissão. Quem fará mais dano nisto serão os Padres, que com nome de Teólogos, dão com os homens em mil barrancos. Que ignorância invencível pode haver aonde todos os anos se lê a *Bula da Ceia* pùblicamente na Igreja ? Ora, saiba Vossa Reverência que dizem êstes malditos se cá vêm Holandeses que se hão-de meter com êles. Santos, 16 de Maio de 1640, *Jacinto de Carvalhais»* [1].

O P. Francisco da Fonseca, companheiro do P. Carvalhais, na Residência de Santos, escreve também duas cartas, nas mesmas datas, e narrando os mesmos factos, com algum pormenor a mais, do que êle pessoalmente viu ou soube, por informação directa. Entre as suas informações está uma sôbre o Vigário, e que é realmente a que refere Southey, sem exageros como alguns modernos supõem: «Disse-nos o P. Vigário que quando na matriz investiram com êle,

---

1. «Copia de outra do mesmo P.º Superior p.ª o mesmo P.º Visitador», Gesù, *Colleg.*, 20(Brasile) 38-38v.

lhe atiraram de estocadas». As duas cartas concluem, para efeitos judiciais, com a lista dos amotinados, de Santos.

No dia seguinte, anota o P. Jacinto de Carvalhais: «Hoje, 17 dêste mês, dia da Ascensão, fui informado que o Frade do Carmo, Fr. João da Madre de Deus tinha acumulado alguns contra nós, e que prègava essa manhã, e que estava apostado a dizer *affatim* contra nós. Avisei ao Prior do que se dizia, e foi tal a satisfação que o Frade deu no púlpito, acudindo por nós, que bastantìssimamente apaga o que contra nós podia ter dito. E da mesma maneira veio aqui agora ter connosco satisfação, e tal, que me obriga a lhe dar crédito. Foram os da Câmara à porta do Vigário a apelar, e dizem-me que êle aceitou a tal apelação, enquanto podia, por *remir sua avexação*. Já com isto devem aquietar-se no tocante a nos botar fora» [1].

2. — E assim teria sucedido, senão fôsse a intromissão em Santos do partido escravagista de S. Paulo, contra a vontade aliás de outro partido conciliador que «aceitava concertos». Baixaram armados a Santos, onde o Capitão-mor não pôde impedir a violência, e forçaram os Padres, tanto da Casa de S. Miguel como os do Colégio de S. Paulo, a retirarem-se para o Rio. Deixaram todos a Vila de Santos, no dia 3 de Agôsto de 1640. Antes de sair protestaram os Padres contra a violência. O povo de Santos foi «apenado», isto é, obrigado sob pena de multa, a manifestar-se contra êles. Não obstante «pela rua e janelas saíam muitos a gritar e a chorar a desumanidade que se usava connosco». O Superior P. Jacinto de Carvalhais levou consigo a estátua de S. Inácio, que os Padres Carmelitas, que já tinham publicado o breve, receberam e guardaram como em depósito sagrado, no altar-mor da sua Igreja, como vimos no Capítulo II, em conjunto com os sucessos da Vila de S. Paulo, causa imediata dêste drama, provocado pela defesa da liberdade dos Índios do Brasil e da América.

El-Rei D. João IV desaprovou os motins e ordenou a volta dos Padres. Logo ao primeiro aviso régio, recebeu-os Santos em 1642. Conta-o a *Trienal de 1641-1644*:

Assim como o destêrro da Casa de Santos tinha sido «com notável sentimento dos bons e alegria dos maus», êstes «por se verem livres do soçôbro de quem lhes repreendesse seus vícios e estra-

---

1. Gesù, *Ib.*, 40.

nhassem seus desaforos», assim agora, «trocadas as mãos, com melhor fortuna e mais ajustados motivos, ficaram os inimigos da Companhia confusos e mui alegres os devotos e amigos, com a restituição dos Padres à sua antiga Casa, a qual os mesmos amigos procuraram e alcançaram no ano de 642».

Foram «os principais da terra, em busca dos Padres à barra daquele pôrto», e levaram-nos «com o triunfo mais solene, que a conjunção do tempo e a limitada posse da terra pôde ajuntar. Viu-se bem nesta ocasião, como em muitas outras, o cordial amor, herdado dos seus antepassados, que à Companhia tem o Almirante Salvador Correia de Sá e Benevides, Governador que então era do Rio de Janeiro, o qual mandou ao Sargento-mor daquela Cidade [D. António Ortiz de Mendonça] pessoa mui autorizada, acompanhasse os Padres até Santos e os metesse de posse de sua Casa, rebatendo o furor de algum descomedido, se porventura se atrevesse a falar. Não foi de pouco efeito esta prudente prevenção, porque os de S. Paulo, como mais poderosos e por isso mais insolentes e obstinados, não dando pelas prudentes cartas do mesmo Senhor, em que lhes persuadia fizessem o mesmo que os de Santos, e recebessem outra vez os Padres, determinaram descer de mão armada a Santos, vila mais pequena e fraca, a lançar outra vez os Padres fora. Mas sabida a resolução do belicoso Sargento-mor, como determinava recebê-los em som de guerra, desistiram de seu danado intento». O analista tem aqui uma palavra dura para os «que só faziam proezas onde não viam resistência», alusão ao destêrro de Padres inermes em 1640, e à captura de Índios, armados apenas de frecha e arco, como eram os dos sertões ou das Missões no primeiro período, situação bem diferente de outra, ao acharem armas de fogo nas missões, e desta agora, em que se achava Santos, abastecida de tropas comandadas pelo Sargento-mor e governador da gente de guerra do Rio de Janeiro.

«Começaram logo os Padres, sem contradição alguma, a exercitar os ministérios da Companhia, com o zêlo que aquela Vila, por tantos anos havia bem experimentado, recompensando aos inimigos os passados agravos com benefícios presentes, e mostrando com religioso reconhecimento aos amigos o acêrto dos seus desejos em nossa restituição, e finalmente servindo a todos, e fazendo-lhes o bem a que nosso Instituto se estende»[1].

---

1. *Bras. 8,* 538v-539.

Ao cabo de 5 anos, os moradores de S. Paulo, deixando de haver em Santos a prevenção militar de 1642, realizaram o que ameaçavam então. Obrigaram os moradores, em princípios de Junho de 1646, a desterrarem os quatro da Companhia que residiam em Santos[1]. Eram os Padres Gonçalo de Albuquerque, Superior, natural de Pernambuco, e António de Mariz, do Rio; e os Irmãos Pedro de Figueiredo, estudante e Mestre dos Meninos, de Arada, e António Gonçalves, de Ponte de Lima, coadjutor de grandes préstimos, que tinha sido enfermeiro e procurador do Colégio de S. Paulo em 1640[2].

Os Santistas tiveram grande sentimento, porque viam em perigo a fundação do Colégio, que Salvador Correia de Sá e Benevides tratava de erigir na Capitania de S. Vicente, em S. Paulo, como era o seu desejo, ou em Santos. A volta dos Padres a Santos em 1642 inclinara as coisas a favor desta Vila. E quando tornaram definitivamente em 1653, foi extraordinário o regozijo dos Santistas e consta da mesma *Ânua* em que se relata a volta a Piratininga. Como faz corpo com ela, aí se expôs conjuntamente.

3. — Data de 1653 a organização do Colégio de S. Miguel. Das primeiras intenções do fundador dão testemunho duas cartas suas, a primeira ao P. Geral Múcio Vitelleschi; a segunda ao P. Geral Vicente Caraffa.

Cartas importantes, por serem de quem são, e pelo que diz da sua família, e da sua própria tentativa de entrar na Companhia de Jesus, e como os Padres o não aceitaram, *por ser único em sua casa*, facto que elucida a delicadeza e elevação dos métodos da Companhia na admissão de candidatos.

Diz Salvador Correia de Sá e Benevides na primeira carta:

«Suposto que de juro devo servir e amar a Vossa Paternidade, por ser o mais honrado título, que gozo, o ser escravo e Irmão da Companhia, agora novamente me sinto mais obrigado com esta de Vossa Paternidade, escrita em Roma a 30 de Maio de 642.

A mercê, que nela me promete fazer Vossa Paternidade em permitir a fundação do Colégio que intento, e receber-me por fundador

---

1. Carta do P. Simão de Vasconcelos, de 5 de Julho de 1646, *Bras.* 3(1), 248v. Diz que o caso se passara «haverá um mês pouco mais ou menos».
2. *Bras.* 5, 173v.

com a declaração e informação, que espero do Reverendo Padre Provincial, estimo por a maior de minhas honras, e por ela beijo a mão de Vossa Paternidade, rendendo-lhe particulares graças.

O dito Padre Provincial, com quem tenho tratado sôbre êste particular, avisará a Vossa Paternidade, assim de o que toca a êle, como de tudo o mais que me sucedeu na facção das minas, que intentei e não teve efeito por a obstinação dos moradores da Vila de S. Paulo, e nova resolução de Sua Majestade e seu governador geral dêste Estado. Tudo o que êle assentar com Vossa Paternidade, farei com muito gôsto, não podendo ser na Vila de S. Paulo, na de Santos, perto do mar, da Capitania de S. Vicente; porque nunca me faltará ânimo para servir a Deus e a Vossa Paternidade cuja pessoa guarde. Rio de Janeiro, 2 de Junho de 643, — *Salvador Correia de Sá e Benevides*» [1].

O P. Geral agradeceu-lhe não só êste benefício, mas todos os mais e a energia e dedicação, com que se houvera nos motins do Rio. Aceitou e confirmou a fundação do Colégio, a 12 de Abril de 1644. Mas as novas perturbações, sobrevindas em 1646, puseram em risco a idéia do Colégio na Capitania de S. Vicente, pensando um instante em o fundar no Espírito Santo. Tais são as preocupações do grande homem, que ilustrou três Continentes, nas vésperas da sua partida para África, em 1648. Escreve ao P. Geral, agora já Vicente Caraffa:

«Pelos Reverendos Padres Provincial e Reitor desta Província e Colégio do Rio de Janeiro, lhe será a Vossa Paternidade muito Reverenda, presente a vontade continuada que sempre tive de entrar na Companhia, e como por ser único em minha casa, não vieram os Padres em aceitar-me, pela muita amizade que entre meu pai, meu avô, minha tia a Senhora Condessa de Linhares Dona Filipa, fundadora do Colégio de S. Antão de Lisboa, houve sempre com esta santa Religião [2]. E continuando eu nos desejos, foi servido o Reverendo Padre Geral Múcio Vitelleschi, conceder-me Carta de

---

1. *Bras.* 3(1), 223. O Provincial Manuel Fernandes, dias depois, a 25 de Junho, em carta ao P. Geral, esclarece que Salvador Correia havia três anos que tinha padecido grandes perdas (por ser fiel a Portugal e perder o que possuía em terras de Espanha). Os Padres dissuadiam-no de fundar agora o Colégio de Santos. Mas êle e sua mulher insistiam: «Grande amigo e merece muito», *Bras.* 3(1), 229.

2. D. Filipa de Sá, Condessa de Linhares, filha do Governador Mem de Sá.

Irmandade, concedendo-me também fôsse fundador de um Colégio na Vila de Santos, o que não teve efeito pelos moradores daquelas Capitanias terem feito os excessos, que a Vossa Paternidade muito Reverenda lhe devem ser presentes. Em o Conselho consultei por vezes a Sua Majestade, que foi servido resolver se lhes desse perdão, contanto que tornassem a aceitar os Reverendos Padres, o que não quiseram fazer. E sempre tive por certo que enquanto os Religiosos, que lá assistem, não lhes faltassem, continuariam com sua contumácia, porque não guardam os Interditos, e outras muitas circunstâncias, que tudo constará dos papéis. E a minha tenção é pedir a Vossa Paternidade se sirva de que não fique frustrada esta minha vontade, e que a fundação, e ser eu padroeiro, vá por diante, no modo que assentei aqui com os Padres, que também constará das escrituras; e que visto estarem alterados aquêles moradores, a fundação seja na Capitania do Espírito Santo, ou no lugar aonde Vossa Paternidade ordenar, como o declarei na Escritura de hipotecação da renda, nomeando umas casas, terras, engenhos, e mais fábricas, que poderão pelo tempo adiante vir a ser de rendimento, tão copioso, que baste para maior número de sujeitos. Eu parto a governar os Reinos de Angola, onde espero que Vossa Paternidade me fará mercê de me mandar a Carta de fundador e ocasiões de o servir em particular, pois em geral tenho tôda a Companhia por mãe e não há coisa que me possa apartar de a servir. A divina bondade guarde a Vossa Paternidade. Rio de Janeiro, 10 de Maio de 1648, *Salvador Correia de Sá e Benevides*» [1].

Poucos dias depois desta carta, partiu Salvador Correia com uma esquadra para Angola ocupada pelos holandeses. Luanda rendeu-se aos Portugueses a 15 de Agôsto de 1648 e em breve tôda

---

1. *Bras.* 3(*1*), 261. Diz-se geralmente que Salvador Correia saíu do Rio a 12 de Maio; existe porém uma carta sua datada do Rio, a 15 de Maio, cf. Luiz Norton, *A Dinastia dos Sás no Brasil* (Lisboa 1943) 89; Júlio Caiola, *A reconquista de Angola por Salvador Correia de Sá*, comunicação ao Congresso Luso Brasileiro de História (Lisboa, 1942), cit. por Luiz Norton, *ib*. Com a Armada foram três Jesuítas, o P. Filipe Franco, superior de Angola, e António do Couto (ou do Pôrto), e Gonçalo João, que dela tinham vindo para o Brasil em 1643 (cf. supra, *História*, V,395). Gonçalo João tinha 35 anos de Angola, e mandou um *memorial* a El-Rei para que fôsse socorrida com urgência. Memorial aprovado no Conselho Ultramarino em 1646. Cf. Rodrigues, *História*, III-1.º, 380; III-2.º 446.

Angola [1]. Quando o Restaurador de Angola voltou ao Brasil em 1651 já as coisas melhoravam no planalto piratiningano, preparando-se a atmosfera para a volta dos Padres à Capitania de S. Vicente.

4. — A escritura da «fundação» do Colégio de S. Miguel, de Santos, com a data de 22 de Junho de 1652, lavrou-se entre o General Salvador Correia de Sá e Benevides, « do Conselho de Guerra Ultramarino, comendador das Comendas de S. Salvador, de S. Julião de Cácia, Alcaide-mor desta Cidade de S. Sebastião do Rio de Janeiro, senhor da Vila de Asseca», por um lado; e o Provincial Francisco Gonçalves e Reitor Manuel da Costa, por outro.

A licença generalícia da «fundação» era anterior. Datava de 12 de Abril de 1644, em resposta à primeira carta do fundador. A 2 de Janeiro de 1649 confirmou-se. O General fazia a doação em seu nome e no de sua mulher D. Catarina de Ugarte e Velasco, de quem apresentou procuração. Consistia em:

a) Quatro moradas de casas no Rio de Janeiro, na Rua Direita, que rendem cada ano 120$000 réis, actualmente alugadas.

b) Outras na Travessa, que chamam do dito General Salvador Correia, que rendem outros 120$000 réis, e estão alugadas.

c) Duas moradas na Rua Direita, perto ao Palácio do dito General, que rendem 84$000 réis, cada uma, por ano, o que soma tudo «quatrocentos e oito mil réis»; e mais uma loja junto às ditas casas, o que logo tudo doava. E se porventura o Colégio não se pudesse efectuar em Santos, dava poderes ao Provincial e seus sucessores, para continuarem a fundação, onde melhor fôsse. E tanto êle como sua mulher se declaravam fundadores, repartindo-se por ambos, igualmente, as missas do costume. A fundação era para 12 Padres e Irmãos. Os fundadores obrigavam-se mais com as suas térças se fôsse preciso. E se o rendimento das casas ultrapassasse o que era necessário para sustentação dos 12, êles eram contentes de o Colégio ficar com isso [2].

---

1. Cf. Fortunato de Almeida, *História de Portugal*, IV, 194.
2. Nas notas do Tabelião Pero da Costa. *Fora:* «Fundação do Coll° de S. Miguel na Villa de Sanctos que fez Salvador Correa de Saa y Benavides» — 1.ª Via, *Do Brasil*, Bibl. Vitt. Em., Mss. Gess. 1386, n.° 16; outra pública-forma, autenticada, em *Bras. 11*, 463-464. Tinha-se feito uma primeira escritura, a 10 de

A renda tôda junta destas casas revelou-se logo insuficiente, pela deteriorização dos edifícios, cuja renovação consumia a renda, e nem sequer chegava para o sustento dos Padres e mestres do novo Colégio. E a «têrça», a que se obrigaram os fundadores, não a puderam dar, de modo que o Colégio ficou pràticamente sem «fundação»; e a única renda certa, que possuía, em 1683, eram 400 cruzados [1].

Em 1694, as rendas (185 escudos romanos) discriminam-se assim:

Aluguer das Casas do Rio de Janeiro............ 120
Aluguer das Casas de Santos................... 38
Subsídio régio para o vinho e hóstias das missas 13
Do novo pôrto................................. 14

Os servos eram 10. Possuía uma fazenda, mas de terra arenosa, quási improdutiva; e outra fazenda menor, com um forno de cal. O gado, apenas 58 cabeças. Dava para a *alimentação*, parca, segundo o uso dos Jesuítas, e para a qual concorriam as pescarias do bom Ir. Francisco Martins, de quem se diz que durante 16 anos, que estêve em Santos, foi a «âncora», do Colégio [2]. Para a roupa de vestir era preciso a ajuda do Colégio do Rio [3].

Não se dizem os nomes daqueles pedaços de terreno. Em 1628 chamava-se um dêles, «Granja de S. Pedro», onde se alojaram alguns dias os Índios Carijós, trazidos pelo P. Francisco Carneiro. Ficava à beira da água, pois, dava, além de frutas, algum peixe e marisco [4], e é na realidade a Fazenda de « S. Pedro do Iporanga», Ilha em frente de Santos [5].

Fevereiro de 1648, sendo Provincial o P. Francisco Carneiro, e Reitor do Rio o P. Simão de Vasconcelos, *Bras. 11*, 424-425, que caducou com esta de 1652.

1. *Bras. 5(2)*, 78.
2. O Ir. Francisco Martins, dos arredores de Braga, faleceu no Rio em 1706, *Bras. 10*, 130.
3. *Bras. 5(2)*, 142.
4. *Bras. 8*, 408.
5. Esta Ilha, que no *Atlas*, de Cândido Mendes de Almeida, aparece separada da Ilha de S. Amaro pelo Rio das Palmeiras, arrematou-se mais tarde ao Fisco por 202$000 réis, Arq. Nac. (Rio), *Receita e despesa de Bens confiscados a Jesuítas, na Capitania de S. Paulo (1776-1784)*, ms. 483 s/p. E há referências a uma Ilha fronteira à Vila de Santos, arrematada mais tarde por Custódio Machado.

A 21 de Junho de 1638, Jorge Correia tinha doado à Casa do *Glorioso S. Miguel*, algumas casas em Santos, e umas terras na «Borda do Campo de S. Paulo», e outros chãos em S. Paulo [1].

A situação económica do Colégio era deficitária. A Fazenda de Iporanga apresentava-se quási inútil, nem era possível assistir material e espiritualmente aos seus trabalhadores. O Reitor António da Cruz pensava em 1717 em vender alguns pedaços de terra que não serviam ao Colégio, comprando em seu lugar uma Fazenda mais chegada a Santos. Não diz qual [2]. Mas o mesmo Reitor conseguiu colocar um curral de gado nos *Campos de Curitiba*, com consentimento da Casa de Paranaguá, a quem pertencia parte dêsses Campos, e à qual Santos daria a compensação de um por um [3]. Em 1725, o Colégio possuía cinco Fazendas, ou terras quási incultas, por falta de quem as laborasse, e devia 3.000 cruzados. Martinho Borges, novo Reitor, decidiu vender uma delas, para angariar trabalhadores com que beneficiasse as outras, ao menos alguma, que se prestasse mais à agricultura [4]. A venda não foi superiormente aprovada, com a esperança de que no Caminho das Novas Minas de Goiás se alcançasse alguma terra mais frutífera, que ajudasse a levantar êste Colégio da sua difícil existência económica [5]. Entretanto, numa das fazendas ergueram-se duas casas de farinha e um pequeno Engenho de açúcar [6]. Com isto e mais algumas terras adquiridas com o tempo, e com a ajuda dos Santistas, generosa, dentro das suas possibilidades, com cuidadosa administração, e uma Olaria, e até uma excelente Botica, que depois se criou, o Colégio foi realizando o seu fim construtivo, moral, religioso e educativo [7].

---

1. Em 1760 ignorava-se o destino destas terras, *Doc. Interes.*, XLIV, 346. Talvez se tivessem vendido. Cf. *ib.*, 344, onde consta que os bens, deixados por Salvador Correia de Sá e Benevides, se poderiam vender, se fôsse preciso.
2. A tradição local atribui aos Jesuítas a Fazenda de *Itatinga*, na Serra. Pertence hoje à Companhia das Docas de Santos.
3. Carta do P. António da Cruz, ao Geral, 12 de Março de 1717, *Bras. 4*, 195.
4. *Bras. 4*, 285a.
5. *Bras. 4*, 333v.
6. *Bras. 10(2)*, 295.
7. A Botica do Colégio, que sempre existiu, tomou notável incremento por volta de 1750, erigindo-se de novo, e com facilidades que não tinham outras. O Coronel e Governador da Praça de Santos e Comarcas de S. Paulo e Paranaguá ajustou com a Botica do Colégio que a dos Militares passasse para ela, isto é, os provimentos farmacêuticos aos militares passassem a ser feitos pela Botica do Co-

5. — A Residência dos Jesuítas, em Santos, que em 1600 se dizia feita pelo Ir. Arquitecto Francisco Dias [1], dá-a o Catálogo de 1598 como construída nesse ano, tôda nova, desde os alicerces [2]. O risco foi efectivamente do Ir. Francisco Dias; quanto à execução, o Ir. Diogo Álvares, assinalado artista, teve «cuidado das obras» [3]. Pintor, o Ir. Belchior Paulo.

O edifício foi-se mantendo, com consertos adequados, até que em 1732 ameaçava ruína; e já haviam começado novas obras que corriam o risco de parar por falta de recursos. Para a habitação dos Padres levantou-se um corredor novo, sustentado por cinco arcos [4]. Três anos depois dava-se a última demão ao novo *Ginásio*, apto a receber os alunos. A *Biblioteca* acrescentou-se com mais 100 volumes [5].

A velha Igreja do Ir. Francisco Dias também com o tempo se arruinou. Durara quási um século. Mas deve-se ter salvado o recheio e talvez também as pinturas de Belchior Paulo. A Igreja existente em 1694 já era outra, feita pouco antes («a paucis annis») [6]. Trinta anos depois, em 1725, demoliu-se a velha tôrre, já prestes a desmoronar-se; e ergueu-se terceira Igreja «totalmente nova», que recebeu alguns objectos de prata e ornamentos do culto. O povo ajudava de boa vontade [7]. Onze anos depois, em 1736, andava-se nas obras da *nova* tôrre.

6. — Os Jesuítas foram sempre benquistos em Santos, sem excluir o período agitado de 1640 a 1653. Tinham incontestável autoridade entre os moradores. Apaziguavam as suas desavenças, às vezes graves, como a que se conta, à roda de 1697, entre dois homens principais que brigaram entre si, prendendo na cadeia um

---

légio. Conservam-se, com a data de 1755, os documentos burocráticos, requerimento de confirmação e pedido de informações (*Doc. Hist.*, I, 190, 191, 232). Falta porém a Provisão do Governador da Praça de Santos, em que dava os «justificados motivos» dêste seu acto.

1. Cf. supra, *História*, I, 267.
2. «*Haec domus ab imis fundamentis nunc fuit aedificata*», Bras. 5, 35v.
3. Bras. 5, 47v.
4. Bras. 6, 190v.
5. Bras. 10(2), 363v.
6. Bras. 5(2), 142.
7. Bras. 4, 285a; Bras. 6, 156v.

terceiro, amigo de um dêles. Cada qual se apresentou armado com mais de 200 homens e se preparavam para a luta, que nessas circunstâncias seria inevitàvelmente sangrenta, quando a intervenção dos Padres acalmou a tempestade [1]. Casos semelhantes mencionam-se em diferentes *Ânuas*, sem nomear nomes, só algumas vezes os cargos dos contendores (Capitão-mor) ou o motivo da briga (violação da honra). Em 1714, os Jesuítas, na voz unânime do povo, eram na terra *Angeli Pacis*, «Anjos da Paz» [2].

Em Santos praticavam-se os ministérios usuais da Companhia com Índios e Brancos, Negros e Mestiços, promovendo o culto na sua própria Igreja e noutras. A Qüinqüenal de 1665-1670 traz o modo como os Padres acharam a imagem de Santa Catarina e lhe edificaram uma capela: haveria 80 anos, o Visitador Eclesiástico vindo a Santos, achou na Vila uma defeituosa imagem de Santa Catarina, e mandou-a lançar ao mar. A estátua era de barro. O mar arrastou-a para junto do muro do Colégio e aí ficou soterrada no limo de muitos anos. Até que um índio do Colégio, andando a apanhar ostras, mergulhou as mãos e por acaso a achou e recolheu. Vendo o Reitor do Colégio a imagem íntegra, sem lesão alguma, teve o facto por prodigioso, ergueu uma Capela, e colocou nela essa imagem de Santa Catarina com aplauso geral [3].

7. — Santos só aparece nos Catálogos em 1589. Antes, como dissemos, estava subordinado à Casa da Vila de S. Vicente, fundada pelo P. Leonardo Nunes. Pelos Catálogos existentes e mais alguma notícia esparsa, se organiza a presente lista dos seus Superiores e Reitores:

P. *João Pereira* (1589)
P. *António da Cruz* (1598)

---

1. Carta de 1697, *Bras. 9*, 438-438v. Mais de 200 homens, portanto menos de 300, senão diria 300 ou mais de 300. Um dos chefes da briga era de Santos, o outro de S. Paulo que desceu com os seus familiares. Com o de S. Paulo, estava um antepassado de Pedro Taques, e êste ao fazer o relato diz que desceu de S. Paulo «um trôço de mais de 500 homens, com um trem que formava na estrada e caminho de Santos um corpo de mais de mil pessoas», Taunay, *História da Vila de São Paulo no século XVIII*, 205. Exemplo dos erros e exageros com que Pedro Taques esmaltou a sua *Nobiliarquia*.
2. *Bras. 10*, 106.
3. *Bras. 9*, 216.

P. Manuel de Oliveira (1600)
P. Francisco de Oliveira (1601)
P. António de Abreu (1606)
P. Francisco Fernandes (1610)
P. Mateus de Aguiar (1613)
P. Manuel Cardoso (1616)
P. Francisco da Fonseca (1617)
P. António Lôbo (1621)
P. António Gomes (1628)
P. Francisco de Oliveira (1630)
P. Jacinto de Carvalhais (1640)
P. Gonçalo de Albuquerque (1646) [1]
P. Pedro de Figueiredo (1657)
P. Estêvão Ferreira (1659)
P. Alexandre de Gusmão (1663)
P. Manuel Nunes (1665)
P. Luiz de Góis (1667)
P. Mateus Pinto (1674 ?)
P. Domingos Dias (1677)
P. Bartolomeu de Leão (1679)
P. João Ferreira (1683)
P. Diogo da Fonseca (1692)
P. João da Rocha (1694)
P. António Rodrigues (1697)
P. Miguel de Andrade (1699)
P. Francisco Frazão (1700)
P. Miguel de Andrade (1704)
P. António de Matos (1708)
P. Vito António (1711)
P. Tomás de Aquino (?) [2]
P. António de Matos, 2.ª vez (1714)
P. António da Cruz (1716)
P. Francisco Pires (1720)
P. Alexandre de Gusmão (*Júnior*) (1721)

---

1. Era *Superior* o P. Gonçalo de Albuquerque. Retirou-se com os distúrbios dêsse mesmo ano. Voltou em 1653, transformada a *Casa* já em *Colégio*, de que foi o 1.º Vice-Reitor. Ainda o era em 1654, *Bras.* 5, 189.

2. Vice-Reitor, um ano, em data que se não determina, *Bras.* 10(2), 353v.

P. Martinho Borges (1725)
P. Fabiano de Bulhões (1725)
P. Vito António, 2.ª vez (1727)
P. Manuel Amaro (1732)
P. Pascoal Gomes (1735)
P. José Vitorino (1740)
P. Francisco de Toledo (1743)
P. Manuel Pimentel (1748)
P. Inácio Correia (1750)
P. Manuel Martins (1753)
P. João da Mata (1757) [1]

8. — O Colégio de S. Miguel de Santos foi herdeiro de um legado honroso. A instrução no Sul nasceu em S. Vicente, com o P. Leonardo Nunes. Desdobrou-se depois pelos Colégios de S. Paulo e Santos. Até a Casa de Santos se elevar a Colégio, o ensino era de simples catequese e primeiras letras. Depois começou o de Latim e Letras Humanas, que se manteve até 1759. Santos pretendeu em 1677 o Curso de Filosofia, a ler-se na Vila para os seus filhos e para os de S. Paulo, mas a proximidade de S. Paulo, cuja preponderância definitivamente se impôs, prejudicou a pretensão.

Santos teve alguns professores de Humanidades, que deixaram nome nas letras, como Bartolomeu de Leão, mestre em 1663; e quando foi mestre de Humanidades o Ir. Manuel Correia, em 1732, ao constar que se ia retirar, afim de completar os próprios estudos de Filosofia e Teologia, estava de tal modo aceito ao povo, que o Capitão João dos Santos Ala comunicou ao Visitador Miguel da Costa o sentimento geral e que temia um alvorôto. Modo de falar sem mais conseqüências, senão a de demonstrar a estima dos estudos da Companhia [2].

Com o ensino das Belas Letras, os Padres davam «a boa criação de moços católicos» [3]. E com a criação, às vezes a boa sorte e um

---

1. O P. João da Mata, último Reitor de Santos, natural do Rio, onde nascera a 7 de Janeiro de 1714, acabou os seus dias nos cárceres de Azeitão em Setembro de 1761, *Bras. 6, 272; Apêndice ao Catálogo Port., de 1903*.
2. José Rodrigues de Melo, *Vita Patris Emmanuelis Correae*, 22 (*ms.*).
3. *Bras. 9, 371v*.

futuro de glória. Facto considerável para Santos foi a estada ali como Vice-Reitor do Colégio o P. Alexandre de Gusmão em 1663. A amizade que contraíu com os moradores e a protecção que deu a alguns filhos da terra foi tão eficaz, que um dêles tomou o nome e apelido do grande Jesuíta e outro o sobrenome. E se Alexandre de Gusmão é glória diplomática luso-brasileira, Bartolomeu Lourenço de Gusmão transcende os limites de ambas as pátrias para ser, na história da aeronáutica, nome universal.

Os Jesuítas deixaram Santos em 1759, com sentimento geral dos seus moradores. Em 1878 a Igreja, que edificaram, ainda era a Matriz de Santos; e o seu Colégio, Alfândega, tendo sido antes Hospital Militar [1]. Neste local histórico, o Instituto Histórico e Geografico de Santos colocou em 1940, quarto centenário da Companhia, uma placa de bronze [2].

9. — De Santos iam os Padres em Missões às Vilas do Sul, dentro do actual Estado de S. Paulo e mais além. Repartiam êste apostolado com o Colégio do Rio e até às vezes com o de S. Paulo. Mas Santos teve algum tempo o nome expresso de *Casa de Missões* [3].

Ficaram-nos de vez em quando vestígios escritos destas missões como em 1682, em que as Câmaras de S. Vicente, Itanhaém, Iguape e Cananéia escreveram ao P. Geral, agradecendo umas, e pedindo outras [4].

Eram missões feitas com relativa freqüência, a *S. Vicente* mais, pela sua proximidade de Santos. Da Igreja do Colégio de S. Vicente construída pelo P. Leonardo Nunes, e inaugurada a 1 de Janeiro

---

1. Azevedo Marques, *Apontamentos*, II, 148; Aires de Casal, *Corografia Brasílica*, I, 164.
2. Inscrição de Freitas Guimarães, cf. *Notícias da Província do Brasil Central*, S. I., Rio, número especial (Janeiro de 1941)59.
3. Cf. Consulta do Conselho Ultramarino, de 29 de Novembro de 1698, em que se examina a Informação do Governador do Rio sôbre as missões do Sul, «representando achar alguma omissão no fervor delas, exceptuando dêste descuido os Padres da Companhia, porque êstes, com admirável e louvável zêlo, se empenham em obra tão sacrossanta»; e aponta o remédio, que é mandarem-se «dois missionários para o Colégio de Santos, para daí fazerem as missões até o Rio de S. Francisco e Ilha de Santa Catarina», cf. AHC, *Rio de Janeiro*, 2142.
4. *Bras.* 3(2), 153, 157, 165.

de 1552 [1], queimada por Cavendish, e reconstruída e remodelada depois, procede a actual Matriz de S. Vicente [2].

Em *Itanhaém*, os Jesuítas possuíam duas casas, uma na Vila, outra numa Aldeia vizinha: «Obra de 10 léguas, pela costa abaixo, está a Vila de Nossa Senhora da Conceição ou de Itanhaém. Junto à *Casa da Senhora*, que está em um alto, *temos uma casa*, em que os Nossos pousam quando lá vão em missão; e da outra parte do rio, em uma Aldeia pequena, *temos outra casa*, em que também pousamos, quando imos visitar aquela Aldeia» [3].

Estas visitas mantiveram-se sempre e de maneira metódica até os Padres se ausentarem da Capitania, por causa das perturbações de 1640. Tratou-se, na sua ausência, de fundar ali um Convento de Franciscanos, o que se realizou em 1654. Mas ainda depois dessa data iam os Jesuítas de Santos com freqüência em Missões a Itanhaém e a sua Câmara as agradecia e pedia de novo [4].

Em 1607, eram duas as Aldeias de administração a cargo da Casa de Santos [5]. E em 1619 diz-se: «Da Casa de Santos vão os nossos com freqüência a duas pequenas Fazendas, e respectivas Aldeotas com o fructo do costume» [6].

A Ânua de 1611, além de narrar um caso extraordinário, sucedido com uma índia, que por ter o nome cristão de *Maria*, todos cuidavam fôsse baptizada sem o ser, traz a etimologia exacta de *Itanhaém*, «*Prato de Pedra*», onde aquêle facto sucedera [7].

---

1. Cf. supra, *História*, I, 258.
2. «Embora os vãos e o frontão datem do século XVIII e o revestimento, a cobertura, o côro, etc. tenham sido recentemente desfigurados, é *bem possível* que o seu arcabouço ainda seja o mesmo daquela primeira Igreja», escreve Lúcio Costa, *A Arquitetura dos Jesuítas no Brasil*, na *Rev. do SPHAN*, V, 16, que nota também nela, «quatro colunas e um sacrário, trabalhados no estilo característico dos altares jesuíticos do primeiro período». Lúcio Costa dá as razões de sua opinião, que não sendo suficientes para uma *certeza*, fundamentam contudo a *possibilidade*, que a sua própria competência de arquitecto e historiador da arte robustece.
3. *Algumas Advertências*, f. 14v.
4. Cf. Carta da Câmara de Itanhaém ao P. Geral, de 7 de Maio de 1682, *Bras. 3(2)*, 153; outras missões, *Bras. 9*, 372; *Bras. 10*, 48v.
5. «Duo invisuntur Pagi sub tutella Domus commissi», *Bras. 8*, 67v.
6. «Ex Domo Sanctorum frequenter in duas Villulas, earum et Pagulos itum a nostris, fructu semper qui solet», Trienal de 1617-1619, *Bras. 8*, 240v.
7. «Discurrit unus de more in oppidum quod *Itanhaem* dicitur accolarum

A Ânua de 1615 conta o grande fructo das almas nesse ano em Itanhaém e das graças obtidas por intercessão de S. Inácio.

Aquelas pequenas Aldeias, uma delas Peruíbe, do outro lado do rio, anexas a Itanhaém, já existentes no século XVI, ainda se visitavam nas primeiras décadas do século XVII. Seria difícil localizá-las hoje com rigor, à falta de documentos explícitos que no-lo digam, e talvez tivessem tido diversos locais, segundo a renovação dos roçados, que as Aldeias seguiam. Também era comum, quando diminuía o pessoal, concentrarem-se duas ou mais numa só, e com o seu orago, que nunca houve Aldeia de Jesuítas, que o não tivesse.

Depois, os documentos da Companhia perdem o fio destas Aldeias.

Já antes da saída dos Padres de S. Paulo e Santos, por amor dos Índios, a Aldeia de Itanhaém, da «outra parte do rio», tinha seguido o destino das demais Aldeias de El-Rei, em cuja administração se intrometeram as Câmaras, como se fôssem Aldeias suas próprias, quando na realidade tôdas as Aldeias de Índios forros ou livres ficavam sob a alçada de El-Rei, por meio do seu Governador Geral. E assim, a 23 de Setembro de 1673, se passou Patente de Capitão e Administrador de Aldeia de S. João, da Capitania de Nossa Senhora de «Tinhaém», *Aldeia de Sua Alteza*, provida em Pedro de Laguarda [1].

Não provando bem a administração dos Capitães seculares, como já se tinha verificado noutra tentativa anterior, a que aludimos no Tômo II, tratou-se, na última década do século XVII, de voltar ainda uma vez ao regime jesuítico, entregando de novo tôdas as Aldeias de El-Rei a Religiosos. Como vimos em S. Paulo, foram convidados os Padres da Companhia, que responderam não ter, «por ora, Padres». E dado que, desde 1654, possuíam os Religiosos Franciscanos Convento em Itanhaém, a êles naturalmente estava indicado se confiasse a Aldeia de S. João. Assim se fêz, e muito bem, sendo confirmado êste acto em 1698 pelo Governador Geral do Brasil, D. João de Lencastro [2].

lingua, sonatque *Lapideam Lancem;* suntque, per totum fere duodecim leucarum tractum, dispositi passim agricolae suis cum servitiis», Bras. 8, 125v.

1. *Doc. Hist.*, XII(1928)292-294.
2. A Provisão datada da Baía, 16 de Setembro de 1698, transcreve-a, com outras notícias interessantes, Basílio Röwer, *Páginas de História Franciscana* (Petrópolis 1941) 327, 612.

Como se vê, por isto e pelo que ficou dito no Tômo II, Peruíbe ou Iperuíbe era uma espécie de zona de terreno, que ia desde Itanhaém à Ponta do Garaú, onde se localizaram diversas Aldeias administradas «de visita» pelos Jesuítas, onde êles tinham as «capelas» e «casas», próprias de tôdas as Aldeias, para se recolherem quando ali iam; e onde a Companhia possuíu terras doadas por Pedro Correia, antes de Itanhaém ser vila. Esta origem jesuítica, fêz que algum autor, confundindo as datas, atribuísse à Companhia entre os seus edifícios, «pesados e faltos de gôsto», o de Iperuíbe, que é na realidade do período seguinte [1].

Os nossos estudos sôbre o século XVI tinham apurado que em todo êsse século, nunca houve Residência *fixa* da Companhia em Itanhaém nem Iperuíbe [2]. Completamos agora, seu lugar próprio (antes só tratamos do século XVI), concluindo que nem a tiveram «fixa» no século XVII, nem «fixa» nem «de visita» no século XVIII. Mas em Itanhaém a tradição jesuítica persiste vivaz, não só pela «Casa», que fundaram no morro, para morar quando aí iam, como pela administração das suas primeiras Aldeias, pelas constantes missões, que aí davam, até deixarem o Brasil: por isto, e sobretudo, porque a Companhia anda unida às primeiras páginas da sua vida histórica.

Iguape, mais ao Sul, foi também visitada inúmeras vezes pelos Padres da Companhia de Jesus em missões, que às vezes duravam longos dias (22 em 1690). Narrando uma destas Missões, o P. Andreoni refere em 1708 o Caso do *Ecce Homo* ou *Bom Jesus* de Iguape. A imagem, feita em Lisboa, ia para a Igreja dos *Carmelitas do Rio*, quando por alturas do *Cabo Frio* a nau portuguesa teve o indesejável encontro dalgumas naus hereges dispostas a assaltá-la. Os da nau portuguesa, temendo não viesse a cair em poder do inimigo, e ser ludíbrio dêle, preferiram lançar a imagem ao mar. A imagem foi ter a Iguape e recolhida com suma veneração pelos seus moradores [3].

---

1. Além desta informação, sem fundamento, de Varnhagen, correm outras, confusas, sôbre a proveniência de diversas imagens existentes em Itanhaém, cf. supra, *História*, I, 318; e Röwer, *op. cit.*, 616-617.

2. Cf. supra, *História*, I, 318.

3. *Bras. 10*, 61-62. A *Relação*, conhecida e recolhida por Azevedo Marques, *Apontamentos*, I, 184, feita pelo P. Visitador Cristóvão da Costa Oliveira, é datada de 22 de Outubro de 1732. Não fala dos Carmelitas e diz que era tradição ter sido lançada ao mar antes de *Pernambuco* para onde ia. A *Relação*, feita 24 anos antes, mais concreta, parece também mais verosímil.

No Arquivo Geral conservam-se algumas cartas da Câmara de Iguape, ao Padre Geral, agradecendo as missões dos Jesuítas, narrando o fructo e pedindo novas missões [1].

A história dos Padres da Companhia em *Cananéia* nos séculos XVII e XVIII é paralela à de Iguape. Os que davam missão numa iam geralmente à outra. E a Câmara, como a de Iguape, mostrava-se igualmente agradecida, e a sua gratidão ia até Roma [2]. Os de Cananéia desejaram Casa da Companhia na sua terra, desejo que não passou para o terreno dos factos. Mas ainda no último ano da estada dos Jesuítas no Brasil (1759), deram Missão em Cananéia, cuja Câmara 158 anos antes declarara terem sido os Padres da Companhia «os fundadores desta povoação nos seus princípios» [3].

Nesta última missão de 1759, os Padres António de Sousa e José Machado, foram por terra, desde Santos, dando missões nos lugares do percurso, sobretudo em Iguape e em Cananéia, com incríveis trabalhos e também fruto espiritual, que um dêles conta em extensa *Relação* [4].

---

1. Cartas da Câmara de Iguape ao P. Geral, de 1 de Junho de 1682 (*Bras. 3*(2), 155-155v), de 20 de Março de 1723 (*Bras. 4*, 253-254v), de 30 de Junho de 1726 (*Ib.*, 324-325v), tôdas com as assinaturas autógrafas dos oficiais da Câmara.
2. Cf. Cartas dos oficiais da Câmara de Cananéia ao P. Geral, de 27 de Junho de 1682, agradecendo a missão, que ali deram os Padres da Companhia, e pedindo a renovação dela (*Bras. 3*(2), 157), de 17 de Março de 1723 (*Bras. 4*, 251-252v), de 30 de Junho de 1726 (*Ib.*, 322-323v).
3. Cf. supra, *História*, I, 320.
4. *Lettera della missione che fecere li Padri Antonio di Souza e Giuseppe Machado ne` villagi di Ygoape e Cananea l`anno 1759, al R.do P.de Provinciale Manoello di Siqueyra*, escrita pelo P. António de Sousa, no Colégio de Paranaguá, 25 de Maio de 1759, *Bras.* 10(2), 463-467v.

COLÉGIO DO ESPÍRITO SANTO (VITÓRIA)
(De uma fotografia antiga, antes do desaparecimento da Igreja)

Hoje, muito remodelado, é sede do Govêrno do Estado, com o nome de Palácio Anchieta.

LIVRO QUINTO

AO SUL ATÉ O RIO DA PRATA

Rio Doce

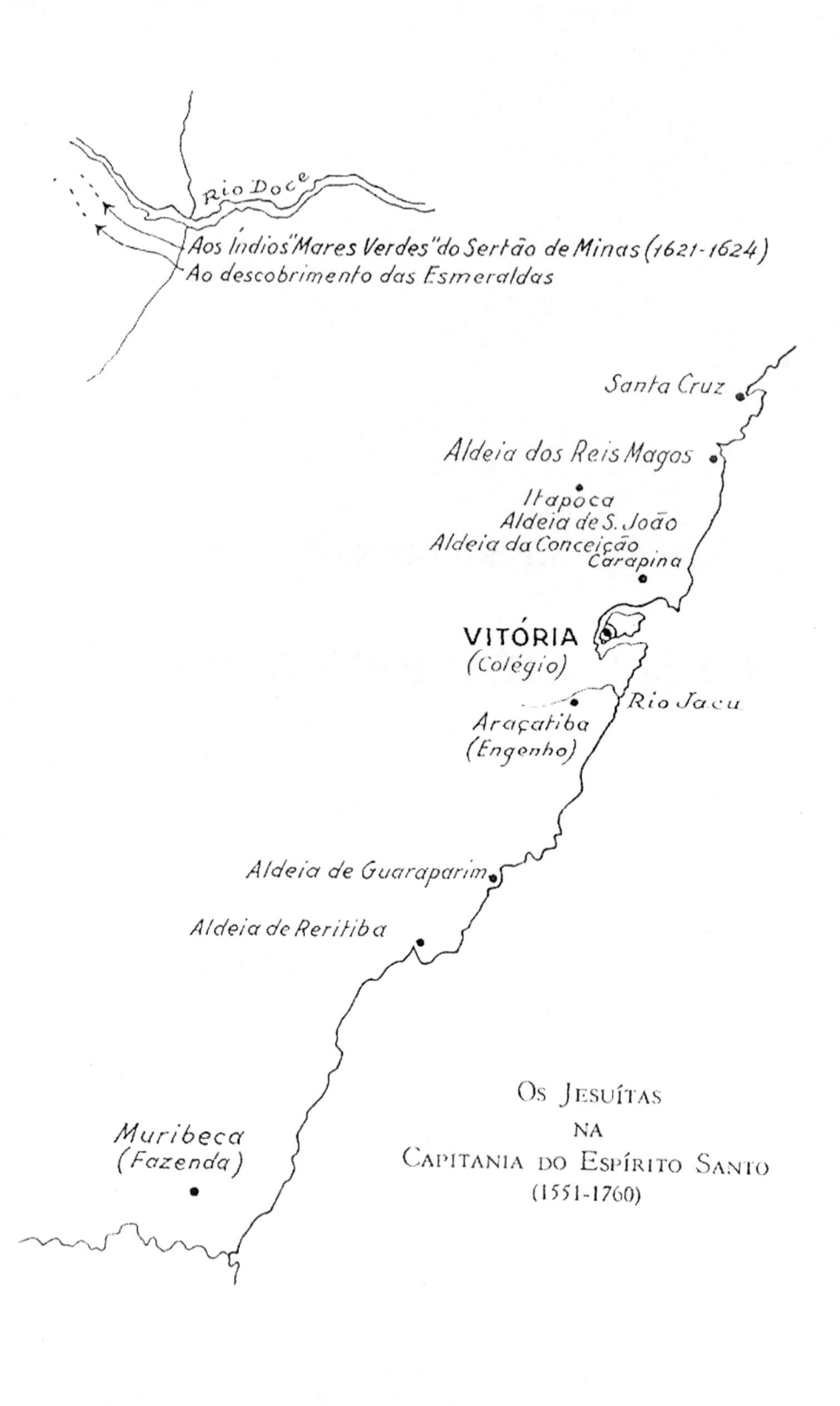

Aos Índios "Mares Verdes" do Sertão de Minas (1621-1624)
Ao descobrimento das Esmeraldas

Santa Cruz

Aldeia dos Reis Magos

Itapoca
Aldeia de S. João
Aldeia da Conceição
Carapina

VITÓRIA
(Colégio)

Araçatiba
(Engenho)

Rio Jacu

Aldeia de Guaraparim

Aldeia de Reritiba

Muribeca
(Fazenda)

Os Jesuítas
na
Capitania do Espírito Santo
(1551-1760)

CAPÍTULO I

Paraná

1 — A Camara de Paranaguá pede Casa da Companhia de Jesus; 2 — Primeiros princípios dela; 3 — O moroso expediente burocrático; 4 — Interregno missionário e educativo, com a instituição de um Seminário: 5 — O Alvará de 1738 e suas bases económicas nos Campos de Curitiba e Pitangui; 6 — Superiores de Paranaguá e actividade religiosa e literária; 7 — Missões em Curitiba e Residência em Pitangui.

1. — O primeiro Jesuíta, que passou por terras do Paraná, foi Leonardo Nunes e depois os dois mártires dos Carijós, Pero Correia e João de Sousa [1].

O século XVII abriu com a viagem dos Padres João Lobato e Jerónimo Rodrigues aos Patos. A 10 de Julho de 1605 saímos de Cananéia, por mar, escreve um dêles, Jerónimo Rodrigues, «para irmos dormir a Paranaguá, que é uma enseada muito grande e mui formosa, e farta de muita caça, mel, marisco, e muito infindo peixe, e tem muito maior circuito que o Rio de Janeiro» [2].

Paranaguá era ainda despovoada. Entretanto os Jesuítas Espanhóis do Paraguai, irradiando pelos rios do interior, estabeleceram-se nas margens do Piquiri, afluente do Paraná, e entre as recomendações, deixadas pelo Visitador Manuel de Lima (1609), está uma que os Padres do Rio ou de Santos promovam as missões dos Carijós e procurem pôr-se em contacto com os Jesuítas do Piquiri, a ver, se uns por um lado, outros por outro, apressam a conversão dêsses Índios [3].

---

1. Sôbre os Jesuítas em Paranaguá no século XVI, cf. supra, *História*, I, 326-327.
2. Cf. S. L., *Novas Cartas Jesuíticas*, 207.
3. *Algumas advertências*, 18.

Tal plano de catequese pacífica não chegou a efectuar-se pela intervenção e violência de alguns caçadores de homens, partidos de S. Paulo. Neste meio tempo fundou-se a Vila de Paranaguá. Os Jesuítas do Brasil continuaram a ir a ela de propósito, ou de passagem para o Sul, até que, ao dar-se uma fervorosa missão em 1682, a Câmara da Vila escreveu a Roma ao P. Geral, agradecendo-a. E aproveitou a oportunidade para pedir Residência estável prometendo o que fôsse mister. E, se não fôsse possível, houvesse pelo menos missão anual:

«*Reverendo Padre Geral*: — Êste ano logramos o que há muito desejávamos, a doutrina e santa comunicação da Companhia, nos dois Religiosos, que discorreram por estas últimas partes do Brasil em missão, instituída por ordem do Príncipe nosso senhor, a quem por êste favor devem êstes povos multiplicadas graças. E porque de tão pio exercício resulta tanto emolumento espiritual na República Cristã, e nestas terras reina tanto a ignorância, ainda do necessário para a salvação, principalmente na gente inferior por falta de Prègadores, fazemos saber a V. Paternidade que será de grande glória para Deus, se nesta Vila de Paranaguá, que nesta costa austral do Brasil é das mais populosas, fôr esta missão permanente e houver uma *Casa* da Companhia, porque sem a perpétua e vigilante assistência de seus Religiosos, não desistirão os incómodos espirituais que aqui se padecem. A Sua Alteza pedimos seja servido tomar a seu cargo esta emprêsa, ou pelo menos ajudá-la. De V. P. esperamos a aprovação dêste intento, e que nos faça mercê dirigir no que devemos obrar para com efeito o lograrmos, quando, por deméritos nossos, nos não conceda S. Alteza o favor que lhe pedimos. Se no povo houvera quem se pudesse animar por si a esta fundação, já tivera princípio, contudo inda assim oferecemos, para êste efeito, o amor universal de todo êste povo, que com suas pessoas e esmolas se há-de empenhar a esta obra. Enquanto ela se não efectua, pedimos a V. P. mui encarecidamente seja servido ordenar nos não falte pelo menos cada ano missão. O Senhor conserve por felicíssimos anos a religiosíssima pessoa de V. P., e lhe conceda, e a à sua sagrada religião, os aumentos e lustres que merece. Em Câmara, nesta Vila de Paranaguá, aos 10 de Setembro de 1682, — *João Veloso de Miranda, António Luiz Matoso, Luiz da Costa da Silva, José Dias Sampaio, Manuel Lopes Sibrão*» [1].

---

1. É o próprio original, com as assinaturas autógrafas, Bras. 3(2), 163.

2. — Dêste documento fundamental nasceu a Casa e mais tarde Colégio de Paranaguá, mas o expediente e processo, correspondente à dupla licença civil e religiosa, levou mais de meio século a ultimar-se definitivamente.

O P. Geral respondeu que de sua parte não se oporia, se as coisas se encaminhassem para isso. E para não esfriar, volta a Câmara a escrever-lhe em 1685, agradecendo a promessa, e insistindo no pedido de Residência estável [1]. As possibilidades e as garantias de subsistência indispensáveis a uma «fundação», revelaram-se insuficientes. Havia um Padre secular, de nome Veiga, com Fazenda e Capela, morador distante da Vila, que oferecia maiores facilidades, mas temia-se que êle, em vez de ajudar a fundação da Residência na Vila, preferisse que os Padres fôssem para o sítio da sua Fazenda [2].

A nova Residência, para começar, deveria ter seis Jesuítas, um Superior, um Padre para ministérios, um Professor de Humanidades, um Irmão Coadjutor, e dois Padres Missionários, que percorressem, na prègação e administração dos sacramentos, cada ano, as povoações marítimas do sul até 200 léguas [3].

Postas assim as bases de nova Casa, a gente de Paranaguá mostrou tenacidade, como consta do Livro das Vereanças, de 2 de Maio de 1707. Para a edificação da Igreja dava 7.000 cruzados; para a côngrua sustentação da Residência, dois currais com 400 cabeças de gado; terras para pastoreio e plantação, suficientemente vastas. Enquanto se não fazia Casa e Igreja, em lugar que exigia grandes muralhas, e se não organizasse tudo, os moradores se encarregariam de prover ao sustento dos Padres. Generosidade, eficácia, e clareza. *Data a fundação da Casa de 14 de Maio de 1708*. Abriram a Residência de Paranaguá os Padres António da Cruz e Tomás de Aquino, beneméritos da terra. E, recebidos, nesse dia, pela população, com festas e regozijo, e de baixo do pálio, foram à Igreja matriz para o *Te-Deum* solene da inauguração [4].

---

1. Carta da Câmara de «Pernaguá», ao P. Geral Noyelle, de 20 de Novembro de 1685, *Bras. 3(2)*, 277.

2. *Bras. 4*, 120v. A «Correição» de Pardinho, de 1721, refere-se a um P. João de Veiga e a terras do *Varadouro* ou *Varadouro Velho*, frase confusa, mas em que deve tratar-se do mesmo assunto, cf. Moisés Marcondes, *Documentos para a história do Paraná*, I (Rio 1923) 86.

3. *Bras. 4*, 120v.

4. *Bras. 4*, 135; *Bras. 10*, 60; *Memória da Origem e quando teve princípio a*

Os trabalhos dêstes Padres não se confinaram à Vila, mas estendiam-se à terra firme. As suas missões por ela, sem as vias de comunicação modernas, pisando lodos e lamas, furando matas, pelas serras alcantiladas e cheias de precipícios e que era preciso vencer a pé, a pé descalço, entre fomes e sêdes, ou ainda afrontando mares em pequenas embarcações para atender às Aldeias e Povoações de Brancos, sem pároco, nem assistência religiosa e caridosa, é parte da humilde epopeia dos Jesuítas no Brasil, de que se fazem eco duas cartas, uma do P. Estanislau de Campos, outra do P. Mateus de Moura. Êste último, vendo que tudo isto, nesta «gloriosa missão», o aceitavam aquêles «Pregoeiros de Evangelho», o propõe ao P. Geral para consolação e estímulo [1].

3. — Como sempre, não tardaram também aqui as contradições, em que intervieram algum elemento do clero e o Ouvidor. Êste interpretava as ordens régias de modo diferente do Superior da Companhia, cada qual à sua maneira, e de certo ambas as partes com fundamento em pontos que se prestavam a controvérsia. Mas com elas e as representações, que originaram, se atrasou a obra com prejuízo não da Companhia, que nunca lhe faltavam trabalho e trabalhos, mas da terra, que ficou privada por largo tempo do Colégio, que ambicionava, e os embargantes não souberam substituir por outro. Compreendendo isto o povo de Paranaguá, tomou a fundação como sua, dirigindo-se à Côrte, por intermédio do Governador do Rio de Janeiro [2]. A 23 de Dezembro de 1711 os oficiais da Câmara de Paranaguá dão conta a El-Rei de terem alcançado com os seus repetidos rogos que os Jesuítas mandassem seus Religiosos para «um Colégio, que os ditos moradores querem fundar à sua custa naquela vila, para terem nela quem trate da educação de seus filhos na doutrina cristã, por não terem posses para os mandar aos estudos de

---

Casa da Missão da Vila de Paranaguá pelo P. Visitador da Casa, P. Inácio Antunes, cf. *Rev. do Inst. de S. Paulo*, XX, 735.

1. *Bras.* 4, 180, 181. A carta de Mateus de Moura expõe o trabalho ingente dos dois Padres, e como, sem o menor repouso, no ano de 1711, recolheram nos «celeiros divinos» 5.340 confissões. E impediram, na 6.ª feira-santa, que viessem às mãos e se matassem dois homens principais, um dos quais se apresentou com 14 homens armados, desistindo de tão danados intentos a rogos repetidos dos Padres (*Bras. 10,* 80).

2. *Bras.* 10, 66.

Santos ou dessa Cidade [Rio de Janeiro], por lhe ficarem em muita distância e nas vilas circunvizinhas não haver mais que um Clérigo em cada uma, e tôdas distarem daquela vila trinta léguas». Pediam pois licença a El-Rei, o qual ordena, em Carta Régia de 7 de Novembro de 1712, ao Governador do Rio, Francisco de Távora, o informe [1].

Já vimos, no decurso desta obra, que a fundação de um *Colégio* é questão diferente da fundação de uma *Casa*. Para Colégio requeria-se licença régia, como hoje se requere licença do Ministério da Educação; para Casa, não, por ser assunto puramente eclesiástico. Mas também como, sob o aspecto de regime interno, administrativo, só o Colégio assegura a vida autónoma de uma Casa, com bens próprios, vinculados a si mesma e à terra, era isto o que queriam os moradores, e daí aquela sua representação a El-Rei, e outras, que se repetiram. E ao Padre Geral escrevia mais uma vez a Câmara de Paranaguá, a 17 de Julho de 1714. Temendo ficar sem Colégio nem Casa, pedia que se o Colégio se não fundasse, ao menos se não tirasse a Residência [2].

Notável energia e constância dos Paranagüenses para levarem àvante o que pretendiam. Os Jesuítas não fecharam a Casa, mas enquanto não vinha o Alvará régio, a Residência, ou «Casa de Missões» não podia ter outra situação jurídica senão a de Casa dependente e anexa ao Colégio de Santos, facto que não satisfazia às intenções e desejos dos moradores de Paranaguá. E renovaram-se e sucederam-se os seus requerimentos. Caso pertencente a mero expediente administrativo, mas com notícias úteis, locais e económicas, que ultrapassavam êsse mero expediente.

Fazendo a «correição» da *Vila de Paranaguá*, o Ouvidor Rafael Pires Pardinho incluíu entre os parágrafos dela alguns que dizem respeito à fundação do Colégio, questão pendente e em aberto. O Ouvidor mostrou-se partidário da fundação, e examina os bens já existentes, que «pela boa administração dos Reverendos Padres e ajuda de Deus têm multiplicado em muito desde o ano de 1708» [3].

---

1. *Doc. Interes.*, XLIX, 88.
2. *Bras. 4*, 183. Assinam a carta: *André Benito, Manuel Pacheco de Amorim, Francisco Dias Veloso, André Gomes Malquer* (sic) e *André Machado Pereira*. A oposição nascia de um Ouvidor, a quem se refere a *Ânua* de 1716, como «Societati parum aequus» e que logo que chegou a Portugal, faleceu, *Bras. 10*, 116v.
3. Cf. «Correição» em Marcondes, *Documentos para a História do Paraná*, I, 34-35.

A leitura desta «Correição», deixa a impressão do bom jurista, mas ao mesmo tempo a forma desabrida como trata alguns dos primeiros e não importantes povoadores Manuel de Lemos Conde e António Morato, não suprime outra impressão de que para com êles procedesse menos como juiz do que como advogado de idéias opostas, que se podem no entanto acobertar com o nome de zêlo da fazenda real. «Zêlo excessivo», comenta Felício dos Santos, que conclui: «Probo, honrado, recto, mas cruel e desumano, cego instrumento das ordens da Côrte, que não conhecia a compaixão» [1]. Nem sempre se pode aplicar à Côrte êste juízo; muitos actos dela provam que era justa e conhecia a compaixão. A atitude da Côrte dependia geralmente do grau de informações de que dispunha.

As informações de Rafael Pardinho, sôbre o estado dos bens dados para a «fundação» do Colégio, tocam em diversos pontos, uns controversos, outros não. Era do número dos controversos a questão dos dízimos: o Ouvidor meteu nêles também parte da Ilha de Cotinga pertencente à Capela de N.ª S.ª das Mercês, as terras do Varadouro, os chãos da Ribanceira, para solar do Colégio, e uns Campos no Rio Grande, em Curitiba. O P. Manuel Amaro, «Superior da Casa de Paranaguá», e «Protector da Capela de Nossa Senhora das Mercês», por autoridade eclesiástica, legal e competente na matéria, pediu vista dos pontos controversos e fêz um requerimento ao Ouvidor. O Ouvidor não aceitou o requerimento. O Superior lavrou, portanto, protesto jurídico, a 14 de Agôsto de 1721. Sendo matérias controversas, só uma autoridade superior à de Ouvidor poderia decidir. Infere-se do *Protesto* que a questão de dízimos era isenção sobretudo concedida pelo Papa Gregório XIII, de que se tratava em Lisboa em alçada mais alta que a do Ouvidor. Quanto aos outros pontos: «Nossa Senhora das Mercês está de posse pacífica da parte da Ilha da Cotinga, sem contradição alguma, há mais de vinte e cinco anos, e foi tresplantada sua Capela para esta Vila, com licença de um *legítimo* Visitador, por *justas* causas, que para isso houve»: se era autoridade *legítima*, e *justa* a causa, a que vinha bulir nisso 25 anos depois? «Além das terras do Varadouro terem sido doadas à Companhia pelo Capitão-mor João Rodrigues França, e terem ido à confirmação a El-Rei, nosso senhor, quando primeiro se pediu licença para o dote do

---

[1]. Cf. Felício dos Santos, *Memórias do Distrito Diamantino da Comarca do Sêrro Frio* (Rio 1868) 51, citado por Moisés Marcondes, *op. cit.*, 188.

Colégio, que se pretendia fundar, a Lei de Ordenação, que lhe podia empecer, está abrogada no Brasil *per non usum* de muitos anos»[1].

Os chãos da «Barranceira» tinha-os dado a Câmara, assunto da sua competência, tratando-se do bem público. Estando pendente a licença de El-Rei, pedia a razão que se não dessem entretanto a outrem, e que devia preferir o Colégio e o bem público a quaisquer outras obras e conveniências particulares. Finalmente tinha subido a El-Rei a confirmação dos Campos do Rio Grande[2]. Êste «Protesto» está anexo à «Correição». Não o está a carta que o Ouvidor mandou, acompanhando tudo, a 28 de Agôsto de 1721, precisando e ampliando as informações, que foram examinadas no Conselho Ultramarino, como base financeira da fundação do Colégio. É uma exposição menos rígida que a «Correição», e ao redigi-la o Ouvidor já tinha presentes as razões formuladas pelo Superior da Casa de Paranaguá.

Os Padres viviam, diz êle, numas casas, que se lhes prometeram na primeira escritura. Celebravam o culto divino na «Capela de Nossa Senhora das Mercês, que lhes ficava desviada trinta passos».

Dispunham para o serviço necessário de umas 25 pessoas, escravos, obtidos por esmolas dos moradores. Os bens imóveis eram os seguintes:

1) Lavram o «Sítio que se lhes doou no Rocio da dita vila», que terá 200 braças em quadra. Produz mandioca e outros mantimentos.

2) Uns currais, no têrmo da Vila de Curitiba, com 1.300 cabeças de gado vacum, provindas das 200, que se lhes doaram, com mais algumas, que meteram, em umas terras entre dois ribeiros, que poderão ter uma légua de comprido e 1/2 de largo em geral.

3) Tem mais 100$000 de côngrua dos missionários discorrentes que se aplicava antes à Casa de Santos e agora à de *Paranaguá*, que assegura essas missões.

4) Tinham-se doado aos Jesuítas em terreno da Vila de Curitiba, os Campos de Itabaúna até à barra do Rio Una, que serão até 8 ou 10 léguas, e das quais dispusera o Ouvidor Pardinho em benefício de terceiros [passando por cima das doações primitivas, cuja confirmação aliás, se tinha requerido a El-Rei e se esperava em breve].

---

1. A Ordenação exigia prévia *licença* de El-Rei. Tinha-se pedido: a El-Rei competia *conceder* ou *recusar* — assunto fora também da alçada do Ouvidor.
2. «Correição», 142-143.

5) Metade da Ilha de Cotinga, adstrita à Capela de N.ª S.ª das Mercês. [O mesmo Ouvidor Pardinho era de parecer que ficasse ao Conselho por ser tão próxima da vila].

6) Fizeram algumas doações pequenas aos Padres e, segundo o Ouvidor, duvidosas em direito, o que poderia ser mais tarde motivo de inquietação.

Pôsto isto, remata o Ouvidor Pardinho, «não pode deixar de representar a Vossa Majestade quão útil será a fundação do Colégio dos ditos Religiosos nesta Vila, tanto para aumento espiritual dela e das mais circunvizinhas, como para o *acrescentamento das suas povoações*», e de outras mais *que se podem fazer* nas muitas e boas terras, que ainda se acham *desertas* entre êles.

É geral a falta de Sacerdotes nestas últimas Vilas, porque «nas de Iguape e Cananéia, que ficam para o Norte desta, e nas do Rio de S. Francisco, Ilha de Santa Catarina e Laguna, que ficam para o Sul, e na de Curitiba, que fica para o Poente, nos largos Campos que há detrás da Serra, apenas assiste um Vigário, e alguns anos há que estão sem êle, e sendo-o alguns religiosos por falta de Clérigos e por esta razão dizerem os homens que se não resolvem a ir mais longe destas vilas a fazer novas povoações, que algumas vezes intentaram e largaram por não haver Sacerdotes que lhes assistissem nelas, o que procede da pobreza dêstes moradores, que não têm com que mandar seus filhos a estudar aos Colégios da Vila de Santos ou de S. Paulo, que desta Vila hão-de distar mais de quarenta léguas, e são os que lhes ficam mais próximos; e em o havendo nesta Vila, com muita comodidade os mandarão estudar para se poderem ordenar, e que dêste Colégio saïrão com mais freqüência em missão os ditos Padres para estas últimas vilas, e com elas se morigerarão melhor os homens e deixarão a ferocidade, com que vivem, o que evidentemente se vê nesta, onde depois da assistência dos Padres têm estudo, ordenando-se alguns moços, e se têm coarctado os atrozes homicídios que se cometiam; e os homens, com mais polícia, tratam hoje melhor das suas lavouras e fazendas».

Não obstante o vulgar temor sôbre bens, o Ouvidor Geral era de parecer que sem êles não poderia haver Colégio. Os Religiosos da Companhia não têm bens pessoais; é a comunidade que os provê de tudo, sem necessitarem os Padres particulares de sobrecarregar os parentes e amigos com o seu passadio; «e o que dêste lhes sobeja mostra a experiência o gastam no asseio das suas Igrejas e culto divino».

Portanto, para património do Colégio de Paranaguá, propunha o Ouvidor Geral Pardinho que se lhe desse «uma ou duas datas de sesmaria do Campo nos terrenos da Vila de Curitiba, nas que ainda há devolutos, para nêles poderem alargar os seus gados e currais, que tem no dito têrmo, entre a Ribeira do Pitangui e Itaïcoca; e ainda no têrmo e recôncavo da baía desta Vila lhes podia fazer mercê de uma ou duas datas de sesmaria, nas terras que ainda estão *desertas e despovoadas*, para nelas fazerem e fabricarem alguma propriedade, para melhor terem com que bastantemente se sustentar neste Colégio, seis ou oito religiosos, que tenham escolas para ensinarem e fazerem missões nestas vilas».

Tôdos os membros do Conselho Ultramarino foram de parecer que se estabelecesse o Colégio, propondo alguns que os Padres fôssem 12 e propondo outro que ainda se fizessem averiguações novas[1].

O ouvidor era naturalmente recto. Laborava porém num equívoco implícito na sua proposta.

A função dos Padres não era pròpriamente *povoar* e *valorizar* desertos. No entanto também isso fizeram, porque eram pouco menos que desertos as primeiras propriedades que legalmente possuíam. Mas se dezenas de anos depois, já valorizadas, em vez de propor a confirmação da posse, dispõe delas o Ouvidor para outras entidades, e em troca, lhes oferece terras desertas, em que tudo era a recomeçar, onde lhes ficaria aos Jesuítas gente, meios e tempo para as suas actividades específicas de missionários e mestres?

Contra estas dilações reagiram os Paranagüenses e, logo a 5 de Outubro de 1722, se dirige a Câmara ao Provincial, mas com enderêço para o Geral, pedindo a fundação:

«*Muito Reverendo Padre Provincial Manuel Dias*: Como a assistência dos Reverendos Padres fôsse de tanta utilidade para o bem de tantas almas, não só nesta vila, mas também nas circunvizinhas dela, desejava êste Senado fôsse permanente, para o que era precisa a licença de Sua Majestade que Deus guarde. E como nos víssemos tão destituídos de meios para o solicitar, encarregou-se dêste cuidado

---

1. «Sobre o que escreve o Ouvidor, que foi de S. Paulo, Rafael Pires Pardinho acerca de ser conveniente fundar-se um Collegio de Padres da Companhia na Villa de Pernaguá, e vae a carta e mais papeis que se acusam», Rio, Inst. Hist., *Arquivo do Conselho Ultramarino*, Cód. 16, ff. 138-143v. Sôbre a «Correição» à «Vila de Curitiba», cf. Romário Martins, *História do Paraná* (Curitiba 1935) 301-302.

o Reverendo Padre Superior, que então assistia. E quando nos assegurávamos na posse com tão segura intercessão, viemos a experimentar tanto ao contrário, que não só não temos a licença que pretendíamos, mas nem a assistência dos Reverendos Padres, porque o Reverendo Padre Provincial José Bernardino, sem o significar por carta sua a êste Senado, mandou recolher aos ditos Padres sem atender ao prejuízo que causava tanta falta. Porém como tenhamos a notícia de que Vossa Paternidade é dignìssimamente promovido à mesma dignidade, imploramos de Vossa Paternidade para que pondo os olhos na Maior Glória de Deus se digne de restituir-nos o bem que tanto desejamos, na assistência dos Reverendos Padres, té ordem de Sua Majestade, a quem de novo nós recorremos para a concessão da licença para a fundação que tanto suspiramos. Também nos valemos de Vossa Paternidade nos patrocine a que estas cartas vão à mão do Reverendo Padre António Cardoso, para que nos patrocine com sua Majestade, que Deus guarde e Vossa Paternidade com o dito Reverendo Padre. Feita em Câmara de Parnaguá, em 5 de Outubro de 1722 anos. Humildes servos de Vossa Paternidade, *João Neto Mendes, Brás Lopes Ferreira, Francisco da Costa Farto, João da Veiga, António Rangel, Manuel Ferreira do Vale*»[1].

O Provincial respondeu:

«*Muito nobres Senhores do Senado da Câmara de Parnaguá*: Pelas boas informações, que me haviam dado os Padres António da Cruz e Manuel Amaro e os mais que aí assistiram e por essas Vilas andaram em Missão, estava eu já no conhecimento de quão proveitosa e necessária para o serviço de Deus e do próximo era a fundação do Colégio da Companhia nessa Vila de Parnaguá entre tôdas a maior e principal.

Para mais me persuadir, ajudaram também muito as boas informações que aqui me deu os dias passados o Desembargador Ouvidor Geral de S. Paulo e de tôdas essas partes, Rafael Pires Pardinho, e as grandes instâncias que me fêz, protestando da parte de Deus e de El-Rei, para que de nenhum modo deixássemos de abraçar esta fundação, de que sem dúvida Deus e El-Rei se iam bem servidos, pelo grande proveito espiritual que com seus olhos tinha visto resultava da assistência dos Padres a todos êsses povos, que quanto mais re-

---

1. *Bras. 4*, 248. O P. António Cardoso era então Procurador do Brasil em Lisboa.

motos tanto necessitavam mais de operários apostólicos; acrescentando que não sòmente havia de dar calor a esta fundação, senão que também havia de requerer e suplicar a El-Rei nosso senhor não permitisse que faltasse aí a assistência dos Padres.

Agora fico mais persuadido com a que recebi de Vossas Mercês, de 5 do mês passado, na qual como tão zelosos do bem comum, se mostram tão sentidos de verem quási frustrados seus tão pios intentos na tardança da fundação, com a qual só se dão por seguros da continuada e perpétua assistência dos ditos Padres, não se dando por satisfeitos de que todos os anos discorram por essas vilas em Missão.

Como Vossas Mercês, na 1.ª e 2.ª via de carta que me enviam para El-Rei nosso senhor, lhe fazem presente a sua súplica, não duvido que de Sua Majestade, que Deus guarde, como tão pio e tão interessado no maior bem de seus vassalos, tenham bom despacho. E eu estou disposto para fazer tudo o que El-Rei nosso senhor fôr servido mandar-me; e tudo o que meu Reverendo Padre Geral (a quem represento como devo a súplica de Vossas Mercês) me ordenar. Entretanto, darei ordem aos Padres Missionários que do Colégio da Vila de Santos (para onde agora, depois de feita por essas Vilas a sua Missão, se recolheram) voltem logo a fazer a sua principal assistência nessa Vila de Parnaguá, para onde eu também iria de boa vontade se me fôsse dado, e se em mim sentisse préstimo para em alguma coisa servir a Vossas Mercês.

E porque isto não pareça oferecimento *mere* político, por esta mesma (que junta uma cópia da de Vossas Mercês, me pareceu fazê-la presente a El-Rei nosso senhor) peço eficazmente a meu Reverendíssimo Padre Geral seja servido a aceitar-me a renúncia dêste cargo, de que me conheço ser indigno, e me conceda ir para essa Missão, aonde no serviço de Deus farei quanto puder e o Superior dela me mandar, especialmente nas doutrinas e no ensinar os princípios da *Latinidade* aos meninos, que sem dúvida será para mim ofício de mais gôsto, por ser de menos encargos de consciência, do que êste de Provincial. Deus disponha o que fôr de seu maior serviço, e com a sua graça dê muita vida e saúde a Vossas Mercês e lhes cumpra os seus desejos. Colégio do Rio de Janeiro, 7 de Novembro de 1722. De Vossas Mercês, humilde servo em Deus, *Manuel Dias*[1].

---

1. «Cópia da Carta dos Officiais do Senado da Villa de Pernagoá no Brazil e sua resposta: Para N. M.to R. P. Geral ver», *Bras. 4*, 248-249.

Por esta Carta do Provincial, se vê que as informações dêle não eram perfeitamente concordes com as do Ouvidor Pardinho: Porque se por um lado o Ouvidor encarecia com tanta veemência a fundação do Colégio — e nas suas *palavras* há sempre concordância — quando chegava aos *factos* não se mantinha à mesma altura, e exercitava bem a paciência dos Padres de Paranaguá [1].

Faltando clareza, o Provincial continuou a manter os Padres retirados de Paranaguá, ocupando-se entretanto em missões nas vilas e povoações intermédias, sendo um dêles o P. João Gomes [2]. Não se conformam com isso, os Paranagüenses e insistem de novo, em 1723 e 1724, que ao menos permaneça a Residência no género da que existia na Paraíba, em Ilhéus e em Pôrto Seguro, para o qual não se requeria licença régia; e, sendo possível, ficasse superior o P. João Gomes, por ser perito não só em português, mas na língua brasílica, tão necessária «nas missões desta marinha, principalmente das do Rio de S. Francisco Xavier, da de Santa Catarina e da de Laguna» [3].

4. — Pôsto nestes têrmos o pedido era justo e exeqüível. Os Jesuítas lançaram-se ao trabalho, deixando que a burocracia deslindasse o caso. O ano de 1727 deve considerar-se decisivo para a fundação do Colégio com a perspectiva de meios que assegurassem não só a construção dos edifícios necessários como a subsistência adequada do Colégio e do culto. Adquiriu-se nos Campos de Curitiba, aquém do Rio Tibagi, uma fazenda de duas léguas de comprido, por meia de largura, boas terras e contíguas às 8 léguas patrimoniais do futuro Colégio de Paranaguá; e outra Fazenda em *Piraquirimirim*, doada a S. Inácio, por um homem seu devoto, extremamente rico, em campos do Rio Grande, na Fazenda de Pitangui, mais própria para gado cavalar do que bovino; o Bispo do Rio de Janeiro mandou restituir aos Padres a Igreja das Mercês; e o povo concorreu com donativos e ornamentos preciosos. Desafôgo e estima geral, que permitiu notàvelmente o ensino dos meninos, as prègações, o cultivo da virtude, e as excursões apóstolicas por tôdas as redondezas [4]. É dêste ano de

---

1. «Nostrorum degentium in oppido Paranagua *patientiam* hoc anno exercuit regius minister»... (Ânua de 1721-1722, *Bras. 10 (1)*, 255).
2. *Bras. 10(2)*, 265.
3. *Bras. 4*, 258-260v.
4. *Bras. 10(2)*, 296-296v.

1727, o certificado que o P. João Gomes, «*superior da Missão e Vila de Parnaguá e mais vilas a ela anexas*», passa a favor do Capitão-mor da Vila da Laguna, Francisco de Brito Peixoto. Assina-o a 16 de Março de 1627, na Vila da Laguna [1]. E além de Laguna, os Padres, de Paranaguá estiveram neste mesmo ano em Pitangui, Curitiba, Cananéia, Iguape, vilas de S. Francisco e Santa Catarina, com intensa freqüência de Sacramentos (confissões 2.763, sendo 147 de tôda a vida; e 2.424 comunhões), composição de discórdias, santificação de lares mal constituídos, restituição de fazenda sonegada, destruição pelo fogo de versos ou filtros amorosos e cartas de encantamento e feitiço, renovação de moralidade pública, separando-se pessoas que não se podiam ligar, por já não serem livres, ou êle ou ela. Cinco homens principais e ricos preguntaram ao Padre se seria bom fazer uma Igreja e dedicá-la a Nossa Senhora e a S. Benedito negro. Animou-os. A Vila de S. Francisco queria também uma casa de Missões. Ajudava em tudo o Ouvidor e Capitão-mor de Paranaguá, o homem mais exemplar da vila na freqüência dos Sacramentos e na autoridade com que apaziguava os moradores se por acaso se desavinham. Os Índios *Minuanos*, em número de 23.000, que habitavam no Rio Grande, pediam com empenho a ida dos Padres de Paranaguá. Mas era Missão que se não poderia fazer sem autoridade real, a quem se comunicava o pedido. Com os doentes, caridade humana e religiosa. Um, já desesperado dos médicos, para não ver o Pároco nem outros que o foram visitar, voltava-se para a parede quando chegavam. Foi vê-lo o Missionário. E entrou como médico. Inquiriu da causa da doença, e «como outro Podalírio», receitou ervas medicinais, nas quais o doente confiou mais do que nas tisanas e pomadas das boticas. Ao cabo, disse o doente: «Convosco, Padre, me quero confessar». E fê-lo, com lágrimas. Quando recebeu a absolvição exclamou: «Agora pode vir a morte, quando Deus quiser, que já nada temo».

Por êstes e outros sucessos, que conta a Ânua de 1727, se vê a activa variedade da Casa de Paranaguá [2].

Na Vila crescia o desejo do Colégio e o povo não se contentava já com que fôsse apenas para externos, queria-o também para internos, os filhos dos moradores dispersos pelas Fazendas. E pouco depois, em 1730, «era tão grande o empenho nos meninos em se

---

1. *Invent. e Test.*, XXVII, 391.
2. *Bras.* 10(2), 299-299v.

formar em letras e virtude, que já seis» andavam a estudar internos na Casa de Paranaguá, transformada assim também em Seminário [1].

5. — Entretanto, não desistia Paranaguá de mover influências e propor a solução do seu Colégio, até que enfim, em 1736, com as morosidades daquela época, o Ouvidor de Paranaguá, e o Conde de Sarzedas, Governador de S. Paulo, informaram de novo El-Rei de quanto se tinha passado neste assunto, e eram partidários decididos da imediata fundação [2]. A resposta foi o Alvará de 25 de Setembro de 1738, com que se pôs têrmo definitivo à questão e à perda de tempo.

Ao ter conhecimento do Alvará da fundação do Colégio, o P. Provincial João Pereira enviou em 1739 como Visitador, com todos os seus poderes, ao P. Francisco Gomes, para conhecer exactamente o estado económico das terras e fazendas, doadas como «dote» do Colégio, e conforme a êle proceder à sua organização. As obras da Casa e Igreja tinham começado em 1708. Os Padres daquele período, António da Cruz e Tomás de Aquino, empenhavam-se em que se conservassem os planos, com a muralha da casa que então se fêz [3]. Transcorridos 30 anos, as obras poderiam agora prosseguir. Mas, contando apenas com os recursos tirados das terras e criação, e alguns esparsos donativos dos moradores, as obras demoraram mais do que era desejo comum.

A «Casa» de Paranaguá erigiu-se canònicamente em «Colégio», a 10 de Dezembro de 1752, ficando Vice-Reitor o P. Cristóvão da Costa [4]. Ainda estavam na Residência velha e provisória, talvez a mesma de 1711, quando o P. Mateus de Moura, no momento agudo da controvérsia, notava que haviam informado mal a El-Rei, e que não tinham ainda *fundação* alguma definitiva; viviam em casa *alheia* (oferecida para quando houvesse fundação), com Igreja *alheia* (N.ª S.ª das Mercês), oferecida pelo Bispo [5].

---

1. *Bras. 10(2)*, 325.
2. *Bras. 6*, 233.
3. *Bras. 4*, 135.
4. Bibl. Vitt. Em., f. gess. 3492/1363, n.º 6 (cat).
5. *Bras. 4*, 167.

Os Jesuítas transferiram o Colégio para o novo edifício em 1754, «com as congratulações gerais de tôda a Vila»[1]. A inauguração oficial foi dia de S. José, 19 de Março de 1755, com *Te-Deum* e missa solene, tudo com músicas e cantos e a maior pompa, em sinal de agradecimento do povo, por ter enfim conseguido o tão longamente desejado melhoramento da terra. Pensou-se em dedicar a nova Igreja, a Santa Bárbara[2]. O Colégio ficou sob a invocação de Nossa Senhora do Têrço[3]. Além da assistência espiritual e do ensino público de suas escolas, primário e secundário, reservava o corredor térreo para «Seminário», com aposentos capazes de alojar 20 alunos internos.

Como sustentáculo e garantia económica da instituïção, havia em 1757 (e a notícia é dêsse ano): «quási 10 léguas de terras próprias, cujo solo ainda que actualmente inculto na sua maior parte, é fértil e apto para produzir todo o género de frutos. Já tem diversos currais na Fazenda de *Curitiba* e na Fazenda de *Pitangui* e em ambas 1.020 cavalos e 2.030 cabeças de gado vacum, fonte principal de receita para o sustento do Colégio. Trabalham nelas 40 servos. Possuía mais a Fazenda de *Superagui* e a do *Rocio*, nas quais se fabricava farinha e se cultivavam legumes e colhia peixe sêco, bastante para o consumo do Colégio. Tinha também a pequena, mas lucrativa Fazenda de *Morretes*, em que 10 servos do Colégio se entregavam à mineração do oiro e achavam alguns grãos, que atingiam às vezes o valor de 200 escudos romanos[4]. A Igreja do Colégio não tinha rendas próprias. Recebeu em donativos êste ano 36 escudos e gastou muito mais.

---

1. «Domus Parnaguensis tandem transiit in Collegium, *quod anno 1754 habitari caeptum est*, ingenti totius Oppidi congratulatione», Bras. 6, 441.
2. Bras. 10(2), 44.
3. Silveira, *Narratio*, 170; Bras. 10(2), 496.
4. *Morretes*, hoje importante cidade do Estado do Paraná, pátria do historiador Rocha Pombo; a Fazenda de *Superagui* vem indicada no mapa publicado na *Rev. do Inst. de S. Paulo*, XX, anexo à p. 694; a êste grupo, ou não muito distante, pertenciam algumas terras, no Distrito da Vila de Antonina, que ficaram na «Junta dos bens dos Jesuítas» até 11 de Junho de 1814 (cf. Arquivo Nacional, Rio, *Autos de arrematação de Fazendas Jesuíticas feita pela Junta da Real fazenda da Capitania de S. Paulo*, 1777-1781, ms. 480, f. 61). No ms. 483, s. p., fala-se também dos *Cubatões* de Paranaguá, que transitaram dos Jesuítas para o Real Fisco, para cujos cofres entrou em 1781 Manuel Gonçalves Guimarães, seu arrendatário, com a quantia de 45$546 réis.

Situação actual do Colégio:

Receberam-se em 1757, escudos romanos....... 1.364
Gastaram-se.................................. 1.561
Tem dívidas a pagar.......................... 1.120»[1]

Tal foi a organização e evolução económica do Colégio de Paranaguá, laboriosamente concluída em vésperas da catástrofe de 1759, que impediu prestasse todos os serviços que sem dúvida prestaria no decorrer dos anos. Em todo o caso, no meio século que durou, concorreu para o esplendor do culto e propagação da doutrina e dos sacramentos e coube-lhe a honra de inaugurar o ensino público, primário e secundário, no Estado do Paraná, e de fundar também o seu primeiro Seminário.[2]

6. — Os Padres, que estiveram à frente desta Casa e Colégio, desde 1708, foram os seguintes, segundo os documentos existentes. Os anos em que exerciam o cargo indicam a sua ordem. Entre todos, António da Cruz, é, sem dúvida, o mais benemérito, desta casa, que governou três vezes, e nela faleceu, nonagenário, a 29 de Novembro de 1755, sendo logo chamado o «Apóstolo de Paranaguá».[3]

P. António da Cruz (1707)
P. Tomás de Aquino (1716)

---

1. *Bras.* 6, 441.
2. O Sr. Francisco Negrão, *Memória sôbre o ensino e a educação no Paraná desde 1690 a 1933* in *Cincoentenario da Estrada de Ferro do Paraná* (Curitiba 1935) 94, coloca-se fora da objectividade histórica, quando denigre o Govêrno Português que se não preocupava, diz êle, com o ensino de suas colónias; e a si mesmo se desmente quando diz que «os povoadores todos sabiam ler e escrever», prova de que havia escolas suficientes para aprender uma população reduzida como a que então existia. Menos razão lhe assiste, parece-nos, quando diz que os Jesuítas impunham ao povo o «duro encargo» de os sustentar para o ensino de instrução primária e latinidade. O que se lhes dava, tirando a ajuda imediata para as construções da Residência e Igreja, eram terras incultas e algum gado, que os Padres com rigorosa e honesta administração procuravam valorizar (que naqueles ásperos tempos do desbravamento territorial, ainda é uma forma de benemerência), para com os seus réditos construir e reconstruir casas e sustentar pessoal, o que hoje, na equivalência moderna, de edifícios e honorários de professores, custa ao Estado e ao povo, em dinheiro, sem cuidados da administração agrícola, somas incomparàvelmente maiores.
3. *Bras.* 10(2), 497-497v.

P. *Vito António* (1717)
P. *Manuel Amaro* (1720)
P. *João Gomes* (1725)
P. *António da Cruz*, 2.ª vez (1732)
P. *Estanislau Cardoso* (1735)
P. *Francisco Gomes* (1739)
P. *Manuel Rodrigues* (1740)
P. *António da Cruz*, 3.ª vez (1741)
P. *Caetano Dias* (1743)
P. *Lourenço de Almeida* (1748)
P. *Manuel Martins* (1751)
P. *Cristóvão da Costa* (1752)

Em 1760 estava nomeado para suceder ao P. Cristóvão da Costa, o P. Estêvão de Oliveira, que não chegou a tomar posse por ficar retido no Rio de Janeiro.

Além de Cristóvão da Costa, já com o título de Vice-Reitor, assistiam no Colégio de Paranaguá os Padres José Rodrigues de Melo, António de Sousa e Pedro dos Santos, e o Ir. Manuel Borges, quando a 15 de Fevereiro de 1760 se apresentou o Juiz da Coroa, a tomar conta do Colégio e a levar os Jesuítas para o Rio uma semana depois, donde partiram para a Europa, exilados [1].

Outros muitos Padres viveram nesta casa, entregues sobretudo a ocupações de carácter religioso. Um dêles, o P. Inácio Antunes, visitou o Colégio em nome do Provincial e deixou uma «Memória da origem e quando teve princípio a Casa da Missão da Vila de Paranaguá» [2]. Inácio Antunes estava no Colégio do Rio em 1759 e foi levado para a Ilha das Cobras, com duplo grilhão nos pés, até à partida do navio em que êle e os mais foram desterrados [3]. Entre os exilados conta-se o P. Nicolau Rodrigues, filho de Paranaguá, nascido nela a 10 de Setembro de 1690 e veio a falecer em Roma, a 24 de Agôsto de 1767 [4]. Era irmão do P. Inácio Pinheiro também Jesuíta,

---

1. Caeiro, *De Exilio*, 277; Bibl. Vitt. Em., f. gess. 3492/1363, n.º 6.
2. Benedito Calixto publica um excerpto em *Capitania de Itanhaém*, na *Rev. do Inst. de S. Paulo*, XX, 736, e diz estar esta Memória na Tesouraria da Fazenda no cartório dos Próprios Nacionais.
3. Cf. *Apêndice ao Cat. Português de 1906*, IX.
4. *Apêndice ao Cat. Port. de 1903*, XI.

e paranagüense, e ambos filhos do Capitão-mor de Paranaguá, João Rodrigues França e Francisca Pinheiro [1]. Paranagüense também, e pelo nome, da mesma família, era o P. Júlio França, que entrou na Companhia com 15 anos a 19 de Setembro de 1712 [2], e veio a falecer exilado em Azeitão, a 15 de Novembro de 1765 [3]. Nota, sem dúvida digna de registro, no plano das vocações brasileiras, a desta contribuição paranaense [4].

O Colégio de Paranaguá, que foi o verdadeiro iniciador do ensino secundário no Estado do Paraná, contou entre os seus Professores aquêle P. José Rodrigues de Melo, do Pôrto, um dos autores das *Geórgicas Brasileiras*.

Do Colégio de Paranaguá já não existe a Igreja; e o Colégio recebeu depois modificações, que lhe alteraram a fisionomia, para servir de Quartel e Alfândega, mas conserva ainda alguns elementos da primitiva construção, de interêsse para a história da Arte [5].

7. — De Paranaguá, como casa central, irradiavam os Jesuítas pelas Vilas vizinhas da costa, tanto ao norte, como ao sul, e também para o interior, em tôdas as direções, mas sobretudo Curitiba, em cujos Campos Gerais tinham a sua principal fazenda. E mesmo antes da Residência de Paranaguá, já Curitiba estava incluída no ciclo das missões da Companhia, desde os primeiros alvôres da sua fundação.

As notícias escalonam-se aqui e além, imersas noutras. Entre as Missões, feitas pelos Padres do Colégio de S. Paulo, há uma de

---

1. A. Pompeu, *Os Paulistas e a Igreja*, I(S. Paulo 1929)214.
2. *Bras.* 6, 269v.
3. *Apêndice ao Cat. Port. de 1903*, VI.
4. João Rodrigues da França possuía e dirigia lavras de oiro, desde 1675 em Paranaguá e Curitiba, cf. Romário Martins, *História do Paraná* (Curitiba 1937) 530. É tronco por varonia ou linha feminina de muitas das mais antigas famílias do Paraná, diz Marcondes, *Documentos para a História do Paraná*, 194.
5. Cf. David A. da Silva Carneiro, *Colégio dos Jesuítas em Paranaguá*, na *Rev. do SPHAN*, IV, 361-382, com quatro gravuras do seu estado actual. Artigo interessante que resume e utiliza diversas fontes, algumas porém pouco dignas de crédito. Logo nas primeiras citações, Fernão Cardim aparece em 1605 como Superior da «Casa» de Cananéia, onde nunca houve Residência da Companhia de Jesus.

«cinco semanas», em Curitiba [1]; outra, também em Curitiba, dos Padres António Rodrigues e Sebastião Álvares, em 1705 [2]; e desde que os Padres se estabeleceram em Paranaguá aumentou a freqüência destas missões, ora com Padres de fora como Belchior de Pontes [3], ora com Padres da Residência, como João Gomes, sôbre o qual, para o reter ou tornar a receber, a própria Câmara de Curitiba escreveu a Roma ao Geral em 1726, juntando-se aos oficiais dela mais alguns moradores influentes, ao todo 12 assinaturas autógrafas:

«*Muito Reverendo Padre Geral*: O Povo desta Vila de Nossa Senhora da Luz de Curitiba e Campos Gerais não pode deixar de significar a Vossa Paternidade Muito Reverenda o sentimento que lhe resulta da ausência do Reverendo Padre Superior João Gomes, por se ver privado de quem, com tanto zêlo da salvação das almas e como missionário verdadeiramente apostólico, o encaminhava no púlpito e confessionário para o céu, e só dêste sentimento Vossa Paternidade muito Reverenda o pode aliviar, obrigando-o, ao dito Padre, a que volte para a sua Missão, do que se seguirá grande glória para Deus, e bem para nossas almas. E por êste favor, que esperamos conseguir de Vossa Paternidade muito Reverenda, nos mostraremos sempre obrigados, pedindo a Deus pela saúde de Vossa Paternidade, que Deus guarde muitos anos. Dada em Câmara, nesta Vila de Nossa Senhora da Luz de Curitiba, aos 10 de Junho de 1726. De Vossa Paternidade muito Reverenda, muito obsequioso Povo e Senado, *Salvador de Albuquerque, Francisco de Siqueira Cortês, António Rodrigues de Seixas, Pedro Dias Cortês, Manuel de Chaves de Almeida, António da Silva Leme, Gaspar Carrasco dos Reis, João de Siqueira, Luiz Pascásio de Almeida, João Ribeiro do Vale, Paulo da Rocha Dantas, Gonçalo Soares Pais*» [4].

Voltaram os Padres. E os frutos corresponderam às esperanças. Na Missão de 1728, em Curitiba e Paranapanema, salienta-se em particular o «*Curitybensium fervor*», o entusiasmo dos moradores de Curitiba, não obstante estarem com os olhos voltados para o oiro de Paranapanema. Despovoou-se o sertão para vir ouvir os Padres.

---

1. *Bras. 9*, 372.
2. *Bras. 10*, 48v.
3. Fonseca, *Vida do P. Belchior de Pontes*, 94.
4. *Bras. 4*, 317v. Alguns dêstes nomes pertencem aos troncos fundadores de Curitiba, cf. Romário Martins, *História do Paraná*, 296-298.

Acorriam das mais remotas Fazendas, com muitos dias de caminho. Em Curitiba erguiam barracas provisórias para morar durante todo o tempo da missão. E repetiam-se, e contam-se, os exemplos de edificação e fervor religioso, semelhantes aos que se disseram em 1727 [1]. Pouco depois passaram por alí outros Jesuítas em missão, desta vez científica. A Vila de Curitiba está entre as terras, cujas latitudes foram medidas pelos Padres matemáticos Diogo Soares e Domingos Capacci, na campanha de 1731 a 1737 [2].

Tanto na Fazenda de Curitiba como na de Pitangui, construíram os Jesuítas as casas para o pessoal e moradia dos Padres nas suas visitas de catequese e administração. E também, em cada qual, a sua pequena Igreja como em tôdas as demais Fazendas [3].

Na de Pitangui, nas margens do Rio do mesmo nome, afluente do Tibagi, por ficar mais distante e ir-se povoando a região, a Residência veio a ser permanente, e nela se encontravam, ao passar para o Estado, em 1760, os Padres António Correia e José Machado. A localidade foi conhecida, durante muito tempo, com o nome de *Pitangui dos Jesuítas* [4].

---

1. *Bras.* 10(2), 309.
2. Cf. *Rev. do Inst. Hist.*, XLV(1882)126.
3. Depois de passarem para o Real Fisco iam-se arrematando a diversas pessoas: Autos de arrematação da *Fazenda de Soeiro* e *Campos de Impetuba* situadas em *Curitiba*, 1796 (Arq. Nac., ms. 480, f. 42v); do *Sítio da Borda do Campo*, Fazenda do Distrito da Vila de *Curitiba*, em 1803, ib., f. 55.
4. Caeiro, *De Exilio*, 278. Entre as antigas Fazendas dos Jesuítas do Govêrno de S. Paulo, existentes ainda em 1798, citam-se *Pitangui e Borda do Campo* (*Doc. Interess.*, XXXI, 181). Uma nota da redacção identifica-a por equívoco com outra povoação de igual nome, Pitangui no actual Estado de Minas Gerais. Desta Pitangui, do Paraná, ainda falam os Autos de Arrematação de 1804 e 1813 (Arq. Nac., ms. 480, f. 56, 60v). E o *Mapa Corographico* de António Roiz Montezinho (1791-1792), incluído na «Collectanea de Mappas da Cartographia Paulista Antiga», organizada por Afonso de E. Taunay (S. Paulo 1922), vê-se ainda a notação *Pitangui dos Jezuitas*.

CAPÍTULO II

Santa Catarina

1 — Missões na Ilha de S. Francisco; 2 — Na Ilha de Santa Catarina; 3 — Na Laguna e Embituba; 4 — Colégio do Destêrro, hoje Florianópolis.

1. — Pelo Rio de S. Francisco passaram no século XVI os Jesuítas, que se destinavam ao Sul, parando umas vezes na Ilha do mesmo nome, outras não, sobretudo enquanto se achou despovoada. Era-o ainda em 1635 quando passou por ela o Patacho «Santo António» dos Jesuítas do Rio, com os Padres Inácio de Sequeira e Francisco de Morais, a caminho dos Carijós.

Corria o mês de Junho e o tempo tempestuoso. Vencendo a tempestade, diz Inácio de Sequeira, e despedida uma avezinha, que se tinha refugiado contra o mau tempo, na popa do navio, «fomos dar fundo na barra do Rio S. Francisco, que era onde então levávamos a proa dos desejos. Desafoga êste rio suas águas no mar largo, em altura de vinte e seis graus e um têrço, no meio de uma grande enseada, que à vista se representa em figura de um grande anzol, arqueando a ponta ao leste, fazendo sua farpa muito ao natural, ainda que composto de uma tôsca e bárbara penedia. Aqui se lançaram os de ferro ao mar, que nos sustentaram de várias castas de peixe, dez dias, que aqui estivemos aguardando tempo, até que, tornando a dar o pano, fomos passando por duas ilhotas que chamam as *Ilhas do Remédio*» [1].

Seguiram viagem. Outros Jesuítas vieram, de vez em quando, antes e depois de fundada a vila de Nossa Senhora da Graça, até que, em 1682, os moradores dela pediram ao Geral que essa vinda fôsse regular, cada ano:

---

1. *Bras.* 8, 460-462.

«*Muito Reverendo Padre Geral*: — Obrigado do favor que êste ano fêz a Companhia a êste Povo, e inteirado pela experiência da mesma Companhia e do grande fruto que de sua doutrina provém aos povos, rende êste a V. Paternidade as graças e lhe pede que por serviço de Deus queira ordenar aos Padres Provinciais dêste Brasil enviem todos os anos estas Missões a estas partes. Porque é certo que delas provirá grande fruto nas almas, como desta felizmente proveio. Deus guarde a religiosíssima pessoa de V. Paternidade com as felicidades que merece. Escrita em Câmara, nesta Vila de Nossa Senhora da Graça, aos dois dias do mês de Agôsto de 1682 anos. — *Manuel de S. Tiago, António Fernandes Mdr.ª, Francisco Vieira Colaço, António Gonçalves Soto, Manuel da Costa Sea* [1].

As missões às vezes terminavam aí, como em 1705, em que os Padres Sebastião Álvares e António Rodrigues não foram «a Laguna e povoação de S. Francisco, últimas partes da costa habitada pelos Portugueses do Brasil», por falta de embarcação apropriada [2].

Em 1723, «o Senado da Câmara desta Vila do Rio de S. Francisco» volta a dirigir-se ao Geral para que assegure a continuidade da missão, e pedindo a volta do P. João Gomes, que de facto voltou. «Escrita em Câmara aos 15 de Setembro de 1723. — *José Vieira de Arzão, António de Oliveira Prêto, José Alves Marinho, António Luiz da Costa, Francisco Teixeira*» [3].

O primeiro nome da vila era Nossa Senhora da Graça do Rio de S. Francisco [4]. Nesta longa denominação deu-se a prevalência do nome toponímico sôbre o hagiográfico. Verificando-se que também era hagiográfico, operou-se nova simplificação popular: Vila de Nossa Senhora da Graça do Rio de S. Francisco do Sul, Vila do Rio de S. Francisco, Vila de S. Francisco, simplesmente, como é hoje, cidade e pôrto importante. Nesta Vila estiveram os Jesuítas em missões

---

1. *Bras. 3*, 161, original, com as assinaturas autógrafas.
2. *Bras. 10*, 48v.
3. *Bras. 4*, 255. Francisco Teixeira tem mais um apelido que parece ler-se materialmente Ceires ou Ceiros.
4. Lucas Boiteux, *O Estado de Santa Catarina* em *Guia do Estado de Santa Catarina*, I vol., 3.ª ed. actualizada por Alberto Entres (Florianópolis s/d)136. O *Rio de S. Francisco* já aparece nos mapas quinhentistas, portanto de S. Francisco de Assis. No entanto, em muitos documentos setecentistas, lê-se como denominação corrente, Vila do Rio de S. Francisco *Xavier*, cf. «Relação da diligência do sargento-mor Manuel Gonçalves de Aguiar, em 1711, sôbre a capacidade da Enseada das Garoupas para nela se fundar uma cidade», AHC, 4316; *ib*, 4320.

freqüentes, nunca, porém, abriram residência fixa, não obstante os moradores da Vila de S. Francisco terem insistido em 1727, pela abertura de uma Casa de Missões, prontificando-se a dar moradia, a Igreja de S. José, oito escravos e meios de subsistência[1]. Não se chegou a realizar êsse desejo, porque começava a preponderar a Ilha de Santa Catarina, que ia dar nome ao Estado.

2. — O estabelecimento dos Jesuítas dentro do actual Estado de Santa Catarina, na Vila do Destêrro, hoje Florianópolis, foi coroa e resultado de dois séculos de actividade missionária volante, cheia de perigos e trabalhos. O Jesuíta que primeiro estêve com os Carijós, em terras dêsse Estado, foi o P. Leonardo Nunes, por mar, em 1553; e os Irmãos Pero Correia e João de Sousa, pelo sertão, no ano seguinte, mortos pelos Índios. Depois passaram tôdas as expedições missionárias aos Patos, durante os séculos XVI e XVII, e as missões volantes que periòdicamente se organizavam para a banda do Sul.

Entretanto, ainda no século XVI, deu-se a fundação da Missão do Paraguai pelos Jesuítas do Brasil e do Peru, e iniciou-se a penetração pelos rios do interior. No princípio do século XVII considerava-se o Rio Piquiri, como limite prático dos domínios Portugueses. O P. Manuel de Lima, Visitador (1607-1609), que promoveu com grande empenho a fundação de novas Missões e Aldeias, tem no Relatório da sua *Visita*: «Em Piratininga há um gentio que chamam Carijós e caem para a banda do Rio da Prata. É muita gente, e se êsses não estiveram por meio, fàcilmente teríamos comunicação com os nossos Padres Castelhanos que estão junto ao Piquiri. Êstes Índios, me disseram que êstes anos atrás mandaram seus embaixadores a Piratininga, que se queriam vir para aquela paragem. Se os Nossos com êles tivessem entrada seria grande coisa, e porventura uma das mores missões que se têm feito. Já os nossos antigamente foram a êstes Índios e mataram um nosso Irmão por nome Pedro Correia, se bem me lembro»[2].

---

1. *Bras.* 10(2), 299v.
2. *Algumas Advertências*, f. 18, ao lado escreveram: «É verdade, e dêle fala Orlandino, e de outro Irmão, João de Sousa».

Por ordem, pois, do P. Manuel de Lima, puseram-se a caminho o P. Afonso Gago e o seu companheiro João de Almeida [1]. E outros ainda, depois. Até que em Junho de 1635 chegaram à Ilha, então deserta, os Padres Inácio de Sequeira e Francisco de Morais, depois de grandes tormentas no mar. «Livres já pelo favor divino dêstes perigos, fomos dar fundo, escreve Inácio de Sequeira, na desejada Ilha de Santa Catarina, onde a gloriosa Virgem reside só no nome, mais deserta que em Sinai, porém mui piedosa para as embarcações que ali recebe e agasalha, como se fôra seio esta sua enseada, que ali tem».

É a primeira descrição literária da Ilha. E, com ela, notícias positivas sôbre a tentativa pouco antes, de povoamento, as intenções dos povoadores, e como se frustrou:

«Jaz a Ilha no meio do braço de mar, que a divide da terra firme, tão estreita, unindo-se a terra tanto uma à outra que parece que ambas estão arrependidas de se dividirem algum tempo, e agora desejam sumamente de se abraçarem outra vez e darem as mãos, mas impede-lho a grande corrente que ali levam as águas, furtando-lhe as areias e os mais materiais, que ambas acarretam, para se unirem; com tudo ainda estão tão vizinhas, que quási, quando passam, vão as embarcações batendo com as antenas pela penedia e arvoredo, que de uma e outra parte se derrama sôbre as águas.

Era êste lugar o sítio tão célebre e desejado entre os Carijós, como entre os nossos antigos os seus Campos Elísios, a quem êles em sua língua chamam *Iurumirim*, que é o mesmo que «bôca pequena»; porém à bôca cheia se disse que os moradores de S. Vicente, que lá foram povoar, armaram suas casas de uma e outra parte dêste passo tão estreito, para ali assaltarem os nossos Padres e lhe tomarem a gente que trouxessem dos Carijós, tendo para si, que ou quiséssemos ou não, ali lhe havíamos de vir a dar nas unhas. Mas ainda mal, porque êles primeiro caíram nas dos tigres, que nós nas suas. Por que estando o capitão dêles uma noite na cama, e não sem ocasião de

---

1. Refere-se a esta expedição Augusto de Saint-Hilaire e diz que resultou dela ir «para a Ilha um missionário com o título de Superior, sendo em 1622 construída uma casa, que ainda existia em 1824», *Viagem à Província de Santa Catarina* (S. Paulo 1936)18. Citamos êste êrro histórico, para se ver a fé que merecem, *em assuntos históricos*, a maior parte de outros viajantes, menos dignos de fé do que Augusto de Saint-Hilaire. A precipitação com que escrevem os viajantes, e anota o tradutor dêste, Carlos da Costa Pereira, é facto, aqui felizmente corrigido no que estava ao alcance do anotador erudito e consciencioso.

pecado, confiado nas grandes vigas e madeiros de que estavam cercados, entrou um tigre e agarrando nêle o fêz pedaços, deixando a ela para outra maré de sua ira, ou para melhor dizer da divina. Porém esta não esperaram os companheiros, porque logo todos desampararam sua povoação e as estâncias em que estavam repartidos, nem menos quiseram aguardar por nós, nem para colher as uvas das parreiras que já tinham plantadas, que na formosura das varas e viço do vidonho está afirmando a terra e prometendo ser mui legítima de qualquer bastardo e de tôda a planta que se lhe entregar. E quando nós aqui chegamos ainda nos ajudamos de muitos e bem aceitos legumes, que êles não puderam levar, que foi a pressa tanta, que até um dos companheiros, que por seus merecimentos chamavam *Diabo Manco*, foi o mais ligeiro no fugir dos tigres, e não parou senão entre os Carijós, onde o achamos, mas jamais quis aparecer diante nós, nem ainda a ouvir missa, onde os outros todos acudiam. Por onde entendemos ser verdade que nos queriam êles colher na emboscada que nos tinham ordenado.

Agora, enquanto os companheiros saltam uns em terra com os arcos e frechas contra as aves, cervos e veados, outros no mar com as rêdes, fisgas e arpões contra os cardumes de peixe, e os mais se derramam pelas praias a colher as ostras e mariscos, será bem darmos uma breve notícia dos limites e confins, que ocupa, e pelos quais se estende essa nação dos Carijós» [1].

Os Padres Inácio de Sequeira e Francisco de Morais seguiram para os Carijós. Dez anos depois outros moradores tentaram fixar-se na Ilha. O Capitão António Amaro Leitão pediu Padres da Companhia para o acompanharem, e Francisco de Morais tinha licença do Geral para ir. Mas as perturbações escravagistas de 1640 não eram de molde a favorecer a emprêsa. Temiam os Superiores que os Padres trouxessem os Índios para a Costa e fôssem depois os escravagistas e achando-os juntos os cativassem [2]. Não se conformou o P. Francisco de Morais, que um ano depois, a 18 de Janeiro de 1649, se dirige directamente ao Geral, urgindo o cumprimento da licença:

«Agora segue-se-me pedir a V. Paternidade, *per viscera Christi*, ponha os olhos no Gentio, que me ficou nos *Patos*, remontados, por

---

1. «Missão que fizeram aos Patos os Padres Inácio de Sequeira e Francisco de Morais», *Bras. 8*, 460-472. A notícia dos limites e confins dos Carijós dar-se-á no Capítulo seguinte, ao tratarmos dêsses Índios.

2. Carta de 4 de Janeiro de 1648, *Bras. 3(1)*, 260.

fugirem dos Brancos, que os queriam cativar, os quais por duas vezes mandaram recado os fôsse tirar dos matos em que viviam: sôbre que tenho escrito e de novo o torno a fazer, pedindo confirmação da licença, que já cá tenho por duas vias de V. Paternidade, à qual se me não deu cumprimento, escusando-se o P. Provincial Francisco Carneiro, com os de S. Paulo estarem mal connosco, sendo que êstes Índios, ou lugar donde êles estão, dista de S. Paulo mais de 100 léguas, ficando os ditos Índios no distrito e jurisdição dos Povoadores da Ilha de Santa Catarina, os quais ditos povoadores têm escrito a V. Paternidade sôbre irmos em sua companhia e acudirmos àquelas almas, como outras muitas que naquele reino e gentilidade nos chamam, para êles, à sombra da Companhia, conseguirem a sua povoação, e nós à sombra dêles ditos povoadores recolhermos em Aldeias aquêles inumeráveis gentios que ali há» [1].

Os desejos do grande missionário e sertanista não puderam realizar-se logo. Continuava o período doloroso da escravização pelos que tinham do seu lado a fôrça e a audácia, sem terem no mesmo grau escrúpulos de consciência: nesse período não era possível organizar aldeamentos pacíficos. Os superiores não permitiram a ida do Padre Francisco de Morais, a quem o P. António Vieira, seu condiscípulo de Curso, em 1652 convidava para o Maranhão a ir ser «apóstolo» daquele novo mundo [2]; mas nem isso o consentiram, porque a sua qualidade de paulista o indicava para ir reatar a vida jesuítica em S. Paulo, para que já se encaminhavam as negociações.

Sôbre Santa Catarina fêz-se silêncio. E não obstante dizerem alguns que com Francisco Dias Velho estavam dois Jesuítas na povoação do Destêrro em 1662 [3], não achamos confirmação em documentação da Companhia. Residência certamente não teve por então, mas passavam por ela, em missão, os Padres, que iam até ali ou a caminho do Sul, entre outros o P. José Mascarenhas, que em 1711, missionou desde Paranaguá a Santa Catarina, e dissipou um êrro, que se havia intrometido sôbre a presença de Jesus Cristo na hóstia consagrada [4].

Por ocasião da «Correição» Geral do Sul, o Ouvidor ao passar em Paranaguá pediu instantemente que o acompanhasse um Padre

---

1. Carta do P. Francisco de Morais, 18 de Janeiro de 1649, *Bras.* 3(1), 271v.
2. *Cartas de Vieira*, I. 287.
3. Lucas A. Boiteux, *Para a História Catarinense* (Florianópolis 1912) 168-170.
4. *Bras. 4*, 168.

na visita a Santa Catarina e Laguna. A *Bienal de 1722* conta o que fêz o Padre: Na Ilha e Vila de Santa Catarina achou o povo em luta com o Pároco, o qual vendo que duas vezes o buscaram para o matar, se ausentara da Vila. O Jesuíta acalmou os ânimos e fêz que os mesmos, que tinham premeditado o crime, o fôssem chamar, mas êle, receoso, não quis voltar. Na ausência dêle fêz o Padre da Companhia o ofício do Pároco, desterrando alguns abusos que se tinham metido no culto e introduzindo outros usos mais conformes às leis da Igreja. Sôbre a liberdade dos Índios, achou que ninguém sabia das Leis que os defendiam, e que os escravizavam de qualquer forma. Para que no futuro não continuassem assim, apelou para o Ouvidor e fêz que se copiassem no livro da Câmara os decretos que favoreciam a liberdade, e que levaram do Rio. Descobriu também duas Aldeias de Índios, posta cada qual no alto de um monte, vivendo à maneira de feras, sem ninguém que lhes ensinasse as coisas da fé e polícia cristã [1].

A *Bienal* conta os factos sem nomear nomes. Mas o Ouvidor era Rafael Pires Pardinho, e o Padre era Luiz de Albuquerque, com a circunstância importante de fazer um mapa de Santa Catarina ao Rio da Prata, que Luiz Vaía Monteiro mandou em 1727 para Lisboa [2].

3. — *Laguna* anda ligada à actividade dos Jesuítas, desde os fins do século XVI; nela tiveram uma Aldeia com residência fixa; e, depois de erecta a povoação de Santo António, aí continuaram a ir em missão, e conserva-se uma série de atestados dos Jesuítas a favor do fundador de Santo António, e seu filho Francisco de Brito Peixoto: um, do mesmo P. Luiz de Albuquerque (1720); outro, do P. João Gomes (1727); outro, do P. Vito António (1728); outro ainda do P. António da Cruz, datado de 9 de Março de 1710, na Residência de Paranaguá, no qual diz que correndo a costa, «no

---

1. *Bras.* 10(1), 255v.
2. Cf. *Invent. e Test.*, XXVII, 429; *Doc. Interes.*, L, 91-92. Dos livros de Baptizados e Casamentos da Matriz do Destêrro consta a presença na Vila, em 1720, do P. Luiz de Albuquerque; em 1725, do P. Nicolau Rodrigues, cf. Osvaldo R. Cabral, *Os Jesuítas em Santa Catarina e o Ensino de Humanidades na Província* (Florianópolis 1940)14. Publicação do Instituto Histórico e Geográfico de Santa Catarina comemorativa do 4.º Centenário da fundação da Companhia de Jesus. O P. Luiz de Albuquerque era decidido defensor dos direitos de Portugal às terras do Sul. No lugar indicado dos *Doc. Interessantes*, descreve-se o mapa que fêz dessas terras até ao Rio da Prata.

Lugar chamado Laguna ou Lagoa dos Patos», há uma povoação com o título de Santo António, e nela uma Igreja; que há 8 anos que anda nestas missões do Sul, e que a primeira vez, que ali foi, assistia nela, como principal povoador, Domingos de Brito Peixoto, a quem todos respeitavam como a seu Capitão; que ali há grandes pescarias e sobretudo gado vacum, de que se fazem muitas salgas e couramas; e que tudo, abaixo de Deus, se deve àquêle Capitão, e, depois aos seus filhos, Sebastião e Francisco de Brito Peixoto [1].

O gado vacum, de que fala aqui o P. António da Cruz, foi uma das grandes fontes de gado no Rio Grande e os historiadores põem em justo relêvo a preponderância de Santo António da Laguna, para o povoamento, constituição e riqueza do Rio Grande do Sul [2]. Da Casa de Paranaguá vinha-se periòdicamente a Laguna, como vão dando conta as respectivas *Ânuas* [3]. Além da Aldeia dos Patos, na *Laguna* (1622-1628), tiveram os Jesuítas outras no *Embituba* (1605-1607), como se dirá mais explìcitamente no Capítulo seguinte.

4. — Quanto a Santa Catarina, os Jesuítas estabeleceram-se enfim na Vila do Destêrro, em 1748, por ocasião da colonização dos Portugueses açoreanos. Dêste facto ficou-nos notícia concreta e ordenada:

«Sendo servida a Majestade de D. João V, de felicíssima memória, mandar algumas famílias das Ilhas dos Açores para ajudar a povoar a Ilha de Santa Catarina e o Rio Grande de S. Pedro [4], foi também servida Sua Majestade ordenar que o Provincial do Brasil, que então era o P. Simão Marques, fizesse eleição de dois Religiosos aptos em instruir e em doutrinar os habitantes daquelas novas colónias, e ao mesmo tempo fazer algumas Aldeias de todos aquêles homens selvagens que se encontrassem; assinando aos dois Padres por distrito de suas missões todo espaço de terra que medeia entre o Rio S. Francisco ao Norte e um lugar, a que chamam *Cêrro de S. Miguel*; e dando a cada um, para seu sustento 40 escudos por ano, além de outra quantidade, que se lhes consignou de 80 escudos, para a des-

---

1. *Inv. e Test.*, XXVII, 410; cf. 391, 429, 434.
2. Cf. Aurélio Pôrto, *História das Missões Orientais do Uruguai*, 276ss, em que narra a fundação e desenvolvimento desta povoação.
3. *Bras.* 10(2), 348 (1733).
4. Esta iniciativa útil de D. João V, do envio dos colonos açoreanos, enumeram-na alguns como serviço do valido de D. José I. As datas purificam a verdade.

pesa de sua viagem [1]. Os nomeados para esta emprêsa foram os Padres Francisco de Faria e Bento Nogueira, que partiram do Rio de Janeiro aos 2 de Março de 1748, e aos 18 do mesmo mês lançaram ferro junto da Ilha de *Anhatõmirim*, que era a Fortaleza onde se revezavam os abastecimentos, por ser a ordinária residência do governador, que era o senhor José da Silva Pais; e como êste então se achava fora da Fortaleza, por haver ido fundar a nova Vila da *Lagoa*, dentro da mesma Ilha, os Padres tomaram terra na Vila chamada do *Destêrro*, onde foram muito bem recebidos pelo Governador Pais, logo que aqui voltou da sua viagem, ordenando que as casas que primeiro pertenceram ao tesoureiro antigo e agora estavam em poder da Coroa, se aplicassem aos Padres para a sua habitação [2]. Não sabia por então o Governador o estado em que elas se encontravam, e por isso não deixaram os Padres de padecer alguns incómodos, sendo-lhes necessário durante algumas semanas valer-se do chão para se sentarem e deitar; chegando porém ao Governador a notícia das moléstias que os Padres padeciam, mandou logo fazer algumas divisões nas casas, à maneira de quartos, para que pudessem mais còmodamente viver, ordenando além disso que cada dia se desse aos Padres uma não pequena porção de peixe e cada sábado 21 libras de carne, azeite e tôda a farinha de que necessitassem para o seu sustento, que era da melhor, além de um escravo, que para servi-los haviam trazido do Rio de Janeiro, e lhes assinou um Índio, aos quais ordenou se lhes desse cada dez dias a mesma farinha, que costumava dar-se aos soldados. O que tudo se executou não sòmente no tempo do dito Governador Pais, mas ainda no govêrno do Tenente-Coronel Manuel Escudeiro Ferreira de Sousa seu sucessor [3].

Logo que os Padres tomaram terra o Governador lhes fêz saber que estando a perder-se quási todo o segundo transporte de famílias,

---

1. Cf. José Feliciano Fernandes Pinheiro, *Annaes da Provincia de S. Pedro*, 2.ª ed. (Paris 1839) 53.

2. «Localizavam-se o hospício e a capelinha na praça principal da Vila, ao lado da velha casa em que ficava a Câmara», Osvaldo R. Cabral, *op. cit. (Os Jesuítas)* 15.

3. Ambos êstes Governadores deixaram bom nome. E o Brigadeiro José da Silva Pais é sem dúvida o maior governador catarinense dos tempos coloniais, «homem de rara capacidade, enérgico, progressista e que além de ser um dos mais brilhantes oficiais do exército português, era ainda um engenheiro inteligente e culto», diz Osvaldo Cabral, que enumera os seus grandes serviços, entre os quais a criação de um batalhão, que depois cresceu a Regimento, e que, por ser verde o

que das Ilhas dos Açores vinham a povoar esta de Santa Catarina, por estar a maior parte atingida de escorbuto, que o grave incómodo da navegação lhes causou, desejava que os Padres tomassem a seu cuidado aquela pobre gente, assim no espiritual como no temporal, não faltando êle da sua parte em dar-lhes servidores e dinheiro para tôda e qualquer despesa, que se fizesse. Além disso lhes deu a entender que a palavra de Deus naquela terra já há muito tempo se não ouvia por falta de obreiros evangélicos [1]. E assim queria que fizessem ao menos 4 prègações na Semana Santa, para a qual faltavam só 15 dias. Tudo se fêz, não obstante estarem os Padres ainda naquele tempo com os discómodos de que acima falamos, e assistirem além disso aos doentes no Hospital Público. Passada a *Dominga in Albis*, começaram a missão nesta vila do *Destêrro*, e depois, por ordem do Governador, a fizeram em tôdas as fortalezas e ouviram as confissões de tôda a gente de guerra, que então queria cumprir o Preceito Pascal. No mês de Outubro seguinte, partiram em missão para a Vila da *Lagoa*, e concluída ela logo voltaram para a sua ordinária residência. E sendo já governador de Santa Catarina o Tenente Coronel Manuel Escudeiro Ferreira de Sousa, a pedido do Governador do Rio Grande de S. Pedro, o Coronel Diogo Osório Cardoso, partiram os dois Padres a princípio de Abril de 1749 a fazer a missão naquela praça» [2].

Enquanto os dois Padres percorriam o Rio Grande do Sul, passava-se a 6 de Dezembro de 1750 a provisão régia para a fundação de um Colégio na Vila do Destêrro. A informação do Provedor do Rio, de 7 de Maio de 1751, era que se aplicasse a esta obra o produto dos dízimos, «desde a margem do Rio S. Francisco até o Cêrro de

---

peitilho do uniforme, se chamou Regimento Barriga-Verde, tão glorioso que o adoptaram os Catarinenses ou *Barrigas-Verdes*, cf. Osvaldo R. Cabral, *Santa Catarina* (S. Paulo 1937)82-83.

1. A *Ânua* correspondente dá pormenores sôbre o estado social e religioso da Ilha de Santa Catarina: Os moradores da Ilha já há muito não tinham pároco, e portanto não era lisonjeiro o seu conhecimento e prática das virtudes cristãs; juntaram-se-lhes depois alguns soldados presidiários, entre os quais grassavam vícios impunes; por fim, chegaram as famílias açoreanas, gente cujos bons costumes era preciso apoiar contra o mau exemplo dos soldados. E foi êste, precisamente, um dos fins da ida dos Padres, *Bras. 10(2), 429*.

2. Narrativa, em italiano, feita provàvelmente pelo próprio P. Bento Nogueira, que ainda vivia em Roma, no Palácio de Sora em 1767, *Bras. 10(2), 451-451v*.

S. Miguel», e se desse de côngrua a cada Religioso 50$000 réis por ano. E para a fábrica da Igreja, 40$000 [1].

Os Padres deixaram o Rio Grande de S. Pedro a 24 de Maio de 1751. Voltaram a Santa Catarina em meados de Julho. A 15 de Setembro seguiram para o Rio, deixando como superior do Colégio, que começava, o P. Paulo Teixeira, chegado à Vila do Destêrro a 14 de Agôsto dêsse mesmo ano de 1751.

A Ânua de 1754 narra o trabalho dos Padres, duplo: com os colonos açoreanos, que chegavam em levas, doutrinando-os, amparando-os e acolhendo-os, e para os quais a Casa da Companhia era para êstes «emigrantes» o *unicum refugium*; com os meninos, a quem se ensinava a doutrina e as letras. No «*Ginásio*» já estudavam 50, e com esta nota simpática: «todos de exímia índole e propensos por si mesmos à piedade». E assim todos, adultos ou meninos, «se levam à piedade e elegância cristã». E dali se ia às quatro povoações vizinhas para o mesmo fim, de educação religiosa, com a palavra de Deus e administração dos sacramentos [2].

Tinha sucedido ao P. Paulo Teixeira o P. Caetano Dias; e em 1757 era Superior o P. António Simões e seu companheiro o P. Diogo Teixeira [3]. Mas como tôdas as mais casas do Brasil também ela foi vítima de acontecimentos estranhos a ela própria. Não tardaram os Padres a deixar a Casa e a embarcar para o Colégio do Rio, determi-

---

1. Baltasar da Silva Lisboa, *Anais*, IV, 261.
2. *Bras. 10*(2), 447v. O P. Paulo Teixeira, nascido no Engenho Novo de Iguaraçu a 16 de Maio de 1697, entrou na Companhia de Jesus, já sacerdote, em 1732 (*Bras.* 6, 272v). Fêz a profissão solene na Baía, no dia 26 de Dezembro de 1744 (*Lus. 16*, 178). A 12 de Novembro de 1746, D. Bernardo Rodrigues Nogueira (e foi um dos primeiros actos do seu govêrno na nova Diocese de S. Paulo) confirmou ao «P. Paulo Teixeira, da Sagrada Companhia de Jesus» e aos seus companheiros no cargo de Missionários, com grandes faculdades, que tinha do sumo Pontífice, cf. Silveira Camargo, *A instalação do Bispado de São Paulo* (S. Paulo 1945)62. Paulo Teixeira era notável pela forma vigorosa e penetrante com que dava as missões, como se diz, em 1747, das de Parati e Ubatuba e outros lugares (*Bras. 10*(2), 427). Notável sobretudo pela santidade, que testemunham os documentos antigos. Faleceu no Rio de Janeiro a 26 de Outubro de 1756. Escreveu a sua vida o P. João de Azevedo, *Vita Servi Dei Pauli Teixeira* (Sommervogel, *Bibl.*, I, 735). Referem-se a êle, Jaboatão, *Novo Orbe Seráfico* (Rio 1859)387, 794; Loreto Couto, *Desagravos do Brasil* em *Anais da BNRJ*, XXIV, 287; Heliodoro Pires, *A Paisagem espiritual do Brasil no século XVIII* (S. Paulo 1937)54.
3. *Bras.* 6, 398.

nando-se em 1760 que se entregasse ao Bispo do Rio de Janeiro «o Hospício, ornamentos, alfaias, tudo o que pertencia aos Jesuítas» [1].

A Casa dos Jesuítas da Vila do Destêrro (hoje Florianópolis, capital do Estado de Santa Catarina) tinha durado alguns anos, o tempo indispensável para a sua organização e estabilidade. A êste trabalho unia-se o dos ministérios religiosos, semelhantes aos dos Padres Francisco de Faria e Bento Nogueira, e tinham-se dado os primeiros passos da instrução no Estado de Santa Catarina. Árvore nova derrubada pela tormenta. Francisco de Faria, pouco depois de deixar a Vila do Destêrro foi eleito presidente da *Academia dos Selectos* do Rio.

Dentro do actual Estado de Santa Catarina, no Sul e fronteira com o Rio Grande do Sul, trabalharam ainda muito os Jesuítas do Brasil, desde os começos do século XVII. O ponto de convergência era *Laguna*, a que nos referimos, a famosa *Laguna dos Patos*, hoje simplesmente *Laguna*, cidade·catarinense, deslocando-se para o Sul a denominação de *Lagoa dos Patos*, que banha a capital gaúcha.

---

1. Lucas Boiteux, *Para a História Catarinense*, 232. Osvaldo R. Cabral dá notícia da encorporação da Casa-Colégio dos Jesuítas aos bens da Matriz e do modo como se operou, cf. *Os Jesuítas*, 16-22.

CAPÍTULO III

A Missão dos Patos

1 — A Missão dos Patos ou Carijós; 2 — Expedição de João Lobato e Jerónimo Rodrigues, e o Índio «Tubarão»; 3 — Expedição de Afonso Gago e João de Almeida, os Índios «Abacuís» e o principal «Mequecágua» (1609); 4 — Expedição de João Fernandes Gato e João de Almeida, os Índios «Tubarão», «Papagaio» e «Anjo» do Sertão do Rio Grande (1619); 5 — O P. António de Araújo funda a Aldeia dos Patos (1622); 6 — A Aldeia do Caïbi, no Rio Grande do Sul (1626); 7 — Expedição de Francisco Carneiro, Manuel Pacheco e Francisco de Morais (1628); 8 — Fecha-se a Residência dos Patos; 9 — Tropelias e desumanidades.

1. — Os Jesuítas no Sul, em particular os das Reduções pela parte do sertão, do ciclo espanhol, é assunto bem estudado; não assim, na parte costeira, as missões organizadas e pertencentes ao ciclo português, que tinham por centro não a Assunção ou Buenos Aires, mas o Rio de Janeiro. Assunto quási inédito, que consta de *Relações* importantes. Relações de índole diversa, algumas apenas de categoria informativa, outras com sabor literário e levemente humorístico (tal é a do P. Inácio de Sequeira) ao tratar das feitiçarias dos Índios em particular as do *Grande Anjo* (espécie de imperador indígena, que em 1635 dominava o sertão desde Laguna ao Rio Grande) e ao referir-se à escravatura na grande expedição dos pombeiros de S. Paulo, que nesse ano ali foram e com os quais o próprio narrador pessoalmente tratou. A essa altura, os Jesuítas do Brasil já tinham chegado à *Aldeia de Caïbi* (não longe da actual Cidade de Pôrto Alegre). Não se puderam manter, porque a falta de autoridade civil ou militar, próxima, que se impusesse não só aos Índios, divididos entre si, mas impedisse as depredações dos escravagistas, que fomentaram essas divisões e combatiam simultâneamente os Padres, tornou impossível a permanência das Missões, idas do Brasil. Estas excursões marí-

timas dos compradores de escravos, longe de ser um título de glória, sob o ponto de vista territorial, parece-nos que antes atrasaram de um século a colonização portuguesa (e, portanto, brasileira) do Rio Grande do Sul.

Não quereríamos pronunciar o nome de *bandeira*, para estas excursões, porque a desejaríamos reservar, naquilo que tem de prestigioso, para as expedições a Minas. A Minas os homens de S. Paulo *iam* e *ficavam*. Ao sul, *na primeira metade do século XVII*, nem ficaram nem deixaram ficar os Jesuítas seus compatriotas, o que seria a *presença* estável e pacífica do *Brasil* nessas regiões, que outros, entretanto, favorecidos mais eficazmente pelos espanhóis, ocuparam. E para que fôssem *Brasil*, isto é, para se encorporarem depois, foi preciso o sangue, e a luta, nem sempre gloriosa [1].

Os Jesuítas do Brasil tinham iniciado a colonização do Sul com residência estável, desde 1605 a 1628, por períodos mais ou menos largos, conforme a precariedade dos tempos. Da última vez estiveram ininterruptamente 6 anos. Não podendo manter-se, trataram de não deixar ao abandono nas selvas, ao menos os Índios já cristãos, aos quais, pela ausência dos Padres, faltaria o exercício e cumprimento da religião, voltando à barbárie. Nesta descida dos Índios para os núcleos já civilizados surgiu um facto, que ainda é actual, e cuja raiz se deve buscar no século XVII, a rivalidade entre paulistas e cariocas.

Os moradores de S. Paulo levavam a mal que os Índios viessem para o Rio, facto nunca notado ou pouco acentuado pelos historiadores, mas claro e evidente. Não há um caso único de não tentarem os vicentinos a captura dos Índios, quando a expedição se organizava no Rio, mesmo quando a iniciativa dela partia das entidades legítimas, oficiais e superiores. A emulação tem às vezes a sua utilidade. Não sabemos se o teria também nesta. Para a liberdade individual dos Índios parece-nos que não.

---

1. «Bandeiras paulistas diversas, no século XVII, ali estiveram [no Rio Grande do Sul] preando índios e destruindo as missões espanholas, levantadas em tais paragens. Mas essas diligências eram apenas veículos de devastação, nada criando ou deixando de permanente na rota que traçavam» (Carvalho Franco, *Bandeiras e Bandeirantes de S. Paulo* (S. Paulo 1940) 285-286). A observação do escritor paulista aplica-se também ao mal que os «Segadores de Satanaz» (frase sua) faziam às missões, idas do Brasil, como o dirão os documentos dêste e do Capítulo seguinte.

2. — No primeiro Tômo desta *História*, ficou já a notícia das excursões missionárias para o sul, partidas do Rio ou S. Vicente, durante o século XVI e também a primeira do século XVII, feita pelos Padres João Lobato e Jerónimo Rodrigues, do Colégio do Rio de Janeiro, e que fundaram a primeira Residência dos Patos, que durou 2 anos, a *Residência de Embitiba*, no Pôrto de D. Rodrigo (1605-1607). Estiveram na Laguna, onde tentaram aldear os Índios, sem efeito, por êstes se não disporem a roçar e assegurar assim a subsistência da nova Aldeia. Trataram com os Índios *Carijós* e *Arachãs*, com o principal *Tubarão*, que vai aparecer sempre em tôdas as viagens seguintes dos Padres até 1635, com seus Irmãos e os índios *Jacuruba*, *Jararoba* e *Anhangari*. Os Padres ultrapassaram *Araranguá*. Estiveram em contacto com Índios de *Mampituba* e falam do *Tramandataí*, no qual, «dali por diante começam os *Arachãs*», escreve Jerónimo Rodrigues, cuja narrativa, cheia de interêsse histórico e etnográfico, foi o resultado mais positivo desta expedição, com a certeza de que ainda não era possível a catequese e a colonização efectiva naqueles confins ao sul de Santa Catarina [1].

3. — A segunda expedição dos Padres do Brasil realizou-se dois anos depois, em 1609, para tentar a junção com os Jesuítas espanhóis e adiantaram-se a êles, que já estavam no Piquiri, mas que ainda se não sabia bem a que altura da costa correspondia. Os Padres Afonso Gago e João de Almeida atravessaram a Serra do Mar. Tentaram opor-se-lhes os Índios *Abacuís*, que em 1619 aparecem com a grafia de *Abucus*, onde se inclui o radical dalguns rios riograndenses, e trataram com o principal *Mequecágua*, primeira alusão em documentos jesuíticos portugueses aos Índios *Caáguas* (ou *Cáguas*). Travou-se grande peleja entre Índios amigos e contrários. Um dos Jesuítas deixou notícia do que se passou, provàvelmente o P. João de Almeida, pois de Afonso Gago não existe carta nenhuma conhecida. Diz a *Ânua* de 1609:

«Acabou-se êste ano, por ordem do P. Manuel de Lima, então Visitador geral da Província, uma célebre Missão, que dois Padres, Afonso Gago, superior, e João de Almeida, zelosíssimos da salvação dos Índios, fizeram ao sertão longínquo. Para que se veja, vamos re-

---

1. Cf. supra, *História*, I, 330; *Novas Cartas Jesuíticas*, 229, onde publicamos na íntegra, a *Relação* de Jerónimo Rodrigues.

sumir brevemente a carta, que um dêles mandou ao P. Provincial Henrique Gomes:

Chegamos, graças a Deus, ao último têrmo do caminho por nós demandado, e em terra desconhecida. Andamos sem guia durante muito tempo pelo caminho, que era difícil, e ora o subíamos à fôrça de braços, de ferro e dos pés, ora no declive dos vales e dos precipícios, deixando-nos deslizar, ora vencendo as asperezas dos montes à custa de fôlego. Chegados a esta vasta região, parecíamos todos anacoretas do deserto, que se acolhessem nêle. Receberam-nos com provas de amor, que fàcilmente se conjecturam, porque vindo muitos «Abacuís» (sic) do *sertão de além* [ex ulteriori solitudine] para nos matar, outros mais próximos de nós se interpuseram, e os persuadiram a voltar para as suas terras, garantindo aos inimigos que a nossa estada ali seria só para bem.

Livres daqueles contrários, os Padres trataram de dispor tudo para a catequese e o aldeamento dos Índios, dos quais receberam os costumados presentes, dando-lhes os seus, como de costume. E propuseram-lhes, se em vez de viver nos matos, não seria melhor viver na paz da Igreja.

Um dos principais, chamado *Mequecágua*, respondeu que êle já antes tinha desejado isso e que se voltássemos daí a três anos, garantia que todos estariam connosco. E por meio dêstes já se achavam dispostos 5.000 de diversas Aldeias dos arredores a se juntarem, e todos mostravam *que queriam ter perpétua amizade com os Portugueses, mas viver sôb o patrocínio dos Padres, para que assim recebessem a fé divina de Cristo, como diziam no seu grato falar.*

Com tão divino lucro das almas dêste espiritual empório, começamos a pensar na volta, quando se fêz um repentino alvorôto para nos matar. Tinham-se misturado com os índios amigos, muitos outros de todo o vastíssimo sertão. Inopinadamente formaram-se dois campos, os nossos Índios e muitos parentes seus de um lado e do outro lado os contrários. Travou-se rija peleja, trocando-se milhares de setas. Os Padres exortaram os Índios leais e no mais apertado da batalha, Afonso Gago armado de duas cruzes, uma em cada mão, atirou-se para o meio da refrega e com voz sonora, desmentindo o apelido [adverte a narrativa], animou-os, não tardando os outros a fugir. Pareceu milagre terem escapado dêste perigo» [1].

---

1. *Bras. 8*, 110-113.

A ida dos Padres era, como já a anterior, para tentar a erecção local de Aldeias estáveis, de catequese. Contudo, ainda que os Índios amigos prometiam auxílio, os sucessos mostraram, por aquela peleja, que não havia segurança. Desceram «até 1.500 índios», que se situaram nas Aldeias de Índios livres de S. Paulo [1].

4. — Os Jesuítas prometeram voltar; e, se fôsse possível, para ficar entre êles definitivamente. A volta aos Carijós operou-se em 1617 e foram os Padres João Fernandes Gato e outra vez João de Almeida. Era por conta de Sua Majestade, sob o patrocínio de Salvador Correia de Sá, o velho, e de seu filho Gonçalo Correia de Sá, Capitão-mor da Capitania de S. Vicente, que mandou a todos os oficiais, seus subordinados, favorecessem a missão e proporcionassem aos Missionários quanto fôsse mister por conta de El-Rei, ordem baldada, porque tudo foram oposições, não só dêles como dos moradores das «três vilas, de S. Vicente, Santos e S. Paulo, que todos se puseram em um corpo, para que não fôssem os ditos Padres a esta missão, por arrecearem a posse tão antiga de seu resgate e trato, que têm, de cativar e destruir aquêle gentio, com a muita gente que têm trazido e trazem a vender», diz o P. João de Almeida, cronista, desta vez expresso, da Missão. «Contudo, foi Deus servido que chegaram os ditos Padres ao sertão, onde foram recebidos de todos os gentios com muita festa e regozijo de todos êles, como de todos os principais, assim dos que habitam, vizinhos da Ilha de Santa Catarina, como os de todo o circuito da *Lagoa* que chamam *Patos* do *Grande Tubarão*, que é como principal e rei de todos êles, assim *Arachãs* como de todos os mais, porque todos estão a seu mandado e obedecem a seu aceno. Aos quais os Padres prègaram muito por espaço e deram inteira notícia da Fé e de tudo o mais que lhes convinha à sua salvação, principalmente o Padre João Fernandes, que como Superior desta missão se assinalou com mais fervor e espírito, com grande zêlo da honra de Deus e salvação de todos êles.

Daqui fomos a *Ararunguá* e a *Boipetiba*, que é a derradeira Aldeia a que os brancos vão, fazendo sempre o mesmo, curando a todos, a alguns de postemas perigosas, sangrando a outros, alguns que estavam em perigo de morte, depois de instruídos nas coisas da Santa Fé, baptizamos, principalmente inocentes, que logo morriam. Desta

---

1. Vasc., *Almeida*, 53, 57.

última Aldeia foi nossa fala ao *Anjo*, outro grande principal do *Sertão do Rio Grande*; aos *Arachãs*, dos quais tivemos fala que se juntaram em um campo mais de mil frecheiros, aos quais também prègamos e demos notícia de nossa Santa Fé» ¹.

Da «Lagoa» a «Boipetiba» (Mampituba), andaram a pé, e ambos adoeceram, o P. João Fernandes mais gravemente, estêve à morte. Da cama, «que eram quatro paus fendidos sôbre quatro forquilhas, com uma pouca de erva em cima», atendiam aos Índios, que também adoeceram e os outros que os iam visitar, e lhes desejavam saúde. Mas o principal da Aldeia de Mampituba, «em cuja casa estávamos, vendo que não melhorava o dito Padre consultou a alguns dos seus, arreceando lhe morresse em casa, que tinha por agouro, que o botassem fora. Assim o mandou pedir ao dito Padre, porém livrou-o Deus dêsse trabalho com a saúde que lhe deu».

Vieram muitos milhares de Índios ver os Padres e esperavam que descessem com êles três ou quatro mil, muitos dos quais lhes deram esperanças e palavra.

Mandaram pedir farinha e embarcações de alto bordo a Salvador Correia de Sá, que as mandasse até meados de Outubro de 1618, mas até Janeiro de 1619 não chegou nada, por culpa de alguns moradores de S. Vicente e Cananéia, para acabar a missão como tinha começado, com todos os contratempos.

Tinha valido aos Padres, na ida, António Mendes de Vasconcelos, que os ajudou não só com a sua pessoa, mas com a sua fazenda e um navio, sem o qual não poderiam ir as duas embarcações, que os Padres levavam. «Entretanto, alguns moradores de São Vicente e Cananéia, vendo que não havia causa que pudesse impedir nossa ida, despediram uma canoa diante de nós e outra no mesmo tempo: de modo que uma diante de nós e outra logo depois de nós lá chegar, com certos recados a seus compadres, como foram ao grande *Tubarão* e por outro nome «*Torvão*», senhor das chuvas e tempestades, o qual se intitula senhor de tôdas aquelas terras e mais dos *Arachãs*, e terras dos castelhanos até Santa Catarina, grande feiticeiro, que diz que sabe as coisas antes que sucedam e que Deus lhas diz; e, assim, que Deus lhe dissera como nós havíamos de ir lá, mas que lhe não dissera

---

1. Êste «Rio Grande», pela própria proporção geográfica, se infere que é o actual Rio Grande do Sul. No capítulo seguinte (§ 5), ver-se-á melhor na *Relação* do P. Inácio de Sequeira, que o coloca a «70 léguas», ao sul de Laguna.

havia de vir connosco. Faz-se também senhor do peixe, e êle manda de lá o que cá vem aos brancos. O mesmo foi ao *Conta-Larga* e ao *Papagaio* e ao *Grande Anjo* (*Caraïbebe*), outro grande principal de lá, do meio do sertão, grande feiticeiro; êste, dizem êles que não nasceu de mulher. Dá os filhos e o mais que lhe pedem. E assim o temem e obedecem a qualquer recadinho».

Os recados dos brancos e mamelucos eram os mais afrontosos para os Padres, e que os iam buscar para os repartir, e até levar para Portugal e a outras partes muito distantes, e para os vender e maltratar; e com o desplante de se dizerem emissários de Salvador Correia de Sá e do seu filho, os mesmos que tinham patrocinado a expedição. «Êste recado e os que foram depois bastavam, não digo eu para todos tornarem atrás, como tornaram, mas ainda para nos quebrarem mil vezes as cabeças, contudo sempre nos trataram bem, pedindo-nos ficássemos com êles, que todos queriam ser cristãos. E vendo que não podia ser, derramando êles muitas lágrimas, nos despedimos dêles, mandando connosco um principal, em nome de todos, a pedir ao Padre Provincial Simão Pinheiro lhes mande Padres, o que confiamos acudirá com algum remédio por serem infinitas as almas, que por aquelas partes perecem sem remédio algum de sua salvação, assim *Carijós, Arachãs, Abucus, Guaianás*, e outra muita gentilidade, que corre muitos reinos. E até o Maranhão vão Padres. E há Padres no dos castelhanos, por onde Deus há-de permitir que os haja também cá para maior glória e serviço do Senhor Deus e bem de tantas almas» [1].

---

1. *Bras 8*, 263. Simão de Vasconcelos, ao referir-se à região dos Patos, neste período, divide os seus habitantes em seis categorias. Os Patos, que às vezes têm a significação de Índios dêsse nome, são na realidade notação geográfica. Habitavam o Sertão dos Patos:

1 — Os *Carijós* do mar;
2 — Os *Aabuçus*, também Carijós, que habitavam das serranias para o interior (são os Abacuís ou Abucus, dos documentos inéditos que aqui utilizamos);
3 — Os *Carijós do Sertão*, mais para o interior;
4 — Os *Ibirajaras* ou *Bilreiros;*
5 — Os *Tupis;*
6 — Os *Goaianás* (Vasc., *Almeida*, 56, ed. de 1658). Notemos a distinção entre *Carijós* (Guaranis) e *Tupis*. Temos presentes os mapas etnográficos de Wilhelm Schmidt, Métraux, Teschauer, Aurélio Pôrto. Abstemo-nos de for-

Esta referência ao Maranhão, dos Castelhanos, isto é, à parte mais alta do Rio Amazonas, é realmente surpreendente, olhando à data, 1619. Voltaram os Padres, depois de terem praticado mil actos de zêlo, compatível com as circunstâncias. E, durante a viagem, «na Cananéia e vila de Iguape, Itanhaém, Ilha de S. Sebastião, Ilha Grande, em tôdas estas partes, assim à ida para o sertão como à vinda, por ser tempo de quaresma, e não haver Religiões em estas povoações e haver falta de confessores, confessamos a todos, assim Brancos, como Índios, fazendo algumas amizades de muita importância, e prègando e doutrinando, baptizando e casando alguns Índios, e fazendo outras coisas de muito serviço de Deus por tôdas as partes até tornarmos a êste Colégio do Rio de Janeiro, hoje 23 de Março de 619»[1].

Nesta Missão, a residência maior dos Padres foi na *Aldeia de Mampituba*, onde deitando bem as contas estiveram mais de meio ano, e onde não ficaram parados, pois mandaram a sua fala ao Anjo «do Sertão do Rio Grande». E aos *Arachãs* não foi apenas a fala, foram êles próprios, a um campo, onde prègaram a «mais de mil frecheiros».

O P. Simão de Vasconcelos estava presente no Colégio do Rio de Janeiro, quando chegaram os dois Padres e os embaixadores dos Índios, em número de seis. O mais importante era *Araraïbé*, embaixador do Principal dos povos dos Carijós, por nome *Igparuguaçu*[2].

---

mular o nosso parecer aliás incompetente. Seja-nos permitido apenas dizer que os Padres, que nos deixaram a relação do que é o nosso texto, estiveram com certeza no Rio Grande do Sul, no itinerário sempre em direcção austral até Mampituba, que foi Laguna, Tubarão, Araranguá, Boipetiba (actual Mampituba) e Arachãs, que ficavam ao Sul de Tramandataí, pondo-se em contacto com o Anjo do Sertão do Rio Grande. Cf. também no Capítulo seguinte, § 2, a região que, em 1636, se assinala aos Índios Carijós.

1. «Relação dalgumas cousas da missão que se fêz aos Carijós e mais lugares vizinhos dos Patos a petição de Salvador Correia de Sá, por ordem e mandado do Padre Provincial Pero de Toledo e do Padre Reitor dêste Colégio do Rio de Janeiro, António de Matos, principiada em Novembro do ano de 617, acabada em Março de 619». Autógrafo do P. João de Almeida, *Bras. 8*, 261-263v; cf. *Bras. 3(1)*, 200; *Bras. 8*, 236-238v; Cordara, *Hist. Soc.*, VI-1.º, 223-224; Vasc., *Almeida*, 143.

2. Vasc., *Almeida*, 143.

5. — O desejo de residência fixa e a vinda dos embaixadores a pedi-la, fêz que realmente se tentasse mais uma vez a possibilidade de ficarem Padres naqueles confins, se não tão longe, ao menos na Laguna, onde parecia mais fácil a subsistência, e o socorro e a comunicação com o Colégio do Rio.

Organizou-se a expedição e desta vez com a resolução feita de levar a Residência àvante. Para Superior dela escolheu-se o P. António de Araújo, que acabava de ilustrar o nome com a publicação do *Catecismo na Língua Brasílica*, e foi por seu companheiro o mesmo P. João de Almeida, que não se dando bem, pediu para se retirar. A vinda dos Padres foi em 1622. Dois anos depois, a 11 de Agôsto de 1624, dia de Santa Clara, chegaram o P. Pedro da Mota e o Ir. Pero Rodrigues, êste com a incumbência de voltar com o P. João de Almeida, que no fim dêste ano de 1624 já estava em S. Paulo [1]. Os dois Padres António de Araújo e Pedro da Mota, que ficaram, foram incansáveis num meio primitivo e diverso, onde não havia autoridade estável, antes a actividade tumultuária dos brancos, que por ali iam, com o fim único de exploração humana, e com as concomitantes violências, astúcias e injustiças.

Em 30 de Setembro de 1626, narra Vieira o estado da Missão. A Casa da Residência era a 30 ou 40 léguas das principais povoações, em sítio que se não diz expressamente, mas que deveria ser o *Embitiba*, porque desta sua estância, depois de 1624 partiram para a *Laguna*, onde ergueram Igreja e onde prègaram aos Índios e baptizaram perto de «duzentas almas», que «tal afeição tomaram, depois de serem baptizados, às coisas divinas, que morando muitos dêles uma légua distante da Igreja, continuaram com muito fervor a ouvir missa todos os dias santos, e ainda em tempo de grandes frios e chuvas, não obstante a declaração que se lhes fêz de ficarem totalmente desobrigados».

---

1. Vasc., *Almeida*, 160-168; Cordara, *Hist. Soc.*, VI-2.º, 250-251. Vasconcelos narra a discordância que houve entre o P. António de Araújo, Superior da Missão, e o P. João de Almeida, e que o P. Araújo era homem de bom espírito, mas «nem todos os que sabem ser homens de espírito, o sabem também comunicar aos outros». Na realidade, o P. João de Almeida, como súbdito que era, não aceitou a direcção de seu Superior, que é o que se infere das explicações do biógrafo. O P. António de Araújo ainda continuou quatro anos à frente da Missão dos Patos.

6. — Ao fim de algum tempo, seguiram mais adiante os Padres. Passaram de novo às terras do principal *Tubarão*, onde baptizaram 27 pessoas, «e muitos mais o fizeram, mas faltou o *tempo*, para os catequizar, *que era necessário para caminhar*». E caminharam muito, e foram longe, de Aldeia em Aldeia, até à *Aldeia do Caïbi*, já em pleno Rio Grande do Sul, onde tencionavam fundar uma grande Aldeia cristã. Diz Vieira:

«Nas mais Aldeias, por onde os dois Padres passaram, até chegar à última do *Caïbi*, o seu cuidado principal era fazer a todos uma prática tocante à importância da salvação, e visitar logo os enfermos, provendo-os com o que podiam, e sangrando-os, se não havia outro sangrador, com suas próprias mãos, e, quando estavam em perigo, depois de instruídos, os baptizavam.

Chegados finalmente a esta última Aldeia, começaram a tratar do seu intento principal, que era ajuntá-los em uma Igreja, mas muitos dêles estavam já embaídos, com os embustes de alguns Portugueses de ruim consciência, a não quererem viver juntos, para que assim mais fàcilmente os possam levar e vender por cativos.

É muito grande dificuldade esta, nem é menor a que outro Principal de muita gente põe a seus súbditos, porque é *grande feiticeiro*, e lhe tem dito o demónio que, no ponto e tempo em que os nossos entrarem em suas terras, não terão efeito algum as suas artes. Êste Principal mandou vários recados aos Padres que não passassem àvante, nem fôssem a suas terras, ao que os nossos responderam que haviam de pôr em execução os mandados de seus maiores, que eram de passarem adiante.

Nestes têrmos estava o negócio da conversão até êste tempo [1626]. Quisera Deus por sua misericórdia que tenha bom sucesso, para que se abra por aqui a porta à salvação de inumeráveis almas que vivem da outra banda do rio» [1].

«*Da outra banda do rio*»... A grande aspiração ia ser frustrada, não só pelas turbulências dêste principal, alusão ao *Anjo*, de quem já vimos referências e veremos mais ainda, mas sobretudo pela acção

---

1. *Cartas de Vieira*, I, 55-58. Conserva-se o original latino desta Carta de Vieira, que êle próprio depois traduziu: «Postquam tandem ad praecipuum gentis *pagum*, qui sui idiomate *Caybi* dicitur, pervenere, de iungendis in unum vinculis agi caeptum; sed non bene in hanc sententiam adducuntur, praecipue *dynasta* quidem *venefica arte* imbutus», Bras. 8, 372v.

dos escravizadores, ou «segadores de Satanaz», que não tardariam a chegar às Aldeias cristãs, destruindo-as, onde quer que as encontrassem e o pudesem fazer impunemente, isto é, quando achavam diante de si apenas Padres inermes e Índios desprevenidos e mal armados.

A história, feita a frio, tem talvez que responsabilizar êsses homens dêste terrível facto: impedir que desde 1628 se tivesse colonizado o Rio Grande do Sul, em cujas paragens de mais futuro, ao norte da região da actual Cidade de Pôrto Alegre, tentaram estabelecer-se os Jesuítas do Brasil, fixando-se na terra.

7. — Os Padres não puderam passar *à outra banda do rio*, nem mesmo ficar nêle, sem garantias suficientes da própria vida. Voltaram, e de Laguna avisaram o Colégio do Rio de Janeiro, cujo Reitor P. Francisco Carneiro, por ordem do Provincial se preparou para ir êle em pessoa e com poderes bastantes para resolver todos os problemas emergentes, manter a Residência ou suprimi-la; e, neste caso, para não ficarem ao abandono, trazer consigo para núcleos civilizados, ao menos os Índios já cristãos, que poderiam ser assistidos cristãmente e servir de defesa contra investidas dos holandeses, sempre possíveis e temidas depois do ataque à Baía.

Levou consigo alguns Índios da Aldeia de S. Barnabé, e o seu principal, Silvestre, cristão, homem de confiança, a quem a civilização dera já firmeza de carácter, que estivera com o socorro enviado pelo Colegio do Rio à Baía, contra os holandeses, fiel como *Arariboia*, e de quem mais tarde se iria escrever que, sendo índio, vivia no Rio como qualquer português honrado. Em S. Paulo, o Reitor recolheu mais alguns Índios das Aldeias, e agregou à expedição o P. Manuel Pacheco e o Ir. Francisco de Morais, que iniciava a sua grande carreira de sertanista. A 5 de Abril de 1628 chegaram todos três a Laguna dos Patos. Avisados, vieram os Padres António de Araújo e Pedro da Mota esperá-los à entrada do pôrto da Laguna, com 5 canoas cheias de Índios, dando as maiores demonstrações de festa e e alegria.

Francisco Carneiro informou-se com suma diligência da situação. Soube que, pouco antes, a Aldeia tinha sido atacada por *Mbaetá*, irmão de *Tubarão*; assim como se informou das disposições dêste e de outro seu irmão, *Itapari*; ao famoso Anjo, que também dava pelos nomes indígenas de *Pindobuçu e Cotiguara*, que habitava o sertão e o dominava até o Rio Grande, enviou o fiel Silvestre. Pôs-se ainda em contacto, directo ou indirecto, com outros chefes, o *Bacaba*, o *Boipeba*, o *Maracanã* e o *Aberaba*, êste que viera do sertão distante 50 léguas e que depois seguiria com os Padres e iremos encontrar na expedição seguinte com o nome, já cristão e prestigioso, de Matias de Albuquerque. Soube o P. Francisco Carneiro que andava por ali um mulato fugido, que era pombeiro e porta-voz dos escravagistas, e cujos conselhos e perfídias perturbavam tudo. Vida precária da civilização, contra a qual os Padres se achavam sem poder bastante. E o apoio civil, oficial, que tinham, resultava, ali, ineficaz, por ficar distante, no Rio, interceptado pelos escravagistas.

O Padre resolveu portanto voltar ao Rio de Janeiro e levar os Missionários e os Índios que os quisessem acompanhar. Uma das razões, que êle deu para os Índios os seguirem, foi que «estando lá Padres como estavam, contra a vontade dos Portugueses, interessados nos resgates de seus parentes, ficavam expostos a tôdas as vexações que os gentios vizinhos, ou levados de seu querer e poder, ou instigados pelos Portugueses, lhes quisessem fazer, dando-lhes em prova o assalto passado, que ainda tinham nos olhos, e que se, para êle bastara a persuasão de um mulato, escravo fugitivo, muito mais montaria ao diante a instigação de quaisquer Portugueses, que por verem os Padres fora de lá, a seu salvo os excitaria a os perseguirem, e que, dos ditos e falsidades que contra nós tinham ouvido a muitos dos Portugueses afim de nos desacreditarem com êles, tirassem a prova desta razão».

Outras razões deu o P. Francisco Carneiro, português das margens do Rio Douro, razão que expõe longamente: e uma era que se êles não quisessem vir a bem, teriam que vir depois a mal, porque «o Capitão-mor do Rio, Martim de Sá, tinha ordem de Sua Majestade para os vir levar para o Rio de Janeiro, como já levara outros e de presente estava determinado a mandar o seu filho para êsse efeito, como se podiam informar dos dois índios seus, que comigo tinham vindo».

Tôdas estas razões pouco impressionavam os Carijós. Mas numa junta, um dêles, o *Boipeba*, ainda gentio, de bom entendimento, estranhou aos mais que não era bem terem-se feito cristãos, para depois viverem como gentios. E que êle se pelo amor da pátria, em que se criara, tinha pedido que os Padres ficassem antes com êle, agora ouvidas as razões e vendo a impossibilidade de ficarem, os acompanharia com a sua família.

Entretanto iam chegando os Índios, mandados chamar por Silvestre e o Padre Pedro da Mota e Ir. Francisco de Morais, que com alguns Índios de S. Barnabé e Barueri se tinham internado no sertão para juntar e persuadir quantos pudessem. Nesta dolorosa viagem por frios e desabrigados caminhos com os trabalhos, «que tiveram, de lavar, servir, amparar e ainda trazer às costas os doentes», ajuntando-se a isto um «andaço de febres malignas», que na paragem aonde foram os Padres (16 ou 26 dias além da Laguna) adoeceram também êles. Faleceram quatro índios de S. Barnabé, alguns da de Barueri e o próprio P. Pedro da Mota, depois de 12 dias de doença e de receber os sacramentos, «expirou em uma têrça feira, 30 de Maio. No mesmo dia o enterramos na capela da Igreja, defronte do altar, em um caixão de cedro, e no dia seguinte lhe fizemos seu ofício. E assim confiamos lhe terá o Senhor dado o prémio de seus trabalhos, em particular dêste último, que por seu amor e por obediência e bem do próximo, padeceu até dar a vida».

A narrativa de Francisco Carneiro enche-se, por inúmeras páginas, com actos heróicos de paciência e de caridade dos Padres, as conversões e baptismos, reacção contra as mancebias dos já cristãos, os perigos e lutas incessantes. O *Tubarão* estêve para se baptizar, numa grave doença. Não mostrando as disposições requeridas, ainda desta vez se não baptizou. Arribou da doença e já o queria, mas os Padres não confiaram na firmeza da sua cristandade, permanecendo êle no sertão como antes; baptizaram porém a dois filhos seus. Contam-se as feitiçarias e usos dêstes índios, em parte retomados depois pelo P. Inácio de Sequeira, que se verão no Capítulo seguinte. E enfim, depois, de mil contrariedades, puseram-se a caminho.

8. — O final da narração dá notícias de tal ordem sôbre os escravagistas, os preparativos da expedição de Manuel Prêto e António Raposo Tavares (testemunho diverso e anterior ao de Montoya, que dá plena razão a Capistrano de Abreu), e o estado do ambiente neste período precursor da tormenta, que ia abalar em breve a Capitania de S. Vicente, que é documento vivo e fidedigno de um dos que viram e, depois de verem, escreveram. Estavam de volta e já na Ilha de Santa Catarina:

«Enquanto também estivemos nesta Ilha, chegaram a ela dois patachos, afora outro que encontramos em outro pôrto, em que se dizia iriam até 50 compradores de Carijós com seus resgates costumados. Alguns dêles, com quem falamos, no semblante com que nos viam e carrancas, que nos faziam, mostravam não sentirem menos verem vir connosco os Índios, que trazíamos, do que se das mãos, depois de comprados, lhos tiráramos, e assim montaram pouco para com êles, as amoestações que lhes fiz sôbre o muito que encontrariam o serviço de Deus e de Sua Majestade, se com os Índios, que deixávamos abalados para a Igreja com palavra de em breve os irmos buscar, tratassem sôbre seus resgates e os inquietassem por essa via, quando de-todo os não tirassem de seus intentos; porque, depois de se apartarem de nós, se foram ter com o *Itapari*, e o que com êle passaram não sei, mas êle me mandou dizer, depois disso, como já disse, apressasse quanto pudesse a ida dos Padres por respeito dos brancos, que já lá começavam a os inquietar. E nunca, mais desejei estar livre para me poder lá ficar êste ano, afim de conservar os Índios nos propósitos em que os deixamos, e frustrar por essa via os intentos de tais contratadores, já que não bastam leis divinas nem humanas a impedirem estas injustiças, nem há justiça, que veja e atalhe tão públicos e ordinários roubos da liberdade, em que na realidade me parece a emenda é impossível, por ser prática comua entre os culpados nelas, que só os Padres da Companhia somos os que os julgamos por tais, sendo todos os mais de parecer contrário, e por ventura compreendidos pela maior parte nos resgates.

Esta boa vontade me pagaram êles, ainda antes de a alcançarem, com me não quererem fretar, como puderam e instantemente lhes pedi, um dos barcos até à Cananéia para nêle passar parte da gente, assim por abreviar o caminho como por atalhar o trabalho do de terra, por onde era e foi forçoso caminharem os que não couberam na barca e canoas.

Partidos, pois, da Ilha de Santa Catarina, aos 14 de Julho, no mesmo dia tomamos um *Pôrto*, que chamam *das Garoupas*, por haver nêle inumeráveis, afora outro peixe, e as melhores comodidades de vivenda, que vi por aquelas partes; aqui estivemos 9 dias, acabando de passar a gente; no cabo dêles, que foi aos 24 de Julho, nos apartamos e partimos, o Padre António de Araújo e o Irmão Francisco de Morais, por terra, com 220 almas e as canoas para os mantimentos e passagens dos rios; e o P. Manuel Pacheco e eu, na barca, com 185. E aos 28 do mesmo mês entramos na Cananéia, donde tínhamos saído havia 4 meses menos um dia. Aqui nos receberam os moradores desta povoação com muitas mostras de benevolência, acompanhadas de muito e bom refrêsco de tudo o que a terra dá, assim para nós, como para os Índios com que os sustentamos por espaço de 23 dias, que aí estivemos, parte dêles esperando tempo, parte reformando a matalotagem, que até ali tinha sòmente sido de algum pouco feijão, pouco peixe salgado e farinha de guerra, que daí tínhamos levado à ida, no que o P. Manuel Pacheco e eu, por enjoados, ficávamos da pior condição, que todos os mais; porque de 180 pessoas que mais vinham, não houve uma só a quem esta doença abrangesse, nem pelo conseguinte o fastio que a acompanha; o que junto com o talento dos Carijós em extremo comilões, por natureza e por uso, tão habituados nesse exercício, que como animais do campo gastam o dia inteiro e parte da noite em comer, sem interpolação ou distinção de tempos que monte; com o que nos faziam a viagem e demora no mar penosa não tanto pelo que a nós nos tocava, que costumados vínhamos a dietas e abstinências, quanto pelos receios que tínhamos de nos faltarem mantimentos e padecerem por essa via muitas crianças, velhos, fracos e convalescentes, que foi pela maior parte a gente que veio na barca, por ficarem para terra e canoas os mancebos e bem dispostos.

Porém não era sòmente essa a falta que sentíamos, que igualmente nos afligia o não acharmos na Cananéia remédio de embarcação em que passássemos a gente o restante da viagem. Esperá-la de Santos, donde, a mor cautela, a pretendi, era muita detença e ventura também de se achar; ou, se se achasse, seria por tal preço, que ma não armasse como não armou o pataxo do Padre Francisco da Silva [1], que depois de mo ter oferecido e por fim negado para os Patos, como acima disse, mo fretava agora, pedindo, segundo me certificaram, a dois cruzados por pessoa da Cananéia até à Marambaia, para trazer como era forçado trouxesse até 200, vinham a montar 400 cruzados, que não sei donde saïriam. Enfim nos mores apertos é Deus, e aqui o foi tanto no em que estávamos, que um Lourenço de Sequeira só por ver a necessidade que tínhamos, me ofereceu e deu de amor em graça uma formosa canoa, capaz de mais de 100 almas, aprestada não só com vela e remos senão ainda com 500 peixes salgados e 130 alqueires de farinha; na mesma me ofereceu e deu também o Capitão Simão Leitão outra, acompanhada de um novilhote, algumas galinhas, perus, carne de porco e grande cópia de legumes, afora outros mimos, com que sempre me foi provendo, e pôsto que esta era de

---

1. O P. Francisco da Silva, vigário da vara de Santos.

menos porte, junta com duas outras maiores, que dois outros moradores daquela vila me emprestaram, uma até Santos, outra até o Rio, ficamos remediados e as coisas postas em tais têrmos, que o Padre Araújo nem por falta de mantimentos nem de embarcação tivesse rezão de fazer demora, já que não podíamos esperar por êle, como tínhamos assentado, por achar aí cartas do Padre Vice-Provincial [1] e do Padre Reitor do Rio [2], pelas quais um me chamava para a Baía e o outro me apressava por esperar por mim o navio e as monções se irem acabando.

Por terra avisei logo a Santos e S. Paulo, prevendo as coisas que aí me obrigariam a fazer demora, e antes de abalar da Cananéia fiz uma como restituição de certos Índios, que V.ª R.ª já tinha mandado entregar a um Sebastião Pereira, daquela povoação, por serem seus, se terem recolhido na *Aldeia dos Padres nos Patos*, os quais êle em nossa companhia e por nosso pilôto, foi buscar e os animou e levou por tais têrmos, que sem muita repugnância lhe ficaram em casa, ficando êle quieto e bem agradecido, como mostrou por palavras e obras, e nós livres de murmurações e queixas, que contra nós se formavam e podiam formar com fundamento».

9. — «Isto feito e deixada ordem de quem por terra fôsse esperar o Padre e Irmão, e lhes levassem algum provimento de farinha para a gente, saímos da Cananéia aos 19 de Agôsto, e aos 21 entramos em Santos, em cuja barra fomos avisados de como alguns amigos nossos, ou que tinham razão de o ser, andavam apelidando o povo e requerendo aos Oficiais da Câmara nos embargassem os Índios e os não deixassem sair da Capitania, visto pertencerem a ela por serem descidos ao que propunham de seu distrito, e ser justo conservar-se aquêle comércio para remédio de viúvas e pobres, que não podem ir nem mandar a Angola. Mas nem isto nos espantou ou impediu a entrada, nem foi necessário mostrarmos-lhes como os Índios que trazíamos não eram descidos das terras do Conde, se não das de El-Rei e por sua ordem; nem menos argüi-los de não mostrarem aquêle tão pio zêlo contra si e contra quantos mulatos, mamalucos e vadios andam de contínuo, nas suas barbas e à sua vista, na carreira dos Patos, ca-

---

1. P. Manuel Fernandes.
2. Ficara a substituí-lo no Reitorado o P. Inácio de Sequeira.

tivando-os, vendendo-os, e levando-os para onde querem sem êles lhes irem à mão, porque uma coisa e outra, sem entrarmos nisso, fêz por nós o Capitão Álvaro Luiz do Vale, dando-lhes estas mesmas razões, açaimando-os com elas, e pondo silêncio a tudo; pelo que lhe dei as devidas graças e não menos pela benevolência e mostras de amor com que nos trata, engrandecendo por extremo a Companhia e seu modo de proceder, dando em prova que, só depois que comunicara com Padres dela, soubera ser cristão e freqüentar, como faz amiúde, os Sacramentos da Confissão e Sagrada Comunhão.

Nesta vila experimentamos bem o pouco gôsto que os moradores dela tinham da vinda dos Índios para o Rio, ou ainda de os tirarmos das terras, a que êles chamam e têm por conquista sua, e tanto sua, que cuidam se lhes rouba qualquer Índio que dela se tira; e com lhes dar por alvitre seria fácil conforme as 'coisas lá ficavam armadas, de ir-se-lhes uma boa *Aldeia de Carijós* ou *Goaianás* para aquela Capitania, a qual os Padres dela, com ordem de V.ª R.ª visitassem, e lhes servirem a êles, parte de defesa, parte de lhes acudir aos serviços, que por estipêndio quisessem dêles, a nada deferiram, guiados, ao que entendi, por aquêle dito, de que «melhor é o *meu* que o *nosso*» [1]. E assim não houve, em tôda aquela vila, quem nos mandasse sequer uma laranja para agasalharmos os hóspedes.

Mas esta falta supriu bem a caridade do Padre António Gomes, com os alojar na *Granja de S. Pedro*, aonde com as frutas, peixe e mariscos, que o sítio dá de si, e, com algum peixe mais, que o Padre lhes deu, junto com a farinha que trazíamos, puderam passar a vida enquanto eu visitava a casa e esperava recado de São Paulo, donde os Padres Salvador da Silva e José da Costa, o 1.º mandando à conta da casa, e o 2.º, trazendo de esmolas, da Aldeia e brancos [2], me acudiram com perto de 50 alqueires de farinha, feijão, manjar branco de Carijós, e novilhotes, um capado, alguma carne sêca, alguma farinha de trigo, biscoito, galinhas e outras coisas, com que bem agasalhamos os hóspedes e emendamos as matalotagens passadas.

---

1. Francisco Carneiro, além de assinalar que para os escravagistas o bem *particular* prevalecia ao bem *público*, distingue, com tôda a nitidez, as três características ou finalidades fundamentais das Aldeias do Brasil: a doutrinária (*catequese*), a política (*defesa*), e a económica (*serviço dos Índios*), que mais adiante no Capítulo VII estudaremos em confronto com as do Paraguai.

2. Brancos, isto é, *moradores de S. Paulo*, paulistas, *amigos*.

Os Padres desta Residência estavam com alguma desconsolação, parte pela desordem de muitos Índios de nossa Fazenda e Aldeias, que, induzidos por um dos novos Capitães delas e por brancos [1], fugiram e se foram ao sertão, em uma entrada, que a êle fizeram agora os daquela Capitania, de que se não esperam menos crueldades, que das passadas, por chegar, dizem, o número dos que a ela foram a quatro mil homens, pelo menos 800 brancos, os mais Índios [2]. E certo que, com muito fundamento, podemos arrecear àquela terra algum extraordinário castigo dado pela justiça do céu, pois a da terra tão pouco acode a atalhar tantas mortes, cativeiros, e outras extorsões, quantas os moradores desta Capitania há tantos anos e por tantas vezes têm cometido contra gentios de paz, sem até agora vermos castigo ou satisfação alguma, sendo como é certo e notório, por informação de muitos que algumas vezes chegaram a tais têrmos de crueldade que quebraram as cabeças aos pais e parentes velhos e enfermos, só para desimpedirem e aprestarem mais ao caminho os filhos mancebos, que ou por proximidade ou por amor e obrigação natural os traziam às costas; outras, mataram ou atiraram a paus as crianças que não podiam andar, só por não virem no alcance das mães e as impedirem no seguir a viagem; outras, cortaram os braços, a uns para com êles castigarem e atemorizarem os outros; outras, tiraram a vida aos maridos por ficarem sós no mau uso das mulheres; outras, degolaram, enforcaram e setearam, e queimaram a muitos, e caso houve em que queimaram Aldeia inteira sem escapar um vivo; só afim de ficarem mais temidos ou mais livres dos que lhes podiam fazer rosto a seus desaforos; outras, enfim, usaram de outras desumanidades que nem de Turquia ou outra bárbara nação as ouvimos, ouvindo-as cá; e porque nos não ficasse dúvida, os mesmos que as cometem, as contam como por gabo de seu esfôrço e pouco caso que fazem dos pobres gentios, que sem outra causa mais que a da cobiça e próprio interêsse, vão buscar a suas terras, onde, sem agravo ou prejuízo nosso, vivem, e nelas os conquistam, cativam e trazem por fôrça, na forma sobredita.

---

1. Brancos, isto é, *moradores de S. Paulo, paulistas, desafectos*. Aproxime-se esta nota da anterior e veja-se o risco das generalizações.
2. Bandeira de Manuel Prêto e António Raposo Tavares, saída de S. Paulo em Agôsto de 1628 e que destruíu as Reduções de Guairá (Cf. Taunay, *Hist. Geral das Bandeiras Paulistas*, II, 73ss).

Por outra parte, tinham os Padres ainda a fresca memória dos enfadamentos, que pouco antes tiveram com a mudança dos novos capitães das Aldeias principalmente da de *Barueri*, cuja eleição foi pouco aceita ao povo e menos aos Índios, que o hão-de sofrer, os quais por nenhum modo o queriam aceitar por tal, alegando para isso razões eficazes; e, com os Padres se deitarem de fora e nem pró nem contra falarem palavra aos Índios, o Capitão com um dos Juízes e outros de sua parcialidade os quiseram meter de dentro, e tanto de dentro, que a bandeiras despregadas os apregoavam por autores da repugnância ou como lhe chamavam rebelião dos Índios, argüindo os de rebeldes e levantados contra Sua Majestade, e seus ministros, induzindo a seu intento testemunhas e firmando papéis falsos, apelidando o povo por escritos e palavras, na estação e fora dela, até chegarem a levantar fôrça na Aldeia com ameaças de haverem de enforcar nela os autores do levantamento, a cuja conta prenderam e espancaram alguns e feriram um principal, sem os pobres Índios fazerem nem dizerem mais senão que não queriam aquêle Capitão por se não entenderem com êle; presos finalmente alguns, que lhes pareceu, os trouxeram à cadeia da vila, e nela os tiveram até que o Ouvidor da terra, por petição que os presos lhe fizeram, tirou devassa do caso e os soltou, pelos achar sem culpa, achando ser falsamente argüido quanto contra êles se tinha dito, afim de por essa via os extinguirem ou tirarem, como diziam, das mãos dos Padres, que era seu principal intento, como mostraram em os mandar notificar, lhes mandassem mostrar na Câmara os poderes que tinham de Sua Majestade para assistirem nas Aldeias, que êstes são os agradecimentos que lhes dão por lhos irem buscar ao sertão, e lhes conservarem esta Capitania para estas avexações, e para os servirem, como fazem de contínuo nos carretos de suas fazendas e de quantos oficiais de justiça vão e vêm, de que lhes não vem mais proveito que o trabalho e fomes que nisso padecem.

Partimos, enfim, de Santos, sem novas do Padre Araújo, aos 8 de Setembro, e aos 17 eutramos na Marambaia, aonde, entretanto, deixei os Índios em companhia do Padre Mateus Dias, até vir à cidade a assentar com o Padre Reitor e Governador o modo de sua sustentação e sítio, sôbre que ando, para lhes levar cedo a resolução e tornar para o Colégio conforme a ordem de V.ª R.ª cuja bênção e santos sacrifícios peço. Rio, 9 de Outubro de 628. — *Francisco Carneiro*» [1].

---

1. *Bras. 8*, 396-409; Cordara, *Hist. Soc.*, P. VI, Tômo II, 250-251, conheceu esta *Relação*, de que faz brevíssimo resumo. De um dos componentes da expedição,

Das combinações do P. Francisco Carneiro com o Governador Martim de Sá, resultou situarem-se os Índios nas terras de Guaratiba, Aldeia de S. Francisco Xavier, que anda unida aos nomes de Guaratiba, Sepitiba, Itinga e Itaguaí, e cujos Índios prestaram relevantes serviços em particular nas fortificações do Rio de Janeiro.

P. Manuel Pacheco, conserva-se um certificado sôbre o escravagismo dêsse período, com os horrores já conhecidos de outras relações, e com esta nódoa final, onde se não vê nem sequer o serviço de mão de obra para seu uso pessoal, e das suas fazendas, mas contra as leis de Portugal e da Igreja, o de ganhar dinheiro com a liberdade alheia, vendendo-os fora, no Rio de Janeiro e outras terras: «Os quais índios *vendem* como *escravos*. E por passar na verdade fiz esta e a assinei. E para que faça fé, sem dúvida alguma, a juro *in verbo Sacerdotis*, hoje, 12 de Abril de 1630, Manuel Pacheco», Gesù, *Colleg.*, 20 (Brasile).

CAPÍTULO IV

Derradeiras missões aos Patos

1 — Expedição de Inácio de Sequeira e Francisco de Morais (1635); 2 — A nação dos Carijós e economia da terra; 3 — Costumes e condição da gente; 4 — Feitiçarias e superstições; 5 — O «Caraïbebe» ou «Anjo» do Rio Grande e outros «Anjos»; 6 — O «Ocara-Abaeté» ou «Terreiro Espantoso»; 7 — De novo as bandeiras escravagistas; 8 — Actividade dos Jesuítas Portugueses do Brasil; 9 — Os territórios do «Anjo» e «Grande Papagaio»; 10 — A Antropofagia e cerimónias rituais; 11 — Escravidão de Guaianás e Carijós; 12 — Conversão do «Grande Papagaio» e seus filhos; 13 — Baptismo solene dêstes Índios no Rio de Janeiro; 14 — Última expedição em 1637.

1. — Reataram a missão e promessa, feita pelo P. Francisco Carneiro, de voltarem Jesuítas aos Patos, os Padres Inácio de Sequeira e Francisco de Morais, em 1635. Devia ter ido antes outra expedição em 1631, a pedido de Martim de Sá ao Provincial António de Matos, que chegou a nomear os Padres João de Mendonça e Francisco de Morais, e para ela ainda se deram os primeiros passos administrativos. A missão não se chegou a efectuar, talvez por se precipitarem os sucessos de Pernambuco, aonde vamos encontrar depois êstes Padres a prestar serviços na guerra contra os invasores do Brasil[1]. Dos dois Padres, que iam

---

[1]. Cf. *Bras. 5*, 134v. Petição de Martim de Sá, invocando as ordens régias e a defesa pública; resposta do Provincial, aceitando, por se tratar de ir buscar Índios que defendessem a terra, mas pedindo os alvarás régios para resistirem e defenderem os Índios e se defenderem a si contra «os sertanistas que infestam o sertão e impedem semelhantes vindas do gentio, necessárias ao bem comum» (Petição e resposta, de 29 de Junho de 1631). O Alvará régio tem a data, de Lisboa, 21 de Março de 1618. Tudo e mais documentação anexa, em *Processo relativo às despesas que se fizerão no Rio de Janeiro, por ordem de Martim de Sá, para defesa dos inimigos que intentavão cometter a cidade e porto (1628-1633)*, publicado com uma Introdução de Rodolfo Garcia em *Anais da BNRJ*, LIX (Rio 1940) 172ss.

agora, o primeiro, Inácio de Sequeira, tinha-se assinalado já como pacificador dos Goitacases; o segundo, Francisco de Morais, possuía experiência da terra e da gente Carijó. Sequeira escreveu a narração dêstes sucessos, com notícias da região, Índios, etnografia, credulidade e superstições indígenas, e outras referências de incontestável valor histórico, entre as quais a morte do P. Cristóvão de Mendoça, e as incursões escravizadoras por via marítima.

A expedição organizou-se no Rio. E segundo as ordens de El-Rei, patrocinou-a o Governador do Rio de Janeiro, Rodrigo de Miranda Henriques, «com tanta benevolência, que não podemos fàcilmente julgar se deve a Companhia mais aos troncos nobilíssimos donde êste Senhor descende, se à própria inclinação com que nos ama». Os Padres, que haviam de ir no patacho «Santo António», do Colégio do Rio, passaram primeiro pela Aldeia de S. Francisco Xavier, na Guaratiba, constituída com os Índios trazidos pelo P. Francisco Carneiro, para levarem consigo alguns Carijós cristãos, entre os quais Matias de Albuquerque, o famoso *Aberaba*, «grande principal no sangue e maior na cristandade e bondade natural». O patacho «S. António», do mestre Bartolomeu Miguel, já estava a serviço do Colégio em 1628, para o transporte de mantimentos entre o Rio e a Marambaia e Guaratiba [1].

Partiram da Aldeia de Guaratiba, a 7 de Junho de 1635, dia de *Corpus Christi*, passaram a Ilha de S. Francisco, e padeceram grande tormenta: «Fomos doze horas sepultados das águas (que tantas durou a tormenta) sem nunca remitir um ponto do rancor com que nos entrou, nem nós sabíamos julgar se os mares comiam ao navio, ou se o navio bebia os mares, tanto que vendo um marinheiro que, de um mergulho, que dera *S. António* por baixo dos mares, tardava muito em surgir e tomar ar, arremeteu a um machado para cortar as árvores, mas quis Deus que tornou em si e a bulhar sôbre as águas.

Não há para que encarecer aqui as grandes aflições e mortais agonias, que padecemos os que éramos passageiros do navio, nós, os dois companheiros, nos confessamos abraçados um ao outro, despedindo-nos juntamente, avisados para bem morrer pelo pilôto, que nos desenganou que estávamos em extremo perigo de nossas vidas, e que não havia no navio que aliviar, senão almas ao céu,

---

1. Cf. *Anais da BNRJ*, LIX, 43.

corpos ao mar. Marinheiro se achou nesta tormenta, que tinha passado à Índia, e afirmou que, com tempestades terríveis, tinha feito naufrágio no Cabo de Boa Esperança, em um possante galeão, mas que nunca perdera a da vida como nesta conjunção».

Inácio de Sequeira levava como relíquia um dente do Ir. Francisco Dias, que depois de ser grande arquitecto, foi exímio pilôto, que «nunca sofreu naufrágio», homem «abstinente dos manjares», «parco de palavras» e contínuo na oração e trato com Deus. No «desatino» da tormenta, «mais indignado que devoto», lançou a relíquia do Ir. Francisco Dias ao mar, de que se arrependeu depois. E de manhã acharam que o navio, depois de correr tôda a noite sem freio, à vontade dos ventos, estava na barra do mesmo Rio de S. Francisco, donde na véspera tinha saído.

Vencida a tormente, chegaram a Santa Catarina, a *Juru-Mirim*, onde procuraram abastecer-se de peixe e caça. E depois rumaram para os Carijós. Escreve o Padre, testemunho, logo para começar, digno de nota, na descrição da região dos Carijós, mais vasta do que se julga. O Padre narra factos da sua época e de terras, onde êle próprio estêve.

2. — «É esta nação dos Carijós a última, de tôdas as do Brasil, que habita para o Sul, e aquela onde fenece a conquista da Coroa de Portugal, das mil e cento e sessenta léguas, que domina por costa, começando do Grão Rio Pará, até o Rio da Prata, chamado Paraguai. Estende-se o distrito dêste gentio, por espaço de cento e sessenta léguas por costa, que corre de Nordeste a Sudoeste, que tantas se contam desta Ilha de S.Catarina até o Rio da Prata e vai entestar com os *Charruas*; e, de Oriente a Poente, ficam metidos os *Carijós* entre dois paralelos, que os cingem pelo Oriente o mar oceano, e pelo Poente uma nação mui fera de Tapuias, que chamam *Guaianás*. Assim viveram sempre os *Carijós* fechados, sem nunca poderem ganhar mais terra que a em que nasceram, porque o mar antes a come que não dá, e os Guaianás defendem a sua como cavaleiros, que na verdade são, mui esforçados. Contudo não é esta manta de terra tão estreita que se não alargue a lugares por espaço de cento e cinqüenta léguas.

O jazer da terra é mui diverso de tôda a outra do Brasil. Porque logo, nesta Ilha de S. Catarina, se despede das altas serras e intratável penedia, que para o Norte, se ficam levantando às nuvens;

e, daqui para o Sul, trocando as serras em campinas e o arvoredo em relva, se vai acamando e arrasando, de maneira que fica quási ao lume da água do mar, pôsto que para o Poente se levanta mais o lado, cobrindo-se juntamente de algum arvoredo raso, pela beira do qual, se fôra cultivado, dera trigo para sustentar muitas Praças. Mas o que dá aos naturais é mandioca, feijões em grande cópia, milho, batatas, abóboras sem número e de estranha grandeza, e estas são as maiores delícias dos Carijós, por que não sòmente as estimam por tais para seu mantimento, mas o que mais prezam são os cascos de certa casta delas, de que fazem suas vasilhas, em que recolhem, bem como em pipas e tonéis, seu mantimento, e, como em caixas bem lavradas, tôdas suas alfaias. E êstes vasos têm em tanta estima, que ao tempo que se embarcam, para se despedirem de sua pátria, êstes são os grilhões, que mais os prendem e detêm, e antes deixarão um filho em terra que uma peça destas.

A caça, que a terra dá, é a mesma que em todo o Brasil, mas se em tôda a parte o Senhor tem seus servos, que o louvem e engrandeçam, aqui os traz em bandos e rebanhos pelos campos. As aves são menos das que o Brasil tem para o norte, nem se vestem de tão finas côres, nem são tão canoras no quebrar das vozes. Mas como são músicas do campo causam mais saúdades que as dos matos.

De pescado são as águas mais estéreis, porque da Ilha de S. Catarina, correndo para o Sul, se acha muito menos em número e também menos gostoso no sabor; a causa deve de ser os grandes frios que o matam, porque na Laguna, onde passamos o mês de Julho e Agôsto, descia pelos rios abaixo mui grande quantidade dêle morto, sem outro anzol ou tresmalho que o rigor do frio; e aos cinco dias de Agôsto, dia da Senhora das Neves, sem milagre, apareceram as Serras cobertas dela com admiração dos mesmos naturais. E esta foi a causa de padecermos alguma falta no mantimento, porque se passavam às vezes três e quatro dias sôbre uma ceia de peixe, primeiro que abrisse o tempo e o frio desse lugar a ir buscar outra. Nem havia com que ajudar a comer a farinha de guerra senão era água, que para se beber se punha a aquentar ao sol ou ao ar do fogo.

E contudo ainda cuido que nesta esterilidade levávamos a palma a todos os manjares do mundo, porque tôdas nossas iguarias são palmitos, que são os olhos das palmeiras. E como tais os têm elas tão guardados e vestidos de tantas túnicas, que primeiro que se lhe chegue à camisa interior, que é a que se lhe come, sua o corpo a que traz vestida, com um machado nas mãos. Ainda que depois desta dureza, se desfazem todos em iguarias, por que, cozidos com a carne, ficam nabos e couves; com o peixe ficam salsa; moídos e torrados são biscoito; e desfeitos em farinha ficam pão; comidos só no talo são regalo de tôda a fruta; e, temperados com a fome, sabem a tudo. Mas imitam muito a um pastel, porque não há nenhum tão folhado, nem por tão limpas mãos obrado, como êstes se acham entre mil fôlhas da palmeira. Porém esta semelhança é só enquanto andam entre as mãos, que metidos na bôca ficam palmitos. Mas como nós para alcançar os veados não tínhamos cães, e para afugentar o peixe sobejavam lôbos marinhos, os palmitos eram os que aguardavam a pé quêdo no campo, e supriam a falta da carne e do pescado, que tanto apertava com a gente, que forçava aos Portugueses a armar ciladas pela praia aos lôbos, que para fugir do frio saíam da água para o sòlheiro, e dando de alcateia sôbre êles os matavam e ali se viam uns lôbos comerem outros. Mas eu, por mais feras tenho os que andam pelos campos e matos correndo após as ovelhas de Cristo e as assalteiam, que não os que saltam pelas ondas e ovelhas do mar correndo após dos peixes.

Também pode ser causa desta falta de pescado, a grande pertinácia com que nesta costa cursam os dois ventos Nordeste e Sudoeste, que como dois touros indómitos se combatem; e como ambos a correm direito, e ela não tenha nenhuma enseada, nem rio, nem remanso, é fôrça que o peixe se resguarde de seu naufrágio, o que não podem fazer as baleias, parece que por sêu grande pêso, porque tôda esta praia está tão embastecida de sua ossada, que parece que com ela se quer entrincheirar o mar contra si mesmo, ou se deleita mais de quebrar suas ondas nas caveiras dos monstros que em si vira, que não na fraca resistência das areias, porque rochedos, em que bata e se desfaça, nenhum acha nestas cento e sessenta léguas de costa. Êste é o clima da terra e suas qualidades».

3. — «Digamos agora dos costumes e condições da gente que em si cria. O natural desta nação *Carijó* é o melhor e o mais dócil de tôdas as demais nações do Brasil, assim nas feições e proporção dos corpos como naqueles dotes que ficam na fundição da alma. E por isso fazem mais avantajado entendimento de Nosso Senhor e de nossa Salvação e Redenção do que formam tôdas as mais nações do Brasil, e por isso parece que ao contrário de tôdas estas, andam

as mulheres Carijós mais honestamente cobertas, e assim nas côres como nas mais feições fazem conhecida vantagem a tôdas as das outras nações. As criancinhas são muito vivas e hábeis em tomar as coisas da doutrina de memória em mais breve tempo que qualquer das outras nações, e ainda se igualam com as da Europa. E seja prova disto que ensinando nós a doutrina na nossa Aldeia, que aqui tínhamos, houve uma menina que de três vezes que ouviu recitar a Avè Maria pela sua língua a disse logo de cor muito clara e distintamente; e na nossa Aldeia, que temos no Rio de Janeiro desta nação, há meninas que sabem de memória todo o Catecismo, sem saberem ler, o que se não acha nas mais nações.

São todos devotíssimos do Sacramento da Confissão, e eu ouvi algumas com tantas circunstâncias e escrúpulos de tão miúdas coisas, que as não tenho ouvido mais fundadas aos cristãos de nossa Europa, e é tanto isto assim que quando estão enfermos, pela confissão que fazem, se vê logo se hão-de morrer ou viver, por que os que hão-de morrer se confessam com tão grande contrição e tão diferentes afectos de alma, que manifestamente se conhece que daquela enfermidade os quer Deus chamar para si, e o entendimento, que lhe falta na saúde, lhe aclara e ilustra Deus N. S. à hora da sua morte para se salvarem. Do Sacramento da Unção se mostram notàvelmente devotos e logo no princípio de qualquer enfermidade o pedem com muita instância, como aquêles que nêle têm certos os penhôres de sua salvação; à Confissão acodem como a perdões que na verdade nela os acham, e muitas vezes por um só pecado, em que lhes parece têm incorrido, não aguardam pelo domingo ou dia santo para o confessar, mas logo no mesmo dia se descarregam do pêso de que a consciência se lhes queixa; à missa, doutrina e sermões acodem com notável diligência e o mesmo é tocar-lhes o sino, que tê-los na Igreja, ainda que o Céu se já esteja desfazendo em tempestades.

Com ser isto assim, são os Carijós de sua natureza muito interesseiros (vício comum a tôdas mais nações do Brasil), mas êles nisto os excedem a tôdas, e a causa é o trato que têm com os Portugueses, que começando a comerciar com êles chegaram a tanto extremo na venda de si mesmos que por uma carapuça resgatou um Português cinco Carijós vendidos de seus mesmos naturais. E outro Português comprou três Carijós por uma soalha de um pandeiro. Que emprêgo fizera, se o pandeiro lhe tangera encordoado com tôdas suas peças? Sem dúvida trouxera uma aldeia inteira».

4. — «São também os Carijós sôbre as mais nações Brasis muito dados ao vício da feitiçaria, para que é de saber que há três géneros de feitiçarias:

O *primeiro*, é o comum de tôdas as nações, nas quais para o feiticeiro ganhar sua vida e adquirir nome e fama para com os seus, finge que tem virtude no chupar com a bôca e beiços e sorver para si todo o mal que um corpo tem; e como um enfêrmo adoece, seja de qualquer enfermidade que fôr, chegando o feiticeiro, lhe pergunta pela parte, que lhe doe e que tem lesa; e, mostrando-lha, começa êle a chupar e fazer suas medicinas; e para isto levam já debaixo da língua uma espinha ou osso, ou um bicho muito feio. Fazendo que o tiram do corpo do enfêrmo, lho mostra fazendo grandes visagens, dizendo-lhe: *Olhai, como poderia dormir ou repousar, nem ainda viver um corpo a quem êste bicho estava roendo as entranhas*? E se o enfêrmo estava doente de imaginação logo sara, mas se era outra doença fica como dantes, e o médico melhorado com o que lhe deram pela cura. A êste género de feiticeiros chamam êles *Pajé angaíba*.

O *segundo* género é daqueles, que ou por ódios ou por inveja ou porque assim lhes persuade o diabo, matam com seus feitiços a quantos os aplicam, e é desta maneira: Primeiramente o mesmo diabo depois de os persuadir que matem aquelas pessoas que mal-querem, lhes fazem umas covas debaixo da terra na casa daquela pessoa que há-de morrer da peçonha. Estas covas faz o diabo muito subtilmente em forma esférica à feição do globo de uma garrafa perfeitamente redonda e as covas em grande número, com um rasto e serventia aberta de umas às outras por onde se comuniquem. Também lhe abre o diabo estas covas nos caminhos, que mais freqüenta, e nas fontes onde vai buscar água aquela pessoa que há-de ser enfeitiçada. Nesta cerimónia concorre o feiticeiro só em colocar com suas mãos, e meter nas covas, as relíquias e sobejos do prato ou da mesa, que ficaram à pessoa que há-de padecer os tais feitiços; estas relíquias são ordinàriamente as espinhas do peixe, os ossos da carne, que ficaram das iguarias, as quais o diabo traz ao feiticeiro para que êle por sua mão as mêta dentro das covas, as quais se não tocar o feiticeiro, não têm eficácia nenhuma para matar; também o diabo lhe traz um sapo ou uma cobra, ou outro bicho semelhante, o qual o feiticeiro prende e ata a qualquer pé de árvore e assim como o bicho por falta de mantimento vai desfalecendo e perdendo as fôrças, assim aquela pessoa, por quem se aplica êste feitiço, se vai secando com grandíssimas dores até que de todo se adelgaça tanto que acaba a vida. A êstes feiticeiros aparece o diabo, e trata com êles em figura de um menino etíope, feio e torpe, mas a êles muito amável e gracioso.

Eis aqui aquêle espírito soberbo que tanto estranhou ver em visão a um Menino belo de Belém jazer entre as palhinhas para enfeitiçar as almas de amor, agora não se peja de andar pelos monturos mais imundos, colhendo as imundícies, fazendo-se homicida torpe de quantas vidas tira. E aquêle que presumiu ser adorado em trono sôbre estrêlas, e voar nas penas mais agudas dos ventos, agora se deleita, andar como toupeira debaixo da terra, abrindo sepulcros às almas inocentes. Mas quem não teve pejo de pedir ao Messias *mitte nos in porcos*, menos o terá de se tornar menino negro e falar nesta figura com os seus feiticeiros, os quais também recreia, levando-os de noite para lugares medonhos e horríveis, pelas mais incultas e quebradas penedias, escuras e negras sombras, e despenhadas cachoeiras, e isto em prémio das vidas ou das mortes que lhe ajudam a dar às almas inocentes».

5. — «*Terceiro* género de feiticeiros é daqueles que fazem crer ao povo que são filhos de Anjos e não têm Pai na terra. Não negam contudo que foram concebidos e nascidos de mulher, porque os viram nascer e criar. Porém como chegam a idade que o diabo os pode tratar e fiar-se dêles, com algumas coisas futuras, que lhes revela a êles antes que aconteçam, faz crer ao povo que são verdadeiras, porque depois as vêem sair certas, concebem grande opinião de sua santidade e assim lhes obedecem e os veneram como a deus. Êste terceiro género de feiticeiros, nenhuma nação do Brasil os tem senão os Carijós, e agora o seu Príncipe, que os governa a todos, é um muito assinalado em profecias e por isso estranhamente obedecido e adorado. Reside nas ribeiras de um rio, chamado por excelência o Rio Grande[1]; aqui é venerado e visitado de tôda a Província e de tôdas as novidades que se colhem, se lhe oferecem as primícias como a um Melquisedé.

Êstes feiticeiros se chamam *Caraïbebe*, que é dizer o mesmo que *Anjos*. E por êste nome se nomeia êste, ainda que enquanto homem,

---

1. Rio Grande é uma expressão equívoca, aplicada a diversos *Rios*, um dos quais o *Paraná*, como no caso seguinte: «De presente ha dous caminhos, hum

também se nomeia *Araabaetê* que vale o mesmo que «Dia do Juízo». Êste não tem mais que uma só mulher, e estranha muito aos seus vassalos usarem de tão grande multidão que todos têm. Preza-se muito de ser amigo dos Padres da Companhia, e assim nos faz mercê de nos comunicar seu nome e chamar-nos *Anjos*. A intenção, que todos os Carijós têm, em oferecer estas primícias e virem dos fins de todo o Reino, a obedecer-lhe, não é outra mais senão por que êle os bafeje, porque têm em seu bafo tanta fé, que firmemente crêem que qualquer pessoa, que por êle fôr bafejada, leva para sua casa tôdas as boas fadas, e muitos anos de vida, além daqueles que ordinàriamente houvera de viver. É tanto isto assim, que os Carijós Cristãos, que entre nós residem, se à sua pátria tornam, por nenhum caso perdem os perdões do bafo santo. Quando seus capitães saem a campo, todos primeiro vão tomar o bafo fresco, e êle lhe profetiza as vitórias que hão-de haver, e, se estas se alcançam, a êles se atribuem e se lhe dá a melhor parte dos cativos, dos quais tem grande multidão. E se tornam desbaratados, sempre é por erros dos capitães ou dos soldados, por que antes que a nova do desbarate chegue, já o demo lhe tem sindicados alguns desmanchos particulares a quem se atribua a desgraça, de feição que ou os seus tornem vencedores ou vencidos, as suas profecias sempre ficam certas e acreditadas. Vivem tão amigos êle e o diabo, que tem neste um síndico mui fiel de quanto passa em seu Reino. E até as nossas missões, que fazemos às suas terras, tanto que partimos de nosso distrito e começamos a navegar, o Anjo, lá onde reside, as vai revelando aos seus, dia por dia, com os portos que tomamos e alturas em que demoramos, mais certo, que se êle fôra na popa do navio com o astrolábio na mão. E para prova disto direi algumas das muitas, que aconteceram nesta matéria nesta viagem que fizemos.

Quando chegamos ao Rio de S. Francisco, como atrás dissemos, nos disse o Principal Matias de Albuquerque, com tôda sua singeleza: *Padres meus, já agora me viu o Anjo. Sabe, lá onde está, que V.*ᵃˢ

---

navegando deste povoado [S. Paulo] pelo *Rio Anhembi* abaixo athe dar no *Rio Grande*; outro tem 14 ou 15 dias de viagem por terra e depois rodão por hum *Rio* chamado *Paranapanema* athe dar no *Rio Grande*» (*Notícias utilíssimas à Coroa de Portugal e suas conquistas*, em AHC, *Rio de Janeiro*, 1981) O *Rio Grande*, onde reinava o *Anjo*, é o Rio Grande do Sul, a actual Lagoa dos Patos ao entrar no mar como mais adiante se verá nesta mesma narrativa (§ 7), e que ficava distante da Laguna, ao sul, *pela costa*, «70 léguas», cf. infra, pág. 504.

Rev.ᵃˢ *estão aqui, e os nomes de quantos vêm neste navio*. E tomando nós o dito a modo de graça, nos tornou: *Padres, não há que duvidar no que digo, que é certíssimo. Porque agora faz sete anos, que o Padre Francisco Carneiro veio à minha terra a buscar-me com quatro companheiros seus, estava eu com meu tio, o Anjo, em sua terra, que são mais de cento e vinte léguas donde os Padres residiam. E êle me disse: Sobrinho, aviai-vos e parti logo, que já os Padres são chegados às nossas Aldeias e não parece cortesia, vindo êles buscar-vos de tão longe, deter-vos mais comigo. Eu me parti logo, e assim como êle o disse, o achei».*

6. — «Quando chegamos à Aldeia, onde estava a gente que havíamos de trazer, achamos nela um filho dêste *Anjo*, chamado *Ocara Abaeté* que se interpreta *Terreiro Espantoso* [1]. Êste não é o herdeiro do Estado, porque tem outro mais velho, porém no espírito das profecias é êste muito semelhante a seu Pai, o qual êle mandara que nos viesse esperar, dando-lhe uma aldeia de gente, para que com ela lhe tivesse feitos mantimentos para que quando seu Pai, o *Anjo*, nos viesse ver (que assim o determinava êle), tivesse com que sustentar a gente de seu acompanhamento. Êste *Terreiro Espantoso* foi profeta de nossa missão, porque, começando do tempo que chegamos ao Rio de S. Francisco, lá na aldeia onde estava, que dista mais de 60 léguas do dito Rio, disse a todos que nós éramos chegados à sua barra, e nos dera uma tormenta perigosíssima, que nos encomendassem muito a nosso Deus, e a tormenta foi aquela que atrás deixamos relatada, e bem parece ser o autor o mesmo que a levantou no mar o que a descreveu na terra, na mesma noite que a padecemos; daí a poucos dias, indo navegando para a *Laguna*, lançamos em terra cinco índios naquela *Enseada*, que chamam de *Dom Rodrigo*, para irem avisar aos da Aldeia, que éramos vindos. Na mesma hora, que os botamos em terra, disse êle aos da Aldeia, dizendo o lugar onde saíram, quantos eram, nomeando-os por seus nomes. Mas, para que o discípulo se parecesse com seu mestre, não pôde deixar de meter uma mentira entre quatro verdades, e foi dizer que com os cinco ia outro, que ficara morto no Rio de Janeiro; mas em tudo o mais falou

---

1. Vasc., *Almeida*, 131-133, inclui na vida daquele Padre, noções tiradas desta relação do P. Inácio de Sequeira, sôbre os «Anjos», feiticeiros dos Carijós, o «Grande Anjo» em sua língua «Caribeba-Guaçu», e por outro nome «Ara-abaeté», *Dia de Juízo*; «Ocara-abaeté», *Terreiro Espantoso*; Itapari, que era «corsário», etc.

verdade. Daí a oito dias, vinham dois, dos cinco que mandáramos à Aldeia trazer-nos novas do que nela passava, aos quais o *Terreiro Espantoso* perguntou: *Para que ides a Laguna? Chegai a tal rio* (que era daí légua e meia), *e aí achareis aos Padres.*

Foram onde êle lhes disse, e vendo-nos aí, ficaram um bom espaço atónitos sem nos poderem falar, e preguntando-lhe nós a causa nos referiram tudo o passado. Vinha o nosso *Terreiro Espantoso* fazendo seu caminho, das terras de seu Pai, para a nossa aldeia, saíu-lhe ao encontro um famoso cossairo chamado *Itapari*, e tomou-lhe alguma gente da que seu Pai lhe dera. O *Terreiro* se viu muito embaraçado. Não lhe ocorrendo modo para se defender, lhe foi forçado valer-se dos amigos, mestres seus, os quais como tais lhe trouxeram logo dois tigres, que êle largou no alcance do *Itapari*, e o foram seguindo pelo mato e lhe mataram seis homens, o que vendo *Itapari*, temendo-se que os galgos do *Terreiro* empolgassem nêle antes que garrasse o seteno, despediu embaixadores, pedindo ao *Terreiro* que lhe levantasse aquêle interdito de lugar, que o ia seguindo mais que excomunhão; o que êle fêz, mandando logo recolher os tigres, e com êste caso ficou mais respeitado que um Papa, e não houve mais lôbos que lhe assaltassem as ovelhas com temor dos rafeiros. Pôsto que um português, não sabendo destas habilidades do *Terreiro*, o foi buscar à nossa Aldeia, poucos dias antes de nós chegarmos, para o levar cativo; êle com favor dos amigos, depois de prêso, se lhe arrancou das mãos, e com algumas visões fêz passar o português um braço de mar mais depressa do que viera, e como o viu bem no meio, trocando os tigres em lôbos marinhos, lhe viraram o batelinho e lho puseram às costas, como a tartaruga leva o casco, que para o português o tirar das costas bebeu alguns bocados da salgada» [1].

7. — «Escrevi aqui antecipadamente êstes casos para dar a conhecer a natureza desta nação dos Carijós, seus ritos, seus costumes, e grande familiaridade com que tratam com o diabo. E porque ainda estamos ancorados no *Juru-Mirim* ou «bôca estreita», não é

---

1. *Itapari* deve ser, em grafia tupi, o famoso e terrível feiticeiro *Ibapari* que fazia parte da «Junta» dos feiticeiros, inimigos das Reduções do Tape em 1635 e que fazia crer aos Índios, que era «morto ressuscitado», Aurélio Pôrto, *História das Missões Orientais do Uruguai*, 77.

bem alarguemos mais a pena. E também os companheiros vêm chegando com pescado, marisco, aves, e mais caça, e assim é bem sigamos nossa viagem. Mas antes que saíssemos desta Ilha pela barra, que abre contra o Sul, vendo o pilôto que dali por diante não sabia barra nem pôrto algum, nos disse que êle nos encampava o navio, porque no Rio de Janeiro lhe tinham dito que só havia de chegar àquela Ilha, ao que lhe respondemos que, ou por campos ou por campinas, ou por matos e por brenhas, o navio havia de ir onde pudesse tomar a gente que vínhamos buscar, porque dali onde ela estava, havia quarenta léguas, e assim não era possível ficarmos ali; vendo êle nossa resolução, abrandando do rigor, e dando às velas, fomos seguindo a viagem.

Primeiro que chegássemos ao pôrto da *Laguna*, que é onde as embarcações dos Portugueses esperam os resgates, arribamos nove vezes a vários portos e gastamos trinta e cinco dias em espaço de caminho, que pudéramos fazer em três, se nos durara o Nordeste mais oito horas. Andava a gente tão areada e triste, que diziam os homens do mar, que não sabiam já qual era o Cristão que em tantos trabalhos se lembrava de gentios. Foi a causa desta tardança, o partirmos no coração do inverno, e contra todo o curso do tempo. E sobretudo o muito cabedal que o inferno meteu contra esta missão, como do discurso dela se pode ver, que se não fôramos apostados a perder antes as vidas que deixar de se efeituar a emprêsa, em tanto perigos nos vimos, que bastava a menor parte para nos fazer desistir dela, sem nota nem descrédito da nossa profissão. Porém, porque o inferno (se nela coubera alguma glória não ficasse com ela) entramos em uma vingativa vanglória para o Senhor Deus ficar com a verdadeira.

Chama-se êste pôrto de *Laguna*, porque como nêle se ajuntam quatro rios caudais, para ir beber no oceano por uma só bôca, e esta seja muito estreita, é fôrça que hajam as águas de esperar vez e represar a sêde, que trazem, de beber no salgado, por espaço de seis ou sete léguas, até que o mar dá entrada ao rio, que mais quer ainda, que as águas se vão tôdas de mistura. A esta represa, que aqui fazem os rios, chamam os Carijós *Alagoa*. Tôda a barra é muito dificultosa assim ao entrar como ao sair, e como nós não levávamos pilôto, que lá tivesse entrado, foi o desejo que nos meteu de dentro, mediante a divina graça.

Dêste pôrto até ao *Rio Grande*, que dista para o Sul 70 léguas, não há outro onde possam entrar embarcações, e por isso aqui ficam tôdas ancoradas e nêle achamos sessenta e duas dos Portugueses, que de várias Capitanias tinham lá ido êste ano de 1635 ao resgate dos miseráveis Carijós; destas, eram quinze navios de alto bordo, e as demais, canoas mui possantes, em as quais, feita lista pelos mantimentos que levavam, e pelo porte das embarcações, esperavam os Portugueses trazer acima de 12.000 Carijós cativos.

Aqui, o mesmo foi dar fundo o navio «S. António» no pôrto, que botar um arpão nos corações de quantos Portugueses andavam nas terras dos Carijós, e assim ficaram totalmente feridos 600 homens brancos escopeteiros, que lá foram êste ano, afora outros Índios e escravos, que por todos passavam de 1.300, porque como êles sabem que todo o gentio do Brasil não tem depois de Deus outro amparo senão aos Padres da Companhia, ficamos sendo, para o gentio, anjos, e para os Portugueses, diabos, e havidos pelos maiores corsários que pode padecer seu interêsse [1]. Pelo que começaram logo a entrar em conselho, que era bem se fizesse do nosso navio, porque temiam que todos os Carijós se viessem meter connosco e êles tornassem de vazio, donde se verá o justo título por onde êles os cativam, pois bastam dois Religiosos desarmados para os fazerem desbaratar em desatinos. Por que uns diziam que logo se pusesse fogo a «S. António», outros que nos fizessem sair outra vez pela barra fora, outros que nos deixassem ajuntar todos os Carijós que a nós se acolhessem, e depois de mão comua empolgassem nêles e os repartissem entre si. Só aquêle que chamavam o *Diabo Manco*, de que lá atrás dissemos, acudia por nós, ainda que nunca nos viu nem nós a êle; mas êste só lhes desbarataria seus conselhos e pareceres até que os demais lhe disseram que se era Padre da Companhia que abrisse a coroa, e a nós nos iam também lavrando a do sofrimento, até que vendo nós que os Índios, que levávamos connosco, se iam acobardando com semelhantes ameaças, nos foi forçado entrar também em uma aparente valentia, porque resolutamente lhes dissemos que se desenganassem, porque se o nosso navio ardesse, que todos os seus haviam de ser queimados e os havíamos de abrasar, e quem se atrevesse a cativar os Carijós, que con-

---

1. «Portugueses», para quem conhece a linguagem da época, não são necessária e ùnicamente os nascidos em Portugal, como era o próprio autor desta *Relação*, P. Inácio de Sequeira. Chamavam-se «Portugu_ses» *todos* os que não eram índios ou negros: *todos* os europeus, nascidos em Portugal ou em Espanha, *todos* os brancos, nascidos no Brasil, assim como *todos* os filhos de branco e índia, que eram a maior parte já dos que nesta narrativa se chamam Portugueses, os «Portugueses de S. Paulo», das crónicas paraguaias.

nosco quisessem ir para a Igreja a receber a fé de Cristo, primeiro nos haviam de fazer a nós em postas que os cativassem a êles.

Foram estas palavras ditas em tal conjunção, com tanta eficácia, que a alguns dêles, que as ouviram, lhes pareceu que as labaredas, que brotavam pelos olhos, já lhes acendiam fogo nos costados dos navios, e tudo creram, porque os tinham ligados uns aos outros e metidos em tão grandes estacas, porque a grandíssima fôrça do vento Sudoeste os não tomasse dos lados, porque a todos fizeram dar à costa, e aplicando o fogo ao primeiro, era fôrça que todos ardessem. Ficaram os Portugueses tão entrados das ameaças, que logo se recolheram aos navios, e de noite faziam seus postos, mas mudando o pôsto pelos não ter a êles desvelados, fomos surgir mais acima espaço de duas léguas na bôca de um rio doce; e daí, caminhando pela praia com grandíssimas dificuldades por causa da inconstância das areias e pertinácia dos ventos e das chuvas e rigores do grande frio, chegamos à Aldeia onde cuidávamos tínhamos a gente para carregar o navio, e na verdade estava mas era a peste do sarampão. Achamos só as sepulturas de muitos gentios e poucos dêles vivos, e os mortos todos sem receberem água de Baptismo, estando aguardando por nós cada hora para os fazermos Cristãos. Coisa que nos arrancou os corações do peito, vendo que não pudéramos chegar a tempo para os baptizar, e por nosso meio, mediante a divina graça, irem gozar do seu Criador. De feição que não achamos vivas mais que até 100 pessoas, as quais logo catequizamos e baptizamos, e considerando que se viéramos dois meses antes, pudéramos levar três navios carregados de almas, não havia sofrimento nem alívio, que nos mitigassem a grande dor que nos partia os corações».

8. — «Aqui achamos ao nosso embaixador, filho do Anjo, o *Terreiro Espantoso*, espantosamente varrido de tôda a gente, que seu Pai lhe dera, e o sarampão lhe matara; parece que não pôde largar os seus tigres no alcance desta peste, como os açulou na rectaguarda do *Itapari*, que o assaltara; contudo êle e sua mulher e dois filhinhos, netos e filhos de Anjos, pelo nome, mas êles o pareciam mais pela natureza e inocência, dos quais o mais velho é certo que, à maneira de Anjo, nunca mamou leite dos peitos de sua mãe nem de outra mulher, e nasceu com todos os dentes. E preguntando nós à mãe, que é uma índia muito principal e de respeito, como criara o menino se não lhe dera leite, respondeu que com mel, papinhas, e

outras potagens, mas que nunca lhe quisera tomar o peito nem doutra mulher. Aqui também se mostrou o nosso *Terreiro* muito grandioso em um feito, que fizera, porque, estando outros Índios pescando de fronte dêle, em uma alagoa, lhe mandou pedir partissem com êle da sua pescaria, e respondendo êles (porque o não conheciam) que fôsse êle pescá-la, disse:

Ora passem embora, que eu lhes tirarei as águas onde êles pescam o peixe. E daí a pouco espaço se recolheram as águas com tanto ímpeto, que levaram consigo muitas casas das que mais vizinhas stavam à praia, com morte de muitos de seus moradores, e a lagoa, que era uma lagoa de muitas léguas, se esgotou, de maneira que apareceram no fundo muitos edifícios e ruínas de outras povoações, que o tempo tinha enterradas, coisa que fêz pasmar aos índios que viram tudo.

Por estas habilidades, que tinha o *Terreiro Espantoso*, duvidava o Padre meu companheiro, Francisco de Morais, que sabe a língua dêstes índios muito melhor que êles mesmos, e via o trato que com êle tinha o Inferno, e me advertiu que era temeridade levarmos connosco no navio um tão grande amigo de Lúcifer. Mas o mesmo Céu deu traça para que êle ficasse, e viesse sua mulher com seus filhinhos, sem nós o pretendermos. E permitiu Deus que pelo mesmo meio e instrumento, com que o diabo dá morte a tantos milhares de gentios, viessem a conhecimento seu muitos mais a povoar uma grande Igreja.

Como seu Pai, o *Anjo*, tem para si que se acredita muito para com seus vassalos em ser amigo nosso e muito semelhante nas leis e ritos de Religião que professamos, nenhuma ocasião deixa passar, que se ofereça, de nos engrandecer, que o não faça, para mostrar que seu espírito e seu bafo é o mesmo que o de nosso Deus. E êle, como já dissemos, pela parte que confessa ter de homem, que é a da mãe (ao revés de Eneas) do principal, que connosco ia, Matias de Albuquerque, cujo filho por nome Maurício de Albuquerque, o fôra visitar pouco antes de nós chegarmos, e lá foi recebido como sobrinho de um *Anjo*, a quem seu tio devia de bafejar na côrte mais de seis vezes pelo menos, é certo que de sua mão trouxe êle a peça semelhante àquela que o Anjo S. Rafael fêz possuir a Tobias, o mancebo. Nem Maurício de Albuquerque foi avaro dos muitos louvores que pôde espalhar, no acatamento de seu tio, dos Padres da Companhia, por que é um mancebo na sua língua elegante, e nos meneios dela bem engraçado. Da facúndia do sobrinho sôbre matéria verdadeira e da afeição antiga do Anjo, seu tio, se acenderam de novo seus desejos para nos ver e poder tratar, e para isso se resolveu mandar êste seu segundo filho, que é o nosso *Terreiro Espantoso*, com gente bastante para que no sítio, onde Maurício de Albuquerque habitava com a nossa gente, lhe viesse o filho diante fazer os mantimentos, porque, ainda que Anjo, mais se sustenta do que come que não do que contempla, e queria êle vir acompanhado dos melhores de sua côrte e trazer consigo o mais luzido de suas hierarquias, a ver-se connosco sôbre matérias celestes de sua faculdade, e desejos que tinha de sua conversão.

O *Terreiro Espantoso* começou a entrar pelos matos e a lavrar com tanto calor, como aquêle que trazia por obreiros os amigos que lhe mandavam os tigres em seu socorro. E fizeram-no tão bem que, estando êle de noite na cama, se ouviram no circuito o grande estrondo que faziam os madeiros que caíam derribados, sem machado ou outra ferramenta, e assim em muito poucos dias, de todos os matos circunvizinhos fêz um *Terreiro* mais que *espantoso*, onde tinha plantado grande cópia de mantimentos, quando o sarampão lhe começou a matar a gente da qual lhe não ficou mais que êle, sua mulher e filhos. E logo, de após o sarampão, se seguiu outra maior peste, que foi a guerra injustíssima e bruta que os Portugueses fizeram aos Carijós, o que tudo junto empatou a vinda do nosso *Anjo* a visitar-nos; e já pode ser que o demónio tece tôdas estas teias, porque nem êle nem seus vassalos venham por nosso meio ao conhecimento de nossa Santa Fé, que disto é o maior impedimento a cobiça dos Portugueses, porque desta se vai originando a total destruição dos Carijós, se o Pai das gentes e os Pais da gentilidade, que são os filhos da Companhia, lhe não acudirem, oferecendo as vidas em tal emprêsa, lembrando-se do brasão tão glorioso, que de nossos primeiros Pais herdamos, de que tanto nos gloriamos, mas não sei se exercitamos».

9. — «Agora, tornando a tratar do estado em que ficava esta gentilidade dos Carijós quando nós viemos, e das coisas por aonde esta nação tão estendida nos têrmos e limites e número de almas chegou aos últimos de sua total destruição, se há-de advertir que tôda esta Província dos Carijós estava dividida em dois senhores idólatras, que a seu querer, a governavam. O Primeiro é o *Anjo*, de que já falamos, que por outro nome se diz também *Ara Abaetê*,

que quer dizer *Dia do Juízo*. O outro era um índio parente, mui chegado do mesmo Anjo, chamado *Marunaguaçu*, que quer dizer o «*Grande Papagaio*». E como o Anjo voou mais nas asas da feitiçaria, que o *Papagaio* nas suas, ficou o *Dia de Juízo* mais temido e venerado e ainda acrescentado no ajuntamento das gentes pela superstição do bafo santo, que não o *Papagaio* pela voz, pôsto que a tem por ao natural mui elegante; mas como na repartição das terras lhe coube a parte do Norte, que fica mais vizinha ao comércio dos Portugueses, com o trato dêstes lhe foi crescendo tanto o bico, que por seu meio estava já mui venerado e temido de seus vassalos e pouco afeiçoado aos Padres da Companhia, e por seu meio tiraram os mesmos Portugueses (segundo êles confessam) acima de cento e vinte mil Carijós, fazendo-os escravos, contra tôdas as leis divinas e humanas, comprando-os e vendendo-os por estas Capitanias, à vista da justiça, assim eclesiástica como secular, sem haver em um e outro fôro pessoa que repare em tão abominável ofensa de Deus Nosso Senhor.

Foi sempre êste Índio tão amigo e benemérito dos Brancos, que na verdade se podia dizer do *Papagaio* que era real para Portugueses, porque êle foi o que em tudo os sustentava e lhes dava de graça seus mantimentos por espaço de vinte anos, mantendo-lhes mesa todos os dias. Porém (sem mágoa o não digo), valeu mais ao *Anjo*, em matéria de seu estado, ter por amigo ao mesmo diabo, que não ao *Papagaio* ter por amigos aos Portugueses. A causa disto foi que enquanto o *Papagaio* teve junto a si muitas povoações e aldeias de sua gente, fazia algumas entradas, levando consigo bons guerreiros, nas terras dos *Guaianás*, e com ciladas que lhes armavam traziam alguns dêles cativos, para conforme a sua brutal fereza matarem em terreiro, armando-se cavaleiros, e depois desta solenidade os comiam em ódio e vingança, por serem inimicíssimos seus. A êstes que os Carijós cativavam e vendiam aos Portugueses, chamaram sempre cativos de cordas, neste Estado do Brasil, e êstes deixavam algumas vezes de matar os Carijós pelos vender vivos, tirados das prisões em que os tinham, aos Portugueses, a trôco de ferramenta, roupas, e outras coisas, a que chamam resgates. E por aqui começou o comércio dos Portugueses com os Carijós».

10. — «E, porque êstes são os que no Brasil chamam cativos de cordas, é necessário fazer uma breve digressão para melhor entendimento do que imos escrevendo.

Como a valentia destas nações brasílicas correu sempre a par com a fereza, igualmente chegaram juntas à casa da vingança e tribunal da gula, onde estas nações, mais que nenhuma outra dos filhos de Adão, barbarizaram. Donde veio que todos seus feitos em armas não são feitos, em sua estimação, por mais que o esfôrço e braços se assinalem, se os dentes também não entram na batalha, antes êles só são os que gozam de todos os despojos, nem há entre esta gente façanha mais ilustre que chegar um guerreiro a representar ao povo um espectáculo dêstes. E por êste respeito procuram muito mais haver a seus contrários vivos na batalha, que não matá-los nela. Depois de prêso, o cativo é logo levado à povoação do maior principal, onde em lugar de grilhões, é entregue a uma carcereira, que em tudo o bem trate, e lhe não seja molesta em coisa alguma; a esta se assinam caçadores e pescadores, que com todo o cuidado a sirvam de caça e de pescado, para que ela possa dar o seu prisioneiro muito melhorado em carnes do que se lhe entregara, para o dia que se haja de aparecer nestoutra Babilónia, não mais airoso nas côres e feições aos olhos do rei pagão, senão mais saboroso aos dentes carniceiros dêstes tigres. Mas nem o prêso, por se ver nestes transes, está tão observante, que peça ser provado nos legumes, antes sem muito sentimento da morte, que cada hora espera, aceita o manjar que melhor lhe sabe, e que pudera comer no tempo dos maiores passatempos. Assim se vai cevando êste animal do Pródigo até se julgar que já está de vez para poder fazer umas boas sopas; então, alguns dias antes, se faz a saber pelas povoações circunvizinhas o dia da festa, para que todos molhem a sua, e se achem presentes a tão grande regozijo, sob pena de incorrer em fôro de avaros os que não convidam, e em descrédito de malcriados os que não acodem à solenidade, pôsto que os segundos nunca incorrem nas tais censuras.

Presentes já uns e outros, sai aquêle soldado, que há-de matar o cativo, a um grande terreiro, trilhando muito grave, cercado dos parentes e amigos para se armar cavaleiro. Mas sem saber o bárbaro o que faz, onde vai, nem quem o leva, é certo que no dia de sua maior glória se veste todo de penas, das quais, assim das que voam como das que magoam, esta Província é tão pródiga, que parece que todo seu emprêgo pôs em penas; e para que as das aves peguem no corpo do gentio é primeiro todo embalsamado, sem impedimento das roupas (porque nenhumas leva), das pontas dos pés até às grenhas da cabeça, donde começa a correr o esmalte para a terra, das quais umas ficam à vontade dos ventos ondeando, outras fixas nas partes principais do corpo, como é na cabeça, que leva coroada de um alto diadema da côr da guerra, a cuja vista a púrpura e a escarlata ficam pálidas. Logo, do pescoço se penduram dois colares do mesmo metal a tiracolo, encontrados, que morrem na cintura. Os braços pelos ombros, cotovelos e nos pulsos, cobrem seus encocados à feição de uma grande pinha, mas nestes estão mais bastas as penas que os pinhões naquela; logo pela cintura o aperta uma mais larga zona, da qual se dependura até os joelhos um mui largo faldrão da mesma sêda, a modo trágico, que não faz menos roda que um chapéu de sol; mas, nem por ficarem cobertos com êste, carecem os joelhos de sua guarnição na mesma parte; e naquela que entre nós cobre a meia, também êles a tecem de seus recamados da sêda mais fina com que as aves vestem os papos e com os demais primores que a elas lhes nascem pelos colos, a êles lhes vem nascendo nos artelhos. Assim se veste o combatente e quási assim se arma, porque leva nas mãos uma mui grande maça, à maneira das de ferro, com que se combatiam os cavaleiros antigos, a qual da empunhadura até à parte mais grossa, com que fere, vai tôda guarnecida das mais polidas penas, mas nem por isso leve; porque sempre a fazem do mais rijo e pesado pau dos matos, que êles têm, que se iguala ao mesmo ferro. Assim se apresenta o gentio gentil-homem e aos olhos dos seus tão aceito e airoso como aos de Deus abominável. Entretanto, vem saindo o prêso que há-de ser sacrificado, o qual, se é generoso, também para mostrar que não morre acobardado, sai todo guarnecido de penas pelo corpo, para que vejam seus amigos as poucas que leva na alma. Vem êle atado com duas cordas pela cinta, pelas quais tocam em contrárias partes dois robustos mancebos para que não fique lugar ao touro de poder investir a quem lhe vai fazer a sua sorte. Os braços leva soltos para com êles tomar os golpes que seu contrário lhe atira, a quem às vezes cativa o arnês com muita graça e ligeireza; nestes golpes fingidos se vão detendo para entreter os circunstantes a quem saltam os olhos fora da cabeça por verem já partir a do prêso em pedaços, o que o contrário faz com a última pancada com que o fere e os bárbaros com gritos ferem o céu. Eis aqui donde tomaram o nome, e porque se chamaram tais, os cativos das cordas.

   Mas a quem não cortará as do coração ouvir as abominações e feias nodas, com que estas nações ofuscam e injuriam a nossa humana natureza, porque logo que o miserável prêso vai saindo de casa para a morte, o vão receber à porta seis ou sete mulheres mais feras que serpentes e mais imundas que as Harpias, tão envelhecidas no ofício como na idade, que passa às vezes de cento e vinte anos, cobertas das mesmas roupas que nossos primeiros pais vestiam antes de as tomarem da figueira. Sabem dos lavôres que a velhice lavra na cortiça de tão comprida idade; elas, para saírem mais engraçadas em dias tão solenes, se pintam de um verniz vermelho e amarelo, que lançado por cima do manto natural, sem outro pincel que os dos cinco dedos espalhados, bem se deixa julgar as côres e matizes que tais Apeles debuxarão sôbre as peles do diabo, pois nelas revestido lhe faz cingir pelos pescoços e cinturas muitos e mui compridos colares, dos dentes enfiados, que tiraram das caveiras dos muitos mortos, que em tal acto comeram; as quais, para recrearem mais o povo, vão cantando e dançando ao som dos alguidares e gamelas, que levam nas mãos para nelas trazerem o sangue e as mais entranhas daquela rês, chegando-se a êle, fazendo-lhe os gestos e caretas, que de tão boas caras se esperam, pois a graça das danças, mudanças, continências, e trespassos, eu as deixo à consideração de quem sabe quão ligeiros se movem cento e vinte anos sôbre um corpo; da música sei eu decerto que mais estimam os passos da garganta que descem em bocados para o ventre, que não os que sobem em quebrados para os ouvidos. E seja juiz disto o principal, que já está feito almotacel, repartindo as carnes do corpo morto, mandando-o dividir em tão miúdas partes, que todos possam alcançar uma fêvera daquele cação. E é tanto isto assim, que me afirmaram uns índios antiquíssimos, que como era impossível poderem tantas mil almas alcançar a provar da carne de um só corpo, se cozia um dedo da mão ou do pé em um mui grande assador, onde se estava delindo, e depois se repartia aquela água em tão pequena quantidade a cada um, que pudesse dizer com verdade e abonar sua valentia, que já bebera da água onde se tinha cozido a carne de seu contrário; e quando algum principal, ou por enfermidade ou pela grande distância do lugar que era às vezes de cento e cinqüenta léguas, se não podia achar presente, lá se lhe mandava o seu quinhão, que ordinàriamente é uma mão do defunto, e com ela se faziam novos de velhos e mancebos muitos milhares, cozida e delida pelo modo que atrás disse; e quando eu fui três vezes em missão aos Guaitacases me afirmaram os Tamoios, que eram os maiores contrários que tinham os Guaitacases, que muitas vezes mandaram êles algumas mãos destas pelo sertão dentro mais de trezentas léguas, em abonação de seu grande esfôrço, e parece que na mão de um corpo humano acham êstes desumanos mais gôsto e sabor que em outra alguma parte, porque a mim me contou um nosso Padre antigo e muito grande língua, que estando no sertão, em uma aldeia, fôra visitar uma índia gentia, mas grande sua benfeitora, a qual estava muito enfêrma e no cabo, mais dos muitos anos que tinha, que não das dores que padecia. E vendo-a o Padre tão desfalecida lhe perguntou assim:

— *Dizei-me, minha avó, que desejais comer e que apeteceis mais? Porque ainda trago lá das nossas terras e das praias do mar, algum açúcar, doces e outros bocados de confôrto, os quais se vós comêreis, logo vos houvéreis de ver mais alentada, e poderá ser convalecêreis de todo, desta vossa enfermidade.*

Ao que ela tornou assim:

— *Meu neto, não me pergunteis pelo que desejo comer, se mo não haveis de dar, porque isso é apressar-me a morte. Mas, sabei, meu neto, que nenhuma coisa desta vida apeteço já. Mas se eu agora tivera uma mãozinha de um menino tapuia, criancinha de dois anos, se ma deram bem cozida, que eu lhe pudera chupar aquêles nervos e ossinhos tenros, já pode ser me fôra abrindo a vontade para pegar de outra coisa*[1].

Estas são as amendoadas e apistos, com que em suas fraquezas e desfalecimentos de sua última velhice se conforta esta gente desta brutal inclinação, tão entalhada em tôdas as nações dêste Brasil, que se deixa bem entender que não largariam os Carijós tão fàcilmente aos Portuguess os presos que tinham nas cordas para se armarem cavaleiros e depois os comerem. Porém, como totalmente careçam de ferramenta para lavrarem seus mantimentos, uma necessidade vencia outra e acabava com êles largarem aos Portugueses alguns *Guaianás* que tinham em cordas a trôco da ferramenta que lhes davam» [2].

---

1. Fonte da célebre frase, quási pelas mesmas palavras, tantas vezes repetida, de Simão de Vasconcelos, *Crónica*, Livro I, n.º 49, p. 33.

2. Há progresso nesta prática, porque na Relação de Jerónimo Rodrigues, ainda os não vendiam: e «pelos comer, antes vendem seus parentes», cf. S. L., *Novas Cartas Jesuíticas*, 236. Sôbre a antropofagia dos Índios do Brasil, cf. supra, *História*, II, 35ss. Emitíamos aí, de passagem, a sugestão da sua origem *económica*, primitiva e anterior à antropofagia ritual, tal como existia no Brasil na época do

11. — «E assim deixou êste comércio alguns anos, enquanto os *Carijós* puderam fazer entradas e dar assaltos aos *Guaianás*, aos quais achavam descuidados ou a pescar, ou na comedia dos pinhões trepados nas árvores, os quais faziam descer às frechadas. Porém foram-se os *Guaianás* acautelando, de maneira que para os Carijós trazerem um dêles prêso, deixavam lá muitos mortos dos seus, o que vendo os *Carijós* foram desistindo da conquista, mas não da cobiça da ferramenta e resgates dos Portugueses, e como êstes se lhes não haviam de dar de graça, deram em um ardil, que só o diabo pudera inventar, e foi que entravam os mesmos *Carijós* ribeirinhos pelas aldeias, que estavam mais para o interior do sertão, que era gente muito singela e simples, ainda que da mesma nação, e como a tal a traziam enganada, dizendo-lhes que descessem para o mar a ver gente branca e tratar com os Portugueses, que davam roupas e ferramentas a quantos os iam visitar; e com êste engano faziam descer aldeias inteiras aos portos do mar, onde os Portugueses tinham suas embarcações, os quais os recebiam com muita festa e os faziam entrar debaixo da coberta para lhes mostrar as peças da ferramenta ou as roupas, cujas côres mais lhes contentassem; e depois que o navio estava bem cheio de Carijós, fechavam os Portugueses as escotilhas e se faziam à vela. E assim, por um vestido que davam a um traidor, levavam trezentas e quatrocentas almas, as quais vendiam nas Capitanias, dizendo que eram cativos de cordas, e estas cordas não eram outras, salvo a enxárcia do navio e as das polés dos mastros e das vergas e amarras, entre as quais vinham os miseráveis Carijós, que êles nunca tinham estado em outras cordas nem prisões. Também outras vezes iam alguns dêstes ribeirinhos a algumas aldeias dêstes e diziam: *Parente, há chegado um branco, meu compadre, a tal pôrto, e trouxe-me tanta ferramenta, que a não posso trazer só; se quiseres ir comigo, ficarás bem aquinhoado.*

seu descobrimento. Houve quem interpretasse esta sugestão, como se fôsse no sentido de economia *alimentar* (comida do homem pelo homem como *alimento*). Não é o que dissemos, senão o que aí se lê: *económica*, no sentido de supressão de um concorrente aos meios de subsistência limítrofes (caça, pesca, pequena cultura). E isto primitivamente, na noite dos tempos. O *ritualismo* (não no estrito sentido de sacrifício religioso a Deus) seria a cristalização ulterior dessa idéia, com os corolários de vingança, etc., que os cronistas quinhentistas acharam e descrevem, da antropofagia dos Índios do Brasil. Simples sugestão sôbre um assunto demasiado complexo, que não teria cabida, em tôda a sua amplidão, nas páginas desta *História*.

Dava o inocente crédito ao que lhe dizia o outro, e, chegando aonde estava o compadre branco, lhe dizia: *Compadre, eis aqui a paga da ferramenta, que me deste, mete-o na corrente e segura-o bem, porque te não fuja.*

O branco o fazia melhor do que seu compadre lho encomendava, ainda que às vezes aconteceu que o Índio, que se via assim vender tão falsamente, arremetia àquele que o trouxera enganado, e arcando com êle o derribava em terra e o entregava ao branco, e se tornava para a sua aldeia, e o que menos podia ficava na corrente.

Com semelhantes enganos traziam os Portugueses os navios carregados de Carijós, em tanta cópia, que se foram em bem poucos anos despovoando de gente mais de sessenta léguas de sua Província, da parte do Norte por onde o comércio dos Portugueses entrou. De feição que já não havia Carijó, que se fiasse nem ainda de seu irmão carnal, mas tanto os tinha entrado o interêsse, que já por vingança se vendiam uns aos outros, sem respeito a sangue ou parentesco, até que vendo os Portugueses que o trato e resgate se acabava, começaram a ir entrando pelo sertão dentro, e com mão armada, sem outros resgates que os da espada e peloiro, e, chegando a qualquer povoação, tomam à fôrça aquela gente, que mais lhe contenta, que sempre é o mais lustroso mulherio, e alguns mancebos e meninos dos mais vivos e espertos. Sem respeito algum a matrimónio natural, tiram as mulheres aos maridos, ao pai os filhos, às mães, se são de idade os filhos, que mais lhes contentam, arrebatando-lhes dos braços, deixando a gente mais inocente, em um lastimoso pranto, pedindo, sem falar, tantas lanças de fogo da divina vingança contra os agressores, quantas são as lágrimas, que dos olhos lhes saltam em terra. Vendo-se assim apartar tão cruelmente, não só da pátria maviosa, em que nasceram e se tinham criado, mas ainda dos filhos caros, que sempre foram para tôda a nação os mais doces penhôres do mais tenro sentimento, dos quais uns lhes ficavam pelos matos embrenhados, onde para fugirem das unhas desumanas dos Portugueses iam cair nas dos tigres carniceiros.

Êste é o título e o modo com que os Portugueses trazem agora cativos os tantos milhares de *Carijós* a vender tão injustamente por tôdas estas Capitanias. E no tempo, que chegamos à Laguna, aquela noite nos vieram buscar cinco índias, que tiveram ardil para no mais escuro da noite se meterem em um batel, sem homem nenhum, salvo quatro criancinhas que traziam aos peitos muito cobertas que não chorassem. Remando elas mesmas o batel por grande espaço de mar, chegaram a bordo do nosso navio e chamando com voz baixa pelos marinheiros, lhes pediram que lhes chamassem os Padres, e saindo nós à borda do navio, começaram a chorar com palavras tão enternecidas, que nos fizeram também imitar as criancinhas, que elas traziam aos peitos, às quais taparam as bôcas para que os Portugueses do navio, de que elas vinham fugidas, as não ouvissem e fôssem sentidas finalmente. Crueldades vimos nesta missão, que por não causar escândalo aos ouvidos cristãos, cuido que é mais honesto passá-las em silêncio que referi-las, e baste dizer que só em um lugar das praias, por onde caminhamos, se tinha alojado um Português, que descera do sertão com muita gente, e chegando à praia só em um lugar lhe morreram quási 200 almas, as quais achamos com os corpos inteiros e muitos dêles deitados em suas rêdes, mirrados dos grandes ventos e frios, que os não deixaram apodrecer; ali estavam as criancinhas mortas aos peitos das mães e outras circunstâncias, que causavam um lastimoso espectáculo para olhos cristãos; e êste desalmado cristão, vendo êstes mortos, voltou outra vez ao sertão a buscar outros, e chegando ao mesmo lugar lhe saíram ao encontro uma esquadra de Portugueses com as espingardas nos rostos e lhe fizeram largar todos os miseráveis Carijós que trazia; e dêste caso se verá que para os Portugueses trazerem doze mil Carijós cada ano hão-de partir do sertão com vinte e quatro mil.

Também acontece muitas vezes que não podendo as criancinhas aturar o passo apressado com que a mais gente caminha para as praias e portos onde se hão-de embarcar, se chegam a elas os Portugueses e com uma desumanidade mais que de feras, lhe partem a cabeça com as espadas para que a Mãe ou o Pai se não detenham, ou tornem atrás, cuidando que fica vivo o filho que geraram. Dêstes semelhantes, que os Portugueses deixavam pelas praias, mandam algumas vezes mariscar, os quais estavam já expirando, a quem os nossos Índios traziam às costas algumas léguas com mui grande amor, e nós com a pobreza que tínhamos, tirando da bôca, lha metíamos na sua, e assim convalesciam e os trazíamos connosco. Não menor crueldade usam os Portugueses quando embarcam êstes miseráveis, porque com a cobiça de trazerem muitos, de tal maneira os apertam e cozem uns com outros, que jamais se podem deitar nem dormir, salvo meio assentados. E dêste tão cruel trato, que lhes dão, sucede que partem alguns navios com 300 e 400 dêles, e quando chegam às Capitanias vêm vazios, como nós encontramos um, que já não trazia mais que vinte, vivos; e ainda dos que chegam, a maior parte dêles dentro de um ano acabam todos, vendo-se vendidos em miserável cativeiro, e querem antes morrer que não viver, o que não acontece àquêles que nós trazemos, porque situados uma vez, crescem e multiplicam, em nossas Aldeias, e vivem com muito gôsto com grande exemplo de cristandade».

12. — «E tornando agora a tratar do estado em que achamos o nosso Índio Principal, chamado *Papagaio*, estava êle em a sua principal Aldeia, como cativo e em gaiola, e bem pudera responder, a quem lhe perguntara como estava, se dissera como cativo: *Senhores*. Porque êle estava com grandes guardas postas de espingardeiros Portugueses, os quais depois de receberem dêle todo o bom tratamento de tantos anos, o foram depenando de seus vassalos de maneira que de 1.200 almas, que tinha na sua aldeia principal, em que habitava, só lhe ficaram 150, que eram os parentes mais chegados, e sôbre tudo o queriam também levar cativo a êle. Tinha êste Índio um filho mais velho, e como tal herdeiro de seu estado. Era mancebo airoso e de bom entendimento, o qual sabendo que nós éramos chegados à aldeia, donde Maurício de Albuquerque residia, que distava da sua duas jornadas, e vindo êle àquela hora do *Rio Grande* com cinco frechadas, que recebera em defensão dos Portugueses, logo procurou persuadir ao Pai que, pois era *Papagaio*, que voasse para os Padres, e se acabasse já de desenganar que os Portugueses o queriam levar cativo, pois lhe tinham levado tôda a sua gente, e que soubesse que não querendo êle ir, se ficasse embora. [Sempre até] àquela hora o tivera por seu Pai, porém que dali por diante, êle não conheceria outros Pais senão os Padres da Companhia, que lhe traziam a salvação de sua alma, e a liberdade, que os Portugueses lhe tinham tirado. E tomando suas mulheres e alguma gente mais chegada, se furtou com ela aos Portugueses, e caminhando de dia e de noite nunca parou até chegar onde nós estávamos, que o recebemos com todos os afectos dalma, que sua lealdade merecia. E êle se abraçou connosco, tão amorosamente, que não sabíamos julgar se nos ligava mais com os braços com que nos apertava, se com as bem compostas palavras, com que nos agradecia nossa vinda, a qual êle chamava sua liberdade.

Vendo o Pai a prudente resolução, que o filho tomara, e entrado também das saúdades do apartamento do mancebo, a quem amava mais que a outros doze que tinha, se resolveu de o seguir, e, para o fazer, buscou a melhor ocasião que o tempo lhe ofereceu; e fingindo que ia à sua fazenda com que agasalhar seus hóspedes, deixando as casas assim como estavam, por não ser sentido, se veio saindo da aldeia com o maior silêncio, que pôde, e com a gente que também pôde escapar, para se ajuntar connosco, sem ser sentido dos Portugueses. Mas não lhe foi possível, porque logo se achou menos, e vindo de após êle, que como trazia muitas mulheres e crianças, que não podiam andar com tão ligeiro passo, foi fôrça ser assalteado no caminho uma jornada antes de chegar a nós, onde lhe cativaram muita da gente que trazia, sem lhe nós podermos acudir. Aqui, no tempo que os Portugueses investiram, se embrenharam muitas mulheres pelo mato, que daí a três dias vieram ter connosco, tão desfalecidas, porque não tinham comido coisa alguma neste tempo, que causariam compaixão às pedras insensíveis.

E depois que tivemos junto nosso rebanho, começamos a caminhar para a barra da *Laguna*, onde tínhamos o navio, sempre com receio de que os Portugueses nos assaltassem. Mas como êles se desenganaram que nós não havíamos de largar as almas, que tanto nos tinham custado, sem primeiro largar as vidas, não ousaram a o fazer, e assim chegamos ao pôrto de Laguna.

Dêste pôrto tornamos a mandar o nosso *Terreiro Espantoso*, com seu primo Maurício, com uma embaixada a seu Pai e tio *Anjo*, com intenção de sabermos em que estado ficava, pois não era possível podê-los ver nesta viagem; e para isso lhe demos algumas peças para lhe oferecer da nossa parte, animando-os a perseverar em seus intentos. Moveu-nos a isto, sabermos dos Portugueses, neste tempo, como havia um mês que os *Carijós*, nos confins de sua Província, para a parte do Ocidente, tinham morto um nosso Padre, que do Peru viera, entrando pelo sertão dos Carijós, perguntando pelos Padres Portugueses, com grande desejo de se ajuntar connosco, com intenção de colhermos no meio aquela grande gentilidade, cercando êste Novo Mundo, êles pelo Ocidente e nós pelo Oriente, e convertermos a Deus até os mesmos *Anjos*, que ainda não estão confirmados em graça. Na verdade fôra feito digno da generosidade dos filhos da Companhia, porém como o Padre entrou com mais estrondo, mandando seus embaixadores ao *Anjo*, com vara e alçada, sentiram muito os *Carijós* verem entrar os Índios, que o Padre mandava tratar de pazes, com varas de justiça levantadas, pelo que mandou o Anjo dizer ao Padre que êle estava esperando pelos Padres Portugueses, e com os Castelhanos não queria trato nem comércio, que sua Reverência se podia tornar, porque não causasse alguma alteração nos seus *Carijós*. E cuidando o Padre que esta resposta era fingida pelos seus, pelo temor e receio com que os via, por não quererem entrar mais dentro pelas terras dos *Carijós*, repreendendo-os muito e vindo com êles na dianteira, fêz voltar os seus, sôbre os quais vieram carregando os *Carijós* e mataram quási todos os Índios do Padre e ao mesmo Padre, entre êles. Êste foi o motivo para tornarmos a mandar o filho e sobrinho ao *Anjo*, para que não cuidasse que nós pela morte de nosso Padre estávamos contra êle, ressentidos, e para isso lhe mandamos franquear a passagem aos receios, dizendo-lhe que bem alcançávamos que fôra o caso mais ímpeto e paixão de seus vassalos, que eram homens, que não por mandado nem vontade de um Rei, que era Anjo»[1].

13. — «Despedidos os nossos mensageiros, começamos logo a nos aprestar, neste pôrto da *Laguna*, para seguir nossa viagem para o Rio de Janeiro, que como não tínhamos matalotagem, pela gente vir tôda fugida e assalteada dos Portugueses, foi fôrça pescarmos algum peixe, e torrá-lo no fogo, para dêle fazer farinha e biscoito e também ajuntar muitos palmitos, dos que atrás dizíamos, para o mesmo efeito; e, já de todo prestes, saindo da barra começamos a doutrinar a gente, que não enjoava, todos os dias pela manhã e à tarde; e no temporal acudindo-lhe em suas enfermidades, com tanto amor e diligência, que foi o Senhor servido chegarmos com êles todos

---

1. Repare-se na amena ironia com que Inácio de Sequeira remata a versão, explicações e escusas do Principal. O Padre, aqui aludido, e cujo nome ainda ignorava o relator desta viagem e missão, é o P. Cristóvão de Mendoza, morto pelos Índios, alguns meses antes, a 26 de Abril de 1635, cf. Aurélio Pôrto, *Martírio do Venerável P. Cristóvão de Mendoza S. J.* (Pôrto Alegre 1940)35; Id., *História das Missões Orientais do Uruguai*, 76; Luiz Gonzaga Jaeger, *O Herói do Ibiá*, em *Relatório do Ginásio Anchieta* (Pôrto Alegre 1942)48. O P Cristóvão de Mendoza, de Santa Cruz de la Sierra, hoje na Bolívia, era animoso e já nas Reduções de Guairá, em 1628, «um Tupi, índio de los Portugueses» o tinha frechado, ferindo-o no pescoço e no peito, cf.«Relación de los agravios, pelos Padres Simão Maceta e Justo Mansilla, da Baía, 10 de Outubro de 1629», *Campaña del Brasil*, I, 11.

vivos à nossa *Aldeia de S. Francisco Xavier*, donde tínhamos partido. O maior gôsto, que tínhamos no navio, era, logo em amanhecendo que abríamos o camarote, dar com os olhos no convés coberto dos meninos e criancinhas que estavam todos nus tremendo de frio, com suas vasilhas nas mãos esperando suas rações, e como estavam todos vestidos, em trajo de anjos, mas como homens ao frio, porque era no coração do inverno, enterneciam-se os nossos tanto, com êste mavioso espectáculo, que muitas vezes desejamos conceder-nos o céu podermos entrar, assim como íamos, pelo pôrto de Óstia e dar-nos o Rio Tibre e suas águas favor para enxorar o navio com tão saüdosa carga bem junto à casa Professa de Roma, oferecendo ao nosso mui Reverendo Padre Geral, e ao Padre Assistente de nosso Portugal, uma nau carregada de almas, para que vissem que nenhuma Província do mundo lhes pudera oferecer tal dom, e, dêles, tão estimado presente, como esta nossa do Brasil, pois é certo que nem ainda os Sagrados Apóstolos, nem outros varões santos e prègadores de nossa Santa Fé, levaram nunca pelos mares naus carregadas de almas gentias para irem fundar Igrejas novas e professar a fé fora de sua pátria, por tão remotas regiões, por tão vários e opostos climas, por espaço de trezentas e quatrocentas léguas, como os filhos da Companhia fazem nesta tão trabalhosa conversão das gentes do Brasil. Mas de todos êstes trabalhos, que padecemos, rendemos sempre as graças imortais ao mesmo Senhor, que nos dá as fôrças para os vencer. Chegamos, pois, com todo nosso rebanho a salvamento a avistar a Igreja do apóstolo da Índia, S. Francisco Xavier, ondé, sendo vistos dos nossos e dos Índios da Aldeia, saíram logo todos em suas embarcações com grandíssimo alvorôço, uns a receber seus irmãos, os outros seus parentes, que logo se lhes repartiram por todos os casais da Aldeia, para os sustentarem de mantimentos, até êles poderem lavrar os seus, os quais aceitaram os novos peregrinos com tanto amor, que não ficava havido por honrado senão o que levara mais hóspedes para casa.

Estava a êste tempo o Padre Reitor Francisco Carneiro esperando por nós em nossa *Fazenda dos Currais* [1], que dista duas léguas desta Aldeia, o qual sabendo que éramos chegados, nos foi logo receber e festejar nossa vinda com muito alvorôço, mostrando bem nas muitas caridades, que fêz aos novos cristãos e em especial ao Prin-

---

1. *Fazenda dos Currais*, a depois famosa *Fazenda de Santa Cruz*.

cipal dêles, o *Grande Papagaio*, que já era seu conhecido do tempo que lá fôra. Daí a poucos dias pareceu bem que o mesmo *Papagaio*, com mais três filhos seus, fôssem à Cidade do Rio de Janeiro a baptizar-se, o que foi feito na nossa Igreja com grande aparato, baptizando-os o mesmo Padre Reitor, e sendo Padrinhos do mesmo *Papagaio* (que trocando as penas em glória do Baptismo e da Fé que recebia) tomou por nome o de seu padrinho, que foi o do Governador desta Cidade, Rodrigo de Miranda Henriques, e o filho mais velho e morgado seu tomou por nome o de Salvador, por respeito de Salvador Correia de Benevides, que foi padrinho seu; e os dois, de outros nobres da terra. Aos quais, acabando de os baptizar, levaram consigo o Governador e Salvador Correia para sua casa, pondo-os consigo à mesa, e lhes fizeram todos os primores de tão bons cristãos, e tão nobres fidalgos como êles são. O mesmo fizeram os mais padrinhos, vestindo logo cada um a seu afilhado, com muito bons vestidos. Mas a tôdas estas boas venturas deu remate a vinda do Padre Provincial, Domingos Coelho, que daí a poucos dias chegou a esta Cidade, vindo visitar estas Capitanias e residências do Sul, e trazia por seu companheiro ao Padre Francisco Pires, que tinha chegado de Roma, naqueles dias, os quais festejaram com grandes efeitos de amor, o bom sucesso e brevidade da missão, por dar de si esperanças de outras maiores. E assim informado o Padre Provincial do estado em que ficava o *Anjo* para receber nossa santa fé, ordenou logo sem interpor detença alguma ou demora, que o P. Francisco de Morais, que tinha ido comigo nesta missão, e é por extremo respeitado dos Carijós, levando por seu companheiro o P. Francisco Banha, fôssem logo a ver-se com o Anjo e Rei de tôda aquela gentilidade, antes que os Portugueses os acabem de destruir com seus desumanos latrocínios, dos quais se sua Majestade e a Santidade de Nosso Senhor o Papa Urbano foram verdadeiramente informados, não há dúvida senão que um com rigorosas leis, outro com estreitíssimas censuras e excomunhões a si reservadas, houveram de pôr remédio a uma tão grande ofensa da Divina Majestade. De Vossa Paternidade filho em Cristo, — *Inácio de Sequeira*» [1].

---

[1]. *Bras. 8*, 460-472v. Inácio de Sequeira, natural de Resende (Lamego), afoito sertanista e pacificador dos Goitacazes, é, não só por isso, mas tambem, por esta bela narrativa, digno da geração de Vieira, a que pertence.

14. — Os Padres foram e trouxeram duzentas almas que à volta foram assaltados pelos escravagistas. A reacção dos Padres foi veemente, excitada ainda mais pelas depredações cometidas nas Aldeias cristãs do interior (Barueri). Encontram-se ecos dessa reacção na *Resposta ao Libelo Infamatório*, que conclui precisamente com ela. A resposta é de 1640, em Lisboa, quando os ares da restauração pátria animavam a todos, e há nela evidente sôpro camoneano ou vieirense:

«É coisa digna de se chorar com lágrimas de sangue, ver que da nação portuguesa tão católica, tão pia, tão firme na fé, que para a estender pelo mundo foi escolhida por Cristo, no Campo de Ourique, a cuja conta muitos varões Portugueses têm aberto mares nunca navegados, descobertas regiões nunca vistas nem sabidas, arriscando em umas partes as vidas, e derramando em outras seu próprio sangue, por promulgar a fé, haja nesta mesma nação, a trôco de um bem miserável interêsse, de perder essa glória e manchar o lustre de tão gloriosas emprêsas, com ser causa de que os gentios por se baptizarem se houveram de forrar, deixem de se baptizar e fazer cristãos, pelos não fazerem escravos, e que chegue a desventura nesta parte a tanto (por não falarmos em outras partes), que esteja o *Sertão*, que chamam *dos Patos*, aberto para todo o mouro, judeu, negro e branco, alto e baixo, que ali quer ir a saltear e conquistar e cativar os Índios para depois os vender, onde e para onde lhe parece, e que só os Padres da Companhia que, com ordem de Sua Majestade e seus Governadores, os vão converter para os trazerem para a Igreja e os situarem em Aldeias públicas, dedicadas ao bem comum, onde vivam livres, e se façam e cultivem cristãos, se feche esta porta, e impida esta missão, como se tem impedido por vezes pelos capitães-mores e moradores das Capitanias de São Paulo, da Ilha Grande, de Santos, S. Vicente, Tanhém e Cananéia, até chegarem, no ano de 637, a saltearem 200 Índios, que o Padre Francisco de Morais, da Companhia, já trazia, Cristãos, impedindo consigo três ou quatro mil outros, que vinham descendo para o mesmo fim, pondo mãos violentas no Padre, que os trazia, tomando-lhe o fato, quebrando-lhe a embarcação com que estava para passar um rio, deixando-o só da outra parte, arriscado às inclemências dos ares, feras do mato, e falta do necessário, e perigo de que os gentios, que vinham descendo, o matassem, persuadidos de que êle os descia para os entregar aos Portugueses, como se persuadiram tinham entregues os mais; e antes dêste caso tinham impedido os sobreditos esta missão outras vezes; e agora no ano 640, tratando o P. Pedro de Moura, Visitador Geral da Província do Brasil, de mandar Padres a esta Missão, o deixou de fazer pelo capitão-mor de Santos lhe escrever se ficava aprestando com embarcações e gente para que, em caso que lá fôssem Padres, os ir impedir de seus intentos e, porque não houvesse alguma desgraça, avisava de antemão»[1].

Iniciara-se a era da violência, que poria fim à campanha pacífica dos Jesuítas do Brasil, no extremo sul. Quando se fêz a paz em 1653 a costa dos Patos estava vazia, e o interior do Rio Grande do Sul ocupado pelos espanhóis, com as suas Missões; e, separados Espanha e Portugal, quando os escravizadores voltaram àquelas paragens, encontraram já, com os Índios, as escopetas espanholas. Perda irremediável de tempo! Só mais tarde, com tratados iníquos, que impunham condições anti-naturais de transmigração de povos, aliás não cumpridos, mas que fizeram correr muito sangue, foi possível integrar aquelas terras no grande todo brasileiro.

Para isso foi, entretanto, mister ainda um rodeio prévio ao Rio da Prata, e foi a epopeia da Colónia do Sacramento.

---

1. «Resposta ao Libelo Infamatório», Gesù, *Colleg.*, 1569, 169-170, no fim dêste Tômo. *Apêndice C.*

CAPÍTULO V

Rio Grande do Sul

1 — Antecedentes; 2 — O topógrafo P. Luiz de Albuquerque e os cartógrafos P. Diogo Soares e P. Domingos Capacci; 3 — Missão de 1749-1751; 4 — Aldeia do Estreito e Fortaleza do Rio Pardo.

1. — O Rio Grande do Sul é um Estado de vida interior. Marítimo, e todavia fechado sôbre si mesmo, por um maciço de serras ásperas, e por uma costa de largos areais. A sua vida manifestou-se, a princípio, como nos seres humanos, de dentro para fora. A colonização e a riqueza do Rio Grande iniciaram-se pelos rios do interior. As primeiras tentativas de se civilizar, frente a frente, não puderam quebrar essas barreiras.

Não o puderam os Jesuítas do Brasil, pelos obstáculos que se lhes opuseram de carácter religioso, económico, social. De carácter religioso, por ficarem cortadas as relações com a casa central do Rio; económico, porque não sendo a costa fértil, aquela barreira dificultava os meios de assegurar a vida; social, porque, além da efervescência supersticiosa ambiente, faltava o elo da autoridade civil, que no século XVII ajudava sem eficácia e nos seus órgãos mais próximos, escravagistas, positivamente a impedia, em luta aberta ou latente com os missionários e com as autoridades mais altas favoráveis à emprêsa.

Não o puderam os sertanistas do século XVII, nem o pretenderam, porque nas investidas da primeira metade dêsse século o que realmente lhes interessava não era a *terra*, para nela ficar, mas o *sangue*, que dali levavam para fora dela.

A conquista do Rio Grande só pôde realizar-se, quando um movimento envolvente de pinça, com as duas pontas, uma em Laguna, ao sul de Santa Catarina, outra na Colónia do Sacramento, no Rio da Prata, penetrando por dentro, e anulando as resistências de acesso, forçaram a vida interior do Rio Grande a abrir-se para o exterior e a entrar na circulação orgânica do Brasil.

Mas a luta foi longa, movimento, parte de iniciativa oficial, parte de iniciativa privada. A que tocou aos Jesuítas do Brasil, a que nos compete, é como segue, nas suas linhas gerais.

A fundação da Colónia do Sacramento obedeceu ao fim de assegurar ao Brasil a costa «ininterrupta» até o Rio da Prata, como já se exprimiam os Jesuítas portugueses do século XVI, que queriam ir ao «Rio da Prata, ao Paraguai, aos Patos, e a outras partes que se contêm no ininterrupto litoral brasileiro» [1].

As tentativas dos Jesuítas do Brasil para se estabelecerem nos Patos e na *Aldeia do Caïbi*, não foram coroadas de êxito, não por culpa sua, e nem talvez dos castelhanos do Rio da Prata. Os Capítulos anteriores o explicam suficientemente.

A Colónia do Sacramento destinava-se a recuperar o tempo perdido. Na restituição dela pelo Tratado de Utrecht, o pensamento expôs-se com clareza em 1715 ao Conselho Ultramarino, no Relatório de António Rodrigues da Costa: apoderar-se ou empossar-se sem estrondo «da terra, que vai do sítio de Nova Colónia até o Rio do Uruguai»; depois, para o lado do Brasil, propunham-se os meios «de atar esta Colónia com os mais domínios da América Portuguesa». «Por esta causa se intentou já fundar nova povoação em *Monte Vidio*» [2].

2. — Cinco anos depois dêste relatório, o P. Jesuíta Luiz de Albuquerque, com o Ouvidor Rafael Pardinho, percorreu a costa de Santa Catarina até Laguna, onde estava em 1720, e tomou informações, e fêz um mapa «de Santa Catarina ao Rio da Prata», que Vaía Monteiro enviou para Lisboa e descreve em 1727 [3]. E é ainda dêste mesmo ano de 1727 o pedido dos Índios *Minuanos*, que em número de 23.000 habitavam o Rio Grande e pediam aos Padres da Casa de Paranaguá os fôssem catequizar. Abstiveram-se, porque isso dependia da autoridade régia [4]. Mas o pedido não deixou de

---

1. Cf. supra, *História*, I, 344; e 337, 338, 345.
2. AHC, *Rio de Janeiro*, 7306.
3. Carta de Luiz Vaía Monteiro, de 12 de Agôsto de 1727, *Doc. Interes.*, L, 91-92.
4. *Bras.* 10(2), 299.

ser transmitido a quem poderia dar providências eficazes, numa actividade conjugada entre Laguna e a Colónia do Sacramento.

O P. Luiz de Albuquerque defendia os direitos de Portugal às terras do Sul, mas embora fôsse reputado no seu tempo como bom topógrafo e cartógrafo, e fêz aquêle mapa, não o era de profissão. Convidados pelo Governador, foram à Colónia os dois Padres matemáticos, Diogo Soares e Domingos Capacci, vindos ao Brasil com o cargo de geógrafos régios.

Diogo Soares documentou-se bem, e existem nos Arquivos de Évora informações por êle pedidas a personalidades competentes e conhecedoras desde as Minas de Goiás à Colónia do Sacramento, onde êle e o seu companheiro, depois de curta demora no Rio de Janeiro, chegaram a 24 de Outubro de 1730, a pedido do Governador da mesma Colónia, António Pedro de Vasconcelos, de gloriosa memória. Na carta, que Diogo Soares escreve a El-Rei D. João V, da Colónia do Sacramento, no dia 27 de Junho de 1731, entre as informações que dá, para o «serviço» da «nação», está uma que se refere às comunicações do Rio Grande com a Colónia, povoação e fortificação do Rio Grande. Tencionava Diogo Soares passar a esta paragem, vindo de Colónia, «vendo de caminho o sertão». Não o fêz, porque o seu companheiro P. Domingos Capacci teve que se retirar para o Rio de Janeiro, levando consigo os instrumentos científicos indispensáveis à tomada das alturas. Mas era emprêsa, que Diogo Soares «tinha pela mais precisa e necessária», esta sobretudo «do Rio Grande e seu sertão, cuja povoação não seria de menos glória para Deus, que de crédito, conveniência e aumento aos domínios de V. Majestade nesta América, principalmente quando se pode temer, que, desamparada aquela barra e abertos os dois caminhos, que se abriram agora nela, tenha a Espanha e os Padres das Missões uma porta para se introduzirem nos nossos sertões e Minas; além de que fortificado aquêle rio, terá esta Praça mais prontos, e mais à mão os subsídios; crescerá, com a comunicação, o comércio; e, com a extracção dos frutos, os negócios e as alfândegas»[1].

Os Padres das Missões, que os Jesuítas temiam, eram também Jesuítas. Mas o Jesuíta português secundava os interêsses de sua Pátria, os das Missões, espanhóis, os interêsses da sua. Distinção

---

1. Carta do P. Diogo Soares, em AHC, *Rio de Janeiro*, 7623.

esclarecedora, legítima e necessária, que nem sempre se fêz e em que importa insistir

Entretanto, multiplicavam-se as informações. O P. Diogo Soares, investido das funções oficiais de cartógrafo, pedia outras, que pudessem ser úteis ao seu intento, e que constituem a célebre «Colecção Diogo Soares», da Biblioteca Pública de Évora. Entre elas está uma do Capitão Cristóvão Pereira, em que refere as excelências, riqueza e formosura do Rio Grande [1].

Cristóvão Pereira, por sugestão do Governador da Colónia do Sacramento, e por nomeação do próprio Governador (o de S. Paulo, Conde de Sarzedas), dará início à fundação do Presídio do Rio Grande, a cujo pôrto chegou no dia 27 de Setembro de 1736 [2]. Todavia, um ano antes, já tinha estado no Rio Grande o P. Domingos Capacci a fazer as sondagens preliminares e estudar o local da futura fortaleza [3].

O Presídio do Rio Grande fundou-se no seu local definitivo em 1737; e no ano seguinte, o P. Diogo Soares, a requerimento do Brigadeiro Silva Pais, levantou a planta do território do mesmo Presídio do Rio Grande até às suas cabeceiras [4].

Indicações sumárias, tôdas estas, para se avaliar o que tocou aos Jesuítas da parte portuguesa, na fundação desta primeira povoação, «alma-mater» do actual Estado do Rio Grande do Sul [5].

3. — Os trabalhos dos Padres Diogo Soares e Domingos Capacci revestiam carácter *científico* e *colonial*. Os aspectos de *catequese* e *missão* teriam-nos realizado os Padres, que iam a caminho da Colónia do Sacramento, e talvez outros, que não deixaram relação escrita. Ficou-nos, porém, a dos Padres Bento Nogueira e

---

1. Cf. Cunha Rivara, *Catálogo*, I, 191-194. Da cópia, que fêz Pôrto Seguro, publicaram-se na *Rev. do Inst. Hist.*, LXIX(1908)267-309. A última (páginas 307-309) é a *Notícia* — *2.ª Pratica que dá ao P. M. Diogo Soares, o Capitão Cristóvão Pereira sobre as campanhas da Nova Colonia e Rio Grande ou Porto de S. Pedro*.
2. Aurélio Pôrto, *História das Missões Orientais do Uruguai*, 363.
3. Id., *ib.*, 350.
4. Id., *ib.*, 350.
5. Aurélio Pôrto dá notícias dêste facto e dos que nêle tomaram parte, com o desenvolvimento que convinha ao seu assunto, do qual dá também a vasta bibliografia inédita e impressa.

Francisco de Faria, partidos do Destêrro (Santa Catarina) para a praça do Rio Grande de S. Pedro, a princípio de Abril de 1749. A ida obedecia às instruções da Provisão Régia de 9 de Agôsto de 1747, estabelecendo as condições do culto na freguesia, que se havia de erigir no Rio Grande do Sul, para os colonos açoreanos.

Dizia El-Rei que escrevera ao Provincial do Brasil mandasse àquelas terras dois missionários [1]. Em vista disso, os Padres Bento Nogueira e Francisco de Faria, depois de trabalharem com os Açoreanos na Ilha de Santa Catarina, seguiram para o Rio Grande, onde se empregaram também com os Índios.

«Chegaram no princípio de Junho de 1749, e como então começava o inverno, que naquela terra é bastante rigoroso por causa da muita neve, ordenou o Governador que se provessem os Padres de uma casa bem resguardada e de tôda a roupa própria dessa estação. Passado o inverno, que naquele ano durou até fins de Agôsto, fêz-se a missão em Setembro. Acabada ela, com muitas obras de edificação e piedade, a qual deviam fazer segundo o seu Santo Instituto, pediram licença ao Governador para voltar a Santa Catarina, como tinham prometido ao Governador daquela Ilha. Não lhe concedeu o Governador a licença, dizendo-lhes que a mente de El-Rei era que se aldeassem todos os Índios, que còmodamente pudessem, por aquela região, que o esperava uma *brigada* de índios chamados *Minuanos*, que da *Guarda do Ichuí* e da *Fortaleza de S. Miguel* se lhe devia mandar; e que fariam grande serviço a Deus, a Sua Majestade e a êle, se esperassem para instruir, doutrinar e baptizar aquela gente selvagem. Deixaram os Padres por então de apressar a volta para Santa Catarina, pelo grande bem que esperavam colher. Mas como o Coronel Governador não realizou a expedição que se combinara, fêz-se muito vagarosamente a entrada de três *brigadas* de Índios, e por último a 4.ª *brigada* foi preciso que o P. Bento Nogueira ajudasse a conduzi-la, porque dando parte ao Governador o Capitão Pedro Pereira Chaves, comandante da *Guarda do Ichuí*, que a *brigada* de Índios, que já se havia pôsto a caminho, repugnava entrar, porque tinha adoecido mortalmente uma índia já dentro do nosso campo, ofereceu-se o P. Nogueira ao Governador para ir baptizar a mulher e animar aquêles selvagens a virem. O Governador aceitou a oferta

---

1. Cf. João Maria Balém, *A primeira Paróquia de Pôrto-Alegre* (Pôrto-Alegre 1941)16.

e no meado de Junho de 1750, pôs-se a caminho, levando como catequista um índio chamado José Ladino, que sabia a língua espanhola. Chegado o Padre a *Sucurumbu*, distante da povoação cêrca de 50 léguas, pelo meio dia, avistou-se com o comandante, que então invernava com os Índios, por causa da muita água e neve de que estava cheia a campanha aquêle ano. Encontrou o Padre a mulher, já fora do perigo de morte, capaz de fazer viagem, e a animou e a todos os outros a entrarem na povoação, assegurados pelo catequista Ladino do bom tratamento que achariam nos Padres.

Entraram finalmente. E juntando-se às outras *brigadas* de Índios, que já estavam dentro da povoação do *Rio Grande*, começaram os Padres a instruí-los e a catequizá-los, prometendo-lhes que depois se aldeariam entre a guarda da fortaleza do *Estreito*, e a guarda da fortaleza do *Norte*.

Chegando porém o tempo de aldear-se, opôs-se a vizinhança, dizendo que os índios lhes roubariam o gado, e os Padres tomariam conta das terras. Representação mais que suficiente para o Governador mudar de sistema, por causa da sua pouca resolução, e ficarem as coisas como antes. Mas os índios baptizados, com as suas mulheres, por conselho dos Padres, foram servir a El-Rei nas terras do *Buiru*, pertencentes à Coroa, onde ganhavam o mesmo salário dos homens de trabalho, ficando as moças índias ao cuidado de suas madrinhas para as instruir e doutrinar.

Em Outubro de 1750 celebraram-se os baptismos dos Índios *Minuanos*, sendo seus padrinhos o mesmo Governador e tôdas as outras pessoas importantes do Presídio. Os baptizados, entre adultos e crianças, foram pouco mais de 60. Os Índios *Minuanos*, com serem os mais valorosos da campanha, eram já em pequeno número, porque os Índios, chamados *Tapes*, e outros chamados *Charruas*, em muito maior número, os andavam acabando e destruindo. Eram de génio e natureza bastante doce e amicíssimos dos Portugueses, de que é suficiente prova o não haver notícia que *Minuano* roubasse ou matasse português algum, não obstante ser necessário tôda e qualquer vez que quisessem ir à *Colónia* ou a *Monte Vidio* ou a muitas outras terras, passar por meio das campanhas dêstes Índios, onde quási todos os Portugueses os encontravam. Esta nação, assim valorosa e de tão boas maneiras, pediu à Coroa de Portugal a tivesse debaixo de seu domínio por causa do Governador não a querer aldear como se disse. Afirma o P. Nogueira que indo no mês de Dezembro de 1750, na festa do Natal à fortaleza de *S. Miguel*, nos confins de Portugal, distante bem 50 léguas da Vila do *Rio Grande*, falara com o célebre *Minuano*, por nome D. Xiclano, índio verdadeiramente amável, pela sua gentileza, génio doce e boas maneiras, o qual tinha sob o seu poder algumas Aldeias de Índios e fàcilmente os conduziria para os aldear, se depois ficassem todos com os Padres; mas, como nada disso se podia esperar, e via que o Governador não queria aldear aos outros Índios, já estavam todos dispersos pela campanha, nem pôde o Padre fazer que D. Xiclano viesse com os seus para a povoação.

A causa de o P. Nogueira ir dizer missa àquela fortaleza, foi ter-se lembrado o Governador, na ceia da noite de 23 de Dezembro, de pedir que algum dos dois missionários fôsse celebrar o divino sacrifício nas fortalezas de *Ichuí* e *S. Miguel*, onde então se encontravam até 200 pessoas ao serviço de Sua Majestade, além de outra gente de comércio, e também ouvir as confissões daquela gente, que às vezes passavam anos e anos sem se confessar. Estava presente o P. Nogueira e ofereceu-se para esta santa expedição. O Governador aceitou com grande gôsto a oferta, e logo lhe mandou preparar um bom cavalo no qual êle se pôs a caminho para a fortaleza de *Ichuí*, aonde chegou com óptimo sucesso na véspera de Natal, às 4 horas e meia do dia, e aí se demorou algum tempo, e depois passou à fortaleza de *S. Miguel*, onde ficou até o dia da Epifania.

O vestido que usam os índios *Minuanos* consiste em algumas peles de cervo. Às índias, logo que nascem, lhes fazem na testa uma cruz de côr azul que chega até o nariz; é costume ainda destas mulheres, quando morre algum dos seus parentes próximos, cortar o nó dos dedos das mãos. Com uma se encontrou um dos dois missionários, a qual já não tinha nas mãos, senão um ou dois dedos ilesos. Também os homens fazem as suas demonstrações, que é ferirem os próprios braços e espáduas com frechas, enxergando-se, depois, tanto nos braços como nas espáduas, os sinais das feridas. O que é muito comum ver-se naqueles bárbaros.

Finalmente, a 24 de Maio de 1751, partiram os dois Missionários do Rio Grande de S. Pedro para a Ilha de Santa Catarina, aonde chegaram nos meados de Julho» [1].

---

1. *Bras. 10(2)*, 451-452. Relação escrita em Roma, em italiano, com notícias ministradas pelo P. Bento Nogueira, citado expressamente no texto.

4. — A esta data já se tinha assinado o *Tratado de Permuta de 1750* e sobrevieram tôdas as lutas, debates, e carnificinas de que anda cheia a história dos Sete Povos das Missões. Para ter mão nos Índios, da parte do exército Português, foram chamados alguns Jesuítas do Brasil, promessa aliás feita já por aquêles dois primeiros, para os deixarem voltar a Santa Catarina, onde a gente se não conformava com a sua ausência, alegando que êles não tinham vindo para o Rio Grande, mas para Santa Catarina [1].

Para o Rio Grande do Sul iriam outros. No dia 2 de Fevereiro de 1755 já estava na *Candelária*, o P. Francisco Bernardes, que fêz aí a profissão solene, e o P. Bernardo Lopes, que a recebeu [2]; dois anos depois, o Catálogo assinala, dependente do Colégio do Rio de Janeiro, a *Aldeia do Rio Grande* com o mesmo P. Francisco Bernardes por Superior e um terceiro Padre, Francisco da Silva, como companheiro [3]. Em 1757 aparecem duas residências: Na *Aldeia de Nossa Senhora da Conceição do Estreito*, ao norte do Pôrto do Rio Grande, o P. Bernardo Lopes, como Pároco dos Índios, à requisição de Gomes Freire de Andrade; e na *«Fortaleza e Acampamento do Rio Pardo»*, o P. Francisco Bernardes, que para ali passou da Aldeia do Estreito. Ao inaugurar, no dia 9 de Julho, o Livro de Baptismos dos Índios do Rio Pardo, Francisco Bernardes faz a advertência de que os Índios às vezes mudam de nome [4].

Tal foi a derradeira actividade dos Jesuítas do Brasil no Rio Grande do Sul, região em que ela revestiu três aspectos: o da catequese e tentativa repetida e insistente de aldeamentos, durante o século XVII, a que faltou o apoio da autoridade, demasiado distante para ser eficaz, contrariada além disso pela cobiça dos escravizadores dos Índios; o da contribuição científica, em trabalhos de cartografia e informações no período decisivo da emprêsa riograndense; e o da assistência aos Índios do exército português de Gomes Freire. Dos três últimos Jesuítas do Rio Grande, dois, Bernardo Lopes e Francisco da Silva, eram de Lisboa, o P. Francisco Bernardes, do Recife. Todos três começaram a sofrer em 1758, com a per-

---

1. *Bras. 10(2)*, 430.
2. *Lus. 17*, 196-196v.
3. *Bras. 6*, 398.
4. Cf. João Maria Balém, *A primeira Paróquia de Pôrto-Alegre* (Pôrto-Alegre 1941)21; Carlos Teschauer, *História do Rio Grande do Sul*, II, 130.

seguição geral. Padeceu mais que todos Francisco Bernardes, exilado e encarcerado em S. Julião da Barra, donde só saíu em Março de 1777, no reinado de D. Maria I, a Libertadora [1]. Mas teve também a consolação de verificar que são transitórias as tormentas, assistindo em Coimbra, onde vivia, ao restabelecimento oficial da Companhia de Jesus em 1814 [2].

---

1. Carayon, *Documents inédits*, IX, 236.
2. Vivia em Coimbra na Casa do Procurador da Condessa de Anadia, e era «bedel de Cânones», cf. Acácio Casimiro, *D. João VI e a Companhia de Jesus*, na *Brotéria*, XXXI (Lisboa 1940)474.

CAPÍTULO VI

Residência Portuguesa do Rio da Prata

1 — A Colónia do Sacramento; 2 — A epopeia de D. Manuel Lôbo e os Jesuítas que nela tiveram parte; 3 — Jesuítas do Brasil e Jesuítas do Paraguai em campo adverso; 4 — Período florescente da Residência-Colégio dos Padres do Brasil.

1. — A fundação da Colónia do Sacramento no Rio da Prata obedece ao mesmo pensamento com que Portugal mandou fortificar a margem esquerda do Amazonas e promover a Missão do Cabo do Norte para assegurar as fronteiras do Brasil nos dois grandes Rios do Amazonas e da Prata [1].

O pensamento vinha de longe, do tempo de Nóbrega e de Tomé de Sousa, e foi a origem da fundação da Missão do Paraguai, pelos Jesuítas do Brasil, e está implícito nas propostas de Salvador Correia de Sá e Benevides em 1643, e na carta do P. António Vieira ao Marquês de Nisa em 1648, quando Portugal andava em guerra com a Espanha: «Também se poderia intentar a conquista do Rio da Prata, de que antigamente recebíamos tão consideráveis proveitos pelo comércio, e se podem conseguir ainda maiores, se ajudados dos de S. Paulo, marcharmos como é muito fácil pela terra dentro, e conquistarmos algumas cidades sem defesa e as minas de que elas e a Espanha se enriquecem»[2]. A guerra com Espanha justificava o alvitre. E iam-se buscando razões históricas, positivas; e num paralelismo impressionante com o do Rio Amazonas e a famosa *Aldeia do Oiro*, também se invocava um marco português «no Pôrto ou Baía de S. Matias, quinze graus pouco mais ou menos da Equinocial,

---

1. Cf. supra, *História*, III, 254.
2. *Cartas de Vieira*, I, 135. Sôbre a proposta de Salvador Correia de Sá e Benevides, cf. Luiz Norton, *A Dinastia dos Sás no Brasil*, 45-46.

distante da bôca do Grão Rio da Prata, para o Sul, cento e setenta léguas; no qual lugar, é constante fama, diz, em 1663, o P. Simão de Vasconcelos, se meteu marco da Coroa de Portugal» [1].

Não se realizou então o alvitre de Vieira, porque outras preocupações de carácter imediato adiaram a emprêsa, mas era inevitável sob pena de Portugal renunciar a seu velho sonho histórico. E obedeceu ainda a êste pensamento, de expansão ao Sul, o triunfo diplomático do Regente de Portugal, D. Pedro, com a fundação da Diocese do Rio de Janeiro, mantendo como limite ao Sul, o Rio da Prata, já enunciado na Prelazia, criada em 19 de Julho de 1576, e citada na própria bula da erecção da Diocese [2]. A manutenção, agora, num acto solene como êste, sancionado pela Santa Sé, de manter ainda, nesta altura do século XVII, o Rio da Prata como fronteira do Brasil, incluía a intenção positiva de transformar em realidade próxima e efectiva o que circunstâncias políticas da Europa e da América não tinham permitido antes.

Até então o Brasil, não obstante as Prelazias de Olinda e do Rio de Janeiro, constituía uma Diocese única, com sede na Baía, pertencente à Província Eclesiástica de Lisboa. Instituía-se agora a primeira Província Eclesiástica Brasileira, a da Baía, com os Bispos sufragâneos, que se criavam de novo, de Olinda e Rio de Janeiro. Da Bula *Romani Pontificis*, de Inocêncio XI, de 22 de Novembro de 1676, sobremaneira honrosa para a Cidade do Rio, para a sua importância, comércio, nobreza e população, vê-se o âmbito da Diocese: a Cidade do Rio de Janeiro e «as outras Vilas, Fortalezas, Aldeias, Territórios e Distritos da Província do Rio de Janeiro, desde a Capitania do Espírito Santo, inclusive, até o Rio da Prata, pela costa marítima e pelo sertão» [3].

---

1. *Noticias antecedentes, curiosas e necessarias*, § 16, cf. *Crónica*, p. XXXV (ed. de 1865).

2. Não obstante a citação assim explícita, de 1576, há quem dê a data de 1575. Cf. António Alves Ferreira dos Santos. *A Archidiocese de S. Sebastião do Rio de Janeiro* (Rio 1914)I.

3. «Usque ad Flumen de Plata, per oram maritimam et terram intus». Cf. *Campaña del Brasil*, I, 61, onde se dão os textos latino e castelhano, êste de tradução moderna. O texto latino foi tirado de *la Colección de Bulas, Breves y otros Documentos relativos a la Iglesia de América y Filipinas*, dispuesta anotada y ilustrada por el P. Francisco Javier Hernández de la Compañia de Jesús (Bruxelas 1879)680-683. Também em D. António Caetano de Sousa, *Prouas da História Genealógica da Casa Real Portuguesa*, V (Lisboa 1739-1748)102-107.

A esta disposição eclesiástica, ia seguir-se logo outra, que colocaria a margem esquerda do Rio da Prata, na órbita, não só religiosa, mas também civil e militar, do Rio de Janeiro, e seria chefe da expedição o seu próprio Governador. Pôrto Seguro manifesta-se nada ameno ao tratar de obra de tão grande alcance. A Colónia do Sacramento, diz êle, «veio a ser o pomo de discórdia que deu origem a tantas guerras, a tantos cuidados, a tantas intrigas, a tantas negociações, feitas e desfeitas, a tantos gastos»[1].

Assim é. Com tudo isso, vendo-se as coisas mais a fundo, ela teve decisiva influência na constituição do Rio Grande do Sul, antes e depois da fundação do Presídio do Rio Grande de S. Pedro, em 1737. Foi também a primeira povoação do actual Estado do Uruguai, de cuja existência, como nação independente talvez fôsse o germe imponderável e remoto. Também da Colónia do Sacramento deve partir o marco inicial da História Eclesiástica do Uruguai[2].

Na história da Colónia do Sacramento aparecem Jesuítas de Portugal e Jesuítas de Espanha, a saber, Jesuítas da Província do Brasil e Jesuítas da Província do Paraguai. Todos da Companhia, mas com deveres políticos opostos. Num ponto, os mesmos: na unidade da doutrina e da moral, unidade substancial, religiosa, a mesma em todo o mundo, como no Universo são unidos na Fé e na Moral todos os católicos cultos, conscientes e dignos de tão grande nome e honra. Mas assim como no resto do mundo, em tempo de guerra, se encontram Católicos nos dois campos opostos, assim também neste, os Jesuítas do Brasil defendiam a bandeira portuguesa, os Jesuítas do Paraguai, a bandeira espanhola. Era a estrita obrigação de cada qual, como cidadãos e patriotas. Nem todos os historiadores, mesmo os de nota, têm compreendido esta verdade elementar. Os Jesuítas espanhóis, com a experiência dolorosa das depredações praticadas nas suas Aldeias, pelos «Paulistas» ou «Por-

---

1. Pôrto Seguro, *HG*, III, 292.
2. E não foram só «gastos». Como tôdas as praças encravadas em território estranho, a Colónia foi sede de contrabando útil ao Brasil. Muitos artigos importados no Brasil, passavam através da Colónia para o Rio da Prata, Chile e Peru, e representavam às vezes anualmente 300.000 libras esterlinas. E como as minas do Brasil não produziam prata, todo este metal em circulação provinha daquele contrabando, cf. Bouganville, *Voyage autour du Monde*, cit. por Roberto Simonsen, *História Económica do Brasil*, II (S. Paulo 1937)191-192.

tugueses de S. Paulo», têrmo correlativo naquela época, ou simplesmente «Portugueses», temiam que a Colónia do Sacramento fôsse outro baluarte de inimigos, donde saíssem novas investidas e lhes destruíssem as Missões. Não se enganaram no seu pressentimento. O que levou foi um século a realizar-se. Porque foi dela, da Colónia do Sacramento, na *troca* proposta pelo Tratado de 1750, que veio a depredação e ruína final das Reduções. Explica-se, pois, a actividade incessante dos Jesuítas castelhanos em colaboração com os elementos oficiais de Espanha para dificultar ou suprimir aquela Gibraltar platina. Luta longa de contrastes, reveses e glórias.

2. — Leva a data de 18 de Novembro de 1678 o *Regimento* de Sua Alteza a D. Manuel Lôbo, Governador do Rio de Janeiro, «para a povoação nova das terras de Portugal», «que se acham êrmas na demarcação da Repartição do Sul, que continuavam pelo Rio da Prata e Buenos Aires e o Monte Vidio, pela fertilidade delas, em que já os Castelhanos têm feito várias Colónias no território das que pertenciam a esta Coroa». Entre as diversas instruções dêste *Regimento*, de carácter militar e administrativo, há também as de carácter religioso. Pelo facto de ser marco fronteiriço não deviam ir religiosos estrangeiros. Só Portugueses, do Reino ou do Brasil. E entre os que se nomeiam, estão os Jesuítas, para os quais se haveria de recorrer ao Reitor do Colégio do Rio de Janeiro [1]. Como superior da Casa e futuro Colégio da Colónia, que se ia fundar, foi o P. Manuel Pedroso. Acompanhou-o o Padre Manuel Álvares.

A expedição de D. Manuel Lôbo chegou às Ilhas de S. Gabriel a 20 de Janeiro de 1680. Escolheu-se local apropriado na terra firme. A 4 de Fevereiro já estavam construídos dois galpões de palha para a gente da expedição e no dia 10 já havia quatro casas, uma delas dos Padres da Companhia [2].

---

1. *Registo do Regimento de Sua Alteza que levou D. Manuel Lôbo para a povoação nova das terras de Portugal em Buenos Aires*, em Doc. Hist., XXXII, 336, 355.
2. Rêgo Monteiro, *A Colónia*, I, 45-47. Livro útil como narrativa e documentação, todavia menos seguro no comentário. Diz, por exemplo, que ao povo português, de então, faltavam em conjunto as duas qualidades de administrador e colonizador. Se faltavam, como, sendo de tão reduzidas dimensões

Estabelecida a povoação, D. Manuel Lôbo procurou viver em harmonia com Buenos Aires, e a 23 de Fevereiro enviou uma comissão à frente da qual ia a Capitão Manuel Galvão, e nela o P. Manuel Pedroso, da Companhia de Jesus, a qual ia incumbida de requisitar também mantimentos que faltavam. D. José de Garro só quis receber o Capitão, que voltou sem o que queria e com uma carta de ameaças [1]. D. Manuel Lôbo mandou pedir socorro ao Brasil e apressar as construções. A 12 de Março informa a Sua Alteza que estava fundada a *Colónia*, com uma cidade, *Lusitânia*, e uma cidadela, *Sacramento* [2].

Os espanhóis tiveram conhecimento do que se preparava. É de 25 de Julho de 1679 a Real Cédula ao Governador do Paraguai, para que comunicando-se com o Bispo mandasse tirar com todo o segrêdo «o escudo de armas de Portugal que se diz estão esculpidas num rochedo de Montevideo» [3]. E agora, consumada a fundação, o Governador de Buenos Aires, onde abundavam os Portugueses e mais ainda os filhos e descendentes de Portugueses, temendo a comunicação entre uns e outros, preparou o ataque e apelidou os Índios das reduções jesuíticas espanholas, suas subordinadas. Muitos porém dêstes Índios, Guaranis ou Tapes, já se tinham pôsto à fala com os seus irmãos Tupis, levados pelos Jesuítas do Brasil, e com um dêles, P. Manuel Álvares, se tinham avistado, o qual lhes disse que tinham vindo ali, por serem terras de El-Rei de Portugal e lhes comprariam as coisas dos seus granjeios. Os Guaranis tentaram vender, e de facto venderam, carne e cavalos aos Portugueses da Praça [4].

Os espanhóis trataram de precipitar o ataque. Trocou-se vária correspondência, e dalguma foram intermediários os Jesuítas da

---

metropolitanas, realizou obra tão vasta? Outras vezes dá tais elogios a Reis e governantes, «de espírito clarividente», que destroem aquela primeira afirmação; Aurélio Pôrto, *História das Missões Orientais do Uruguai*, 276. Aurélio Pôrto em parte resume e em parte amplia o de Rêgo Monteiro, e é de consulta indispensável para complemento de notícias, que não entram no quadro da história da Companhia de Jesus no Brasil.

1. Rêgo Monteiro, *A Colónia*, I, 60.
2. Rêgo Monteiro, *A Colónia*, I, 66.
3. *Campaña del Brasil*, I, 74.
4. *Campaña del Brasil*, I, 210, 213, 221.

Colónia, que também levaram aos prisioneiros portugueses em Buenos Aires, o Tenente José Soares de Macedo e outros, os objectos do seu uso, em missão semelhante à da Cruz Vermelha moderna [1].

A última carta de Comandante espanhol do assédio, António de Vera Mujica, é de 21 de Julho. Intima D. Manuel Lôbo a que se retire, porque só até à Ilha de Santa Catarina são os Limites da Coroa de Portugal; que lhe dará assistência para se retirar, sem ser preciso recorrer às armas, de que sem dúvida se valerá se até ao pôr do sol o não executar. E será a última diligência em ambas as Coroas para se reconhecer, «de cuja parte se chamaram as armas».

Era a intimação. E procurava alijar a responsabilidade da iniciativa do conflito. A resposta de D. Manuel Lôbo é modêlo notável de firmeza militar e sagacidade diplomática:

«*Senhor António de Vera Mujica*: Senhor meu, — Como não nos toca averiguar a questão que v. mercê levanta sôbre os limites da Coroa de Portugal, respondo a esta de v. m. da maneira que o fiz desde a primeira hora, que aqui cheguei. E quanto aos escrúpulos, em que v. m. me mete, estou muito seguro em minha consciência, porque é mui infalível que estas terras, e muitas mais, tocam à Coroa de Portugal, além de que eu faço o que o meu Príncipe me manda, de cuja resolução não se segue rompimento de guerra, como se verifica em entrar neste país, não fazendo hostilidade nem violência alguma, mas antes para justificar o presente, havendo-me com demasiada modéstia. V. m. pode fazer o que fôr servido, que para tudo me há-de achar prontíssimo e para servi-lo com particular gôsto. Deus guarde v. m. muitos anos. Cidadela do Sacramento, 21 de Julho de 1680. Servidor de v. m., *D. Manuel Lôbo*» [2].

Ao ter conhecimento da resposta de D. Manuel Lôbo, escreve Dom José Garro, Governador de Buenos Aires, ao comandante do cêrco da Colónia, que se êle achar alguma conjuntura de lograr algum bom êxito, o consiga, de maneira violenta ou suave, «de suerte que no por falta de expedición se ataje el fin a que todos

---

1. *Campaña del Brasil*, I, 208-209.
2. *Campaña del Brasil*, I, 216. Dá-se aí a tradução espanhola, que agora tornamos para português.

vamos de que no pueblen esos Portugueses, e defender por todos los medios lo que se esta poseyendo» [1].

Da Linha de Tordesilhas (1494) já se não cuidava; era o *uti possidetis*, pôsto antecipadamente em acção. Por isso mesmo os Portugueses procuravam possuir também o mais possível para, na hora própria, poderem defender por todos os meios «o que se está possuindo», ou para porem no prato da balança o que possuíam, afim de pesar nos ajustes finais. Um dos aspectos da Linha de Tordesilhas, pouco lembrado pelos escritores, é que essa linha constituía um bloco de 180 graus. O deslocamento no Ocidente arrastava o deslocamento no Oriente, com as Filipinas ocupadas pelos Espanhóis. E na Convenção de Saragoça de 1523, o Imperador Carlos Quinto cedia a Portugal tôdas as pretensões de Castela desde as Ilhas das Velas para o Poente. As Filipinas ficavam ao Poente e, não obstante a Convenção, foram ocupadas pelos espanhóis. Portugal buscava, pois, compensações e títulos para elas, que êsse duplo aspecto da Linha justificava [2].

Ainda se passariam anos até se chegar a posições definitivas: mas esta é a chave da fundação e existência da Colónia do Sacramento, acto clarividente, e, pelos seus próprios sacrifícios e resultados, sem dúvida glorioso.

Na noite de 6 para 7 de Agôsto, Vera Mujica deu o ataque à povoação. D. Manuel Lôbo, doente de cama, passou o comando a Manuel Galvão, que morre pelejando heròicamente com muitos outros. A praça foi rendida e todos os sobreviventes ficaram prisioneiros, incluindo os dois Jesuítas do Brasil. Os sobreviventes brancos foram ùnicamente os que «não pôde colher a Igreja dos *nossos Padres da Companhia* ou a casa em que eu estava (escreve D. Manuel Lôbo), que tomou por sua conta defendê-la o Mestre de Campo António de Vera Mujica, cabo daquela gente», que só contra os brancos se movia a sanha dos Índios, poupando todos os mais, índios e negros.

O socorro, ido do Brasil, quando chegou era tarde. Da sua prisão, em Buenos Aires, escreve D. Manuel a Sua Alteza, como foi tomada a cidade. Além da falta de socorro, a principal causa fôra uma traição: «12, que fugiram, entre os quais um paulista, que aqui

---

1. *Campaña del Brasil*, I, 225.
2. Cf. Instruções dadas pela Rainha ao Governador da Capitania de Mato Grosso, D. António Rolim de Moura, em 19 de Janeiro de 1749, na *Rev. do Inst. Hist. Bras.*, LV, 1.ª P.(1892)388-389.

veio da Ilha de Santa Catarina, o qual não sòmente lhes deu minuciosa conta do miserável estado em que nos achávamos, senão que se ofereceu para guia das primeiras esquadras». E acrescenta que os Índios das reduções espanholas, depois de entrar, fizeram cruel matança, não obstante os esforços dos comandantes militares das tropas espanholas [1].

Portugal reclamou com veemência. Não convinha à Espanha uma guerra; e obteve a mediação inglesa, celebrando-se a 7 de Maio de 1681 em Lisboa um *Convénio entre Portugal e Espanha para a restituição aos Portugueses da Colónia do Sacramento*. Far-se-ia a restituição geral. Uma das cláusulas (a 6.ª) era que Sua Alteza mandaria averiguar dos excessos dos moradores de S. Paulo e castigá-los; outra (a 5.ª) proïbia o comércio com os Índios das Reduções, «por nenhum pretexto, causa ou razão». Estudar-se-ia a questão das demarcações e se surgissem dúvidas resolver-se-iam por arbitragem da Santa Sé [2].

A 12 de Fevereiro de 1683, o Governador do Rio de Janeiro, Duarte Teixeira Chaves recebeu a Colónia, e a 18 partiu de Colónia para Buenos Aires o Capitão Cristóvão de Almeida, a receber os prisioneiros, que ainda restavam (alguns haviam morrido, outros fugido e os escravos tinham sido vendidos). Entre os libertados incluíam-se os Padres Pedroso e Álvares, que voltaram para a Colónia, depois de 2 anos e meio de cativeiro [3].

3. — Como tinham procedido os Jesuítas no lance doloroso e heróico, desta primeira campanha, que já se intitulou epopeia ? [4]

Quatro dias antes de falecer em Buenos Aires, escreve D. Manuel Lôbo a Sua Alteza uma carta, datada de 3 de Janeiro de 1683.

---

1. Rêgo Monteiro, *A Colónia*, II, 34, 35; Aurélio Pôrto, *História das Missões*, 273.

2. *Tratado Provisional sôbre a restituïção da Colónia do Sacramento*, Lisboa, 7 de Maio de 1681, *Campaña del Brasil*, I, 311-314; Pastells, *Paraguay*, III, 376-379; Sevilha, Arch. de Índias, 75-6-23, onde há ainda alguns documentos relativos ao expediente e execução do Convénio; Pedro Calmon, *História do Brasil*, II, 339.

3. Cf. Rêgo Monteiro, *A Colónia*, I, 100-101; II, 53.

4. Cf Luis Enrique Azarola Gil, *Contribución a la historia de Colonia del Sacramento, La Epopeya de Manuel Lobo, seguida de una cronica de los sucessos desde 1680 hasta 1828 y de una recopilación de documentos*, Barcelona, 1931. 257 páginas e um plano.

Faz graves acusações contra D. José de Garro, que procedeu «contra tôda a razão e estilo praticado com prisioneiros de guerra», e contra os Jesuítas espanhóis das Reduções Paraguaias, de quem teriam partido ordens aos seus índios para a matança dos brancos e, «suposto que de homens religiosos e sacerdotes, se não pode crer tal crueldade, os efeitos foram tais que dão bastante ocasião para se dar crédito a esta *fama*».

A esta *fama*... O ódio dos Índios contra os brancos depredadores e escravagistas, acumulado e repetido, é talvez causa bastante. O ardor patriótico faria o resto. Se houve excesso da parte dos Padres, deve-se imputar não à sua qualidade de «Padres» mas à de «espanhóis» e «mestiços» da raça espanhola, mais propensos à exaltação que os Portugueses, matéria pacífica e aceita pelos historiadores. Do zêlo patriótico e político dos Jesuítas de Espanha há provas certas, aliás legítimas, em tempo de guerra, e também fora dela, porque os Jesuítas de tôda a América não foram apenas missionários mas também colonizadores, a respeito das nações a cujo âmbito pertenciam. Por ocasião da restituïção da Colónia do Sacramento, o P. Diogo Altamirano escreveu uma informação sôbre os prejuízos que se seguiam do comércio dos Portugueses, que vendiam os géneros por metade do preço que os navios de Castela e duas vezes menos dos que iam do Peru, e que a prata se dobraria aos Portugueses, pois o que valia 8 reales em Buenos Aires, subia a 16 no Brasil e que portanto tôda a gente do Rio da Prata, Paraguai, Tucumã e até os de Cuyos, Chile, Chichas, Potosi e Charcas, compraria os géneros dos Portugueses, confirmação de um Jesuíta de Espanha, do que dizia muito antes, em sentido oposto, Vieira, Jesuíta de Portugal. Seria também uma ocasião, continua Altamirano para os inimigos de Espanha (Ingleses, Franceses, Holandeses), sob pretexto de comércio, se infiltrarem no Rio da Prata e poderiam acometer Buenos Aires. Além disso, o comércio dos estrangeiros com os Índios pacificados ou rebeldes dar-lhes-ia armas e outras disposições contra os Espanhóis, coisa que já se experimentou e ainda se experimenta. Portanto que El Rei de Espanha não permita nem consinta nas pretensões dos Portugueses [1].

---

1. Êste informe do P. Altamirano, cuja data certa se não diz, vem citado e incluído no *Informe del Correyo de Indias*, datado de Madrid, 3 de Julho de 1713. Pastells, *Paraguay*, V, 321-322 (Arch. de Indias, 75-6-15) (cota antiga); cf. Gui-

Não é porém a actividade dos Jesuítas do Paraguai e o patriotismo, que exigia dêles a sua nacionalidade, o objecto de nossa história, senão a dos Jesuítas do Brasil. E dos que estavam na Colónia do Sacramento, contrapondo-os às contrariedades, que os outros lhe produziram, escreve D. Manuel Lôbo «que 2 Religiosos, que trouxe comigo do Rio de Janeiro, chamados o P. Manuel Pedroso e o P. Manuel Álvares, pessoas de muita doutrina, zêlo e exemplo», «têm sido, neste naufrágio, fiéis companheiros e consolação de todos»[1].

O P. Manuel Pedroso, paulista, voltou ao Brasil, onde entrara na Companhia em 1657 com 18 anos de idade. Exerceu o cargo de Reitor do Colégio de S. Paulo e nessa qualidade em 1695 deu licença ao P. António Rodrigues para fazer umas declarações sôbre as últimas vontades de Jerónimo Bueno[2]. Desempenhou ainda diversos cargos e faleceu no Espírito Santo a 16 de Outubro de 1728[3].

O P. Manuel Álvares, de Vila Nova, no Algarve, que permaneceu em Colónia muitos anos seguidos e em 1694 era Superior, entrou na Companhia com 16 de idade, a 24 de Novembro de 1645. Foi também Superior de Pôrto Seguro e de Ilhéus. Estêve nas Aldeias dos Índios. Ainda vivia no Colégio de Olinda em 1725, venerado como santo, e nêle faleceu, centenário, a 6 de Setembro de 1726[4].

Restituídos à liberdade, o P. Manuel Álvares continuou na Colónia; para substituir o P. Pedroso no Superiorado veio o P. Domingos Dias, de Famalicão. E já o Catálogo de 1683 traz esta Casa

---

llermo Furlong Cardiff, *Glorias Santafesinas* (Buenos Aires 1929)276-281, que, traz a carta de Cristóvão Altamirano aos Padres das Reduções, ordenando-lhes o levantamento de 3.000 soldados Índios e as instruções minuciosas para o seu equipamento, armamento, exercícios, disciplina. *Cristóvão* Altamirano, natural de Santa Fé, Argentina (1601-1698), era superior das Reduções; o P. *Diogo* Altamirano (1625-1715) foi por êsse tempo *Provincial* do Paraguai. Não se devem confundir entre si, como nem com o P. *Lope Luiz* Altamirano (1698-1767), que mais tarde aparece como Comissário do P. Geral para fazer executar o *Tratado de Permuta de 1750*, e mal aceito, por isso, aos Povos das Missões.

1. Carta do Governador do Rio de Janeiro, D. Manuel Lôbo sôbre os acontecimentos ocorridos na Colónia do Sacramento, Buenos Aires, 3 de Janeiro de 1683, AHC, *Rio de Janeiro*, 1495.

2. *Invent. e Test.*, XXIII, 516.

3. *Hist. Soc.*, 52, 64. Como se viu, ao tratar dos Reitores de S. Paulo, houve mais dois Padres de igual nome, Manuel Pedroso, e todos três paulistas.

4. *Bras.* 5(2), 98; Loreto Couto, *Desagravos do Brasil*, em *Anais da BNRJ*, XXIV, 350; *Bras.* 10(2), 293.

com duplo título: «*Residência do Rio de la Plata*», e «*Residência da Nova Colónia dos Portugueses*» ¹.

A nova Residência prosperou durante alguns anos. E quando se pensou em estabelecer um presídio português em Montevideu, também El-Rei recorreu aos Jesuítas. A 5 de Julho de 1702 lê-se, numa informação para a Junta das Missões de Lisboa, que «já estavam destinados dois Padres para Montevidio, mas como Sua Majestade, que Deus guarde, se resolveu a não mandar lá presídio, também êles suspenderam a ida, estando prontos para obedecer e ir na primeira ocasião, como se tinha ordenado» ².

Entretanto, organizou-se a vida civil, judiciária e eclesiástica da Colónia; mas constituíu-se também ponto de degrêdo e encheu-se de tão grande número de degredados, que se dificultou a sua vida social e religiosa. E ainda que em 1697 se proibiu que fôsse presídio de tal gente, já viviam nela mais do que era mister para a tranquilidade pública ³.

Não obstante haver paz entre Portugal e a Espanha, no Rio da Prata persistiam hostilidades surdas, debates e tropelias dos Índios das Missões dos Jesuítas espanhóis, fomentadas encobertamente pela autoridade civil e militar dessa nação. Reagia o Governador Sebastião da Veiga Cabral, e sôbre essas tropelias dos Índios das Reduções foi a Buenos Aires o P. Luiz de Amorim, comissionado por êle (com carta sua, de 28 de Maio de 1700) ⁴.

O Governador tomava uma posição hábil, e nas suas reclamações dizia que as tropelias dos Índios se faziam à revelia dos Padres, e que não era contra a *Companhia de Jesus*, que êle tinha queixas, porque não «cedia vantagens à devoção mais afectiva e fervorosa, porque a todos, dizia, reconheço com virtudes e letras muito relevantes. Criei-me no Colégio da Cidade de Bragança e com êste leite e obrigação creio e amo o que devo» ⁵.

---

1. *Bras.* 5(2), 65. Dependente do Colégio do Rio de Janeiro (*Bras.* 9, 379v).
2. *Bras.* 10, 25.
3. Cf. nota de Rodolfo Garcia, *HG*, III, 356, em que dá notícia do decreto de 1689, estabelecendo os degredos, e do de 1697, sustando-os. Mais tarde, em 1716, deram entrada na Colónia 60 e tantos casais de Portugueses, vindos de Trás-os-Montes, e outros ainda vieram depois de Portugal, quer do *Continente*, quer das *Ilhas* Adjacentes.
4. *Campaña del Brasil*, I, 384-386.
5. Carta do Governador da Colónia, Sebastião da Veiga Cabral, ao Governador de Buenos Aires, 17 de Janeiro de 1700, *Campaña del Brasil*, I, 382.

Acalmou os ânimos o *Tratado de Mútua Aliança* entre Espanha e Portugal, firmado em Lisboa a 18 de Junho de 1701 [1], quebrado porém no ano seguinte e substituído pelo de simples neutralidade. Recomeçaram as dificuldades na Colónia e as tropelias dos Índios espanhóis. A própria casa dos Jesuítas Portugueses da Colónia foi queimada, e o gado de que dispunham para o seu sustento, disperso; e não tardou que Filipe V declarasse guerra a Portugal (Manifesto de 30 de Abril de 1704), com imediata repercussão na Colónia. Sitiada ela, faltaram munições aos defensores da praça. Pensou o Governador um momento em propor um acôrdo por meio de um Padre da Companhia, talvez para ganhar tempo, enquanto vinham socorros. Não vieram. E no dia 15 de Março de 1705 os Portugueses embarcaram e abandonaram a Colónia, em boa ordem. No dia seguinte entrou nela o comandante dos espanhóis, Governador de Buenos Aires, Alonso Juan Valdés Inclan [2]. O Governador de Buenos Aires mandou demolir a Fortaleza; e os Índios das Reduções, informa o mesmo Governador ao Vice-Rei do Peru, cometeram várias desordens e assaltaram a Igreja, e diz expressamente, por não obedecerem nem às suas ordens «nem às dos Padres» [3].

Mas a política externa de D. João V era tenaz e feliz, e o Tratado de Utrecht (1715) restituíu a Portugal a Colónia do Sacramento. A entrega operou-se em 1716, a 4 ou 11 de Novembro [4].

4. — A nova Residência dos Jesuítas, dependente do Colégio do Rio de Janeiro, abriu-se em 1717 com o nome de S. Francisco Xavier («*Domus S. Francisci Xavierii in Nova Colonia Sacramenti apud Flumen Argentum*»), com o P. Luiz de Andrade e tomou extraordinário desenvolvimento, tendente a ser casa de ensino ou Co-

---

1. *Campaña del Brasil*, I, 400-408.
2. *Relación del sitio, toma e desalojo de la Colonia*, 1705, em *Campaña del Brasil*, I, 432-438.
3. Cf. Pastells, *Paraguay*, IV, 538; Carta de Alonso Juan Valdés, de 20 de Março de 1705, *ib.*, 56-57; Informe del Consejo de Indias, de 3 de Julho de 1713, *ib.*, 321; outras informações, *ib.*, V, 63-65, 114-119, onde se observam algumas divergências, cujo exame não entra no quadro da história da Companhia de Jesus no Brasil.
4. Cf. Rodolfo Garcia, em *HG*, IV, 6.

légio, com as suas aulas de catequese, primeiras letras e Humanidades [1].

Casa de extrema fadiga. Em 1721 foi preciso substituir o P. António do Vale, que caíu doente por excesso do trabalho na prègação e govêrno da casa, que também materialmente se organizava, sendo substituído pelo P. João Crisóstomo, zeloso Procurador das Missões no Colégio do Rio, e sumamente aceito aos homens da governança [2].

Os poderes públicos favoreceram a nova Casa, empenhando-se nisso mais que ninguém o Governador António Pedro de Vasconcelos [3]. Acham-se pelos Arquivos diferentes peças referentes ao expediente e subsídios régios, de que vivia o Colégio da Colónia, junto com outros subsídios particulares [4].

Em 1725 estava em plena prosperidade, e El-Rei D. João V, com data de 23 de Dezembro dêsse ano, escreveu ao Provincial do Brasil, Gaspar de Faria, louvando o zêlo dos Padres. Havia uma sala onde os Padres ensinavam os meninos, até se acabar de construir outra para o mesmo fim (*gymnasium*), e onde se ministrava o catecismo e prègava ao povo com «magno fervore et zelo» [5]. O Provincial Gaspar de Faria, ao enviar ao Padre Geral a tradução latina do louvor Régio, aproveita a oportunidade para louvar também a amizade do Vice-Rei do Brasil, Vasco Fernandes César de Meneses, a do seu irmão Rodrigo César de Meneses, Governador de S. Paulo, e a de António Pedro de Vasconcelos, governador da Nova Colónia do Sacramento, tríptico notável de Administradores coloniais, e que o Geral lhes escreva, dando-lhes as graças, a todos;

---

1. *Bras.* 6, 157v. Em 1732 o P. Pedro dos Santos era «magister Grammaticae», *Bras.* 6, 161.
2. *Bras.* 4, 217, 220.
3. *Bras.* 4, 270.
4. *Bras.* 6, 191; Consulta do Conselho Ultramarino, de 4 de Junho de 1723, sôbre a côngrua de 60$000 a cada um dos dois Padres para a Praça da Colónia do Sacramento, AHC, *Rio de Janeiro*, 4082; Requerimento dos Padres Manuel Amaro, e João Crisóstomo, de 1725, *ib.*, 5060-5064. Outro requerimento, em 1748, para que a côngrua correspondesse ao índice de vida, então mais alto, *ib.*, 14037; Baltasar da Silva Lisboa, *Anais*, IV, 261.
5. E conclui: «Quo circa visum mihi est non illaudatum praeterire zelum hunc quo dictos Patres in Novam Coloniam transmisisti. Ex quo sane magnum huic oppido emolumentum atque utilitatem provenire posse existimamus». Pelo seu Conselho Ultramarino, Lisboa, 23 de Dezembro de 1725; tradução latina, em *Bras.* 4, 340.

e ao da Colónia, além disso, como a grande benfeitor e amigo, a Carta de Confraternidade¹.

A Ânua de 1728 dá o sentido geral da Residência da Colónia: aumentava a população de dia para dia, Escola para ensinar os Rudimentos, as Letras, e os bons costumes. Faz-se a catequese dos escravos, e dos Índios. Prega-se aos soldados para os conter nos seus deveres de cristãos, tanto na nossa Igreja como na Matriz, propondo-lhes a observância dos Mandamentos ².

A Igreja, de pedra e barro, também se refez em moldes maiores, com o favor e perpétua amizade do mesmo Governador António Pedro de Vasconcelos, o herói da resistência da Colónia no novo assédio que lhe pôs, em 1735, D. Miguel de Salcedo, Governador de Buenos Aires, por ordem secreta que recebera de Espanha (ordem de 18 de Abril de 1735) para «que se surpreenda a Colónia do Sacramento e se desalojem dela aos Portugueses» ³. Mas foi tal a firmeza do Governador da Colónia, que mandou pedir socorros e efectivamente chegaram a 6 de Janeiro de 1736, tão eficazes, que Salcedo levantou o cêrco e se retirou para Buenos Aires ⁴.

---

1. Carta do P. Gaspar de Faria, ao P. Geral, do Colégio de Olinda, 17 de Dezembro de 1726, *Bras. 4*, 341. António Pedro de Vasconcelos entrou a governar a Colónia em 1721 e «por vinte e oito anos exerceu com valor inexcedível o comando e a administração da praça», Pedro Calmon, *História do Brasil*, III, 135.

2. *Bras.* 10(2), 309.

3. *Campaña del Brasil*, I, 504.

4. Cf. Capistrano de Abreu, *Prefácio à História Topográfica e Bélica da Nova Colónia do Sacramento* (Rio 1900) p. XXVIII: «O Governador António Pedro de Vasconcelos resistiu com um esfôrço que lembra algumas das mais belas páginas da história portuguesa na Índia»; Rodolfo Garcia, em *HG*, IV, 52-66, onde publica vários documentos sôbre êstes sucessos; Aurélio Pôrto, *História das Missões Orientais do Uruguai*, 275. Apesar da suspensão das hostilidades, o Governador de Buenos Aires, D. Miguel de Salcedo, pediu ao Superior das Missões do Uruguai que organizasse uma expedição de Índios, contra a Colónia — mas como coisa *unicamente* dos Índios. O superior P. Bernardo Nusdorffer, em carta de 15 de Abril de 1738, responde em 5 pontos:

1) a suspensão de hostilidade obriga a todos os *vassalos* de Espanha; portanto, aos Índios que também são *leais vassalos*.

2) Sempre os Índios até agora foram com *cabos espanhóis*: se fôssem sem êles, fariam desacertos.

3) O tempo é impróprio, pelos rios crescidos, em que os Índios não aguentariam os cavalos.

4) Os Portugueses estão cada vez mais fortificados, e enviar assim os Índios seria enviá-los ao matadoiro.

Mais uma vez e como sempre, neste novo assédio, os Índios dos Jesuítas espanhóis combatiam a praça; dentro dela defendiam-na os Jesuítas portugueses, de que era Superior o P. José de Mendonça. Quando D. Miguel de Salcedo levantou o cruel cêrco, a pequena Fazenda do Colégio, fora dos muros, ficara totalmente destruída, o seu gado roubado, e disperso tudo quanto os Padres da Colónia com duros suores e trabalhos tinham organizado. Foi preciso retirarem-se dois para o Rio, para aliviar os gastos da Casa [1]. Ainda em 1739 o desastre se não tinha podido remediar [2]; e continuava a mesma situação em 1743. Apesar de tantas contrariedades, permaneciam dentro da praça dois Jesuítas para socorro espiritual dos moradores, «cui unice incumbunt» [3].

Assim se mantinha a Casa-Colégio, quando o Tratado de Madrid, de 13 de Janeiro de 1750, estipulou, nos Artigos XV e XVI, a entrega da Colónia do Sacramento aos Espanhóis em troca dos Povos das Missões aos Portugueses [4].

---

5) O que o Governador insinua, que os Padres dessem ordens como coisa própria, não se compadece com a sua missão de sacerdotes e religiosos em matéria em que haverá efusão de sangue (não se trata aqui de legítima defesa), *Campaña del Brasil*, I, 531-532.

A atitude do P. Bernardo Nusdorffer revela da sua parte o perfeito conhecimento da sua posição como missionário, em tempo de paz, nestas querelas entre Portugueses e Espanhóis, que depois revestiriam maior acuidade na guerra do Paraguai, a propósito dos Sete Povos das Missões, em que também se achavam alguns Padres alemães. Estas Missões, pela sua situação difícil, era convite à generosidade dos missionários europeus, sobretudo de países que não tinham colónias próprias, em particular os alemães, cuja influência se manifestou mais no século XVIII, com duas consequências, uma útil, outra menos útil. *Útil:* «La influencia alemana desde principios del siglo XVIII fue universal y profunda, sobretodo en la mecánica, en la agricultura y en las artes» (Guillermo Furlong Cardiff, *Las Misiones Jesuíticas*, em *Historia de la Nación Argentina* (dirección de Ricardo Levene) III (Buenos Aires 1937)606. *Menos útil:* Uma orientação local, algumas vezes alheia às tradições colonizadoras de Espanha e Portugal, que veio a ser causa parcial da atitude rígida dalguns missionários, de espírito diferente do que revelou Nusdorffer em 1738.

1. *Bras. 10(2)*, 379v.
2. *Bras. 6*, 305.
3. *Bras. 6*, 343.
4. Cf. José Carlos de Macedo Soares, *Fronteiras do Brasil no Regime Colonial* (Rio 1939)143-144.

Revelava-se a verdadeira importância da Colónia do Sacramento. Nas *Instruções secretas* de 1751 mandou El-Rei de Espanha dizer ao Provincial dos Jesuítas do Paraguai, prevendo o seu possível desgôsto com a cedência do Território das Missões: «que não pode haver naquelas partes benefício nem utilidade equivalente ao dano de estar despojada a minha Coroa do domínio privativo do Rio da Prata e da Colónia do Sacramento»[1].

A troca não foi imediata. Em 1757 os Padres já tinham conseguido reorganizar a pequena Fazenda extra-muros, e permaneciam na expectativa da entrega[2]. Mas as dificuldades práticas, que sobrevieram com a resistência dos Povos das Missões e a atitude dalguns Jesuítas da Coroa de Castela, párocos das Missões, que se viram envolvidos nessas lutas, arrastaram consigo o exílio dos Jesuítas Portugueses. Em 1758 o P. António Galvão e o seu companheiro foram coagidos a entregar a Casa e Igreja; e, «recebidos na nau dos quintos com baioneta calada», conduzidos ao Rio de Janeiro[3].

Não foi a questão da *permuta* (aqui não se tratava do *uti possidetis*), o motivo total para o exílio dos Padres, mas foi uma delas como pretexto imediato. D. Manuel Lôbo, o heróico fundador da Colónia, distinguiu os Jesuítas portugueses, dos Jesuítas espanhóis, e marcou a sua posição respectiva, nacional, certa e distinta. A confusão que se fêz, arrastando, na causa dos Jesuítas Espanhóis, a dos Portugueses, é crime, que a História condena inexoràvelmente, sejam quais forem as razões políticas que as tentem coonestar. A confusão não foi só dos perseguidores do século XVIII. Continua a ser feita por alguns historiadores do século XIX. Narrando o último acto da Colónia do Sacramento, quando Pedro Ceballos a rendeu

---

1. *Campaña del Brasil*, II, 76. *Fas est ab hoste doceri:* Homenagem à clarividência da função, defesa e manutenção da Colónia do Sacramento pela Coroa de Portugal.
2. *Bras.* 6, 442v.
3. Carta do P. Agostinho Lourenço ao P. Caetano Xavier, datada do Guaporé, a 2 de Março de 1759, Arq. da Prov. Port., Pasta 177(14); Roma, Vitt. Em., f. gess. 3492/1363, n.º 6 (Cat.). Diz aquela carta que os oficiais incumbidos de exilar os Padres da Colónia, queimaram os papéis do Colégio. Perda irreparável para a história dos Portugueses no Rio da Prata. Os ornamentos e objectos preciosos do culto, levados para o Rio de Janeiro, aí se submergiram no sequestro do Colégio.

em 1777, há quem inclua entre os seus panegiristas os «Jesuítas», numa generalidade que a história rejeita [1]. Entre os panegiristas de Ceballos não se encontra um só Jesuíta «português» ou «brasileiro». E os elogios dos Jesuítas *espanhóis* a um general *espanhol*, que zelou os interesses da sua nação, faz parte da História do Rio da Prata, e é normal, tratando-se de *compatriotas*. O contrario é que seria digno de reparo.

Os Superiores da Casa ou Colégio do Sacramento são os seguintes, segundo os documentos:

P. *Manuel Pedroso* (1680)
P. *Domingos Dias* (1683)
P. *Nicolau de Sequeira* (1692)
P. *Manuel Álvares* (1694)
P. *Luiz de Amorim* (1702)
P. *Luiz de Andrade* (1717)
P. *António do Vale* (1719)
P. *João Crisóstomo* (1722)
P. *Veríssimo da Silva* (1725)
P. *Manuel Amaro* (1726)
P. *Manuel Furtado* (1729)
P. *José de Mendonça* (1735)
P. *Manuel Pimentel* (1738)
P. *Silvério Pinheiro* (1743)
P. *Francisco Ferraz* (1748)
P. *António Simões* (1751)
P. *António Galvão* (1755)

Além do Superior, havia pelo menos mais um Padre e quási sempre mais dois. Entre os que estiveram nesta casa contam-se Diogo Soares e Domingos Capacci. Vieram a pedido do Governador António Pedro de Vasconcelos, e chegaram no dia 24 de Outubro de 1730. Fizeram as observações astronómicas, tomaram as alturas do local, e o P. Diogo Soares desenhou os mapas que celebrizaram o seu nome. A 27 de Junho de 1731, em carta datada da Colónia, a El-Rei, dá notícias da organização dêstes mapas, o *Grande Rio da Prata na America Portuguesa e Austral*, e a *Carta Topographica da*

---

1. Pôrto Seguro, *HG*, IV, 261.

Nova Colónia e cidade do Sacramento no grande Rio da Prata, oferecido «ao Poderosissimo Rey e Senhor D. João V», pelo «seu geographo no Estado do Brasil». Além da planta da Cidade, onde se vê a Igreja e Colégio da Companhia, em lugar central, em frente da Fortaleza, traz na cercadura o desenho dos principais edifícios, Fortaleza, Palácio do Governador, ilhas vizinhas, baías, etc. Está também uma vista do Colégio, coisa simples, ainda assim depois da Fortaleza, o maior aglomerado de casas da Cidade [1]. No Mapa da Colónia feito por D. Tomás Lopes (Madrid 1777) ainda aparece, com o nome de *Colégio*, a praia que lhe ficava defronte: «Playa del Colegio» [2]. O ano dêste segundo Mapa, 1777, é o da perda definitiva da Colónia do Sacramento. Mas ainda voltou ao Domínio Português mais tarde, com tôda a Banda Oriental, e Portugal deixou-a como herança ao Brasil em 1822, na Independência. Em 1830 a Banda Oriental separou-se do Brasil.

O facto de Montevideu ter sido fundada por Buenos Aires fêz que a região não ficasse brasileira; o facto da Colónia do Sacramento ter sido fundada pelo Rio de Janeiro fêz que a região não ficasse argentina. Constituíu-se República independente com o nome de Uruguai. A razão mais remota desta independência parece-nos que se deve buscar naquele primeiro núcleo urbano do Uruguai, que foi a Colónia do Sacramento, que provocou a fundação de Montevideu e deu ao Uruguai uma formação mista, meio espanhola, meio portuguesa, que, na evolução da história, com outros factores novos, iria desabrochar num Estado intermédio, entre as duas grandes Repúblicas do Brasil e da Argentina.

---

1. Damos em gravura, o mapa do *Grande Rio da Prata*, e a vista do Colégio. Cf. Guilherme Furlong Cardiff, *Cartografia Jesuítica del Rio de la Plata* (Buenos Aires 1936)I, 50-53; II, mapas ns. 13-14; Rêgo Monteiro, *A Colónia*, II, 160/161; Fidelino de Figueiredo, *Do aspecto scientifico na colonização portugueza da America*, em *Revista de História*, XIV (1925) 202-203. Pertence ainda a êste período o «Mapa topográfico da Barra, dos Baixos, das Ilhas e Prayas do Porto de Nova Colonia dos Portugueses feito por hum curioso da Companhia de Jesus a effeito de se opportunamente fortificar no anno de 1731» de que há uma cópia no Arquivo Militar do Rio de Janeiro e que no Ensaio de *Chartographia Brazileira* (Rio 1883)203, traz o n.º 1976, diferente dos outros dois mapas de Diogo Soares. Mas é dêle, ou alguma variante daqueles mapas, ou ainda do P. Domingos Capacci.

2. Rêgo Monteiro, *A Colónia*, II, 216/217.

CAPÍTULO VII

As Aldeias ou Sete Povos das Missões Castelhanas

1 — Diferença entre as Aldeias do Paraguai e do Brasil; 2 — O Tratado de «Limites» de 1750 (no Sul apenas Tratado de «Permuta»): Arrumação sumária de conceitos.

1. — Sôbre o Sul do Brasil resta ainda uma palavra a respeito das Aldeias ou Povos das Missões da Província do Paraguai, e do Tratado político entre Portugal e Espanha, que perturbou e fechou a sua história missionária. O estudo pormenorizado destas Missões e Tratado tem sido objecto de muitos estudos e não é matéria directa da História da Companhia de Jesus na *Assistência de Portugal*, e portanto *do Brasil*. Pertence à Assistência de Espanha. Todavia, importa ver com clareza a diferença fundamental entre as Aldeias do Brasil e as do Paraguai. Porque ouve-se às vezes, a propósito dos Aldeamentos dos Jesuítas do Brasil, falar em «paraguaïzação», palavra de natureza vaga, mas com a qual se intenta, ao que parece, comparar entre o estado de civilização do Paraguai e do Brasil, supondo que os Aldeamentos criaram a civilização do Paraguai, e que o Brasil poderia ter sido o mesmo.

Se há nisso intenção depreciativa, nada a justifica: e a suposição está em desacôrdo com a Ciência Geográfica e com a Ciência Histórica.

A Topologia Antropogeográfica ensina que são diversas as reacções dos homens, segundo o meio em que operam, a posição e situação das terras, o seu maior ou menor afastamento das costas, reacções que se manifestam na vida de relação, na cultura, na economia e na política. Factores independentes da vontade dos homens, à roda dos quais se congregam caracteres económicos, políticos e sociais de índole diversa. Dentro da competência humana está promover o maior rendimento possível da terra, de acôrdo com o tipo de civilização, que êsses factôres condicionam. Trabalho de adaptação e superação, que é a própria glória do engenho humano.

Ora o Paraguai é região do interior, fechada sôbre si mesma; o Brasil é região de costas marítimas, abertas e imediatamente acessíveis às correntes de civilização exterior, influindo por sua vez nelas.

Terão reflectido nestas leis os que falam de «paraguaïzação» do Brasil? As Aldeias dos Jesuítas ou outras quaisquer formas de povoamento seriam porventura capazes de transformar o «rio em mar», e o Paraguai de nação «interna» em nação «marítima»? Ou, recìprocamente, as Aldeias costeiras do Brasil poderiam transformar as «costas» marítimas em «sertão» fechado sôbre si mesmo?

A confusão histórica ainda é maior, com a suposição implícita de que as Aldeias da Companhia de Jesus, no Paraguai e no Brasil, foram uma e a mesma coisa. Não foram. As Aldeias do Brasil e do Paraguai tiveram diversa *origem, organização e finalidade*.

No Brasil, desde o Sul ao Pará, o primeiro passo da civilização actual foi a fundação de «vilas» e «cidades», com organização portuguesa, cristã e municipal, ou pré-municipal como em S. Paulo. Ao redor das vilas e cidades agruparam-se as «aldeias» dos Índios, com tríplice fim: — *doutrinário* (a catequese), *económico* (o serviço dos Índios), *político* (a intenção de utilizar os Índios aldeados na defesa das vilas e cidades contra os Índios não confederados ou contra os inimigos externos). Ou seja: educação, *pela doutrina cristã*; educação, *pelo trabalho*; educação, *pelo sentimento de solidariedade, germe unitivo de uma pátria em formação*, em cujos quadros, para honra do Catolicismo ou universalismo dos Colonizadores Portugueses, foram admitidos os Índios.

Assim foi na Baía. Fundou-se a cidade do Salvador, e logo se coroou de Aldeias. No Espírito Santo e Pernambuco já existiam as Vilas de Vitória e Olinda, quando as Aldeias se estabeleceram nos seus distritos. No Rio de Janeiro fundou-se a Cidade de S. Sebastião, e logo, sucessiva e admiràvelmente dispostas no triângulo defensivo fluminense, a Aldeia de S. Lourenço, do outro lado da Baía de Guanabara, a de S. Barnabé no fundo dela, e a de S. Francisco Xavier na Guaratiba, mudada depois para Itinga e Itaguaí. Os seus Índios, de guerra e de serviço, foram os que mais trabalharam nas fortalezas, que atemorizaram os piratas do século XVI e os Holandeses do século XVII, que nunca se atreveram a entrar no Rio.

No Paraguai, a maneira foi diversa. As Aldeias fundaram-se (muito depois das do Brasil) no coração da selva, com intenção apenas doutrinária, e logo a seguir económica, agrícola, pecuária, industrial e artística, por necessidade de subsistência e desenvolvimento da colectividade. Apenas dois elementos das Aldeias jesuíticas do Brasil: educação pela doutrina, educação pelo trabalho. Não corresponderam a nenhuma intenção política de defesa de cidades, então aí inexistentes. Quando surgiu a necessidade de defesa, não eram as Aldeias, que se utilizavam para defender núcleos povoados diferentes de si mesmas, eram as Aldeias que se mobilizavam para a sua própria defesa, ameaçadas pelos escravizadores de seus filhos, que os levavam para longe delas. Daí o hermetismo constitucional destas Aldeias, necessário para a sua própria existência. Porque elas, únicamente elas, eram em si, e o foram por muito tempo, a razão de ser da civilização nessas paragens. Do seu engrandecimento espontâneo e da semelhança da sua organização, nasceram os *Povos das Missões* (*Pueblo* é a tradução castelhana da palavra portuguesa *Aldeia*, em latim *Pagus*, uma e outra). No meio antropogeográfico em que se constituíram, realizaram o seu destino e foram, ao que parece, a admiração do mundo. Pelo menos di-lo Montesquieu. E dizem-no centenares de outros e alguns em páginas de sentimento e beleza, como Chateaubriand no *Génio do Cristianismo*. Tão admiráveis como elas, foram as Aldeias do Brasil, nos aspectos que lhes eram peculiares, económicos, doutrinários, políticos e sociais, parte importante na formação do Brasil, não estudada ainda em tôda a sua magnitude, por ter andado a história de olhos voltados mais para a feição externa dos sucessos políticos, administrativos e militares, do que para a alma dos mesmos sucessos, a vida interior, que os produziu e explica.

Do estudo positivo, documentar e moderno, dos aldeamentos e da sua evolução e conseqüências no Brasil e no Paraguai, se infere que a «paraguaïzação», no Paraguai foi um bem, e o «abrasileiramento», no Brasil, outro bem, — o bem relativo, próprio de cada qual. E só há lugar para intenções de satisfação, quando cada qual é o que é, com a sua personalidade viva, produto de si mesmo, em harmonia com as condições naturais da sua própria existência.

Infere-se também que não se pode argumentar de umas Aldeias para as outras, tirando conclusões gerais, aplicadas indiscriminadamente ao Brasil e ao Paraguai. A não ser que se confundam entre si grupos de origem, organização e finalidade diversa, criados em meios antropogeográficos diferentes. Método inadmissível cientìficamente, e até desaconselhado num mesmo país, quando é grande como o Brasil, onde, ainda hoje, dentro da sua robusta unidade política, se justapõem graus sociais e económicos distintos, à proporção que o sertão recuà e a latitude descai ou sobe.

2. — Quanto ao Tratado de 1750, que no Sul do Brasil não foi de *Limites* senão de *Permuta*, êle constitui o último acto de um grande drama, o drama dos Jesuítas de tôda a América hispano-portuguesa, como Protectores dos Índios. A diferença, desta vez, estêve em que as medidas vexatórias contra os Índios não tiveram, como ponto de partida, Câmaras coloniais, mas Palácios de reis.

Matéria em extrêmo vasta, que não toca à História da Companhia de Jesus no Brasil, senão indirectamente, por modo de conseqüência, pelos efeitos que se seguiram. Mas assim como se tornou necessária a distinção entre *Aldeias* e *Povos*, também não deixará de ter a sua utilidade uma arrumação sumária de conceitos, que ajude a conhecer e interpretar com rectidão as idéias e directrizes fundamentais dêste sucesso, que transformou os Sete Povos das Missões na Numância da América do Sul. A êste facto da sua resistência à destruïção se deve a persistência da sua celebridade. Nada há como o drama para fixar a atenção dos homens.

I — *O Tratado*. O Tratado de Limites de 1750, obra da grande chancelaria de D. João V, em si mesmo é legítimo, atendendo a que o bem público passa antes do bem particular. O ponto está em se prover com eqüidade ao bem particular ofendido.

II — *Executores*. Além dalguns espanhóis (elemento oficial), Sebastião José de Carvalho e Melo (Pombal), Gomes Freire de Andrade (Bobadela), os Jesuítas espanhóis e os Índios dos Sete Povos das Missões.

III — *Sebastião José de Carvalho e Melo*. Não foi o negociador do Tratado, que já achou feito ao subir ao poder, morto D. João V, vencendo na subida o seu concorrente, e principal autor dêle, *Alexandre de Gusmão*, precursor ilustre de homens como Joaquim Nabuco e Rio Branco. Não sendo obra sua, começou por se declarar contra a entrega da Colónia do Sacramento, e entrou, depois, em suspeições contra diversas pessoas, incluindo o seu negociador imediato em Madrid, Visconde Tomás da Silva Teles, embaixador de Portugal, que mandou espiar. Para o Brasil, quando se decidiu a execução do Tratado, deu instruções que denotavam zêlo de conservar e aumentar os domínios portugueses. Com êste zêlo, imiscuíu, por hábito do seu espírito autoritário e refolhado, desconfianças afrontosas, que provocaram recíprocas desconfianças e reacções insuperáveis e sangrentas.

IV — *Gomes Freire de Andrade*. Tinha sido bom governador do Rio de Janeiro (não tanto de S. Paulo). A certa altura, porém, como o Ditador, de quem dependia, deixou-se imbuir de preconceitos, aceitando como bom quanto os inimigos da Igreja tinham inventado, incluindo a *Monita Secreta*, em que acreditou a pés juntos, tendo por verdade o que era simples (e não inofensiva) fraude, que nenhum espírito ilustrado, diz Lúcio de Azevedo, pode deixar de reconhecer como tal. E sucedeu o de sempre. Quem entra a duvidar da probidade alheia enverada pelo caminho da improbidade própria, ao menos em casos particulares relacionados com essa dúvida. Neste, é certo que se sobrepuseram ao seu espírito naturalmente recto, os preconceitos e desconfianças, de que fala abertamente e em virtude das quais, já na decrepitude do seu espírito, violentou os trâmites da transmigração imposta aos Índios dos Sete Povos.

V — *Os Índios*. Sendo os naturais da terra, tendo-a trabalhado, e possuindo nela os seus lares, os seus monumentos, as suas artes, até a sua imprensa (no Brasil não havia *então* Imprensa); tendo sido educados pelos representantes religiosos, civis e militares de Espanha no sentido de defesa contra os preadores de Índios, que tinham morto ou cativado os seus avós, ordenou-se-lhes de repente que saíssem da sua própria terra e a deixassem aos inimigos da véspera. Criou-se uma questão psicológica e moral, que não souberam compreender e ladear os executores oficiais do Tratado. Parece estar aqui o nó da questão. Diziam os Índios: «Porque não dá êste nosso Rei [o de Espanha] aos Portugueses, *Buenos Aires, Santa Fé, Corrientes* e *Paraguai*? Só há-de recair esta ordem sôbre os pobres Índios a quem manda que deixem as suas casas, suas Igrejas, e enfim quanto têm e Deus lhes há dado». Advertência necessária: A frase é aduzida por Pombal «contra» os Índios. No entanto, a aceitação do Rei de Espanha, como «nosso Rei», destrói a lenda da «República independente», então inventada pelo mesmo que a aduz. A frase fêz fortuna, e alguns não reparam no anacronismo que cometem, aplicando-a ao século XVII e até ao século XVI. Aduzem-na uns para a vituperar como justifi-

;ação da destruição das Missões, outros, mais tarde, para a louvar; e outros ainda para arquitectarem lendas e romances. Entre os muitos que louvaram, Humboldt: «O apostolado dos Jesuítas teve maravilhoso êxito entre os Índios livres da América do Sul, nas florestas virgens do Paraguai: durante cento e quarenta anos (1610-1750) sob a suave e patriarcal direcção dos Jesuítas, êstes selvagens viveram felizes e contentes, formando um Estado independente e liberalmente organizado» [1].

Nas Missões do Paraguai nunca houve *República*, nem *Estado*, nem *Teocracia*, no sentido autónomo da palavra, isto é, *independente*. O título de *Conquista Espiritual*, dado pelo P. Ruiz de Montoya, no século XVII, ao seu livro, indica a natureza *religiosa* das Missões, e a catequese ou *conquista* dos Índios para a *Religião* cristã. *República, Estado, Teocracia*, são noções *políticas*. Aqui houve apenas a organização da catequese, adaptada às condições sociais e mentais dos Índios e do isolamento da selva, numa experiência particular de *comunidade*, na verdade surpreendente para o tempo, tudo porém enquadrado dentro do regime *político* da *Monarquia Espanhola*.

Aquela frase dos Índios, invocando o Rei de Espanha, «nosso Rei» contra uma injustiça internacional, que tão duramente os atingia na transmigração violenta, é sem dúvida linguagem dos Jesuítas. Talvez seja também a da Humanidade. Os Índios, com as suas representações, procuraram atenuar ou retardar os efeitos da desgraça. Alguns Jesuítas dos Povos (não todos) acompanharam-nos nessas representações, que subiram à Coroa pelos *meios legais*. Achando as portas fechadas, os Índios tentaram passar pela única, que lhes ficava aberta, a da insurreição e resistência. Em casos semelhantes, não se fêz, nem se faz ainda hoje, outra coisa, em todos os países civilizados do mundo, dando-se-lhe apenas, com verdade ou por eufemismo, o mágico nome de *Revolução* ou coisa análoga.

VI — *Os Jesuítas Espanhóis*. Os Missionários deviam abandonar os Povos. Sentiram-no como missionários e também como súbditos de Espanha. O facto é claro e incontroverso. Os espanhóis não acreditavam no propósito sincero da entrega da Colónia do Sacramento. Discute-se realmente se era sincero ou não, e a própria e primeira atitude do seu executor dava fundamento à dúvida. Bastava

---

1. Alexandre Humboldt, cit. por Kurz, *Kirchengeschichte*, II, cf. Maurício Meschler, *La Compagnie de Jésus* (Paris s/d) 299.

ela para justificar prevenções e reacções de desconfiança nos «executados», como as que existiam nos «executores». O descontentamento de alguns Jesuítas influíu inicialmente na decisão dos Índios; as tentativas de outros Jesuítas para os deter ficaram sem eco. Mas uma vez sublevados os Índios, os Jesuítas espanhóis como Párocos seus, não os abandonaram. Alguns políticos consideram-no êrro e talvez polìticamente o fôsse; para muitos historiadores é o mais belo gesto dos Jesuítas de Espanha.

VII — *Os Jesuítas Portugueses*. Tanto os do Reino, como os do Brasil, nada tiveram com o levantamento dos Índios das Missões espanholas. Achavam-se em campos opostos. Não como Jesuítas contra Jesuítas, evidentemente, mas como cidadãos Portugueses contra cidadãos Espanhóis, ou vice-versa, tal qual sucede hoje em tôdas as guerras entre nações, quando de ambos os lados há homens que professam a mesma Fé. Assim foi no Norte do Brasil, no tempo de Bettendorff, assim foi na Restauração de 1640, assim foi com o cartógrafo Diogo Soares no Sul; e até neste preciso caso, nos acampamentos de Gomes Freire, no *Estreito* e no *Rio Pardo*, a única e positiva aquisição dessa guerra, os Jesuítas do Brasil assistiam aos Índios e tropas portuguesas (facto que geralmente se ignora), colaboração que lhes foi retribuída depois com o exílio e os cárceres.

VIII — *A Companhia de Jesus*. Pelo exposto se vê que os Jesuítas de Portugal e do Brasil são uma coisa, os de Espanha e do Paraguai outra, e a Companhia de Jesus outra. Os Portugueses e Espanhóis, e os mais de tôdas as nacionalidades, na Companhia de Jesus, com a dignidade de homens livres e simultâneamente responsáveis, acham, dentro da *unidade* religiosa, a *diversidade* política, nacional, em função das bandeiras respectivas. O facto religioso não impede o patriotismo individual, antes é susceptível de lhe aumentar o fervor. Lamentando a desgraça de seus filhos e os seus desgostos particulares, provenientes das condições diversas da forma e campo das suas actividades, a Companhia de Jesus coloca-se superior a êles, como corporação religiosa internacional. No caso presente, o Comissário do Geral, *o único com autoridade para falar em nome da Companhia*, P. Lope Luiz Altamirano, ordenou a todos os Párocos das missões atingidas, *sob preceito de obediência*, que fôssem quais fôssem as suas opiniões particulares, se retirassem dos Povos em litígio. Foi obedecido por alguns, desobedecido por outros, que se solidarizaram com os Índios, invocando razões jurídicas, de Direito Natural, acima de compromissos nacionais ou associativos. É êrro histórico, contra o teor dos documentos e da verdade, dizer-se que a Companhia de Jesus, «como corporação», estêve contra o Tratado de Limites de 1750.

IX — *A Guerra aos Povos*. Podia ter sido legítima, como o Tratado, se se verificasse a ilegitimidade do levantamento dos Índios. Mas a ilegitimidade não está perfeitamente deslindada, atendendo à forma compulsória e violenta da execução e das circunstâncias que a acompanharam. Em concreto, a guerra foi uma série de morticínios sem glória, de dois exércitos à europeia, bem organizados, com generais, capitães, armamento, munições e artilharia, contra Índios sem disciplina adequada, sem generais de carreira, sem armamento equivalente, em que as famosas «peças de artilharia» das informações oficiais, relativas aos povos das Missões, eram primitivos instrumentos de «cana», engenhosos sem dúvida, mas sem alcance, nem eficácia, manejados por homens que prefeririam morrer em seus lares a entregá-los aos seus inimigos. Não obstante a violência dos exércitos e o sangue derramado, não se resolveu a dificuldade, e os generais europeus retiraram-se, deixando-a em aberto.

E entrou-se mais fundo na guerra de astúcias, como a *ordenava* a carta régia de 26 de Agôsto de 1758 ao Governador de Mato Grosso (outra zona de limites), que os sertanistas fôssem «queimando casas, destruindo fazendas, aprisionando homens e mulheres, saqueando tudo o que acharem de móveis e gados, arruïnando e abrasando armazéns e celeiros». Mas sem se deixar a autoridade a descoberto, e para que nas reclamações se pudesse responder, «como o faziam os hespanhóis, que são factos de barbaridade dos Índios, que V.ª S.ª [o Governador] nem ordenara nem pôde reprimir». Tal género de guerra não era novo nem estranho, arma comum a tôdas as guerras e nações, ontem como hoje. O que queremos dizer é que os Índios, não como nação, que o não eram, mas como homens, foram mais uma vez instrumentos e vítimas da política internacional de então, porque verdadeiramente só os defendiam os Padres, e contra êstes se ia agora concentrar a má fé, a dissimulação e vingança.

X — *A lei de 3 de Setembro de 1759.* Para dissimular o fracasso do Tratado, era preciso buscar um derivativo, que o explicasse, e estivesse mais ao alcance da mão do que os Índios da América ou os Jesuítas do Paraguai. A Companhia de Jesus em Portugal e seus Domínios, incluindo o Brasil, foi a primeira vítima. O Ministro absoluto decidiu «castigar», nos Jesuítas de «Portugal», as acções dos Jesuítas de «Espanha» e dos Índios, que não eram seus vassalos. Não foi a causa única. Outras causas e pretextos influíram no seu espírito, obsidiado por um prurido de reformas, boas e más, sem adequado discernimento, e por um contraditório «iluminismo», que fêz dêsse homem, devoto e fámulo do Santo Ofício, com os seus Tribunais de Inconfidência, Mesas Censórias e cárceres, um intolerante e cruel perseguidor da liberdade de política e de pensamento.

XI — *Tratado de 1761*. Dada a inexeqüibilidade prática do Tratado, pela forma astuciosa, inábil e sangrenta, como foi conduzida a execução dêle, lavrou-se outro, em *El Pardo*, em 1761, em que voltou tudo ao *statu quo antea*. Apenas os mortos das Missões não ressuscitaram; os exilados não voltaram a suas casas confiscadas; e os Missionários, cristãos, nascidos em Portugal ou no Brasil, ou noutras terras, mas em serviço no Brasil, que nada tinham que ver com os 7 Povos das Missões, encarcerados muitos dêles em S. Julião da Barra, tiveram que esperar (os que não acabaram nessas tristes prisões) que surgisse D. Maria I, a Libertadora.

XII — *A História*. Tem-se feito de três maneiras. Uma, em que tudo, Tratado e execução é vicioso. É a história feita pelos antigos que intervieram nos acontecimentos e lhes padeceram os efeitos imediatos. Outra, a dos que escreveram sob o influxo da literatura espalhada a rodos pelo oiro corrutor e pela propaganda do absolutismo oficial, interessada em justificar o atropêlo e os confiscos. Na parte que toca ao Brasil, o nome mais representativo, é Varnhagen, a que admiramos como historiador, em muitos dos seus aspectos, mas cuja mentalidade, neste ponto, se deduz desta simples verificação. Ao noticiar o Decreto que exilou os Jesuítas de Portugal e de seus Domínios, escreve que o «triunfo de Pombal foi completo». E na página seguinte, ao mencionar o Tratado de 1761, feito e negociado pelo mesmo Pombal, que destruíu o de 1750, que antes exaltara, Varnhagen troca a palavra «Pombal» com a de «Portugal», para desviar da cabeça do ministro responsável sôbre o nome da nação, sua vítima, o desaire de um acto que vinha encurtar de novo as fronteiras do Brasil, e a posteridade condena. Mas a história, feita com a documentação de ambos os lados, que se começa a revelar e a estudar (e é a terceira maneira), atenta aos sucessos, variadíssimos e complexos, dêste assunto, eleva-se acima dêles e ata-os nas pontas dêste dilema: *se o Tratado de 1750 era bom, Pombal, destruindo-o com o Tratado de*

1761, foi fraco ou inepto; se o Tratado era mau, a forma anti-popular, cruel e bárbara, como se executou, um crime.

O fracasso do Tratado de Limites de 1750 adiou de meio século um facto, que geogràficamente se impunha. Os Sete Povos das Missões caíam dentro do âmbito territorial do Brasil e mais tarde ou mais cedo teriam que entrar nêle. E entraram ainda no tempo do Brasil Português. Mas isto já é história, que não nos compete seguir.

Pertence ainda a esta, uma consideração final, que parece justa. Tão ilegítimo é, pelas faltas individuais de alguns Jesuítas do Paraguai (se se provassem), responsabilizar a Companhia de Jesus, como pelas faltas de um ministro absoluto e seus satélites responsabilizar Portugal, esquecendo uns e outros que de casos particulares não é lícito argüir a uma proposição universal, e que para contrabalançar a acção violenta de um ministro ou de um rei, há os actos gloriosos de outros ministros ou reis portugueses; e para contrabalançar a resistência de alguns Jesuítas estrangeiros, alheios ao Brasil, pertencentes a Missões da Assistência de Espanha, há os nomes nacionais da Província do Brasil, da Assistência de Portugal, que nada tinham que ver com aquêles, e que desde Nóbrega, durante mais de dois séculos, realizaram a obra construtiva, «sem exemplo na história», tão pàlidamente esboçada nos tomos desta obra [1].

---

1. Obra, não já construtiva, foi a dos panfletos, que então circularam, de índole diversa. Augusto Meyer, em *Nota* à reedição (Rio 1944) da *Histoire de Nicolas I. roy du Paraguai et empereur des Mamelus*, S. Paul, 1756, tem estas palavras: «É preciso prevenir o leitor incauto de todos os tempos contra Nicolau I, Rei do Paraguai e Imperador dos Mamelucos, que ja fêz correr tanta tinta inútil, inclusive a desta nota: embora não passe de uma caricatura, êle é o símbolo da velha mistificação que se apresenta com visos de realidade histórica». Observação judiciosa, que se aplica a inúmeras outras mistificações postas a correr mundo no tempo de D. José I, saídas de imprensas clandestinas, europeias, com menções falsas, como aquela de S. Paulo, 1756. Com a menção de Lugano, também de 1756, provàvelmente tão falsa como a de S. Paulo, é a edição italiana do mesmo livro. João Daniel no seu *Tesouro Descoberto no Máximo Rio Amazonas* (*Rev. do Inst. Hist. Bras.*, III, 159-163) dá curso à história de *Nicolau I, Imperador dos Incas do Peru*, talvez já reflexo dos libelos anteriores, pois escrevia depois dêles.

APÊNDICES

Residência e Igreja de Santo Inácio e Reis Magos, Inaugurada em 1615

APÊNDICE A

Informação do Colégio do Rio de Janeiro pelo P. António de Matos, 1619.

Satisfazendo a vontade q̃ alguns Snõrs tem de saber as occupaçoens em que os Religiosos da nossa Comp.ª se occupão nesta Provincia do Brazil deixando aquelas que são mais spirituais e interiores que se dirigem à perfeição das proprias almas de cada hũ, as quais são bastantes para q̃ qualquer Religioso, se as ouver de fazer como convem, se julgue por muito bem occupado, direi som.te aquellas occupaçoens que nos occupão com o proximo ou mais proximam.te nos dispoem para isso.

E limitando a pratica a este Coll.º do Rio de Janr.º ha nele como tambem em todos os Collegios da nossa Comp.ª tres differenças de religiosos, hũs occupados das portas a dentro nos oficios que pertencem ao meneo de hua casa bem ordenada; qual he qualquer convento Religioso; e das portas afora noutras obras diversas a que se pode estender o saber e abelidade de cada hũ como he ajudar os procuradores a ter cuidado das fazendas do Coll.º acompanhar os P.es quando vão fora e outros semilhantes. Os estudantes se occupão em seu estudo da lingoa latina, e tambem em aprēder a lingoa Brasilica, porq̃ dambas tem necessidade para exercitarem os ministerios, q̃ os sacerdotes da nossa Comp.ª tem a seu cargo nesta Provincia do Brasil.

Do dito em parte se vê em q̃ obras se occupão os sacerdotes da Comp.ª neste Coll.º do Rio de Janr.º, a saber, em procurar e ajudar o bem de todos os moradores deste districto, assi brancos, como negros, assi Xpuãos como gentios, e isto por varios meios cada hũ conforme o talento que lhe communicar Aquelle, q̃ he fonte, e distribuidor de toda a boa dadiva, e perfeito dom.

Conforme a isto os nossos religiosos sacerdotes se occupão em pregar, confessar, e ensinar a doctrina Christan pellas ruas, e Igrejas da Cidade, em visitar o carcere, ajudando os presos alem das confissoens com palavras de consolação com esmolas, e com sua intercessão diante dos officiais da justiça. Pello mesmo modo visitão o hospital.

E para q̃ desçamos a algũa cousa em particular: nesta coresma de 619 na qual estiverão no dito Coll.º nove sacerdotes não contando o P.º Provincial, e seu companhr.º que são hospedes; pregarão os ditos na Matris alem da 4.ª fr.ª de cinza, aos domingos polla manhãa; nos mesmos a tarde, e nas sestas fr.as polla manhãa as procissoens que então se fazem, no Coll.º; aos sabbados em nossa senhora dAjuda; e ajudarão a pregar as quartas fr.as na Misericordia; alem da paixão e dous mãdados, que pregaraõ hũ no Coll.º e outro na Se, precedendo a todas estas pregaçoens as de tres dias arreo do Jubileo das 40 horas, que ouve na nossa Igreja na dominga da quinquagesima, 2.ª e 3.ª fr.ª seguintes, q̃ immediatam.te precedem a 4.ª fr.ª de sinza. E neste mesmo tempo ouve infinda confissaõ no mesmo Coll.º assi procissão do dito jubileo das 40 horas, q̃ nesta cidade se ganha com grande concurso, e devação dos moradores, desta cidade, e seu reconcavo.

Tem tambem a seu cargo este Coll.º duas classes abertas para todos os que nellas querẽ vir aprender. Numa se ensina latim, noutra a ler, e escrever, e contar e a volta disto, o q̃ a nossa Comp.ª mais pretende, q̃ saõ bons costumes. Nestas classes se occupaõ sacerdotes ou irmaõs escolhidos, q̃ possaõ *pro dignitate* satisfazer nesta obrigação: a qual bem se ve de quanta importancia seja em qualquer bem ordenada Republica. Não falo aqui doutras muitas occupaçoens extraordinárias, q̃ o tempo e occasioins acarretaõ, e acrescentão, às já ditas q̃ saõ ordinarias como he concordar discordias e inimistades entre si, impedir ferime.tos mortes, furtos, e outros peccados. Das quais cousas quem quiser saber exemplos particulares lea as cartas annuas, q̃ dos Collegios desta provincia se enviaõ a Portugal e a Roma que não pretendo mais q̃ tocar por seus generos as occupaçoins do serviço de Deos e da Republica, em q̃ os Religiosos da Comp.ª nestas partes se occupaõ.

Nem ate agora disse mais q̃ o q̃ fazemos nas Cidades, villas, e povoaçoens povoadas de moradores portugueses e naõ as que fazemos nas aldeas dos Indios Brazis, e nas missoins, a que a seus tempos somos mandados ao sertaõ, e outras terras mui remotas em demanda de gentio, q̃ venha viver nas aldeas, q̃ estaõ a sombra dos Portugueses. E fallando destas Aldeas, temos nellas a cura spiritual, qual he a que tem o parocho de suas ovelhas. E tras consigo montes de occupaçoens a quem se determina fazer este off.º com a devida perfeiçaõ e principalmente entre gente de pouca capacidade qual he commũm.te a do Brasil. Aqui entra a cathequisar os gentios que se convertẽ à nossa Sancta fe, e bautizar os inocentes, e adultos, e outras cousas mais comũas q̃ pertencẽ ao off.º pastoral. Temos cuidado de os domesticar nos costumes naõ som.te Christaõs senaõ tambem politicos para q̃ saibaõ viver em paz e quanto for possivel sem queixa naõ somente entre si senaõ tambem com os vizinhos portuguezes, para que saibão promover o culto divino, e ajudar a celebrar os off.os divinos com canto de orgaõ e instrumentos musicos, e com a devida decencia. Nem tem estes Indios outros medicos; nẽ outros enfermeiros, nem outros tutores, ou curadores, senaõ os Religiosos da Comp.ª A cargo deste Coll.º estaõ duas destas aldeias; hũa no Cabo Frio, q̃ pode distar desta cidade 18, ou 20 legoas, outra daqui 10 legoas no distrito do Macucû.

Nas missioins q̃ dezia se fazẽ ao sertaõ, e outras partes remotas som.te os q̃ as fazem podem bem explicar o q̃ padecem de fome, sedes, perigos da vida. Em hũa q̃ pouco ha se fes aos Carijos da Lagoa dos Patos e terras circunvezinhas, q̃ ficão deste Rio de Janr.º pera o Sul, gastaraõ dous Religiosos nossos sacerdotes, o P.e João Fernandes e o P.e João dAlmeida companheiros nella passante dũ anno, porq̃ partio daqui o P.e João Fernandes no fim do anno de 617 pera tomar seu companheiro na residencia de S. Paulo, aonde estava, e chegaraõ de torna viagem a este Coll.º meado março de 619. Fes-se a missaõ por mandado do P.e P.e de Tolledo, Proal desta provincia, á petiçaõ, e instancia de Salvador Correa de Sâ administrador geral das minas desta provincia, o qual deu aos ditos padres o nesseçario pera a dita missaõ da fazenda de sua magestade, polla ordem q̃ pera isso tinha, posto que pera sustentaçaõ dos ditos missionarios o P.º Reitor deste Collegio lhes deu todo o necessario, como tambem ornamentos pera dizer missa. Foraõ por mar ao longo da costa, concorrendo nisto Ant.º Mendes de Vasconcellos com hum navio seu q̃ graciosamente comcedeo, e com outros gastos, o q̃ tudo fes por fazer serviço a Deos, e a sua Mag.de. Levavaõ por ordem os P.es persuadir aquelle Gentio decesce pera as capitanias de S. Vicente, Rio de Janeiro e Cabo Frio, fazendo com todos pazes como fizeraõ, e abalaraõ hũm grande numero pera descerem, assim Carijós como Arachaãs, os quais ajuntaraõ na ilha de S.ta Catherina pera dahi se embarcarem pera estas Capetanias.

Chegando a cousa a taõ bom ponto, contudo troxeraõ os P.es muy pouca gente, do qual sucesso duas rezoins se podem dar. A 1.ª que esperãndo os padres na dita ilha de S.ta Catherina por embarcações desde Agosto ate no fim de Janeiro nem embarcações, nem recado foi; a 2.ª que consertando os ditos P.es com os do governo da Capitania de Sam Vicente naõ deixassem passar embarcaçoes de resgate pera aquella parajẽ enquanto la andassem, por se saber que passando aviaõ de baralhar o negocio, e impedir o bom sucesso da missaõ; com tudo desimularaõ com quatro que la foram ter, assim a resgates, como a inquietar os indios, e persuadir-lhes que não viessem. Na qual bulha, e perturbaçaõ concorreo principalmente hum morador da villa da Cananea ou Yguaa, o qual se nomeara a seu tempo.

Persuadio este aos indios que hia da parte do superior dos ditos religiosos a chama-los, e avisa-los que nenhum so indio troixessem. Accrescentava q̃ Salvador Correa de Sâ e seus f.os Gonçalo Correa de Sâ e Martin de Sâ lhes mandavaõ dizer q̃ por nenhum modo descessem cõ os ditos religiosos e que o mesmo dizia o Capitão mor, e Governador deste Rio e outros grandes do governo. Semelhante pratica lhes fizerão outros embaixadores os quais todos se nomearaõ, quando necessario for; instavaõ estes que por nenhum caso viessem aquelles indios com os padres porq̃ os aviaõ de levar pera a Bahia e Pernombuquo, e ainda os aviaõ de vender pera Portugal. Não quero dizer as peitas que algũns destes, que la vararaõ, diziaõ, averem dado, a pessoas que nomeavaõ pellos deixarem passar a este resgate; com o qual naõ vaõ a resgatar captivos senão a fazer de livres captivos.

Finalmente impedidos os nossos Missionairos, pollo modo q̃ esta dito, depois de terem feito pazes com aquelles barbaros, depois de lhes darem noticia dos misterios da nossa sancta fee, deixandoos a todos cheos de desejos de sua salvaçaõ segundo mostravaõ nas lagrymas q̃ derramavaõ, e na instancia que faziaõ em rogar aos ditos religiosos q̃ os naõ deixassem; comtudo eles por se conformar com a ordem q̃ levavaõ se partiraõ o fim de Janeiro deste presente anno de 619, como dito he. Entre outros Indios que desceraõ, alguns sam principais, que vem pera se tornar, e somente a pedir religiosos da nossa Companhia, que assistaõ em suas terras, pera os ensinar, e encaminhar no caminho da salvaçaõ. Entre os alivios e consolaçoins com que Ds nosso senhor alyviou aos nossos perigrinos os trabalhos desta sua peregrinaçaõ, hũa foi ver que uzava delles como demaõ pera dentre aquelles spinhos da infedilidade dos Carijos, Arachãs e Guaianases, tirar algũas flores, e rosas que como premisias do muito fruito, que dalli esperamos lhe fossem apresentadas; que assi aconteceo baptizarem os Padres algũns inocẽtes os quais pouco depois de baptizados se foraõ a gozar do seu creador. Tãbẽ foraõ encontrar com hum velho, o qual Deos tinha guardado pera aquelle encontro pera o salvar; este vendo os padres lhes pedio o fizessem filho de Ds porque naõ queria morrer como seus antepaçados, os quais sabia que o diabo os levara; Baptizaraõ no os padres, e pouco depois morreo. O mesmo aconteceo a hua velha muito velha, na qual se conservou algũa noticia das cousas do ceo, e de sua salvaçaõ desdo tempo q̃ o P.º João Lobatto alli esteve com seu companheiro o P.º Jeronimo Roiz; esta falava das cousas do ceo como se fora criada entre nos, e dezia que queria ser f.ª de Ds e morrer Christaã. Estando os padres diliberados a baptizalla, entraõ os parentes em imaginaçaõ que o mesmo era baptizalla, que darlhe algũa peçonha, com que logo avia de morrer; arrebataõ na do lugar onde estava e levaõ na dalli muitas legoas, mas não lhe valeo ao diabo sua traça, porque os padres a buscaraõ ate que deraõ com ella, baptizaraõna e logo se foi p.ª o ceo.

Actualmente andaõ dous Religiozos nossos, noutra missaõ nas terras dum gentio a que chamamos Guaytacazes. Tem sua vivenda estes naquelle tracto da terra que fica entre o Rio dos Bagres e o Rio Paraiba. E ficando lhe aos ditos Guaytacazes da banda do Sul esta capetania do Rio de Janeiro, e da banda do Norte a do Spirito S.to, elles contudo se souberaõ deffender e conservar de maneira que ate gora as armas portuguezas os naõ puderaõ entrar. Verdade he q̃ os ajuda muito o sitio da terra, a qual com os muitos alagadiços que tem fas hum tal laberinto de Tijucos e pontes secas que enrredaõ e embaraçaõ facilmente os que ali se metem e os deixaõ menos destros e senhores de si pera se defenderem da frecharia dos Indios.

Entre as cousas que o governador deste estado don Luis de Sousa fes e vai fasendo no tempo de seu governo, dignas de sua prudencia hua dellas foi determinarse conquistar e render estes barbaros Guaitacazes não com armas senaõ com dadivas, naõ com guerra que naõ avia bastante rezaõ pera se lhe dar; senaõ com offerecimt.º de pazes e amizade. Encomendou esta empreza aos P.es da Companhia e ao capitaõ q̃ agora he daquella capitania Estevaõ Gomes, os quais comesaraõ o negocio naõ ha muitos dias e o vaõ proseguindo com bom sucesso, segundo soubemos por relaçaõ do padre João Lobato, que com o Irmaõ Gaspar Fernandes foi nomeado pello P.º Reitor pera esta empreza. O qual nũa de 7 de Março de 619, pera o padre Symaõ Pinheiro Provincial desta Provincia dis assim. Faço esta deste Rio dos Bagres, pera que V. R. saiba de nos, todos temos saude, e a mesma dezejamos a V. R. Estamos aposentados entre Guaycatazes de fronte da Ilha de S.ta Anna ao longo do Rio da parte do Sul. Temos mandado 34 Indios pello Rio acima a ver se podemos aquietar e trazer a nos hua aldea de Indios Tamoyos, q̃ estaõ de guerra com os Guaytacazes, e os vaõ comendo quanto podem. Ontem q̃ foi aos seis deste vieraõ da parte do Norte passante de 50 Guaitacases mancebos freicheiros mui bem dispostos, com algũns parentes dos q̃ ja aqui estaõ conosco. Passaraõ o Rio a nado e nos vieraõ abraçar trazendo todos seus cofos, hũs com fruitas, outros com batatas, e algũa farinha fresca, a todos agazalhamos dando lhes de comer e algũs resgates; e com isto se tornaraõ contentes abraçandonos outra vez e dizendo que passados algũns dias aviaõ de tornar com suas molheres e com seus filhos. Nós esperamos pellos Indios que mandamos aos Tamoyos, os quais como vierem avemos de tentar embocar hum Rio com as canoas q̃ temos, o qual dizem ser grande e estar daqui como seis, ou sete legoas, porq̃ por esta parajem nos dizem aver muitos Guaitacazes.

Noutra q̃ o dito padre João Lobato escreveo aos 8 do mesmo mes de março dis assim: Ontem que foi sete deste escrevi a V. R. em como passante de 50 Guaitacazes vieraõ ter comnosco a este Rio dos Bagres. Oje vieraõ dous mancebos da gente Tamoya, com os quoais deu a nossa gente que fora a descubrir campo e a buscar algum mantimento por padessermos falta delle. Sam estes Tamoyos f.os de escravos mas nascidos todos no mato e em suas terras. Veja V. R. se sera bom ajuntallos cõ a aldea do Cabo Frio ou que faremos delles em cazo que se queiraõ fiar de nos. A pratica sua he q̃ de nos se fiaraõ, e estaraõ a nossa desposiçaõ mas q̃ se forem *Caraibas* a buscallos, q̃ com a frecha se am de defender enquanto puderem.

Quis apontar estas poucas couzas, em particular das occupaçons em que nos occupamos com o proximo nesta Provincia do Brazil, e Collegio do Rio, e anteponho estas por serem frescas, e estarẽ ainda agora *in fieri* ou se acabarẽ de fazer neste mesmo mes de Março de 619 em q̃ faço estes apõtamentos e senaõ forem tantas as que nesta provincia se fazem com o Gentio, q.tas em outras provincias transmarinhas, a rezaõ disto podem dar os q̃ entendem q̃ nem todas as materias se lavraõ com igual facilidade; porq̃ claro he q̃ mais de pressa ha de sair com a obra o que lavra em cera q̃ o q̃ lavra en solida madeira, ou em duro marmore. E naõ ha duvida, q̃ algũas nações ha q̃ para as couzas de nossa sancta fee, e da salvaçaõ saõ como cera, imprimindoselhes milhor por rezaõ de seu natural e maior capacidade q̃ tam chegada he a a doutrina evangelica a rezaõ. Outras respondẽ á madeira por ser necessaria pera com ellas maior força. Outras sam semelhantes a duros marmores; e ja tomaramos os q̃ nesta Provincia trabalhamos encontrar com estes marmores todas as vezes q̃ o dezejavamos lavrar. Mas pera os achar he necessario andar mui compridos caminhos e por costas bravas, e por mattos speços, e por serras fragozas, com tudo naõ damos cõ elles como desejamos, e muitas vezes depois de os descubrir encontramos cõ outros impedimentos, q̃ allem da dureza da materia nos impedem a obra totalmente, como se pode claramente ver nos exemplos frescos q̃ atras ficaõ apontados, na missão que o P.º Joaõ Fernandes e o padre Joaõ dAlmeida fizeraõ aos Carijos, Arachans e Guayanazes.

Pera maior clareza da noticia q̃ pretendo dar advirto, q̃ este coll.º do Rio de Janeiro tem annexas e subordenadas algumas residencias; quais sam as que estaõ desta parte do sul na Capitania do Spirito Sancto, na de Sanctos, na de S. Paulo. Nesta ultima residem ordinariamente seis religiozos da Companhia os quais se occupaõ naõ somente na dita villa de S. Paulo, com os moradores della, e com a gente de seu serviço, senaõ tãbem com quatro aldeas de Indios, as quais a seu tempo visitaõ. Na residencia de Santos naõ ha aldeas nem de residencia, nem de vizita. Na do Spirito Santo e Villa de Victoria, residẽm 4 religiozos; mas a esta estaõ subordenadas 4 aldeas de Indios, duas de residencia, en quada qual residem quatro ou sinquo religiozos; as outras duas sam de vizita, huã das quais he vizitada pellos religiozos que residem na casa da villa da Victoria, principal residencia desta Capitania do Spirito Sancto; a outra he vizitada pellos padres q̃ residem na aldea de Reritiba. Todos estes Religiosos em sua proporsam se occupaõ nos mesmos ministerios e obras em que os do Coll.º do Rio de Janeiro e todos elles assi como saõ subijeitos ao Reitor do dito Collegio do Rio e lhe daõ perfeita obediencia, assim tambem sam providos por elle de todo o vestido necessario, de aseite, e de Vinho q̃ he o provim.to mais custozo no Brazil; alem doutras miudezas. O q̃ seja dita pera q̃ se veja em quantos meudos, e quam meudos sam repartidos 2 mil e 500 cruzados que os Reis de Portugal com liberal maõ dotaraõ ao dito Coll.º pois esta suma he repartida por 53 religiozos q̃ ordinariam.te saõ necessarios p.ª o mencio do Coll.º e de suas residencias, alem de outros muitos religiozos q̃ por m.tas vezes extraordinariamente crescem a este numero, e alem da gente de serviço presisamente necessaria — (a) *Antonio de Matos*.

Informaçaõ das occupações dos P.es e Irmaõs do Rio de Janeyro p.ª o P.e Assistente de Portugal em Roma — 1619, 1.ª Via. De Antonio de Matos mandada para Roma pelo P. Simaõ Pinheiro Provincial do Brasil. Março de 1619.

[Bras. 3(1), 199-201v]

APÊNDICE B

Breve do Papa Urbano VIII, «Commissum Nobis», de 22 de Abril de 1639, sôbre a Liberdade dos Índios da América

Alexandre Castracani por merce de Deus e da santa Sé Apostolica, Bispo de Nicastro e Collector geral Apostolico de sua Santidade com poderes de Nuncio nestes Reinos e senhorios de Portugal e Executor Apostolico do negoceo e cauza de que ao diante se fará expressa e declarada menção ett³. Aos Illustrissimos e Reverendissimos senhores Arcebispos, Bispos, Administradores e seus Reverendos Provisores e Vigairos gerais, e a todos os Reverendos Cabidos e mais pessoas ecclesiasticas e a todos os Excelentissimos senhores ViceReys, Governadores, Capitães gerais e seus locotenentes; E a todos os Corregedores, Ouvidores, juizes e mais pessoas seculares das provincias do Brasil, Paraguay, Rio da prata, e outras quaisquer Regiões e lugares que estão nas Indias Occidentais e Meridionais, aquelles a quem, e aos quais esta nossa Apostolica carta requisitoria e executoria for aprezentada, saude em Iesv Cristo nosso salvador e senhor.

Fazemos saber que a santidade do Papa Urbano oitavo nosso senhor ora na Igreja de Deus Presidente, passou hum Breve *sub annulo Piscatoris* dado em Roma aos vinte dous de Abril deste presente anno de mil seiscentos trinta e nove, cuja execução nos cometteo, o qual por vir saõ e carecente de todo o vicio e litura, aceitamos e prometemos de dar em todo e por todo a sua devida execução e mandamos traduzir em lingoa Portugueza e castelhana e fazer autto de apresentação e aceitaçaõ e delle o treslado de *verbo ad verbum* he o seguinte:

«Ao amado filho Collector geral dos direitos e espolios devidos a nossa Camara Apostolica nos Reinos de Portugal e Algarves.

Urbano Papa oitavo. Amado filho saude e Apostolica bençaõ. O Ministerio do officio do supremo Apostolado a Nos commettido pello Senhor, pede que parecendonos estar a nosso cargo a salvação de todos, naõ somente para com os Fieis, mas tambem para com aquelles que ainda estão fora do gremio da Igreja nas trevas da pagam superstiçaõ, mostremos effeitos de nossa paternal caridade e procuremos quanto podemos em o Senhor, tirarlhes aquellas cousas que de qualquer modo lhes podem servir de obstaculo quando saõ trazidos ao conhecimento da Fé e verdade christam. Posto que o Papa Paulo Terceiro de *felice memoria*, nosso predecessor, dezejando attender ao estado dos Indios Occidentais e Meridionais, os quais sabia que eraõ postos em captiveiro e privados de seus bens e por essa causa deixavaõ de se fazer christaẽs, prohibio ou mandou prohibir a todas e quais quer pessoas de qualquer dignidade que fossem e de qualquer estado, condiçaõ, grao e dignidade sob pena de excomunhaõ *latae sententiae eo ipso incurrenda* da qual naõ podessem ser absolutos, senaõ por elle ou pello Romano Pontifice que entaõ fosse salvo no artigo da morte e precedendo satisfaçaõ que naõ prezumissem de qualquer modo captivar os ditos Indios ou privallos de seus bens de outra qualquer maneira como mais plenariamente se conthem nas sobreditas letras do mesmo Paulo nosso predecessor expedidas em semelhante forma de Breve a vinte nove de mayo de mil quinhentos trinta e sete, cujo theor queremos que aqui se haja por expresso: E porque conforme entendemos, as cauzas pellas quais se expediraõ as letras do sobredito Paulo nosso predecessor durem ainda de prezente, portanto querendo Nos seguir os vestigios do mesmo Paulo nosso predecessor, e querendo reprimir a ousadia dos homẽs impios que aos sobreditos Indios, aos quais convem induzir a tomar a Fe de Christo com todos os officios de caridade e mansidaõ christam os apartaõ della com actos de inhumanidade, pello theor das prezentes vos commettemos e mandamos que por vos ou por outrem ou outros assistindo para o sobreditto com presidio e efficaz defensaõ a todos os Indios, tanto aos moradores nas Provincias chamadas de Paraguay, Brazil e do Rio da Prata, quanto em quaisquer outras Regioẽs e lugares nas Indias Occidentais e Meridionais. Inhibais mais apertadamente a todas e quaisquer pessoas tanto seculares ainda ecclesiasticas de qualquer estado, sexo, grao, condiçaõ e dignidade posto que sejaõ dignas de especial nota e mençaõ, quanto regulares de qualquer ordem, congregaçaõ, companhia, religiaõ e instituto mendicante e naõ mendicante ou monacal com pena de excomunhaõ *latae sententiae* que se incorra *eo ipso* pellos Transgressores da qual naõ possaõ ser absolutos senaõ por nos ou pello Romano Pontifice que entaõ for salvo estando em artigo de morte; e satisfazendo que daqui por diante naõ ouzem ou presumaõ cativar os sobredittos Indios, vendellos, compralos, trocalos, dalos, apartalos de suas molheres e filhos, privalos de seus bens, e fazenda, levalos e mandalos para outros lugares, privalos de qualquer modo da liberdade, rethelos na servidaõ e dar a quem isto fizer, conselho, ajuda, favor, e obra com qualquer pretexto e color ou pregar, ou ensinar, que seja isso licito ou cooperar no sobreditto declarando que quaisquer contradittores e Rebeldes e que no sobreditto vos naõ obedecerem, incorreraõ na sobredita excomunhaõ, e tambem impedindo por outras censuras e penas ecclesiasticas e outros opportunos remedios de Direito e feito sem appelaçaõ, aggravando ainda por muitas vezes as ditas censuras e penas com legitimos processos que sobre isso se façaõ invocada tambem para isso sendo necessario ajuda do braço secular: Porque Nos vos damos para isso plenaria, ampla e livre faculdade e poder. Naõ obstantes as Constituiçoẽs e ordenações de Bonifacio oitavo *de felice memoria*, tambem nosso predecessor e do Concilio geral de hua ou duas Dietas e outras Apostolicas Constituiçoẽs feitas em Concilios universais, Provinciais, Synodais gerais ou especiais e de quaisquer leis ainda particulares e de quaisquer lugares pios, e naõ pios e de quaisquer statutos e costumes e de quaisquer privilegios, Indultos e letras Apostolicas, ainda corroborados com juramento, confirmação ou outra qualquer firmeza Apostolica de qualquer modo concedidos confirmados e innovados em contrario do sobreditto, os quais todos e cada hum delles, ainda se delles e de seus theores para sufficiente derogação delles se ouvera de fazer mençaõ especial, specifica, expressa, e individua e de *verbo ad verbum* que naõ fosse por clausulas gerais que contivessem o mesmo ou se ouvesse de guardar para isso outra alguã exquisita forma e que tevessem o theor de todos elles por plenaria e sufficientemente exprimidos para o effeito do que special e expressamente os derogamos ficando esta em sua força e vigor e de outras quaisquer couzas em contrario que haja. Dada em Roma em São Pedro *sub annulo Piscatoris* aos vinte e dous de Abril de mil seis centos trinta e nove annos. Anno decimo sexto de nosso Pontificado. Marco Aurelio Maramaldo».

E sendo assy aceitado o dito Breve, e traduzido mandamos passar a prezente pello theor da qual auctoritate Apostolica a nos concedida e de que uzamos nesta parte, requeremos aos sobreditos Illustrissimos senhores Arcebispos, Bispos, e Administradores e seus Provisores e Vigairos gerais e Pedaneos, e a todos os Superiores das cazas professas, Collegios e residencias de Religiosos da Companhia de Jesus e a outros quais quer Prelados dos Conventos de Religiosos Mendicantes e naõ Mendicantes e outras quaisquer pessoas constituidas em dignidade ecclessiastica da parte de sua santidade; e em quanto for necessario lhes subdelegamos nossos poderes, para que sendolhes esta apresentada a cumpraõ e guardem e em seu cumprimento em suas Igrejas Metropolitanas, Cathedrais, Collegiadas, Parroquiaes, e em todos os Conventos de Regulares e outras quaisquer Igrejas das ditas partes, a mandem publicar e denunciar. Que Nos amoestamos e mandamos em virtude de santa obediencia, e sob pena de excomunhaõ *lathae sententiae eo ipso incurrenda* da qual naõ possaõ ser absolutos senaõ por sua santidade ou por seus successores salvo no artigo da morte e havendo satisfaçaõ, a todas e quaisquer pessoas tanto seculares, quanto ecclesiasticas de qualquer estado grado, condição, e dignidade, ainda que sejaõ dignos de special nota e mençaõ, e a quaisquer Regulares de qualquer ordem, Congregação, Companhia, Religiaõ e Instituto Mendicantes, e naõ Mendicantes, ou Monacais que daqui por diante naõ captivem, vendaõ, comprem, troquem, dem, apartem de suas molheres e filhos, privem de seus bens, levem ou passem para outros lugares, ou de outro qualquer modo privem da liberdade ou retenhaõ em servidaõ aos sobreditos Indios nem dem aos que o sobreditto fezerem, conselho, ajuda, favor, e obra, debaixo de qualquer pretexto, nem ouzem, ou pre umaõ pregar ou ensinar que isso seja licito ou de qualquer outra maneira no sobre ditto cooperem, procedendo contra os Rebeldes com as mais censuras e penas de Direito necessarias e opportunas aggravando e reaggravando hua e muitas vezes os procedimentos aplicando as penas a lugares pios, invocando para isso se necessario for, o auxilio do braço secular. Dada em Lisboa sob nosso sinal e sello aos dezaseis dias do mez de Agosto de mil seiscentos e trinta e nove annos. João de Moraes presbitero Notario e secretario da Reverenda Camara Apostolica a sobescrevi. Alexander Episcopus Neocastrensis Collector Apostolicus et Delegatus./*Locus* + *sigilli*/ao sinal cem rs,/ao sello cem rs./pagou trezentos rs./Carta requisitoria e Executoria para Vossa senhoria Illustrissima ver.

E naõ continha mais a dita Carta requisitoria e executoria assima e atraz que eu Manoel Correa publico notario Apostolico approvado bem e fielmente tresladey da propria original que me foi apresentada per Manoel de Almeida procurador do Collegio de Santo Antaõ da Companhia de Jesus desta cidade de Lisboa que a tornou a levar e assinou aqui. E em fee de tudo me assiney em publico, e raso de meus sinays custumados em Lisboa, tres de Dezembro de mil seis centos trinta e nove. Rogatus et requisitus. *Manoel Correa. Manoel d'Almeida* [Com o sêlo do Notario, dentro do qual êste lema: *Tuus sum ego*]. Pagou duzentos rs.

[*Gesù. Colleg.*, 20 (*Brasile*), 24-28]

APÊNDICE C

Resposta a uns capítulos, ou libelo infamatório, que Manuel Jerónimo procurador do Conselho na cidade do Rio de Janeiro com alguns apaniguados seus fêz contra os Padres da Companhia de Jesus da Província do Brasil, e os publicou em juízo e fora dêle, em Junho de 640.

Para haver de responder aos sobreditos capítulos e libelo infamatório é necessária uma suposição e algumas advertências. A suposição é que cativando os moradores de S. Paulo e de outras povoações do Sul a muitos milhares de Índios, que os Padres da Companhia da Província do Paraguai tinham convertido à nossa Santa Fé e como párocos cultivavam em grande número de reduções: pretenderam os Padres pôr remédio a êstes danos e a êsse fim recorreram a Sua Majestade e Santidade, por seu procurador o Padre Francisco Dias Tanho, da nossa Companhia, a cuja instância sua Majestade, com católico e santo zêlo, mandou passar provisão pela qual renovou várias leis, e provisões suas, e dos Reis seus antecessores, que tinham passado em favor da Liberdade dos Índios do Brasil, agravando as penas postas nas ditas leis e provisões, contra os transgressores delas; mas porque também no dito cativeiro entram eclesiásticos, regulares e seculares, antes porventura são a principal causa destas desordens, houve também de Sua Santidade um Breve pelo qual renova outro da Santidade de Paulo III, passado pelo mesmo fim a instância do Imperador Carlos V, e nêle declara a todos os Índios das partes Ocidentais, por livres, por direito divino natural e político, e proíbe com pena de excomunhão reservada a si, os futuros cativeiros dos ditos Índios.

Passado o Breve e registado no juízo de Índia, e Mina, e Guiné, o apresentou o Padre Francisco Dias Tanho ao administrador do Rio de Janeiro. Êste o aceitou, e pronunciando-se por juiz da execução dêle, conforme ao teor do mesmo Breve, mandou passar mandados pelos quais com pena de excomunhão e duzentos cruzados, obrigava aos Prelados e Vigários, assim do secular como das religiões, publicassem o Breve cada um em sua Igreja. Sabendo disto os oficiais da Câmara do Rio de Janeiro e alguns homens do povo fizeram junta no Convento do Carmo e levando a ela o administrador o obrigaram por fôrça a lhes mandar dar vista dos Breves para responderem a êles, como partes que diziam ser na causa. Dada a vista e não acudindo êles no tempo da lei, com resposta a ela, requereu o Padre Francisco Dias ao Administrador os houvesse por lançados e mandasse dar à execução seus mandados; a êste requerimento respondeu de palavra o Administrador que êle dito Padre intimasse ao Padre Reitor do Colégio e mais Prelados regulares os mandados que para cada um dêles eram passados e que êle intimaria aos Vigários os seus. Por virtude desta ordem, intimou o Padre Francisco Dias, Procurador, ao Padre Reitor do Colégio o sobredito mandado da parte do Administrador. Obedecendo o Padre Reitor ao mandado, mandou no dia seguinte em cumprimento dêle publicar os Breves. Publicados êles se amotinaram alguns homens da Câmara, e do povo, e de assuada com motim formado vieram ao Colégio, e arrombando-lhe, com machados, as portas entraram dentro com intento, como clamavam e mostravam bem as infâmias que diziam aos Padres de os matarem; ou botarem fora da terra; e o fizeram, se não acudira o Governador a os moderar e por fim obrigaram por fôrça ao Padre Pedro de Moura, Visitador Geral da Província do Brasil, a que fizesse um têrmo em que desistisse da publicação dos Breves e prometesse de não proceder contra êles, por via de conservador.

Feito o têrmo, se foram; e ao dia seguinte fizeram segunda junta no mesmo convento do Carmo a que assistiram o Governador, o Administrador, os Padres Visitador e Procurador com os oficiais da Câmara e alguns homens do povo; nela se lhes mostrou como a publicação se fizera por mandado do Administrador, que assim o concedeu, e por fim se concedeu que os da Câmara e povo viessem com embargos se é que os tivessem à publicação sobredita; e porque não vieram com êles dentro do tempo da lei, requereu o Padre Procurador ao Administrador os houvesse por lançados e mandasse continuar a publicação dos Breves, e por lhe não deferir a isto, agravou dêle; mas porque no agravo fêz menção dos motins e de pessoas particulares que nêles entraram particularmente do Procurador do povo, mandou o Administrador (além de responder ao agravo pelo que lhe cabia) dar vista dêle ao dito procurador do povo para que respondesse também a êle como fêz. Feita esta suposição:

Advirto 1.º: que na resposta do Procurador do Povo há duas partes, a 1.ª se contém no 1.º, segundo, e 4.º, e 3.º itens, e esta como seja ordenada ao agravo, têrmos jurídicos e rezões dêle pelo Padre Francisco Dias, parte e Procurador na causa, se lhe tem respondido; nem a mim me incumbe fazê-lo porque sòmente trato de responder aos mais capítulos que se seguem feitos contra os Religiosos do Colégio do Rio de Janeiro e nêles contra a Companhia da Província do Brasil, os quais o dito procurador do Conselho Manuel Jerónimo, com alguns sequazes seus fêz, apresentou em juízo e publicou pelas praças.

Advirto 2.º: que fêz o dito procurador do Conselho no 4.º e 5.º itens muito fincapé contra os Padres em que estando a causa litigiosa, e pendente da vista que êles violentamente fizeram que o Administrador lhe mandasse dar, publicaram êles ditos padres os Breves, mostrando-se nisso como dizem poderosos, soberbos e desobedientes, aos mandados dos julgadores, não advertindo, ou não se querendo lembrar que na junta do Carmo se lhes tinha mostrado, como a publicação se fizera por mandado do Administrador, que diante dêles o confessou. Além de que se se aconselhara ou quisera ouvir a quem o aconselhava, achara ser doutrina certa, e comũa ensinada pelo Doutor Francisco Soares t. 3. de censur. d. 3. s. 8. n. 3. & 4.; por Bonac. t. 1. q. 1. p. 9. n. 1.; Vasq. tr. de Excom. dub. 12. n. 4. Filiuc. trac. 11. c. 4. quaesit. 1. n. 83. Joan Gutier. L. unico Canonicarum, Quaestion. c. 4. n. 8. 9. & 10. Asterius t. 2. d. 7. c. 7. E finalmente por Felino, Hostien., Ugo, Imola, Joan. Andr. e Covas Rub., quos omnes refert, ac sequitur Sayrus, L. 1 de Censur. c. 12 n. 19. Que querem que quando as censuras são gerais passadas per modum statuti pro peccatis futuris evitandis e principalmente por pecados tão graves, tão escandalosos tão públicos, tão notórios, e que tanto encontram o direito divino e humano, natural e positivo de várias leis dêste Reino passadas em favor da liberdade dos Índios e sôbre tudo que tanto redundam em descrédito de nossa Santa Fé, e tanto impedem sua promulgação como são os injustos cativeiros dos Índios Brasis, de que se trata, de que não é necessária citação, nem pelo conseguinte vista para se promulgar, por quanto como bem dizem os doutores assima: *lex ipsa non ignorata admonet*, antes acrescentam que do contrário *sequeretur nullam censuram incurri ipso facto propter aliquod delictum si praeter legem necessaria esset alia admonitio*, e assim conclui Soares, *ipsa ergo lex satis admonet & ideo jura solum requirunt, ut non ignoretur;* e ajunta *verum potius repugnare videtur cum tali modo censurae latae sententiae*, que haja de preceder outra citação. E pelo conseguinte, a vista que se pedia é mais cegueira que vista, e encontra a universal praxe da Igreja Católica como se vê na *Bula da Ceia* etc. Nem carece de graça querer o procurador do Conselho, e mais sequazes fazer-se partes na dita publicação, como se êles foram o pecado, que a Bula declara, proíbe e condena.

Advirto 3.º: que o intento primeiro do procurador do conselho e seus sequazes, foi matar ou botar fora da terra os Padres da Companhia, como fizeram os Holandeses em Pernambuco, que isso clamavam a altas vozes, no motim com que entraram no colégio, uns mata, mata, bota fora, bota fora da terra, Padres da Companhia, e sem falta executaram seu intento se o Governador não acudira da cama aonde estava sangrado 7 ou 8 vezes, e vendo que êste primeiro seu intento não tinha efeito saíram com o segundo, de os botarem fora por outro modo, qual era odiarem-nos com o povo e desacreditarem sua doutrina no Brasil e no Reino; no Brasil publicando contra êle os capítulos falsos e infamatórios que se contêm na sua resposta; e no Reino com obrigarem com terceiro motim aos Padres violentamente a que assinassem os capítulos que êles quiseram, entre os quais foi um que os Padres se não queixariam em tribunal algum dos agravos que se lhes tinham feito e debaixo disso informaram a Sua Majestade e a seus ministros como quiseram, remetendo os capítulos infamatórios contra os Padres a quem lhes pareceu, para cá se apresentarem como apresentaram.

Advirto 4.º: E que seu intento não fôsse outro, em saírem com os capítulos, e os publicarem, senão desacreditar a Companhia no Brasil, e fazer odiosos os religiosos dela e isso com ânimo danado, e suspeitoso, se colhe:

1.º do motivo que tomaram para o fazerem, que foi por os Padres publicarem os breves de Sua Santidade, passados em confirmação das leis de Sua Majestade registados no juízo de Índia, Guiné, e Mina, intimados ao Padre Reitor do Colégio do Rio de Janeiro por mandado do Administrador delegado de sua Santidade na causa, o qual como tal obrigou ao dito Padre Reitor com pena de excomunhão, e de 200 cruzados mandasse publicar os ditos Breves, e por obedecer a sua Santidade e seu delegado foi e são todos os mais Padres perseguidos e infamados pelo libelo.

Colhe-se 2.º seu ânimo mau da ocasião, que tomaram para sair com o libelo infamatório, e o publicarem, que foi respondendo a um agravo em que os ditos Padres não eram partes, autores, nem réus, mais que quanto êles os quiseram fazer para darem alguma côr ou capa a seu danado intento.

Colhe-se 3.º do fingimento com que intentaram cousas falsíssimas e que nunca foram sonhadas, quanto mais feitas, as quais puseram no libelo, sem haver uma só que não seja falsa, ou em tudo, ou no que encontra no crédito e reputação dos Padres.

Colhe-se 4.º da qualidade das cousas, que assim fingiram, que, além de serem falsas, são gravíssimas por desacreditarem os Padres em fé, doutrina e costumes.

Advirto 5.º: que os melhores, mais sãos, e maduros juízos, que até agora governaram o Brasil, assentaram consigo e disseram por vezes, que o Brasil se não poderia conservar sem Índios, e que os Índios se não conservavam senão com os Padres da Companhia. E ainda mal, porque a experiência tem bem mostrado a verdade de um e outro axioma, principalmente em Pernambuco, êstes anos em que os Padres faltaram aos Índios, e os Índios a nós; e o procurador do Conselho do Rio e seus sequazes, querem que para se conservar o Brasil não tenham os Padres cuidado dos Índios; no que debaixo dêste ditame e disto pode haver, me não meto; sòmente,

Advirto 6.º: que admitindo os Holandeses em Pernambuco, e deixando ficar consigo a todo o mais género humano de eclesiásticos e seculares, sòmente aos Padres da Companhia lançaram fora, o que não houveram de fazer se entenderam se podiam fiar dêles em razão de assegurarem consigo os Índios, e a si, naquela praça.

Advirto 7.º: que na guerra do Brasil muito maior no-la fizeram, traições e falências domésticas do que armas estrangeiras, e que em matéria de fidelidade, zêlo, e assistência, e defesa das praças, que a não houve maior que a da Companhia, como consta, e pode constar, por testemunho e certidões, dos melhores e que melhor experimentaram tudo isto, e que tudo o que em contrário se alega para escurecer esta verdade, pode ter muito que suspeitar, e não menos que examinar, e bem de exemplos temos (ainda mal) que nos podem, e devem fazer acautelados nesta parte.

Advirto 8.º: que em o capítulo 5.º chama o procurador do Conselho soberbos e desobedientes aos mandados aos julgadores, àquêles a quem por obedientes aos Breves e Delegado de sua Santidade, êle dito procurador com seus sequazes pouco antes quiseram tirar as vidas. E no mesmo capítulo chama a dita publicação extraordinária exorbitância e o maior mal que se lhes podia fazer, têrmo que deve ser bem ponderado e examinado.

Isto pôsto e advertido, em resposta aos Capítulos e libelo infamatório, digo assim:

No *capítulo* 6.º de seu libelo diz o dito Manuel Jerónimo o seguinte: e quanto a dizer que foram com machados e com fôrça, indo o povo todo, e querendo nomear algumas pessoas particulares das quais nomeadas nenhuma foi por não estarem então na cidade, mas foi todo o povo junto, por ir tôda a gente, que neste dia se achou nesta cidade, indo as justiças de Sua Majestade e a Câmara dela, os quais por mandado do Senhor Prelado, e com escrivães e tabeliães, iam notificar aos ditos Padres viessem diante dêle dar a rezão, como contra seus mandados, e sem ordem davam causa a tão grandes desarranjos, e a um grave desastre e motim, os quais em vez de abrirem as portas, às justiças de Sua Majestade, mostrando-se soberbos e poderosos contra elas se fecharam e acastelaram, e além disto, com ruins têrmos disseram muitas palavras afrontosas e injuriosas e não dignas de pessoas religiosas, e assim achou a câmara tão honrada como a desta cidade do Rio de Janeiro como as justiças de Sua Majestade e todo o mais povo, dizendo que muitas obrigações lhes tinham, pois lhes queriam forrar suas mulheres de cativas e que tinham 200 barris de pólvora e outras muitas palavras, que não são para se escrever, ao que tudo o dito povo e justiça calou e só trataram de abrir as portas que êles tinham obrigação ter abertas, às justiças de Sua Majestade para os poderem notificar a virem dar a razão de sua exorbitância, e alterações. E não fizeram moléstia nenhuma, nem desacato, porque chegado que acudiram a falar com as justiças de Sua Majestade como tinham de obrigação, ficou logo todo o povo quieto, e principalmente quando o Senhor Governador Salvador Correia de Sá e Benavides, que os defendia, chegou, diante do qual confessaram o mal que tinham feito, e por êste respeito desistiram do que contra forma de direito tinham feito como do têrmo constará, que não só então fizeram, mas também o confessaram na junta, que logo se fêz no Convento de Nossa Senhora do Carmo, donde todo o povo com muita humildade lhe rendeu as graças de confessarem a verdade e lhe pediram perdão de qualquer matéria de escândalo, que por qualquer via lhe puderam ter dado, de baixo do que mostrando sempre muita humildade que êste povo tem à Igreja, não tinham lugar em esta matéria falar em êste agravo, porque se fizeram alguma cousa mais foi em defensa, o que podiam fazer conforme a lei 4 & per totum ff. de vi, & vi armata L. sententiae § quicum altera ff. ad legem Aquiliam C. Significatio 2. de homicidio, do que por agravar os ditos Padres, por onde consta não fazerem excesso algum o que se mostrará de escrivães.

— A êste capítulo se responde que se os que se nomeiam no agravo estavam no dia do motim fora da cidade, e não vieram ao Colégio nem lhe arrombaram as portas, que isso dirão os papéis e testemunhas do caso, mas o certo é, que nenhum, dos que se nomeiam no agravo, deixou de vir então ao Colégio e um dêles foi o mesmo procurador do Conselho, que por uma parte diz não estar na cidade, nem vir ao Colégio, pois diz que nenhum dos que se nomeiam no agravo, viera, e por outra confessa ter vindo, pois veio tôda a Câmara, de que êle era parte. Ao que mais diz que tôda a gente que estava na cidade viera, hei mêdo lhe ponham embargos ao dito os mais e melhores dela, que, estando na Cidade, não vieram ao Colégio. Depois disso, se as justiças de Sua Majestade são da parte do prelado a notificar aos Padres viessem dar razão de si, que necessidade havia de irem tantos, e com todo o povo, que então se achou na Cidade como confessam, e se a razão, que haviam de ir dar diante do prelado, era de como contra seus mandados e sem ordem davam causa a tão grandes desarranjos e a um grande desastre e motim : logo bem se infere, que antes de os Padres se acastelarem, e dizerem as palavras, que tanto fora do que passou se lhes imputam, já havia desarranjo, já desastre, já motim, causado da publicação, e não das portas fechadas e palavras mal ditas, como êles querem dizer. Também se ia a Câmara, que necessidade havia do povo, e se ia porque não chegaram lá mais que o procurador do Conselho e o Vereador António de Sampaio, e o juiz D° Lôbo, mas êste levado aos empuxões, e por fôrça, em corpo sem chapéu, e com a vara quebrada ? De mais disso, se iam de paz, como levavam machados, com que incontinente fenderam e arrombaram as portas ? Se não fizeram desacato nem disseram infâmia, alguma, como ficaram as portas do Colégio arrombadas, e os ouvidos dos Padres atordoados das vozes, dos gritos, e das ameaças, e infâmias que contra si ouviam ? E se não tinham feito moléstia alguma, a que fim obrigavam ao Padre Visitador a fazer têrmo de não proceder contra êles por via de Conservador, que temiam e de que se receiavam ? E se depois de o Governador chegar, se aquietaram logo, por que estranharam depois por um requerimento que fizeram ao Governador, o ter êle mandado açoutar a um homem e ter prêso a outro, para os castigar porque diante dêle e do Santíssimo Sacramento se desmandarem, em quererem arrombar a capela-mor da Igreja ? E porque mandou o mesmo Governador lá chamar o Padre Visitador para fazer o têrmo sobredito sem o qual se não quiseram aquietar ? E se é o povo tão humilde e sujeito a Igreja, como chama desarranjo à publicação de suas bulas, e se amotinou contra elas ? E quanto aos ditos dos barris de pólvora, e mulheres forras, é certo que foram ditos, mas não naquela ocasião nem no sentido em que se refere, porque o 1.º disse um Padre, falando depois com o Governador dentro do Colégio, a quem disse por graça, que se a defesa dos Padres houvesse de ser por armas, que não faltavam na varanda de cima barris de pólvora (por estar ali a de El Rei), que se lhe pudera lançar no pátio, donde êles estrabuxavam. No segundo dito, disse outro Padre na cidade um dia ou dous depois, numa conversação de amigos, aludindo a que muitos dos [que ali estavam] eram filhos e descendentes de índias ou casados com elas, por onde se os Índios do Brasil eram escravos, também êles e suas mulheres o ficavam sendo, e mercê se lhes fazia em lhes procurar alforrias. Na junta que se alega do Carmo se lhes mostrou pelos Padres Visitador e Procurador, que a publicação se fizera por ordem do Administrador, mostrando-se os Padres sentidos dos excessos do motim antecendente, persuadindo-os a que levassem as cousas por razão e justiça, e não por motins, com o que êles ficaram por então mais moderados e reprimidos do furor, e mau intento com que ali se ajuntaram contra os Padres de que constará por certidões, sendo necessário.

Diz o 7.º *item* do libelo: nem menos quebraram nenhum *Jesus* de bronze nem se pode presumir de povo tão católico, porque o ralo, que tinham na portaria, de bronze, era umas riscas de que os Reverendos Padres querem que se entenda um *Jesus*, o qual ralo de cobre se despregou com o abrir da porta. E que muito fôra se despregasse com o abrir da porta, quando os reverendos Padres usaram sempre dêle por marcas dos bois, e vacas que vendiam.

— A êste capítulo se diz que tão falso e calunioso é dizer que o ralo da portaria servia aos Padres de marca de suas vacas, como é falso dizer que não estava nêle aberto um *Jesus* que com os golpes do machado ficou cortado pelo meio; mas quem a um JESUS, tão bem feito e patente aos olhos de todos, chama umas riscas, não é muito atribua aos Padres uma tão grande irreverência, como é dizer que usavam êles dêle, por marca das suas vacas, sendo outrossim tão claro, e patente, qual seja, e quão diferente, a marca com que as ferram, como se pode ver ainda nos couros que vêm a êste reino com as ditas marcas.

O 8.º *capítulo* do libelo diz assim: e quanto ao dizerem que o Senhor Governador mandara castigar a um homem por desacato, bem se ve ser potência cometida pelo dito Senhor, a pedimento dos Reverendos Padres, o qual sem ordem nem figura de juízo o fêz, tendo todo o presídio junto, pela qual causa a Câmara, e esta cidade lhes fêz um requerimento, se não metesse nisso; sôbre a matéria escrevem a Sua Majestade para lhe tomar conta disso.

— A êste Capítulo se diz que quando os Padres se queixaram diante do Governador, das injúrias que se lhes tinham ditas, e moléstias, que se lhes tinham feitas, que não cometeram nisso grande crime, mas o certo é que nem os Padres se queixaram nem o homem se açoitou por êles o pedirem ou saberem disso, nem o Governador que o fêz sem parecer e persuasão de alguém, como depois disse e lhes constou a êles ditos oficiais da câmara, tinha necessidade de se lhe dizer o que tinha visto com seus olhos e ouvido com seus ouvidos; nem o acudir êle ao Colégio, estando de cama com oito sangrias, foi sem causa, e essa urgente.

O *Nono capítulo* do libelo diz assim: e de tudo isto que toca ao Colégio não era parte o agravante, nem podia requerer devassa, pois não era desta província quanto mais que o Prelado desta religião tinha feito têrmo de desistência de tudo aqui declarado nesta matéria, e não requereriam nada, mas pois os Reverendos Padres parece concedem ao dito Procurador poder para requerer e assim se entende, pois o dito procurador, sendo de Coroa diversa, lhe trouxe os Breves para os seus Índios de cá do Brasil e assim lhe deviam conceder a procuração para os requerer e darem as satisfações e informações que quisessem, sendo os Reverendos Padres seus caudilhos, e pois êles o são e os que requerem a execução das ditas Bulas, para com êsse modo terem debaixo de seu poder os ditos Índios, será necessário defender-se o povo, mostrando o fim para que os querem, e os efeitos que sempre os ditos Índios fizeram neste estado do Brasil, além das causas que se darão na causa principal.

— A êste capítulo e tão bem fundada razão se diz: 1.º que se o Padre Francisco Dias não era nem podia ser procurador naquela causa, que lá o hajam com êle, e com Sua Majestade e Sua Santidade, que o admitiram por tal, que os Padres do Brasil nem lhe deram nem podiam dar seus poderes, como os autores do libelo querem argüir para dar alguma capa às infâmias, que contra êles, e contra tôda a verdade diz e publica, pois é certo, e se provará que em nenhum de todos os capítulos aqui postos se diz cousa, que não seja falsa ou em todo ou naquilo em que condena aos Padres; e ao mais que se diz neste capítulo, do fim para que os Padres querem os Índios, e os efeitos que sempre os Índios fizeram no Estado do Brasil, se irá respondendo em cada um dos capítulos, em que se apontam e especificam os fins de uns, e efeitos de outros.

Diz o *Décimo capítulo* do libelo: e é a 1.ª que os Reverendos Padres os querem sòmente em seu poder por seu cômodo particular e interêsse, usando dêles como escravos, e alguns vendendo, como por papéis constará, fazendo tôdas suas obras, e o que lhes parece com êles, com que ficam sendo Senhores de tôda esta repartição do sul, tendo só nesta cidade mais de 50.000 cruzados de renda, sem que os ditos negros da terra sirvam a nenhum morador mais que quando os ditos Reverendos Padres os alugam, cobrando primeiro dinheiro que é a tostão por dia, não lhes deixando roçar, nem fazer cousa, de que possam pagar dízimo e acrescentar a renda de Sua Majestade o que não fora se estiveram em poder dos moradores, pois pagam com tanta pontualidade os direitos de Sua Majestade. E além disso se fintam cada dia para ajudar a sustentar os presídios, fazendo pedidos além disso entre si para ajuda do sustento da armada de Sua Majestade, carregando muitos navios de mantimentos, que mandaram para a Baía para socorro da armada, e presídios, sem que os Reverendos Padres, nem Índios, dessem nunca cousa alguma, antes pedindo dêste dinheiro, que êste povo entre si tira para o tal sustento, lhe paguem dívidas, que diz lhe deviam em Pernambuco de ensinarem os estudantes, alcançando para isso de Sua Majestade, como que estivesse obrigado o Rio de Janeiro a lhes pagar o que se lhes devia do ensino que fizeram em Pernambuco, que hoje por nossos pecados está em poder do rebelde Holandês, por causa dos Índios e seus caudilhos, padecendo os miseráveis Cristãos portugueses tantas misérias quantas são notórias e dignas de chorar.

— A êste capítulo se responde ser falsidade grandíssima dizer-se que os Padres da Companhia vendem Índios, e os papéis, com que se alega pode provar êste crime se os houver, serão tão verdadeiros como êstes capítulos. Ao mesmo andar fica o dizer-se que os Padres querem os Índios para seus cômodos precisamente, e muito menos usarem dêles como escravos; ajudarem-se dêles algumas vezes em algum serviço por seu estipêndio, algumas vezes se faz, como o faz o mouro e o judeu, mas essas são as menos que pode ser, pelo pouco préstimo dos Índios no serviço em que os Padres os podem ocupar. Alugarem-nos os Padres das Aldeias por dinheiro para si é falso; fazerem preço com os alugadores que às Aldeias os vão buscar, está-lhes proibido por Visita. Não os deixarem roçar é tanto pelo contrário que essa é a maior ocasião de desgostos, que têm com os brancos não consentirem que lhes vão trabalhar a suas casas, enquanto não têm feito suas roças. E o que os Padres padecem nesta parte tem sido causa de instarem por vezes se lhes tirasse a administração dêles, a que até agora nem sua Majestade nem seus ministros têm deferido pelas razões que julgam serem de mais momento. Serem os Padres senhores da repartição do sul, e terem no Rio de Janeiro mais de 50.000 cruzados de renda, se compadece mal com deverem neste Reino muito mais, de que há muitos anos pagam juros, sendo como são, e é notório, tão parcos nos gastos com suas pessoas; nem se achará que os Padres do Colégio do Rio de Janeiro pedissem alguma hora lhes pagasse o povo do mesmo Rio dívidas contraídas em Pernambuco pelo ensino, porque nem os Padres por ensinar levam dinheiro nem os Padres do Rio ensinaram alguma hora em Pernambuco. Deve de aludir êste dito a Sua Majestade mandar se pagasse no Rio de Janeiro o padrão daquele Colégio, que dantes, enquanto ali não havia dízimos bastantes como há de presente, se pagava em Pernambuco. O querer atribuir as misérias, que em Pernambuco se padecem, aos Índios e seus Caudilhos, é calúnia, que com outras semelhantes, que aqui não merece a reposta, que aqui se não pode dar, porque o dá-la pertence a outro tribunal. Ao mais dêste capítulo se não responde, por não apurar verdades; sòmente se diz em comum que em um mês não igualam muitos moradores juntos a contribuição do Colégio em uma semana para os presídios, e êles a si só atribuem seu sustento, e que por os Padres buscarem modo para essa contribuição se fazer com consciência, e ainda para a persuadirem, foram e são murmurados, quanto basta, pelos mesmos, que alegam serviço.

O *capítulo undécimo* do libelo diz assim: por que os ditos Reverendos Padres se aproveitam das datas e terras dos Índios trocando-as e vendendo-as, e criando nelas muita quantidade de gados que hoje vendem por estanque por terem todo o gado, que há por ocuparem também com êles todos os pastos livres para que não tenham lugar os moradores de criar.

— A isto se responde, que se por terra dos Índios se entendem as do Brasil, de que êles eram senhores e para que tem direito natural por lhe serem dadas por Deus, que é verdade que os Portugueses e os Padres as ocupam, porém se se fala das que por Sesmaria se dão e repartem por todos, por ordem de Sua Majestade, que desta se não achará um só palmo que sendo dos Índios os Padres as ocupem, nem com gado, nem com lavoura, nem doutra maneira, achando-se atualmente aldeias de Índios inteiras como são a de S. Barnabé e de S. Francisco Xavier, que estão situadas em terras que foram e são do Colégio, da mesma maneira se não achará terra alguma, que pertence aos Índios, que os Padres vendam como sua. As terras e pastos que o Colégio ocupa, de que fala êste item, não são do Conselho, como por muitas vezes em juízo e fora dêle se tem mostrado, senão que são do Colégio e dadas de sesmaria, pelo Capitão Mor, e sesmeiro Estácio de Sá confirmadas por Mem de Sá Governador Geral por mandado e Provisão expressa de Sua Majestade. Usarem os Padres para bem comum, cômodo próprio e sustentação sua e da terra, e ainda aumento da fazenda real, de artificiosas indústrias, abrindo valas em terras próprias, com muito trabalho para enxugar campos alagadiços e por isso inúteis, e descobrindo caminhos, havidos até então por impossíveis para se meter gado em terras incultas e pastos inacessíveis como o fizeram os anos atrás, como o 1.º nos campos da Guaratiba, e o segundo há pouco tempo nas terras dos Goitacases, onde já muitos dos moradores do Rio de Janeiro têm gado, mais merece louvor e agradecimento que vitupério e calúnias falsas, quais são o dizer-se que os Padres vendem gado por estanques, que êles o têm todo, sendo que é certo, e notório, que o vendem quando o tem, ou por menos a metade, ou pelo menos uma parte menos das três, e que o número dos seus currais quási pode servir de dízimo ao número dos que mais há no Rio de Janeiro, como fàcilmente se mostrará pelas listas de um e outro.

O *capítulo 12* do libelo diz assim: Que os ditos Reverendos Padres os querem não para o bem comum, nem defensão de Sua Majestade, mas para si. Exemplo seja resposta que deram na Capitania do Espírito Santo ao Governador da dita Capitania Francisco de Aguiar Coutinho, o qual estando combatido e cercado do rebelde Holandês, sendo seu General Pero Perez, e mandando lhe dizer lhe mandasse os Índios para o ajudarem a defender pois estava de cêrco, lhe mandaram dizer que não queriam, porque se os queria para defender a praça de Sua Majestade também êles os queriam para se defender a si, e lhe não mandaram nenhum; e se não fôra o socorro, que lhe foi desta cidade sendo capitão dela o Governador Salvador Correia de Sá, sem dúvida fôra rendida aquela praça e seus vassalos tão leais, por causa dos ditos Reverendos Padres.

— A êste capítulo se diz que se os Padres querem ou não querem os Índios para o bem comum, que o digam as Aldeias comũas à república e bem comum, e que êles com imenso trabalho e ainda a custa própria e perigos da saúde e vida, foram descer do sertão para a Igreja e nelas assistiram sempre, e assistem, nas principais partes do Estado do Brasil, ensinando os Índios e catequizando-os, bauptizando-os, e administrando-lhes os mais Sacramentos como Párocos seus. Se também os não querem para a fortificação e defesa da terra, deixando outras partes, digam-no no Rio de Janeiro a fortaleza no alto da Cidade e a de Santiago da Ilha das Cobras, as cavas, redutos e trincheiras da cidade, e as fortificações da barra, que os Índios pela maior parte fizeram sem mais estipêndio de ordinário que algum pouco mantimento com que se sustentavam. Em particular na fortaleza de Santa Cruz assistiram muitos meses em grande número, assistindo com êles sempre os Padres e ainda o próprio Reitor do Colégio, que em companhia do Capitão, que então era Martim de Sá, os foi aplicar à obra e os começou a industriar; digam-no também os assaltos, que aqui se deram, as armadilhas que se fizeram, socorros que daqui se mandaram à Baía, assim quando ela estêve ocupada do Holandês, como agora para a restauração de Pernambuco, que não houve facção nenhuma destas em que não fôssem os Índios. Ao caso que se aponta da Capitania do Espírito Santo, se responde, que se tem por certo sua falsidade porque além de semelhante têrmo ser muito alheio de Padres da Companhia e muito mais em semelhante ocasião, vivo é, e presente está o Superior, que então era dos Padres daquela Capitania, que se tal sucedera ou por via do mesmo Capitão-mor ou dos Padres que lhe assistiam na defesa da terra, houvera de ter notícia dêle sendo o caso qual se refere e de qualidade que requeria satisfação exemplar e não tendo como não teve tal notícia é sinal claro que se finge como se fingem e trocam outros nestes capítulos. Quanto mais que ou êste capítulo fala da 1.ª vez que Pedro Perez foi à Capitania, do Espírito Santo, ou da 2.ª: se da 1.ª vez certo e notório foi que com os Índios das Aldeias dos Padres com que Salvador de Correia de Sá e Benevides ia de socorro a Baía ajudou a defender a vila do Espírito Santo, e depois no mar com os mesmos Índios rebateu o inimigo e o pôs em fugida com perda de muitos, e algumas lanchas. se fala da 2.ª vez notório também é e célebre foi que 7 ou 8 Índios das Aldeias dos Padres que os outros que ali estavam em companhia dos Portugueses mandaram por espias a reconhecer os inimigos, que junto à Barra estavam fazendo aguada na terra, por serem sentidos deram nos inimigos e os fizeram embarcar com perda de alguns, e outros feridos, e entre êles o próprio Pedro Perez; logo não estavam longe nem os espias nem os que lá os mandaram.

  O *capítulo 13* do libelo diz assim: e do que fazem os Índios doutrinados pelos Reverendos Padres seja exemplo as Aldeias que doutrinaram na Capitania de Pernambuco que tôdas sem ficar nenhuma com o Padre Morais seu doutrinante se deitaram com o dito rebelde Holandês, apostatando seu caudilho, causa de tão grandes misérias, quais têm padecido os miseráveis cristãos Portugueses nas ditas partes de mais de 10 anos a esta parte, exemplo de lealdade e cristandade para todo o mundo, nas quais fizeram tais destruições o tal gentio doutrinado pelos Reverendos Padres, que o próprio Holandês teve lástima e se desculpou do ruim modo de sua guerra com o dito gentio, e se o próprio Holandês não amparara aos pobres portugueses tôda a gente fôra comida dêles. E o que não podia cometer, nem se atreviam iam buscar ao Holandês, para ensinar-lhes os caminhos para ser destruídos dêles para depois terem lugar de os comerem.

  — A êste capítulo se responde que da notória falsidade dêste item e dos mais que se seguem, se pode bem colher por uma parte que quem ousa a afirmar cousas tão notòriamente falsas, que melhor o fará em outras, em que a verdade se não pode tão fàcilmente tirar a limpo; e por outra parte, o ânimo de quem o fêz que é sòmente desacreditar a Companhia da Província do Brasil, desacreditando e odiando seus filhos e doutrina e ministérios, que exercitam com os Índios com tanta glória de Deus e serviço de Sua Majestade e bem dos mesmos Índios e ainda do Estado do Brasil; mas deixando a averiguação destas calúnias para onde mais direitamente pertencem, digo ser cousa certa que com milhares de testemunhas se pode averiguar, que enquanto o Holandês não foi Senhor da Campanha de Pernambuco, como o foi sendo depois de entrar na Paraíba, nenhum só Índio da doutrina dos Padres se lançou com êle, como o fizeram outros de casa dos brancos; antes com muita fidelidade e igual esfôrço assistiram sempre no Arraial e estâncias, que se lhes assinalaram, acudindo aos rebates, e assaltos e pelejando aonde a ocasião o pedia, com mostras de mui grandes soldados; e depois que o Holandês ocupou a Campanha é cousa certa também que nenhum só Índio, dos que pertenciam à Capitania de Pernambuco e assistiam nas Aldeias dos Padres, a saber de S. Miguel, Pojuca, e Una, ficou com êle, e dos que os Padres doutrinavam nas Aldeias de Goiana houve tal, e foi D. Baltasar, Capitão da Aldeia de Caracé, que sendo prêso pelo Holandês, e sendo sentenciado à fôrca se não tomasse armas contra os Portugueses, o não quis fazer, querendo antes arriscar-se a morrer. E o mais a que os Holandeses o puderam levar foi que nem por êles nem pelos Portugueses pelejaria, enquanto não fôsse a armada de Portugal, porque indo esta, disse que havia de pelejar por seu Rei. E por fim, vendo boa ocasião se retirou para a Baía, para onde outros também se retiraram em companhia dos Padres em número de 5000 almas, por matos e brenhas fechadas, padecendo fomes e sêdes incríveis de que se originou morrerem meio por meio dos que partiram de Pernambuco. Agora se isto é fidelidade ou não, diga-o quem sabe a natureza dos Índios que é inclinação mui grande a viverem na terra onde nasceram e se criaram, e contudo sem repararem nisto, nem nas dificuldades dos caminhos, e evidentes perigos da morte, podendo fàcilmente ficar com os Holandeses, como ficaram milhares de Portugueses. Dos Índios que ou por fôrça ou por engano, ou por vontade, lá ficaram, pode ser houvesse alguns que pelejassem contra os Portugueses como fizeram alguns brancos, mas não foram êles os que nos fizeram a guerra por serem muito poucos em número. A guerra principal nos fizeram e fazem os Índios do Copaoba, e mais sertões da Paraíba, e Rio Grande, estimulados contra nós pelo mau tratamento que os Portugueses, sempre lhes deram, e afeiçoados aos Holandeses pelo bem que os tratam e enchem de dádivas. Mas a êstes nem os Padres os doutrinaram nunca, nem o que se nomeia ser seu caudilho o foi nunca, sendo da Companhia; se depois o foi ou não, sabê-lo-há melhor o Procurador do Conselho do Rio de Janeiro como mais vizinho e mais interessado na matéria, que poderia ter com os Holandeses o comércio, que êles não admitem com os Padres.

O *capítulo 14* do libelo diz assim: seja o 2.º exemplo o que fizeram êstes tais Índios doutrinados pelos Reverendos Padres em Pôrto Seguro, levantando-se em a povoação de S. Cruz mataram e comeram tôda a gente e as donzelas por se não verem contaminadas, em sua castidade e virgindade se deixaram antes martirizar, querendo antes ser mártires do que consentirem em tais ofensas, em seu poder. E só escapam 15 ou 16 pessoas que antes se quiseram entregar a ferocidades animais no mato que a êles.

— A êste capítulo se diz que há perto de 40 anos que os Padres da Companhia, que estavam e residiam em Pôrto Seguro, o deixaram de fazer e se retiraram para a Baía perseguidos das moléstias e vexações que os moradores daquela povoação lhe faziam por defenderem os Índios de umas Aldeias, que ali tinham a seu cargo; e idos os Padres e ficando os Índios sem quem acudisse por êles, acudiram por si, e fizeram alguma parte dos excessos que neste item se lhes atribuem; para cujo remédio acharam os moradores daquela Capitania que lhes convinha fazer, como fizeram, extremos, por que os Padres tornassem para ela a doutrinar como dantes aos Índios. E o alcançaram do nosso Reverendo Padre Geral a quem pediram, metendo por terceiro o Duque de Aveiro, Senhor daquela terra. E lá estão com o cargo das Aldeias que ali há. E êste é o exemplo com que o Procurador do

Conselho quer desacreditar a doutrina dos Padres da Companhia para com êstes Índios.

O *capítulo 15* do libelo diz assim: seja outrossim exemplo 3.º o que fizeram os ditos Índios na Baía quando o rebelde Holandês veio acometer última vez donde o dito Gentio por todo o Recôncavo matou tôda a gente que alcançou assim mulheres como meninos, comendo-os a todos, da qual guerra, queixando-se os moradores da Baía ao General Holandês, que era o Conde de Nassau, respondeu que era o bárbaro gentio doutrinado dos Reverendos de que êle não sabia, acudindo a isso ainda sendo inimigo teve lástimas se a inimigos se pode dar de tal destruição por cuja causa mandou matar ou enforcar alguns dos Índios, da qual ocasião o Camarão, General dos Índios, que foram dos moradores de Pernambuco que por serem dos moradores e terem sua doutrina se não levantaram e foram leais, não quis nunca dar batalha, sem primeiro lhe não tirarem os Reverendos Padres de sua Companhia, dizendo que não queria que fôssem doutrinados por êles, porque temia que fizessem o que fizeram os das demais aldeias, que êles doutrinaram, e assim metendo-lhes Padres da ordem do seráfico Padre São Francisco logo deu batalha, em que venceu o rebelde pirata Holandês declarando o tal Camarão sua bênção por dizer que os Reverendos Padres criavam os ditos Índios em perpétuo ódio dos brancos só para os servirem a êles.

— A êste capítulo se responde que é aleive grande dizer que os Índios da doutrina dos Padres comeram na Baía, na ocasião que a ela foi o Conde de Nassau a gente que mataram, porque dado que alguns dêsses fôssem como cuido, iriam em companhia dos que foram, que fora o dano de roubarem e matarem alguma gente, contudo nem a comeram nem ao Conde de Nassau ficava lugar de dizer o dito que dêle se refere; e que dissesse contra a doutrina dos Padres algum dito, não é de estranhar, porque nem os Padres o esperam nem querem bem de sua bôca nesse género. Acêrca dos ditos, que tão falsa e caluniosamente se imputam também ao Camarão, se diz que, como foi desde criança criado e doutrinado e favorecido dos Padres da Companhia, aos quais por isso como a pais amou sempre, ama e respeita traz consigo e segue em tudo, assim não é muito os siga nos aleives, que se lhes levantam.

O *16 capítulo* do libelo diz assim: seja o quarto exemplo que os Índios doutrinados pelos Reverendos Padres fazem nesta cidade, os quais servem de trazerem inimigos piratas estrangeiros contra as leis do Reino e bulas de Sua Santidade recolhendo e favorecendo hereges, como foi o Palmelar que trouxeram os ditos Índios a êste Colégio, o qual debaixo de concertos vinha a carregar pau brasil que os ditos lhe fizeram por ordem de seus caudilhos.

— A êste capítulo se diz que nunca os Índios no Rio de Janeiro doutrinados pelos Padres trouxeram a terra piratas estrangeiros antes sempre defenderam dêles os Portos daquele distrito, matando e cativando muitos por vezes em diversas partes como em S. Ana, Cabo Frio, Guaratiba, Marambaia, ainda no mar, como é notório. O exemplo que se traz do Palmelar foi tudo pelo contrário, porque concertando-se o dito Palmelar há mais de 35 anos, na Capitania do Espírito Santo, donde era morador, com um fulano Teixeira, que ali era contratador e tinha licença para carregar pau brasil sôbre certa quantidade a trôco de fazendas, que iria buscar a Flandres, e traria dentro de certo tempo, e concertando-se outrossim o dito contratador com o Padre Manuel do Couto da Companhia de Jesus Superior na casa daquela Capitania que a trôco de ornamentos para as Aldeias lhe mandasse fazer o pau brasil pelos Índios delas, se fêz o pau, e veio o Palmelar com as fazendas mas por vir fora do têrmo contratado e em tempo em que o contratador do pau já o não era, se deu êste por desobrigado, remetendo o Palmelar ao Padre, que tinha feito o pau para que lho desse se quisesse; não lhe dando o Padre recorreu ao Reitor do Colégio do Rio de Janeiro para que o obrigasse a lho dar, e a essa conta trouxe por engano 7 ou 8 Índios do Espírito Santo para lhe ensinarem os portos e desembarcando no Cabo Frio mataram os Índios os marinheiros do navio e deram com êle a costa pelo não saberem governar, e sôbre esta história e queixas que por ela ainda que sem fundamento o Palmelar na Côrte e em Roma fêz do Padre Manuel do Couto veio êle a êste Reino dar razão de si; e dada se tornou para o Brasil e ainda no Rio de Janeiro vive o Índio Diogo Roiz, principal autor da morte dos framengos, a quem por isso e por outros serviços Sua Majestade lhe tem feito mercê de título de Capitão e de uma praça que come.

O *capítulo 17* do libelo diz assim: seja o 5.º exemplo o pau brasil, que por ordem de seus caudilhos fizeram os ditos Índios no Cabo Frio que Guilhelme Macela, Corsário Francês, veio carregar em uma nau debaixo de concertos proïbidos e logo no outro ano seguinte vinha a buscar o mais pau, que deixou, e por as justiças de Sua Majestade queimarem o pau que tinham feito no dito Cabo Frio, e por não o acharem tomou um navio carregado de assucres, que era de Pantaleão Duarte, saindo dêste pôrto carregado para o Reino, o que não houvera se os ditos Índios não foram governados pelos ditos Reverendos Padres.

— A êste capítulo se diz que parte do pau que Guilhelme francês levou do Cabo Frio fizeram os Índios da Aldeia, que ali estavam, por ordem do Contratador a quem o entregaram; mas nem êles nem seus caudilhos o deram a Guilhelme, nem souberam dêle, como largamente constou da devassa que o Ouvidor Geral das partes do Sul Francisco Taveira de Neiva ali foi tirar, e constará das certidões do mesmo Francisco Taveira e do escrivão da devassa, além de que notório foi os que saíram culpados na devassa; sem nenhum dêles ser Índio nem seu caudilho.

O *capítulo 18* do libelo diz: seja o 6.º exemplo que os ditos Índios doutrinados pelos Reverendos Padres fizeram em S. Paulo, aonde um que tinham por santo e cabeça se levantou com tôdas as Aldeias, os quais depois de matarem tôda a gente, que puderam se foram à Igreja da Aldeia dos Pinheiros donde o dito Índio se criara, e quebrou a cabeça a uma imagem de Nossa Senhora, e se pôs a si o nome da mãe de Deus e tal como êste, vem a ser todos os Índios doutrinados pelos Reverendos Padres.

— A êste capítulo se diz: que até agora se não sabe de Índio do Brasil canonizado, para os Padres o terem por santo, mas se era tal por ser de boa vida e depois prevaricou, que não é muito de espantar que um Índio bárbaro, ainda que doutrinado pelos Padres, se rebelasse contra a fé e cristianismo, onde tantos brancos nascidos e criados no meio da cristandade e doutrinados por tantos religiosos, bispos, e prelados santos, se rebelam cada dia contra a fé e sujeição ao Vigário de Cristo na terra, e no Rio de Janeiro o vemos ao mesmo procurador do Conselho, e seus fautores e sequazes, tão zelosos da fidelidade do Índio, tão pouco obedientes à que se deve aos Breves de Sua Santidade, como se mostra dos capítulos presentes, e causa dêles, quanto mais, que o caso, que se trata deve de ser, se é que o houve, antiqüíssimo sucedido em tempo em que ainda os Padres da Companhia não tinham as Aldeias em S. Paulo, aonde se diz que ou pelo caso referido, ou por outro semelhante, se deu guerra a todos os Índios da casta do delinqüente, e como se fôra o pecado de um homem particular pecado como de Adão, assim redundou em todos os de aquela nação, que a todos foram conquistando e cativando com título de *Mibebas*, que pelo mesmo caso que um se denominava tal, logo se podia cativar, sem Sua Majestade aprovar tal guerra; antes a proibir por leis expressas, e feito semelhante a êste atribui o procurador do Conselho a todos os Índios doutrinados pelos Padres.

O *capítulo 19* diz assim: seja o 7.º exemplo que hoje em dia dizem todos os Índios das Aldeias que estão debaixo da doutrina dos Reverendos Padres como são os da Aldeia de S. Barnabé, os quais têm por dito entre si que as mulheres dos brancos como vierem os Holandeses hão-de ser suas mulheres, e do próprio modo suas filhas, e que então se mostrará seu esfôrço, o que não disseram se estiveram em poder dos moradores, porque assim não teriam o dito dos ditos Reverendos Padres, que sòmente os criam com ódio dos brancos.

— A êste capítulo se diz que do dizer ao fazer vai muito, que quanto mais que nem os Índios diante dos brancos são tão ousados e atrevidos, que hajam de falar tão soltos, nem os brancos tão sofridos que lho houvessem de dissimular e muito menos diriam os Índios de S. Barnabé o sôbre dito no tempo dos motins da cidade aonde as vozes eram que matassem ou embarcassem os Padres e cativassem aos Índios das Aldeias, e com mais certeza se pode afirmar o dito de alguns brancos, que soltamente diziam que se haviam de botar com os Holandeses, se lhes proibissem os cativeiros dos Índios, acrescentando outros que antes queriam ir ao inferno, que deixarem de os cativar.

O *20 capítulo* do libelo diz assim: seja o 8.º exemplo o que usaram na Baía em tempo do Governador Diogo Luiz de Oliveira, que Deus tem, General de nossos tempos, o qual por razão dos ditos Índios, no tempo que o Holandês veio acometer a Cidade da Baía tratarem sòmente de tirar o fato dos Reverendos Padres e suas cousas, desemparando a Cidade de Sua Majestade e quebrando o ânimo dos moradores por cuja [causa] os julgou por traidores os ditos Reverendos Padres, mandando-lhes tocar à sua portaria, e porta de Igreja tambores de Sua Majestade destemperados e cobertos de dó, o que não houvera se os ditos Índios não estiveram debaixo da administração dos ditos Reverendos Padres.

— A êste capítulo se diz que o referido nêle é caso caluniosamente fingido, porque em umas canastras em que se tiravam da cidade as relíquias dos Santos e a prata da Igreja, por ocasião do rebate de que se faz menção, não eram levados dos Índios das Aldeias se não por escravos e moços do serviço do Colégio, e o que se refere dos tambores não foi como se diz.

O *capítulo 21* do libelo diz assim: seja o 9.º exemplo o que já hoje os ditos Índios fazem, os quais com o dito favor dos Reverendos Padres e por estarem induzidos por êles, andam já quási todos levantados, o que fazem como traidores que sempre foram, no que corre notável perigo pelo que vê em todo êste estado com o rebelde Holandês, e se não estiver sujeito é certo que corre muito risco a parte dêste Estado donde os rebeldes não têm chegado, o que sòmente se pode remediar, estando o dito gentio dividido em casas dos moradores, não estando em Aldeias debaixo dos ditos Reverendos Padres, o qual favor lhe tem dado tanta ousadia que quási todo está levantado pelo que corre risco haver um grande motim, entre os ditos Índios e os moradores, que seja ainda pior que seja cativos, porque por não chegarem a ser comidos dêles deitando-se com os Holandeses; e será melhor passá-los todos à espada, por não chegarem a ver as misérias que os ditos Índios têm causado nas outras povoações, como é público em todo êste Estado do Brasil e fora as partes nomeadas, ao que Sua Santidade não deferira pelo dito modo se fôra sabedor de tôdas estas cousas e das mais que protestam alegar na causa principal.

— A êste capítulo se diz, que o zêlo e piedade, que nêles se enxerga põem o sêlo à Cristandade de todos os mais. Confessa nêle o Procurador do Conselho uma verdade e contradiz a muitas. Confessa o risco que corre o Estado do Brasil, sem Índios, e diz bem, que assim o entenderam, como já dissemos, sempre os melhores, mais sãos e prudentes, que bem pesaram suas cousas e melhor tomaram o pulso, e meneio delas havendo, que o Brasil sem Índios não seria Brasil.

Contradiz a muitas verdades:

E a 1.ª *contradição* está em dizer fôra Sua Santidade mal informado na súplica que se lhe fêz do Breve, como se o Breve a não referira, e como se a súplica referida, referira mais do que se contém no Breve, e não fôra tão conforme com a verdade, com o que cada dia vemos, e experimentamos cada hora; e para mor clareza desta verdade, digo que duas cousas se contêm no Breve: a 1.ª declarar serem os Índios do Brasil por nascimento e lei positiva forros; a 2.ª proïbir o cativarem-se, venderem-se e comprarem-se apartando maridos de mulheres, e mulheres de maridos, filhos e filhas de uns e outros. E conservarem-se uns e outros em servidão. Agora digo que se a 1.ª cousa não é verdadeira, que mostrem algum direito ou título por onde os Índios possam ser cativos, e se se cativam ou não, digam-no os milhares de Índios, os mais dêles Cristãos, que êstes anos mais próximos vieram cativos das Aldeias dos Padres do Paraguai. Digam-no as compras; digam-no as vendas, que pùblicamente de contínuo se fazem dêles (afora outras partes) na Cidade do Rio de Janeiro, com tanta liberdade e soltura como se foram mouros ou negros de Guiné. Digam-no os ferros; digam-no os ferretes; digam-no as chagas e sinais de pingos e açoutes com que são obrigados a servir como escravos. E quem isto negar, negará haver Roma no mundo, o ser dia depois de nascer o Sol.

A 2.ª *contradição* da verdade se vê em dizer se conformaram melhor os Índios repartidos pelas casas dos portugueses do que nas Aldeias dos Padres, em que vivem livres. A isto se diz que apontem uma só casa, de quantas até hoje houve no Brasil em que os Índios se conservassem podendo-se apontar muitas que tiveram milhares e milhares dêles; e pela outra parte se vê em todo o Estado do Brasil muitas Aldeias de Índios que por estarem debaixo da Protecção dos Padres da Companhia se conservaram e conservam.

A 3.ª *contradição* se vê em dizer que andam os Índios levantados, e por isso será melhor passá-los todos à espada que serem mortos e comidos por êles; e já acima disse que a piedade dêste dito põe o sêlo a todos os mais referidos, porque se finge nêle um mal impossível e êsse nunca sonhado da parte dos Índios, para escusar quando não seja para persuadir outro não só possível mas de ordinário pôsto em execução da parte dos brancos, e conforme a isto fôra mais a caminho se dissera, podiam os Índios matar os brancos pelas injustiças e extorsões com que os tratam, usurpando com excessivos trabalhos, roubando-lhes a liberdade tão injusta e pertinazmente quanto se vê nos capítulos presentes, que só se ordenam a desacreditar os Padres por êles favorecerem a liberdade dos Índios, que tão abertamente se cativam, como se foram bens vagos e comuns à república, que são daqueles que primeiro os ocupam.

A *4.ª contradição* à verdade consiste em dizer andam os Índios levantados por favor e induzimento dos Padres; a êste particular se diz que houvera o autor ou autores dêle de ter melhor memória do que a que mostram pois lhes era necessária, porque tendo dito no Capítulo 10 que os Padres querem os Índios para seu cómodo e interêsse particular, usando dêles como escravos e servindo-se dêles sem os deixar roçar, alugando-os por dinheiro e sobretudo vendendo-os, e dizendo no capítulo 11 que lhes ocupam trocam, e vendem as terras: como se esqueceu de tudo isto, para vir a dizer neste capítulo que os Índios pelo favor que sentem nos Padres andam levantados induzidos por êles, porque se é que os cativam e vendem e ocupam e esbulham de seus bens, em que os favorecem, e se é que os induzem a que se levantem, contra quem os induzem? Se contra quem os cativa e maltrata contra si mesmo os induzem, conforme ao referido, quanto mais que bem notória e conhecida é por experiência a fidelidade a Deus, à Pátria, e a Sua Majestade, com que os Padres procedem em tôda a parte; e quanto aos Índios não é tão crível haverem-se êles de levantar, pelos Padres os defenderem e conservarem em suas Aldeias, livres, pacíficos, e bem doutrinados na fé, costumes santos da religião Cristã, como é notório fazerem, quanto por os brancos os perseguirem com vexames, moléstias, extorsões e cativeiros, que dêste princípio nasceram sempre seus alevantamentos, com que uns se põem contra nós como de presente vemos do sertão da Paraíba e Rio Grande acima referido, e outros fugindo dos brancos se remontam e embrenham por êsses sertões, com dano irreparável de suas almas e descrédito da religião Cristã, que não é pequeno verem-se gentios afugentados da Igreja por aquêles que conforme a sua profissão os houveram de converter e chamar a ela.

Nem dêste dano faltam exemplos em lugar dos mais, sirva o que êste ano de 640 acharam os Padres Cristóvão da Cunha e seu companheiro de nossa Companhia, que no Rio das Almazonas acharam e falaram com Índios Tupinambás, que da Baía em grã número das Aldeias foram fugindo a perseguição e mau tratamento dos Portugueses, ausentando-se delas por mais de 300 ou 400 léguas; e da mesma maneira acharam os sertanistas de S. Paulo daquela mesma banda grande multidão de Tamoios que do Cabo Frio se tinham retirado pela mesma causa, e verdadeiramente que é cousa digna de se chorar com lágrimas de sangue ver, que da nação portuguesa tão católica, tão pia, tão firme na fé, que para a estender pelo mundo foi escolhida, por Cristo no Campo de Ourique, a cuja conta muitos varões Portugueses têm aberto mares nunca navegados, descobertas regiões nunca vistas nem sabidas, arriscando em umas partes as vidas, e derramando em outras seu próprio sangue por promulgar a fé, haja nesta mesma nação, a trôco de um bem miserável interêsse, de perder essa glória e manchar o lustre de tão gloriosas emprêsas, com ser causa de que os gentios por se bautizarem se houveram de forrar, deixem de se baptizar, e fazer cristãos pelos não fazerem escravos, e que chegue a desventura nesta parte a tanto (por não falarmos em outras partes), que esteja o sertão, que chamam dos Patos, aberto para todo o mouro, judeu, negro e branco, alto e baixo, que ali quer ir a saltear e conquistar e cativar os Índios para depois os vender, onde, e para onde lhe parece, e que só os Padres da Companhia que, com ordem de Sua Majestade e seus Governadores, os vão converter para os trazerem para a Igreja e os situarem em Aldeias públicas, dedicadas ao bem comum, onde vivam livres, e se façam e cultivem cristãos, se feche esta porta, e impida esta missão, como se tem impedido por vezes pelos capitães mores e moradores das capitanias de S. Paulo, da Ilha Grande, de Santos, S. Vicente, Tanhaém, e Cananéia, té chegarem no ano de 637 a saltearem 200 Índios que o Padre Francisco de Morais da Companhia já trazia Cristãos, impedindo consigo três ou quatro mil outros que vinham descendo para o mesmo fim, pondo mãos violentas no Padre que os trazia, tomando-lhe o fato, quebrando-lhe a embarcação com que estava para passar um rio, deixando-o só da outra parte, arriscado às inclemências dos ares, feras do mato, e falta do necessário, e perigo de que os gentios, que vinham descendo, o matassem persuadidos de que êle os descia para os entregar aos Portugueses, como se persuadiram tinham entregues os mais; e antes dêste caso tinham impedido os sobreditos esta missão outras vezes e agora no ano de 640, tratando o Padre Pedro de Moura, Visitador geral da Província do Brasil, de mandar Padres a esta Missão, o deixou de fazer pelo capitão-mor de Santos lhe escrever se ficava aprestando com embarcações e gente para que em caso que lá fôssem Padres os ir impedir de seus intentos e porque não houvesse alguma desgraça avisava de antemão. A êste mal e suspeitas de pouca Cristandade se ajunta outra pior, qual é a doutrina, que corre e se pratica nos púlpitos, e nos confessionários e em práticas particulares, que êstes sobreditos cativeiros são lícitos e como tais se podem fazer e isto por aquêles que tinham obrigação, conforme a seu estado de os estranharem e de não condescenderem com os compreendidos nêles. E porque os Padres da Companhia sabem de raiz dêstes enganos, dêstes roubos e injustiças, e as estranham nos púlpitos, confessionários, e práticas particulares, como prègadores evangélicos, que Sua Majestade pôs e sustenta naquelas partes para êsse efeito, e para converterem, doutrinarem, e conservarem os Índios, são da mesma maneira que êles, perseguidos com motins, ameaçados com mortes, com desterros, e agora infamados com capítulos, infamatórios nas palavras, falsos nas coisas, malévolos na tenção, e dignos de que sua Santidade e Majestade os mandem examinar, para se dar a cada um seu merecido.

[Francisco Carneiro]

[Gesù, *Colleg.*, 1569, (149-170)]

APÊNDICE D

Catalógo das Expedições Missionárias para o Brasil
Séculos XVII-XVIII

No Tômo I, 560-572, ficou a lista das que foram no século XVI, a que era consagrado êsse Tômo. Incluía-se o ano de 1604, para assinalar a volta de Fernão Cardim.

No Tômo IV, 333-359, deu-se a dos que foram para a *Vice-Província do Maranhão e Grão-Pará*, no antigo *Estado* do mesmo nome (63 Expedições). Resta completar o Catálogo Geral das Expedições, com as de Lisboa para o *Estado* ou *Província do Brasil*, nos séculos XVII e XVIII. Tem cabida, também aqui, o que escrevemos, no preâmbulo do segundo Catálogo (Tômo IV, 333), sôbre as inevitáveis lacunas em trabalhos desta ordem, e quanto às povoações, têrmos e dioceses, de que eram naturais os Padres e Irmãos.

Até 1604 tinham saído de Lisboa 28 Expedições para a *Província* do Brasil. Retoma-se o número de ordem:

29.ª EXPEDIÇÃO (1607) [1]:

    Chegada a Pernambuco: 3 de Dezembro [2].
        P. Manuel de Lima, Visitador   Português (Lisboa)
        P. Jácome Monteiro, Secretário
        Ir. est. Manuel Sanches   »   (Alcains)
        Ir. est. António Lôbo   »   (Lisboa)
        Ir. António Simões
        Ir. Mateus Gonçalves

30.ª EXPEDIÇÃO (1609) [3]:

        P. Marcos da Costa, 2.ª vez   Português (Barbeita, Braga)

---

    1. Franco, *Synopsis*, in fine. Franco, em tôdas as suas referências a expedições, dá os nomes de *pessoas* e *nacionalidades*, não os de *terras* de nascimento.
    2. Bibl. Vitt. Em., f. gess. 1255, 14.
    3. Franco, *Synopsis*, in fine.

Ir. est. Bento Lopes — Português (Setúbal)
Ir. est. António Gomes — » (Coimbra)
Ir. est. Lopo do Couto — » (Ervedal, Évora)
Ir. est. Francisco Pires — » (Aljustrel)
Ir. Bartolomeu de Carvalho — »

31.ª EXPEDIÇÃO (1616):

Saída de Lisboa: 3 de Novembro.
Chegada à Baía: 3-5 de Janeiro de 1617.
P. Manuel do Couto, 2.ª vez — Português (Ervedal)

Veio na Armada do Governador D. Luiz de Sousa e com uma expedição missionária para o Rio da Prata. Os Padres Castelhanos eram 34 (sic.) Entre êles os futuros mártires B. Afonso Rodrigues e B. João de Castilho. Seguiram viagem e foram tratados no Colégio do Rio de Janeiro com grande caridade, onde tudo, «el pan, vino y carne valen los ojos de la cara» [1].

32.ª EXPEDIÇÃO (1618):

Saída de Lisboa: Dezembro [2].

P. Henrique Gomes, Procurador — Português (Pinheiro de «Ásere», Viseu)
P. Salvador Coelho — Luso-Brasileiro (Baía)
P. Nicolau Botelho — Português (Cidade do Pôrto)
P. Gaspar da Silva — » (Monte-Mor-o-Novo)
P. Bento da Gama — »
Ir. est. Manuel Ribeiro — » (Pôrto)
Ir. est. Gonçalo de Abreu — » (Crato)
Ir. est. Luiz Pessoa — » (Alhandra)
Ir. est. Jacinto de Carvalhais — » (Guimarães)
Ir. est. Manuel Ferreira — » (Azurara)
Ir. est. António de Vilhena — » (Setúbal)
Ir. est. João Barreira — » (Cidade de Lisboa)
Ir. est. Fulgêncio de Lemos — » (Cidade de Lisboa)

---

1. *Relación del viage q. hizieron el P. Juan de Viana y 37* (sic) *compañeros, Procurador de la Provinzia del Paraguai*, em Pastells, *Paraguay*, I, 355-356. Não se diz se veio mais algum português; talvez viesse e seja a razão daquela diferença de números, 34, 38. Cf. Luiz Gonzaga Jaeger, *Os heróis do Caaró e Pirapó* (Pôrto Alegre 1940) 208-209, 217. Dá para a saída de Lisboa, 2 de Novembro e chegada à Baía, 2 de Janeiro, diferença que se explica ou por se tratar de frota com diversos navios ou por saírem de Lisboa pròpriamente dita, em dias sucessivos, fazendo-se a concentração na barra.
2. *Bras.* 5, 119.

APÊNDICE D

Catalógo das Expedições Missionárias para o Brasil
Séculos XVII-XVIII

No Tômo I, 560-572, ficou a lista das que foram no século XVI, a que era consagrado êsse Tômo. Incluía-se o ano de 1604, para assinalar a volta de Fernão Cardim.

No Tômo IV, 333-359, deu-se a dos que foram para a *Vice-Província do Maranhão e Grão-Pará*, no antigo *Estado* do mesmo nome (63 Expedições). Resta completar o Catálogo Geral das Expedições, com as de Lisboa para o *Estado* ou *Província do Brasil*, nos séculos XVII e XVIII. Tem cabida, também aqui, o que escrevemos, no preâmbulo do segundo Catálogo (Tômo IV, 333), sôbre as inevitáveis lacunas em trabalhos desta ordem, e quanto às povoações, têrmos e dioceses, de que eram naturais os Padres e Irmãos.

Até 1604 tinham saído de Lisboa 28 Expedições para a *Província* do Brasil. Retoma-se o número de ordem:

29.ª EXPEDIÇÃO (1607) [1]:

Chegada a Pernambuco: 3 de Dezembro [2].

P. Manuel de Lima, Visitador — Português (Lisboa)
P. Jácome Monteiro, Secretário
Ir. est. Manuel Sanches — ” (Alcains)
Ir. est. António Lôbo — ” (Lisboa)
Ir. António Simões — ”
Ir. Mateus Gonçalves — ”

30.ª EXPEDIÇÃO (1609) [3]:

P. Marcos da Costa, 2.ª vez — Português (Barbeita, Braga)

---

1. Franco, *Synopsis*, in fine. Franco, em tôdas as suas referências a expedições, dá os nomes de *pessoas* e *nacionalidades*, não os de *terras* de nascimento.
2. Bibl. Vitt. Em., f. gess. 1255, 14.
3. Franco, *Synopsis*, in fine.

35.ª EXPEDIÇÃO (1621):

    P. Manuel Gomes   Português (Cano)
    P. Simão de Souto Maior   »   (Lisboa)

Morais diz que o P. Manuel Gomes, depois de agenciar em Madrid as coisas do Maranhão, se retirou para o Brasil em 1621 [1]. Franco não dá nenhuma expedição neste ano, nem o P. Gomes aparece na seguinte. O P. Souto Maior tomou conta da administração de Sergipe do Conde a 21 de Outubro de 1621 [2].

36.ª EXPEDIÇÃO (1622) [3]:

    P. António Bellavia   Siciliano (Caltanisetta)
    P. Conrado Arizzi   »
    P. Francisco de Oliver [4]   »   (Modica)
    P. António Forti   »   (Caltanisetta)

37.ª EXPEDIÇÃO (1628) [5]:

Saída de Lisboa: Junho [6].

    P. António de Matos, Provincial   Português (Santarém)
    P. Domingos Coelho   »   (Cidade de Évora)
    P. Manuel Tenreiro   »   (Fronteira)
    P. João Oliva   Luso-Brasileiro (Ilhéus)
    Ir. est. Agostinho Coelho   Português (Vila Nova do Pôrto)
    Ir. est. Agostinho Luiz   Luso-Brasileiro (Cidade da Baía)
    Ir. coad. Manuel Martins   Português (Viana do Castelo)
    Ir. Inácio Lagott   Belga

Todos êles excepto o Ir. Lagott, pintor, voltavam do cativeiro da Holanda, para onde tinham sido levados em 1624. Talvez viessem outros, como o Ir. est. António Rodrigues. Diz Jacques Damien que o P. Domingos Coelho voltara ao Brasil com mais do que tinham sido cativos dos Holandeses [7]. Também os Padres das Províncias Flandro-Belga e Galo-Belga tomaram parte preponderante na libertação dos cativos. Já no Brasil, os Padres retribuíram a caridosa assistência

---

  1. José de Morais, *História*, 105.
  2. *Bras. 11(1),* 373.
  3. Franco, *Synopsis*, in fine.
  4. *Oliver* é *Oliveira* nos Catálogos do Brasil.
  5. Franco, *Synopsis*, in fine. «Laggott, ex Faminne, civitate in Prov. Gallo-Belgica» (*Bras. 5,* 129).
  6. «Circa dimidium mensis Junii, cf. Cordara, *Hist. Soc.*, VI, 2.º, 249. Cordara mete neste ano o cativeiro do P. António de Matos (sucedido em 1624), supondo que êle ia de Lisboa, desdobrando em duas expedições o que foi só uma.
  7. *Tableau Racourci*(Tournay 1644)483.

com a oferta de alguns manuscritos de Anchieta. Um dêles, o *Sermão* de 1567, que se publicou nas *Cartas de Anchieta*, edição da Academia Brasileira, Colecção Afrânio Peixoto (Rio 1933)499-516. Remeteu-o, com outros manuscritos de Anchieta, o P. Agostinho Coelho, em carta da Baía, 7 de Janeiro de 1629, ao «R.^{do} in Christo P.ⁱ António Delebecq Societatis Iesu in Provincia Gallo-Belgica», com a menção de «ut singula singulis distribuantur»[1].

38.ª EXPEDIÇÃO (1633)[2]:

      P. Francisco Giattino   Italiano

Dá-o Franco, e acrescenta que fôra missionário em Angola e passou depois ao Paraguai. Já não se acha no Catálogo seguinte, que é o de 1641.

39.ª EXPEDIÇÃO (1639)[3]:

      P. Pedro de Moura, Visitador   Português (Alpalhão, Portalegre)
      P. Luiz Lopes, Secretário   »   (Vidigueira)
      Miguel Gonçalves, sócio   »

Luiz Lopes, que veio a ser Provincial de Portugal, ocupou diversos cargos, um dos quais o de Reitor do Colégio de S. Miguel, nos Açores, em 1636. Entre outros escritos deixou uma «Relaçam da viagem do socorro, que o mestre de Campo Diogo Lobo levantou nas Ilhas dos Açores, e levou em 16 navios à Cidade da Bahia; e das Cousas mais notáveis que neste caminho sucederam, principalmente na náo N. S.ª de Guadalupe», 8º ff. 55 [4]. Faleceu em Évora, a 1 de Março de 1676 [5].

40.ª EXPEDIÇÃO (1641):

      P. Francisco de Vilhena, 2.ª vez   Português (Setúbal)
      P. Simão de Souto Maior, 2.ª vez   »   (Lisboa)
      P. Inácio Stafort   Inglês (Stafort)
      Ir. coad. Belchior Rodrigues   Português (Santarém)
      Ir. coad. Gonçalo Vaz   »   (Dioc. de Braga)
      Ir. coad. Pedro da Cunha   (Pôrto)

---

    4. Cf. Archives Générales du Royaume (Bruxelas), secção: *Archives Jésuitiques — Province Gallo-Belgica*, 1431-1437; Arq. Prov. Port., Pasta 77[1].
    5. Franco, *Synopsis*, in fine.
    1. Franco, *Synopsis*, in fine; Consulta do Conselho Ultramarino, de 22 de Agôsto de 1639, sôbre a matalotagem do P. Pedro de Moura e mais dois que iam para o Brasil, AHC, *Rio de Janeiro*, 187.
    2. Bibl. de Évora, Cunha Rivara, *Catál. dos Mss.*, t. I, p. 21.
    3. Franco, *Ano Santo*, 118; Barbosa Machado, *Bibl. Lus.*, 2.ª ed., III, 108.

O P. Vilhena veio êste ano, comissionado por El-Rei. Os outros constam dos Catálogos de 1641 [1]. O P. Souto Maior, com o Ir. Belchior Rodrigues, como Procurador do Colégio de Santo Antão na Baía; o P. Stafort e dois irmãos, com esta rubrica: «Missio Patrum Lusitaniae in hanc Provinciam». O P. Inácio Stafort, de 42 anos, tinha sido já Prof. de Matemática durante 9 anos, sôbre a qual deixou trabalhos impressos. Veio com o Vice-Rei Marquês de Montalvão. Como trabalharam algum tempo no Brasil, basta para ficarem aqui os seus nomes reünidos, embora tenham vindo em diversos tempos.

41.ª EXPEDIÇÃO (1642) [2]:

P. Francisco Carneiro	Português	(Resende)
António Carneiro	»	(Resende)
António Vaz	»	(Abrigada, Lisboa)
António de Sequeira	»	
Belchior Vieira	»	(Resende)
Pedro de Figueiredo	»	(Arada, Covilhã)
Lourenço Teixeira	»	

Ainda que Franco traz esta expedição em 1642, o P. Francisco Carneiro, que fôra a Lisboa em 1640 tratar na Côrte dos tumultos do Rio, aparece, na Baía, no Catálogo de 1641. Há, ainda neste período, antes da expedição seguinte, movimento de Padres em conexão, com Angola, chegando à Baía desterrado dela pelos holandeses o P. João de Paiva; e o P. Filipe Franco, na armada de reconquista, frustrada, em 1645. Filipe Franco adoeceu e ficou na Baía, donde regressou ao Reino. Mais tarde voltou e foi na armada de reconquista de Angola, e depois de governar o Colégio de Luanda, 5 anos, tornou ao Brasil, onde ficou até à morte ocorrida em 1673 [3].

42.ª EXPEDIÇÃO (1652) [4]:

P. Francisco Gonçalves, Provincial	Português	(Ilha de S. Miguel)
Manuel Coutinho	»	(Lisboa)
Pedro Velho	»	»
Mateus de Sousa	»	»
Pedro Correia	»	»

---

1. *Bras. 5*, 151.
2. Franco, *Synopsis*, in fine.
3. Cf. «Relação da Viagem que fez o Governador Francisco de Sotto-Mayor mandado por S. M. do Rio de Janeiro, onde estava governando, ao Governo e Conquista de Angola: escrita pello Irmão Antonio Pires da Companhia de Jesus que com elle foy», *Rev. de História*, XII, 18-19; Franco, *Ano Santo*, 785.
4. Franco, *Synopsis*, in fine. Em *Bras. 5*, 199, dão-se como entrados todos na Companhia a 8 de Março de 1652, na Baía.

Ir. est. Francisco de Matos   Português (Lisboa)
Agostinho de Carvalho
Simão Faria

Francisco Gonçalves tinha ido como Procurador do Brasil a Roma e voltava com o cargo de Provincial.

43.ª EXPEDIÇÃO (1655) [1]:

João de Paiva	Português	(Lisboa)
F. Francisco Morato	»	(Faro)
António Godinho	»	(Espinho)
Manuel Rebêlo	»	(Lisboa)
António Couto		
Jerónimo de Matos	»	(Salvaterra)
Roque Pereira	»	(Pôrto)
Ir coad. João Baptista Beró	Italiano	(Ferrara)

No necrológio do Ir. Beró diz-se que ia para o Japão, e que uma tempestade o arrojara do Cabo da Boa Esperança para o Brasil, onde ficou, anuindo o P. Geral [2]. Viria portanto em navio diferente do da expedição dêste ano. Também o Ir. Domingos Rodrigues, pintor, entrado na Companhia em Lisboa em 1657, ainda não consta do Catálogo de 1659, mas já está no de 1660, em Outubro, antes, portanto, da expedição seguinte. Franco inclui na expedição mais um Padre, Gaspar Martins, que não aparece em Catálogos do Brasil.

44.ª EXPEDIÇÃO (1660) [3]:

Saída de Lisboa: pouco antes de 24 de Novembro.
P. Jacques Cocle   Francês (Moronvillers, Marne)
Mais 7 Padres

Êstes 7 Padres do Brasil tinham ido ordenar-se a Lisboa. Jacques Cocle aparece geralmente, nos documentos do Brasil, com o nome aportuguesado de Jacobo Cócleo.

---

1. Franco, *Synopsis*, in fine.
2. Ânua de 1679, *Bras.* 9, 243.
3. Bett., *Crónica*, 150-151; cf. Carta de Jacques Cocle, de Lisboa, 27 de Maio de 1660, ao P. Hubert Willheim, Provincial da Galo-Belga, em que diz que iria para o Brasil com mais 6 Padres e o Ir. Coadjutor Baltasar de Campos, Pasta 94[11]. Êste Irmão foi para o Maranhão, ao qual se destinava também o P. Cocle (Cócleo), aonde não chegou, mas sim ao Ceará, depois de concluídos os estudos na Baía.

45.ª EXPEDIÇÃO (1663):

    P. Jacinto de Magistris, Visitador   Italiano
    P. Luiz Nogueira, Secretário [1]   Português (Formoselha)
    P. Lourenço Craveiro   » (Lapas, Tôrres-Novas)
    P. Cristóvão Colaço   » (Lamego)
    Ir. est. Afonso Martins   » (Vilar de Frades)
    P. Valentim Estancel (ou Stansel)   Boémio (Olmutz)
    P. Teodoro Hons   Alemão (Aachen)
    P. João da Silva [2]   Italiano (Como)
    P. Francisco Carandini   » (Módena)
    Ir. Paulo Camilo   » (Cremona)
    Ir. José Salembé   » (Milão)
    Ir. José Tôrres   » (Milão)

Bettendorff chama *alemão* ao P. Hons e escreve Heres. Deveria ter embarcado antes, mas ficou «para assistir ao exército com Schomberg a ver se o podia reduzir à fé católica romana». E acrescenta que o P. Heres depois «se foi para o Brasil e de lá tornou a Lisboa, onde adoeceu e morreu, por ganhar uma doença pestilencial, assistindo com grande caridade aos soldados vindos da campanha» [3]. O P. Teodoro Hons, com a notação de *belga*, consta entre os Padres do Colégio de Pernambuco no Catálogo dêste ano (Outubro) [4]. O Ir. José Salembé aparece também escrito Zellembue.

46.ª EXPEDIÇÃO (1663):

Saída de Lisboa: 19 de Abril.
Chegada à Baía: fins de Junho?
    P. Simão de Vasconcelos   Português (Pôrto)
    Mais 10.

«O P. Visitador [Jacinto de Magistris] se partiu com 12 sujeitos em uma nau e o P. Vasconcelos com 10 em outra em companhia do Viso-Rei D. Vasco [Conde de Óbidos] em 19 de Abril dêste presente ano de 663», — diz o P. João Pimenta [5]. Segundo êste modo de escrever, seriam 13 na 1.ª e 11 na 2.ª, mas antes dissera 22 ao todo. Franco, *Synopsis*, in fine, traz só a 1.ª expedição dêste ano com os 11 expressamente nomeados, excepto Carandini. E em vez de João da Silva,

---

1. Notável homem de ciência, sôbre cujas obras impressas em Colónia e Coimbra, cf. Barbosa Machado, *Bibl. Lus.*, III, 121.
2. Diz o *Catál.* de 1663: «P. Joannes da Silva, *Italus*, qui est in pago Spiritu Sancti [Abrantes] pertinet ad missionem Maragnonii», Bras. 5(2), 9, 12.
3. Bett., *Crónica*, 151.
4. *Bras.* 5(2), 10v.
5. *Bras.* 3(2), 39.

traz João Maria, que não pode ser João Maria Gorzoni (tinha ido antes para o Maranhão) e João da Silva, que Franco inclui na expedição de 1665, estava já na Baía dois anos antes. Francisco Carandini aparece no Brasil em 1663 e não estava ainda no ano anterior. Em Agôsto de 1663 escrevia João Pimenta que ainda havia em Lisboa alguns noviços por conta do Brasil; e era de opinião que se embarcassem para o seu destino [1].

47.ª EXPEDIÇÃO (1664) [2]:

P. Jacob Roland	Holandês (Amesterdão)
P. Mateus de Moura	Português (Abrantes)

48.ª EXPEDIÇÃO (1665) [3]:

P. Francisco Morato, 2.ª vez	Português (Faro)
Ir. est. Manuel Correia	» (Lisboa)
Ir. est. Baltasar Duarte	» »
Ir. est. Manuel Cortês (ou Côrtes)	» (Olivença)

49.ª EXPEDIÇÃO (1665) [4]:

Saída de Lisboa: Dezembro.

P. Antão Gonçalves, Comissário	Português (Estremoz)
P. Manuel Zuzarte, Secretário	» (Lisboa)
P. Gaspar Álvares, Provincial	» (Braga)
P. António da Fonseca, Secretário	» (Formoselha)
Ir. est. Francisco de Sousa	» (Guimarães)
Ir. Francisco da Silva	»

O P. António da Fonseca voltou a Portugal com o P. Álvares, concluído o seu cargo de govêrno e veio a ser confessor de El-Rei D. Afonso VI, quando foi deposto e prêso no Palácio de Cintra. Manuel Zuzarte, que também aparece escrito Juzarte, foi depois Visitador do Maranhão [5].

50.ª EXPEDIÇÃO (1667) [6]:

P. Domingos Barbosa, Procurador a Roma	Luso-Brasileiro (Baía)

---

1. *Bras.* 3(2), 39.
2. Franco, *Synopsis*, in fine, e chama ao P. Roland, belga. Êle assinava, em latim, «Jacobus *Rolandus*», *Rolando*, em português, como escrevia Vieira.
3. Franco, *Synopsis*, in fine.
4. Franco, *Synopsis*, in fine, inclui também João da Silva, vindo em 1663.
5. Cf. supra, *História*, IV, 225.
6. Franco, *Synopsis*, in fine; Bibl. Vitt. Em., f. gess. 3492/1363, n.º 6. Mas o Ir. est. Manuel de Figueiredo dá-se como entrado na Baía em 1666, *Bras.* 5(2), 41.

Ir. est. Manuel de Figueiredo   Português (Coimbra)
Ir. est. Manuel Rodrigues

51.ª EXPEDIÇÃO (1668) [1]:

Ir. est. António Rodrigues   Português (Paipires, Lisboa)
Ir. est. António da Silva   » (Lisboa)
Ir. est. Francisco Camelo   » »
Ir. est. Rafael Ribeiro   » (Guimarães)
Ir. est. Manuel Martins   » (Pôrto)

Franco traz António Rodrigues, e com alguma confusão outros nomes, que não constam dos Catálogos. Pelo de 1685 verificamos que todos êstes cinco entraram em 1668 [2]. Um dos nomes, que dá Franco, é Rafael Salgado, que parece identificar-se com Paulo Salgado, de Guimarães, falecido na flor da idade entre os Quiriris da Baía em 1691.

52.ª EXPEDIÇÃO (1669) [3]:

P. Manuel Pina   Português
Ir. Gaspar Gonçalves   » (Vila Pouca)

Tinham ido ordenar-se a Lisboa seis do Brasil [4]. Não ficou notícia da expedição em que voltaram; como também é grande o salto para a seguinte, acusando porém o Catálogo avultado número de portugueses, irmãos estudantes e coadjutores nesse período de 12 anos. Não dispomos de elementos seguros para reconstituir estas expedições, e se entraram em Portugal ou já no Brasil de famílias portuguesas aí residentes e com que tivessem ido meninos.

53.ª EXPEDIÇÃO (1681):

P. António Vieira   Português (Lisboa)
P. António de Oliveira, Proc. a Roma   Luso-Brasileiro (Baía)
P. João António Andreoni   Italiano (Luca)
P. António Maria Bonucci   » (Arezzo)
Ir. coad. Pedro António Natalini   » (Roma)
Ir. est. Manuel Dias   Português (Formoselha)
Ir. est. João de Oliveira   » (Azemeis)
Ir. est. António de Matos   » (Ponte de Lima)
Ir. est. José Bernardino   » (Lisboa)
E outros.

---

1. Franco, *Synopsis*, in fine.
2. Bras. 5(2), 79-80.
3. Franco, *Synopsis*, in fine.
4. Bras. 26, 23.

António Vieira diz que vieram com o P. Oliveira vários italianos e alguns portugueses [1]. Aparecem com a menção de entrados na Baía, em 1681-1682, os quatro estudantes, incluídos neste grupo de 1681.

54.ª EXPEDIÇÃO (1684):

Chegada à Baía: Julho.

P. Luiz Vincêncio Mamiani	Italiano (Pésaro)
P. João Angelo Bonomi	» (Roma)

Chegados à Baía «ao mesmo tempo» em que o P. Bettendorff embarcou da Baía para Lisboa (29 de Julho de 1684) [2].

55.ª EXPEDIÇÃO (1691):

P. António Rangel, Superior	Português (Lisboa)
P. Bernardo Antunes	» (Viseu)
Ir. est. Rafael Machado	» (Lousal, Évora)
Ir. est. Francisco da Costa	» (Beja)
Ir. est. Baptista Ribeiro	» (Almas, Coimbra)
Ir. est. Domingos de Araújo	» (Arcos de Val de Vez)
Ir. est. José Antunes	» (Coimbra)
Ir. coad. Manuel Ribeiro	» (Vila Longa)
Ir. coad. Bento Ribeiro	» (Barcelinhos)
Ir. coad. Manuel da Costa	» (Lisboa)
Ir. André da Gama	»
Ir. João Pereira	»
Ir. Gaspar dos Reis	»
Ir. Francisco Carneiro	»

«Missionarii in Brasiliam profecti... anno 1691» [3]. Franco, *Synopsis*, in fine, só nomeia nove. Ao P. Bernardo Antunes e Ir. Domingos de Araújo, futuro cronista do Maranhão, coloca-os Franco em 1670, quando ainda não eram da Companhia nem o podiam ser. Talvez lapso por 1690. Também nela incluíra Manuel Pacheco, do Pôrto que não passou de noviço e o era em 1690 [4]. Os quatro últimos não estão no Catálogo de 1694.

---

1. *Bras.* 3(2), 294; *Cartas de Vieira*, III, 442; Bibl. Vitt. Em., f. gess. 3492/1363, n.º 6.
2. Cf. Carta de Alexandre de Gusmão, *Bras.* 3(2), 181.
3. *Bras.* 3, 350.
4. *Bras.* 6, 66v.

56.ª EXPEDIÇÃO (1692):

Saída de Lisboa: Fevereiro ?

P. Manuel Correia, Provincial	Português	(Estremoz)
P. Luiz Severim	»	(Lisboa)
P. Francisco Botelho	»	(Linhares)
P. Luiz Cardoso	»	(Lisboa)
P. Afonso Pestana	»	(Serpa)
Ir. est. Francisco Machado	»	(Landim, Famalicão)
Ir. est. Carlos de Figueiroa	»	(S. Tomé de Negrelos)
Ir. est. Bartolomeu Martins	»	(Portelo, Évora)
Ir. est. António Ferreira	»	(Formoselha)
Ir. est. Bento Soares	»	(Coimbra)
Ir. est. Pedro Taborda	»	(Góis, Coimbra)
Ir. est. José de Oliveira	»	
Ir. est. António do Vale	»	(Évora)
Ir. est. Manuel Ferreira	»	
Ir. est. José das Neves	»	
Ir. est. António da Silva	»	(Lisboa)
Ir. est. António dos Santos	»	»
Ir. est. Manuel Ramos	»	(Portalegre)

«Missionarii in Brasiliam profecti... anno 1692» [1]. Para esta expedição tinha-se fretado uma nau a ir com a frota do Rio, que saíria antes da Frota da Baía. Esperava-se que partisse em Fevereiro [2]. Aquêles Irmãos, todos noviços, entraram no Noviciado de Lisboa por conta do Brasil, diz o Provincial P. Manuel Correia [3].

57.ª EXPEDIÇÃO (1693):

Chegada à Baía: 19 de Maio [4].
P. Filipe Bourel   Alemão (Colónia)

Em Março tinha voltado do Brasil, o P. Francisco de Matos, concluída a sua longa procuratura em Lisboa; e no Elencho impresso *Defunctorum pro anno 1694*, mas que parece referir-se ao ano anterior deparam-se-nos êstes nomes: P. Sebastião de Sá, P. Afonso Mendes, Martinho Lopes, mortos «in navigatione Americae ex incendio navis», sem mais indicação do seu destino.

58.ª EXPEDIÇÃO (1694):

P. João Guinzel [Ginzl] [5]   Boémio (Komotau)

---

1. *Bras.* 3, 350.
2. *Bras.* 26, 172.
3. *Bras.* 3(2), 301.
4. *Bras.* 10, 64; Franco, *Synopsis*, in fine.
5. O P. João Guinzel, que nos documentos do Brasil aparece habitualmente

Ir. est. Manuel Pereira [1]   Português (S. Miguel da Gandra)
Ir. est. Manuel Sanches   »   (Lisboa)
Ir. est. Manuel Nogueira   »   »
Ir. est. José da Silveira   »   »
Ir. est. Francisco Xavier   »   »
Ir. est. António de Sousa   »   »
Ir. est. Martinho Borges   »   »
Ir. est. Feliciano de Vasconcelos »   »
Ir. est. Tomás de Aquino   »   »
Ir. est. Tomás Simões   »   »
Ir. est. Simão de Barros   »   »
Ir. est. António Pereira   »   »
Ir. est. Domingos de Andrade   »   (Guarda)
Ir. est. Luiz Botelho   »   (Évora)
Ir. est. António da Fonseca   »   (Coimbra)
Ir. coad. Manuel da Cruz   »   (Cantanhede)

«Missionarii in Brasiliam profecti... anno 1694» [2]. Todos êstes Irmãos estudantes eram ainda noviços. E é uma demonstração do P. Baltasar Duarte, dos Padres e Irmãos, que foram de Portugal para o Brasil durante o tempo em que ocupou o ofício de Procurador do Brasil em Lisboa (1691-1695). Além dêstes foram para o Maranhão 2 em 1693 e 14 em 1695 [3].

Para êstes 65 obreiros, o P. Baltasar Duarte, além de diversos objectos de matalotagem, alcançou de El-Rei o subsídio de 3.675$000; gastou 3.398$370. O saldo de 276$230 réis, ficou a favor do Brasil. Portugal, observa Baltasar Duarte, dava os Missionários e ainda pagava as despesas.

---

escrito Guedes ou ainda Guinzel ou Guincel, que é a figuração aportuguesada do seu apelido Ginzl, tal como o dá António Huonder, *Deutsche Jesuitenmissionäre des 17. und 18. Jahrhunderts*, Freiburg im Breisgau, 1899, no seu Catálogo dos Jesuítas alemães no Brasil, que transcreve Vicente D. Sierra, *Los Jesuítas Germanos en la conquista espiritual de Hispano-América* (Buenos Aires 1944)162. Nessa lista o P. José Kayling (ou Keyling) aparece desdobrado em P. José Raying, como se fôssem dois; e há um ou outro que deve ter sido missionário em Províncias da Assistência de Espanha, com nome que não se encontra nos Catálogos da Província do Brasil ou da Vice-Província do Maranhão. Todos os da Assistência de Portugal ficam mencionados por algum título de actividade, nas páginas precedentes desta *História*. O P. Tomás Lynch, incluído tambem na lista de Huonder, aparece em todos os Catálogos do Brasil como natural da Irlanda.

1. Veio com o nome de Manuel de *Sousa*, mas, por haver já outro irmão do mesmo nome, ficou a chamar-se *Pereira*, talvez um dos seus apelidos de família.
2. *Bras. 3*, 350.
3. Cf. *Expedições para o Maranhão*, supra, *História*, IV, 345.

59.ª EXPEDIÇÃO (1702) [1]:

    P. João Pereira, Visitador   Português (Ilha de S. Miguel)
    Ascenso Fernandes   »

60.ª EXPEDIÇÃO (1705) [2]:

    P. Miguel da Costa   Português (Lorvão)
    Ir. est. João Dias   » (Pôrto)
    Ir. est. Lourenço da Costa [3]   »
    Ir. est. Félix Capelli   » (Lisboa)
    Ir. est. José dos Reis   » »
    Ir. est. Félix Ribeiro   » »
    Ir. est. Julião Xavier   » »
    Ir. est. Manuel Luiz   » »
    Ir. est. José Lopes   » (Sardoal)
    Ir. coad. José Rodrigues   » (Monte-Mor-o-Velho)
    Ir. coad. José Cardoso   » (S. Mamede)
    Manuel Garcia   »

61.ª EXPEDIÇÃO (1709) [4]:

    P. Tomás Lynch   Irlandês
    Ir. Manuel da Silva   Português

62.ª EXPEDIÇÃO (1716) [5]:

    P. José de Almeida, Visitador   Português
    Ir. coad. Pedro Guilherme, sócio   Flamengo

63.ª EXPEDIÇÃO (1717) [6]:

    P. Francisco Machado, 2.ª vez   Português (Landim, Famalicão)
    Ir. est. Manuel Pimentel   » (Pôrto)
    Ir. est. Domingos de Araújo   » (Vila-Real)
    Ir. est. Marcos Távora   » (Bragança)

---

1. Franco, *Synopsis*, in fine; Barbosa Machado, *Bibl. Lus.*, II, 661.
2. Franco, *Synopsis*, in fine; supra, *História*, IV, 347-348.
3. Lourenço da Costa faleceu no Maranhão, já Padre, em 1712, cf. Bibl. Vitt. Em., f. gess. 3492/1363, n.º 6.
4. Franco, *Synopsis*, in fine.
5. Franco, *Synopsis*, in fine.
6. Franco, *Synopsis*, in fine.

António Mousinho	Português
Manuel Rodrigues	»
Manuel de Morais	»
Manuel Álvaro	»
António Pereira	»
Domingos Vilela	»

Êste Irmão, depois P. Domingos de Araújo, é diferente de outro Padre do mesmo nome, escritor das coisas do Maranhão, vindo na expedição de 1691.

64.ª EXPEDIÇÃO (1727) [1]:

P. António Cardoso	Português	(Luanda)
P. Luiz Tavares	»	(Açores, Angra)

Franco, *Synopsis*, in fine, traz o P. Luiz Tavares no ano de 1722. Não consta o seu nome no Catálogo dêste ano, nem no de 1725. A primeira das datas talvez fôsse a da sua ida para o Paraguai, donde passou, à roda de 1727 ao Brasil, onde se notabilizou no ensino, no amor dos pobres, e na piedade, ligando o seu nome à fundação do Convento de Santa Teresa do Rio de Janeiro.

65.ª EXPEDIÇÃO (1729):

Saída de Lisboa: Maio [2].
Chegada à Baía: Agôsto.

P. António Maria Scotti	Italiano	(Nápoles)
Ir. est. Manuel Correia	Português	(Santarém)
Ir. est. Domingos de Sousa	»	(Pôrto)
Ir. est. António Baptista	»	(Palmela)
Ir. est. António dos Reis	»	(Tamanca)
Ir. est. Manuel Gonzaga	»	(Pôrto)
Ir. est. Francisco Ferreira	»	(Braga)
Ir. est. João Antunes	»	(Muía)
Ir. est. António de Sousa	»	»
Ir. est. Manuel de Freitas	»	(S. Catarina de Cornes)
Ir. est. Nicolau Botelho	»	(Palmela)
Ir. est. Agostinho Mendes	»	(Guarda)
Félix Pereira	»	(Braga)

A 14 de Setembro de 1725 escrevia de Lisboa o P. António Cardoso, que a pedido do Provincial do Brasil recebia noviços para o Brasil e que entre os estudantes de Lisboa recebeu alguns. E solicitava dispensa para receber dois

---

1. *Bras.* 4, 355.
2. Cf. José Rodrigues, *Vita P. Em. Correiae*, 11 (ms).

que só tinham então 14 anos, e um que era filho ilegítimo [1]. Esta expedição, em *Janeiro de 1726* anunciava-se para breve (*propediem*) [2]. Diz-se depois que o P. Scotti se destinava ao Maranhão e chegara em Agôsto de 1729, com 12 noviços [3]. Não se nomeiam. Organizamos a lista pelo Catálogo de 1732 todos entrados em 1728 e princípios de 1729, portanto *noviços* à data da viagem [4].

66.ª EXPEDIÇÃO (1729) [5]:

    P. Diogo Soares, Matemático   Português (Lisboa)
    P. Domingos Capacci, Matemático   Italiano (Nápoles)

Vinham em missão científica oficial, e são célebres os *Mapas*, que delinearam, e o seu levantamento de *Longitudes* e *Latitudes*, o primeiro realizado no Brasil.

67.ª EXPEDIÇÃO (1732):

Chegada à Baía: Princípios de Dezembro [6].

P. António de Guisenrode	Luso-Brasileiro (Baía)
Ir. est. Silvério Pinheiro	Português (Lisboa)
Ir. est. Manuel do Rêgo	» »
Ir. est. António da Cunha	» (Coura)
Ir. est. António Vieira	» (Évora)
Ir. est. João Veloso	» (Coimbra)
Ir. est. Pedro Joaquim	» (Lisboa)
Ir. est. Manuel Guerreiro	» (Évora)
Ir. est. Vicente Ferreira	» (Lisboa)
Ir. est. Filipe de Almeida	» (Coimbra)
Ir. est. Manuel de Andrade	» (Tôrres Novas)
Ir. est. Domingos da Silva	» (Guimarães)
Ir. est. Inácio de Almeida	» (Lisboa)

Guisenrode veio com o Ir. Pinheiro e 11 noviços, cujos nomes êle não diz, mas conta a viagem e como foi visitado com grande honra e afecto pelo Vice-Rei Conde de Sabugosa e pelo Arcebispo. Aquêles irmãos portugueses constam dos Catálogos seguintes como entrados no fim de 1731 e princípios de 1732, e, portanto *noviços* ao tempo desta expedição.

---

1. *Bras. 4*, 295-295v.
2. *Bras. 4*, 313.
3. *Bras. 26*, 270.
4. *Bras. 6*, 169.
5. Cf. Barbosa Machado, *Bibl. Lus.*, IV, 95.
6. Carta do P. António de Guisenrode, da Baía, 10 de Dezembro de 1732, *Bras. 4*, 388.

68.ª EXPEDIÇÃO (1739):

Ir. est. António da Silva	Português (Lisboa)
Ir. est. Luiz Cardoso	» »
Ir. est. José Gomes	» (Miranda)
Ir. est. Diogo Teixeira	» (Vila-Real)
Ir. est. Martim Ferreira	» (Lisboa)
Ir. est. Manuel Monteiro	» (Pôrto)
Ir. est. António do Couto	» (Guimarães)
Ir. est. Francisco da Silva	» (Lisboa)
Ir. est. António Rodrigues	» (Pôrto)
Ir. est. José de Figueiredo	» (Vilacova, Coimbra)
Ir. est. Manuel de Sousa	» (Coimbra)
Ir. est. Manuel Coelho	» (Povolide)

Em Janeiro de 1739 dizia-se que havia em Lisboa 12 noviços prestes a embarcar para o Brasil. Não se dão nomes. Mas todos os 12 desta lista eram então noviços [1].

Não chegaram ao nosso conhecimento notícias de outras expedições. Todavia os Catálogos seguintes incluem mais de 50 estudantes, nascidos em Portugal, entrados depois de 1739. Também os Padres João de Brewer e Rogério Canísio, diz Sommervogel, que chegaram em 1742. E talvez outros, como o P. «Aloysius Belleci», cuja assinatura autógrafa vemos num documento assinado no Colégio de S. Alexandre do Pará, 12 de Dezembro de 1737 [2], voltando pouco depois à Europa. Além disto, desde os começos do Século XVII, havia um movimento contínuo de Padres e Irmãos, entre o Colégio de Santo Antão (Lisboa), e os seus dois Engenhos: o de Sergipe do Conde, no Recôncavo da Baía, e o de Santa Ana, em Ilhéus. Não vindo como Missionários da *Província do Brasil*, mas como administradores de um Colégio da *Província de Portugal*, só por alguma circunstância fortuita incluímos os seus nomes nas diversas expedições. O P. André de Gouveia chegou à Baía em Abril de 1627, e o P. Estêvão Pereira por volta de 1630. Depois da resolução final sôbre o Engenho de Sergipe do Conde, tanto nêle como em Santa Ana, houve sempre, em cada qual, um Padre e um Irmão, que os Catálogos do Brasil vão incluindo, número relativamente grande, durante mais de um Século de trabalho útil, não só como factor económico, mas também moral e civilizador, por serem os Engenhos da Companhia activos centros de catequese.

2. *Bras.* 6, 273-273v.
2. Arq. Prov. Port., Pasta 176 [25].

APÊNDICE E

Cooperação Brasileira

Como nos Tomos III, IV e V, também neste, as gravuras dos *monumentos* da Companhia de Jesus no Brasil de outrora, que não levam expressa a origem do Arquivo donde procedem, são do *Serviço do Património Histórico e Artístico Nacional*. E são quási tôdas. Esta valiosa colaboração lhe deve êste livro; e o autor deve mais ainda — a maneira fidalga com que a realizou o seu sábio Director, Dr. Rodrigo de Melo Franco de Andrade.

Quanto deve ao *Instituto Nacional do Livro* e à *Imprensa Nacional*, o volume o diz por si mesmo: ao *Instituto*, cuja útil finalidade de cultura já se assinalou no Tômo IV e depois disso se ampliou, o exara na sua página de abertura; à *Imprensa*, tôdas e cada uma das suas páginas o manifestam, com honra das Artes Gráficas no Brasil; damos as devidas graças aos seus Directores, Dr. Augusto Meyer (*Instituto Nacional do Livro*), e Dr. Alberto de Brito Pereira (*Imprensa Nacional*); e endossamos, com prazer, pois é serviço público e visível, o louvor que houve por bem tributar-lhes o *Jornal do Commercio*, dirigido pelo mestre de jornalistas Dr. Elmano Cardim.

Insere-se aqui, por isso, a «Vária» do grande diário brasileiro. E também, excepto nas referências ao autor, pelo que é documento para a própria *História da Companhia de Jesus no Brasil*, que assim se vai enriquecendo, nos seus longos caminhos, com tão elegante e permanente cooperação:

«Como de vezes anteriores — desde 4 de Agôsto de 38 — abrimos estas colunas a uma satisfação espiritual, que é igualmente patriótica. Vem sendo a publicação da majestosa «História da Companhia de Jesus no Brasil», que empreendeu o Revmo. Padre Dr. Serafim Leite, S.J., da Academia Brasileira de Letras, e vai realizando, com o mesmo ardor e fé, erudição e pertinácia, e que, agora mesmo, chega ao seu V volume, in-fólio, admiràvelmente impresso, nas suas 638 páginas compactas.

É que sempre nos lembramos, para tal desusada homenagem, daquela frase do nosso grande historiador, Capistrano de Abreu, quando afirmou que a História do Brasil não poderia ser escrita sem o concurso dos Arquivos Jesuíticos, até então selados, pois que a história da gloriosa Companhia, em terras de Santa Cruz, se confundia com a da Pátria nascente e, até o século XVIII, se entreteciam inseparàvelmente, uma e outra, em domínio comum. As missões do Brasil e a própria administração colonial, até à expulsão, do meado de setecentos, se permeiaram, inseparàvelmente. Não é senão demasiado conhecido, e reconhecido, que da «poçanga», ou providência, como chamaram os Índios aos Padres catequistas, êles vieram a ser os conselheiros de Estado dos governadores, os informantes idóneos dos soberanos, e até nos seus Colégios, e nos seus púlpitos, a opinião pública, que, tal um côro de tragédia grega, se expressava como um nascente sensório comum do povo, às vezes mesmo contra o govêrno. Basta lembrar o Padre António Vieira, para recordação, que, nunca a imprensa política do Brasil foi mais veemente contra a Coroa e o Poder, do que na Baía ou no Maranhão, a voz nascente do nativismo brasileiro, contra o domínio português.

Esta ascendência jesuíta projectou tal grandeza de influência, sôbre o Brasil em formação, que podemos hoje revelar facto até agora inédito. Convidado a escrever um dos seus livros de fama mundial sôbre potentado nacional, Stefan Zweig declarou que, nem os nossos mortos apontados, e menos os vivos sugeridos, seriam dignos de tal homenagem: no Brasil, à altura de suas figuras, Fernão de Magalhães ou Américo Vespúcio, só havia um homem, era o Padre Manuel da Nóbrega, que plasmara o Brasil nascente, conselheiro de reis e governadores, fundador da Baía, de São Paulo, do Rio de Janeiro... um mundo novo conquistado à civilização latina e cristã. Não se tratou mais do caso e o livro não interessou mais...

Essa majestosa «História da Companhia de Jesus no Brasil» atinge, agora mesmo, o seu V volume. É o Século XVII, e é a Baía, tomada e restaurada dos Holandeses. É o Seminário de Belém da Cachoeira e o egrégio Padre Alexandre de Gusmão, o grande pedagogo jesuíta. São os Colégios e Aldeias da Baía, litorânea e interior, até o sertão, o Rio de São Francisco, Sergipe de El-Rei. Depois é Pernambuco e é o Nordeste, a Paraíba, o Rio Grande do Norte, o Ceará, o Piauí... as missões devassando o sertão, em bandeiras ideais, não para prear Índios, indefesos, senão para conquista do oiro vivo ou humano, a fazer cristão e civilizado. Os documentos para tal cometimento vêm de fontes originais, os arquivos até agora sigilados, da Companhia. É a História do Brasil, na sua fonte, com o seu documentário fidedigno. Isto justifica nossas alvíssaras à cultura nacional.

Bem hajam pois os que o fizeram: as autoridades superiores da Companhia que o permitiram; o Revmo. Padre Dr. Serafim Leite, sábio escritor e perfeito historiador, que levanta sua história em documentos, uma vez mais felicitado pelos ingentes labôres de sua majestosa fábrica; e ainda o Instituto Nacional do Livro que tomou a ombros a tarefa da grande edição, desde o III volume, e irá gloriosamente ao fim; e, finalmente, a Imprensa Nacional, que realiza, nessa edição, sua obra-prima».

Do «Jornal do Commercio», do Rio de Janeiro, 7 de Setembro de 1945, abrindo a secção de «Várias Notícias».

ALDEIA DE RERITIBA

Hoje Cidade de *Anchieta*, por nela ter falecido, em 1597, o Ven. Jesuíta.

ÍNDICE DE NOMES[1]

(Com asterisco: Jesuítas)

Aachen: 596.
Abrantes (Brasil): 596.
Abrantes (Portugal): 597.
*Abreu, António de: 431.
*Abreu, Domingos de: 344.
*Abreu, Gonçalo de: 140, 590, 618.
Abreu e Lima, José Inácio de: XVIII, 30.
Abrigada: 594.
Açores: 20, 375, 593, 603.
*Acosta, José de: 334, 335.
*Acunha, Cristóvão de: 587.
Adôrno, António Dias: 184, 185.
Afonso, Fernão: 17.
Afonso VI, Rei D.: 597.
Afife: 161.
Afonseca, Bento Galvão de: 345, 402, 403.
Afrânio Peixoto: Vd. Peixoto, Afrânio.
África: 246, 312, 346, 350, 352, 424.
Aguiar, Manuel Gonçalves de: 462.
*Aguiar, Mateus de: 431.
Aguirra, Paulino Aires de: 374.
Aires de Casal, Manuel: XVIII, 24, 128, 433.
Airosa, Plínio: 161.
Ala, João dos Santos: 432.
Alagoas: 7, 42.
Alagoinha Mombocamirim: 85.
Alarcão, Cosme do Rêgo de Castro e: 401.
Alarcão, D. José de Barros: 314.
Alarcón e Quevedo, D. Maria de: 116.
Albernás, Domingos Gomes de: 285, 286, 288, 302, 303.
Albernás, Pedro Homem: 33, 236, 324.

Albuquerque, D. Álvaro da Silva de: 153.
*Albuquerque, Francisco de: 344, 379.
*Albuquerque, Gonçalo de: 133, 137, 285, 288, 423, 431.
*Albuquerque, Luiz de: 55, 109, 467, 524-526.
Albuquerque, Salvador de: 459.
Albuquerque e Melo, Manuel de: 27.
Alcains: 589.
Aldeia de Abacaxis: 214.
— Barueri ou Marueri: 230, 232, 233-240, 242, 295, 358, 361, 485, 490, 522.
— Boipetiba: 477, 478, 480.
— Caibi: 473, 482, 525.
— Camamu: 166.
— Candelária: 531.
— Capela: 355, 363, 364.
— Carapicuíba: 231, 355-357, 362, 364, 380.
— Carecê: 582.
— Conceição (1): 143, 230, 233, 240, 242.
— Conceição (2): 143.
— Duro: 206-212.
— Embitiba: 461, 468, 475, 481.
— Embu ou Mboi: 355, 357-364, 411.
— Escada: 230-233, 242.
— Espírito Santo: 596.
— Estreito: 524, 529, 531, 557.
— Formiga: 208, 209.
— Guaraparim (Santa Maria): 143-146.
— Guaratiba: 492, 494, 520, 552.
— Guarulhos (1): 128, 230, 232, 233, 239, 240, 242, 243, 362.

---

1. Procurem-se também, em Aldeias e Fazendas, muitos nomes de terras, que são hoje Vilas e Cidades.

Aldeia de Guarulhos (2): 128, 240.
— *Ibataran:* 236, 361.
— *Ibiapaba:* 240.
— *Ibituruna:* 370, 371.
— *Itaguaí:* 55, 66, 95, 116-118, 492.
— *Itapicirica:* 355-359, 364.
— *Itaquaquecetuba:* 355, 362, 363.
— *Mampituba:* 478, 480.
— *Mar Verde:* 184, 185, 191.
— *Maramomins:* 128, 230-232, 235, 242, 361.
— *Mares Verdes:* 173, 185, 191.
— *Maruí:* 109.
— *Nossa Senhora das Neves:* 240.
— *Oiro:* 533.
— *Peruíbe* ou *Iperuíbe:* 435, 436.
— *Pinheiros:* 230-233, 239, 240, 355, 365, 584.
— *Pojuca:* 582.
— *Reis Magos:* 143-146, 150, 159-180, 185, 395.
— *Reritiba (Anchieta):* 83, 121, 126, 127, 143-150, 153, 167, 240, 567.
— *Sepetiba:* 116, 492.
— *Santa Ana da Chapada:* 219, 222.
— *Santa Ana de Goiás:* 190, 207, 212.
— *Santa Ana do Rio das Velhas:* 190, 191.
— *Santa Rosa:* 213.
— *S Antônio das Cachoeiras:* 214.
— *S. Barnabé:* 9, 76, 82, 95, 97, 101, 102, 106, 107-115, 117, 119, 129, 235, 240, 483, 485, 552, 564, 585.
— *S. Francisco Xavier (Redução):* 269.
— *S. Inácio dos Gessaruçus:* 123, 124, 127.
— *S. João dos Tomiminós:* 143, 144, 159, 166.
— *S. José do Duro:* 209.
— *S. José do Guaporé:* 220.
— *S. Lourenço:* 95, 101, 102, 107-114, 116, 119, 552.
— *S. Miguel:* 230-234, 239-242, 358, 362.
— *S. Miguel de Muçuí:* 582.
— *S. Pedro de Cabo Frio:* 35, 80, 81, 83, 86, 88, 93-96, 107, 118, 120, 122, 124, 126, 128, 129, 150, 153, 240, 358, 414, 564, 567, 584.
— *S. Sebastião:* 273.
— *Trocano:* 214.
— *Una:* 582.
Alencar Araripe, T. de: 52.
Alencastre, J. M. Pereira de: 206.
*Alfaro, Diogo: 250.
Algarve: 542.
Alhandra: 590.
Aljustrel: 590.

Almeida, Aluísio de: 374.
*Almeida, André de: 121, 133, 150.
Almeida, Antônio do Couto e: 139, 188.
Almeida, Cristóvão de: 540.
*Almeida, Filipe de: 604.
Almeida, Fortunato de: XVIII, 390, 426.
*Almeida, Gregório de: 45.
*Almeida, Inácio de: 604.
*Almeida, João de: 80, 133, 152, 230-233, 260, 316, 464, 473, 475, 477, 480, 481, 564, 567.
*Almeida, José de: 602.
Almeida, D. Lourenço de: 195-198, 457.
Almeida, Luiz Pascásio de: 459.
*Almeida, Manuel de: 571.
Almeida, Manuel Botelho de: 407.
Almeida, Miguel de: 276.
Almeida, Tomé de Lara de: 315.
Almeida e Portugal, D. Pedro de: 192, 193.
Alorna: 192.
Alorna, Marquês de: 192.
Alorna, Marquesa de (Alcipe): 192.
Alpalhão: 44, 593.
*Altamirano, Cristóvão: 542.
*Altamirano, Diogo: 541, 542.
*Altamirano, Lope Luiz: 542, 557.
*Álvares, Diogo: 429.
*Álvares, Francisco: 137.
*Álvares, Gaspar: 316, 597.
Álvares, João: 231, 362.
*Álvares, José: 7, 138.
*Álvares, Luiz: 179.
*Álvares, Manuel: 343, 536, 537, 540, 549.
*Álves, Manuel: 147.
*Álvares, Sebastião: 21, 378, 459, 462.
Alvarenga, Antônio de: 54.
Alvarenga Peixoto, Inácio José: 28.
*Álvaro, Manuel: 603.
Amaral, Paulo do: 237, 253.
*Amaral, Prudêncio do: 25, 65, 72.
Amaral Coutinho, Bento do: 48, 397.
Amaro Leite: 211.
*Amaro, Manuel: 432, 446, 450, 457, 545, 549.
Amazônia: 123, 139, 291, 292, 310.
Amélia: 199.
América: X, 41, 48, 89, 192, 199, 227, 251, 290, 296, 312, 331, 334, 335, 350, 352, 421, 526, 554, 556, 558, 569.
Amesterdão: 597.
*Amodei, Benedito: 591.
Amôres, Domingos de: 262, 420.
*Amorim, Luiz de: 137, 543, 549.
Amorim, Martinho de: 140.

Amoroso Lima, Alceu: 196.
Anadia, Condessa de: 532.
Anchieta: 143, 151.
*Anchieta, José de: 3, 136, 137, 145-151, 198, 202, 218, 241, 316, 386, 391, 399, 400, 404, 405, 593.
*Anchieta, Manuel: 152.
Andrade, Bonifácio José de: 366.
*Andrade, Domingos de: 601.
*Andrade, Luiz de: 544, 549.
*Andrade, Manuel de: 604.
Andrade, Manuel Lourenço de: 262.
*Andrade, Miguel de: 137, 431.
Andrade, Rodrigo M. F. de: 112, 606.
Andrade e Silva, J. J. de: XVIII, 275.
*André, Manuel: 10, 68, 109, 133.
*Andreoni, João António: 146, 312, 330, 342, 343, 378, 436, 598.
Angelis, Pedro de: 34.
Angola: 11, 24, 44, 48, 138, 187, 265, 425, 426, 488, 593, 594.
Angola, Veríssimo: 201.
Angra do Heroísmo: 20, 603.
Angra dos Reis: 117, 118.
Antilhas: 230.
*António, José: 7.
*António, Vito: 411, 431, 432, 467.
*Antonil, André João: XVIII, 183, 195. Vd. Andreoni.
Antonina: 455.
*Antunes, Bernardo: 599.
*Antunes, Inácio: 444, 457.
*Antunes, João: 603.
*Antunes, José: 599.
Antunes, Maria: 412.
Antunes Maciel, António: 373.
*Antunes Vieira: 265.
*Aquino, Tomás de: 155, 431, 443, 454, 456, 601.
Aquino Correia, D. Francisco de: 224.
Araçatiba: 113.
Arada: 423, 594.
Araguari: 191.
*Aranha, António: 395, 411.
Araranguá: 475, 477, 480.
Arariguaba: 218.
Araruama: 90.
*Araújo, António de: 473, 481, 483, 486, 488, 490.
*Araújo, Domingos de (1): 599.
*Araújo, Domingos de (2): 602, 603.
Araújo, Domingos da Costa: 111.
Araújo, Francisco Gil de: 145, 151, 189.
*Araújo, João de: 108.
*Araújo, José de: 28.
*Araújo, Manuel de: 110, 111.
Araújo Lima, Manuel de: 75.

Araújo Viana, Ernesto de: 23.
*Arce, José Francisco de: 214.
Arcos-de-Val-de-Vez: 599.
Arezzo: 598.
Argel: 330, 338.
Argentina: 542, 550.
*Arias, Alonso: 214.
*Arizzi, Conrado: 592.
*Armínio, Leonardo: 8.
Arouche, Agostinho Delgado: 372.
Arraial do Bom Jesus: 177.
Arzão, Brás Rodrigues de: 317, 360, 361.
Arzão, Cornélio Rodrigues de: 360.
Arzão, José Vieira de: 462.
Arzão, Manuel Rodrigues de: 360.
Asseca, Visconde de: 42, 87, 91.
Assis, Eugénio de: 158.
Assumar, Conde de: 58, 69, 192, 193, 195, 198, 363.
Assunção: 215, 244, 245, 473.
*Astrain, António: XVIII, 213, 252.
Ataíde, Gaspar da Costa de: 50.
Atouguia, Conde de: 137, 282, 299-301.
Aveiro, Duque de: 582.
*Avelar, Francisco de: 10.
Avelãs: 136.
Ayolas, João de: 215.
Azambuja, Conde de: 218.
Azeméis: 598.
Azarola Gil, Luiz Enrique: 540.
Azeitão: 224, 411, 432, 458.
Azeredo, António de: 187.
Azeredo, Domingos de: 187.
Azeredo, Marcos de: 185, 187.
*Azevedo, Inácio de: 292.
Azevedo, João Cardoso de: 88, 92.
*Azevedo, João de: 471.
Azevedo Marques, Manuel Eufrásio de: XVIII, 233, 270, 292, 296, 301, 307, 356, 358, 360, 362, 363, 367-369, 416, 433, 436.
*Azpilcueta Navarro, João de: 184, 191.
Azurara: 590.
Baía: 4, 5, 7, 11, 12, 23, 29, 42-47, 75, 81, 103, 105, 129, 135, 138, 148, 149, 152, 177, 179, 187, 189, 196, 199, 208, 219, 229, 237, 246, 249, 251, 252, 255, 263, 265, 282, 292, 298, 300, 307, 309, 310, 222, 326, 337, 341, 342, 344, 361, 368, 400, 402, 407-409, 412, 414, 435, 471, 483, 488, 534, 552, 565, 583, 585, 587, 590-598, 603-605.
Baía Formosa: 119.
Balém, João Maria: 528, 531.
Balzac, H. de: 77.
*Banha, Francisco: 521.
*Banhos, Vicente dos: 140, 187, 188.

*Baptista, António: 75, 603.
*Baptista, João: 233.
*Baptista, José: 208, 210.
Baraiatiba: 378.
Barbacena: 192.
Barbalho, Luiz: 25.
Barbeita: 589.
Barbosa, António: 419.
*Barbosa, Domingos: 10, 157, 597.
*Barbosa, Inácio: 344.
Barbosa, Rui: 393.
Barbosa Machado, Diogo: XVIII, 15, 19, 26, 28, 47, 343, 408, 593, 596, 602, 604.
Barcelinhos: 599.
Barcelos, José: 86.
*Barreira, João: 590.
*Barros, André de: XVIII, 341.
*Barros, Gregório de: 137, 140.
*Barros, João de: 210.
Barros, João António de: 365.
*Barros, Leandro de: 110.
Barros, Pedro Vaz de: 401.
*Barros, Simão de: 601.
Barroso, Gustavo: 45.
*Basílio da Gama, José: 198.
Bastide, Roger: 371.
Basto: 79.
Bataglini, Jerónimo: 271.
Baturité: VII.
Belém da Cachoeira: 75, 354.
Belém do Pará: 248.
*Bellavia, António: 167, 177, 592.
*Belleci, Aloísio: 605.
Belmonte: 392.
Benavides, Maria de Mendoça e: 42.
*Benci, Jorge: 14, 311, 312, 325, 328, 342-344.
Benevente: 150, 151.
Benito, André: 445.
Bento XIV: 199, 387.
*Bernardes Francisco: 531, 532.
*Bernardino, José: 450, 598, 634.
*Beró, João Baptista: 595.
Bertioga: 240.
*Bettendorff, João Filipe: XIX, 140, 291, 557, 595, 599.
Bicudo Chacim, Bernardo: 372.
Bivona: 591.
Boiteux, Lucas A.: 462, 466, 472.
Bolívia: 220.
*Bonajuto, Ascânio: 160.
Bonifácio de Andrada e Silva, José: 367.
*Bonomi, João Ângelo: 599.
*Bonucci, António Maria: 402, 598.
Borba: 214.
Borba, Belchior de: 276.

Borda do Campo: 192.
*Borges, Gaspar: 22.
Borges, Helena: 242.
*Borges, João: 110.
*Borges, Manuel: 457.
*Borges, Martinho: 428, 432, 601.
Borges da Fonseca, António José Vitoriano: XIX, 147.
Borges de Sampaio, António: 191.
Bornes: 7, 401.
*Boroa, Diogo de: 21.
*Botelho, Francisco: 600.
*Botelho, Luiz: 601.
*Botelho, Nicolau: 133, 254, 255, 257, 407, 590, 603.
Botucatu: 374.
Bouganville: 535.
*Bourel, Filipe: 600.
Braga: 7, 154, 161, 210, 389, 427, 589, 593, 597, 603.
Bragança: 412, 543, 602.
Bragança, Duque de: 272.
*Brás, Afonso: 133, 134, 136, 142, 404.
Brasil: passim.
*Brewer, João de: 605.
Brito, Gonçalo José de: 112, 114.
*Brito, S. João de: 411.
Brito Pereira, Alberto de: 606.
Buarque de Holanda, Sérgio: 231, 357, 360, 370, 374, 401.
Bueno, Amador: XII, 238, 253, 262, 274, 295, 296, 375.
Bueno da Veiga, Amador: 349, 394-397.
Bueno, Bartolomeu: 317, 407.
Bueno, Domingos da Silva: 317.
Bueno, Jerónimo: 392, 542.
Bueno, Manuel da Fonseca: 317.
Buenos Aires: 21, 33, 215, 294, 307, 473, 537-546, 550, 555.
Buiru: 529.
*Bulhões, Fabiano de (1): 411, 432.
Bulhões, Fabiano de (2): 151.
Bulhões, D. Fr. Miguel de: 30.
Caaçapa-Guazu: 250.
Cabeça de Vaca: 215.
Cabo de Boa Esperança: 495.
Cabo Frio: 13, 24, 80, 81, 90, 94, 109, 119, 120, 122, 436, 565, 583, 584, 587.
Cabo do Norte: 45, 306, 533.
Cabo de S. Tomé: 84.
*Cabral, Luiz Gonzaga: XIX.
Cabral, Osvaldo R.: 467, 469, 470, 472.
Cacunda, Pedro Bueno: 154.
Cadaval, Duque de: 49, 342.
Cádis: 42.
*Caeiro, José: XIX, 19, 29, 30, 66, 88, 92, 94, 112, 114, 115, 210, 364, 366, 369, 413, 414, 457, 460.

Caetano de Sousa, D. António: 534.
Caiena: 45.
Caiola, Júlio: 425.
Cairuçu: 102.
Caldas, José António: 144, 150.
Calheiros, Domingos Barbosa: 281.
Calixto, Benedito: 457.
Calmon, Pedro: XIX, 51, 282, 540, 546.
Caltanisetta: 592.
Camacho, Catarina: 358, 359, 361, 367, 385, 391.
Camacho, Inês: 242.
Câmara Coutinho, Luiz Gonçalves da: 322, 326, 330, 342, 345.
Camargo, Fernão de (1): 254, 262, 269, 284, 296, 297.
Camargo, Fernão de (2): 403.
Camargo, Jerónimo de: 276, 281, 284, 289, 317.
Camargo, José de: 376.
Camargo, José Ortiz de: 281, 298, 299, 301, 303, 317.
Camargo, Pedro Ortiz de: 315.
*Camelo, Francisco: 598.
*Camilo, Paulo: 596.
Caminha: 23, 294, 392.
Camões, Luiz de: 27, 58.
Campbell, Coulen: 198.
*Campo, António do: 405.
Campo Grande: 22.
Campo y Medina, Juan del: 295.
Camponezco, Clemente José Gomes: 365.
Campos: 66, 87, 88, 94, 135, 147, 240.
*Campos, Baltasar de: 595.
*Campos, Estanislau de: 52, 53, 137, 179, 344, 369, 373, 401, 403, 410, 444.
Campos (Field?), Roberto de: 6, 13, 55, 179.
Campos Bicudo, José de: 372, 373.
Campos Bicudo, Manuel de: 373.
Campos Sales, Manuel Ferraz de: 210.
Canabrava, Alice Piffer: 294.
Cananéia: 278, 324, 380, 415, 433, 437, 441, 448, 453, 478, 480, 486-488, 522, 565, 588.
*Canísio, Rogério: 605.
Cano: 592.
Cantanhede: 601.
*Capacci, Domingos: 115, 211, 460, 524, 526, 527, 549, 550, 604.
Capaoba: 582.
*Capelli, Félix: 602.
Capistrano de Abreu, J.: XIX, XXI, 20, 78, 79, 252, 353, 393, 485, 596.
Capistrano de Abreu, Maria José: 20.
Caraffa, Cardeal: 271.

*Caraffa, Vicente: 277, 423, 424.
*Carandini, Francisco: 596, 597.
Caratinga: 185.
Caravelas: 184.
*Carayon, Augusto: XIX, 223, 531.
Cárdenas, D. Bernardino de: 249.
Cardim, Elmano: 606.
*Cardim, Fernão: 8, 458, 589.
*Cardim, Manuel: 7.
*Cardoso, António: 12, 22, 51, 53, 111, 114, 450, 603.
Cardoso, Domingos: 139.
*Cardoso, Estanislau: 369, 457.
Cardoso, João Vaz: 401.
Cardoso, Jorge: XIX.
*Cardoso, José: 602.
*Cardoso, Lourenço: 382, 408.
*Cardoso, Luiz: 600, 605.
*Cardoso, Manuel (1): 406, 431.
*Cardoso, Manuel (2): 127, 128, 191.
Cardoso, Manuel da Silveira Soares: 197.
*Cardoso, Miguel: 11, 634.
*Cardoso, Rafael: 591.
Carlos V: 244, 539, 572.
Carmona, Presidente: XVI.
*Carneiro, António (1): 594.
*Carneiro, António (2): 72.
*Carneiro, Francisco (1): 8, 20, 38, 39, 41, 115, 187, 189, 234, 236, 242, 247, 261, 273, 275, 406, 427, 446, 473, 483-485, 489-494, 520, 588, 594.
*Carneiro, Francisco (2): 599.
*Carneiro, Paulo: 634.
*Carrez, Luiz: 112, 115.
*Carvalhais, Jacinto de: 10, 255, 263, 297, 416-421, 431, 590.
*Carvalho, Agostinho de: 595.
*Carvalho, Bartolomeu de: 590.
Carvalho, João Vaz de: 400.
Carvalho, D. Lino Deodato Rodrigues de: 393.
*Carvalho, Paulo de: 591.
*Carvalho, Luiz: 11, 15, 16, 93.
Carvalho, Tomás de: 92.
Carvalho Franco: 281, 293, 475.
Casado, Domingos: 100.
*Casimiro, Acácio: 532.
Cassão, João de Brito: 407.
Castanho, Simão Ribeiro: 262.
Castel Gandolfo: 149, 412.
Castela: IX, 41.
Castelo: 154.
Castelo Branco, Bento Ferrão: 282, 285, 288.
Castelo Melhor, Conde de: 153, 299.
Castelo Novo, Marquês de: 192.
Castiglione, José: 374.

*Castilho, B. João de: 590.
*Castilho, José de: 190, 206, 207, 209, 210, 357, 380.
Castracani, Alexandre: 252, 569, 571.
*Castro, Estêvão de: 218, 219, 222, 224.
Castro, Eugénio de: 408.
Castro, José de: XIX, 199, 207, 210.
Castro e Almeida, Eduardo de: 188.
Castro Morais, Francisco de: 50, 51.
Castro Nery: 391.
Catarina de Bragança, Rainha D.: 11.
Cavalinho, Luiz Rodrigues: 262.
Cavendish: 434.
*Caxa, Quirício: 241.
Ceará: VII, 10, 595.
Ceballos, Pedro: 548, 549.
Ceia: 390.
Cerqueira e Silva: 210.
Cêrro Frio: 188.
Cêrro de S. Miguel: 468, 470.
Charcas: 541.
Chateaubriand, Francisco Renato de: 250, 553.
Chaves, Cristóvão de: 591.
Chaves, Duarte Teixeira: 113.
Chaves, Pedro Pereira: 528.
Chaves de Almeida, Manuel: 459.
*Chiari, Ortênsio M.: 154.
Chichas: 541.
Chile: 42, 46, 331, 535, 541.
China: 20, 46.
Cidade, Hernâni: XIX.
Cintra: 597.
Ciudad Real: 250.
Ciudad de los Reys: 335.
*Clemente, Manuel: 133.
*Cocleo (Coclé), Jacobo: 10, 595.
*Coelho, Agostinho: 592, 593.
*Coelho, António: 7.
*Coelho, Domingos: XVII, 8, 186, 368, 521, 592.
*Coelho, Filipe: 11, 189, 308.
*Coelho, Joaquim Duarte: 198.
*Coelho, José (1): 634.
Coelho, José (2): 276.
*Coelho, Manuel: 605.
*Coelho, Marcos: 12.
*Coelho, Salvador: 590.
Coelho, Simão: 276.
Coelho de Carvalho, António de Albuquerque: 52, 53, 373, 409, 411.
Coimbra: 6, 28, 136, 150, 335, 343, 367, 390, 399, 532, 590, 596, 598, 599, 601, 604, 605.
Coimbra, Fr. Francisco de: 262.
Colbert: 46.
*Colaço, Cristóvão: 596.
Colaço, Francisco Vieira: 462.

Colaço, Gaspar Godoi: 317.
Colónia: 600.
Colónia do Sacramento: IX, XVII, 21, 306, 309, 310, 409, 523-526, 529, 533-550.
Como: 596.
Conceição (Papucaia): 115.
Conceição (S. Paulo): 379.
Conceição da Serra: 179.
*Cordara, Júlio César: XIX, 81-83, 121, 166, 167, 480, 481, 490, 592.
*Cordeiro, Cristóvão: 7.
*Cordeiro, Francisco: 7.
Córdova, Fernão Rodrigues de: 262.
*Correia, António (1): 192-194.
*Correia, António (2): 460.
Correia, Duarte: 102.
Correia, Gaspar: 285.
*Correia, Inácio: 412, 432.
*Correia, Jorge: 25, 257, 416, 428.
*Correia, Manuel (1): 312, 313, 318-320, 382, 409, 597.
*Correia, Manuel (2): 322, 600.
*Correia, Manuel (3): 179, 432, 603.
Correia, Manuel (4): 571.
Correia, Martim: 83, 92.
*Correia, Pedro (1): 436, 441, 463.
*Correia, Pedro (2): 594.
*Correia, Tomé: 113.
Correia de Alvarenga, Tomé: 54, 109.
Correia Filho, Virgílio: 215, 221.
Correia Vasqueanes, Martim: 86.
Corrientes: 555.
Côrte Real, Diogo de Mendonça: 19, 20.
Côrte Real, João Afonso: 220.
Côrte Real, Tomé Joaquim da Costa: 115, 128.
Cortês, Francisco de Siqueira: 459.
Cortês, Gaspar Fernandes: 317.
*Cortês (ou Côrtes), Manuel: 11, 137, 597.
Cortês, Pedro Dias: 459.
Corumbá: 215.
Costa, António Luiz da: 462.
Costa, Brás da: 109.
Costa, Cláudio Manuel da: 28.
*Costa, Cristóvão da: 454, 457.
*Costa, Francisco da (1): 599.
Costa, Francisco da (2): 201.
*Costa, Gonçalo da: 157, 391.
*Costa, José da (1): 230, 233, 234.
*Costa, José da (2): 8, 34, 36, 489, 591.
*Costa, Lourenço da: 602.
Costa, Lúcio: XIX, 23, 24, 89, 111, 122, 150, 180, 231, 392, 393, 434.
*Costa, Manuel da (1): 9, 54, 70, 426.
*Costa, Manuel da (2): 235.

Costa, Manuel da (3): 599.
*Costa, Marcos da: 8, 589.
*Costa, Miguel da: 432, 602.
Costa, Pero da: 426.
Costa, D. Rodrigo da: 144.
Costa Barros, Francisco da: 236, 324.
Costa Mimoso, Manuel da: 55, 87, 91, 111.
Costa Pereira, Carlos da: 464.
Costa Rubim, Brás da: 24.
Cotia: 365.
Coura 604.
Coutinho, Francisco de Aguiar: 138, 151, 580.
*Coutinho, Manuel: 594.
*Couto, António do: 605.
*Couto (ou do Pôrto), António do: 425, 595.
*Couto, Gonçalo do: 137.
*Couto, Lopo do: 590.
*Couto, Manuel do: 108, 136, 584, 590.
Couto de Magalhães: 393.
Couto Reis, Manuel Martins do: XIX, 66, 240.
Covilhã: 594.
Crato: 590.
*Craveiro, Lourenço: 375, 408, 596
Cremona: 596.
*Crisóstomo, João: 545, 549.
*Cruz, António da (1): 430.
*Cruz, António da (2): 22, 137, 198, 428, 431, 443, 450, 454, 457, 467, 468.
*Cruz, Francisco da: 343.
*Cruz, Manuel da (1): 601.
*Cruz, Manuel da (2): 190.
Cruz, D. Frei Manuel da: 199, 200, 202.
Cruz e Silva, José da: 154.
Cubas, Francisco: 285.
Cubatão: 258, 349, 366.
Cucanha: 150.
Cuiabá: 197, 216-223, 248.
*Cunha, António da: 604.
Cunha, Henrique da: 391.
Cunha, Isabel da: 391.
*Cunha, João da: 24.
Cunha, Matias da: 307.
*Cunha, Pedro da: 593.
*Cunha, Vitoriano da: 412.
Cunha Matos, Raimundo José da: 208, 209, 211.
Cunha Rivara, Joaquim Heliodoro da: XX, 12, 214, 527, 593.
Curado, Gaspar: 165.
Curitiba: 380, 441, 446-453, 458-460.
Cursino de Moura, Paulo: 393.
Cuyos: 541.
Daemon, Basílio Carvalho: XX, 135, 136, 145, 150, 152, 157, 160, 178.

*Damien, Jacques: 592.
*Daniel, Gabriel: 26.
*Daniel, João: 560.
Dantas, Pedro de Morais: 242, 391.
Dantas, Paulo da Rocha: 459.
*Delebecq, António: 593.
Denis, P.: 248.
Denouilher, Guilherme: 400.
Destêrro: 461, 463, 467-472, 528.
Destêrro, D. António do: 29, 30, 73, 87.
Diamantino: 224.
*Dias, Anastácio: 358.
*Dias, António: 145.
*Dias, Caetano: 114, 457, 471.
*Dias, Domingos: 280, 281, 408, 431, 542, 549.
*Dias, Francisco: 429, 495.
*Dias, Inácio: 379.
*Dias, João: 602.
*Dias, Manuel: 11, 25, 26, 90, 117, 122, 196, 378, 449, 451, 598.
Dias, Maria: 255.
*Dias, Mateus: 39, 490.
*Dias, Pedro: 137.
Dias de Morais, Francisco Velho: 391.
Dias Pais, Fernão (1): 358, 367, 385, 391.
Dias Pais, Fernão (2): 254, 358, 392, 409.
Dias Pais, José: 409.
Dias Velho, Francisco: 392, 466.
Dias Velho, Manuel: 392.
*Dinis, Manuel: 155.
*Duarte, Baltasar: 10, 11, 597, 601.
Duarte, Pantaleão: 584.
Duarte, Paulo: XVI, 361.
Duclerc, João Francisco: 46, 49, 73, 104.
Duguay-Trouin, Renato: XII, 46, 49, 52, 53, 104.
Dundee: 6.
Durão, Manuel da Silva: 400.
*Eckart, Anselmo: 214.
Egas, Eugénio: 372.
Egipcíaca Domingues, Maria: 360, 364.
*Elmes, João: 591.
Embu-Guaçu: 360, 364.
Enseada de D. Rodrigo: 502.
Entres, Alberto: 462.
Ervedal: 590.
Escócia: 179.
Escoto, Francisco: 262.
Escudeiro Ferreira de Sousa, Manuel: 469, 470.
Espanha: XVI, 42, 213, 222, 250, 307, 309, 338, 339, 350, 505, 523, 533, 539-548, 551, 555-560.
Espinho: 595.

Espírito Santo: IX, XIII, XVI, 21, 24, 29, 75, 78, 87, 119, 120, 126, 128, 131-180, 185-190, 240, 395, 409, 412, 415, 425, 534, 542, 552, 556, 580-584.
*Estancel (ou Stancel), Valentim: 596.
*Estêves, Jorge: 24.
Estremoz: 597, 600.
Etiópia: 246.
Europa: X, XVII, 13, 192, 204, 399, 457, 591, 605.
Évora: 32, 34, 343, 526, 527, 590-593, 599-601, 604.
Évreux: 60.
*Fagundes, Manuel: 145.
Falcão, Gaspar de Sousa: 317.
*Falleto, João Mateus: 155.
Famalicão: 408, 600, 602.
Faminne: 592.
*Faria, Francisco de: 7, 469, 472, 528.
*Faria, Gaspar de: 378, 545, 546.
*Faria, Simão: de 594.
Faria, Tomé Tôrres de: 286.
*Farinha, Manuel: 352, 353.
Faro: 595, 597.
Farto, Francisco da Costa: 450.
Fazenda de Água Branca: 365.
— *Rio Anhembi:* 355.
— *Araçariguama:* 355, 364, 370-372, 380, 397.
— *Araçapiranga:* 365.
— *Araçatiba (Engenho):* 143, 152, 155-158.
— *Bananal:* 365.
— *Boavista:* 365.
— *Borda do Campo* (1): 428.
— *Borda do Campo* (2): 460.
— *Botucatu:* 355, 365, 372.
— *Buraco:* 365.
— *Butantã:* 365.
— *Caçaroca:* 157.
— *Camamu:* XVII.
— *Camboapina:* 156.
— *Campos dos Goitacases:* 21, 61, 66, 67, 78-94, 109, 192, 580.
— *Campos Novos:* 79, 90-94.
— *Capela Velha:* 374.
— *Carapina:* 143, 151, 152.
— *Cubatão:* 355, 366.
— *Curitiba:* 428, 455.
— *Embuaçaba:* 365.
— *Engenho Novo:* 68, 69.
— *Engenho Velho:* 68.
— *Gado Bravo:* 211.
— *Gilbué:* 211.
— *Guarei:* 355, 372, 373.
— *Inhubuçu:* 365.
— *Itapoca:* 143, 152.
— *Itatinga:* 428.

Fazenda de Japi: 375.
— *Jerubati:* 365.
— *Jundiaí:* 375, 377.
— *Lagoa:* 365.
— *Lapa:* 366.
— *Macacu:* 113, 114.
— *Macaé:* 79, 84, 92, 94.
— *Maecaxará:* 84, 93.
— *Manaqui:* 375, 377.
— *Mandei:* 365.
— *Moinho Velho:* 365.
— *Morretes:* 455.
— *Muribeca:* 143, 152-157, 192.
— *Murundu:* 71.
— *Ortigas:* 211.
— *Pacaembu:* 355, 365.
— *Papucaia:* 114.
— *Pedras:* 365.
— *Pindobeira:* 211.
— *Piraquirimirim:* 452.
— *Piratininga:* 365.
— *Pitangui:* 452, 455, 460.
— *Ponta dos Búzios:* 84.
— *Ponte da Cotia:* 365.
— *Porta:* 156.
— *Recolhimento:* 211.
— *Rocio:* 455.
— *Saco de S. Francisco Xavier:* 51, 111, 112.
— *Sacramento:* 156.
— *Santa Ana:* 152, 355, 375-377.
— *Santa Ana (Engenho):* 605.
— *Santa Cruz:* 22, 54-60, 88, 109, 520.
— *S. Cristóvão:* 67, 69-72, 152.
— *S. Inácio:* 374.
— *S. José dos Campos da Paraíba:* 355, 364, 367-369, 378.
— *S. Pedro do Iporanga:* 427, 428, 489.
— *Sergipe do Conde (Engenho):* 592, 605.
— *Superagui:* 455.
— *Tabatinguá:* 365.
— *Taguaí:* 365.
— *Tanque (Quinta do):* 152.
— *Taperuçu:* 365.
— *Tietê:* 375.
— *Tremembé:* 375, 377.
— *Ubutuabaré:* 372.
Feijó, Luiz: 418.
*Fernandes, António (1): 368.
Fernandes, António (2): 462.
*Fernandes, Ascenso: 602.
*Fernandes, Baltasar (1): 8, 136.
Fernandes, Baltasar (2): 256.
Fernandes Cornélio: 240, 241.
*Fernandes, Diogo: 150, 404.
*Fernandes, Francisco: 8, 44, 83, 394, 431.

*Fernandes, Gaspar (1): 566.
*Fernandes, Gaspar (2): 79.
*Fernandes, Manuel (1): 136.
*Fernandes, Manuel (2): 42, 45, 166, 424, 488.
Fernandes, Margarida: 150.
*Fernandes, Pedro: 64, 65.
*Fernandes Gato, João: 167, 473, 477, 478, 564, 567.
Fernandes Pinheiro, José Feliciano: 469.
Ferrara: 595.
Ferraz, João Pedro de Sousa Sequeira: 141, 142.
*Ferraz, Manuel: 13, 138, 549.
*Ferreira, André: 199.
*Ferreira António: 600.
Ferreira, Brás Lopes: 450.
*Ferreira, Domingos: 136.
*Ferreira, Estêvão: 431.
Ferreira, Félix: 16.
*Ferreira, Francisco (1): 236, 239, 407.
*Ferreira, Francisco (2): 603.
Ferreira, Gaspar Cubas: 315.
*Ferreira, João: 431.
*Ferreira, José: 22.
Ferreira Lima, Henrique de Campos: 220.
*Ferreira, Manuel (1): 590.
*Ferreira, Manuel (2): 600.
*Ferreira, Martim: 605.
Ferreira, Tito Lívio: 393.
*Ferreira, Vicente: 604.
Ferreira dos Santos, António Alves: 534.
*Ferrusini, João Baptista: 21.
Feu de Carvalho: 198.
*Fialho, Bernardo: 138, 148.
*Figueira, Luiz: 17, 408.
Figueiredo, Fidelino de: 550.
Figueiredo, Flávio Poppe de: XXI.
*Figueiredo, José de: 605.
*Figueiredo, Manuel de: 597, 598.
*Figueiredo, Pedro de: 423, 431, 594.
Figueiredo, Teresa Gomes de: 111.
*Figueiroa, Carlos de: 600.
*Filds, Tomás: 405.
Filipe IV: 246, 251, 264, 273, 274.
Filipe V: 46, 544.
Filipinas: 539.
Flandres: 583.
Flecknoe, Ricardo: 13.
Fleiuss, Max: 25.
Floriano, Raúl: 192.
Florianópolis: 461, 463.
*Fonseca, António da (1): 597.
*Fonseca, António da (2): 601.
*Fonseca, Caetano da: 7.

*Fonseca, Diogo da: 344, 431.
*Fonseca, Francisco da: 416, 419, 420, 431.
Fonseca, João Severiano da: 218.
*Fonseca, Manuel da: XX, 142, 154, 194, 305, 356, 357, 359, 362, 367-371, 381, 397, 401, 411, 412, 459.
Fonseca, Manuel Gonçalves da: 400.
Formoselha: 596-598, 600.
*Forti, António: 9, 10, 69, 71, 84, 109, 592.
*Fraga, Francisco: 110.
Fraga, Jorge: 155.
França: 14, 45, 60, 338, 350.
França, António de: 17.
França, João Rodrigues: 446, 458.
*França, Júlio de: 137, 458.
*Francisco, Manuel: 94.
*Franco, António: XX, 26, 34, 150, 343, 589, 591-603.
*Franco, Filipe: 425, 594.
*Frazão, Francisco: 110, 320, 322, 409, 431.
Frazão de Sousa, Francisco: 54.
Freire de Andrade, Gomes (Bobadela): 19, 29, 115, 201, 202, 228, 353, 531, 554, 555, 557.
Freire de Andrade, José António: 128.
Freire, Olavo: 56.
*Freitas, António de: 366.
Freitas, Luiz Henrique de: 201.
*Freitas, Manuel de: 401, 603.
*Freitas, Rodrigo de: 136.
Freitas de Azevedo, Lucas de: 256, 258, 260.
Freitas Branco, Francisco de: 361.
Freitas Guimarães: 433.
Fronteira: 592.
*Furlong Cardiff, Guillermo: 213, 541, 542, 547, 550.
Furquim, Estêvão: 385.
*Furtado, Manuel: 549.
*Gabriac, Alexandre de: 60.
Gabriac, Marquês de: 60.
Gaga, Maria: 375.
*Gago, Afonso: 232, 233, 344, 464, 473-476.
Gago, Henrique da Cunha: 303.
Gago, Simão da Cunha: 370.
*Galanti, Rafael M.: XX.
Gallois, L.: 248.
*Galvão António: 548, 549.
Galvão, D. António da Madre de Deus: 413.
Galvão, Manuel: 537, 539.
Galveias, Conde das: 129, 148, 192.
*Gama, André da: 599.
*Gama, António da: 591.

*Gama, Bento da: 590, 591.
*Gandolfi, Estêvão: 11, 118, 409.
Gandra (S. Miguel da): 601.
*Garcia, Domingos: 159, 180.
*Garcia, Manuel: 602.
Garcia, Rodolfo: XX, XXI, 78, 96, 112, 194, 493, 543, 544, 546.
Garcia Velho, Domingos: 285.
Garro, D José de: 537, 538, 541.
Garoupas (Enseada das): 462, 486.
Gateira: 161.
*Geraldes, José: 200.
*Giattino, Francisco: 593.
Gibraltar: 536.
Gil, Manuel: 297.
Giquitaia: 75, 368.
*Godinho, António: 595.
Godoi Moreira, António de: 370.
Godoi Moreira, Gaspar: 300.
Goiana: 7, 582.
Goiás: XIII, 151, 190, 191, 198, 204-212, 377, 428, 526.
Góis: 600.
Góis, Gil de: 79.
Góis, Hildebrando de Araújo: 67.
*Góis, Luiz de: 431.
Góis, Pero de: 79, 408.
*Góis, Rui de: 591.
*Gomes, António: 324, 431, 489, 590.
*Gomes, Atanásio: 94.
Gomes, Belchior: 149.
Gomes, Estêvão: 80, 120, 121, 566.
Gomes, Fernão Rodrigues: 412.
*Gomes, Francisco: 454, 457.
Gomes, Gaspar: 262.
*Gomes, Henrique: 137, 324, 476, 590, 591.
*Gomes, João: 452, 453, 457, 459, 462, 467.
*Gomes, José: 605.
*Gomes, Manuel (1): 592.
*Gomes Manuel (2): 22.
Gomes, Manuel Francisco: 27.
*Gomes, Pascoal: 432.
*Gomes, Sebastião: 231-233, 241, 406.
Gomes da Silva, Venceslau: 207-209.
*Gonçalves, Adão: 405.
*Gonçalves, Antão: 597.
*Gonçalves, António (1): 136.
*Gonçalves, António (2): 423.
*Gonçalves, António (3): 368.
Gonçalves, Bartolomeu: 391.
Gonçalves, Custódia: 392.
*Gonçalves, Fabião: 380.
*Gonçalves, Francisco: 84, 126, 137, 139, 140, 146, 272, 280, 285, 288, 291, 292, 298, 426, 594, 595.
*Gonçalves, Gabriel: 405.

*Gonçalves, Gaspar (1): 598.
*Gonçalves, Gaspar (2): 7.
*Gonçalves, Lourenço: 86, 89.
Gonçalves, Maria: 355, 385.
*Gonçalves, Mateus: 589.
*Gonçalves, Matias: 36, 137.
*Gonçalves, Miguel: 593.
*Gonçalves, Simão: 404.
*Gonzaga, Manuel: 603.
*Gorzoni, João Maria: 597.
*Gouveia, André de: 605.
*Gouveia, Cristóvão de: 113.
*Gouveia, Pedro de: 241.
*Grã, Luiz da: 374.
Gregório XIII: 446.
Gregório XIV: 388.
*Greve, Aristides: XX, 190, 200, 210, 213.
Guadalupe, D. Fr. António de: 13, 30.
Guairá: 32, 213, 248-250, 490, 519.
Gualberto, João: 63, 64.
Guaporé: 213, 548.
Guaraparim: 146.
Guaratiba: 22, 54, 115, 492, 494, 552, 580.
Guaratinguetá: 379.
Guarda: 390, 401, 601, 603.
Guedes, João Dias: 139.
Guerra, Francisco Rodrigues da: 253, 255, 285, 286, 288, 300.
*Guerreiro, Fernão: 406.
*Guerreiro, Manuel: 604.
*Guilherme, Pedro: 602.
*Guilhermy, Elesban de: XX.
Guimarães: 263, 407, 590, 597, 598, 604, 605.
Guimarães, Manuel Gonçalves: 455.
Guiné: 33, 267, 312, 572, 586.
*Guinzel (Ginzl), João: 600.
*Guisenrode, António de: 604.
Gurupá: 325.
*Gusmão, Alexandre de (1): 302, 306, 312, 315-320, 322, 325, 328, 330, 342, 343, 346, 354, 368, 431, 433.
*Gusmão, Alexandre de (2): 379, 431.
Gusmão, Alexandre de (3): XIII, 7, 433, 554.
*Gusmão, Bartolomeu Lourenço de: 7, 433.
Haddock Lôbo, Roberto: 93
Hamburgo: 591.
Herédia, João Martins: 242.
*Hernández, Francisco Javier: 534.
*Hernández, Pablo: 252.
Heyn, Piet: 138.
Holanda: 292, 350, 592.
Homem, António Pinto: 112.

Homem da Costa, João : 286, 288.
Homem de Melo: 212.
*Honorato, João: 128, 404, 412.
*Hons, Teodoro: 596.
Humboldt, Alexandre: 556.
*Huonder, António: 601.
Ians, Guilherme: 138.
Ibiapaba: 391, 409.
Ibituruna: 361.
Ichuí: 528, 530.
Iguape: 256, 278, 324, 380, 415, 433, 436, 437, 448, 453, 480, 565.
Iguaraçu: 471.
Ilha dos Açores: 468, 470.
— *Anhatōmirim:* 469.
— *Armação das Baleias:* 75.
— *Bananal:* 212.
— *Cobras:* 457, 580.
— *Cotinga:* 446, 448.
— *Furada:* 87.
— *Governador:* 22.
— *Grande:* 22, 45, 117, 118, 324, 375, 480, 522, 588.
— *João Damasceno:* 72.
— *Madeira:* 375, 389, 408.
— *Martinica:* 50.
— *Melões:* 72, 74.
— *Pedra da Água:* 135.
— *Pombeba:* 72.
— *Remédio:* 461.
— *Santa Ana (Goiás):* 211, 212.
— *Santa Ana (Macaé):* 79, 81, 566, 583.
— *Santa Catarina:* 433, 448, 461, 463, 464, 466, 477, 485, 486, 495, 496, 530, 538, 540, 565.
— *S. Amaro:* 427.
— *S. Domingos:* 230.
— *S. Francisco:* 461, 494.
— *S. Gabriel:* 536.
— *S. Miguel:* 20, 593, 594, 602.
— *S. Sebastião:* 480.
— *Santos:* 366.
— *Sinal do Andrada:* 135.
— *Terceira:* 20, 410.
— *Velas:* 539.
— *Villegaignon:* 72.
Ilhéus: 452, 542, 591, 592, 605.
Índia: 246, 265, 520, 546, 572.
Índias de Castela: 408.
Índias Meridionais: 252.
Índias Ocidentais: 252.
Índia Maria (de Itanhaém): 434.
Índio Aberaba: 115, 484.
— Amador de Sousa: 119.
— André de Oliveira: 358.
— Anhangari: 475.
— Anjo do Rio Grande: 483.

Índio Ara Abaetê: 501, 502, 508, 509.
— Araraibé: 480.
— Arariboia: 108, 119, 483.
— Ararobá: 169.
— Bacaba: 484.
— Baltasar de Caracé: 582.
— Boipeba: 484.
— Camarão, D. António Filipe: 583.
— Cameri: 215.
— Caraibebe (Anjo): 493, 507, 508, 518, 519, 521.
— Conta Larga: 479.
— Cotiguara: 483.
— Dia de Juízo: 502, 508, 509.
— Capitão Diogo Rodrigues: 584.
— Grande Anjo: 478, 479, 502.
— Grande Papagaio: 493, 521.
— Gregório: 159.
— Guaçucangoeraí: 169.
— Guaririaz: 222.
— Ibapari: 503.
— Igparuguaçu: 480.
— Itapari: 483, 486, 502, 503, 506.
— Jucuruba: 475.
— Jararoba: 475.
— João Pereira Cosme: 207.
— José Ladino: 529.
— Manuel de Sousa: 119.
— Maracanã: 484.
— Matias de Albuquerque: 115, 484, 494, 501, 507.
— Maurício de Albuquerque: 507, 508, 517, 518.
— Mbaetá: 483.
— Mequecágua: 473, 475, 476.
— Miguel da Silva: 358.
— Murunaguaçu: 509.
— Ndaiaçu: 169.
— Oacara Abaetê: 502.
— Papagaio: 473, 479, 517.
— Pindobuçu: 483.
— Rêgo: 207.
— Rodrigo de Miranda Henriques: 521.
— Salvador Correia de Sá: 521.
— Silvestre: 235, 483-485.
— Terreiro Espantoso: 502, 503, 482, 506-508, 518.
— Tibiriçá: 391.
— Tubarão: 473, 475, 477, 478, 482, 483, 485.
— D. Xiclano: 530.
Índios Aabuçus: 479.
— Abacuís: 475.
— Abacus: 457, 473, 479.
— Acroás: 206, 207, 210.
— Aimorés: 159-167, 190.
— Arachãs: 475, 477-480, 565, 567.

Índios Aturaris: 190.
— Barbacanes: 215.
— Bilreiros: 479.
— Bororós: 190.
— Brasis: 574.
— Caáguas: 475.
— Caiapós: 206.
— Carcabas: 206.
— Carijós: 18, 115-118, 233, 235 243,
    316, 406, 427, 441, 461-465, 473,
    475, 477-480, 484-489, 493-505,
    508, 509, 512-521, 564-567.
— Chacriabás: 208.
— Chavantes: 206.
— Charruas: 495, 529.
— Chiquitos: 213.
— Gaxarapos: 215.
— Gessaruçus: 122, 124, 126-129, 191,
    240-242.
— Goianases: 214, 243, 479, 489, 493,
    495, 509, 513, 514, 567.
— Goitacases: XI, 78, 80-83, 106, 120,
    121, 187, 235, 512, 565, 566.
— Guairenhos: 249.
— Guajaratas: 220.
— Guaranis: 537.
— Guaruçus: 123, 126.
— Guarulhos: 127, 146, 240-243.
— Guarumimins: 125, 126, 146, 240-
    242.
— Guaramins: 355.
— Guarus: 126.
— Guatos: 214, 215.
— Ibirajaras: 479.
— Jacaraibás: 208.
— Macoases: 210.
— Manipaques: 124, 191.
— Mares Verdes: 172, 173, 175, 176,
    184, 186.
— Maromomins: 112, 146, 240-242.
— Mequens: 220.
— Minuanos: 453, 525, 528, 529.
— Mojos: 213, 222.
— Nheengaíbas: 341.
— Pacobas: 127.
— Pagais: 215.
— Puiaguases: 221.
— Paraís: 215.
— Paranaubis: 159, 167, 185.
— Parecis: 215, 349.
— Pataxoses: 177, 188, 190.
— Puris: 124, 190-192
— Rodeleiros: 210.
— Quiriris: 598.
— Sabacoces: 215
— Sacurus: 128.
— Saicoces: 215.
— Saruçus: 128, 240.

Índios Tamoios: 80, 81, 83, 121, 512,
    566, 567, 587.
— Tapes: 503, 529, 537.
— Tupinambás: 150, 216, 587.
— Tupinaquins: 165, 174, 176, 185.
— Tupis: 479.
Inglaterra: 350, 417
Inhaúma: 22, 72.
Inocêncio Francisco da Silva: XX, 44,
    198.
Iperoíg: 378.
Irajá 22.
Itabaúna: 447.
Itacuruçá 22, 375.
Itália: 206, 210, 390.
Itambi: 114.
Itanhaém: 278, 324, 325, 372, 380, 415,
    419, 433-436, 480, 522, 588.
Itaoca: 88, 449.
Itatim: 213, 249, 250
Itu: 369, 373, 379, 380.
Jaboatão: 471.
Jaboatão, António de Santa Maria:
    271.
Jacareí: 367 378.
Jacarepaguá: 22, 75.
Jacobina: 148.
Jacuí: 151.
Jacutinga: 22.
*Jaeger, Luiz Gonzaga: 519, 590.
Japão: 595.
Jardim, Domingos Freire: 288, 289.
Jerónimo, Manuel, 41, 572, 573, 574.
*João, Gonçalo: 425.
João III, Rei D.: 228, 259.
João IV, Rei D.: 8, 41, 43, 96, 103,
    264, 267, 272-275, 295, 297, 299,
    339.
João V, Rei D.: 75, 198, 206, 343 388,
    409, 468, 526, 544, 545, 550, 554.
*Joaquim, Pedro: 604
Jorge, Aleixo: 392.
*Jorge, António: 154.
Jorge II: 179.
*Jorge, Simão: 405.
Jorge Velho, Domingos: 392.
Jorge Velho, Salvador: 317.
*José, Francisco: 190.
*José, Manuel: 22.
José, Rei D : 157, 209, 387, 468, 560.
Jucuruna: 119
Jundiaí: 367, 379, 380.
Juquiri: 367, 379.
Jurubatuba: 409.
Jurujuba: 112.
*Justiniano, Lourenço: 412.
*Juzarte, Manuel: 597.
*Kayling, José: 601.

Koin: 139, 140.
Komotau: 600.
Kurz: 556.
*Labbe, Filipe: 46.
*Labbe, José: 46.
La Blache, Vidal de: 248.
Lago, Brás Pereira do: 47.
Lago de S. António e Anjos: 21.
Lagoa: 469, 470.
Lagoa Feia: 86.
Lagoa Neguetuus: 214.
Lagoa dos Patos (R. G. do Sul): 472, 501.
Lagoa dos Patos (S. Catarina): 115, 117, 234-236, 245, 296, 441, 463, 465, 473-492, 522, 525, 564.
Lagoa Verde: 185.
*Lagott, Inácio: 592.
Laguarda, Pedro de: 435.
Laguna: 21, 115, 384, 448, 452, 453, 461, 462, 467, 468, 472, 473, 475, 478, 481, 483, 496, 502-504, 515, 518, 524-526.
Lamego: 389, 521, 596.
Lamego, Alberto: XVI, XX, 13, 15, 28, 48, 50, 66, 79, 82-84, 86, 87, 89, 91-92, 94, 114, 116, 120, 122, 128, 147-149, 153, 154, 240, 241.
Lamego, Alberto Ribeiro: 83, 240.
Landim: 600, 602.
Lapas: 596.
Lara, Diogo de Toledo: 385.
Lavradio, Marquês de: 27.
*Leão, Bartolomeu de: 431, 432.
*Leão, Inácio: 92.
*Leão, Manuel: 91, 147, 155, 367, 368.
*Leão, Pedro: 86, 88, 89.
Leiria: 233.
Leitão, António Amaro: 465.
Leitão, Diogo de Oliveira: 400.
*Leitão, Domingos: 343.
Leitão, Jerónimo: 355.
*Leitão, José: 7.
Leitão, Simão: 487.
Leite, Aureliano: 397.
Leite, Pascoal: 286, 288.
Leite, Pedro da Mota: 238.
*Leite, Serafim: XX, 12, 17, 76, 160, 215, 241, 294, 300, 441, 513, 606, 607.
Leite Cordeiro, J. P.: 390.
Leite da Silva, Maria: 392.
Lellis Vieira: XVI.
Leme, António da Silva: 459.
Leme, Luiz Dias: 369.
Leme, Mateus: 391.
Leme, Pero: 237, 382.
*Lemos, Francisco de: 233-235.
*Lemos, Fulgêncio: 590.
Lemos Conde, Manuel de: 446.

Lencastro, D. João de: 143, 144, 194, 435.
*Leonhardt: 250.
Leopoldo e Silva, D. Duarte: 239, 371.
Lessa, Clado Ribeiro de: 42, 44, 84, 212, 277.
Levene, Ricardo: 547.
Lima: 335.
*Lima, António de: 6.
*Lima, Francisco de: 147-149, 360.
*Lima, Manuel de: XVII, 233, 441, 463, 464, 475, 589.
Linhares: 600.
Linhares, Condessa de: 424.
Lisboa: XV, 7, 8, 10-12, 40, 49, 89, 111, 133, 139, 166, 210, 222, 241, 252, 257, 271, 292, 298, 306, 335, 342, 352, 363, 390, 392, 402, 406, 408, 412, 424, 436, 446, 450, 467, 522, 525, 531, 544, 589-605.
Lisboa, Baltasar da Silva: XX, 3, 30, 471, 545.
*Lobato, João: 79-83, 119, 121, 441, 473, 475, 566.
*Lôbo, António: 431.
Lôbo, D.º: 576.
Lôbo, D. Manuel: IX, 308, 309, 533, 536-538, 589.
*Loiola, S. Inácio de: 403, 405, 408, 421, 435.
Londres: 241.
*Lopes, Bento: 590.
*Lopes, Bernardo: 531.
*Lopes, Gabriel: 160.
*Lopes, José: 602.
*Lopes, Luiz: 34, 36, 593.
*Lopes, Miguel: 88, 89.
Lopes, Tomás: 550.
*Lopetegui, León: 335.
Loreto Couto, Domingos do: XXI, 111, 154, 411, 412, 471, 542, 602.
*Lourenço, Agostinho: 218-224, 548.
*Lourenço, Brás: 136.
Lousal: 599.
Luanda: 12, 187, 425, 594, 603.
Lúcio de Azevedo, J.: XIII, XX, XXIII, 5, 209, 215, 228, 274, 342, 555.
*Luiz, Agostinho: 592.
*Luiz, António: 137.
*Luiz, Fernão: 404.
*Luiz, Manuel (1): 345.
*Luiz, Manuel (2): 602.
Luz, Maria da: 412.
*Lynch, Tomás: 15, 19, 601, 602.
Macacu: 115.
Macaé: 83, 90, 93, 94.
Mac-Dowell, Mons.: 68.

*Macedo, Francisco de: 358.
Macedo, Mateus de: 153.
Macedo Soares, José Carlos de: 547.
Macela, Guilherme: 584.
*Maceta, Simão: 324, 337, 362, 519.
Machado, Bartolomeu: 70.
Machado, Custódio: 427.
*Machado, Diogo: 103, 108, 137, 151, 320, 357.
*Machado, Domingos: 359, 378.
*Machado, Francisco (1): 22, 600, 602.
Machado, Francisco (2): 416.
*Machado, José: 437, 460.
*Machado, Rafael: 137, 155, 375, 376, 411, 599.
Madeira, Carlos: XXII.
*Madeira, Francisco: 9, 10 54, 285, 288.
Madre de Deus, Fr. João da: 420, 421.
Madrid: 36, 38, 42, 247, 250, 251, 335, 547, 554, 592.
Madriz, Francisco: 123, 126.
Mafra, João Luiz: 295.
*Magalhães, António de: 20.
Magalhães, Basílio de: 54, 184.
*Magalhães, Manuel de: 137.
Magalhães Correia: 66.
*Magistris, Jacinto de: 596.
Maia Forte, José Matoso: 111.
Maia da Gama, João da: 214.
Malabar: 411.
*Malagrida, Gabriel: 199.
Malquer, André Gomes: 445.
*Mumiani, Luiz Vincêncio: 349-351, 599.
Mampituba: 475, 478, 480.
Mangaratiba: 101, 102.
Mans: 60.
*Mansilha, Justo: 324, 337, 362, 519.
Maranialdo, Marco Aurélio: 570.
Marambaia: 101, 102, 487, 490, 494, 583.
Maranhão: 6, 11, 45, 46, 129, 199, 202, 210, 211, 215, 223, 230, 311, 339, 344, 352, 368, 391, 409, 466, 479, 480, 589, 592, 595-597, 599, 602-604.
Marapuçu. 22.
Marcondes, Moisés: XX, 443, 445, 446, 458.
Maria I, Rainha D.: 157, 223, 345, 532, 559.
Mariana: 30, 151, 198-200.
Mariana, Rainha D.: 199.
*Mariano, Viro: 122.
Maricá: 90, 97.
Marinho, José Alves: 462.
Marins (ou Amaris) Loureiro, António: 269, 271.
*Mariz, António de: 9, 133, 423.

*Mariz, João de: 411.
Marne: 595.
Marques, César: XX, 144, 156, 160, 211.
*Marques, Simão: XXI, 6, 7, 12 19, 468.
*Martins, Afonso: 596.
*Martins, André: 85.
*Martins, Bartolomeu: 600.
*Martins, Francisco: 427.
*Martins, Gaspar: 595.
*Martins, José: 364.
*Martins, Manuel (1): 592.
*Martins, Manuel (2): 598.
*Martins, Manuel (3): 432, 457.
*Martins, Manuel Narciso: XIX.
Martins, Romário: XXI, 449, 458, 459.
*Martins Carro, João: 159-161, 167, 176, 185, 186, 191, 232.
Martius, Carl Friedr. Phil. von: XXI, 177.
*Mascarenhas, José: 193, 195-198, 216, 238, 401, 466.
Mascarenhas, D. Luiz: 348.
Mascarenhas, Miguel: 198.
*Mascarenhas, Nuno de: 407.
*Mata, Salvador da: 12.
*Mata, João da: 13, 432.
Mato Grosso: XIII, 190, 213-224, 377, 539, 558.
*Matos, António de (1): XVII, 3, 8, 17, 54, 67, 80, 119, 120, 480, 493, 563, 568, 592.
*Matos, António de (2): 21, 22, 373, 410, 431, 598.
*Matos, Eusébio de: 4.
*Matos, Francisco de: 10, 14, 101, 102, 346, 350, 595.
*Matos, Gaspar de: 210.
*Matos, Jerónimo de: 595.
*Matos, José de: 208, 210.
Matos, D. José Botelho de: 29.
*Matos, Luiz de: 12.
Matoso, António Luiz: 442.
Matoso, Henrique: 288, 289.
Mattei, José: 199.
Maximiliano, Príncipe de Wied Neuwied: XXI, 128, 154, 158, 160, 177, 178.
Mbororé: 240, 249, 297.
Medeiros, António Lopes de: 281, 317.
Medeiros, Sebastião Ramos de: 237, 238.
Medina del Campo: 335.
Meira, Domingos de: 286, 288.
Meira, Gaspar Gonçalves: 288, 289.
Meira, Pedro Gonçalves: 288.
Melo, João Manuel de: 205, 206.

Melo de Castro, Manuel de: 56.
Melo Franco, Afonso Arinos de: 183.
Melo Morais, A.J. de: 115, 202.
Melo Morais Filho: 58.
Melo Palheta: 214.
*Mendes, Cândido: VII.
*Mendes, Agostinho: 148, 401, 603.
*Mendes, Belchior: 398, 412.
Mendes, João Neto: 450.
Mendes, Renato da Silva: 67.
*Mendes, Valentim: 90.
Mendes de Almeida, Cândido: 30, 185, 427.
Mendes de Vasconcelos, António: 478, 565.
Mendonça, D. António Ortiz de: 33, 42, 275, 422.
Mendonça, Edgar Sussekind de: XXI.
Mendonça, Estêvão de: 219.
*Mendonça, João de: 295, 407, 547.
*Mendonça, José de: 199, 549.
Mendonça e Benavides, Manuel de: 42.
Mendonça Furtado, Francisco Xavier: 202, 221.
*Mendoza, Cristóvão de: 494, 519.
Menelau, Constantino: 78, 119.
Meneses, Artur de Sá e: 278, 346.
Meneses, Fr. Francisco de: 49.
Meneses, Francisco Xavier de: 49.
Meneses, Rodrigo César de: 197, 216, 545.
*Mercúrio, Leonardo: 591.
Mereti: 22.
*Meschler, Maurício: 556.
Mesquita, Domingos Reis: 285.
Métraux, A.: 479.
Meyer, Augusto: 560, 606.
Munhoz, Fernão: 231.
Miguel, Bartolomeu: 494.
Milão: 596.
*Milet, John: 179.
Mina: 33, 572.
Minas, Marquês das: 113, 315.
Minas Gerais: X, XIII, 59, 126, 129, 144, 153, 159, 177-179, 183-203, 210, 363, 377, 396, 401, 474.
Minho: 392.
Mirales, José de: 205.
Miranda: 605.
Miranda, Agenor Augusto de: 210.
Miranda, Gonçalo Couraça de: 392.
Miranda, João Veloso de: 442.
Miranda, Marta de: 369.
Miranda Henriques, Rodrigo de: 18, 494, 521.
Módena: 596.
Modica: 592.

Mogi das Cruzes: 240, 362, 370, 378.
Mogi-Guaçu: 380.
Mogi-Mirim: 256, 324, 325, 380.
*Moio, Fábio: 591.
Molucas: 244.
*Moniz, Jerónimo: XXI, 51, 179, 373.
Monsanto, Conde de: 255.
Montalvão, Marquês de: 275, 594.
*Monteiro, Domingos: 160, 166.
Monteiro, Inês: 300, 375.
*Monteiro, Jácome: XVII, 589.
*Monteiro, Manuel: 605.
Monte-Mor-o-Novo: 590.
Monte-Mor-o-Velho: 602.
Montes Claros: 185.
Montesquieu, Barão de: 553.
Montevideu: 525, 529, 536, 537, 543, 550.
Montezinho, António Roiz: 460.
*Montoya, António Ruiz de: 250-252, 485, 556.
*Morais, António de: 137, 411.
Morais, António Ribeiro de: 276, 296, 300, 303, 391, 392.
*Morais, Francisco de: XII, 97-99, 113, 123, 126, 191, 192, 234, 292, 293, 296, 307, 358, 360, 408, 461, 464-466, 473, 485, 486, 493, 494, 507, 521, 522, 588.
Morais, Inácio Correia de: 365.
Morais, João de: 270.
*Morais, Joaquim de: 72.
*Morais, José de: 204, 592.
*Morais, Manuel de (1): 391, 581.
*Morais, Manuel de (2): 603.
Morais, Sebastiana Ribeiro de: 409.
Morato, António: 446.
*Morato, Francisco: 595, 597.
*Moreira, Aleixo: 137, 409.
*Moreira, Francisco: 7.
Moreira, José Elias: 365.
Moronvillers: 595.
Mota, Calisto da: 285.
*Mota, Gaspar da: 405.
*Mota, José da: 7, 369.
Mota, Otoniel: XX.
*Mota, Pedro da: 121, 481, 483, 485.
Mota, Vasco: 256.
Moura, Alexandre de: 324.
Moura, Américo de: 412.
Moura, João Rodrigues de: 407.
*Moura, José de: 360, 398, 411, 412.
Moura, Manuel Lopes de: 288, 289.
*Moura, Mateus de: 10, 14, 46, 118, 395, 444, 454, 597.
Moura, Miguel de: 114.
*Moura, Pedro de: 32, 33, 39, 96, 253, 262, 278, 416, 418, 523, 573, 588, 593.

Moura Morta: 223.
*Mousinho, António: 603.
Moutinho, Joaquim Ferreira: 221.
*Moutinho, Murilo: 154.
Muía: 603.
Nabuco, Joaquim: 393, 554.
Nápoles: 591, 603, 604.
Nassau, Conde de: 583.
*Natalini, Pedro António: 598.
Natividade: 208, 212.
Negrão, Francisco: 456.
Negreiros, Lourenço Cardoso de: 286, 288.
Negrelos: 600.
Neto, Álvaro: 391.
*Neves, António das: 139.
*Neves, José das: 600.
*Nickel, Gosvínio: 301.
Nisa, Marquês de: 533.
Niterói: 51, 95, 108, 111, 114.
*Nóbrega, António da: 357.
*Nóbrega, Manuel da (1): 3, 13, 25, 236, 244, 267, 289, 367, 374, 377, 391, 394, 399, 404, 405, 533, 560, 607.
Nóbrega, Manuel da (2): 236.
*Nogueira, Bento: 369, 469, 470, 472, 527, 528-530.
Nogueira, D. Bernardo Rodrigues: 12, 388, 390, 412, 471.
Nogueira, João: 288, 289.
*Nogueira Sénior, João: 634.
*Nogueira, José: 199-202, 386.
*Nogueira, Luiz: 596.
*Nogueira, Manuel: 601.
Nogueira Coelho, Filipe José: 219, 220.
Nogueira da Gama, António Augusto: 157.
Norberto, Joaquim: 109, 110, 113, 117, 120.
Noronha, Luiz Canelo de: 47.
Noronha, D. Marcos de (Conde dos Arcos): 190, 205-208.
Noronha Santos: 56, 66-68, 112.
Norton, Luiz: XXI, 42, 44, 115, 425, 533.
Nova Almeida: 178.
*Noyelle, Carlos de: 316, 443.
*Nunes, Diogo: 230.
*Nunes, Leonardo: 289, 391, 404, 415, 430, 432, 434, 441, 463.
*Nunes, Manuel (1): 133, 204.
*Nunes, Manuel (2): 254, 255, 265, 269, 271, 406.
*Nunes, Manuel (3): 431.
*Nunes, Plácido: 129, 192.
*Nusdorffer, Bernardo: 546, 547.
Óbidos, Conde de (D. Vasco): 596.

Olinda: 4, 5, 11, 29, 30, 47, 75, 194, 324, 411, 412, 534, 546, 552.
*Oliva, João de: 8, 24, 592.
*Oliva, José de: 591.
*Oliveira, António de: 310-312, 315, 318, 598, 599.
Oliveira, Cristóvão da Costa: 436.
Oliveira, Diogo Luiz de: 238, 585.
*Oliveira, Estêvão de: 457.
*Oliveira, Francisco de (1): 406, 431.
*Oliveira, Francisco de (2): 234, 325, 431, 592.
*Oliveira, Gonçalo de: 108, 151.
Oliveira, D. Helvécio Gomes de: 151.
*Oliveira, João de: 21, 598.
*Oliveira, José de: 600.
*Oliveira, Manuel de: 405, 431.
Oliveira, D. Manuel Gomes de: 151.
Oliveira Lima, Manuel de: IX, 8.
Oliveira Martins, F. A.: 214.
Oliveira Neto, Luiz Camilo de: 192.
*Oliveira, Simão de: 344, 411.
Oliveira Viana: 353.
Olivença: 11, 597.
Olmutz: 596.
*Orlandini, Nicolau: 463.
Orobó: 148, 150.
*Ortega, Manuel: 405.
*Ortiz, Jerónimo: 344.
Osório Cardoso, Diogo: 470.
Óstia: 520.
Ourique: 522, 587.
Ouro Prêto: 197.
Pacheco, Agostinho Félix: 201.
*Pacheco, Aleixo: 410.
Pacheco, Diogo: 70.
*Pacheco, Manuel (1): 234, 235, 324, 473, 483, 486, 487, 492.
*Pacheco, Manuel (2): 599.
*Pacheco, Mateus (1): 328, 375, 376, 410, 634.
*Pacheco, Mateus (2): 410.
Pacheco de Amorim, Manuel: 445.
Paipires: 598.
*Pais, António: 49, 51.
Pais, Fernão Dias: 188, 278, 288, 292, 293, 303.
*Pais, Francisco: 285, 288, 293, 407.
Pais, Francisco Pinheiro: 256.
Pais, Gonçalo Soares: 459.
Países Baixos: 407.
*Paiva, João de: 594, 595.
*Paiva, Manuel de: 399, 404.
Paiva Manso: 252.
Paiva e Silva, Manuel de: 201.
Palafox, João de: 251.
Palma: 211.
Palmela: 603.

Palmelar: 583, 584.
Pantoja, J. A. de Aguilar: 66.
Papucaia: 115.
Pará: 6, 30, 211, 214, 216, 222, 223, 344, 352, 409, 552, 589, 605.
Paraná: XVII, 247, 441-460.
Paranaguá. 22, 147, 248, 310, 380, 384, 410, 428, 437, 441-459, 466, 467, 525.
Parati (1): 22, 45, 118.
Parati (2): 471.
Paratiú: 90.
Paraíba do Norte: 45, 75, 452, 581, 582, 587.
Paraíba do Sul: 85, 94, 135.
Pardinho, Rafael Pires: 199, 445-452, 525.
Parente, Clara: 392.
Paris: 60.
Parnaíba: 233, 256, 278, 325, 379, 380, 397, 398.
Passé: XVII.
*Pastells, Pablo: XXI, 247, 540, 541, 544, 590.
Paulo III: 252, 569, 570, 572.
*Paulo, Belchior: 24, 166, 398, 429.
Pedro I, Imperador D.: 60.
Pedro II, Rei D.: 10, 44, 308, 309, 534.
*Pedroso, Manuel (1): 304, 363, 392, 408.
*Pedroso, Manuel (Sénior) (2): 408, 409, 536, 537, 540, 542, 549, 634.
*Pedroso, Manuel (Júnior) (3): 344, 409.
Peixe: 212.
Peixoto, Afrânio: XIX, XXI, 65, 108, 112, 250, 353, 593.
Peixoto, Domingos de Brito: 468.
Peixoto, Francisco de Brito: 453, 467, 468.
Peixoto, Luiz de Viana: 118.
Peixoto, Sebastião de Brito: 468.
Pena, Leonam de Azeredo: XXII.
Pena, Mécia da: 391.
Penteado, Francisco Rodrigues: 401.
Penteado, José Correia: 194.
Penteado, José Manuel Leite: 401.
Penteado, Lourenço Leite: 401.
Peral: 233.
*Pereira, Álvaro: 133.
Pereira, André Machado: 445.
*Pereira, António: 601, 603.
Pereira, Benta: 90.
Pereira, Carlos: 331.
Pereira, Catarina: 187.
Pereira, Cristóvão: 527.
*Pereira, Estêvão: 605.
*Pereira, Félix: 603.
*Pereira, Inácio: 364.

*Pereira, João (1): 136, 184, 185, 430.
*Pereira, João (2): 14, 133.
*Pereira, João (3): 46, 349, 352, 396, 602.
*Pereira, João (4): 599.
*Pereira, João (5): 137, 155, 454.
Pereira, João Rodrigues: 353.
*Pereira, Lucas: 408.
*Pereira, Luiz: 152.
*Pereira, Manuel: 601.
Pereira, Pedro Gonçalves Cordeiro: 342.
Pereira, Pedro de Sousa: 84.
*Pereira, Roque: 595.
Pereira, Sebastião: 285, 488.
Peres, Pero: 580, 581.
Perestrela, Catarina Pereira: 412.
Paraguai: 12, 20, 33, 38, 200, 222, 239, 244, 247, 250-252, 262, 267, 269, 294, 337, 374, 405, 441, 463, 489, 525, 533, 535, 537, 541, 547, 548, 551, 555, 556, 558, 569, 570, 572, 586, 590, 593, 603.
Pernambuco: 7, 10, 44, 95, 103, 111, 129, 177, 260, 265, 292, 298, 341, 405-408, 423, 436, 552, 565, 574, 575, 578, 582, 596.
Peru: 33, 42, 54, 222, 247, 335, 463, 535.
Pésaro: 65, 199, 206, 599.
*Pessoa, Luiz: 590.
*Pestana, Afonso: 600.
Petrópolis: 60.
Piauí: 221.
Pilões: 207.
*Pimenta, João: 392, 596, 597.
*Pimentel, Manuel: 376, 432, 549, 602.
Pimentel, Miguel Pinto: 151.
*Pina, Manuel: 598.
Pindamonhangaba: 359, 378.
Pinheiro de «Áseré»: 590.
*Pinheiro, Francisco (1): 458.
Pinheiro, Francisco (2): 260.
Pinheiro, Gabriel: 262.
*Pinheiro, Inácio: 372, 457.
Pinheiro, José: 400.
*Pinheiro, Silvério: 138, 142, 549, 604.
*Pinheiro, Simão: 79, 120, 121, 166, 356, 479, 566.
Pinheiros: 409.
*Pinto, António: XVII, 280, 281, 289, 292, 298, 300.
Pinto, Eunice Almeida: 374.
Pinto, Francisco Pereira: 251, 252.
Pinto, Lucas Fernandes: 237.
*Pinto, Manuel: 22.
*Pinto, Mateus: 431, 634.
Pinto, Olivério: XXI.
Pinto Brandão, Tomás: 47, 48.
Pinto Coelho, António Caetano: 372.

Pinto Guedes, Manuel: 365.
Pirajá da Silva, Regina: 65, 66
Piratininga: 241, 260, 264, 279, 281-284, 289, 290, 297, 301, 303, 394, 398, 400-406, 415, 423, 463.
Pires, Alberto: 402.
*Pires, António: 266, 594.
*Pires, Belchior: 97, 101.
Pires, Bento Ribeiro: 317, 376.
*Pires, Custódio: 230.
Pires, Fernando de Camargo: 305.
*Pires, Francisco (1): 231, 271, 406, 521, 590.
*Pires, Francisco (2): 431.
Pires, Heliodoro: 471.
Pires, João: 254, 278, 292, 300, 301, 391.
Pires, Manuel: 276.
Pires, Maria: 296.
Pires, Salvador: 391.
Pires de Campos, António: 190, 207.
Pires de Lima, Durval: 297.
Pitanga: 12.
Pitangui (Minas Gerais): 193, 198, 460.
Pitangui (Paraná): 441, 453, 460.
Pizarro e Araújo, José de Sousa de Azevedo: XXI, 30, 49, 51, 68, 69, 71, 82, 92, 94, 111, 114, 117, 121, 145, 190, 273.
Pombal, Marquês de: 23, 27, 205, 554, 559
Pompeu, A.: 401, 458.
Pompeu de Almeida, Guilherme (1): 254, 370.
Pompeu de Almeida, Guilherme (2): 254, 349, 370, 371, 385, 386, 391, 394, 395, 397, 398, 400.
Ponta dos Búzios: 61, 119, 122.
Ponta Delgada: 20.
Ponte de Lima: 423, 598.
Ponta Porã: 213.
*Pontes, Belchior de: 194, 344, 359, 369, 380, 381, 401, 459.
Portalegre: 44, 593, 600.
Portelo: 600.
Portimão (Vila Nova de): 542.
Pôrto: 7, 68, 199, 224, 412, 458, 590, 591, 593, 596, 602, 603, 605.
Pôrto Alegre 473, 483.
Pôrto, Aurélio: XVI, XXI, 250, 273, 468, 479, 503, 519, 527, 537, 546.
Pôrto das Caixas: 115.
Pôrto de D. Rodrigo: 475.
Pôrto Feliz: 218.
Pôrto das Garoupas: 486.
Pôrto Real. 191.
Pôrto do Rio Grande: 531.
Pôrto Seguro: 172, 179, 265, 452, 542.

Pôrto Seguro, Visconde de: XXI, 39-41, 43, 45, 48, 49, 194, 196, 261, 345, 436, 527, 535, 549, 559.
Pôrto Velho: 151.
Portugal passim.
Portugal Dr. Pedro de Mustre: 303.
Prado, Eduardo: 15, 393.
Prado, Paulo: 353.
Prêto, António de Oliveira: 462.
Prêto, José: 256.
Prêto, Manuel: 485, 490.
Proença, Francisco de: 391.
Potosi: 541.
Povolide: 605.
Puebla: 251.
Quito: 245, 246.
Ramiz Galvão, Benjamim Franclim: 29, 30.
*Ramos, Domingos: 311, 342, 343.
*Ramos, Manuel: 600.
*Rangel, António (1): 342, 433, 599.
Rangel, António (2): 450.
Ranke, Leopoldo: XII.
Raposo, Francisco Pinheiro: 275.
Rasposo, Manuel Dias: 67.
Raposo Tavares, António: 215, 237, 238, 253, 295, 325, 362, 485, 490.
*Rebêlo, Manuel: 595.
Recife: 7, 75, 111, 147, 194, 201, 324, 412, 531.
Registo do Paraíba: 127.
Rêgo, Diogo Barbosa: 315.
*Rêgo, Francisco do: 23.
*Rêgo Manuel do: 604.
Rêgo Monteiro, Jónatas da Costa: XXII, 309, 536, 537, 550.
*Reis, Ângelo dos: 403.
*Reis, António dos: 603.
*Reis, Gaspar dos: 599.
Reis, Gaspar Carrasco dos: 459.
*Reis, José dos: 602.
Rendon, Francisco: 253, 262.
Rendon, João: 253, 262, 296.
Rendon de Quevedo, Francisco: 375.
Resende: 594.
Ribeirão do Carmo: 193-198.
*Ribeiro, António: 242, 391.
*Ribeiro, Baptista: 599.
*Ribeiro, Bento (1): 599.
Ribeiro, Bento (2): 376.
Ribeiro, Catarina: 296, 359, 391.
*Ribeiro, Félix: 602.
*Ribeiro, Francisco (1): 133, 137, 260, 261, 408.
*Ribeiro, Francisco (2): 7.
Ribeiro, Francisco (3): 144.
*Ribeiro, Gaspar: 210.
*Ribeiro, Inácio: 7, 412.

*Ribeiro, Manuel (1): 10, 133, 590.
*Ribeiro, Manuel (2): 599.
Ribeiro, Manuel Luiz: 111.
Ribeiro de Morais, Francisco: 392.
Ribeiro Riba, José: 412.
Ribeiro da Silva, Francisco: 202.
Ribera, Fernando de: 215.
Rio Branco, Barão do: XXII, 25, 40, 48, 73, 139, 393, 554.
Rio de Mendonça, Afonso Furtado de Castro: 229.
Rio Acupe: 273.
— Almas: 211.
— Amazonas: X, 84, 214, 215, 245, 306, 391, 480, 533, 587.
— Andaraí: 75.
— Anhembi: 369, 370, 373, 375, 501.
— Araguaia: 204, 211, 212, 214.
— Bagres: 79, 81, 151, 566, 567.
— Cabuçu: 113.
— Cana Brava: 211, 212.
— Capanema: 273.
— Carapebus-Mirim: 151.
— Casca: 185.
— Colégio (Araçariguama): 370.
— Colégio (Goitacases): 90.
— Comprido: 67, 73.
— Doce: 144, 167, 174, 185.
— Douro: 484.
— Grande (1): 191, 192.
— Grande (2): 261.
— Grande (3): 446, 447, 452.
— Grande do Norte: 144, 230, 310, 587.
— Grande de S. Pedro: 468, 470, 471, 528-530.
Rio Grande do Sul: 144, 245, 249, 296, 453, 468, 472, 474, 478, 482-484, 500, 501, 504, 517, 523-532.
— Guadiana: 65.
— Guandu: 54, 61-65, 116.
— Guaporé: 213, 219-224.
— Guaré: 360, 412.
— Guareí: 373.
— Iguaçu: 67.
— Itabapoana: 153.
— Itaguaí: 61, 62, 116.
— Itapemirim: 153.
— Itinguçu: 116.
— Javari: XIII.
Rio de Janeiro: IX-XVII, 1-139, 142, 147, 152, 153, 179, 183, 187, 192-199, 201, 219, 223, 228, 234, 236, 237, 239, 240, 248, 252, 253, 257, 260-267, 270, 272, 273, 275-282, 285, 286, 292, 295, 298, 302, 307-309, 315, 316, 318, 320, 324, 328, 329, 341, 361, 364, 380, 397, 399-401, 404, 405, 407-412, 414, 421-427, 432, 433, 436, 441, 444, 445, 451, 452, 457, 461, 467, 469, 471-475, 480, 481, 483, 484, 488, 489, 492-494, 498, 502, 504, 519, 521, 526, 531, 534-536, 540, 543-545, 548, 550, 552, 555, 563-565, 567, 572, 576, 579, 580, 582, 584, 586, 590, 594, 603.
Rio Leripe: 83.
— Macacu: 9, 39, 95, 113, 114.
— Macaé: 83, 119, 240.
— Madeira: 214, 223.
— Mamoré: 213.
— Maracanã: 75.
— Mboimboi: 214.
— Miquens: 220.
— Mortes: 192, 198.
— Muriaé: 126, 153, 192.
— Negro: 84, 139, 245, 292.
— Nhumpanguá: 161.
— Palmeiras: 427.
— Paraguai: 215, 224, 256, 495.
— Paraíba do Sul: 90, 123, 126, 153, 191, 912, 240, 367, 379, 566.
— Paraibuna: 129, 192.
— Paraná: 256, 441, 500.
— Paranaíba: 191.
— Paranapanema: 372-374, 459, 501.
— Pardo: 19, 117, 524, 531, 558.
— Parnaíba: 365.
— Passagem: 151.
— Pedras: 212.
— Peruípe: 119.
— Piabanha: 123.
— Pindobeira: 212.
— Piquiri: 441, 463, 475.
— Piratininga: 374.
— Pitangui: 449.
— Praia Mole: 151.
— Prata: IX, XIII, 21, 32, 44, 212, 213, 244, 247, 248, 251, 252, 294, 306, 463, 467, 495, 523, 525, 533-536, 541, 543, 548, 549, 569, 570, 590.
— Reis Magos: 161.
— Santa Teresa: 211, 212.
— S. Francisco (1): X, 184, 185, 194, 210, 306, 310.
— S. Francisco (2): 433, 448, 452, 461, 462, 468, 470, 495, 501, 502.
— S. Inácio (1): 374.
— S. Inácio (Ribeirão) (2): 191.
— S. Inácio (Córrego) (3): 191.
— S. Inácio (Córrego) (4): 212.
— S. Mateus: 179.
— Solimões: 245.
— Tamanduateí: 411.
— Tapajós: 214.
— Taubaté: 111.
— Tibagi: 452, 460.

Rio Tibre: 520.
— Tietê: 218, 243, 245, 362-265, 373, 375, 377, 411.
— Tocantins: 184, 204, 211.
— Uberaba: 191.
— Una: 447.
— Uruguai: 256, 525.
— Velhas: 190, 191, 212.
— Verde: 185, 365.
— Xingu: 214.
*Rocha, António da: 136.
*Rocha, João da: 431.
Rocha, José Ortiz da: 353.
*Rocha, Martim da: 405
Rocha Pita, Sebastião da: XXII, 274.
Rocha Pombo, José Francisco da: XXII, 455.
*Rodrigues, Afonso (1): 30.
*Rodrigues, B. Afonso (2): 590.
*Rodrigues, Amaro: 375, 409.
*Rodrigues, António (1): 215, 216, 294, 404.
*Rodrigues, António (2): 9, 133, 270, 300, 407, 592.
*Rodrigues, António (3): 283, 379, 397, 409, 431, 459, 462, 542, 598.
*Rodrigues, António (4): 605.
Rodrigues, Bartolomeu: 391.
*Rodrigues, Belchior: 593, 594.
Rodrigues da Costa, António: 525.
Rodrigues, Domingas: 391.
*Rodrigues, Domingos (1): 634.
*Rodrigues, Domingos (2): 595, 634.
*Rodrigues, Francisco: XXII, 235, 274, 425.
†Rodrigues, Gonçalo: 233.
*Rodrigues, Jerónimo: 149, 150, 159, 160, 162, 441, 473, 475, 513, 566.
*Rodrigues, José: 601.
*Rodrigues de Melo, José: XXII, 63-65, 72, 432, 457, 458, 603.
*Rodrigues, Manuel (1): 598.
*Rodrigues, Manuel (2): 603.
*Rodrigues, Manuel (3): 401, 457.
*Rodrigues, Nicolau: 146, 457, 467.
*Rodrigues, Pedro (1): 137, 145, 241, 406.
*Rodrigues, Pedro (2): 481.
*Rodrigues, Vicente (1): 404.
*Rodrigues, Vicente (2): 260, 261, 405.
Rodrigues Velho, António: 373.
Rodrigues Velho, Garcia: 254, 300, 317.
Rodrigues Velho, Miguel: 384.
*Rolando, Jacobo: 311, 312, 343, 344, 597.
Rolim de Moura, D. António: 216-219, 221, 224, 539.

Roma: XV, XVII, 11-13, 36, 38, 111, 139, 147, 149, 154, 198, 201, 206, 209, 250, 267, 270, 272, 279, 286, 292, 311, 343, 344, 392, 408, 412, 423, 437, 459, 470, 520, 521, 530, 584, 591, 595, 598, 599.
Röwer, Basílio: 230, 435, 436.
Ruão: 60.
*Sá, António de: 4, 137.
Sá, Artur de: 44, 295.
Sá, Estácio de: 25, 67, 580.
Sá, Gonçalo Correia de: 477, 565.
Sá, Isidro Tinoco de: 315.
Sá, Luiz José Correia de: 91.
Sá, Manuel de: 317.
Sá, Martim de: 42, 80, 81, 82, 103, 115, 119, 236, 484, 491, 493, 565, 580.
Sá, Mem de: 76, 399, 424, 580.
Sá, Salvador Correia de (1): 100, 477-480, 564, 565.
Sá, Salvador Correia de (2): 8, 44.
Sá e Benevides, Salvador Correia de: 4, 8, 9, 18, 29, 33, 39, 41-44, 83-85, 116, 138, 187, 189, 190, 239, 272, 275, 276, 282, 295, 304, 363, 415-416, 422-426, 428, 521, 533, 576, 580, 581.
Saavedra, João Fernandes: 253-256, 258.
Sabugosa, Conde de: 545, 604.
Saia, Luiz: 357.
Saint-Hilaire, Auguste de: XXII, 90, 122, 128, 129, 142, 145, 151, 154, 160, 161, 179, 212, 414, 464.
Salamanca: 399.
Salazar, António de Oliveira: XVI.
Salcedo, D. Miguel de: 546, 547.
Saldanha da Gama, José de: XXII, 54, 55, 61, 65, 66.
Saldanha da Gama, Luiz Filipe: 66, 92.
*Salembé, José: 596.
Sales Ribeiro, Francisco: 210, 401.
*Sales, Joaquim: 210.
Salgado, Generosa: 93, 122.
*Salgado, Paulo: 210.
*Salgado, Rafael: 598.
Salvadores, António Madeira: 288.
Salvaterra: 595.
San Nicolas, Gil Gonzáles de: 331.
*Sanches, Manuel: 160, 589, 601.
Sande, António Pais de: 15, 25.
Santana, Nuto: 377.
S. Ana das Capoeiras: 22.
S. Ana de Japuíba: 115.
Santa Catarina: XVII, 247, 296, 452, 453, 461-472, 475, 478, 524, 525, 528, 531.
Santa Catarina de Cornes: 603.
Santa Cruz do Cuiabá: 214.

Santa Cruz (Espírito Santo): 179.
Santa Cruz (Pôrto Seguro): 582.
Santa Fé: 542, 555.
Santa Maria, Agostinho de: XXII, 89, 145, 232, 262.
Santander: 407.
Santarém: 591-593, 603.
Santiago, Manuel de: 462.
Santos: 7, 10, 21, 22, 32, 34, 75, 85, 96, 191, 196, 219, 234, 238, 252, 255-258, 260-263, 265, 268, 275, 276, 278, 282, 283, 285, 286, 92, 295, 297, 316, 324, 325, 334, 344, 346, 370, 378, 380, 390, 400, 403, 405, 411, 415-437, 441, 444, 445, 448, 451, 477, 487, 488, 490, 522, 567, 588.
*Santos, António dos: 600.
Santos, Felício dos: 446.
Santos, João Antunes dos: 110.
Santos, Lúcio José dos: 346.
*Santos, Manuel dos: 137.
*Santos, Pedro dos: 92, 457, 545.
Sampaio, Alexandre Monteiro de: 353.
Sampaio, António de: 576.
*Sampaio, João de: 214.
Sampaio, José Dias: 442.
Sampaio, Manuel Barreto de: 240.
S. Agostinho: 179.
S. Amaro: 364.
S. André: 374.
S. Bartolomeu: 198.
S. Cristóvão: 591.
S. Domingos do Prata: 185.
S. Francisco: 453, 461-463.
S. Jerónimo, D. Francisco de: 5, 6, 73.
S. João de Atibaia: 379.
S. João do Macaé: 90, 128.
S. José, Francisco de: 30.
S. José dos Campos: 369.
S. José (Goiás): 207.
S. Julião da Barra: 211, 223, 224, 531, 559.
S. Luiz: 199.
S. Mamede: 602.
S. Marcos: 62.
S. Mateus: 178.
S. Miguel (Fortaleza): 528, 530.
S. Paulo: X, XI, XIII, XV-XVII, 10, 21, 29, 32, 34, 39, 40, 45, 56, 59, 75, 96, 100, 125-128, 139, 152, 154, 183, 188-191, 193, 196, 197, 204, 206, 212, 216, 223-437, 442, 448, 449, 450, 454, 458, 460, 466, 471, 473, 474, 477, 483, 488, 489, 490, 527, 533, 542, 545, 552, 555, 560, 564, 567, 572, 584, 585, 588.
S. Pedro da Aldeia: 122.
S. Roque: 343.
S. Sebastião: 278, 378.

S. Tomé (Capitania de): 84.
S. Vicente: IX, 25, 39, 44, 45, 100, 238, 240, 244, 251, 253, 255-257, 259, 260, 262, 164, 275, 277, 278, 283-285, 289, 295, 303, 324, 369, 398, 404-406, 415, 416, 423, 424, 426, 430-434, 464, 475, 477, 478, 485, 522, 565, 588.
Saquarema: 90, 97.
Sardinha, Afonso: 355, 356, 385, 391.
Sardoal: 602.
Sarzedas, Conde de: 346, 349, 454, 527.
Schkoppe, Sigismundo Van: 29.
Schmidt, Wilhelm: 479.
Schomberg: 596.
*Scotti, António Maria: 603, 604.
Sea, Manuel da Costa: 462.
Sebastião, Rei D.: 114, 259, 273, 274, 366.
Seixas, António Rodrigues: 459.
*Seixas, José de: 189, 368.
Sepetiba: 22.
*Sepúlveda, José de: 20.
*Sequeira, António: 594.
Sequeira, António Fernandes de: 187.
*Sequeira, Baltasar de: 121, 302, 304.
Sequeira, Francisco Nunes de: 301.
*Sequeira, Inácio de: 8, 82, 83, 186, 187, 235, 296, 461, 464, 465, 473, 478, 485, 488, 493-495, 502, 505, 519, 521.
Sequeira, Lourenço de: 392, 487.
*Sequeira, Luiz de: 83, 137, 187, 188.
*Sequeira, Manuel de: 147, 148, 210.
*Sequeira, Nicolau de: 21, 22, 116, 549.
Sequeira Mendonça, Ana de: 369.
Sergipe de El-Rei: 265.
Serpa: 600.
Serra da Cantareira: 377.
— *Cubatão:* 365.
— *Ibiapaba:* 184.
— *Mar:* 404, 475.
— *Matacães:* 55.
— *Minde:* 24.
— *Órgãos:* 123, 128.
— *Paranarepiacaba:* 290.
— *Paranapiacamirim:* 378.
— *Samambativa:* 378.
Setúbal: 590, 593.
*Severim, Luiz: 600.
Sibrão, Manuel Lopes: 442.
Sicília: 406.
Sierra, Vicente D.: 601.
*Silva, António da (1): 598.
*Silva, António da (2): 600.
*Silva, António da (3): 605.
*Silva, Domingos da: 152, 178, 604.
*Silva, Francisco da (1): 390, 605.
*Silva, Francisco da (2): 597.
Silva, Francisco da (3): 487.

Silva, Francisco Xavier da: 201.
*Silva, Gaspar da: 590.
*Silva, Inácio da: 23.
Silva, Inácio José da: 371.
*Silva, João da: 596, 597.
*Silva, José da: 591.
Silva, Luiz da Costa da: 442.
*Silva, Manuel da (1): 92.
*Silva, Manuel da (2): 602.
*Silva, Manuel da (3): 211.
Silva, D. Maria da Rocha da: 407.
*Silva, Marcelino da: 92.
*Silva (Júnior), Salvador da: 407.
*Silva (Sénior), Salvador da: 407, 489.
*Silva, Veríssimo da: 549.
Silva Carneiro, A. da: 458.
Silva e Castro, Joaquim Manuel da: 366, 374.
Silva e Sousa, Luiz António da: 207.
Silva Pais, José da: 469, 527.
Silva Teles, Tomás da: 554.
*Silveira, Francisco da: XVII, 30, 66, 88, 111, 112, 114, 115, 117, 122, 142, 178, 212, 353, 364, 414, 455, 531.
*Silveira, José da: 601.
Silveira Camargo, Paulo F. da: 239, 391, 471.
*Simões, António (1): 589.
*Simões, António (2): 138, 471, 549.
Simões Pereira, D. Bartolomeu: 25.
*Simões, Tomás: 601.
Simonsen, Roberto: 535.
Siqueira, Antónia Pais de: 373.
Siqueira, António Ribeiro de: 365.
Siqueira, Ângela de: 383, 392.
Siqueira, João de: 459.
Siqueira, Leonor de: 383, 392.
Siracusa: 591.
*Soares, Barnabé: 137, 140.
*Soares, Bento (1): 600.
*Soares, Bento (2): 206-210, 380.
*Soares, Diogo: XIII, 115, 212, 346, 460, 524, 526, 527, 549, 550, 557, 604.
*Soares, Francisco: 405.
*Soares (Lusitano), Francisco: 26.
Soares, José: 112.
*Soares, Pero: 145.
Soares Ferreira, José Cipriano: 192.
Soares de Macedo, José: 538.
Sorocaba: 374, 379.
*Solónio, João: 405.
Solórzano Pereira, João de: 251, 335, 337.
*Sommervogel, Carlos: XXII, 60, 149, 154, 198, 335, 605.
Sousa, Alexandre Metelo de: 20.
*Sousa, António de (1): 405.
*Sousa, António de (2): 601.

*Sousa, António de (3): 437, 457, 603.
Sousa, Bernardino José de: 324.
*Sousa, Domingos de (1): 155.
*Sousa, Domingos de (2): 603.
*Sousa, Francisco de: 11, 51, 597.
Sousa, D Francisco de: 232, 272, 405.
*Sousa, Inácio de: 7.
*Sousa, João de (1): 441, 463.
Sousa, João de (2): 407.
Sousa, D. Luiz de: 80, 81, 121, 566, 590.
*Sousa, Manuel de (1): 294.
*Sousa, Manuel de (2): 601.
*Sousa, Manuel de (3): 379.
*Sousa, Manuel de (4): 605.
Sousa, Martim Afonso: 374.
*Sousa, Mateus de: 594.
Sousa, Tomé de: 107, 228, 244, 399, 533.
Southey, Roberto: XIV, XXII, 249, 352, 420.
Souto, António Gonçalves: 462.
Souto Maior, Estêvão Barbosa de: 317.
Souto Maior, Francisco de: 594.
*Souto Maior, Simão de: 592-594.
Stafort: 593.
*Stafort, Inácio: 593, 594.
Sturzenek, Gastão Ruch: 49.
Surucumbu: 529.
*Taborda, Pedro: 600.
Tamanca: 603.
*Tamburini, Miguel: 195.
*Tanho (Taño), Francisco Dias: 32-39, 248, 250, 262, 572, 573, 578.
Taques, Lourenço Castanho: 254, 317.
Taques, Pedro: 254, 269, 407.
Taques de Almeida, Pedro: 317, 385, 392.
Taques de Almeida Pais Leme, Pedro: 152, 292, 299, 301, 359, 367, 369, 371, 385, 391, 401-403, 409, 430.
Tavares, Cipriano: 369.
*Tavares, Estêvão: 369.
*Tavares, Francisco: 208, 210.
*Tavares, Luiz: 19, 20, 603.
*Tavares, Manuel: 201.
*Tavares, Nicolau: 401, 403.
Taveira da Neiva, Francisco: 584.
Távora, Álvaro José Xavier Botelho de: 205.
Távora, Francisco de: 445.
*Távora, Marcos de: 13, 412, 602.
Taubaté: 369, 378, 401.
Taunay, Afonso de E.: XVI, XX, XXII, 13, 154, 188, 220, 239, 240, 242, 273, 284, 289, 296, 299-303, 307, 315, 317, 324, 330, 345, 353, 358, 360,

363, 369, 371, 378, 382, 384, 397, 402, 403, 406, 407, 409, 411, 413, 430, 460, 490.
*Tedaldi, António Maria: 211.
*Teixeira, Caetano: 137.
*Teixeira, Diogo: 94, 471, 605.
Teixeira, Francisco: 462.
*Teixeira, Lourenço: 594.
*Teixeira, Paulo: 471.
Teixeira, Pedro: 245, 246.
Teixeira Chaves, Duarte: 540.
Teles da Silva, António: 271.
*Tenreiro, Manuel: 592.
*Teschauer, Carlos: XXIII, 479, 531.
Tinoco, Cícero F : 154.
Tinoco, Gonçalo Ribeiro: 286, 288.
*Toledo, Francisco de: 385, 401, 432.
*Toledo, Pero de: 120, 480, 564.
Toledo Castelhanos, João de: 385.
Toledo Piza, A. de: 374.
Tomar: 252.
Tôrre, Casa da: 9.
Tôrre Revello, José: 335.
*Tôrres, Domingos: 250.
*Tôrres, José: 596.
Tôrres, Pedro da Silva: 27.
Torres-Novas: 596, 604.
Tôrres de Oliveira: XVI.
Tourinho, Eduardo: 67.
Tramandataí: 475, 480.
Trepane: 591.
*Trigueiros, Domingos: 135.
Trindade, Raimundo: 188, 199-203.
Tubarão: 480.
Tucumã: 247, 541.
Ubatuba: 378, 471.
Uberaba: 191, 212.
Ulhoa, Lopo Rodrigues: 315, 317.
Unhão, Conde (Rodrigo Xavier Teles de Meneses): 12.
Urbânia: 210.
Urbano VIII: 250-252, 267, 287, 296, 415, 416, 521, 569.
Uruguai: 220, 250, 535, 550.
Ururaí: 88.
Utrecht: 525, 544.
*Willheim, Hubert: 595.
Valdés Inclan, Alonso Juán: 544.
Vaía Monteiro, Luiz: 56, 93, 109, 467, 525.
Val de Reis, Conde de: 224.
Vale, Álvaro Luiz do: 489.
*Vale, António do: 545, 549, 600.
Vale, Gonçalo do: 150.
Vale, João Ribeiro do: 459.
*Vale, Leonardo do: 161, 404.
Vale, Manuel Ferreira do: 450.
*Vale, Salvador do: 123, 126.

*Valente, Luiz: 404.
Varnhagen, Francisco Adolfo: Vd. Pôrto Seguro, Visconde de.
Vasconcelos, António Pedro de: 526, 545, 546, 549.
Vasconcelos, Diogo de : 186.
*Vasconcelos, Feliciano de: 601.
*Vasconcelos, João de: 45.
Vasconcelos, Salomão de: 202.
*Vasconcelos, Simão de: XXIII, 9, 10, 13, 27, 44, 80, 83, 97-99, 123, 133, 150, 152, 190, 233, 241, 252, 270, 294, 298, 300, 301, 316, 423, 427, 479-481, 502, 513, 534, 596.
Vasqueanes, Duarte Correia: 99, 100.
Vassouras: 55.
Vaticano: XV.
*Vaz, António: 594.
*Vaz, Gonçalo: 593.
*Vaz Serra, António: XVIII.
Veiga, António Correia da: 369.
Veiga, João da: 443, 450.
Veiga, Manuel Francisco da Silva e: 66.
Veiga Cabral, Sebastião da: 543.
Velasco, D. Catarina Ugarte e: 42, 426.
Velasco, Pedro Ramírez de: 42.
Velho: António Rodrigues: 242.
Velho, Francisco: 392.
*Velho, Pedro: 594.
Velho de Azevedo, João: 281, 284, 297, 299.
Velho de Melo, António: 262.
Veloso, Francisco Dias: 445.
Veloso, Jerónimo: 54.
*Veloso, João: 122, 604.
Veloso, Manuel: 54.
Veloso de Espinho, Manuel: 54.
Vera Mujica, António de: 538, 539.
Viana (Espírito Santo): 179.
Viana (Portugal): 161, 592.
Viana, Cândido Francisco: 153.
Viana, Joaquim Francisco: 153.
Vicente, Agostinho: 75.
*Vide, Francisco da: 21.
*Viegas, Artur: 265.
*Viegas, Manuel: 232, 241, 404.
*Vieira, António (1): XXIII, 5, 27, 29, 44, 45, 58, 82, 96, 103, 138, 167, 204, 215, 216, 235, 245, 267, 273, 290, 292, 306, 310, 315, 317, 318, 320, 322, 325; voto sôbre a administração dos Índios, 330, 331, 341-346, 348, 351, 354, 367, 368, 391, 399, 409, 410, 466, 481, 482, 521, 533, 534, 541, 598, 599, 607.
*Vieira, António (2): 604.
Vieira, António (3): 256
Vieira Antunes, Inácio: 210, 353.

*Vieira, Belchior: 594.
Vieira, Domingos Nunes: 66.
*Vieira, João: 179
*Vieira, José: 208-210.
Vieira da Cunha, Maria: 210.
Vieira da Silva, Luiz: 202
Vila Boa de Goiás: 191, 205, 206, 219.
Vilacova: 605.
Vila-Longa: 598.
Vila-Nova do Pôrto: 592.
Vila-Pouca: 598
Vila-Real: 7, 602, 605.
Vila-Rica: 192, 194, 197, 198, 201.
Vila-Rica do Espírito Santo: 246, 247, 250, 307.
Vila-Viçosa: 272.
Vilar de Frades: 596.
*Vilela, Domingos: 603.
*Vilhena, António de: 590.
*Vilhena, Francisco de: 593, 594.

Vimieiro, Condessa de: 100, 255
Viseu: 590, 599.
*Vitelleschi, Múcio: 423, 424.
*Vito, António: 457.
Vitória: 133-142, 144, 146, 149, 151-154, 178, 552, 567. Vd. Espírito Santo.
*Vitoriano, André: 148
*Vitorino, José: 432.
*Viveiros, José de: 411.
Voturuna: 370.
*Xavier, Caetano: 221, 548.
*Xavier, Félix: 13.
*Xavier, Francisco: 12, 22, 87, 601.
*Xavier, S. Francisco: 398, 403.
*Xavier, João: 22, 379, 380.
*Xavier, Julião: 602.
Zambrano: 251.
Zweig, Stefan: 607.
*Zuzarte, Manuel: 597.

Índice das Estampas

	Pág.
S. Inácio	IV/V
O Colégio do Rio de Janeiro em 1728	8/9
Igreja Quinhentista do Colégio do Rio	24/25
Igreja Nova do Morro do Castelo	40/41
Altar de S. Inácio, do Rio	56/57
Os Jesuítas no Rio de Janeiro (mapa)	72/73
Fazenda dos Campos dos Goitacases	88/89
Altar de Nossa Senhora, do Colégio do Rio	104/105
Aldeia de S. Pedro de Cabo Frio	120/121
Colégio de Santiago, no Espírito Santo	136/137
Os Jesuítas no Espírito Santo	152/153
Aldeia dos Reis Magos (Espírito Santo)	168/169
Aldeia de Reritiba (Espírito Santo)	184/185
Seminário de Mariana (Minas Gerais)	200/201
Igreja de Reritiba (Interior)	216/217
Altar dos Reis Magos	232/233
Fazenda de Araçatiba (Nossa Senhora da Ajuda)	248/249
Igreja de S. Maurício ou de Santiago (Vitória)	264/265
Fazenda do Saco de S. Francisco em Jurujuba	280/281
Fazenda de S. Inácio de Campos Novos	296/297
Aldeia de S. Lourenço dos Índios (Niterói)	312/313
Aldeia de S. Miguel (S. Paulo)	344/345
Aldeia de Embu ou Mboi (Campanário)	360/361
Aldeia de Embu (Interior da Igreja)	376/377
Os Jesuítas em S. Paulo (mapa, no texto)	381
Altar da Igreja de S. Paulo (pormenor)	392/393
Noviciado de S. Paulo (Projecto)	408/409
Bom Jesus dos Perdões (Rio de Janeiro)	424/425
Autógrafos	440/441
Colégio de Paranaguá	456/457
Ponte do Guandu (Fazenda de Santa Cruz)	520/521
Colégio de Colónia do Sacramento	536/537
Mapa do «Grande Rio da Prata», do P. Diogo Soares	552/553

CORRIGENDA[1]

TÔMO V

Pág.	X,	linha 13	leia-se	*teriam*
»	407,	» 4	»	deixam
»	582,	meio da página	»	PROFESSI 3 VOTORUM

[São os Padres: Mateus Pinto, Paulo Carneiro, Manuel Pedroso Sénior, João Nogueira Sénior, José Coelho, Miguel Cardoso, Mateus Pacheco, José Bernardino — *Catálogo de 1701*].

» 623, no *Índice de Nomes*, Rodrigues, Domingos, desdobra-se em dois: o P. Domingos Rodrigues, pacificador dos Aimorés, e o Ir. Domingos Rodrigues, pintor.

---

1. Cf. supra *História*, I, 605; II, 653; III, 445; V, 628-629.

ÍNDICE GERAL

	Pág.
Prefácio	IX
Introdução bibliográfica	XV

LIVRO PRIMEIRO

RIO DE JANEIRO

Cap. I — **Real Colégio das Artes:** 1 — Faculdade de Filosofia, Graus académicos e outros Cursos; 2 — Reitores; 3 — A evolução construtiva do Colégio e suas dependências, Botica e Hospital; 4 — A Igreja e seu ornato interno, culto e missões; 5 — Primeira pedra da nova Igreja monumental, a 1 de Janeiro de 1744; 6 — A Livraria do Colégio, primeira biblioteca pública do Rio; 7 — O Colégio, parte integrante da vida citadina 3

Cap. II — **Fastos do Colégio do Rio:** 1 — Tumulto no Rio com a publicação do Breve de Urbano VIII, de 22 de Abril de 1639, sôbre a Liberdade dos Índios da América; 2 — Restauração de Portugal e aclamação de El-Rei D. João IV (1641); 3 — Invasão francesa de 1710 e o heroísmo dos Estudantes; 4 — Segunda invasão de 1711 e a mediação dos Jesuítas. 32

Cap. III — **Fazendas e Engenhos do Distrito Federal:** 1 — Fazenda de Santa Cruz; 2 — Caminho do Rio a S. Paulo através da Fazenda; 3 — Sua vida económica e social; 4 — Obras de Engenharia hidráulica; 5 — A ponte do Guandu; 6 — O Engenho Velho e o Engenho Novo na Cidade do Rio; 7 — Fazenda de S. Cristóvão; 8 — Outras Fazendas e Chácaras da Cidade 54

Cap. IV — **Nos Campos dos Goitacases:** 1 — Pazes com os Índios Goitacases, pelos Padres João Lobato e Inácio de Sequeira (1619); 2 — Intervenção económica de Salvador Correia de Sá e Benevides; 3 — A Fazenda do Colégio; 4 — Aspectos da sua actividade e missões; 5 — Santa-Ana do Macaé; 6 — Santo Inácio de Campos Novos 78

		Pág.

Cap. V — **Aldeias do Triângulo Fluminense:** 1 — Sua significação política, militar e económica; 2 — Crise e encampação das Aldeias motivada pelos motins de S. Paulo (1640-1646); 3 — Parecer de Salvador Correia de Sá e Benevides; 4 — Carta Régia de 1647 mandando retomar as Aldeias; 5 — Testemunho do P. António Vieira; 6 — Aldeia de S. Lourenço (Niterói); 7 — Fazenda do Saco (S. Francisco Xavier); 8 — Aldeia de S. Barnabé e Fazenda de Macacu ou Papucaia; 9 — Aldeia de S. Francisco Xavier no Itinga e em Itaguaí; 10 — Ilha Grande e Angra dos Reis; 11 — Aldeia de S. Pedro do Cabo Frio; 12 — Aldeamento dos Índios «Gesseraçus».. 95

LIVRO SEGUNDO

ESPÍRITO SANTO

Cap. I — **Na Vila da Vitória:** 1 — Colégio de Santiago; 2 — Igreja de S. Maurício; 3 — Reitores do Colégio; 4 — Contra as invasões holandesas; 5 — Obras de assistência; 6 — A despedida de 1760.. 133

Cap. II — **Aldeias e Fazendas de Espírito Santo:** 1 — Aldeias de Índios; 2 — Guaraparim; 3 — Reritiba (Anchieta); 4 — Fazenda de Carapina; 5 — Fazenda de Itapoca; 6 — Fazenda de Muribeca; 7 — Engenho de Araçatiba......... 143

Cap. III — **Aldeias dos Reis Magos:** 1 — Residência dos Reis Magos e Igreja de S. Inácio de Índios Tupinanquis; 2 — Redução de Índios Aimorés; 3 — Entradas aos Índios Paranaubis (Mares Verdes) do Alto Rio Doce (Minas Gerais); 4 — Os Índios Pataxós; 5 — Período de prosperidade e missões ao norte da Capitania............................ 159

LIVRO TERCEIRO

CAPITANIAS DO OESTE

Cap. I — **Minas Gerais:** 1 — Entradas aos Mares Verdes ou Índios Paranaubis (1621-1624); 2 — Entradas ao descobrimento das esmeraldas; 3 — Aldeia de Santa Ana do Rio das Velhas; 4 — Residência da Vila de Ribeirão do Carmo (1717-1721); 5 — No Seminário de Mariana; 6 — O papel «sedicioso» de Vila-Rica, no Juízo da Inconfidência (1760). 183

Cap. II — **Goiás:** 1 — Ambiente revôlto da terra, à chegada dos Padres (1749); 2 — Missões do Duro ou Aldeias da For-

TÔMO VI — ÍNDICE GERAL 637

Pág.

miga, S. José e S. Francisco Xavier; 3 — As Fazendas de Goiás.. 204

Cap. III — **Mato Grosso:** 1 — Primeiros contactos; 2 — Instruções Régias tirando os Índios da Administração dos particulares e confiando-os aos Jesuítas; 3 — Chegam os Padres Estêvão de Castro e Agostinho Lourenço com o primeiro Governador de Mato Grosso; 4 — A Missão de Cuiabá; 5 — A Missão do Guaporé; 6 — Como se extinguiram as Missões...... 213

LIVRO QUARTO
SÃO PAULO

Cap. I — **Aldeias de Sua Majestade:** 1 — Aldeias de El-Rei e Aldeias particulares; 2 — Aldeia de S. Miguel; 3 — Aldeia de N. Senhora dos Pinheiros; 4 — Aldeia de N. Senhora de Barueri; 5 — Aldeia da Conceição dos Maromimins, Guarumemins ou Guarulhos......................... 227

Cap. II — **Motins e Destêrro dos Padres do Colégio:** 1 — A destruição das missões castelhanas do Guairá; pressuposto histórico; 2 — Consequências gerais canónicas e civis; 3 — A primeira notícia do Breve de Urbano VIII contra o cativeiro dos Índios da América; 4 — Destêrro de S. Paulo e descida a Santos; 5 — Diferença de pareceres entre os Paulistas ou primeiras manifestações das lutas de Garcias e Camargos. 244

Cap. III — **Voltam os Padres e reabre-se o Colégio:** 1 — Processo canónico, Interdito da Vila de S. Paulo e recurso à Santa Sé; 2 — Sentença de 3 de Junho de 1651, da Sagrada Congregação do Concílio, que manda prosseguir o Interdito e cita perante si «os que devem ser citados»; 3 — O Processo civil na Côrte e no Rio de Janeiro; 4 — A sentença da Santa Sé de 1651 determina a chamada dos Padres: condições inaceitáveis e rejeitadas (1652); 5 — Condições aceitáveis e volta dos Padres, primeiro a chamado dos Garcias (Pires), e depois de tôda a Vila de S. Paulo; 6 — Escritura de transacção amigável (1653); 7 — Piratininga em festa...... 264

Cap. IV — **Pacificação dos Garcias e Camargos:** 1 — Portugueses e Castelhanistas; 2 — A primeira intervenção pacificadora dos Padres, sobretudo Simão de Vasconcelos (1654); 3 — Segunda intervenção na grande luta do Vigário Albernás; Terceira e última, com a paz de 1660................ 294

Cap. V — **Em crise outra vez a liberdade dos Índios:** 1 — Feita a paz com Castela renasce a questão servil; 2 — Os Padres pensam em deixar definitivamente S. Paulo e fechar o Colégio (1682); 3 — Opõe-se o povo de S. Paulo e acede o Provincial Alexandre de Gusmão (1685); 4 — Mantém-se a crise. 306

Pág.

Cap. VI — **As Administrações dos Índios:** 1 — Continua a caça ao Índio brasileiro: nove bandeiras escravagistas; 2 — As administrações particulares; 3 — Dúvidas dos moradores de S. Paulo; 4 — O famoso voto do P. António Vieira a favor dos Índios (1694); 5 — Administrações dos Jesuítas e dos moradores: analogias e diferenças; 6 — Posição do Colégio, ao terminar a grande batalha da liberdade dos Índios e início do ciclo mineiro (1700).................. 320

Cap. VII — **Aldeias da Companhia, Fazendas e Missões:** 1 — Carapicuíba; 2 — Itapicirica; 3 — Embu; 4 — Itaquaquecetuba e Capela; 5 — Pacaembu; 6 — Pôrto do Cubatão; 7 — S. José dos Campos; 8 — Cabeceiras do Anhembi; 9 — Araçariguama; 10 — Guareí e Botucatu; 11 — Santa Ana; 12 — Missões rurais........................ 355

Cap. VIII — **A Igreja do Colégio:** 1 — Edifícios renovados; 2 — Altares e Devoções; 3 — O primeiro Bispo de S. Paulo e a Igreja do Colégio; 4 — O seu chão sagrado; 5 — Destino depois de 1760.................................. 382

Cap. IX — **O Pátio do Colégio:** 1 — A «Casa de S. Inácio»; 2 — Os benfeitores Amador Bueno da Veiga e Guilherme Pompeu de Almeida; 3 — O «Pátio do Colégio» e os seus estudos de Português, Humanidades e Filosofia; 4 — A Vida dos Estudantes; 5 — Reitores; 6 — O primeiro Seminário de S. Paulo; 7 — Equilíbrio económico.................. 394

Cap. X — **Santos:** 1 — O drama da publicação do Breve de Urbano VIII sôbre a Liberdade dos Índios; 2 — Destêrro e volta dos Padres; 3 — Fundação do Colégio de S. Miguel por Salvador Correia de Sá e Benevides; 4 — Dotação e bens do Colégio; 5 — Edifícios do Colégio e da Igreja; 6 — Ministérios em Santos; 7 — Superiores e Reitores; 8 — Estudos; 9 — Missões em S. Vicente, Itanhaém, Iperuíbe, Iguape e Cananéia................................ 415

LIVRO QUINTO

AO SUL ATÉ O RIO DA PRATA

Cap. I — **Paraná:** 1 — A Câmara de Paranaguá pede Casa da Companhia de Jesus; 2 — Primeiros princípios dela; 3 — O moroso expediente burocrático; 4 — Interregno, missionário e educativo, com a instituição de um Seminário 5 — O Alvará de 1738 e suas bases económicas nos Campos de Curitiba e Pitangui; 6 — Superiores de Paranaguá e actividade religiosa e literária; 7 — Missões em Curitiba e Residência em Pitangui.. 441

		PÁG.

Cap. II — **Santa Catarina:** 1 — Missões na Ilha de S. Francisco; 2 — Na Ilha de Santa Catarina; 3 — Na Laguna e Embituba; 4 — Colégio do Destêrro, hoje Florianópolis............ 461

Cap. III — **A Missão dos Patos:** 1 — A missão dos Patos ou Carijós; 2 — A expedição de João Lobato e Jerónimo Rodrigues, e o Índio «Tubarão»; 3 — Expedição de Afonso Gago e João de Almeida, os Índios «Abacuís» e o principal «Mequecágua» (1609); 4 — Expedição de João Fernandes Gato e João de Almeida, os Índios «Tubarão», «Papagaio» e o «Anjo» do Sertão do Rio Grande (1619); 5 — O P. António de Araújo funda a Aldeia dos Patos (1622); 6 — A Aldeia de Caïbi no Rio Grande do Sul (1626); 7 — Expedição de Francisco Carneiro, Manuel Pacheco e Francisco de Morais (1628); 8 — Fecha-se a Residência dos Patos; 9 — Tropelias e desumanidades dos escravagistas.................... 473

Cap. IV — **Derradeiras Missões aos Patos:** 1 — Expedição de Inácio de Sequeira e Francisco de Morais (1635); 2 — A nação dos Carijós e economia da terra; 3 — Costumes e condição da gente; 4 — Feitiçarias e superstições; 5 — O «Caraíbebe» ou «Anjo» do Rio Grande e outros «Anjos»; 6 — O «Ocara-Abaeté» ou «Terreiro Espantoso»; 7 — De novo as bandeiras escravagistas; 8 — Actividade dos Jesuítas portugueses do Brasil; 9 — Os territórios do «Anjo» e «Grande Papagaio»; 10 — A antropofagia e cerimónias rituais; 11 — Escravidão dos Guaianás e Carijós; 12 — Conversão do «Grande Papagaio» e seus filhos; 13 — Baptismo solene dêstes Índios no Rio de Janeiro; 14 — Última expedição de 1637............ 493

Cap. V — **Rio Grande do Sul:** 1 — Antecedentes; 2 — O topógrafo Luiz de Albuquerque e os cartógrafos Diogo Soares e Domingos Capacci; 3 — Missão de 1749-1751; 4 — Aldeia do Estreito e Fortaleza do Rio Pardo............ 524

Cap. VI — **Residência Portuguesa do Rio da Prata:** 1 — A Colónia do Sacramento; 2 — A epopeia de D. Manuel Lôbo e os Jesuítas que nela tiveram parte; 3 — Os Jesuítas do Brasil e Jesuítas do Paraguai em campo adverso; 4 — Período florescente da Residência-Colégio dos Padres do Brasil.. 533

Cap. VII — **As Aldeias ou Sete Povos das Missões Castelhanas:** 1 — Diferença entre as Aldeias do Paraguai e do Brasil; 2 — O Tratado de «Limites» de 1750 (no Sul apenas tratado de «Permuta»): arrumação sumária de conceitos........ 551

APÊNDICES

Apêndice A — Informação do Colégio do Rio de Janeiro pelo P. António de Matos, 1619............ 563

PÁG.

APÊNDICE B — Breve do Papa Urbano VIII, *Commissum Nobis*, de 22 de Abril de 1639, sôbre a Liberdade dos Índios da América... 569

» C — Resposta a uns capítulos ou *Libelo Infamatório*, que Manuel Jerónimo procurador do Conselho na Cidade do Rio de Janeiro com alguns apaniguados seus fêz contra os Padres da Companhia de Jesus da Provincia do Brasil, e os publicou em juízo e fora dêle, em Junho de 640... 572

» D — Catálogo das Expedições Missionárias para o Brasil (Séculos XVII-XVIII)............................ 589

» E — Cooperação Brasileira.............................. 606

ÍNDICE DE NOMES... 609
ÍNDICE DE ESTAMPAS.. 633
CORRIGENDA... 634

Imprimi potest
Flumine Ianuarii, 30 Iulii 1945

Aloisius Riou S. I.
Praep. Prov. Bras. Centr.

Pode imprimir-se
Rio de Janeiro, 31 de Julho de 1945
† Jaime de Barros Câmara
Arcebispo do Rio de Janeiro

ÊSTE SEXTO TÔMO
DA HISTÓRIA DA COMPANHIA DE JESUS NO BRASIL
ACABOU DE IMPRIMIR-SE
DIA DE S. LUCAS 18 DE OUTUBRO DE 1945
NA
IMPRENSA NACIONAL
DO RIO DE JANEIRO
CIDADE EM QUE FALECEU NESTE DIA HÁ 375 ANOS
O P. MANUEL DA NÓBREGA
FUNDADOR DA COMPANHIA DE JESUS NO BRASIL
E UM DOS FUNDADORES DA CIDADE

A presente edição de HISTÓRIA DA COMPANHIA DE JESUS, de Serafim Leite S. L., é o volume nº 205 e 206 da Coleção Reconquista do Brasil (2ª série). Capa Cláudio Martins. Impresso na Líthera Maciel Editora e Gráfica Ltda., à rua Simão Antônio 1.070 - Contagem, para a Editora Itatiaia, à Rua São Geraldo, 67 - Belo Horizonte - MG. No catálogo geral leva o número 00841/0C. ISBN. 85-319-0133-2.

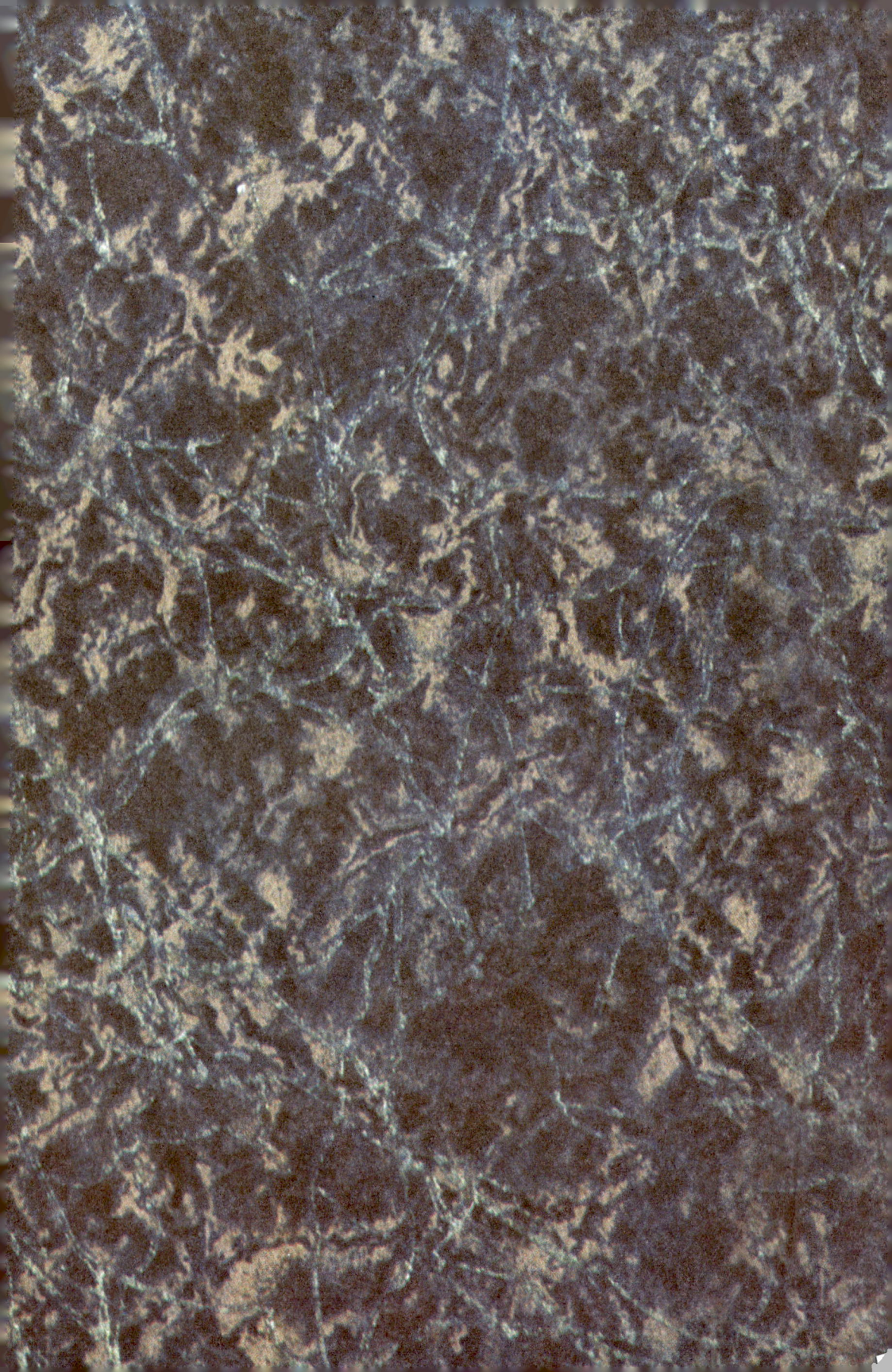